传统文化修养丛书

佩文斋咏物诗选 1

（最新点校本）

（清）汪霦等—编

乔继堂—整理

上海科学技术文献出版社
Shanghai Scientific and Technological Literature Press

图书在版编目（CIP）数据

佩文斋咏物诗选：最新点校本／（清）汪霦等编．乔继堂整理．—上海：上海科学技术文献出版社，2023
　ISBN 978-7-5439-8877-4

Ⅰ．①佩… Ⅱ．①汪…②乔… Ⅲ．①古典诗歌—咏物诗—诗集—中国—清代　Ⅳ．① I222.79

中国国家版本馆CIP数据核字（2023）第113868号

组稿编辑：张　树
责任编辑：王　珺
封面设计：留白文化

佩文斋咏物诗选：最新点校本
PEIWENZHAI YONGWUSHI XUAN: ZUIXIN DIANJIAOBEN
［清］汪　霦　等编　乔继堂　整理
出版发行　上海科学技术文献出版社
地　　址　上海市长乐路746号
邮政编码　200040
经　　销　全国新华书店
印　　刷　商务印书馆上海印刷有限公司
开　　本　889mm×1194mm　1/32
印　　张　116.375
字　　数　3 131 000
版　　次　2023年8月第1版　2023年8月第1次印刷
书　　号　ISBN 978-7-5439-8877-4
定　　价　980.00元（全六册）
http://www.sstlp.com

整理前言

《佩文斋咏物诗选》，又题《御定佩文斋咏物诗选》，康熙年间汪霦等奉敕编辑，康熙帝御定并御制序文。关于是书编纂缘起，康熙帝序文有所涉及，大略谓"书之咏物，《三百篇》已然"，夫子所谓"迩之事父，远之事君，多识于草木鸟兽之名"，正说明咏物诗"一物之情而关乎忠孝之旨"，"其称名也小，其取类也大"。基于如此高度看待咏物诗，则是书编纂有必行之势，而意义也不可谓不大。

清帝注重"弓马骑射"之外，大多可算右文，尤其康熙、乾隆二帝，御制、御选、御定文翰颇夥，其中不乏"大部头"。其间编纂情形不一，大部头则势必有赖臣工。是书纂辑，康熙帝自谓："朕自经帷进御，覃精六籍，至于燕暇，未尝废书，于诗之道，时尽心焉。爰自古昔逸诗、汉魏六朝，洎夫有唐，讫于宋、元、明之作，博观耽味，搴其萧稂，掇其菁英"，然后命臣工（主要是翰林，大学士领衔）校理之、编录之。

是书刻本所列职名表，汇阅三人，编辑官十二人，与康熙帝序文提及者有所出入。十二位编辑官，首列汪霦。汪霦字朝采，号东川，钱塘（今杭州）人。康熙十五年（1676）进士，补行人；十八年（1679）举博学鸿词，改翰林院编修，参与纂修《明史》。历迁内阁学士，编《佩文韵府》成，擢户部右侍郎，旋命纂《佩文斋历代咏物诗》。

康熙帝御制序，谓是书"名曰《佩文斋咏物诗》"，"佩文斋"正是他书斋的名号。从汉王褒《四子讲德论》"观道德，履纯仁，被六艺，佩礼文"之说，大体可以体味"佩文"的意蕴。而康熙间以"佩文（斋）"题名之书，正自不少，诸如知名大型类书《佩文韵府》，以及敕撰之《佩文斋书画谱》，敕编之《佩文斋咏物诗选》；即便《历代题画诗类》，有时也称作《佩文斋题画诗》。

关于《佩文斋咏物诗选》本身，《四库全书总目提要》所言可谓详赡、中肯，不妨引来：

  《御定佩文斋咏物诗选》四百八十六卷，康熙四十五年，圣祖仁皇帝御定。

  自《艺文类聚》《初学记》，始以咏物之诗分隶各类。后宋绶、蒲积中有《岁时杂咏》，专收节序之篇；陈景沂有《全芳备祖》，惟采草木之什。未有蒐合遗篇，包括历代，分门列目，共为一总集者。明华亭张之象，始有《古诗类苑》《唐诗类苑》两集，然亦多以人事分编，不专于咏物。其全辑咏物之诗者，实始自是编。所录上起古初，下讫明代，凡四百八十六类，又附见者四十九类。诸体咸备，庶汇毕陈，洋洋乎词苑之大观也。

  夫鸟兽草木，学诗者资其多识，孔门之训也。郭璞作《山海经赞》、戴凯之作《竹谱》、宋祁作《益部方物略记》，并以韵语叙物产，岂非以谐诸声律、易于记诵欤？学者坐讽一编，而周知万品，是以摛文而兼博物之功也。至于借题以托比、触目以起兴，美刺法戒，继轨风人，又不止《尔雅》之注虫鱼矣。知圣人随事寓教，嘉惠艺林者深也。

  原本未标卷第，惟分六十四册，篇页稍繁。今依类分析，编为四百八十六卷。

其中所言"未标卷第"的"原本"，即康熙四十六年（1707）内府刻本，也是本次整理所用底本。这个刻本，分册不分卷，每册汇集数类（如第一册含天、日、月、星、河汉、风、雷电附雹），近五百类而汇入六十四册，显得"篇页稍繁"。《四库全书》

按类分为四百八十六卷，尽管未免显得"繁碎"，且各卷篇页差别较大，但眉目清晰，予读者不少方便。故而本次整理，篇第上采用了《四库》本的分卷，同时于总目体现原本分册次第。原书总目之外，细目均分置各类之前；整理本按当下惯例，将细目置于各分册之前。

《四库》本以康熙内府刻本为蓝本，但文字上却不无些微差别。总体来说，前者用字显得规范些，后者则更多异体、俗体字等，甚至偶尔讹误。这大概是缘于刻本与抄本的区别吧？至于避讳等的不同，以及整理本的处理，则需作具体说明。

涉猎古籍，避讳是必须注意的一端，而清代尤甚。比如《四库全书》，名讳避忌之外，还有用词的忌讳改篡，有人名的循音改译。

是书康熙内府刻本，涉及名讳的，主要是"玄"字一律换用"元"（个别换以他字，如"玄霄"改写"青霄"，"玄鸟"改写"鳦鸟"。《四库》本则多省末笔）。"玄"算得上常用字，涉及一般用语以及人名等。本次整理，对于人名及其他名谓，诸如傅玄、谢玄晖、鱼玄机、欧阳玄、吴道玄、玄武禅师，以及玄武门、玄武观、重玄寺等，据实径改原字；其余一般词语，如元黄、元圃、元鹤、元都、元猿及草元、谈元、思元等，不下数十，均随文括注"玄"字（标题径改不注），以便顺畅阅读理解。此外数处以"彝"代"夷"者，亦均随文括注。

《四库》本，对古代少数民族人名，多有改译，如萨都剌改译"萨都拉"，迺贤改译"纳延"，泰不华改译"台合布合"，雅琥改译"雅勒呼"，按摊不花改译"阿勒坦布哈"，贯云石改作"苏尔约苏哈雅"。康熙本尚用前代沿袭的通行名谓，整理本照录并加注说明。

其他人名，亦尚有不一之处。如王泠然有作"王冷然"者，王庭珪有作"王廷珪"者。此类视作误植未尝不可，因而亦径改通用者。作为姓氏,"镏"同"刘",而书中刘崧、刘绩、刘涣、刘泰、刘师邵等,全作或多作"镏",今亦仍其旧并加注说明。至于来鹏又名"来鹄",仍旧而已;沈约误为"李约",改正说明;无作者的(如卷一百八十四"画类"唐阙名《辞诸画连句柏梁体》),则尽可能查检补出。

作者所系之朝代,偶有与今通行所异者。如宗懔(《荆楚岁时记》作者),今一般记为"南朝梁",而本书记作"北周"。宗懔先后在萧梁和北周为官,《梁书》《周书》均为其立传(前书在列传第三十五,后书在列传第三十四),记为"北周",未为不可。此类情形,他人也或有之,尤其是易代之际的人物,读者不难判断或查考。

原书各卷,先分诗体,诸如五七言古(偶有四言)、五七言律、五七言排律、五七言绝(偶有六言);长短句大多随古体附出,偶有篇幅较多而单列者。诗体之下,按朝代排序。人名之前的朝代,均用小字,今改加( );同一作者接踵重出,后者省略朝代,今则一概补出,以昭显豁。

原书一题多首之作,题下径接第一首之诗句,并不标出"其一",其后则又标记"其二""其三"之类。鉴于此种情况,整理本后者一概删除,空行予以区隔。这样处理,既不有失条理,更不影响阅读。

四百八十六类,一万四千五百九十首,搜求非易,必然博采各代各类各家文籍。不论诗题、诗句,所本不一,异文难免。何况编纂者主观能动,选择之外,又或有改易。

诗题的差异,主要当是版本不同所致。人所熟知的刘禹锡七绝《望洞庭》,本书题作《月望洞庭》,且归入"月类"(而非"湖类"),自有所本。张说《幽州元日》,本书题作《元朝》,亦应属此类。与此同时,似亦不无编者的有意改动。如卷六"风类"金党怀英《睡觉月色如昼霜风翏然成声作一绝》,别本"月色"前有"门外"二字,"霜风"后有"过"字,删减三字,或缘于编纂者求简之故;又如卷一百九十七"琵琶类"宋僧惠洪《临川康乐亭听琵琶坐客索诗》,本题《临川康乐亭碾茶观女优拨琵琶坐客索诗》,或为编纂者有意省减,又加一"听"字以贯通文意。此种情形,并非仅见,却也无害文意。

组诗选录,原书一般予以说明,未加说明者亦复不少。如卷四十"上巳类"谢朓《三日侍宴曲水代人应诏》,原诗九首,选录五首,未加说明。且有的组诗所咏非一,基于编纂体例,势必拆开分隶各类。如唐元稹《襄阳为卢窦纪事》,原诗五首,本书录二,分隶"书籍类""凤类";宋人宋无《游三茅华阳诸洞》,原诗四首,本书全录,分隶"茅山类""鹿类""凤类""鹤类"。而李白《望庐山瀑布水》二首,虽同在"瀑布类",但因体式不同,而分别置于五古、七绝之中。这种情况并非仅见,因为组诗不论包含几首,唯有归类适切者才可选录,而说明与否,无碍阅读理解。

正文的偶尔删节,版本原因之外,有的似属疏忽,有的则或有意为之,且多见于古风、排律。整理时,一般不做处理;影响文意的情况下,则适当补出。如卷一百八十一"砚类"七言古明宋濂《滩哥石砚歌》,不仅未录小序,"七月七日元神龙"句,前缺"砚中淋漓墨花湿,助演真乘诚有功。爱其厚重为题识"三句,成了单句,故加〔〕补出。上文提及的谢朓四言古诗《三日侍宴曲水代人应诏》,所选五首,有三首各删二句,文字无多,亦予补出。

咏物诗之咏物,当全诗指向某物,甚或诗题揭出某物,此为正格。其具体情形,或径题某物,如卷三百"梨花类"七言绝句,宋韩琦、张舜民、陆游、谢逸,金吕中孚,明文徵明、张凤翼,诸人之作均题《梨花》;或略加限定,诸如品类、时地、情由等等,如同卷七言古宋欧阳修《千叶红梨花》则品类,七言律元张养浩《秋日梨花》则时令,五言绝句唐王维、丘为、皇甫冉《左掖梨花》则地点,而五言古齐刘绘《和池上梨花》、梁刘孝绰《于座应令咏梨花》、元程钜夫《次韵肯堂学士冬日红梨花》则略及情由了。

　　需要指出的是，是书意在物类齐备，不能不广收博采，而有的物类甚少专门题咏，故有诗中仅只某句吟咏某物而选录者；亦有一诗咏及两物均颇出色，不忍遗珠而分别收录者。因此之故，有的诗篇所咏非一、分别收录，偶或重复。"风雪夜归人"，人所熟知的刘长卿七绝诗句，诗中第二句"天寒白屋贫"，诗题则《逢雪宿芙蓉山主人》，归入"雪类"（卷十四），恰如其分；而此亦诗见于"犬类"（卷四百九），则是因其第三句"柴门闻犬吠"，所写虽不见形貌，但有声有色、意境特佳，联想中这犬竟可谓活灵活现了。如此甄录，自然是不得已而为之，又不能不说很有必要。

　　诗之咏物，首先是描摹状写，否则就不成其为"咏物"了。这类咏物诗当然不少，而摹状之形神毕肖，正是诗家能事。只是局限于状貌，诗家不免要为写生赵昌们夺席而居了。而历代有如许之多的咏物诗传世，状写形貌之外，更兼传达物之神韵、表达人之情志。就是说，咏物诗里，物和人达成了某种融会、借重，物因人而神，人因物而畅。借重、融会自然是需要条件的，即物之特性与人之理念的契合。由此也便有了分野：某些物题咏纷纭、存诗甚夥，某些物少人理睬、篇什无几。突出的例子是：书中咏松、竹、梅、兰、菊之作，数目相较甚为突出，而这无疑正缘于它们本身的特性以及人们所投射的"君子"品格。历来所谓"比德"，正在于此种"由名物度数之中，求合乎温柔敦厚之指"（《御制序》）。

　　见物触感而咏，这当是咏物诗发生的基本路径。不过，物之"见"，却又可分出两种情形，一则亲见实物，一则见于摹写。而咏物诗基于图绘者亦复不少，翻检同为康熙帝御定之《咏物诗选》和《题画诗类》，这一点可谓突出。仅举一例：《题画诗》卷一百二十"草虫类"苏轼《雍秀才画草虫七物》组诗，"七物"中就有四种见诸《咏物诗》，《促织》在"促织类"（卷四百八十三），《天水牛》《蜗牛》《鬼蝶》在"杂虫类"（卷四百八十六）。咏物诗亦是题画诗，此当别是一种值得研讨的有趣的诗画关系了。

书中的异文，更多是个别文字的差异。这多是缘于版本的不同，也不乏书写规范以及讹误所致。对于此类问题，整理时分别情况，予以适当处理。

版本缘故所致异文，应该是最为普遍的。这原本无可厚非，甚或无需处理。不过，有些诗作，今人更为熟悉的也许正是异文。如陶弘景《诏问山中何所有赋诗以答》"不堪持寄君"，今多作"不堪持赠君"；李白《望天门山》"碧水东流直北回"，今多作"碧水东流到此回"；刘禹锡《秋词》"晴空一雁排云上"，今多作"晴空一鹤排云上"；岑参《白雪歌送武判官归京》"都护铁衣冷难著"，今多作"都护铁衣冷犹著"。诸如此类，不注出异文，难免疑窦滋生。故此，对于诸如此类的异文，凡经查实，一律随文括注异文。

有关文字问题，更多的是异体字、古体字、俗体字以及通假等。本次整理，一律使用规范字：不用俗体，规范异体，保留古体、通假，偶用繁体。偶用繁体，缘于非此则可能引起误解（比如"一发"与"一髮"等）。古体字、通假字（此类相对很少）予以保留，同时也适当括注了规范的通用字。至于诗题，不论避讳、古体，一律使用规范字；即便误植（如卷三百七十五"杂花类"温庭筠五律《苦楝花》，"楝"误作"练"），也均直接改正，概不括注，以免累赘。

至于异体字的规范，则有诸种情形。部首等造成的异文，如扬杨、摸模、捡检、藉籍、荃筌、苔答、岐歧及奕弈等，明确的情况下，径予统一。与此类同，诸如帘簾、弦絃、吊弔、綵彩乃至旗旂等，则尽可能专一化——毕竟，这样的区分不无文化意义，又有助于精准理解。

此外，一首诗中，旧时两种写法而如今规范统一的字，也原文照旧。这或者缘于律、绝应尽量避免重复用字，如卷三百七十二"石竹花类"元蒲道源七绝《赋石竹》"短篱新见出梢梢，葱蒨都无尺许高。茜色芳葩工点缀，莫教容易混蓬蒿"，既用"蒨"又用"茜"；抑或缘于原作者或抄录者"变文避复"，如卷二百二十九"牧类"苏轼《书晁说之考牧图后》及张耒《牧牛儿》，既用"草"又用"艸"。

　　古籍里的某些异文，以当今规范来看可算误植，在彼时却多属"通假"。此类文字，古籍里着实不少，本书亦然。故而整理时更多以（）注出异文，以〔〕注出误植则较少。而且较之《四库》本，康熙内府本，误植确实要少一些。

　　对于书中需要澄清或可能引起误解的问题，整理时适当加了脚注，予以说明。其中部分问题，是相对于《四库全书》本而言的。这自然缘于《四库》本当下更为多见、更易得见，也不能说毫无"释疑解惑"的意义。而卷一百二十"园林类"五言律唐僧法振《程评事西园》及以下三人四首共五首诗，《四库》本缺，自然也有说明的必要。

　　诗歌的标点，尤其是律、绝，较之散体文要简便许多。即使古风、排律，也多是如此，而相对复杂的长短句，总体来说并不多见。何况因为韵脚的缘故，句读也不甚困难。诗句中出现的书名、曲名等，尽可能加了《》，通用意义上的则酌情处理。其他标点，有不同于通行者，或许对文意的疏通理解也不无助益。

　　如此一部"诸体咸备，庶汇毕陈"的大书，逐一查核作者、诗作文字等等，并非一蹴可就。所注异文等，多是校读时因有疑惑，进而查核发现的，因而未能顾及者自必更多。诸如此类以及其他各种疏漏乃至错讹，限于学养、时限等诸多因素，定当不在少数。这一点，祈请谅解之外，读者方家绳愆纠谬、批评是正，乃所至盼。

整理者
癸卯仲春

御制佩文斋咏物诗选序

昔者子夏序《诗》,谓"正得失,动天地,感鬼神,莫近于诗。先王以是经夫妇、成孝敬、厚人伦、美教化、移风俗"。若是乎,诗之道大矣哉!而周公缵述唐虞、宗翼文武,制礼以导天下,著《尔雅》一篇。后之序之者,谓"《尔雅》所以通诂训之指归,叙诗人之兴咏";疏之者曰:"《尔雅》所释,遍解六经,而独云'叙诗人之兴咏'者,以《尔雅》之作,多为释《诗》"。是则一物多名,片言殊训,凡以虫鱼草木之微,发挥天地万物之理,而六义、四始之道由是以明焉。故夫《诗》者,极其至,足以通天地、类万物,而不越乎虫鱼草木之微。

诗之咏物,自《三百篇》而已然矣。孔子曰:"迩之事父,远之事君,多识于鸟兽草木之名。"夫事父、事君,忠孝大节也;鸟兽草木,至微也。吾夫子并举而极言之,然则诗之道,其称名也小,其取类也大,即一物之情而关乎忠孝之旨,继自骚、赋以来,未之有易也。此昔人咏物之诗所由作也欤?

朕自经帷进御,覃精六籍,至于燕暇,未尝废书,于诗之道,时尽心焉。爰自古昔逸诗、汉魏六朝,洎夫有唐,迄于宋、元、明之作,博观耽味,搴其萧稂,掇其菁英,命大学士陈廷敬、尚书王鸿绪校理之,翰林蔡升元、杨瑄、陈元龙、查昇、陈壮履、励廷仪、张廷玉、钱名世、汪灏、查慎行、蒋廷锡编录之,名曰《佩文斋咏物诗》。盖蒐采既多,义类咸备,又不仅如向者所云"虫鱼鸟兽草木之属"而已也,若天经、地志、人事之可以"物"名者,罔弗列焉。于是镂板行世,与天下学文之士共之，将使之由名物度数之中，求合乎温柔敦厚之指，充诗之量，如卜商氏之所言，而不负古圣谆复诘训之心，其于诗教有裨益也夫。

康熙四十五年六月二十一日。

佩文斋咏物诗选（职名表）

汇阅

文华殿大学士兼户部尚书　　　　　　　　　　臣张玉书
经筵讲官文渊阁大学士兼吏部尚书　　　　　　臣陈廷敬
经筵讲官户部尚书　　　　　　　　　　　　　臣王鸿绪

编辑官

经筵讲官户部右侍郎兼管詹事府詹事事　　　　臣汪　霦
经筵讲官内阁学士兼礼部侍郎　　　　　　　　臣蔡升元
经筵讲官内阁学士兼礼部侍郎兼管
　詹事府詹事事　　　　　　　　　　　　　　臣杨　瑄
经筵讲官起居注翰林院掌院学士兼礼部侍郎
　教习庶吉士　　　　　　　　　　　　　　　臣陈元龙
日讲官起居注詹事府少詹事兼翰林院侍讲学士　臣查　昇
日讲官起居注翰林院侍读学士今任编修　　　　臣陈壮履
日讲官起居注翰林院侍讲学士　　　　　　　　臣励廷仪
日讲官起居注翰林院侍讲　　　　　　　　　　臣钱名世
日讲官起居注左春坊左赞善兼翰林院检讨　　　臣蒋廷锡
日讲官起居注翰林院检讨　　　　　　　　　　臣张廷玉
皇太子讲官翰林院编修　　　　　　　　　　　臣汪　灏
翰林院编修　　　　　　　　　　　　　　　　臣查慎行

御定佩文斋咏物诗选告成进呈表

翰林院编修臣高舆，恭承圣谕，校刻《佩文斋咏物诗选》，今已成书，谨奉表上进者。臣舆诚惶诚恐稽首顿首上言：

伏以咏歌言志，诗教因以谐音；品类殊名，风人托以寄兴。综古今之论述，四始宏该；极功德之形容，五常具备。属辞选义，既兴观群怨之咸宜；寓物抒情，亦鸟兽虫鱼之兼及。自时厥后，为体滋繁，历数千载之讴吟，妍媸匪一；合《三百篇》之旨趣，雅俗或乖。故篇什必藉夫搜罗，而鉴择尤期于精当，务臻备美，乃惬编摩。

恭惟皇帝陛下，道协天人，功参化育，典谟训诰，心传在精一之微；《韶濩》《咸英》，声律究中和之本。奎章巍焕，丽云汉以昭回；睿藻光华，并日星而朗耀。奚翅一辞莫赞，允为百代观型。而犹雅意抡文，虚怀体物，于敕几之馀暇，事弘览之精勤。谓歌诗原本于性情，而名物悉关乎义理，若不广为采撷，曷以萃厥菁英？屡经乙夜之亲裁，申命诸臣而汇辑。

于是燃藜芸阁，给札薇垣，上自古初，下讫胜国，诗从物类，若五色之相宜；选以体分，犹四时之成序。大则观文察理，取象高深；细则喙息跂行，肖形毫末。其间包罗众品，荟蕞群材，服食器用之需，皆归逸响；律吕权衡之事，并入妍辞。农牧樵渔，恍见野人之趣；图书药物，足抒大雅之襟。以及仙释之遐踪，将帅之行阵，异卉名花之悦性，纤鳞弱羽之遂生，莫不次第胪陈，后先区别。夜光触目，荆山无韫玉之嫌；明月入怀，沧海寡遗珠之叹。既漱芳而倾液，复按部而就班。群服宸衷藻鉴之精，亦见作者经营之善。汇成卷帙，缮写进呈。临黼座以开编，命鸾笺而制序，冠诸简首，益增璀璨之观；秘在枕中，竞奉缥缃之袭。鸡林是宝，虎观同珍。

臣夐愧颛愚，早承殊渥，窃叨珥笔，趋中禁以惊心；愿学操觚，望西清而厉志。乃者荷九重之纶綍，畀全部以雕镌。拜命悚惶，捧函戒谨，订鲁鱼之异字，尚惧承讹；正朋凤之同文，惟求无舛。爰遴剞劂，再付装潢，用尅日以竣工，恐岁事之或后。伏愿赐留玉案，分识牙签，颁示寰区，资博物洽闻之益；流传久远，弘歌衢咏巷之风。洵六义之芳规，为千秋之盛事。谨校定六十四册，为类四百八十有六，计古今各体诗一万四千五百九十首。刊刻告成，臣舆无任瞻天仰圣激切屏营之至。谨奉表随进以闻。

康熙四十六年三月初一日，翰林院编修臣高舆谨上表。

总目录

卷 一　天 / 1
卷 二　日 / 3
卷 三　月 / 12
卷 四　星 / 29
卷 五　河汉 / 37
卷 六　风 / 40
卷 七　雷电（附雹）/ 53
以上第一册*

卷 八　云 / 56
卷 九　霞 / 75
卷 十　雨 / 78
卷十一　雾 / 102
卷十二　露 / 108
以上第二册

卷十三　霜 / 114
卷十四　雪 / 118
卷十五　冰 / 160
卷十六　虹霓 / 163
卷十七　瑞气 / 165
以上第三册

卷十八　晴 / 167
卷十九　晓 / 183
卷二十　夜 / 191
卷二十一　寒 / 206
卷二十二　暑 / 210
卷二十三　凉 / 220
以上第四册

卷二十四　春 / 224
卷二十五　立春 / 260
卷二十六　夏 / 267
卷二十七　立夏 / 281
以上第五册

卷二十八　秋 / 283
卷二十九　立秋 / 306
卷 三十　冬 / 311
卷三十一　立冬 / 322
卷三十二　冬至 / 323
以上第六册

卷三十三　元旦 / 328
卷三十四　人日 / 341

---

* 此为康熙内府本分册次第。下同。

卷三十五	上元 / 348	
卷三十六	花朝 / 358	
卷三十七	社日 / 360	
卷三十八	寒食 / 364	
卷三十九	清明 / 377	
卷四十	上巳 / 385	
卷四十一	佛日 / 400	

以上第七册

卷四十二	午日 / 402
卷四十三	七夕 / 407
卷四十四	中元 / 419
卷四十五	中秋 / 421
卷四十六	九日 / 434
卷四十七	腊日 / 452
卷四十八	除夕 / 454

以上第八册

卷四十九	山总类 / 461
卷五十	泰山 / 480
卷五十一	华山 / 487
卷五十二	衡山 / 495
卷五十三	恒山 / 499
卷五十四	嵩山 / 501
卷五十五	西山 / 504
卷五十六	盘山 / 507
卷五十七	钟山 / 510

以上第九册

卷五十八	金山（附焦山）/ 514
卷五十九	茅山 / 520
卷六十	武夷山 / 525
卷六十一	庐山 / 528
卷六十二	九华山 / 538
卷六十三	小孤山 / 542
卷六十四	天台山 / 545
卷六十五	普陀山 / 548
卷六十六	罗浮山 / 551
卷六十七	惠山 / 553
卷六十八	虎丘山 / 556
卷六十九	巫山 / 559

以上第十册

卷七十	太行山 / 563
卷七十一	王屋山 / 566
卷七十二	终南山 / 569
卷七十三	龙门山 / 573
卷七十四	峰 / 578
卷七十五	岭 / 586
卷七十六	岩 / 591
卷七十七	洞 / 596
卷七十八	谷 / 602
卷七十九	岛屿 / 607

以上第十一册

卷八十	石 / 609
卷八十一	石壁 / 619
卷八十二	假山 / 622
卷八十三	众山 / 625

以上第十二册

卷八十四	水总类 / 667

卷八十五　海／672
卷八十六　江／678
卷八十七　曲江／693
卷八十八　淮水／699
卷八十九　河／702
卷九十　汉水／707
卷九十一　洛水／709
以上第十三册

卷九十二　湘水／711
卷九十三　湖／713
卷九十四　川／732
卷九十五　渚／734
卷九十六　浦／736
卷九十七　溪／739
以上第十四册

卷九十八　涧／756
卷九十九　潭／759
卷一百　洲／765
卷一百一　渡／768
卷一百二　潮／773
卷一百三　池（附沼）／776
卷一百四　沟／796
以上第十五册

卷一百五　滩濑／799
卷一百六　井／805
卷一百七　泉／810
卷一百八　温泉／823
卷一百九　瀑布（附水帘）／827

卷一百十　众水／834
以上第十六册

卷一百十一　宫殿／844
卷一百十二　门阙／856
卷一百十三　省掖／859
卷一百十四　馆阁／862
卷一百十五　院／867
卷一百十六　苑／872
卷一百十七　台榭／875
以上第十七册

卷一百十八　亭／884
卷一百十九　楼／918
以上第十八册

卷一百二十　阁／938
卷一百二十一　庄（附山房）／946
卷一百二十二　园林／958
卷一百二十三　别业／979
以上第十九册

卷一百二十四　城郭／988
卷一百二十五　桥梁／994
卷一百二十六　堤岸／1005
卷一百二十七　舟／1009
卷一百二十八　车／1035
以上第二十册

卷一百二十九　简阅／1039
卷一百三十　狩猎／1042
卷一百三十一　征伐／1050

卷一百三十二	从军 / 1057		卷一百五十八	毡罽 / 1150
卷一百三十三	出塞 / 1063		以上第二十三册	
卷一百三十四	告捷 / 1070		卷一百五十九	印笏 / 1152
卷一百三十五	凯旋 / 1074		卷一百六十	冠簪 / 1155
卷一百三十六	行营 / 1080		卷一百六十一	衣（附帕）/ 1162
卷一百三十七	阵图 / 1084		卷一百六十二	带佩 / 1176
以上第二十一册			卷一百六十三	履舄 / 1179
卷一百三十八	射 / 1085		卷一百六十四	屏障 / 1182
卷一百三十九	弓 / 1090		卷一百六十五	帘幕 / 1191
卷一百四十	箭 / 1092		卷一百六十六	如意麈拂 / 1196
卷一百四十一	刀 / 1094		卷一百六十七	砧杵 / 1199
卷一百四十二	剑 / 1100		以上第二十四册	
卷一百四十三	旌旗 / 1108		卷一百六十八	书籍 / 1204
卷一百四十四	战袍 / 1110		卷一百六十九	五经 / 1208
卷一百四十五	弹 / 1112		卷一百七十	史 / 1211
卷一百四十六	鞭 / 1115		卷一百七十一	读书 / 1215
卷一百四十七	武备杂类 / 1117		卷一百七十二	书法总类 / 1218
以上第二十二册			卷一百七十三	御书 / 1222
卷一百四十八	卤簿 / 1120		卷一百七十四	篆书 / 1224
卷一百四十九	仪器 / 1122		卷一百七十五	真书 / 1229
卷一百五十	权衡度量 / 1125		卷一百七十六	草书 / 1231
卷一百五十一	宝玉 / 1127		卷一百七十七	书札 / 1237
卷一百五十二	珠 / 1132		卷一百七十八	碑 / 1240
卷一百五十三	金（附银）/ 1136		以上第二十五册	
卷一百五十四	钱 / 1138		卷一百七十九	笔 / 1244
卷一百五十五	锦绮 / 1141		卷一百八十	墨 / 1251
卷一百五十六	布帛 / 1144		卷一百八十一	砚
卷一百五十七	苎葛 / 1147			（附砚山）/ 1259

卷一百八十二　纸／1271
卷一百八十三　笺／1275
以上第二十六册

卷一百八十四　画／1278
以上第二十七册

卷一百八十五　乐律／1331
卷一百八十六　钟／1344
卷一百八十七　鼓／1350
卷一百八十八　磬／1352
卷一百八十九　箫／1355
卷一百九十　　管／1360
卷一百九十一　笙／1362
卷一百九十二　笛／1367
以上第二十八册

卷一百九十三　琴（附风琴）／1378
卷一百九十四　琴石／1399
卷一百九十五　瑟／1401
卷一百九十六　筝／1404
卷一百九十七　琵琶／1409
卷一百九十八　箜篌／1414
卷一百九十九　笳／1417
卷 二 百　　　角／1419
卷二百一　　　觱篥／1421
卷二百二　　　方响／1423
卷二百三　　　杂乐器／1425
以上第二十九册

卷二百四　　　鼎彝／1428
卷二百五　　　炉（附火笼）／1431

卷二百六　　　镜／1435
卷二百七　　　扇／1444
卷二百八　　　棋（附弹棋）／1455
卷二百九　　　投壶／1464
卷二百九　　　杖／1466
以上第三十册

卷二百十一　　文具／1476
卷二百十二　　玩具／1480
卷二百十三　　饮具／1481
卷二百十四　　酿具／1491
卷二百十五　　茶具／1494
卷二百十六　　食具／1498
卷二百十七　　坐具／1500
卷二百十八　　寝具／1504
卷二百十九　　杂器／1518
以上第三十一册

卷二百二十　　香／1521
卷二百二十一　灯烛
　　　　　　　（附烟火）／1530
卷二百二十二　火／1553
卷二百二十三　烟／1557
卷二百二十四　薪炭
　　　　　　　（附灰）／1561
以上第三十二册

卷二百二十五　农／1565
卷二百二十六　圃／1591
卷二百二十七　樵／1600
以上第三十三册

卷二百二十八　　渔／1609
卷二百二十九　　牧／1648
卷二百三十　　　织／1654
卷二百三十一　　女红／1662
以上第三十四册

卷二百三十二　　佛寺／1667
以上第三十五册

卷二百三十三　　佛／1763
卷二百三十四　　僧／1770
卷二百三十五　　浮图／1820
卷二百三十六　　僧家杂类／1825
以上第三十六册

卷二百三十七　　仙观／1830
卷二百三十八　　仙／1864
以上第三十七册

卷二百三十九　　道士／1889
卷二百四十　　　步虚词／1917
卷二百四十一　　道家杂类／1921
以上第三十八册

卷二百四十二　　食物总类／1925
卷二百四十三　　酒／1937
以上第三十九册

卷二百四十四　　茶／1971
卷二百四十五　　饭／1998
卷二百四十六　　粥／2000
卷二百四十七　　面／2003
卷二百四十八　　糕／2005

卷二百四十九　　饼／2007
卷二百五十　　　馔／2009
卷二百五十一　　酥／2011
卷二百五十二　　乳／2012
卷二百五十三　　羹／2013
卷二百五十四　　汤／2017
卷二百五十五　　糖霜／2018
卷二百五十六　　食物杂类／2019
以上第四十册

卷二百五十七　　谷／2028
卷二百五十八　　麦／2038
卷二百五十九　　蔬菜／2043
卷二百六十　　　杂蔬／2056
卷二百六十一　　瓜／2060
卷二百六十二　　豆花／2064
卷二百六十三　　莼菜／2067
卷二百六十四　　菌（附石耳）／2069
卷二百六十五　　瓠／2072
卷二百六十六　　韭薤
　　　　　　　　（附葱）／2074
卷二百六十七　　山药／2076
卷二百六十八　　芋／2079
卷二百六十九　　蓴菜／2081
卷二百七十　　　芦菔／2082
卷二百七十一　　蕨／2084
卷二百七十二　　椒姜／2085
卷二百七十三　　荠／2087
卷二百七十四　　菱芡／2088
以上第四十一册

卷二百七十五　总树类 / 2094
卷二百七十六　总花类 / 2113
以上第四十二册

卷二百七十七　松 / 2142
卷二百七十八　柏 / 2060
卷二百七十九　桧 / 2163
卷 二 百 八 十　杉 / 2167
卷二百八十一　榆 / 2169
卷二百八十二　槐 / 2171
卷二百八十三　梧桐 / 2176
卷二百八十四　榕 / 2183
卷二百八十五　椿 / 2184
卷二百八十六　楠 / 2185
卷二百八十七　桑 / 2188
卷二百八十八　楸 / 2191
以上第四十三册

卷二百八十九　杨柳 / 2193
卷 二 百 九 十　柽 / 2227
卷二百九十一　乌桕 / 2229
卷二百九十二　冬青 / 2231
卷二百九十三　银杏 / 2233
卷二百九十四　木瓜 / 2235
卷二百九十五　木槿花 / 2237
以上第四十四册

卷二百九十六　桃花 / 2242
卷二百九十七　梅花
　　　　　　（附红梅、梅子）/ 2257
卷二百九十八　李花 / 2298

卷二百九十九　杏花 / 2302
以上第四十五册

卷 三 百　梨花 / 2312
卷三百一　栗 / 2318
卷三百二　枣 / 2320
卷三百三　柰 / 2323
卷三百四　柑 / 2325
卷三百五　橘（附金橘）/ 2329
卷三百六　橙 / 2338
卷三百七　榴花 / 2340
卷三百八　柿 / 2346
卷三百九　杨梅 / 2348
卷三百十　核桃 / 2350
卷三百十一　枇杷* / 2351
卷三百十二　樱桃 / 2354
卷三百十三　林檎 / 2363
卷三百十四　荔枝 / 2365
卷三百十五　龙眼 / 2374
卷三百十六　橄榄 / 2376
卷三百十七　葡萄 / 2378
以上第四十六册

卷三百十八　海棠
　　　　　　（附秋海棠）/ 2382

————

* 原书正文自此至"叶类"，侧重果实者及竹、笋、菖蒲之外，类题均有"花"字；总目则除易致误解之杜鹃、金钱、玉簪等，均无"花"字，今仍其旧。

卷三百十九　桂花 / 2392
卷三百二十　玉兰 / 2406
卷三百二十一　丁香 / 2408
卷三百二十二　夜合 / 2409
卷三百二十三　紫薇 / 2412
卷三百二十四　木兰 / 2416
卷三百二十五　蜡梅 / 2418
卷三百二十六　山茶 / 2422
卷三百二十七　栀子 / 2426
卷三百二十八　辛夷 / 2429
卷三百二十九　绣球 / 2432
卷三百三十　棠梨 / 2433
以上第四十七册

卷三百三十一　玉蕊花 / 2436
卷三百三十二　山礬 / 2440
卷三百三十三　楝花 / 2442
卷三百三十四　木棉花
　　　　　　　（附檀花）/ 2444
卷三百三十五　竹 / 2447
卷三百三十六　笋 / 2479
以上第四十八册

卷三百三十七　牡丹 / 2488
卷三百三十八　芍药 / 2504
卷三百三十九　瑞香 / 2511
卷三百四十　木芙蓉 / 2515
卷三百四十一　茉莉 / 2522
卷三百四十二　夹竹桃 / 2526
卷三百四十三　蔷薇 / 2527

卷三百四十四　月季 / 2536
卷三百四十五　刺桐 / 2538
以上第四十九册

卷三百四十六　酴醾 / 2540
卷三百四十七　凌霄 / 2547
卷三百四十八　藤花 / 2549
卷三百四十九　山丹 / 2555
卷三百五十　素馨 / 2556
卷三百五十一　玉珑鬆 / 2557
卷三百五十二　琼花
　　　　　　（附瑶花、琪花）/ 2558
卷三百五十三　兰 / 2562
卷三百五十四　蕙 / 2571
卷三百五十五　芝 / 2573
卷三百五十六　萱 / 2576
卷三百五十七　菊 / 2579
以上第五十册

卷三百五十八　荷 / 2595
卷三百五十九　葵 / 2619
卷三百六十　杜鹃花 / 2623
卷三百六十一　水仙 / 2628
卷三百六十二　金沙花 / 2633
卷三百六十三　金钱花 / 2635
卷三百六十四　罂粟 / 2637
卷三百六十五　玉簪花 / 2639
卷三百六十六　凤仙 / 2642
卷三百六十七　鸡冠 / 2644
以上第五十一册

卷三百六十八　牵牛 / 2646
卷三百六十九　杜若 / 2649
卷三百七十　菖蒲 / 2651
卷三百七十一　芭蕉
　　　　　　（附美人蕉）/ 2655
卷三百七十二　石竹 / 2661
卷三百七十三　叶 / 2663
卷三百七十四　杂树类 / 2672
卷三百七十五　杂花类 / 2675
以上第五十二册

卷三百七十六　药类 / 2689
卷三百七十七　人参 / 2698
卷三百七十八　茯苓 / 2701
卷三百七十九　黄精 / 2703
卷三百八十　山茱萸 / 2705
卷三百八十一　槟榔 / 2707
卷三百八十二　枳壳 / 2709
卷三百八十三　枸杞 / 2711
卷三百八十四　决明 / 2713
卷三百八十五　药名诗 / 2714
卷三百八十六　杂药类 / 2716
以上第五十三册

卷三百八十七　芦苇
　　　　　　（附蒹葭、荓）/ 2723
卷三百八十八　荻花 / 2730
卷三百八十九　荇花
　　　　　　（附蓂）/ 2732
卷三百九十　蓼花 / 2734

卷三百九十一　蓣花 / 2738
卷三百九十二　苔藓 / 2741
卷三百九十三　萍* / 2747
卷三百九十四　薜萝 / 2751
卷三百九十五　菰蒲 / 2753
卷三百九十六　草
　　　　　　（附莎、芜……）/ 2757
以上第五十四册

卷三百九十七　麟 / 2773
卷三百九十八　驺虞 / 2775
卷三百九十九　狮子 / 2777
卷四百　　　象 / 2778
卷四百一　　虎 / 2780
卷四百二　　豹 / 2790
卷四百三　　熊罴 / 2792
卷四百四　　骆驼 / 2794
卷四百五　　马 / 2797
卷四百六　　驴（附骡）/ 2823
以上第五十五册

卷四百七　　牛（附犀牛）/ 2827
卷四百八　　羊 / 2839
卷四百九　　犬 / 2843
卷四百十　　豕 / 2848
卷四百十一　鹿 / 2850
卷四百十二　狐 / 2855

―――――――
* 此处原作"萍花"，正文作"萍类"。正文似妥，从之。

卷四百十三　猿（附狖猴）/2856
卷四百十四　狼/2865
卷四百十五　狸/2867
卷四百十六　兔/2870
卷四百十七　猫/2875
卷四百十八　鼠/2877
卷四百十九　猩猩
　　　　　（附罵罵）/2881
卷四百二十　杂兽/2883
以上第五十六册

卷四百二十一　总禽鸟类/2885
卷四百二十二　凤（附鸾）/2906
卷四百二十三　孔雀/2913
卷四百二十四　鹤/2916
以上第五十七册

卷四百二十五　锦鸡/2937
卷四百二十六　雁/2940
卷四百二十七　鹰
　　　　　（附隼、海青）/2964
卷四百二十八　鹘/2973
卷四百二十九　雕鹗/2975
卷四百三十　白翎雀/2977
卷四百三十一　鸢/2979
卷四百三十二　雉/2981
以上第五十八册

卷四百三十三　鹧鸪/2985
卷四百三十四　乌（鸦同）/2992
卷四百三十五　鹊/3002

卷四百三十六　鸠/3008
卷四百三十七　莺/3013
以上第五十九册

卷四百三十八　燕/3034
卷四百三十九　白鹇/3055
卷四百四十　鹦鹉/3058
卷四百四十一　鹤鸰/3065
卷四百四十二　雀
　　　　　（附黄雀）/3067
卷四百四十三　画眉/3072
卷四百四十四　戴胜/3074
卷四百四十五　布谷
　　　（报谷、郭公同）/3076
卷四百四十六　提壶/3078
卷四百四十七　啄木/3080
以上第六十册

卷四百四十八　鸳鸯/3082
卷四百四十九　鸂鶒/3088
卷四百五十　鸐鹁/3092
卷四百五十一　鸥/3095
卷四百五十二　鹭/3105
卷四百五十三　百舌/3117
卷四百五十四　杜鹃/3121
卷四百五十五　鶗鴂
　　　　　（伯劳同）/3126
卷四百五十六　白头公/3128
以上第六十一册

卷四百五十七　白鸟/3130

卷四百五十八　翠鸟 / 3131
卷四百五十九　鸬鹚 / 3135
卷四百六十　鹧鸪 / 3137
卷四百六十一　天鹅 / 3138
卷四百六十二　凫 / 3139
卷四百六十三　竹鸡
　　　　　　（泥滑滑同）/ 3145
卷四百六十四　鹅 / 3147
卷四百六十五　鸭 / 3151
卷四百六十六　鸡 / 3155
卷四百六十七　杂鸟 / 3167
以上第六十二册

卷四百六十八　龙
　　　　　　（附蛟虬）/ 3176
卷四百六十九　鱼
　　　　　　（附虾、海蜇）/ 3184
卷四百七十　蟹 / 3211
卷四百七十一　龟 / 3216
卷四百七十二　车螯 / 3218

卷四百七十三　蚌蛤
　　　　　　（附蛎、蚝、蚶蛏）/ 3220
卷四百七十四　蛙 / 3225
以上第六十三册

卷四百七十五　总虫类 / 3230
卷四百七十六　蚕 / 3236
卷四百七十七　蝉 / 3243
卷四百七十八　蝶 / 3257
卷四百七十九　蜂 / 3268
卷四百八十　蜻蜓 / 3271
卷四百八十一　蜘蛛 / 3273
卷四百八十二　萤 / 3275
卷四百八十三　促织
　　　　　　（络纬同）/ 3282
卷四百八十四　蠹鱼 / 3286
卷四百八十五　蚊蝇 / 3288
卷四百八十六　杂虫 / 3292
以上第六十四册

本册目录

卷一　天类

四言古 ……………………… 1
　八伯歌 古逸诗 / 1
　释天地图赞 (晋) 郭璞 / 1
　天赞 (宋) 何承天 / 1
五言古 ……………………… 1
　升天行 (魏) 曹植 / 1
　天行篇 (晋) 傅玄 / 2
七言古 附长短句 …………… 2
　皇娥歌 古逸诗 / 2
　祭天辞 (周) 阙名 / 2
　两仪诗 (晋) 傅玄 / 2
　天行歌 (晋) 傅玄 / 2

卷二　日类

五言古 ……………………… 3
　升天行 (魏) 曹植 / 3
　日 (魏) 刘桢 / 3
　咏日 (晋) 张载 / 3
　日 (晋) 傅玄 / 3
　咏朝日 (梁) 简文帝 / 3
　咏日应令 (梁) 刘孝绰 / 4

咏日华 (陈) 徐陵 / 4
咏日应赵王教 (北周) 康孟 / 4
朝日歌 (隋) 无名氏 / 4
赋得白日半西山 (唐) 太宗 / 4
赋得秋日悬清光赐房玄龄
　　(唐) 太宗 / 4
奉和咏日午 (唐) 虞世南 / 5
咏日 (唐) 董思恭 / 5
赋得落日山照曜 (唐) 张谓 / 5
日出 (宋) 孔平仲 / 5
初日 (元) 马祖常 / 5
七言古 ……………………… 6
　玉牒辞 (夏) 大禹 / 6
五言律 ……………………… 6
　日 (唐) 李峤 / 6
　返照 (唐) 杜甫 / 6
　落照 (唐) 马戴 / 6
　望早日 (唐) 朱庆馀 / 6
　夕阳 (唐) 郑谷 / 7
五言排律 …………………… 7
　省试夏日可畏 (唐) 张籍 / 7
　赋得日暖万年枝 (唐) 蒋防 / 7
　赋得日暖万年枝 (唐) 王约 / 7

赋得秋日悬清光 （唐）陶拱 / 7
赋得日华川上动 （唐）石殷士 / 8
赋得初日照华清 （唐）柴宿 / 8
赋得初日照凤楼 （唐）李虞仲 / 8
日南长至 （唐）独孤铉 / 8

七言律 …………………… 8
　南江夕照 （元）吴莱 / 8
　南江夕照 （元）钱惟善 / 9

五言绝句 …………………… 9
　鹿柴 （唐）王维 / 9
　忆长安曲寄庞潍 （唐）岑参 / 9
　夕阳 （唐）陆龟蒙 / 9
　山中 （元）僧英 / 9
　江行 （明）李梦阳 / 10

七言绝句 …………………… 10
　晓光词 （唐）施肩吾 / 10
　晓日 （唐）韩偓 / 10
　雨后早发大宁 （唐）薛能 / 10
　落日马上 （宋）秦观 / 10
　江村即事 （元）黄庚 / 10
　万寿节出左掖门口号
　　（元）王恽 / 11
　小游仙 （明）桑悦 / 11
　山晓望大内作 （明）王宠 / 11

卷三　月类

古乐府 …………………… 12
　月重轮行 （魏）文帝 / 12

五言古 …………………… 12
　奉和月下 （齐）王融 / 12
　望月 （梁）简文帝 / 12
　望江中月影 （梁）元帝 / 12
　应王中丞思远咏月
　　（梁）沈约 / 13
　咏秋月 （梁）虞羲 / 13
　和缪郎视月 （梁）何子期 / 13
　和望月 （梁）庾肩吾 / 13
　月半夜泊鹊尾 （梁）刘孝绰 / 13
　林下映月 （梁）刘孝绰 / 13
　新月 （梁）刘瑗 / 14
　舟中望月 （梁）朱超 / 14
　关山月 （陈）张正见 / 14
　赋得薄帷鉴明月
　　（陈）张正见 / 14
　咏月赠人 （北周）王褒 / 14
　舟中望月 （北周）庾信 / 14
　辽城望月 （唐）太宗 / 15
　咏月 （唐）董思恭 / 15
　春宵览月 （唐）阎宽 / 15
　禁中月 （唐）白居易 / 15
　客中月 （唐）白居易 / 15
　府舍月游 （唐）韦应物 / 15
　步月 （宋）文同 / 16
　月夜述怀 （宋）朱子 / 16
　南园步月 （金）刘汲 / 16
　山中 （元）于石 / 16
　洞庭秋月 （元）陈孚 / 16

月林清影 (明) 高启 / 16
七言古 …………………… 17
　把酒问月 (唐) 李白 / 17
　金陵城西楼月下吟
　　(唐) 李白 / 17
　洞庭秋月 (唐) 刘禹锡 / 17
　白杨河看月 (元) 揭傒斯 / 18
　题芦沟晓月图 (明) 赵宽 / 18
五言律 …………………… 18
　挂席江上待月有怀
　　(唐) 李白 / 18
　月圆 (唐) 杜甫 / 18
　初月 (唐) 杜甫 / 19
　舟月对驿近寺 (唐) 杜甫 / 19
　江边星月 (唐) 杜甫 / 19
　奉和贺监林月清酌
　　(唐) 王湾 / 19
　裴迪南门秋夜对月
　　(唐) 钱起 / 19
　新月 (唐) 方干 / 19
五言排律 ………………… 20
　璧池望秋月 (唐) 张子容 / 20
　和崔舍人咏月二十韵
　　(唐) 韩愈 / 20
　圆灵水镜 (唐) 张聿 / 20
　赋得海上生明月 (唐) 朱华 / 21
七言律 …………………… 21
　酬李舍人寓直对月见寄
　　(唐) 卢纶 / 21

直中书玩月见寄 (唐) 李端 / 21
中秋松江新桥对月和柳令
　之作 (宋) 苏舜钦 / 21
八月十六夜玩月
　(宋) 孔平仲 / 22
姑苏泛月 (宋) 王阮 / 22
月夜次修竹韵 (元) 黄庚 / 22
宗阳宫望月分韵得声字
　(元) 杨载 / 22
水中月 (元) 杨载 / 23
月色 (元) 徐舫 / 23
湖中玩月 (明) 张绅 / 23
芦沟晓月 (明) 李东阳 / 23
月钩 (明) 朱之蕃 / 24
五言绝句 ………………… 24
　玩初月 (唐) 骆宾王 / 24
　清溪泛舟 (唐) 张旭 / 24
　静夜思 (唐) 李白 / 24
　江行 (唐) 钱起 / 24
　江中对月 (唐) 刘长卿 / 24
　同李三月夜作 (唐) 皇甫冉 / 25
　十五夜观月 (唐) 刘禹锡 / 25
　月榭 (宋) 朱子 / 25
　答林公遇 (宋) 刘克庄 / 25
　和欧阳南阳月夜思
　　(元) 揭傒斯 / 25
　绿窗诗 (元) 孙蕙兰 / 25
七言绝句 ………………… 25
　峨嵋山月歌 (唐) 李白 / 25

月望洞庭（唐）刘禹锡/26
雪后宿同轨店上法护寺
　钟楼望月（唐）元稹/26
初入香山院对月
　（唐）白居易/26
十五夜望月寄杜郎中
　（唐）王建/26
八月灯夕寄游越施秀才
　（唐）徐凝/26
对月（唐）姚合/26
霜月（唐）李商隐/27
洛阳秋夕（唐）杜牧/27
峡山寺上方（唐）李群玉/27
秋月（唐）曹松/27
春夕酒醒（唐）陆龟蒙/27
夜景又作（唐）郑畋/27
秋日田园杂兴（宋）范成大/28
春月（金）吕中孚/28
江上早行（明）杨士奇/28
水榭（明）吴廷晖/28
皓月（明）祝允明/28

卷四　星类

五言古 …………………… 29
众星诗（晋）傅玄/29
贺老人星诗（北齐）邢邵/29
奉和月夜观星应令
　（隋）萧琮/29
奉和月夜观星应令
　（隋）袁庆/29
奉和月夜观星应令
　（隋）诸葛颍/30
奉和月夜观星应令
　（唐）虞世南/30
咏星（唐）董思恭/30
夜行观星（宋）苏轼/30
斋居感兴（宋）朱子/31
观孙太古周天二十八宿星
　君像图（元）吴莱/31
七言古 …………………… 31
桐庐道口书事（宋）程俱/31
五言律 …………………… 32
星（唐）李峤/32
星（明）许穀/32
五言排律 ………………… 32
省试七月流火（唐）敬括/32
赋得玉绳低建章
　（唐）张仲素/32
老人星（唐）赵蕃/32
寿星见（唐）卢渥/33
赋得郎官上应列宿
　（唐）公乘亿/33
七言律 …………………… 33
驾幸朝天宫祭星之作
　（明）李祯/33
五言绝句 ………………… 33
夜宿山寺（唐）李白/33

绝句 （唐）贾岛 / 34
五更转 （明）刘基 / 34
七言绝句 ……………… 34
奉和幸韦嗣立山庄应制
　　（唐）沈佺期 / 34
盆池 （唐）韩愈 / 34
登观音台望城 （唐）白居易 / 34
戏和梦得答李侍郎，诗有文星
　之句 （唐）白居易 / 34
题水月台 （唐）李涉 / 35
步虚词 （唐）陈羽 / 35
即事 （宋）陆游 / 35
和胡士恭滦阳巴纳即事
　　（元）贡师泰 / 35
师子林即景 （元）僧惟则 / 35
题陈太初画扇 （明）刘基 / 36
小游仙 （明）桑悦 / 36
早朝 （明）杨子器 / 36
太岳纪游 （明）敖英 / 36

卷五　河汉类

五言古 ……………… 37
赋得秋河曙耿耿
　　（陈）张正见 / 37
七言古 ……………… 37
明河篇 （唐）宋之问 / 37
五言律 ……………… 38
天河 （唐）杜甫 / 38
赋得秋河曙耿耿 （唐）陈润 / 38

和石曼卿明河咏
　　（宋）苏舜钦 / 38
七言律 ……………… 38
银河咏 （宋）孔平仲 / 38
五言绝句 ……………… 38
披襟 （元）王恽 / 38
七言绝句 ……………… 39
宫词 （唐）顾况 / 39
上云乐 （唐）陆龟蒙 / 39
秋夜 （元）马臻 / 39

卷六　风类

古乐府 ……………… 40
南风歌　虞帝 / 40
大风歌 （汉）高帝 / 40
四言古 ……………… 40
朔风诗 （魏）曹植 / 40
咏风 （梁）刘孝绰 / 40
五言古 ……………… 41
江都遇风 （晋）庾阐 / 41
西陵遇风献康乐
　　（宋）谢惠连 / 41
咏风 （齐）谢朓 / 41
咏风 （梁）简文帝 / 41
咏风 （梁）元帝 / 41
咏风 （梁）庾肩吾 / 42
咏春风 （梁）何逊 / 42
咏入幌风 （梁）费昶 / 42
咏春风 （梁）贺文标 / 42

赋得风 （陈）阮卓/42
赋得风生翠竹里应教
　　（陈）张正见/42
咏风 （陈）祖孙登/43
咏风 （唐）太宗/43
奉和咏风应魏王教
　　（唐）虞世南/43
咏风 （唐）董思恭/43
咏风 （唐）王勃/43
汴河阻风 （唐）孟云卿/43
风咏 （唐）吕温/44
竹窗闻风寄苗发司空曙
　　（唐）李益/44
嘲春风 （唐）温庭筠/44
与王郎昆仲绕城泛舟
　　（宋）苏轼/44
七言古 附长短句 …………… 44
　秋夜舟中大风 （宋）孔文仲/44
　大风留金山两日 （宋）苏轼/45
　风 （明）杨慎/45
五言律 ……………………… 45
　风 （唐）李峤/45
　西风 （唐）白居易/45
　咏风 （唐）张祜/46
　行汉水晚次神滩阻风
　　（唐）僧无可/46
　太平三山值风 （元）贡师泰/46
五言排律 …………………… 46
　冬至日祥风应候 （唐）穆寂/46

赋得春风扇微和
　　（唐）范传正/46
赋得八风从律 （唐）蒋防/47
赋得风不鸣条 （唐）卢肇/47
赋得风光草际浮 （唐）吴秘/47
赋得风不鸣条 （唐）金厚载/47
赋得春风扇微和
　　（唐）陈九流/47
七言律 ……………………… 48
　咏风 （唐）韩琮/48
　舶趠风 （宋）苏轼/48
　柳絮风 （元）黄清老/48
五言绝句 …………………… 48
　风 （唐）李峤/48
　秋风引 （唐）刘禹锡/49
　宫中乐 （唐）令狐楚/49
　江中风 （唐）杨凌/49
　风 （唐）李商隐/49
　风 （唐）薛涛/49
　北窗 （宋）汪藻/49
　岁暮 （金）元德明/49
　风洞 （元）王士熙/49
　咏风 （明）张倩倩/50
六言绝句 …………………… 50
　铅山立春 （宋）朱子/50
七言绝句 …………………… 50
　戏题盘石 （唐）王维/50
　春郊 （唐）钱起/50
　春风 （唐）白居易/50

未央风（唐）王建/50
使风（唐）韩偓/51
慈湖峡阻风（宋）苏轼/51
午热登多稼亭（宋）杨万里/51
已至湖尾望见西山
　　（宋）杨万里/51
春思（宋）方岳/51
睡觉月色如昼，霜风寥然成声，
　　作一绝（金）党怀英/51
正月大风（金）周昂/52
过姑苏（元）戴表元/52
元旦朝回书事（元）吴师道/52
岭南杂录（明）汪广洋/52
午风亭为序庵太史
　　（明）张邦奇/52
秋宫词（明）林世璧/52

卷七　雷电类（附雹）

三言古 …………………… 53
　安世房中歌（汉）唐山夫人/53
五言古 …………………… 53
　霹雳引（梁）简文帝/53
　霹雳引（隋）辛德源/53
七言古　附长短句 …………………… 53
　惊雷歌（晋）傅玄/53
　杂言（晋）傅玄/54
五言律 …………………… 54
　雷（唐）杜甫/54

七言绝句 …………………… 54
　唐道人言：天目山上俯视雷雨，
　　每大雷电……（宋）苏轼/54
　暮归（金）赵秉文/54

附雹

四言古 …………………… 54
　和张姑孰雹诗（陈）陆琼/54
七言古 …………………… 55
　六月十五日大雨雹行
　　（元）柳贯/55

卷八　云类

四言古 …………………… 56
　卿云歌　古逸诗/56
　吹云赞（魏）曹植/56
　卿云赞（宋）武帝/56
　庆云章（唐）陈子昂/56
　云门二章（唐）元结/57
五言古 …………………… 57
　咏云（梁）简文帝/57
　和王中书德充咏白云
　　（梁）沈约/57
　诏问山中何所有赋诗以答
　　（梁）陶弘景/57
　咏云（梁）吴均/57
　赋得新云（陈）张正见/57
　赋得白云临酒（陈）张正见/58
　赋得处处春云生（陈）蔡凝/58

赋得含峰云（唐）太宗 / 58

咏云（唐）于季子 / 58

云（唐）李峤 / 58

赋得白云抱幽石
　　（唐）骆宾王 / 58

赋得日暮碧云合
　　（唐）许康佐 / 59

观云篇（唐）刘禹锡 / 59

溪云（唐）僧皎然 / 59

孤云（元）刘因 / 59

春云（元）马祖常 / 59

题李溉之学士白云半间
　　（元）虞集 / 60

望云（元）黄石翁 / 60

七言古 附长短句 …………… 60

雩祭歌（齐）谢朓 / 60

同李九士曹观画壁云作
　　（唐）高适 / 60

火山云歌送别（唐）岑参 / 60

白云歌送刘十六归山
　　（唐）李白 / 61

题春云出谷图（金）党怀英 / 61

龙井晓云（元）胡炳文 / 61

白云轩（明）刘溥 / 61

五言律 ………………… 62

云（唐）李峤 / 62

赋得云生栋梁间
　　（唐）陈希烈 / 62

云（唐）杜甫 / 62

和中书侍郎院壁画云
　　（唐）李收 / 62

奉和中书徐侍郎中书省玩
白云寄颍阳赵大
　　（唐）储光羲 / 62

赋得归云送李友人归华山
　　（唐）钱起 / 63

咏云（唐）李商隐 / 63

孤云（元）程钜夫 / 63

江云（明）薛蕙 / 63

五言排律 ……………… 63

省试白云起封中
　　（唐）陈希烈 / 63

春云（唐）裴澄 / 64

省试观庆云图（唐）柳宗元 / 64

赋得白云起封中
　　（唐）张嗣初 / 64

赋得青云干吕（唐）林藻 / 64

山出云（唐）张复 / 64

华山庆云见（唐）失名 / 65

七言律 ………………… 65

庆云见（唐）李绅 / 65

白石湫云（元）柳贯 / 65

白石湫云（元）吴莱 / 65

琼岛春云（明）杨荣 / 66

琼岛春云（明）李东阳 / 66

和赵库部元实景云篇
　　（明）吕高 / 66

五言绝句 …………………… 66
　文杏馆（唐）王维/66
　寻隐者不遇（唐）贾岛/66
　溪口云（唐）张文姬/67
　衡岳道中（宋）陈与义/67
　云社（宋）朱子/67
　云庄（宋）朱子/67
　题柯敬仲杂画（元）虞集/67
　和铁崖小临海（无）张简/67
　囊云诗（明）朱权/67
　卧云室（明）高启/67
　太和县（明）张以宁/68
　卧云室（明）谢徽/68
　宿华亭寺（明）杨慎/68
　赠杨孝父（明）范汭/68
　闲云（明）僧大香/68
六言绝句 …………………… 68
　题画（元）萨都剌/68
　题青山白云（元）张昱/69
　福严即事（元）僧善住/69
七言绝句 …………………… 69
　过栎阳山溪（唐）陈羽/69
　讽山云（唐）施肩吾/69
　灞上（唐）纥干著/69
　柏林寺南望（唐）郎士元/69
　云（唐）杜牧/70
　云（唐）来鹄/70
　孤云（唐）张乔/70
　望云楼（宋）苏轼/70

偶题（宋）朱子/70
病中绝句（宋）范成大/70
云卧庵（宋）杨万里/71
明发泷头（宋）杨万里/71
舟上（宋）徐照/71
晓云次子端韵（金）党怀英/71
山行（金）赵秉文/71
留题西溪（金）赵沨/71
阎立本秋岭归云图
　（元）邓文原/72
赠白云（元）虞集/72
青山白云图（元）虞集/72
宿浚仪公湖亭（元）杨载/72
行界牌源道次小憩民舍
　（元）柳贯/72
层楼即事（元）萨都剌/72
滦京杂咏（元）杨孚/73
用前韵序山家幽寂之趣
　（元）叶颙/73
明德游仙词（元）张雨/73
一峰云外庵（元）僧惟则/73
宿卧云轩（明）陈宪章/73
题画（明）文徵明/73
题画（明）王璲/74
西清词（明）黄佐/74
同朝天宫道士朝回口号
　（明）僧来复/74
山居（明）僧德清/74
祇树庵（明）僧洪恩/74

卷九　霞类

五言古 ················· 75
　早望海边霞（唐）李白/75
　晓发飞鸟驿，晨霞满天，
　　少刻大雨……
　　　（宋）范成大/75
五言律 ················· 75
　江霞（明）薛蕙/75
七言律 ················· 76
　霞（唐）韩琮/76
　飞霞楼（元）朱德润/76
五言绝句 ··············· 76
　丹霞坞（明）高启/76
　和陈伯孺西湖（明）柳应芳/76
　钱幼卿朝霞馆诗
　　　（明）僧通凡/76
七言绝句 ··············· 77
　临海所居（唐）顾况/77
　舟次鼋湖阻水因游董山
　　　（宋）朱槔/77
　晚霞（宋）朱子/77
　游百家岩杂诗（元）王恽/77
　小游仙（明）王泽/77
　漫成（明）韩邦靖/77

卷十　雨类

三言古 ················· 78
　雩祭歌（齐）谢朓/78
四言古 ················· 78
　奉和圣制喜雨（唐）张九龄/78
五言古 ················· 78
　喜雨诗（魏）曹植/78
　喜雨（宋）谢庄/79
　喜雨（宋）谢惠连/79
　赋得入阶雨（梁）简文帝/79
　细雨（梁）元帝/79
　和皇太子春林晚雨
　　　（梁）刘孝威/79
　拟雨诗（梁）虞骞/79
　对雨（梁）朱超/80
　闲居对雨（陈）阴铿/80
　对雨（北齐）刘逖/80
　赋得微雨从东来应教
　　　（隋）诸葛颖/80
　咏雨（唐）太宗/80
　发营逢雨应诏（唐）虞世南/81
　李士曹厅对雨（唐）钱起/81
　喜雨（唐）戴叔伦/81
　郡中对雨赠元锡兼简
　　杨凌（唐）韦应物/81
　对雨寄韩库部协
　　　（唐）韦应物/81
　开元寺楼对雨联句
　　　（唐）陆龟蒙、皮日休/82
　客舍听雨（宋）朱子/82
　对雨（宋）朱子/82
　潇湘夜雨（元）陈孚/82

雨中留徐七贲（明）高启／82
秋阴（明）葛一龙／83
七言古 …………………… 83
细雨遥怀故人（唐）李建勋／83
苕溪风雨中章德茂同泛
　　（元）黄溍／83
潇湘夜雨（明）宣宗／84
五言律 …………………… 84
奉和咏雨应诏（唐）许敬宗／84
奉和春日游苑喜雨应诏
　　（唐）李峤／84
雨（唐）李峤／84
山行遇雨（唐）孙逖／85
江阁对雨（唐）杜甫／85
梅雨（唐）杜甫／85
船下夔州郭宿，雨湿不得上
　　岸，别王十二判官
　　（唐）杜甫／85
春夜喜雨（唐）杜甫／85
雨（唐）杜甫／85
喜雨（唐）杜甫／86
和都官苗员外秋夜寓直对雨
　　简诸知己（唐）李嘉祐／86
赋得暮雨送李渭
　　（唐）韦应物／86
裴端公使院赋得隔帘见
　　春雨（唐）包何／86
雨夜赠元十八（唐）白居易／86
阴雨（唐）白居易／86

雨中招张司业宿
　　（唐）白居易／87
孤山寺遇雨（唐）白居易／87
细雨（唐）李商隐／87
卢氏池上遇雨赠同游者
　　（唐）温庭筠／87
登楼值雨（唐）李咸用／87
春霖（宋）韩琦／87
真西山帅长沙祷雨
　　（宋）戴复古／88
晓雨（宋）陆游／88
和龙直夫秘校细雨
　　（宋）僧道潜／88
雨（元）赵孟頫／88
江上雨（明）高启／88
夏日喜雨（明）高启／88
雨中舟行（明）于慎行／89
五言排律 ………………… 89
奉和春日途中喜雨
　　（唐）魏知古／89
和李仆射雨中寄卢严二给事
　　（唐）张籍／89
监试夜雨滴空阶（唐）喻凫／89
七言律 …………………… 89
积雨辋川庄作（唐）王维／89
雨不绝（唐）杜甫／90
贺李观察祷河神降雨
　　（唐）耿湋／90
途中望雨怀归（唐）韦庄／90

春雨即事寄袭美
　（唐）陆龟蒙／90
和子渊学士春雨（宋）韩琦／91
北堂春雨（宋）韩琦／91
有美堂暴雨（宋）苏轼／91
连雨涨江（宋）苏轼／91
次韵宏甫喜雨（宋）沈与求／92
久雨（宋）陆游／92
芒种后经旬无日不雨，偶得
　长句（宋）陆游／92
雨（宋）陆游／92
春雨（金）冯延登／93
春雨（元）杨载／93
明照坊对雨（元）宋褧／93
云岩值雨（明）高启／93
东郊时雨（明）李东阳／94
禁中对雨（明）沈一贯／94
五言绝句 ······················ 94
夜雨（唐）白居易／94
微雨夜行（唐）白居易／94
滞雨（唐）李商隐／94
细雨（唐）李商隐／94
微雨（唐）李商隐／95
咏雨（唐）杨凝／95
雨（金）高汝砺／95
杂兴（元）周权／95
雨中过玉遮山（明）高启／95
江行（明）李东阳／95
过淀湖泊石浦（明）程元辅／95

雨后杂兴（明）王叔承／95
七言绝句 ······················ 96
春游值雨（唐）张旭／96
苦雨闻包谏议欲见访戏赠
　（唐）卢纶／96
雨声（唐）元稹／96
听雨声寄卢纶（唐）李端／96
宫词（唐）王涯／96
谢亭送别（唐）许浑／96
雨（唐）杜牧／97
咸阳值雨（唐）温庭筠／97
登咸阳县楼望雨（唐）韦庄／97
抚州江口雨中作（唐）韦庄／97
淮雨（宋）梅尧臣／97
六月二十七日望湖楼醉书
　（宋）苏轼／97
舟行（宋）张耒／98
雨中（宋）邹浩／98
舟次鼋湖（宋）朱槔／98
和喜雨（宋）朱子／98
小雨（宋）杨万里／98
秋雨（宋）杨万里／98
冬夜听雨戏作（宋）陆游／99
小酌元卫弟听雨（宋）楼钥／99
西城雨中（金）周昂／99
山中雨（金）刘昂／99
春早（金）段继昌／99
日晏（元）范梈／99
宫词（元）迺贤／100

烟雨中过石湖（元）倪瓒/100
吴兴道中（元）张雨/100
风雨早朝（明）高启/100
题张元琛篷窗（明）叶子奇/100
口号（明）程嘉燧/101
夏景（明）张宇初/101

卷十一　雾类

五言古 …………………… 102
　咏雾（梁）元帝/102
　舟行值早雾（梁）伏挺/102
　赋得雾（梁）沈越/102
　咏雾应诏（北周）王褒/103
　赋得花庭雾（唐）太宗/103
　凌雾行（唐）韦应物/103
　水亭夜坐赋得晓雾
　　（唐）李益/103
五言律 …………………… 103
　赋得远山澄碧雾
　　（唐）太宗/103
　咏雾（唐）董思恭/104
　咏雾（唐）苏味道/104
　雾（唐）李峤/104
　大雾过安庆（元）傅若金/104
五言排律 ………………… 104
　晨雾（明）杨慎/104
七言律 …………………… 105
　早雾（宋）赵抃/105
　花雾（元）谢宗可/105

咏雾凇（明）杨慎/105
忠州雾泊（明）钟惺/105
五言绝句 ………………… 106
　闲泛（明）僧大逯/106
七言绝句 ………………… 106
　雾凇（宋）曾巩/106
　房陵（宋）陈造/106
　雾中见灵山依约不真
　　（宋）杨万里/106
　晓行（宋）葛长庚/106
　水村雾（宋）葛长庚/107
　夹萝峰（明）顾源/107
　题米元晖山水小景赠陈原
　　贞别（明）僧似杞/107

卷十二　露类

四言古 …………………… 108
　甘露颂（北齐）邢邵/108
　芳林园甘露颂
　　（北齐）梁神浮/108
五言古 …………………… 108
　赋得露（梁）顾煊/108
　惊早露（梁）刘憺/109
　咏采甘露应诏（陈）江总/109
　应诏甘露寺（北齐）邢邵/109
　咏露（唐）董思恭/109
　尹相公京兆府中棠树降
　　甘露诗（唐）岑参/109

五言律 …………………… 110
　秋露 (唐) 骆宾王 / 110
　露 (唐) 李峤 / 110
　白露 (唐) 杜甫 / 110
五言排律 …………………… 110
　赋得金茎露 (唐) 徐敞 / 110
　赋得清露被皋兰 (唐) 孙顾 / 110
　赋得春草凝露 (唐) 张友正 / 111
五言绝句 …………………… 111
　咏露珠 (唐) 元稹 / 111
七言绝句 …………………… 111
　奉和三日被禊渭滨应制
　　(唐) 张说 / 111
　甘泉歌 (唐) 王昌龄 / 111
　长安秋夜 (唐) 李德裕 / 111
　秋思 (唐) 王涯 / 112
　露 (唐) 袁郊 / 112
　野塘 (唐) 韩偓 / 112
　中秋前偶成 (元) 虞集 / 112
　上京即事 (元) 萨都剌 / 112
　绝句 (元) 吴景奎 / 112
　江上曲 (明) 刘基 / 113
　小游仙 (明) 王泽 / 113

卷十三 霜类

五言古 …………………… 114
　咏霜 (梁) 张率 / 114
　新霜 (宋) 文同 / 114
五言律 …………………… 114
　咏霜 (唐) 苏味道 / 114
　新霜 (宋) 孔平仲 / 115
　答霜晴诗 (元) 陈深 / 115
五言排律 …………………… 115
　白露为霜 (唐) 颜粲 / 115
七言律 …………………… 115
　霜花 (元) 谢宗可 / 115
五言绝句 …………………… 116
　公安早行 (元) 宋褧 / 116
七言绝句 …………………… 116
　城内花园值春霜
　　(唐) 刘禹锡 / 116
　代秘书赠弘文馆诸校书
　　(唐) 李商隐 / 116
　宫词 (唐) 王涯 / 116
　城头晚步 (宋) 杨万里 / 116
　霜晓 (宋) 杨万里 / 116
　十月十五夜作 (金) 朱之才 / 117
　明安驿道中 (元) 陈孚 / 117
　山居吟 (元) 僧清珙 / 117
　宫词 (明) 陈沂 / 117
　泊长荡 (明) 朱多炡 / 117

卷十四 雪类

五言古 …………………… 118
　冬歌 (晋) 乐府 / 118
　咏白雪 (宋) 鲍照 / 118
　学刘公幹体 (宋) 鲍照 / 118
　白雪歌 (齐) 徐孝嗣 / 118

同刘谘议咏春雪
　　（梁）简文帝/118
雪朝（梁）简文帝/119
咏雪　简文帝/119
咏雪应令（梁）沈约/119
咏馀雪（梁）沈约/119
望雪（梁）丘迟/119
同谢朏花雪（梁）任昉/119
咏花雪（梁）庾肩吾/120
和司马博士咏雪（梁）何逊/120
咏雪（梁）裴子野/120
咏雪（陈）徐陵/120
咏雪应衡阳王教
　　（陈）张正见/120
春近馀雪应诏（北周）庾信/120
玩雪（隋）王衡/121
喜雪（唐）太宗/121
望雪（唐）太宗/121
咏雪（唐）太宗/121
苦雪（唐）高适/121
淮海对雪赠傅霭（唐）李白/122
雪中（唐）韦应物/122
滁城对雪（唐）韦应物/122
嘲雪（唐）李贺/122
雪夜留梁推官饮
　　（宋）梅尧臣/122
雪效柳子厚（宋）晁冲之/123
分韵赋雪得雨字（金）赵渢/123
春日雪中（元）袁易/123

江天暮雪（元）陈孚/123
雪（明）许继/123
月下望雪（明）薛蕙/124
竹湾雪艇（明）岳岱/124
六言古/124
貌雪（梁）萧统/124
七言古 …………… 124
奉和圣制瑞雪篇
　　（唐）刘庭琦/124
白雪歌送武判官归京
　　（唐）岑参/125
少室晴雪送王宁（唐）李颀/125
聚星堂雪（宋）苏轼/125
西山晴雪（元）陈孚/126
马翰林寒江钓雪图
　　（元）萨都剌/126
江天暮雪（明）宣宗/126
春江对雪（明）杨基/127
长江雪霁图（明）钱宰/127
五言律 …………… 128
野次喜雪（唐）明皇/128
咏雪（唐）骆宾王/128
咏雪应制（唐）上官仪/128
从禁苑幸临渭亭遇雪应制
　　（唐）李峤/128
雪（唐）李峤/128
奉和洛阳玩雪应制
　　（唐）沈佺期/129

陪幸临渭亭遇雪应制
　　（唐）李乂／129
游禁苑幸临渭亭遇雪应制
　　（唐）李适／129
游禁苑幸临渭亭遇雪应制
　　（唐）徐彦伯／129
奉和圣制野次喜雪应制
　　（唐）张说／129
扈从温泉奉和姚令公喜雪
　　（唐）苏颋／129
奉和圣制人日清晖阁宴群臣
　　遇雪应制（唐）苏颋／130
立春日晨起对雪
　　（唐）张九龄／130
和姚令公从幸温汤喜雪
　　（唐）张九龄／130
和陈校书省中玩雪
　　（唐）包融／130
冬晚对雪忆胡居士家
　　（唐）王维／130
竹下残雪（唐）丘为／130
和张丞相春朝喜雪
　　（唐）孟浩然／131
和张二自穰县还途中遇雪
　　（唐）孟浩然／131
舟中夜雪有怀卢十四侍御弟
　　（唐）杜甫／131
省中对雪寄元判官拾遗昆季
　　（唐）钱起／131

刘方平西斋对雪
　　（唐）皇甫冉／131
和谢舍人雪夜寓直
　　（唐）皇甫曾／131
旅舍对雪赠考功王员外
　　（唐）李端／132
峨眉山（唐）郑谷／132
小雪（唐）李咸用／132
玩残雪寄河南尹刘大夫
　　（唐）许浑／132
对雪（唐）许浑／132
蒙河南刘大夫见示与吏部
　　张公喜雪酬倡辄敢攀和
　　（唐）许浑／132
和梅圣俞雪中同虚白上人
　　见访（宋）林逋／133
西湖舟中值雪（宋）林逋／133
十五日雪（宋）梅尧臣／133
和欲雪（宋）梅尧臣／133
雪后（宋）陈师道／133
雪（金）周昂／133
雪（金）冯延登／134
雪中呈许守（金）赵秉／134
雪（金）王仲元／134
雪谷早行（元）虞集／134
藏雪寮（元）张翥／134
雪（元）郭翼／134
春雪（元）舒頔／135
新雪（明）石珤／135

应制题雪景　（明）于慎行 / 135
五言排律　……………… 135
　喜雪　（唐）明皇 / 135
　奉和圣制喜雪应制
　　　（唐）张说 / 135
　禁闱玩雪寄薛左丞
　　　（唐）钱起 / 136
　礼部试早春残雪　（唐）姚康 / 136
　望禁门松雪　（唐）王涯 / 136
　残雪　（唐）李商隐 / 136
　喜雪　（唐）李商隐 / 136
　望终南春雪　（唐）李子卿 / 137
　和吴学士对春雪献韦令公
　　次韵　（唐）黄滔 / 137
　都堂试贡士日庆春雪
　　　（唐）李损之 / 137
　小雪　（唐）僧无可 / 137
　禁中雪　（明）高启 / 138
七言律　……………… 138
　奉和喜雪应制　（唐）徐安贞 / 138
　长安喜雪　（唐）朱湾 / 138
　和王员外雪晴早朝
　　　（唐）钱起 / 138
　奉酬辛大夫喜湖南腊月连日
　　降雪见示之作
　　　（唐）刘长卿 / 139
　春雪　（唐）李建勋 / 139
　对雪　（唐）李商隐 / 139
　奉和仆射相公春泽稍愆，圣

君轸虑……　（唐）杜牧 / 139
叙雪寄喻凫　（唐）方干 / 140
霁后望山中春雪
　　（宋）王禹偁 / 140
和殷舍人萧员外春雪
　　（宋）徐铉 / 140
壬子十一月二十九日时雪
　方洽　（宋）韩琦 / 140
雪　（宋）林逋 / 141
读眉山集次韵雪诗
　　（宋）王安石 / 141
雪后书北台壁　（宋）苏轼 / 141
雪夜独宿柏仙庵　（宋）苏轼 / 141
次秀野咏雪韵　（宋）朱子 / 142
十二月十日　（宋）方岳 / 142
立春前一日雪　（宋）方岳 / 142
雪晴呈玉堂诸公
　　（金）蔡松年 / 142
雪　（金）党怀英 / 143
应制雪诗　（金）杨云翼 / 143
雪中同周臣内翰赋
　　（金）王仲元 / 143
春雪　（金）元德明 / 143
大雪出三桥寓楼　（元）方回 / 144
春雪　（元）牟巘 / 144
湖楼玩雪　（元）白珽 / 144
仙华岩雪　（元）柳贯 / 144
和余太守对雪见怀
　　（元）傅若金 / 145

雪中早朝（元）张翥/145
壬申元日大雪，二日立春，
　　晴景豁然，春宴有作
　　　　（元）张翥/145
广微天师祈雪有应诗以
　　美之（元）贡师泰/145
雪夜直宿玉堂
　　　　（元）黄清老/146
雪中（明）高启/146
西山霁雪（明）金幼孜/146
和曾学士元日遇雪
　　　　（明）钱幹/146
雪尘（明）瞿佑/147
和西墅学士己亥元日雪
　　　　（明）罗肃/147
雪后早朝（明）李东阳/147
祈雪斋居（明）吴维岳/147
雪和苏长公原韵
　　　　（明）朱之蕃/148
玉皇阁对雪怀黄丈淳父
　　　　（明）王穉登/148
五言绝句 148
春雪（唐）东方虬/148
终南望积雪（唐）祖咏/148
春雪（唐）刘方平/149
逢雪宿芙蓉山主人
　　　　（唐）刘长卿/149
雪行寄褒子（唐）韦应物/149
咏春雪（唐）韦应物/149

春雪（唐）刘禹锡/149
江雪（唐）柳宗元/149
夜雪（唐）白居易/149
宫中乐（唐）令狐楚/149
雪（唐）陆畅/150
宋复古晴川晚雪（宋）文同/150
雪窗（宋）葛长庚/150
人日出游湖上（宋）杨万里/150
雪花（金）虞仲文/150
残雪（明）杨基/150
白雪曲（明）何景明/150
子夜歌（明）胡汝嘉/150
人日对雪（明）柳应芳/151
七言绝句 151
游苑遇雪应制（唐）李峤/151
苑中遇雪应制（唐）宋之问/151
奉和春日玩雪应制
　　　　（唐）宋之问/151
人日玩雪应制（唐）刘宪/151
苑中遇雪应制（唐）李乂/151
苑中遇雪应制（唐）徐彦伯/152
苑中人日遇雪应制
　　　　（唐）赵彦昭/152
雪夜下朝呈省中一绝
　　　　（唐）韦应物/152
休暇日访王侍御不遇
　　　　（唐）韦应物/152
春雪（唐）韩愈/152

酬王二十舍人雪中见寄
　　（唐）韩愈／152
早发庐江途中遇雪寄李侍御
　　（唐）朱庆馀／153
西归（唐）元稹／153
新雪（唐）白居易／153
宫词（唐）王涯／153
霁雪（唐）戎昱／153
早春雪中（唐）戎昱／153
和李十二舍人直日放朝对雪
　　（唐）姚合／154
淮南李相公席上赋春雪
　　（唐）章孝标／154
梦令狐学士（唐）李商隐／154
寄邻庄道侣（唐）韩偓／154
雪中偶题（唐）郑谷／154
蔚州宴上遇新雪（唐）雍陶／154
对雪忆往岁钱塘西湖访林逋
　　（宋）梅尧臣／155
和张屯田雪中朝拜天庆观
　　（宋）文同／155
春近（宋）黄庭坚／155
雪意（宋）朱子／155
残雪未消次择之韵
　　（宋）朱子／155
雪中（宋）葛长庚／156
雪后晚晴，四山皆青，惟东山
　　全白……（宋）杨万里／156
郡圃残雪（宋）杨万里／156

雪（金）高士谈／156
雪（金）吕中孚／156
雪行（金）元德明／156
清明大雪三日（元）方回／157
题江干初雪图（元）戴表元／157
题江皋雪霁卷（元）蒲道源／157
雪后偶成（元）虞集／157
次韵雪（元）杨载／157
竹枝词（元）王士熙／157
雪霁晚归偶成（元）迺贤／158
十一月十二日崇文阁下私试
　　二十三日出和张仲举
　　（元）吴师道／158
滦都寓兴（元）马臻／158
冬景（明）宣宗／158
送雪（明）朱有燉／158
长安春雪曲（明）王穉登／158
杂言（明）王穉登／159
饮秋涧隐居夜归值雪有作
　　（明）陈鹤／159
雪中访嘉则于宝奎寺之楼店
　　（明）徐渭／159
送僧过洞庭（明）僧大香／159

卷十五　冰类

五言古 ……… 160
　咏冰应教（梁）沈君攸／160
七言古 ……… 160
　明冰篇（唐）富嘉谟／160

陈翃郎中北亭送侯钊侍御
　　赋得带冰流歌（唐）卢纶/160
五言排律 …………………… 161
　玉壶冰（唐）王季友/161
　荐冰（唐）阙名/161
　荐冰（唐）卢钧/161
　荐冰（唐）范传质/161
七言律 …………………… 162
　和人与人分惠赐冰
　　　　（唐）杨巨源/162
　冰花（明）朱之蕃/162
七言绝句 ………………… 162
　豪家夏冰咏（唐）雍裕之/162

卷十六　虹霓类

五言古 …………………… 163
　咏虹（唐）董思恭/163
五言律 …………………… 163
　咏虹（唐）苏味道/163
　赋得浦外虹（唐）陈润/163
五言排律 …………………… 163
　赋得虹藏不见（唐）徐敞/163
七言绝句 ………………… 164
　仙人词（唐）陈陶/164
　初秋暮雨（宋）杨万里/164
　暮景（元）黄庚/164
　骤雨（元）张弘范/164
　奉同王浚川海上杂歌
　　　　（明）薛蕙/164

卷十七　瑞气类

五言排律 …………………… 165
　望禁苑祥光（唐）蒋防/165
　河出荣光（唐）张良器/165
　河出荣光（唐）朱延龄/165
七言绝句 ………………… 166
　朝元引（唐）陈陶/166

卷十八　晴类

五言古 …………………… 167
　天晴诗（晋）湛方生/167
　开霁（梁）简文帝/167
　雨后（梁）简文帝/167
　望夕霁（梁）王筠/167
　喜晴（北周）庾信/168
　雨晴（隋）王胄/168
　初晴落景（唐）太宗/168
　奉和幽山雨后应令
　　　　（唐）虞世南/168
　和御史韦大夫喜霁之作
　　　　（唐）褚亮/168
　雨后（唐）李百药/168
　山下晚晴（唐）崔曙/169
　湖中晚霁（唐）常建/169
　泉上雨后作（唐）元季川/169
　山行积雨归途始霁
　　　　（唐）韦应物/169

同德寺雨后寄元侍御李博士
　　（唐）韦应物／169
秋霁（唐）白居易／170
霁后作齐梁体（唐）曹邺／170
雨晴早出（宋）文同／170
新晴望北山（宋）文同／170
喜晴（宋）朱子／170
晚晴（元）黄溍／171
七言古 …………… 171
雨后公超谷北原眺望寄高
　　拾遗（唐）独孤及／171
五言律 …………… 171
至陈仓晓晴望京邑
　　（唐）卢照邻／171
霁后贻马十二巽
　　（唐）储光羲／171
途中晴（唐）孟浩然／171
晴（唐）杜甫／172
晚霁登汝南大云阁
　　（唐）贾彦璋／172
雪晴晚望（唐）贾岛／172
晚晴（唐）李商隐／172
新秋雨霁宿王处士斋
　　（唐）马戴／172
春日酬韦先辈雨后见寄
　　（唐）刘得仁／172
春晴（唐）任翻／173
春晴（宋）韩琦／173
山舍早起探晴（宋）文同／173

辇下春晴（宋）秦观／173
新晴（宋）陆游／173
雨后（宋）袁万顷／173
雨后（金）元德明／174
喜秋晴（元）许衡／174
雨霁登楼（元）张弘范／174
春晴（元）叶颙／174
晚晴（明）陶安／174
晚霁（明）孙一元／174
新霁（明）皇甫汸／175
五言排律 …………… 175
春台晴望（唐）郑蕡／175
春台晴望（唐）阙名／175
七言律 …………… 175
清都春霁寄胡三吴十一
　　（唐）元稹／175
奉和翰林丁侍郎禁署早春
　　晴望（唐）刘得仁／176
春晴书事（宋）欧阳修／176
秋雨初霁试笔（宋）陆游／176
快晴（宋）陆游／176
雨后集湖上（宋）陆游／177
新晴野步（宋）陆游／177
晴望（金）郝俣／177
四明山中逢晴（元）戴表元／177
晚霁（元）吴景奎／178
春晴（明）居节／178
五言绝句 …………… 178
初晴应教（唐）虞世南／178

雨后　（唐）元稹／178
即事　（唐）司空图／178
栖禅暮归书所见　（宋）唐庚／178
山中雨后　（金）元德明／179
雨后　（元）僧善住／179
六言绝句 …………………… 179
　晓枕　（宋）范成大／179
　晓晴　（元）朱德明／179
七言绝句 …………………… 179
　长安晴望　（唐）杜牧／179
　雨霁池上作　（唐）韦庄／179
　初晴　（宋）王安石／180
　春日　（宋）苏轼／180
　追和子由去岁试举人洛下所寄诗，暴雨初晴，楼上晚景　（宋）苏轼／180
　青桐道中值雨，凡数里，舟行久之，颇有江湖之思　（宋）张耒／180
　晴　（金）赵秉文／180
　雨后　（金）张著／180
　雨后　（金）李俊民／181
　七月八日晚晴暂出丽正门外（元）宋褧／181
　山行值雨　（元）宋褧／181
　春晴　（元）洪希文／181
　雨晴　（元）倪瓒／181
　晚晴　（明）韩奕／181
　雨后　（明）彭年／182

卷十九　晓类

五言古 …………………… 183
　奉和湘东王冬晓应令三韵　（梁）萧子晖／183
　宿郊外晓作　（隋）王衡／183
　晨出郡舍林下　（唐）张九龄／183
　晨兴　（唐）白居易／183
　宿东亭晓兴　（唐）白居易／184
　旦景　（元）黄庚／184
　舟中早行　（明）高启／184
　斋中晓起　（明）林鸿／184
长短句 …………………… 184
　东方半明　（唐）韩愈／184
五言律 …………………… 185
　酬杜五弟晴朝独坐见赠（唐）李峤／185
　朝　（唐）杜甫／185
　晓望　（唐）杜甫／185
　西池晨望　（唐）羊士谔／185
　欲曙　（唐）元稹／185
　早归　（唐）元稹／185
　初冬早起寄梦得（唐）白居易／186
　晓起　（唐）李商隐／186
　晨起　（唐）许浑／186
　天街晓望　（唐）许浑／186
　晓望　（唐）杜牧／186
　晨起　（唐）曹松／186

春朝（宋）韩维/187
五言排律 …………… 187
　赋得晨光动翠华（唐）阙名/187
七言律 ……………… 187
　长安晓望寄崔补阙
　　（唐）包何/187
　早兴（唐）白居易/187
　早夏晓兴赠梦得
　　（唐）白居易/188
　奉和鲁望晓起回文
　　（唐）皮日休/188
　晓咏（宋）欧阳修/188
　冬晓（宋）陆游/188
　晓坐（宋）陆游/189
　海子上即事（元）李材/189
　早起（元）黄溍/189
五言绝句 …………… 189
　咏晓（唐）韦应物/189
　春早（唐）韦庄/189
　早起（唐）曹邺/190
　春晓（明）李敏/190
七言绝句 …………… 190
　晓眠后寄杨户部
　　（唐）白居易/190
　西湖晓行（明）僧清濋/190

卷二十　夜类

五言古 ……………… 191
　秋夜（宋）武帝/191

奉和随王殿下（齐）谢朓/191
和湘东王春宵三韵
　（梁）简文帝/191
玄圃寒夕（梁）简文帝/191
秋夜（梁）沈约/192
遥夜吟（梁）宗央/192
和吴主簿秋夜（梁）王筠/192
和衡阳王秋夜（陈）张正见/192
辽东山夜临秋（唐）太宗/192
夕次圃田店（唐）祖咏/192
秋夜（唐）韦应物/193
闲夕（唐）白居易/193
晚凉偶咏（唐）白居易/193
夜赋（宋）朱子/193
七言古 附长短句 ………… 193
　长夜谣（晋）夏侯湛/193
　舟夜（宋）苏轼/194
　拟古秋夜长（元）张昱/194
五言律 ……………… 194
　冬宵各为四韵（唐）太宗/194
　暝（唐）杜甫/194
　月夜会徐十一草堂
　　（唐）韦应物/195
　晚望（唐）戴叔伦/195
　酬程延秋夜即事见赠
　　（唐）韩翃/195
　秋晚（唐）白居易/195
　夜（唐）白居易/195
　晚兴（唐）白居易/195

偶眠 （唐）白居易／196
酬梦得穷秋夜坐即事见寄
　　（唐）白居易／196
　人定 （唐）白居易／196
　秋雨夜眠 （唐）白居易／196
　湖中闲夜遣兴 （唐）朱庆馀／196
　秋夕 （唐）李咸用／196
　春宵自遣 （唐）李商隐／197
　长安夜坐怀寄湖外嵇处士
　　（唐）郑谷／197
　山中寒夜呈许棠 （唐）曹松／197
　建昌渡暝吟 （唐）韦庄／197
　信州溪岸夜吟 （唐）韦庄／197
　湖村晚兴 （宋）林逋／197
　深夜 （宋）孔平仲／198
　江亭晚眺 （宋）王安石／198
　夜吟呈赵东岩 （宋）戴复古／198
　夜 （金）周昂／198
　夏夜 （金）史肃／198
　江村晚景 （元）叶颙／198
　夜 （明）何景明／199
五言排律 …………… 199
　奉和宣城张太守南亭秋夕
　　怀友 （唐）钱起／199
七言律 …………… 199
　夜归 （唐）白居易／199
　晚自东郭回留一二游侣
　　（唐）许浑／199

南庭夜坐贻开元禅定二道者
　　（唐）许浑／200
秋夜作 （唐）李昌符／200
夏夕 （宋）文同／200
早秋南堂夜兴 （宋）陆游／200
晚眺 （宋）陆游／201
凉夜 （元）戴表元／201
郭外夜归 （明）吴学礼／201
五言绝句 …………… 201
　山扉夜坐 （唐）王勃／201
　五言夜集联句 （唐）颜真卿／201
　咏夜 （唐）韦应物／202
　月夕 （唐）僧贯休／202
　同阚彦举南湖晚步
　　（元）郝经／202
　夜坐 （元）黄溍／202
七言绝句 …………… 202
　答令狐士曹独孤兵曹联骑
　　暮归望山见寄
　　（唐）韦应物／202
　嘉陵夜有怀 （唐）白居易／202
　游城南留元九李二十晚归
　　（唐）白居易／203
　秋房夜 （唐）白居易／203
　东城晚归 （唐）白居易／203
　旧房 （唐）白居易／203
　夜深行 （唐）元稹／203
　夜坐 （唐）贾岛／203
　昨夜 （唐）李商隐／204

和袭美寒夜文宴润卿有期
　　不至（唐）陆龟蒙/204
街西晚归（唐）郑谷/204
春夜（宋）苏轼/204
夜行（宋）晁冲之/204
春雨绝句（宋）陆游/204
旅夜（元）于石/205
凉夜（元）郭钰/205
晚步（元）叶颙/205
夜坐（明）陈颢/205
宫词（明）俞允文/205

卷二十一　寒类

五言古 ······················· 206
寒江吟（唐）孟郊/206
苦寒吟（唐）孟郊/206
寒（唐）元稹/206
负暄（宋）刘子翚/206
六言古/207
寒苦谣（晋）夏侯湛/207
七言古 ······················· 207
前苦寒行（唐）杜甫/207
五言律 ······················· 207
晚寒（唐）白居易/207
早寒（唐）白居易/208
岁晚苦寒（唐）方干/208
壬辰九月二十三日天气始寒
　　以诗记之（宋）唐庚/208
七言律 ······················· 208

苦寒（宋）孔武仲/208
初寒（宋）陆游/208
五言绝句 ······················· 209
寒夜作（元）揭傒斯/209
七言绝句 ······················· 209
春寒（宋）文同/209
春寒（宋）王越/209

卷二十二　暑类

五言古 ······················· 210
嘲热客（魏）程晓/210
苦热行（梁）简文帝/210
夏诗（梁）徐勉/210
苦暑（梁）王筠/211
苦暑（梁）刘孝威/211
苦热行（北周）庾信/211
夏日应令（北周）庾信/211
毒热寄简崔评事十六弟
　　（唐）杜甫/211
自朔方还，与郑式瞻、崔称、
　　郑子周……（唐）李益/212
夏夜苦热登西楼
　　（唐）柳宗元/212
何处堪避暑（唐）白居易/212
天竺寺七叶堂避暑
　　（唐）白居易/213
旱热（唐）白居易/213
七月一日出城舟中苦热
　　（宋）苏轼/213

大热 （宋）戴复古 / 213

七言古 ………………… 214
　苦热行 （宋）文同 / 214

五言律 ………………… 214
　热 （唐）杜甫 / 214
　僧房避暑 （唐）严维 / 214
　消暑 （唐）白居易 / 214
　同崔峒补阙慈恩寺避暑
　　（唐）卢纶 / 215
　暑景 （宋）苏舜钦 / 215
　北园避暑 （宋）文同 / 215
　豫章东湖避暑 （宋）戴复古 / 215
　山亭避暑 （宋）真山民 / 215

五言排律 ……………… 215
　和长孙秘监伏日苦热
　　（唐）任希古 / 215
　苦热 （唐）司空曙 / 216

七言律 ………………… 216
　早秋苦热堆案相仍
　　（唐）杜甫 / 216
　夏日与闲禅师坐林下避暑
　　（唐）白居易 / 216
　北塘避暑 （宋）韩琦 / 216
　次韵程给事郡斋秋暑
　　（宋）赵抃 / 217
　和晁应之大暑书事一首
　　（宋）张耒 / 217
　龟堂初暑 （宋）陆游 / 217
　苦热 （元）方夔 / 217

五言绝句 ……………… 218
　避暑 （唐）徐凝 / 218
　慈恩寺避暑 （唐）李远 / 218

七言绝句 ……………… 218
　香山避暑 （唐）白居易 / 218
　苦热题恒寂师禅房
　　（唐）白居易 / 218
　文殊院避暑 （唐）李群玉 / 218
　夏夜追凉 （宋）杨万里 / 218
　大暑 （金）赵元 / 219
　大暑登东城 （元）许衡 / 219
　枕流桥避暑口号
　　（明）朱日藩 / 219
　暑夜 （明）僧宗泐 / 219

卷二十三　凉类

五言古 ………………… 220
　纳凉 （梁）简文帝 / 220
　玄圃纳凉 （梁）简文帝 / 220
　晚景纳凉 （梁）简文帝 / 220
　奉和太子纳凉梧下应令
　　（梁）庾肩吾 / 220
　奉和逐凉 （梁）刘孝威 / 221
　内园逐凉 （陈）徐陵 / 221
　纳凉 （唐）王维 / 221

五言律 ………………… 221
　新秋喜凉 （唐）白居易 / 221
　精舍纳凉 （唐）元稹 / 221
　池亭纳凉 （明）仁宗 / 222

七言律 …………… 222
　避暑纳凉 （唐）钱起/222
五言绝句 ………… 222
　夏日联句 （唐）文宗/222
　秋夜 （唐）王建/222
　凉夜有怀 （唐）白居易/222
七言绝句 ………… 223
　夜凉 （唐）白居易/223
　秋凉 （宋）陆游/223
　崇义院杂题 （明）文徵明/223

卷二十四　春类

三言古 …………… 224
　代春日行 （宋）鲍照/224
四言古 …………… 224
　青阳 （汉）邹子乐/224
五言古 …………… 224
　杂诗 （晋）张协/224
　大道曲 （晋）谢尚/225
　失题 （晋）郭璞/225
　春 （齐）王俭/225
　春夕 （齐）王俭/225
　春游回文诗 （齐）王融/225
　春歌 （梁）武帝/225
　晚春 （梁）萧统/226
　晚日后堂 （梁）简文帝/226
　和刘上黄春日 （梁）元帝/226
　望春诗 （梁）元帝/226
　初春 （梁）沈约/226

春日贻刘孝绰 （梁）萧瑱/226
当春四韵同左丞 （梁）江淹/227
春郊 （梁）虞羲/227
春日临池 （北魏）温子昇/227
春日 （北齐）阳休之/227
早春 （北周）宗懔/227
春日 （陈）徐陵/227
春日 （陈）江总/228
春初赋得池应教
　（陈）张正见/228
春晚庭望 （北齐）萧悫/228
首春 （唐）太宗/228
早春桂林殿应诏
　（唐）上官仪/228
立春后五日 （唐）白居易/228
春晚寄杨十二兼呈赵八
　（唐）白居易/229
溪中早春 （唐）白居易/229
遣春 （唐）元稹/229
郡斋三月下旬作 （唐）崔护/229
惜春 （唐）杜牧/229
次韵春思 （元）赵又隆/230
七言古　附长短句 ………… 230
春日戏题恼郝使君兄
　（唐）杜甫/230
阳春曲 （唐）温庭筠/230
送春曲 （宋）范浚/230
汉宫早春曲 （元）萨都剌/231
次春日即事韵 （元）周权/231

春暮吟 （元）郭钰 / 231
早春寄乡中友人 （明）钱宰 / 232
五言律 ······ 232
晚春送吉校书归楚州
　　（唐）李嘉祐 / 232
遣春 （唐）元稹 / 232
春日即事 （唐）耿湋 / 232
早春 （唐）刘威 / 232
南楼春望 （唐）许浑 / 233
九江春暮 （唐）曹松 / 233
旅游伤春 （唐）李昌符 / 233
春暮 （唐）韦庄 / 233
春日晚晴 （宋）苏舜钦 / 233
和元舆游春次用其韵
　　（宋）梅尧臣 / 233
春事 （宋）孙觌 / 234
半山春晚即事 （宋）王安石 / 234
春望 （宋）徐玑 / 234
春游和胡叔芳韵
　　（宋）真山民 / 234
春日 （元）陈樵 / 234
春游晚归 （元）叶颙 / 234
春日舟行 （明）张时彻 / 235
寻春 （明）杨基 / 235
五言排律 ······ 235
赋得元和布泽 （唐）潘孟阳 / 235
赋得新阳改故阴
　　（唐）纥干讽 / 235
省试腊后望春宫
　　（唐）林宽 / 235
赋得春色满皇州
　　（唐）沈亚之 / 236
武德殿退朝望九衢春色
　　（唐）曹松 / 236
七言律 ······ 236
奉和春日出苑瞩目应令
　　（唐）张说 / 236
奉和圣制春日幸望春宫应制
　　（唐）李适 / 236
认春戏呈冯少尹李中郎陈主簿
　　（唐）白居易 / 237
春来 （唐）白居易 / 237
钱塘湖春行 （唐）白居易 / 237
正月三日闲行 （唐）白居易 / 237
和乐天早春见寄 （唐）元稹 / 238
和程员外春日东郊即事
　　（唐）包何 / 238
残春独来南亭因寄张祜
　　（唐）杜牧 / 238
长安春日 （唐）章碣 / 238
三堂早春 （唐）韦庄 / 239
湖上初春偶作 （宋）林逋 / 239
暮春 （宋）张耒 / 239
晚春 （宋）韩维 / 239
春怀示邻 （宋）陈师道 / 240
春日郊外 （宋）唐庚 / 240
春行 （宋）真山民 / 240
柳塘送春 （宋）葛长庚 / 240

壬戌二月 (宋) 徐玑 / 241
壬午西域湖中游春
　　(元) 耶律楚材 / 241
暮春用唐寿卿韵
　　(元) 曹伯启 / 241
西宫春日与吴锦衣赋
　　(元) 萨都剌 / 241
春日偕监中士友游南城
　　(元) 张翥 / 242
春日次王元章韵 (元) 迺贤 / 242
春日宣则门书事简虞邵庵
　　(元) 泰不华 / 242
春日东行 (元) 黄镇成 / 242
春日 (元) 倪瓒 / 243
早春呈吴待制 (明) 镏炳 / 243
浦口逢春忆禁苑旧游
　　(明) 杨基 / 243
暮春书事 (明) 瞿佑 / 243
拟唐长安春望 (明) 黄闰 / 244
春日应制 (明) 王鏊 / 244
五言绝句 …………… 244
春夜 (唐) 虞世南 / 244
春首 (唐) 陈叔达 / 244
初春 (唐) 王绩 / 244
早春野望 (唐) 王勃 / 245
登城春望 (唐) 王勃 / 245
春歌 (唐) 郭元振 / 245
绝句 (唐) 杜甫 / 245
春晚 (唐) 孟浩然 / 245

春怨 (唐) 金昌绪 / 245
春游曲 (唐) 张仲素 / 245
春江曲 (唐) 张仲素 / 246
春寒 (唐) 徐凝 / 246
游春词 (唐) 令狐楚 / 246
春晴 (唐) 张起 / 246
孟春 (唐) 鲍防 / 246
仲春 (唐) 谢良傅 / 246
季春 (唐) 严维 / 246
春晚 (唐) 李群玉 / 247
送春 (唐) 高骈 / 247
早春 (唐) 储嗣宗 / 247
春日 (宋) 唐庚 / 247
春日 (宋) 杨万里 / 247
春 (金) 宇文虚中 / 247
春日 (元) 刘因 / 248
嬉春词 (明) 沈愚 / 248
春歌 (明) 王廷陈 / 248
六言绝句 …………… 248
春日偶成 (元) 马臻 / 248
七言绝句 …………… 248
春日 (唐) 上官仪 / 248
奉和春日 (唐) 元万顷 / 249
山房春事 (唐) 岑参 / 249
春行寄兴 (唐) 李华 / 249
江南春 (唐) 李约 / 249
春早 (早春) 呈水部张员外
　　(唐) 韩愈 / 249
春游 (唐) 王涯 / 249

望春词 (唐) 令狐楚 / 250
宫前早春 (唐) 王建 / 250
三月晦日赠刘评事
　　(唐) 贾岛 / 250
日日 (唐) 李商隐 / 250
春日 (唐) 李商隐 / 250
长安春晚 (唐) 温庭筠 / 251
早春 (唐) 来鹄 / 251
松江早春 (唐) 皮日休 / 251
招友人游春 (唐) 郑云叟 / 251
春居杂兴 (宋) 王禹偁 / 251
丰乐亭游春 (宋) 欧阳修 / 251
戏和舍弟船场探春
　　(宋) 黄庭坚 / 252
春日杂兴 (宋) 唐庚 / 252
得春 (宋) 文同 / 252
春日 (宋) 秦观 / 252
春词 (宋) 秦观 / 253
春日 (宋) 秦观 / 253
春晚 (宋) 陆游 / 253
晚春 (宋) 宋伯仁 / 253
丁亥正月新晴晚步
　　(宋) 杨万里 / 253
春日 (宋) 范成大 / 254
梁园春 (金) 元好问 / 254
探春 (元) 刘因 / 254
春晚杂兴 (元) 方回 / 254
春寒 (元) 黄庚 / 255
三月 (元) 刘秉忠 / 255

春始来 (元) 刘秉忠 / 255
春日即事 (元) 马祖常 / 255
御沟春日偶成 (元) 马祖常 / 255
春日偶成 (元) 萨都刺 / 256
春归 (元) 萨都刺 / 256
京城春日 (元) 遁贤 / 256
春词 (元) 郭钰 / 256
忆春 (元) 马臻 / 256
春日闲居杂兴 (元) 马臻 / 257
西湖游春即事 (元) 马臻 / 257
暮春 (元) 僧善住 / 258
春景 (明) 宣宗 / 258
春词 (明) 朱成泳 / 259
春深即景 (明) 钱宰 / 259
春望 (明) 杨慎 / 259
春望 (明) 李先芳 / 259

卷二十五　立春类

五言古 ·················· 260
立春日泛舟玄圃 (陈) 后主 / 260
立春 (陈) 徐陵 / 260
五言律 ·················· 260
立春后 (宋) 戴复古 / 260
立春夜 (元) 虞集 / 261
迎春日集华光禄斋中
　　(明) 王穉登 / 261
五言排律 ·················· 261
迎春东郊 (唐) 张濯 / 261

立春酬钱员外曲江同行见赠
　　（唐）白居易／261
立春（唐）冷朝阳／261
立春日和王翰林（元）范梈／262
七言律 …………………… 262
　春日游苑迎春（唐）中宗／262
　奉和立春游苑迎春应制
　　（唐）沈佺期／262
　和立春日游苑迎春
　　（唐）卢藏用／262
　奉和立春游苑迎春应制
　　（唐）崔日用／263
　和立春日游苑迎春
　　（唐）李适／263
　立春（唐）韦庄／263
　和十二弟扬腊月立春
　　（宋）赵抃／263
　立春雨（宋）陈与义／264
　立春日郊行（宋）范成大／264
　立春（宋）朱淑真／264
　立春日车驾诣南郊
　　（明）李东阳／264
　立春日（明）储巏／265
　立春日赐百官春饼
　　（明）申时行／265
　丙子立春和尔宗春谶即事
　　（明）程嘉燧／265
六言绝句 ………………… 265
　铅山立春（宋）朱子／265

七言绝句 ………………… 266
　次韵文潜立春日绝句
　　（宋）黄庭坚／266
　立春（宋）晁冲之／266
　立春（宋）方岳／266
　立春日妆成宜春花
　　（宋）方岳／266
　立春（宋）朱淑真／266

卷二十六　夏类

四言古 …………………… 267
　朱明（汉）邹子乐／267
五言古 …………………… 267
　夏日临江（梁）武帝／267
　和湘东王首夏（梁）简文帝／267
　夏（梁）徐勉／267
　奉和夏日应令（北周）庾信／268
　梅夏应教（隋）薛道衡／268
　郊夏（唐）白居易／268
　表夏（唐）元稹／268
七言古 …………………… 269
　白纻歌（隋）虞茂／269
五言律 …………………… 269
　夏日游目聊作（唐）骆宾王／269
　夏日游山家（唐）骆宾王／269
　夏日仙萼亭应制
　　（唐）宋之问／269
　夏日辨玉法师茅斋
　　（唐）孟浩然／269

夏日浮舟过陈大水亭
　　（唐）孟浩然／270
夏日与崔二十一同集卫明府宅
　　（唐）孟浩然／270
早夏游平原回（唐）白居易／270
闲居孟夏即事（唐）许浑／270
次韵屏翁初夏会芳小集
　　（宋）戴昺／270
初夏郊行（宋）戴昺／270
夏日（金）元好问／271

五言排律 ………… 271
初夏（唐）太宗／271
奉和夏日晚景应诏
　　（唐）杨师道／271
赋得首夏犹清和（唐）张丰／271

七言律 ………… 271
早夏寄元校书（唐）司空曙／271
夏日湖上即事寄晋陵萧明府
　　（唐）章碣／272
夏景冲澹偶然作
　　（唐）皮日休／272
夏景无事因怀章来二上人
　　（唐）皮日休／272
和袭美首夏所居有作次韵
　　（唐）陆龟蒙／272
和夏景冲澹偶然作次韵
　　（唐）陆龟蒙／273
西岩夏日（宋）林迪／273
夏日（宋）张耒／273

幽居初夏雨霁（宋）陆游／273
初夏道中（宋）陆游／274
东湖夏景（元）杨载／274
和嵊县梁公辅夏夜泛东湖
　　（元）袁士元／274
夏日山居（元）袁士元／274
夏日饮山亭（元）刘因／275
夏日杂兴（明）刘基／275
首夏即事（明）顾清／275
夏日应制（明）王鏊／275
仲夏闲居（明）居节／276

五言绝句 ………… 276
夏日山中（唐）李白／276
杂言（唐）司空曙／276
孟夏（唐）贾弇／276
仲夏（唐）樊珣／276
季夏（唐）范灯／276
夏（金）宇文虚中／277

七言绝句 ………… 277
夏日宴九华池（唐）陈羽／277
夏昼偶作（唐）柳宗元／277
香山避暑（唐）白居易／277
药名离合夏日即事
　　（唐）陆龟蒙／277
和药名离合夏日即事
　　（唐）皮日休／277
夏日（唐）韩偓／278
山亭夏日（唐）高骈／278
夏日城中作（唐）僧齐己／278

暑中闲咏（宋）苏舜钦/278
夏意（宋）苏舜钦/278
夏日（宋）宋伯仁/278
初夏（宋）范成大/279
闲居初夏午睡起二绝句
　　（宋）杨万里/279
夏日闲坐（宋）徐玑/279
小满（元）元淮/279
山居首夏（元）李祁/279
夏日阁中入直（元）周伯琦/280
水轩夏日（元）马臻/280
夏景（明）宣宗/280

卷二十七　立夏类

五言律 …………… 281
　久雨喜晴明日立夏
　　（明）胡俨/281
　山中立夏即事（明）蔡汝南/281
七言律 …………… 281
　立夏日晚过丁卿草堂
　　（明）周南老/281
　立夏日山中遍游后夜宿
　　刘邦彦竹东别墅
　　（明）沈周/282

卷二十八　秋类

五言古 …………… 283
　杂诗（晋）左思/283
　秋日（晋）孙绰/283

秋歌（宋）刘铄/283
秋夜（梁）简文帝/284
聘齐秋晚馆中饮酒
　（北周）庾信/284
奉和初秋（北周）庾信/284
晚秋（北周）庾信/284
和颍川公秋夜（北周）庾信/284
秋日应诏（隋）袁朗/284
秋日效庾信体（唐）太宗/285
山阁晚秋（唐）太宗/285
秋思（唐）李白/285
秋兴（唐）王昌龄/285
秋夜（唐）韦应物/285
感秋（唐）贾岛/285
秋日（唐）温庭筠/286
和子俊感秋（元）赵孟頫/286
秋（元）张养浩/286
秋日池上（元）萨都剌/286
双寺精舍新秋追和戎昱长安
秋夕（元）倪瓒/287
七言古　附长短句 …………… 287
酬司门卢四兄云夫院长望
　秋作（唐）韩愈/287
溪晚凉（唐）李贺/287
秋意（元）马祖常/288
秋夜三五七言（元）郑允端/288
五言律 …………… 288
仪鸾殿早秋（唐）太宗/288
秋日（唐）太宗/288

秋日翠微宫（唐）太宗／288
奉和山夜临秋（唐）上官仪／289
初秋夜坐应诏（唐）杨师道／289
园林秋夜作（唐）李巘／289
山居秋兴（唐）王维／289
秋野（唐）杜甫／289
酬萧二十七侍御初秋言怀
　　（唐）郎士元／290
和太常李主簿秋中山下别墅
　即事（唐）卢纶／290
和左司元郎中秋居
　　（唐）张籍／290
秋思（唐）白居易／290
秋相望（唐）元稹／290
晚秋（唐）元稹／291
感秋（唐）姚伦／291
和刘补阙秋园寓兴
　　（唐）朱庆馀／291
山居秋思（唐）周贺／292
原上秋居（唐）贾岛／292
访秋（唐）李商隐／292
早秋山居（唐）温庭筠／292
旅中早秋（唐）刘威／292
早秋（唐）许浑／292
早秋山中（唐）李山甫／293
秋兴寄颖公（唐）僧贯休／293
新秋夜雨（唐）僧贯休／293
秋居幽兴（宋）王禹偁／293
园庐秋夕（宋）林逋／293

秋夜（宋）葛长庚／293
八月三日即事（宋）葛长庚／294
秋到（宋）方万里／294
秋思（元）萧国宝／294
次韵阿荣存初参议秋夜见寄
　　（元）虞集／294
次韵陈刚中待制初秋
　　（元）袁桷／294
新秋即事（元）许有壬／294
次和可翁新秋即事
　　（元）许有孚／295
五言排律 ………………… 295
奉和王相公秋日戏赠元校书
　　（唐）钱起／295
江楼早秋（唐）白居易／295
七言律 …………………… 295
江南秋日（唐）殷文珪／295
新秋即事（唐）皮日休／296
和新秋即事（唐）陆龟蒙／296
晚秋同何秀才溪上
　　（唐）伍乔／296
秋怀（宋）黄庭坚／296
永嘉秋夕（宋）陆游／297
秋居寄西里君（宋）翁卷／297
秋夜（宋）戴复古／297
秋夜（元）黄庚／297
楚山秋晚（元）揭傒斯／298
东岭秋阴（元）吴莱／298
秋日（元）周权／298

东湖秋景（元）杨载/298
秋词（元）王逢/299
新秋早朝（明）王璲/299
秋日（明）居节/299

五言绝句 ·················· 299
　秋歌（唐）郭元振/299
　秋夜（唐）耿湋/299
　秋夜寄丘二十二员外
　　（唐）韦应物/300
　秋夜（唐）韦应物/300
　秋山吟（唐）施肩吾/300
　招东邻（唐）白居易/300
　早秋独夜（唐）白居易/300
　孟秋（唐）郑概/300
　仲秋（唐）沈仲昌/300
　季秋（唐）刘蕃/300
　长安秋望（唐）杜牧/301
　护国寺秋吟（宋）葛长庚/301
　京师秋夜（元）虞集/301
　西斋秋夜（元）僧善住/301
　秋夕（元）僧善住/302

七言绝句 ·················· 302
　初秋（唐）孟浩然/302
　秋词（唐）刘禹锡/302
　晚秋闲居（唐）白居易/302
　秋热（唐）白居易/302
　秋夕（唐）窦巩/303
　愁思（唐）王涯/303
　秋夜曲（唐）王涯/303

秋原晚望（唐）杨凌/303
到秋（唐）李商隐/303
秋怀（唐）雍陶/304
早秋宿田舍（唐）曹邺/304
秋日（宋）朱子/304
秋怀（宋）刘宰/304
早秋（元）刘因/304
山中秋夜（元）黄庚/304
初秋夜坐（元）赵孟頫/305
秋闺（元）元淮/305
秋词（元）萨都剌/305
秋词（元）郑允端/305
秋景（明）宣宗/305
秋行（明）顾源/305

卷二十九　立秋类

五言古 ·················· 306
　立秋（陈）周弘让/306
　立秋日曲江忆元九
　　（唐）白居易/306
　立秋夕有怀梦得
　　（唐）白居易/306
　立秋日同子澄寺簿及金判教
　　授二同僚、星子令尹······
　　（宋）朱子/306
　立秋日早泛舟入郭
　　（明）张羽/307
　立秋后夜起见明月
　　（明）胡宗仁/307

五言律 …………………… 307
　二十七日立秋夜作
　　（明）陈昂/307
　立秋后一日助甫见访
　　（明）李先芳/307
五言排律 …………………… 308
　立秋日题安昌寺北亭
　　（唐）孙逖/308
　和王卿立秋即事
　　（唐）司空曙/308
　立秋日（唐）司空曙/308
七言律 …………………… 308
　次韵和张道济长老立秋后作
　　（宋）孔平仲/308
　立秋日祷雨宿灵隐寺同周徐
　　二令（宋）苏轼/309
　立秋日居田园有感
　　（明）施渐/309
七言绝句 …………………… 309
　立秋（宋）范成大/309
　立秋后三日泛舟越来溪
　　（宋）范成大/309

卷三十　冬类

五言古 …………………… 311
　杂诗（晋）张华/311
　咏冬（晋）曹毗/311
　感冬篇（晋）李颙/311
　拟孟冬寒气至（宋）刘铄/311

　咏冬（宋）谢惠连/312
　冬歌（梁）武帝/312
　冬日见牧牛人担青草归
　　（唐）张说/312
　负冬日（唐）白居易/312
　溢浦早冬（唐）白居易/312
　孟冬蒲津关河亭作
　　（唐）吕温/313
　冬（元）张养浩/313
七言古 …………………… 313
　迎冬词（明）石珤/313
五言律 …………………… 313
　孟冬（唐）杜甫/313
　初冬旅舍早怀（唐）阙名/314
　冬日山居思乡（唐）周贺/314
　冬日（唐）方干/314
　冬日寄僧友（唐）僧无可/314
　全州冬月陪太守游池
　　（唐）僧无可/314
　冬昼作（宋）孔平仲/314
　冬日杂兴（宋）张耒/315
　山村冬暮（宋）林逋/315
　山中冬日（宋）林逋/315
　冬日书怀（宋）徐玑/315
　次韵屏翁冬日（宋）戴昺/315
　冬夜早起（元）张养浩/315
　初冬作（元）方澜/316
七言律 …………………… 316
　十二月一日（唐）杜甫/316

初冬偶作寄南阳润卿
　　（唐）皮日休／316
和初冬偶作寄南阳润卿次韵
　　（唐）陆龟蒙／316
宣义里舍冬暮自贻
　　（唐）郑谷／317
冬日道中（唐）伍乔／317
冬夜寄温飞卿（唐）鱼玄机／317
初冬（宋）陆游／317
成都岁暮始微寒小酌遣兴
　　（宋）陆游／318
闲吟初冬（宋）真山民／318
东湖冬景（元）杨载／318
十二月五日雪晴（元）张雨／318
岁暮书斋即事次夕公韵
　　（明）钱谦贞／319
五言绝句 ………… 319
　冬郊行望（唐）王勃／319
　冬歌（唐）郭元振／319
　孟冬（唐）谢良辅／319
　仲冬（唐）吕渭／319
　季冬（唐）丘丹／319
　冬（金）宇文虚中／320
七言绝句 ………… 320
　和袭美初冬偶作
　　（唐）陆龟蒙／320
　次仲庸初冬即事
　　（宋）裘万顷／320
　冬日早作（宋）裘万顷／320

冬暖（元）胡乘龙／320
冬词（元）郭钰／321

卷三十一　立冬类

七言绝句 ………… 322
　立冬（明）王穉登／322

卷三十二　冬至类

四言古 ………… 323
　晋冬至初岁小会歌
　　（晋）张华／323
五言古 ………… 323
　咏冬至（宋）袁淑／323
　冬至（宋）傅亮／323
　冬至应教（北齐）萧悫／323
　奉和冬至乾阳殿受朝应诏
　　（隋）牛弘／324
　奉和冬至乾阳殿受朝应诏
　　（隋）许善心／324
五言律 ………… 324
　长至日与同舍游北山
　　（宋）范成大／324
五言排律 ………… 324
　南至隔仗望含元殿炉烟
　　（唐）崔立之／324
　长至日上公献寿
　　（唐）崔琮／324
　冬至夜集曹能始园亭观伎
　　（明）吴兆／325

七言律 …………………… 325
 小至（唐）杜甫/325
 和湖州杜员外冬至日白蘋洲
  见忆（唐）李郢/325
 十一月二十七日冬至
  （元）朱德润/325
 送朱谢二博士进贺冬至表
  赴京师听宣谕毕还吴
  （明）高启/326
 至日怀诸太史陪祀南郊
  （明）王穉登/326
 冬至南郊扈从纪述和陈玉垒
  太史韵（明）于慎行/326
 馆课冬至斋居（明）于慎行/326
 冬至恭侍庆成大宴
  （明）于慎行/327
七言绝句 …………………… 327
 冬至日独游吉祥寺
  （宋）苏轼/327
 预作冬至（宋）张耒/327
 至节即事（元）马臻/327

卷三十三　元旦类

四言古 …………………… 328
 元会诗（魏）曹植/328
 正旦大会行礼歌（晋）傅玄/328
 上寿酒歌（晋）傅玄/328
 正旦大会行礼歌（晋）荀勖/329
五言古　附长短句 …………… 329
 王公上寿酒歌（晋）荀勖/329
 王公上寿诗（晋）张华/329
 正朝（晋）曹毗/329
 正朝诗（晋）王氏/329
 元正诗（晋）辛氏/329
 奉和元日（北齐）萧悫/330
 正旦蒙赵王赉酒
  （北周）庾信/330
 奉和从叔光禄愔元日早朝
  （隋）李孝贞/330
 元日寄诸弟兼呈崔都水
  （唐）韦应物/330
 元日同谷子延赋
  （明）高叔嗣/330
七言古 …………………… 331
 癸丑元旦（明）杨基/331
五言律 …………………… 331
 奉和正日临朝应诏
  （唐）李百药/331
 奉和正日临朝
  （唐）颜师古/331
 元日观朝（唐）厉元/331
 己酉元日（宋）陆游/332
 岁旦（宋）宋伯仁/332
 次韵屏翁新元聚拜
  （宋）戴昺/332
 己酉新正（元）叶颙/332
 乙亥元日试笔（元）张雨/332
 元日昇平词（明）王英/332

五言排律 ……………… 333
　元旦（唐）太宗/333
　奉和正日临朝应诏
　　（唐）魏徵/333
　元日早朝（唐）耿湋/333
　元旦书事（明）吴兆/333
七言律 ………………… 334
　奉和库部卢四兄曹长元日朝回
　　（唐）韩愈/334
　元日含元殿下立仗丹凤楼门
　　下宣赦上相公
　　（唐）杨巨源/334
　元日观朝（唐）杨巨源/334
　次韵曾仲锡元日见寄
　　（宋）苏轼/335
　丙申元日安福寺礼塔
　　（宋）范成大/335
　元日贺裴都事朝回
　　（元）李材/335
　辛酉岁元日（元）范梈/335
　开岁（元）范梈/336
　次韵正旦会朝（元）袁桷/336
　元日朝回（元）袁桷/336
　次韵元日朝贺（元）傅若金/336
　丁亥元日（元）张翥/337
　元日早朝（明）李东阳/337
　元旦试笔（明）陈宪章/337
　壬寅正旦侍班（明）吴宽/337
　乙亥元日（明）孙一元/338

元旦赐门神挂屏葫芦等物岁
　以为常（明）于慎行/338
乙巳元日（明）袁宏道/338
己卯正旦和牧翁韵
　（明）程嘉燧/338
五言绝句 ……………… 339
　奉和正日临朝应诏
　　（唐）杨师道/339
　正朝摘梅（唐）张说/339
　元朝（唐）张说/339
七言绝句 ……………… 339
　元日仗（唐）张祜/339
　岁日朝回口号（唐）杜牧/339
　元日观郭将军早朝
　　（唐）僧灵澈/339
　次韵秦少游王仲至元日立春
　　（宋）苏轼/340

卷三十四　人日类

五言古 ………………… 341
　正月七日登高侍宴
　　（北齐）阳休之/341
　和人日晚景宴昆明池
　　（北周）庾信/341
　人日思归（隋）薛道衡/341
　人日城南登高（唐）韩愈/341
七言古 ………………… 342
　军中人日登高赠房明府
　　（唐）宋之问/342

五言律 ················· 342
  人日剪綵（唐）张九龄/342
  人日（唐）杜甫/342
  新年（宋）苏轼/342
五言排律 ··············· 342
  人日立春林民部宅观伎
    （明）吴兆/342
七言律 ················· 343
  人日重宴大明宫恩赐綵缕
  人胜应制（唐）郑愔/343
  奉和人日谦大明宫恩赐綵缕人
  胜应制（唐）马怀素/343
  人日侍宴大明宫应制
    （唐）赵彦昭/343
  奉和人日重宴大明宫恩赐
  綵缕人胜应制
    （唐）崔日用/343
  人日侍宴大明宫恩赐綵缕人
  胜应制（唐）李峤/344
  人日重宴大明宫恩赐綵缕人
  胜应制（唐）李乂/344
  人日重宴大明宫恩赐綵缕人
  胜应制（唐）沈佺期/344
  人日宴大明宫恩赐綵缕人
  胜应制（唐）李适/344
  人日（唐）杜甫/345
  人日即事（唐）李商隐/345
  人日有怀愚斋张兄纬文
    （金）元好问/345

  人日立春（元）赵孟頫/345
  人日书怀（元）元淮/346
  人日从驾幸南郊，梁赞善
  以诗柬寄，因和之
    （明）胡俨/346
  人日（明）薛蕙/346
五言绝句 ··············· 346
  人日代客子是日立春
    （唐）张继/346
七言绝句 ··············· 347
  人日立春（唐）卢仝/347

卷三十五　上元类

五言古 ················· 348
  上元夜效小庾体同用春字
    （唐）长孙正隐/348
  上元夜（宋）苏轼/348
七言古 ················· 348
  上元作（宋）孔平仲/348
五言律 ················· 349
  轩游宫十五夜（唐）明皇/349
  上元（唐）郭利正/349
  正月十五夜应制（唐）孙逖/349
  正月十五夜（唐）苏味道/349
  正夜侍宴应诏（唐）薛曜/350
  十五夜观灯（唐）王諲/350
  正月十五日夜（唐）白居易/350
  上元唱和（唐）温庭皓/350

观山灯献徐尚书
　　（唐）段成式/350
元夕午门赐观灯（明）金善/350
元夕同李伯承高伯宗赋得
　　火树银花合（明）张九一/351
五言排律 …………… 351
　十五夜游（唐）苏味道/351
　奉和圣制十五夜燃灯继以
　　酺宴应制（唐）王维/351
　上元纪吴下节物俳谐体三十
　　二韵（宋）范成大/351
七言律 ……………… 352
　上元夜建元寺观灯呈通智
　　上人（唐）无名氏/352
　依韵和张推官元夕
　　（宋）文同/352
　次韵何若谷都官灯夕
　　（宋）赵抃/352
　元夜（宋）朱淑真/353
　上元宿通州杨原诚寓宅
　　（元）张翥/353
　次韵李清叔元夕
　　（元）贡师泰/353
　上元十五夜（明）刘英/353
　元夕应制（明）赵迪/354
　甲辰元夕（明）李濂/354
七言绝句 …………… 354
　上元夜（唐）崔液/354
　十五夜御前口号踏歌词

　　（唐）张说/355
　正月十五日（唐）熊孺登/355
　上元都下（宋）张耒/355
　上元侍饮楼上呈同列
　　（宋）苏轼/355
　灯夕时在泗水上（宋）朱松/356
　元夕（金）元好问/356
　上元日（元）范梈/356
　元夕（元）吴师道/356
　元宵（元）郑玉/356
　元宵偶作（元）钱惟善/357
　汴中元夕（明）李梦阳/357
　都城元夕（明）刘侃/357

卷三十六　花朝类

七言律 ……………… 358
　花朝张太学西园小集
　　（明）陆之裘/358
　花朝（明）吴稼竳/358
　仲雪见示花朝诗依韵奉和
　　（明）钱谦贞/358
七言绝句 …………… 359
　花朝（明）王衡/359
　花朝（明）汤显祖/359

卷三十七　社日类

五言古 ……………… 360
　社前遭田父泥饮美严中丞
　　（唐）杜甫/360

七言古 ············ 360
　春社祠（明）瞿佑/360
五言律 ············ 361
　社日（唐）杜甫/361
　今朝当社日（宋）戴复古/361
　社前（宋）谢翱/361
七言律 ············ 361
　乙酉社日偶题（宋）杨万里/361
　社日僧舍风雨（宋）刘宰/361
　社日（明）甘瑾/362
　社日出游（明）方太古/362
七言绝句 ············ 362
　社日（唐）张演/362
　春社（宋）陆游/362
　社日（宋）方岳/363
　社中（明）陈宪章/363
　社日（明）石珤/363

卷三十八 寒食类

五言古 ············ 364
　六年寒食洛下宴游赠冯李二
　少尹（唐）白居易/364
七言古 ············ 364
　初入秦川路逢寒食
　　（唐）明皇/364
　寒食陆浑别业（唐）宋之问/365
　奉和圣制初入秦川路寒食
　　应制（唐）张说/365
　寒食城东即事（唐）王维/365

五言律 ············ 366
　寒食应制（唐）韦承庆/366
　寒食清明早赴王门率成
　　（唐）李峤/366
　和常州崔使君寒食夜
　　（唐）孙逖/366
　寒食（唐）杜甫/366
　寒食（唐）王建/366
　寒食宴城北山池
　　（唐）羊士谔/366
　雨中寒食（唐）羊士谔/367
　寒食行次冷泉驿
　　（唐）李商隐/367
　东都寒食（唐）陈润/367
　寒食日作（宋）徐铉/367
　寒食（宋）王禹偁/367
　寒食（宋）陈与义/367
　寒食郊行书事（宋）范成大/368
　南塘寒食书事（宋）范成大/368
　寒食旅怀（明）谢榛/368
　江村寒食（明）宋登春/368
五言排律 ············ 368
　奉和圣制寒食作应制
　　（唐）张说/368
　洛桥寒食日作十韵
　　（唐）白居易/369
七言律 ············ 369
　寒食宴于中舍别驾兄弟宅
　　（唐）苏颋/369

寒食内宴 (唐) 张籍 / 369
寒食 (唐) 李山甫 / 370
次韵酬张补阙寒食见寄之什
　　(唐) 郑谷 / 370
寒食前有怀 (唐) 温庭筠 / 370
寒食成判官垂访因赠
　　(宋) 徐铉 / 370
寒食 (宋) 王禹偁 / 371
次韵何若谷寒食燕集
　　(宋) 赵抃 / 371
寒食出郊 (宋) 韩维 / 371
和子由寒食 (宋) 苏轼 / 371
孤山寒食 (宋) 赵师秀 / 372
丁未寒食归自三泉
　　(金) 元好问 / 372
林村寒食 (元) 戴表元 / 372
寒食游廉园 (元) 张养浩 / 372
途中寒食 (元) 马臻 / 373
江村寒食 (明) 杨基 / 373
寒食旅怀 (明) 谢晋 / 373
五言绝句 …………… 373
辛亥寒食 (金) 元好问 / 373
七言绝句 …………… 374
寒食汜上作 (唐) 王维 / 374
寒食 (唐) 韩翃 / 374
途中寒食 (唐) 白居易 / 374
寒食夜 (唐) 韩偓 / 374
东阳道中作 (唐) 方干 / 374

丙辰年鄜州遇寒食城外醉吟
　　(唐) 韦庄 / 374
山中寒食 (宋) 林逋 / 375
寒食夜 (宋) 苏轼 / 375
寒食 (金) 马定国 / 375
寒食舟中 (元) 黄潜 / 375
寒食逢杜贤良饮 (明) 高启 / 375
都下寒食 (明) 王穉登 / 376

卷三十九　清明类

五言古 …………… 377
清明日诏宴宁王山池
　　(唐) 张说 / 377
洛阳清明日雨霁 (唐) 李正封 / 377
七言古 …………… 377
乙卯清明沅州郊行
　　(元) 曹伯启 / 377
清明游鹤林寺 (元) 萨都剌 / 378
壬子清明看花有感
　　(明) 杨基 / 378
五言律 …………… 378
清明青龙寺上方得多字
　　(唐) 皇甫冉 / 378
清明 (唐) 孙昌胤 / 378
清明日狸渡道中
　　(宋) 范成大 / 379
五言排律 …………… 379
清明宴司勋刘郎中别业
　　(唐) 祖咏 / 379

清明日赐百寮新火
　　（唐）韩濬/379
清明日赐百寮新火
　　（唐）史延/379
清明日赐百寮新火
　　（唐）王濯/379

七言律 …………………… 380
清明登城春望（唐）王表/380
清明日与友人游玉粒塘庄
　　（唐）来鹏/380
清明（宋）陈与义/380
庚辰西域清明
　　（元）耶律楚材/380
清明日锦堤行乐（元）王恽/381
清明游陈氏园亭
　　（元）洪希文/381
清明呈馆中诸公（明）高启/381
清明即事（明）瞿佑/381

七言排律 …………………… 382
清明（唐）杜甫/382

七言绝句 …………………… 382
清明夜（唐）白居易/382
清明日（唐）元稹/382
清明日（唐）李建勋/382
清明舟次吴门（宋）沈与求/383
清明（宋）陈与义/383
清明插柳（宋）宋伯仁/383
清明日风雨凄然，舟泊东林
　　西浒……（元）倪瓒/383

清明日留西山（元）范梈/383
清明前一日作（明）镏洤/383
清明（明）葛一龙/384
清明日偶成（明）袁宗/384

卷四十　上巳类

四言古 …………………… 385
太康六年三月三日后园会
　　（晋）张华/385
平吴后三月三日华林园诗
　　（晋）王济/385
上巳会诗（晋）阮修/386
三月三日应诏（晋）闾丘冲/386
三月三日（晋）孙绰/386
三月三日侍宴西池诗
　　（宋）谢灵运/386
三日侍宴曲水代人应诏
　　（齐）谢朓/387
三日侍凤光殿曲水宴应制
　　（梁）沈约/387

五言古 …………………… 388
三月三日临曲水（晋）庾阐/388
三月三日（晋）庾阐/388
三月三日曲水集（宋）谢瞻/388
上巳侍宴林光殿曲水
　　（梁）简文帝/388
三日侍兰亭曲水宴
　　（梁）庾肩吾/388

三日侍林光殿曲水宴
　　（梁）沈约／389
三日侍华光殿曲水宴
　　（梁）刘孝绰／389
三日侍安成王曲水宴
　　（梁）刘孝绰／389
祓禊泛舟春日玄圃各赋七韵
　　（陈）后主／389
三日侍宴宣猷堂曲水
　　（陈）江总／390
上巳禊饮（隋）卢思道／390
上巳浮江宴韵得址字
　　（唐）王勃／390
三月三日寄诸弟兼怀崔都水
　　（唐）韦应物／390
上巳日（唐）刘驾／390
上巳日杭州府学教授徐一夔、
　四斋训导拉游智果寺……
　　（元）张昱／391
七言古 …………… 391
　上巳华光殿（梁）沈约／391
　上巳日与二三子携酒出游，
　　随所见辄作数句……
　　（宋）苏轼／391
五言律 …………… 392
　三日梨园侍宴（唐）沈佺期／392
　三月三日申王园亭宴集
　　（唐）张九龄／392
　洛中寄王九迥（唐）孟浩然／392

上巳日徐司录林园宴集
　　（唐）杜甫／393
奉陪侍中上巳泛渭河
　　（唐）卢纶／393
上巳恩赐曲江宴会即事
　　（唐）白居易／393
三日赠都上人（唐）殷尧藩／393
三月三日作（明）许宗鲁／393
五言排律 …………… 393
　三月三日曲江侍宴
　　（唐）赵良器／393
　奉和上巳祓禊（唐）崔国辅／394
　三月三日勤政楼侍宴
　　（唐）王维／394
　奉和圣制与太子诸王三月三
　　日龙池春禊（唐）王维／394
　三月三日曲江侍宴应制
　　（唐）王维／394
　奉和圣制上巳于望春亭观禊饮
　　（唐）王维／394
　上巳泛舟（唐）张登／395
　三月三日祓禊洛滨
　　（唐）白居易／395
　上巳饮于湖上（宋）孔平仲／395
　上巳（明）杨基／395
七言律 …………… 396
　三月三日诏宴定昆池官庄
　　（唐）张说／396

和上巳连寒食有怀京洛
　　（唐）孙逖／396
上巳日越中与鲍侍御泛舟耶溪
　　（唐）刘长卿／396
三月三日义兴李明府后亭泛舟
　　（唐）皇甫冉／396
上巳（宋）韩琦／397
三日赴宴口占（宋）欧阳修／397
三月三日泊虞山下步寻等慈
　　师不遇（明）程嘉燧／397
七言绝句 ………………… 397
奉和三日祓禊渭滨
　　（唐）李乂／397
上巳日祓禊渭滨应制
　　（唐）韦嗣立／398
上巳日祓禊渭滨应制
　　（唐）沈佺期／398
三月三日定昆池奉和萧令得
　　潭字韵（唐）张说／398
三日寻李九庄（唐）常建／398
上巳上浙东孟中丞
　　（唐）鲍溶／398
上巳日忆江南禊事
　　（唐）李德裕／398
到江西省看花次韵
　　（明）杨基／399

附曲水

四言古 ………………… 399

侍宴乐游林光殿曲水
　　（梁）刘孝威／399
七言古 ………………… 399
春日曲水（北齐）萧悫／399

卷四十一　佛日类

五言古 ………………… 400
四月八日赞佛诗（晋）支遁／400
咏八日诗三首（晋）支遁／400
五言排律 ………………… 401
四月八日题七级
　　（唐）骆宾王／401

卷四十二　午日类

五言古 ………………… 402
端午效六朝体（元）马祖常／402
七言古 ………………… 402
端午词（元）张宪／402
五言律 ………………… 402
官庄池观竞渡（唐）储光羲／402
午日柬杨廉夫（元）张雨／403
五言排律 ………………… 403
端午三殿宴群臣探得神字
　　（唐）明皇／403
端午（唐）明皇／403
端午三殿侍宴应制探得鱼字
　　（唐）张说／403
岳州观竞渡（唐）张说／404

七言律 …………………… 404
 及第后江陵观竞渡寄袁州
  刺史成应元（唐）卢肇/404
 铜陵县端午日寄兄弟
  （宋）孔武仲/404
 湖亭观竞渡（宋）楼钥/404
 端午上饶道中（宋）袠万顷/405
 端午节饮客与赵伯高
  （元）虞集/405
 端阳写怀（明）高启/405
 午日呈郑久诚参政
  （明）王佐/405
 午日庭宴（明）唐顺之/406
 端午赐黄金艾叶银书灵符等
 物岁以为常（明）于慎行/406
七言绝句 …………………… 406
 重午（宋）陆游/406
 扬州端午呈赵帅
  （宋）戴复古/406

卷四十三 七夕类

五言古 …………………… 407
 七月七日咏织女（晋）苏彦/407
 七月七日（晋）李充/407
 七夕（宋）孝武帝/407
 七夕夜咏牛女应制
  （宋）谢庄/407
 七夕咏牛女（宋）谢灵运/408
 七月七日夜咏牛女
  （宋）谢惠连/408
 七夕（梁）简文帝/408
 七夕穿针（梁）简文帝/408
 织女赠牵牛（梁）沈约/408
 望织女（梁）范云/409
 奉使江州舟中七夕
  （梁）庾肩吾/409
 七夕（梁）庾肩吾/409
 咏织女（梁）刘孝威/409
 七夕（陈）江总/409
 赋昆明池一物得织女石
  （隋）虞茂/410
 七夕（隋）王眘/410
 七夕看新妇隔巷停车
  （隋）陈子良/410
 七夕（唐）张文恭/410
七言古 …………………… 410
 七夕曲（唐）王建/410
 七夕（唐）温庭筠/411
 七夕（明）卢柟/411
五言律 …………………… 411
 七夕泛舟（唐）卢照邻/411
 七夕（唐）杜审言/411
 奉和七夕宴两仪殿应制
  （唐）李峤/412
 奉和七夕宴两仪殿应制
  （唐）苏颋/412
 牛女（唐）宋之问/412
 七夕（唐）杨衡/412

七夕（唐）祖咏／412
七夕（唐）刘禹锡／412
七夕（唐）李贺／413
七夕偶题（唐）李商隐／413
壬申七夕（唐）李商隐／413
七夕（元）傅若金／413

七言律 ················ 413
辛未七夕（唐）李商隐／413
七夕（唐）温庭筠／414
池塘七夕（唐）温庭筠／414
七夕（唐）刘威／414
七夕（唐）罗隐／414
奉和七夕应令（宋）韩琦／415
七夕（宋）陈造／415
次韵端臣侄七夕（宋）范浚／415
七夕感兴（宋）戴昺／415

五言绝句 ·············· 416
闰月七夕织女（唐）王湾／416
七夕（元）张昱／416

七言绝句 ·············· 416
七夕（唐）权德舆／416
乞巧（唐）林杰／416
七夕（唐）窦常／416
秋夕（唐）杜牧／416
七夕（唐）李商隐／417
秋登涔阳城（唐）李群玉／417
秋日田园杂兴（宋）范成大／417
七夕（宋）朱淑真／417
七夕口占（宋）朱淑真／417

七夕（金）元好问／417
七夕舟中苦热（元）马祖常／418
七夕（元）吴师道／418
七夕（明）石珤／418
七夕（明）冯琦／418

卷四十四　中元类

五言古 ················ 419
七月十五日题章敬寺
（唐）德宗／419
中元雨中呈子晋（宋）朱子／419

五言排律 ·············· 419
中元日观法事（唐）卢拱／419

七言律 ················ 420
中元日斋中作（明）朱日藩／420

五言绝句 ·············· 420
中元见月（明）边贡／420

卷四十五　中秋类

五言古 ················ 421
中秋月（唐）欧阳詹／421

七言古 ················ 421
和子由中秋见月（宋）苏轼／421
中秋见月（宋）苏辙／422

五言律 ················ 422
八月十五夜月（唐）杜甫／422
十六夜玩月（唐）杜甫／423
十七夜对月（唐）杜甫／423

奉和中秋夜锦楼玩月
　　（唐）柳公绰 / 423
奉和中秋夜锦楼玩月
　　（唐）徐放 / 423
奉和中秋夜锦楼玩月
　　（唐）崔备 / 423
镇西蜀中秋夜锦楼玩月
　　（唐）武元衡 / 423
奉和中秋夜锦楼玩月
　　（唐）张正一 / 424
奉和中秋夜锦楼玩月
　　（唐）王良会 / 424
八月十五夜观月
　　（唐）刘禹锡 / 424
中秋月（唐）张祜 / 424
中秋月（唐）朱庆馀 / 424
中秋越台看月（唐）李群玉 / 424
中秋月（唐）潘纬 / 425
中秋月（唐）僧无可 / 425
中秋夜月（唐）僧栖白 / 425
中秋月（宋）韩琦 / 425
八月十五夜月（宋）唐庚 / 425
中秋步月（宋）翁卷 / 425
中秋玩月（宋）朱淑真 / 426
倪庄中秋（金）元好问 / 426
中秋（元）杨载 / 426
溪行中秋望月（元）萨都剌 / 426
中秋同何大复看月
　　（明）韩邦靖 / 426

七言律 …………… 427
八月十五夜，闻崔大员外翰
　　林独直，对酒玩月，因怀
　　禁中清景，偶题是诗
　　（唐）白居易 / 427
酬乐天八月十五夜禁中独直
　　玩月见寄（唐）元稹 / 427
鹤林寺中秋玩月（唐）许浑 / 427
八月十五夜玩月（唐）刘沧 / 427
八月十五夜同卫谏议看月
　　（唐）秦韬玉 / 428
八月十五夜（唐）殷文圭 / 428
中秋夜独游安国寺山亭院步
　　月，李益迟明至寺中，求
　　与联句（唐）僧广宣 / 428
酬王君玉中秋席上待月值雨
　　（宋）欧阳修 / 428
和仲宁中秋赴饮庄宅
　　（宋）周必大 / 429
中秋集鲍楼作（宋）徐玑 / 429
中秋（金）李俊民 / 429
中秋望驿亭对月代祀北还
　　（元）张翥 / 429
中秋禁中对月（明）杨慎 / 430
中秋（明）石沆 / 430

五言绝句 …………… 430
中秋月（唐）李峤 / 430
中秋（唐）司空图 / 430

七言绝句 ·················· 430
华阳观中八月十五夜招友玩月
　　（唐）白居易／430
中秋夜君山台望月
　　（唐）李涉／431
和元郎中从八月十二到十五
夜玩月（唐）王建／431
中秋夜不见月（唐）罗隐／431
中秋月（唐）戎彦雄／431
中秋月（宋）苏轼／431
中秋月（宋）文同／432
中秋登望海楼（宋）米芾／432
中秋李漕冰壶燕集
　　（宋）戴复古／432
中秋不见月（宋）朱淑真／432
十六夜孤山看月歌
　　（明）王穉登／432
中秋长干曲（明）周天球／433

卷四十六　九日类

四言古 ·················· 434
九日侍宴（齐）萧子良／434
九日侍宴乐游苑（梁）沈约／434
九日侍宴乐游苑（梁）丘迟／434
五言古 ·················· 435
九日赋韵（梁）简文帝／435
九日侍宴乐游苑应令
　　（梁）庾肩吾／435

五言同管记陆瑜九日观马射
　　（陈）后主／435
重阳日即事（唐）德宗／435
九月九日刘十八东堂集
　　（唐）李颀／436
同徐侍郎五云溪新亭重阳宴作
　　（唐）独孤及／436
九日岳阳待黄遂张涣
　　（唐）刘长卿／436
九日沣上作寄崔主簿倬二李
端系（唐）韦应物／436
九日赠司空文明（唐）李端／437
奉和圣制九日言怀赐中书门
　　下及百寮应制
　　（唐）权德舆／437
奉和圣制重阳日即事六韵
　　（唐）权德舆／437
奉和圣制重阳日百寮曲江宴
示怀（唐）崔元翰／437
五言律 ·················· 437
奉和九日幸临渭亭登高应制
　　（唐）李峤／437
奉和九日幸临渭亭登高应制
　　（唐）沈佺期／438
重九日宴江阴（唐）杜审言／438
奉和九日幸临渭亭登高应制
　　（唐）苏瑰／438
奉和九日幸临渭亭登高应制
　　（唐）李适／438

奉和九日幸临渭亭登高应制
　　（唐）韦嗣立／438
奉和九日幸临渭亭登高应制
　　（唐）赵彦伯／438
九日　（唐）杜甫／439
九日得新字　（唐）孟浩然／439
九月九日李苏州东楼宴
　　（唐）独孤及／439
九日闲居寄登高数子
　　（唐）钱起／439
九日登李明府北楼
　　（唐）刘长卿／439
九日陪刘中丞宴送客
　　（唐）朱放／440
九日陪崔峒郎中北山宴
　　（唐）严维／440
九日奉陪侍中宴白楼
　　（唐）卢纶／440
九日登樟亭驿楼（唐）许浑／440
九日陪崔大夫宴清河亭
　　（唐）李群玉／440
婺州水馆重阳日作
　　（唐）韦庄／440
九月十日　（唐）僧皎然／441
九日和于使君思上京亲故
　　（唐）僧灵澈／441
重阳舟中（宋）戴复古／441
九日　（元）范梈／441

九日同马君卿任宏器登高
　　（明）何景明／441
五言排律　…………………441
奉和圣制重阳节宰臣及群臣
　　上寿应制（唐）王维／441
九日陪润州邵使君登北固山
　　（唐）张子容／442
九日勤政楼观百寮献寿
　　（唐）权德舆／442
七言律　…………………442
九日登望仙台仍呈刘明府
　　（唐）崔曙／442
重阳　（唐）高适／442
九日蓝田崔氏庄（唐）杜甫／443
九日卫使君筵上作
　　（唐）武瓘／443
重阳日访元秀上人
　　（唐）郑谷／443
九日水阁（宋）韩琦／443
次韵苏伯固主簿重九
　　（宋）苏轼／444
九日寄秦觏（宋）陈师道／444
重九会郡楼（宋）米芾／444
九日登天湖，以"菊花须插
　　满头归"分韵赋诗得归字
　　（宋）朱子／444
己未九日，子服老弟及仲宣
　　诸友载酒见过……
　　（宋）朱子／445

重阳九经堂作（宋）范成大/445
九日同出真珠园
　　（宋）林光朝/445
九日（元）张养浩/445
九日登石头城（元）萨都剌/446
九日（元）周权/446
圣驾九日天寿山登高献三阁下
　　（明）潘纬/446

五言绝句 …………… 446
九日至微山亭（唐）许敬宗/446
拟江令于长安归扬州九日赋
　　（唐）许敬宗/446
九日（唐）王勃/447
九日进茱萸山诗（唐）张说/447
九日陪元鲁山登北城留别
　　（唐）萧颖士/447
九日寄伃然箕亭（唐）钱起/447
九日（唐）权德舆/447

六言绝句 …………… 448
潜昭九日赠龙团次韵
　　（元）袁桷/448
九日寄兴（元）叶颙/448

七言绝句 …………… 448
九日（唐）德宗/448
九日宴（唐）张谔/448
九月九日忆山东兄弟
　　（唐）王维/448
九日作（唐）王缙/449
九日田舍（唐）钱起/449

重阳日酬李观（唐）皇甫冉/449
禁中九日对菊花酒忆元九
　　（唐）白居易/449
九日寄行简（唐）白居易/449
重阳日至峡道（唐）张籍/449
九日（唐）黄滔/450
重九会光化二园（宋）韩琦/450
重阳后菊花（宋）范成大/450
舟中九日（宋）宋伯仁/450
九日道中凄然忆潘邠老之句
　　（宋）方岳/450
九日感怀（元）黄庚/450
九日郭外（元）郝经/451
次德衡弟九日以萸酒来贶
　　（元）蒲道源/451
九日登玉霄峰（元）曹文晦/451
九日独酌（明）刘效祖/451

卷四十七　腊日类

五言古 …………… 452
残腊独出（宋）苏轼/452
五言律 …………… 452
腊八日发桐城（明）陶安/452
腊日（明）李先芳/452
七言律 …………… 452
腊日（唐）杜甫/452
腊后岁前遇景咏意
　　（唐）白居易/453

己卯腊八日雪为魏伯亮赋
　（元）虞集／453

卷四十八　除夕类

五言古 ·················· 454
　馈岁（宋）苏轼／454
五言律 ·················· 454
　守岁（唐）太宗／454
　除夜（唐）太宗／454
　西京守岁（唐）骆宾王／454
　除夜有怀（唐）杜审言／455
　岁除夜会乐城张少府宅
　　（唐）孟浩然／455
　杜位宅守岁（唐）杜甫／455
　除夜（唐）王諲／455
　除夜乐城逢孟浩然
　　（唐）张子容／455
　除夜（唐）曹松／455
　岁除对王秀才（唐）韦庄／456
　除夜寄罗评事同年
　　（宋）王禹偁／456
　壬寅除夕（宋）戴复古／456
　除夕（元）张希尹／456
七言律 ·················· 456
　守岁侍宴应制（唐）杜审言／456
　江外除夜（唐）曹松／457
　除夜寄舍弟（宋）王安石／457
　除夜野宿常州城外
　　（宋）苏轼／457

除夜（金）元好问／457
次韵癸卯除夕（元）顾瑛／458
除夕（明）程嘉燧／458
五言绝句 ·················· 458
　于太原召侍臣赐宴守岁
　　（唐）太宗／458
　守岁（唐）张说／458
　岭外守岁（唐）李福业／458
七言绝句 ·················· 459
　除夜作（唐）高适／459
　和子由除夜元日省宿致斋
　　（宋）苏轼／459
　除夕绝句（宋）杨万里／459
　除夕前一日（宋）杨万里／459
　池州郡斋除夜寄呈家君
　　（元）贡奎／460
　除夕（明）程嘉燧／460

卷四十九　山总类

五言古 ·················· 461
　山中杂诗（梁）吴均／461
　初入山作（梁）桓法闿／461
　咏山（陈）僧惠标／461
　从驾游山（北齐）袁奭／461
　和宇文内史春日游山
　　（北周）庾信／462
　游山（北周）庾信／462
　咏山（隋）刘斌／462

赋得岩穴无结构
　　（隋）王由礼/462
落日忆山中（唐）李白/462
秋山夕兴（唐）陶翰/462
奉和夏日游山应制
　　（唐）蔡文恭/463
送丘员外还山（唐）韦应物/463
出山吟（唐）白居易/463
山中作（唐）冯用之/463
秋日过屏山庵（宋）戴昺/463
山中（明）樊阜/464
暮归山中（明）蓝智/464
送徐巢友还山（明）葛一龙/464
寻山（明）僧大香/464

七言古 …………… 464
山中新晴（宋）文同/464

五言律 …………… 465
岁初归旧居酬皇甫侍御见寄
　　（唐）钱起/465
山中春夜（唐）张籍/465
送友人归山（唐）张籍/465
山行（唐）戴叔伦/465
早发故山（唐）马戴/465
山行（唐）马戴/466
山行（唐）殷遥/466
春山夜月（唐）于良史/466
秋月山中（唐）姚合/466
山中（唐）曹松/466
山中（唐）方干/466

秋夜山中述事（唐）薛能/467
山中冬夜（唐）张乔/467
寻山（唐）李频/467
游山（唐）黄滔/467
春山行（唐）僧贯休/467
山中即事（宋）戴复古/467
山行（宋）戴复古/468
晓行山间（宋）真山民/468
春日山中（明）蔡羽/468
行山中（明）王同轨/468

五言排律 …………… 468
春晚从李长史游开道林故山
　　（唐）骆宾王/468
还山宅（唐）杨师道/469
冬日归旧山（唐）李白/469
酬故人还山（唐）宋鼎/469

七言律 …………… 469
送韩侍御归山（唐）张籍/469
山行（唐）项斯/470
山中言事（唐）方干/470
长安月夜与友生话故山
　　（唐）赵嘏/470
入山（宋）孔武仲/470
山行（宋）陆游/471
山中（宋）翁卷/471
山行（宋）方岳/471
山行（宋）方岳/471
山行（宋）真山民/472
梦登高山得诗（元）萨都剌/472

山居晚兴（元）尹廷高/472
山居（元）丁鹤年/472
次韵张布政游山
　（明）僧德祥/473
五言绝句 …………… 473
窗里山（唐）钱起/473
山中即事（唐）郎士元/473
远山（唐）皇甫冉/473
送吉中孚校书归楚州旧山
　（唐）卢纶/473
天津桥南山中各题一句
　（唐）李益/474
山中宿（唐）白居易/474
春山（唐）司空图/474
前山（唐）裴夷直/474
远山（唐）吴融/474
出山（宋）陈与义/474
入山（宋）陈与义/474
宿山中（宋）刘克庄/475
山中杂诗（金）元好问/475
郊饮醉归（元）张养浩/475
山中偶题（元）黄潜/475
杂兴（元）周权/475
游三洞金盆诸峰绝句
　（元）叶颙/475
山中景（元）僧英/475
山中（元）僧英/476
送人还山（元）僧善住/476

六言绝句 …………… 476
问李二司直所居云山
　（唐）皇甫冉/476
寻张逸人山居（唐）刘长卿/476
七言绝句 …………… 476
宿石邑山中（唐）韩翃/476
秋山（唐）张籍/476
逢郑三游山（唐）卢仝/477
小江驿送陆侍御归湖上山
　（唐）陈羽/477
山中赠诸暨丹丘明府
　（唐）秦系/477
山中（唐）顾况/477
移居深山（唐）刘商/477
山中作（唐）马戴/477
入山（宋）孔武仲/478
段家堤西望晚山（宋）蔡襄/478
入山留客（宋）蔡襄/478
雪消溪涨山色尤可喜口占
　（宋）朱子/478
登山有作次敬夫韵
　（宋）朱子/478
山中（金）马天来/478
下山（元）刘因/479
山中（元）黄庚/479
日夕观山（元）许有孚/479
山中（元）宋元/479
江上看山（明）胡宗仁/479

卷五十 泰山类

五言古 ······ 480
　泰山吟（宋）谢灵运/480
　游泰山（唐）李白/480
　送范山人归泰山（唐）李白/481
　望岳（唐）杜甫/481
　登岳（明）王守仁/482
　望岳（明）廖道南/482
七言古 ······ 482
　题李白泰山观日出图
　　（元）段辅/482
　登岳（元）李简/483
五言律 ······ 483
　过泰山偶赋（明）汪广洋/483
　登岳（明）乔宇/483
　登岳（明）王廷相/483
　秋暮登岱（明）查约/484
　登岳（明）陈沂/484
七言律 ······ 484
　登岱（宋）查道/484
　登泰山（元）张养浩/484
　登岱（明）宋濂/484
　登岱（明）王偯/485
　季秋望后一日同僚友登岱
　　（明）查焕/485
　登岳（明）边贡/485
　登岳（明）赵鹤/485
　登岱（明）查秉彝/486
　怀泰山（明）李攀龙/486
七言绝句 ······ 486
　日观峰（宋）范致中/486
　日观峰（金）萧贡/486

卷五十一 华山类

五言古 ······ 487
　行经太华（隋）孔德绍/487
　华岳（唐）王维/487
　过华阴（唐）王昌龄/487
　望太华赠卢司仓（唐）陶翰/488
　关门望华山（唐）刘长卿/488
　华山西冈游赠隐元叟
　　（唐）顾况/488
　华山歌（唐）刘禹锡/488
五言律 ······ 489
　观华岳（唐）祖咏/489
　送田卓入华山（唐）贾岛/489
　马戴居华山因寄（唐）贾岛/489
　华山（唐）张乔/489
　华山上方（唐）裴说/489
五言排律 ······ 490
　途经华岳（唐）明皇/490
　奉和圣制途经华岳应制
　　（唐）张说/490
　华山（唐）郑谷/490
　华山（唐）张乔/490
七言律 ······ 491
　行经华阴（唐）崔颢/491

望岳（唐）杜甫／491
华山（唐）李洞／491
华山（元）张翔／491
华山（明）朱志埰／492
华山石关（明）王履／492
华山和唐崔颢韵（明）杨荣／492
登华至青柯坪纪胜
　（明）陈于陛／492
五言绝句 …………… 493
华山（宋）寇准／493
华山（金）王特起／493
登华（明）叶禄／493
七言绝句 …………… 494
和钱华州题少华清光绝句
　（唐）白居易／494
云开见华山（唐）李频／494
望毛女峰（唐）陆畅／494
太华（明）刘基／494
华山杂兴（明）孙应鳌／494

卷五十二　衡山类

五言古 …………… 495
衡山（晋）庾阐／495
岩下见一老翁四五少年赞
　（宋）谢灵运／495
江上送女道士褚三清游南岳
　（唐）李白／495
望衡山（唐）刘禹锡／495
望南岳（明）杨基／496

七言古 附长短句 …………… 496
与诸公送陈郎将归衡阳
　（唐）李白／496
登祝融峰赠星上人
　（元）揭傒斯／496
五言律 …………… 497
游南岳（唐）张乔／497
七言律 …………… 497
送莹上人游衡岳
　（宋）僧惠洪／497
游南岳（明）蔡汝楠／497
七言绝句 …………… 498
衡岳道中（宋）陈与义／498
回衡山县望南岳（元）陈孚／498
衡岳（明）傅汝舟／498

卷五十三　恒山类

四言古 …………… 499
恒山（晋）傅咸／499
五言古 …………… 499
北岳（唐）贾岛／499
五言排律 …………… 499
北岳（明）马汝骥／499

卷五十四　嵩山类

五言古 …………… 501
送杨山人归嵩山（唐）李白／501
五言律 …………… 501
归嵩山作（唐）王维／501

七言律 …………… 501
　嵩山石淙侍宴应制
　　（唐）沈佺期 / 501
　三阳宫石淙侍宴应制
　　（唐）宋之问 / 502
五言绝句 …………… 502
　嵩山夜还（唐）宋之问 / 502
　赠柳喜自号嵩山老
　　（唐）僧皎然 / 502
　游嵩山（元）杨奂 / 502
七言绝句 …………… 503
　送李秀才游嵩山（唐）顾况 / 503
　送友人游嵩山（唐）陈羽 / 503
　送闻上人游嵩山
　　（唐）欧阳詹 / 503

卷五十五　西山类

五言古 …………… 504
　游玉泉山呈袁伯长学士
　　（元）朱德润 / 504
　暮登香山（明）吴扩 / 504
七言古 …………… 504
　游香山（元）张养浩 / 504
五言律 …………… 505
　同黎秘书游西山经玉泉山池
　　亭望西湖（明）欧大任 / 505
七言律 …………… 505
　西山（元）马祖常 / 505
　西山（明）李东阳 / 505

玉泉山（明）李东阳 / 506
西山道中（明）马文叔 / 506
七言绝句 …………… 506
　宿西山（明）谢榛 / 506

卷五十六　盘山类

五言古 …………… 507
　盘山（明）王嘉谟 / 507
　盘山双峰寺（明）王嘉谟 / 507
七言古 …………… 507
　登盘山绝顶谒黄龙祠
　　（明）谢榛 / 507
五言排律 …………… 508
　登盘山绝顶（明）萧应凤 / 508
七言律 …………… 508
　游盘山（明）王衡 / 508
七言绝句 …………… 509
　望盘山（明）高承埏 / 509

卷五十七　钟山类

五言古 …………… 510
　游钟山应西阳王教
　　（梁）沈约 / 510
　登钟山谯集望西静坛
　　（梁）吴均 / 510
　登钟山下峰望（梁）虞骞 / 511
　钟山（明）太祖 / 511
　钟山赓吴沈韵（明）太祖 / 511

七言古 …………… 511
　游钟山（宋）苏辙／511
五言律 …………… 512
　秋日钟山晓行（元）萨都剌／512
五言排律 …………… 512
　同王胜之游蒋山（宋）苏轼／512
七言律 …………… 513
　春日陪驾幸蒋山应制
　　（明）林鸿／513
七言绝句 …………… 513
　钟山即事（宋）王安石／513
　游钟山（宋）王安石／513
　游钟山（明）太祖／513

卷五十八　金山类（附焦山）

五言律 …………… 514
　金山寺（唐）张祜／514
　题金山（唐）孙鲂／514
　题金山（唐）韩垂／514
　金山寺（宋）梅尧臣／514
　登金山（明）周诗／515
七言律 …………… 515
　宿题金山寺（唐）刘沧／515
　游金山（元）萨都剌／515
　登金山吞海亭了公请赋
　　（元）张翥／515
　金焦两山（元）周权／516
　金山寺（元）陈孚／516
　游金山寺（元）周伯琦／516

题金山寺（元）僧明本／516
金山（明）王叔承／517
七言绝句 …………… 517
　金山寺（唐）窦庠／517
　过金山（元）耶律楚材／517
　金山（明）董应举／517

附焦山

五言古 …………… 517
　题焦山方丈（元）萨都剌／517
七言古 …………… 518
　自金山放船至焦山
　　（宋）苏轼／518
　焦山寺（元）周权／518
七言律 …………… 518
　游焦山（元）郭天锡／518
　游焦山寺（元）周伯琦／519
六言绝句 …………… 519
　焦山题塔（元）陈柏／519
七言绝句 …………… 519
　焦山吸江亭（宋）孙觌／519
　宿焦山上方（元）郭天锡／519

卷五十九　茅山类

五言古 …………… 520
　游茅山（唐）储光羲／520
七言古 …………… 520
　登大茅峰（元）吴全节／520

五言律 …………… 521
  茅山洞口 (唐) 綦毋潜/521
  送陆羽之茅山寄李延陵
    (唐) 刘长卿/521
  茅山第三峰 (元) 吴全节/521
七言律 …………… 521
  赠茅山高拾遗 (唐) 许浑/521
  江南道中怀茅山广文南阳博士
    (唐) 皮日休/522
  怀华阳润卿博士
    (唐) 皮日休/522
  和江南道中怀茅山广文南阳
    博士 (唐) 陆龟蒙/522
  和怀华阳润卿博士
    (唐) 陆龟蒙/523
五言绝句 …………… 523
  茅山 (元) 姚文奂/523
六言绝句 …………… 523
  送郑二之茅山 (唐) 皇甫冉/523
七言绝句 …………… 523
  茅山道中 (唐) 赵嘏/523
  送人游茅山 (唐) 僧贯休/524
  将游茅山先寄道士张伯雨
    (元) 萨都剌/524
  游三茅华阳诸洞 (元) 宋无/524
  登茅山天市坛 (元) 僧惟则/524

卷六十 武夷山类

五言古 …………… 525

行视武夷精舍作 (宋) 朱子/525
  武夷道中 (元) 黄清老/525
五言律 …………… 526
  武夷山 (元) 雅琥/526
七言律 …………… 526
  寄武夷思学斋 (元) 王士熙/526
  武夷山 (元) 雅琥/526
  题武夷 (明) 阮自华/526
五言绝句 …………… 527
  武夷山仙城 (唐) 徐凝/527
  武夷天柱峰 (宋) 朱子/527
七言绝句 …………… 527
  武夷山 (唐) 李商隐/527
  武夷 (宋) 葛长庚/527
  武夷山一线天 (明) 徐渭/527

卷六十一 庐山类

四言古 …………… 528
  庐山神仙诗 (晋) 湛方生/528
五言古 …………… 528
  庐山东林杂诗 (晋) 僧惠远/528
  夜宿石门诗 (宋) 谢灵运/528
  登庐山绝顶望诸峤
    (宋) 谢灵运/528
  登庐山 (宋) 鲍照/529
  从登香炉峰 (宋) 鲍照/529
  从冠军建平王登庐山香炉峰
    (梁) 江淹/529
  湖中望庐山 (唐) 孟浩然/530

送东林廉上人归庐山
　　（唐）王昌龄／530
过庐山下（宋）苏轼／530
山北纪行（宋）朱子／530
庐山杂兴（宋）僧道潜／531
七言古 附长短句 ……… 532
蜀中送人游庐山
　　（唐）僧隐峦／532
登绳金塔望庐山（明）杨基／532
五言律 ……………… 532
庐山（唐）王贞白／532
宿庐山绝顶精舍（唐）崔涂／533
忆庐山旧游（唐）黄滔／533
五言排律 …………… 533
庐山（唐）李咸用／533
和段校书冬夕寄题庐山
　　（唐）刘得仁／533
七言律 ……………… 534
怀庐岳旧隐（唐）杜荀鹤／534
岁暮晚泊望庐山不见怀岳僧
　呈察判（唐）李建勋／534
怀庐山旧隐（唐）僧若虚／534
和詹叔游庐山见寄
　　（宋）韩维／535
庐山（宋）戴复古／535
五言绝句 …………… 535
庐山独夜（唐）徐凝／535
初入庐山（宋）苏轼／535
七言绝句 …………… 536

望庐山五老峰（唐）李白／536
题庐山双剑峰（唐）来鹏／536
题西林壁（宋）苏轼／536
题庐山（宋）晁补之／536
庐山杂兴（宋）僧惠洪／536
登石钟山望庐山（明）张治／537

卷六十二　九华山类

五言古 ……………… 538
和季友题九华山
　　（唐）僧神颖／538
望九华山（元）吴师道／538
七言古 附长短句 ……… 538
九华山（唐）刘禹锡／538
郡楼望九华歌（唐）霍总／539
望九华（宋）程俱／539
五言律 ……………… 540
望九华寄池阳太守
　　（唐）曹松／540
七言律 ……………… 540
九华山（唐）郭夔／540
望九华山（唐）柴夔／540
宿九华化城寺庄
　　（唐）僧泠然／540
九华山下夜泊（明）王守仁／541
七言绝句 …………… 541
晴望九华山（唐）杨鸿／541
代书问费征君九华事
　　（唐）萧建／541

晚登九华山（明）吴兆/541
别九华山（明）吴兆/541

卷六十三　小孤山类

五言古 …………… 542
　泊小孤山（宋）陈造/542
　过小孤山（明）杨基/542
七言古 …………… 542
　小孤山（元）范梈/542
　小孤山（明）邵宝/543
七言律 …………… 543
　小孤山晓发和蔡思敬韵
　　（元）揭傒斯/543
　次小孤山（元）丁鹤年/543
　和贝惟学登小孤山韵
　　（明）程本立/544
七言绝句 …………… 544
　小孤山（唐）顾况/544
　晓饭小孤山下（明）胡梅/544

卷六十四　天台山类

五言古 …………… 545
　天台晓望（唐）李白/545
　送超上人归天台（唐）孟郊/545
　天台山中（明）吴鼎芳/545
五言律 …………… 546
　寻天台山（唐）孟浩然/546
　天台闲望（唐）李敬方/546
　送人之天台（唐）李洞/546

七言律 …………… 546
　因话天台胜异仍送罗道士
　　（唐）方干/546
　送孙百篇游天台（唐）方干/546
　送郭秀才游天台（唐）许浑/547
五言绝句 …………… 547
　天台独夜（唐）徐凝/547
　思天台山（唐）许浑/547
七言绝句 …………… 547
　无题（明）林章/547

卷六十五　普陀山类

五言古 …………… 548
　夕泛海东寻梅岑山观音洞，
　　遂登盘陀石望日出处
　　（元）吴莱/548
五言律 …………… 548
　游洛伽山（宋）王安石/548
　游补陀（明）徐启东/548
七言律 …………… 549
　游补陀（元）赵孟頫/549
　游补陀（元）盛熙明/549
　补陀岛（元）黄镇成/549
　游补陀（明）张子滔/549
　礼洛伽山（明）沈明臣/550
七言绝句 …………… 550
　梦游补陀山（明）姜子羔/550
　宝陀寺（明）李应诏/550

卷六十六　罗浮山类

五言古 ………………… 551
　游罗浮山（宋）王叔之/551

五言古 ………………… 551
　登罗浮峰（宋）朱子/551

七言古 ………………… 551
　游罗浮山一首示儿子过
　　（宋）苏轼/551

七言律 ………………… 552
　罗浮（明）孙蕡/552

五言绝句 ……………… 552
　赋罗浮山（唐）袁少年/552

卷六十七　惠山类

五言古 ………………… 553
　游惠山（宋）苏轼/553

七言古 ………………… 553
　惠山云开复合（宋）杨万里/553

七言律 ………………… 554
　与华景彰游惠山（明）马治/554

五言绝句 ……………… 554
　春日游惠山（明）孙一元/554

七言绝句 ……………… 554
　怀锡山药名离合
　　（唐）皮日休/554
　奉和怀锡山药名离合
　　（唐）陆龟蒙/554
　惠山（明）邵宝/555

卷六十八　虎丘山类

五言古 ………………… 556
　从永阳王游虎丘山
　　（陈）张正见/556
　游虎丘山精舍（陈）江总/556
　登虎丘山（元）贡奎/556

五言律 ………………… 557
　游虎丘（明）张羽/557

五言排律 ……………… 557
　刻清远道士诗因而继作
　　（唐）颜真卿/557

七言律 ………………… 557
　三月望日游虎丘寺题小吴轩
　　（元）张翥/557
　虎丘咏（明）黄省曾/557

五言绝句 ……………… 558
　虎丘（明）袁宏道/558

七言绝句 ……………… 558
　虎丘别友人（明）黄姬水/558
　虎丘（明）程嘉燧/558

卷六十九　巫山类

五言古 ………………… 559
　巫山高（齐）王融/559
　巫山高（梁）元帝/559
　赋得巫山高（梁）王泰/559
　巫山高（陈）萧佺/559
　巫山高（唐）乔知之/560

七言古 ………… 560
 巫山高 (唐) 李贺 / 560
五言律 ………… 560
 巫山高 (唐) 沈佺期 / 560
 巫山高 (唐) 刘方平 / 560
 巫山高 (唐) 皇甫冉 / 560
 巫山高 (唐) 李端 / 561
 巫山高 (唐) 郑世翼 / 561

七言律 ………… 561
 题巫山庙 (唐) 刘沧 / 561
五言绝句 ………… 561
 夜过巫山 (唐) 崔仲方 / 561
 巫峡 (唐) 陆龟蒙 / 561
七言绝句 ………… 562
 巫山 (唐) 张子容 / 562
 题巫山神女祠 (唐) 繁知一 / 562

卷一 天类

◆ 四言古

八伯歌
古逸诗

明明上天，烂然星陈。日月光华，宏予一人。

释天地图赞
（晋）郭璞

祭地肆瘗，郊天致禋。气升太乙，精涣九渊。
至敬不文，明德惟虔。

天赞
（宋）何承天

轩辕改物，以经天人。容成造历，大挠创辰。
龙集有次，星纪乃分。

◆ 五言古

升天行
（魏）曹植

乘蹻追术士，远之蓬莱山。灵液飞素波，兰桂上参天。
元（玄）豹游其下，翔鹍戏其颠。乘风忽登举，仿佛见众仙。

天行篇

（晋）傅玄*

天行一何健，日月无停踪。百川皆赴海，三辰回泰蒙。

◆ 七言古　附长短句

皇娥歌

古逸诗

天清地旷浩茫茫，万象回薄化无方，浛天荡荡望沧沧。
乘桴轻漾著日旁，当期何所至穷桑，心知和乐悦未央。

祭天辞

（周）阙名

皇皇上天，照临下土。集地之灵，降甘风雨。
庶物群生，各得其所。靡今靡古，惟予一人。
某敬拜皇天之祜。

两仪诗

（晋）傅玄

两仪始分元气清，列宿垂象六位成，日月西流景东征。
悠悠万物殊品名，圣人忧世念群生。

天行歌

（晋）傅玄

天时泰兮昭以阳，清风起兮景云翔。
仰观兮辰象，日月兮运周。俯视兮河海，百川兮东流。

---

* 原本作"傅元"以避讳。整理本人名等据实径改，下类。

卷二　日　类

◆ **五言古**

升天行
（魏）曹植

扶桑之所出，乃在朝阳溪。中心凌苍昊，布叶盖天涯。
日出登东榦，既夕栖（没）西枝。愿得纡阳辔，回日使东驰。

日
（魏）刘桢

仰视白日光，皎皎高且悬。兼烛八纮内，物类无颇偏。

咏　日
（晋）张载（一作左思）

白日随天回，暾暾圆如规。踊跃汤谷中，上登榑桑枝。

日
（晋）傅玄

旸谷发清曜，九日栖高枝。愿得并天御，六龙齐玉羁。

咏朝日
（梁）简文帝

团团出天外，煜煜上层峰。光随浪高下，影逐树轻浓。

咏日应令

（梁）刘孝绰

弭节驰旸谷，照槛出扶桑。园葵亦何幸，倾叶奉离光。

咏日华

（陈）徐陵

朝晖烂曲池，夕照满西陂。复有当昼景，江上铄光仪。
时从高浪歇，乍逐细波移。一在雕梁上，讵比扶桑枝。

咏日应赵王教

（北周）康孟

金乌升晓气，玉槛漾晨曦。先泛扶桑海，返照若华池。
洛浦全开镜，衡山半隐规。相欢承爱景，共惜寸阴移。

朝日歌

（隋）无名氏

扶木上朝暾，嵫山呈暮景。寒来游晷促，暑至驰辉永。
时和合璧耀，俗泰重轮明。执圭尽昭事，服冕罄虔诚。

赋得白日半西山

（唐）太宗

红轮不暂驻，乌飞岂复停。岑霞渐渐落，溪阴寸寸生。
藿叶随光转，葵心逐照倾。晚烟含树色，栖鸟杂流声。

赋得秋日悬清光赐房玄龄

（唐）太宗

秋露凝高掌，朝光上翠微。参差丽双阙，照耀满重闱。
仙驭随轮转，灵乌带影飞。临波无定彩，入隙有圆晖。
还当葵藿志，倾叶自相依。

奉和咏日午
（唐）虞世南

高天净秋色，长汉转曦车。玉树阴初正，桐圭影未斜。
翠盖飞圆彩，明镜发轻花。再中良表瑞，共仰璧晖赊。

咏　日
（唐）董思恭

沧海十枝晖，元（悬）圃重轮庆。蕣花发晨楹，菱彩翻朝镜。
忽遇微风飘，自有浮云映。更也人皆仰，无待挥戈正。

赋得落日山照曜
（唐）张谓

裹徊空山下，晼晚残阳落。圆影过峰峦，半规入林薄。
馀光彻群岫，乱彩分重壑。石镜共澄明，岩光同照灼。
栖禽去杳杳，夕烟生漠漠。此境谁复知？独怀谢康乐。

日　出
（宋）孔平仲

仲冬十一月，我行赴高密。路出东海上，晨起骇初日。
腾腾若车轮，只向平地出。较于昔所见，得此十之七。
蟾蜍尚弄影，皎皎横参毕。辉光一迸散，夜气扫若失。
扶桑想可到，俗虑苦难讫。壮观曾未厌，侧叹流景疾。

初　日
（元）马祖常

初日照我树，我树日华滋。檀栾绿阴合，四顾无曲枝。
盛暑炽烦歊，其中有凉飔。成林荫千亩，栖息任所宜。

◆ 七言古

玉牒辞

(夏) 大禹

祝融司方发其英，沐日浴月百宝生。

◆ 五言律

日

(唐) 李峤

日出扶桑路，遥升若木枝。云间五色满，霞际九光披。
东陆苍龙驾，南郊赤羽驰。倾心比葵藿，终日奉光曦。

返 照

(唐) 杜甫

返照开巫峡，寒空半有无。已低鱼复暗，不尽白盐孤。
荻岸如秋水，松门似画图。牛羊识童仆，既夕应传呼。

落 照

(唐) 马戴

照耀天山外，飞鸦几共过。微红拂秋汉，片白透长波。
影促寒汀薄，光残古木多。金霞与云气，散漫复相和。

望早日

(唐) 朱庆馀

窗下闻鸡后，苍茫映远林。才分天地色，便禁虎狼心。
是处程途远，何山洞府深？此时堪伫望，万象豁尘襟。

夕　阳
（唐）郑谷

夕阳秋更好，潋潋蕙兰中。极浦明残雨，长天急远鸿。
僧窗留半榻，渔舸透疏篷。莫道清光尽，寒蟾即照空。

◆ **五言排律**

省试夏日可畏
（唐）张籍

赫赫温风扇，炎炎夏日徂。火威驰迥野，畏景铄遥途。
势矫翔阳翰，功分造化炉。禁城千品独，黄道一轮孤。
落照频空簟，馀晖卷夕梧。如何倦游子，中路独踟蹰？

赋得日暖万年枝
（唐）蒋防

新阳归上苑，嘉树独含妍。散漫添和气，曈昽卷曙烟。
流辉宜圣日，接影贵芳年。自与恩光近，那关煦妪偏。
结根诚得地，表寿愿符天。谁道怜寒质，从兹不暖然。

赋得日暖万年枝
（唐）王约

霭霭彤庭里，沉沉玉砌陲。初升九华日，潜暖万年枝。
煦妪光偏好，青葱色转宜。每因韶景丽，长沐惠风吹。
隐映当龙阙，氤氲隔凤池。朝阳光照处，惟有近臣知。

赋得秋日悬清光
（唐）陶拱

秋至云容敛，天中日景清。悬空寒色净，委照曙光盈。
泫泫看弥上，辉辉望最明。烟霞轮乍透，葵藿影初生。

鉴下诚无极,升高自有程。何当回盛彩,一为表精诚。

赋得日华川上动

(唐)石殷士

曙霞攒旭日,浮景弄晴川。晃耀层潭上,悠扬极浦前。
岸高时拥媚,波远渐澄鲜。萍实空随浪,珠胎不照渊。
早暄依曲渚,微动触轻涟。孰假咸池望,幽情得古篇。

赋得初日照华清

(唐)柴宿

灵川初照日,远近见离宫。影动参差里,光分缥缈中。
鲜飙收晚翠,佳气满晴空。林润温泉入,楼深复道通。
璇题生炯晃,珠缀引璁珑。凤辇何时下?朝朝此望同。

赋得初日照凤楼

(唐)李虞仲

旭日烟云殿,朝阳烛帝居。断霞生峻宇,通阁丽晴虚。
流彩连朱槛,腾辉照绮疏。曈昽晨景里,明灭晓光初。
户牖仙山近,轩楹凤翼舒。还如王母过,遥度五云车。

日南长至

(唐)独孤铉

玉历颁新律,凝阴发一阳。轮辉犹惜短,圭景此偏长。
躔度经南斗,光流尽北堂。乍疑周户曜,可爱逗林黄。
积雪消微煦,初萌动早芒。更升台上望,云物已昭彰。

◆ 七言律

南江夕照

(元)吴莱

偶出官桥倚落曛,诗家触景漫纷纷。

弹琴在峡惊闻瀑,罨画为溪喜得云。
竹筱晚深樵弛担,莎根秋短牧归群。
道旁更有枌榆社,欲脱蓑衣藉酒醺。

南江夕照
(元)钱惟善

日尽江南送夕阳,空明直上接鱼梁。
千重云岫连平远,五色霜林映渺茫。
孤鹜倒飞天上下,长虹高卧水中央。
白云红稻多秋思,付与诗翁住醉乡。

◆ **五言绝句**

鹿 柴
(唐)王维

空山不见人,但闻人语响。返景入深林,复照青苔上。

忆长安曲寄庞潅
(唐)岑参

东望望长安,正值日初出。长安不可见,喜见长安日。

夕 阳
(唐)陆龟蒙

渡口和帆落,城边带角收。如何茂陵客,江上倚高楼?

山 中
(元)僧英

一声山鸟啼,幽梦忽唤醒。起来开竹扉,日上东峰顶。

江　行

（明）李梦阳

迎送山相似，舟移迷北南。回看皂口日，已照石华潭。

◆ 七言绝句

晓光词

（唐）施肩吾

日轮浮动羲和推，东方一轧天门开。
风神为我扫烟雾，四海荡荡无尘埃。

晓　日

（唐）韩偓

天际霞光入水中，水中天际一时红。
直须日观三更后，首送金乌上碧空。

雨后早发大宁

（唐）薛能

春霖朝罢客西东，马足泥声路未通。
最爱千峰最高处，一峰初日白云中。

落日马上

（宋）秦观

日落荒阡白雾深，紫骝嘶顾出疏林。
回头已失来时路，杳杳金盘堕翠岑。

江村即事

（元）黄庚

江村暝色渐凄迷，数点残鸦杂雁飞。

雁宿芦花鸦宿树，各分一半夕阳归。

万寿节出左掖门口号
（元）王恽

禁漏穿花夜已央，宫槐笼晓色苍苍。
殷勤一点东华日，先到红鸾扇影光。

小游仙
（明）桑悦

白云为被彩霞毡，高枕长凌倒景眠。
却怪两灯常下照，不知日月丽中天。

山晓望大内作
（明）王宠

龙楼佳气绕钟山，凤瓦参差苑树闲。
一片日华凌晓霁，金光浮动翠微间。

卷三　月　类

◆ 古乐府

月重轮行
（魏）文帝

三辰垂光，照临四海。焕哉何煌煌，悠悠与天地久长。
愚见目前，圣睹万年。明暗相绝，何可胜言。

◆ 五言古

奉和月下
（齐）王融

雕云度绮钱，香风入珠网。独知此夜月，依迟慕神赏。

望　月
（梁）简文帝

流辉入画堂，初照上梅梁。形同七子镜，影类九秋霜。
桂花那不落，团扇与谁妆？空闻北窗弹，未举西园觞。

望江中月影
（梁）元帝

澄江涵皓月，水影若浮天。风来如可泛，流急不成圆。
秦钩断复接，和璧碎还联。裂纨依岸草，斜桂逐行船。

即此春江上，无俟百枝然。

应王中丞思远咏月
（梁）沈约

月华临静夜，夜静灭氛埃。方辉竟户入，圆影隙中来。
高楼切思妇，西园游上才。网轩映珠缀，应门照绿苔。
洞房殊未晓，清光信悠哉。

咏秋月
（梁）虞羲

影丽高堂端，光入长门殿。初生似玉钩，裁满如团扇。
泛滥浮阴来，金波时不见。傥遇赏心者，照之西园宴。

和缪郎视月
（梁）何子期

清夜未云疲，珠簾聊可发。泠泠玉潭水，映见蛾眉月。
靡靡露方垂，辉辉光稍没。佳人复千里，馀影徒挥忽。

和望月
（梁）庾肩吾

桂殿月偏来，留光引上才。圆随汉东蚌，晕逐淮南灰。
渡河光不湿，移轮辙讵开。此夜临清景，还承终宴杯。

月半夜泊鹊尾
（梁）刘孝绰

客行三五夜，息棹隐中洲。月光随浪动，山影逐波流。

林下映月
（梁）刘孝绰

明明三五月，垂影当高树。攒柯半玉蟾，裹叶彰金兔。

兹林有夜坐，啸歌无与晤。侧光聊可书，含毫且成赋。

新　月

（梁）刘瑗

仙宫云箔卷，露出玉簾钩。清光无所赠，相忆凤凰楼。

舟中望月

（梁）朱超

大江阔千里，孤舟无四邻。惟馀故楼月，远近必随人。
入风先绕晕，排雾急移轮。若教长似扇，堪拂艳歌尘。

关山月

（陈）张正见

岩间度月华，流彩映山斜。晕逐连城璧，轮随出塞车。
唐蒙遥合影，秦桂远分花。欲验盈虚理，方知道路赊。

赋得薄帷鉴明月

（陈）张正见

长河上桂月，澄彩照高楼。分簾疑碎璧，隔幔似垂钩。
窗外光恒满，帷中影暂流。岂及西园夜，长随飞盖游。

咏月赠人

（北周）王褒

月色当秋夜，斜晖映薄帷。上弦如半璧，初魄似蛾眉。
渡云光忽驶，中天影更迟。高阳怀许掾，对此益相思。

舟中望月

（北周）庾信

舟子夜离家，开舷望月华。山明疑有雪，岸白不关沙。
天汉看珠蚌，星桥视桂花。灰飞重晕阙，蓂落独轮斜。

辽城望月

（唐）太宗

元（玄）兔月初明，澄辉照辽碣。映云光暂隐，隔树花如缀。
魄满桂枝圆，轮移镜彩缺。临城却影散，带晕重围结。
驻跸俯九都，伫观妖氛灭。

咏　月

（唐）董思恭

北堂未安寝，西园聊骋望。玉户照罗帷，朱轩明绮障。
别客长安道，思妇高楼上。所愿君莫违，清辉时可访。

春宵览月

（唐）阎宽

月生东荒外，天云收夕阴。爱见澄清景，象吾虚白心。
耳目静无哗，神超道性深。乘兴得至乐，寓言因永吟。

禁中月

（唐）白居易

海上明月出，禁中清夜长。东南楼殿白，稍稍上宫墙。
净落金塘水，明浮玉砌霜。不比人间见，尘土污清光。

客中月

（唐）白居易

客从江南来，来时月上弦。悠悠行旅中，三见清光圆。
晓随残月行，夕与新月宿。谁谓月无情？千里远相逐。
朝发渭水桥，暮入长安陌。不知今夜月，又作谁家客。

府舍月游

（唐）韦应物

府舍耿深夜，佳月喜同游。横河俱半落，泛露忽惊秋。

散彩疏群树,分规澄素流。心期与浩景,苍苍殊未收。

步 月
（宋）文同

掩卷下中庭,月色浩如水。秋气凉满襟,松阴密铺地。
百虫催夜去,一雁领寒起。静念忘世纷,谁同此佳味?

月夜述怀
（宋）朱子

皓月出林表,照此秋床单。幽人起晤叹,桂香发窗间。
高梧滴露鸣,散发天风寒。抗志绝尘氛,何不栖空山。

南园步月
（金）刘汲

云横树外山,树映山颠（巅）月。
微风拂寒林（枝）,疏光散清樾。
幽欢难邂逅,此景安可忽。从来山水心,不为尘埃没。

山 中
（元）于石

偶因抱瓮出,夜汲涧底泉。荡摇水中月,水定光复圆。
问水水不语,问月月不言。倚树一长啸,万壑松风寒。

洞庭秋月
（元）陈孚

月明水无痕,冷光泫清露。微风一披拂,金影散无数。
天地青茫茫,白者独有鹭。鹭去月不摇,一镜湛如故。

月林清影
（明）高启

疏林逗明月,散乱成清影。流藻舞波寒,惊虬翻壑冷。

云来稍欲翳，风动纷难整。圆魄忽西倾，愁看堕空境。

◆ 七 言 古

把酒问月
（唐）李白

青天有月来几时？我欲停杯一问之。
人攀明月不可得，月行却与人相随。
皎如飞镜临丹阙，绿烟灭后清辉发。
但见宵从海上来，宁知晓向云间没。
白兔捣药秋复春，嫦娥孤栖与谁邻？
今人不见古时月，今月曾经照古人。
古人今人若流水，共看明月皆如此。
唯愿当歌对酒时，月光长照金尊里。

金陵城西楼月下吟
（唐）李白

金陵夜寂凉风发，独上高楼望吴越。
白云映水摇空城，白露垂珠滴秋月。
月下长吟久不归，古今相接眼中稀。
解道澄江净如练，令人长忆谢玄晖。

洞庭秋月
（唐）刘禹锡

洞庭秋月生湖心，层波万顷如镕金。
孤轮徐转光不定，游气濛濛隔寒镜。
是时白露三秋中，湖平月上天地空。
岳阳楼头暮角绝，荡漾已过君山东。
山城苍苍夜寂寂，水月逶迤绕城白。
荡桨巴童唱《竹枝》，连樯估客吹羌笛。

势高夜久阴力全，金气肃肃开星躔。
浮云野马一回首，遥望星斗当中天。
天鸡相呼曙霞出，敛影含光让朝日。
日出喧哗人不闲，夜来清景非人间。

白杨河看月
（元）揭傒斯

白杨河上看明月，昔人曾见今人别。
茅屋数家河畔村，化作三山白银阙。
波平风静棹歌来，万顷冲融镜面开。
今夜江南忆游子，空瞻银汉上昭回。
茫茫万里燕齐路，北斗纵横泰阶曙。
黄河东逝月西流，明日南风过洪去。

题芦沟晓月图
（明）赵宽

银河半落长庚明，城高万户皆鸡声。
长桥卧波鳌背耸，上有车马萧萧行。
苍烟淡接平芜迥，沙际朦胧见人影。
举头一望天宇高，残月依依在西岭。

◆ 五 言 律

挂席江上待月有怀
（唐）李白

待月月未出，望江江自流。倏忽城西郭，青天悬玉钩。
素华虽可揽，清景不同游。耿耿金波里，空瞻鳷鹊楼。

月　圆
（唐）杜甫

孤月当楼满，寒江动夜扉。委波金不定，照席绮逾依。

未缺空山静，高悬列宿稀。故园松桂发，万里共清辉。

初 月
（唐）杜甫

光细弦欲上，影斜轮未安。微升古塞外，已隐暮云端。
河汉不改色，关山空自寒。庭前有白露，暗满菊花团。

舟月对驿近寺
（唐）杜甫

更深不假烛，月朗自明船。金刹青枫外，朱楼白水边。
城乌啼眇眇，野鹭宿娟娟。皓首江湖客，钩簾独未眠。

江边星月
（唐）杜甫

骤雨清秋夜，金波耿玉绳。天河元自白，江浦向来澄。
映物连珠断，缘空一镜升。馀光隐更漏，况乃露华凝。

奉和贺监林月清酌
（唐）王湾

华月当秋满，朝英假兴同。净林新霁入，窥院早凉通。
碎影行筵里，摇花落酒中。清宵凝爽意，并此助文雄。

裴迪南门秋夜对月
（唐）钱起

夜来诗酒兴，月满谢公楼。影闭重门静，寒生独树秋。
鹤惊随叶散，萤远入烟流。今夕遥天末，清光几处愁。

新 月
（唐）方干

入夜天西见，蛾眉冷素光。潭鱼惊钓落，云雁怯弓张。

隐隐临珠箔，微微上粉墙。更怜三五夕，仙桂满轮芳。

◆ 五言排律

璧池望秋月

（唐）张子容

凉夜窥清沼，池空水月秋。满轮沉玉镜，半魄落银钩。
蟾影摇轻浪，菱花度浅流。漏移光渐洁，云敛色偏浮。
似璧怜三献，疑珠喜再投。能持千里意，来照殿西头。

和崔舍人咏月二十韵

（唐）韩愈

三秋端正月，今夜出东溟。对日犹分势，腾天渐吐灵。
未高蒸远气，半上霁孤形。赫奕当躔次，虚徐度杳冥。
长河晴散雾，列宿曙分萤。浩荡英华溢，萧疏物象泠。
池边临倒照，檐际送横经。花树参差见，皋琴断续聆。
牖光窥寂莫，砧影伴娉婷。幽坐看侵户，闲吟爱满庭。
辉斜通壁练，彩碎射沙星。清洁云间路，空凉水上亭。
净堪分顾兔，细得数飘萍。山翠相凝绿，林烟共幂青。
过隅惊桂侧，当午觉轮停。属思摘霞锦，追欢罄缥瓶。
郡楼何处望，陇笛此时听。右掖连台座，重门限禁扃。
风台观滉瀁（漾），冰砌步青荧。独有虞庠客，无由拾落蓂。

圆灵水镜

（唐）张聿

凤池开玉镜，清莹泻寥天。影散微波上，光含片玉悬。
菱花凝泛滟，桂树映清鲜。乐广披云日，山涛卷雾年。
濯缨何处去，鉴物自堪妍。回首看云液，蟾蜍势正圆。

赋得海上生明月

（唐）朱华

皎皎秋中月，团团海上生。影开金镜满，轮抱玉壶清。
渐出三山上，将凌一汉横。素娥尝药去，乌鹊绕枝惊。
照水光偏白，浮云色最明。此时尧砌下，蓂荚自将荣。

◆ 七言律

酬李舍人寓直对月见寄

（唐）卢纶

露如轻雨月如霜，不见星河见雁行。
虚晕入池波自定，满轮当苑桂多香。
春台几望黄龙阙，云路宁分白玉郎。
此夜巴歌应金石，岂殊萤影对清光。

直中书玩月见寄

（唐）李端

名卿步月正淹留，上客裁诗怨别游。
素魄近成班女扇，清光远似庾公楼。
婵娟更称凭高望，皎洁能传自古愁。
盈手入怀皆不见，阳春曲丽转难詶（酬）。

中秋松江新桥对月和柳令之作

（宋）苏舜钦

月晃长江上下同，画桥横绝冷光中。
云头滟滟开金饼，水面沉沉卧彩虹。
佛氏解为银色界，仙家多住玉华宫。
地雄景胜言难尽，但欲追随御晓风。

八月十六夜玩月

（宋）孔平仲

团团冰镜吐清辉，今夜何如昨夜时。
只恐月光无显晦，自缘人意有盈亏。
风摩露洗非常洁，地阔天高是处宜。
百尺曹亭吾独有，更教玉笛倚阑吹。

姑苏泛月

（宋）王阮

夜来谁共泛灵槎，飞上牵牛织女家。
但觉满身皆雨露，绝无一点著尘沙。
秋将寒玉清风阵，月借镕银泼浪花。
投晓归来互相告，等闲休向俗人夸。

月夜次修竹韵

（元）黄庚

徙倚吟阑傍野塘，古谯莲漏滴更长。
月阶夜静蛩声切，竹院秋深鹤梦凉。
坐挹水风侵袂冷，眠分花露满身香。
浩歌欲溯明河去，醉唤天孙织锦囊。

宗阳宫望月分韵得声字

（元）杨载

老君台上凉如水，坐看冰轮转二更。
大地山河微有影，九天风露寂无声。
蛟龙并起承金榜，鸾凤双飞载玉笙。
不信弱流三万里，此身今夕到蓬瀛。

水中月

(元)杨载

晴波浸月月波浮,玉兔凉生万顷流。
丹桂影沉江浦夜,白莲光浴海天秋。
鲛人织罢绡犹湿,龙女妆成镜未收。
应是广寒眠不得,水晶宫里夜深游。

月　色

(元)徐舫

误踏瑶阶一片霜,侵鞋不湿映衣凉。
照来云母屏无迹,穿入水精簾有光。
雪影半窗能共白,梅花千树只多香。
故人疑是见颜色,残夜分明在屋梁。

湖中玩月

(明)张绅

银波千顷照神州,此夕人间别是秋。
地与楼台相上下,天随星斗共沉浮。
一尘不向空中住,万象都于物外求。
醉吸清华游碧落,更从何处觅瀛洲?

芦沟晓月

(明)李东阳

霜落桑乾水未枯,晓空云尽月轮孤。
一林灯影稀还见,十里川光澹欲无。
不断邻鸡催短梦,频来征马识长途。
石栏桥上时翘首,应傍清虚忆帝都。

月　钩

（明）朱之蕃

碧空如洗界清光，为控疏簾照晚妆。
花柳有情浑弄影，鱼龙何事欲深藏？
玉绳露湿斜临槛，银汉星稀曲转廊。
怪底栖乌惊不定，一湾早已落横塘。

◆ 五言绝句

玩初月

（唐）骆宾王

忌满光先缺，乘昏影暂流。自能明似镜，何用曲如钩。

清溪泛舟

（唐）张旭

旅人倚征棹，薄暮起长歌。笑揽清溪月，清辉不厌多。

静夜思

（唐）李白

床前明月光，疑是地上霜。举头望明月，低头思故乡。

江　行

（唐）钱起

夕景残霞落，秋寒细雨晴。短缨何用濯，舟在月中行。

江中对月

（唐）刘长卿

空洲夕烟敛，望月秋江里。历历沙上人，月中孤渡水。

同李三月夜作

（唐）皇甫冉

霜风惊度雁，月露皓疏林。处处砧声发，星河秋夜深。

十五夜观月

（唐）刘禹锡

星辰让光彩，风露发晶英。能变人间景，翛然是玉京。

月 榭

（宋）朱子

月色三秋白，湖光四面平。与君凌倒影，上下极空明。

答林公遇

（宋）刘克庄

霜下石桥滑，蛩吟茅店清。梦回残月在，错认是天明。

和欧阳南阳月夜思

（元）揭傒斯

月出照中园，邻家犹未眠。不嫌风露冷，看到树阴圆。

绿窗诗

（元）孙蕙兰

灯前催晓妆，把酒向高堂。但愿梅花月，年年映寿觞。

◆ 七言绝句

峨嵋山月歌

（唐）李白

峨嵋山月半轮秋，影入平羌江水流。

夜发清溪向三峡,思君不见下渝州。

月望洞庭
（唐）刘禹锡

湖光秋月两相和,潭面无风镜未磨。
遥望洞庭山水翠,白银盘里一青螺。

雪后宿同轨店上法护寺钟楼望月
（唐）元稹

满山残雪满山风,野寺无门院院空。
烟火渐稀孤店静,月明深夜古楼中。

初入香山院对月
（唐）白居易

老住香山初到夜,秋逢白月正圆时。
从今便是家山月,试问清光知不知？

十五夜望月寄杜郎中
（唐）王建

中庭地白树栖鸦,冷露无声湿桂花。
今夜月明人尽望,不知秋思在谁家。

八月灯夕寄游越施秀才
（唐）徐凝

四天净色寒如水,八月清辉冷似霜。
想得粤人今夜见,孟家珠在镜中央。

对　月
（唐）姚合

银轮玉兔向东流,莹净三更正好游。

一片黑云何处起,皂罗笼却水精球。

霜　月
（唐）李商隐

初闻征雁已无蝉,百尺楼南水接天。
青女素娥俱耐冷,月中霜里斗婵娟。

洛阳秋夕
（唐）杜牧

泠泠寒水带霜风,更在天桥夜景中。
清禁漏闲烟树寂,月轮移在上阳宫。

峡山寺上方
（唐）李群玉

满院泉声山殿凉,疏簾微雨野松香。
东峰下视南溟月,笑踏金波看海光。

秋　月
（唐）曹松

无云世界秋三五,共看蟾盘上海涯。
直到天头天尽处,不曾私照一人家。

春夕酒醒
（唐）陆龟蒙

几年无事傍江湖,醉倒黄公旧酒垆。
觉后不知新月上,满身花影倩人扶。

夜景又作
（唐）郑畋

铃绦无响闭珠宫,小阁凉添玉蕊风。

珍（枕）簟满床明月到，自疑身在五云中。

秋日田园杂兴
（宋）范成大

中秋晴景属潜夫，棹入空明看太湖。
身外水天银一色，城中有此月明无？

春　月
（金）吕中孚

柳塘漠漠暗啼鸦，一镜晴飞玉有华。
好是夜阑人不寐，半庭疏影在梨花。

江上早行
（明）杨士奇

汉阳矶上鼓初稀，烟柳胧胧一鹊飞。
乘月不知行处远，满江风露湿人衣。

水　榭
（明）吴廷晖

溪声到枕惊春梦，露气入簾生夜寒。
自起开门看明月，和花移过曲阑干。

皓　月
（明）祝允明

玉田金界夜如年，大地人间事几千。
万籁萧萧微不辨，露繁霜重月盈天。

卷四　星　类

◆ 五言古

众星诗
（晋）傅玄

朗月共众星，日出擅其名。冬寒地为裂，春和草木荣。
阳德虽普济，非阴亦不成。

贺老人星诗
（北齐）邢邵

瑞动星光照，化穆月轮重。庶征符祉箓，将以赞时雍。

奉和月夜观星应令
（隋）萧琮

阳精已南陆，大曜始西流。夕风凄谢暑，夜气应新秋。
重门月已映，严城漏渐修。临风出累榭，度月蔽层楼。
灵河隔神女，仙箸动星牛。玉衡指栋落，瑶光对幌留。
徒知仰闾阖，乘槎未有由。

奉和月夜观星应令
（隋）袁庆

六龙初泛影，顾兔复驰光。戒井传宵漏，山庭引夕凉。
宸居多胜托，闲步出琳堂。烂烂星芒动，耿耿清河长。

青道移天驷,北极转文昌。乔枝犹隐毕,绝顶半侵张。
仰观留玉裕,睿作动金相。无庸徒抱寂,何以继连章?

奉和月夜观星应令
(隋)诸葛颖

窅窱神居远,萧条更漏深。薄烟净遥色,高树肃清阴。
星月满兹夜,灿烂还相临。连珠欲东上,团扇渐西沉。
澄水含斜汉,修树隐横参。时闻送筹柝,屡见绕枝禽。
圣情记馀事,振玉复鸣金。

奉和月夜观星应令
(唐)虞世南

早秋炎景暮,初弦月彩新。清风涤暑气,零露净器尘。
薄雾销轻縠,鲜云卷夕鳞。休光灼前曜,瑞彩接重轮。
缘情摛圣藻,并作命徐陈。小草诚渝滥,吹嘘偶缙绅。
天文岂易述,徒知仰北辰。

咏　星
(唐)董思恭

历历东井舍,昭昭右掖垣。云际龙文出,池中鸟色翻。
流辉下月露,坠影入河源。方知颍川集,别有太丘门。

夜行观星
(宋)苏轼

天高夜气严,列宿森就位。大星光相射,小星闹如沸。
天人不相干,嗟彼本何事?世俗强指摘,一一立名字。
南箕与北斗,乃是家人器。天亦岂有之,无乃遂自谓?
追观知何如,远想偶有似。茫茫不可晓,使我长叹喟。

斋居感兴

（宋）朱子

微月度西岭，烂然众星光。明河斜未落，斗柄低复昂。
感此南北极，枢轴遥相当。太乙有常居，仰瞻独煌煌。
中天照四国，三辰环侍旁。人心要如此，寂感无边方。

观孙太古周天二十八宿星君像图

（元）吴莱

大圜杳何极，鳌柱屹不倾。日月光最耀，众星剧纵横。
周天二十八，错粲各有名。荒哉审厥象，晃朗夺目睛。
东垣青龙崛，西园白虎狞。翾飞鸟隼状，偃伏龟蛇精。
紫宫自然拱，银汉无复声。五行所经纬，甘石知性情。
上界足官府，神人居穆清。跳踉鬼脚捷，䑛舕兽面頳。
裳衣互裸袭，角鬣纷披鬖。岂其太白变，嬉戏类孩婴。
照临多芒角，躔次在缩赢。揣摩过人料，彩绘匪世程。
伊谁驾一气，得以导九坑？想像凌倒景，观游抚层城。
虚空何宫宇，苍莽孰节旌？凡夫本狭见，四顾惟寰瀛。
只疑列宿质，却混殊方氓。山神对我博，刻石华山陉；
海神靳我画，浪卷沧海鲸。天神讵可识，万古欺聋盲。
星占世有职，画史吾奚评。

◆ 七言古

桐庐道口书事

（宋）程俱

一星熠熠初尚微，俄顷满天如灼龟。
溪流黯黮四山黑，寒芒当空惟太白。
举头仰看天漫漫，飞星纵横绝河汉。
新月未高不可见，孤舟影入蓣花岸。

◆ 五言律

星

（唐）李峤

蜀郡灵槎转，丰城宝剑新。将军临北塞，天子入西秦。
未作三台辅，宁为五老臣。今宵颍川曲，谁识聚贤人？

星

（明）许毂

丽天疑有质，连贝各呈辉。森布标分野，群来捧太微。
宵占贤士聚，晓觉故人稀。独喜旄头落，天南奏凯归。

◆ 五言排律

省试七月流火

（唐）敬括

前庭一叶下，言念忽惊秋。变节金初至，分寒火正流。
气含凉夜早，光拂夏云收。助月微明散，沿河丽景浮。
礼标时令爽，诗兴国风幽。自此观邦政，深知王业优。

赋得玉绳低建章

（唐）张仲素

迢迢玉绳下，芒彩正阑干。稍复临鸤鹊，方疑近露寒。
微明连粉堞，的皪映仙盘。横接河流浅，低将夜色残。
天榆随影没，宫树与光攒。遐想西垣客，长吟欲罢难。

老人星

（唐）赵蕃

太史占南极，秋分见寿星。增辉延宝历，发曜起祥经。

灼烁依狼地，照彰近帝庭。高悬方晶晶，孤白乍荧荧。
应见光亲吐，休征德自形。既能符圣祚，从此表遐龄。

寿星见
（唐）卢渥

元象今何应？时和政亦平。祥为一人寿，色映九霄明。
皎洁垂银汉，光芒近斗城。含规同月满，表瑞得天清。
甘露盈条降，非烟向日生。无如此嘉祉，率土荷秋成。

赋得郎官上应列宿
（唐）公乘亿

北极佇文昌，南宫晓拜郎。紫泥乘帝泽，银印佩天光。
纬结三台侧，钩连四辅旁。佐商依传说，仕汉笑冯唐。
委珮摇秋色，峨冠带晚霜。自然符列象，千古耀岩廊。

◆ 七言律

驾幸朝天宫祭星之作
（明）李祯

上帝萧台卫百灵，储皇拂曙醮群星。
清都秘箓开云篆，白昼神雷掷火铃。
晓露未干珠树湿，天风微动宝花零。
叨恩久在南宫里，长从銮舆幸冶亭。

◆ 五言绝句

夜宿山寺
（唐）李白

层楼高百尺，手可摘星辰。不敢高声语，恐惊天上人。

绝　句

（唐）贾岛

中夜忽自起，汲此百尺泉。林木含白露，星斗在青天。

五更转

（明）刘基

四更城上寒，刁斗鸣不歇。披衣出户视，太白光如月。

◆ 七言绝句

奉和幸韦嗣立山庄应制

（唐）沈佺期

东山朝日翠屏开，北阙晴云（空）采（綵）仗来。
喜遇天文七曜动，少微今夜近三台。

盆　池

（唐）韩愈

池光天影共青青，拍岸才添水数瓶。
且待夜深明月去，试看涵得几多星。

登观音台望城

（唐）白居易

百千家似围棋局，十二街如种菜畦。
遥认微微入朝火，一条星宿五门西。

戏和梦得答李侍郎，诗有文星之句

（唐）白居易

看题锦绣报琼瑰，俱是人天第一才。
好遣文星守躔次，也须防有客星来。

题水月台

(唐) 李涉

平流白日无人爱,桥上闲行若个知?
水似晴天天似水,两重星点碧琉璃。

步虚词

(唐) 陈羽

汉武清斋读鼎书,内官扶上画云车。
坛上月明宫殿闭,仰看星斗礼空虚。

即　事

(宋) 陆游

小阁凭栏望远空,天河横贯斗牛中。
他年鼓角榆关路,马上遥看与此同。

和胡士恭滦阳巴纳即事*

(元) 贡师泰

野馆吹灯夜未央,薄寒偏透越罗裳。
出门不记人行路,马首惟占北斗光。

师子林即景

(元) 僧惟则

斜梅势压石阑干,花似垂头照影看。
白昼云阴天欲雪,半池星斗逼人寒。

---

* 巴纳:后文又作"纳钵",亦作"捺钵"等,契丹语译音,指辽、金、元时国君的行营。

题陈太初画扇

（明）刘基

泛湖浮海两如何？满地秋风起白波。
争似乘槎随博望，玉绳光里看山河。

小游仙

（明）桑悦

云浮碧落似轻尘，散步闲过析木津。
莫讶神光生两舄，天行是处蹑星辰。

早　朝

（明）杨子器

彩云飞绕凤凰楼，簾卷屏开见玉旒。
西殿钟声朝已落，满天星斗未曾收。

太岳纪游

（明）敖英

偶来云卧紫霄宫，露洗瑶台月浸空。
夜半星官朝北斗，步虚声在万花中。

卷五 河汉类

◆ 五言古

赋得秋河曙耿耿

（陈）张正见

耿耿长河曙，滥滥宿云浮。天路横秋水，星桥转夜流。
月下姮娥落，风惊织女秋。德星犹可见，仙槎不复留。

◆ 七言古

明河篇

（唐）宋之问

八月凉风天气清，万里无云河汉明。
昏见南楼清且浅，晓落西山纵复横。
洛阳城阙天中起，长河夜夜千门里。
复道连甍共蔽亏，画堂琼户特相宜。
云母帐前初泛滥，水精帘外转逶迤。
倬彼昭回如练白，复出东城接南陌。
南陌征人去未归，谁家今夜捣寒衣？
鸳鸯机上疏萤度，乌鹊桥边一雁飞。
雁飞萤度情难歇，坐见明河渐微没。
已能舒卷任浮云，不惜光辉让流月。
明河可望不可亲，愿得乘槎一问津。
更将织女支机石，还访成都卖卜人。

◆ 五言律

天　河
（唐）杜甫

常时任显晦，秋至最分明。纵被浮云掩，终能永夜清。
含星动双阙，伴月落边城。牛女年年渡，何曾风浪生。

赋得秋河曙耿耿
（唐）陈润

晓望秋高夜，微明欲曙河。桥成鹊已去，机罢女应过。
月上殊开练，云行类动波。寻源不可到，耿耿复如何？

和石曼卿明河咏
（宋）苏舜钦

八月银河好，天高月自明。楼台通迥意，风露得馀清。
几为浮云没，都宜小雨晴。离人强回首，耿耿得无情。

◆ 七言律

银河咏
（宋）孔平仲

江湖有客卧孤城，每见银河眼亦明。
万里长风吹不断，一番微雨洗尤清。
星辰白石参差乱，云气飞梁倏忽生。
牛女东西波浪隔，夜寒天阔不胜情。

◆ 五言绝句

披　襟
（元）王恽

凉风东北来，荡尽中夜热。起视河汉斜，微云淡明灭。

◆ 七言绝句

宫 词
(唐) 顾况

玉楼天半起笙歌,风送宫嫔笑语和。
月殿影开闻夜漏,水精簾卷近银河。

上云乐
(唐) 陆龟蒙

青丝作笮桂为船,白兔捣药虾蟆丸。
便浮天汉泊星渚,回首笑君承露盘。

秋 夜
(元) 马臻

眼空夜色秋满城,城楼漏鼓闻四更。
杓随月转万山白,坐看天河西北倾。

卷六　风　类

◆ 古乐府

南风歌
虞帝

南风之薰兮，可以解吾民之愠兮。
南风之时兮，可以阜吾民之财兮。

大风歌
（汉）高帝

大风起兮云飞扬，威加海内兮归故乡，安得猛士兮守四方。

◆ 四言古

朔风诗
（魏）曹植

仰彼朔风，用怀魏都。愿骋代马，倐忽北徂。
凯风时至，思彼蛮方。愿随越鸟，翻飞南翔。

咏　风
（梁）刘孝绰

袅袅秋声，习习春吹。鸣兹玉树，浼此铜池。
罗帏自举，襟袖乃披。惭非楚侍，滥赋雄雌。

◆ 五言古

江都遇风
（晋）庾阐

天吴涌灵鳌，将驾奔冥霄。飞廉振折木，流景登扶摇。
洪川伫宿浪，跃水迎晨潮。
仰盼蹙元（玄）云，俯听聒回（悲）飙。

西陵遇风献康乐
（宋）谢惠连

屯云蔽层岭，惊风涌飞流。零雨润坟泽，落雪洒林丘。
浮氛晦崖巘，积素惑原畴。曲汜薄停旅，通川绝行舟。

咏 风
（齐）谢朓

徘徊发红萼，葳蕤动绿蕤。垂杨低复举，新萍合且离。
步檐行袖靡，当户思襟披。高响飘歌吹，相思子未知。
时拂孤鸾镜，星鬓视参差。

咏 风
（梁）简文帝

飘飖散芳势，泛漾下蓬莱。传凉入镂槛，发气满瑶台。
委禾周郊偃，飞鹢宋都回。亚摇故叶落，屡荡新花开。
暂舞惊凫去，时送蕊香来。又拂巫山雨，何用卷寒灰。

咏 风
（梁）元帝

楼上试朝妆，风花下砌傍。入镜先飘粉，翻衫好染香。
度舞飞长袖，传歌共绕梁。欲因吹少女，还持拂大王。

咏 风

（梁）庾肩吾

宋地鹓飞初，湘川燕起馀。扫坛聊动竹，吹薤欲成书。
苍梧洞犹在，合浦树应疏。阳乌一转翅，千里定非虚。

咏春风

（梁）何逊

可闻不可见，能重复能轻。镜前飘落粉，琴上响馀声。

咏入幌风

（梁）费昶

经堂泛宝瑟，乘隙动浮埃。锵金驱响至，举袂送芳来。
能使兰膏灭，乍见珠帘开。轻裾试一举，令子暂迟回。

咏春风

（梁）贺文标

排簾动轻幔，泛水拂垂杨。本持飘落蕊，翻送舞衣香。

赋得风

（陈）阮卓

高风应爽节，摇落渐疏林。吹云旅雁断，临谷晓松吟。
屡惜凉秋扇，常飘清夜琴。泠泠随列子，弥谐逸豫心。

赋得风生翠竹里应教

（陈）张正见

金风起燕观，翠竹夹梁池。翻花疑凤下，飏水似龙移。
带露依深叶，飘寒入劲枝。聊因万籁响，讵待伶伦吹。

咏　风
（陈）祖孙登

飘飏楚王宫，徘徊绕竹丛。带叶俱吟树，将花共舞空。
飘香双袖里，乱曲五絃中。试上高台听，流响定无穷。

咏　风
（唐）太宗

萧条起关塞，摇飏下蓬瀛。拂林花乱彩，响谷鸟分声。
披云罗影散，泛水织文生。劳歌《大风》曲，威加四海清。

奉和咏风应魏王教
（唐）虞世南

逐舞飘轻袖，传歌共绕梁。动枝生乱影，吹花送远香。

咏　风
（唐）董思恭

萧萧度阃阖，习习下庭闱。花蝶自飘舞，兰蕙生光辉。
相乌正举翼，退鹢已惊飞。方从列子御，更逐浮云归。

咏　风
（唐）王勃

肃肃凉风生，加我林壑清。驱烟寻涧户，卷雾出山楹。
去来固无迹，动息如有情。日落山水静，为君起松声。

汴河阻风
（唐）孟云卿

清晨自梁宋，挂席之楚荆。出浦风渐急，傍滩舟欲横。
大河喷东注，群动皆窅冥。白雾鱼龙气，黑云牛马形。
苍茫迷所适，危安俱暂宁。信此天地内，孰为身命轻？
丈夫苟未达，所向须有成。前路舍舟去，东南仍晚晴。

风 咏
（唐）吕温

微风生青蘋，习习出金塘。轻摇深林翠，静猎幽径芳。
掩抑时未来，鸿毛亦无伤。一朝乘严气，万里号清霜。
北走摧邓林，东去落扶桑。扫却垂天云，澄清无私光。
悠悠泛空寂，晏海通舟航。

竹窗闻风寄苗发司空曙
（唐）李益

微风惊暮坐，临牖思悠哉。开门复动竹，疑是故人来。
能滴枝上露，稍沿阶上苔。何当一入幌，为拂绿琴埃。

嘲春风
（唐）温庭筠

春风何处好，别殿饶芳草。冉弱转鸾旗，葳蕤吹雉葆。
扬芳历九门，澹荡入兰荪。争奈白团扇，时时窃主恩。

与王郎昆仲绕城泛舟
（宋）苏轼

清风定何物，可爱不可名。所至如君子，草木有嘉声。
我行本无事，孤舟任斜横。中流自偃仰，适与风相迎。
举杯属浩渺，乐此两无情。归来两溪间，云水夜自明。

◆ 七言古　附长短句

秋夜舟中大风
（宋）孔文仲

昨夜强风万弩过，舟中侧听披衣坐。
秋来已觉阴气繁，晨兴更见波涛大。
衰梧弱柳不足数，修篁摧折几百箇。

飞廉郁然方用事，一威能令万物挫。
人言风怒未渠央，我观暴忽岂有常（势不长）。
会见平川净如镜，刀鱼鸣橹过钱塘。

大风留金山两日
（宋）苏轼

塔上一铃独自语，明日颠风当断渡。
朝来白浪打苍崖，倒射轩窗作飞雨。
龙骧万斛不敢过，渔艇一叶从掀舞。
细思城市有底忙，却笑蛟龙为谁怒。
无事久留童仆怪，此风聊得妻孥许。
灊山道人独何事，夜半不眠听粥鼓。

风
（明）杨慎

风。偃草，飘蓬。过竹院，拂兰丛。柳堤摇绿，花径飞红。
青釭残焰动，碧幌嫩凉通。漆园篇中竽籁，兰台赋里雌雄。
无影迥随仙客御，有情还与故人同。

◆ 五言律

风
（唐）李峤

落日生蘋末，摇扬遍远林。带花疑凤舞，向竹似龙吟。
月动临秋扇，松清入夜琴。兰台宫殿峻，还拂楚王襟。

西风
（唐）白居易

西风来几日，一叶已先飞。新霁乘轻屐，初凉换热衣。
浅渠销慢水，疏竹漏斜晖。薄暮青苔巷，家僮引鹤归。

咏　风
（唐）张祜

摇摇歌扇举，悄悄舞衣轻。引笛秋临塞，吹沙夜绕城。
向峰回雁影，出峡送猿声。何似琴中奏，依依别带情。

行汉水晚次神滩阻风
（唐）僧无可

惊风山半起，舟子忽停桡。岸荻吹先乱，滩声落更跳。
听松欲今暮，过岛或明朝，若尽平生趣，东浮看石桥。

太平三山值风
（元）贡师泰

天堑东南地，长江日夜流。大风吹水立，骤雨挟山浮。
浩荡掀黄鹄，欹倾舞白鸥。莫言舟似叶，此亦壮哉游。

◆ 五言排律

冬至日祥风应候
（唐）穆寂

节逢清景空，占气二仪中。独喜登台日，先知应候风。
呈祥光舜化，表庆感尧聪。既与乘时叶，还将入律同。
微微万井遍，习习九门通。更绕炉烟起，殷勤报岁功。

赋得春风扇微和
（唐）范传正

暖暖当迟日，微微扇好风。吹摇新叶上，光动浅花中。
澹荡凝清昼，氤氲暖碧空。稍看生绿水，已觉散芳丛。
徙倚情偏适，徘徊赏未穷。妍华不可状，竟夕气融融。

赋得八风从律

（唐）蒋防

制律窥元化，因声感八风。远从万籁起，更与五音同。
习习炉烟上，泠泠玉管中。气随时物好，响彻霁天空。
自得阴阳顺，能令惠泽通。愿吹寒谷里，从此达前蒙。

赋得风不鸣条

（唐）卢肇

习习和风至，过条不自鸣。暗通青律起，远望白蘋生。
拂树花仍落，经林鸟自惊。几牵萝蔓动，潜惹柳丝轻。
入谷迷松响，开窗失竹声。薰絃方在御，万国仰皇情。

赋得风光草际浮

（唐）吴祕

草色春沙里，风光晓正幽。轻明摇不散，郁昱丽仍浮。
吹缓苗难转，辉闲叶本柔。碧疑烟彩入，红是日华流。
耐可披襟对，谁能满掬收？恭闻掇芳客，为此尚淹留。

赋得风不鸣条

（唐）金厚载

寂寂曙风生，迟迟散野轻。露华摇有滴，林叶袅无声。
暗剪丛芳发，空传谷鸟鸣。悠扬韶景静，淡荡霁烟横。
远水波澜息，荒城草树荣。吾君垂至化，万类共澄清。

赋得春风扇微和

（唐）陈九流

喜见阳和至，遥知橐籥功。迟迟散南陌，袅袅逐东风。
暗入畦园里，潜吹草木中。兰荪才有绿，桃李未成红。
已觉寒光尽，还看淑气通。由来荣与悴，今日发应同。

◆ 七言律

咏风

(唐) 韩琮

竞持飘忽意何穷,为盛为衰半不同。
偃草喜逢新雨后,鸣条谁听晓霜中。
凉飞玉管来秦甸,暗袅花枝入楚宫。
莫见东西便无定,满帆还有济川功。

舶趠风

(宋) 苏轼

三旬已过黄梅雨,万里初来舶趠风。
几处萦回度山曲,一时清驶满江东。
惊飘蔌蔌先秋叶,唤醒昏昏嗜睡翁。
欲作兰台快哉赋,却嫌分别问雌雄。

柳絮风

(元) 黄清老

三月韶光天气清,游丝舒卷岂无情。
微飘簾幙当春昼,乱扑亭台似雪晴。
醉脸欲吹新燕弱,舞腰初软落花轻。
江头点点行人泪,相逐离歌洒客程。

◆ 五言绝句

风

(唐) 李峤

解落三秋叶,能开二月花。过江千尺浪,入竹万竿斜。

秋风引

（唐）刘禹锡

何处秋风至，萧萧送雁群。朝来入庭树，孤客最先闻。

宫中乐

（唐）令狐楚

柳色烟相似，梨花雪不如。春风真有意，一一丽皇居。

江中风

（唐）杨凌

白浪暗江中，南浔路不通。高樯帆自满，出浦莫呼风。

风

（唐）李商隐

撩钗盘孔雀，恼带拂鸳鸯。罗荐谁教近，斋时锁洞房。

风

（唐）薛涛

猎蕙微风远，飘弦转一声。林梢鸣淅沥，松径夜凄清。

北窗

（宋）汪藻

睡起无一事，怡然昈庭柯。绿阴微缺处，最得南飔多。

岁暮

（金）元德明

蔌蔌霜刀劲，沉沉山气冥。北风半夜起，吹动一天星。

风洞

（元）王士熙

清风贮深洞，四时长氤氲。飘然无遽发，散我山中云。

咏 风

(明)张倩倩

萧萧竹径鸣,卷幔如有情。木落寒山里,千林共一声。

◆ 六言绝句

铅山立春

(宋)朱子

行尽风林雪径,依然水馆山村。
却是春风有脚,今朝先到柴门。

◆ 七言绝句

戏题盘石

(唐)王维

可怜盘石临泉水,复有垂杨拂酒杯。
若道春风不解意,何因吹送落花来?

春 郊

(唐)钱起

水透冰渠渐有声,气融烟坞晚来明。
东风好作阳和使,逢草逢花报发生。

春 风

(唐)白居易

一枝先发苑中梅,樱杏桃梨次第开。
荠花榆荚深村里,亦道春风为我来。

未央风

(唐)王建

五更先起玉阶东,渐入千门万户中。

总向高楼吹舞袖，秋风还不及春风。

使　风
（唐）韩偓

茶香睡觉心无事，一卷《黄庭》在手中。
欹枕卷帘江万里，舟人不语满帆风。

慈湖峡阻风
（宋）苏轼

捍索桅竿立啸空，篙师酣寝浪花中。
故应菅蒯知心腹，弱缆能争万里风。

午热登多稼亭
（宋）杨万里

御风何必问雌雄，只有炎风最不中。
却是竹君殊解事，炎风筛过作清风。

已至湖尾望见西山
（宋）杨万里

好风稳送五湖船，万顷银涛半霎间。
已入江西犹未觉，忽然对面是西山。

春　思
（宋）方岳

春风多可太忙生，长共花边柳外行。
与燕作泥蜂酿蜜，才吹小雨又须晴。

睡觉月色如昼，霜风翏然成声，作一绝
（金）党怀英

老木经霜众窍空，月明深夜响秋风。
始知天籁非人籁，吹万由来果不同。

正月大风

（金）周昂

风如渤海势凌虚，寒破貂裘力尚馀。
不是化工难倚赖，也知青帝有驱除。

过姑苏

（元）戴表元

水天弥望接青芜，云气漫漫近又无。
一色好风三百里，挂帆安坐过姑苏。

元旦朝回书事

（元）吴师道

朱衣高唱御楼东，清漏迟迟昼景中。
黄伞宝幢微动影，一时吹面受和风。

岭南杂录

（明）汪广洋

谁跨鲸鲵裂彩虹，海波飞立瘴云空。
阇婆真蜡船收澳，知是来朝起飓风。

午风亭为序庵太史

（明）张邦奇

青草池边绿树枝，晴空白日飏游丝。
湘簾半卷飞花入，正是午风吹客时。

秋宫词

（明）林世璧

碧天凉月湛悠悠，独上高楼望女牛。
昨夜西风何处起，宫中无树不知秋。

卷七　雷电类（附雹）

◆ 三言古

安世房中歌
　　　　　　　　　　（汉）唐山夫人

靁震震，电耀耀。明德乡，治本约。
治本约，泽弘大。加被宠，咸相保。德施大，世曼寿。

◆ 五言古

霹雳引
　　　　　　　　　　（梁）简文帝

来从东海上，发自南山阳。时闻连鼓响，乍散投壶光。
飞车走四端，绕电发时祥。令去于斯表，震来永传芳。

霹雳引
　　　　　　　　　　（隋）辛德源

出地声初奋，乘乾威更作。云衔天笑明，雨带星精落。
绕枕神不惊，震楹书自若。侧闻吟白虎，远见飞元（玄）鹤。

◆ 七言古　附长短句

惊雷歌
　　　　　　　　　　（晋）傅玄

惊雷奋兮震万里，威陵宇宙兮动四海，六合纲维兮勤为理。

杂　言

(晋) 傅玄

雷殷殷，感妾心，倾耳清听非车音。

◆ 五言律

雷

(唐) 杜甫

巫峡中宵动，沧江十月雷。龙蛇不成蛰，天地划争回。
却碾空山过，深蟠绝壁来。何须妒云雨，霹雳楚王台。

◆ 七言绝句

唐道人言：天目山上俯视雷雨，每大雷电，但闻云中如婴儿声，殊不闻雷震也

(宋) 苏轼

已外浮名更外身，区区雷电若为神。
山头只作婴儿看，无限人间失箸人。

暮　归

(金) 赵秉文

贪看孤鸟入重云，不觉青林雨气昏。
行过断桥沙路黑，忽从电影得前村。

附　雹

◆ 四言古

和张姑孰雹诗

(陈) 陆琼

惟徵动羽，惟阴胁阳。雨水作渗，凝气为祥。

◆ 七言古

六月十五日大雨雹行

（元）柳贯

日月相薄鹑火中，晡时欲息云埋空。
雨脚初来杂鸣雹，雷驱电挟声渢渢。
排檐拉槛挥霍入，犀兵快马难为雄。
中休颇意绝奔迸，转横更觉加铦锋。
乱抛荆玉抵飞鹊，恣掷桃核随飘风。
坐移向壁防碎首，急卷巾席何匆匆。
上天号令岂轻出，摧残长养皆元功。
阴凝阳烁鬼神著，气有相反诚则同。
想当试手鼓万物，特欲振槁昭群蒙。
斋心变貌谨天戒，呜呼生意无终穷。

卷八　　云　类

◆ 四言古

卿云歌
古逸诗

卿云烂兮，糺缦缦兮；日月光华，旦复旦兮。

吹云赞
（魏）曹植

天地变化，是生神物。吹云吐润，浮气翁郁。

卿云赞
（宋）武帝

非烟非云，曳紫流光。悬华曜藻，奄郁台堂。
粤予休明，震乎珍祥。积庆有文，灵贶无疆。

庆云章
（唐）陈子昂

昆仑元气，实生庆云。大人作矣，五色氤氲。
昔在妫帝，南风既薰。丛芳烂熳，郁郁纷纷。
旷矣千祀，庆云来止。玉叶金枝，祚我天子。
非我天子，庆云谁昌？非我圣母，庆云谁光？
庆云光矣，周道昌矣！九万八千，天授皇年。

云门二章

（唐）元结

元（玄）云溶溶兮，垂雨濛濛；类我圣泽兮，涵濡不穷。

元（玄）云漠漠兮，含映逾光；类我圣德兮，普被无方。

◆ 五言古

咏 云

（梁）简文帝

浮云舒五色，玛瑙应霜天。玉叶散秋影，金风飘紫烟。

和王中书德充咏白云

（梁）沈约

白云自帝乡，氛氲屡回没。蔽亏昆山树，含吐瑶台月。
秋风西北起，飘我过城阙。城阙已参差，白云复离离。
皎洁在天汉，倒影入华池。将过丹丘野，时至碧林垂。
九重迎飞鹢，万里送翔螭。

诏问山中何所有赋诗以答

（梁）陶弘景

山中何所有？岭上多白云。只可自怡悦，不堪持寄（赠）君。

咏 云

（梁）吴均

飘飘上碧虚，蔼蔼隐青林。氛氲如有意，萦拂讵无心。

赋得新云

（陈）张正见

西北春云起，遥临偃盖松。根危才吐叶，气浅未成峰。

风前飞未断，日处影疑重。体轻无五色，讵是得从龙。

赋得白云临酒

(陈) 张正见

白云盖灞水，流彩入渑川。疏叶临嵇竹，轻鳞入郑船。
菊泛金枝下，峰断玉山前。一朝开五色，飘飘映十千。

赋得处处春云生

(陈) 蔡凝

春色遍空明，春云处处生。入风衣暂敛，随车盖转轻。
作叶还依树，为楼欲近城。含愁上对影，似有别离情。

赋得含峰云

(唐) 太宗

翠楼含晓雾，莲峰带晚云。玉叶依岩聚，金枝触石分。
横天结阵影，逐吹起罗纹。非复阳台下，空将颂楚君。

咏 云

(唐) 于季子

瑞云千里映，祥辉四望新。随风乱鸟翼，泛水结鱼鳞。
布叶疑临夏，开花讵待春。愿得承佳景，无令掩桂轮。

云

(唐) 李峤

大梁白云起，氛氲殊未歇。锦文触石来，盖影凌天发。
烟煴万里树，掩映三秋月。会入《大风歌》，从龙赴圆阙。

赋得白云抱幽石

(唐) 骆宾王

重岩抱危石，幽涧曳轻云。绕镇仙衣动，飘蓬羽盖分。

锦色连花静，苔光带叶薰。讵知吴会影，长抱縠城文。

赋得日暮碧云合

（唐）许康佐

日际微阴生，天涯暮云碧。重重初似盖，沉沉乍如积。
林色黯疑暝，隙光俄已夕。出岫且从龙，萦空宁触石。
馀辉淡瑶草，浮影凝绮席。时景傥能留，几思轻尺璧。

观云篇

（唐）刘禹锡

兴云感阴气，疾足如见几（机）。晴来意态行，有若功成归。
葱茏含晚景，洁素凝秋辉。夜深度银汉，漠漠仙人衣。

溪 云

（唐）僧皎然

舒卷意何穷，萦流复带空。有形不累物，无迹去随风。
莫怪长相逐，飘然与我同。

孤 云

（元）刘因

孤云生几时，冉冉何所适？岂无昆华高，道远嗟独力。
徘徊天中央，明月为颜色。下有幽栖士，岁晏倚青壁。
朝饮涧下泉，暮拂松间石。相对澹忘情，倒景寒潭碧。

春 云

（元）马祖常

高云起城阙，流离度庭树。依风拂回塘，波缬光景注。
遥林带疏烟，照日乱萦缕。婉娈浮朝阳，空明映轻雾。
岚翠含玉辉，光采满岩屿。逍遥幽赏谐，缅邈世娱阻。

题李溉之学士白云半间

(元) 虞集

山中多白云,何由到城邑?招之恐不来,欲揽邈无迹。
栖檐候晨光,纳牖作秋色。用冲不为盈,常住宁为客。
分张任苍松,散落还白石。日照香炉峰,月射仙掌侧。
有恩封一乡,与子当共食。

望 云

(元) 黄石翁

日出五丈高,白云浩如海。城郭在云中,山人在云外。
望云云气深,入云云气浅。亦欲入深云,不知云近远。

◆ 七言古 附长短句

雩祭歌

(齐) 谢朓

族云翕郁温风扇,兴雨祁祁黍苗遍。

同李九士曹观画壁云作

(唐) 高适

始知帝乡客,能画苍梧云。
秋天万里一片色,只疑飞尽犹氛氲。

火山云歌送别

(唐) 岑参

火山突兀赤亭口,火山五月火云厚。
火云满山凝未开,飞鸟千里不敢来。
平明乍逐边风断,薄暮浑随塞雨回。
缭绕斜吞铁关树,氛氲半掩交河戍。

迢迢征路火山东,山上孤云随马去。

白云歌送刘十六归山
（唐）李白

楚山秦山皆白云,白云处处长随君。
［长随君,］君入楚山里,云亦随君渡湘水。
湘水上,女萝衣,白云堪卧君早归。

题春云出谷图
（金）党怀英

春云乍出山有无,春云已去春山孤。
山光空濛不可写,正要云气相萦纡。
山吞云吐变明晦,半与岩谷生朝晡。
轻阴霏霏暗溪树,馀影漠漠开樵居。
舟人舣棹并沙尾,坐看缥缈摇空虚。
巧分天趣出画外,韵远不与丹青俱。
今人重古不知画,但爱屋漏烟煤污。
惜哉东坡不及见此本,独有叠嶂烟江图。

龙井晓云
（元）胡炳文

华光殿东泉有灵,下穴空洞神功冥。
当时忽见苍虬精,年年箫鼓来相迎。
五风十雨今年好,灵物不烦人致祷。
非烟非雾腾清晨,五色祥光焕晴昊。

白云轩
（明）刘溥

山中多白云,天上多清风。
清风解炎热,白云自西东。

江头坐看云起处,一片从龙天上去。
化为甘雨润枯苗,不作繁阴宿高树。
清风泠泠吹我衣,还送白云天上飞。
天香不断瑶草碧,何处玉笙骑鹤归?

◆ **五 言 律**

云

(唐) 李峤

英英大梁国,郁郁祕书台。碧落从龙起,青山触石来。
官名光邃古,盖影耿轻埃。飞感高歌发,威加四海回。

赋得云生栋梁间

(唐) 陈希烈

一片苍梧意,氤氲生栋梁。下簾山足暗,开户日添光。
偏使衣裘润,能令枕簟凉。无心伴行雨,何必梦荆王。

云

(唐) 杜甫

龙以瞿塘会,江依白帝深。终年常起峡,每夜必通林。
收获辞霜渚,分明在夕岑。高斋非一处,秀色豁烦襟。

和中书侍郎院壁画云

(唐) 李收

粉壁画云成,如能上太清。影从霄汉发,光照掖垣明。
映筱多幽趣,临轩得野情。独思作霖雨,流润及群生。

奉和中书徐侍郎中书省玩白云寄颍阳赵大

(唐) 储光羲

青阙朝初退,白云遥在天。非关取雷雨,故欲伴神仙。

泛滟鸳池曲，飘飖琐闼前。犹多远山意，幸入侍臣篇。

赋得归云送李友人归华山
（唐）钱起

秀色横千里，归云积几重。欲依毛女岫，初卷少姨峰。
盖影随征马，衣香拂卧龙。只应函谷上，真气日溶溶。

咏　云
（唐）李商隐

捧云三更断，藏星七夕明。才闻飘迥路，旋见隔重城。
潭暮随龙起，河秋压雁声。只应惟宋玉，知是楚神名。

孤　云
（元）程钜夫

渺渺从何起，亭亭只自飞。朝随风鹤去，暮逐雨龙归。
几度超沧海，多应点翠微。何时能借我，裁作羽人衣。

江　云
（明）薛蕙

谢客弄春水，江皋生彩云。纷纷初散绮，叶叶渐成文。
蔽日皆相映，流风乍不分。何因可持赠，欲以慰离群。

◆ 五言排律

省试白云起封中
（唐）陈希烈

千年泰山顶，云起汉王封。不作奇峰状，宁分触石容。
为霖虽易得，表圣自难逢。冉冉排空上，依依叠影重。
素光非曳练，灵贶是从龙。岂学无心出，东西任所从。

春 云

(唐) 裴澄

漠漠复溶溶,乘春任所从?映林初展叶,触石未成峰。
旭日消寒翠,晴烟点净容。霏微将似散,深浅又如重。
薄彩临溪淡,轻阴带雨浓。空馀负樵者,岭上自相逢。

省试观庆云图

(唐) 柳宗元

设色初成象,卿云示国都。九天开祕祉,百辟赞嘉谟。
抱日依龙衮,非烟近御炉。高标连汗漫,回望接虚无。
裂素荣光发,舒华瑞色敷。恒将配尧德,垂庆代河图。

赋得白云起封中

(唐) 张嗣初

英英白云起,呈瑞出封中。表圣宁因地,逢时岂待风。
浮光弥皎洁,流影更冲融。自叶尧年美,谁云汉日同。
金泥光乍掩,玉检气潜通。欲与非烟并,亭亭不散空。

赋得青云干吕

(唐) 林藻

应节偏干吕,亭亭在紫氛。缀云初度影,捧日已成文。
结盖祥光迥,为楼翠色分。还同起封上,更似出横汾。
作瑞来藩国,呈形表圣君。徘徊如有托,谁道比闲云。

山出云

(唐) 张复

山静云初吐,霏微触石新。无心离碧岫,有意占青春。
散类如虹气,轻同不让尘。凌空还似翼,映涧欲成鳞。
起异临汾鼎,凝随出峡神。为霖终济旱,非独降贤人。

华山庆云见

（唐）失名

圣主祠名岳，高峰发庆云。金柯初缭绕，玉叶渐氤氲。
气色含珠日，光明吐翠雰。依稀来鹤态，仿佛列仙群。
万树流光影，千潭写锦文。苍生欣有望，祥瑞在吾君。

◆ 七言律

庆云见

（唐）李绅

礼成中岳陈金册，祥报卿云冠玉峰。
轻未透林疑待凤，细非行讵从龙？
卷风变彩霏微薄，照日笼光映隐重。
还入九霄成沆瀣，夕岚生处鹤归松。

白石湫云

（元）柳贯

白石灵山望赞皇，湫潭此复见苍苍。
飘扬直欲凌三际，肤寸犹能雨八荒。
空外金精悬太白，泉中虬彩化长黄。
传芭奏罢神絃曲，松盖成阴泽气凉。

白石湫云

（元）吴莱

独上南山最上头，朝隮一点便成湫。
岩腰动石风初起，海眼输泉雨欲留。
蜥蜴含珠光照夜，丰隆卷铁黑沉秋。
明当去挟骑龙叟，直到扶桑第几洲？

琼岛春云

(明) 杨荣

仙岛依微近紫清,春光澹荡暖云生。
乍经树杪和烟湿,轻覆花枝过雨晴。
每日氤氲浮玉殿,常时缥缈护金茎。
从龙处处施甘泽,四海讴歌乐治平。

琼岛春云

(明) 李东阳

瑶峰独立倚空苍,云去云来两不妨。
旋逐春寒生苑树,更随晴日度宫墙。
玉皇居处重楼拥,太史占时五色光。
若与山龙同作绘,也须能补舜衣裳。

和赵库部元实景云篇

(明) 吕高

卿云郁郁覆中天,烂结绯文五色鲜。
光泛紫霄流凤盖,影随金阙照龙旃。
渐看捧日归仙掌,故欲从龙裛御筵。
此日仙郎挥藻赋,蓬莱亲献沐恩偏。

◆ 五言绝句

文杏馆

(唐) 王维

文杏裁为梁,香茅结为宇。不知栋里云,去作人间雨。

寻隐者不遇

(唐) 贾岛

松下问童子,言师采药去。只在此山中,云深不知处。

溪口云
（唐）张文姬

一片溪口云，才向溪中吐。不复归溪中，还作溪中雨。

衡岳道中
（宋）陈与义

城中望衡山，浮云作飞盖。揭来岩谷游，却在浮云外。

云　社
（宋）朱子

自作山中人，即与云为友。一啸雨纷纷，无劳三奠酒。

云　庄
（宋）朱子

小丘横翠几，层嶂复嵯峨。释耒闲来看，岩姿此处多。

题柯敬仲杂画
（元）虞集

北苑今仍在，南宫奈老何？青山解浮动，端为白云多。

和铁崖小临海
（无）张简

偶坐松根石，相看说大还。昆仑云一朵，唤作九华山。

囊云诗
（明）朱权

蒸入琴书润，粘来几榻寒。小斋非岭上，弘景坐相看。

卧云室
（明）高启

夕卧白云合，朝起白云开。惟有心长在，不随云去来。

太和县

（明）张以宁

晓挂船窗看，苍茫暝色分。前山知有雨，流出满江云。

卧云室

（明）谢徽

朝卧白云东，暮卧白云西。白云长共我，此地结幽栖。

宿华亭寺

（明）杨慎

天风与海水，鸣籁隔山闻。夜半衣裳湿，清朝树树云。

赠杨孝父

（明）范汭

清时有隐者，自汲还自耘。翳然茅屋上，一片尧时云。

闲　云

（明）僧大香

闲云不作雨，横入峡山去。峡口弄舟人，家在云归处。

◆ 六言绝句

题　画

（元）萨都剌*

绿树深藏野寺，白云影落溪船。
遮却青山一半，只疑僧舍茶烟。

---

* 萨都剌：《四库》本作"萨都拉"。

题青山白云

（元）张昱

一个茅庐何处，小桥古木溪湾。
但见山青云白，不知天上人间。

福严即事

（元）僧善住

村边几株红树，屋外四面青山。
终日无人能到，孤云薄暮飞还。

◆ 七言绝句

过栎阳山溪

（唐）陈羽

众草穿沙芳色齐，踏莎行草过春溪。
闲云相引上山去，人到山头云却低。

讽山云

（唐）施肩吾

闲云生叶不生根，常被重重蔽石门。
赖有风簾能扫荡，满山晴日照乾坤。

灞　上

（唐）纥干著

鸣鞭晓日禁城东，渭水晴烟灞岸风。
却傍柳阴回首望，春天楼阁五云中。

柏林寺南望

（唐）郎士元

溪上遥闻精舍钟，泊舟微径度深松。

青山霁后云犹在,画出西南四五峰。

云

(唐)杜牧

尽日看云首不回,无心都道似无才。
可怜光彩一片玉,万里青天何处来?

云

(唐)来鹄

千形万象竟还空,映水藏山片复重。
无限黍苗皆望泽,悠悠闲处作奇峰。

孤 云

(唐)张乔

舒卷因风何所之?碧天孤影势迟迟。
莫言长是无心物,还有随龙作雨时。

望云楼

(宋)苏轼

阴晴朝暮几回新,已向虚空付此身。
出本无心归亦好,白云还似望云人。

偶 题

(宋)朱子

门外青山紫翠堆,幅巾终日面崔嵬。
只看云断成飞雨,不道云从底处来。

病中绝句

(宋)范成大

簷头排溜密如箑,溪上层阴乍解严。
最是看山奇绝处,白云堆絮拥青尖。

云卧庵
（宋）杨万里

十年两袖软红尘，归濯沧浪且幅巾。
不是白云留我住，我留云住卧闲身。

明发泷头
（宋）杨万里

黑甜偏至五更浓，强起侵星敢小慵？
输与山云能样懒，日高犹宿夜来峰。

舟　上
（宋）徐照

小船停桨逐潮还，三五人家住一湾。
贪看晓光侵月色，不知云气失前山。

晓云次子端韵
（金）党怀英

滦溪经雨浪生花，晓碧翻光漾晓霞。
川上风烟无定态，尽供新意与诗家。

山　行
（金）赵秉文

石头荦确水纵横，过雨山间草屦轻。
未到上方先满意，倚天青壁白云生。

留题西溪
（金）赵沨

波光湛碧冷无痕，渺渺轻风起縠纹。
认得朝来疏雨过，却从水底见飞云。

阎立本秋岭归云图

（元）邓文原

贞观从知有画仙，能将万里尺图间。
白云掩映枫林好，遮却溪南无数山。

赠白云

（元）虞集

白云东去又经春，每向飞鸿到水滨。
几个遮山松树子，凭君洒雨洗埃尘。

青山白云图

（元）虞集

独向山中访隐君，行从千涧去沄沄。
仙家更在空青外，只许人间礼白云。

宿浚仪公湖亭

（元）杨载

两两三三白鸟飞，背人斜去落渔矶。
雨馀不遣浓云散，犹向前山拥翠微。

行界牌源道次小憩民舍

（元）柳贯

小谷疏林受数家，年芳犹有刺桐花。
白云不为青山地，截断孤峰作髻丫。

层楼即事

（元）萨都剌

浴罢焚香扫阁眠，过墙新竹翠娟娟。
半空云气层楼暗，四月江东欲雨天。

卷八　云类

滦京杂咏
　　　　　　　　　　（元）杨孚

正元紫禁肃朝仪，御榻中间宝帕提。
王母寿词歌未彻，雪花片片彩云低。

用前韵序山家幽寂之趣
　　　　　　　　　　（元）叶颙

夕阳香径逐东风，短策轻扶数落红。
信步偶随流水去，不知身到白云中。

明德游仙词
　　　　　　　　　　（元）张雨

夜久扶桑海色分，珠宫望拜赤龙君。
洞庭未省君山在，元是昆仑一朵云。

一峰云外庵
　　　　　　　　　　（元）僧惟则

衲被蒙头宿火红，雪寒愁听上方钟。
开门忽怪山为海，万叠云涛露一峰。

宿卧云轩
　　　　　　　　　　（明）陈宪章*

不妨到处与人群，借宿山斋酒半醺。
我得五龙传睡法，枕痕犹带华山云。

题　画
　　　　　　　　　　（明）文徵明

过雨空林万壑奔，夕阳野色小桥分。

---

* 明代既有陈献章（世称"陈白沙"，儒学家），又有陈宪章（陈录，以字行，画家）。本书所录诗作，似多应属陈献章。

春山何似秋山好，红叶青山锁白云。

题　画
（明）王璲

渡头初唱采莲歌，南浦西风涨绿波。
正是晚凉新雨后，青山不似白云多。

西清词
（明）黄佐

碧殿峥嵘概泰清，飙台时送步虚声。
流铃掷火飞章地，一片云遮翡翠城。

辇道阴森万柳齐，水晶簾幙动晴霓。
六龙行处金蜩合，冉冉红云阆苑西。

同朝天宫道士朝回口号
（明）僧来复

羽仙飞佩晓泠风，禅子金襕映日红。
共祝太平朝帝阙，蓬莱兜率五云中。

山　居
（明）僧德清

平湖秋水浸寒空，古木霜馀落叶红。
石径小桥人迹断，一庵深锁白云中。

祇树庵
（明）僧洪恩

竹映窗前水漱门，数声幽鸟报朝昏。
行来恐踏苔痕破，目送山阴过远村。

卷九　霞　类

◆ 五言古

早望海边霞
（唐）李白

四明三千里，朝起赤城霞。日出红光散，分辉照雪崖。
一餐咽琼液，五内发金沙。举手何所待，青龙白虎车。

晓发飞鸟驿，晨霞满天，少刻大雨。
吴谚云："朝霞不出门，暮霞行千里。"验之信然，戏纪其事
（宋）范成大

朝霞不出门，暮霞行千里。今晨日未出，晓气散如绮。
心疑雨再作，眼转云四起。我岂知天道，吴农谚云尔。
古来占滂沱，说者类恢诡。飞云走群羊，停云浴三豕。
月当天毕宿，风自少女起。烂石烧成香，汗础润如洗。
逐妇鸠能拙，穴居狸有智。蜉蝣强知时，商羊与闻计。
垤鸣东山鹳，堂审南柯蚁。或加阴石鞭，或议阳门闭。
或云逢庚变，或自换甲始。刑鹅与象龙，聚讼非一理。
不如老农谚，响应捷如鬼。哦诗敢夸博，聊用醒午睡。

◆ 五言律

江　霞
（明）薛蕙

春江变气候，孤屿发云霞。散影摇青草，流文漾碧沙。

红泥迷燕子,丹洞失桃花。水宿淹晨暮,应怀谢永嘉。

◆ 七言律

霞
(唐) 韩琮

应是行云未拟归,变成春态媚晴晖。
深如绮色斜分阁,碎似花光散满衣。
天际欲销重惨淡,镜中闲照正依稀。
晓来何处低临水,无限鸳鸯妒不飞。

飞霞楼
(元) 朱德润

绮结飞霞散满空,阑干高倚夕阳中。
冲融昼锦横窗碧,绚烂晴光入座红。
宛有霓旌来汉表,直疑蜃气出城东。
楼居自是神仙宅,不待乘桥蹑彩虹。

◆ 五言绝句

丹霞坞
(明) 高启

遥闻丹霞坞,中有餐霞者。绛彩发朝朝,还同赤城下。

和陈伯孺西湖
(明) 柳应芳

偶向武林游,曾于天竺住。明日欲离山,晴霞故变雨。

钱幼卿朝霞馆诗
(明) 僧通凡

远树无烟时,前山未云起。晞发临东轩,衣裳半身紫。

◆ 七言绝句

临海所居
（唐）顾况

此去临溪不是遥，楼中望见赤城标。
不知叠嶂重霞里，更有何人度石桥？

舟次鼋湖阻水因游董山
（宋）朱槔

拂拂朝霞到客舟，苦疑雨意在鸣鸠。
好峰天半元相识，且作僧床挟策游。

晚 霞
（宋）朱子

日落西南第几峰？断霞千里抹残红。
上方杰阁凭阑处，欲尽馀晖怯晚风。

游百家岩杂诗
（元）王恽

月池悬溜落苍洼，岩窦分居可百家。
不羡碧澜秋色好，倚天惊绝赤城霞。

小游仙
（明）王泽

东度扶桑看日华，却随王母借飙车。
夜凉海色平如掌，倒看青天起赤霞。

漫 成
（明）韩邦靖

漆沮河边两岸沙，绕堤十里尽桃花。
春风纵使随流水，落日犹堪斗彩霞。

卷十　雨　类

◆ 三 言 古

雩祭歌

（齐）谢朓

有渰兴，肤寸积。雨冥冥，又终夕。

◆ 四 言 古

奉和圣制喜雨

（唐）张九龄

艰我稼穑，载育载亭。随物应之，曷圣与灵。
谓我何凭？惟德之馨。谁云天远，以诚必至。
太清无云，羲和顿辔。于斯蒸人，瞻彼非觊。
阴冥倏忽，霈泽咸洎。何以致之？我后之感。
无皋无隰，黍稷黯黯；无卉无木，敷芬黜黜。
黄龙勿来，鸣鸟不思。人和年丰，皇心则怡。
岂与周宣，《云汉》徒诗。

◆ 五 言 古

喜雨诗

（魏）曹植

天覆何弥广，苞育此群生。弃之必憔悴，惠之则滋荣。

庆云从北来，郁述西南征。时雨中夜降，长雷周我庭。
嘉种盈膏壤，登秋毕有成。

喜 雨
（宋）谢庄

燕起知风舞，础润识云流。洌泉承夜湛，零雨望晨浮。
合颖行盛茂，分穗方盈畴。

喜 雨
（宋）谢惠连

朱明振炎气，溽暑扇温飙。羡彼明月辉，离毕经中宵。
思此西郊云，既雨盈崇朝。上天悯憔悴，商羊自吟谣。

赋得入阶雨
（梁）简文帝

细雨阶前入，洒砌复沾帷。渍花枝觉重，湿鸟羽飞迟。
倪令斜日照，并欲似游丝。

细 雨
（梁）元帝

风轻不动叶，雨细未沾衣。入楼如雾上，拂马似尘飞。

和皇太子春林晚雨
（梁）刘孝威

云树交为密，雨日共成虹。雷舒长男气，枝摇少女风。
叶珠随滴水，檐绳下溜空。蝶濡飞不飏，花沾色更红。
明离信养德，能事冠（毕）春宫。谁堪偶凤吹？唯有浮丘公。

拟雨诗
（梁）虞骞

清风送凉气，薄暮荡炎氛。虹照涟漪水，电出嵯峨云。

落晖散长足,细雨织斜文。

对 雨
（梁）朱超

当夏苦炎埃,习静对花台。落照依山尽,浮凉带雨来。
重云吐飞电,高栋响行雷。洒树轻花发,滴沼细萍开。
泛沫萦阶草,奔流起砌苔。无因假轻盖,徒然想上才。

闲居对雨
（陈）阴铿

蘋藻降灵祇,聪明谅在斯。触石朝云起,从星夜月离。
八川奔巨壑,万顷溢澄陂。绿野含膏润,青山带濯枝。
嘉禾方合颖,秀麦已分歧。寄语纷纶学,持竿讵必知。

对 雨
（北齐）刘逖

重轮宵离毕,行雨旦浮空。细落疑含雾,斜飞觉带风。
湿槐仍足绿,沾桃更上红。无由似元（玄）豹,纵意坐山中。

赋得微雨从东来应教
（隋）诸葛颖

微雨暗东峰,散漫洒长松。涧满新流浊,山沾积翠浓。
风起还吹燕,云来本送龙。登年随玉烛,名山定可封。

咏 雨
（唐）太宗

和风吹绿野,梅雨洒芳田。新流添旧涧,宿雾足朝烟。
雁湿行无次,花沾色更鲜。对此欣登岁,披襟弄五絃。

发营逢雨应诏

(唐) 虞世南

豫游欣胜地,皇泽乃先天。油云阴御道,膏雨润公田。
陇麦霑逾翠,山花湿更然。稼穑良所重,方复悦丰年。

李士曹厅对雨

(唐) 钱起

春雨暗重城,讼庭深更寂。终朝人吏少,满院烟云集。
湿鸟压花枝,新苔宜砌石。掾曹富文史,清兴对词客。
爱尔蕙兰丛,芳香饱时泽。

喜 雨

(唐) 戴叔伦

闲居倦时燠,开轩俯平林。雷声殷遥空,云气布层阴。
川上风雨来,洒然涤烦襟。田家共欢笑,沟浍亦已深。
团团聚邻曲,斗酒相与斟。樵歌野曲中,渔钓沧江浔。
苍天暨有念,悠悠终我心。

郡中对雨赠元锡兼简杨凌

(唐) 韦应物

宿雨冒空山,寒城响秋叶。沉沉暮色至,凄凄凉气入。
萧条林表散,的皪荷上集。夜雾著衣重,新苔侵履湿。
遇兹端居日,赖与嘉宾接。

对雨寄韩库部协

(唐) 韦应物

飒至池馆凉,霭然和晓雾。萧条集新荷,氤氲散高树。
闲居兴方澹,默想心已屡。暂出仍湿衣,况君东城住。

开元寺楼对雨联句

（唐）陆龟蒙、皮日休

海上风雨来，掀轰逐飞电。登楼一凭槛，满眼蛟龙战。（龟蒙）
细洒心空冷，横飘目能眩。垂檐珂珮喧，擢瓦珠玑溅。（日休）
遥瞻山露色，渐觉云成片。远树欲鸣蝉，深簾尚藏燕。（龟蒙）
残雷隐鳞尽，反照依微见。（日休）
疏帆逗前渚，晚磬分凉殿。（龟蒙）
毕景好疏吟，馀凉可清晏。（日休）

客舍听雨

（宋）朱子

沉沉苍山郭，暮景含馀清。春霭起林际，满空寒雨生。
投装即虚馆，檐响通夕鸣。遥想山斋夜，萧萧木叶声。

对　雨

（宋）朱子

虚堂一遐瞩，骤雨满空至。的皪散芳塘，冥濛结云气。
势逐风威乱，望穷山景翳。烟霭集林端，苍茫欲无际。
凉气袭轻裾，炎氛起秋思。对此景凄凄，还增冲澹意。

潇湘夜雨

（元）陈孚

昭潭黑云起，橘洲风卷沙。乱雨洒篷急，惊堕樯上鸦。
鼋鼍互出没，暗浪鸣橹牙。渔灯半明灭，湿光穿芦花。

雨中留徐七贲

（明）高启

江寒宿雨在，落叶满村湿。留君系君艇，莫犯风潮急。
试问欲归城，谁家借蓑笠？

秋　阴
（明）葛一龙

西爽忽自晦，不知朝与昏。井上半残叶，湖中无远村。
桔槔几日罢，农牧相过存。云澹一如水，野风吹到门。

◆ 七言古

细雨遥怀故人
（唐）李建勋

江云未散春风暖，溟濛正在高楼见。
细柳缘堤少过人，平芜隔水时飞燕。
我有近诗谁与和？忆君狂醉愁难破。
昨夜南窗不得眠，闲阶点滴回灯坐。

苕溪风雨中章德茂同泛
（元）黄溍

黑风翻江白雨倾，樯敧柁侧无人行。
此时惟我与章子，孤舟荡漾烟波里。
蒹葭苍苍杨柳黄，浩歌击舷兴弥长。
翩然一叶恣掀舞，青山白塔频低昂。
朝过城南暮城北，舟人问我将谁适。
章子掉头作吴语，秋水夜来深几许？
忽看大字标竹林，寺门对水仍阴阴。
敲门见竹不见人，竹间翠石何萧森。
回舟少休雨如注，四顾茫茫但烟雾。
鱼惊龙跃吾不知，披蓑却入菰芦去。
岸傍群儿拍手呼，笑言狂客世所无。
呜呼古人今则无，后来视我知何如？
为君留此有声画，题作扁舟烟雨图。

潇湘夜雨

（明）宣宗

浓云如墨黯江树，九疑山迷天欲暮。
苍松岩下客维舟，鱼龙鼓舞飞烟雾。
但见长空风雨来，势与云梦相周回。
三湘淋漓泻银竹，七泽汹涌翻春雷。
长江横绝巴陵北，一水悠悠漾空碧。
洪涛巨涨顷刻中，虹桥隐隐无人迹。
前溪遥见野人家，槿篱茅屋半敧斜。
高楼谁得江湖趣，坐听萧萧对烛花。
隔浦钟声来远寺，晓色苍凉喜开霁。
青天万里白云收，满目湘山翠欲流。

◆ 五 言 律

奉和咏雨应诏

（唐）许敬宗

舞商初赴节，湘燕早迎秋。飘丝交殿网，乱滴起池沤。
激溜分龙阙，斜飞洒凤楼。崇朝方浃宇，宸盻（盼）俯凝旒。

奉和春日游苑喜雨应诏

（唐）李峤

仙跸九重台，香筵万寿杯。一旬初降雨，二月蚤闻雷。
叶向朝隋密，花含宿润开。幸承天泽豫，无使日光催。

雨

（唐）李峤

西北云肤起，东南雨足来。灵童出海见，神女向台回。
斜影风前合，圆文水上开。十旬无破块，九土信康哉。

山行遇雨

（唐）孙逖

骤雨昼氤氲，空天望不分。暗山惟觉电，穷海但生云。
涉涧猜行潦，缘崖畏宿氛。夜来江月霁，棹唱此中闻。

江阁对雨

（唐）杜甫

南纪风涛壮，阴晴屡不分。野流行地日，江入度山云。
层阁凭雷殷，长空面水文。雨来铜柱北，应洗伏波军。

梅　雨

（唐）杜甫

南京犀浦道，四月熟黄梅。湛湛长江去，冥冥细雨来。
茅茨疏易湿，云雾密难开。竟日蛟龙喜，盘涡与岸回。

船下夔州郭宿，雨湿不得上岸，别王十二判官

（唐）杜甫

依沙宿舸船，石濑月娟娟。风起春灯乱，江鸣夜雨悬。
晨钟云外湿，胜地石堂烟。柔橹轻鸥外，含悽觉汝贤。

春夜喜雨

（唐）杜甫

好雨知时节，当春乃发生。随风潜入夜，润物细无声。
野径云俱黑，江船火独明。晓看红湿处，花重锦官城。

雨

（唐）杜甫

微雨不滑道，断云疏复行。紫崖奔处黑，白鸟去边明。
秋日新沾影，寒江旧落声。柴扉临野碓，半湿捣香粳。

喜 雨

(唐) 杜甫

南国旱无雨,今朝江出云。入空才漠漠,洒迥已纷纷。
巢燕高飞尽,林花润色分。晚来声不绝,应得夜深闻。

和都官苗员外秋夜寓直对雨简诸知己

(唐) 李嘉祐

多雨南宫夜,仙郎寓直时。漏长丹凤阙,秋冷白云司。
萤影侵阶乱,鸿声出苑迟。萧条吏人散,小谢有新诗。

赋得暮雨送李渭

(唐) 韦应物

楚江微雨里,建业暮钟时。漠漠帆来重,冥冥鸟去迟。
海门深不见,浦树远含滋。相送情无限,沾襟比散丝。

裴端公使院赋得隔簾见春雨

(唐) 包何

细雨未成霖,垂簾但觉阴。唯看上砌湿,不遣入檐深。
度隙(隙)沾霜简,因风润绮琴。须移户外屦,檐溜夜相侵。

雨夜赠元十八

(唐) 白居易

卑湿沙头宅,连阴雨夜天。共听檐漏滴,心事两悠然。
把酒循环饮,移床曲尺眠。莫言非故旧,相识已三年。

阴 雨

(唐) 白居易

岚雾今朝重,江山此地深。滩声秋更急,峡气晓多阴。
望阙云遮眼,思乡雨滴心。将何慰幽独?赖此北窗琴。

雨中招张司业宿

（唐）白居易

过夏衣香润,迎秋簟色鲜。斜支花石枕,卧咏蕊珠篇。
泥泞非游日,阴沉好睡天。能来同宿否？听雨对床眠。

孤山寺遇雨

（唐）白居易

拂波云色重,洒叶雨声繁。水鹭双飞起,风荷一向翻。
空濛连北岸,萧飒入东轩。或拟湖中宿,留船在寺门。

细 雨

（唐）李商隐

萧洒傍回汀,依微过短亭。气凉先动竹,点细未开萍。
稍促高高燕,微疏的的萤。故园烟草色,仍近玉门青。

卢氏池上遇雨赠同游者

（唐）温庭筠

簟翻凉气集,溪上润残棋。萍皱风来后,荷喧雨到时。
寂寥闲望久,飘洒独归迟。无限松江恨,烦君解钓丝。

登楼值雨

（唐）李咸用

江徼多佳景,秋吟兴未穷。送来松槛雨,半是蓼花风。
浪猛惊翘鹭,烟昏叫断鸿。不知今夜客,几处卧鸣篷。

春 霖

（宋）韩琦

咫尺东郊路,春霖绝未通。消闲生弈思,醒睡费茶功。
楼迥昏昏雾,窗寒裛裛风。待晴桑陌上,五马恣璁珑。

真西山帅长沙祷雨

（宋）戴复古

出郭问农事，家家笑语声。有田皆足水，既雨亦宜晴。
山下溪流急，街头米价平。明朝闲领客，相见贺秋成。

晓　雨

（宋）陆游

萧瑟度横塘，霏微映缭墙。压低尘不动，洒急土生香。
声入楸梧碎，清分枕簟凉。回头忽陈迹，檐角挂斜阳。

和龙直夫秘校细雨

（宋）僧道潜

薄雾兼寒雨，凌晨霭未分。细宜池上见，清爱竹边闻。
斗帐侵兰梦，虚棂逼蕙薰。晚来欣小霁，钓箔映疏云。

雨

（元）赵孟頫

摵摵众叶响，滋滋生意新。知谁实挥洒，解使尽圆匀。
虫网悬珠络，荷盘泻汞银。喜凉生枕簟，馀润逼衣巾。

江上雨

（明）高启

冥冥众树昏，浩浩一江浑。急有回风韵，轻无入雾痕。
鸟啼丛竹岭，人卧落花村。门巷春泥滑，谁来共酒尊？

夏日喜雨

（明）高启

粉署依丹禁，城高爽气多。好风天上至，凉雨晓来过。
翠岛浮香雾，瑶池淡绿波。九重闲视草，时复幸銮坡。

雨中舟行
（明）于慎行

天阔雨冥冥，孤帆过驿亭。云吞江树白，雾失晓峰青。
岸鸟迎船湿，河鱼出网鲤。生涯多少恨，无处异飘萍。

◆ 五言排律

奉和春日途中喜雨
（唐）魏知古

皇舆向洛城，时雨应天行。丽日登岩送，阴云出野迎。
濯枝林杏发，润叶渚蒲生。丝入纶言喜，花依锦字明。
微臣忝东观，载笔伫西成。

和李仆射雨中寄卢严二给事
（唐）张籍

郊原飞雨至，城阙湿云埋。迸点时穿牖，浮沤欲上阶。
偏滋解箨竹，并扫落花槐。晚润生琴匣，新凉满药斋。
从容朝务退，放旷掖曹乖。尽日无来客，闲吟感此怀。

监试夜雨滴空阶
（唐）喻凫

霎霎复湝湝，飘松又洒槐。气濛蛛网槛，声叠藓花阶。
古壁青灯动，深庭湿叶埋。徐垂旧鸳瓦，竞历小茅斋。
冷与阴虫间，清将玉漏谐。病身惟展转，谁见此时怀。

◆ 七 言 律

积雨辋川庄作
（唐）王维

积雨空林烟火迟，蒸藜炊黍饷东菑。

漠漠水田飞白鹭,阴阴夏木啭黄鹂。
山中习静观朝槿,松下清斋折露葵。
野老与人争席罢,海鸥何事更相疑。

雨不绝

(唐)杜甫

鸣雨既过渐细微,映空摇飏如丝飞。
阶前短草泥不乱,院里长条风乍稀。
舞石旋应将乳子,行云莫自湿仙衣。
眼边江舸何忽促,未得安流逆浪归。

贺李观察祷河神降雨

(唐)耿湋

质明斋祭北风微,驺驭千群拥庙扉。
玉帛才敷云澹澹,笙镛未彻雨霏霏。
路边五稼添膏长,河上双旌带湿归。
若出敬亭山下作,何人敢和谢玄晖。

途中望雨怀归

(唐)韦庄

满空寒雨漫霏霏,去路云深锁翠微。
牧竖远当烟草立,饥禽闲傍渚田飞。
谁家树压红榴折,几处篱悬白菌肥。
对此不堪乡外思,荷蓑遥羡钓人归。

春雨即事寄袭美

(唐)陆龟蒙

小谢轻埃日日飞,城边江上阻春晖。
虽愁野岸花房冻,还得山家药笋肥。
双屐著频看齿折,败裘披苦见毛稀。

比邻钓叟无尘事,洒笠鸣蓑夜半归。

和子渊学士春雨

(宋) 韩琦

天幕沉沉淑气温,雨丝轻软坠云根。
洗开春色无多润,染尽花光不见痕。
寂莫画楼和梦锁,依微芳树过人昏。
堂虚坐密珠簾下,试问淳于醉几尊?

北堂春雨

(宋) 韩琦

叶叶轻云障薄罗,坐看膏泽洒庭柯。
风前芳杏红香减,烟外垂杨绿意多。
声落檐牙飞短瀑,点明池面起圆波。
晴来西北凭阑望,拂黛遥峰濯万螺。

有美堂暴雨

(宋) 苏轼

游人脚底一声雷,满坐顽云拨不开。
天外黑风吹海立,浙东飞雨过江来。
十分潋滟金尊凸,千杖敲铿羯鼓催。
唤起谪仙泉洒面,倒倾鲛室泻琼瑰。

连雨涨江

(宋) 苏轼

急雨潇潇作晚凉,卧闻榕叶响空廊。
微明灯火耿残梦,半湿簾帷浥旧香。
高浪隐床吹瓮盎,闇风惊树摆琳琅。
先生不出晴无用,留向空阶滴夜长。

次韵宏甫喜雨

（宋）沈与求

黄垄初看卷麦禾，老农还复厌晴多。
四郊庠尾开新浚，一雨苗根长旧科。
已发政声归召杜，更教诗律斗阴何。
王孙欲识田家乐，水满沟塍涉可过。

久 雨

（宋）陆游

梅天一日几阴晴，对雨无聊醉不成。
巧历莫能知雨点，孤桐那解写溪声。
林深鸟雀来无数，草茂锄耰去即生。
明日云开天万里，御风吾欲过青城。

芒种后经旬无日不雨，偶得长句

（宋）陆游

芒种初过雨及时，纱厨睡起角巾欹。
痴云不散常遮塔，野水无声自入池。
绿树晚凉鸠语闹，画梁昼寂燕归迟。
闲身自喜浑无事，衣覆薰笼独诵诗。

雨

（宋）陆游

映空初作茧丝微，掠地俄成箭镞飞。
纸帐光迟饶晓梦，铜炉香润覆春衣。
池鱼鳜鳜随沟出，梁燕翩翩接翅归。
惟有落花吹不去，数枝红湿自相依。

春　雨

（金）冯延登

小雨濛濛润土膏，谷风习习不惊条。
晨烟半湿低平野，春水初生没断桥。
已见鹅黄匀柳麦，更看檀紫上榆椒。
从今乐事知相继，栉比云平看陇苗。

春　雨

（元）杨载

濛濛春雨暗重城，莽若山林云气生。
驾过东朝沾羽盖，仗移前殿湿霓旌。
苍松密掩岩头鹤，翠柳深藏谷口莺。
明日不愁花烂熳，新晴陌上有人行。

明照坊对雨

（元）宋褧

章台车马去如流，白雨霏霏拂画楼。
九陌平铺明似练，两沟急泻碧于油。
美人虹见西山霁，少女风来北里秋。
凉意满襟簾幌卷，宫鸦归树夕阳收。

云岩值雨

（明）高启

深殿长廊映竹开，鸟声忽断雨声催。
藓生偏上题诗壁，花落还临说法台。
林下闻钟诸客散，涧边汲水一僧来。
晚晴更好看山色，西阁凭阑独未回。

东郊时雨

(明) 李东阳

鸣鸠将雨过东林,细草青郊望转深。
润入土膏春脉脉,暝含山色昼沉沉。
寻花问柳游人兴,荷锸扶犁野老心。
见说帝城多景物,春晴未必胜春阴。

禁中对雨

(明) 沈一贯

回风度雨近金銮,高阁疏帘隐几看。
乳燕营巢欣土润,娇莺掷柳怯枝寒。
添流欲染方春色,拂座应怜独冷官。
目送馀云过别殿,不知银钥动阑干。

◆ 五言绝句

夜　雨

(唐) 白居易

早蛩啼复歇,残灯灭又明。隔窗知夜雨,芭蕉先有声。

微雨夜行

(唐) 白居易

漠漠秋云起,稍稍夜寒生。自觉衣裳湿,无点亦无声。

滞　雨

(唐) 李商隐

滞雨长安夜,残灯独客愁。故乡云水地,归梦不宜秋。

细　雨

(唐) 李商隐

帷飘白玉堂,簟卷碧牙床。楚女当时意,萧萧发彩凉。

微 雨
（唐）李商隐
初随林霭动，稍共夜凉分。窗迥侵灯冷，庭虚近水闻。

咏 雨
（唐）杨凝
尘裹多人路，泥归足燕家。可怜缭乱点，湿尽满宫花。

雨
（金）高汝励
时雨雨三日，田家家万金。有年天子庆，谋国老臣心。

杂 兴
（元）周权
凉蟾净如洗，酒醒夜初寂。山檐宿雨多，空阶响馀滴。

雨中过玉遮山
（明）高启
寻钟入苍茫，一涧复一崦。落叶去方深，山扉雨中掩。

江 行
（明）李东阳
日出青蘋湿，江浑路不分。昨宵驱雨至，知是海南云。

过淀湖泊石浦
（明）程元辅
沙蒲偃秋风，湖云藏夕雨。何处远行人，飞帆下石浦。

雨后杂兴
（明）王叔承
秋雨欲浮村，青螺上床脚。日出过东邻，船头系篱落。

◆ 七言绝句

春游值雨
（唐）张旭

欲寻轩槛列清尊，江上烟云向晚昏。
须倩东风吹雨散，明朝却待入花园。

苦雨闻包谏议欲见访戏赠
（唐）卢纶

草气树烟咽不开，绕床连壁尽生苔。
常时多病因多雨，那敢烦君车马来。

雨 声
（唐）元稹

风吹竹叶休还动，雨点荷心暗复明。
曾向西江船上宿，惯闻寒夜滴篷声。

听雨声寄卢纶
（唐）李端

暮雨萧疏过凤城，霏霏飒飒重还轻。
闻君此夜东林宿，听得荷池几番声？

宫 词
（唐）王涯

霏霏春雨九重天，渐暖龙池御柳烟。
玉辇游时应不避，千廊万屋自相连。

谢亭送别
（唐）许浑

劳歌一曲解行舟，红叶青山水急流。

日暮酒醒人已远，满天风雨下西楼。

雨

（唐）杜牧

连云接塞添迢递，洒幕侵灯送寂寥。
一夜不眠孤客耳，主人窗外有芭蕉。

咸阳值雨

（唐）温庭筠

咸阳桥上雨如悬，万点空濛隔钓船。
还似洞庭春水色，晚云将入岳阳天。

登咸阳县楼望雨

（唐）韦庄

乱云如兽出山前，细雨和风满渭川。
尽日空濛无所见，雁行斜去字联联。

抚州江口雨中作

（唐）韦庄

江上闲冲细雨行，满衣风洒绿荷声。
金骝掉尾横鞭望，犹指庐陵半日程。

淮雨

（宋）梅尧臣

雨脚射淮鸣万镞，跳点起沤鱼乱目。
湿帆远远来未收，云漏残阳生半幅。

六月二十七日望湖楼醉书

（宋）苏轼

黑云翻墨未遮山，白雨跳珠乱入船。

卷地风来忽吹散,望湖楼下水如天。

舟　行
（宋）张耒

落景秋云晚不开,天寒古岸野船回。
初惊波面微澜起,已觉风前细雨来。

雨　中
（宋）邹浩

五月阴沉久不开,冷风吹雨满天街。
老农莫漫忧蚕麦,丞相祈晴已宿斋。

舟次鼋湖
（宋）朱槔

山雨疏疏心又惊,起瞻天色斗微明。
他年一枕江关梦,知忆篷窗此夜声。

和喜雨
（宋）朱子

黄昏一雨到天明,梦里丰年有颂声。
起望平畴烟草绿,只应投笔事农耕。

小　雨
（宋）杨万里

雨来细细复疏疏,纵不能多不肯无。
似妒诗人山入眼,千峰故隔一簾珠。

秋　雨
（宋）杨万里

湿侵团扇不能轻,冷逼孤灯分外明。

蕉叶半黄荷叶碧，两般秋雨一般声。

冬夜听雨戏作
（宋）陆游

少年交友尽豪英，妙理时时得细评。
老去同参惟夜雨，焚香卧听画檐声。

小酌元卫弟听雨
（宋）楼钥

小阁临流暑气清，藕花的的照人明。
移床更近栏边坐，要听碁声杂雨声。

西城雨中
（金）周昂

草露幽香不动尘，细蝉初向叶间闻。
溟濛小雨来无际，云与青山澹不分。

山中雨
（金）刘昂

嵩高山下逢秋雨，破伞遮头过野桥。
此景此时谁画（会）得，清如窗外（下）听芭蕉。

春早
（金）段继昌

断冰消尽荻芽尖，冻垄苏来白荠添。
几片野云飞不去，晚风吹作雨纤纤。

日晏
（元）范梈

昨日相期早出村，今朝日晏未开门。

可人一夜东风雨,绿遍天街旧草痕。

宫　词

(元) 迺贤*

广寒宫殿近瑶池,千树垂杨绿影齐。
报道夜来新雨过,御沟春水已平堤。

烟雨中过石湖

(元) 倪瓒

烟雨山前度石湖,一奁秋影玉平铺。
何须更蓺松江水,好染空青作画图。

姑苏城外短长桥,烟雨空濛又晚潮。
载酒曾经此行乐,醉乘江月卧吹箫。

吴兴道中

(元) 张雨

扁舟偶趁采樵风,题扇书裙莫恼公。
何处人间无六月,碧澜堂上雨声中。

风雨早朝

(明) 高启

漏屋鸡鸣起湿烟,蹇驴难借强朝天。
却思春水江南岸,闲听篷声卧钓船。

题张元琛篷窗

(明) 叶子奇

银丝鱼鲙碧芹羹,曾记扁舟越上行。

---

* 迺贤:《四库》本作"纳延"(一处作"纳新")。

今日小轩风味似,满川风雨看云生。

口　号
（明）程嘉燧

潀壑淘林殷户雷,冥冥松际失崔嵬。
山窗五月寒如水,知是湖桥暮雨来。

夏　景
（明）张宇初

深院碁声日正长,博山添火试沉香。
道人鞭起龙行雨,带得东潭水气凉。

卷十一 雾 类

◆ 五言古

咏 雾
（梁）元帝

晓雾晦阶前，垂珠带叶边。五里浮长隰，三晨晦远天。
傍通似佳气，却望若飞烟。疏簾还复密，断岫更疑连。
还思逢乐广，能令云雾褰。

三晨生远雾，五里闇城闉。从风疑细雨，映日似游尘。
乍若轻烟散，时如佳气新。不妨鸣树鸟，时蔽摘花人。

舟行值早雾
（梁）伏挺

水雾杂山烟，冥冥不见天。听猿方忖岫，闻濑始知川。
渔人惑澳浦，行舟迷溯沿。日中氛霭尽，空水共澄鲜。

赋得雾
（梁）沈趋

窈郁蔽园林，依霏被轩牖。睇有始疑空，瞻空复如有。
游蛇隐遥汉，文豹栖南阜。既殊三五辉，远望徒延首。

咏雾应诏
（北周）王褒

七条开广陌，五里闇朝氛。带楼疑海气，含盖似浮云。
方从河水上，预奉绿图文。

赋得花庭雾
（唐）太宗

兰气已熏宫，新蕊半妆丛。色含轻重雾，香引去来风。
拂树浓舒绿，萦花薄蔽红。还当杂行雨，仿佛隐遥空。

凌雾行
（唐）韦应物

秋城海雾重，职事凌晨出。浩浩合元天，溶溶迷朗日。
才看含鬓白，稍视沾衣密。道骑全不分，郊树都如失。
霏微误嘘吸，肤腠生寒慄。归当饮一杯，庶用蠲斯疾。

水亭夜坐赋得晓雾
（唐）李益

月落寒雾起，沉思浩通川。宿禽啭木散，山泽一苍然。
漠漠沙上路，沄沄洲外田。犹当依远树，断续欲穷天。

◆ 五言律

赋得远山澄碧雾
（唐）太宗

残云收翠岭，夕雾结长空。带岫凝全碧，障霞隐半红。
仿佛分初月，飘飖度晓风。还因三里处，冠盖远相通。

咏 雾

（唐）董思恭

苍山寂已暮，翠观闇将沉。终南晨豹隐，巫峡夜猿吟。
天寒气不歇，景晦色方深。待访公超市，将予赴华阴。

咏 雾

（唐）苏味道

氤氲起洞壑，遥裔匝平畴。乍似含龙剑，还疑映蜃楼。
拂林随雨密，度径带烟浮。方谢公超步，终从彦辅游。

雾

（唐）李峤

曹公迷楚泽，汉帝出平城。涿野妖氛静，丹山霁色明。
类烟飞稍重，方雨散还轻。倘入非熊兆，宁思元（玄）豹情。

大雾过安庆

（元）傅若金

水郭浮鲛室，云帆度客星。江空连海白，山远入淮青。
访古聊须到，乘流未可停。遥疑天柱晓，风雾飒精灵。

◆ **五言排律**

晨 雾

（明）杨慎

安宁之交，杪秋初冬，天将晴霁，晨必大雾，千里一白，如银色界，须臾日出，霞彩辉焕，亦奇观也。

元（玄）冥当凛节，白雾翳晨朝。明月朦胧阁，清霜暧嶰桥。
冰澌工织水，花淞惯封条。岚市天褰幕，烟坰陆涌潮。
凫甔迷独钓，鹿径滑归樵。文采南山豹，威棱北塞貂。

驷星收闪闪，曦景焕昭昭。梅信悬知近，凭他酒旆招。

◆ 七言律

早雾
（宋）赵抃

山光全暝水光浮，数里霏霏晓雾收。
露彩乍凝藏汉殿，日华不透掩秦楼。
岂饶文豹迟留影，应有灵蛇取次游。
圣世妖氛消已尽，结成佳气满南州。

花雾
（元）谢宗可

倦紫酣红总未醒，暗薰芳液滴无声。
罗帏隐绣迷春色，绮縠笼香护晓晴。
薄暝枝头留睡蝶，轻阴树底咽啼莺。
东风卷到阑干曲，半湿游丝舞不成。

咏雾凇
（明）杨慎

怪得天鸡误晓光，青腰玉女试银妆。
琼敷缀叶齐如剪，瑞树开花冷不香。
月白讵迷三里雾，云黄先兆万家箱。
贫儿饭瓮歌声好，六出何须贺谢庄。

忠州雾泊
（明）钟惺

渔艇官舟晓泊同，蜀江愁雾不愁风。
烟生野聚汀寒外，云满山城水气中。
曲岸川回翻似尽，遥天峰没却如空。

依稀往日丹枫路，稍见霜前远近红。

◆ 五言绝句

闲 泛
（明）僧大遂

无事亦波间，孤舟觉自闲。树边春雾敛，尖露几重山。

◆ 七言绝句

雾 凇
（宋）曾巩

园林日出静无风，雾凇花开树树同。
记得集贤深殿里，舞人齐插玉珑璁。

房 陵
（宋）陈造

阴晴未敢卷簾看，苦雾濛濛尚未干。
政使病馀刚止酒，一杯要敌涝朝寒。
（自注：晨起雾久乃散，土人目曰"涝朝"。）

雾中见灵山依约不真
（宋）杨万里

东来两眼不曾寒，四顾千峰掠晓鬟。
天欲恼人消几许，只教和雾看灵山。

晓 行
（宋）葛长庚

雨馀花点满红桥，柳絮沾泥夜不消。
晓雾忽无还忽有，春山如近复如遥。

水村雾

（宋）葛长庚

淡处还浓绿处青，江风吹作雨毛腥。
起从水面萦层嶂，恍似簾中见画屏。

夹萝峰

（明）顾源

红日才生旸谷东，鱼龙吹浪晓濛濛。
徜徉笑指三山路，玉灶银床紫雾中。

题米元晖山水小景赠陈原贞别

（明）僧似杞

江头雨足春水生，江上青山烟树暮。
扁舟明发去如飞，目断征帆入苍雾。

卷十二 露 类

◆ 四言古

甘露颂
（北齐）邢邵

休征屡动，感极回天。流甘委素，玉润冰鲜。
密房下结，珠琲上悬。布濩林野，洒散旌旄。

芳林园甘露颂
（北齐）梁神洧

福以德彰，庆沿业皎。矧兹嘉露，因祥特表。
翻润星夕，流甘月晓。奇越彤氛，珍逾素鸟。
至道伊融，大化期肈。惟此大化，实感天眷。
降液丹墀，飞津绮殿。九服依风，八荒改面。
敢述朦词，式旌舞忭。

◆ 五言古

赋得露
（梁）顾煊

飞空犹蕴状，集物始呈华。萎黄压秋笋，厌浥长春芽。
非惟溥蔓草，颇亦变蒹葭。仍增江海浪，聊点木兰花。

惊早露

(梁) 刘憺

九畹凝芳叶，百草莹新珠。盈荷虽不润，拂竹竟难枯。

咏采甘露应诏

(陈) 江总

祥露晓氛氲，上林朝晃朗。千行珠树出，万叶琼枝长。
徐轮动仙驾，清晏留神赏。丹水波涛泛，黄山烟雾上。
风亭翠旆开，云殿朱絃响。徒知恩礼洽，自惭名实爽。

应诏甘露寺

(北齐) 邢邵

膏露且渐洽，凝液汭旀旟。草木尽沾被，玉散复珠霏。
谁谓穹昊远，道合若应机。

咏露

(唐) 董思恭

夜色凝仙掌，晨甘下帝庭。不觉九秋至，远向三危零。
芦渚花初白，葵园叶尚青。晞阳一洒惠，方愿益沧溟。

尹相公京兆府中棠树降甘露诗

(唐) 岑参

相国尹京兆，政成人不欺。甘露降府庭，上天表无私。
非无他人家，岂少群木枝。被兹甘棠树，美掩召伯诗。
团团甜如蜜，晶晶凝若脂。千柯玉光碎，万颗珠叶垂。
昆仑何时来，庆云相逐飞。魏宫铜盘贮，汉帝金掌持。
王泽布人和，精心动灵祇。君臣日同德，祯瑞方潜施。
何术令大臣，感通能及兹？忽惊政化理，暗与神物期。
却笑赵张辈，徒称古今稀。为君下天酒，麴糵将用时。

◆ 五言律

秋 露
（唐）骆宾王

玉关寒气早，金塘秋色归。泛掌光逾净，添荷滴尚微。
变霜凝晓液，承月委圆辉。别有吴台上，应湿楚臣衣。

露
（唐）李峤

滴沥明花苑，葳蕤泫竹丛。玉垂丹棘上，珠湛绿荷中。
夜警千年鹤，朝零七月风。愿凝仙掌内，长奉未央宫。

白 露
（唐）杜甫

白露团甘子，清晨散马蹄。圃开连石树，船渡入江溪。
凭几看鱼乐，回鞭急鸟栖。渐知秋实美，幽径恐多蹊。

◆ 五言排律

赋得金茎露
（唐）徐敞

汉帝贵长生，延年饵玉英。铜盘滴珠露，仙掌抗金茎。
拂曙氛埃敛，凌空沆瀣清。岹峣捧瑞气，巃嵸出宫城。
势入浮云耸，形标霁色明。大君当御宇，何必去蓬瀛。

赋得清露被皋兰
（唐）孙顾

九皋兰叶茂，八月露华清。稍与秋阴合，还将晓色并。
向空罗细影，临水泫微明。的皪添幽兴，芊绵动远情。

夕芳人未采,初降鹤先惊。为感生成惠,心同葵藿倾。

赋得春草凝露

(唐) 张友正

苍苍芳草色,含露对青春。已赖阳和长,仍惭润泽频。
日临残未滴,风度欲成津。蕙叶垂偏重,兰丛洗转新。
将行愁裛径,欲采畏濡身。独爱池塘畔,清华远袭人。

◆ 五言绝句

咏露珠

(唐) 元稹

秋荷一滴露,清夜坠元天。将来玉盘上,不定始知圆。

◆ 七言绝句

奉和三日祓禊渭滨应制

(唐) 张说

青郊上巳艳阳年,紫禁皇游祓渭川。
幸得欢娱承湛露,心随草树乐春天。

甘泉歌

(唐) 王昌龄

乘舆执玉已登坛,细草沾衣春殿寒。
昨夜云生拜初月,万年甘露水晶盘。

长安秋夜

(唐) 李德裕

内官传诏问戎机,载笔金銮夜始归。
万户千门皆寂寂,月中清露点朝衣。

秋 思

（唐）王涯

宫连太液见沧波，暑气微消秋气多。
一夜轻风蘋末起，露珠翻尽满池荷。

露

（唐）袁郊

湛湛腾空下碧霄，地卑湿处更偏饶。
菅茅丰草皆沾润，不道良田有旱苗。

野 塘

（唐）韩偓

侵晓乘凉偶独来，不因鱼跃见萍开。
卷荷忽被微风触，泻下清香露一杯。

中秋前偶成

（元）虞集

空林月落大如盘，鸡犬无声晓气寒。
童子拟谋朝一食，玉杯盛得露溥溥。

上京即事

（元）萨都剌

五更寒袭紫毛衫，睡起东窗酒尚酣。
门外日高晴不得，满城湿露似江南。

绝 句

（元）吴景奎

芦花方褥竹方床，葛帐含风蕙簟凉。
半夜起来山月白，满天清露洒衣裳。

江上曲

(明) 刘基

月出前山青黛寒,雁声遥下碧云端。
草头错认骊珠吐,自是西风白露团。

小游仙

(明) 王泽

独绕瑶坛歌洞章,青天如水月华凉。
闲将一掬芙蓉露,乞与神龙作雨香。

卷十三　霜　类

◆ 五言古

咏　霜
（梁）张率

驷见视乾度，钟鸣测地机。秋冬交代序，朝霜白绥绥。
原野生暮霭，阶墀散夕霏。徘徊总严气，怅望沦清辉。
平台寒月色，池水怆风威。凝阴同徂夜，遵雁独归飞。
萦丛乱芜绝，繁林纷已稀。贞松非受令，芳草徒具腓。

新　霜
（宋）文同

新霜著庭树，叶下如猛剄。萧然物容改，有若惧凌挫。
砌下丹橘落，墙边紫榴破。精光竹劲健，阻丧柳怯懦。
览景惜向晚，感时惊忽过。胜事实可乐，闲愁本堪唾。
何当共嘉客，对此酌香糯。

◆ 五言律

咏　霜
（唐）苏味道

金祇暮律尽，玉女暝氛归。孕冷随钟彻，飘华逐剑飞。
带日浮寒影，乘风进晚威。自有贞筠质，宁将众草腓。

新 霜
（宋）孔平仲

皎皎寒月白，清晨霜满林。萌芽至今日，肃杀尔何心？
入水成冰晕，迷天作雪阴。自兹开火阁，却坐小窗深。

答霜晴诗
（元）陈深

旭日照萧晨，凄清不受尘。冷光明似雪，冬暖胜如春。
红叶辉相照，黄花色愈新。南窗差可爱，曝背豁天真。

朝暾上高树，雾卷海天遥。劲气乘寒凝，严威见日消。
钟清出远寺，马滑恐危桥。稍偪南枝暖，疏花破寂寥。

◆ 五言排律

白露为霜
（唐）颜粲

悲秋将岁晚，繁露已成霜。遍渚芦先白，沾篱菊自黄。
应钟鸣远寺，拥雁度三湘。气逼襦衣薄，寒侵宵梦长。
满庭添月色，拂水敛荷香。独念蓬门下，穷年在一方。

◆ 七言律

霜 花
（元）谢宗可

粲粲璚英借露浮，日高还付水东流。
剪裁应费金神巧，开落从教玉女愁。
有艳淡妆宫瓦晓，无根（香）寒压版（板）桥秋。
五更不怕楼头角，吹到梅花特地羞。

◆ 五言绝句

公安早行
（元）宋聚

误听野鸡鸣，扬鞭趣驿程。平明见茅屋，方觉冒霜行。

◆ 七言绝句

城内花园值春霜
（唐）刘禹锡

楼下芳园最占春，年年结伴采花频。
繁霜一夜相撩治，不似佳人似老人。

代秘书赠弘文馆诸校书
（唐）李商隐

清切曹司近玉除，比来秋兴复何如？
崇文馆里新霜后，无限红梨忆校书。

宫　词
（唐）王涯

银瓶泻水向朝妆，烛焰红高粉壁光。
共怪满衣珠翠冷，黄花瓦上有新霜。

城头晚步
（宋）杨万里

古城秋后不胜荒，人迹新行一径长。
竹影已摇将午日，草根犹有夜来霜。

霜　晓
（宋）杨万里

荒荒瘦日作秋晖，稍稍微暄破晓霏。

只有江枫偏得意，夜挼霜水染红衣。

十月十五夜作
（金）朱之才

披衣开户几宵兴，永夜无眠冷不胜。
坐觉飞霜明屋瓦，天如寒鉴月如冰。

明安驿道中
（元）陈孚

野鹊山头野草黄，野狐岭上月茫茫。
五更但觉天风冷，帐顶青毡一寸霜。

山居吟
（元）僧清珙

半窗斜日冷生光，破衲蒙头坐竹床。
枯叶满炉烧焰火，不知屋上有新霜。

宫　词
（明）陈沂

翠荇红莲水殿香，不知帘外易生凉。
夜来许赐金茎露，明日惊看玉树霜。

泊长荡
（明）朱多炡

蒹葭一望暮苍苍，长荡湖头烟水长。
怪道今朝枫叶尽，夜来七十二桥霜。

卷十四 雪 类

◆ 五言古

冬 歌
（晋）乐府

寒云浮天凝，积雪冰川波。连山结玉岩，修庭振琼柯。

咏白雪
（宋）鲍照

白珪诚自白，不如雪光妍。工随物动气，能逐势方圆。
无妨玉颜媚，不夺素缯鲜。投心障苦节，隐迹避荣年。
兰焚石既断，何用恃芳坚。

学刘公幹体
（宋）鲍照

北风吹朔雪，千里度龙山。集君瑶台上，飞舞两楹前。
兹晨自为美，当避艳阳天。艳阳桃李节，皎洁不成妍。

白雪歌
（齐）徐孝嗣

风闺晚翻霭，月殿夜凝明。愿君早流昤，无令春草生。

同刘谘议咏春雪
（梁）简文帝

晚霰飞银砾，浮云暗未开。入池消不积，因风堕复来。

思妇流黄素,温姬玉镜台。看花言可折,定自非春梅。

雪　朝
（梁）简文帝

同云凝暮序,严阴屯广隟。落梅飞四注,翻霙舞三袭。
实断望如连,恒分似相及。已观池影乱,复视簾旌湿。

咏雪（颠倒使韵）
简文帝

盐飞乱蝶舞,花落飘粉奁。奁粉飘落花,舞蝶乱飞盐。

咏雪应令
（梁）沈约

思鸟聚寒芦,苍云轸暮色。夜雪合且离,晓风惊复息。
婵娟入绮窗,徘徊弩情极。弱桂不胜枝,轻飞屡低翼。
玉山聊可望,瑶池岂难即。

咏馀雪
（梁）沈约

阴庭覆素芷,南阶搴绿蒎。玉台新落构,青山已半亏。

望　雪
（梁）丘迟

氛氲发紫汉,杂沓被朱城。倏忽银台构,俄顷玉树生。
绵绵九轨合,昭昭四区明。

同谢朏花雪
（梁）任昉

土膏候年动,积雪表晨暮。散葩似浮玉,飞英若总素。
东序皆白珩,西雍尽翔鹭。山经陋密荣,骚人贬琼树。

咏花雪
（梁）庾肩吾

瑞雪坠尧年，因风入绮钱。飞花洒庭树，凝瑛结井泉。
寒光晦八极，同云暗九天。已飘黄竹路，共庆白渠田。

和司马博士咏雪
（梁）何逊

凝阶夜似月，拂树晓疑春。萧散忽如尽，徘徊已复新。
暂蔽卷纨质，复惭施粉人。若逐微风起，谁言非玉尘。

咏　雪
（梁）裴子野

飘飖千里雪，倏忽度龙沙。从云合且散，因风卷复斜。
拂草如连蝶，落树似飞花。若赠离居者，聊以代瑶华。

咏　雪
（陈）徐陵

琼林元（玄）圃叶，桂树日南华。岂若天庭瑞，轻雪带风斜。
三农喜盈尺，六出儛崇花。明朝阙门外，应见海神车。

咏雪应衡阳王教
（陈）张正见

九冬飘远雪，六出表丰年。睢阳生玉树，云梦起琼田。
入窗轻落粉，拂柳驶飞绵。欲动淮南赋，乱下桂花前。

春近馀雪应诏
（北周）庾信

送寒开小苑，迎春入上林。丝条变柳色，香气动兰心。
待花思对酒，留雪拟弹琴。陪游愧并作，空见奉恩深。

玩　雪
（隋）王衡

寒庭浮暮雪，疑从千里来。皎洁随处满，历乱逐风回。
璧台如始构，琼树似新栽。不待阳春节，谁持竞落梅？

喜　雪
（唐）太宗

碧昏朝合雾，丹卷暝韬霞。结叶繁云色，凝琉遍雪华。
光楼皎若粉，映幕集疑沙。泛柳飞飞絮，妆梅片片花。
照璧台圆月，飘珠箔穿露。瑶洁短长阶，玉丛高下树。
映桐圭累白，萦峰莲抱素。断续气将沉，徘徊岁云莫。
怀珍愧隐德，表瑞伫丰年。蕊间飞禁苑，舞处忆伊川。
兑咏《幽兰曲》，同欢《黄竹篇》。

望　雪
（唐）太宗

冻云宵遍岭，素雪晓凝华。入牖千重碎，迎风一片斜。
不妆空散粉，无树独飘花。萦空惭夕照，破彩谢晨霞。

咏　雪
（唐）太宗

洁野凝晨曜，装墀带夕晖。集条分树玉，拂浪影泉玑。
色洒妆台粉，花飘绮席衣。入扇萦离匣，点素皎残机。

苦　雪
（唐）高适

濛濛洒平陆，淅沥至幽居。且喜润群物，焉能计斗储？
故人久不见，鸟雀投吾庐。

淮海对雪赠傅霭

（唐）李白

朔雪落吴天，从风渡溟渤。海树成阳春，江沙皓明月。
飘飚四荒外，想像千花发。瑶草生阶墀，玉尘散庭阙。
兴从剡溪起，思绕梁山发。寄君郢中歌，曲罢心断绝。

雪 中

（唐）韦应物

空堂岁已晏，密室独安眠。压筱夜偏积，覆阁晓逾妍。
连山暗古郡，惊风散一川。此时骑马出，忽省京华年。

滁城对雪

（唐）韦应物

晨起满闱雪，忆朝闻阖时。玉座分曙早，金炉上烟迟。
飘散云台下，凌乱桂树姿。厕迹鹓鹭末，蹈舞丰年期。
今朝覆山郡，寂寞复何为？

嘲 雪

（唐）李贺

昨日登葱岭，今朝下兰渚。喜从千里来，乱笑含春语。
龙沙湿汉旗，凤扇迎秦素。久别辽城鹤，毛衣已应故。

雪夜留梁推官饮

（宋）梅尧臣

昼雪落旋消，夜雪寒易积。灯清古屋深，炉冻残烟碧。
为沽一斗酒，暂对千里客。酒薄意不浅，轻今须重昔。
重昔是年华，飘飘犹过隙。一醉冒风归，平明马无迹。

雪效柳子厚

(宋) 晁冲之

月落鸡声寒，晓色静茅屋。开门惊不知，夜雪压修竹。
槎牙生新冰，鳞甲刻溪谷。皛皛洲渚明，冽冽川原肃。
孤蹲雀不动，沉酣客犹宿。呼童晨汲归，独漱寒泉玉。

分韵赋雪得雨字

(金) 赵沨

大雪初不知，开门已无路。惊喜视历日，此瑞固有数。
池冰冻欲合，林鸦噪仍聚。已成玉壶莹，尚作宝花雨。
造物洵多才，中有无尽句。大儿拟圭璧，小儿比盐絮。
后人例蹈袭，弥复入窘步。聚星号令严，亦自警未悟。
谁将五色笔，绘此天地素？好语觅未来，更待偶然遇。

春日雪中

(元) 袁易

萧斋听寒雨，出户霰已集。飞霙点砌销，绿苔稍沾湿。
纷纷渐填委，势若包原隰。冥观阴阳妙，欲张故先翕。
定知陈荄下，已有春风入。

江天暮雪

(元) 陈孚

长空卷玉花，汀洲白浩浩。雁影不复见，千崖暮如晓。
渔翁寒欲归，不记巴陵道。坐睡船自流，云深一蓑小。

雪

(明) 许继

山花寒不开，庭雪晓还积。江南十日春，东风未相识。
萧条新柳姿，清浅旧池色。日晏启柴扉，迢迢迟来客。

月下望雪

(明) 薛蕙

朝看云际雪,夜坐月中楼。宛似青天上,俯观银汉流。
犹怜目未尽,好为上帘钩。

竹湾雪艇

(明) 岳岱

鸥飞江上雪,雪覆江边竹。扁舟不可渡,远望迷川陆。
渔父暮归来,蓑衣满珠玉。

◆ 六言古

貌 雪

(梁) 萧统

既同摽梅萼散,复似大谷花霏。
密如公超所起,皓如渊客所挥。
无羡昆岩列素,岂匹振鹭群飞。

◆ 七言古

奉和圣制瑞雪篇

(唐) 刘庭琦

紫宸飞雪晓徘徊,层阁重门雪照开。
九衢晶耀浮埃尽,千品差池赘帛来。
何处田中非种玉,谁家院里不生梅。
埋云翳景无穷已,因风落地吹还起。
先过翡翠宝房中,转入鸳鸯金殿里。
美人含笑出联翩,艳逸相轻斗容止。
罗衣点著浑是花,玉手抟来半成水。

奕奕纷纷何所如？顿忆杨园二月初。
羞同班女高秋扇，欲照君王乙夜书。
姑射山中符圣寿，芙蓉阙下降神车。
愿随睿泽流无限，长报丰年贵有馀。

白雪歌送武判官归京
（唐）岑参

北风卷地白草折，边城八月即飞雪。
忽如一夜春风来，千树万树梨花开。
散入珠帘湿罗幕，狐裘不暖锦衾薄。
将军角弓不得控，都护铁衣冷难（犹）著。
瀚海阑干百丈冰，愁云惨澹万里凝。
中军置酒饮归客，胡琴琵琶与羌笛。
纷纷暮雪下辕门，风掣红旗冻不翻。
轮台东门送君去，去时雪满天山路。
山回路转不见君，雪上空留马行处。

少室晴雪送王宁
（唐）李颀

少室众峰几峰别？一峰晴见一峰雪。
隔城半山连青松，素色峨峨千万重。
过景斜临不可道，白云欲尽难为容。
行人与我玩幽境，北风切切吹衣冷。
惜别浮桥驻马时，举头试望南山岭。

聚星堂雪
（宋）苏轼

窗前暗响鸣枯叶，龙公试手行初雪。
映空先集疑有无，作态斜飞正愁绝。

众宾起舞风竹乱,老守先醉霜松折。
分(恨)无翠袖点横斜,只有微灯照明灭。
归来尚喜更漏永,晨起不待铃索掣。
未嫌长夜作衣棱,却怕初阳生眼缬。
欲浮大白追馀赏,幸有回飙惊落屑。
模糊桧顶独多时,历乱瓦沟裁一瞥。
汝南先贤有故事,醉翁诗话谁续说?
当时号令须听取,白战不许持寸铁。

西山晴雪

(元) 陈孚

冻雀无声庭桧响,冰花洒檐大如掌。
平明起望岩壑间,插天瑶琼一千丈。
夕阳微漏光嵯峨,倚阑更觉爽气多。
云间落叶有径否?想见樵叟犹青蓑。

马翰林寒江钓雪图

(元) 萨都剌

天寒日暮乌鸦啼,江空野阔黄云低。
村南村北人迹断,山后山前玉树迷。
歌楼酒香金帐暖,岂知篷底鱼羹饭。
一丝天地柳花春,万里烟波莲叶远。
风流不数王子猷,清兴不减山阴舟。
人间富贵草头露,桐江何处觅羊裘?
还君此画三叹息,如此江湖归未得。
洗鱼煮饭卷孤篷,江上云山好颜色。

江天暮雪

(明) 宣宗

大江东去天连水,薄暮萧萧朔风起。

须臾吹却冻云同，六花乱撒沧波里。
桥南桥北树槎牙，隔浦纷纷集晚鸦。
马嘶百折蟠云路，犬吠孤村卖酒家。
俯仰山川同一色，眼前不辨浪花白。
茫茫七泽与三湘，分明皓彩遥相射。
渔翁独钓寒江滨，顷刻琼瑶飞满身。
得鱼醉唱湖南曲，欸乃一声天地春。
有时倚棹弄长笛，洞庭景物清无敌。
中流迢递望君山，但见遥空耸银壁。

春江对雪

（明）杨基

春云作寒飞鸟绝，花雨纷纷暮成雪。
江山最好雪中看，况是东风二三月。
披蓑渔立柳边舫，戴笠僧归竹外庄。
草暖尚迷双鹭白，树寒先露一莺黄。
我愁春雪看难久，重为江山更回首。
莫煮清贫学士茶，且沽绿色人间酒。

长江雪霁图

（明）钱宰

昔年壮游下江汉，霁雪千峰排两岸；
今年看画忆旧游，万里江山入清玩。
岷峨冈脊来蜿蜒，青城一峰高插天。
东驰衡山走千里，匡庐五老下与石城北固遥相连。
冰峦雪壑互起伏，照见日华破初旭。
神光混茫元气浮，奋如巨鳌簸坤轴。
烂如秋空云，浩如沧海涛；
又如瑶台银阙天上头，皎皎白月空秋毫。

回光下照中流水，风吹河汉银云起。
中流空阔不胜寒，一洗丹碧秋漫漫。
山川历历真伟观，来往十年游未半。
不如云瀛楼上来倚阑，一日看遍江南山。

◆ **五言律**

野次喜雪
（唐）明皇

拂曙辟行宫，寒皋野望通。繁云低远岫，飞雪舞长空。
赋象恒依物，萦回屡逐风。为知勤恤意，先此示年丰。

咏 雪
（唐）骆宾王

龙云玉叶上，鹤雪瑞花新。影乱铜乌吹，光销玉马津。
含辉明素篆，隐迹表祥轮。幽兰不可俪，徒自绕阳春。

咏雪应制
（唐）上官仪

禁园凝朔气，瑞雪掩晨曦。花明栖凤阁，珠散影娥池。
飘素迎歌上，翻光向舞移。幸因千里映，还绕万年枝。

从禁苑幸临渭亭遇雪应制
（唐）李峤

同云接野烟，飞雪暗长天。拂树添梅色，过楼助粉妍。
光含班女扇，韵入楚王絃。六出迎仙藻，千箱答瑞年。

雪
（唐）李峤

瑞雪惊千里，从风下九霄。地疑明月夜，山似白云朝。
逐舞花光动，临歌扇影飘。大周天阙路，今日海神朝。

奉和洛阳玩雪应制
（唐）沈佺期

周王甲子旦，汉后德阳宫。洒瑞天庭里，惊春御苑中。
氛氲生浩气，飒沓舞回风。宸藻光盈尺，赓歌乐岁丰。

陪幸临渭亭遇雪应制
（唐）李乂

青阳御紫微，白雪下彤闱。浃壤流天霈，绵区洒帝辉。
水如银度烛，云似玉披衣。为得因风起，还来就日飞。

游禁苑幸临渭亭遇雪应制
（唐）李适

长乐喜春归，披香爱雪飞。花从银阁度，絮绕玉窗归。
写曜衔天藻，呈祥拂御衣。上林纷可望，无处不光辉。

游禁苑幸临渭亭遇雪应制
（唐）徐彦伯

玉律藏冰候，彤阶飞雪时。日寒消不尽，风定舞还迟。
琼树留宸瞩，璇花入睿词。悬知穆天子，《黄竹》漫言诗。

奉和圣制野次喜雪应制
（唐）张说

寒更玉漏催，晓色辊前开。洓㴋云阴积，氤氲风雪回。
山如银作瓮，宫见璧成台。欲验丰年象，飘飖仙藻来。

扈从温泉奉和姚令公喜雪
（唐）苏颋

清道丰人望，乘时汉主游。恩晖随霰下，庆泽与云浮。
泉暖惊银碛，花寒映玉楼。鼎臣今有问，河伯且应留。

奉和圣制人日清晖阁宴群臣遇雪应制
（唐）苏颋

楼观空烟里，初年瑞雪过。苑花齐玉树，池水作银河。
七日祥图启，千春御赏多。轻飞传綵胜，天上奉薰歌。

立春日晨起对雪
（唐）张九龄

忽对林亭雪，瑶华处处开。今年迎气始，昨夜伴春回。
玉润窗前竹，花繁院里梅。东郊斋宿所，应见五神来。

和姚令公从幸温汤喜雪
（唐）张九龄

万乘飞黄马，千金狐白裘。正逢银霰积，如向玉京游。
瑞色铺驰道，花文拂綵斿。还闻吉甫颂，不共郢歌俦。

和陈校书省中玩雪
（唐）包融

芸阁朝来雪，飘飘正满空。褰开明月下，校理落花中。
色向怀铅白，光因翰简融。能令草元（玄）者，回思入流风。

冬晚对雪忆胡居士家
（唐）王维

寒更传晓箭，青镜览衰颜。隔牖风惊竹，开门雪满山。
洒空深巷静，积素广庭闲。借问袁安舍，翛然尚闭关。

竹下残雪
（唐）丘为

一点消未尽，孤明在竹林。晴光夜转莹，寒气晓仍深。
还对读书牖，且关乘兴心。已能依此地，终不傍瑶琴。

和张丞相春朝喜雪
（唐）孟浩然

迎气当春至，承恩喜雪来。润从河汉下，花偪艳阳开。
不睹丰年瑞，焉知燮理才。散盐如可拟，愿糁和羹梅。

和张二自穰县还途中遇雪
（唐）孟浩然

风吹沙梅雪，渐作柳园春。宛转随香骑，轻盈伴玉人。
歌疑郢中客，态比洛川神。今日南归楚，双飞似入秦。

舟中夜雪有怀卢十四侍御弟
（唐）杜甫

朔风吹桂水，大雪夜纷纷。暗度南楼月，寒深北渚云。
烛斜初近见，舟重竟无闻。不识山阴道，听鸡更忆君。

省中对雪寄元判官拾遗昆季
（唐）钱起

万点瑶台雪，飞来锦帐前。琼枝应比净，鹤发敢争先。
散影成花月，流光透竹烟。今朝谢家兴，几处郢歌传？

刘方平西斋对雪
（唐）皇甫冉

对酒闲斋晚，开轩腊雪时。花飘疑节候，色净润簾帷。
委树寒枝弱，萦空去雁迟。自然堪访戴，无复《四愁诗》。

和谢舍人雪夜寓直
（唐）皇甫曾

禁省夜沉沉，春风雪满林。沧洲归客梦，青琐近臣心。
挥翰宜鸣玉，承恩在赐金。建章寒漏起，更助掖垣深。

旅舍对雪赠考功王员外
（唐）李端

杨花惊满路，面市忽狂风。骤下摇兰叶，轻飞集竹丛。
欲将琼树比，不共玉人同。独望徽之棹，青山在雪中。

峨眉山
（唐）郑谷

万仞白云端，经春雪未残。夏消江峡满，晴照蜀楼寒。
造境知僧熟，归林认鹤难。会须朝阙去，只有画图看。

小 雪
（唐）李咸用

散漫阴风里，天涯不可收。压松犹未得，扑石暂能留。
阁静萦吟思，途长拂旅愁。崆峒山北面，早想玉成丘。

玩残雪寄河南尹刘大夫
（唐）许浑

艳阳无处避，皎洁不成容。素质添瑶水，清光散玉峰。
眠鸥犹恋草，栖鹤未离松。闻在金銮望，群仙对九重。

对 雪
（唐）许浑

飞舞北风凉，玉人歌玉堂。簾帷增曙色，珠翠发寒光。
柳重絮微湿，梅繁花未香。兹晨贺丰岁，箫鼓宴梁王。

蒙河南刘大夫见示与吏部张公喜雪酬倡辄敢攀和
（唐）许浑

风度龙山暗，云凝象阙阴。瑞花琼树合，仙草玉苗深。
欲醉梁王酒，先调楚客琴。即应携手去，将此助商霖。

和梅圣俞雪中同虚白上人见访

（宋）林逋

湖上玩佳雪，相将惟道林。早烟村意远，春涨岸痕深。
地僻过三径，人闲试五禽。归桡有馀兴，宁复比山阴。

西湖舟中值雪

（宋）林逋

浩荡迷空阔，霏霏接水溃。舟移忽自却，山近未全分。
冻轸闲初泛，温炉拥薄薰。悠然咏《招隐》，何许款（叹）离群。

十五日雪

（宋）梅尧臣

新雷奋蛇甲，密雪斗鹅毛。正欲裁轻縠，重令著敝袍。
沙泉流复冻，烟萼拆还韬。只待邻醅熟，微声听酒槽。

和欲雪

（宋）梅尧臣

雪欲漫天落，云初著地垂。臂鹰过野健，走马上冰迟。
公子多论酒，骚人自咏诗。都无少年意，只卧竹窗宜。

雪后

（宋）陈师道

闭阁春云薄，开门夜雪深。江梅犹故意，湖雁起归心。
草润留馀泽，窗明度积阴。殷勤报春信，屋角有来禽。

雪

（金）周昂

小雪暮能繁，同云久更昏。细灯寒出户，敲树老当轩。
竹叶旧时酿，梅花何处村？赋诗空入夜，清绝与谁论？

雪

（金）冯延登

野屋寒无那，庭空雪已深。山川非旧观，松柏见贞心。
冻雀争馀粒，栖鸦点暮林。携琴访溪友，清兴忆山阴。

雪中呈许守

（金）赵恧

剪水作花开，纷纷天上来。声清偏傍竹，艳冷欲欺梅。
积润滋牟麦，馀膏丐草莱。穷檐休太息，几日是春回。

雪

（金）王仲元

初稀时拂拂，稍密自纷纷。老树晓迷月，瘦峰寒贴云。
色从空际得，声向静中闻。客枕清无梦，哦诗彻夜分。

雪谷早行

（元）虞集

积雪拥柴门，行人稍出村。溪头或遇虎，木末不闻猿。
接栈回山阁，支桥就树根。驱车上重坂，回首见朝暾。

藏雪寮

（元）张翥

雪山一片雪，何日落中华？皎洁无藏处，虚空自作花。
石厓穿乳窦，海岸叠潮沙。底用分荆越，诸方总是家。

雪

（元）郭翼

漠漠年华晚，霏霏夜色分。江明非借月，树重或兼云。
始讶花成阵，翻愁鹤失群。梁园词赋客，飘泊独怀君。

春 雪
（元）舒頔

片片沾芳草，纷纷杂落花。篱寒春雀阵，檐冻午蜂衙。
云密深藏树，溪浑不见沙。小窗风力紧，呼婢莫烹茶。

新 雪
（明）石珤

雪意已崇朝，凌风叶旋飘。著衣初点点，入竹故萧萧。
翠壁谁凝望，青帘久费招。期君坐今夕，烧烛看琼瑶。

应制题雪景
（明）于慎行

轻绡寒色动，不是月华开。鸟道千岩迥，江光一径回。
虚无分玉树，仿佛想瑶台。未拟歌《黄竹》，阳春遍九垓。

◆ 五言排律

喜 雪
（唐）明皇

日观卜先征，时巡顺物情。风行未备礼，云密遽飘霙。
委树寒花发，萦空落絮轻。朝如玉已会，庭似月犹明。
既睹肤先合，还欣尺有盈。登封何以报？因此谢功成。

奉和圣制喜雪应制
（唐）张说

圣德与天同，封峦欲报功。诏书期日下，灵感应时通。
触石云呈瑞，含花雪告丰。积如沙照月，散似絮从风。
舞集仙台上，歌流帝乐中。遥知百神喜，洒路待行宫。

禁闱玩雪寄薛左丞

（唐）钱起

元（玄）云低禁苑，飞雪满神州。虚白生台榭，寒光入冕旒。
粉凝宫壁净，乳结洞门幽。细绕回风转，轻随落羽浮。
怒涛堆砌石，新月孕簾钩。为报诗人道，丰年诵圣猷。

礼部试早春残雪

（唐）姚康

微暖春潜至，轻明雪尚残。银铺光渐湿，珪破色仍寒。
无柳花常在，非秋露正溥。素光浮转薄，皓质驻应难。
幸得依阴处，偏宜带月看。玉尘消欲尽，穷巷起袁安。

望禁门松雪

（唐）王涯

宿云开霁景，佳气此时浓。瑞雪凝清禁，祥烟羃小松。
依稀鸳瓦出，隐映凤楼重。金阙清光照，琼枝瑞色封。
叶铺全类玉，柯偃乍疑龙。讵比寒山上，风霜老昔容。

残　雪

（唐）李商隐

旭日开晴色，寒空失素尘。绕墙全剥粉，傍井渐消银。
刻兽摧盐虎，为山倒玉人。珠还犹照魏，璧碎尚留秦。
落景惊侵昼，馀光误惜春。檐冰滴鹅管，屋瓦镂鱼鳞。
岭霁岚光拆，松暄翠粒新。拥林愁拂尽，著砌恐行频。
焦寝欣无患，梁园去有因。莫能知帝力，空此荷平均。

喜　雪

（唐）李商隐

朔雪自龙沙，呈祥势可嘉。有田皆种玉，无树不开花。

班扇慵裁素，曹衣讵比麻？鹅归逸少宅，鹤满令威家。
寂寞门扉掩，依稀履迹斜。人疑游面市，马似困盐车。
洛水妃虚妒，姑山客漫夸。联辞虽许谢，和曲本惭巴。
粉署闱全隔，霜台路渐赊。此时倾贺酒，相望在京华。

望终南春雪
（唐）李子卿

山势抱西秦，初年瑞雪频。色摇鹑野霁，影落凤城春。
辉晶琼峰逼，晶明玉树亲。尚寒由气劲，不夜为光新。
荆岫全疑近，昆丘宛合邻。馀辉傥可借，回照读书人。

和吴学士对春雪献韦令公次韵
（唐）黄滔

春雪下盈空，翻疑腊未穷。连天宁认月，堕地屡兼风。
忽误边沙上，应平火岭中。林间妨走兽，云际落飞鸿。
梁苑还吟客，齐都省创宫。掩扉皆墐北，移律愧居东。
书幌飘全湿，茶铛入旋融。奔川半留滞，叠树互玲珑。
出户行瑶砌，开园见粉丛。高才兴咏处，真宰答殊功。

都堂试贡士日庆春雪
（唐）李损之

春雪昼悠飏，飘飞试士场。缀毫疑起草，沾字共成章。
匝地如铺练，凝阶似截肪。鹅毛萦树合，柳絮带风狂。
投悉方殊庆，丰年已报祥。应知郢上曲，高唱出东堂。

小 雪
（唐）僧无可

片片互玲珑，飞扬玉漏终。乍微全满地，渐密更无风。
集物圆方别，连云远近同。作膏凝瘠土，呈瑞下深宫。
气射重衣透，花窥小隙通。飘秦增旧岭，发汉搅长空。

迥冒巢松鹤，孤鸣穴岛虫。过三知腊尽，盈尺贺年丰。
委积休闻竹，稀疏渐见鸿。盖沙资澶漫，洒海助冲融。
草木潜加润，山河更益雄。因知天地力，覆育有全功。

禁中雪
（明）高启

君王原尚俭，台殿忽琼瑶。环素凝宫沼，飞花缀苑条。
坊鸡惊曙早，仗马喜寒骄。金扇开时看，丹墀扫后朝。
台司呈贺表，乐部奉仙谣。须信阳光近，都先别处消。

◆ 七 言 律

奉和喜雪应制
（唐）徐安贞

两宫斋际近登临，雨雪纷纷天昼阴。
只为轻寒迟瑞色，顿教正月满春林。
蓬莱北上旌门暗，花萼南归马迹深。
自有三农歌帝力，还将万庾答尧心。

长安喜雪
（唐）朱湾

千门万户雪花浮，点点无声落瓦沟。
全似玉尘消更积，半成冰片结还流。
光含晓色清天阙，轻逐微风绕御楼。
平地已沾盈尺润，年丰须荷富民侯。

和王员外雪晴早朝
（唐）钱起

紫微晴雪带恩光，绕仗偏随鹓鹭行。
长信月留宁避晓，宜春花满不飞香。

独看积素凝清禁,已觉轻寒让太阳。
题柱盛名兼绝唱,风流谁继汉田郎?

奉酬辛大夫喜湖南腊月连日降雪见示之作
(唐)刘长卿

长沙耆旧拜旌麾,喜见江潭积雪时。
柳絮三冬先北地,梅花一夜遍南枝。
初开窗阁寒光满,欲掩军城暮色迟。
闾里何人不相庆,万家同唱郢中词。

春 雪
(唐)李建勋

南国春寒朔气回,霏霏还阻百花开。
全移暖律何方去,似误新莺昨日来。
平野旋消难蔽草,远林高缀却遮梅。
不知金勒谁家子,只待晴明赏帝台。

对 雪
(唐)李商隐

寒气先侵玉女扉,清光旋透省郎闱。
梅花大庾岭头发,柳絮章台街里飞。
欲舞定随曹植马,有情应湿谢庄衣。
龙山万里无多远,留待行人二月归。

奉和仆射相公春泽稍愆,圣君轸虑,嘉雪忽降,品汇昭苏,即事书成四韵
(唐)杜牧

飘来鸡树凤池边,渐压琼枝冻碧涟。
银阙双高银汉里,玉山横列玉墀前。
昭阳殿下风回急,承露盘中月彩圆。

上相抽毫歌帝德，一篇风雅美丰年。

叙雪寄喻凫

（唐）方干

密片无声急复迟，纷纷犹胜落花时。
逡巡不觉藏沙渚，宛转偏宜傍柳丝。
透室虚明非月照，满空回散是风吹。
高人坐卧才方逸，援笔应成六出词。

霁后望山中春雪

（宋）王禹偁

谁种离离碎玉苗，晓楼吟望兴偏饶。
白云作伴宜长在，红日无情已半消。
聚映早霞明野寺，散随春水过溪桥。
世间安得王摩诘，醉展霜缣把笔描。

和殷舍人萧员外春雪

（宋）徐铉

万里春阴乍履端，广庭风起玉尘干。
梅花岭上连天白，蕙草阶前特地寒。
晴去便为经岁别，兴来何惜彻宵看。
此时鹓侣皆闲暇，赠答诗成禁漏残。

壬子十一月二十九日时雪方洽

（宋）韩琦

近腊犹悭六出繁，忽惊盈尺及民宽。
万方蒙泽人人贺，通夕无风阵阵干。
危石盖深盐虎陷，老枝擎重玉龙寒。
欲知灵鹫银为界，试陟高楼一望看。

卷十四 雪 类

雪
(宋) 林逋

瓦沟如粉叠楼腰，高会谁能解酒貂？
清夹晓林初落索，冷和春雨转飘萧。
堪怜雀避来闲地，最爱僧冲过短桥。
独有闭关清隐者，一轩孤况寄颜瓢。

读眉山集次韵雪诗
(宋) 王安石

若木昏昏末有鸦，冻雷深闭阿香车。
抟云忽散筵为屑，剪水如分缀作花。
拥箒尚怜南北巷，持杯能喜两三家。
戏揉弄掬输儿女，羔袖龙钟手独叉。

雪后书北台壁
(宋) 苏轼

黄昏犹作雨纤纤，夜静无风势转严。
但觉衾裯如泼水，不知庭院已堆盐。
五更晓色来书幌，半夜寒声落画檐。
试扫北台看马耳，未随埋没有双尖。

城头初日始翻鸦，陌上晴泥已没车。
冻合玉楼寒起粟，光摇银海眩生花。
遗蝗入地应千尺，宿麦连云有几家。
老病自嗟诗力退，空吟冰柱忆刘叉。

雪夜独宿柏仙庵
(宋) 苏轼

晚雨纤纤变玉霙，小庵高卧有馀清。

梦惊忽有穿窗片,夜静惟闻泻竹声。
稍压冬温聊得健,未濡秋旱若为耕。
天公用意真难会,又作春风烂熳晴。

次秀野咏雪韵

(宋)朱子

一夜同云匝四山,晓来千里共漫漫。
不应琪树犹含冻,翻笑杨花许耐寒。
乘兴正须披鹤氅,瀹甘差喜破龙团。
无端酒思催吟笔,却恐长鲸吸海干。

十二月十日

(宋)方岳

酒醒开门雪满山,径穿疏竹上危阑。
溪山与我俱成画,草树惟梅大耐寒。
留伴夜深银凿落,莫缘春近玉阑珊。
老枝擎重供诗嚼,一洗相如渴腑肝。

立春前一日雪

(宋)方岳

历眼看看剩浃旬,山河大地一时新。
不成过腊都无雪,只隔明朝便是春。
夜半有谁过剡曲,年丰何处不尧民。
草亭只在梅花外,知与人间隔几尘?

雪晴呈玉堂诸公

(金)蔡松年

雪晴松顶玉斓斑,晓眼清于化鹤山。
欲立冻云搜杰句,却思仙客退清班。
氍毹帐底沉香火,薝蔔花中碧雾鬟。

唤取广寒修月手,月波千丈卷春还。

雪
(金)党怀英

宝花天雨晓纷纷,佛界庄严尽白银。
待腊风云初接势,犯寒糟麹若为神。
园中芳草谁能赋?江上梅花独自春。
半臂骑驴得佳句,桥边谁唤灞陵人?

应制雪诗
(金)杨云翼

阴云破腊不曾晴,瑞雪随风落五更。
积玉未平鸱鹊瓦,飞花先满凤凰城。
润深南亩千畴绿,尘压边沙万里清。
最好寿杯浮喜色,明年洗眼看昇平。

雪中同周臣内翰赋
(金)王仲元

天上琪花散不收,温温叶气浃皇州。
横溪月淡梅宜腊,平野风闲麦有秋。
清兴雅高东武会,孤吟谁似灞陵游?
西山玉立三千丈,好句都输赵倚楼。

春 雪
(金)元德明

几日韶华雪更侵,龙公试手本无心。
寒留整整斜斜态,暖入融融泄泄阴。
著柳直疑香絮重,拥阶何似落花深。
前头桃李应无恙,剩破相如卖赋金。

大雪出三桥寓楼

(元)方回

冻雀愁鸢噤不哗,漫天浩瀚逐风斜。
映楼横过三千丈,接屋平铺十万家。
静夜有窗皆贮月,寒空无树不开花。
诗成欲捻冰须断,聊举深杯答岁华。

春　雪

(元)牟巘

一冬只办作严寒,剪水飞花事竟难。
闭户不知春意动,扑窗忽觉雨声干。
颇闻万舌(锸)正云集,何处一蓑如画看?
但喜畦蔬得苏醒,从今小摘有馀欢。

湖楼玩雪

(元)白珽

上湖十里卷簾中,幻出瑶华第一宫。
山势蹴天银作浪,柳行横地玉为虹。
渔蓑鹤氅同为我,爵舌羊羔不负公。
明日凤城朝退早,一鞭曾约试吟骢。

仙华岩雪

(元)柳贯

冰柱浮空晓色蒙,海波摇动玉玲珑。
九清内景游氛外,五岳真形太素中。
微月升坛初映鹤,长云连野不惊鸿。
仙姬宴坐瑶池上,催捧蟠桃献木公。

卷十四 雪类

和余太守对雪见怀
（元）傅若金

江雪寒连驿树遥，鹤裘清坐听萧萧。
中天月避光芒出，南国云含瘴疠消。
因忆石田春种玉，乍疑银汉夕通桥。
使君辛苦迎骢马，也念幽居客闑寥。

雪中早朝
（元）张翥

北风吹雪浩漫漫，晓出津桥立马看。
春入上林花树早，水连平地海波干。
金城万雉微茫湿，月阙双龙贔屃寒。
今日天颜知有喜，紫宸朝下散千官。

壬申元日大雪，二日立春，晴景豁然，春宴有作
（元）张翥

白雪青天映日红，楼台高下玉山中。
盘蔬晓送冰丝脆，钗杏春生蜡蒂融。
北斗龙杓回后夜，东皇鸾辂驾灵风。
何如得接云霄上，一看烟花绕禁宫。

广微天师祈雪有应诗以美之
（元）贡师泰

九枝灯照碧坛空，龙虎旗高满殿风。
绿简夜深朝玉陛，素幢春浅拂珠宫。
一天冻色星河合，万里冰华陆海同。
明日内家应锡宴，綵符争取缀钗虫。

雪夜直宿玉堂

（元）黄清老

琪树花生禁漏迟，金茎月色近书闱。
白云入水春无迹，银汉横空夜有辉。
竹静似闻苍玉佩，松寒欲傍绿荷衣。
乾坤清气蓬莱表，独对天风拂素徽。

雪　中

（明）高启

舟绝寒江冻不潮，萦沙拂柳影翛翛。
才从渔浦矶边积，旋向樵村竹外飘。
扑马忆从年少乐，点袍曾逐侍臣朝。
如今独坐吟诗句，茅屋茶烟冷未消。

西山霁雪

（明）金幼孜

海上云收旭景新，连峰积雪净如银。
晴光迥入千门晓，淑气先回上谷春。
瑶树生辉寒已散，琼林销冻暖偏匀。
玉堂相对题诗好，移席钩簾把酒频。

和曾学士元日遇雪

（明）钱幹

急雪飞花满御堤，朝元紫禁待班齐。
飘来玉佩行偏重，舞落金铺望欲迷。
钟动城鸦翻白羽，仗回路马尽霜蹄。
高歌郢曲知难和，未数《阳春》旧日题。

雪　尘

（明）瞿佑

朔风刮地卷寒埃，非霰非霜旋作堆。
密洒渔蓑粘玉屑，乱随马足散银杯。
晓妆都弃香奁粉，夜坐频挑铁箸灰。
世上热官那识此，东华争踏软红回。

和西墅学士己亥元日雪

（明）罗肃

长乐钟残五漏微，蓬莱天近六花飞。
光含银烛调元气，色湛琼筵促曙辉。
已放素华凝禁苑，还飘落絮点朝衣。
玉堂学士文章伯，献岁词高和者稀。

雪后早朝

（明）李东阳

六日长安雪满城，五更钟鼓一时晴。
水精宫冷云犹冻，鸂鹈楼高月正明。
朝马不嘶金勒静，院灯无影玉堂清。
只应天上寒如许，怪底人间梦不成。

祈雪斋居

（明）吴维岳

太乙坛开荐礼勤，省垣梧竹绝尘氛。
灵光正想通三极，清漏微闻下五云。
窗散炉熏看月淡，簾垂竹影坐星分。
无才未就丰年颂，只有斋心奉圣君。

雪和苏长公原韵

（明）朱之蕃

濛濛飞霰竞秋纤，酒力难禁气转严。
望入龙沙光夺月，啗来瀚海味非盐。
疑施白氎铺原野，喜露黄绵射屋檐。
遥忆江南春信早，草痕融冻苗新尖。

珠林数点露栖鸦，伫待纤阿御玉车。
迟客溪头回钓艇，探春驴背见梅花。
翱翔白凤云中阙，缥缈瑶台海上家。
大地河山成坦荡，漫劳临路泣三叉。

玉皇阁对雪怀黄丈淳父

（明）王穉登

雪后登楼兴未赊，仙人香案挂寒霞。
帝京初晓浑如玉，宫树先春已著花。
人意喜时消作水，马蹄行处踏为沙。
黄公垆畔新醅绿，游子如何不忆家。

◆ 五言绝句

春　雪

（唐）东方虬

春雪满空来，触处似花开。不知园里树，若个是真梅。

终南望积雪

（唐）祖咏

终南阴岭秀，积雪浮云端。林表明霁色，城中增暮寒。

春　雪
（唐）刘方平

飞雪带春风，徘徊正绕空。君看似花处，偏在洛阳东。

逢雪宿芙蓉山主人
（唐）刘长卿

日暮苍山远，天寒白屋贫。柴门闻犬吠，风雪夜归人。

雪行寄褒子
（唐）韦应物

淅沥覆寒骑，飘飘暗川容。行子郡城晓，披云看杉松。

咏春雪
（唐）韦应物

徘徊轻雪意，似惜艳阳时。不悟风花冷，翻令梅柳迟。

春　雪
（唐）刘禹锡

三月雪连夜，未应伤物华。只缘春欲尽，留着伴梨花。

江　雪
（唐）柳宗元

千山鸟飞绝，万径人踪灭。孤舟蓑笠翁，独钓寒江雪。

夜　雪
（唐）白居易

已讶衾枕冷，复见窗户明。夜深知雪重，时闻折竹声。

宫中乐
（唐）令狐楚

雪霁长杨苑，冰开太液池。宫中行乐日，天下盛明时。

雪

（唐）陆畅

怪得北风急，前庭如月辉。天人宁许巧，剪水作花飞。

宋复古晴川晚雪

（宋）文同

霁雪变云林，寒光混烟水。遥山定何处，渺㵎才可指。

雪　窗

（宋）葛长庚

素壁青灯暗，红炉夜火深。雪花窗外白，一片岁寒心。

人日出游湖上

（宋）杨万里

城中雪一尺，山中雪一丈。地上都已消，却在松梢上。

雪　花

（金）虞仲文

琼英与玉蕊，片片落前池。问著花来处，东君也不知。

残　雪

（明）杨基

庭雪半消残，犹存旧腊寒。春风如有意，留待来年看。

白雪曲

（明）何景明

梅花开雪中，相看斗奇绝。常教雪似花，莫遣花如雪。

子夜歌

（明）胡汝嘉

月照庭上雪，灿若玉玲珑。风吹雪如絮，飞入锦屏中。

人日对雪

(明)柳应芳

人日逢晴胜,不晴雪亦嘉。当由催剪綵,碎却几梅花。

◆ 七言绝句

游苑遇雪应制

(唐)李峤

散漫祥云逐圣回,飘飖瑞雪绕天来。
不能落后争飞絮,故欲迎前绽早梅。

苑中遇雪应制

(唐)宋之问

紫禁仙舆诘旦来,青旗遥倚望春台。
不知庭霰今朝落,疑是林花昨夜开。

奉和春日玩雪应制

(唐)宋之问

北阙彤云掩曙霞,东风吹雪舞山家。
琼章定少千人和,银树长芳六出花。

人日玩雪应制

(唐)刘宪

胜日登临云叶起,芳风摇荡雪花飞。
呈晖幸得承金镜,飏彩还将奉玉衣。

苑中遇雪应制

(唐)李乂

龙骖晓入望春宫,正逢春雪舞东风。

花光并洒天文上,寒气行消御酒中。

苑中遇雪应制
(唐)徐彦伯

千钟圣酒御筵披,六出祥英乱绕枝。
即此神仙对琼圃,何烦辙迹到瑶池。

苑中人日遇雪应制
(唐)赵彦昭

始见青云干律吕,俄逢瑞雪应阳春。
今日回看上林苑,梅花柳絮一时新。

雪夜下朝呈省中一绝
(唐)韦应物

南望青山满禁闱,晓陪鹓鹭正差池。
共爱朝来何处雪,蓬莱宫里拂松枝。

休暇日访王侍御不遇
(唐)韦应物

九日驱驰一日闲,寻君不遇又空还。
怪来诗思清人骨,门对寒流雪满山。

春雪
(唐)韩愈

新年都未有芳华,二月初惊见草芽。
白雪却嫌春色晚,故穿庭树作飞花。

酬王二十舍人雪中见寄
(唐)韩愈

三日柴门拥不开,阶平庭满白皑皑。

今朝踏作琼瑶迹,为有诗从凤沼来。

早发庐江途中遇雪寄李侍御
(唐) 朱庆馀

芦苇声多雁满陂,湿云连野见山稀。
遥知将吏相逢处,半是春城贺雪归。

西　归
(唐) 元稹

寒花带雪满山腰,著柳冰珠曳碧条。
天色渐明回一望,玉尘随马渡蓝桥。

新　雪
(唐) 白居易

不思朱雀街东鼓,不忆青龙寺后钟。
惟忆夜深新雪后,新昌台上七株松。

宫　词
(唐) 王涯

五更初起觉风寒,香炷烧来夜已残。
欲卷珠簾惊雪满,自将红烛上楼看。

霁　雪
(唐) 戎昱

风卷寒云暮雪晴,江烟洗尽柳条轻。
檐前数片无人扫,又得书窗一夜明。

早春雪中
(唐) 戎昱

阴云万里昼漫漫,愁坐关心事几般。

为报春风休下雪,柳条初放不禁寒。

和李十二舍人直日放朝对雪

(唐) 姚合

今朝街鼓何人听?朝客关门对雪眠。
岂比直庐丹禁里,九重天近色弥鲜。

淮南李相公席上赋春雪

(唐) 章孝标

六出花飞处处飘,黏窗著砌上寒条。
朱门到晓难盈尺,尽是三军喜气消。

梦令狐学士

(唐) 李商隐

山驿荒凉白竹扉,残灯向晓梦清辉。
右银台路雪三尺,凤诏裁成当直归。

寄邻庄道侣

(唐) 韩偓

闻说经旬不启关,药窗谁伴醉开颜?
夜来雪压村前竹,剩见溪南几尺山。

雪中偶题

(唐) 郑谷

乱飘僧舍茶烟湿,密洒歌楼酒力微。
江上晚来堪画处,渔人披得一蓑归。

蔚州宴上遇新雪

(唐) 雍陶

葫芦河畔逢秋雪,疑是风飘白鹤毛。

坐客停杯看未足，将军已湿褐花袍。

对雪忆往岁钱塘西湖访林逋
（宋）梅尧臣

昔乘野艇向湖上，拍岸去寻高士初。
折竹压篱曾碍过，却穿松下到茅庐。

和张屯田雪中朝拜天庆观
（宋）文同

蔌蔌遥空堕碎琼，一街寒色晓风清。
题舆想入箫台下，似驾飙轮向玉京。

宝幢珠节共玲珑，九虎岩关有路通。
遥望玉宸端象简，宛然身在广寒宫。

春　近
（宋）黄庭坚

亭台经雨压尘沙，春近登临意气加。
更喜轻寒勒成雪，未春先放一城花。

雪　意
（宋）朱子

向晚浮云四面平，北风号怒达天明。
寒窗一夜清无睡，拟听杉篁叶上声。

残雪未消次择之韵
（宋）朱子

脚底悲风舞冻鸦，此行真是蹑苍霞。
仰头若木敷琼蕊，不是人间玉树花。

雪　中

（宋）葛长庚

晓来红日尚羞明，四外彤云欲放晴。
一夜九天开玉阙，六花万里散琼英。

雪后晚晴，四山皆青，惟东山全白，赋"最爱东山晴后雪"绝句

（宋）杨万里

只知逐胜忽忘寒，小立春风夕照间。
最爱东山晴后雪，软红光里涌银山。

郡圃残雪

（宋）杨万里

南风融雪北风凝，晚日城头已可登。
莫道雪融便无迹，雪融成水水成冰。

雪

（金）高士谈

蔌蔌天花落未休，寒梅疏竹共风流。
江山一色三千里，酒力消时正倚楼。

雪

（金）吕中孚

随风拂拂玉花飘，入夜寒窗更寂寥。
炉火已残灯未烬，一簾疏竹白萧萧。

雪　行

（金）元德明

五更驴背满靴霜，残雪离离草树荒。

身在景中无句写,却教人比孟襄阳。

清明大雪三日
(元)方回

半月雕梁燕子归,怯寒著尽旧绵衣。
何人醉眼西湖路,错认杨花作雪飞。

题江干初雪图
(元)戴表元

断树寒云古岸隈,渔翁初拨小船开。
看渠风雪忙如许,还有鱼儿上钓来。

题江皋雪霁卷
(元)蒲道源

山川玉洁映朝晖,人世鸿濛果是非。
只许诗家占清景,渔蓑偷载一船归。

雪后偶成
(元)虞集

晓来残雪在陂陀,远似羊群或似鹅。
忆踏春泥看柳色,驼裘貂帽渡冰河。

次韵雪
(元)杨载

研光帽子舞山花,吹落曾城万仞斜。
安得飙轮为我驾,一时飞到列仙家。

竹枝词
(元)王士熙

山前马阵烂如云,九夏如秋不是春。

昨夜元冥剪飞雪，云州山里尽堆银。

雪霁晚归偶成
（元）迺贤

公子腰刀下直归，红门晚出马如飞。
东家积雪无人扫，却恨春泥溅锦衣。

十一月十二日崇文阁下私试二十三日出和张仲举
（元）吴师道

官烛风簾彻夜明，屋高人醉易寒生。
不知卧听萧萧雪，何似山窗洒竹声。

滦都寓兴
（元）马臻

昨夜分明梦到家，庭前开遍石榴花。
龙门不放东风过，五月平滦雪满沙。

冬 景
（明）宣宗

池头六出花飞遍，池水无波冻欲平。
一望玻璨三百顷，好山西北玉为屏。

送 雪
（明）朱有燉

天山一色冻云垂，罨画楼台缀玉时。
准备暖金香盒子，明朝送雪与相知。

长安春雪曲
（明）王穉登

春风吹雪下桑乾，添得城中一夜寒。

鸤鹊楼高消不尽，长安街上马头看。

杂　言
（明）王穉登

冻云寒树晓模糊，水上楼台似画图。
红袖谁家乘小艇，卷簾看雪过鸳湖。

饮秋涧隐居夜归值雪有作
（明）陈鹤

独行长路俨如僧，水滴檐牙半是冰。
归到空园人已静，雪花穿户打残灯。

雪中访嘉则于宝奎寺之楼店
（明）徐渭

山径寻君重复重，小楼百尺卧元龙。
安窗偏向梅花角，去映江天雪数峰。

送僧过洞庭
（明）僧大香

江云空寂塞鸿哀，竹笠绳鞋归去来。
七十二峰深雪里，炊烟何处辨楼台？

卷十五　冰　类

◆ 五言古

咏冰应教
　　　　　　　　　　（梁）沈君攸

日华照冰彩，灼烁自相明。阴潭欲半解，阳岸已全轻。
未释苔文隐，将销草气生。稍得观鱼上，非独见狐惊。
倘逢魏后术，当验可为城。

◆ 七言古

明冰篇
　　　　　　　　　　（唐）富嘉谟

北陆苍茫河海凝，南山阑干昼夜冰，素彩峨峨明月升。
深山穷谷不自见，安知采斵备嘉荐，阴房涸冱掩寒扇。
阳春二月朝始暾，春光澹沱度千门，明冰时出御至尊。
彤庭赫赫九仪备，腰玉煌煌千官事，明冰毕赋周在位。
忆昨沙漠寒风涨，昆仑长河冰始壮，汗漫崚嶒积亭障。
嗈嗈鸣雁江上来，禁苑池中冰复开，摇青涵绿映楼台。
豳歌《七月》王风始，凿冰藏用昭物轨，四时不忒千万祀。

陈翃郎中北亭送侯钊侍御赋得带冰流歌
　　　　　　　　　　（唐）卢纶

溪中鸟鸣春景旦，一派寒冰忽开散。

璧方镜圆流不断，白云鳞鳞满河汉。
叠处浅，旋处深。
撇捩寒鱼上复沉，群鹅鼓舞扬清音。
主人有客簪白笔，玉壶贮此光如一。
持此赠君君饮之，圣君识君冰玉姿。

◆ **五言排律**

玉壶冰

（唐）王季友

玉壶知素结，止冰复中澄。坚白能虚受，清寒得自凝。
分形同晓镜，照物掩宵灯。壁映圆光入，人惊爽气陵。
金罍何足贵，瑶席几回升？正值求珪瓒，提携共饮冰。

荐　冰

（唐）阙名

西陆宜先启，春寒寝庙清。历官分气候，天子荐精诚。
已辨瑶池色，如和玉佩鸣。礼馀神转肃，曙后月残明。
雅合霜容洁，非同雪体轻。空怜一掬水，珍重此时情。

荐　冰

（唐）卢钧

荐冰朝日后，辟庙晓光清。不改晶荧质，能彰雨露情。
且无霜共洁，岂与水均明。在捧摇寒色，当呈表素诚。
凝姿陈俎豆，浮彩映窗楹。皎皎盘盂侧，棱棱严气生。

荐　冰

（唐）范传质

乘春方启闭，羞献有常程。洁朗寒光彻，辉华素彩明。
色凝霜雪净，影照冕旒清。肃肃将崇礼，兢兢示捧盈。

方圆陈玉座,大小表精诚。朝觌当西陆,桃弧每共行。

◆ 七言律

和人与人分惠赐冰

(唐) 杨巨源

天水藏来玉堕空,先颁密署几人同?
映盘皎洁非关露,当扇清凉不在风。
莹质方从纶阁内,凝辉更向画堂中。
丽词珍贶难双有,迢递金舆殿角东。

冰 花

(明) 朱之蕃

璇空风急暮云平,幻出飞花下玉京。
顷刻妆成欺楮叶,郊原踏遍胜琼英。
光摇书幌人忘寐,香藉庭梅夜转清。
吟就不妨消渴甚,天应付与点茶铛。

◆ 七言绝句

豪家夏冰咏

(唐) 雍裕之

金错银盘贮赐冰,清光如耸玉山棱。
无论尘客闲停扇,直到消时不见蝇。

卷十六　虹霓类

◆ 五言古

咏　虹
（唐）董思恭

春暮萍生早，日落雨飞馀。横彩分长汉，倒色媚清渠。
梁前朝影出，桥上晚光舒。愿逐旌旗转，飘飘侍直庐。

◆ 五言律

咏　虹
（唐）苏味道

纤馀带星渚，窈窕架天浔。空因壮士见，还共美人沉。
远势含良玉，神光藻瑞金。独留长剑影，宁负昔时心。

赋得浦外虹
（唐）陈润

日影化为虹，弯弯出浦东。一条微雨后，五色片云中。
轮势随天转，桥形跨海通。还将饮水处，持送使车雄。

◆ 五言排律

赋得虹藏不见
（唐）徐敞

迎冬小雪至，应节晚虹藏。玉气徒成象，星精不散光。

美人初比色，飞鸟罢呈祥。石涧收晴影，天津失彩梁。
霏霏空暮雨，杳杳映残阳。舒卷随时令，因知圣历长。

◆ 七言绝句

仙人词
（唐）陈陶

小隐山人十洲客，莓苔为衣双耳白。
青编遗我忽隐身，暮雨虹霓一千尺。

初秋暮雨
（宋）杨万里

禾穟轻黄雨浅青，村舂已报隔林声。
忽惊暮色翻成晓，仰见双虹雨外明。

暮　景
（元）黄庚

浮云开合晚风轻，白鸟飞边落照明。
一曲彩虹横界断，南山雷雨北山晴。

骤　雨
（元）张弘范

风拥黄云龙驾海，雷驱紫电雨翻盆。
长虹千尺忽截断，一片烟波起市门。

奉同王浚川海上杂歌
（明）薛蕙

石门双阙入蓬瀛，日日惟看云雾生。
白蜃吹霓晴后见，翠虹衔月夜中行。

卷十七　瑞气类

◆ 五言排律

望禁苑祥光
（唐）蒋防

佳气生天苑，葱茏几效祥。树摇三殿侧，日映九城旁。
山雾宁同色，卿云未可方。眺汾疑鼎气，临渭想荣光。
当并春陵发，应开圣历长。微臣时一望，短羽欲飞翔。

河出荣光
（唐）张良器

引派昆山峻，朝宗海路长。千龄逢圣主，五色瑞荣光。
隐映浮中国，晶明助太阳。坤维连浩漫，天汉接微茫。
丹阙清氛里，函关紫氖旁。位尊常守约，道泰每呈祥。
习坎灵逾久，居卑德有常。龙门如可涉，忠信是舟梁。

河出荣光
（唐）朱延龄

符命自陶唐，吾君应会昌。千年清德水，九折满荣光。
极岸浮佳气，微波照夕阳。澄辉明贝阙，散彩入龙堂。
近带关云紫，遥连日道黄。冯夷矜海若，汉武贵宣房。
渐没孤槎影，仍分一苇杭（航）。抚躬悲未济，作颂喜时康。

◆ 七言绝句

朝元引

（唐）陈陶

万宇灵祥拥帝居，东华元老荐屠苏。
龙池遥望非烟拜，五色瞳昽在玉壶。

卷十八　晴　类

◆ 五言古

天晴诗

（晋）湛方生

屏翳寝神辔，飞廉收灵扇。青天莹如镜，凝津平似砚。
落帆修江渚，悠悠极长昒。清气朗山壑，千里遥相见。

开　霁

（梁）简文帝

景落商飚靖，烟开四郊谧。偃蹇暮山虹，游扬峰下日。
水文城上动，城楼水中出。竟微共治功，空卧淮阳秩。

雨　后

（梁）简文帝

散丝与山气，忽合复俄晴。雷音稍入岭，电影尚连城。
雨馀云稍薄，风收热复生。

望夕霁

（梁）王筠

连山卷旅云，长林息众籁。密树含绿滋，遥峰凝翠霭。
石溜正潆潆，山泉始澄汰。物华方入赏，跂予心期会。

喜　晴
（北周）庾信

比日思光景，今朝始暂逢。雨住便生热，云晴即作峰。
水白澄还浅，花红燥更浓。已欢无石燕，弥欲弃泥龙。

雨　晴
（隋）王胄

初晴物候凉，夕景照山庄。残虹低饮涧，新溜上侵塘。
风度蝉声远，云开雁路长。

初晴落景
（唐）太宗

晚霞聊自怡，初晴弥可喜。日晃百花色，风动千林翠。
池鱼跃不同，园鸟声还异。寄言博通者，知予物外志。

奉和幽山雨后应令
（唐）虞世南

肃城邻上苑，黄山迩桂宫。雨歇连峰翠，烟开竟野通。
排虚翔戏鸟，跨水落长虹。日下林全暗，云收岭半空。
山泉鸣石涧，地籁响岩风。

和御史韦大夫喜霁之作
（唐）褚亮

晴天度旅雁，斜影照残虹。野净馀烟尽，山明远色同。
沙平寒水落，叶脆晚枝空。白简光朝幰，彤骃出禁中。
息驾游兰坂，雕文折桂丛。无因轻羽扇，徒自仰仁风。

雨　后
（唐）李百药

晚来风景丽，晴初物色华。薄云向空尽，轻虹逐望斜。
后窗临岸竹，前阶枕浦沙。寂寥无与晤，尊酒论风花。

山下晚晴
（唐）崔曙

寥寥远天净，溪路何空濛。斜光照疏雨，秋气生白虹。
云尽山色暝，萧条西北风。故林归宿处，一叶下梧桐。

湖中晚霁
（唐）常建

湖广舟自轻，江天欲澄霁。是时清楚望，气色犹霾曀。
踟蹰金霞白，波上日初丽。烟虹落镜中，树木生天际。
杳杳涯欲辨，蒙蒙云复闭。言乘星汉明，又睹寰瀛势。
微兴从此惬，悠然不知岁。试歌沧浪清，自觉乾坤细。
岂念客衣薄，将期永投袂。迟回渔父间，一雁声嘹唳。

泉上雨后作
（唐）元季川

风雨荡烦暑，雷息佳霁初。众峰带云色，清风入我庐。
飒飒凉飙来，临窥惬所图。绿萝长新蔓，袅袅垂坐隅。
流水复檐下，丹砂发清渠。养葛为我衣，种芋为我蔬。
谁是畹与畦？弥漫连野芜。

山行积雨归途始霁
（唐）韦应物

揽辔穷登降，阴雨遘二旬。但见白云合，不睹岩中春。
急涧岂易揭，峻涂良难遵。深林猿声冷，沮洳虎迹新。
始霁升阳景，山水阅清晨。杂花积如雾，百卉萋已陈。
鸣驺屡骧首，归路自忻忻。

同德寺雨后寄元侍御李博士
（唐）韦应物

川上风雨来，须臾满城阙。岧峣青莲界，萧条孤兴发。

前山邃已净,阴霭夜来歇。乔木生夏凉,流云吐华月。
严城自有限,一水非难越。相望曙河远,高斋坐超忽。

秋霁

(唐)白居易

金火不相待,炎凉雨中变。林晴有残蝉,巢冷无留燕。
沉吟卷长簟,怆恻收团扇。向夕稍无泥,闲步青苔院。
月出砧杵动,家家捣秋练。独对多病妻,不能理针线。
冬衣殊未制,夏服行将绽。何以迎早秋?一杯聊自劝。

霁后作齐梁体

(唐)曹邺

新霁辨草木,晚塘明衣衿。乳燕不归宿,双双飞向林。
微照露花影,轻云浮麦阴。无人可招隐,尽日登山吟。

雨晴早出

(宋)文同

徂秋久不雨,沾濡才此晨。新阳净万物,太虚无一尘。
老稚出旷野,耕犁及良辰。爱尔安居乐,力作无辞贫。

新晴望北山

(宋)文同

西风吹北山,晚日晒残雨。岚光发岩岫,草木才可数。
翠碧倚万丈,白云横一缕。待访餐霞人,斯游欲谁侣?

喜晴

(宋)朱子

冲飙动高柳,渌水澹微波。日照秋空净,雨馀寒草多。
放怀遗簿领,发兴托烟萝。忽念故园日,东阡时一过。

晚　晴
（元）黄潜

泄云散积雨，林水含馀清。披衣有奇怀，偶从林叟行。
新晴远峰丽，夕阴孤花明。旷日固所虞，聊兹息营营。

◆ 七言古

雨后公超谷北原眺望寄高拾遗
（唐）独孤及

崖谷雨足收，清光洗高天。
虹霓敛残霭，山水含碧鲜。
远空霞破露月轮，薄云片片成鱼鳞。
五陵如荠渭如带，目极千里关山春。
朝来爽气未易说，画取花峰赠远人。

◆ 五言律

至陈仓晓晴望京邑
（唐）卢照邻

拂曙驱飞传，初晴带晓凉。雾敛长安树，云消仙帝乡。
涧流飘素沫，岩景霭朱光。今朝好风色，延眺极天庄。

霁后贻马十二巽
（唐）储光羲

高天风雨散，清气在园林。况我夜初静，当轩鸣绿琴。
云开北堂月，庭满南山阴。不见长裾者，空歌游子吟。

途中晴
（唐）孟浩然

已失巴陵道，犹逢蜀坂泥。天开斜景逼，山出晚云低。

馀湿犹沾草,残流尚入溪。今宵有明月,乡思远凄凄。

晴
（唐）杜甫

久雨巫山暗,新晴锦绣文。碧知湖外草,红见海东云。
竟日莺相和,摩霄鹤数群。野花干更落,风处急纷纷。

晚霁登汝南大云阁
（唐）贾彦璋

禅宫新歇雨,香阁晚登临。邑树晴光起,川苗佳气深。
水色城下岸,云细郢中岑。自叹牵车日,聊开望远心。

雪晴晚望
（唐）贾岛

倚杖望晴雪,溪云几万重。樵人归白屋,寒日下危峰。
野火烧冈草,断烟生石松。却回山寺路,闻打暮天钟。

晚　晴
（唐）李商隐

深居俯夹城,春去夏犹清。天意怜幽草,人间重晚晴。
并添高阁迥,微注小窗明。越鸟巢干后,归飞体更轻。

新秋雨霁宿王处士斋
（唐）马戴

夕阳逢一雨,夜木洗清阴。露气竹窗静,秋光云月深。
煎尝灵药味,话及故山心。得意两不寐,微风生玉琴。

春日酬韦先辈雨后见寄
（唐）刘得仁

风散五更雨,鸟啼三月春。轩窗透初日,砚席断纤尘。

个个峰头出,家家树色新。怜君高且静,有句寄闲人。

春 晴
(唐)任翻

楚国多春雨,柴门喜晚晴。幽人临水坐,好鸟隔花鸣。
野色连空阔,江流接海平。门前向溪路,今夜月分明。

春 晴
(宋)韩琦

霁色破春昏,高楼日未曛。林梢零旧雨,山顶入残云。
醉粉匀花颊,风罗皱水纹。踏青人误约,芳思几纷纷。

山舍早起探晴
(宋)文同

山鸟啭晴日,独行风满林。涧花薰野袂,岩水溅幽襟。
侧石惊新滑,垂萝爱近深。翛然此清兴,不似戴华簪。

辇下春晴
(宋)秦观

楼阁过朝雨,参差动霁光。衣冠纷禁路,云气绕宫墙。
乱絮弥天阔,蔫花困日长。经旬牵酒伴,犹未献长杨。

新 晴
(宋)陆游

积雨已凄冷,新晴还少和。稼收平野阔,木落远山多。
土润朝畦菜,机鸣夜掷梭。时清年岁好,吾敢叹蹉跎?

雨 后
(宋)裘万顷

秋事雨已毕,秋容晴更妍。新香浮穤稏,馀润溢潺湲。

机杼虫声里，犁锄鹭影边。吾生一何幸，田里又丰年。

雨　后
（金）元德明

十日山中雨，今朝见夕阳。乾坤觉清旷，草棘有辉光。
竹影摇残滴，松声送晚凉。南窗聊自适，无用说羲皇。

喜秋晴
（元）许衡

苦雨伤秋稼，朝来忽放晴。碧空云尽卷，沧海日初明。
久客天涯兴，耕夫陇上情。鸡豚并社酒，处处是欢声。

雨霁登楼
（元）张弘范

楼外雨初霁，乾坤望眼明。岸高秋涨满，簾卷暮霞生。
燕入泥香润，龙归海气清。阑干残照底，一片古今情。

春　晴
（元）叶颙

晓洞云归湿，春山草木新。夭桃含宿雨，嫩柳袅轻尘。
蝶翅寒尤怯，蜂衙晚渐陈。香风簇罗绮，已有踏青人。

晚　晴
（明）陶安

江上秋阴薄，晚风生树颠。高尘卷苍霭，归鸟度青天。
牧马平芜野，捕鱼斜日船。千村新稻熟，茅屋起炊烟。

晚　霁
（明）孙一元

晚来初雨霁，烟火隔林微。一径牛羊入，孤村桑柘稀。

长天下远水，积雾带岩扉。月黑闻人语，溪南种树归。

新 霁
（明）皇甫汸

泽国偏宜雨，山斋复喜晴。云依飞盖散，日吐半规明。
萝径何嫌密，花溪稍觉平。还知沧海上，今夜月初生。

◆ 五言排律

春台晴望
（唐）郑蕡

追赏层台迥，登临四望频。熙熙山雨霁，处处柳条新。
草长秦城夕，花宜汉苑春。晴林翻度鸟，紫陌阅行人。
旅客风尘厌，山家梦寐亲。迁莺思出谷，鸑鷟待芳辰。

春台晴望
（唐）阙名

曲台送春日，景物丽新晴。霭霭烟收翠，忻忻木向荣。
静看迟日上，闲爱野云平。风慢游丝转，天开近水明。
登高尘虑息，观徼道心清。更有迁乔意，翩翩出谷莺。

◆ 七言律

清都春霁寄胡三吴十一
（唐）元稹

蕊珠宫殿经微雨，草树无尘耀眼光。
白日当空天气暖，好风飘树柳阴凉。
蜂怜宿雾攒芳久，燕得新泥拂户忙。
时节催年春不住，武陵花谢忆诸郎。

奉和翰林丁侍郎禁署早春晴望

(唐) 刘得仁

御林闻有早莺声,玉槛春香九陌晴。
寒著霁云归紫阁,暖浮佳气动皇城。
宫池日到冰初解,辇路风吹草欲生。
鹓侣此时皆赋咏,商山雪在兴尤清。

春晴书事

(宋) 欧阳修

莫笑青州太守顽,三齐人物旧安闲。
晴明风日家家柳,高下楼台处处山。
嘉客但当倾美酒,青春终不换颓颜。
惟惭未报君恩了,昨日卢公衣锦还。

秋雨初霁试笔

(宋) 陆游

墨入红丝点漆浓,闲将倦笔写秋容。
雨声已断犹闻滴,云势将归别起峰。
斜日半穿临水竹,好风遥送隔城钟。
远游更动扁舟兴,太息何人解见从。

快　晴

(宋) 陆游

地阔天开斗柄回,今朝红日遍池台。
新阳苏醒春前柳,轻暖医治雪后梅。
瓦屋螺青披雾出,锦江鸭绿抱山来。
老翁也逐儿童喜,旋拨文书近酒杯。

雨后集湖上
（宋）陆游

野水交流自满畦,芳池新涨恰平堤。
花藏密叶多时在,莺占高枝尽日啼。
绣袂宝裙催结束,金尊翠杓共提携。
白头自喜能狂在,笑襞蛮笺落醉题。

新晴野步
（宋）陆游

吹尽浮云旋作晴,郊原高下水纵横。
烟芜漫漫如添色,谷鸟关关已变声。
沽酒贱时须痛饮,得人扶处尽闲行。
隔湖遥指兰亭路,邻叟追随羡眼明。

晴　望
（金）郝俣

诘曲阑干面翠微,葱茏窗户溢清辉（晖）。
雨侵斜日明边过,云望前山缺处归。
多事经春长止酒,薄寒向晚却添衣。
宦游不负沧江愿,爱对陂田白鸟飞。

四明山中逢晴
（元）戴表元

一冈一涧一萦隈,新岁新晴始此回。
莎坂南风寅蛤出,茅檐西日乙禽来。
人迷白路羊群石,水卷青天云里雷。
犹记深山有寒食,梨花无数绕岩开。

晚霁
（元）吴景奎

雨晴秋气转苍凉，万籁依稀奏羽商。
烟抹林腰横束素，日回山额半涂黄。
鸬鹚晒翅眠池草，翡翠衔鱼立野航。
霜蟹正肥新酒熟，破橙宜趁野花香。

春晴
（明）居节

金羁芳草去翩翩，王谢儿郎美少年。
雨水已过正月后，莺花不隔短筇前。
春云拟黛山千叠，画阁笼烟柳半天。
燕子未来寒食远，谁家庭院试秋千。

◆ 五言绝句

初晴应教
（唐）虞世南

初日明燕馆，新溜满梁池。归云半入岭，残滴尚悬枝。

雨后
（唐）元稹

倦寝数残更，孤灯暗又明。竹梢馀雨重，时复拂檐惊。

即事
（唐）司空图

宿雨川原霁，凭高景物新。陂痕侵牧马，云影带耕人。

栖禅暮归书所见
（宋）唐庚

春著湖烟腻，晴摇野水光。草青仍过雨，山紫更斜阳。

山中雨后

（金）元德明

绕屋湍声转，临崖老树颓。雷轰一雨过，云劈两山开。

雨后

（元）僧善住

小园春雨后，碧草弄轻寒。花片无烦扫，新泥尚未干。

◆ 六言绝句

晓枕

（宋）范成大

舒卷长随天气，关心窗暗窗明。
日晏扶头未起，唤人先问春晴。

晓晴

（元）朱德明

天寒欲晴犹雨，晓色将明未明。
万里碧云平野，一林落叶无声。

◆ 七言绝句

长安晴望

（唐）杜牧

翠屏山对凤城开，碧落摇光霁后来。
回识六龙巡幸处，飞烟闲绕望春台。

雨霁池上作

（唐）韦庄

鹿巾藜杖葛衣轻，雨歇池边晚吹清。

正是如今江上好,白鳞红稻紫莼羹。

初　晴
　　　　　　　　　　（宋）王安石

幅巾慵整露苍华,度陇深寻一径斜。
小雨初晴好天气,晚花残照野人家。

春　日
　　　　　　　　　　（宋）苏轼

鸣鸠乳燕寂无声,日射西窗泼眼明。
午醉醒来无一事,只将春睡赏春晴。

追和子由去岁试举人洛下所寄诗,暴雨初晴,楼上晚景
　　　　　　　　　　（宋）苏轼

白汗翻浆午景前,雨馀风物便萧然。
应须半熟鹅黄酒,照见新晴水碧天。

青桐道中值雨,凡数里,舟行久之,颇有江湖之思
　　　　　　　　　　（宋）张耒

冥冥烟外鸟飞归,野老得鱼收网回。
隔浦断霞沉欲尽,半弯新月出云来。

晴
　　　　　　　　　　（金）赵秉文

东风时送瓦沟声,欹枕幽窗梦自惊。
睡起不知云已散,夕阳偏向柳梢明。

雨　后
　　　　　　　　　　（金）张著

西风无意嫪纤云,扫尽千峰过雨（雨脚）痕。

一片秋光清似水,家家空翠满柴门。

雨　后
（金）李俊民

春云霭霭晚空低,飞鸟前山雨一犁。
明日却寻归去路,马蹄犹踏落花泥。

七月八日晚晴暂出丽正门外
（元）宋褧

团团碧树压宫城,白凤门楣淡日明。
回首琼华仙岛上,片云犹欲妒新晴。

山行值雨
（元）宋褧

山雨随云往返飞,行时沾湿避时稀。
须臾驰过前冈去,满马斜阳就晒衣。

春　晴
（元）洪希文

鹧鸪声歇日曈昽,山谷溪桥暖信通。
花柳村村自生意,青鞋布袜逐春风。

雨　晴
（元）倪瓒

江上白蘋风起波,冷纹萦碧暮烟和。
织成一幅鸳鸯锦,零落红衣远恨多。

晚　晴
（明）韩奕

水国秋来少见晴,夕阳忽映小窗明。

西风飒飒林间叶,乍听犹疑是雨声。

雨　后

（明）彭年

洞底泉声谷口闻,望中峰色杳难分。
欲寻雨后金芝草,更踏前峰半湿云。

卷十九　晓　类

◆ 五言古

奉和湘东王冬晓应令三韵
（梁）萧子晖

步櫩（檐）光欲通，曙鸟向西东。
烛灭传馀气，帷香开晓风。繁花无处尽，惟销寒镜中。

宿郊外晓作
（隋）王衡

残星落檐外，馀月罢窗东。水白先分色，霞暗未成红。

晨出郡舍林下
（唐）张九龄

晨兴步出林，萧散一开襟。复见林上月，娟娟犹未沉。
片云自孤远，丛筱亦清深。无事由来贵，方知物外心。

晨　兴
（唐）白居易

宿鸟动前林，晨光上东屋。铜炉添早香，纱笼灭残烛。
头醒风稍愈，眼饱睡初足。起坐兀无思，叩齿三十六。
何以解宿斋？一杯云母粥。

宿东亭晓兴

（唐）白居易

温温土炉火，耿耿纱笼烛。独抱一张琴，夜入东斋宿。
窗声度残漏，帘影浮初旭。头痒晓梳多，眼昏春睡足。
负暄檐宇下，散步池塘曲。南雁去未回，东风来何速。
雪依瓦沟白，草绕墙根绿。何言万户州，太守常幽独。

旦　景

（元）黄庚

鸡鸣起濯发，披衣出户牗。自汲古涧泉，落月犹在手。
三漱吞朝霞，馀光散花柳。兹意难语人，延伫忽良久。

舟中早行

（明）高启

隆隆津鼓动，江火留馀闪。人家未起耕，近水寒扉掩。
船开凫鸭散，树吐烟霏敛。东郭去方遥，青山见孤点。

斋中晓起

（明）林鸿

飚飚城鸦散，咚咚戍鼓绝。空庭寂无人，衣上有残月。
清池盥漱罢，高韵风中发。爽气山前来，吾襟抱冰雪。

◆ 长 短 句

东方半明

（唐）韩愈

东方半明大星没，独有太白配残月。
嗟尔残月勿相疑，同光共影须臾期。
残月辉辉，太白睒睒。鸡三号，更五点。

◆ 五言律

酬杜五弟晴朝独坐见赠
（唐）李峤

平明坐虚馆，旷望几悠哉。宿雾分空尽，朝光度隙（隙）来。
影低藤架密，香动药栏开。未展山阳会，空留池上杯。

朝
（唐）杜甫

浦帆晨初发，郊扉冷未开。村疏黄叶坠，野静白鸥来。
础润休全湿，云晴欲半回。巫山冬可怪，昨夜有奔雷。

晓望
（唐）杜甫

白帝更声尽，阳台曙色分。高峰寒上日，叠岭宿霾云。
地坼江帆隐，天清木叶闻。荆扉对麋鹿，应共尔为群。

西池晨望
（唐）羊士谔

起来林上月，潇洒故人情。铃阁人何事，莲塘晓独行。
衣沾竹露爽，茶对石泉清。鼓吹前贤薄，群蛙试一鸣。

欲曙
（唐）元稹

江堤阅暗流，漏鼓急残筹。片月低城堞，稀星转角楼。
鹤媒华表上，鸲鹆柳枝头。不为来趋府，何因欲曙游？

早归
（唐）元稹

春静晓风微，凌晨带酒归。远山笼宿雾，高树影朝晖。

饮马鱼惊水,穿花露滴衣。娇莺似相恼,含啭傍人飞。

初冬早起寄梦得
(唐) 白居易

起戴乌纱帽,行披白布裘。炉温先煖酒,手冷未梳头。
早景烟霜白,初寒鸟雀愁。诗成遣谁和?还是寄苏州。

晓　起
(唐) 李商隐

拟杯当晓起,呵镜可微寒。隔箔山樱熟,褰帷桂烛残。
书长为报晚,梦好更寻难。影响输双蝶,偏过旧畹兰。

晨　起
(唐) 许浑

桂树绿层层,风微寒露凝。檐楹衔落月,帏幌映残灯。
蕲簟曙香冷,越瓶秋水澄。心闲即无事,何异住山僧。

天街晓望
(唐) 许浑

明星低未央,莲阙迥苍苍。叠鼓催残月,疏钟迎早霜。
关防浮瑞气,宫馆耀神光。再拜为君寿,南山高且长。

晓　望
(唐) 杜牧

独起望山色,水鸡鸣蓼洲。房星随月晓,楚木向云秋。
曲岸疑江尽,平沙似浪浮。秦原在何处?泽国碧悠悠。

晨　起
(唐) 曹松

晓色教不睡,卷帘清气中。林残数枝月,发冷一梳风。

并鸟闻钟语，敧荷隔雾空。莫徒营白日，道路本无穷。

春　朝

（宋）韩维

燕语闻多日，蚕眠过几宵。花深不辨蝶，柳暗欲迷桥。
便面金环重，障泥玉勒骄。黄公酒垆上，谁贳阮孚貂？

◆ 五言排律

赋得晨光动翠华

（唐）阙名

早朝开紫殿，佳气逐清晨。北阙华旍在，东方曙景新。
影连香雾合，光媚庆云频。乌羽飘初定，龙文照转真。
直宜环珮入，长爱冕旒亲。摇荡祥云里，朝朝映侍臣。

◆ 七言律

长安晓望寄崔补阙

（唐）包何

迢递山河拥帝京，参差宫殿接云平。
风吹晓漏经长乐，柳带晴霞出禁城。
天净笙歌临路发，日高车马隔尘行。
自怜久滞诸生列，未得金闺籍姓名。

早　兴

（唐）白居易

晨光出照屋梁明，初打开门鼓一声。
犬上阶眠知地湿，鸟临窗语报天晴。
半销宿酒头仍重，新脱冬衣体乍轻。
睡觉心空思想尽，近来乡梦不多成。

早夏晓兴赠梦得

（唐）白居易

窗明簾薄透朝光，卧整巾簪起下床。
背壁灯残经宿焰，开箱衣带来年香。
无情亦任他春去，不醉争销得昼长。
一部清商一壶酒，与君明日暖新堂。

奉和鲁望晓起回文

（唐）皮日休

孤烟晓起初原曲，碎树微分半浪中。
湖后钓筒移夜雨，竹傍眠几侧晨风。
图梅带润轻沾墨，画藓经蒸半失红。
无事有杯持永日，共君惟好隐墙东。

晓　咏

（宋）欧阳修

簾外星辰逐斗移，紫河声转下云西。
九雏乌起城将曙，百尺楼高月易低。
露浥兰苕惟有泪，秋荒桃李不成蹊。
西堂吟思无人助，草满池塘梦自迷。

冬　晓

（宋）陆游

恩免宵兴趁晓班，养慵终觉愧吾颜。
浮名半世虚催老，高卧何时复得闲？
两岸夕阳渔浦市，数峰寒霭沃洲山。
扁舟来往无穷乐，此事天公岂所悭。

晓 坐
（宋）陆游

低枕孤衾夜气存，披衣起坐默忘言。
瓶花力尽无风堕，炉火灰深到晓温。
空橐时时闻鼠啮，小窗一一送鸦翻。
悠然忽记幽居日，下榻先开水际门。

海子上即事
（元）李材

驰道尘香逐玉珂，彤楼花暗弄云和。
光风已转瀛洲草，细雨微添太液波。
月榭管絃鸣曙早，水亭簾幕受寒多。
少年莫动伤春感，唤取青娥对酒歌。

早 起
（元）黄溍

漠漠晴檐散薄云，独搔短发立清晨。
春风入树无行迹，晓月窥簾欲近人。
旋觉新吟随梦寐，不知清露湿衣巾。
何人正踏长安陌，想见看花拂面尘。

◆ **五言绝句**

咏 晓
（唐）韦应物

军中始吹角，城上河初落。深沉犹隐帷，晃朗先分阁。

春 早
（唐）韦庄

闻莺才觉晓，闭户已知晴。一带窗间月，斜穿枕上明。

早　起

（唐）曹邺

月堕沧浪西,开门树无影。此时归梦阑,立在梧桐井。

春　晓

（明）李敏

翠阁临春浦,蓬门惊曙鸦。水明残夜月,云傍隔溪花。

◆ 七言绝句

晓眠后寄杨户部

（唐）白居易

软绫腰褥薄絁被,凉冷秋天稳暖身。
一觉晓眠殊有味,无因寄与早朝人。

西湖晓行

（明）僧清濋

海角瞳昽日欲生,山南山北淡烟横。
春风吹断沙禽梦,人在绿杨堤上行。

卷二十　夜　类

◆ 五言古

秋　夜
（宋）武帝

局景薄西隅，升月照东垂。肃肃风盈幕，泫泫露倾枝。
侧闻飞壶急，坐见河宿移。睹辰念节变，感物矜长离。

奉和随王殿下
（齐）谢朓

清房洞已静，闲风伊夜来。云生树阴远，轩广月容开。
宴私移烛饮，游赏藉琴台。风猷冠淄邺，衽席愧唐枚。

和湘东王春宵三韵
（梁）简文帝

花树含春丛，罗帐夜长空。风声随筱韵，月色与池同。
彩笺徒自襞，无信往云中。

玄圃寒夕
（梁）简文帝

洞门扉未掩，金壶漏已催。曛烟生涧曲，暗色起林限。
雪花无有蒂，冰镜不安台。阶杨始倒插，浦桂半新栽。
陈根委落蕙，细蕊发香梅。雁去衔芦上，猿戏绕枝来。

秋　夜
（梁）沈约

月落宵向分，紫烟郁氛氲。暄暄萤入雾，离离雁度云。
巴童暗理瑟，汉女夜缝裙。新知乐如是，久要讵相闻。

遥夜吟
（梁）宗夬

遥夜复遥夜，遥夜忧未歇。坐对风动帷，卧见云间月。

和吴主簿秋夜
（梁）王筠

九重依夜馆，四壁惨无晖。招摇顾西落，乌鹊向东飞。
流萤渐收火，络纬欲催机。尔时思锦字，持制行人衣。
所望丹心达，嘉客傥能归。

和衡阳王秋夜
（陈）张正见

睢苑凉风举，章台云气收。萤光连烛动，月影带河流。
绿绮朱絃泛，黄花素蚁浮。高轩扬丽藻，即是赋新秋。

辽东山夜临秋
（唐）太宗

烟生遥岸隐，月落半崖阴。连山惊鸟乱，隔岫断猿吟。

夕次圃田店
（唐）祖咏

前路入郑郊，尚经百馀里。马烦时欲歇，客归程未已。
落日桑柘阴，遥林烟火起。西还不遑宿，中夜渡泾水。

秋　夜
（唐）韦应物

庭树转萧萧，阴蛩还戚戚。独向高斋眠，夜闻寒雨滴。
微风时动牖，残灯尚留壁。惆怅平生怀，偏来委今夕。

闲　夕
（唐）白居易

一声早蝉发，数点新萤度。兰缸（釭）耿无烟，筠簟清有露。
未归后房寝，且下前轩步。斜月入低廊，凉风满高树。
放怀常自适，遇境多成趣。何法使之然？心中无细故。

晚凉偶咏
（唐）白居易

日下西墙西，风来北窗北。中有逐凉人，单床独栖息。
飘萧过云雨，摇曳归飞翼。新叶多好阴，初筠有佳色。
幽深小池馆，优稳闲官职。不爱勿复论，爱亦不易得。

夜　赋
（宋）朱子

暗窗萤影乱，秋帏露气深。群籁喧已寂，青天但沉沉。
恻怆怀高侣，幽默抱冲襟。遥忆忘言子，一写山水音。

◆ **七言古**　附长短句

长夜谣
（晋）夏侯湛

日暮兮初晴，天灼灼兮遐清。
披云兮归山，垂景兮照庭。
列宿兮皎皎，星稀兮月明。

倚檐隅以逍遥兮，盼太虚以仰观。
望阊阖之昭晰兮，丽紫微之晖焕。

舟　夜

（宋）苏轼

微风萧萧吹菰蒲，开门看雨月满湖。
舟人水鸟两同梦，大鱼惊窜如奔狐。
夜深人物不相管，我独形影相嬉娱。
暗潮生渚弔寒蚓，落月挂柳看悬珠。
此生忽忽尘务（忧患）里，清境过眼能须臾。
鸡鸣钟动百鸟散，船头击鼓还相呼。

拟古秋夜长

（元）张昱

云中鸿雁过，门前朔风起。
梧桐叶落金井头，月照乌啼天似水。
谁家机上织回文，夜听啼乌如不闻。
明朝为遣安南使，细意缄题持赠君。

◆ 五言律

冬宵各为四韵

（唐）太宗

雕宫静龙漏，绮阁宴公侯。珠帘烛焰动，绣柱月光浮。
云起将歌发，风停与管遒。琐除任多士，端扆复何忧。

暝

（唐）杜甫

日下四山阴，山庭岚气侵。牛羊归径险，鸟鹊聚枝深。
正枕当星剑，收书动玉琴。半扉开烛影，欲掩见清砧。

月夜会徐十一草堂
（唐）韦应物

空斋无一事，岸帻故人期。暂辍观书夜，还题玩月诗。
远钟高枕后，清露卷簾时。暗觉新秋近，残河欲曙迟。

晚 望
（唐）戴叔伦

山气碧氤氲，深林带夕曛。人归孤嶂晚，犬吠隔溪云。
杉竹何年种，烟尘此地分。桃源宁异此，犹恐世间闻。

酬程延秋夜即事见赠
（唐）韩翃

长簟迎风早，空城澹月华。星河秋一雁，砧杵夜千家。
节候看应晚，心期卧亦赊。向来吟秀句，不觉已鸣鸦。

秋 晚
（唐）白居易

烟景淡濛濛，池边微有风。觉寒萤近壁，知暝鹤归笼。
长貌随年改，闲情与物同。夜来霜厚薄，梨叶半低红。

夜
（唐）白居易

斜月入前楹，迢遥夜坐情。梧桐上阶影，蟋蟀近床声。
曙傍窗间至，秋从簟上生。感时因忆事，不寝到鸡鸣。

晚 兴
（唐）白居易

极浦收残雨，高城驻落晖。山明虹半出，松暗鹤双归。
将吏随衙散，文书入务稀。闲吟倚新竹，筠粉污朱衣。

偶　眠
（唐）白居易

放杯书案上，枕臂火炉前。老爱寻思事，慵多取次眠。
妻教卸乌帽，婢与展青毡。便是屏风样，何劳画古贤。

酬梦得穷秋夜坐即事见寄
（唐）白居易

焰细灯将尽，声遥漏正长。老人秋向火，小女夜缝裳。
菊悴篱经雨，萍销水得霜。今冬煖寒酒，先拟共君尝。

人　定
（唐）白居易

人定月胧明，香销枕簟清。翠屏遮烛影，红袖下帘声。
坐久吟方罢，眠初梦未成。谁家教鹦鹉，故故语相惊。

秋雨夜眠
（唐）白居易

凉冷三秋夜，安闲一老翁。卧迟灯灭后，睡美雨声中。
灰宿温瓶火，香添暖被笼。晓晴寒未起，霜叶满阶红。

湖中闲夜遣兴
（唐）朱庆馀

钓艇同琴酒，良宵背水滨。风波不起处，星月尽随身。
浦迥湘烟卷，林香岳气春。谁知此中兴，宁羡五湖人。

秋　夕
（唐）李咸用

寥廓秋云薄，空庭月影微。树寒栖鸟密，砌冷夜蛩稀。
晓鼓军容肃，疏钟客梦归。吟馀何所忆？圣主尚宵衣。

春宵自遣
（唐）李商隐

地胜遗尘事，身闲念岁华。晚晴风过竹，深夜月当花。
石乱知泉咽，苔荒任径斜。陶然恃琴酒，忘却在山家。

长安夜坐怀寄湖外嵇处士
（唐）郑谷

万里念江海，浩然天地秋。风高群木落，夜久数星流。
钟绝分宫漏，萤微隔御沟。遥思洞庭上，苇露滴渔舟。

山中寒夜呈许棠
（唐）曹松

山寒草堂暖，寂夜有良朋。读《易》分高烛，煎茶取折冰。
庭垂河半角，窗露月微棱。俱入诗心地，争无俗者憎。

建昌渡暝吟
（唐）韦庄

月照临官渡，乡情独浩然。鸟栖彭蠡树，月上建昌船。
市散渔翁醉，楼深贾客眠。隔江何处笛，吹断绿杨烟。

信州溪岸夜吟
（唐）韦庄

夜倚临溪店，怀乡独苦吟。月当山顶出，星倚水湄沉。
雾气渔灯冷，钟声谷寺深。一城人悄悄，琪树宿仙禽。

湖村晚兴
（宋）林逋

沧洲白鸟飞，山影落晴晖。映竹犬初吠，弄船人各归。
水波随月动，林翠带烟微。寺近疏钟起，萧然还掩扉。

深 夜

（宋）孔平仲

阒寂方深夜，清凉别一天。临风但独立，爱月不成眠。
戍漏传声小，庭柯转影圆。露寒侵背侧，移榻近堂前。

江亭晚眺

（宋）王安石

日下崦嵫外，秋生沉砀间。清江无限好，白鸟不胜闲。
雨过云收岭，天空月上湾。归鞍侵调角，回首六朝山。

夜吟呈赵东岩

（宋）戴复古

汲井漱残酒，行吟到夜分。一轩清似洗，万籁寂无闻。
风送迎秋雨，天收翳后云。鸡鸣庭户白，人事又纷纷。

夜

（金）周昂

门巷溪声爽，衣裳夜气苏。地清林影散，月静桂华孤。
左省诗频咏，南楼兴不辜。关山冰雪里，何处觅天隅？

夏 夜

（金）史肃

一雨昭苏外，群山宴寂中。移床就佳月，引袂纳凉风。
蜗舍怜渠小，蚊雷讶许同。幽怀阆清境，舒啸意将终。

江村晚景

（元）叶颙

野水溪桥外，荒村八九家。雨晴渔网晒，风定酒旗斜。
红树霜江叶，黄芦月岸花。何当从此隐，重整钓云槎。

夜

（明）何景明

地远柴门静，天高夜气凄。寒星临水动，片月向沙低。
入室喧虫语，张灯住鸟啼。自然幽意惬，不是恋深栖。

◆ 五言排律

奉和宣城张太守南亭秋夕怀友

（唐）钱起

池馆蟋蛄声，梧桐秋露晴。月临朱戟静，河近画楼明。
卷幔浮凉入，闻钟永夜清。片云悬曙斗，数雁过秋城。
羽扇扬风暇，瑶琴寄别情。江山飞丽藻，谢朓让前名。

◆ 七言律

夜 归

（唐）白居易

半醉闲行湖岸东，马鞭敲灯辔珑璁。
万株松树青山上，十里沙堤明月中。
楼阁渐移当路影，潮头欲过满江风。
归来未放笙歌散，画戟门开蜡烛红。

晚自东郭回留一二游侣

（唐）许浑

乡心迢递宦情微，吏散寻幽竟落晖。
林下草腥巢鹭宿，洞前云湿雨龙归。
钟随野艇回孤棹，鼓绝山城掩半扉。
今夜西斋好风月，一瓢春酒莫相违。

南庭夜坐贻开元禅定二道者

(唐)许浑

暮暮焚香何处宿？西岩一室映疏藤。
光阴难驻迹如客，寒暑不惊心是僧。
高阁有风闻夜磬，远山无月见秋灯。
身闲境静日为乐，若问其馀非我能。

秋夜作

(唐)李昌符

数亩池塘近杜陵，秋天寂寞夜云凝。
芙蓉叶上三更雨，蟋蟀声中一点灯。
迹避险巇翻失路，心归闲澹不因僧。
既逢上国陈诗日，长守林泉亦未能。

夏 夕

(宋)文同

池馆萧然夏欲分，满林虫鸟寂无闻。
风吹松子下如雨，月照藕花繁若云。
泉作小滩声淅沥，笋成新竹气氤氲。
清阴正覆吟诗石，更引高梧拂练裙。

早秋南堂夜兴

(宋)陆游

水注横塘藻荇香，候虫唧唧满空廊。
风前落叶纷可扫，天际疏星森有芒。
夜漏渐长愁少睡，秋衣未制怯新凉。
明朝知有欣然处，写得《黄庭》又几行。

晚 眺
（宋）陆游

秋晚闲愁抵酒浓，试寻高处倚枯筇。
云归时带雨数点，木落又添山一峰。
鸣雁沙边惊客橹，行僧烟际认楼钟。
个中诗思来无尽，十手传抄畏不供。

凉 夜
（元）戴表元

凉入虚堂睡思浓，夜深剪尽烛花红。
光摇珠箔梧桐月，香透纱幮末利（茉莉）风。
敧（欹）枕觉来人不寐，捻须吟罢句难工。
小蛮问我诗成未，诗在池塘梦草中。

郭外夜归
（明）吴学礼

草田高下乱虫鸣，凉袭衣襟夜气清。
河汉横秋平野阔，山窗无月一灯明。
孤篷倦倚难成梦，宿鸟相呼忽转更。
近郭不妨归近夜，到门犹有读书声。

◆ 五言绝句

山扉夜坐
（唐）王勃

抱琴开野室，携酒对情人。林塘花月下，别是一家春。

五言夜集联句
（唐）颜真卿

寒花护月色，坠叶占风音。兹夕无尘虑，高云共片心。

咏　夜

（唐）韦应物

明从何处去，暗从何处来？但觉年年老，半是此中催。

月　夕

（唐）僧贯休

霜月夜徘徊，楼中羌管催。晓风吹不尽，江上落残梅。

同阚彦举南湖晚步

（元）郝经

荷花临水殿，绮月转簾腰。晚吹动银管，暮凉生翠绡。

夜　坐

（元）黄溍

凉风动千里，孤坐思沧洲。白露洗明月，清天此夜秋。

◆ 七言绝句

答令狐士曹独孤兵曹联骑暮归望山见寄

（唐）韦应物

共爱青山住近南，行牵吏役背双骖。
挂书独宿对流水，遥羡归时满夕岚。

嘉陵夜有怀

（唐）白居易

露湿墙花春意深，西廊月上半床阴。
怜君独卧无言语，惟我知君此夜心。

不明不暗胧胧月，非暖非寒慢慢风。

独卧空床好天气,平明闲事到心中。

游城南留元九李二十晚归
（唐）白居易

老游春饮莫相违,不独花稀人亦稀。
更劝残杯留日影,犹应趁得鼓声归。

秋房夜
（唐）白居易

云路青天月漏光,夜中立久却归房。
水窗席冷未能卧,挑尽残灯秋夜长。

东城晚归
（唐）白居易

一条筇杖悬龟榼,双角吴童控马衔。
晓入东城谁识我,短靴低帽白蕉衫。

旧　房
（唐）白居易

绕壁秋声虫络丝,入檐新影月低眉。
床帷半故簾旌断,仍是初寒欲夜时。

夜深行
（唐）元稹

夜深犹自绕江行,震地江声似鼓声。
渐见戍楼疑近驿,百牢关吏火前迎。

夜　坐
（唐）贾岛

蟋蟀渐多秋不浅,蟾蜍已没夜应深。

三更两鬓几丝雪，一念双峰四祖心。

昨　夜
（唐）李商隐

不辞鹳鵙妒年芳，但惜流尘暗洞房。
昨夜西池凉露满，桂华吹断月中香。

和袭美寒夜文宴润卿有期不至
（唐）陆龟蒙

细雨轻舠玉漏终，上清词句落吟中。
松斋一夜怀贞白，霜外空闻五粒风。

街西晚归
（唐）郑谷

御沟春水绕闲坊，信马归来傍短墙。
幽榭名园临紫陌，晚风时带牡丹香。

春　夜
（宋）苏轼

春宵一刻直千金，花有清香月有阴。
歌管楼台声细细，秋千院落夜沉沉。

夜　行
（宋）晁冲之

老去功名意转疏，独骑瘦马问田庐。
孤村到晓犹灯火，知有人家夜读书。

春雨绝句
（宋）陆游

萧条冬令侵春晚，淅沥寒声滴夜长。

更事老翁顽到底,每言宜睡好烧香。

旅　夜
（元）于　石

拥炉兀兀坐成睡,梦到家山人不知。
半夜酒醒还是客,一庭黄叶雨来时。

凉　夜
（元）郭　钰

竹外凉风留晚坐,惊断蛩声山叶堕。
天河何处是双星,新月纤纤碧云破。

晚　步
（元）叶　颙

偶随芳草蹋斜晖,石径云深翠滴衣。
雨袖天风明月上,杖头挑得树阴归。

夜　坐
（明）陈　颢

寒来尘绪不关情,吟对青灯过二更。
落叶满庭风满树,小窗无处著秋声。

宫　词
（明）俞允文

凤城门外踏歌声,院院烧灯綵眊睛。
宣与内家分夜直,每从花里听交更。

卷二十一　寒　类

◆ 五言古

寒江吟
（唐）孟郊

冬至日光白，始知阴气凝。寒江波浪冻，千里无平冰。
飞鸟绝高羽，行人皆晏兴。荻洲素浩渺，碕岸渐碌磳。
烟舟忽自阻，风帆不相乘。何况异形体，信任为股肱。
涉江莫涉凌，得意须得朋。结交非贤良，谁免生爱憎？
冻水有再浪，失飞有载腾。一言纵丑词，万响无善应。
取鉴谅不远，江水千万层。何当春风吹，利涉吾道弘。

苦寒吟
（唐）孟郊

天色寒青苍，北风叫枯桑。厚冰无裂文，短日有冷光。
敲石不得火，壮阴正夺阳。调苦竟何言，冻吟成此章。

寒
（唐）元稹

江瘴节候暖，腊初梅已残。夜来北风至，喜见今日寒。
扣冰浅塘水，拥雪深竹栏。复此满樽醁，但呼谁与欢。

负　暄
（宋）刘子翚

宵寒卧增裯，昼寒起增衣。何如负暄乐，高堂日晖晖。

引光扉尽辟，追影榻屡移。 妙趣久乃酣，闭目潜自知。
初如拥红炉，冻粟消顽肌。 渐如饮醇醪，暖力中融怡。
欠伸百骸舒，爬搔随意为。 稍回骄佚气，顿改酸寒姿。
薰然沐慈仁，天恩岂余私。 愿披横空云，四海同熙熙。
矫首望扶桑，倾心效园葵。

◆ 六言古

寒苦谣

（晋）夏侯湛

惟立冬之初夜，天惨凛以降寒。
霜皓皓以被庭，冰溏瀡于井榦。
草槭槭以疏叶，木萧萧以零残。
松陨叶于翠条，竹摧柯于绿竿。

◆ 七言古

前苦寒行

（唐）杜甫

去年白帝雪在山，今年白帝雪在地。
冻埋蛟龙南浦缩，寒刮肌肤北风利。
楚人四时皆麻衣，楚天万里无晶辉。
三尺之乌足恐断，羲和送将何所归？

◆ 五言律

晚　寒

（唐）白居易

急景流如箭，凄风利似刀。暝催鸡翅敛，寒束树枝高。
缩水浓和酒，加緜厚絮袍。可怜冬计毕，暖卧醉陶陶。

早 寒
（唐）白居易

黄叶聚墙角，青苔围柱根。被经霜后薄，镜遇雨来昏。
半卷寒檐幕，斜开暖阁门。迎冬兼送老，只仰酒盈樽。

岁晚苦寒
（唐）方干

地气寒不畅，严风无定时。挑灯青烬少，呵笔尺书迟。
白兔没已久，晨鸡僵未知。仁看开圣历，暄煦立为期。

壬辰九月二十三日天气始寒以诗记之
（宋）唐庚

朝来怪底冷，前此已重阳。渐逼袴襦节，稍闻灰火香。
烟岚向冬净，橘柚得霜黄。岭表虽多暑，天时亦有常。

◆ 七言律

苦 寒
（宋）孔武仲

晨风猎猎卷书堂，坐爱松筠耐雪霜。
岁律峥嵘催暮景，时光宛转偪新阳。
金卮满引颜虽解，石火深笼焰不长。
安得仙家却寒术，吸嘘霞气赤城傍。

初 寒
（宋）陆游

船尾寒风不满旗，江边丛祠常掩扉。
行人畏虎少晨起，舟子捕鱼多夜归。
茅叶翻翻带宿雨，苇花漠漠弄斜晖。

伤心到处闻砧杵，九月今年未授衣。

◆ 五言绝句

寒夜作
（元）揭傒斯

疏星冻霜空，流月湿林薄。虚馆人不眠，时闻一叶落。

◆ 七言绝句

春　寒
（宋）文同

东风何事力犹微，凛凛边寒上客衣。
旧雪未消新雪下，南园春色几时归？

春　寒
（宋）王越

二月边城雪尚飞，年年草色见春迟。
不知上苑新桃李，开到东风第几枝。

卷二十二 暑 类

◆ 五言古

嘲热客
(魏)程晓

平生三伏时,道路无行车。闭门避暑卧,出入不相过。
今世褦襶子,触热到人家。主人闻客来,颦蹙奈此何。
谓当起行去,安坐正咨嗟。所说无一急,唶唶一何多。
疲瘠向之久,甫问君极那。摇扇臂中疼,流汗正滂沱。
莫谓为小事,亦是一大瑕。传戒诸高明,热行宜见呵。

苦热行
(梁)简文帝

六龙骛不息,三伏起炎阳。寝兴烦几案,俯仰倦帏床。
滂沱汗似铄,微靡风如汤。洞池愧玉浪,兰殿非含霜。
细簾时半卷,轻幌乍横张。云斜花影没,日落荷心香。
愿见洪崖井,讵怜河朔觞。

夏 诗
(梁)徐勉

夏景厌房栊,促席玩花丛。荷阴斜合翠,莲影对分红。
此时避炎热,清樽独未空。

苦 暑
（梁）王筠

日坂散朱雾，天隅敛青霭。飞飙焕南陆，炎津通北濑。
繁星聚若珠，密云屯似盖。月至每开襟，风过时解带。

苦 暑
（梁）刘孝威

暮日苦炎溽，迁坐接阶廊。月丽姮娥影，星含织女光。
栖禽动夜竹，流萤出暗墙。香盘糅鲜粉，雕壶承玉浆。
白羽徒垂握，绿水自周堂。弱纨犹觉重，纤绤尚少凉。
弄风思汉朔，戏雨忆吴王。元冰术难验，赤道漏犹长。
谁能更吹律，还令黍谷凉。

苦热行
（北周）庾信

火井沉荧散，炎洲高焰通。鞭石未成雨，鸣鸢不起风。
思为鸾翼扇，愿借明光宫。临淄迎子礼，中散就安丰。
美酒含兰气，甘瓜开蜜筒。寂寥人事屏，还得隐墙东。

夏日应令
（北周）庾信

朱帘卷丽日，翠幕蔽重阳。五月炎气蒸，三时刻漏长。
麦随风里熟，梅逐雨中黄。开冰带井水，和粉杂生香。
衫含蕉叶气，扇动竹花凉。早菱生软角，初莲开细房。
愿陪仙鹤举，洛浦听笙簧。

毒热寄简崔评事十六弟
（唐）杜甫

大暑运金气，荆扬不知秋。林下有塌翼，水中无行舟。

千室但扫地，闭关人事休。老夫转不乐，旅次兼百忧。
蝮蛇暮偃蹇，空床难暗投。炎宵恶明烛，况乃怀旧邱。
开襟仰内弟，执热露白头。束带负芒刺，接居成阻修。
何当清霜飞，会子临江楼。载闻大《易》义，讽咏诗家流。
蕴藉异时辈，检身非苟求。皇皇使臣体，信是德业优。
楚材择杞梓，汉苑归骅骝。短章达我心，理为识者筹。

自朔方还，与郑式瞻、崔称、郑子周、岑赞同会法云寺三门避暑

（唐）李益

予本疏放士，竭来非外矫。忽落边城中，爱山见山少。
始投清凉宇，门直烟岫表。参差互明灭，彩翠竞昏晓。
泠泠远风来，过此群木杪。英英二三彦，襟旷去烦挠。
游川出潜鱼，息阴倦飞鸟。徇物不可穷，惟于此心了。

夏夜苦热登西楼

（唐）柳宗元

苦热中夜起，登楼独褰衣。山泽凝暑气，星汉湛光辉。
火晶燥露滋，野静停风威。探汤汲阴井，炀灶开重扉。
凭阑久彷徨，流汗不可挥。莫辨亭毒意，仰诉璇与玑。
谅非姑射子，静胜安能希。

何处堪避暑

（唐）白居易

何处堪避暑？林间背日栖。何处好追凉？池上随风舟。
日高饥始食，食竟饱还游。游罢睡一觉，觉来茶一瓯。
眼明见青山，耳醒闻碧流。脱袜闲濯足，解巾快搔头。
如此来几时，已过六七秋。从心至百骸，无一不自由。
拙退是其分，荣耀非所求。虽被世间笑，终无身外忧。

此语君莫怪，静思我亦愁。如何三伏月，杨尹谪虔州。

天竺寺七叶堂避暑
（唐）白居易

郁郁复郁郁，伏热何时毕？行入七叶堂，烦暑随步失。
檐雨稍霏微，窗风正萧瑟。清宵一觉睡，可以销百疾。

旱　热
（唐）白居易

彤云散不雨，赫日吁可畏。端坐犹挥汗，出门岂容易。
忽思公府内，青衫折腰吏。复想驿路中，红尘走马使。
征夫更辛苦，逐客弥憔悴。日入尚趋程，宵分不遑寐。
安知北窗叟，偃卧风飒至。簟拂碧鱼鳞，扇摇白鹤翅。
岂惟身所得，兼示心无事。谁言苦热天，元有清凉地。

勃勃旱尘气，炎炎赤日光。飞禽飐将堕，行人渴欲狂。
壮者不耐饥，饥火烧其肠。肥者不禁热，喘急汗如浆。
到此方自悟，老瘦亦何妨。肉轻足健逸，发少头清凉。
薄食不饥渴，端居省衣裳。数匙粱饭冷，一领绡衫香。
持此聊过日，焉知畏景长。

七月一日出城舟中苦热
（宋）苏轼

凉飙呼不来，流汗方被体。稀星乍明灭，暗水光弥弥。
香风过莲芡，惊枕裂鲂鲤。欠伸宿酒馀，起坐濯清沘。
火云势方壮，未受月露洗。身微欲安适？坐待东方启。

大　热
（宋）戴复古

左手遮赤日，右手招清风。挥汗不能已，扇笠竞要功。

南山龙吐云，腾腾满虚空。一雨变清凉，万物随疏通。
向人无德色，大哉造化工。

◆ 七言古

苦热行

(宋) 文同

黄人顿驾留天中，金鸦吐火当碧空。
炎光染云耸炭炭，旱气烁土飞蓬蓬。
龙摇乾胡不作雨，虎引渴吻无生风。
安得有术劈海水，入底一扣鲛人宫。

◆ 五言律

热

(唐) 杜甫

雷霆空霹雳，云雨竟虚无。炎赫衣流汗，低垂气不苏。
乞为寒水玉，愿作冷秋菰。何似儿童岁，风凉出舞雩。

瘴云终不散，泸水复西来。闭户人高卧，归林鸟却回。
峡中都似火，江上只虚雷。想见阴宫雪，风门飒沓开。

僧房避暑

(唐) 严维

支公好闲寂，庭宇爱林篁。幽旷无烦暑，恬和不可量。
蕙风清水殿，荷气杂天香。明月谈空坐，恬然道术忘。

消 暑

(唐) 白居易

何以消烦暑，端居一院中。眼前无长物，窗下有清风。
热散由心静，凉生为室空。此时身自得，难更与人同。

同崔峒补阙慈恩寺避暑

（唐）卢纶

寺凉高树合，卧石绿阴中。伴鹤惭仙侣，依僧学老翁。
鱼沉荷叶露，鸟散竹林风。始悟尘居者，应将火宅同。

暑景

（宋）苏舜钦

溽暑倦幽斋，纵横书乱堆。风多应秀麦，雨密不黄梅。
乳燕并头语，红葵相背开。吟馀晴月上，凉思入尊罍。

北园避暑

（宋）文同

缭绕度回塘，纡馀转短墙。引筇聊散诞，入竹得清凉。
正午禽虫静，初晴果木香。移床就高处，更欲解衣裳。

豫章东湖避暑

（宋）戴复古

行坐自徜徉，吟声绕屋梁。晓烟湿柳色，晨露发荷香。
以我一心静，参他六月凉。渊明知此意，高卧到羲皇。

山亭避暑

（宋）真山民

怕碍清风入，丁宁莫下簾。地皆宜避暑，人自要趋炎。
竹色水千顷，松声风四檐。此中有幽致，多取未伤廉。

◆ 五言排律

和长孙秘监伏日苦热

（唐）任希古

玉署三时晓，金羁五日归。北林开逸径，东阁敞闲扉。

池镜分天色，云峰减日辉。游鳞映荷聚，惊翰绕林飞。
披襟扬子宅，舒啸仰重闱。

苦 热
（唐）司空曙

暑气发炎州，焦烟远未收。啸风兼炽艳，挥汗讶成流。
鹳鹊投林尽，龟鱼拥石稠。漱泉齐饮酎，衣葛剧兼裘。
长簟贪攲枕，轻巾懒挂头。招商如有曲，一为取新秋。

◆ 七 言 律

早秋苦热堆案相仍
（唐）杜甫

七月六日苦炎蒸，对食暂餐还不能。
每愁夜中自足蝎，况乃秋后转多蝇。
束带发狂欲大叫，簿书何急来相仍？
南望青松架短壑，安得赤脚踏层冰？

夏日与闲禅师坐林下避暑
（唐）白居易

落景墙西尘土红，伴僧闲坐竹泉东。
绿萝潭上不见日，白石滩边长有风。
热闹渐知随念尽，清凉常愿与人同。
每因毒暑悲亲故，几在炎方瘴海中。

北塘避暑
（宋）韩琦

尽室林塘涤暑烦，旷然如不在尘寰。
谁人敢议清风价，无乐能过白日闲。
水鸟得鱼长自足，岭云含雨只空还。

酒阑何物醒魂梦，万柄莲香一枕山。

次韵程给事郡斋秋暑
（宋）赵抃

老为乡郡止偷安，自愧仙踪未易攀。
八面松阴笼古寺，三秋桂子下灵山。
良朋寄意诗篇里，高会追欢梦寐间。
却忆会稽清旷处，樵风朝暮若耶湾。

和晁应之大暑书事一首
（宋）张耒

蓬门久闭谢来车，畏暑尤便小阁虚。
青引嫩苔留鸟篆，绿垂残叶带虫书。
寒泉出井功何有，白羽邀凉计已疏。
忍待西风一萧飒，碧鲈银鲙意何如。

龟堂初暑
（宋）陆游

沧漪一曲绕茅堂，葛帔纱巾喜日长。
多事林鸠管晴雨，依人海燕度炎凉。
深枝著子累累熟，幽草开花冉冉香。
安得此时江海上，与君袖手看人忙。

苦热
（元）方夔

六月红云不肯移，清心自合胜炎曦。
云根劚药移松骨，石罅分泉插木皮。
未用冰蚕来海峤，坐看冻蚁走峨眉。
人间寒暑相催迫，待寄东溪万缕丝。

◆ 五言绝句

避 暑
（唐）徐凝

斑多筒簟冷，发少角冠清。避暑长林下，寒蝉又有声。

慈恩寺避暑
（唐）李远

香荷疑散麝，风铎似调琴。不觉清凉晚，归人满柳阴。

◆ 七言绝句

香山避暑
（唐）白居易

六月滩声如猛雨，香山楼北畅师房。
夜深起凭阑干立，满耳潺湲满面凉。

苦热题恒寂师禅房
（唐）白居易

人人避暑走如狂，独有禅师不出房。
可是禅房无热到？但能心静即身凉。

文殊院避暑
（唐）李群玉

赤日黄埃满世间，松声入耳即心闲。
愿寻五百仙人去，一世清凉住雪山。

夏夜追凉
（宋）杨万里

夜热依然午热同，开门小立月明中。

竹深树密虫鸣处,时有微凉不是风。

大　暑
（金）赵元

旱云飞火燎长空,白日浑如坐甑中。
不到广寒冰雪窟,扇头能有几多风。

大暑登东城
（元）许衡

三丈危城日暮登,暑威殊不霁凭陵。
何时太华高峰上,细嚼松阴六月冰。

枕流桥避暑口号
（明）朱曰藩

竹床花簟坐萧闲,好是侬家消夏湾。
谁道屏风无九叠,彩云飞作洞庭山。

暑　夜
（明）僧宗泐

此夜炎蒸不可当,开门高树月苍苍。
天河只在南楼上,不借人间一滴凉。

卷二十三 凉 类

◆ 五言古

纳 凉
（梁）简文帝

斜日晚骎骎，池塘生半阴。避暑高梧侧，轻风时入襟。
落花还就影，惊蝉乍失林。游鱼吹水沫，神蔡上荷心。
翠竹垂秋采，丹枣映疏砧。无劳夜游曲，寄此托微吟。

玄圃纳凉
（梁）简文帝

登山想剑阁，逗浦忆辰阳。飞流如冻雨，夜月似秋霜。
萤翻竞晚热，虫思引秋凉。鸣波如碍石，闇草别兰香。

晚景纳凉
（梁）简文帝

日移凉气散，怀抱信悠哉。珠簾影空卷，桂户向池开。
鸟栖星欲见，河净月应来。横阶入细筍，蔽地湿轻苔。
草化飞为火，蚊声合似雷。于兹静闻见，自此歇氛埃。

奉和太子纳凉梧下应令
（梁）庾肩吾

北园凉气早，步辇暂逍遥。避日交长扇，迎风列短箫。
山带弹琴曲，桐横栖凤条。悬门开溜水，锦石镇浮桥。
黑米生菰叶，青花出稻苗。无因学仙藻，云气徒飘飖。

奉和逐凉

（梁）刘孝威

钟鸣夜未央，避暑起徬徨。长河似曳素，明星若散珰。
倚岩欣石冷，临池爱水凉。月纤张敞画，荷妖韩寿香。
对此游清夜，何劳娱洞房。

内园逐凉

（陈）徐陵

昔有北山北，今馀东海东。纳凉高树下，直坐落花中。
狭径长无迹，茅斋本自空。提琴就竹筱，酌酒劝梧桐。

纳 凉

（唐）王维

乔木万馀株，清流贯其中。前临大川口，豁达来长风。
涟漪涵白沙，素鲔如游空。偃卧盘石上，翻涛沃微躬。
漱流复濯足，前对钓鱼翁。贪饵凡几许，徒思莲叶东。

◆ 五 言 律

新秋喜凉

（唐）白居易

过得炎蒸月，尤宜老病身。衣裳朝不润，枕簟夜相亲。
楼月纤纤早，波风袅袅新。光阴与时节，先感是诗人。

精舍纳凉

（唐）元稹

山景晦已寂，野亭变苍苍。夕风吹高殿，露叶散林光。
清钟初戒夜，幽鸟尚归翔。谁复掩扉卧，南轩多早凉。

池亭纳凉

（明）仁宗

夏日多炎热，临池憩午凉。雨滋槐叶翠，风过藕花香。
舞燕来青琐，流莺出建章。援琴弹雅操，民物乐时康。

◆ 七言律

避暑纳凉

（唐）钱起

木槿花开畏日长，时摇轻扇倚绳床。
初晴草蔓缘新笋，频雨苔衣染旧墙。
十旬河朔应虚醉，八柱天台好纳凉。
无事始能知静胜，深垂纱帐咏《沧浪》。

◆ 五言绝句

夏日联句

（唐）文宗

人皆苦炎热，我爱夏日长。薰风自南来，殿阁生微凉。

秋 夜

（唐）王建

夜久叶露滴，秋虫入户飞。卧多骨髓冷，起覆旧緰衣。

凉夜有怀

（唐）白居易

清风吹枕席，白露湿衣裳。好是相亲夜，漏迟天气凉。

◆ 七言绝句

夜 凉

（唐）白居易

露白风清庭户凉，老人先著夹衣裳。
舞腰歌袖抛何处，惟对无絃琴一张。

秋 凉

（宋）陆游

园丁傍架摘黄瓜，村女沿篱采碧花。
城市尚馀三伏日，秋凉先到野人家。

崇义院杂题

（明）文徵明

六月门前暑似炊，殿堂深处未曾知。
晚凉浴罢思归去，更为松风伫少时。

卷二十四 春 类

◆ 三言古

代春日行
（宋）鲍照

献岁发，吾将行。春山茂，春日明。园中鸟，多嘉声。
梅始发，桃始青。泛舟舻，齐棹惊。奏《采菱》，歌《鹿鸣》。
风微起，波微生。絃亦发，酒亦倾。入莲池，折桂枝。
芳袖动，芬叶披。两相思，两不知。

◆ 四言古

青 阳
（汉）邹子乐

青阳开动，根荄以遂。膏润并爱，跂行毕逮。
霆声发荣，壧（岩）处倾听。枯槁复产，乃成厥命。
众庶熙熙，施及夭胎。群生啿啿，唯春之祺。

◆ 五言古

杂 诗
（晋）张协

太昊启东节，春郊礼青祇。鹰化日夜分，雷动寒暑离。
飞泽洗冬条，浮飙解春澌。采虹缨高云，文虹鸣阴池。

冲气扇九垠，苍生衍四垂。时至万宝成，化周天地移。

大道曲

(晋) 谢尚

青阳二三月，柳青桃复红。车马不相识，音落黄埃中。

失　题

(晋) 郭璞

青阳畅和气，谷风穆以温。英苣曜林荟，昆虫咸启门。
高台临迅流，四座列王孙。羽盖停云阴，翠郁映玉樽。

春

(齐) 王俭

兰生已匝苑，萍开欲半池。轻风摇杂花，细雨乱丛枝。

风光承露照，雾色点兰晖。青荑结翠藻，黄鸟弄春飞。

春　夕

(齐) 王俭

露华方照岁，云彩复经春。虚闺稍叠草，幽帐日凝尘。

春游回文诗

(齐) 王融

枝分柳塞北，叶暗榆关东。垂条逐绪转，落蕊散花丛。
池莲照晓月，幔锦拂朝风。低吹杂纶羽，薄粉艳妆红。
离情隔远道，叹结深闺中。

春　歌

(梁) 武帝

阶上香入怀，庭中花照眼。春心一如此，情来不可限。

晚 春
(梁) 萧统

紫兰叶初满，黄莺弄始稀。石蹲还似兽，萝长更胜衣。
水曲文鱼聚，林暝鸦鸟飞。渚蒲变新节，岩桐长旧围。
风花落未已，山斋开夜扉。

晚日后堂
(梁) 简文帝

幔阴通碧砌，日影度城隅。岸柳垂长叶，窗桃落细跗。
花留蛱蝶粉，竹翳蜻蜓珠。赏心无与共，染翰独踟蹰。

和刘上黄春日
(梁) 元帝

新莺隐叶啭，新燕向窗飞。柳絮时依酒，梅花乍入衣。
玉珂逐风度，金鞍映日晖。无令春色晚，独望行人归。

望春诗
(梁) 元帝

叶浓知柳密，花尽觉梅疏。兰生未可握，蒲小不堪书。

初 春
(梁) 沈约

夹道觅阳春，相将共携手。草色犹自腓，林中都未有。
无事逐梅花，空教信杨柳。且复共归来，含情寄杯酒。

春日贻刘孝绰
(梁) 萧琪

涧水初流碧，山樱早发红。新禽争弄响，落蕊乱从风。
拂筵多软蘖，映户悉花丛。谁云相去远，垂柳对高桐。

当春四韵同左丞
（梁）江淹

雷萌山中草，云煦江上花。流烟漾璇景，轻风泛凌霞。
我有幽兰念，衔意瞩里斜。友人殊未还，独慰檐前华。

春　郊
（梁）虞羲

光风转蕙晦，香雾郁兰津。暄迟蝶弄花，景丽鸟和春。
樵歌喧垄暮，渔枻乱江晨。山中芳杜若，依依独思人。

春日临池
（北魏）温子昇

光风动春树，丹霞起暮阴。嵯峨映连璧，飘飖下散金。
徒自临濠渚，空复抚鸣琴。莫知《流水》曲，谁辨游鱼心。

春　日
（北齐）阳休之

迟迟暮春日，霭霭春光上。柔露洗金盘，轻丝缀珠网。
渐看阶茝蔓，稍觉池莲长。蝴蝶映花飞，楚雀缘条响。

早　春
（北周）宗懔

昨暝春风起，今朝春气来。莺鸣一两啭，花树数重开。
散粉成初蝶，剪綵作新梅。游客伤千里，无暇上高台。

春　日
（陈）徐陵

岸烟起暮色，岸水带斜晖。径狭横枝度，帘摇惊燕飞。
落花承步履，流涧写行衣。何殊九芝盖，薄暮洞庭归。

春　日

（陈）江总

水苔宜溜色，山樱助落晖。浴鸟沉还戏，飘花度不归。

春初赋得池应教

（陈）张正见

遥天收密雨，高阁映奔曦。雪尽青山路，冰消绿水池。
春光落云叶，花影发晴枝。琴樽奉终宴，风月岂云疲。

春晚庭望

（北齐）萧悫

春庭聊纵望，楼台自相隐。窗梅落晚花，池竹开初笋。
泉鸣知水急，云来觉山近。不愁花不飞，到畏花飞尽。

首　春

（唐）太宗

寒随穷律变，春逐鸟声开。初风飘带柳，晚雪间花梅。
碧林青旧竹，绿沼翠新苔。芝田初雁去，绮树未莺来。

早春桂林殿应诏

（唐）上官仪

步辇出披香，清歌临太液。晓树流莺满，春堤芳草积。
风色翻露文，雪花上空碧。花蝶来未已，山光暖将夕。

立春后五日

（唐）白居易

立春后五日，春态纷婀娜。白日斜渐长，碧云低欲堕。
残冰折玉片，新萼排红颗。遇物尽欣欣，爱春非独我。
迎芳后园立，就暖檐前坐。还有惆怅心，欲别红炉火。

春晚寄杨十二兼呈赵八

（唐）白居易

蒙蒙竹树深，簾牖多清阴。避日坐林影，馀花委芳襟。
倾尊就残酌，舒卷续微吟。空际飏高蝶，风中聆素琴。
广庭备幽趣，复对商山岑。独此爱时景，旷怀云外心。
迁莺恋嘉木，求友多好音。自无琅玕实，安得莲花簪。
寄之二君子，希见双南金。

溪中早春

（唐）白居易

南山雪未尽，阴岭留残白。西涧冰已消，春溜含新碧。
东风来几日，势〔蛰〕动草萌拆。潜知阳和功，一日不虚掷。
当此天气暖，来拂溪边石。一坐欲忘归，暮禽声啧啧。
蓬蒿隔桑枣，隐映烟火夕。归来问夜餐，家人烹荠麦。

遣春

（唐）元稹

花阴莎草长，藉草闲自酌。坐看莺斗枝，轻花满樽杓。
葛巾竹梢挂，书卷琴上阁。沽酒过此生，狂歌眼前乐。

郡斋三月下旬作

（唐）崔护

春事日已歇，池塘旷幽寻。残红披独坠，嫩绿间浅深。
偃仰眷芳缛，顾步爱新阴。谋春未及竟，夏初遽见侵。

惜春

（唐）杜牧

春半年已除，其馀强为有。即此醉残花，便同尝腊酒。
怅望送春杯，殷勤扫花帚。谁为驻东流，年年长在手。

次韵春思

(元) 赵又隆

冻树回春阳,羁禽竞新哢。喧喧人语浮,稍稍春事动。
澄心绝芳华,小睡足幽梦。梦觉天宇新,朝光集飞栋。

◆ 七言古 附长短句

春日戏题恼郝使君兄

(唐) 杜甫

使君意气凌青霄,忆昨欢娱常见招。
细马时鸣金騕褭,佳人屡出董妖娆。
东流江水西飞燕,可惜春光不相见。
愿携王赵两红颜,再骋肌肤如雪练。
通泉百里近梓州,请公一来开我愁。
舞处重看花满面,尊前还有锦缠头。

阳春曲

(唐) 温庭筠

云母空窗晓烟薄,香昏龙气凝辉阁。
霏霏雾雨杏花天,簾外春威著罗幕。
曲栏伏槛金麒麟,沙苑芳郊连翠茵。
厩马何能啮芳草,路人不敢随流尘。

送春曲

(宋) 范浚

春光春光,劝汝一杯酒。
我能为春作高歌,未解春能听歌否?
春归有底急?落尽桃花红。
园溪〔蹊〕漠漠野阴静,兔葵燕麦空摇风。

风光几何时,背我忽如客。
残丝欲断感春心,燕语劳劳上帘额。
我有惜芳意,一春怜物华。
春来雪里索梅笑,春去怅望飞杨花。
春归知复来,奈此断年别。
垂杨三月暮天愁,鹧鸪一声芳草歇。
歌竟我亦醉,一棹舣船空。
明年待春花树下,放歌擎酒相迎逢。

汉宫早春曲

(元)萨都剌

女夷鼓吹招摇东,羲和驭日骑苍龙。
金环宝胜晓翠浓,梅花飞入寿阳宫。
寿阳宫中锁香雾,满面春风吹不去。
鞭却灵鳌驾五山,芙蓉夜暖光阑干。
鸡人一唱晓星起,四野天开春万里。

次春日即事韵

(元)周权

吴蚕欲老畴未秧,拍堤野水回横塘。
淡烟疏树绿阴薄,落花飞絮白日长。
寒具油干过冷节,匆匆芳事归鹧鸪。
枕书睡足午窗明,雪乳浮浮翻兔褐。

春暮吟

(元)郭钰

玉壶沽酒春丝络,啼鸟劝人满杯酌。
落红满地晴香消,湿翠如烟午阴薄。
画楼玲珑隔彩霞,楼前双鹊鸣喳喳。
想见吴帆北风起,王孙明日当还家。

早春寄乡中友人

（明）钱宰

故园花发春又来，碧桃半折棠梨开。
流莺踏花酒落杯，花飞落酒相萦回。
酒酣起舞落日晚，应念长安人未回。
江上舟，几时发？
拍手醉唱《归去来》，笑摘花枝簪白发。

◆ 五 言 律

晚春送吉校书归楚州

（唐）李嘉祐

诗人饶楚思，淮上及春归。旧浦菱花待，闲门柳絮飞。
高名乡曲重，少事道流稀。定向渔家醉，残阳卧钓矶。

遣 春

（唐）元稹

久雨怜霁景，偶来堤上行。空濛天色嫩，杳淼江面平。
百草短长出，众禽高下鸣。春阳各有分，余亦澹忘情。

春日即事

（唐）耿湋

邻里朝光遍，披衣夜醉醒。庭厨非旧火，林木发新青。
接果移天性，疏泉逐地形。清明来几日，戴胜已堪听。

早 春

（唐）刘威

晓来庭户外，草色似依依。一夜东风起，万山春色归。
冰消泉脉动，日暖露珠晞。已酝看花酒，娇莺莫预飞。

南楼春望

(唐)许浑

南楼春一望,云水共昏昏。野店归山路,危桥带郭村。
晴烟和草色,夜雨长溪痕。下岸谁家住?残阳半掩门。

九江春暮

(唐)曹松

杨柳城初锁,轮蹄息去踪。春流无旧岸,夜色失诸峰。
影动鱼(渔)边火,声迟话后钟。明朝回去雁,谁向北郊逢?

旅游伤春

(唐)李昌符

酒醒乡关远,迢迢听漏终。曙分林影外,春尽雨声中。
鸟思江村路,花残野岸风。十年成底事,羸马倦西东。

春 暮

(唐)韦庄

一春春事好,病起酒常迟。流水绿萦砌,落花红堕枝。
楼高喧乳燕,树密斗雏鹂。不学三公醉,将何自解颐?

春日晚晴

(宋)苏舜钦

人言春雨好,更好晚来晴。树色通帘翠,烟姿著物明。
得泥初燕喜,避弋去鸿轻。谁见危栏外,斜阳尽眼平。

和元舆游春次用其韵

(宋)梅尧臣

乘闲多远兴,信马与君行。碧树斜通市,清流曲抱城。
山花高下色,春鸟短长声。日暮吾庐近,还歌空复情。

春 事
（宋）孙觌

茅栋依林出，松扉傍水斜。浮苍围百叠，乱绿翳三叉。
屋破蜗书壁，庭芜鹤印沙。小松供一笑，已著两三花。

半山春晚即事
（宋）王安石

春风取花去，酬我以清阴。翳翳陂路静，交交园屋深。
床敷每小息，杖屦或幽寻。惟有北山鸟，经过遗好音。

春 望
（宋）徐玑

楼上看春晚，烟分远近村。晓晴千树绿，新雨半池浑。
柳密莺无影，泥新燕有痕。轻寒衫袖薄，杯酌更须温。

春游和胡叔芳韵
（宋）真山民

春光泼眼明，占胜得新亭。棠醉风扶起，柳眠莺唤醒。
非无杯泛绿，安得鬓皆青。且事日为乐，歌声莫暂停。

春 日
（元）陈樵

细雨花阴重，轻烟草色匀。惊禽长避客，娇燕却依人。
絃管红楼酒，跧蹄紫陌尘。东风竞游赏，因想杏园春。

春游晚归
（元）叶颙

小雨杂烟霏，晴光弄夕晖。嫣红侵酒斝，空翠润琴徽。
风袭吟翁帽，云香野客衣。殷勤花径月，寒影照人归。

春日舟行

（明）张时彻

出郭便如意，春光尽眼中。云衣浮石淡，树杪著霞红。
野渡添新水，村禽各占丛。桃源在何许？宛转未能穷。

寻　春

（明）杨基

朝来微雨罢，何处可寻春？水散池容动，烟销柳意新。
穿林听莺远，度陌问花频。但觉相逢处，相亲似故人。

◆ 五言排律

赋得元和布泽

（唐）潘孟阳

至德生成泰，咸欢煦育恩。流辉霑万物，布泽在三元。
北阙祥云迥，东方喜气繁。青阳初应律，苍玉正临轩。
恩洽因时令，风和比化源。自惭同草木，无以答乾坤。

赋得新阳改故阴

（唐）纥干讽

律管才催候，寒郊忽变阴。微和方应节，积惨已辞林。
暗觉馀澌断，潜惊丽景侵。禁城佳气换，北陆翠烟深。
有截知遐布，无私荷照临。韶光如可及，莺谷免幽沉。

省试腊后望春宫

（唐）林宽

皇都初度腊，凤辇出深宫。高凭楼台上，遥瞻灞浐中。
仗凝霜彩白，袍映日华红。柳眼方开冻，莺声渐转风。
御沟穿断霭，骊岫照斜空。时见宸游兴，因观稼穑功。

赋得春色满皇州

(唐) 沈亚之

何处春辉好？偏宜在雍州。花明夹城道，柳暗曲江头。
风软游丝重，光融瑞气浮。斗鸡怜短草，乳燕傍高楼。
绣毂盈香陌，新泉溢御沟。行看日欲暮，回骑似川流。

武德殿退朝望九衢春色

(唐) 曹松

玉殿朝初退，天街一看春。南山初过雨，北阙净无尘。
夹道夭桃满，连沟御柳新。苏舒同舜泽，熙煦并尧仁。
佳气浮轩盖，和风袭缙绅。自兹怜万物，同入发生辰。

◆ 七言律

奉和春日出苑瞩目应令

(唐) 张说

禁林艳裔发春阳，春望逍遥出画堂。
雨洗亭皋千亩绿，风吹梅李一园香。
鹤飞不出随青管，鱼跃翻来入綵航。
容赏欢承天保定，遒文更睹日重光。

奉和圣制春日幸望春宫应制

(唐) 李适

玉辇金舆天上来，花园四望锦屏开。
轻丝半拂朱门柳，细缬全披画阁梅。
蝶舞飞行飘御席，莺歌度曲绕仙杯。
圣词今日光辉满，汉主秋风莫道才。

认春戏呈冯少尹李中郎陈主簿
（唐）白居易

认得春风先到处，西园南面水东头。
柳初变后条犹重，花未开前枝已稠。
暗助醉欢寻绿酒，潜添睡兴著红楼。
知君未别阳和意，直待春深始拟游。

春　来
（唐）白居易

春来触动故乡情，忽见风光满两京。
金谷踏花香骑入，曲江碾草钿车行。
谁家绿酒欢连夜，何处红楼睡失明？
犹有不眠不醉客，经春冷坐古溢城。

钱塘湖春行
（唐）白居易

孤山寺北贾亭西，水面初平云脚低。
几处早莺争暖树，谁家新燕啄春泥。
乱花渐欲迷人眼，浅草才能没马蹄。
最爱湖东行不足，绿杨阴里白沙堤。

正月三日闲行
（唐）白居易

黄鹂巷口莺欲语，乌鹊河头冰渐消。
绿浪东西南北水，红栏三百九十（叶平）桥。
鸳鸯荡漾双双翅，杨柳交加万万条。
借问春风来早晚，只从前日到今朝。

和乐天早春见寄

（唐）元稹

雨香云淡觉微和，谁送春声入棹歌？
萱近北堂穿土早，柳偏东面受风多。
湖添水剂消残雪，江送潮头涌漫波。
同受新年不同赏，无由缩地欲如何？

和程员外春日东郊即事

（唐）包何

郎官休浣怜迟日，野老欢娱为有年。
几处折花惊蝶梦，数家留叶待蚕眠。
藤垂宛地紫朱履，泉迸侵阶浸绿钱。
直待闭关朝谒去，莺声不散柳含烟。

残春独来南亭因寄张祜

（唐）杜牧

暖云如粉草如茵，独步长堤不见人。
一岭桃花红锦黻，半溪山水碧罗新。
高枝百舌犹欺鸟，带叶棠梨独送春。
仲蔚欲知何处在，苦吟林下拂诗尘。

长安春日

（唐）章碣

春日皇家瑞景迟，东风无力雨微微。
六宫罗绮同时薄，九陌烟花一样飞。
暖著柳丝金蕊重，冷开山翠雪棱稀。
输他得路蓬洲客，红绿山头烂醉归。

三堂早春

（唐）韦庄

独倚危楼四望遥，杏花春陌马声骄。
池边冰刃暖初落，山上雪棱寒未消。
溪送绿波穿郡宅，日移红影度村桥。
主人年少多情味，笑换金龟解珥貂。

湖上初春偶作

（宋）林逋

梅花开尽腊亦尽，晴暖便如寒食天。
春色半归湖岸柳，人家多上郭门船。
文禽相并映短草，翠潋欲生浮嫩烟。
几处酒旗山影下，细风时已弄繁絃。

暮 春

（宋）张耒

夜雨轻寒拂晓晴，牡丹开尽过清明。
庭前落絮谁家柳，叶里新声是处莺。
白发生来如有信，青春归去更无情。
便当种秫长成酒，远学陶潜过此生。

晚 春

（宋）韩维

春晖东去月收弦，却拂凝埃敞北轩。
几曲云屏空白昼，一簾花雨自黄昏。
庭芜碧合阴虫息，窗树红稀斗雀喧。
细忆旧欢都入梦，习家池上子山园。

春怀示邻

(宋)陈师道

断墙著雨蜗成字,老屋无僧燕作家。
剩欲出门追语笑,却嫌归鬓著尘沙。
风翻蛛网开三面,雷动蜂窠趁两衙。
屡失南邻春事约,只今容有未开花。

春日郊外

(宋)唐庚

城中未省有春光,城外榆槐已半黄。
山好更宜馀积雪,水生看欲倒垂杨。
莺迁日暖如人语,草际风来作药香。
疑此江头有佳句,为君寻取却茫茫。

春　行

(宋)真山民

短帽轻衫步履迟,微暄天气乍晴时。
池融嫩碧销残冻,春剪新红缀旧枝。
岚气滴衣堪入画,禽声到耳足供诗。
东风苦欲招人醉,频掉桥西卖酒旗。

柳塘送春

(宋)葛长庚

急雨将雷过柳塘,春因底事亦归忙?
经时不放荷花叶,昨夜尽收栀子香。
判断千林成梦去,安排一夏纳风凉。
开眉无觅愁来处,数笔晴云画水乡。

壬戌二月

（宋）徐玑

山城二月景如何？行处时时听踏歌。
淡色似黄杨叶小，浓香如蜜菜花多。
春容每到晴时改，天气偏从雨后和。
好向溪头寻钓侣，小溪连夕涨清波。

壬午西域湖中游春

（元）耶律楚材

二月河中草木青，芳菲次第有期程。
花藏径畔春泉碧，云散林梢晚照明。
含笑山桃还似识，相亲水鸟自忘情。
遐方且喜丰年兆，万顷青青麦浪平。

暮春用唐寿卿韵

（元）曹伯启

一天晴碧日迟迟，暑气蒸人力自微。
幽径雨馀芳草合，小园风急乱花飞。
卧思沂上春风去，梦到山阴袚禊归。
还忆去年乘小骏，西湖游罢北山围。

西宫春日与吴锦衣赋

（元）萨都剌

九重春色金银阙，冠带将军尽羽林。
上苑春莺随柳啭，西宫午漏隔花深。
天开阊阖收金锁，簾卷奎光听玉音。
白发儒臣卖词赋，长门应费万黄金。

春日偕监中士友游南城

（元）张翥

楼阁参差紫翠间，微风不动彩云闲。
柳垂禁籞（籞）丝千尺，水绕宫沟玉一环。
春树鸟鸣圆似筦，夕阳驼影兀如山。
醉鞭缓缓吟归去，灯火城东未掩关。

春日次王元章韵

（元）迺贤

翠幰金车锦骆驼，芙蓉绣缛载双娥。
雨晴辇路尘沙少，风起春城柳絮多。
秉烛且留清夜饮，倚栏犹听隔墙歌。
山翁此日心如水，梦断江南雨一蓑。

春日宣则门书事简虞邵庵

（元）泰不华*

三月龙池柳色深，碧梧烟暖日愔愔。
风粘落絮萦青幰，燕逐飞花避绿沉。
仙仗晓开班玉笋，云韶春奏赐琼林。
从臣尽献河东赋，独有相如得赐金。

春日东行

（元）黄镇成

春郊冉冉散晴晖，芳树频闻一鸟啼。
山驿水流花落尽，石田云暖麦抽齐。
禅房凿路当岩半，钓屋维舟近竹西。

---

* 泰不华：《四库》本作"台哈布哈"。

行过野桥人语近,寻源应到武陵溪。

春　日
（元）倪瓒

闲门积雨生幽草,叹息樱桃熳烂开。
春浅不知寒食近,水深惟有白鸥来。
即看垂柳侵矶石,已有飞花拂酒杯。
今日新晴见山色,还须挂杖踏青苔。

早春呈吴待制
（明）镏炳*

上林春早陌尘香,紫禁觚棱射日光。
新绿御河摇柳黛,小红宫树试桃妆。
山连晓气蟠龙虎,台枕东风忆凤凰。
心折故园幽兴独,寻僧看竹过邻墙。

浦口逢春忆禁苑旧游
（明）杨基

春冰销尽草生齐,细雨香浓紫陌泥。
花里小楼双燕入,柳边深巷一莺啼。
坐临南浦弹流水,步逐东风唱大堤。
还忆当年看花伴,锦衣骢马玉门西。

暮春书事
（明）瞿佑

睡起呼童扫落花,石泉槐火试新茶。

---

* 镏炳:亦作"刘炳"(《四库》本二者皆有)。姓氏"镏"同"刘",故原书有二者皆用者。书中尚有镏崧、镏绩、镏涣、镏泰、镏师邵等(均明代人),亦多"刘""镏"混用者。

树林深处蜂王国,簾幙阴中燕子家。
柳絮乘风投砚水,竹枝摇影落窗纱。
幽居莫道无官况,鼓吹犹存两部蛙。

拟唐长安春望

(明)黄闰

南山晴望郁嵯峨,上路春香御辇过。
天近帝城双阙迥,日临仙仗五云多。
莺声尽入新丰树,柳色遥分太液波。
汉主离宫三十六,楼台处处起笙歌。

春日应制

(明)王鏊

奉天朝罢晓瞳昽,敕得传宣御苑东。
好雨晴时三月里,銮舆遥过百花中。
东皇默运无言化,南国新收不战功。
归坐明堂还布德,豫游分与万方同。

◆ 五言绝句

春 夜

(唐)虞世南

春苑月徘徊,竹堂侵夜开。惊鸟排林度,风花隔水来。

春 首

(唐)陈叔达

雪花联玉树,冰彩散瑶池。翔禽遥出没,积翠远参差。

初 春

(唐)王绩

春来日渐长,醉客喜年光。稍觉池亭好,偏闻酒瓮香。

早春野望
（唐）王勃
江旷春潮白，山长晓岫青。他乡临眺极，花柳映边亭。

登城春望
（唐）王勃
物外山川近，晴初景霭新。芳郊花柳遍，何处不宜春。

春　歌
（唐）郭元振
青楼含日光，绿池起风色。赠子同心花，殷勤此何极。

绝　句
（唐）杜甫
迟迟江山丽，春风花草香。泥融飞燕子，沙暖睡鸳鸯。

江碧鸟逾白，山青花欲燃。今春看又过，何日是归年？

春　晚
（唐）孟浩然
春眠不觉晓，处处闻啼鸟。夜来风雨声，花落知多少。

春　怨
（唐）金昌绪
打起黄莺儿，莫教枝上啼。啼时惊妾梦，不得到辽西。

春游曲
（唐）张仲素
烟柳飞轻絮，风榆落小钱。濛濛百花里，罗绮竞秋千。

行乐三春节，林花百和香。当年重意气，先占斗鸡场。

春江曲

(唐) 张仲素

乘晓归南去,参差叠浪横。前洲在何处,雾里雁嘤嘤。

春 寒

(唐) 徐凝

乱雪从教舞,回风任听吹。春寒能作底,已被柳条欺。

游春词

(唐) 令狐楚

晓游临碧殿,日上望春亭。芳树罗仙仗,青山展翠屏。

阊阖春风起,蓬莱雪水销。相将折杨柳,争取最长条。

春 晴

(唐) 张起

画阁馀寒在,新年旧燕归。梅花犹带雪,未得试春衣。

孟 春

(唐) 鲍防

江南孟春天,荇叶大如钱。白雪装梅树,青袍似莳田。

仲 春

(唐) 谢良傅

江南仲春天,细雨色如烟。疏为武昌柳,布作石门泉。

季 春

(唐) 严维

江南季春天,莼菜细如弦。湖边草作径,湖上叶为船。

春 晚
（唐）李群玉

三月寒食时，日色浓于酒。落尽墙头花，莺声隔原柳。

送 春
（唐）高骈

水浅鱼争跃，花深鸟竞啼。春光看欲尽，判却醉如泥。

早 春
（唐）储嗣宗

野树花初发，空山独见时。踟蹰洛阳道，乡思满南枝。

春 日
（宋）唐庚

啼禽通梦寐，芳草过比邻。暖逼花期促，愁牵酒量伸。

春 日
（宋）杨万里

远日随天去，斜阳著树明。犬知何处吠，人在半山行。

雾气因山见，波痕到岸消。诗人元自懒，物色故相撩。

日落碧簪外，人行红雨中。幽人诗酒里，又是一春风。

春
（金）宇文虚中

短草铺茸绿，残梅照雪稀。暖轻还锦褥，寒峭怯罗衣。

春　日

（元）刘因

游丝困无力，欲起重悠飏。芳草落花满，相思春昼长。

嬉春词

（明）沈愚

酒尽情无极，花深眼欲迷。拂鞭归去晚，月在画楼西。

春　歌

（明）王廷陈

初华锦绣舒，千林望如一。怀春废机杼，缣素难成匹。

◆ 六言绝句

春日偶成

（元）马臻

两袖水风春冷，一抹山烟晚晴。
小槛倒披花影，归船远送歌声。

燕拂花阴绣毂，人指箫声画楼。
杨柳六桥旧梦，夕阳一段新愁。

◆ 七言绝句

春　日

（唐）上官仪

花轻蝶乱仙人杏，叶密莺啼帝女桑。
飞云阁上春应至，明月楼中夜未央。

奉和春日

（唐）元万顷

凤辇迎风乘紫阁，鸾车避日转彤闱。
中堂促管淹春望，后殿清歌开夜扉。

山房春事

（唐）岑参

风恬日暖荡春光，戏蝶游蜂乱入房。
数株门柳低衣桁，一片山花落笔床。

春行寄兴

（唐）李华

宜阳城下草萋萋，涧水东流复向西。
芳树无人花自落，春山一路鸟空啼。

江南春

（唐）李约

池塘春暖水纹开，堤柳垂丝间野梅。
江上年年芳意早，蓬瀛春色逐潮来。

春早（早春）呈水部张员外

（唐）韩愈

天街小雨润如酥，草色遥看近却无。
最是一年春好处，绝胜烟柳满皇都。

春　游

（唐）王涯

经过柳陌与桃溪，寻逐春光著处迷。
鸟度时时冲絮起，花繁衮衮压枝低。

望春词

（唐）令狐楚

高楼晓见一花开，便觉春光四面来。
暖日晴云知次第，东风不用更相催。

云霞五彩浮天阙，梅柳千般夹御沟。
不上黄山南北望，岂知春色满神州。

宫前早春

（唐）王建

酒幔高楼一百家，宫前杨柳寺前花。
内园分得温汤水，二月中旬已进瓜。

三月晦日赠刘评事

（唐）贾岛

三月正当三十日，风光别我苦吟身。
共君今夜不须睡，未到晓钟犹是春。

日 日

（唐）李商隐

日日春光斗日光，山城斜路杏花香。
几时心绪浑无事，得及游丝百尺长。

春 日

（唐）李商隐

欲入卢家白玉堂，新春吹破舞衣裳。
蝶衔红蕊蜂衔粉，共助青楼一日忙。

长安春晚

（唐）温庭筠

四方无事太平年，万象鲜明禁火前。
九重细雨惹春色，轻染龙池杨柳烟。

早　春

（唐）来鹄

新历才将半纸开，小庭犹聚爆竿灰。
偏憎杨柳难钤辖，又惹东风意绪来。

松江早春

（唐）皮日休

松陵清净雪消初，见底新安恐未如。
稳凭船舷无一事，分明数得鲙残鱼。

招友人游春

（唐）郑云叟

难把长绳系跋乌，芳时偷取醉工夫。
任堆金璧摩星斗，买得花枝不老无。

春居杂兴

（宋）王禹偁

两株桃杏映篱斜，妆点商山副使家。
何事春风容不得，和莺吹折数枝花。

丰乐亭游春

（宋）欧阳修

绿树交加山鸟啼，晴风荡漾落花飞。
鸟歌花舞太守醉，明日酒醒春已归。

春云淡淡日辉辉，草惹行襟絮拂衣。
行到亭西逢太守，篮舆酩酊插花归。

红树青山日欲斜，长郊草色绿无涯。
游人不管春将老，来往亭前踏落花。

戏和舍弟船场探春
（宋）黄庭坚

雨馀禽语催天晓，月上梨花放夜阑。
莫听游人待妍暖，十分倾酒对春寒。

春日杂兴
（宋）唐庚

春衣初作舞雩归，手展韦编昼寝稀。
解使芳阴快幽意，飞红零落绕窗扉。

得春
（宋）文同

去岁相违恨已赊，今年相遇喜无涯。
红情绿意知多少，尽入泾川万树花。

春日
（宋）秦观

春禽叶底引圆吭，临罢《黄庭》日正长。
满院柳花寒食夜，旋钻新火爇炉香。

金屋旧题烦乙子，蜜脾新采赖蜂臣。
蜻蜓蛱蝶无情思，随例颠忙过一春。

春　词
（宋）秦观

弱云亭午弄春娇，高柳无风妥翠条。
懒读夜书搔短发，隔垣时听卖饧箫。

春　日
（宋）秦观

幅巾投晓入西园，春动林塘物物鲜。
却憩小亭才日出，海棠花发麝香眠。

春　晚
（宋）陆游

一百五日春郊行，三十六溪春水生。
千秋观里逢急雨，射的峰前看晚晴。

晚　春
（宋）宋伯仁

风甃残花满地红，别离樽俎漫匆匆。
春光未肯收心去，却在荼蘼细影中。

丁亥正月新晴晚步
（宋）杨万里

嫩水春来别样光，草芽绿甚却成黄。
东风似与行人便，吹尽寒云放夕阳。

急下残车踏晚晴，青鞋步步有沙声。
忽逢野沼无人处，雨鸭浮沉最眼明。

春　日
（宋）范成大

药栏花暖小猧眠，雪白晴云水碧天。
煮酒青梅寒食过，夕阳庭院锁秋千。

梁园春
（金）元好问

暖入金沟细浪添，津桥杨柳绿纤纤。
卖花声动天街远，几处春风揭绣帘。

上苑春浓昼锦闲，绿云红雪拥三山。
宫墙不隔东风断，偷送天香到世间。

楼观沉沉细雨中，出墙花木乱春红。
朱门不解藏春色，燕宿莺啼处处通。

探　春
（元）刘因

道边残雪护颓墙，墙外柔丝露浅黄。
春色虽微已堪惜，轻寒休近柳梢旁。

春晚杂兴
（元）方回

岂有邪溪父老钱[①]，无朝无暮在樽前。
樱桃豌豆分儿女，草草春风又一年。

溪鱼山笋佐新篘，大胜长安上酒楼。

---

① 邪溪：即"（若）耶溪"。晋张协《七命》"邪溪"，《文选》李善注引《越绝书》则云"若耶之溪"。

春老犹寒宿醒困，酕醄花下拥绵裘。

城市尘埃不见诗，西村东坞可频（寻）谁。
夏前十日尝新麦，正是江南最好时。

芳草茸茸没履深，清和天气润园林。
霏微小雨初晴处，暗数青梅立树阴。

春 寒
（元）黄庚

春寒料峭透窗纱，睡起晴蜂恰报衙。
怪得晓来风力劲，满阶香雪落梨花。

三 月
（元）刘秉忠

背阴花木锦成丛，幽谷莺啼上苑中。
李白桃红杨柳绿，天涯无处不春风。

春始来
（元）刘秉忠

三月南州草木长，落花飞絮满池塘。
东君也惜天涯客，尽放春光过界墙。

春日即事
（元）马祖常

梨花白罢海棠红，谁为韶光次第工。
小阁卷帘春事晚，伫看蝴蝶过庭东。

御沟春日偶成
（元）马祖常

水南沙路雨清尘，桃李花开蛱蝶春。

三月京华寒食近,东风十里酒旗新。

春日偶成
（元）萨都剌

踏马归来过早春,空阶已见草如茵。
东风吹绿青溪柳,马上轻寒不著人。

春　归
（元）萨都剌

酿蜜筒香蜂报衙,杏梁泥歇燕成家。
浮萍断送春归去,尽向东流载落花。

京城春日
（元）廼贤

三日诸郎僕直闲,绕城骑马借花看。
晚来金水河边路,柳絮纷纷扑绣鞍。

黄鹤楼东卖酒家,王孙清晓驻游车。
宝钗换得葡萄去,今日城东看杏花。

春　词
（元）郭钰

暖云飞扑玉骢归,簾卷香风酒力微。
夜坐久怜明月好,细铺花影绣罗衣。

忆　春
（元）马臻

断畦零落荠花明,雨过平湖水渐生。
坐久忽思春去远,绿阴浓淡隐啼莺。

春日闲居杂兴

（元）马臻

宿雨兼风酿麦秋，馀寒欲断自迟留。
杜鹃啼得百花尽，却向绿阴深处愁。

茶香亭院一枰棋，柳影侵阶日自移。
因见刺桐花满树，等闲忆得故园时。

花底飞觞酒浪翻，才迎春至又春残。
日斜客散炉烟尽，自洗窑瓶插牡丹。

西湖游春即事

（元）马臻

绕湖无处避芳尘，叠鼓红旗綵鹢新。
冉冉春云来不断，涌金门外踏青人。

南屏山色染春烟，路接高峰社鼓喧。
第一桥边春更好，御舟闲在翠芳园。

镂玉雕琼簇闹竿，珠花翠叶镂金篮。
东家年少贪游冶，正值明朝三月三。

流苏两两挂船头，绣额珠簾不上钩。
金缕缓歌家宴静，午前先入里湖游。

万柳摇金接画桥，一清堂外景偏饶。
文章太守开华宴，预报龙舟夺锦标。

一路亭台闲酒家,渐看杨柳绿藏鸦。
太平官府无民讼,补种沿堤四季花。

画船过午入西泠,人拥孤山陌上尘。
曾被弁阳模写尽,晚来闲却半湖春。

天街夜市已喧阗,半掩城门玉漏传。
笼烛绛纱争道入,湖心犹有未归船。

暮 春

(元)僧善住

野水浮来半落红,不须惆怅怨东风。
春归毕竟归何处?还在溪光柳影中。

门掩东风柳色深,暮寒脉脉透衣襟。
春天最是无凭准,一日才晴一日阴。

雨入孤城草木新,香红半逐马蹄尘。
却怜杜宇无情甚,不解迎春只送春。

红药花开春欲归,绿杨阴暗燕争飞。
晚来一阵东风雨,又送馀寒上客衣。

春 景

(明)宣宗

水影虚涵一镜中,晴光摇荡暖云红。
小桃花重初经雨,弱柳丝柔屡舞风。

春　词
　　　　　　　　　　（明）朱成泳

海棠枝上鹊声乾，罗幕重重护晓寒。
初日半林珠露重，脆红无数压阑干。

春深即景
　　　　　　　　　　（明）钱宰

露梢黄鸟啄来禽，蛀叶青虫络树阴。
又是绿阶春雨歇，满庭芳草落花深。

春　望
　　　　　　　　　　（明）杨慎

滇海风多不起沙，汀洲新绿遍天涯。
采芳亦有江南意，十里春波远泛花。

春　望
　　　　　　　　　　（明）李先芳

芳草凄迷一径斜，淡烟疏雨噪新鸦。
城南春色浓于酒，醉杀千林桃杏花。

卷二十五　立春类

◆ 五言古

立春日泛舟玄圃
（陈）后主

春光反禁苑，暖日暖源桃。霄烟近漠漠，暗浪远滔滔。
石苔侵绿藓，岸草发青袍。回歌逐转楫，浮水随度刀。
遥看柳色嫩，回望鸟飞高。自得欣为乐，忘意若临濠。

立　春
（陈）徐陵

风光今旦动，雪色故年残。薄夜迎新节，当炉却晚寒。
奇香分细雾，石炭捣轻丸。竹叶裁衣带，梅花奠酒盘。
年芳袖里出，春色黛中安。欲知迷下蔡，先将过上兰。

◆ 五言律

立春后
（宋）戴复古

久望春风至，还经闰月迟。梅花丈人行，柳色少年时。
爱酒常无伴，吟诗近得师。《离骚》变风雅，当效楚臣为。

东风吹竹屋，无数落梅花。冻雀栖檐角，饥乌啄草芽。

家乡劳夜梦，客路又春华。莫讶狂夫醉，西楼酒可赊。

立春夜
（元）虞集

轻雪作春花，飞来入鬓斜。紫貂迎晓雾，绛蜡晕晴霞。
书诏频趋阁，思归即借车。几时将稚子，随意踏江沙。

迎春日集华光禄斋中
（明）王穉登

椒盘出五辛，下马拂黄尘。千里周南客，明朝汉苑春。
草生将去路，花待欲归人。君有陶潜禄，犹胜季子贫。

◆ 五言排律

迎春东郊
（唐）张濯

颛顼时初谢，勾芒令复陈。飞灰将应节，宾日已知春。
考历明三统，迎祥受万人。衣冠宵执玉，坛墠早清尘。
肃穆来东道，回环拱北辰。仗前花待发，旆处柳凝新。
云敛黄山际，冰开素浐滨。圣朝多庆赏，希为荐沉沦。

立春酬钱员外曲江同行见赠
（唐）白居易

下直遇春日，垂鞭出禁闱。两人携手语，十里看山归。
柳色早黄浅，水纹新绿微。风光向晚好，车马近南稀。
机尽笑相顾，不惊鸥鹭飞。

立　春
（唐）冷朝阳

玉律传佳节，青阳应北辰。土牛呈岁稔，䌽燕表年春。
腊尽星回次，寒馀月建寅。风光何处好，云物望中新。

流水初消冻，潜鱼欲振鳞。梅花将柳色，偏思越乡人。

立春日和王翰林
（元）范梈

北斗红云上，西城皓雪边。岁华今若此，宦味故依然。
节辘荒冬后，寒驱夹日先。楼台通帝极，井落散人烟。
登眺临无际，欢娱信有年。客情关外地，农事庚阴田。
只有伤絃促，那能效屐穿。几时归栎社，尽日接芳筵。
宝鼎昇平瑞，金旛淡荡妍。逶迤朱凤集，潇洒白鸥眠。
远业嗟何就，高明赖必传。道虽沾世用，意漫逐时迁。
顾遇烦频数，欣荣颇倍千。江湖万里兴，烂熳百花前。

◆ 七 言 律

春日游苑迎春
（唐）中宗

神皋福地三秦邑，玉台金阙九仙家。
寒光犹恋甘泉树，淑景偏临建始花。
彩蝶黄莺未欲舞，梅香柳色已堪夸。
迎春正启流霞席，暂嘱曦轮勿遽斜。

奉和立春游苑迎春应制
（唐）沈佺期

东郊暂转迎春仗，上苑初飞行庆杯。
风射蛟冰千片断，气冲鱼钥九关开。
林中觅草才生蕙，殿里争花并是梅。
歌吹衔恩归路晚，栖乌半下凤城来。

和立春日游苑迎春
（唐）卢藏用

天游龙辇驻城闉，上苑迟光晚更新。

瑶台半入黄山路,玉槛旁临元灞津。
梅香欲待歌前落,兰气先过酒上春。
幸预柏梁称献寿,愿陪千亩及农辰。

奉和立春游苑迎春应制
(唐)崔日用

乘时迎气正璿衡,灞浐烟氛向晓清。
剪绮裁红妙春色,宫梅殿柳识天情。
瑶筐綵燕先呈瑞,金缕晨鸡未欲鸣。
圣泽阳和宜宴乐,年年捧日向东城。

和立春日游苑迎春
(唐)李适

金舆翠辇迎嘉节,御苑仙宫待献春。
淑气初衔梅色浅,和风半拂柳条新。
天杯庆寿齐南岳,圣藻光辉动北辰。
稍觉披香歌吹近,龙骖薄暮下城闉。

立 春
(唐)韦庄

青帝东来日驭迟,暖烟轻逐晓风吹。
罽袍公子樽前觉,锦帐佳人梦里知。
雪圃乍开红菜甲,綵幡新剪绿杨丝。
殷勤为作宜春曲,题向花笺帖绣楣。

和十二弟扬腊月立春
(宋)赵抃

二十四日立春节,六七千里孤舟行。
呼儿倒酒迎春醉,忽尔持诗祝我赓。
海上去年宾燕乐,江头今岁客心清。

此时极目寻春色,岸柳汀芜绿未成。

立春雨

(宋)陈与义

衡阳县下春日雨,远映青山丝样斜。
容易江边欺客袂,分明沙际湿年华。
竹林路隔生新水,古渡船空集乱鸦。
未暇独忧巾一角,西溪当有续开花。

立春日郊行

(宋)范成大

竹拥溪桥麦盖坡,土牛行处亦笙歌。
麹尘欲染垂垂柳,醅面初明浅浅波。
日满县前春市合,潮平浦口暮帆多。
春来不饮兼无句,奈此金幡䌽胜何。

立 春

(宋)朱淑真

停杯不饮待春来,和气先春动六街。
生菜乍挑宜卷饼,罗幡旋剪称联钗。
休论残腊千重恨,管入新年百事谐。
从此对花并对景,尽拘风月入诗怀。

立春日车驾诣南郊

(明)李东阳

暖香和露绕蓬莱,彩仗迎春晓殿开。
北斗旧杓依岁转,南郊佳气隔城来。
云行复道龙随辇,雾散仙坛日满台。
不似汉家还五畤,甘泉谁羡校书才。

立春日

（明）储巏

未试春盘且洗觞，吹葭五夜待春光。
催花漫剪隋宫綵，赐酒曾沾汉署香。
白发银幡聊作戏，青衫竹马自成行。
凌晨便有名园兴，独喜乔松不受霜。

立春日赐百官春饼

（明）申时行

紫宸朝罢听传餐，玉饵琼肴出大官。
斋日未成三爵礼，早春先试五辛盘。
回风入仗旌旗暖，融雪当筵匕箸寒。
调鼎十年空伴食，君恩一饭报犹难。

丙子立春和尔宗春谶即事

（明）程嘉燧

归舠夜发促春盘，少长随肩各尽欢。
花鸟装春迎宿雨，天云酿雪作朝寒。
何嫌趋走同儿戏，便许风流比画看。
晕碧裁红古来事，醉痕狼藉任阑干。

◆ 六言绝句

铅山立春

（宋）朱子

雪拥山腰洞口，春回楚尾吴头。
欲问闽天何处，明朝岭水南流。

◆ 七言绝句

次韵文潜立春日绝句

（宋）黄庭坚

渺然今日望欧梅，已发皇州首更回。
试问淮南风月主，新年桃李为谁开？

立 春

（宋）晁冲之

巧胜金花真乐事，堆盘细菜亦宜人。
自惭白发嘲吾老，不上谯门看打春。

立 春

（宋）方岳

綵燕双簪翡翠翘，巧裁银胜试春韶。
东风已到阑干北，看见娇黄上柳条。

池痕吹皱绿粼粼，才见池痕认得春。
香沁彩鞭旗脚转，自题兰帖记春新。

立春日妆成宜春花

（宋）方岳

青旛碧胜缕金文，柳色梅花逐指新。
却笑尚为儿女态，宝刀剪綵强为春。

立 春

（宋）朱淑真

自折梅花插鬓端，韭黄兰茁簇春盘。
泼醅酒软横无力，作恶东风特地寒。

卷二十六　夏　类

◆ 四言古

朱　明

（汉）邹子乐

朱明盛长，旉与万物。桐生茂豫，靡有所诎。
敷华就实，既阜既昌。登成甫田，百鬼迪尝。
广大建祀，肃雍不忘。神若宥之，传世无疆。

◆ 五言古

夏日临江

（梁）武帝

夏潭荫修竹，高岸坐长枫。日落沧江静，云散远山空。
鹭飞林外白，莲开水上红。逍遥有馀兴，怅望情不终。

和湘东王首夏

（梁）简文帝

冷风杂细雨，垂云助麦凉。竹水俱葱翠，花蝶两飞翔。
燕泥衔复落，鹢吟敛更扬。卧石藤为缆，山桥树作梁。
欲待华池上，明月吐清光。

夏

（梁）徐勉

夏景厌房栊，促席玩芳丛。荷阴斜合翠，莲影对分红。

此时避炎热，清樽独未空。

奉和夏日应令

(北周) 庾信

朱簾卷丽日，翠幌蔽重阳。五月炎蒸气，三时刻漏长。
麦随风里热，梅逐雨中黄。开冰带井水，和粉杂生香。
衫含蕉叶气，扇动竹花凉。早菱生软角，初莲开细房。
愿陪仙鹤举，洛浦听笙簧。

梅夏应教

(隋) 薛道衡

长廊连紫殿，细雨应黄梅。浮云半空上，清吹隔池来。
集凤桐花散，腾龟莲叶开。幸逢为善乐，频降济时才。

郊　夏

(唐) 白居易

西日照高树，树头子规鸣。东风吹野水，水畔江蓠生。
尽日看山立，有时寻涧行。兀兀长如此，何许似专城。

表　夏

(唐) 元稹

夏风多暖暖，树木有繁阴。新笋紫长短，早樱红浅深。
烟花云幕重，榴艳朝景侵。华实各自好，讵云芳意沉？

江瘴炎夏早，蒸腾信难度。今宵好风月，独此荒庭趣。
露叶倾暗光，流星委馀素。但恐清夜徂，讵悲朝景暮。

◆ 七言古

白纻歌

（隋）虞茂

长洲茂苑朝夕池，映日含风结细漪。
坐当伏槛红莲披，雕轩洞户青蘋吹。
轻幌芳烟郁金馥，绮檐花箪桃李枝。
兰苕翡翠但相逐，桂树鸳鸯恒并宿。

◆ 五言律

夏日游目聊作

（唐）骆宾王

暂屏尘嚣累，言寻物外情。志逸心逾默，神幽体自轻。
浦夏荷香满，田秋麦气清。讵假沧浪上，将濯楚臣缨。

夏日游山家

（唐）骆宾王

返照下层岑，物外狎招寻。兰径薰幽佩，槐庭落暗金。
谷静风声彻，山空月色深。一遭樊笼累，惟馀松柏心。

夏日仙萼亭应制

（唐）宋之问

高岭逼星河，乘舆此日过。野含时雨润，山杂夏云多。
睿藻光岩穴，宸襟洽薜萝。悠然小天下，归路满笙歌。

夏日辨玉法师茅斋

（唐）孟浩然

夏日茅斋里，无风坐亦凉。竹林深笋稚，藤架引梢长。

燕觅巢窠处,蜂来造蜜房。物华皆可玩,花蕊四时芳。

夏日浮舟过陈大水亭
(唐) 孟浩然

水亭凉气多,闲棹晚来过。涧影见松竹,潭香闻芰荷。
野童扶醉舞,山鸟助酣歌。幽赏未云遍,烟光奈夕何。

夏日与崔二十一同集卫明府宅
(唐) 孟浩然

言避一时暑,池亭五月开。喜逢金马客,同饮玉人杯。
舞鹤乘轩至,游鱼拥钓来。座中殊未起,箫管莫相催。

早夏游平原回
(唐) 白居易

夏早日初长,南风草木香。肩舆(舆)颇平稳,涧路甚清凉。
紫蕨行探看,青梅旋摘尝。疗饥兼解渴,一盏冷云浆。

闲居孟夏即事
(唐) 许浑

绿树映青苔,柴门向水开。簟凉初熟麦,枕腻乍经梅。
鱼跃海风起,鼍鸣江雨来。佳期今已晚,日夕上楼台。

次韵屏翁初夏会芳小集
(宋) 戴昺

一觞还一咏,竟日醉难成。坐石惊云湿,临池爱水平。
密林宜午荫,啼鸟尚春声。更有樱桃约,明朝且愿晴。

初夏郊行
(宋) 戴昺

晴雨天难测,寒暄气未齐。连村多绿树,终日啭黄鹂。

田水冲塍断，山云著地低。偶随农叟语，不觉过桥西。

夏　日
（金）元好问

经月始一出，移时还小劳。生涯依马磨，力作问蚕缫。
藤刺清阴密，楸花紫艳高。雨晴看烂熳，草径莫令薅。

◆ 五言排律

初　夏
（唐）太宗

一朝春夏改，隔夜鸟花迁。阴阳深浅叶，晓夕重轻烟。
哢莺犹响殿，横丝正网天。珮高兰影接，绶细草纹连。
碧鳞惊棹侧，元燕舞檐前。何必汾阳处，始复有山泉。

奉和夏日晚景应诏
（唐）杨师道

辇路夹垂杨，离宫通建章。日落横峰影，云归起夕凉。
雕轩动流吹，羽盖息回塘。薙草生还绿，残花疏尚香。
青岩类姑射，碧涧似汾阳。幸属无为日，欢娱方未央。

赋得首夏犹清和
（唐）张聿

早夏宜春景，和光起禁城。祝融将御节，炎帝启朱明。
日送残花晚，风过御苑清。郊原浮麦气，池沼发荷英。
树影临山动，禽飞入汉轻。幸逢尧禹化，全胜谷中情。

◆ 七言律

早夏寄元校书
（唐）司空曙

独游野径送芳菲，高竹林居接翠微。

绿岸草深虫入遍,青丛花尽蝶来稀。
珠荷荐果香寒簟,玉柄摇风满夏衣。
蓬荜永无车马到,更当斋夜忆玄晖。

夏日湖上即事寄晋陵萧明府

(唐) 章碣

亭午羲和驻火轮,开门嘉树庇湖渍。
行来宾客奇茶味,睡起儿童带簟纹。
屋小有时投树影,舟轻不觉入鸥群。
陶家岂是无诗酒,公退堪惊日已曛。

夏景冲澹偶然作

(唐) 皮日休

祗偎蒲褥岸乌纱,味道澄怀景便斜。
红印寄泉惭郡守,青筐与荀愧僧家。
茗炉尽日烧松子,书案经时剥瓦花。
园吏暂栖君莫笑,不妨犹更著《南华》。

夏景无事因怀章来二上人

(唐) 皮日休

澹景微阴正送梅,幽人逃暑瘿楠杯。
水花移得和鱼子,山蕨收时带竹胎。
啸馆大都偏见月,醉乡终竟不闻雷。
更无一事惟留客,却被高僧怕不来。

和袭美首夏所居有作次韵

(唐) 陆龟蒙

柿阴成列药花空,却忆桐江下钓筒。
亦以鱼虾供熟鹭,近缘樱笋识邻翁。
闲分酒剂多还少,自记书签白间红。

更爱夜来风月好,转思元度对支公。

和夏景冲澹偶然作次韵
（唐）陆龟蒙

蝉雀参差在扇纱,竹襟轻利箨冠斜。
垆中有酒文园舍,琴上无絃靖节家。
芝畹烟霞全覆穗,橘州风浪半浮花。
闲思两地忘名者,不信人间发解华。

西岩夏日
（宋）林逋

蕙帐萧闲掩敝庐,子真岩石坐来初。
为惊野鸟巢间乳,懒过邻僧竹里居。
新溜并凉侵静语,晚云浮润上残书。
何须强捉白团扇,一柄青松自有馀。

夏　日
（宋）张耒

黄簾翠幌断飞蝇,午影当轩睡未兴。
枕稳海鱼镌紫石,扇凉山雪画青缯。
廊阴日转雕阑树,坐冷风生玉盌冰。
满案诗书尘蠹甚,故应疏懒过炎蒸。

幽居初夏雨霁
（宋）陆游

楸花楝花照眼明,幽人浴罢葛衣轻。
燕低去地不盈尺,鹊喜傍檐时数声。
对弈轩窗消永昼,晒书院落喜新晴。
忽惊重午无多日,綵缕缠筒弔屈平。

初夏道中
（宋）陆游

桑间葚熟麦齐腰，莺语惺惺野雉骄。
日薄人家晒蚕子，雨馀山客买鱼苗。
丰年随处俱堪乐，行路终然不自聊。
独喜此身强健在，又摇团扇著絺蕉。

东湖夏景
（元）杨载

夏月湖中爽气多，南风叠叠卷长波。
渔人舟楫冲蘋藻，游女衣裳擥（揽）芰荷。
鲙切银丝尝美味，腔传金缕换新歌。
使君用意仍深远，即此光华岂灭磨。

和嵊县梁公辅夏夜泛东湖
（元）袁士元

短棹乘风湖上游，湖光一鉴湛于秋。
小桥夜静人横笛，古渡月明僧唤舟。
鸳浦藕花初过雨，渔家灯影半临流。
酒阑兴尽归来后，依旧青山绕客楼。

夏日山居
（元）袁士元

枕上初残柏子香，鸟声簾外已斜阳。
碧山过雨晴逾好，绿树无风晚自凉。
芳岁背人流荏苒，好诗和梦落苍茫。
求羊何不来三径，门掩残书满石床。

夏日饮山亭

(元) 刘因

借住郊园旧有缘,绿阴清昼静中便。
空钩坐钓鱼亦乐,高枕卧游山自前。
露引松香来酒盏,雨吟花气润吟笺。
人来每问农桑事,考证床头种树篇。

夏日杂兴

(明) 刘基

层楼迢递俯清郊,天际群山槛外交。
日暖水禽鸣哺子,风轻沙燕语寻巢。
绿荷雨洗藏龟叶,翠竹烟寒集凤梢。
可叹仲宣归未得,苦吟终日倚衡茅。

首夏即事

(明) 顾清

金兽香残昼漏稀,嫩槐亭院午风微。
蜜房分子蜂初静,书阁垂簾燕自飞。
小碾试茶催瀹鼎,轻刀裁葛已成衣。
故园遥忆三江外,梅豆青青荀过扉。

夏日应制

(明) 王鏊

水晶宫殿昼沉沉,别院春归碧树深。
南陆迎长钦驭日,东皋旱久望为霖。
历中星火修尧令,絃上薰风识舜心。
几务了时多暇日,试开黄卷一披寻。

仲夏闲居

(明)居节

树底柴门不浪开,松钗竹粉半青苔。
绿分田水新栽稻,黄入园林已熟梅。
小艇送僧笼鹤去,片云载雨过湖来。
夕阳山好诗难就,夜合花前费讨裁。

◆ 五言绝句

夏日山中

(唐)李白

懒摇白羽扇,裸体青林中。脱巾挂石壁,露顶洒松风。

杂 言

(唐)司空曙

伏馀西景移,风雨洒轻絺。燕拂青芜地,蝉鸣红叶枝。

孟 夏

(唐)贾弇

江南孟夏天,慈竹笋如编。蜃气为楼阁,蛙声作管絃。

仲 夏

(唐)樊珣

江南仲夏天,时雨下如川。卢橘垂金弹,甘蕉吐白莲。

季 夏

(唐)范灯

江南季夏天,身热汗如泉。蚊蚋成雷泽,袈裟作水田。

夏

（金）宇文虚中

草径迷深绿，池莲浴腻红。早蝉鸣树曲，鲜鲤跃潭东。

◆ 七言绝句

夏日宴九华池

（唐）陈羽

池上高台五月凉，百花开尽水芝香。
黄金买酒邀诗客，醉倒檐前青玉床。

夏昼偶作

（唐）柳宗元

南州溽暑醉如酒，隐几熟眠开北牖。
日午独觉无馀声，山童隔竹敲茶臼。

香山避暑

（唐）白居易

纱巾草履竹疏衣，晚下香山踏翠微。
一路凉风十八里，卧乘篮舁睡中归。

药名离合夏日即事

（唐）陆龟蒙

避暑最须从朴野，葛巾筇席更相当。
归来又好乘凉钓，藤蔓阴阴著雨香。

和药名离合夏日即事

（唐）皮日休

桂叶似茸含露紫，葛花如绶蘸溪黄。

连云更入幽深地,骨录闲携相猎郎。

夏 日
(唐) 韩偓

庭深新阴叶未成,玉阶人静下簾声。
相风不动乌龙睡,时有幽禽自唤名。

山亭夏日
(唐) 高骈

绿树阴浓夏日长,楼台倒影入池塘。
水晶簾动微风起,满架蔷薇一院香。

夏日城中作
(唐) 僧齐己

竹低莎浅雨濛濛,小槛幽窗暑月中。
有境牵怀人不会,东林门外翠横空。

暑中闲咏
(宋) 苏舜钦

嘉果浮沉酒半醺,床头书册乱纷纷。
北轩凉吹开疏竹,卧看青天行白云。

夏 意
(宋) 苏舜钦

别院深深夏簟清,石榴开遍透簾明。
树阴满地日当午,梦觉流莺时一声。

夏 日
(宋) 宋伯仁

泓泓圆碧漾新荷,猎猎斜风颤绿莎。

农事正忙三月后,野田齐唱插秧歌。

初　夏
（宋）范成大

清晨出郭更登台,不见馀春只麼回。
桑叶露枝蚕向老,菜花成荚蝶飞来。

闲居初夏午睡起二绝句
（宋）杨万里

梅子留酸软齿牙,芭蕉分绿上窗纱。
日长睡起无情思,闲看儿童捉柳花。

松阴一架半弓苔,偶欲观书又懒开。
戏掬清泉洒蕉叶,儿童误认雨声来。

夏日闲坐
（宋）徐玑

无数山蝉噪夕阳,高峰影里坐阴凉。
石边偶看清泉滴,风过微闻松叶香。

小　满
（元）元淮

子规声里雨如烟,润逼红绡透客毡。
映水黄梅多半老,邻家蚕熟麦秋天。

山居首夏
（元）李祁

东风满意绿周遭,乍著单衣脱敝袍。
最爱晚凉新浴罢,坐看春笋过林高。

夏日阁中入直

（元）周伯琦

金铺蹲兽钥衔鱼,碧树沉沉白玉除。
留后命严番直肃,五云深处掌图书。

冰盘堆果进流霞,中秘繙馀夕景斜。
画舫竟从圜殿过,凤麟洲上数荷花。

水轩夏日

（元）马臻

碧窗昼寂幽意长,竹阴满地琴樽凉。
轻雷送雨远不到,雪白水花生晚香。

夏　景

（明）宣宗

暑雨初过爽气清,玉波荡漾画桥平。
穿帘小燕双双好,泛水闲鸥个个轻。

卷二十七 立夏类

◆ 五言律

久雨喜晴明日立夏

（明）胡俨

一月厌雨声，忽逢今日晴。春从花上去，风过竹间清。
睡美新茶熟，身闲野服轻。近来多坦率，客至倦逢迎。

山中立夏即事

（明）蔡汝南

一樽开首夏，独对落花飞。幽僻还闻鸟，清和未换衣。
绿帷槐影合，香饭药苗肥。尽日柴门启，蚕家过客稀。

◆ 七言律

立夏日晚过丁卿草堂

（明）周南老

江上茅堂柳四垂，又逢旅次过春时。
雨多苔蚀悬琴壁，水满蛙生洗砚池。
风浦萧萧帆过疾，烟空漠漠鸟来迟。
避喧心事何人解，窗下幽篁许独知。

立夏日山中遍游后夜宿刘邦彦竹东别墅

(明)沈周

乍认东庄路不真,有桥通市却无邻。
山穷借看堂中画,花尽来寻竹主人。
烂熳笺麻发新兴,留连樱笋送残春。
与君再见当经岁,分付清商缓缓巡。

卷二十八　秋　类

◆ 五言古

杂　诗
（晋）左思

秋风何冽冽，白露为朝霜。柔条旦夕劲，绿叶日夜黄。
明月出云崖，皎皎流素光。披轩临前庭，嗷嗷晨雁翔。
高志局四海，块然守空堂。壮齿不恒居，岁暮常慨慷。

秋　日
（晋）孙绰

萧瑟仲秋日，飙唳风云高。山居感时变，远客兴长谣。
疏林积凉风，虚岫结凝霄。湛露洒庭林，密叶辞荣条。
抚茵悲先落，郁松羡后凋。垂纶在林野，交情远市朝。
澹然古怀心，濠上岂伊遥。

秋　歌
（宋）刘铄

昊天清且高，秋气发初凉。白露下微津，明月流素光。
凝烟泛城阙，凄风入轩房。朱华先零落，绿草就芸黄。
纤罗还笥箧，轻纨改衣裳。

秋　夜
（梁）简文帝

高秋度函谷，坠露下芳枝。绿潭倒云气，青山衔月规。
花心风上转，叶影树中移。外游独千里，夕叹谁共知。

聘齐秋晚馆中饮酒
（北周）庾信

欣兹河朔饮，对此洛阳才。残秋欲屏扇，馀菊尚浮杯。
漳流鸣二水，日色下三台。无因侍清夜，同此月徘徊。

奉和初秋
（北周）庾信

落星初伏火，秋霜正动钟。北阁连横汉，南宫应凿龙。
祥鸾栖竹实，灵蔡上芙蓉。自有南风曲，还来吹九重。

晚　秋
（北周）庾信

凄清临晚景，疏索望寒阶。湿庭凝坠露，抟风卷落槐。
日气斜还冷，云峰晚更霾。可怜数行雁，点点远空排。

和颍川公秋夜
（北周）庾信

沈寥空色远，叶黄凄序变。洞浦落遵鸿，长飙送巢燕。
千秋流夕景，百籁含宵啭。峻雉聆金柝，曾台切银箭。

秋日应诏
（隋）袁朗

玉树凉风举，金塘细柳萎。叶落商飙观，鸿归明月池。
迎寒桂酒熟，含露菊花垂。一奉章台宴，千秋长愿斯。

秋日效庾信体

(唐)太宗

岭衔宵月桂,珠穿晓露丛。蝉啼觉树冷,萤火不温风。
花生园菊蕊,荷尽戏鱼通。晨浦鸣飞雁,夕渚集栖鸿。
飒飒高天吹,氛澄下炽空。

山阁晚秋

(唐)太宗

山亭秋色满,岩牖凉风度。疏兰尚染烟,残菊犹承露。
古石衣新苔,新巢封古树。历览情无极,咫尺轮光暮。

秋 思

(唐)李白

春阳如昨日,碧树鸣黄鹂。芜然蕙草暮,飒尔凉风吹。
天秋木叶下,月冷莎鸡悲。坐愁群芳歇,白露凋华滋。

秋 兴

(唐)王昌龄

日暮西北堂,凉风洗修木。著书在南窗,门馆常肃肃。
苔草延古意,视听转幽独。或问余所营,刈黍就寒谷。

秋 夜

(唐)韦应物

暗窗凉叶动,秋斋寝席单。幽人半夜起,明月在林端。
一与清景遇,每忆平生欢。如何方恻怆,披衣露转寒?

感 秋

(唐)贾岛

商气飒已来,岁华又虚掷。朝云藏奇峰,暮雨洒疏滴。

几蜩默凉叶,数蛩思阴壁。落日空馆中,归心远山碧。

秋　日
(唐)温庭筠

爽气变昏旦,神皋遍原隰。烟华久荡摇,石涧仍清急。
柳暗山犬吠,蒲流水禽立。菊花明欲迷,枣叶光如湿。
天籁思林岭,车尘倦都邑。诔张凤所违,悔吝何由入。
芳草秋可藉,幽泉晓堪汲。牧羊烧外鸣,林果雨中拾。
复此遂闲旷,翛然脱羁絷。田收鸟雀喧,气肃龙蛇蛰。
佳节足丰穰,良朋阻游集。沉机日寂寥,葆素常呼吸。
投迹倦攸往,放怀志所执。良时有东菑,吾将事蓑笠。

和子俊感秋
(元)赵孟頫

白露泫然队,草木日以凋。闲居无尘杂,日薄风翛翛。
登高写我心,葵扇欲罢摇。感时俯逝水,回睇仰层霄。
松乔在何许,高蹈不可招。愿言从之游,怀古一何遥。

秋
(元)张养浩

黄云亘郊野,农力今有功。兹乃民之天,治理根其中。
我虽未及粒,已觉饥肠充。田头父老过,击壤今岁丰。
自愧无寸积,坐享雍熙风。秋成既如彼,况对菊与枫。
气澄天宇高,心寂尘累空。木落山献体,波缩沙留踪。
遐兴何悠悠,迅景何匆匆。俯仰田舍底,或能保初终。

秋日池上
(元)萨都剌

顾兹林塘幽,消此闲日永。飘风乱萍踪,落叶散鱼影。
天清晓露凉,秋深藕花冷。有怀无与言,独立心自省。

双寺精舍新秋追和戎昱长安秋夕

（元）倪瓒

秋暑晚差凉，茗馀眠独早。清风振庭柯，寒蛩吟露草。
晨兴面流水，西望吴门道。不知人事剧，但见青山好。

◆ 七言古　附长短句

酬司门卢四兄云夫院长望秋作

（唐）韩愈

长安雨洗新秋出，极目寒镜开尘函。
终南晓望踏龙尾，倚天更觉青巉巉。
自知短浅无所补，从事久此穿朝衫。
归来得便即游览，暂似壮马脱重衔。
曲江荷花盖十里，江湖生目思莫缄。
乐游下瞩无远近，绿槐萍合不可芟。
白首寓居谁借问，平地寸步扃云岩。
云夫吾兄有狂气，嗜好与俗殊酸咸。
日来省我不肯去，论诗说赋相諵諵（喃喃）。
《望秋》一章已惊绝，犹言低抑避谤谗。
若使乘酣骋雄怪，造化何以当镌劖。
嗟我小生值强伴，怯胆变勇神明监。
驰坑跨谷终未悔，为利而止真贪馋。
高揖群公谢名誉，远追甫白感至誠。
楼头完月不共宿，其奈就缺行撢攕。

溪晚凉

（唐）李贺

白狐向月号山风，秋寒扫云留碧空。
玉烟青湿白如幢，银湾晓转流天东。

溪汀眠鹭梦征鸿,轻莲不语细游溶。
层岫回岑复叠龙,苦篁对客吟歌筒。

秋　意

(元)马祖常

银床坠露下高桐,竹练含冰留麝龙。
蒲萄酒作玛瑙红,湘娥江边采芙蓉。
月华流影天汉东,素商凄清飔微风,草根知秋有鸣蛰。

秋夜三五七言

(元)郑允端

风乍起,月初阴。树头梧叶响,阶下草虫吟。
何处高楼吹短笛,谁家急杵捣秋砧?

◆ 五 言 律

仪鸾殿早秋

(唐)太宗

寒惊蓟门叶,秋发小山枝。松阴背日转,竹影避风移。
提壶菊花岸,高兴芙蓉池。欲知凉气早,巢空燕不窥。

秋　日

(唐)太宗

爽气澄兰沼,和风动桂林。露凝千片玉,菊散一丛金。
日岫高低影,云空点缀阴。蓬瀛不可望,泉石且娱心。

秋日翠微宫

(唐)太宗

秋光凝翠岭,凉吹肃离宫。荷疏一盖缺,树冷半帷空。
侧阵移鸿影,圆花钉菊丛。摅怀俗尘外,高眺白云中。

奉和山夜临秋
（唐）上官仪

殿帐清炎气，辇道含秋阴。凄风移汉筑，流水入虞琴。
云飞送断雁，月上净疏林。滴沥露枝响，空濛烟壑深。

初秋夜坐应诏
（唐）杨师道

玉琯凉初应，金壶夜渐阑。苍池流稍洁，仙掌露方溥。
雁声风处断，树影月中寒。爽气长空净，高吟觉思宽。

园林秋夜作
（唐）李巙

林卧避残暑，白云长在天。赏心既如此，对酒非徒然。
月色遍秋露，竹声兼夜泉。凉风怀袖里，兹意与谁传？

山居秋兴
（唐）王维

空山新雨后，天气晚来秋。明月松间照，清泉石上流。
竹喧归浣女，莲动下渔舟。随意春芳歇，王孙自可留。

秋　野
（唐）杜甫

秋野日疏芜，寒江动碧虚。系舟蛮井络，卜宅楚村墟。
枣熟从人打，葵荒欲自锄。盘飧（餐）老夫食，分减及溪鱼。

礼乐攻吾短，山林引兴长。掉头纱帽侧，曝背竹书光。
风落收松子，天寒割蜜房。稀疏小红翠，驻屐近微香。

远岸秋沙白，连山晚照红。潜鳞输骇浪，归翼会高风。

砧响家家发，樵声个个同。飞霜任青女，赐被隔南宫。

酬萧二十七侍御初秋言怀
（唐）郎士元

楚客秋多兴，江林月渐生。细枝凉叶动，极浦早鸿声。
胜赏暌前夕，新诗报远情。曲高惭和者，惆怅闭寒城。

和太常李主簿秋中山下别墅即事
（唐）卢纶

清秋来几时，宋玉已先知。旷朗霞映竹，澄明山满池。
茸桥双鹤赴，收果众猿随。《韶》乐方今奏，云林徒蔽亏。

和左司元郎中秋居
（唐）张籍

自知清静好，不要问时豪。就石安琴枕，穿松压酒槽。
山情因月甚，诗语入秋高。身外无馀事，唯应笔研劳。

闲堂新扫洒，称是早秋天。书客多呈帖，琴僧与合絃。
莎台乘晚上，竹院就凉眠。终日无忙事，还应似得仙。

客散高斋晚，东园景象偏。晴明犹有蝶，凉泠渐无蝉。
藤折霜来子，蜗行雨后涎。新诗才上卷，已得满城传。

秋思
（唐）白居易

夕照红于烧，晴空碧胜蓝。兽形云不一，弓势月初三。
雁思来天北，砧愁满水南。萧条秋气味，未老已深谙。

秋相望
（唐）元稹

檐月惊残梦，浮凉满夏衾。蟏蛸低户晚，萤火度墙阴。

炉暗灯花短,床空帐影深。此时相望久,高树忆横岑。

晚　秋

（唐）元稹

竹露滴寒声,离人晓思惊。酒醒秋簟冷,风急夏衣轻。
寝倦解幽梦,虑闲添远情。谁怜独欹枕,斜月透窗明。

感　秋

（唐）姚伦

试向疏林望,方知节候殊。乱声千叶下,寒影一巢孤。
不蔽秋天雁,惊飞夜月乌。霜风与春日,几度遣荣枯。

和刘补阙秋园寓兴

（唐）朱庆馀

闲园清气满,新兴日堪追。隔水蝉鸣后,当檐雁过时。
雨馀槐穟重,霜近药苗衰。不以朝簪贵,多将野客期。

逍遥人事外,杖履入杉萝。草色寒犹在,虫声晚渐多。
静逢山鸟下,幽称野僧过。几许新开菊,闲从落叶和。

留情清景宴,朝罢有馀闲。蝶散红阑外,萤飞白露间。
墙高微见寺,林静远分山。吟足期相访,残阳自掩关。

深斋尝独处,讵肯厌秋声。翠筱寒逾静,孤花晚更明。
每因逢石坐,多见抱书行。入夜听疏杵,遥知耿此情。

门巷惟苔藓,谁言不称贫。台闲人下晚,果熟鸟来频。
石脉潜通井,松枝静离尘。残蔬得晴后,又见一番新。

竹径通邻圃，清深称独游。虫丝交影细，藤子坠声幽。
积润苔纹厚，迎寒荠叶稠。闲来寻古画，未废执茶瓯。

山居秋思
（唐）周贺

一从云水住，曾不下西岑。落木孤猿在，秋庭积叶深。
泉流通井脉，虫响出墙阴。夜静溪声彻，寒灯尚独吟。

原上秋居
（唐）贾岛

关西又落木，心事复如何？岁月辞山久，秋霖入夜多。
鸟从井口出，人自岳阳过。倚杖聊闲望，田家未剪禾。

访　秋
（唐）李商隐

酒薄吹还醒，楼危望已穷。江皋当落日，帆席见归风。
烟带龙潭白，霞分鸟道红。殷勤报秋意，只是有丹枫。

早秋山居
（唐）温庭筠

山近觉寒早，草堂霜气晴。树凋窗有日，池满水无声。
果落见猿过，叶干闻鹿行。素琴机虑静，空伴夜泉清。

旅中早秋
（唐）刘威

金威生止水，爽气遍遥空。草色萧条路，槐花零落风。
夜来万里月，觉后一声鸿。莫问前程事，飘然沙上蓬。

早　秋
（唐）许浑

遥夜泛清瑟，西风生翠萝。残萤委玉露，早雁拂金河。

高树晓还密,远山晴更多。淮南一叶下,自觉老烟波。

早秋山中
（唐）李山甫

谁到山中语,雨馀风气秋。烟岚出涧底,瀑布落床头。
至道亦非远,僻诗须苦求。千峰有佳景,拄杖独巡游。

秋兴寄颖公
（唐）僧贯休

风声吹竹健,凉气著身轻。谁有闲心去,江边看水行。
村遥红树迥,野阔白烟平。试裂芭蕉片,题诗问竺卿。

新秋夜雨
（唐）僧贯休

夜雨洗河汉,诗怀觉有灵。篱声新蟋蟀,草影老蜻蜓。
静引闲机发,凉吹远思醒。逍遥向谁说,时泥（注）漆园经。

秋居幽兴
（宋）王禹偁

秋光虽寂莫,幽兴入诗家。篱暗蛩啼菊,园荒蚁上茄。
围棋知日影,理发见霜华。向晓儿童喜,溪僧遗晚瓜。

园庐秋夕
（宋）林逋

兰杜裛衰香,开扉趣自长。寒烟宿墟落,清月上林塘。
意想殊为适,形骸固可忘。援琴有馀兴,聊复寄吟觞。

秋夜
（宋）葛长庚

有客眠孤馆,更阑拥纸衾。清风千里梦,明月一声砧。

素壁秋灯暗，红炉夜火深。寒猿啼岭外，惹起故乡心。

八月三日即事
（宋）葛长庚

烟冷浑沾水，溪清可数鱼。鸦翻千点墨，雁草数行书。
今日征帆下，前年上国初。诗盟寒复讲，无酒兴何如？

秋 到
（宋）方万里

秋到山居僻，贫无异味尝。擘黄新栗嫩，炊白早籼香。
渐减家人病，徐添夜气凉。凭谁理荒秽，篱落菊苗长。

秋 思
（元）萧国宝

闲看浮云白，临风清且凉。烟林含紫翠，霜菊间青黄。
远浦枕孤鹜，荒郊宿野航。心空随地静，木石自相忘。

次韵阿荣存初参议秋夜见寄
（元）虞集

寓馆城门夕，高秋雨露开。天垂华盖近，月转紫垣来。
疏阔思良会，淹留到不才。深期谢安石，挥麈散风埃。

次韵陈刚中待制初秋
（元）袁桷

岸帻倚书楹，寒砧彻四城。马归人独语，雁过月初生。
寂寂候虫急，凄凄落叶清。客怀谁与共，搔首见参横。

新秋即事
（元）许有壬

莫蹋苍苔破，茨门昼亦关。林风秋入树，波日晚摇山。

原野苍茫外，烟霏指顾间。更须安一榻，月夜不须还。

次和可翁新秋即事
（元）许有孚

池亭残暑去，乐事日相关。径列霜前菊，窗招雨后山。
好诗来枕上，爽气满人间。极目重台晚，遥天一鹤还。

◆ 五言排律

奉和王相公秋日戏赠元校书
（唐）钱起

才妙心仍远，名疏迹可追。清秋闻礼暇，新雨到山时。
胜事唯愁尽，幽寻不厌迟。弄云怜鹤去，隔水许僧期。
贤相敦高躅，雕龙忆所思。芙蓉洗清露，愿比谢公诗。

江楼早秋
（唐）白居易

南国虽多热，秋来亦不迟。湖光朝霁后，竹气晚凉时。
楼阁宜佳客，江山入好诗。清风水蘋叶，白露木兰枝。
欲作云泉计，须凭伏腊资。匡庐一步地，官满更何之？

◆ 七言律

江南秋日
（唐）殷文珪

水国由来称道情，野人经此顿神清。
一篷秋雨睡初起，半砚冷云吟未成。
青笠渔儿筒钓没，蒨衣菱女画桡轻。
冰绡写上江南景，寄与金銮马长卿。

新秋即事

（唐）皮日休

痴号多于顾恺之，更无馀事可从知。
酒坊吏到常先见，鹤料符来每探支。
凉后定谋清月社，晚来专赴白莲期。
共君无事堪相贺，又到金虀玉鲙时。

和新秋即事

（唐）陆龟蒙

声利从来解破除，秋滩惟忆下桐庐。
鸬鹚阵合残阳少，蜻蜓吟高冷雨疏。
辨物《南华》论指指，才非元宴借书书。
当时任使真堪笑，波上三年学炙鱼。

晚秋同何秀才溪上

（唐）伍乔

闲步秋光思杳然，荷藜因共过林烟。
期收野药寻幽路，欲采溪菱上小船。
云吐晓阴藏霁岫，柳含馀霭咽残蝉。
倒尊尽日忘归处，山磬数声敲暝天。

秋　怀

（宋）黄庭坚

秋阴细细压茅堂，吟虫啾啾昨夜凉。
雨开芭蕉新间旧，风撼筼筜宫应商。
砧声已急不可缓，檐景既短难为长。
狐裘断缝弃墙角，岂念晏岁多繁霜。

永嘉秋夕

（宋）陆游

风战枯桐敲纸窗，拥裘无寐夜偏长。
谯楼三鼓夜将午，云雁数声天正霜。
寓世此身惊逆旅，宽怀何处不吾乡。
江头风景日堪醉，酒美蟹肥橙橘香。

秋居寄西里君

（宋）翁卷

每日看山山上立，满山风日又秋来。
贫家岁计惟收菊，幽径时常不扫苔。
新得酒方思欲试，旧存吟轴见还开。
凉天在处清如水，能赋惭无宋玉才。

秋 夜

（宋）戴复古

十分秋色满轩窗，景物凄清夜气凉。
筛月簾栊金琐碎，捣霜砧杵玉丁当。
井梧叶脱无多影，岩桂花稠不断香。
坐到更深吟兴动，砚池滴露写诗狂。

秋 夜

（元）黄庚

博山香冷夜将阑，红影摇窗烛未残。
庭树露浓花气湿，井梧风老叶声乾。
世情冷暖知心少，朋旧东西会面难。
一段客愁吟不就，无言背月倚阑干。

楚山秋晚

（元）揭傒斯

山人何处抱琴归？遥想楼台隔翠微。
老树风生舟正泊，空江日落雁初飞。
岂无赋客能招隐，亦有渔翁醉息机。
一幅秋光舒复卷，谁教尘土涴人衣？

东岭秋阴

（元）吴莱

几点晴云著树梢，寒山苍莽类城壕。
鸡豚日落声相接，鹳鹤风凉势自高。
小径残榛分岭脊，平畴净绿带溪毛。
朝来雨足多秋意，井上无人事桔槔。

秋　日

（元）周权

石脉泉花蘸眼明，竹根沙路旧经行。
云归天际山容澹，日落江头雁影横。
梧叶庭除秋渐老，豆花篱落晚初晴。
客程迢递归心远，烟火苍茫起暮城。

东湖秋景

（元）杨载

暂停麾盖拥轻舟，此日湖山属暮秋。
采采黄花登几案，离离红树散汀洲。
倾壶浮蚁杯频竭，下箸鲜鳞网乍收。
莫向钱塘夸往事，白苏未许擅风流。

秋　词
（元）王逢

香散天街静玉珂，露台风殿夜如何？
星从河汉淡中落，秋在梧桐疏处多。
鸾影不曾离宝鉴，蛛丝先已缀金梭。
君王茧馆询遗事，却拟銮车共载过。

新秋早朝
（明）王璲

宫井梧桐一叶飞，新凉先到侍臣衣。
苍龙阙上银河转，丹凤楼头玉漏稀。
晓仗分行环御辇，夕郎鸣佩出仙闱。
自怜虎观叨陪从，簪笔惭无补万几。

秋　日
（明）居节

槿花委露渚莲愁，无复红妆荡小舟。
浓淡云山堪入画，萧闲门径自宜秋。
当时载酒人如鹤，昨夜吹箫月满楼。
鸿雁欲来江欲冷，白蘋风起思悠悠。

◆ 五言绝句

秋　歌
（唐）郭元振

辟恶茱萸囊，延年菊花酒。与子结绸缪，丹心此何有。

秋　夜
（唐）耿湋

高秋夜分后，远客雁来时。寂寂重门掩，无人问所思。

秋夜寄丘二十二员外
（唐）韦应物

怀君属秋夜，散步咏凉天。山空松子落，幽人应未眠。

秋　夜
（唐）韦应物

高阁渐凝露，凉叶稍飘闻。忆在南宫直，夜长钟漏稀。

秋山吟
（唐）施肩吾

夜吟秋山上，袅袅秋风归。月色清且冷，桂香落人衣。

招东邻
（唐）白居易

小榼二升酒，新簟六尺床。能来夜话否？池畔欲秋凉。

早秋独夜
（唐）白居易

井梧凉叶动，邻杵秋声发。独向檐下眠，觉来半床月。

孟秋
（唐）郑概

江南孟秋天，稻花白如毡。素腕惭新藕，残妆妒晚莲。

仲秋
（唐）沈仲昌

江南仲秋天，鳣鼻大如船。雷是樟亭浪，苔为累石钱。

季秋
（唐）刘蕃

江南季秋天，栗实大如拳。枫叶红霞举，芦花白浪穿。

长安秋望

（唐）杜牧

楼倚霜树外,镜天无一毫。南山与秋色,气势两相高。

护国寺秋吟

（宋）葛长庚

雁过天成画,鱼惊水作纹。檐牙宵吐雨,殿脊晚驮云。

酒弄三竿日,诗成一枕风。寒声落鸿雁,秋意著梧桐。

楼影秋江白,苔碑卧夕阳。水昏沙暮起,一一雁南翔。

嫩竹容归雀,寒松捧落晖。危红和露滴,空翠扑衣飞。

竹手擎云重,松肩荷月高。烟收天地阔,醉目数秋毫。

犬吠月如昼,马鸣人渡桥。更无诗与酒,虚度可怜宵。

香篆孤烟袅,灯篼寸火微。梦和明月冷,心与白云飞。

星似萤千点,云如鹤一双。孤吟寒不寐,落叶打空窗。

京师秋夜

（元）虞集

风竹撼秋声,天寒梦不成。如何今夜月,偏照客窗明?

西斋秋夜

（元）僧善住

晚雨过江城,西斋秋气清。梦回孤枕上,无处不虫声。

秋　夕

（元）僧善住

孤馆灯初暗，窗虚月正明。寒衣犹未补，风递捣砧声。

◆ 七言绝句

初　秋

（唐）孟浩然

不觉初秋夜渐长，清风习习重凄凉。
炎消暑退茅斋静，阶下丛莎有露光。

秋　词

（唐）刘禹锡

自古逢秋悲寂寥，我言秋日胜春朝。
晴空一雁（鹤）排云上，便引诗情到碧霄。

山明水净夜来霜，数树深红出浅黄。
试上高楼清入骨，岂如春色使人狂。

晚秋闲居

（唐）白居易

地僻门深少送迎，披衣闲坐养幽情。
秋庭不扫携藤杖，闲踏梧桐黄叶行。

秋　热

（唐）白居易

西江风候接南威，暑气常多秋气微。
犹道江州最凉冷，至今九月著生衣。

秋　夕
（唐）窦巩

护霜云映月朦胧，乌鹊争飞井上桐。
夜半酒醒人不觉，满池荷叶动秋风。

愁　思
（唐）王涯

网轩凉吹动轻衣，夜听更长玉漏稀。
月度天河光转湿，鹊惊秋树叶频飞。

秋夜曲
（唐）王涯

丁丁漏永夜何长，漫漫轻云露月光。
秋逼暗蛩通夕响，寒衣未寄莫飞霜。

桂魄初生秋露微，轻罗已薄未更衣。
银筝夜久殷勤弄，心怯空房不忍归。

秋原晚望
（唐）杨凌

客雁秋来次第逢，家书频寄两三封。
夕阳天外云归尽，乱见青山无数峰。

到　秋
（唐）李商隐

扇风淅沥簟流漓，万里南云滞所思。
守到清秋还寂莫，叶丹苔碧闭门时。

秋　怀
（唐）雍陶

古槐烟薄晚鸦愁，独向黄昏立御沟。
南国望中生远思，一行新雁去汀洲。

早秋宿田舍
（唐）曹邺

涧草疏疏萤火光，山月朗朗枫树长。
南村犊子夜声急，应是栏边新有霜。

秋　日
（宋）朱子

一雨生凉杜若洲，月波微漾绿溪流。
茅檐归去无尘土，淡薄闲花绕舍秋。

秋　怀
（宋）刘宰

一抹红绡日脚霞，千林暮霭纳归鸦。
西风卷尽梧桐叶，乞与中庭散月华。

早　秋
（元）刘因

昨朝一叶见秋生，今日千岩万壑清。
欲借西风苏病骨，暂来石上听松声。

山中秋夜
（元）黄庚

石床弹月鹤听琴，玉宇凝秋绝点尘。
万里无云银汉淡，一天风露湿星辰。

初秋夜坐
（元）赵孟頫

夜深庭院寂无声，明月流空万影横。
坐对荷花两三朵，红衣落尽觉风生。

秋　闺
（元）元淮

团扇初随碧簟收，画簾归燕尚迟留。
闲阶弄影穿明月，笑捻流萤说早秋。

秋　词
（元）萨都剌

清夜宫车出建章，紫衣小队两三行。
石阑干畔银灯过，照见芙蓉月上霜。

秋　词
（元）郑允端

月转觚棱夜未央，倚床自炷水沉香。
芙蓉小帐云屏暗，二十五声秋点长。

秋　景
（明）宣宗

新秋凉露湿荷丛，不断清香逐晓风。
满目浓华春意在，晚霞澄锦照芙蓉。

秋　行
（明）顾源

野菜香粳乐晚年，疏林晴日好秋天。
风瓢满耳鸣琴筑，黄叶深窝得晏眠。

卷二十九　立秋类

◆ 五言古

立　秋
（陈）周弘让

兹辰戒流火，商飙早已惊。云天改夏色，木叶动秋声。

立秋日曲江忆元九
（唐）白居易

下马柳阴下，独上堤上行。故人千万里，新蝉两三声。
城中曲江水，江上江陵城。两地新秋思，应同此日情。

立秋夕有怀梦得
（唐）白居易

露簟荻竹清，风扇蒲葵轻。一与故人别，再见新蝉鸣。
是夕凉飙起，闲境入幽情。回灯见栖鹤，隔竹闻吹笙。
夜茶一两杓，秋吟三数声。所思渺千里，云水长洲城。

立秋日同子澄寺簿及金判教授二同僚、星子令尹，
　　约周君、段君同游三峡，过山房，登折桂，
　　分韵赋诗得万字，辄成十韵呈诸同游
（宋）朱子

抗尘几何时，猿鹤共悲怨。岂知朱墨暇，乃适山水愿。

兹晨秋令初，休沐谨邦宪。佳宾忽四来，英僚亦三劝。
驾言北郭门，谢此旗隼建。
散日（目）山崔嵬，纵辔路修骘（蔓）。
凭栏快倒峡，跻壑困脱挽。追攀林樾深，欢喜脚力健。
登高眺远浦，众景争自献。何必仍丹丘，径欲凌九万。

立秋日早泛舟入郭
（明）张羽

连霖启秋期，金气晨已兆。溪云合馀阴，水霞相照耀。
登舻泛凉飙，乘流驾奔峭。回波荡尘襟，青山列远眺。
蒲荄迷森沉，菱荷争窅窱。沙明众女浣，潭净孤禽啸。
端居积百忧，暂出窥众妙。好爵岂不怀，卫生乃其要。
寄谢沧海人，予亦堪同调。

立秋后夜起见明月
（明）胡宗仁

深夜见明月，渐低西南隅。光华射虚檐，照我床头书。
开函见细字，历历如贯珠。老眼未能读，惆怅坐庭除。
风生梧叶鸣，光景殊萧疏。昨方入秋序，清凉便有馀。

◆ 五言律

二十七日立秋夜作
（明）陈昂

是夜秋相见，律归夷则中。草心蒙白露，衣领受凉风。
舞觉蜻蜓爽，声添蟋蟀工。吾其先散发，作赋答天功。

立秋后一日助甫见访
（明）李先芳

屏居对芳草，同病喜相将。阑暑人如醉，新秋鬓有霜。

虫鸣风雨夕，萤点薜萝墙。后夜看牛女，还期就一觞。

◆ 五言排律

立秋日题安昌寺北亭

（唐）孙逖

楼观倚长霄，登攀及霁朝。高如石门顶，胜拟赤城标。
天路云虹近，人寰气象遥。山围伯禹庙，江落伍胥潮。
徂暑迎秋薄，凉风是日飘。果林馀苦李，萍水覆甘蕉。
览古嗟夷漫，陵空爱沉寥。更闻金刹下，钟梵晚萧萧。

和王卿立秋即事

（唐）司空曙

秋宜何处看？试问白云官。暗入蝉鸣树，微侵蝶绕兰。
向风凉稍动，近日暑犹残。九陌浮埃减，千峰爽气攒。
换衣防竹暮，沉果讶泉寒。宫响传花杵，天清出露盘。
高禽当侧弁，游鲔对凭栏。一奏招商曲，空令继唱难。

立秋日

（唐）司空曙

律变新秋至，萧条自此初。花酬莲报谢，叶在柳呈疏。
澹日非云映，清风似雨馀。卷簾凉暗度，迎扇暑先除。
草静多翻燕，波澄乍露鱼。今朝散骑省，作赋兴何如？

◆ 七 言 律

次韵和张道济长老立秋后作

（宋）孔平仲

万里悄然若有霜，南山秋色两苍苍。
已经晚雨驱除热，更得西风断送凉。

瀚海人空云弄白，吴江波阔叶吹黄。
知君昨夜书帏梦，半在亲庭半在乡。

立秋日祷雨宿灵隐寺同周徐二令

（宋）苏轼

百重堆案掣身闲，一叶秋声对榻眠。
床下雪霜侵户月，枕中琴筑落阶泉。
崎岖世味尝应遍，寂莫山栖老渐便。
惟有悯农心尚在，起瞻云汉更茫然。

立秋日居田园有感

（明）施渐

霏霏轻霭薄朝晖，又见凉飔一叶飞。
气早畴官已应闰，天移星火欲流辉。
黍苗遍野劳歌少，杞菊成畦生事微。
谁谓门闲可罗雀，秋风转觉雀来稀。

◆ 七言绝句

立 秋

（宋）范成大

折枝楸叶起园瓜，赤豆如珠咽井花。
洗濯烦襟酬节物，安排笑口问生涯。

立秋后三日泛舟越来溪

（宋）范成大

西风初日小溪帆，旋织波纹绉浅蓝。
行入闹荷无水面，红莲沉醉白莲酣。

一川新涨熨秋光，挂起篷窗受晚凉。

杨柳无穷蝉不断,好风将梦过横塘。

饭后茶前困思生,水宽风稳信篙撑。
不知浪打船头响,听打凌波解佩声。

卷三十 冬　类

◆ 五言古

杂　诗

（晋）张华

暑度随天运，四时互相承。东壁正昏中，涸阴寒节升。
繁霜降当夕，悲风中夜兴。朱火青无光，兰膏坐自凝。
重衾无暖气，挟纩如怀冰。伏枕终遥夕，寤言莫予应。
永思虑崇昔，慨然独拊膺。

咏　冬

（晋）曹毗

绵邈冬夕永，凛厉寒气升。离叶向晨落，长风振条兴。
夜静轻响起，天清月晖澄。寒冰盈渠结，素霜竟楣凝。
今载忽已暮，来纪奄复仍。

感冬篇

（晋）李颙

高阳揽元辔，太皞御冬始。望舒游天策，曜灵协燕纪。

拟孟冬寒气至

（宋）刘铄

白露秋风始，秋风明月初。

明月照高楼,露落(白露)皎元(玄)除。
迨及凉风起,行见寒林疏。客从远方至,赠我千里书。
先叙怀旧爱,末陈久离居。一章意不尽,三复情有馀。
愿遂平生志,无使甘言虚。

咏 冬

(宋)谢惠连

七宿乘运曜,三星与时灭。履霜冰弥坚,积寒风愈切。
繁云起重阴,回飙流轻雪。园林粲斐皓,庭除秀皎洁。
墄琐有凝污,逵衢无通辙。

冬 歌

(梁)武帝

果欲结金兰,但看松柏林。经霜不堕地,岁寒无异心。

冬日见牧牛人担青草归

(唐)张说

塞上绵应折,江南草可结。欲持梅岭花,远竞榆关雪。
日月无他照,山川何顿别?苟齐两地心,《天问》将何说?

负冬日

(唐)白居易

杲杲冬日出,照我屋南隅。负暄闭目坐,和气生肌肤。
初似饮醇醪,又如蛰者苏。外融百骸畅,中适一念无。
旷然忘所在,心与虚空俱。

溢浦早冬

(唐)白居易

浔阳孟冬月,草木未全衰。只抵长安陌,凉风八月时。
日西溢水曲,独行吟旧诗。蓼花始零落,蒲叶稍离披。

但作城中想,何异曲江池。

孟冬蒲津关河亭作
（唐）吕温

息驾非穷途,未济岂迷津。独立大河上,北风来吹人。
雪霜自兹始,草木当更新。严冬不肃杀,何以见阳春?

冬
（元）张养浩

岁晏日南至,场圃靡所劳。告成三务功,盈耳康衢谣。
鸦飞岭外陂,虹断林边桥。将期养疏拙,讵厌居寂寥。
负暄坐晴檐,煦煦春满袍。对山阅吾书,怀古酌彼醪。
此乐天所靳,何幸及草茅。虽非鹿门庞,或庶彭泽陶。
为诗写幽尚,刊落华与豪。集以贻知音,怅望心摇摇。

◆ 七言古

迎冬词
（明）石珤

画檐小铁嘶北风,疏棂日影摇轻红。
叠绮重茵夜云暖,博山紫气飞遥空。
霜凄落叶护寒井,素䌖萦纡指尖冷。
翠屏东面绣新苔,幻出潇湘美人影。
日高宝瑟拂朱丝,鱼上深潭鹊绕枝。
十二阑干烟细细,《伊州》一曲谱相思。

◆ 五言律

孟 冬
（唐）杜甫

殊俗还多事,方冬变所为。破柑霜落爪,尝稻雪翻匙。

巫岫寒都薄,乌蛮瘴远随。终然减滩濑,暂喜息蛟螭。

初冬旅舍早怀

(唐)阙名

枕上角声微,离情未息机。梦回三楚寺,寒入五更衣。
月没栖乌动,霜晴冻叶飞。自惭行役早,深与道相违。

冬日山居思乡

(唐)周贺

大野始严凝,云天晓色澄。树寒稀宿鸟,山迥少来僧。
背日收窗雪,开炉释砚冰。忽然思故国,孤想寓西陵。

冬 日

(唐)方干

烧火掩关坐,穷居访客稀。冻云愁暮色,寒日澹斜晖。
穿牖竹风满,绕庭云叶飞。已嗟周一岁,羁寓尚荷衣。

冬日寄僧友

(唐)僧无可

敛履入寒竹,安禅过漏声。高松残叶落,深井冻痕生。
罢磬风枝动,悬灯雪屋明。何当招我友,乘月上方行。

全州冬月陪太守游池

(唐)僧无可

残腊雪纷纷,林间起送君。苦吟行迥野,投迹向寒云。
绝顶晴多去,幽泉冻不闻。惟应草堂寺,高枕脱人群。

冬昼作

(宋)孔平仲

霜阴收欲尽,斑驳意初晴。渐喜山将出,只愁云更生。

鸟窥晡后屋，鸡唱午间城。灰拆红炉火，微煎傍耳鸣。

冬日杂兴
（宋）张耒

小园晴自扫，曝日坐前轩。野鼠穿山叶，寒乌啄草根。
短篱藩隙地，别径入孤村。幽趣供岑寂，淹留不复论。

山村冬暮
（宋）林逋

衡茅林麓下，春色已微茫。雪竹低寒翠，风梅落晚香。
樵期多独往，茶事不全忙。双鹭有时起，横飞过野塘。

山中冬日
（宋）林逋

南壁苍崖北，穷冬井落闲。风声先老树，日色避诸山。
落雁饥相向，啼乌夕自还。微微寒月影，蓬户已深关。

冬日书怀
（宋）徐玑

门庭黄叶满，园树尽玲珑。寒水终朝碧，霜天向晚红。
蔬餐如野寺，茅舍近溪翁。非是分嚣寂，由来趣不同。

次韵屏翁冬日
（宋）戴昺

晓起冲寒出，霜明日未晞。麦丰来岁本，梅漏早春机。
水涸鱼深隐，蜜成蜂倦飞。静中参物理，一一见精微。

冬夜早起
（元）张养浩

推枕人初起，出门星尚存。岁寒郊野阔，天早树林昏。

窗影犹残月，鸡声已远村。孜孜何所事？时取故书温。

初冬作

（元）方澜

沈寥萧瑟后，霁色却怡人。霜已千林曙，天犹十月春。
黄花蝶过晚，白苇雁衔新。野性自夷旷，非关绝世尘。

◆ 七言律

十二月一日

（唐）杜甫

今朝腊月春意动，云安县前江可怜。
一声何处送书雁，百丈谁家上濑船。
未将梅蕊惊愁眼，更取椒花媚远天。
明光起草人所羡，肺病几时朝日边？

初冬偶作寄南阳润卿

（唐）皮日休

寓居无事入清冬，虽设尊罍酒半空。
白菊为霜翻带紫，苍苔因雨却成红。
迎潮预遣收鱼笱，防雪先教盖鹤笼。
惟待支硎最寒夜，共君披氅访林公。

和初冬偶作寄南阳润卿次韵

（唐）陆龟蒙

逐日生涯敢计冬，可嗟寒事落然空。
窗怜返照缘书小，庭喜新霜为橘红。
衰柳尚能和月动，败兰犹拟倩烟笼。
不知海上今清浅，试与飞书问洛公。

宣义里舍冬暮自贻

(唐) 郑谷

幽居不称在长安,沟浅浮春岸雪残。
板屋渐移方带野,水车新入夜添寒。
名如有分终须立,道若离心岂易宽。
满眼尘埃驰骛去,独寻烟竹剪渔竿。

冬日道中

(唐) 伍乔

去去天涯无定期,瘦童羸马共依依。
暮烟江口客来绝,寒叶岭前人住稀。
带雪野风吹旅思,入云山火照行衣。
钓台吟阁沧洲在,应为初心未得归。

冬夜寄温飞卿

(唐) 鱼玄机

苦思搜诗灯下吟,不眠长夜怕寒衾。
满庭木叶愁风起,透幌纱窗惜月沉。
疏散未闲终遂愿,盛衰空见本来心。
幽栖莫定梧桐处,暮雀啾啾空绕林。

初 冬

(宋) 陆游

平生诗句领流光,绝爱初冬万瓦霜。
枫叶欲残看愈好,梅花未动意先香。
暮年自适何妨退,短景无营亦自长。
况有小儿同此趣,一窗相对弄朱黄。

成都岁暮始微寒小酌遣兴

（宋）陆游

革带频移纱帽宽，茶铛欲熟篆香残。
疏梅已报先春信，小雨初成十月寒。
身似野僧犹有发，门如村舍强名官。
鼠肝虫臂元无择，遇雨犹能罄一欢。

闲吟初冬

（宋）真山民

一架琴书一笔床，杜门荏苒送年光。
囊空尽可偿诗债，脚倦犹能入醉乡。
既老菊花偏耐久，未开梅蕊已先香。
眼边管领闲风景，不识人间更有忙。

东湖冬景

（元）杨载

云气低藏十万家，东湖飞雪又交加。
玉禾旧布仙山种，琼树新开帝所花。
别浦移舟闻过雁，高楼凭槛见归鸦。
侯门似有相如客，剩赋篇章与世夸。

十二月五日雪晴

（元）张雨

日光玉洁千峰立，快雪晴时一气凝。
当昼炉亭催扫巷，犯寒鱼榜借收冰。
松皮石裂号饥鼠，窗隙尘消触冻蝇。
青茁菜芽浑可爱，倩谁春馓卷红绫？

岁暮书斋即事次夕公韵

（明）钱谦贞

挥戈无力驻残冬，有客孤吟百事慵。
砚水破坚馀滴沥，笔花开冻任蒙茸。
文心老愧残江锦，诗律人多好叶龙。
卒岁优游差自遣，腊醅缸面渐溶溶。

◆ 五言绝句

冬郊行望

（唐）王勃

桂密岩花白，梨疏林叶红。江皋寒望尽，归念断征篷。

冬 歌

（唐）郭元振

北极严气升，南至温风谢。调丝竞短歌，拂枕怜长夜。

孟 冬

（唐）谢良辅

江南孟冬天，荻穗软如绵。绿绢芭蕉裂，黄金橘柚悬。

仲 冬

（唐）吕渭

江南仲冬天，紫蔗节如鞭。海将盐作雪，山用火耕田。

季 冬

（唐）丘丹

江南季冬天（月），红蟹大如𩹂（鳊）。
湖水龙为镜，炉峰气作烟。

冬

　　　　　　　　（金）宇文虚中

鹘健呼风急，乌啼促景残。窟深宜兔蛰，蒲折荫鱼寒。

◆ 七言绝句

和袭美初冬偶作

　　　　　　　　（唐）陆龟蒙

桐下空阶叠绿钱，貂裘初绽拥高眠。
小炉低幌还遮掩，酒滴清香似去年。

次仲庸初冬即事

　　　　　　　　（宋）袭万顷

常岁霜天分外晴，一溪如练浸冰轮。
今年风雨无宁夜，谁与溪梅作小春？

君家秋实洞庭种，小子持来独未黄。
莫作苏州书后梦，只今正欠满林霜。

冬日早作

　　　　　　　　（宋）袭万顷

黄昏月姊剪云开，夜半雷车载雨来。
晨起钩帘望霄汉，风花吹堕万璃瑰。

冬　暖

　　　　　　　　（元）胡乘龙

冬令偷春多得暖，灞桥无思可吟诗。
江梅一树都开遍，不问南枝与北枝。

冬　词

（元）郭　钰

疏林晴旭散啼鸦，高阁珠帘窣地遮。
为问王孙归也未，玉梅开到北枝花。

卷三十一　立冬类

◆ 七言绝句

　　　　立　冬

　　　　　　　　　（明）王穉登

秋风吹尽旧庭柯，黄叶丹枫客里过。
一点禅灯半轮月，今宵寒较昨宵多。

卷三十二　冬至类

◆ 四言古

晋冬至初岁小会歌
（晋）张华

日月不留，四气回周。节庆代序，万国同休。
庶尹群后，奉寿升朝。我有嘉礼，式宴百僚。
繁肴绮错，旨酒泉淳。笙镛和奏，磬管流声。
上隆其爱，下尽其心。宣其壅滞，训之德音。
乃宣乃训，配享交泰。永载仁风，长抚无外。

◆ 五言古

咏冬至
（宋）袁淑

连星贯初历，令月临首岁。荐乐行阴政，登金赞阳滞。
收凉降天德，萌华宣地惠。司瑞记夜晞，书云掌朝誓。

冬至
（宋）傅亮

星昴殷仲冬，短晷穷南陆。柔荔迎时萋，芳芸应节馥。

冬至应教
（北齐）萧悫

天宫初动磬，缇室已飞灰。暮风吹竹起，阳云覆石来。

拆冰开荔色,除雪出兰栽。惭无宋玉辨,滥吹楚王台。

奉和冬至乾阳殿受朝应诏
(隋)牛弘

恭已临万宇,宸居御八埏。作贡菁茅集,来朝圭瓒连。
司仪三揖盛,掌礼九宾虔。重栏映如璧,复殿绕非烟。

奉和冬至乾阳殿受朝应诏
(隋)许善心

森森罗陛卫,哕哕锵璁珩。礼殚五瑞辑,乐阕九功成。

◆ 五言律

长至日与同舍游北山
(宋)范成大

岁晚山同色,湖平雾不收。寒云低阁雪,佳节静供愁。
竹柏森严立,蒲荷索莫休。瘦筇知脚力,政尔耐清游。

◆ 五言排律

南至隔仗望含元殿炉烟
(唐)崔立之

千官贺长至,万国拜含元。隔仗炉光出,浮霜烟气翻。
飘飘紫内殿,漠漠澹前轩。圣日开如捧,卿云近欲浑。
轮囷洒宫阙,萧索散乾坤。愿惹天风便,披香奉至尊。

长至日上公献寿
(唐)崔琮

应历三阳首,朝天万国同。斗边看子月,台上候祥风。
五夜镜初晓,千门日正融。玉阶文物盛,仙伏武貔雄。

率舞皆群辟，称觞即上公。南山为圣寿，长对未央宫。

冬至夜集曹能始园亭观伎
（明）吴兆

佳候要佳丽，山斋启莫扉。入园惊荔发，窥琯见灰飞。
梅乱歌中落，春争笑里归。橙香寒馥面，桂气暖薰衣。
粉壁钗横影，雕窗烛散辉。不堪絃管歇。残月尚栖帏。

◆ 七言律

小　至
（唐）杜甫

天时人事日相催，冬至阳生春又来。
刺绣五纹添弱线，吹葭六管动飞灰。
岸容待腊将舒柳，山意冲寒欲放梅。
云物不殊乡国异，教儿且覆掌中杯。

和湖州杜员外冬至日白蘋洲见忆
（唐）李郢

白蘋亭上一阳生，谢朓新裁锦绣成。
千嶂雪销溪影绿，几家梅绽海波清。
已知鸥鸟长来狎，可许汀洲独有名。
多愧龙门重招引，即抛田舍棹舟行。

十一月二十七日冬至
（元）朱德润

卷地颠风响怒雷，一宵天上报阳回。
日光绣户初添线，雪意屏山欲放梅。
双阙倚天瞻象魏，五云书彩望灵台。
江南水暖不成冻，溪叟穿鱼换酒来。

送朱谢二博士进贺冬至表赴京师听宣谕毕还吴
（明）高启

驿骑双驰捧绿章，都门逢旧喜洋洋。
小儒方幸瞻天近，远使初来贺日长。
仗下丹墀晴雪尽，朝回紫陌晓尘香。
承宣归去难留驻，乞报平安到故乡。

至日怀诸太史陪祀南郊
（明）王穉登

圜丘驰道草芊芊，旷典重逢御极年。
圣寿长如南至日，皇恩高似北溟天。
葭灰应气迎邹律，松籁含风入舜弦。
最羡翰林供奉客，挥毫先进庆云篇。

冬至南郊扈从纪述和陈玉垒太史韵
（明）于慎行

圣后乘乾奉帝禋，日躔南陆协灵辰。
九关肃启天门钥，万姓欢随御辇尘。
楼雪初融丹禁晓，葭灰微动玉衡春。
虚惭珥笔亲文物，实有甘泉赋未陈。

绛节氤氲上太清，紫烟缥缈冠层城。
鹓行不动瑶墀影，凤幄微闻玉藻声。
律应一阳璇象转，福凝五位泰阶平。
礼成回跸传行漏，百尺华灯阙下明。

馆课冬至斋居
（明）于慎行

缇室灰飞晷欲长，清斋仙馆坐焚香。

雪残楼阁虚琼树,月出簪裾满玉堂。
笔望五云迎舜日,心随一线入尧裳。
明朝负橐趋陪地,只有瑶坛帝座旁。

冬至恭侍庆成大宴
（明）于慎行

南郊夜燎泰坛烟,内殿朝开大庆筵。
两陛衣冠承湛露,千门钟鼓震钧天。
亲瞻玉几云霄上,久泛仙盃日月边。
温旨三传咸已醉,欢声动地未央前。

◆ 七言绝句

冬至日独游吉祥寺
（宋）苏轼

井底微阳回未回,萧萧寒雨湿枯荄。
何人更似苏夫子,不是花时肯独来?

预作冬至
（宋）张耒

紫坛曾从奠琳琅,亲被天人玉冕光。
今日黄州山下寺,五更闻雁满林霜。

至节即事
（元）马臻

天街晓色瑞烟浓,名纸相传尽贺冬。
绣幕家家浑不卷,呼卢笑语自从容。

店舍喧哗彻夜开,荧煌灯火映楼台。
欢游未晓不归去,早有元宵气象来。

卷三十三 元旦类

◆ 四言古

元会诗

(魏) 曹植

初岁元祚,吉日惟良。乃为嘉会,宴此高堂。
衣裳鲜洁,黼黻玄黄。珍膳杂遝,充溢圆方。
俯视文轩,仰瞻华梁。愿保兹善,千载为常。
欢笑尽娱,乐哉未央。皇室荣贵,寿考无疆。

正旦大会行礼歌

(晋) 傅玄

天鉴有晋,世祚圣皇。时齐七政,朝此万方。
钟鼓斯震,九宾备礼。正位在朝,穆穆济济。
煌煌三辰,实丽于天。君后是象,威仪孔虔。
率礼无愆,莫非迈德。仪刑圣皇,万邦惟则。

上寿酒歌

(晋) 傅玄

於赫明明,圣德龙兴。三朝献酒,万寿是膺。
敷佑四方,如日之升。自天降祚,元吉有征。

正旦大会行礼歌

（晋）荀勖

於皇元首，群生资始。履端大亨，敬御繁祉。
肆觐群后，爰及卿士。钦顺则元，允也天子。

◆ 五言古　附长短句

王公上寿酒歌

（晋）荀勖

践元辰，延显融。献羽觞，祈令终。
我皇寿而隆，我皇茂而嵩。本支奋百世，休祚钟圣躬。

王公上寿诗

（晋）张华

称元庆，奉圣觞。后皇延遐祚，安乐抚万方。

正　朝

（晋）曹毗

灵春散初泽，棼煴青阳舒。佳袍忽已故，今载奄复初。
软节畅宇宙，和风被八区。

正朝诗

（晋）王氏

稔冉冥机运，迅矣四节经。太簇应元律，青阳兆初正。

元正诗

（晋）辛氏

元正启令节，嘉庆肇自兹。咸奏万年觞，小大同悦熙。

奉和元日

（北齐）萧悫

帝宫通夕燎，天门拂曙开。瑞云生宝鼎，荣光上露台。
华山不凋叶，宜城万寿杯。遥见飞凫下，悬知叶县来。

正旦蒙赵王赉酒

（北周）庾信

正旦辟恶酒，新年长命杯。柏叶随铭至，椒花逐颂来。
流星向椀落，浮蚁对春开。成都已噀火，蜀使何时回？

奉和从叔光禄愔元日早朝

（隋）李孝贞

铜浑变春节，玉律动年灰。暧暧城霞旦，隐隐禁门开。
众灵凑仙府，百神朝帝台。叶令双凫至，梁王驷马来。
戈鋋映林阙，歌管沸尘埃。保章望瑞气，尚书灭火灾。
冠冕多秀士，簪裾饶上才。谁怜张仲蔚，日暮返蒿莱。

元日寄诸弟兼呈崔都水

（唐）韦应物

一从守兹郡，两鬓生素发。新正加我年，故岁去超忽。
淮滨益时候，了似中秋月。川谷风景温，城池草木发。
高斋属多暇，怊怅临芳物。日月昧还期，念君何时歇。

元日同谷子延赋

（明）高叔嗣

雄都盛宾客，车马争驰骛。芳辰启初年，宴饮多所务。
不知灌园身，何为迷方误。郊馆抗空甃，山扉启峻路。
良朋平生欢，就我今朝步。城因并舍登，径为穿林度。
微阴原上明，片日云中露。青霞照深池，白雪停幽树。

共贪岁欲新,不厌日旋暮。农田方在兹,君岂数能顾。

◆ 七言古

癸丑元旦

(明)杨基

霏霏元日雪,脉脉人日雨。
春来无日不轻阴,薄雾寒云满南浦。
常年有雨复新晴,淑气韶光淡绕城。
草色未逢金勒马,柳条先映玉楼莺。
今年风雨兼冰雪,忘却春幡庆春节。
野杏缄愁待酒催,江梅索笑邀人折。
谁与观云卜大通,且须祈穀问年丰。
相期十二楼前月,剩看花灯万点红。

◆ 五言律

奉和正日临朝应诏

(唐)李百药

化历昭唐典,承天顺夏正。百灵警轩禁,三辰扬旆旌。
充庭富礼乐,高谵齿簪缨。献寿符万岁,移风韵九成。

奉和正日临朝

(唐)颜师古

七政璿衡始,三元宝历新。负扆延百辟,垂旒御九宾。
肃肃皆鹓鹭,济济盛簪绅。天涯致重译,西域献奇珍。

元日观朝

(唐)厉元

玉座临新岁,朝盈万国人。火连双阙晓,仗列五门春。

瑞雪销鸳瓦,祥光在日轮。天颜不敢视,称庆拜空频。

己酉元日

(宋) 陆游

夜雨解残雪,朝阳开积阴。桃符呵笔写,椒酒过花斟。
岸柳摇风早,街泥溅马深。行宫放朝贺,共识慕尧心。

岁　旦

(宋) 宋伯仁

居闲无贺客,早起只如常。桃板随人换,梅花隔岁香。
春风回笑语,云气卜丰穰。柏酒何劳劝,心平寿自长。

次韵屏翁新元聚拜

(宋) 戴昺

履端来聚拜,和气洽昌辰。繁衍如今日,栽培岂一人。
诗书延泽润,忠厚续长春。相祝无多语,年新德又新。

己酉新正

(元) 叶颙

天地风霜尽,乾坤气象和。历添新岁月,春满旧山河。
梅柳芳容稚,松篁老态多。屠苏成醉饮,欢笑白云窝。

乙亥元日试笔

(元) 张雨

自古三朝节,于今一笑看。问年书亥字,献岁出辛盘。
黔突多蒸术,红冰剩浴丹。行行追胜事,步步扫春寒。

元日昇平词

(明) 王英

华盖中天近,祥云五夜多。众星环绛阙,一水接银河。

花满瀛洲树，香涵太液波。长年逢此日，恩意共春和。

◆ 五言排律

元　旦
（唐）太宗

高轩暧春色，迢阁媚朝光。彤廷飞綵斾，翠幌曜明珰。
恭己临四极，垂衣驭八荒。霜戟列丹陛，丝竹韵长廊。
穆矣薰风茂，康哉帝道昌。继文遵后轨，循古鉴前王。
草秀故春色，梅艳昔年妆。巨川思欲济，终以寄舟航。

奉和正日临朝应诏
（唐）魏徵

百灵侍轩后，万国会涂山。岂如今睿哲，迈古独光前。
声教溢四海，朝宗引百川。锵洋鸣玉珮，灼烁耀金蝉。
淑景辉雕辇，高旌扬翠烟。庭实超王会，广乐盛钧天。
既欣东日户，复咏《南风篇》。愿奉光华庆，从斯万亿年。

元日早朝
（唐）耿湋

九陌朝臣满，三朝候鼓赊。远珂时接韵，攒炬偶成花。
紫贝为高阙，黄龙建大牙。参差万戟合，左右八貂斜。
羽扇分朱槛，金炉隔翠华。微风传曙漏，晓日上春霞。
环珮声重叠，簪缨服等差。乐和天易感，山固寿无涯。
渥泽千年圣，车书四海家。盛明多在位，谁得守蓬麻？

元旦书事
（明）吴兆

闽中风景丽，元旦百花开。有岸皆萦草，无波不染苔。
树光摇粉堞，云彩照金罍。浓黛新年点，春衣隔岁裁。

夜炉藏宿火,晓烛剪残灰。袖里分馀蕙,钗边冒落梅。
松枝当户插,椒气拂窗来。正好随欢笑,那知客思催。

◆ 七言律

奉和库部卢四兄曹长元日朝回
（唐）韩愈

天仗宵严建羽旄,春云送色晓鸡号。
金炉香动螭头暗,玉珮声来雉尾高。
戎服上趋承北极,儒冠列侍映东曹。
太平时节难身遇,郎署何须叹二毛。

元日含元殿下立仗丹凤楼门下宣赦上相公
（唐）杨巨源

天垂台耀扫欃枪,寿献香山祝圣明。
丹凤楼前歌九奏,金鸡竿下鼓千声。
衣冠南面薰风动,文字东方喜气生。
从此登封资庙略,两河连海一时清。

临轩启扇似云收,率土朝天剧水流。
瑞色含春当正殿,香烟捧日在高楼。
三朝气早迎恩泽,万岁声长绕冕旒。
请问汉家功第一,麒麟阁上识鄫侯。

元日观朝
（唐）杨巨源

北极长尊报圣期,周家何用问元龟。
天颜入曙千官拜,元日迎春万物知。
闾阖迥临黄道正,衣裳高对碧山垂。
微臣愿献尧人祝,寿酒年年太液池。

次韵曾仲锡元日见寄
（宋）苏轼

萧索东风两鬓华，年年幡胜剪宫花。
愁闻塞曲吹芦管，喜见春盘得蓼芽。
吾国旧供云泽米，君家新致雪坑茶。
燕南异事真堪记，三寸黄柑擘永嘉。

丙申元日安福寺礼塔
（宋）范成大

岭梅蜀柳笑人忙，岁岁椒盘各异方。
耳畔逢人无鲁语，鬓边随我是吴霜。
新年后饮屠苏酒，故事先燃崒堵香。
石笋新街好行乐，与民同处且逢场。

元日贺裴都事朝回
（元）李材

海上琼楼接五城，人间歌吹近蓬瀛。
云移豹尾旌旗暖，日射螭头剑佩明。
拜舞尽随仙仗入，退归遥听玉珂鸣。
欣欣百草含春意，得傍东君暖处生。

辛酉岁元日
（元）范梈

西山千仞郁崔嵬，山下楼台紫翠开。
玉帛会同来万国，玑衡悬运属三台。
尝闻海客谈金鼎，更见祠官进玉杯。
惭愧词臣今白首，久无赋颂献蓬莱。

开　岁

（元）范梈

自违北极向南辰，重见东皇似故人。
合席管絃方殿岁，殊乡花柳觉先春。
水归楚泽鱼俱化，天覆周郊兽亦仁。
薄宦于时无补报，且须康济百年身。

次韵正旦会朝

（元）袁桷

阊阖春回旭日鲜，花光摇曳珮仙仙。
金莲漏下催初刻，玉笋班齐祝万年。
香拥衮龙开黼座，风回笙鹤舞钧天。
朝元法曲谁传得，归醉蓬莱话日边。

元日朝回

（元）袁桷

万国梯航满禁衢，卉裳象译语音殊。
凤箫声送纤腰舞，雉扇行分两翼趋。
花气欲浮金凿落，云光疑下锦流苏。
词臣不识金泥秘，点指薇垣颂六符。

次韵元日朝贺

（元）傅若金

宫漏催朝烛影斜，千官鸣玉动晨鸦。
交龙拥日明丹扆，飞凤随云绕画车。
宴罢戴花经苑路，诗成传草到山家。
小儒未得随冠冕，遥听钧天隔彩霞。

丁亥元日

（元）张翥

梅花院落雨声中，窗外春寒淰淰风。
腊酒拨醅浮玉蚁，夜灯挑烬落金虫。
星环甲纪惊身老，雪解寅朝验岁丰。
还喜驿书催上路，寸心长在日华东。

元日早朝

（明）李东阳

九门深掩禁城春，香雾笼街不动尘。
玉帐寒更传虎卫，彤楼晓色听鸡人。
簾前乐应红灯起，阶下班随綵仗陈。
朝散东华看霁日，午烟晴市一时新。

元旦试笔

（明）陈宪章

天上风云庆会期（时），庙谟争遣草茅知。
邻墙旋打娱宾酒，稚子齐歌乐岁诗。
老去又逢新岁月，春来更有好花枝。
晚风何处江楼笛，吹到东溟月上时。

壬寅正旦侍班

（明）吴宽

炉烟如雾蔼彤墀，半启金门复道危。
只尺星辰华盖转，中间日月衮衣垂。
普天凤历开寅岁，平旦鸡人报卯时。
御座不胜袍笏近，侍臣偏识汉朝仪。

乙亥元日

(明)孙一元

元日狂歌倒竹樽,东风昨夜到柴门。
生逢盛世忧何事,家在青山道自尊。
残雪疏林开旧色,白沙细浪长新痕。
春来漫有沧洲兴,文鹓银鹇满钓艑。

元旦赐门神挂屏葫芦等物岁以为常

(明)于慎行

节启青阳岁籥新,金人十二画为神。
韶华自合留天府,御气谁期洽近臣。
䌽胜仍分仙禁缕,云屏况借汉宫春。
却怜寂寞扬雄宅,门巷恩光接紫宸。

乙巳元日

(明)袁宏道

湖柳侵街水接门,东风缬缬澹微温。
久乘下泽无官韵,乍著红衫有折痕。
皓首赪颜俱入市,碧芽新鸟又成村。
归来且坐梅花下,倒却鹅黄四五罇。

己卯正旦和牧翁韵

(明)程嘉燧

不嫌朱户有蒿蓬,且喜阳和转谷中。
人语半空山殿晓,佛香匝地洞门风。
酒随天意留青缥,诗与春光斗碧红。
况值朋来好乘兴,肯因瀼滑限西东。

◆ 五言绝句

奉和正日临朝应诏
（唐）杨师道

皇猷被寰宇，端扆属元辰。九重丽天邑，千门临上春。

正朝摘梅
（唐）张说

蜀地寒犹暖，正朝发早梅。偏惊万里客，已复一年来。

元　朝
（唐）张说

元日今岁乐，不谢往年春。知向来心道，谁为昨夜人。

◆ 七言绝句

元日仗
（唐）张祜

文武千官岁仗兵，万方同轨奏昇平。
上皇一御含元殿，丹凤门开白日明。

岁日朝回口号
（唐）杜牧

星河犹在整朝衣，远望天门再拜归。
笑向春风初五十，敢言知命且知非。

元日观郭将军早朝
（唐）僧灵澈

欲曙九衢人更多，千条香烛照银河。

今朝始见金吾贵,连马纵横避玉珂。

次韵秦少游王仲至元日立春
(宋)苏轼

省事天公厌两回,新年春日并相催。
殷勤更下山阴雪,要与梅花作伴来。

己卯嘉辰寿阿同,愿渠无过亦无功。
明年春日江湖上,回首觚棱一梦中。

词锋虽作楚骚寒,德意还同汉诏宽。
好遣秦郎供帖子,尽驱春色入毫端。

卷三十四　人日类

◆ 五言古

正月七日登高侍宴
（北齐）阳休之

广殿丽年辉，上林起春色。风生拂雕辇，云回浮绮翼。

和人日晚景宴昆明池
（北周）庾信

春馀足光景，赵李旧经过。上林柳腰细，新丰酒径多。
小船行钓鲤，新盘待摘荷。兰皋徒税驾，何处有凌波？

人日思归
（隋）薛道衡

入春才七日，离家已二年。人归落雁后，思发在花前。

人日城南登高
（唐）韩愈

初正候才兆，涉七气已弄。霭霭野浮阳，晖晖水披冻。
圣朝身不废，佳节古所用。亲交既许来，子姪亦可从。
盘蔬冬春杂，樽酒清浊共。令征前事为，觞咏新诗送。
扶杖凌圮址，刺船犯枯葑。恋池群鸭回，释峤孤云纵。
人生本坦荡，谁使妄倥偬？直指桃李阑，幽寻宁止重。

◆ 七言古

军中人日登高赠房明府
（唐）宋之问

幽郊昨夜阴风断，顿觉朝来阳吹暖。
泾水桥南柳欲黄，杜陵城北花应满。
长安昨日寄春衣，短翮登兹一望归。
闻道凯旋乘骑入，看君走马见芳菲。

◆ 五言律

人日剪䌽
（唐）张九龄

姹女矜容色，为花不让春。既争芳意早，谁待物华真。
叶作参差发，枝从点缀新。自然无限态，长在艳阳辰。

人 日
（唐）杜甫

元日到人日，未有不阴时。冰雪莺难至，春寒花较迟。
云随白水落，风振紫山悲。蓬鬓稀疏久，无劳比素丝。

新 年
（宋）苏轼

晓雨暗人日，春愁连上元。水生挑菜渚，烟湿落梅村。
小市人归尽，孤舟鹤踏翻。犹堪慰寂莫，渔火乱黄昏。

◆ 五言排律

人日立春林民部宅观伎
（明）吴兆

双节值新年，东风袅伎筵。土牛官鼓迓，䌽燕内人传。

杏子裁衫薄，梅花点额圆。歌深眉黛蹙，酒重脸红妍。
香雾迷窗凤，金屏映柱莲。尚书旧东第，宾客喜重延。

◆ 七言律

人日重宴大明宫恩赐綵缕人胜应制
（唐）郑愔

琼殿含光映早轮，玉銮严跸望初晨。
池开冻水仙宫丽，树发寒花禁苑新。
佳气徘徊笼细网，残霙淅沥染轻尘。
良时荷泽皆迎胜，穷谷晞阳犹未春。

奉和人日讌大明宫恩赐綵缕人胜应制
（唐）马怀素

万宇千门平旦开，天容辰象列昭回。
三阳候节金为胜，百福迎祥玉作杯。
就暖风光偏著柳，辞寒雪影半藏梅。
何幸得参词赋职，自怜终乏马卿才。

人日侍宴大明宫应制
（唐）赵彦昭

宝契无为属圣人，珊舆出幸玩芳辰。
平楼半入南山雾，飞阁旁临东墅春。
夹路浓花千树发，垂轩弱柳万条新。
处处风光今日好，年年愿奉属车尘。

奉和人日重宴大明宫恩赐綵缕人胜应制
（唐）崔日用

新年宴乐正东朝，钟鼓铿锽大乐调。
金屋瑶筐开宝胜，花笺綵笔颂春椒。

曲池苔色冰前液，上苑梅香雪里飘。
宸极此时飞圣藻，微臣窃抃预闻《韶》。

人日侍宴大明宫恩赐䌽缕人胜应制
（唐）李峤

凤城景色已含韶，人日风光倍觉饶。
桂吐半轮迎此夜，蓂开七叶应今朝。
鱼猜冰冻行犹涩，莺喜春熙弄欲娇。
愧奉登高摇䌽翰，欣逢御气上丹霄。

人日重宴大明宫恩赐䌽缕人胜应制
（唐）李乂

诘旦行春上苑中，凭高却下大明宫。
千年执象寰瀛泰，七日为人庆赏隆。
䌽凤曾鸯摇瑞雪，铜乌细转入祥风。
此时朝野欢无算，此岁云天乐未穷。

人日重宴大明宫恩赐䌽缕人胜应制
（唐）沈佺期

拂旦鸡鸣仙卫陈，凭高龙首帝城春。
千官黼帐杯前寿，百福香奁胜里人。
山鸟初来犹怯啭，林花未发已偷新。
天文正应韶光转，设报悬知用此辰。

人日宴大明宫恩赐䌽缕人胜应制
（唐）李适

朱城待凤韶年至，碧殿疏龙淑气来。
宝帐金屏人已贴，图花学鸟胜初裁。
林香近接宜春苑，山翠遥添献寿杯。
向夕凭高风景丽，天文垂耀象昭回。

人 日

（唐）杜甫

此日此时人共得，一谈一笑俗相看。
尊前柏叶休随酒，胜里金花巧耐寒。
佩剑冲星聊暂拔，匣琴流水自须弹。
早春重引江湖兴，直道无忧行路难。

人日即事

（唐）李商隐

文王喻复今朝是，子晋吹笙此日同。
舜格有苗旬太远，周称流火月难穷。
镂金作胜传荆俗，剪彩为人起晋风。
独想道衡诗思苦，离家恨得二年中。

人日有怀愚斋张兄纬文

（金）元好问

书来聊得慰怀思，清镜平明见白髭。
明月高楼燕市酒，梅花人日草堂诗。
风光流转何多态，儿女青红又一时。
涧底孤松二千尺，殷勤留看岁寒枝。

人日立春

（元）赵孟頫

今年人日与春并，人得春来喜气迎。
宫柳风微金缕重，御沟冰泮玉鳞生。
阴消已觉馀寒散，阳长争看晓日明。
霜鬓彩幡浑不称，强题新句慰羁情。

人日书怀

（元）元淮

丽日池塘冻水消，嫩红娇白见芳苗。
郊原雪霁东风软，篱落梅残碧玉雕。
便好踏青穿细草，不妨携酒骤鸣镳。
遥怜九曲沙堤畔，多少鹅黄上柳条。

人日从驾幸南郊，梁赞善以诗柬寄，因和之

（明）胡俨

紫陌鸡鸣远报晨，百官朝罢出枫宸。
龙旗夹道先传警，凤辇行春不动尘。
礼乐幸逢全盛日，耕桑俱是太平人。
千门万户东风暖，胜里金花剪䌽新。

人　日

（明）薛蕙

晖晖晴日透簾帷，冉冉和风飐鬓丝。
野老自倾田舍酒，故人谁寄草堂诗？
即看梅柳春含早，预想莺花景不迟。
旋鬻园蔬办家酿，剩拚酩酊艳阳时。

◆ **五言绝句**

人日代客子是日立春

（唐）张继

人日兼春日，长怀复短怀。遥知双䌽胜，并在一金钗。

◆ 七言绝句

人日立春

(唐)卢仝

春度春归无限春,今朝方始觉成人。
从今克己应犹及,愿与梅花俱自新。

卷三十五　上元类

◆ 五 言 古

上元夜效小庾体同用春字
（唐）长孙正隐

薄晚啸游人，车马乱驱尘。月光三五夜，灯焰一重春。
烟云迷北阙，箫管识南邻。洛城终不闭，更出小平津。

上元夜
（宋）苏轼

前年侍玉辇，端门万枝灯。璧月挂罘罳，珠星缀觚棱。
去年中山府，老病亦宵兴。牙旗穿夜市，铁马响春冰。
今年江海上，云房寄山僧。亦复举膏火，松间见层层。
散策桄榔林，林疏月鬅鬙。使君置酒罢，箫鼓转松陵。
狂生来索酒，一举辄数升。浩歌出门去，我亦归营腾。

◆ 七 言 古

上元作
（宋）孔平仲

春来雾雨久不收，上元三日月如秋。
倾城娱乐竞沽酒，旧岁丰登仍足油。
楼前灯山烧荻火，光影动摇桑落州。

太守凭高列歌吹，游人哄笑观俳优。
铜盘贮煤插乌帽，从兵小吏斥下楼。
侍觞行食皆官伎，目眙不言语或偷。
短长赤白皆莫校，但取一笑馀何求。
譬如饮酒且为乐，不问甘苦醉即休。
归来絖如打五鼓，春寒惨惨吹驼裘。
群儿嬉戏尚未寝，更看紫姑花满头。

◆ 五 言 律

轩游宫十五夜
（唐）明皇

行迈离秦国，巡方赴洛师。路逢三五夜，春色暗中期。
关外长河转，宫中淑气迟。歌钟对明月，不减旧游时。

上 元
（唐）郭利正

九陌连灯影，千门度月华。倾城出宝骑，匝路转香车。
烂熳惟愁晓，周游不问家。更逢清管发，处处落梅花。

正月十五夜应制
（唐）孙逖

洛城三五夜，天子万年春。綵仗移双阙，琼筵会九宾。
舞成苍颉字，灯作法王轮。不觉东方日，遥垂御藻新。

正月十五夜
（唐）苏味道

火树银花合，星桥铁锁开。暗尘随马去，明月逐人来。
游妓皆秾李，行歌尽落梅。金吾不禁夜，玉漏莫相催。

正夜侍宴应诏

（唐）薛曜

重关钟漏通，夕敞凤皇宫。双阙祥烟里，千门明月中。
酒杯浮湛露，歌曲唱流风。侍臣咸醉止，恒惭恩遇崇。

十五夜观灯

（唐）王諲

暂得金吾夜，通看火树春。停车傍明月，走马入红尘。
妓杂歌偏胜，场移舞更新。应须尽记取，说向不来人。

正月十五日夜

（唐）白居易

岁熟人心乐，朝游复夜游。春风来海上，明月在江头。
灯火家家市，笙歌处处楼。无妨思帝里，不合厌杭州。

上元唱和

（唐）温庭皓

九枝应并耀，五夜思悠然。景集青山外，萤分碧草前。
辉华侵月影，历乱写星躔。望极高楼上，摇光满绮筵。

观山灯献徐尚书

（唐）段成式

风少影零乱，露轻光陆离。如霞散仙掌，似烧上峨嵋。
道树千花发，扶桑九日移。因山成众象，不复藉蟠螭。

元夕午门赐观灯

（明）金善

五夜开阊阖，千官列珮珂。御烟浮宝篆，华月送清歌。
岁久君恩重，时平乐事多。金吾知不禁，试问夜如何？

元夕同李伯承高伯宗赋得火树银花合
（明）张九一

火树排虚上，银花入暗开。一宵春色到，万户夜光来。
对月惊飘桂，临风拟落梅。莫辞归去晚，携得艳阳回。

◆ **五言排律**

十五夜游
（唐）苏味道

今夕重门启，游春得夜芳。月华连昼色，灯影杂星光。
南陌青丝骑，东邻红粉妆。管絃遥辨曲，罗绮暗闻香。
人拥行歌路，车攒斗舞场。经过犹未已，钟鼓出长杨。

奉和圣制十五夜燃灯继以酺宴应制
（唐）王维

上路笙歌满，春城刻漏长。游人多昼日，明月让灯光。
鱼钥通翔凤，龙舆出建章。九衢陈广乐，百福透名香。
仙妓来金殿，都人绕玉堂。定应偷妙舞，从此学新妆。
奉引迎三事，司仪列万方。愿将天地寿，同以献君王。

上元纪吴下节物俳谐体三十二韵
（宋）范成大

斗野丰年屡，吴台乐事并。酒垆先叠鼓，灯市蚤投琼。
价喜膏油贱，祥占雨雪晴。筼筜仙子洞，菡萏化人城。
樯炬疑龙见，桥星讶鹊成。小家庖独跼，高闬鹿双撑。
屏展辉云母，簾垂晃水精。万窗花眼密，千隙玉虹明。
薝萄丹房挂，葡萄绿蔓萦。方缣翻史册，圆魄缀门衡。
掷烛腾空稳，推毬衮地轻。映光鱼隐见，转影骑纵横。
轻薄行歌过，颠狂社舞呈。村田蓑笠野，街市管絃清。

里巷分题句，官曹别匾名。旱船遥似泛，水儡近如生。
钳赭装牢户，嘲嗤绘乐棚。堵观瑶席隘，喝道绮丛争。
禁钥通三鼓，归鞭任五更。桑蚕春茧劝，花蝶夜蛾迎。
凫子描丹笔，鹅毛剪雪英。宝糖珍粔籹，乌腻美饴饧。
捻粉团栾意，熬稃膈膊声。筵簨巫志怪，香火婢输诚。
帚卜拖裙验，箕诗落笔惊。微如针属尾，贱及苇分茎。
末俗难诃止，佳辰且放行。此时纷仆马，有客静柴荆。
幸甚归长铗，居然照短檠。生涯惟病骨，节物尚乡情。
掎摭成俳体，咨询逮里甿。谁修吴地志，聊以助讥评。

◆ 七 言 律

上元夜建元寺观灯呈通智上人
（唐）无名氏

建元看列上元灯，处处回廊斗火层。
珠玉乱抛高殿佛，绮罗深拜远山僧。
临风走笔思呈惠，到晓行禅合伴能。
无限喧阗留不得，月华西下露华凝。

依韵和张推官元夕
（宋）文同

山郡上元荣乐事，大开金地作遨场。
烟云向晓谁教霁，灯烛乘春自有香。
紫陌荧煌随步远，綵棚佳丽斗眉长。
游人莫惜酬高直，买取银蟾一寸光。

次韵何若谷都官灯夕
（宋）赵抃

千门灯烛事遨游，车马通宵不暂休。
幸免烟氛遮皓月，任随箫鼓杂鸣驺。

金壶漏下丁丁永,玉斝霞生滟滟流。
帝泽远临人鼓腹,赣川宜有太平讴。

元 夜
（宋）朱淑真

月满今宵霁色澄,深沉帘幕管絃清。
夸毫斗彩连仙馆,坠翠遗珠满帝城。
一派笑声和鼓吹,六街灯火乐昇平。
归来禁漏馀三四,窗上梅花瘦影横。

上元宿通州杨原诚寓宅
（元）张翥

禁城东下一川平,杳杳烟芜淡淡晴。
风滚暗尘羊角转,水披残冻鸭头生。
离居有酒春堪醉,小市无灯月当明。
还忆故园今夕赏,玉人花底共吹笙。

次韵李清叔元夕
（元）贡师泰

绛烛烧烟散满城,九衢车马似潮声。
山河影转琉璃薄,陆海光浮菡萏平。
蝶睡误翻歌扇暖,鹊惊疑报画檐晴。
夜阑人静天如水,依旧残星数点明。

上元十五夜
（明）刘英

一派春声送管絃,九衢灯烛上薰天。
风回鳌背星球乱,云散鱼鳞璧月圆。
逐队马翻尘似海,踏歌人盼夜如年。
归迟不属金吾禁,争觅遗簪与坠钿。

元夕应制

（明）赵迪

龙楼锡宴月初斜，宝炬星分照翠华。
五夜歌钟连甲第，千门灯火映皇家。
锦筵人醉飘金缕，罗绮春晴散彩霞。
自是宸游多乐事，叨陪几度赐宫花。

甲辰元夕

（明）李濂

宝珧金貂簇绣鞍，倾城士女竞追欢。
宣和旧俗灯偏盛，汴水新春夜不寒。
人海涌来喧笑语，车雷轰处恣游盘。
太平景象君须记，天汉桥边立马看。

◆ 七言绝句

上元夜

（唐）崔液

玉漏铜壶且莫催，铁关金锁彻明开。
谁家见月能闲坐，何处闻灯不看来。

神灯佛火百轮张，刻像图形七宝装。
影里如闻金口说，空中似散玉毫光。

今年春色胜常年，此夜风光最可怜。
鸂鶒楼前新月满，凤皇台上宝灯燃。

金勒银鞍控紫骝，玉轮珠幰驾青牛。
骖驔始散东城曲，倏忽还来南陌头。

公子王孙意气骄,不论相识也相邀。
最怜长袖风前弱,更赏新絃暗里调。

星移汉转月将微,露洒烟飘灯渐稀。
犹惜道傍歌舞处,踟蹰相顾不能归。

十五夜御前口号踏歌词
(唐)张说

花萼楼前雨露新,长安城里太平人。
龙衔火树千重焰,鸡踏莲花万岁春。

帝宫三五戏春台,行雨流风莫妒来。
西域灯轮千影合,东华金阙万重开。

正月十五日
(唐)熊孺登

汉家遗事今宵见,楚郭明灯几处张。
深夜行歌声绝后,紫姑神下月苍苍。

上元都下
(宋)张耒

淡薄晴云放月华,晚妆新晕脸边霞。
管絃楼上争沽酒,巧笑车头旋买花。

骄马金鞍白面郎,双环小女坐车箱。
轮声辘辘归何处,留得红笼绛蜡香。

上元侍饮楼上呈同列
(宋)苏轼

澹月疏星绕建章,仙风吹下御炉香。

侍臣鹄立通明殿,一朵红云捧玉皇。

老去行穿万马群,九衢人散月纷纷。
归来一点残灯在,犹有传柑遗细君。

灯夕时在泗水上
〔宋〕朱松

灯花作意照归人,短棹扁舟寂莫滨。
帝力如春苏万物,遥知太乙不威神。

云窗月槛仰乘舆,俯看香车出绣襦。
九陌人人歌帝力,不须微服过康衢。

元　夕
〔金〕元好问

花影灯光一万重,青衫骢马踏东风。
彰阳旧事无人记,二十三年似梦中。

上元日
〔元〕范梈

蓬莱宫阙峙青天,后内看灯记往年。
谁念东篱山下路,再逢春月向人圆。

元　夕
〔元〕吴师道

柳台梅巷锁春晴,酒思灯光负赏心。
听彻宣和太平曲,独看明月到更深。

元　宵
〔元〕郑玉

对簇鳌山十万人,皇都今夕几分春。

六街三市浑如昼，寄语金吾莫夜巡。

市上灯张玉井莲，门前箫鼓更喧天。
先生懒向儿童语，闭户高居但欲眠。

元宵偶作
（元）钱惟善

弹压城池夜属橐，放灯那复事奢豪。
水晶宫里香风细，曾见神山驾六鳌。

汴中元夕
（明）李梦阳

中山孺子倚新妆，郑女燕姬独擅场。
齐唱宪王新乐府，金梁桥外月如霜。

细雨烧灯夜色新，酒楼花市不胜春。
和风欲动千门月，醉杀东西南北人。

都城元夕
（明）刘侃

一夕春从天上回，六街火树彻明开。
叮咛莫似吹芦管，才报梅开又落梅。

卷三十六 花朝类

◆ 七言律

花朝张太学西园小集
（明）陆之裘

雨霁名园春事芳，兰台小集暮行觞。
愆期肯使花神笑，纵饮谁嗔草圣狂。
入坐微风含楚珮，照人明月堕匡床。
行歌亦有穿云调，隔水遥传《陌上桑》。

花 朝
（明）吴稼澄

日气朝清池上波，交交啼鸟傍池多。
三春花事终难负，二月风光半未过。
土俗岁时存旧记，闺人单夹制轻罗。
正怜一树樱桃放，桃李相催奈若何？

仲雪见示花朝诗依韵奉和
（明）钱谦贞

春色平分已自奢，今朝风物更鲜华。
山因绿柳常含雨，天为红桃不放霞。
芳草齐时看宝马，好风多处见香车。
笺天有事君知否？要乞轻阴为养花。

◆ 七言绝句

花　朝
（明）王衡

晴烟膏露若为容，踯躅香苞望晓红。
莫怨五更风色恶，开花原是落花风。

花　朝
（明）汤显祖

妒花风雨怕难销，偶逐晴光扑蝶遥。
一半春随残夜醉，却言明日是花朝。

卷三十七 社日类

◆ 五言古

社前遭田父泥饮美严中丞
（唐）杜甫

步屧随春风，村村自花柳。田翁逼社日，邀我尝春酒。
酒酣夸新尹，畜眼未见有。回头指大男，渠是弓弩手。
名在飞骑籍，长番岁时久。前日放营农，辛苦救衰朽。
差科没则已，誓不举家走。今年大作社，拾遗能住否？
叫妇开大瓶，盆中为吾取。感此气扬扬，须知风化首。
语多虽杂乱，说尹终在口。朝来偶然出，自卯将及酉。
久客惜人情，如何拒邻叟。高声索果栗，欲起时被肘。
指挥过无礼，未觉村野丑。月出遮我留，仍嗔问升斗。

◆ 七言古

春社祠
（明）瞿佑

十日一风五日雨，社前拜祝神已许。
瓦盆潋滟斟浊醪，高俎纵横荐肥羜。
呜呜笛声坎坎鼓，俚曲山歌互吞吐。
老巫狡狯神有灵，传得神言为神舞。
祭馀分肉巫自与，醉里狂言相尔汝。

小儿觅饼大儿扶，头上神花付邻女。

◆ 五 言 律

社　日
（唐）杜甫

九农成德业，百祀发光辉。报效神如在，馨香旧不违。
南翁巴曲醉，北雁塞声微。尚想东方朔，诙谐割肉归。

今朝当社日
（宋）戴复古

今朝当社日，明日是花朝。佳节惟宜饮，东池适见招。
绿深杨柳重，红透海棠娇。自笑鬓边雪，多年不肯消。

社　前
（宋）谢翱

无家借燕住，离别又经年。客馆依山上，春分到社前。
雨来换宿水，云起暗晴川。飒飒吹衣带，因风问去船。

◆ 七 言 律

乙酉社日偶题
（宋）杨万里

愁边节里两相关，茶罢呼儿检历看。
社日雨多晴较少，春风晚暖晓犹寒。
也知散策郊行去，其奈缘溪路未干。
绿暗红明非我事，且寻野蕨作蔬盘。

社日僧舍风雨
（宋）刘宰

借蔬香积共晨炊，客里良辰总不知。

孺子从渠均胙肉,南翁无处听巴词。
神鸦得志饱终日,巢燕无心来及时。
风雨聒人聋转甚,半钟浊酒可能治?

社　日

(明) 甘瑾

枫树林边雨脚斜,儿童祈赛竞喧哗。
鸡豚上戊家家酒,莺燕东风处处花。
野径归时扶醉客,丛祠祭罢集神鸦。
濒湖生意愁多潦,预祝污邪载满车。

社日出游

(明) 方太古

村村社鼓隔溪闻,赛祀归来客半醺。
水缓山舒逢日暖,花明柳暗值春分。
平田白洫流新雨,绝壁青枫挂断云。
策杖提壶随所适,野夫何不可同群。

◆ 七言绝句

社　日

(唐) 张演

鹅湖山下稻粱肥,豚栅鸡栖对掩扉。
桑柘影斜春社散,家家扶得醉人归。

春　社

(宋) 陆游

太平处处是优场,社日儿童喜欲狂。
且看参军唤苍鹘,京都新禁舞斋郎。

社　日

　　　　　　（宋）方岳

燕子今年揩社来，翠瓶犹有去年梅。
丁宁莫管杏花俗，付与春风一道开。

社　中

　　　　　　（明）陈宪章

桑林伐鼓酒如川，秋社钱多春社钱。
尽道昇平长官好，五风十雨更年年。

社屋新成燕子来，山丹未落野棠开。
三三两两儿童戏，弄水扳花日几回。

社酒开颜一百家，春风先动长官衙。
东君也解游人意，红白交开树树花。

社　日

　　　　　　（明）石珤

春风簾幕驻晴云，社酒杯深我对君。
燕子未来花不语，绿芜寒雀共斜曛。

卷三十八　寒食类

◆ 五言古

六年寒食洛下宴游赠冯李二少尹
（唐）白居易

丰年寒食节，美景洛阳城。三尹皆强健，七日尽晴明。
东郊踏青草，南园攀紫荆。风拆海榴艳，露坠木兰英。
假开春未老，宴合日屡倾。珠翠混花影，管絃藏水声。
佳会不易得，良辰亦难并。听吟歌暂辍，看舞杯徐行。
米价贱如土，酒味浓于饧。此时不尽醉，但恐负平生。
殷勤二曹长，各捧一银觥。

◆ 七言古

初入秦川路逢寒食
（唐）明皇

洛阳芳树映天津，灞岸垂杨窣地新。
直为经过行乐地，不知虚度两京春。
去年馀闰今年早，曙色和风著花草。
可怜寒食与清明，光辉并在长安道。
自从关路入秦川，争道何人不戏鞭。
公子途中妨蹴鞠，佳人马上废秋千。
渭水长桥今欲度，匆匆渐见新丰树。

远看骊岫入云霄,预想汤池起烟雾。
烟雾氛氲水殿开,暂拂香泉归去来。
今岁清明行已晚,明年寒食更相陪。

寒食陆浑别业

(唐) 宋之问

洛阳城里花如雪,陆浑山中今始发。
旦别河桥杨柳风,夕卧伊川桃李月。
伊川桃李正芳新,寒食山中酒复春。
野老不知尧舜力,酣歌一曲太平人。

奉和圣制初入秦川路寒食应制

(唐) 张说

上阳柳色唤春归,临渭桃花拂水飞。
总为朝廷巡幸去,顿教京洛少光辉。
昨从分陕山南口,驰道依依渐花柳。
入关正投寒食前,还京遂落清明后。
路上天心重豫游,御前恩赐特风流。
便幕那能镂鸡子,行宫善巧贴毛裘。
渭桥南渡花如扑,麦垄青青断人目。
汉家行树直新丰,秦地骊山抱温谷。
香池春溜水初平,预欢浴日照京城。
今岁随宜过寒食,明年陪宴作清明。

寒食城东即事

(唐) 王维

清溪一道穿桃李,演漾绿蒲涵白芷。
溪上人家凡几家,落花半落东流水。
蹴鞠屡过飞鸟上,秋千竞出垂杨里。

少年分日作遨游,不用清明兼上巳。

◆ 五言律

寒食应制
(唐)韦承庆

凤城春色晚,龙禁早晖通。旧火收槐燧,馀寒入桂宫。
莺啼正隐叶,鸡斗始开笼。蔼蔼瑶山满,仙歌始乐风。

寒食清明早赴王门率成
(唐)李峤

游客趋梁邸,朝光入楚台。槐烟乘晓散,榆火应春开。
日带晴虹上,花随早蝶来。雄风乘令节,馀吹拂轻灰。

和常州崔使君寒食夜
(唐)孙逖

闻道清明近,春庭向夕阑。行游昼不厌,风物夜宜看。
斗柄更初转,梅香暗里残。无劳秉华烛,晴月在南端。

寒 食
(唐)杜甫

寒食江村路,风花高下飞。汀烟轻冉冉,竹日净晖晖。
田父要皆去,邻家闹不违。地偏相识尽,鸡犬亦忘归。

寒 食
(唐)王建

田舍清明日,家家出火迟。白衫眠古巷,红索搭高枝。
纱带生难结,铜钗重欲垂。斩新衣踏尽,还似去年时。

寒食宴城北山池
(唐)羊士谔

别馆青山郭,游人折柳行。落花经上巳,细雨带清明。

鹁鸪流芳暗，鸳鸯曲水平。归心何处醉，宝瑟有馀声。

雨中寒食
（唐）羊士谔

令节逢烟雨，园亭但掩关。佳人宿妆薄，芳树綵绳闲。
归思偏消酒，春寒为近山。花枝不可见，惆怅灞陵间。

寒食行次冷泉驿
（唐）李商隐

归途仍近节，旅宿倍思家。独夜三更月，空庭一树花。
介山当驿秀，汾水绕关斜。自怯春寒苦，那堪禁火赊。

东都寒食
（唐）陈润

江南寒食早，二月杜鹃鸣。日暖山初绿，春寒雨欲晴。
浴蚕看社日，改火待清明。更喜瓜田好，令人忆邵平。

寒食日作
（宋）徐铉

厨冷烟初禁，门开日更斜。东风不好事，吹落满庭花。
过社纷纷燕，新晴淡淡霞。京都盛游观，谁访子云家？

寒　食
（宋）王禹偁

寒食江都郡，青旗卖楚醪。楼台藏绿柳，篱落露红桃。
妓女穿轻屐，笙歌泛小舠。使君慵不出，愁坐读《离骚》。

寒　食
（宋）陈与义

草草随时事，萧萧傍水门。浓阴花照野，寒食柳围村。

客袂空佳节，莺声忽故园。不知何处笛，吹恨满清尊。

寒食郊行书事
（宋）范成大

野店垂杨步，荒祠苦竹丛。鹭窥芦泊水，乌啄纸钱风。
媪引红妆女，儿扶烂醉翁。深村好时节，应为去年丰。

垅麦欣欣绿，山桃寂寂红。帆边鱼蓑浪，木末酒旗风。
信步随芳草，迷涂问小童。赏心添脚力，呼渡过溪东。

南塘寒食书事
（宋）范成大

埂外新波绿，冈头宿烧红。裹鱼蒸菜把，馈鸭锁筠笼。
酒侣晨相命，歌场夜不空。土风并节物，不与故乡同。

寒食旅怀
（明）谢榛

蓟北惊寒食，淹留几自嗟。春风来燕子，落日在桃花。
丘垅行边泪，江湖梦里家。不知疏懒客，何物是生涯。

江村寒食
（明）宋登春

白鸟忘机久，青山吾道存。兴来从杖履，老去爱鸡豚。
杨柳桥边市，桃花江上村。童儿沽酒至，风雨闭柴门。

◆ 五言排律

奉和圣制寒食作应制
（唐）张说

寒食春过半，花浓鸟复娇。从来禁火日，会接清明朝。

斗敌鸡殊胜,争毬马绝调。晴空数云点,香树百风摇。
改木迎新燧,封田表旧烧。皇情爱嘉节,传曲与《箫韶》。

洛桥寒食日作十韵
（唐）白居易

上苑风烟好,中桥道路平。蹴毬尘不起,泼火雨新晴。
宿醉头仍重,晨游眼乍明。老慵虽省事,春诱尚多情。
遇客踟蹰立,寻花取次行。连钱嚼金勒,凿落写银罂。
府酝休教送,官娃岂要迎。舞腰那及柳,歌舌不如莺。
乡国真堪恋,光阴可合轻。三年过寒食,尽在洛阳城。

◆ 七 言 律

寒食宴于中舍别驾兄弟宅
（唐）苏颋

子推山上歌龙罢,定国门前结驷来。
始睹元昆锵玉至,旋闻季子佩刀回。
晴花处处因风起,御柳条条向日开。
自有长筵欢不极,还持綵服咏《南陔》。

寒食内宴
（唐）张籍

朝光瑞气满宫楼,綵纛鱼龙四面稠。
廊下御厨分冷食,殿前飞骑逐香毬。
千官尽醉犹教坐,百戏皆呈未放休。
共喜拜恩侵夜出,金吾不敢问行由。

城阙沉沉向晓寒,恩当冷节赐馀欢。
瑞烟深处开三殿,香雨微时引百官。
宝树楼前分绣幕,綵花廊下映朱栏。

宫筵戏乐年年别,已得三回对御看。

寒　食
（唐）李山甫

风烟放荡花披猖,秋千女儿飞出墙。
绣袍驰马拾遗翠,锦袖斗鸡喧广场。
天地气和融霁色,池台日暖烧春光。
自怜尘土无他事,空脱荷衣泥醉乡。

次韵酬张补阙寒食见寄之什
（唐）郑谷

柳近清明翠缕长,多情右衮不相忘。
开缄虽睹新篇丽,破鼻须闻冷酒香。
时态懒随人上下,花心日被蝶分张。
朝稀且莫轻春赏,胜事由来在帝乡。

寒食前有怀
（唐）温庭筠

万物鲜华雨乍晴,春寒寂历近清明。
残芳荏苒双飞蝶,晓睡朦胧百啭莺。
旧侣不归成独酌,故园虽在有谁耕。
悠然更起严滩恨,一宿东风蕙草生。

寒食成判官垂访因赠
（宋）徐铉

常年寒食在京华,今岁清明在海涯。
远巷踏歌深夜月,隔墙吹管数枝花。
鹓鸾得路音尘阔,鸿雁分飞道里赊。
不是多情成二十,断无人解访贫家。

寒　食

（宋）王禹偁

今年寒食在商山，山里风光亦可怜。
稚子就花拈蛱蝶，人家依树系秋千。
郊原晓绿初经雨，巷陌春阴乍禁烟。
副使官闲莫惆怅，酒钱犹有撰碑钱。

次韵何若谷寒食燕集

（宋）赵抃

雨过江城绝点尘，清明佳节匝千门。
舞香扑坐花新戴，歌响盘云曲旋翻。
几欲为春留日驭，直须同俗醉衢尊。
因思老氏登台乐，若此斯民未足论。

寒食出郊

（宋）韩维

都门气象雨馀佳，压尽风尘见草芽。
日薄风和近郊路，朱红粉白远林花。
堤间独去婴姗女，柳下相逢辘轳车。
丝鬓未催樽酒在，不须辛苦问年华。

和子由寒食

（宋）苏轼

寒食今年二月晦，树林深翠已生烟。
绕城骏马谁能借，到处名园意尽便。
但挂酒壶那计盏，偶题诗句不须编。
忽闻啼鴂惊羁旅，江上何人治废田？

孤山寒食

（宋）赵师秀

二月芳菲在水边，旅人消困亦随缘。
晴舒蝶翅初匀粉，雨压杨花未放绵。
有句自题闲处壁，无钱难买贵时船。
最怜隐者高眠地，日日春风是管絃。

丁未寒食归自三泉

（金）元好问

春山晴暖紫生烟，山下分流百道泉。
未放小桃装野景，已看茅屋映秋千。
饥乌得食争相唤，醉叟行歌只自颠。
寒食明年定何许？故人尊酒且留连。

林村寒食

（元）戴表元

出门杨柳碧依依，木笔花开客未归。
市远无饧供熟食，村深有苎试生衣。
寒沙犬逐游鞍吠，落日鸦衔祭肉飞。
闻说旧时春赛罢，家家鼓笛醉成围。

寒食游廉园

（元）张养浩

湖天雨过澹春容，辇路迢迢失软红。
花柳巧为莺燕地，管絃遥递绮罗风。
群仙出没空明里，千古销沉感慨中。
免俗未能君莫笑，赏心吾亦与人同。

途中寒食

（元）马臻

行装迢递转孤城，一路闲吟缓客程。
泼火雨晴饧粥冷，落花风暖笋舆轻。
感时已悟庄生梦，遗俗空怀介子清。
只有啼鹃解人意，平芜漠漠两三声。

江村寒食

（明）杨基

预折杨枝插绕檐，荼蘪香软麦饧甜。
春衣未染新丝织，午篆犹分旧火添。
小雨送花青见萼，轻雷催笋碧抽尖。
不因人远伤离别，那得新愁上短髯。

寒食旅怀

（明）谢晋

簾外春阴似去年，异乡寒食倍凄然。
梨花香褪空飘雪，杨柳条长不禁烟。
无处追随乘款段，谁家欢笑送秋千。
晚来走向东邻媪，乞与青灯照客眠。

◆ 五言绝句

辛亥寒食

（金）元好问

寒食年年好，今年迥不同。秋千与花影，并在月明中。

◆ 七言绝句

寒食汜上作
（唐）王维

广武城边逢暮春，汶阳归客泪沾巾。
落花寂寂啼山鸟，杨柳青青渡水人。

寒食
（唐）韩翃

春城无处不飞花，寒食东风御柳斜。
日暮汉宫传蜡烛，轻烟散入五侯家。

途中寒食
（唐）白居易

路旁寒食行人尽，独占春愁在路旁。
马上垂鞭愁不语，风吹百草野田香。

寒食夜
（唐）韩偓

恻恻轻寒剪剪风，杏花飘雪小桃红。
夜深斜搭秋千索，楼阁朦胧烟雨中。

东阳道中作
（唐）方干

百花香气傍行人，花底垂鞭日易曛。
野火不知寒食节，穿林转壑自烧云。

丙辰年鄜州遇寒食城外醉吟
（唐）韦庄

满街杨柳绿丝烟，画出清明二月天。

好是隔簾花树动,女郎撩乱送秋千。

雕阴寒食足游人,金凤罗衣湿麝熏。
肠断入城芳草路,淡红香白一群群。

雨丝烟柳欲清明,金屋人间暖凤笙。
永日迢迢无一事,隔街闻蹴气毬声。

山中寒食
（宋）林逋

方塘波绿杜蘅青,布谷提壶已足听。
有客新尝寒具罢,据梧慵复散幽经。

寒食夜
（宋）苏轼

漏声透入碧窗纱,人静秋千影半斜。
沉麝不烧金鸭冷,淡云笼月照梨花。

寒 食
（金）马定国

燕泥半落乌衣巷,柳色全添绿绮窗。
且伴丁香过寒食,弄晴蝴蝶一双双。

寒食舟中
（元）黄潜

东风溪水碧涟涟,溪上青萝独系船。
正是落花寒食夜,水烟沙月又鸣鹃。

寒食逢杜贤良饮
（明）高启

杨柳无烟江水长,邻家风雨杏饧香。

逢君共把金陵酒,忘却今朝在异乡。

都下寒食

(明)王穉登

骑马寻春春尚迟,东风空自向人吹。
燕王城里千株柳,寒食看来未有丝。

卷三十九　清明类

◆ 五言古

清明日诏宴宁王山池
（唐）张说

今日清明宴，佳境惜芳菲。摇扬花杂下，娇啭莺乱飞。
绿渚传歌榜，红桥渡舞旂。和风偏应律，细雨不沾衣。
承恩如改火，春去春来归。

洛阳清明日雨霁
（唐）李正封

晓日清明天，夜来嵩少雨。千门尚烟火，九陌无尘土。
酒绿河桥春，漏闲宫殿午。游人恋芳草，半犯严城鼓。

◆ 七言古

乙卯清明沅州郊行
（元）曹伯启

信马沅江江上路，历览芳菲忘故步。
因逢古庙说前朝，忽见孤舟横野渡。
二难恨识十年迟，四美岂期今日具。
人生能得几清明，莫对残阳怨迟暮。

清明游鹤林寺

(元) 萨都剌

青青杨柳啼乳鸦,满山烂开红白花。
小桥流水过古寺,竹篱茅舍通人家。
潮声卷浪落松顶,骑鹤少年酒初醒。
若将何物赏清明,且伴山僧煮新茗。

壬子清明看花有感

(明) 杨基

吉祥寺里千堆锦,绿发仙人对花饮。
腰鼓金盘五色篮,醉归犹带花枝寝。
东风壬子几清明,三百年来寺已倾。
沙河塘上痴儿女,犹想钱塘太守名。
看花我亦逢壬子,况是清明非偶耳。
莫论东浦与西湖,楚水吴山正相似。
青莲居士识前因,金粟如来是后身。
总不能知尘外劫,也须曾是会中人。

◆ 五言律

清明青龙寺上方得多字

(唐) 皇甫冉

上方偏可适,季月况堪过。远近水声至,东西山色多。
夕阳留径草,新叶变庭柯。已度清明节,春秋如客何?

清　明

(唐) 孙昌裔

清明暮春里,怅望北山陲。燧火开新焰,桐花发故枝。
沉冥惭岁物,欢宴阻朋知。不及林间鸟,迁乔并羽仪。

清明日狸渡道中
（宋）范成大

洒洒沾衣雨，披披侧帽风。花然山色里，柳卧水声中。
石马立当道，纸鸢鸣半空。墦间人散后，乌鸟正西东。

◆ 五言排律

清明宴司勋刘郎中别业
（唐）祖咏

田家复近臣，行乐不违亲。霁日园林好，清明烟火新。
以文尝会友，惟德自成邻。池沼窗阴晚，杯觞药味春。
檐前花覆地，竹外鸟窥人。何必桃源里，深居作隐沦。

清明日赐百寮新火
（唐）韩濬

朱骑传红烛，天厨赐近臣。火随黄道见，烟绕白榆新。
荣耀分他日，恩光共此辰。更调金鼎味，还暖玉堂人。
灼灼千门晓，晖晖万井春。应怜聚萤者，瞻望独无邻。

清明日赐百寮新火
（唐）史延

上苑连侯第，清明及暮春。九天初改火，万井属良辰。
颁赐恩逾洽，承时庆抃均。翠烟和柳嫩，红焰出花新。
宠命尊三老，祥光烛万人。太平当此日，空复荷陶钧。

清明日赐百寮新火
（唐）王濯

御火传香殿，华光及侍臣。星流中使马，燿耀九衢人。
转影连金屋，分辉丽锦茵。焰迎红蕊发，烟染绿条春。

助律和风早,添炉暖气新。谁怜一寒女,犹望照东邻。

◆ 七 言 律

清明登城春望

(唐) 王表

春城闲望爱晴天,何处风光不眼前。
寒食花开千树雪,清明日出万家烟。
兴来促席唯同舍,醉后狂歌尽少年。
闻说啼莺却惆怅,诗成不见谢临川。

清明日与友人游玉粒塘庄

(唐) 来鹏

几宿春山逐陆郎,清明时节好风光。
归穿细荇船头滑,醉踏残花屐齿香。
风急岭云翻(飘)迥野,雨馀田水落方塘。
不堪吟罢东回首,满耳蛙声正夕阳。

清　明

(宋) 陈与义

雨晴闲步涧边沙,行入荒林闻乱鸦。
寒食清明惊客意,暖风迟日醉梨花。
书生投老王官谷,壮士偷生漂母家。
不用秋千与蹴鞠,只将诗句答年华。

庚辰西域清明

(元) 耶律楚材

清明时节过边城,远客临风几许情。
野鸟间关难解语,山花烂熳不知名。
蒲萄酒熟愁肠断,玛瑙杯寒醉眼明。

遥想故园今好在，梨花深院鹧鸪声。

清明日锦堤行乐

（元）王恽

浪说兰亭禊事修，年年春好锦堤游。
花翻舞袖惊歌板，柳隔高城暗酒楼。
绿树恐应春事老，金鞭重为使君留。
竹西路晚归时醉，何处珠簾半上钩？

清明游陈氏园亭

（元）洪希文

村村花柳暗晴川，百五时光过客然。
绿暗园林尚佳节，清明亭馆自新烟。
喜逢熟食传遗俗，怕著新衣学少年。
惆怅东阑花似雪，人生底处胜樽前。

清明呈馆中诸公

（明）高启

新烟著柳禁垣斜，杏酪分香俗共夸。
白下有山皆绕郭，清明无客不思家。
卞侯祠畔迷芳草，卢女门前映落花。
喜得故人同待诏，拟沽春酒醉京华。

清明即事

（明）瞿佑

风落梨花雪满庭，今年又是一清明。
游丝到地终无意，芳草连天若有情。
满院晓烟闻燕语，半窗晴日照蚕生。
秋千一架名园里，人隔垂杨听笑声。

◆ 七言排律

清 明

（唐）杜甫

朝来新火起新烟，湖色春光净客船。
绣羽冲花他自得，红颜骑竹我无缘。
吴童结束还难有，楚女腰肢亦可怜。
不见定王城旧处，常怀贾傅井依然。
虚霑周举为寒食，实藉君平卖卜钱。
钟鼎山林各天性，浊醪粗饭任吾年。

◆ 七言绝句

清明夜

（唐）白居易

好风胧月清明夜，碧砌红轩刺史家。
独绕回廊行复歇，遥听絃管暗看花。

清明日

（唐）元稹

当年寒食好风轻，触处相随取次行。
今日清明汉江上，一身骑马县官迎。

清明日

（唐）李建勋

他皆携酒寻芳去，我独关门好静眠。
惟有杨花似相觅，因风时复到床前。

清明舟次吴门
（宋）沈与求

篷窗恰受夕阳明，杨柳梨花半月程。
老去不知寒食近，一篙烟水载春行。

清　明
（宋）陈与义

街头女儿双髻鸦，随蜂趁蝶学妖邪。
东风也作清明节，开遍来禽一树花。

清明插柳
（宋）宋伯仁

清明是处插垂杨，院宇深深绿翠藏。
心地不为尘俗累，不簪杨柳也何妨。

清明日风雨凄然，舟泊东林西浒，步过伯璇征君高斋，焚香瀹茗，出示燕文贵《秋山萧寺图》，展玩良久，因赋一绝
（元）倪瓒

野棠花落过清明，春事匆匆梦里惊。
倚棹微吟沙际路，半江烟雨暮潮生。

清明日留西山
（元）范梈

离家六度见清明，知是何时出帝京？
今日登临倍惆怅，好山多似豫章城。

清明前一日作
（明）镏涣

小窗新绿著枝轻，寒逐东风阵阵生。

燕子不来花落尽,一簾疏雨又清明。

清　明

(明)葛一龙

今日还留昨日寒,一年春又客中拚。
太湖石畔柴门影,鱼哑飞花上钓滩。

清明日偶成

(明)袁宗

窗下修书寄远人,燕泥时复浼衣巾。
东风催下清明雨,莺老花残又一春。

卷四十 上巳类

◆ 四言古

太康六年三月三日后园会
(晋) 张华

暮春元日，阳气清明。祁祁甘雨，膏泽流盈。
习习祥风，启滞导生。禽鸟翔逸，卉木滋荣。
纤条被绿，翠华含英。

於皇我后，钦若昊乾。顺时省物，言观中园。
譧及群辟，乃命乃延。合乐华池，祓濯清川。
泛彼龙舟，溯游洪源。

朱幕云覆，列坐文茵。羽觞波腾，品物备珍。
管絃繁会，变用奏新。穆穆我皇，临下渥仁。
训以慈惠，询纳广神，好乐无荒，化达无垠。

平吴后三月三日华林园诗
(晋) 王济

蠢尔长蛇，荐食江汜。我皇神武，泛舟万里。
迅雷电迈，弗及掩耳。思乐华林，薄采其兰。
皇居伟则，芳园巨观。仁以山悦，水为智欢。

清池流爵，秘乐通元（玄）。修罍洒鳞，大庖妙馔。
物以时序，情以化宣。终温且克，有肃初筵。
嘉宾在兹，千禄永年。

上巳会诗
（晋）阮修

三春之季，岁惟嘉时。灵雨既零，风以散之。
英华扇耀，祥鸟群嬉。澄澄绿水，澹澹其波。
修岸逶迤，长川相过。聊且逍遥，其乐如何！
坐此修筵，临波素流。嘉肴既设，举爵献酬。
弹筝弄琴，新声上浮。水有七德，知者所娱。
清濑瀺潈，菱葭芬敷。沉此芳钩，引彼潜鱼。
委饵芳美，君子戒诸。

三月三日应诏
（晋）闾丘冲

浩浩白水，泛泛龙舟。皇在灵沼，百辟同游。
击棹清歌，鼓枻行酬。闻乐咸和，具醉斯柔。
在昔帝虞，德被遐荒。干戚在庭，苗民来王。
今我哲王，古圣齐芳。惠此中国，以绥四方。
元首既明，股肱惟良。乐酒今日，君子惟康。

三月三日
（晋）孙绰

姑洗斡运，首阳穆阐。嘉卉萋萋，温风暖暖。
言涤长濑，聊以游衍。缥莎漠流，绿柳荫坂。
羽从风飘，鳞随浪转。

三月三日侍宴西池诗
（宋）谢灵运

详观记牒，鸿荒莫传。降及云鸟，曰圣则天。

虞承唐命，周袭商艰。江之永矣，皇心惟眷。
矧乃暮春，时物芳衍。滥觞逶迤，周流兰殿。
礼备朝容，乐阕夕宴。

三日侍宴曲水代人应诏*
（齐）谢朓

神理内寂，机象外融。遗情汾水，垂冕鸿宫。
树以司牧，匪我求蒙。徒勤日用，谁契元（玄）功？

当宁日昃，求衣未明。抵璧焚翠，销剑隳城。
九畴式叙，三辟载清。［虞箴罔阙，蒙奏传声。］

丽景则春，仪方在震。重圣积厚，金式琼润。
祓秽河浦，张乐春畤。既停龙驾，亦泛凫舟。

初莺命晓，朝华开夜。餰陛导源，回伊流瀍。
［极望天渊，曲阻亭榭。］闲馆岩敞，长廊水架。

金觞摇荡，玉俎推移。筵浮水豹，席扰云螭。
［寥亮琴瑟，嗷咷埙篪。］欢兹广宴，穆是天仪。

三日侍凤光殿曲水宴应制
（梁）沈约

光迟蕙亩，气婉椒台。皇心爱矣，帝曰游哉。
玉鸾徐警，翠凤轻回。别殿广临，离宫洞启。
川祇奉寿，河宗相礼。清洛渐筵，长伊流陛。

---

* 谢朓此题原诗共九首，此本选录五首，并有删节，下文［ ］中即为删节的诗句。

洄荡嘉羞，摇漾芳醴。轻歌易绕，弱舞难持。
素云留管，元（玄）鹤停丝。引思为岁，岁亦阳止。
叨服贲身，身亦昌止。徒勤丹漆，终愧文梓。

◆ 五言古

三月三日临曲水
（晋）庾阐

暮春濯清汜，游鳞泳一壑。高泉吐东岑，洄澜自净荥。
临川叠曲流，丰林映绿薄。轻舟沉飞觞，鼓枻观鱼跃。

三月三日
（晋）庾阐

心结湘川渚，目散冲霄外。清泉吐翠流，渌醽漂素濑。
悠想盼长川，轻澜渺如带。

三月三日曲水集
（宋）谢瞻

四时著平分，三春禀融铄。迟迟和景婉，夭夭园桃灼。
携朋适郊野，昧爽辞鄽廓。輋云兴翠岭，芳飙起华薄。
解辔偃崇丘，藉草绕回壑。际渚罗时蕨，托波泛轻爵。

上巳侍宴林光殿曲水
（梁）简文帝

芳年留帝赏，应物动天襟。挟苑连金阵，分衢度羽林。
帷宫对广柡，层殿迩高岑。风旗争曳影，亭皋共生阴。
林花初堕蒂，池荷欲吐心。

三日侍兰亭曲水宴
（梁）庾肩吾

策星依夜动，銮驾总朝游。旌门临苑树，相风出凤楼。

春生露泥泥,天覆云油油。桃花舒玉涧,柳叶暗金沟。
禊川分曲洛,帐殿掩芳洲。踊跃赪鱼出,参差绛枣浮。
百戏俱临水,千钟共逐流。

三日侍林光殿曲水宴
(梁) 沈约

宴镐锵玉銮,游汾举仙軨。荣光泛采旄,修风动芝盖。
淑气婉登晨,天行耸云斾。帐殿临春籥,帷宫绕芳荟。
渐席周羽觞,分池引回濑。穆穆元(玄)化升,济济皇阶泰。
将御遗风辂,远侍瑶台会。

三日侍华光殿曲水宴
(梁) 刘孝绰

薰祓三阳暮,濯禊元巳初。皇心眷乐饮,帐殿临春渠。
豫游高夏谚,凯乐盛周居。复以焚林日,丰茸花树舒。
羽觞环阶转,清澜傍席疏。妍歌已嘹亮,妙舞复纤馀。
九成变丝竹,百戏起龙鱼。

三日侍安成王曲水宴
(梁) 刘孝绰

汇泽良孔殷,分区屏中县。蹠跨兼流采,襟喉迩封甸。
吾王奄鄢毕,析圭承羽传。不资鲁俗移,何待齐风变?
东山富游士,北土无遗彦。一言白璧轻,片善黄金贱。
馀辰属上巳,清祓追前谚。持此阳濑游,复展城隅宴。
芳洲亘千里,远近风光扇。方欢厚德重,谁言薄游倦。

祓禊泛舟春日玄圃各赋七韵
(陈) 后主

园林多趣赏,祓禊乐还寻。春池已渺漫,高枝自槮森。
日里丝光动,水中花色沉。安流浅易榜,峭壁迥难临。

野莺添管响，深岫接铙音。山远风烟丽，苔轻激浪侵。
置酒来英雅，嘉贤良所钦。

三日侍宴宣猷堂曲水

（陈）江总

上巳娱春禊，芳辰喜月离。北宫命箫鼓，南馆列旌麾。
绣柱擎飞阁，雕轩傍曲池。醉鱼沉远岫，浮枣漾清漪。
落花悬度影，飞丝不碍枝。树动丹楼出，山斜翠磴危。
礼周羽爵遍，乐阕光阴移。

上巳禊饮

（隋）卢思道

山泉好风日，城市厌嚣尘。聊持一樽酒，共寻千里春。
馀光下幽桂，夕吹舞青蘋。何言出关后，重有入林人。

上巳浮江宴韵得址字

（唐）王勃

披观玉京路，驻赏金台址。逸兴怀九仙，良辰倾四美。
松唫白云际，桂馥青溪里。别有江海心，日暮情何已。

三月三日寄诸弟兼怀崔都水

（唐）韦应物

暮节看已谢，兹晨愈可惜。风澹意伤春，池寒花敛夕。
对酒始依依，怀人还的的。谁当曲水行，相思寻旧迹。

上巳日

（唐）刘驾

上巳曲江滨，喧于市朝路。相寻不见者，此地皆相遇。
日光去此远，翠幕张如雾。何事欢娱中，易觉春城暮。
物情重此节，不是爱芳树。明日花更多，何人肯回顾？

上巳日杭州府学教授徐一夔、四斋训导拉游智果寺，访东坡题参寥泉

（元）张昱

佳游在上巳，属此清明前。春景已云晏，风光犹未暄。
往寻智果寺，竟得参寥泉。云物岂殊昔，人世自更迁。
邈哉长公咏，高吟忆当年。我辈复登临，花界何因缘？
古佛俨香阁，真诠积华轩。境超万念空，道胜诸妄捐。
缅怀此会难，徘徊未云还。申章续芳藻，冀或来者传。

◆ 七言古

上巳华光殿

（梁）沈约

於维盛世接轩妫，朝鄞宴镐复在斯。
朝光灼灼映兰池，春风宛转入细枝。
时莺顾慕声合离，轻波微动漾羽厄。
河宗海若生蛟螭，浮梁径度跨回漪。
朱颜始洽景将移，安得壮士驻奔曦。

上巳日与二三子携酒出游，随所见辄作数句，明日集之为诗，故词无伦次

（宋）苏轼

薄云霏霏不成雨，枝藜晓入千花坞。
柯丘海棠吾有诗，独笑深林谁敢侮。
三杯卯酒人径醉，一枕春睡日停午。
竹间老人不读书，留我闭门谁教汝？
出檐蓁枳十围大，写真素壁千蛟舞。
东坡作塘今几尺，携酒一劳农工苦。
却寻流水出东门，坏垣古堙花无主。

卧开桃李为谁妍，对立鹓鸰相媚妩。
开瓶藉草劝行路，不惜春衫污泥土。
褰裳共过春草亭，叩门却入韩家圃。
辘轳绳断井深碧，秋千索挂人何所？
映帘空复小桃枝，乞浆不见应门女。
南上古台临断岸，雪阵翻空迷仰俯。
故人馈我玉叶羹，火冷烟销谁为煮？
崎岖束缊下荒径，娅奼（姹）隔花闻好语。
更随落景尽馀尊，却傍孤城得僧宇。
主人劝我洗足眠，倒床不复闻钟鼓。
明朝门外泥一尺，始悟三更雨如许。
平生所向无一遂，兹游何事天不阻？
固知我友不终穷，岂弟君子神所予。

◆ **五 言 律**

三日梨园侍宴

（唐）沈佺期

九重驰道出，上巳禊堂开。画鹢中川动，青龙上苑来。
野花飘御座，河柳拂天杯。日晚迎祥处，笙镛下帝台。

三月三日申王园亭宴集

（唐）张九龄

稽亭追往事，睢苑胜前闻。飞阁凌芳树，华池落彩云。
藉草人留酌，衔花鸟赴群。向来同赏处，惟恨碧林嚑。

洛中寄王九迥

（唐）孟浩然

卜洛成周地，浮杯上巳筵。斗鸡寒食下，走马射堂前。
垂柳金堤合，平沙翠幕连。不知王逸少，何处会群贤？

上巳日徐司录林园宴集
（唐）杜甫

鬓毛垂领白，花蕊亚枝红。敧倒衰年废，招寻令节同。
薄衣临积水，吹面受和风。有喜留攀桂，无劳问转蓬。

奉陪侍中上巳泛渭河
（唐）卢纶

素舸锦帆开，浮天接上台。晚莺和玉笛，春浪动金罍。
舟楫方浮海，鲸鲵自曝腮。应怜似萍者，空逐榜人回。

上巳恩赐曲江宴会即事
（唐）白居易

赐欢仍许醉，此会兴如何！翰苑主恩重，曲江春意多。
花低羞艳妓，莺歇让清歌。共道昇平乐，元和胜永和。

三日赠都上人
（唐）殷尧藩

三月初三日，千家与万家。蝶飞秦地草，莺入汉宫花。
鞍马皆争丽，笙歌尽斗奢。吾师无所愿，惟愿老烟霞。

三月三日作
（明）许宗鲁

上巳今朝是，风光异往时。海云成雪易，塞柳得春迟。
目极关山道，情悬曲水诗。谁能修禊饮，一浣望乡思？

◆ 五言排律

三月三日曲江侍宴
（唐）赵良器

圣祖发神谋，灵符叶帝求。一人光锡命，万国荷时休。

雷解圜丘跸，云需曲水游。岸花迎步辇，仙仗拥行舟。
睿藻天中降，恩波海外流。小臣同品物，陪此乐皇猷。

奉和上巳祓禊

（唐）崔国辅

上巳秦中节，吾君灞上游。鸣銮通禁苑，别馆绕芳洲。
鹓鹭千官列，鱼龙百戏游。桃花春欲尽，谷雨夜来收。
庆向尧樽祝，欢从楚棹讴。逸诗何足对，睿作掩东周。

三月三日勤政楼侍宴

（唐）王维

綵仗连宵合，琼楼拂曙通。年光三月里，宫殿百花中。
不数秦王日，谁将洛水同。酒筵嫌落絮，舞袖怯春风。
天保无为德，人欢不战功。仍临九衢宴，更达四门聪。

奉和圣制与太子诸王三月三日龙池春禊

（唐）王维

故事修春禊，新宫展豫游。明君移凤辇，太子出龙楼。
赋掩陈王作，杯如洛水流。金人来捧剑，画鹢去回舟。
苑树浮宫阙，天池照冕旒。宸章在云表，垂象满皇州。

三月三日曲江侍宴应制

（唐）王维

万乘亲斋祭，千官喜豫游。奉迎从上苑，祓禊向中流。
草树连容卫，山河对冕旒。画旗摇浦溆，春服满汀洲。
仙御龙媒下，神皋凤跸留。从今亿万岁，天宝纪春秋。

奉和圣制上巳于望春亭观禊饮

（唐）王维

长乐青门外，宜春小苑东。楼开万井上，辇过百花中。

画鹢移仙仗，金貂列上公。清歌邀落日，妙舞向春风。
渭水明秦甸，黄山入汉宫。君王来祓禊，灞浐亦朝宗。

上巳泛舟
（唐）张登

令节推元巳，天涯喜有期。初筵临泛地，旧俗祓禳时。
枉渚潮新上，残春日正迟。竹枝游女曲，桃叶渡江词。
风鹢今方退，沙鸥亦未疑。且同山简醉，倒载莫褰帷。

三月三日祓禊洛滨
（唐）白居易

三月草萋萋，黄莺歇又啼。柳桥晴有絮，沙路润无泥。
禊事修初半，游人到欲齐。金钿耀桃李，丝管骇凫鹥。
转岸回船尾，临流簇马蹄。闹翻杨子渡，踏破魏王堤。
妓接谢公宴，诗陪荀令题。舟同李膺泛，醴为穆生携。
水引春心荡，花牵醉眼迷。尘街从鼓动，烟树任鸦栖。
舞急红腰软，歌迟翠黛低。夜归何用烛，新月凤楼西。

上巳饮于湖上
（宋）孔平仲

城南春已老，湖上雨初晴。草作忘忧绿，风为解愠清。
杨花轻欲下，菱叶细方生。酒影低云木，歌声伴昼莺。
赏心残蕊在，幽曲小舟横。却笑兰亭会，吟诗半不成。

上 巳
（明）杨基

暖日风雯好，晴江祓禊过。径穿花底窄，春向水边多。
秾艳羞桃李，轻躯称绮罗。髻摇金婀娜，鞍覆锦盘陀。
曲浪留纹羽，峨峰进紫驼。游人倾巷陌，啼鸟避笙歌。
坐障阴围柳，行茵软藉莎。潄酣香泛渚，涤器腻浮波。

富贵唐天宝,风流晋永和。暮归车马闹,珠翠落平坡。

◆ 七 言 律

三月三日诏宴定昆池官庄
(唐) 张说

凤凰楼下对天泉,鹦鹉洲中匝管絃。
旧识平阳佳丽地,今逢上巳盛明年。
舟将水动千寻日,幕共林横两岸烟。
不降王人观禊饮,谁令醉舞拂宾筵。

和上巳连寒食有怀京洛
(唐) 孙逖

天津御柳碧遥遥,轩骑相从半下朝。
行乐光辉寒食借,太平歌舞晚春饶。
红妆楼下东郊道,青草洲边南渡桥。
坐见司空扫西第,看君侍从落花朝。

上巳日越中与鲍侍御泛舟耶溪
(唐) 刘长卿

兰桡缦转傍汀沙,应接云峰到若耶。
旧浦满来移渡口,垂杨深处有人家。
永和春色千年在,曲水乡心万里赊。
君见渔船时借问,前洲几路入烟花?

三月三日义兴李明府后亭泛舟
(唐) 皇甫冉

江南烟景复如何?闻道新亭更可过。
处处艺兰春浦绿,萋萋藉草远山多。
壶觞须就陶彭泽,时俗犹传晋永和。

更使轻桡徐转去，微风落日水增波。

上　巳
（宋）韩琦

远道今逢祓禊辰，雨馀风物一番新。
等闲临水还思旧，取次看花便当春。
絮雪暖迷西苑路，车雷晴起曲江尘。
台英正约寻芳会，谁是山阴作序人？

三日赴宴口占
（宋）欧阳修

赐饮初逢禊节佳，昆池新涨碧无涯。
九门寒食多游骑，三月春阴正养花。
共喜流觞修故事，自怜霜鬓惜年华。
凤城残照归鞍晚，禁籞无风柳自斜。

三月三日泊虞山下步寻等慈师不遇
（明）程嘉燧

草堂寂历自禅居，山下春光正祓除。
邻犬人归纤月夜，木鱼风落妙香初。
萧疏远岫云林画，映带清流内史书。
乘兴寻师相赏处，笔床经案独踌躇。

◆ 七言绝句

奉和三日祓禊渭滨
（唐）李乂

上林花鸟暮春时，上巳陪游乐在兹。
此日欣逢临渭赏，昔年空道济汾词。

上巳日祓禊渭滨应制

（唐）韦嗣立

乘春祓禊逐风光，扈跸陪銮渭渚傍。
还笑当时水滨老，衰年八十待文王。

上巳日祓禊渭滨应制

（唐）沈佺期

宝马香车清渭滨，红桃碧柳禊堂春。
皇情尚忆垂竿佐，天瑞先呈捧剑人。

三月三日定昆池奉和萧令得潭字韵

（唐）张说

暮春三月日重三，春水桃花满禊潭。
广乐逶迤天上下，仙舟摇衍镜中酣。

三日寻李九庄

（唐）常建

雨歇杨林东渡头，永和三日荡轻舟。
故人家在桃花岸，直到门前溪水流。

上巳上浙东孟中丞

（唐）鲍溶

世间禊事风流处，镜里云山若画屏。
今日会稽王内史，好将宾客醉兰亭。

上巳日忆江南禊事

（唐）李德裕

黄河西绕郡城流，上巳应无祓禊游。
为忆渌江春水色，更随宵梦向吴洲。

到江西省看花次韵
（明）杨基

东湖东畔柳丝长，满苑飞花乱夕阳。
何处祓除儿女散，过来流水郁金香。

附曲水

◆ 四言古

侍宴乐游林光殿曲水
（梁）刘孝威

蒸哉轩顼，赫矣尧心。女娲补石，重华絫（累）金。
汤铭禹扇，羲瑟农琴。皇乎备矣，受命君临。
试舟五反，和乐九成。钩楯秘戏，协律新声。
丹枻水激，绛彩茈荣。天吴还往，海若逢迎。

◆ 七言古

春日曲水
（北齐）萧悫

落花无限数，飞鸟排花度。禁苑至饶风，吹花春满路。
岩前片石迥如楼，水里连沙聚作洲。
二月莺声才欲断，三月春风已复流。
分流绕小渡，垫水还相注。山头望水云，水底看山树。
舞馀香尚存，歌尽声犹住。麦垄一惊羣，菱潭两飞鹭。
飞鹭复惊羣，倾曦带掩扉。芳飙翼还幰，藻露挹行衣。

卷四十一 佛日类

◆ 五言古

四月八日赞佛诗

（晋）支遁

三春迭云谢，首夏含朱明。祥祥令日泰，朗朗元夕清。
菩萨彩灵和，眇然因化生。四王应期来，矫掌承玉形。
飞天鼓弱罗，腾擢散芝英。绿澜颓龙首，缥蕊翳流泠。
芙蓉育神葩，倾柯献朝荣。芬津霈四境，甘露凝玉瓶。
珍祥盈四八，元（玄）黄曜紫庭。感降非情想，恬泊无所营。
元（玄）根泯灵府，神条秀形名。圆光朗东旦，金姿艳春精。
含和总八音，吐纳流芳馨。迹随因溜浪，心与太虚冥。
六度启穷俗，八解濯世缨。慧泽融无外，空同忘化情。

咏八日诗三首

（晋）支遁

大块挥冥枢，昭昭两仪映。万品诞游华，澄清凝元圣。
释迦乘虚会，圆神秀机正。交养卫恬和，灵知溜性命。
动为务下人，寂为无中镜。

真人播神化，流浮良有因。龙潜兜术邑，漂景阎浮滨。
伫驾三春谢，飞辔朱明旬。八维披重蔼，九霄落芳津。

元（玄）祇献万舞，般遮奏伶伦。淳白凝神宇，兰泉涣色身。
投步三才泰，扬声五道泯。不为故为贵，忘奇故奇神。

缅哉元古思，想托因事生。相与图灵器，像也像彼形。
黄裳罗帕质，玄服拖绯青。神为恭者惠，迹为动者行。
虚堂陈药饵，蔚然起奇荣。疑似垂㘞微，我谅作者情。
于焉遗所尚，肃心拟太清。

◆ **五言排律**

四月八日题七级
（唐）骆宾王

化城分鸟堞，香阁俯龙川。复栋侵黄道，重檐架紫烟。
铭书非晋代，壁画是梁年。霸略今何在，王宫尚岿然。
二帝曾游圣，三卿是偶贤。因兹游胜侣，超彼托良缘。
我出有为界，君登非想天。悠悠青旷里，荡荡白云前。
今日经行处，曲音号盖烟。

卷四十二 午日类

◆ 五言古

端午效六朝体

（元）马祖常

修篁发秀林，新荷叠芳池。采丝撷雾缕，纱縠含风漪。
蕤宾应乐律，端阳正岁时。馥馥兰汤浴，滟滟蒲酒持。
汉宫斗草戏，楚船张水嬉。江心铸龙镜，好用照湘累。

◆ 七言古

端午词

（元）张宪

榴花照鬓云髻热，蝉翼轻绡香叠雪。
一丈戎葵倚绣窗，雨足江南好时节。
五色灵钱傍午烧，綵胜金花贴鼓腰。
段家桥下水如潮，东船夺得西船标。
棹歌声静晚山绿，万镒黄金一日销。

◆ 五言律

官庄池观竞渡

（唐）储光羲

落日吹箫管，清池发棹歌。船争先后渡，岸激去来波。

水叶藏鱼鸟,林花间绮罗。踟蹰仙女处,犹似望天河。

午日柬杨廉夫
(元)张雨

客有拥琴至,吾宁折简招。足音垂谷口,雨气截山腰。
酒倩红泉泻,花为绛节朝。不嫌泥泞极,一舸段家桥。

◆ 五言排律

端午三殿宴群臣探得神字
(唐)明皇

五月符天数,五音调夏钧。旧来传五日,无事不称神。
穴枕通灵气,长丝续命人。四时花竞巧,九子粽争新。
方殿临华节,圆宫宴雅臣。进对一言重,遒文六义陈。
股肱良足咏,风化可还淳。

端　午
(唐)明皇

端午临中夏,时清日复长。盐梅已佐鼎,麹糵且传觞。
事古人留迹,年深缕绩长。当轩知槿茂,向水觉芦香。
亿兆同归寿,群公共保昌。忠贞如不替,贻厥后昆芳。

端午三殿侍宴应制探得鱼字
(唐)张说

小暑夏弦应,徽音商管初。愿齐长命缕,来续大恩馀。
三殿褰珠箔,群官上玉除。助阳尝麦豉,顺节进龟鱼。
甘露垂天酒,芝花捧御书。合丹同蝘蜓,灰骨共蟾蜍。
今日隋蛇意,衔珠遂阙如。

岳州观竞渡

（唐）张说

画作飞凫艇，双双竞拂流。炫装山色变，急棹水华浮。
土尚三闾俗，江传二女游。齐歌迎孟姥，独舞送阳侯。
鼓发南湖溠，标争西驿楼。并驰恒诧速，非畏日光遒。

◆ 七言律

及第后江陵观竞渡寄袁州刺史成应元

（唐）卢肇

石溪久住思端午，馆驿楼前看发机。
鞞鼓动时雷隐隐，兽头凌处雪微微。
冲波突出人齐喊，跃浪争先鸟退飞。
向道是龙刚不信，果然夺得锦标归。

铜陵县端午日寄兄弟

（宋）孔武仲

柳浦移舟带雨行，奔波南北是平生。
忽惊佳节临端午，还记当年客禁城。
丹杏钉盘深簇火，碧醪倾盏酽堆饧。
菖蒲角粽俱如旧，何事樽前醉不成。

湖亭观竞渡

（宋）楼钥

涵虚〔虚〕歌舞拥鄾〔邦〕君，两两龙舟来往频。
闰月风光三月景，二分烟水八分人。
锦标赢得千人笑，画鼓敲残一半春。
薄暮游船分散去，尚馀箫管绕湖滨。

端午上饶道中
（宋）袭万顷

一春留滞在京华，午日依前未到家。
细葛香罗素无望，黄尘乌帽亦堪嗟。
争舟野渡人如簇，立马邮亭日欲斜。
遥想埙篪献亲寿，綵衣罗拜酌流霞。

端午节饮客与赵伯高
（元）虞集

龙沙冰井夏初融，簪笔长随避暑宫。
蜡烛烟轻留贾谊，铜盘露冷赐杨雄。
南村久病思求艾，北客多情问转蓬。
忽听满船歌《白苎》，翻疑昔梦倚春鸿。

端阳写怀
（明）高启

去岁端阳直禁闱，新题帖子进彤扉。
大官供馔分蒲醑，中使传宣赐葛衣。
黄伞回廊朝旭淡，玉炉当殿午薰微。
今朝寂莫江边卧，闲看游船竞渡归。

午日呈郑久诚参政
（明）王佐

百顷芙蓉罨画船，贺家湖上水平天。
金盘送果沉冰椀，罗扇题诗散舞筵。
往事氛埃成远梦，佳辰风雨忆华年。
涧蒲九节根如玉，服食于今笑学仙。

午日庭宴

（明）唐顺之

南薰应律转朱旗，火帝乘离锦席披。
榴吐千花承羽盖，蒬开五叶拂瑶墀。
冰盘错出仙人掌，金缕遥分织女丝。
复道龙舟方竞渡，衔恩更许向昆池。

端午赐黄金艾叶银书灵符等物岁以为常

（明）于慎行

芙蓉阙下玉书宣，午日恩颁侍从前。
宝叶光分仙岛月，灵符香缀御炉烟。
岁时旧自荆人记，风俗曾经汉史传。
闻道宸游临太液，龙舟凤管画楼边。

◆ 七言绝句

重　午

（宋）陆游

叶底榴花蹙绛缯，街头初卖苑池冰。（会稽不藏冰，卖者皆自行在来。）
世间各自有时节，萧艾著冠称道陵。

扬州端午呈赵帅

（宋）戴复古

榴花角黍斗时新，今日谁家不酒樽。
堪笑江湖阻风客，却随蒿艾上朱门。

卷四十三 七夕类

◆ 五言古

七月七日咏织女
（晋）苏彦

火流凉风至，少昊协素藏。织女思北沚，牵牛叹南阳。
时来嘉庆集，整驾巾玉箱。琼珮垂藻蕤，雾裾结云裳。
金翠耀华辖，軿辕散流芳。释辔紫微庭，解衿碧琳堂。
欢谑未及究，晨晖照扶桑。仙童唱清道，盘螭起腾骧。
怅怅一宵促，迟迟别日长。

七月七日
（晋）李充

朗月垂素景，洪汉截皓苍。牵牛难牵牛，织女守空箱。
河广尚可越，怨此汉无梁。

七夕
（宋）孝武帝

开庭镜天路，馀光不可临。沿风被弱缕，迎辉贯元（玄）针。
斯艺成无取，时物聊可寻。

七夕夜咏牛女应制
（宋）谢庄

辍机起春暮，停箱动秋衿。璇居照汉右，芝驾肃河阴。

容裔泛星道,逶迤济烟浔。陆离迎宵佩,倏烁望昏簪。
俱倾环气怨,共歇浃年心。珠殿釭未沫,瑶庭露已深。
夕清岂淹拂,炫辉无久临。

七夕咏牛女
（宋）谢灵运

火逝首秋节,新明弦月夕。月弦光照户,秋首风入隙。
凌峰步曾崖,凭云肆遥脉。徙倚西北庭,竦踊东南觌。
纨绮无报章,河汉有骏轭。

七月七日夜咏牛女
（宋）谢惠连

落日隐榈楹,升月照帘栊。团团满叶露,析析振条风。
蹀足循广除,瞬目瞩曾穹。云汉有灵匹,弥年阙相从。
遐川阻昵爱,修渚旷清容。弄杼不成藻,耸辔骛前踪。
昔离秋已两,今聚夕无双。倾河易回斡〔幹〕,款情难久悰。
沃若灵驾旋,寂寥云幄空。留情顾华寝,遥心逐奔龙。
沉吟为尔感,情深意弥重。

七　夕
（梁）简文帝

秋期此时浃,长夜徙河灵。紫烟凌凤羽,红光随玉軿。
洛阳疑剑气,成都怪客星。天梭织来久,方逢今夜停。

七夕穿针
（梁）简文帝

怜从帐里出,想见夜窗开。针欹疑月暗,缕散怪风来。

织女赠牵牛
（梁）沈约

红妆与明镜,二物本相亲。用持施点画,不照离居人。

往秋虽一照，一照复还尘。尘生不复拂，蓬首对河津。
冬夜寒如此，宁遽道阳春。初商忽云至，暂得奉衣巾。
施衿已成故，每聚忽如新。

望织女

（梁）范云

盈盈一水边，夜夜空自怜。不辞精卫苦，河流未可填。
寸情百重结，一心万处悬。愿作双青鸟，共舒明镜前。

奉使江州舟中七夕

（梁）庾肩吾

九江逢七夕，初弦值早秋。天河来映水，织女欲攀舟。
汉使俱为客，星槎共逐流。莫言相送浦，不及穿针楼。

七 夕

（梁）庾肩吾

玉匣卷悬衣，针楼开夜扉。姮娥随月落，织女逐星移。
离前忿促夜，别后对空机。倩语雕陵鹊，填河未可飞。

咏织女

（梁）刘孝威

金钿已照耀，白日未蹉跎。欲待黄昏至，含娇渡浅河。

七 夕

（陈）江总

汉曲天榆冷，河边月桂秋。婉娈期今夕，飘飘渡浅流。
轮随列宿动，路逐彩云浮。横波翻泻泪，束素反缄愁。
此时机杼息，独向红妆羞。

赋昆明池一物得织女石
（隋）虞茂

隔河图列宿，清汉象昭回。支机就鲸口，拂镜取池灰。
船疑海槎渡，珠似客星来。所恨双蛾敛，逢秋遂不开。

七　夕
（隋）王眘

终年恒弄杼，今夕始停梭。却镜看斜月，移车渡浅河。
长裙动星珮，轻帐掩云罗。旧愁虽暂止，新愁还复多。

七夕看新妇隔巷停车
（隋）陈子良

隔巷遥停幰，非复为来迟。只言更尚浅，未是渡河时。

七　夕
（唐）张文恭

凤律惊秋气，龙梭静夜机。星桥百枝动，云路七香飞。
映月回雕扇，凌霞曳绮衣。含情向华幄，流态入重帏。
欢馀夕漏尽，怨结晓骖归。谁念分河汉，还忆两心违。

◆ 七 言 古

七夕曲
（唐）王建

河边独自看星宿，夜织天丝难接续。
抛梭振蹑动明珰，为有秋期眠不足。
遥从今夜河水隔，龙驾车辕鹊填石。
流苏翠帐星渚间，环珮无声灯寂寂。
两情缠绵忽如故，复畏秋风生晓路。

幸回郎意且斯须，一年中别今始初。
明星未出少停车。

七　夕
（唐）温庭筠

鸣机札札停金梭，芙蓉澹荡生池波。
神轩红粉陈香罗，凤低蝉薄愁双蛾。
微光奕奕凌天河，鸾咽鹤唳飘飘歌。
弯桥销尽愁奈何，天气骀荡云陂陀。
平明花木有愁意，露湿綵盘蛛网多。

七　夕
（明）卢柟

银阙含秋星欲烂，天孙脉脉度河汉。
仙环玉珮那可闻，佳人夜半开帘看。
阶前月色疑有霜，独坐穿针向画廊。
东方日出乌鹊晓，天上人间枉断肠。

◆ 五言律

七夕泛舟
（唐）卢照邻

风〔凤〕杼秋期至，凫舟野望开。微吟翠塘侧，延想白云隈。
石似支机罢，槎疑犯宿来。天河殊漫漫，日暮独悠哉。

七　夕
（唐）杜审言

白露含明月，青霞断绛河。天街七襄转，阁道二神过。
袨服锵环珮，香筵拂绮罗。年年今夜尽，机杼别情多。

奉和七夕宴两仪殿应制
（唐）李峤

灵匹三秋会，仙期七夕过。槎来人泛海，桥渡鹊填河。
帝缕升银阁，天机罢玉梭。谁言七襄咏，重入五絃歌。

奉和七夕宴两仪殿应制
（唐）苏颋

灵媛乘秋发，仙装警夜催。月光窥欲渡，河色辨应来。
机石天文写，针楼御赏开。窃观栖鸟至，疑向鹊桥回。

牛 女
（唐）宋之问

粉席秋期缓，针楼别绪多。奔龙争渡月，飞鹊巧填河。
失喜先临镜，含羞未解罗。谁能留夜色，来夕倍还梭。

七 夕
（唐）杨衡

汉浦常多别，星桥忽重游。向云迎翠辇，当月拜珠旒。
寝幌凝宵态，妆奁开晓愁。不堪鸣杼日，空对白榆秋。

七 夕
（唐）祖咏

闺女求天女，更阑意未阑。玉庭开粉席，罗袖捧金盘。
向月穿针易，临风整线难。不知谁得巧，明旦试相看。

七 夕
（唐）刘禹锡

河鼓灵旗动，姮娥破镜斜。满空天是幕，徐转斗为车。
机罢犹安石，桥成不碍槎。宁知观津女，竟夕望云涯。

天衢启云帐，仙驭上星桥。初喜渡河汉，频惊转斗杓。
馀霞张锦幛，轻电闪红绡。非是人间世，还怜后会遥。

七 夕

(唐) 李贺

别浦今朝暗，罗帷午夜愁。鹊辞穿线月，花入曝衣楼。
天上分金镜，人间望玉钩。钱塘苏小小，更值一年秋。

七夕偶题

(唐) 李商隐

宝婺摇珠珮，嫦娥照玉轮。灵归天上匹，巧遗世间人。
花果香千户，笙竽溢四邻。明朝晒犊鼻，方信阮郎贫。

壬申七夕

(唐) 李商隐

已驾七香车，心心待晓霞。风轻唯响珮，日薄不嫣花。
桂嫩传香远，榆高送影斜。成都过卜肆，曾妒识灵槎。

七 夕

(元) 傅若金

耿耿玉京夜，迢迢银汉流。影斜乌鹊树，光隐凤皇楼。
云锦虚张月，星房冷闭秋。遥怜天帝子，辛苦会牵牛。

◆ 七 言 律

辛未七夕

(唐) 李商隐

恐是仙家好别离，故教迢递作佳期。
由来碧落银河畔，可要金风玉露时。

清漏渐移相望久,微云未接过来迟。
岂能无意酬乌鹊,唯与蜘蛛乞巧丝。

七 夕
(唐)温庭筠

鹊归鸾去两悠悠,青琐西南月似钩。
天上岁时星右转,世间离别水东流。
金风入树千门夜,银汉横空万象秋。
苏小横塘通桂楫,未应清浅隔牵牛。

池塘七夕
(唐)温庭筠

月出西南露气秋,绮寮河汉在针楼。
杨家绣作鸳鸯幔,张氏金为翡翠钩。
银烛有光妨宿燕,画屏无睡待牵牛。
万家砧杵三篙水,一夕横塘是旧游。

七 夕
(唐)刘威

乌鹊桥成上界通,千年灵会此宵同。
云收喜气星桥满,雨拂香尘月殿空。
翠辇不行青草路,金銮徒骋白榆风。
绿盘花阁无穷意,只在游丝一缕中。

七 夕
(唐)罗隐

络角星河菡萏天,一家欢笑设红筵。
应倾谢女珠玑箧,尽写檀郎锦绣篇。
香帐簇成排窈窕,金针穿罢拜婵娟。
铜壶漏报天将晓,惆怅佳期又一年。

奉和七夕应令

（宋）韩琦

今宵星汉共晶光，应笑罗敷嫁侍郎。
斗柄易倾离恨促，河流不尽后期长。
静闻天籁疑鸣珮，醉折荷花想艳妆。
谁见宣猷堂上宴，一篇清韵振金铛。

七　夕

（宋）陈造

龙旌凤扇一相迎，知费青禽几寄声。
天上经年才旧约，人间转盼便深更。
凉河只向尊前落，微月偏来酒面明。
后夜玉琴弹别鹤，独应乾鹊梦魂惊。

次韵端臣侄七夕

（宋）范浚

万古东西隔女牛，停梭期会岂悠悠。
虾蟆轮破青天暮，乌鹊桥横碧汉秋。
莫放痴儿欢彻曙，且容老子强登楼。
举瓢更取天浆酌，一洗胸中万斛愁。

七夕感兴

（宋）戴昺

家家欢笑迓星期，我辈相邀只酒卮。
矫俗何须标犊鼻，甘愚不解候蛛丝。
新秋光彩月来处，半夜清凉风起时。
一曲玉箫尘外意，此音除是鹤仙知。

◆ 五言绝句

闰月七夕织女
（唐）王湾

耿耿曙河微，神仙此夜稀。今年七月闰，应得两回归。

七夕
（元）张昱

乞与人间巧，全凭此夜秋。如何针线月，容易下西楼？

◆ 七言绝句

七夕
（唐）权德舆

今日云骈渡鹊桥，应非脉脉与迢迢。
家人竞喜开妆镜，月下穿针拜九霄。

乞巧
（唐）林杰

七夕今宵看碧霄，牵牛织女渡河桥。
家家乞巧望秋月，穿尽红丝几万条。

七夕
（唐）窦常

露盘花水望三星，仿佛虚无为降灵。
斜汉没时人不寐，几条蛛网下风庭。

秋夕
（唐）杜牧

银烛秋光冷画屏，轻罗小扇扑流萤。

天阶夜色凉如水,卧看牵牛织女星。

七夕

（唐）李商隐

鸾扇斜分凤幄开,星桥横过鹊飞回。
争将世上无期别,换得年年一度来。

秋登涔阳城

（唐）李群玉

穿针楼上闭秋烟,织女佳期又来年。
斜汉夜深吹不落,一条银浪挂秋天。

秋日田园杂兴

（宋）范成大

朱门乞巧沸欢声,田舍黄昏静掩扃。
男解牵牛女能织,不须邀福渡河星。

七夕

（宋）朱淑真

金井西风梧叶稀,穿针楼上月光微。
天孙也赴今宵约,不赐人间巧样机。

七夕口占

（宋）朱淑真

三秋灵匹此宵期,万古传闻果是非?
免俗未能还自笑,金针乞得巧丝归。

七夕

（金）元好问

天街奕奕素光移,云锦机闲漏箭迟。

谁与乘槎问银汉,可无风浪借佳期?

七夕舟中苦热

(元)马祖常

尝忆银床桐泣露,更思玉椀蔗流浆。
天孙初嫁龙绡薄,却恐银河入夜凉。

七 夕

(元)吴师道

木槿篱边络纬哀,卧看河汉远天回。
西风不管扁舟客,吹下楼头笑语来。

七 夕

(明)石珤

七月七日风雨多,御桥南望水增波。
鸳鸯自向沙头宿,不管牛郎信若何。

七 夕

(明)冯琦

天空露下夜如何?漫道双星已渡河。
见说人间方恤纬,可知天上不停梭。

卷四十四　中元类

◆ 五言古

七月十五日题章敬寺
（唐）德宗

招提迩皇邑，复道连重城。法筵会早秋，驾言访禅扃。
尝闻大仙教，清净宗无生。七物匪吾宝，万行先求成。
名相既双寂，繁华奚所荣。金风扇微凉，远烟凝翠晶。
松院静苔色，竹房深磬声。境幽真虑恬，道胜外物轻。
意适本非说，含毫空复情。

中元雨中呈子晋
（宋）朱子

徂暑尚烦郁，大火空西流。兹辰喜佳节，凉雨忽惊秋。
晼晚兰径滋，萧蒻庭树幽。炎气一以去，恢台逝不留。
刀笔随事屏，尘嚣与心休。端居讽道言，焚香味真诹。
子亦玩文史，及此同优游。

◆ 五言排律

中元日观法事
（唐）卢拱

四孟逢秋序，三元得气中。云迎碧落步，章奏玉皇宫。

坛滴槐花露，香飘柏子风。羽衣凌缥缈，瑶毂辗虚空。
久慕餐霞客，常悲集蓼虫。青囊如可授，从此访鸿濛。

◆ 七言律

中元日斋中作

（明）朱曰藩

陶枕单衾障素屏，空斋独卧雨冥冥。
辋川旧拟施为寺，内史新邀写得经。
窗竹弄秋偏寂历，盂兰乞食信飘零。
年来会得逃禅理，长日沉冥不愿醒。

◆ 五言绝句

中元见月

（明）边贡

坐爱清光好，更深不下楼。不因逢闰月，今夜是中秋。

卷四十五　中秋类

◆ 五言古

中秋月

（唐）欧阳詹

八月十五夕，旧嘉蟾兔光。斯从古人好，共下今宵堂。
素魄皓孤凝，芳辉纷四扬。徘徊林上头，泛滟天中央。
皓露助流华，轻风佐浮凉。清冷到肌骨，洁白盈衣裳。
惜此苦宜玩，揽之非可将。含情顾广庭，愿至沉西方。

◆ 七言古

和子由中秋见月

（宋）苏轼

明月未出群山高，瑞光千丈生白毫。
一杯未尽银阙涌，乱云脱坏如奔涛。
谁为天公洗眸子，应费明河千斛水。
遂令冷看世间人，照我湛然心不起。
西南火星如弹丸，角尾奕奕苍龙蟠。
今宵注眼看不见，更许萤火争清寒。
何人舣舟临古汴，千灯夜作鱼龙变。
曲折无心逐浪花，低昂赴节随歌板。
青荧灭没转前山，浪飐风回岂复坚。

明月易低人易散,归来呼酒更重看。
堂前月色愈清好,咽咽寒螀鸣露草。
卷帘推户寂无人,窗下咿哑唯楚老。
南都从事莫羞贫,对月题诗有几人。
明朝人事随日出,恍然一梦瑶台客。

中秋见月

(宋)苏辙

西风吹暑天益高,明月耿耿分秋毫。
彭城闭门青嶂合,坐听百步鸣飞涛。
使君携客登燕子,月色著人如著水。
筵前不设鼓与钟,处处笛声相应起。
浮云卷尽流金丸,戏马台西山郁蟠。
杯中绿酒一时尽,衣上白露三更寒。
扁舟明月浮古汴,回首逡巡陵谷变。
河吞巨野入长淮,城没黄流只三板。
明年筑城城似山,伐木为堤堤更坚。
黄楼未成河已退,空有遗迹令人看。
城头看月应更好,河流深处今生草。
子孙免被鱼鳖食,歌舞聊宽使君老。
南都从事老更贫,羞见青天月照人。
飞鹤投笼不能出,曾是彭城座上客。

◆ 五言律

八月十五夜月

(唐)杜甫

满目飞明镜,归心折大刀。转蓬行地远,攀桂仰天高。
水路疑霜雪,林栖见羽毛。此时瞻白兔,直欲数秋毫。

稍下巫山峡，犹衔白帝城。气沉全浦暗，轮侧半楼明。
刁斗皆催晓，蟾蜍且自倾。张弓倚残魄，不独汉家营。

十六夜玩月
（唐）杜甫

旧挹金波爽，皆传玉露秋。关山随地阔，河汉近人流。
谷口樵归唱，孤城笛起愁。巴童浑不寝，半夜有行舟。

十七夜对月
（唐）杜甫

秋月仍圆夜，江村独老身。卷帘还照客，倚杖更随人。
光射潜虬动，明翻宿鸟频。茅斋依橘柚，清切露华新。

奉和中秋夜锦楼玩月
（唐）柳公绰

此夜年年月，偏宜此地逢。近看江水浅，遥辨雪山重。
万井金花肃，千林玉露浓。不惟楼上思，飞盖亦陪从。

奉和中秋夜锦楼玩月
（唐）徐放

玉露中秋夜，金波碧落开。鹊惊初泛滥，鸿思共徘徊。
远目清光遍，高空爽气来。此时陪永望，更得上燕台。

奉和中秋夜锦楼玩月
（唐）崔备

清景同千里，寒光尽一年。竟天多雁过，通夕少人眠。
照别江楼上，添愁野帐前。隋侯恩未报，犹有夜珠圆。

镇西蜀中秋夜锦楼玩月
（唐）武元衡

玉轮初满空，迥出锦城东。相向秦楼镜，分飞碣石鸿。

桂香随窈窕,珠缀隔玲珑。不及前秋见,团圆凤沼中。

奉和中秋夜锦楼玩月
(唐)张正一

高秋今夜月,皓色正苍苍。远水澄如练,孤鸿迥带霜。
旅人方积思,繁宿稍沉光。朱槛叨陪赏,尤宜清漏长。

奉和中秋夜锦楼玩月
(唐)王良会

德星摇此夜,珥月满重城。杳霭烟云色,飘飖砧杵声。
令行秋气爽,乐感素风轻。共赏千年圣,长歌四海清。

八月十五夜观月
(唐)刘禹锡

天将今夜月,一遍洗寰瀛。暑退九霄净,秋澄万景清。
星辰让光彩,风露发晶英。能变人间世,翛然是玉京。

中秋月
(唐)张祜

碧落桂含姿,清秋是素期。一年逢好夜,万里见明时。
绝域行应遍,高城下更迟。人间系情事,何处不相思。

中秋月
(唐)朱庆馀

自古分功定,惟应缺又盈。一宵当皎洁,四海尽澄清。
静觉风微起,寒过雪乍倾。孤高稀此遇,吟赏倍牵情。

中秋越台看月
(唐)李群玉

海雨洗尘埃,月从空碧来。水光笼草树,练影挂楼台。

皓耀迷鲸目，晶莹失蚌胎。宵分凭槛望，应合见蓬莱。

中秋月
（唐）潘纬

古今逢此夜，共冀沴寥明。岂是月华别，只因秋气清。
影当中土正，轮对八荒平。寻客徒留望，璿玑自有程。

中秋月
（唐）僧无可

蟾宜天地静，三五对阶蓂。照耀超诸夜，光芒掩众星。
影寒池更澈，露冷树销青。枉值中秋半，长乖宿洞庭。

中秋夜月
（唐）僧栖白

寻常三五夕，不是不婵娟。及到中秋半，还胜别夜圆。
清光疑有露，皓色爽无烟。自古人皆玩，年来更一年。

中秋月
（宋）韩琦

月满中秋夜，人人惜最明。悲欢徒自感，圆缺本无情。
天外有相忆，世间多不平。嫦娥难借问，寂寞趁西倾。

八月十五夜月
（宋）唐庚

应缘人望望，故作出迟迟。几岁一相见，浮云宁别时。
吟拚鸡腒脯，玩觉兔迷离。此夕登楼兴，非关有所思。

中秋步月
（宋）翁卷

幽兴苦相引，水边行复行。不知今夜月，曾动几人情。

光逼流萤断,寒侵宿鸟惊。欲归犹未忍,清露滴三更。

中秋玩月
(宋)朱淑真

独占秋光盛,天工信有偏。清晖千里共,皓魄十分圆。
光影寒犹弄,蟾蜍老更坚。只愁看未足,一去又经年。

倪庄中秋
(金)元好问

强饭日逾瘦,夹衣秋已寒。儿童漫相忆,行路岂知难。
露气入茅屋,溪声喧石滩。山中夜来月,到晓不曾看。

中　秋
(元)杨载

揽云凭结构,步月上林皋。不记金樽竭,频瞻玉宇高。
神清存夜气,天阔数秋毫。百尺楼如在,何烦卧汝曹。

溪行中秋望月
(元)萨都剌

去岁南闽客,今年此日还。中秋八月半,一水万山间。
皓月飞圆镜,回流转曲环。携家共清赏,何异在乡关。

中秋同何大复看月
(明)韩邦靖

令节他乡酒,关山独夜情。看花秋露下,望月海云生。
碧汉通槎近,朱楼隔水明。南飞有鸿雁,作意向人鸣。

◆ 七言律

八月十五夜，闻崔大员外翰林独直，
对酒玩月，因怀禁中清景，偶题是诗
（唐）白居易

秋月高悬空碧外，仙郎静玩禁闱间。
岁中唯有今宵好，海内无如此地闲。
皓色分明双阙榜，清光深到九门关。
遥闻独醉还惆怅，不见金波照玉山。

酬乐天八月十五夜禁中独直玩月见寄
（唐）元稹

一年秋半月偏深，况就烟霄极赏心。
金凤台前波漾漾，玉钩帘下影沉沉。
宴移明处清兰路，歌待新词促翰林。
何意枚皋正承诏，瞥然尘念到江阴。

鹤林寺中秋玩月
（唐）许浑

待月东林月正圆，广庭无树草无烟。
中秋云尽出沧海，半夜露寒当碧天。
轮彩渐移金殿外，镜光犹挂玉楼前。
莫辞达曙殷勤望，一堕西岩又来年。

八月十五夜玩月
（唐）刘沧

中秋朗月静天河，乌鹊南飞客恨多。
寒色满窗明枕簟，清光凝露拂烟萝。

桂枝斜汉流灵魄，蘋叶微风动细波。
此夜空庭闻木落，蒹葭霜碛雁初过。

八月十五夜同卫谏议看月

（唐）秦韬玉

常时月好赖新晴，不似年年此夜生。
初出海涛疑尚湿，渐来云路觉偏清。
寒光入水蛟龙起，静色当天鬼魅惊。
岂独座中堪仰望，孤高应到凤皇城。

八月十五夜

（唐）殷文圭

万里无云镜九州，最团圆夜是中秋。
满衣冰彩拂不落，遍地水光凝欲流。
华岳影寒清露掌，海门风急白潮头。
因君照我丹心事，减得愁人一夕愁。

中秋夜独游安国寺山亭院步月，李益迟明至寺中，求与联句

（唐）僧广宣

九重城接天花界，三五秋分一夜风。
行听漏声云散后，遥闻天乐月明中。（广宣）
含凉阁近通仙掖，承露盘高出上宫。
谁问独愁围外理，清谈不与此宵同。（李益）

酬王君玉中秋席上待月值雨

（宋）欧阳修

池上虽然无皓魄，樽前殊未减清欢。
绿醅自有寒中力，红粉尤宜烛下看。
罗绮尘随歌扇动，管絃声杂雨荷干。
客舟闲卧王夫子，诗阵教谁主将坛？

和仲宁中秋赴饮庄宅

（宋）周必大

方语顽阴蔽月堂，坐看凉吹动枯杨。
疾驱云阵千重翳，尽放冰轮万丈光。
莫问蚌珠圆合浦，且听羯鼓打西凉。
疏狂自（似）我何须挠，挠取吹笙玉雪郎。

中秋集鲍楼作

（宋）徐玑

秋在湖楼正可过，扁舟窈窕逐菱歌。
淡云遮月连烟白，远水生凉入夜多。
已是高人难会聚，剡逢佳节共吟哦。
明朝此集喧城市，应说风流是永和。

中　秋

（金）李俊民

露下天街一气凉，月明不复被云妨。
正当金帝行秋令，疑是银河洗夜光。
鲛室影寒珠有泪，蟾宫风散桂飘香。
席间醉客忙归去，独共三人尽此觞。

中秋望驿亭对月代祀北还

（元）张翥

月色沧波共渺茫，驿亭杂坐看湖光。
仙家刻玉青蟾兔，帝子吹笙白凤皇。
芦叶好风生晚思，桂花清露湿空凉。
回槎使者秋怀阔，倒泻银河入酒觞。

中秋禁中对月

(明) 杨慎

汉家台殿号明光，月满秋高夜未央。
银箭金壶催漏水，仙音法曲献霓裳。
路车天远鸾声静，宫扇风多雉影凉。
千里可怜同此夕，美人迢递隔西方。

中　秋

(明) 石沆

江村此夕意如何？道是桥平水不波。
仿佛空中倚楼阁，分明镜里现山河。
当筵自对贤人酒，得意闲吟《孺子歌》。
明月若教陪尽夜，只拚清露湿渔蓑。

◆ 五言绝句

中秋月

(唐) 李峤

盈缺青冥外，东风万古吹。何人种丹桂，不长出轮枝。

中　秋

(唐) 司空图

闲吟秋景外，万事觉悠悠。此夜若无月，一年虚度秋。

◆ 七言绝句

华阳观中八月十五夜招友玩月

(唐) 白居易

人道秋中明月好，欲邀同赏意如何？

华阳洞里秋坛上,今夜清光此处多。

中秋夜君山台望月
(唐)李涉

大堤花里锦江前,诗酒同游四十年。
不料中秋最明夜,洞庭湖上月当天。

和元郎中从八月十二到十五夜玩月
(唐)王建

半秋初入中旬夜,已向阶前守月明。
从未圆时看却好,一分分见傍轮生。

今夜月明胜昨夜,新添桂树近东枝。
立多地湿异床坐,看过墙西寸寸迟。

合望月时常望月,分明不得似今年。
仰头五夜风中立,从未圆时直到圆。

中秋夜不见月
(唐)罗隐

阴云薄暮上空虚,此夕清光已破除。
只恐异时开雾后,玉轮依旧养蟾蜍。

中秋月
(唐)成彦雄

王母妆成镜未收,倚阑人在水晶楼。
笙歌莫占清光尽,留与溪翁一钓舟。

中秋月
(宋)苏轼

暮云收尽溢清寒,银汉无声转玉盘。

此生此夜不长好,明月明年何处看?

中秋月

(宋)文同

隔林滟滟生寒浪,倚汉岩岩数乱峰。
记得旧山曾此夕,碧岩千尺坐高松。

望外物容澄似水,坐中秋力凛如刀。
此身直愿乘双翼,飞上三峰第一高。

中秋登望海楼

(宋)米芾

目穷淮海两如银,万道虹光育蚌珍。
天上若无修月户,桂枝撑损向西轮。

中秋李漕冰壶燕集

(宋)戴复古

把酒冰壶接胜游,今年喜不负中秋。
故人心似中秋月,肯为狂夫照白头。

中秋不见月

(宋)朱淑真

不许蟾蜍此夜明,今知天意是无情。
何当拨去闲云雾,放出光辉万里清。

十六夜孤山看月歌

(明)王穉登

白头田父出当年,寺下江深水拍天。
沧海自从成陆后,禅宫渐与月宫连。

中秋长干曲

(明) 周天球

内桥南走是长干,十里平铺白玉寒。
踏尽马蹄尘不动,半窗明月此中看。

卷四十六　九日类

◆ 四言古

九日侍宴

（齐）萧子良

月殿风转，层台气寒。高云敛色，遥露已团。
式诏司警，言戾秋峦。轻觞时荐，落英可飡（餐）。

九日侍宴乐游苑

（梁）沈约

凭玉宅海，端扆御天。上流飞甃，静震腾川。
凝神贯极，擿道漏泉。西裘委衽，南风在絃。
暮芝始绿，年桂初丹。上林叶下，沧池水寒。
霜沾玉树，雁动银澜。停跸玉陛，徙卫璇墀。
琱箱凤彩，羽盖鸾姿。虹旗〔旌〕迢递，翠华葳蕤。
礼弘灞浐，义高洛湄。

九日侍宴乐游苑

（梁）丘迟

朱明已谢，蓐收司礼。爰理秋祓，备扬旌棨。
奉璋峨峨，金貂济济。上林弘敞，离宫非一。
彩殿回风，丹楼映日。随珠甲帐，屯卫周悉。
眸容徐动，天仪澄谧。云物游飏，光景高丽。

枯叶未落，寒花委砌。丝桐激舞，楚雅闲慧。
参差繁响，殷勤流诣。

◆ 五言古

九日赋韵
（梁）简文帝

是节协阳数，高秋气已精。檐芝逐月启，惟风依夜清。
远烛承歌黛，斜桥闻履声。梁尘下未息，共爱赏心并。

九日侍宴乐游苑应令
（梁）庾肩吾

辙迹光周颂，巡游盛夏功。钩陈万骑转，阊阖九关通。
秋晖逐行漏，朔气绕相风。献寿重阳节，回銮上苑中。
疏山开辇道，间树出离宫。玉醴吹岩菊，银床落井桐。
御梨寒更紫，仙桃秋转红。饮羽山西射，浮云冀北骢。
尘飞金埒满，叶破柳条空。腾猿疑矫箭，惊雁避虚弓。
彫材滥杞梓，花绶接鹓鸿。愧乏天庭藻，徒参文雅雄。

五言同管记陆瑜九日观马射
（陈）后主

晴朝丽早霜，秋景照堂皇。榦惨风威切，荷彫池望荒。
楼高看雁下，叶散觉山凉。歇雾含空翠，新花湿露黄。
飞禽接斾影，度日转铍光。连翻北幽骑，驰射西园傍。
勒移码磘色，鞭起珊瑚扬。已同过隙远，更异良弓藏。
且观千里汗，仍瞻百步杨。非为从逸赏，方追塞外羌。

重阳日即事
（唐）德宗

令节晓澄霁，四郊烟霭空。天青白露洁，菊散黄金丛。

寡德荷天贶，顺时休百工。岂怀歌钟乐，思为君臣同。
至化在亭育，相成资始终。未知康衢咏，所仰惟年丰。

九月九日刘十八东堂集
（唐）李颀

风俗尚九日，此情安可忘。菊花辟恶酒，汤饼茱萸香。
云入授衣假，风吹闲宇凉。主人尽欢意，林景书微茫。
清切晚砧动，东西归鸟行。淹留怅为别，日醉秋云光。

同徐侍郎五云溪新亭重阳宴作
（唐）独孤及

万峰苍翠色，双溪清浅流。已符东山趣，况值江南秋。
白露天地肃，黄花门馆幽。山公惜美景，肯为芳樽留。
五马照池塘，繁絃催献酬。临风孟嘉帽，乘兴李膺舟。
骋望傲千古，当歌遗四愁。岂令永和人，独擅山阴游。

九日岳阳待黄遂张浣
（唐）刘长卿

别君颇已久，离念与时积。楚水空浮烟，江楼望归客。
徘徊正伫想，仿佛如暂觌。心目徒自亲，风波尚相隔。
青林泊舟处，猿鸟愁孤驿。遥见郭外山，苍然雨中夕。
季鹰久疏旷，叔度早畴昔。返棹来何迟，黄花候君摘。

九日沣上作寄崔主簿倬二李端系
（唐）韦应物

凄凄感时节，望望临沣涘。翠岭明华秋，高天澄遥滓。
川寒流愈迅，霜交物初委。林叶索已空，晨禽迎飙起。
时菊乃盈泛，浊醪自为美。良游虽可娱，殷念在之子。
人生不自省，营欲无终已。孰能同一酌，陶然冥斯理。

九日赠司空文明

（唐）李端

我有惆怅词，待君醉时说。长来逢九日，难与菊花别。
摘却正开花，暂言花未发。

奉和圣制九日言怀赐中书门下及百寮应制

（唐）权德舆

令节在丰岁，皇情喜久安。丝竹调六律，簪裾列千官。
烟霜暮景清，水木秋光寒。筵开曲池上，望尽终南端。
天丽庆霄汉，墨妙惊飞鸾。愿言黄花酒，永奉今日欢。

奉和圣制重阳日即事六韵

（唐）权德舆

嘉节在阳数，至欢朝野同。恩随千钟洽，庆属五稼丰。
时菊洗露华，秋池涵霁空。金丝响仙乐，剑舄罗群公。
天道光下济，赓歌敷大中。多惭《击壤》曲，何以达尧聪？

奉和圣制重阳日百寮曲江宴示怀

（唐）崔元翰

偶圣睹昌期，受恩惭弱质。幸逢良宴会，况是清秋日。
远岫对壶觞，澄澜映簪绂。鱼羔备丰膳，象凤调鸣律。
薄劣厕英髦，欢娱忘衰疾。平皋行雁下，曲渚双凫出。
沙岸菊开花，霜枝果垂实。天文见成象，帝念资勤恤。
探道得元（玄）珠，斋心居特室。岂如横汾唱，其事徒骄逸。

◆ 五 言 律

奉和九日幸临渭亭登高应制

（唐）李峤

令节三秋晚，重阳九日欢。仙杯还泛菊，宝馔且调兰。

御气云霄近,乘高宇宙宽。今朝万寿节,宜向曲中弹。

奉和九日幸临渭亭登高应制
(唐)沈佺期

御气幸金方,凭高荐羽觞。魏文颁菊蕊,汉武赐萸囊。
去鹤留笙吹,归鸿识舞行。臣欢重九庆,日月奉天长。

重九日宴江阴
(唐)杜审言

蟋蟀归期晚,茱萸节候新。降霜青女月,送酒白衣人。
高兴要长寿,卑栖隔近臣。龙沙即此地,旧俗坐为邻。

奉和九日幸临渭亭登高应制
(唐)苏瑰

重阳早露晞,睿赏畅秋矶。菊气先薰酒,萸香更袭衣。
清切丝桐会,纵横文雅飞。恩深答效浅,留醉奉宸晖。

奉和九日幸临渭亭登高应制
(唐)李适

禁苑秋光入,宸游霁色高。萸房颁綵筍,菊蕊荐香醪。
后骑萦堤柳,前旌拂御桃。臣枚俱得从,疏浅愧飞毫。

奉和九日幸临渭亭登高应制
(唐)韦嗣立

层观远沉沉,銮旗九日临。行宫压水岸,步辇入烟岑。
枝上萸新采,樽中菊始斟。愿陪欢乐事,长与岁时深。

奉和九日幸临渭亭登高应制
(唐)赵彦伯

九日报仙家,三秋转翠华。呼鹰下鸟路,戏马出龙沙。

簪挂丹萸蕊，杯衔紫菊花。所愿同微物，年年共辟邪。

九　日
（唐）杜甫

旧日重阳日，传杯不放杯。即今蓬鬓改，但愧菊花开。
北阙心长恋，西江首独回。茱萸赐朝士，难得一枝来。

旧与苏司业，兼随郑广文。采花香泛泛，坐客醉纷纷。
野树敧还倚，秋砧醒却闻。欢娱两冥寞，西北有孤云。

九日得新字
（唐）孟浩然

九日未成旬，重阳即此辰。登高闻故事，载酒访幽人。
落帽恣欢饮，授衣同试新。茱萸正可佩，折取寄情亲。

九月九日李苏州东楼宴
（唐）独孤及

是菊花开日，当君乘兴秋。风前孟嘉帽，月下庾公楼。
酒解留征客，歌能破别愁。醉归无以赠，祇奉万年酬。

九日闲居寄登高数子
（唐）钱起

初服栖穷巷，重阳忆旧游。门闲谢病日，心醉授衣秋。
酒尽寒花笑，庭空暝雀愁。今朝落帽客，几处管絃留。

九日登李明府北楼
（唐）刘长卿

九日登高望，苍苍远树低。人烟湖草里，山翠县楼西。
霜降鸿声切，秋深客思迷。无劳白衣酒，陶令自相携。

九日陪刘中丞宴送客
（唐）朱放

独坐三台妙，重阳百越间。水心观远客，霜气入秋山。
不弃遗簪旧，宁辞落帽还。仍闻西上客，咫尺谒天颜。

九日陪崔峒郎中北山宴
（唐）严维

上客南台至，重阳此会文。菊芳寒露洗，杯翠夕阳曛。
务简人同醉，溪闲鸟自群。府中官最小，唯有孟参军。

九日奉陪侍中宴白楼
（唐）卢纶

露白菊氛氲，西楼盛袭文。玉筵秋令节，金钺汉元勋。
说剑风生座，抽琴鹤绕云。瞍儒无以答，愿得备前军。

九日登樟亭驿楼
（唐）许浑

鲈鲙与莼羹，秋风片席轻。潮回孤岛远，云敛众山晴。
丹羽下高阁，黄花垂古城。因秋倍多感，乡树接咸京。

九日陪崔大夫宴清河亭
（唐）李群玉

玉醴泛金菊，云亭敞玳筵。晴山低画浦，斜雁远书天。
谢朓离都日，殷公出守年。不知瑶水宴，谁和白云篇。

婺州水馆重阳日作
（唐）韦庄

异国逢佳节，凭高独苦吟。一杯今日酒，万里故乡心。
水馆红兰合，山城紫菊深。白衣虽不至，鸥鸟自相寻。

九月十日
（唐）僧皎然

爱寄柴桑隐，名溪近讼庭。扫沙开野步，摇舸出闲汀。
宿简邀诗伴，馀花在酒瓶。悠然南望意，自有岘山青。

九日和于使君思上京亲故
（唐）僧灵澈

清晨有高会，宾从出东方。楚俗风烟古，汀洲草木凉。
山青来远思，菊意在重阳。心忆华池上，从容鹓鹭行。

重阳舟中
（宋）戴复古

扁舟何寂莫，绝不见人家。无处沽村酒，何从问菊花？
溪山淡相对，节序漫云嘉。牢裹乌纱帽，西风日又斜。

九　日
（元）范梈

楚楚临阶菊，重阳特地开。慰人良有意，报汝愧无才。
巷杵闻鸡发，邻觞送蟹来。采英吾欲寄，怅望倚江台。

九日同马君卿任宏器登高
（明）何景明

岁岁重阳菊，开时不在家。那知今日酒，还对故园花。
野静云依树，天寒雁聚沙。登临无限意，何处望京华？

◆ 五言排律

奉和圣制重阳节宰臣及群臣上寿应制
（唐）王维

四海方无事，三秋大有年。百生逢此日，万寿愿齐天。

芍药和金鼎,茱萸插玳筵。玉堂开右个,天乐动宫悬。
御柳疏秋影,城乌拂曙烟。无穷菊花节,长奉《柏梁篇》。

九日陪润州邵使君登北固山
(唐)张子容

五马向山椒,重阳坐丽谯。徐州带绿水,楚国在青霄。
张幕连江树,开筵接海潮。凌云词客语,回雪舞人娇。
梅福惭仙吏,羊公赏下僚。新丰酒旧美,况是菊花朝。

九日勤政楼观百寮献寿
(唐)权德舆

御气黄花节,临轩紫陌头。早阳生綵仗,霁色入仙楼。
献寿皆鹓鹭,瞻天尽冕旒。菊樽过九日,凤历肇千秋。
乐奏薰风起,杯酣瑞影收。年年歌舞席,此地庆皇休。

◆ 七言律

九日登望仙台仍呈刘明府
(唐)崔曙

汉文皇帝有高台,此日登临曙色开。
三晋云山皆北向,二陵风雨自东来。
关门令尹谁能识,河上仙翁去不回。
且欲近寻彭泽宰,陶然共醉菊花杯。

重 阳
(唐)高适

节物惊心两鬓华,东篱空绕未开花。
百年将半仕三已,五亩就荒天一涯。
岂有白衣来剥啄,一从乌帽自欹斜。
真成独坐空搔首,门柳萧萧噪暮鸦。

九日蓝田崔氏庄

（唐）杜甫

老去悲秋强自宽，兴来今日尽君欢。
羞将短发还吹帽，笑倩傍人为整冠。
蓝水远从千涧落，玉山高并两峰寒。
明年此会知谁健？醉把茱萸仔细看。

九日卫使君筵上作

（唐）武瑾

佳辰登赏喜还乡，谢宇开筵前兴长。
满眼黄花初泛酒，隔烟红树欲迎霜。
千家门户清歌发，十里江山白鸟翔。
共贺安人丰乐岁，幸陪珠履侍银章。

重阳日访元秀上人

（唐）郑谷

红叶黄花秋景宽，醉吟朝夕在樊川。
却嫌今日登山俗，且共高僧对榻眠。
别画长怀吴寺壁，宜茶偏赏雪溪泉。
归来童稚争相笑，何事无人与酒船？

九日水阁

（宋）韩琦

池馆隳摧苔榭荒，此延嘉客会重阳。
虽惭老圃秋容淡，且看寒花晚节香。
酒味已醇新过热，蟹黄先实不须霜。
年来饮兴衰难强，漫有高吟力尚狂。

次韵苏伯固主簿重九

(宋) 苏轼

云间朱袖拂云和,知是长松挂女萝。
髻重不嫌黄菊满,手香新喜绿橙搓。
墨翻衫袖吾方醉,纸落云烟子患多。
只有黄鸡与白发,玲珑应识使吾歌。

九日寄秦觏

(宋) 陈师道

疾风回雨水明霞,沙步丛祠欲莫鸦。
九日清樽欺白发,十年为客负黄花。
登高怀远心如在,向老逢辰意有加。
淮海少年天下士,可能无地落乌纱。

重九会郡楼

(宋) 米芾

山清气爽九秋天,黄菊红茱满泛船。
千里结言宁有后,群贤毕至猥居前。
杜郎闲客今焉是,谢守风流古所传。
独把秋英缘底事?老来情味向诗偏。

九日登天湖,以"菊花须插满头归"分韵赋诗得归字

(宋) 朱子

去岁潇湘重九时,满城寒雨客思归。
故山此日还佳节,黄菊清樽更晚晖。
短发无多休落帽,长风不断且吹衣。
相看下视人寰小,只合从今老翠微。

己未九日，子服老弟及仲宣诸友载酒见过，坐间居厚庙令出示佳句，叹伏之馀，次韵为谢

（宋）朱子

篱菊斑斑半吐黄，汧中又报紫荚香。
装成令节秋还晚，撩得高情老更狂。
载酒极知乖胜践，沾衣却免叹斜阳。
馀年只恐逢辰少，吟罢君诗引兴长。

重阳九经堂作

（宋）范成大

俗闻佳节自匆匆，老去愁秋又客中。
青嶂卷帘三面月，黄花吹鬓几丝风。
十年故国新栽柳，万里他乡旧转蓬。
谁与安排今夜梦，片帆飞到小篱东。

九日同出真珠园

（宋）林光朝

来自清源葛已覃，君王问猎我犹堪。
百年耆旧如重见，九日登临得纵谈。
才子不知汾水上，仙人长在大江南。
明珠照夜应无数，要是层波更好探。

九　日

（元）张养浩

一行作吏废欢游，九日登临拟尽酬。
诗有少陵难著语，菊无元亮不成秋。
云山自笑头将鹤，人海谁知我亦鸥。
幸遇佳辰莫辞醉，浮云今古剧悠悠。

九日登石头城

(元) 萨都剌

九日吟鞭聚石头,翠微高处倚晴秋。
西风不定雁初度,落木无边江自流。
两眼欲穷天地观,一杯深护古今愁。
乌台宾主黄华宴,未必龙山是胜游。

九 日

(元) 周权

座上风流忆孟嘉,凭高目断楚天涯。
百年岁月催蓬鬓,十载江湖负菊花。
小雨酿寒侵白苎,西风怜醉避乌纱。
闲携椰栗吟归路,流水残云带晚鸦。

圣驾九日天寿山登高献三阁下

(明) 潘纬

仙舆九日驻郊圻,清跸传呼上翠微。
朔塞秋声连画角,陵园霜色杂朱旂。
千官马逐层岩转,万乘龙随磴道飞。
欲记明良游豫盛,野人终愧赋才非。

◆ 五言绝句

九日至微山亭

(唐) 许敬宗

心逐南云逝,形随北雁来。故乡篱下菊,今日几花开?

拟江令于长安归扬州九日赋

(唐) 许敬宗

本逐征鸿去,还随落叶来。菊花应未满,请待诗人开。

游人倦蓬转,乡思逐鸿来。遍想临潭菊,芳蕊对谁开?

九 日
(唐)王勃

九日重阳节,开门有菊花。不知来送酒,若个是陶家?

九日进茱萸山诗
(唐)张说

家居洛城下,举目见嵩山。刻作茱萸节,情生造化间。

黄花宜泛酒,青岳好登高。稽首明庭内,心为天下劳。

菊酒携山客,萸囊系牧童。路疑随大隗,心似问鸿蒙。

九日重阳数,三秋万宝成。时来谒轩后,罢去坐蓬瀛。

晚节欢重九,高山上五千。醉中知偶圣,梦里见寻仙。

九日陪元鲁山登北城留别
(唐)萧颖士

山县绕古堞,悠悠快登望。雨馀秋天高,目尽无隐状。

九日寄侄㽞箕亭
(唐)钱起

采菊偏相忆,传香寄便风。今朝竹林下,莫使桂樽空。

九 日
(唐)权德舆

重九共欢娱,秋光景气殊。他时头似雪,还对插茱萸。

◆ 六言绝句

潜昭九日赠龙团次韵
（元）袁桷

月碾旧裁玉胯，云炉温浴银芽。
九日殷勤相赠，淡罗犹记金花。

九日寄兴
（元）叶颙

黄菊香残夜雨，乌纱醉落秋风。
回首十年旧事，乱云流水西东。

◆ 七言绝句

九 日
（唐）德宗

禁苑秋来爽气多，昆明风动起沧波。
中流箫鼓诚堪赏，讵假横汾发棹歌？

九日宴
（唐）张谔

秋叶风吹黄飒飒，晴云日照白鳞鳞。
归来得问茱萸女，今日登高醉几人？

九月九日忆山东兄弟
（唐）王维

独在异乡为异客，每逢嘉节倍思亲。
遥知兄弟登高处，遍插茱萸少一人。

九日作

(唐) 王缙

莫将边地比京都，八月严霜草已枯。
今日登高樽酒里，不知能有菊花无？

九日田舍

(唐) 钱起

今日吾家野兴偏，东篱黄菊映秋田。
浮云暝鸟飞将尽，始达青山新月前。

重阳日酬李观

(唐) 皇甫冉

不见白衣来送酒，但令黄菊自开花。
愁看日晚良辰过，步步行寻陶令家。

禁中九日对菊花酒忆元九

(唐) 白居易

赐酒盈杯谁共持？宫花满把独相思。
相思只傍花边立，尽日吟君咏菊诗。

九日寄行简

(唐) 白居易

摘得菊花携得酒，绕村骑马思悠悠。
下邽田土平如掌，何处登高望梓州？

重阳日至峡道

(唐) 张籍

无限青山行已尽，回看忽觉远离家。
逢高欲饮重阳酒，山菊今朝未有花。

九　日

（唐）黄滔

阳数重时阴数残，露浓风硬欲成寒。
莫言黄菊开花晚，独占樽前一日欢。

重九会光化二园

（宋）韩琦

谁言秋色不如春，及到重阳景自新。
随分笙歌行乐处，菊花萸子更宜人。

重阳后菊花

（宋）范成大

寂莫东篱湿露华，依前金屬照泥沙。
世情儿女无高韵，只看重阳一日花。

舟中九日

（宋）宋伯仁

巴得重阳未到家，短篷根底忆黄花。
乌纱不为西风舞，空与同舟说孟嘉。

九日道中凄然忆潘邠老之句

（宋）方岳

满城风雨近重阳，城脚谁家菊自黄。
又是江南离别处，烟寒吹雁不成行。

九日感怀

（元）黄庚

新橙初试蟹螯肥，一曲清歌酒一卮。
料得故园秋正好，黄花应怪客归迟。

九日郭外

（元）郝经

溪上苍烟一道开，谁家日夕采菱回？
片帆不举波间过，无限好山波底来。

次德衡弟九日以萸酒来贶

（元）蒲道源

萸如蝇子攒头赤，酒似鹅儿破壳黄。
馈我真成两奇绝，为君大醉作重阳。

九日登玉霄峰

（元）曹文晦

岭头回首是官塘，野树青红天雨霜。
清气著人吟不尽，玉霄峰顶过重阳。

九日独酌

（明）刘效祖

南山遥对菊花开，欲采无人为举杯。
纵说柴桑贫谢客，何曾不许白衣来？

卷四十七 腊日类

◆ 五言古

残腊独出
（宋）苏轼

幽寻本无事，独往意自长。钓鱼丰乐桥，采杞逍遥堂。
罗浮春欲动，云日有清光。处处野梅开，家家腊酒香。
路逢眇道士，疑是左元放。我欲从之语，恐复化为羊。

◆ 五言律

腊八日发桐城
（明）陶安

邑人生怅怏，送别郭东门。冻木知春早，晴风卷雾昏。
石桥分古道，野烧露新痕。行处山农说，留声到子孙。

腊　日
（明）李先芳

腊日烟光薄，郊园朔气空。岁登通蜡祭，酒熟醵村翁。
积雪连长陌，枯桑起大风。村村闻赛鼓，又了一年中。

◆ 七言律

腊　日
（唐）杜甫

腊日常年暖尚遥，今年腊日冻全消。

侵陵雪色还萱草，漏泄春光有柳条。
纵酒欲谋良夜醉，还家初散紫宸朝。
口脂面药随恩泽，翠管银罂下九霄。

腊后岁前遇景咏意
（唐）白居易

江梅半白柳微黄，冻水初融日欲长。
度腊都无苦霜霰，迎春先有好风光。
郡中起晚听衙鼓，城上行慵倚女墙。
公事渐闲身且健，使君殊未厌馀杭。

己卯腊八日雪为魏伯亮赋
（元）虞集

官桥柳外雪飞绵，客舍樽前急管絃。
僧粥晓分惊腊日，猎围晨出忆残年。
白头长与青山对，华屋谁为翠黛怜？
惟有寒梅能老大，独将清艳向江天。

漫空飞絮散轻绵，所异寒威欲折絃。
县令温存僵卧叟，词人解颂太平年。
剪云为叶烦相寄，种玉成田不受怜。
丹鼎温温千岁熟，乐天事业在知天。

卷四十八　除夕类

◆ 五言古

馈　岁
（宋）苏轼

农功各已收，岁事得相佐。为欢恐无具，假物不论货。
山川随出产，贫富称小大。置盘巨鲤横，发笼双兔卧。
富人事华靡，綵绣光翻座。贫者愧不能，微贽出春磨。
官居故人少，里巷佳节过。亦欲举乡风，独倡无人和。

◆ 五言律

守　岁
（唐）太宗

暮景斜芳殿，年华丽绮宫。寒辞去冬雪，暖带入春风。
阶馥舒梅素，盘花卷烛红。共欢新故岁，迎送一宵中。

除　夜
（唐）太宗

岁阴穷暮纪，献节启新芳。冬尽今宵促，年开明日长。
冰消出镜水，梅散入风香。对此欢终宴，倾壶待曙光。

西京守岁
（唐）骆宾王

闲居寡言宴，独坐倦风尘。忽见严冬尽，方知列宿春。

夜将寒色去，年共晓光新。耿耿他乡夕，无由展旧亲。

除夜有怀
（唐）杜审言

故节当歌守，新年把烛迎。冬氛恋虬箭，春色候鸡鸣。
兴尽闻壶覆，宵阑见斗横。还将万亿寿，更谒九重城。

岁除夜会乐城张少府宅
（唐）孟浩然

畴昔通家好，相知无间然。续明催画烛，守岁接长筵。
旧曲梅花唱，新正柏酒传。客行随处乐，不见度年年。

杜位宅守岁
（唐）杜甫

守岁阿戎家，椒盘已颂花。盍簪喧枥马，列炬散林鸦。
四十明朝过，飞腾暮景斜。谁能更拘束，烂醉是生涯。

除　夜
（唐）王諲

今岁今宵尽，明年明日催。寒随一夜去，春逐五更来。
气色空中改，容颜暗里回。风光人不觉，已入后园梅。

除夜乐城逢孟浩然
（唐）张子容

远客襄阳郡，来过海岸家。樽开柏叶酒，灯发九枝花。
妙曲逢卢女，高才得孟嘉。东山行乐意，非是竞繁华。

除　夜
（唐）曹松

旧历不足卷，东风还渐闻。一宵有几刻，两岁欲平分。

腊尽倾时斗,春通绽处云。明朝遥捧酒,先合祝吾君。①

岁除对王秀才

(唐)韦庄

我惜今宵促,君愁玉漏频。岂知新岁酒,犹作异乡身。
雪向寅前冻,花从子后春。到明追此会,俱是来年人。

除夜寄罗评事同年

(宋)王禹偁

岁暮洞庭山,知君思浩然。年侵晓色尽,人枕夜涛眠。
移棹风摇浪,开窗雪满天。无因一乘兴,同醉太湖船。

壬寅除夕

(宋)戴复古

今夕知何夕,满堂灯烛光。杜陵分岁了,贾岛祭诗忙。
横笛梅花老,传杯柏叶香。明朝贺元日,政恐两相妨。

除 夕

(元)张希尹

历尽年俱往,寒多火未销。为怜无去日,翻恨有来朝。
世路看何隘,家山望更遥。双娥灯影里,剪綵待元宵。

◆ 七 言 律

守岁侍宴应制

(唐)杜审言

季冬除夜接新年,帝子王孙捧御筵。

---

① 此诗异文颇多,另本如:"残腊即又尽,东风应渐闻。一宵犹几许,两岁欲平分。燎暗倾时斗,春通绽处芬。明朝遥捧酒,先合祝吾君。"

宫阙星河低拂树，殿庭灯烛上熏天。
弹絃奏节梅风入，对局探钩柏酒传。
欲向正元歌万寿，暂留欢赏寄春前。

江外除夜
（唐）曹松

千门庭燎照楼台，总为年光急急催。
半夜腊因风卷去，五更春被角吹来。
宁无好鸟思花发，应有游鱼待冻开。
不是多歧渐平稳，谁能呼酒祝昭回。

除夜寄舍弟
（宋）王安石

一樽聊有天涯忆，百感翻然醉里眠。
酒醒灯前犹是客，梦回江北已经年。
佳时流落真何得，胜事蹉跎只可怜。
惟有到家寒食在，春风同〔因〕泛瀫溪船。

除夜野宿常州城外
（宋）苏轼

南来三见岁云徂，直恐终身走道涂。
老去怕看新历日，退归拟学旧桃符。
烟花已作春风意，霜雪偏寻病客须。
但把穷愁博长健，不辞最后饮屠苏。

除　夜
（金）元好问

一灯明暗夜如何？梦寐衡门在涧阿。
物外烟霞玉华远，花时车马洛阳多。
折腰真有陶潜兴，叩角空传宁戚歌。

三十七年今日过,可怜出处两蹉跎。

次韵癸卯除夕

(元) 顾瑛

仰观北斗转遥天,春在寒炉爆竹边。
夜列粉盘循旧俗,晓看罗帕贺新年。
烧馀葶苈生当路,雪后梅花开满烟。
不用鞭灰觅如愿,客囊剩有酒家钱。

除　夕

(明) 程嘉燧

来往扁舟岁聿除,流年风雨一萧疏。
众山未去残缣在,四壁虽存丈室虚。
短气生涯新鹥砚,腼颜归路老佣书。
只馀雪后萱丛好,巢燕相将识旧居。

◆ 五言绝句

于太原召侍臣赐宴守岁

(唐) 太宗

四时运灰管,一夕变冬春。送寒馀雪尽,迎岁早梅新。

守　岁

(唐) 张说

故岁今宵尽,新年明旦来。愁心随斗柄,东北望春回。

岭外守岁

(唐) 李福业

冬去更筹尽,春愁斗柄回。寒暄一夜隔,容鬓两年催。

◆ 七言绝句

除夜作
（唐）高适

旅馆寒灯独不眠，客心何事转凄然？
故乡今夜思千里，霜鬓明朝又一年。

和子由除夜元日省宿致斋
（宋）苏轼

江湖流落岂关天，禁省相望亦偶然。
等是新年未相见，此身应坐不归田。

白发苍颜五十三，家人遥遣试春衫。
朝回两袖天香满，头上银幡笑阿咸。

当年踏月走东风，坐看春闱锁醉翁。
白发门生几人在，却将新句调儿童。

除夕绝句
（宋）杨万里

紫陌相逢谁不客，青灯作伴未为孤。
何须家里作时节，只问旗亭有酒无。

除夕前一日
（宋）杨万里

雪留远岭半尖白，云漏斜阳一线黄。
天肯放晴差易得，殷勤剩觅几朝霜。

池州郡斋除夜寄呈家君

(元) 贡奎

郡斋寥落夜无眠,纸帐青灯思悄然。
不是今生惜今夕,却缘明日是明年。

除　夕

(明) 程嘉燧

久客怀人百事慵,春归几日是残冬?
长安雪后无来往,报国门前独看松。

卷四十九　山总类

◆ 五言古

山中杂诗
（梁）吴均

山际见来烟，竹中窥落日。鸟向檐上飞，云从窗里出。

初入山作
（梁）桓法闿

寒谷夜将晨，置赏复寻真。方坛垂密叶，澈水渡朱鳞。杏林虽伏兽，芝田讵俟人。丹成方转石，炉变欲销银。当知胜地远，于此绝嚣尘。

咏　山
（陈）僧惠标

丹霞拂层阁，碧水泛蓬莱。鳌岫含烟耸，莲崖照日开。松门夹细叶，石磴染新苔。能令平子见，淹留未肯回。

从驾游山
（北齐）袁奭

天游响仙跸，春望动神衷。涧水含初溜，山花发早丛。玉舆明淑景，珠旗转瑞风。平原与上路，佳气远葱葱。

和宇文内史春日游山

（北周）庾信

游客值春辉，金鞍上翠微。风逆花迎面，山深云湿衣。
雁持一足倚，猿将两臂飞。戍楼侵岭路，山村落猎围。
道士封君达，仙人丁令威。煮丹于此地，居然未肯归。

游　山

（北周）庾信

聊登元（玄）圃殿，更上增城山。不知高几里，低头看世间。
唱歌云欲聚，弹琴鹤欲舞。涧底百重花，山根一片雨。
婉婉藤倒垂，亭亭松直竖。

咏　山

（隋）刘斌

灵山峙千仞，蔽日且嵯峨。紫盖云阴远，香炉烟气多。
石梁高鸟路，瀑水近天河。欲知闻道里，别自有仙歌。

赋得岩穴无结构

（隋）王由礼

岩间无结构，谷处极幽寻。叶落秋巢迥，云生石路深。
早梅香野径，清涧响丘琴。独有栖迟客，留连芳杜心。

落日忆山中

（唐）李白

雨后烟景绿，晴天散馀霞。东风随春归，发我枝上花。
花落时欲暮，见此令人嗟。愿游名山去，学道飞丹砂。

秋山夕兴

（唐）陶翰

山月松筱下，月明山景鲜。聊为高秋酌，复此清夜絃。

晤语方获志，栖心亦弥年。尚言兴未逸，更理《逍遥篇》。

奉和夏日游山应制
（唐）蔡文恭

首夏林壑清，薄暮烟霞上。连岩耸百仞，绝涧临千丈。
照灼晚花鲜，潺湲夕流响。悠然动睿思，息驾寻真赏。
揆彼涡川作，怀兹洛滨想。窃吹等齐竽，何用承恩奖。

送丘员外还山
（唐）韦应物

长栖白云表，暂访高斋宿。还辞郡邑喧，归泛松江渌。
结茅隐苍岭，伐薪响深谷。同是山中人，不知往来躅。
灵芝非庭草，辽鹤匪池鹜。终当署里门，一表高阳族。

出山吟
（唐）白居易

朝咏游仙诗，暮歌《采薇曲》。卧云坐白石，山中十五宿。
行随出洞水，回别缘岩竹。早晚重来游，心期瑶草绿。

山中作
（唐）冯用之

草堂在岩下，卜居聊自适。桂气满阶庭，松阴生枕席。
远瞻惟鸟度，旁信无人迹。霭霭云生峰，潺潺水流石。
颇寻黄卷理，庶就丹砂益。此即契吾生，何为苦尘役？

秋日过屏山庵
（宋）戴昺

凄切抱叶蝉，间关栖树禽。入山本避喧，复爱聆此音。
微飔动夕爽，薄云散秋阴。众籁阒以静，片月生东林。

山　中

（明）樊阜

夕景延淡阴，微曛射林屋。无营见道真，尘纷悟蕉鹿。
此意几人知？沉吟俯修竹。

西风吹雨收，竹屋云阴散。酒醒心亦清，忘言玩爻象。
老鹤划然鸣，月上青山半。

暮归山中

（明）蓝智

暮归山已昏，濯足月在涧。衡门栖鹊定，暗树流萤乱。
妻孥候我至，明灯共蔬饭。伫立松桂凉，疏星隔河汉。

送徐巢友还山

（明）葛一龙

吾庐在空山，户牖白云满。有树常谡谡，馀花亦纂纂。
城市不可居，昼夜一何短。买药挂驴背，行歌去人远。
日落深涧中，洗足春泥暖。

寻　山

（明）僧大香

负钵寻远山，修眉挂秋雨。隔林清磬寂，烟际疏蛮语。
古路没黄蒿，凉风自许许。

◆ 七 言 古

山中新晴

（宋）文同

山中新晴晓烟暖，散带颓冠漱岩畔。

海盐未去猿鹤喜,柴桑初归松菊乱。
林间馀雨时一滴,岭上飞云忽双断。
安能举手恣扶摇,欲共高鸿拂霄汉。

◆ 五言律

岁初归旧居酬皇甫侍御见寄
（唐）钱起

欲知愚谷好,久别与春还。莺暖初归树,云晴却恋山。
石田耕种少,野客性情闲。求仲应难见,残阳且掩关。

山中春夜
（唐）张籍

寂寞春山静,幽人归卧迟。横琴当月下,压酒及花时。
冷露湿茅屋,暗泉冲竹篱。西风采药伴,此夕恨无期。

送友人归山
（唐）张籍

出山成白首,重去结茅庐。移石修废井,扫龛盛旧书。
开田留杏树,分洞与僧居。长在幽峰里,樵人见亦疏。

山　行
（唐）戴叔伦

山行分曙色,一路见人稀。野鸟啼还歇,林花堕不飞。
云迷栖鹤寺,水涩钓鱼矶。回首天将暝,逢僧话未归。

早发故山
（唐）马戴

云山夹峭石,石路荫长松。谷响猿相应,山深水复重。
餐霞人不见,采药客犹逢。独宿灵潭侧,时闻岳顶钟。

山 行
（唐）马戴

缘危路忽穷，投宿值樵翁。鸟下山含暝，蝉鸣露滴空。
石门斜月入，云窦暗泉通。寂寞生幽思，心疑旧隐同。

山 行
（唐）殷遥

寂历青山晓，山行趣不稀。野花成子落，江燕引雏飞。
暗草薰苔径，晴杨拂石矶。俗人犹语此，余亦转忘归。

春山夜月
（唐）于良史

春山多胜事，赏玩夜忘归。掬水月在手，弄花香满衣。
兴来无远近，欲去惜芳菲。南望鸣钟处，楼台深翠微。

秋月山中
（唐）姚合

秋来长早起，拄杖绕阶行。风冷衣裳脆，天寒笔砚清。
临书爱奇迹，避酒怕狂名。不拟随麋鹿，山中过一生。

山 中
（唐）曹松

此地似商岭，云霞空往还。疏条难定鸟，缺月易依山。
野色耕不尽，溪容钓自闲。分因多卧退，百计少相关。

山 中
（唐）方干

散拙亦自遂，粗将猿鸟同。飞泉高泻月，独树迥含风。
果落盘盂上，云生箧笥中。未甘明圣日，终作钓鱼翁。

秋夜山中述事
（唐）薛能

初宵门未掩，独坐对霜空。极目故乡月，满溪寒草风。
樵声当岭上，僧语在云中。正恨归期晚，萧萧闻塞鸿。

山中冬夜
（唐）张乔

寒叶风摇尽，空林鸟宿稀。涧冰妨鹿饮，山雪阻僧归。
夜坐尘心定，长吟语力微。人间太多事，何处梦柴扉？

寻　山
（唐）李频

一径入双崖，初疑有几家。行穷人不见，坐久日空斜。
石上生灵草，泉中落异花。终须结茅屋，向此学餐霞。

游　山
（唐）黄滔

洞门穿瀑布，尘世岂能通。曾有游山客，来逢采药翁。
异花寻复失，幽径蹑还穷。拟作今宵计，风雷立满空。

春山行
（唐）僧贯休

重叠太古色，濛濛花雨时。好山行恐尽，流水语相随。
黑壤生红术，黄猿领白儿。因思石桥畔，曾与道人期。

山中即事
（宋）戴复古

岩路穿黄叶，人家隐翠微。笼鸡为鸭抱，网犬逐鹑飞。
竹好堪延客，溪流欲浣衣。禅扉在何许？僧笠戴云归。

山 行

(宋) 戴复古

度岭休骑马,临渊看网鱼。木根高可坐,岩石细堪书。
谷鸟鸣相答,山云卷复舒。儒衣人卖酒,疑是马相如。

晓行山间

(宋) 真山民

出门谁是伴?只约瘦藤行。一二里山径,两三声晓莺。
乱峰相出没,初日乍阴晴。僧舍在何许?隔林钟磬清。

春日山中

(明) 蔡羽

草动三江色,林占万壑晴。篱边春水至,檐际暖云生。
溪犬迎船吠,邻鸡上树鸣。鹿门何必去,此地可躬耕。

行山中

(明) 王同轨

雨馀林气静,山晚日光斜。野店依孤树,村桥卧断槎。
马嘶遥涧水,犬吠隔篱花。白首锄云者,春风自一家。

◆ 五言排律

春晚从李长史游开道林故山

(唐) 骆宾王

幽寻极幽壑,春望陟春台。云光栖断树,灵影入仙杯。
古藤依格上,野径约山隈。落蕊翻风去,流莺满树来。
兴阑荀御动,归路起浮埃。

还山宅

（唐）杨师道

暮春还旧岭，徙倚玩年华。芳草无行径，空山正落花。
垂藤扫幽石，卧柳碍浮槎。鸟散茅檐静，云披涧户斜。
依然此泉路，犹是昔烟霞。

冬日归旧山

（唐）李白

未洗染尘缨，归来芳草平。一条藤径绿，万点雪峰晴。
地冷叶先尽，谷寒云不行。嫩篁侵舍密，古树倒江横。
白犬离村吠，苍苔上壁生。穿厨孤雉过，临屋旧猿鸣。
木落禽巢在，篱疏兽路成。拂床苍鼠走，倒箧素鱼惊。
洗砚修良策，敲松拟素贞。此时重一去，去合到三清。

酬故人还山

（唐）宋鼎

举棹乘春水，归山抚岁华。碧潭宵见月，红树晚开花。
肃穆轻风度，依微隐径斜。危亭暗松石，幽涧落云霞。
思鸟吟高树，游鱼戏浅沙。安知馀兴尽，相望紫烟赊。

◆ 七言律

送韩侍御归山

（唐）张籍

闻君久欲卧云间，为佐嫖姚未得还。
新结茅庐招隐客，独骑骢马入深山。
九灵洞口行应到，五粒松枝醉亦攀。
明日珂声出城去，家僮不复扫柴关。

山　行

（唐）项斯

青枥林深亦有人，一渠流水数家分。
山当日午回峰影，草带泥痕过鹿群。
蒸茗气从茅舍出，缲丝声隔竹篱闻。
行逢卖药归来客，不惜相随入岛云。

山中言事

（唐）方干

日与村家事渐同，烧松啜茗学邻翁。
池塘月撼芙蕖浪，窗户凉生薜荔风。
书幌昼昏岚气里，巢枝夜折雪声中。
山阴钓叟无知己，窥镜挦多鬓欲空。

长安月夜与友生话故山

（唐）赵嘏

宅边秋水浸苔矶，日日持竿去不归。
杨柳风多潮未落，蒹葭霜在雁初飞。
重嘶匹马吟红叶，却听疏钟忆翠微。
今夜秦城满楼月，故人相见思依依。

入　山

（宋）孔武仲

路出西林兴倍长，轻衫短盖入秋阳。
层崖蔽日多清影，深谷迷人有异香。
访古不辞穿绝磴，参禅直为遍诸方。
此身似是辽东鹤，偶逐飞云到故乡。

山　行
（宋）陆游

闲人日日得闲行，况值今朝小雨晴。
水浅游鱼浑可数，山深药草半无名。
临溪旋唤罾船渡，过寺初闻浴鼓声。
小醉未应风味减，满盘青杏伴朱樱。

山　中
（宋）翁卷

山中百事总相宜，第一红尘免上衣。
寻药每同丹客去，拾薪多趁牧儿归。
鸣泉漱石寒蒲洁，宿雾蒸泥早蕨肥。
不奈邻峰学禅伴，时时来此扣岩扉。

山　行
（宋）方岳

亦爱卢仝屋数间，野猿皋鹤共跻攀。
才登楼见一溪月，不出门行十里山。
有兴自携残稿醉，无人得似老夫闲。
樵青莫掩柴扉路，留与春风作往还。

山　行
（宋）方岳

岁晚谁同涧谷槃，一牛呼犊野烟寒。
村如有雪荞花白，山未著霜枫叶丹。
是处丰登茅店酒，老夫闲散竹皮冠。
醉归更草郊居赋，传与诗人作画看。

山　行

（宋）真山民

林梢初日弄阴晴，露浥溪花笑欲迎。
涧暗只闻泉滴沥，山青剩见鹭分明。
远峰忽转还如绕，险径徐行亦似平。
莫道诗成无与和，风篁也解作吟声。

梦登高山得诗

（元）萨都剌

杖藜踏破碧崔嵬，梦里清游乐未回。
万壑泉声松外去，数行秋色雁边来。
文章小杜人何在？风雨重阳菊自开。
山路云深行客倦，竹鸡飞上独春台。

山居晚兴

（元）尹廷高

高住青峰不计层，闭门危坐绝交朋。
竹声欲断微闻雨，村色初昏远见灯。
宿鸟并枝闲寂寂，归云度壑慢腾腾。
邻翁笑我生涯拙，纸帐梅花绝类僧。

山　居

（元）丁鹤年

日日看山眼倍明，更无一事可关情。
扫开积雪岩前坐，领取闲云陇上行。
不共羽人谈太易，懒从衲子话无生。
划然时发苏门啸，遥答风声及水声。

次韵张布政游山

（明）僧德祥

不因览胜入松门，猿鸟何曾识使君。
黄叶路从流水上，青萝床与白云分。
逢僧且说新裁句，见寺先寻旧刻文。
冰雪寒岩春到后，树如膏沐草如薰。

◆ 五言绝句

窗里山

（唐）钱起

远岫见如近，千重一窗里。坐来石上云，乍谓壶中起。

山中即事

（唐）郎士元

入谷多春兴，扁舟棹碧浔。山云昨夜雨，溪水晓来深。

远 山

（唐）皇甫冉

少室尽西峰，鸣皋隐南面。柴门纵复关，终日窗中见。

送吉中孚校书归楚州旧山

（唐）卢纶

渔村绕水田，澹澹隔晴烟。欲就林中醉，先期石上眠。

林昏天未曙，但向云边去。暗入无路山，心知有花处。

寥寥行异境，过尽千峰影。露色凝古坛，泉声落寒井。

天津桥南山中各题一句

（唐）李益

野坐分苔席，（李益）山行绕菊丛。（韦执中）
云衣惹不破，（诸葛觉）秋色望来空。（贾岛）

山中宿

（唐）白居易

独到山中宿，静向月中行。何处水边碓？夜舂云母声。

春　山

（唐）司空图

可是武陵溪？春芳著处迷。花明催曙早，云腻惹空低。

前　山

（唐）裴夷直

只谓一苍翠，不知犹数重。晚来云映处，更见两三峰。

远　山

（唐）吴融

隐隐隔千里，巍巍知几重？平时未能去，梦断一声钟。

出　山

（宋）陈与义

山空樵斧响，隔岭有人家。日落潭照树，川明风动花。

入　山

（宋）陈与义

出山复入山，路随溪水转。东风不惜花，一暮都开遍。

都迷去时路，策杖烟漫漫。微雨洗春色，诸峰生晚寒。

宿山中
（宋）刘克庄

就泉为碓屋，累石作书龛。有意耕汾曲，无心起水南。

山中杂诗
（金）元好问

石润云先动，桥平水渐过。野阴添晚重，山意向秋多。

树合秋声满，村荒暮景闲。虹收仍白雨，云动忽青山。

郊饮醉归
（元）张养浩

昨朝醉田间，欲借山为枕。青山不肯前，却枕白云寝。

山中偶题
（元）黄溍

古苔隐石色，寒花明药丛。有时白涧雨，终日青松风。

杂兴
（元）周权

流水数家村，青山白云坞。春晚落红深，夜寒溪上雨。

游三洞金盆诸峰绝句
（元）叶颙

大山严而尊，小山婉而秀。往来两山间，岩扉湿吟袖。

山中景
（元）僧英

六月山深处，松风冷袭衣。遥知城市里，扑面火尘飞。

山　中

（元）僧英

窗前瀑布寒，林外夕阳薄。清风何处来，扑扑松花落。

送人还山

（元）僧善住

偶随流水出，闲趁白云归。步石苔侵屐，攀松露滴衣。

◆ 六言绝句

问李二司直所居云山

（唐）皇甫冉

门外水流何处，天边树绕谁家？
山色东西多少，朝朝几度云遮？

寻张逸人山居

（唐）刘长卿

危石才通鸟道，空山更有人家。
桃源定在何处，涧水浮来落花。

◆ 七言绝句

宿石邑山中

（唐）韩翃

浮云不共此山齐，山霭苍苍望转迷。
晓月暂飞千树里，秋河隔在数峰西。

秋　山

（唐）张籍

秋山无云复无风，溪头看月出深松。

草堂不闭石床静，叶间坠露声重重。

逢郑三游山
（唐）卢仝

相逢之处花茸茸，石壁攒峰千万重。
他日期君何处好，寒流石上一株松。

小江驿送陆侍御归湖上山
（唐）陈羽

鹤唳天边秋水空，荻花芦叶起西风。
今夜渡头何处宿？会稽山在月明中。

山中赠诸暨丹丘明府
（唐）秦系

荷衣半破带莓苔，笑向陶潜酒瓮开。
纵醉还须上山去，白云那肯下山来。

山 中
（唐）顾况

野人爱向山中宿，况在葛洪丹井西。
庭前有个长松树，夜半子规来上啼。

移居深山
（唐）刘商

不食黄精不采薇，葛苗为带草为衣。
孤云更入深山去，人绝音书雁自飞。

山中作
（唐）马戴

屐齿无泥竹策轻，莓苔梯滑夜难行。

独开石室松门里,月照前山空水声。

入　山

(宋)孔武仲

冠盖成阴中路回,独携莲社道人来。
千岩万壑初相识,分付晴岚面面开。

段家堤西望晚山

(宋)蔡襄

月下西山千万重,日光山气郁葱茏。
鲛绡数幅须移得,惆怅如今少画工。

入山留客

(宋)蔡襄

山光物态弄春晖,莫为轻阴便拟归。
纵使晴明无雨过,入林深处亦沾衣。

雪消溪涨山色尤可喜口占

(宋)朱子

头上琼冈出旧青,马边流水涨寒汀。
若为留得晶荧在,突兀长看素锦屏。

登山有作次敬夫韵

(宋)朱子

晚峰云散碧千寻,落日冲飙霜气深。
霁色登临寒夜月,行藏只此验天心。

山　中

(金)马天来

青林寂寂鸟关关,画出风烟落照间。

脱却芒鞋临水坐，白云分我一边闲。

下　山
（元）刘因

翠霞腾晕紫成堆，收尽云烟酒一杯。
想见浮岚在眉宇，人人知道看山回。

山　中
（元）黄庚

万壑松声撼翠微，夜寒风露湿人衣。
山翁踏月巡幽径，竹里笼开鹤未归。

日夕观山
（元）许有孚

晚晴台上看巉岩，万壑千峰起翠岚。
恰似云间招五老，今宵有梦定江南。

山　中
（元）宋无

半岭松声樵客分，一溪春草鹿成群。
采芝人入翠微去，丹灶石坛空白云。

江上看山
（明）胡宗仁

江上看山分外青，更怜山畔有云行。
连朝认熟桥西路，孤杖无劳藉友生。

卷五十　泰山类

◆ 五言古

泰山吟
（宋）谢灵运

岱宗秀维岳，崔崒刺云天。岝崿既嶮巇，触石辄芊绵。
登封瘗崇坛，降禅藏肃然。石间何晻蔼，明堂祕灵篇。

游泰山
（唐）李白

四月上泰山，石平御道开。六龙过万壑，涧谷随萦回。
马迹绕碧峰，于今满青苔。飞流洒绝巘，水急松声哀。
北眺崿嶂奇，倾崖向东摧。洞门闭石扇，地底兴云雷。
登高望蓬瀛，想像金银台。天门一长啸，万里清风来。
玉女四五人，飘飖下九垓。含笑引素手，贻我流霞杯。
稽首再拜之，自愧非仙才。旷然小宇宙，遗世何悠哉。

清晓骑白鹿，直上天门山。山际逢羽人，方瞳好容颜。
扪萝欲就语，却掩青云关。遗我鸟迹书，飘然落岩间。
其字乃上古，读之了不闲。感此三叹息，从师方未还。

平明登日观，举手开云关。精神四飞扬，如出天地间。

黄河从西来，窈窕入远山。凭崖览八极，目尽长空闲。
偶然值青童，绿鬓双云鬟。笑我晚学仙，蹉跎凋朱颜。
踌躇忽不见，浩荡难追攀。

清斋三十日，裂素写道经。吟诵有所得，众神卫我形。
云行信长风，飒若羽翼生。攀崖上日观，伏槛窥东溟。
海色动远山，天鸡已先鸣。银台出倒景，白浪翻长鲸。
安得不死药，高飞向蓬瀛。

日观东北倾，两崖夹双石。海水落眼前，天光遥空碧。
千峰争攒聚，万壑绝凌历。缅彼鹤上仙，去无云中迹。
长松入霄汉，远望不盈尺。山花异人间，五月雪中白。
终当遇安期，于此炼玉液。

朝饮王母池，暝投天门关。独抱绿绮琴，夜行青山间。
山明月露白，夜静松风歇。仙人游碧峰，处处笙歌发。
寂听娱清辉，玉真连翠微。想像鸾凤舞，飘飖龙虎衣。
扪天摘匏瓜，恍惚不忆归。举手弄清浅，误攀织女机。
明晨坐相失，但见五云飞。

送范山人归泰山
（唐）李白

鲁客抱白鹤，别余往泰山。初行若片雪，杳在青崖间。
高高至天门，海日近可攀。云生望不及，此去何时还？

望　岳
（唐）杜甫

岱宗夫如何，齐鲁青未了。造化钟神秀，阴阳割昏晓。
荡胸生层云，决眦入归鸟。会当凌绝顶，一览众山小。

登　岳

（明）王守仁

晓登泰山道，行行入烟霏。阳光散岩壑，秋容淡相辉。
云梯挂青壁，仰见蛛丝微。长风吹海色，飘飘送天衣。
峰顶动笙乐，青童两相依。振衣将往从，凌云忽高飞。
挥手若相待，丹霞闪馀晖。凡躯无健羽，怅望不能归。

望　岳

（明）廖道南

岱宗高龘嵸，群峰凌紫穹。日观影扶桑，月嶂烟朦胧。
飞泉走其下，宛若双白龙。上有玉女池，银河泻长虹。
玉女散天花，万朵青芙蓉。仙人王子乔，绛节朝上宫。
遗我金检书，期我遥相从。我欲从之游，云路险且重。
何当谢尘鞅，晞发咸池东。

◆ 七 言 古

题李白泰山观日出图

（元）段辅

岱宗郁郁天下雄，谪仙落落人中龙。
兹山兹人乃相从，气夺真宰愁丰隆。
玉堂一任云雾封，长啸飞渡秦皇松。
夜呼日出沧海东，再为斯世开鸿濛。
钧天帝居深九重，醉舞踏碎青芙蓉。
天孙玉女为敛容，却视五岳秋毫同。
长鲸一去不复逢，乾坤万里号秋虫。
当年咳唾留绝峰，至今树石生香风。
我欲追之杳无踪，不意邂逅会此中，屋梁落月依然空。

登 岳

(元) 李简

三峰突兀与天齐,天门未到劳攀跻。
层层石磴出林杪,萦回百折青云梯。
盘石暂憩舒清眺,涧壑风来号万窍。
水声俄在树梢头,疑有於菟天外啸。
向晓才登日观峰,手披云雾开鸿蒙。
火轮欲上海波赤,金霞翻动苍龙宫。
黄河一线几千里,吴越山川真地底。
为数齐州九点青,更将伏槛窥东溟。
李白不遇安期生,安得羽翼飞蓬瀛?

◆ **五言律**

过泰山偶赋

(明) 汪广洋

七十二神州,淋漓紫气浮。天低众山小,星拱一峰秋。
云翳成龙虎,岚光薄斗牛。岱宗与恒岳,引领日东头。

登 岳

(明) 乔宇

百灵朝拱处,空籁听琅璈。地据中原胜,天临下界高。
云山双老眼,天地一秋毫。欲访蓬瀛去,何从借六鳌?

登 岳

(明) 王廷相

五岳俱神峻,岧峣泰岱偏。半岩回骏马,绝顶俯云烟。
一览小天下,三更见日躔。蓬莱疑只尺,直恐碍飞仙。

秋暮登岱

（明）查约

龙峪危峰逼，天门古殿开。月华秋气爽，日观海潮回。
地向皇都迥，山迎曲阜来。登临何限意，极目凤凰台。

登 岳

（明）陈沂

一入登封路，乾坤自此分。诸峰会元气，乱石散星文。
仰面攀青磴，回头看白云。飞梁架穷壑，鸣溜四山闻。

◆ 七 言 律

登 岱

（宋）查道

凌空叠嶂绝凡埃，青帝高居绛节开。
捧出海天红日近，迓将蓬岛碧霞来。
石间闪烁迎阳洞，玉简光华封禅台。
一自祥符禋祀后，太平顶上最崔嵬。

登泰山

（元）张养浩

风云一举到天关，快意平生有此观。
万古齐州烟九点，五更沧海日三竿。
向来井处方知隘，今后巢居亦觉宽。
笑拍洪崖咏新句，满空笙鹤下高寒。

登 岱

（明）宋濂

岩峣泰岳拄苍穹，万壑千岩一径通。

象纬平临青帝观，云光长绕碧霞宫。
凌晨云漫天涯白，子夜晴摇海日红。
玉露金茎应咫尺，举头霄汉思偏雄。

登 岱
（明）王偁

齐鲁名山仰岱宗，峻嶒万仞玉芙蓉。
月明海旷连三岛，云净天空插数峰。
白石谩留名士篆，苍松何用大夫封。
我来不尽登临兴，更上丹崖第一重。

季秋望后一日同僚友登岱
（明）查焕

泰岱高临万里看，三齐秋色更漫漫。
振衣龙峪青云湿，倚剑天门白日寒。
东带黄河连海岸，北来紫气绕长安。
自怜突兀平生志，恍惚乘风跨彩鸾。

登 岳
（明）边贡

岱宗山秀百灵屯，壁立烟霄万古存。
幽府化机盘地轴，上清真气接天门。
霞标日观青松丽，春透龙池碧水温。
薄暮振衣峰顶石，蓬莱东眺海云昏。

登 岳
（明）赵鹤

一上遥岑万丈苍，天风应为袭衣裳。
鸡鸣往往看东日，人语时时到下方。
云暗钟声连海树，春浮花气入山堂。

四时未歇登临兴,翻说岩禽唤客忙。

登岱

(明)查秉彝

岩岩高插紫冥开,青帝星辰入望回。
芳躅独标宣圣楔,瑶函空秘汉封台。
天连北极千山拱,云拥黄河一线来。
最是生平葵藿志,夜深日观倚徘徊。

怀泰山

(明)李攀龙

域内名山有岱宗,侧身东望一相从。
河流晓挂天门树,海色秋高日观峰。
金篋何人探汉策,白云千载护秦封。
向来信宿藤萝外,杖底西风万壑钟。

◆ 七言绝句

日观峰

(宋)范致中

岱岳东南第一观,青天高耸碧巑岏。
若教飞上峰头立,应见阳乌浴未干。

日观峰

(金)萧贡

半夜东风搅邓林,三山银阙杳沉沉。
洪波万里兼天涌,一点金乌出海心。

卷五十一 华山类

◆ 五言古

行经太华
（隋）孔德绍

纷吾世网暇，灵岳展幽寻。寥廓风尘远，杳冥川谷深。
山昏五里雾，日落二华阴。疏峰起莲叶，危塞隐桃林。
何必东都外，此处可抽簪。

华 岳
（唐）王维

西岳出浮云，积翠在太清。连天疑黛色，百里遥青冥。
白日为之寒，森沉华阴城。昔闻乾坤闭，造化生巨灵。
右足踏方山（止），左手推削成。天地忽开拆，大河注东溟。
遂为西峙岳，雄雄镇秦京。大君包覆载，至德被群生。
上帝伫昭告，金天思奉迎。神祇望幸久，何独禅云亭。

过华阴
（唐）王昌龄

云起太华山，云山互明灭。东风始含景，了了见松雪。
羁人感幽栖，窅映转奇绝。欣然忘所疲，永望吟不辍。
信宿百馀里，出关玩新月。何意昨来心，遇物遂迁别？
人生屡如此，何以肆愉悦？

望太华赠卢司仓

（唐）陶翰

行吏到西华，乃观三峰壮。削成元气中，杰出天汉上。
如有飞动色，不知青冥状。巨灵安在哉？厥迹犹可望。
方此顾行旅，末由饬仙装。葱胧（茏）记星坛，明灭数云障。
良友垂真契，宿心所微尚。敢投归山吟，霞径一相访。

关门望华山

（唐）刘长卿

客路瞻太华，三峰高际天。夏云亘百里，合沓遥相连。
雷雨飞半腹，太阳在其巅。翠微关上近，瀑布林梢悬。
爱此众容秀，能令西望偏。徘徊忘暝色，泱漭成阴烟。
曾是朝百灵，亦闻会群仙。琼浆岂易挹，毛女非空传。
仿佛仍仢想，幽奇如眼前。金天有清庙，松柏隐苍然。

华山西冈游赠隐元叟

（唐）顾况

群峰郁初霁，泼黛若鬟沐。天风鼓啥呀，摇撼千灌木。
木叶微堕黄，石泉净停绿。危磴萝薜牵，回步入幽谷。
我心寄青霞，世事惭苍鹿。遂令巢许辈，于焉谢尘俗。
想是悠悠云，可契去留躅。

华山歌

（唐）刘禹锡

洪炉作高山，元气鼓其橐。俄然神功就，峻拔在寥廓。
灵迹露指爪，杀气见棱角。凡木不敢生，神仙聿来托。
天资帝王宅，以我为关钥。能令下国人，不见换神骨。
高山固无限，如此方为岳。丈夫无特达，虽贵犹碌碌。

◆ 五 言 律

观华岳
（唐）祖咏

西入秦关口，南瞻驿路连。彩云生阙下，松柏到祠边。
作镇当官道，雄都俯大川。危峰径上处，仿佛有神仙。

送田卓入华山
（唐）贾岛

幽深足暮蝉，惊觉石床眠。瀑布五千仞，草堂瀑布边。
坛松涓滴露，岳月沈寥天。鹤过君须看，上头应有仙。

马戴居华山因寄
（唐）贾岛

玉女洗头盆，孤高不可言。瀑流莲岳顶，河注华山根。
绝雀林藏鹘，无人境有猿。秋蟾才过雨，石上古松门。

华　山
（唐）张乔

谁将倚天剑，削出倚天峰。众水背流急，他山相向重。
树黏青霭合，崖夹白云浓。一夜盆倾雨，前湫起毒龙。

华山上方
（唐）裴说

独上上方上，立高聊称心。气冲云易黑，影落县多阴。
有雪草不萎，无风松自吟。会当求大药，他日复追寻。

◆ 五言排律

途经华岳

(唐) 明皇

饬驾去京邑,鸣銮指洛川。循途经太华,回跸暂周旋。
翠嶬留斜影,悬岩冒夕烟。四方皆石壁,五位配金天。
仿佛看高掌,依稀听子先。终当铭岁月,从此记灵仙。

奉和圣制途经华岳应制

(唐) 张说

西岳镇皇京,中峰入太清。玉銮重岭应,缇骑薄云迎。
霁日悬高掌,寒空映削成。轩游会神处,汉幸望仙情。
旧庙青林古,新碑绿字生。群臣愿封岱,还驾勒鸿名。

华　山

(唐) 郑谷

峭壁耸巍巍,晴岚染近畿。孤高不可状,图写尽应非。
绝顶神仙会,半空鸾鹤归。云台分远霭,树谷隐斜晖。
坠石连村响,狂雷发庙威。气中寒渭阔,影外白楼微。
云对莲花落,泉横露掌飞。乳悬危磴滑,樵彻上方稀。
澹泊生真趣,逍遥息世机。野花明涧路,春藓涩松围。
远洞时闻磬,群僧昼掩扉。他年洗尘骨,香火愿相依。

华　山

(唐) 张乔

青苍河一隅,气状杳难图。卓杰三峰出,高奇四岳无。
力疑擎上界,势独压中区。众水东西走,群山远近趋。
天回诸宿照,地耸百灵扶。石壁烟霞丽,龙潭雨雹麤。

澄凝临甸服，险固束神都。浅觉川原异，深应日月殊。
鹤归青霭合，仙去白云孤。瀑溜斜飞冻，松长倒挂枯。
每来探洞穴，不拟返江湖。傥有芝田种，岩间老一夫。

◆ 七言律

行经华阴
（唐）崔颢

岧峣太华俯咸京，天外三峰削不成。
武帝祠前云欲散，仙人掌上雨初晴。
河山北枕秦关险，驿树西连汉畤平。
借问路傍名利客，无如此处学长生。

望　岳
（唐）杜甫

西岳崚嶒耸处尊，诸峰罗立似儿孙。
安得仙人九节杖，拄到玉女洗头盆。
车箱入谷无归路，箭括通天有一门。
稍待秋风凉冷后，高寻白帝问真源。

华　山
（唐）李洞

碧山长冻地长秋，日夕泉源聒华州。
万户烟侵关令宅，四时云在使君楼。
风驱雷电临河震，鹤引神仙出月游。
峰顶高眠灵药熟，自无霜雪入（上）人头。

华　山
（元）张翔

三峰云满紫芝田，十丈花开玉井莲。

白帝真源深固地,金精灏气远浮天。
一杯沧海波摇月,九点齐州树带烟。
千首新诗百壶酒,醉来骑鹤访群仙。

华　山

（明）朱志墧

万仞巍峨出自然,巨灵手劈是何年?
三峰秀出云霄外,一掌高擎日月边。
李白问天登绝顶,陈抟傲世隐危巅。
何当稳步长梯上,摘取峰头玉井莲。

华山石关

（明）王履

裂石为关似洞门,天悭神秀此相分。
不曾临涧先眠石,未暇登峰且看云。
鸟哢只从中界断,松声专许上方闻。
谁人更似周征士,不怕钟山孔氏文。

华山和唐崔颢韵

（明）杨荣

巍峨西岳峙咸京,天削芙蓉画不成。
势逼云霄撑日月,气通川泽候阴晴。
秦关北去天垂险,汉畤西临砥类平。
回首武皇祠下路,行人过尽暮烟生。

登华至青柯坪纪胜

（明）陈于陛

偶从灵岳访真源,秀插青冥势自尊。
潭底五龙盘地轴,崖端双鹜划天门。
攀萝欲借金仙掌,散发宜窥玉女盆。

自有芙蓉三尺在，莲花十丈岂须论。

望中烟朵气佳哉，疑是三神海上来。
坏峡霾云高士卧，峭峰削壁巨灵开。
银河倒泻晴飞雨，石鼓高悬昼殷雷。
愿结茅亭依玉井，不愁蕊笈閟丹台。

两度仙坪回俗驾，烟霞绝巘兴难忘。
欲凭芒屩青藜杖，更裹黄精白石粮。
掌上芙蓉囊五露，池头沆瀣挹三浆。
还应坐啸中峰顶，手摘明星瞰太荒。

铁索金梯苦未攀，半山台榭亦开颜。
秦城北漠寒烟外，汉阙南山夕照间。
云栈千盘平若荠，龙门一曲细如环。
奇游恨不通仙史，紫气空留百二关。

◆ 五言绝句

华　山
（宋）寇准

只有天在上，更无山与齐。举头红日近，回首白云低。

华　山
（金）王特起

三峰盘地轴，一水落天绅。造化无遗巧，丹青总失真。

登　华
（明）叶禄

华岳仙人掌，擎天日月高。乳山丛杂处，浑不露纤毫。

◆ 七言绝句

和钱华州题少华清光绝句
（唐）白居易

高情雅韵三峰守，主领清光管白云。
自笑亦曾为刺史，苏州肥腻不如君。

云开见华山
（唐）李频

夹道人家水竹间，马头山色画应难。
天公故故开云幕，乞与莲峰仔细看。

望毛女峰
（唐）陆畅

我种东峰千叶莲，此峰毛女始求仙。
今朝暗筭当时事，已是人间七万年。

太　华
（明）刘基

石屏御道鸟飞回，汉帝亲封玉检来。
灏气满空清似水，芙蓉直上九天开。

华山杂兴
（明）孙应鳌

玉女窗开眼界明，仙童肃队奏鸾笙。
海云初散蓬莱色，人在苍龙背上行。

拂枕隐眠延露石，开襟长啸蔚蓝天。
尽驱虎豹耕南亩，种出黄精养寿年。

卷五十二　衡山类

◆ 五言古

衡　山
（晋）庾阐

北眺衡山首，南睋五岭末。寂坐挹虚恬，运目情四豁。
翔虬凌九霄，陆鳞困濡沫。未体江湖悠，安识南溟阔。

岩下见一老翁四五少年赞
（宋）谢灵运

衡山采药人，路迷粮亦绝。过息岩下坐，正见相对说。
一老四五少，仙隐不可别。其书非世教，其人必贤哲。

江上送女道士褚三清游南岳
（唐）李白

吴江女道士，头戴莲花巾。霓衣不湿雨，特异阳台神。
足下远游履，凌波生素尘。倦寻向南岳，应见魏夫人。

望衡山
（唐）刘禹锡

东南已〔倚〕盖卑，维岳资柱石。前当祝融居，上拂朱鸟翮。
青冥结精气，磅礴宣地脉。还闻肤寸阴，能致弥天泽。

望南岳

（明）杨基

我从匡庐来，但觉诸山低。嵯峨望衡岳，云霄与之齐。
下有赤蛇蛰，上有朱雀栖。仰瞻祝融拔，俯揖紫盖迷。
五岭皆培塿，三江为涔蹄。巍然南服尊，嵩霍相提携。
封秩崇君称，诸神咸朝隮。丹书篆宝册，万古封金泥。
百王重祀典，赤缥藉玉圭。自非精灵通，牲帛劳焚赍。
余方向远道，无由陟层梯。苍苍烟霞中，喔喔闻天鸡。
缅思昌黎伯，恭默开云霓。灵贶自昭格，诚敬良可稽。
斯人向千载，感念徒含悽。

◆ 七言古　附长短句

与诸公送陈郎将归衡阳

（唐）李白

衡山苍苍入紫冥，下看南极老人星。
回飙吹散五峰雪，往往飞花落洞庭。
气清岳秀有如此，郎将一家拖金紫。
门前食客乱浮云，世人皆比孟尝君。
江上送行无白璧，临歧惆怅若为分。

登祝融峰赠星上人

（元）揭傒斯

洞庭南，桂岭北，衡山连延潇湘黑。
中有祝融如髻鬟，嵯峨七十二峰间。
祝融不自知，千山万山如回环。
回环面面芙蓉里，俨如天仙朝紫皇，千官百辟遥相望。
半夜每瞻东海日，六月常飞满树霜。
龙挐凤攫熊虎掷，云生雾灭何时极。

我来正值太平时，况有山僧似畴昔。
凭高一览四海空，草间培塿安足雄。
盘盘罗汉台，翕翕炎帝宫。复恐九天上，视我如井中。
朔风日夜相腾蹙，谷老崖坚松柏秃。
古来铁瓦尽飘扬，山上至今犹板屋。
山僧劝我歌，我歌徒自伤。
天下五岳嵩中央，此山与我俱南疆。
我今三十始一见，北望中原天更长。

◆ 五 言 律

游南岳

(唐) 张乔

入岩仙境清，行尽复重行。若得闲无事，长来寄此生。
涧松寒易老，笼烛晚生明。一宿泉声里，思乡梦不成。

◆ 七 言 律

送莹上人游衡岳

(宋) 僧惠洪

紫盖峰头楼阁生，朱灵洞口水云晴。
盘空路作惊蛇去，落日人如冻蚁行。
重郭老师今健否？藏年珍木但闻名。
定应自扫岩边石，时发披云啸月声。

游南岳

(明) 蔡汝楠

晓晴已到开云处，昼静疑闻鼓瑟歌。
湘水英灵终缥缈，潮阳道路此经过。
乍怜出郭尘喧断，翻为登山感慨多。

更道秋风散南极,葳蕤朱凤欲如何?

◆ 七言绝句

衡岳道中

(宋)陈与义

客子山行不觉风,龙吟虎啸满山松。
纶巾一幅无人识,胜业门前听午钟。

回衡山县望南岳

(元)陈孚

雨洗松阴绿未乾,今朝山下倚阑干。
一天露重月华湿,七十二峰生翠寒。

衡　岳

(明)傅汝舟

扶桑枝上交王父,七凤车前谒羽君。
天际玉笙谁得弄,时时吹起掌中云。

卷五十三　恒山类

◆ 四言古

恒　山
（晋）傅咸

奕奕恒山，作镇冀方。伊赵建国，在岳之阳。

◆ 五言古

北　岳
（唐）贾岛

天地有五岳，恒岳居其北。岩峦叠万重，诡怪浩难测。
人来不敢入，祠宇白日黑。有时起霖雨，一洒天地德。
神兮安在哉，永康我王国。

◆ 五言排律

北　岳
（明）马汝骥

代郡高谁辟，恒山郁自盘。顶浮天地阔，傍掩日星残。
形势并门扼，威灵冀宅安。河方元帝始，分野紫垣端。
锦绣虚无出，银镠缥缈看。宝符传七圣，玉检奉千官。
俎豆行冬殿，旌旗驻晓銮。观碑垂岁月，窟石镇林峦。

百里烟霞秀，三时雨雹寒。穴风生虎吼，岩瀑注龙蟠。
钟乳犹悬穗，金芝即捧盘。薜萝翻翠壁，松柏护瑶坛。
云步名仙会，脂图大隐欢。障开峰绕碧，社入灶还丹。
拄杖思黄鹄，飞车问赤鸾。真源何窈窕，不获挂缨冠。

卷五十四　嵩山类

◆ 五言古

　　送杨山人归嵩山
　　　　　　　　（唐）李白
我有万古宅，嵩阳玉女峰。长留一片月，挂在东溪松。
尔去掇仙草，菖蒲花紫茸。岁晚或相访，青天骑白龙。

◆ 五言律

　　归嵩山作
　　　　　　　　（唐）王维
清川带长薄，车马去闲闲。流水如有意，暮禽相与还。
荒城临古渡，落日满秋山。迢递嵩高下，归来且闭关。

◆ 七言律

　　嵩山石淙侍宴应制
　　　　　　　　（唐）沈佺期
金舆旦下绿云衢，彩殿晴临碧涧隅。
溪水泠泠逐行漏，山烟片片引香炉。
仙人六膳调神鼎，玉女三浆捧帝壶。
自惜汾阳纡道驾，无如太室览真图。

三阳宫石淙侍宴应制

(唐) 宋之问

离宫秘苑胜瀛洲，别有仙人洞壑幽。
岩边树色含风冷，石上泉声带雨秋。
鸟向歌筵来度曲，云依帐殿结为楼。
微臣昔忝方明御，今日还陪八骏游。

◆ 五言绝句

嵩山夜还

(唐) 宋之问

家住嵩山下，好采旧山薇。自省游泉石，何曾不夜归。

赠柳喜自号嵩山老

(唐) 僧皎然

一见嵩山老，吾生恨太迟。问君年几许？曾出上皇时。

游嵩山

(元) 杨奂

辕辕坂

盘盘十二曲，石岭瘦峥嵘。脚底有平地，何人险处行？

少室

方若植虬冠，森若削寒玉。明月夜中游，谁家借黄鹄？

卢岩

避名名自在，身瘠道还腴。未到千年后，空岩已姓卢。

北渡水

几时落东溪,曲折卧天汉。语似登山人,可饮不可盟。

◆ 七言绝句

送李秀才游嵩山

(唐)顾况

嵩山石壁挂飞流,无限神仙在上头。
采得新诗题石壁,老人惆怅不同游。

送友人游嵩山

(唐)陈羽

嵩山归路绕天坛,云影松声满谷寒。
君见九龙坛上月,莫辞清夜水中看。

送闻上人游嵩山

(唐)欧阳詹

二室峰峰昔愿游,从云从鹤思悠悠。
丹梯石磴君先去,为上青冥最上头。

卷五十五 西山类

◆ 五言古

游玉泉山呈袁伯长学士
（元）朱德润

宛平佳山水，历历蟠心胸。忽登群峰顶，下瞰青莲宫。
长松腾翠蛟，古磴妥垂虹。云开扶舆气，翕忽如仙翁。
我来方醉后，游览彻九重。长啸出林杪，振袂扬天风。
愿同安期生，携手凌昊穹。

暮登香山
（明）吴扩

石门亘西天，幽花夹山路。归鸟竞喧呼，夕阳隐芳树。
登登青厓端，偶与群公遇。散坐云壑间，会兹静中趣。
纤月何娟娟，清风洒襟素。

◆ 七言古

游香山
（元）张养浩

山行弥日山益奇，乱峰挟翠如吾随。
游人联蚁度林杪，细路一线云间垂。
茫茫四顾动心魄，岚光荡秀浮双眉。
路回宝刹忽风堕，大鹏九万离天池。

林间媚景翳复吐,欲见不见神护持。
松藏雷雨太阴黑,泉迸岩薮银虹驰。
我来青帝已回驭,太古残雪犹离离。
一声啼鸠百花落,两崖红雨春淋漓。
笑驱虎豹坐盘礴,悠悠万古归支颐。
须臾兴尽下寥廓,长风又送云边诗。
蓬莱兜率杳何处,无乃造物移于斯?
往年梦里记曾到,先声已为猿鹤知。
惜无奇语勒丹壁,坐令清赏成绝痴。
斜阳忽将暝色至,山灵应怪归鞍迟。
人间胜事忌多取,毋使乐极还生悲。

◆ 五 言 律

同黎秘书游西山经玉泉山池亭望西湖
(明)欧大任

并马今朝路,西行访石经。山泉浮钵绿,湖草映袍青。
积玉迷春涧,飞花入暮亭。十年江上客,烟雨忆扬舲。

◆ 七 言 律

西　　山
(元)马祖常

凤城西去玉泉头,杨柳堤长马上游。
六月薰风吹别殿,半天飞雨洒重楼。
山浮树盖连云动,露滴荷盘并水流。
舣岸龙舟能北望,翠华来日正清秋。

西　　山
(明)李东阳

日日车尘马足间,梦魂连夜到西山。

近郊地在翻成远,出郭身来始是闲。
云里荡胸看缥缈,溪边洗耳听潺湲。
秋风忽散城头雨,先为游人一解颜。

望尽孤云入杳冥,翠微深处一茅亭。
高台地迥秋先至,古寺僧闲昼亦扃。
诗思更随流水远,醉魂还为碧山醒。
凭虚试彻凌云调,应有游人下界听。

玉泉山
(明)李东阳

日照山山紫翠生,雨馀秋色更分明。
蜃楼出雾东浮海,雉堞连云北绕城。
旧识邮亭犹问路,渐多僧寺不知名。
十年几度登临约,未尽平生吏隐情。

西山道中
(明)马文叔

晓来联骑踏晴沙,风景苍苍一望赊。
几处白云前代寺,数村流水野人家。
莺啼别墅春犹在,马到西山日未斜。
回首不知归路远,九重宫殿隔烟霞。

◆ 七言绝句

宿西山
(明)谢榛

深夜无眠风露清,天移北斗坐间横。
幽人不作红尘梦,月照山空鹤一声。

卷五十六　盘山类

◆ 五言古

盘　山
（明）王嘉谟

折坂殿悬厓，悠然纵鞍鞯。绵绵谷口云，飘堕白如练。
峰峦忽相冒，奇石还惊眩。大者数十寻，小或等冠弁。
峰巅有绀宇，历历皆可见。永怀僧栖乐，倍觉尘情倦。
稀逢采芝侣，独立几回盻。

盘山双峰寺
（明）王嘉谟

远眺翠微近，云木澹清姿。石华浮半空，飞泉激流澌。
其阳饶怪石，小大纷参差。万岭郁相错，孤云停不移。
中峰构翠宪，一一能仁祠。山僧衣萝薜，杂以松薜皮。
导我磨苍崖，览古生遐思。

◆ 七言古

登盘山绝顶谒黄龙祠
（明）谢榛

蓟北来游第一山，上连七十二禅关。
人行巨壑泉声里，马度层厓云气间。

石径萧萧风吹冷,万折千回临绝顶。
钟响时传下界遥,鸟飞不到诸天迥。
无劳汉使泛槎心,挥手银河能几寻?
历历边城纷蚁垤,明明沧海一牛涔。
老僧笑指烟霞外,此意沉冥谁与会?
风生平地本无因,云点太清犹是碍。
怀古踟蹰空石堂,黄龙高举杳茫茫。
珠林不见菩提影,宝塔长含舍利光。
壁尘拂去独留赋,下岭回看迷晓雾。
放浪人间那复来,月明梦绕盘山路。

◆ 五言排律

登盘山绝顶

(明)萧应凤

闻说盘山胜,当年是鬼工。移将多怪石,叠作一崆峒。
寺傍云根见,人从鸟道通。烟消关气紫,日出海波红。
万壑争飞瀑,双峰半倚空。凭虚凌绝顶,极目思无穷。

◆ 七 言 律

游盘山

(明)王衡

塞北山河百二重,太行云气入提封。
泉争乱壑时萦马,谷响虚岩半是松。
紫逻烟花当九月,青天雷雨入双龙。
朝来策杖中盘寺,指点经行第几峰?

孤筇短笠乍低昂,翠壁丹枫引兴长。
片石倒悬流水路,断厓刚掩薜萝房。

诸天影里沉西界,斜月林中见上方。
绕尽寒空不知路,冥冥钟磬远相将。

◆ 七言绝句

望盘山

(明)高承埏

中盘云气下盘生,紫盖峰高晚独晴。
愿得他时解尘组,白松树底饭黄精。

卷五十七　钟　山　类

◆ 五言古

游钟山应西阳王教
（梁）沈约

灵山纪地德，地险资岳灵。终南表秦观，少室迩王城。
翠凤翔淮海，襟带绕神坰。北阜何其峻，林薄杳葱菁。

发地多奇岭，干云非一状。合沓共隐天，参差互相望。
郁律构丹巘，崚嶒起青嶂。势随九疑高，气与三山壮。

即事既多美，临眺殊复奇。南瞻储胥观，西望昆明池。
山中咸可悦，赏逐四时移。春光发陇首，秋风生桂枝。

多值息心侣，结架山之足。八解鸣涧流，四禅隐岩曲。
窈冥终不见，萧条无可欲。所愿从之游，寸心于此足。

君王挺逸趣，羽旆临崇基。白云随玉趾，青霞杂桂旗。
淹留访五药，顾步伫三芝。于焉仰镳驾，岁暮以为期。

登钟山谠集望西静坛
（梁）吴均

客思何以缓，春郊满初律。高车陆离至，骏骑差池出。

宝椀泛莲花，珍杯食竹实。才胜商山四，丈高竹林七。
复望子乔坛，金绳蕴绿帙。风云生屋宇，芝英被仙室。
方随凤皇去，悠然驾白日。

登钟山下峰望

（梁）虞骞

冠者五六人，携手岩之际。散意百仞端，极目千里睇。
叠岫乍昏明，浮云时卷闭。遥看野树短，远望樵人细。

钟　山

（明）太祖

暑往钟山阿，岩幽清兴多。薰风自南发，森松鸣絃歌。
黑猿啸白日，丹凤巢桐柯。灵芝秀深谷，祥云盛嵯峨。
树隙观天碧，天清似绿荷。迥闻樵采木，曲涧沿珠螺。
鸟乐山深邃，予欢颜亦和。野人逢问处，乐道正婆娑。

钟山赓吴沈韵

（明）太祖

嵯峨倚空碧，环山皆拱伏。遥岑如剑戟，迩洞非茅屋。
青松秀紫崖，白日生幽谷。岩畔毓灵芝，峰顶森神木。
时时风雨生，日日山林沐。和鸣尽啼莺，善举皆飞鹄。
山中道者禅，陇头童子牧。试问几经年？答云常辟穀。

◆ 七 言 古

游钟山

（宋）苏辙

江南四月如三伏，北望钟山万松碧。
杖藜试上宝公龛，众壑秋声起相袭。
青峰回抱石城小，白练前横大江直。

石梯南下俯城闉，松径东蟠转山谷。
乔林无风声如雨，时见游僧石上息。
行穷碧涧一庵岩，坐弄清泉八功德。
归寻晚路众山底，困卧定林依石壁。
朝游不知涧谷远，暮归但觉穿双屐。
老僧一身泉上住，十年扫尽人间迹。
客到惟烧柏子香，晨饥坐待山前粥。
丈夫济时诚妄语，白首居山本良策。
茹蔬饭糗何足道，纯灰洗心聊自涤。
立身处世多悠尤，愧尔山僧少忧责。

◆ 五 言 律

秋日钟山晓行

（元）萨都剌

楼阁笼云气，苍茫第几峰？长风万松雨，落月半山钟。
石磴盘空险，僧廊落叶重。吾皇曾驻跸，千古说蟠龙。

◆ 五言排律

同王胜之游蒋山

（宋）苏轼

到郡席不煖，居民空惘然。好山无十里，遗恨恐他年。
欲款南朝寺，同登北郭船。朱门收画戟，绀宇出青莲。
夹岸苍髯古，迎人翠麓偏。龙腰蟠故国，鸟爪寄层巅。
竹杪飞华屋，松根泫细泉。峰多巧障日，江远欲浮天。
略彴横秋水，浮图插暮烟。归来踏人影，云细月娟娟。

◆ 七言律

春日陪驾幸蒋山应制
（明）林鸿

钟山月晓树苍苍，凤辇乘春到上方。
驯鸟不随天仗散，昙花时落御衣香。
珠林霁雪明山殿，玉涧飞泉近苑墙。
自愧才非枚乘匹，也陪巡幸沐恩光。

◆ 七言绝句

钟山即事
（宋）王安石

涧水无声绕竹流，竹西花草弄春柔。
茅檐相对坐终日，一鸟不鸣山更幽。

游钟山
（宋）王安石

两山松栎暗朱藤，一水中间胜武陵。
午梵隔云知有寺，夕阳归去不逢僧。

游钟山
（明）太祖

钟山阳谷梵王家，帝释台前优钵花。
游戏但闻师子吼，比丘身衣锦袈裟。

卷五十八 金山类（附焦山）

◆ 五言律

金山寺
（唐）张祜

一宿金山寺，微茫水国分。僧归夜船月，龙出晓堂云。
树影中流见，钟声两岸闻。因悲在城市，终日醉醺醺。

题金山
（唐）孙鲂

万古波心寺，金山名日新。天多剩得月，地少不生尘。
过橹妨僧定，惊涛溅佛身。谁言张处士，题后更无人。

题金山
（唐）韩垂

灵山一峰秀，岌然殊众山。根盘大江底，影插浮云间。
雷霆常间作，风雨时往还。象外悬清影，千载常跻攀。

金山寺
（宋）梅尧臣

吴客独来后，楚桡归夕曛。山形无地接，寺界与波分。
巢鹘宁窥物，驯鸥自作群。老僧忘岁月，石上看江云。

登金山
（明）周诗

绝岛中流出，莲宫匝杳茫。谷云通北固，津树隔维扬。
海色朝看近，江声夜听长。独怜临眺者，千古逝汤汤。

◆ 七 言 律

宿题金山寺
（唐）刘沧

一点青山翠色危，云岩不掩与星期。
海门烟树潮归后，江面山楼月照时。
独鹤唳空秋露下，高僧入定夜猿知。
萧疏水木清钟梵，颢气寒光动石池。

游金山
（元）萨都剌

约客同游买渡船，闲观古刹礼金仙。
山中好景无多地，天下知名第一泉。
佛阁齐云浮海屿，客帆过寺带风烟。
当年郭璞因何事，留与江心作浪传。

登金山吞海亭了公请赋
（元）张翥

危亭突兀戴鳌头，俯视沧溟一勺浮。
龙伯衣冠藏下府，梵王台殿起中流。
扶桑夜色三山日，滟滪江声万里秋。
老我惜无吞海句，但磨崖石记曾游。

金焦两山

(元) 周权

海暾红处谒仙山,不管刚风客棹寒。
一鉴寒光开玉匣,两螺青黛落银盘。
天低塔影搀云耸,地窄钟声度水宽。
却羡禅心如止水,任教四面自波澜。

金山寺

(元) 陈孚

万顷天光俯可吞,壶中别有小乾坤。
云侵塔影横江口,潮送钟声过海门。
僧榻夜随鲛室涌,佛灯秋隔蜃楼昏。
年年只有中泠水,不受人间一点浑。

游金山寺

(元) 周伯琦

江心一簇翠芙蓉,金碧晶荧殿阁重。
隐士有缘来化鹤,梵王无语坐降龙。
钟声两岸占昏晓,海眼中泠湛夏冬。
八十高僧供茗罢,细谈苏米旧时踪。

题金山寺

(元) 僧明本

半江涌出金山寺,一簇楼台两岸船。
月到中宵成白昼,浪翻平地作青天。
塔铃自触微风语,滩石长磨细浪圆。
龙化楚人来听法,手擎珠献不论钱。

####　金　山

　　　　　　　　　（明）王叔承

鼋宅龙宫紫气骄，壮游南北倚青霄。
蜀江万里来春水，吴屿千寻带暮潮。
夹岸帆樯扬子渡，隔天云树广陵桥。
临流无限风尘思，浊酒淋漓剑影摇。

◆ 七言绝句

####　金山寺

　　　　　　　　　（唐）窦庠

一点青螺碧浪中，全依水府与天通。
晴江万里云飞尽，鳌背参差日气红。

####　过金山

　　　　　　　　　（元）耶律楚材

金山前畔水西流，一片晴山万里秋。
萝月团团上东嶂，翠屏高挂水晶球。

####　金　山

　　　　　　　　　（明）董应举

南条一线自峨岷，拆楚分吴划到天。
独有妙高台上月，不为南北隔风烟。

附焦山

◆ 五言古

####　题焦山方丈

　　　　　　　　　（元）萨都剌

江风入霜林，寒叶下疏雨。萧萧复萧萧，可听不可数。

山僧亦好奇，呼童扫行路。何处觅秋声？肩舆入山去。

◆ 七 言 古

自金山放船至焦山
（宋）苏轼

金山楼观何耽耽，撞钟击鼓闻淮南。
焦山何有有修竹，采薪汲水僧两三。
云霾浪打人迹绝，时有沙户祈春蚕。
我来金山更留宿，而此不到心怀惭。
同游尽返决独往，赋命穷薄轻江潭。
清晨无风浪自涌，中流歌啸倚半酣。
老僧下山惊客至，迎笑喜作巴人谈。
自言久客忘乡井，只有弥勒为同龛。
困眠得就纸帐暖，饱食未厌山蔬甘。
山林饥卧古亦有，无田不退宁非贪。
展禽虽未三见黜，叔夜自知七不堪。
行当投劾谢簪组，为我佳处留茅庵。

焦山寺
（元）周权

赤霞夜出扶桑东，海云卷浪凌虚空。
刚风浩浩吹不去，崔嵬化作青莲宫。
万衲月寒清梵寂，四面沉沉皆海色。
钟声不许到人间，自送潮音落寒碧。

◆ 七 言 律

游焦山
（元）郭天锡

砥柱中流障北溟，海门对势两峰青。

鹤归幽窦云烟冷，龙卷空江树石腥。
为尔欲招莲社侣，嗟余久负草堂灵。
坡翁纶老知（之）何处？西日荒寒照野亭。

游焦山寺
（元）周伯琦

涉江已阅裴公洞，复访焦先到此山。
险绝远同巴蜀峡，岿然对峙海门关。
神蛟戏浪时潜跃，野鸟巢林自往还。
建业青山广陵树，开轩尽在酒壶间。

◆ 六言绝句

焦山题塔
（元）陈柏

树老云闲鸟宿，洞深月落潮回。
此时此兴不浅，何日何年再来？

◆ 七言绝句

焦山吸江亭
（宋）孙觌

昔年携客寄僧龛，败屋疏篱一草庵。
白首重来看修竹，连山楼观亦耽耽。

万顷苍茫一岛孤，潭潭云海现毗卢。
问君吸尽西江水，中有曹溪一滴无？

宿焦山上方
（元）郭天锡

扬子江头风浪平，焦山寺里晚钟鸣。
炉烟已断灯花落，唤起山僧看月明。

卷五十九　茅山类

◆ 五言古

游茅山
（唐）储光羲

平生非作者，望古怀清芬。心以道为际，行将时不群。
兹山在人境，灵贶久传闻。远势一峰出，近形千嶂分。
冬春有茂草，朝暮多鲜云。此去亦何极，但言西日曛。

名岳征仙事，清都访道书。山门入松柏，天路涵空虚。
南极见朝采，西潭闻夜渔。远心尚云宿，浪迹出林居。
为己存实际，忘形同化初。此行良已矣，不乐复何如。

◆ 七言古

登大茅峰
（元）吴全节

第一福地第一峰，玉台积翠摩苍空。
大君成道二弟从，还丹返老颜如童。
绣衣趣召凌天风，此事万古将无同。
山高有仙水有龙，龙腹如篆朱砂红。
蜿蜒变化理莫穷，作霖济旱年屡丰。
神仙为市坛朝宗，真人涣号芝泥封。

猿鹤相语千载逢,葵心耿耿通宸枫。
万里六辔驰花骢,香飘龙篆江云东。
瑞凝草木气郁葱,稽首峰顶歌元功,他时归奉明光宫。

◆ 五 言 律

茅山洞口
(唐) 綦毋潜

华阳仙洞口,半岭拂云看。窈窕穿苔壁,差池对石坛。
方随地脉转,稍觉水晶寒。未果变金骨,归来兹路难。

送陆羽之茅山寄李延陵
(唐) 刘长卿

延陵衰草遍,有路问茅山。鸡犬驱将去,烟霞拟不还。
新家彭泽县,旧国穆陵关。处处逃名姓,无名亦是闲。

茅山第三峰
(元) 吴全节

三茅琳宇状,松老鹤知还。江白南徐月,楼青北固山。
浮云通地肺,古洞敞天关。寄语寻仙者,蓬莱只此间。

◆ 七 言 律

赠茅山高拾遗
(唐) 许浑

谏猎归来绮季歌,大茅峰影满秋波。
山斋留客扫红叶,野艇送僧披绿蓑。
长覆旧图棋势尽,遍添新品药名多。
云中黄鹄日千里,自宿自飞无网罗。

江南道中怀茅山广文南阳博士

（唐）皮日休

住在华阳第八天，望君惟欲结良缘。
堂肩洞里千秋燕，厨盖岩根数斗泉。
坛上古松疑度世，观中幽鸟恐成仙。
不知何事迎新岁，乌纳裘中一觉眠。

五色香烟惹内文，石饴初熟酒初醺。
将开丹灶那防鹤，欲算棋图却望云。
海气半（平）生当洞见，瀑冰初拆〔坼〕隔山闻。
如何世外无交者，一卧金坛只有君。

怀华阳润卿博士

（唐）皮日休

凤骨轻来称瘦容，华阳馆主未成翁。
数行玉札存心久，一掬云浆漱齿空。
白石煮多熏屋黑，丹砂埋久染泉红。
他年欲事先生去，十赉须加陆逸冲。

和江南道中怀茅山广文南阳博士

（唐）陆龟蒙

一片轻帆背夕阳，望三峰拜七真堂。
天寒夜漱云牙净，雪坏晴梳石发香。
自拂烟霞安笔格，独开封检试砂床。
莫言洞府能招隐，会辗飙轮见玉皇。

壶中行坐可携天，何况林间息万缘。
组绶任垂三品石，珮环从落四公泉。

丹台已运阴阳火,碧简须雕次第仙。
想得雷平春色动,五芝烟甲又芊眠。

和怀华阳润卿博士
（唐）陆龟蒙

火影应难到洞宫,萧闲堂冷任天风。
谈元（玄）麈尾抛云底,服散龙胎在酒中。
有路还将赤城接,无泉不共紫河通。
奇编早晚教传授,免以神仙问葛洪。

◆ 五言绝句

茅　山
（元）姚文奂

山云护芝田,山雨清菌阁。中有学仙人,吹箫待鸾鹤。

◆ 六言绝句

送郑二之茅山
（唐）皇甫冉

水流绝涧终日,草长深山暮春。
犬吠鸡鸣几处,条桑种杏何人？

◆ 七言绝句

茅山道中
（唐）赵嘏

烟树重重水乱流,马嘶残雨晚程秋。
门前便是西山路,目送归云不得游。

送人游茅山

（唐）僧贯休

茅真旧宅基犹在，药灶苔深土尚殷。
君见道人凭与问，大还还字若为还？

将游茅山先寄道士张伯雨

（元）萨都剌

借骑白鹤访茅君，琪树秋声隔夜闻。
料得山中张道士，开门先扫鹤巢云。

游三茅华阳诸洞

（元）宋无

玉案清香彻夜焚，紫烟成盖覆茅君。
数声金磬秋坛霁，敲碎遥天一缕云。

登茅山天市坛

（元）僧惟则

天市危栏倚碧空，两京山水见冥蒙。
东来十日风霜路，只在寒岚一抹中。

卷六十　武夷山类

◆ 五言古

行视武夷精舍作
（宋）朱子

神山九折溪，沿溯此中半。水深波浪阔，浮绿春涣涣。
上有苍石屏，百仞耸雄观。崭岩露垠堮，突兀倚霄汉。
浅麓下萦回，深林久丛灌。胡然閟千载，逮此开一旦。
我乘新村船，辍棹青草岸。榛莽喜诛钼，面势穷考按。
居然一环堵，妙处岂轮奂。左右矗奇峰，跨踏极佳玩。
是时芳节阑，红绿纷有烂。好鸟时一鸣，王孙远相唤。
暂游意已惬，独往身犹绊。珍重舍瑟人，重来足幽伴。

武夷道中
（元）黄清老

积雨多浮云，百川合为一。新晴落花深，草径没行迹。
溪风淡和柔，天宇浩澄碧。诸峰出云间，净若露初拭。
迟迟策驽马，稍稍度翠壁。从人不知疲，佳境恣所历。
松间古仙人，燕坐松下石。羽化今几年？苍苔满双屐。
乾坤妙无言，小大自有得。为我谢群芳，春风各努力。

◆ 五 言 律

武夷山

(元) 雅琥[*]

笙鹤辽天杪,仙家宴幔亭。鲸波一浸碧,蚁垤九烟青。
洞閟秦人蜕,坛留汉祀星。余方有公事,未得叩岩扃。

◆ 七 言 律

寄武夷思学斋

(元) 王士熙

武夷山色青于水,君筑高斋第几峰?
北苑莺啼春煮茗,西风鹤语夜巢松。
田家送酒芝香泻,道士留书石髓封。
闻说牙签三万轴,欲凭南雁约相从。

武夷山

(元) 雅琥

九曲溪山紫气分,千年来驻武夷君。
仙家开宴人曾遇,天乐留音世未闻。
鼓石日华腾凤彩,剑波霞影动龙文。
棹歌使欲寻岩壑,画里先开万叠云。

题武夷

(明) 阮自华

初闻鸡犬异人间,渐入青霞细可怜。

---

[*] 雅琥:《四库》本作"雅勒呼"。

蹑上红泉无径路,山中香雨有神仙。
每逢水尽奇峰出,若为天回曲道前。
一鉴澄潭思千古,谁当先扫石炉烟?

◆ 五言绝句

武夷山仙城
（唐）徐凝

武夷无上路,毛径不通风。欲共麻姑住,仙城半在空。

武夷天柱峰
（宋）朱子

屹然一天柱,雄镇斡维东。只说乾坤大,谁知立极功。

◆ 七言绝句

武夷山
（唐）李商隐

只得流霞酒一杯,空中箫鼓当时回。
武夷洞里生毛竹,老尽曾孙更不来。

武 夷
（宋）葛长庚

几点沙鸥泛碧流,芦花两岸暮云愁。
鼓楼岩下一声笛,惊落梧桐飞起秋。

武夷山一线天
（明）徐渭

双峡凌虚一线通,高巅树果拂云红。
青天万里知何限,也伴藤萝锁峡中。

卷六十一　庐山类

◆ 四言古

　　庐山神仙诗
　　　　　　　　（晋）湛方生
吸风元（玄）圃，饮露丹霄。室宅五岳，宾友松乔。

◆ 五言古

　　庐山东林杂诗
　　　　　　　　（晋）僧惠远
崇岩吐清气，幽岫栖神迹。希声奏群籁，响出山溜滴。
有客独冥游，径然忘所适。挥手抚云门，灵关安足辟。
留心叩元（玄）扃，感至理弗隔。孰是腾九霄，不奋冲天翮。
妙同趣自均，一悟超三益。

　　夜宿石门诗
　　　　　　　　（宋）谢灵运
朝搴苑中兰，畏彼霜下歇。暝还云际宿，弄此石上月。
鸟鸣识夜栖，木落知风发。异音同至听，殊响俱清越。
妙物莫为赏，芳醑谁与伐？美人竟不来，阳阿徒晞发。

　　登庐山绝顶望诸峤
　　　　　　　　（宋）谢灵运
积峡忽复启，平涂俄已闭。峦陇有合沓，往来无踪辙。

昼夜蔽日月，冬夏共霜雪。

登庐山
（宋）鲍照

悬装乱水区，薄旅次山楹。千岩盛阻积，万壑势回萦。
巃嵷高昔貌，纷乱袭前名。洞涧窥地脉，耸树隐天经。
松磴上迷密，云窦下纵横。阴冰实夏结，炎树信冬荣。
嘈囋晨鹍思，叫啸夜猿清。深崖伏化迹，穿岫閟长灵。
乘此乐山性，重以远游情。方跻羽人途，永与烟雾并。

访世失隐沦，从山异灵士。明发振云冠，升峤远栖趾。
高岑隔半天，长崖断千里。氛雾承星辰，潭壑洞江汜。
崭绝类虎牙，巑岏象熊耳。埋冰或百年，韬树必千祀。
鸡鸣清涧中，猿啸白云里。瑶波逐穴开，霞石触峰起。
回互非一形，参差悉相似。倾听凤管宾，缅望钓龙子。
松桂盈膝前，如何秽城市。

从登香炉峰
（宋）鲍照

辞宗盛荆梦，登歌美鳧绎。徒收杞梓饶，曾非羽人宅。
罗景蔼云扃，沾光扈龙策。御风亲列涂，乘山穷禹迹。
含啸对雾岑，延萝倚峰壁。青冥摇烟树，穹跨负天石。
霜崖灭土膏，金涧测泉脉。旋渊抱星汉，乳窦通海碧。
谷馆驾鸿人，岩栖咀丹客。殊物藏珍怪，奇心隐仙籍。
高世伏音华，绵古逾精魄。萧瑟生哀听，参差远惊覗。
惭无献赋才，洗污奉毫帛。

从冠军建平王登庐山香炉峰
（梁）江淹

广成爱神鼎，淮南好丹经。此山具鸾鹤，来往尽仙灵。

瑶草正翕艳，玉树信葱菁。绛气下紫薄，白云上杳冥。
中坐瞰蜿虹，俯伏视流星。不寻遐怪极，则知耳目惊。
日落长沙渚，层阴万里生。藉兰素多意，临风默含情。
方学松柏隐，羞逐市井名。幸承光诵末，伏思托后旍。

湖中望庐山

（唐）孟浩然

太虚生月辉，舟子知天风。挂席候明发，眇漫平湖中。
中流见匡阜，势压九江雄。黤黕容霁色，峥嵘当晓空。
香炉初上日，瀑水喷长虹。久欲追尚子，况兹怀远公。
我来限于役，未暇息微躬。淮海途将半，星霜岁欲穷。
寄言岩栖者，毕趣当来同。

送东林廉上人归庐山

（唐）王昌龄

石溪流已乱，苔径入渐微。日暮东林下，山僧还独归。
昔为庐峰意，况与远公违。道性深寂寞，世情多是非。
会寻名山去，岂复望清辉。

过庐山下

（宋）苏轼

乱云欲霾山，势与飘风南。群隮相应和，勇往争骖驔。
可怜荟蔚中，时出紫翠岚。雁没失东岭，龙腾见西龛。
一时供坐啸，百态变立谈。暴雨破块扎，清飙扫浑酣。
廓然归何处？陋矣安足戡。亭亭紫霄峰，窈窕白石庵。
五老数松雪，双溪落天潭。虽云默祷应，顾有移文惭。

山北纪行

（宋）朱子

祇役庐山阳，矫首庐山阴。云峰不可觌，碧涧何由寻？

昨朝解印章，结友同窥临。尽彼岩壑胜，满兹仁智心。

行逢石门雨，解骖寒涧东。朝隮锦绣谷，俯仰春溟蒙。
悬泉忽琮琤，杂树纷青红。屡憩小亭古，幽探思无穷。

竦身长林端，策足层崖表。仰瞻空界阔，俯叹尘寰小。
天池西嶔崟，佛手东窈窕。杖履往复来，凭轩瞰归鸟。

庐山杂兴
（宋）僧道潜

古帝论匡山，南国之德镇。尔来得跻攀，此语始吾信。
雄雄压九江，矗矗排万刃。青天落飞瀑，白日雷霆震。
石镜俄忽开，孤光舞而运。异花无冬春，瑶草亦芳润。
远公初渡江，道誉蔼东晋。刘雷赞高风，遯世各无闷。
陈迹虎溪头，予今谁与讯？

众峰势连环，万叠不可穷。香炉独秀拔，佳气常葱葱。
长风卷游雾，晓壁开曈昽。招提出其下，楼观排青红。
回眸盼五老，刻削金芙蓉。宜哉谪仙子，爱此巢云松。

山南信美矣，山北尤增奇。春风锦绣谷，红素自相依。
梯空上绝巘，云日惊倒窥。崖壁晕祥光，五色成玻璨。
旁通大林寺，松竹短且敧。乐天当日游，四月桃始披。
馀龄愿寄此，永与人世违。

高岩吐奇云，倏忽千万丈。援毫欲名貌，卷缩非一状。
飞仙或遨游，隐隐出其上。惊飙忽吹灭，转盼惟青嶂。
山中胜事多，彼俗谁能亮。

◆ **七言古**　附长短句

蜀中送人游庐山

（唐）僧隐峦

君游正值芳春月，蜀道千山皆秀发。
溪边十里五里花，云上三峰五峰雪。
君上匡山我旧居，松萝抛掷十年馀。
君行试到山前问，山鸟只今相忆无？

登绳金塔望庐山

（明）杨基

过鲁必谒岱，入洛须望嵩。
嗟余夜半入彭蠡，月黑不见香炉峰。
明登望湖亭，雨气何空濛。
山僧指点笑，五老正在烟云中。
今朝蹑层梯，高标揭晴空。
匡庐远出百里外，紫翠映带春霞红。
虽云仿佛见颜色，已觉浩荡开心胸。
在山看青山，佳处未尽逢。
不如迥立万仞表，一日览尽千玲珑。
何当生羽翰，两腋乘天风。
不论雨雪与晴霁，回翔下上饱玩八面青芙蓉。

◆ **五言律**

庐　山

（唐）王贞白

岳立镇南楚，雄名天下闻。五峰高阁日，九叠翠连云。

夏谷雪犹在，阴岩昼不分。唯应嵩与华，清峻得为群。

宿庐山绝顶精舍
（唐）崔涂

一蹬出林端，千峰次第看。长闲如未遂，暂到亦应难。
谷树云埋老，僧窗瀑影寒。自嫌心不达，向此梦长安。

忆庐山旧游
（唐）黄滔

前年入庐岳，数宿在灵溪。残烛松堂掩，孤峰月狖啼。
平生为客老，胜境失云栖。纵有重游日，烟霞会恐迷。

◆ 五言排律

庐　山
（唐）李咸用

非岳不言岳，此山通岳言。高人居浊世，几处满前轩。
秀作神仙宅，灵为风雨根。馀阴铺楚甸，一柱表吴门。
静得八公侣，雄临九子尊。对犹青熨眼，到必冷凝魂。
势受重湖让，形难七泽吞。黑岩藏昼电，紫雾泛朝暾。
莲堕宁唯华，玉焚堪小昆。倒松微发罅，飞瀑远成痕。
叠见云容衬，棱收雪气昏。裁诗曾困谢，作赋偶无孙。
流碍星光撇，惊冲雁阵翻。峰奇寒倚剑，泉曲旋如盆。
草短分雏雉，林明露掷猿。秋枫红蝶散，春石谷雷奔。
月好虎溪路，烟深栗里源。醉吟长易醒，梦去亦消烦。
有觉南方重，无疑厚地掀。轻扬闻旧俗，端用镇元元。

和段校书冬夕寄题庐山
（唐）刘得仁

名高身未到，此恨蓄多时。是夕吟因话，他年去必随。

当时庐岳顶，半入楚江湄。几处悬崖上，千寻瀑布垂。
炉峰松淅沥，溢浦棹参差。日色连湖白，钟声拂浪迟。
烟梯缘薜荔，岳寺步欹危。地本饶灵草，林曾出祖师。
石楼霞耀壁，猿树鹤分枝。细径萦岩末，高窗见海涯。
嵌空寒更极，寂寞夜尤思。阴谷冰埋木，仙田雪覆芝。
乱泉禅客漱，异迹逸人知。薜室新开灶，柽潭未了棋。
如何遂闲放，长得任希夷？定务渔樵事，方无道路悲。
谢公台尚在，陶令柳旋衰。尘外难相许，人间贵迹遗。
虽怀丹桂影，不忘白云期。仁者终携手，今朝豫赋诗。

◆ 七 言 律

怀庐岳旧隐

（唐）杜荀鹤

一别三年长在梦，梦中时蹑石棱层。
泉声入夜方堪听，山色逢秋始好登。
岩鹿惯随锄药叟，溪鸥不怕洗苔僧。
人间有许多般事，求要身闲直未能。

岁暮晚泊望庐山不见怀岳僧呈察判

（唐）李建勋

贪程只为看庐阜，及到停舟恨颇浓。
云暗半空藏万仞，雪迷双瀑在中峰。
林端莫辨曾游路，鸟际微闻向暮钟。
长愧昔年招我入，共寻香社见芙蓉。

怀庐山旧隐

（唐）僧若虚

九叠嵯峨倚著天，悔随寒瀑下岩烟。
深秋猿鸟来心上，静夜松杉到眼前。

书架想遭苔藓裹，石窗应被薜萝缠。
一枝筇竹游江北，不见炉峰二十年。

和詹叔游庐山见寄
（宋）韩维

香炉峰色压群山，仰眺频欹使者冠。
江面烟波摇紫翠，佛宫金碧照晴寒。
密藏幽谷梅千树，散走鸣泉竹万竿。
今日顿惊尘虑尽，一章佳句雪中看。

庐　山
（宋）戴复古

山灵未许到天池，又作西林一宿期。
寺是晋时陶侃宅，记传隋代率更碑。
山椒云气易为雨，客子情怀多费诗。
暂借蒲团学禅寂，茶烟飞绕鬓边丝。

◆ 五言绝句

庐山独夜
（唐）徐凝

寒空五老树，斜月九江云。钟磬知何处，苍苍树里闻。

初入庐山
（宋）苏轼

青山若无素，偃蹇不相亲。要识庐山面，他年是故人。

自昔怀清赏，神游杳霭间。如今不是梦，真个是庐山。

◆ 七言绝句

望庐山五老峰
（唐）李白

庐山东南五老峰，青天削出金芙蓉。
九江秀色可揽结，吾将此地巢云松。

题庐山双剑峰
（唐）来鹏

倚天双剑古今闲，三尺高于四面山。
若使火云烧得动，始应农器满人间。

题西林壁
（宋）苏轼

横看成岭侧成峰，远近高低总（各）不同。
不识庐山真面目，只缘身在此山中。

题庐山
（宋）晁补之

南康南麓江州北，五百僧房缀蜜脾。
尽是庐山佳绝处，不知何处合题诗。

庐山杂兴
（宋）僧惠洪

幽花疏竹冷捎云，江北江南正小春。
但得青山常在眼，不妨白发暗随人。

别开山径入松关，半在云间半雨间。
红叶满庭人倚槛，一池寒水动秋山。

秋山木落见遥村,取次人家只隔云。
一阵西风雨中过,数声笑语岭头闻。

登石钟山望庐山

(明)张治

庐岳亭亭翠万重,悬泉千尺挂飞龙。
石钟山下江如镜,映出青天五老峰。

卷六十二 九华山类

◆ 五言古

和季友题九华山

（唐）僧神颖

众岳雄分野，九华镇南朝。彩笔凝空远，崔嵬寄青霄。
龙潭古仙府，灵药今不凋。莹为沧海镜，烟霞作荒标。
造化心数奇，性状精气饶。玉树郁玲珑，天籁韵《箫韶》。
寂寂寻乳窦，兢兢行石桥。通泉漱云母，藉草萦香苕。
我住幽且深，君赏昏复朝。稀逢发清唱，片片凌霜飙。

望九华山

（元）吴师道

轻舟下池口，遥望青阳郭。云间见九华，争先出锋锷。
参差敧背缺，峭锐圭首削。竹箭拔春芽，芙蓉攒秋萼。
奇姿信明丽，远势仍联络。下有岩谷幽，真灵谅兹宅。
诡哉末世士，强以名号托。丹崖不受滓，青峰镇如昨。
千载知属谁，含情寄冥漠。

◆ 七言古　附长短句

九华山

（唐）刘禹锡

奇峰一见惊魂魄，意想洪炉始开辟。

疑是九龙夭矫欲攀天，忽逢霹雳一声化为石。
不然何至今，悠悠亿万年，气势不死如腾企。
云含幽兮月添冷，月凝晖兮江漾影。
结根不得要路津，迥秀长在无人境。
轩皇封禅登云亭，大禹会计临东溟。
乘槎不来广乐绝，独与猿鸟愁青荧。
君不见敬亭之山广索漠，兀如断岸无棱角。
宣城谢朓一首诗，遂使声名齐五岳。
九华山，九华山，自是造化一尤物，焉能藉甚乎人间。

郡楼望九华歌

（唐）霍总

楼上坐见九子峰，翠云赤日光溶溶。
有时朝昏变疏密，八峰和烟一峰出；
有时风卷天雨晴，聚立连连如弟兄。
阳乌生子偶成数，丹凤养雏同此名。
日日遥看机已静，未离尘躅思真境。
子明龙驾腾九垓，陵阳相对空崔嵬。
玉浆瑶草不可见，自有神仙风马来。

望九华

（宋）程俱

卷簾对坐江南山，掠眼送青来亹亹。
云泉肺肠久厌饫，拄颊悠悠聊复尔。
奇峰远澹忽四五，爽秀骏骏逼窗几。
平生九华盛名下，一见定知真是矣。
非关目力睹天奥，正觉群山如聚米。
好山如人有高韵，不独江州孟公子。
直缘佳处无仕径，落莫道边同苦李。

大是忘年耐久交，藜杖青鞋结终始。

◆ 五 言 律

望九华寄池阳太守
（唐）曹松

造化峰峰异，宜教岳德谦。灵踪载籍古，怪刃刺云尖。
盘蹙陵阳壮，孤标建邺瞻。霁馀堪洗目，青出谢家檐。

◆ 七 言 律

九华山
（唐）郭夔

俨翠凌空出回然，岩峣万丈倚秋天。
暮风飘送当轩色，晓雾斜飞入槛烟。
簾卷绮屏双影聚，镜开朱户九条悬。
画图何必家家有，自有画图来目前。

望九华山
（唐）柴夔

九华如剑插云霓，青霭连空望欲迷。
北截吴门疑地尽，南连楚界觉天低。
龙池水蘸中秋月，石路人攀上汉梯。
惆怅旧游无复到，会须登此出尘泥。

宿九华化城寺庄
（唐）僧泠然

佛寺孤庄千嶂间，我来诗境强相关。
岩边树动猿下涧，云里锡鸣僧上山。
松月影寒生碧落，石泉声乱喷潺湲。

明朝更蹑层霄去，誓共烟霞到老闲。

九华山下夜泊
（明）王守仁

维舟谷口傍烟霏，共说前冈石径微。
竹杖穿云寻寺去，藤筐采药带花归。
诸生晚佩联芳杜，野老春霞缀衲衣。
风咏不须沂水上，碧山明月更清辉。

◆ 七言绝句

晴望九华山
（唐）杨鸿

九华闲望簇清虚，气象群峰尽不如。
惆怅南朝挂冠吏，无人解向此山居。

代书问费征君九华事
（唐）萧建

见说九华峰上寺，日宫犹在下方开。
其中幽境客难到，请为诗中图画来。

晚登九华山
（明）吴兆

望江亭望晚江晴，飒飒秋兼风水声。
寺隔数峰犹未到，禅灯几点翠微明。

别九华山
（明）吴兆

复岭重岩出路赊，渐看龙口有人家。
行行数里犹回首，秋雪满山荞麦花。

卷六十三 小孤山类

◆ 五言古

泊小孤山
(宋) 陈造

楚山屹两姑,我乃见其稚。闻名诗卷间,识面客舟次。
玉刻极端丽,簪植暝苍翠。娟月上天角,相与诧妩媚。
怒风将我西,未憖卜晚憩。山足舟可舣,山木缆可系。
山外正风波,独此佳食寐。断知有神物,主此胜绝地。
明朝捐行橐,可无答神赐。白鹅雪为肪,绿蚁香馥鼻。
舟稳风又熟,无乃契神意。未暇访彭郎,辞费辨非是。

过小孤山
(明) 杨基

大孤俯如盘,小孤俨而立。群山如从使,左右相拱揖。
孤根屹撑拄,万窍争喷噏。浏浏阴风旋,惨惨元气湿。
江流亘其下,震怒莫敢汲。洑为盘涡深,驰作奔马急。
跻攀或失手,一跌不可及。我来值秋晚,木落众鸟集。
勿爇夜然(船)犀,鲛人抱珠泣。

◆ 七言古

小孤山
(元) 范梈

小孤有石如虎蹲,西望屹作长江门。

洪涛万古就绳墨，虽有劲势不敢奔。
大哉禹功悉经理，何必有志今能存。
大者为纲小者纪，不徒百谷知王尊。
灵祠正在石壁下，我来适值秋风昏。
明朝东行弔碣石，更与寻河问九源。

小孤山
（明）邵宝

昔闻砥柱黄河中，万古坐镇狂澜东。
小狐乃是江砥柱，特起不与群山同。
群山随江挺奔马，爱此石笋凌苍穹。
孤哉孤哉本天造，一任巨浪乘长风。
节宣夙受神禹戒，滔滔不碍江朝宗。
我来信宿彭泽下，咫尺仰望神妃宫。
翠烟霏霏落杯酒，千帆阅尽澄潭空。
举杯酹江江日白，隔江缥缈留青峰。
便当载笔赋东海，三山点破云冥濛。

◆ **七 言 律**

小孤山晓发和蔡思敬韵
（元）揭傒斯

日落霞明锦浪翻，崖倾石峭白云闲。
乾坤上下雄孤柱，巴蜀东南壮此关。
神物夜移风动地，仙舟晓渡月漫山。
回瞻绝顶登临处，空翠冥濛杳霭间。

次小孤山
（元）丁鹤年

峡束千雷怒击撞，危峰屹立压惊泷。

山联庐霍朝三楚,水落荆扬限九江。
镇海重关当第一,擎天孤柱故无双。
珮环月夜知何处?露湿蓬莱玉女窗。

和贝惟学登小孤山韵

(明)程本立

西来风浪涌金山,人在鸿濛沆漭间。
大地小孤天柱石,长江第一海门关。
鲛人夜泣珠成泪,龙女晴梳翠作鬟。
欲问灵巫报神语,我行何日定东还。

◆ 七言绝句

小孤山

(唐)顾况

古庙枫林江水边,寒鸦接饭雁横天。
大孤山远小孤出,月照洞庭归客船。

晓饭小孤山下

(明)胡梅

两岸黄芦霜满船,推篷晓爨鹭鸶前。
小孤山下风初定,江面刚生一寸烟。

卷六十四　天台山类

◆ 五言古

天台晓望
（唐）李白

天台邻四明，华顶高百越。门标赤城霞，楼栖沧岛月。
凭高登远览，直下见溟渤。云垂大鹏翻，波动巨鳌没。
风潮争汹涌，神怪何翕忽。观奇迹无倪，好道心不歇。
攀条摘朱实，服药炼金骨。安得生羽毛，千春卧蓬阙。

送超上人归天台
（唐）孟郊

天台山最高，动蹑赤城霞。何以静双目，扫山除妄花？
何以洁其性，滤泉去泥沙？灵境物皆直，万松无一斜。
月中见星近，云外将世赊。山兽卫方丈，山猿捧袈裟。
遗身独得身，笑我牵名华。

天台山中
（明）吴鼎芳

白云伴衾宿，开户云飞去。出户寻白云，苍厓湿芒屦。
峰头异域僧，洞口先朝树。流水带馀花，从来不知处。

◆ 五 言 律

寻天台山

（唐）孟浩然

吾爱太乙子，飡霞卧赤城。欲寻华顶去，不惮恶溪名。
歇马凭云宿，扬帆截海行。高高翠微里，遥见石梁横。

天台闲望

（唐）李敬方

天台十二旬，一片雨中春。林果垂杨尽，山苗半夏新。
阳乌晴展翅，阴魄夜飞轮。坐冀无云物，分明见北辰。

送人之天台

（唐）李洞

行李一枝藤，云边叩晓冰。丹经如不谬，白发亦何能。
浅井仙人镜，明珠海客灯。乃知真隐者，笑就汉廷征。

◆ 七 言 律

因话天台胜异仍送罗道士

（唐）方干

积翠千层一径开，鹤盘山腹到琼台。
藕花飘落前岩去，桂子流从别洞来。
石上丛林碍星斗，窗前瀑布走风雷。
纵云孤鹤无留滞，定恐烟萝不放回。

送孙百篇游天台

（唐）方干

东南云路落斜行，入树穿村见赤城。

远近时常皆药气，高低无处不泉声。
映岩日向床头没，湿竹云从柱底生。
更有仙花与灵鸟，恐君多半未知名。

送郭秀才游天台
（唐）许浑

云埋阴壑雪凝峰，半壁天台已万重。
人度碧溪疑辍棹，僧归苍岭似闻钟。
暖眠鸂鶒晴滩草，高挂猕猴暮涧松。
曾约共游今独去，赤城西面水溶溶。

◆ 五言绝句

天台独夜
（唐）徐凝

银地秋月色，石梁夜溪声。谁知屐齿尽，为破烟苔行。

思天台山
（唐）许浑

赤城云雪深，山客负归心。昨夜西斋宿，月明琪树阴。

◆ 七言绝句

无 题
（明）林章

曾从洞口送胡麻，一隔山门即海涯。
自是仙郎忘旧路，桃花流水不曾差。

卷六十五　普陀山类

◆ 五言古

夕泛海东寻梅岑山观音洞，遂登盘陀石望日出处
　　　　　　　　　　　　　（元）吴莱

山月出天末，水面生晚寒。扁舟划然往，万顷相渺漫。
星河白摇撼，岛屿青屈盘。远应壶峤接，深已云梦吞。
蟠木系予缆，扶桑缨我冠。寸心役两目，少试鲸鱼竿。

茫茫瀛海间，海岸此孤绝。飞泉乱垂缨，险洞森削铁。
天香固遥闻，梵相俄一瞥。鱼龙互围绕，山鬼惊变灭。
舟航来旅游，钟磬聚禅悦。笑捻小白华，秋潮落如雪。

◆ 五言律

游洛伽山
（宋）王安石

山势欲压海，禅宫向此开。鱼龙腥不到，日月影先来。
树色秋擎出，钟声浪答回。何期乘吏役，暂此拂尘埃。

游补陀
（明）徐启东

梦想名山久，因之驾海来。潮从天上涌，刹向屿中开。

金粟山为钵,莲花水作台。盘陀望三岛,咫尺是蓬莱。

◆ 七言律

游补陀
(元) 赵孟𫖯

缥缈云飞海上山,挂帆三日上潺湲。
两宫福德齐千佛,一道恩光照百蛮。
涧草岩花多瑞气,石林水府隔尘寰。
鳅生小技真荣遇,何幸凡身到此间。

游补陀
(元) 盛熙明

惊起东华尘土梦,沧洲到处即为家。
山人自种三株树,天使长乘八月槎。
梅福留丹赤似橘,安期送枣大于瓜。
金仙对面无言说,春满幽岩小白花。

补陀岛
(元) 黄镇成

一片云帆驾渺茫,东临绝岛拂扶桑。
九天波浪随星客,万壑鱼龙觐水王。
日观远开溟澥动,云台倒浸白花香。
候神海上应相见,为觅安期却老方。

游补陀
(明) 张子滔

嶙峋仙界锦城堆,宝树琼花面面回。
势压海门鳌背重,光摇岛屿蜃楼开。
层峦遍向云间出,飞瀑全疑天上来。

自是修真奇绝处,何须弱水问蓬莱。

礼洛伽山
(明)沈明臣

三神山远不能寻,惟有洛伽名古今。
万里扶桑开四照,九天灵鹫削孤岑。
一枝鹦鹉多饶舌,遍海莲花不染心。
谒罢潮音灵洞口,皈依愿发晚涛深。

◆ 七言绝句

梦游补陀山
(明)姜子羔

忽然飞渡海云东,海色澄清霄汉通。
借问此心何所似?白云映水月当空。

宝陀寺
(明)李应诏

茫茫鹫岭水云赊,今古庄严大士家。
槛外碧空垂法象,月明岛屿尽莲花。

罗浮山类

◆ 四言古

游罗浮山
（宋）王叔之

庵蔼灵岳，开景神封。绵界盘址，中天举峰。
孤楼侧挺，层岫回重。风云秀体，卉木媚容。

◆ 五言古

登罗浮峰
（宋）朱子

休暇曹事简，登高恣窥临。徜徉偶此地，旷望披尘襟。
落日瞰远郊，暮色生寒阴。欢娱未云已，更欲穷幽寻。
行披茂树尽，豁见沧溟深。恨无双飞翼，往诣蓬山岑。

◆ 七言古

游罗浮山一首示儿子过
（宋）苏轼

人间有此白玉京，罗浮见日鸡一鸣。
南楼未必齐日观，郁仪自欲朝朱明。
东坡之师抱朴老，真契久已交前生。

玉堂金马久流落，寸田尺宅今谁耕？
道华亦尝噉一枣，契虚正欲仇三彭。
铁桥石柱连空横，杖藜欲趁飞猱轻。
云溪夜逢瘖虎伏，斗坛昼出铜龙吟。
小儿少年有奇志，中宵起坐存《黄庭》。
近者戏作凌云赋，笔势仿佛《离骚经》。
负书从我盍归去，群仙正草《新宫铭》。
汝应奴隶蔡少霞，我亦季孟山元卿。
还须略报老同叔，赢粮万里寻初平。

◆ 七 言 律

罗　浮

（明）孙蕡

四百峰峦列海图，飞云绝顶敞元（玄）都。
丹砂五色时光焰，紫翠中天半有无。
观里松株皆住鹤，山中竹叶尽成符。
铁桥归去寻清赏，烂醉仙人白玉壶。

◆ 五言绝句

赋罗浮山

（唐）袁少年

罗浮南海外，昔日已闻之。千里来游览，幽情我自知。

卷六十七　惠山类

◆ 五言古

游惠山
（宋）苏轼

梦里五年过，觉来双鬓苍。还将尘土足，一步漪澜堂。
俯窥松桂影，仰见鸿鹤翔。炯然肝肺间，已作冰雪光。
虚明中有色，清净自生香。还从世俗去，永与世俗忘。

敲火发山泉，烹茶避林樾。明窗倾紫盏，色味两奇绝。
吾生眠食耳，一饱万想灭。颇笑玉川子，饥弄三百月。
岂如山中人，睡起山花发。一瓯谁与共？门外无来辙。

◆ 七言古

惠山云开复合
（宋）杨万里

二年常州不识山，惠山一见开心颜。
只嫌雨里不子细，仿佛隔簾青玉鬟。
天风忽吹白云圻，翡翠屏开倚南极。
政缘一雨染山色，未必雨前如此碧。
看山未了云复还，云与诗人偏作难。
我船自向苏州去，白云稳向山头住。

◆ 七言律

与华景彰游惠山

（明）马治

华陂春水绿漪漪，二月西山雪后时。
旧宅重寻孝子传，新年又赴故人期。
鹤鸣竹日当窗澹，僧定茶烟出阁迟。
我欲同修清净业，泉头来记四贤祠。

◆ 五言绝句

春日游惠山

（明）孙一元

闲抚溪边石，坐谈竹下门。残霞不作雨，远水欲浮村。

◆ 七言绝句

怀锡山药名离合

（唐）皮日休

暗窦养泉容决决，明园护桂放亭亭。
历山居处当天半，夏里松风尽足听。

晓景半和山气白，薇香清净杂纤云。
实头自是眠平石，脑侧空林看鹿群。

奉和怀锡山药名离合

（唐）陆龟蒙

鹤伴前溪栽白杏，人来阴洞写枯松。
萝深境静日欲落，石上未眠闻远钟。

佳句成来谁不伏，神丹偷去亦须防。
风前莫怪携诗稿，本是吴吟荡桨郎。

惠　山

（明）邵宝

登登山路转山阿，须向仙人洞口过。
涧水满时青草短，岩花深处白云多。

卷六十八 虎丘山类

◆ 五言古

从永阳王游虎丘山
（陈）张正见

沧波壮郁岛，洛邑镇崇芒。未若兹山丽，岩峣擅水乡。
地灵侔少室，涂艰像太行。重岩标虎踞，九曲峻羊肠。
溜深涧无底，风幽谷自凉。宝沉馀玉气，剑隐绝星光。
白云多异影，丹桂有丛香。远看银台竦，洞塔耀山庄。
瑞草生金地，天花照石梁。

游虎丘山精舍
（陈）江总

纵棹怜回曲，寻山静见闻。每同芳杜性，须与俗人分。
贝塔涵流动，花台遍岭芬。蒙笼出檐桂，散漫绕窗云。
情幽岂徇物，志远易惊群。何由狎鱼鸟，不愿屈元（玄）纁。

登虎丘山
（元）贡奎

古士雅巾屦，具舟约芳游。朝晴出西郭，午凉登虎丘。
松径度遥岭，历此层级修。当时吴王剑，硎光裂岩幽。
平甸眺万顷，闲瞻烟树稠。颇闻山僧贤，飞锡下林陬。
独遗方丈室，于焉集清流。一箪可平生，岂惜半日留。

煮茗试泉洌，焚香延宿篝。疏雨催晚归，溪波散浮沤。

◆ **五言律**

游虎丘
（明）张羽

春入翠微深，春风吹客襟。相携木上座，来礼石观音。
老树积古色，薄云生昼阴。林僧修茗供，默坐契禅心。

◆ **五言排律**

刻清远道士诗因而继作
（唐）颜真卿

不到东山寺，于今五十春。揭来从旧赏，林壑宛相亲。
吴子多藏日，秦皇厌胜辰。剑池穿万仞，盘石坐千人。
金气腾为虎，琴台化若神。登坛仰生一，舍宅叹珣珉。
中岭分双树，回峦绝四邻。窥临江海接，崇饎（饰）岁时新。
客有神仙者，于兹雅丽陈。名高清远峡，文聚斗牛津。
迹异心宁间，声同质岂均。悠然千载后，知我揖光尘。

◆ **七言律**

三月望日游虎丘寺题小吴轩
（元）张翥

海涌峰前云树盘，佛宫飞阁出巉岏。
虎来古冢金精白，龙卧秋池剑影寒。
禅老说空留坏石，鬼仙题雨下虚坛。
凭高不尽登临兴，更借西山晚翠看。

虎丘咏
（明）黄省曾

芙蓉近倚阊间城，眺阁觞楼逐势成。

珠寺翻为歌舞地,青山尽是绮罗情。
岩花吐学红妆丽,谷鸟啼兼凤管声。
十里垂杨芳草岸,四时常映绿舟行。

◆ 五言绝句

虎 丘

(明)袁宏道

一片千人石,莹晶若有神。剑光销不尽,留与醉花人。

◆ 七言绝句

虎丘别友人

(明)黄姬水

惜别衔杯过虎丘,行人无奈乱山愁。
澄江一别秋风里,枫叶芦花是客舟。

虎 丘

(明)程嘉燧

风散桐花松月开,上方楼殿踏歌来。
携将芦管新调曲,吹向生公旧讲台。

卷六十九　巫山类

◆五言古

巫山高
（齐）王融

想像巫山高，薄暮阳台曲。烟霞乍舒卷，蘅芳自断续。
彼美如可期，寤言纷在瞩。怃然坐相思，秋风下庭绿。

巫山高
（梁）元帝

巫山高不穷，迥出荆门中。滩声下溅石，猿鸣上逐风。
树杂山如画，林暗涧疑空。无因谢神女，一为出房栊。

赋得巫山高
（梁）王泰

迢递巫山竦，远天新霁时。树交凉去远，草合影开迟。
谷深流响咽，峡近猿声悲。只言云雨状，自有神仙期。

巫山高
（陈）萧佺

巫山映巫峡，高高殊未穷。猿声不辨处，雨色讵分空。
悬崖下桂月，深涧响松风。别有仙云起，时向楚王宫。

巫山高

（唐）乔知之

巫山十二峰，参差互隐见。浔阳几千里，周览忽已遍。
想像神女姿，摘芳共珍荐。楚云何逶迤，红树日葱蒨。
楚云没湘源，红树断荆门。郢路不可见，况复夜闻猿。

◆ 七 言 古

巫山高

（唐）李贺

碧丛丛，高插天，大江翻澜神曳烟。
楚魂寻梦风飕然，晓风飞雨生苔钱。
瑶姬一去一千年，丁香筇竹啼老猿。
古祠近月蟾桂寒，椒花坠红湿云间。

◆ 五 言 律

巫山高

（唐）沈佺期

巫山高不极，合沓状奇新。暗谷疑风雨，阴崖若鬼神。
月明三峡晓，潮满九江春。为问阳台客，应知入梦人。

巫山高

（唐）刘方平

楚国巫山秀，清猿日夜啼。万重春树合，十二碧峰齐。
峡出朝云下，江回暮雨西。阳台归路直，不畏向家迷。

巫山高

（唐）皇甫冉

巫峡见巴东，迢迢出半空。云藏神女馆，雨到楚王宫。

朝暮泉声落,寒暄树色同。清猿不可听,偏在九秋中。

巫山高

(唐)李端

巫山十二峰,皆在碧虚中。回合云藏日,霏微雨带风。
猿声寒过水,树色暮连空。愁向高唐宿,清秋见楚宫。

巫山高

(唐)郑世翼

巫山凌太清,岩峣类削成。霏霏暮雨合,蔼蔼朝云生。
危峰入鸟道,深谷泻猿声。别有幽栖客,淹留攀桂情。

◆ 七 言 律

题巫山庙

(唐)刘沧

十二岚峰挂夕晖,庙门深闭雾烟微。
天高木落楚人思,山迥月残神女归。
触石晴云凝翠鬓,度江寒雨湿罗衣。
婵娟似恨襄王梦,猿叫断岩秋藓稀。

◆ 五言绝句

夜过巫山

(唐)崔仲方

荆门秋水急,巫峡断云轻。若为教月夜,长短听猿声。

巫 峡

(唐)陆龟蒙

巫峡七百里,巫山十二重。年年自云雨,环珮竟谁逢。

◆ 七言绝句

巫　山

（唐）张子容

巫岭岩峣天际重，佳期夙昔愿相从。
朝云暮雨连天暗，神女知来第几峰？

题巫山神女祠（时白居易除苏州刺史，自峡沿流赴郡。）

（唐）繁知一

忠州刺史今才子，行到巫山必有诗。
为报高唐神女道：速排云雨候清词。

传统文化修养丛书

佩文斋咏物诗选

（最新点校本）

2

（清）汪霦等—编

乔继堂—整理

上海科学技术文献出版社
Shanghai Scientific and Technological Literature Press

本册目录

卷七十　太行山类

四言古 …………………… 563
　从征行太行山（晋）袁宏/563
五言排律 ………………… 563
　早登太行山中言志
　　（唐）明皇/563
　奉和圣制早登太行山中言志
　　应制（唐）苏颋/563
　奉和圣制早登太行山中言志
　　应制（唐）张说/564
　奉和圣制早登太行山中率尔
　　言志（唐）张九龄/564
　奉和圣制早登太行山中言志
　　（唐）苗晋卿/564
七言绝句 ………………… 564
　下太行（金）李俊民/564
　山行（元）王恽/565

卷七十一　王屋山类

五言古 …………………… 566
　客有为余话登天坛遇雨之状
　　因以赋之（唐）刘禹锡/566
　早冬游王屋，自灵都抵阳台
　　上方望天坛……
　　（唐）白居易/566
七言古 …………………… 567
　寄王屋山人孟大融
　　（唐）李白/567
五言律 …………………… 567
　送家兄归王屋山隐居
　　（唐）刘禹锡/567
五言排律 ………………… 567
　王屋山天坛（明）林鸿/567
七言律 …………………… 568
　天坛上境（唐）元稹/568
　宿王屋天坛（唐）马戴/568
　王屋道中（元）耶律楚材/568

卷七十二　终南山类

五言古 …………………… 569
　陪驾幸终南山
　　（北周）宇文昶/569
　陪驾幸终南山和宇文内史
　　（北周）庾信/569
　登终南山（隋）胡师耽/569

终南幽居献苏侍郎
　　（唐）储光羲/570
望终南山寄紫阁隐者
　　（唐）李白/570
登华严寺楼望终南山赠林
　　校书兄弟（唐）孟郊/570
终南山下作（唐）孟郊/571
五言律 ………………… 571
望终南山（唐）太宗/571
赋终南山用风字韵应诏
　　（唐）杨师道/571
蓬莱三殿侍宴奉敕咏终南山
　　应制（唐）杜审言/571
终南山（唐）王维/571
终南山（唐）张乔/571
终南山（唐）王贞白/572

卷七十三　龙门山类

五言古 ………………… 573
过蜀龙门（唐）沈佺期/573
龙门山八咏（唐）刘长卿/573
龙门（元）袁桷/574
七言古 ………………… 575
龙门应制（唐）宋之问/575
五言律 ………………… 576
龙门（唐）杜甫/576
龙门（元）周伯琦/576
五言排律 ………………… 576
奉和春日游龙门应制
　　（唐）武三思/576
扈从度龙门（明）王英/576
七言律 ………………… 577
龙门（元）马祖常/577
龙门山中即事（明）郑韶/577

卷七十四　峰类

五言古 ………………… 578
登太白峰（唐）李白/578
送温处士归黄山白鹅峰旧居
　　（唐）李白/578
紫阁峰（唐）李白/578
梦登太白峰（唐）常建/579
第三峰（唐）常建/579
仙娥峰下作（唐）白居易/579
游芦峰分韵得尽字
　　（宋）朱子/579
径山五峰（宋）应祖铭/580
熊耳峰（元）安熙/580
飞来峰（明）史鉴/581
七言古 ………………… 581
东峰歌（唐）温庭筠/581
五言律 ………………… 581
题西峰（唐）陈子昂/581
中峰居喜见苗发（唐）祖咏/582
喜入兰陵望紫阁峰呈宣上人
　　（唐）李益/582
夏日登灵隐寺后峰
　　（唐）方干/582

中峰（宋）林逋 / 582
次林择之凉峰韵
　　（宋）朱子 / 582
天柱峰（元）张翥 / 582
五言排律 ………………… 583
　莲花峰（唐）刘得仁 / 583
七言律 …………………… 583
　万安县芙蓉峰
　　（宋）戴复古 / 583
　秋日登玉峰（宋）徐玑 / 583
　游支硎南峰（元）郑元祐 / 583
　游南高峰（明）王世贞 / 584
五言绝句 ………………… 584
　师子峰（明）高启 / 584
　含晖峰（明）高启 / 584
七言绝句 ………………… 584
　紫阁峰（唐）邵谒 / 584
　统汉峰下（唐）李益 / 584
　题中峰（唐）费冠卿 / 585
　飞来峰（唐）方干 / 585
　石廪峰次敬夫韵
　　（宋）朱子 / 585
　次黄叔张宿凉峰韵
　　（宋）朱子 / 585

卷七十五　岭类

五言古 …………………… 586
　奉使嵩山途经缑岭
　　（唐）宋之问 / 586

早上五盘岭（唐）岑参 / 586
秋云岭（唐）刘长卿 / 586
峥嵘岭（唐）孟郊 / 586
过分水岭（唐）孟郊 / 587
桑乾岭（元）袁楠 / 587
五言律 …………………… 587
　松山岭（唐）宋之问 / 587
　夜宿七盘岭（唐）沈佺期 / 587
　游凤林寺西岭
　　（唐）孟浩然 / 587
　玉山岭上作（唐）皇甫曾 / 588
　韶州送窦司直出岭
　　（唐）罗邺 / 588
　过秦岭（唐）孟贯 / 588
　千秋岭上（宋）晁补之 / 588
　过黄塘岭（宋）朱子 / 588
　登梅岭（宋）朱子 / 588
　枪竿岭（元）贡奎 / 589
　将干岭（元）贡师泰 / 589
　灵峰岭（明）樊阜 / 589
七言律 …………………… 589
　度东山岭（明）程敏政 / 589
五言绝句 ………………… 589
　登岭望（唐）许鼎 / 589
七言绝句 ………………… 590
　岭南路（唐）朱庆馀 / 590
　大散岭（唐）罗邺 / 590
　王干三岭（元）方回 / 590
　枪竿岭（元）贡奎 / 590

卷七十六　岩类

五言古 …………………… 591
　安陆白兆山桃花岩寄刘侍御
　　（唐）李白 / 591
　宴坐岩　（宋）刘子翚 / 591
七言古 …………………… 591
　朝阳岩下歌　（唐）元结 / 591
五言律 …………………… 592
　早春题少室东岩
　　（唐）白居易 / 592
　桃岩忆贾岛　（唐）顾非熊 / 592
　化成岩　（宋）戴复古 / 592
　章岩　（宋）朱子 / 592
　次韵择之章岩　（宋）朱子 / 592
　登灵岩　（明）陈秀民 / 593
　登拂水岩　（明）顾云鸿 / 593
七言律 …………………… 593
　西岩　（宋）余靖 / 593
　题将军岩　（宋）刘子翚 / 593
　和人游西岩　（宋）朱子 / 593
　刘仙岩　（元）雅琥 / 594
五言绝句 ………………… 594
　竹岩　（唐）张籍 / 594
　逍遥岩　（元）杜本 / 594
七言绝句 ………………… 594
　夏日登鹤岩　（唐）戴叔伦 / 594
　奉和子服老弟黄杨游洲岩
　　（宋）朱子 / 594
　云岩　（明）陶望龄 / 595

卷七十七　洞类

五言古 …………………… 596
　题韦少保静恭宅藏书洞
　　（唐）阙名 / 596
　秦越人洞中咏　（唐）于鹄 / 596
　碧落洞　（宋）苏轼 / 596
　左史洞　（宋）沈辽 / 597
　游鼓山灵源洞　（宋）蔡襄 / 597
　白云洞　（元）安熙 / 597
　张公洞　（明）马愈 / 597
　水滨洞　（明）王守仁 / 598
七言古 …………………… 598
　无为洞口作　（唐）元结 / 598
五言律 …………………… 598
　宿华阳洞寄元称
　　（唐）李端 / 598
　张公洞　（唐）皇甫冉 / 598
　潺湲洞　（唐）陆龟蒙 / 598
　玉女洞　（宋）苏轼 / 599
七言律 …………………… 599
　桃源洞　（唐）章碣 / 599
　游张公洞寄陶校书
　　（唐）方干 / 599
　阳明洞　（元）韩性 / 599
七言绝句 ………………… 600
　桃源洞　（唐）李群玉 / 600
　题武陵洞　（唐）曹唐 / 600

题合溪乾洞（唐）于鹄/600
浮山洞（宋）苏轼/600
游三游洞（宋）苏轼/601
榴花洞（宋）蔡襄/601
烟霞洞（元）丘处机/601
小三洞（元）于石/601

卷七十八　谷类

五言古 …………………… 602
　秋晓行南谷经荒村
　　（唐）柳宗元/602
　李老谷（元）通贤/602
　晦日稍次山谷（明）林敏/602
五言律 …………………… 603
　愚公谷（唐）王维/603
　春谷幽居（唐）钱起/603
　过吴儿谷（宋）韩琦/603
　庶先北谷（宋）文同/603
　九里谷（金）李俊民/603
五言排律 ………………… 604
　奉和圣制答张说扈从南出雀
　　鼠谷（唐）赵冬曦/604
　奉和圣制答张说扈从南出雀
　　鼠谷（唐）王丘/604
　奉和圣制答张说扈从南出雀
　　鼠谷（唐）崔翘/604
　奉和圣制同二相南出雀鼠谷
　　（唐）张九龄/604
七言律 …………………… 605

春谷（宋）朱子/605
五言绝句 ………………… 605
　云谷（宋）朱子/605
七言绝句 ………………… 605
　宿青牛谷（唐）杨衡/605
　篔筜谷（宋）文同/605
　黄花谷（金）元好问/605
　同刘劝农彦和、葛县令祐之
　　游苍谷口（元）王恽/606

卷七十九　岛屿类

五言古 …………………… 607
　登江中孤屿（宋）谢灵运/607
　登江中孤屿赠白云先生王迥
　　（唐）孟浩然/607
五言律 …………………… 607
　咏岛（唐）薛能/607
　竹屿（元）余阙/608
七言律 …………………… 608
　湄洲屿（元）张翥/608
五言绝句 ………………… 608
　孤屿（唐）韩愈/608
　蓼屿（宋）文同/608

卷八十　石类

五言古 …………………… 609
　咏孤石（梁）朱超/609
　咏石（陈）阴铿/609
　咏孤石（陈）僧惠标/609

咏孤石　（陈）僧定法 / 609
奉和周赵王咏石
　　（隋）崔仲方 / 610
赋得石　（隋）虞茂 / 610
赋得临阶危石（隋）岑德润 / 610
烂柯石　（唐）孟郊 / 610
泰山石　（唐）李德裕 / 610
叠石　（唐）李德裕 / 610
枕流石　（唐）费冠卿 / 611
石版　（唐）李咸用 / 611
临流石　（宋）朱子 / 611
七言古　附长短句 …………… 611
　题曲阿三昧王佛殿前孤石
　　（唐）刘长卿 / 611
　望夫石　（唐）王建 / 611
　题祖山人池上怪石
　　（唐）张碧 / 612
　石版歌　（唐）李咸用 / 612
　雪浪石　（宋）苏轼 / 612
　桐关大石　（元）方夔 / 613
五言律 …………………… 613
　咏石　（唐）苏味道 / 613
　咏石　（唐）李峤 / 613
　太湖石　（唐）白居易 / 613
　兴平县野中得落星石，移置
　　县斋　（唐）韩琮 / 614
　三生石　（唐）僧修睦 / 614
　次韵张希孟凝云石
　　（元）袁桷 / 614

大石　（明）彭年 / 614
五言排律 …………………… 614
　奉和牛相公题姑苏所寄太湖
　　石见示兼寄李苏州
　　（唐）刘禹锡 / 614
　奉和思黯相公以《李苏州所寄
　　太湖石奇状绝伦，因题二
　　十韵》……（唐）白居易 / 615
　织女石　（唐）童翰卿 / 615
七言律 …………………… 616
　林间石　（宋）林逋 / 616
五言绝句 …………………… 616
　望夫石　（唐）刘方平 / 616
　盘石磴　（唐）张籍 / 616
　游西江泊苎萝山下题西施石
　　（唐）王轩 / 616
　题罗浮石　（唐）李德裕 / 616
　题奇石　（唐）李德裕 / 616
　题新定八松院小石
　　（唐）杜牧 / 617
　拜岳石　（宋）赵抃 / 617
　山堂前庭有奇石数种，其状
　　皆与物形相类……
　　（宋）文同 / 617
　千人石　（明）高启 / 617
七言绝句 …………………… 618
　南侍御以石相赠，助成水声，
　　因以绝句谢之
　　（唐）白居易 / 618

西施石（唐）楼颖／618
南园湖石（金）王予可／618

卷八十一　石壁类

五言古 ……………………… 619
　明庆寺石壁（北周）王褒／619
　泾县石壁道中（元）贡师泰／619
　天池石壁为铁雅赋
　　（元）张雨／619
七言古 ……………………… 620
　赤壁泛舟（元）周权／620
七言绝句 …………………… 620
　赤壁（唐）杜牧／620
　赤壁（唐）胡曾／620
　赤壁（唐）孙元晏／621
　题泗滨南山石壁曰第一山
　　（宋）米芾／621

卷八十二　假山类

五言古 ……………………… 622
　奉和裴仆射相公假山
　　（唐）韩愈／622
　家园假山（金）元德明／622
五言律 ……………………… 622
　天宝初，南曹小司寇舅于我
　太夫人堂下累土为山……
　　（唐）杜甫／622
五言排律 …………………… 623
　奉和卢大夫新立假山

　　（唐）许浑／623
七言律 ……………………… 623
　奉和太常韦卿阁老左藏库中
　假山之作（唐）权德舆／623
　寄题徐都官新居假山
　　（宋）梅尧臣／623
　和人假山（宋）苏轼／623
五言绝句 …………………… 624
　咏小山（唐）太宗／624
　假山（宋）王十朋／624
七言绝句 …………………… 624
　累土山（唐）白居易／624
　西蜀净众寺七祖院小山
　　（唐）郑谷／624
　过小院僧窗，有假山绝妙，
　作庐山势，书此
　　（宋）僧惠洪／624

卷八十三　众山类

四言古 ……………………… 625
　登会稽刻石山
　　（晋）王彪之／625
　登荆山（晋）桓玄／625
五言古 ……………………… 625
　咏怀（魏）阮籍／625
　采药诗（晋）庾阐／626
　登楚山（晋）庾阐／626
　登半石山（晋）宗炳／626
　登作乐山（宋）孝武帝／626

登鲁山　（宋）孝武帝／626
车驾幸京口侍游蒜山作
　　（宋）颜延之／626
游岭门山诗　（宋）谢灵运／627
石室山诗　（宋）谢灵运／627
登石门最高顶　（宋）谢灵运／627
从庾中郎游园山石室
　　（宋）鲍照／628
和王著作融登八公山
　　（齐）谢朓／628
游太平山　（齐）孔稚珪／628
侍游方山应诏　（齐）王融／628
游金华山　（梁）沈约／628
早发定山　（梁）沈约／629
渡西塞望江上诸山
　　（梁）江淹／629
登寿阳八公山　（梁）吴均／629
东南射山　（梁）王筠／629
南隐游泉山　（隋）孔德绍／629
南海乱石山作
　　（唐）杜审言／630
游陆浑南山，自歇马岭到枫
　　香林，以诗代书答李舍人适
　　（唐）宋之问／630
早春鱼亭山　（唐）薛稷／630
与生公游石窟山
　　（唐）张九龄／630
登城楼望西山
　　（唐）张九龄／631

南山　（唐）贺朝／631
题鹿门山　（唐）孟浩然／631
登望楚山最高顶
　　（唐）孟浩然／631
登峨嵋山　（唐）李白／632
江上望皖公山　（唐）李白／632
焦山望松寥山　（唐）李白／632
与南陵常赞府游五松山
　　（唐）李白／632
岘山怀古　（唐）李白／632
天门山　（唐）李白／633
登秦望山　（唐）薛据／633
登翅头山题俨公石壁
　　（唐）包融／633
早发西山　（唐）沈颂／633
夕次鹿门山　（唐）阎防／634
蒙山　（唐）萧颖士／634
西山　（唐）常建／634
石菌山　（唐）刘长卿／634
过桐柏山　（唐）钱起／635
独往来覆釜山寄郎士元
　　（唐）钱起／635
登覆釜山遇道人
　　（唐）钱起／635
温门山　（唐）王建／635
经月岩山　（唐）韩翃／636
游灞陵山　（唐）严维／636
新晴望北山　（宋）文同／636
万山　（宋）苏轼／636

敬亭山 （元）贡奎／636
宿台城石绝顶
　　（元）萨都剌／637
黑谷东路山 （元）朱德润／637
石桥山 （元）黄镇成／637
望会稽山 （元）柳贯／637
泛舟黄颡湖望梅山
　　（元）张宪／638
岖峪山 （元）王盘／638
龟山 （明）张羽／638
登北山 （明）刘仔肩／638
游西山 （明）史鉴／639
龙川山中早行
　　（明）祝允明／639
过石公山 （明）王宠／639
归解石山杂题
　　（明）方太古／639
宿白岳社山中 （明）潘纬／640
石堂山 （明）李蓘／640
七言古 ……………………… 640
夜归鹿门歌 （唐）孟浩然／640
丈人山 （唐）杜甫／640
游道场山何山 （宋）苏轼／640
同正辅表兄游白水山
　　（宋）苏轼／641
登云龙山 （宋）苏轼／641
会稽山中 （宋）戴复古／642
游黄华山 （金）元好问／642
天马山 （元）黄清老／642

八仙洞山 （元）僧惟则／643
登岳阳楼望君山
　　（明）杨基／643
过鹿门山 （明）薛瑄／643
登招山 （明）傅汝舟／644
五言律 ……………………… 644
登骊山高顶寓目
　　（唐）中宗／644
幸蜀西至剑门 （唐）明皇／644
奉和圣制登骊山瞩眺应制
　　（唐）张说／644
奉和圣制登骊山高顶寓目应制
　　（唐）苏颋／645
奉和圣制登骊山寓目应制
　　（唐）赵彦昭／645
奉和圣制次琼岳韵
　　（唐）张九龄／645
奉和圣制次琼岳应制
　　（唐）李林甫／645
和张明府登鹿门山
　　（唐）孟浩然／645
酬崔十三侍御登玉垒山思故
　园见寄 （唐）岑参／645
白盐山 （唐）杜甫／646
奉和圣制登会昌山应制
　　（唐）钱起／646
洞阳山 （唐）刘长卿／646
九日登青山 （唐）朱湾／646
宿东横山 （唐）许浑／646

游烂柯山 （唐）项斯 / 646
商山 （唐）黄贞白 / 647
送清散游太白山
　　（唐）僧无可 / 647
寒石山 （唐）僧寒山 / 647
新霁望岐笠山 （宋）梅尧臣 / 647
北山写望 （宋）林逋 / 647
雁山 （宋）戴复古 / 647
天门山 （元）程钜夫 / 648
重游弁山 （元）赵孟頫 / 648
游梅仙山和唐人韵
　　（元）萨都剌 / 648
游江阴君山 （元）贡师泰 / 648
黄牛山 （明）王冕 / 648
望颐山 （明）马治 / 649
望海虞山得踪字
　　（明）李廷兴 / 649
游会稽山 （明）袁凯 / 649
次韵胡学士春日陪驾游万岁山
　　（明）胡俨 / 649
过桐君山 （明）张和 / 649
弋山眺和 （明）傅汝舟 / 650
咏虞山倒影 （明）皇甫汸 / 650
夜登石钟山 （明）曹学佺 / 650
五言排律 …………… 650
度石门山 （唐）杜审言 / 650
禹穴 （唐）宋之问 / 650
府试莱城晴日望三山
　　（唐）许棠 / 651

七言律 …………… 651
奉和圣制早登三乡山
　　（唐）张九龄 / 651
望夫石 （唐）刘禹锡 / 651
霍山 （唐）曹松 / 651
麻姑山 （唐）刘沧 / 652
算山 （唐）陆龟蒙 / 652
宿灞山 （唐）伍乔 / 652
西塞山下作 （唐）韦庄 / 652
孤山后写望 （宋）林逋 / 653
过马鞍山 （宋）孔武仲 / 653
登齐山 （宋）孔武仲 / 653
宿九仙山 （宋）苏轼 / 653
何山 （元）仇远 / 654
阴山 （元）耶律楚材 / 654
过玲珑山 （元）刘秉忠 / 654
玉华山 （元）虞集 / 654
浮山道中 （元）张耒 / 655
游麻姑山用蒋师文韵
　　（元）黄镇成 / 655
登台州巾山 （元）吴景奎 / 655
桐君山 （元）徐舫 / 655
题径山 （元）僧益 / 656
潮州望古北居庸诸山
　　（明）陈秀民 / 656
邓尉山纪游 （明）唐寅 / 656
晚望苍山即事 （明）包节 / 656
五言绝句 …………… 657
登玉清 （唐）卢照邻 / 657

奉和登骊山应制
　（唐）阎朝隐 / 657
独坐敬亭山 （唐）李白 / 657
忆东山 （唐）李白 / 657
西塞山 （唐）韦应物 / 657
盛山隐月岫 （唐）韦处厚 / 657
盛山琵琶台 （唐）韦处厚 / 657
西山 （唐）韩愈 / 658
登柳州峨山 （唐）柳宗元 / 658
地肺山春日 （唐）温庭筠 / 658
儋耳山 （宋）苏轼 / 658
列岫亭望西山最正，殆无毫发
　遗憾…… （宋）朱子 / 658
百丈山石台 （宋）朱子 / 658
五峰山 （宋）僧大奎 / 658
忆郎山 （金）任询 / 659
云台山 （元）贡师泰 / 659
天冠山 （元）王士熙 / 659
五台山 （元）顾瑛 / 660
五坞山飞泉坞 （明）高启 / 660
五坞山白云坞 （明）高启 / 660
过关山 （明）李蓘 / 661
六言绝句 ………………… 661
　别甑山 （唐）韩翃 / 661
　题云山 （明）陈继儒 / 661
七言绝句 ………………… 661
　望天门山 （唐）李白 / 661
　过商山 （唐）戎昱 / 661
　过三乡望女几山，早岁有卜

筑之志 （唐）羊士谔 / 661
同诸隐者夜登四明山
　（唐）施肩吾 / 662
宿四明山 （唐）施肩吾 / 662
商山道中 （唐）赵嘏 / 662
过象耳山 （唐）薛能 / 662
题君山 （唐）雍陶 / 662
商山 （唐）司空图 / 662
君山 （唐）程贺 / 663
湖山 （唐）储嗣宗 / 663
登游齐山 （唐）许坚 / 663
斛石山书事 （唐）薛涛 / 663
出惠山遥望横山
　（宋）杨万里 / 663
至凤凰山再作 （宋）朱子 / 663
吴山高 （宋）朱子 / 664
过雁山 （宋）王十朋 / 664
漳州圆山 （宋）徐玑 / 664
荆江口望见君山
　（宋）郑震 / 664
三天竺道中 （元）方回 / 664
舟次九山 （元）黄庚 / 664
访屏风山 （元）元淮 / 665
登师山 （元）郑玉 / 665
次韵友竹弟南明山
　（元）周权 / 665
盘石山 （元）陈孚 / 665
赤松山 （元）吴景奎 / 665
天平山中 （明）杨基 / 665

南山 （明）殷奎/666
晚过张林山 （明）浦源/666
邓尉山 （明）方太古/666
灵岩山 （明）沈明臣/666
华阳杂韵 （明）廖孔说/666

卷八十四　水总类

五言古 ·············· 667
　赋得临水 （梁）沈君攸/667
　咏水 （陈）祖孙登/667
　赋得方塘含白水
　　（隋）李巨仁/667
　玩止水 （唐）白居易/667
　亭西墙下伊渠水中置石……
　　（唐）白居易/668
　泛水 （宋）孔平仲/668
七言古 ·············· 668
　西城观水 （金）赵渢/668
五言律 ·············· 669
　春水 （唐）杜甫/669
　远水 （唐）马戴/669
　远水 （唐）项斯/669
　秋水 （宋）徐积/669
五言排律 ············ 669
　赋得玉水记方流
　　（唐）陈昌言/669
　赋得玉水记方流
　　（唐）郑俞/670
　赋得玉水记方流
　　（唐）王鉴/670
　赋得玉水记方流
　　（唐）杜元颖/670
　赋得四水合流 （唐）李沛/670
　赋得春水绿波 （唐）朱林/670
　赋得空水共澄鲜
　　（唐）阙名/671
七言律 ·············· 671
　西蜀净因寺题水 （唐）郑谷/671
　水纹 （元）谢宗可/671
七言绝句 ············ 671
　流水 （唐）罗邺/671

卷八十五　海类

四言古 ·············· 672
　观沧海 （魏）武帝/672
五言古 ·············· 672
　登郁洲山望海 （梁）刘峻/672
　奉和望海 （隋）虞茂/672
　景龙四年春祠海
　　（唐）宋之问/673
　入海 （唐）张说/673
　和贺兰判官望北海作
　　（唐）高适/673
　西陵口观海 （唐）薛据/673
　观海 （唐）独孤及/674
　登东海龙兴寺高顶望海简演公
　　（唐）刘长卿/674
　航海 （宋）陆游/674

五言律 …………… 675
　咏海 （唐）李峤/675
　海上 （金）刘迎/675
五言排律 …………… 675
　春日望海 （唐）太宗/675
　奉和圣制春日望海
　　（唐）杨师道/675
　赋得海水不扬波
　　（唐）阙名/676
七言律 …………… 676
　南海 （唐）曹松/676
　昆阳望海 （明）杨慎/676
七言绝句 …………… 676
　海客 （唐）李商隐/676
　次韵宝印叔观海
　　（宋）王十朋/677
　滇海曲 （明）杨慎/677
　泛海 （明）张可大/677

卷八十六　江类

五言古 …………… 678
　江皋曲 （齐）王融/678
　赴荆州泊三江口
　　（梁）元帝/678
　奉和晚日扬子江应教
　　（隋）柳䚮/678
　奉和晚日扬子江应制
　　（唐）柳䚮/678
　入郴江 （隋）薛道衡/679

荆门浮舟望蜀江
　　（唐）李白/679
　晚次荆江 （唐）戎昱/679
　晚渡扬子江却寄江南亲故
　　（唐）权德舆/679
　江色 （明）陶安/680
　晚晴江上 （明）汪广洋/680
七言古 …………… 680
　江南弄 （唐）李贺/680
五言律 …………… 680
　咏江 （唐）李峤/680
　夜渡江 （唐）姚崇/680
　自豫章南还江上作
　　（唐）张九龄/681
　春江晚景 （唐）张九龄/681
　渡扬子江 （唐）孟浩然/681
　泊扬子江岸 （唐）祖咏/681
　长江 （唐）杜甫/681
　渡江 （唐）杜甫/681
　巴水 （唐）白居易/682
　新春江次 （唐）白居易/682
　新安江行 （唐）章八元/682
　郑尚书新开涪江 （唐）贾岛/682
　秋日富春江行 （唐）罗隐/682
　宿巴江 （唐）僧栖蟾/683
　长芦江口 （宋）梅尧臣/683
　吴江 （宋）王安石/683
　冒雨登拟岘台观江涨
　　（宋）陆游/683

泊舟湘岸（元）李材/683
入桐江（明）徐中行/683
五言排律 …………… 684
　江上有怀（唐）孙逖/684
　岁暮自广江至新兴往复中题
　　峡山寺（唐）许浑/684
七言律 ……………… 684
　春江（唐）白居易/684
　春日游嘉陵江（唐）刘沧/684
　江边吟（唐）李中/685
　京口江际弄水（宋）徐铉/685
　初出真州泛大江作
　　（宋）欧阳修/685
　樊江（宋）陆游/685
　车驾渡江（明）曾棨/686
　车驾渡江（明）周忱/686
　送童士琦瑞州府判赋得蜀江
　　（明）杨慎/686
　嘉陵江（明）杨慎/686
　秋江晚望（明）蔡羽/687
七言排律 …………… 687
　次韵履仁春江即事
　　（明）文徵明/687
　长江万里图（明）杨慎/687
五言绝句 …………… 688
　宿建德江（唐）孟浩然/688
　春江曲（唐）张仲素/688
　江行（唐）柳中庸/688
　江上（唐）顾况/688

泛瑞安江风涛贴然
　　（宋）陆游/688
长江万里图（元）丁鹤年/688
七言绝句 …………… 689
　渡浙江（唐）卢纶/689
　晴江秋望（唐）崔季卿/689
　建昌江（唐）白居易/689
　暮江吟（唐）白居易/689
　嘉陵江（唐）元稹/689
　望喜驿别嘉陵江水二绝
　　（唐）李商隐/690
　江东（唐）李商隐/690
　江上偶见绝句（唐）杜牧/690
　泛楚江（唐）崔涂/690
　嘉陵江（唐）薛逢/690
　江行西望（唐）韦庄/691
　泛吴淞江（宋）王禹偁/691
　秋江写望（宋）林逋/691
　二月一日晓渡太和江
　　（宋）杨万里/691
　曹娥江（元）韩性/691
　江上（元）黄庚/691
　题秋江图（元）倪瓒/692
　江上（明）陈宪章/692

卷八十七　曲江类

五言古 ……………… 693
　同诸公秋霁曲江俯见南山
　　（唐）储光羲/693

曲江春霁 （唐）刘驾/693
七言古 ………………… 693
　和钱员外答卢员外早春独游
　　曲江见寄长句
　　　（唐）白居易/693
五言律 ………………… 694
　奉和圣制赐史供奉曲江宴应制
　　　（唐）王维/694
　酬白二十二舍人早春曲江见寄
　　　（唐）张籍/694
　曲江 （唐）郑谷/694
　曲江作 （唐）韦庄/694
　曲江暮春雪霁 （唐）曹松/694
　秋日曲江书事 （唐）李洞/695
　曲江秋望 （金）师柘/695
五言排律 ……………… 695
　早春独游曲江
　　　（唐）白居易/695
七言律 ………………… 695
　曲江 （唐）杜甫/695
　及第后宴曲江 （唐）刘沧/696
　曲江 （唐）章碣/696
　曲江 （唐）李山甫/696
　曲江春望 （唐）罗邺/696
七言绝句 ……………… 697
　曲江春望 （唐）卢纶/697
　同张水部籍春游曲江寄白二
　　十二舍人 （唐）韩愈/697
　酬韩侍郎张博士雨后曲江见寄
　　　（唐）白居易/697
　曲江独行 （唐）白居易/697
　曲江池上 （唐）雍裕之/698
　春游 （唐）王涯/698
　春日游曲江 （唐）张乔/698
　曲江春草 （唐）郑谷/698

卷八十八　淮水类

五言古 ………………… 699
　奉和出颍至淮应令
　　　（隋）诸葛颖/699
　奉和出颍至淮应令
　　　（隋）蔡允恭/699
　奉和出颍至淮应令
　　　（隋）弘执恭/699
　奉和出颍至淮应令
　　　（唐）虞世南/699
　渡淮 （宋）刘子翚/700
五言律 ………………… 700
　淮上秋夜 （唐）刘方平/700
五言排律 ……………… 700
　和杜学士旅次淮口阻风
　　　（唐）李峤/700
五言绝句 ……………… 700
　问淮水 （唐）白居易/700
　望淮 （元）王恽/701
七言绝句 ……………… 701
　渡淮 （唐）武元衡/701
　渡淮即事 （元）萨都剌/701

卷八十九　河类

四言古 …………………… 702
　河铭（汉）李尤 / 702
　河清颂（宋）张畅 / 702
五言古 …………………… 702
　奉和济黄河应教
　　（北齐）萧悫 / 702
　夜到洛口入黄河
　　（唐）储光羲 / 703
　同敬八卢五泛河间清河
　　（唐）高适 / 703
　黄河（宋）梅尧臣 / 703
七言古 …………………… 703
　河复（宋）苏轼 / 703
五言律 …………………… 704
　河流（唐）徐寅 / 704
　清河（元）贡奎 / 704
　清河水涨答复中吉监县水字诗
　　（元）张翥 / 704
　潞河晚泊（明）屠隆 / 704
　夏日游通惠河（明）徐阶 / 704
五言排律 …………………… 705
　黄河（唐）太宗 / 705
　送襄阳卢判官奏开河事
　　（唐）钱起 / 705
七言律 …………………… 705
　自巩雒舟行入黄河即事寄府县
　　僚友（唐）韦应物 / 705

黄河（唐）罗隐 / 706
次韵陈子仁黄河
　（元）杨载 / 706
登徐州城上黄楼北望河流作
　（元）柳贯 / 706
到广黄河（元）蔡珪 / 706

卷九十　汉水类

五言古 …………………… 707
　玩汉水（梁）简文帝 / 707
　初春汉水漾舟
　　（唐）孟浩然 / 707
五言律 …………………… 707
　与鲜于庶子泛汉江
　　（唐）岑参 / 707
　汉江临泛（唐）王维 / 707
　汉阳即事（唐）储光羲 / 708
五言排律 …………………… 708
　渡汉江（唐）李百药 / 708

卷九十一　洛水类

四言古 …………………… 709
　洛水铭（汉）李尤 / 709
五言律 …………………… 709
　渡洛水（唐）太宗 / 709
　咏洛（唐）李峤 / 709
　奉和进船洛水应制
　　（唐）薛稷 / 709
　归渡洛水（唐）皇甫冉 / 710

五言排律 …………… 710
　奉和受图温洛应制
　　（唐）李峤/710
　奉和受图温洛应制
　　（唐）牛凤及/710

卷九十二　湘水类

五言古 …………… 711
　湘江舟中　（明）薛瑄/711
五言律 …………… 711
　使还湘水　（唐）张九龄/711
　自湘水南行　（唐）张九龄/711
　夜渡湘水　（唐）孟浩然/711
　夜入湘中　（唐）马戴/712
七言律 …………… 712
　冬末同友人泛潇湘
　　（唐）杜荀鹤/712
五言绝句 …………… 712
　泊湘口　（唐）戴叔伦/712

卷九十三　湖类

五言古 …………… 713
　车驾幸京口，三月三日侍游
　　曲阿后湖作（宋）颜延之/713
　南湖　（梁）简文帝/713
　治西湖　（梁）范云/713
　渡青草湖　（陈）阴铿/714
　秋日侍宴娄苑湖应诏
　　（陈）江总/714

　彭蠡湖上　（唐）张九龄/714
　过彭蠡湖　（唐）李白/714
　下浔阳城泛彭蠡寄黄判官
　　（唐）李白/714
　与贾至舍人于龙兴寺剪落
　　梧桐枝望灉湖
　　（唐）李白/715
　宿虾湖　（唐）李白/715
　石鱼湖上作　（唐）元结/715
　初入太湖　（唐）陆龟蒙/715
　初入太湖　（唐）皮日休/716
　翠簾山天湖　（明）林鸿/716
　太湖　（明）贺承/716
七言古 …………… 717
　雪中游西湖　（宋）苏轼/717
　七月三日至鄱阳湖
　　（宋）王十朋/717
五言律 …………… 717
　和尹懋秋夜游灉湖
　　（唐）张说/717
　和尹懋秋夜游灉湖
　　（唐）赵冬曦/717
　临洞庭　（唐）孟浩然/718
　秋夜游灉湖　（唐）张均/718
　过洞庭湖　（唐）杜甫/718
　宿青草湖　（唐）杜甫/718
　题房公璔汉州西湖
　　（唐）严公贶/718
　题汧湖　（唐）许棠/718

过洞庭湖（唐）许棠／719
赋洞庭（唐）僧可朋／719
西湖闲望（宋）梅尧臣／719
寒食游南湖（宋）苏辙／719
鉴湖夜泛（宋）李觏／719
春日游西湖（宋）王十朋／719
西湖夜泛（明）吴鼎芳／720
西湖晓起（明）吴鼎芳／720
泛石湖同筱园居士
　（明）吴鼎芳／720
西湖春游（明）盛鸣世／720
彭蠡湖（明）徐祯卿／720
横湖（明）程本立／720
湖兴（明）皇甫涍／721
湖上（明）李奎／721
五言排律 …………………… 721
别灉湖（唐）张说／721
和燕公别灉湖
　（唐）赵冬曦／721
自乐城赴永嘉枉路泛白湖寄
　松阳李少府（唐）张子容／721
与崔二十一游镜湖寄包贺二公
　（唐）孟浩然／722
三月五日陪裴大夫泛长沙东湖
　（唐）崔护／722
陪幸西湖（元）泰不华／722
七言律 …………………… 722
春题湖上（唐）白居易／722
南湖（唐）温庭筠／723

三堂东湖作（唐）韦庄／723
祈雨晓过湖上（宋）欧阳修／723
西湖泛舟呈运使学士张揆
　（宋）欧阳修／723
西湖（宋）林逋／724
望太湖（宋）苏舜钦／724
游鉴湖（宋）秦观／724
次张子京游天王湖作
　（宋）郑侠／724
沈虞卿秘监招游西湖
　（宋）杨万里／725
西湖图（宋）真山民／725
钱塘湖（元）马祖常／725
过洞庭湖（元）欧阳玄／725
次韵王侍郎游湖
　（元）萨都剌／726
西湖（明）王直／726
西湖游览（明）田汝成／726
七言排律 …………………… 726
泛太湖书事寄微之
　（唐）白居易／726
侯郎中新置西湖（唐）方干／727
五言绝句 …………………… 727
陪侍郎叔游洞庭醉后
　（唐）李白／727
陪从祖济南太守泛鹊山湖
　（唐）李白／727
欹湖（唐）裴迪／728
湖上夜饮（唐）白居易／728

纳湖（宋）朱子/728
虚湖曲（明）杨慎/728
七言绝句 ·················· 728
　同武平一员外游湖
　　（唐）储光羲/728
　湖上闲坐（唐）白居易/728
　西湖戏作示同游者
　　（宋）欧阳修/729
　横湖（宋）苏轼/729
　湖上杂咏（宋）邹浩/729
　次韵马少伊、郁舜举寄示同
　　游石湖诗（宋）范成大/729
　十一月大雾中自胥口渡太湖
　　（宋）范成大/729
　游湖上（宋）陆游/729
　过鉴湖（宋）王十朋/730
　鉴湖（宋）王十朋/730
　洞庭湖（宋）王十朋/730
　夜过鉴湖（宋）戴昺/730
　清湖春早（元）方回/730
　湖上暮归（元）赵孟頫/731
　罾社湖（元）袁桷/731
　湖面（元）范梈/731
　石湖（明）周砥/731
　登城望鸳鸯湖（明）怀悦/731

卷九十四　川类

五言古 ·················· 732
　游斜川（晋）陶潜/732

　伊川独游（宋）欧阳修/732
五言律 ·················· 732
　闻所知游樊川（唐）郑谷/732
　独游辋川（宋）苏舜钦/733
五言绝句 ·················· 733
　伊川泛舟（宋）欧阳修/733
七言绝句 ·················· 733
　题稚川山水（唐）戴叔伦/733

卷九十五　渚类

五言古 ·················· 734
　和徐都曹出新亭渚
　　（齐）谢朓/734
　至牛渚忆魏少英
　　（梁）王僧孺/734
　晓入宜都渚（唐）阎宽/734
五言律 ·················· 734
　后渚置酒（唐）陈叔达/734
　铜官渚守风（唐）杜甫/735
　柾渚（元）薛汉/735
七言绝句 ·················· 735
　牛渚（唐）胡曾/735
　灶渚（宋）范成大/735

卷九十六　浦类

五言古 ·················· 736
　入淑浦（梁）简文帝/736
　夕逗繁昌浦（梁）刘孝绰/736

七言古 ·················· 736
　泊冷水浦（宋）杨万里／736
五言律 ·················· 737
　晚投江泽浦即事呈柳兵曹
　　（唐）耿湋／737
　满浦（宋）梅尧臣／737
五言绝句 ················ 737
　秋浦歌（唐）李白／737
　东浦夜泊（明）谢缙／738
七言绝句 ················ 738
　浦中夜泊（唐）白居易／738
　过女儿浦（元）郑韶／738
　舟次横浦（明）僧德清／738

卷九十七　溪类

五言古 ·················· 739
　将游湘水寻句溪（齐）谢朓／739
　入若耶溪（梁）王籍／739
　入若耶溪（唐）崔颢／739
　姑孰溪（唐）李白／739
　青溪（唐）王维／740
　春泛若耶溪（唐）綦毋潜／740
　泛若耶溪（唐）丘为／740
　缑氏尉沈兴宗置酒南溪
　　（唐）王昌龄／740
　寻东溪还湖中作
　　（唐）刘眘虚／741
　月溪与幼遐、君贶同游
　　（唐）韦应物／741

和皇甫判官游琅琊溪
　（唐）孟郊／741
奉陪侍中游石笋溪
　（唐）卢纶／741
下牢溪（宋）欧阳修／742
宿樊溪（宋）张耒／742
泛舟西溪（元）刘因／742
自衢州至兰溪（明）刘基／742
碧溪（明）顾璘／742
渡双溪（明）薛瑄／743
七言古 ·················· 743
　入少密溪（唐）沈佺期／743
　说洄溪招退者（唐）元结／743
　罨画溪行（宋）孙觌／744
　晓泊兰溪（宋）杨万里／744
　馀不溪词（元）倪瓒／745
　赋清溪（元）郭钰／745
五言律 ·················· 745
　泛镜湖南溪（唐）宋之问／745
　酬万八、贺九云门下归溪中作
　　（唐）孙逖／746
　终南东溪中作（唐）岑参／746
　武陵泛舟（唐）孟浩然／746
　宿黑灶溪（唐）张籍／746
　白云溪（唐）吴巩／746
　泛溪（唐）朱庆馀／746
　泛溪（唐）项斯／747
　蓝溪夜坐（唐）张乔／747
　处州涧溪（唐）方干／747

溪行即事　（唐）僧灵一／747
送崔主簿赴睦州清溪
　　（宋）梅尧臣／747
宿兰溪水驿前
　　（宋）杨万里／747
苕溪　（元）戴表元／748
溪上　（明）应亮／748
南溪晚归　（明）高启／748
溪上　（明）高启／748
五言排律 …………………… 748
奉酬韦祭酒自汤井还都经
　龙门北溪庄见赠之作
　　（唐）张说／748
和处州韦使君新开南溪
　　（唐）朱庆馀／749
西蜀净众寺松溪八韵兼寄崔
　处士　（唐）郑谷／749
泛五云溪　（唐）许浑／749
六言律 ……………………… 749
春日西溪即事
　　（明）僧道衍／749
七言律 ……………………… 750
题裴处士碧虚溪居
　　（唐）王建／750
溪上行　（唐）温庭筠／750
夜雪泛舟游南溪
　　（唐）韦庄／750
酬张器判官泛溪
　　（宋）欧阳修／751

沂溪　（宋）陆游／751
冷岩公柳溪　（金）刘中／751
过五溪　（元）萨都剌／751
桃溪夜泊　（明）陆弼／752
溪上　（明）张泰／752
五言绝句 …………………… 752
溪上　（唐）顾况／752
六言绝句 …………………… 752
剡溪舟行　（唐）朱放／752
七言绝句 …………………… 753
桃花溪　（唐）张旭／753
兰溪棹歌　（唐）戴叔伦／753
和韩吏部泛南溪
　　（唐）贾岛／753
夜泊荆溪　（唐）陈羽／753
池州清溪　（唐）杜牧／753
溪兴　（唐）杜荀鹤／753
若耶溪上　（宋）陆游／754
兰溪舟中　（元）萨都剌／754
小溪　（元）刘秉忠／754
桃溪　（明）鲁铎／754
越来溪　（明）葛一龙／754
荆溪　（明）范汭／754
青溪　（明）沈明臣／755

卷九十八　涧类

五言古 ……………………… 756
从斤竹涧越岭溪行
　　（宋）谢灵运／756

赋得曲涧（梁）刘孝威／756
西涧即事示卢陟
　　（唐）韦应物／756
南涧中题（唐）柳宗元／756
七言古 ·················· 757
　华林北涧（宋）徐谖／757
五言绝句 ················ 757
　南涧（唐）王建／757
　小涧（宋）朱子／757
七言绝句 ················ 757
　嘶水涧（宋）王十朋／757
　涉水涧作（宋）朱子／758
　春日西涧独立（明）周砥／758

卷九十九　潭类

五言古 ·················· 759
　旦发渔浦潭（梁）丘迟／759
　发渔浦潭（唐）孟浩然／759
　葛山潭（唐）孙逖／759
　泾溪南蓝山下有落星潭，可
　　以卜筑……（唐）李白／759
　春日游罗敷潭（唐）李白／760
　万丈潭（唐）杜甫／760
　过小石潭（宋）梅尧臣／760
　鹳雀崖北龙潭
　　（金）元好问／760
　龙潭（金）元好问／761
　夜泛涡河龙潭（金）吴激／761
　竹筱潭（明）张羽／761

玉女潭（明）马愈／761
五言律 ·················· 762
　对小潭寄远上人
　　（唐）白居易／762
　仙游潭（宋）苏轼／762
　龟潭（宋）孙觌／762
七言律 ·················· 762
　南潭（唐）李昌符／762
　龙潭（唐）僧应物／763
　北潭（金）史肃／763
五言绝句 ················ 763
　春游东潭（唐）卢纶／763
　与畅当夜泛秋潭
　　（唐）卢纶／763
　镜潭（唐）韩愈／763
七言绝句 ················ 764
　潭上作（唐）张乔／764
　过河龙潭（宋）欧阳修／764
　舟过谢潭（宋）杨万里／764
　三井潭（宋）王十朋／764
　夜泊芦潭（明）汪本／764

卷一百　洲类

五言古 ·················· 765
　百花洲（明）僧道衍／765
七言古 ·················· 765
　鹦鹉洲送王九游江左
　　（唐）孟浩然／765
　鹦鹉洲（唐）李白／765

春洲曲（唐）温庭筠/766

五言律 …………… 766
　桑落洲（唐）李群玉/766

七言律 …………… 766
　仙明洲口号（唐）李群玉/766
　泊平江百花洲
　　（宋）杨万里/766
　赋壶洲（元）虞集/767
　为张壶洲赋壶洲
　　（元）陈旅/767
　赋中书左曹小瀛洲
　　（元）张翥/767

六言绝句 …………… 767
　过雁洲（宋）梅尧臣/767

卷一百一　渡类

五言古 …………… 768
　初至崖口（唐）宋之问/768
　横龙渡（唐）刘长卿/768

七言古 …………… 768
　古箭渡（明）程敏政/768

五言律 …………… 769
　早发寿安次永济渡
　　（唐）许浑/769
　晚泊汉江渡（唐）刘昚/769
　过氂塘渡（宋）杨万里/769
　泊白沙渡（宋）真山民/769
　过下杯渡（宋）陈与义/769
　晓渡（明）李言恭/769

七言律 …………… 770
　利州南渡（唐）温庭筠/770
　桃花渡（明）沈贞/770

五言绝句 …………… 770
　松滋渡（唐）司空图/770
　芳草渡（唐）皮日休/770

七言绝句 …………… 771
　浐阳渡（唐）司空图/771
　晚渡（唐）陆龟蒙/771
　北渡（唐）陆龟蒙/771
　过杨二渡（宋）杨万里/771
　过仙人渡（宋）王十朋/771
　夜过黄泥渡（元）许谦/771
　芦子渡（明）王守仁/772

卷一百二　潮类

五言古 …………… 773
　赋得观潮（梁）任昉/773

五言律 …………… 773
　淮潮（宋）梅尧臣/773

五言排律 …………… 773
　樟亭观潮（唐）宋昱/773

七言律 …………… 774
　观潮（唐）朱庆馀/774
　溯潮（宋）苏辙/774
　海潮图（宋）楼钥/774
　次韵鲁参政观潮
　　（元）柳贯/774
　渔浦春潮（元）钱惟善/775

钱塘观潮 （元）仇远 / 775

七言绝句 ………………… 775
　潮 （唐）白居易 / 775

卷一百三　池类（附沼）

五言古 …………………… 776
　首夏泛天池 （梁）武帝 / 776
　山池 （梁）简文帝 / 776
　山池应令 （梁）庾肩吾 / 776
　北寺寅上人房望远岫、玩前池
　　（梁）王筠 / 776
　山池应令 （陈）徐陵 / 777
　和炅法师游昆明池
　　（北周）庾信 / 777
　奉和山池 （北周）庾信 / 777
　同会河阳公新造山池聊得寓目
　　（北周）庾信 / 777
　南池 （唐）杜甫 / 778
　同韩侍郎游郑家池吟诗小饮
　　（唐）白居易 / 778
　官舍内新凿小池
　　（唐）白居易 / 778
　秋池 （唐）白居易 / 778
　泛春池 （唐）白居易 / 779
　天池 （明）高启 / 779

七言古 …………………… 779
　淋池歌 （汉）昭帝 / 779
　池上作 （唐）白居易 / 779
　太液池歌 （唐）温庭筠 / 780

五言律 …………………… 780
　和韦承庆过义阳公主山池
　　（唐）杜审言 / 780
　咏池 （唐）李峤 / 780
　唐都尉山池 （唐）崔湜 / 781
　从岐王夜讌卫家山池应教
　　（唐）王维 / 781
　和尹谏议史馆山池
　　（唐）王维 / 781
　晚秋陪严郑公摩诃池泛舟得
　　溪字 （唐）杜甫 / 781
　苏著作山池 （唐）贾彦璋 / 781
　观袁侍郎涨新池
　　（唐）卢纶 / 781
　陪中书李纾舍人夜泛东池
　　（唐）卢纶 / 782
　早春游慈恩南寺
　　（唐）司空曙 / 782
　旦携谢山人至愚池
　　（唐）柳宗元 / 782
　和令公新开龙泉、晋水二池
　　（唐）白居易 / 782
　晚题东林寺双池
　　（唐）白居易 / 782
　南池 （唐）白居易 / 782
　泛觥池 （唐）薛能 / 783
　官池上 （唐）僧无可 / 783
　陪姚合游金州南池
　　（唐）僧无可 / 783

假山小池（宋）陆游／783
亭前引水名曰墨池
　　（明）杨慎／783
太液池（明）马汝骥／783
白丈自杭州归要游天池
　　（明）王穉登／784
侍上奉圣母观九龙池
　　（明）夏言／784
五言排律 ………………… 784
和许侍郎游昆明池
　　（唐）李百药／784
奉和晦日幸昆明池应制
　　（唐）宋之问／784
昆明池侍宴应制
　　（唐）沈佺期／784
恩敕尚书省寮宴昆明池应制，
　同用尧字（唐）张嘉贞／785
奉和晦日幸昆明池应制
　　（唐）苏颋／785
安德山池宴集（唐）岑文本／785
赋得曲池洁寒流
　　（唐）崔立之／785
和范郎中宿直中书省，晓玩
　新（清）池……
　　（唐）钱起／786
晦日益州北池侍宴
　　（唐）司空曙／786
春池闲泛（唐）白居易／786
游宣义池亭（唐）姚合／786

乾符丙申岁春奉诏涨曲江池
　　（唐）郑谷／787
省试奉诏涨曲江池
　　（唐）黄滔／787
七言律 ………………… 787
兴庆池侍宴应制
　　（唐）沈佺期／787
奉和圣制龙池篇
　　（唐）沈佺期／787
兴庆池侍宴应制
　　（唐）李乂／788
奉和中宗皇帝幸兴庆池戏竞
　渡应制（唐）李适／788
兴庆池侍宴应制
　　（唐）马怀素／788
兴庆池侍宴应制
　　（唐）武平一／788
奉和中宗皇帝幸兴庆池竞渡
　应制（唐）徐彦伯／789
兴庆池侍宴应制
　　（唐）韦元旦／789
奉和圣制龙池篇
　　（唐）崔日用／789
奉和圣制龙池篇
　　（唐）卢怀慎／789
奉和圣制龙池篇
　　（唐）裴璀／790
兴庆池侍宴应制
　　（唐）张说／790

兴庆池侍宴应制
　　（唐）苏颋/790
酬裴相公题兴化小池见招长句
　　（唐）白居易/790
忆春日太液池东亭候对
　　（唐）李绅/791
习池晨起（唐）皮日休/791
于秀才小池（唐）方干/791
元祐七年三月上巳，诏赐馆
　阁官花酒……（宋）秦观/791
鱼池将涸车水注之
　　（宋）陆游/792
芳池春水（明）倪岳/792
五言绝句 …………… 792
萍池（唐）王维/792
题灞池（唐）王昌龄/792
玉鉴池（明）高启/792
七言绝句 …………… 793
过大哥山池题石壁
　　（唐）明皇/793
题韦家泉池（唐）白居易/793
白莲池泛舟（唐）白居易/793
盆池（唐）崔少卿/793
侍郎宅泛池（唐）徐凝/793
野池（唐）王建/793
齐安郡后池（唐）杜牧/794
参军厅新池（唐）薛能/794
凉榭池上（宋）韩琦/794
小池（宋）欧阳修/794

冰池（宋）苏轼/794
作盆池养科斗数十戏作
　　（宋）陆游/794
小池（宋）杨万里/795

附沼

五言绝句 …………… 795
胡芦沼（唐）张籍/795
胡芦沼（唐）韦处厚/795

卷一百四　沟类

五言古 ……………… 796
御沟（唐）王贞白/796
过棠梨沟（金）党怀英/796
五言排律 …………… 796
御沟十六韵（唐）吴融/796
七言律 ……………… 797
鱼沟怀家（宋）晁补之/797
邗沟（明）岳岱/797
七言排律 …………… 797
奉和宋翰林显夫御沟诗韵
　　（元）傅若金/797
五言绝句 …………… 798
御沟水（唐）唐肇/798
七言绝句 …………… 798
御沟水（唐）僧无可/798
豫章沟（宋）刘克庄/798
御沟春日偶成
　　（元）马祖常/798

卷一百五　滩濑类

五言古 …………………… 799
　严陵濑（梁）任昉 / 799
　石头濑（唐）崔国辅 / 799
　下陵阳沿高溪三门六刺滩
　　（唐）李白 / 799
　八节滩（宋）欧阳修 / 799
　将至地黄滩（宋）杨万里 / 800
　苏木滩（宋）杨万里 / 800
　辽车滩（宋）杨万里 / 800
　柴步滩（宋）杨万里 / 800
七言古 …………………… 801
　沧滩（宋）陆游 / 801
五言律 …………………… 801
　却归睦州至七里滩下作
　　（唐）刘长卿 / 801
　暮发七里滩夜泊严光台下
　　（唐）方干 / 801
七言律 …………………… 801
　宿查濑（宋）杨万里 / 801
　过查滩（宋）杨万里 / 802
五言绝句 ………………… 802
　白石滩（唐）裴迪 / 802
　石濑（宋）朱子 / 802
七言绝句 ………………… 802
　新小滩（唐）白居易 / 802
　滩声（唐）白居易 / 802
　七里滩（唐）胡曾 / 803

竹节滩（宋）朱子 / 803
溜港滩（宋）杨万里 / 803
上章戴滩（宋）杨万里 / 803
明发韶州过赤水渴尾滩
　（宋）杨万里 / 803
过建封寺下鲢鱼滩
　（宋）杨万里 / 803
侯滩（宋）沈辽 / 804

卷一百六　井类

五言古 …………………… 805
　双桐生空井（梁）简文帝 / 805
　麟趾殿咏新井
　　（北周）宗懔 / 805
　道次灵井（宋）梅尧臣 / 805
　无波古井水（元）张雨 / 805
五言律 …………………… 806
　咏井（唐）李峤 / 806
　井（唐）苏味道 / 806
　奉试冷井（唐）孙欣 / 806
　和崔校书新穿井
　　（唐）章孝标 / 806
　观山寺僧穿井（唐）曹松 / 806
五言排律 ………………… 807
　同朱五题卢使君义井
　　（唐）高适 / 807
七言律 …………………… 807
　奉和彭祖井（唐）皇甫冉 / 807
　山井（唐）方干 / 807

景福殿井水　（宋）梅尧臣／807
五言绝句　……………… 808
　石井　（唐）钱起／808
　石井　（唐）司空曙／808
　冰壶井　（明）谢恭／808
七言绝句　……………… 808
　野井　（唐）郭震／808
　晓井　（唐）李郢／808
　野井　（唐）陆龟蒙／808
　新井　（宋）梅尧臣／809
　炼丹井　（宋）苏辙／809
　莲井　（明）僧大同／809

卷一百七　泉类

五言古　………………… 810
　太平寺泉眼　（唐）杜甫／810
　幽谷泉　（宋）欧阳修／810
　天门泉　（宋）梅尧臣／810
　廉泉　（宋）苏轼／811
　松下泉　（元）周权／811
　铅山龙泉　（明）刘基／811
　秋泉　（明）蔡羽／811
七言古　………………… 812
　虎跑泉　（宋）苏轼／812
　醉中下瞿唐峡中流观石壁飞泉
　　（宋）陆游／812
　夫子泉　（宋）王十朋／812
　游趵突泉　（明）王祸／813
五言律　………………… 813

题山中流泉　（唐）储光羲／813
和灵一上人新泉
　（唐）刘长卿／813
和崔会稽咏王兵曹厅前涌泉
　势成中字　（唐）包融／814
一公新泉　（唐）严维／814
题青萝翁双泉　（唐）耿湋／814
山下泉　（唐）李端／814
听夜泉　（唐）张籍／814
题喷玉泉　（唐）白居易／814
题僧院引泉　（唐）姚合／815
方山寺松下泉
　（唐）章孝标／815
酬从叔听夜泉见寄
　（唐）项斯／815
听夜泉　（唐）刘得仁／815
题东林寺虎跑泉
　（唐）周繇／815
野泉　（唐）张蠙／815
题鹤鸣泉　（唐）曹松／816
信州开通寺题僧砌下泉
　（唐）曹松／816
商山夜闻泉　（唐）曹松／816
泉　（唐）李中／816
遥赋义兴潜泉　（唐）李中／816
井泉　（宋）刘子翚／816
题周仲杰古泉
　（元）朱德润／817
玉泉　（明）何景明／817

酌岩泉 （明）黄辉/817
五言排律 …………… 817
　甘泉诗 （唐）耿湋/817
七言律 ……………… 817
　经汉武泉 （唐）赵嘏/817
　石门山泉 （唐）郑谷/818
　和陈洗马山庄新泉
　　（宋）徐铉/818
　宿千岁庵听泉
　　（宋）刘克庄/818
　游龙泉 （金）元好问/818
　题子明雪泉 （元）朱德润/819
　宝掌泉 （元）陈樵/819
五言绝句 …………… 819
　金屑泉 （唐）王维/819
　砌下泉 （唐）钱起/819
　山下泉 （唐）皇甫曾/819
　流泉 （宋）梅尧臣/820
　井泉 （宋）朱子/820
　玉簾泉 （元）赵孟頫/820
　玉簾泉 （元）袁桷/820
　寒月泉 （元）杜本/820
　罗汉泉 （元）遹贤/820
七言绝句 …………… 820
　忆四明山泉 （唐）施肩吾/820
　洞灵观流泉 （唐）李郢/821
　饮岩泉 （唐）陆龟蒙/821
　谢山泉 （唐）陆龟蒙/821
　庶子泉 （宋）欧阳修/821

　游中峰杯泉 （宋）苏轼/821
　白云泉 （宋）范成大/821
　虎丘新复古石井泉，次太守
　　沈虞卿韵 （宋）范成大/822
　屑玉泉 （宋）王十朋/822

卷一百八　温泉类

五言古 ……………… 823
　浴温汤泉 （北齐）刘逖/823
　温汤泉 （宋）朱子/823
五言律 ……………… 823
　奉和圣制温泉言志应制
　　（唐）张说/823
　从驾游温泉宫 （唐）徐安贞/823
　温汤即事 （唐）皇甫冉/824
五言排律 …………… 824
　过温泉 （唐）高宗/824
　幸凤汤泉 （唐）明皇/824
　奉和圣制幸凤汤泉应制
　　（唐）张说/824
　奉和圣制过温汤泉
　　（唐）王德贞/824
　和仆射晋公扈从温泉
　　（唐）王维/825
　同崔员外温泉即事
　　（唐）郭汭/825
七言律 ……………… 825
　驾幸温泉 （唐）卢象/825
　安宁温泉 （明）杨慎/825

七言绝句 …………………… 826
　题庐山山下汤泉
　　（唐）白居易／826
　汤泉（唐）陆龟蒙／826
　汤泉（宋）王十朋／826

卷一百九　瀑布类（附水簾）

五言古 ……………………… 827
　入庐山仰望瀑布
　　（唐）张九龄／827
　望庐山瀑布水（唐）李白／827
　简寂观西涧瀑布下作
　　（唐）韦应物／827
　瀑布（唐）章孝标／828
七言古 ……………………… 828
　庐山瀑布谣（元）杨维桢／828
五言律 ……………………… 828
　湖口望庐山瀑布泉
　　（唐）张九龄／828
　庐山瀑布（唐）裴说／828
　石门瀑布（宋）徐照／829
　龙湫瀑布（宋）徐照／829
　题双瀑（宋）王十朋／829
五言排律 …………………… 829
　秋霁望庐山瀑布
　　（唐）夏侯楚／829
七言律 ……………………… 829
　题仙岩瀑布呈陈明府
　　（唐）方干／829

　东山瀑布（唐）方干／830
　石门瀑布（唐）方干／830
　天台瀑布（唐）曹松／830
　开先瀑布（宋）苏辙／830
　括苍石门瀑布（宋）戴复古／831
　三岩瀑布（元）尹廷高／831
　瀑布（明）朱之蕃／831
七言排律 …………………… 831
　和尚书咏泉山瀑布十二韵
　　（唐）徐夤／831
五言绝句 …………………… 832
　瀑布（唐）施肩吾／832
　闻瀑布冰折（唐）马戴／832
　瀑布（宋）朱子／832
　小瀑布（宋）王十朋／832
七言绝句 …………………… 832
　望庐山瀑布水（唐）李白／832
　次观瀑布韵（宋）朱子／833

附水簾

七言律 ……………………… 833
　水簾（唐）罗邺／833
七言绝句 …………………… 833
　水簾（唐）罗邺／833

卷一百十　众水类

五言古 ……………………… 834
　太子状落日望水
　　（梁）刘孝绰／834

汴水早发应令（隋）虞世基/834
过津口（唐）杜甫/834
与诸公游济渎泛舟
　　（唐）李颀/835
渭水（唐）权德舆/835
游溢水（唐）白居易/835
晚渡伊水（唐）韦述/836
伊水门（唐）楼颖/836
苕霅二水（宋）梅尧臣/836
吴江放船至枫桥湾
　　（宋）薛季宣/836
汾水道中（元）王恽/836
钓鱼湾（明）吴鼎芳/837
早秋泾上行（明）王问/837
五言律 …………………… 837
　侍宴浐水赋得浓字
　　（唐）张说/837
　侍宴浐水赋得长字
　　（唐）宗楚客/837
　泛前陂（唐）王维/837
　泊扬子津（唐）祖咏/838
　与鄠县群官泛渼陂
　　（唐）岑参/838
　寻龙湍（唐）孙逖/838
　董岭水（唐）周朴/838
　临石步港（宋）徐铉/838
　过白水（宋）梅尧臣/838
　发扬港渡入交口夹
　　（宋）杨万里/839

泊桐庐分水港
　　（宋）王十朋/839
大龙湫（宋）赵师秀/839
五言排律 …………………… 839
　赋得荆溪夜湍送蒋逸人归义
　　兴山（唐）皇甫冉/839
七言律 …………………… 839
　十五里沙（宋）刘克庄/839
　太乙湫（金）杨云翼/840
　太液晴波（明）林环/840
　太液晴波（明）曾棨/840
　太液晴波（明）梁潜/840
五言绝句 …………………… 841
　东陂（唐）钱起/841
　潺湲声（唐）钱起/841
　黄菊湾（唐）顾况/841
　白鹭汀（唐）顾况/841
　欹松漪（唐）顾况/841
　春波曲（元）杨维桢/841
　新水（明）袁凯/841
七言绝句 …………………… 842
　渭上（唐）温庭筠/842
　三十六湾（唐）许浑/842
　延平津（唐）胡曾/842
　寒芦港（宋）苏轼/842
　新湾（宋）刘子翚/842
　过临平莲荡（宋）杨万里/842
　过沙头（宋）杨万里/843
　玉渊（宋）王十朋/843

卷一百十一　宫殿类

五言古 ················ 844
  新成安乐宫　（梁）简文帝／844
  新成安乐宫　（陈）阴铿／844
  重阳殿成金石会竟上诗
    （陈）张正见／844
  过旧宫　（北周）明帝／845
  侍宴瑶泉殿　（陈）江总／845
  帝京篇　（唐）太宗／845
  早春桂林殿应制
    （唐）上官仪／845
  侍宴莎册宫应制得情字
    （唐）许敬宗／845

五言律 ················ 846
  早春桂林殿应制
    （唐）陈叔达／846
  奉和仪鸾殿早秋应制
    （唐）许敬宗／846
  银潢宫侍宴应制得枝字
    （唐）魏元忠／846
  甘露殿侍宴应制
    （唐）李峤／846
  和周记室从驾晓发合璧宫
    （唐）李峤／846
  麟趾殿侍宴应制
    （唐）宋之问／846
  宫中行乐词　（唐）李白／847
  乐成殿　（明）马汝骥／847

五言排律 ·············· 847
  九成宫秋初应诏
    （唐）刘祎之／847
  春晚侍宴丽正殿探得开字
    （唐）张说／847
  奉和圣制暇日与兄弟同游
    兴庆宫作应制
    （唐）张说／847
  奉和幸上阳宫侍宴应制
    （唐）宗楚客／848

七言律 ················ 848
  奉和春日幸望春宫应制
    （唐）沈佺期／848
  奉和春日幸望春宫应制
    （唐）郑愔／848
  奉和春日幸望春宫应制
    （唐）苏颋／848
  奉和春日幸望春宫应制
    （唐）张说／849
  奉和春日幸望春宫应制
    （唐）崔湜／849
  奉和圣制从蓬莱向兴庆阁道
    中留春雨中春望之作
    （唐）李憕／849
  敕借岐王九成宫避暑应教
    （唐）王维／849
  和贾舍人早朝大明宫
    （唐）王维／850

奉和圣制从蓬莱向兴庆阁道
　中留春雨中春望之作
　　（唐）王维/850
早朝大明宫呈两省僚友
　　（唐）贾至/850
和贾舍人早朝大明宫
　　（唐）岑参/850
和贾舍人早朝大明宫
　　（唐）杜甫/851
紫宸殿退朝口号
　　（唐）杜甫/851
宣政殿退朝晚出左掖
　　（唐）杜甫/851
和李员外扈驾幸温泉宫
　　（唐）钱起/851
九成宫（唐）李商隐/852
兴庆宫朝退次韵袁伯长……
　　（元）虞集/852
兴圣殿进史（元）黄清老/852
大明殿早朝（元）欧阳玄/852
六言绝句 …………… 853
　宫中三台词（唐）王建/853
七言绝句 …………… 853
　宫词（唐）王建/853
　宫词（唐）顾况/854
　朝元引（唐）陈陶/854
　早赴北宫（金）郑撼/854
　咏洪禧殿（元）周伯琦/854
　咏水晶殿（元）周伯琦/854

宫词（元）周伯琦/855
咏香殿（元）周伯琦/855
滦京杂咏（元）杨允孚/855
宫词（明）黄省曾/855
禁直（明）唐敏/855

卷一百十二　门阙类

五言古 …………… 856
　咏双阙（陈）江总/856
　赋得待诏金马门（陈）何胥/856
五言律 …………… 856
　咏门（唐）李峤/856
　徽安门晓望（宋）欧阳修/856
　大明门春望（明）张元凯/857
五言排律 …………… 857
　赋得蕃臣恋魏阙
　　（唐）蒋防/857
　谒见日将至双阙
　　（唐）阙名/857
七言律 …………… 857
　阙下待传点呈诸同舍
　　（唐）刘禹锡/857
　和宋学士晚出丽正门
　　（元）甘立/858
　长安门西道苑墙雨后经眺作
　　（明）汤珍/858
七言绝句 …………… 858
　出左掖门口号（元）王恽/858
　望阙口号（明）沈梦麟/858

夏日出文明门（明）薛瑄/858

卷一百十三　省掖类

五言古 …………………… 859
　晚出左掖（唐）杜甫/859
　春宿左省（唐）杜甫/859
　省中即事（唐）岑参/859
　和范秘书省中作
　　（唐）喻坦之/859
五言排律 ………………… 860
　酬苏员外味道夏晚寓直省中
　　见赠（唐）沈佺期/860
　直中书省（唐）韦承庆/860
　春日直门下省早朝
　　（唐）王维/860
　省中书事（元）王士熙/860
七言律 …………………… 861
　见于给事暇日上直寄南省诸
　　郎官诗因以戏赠
　　（唐）白居易/861
　休浣日西掖谒所知因成长句
　　（唐）温庭筠/861
　省中偶作（唐）张乔/861
　雨中放朝出左掖
　　（明）文徵明/861

卷一百十四　馆阁类

五言古 …………………… 862
　赋得谒帝承明庐
　　（陈）江总/862
五言律 …………………… 862
　冬夜寓直麟阁（唐）宋之问/862
　春夜寓直凤阁怀群公
　　（唐）魏知古/862
　奉和人日清晖阁宴群臣遇雪
　　应制（唐）宗楚客/862
七言律 …………………… 863
　题集贤阁（唐）刘禹锡/863
　和刘郎中学士题集贤阁
　　（唐）白居易/863
　忆夜直金銮殿承旨
　　（唐）李绅/863
　雨后月中玉堂闲坐
　　（唐）韩偓/863
　陪王庶子游后湖涵虚阁
　　（宋）徐铉/864
　留题微之廊中清晖阁
　　（宋）王安石/864
　寓直玉堂拜赐御酒
　　（宋）范成大/864
　新馆内直（明）曾棨/864
　翰林斋宿（明）文徵明/865
七言绝句 ………………… 865
　金銮坡上南望（唐）郑畋/865
　玉堂读卷杂赋次韵
　　（元）虞集/865
　与赵子期趋阁（元）虞集/865
　诏直内阁即事（明）胡俨/865

卷一百十五　院类

五言古 …………………… 867
　宴韦司户山亭院（唐）高适 / 867
五言律 …………………… 867
　奉和幸上官昭容院
　　（唐）郑愔 / 867
　辱张常侍题集贤院诗，因以
　　继和（唐）白居易 / 867
　重修府西水亭院
　　（唐）白居易 / 868
　南溪书院（唐）杨发 / 868
五言排律 ………………… 868
　集贤书院成，送张说上集贤
　　学士赐宴，得珍字
　　（唐）明皇 / 868
　奉和圣制送张说上集贤院学士
　　赐宴赋得升字
　　（唐）裴漼 / 868
　奉和圣制送张说上集贤院学士
　　赐宴赋得风字
　　（唐）褚琇 / 868
　奉和圣制送张说上集贤院学士
　　赐宴赋得华字
　　（唐）韦述 / 869
　晚秋集贤院即事寄徐薛二侍郎
　　（唐）常衮 / 869
七言律 …………………… 869
　院中晚晴怀西阁茅舍
　　（唐）杜甫 / 869
　田将军书院（唐）贾岛 / 869
　夏日题寻真观李宽中秀才书院
　　（唐）吕温 / 870
　寄题华严韦秀才院
　　（唐）许浑 / 870
　贡院忆继学治书
　　（元）马祖常 / 870
　次韵王师鲁待制史院题壁
　　（元）周伯琦 / 870
　春居玉山院（明）木公 / 871
五言绝句 ………………… 871
　书院（宋）赵抃 / 871
七言绝句 ………………… 871
　春日书院（明）鲁铎 / 871

卷一百十六　苑类

五言古 …………………… 872
　侍宴乐游苑饯徐州刺史应诏
　　（梁）沈约 / 872
　游建兴苑（梁）纪少瑜 / 872
　御幸乐游苑侍宴
　　（陈）张正见 / 872
五言律 …………………… 873
　中秋月直禁苑（唐）郑畋 / 873
七言律 …………………… 873
　苑中（唐）韩偓 / 873
　从游西苑（明）杨士奇 / 873

春日游东苑应制
　　（明）林鸿／873
秋日再经西苑
　　（明）文徵明／874
七言绝句 …………………… 874
　汉苑行（唐）张仲素／874
　苑中寓直（明）夏言／874

卷一百十七　台榭类

四言古 ……………………… 875
　灵台诗（汉）班固／875
五言古 ……………………… 875
　临高台（齐）王融／875
　登高台（梁）王僧孺／875
　宫殿名登高台诗
　　（陈）祖孙登／875
　宓公琴台诗（唐）高适／876
　登单父陶少府半月台
　　（唐）李白／876
　小台（唐）白居易／876
　新构亭台示诸弟侄
　　（唐）白居易／876
　题岳麓道卿台
　　（宋）范成大／876
七言古　附长短句 …………… 877
　春台望（唐）明皇／877
　雍台歌（唐）温庭筠／877
五言律 ……………………… 878
　文翁讲堂（唐）卢照邻／878

登裴秀才迪小台作
　　（唐）王维／878
凝云榭晚兴（宋）文同／878
聚仙台夜饮（金）元好问／878
台上（明）薛蕙／878
澄江台（明）王韦／878
平台（明）马汝骥／879
秋日登雨花台（明）陈凤／879
五言排律 …………………… 879
　郁孤台（宋）苏轼／879
　立春日山西纪、石二使君……
　　（明）朱睦㮮／879
七言律 ……………………… 880
　朝台送客有怀（唐）许浑／880
　凌歊台送韦秀才
　　（唐）许浑／880
　亭台（唐）秦韬玉／880
　题睦州郡中千峰榭
　　（唐）方干／880
　月波台（宋）朱子／881
　登拟岘台（宋）陆游／881
　妙高台（元）李思衍／881
　华素台（元）薛元曦／881
　新秋钓鱼台谶集，兼赠倪若
　　谷秘书，得中字
　　（明）李先芳／882
五言绝句 …………………… 882
　奉和春日池台
　　（唐）元万顷／882

临高台送黎拾遗
　　（唐）王维／882
　望山台（唐）钱起／882
　石台（宋）朱子／882
　聚远台（金）赵沨／882
　过越王台（明）僧来复／883
七言绝句 …………… 883
　严陵钓台（唐）黄滔／883
　过云台（金）李俊民／883
　钓台夜兴（元）萨都剌／883

卷一百十八　亭类

五言古 ………………… 884
　奉和登百花亭怀荆楚
　　（梁）朱超道／884
　山亭夜宴（唐）王勃／884
　夜饮东亭（唐）宋之问／884
　四月十三日诏宴宁王亭子赋
　　得好字（唐）张说／884
　春游南亭（唐）韦应物／885
　芙蓉亭（唐）柳宗元／885
　郡亭（唐）白居易／885
　旅次洛城东水亭
　　（唐）孟郊／885
　达观亭（宋）蔡襄／885
　新作春野亭（宋）蔡襄／886
　枕流亭（宋）文同／886
　开先漱玉亭（宋）苏轼／886
　开先漱玉亭（宋）朱子／886

张詹事遂初亭
　　（元）赵孟頫／886
题清华亭（元）黄溍／887
题荼阳驿飞亭
　　（元）萨都剌／887
松江亭（明）高启／887
七言古 附长短句 …………… 887
　西亭子送李司马
　　（唐）岑参／887
　宿东溪李十五山亭
　　（唐）王季友／888
　东山亭（宋）文同／888
　题黄才叔看山亭
　　（宋）杨万里／888
　冷泉亭（元）周权／888
　澄虚亭（元）郭钰／889
五言律 ………………… 889
　宿羽亭侍宴应制
　　（唐）杜审言／889
　都尉山亭（唐）杜审言／889
　仙萼亭初成侍宴应制
　　（唐）沈佺期／889
　春日宴宋主簿山亭
　　（唐）宋之问／889
　幸梨园亭应制
　　（唐）崔湜／890
　相州北亭（唐）张说／890
　林亭作（唐）张九龄／890
　同蔡孚五亭咏（唐）徐晶／890

宴荣山人池亭
　　（唐）孟浩然／890
早秋宴张郎中海亭即事
　　（唐）卢象／890
陆浑水亭　（唐）祖咏／891
题韩少府水亭　（唐）祖咏／891
题崔八丈水亭　（唐）李白／891
宴陶家亭子　（唐）李白／891
章梓州水亭　（唐）杜甫／891
重题郑氏东亭　（唐）杜甫／891
过南邻朱山人水亭
　　（唐）杜甫／892
郡南亭子宴　（唐）张谓／892
题裴十六少卿东亭
　　（唐）李嘉祐／892
宴无锡蔡长官西亭
　　（唐）李嘉祐／892
题李将军山亭　（唐）郭良／892
夏夜西亭即事寄钱员外
　　（唐）耿湋／892
玉台体题湖上亭
　　（唐）戎昱／893
题杨侍郎新亭　（唐）刘商／893
昼居池上亭独吟
　　（唐）刘禹锡／893
百花亭　（唐）白居易／893
湖亭晚归　（唐）白居易／893
题胡氏溪亭　（唐）朱庆馀／893
光州王建使君水亭作
　　（唐）贾岛／894
溪亭　（唐）许浑／894
宿宣义池亭　（唐）刘得仁／894
姚氏池亭　（唐）项斯／894
早秋游湖上亭　（唐）刘威／894
涵碧亭　（唐）方干／895
鄂郊山舍题赵处士林亭
　　（唐）李洞／895
汉南邮亭　（唐）裴说／895
题王侍御宅内亭子
　　（唐）黄滔／895
中书相公溪亭宴集依韵
　　（宋）徐铉／895
碧巘亭　（宋）文同／895
弄珠亭春望　（宋）文同／896
东溪亭　（宋）文同／896
蒙亭　（宋）孙觌／896
嫣然亭　（宋）朱子／896
过九里亭　（宋）杨万里／896
陈伯可山亭　（宋）戴复古／896
林皋亭　（元）虞集／897
登山亭　（元）萨都剌／897
岳心亭　（元）张翥／897
吕公亭　（元）余阙／897
垂虹亭　（元）倪瓒／897
山亭　（明）薛蕙／897
内苑涵碧亭　（明）陈沂／898
偕方仲美宗良兄再集宛在亭
　　（明）朱多炡／898

五言排律 …………… 898
 王屋山第之侧杂构小亭，暇日
  与群公同游 (唐) 李峤 / 898
 白莲花亭侍宴应制
  (唐) 沈佺期 / 898
 仙萼池亭侍宴应制
  (唐) 沈佺期 / 898
 奉和幸神皋亭应制
  (唐) 宋之问 / 899
 郑郎中山亭 (唐) 崔翘 / 899
 题独孤使君湖上林亭
  (唐) 刘长卿 / 899
 裴仆射东亭 (唐) 钱起 / 899
 杭州卢录事山亭
  (唐) 朱庆馀 / 899
 李氏小池亭十二韵
  (唐) 韦庄 / 900
 泉南孙氏园亭 (元) 马祖常 / 900
七言律 …………… 900
 太平公主山亭侍宴应制
  (唐) 李峤 / 900
 题贾巡官林亭
  (唐) 杨巨源 / 901
 题友人池亭 (唐) 温庭筠 / 901
 奉同诸公题河中任中丞新创
  河亭 (唐) 李商隐 / 901
 许州题德星亭 (唐) 薛能 / 901
 题河中亭子 (唐) 薛能 / 902
 和于中丞登扶风亭
  (唐) 方干 / 902
 再题路支使南亭
  (唐) 方干 / 902
 睦州吕郎中环溪亭
  (唐) 方干 / 902
 题越州袁秀才林亭
  (唐) 方干 / 903
 褚家林亭 (唐) 皮日休 / 903
 题崔驸马林亭
  (唐) 僧无可 / 903
 登涵辉亭 (宋) 孔武仲 / 903
 太湖恬亭 (宋) 王安石 / 904
 成都杨氏江亭 (宋) 文同 / 904
 题潭州徐氏春晖亭
  (宋) 苏轼 / 904
 秋日登海州乘槎亭
  (宋) 张耒 / 904
 次秀野极目亭韵
  (宋) 朱子 / 905
 饮清湍亭石上小醉，再登昼寒
  (宋) 朱子 / 905
 题张氏新亭 (宋) 范成大 / 905
 水亭有怀 (宋) 陆游 / 905
 池亭夏昼 (宋) 陆游 / 906
 南海东庙浴日亭
  (宋) 杨万里 / 906
 寄题曾子与竞秀亭
  (宋) 杨万里 / 906
 平远亭 (元) 尹廷高 / 906

半山亭 （元）于石 / 907
分题翠光亭送李仲常江阴知事
　　（元）陈樵 / 907
题张以中野亭 （元）倪瓒 / 907
题崇山刘氏园亭
　　（明）吴会 / 907
方叔先生过咏归亭
　　（明）沈右 / 908
坐王氏园亭作
　　（明）刘荣嗣 / 908
题来青亭 （明）僧德祥 / 908
七言排律 ················ 908
　顾氏绿阴亭 （元）郑元祐 / 908
五言绝句 ················ 909
　池西亭 （唐）白居易 / 909
　陪江州李使君重阳宴百花亭
　　（唐）朱庆馀 / 909
　迎风亭 （唐）朱景元 / 909
　莲亭 （唐）朱景元 / 909
　望湘亭 （唐）郑谷 / 909
　曹亭 （宋）孔平仲 / 909
　披锦亭 （宋）文同 / 910
　露香亭 （宋）文同 / 910
　秀聚亭 （宋）陈瓘 / 910
　卷云亭 （宋）朱子 / 910
　君子亭 （宋）朱子 / 910
　春露亭书 （元）刘因 / 910
　寄题真定明远亭
　　（元）赵孟頫 / 910
烟波亭 （明）吴琳 / 911
归云亭 （明）蔡羽 / 911
冷泉亭 （明）王穉登 / 911
七言绝句 ················ 911
　过崔处士兴宗林亭
　　（唐）王维 / 911
　虢州后亭送李判官使赴晋绛
　　（唐）岑参 / 911
　西亭春望 （唐）贾至 / 911
　杨家南亭 （唐）白居易 / 912
　宿府池西亭 （唐）白居易 / 912
　高亭 （唐）白居易 / 912
　宿窦使君庄水亭
　　（唐）白居易 / 912
　游城东王驸马亭
　　（唐）陆畅 / 912
　题候仙亭 （唐）沈亚之 / 912
　登望云亭招友
　　（唐）朱庆馀 / 913
　宿村家亭子 （唐）贾岛 / 913
　题池州贵池亭 （唐）杜牧 / 913
　题元处士高亭 （唐）杜牧 / 913
　题隐雾亭 （唐）鱼玄机 / 913
　玉泉亭 （宋）赵抃 / 913
　易从师山亭 （宋）林逋 / 914
　登贺园高亭 （宋）孔平仲 / 914
　和杜孝锡展江亭
　　（宋）韩维 / 914
　溪光亭 （宋）苏轼 / 914

题赵秀才壁（宋）陈造/914
再题吴公济风泉亭
　　（宋）朱子/914
拄笏亭晚望（宋）范成大/915
云间湖光亭（宋）范成大/915
雨中山行至松风亭忽澄霁
　　（宋）陆游/915
登多稼亭晓望
　　（宋）杨万里/915
中和馆后草亭（金）李晏/915
过济源登裴公亭用闲闲老人韵
　　（元）耶律楚材/915
宿浚仪公湖亭（元）杨载/916
题番阳方氏心远亭
　　（元）黄清老/916
刘氏水南亭子（明）蒋山卿/916
小亭即事（明）李先芳/916
望湖亭（明）王穉登/916
秋亭（明）僧德祥/917
立玉亭（明）僧法聚/917

卷一百十九　楼类

五言古 ················ 918
　登景阳楼（宋）文帝/918
　奉和登北顾楼（梁）简文帝/918
　水中楼影（梁）简文帝/918
　和晋安王薄晚逐凉北楼回望
　　应教（梁）庾肩吾/918
　和晚日登楼（梁）刘缓/919
　咏水中楼影（梁）王台卿/919
　初春登楼即目观作述怀
　　（唐）太宗/919
　奉和登陕州城楼应制
　　（唐）许敬宗/919
　奉和圣制登蒲州逍遥楼应制
　　（唐）苏颋/919
　题陆山人楼（唐）储光羲/920
　登锦城散花楼（唐）李白/920
　游平泉宴浥涧宿香山石楼赠
　　坐客（唐）白居易/920
　登溪山第一楼有怀倪元镇
　　（明）陈汝言/920

七言古 ················ 920
　山阴县西楼（唐）孙逖/920
　郢城西楼吟（唐）郎士元/921
　寓居合江楼（宋）苏轼/921
　黄氏容安楼（元）郭钰/921
　城南楼（元）僧惟则/922

五言律 ················ 922
　奉和御制登鸳鸯楼即目应制
　　（唐）孙逖/922
　登河北城楼作（唐）王维/922
　与杭州薛司户登樟亭楼作
　　（唐）孟浩然/922
　题金城临河驿楼
　　（唐）岑参/922
　秋登宣城谢朓北楼
　　（唐）李白/923

与夏十二登岳阳楼
　　（唐）李白／923
登兖州城楼　（唐）杜甫／923
题新津北桥楼得郊字
　　（唐）杜甫／923
白帝城楼　（唐）杜甫／923
和樊润州秋日登城楼
　　（唐）皇甫冉／923
奉陪浑侍中五日登白鹤楼
　　（唐）卢纶／924
奉陪段相公晚夏登张仪楼
　　（唐）姚向／924
晚夏登张仪楼　（唐）姚康／924
同薛侍御登黎阳县楼眺黄河
　　（唐）杨巨源／924
江楼偶宴赠同座
　　（唐）白居易／924
嘉州驿楼晚望　（唐）姚鹄／924
长沙陪裴大夫登北楼
　　（唐）李群玉／925
题樟亭驿楼　（唐）喻坦之／925
和于兴宗守绵州登越王楼以
　诗寄朝士　（唐）王铎／925
岳阳楼　（唐）江为／925
彭城南楼　（宋）文同／925
夏曼卿作新楼，扁曰"潇湘
　片景"　（宋）戴昺／925
建昌胡氏小有楼　（元）陈旅／926
汉江城楼　（明）李言恭／926

夕佳楼　（明）姚旅／926
五言排律 …………………… 926
　登瀛洲南城楼寄远
　　（唐）沈佺期／926
　登临沮楼　（唐）张九龄／926
　新成甲仗楼　（唐）张籍／927
　分题蕃宣楼送山金宪之闽
　　（元）吴师道／927
七言律 ……………………… 927
　登安阳城楼　（唐）孟浩然／927
　七月一日题终明府水楼
　　（唐）杜甫／927
　江陵节度使阳城郡王新楼成……
　　（唐）杜甫／928
　又作此奉卫王　（唐）杜甫／928
　五凤楼晚望　（唐）白居易／928
　庾楼晓望　（唐）白居易／928
　题岳阳楼　（唐）白居易／929
　过襄阳楼呈上府主严司空，
　　楼在江陵节度使宅北隅
　　（唐）元稹／929
　春早郡楼书事寄呈府中群公
　　（唐）许浑／929
　和剡县陈明府登县楼
　　（唐）方干／929
　尚书新创敌楼　（唐）方干／930
　太保中书令军前新楼
　　（唐）吴融／930
　秋日登临越王楼　（唐）李渥／930

烟雨楼（宋）郑侠/930
望海楼（宋）米芾/931
望湖楼晚眺（宋）杨时/931
鄂州南楼（宋）范成大/931
晚登木渎小楼（宋）范成大/931
宴西楼（宋）陆游/932
黄鹤楼（宋）游侣/932
陈待制湖楼（宋）赵师秀/932
王元仲海岳楼同诸公赋
　　（金）王璹/932
烟雨楼（明）葛一龙/933
七言排律 …………………… 933
重题别东楼（唐）白居易/933
五言绝句 …………………… 933
登鹳雀楼（唐）王之涣/933
登楼（唐）韦应物/933
登鹳雀楼（唐）畅当/933
北楼（唐）韩愈/934
江楼（唐）杜牧/934
高楼（唐）于邺/934
七言绝句 …………………… 934
芙蓉楼送辛渐
　　（唐）王昌龄/934
黄鹤楼送孟浩然之广陵
　　（唐）李白/934
寄王舍人竹楼
　　（唐）李嘉祐/934
登清晖楼（唐）刘禹锡/935
宅西有流水，墙下构小楼，
临玩之时，颇有幽趣……
　　（唐）白居易/935
竹楼宿（唐）白居易/935
登澧州驿楼寄京兆韦尹
　　（唐）杜牧/935
望海楼晚景（宋）苏轼/935
鄂州南楼（宋）黄庭坚/936
雨中登岳阳楼望君山
　　（宋）黄庭坚/936
双城寺中登楼（金）周昂/936
友云楼（金）白贲/936
东楼雨中（金）王元粹/936
雨过登楼（元）刘秉忠/937
湖光山色楼口占
　　（元）顾瑛/937
楼居春晓望元圃
　　（元）张雨/937

卷一百二十　阁类

五言古 …………………… 938
登州中新阁（北周）庾信/938
水阁朝霁奉简云安严明府
　　（唐）杜甫/938
登阁（宋）陈与义/938
豁然阁（宋）程俱/939
五言律 …………………… 939
宿香山阁（唐）贺朝/939
夜宿西阁晓呈元二十一曹长
　　（唐）杜甫/939

西阁雨望 （唐）杜甫/939
宿竹阁 （唐）白居易/939
滕王阁 （唐）张乔/940
登阁 （宋）朱子/940
舣舟登滕王阁
　（宋）戴复古/940
光霁阁晚望 （宋）真山民/940
翁邾翠流阁 （元）尹廷高/940
菌阁 （元）张雨/940
登天柱阁 （明）胡缵宗/941
五言排律 ·················· 941
　奉和圣制登朝元阁
　　（唐）钱起/941
　望凌烟阁 （唐）刘公兴/941
　登福昌山阁 （宋）蔡襄/941
七言律 ····················· 941
　登升元阁 （唐）李建勋/941
　次韵孔宪蓬莱阁
　　（宋）赵抃/942
　运判南园瞻民阁
　　（宋）文同/942
　题晋原舒太博清溪阁
　　（唐）文同/942
　宿延平双溪阁 （宋）蔡襄/942
　登快阁，黄明府强使和山谷
　　先生留题之韵
　　（宋）戴复古/943
　登净江寺松风阁
　　（元）尹廷高/943

题周南翁悠然阁
　（元）杜本/943
许茂勋乌柏阁 （明）葛一龙/943
五言绝句 ·················· 944
晚登郡阁 （唐）韦应物/944
滕王阁春日晚望
　（唐）曹松/944
西阁 （宋）朱子/944
七言绝句 ·················· 944
焦崖阁 （唐）韦庄/944
澄迈驿通潮阁 （宋）苏轼/944
巾子山翠微阁 （宋）戴复古/944
丹青阁 （宋）徐玑/945
天香阁 （元）韩性/945
舟夜忆郡斋眺阁
　（明）顾大典/945

卷一百二十一　庄类（附山房）

五言古 ····················· 946
　宿来公山房待丁大不至
　　（唐）孟浩然/946
　游南城韩氏庄 （唐）孟郊/946
　宿王耕云山庄期衍师不至，
　　就题竹上 （明）张适/946
五言律 ····················· 946
　春晚山庄率题 （唐）卢照邻/946
　蓝田山庄 （唐）宋之问/947
　侍宴长宁公主东庄应制
　　（唐）李峤/947

春日山庄（唐）韦述/947
题李十四庄兼赠母潜校书
　　（唐）孟浩然/947
过故人庄（唐）孟浩然/947
汉上题韦氏庄（唐）岑参/947
夜宴左氏庄（唐）杜甫/948
王侍御南原庄（唐）贾岛/948
题朱郎中白都庄
　　（宋）王安石/948
赵氏南庄（元）许衡/948
宿因胜庄（元）萨都剌/948
山庄即事（元）叶颙/948
山庄（元）金涓/949
过故人庄（明）樊阜/949

五言排律 ················· 949
奉和幸韦嗣立山庄侍宴应制
　　（唐）宋之问/949
奉和幸韦嗣立山庄侍宴应制
　　（唐）李峤/949
奉和幸韦嗣立山庄侍宴应制
　　（唐）赵彦昭/950
奉和幸韦嗣立山庄侍宴应制
　　（唐）武平一/950
奉和圣制《幸玉真公主山庄
因题石壁十韵》之作应制
　　（唐）王维/950

七言律 ··················· 950
奉和初春幸太平公主南庄应制
　　（唐）李峤/950

奉和初春幸太平公主南庄应制
　　（唐）沈佺期/951
侍宴安乐公主山庄应制
　　（唐）李适/951
奉和幸安乐公主山庄应制
　　（唐）赵彦昭/951
奉和幸安乐公主山庄应制
　　（唐）韦元旦/951
奉和初春幸太平公主南庄应制
　　（唐）苏颋/952
侍宴安乐公主山庄应制
　　（唐）苏颋/952
奉和初春幸太平公主南庄应制
　　（唐）李邕/952
题平泉薛家雪堆庄
　　（唐）白居易/952
奉和思黯自题南庄见示兼呈
梦得（唐）白居易/953
题马太尉华山庄（唐）刘沧/953
题姑苏凌处士庄
　　（唐）韦庄/953
新买叠石溪庄招景仁
　　（宋）司马光/953
过徐氏庄居（宋）沈与求/954
渔庄（元）陈基/954
夜宴范氏庄（元）杨维桢/954
次韵沈陶庵题有竹庄
　　（明）张渊/954
暮春初过山庄（明）李先芳/955

五言绝句 ·············· 955
　春庄 （唐）王勃/955
　题张处士山庄 （唐）杜牧/955
七言绝句 ·············· 955
　奉和圣制幸韦嗣立山庄应制
　　（唐）李峤/955
　奉和圣制幸韦嗣立山庄应制
　　（唐）李乂/955
　奉和圣制幸韦嗣立山庄应制
　　（唐）苏颋/956
　奉和圣制幸韦嗣立山庄应制
　　（唐）武平一/956
　和裴令公南庄一绝
　　（唐）白居易/956
　题吉涧卢拾遗庄
　　（唐）韦庄/956
　石壁寺山房即事
　　（宋）沈与求/956
　怀山庄子仁侄
　　（宋）杨万里/956
　白庄道中 （金）党怀英/957
　题鸡鸣山房 （明）蔡羽/957

卷一百二十二　园林类

五言古 ·············· 958
　夜游北园 （梁）简文帝/958
　游韦黄门园 （梁）简文帝/958
　从皇太子出玄圃应令
　　（梁）庾肩吾/958
　奉和初秋西园应教
　　（北齐）萧悫/958
　南园 （唐）元稹/958
　郡中西园 （唐）白居易/959
　和裴侍中南园静兴见示
　　（唐）白居易/959
　次韵答斌老独游东园
　　（宋）黄庭坚/959
　晓出西园由谷中归
　　（元）甘复/959
七言古 ·············· 959
　邵郎中姑苏园亭
　　（宋）梅尧臣/959
五言律 ·············· 960
　春日侍宴幸芙蓉园应制
　　（唐）李峤/960
　春日侍宴幸芙蓉园应制
　　（唐）李乂/960
　春日侍宴幸芙蓉园应制
　　（唐）宋之问/960
　崔礼部园亭 （唐）张说/960
　春园即事 （唐）王维/961
　题张野人园庐
　　（唐）孟浩然/961
　晚归东园 （唐）李颀/961
　陪郑广文游何将军山林
　　（唐）杜甫/961
　重过何氏 （唐）杜甫/962
　宁王山池 （唐）范朝/962

奉和元相公家园即事寄王相公
　　（唐）韩翃 / 962
题鲜于映林园　（唐）司空曙 / 962
题李沇林园　（唐）卢纶 / 963
春日同诸公过兵部王尚书林园
　　（唐）权德舆 / 963
题从叔沇林园　（唐）李端 / 963
题崔端公园林　（唐）李端 / 963
春园即事　（唐）陈羽 / 963
题邹处士隐居　（唐）许浑 / 963
初夏题段郎中修竹里南园
　　（唐）许浑 / 964
园居　（唐）李郢 / 964
小园　（唐）李建勋 / 964
陈氏园林　（唐）郑巢 / 964
程评事西园　（唐）僧法振 / 964
开州园纵民游乐
　　（宋）蔡襄 / 964
六月十日中伏玉峰园避暑值雨
　　（宋）文同 / 965
题丁少瞻林园　（宋）徐照 / 965
春日游张提举园池
　　（宋）徐玑 / 965
后浦园庐　（宋）戴敏 / 965
题董侍郎山园　（宋）戴复古 / 965
家园　（金）周昂 / 966
过潘韫辉东园　（明）李戣 / 966
春日陪孟东洲宪使公重过宋
　　氏园亭　（明）冯惟讷 / 966

春园　（明）谢榛 / 966
周氏园亭　（明）俞允文 / 966
初夏园林即事
　　（明）胡宗仁 / 966
五言排律 …………… 967
同二相已下群官乐游园宴
　　（唐）明皇 / 967
恩赐乐游园宴　（唐）张说 / 967
三月二十日诏宴乐游园赋得
　　风字　（唐）张说 / 967
题少府监李丞山池
　　（唐）李颀 / 967
和李仆射西园　（唐）张籍 / 967
题崔驸马园林　（唐）姚合 / 968
寄题田待制广州西园
　　（宋）余靖 / 968
猗绿园　（元）马祖常 / 968
七言律 …………… 968
题张逸人园林　（唐）韩翃 / 968
题元注林园　（唐）李端 / 969
游东湖黄处士园林
　　（唐）刘威 / 969
暮春康乐园　（宋）韩琦 / 969
上巳访杨廷秀，赏牡丹于御
　　书扁榜之斋……
　　（宋）周必大 / 969
积芳圃　（宋）朱子 / 970
再次秀野躬耕桑陌旧园之韵
　　（宋）朱子 / 970

次秀野韵　（宋）朱子／970
春日小园杂赋　（宋）陆游／971
小园　（宋）陆游／971
山园　（宋）陆游／971
初夏游凌氏小园
　　（宋）陆游／971
新辟小园　（宋）陆游／972
陈侍御园上坐
　　（宋）范成大／972
小园　（宋）戴敏／972
西园得西字　（金）冯延登／972
西园书事　（明）高启／973
次韵寄题镜川先生后乐园
　　（明）李东阳／973
晚雨饮子重园亭
　　（明）文徵明／973
春夕潘园　（明）杨慎／973
游徐公子西园
　　（明）蔡汝楠／974
行后园新池　（明）蔡汝楠／974
张舜卿园亭　（明）许㰍／974
五言绝句 ·················· 974
　春园　（唐）王勃／974
　南垞　（唐）王维／974
　张郎中梅园作　（唐）孟浩然／975
　绝句　（唐）杜甫／975
　杉径　（宋）朱子／975
六言绝句 ·················· 975
　田园乐　（唐）王维／975

七言绝句 ·················· 975
　奉和圣制同玉真公主游大哥
　　山池题石壁　（唐）张说／975
　和沈太博小圃偶作
　　（宋）赵抃／976
　书湖阴先生壁　（宋）王安石／976
　开园　（宋）苏轼／976
　南园　（宋）苏轼／976
　过灵壁张氏园　（宋）曾巩／976
　春日偶作　（宋）朱子／977
　园中杂书　（宋）陆游／977
　花时遍游诸家园
　　（宋）陆游／977
　饮张功父园戏题扇上
　　（宋）陆游／977
　东园　（宋）僧道潜／977
　游何氏园　（金）马定国／977
　村园　（元）金涓／978
　后园　（明）罗洪先／978

卷一百二十三　别业类

五言古 ·················· 979
　题崔山人别业　（唐）储光羲／979
　晦日游大理韦卿城南别业
　　（唐）王维／979
　寻巩县南李处士别业
　　（唐）岑参／979
　过汪氏别业　（唐）李白／979
　浔阳陶氏别业　（唐）刘眘虚／980

初至洞庭怀灞陵别业
　　（唐）刘长卿／980
五言律 …………… 980
　终南别业（唐）王维／980
　酬虞部苏员外过蓝田别业不
　　见留之作（唐）王维／980
　从岐王过杨氏别业应教
　　（唐）王维／980
　宿岐州北郭严给事别业
　　（唐）岑参／981
　苏氏别业（唐）祖咏／981
　南溪别叶（唐）蒋洌／981
　潘司马别业（唐）周瑀／981
　和人秋归终南山别业
　　（唐）钱起／981
　题樊川杜相公别业
　　（唐）钱起／981
　题郑侍御蓝田别业
　　（唐）张乔／982
　游崔监丞城南别业
　　（唐）刘得仁／982
　东溪别业寄段郎中
　　（唐）方干／982
　冬日寻徐氏别业
　　（唐）僧皎然／982
　夏晚别墅（宋）蔡襄／982
　上湖闲泛，舣舟石函，因过
　　下湖小墅（宋）林逋／982
　访云卿淮上别墅
　　（宋）僧惠崇／983
　饮张氏别墅（元）揭傒斯／983
　清漳黄氏北墅（元）陈旅／983
　别墅晚晴与邻叟久立
　　（明）刘仔肩／983
五言排律 …………… 983
　冬至后过吴张二子檀溪别业
　　（唐）孟浩然／983
七言律 …………… 984
　春日题杜叟山下别业
　　（唐）卢纶／984
　春宴王补阙城东别业
　　（唐）郎士元／984
　酬王季友题半日邨别业兼呈
　　李明府（唐）郎士元／984
　秋晚自洞庭湖别业寄穆秀才
　　（唐）皮日休／984
　张舍人南溪别业
　　（唐）僧法振／985
　题少保张公曲阿别墅
　　（金）王寂／985
　自山中归鉴湖别业
　　（元）吴景奎／985
　次韵奉题吴彦贞华林别业
　　（明）吴会／985
七言排律 …………… 986
　许员外新阳别墅
　　（唐）方干／986

五言绝句 …………………… 986
　题袁氏别业（唐）贺知章/986
七言绝句 …………………… 986
　戏题辋川别业（唐）王维/986
　题柳溪别墅（金）姚孝锡/986
　枫塘别业（元）尹廷高/987

卷一百二十四　城郭类

五言古 ……………………… 988
　晚登三山还望京邑
　　（齐）谢朓/988
　登城北望（梁）简文帝/988
　登石头城（梁）何逊/988
　秋日登广州城南楼
　　（陈）江总/989
　游龙首城（陈）张正见/989
　新霁登周王城
　　（宋）梅尧臣/989
七言古　附长短句 ………… 989
　城南（宋）孔平仲/989
　邓州城楼（宋）陈与义/989
　高邮城（元）揭傒斯/990
五言律 ……………………… 990
　登襄阳城（唐）杜审言/990
　登润州城（唐）丘为/990
　江城晚眺（唐）张祜/990
　登杭州城（唐）郑谷/990
　夏日晚霁与崔子登周襄故城
　　（宋）梅尧臣/991

　再至都城（宋）晁冲之/991
　郭外（明）薛蕙/991
七言律 ……………………… 991
　和樊使君登润州城楼
　　（唐）刘长卿/991
　河阴新城（唐）雍陶/991
　高邮城晓望（元）萨都剌/992
　郡城晚望览临武堂故基
　　（元）张翥/992
五言绝句 …………………… 992
　圣明朝（唐）张仲素/992
　城上（唐）白居易/992
七言绝句 …………………… 992
　同王员外陇城绝句
　　（唐）钱起/992
　安仁巷口望仙人城
　　（唐）顾况/993
　北郭（宋）文同/993
　泗州东城晚望（宋）秦观/993
　过浦城（元）萨都剌/993
　泊皖城三日怀白下故人
　　（明）宋珏/993

卷一百二十五　桥梁类

五言古 ……………………… 994
　赋得桥（梁）简文帝/994
　石桥（梁）简文帝/994
　夕望江桥示萧谘议、杨建康、
　　江主簿（梁）何逊/994

石桥（梁）庾肩吾/994
渡岸桥（陈）阴铿/994
和庾司水修渭桥
　（北周）王褒/995
忝在司水看治渭桥
　（北周）庾信/995
题石桥（唐）韦应物/995
苦竹桥（唐）柳宗元/995
栖贤院三峡桥（宋）朱子/995
七言古 …………………… 996
高桥行（明）曹学佺/996
五言律 …………………… 996
赋桥（唐）张文琮/996
咏桥（唐）李峤/996
天津桥东旬宴得歌字韵
　（唐）张九龄/996
登平望桥下作（唐）颜真卿/997
离芜湖至观头桥
　（宋）梅尧臣/997
过青城题索桥
　（宋）范成大/997
河桥成（金）李俊民/997
宿三闸（元）贡奎/997
宝带桥（元）僧善住/997
青桥（明）杨慎/998
高梁桥（明）袁宗道/998
五言排律 ………………… 998
和李相公留守题漕上新桥六韵
　（唐）白居易/998

七言律 …………………… 998
陪李七司马皂江上观造竹桥，
　即日成……（唐）杜甫/998
晓上天津桥闲望，偶逢卢郎
　中、张员外携酒同倾
　（唐）白居易/998
天津桥（唐）白居易/999
之石桥（宋）韩维/999
过宜福桥（宋）杨万里/999
惠安桥（元）贡奎/999
过长桥书所见
　（元）曹伯启/1000
次韵马昂夫总管饮仙桥诗
　（元）僧大䜣/1000
海子桥（明）曾棨/1000
五言绝句 ………………… 1000
板桥（唐）钱起/1000
板桥（唐）司空曙/1001
上洛桥（唐）李益/1001
方桥（唐）韩愈/1001
梯桥（唐）韩愈/1001
青桥夜宿（明）杨慎/1001
七言绝句 ………………… 1001
皋桥（唐）皮日休/1001
奉和皋桥（唐）陆龟蒙/1001
乘公桥作（宋）林逋/1002
过神助桥亭（宋）杨万里/1002
晓坐荷桥（宋）杨万里/1002
横桥阻水（元）胡天游/1002

泊垂虹桥口占
　　（元）顾瑛/1002
枫桥夜泊（明）高启/1003
望丹阳郭经杨子桥
　　（明）镏炳/1003
长桥（明）苏大年/1003
题吴江垂虹桥
　　（明）林鸿/1003
华阴驻马桥（明）程本立/1003
断桥分手（明）史鉴/1003
于役江乡归经板桥
　　（明）杨慎/1004
板桥（明）曹学佺/1004

卷一百二十六　堤岸类

五言古 …………………… 1005
　登堤望水（梁）元帝/1005
　登武昌岸望（陈）阴铿/1005
七言古 …………………… 1005
　堤下（宋）孔武仲/1005
　汴堤行（宋）孔平仲/1006
　太平堤行（明）皇甫汸/1006
七言律 …………………… 1006
　吴兴新堤（唐）朱庆馀/1006
　苏堤春晓（明）聂大年/1007
五言绝句 ………………… 1007
　入朝洛堤步月
　　（唐）上官仪/1007
七言绝句 ………………… 1007

堤上行（唐）刘禹锡/1007
魏王堤（唐）白居易/1007
堤上行（唐）张籍/1007
汴堤（宋）刘子翚/1008

卷一百二十七　舟类

四言古 …………………… 1009
　舟楫铭（汉）李尤/1009
　舟赞（宋）王叔之/1009
五言古 …………………… 1009
　咏轻利舟应临汝侯教
　　（梁）王筠/1009
　别韦谅赋得江湖泛别舟
　　（陈）张正见/1009
　赋得雪映夜舟
　　（陈）张正见/1010
　棹歌行（隋）萧岑/1010
　泊舟贻潘少府
　　（唐）储光羲/1010
　李兵曹壁画山水各赋得桂水帆
　　（唐）李颀/1010
　三韵（唐）杜甫/1010
　志峡船具诗（唐）王周/1011
　吴江放船至枫桥湾
　　（宋）薛季宣/1012
　江船二咏（元）王恽/1012
　过桐庐漏港滩示舟人
　　（元）鲜于枢/1012
　远浦归帆（元）陈孚/1013

赋得山逐放舟迟送王主簿
　　（明）杨基／1013
七言古 附长短句 ……………… 1013
　赋小艑（唐）白居易／1013
　大舟（宋）王令／1013
　谢朱宰借船（宋）陈造／1013
　峡中得风挂帆
　　（宋）杨万里／1014
　东西船（宋）方岳／1014
　野水孤舟（宋）梁栋／1014
　牵舟行（元）贡奎／1015
　远浦归帆（明）宣宗／1015
　雪篷图诗为蔡子坚作
　　（明）萧规／1015
　水月舫为奚川钱竹深赋
　　（明）汤颖绩／1016
　王有恒听雨篷
　　（明）僧妙声／1016
五言律 ……………………… 1017
　七夕泛舟（唐）卢照邻／1017
　舟（唐）李峤／1017
　泛永嘉江日暮回舟
　　（唐）张子容／1017
　放船（唐）杜甫／1017
　舟中（唐）杜甫／1017
　赋得的的帆向浦
　　（唐）司空曙／1018
　秋夜船行（唐）严维／1018
　泛舟（唐）戴叔伦／1018

五泻舟（唐）皮日休／1018
放船（宋）朱子／1018
放船（宋）杨万里／1018
小舟（宋）赵师秀／1019
归舟（元）揭傒斯／1019
赋得天际舟送张孟功治河
　　（元）傅若金／1019
雨篷（明）高启／1019
赋得江帆送蒋氏归仪真
　　（明）施渐／1019
舟泊（明）僧善学／1019
五言排律 ………………… 1020
浮槎（唐）骆宾王／1020
赋得天际识孤舟
　　（唐）薛能／1020
赋得济川用舟楫
　　（唐）胡权／1020
七言律 …………………… 1020
小舫（唐）白居易／1020
夜船（唐）韩偓／1021
槎（唐）吴融／1021
舟行即事（唐）杜荀鹤／1021
帆（唐）徐夤／1021
舟中晓赋（宋）陆游／1022
阊门外登溪船
　　（宋）杨万里／1022
方寺丞舴艋子初成
　　（宋）刘克庄／1022
仙槎（元）谢宗可／1022

莲叶舟　（元）谢宗可／1023
题风雨归舟图
　　（元）丁鹤年／1023
题烟波泛舟图
　　（明）杨慎／1023
题王煮石推篷图
　　（明）钱宰／1023
雪航　（明）朱之蕃／1024
䑠风帆　（明）王鏳／1024
帆影　（明）钱希言／1024

五言绝句 ·················· 1024
葭川独泛　（唐）卢照邻／1024
江南曲　（唐）储光羲／1024
北涧泛舟　（唐）孟浩然／1025
江行　（唐）钱起／1025
杨氏林亭探得古槎
　　（唐）皇甫冉／1025
江行　（唐）权德舆／1025
昆明池泛舟　（唐）贾岛／1025
江行　（唐）陆龟蒙／1026
橹声　（唐）崔涂／1026
古意　（唐）阙名／1026
月夜泛舟　（唐）僧法振／1026
罗唝曲　（唐）刘采春／1026
出都来陈和所乘船上句
　　（宋）苏轼／1026
棹歌　（宋）白玉蟾／1026
舟中　（金）王宾／1027
题李溉之学士无倪舟

　　（元）虞集／1027
过高邮射阳湖杂咏
　　（元）萨都剌／1027
夕泛　（元）黄镇成／1027
过吴城山　（明）汪广洋／1027
凫洲即事　（明）鲁铎／1027
古意　（明）王弼／1027
放船　（明）方太古／1027
舟夜　（明）徐良彦／1028

六言绝句 ·················· 1028
舟中　（明）鲍楠／1028

七言绝句 ·················· 1028
泛洞庭　（唐）尹懋／1028
东鲁门泛舟　（唐）李白／1028
夔州歌　（唐）杜甫／1028
五两歌送张夏
　　（唐）顾况／1028
杭州回舫　（唐）白居易／1029
汴水舟行答张祜
　　（唐）杜牧／1029
舟次汴题　（唐）朱景元／1029
江上晚泊　（唐）左偃／1029
江帆　（唐）罗邺／1029
解维　（唐）韦庄／1029
淮中晚泊犊头
　　（宋）苏舜钦／1030
小舟　（宋）林逋／1030
戏赠米元晖　（宋）黄庭坚／1030
舟行绝句　（宋）张耒／1030

水口行舟（宋）朱子 / 1030
题赵运管吟篷
　　（宋）徐照 / 1030
宫词（宋）花蕊夫人 / 1031
襄阳绝句（金）王元粹 / 1031
北关买舟（元）尹廷高 / 1031
鲸背吟（元）宋无 / 1031
舟行（元）傅若金 / 1032
棹歌（元）傅若金 / 1032
题李成所画《江干帆影》
　　（元）黄公望 / 1032
晚棹（元）周权 / 1032
晚渡（元）周权 / 1032
松林午憩（元）李士瞻 / 1032
春帆（元）李存 / 1033
扬州客舍（元）余阙 / 1033
欸乃歌词（元）郭翼 / 1033
三衢道中（元）张雨 / 1033
湖村庵即事（元）僧维则 / 1033
访仙洞山舟次大溪口
　　（元）僧维则 / 1033
与刘景玉安固泛舟
　　（明）徐淮 / 1034
春日怀江上（明）高启 / 1034
赴黄德让招过南垞
　　（明）徐贲 / 1034
兰溪棹歌（明）汪广洋 / 1034
舟过黄陵庙（明）詹同 / 1034
竹枝词（明）杨慎 / 1034

卷一百二十八　车类

四言古 …………………… 1035
车左铭（汉）崔骃 / 1035
车右铭（汉）崔骃 / 1035
小车铭（汉）李尤 / 1035
天䡞车铭（汉）李尤 / 1035
七言古　附长短句 ………… 1036
车遥遥（唐）张籍 / 1036
十九日出曹门见水牛拽车
　　（宋）梅尧臣 / 1036
车家行（宋）孔武仲 / 1036
车遥遥（明）李先芳 / 1037
登车行（明）僧清濋 / 1037
五言律 …………………… 1037
咏车（唐）李峤 / 1037
七言律 …………………… 1037
和李秋谷平章小车
　　（元）虞集 / 1037
七言绝句 ………………… 1038
小游仙诗（唐）曹唐 / 1038
画车（宋）苏轼 / 1038
驼车行（元）刘秉忠 / 1038
予京居廿稔始作一车出入赋
　　诗自志（元）张翥 / 1038
送翰林宋先生致仕归金华
　　（明）孙蕡 / 1038

卷一百二十九　简阅类

五言古 ······················ 1039
　从武帝琅邪城讲武应诏
　　（齐）王融／1039
　从齐武帝琅邪城讲武应诏
　　（梁）沈约／1039
　九日登巴陵置酒望洞庭水军
　　（唐）李白／1039

五言律 ······················ 1040
　观兵（唐）杜甫／1040
　陪柏中丞观宴将士
　　（唐）杜甫／1040

七言律 ······················ 1040
　癸卯二月十一日官军发吴门
　　（元）陈基／1040
　二十二日狼山口观兵
　　（元）陈基／1041
　汪伯子司马阅武试
　　（明）王世贞／1041

卷一百三十　狩猎类

五言古 ······················ 1042
　和诸葛览从军游猎
　　（陈）张正见／1042
　和张侍中看猎
　　（北周）王褒／1042
　伏闻游猎（北周）庾信／1042
　冬狩行四韵连句应诏
　　（北周）庾信／1043
　出猎（唐）太宗／1043
　校猎义成喜逢大雪，率题
　　九韵以示群官
　　（唐）明皇／1043
　奉和圣制校猎义成喜逢大雪
　　应制（唐）张说／1043
　同群公出猎海上
　　（唐）高适／1044
　猎城南（金）元好问／1044

七言古 附长短句 ············ 1044
　行行且游猎篇
　　（唐）李白／1044
　扈从冬狩（元）耶律楚材／1044

五言律 ······················ 1045
　观猎（唐）王维／1045
　观猎（唐）李白／1045
　观猎骑（唐）司空曙／1045
　观徐州李司空猎
　　（唐）张祜／1045
　观猎（唐）张祜／1045
　驾幸南海子（明）薛蕙／1046

五言排律 ···················· 1046
　云中十二韵（明）杨慎／1046

七言律 ······················ 1046
　观校猎上淮西相公
　　（唐）刘长卿／1046
　观浙西府相畋游
　　（唐）韦庄／1046

观猎（唐）韦庄/1047
祭常山回小猎
　　（宋）苏轼/1047
忆观驾春蒐（元）萨都剌/1047
围猎（明）杨荣/1047
扈从狩阳山次韵答胡学士
　　（明）金幼孜/1048
七言绝句……………… 1048
观猎（唐）王昌龄/1048
校猎曲（唐）钱起/1048
从猎口号（金）李献能/1048
滦京杂咏（元）杨允孚/1048
出猎图（元）杨维桢/1049

卷一百三十一　征伐类

五言古……………… 1050
命将出征歌（晋）张华/1050
北伐（宋）武帝/1050
出重围和傅昭（梁）沈约/1050
从驾送军（陈）沈炯/1050
南征（陈）苏子卿/1051
西征军行遇风
　　（唐）崔融/1051
征东至淇门答宋参军之问
　　（唐）陈子昂/1051
贻鼓吹李丞，时信安王北伐，
李公王之所器者
　　（唐）储光羲/1051
七言古……………… 1052

走马川行奉送出师西征
　　（唐）岑参/1052
五言律……………… 1052
送著作佐郎崔融等从梁王东征
　　（唐）陈子昂/1052
送白利从金吾董将军西征
　　（唐）李白/1052
征西将（唐）张籍/1052
誓师毕随驾回营中马上赋
　　（明）金幼孜/1053
五言排律……………… 1053
夏日都门送司马员外逸客
孙员外佺北征
　　（唐）李乂/1053
奉和幸望春宫送朔方军大
总管张仁亶
　　（唐）李乂/1053
送赵二尚书彦昭北伐
　　（唐）张说/1053
送梁公昌从信安王北征
　　（唐）李白/1053
七言律……………… 1054
行次昭应县道上送户部李郎中
充昭义攻讨
　　（唐）李商隐/1054
次韵赠张省史从军南征
　　（元）张宪/1054
送御史大夫邓公西征
　　（明）朱弘祖/1054

三月十七日送驾出德胜门
　　（明）梁潜／1054
送胡学士杨金二侍讲扈驾北伐
　　（明）黄守／1055
嘉靖四年奉诏督师西征，再
　蒙温旨……（明）杨一清／1055
夜坐念东征将士（明）陆深／1055
七言绝句……………………1055
奉和裴相公东征途经女几山
　下作（唐）韩愈／1055
南征行（明）程诰／1056

卷一百三十二　从军类

五言古……………………1057
和王僧辩从军
　　（梁）元帝／1057
从军五更转五首
　　（陈）伏知道／1057
从军行（隋）明馀庆／1057
送裴四判官赴河西军试
　　（唐）刘长卿／1058
从军行（唐）戴叔伦／1058
送韩愈从军（唐）孟郊／1058
前出军（元）张翥／1058
羽林子（明）徐有贞／1059
五言律　附小律／1059
从军行（唐）杨炯／1059
送崔融（唐）杜审言／1059
送人随大夫和蕃
　　（唐）储光羲／1059
少年行（唐）李嶷／1059
送戴迪赴凤翔幕府
　　（唐）韩翃／1060
送杨从事从军（明）高启／1060
五言排律……………………1060
赋送刘校书从军之湟中幕府
　　（唐）杨炯／1060
送骆奉礼从军
　　（唐）李峤／1060
七言律………………………1061
送客往鄜州（唐）杨凝／1061
送侯判官赴广州从军
　　（唐）张籍／1061
送按摊不花万户湖广赴镇
　　（元）迺贤／1061
五言绝句……………………1061
从军行（唐）王维／1061
从军行（唐）令狐楚／1062
七言绝句……………………1062
从军行（唐）王昌龄／1062
出军（唐）戎昱／1062
从军行（唐）陈羽／1062
从军行（唐）蒋山卿／1062

卷一百三十三　出塞类

五言古……………………1063
关山月（梁）元帝／1063
出塞（梁）刘峻／1063

入塞 （隋）何妥 / 1063
出塞 （隋）虞世基 / 1063
塞下曲 （唐）王昌龄 / 1064
后出塞 （唐）杜甫 / 1064
塞下曲 （唐）李颀 / 1064

七言古 …………………… 1064
送浑将军出塞 （唐）高适 / 1064
卢龙塞行送韦掌记
（唐）钱起 / 1065

五言律 …………………… 1065
出塞 （唐）杨炯 / 1065
度关山 （唐）郑锡 / 1065
塞下曲 （唐）霍总 / 1066
塞上曲 （元）王逢 / 1066

五言排律 ………………… 1066
和陆明府赠将军重出塞
（唐）陈子昂 / 1066
塞外 （唐）郑愔 / 1066

七言律 …………………… 1067
出塞 （明）戚继光 / 1067

五言绝句 ………………… 1067
陇上行 （唐）王维 / 1067
和张仆射塞下曲
（唐）卢纶 / 1067
塞下曲 （明）谢榛 / 1067

七言绝句 ………………… 1068
出塞 （唐）王昌龄 / 1068
塞上曲 （唐）王烈 / 1068
边词 （唐）张敬宗 / 1068

水鼓子第一曲
（唐）张子容 / 1068
塞上曲 （金）元好问 / 1068
塞上曲 （元）迺贤 / 1069
塞上谣 （元）张昱 / 1069
塞下曲 （明）谢榛 / 1069
出塞行送郭建初归戚都护幕中
（明）黄克晦 / 1069
后出塞 （明）陈第 / 1069

卷一百三十四　告捷类

五言古 …………………… 1070
奉和平邺应诏
（北周）庾信 / 1070
执契静三边 （唐）太宗 / 1070
奉和行经破薛举战地应制
（唐）许敬宗 / 1070
还至张掖古城闻东军告捷赠
韦五虚己 （唐）陈子昂 / 1071

七言古 …………………… 1071
殷司马平广西寇歌
（明）王世贞 / 1071

五言律 …………………… 1072
太社观献捷 （唐）白居易 / 1072

五言排律 ………………… 1072
河中献捷 （唐）张随 / 1072

七言律 …………………… 1072
奉使还途中闻东征捷音
（明）孙炎 / 1072

闻狼山捷（明）李东阳／1072

七言排律 …………………… 1073
　寄贺田侍中东平功成
　　（唐）王建／1073

七言绝句 …………………… 1073
　桃林夜贺晋公（唐）韩愈／1073

卷一百三十五　凯旋类

五言古 ……………………… 1074
　正阳堂宴劳凯旋
　　（梁）沈约／1074
　光华殿侍宴赋竞病韵
　　（梁）曹景宗／1074

七言古 ……………………… 1074
　破阵曲（宋）刘克庄／1074
　费将军凯还歌（明）黄哲／1074

五言律 ……………………… 1075
　侍宴旋师喜捷应制
　　（唐）韦安石／1075

五言排律 …………………… 1075
　军师凯旋自邕州顺流舟中
　　（唐）李峤／1075

七言律 ……………………… 1076
　晋公破贼回重拜台司以诗示
　　幕中宾客（唐）韩愈／1076
　大将军徐丞相平定中原，振
　　旅还朝……（明）魏观／1076
　大驾北还（明）蔡羽／1076

五言绝句 …………………… 1076

战胜乐（唐）徐彦伯／1076
平蕃曲（唐）刘长卿／1077
凯乐歌词（唐）刘禹锡／1077

七言绝句 …………………… 1077
　献封大夫破播仙凯歌
　　（唐）岑参／1077
　邠州词献高尚书
　　（唐）李涉／1078
　田侍郎归镇（唐）王建／1078
　大驾西狩还京百官出候于
　　德胜门（明）陈沂／1079
　崟山凯歌（明）徐渭／1079

卷一百三十六　行营类

五言律 ……………………… 1080
　送南特进赴归行营
　　（唐）刘长卿／1080
　送郑正则徐州行营
　　（唐）郎士元／1080
　送李侍御赴徐州行营
　　（唐）韩翃／1080
　行营漫兴（明）茅大方／1080

五言排律 …………………… 1081
　宿温城望军营
　　（唐）骆宾王／1081
　奉钱郎中四兄罢馀杭太守
　　承恩加侍御史充行军司马
　　赴汝南行营
　　（唐）刘长卿／1081

送李傅侍郎剑南行营
（唐）贾岛/1081
营中闲夜（明）唐之淳/1081
七言律 …………………… 1082
得柳员外书，封寄近诗……
（唐）独孤及/1082
七言绝句 ………………… 1082
贺州宴行营回将
（唐）羊士谔/1082
蕲州行营作（唐）戴叔伦/1082
行营送人（唐）刘商/1082

春日行营即事
（唐）刘商/1082
宣府教场歌（明）徐渭/1083

卷一百三十七　阵图类

五言古 …………………… 1084
八阵图（晋）桓温/1084
五言律 …………………… 1084
观八阵图（唐）刘禹锡/1084
五言绝句 ………………… 1084
八阵图（唐）杜甫/1084

卷七十　太行山类

◆ 四言古

　　从征行太行山
　　　　　　　　（晋）袁宏

峨峨太行，凌虚抗势。天岭交气，窈然无际。
澄流入神，元（玄）谷应契。四象悟心，幽人来憩。

◆ 五言排律

　　早登太行山中言志
　　　　　　　　（唐）明皇

清跸度河阳，凝笳上太行。火龙明鸟道，铁骑绕羊肠。
白雾埋阴壑，丹霞助晓光。涧泉含宿冻，山木带馀霜。
野老茅为室，樵人薜作裳。宣风问耆艾，敦俗劝耕桑。
凉德惭先哲，徽猷慕昔皇。不因今展义，何以冒垂堂。

　　奉和圣制早登太行山中言志应制
　　　　　　　　（唐）苏颋

北山东入海，驰道上连天。顺动三光注，登临万象悬。
才观河内邑，平指洛阳川。按辔夷关险，张旗亘井泉。
晓岩中警柝，春事下蒐田。德重周王问，歌轻汉后传。
宸游铺令典，睿思起芳年。愿以封书奏，回銮禅肃然。

奉和圣制早登太行山中言志应制
（唐）张说

六龙鸣玉銮，九折步云端。河络南浮近，山经北上难。
羽仪映松雪，戈甲带春寒。百谷晨笳动，千岩晓仗攒。
皇心感韶节，敷藻念人安。既立省方馆，复置建神坛。
扈跸参天老，承荣忝夏官。长勤百年意，思见一胜残。

奉和圣制早登太行山中率尔言志
（唐）张九龄

孟月摄提贞，乘时我后征。晨严九折度，暮戒六军行。
日御驰中道，风师卷太清。戈鋋林表出，组练雪间明。
动植希皇豫，高深奉睿情。陪游七圣列，望幸百神迎。
气色烟犹喜，恩光草尚荣。之罘称万岁，今此复同声。

奉和圣制早登太行山中言志
（唐）苗晋卿

金吾戒道清，羽骑动天声。砥路方南纪，重岩始北征。
关楼前望远，河邑下观平。喜气回舆合，祥风入旆轻。
祝尧三老至，会禹百神迎。月令农先急，春蒐礼后行。
仍亲后土祭，更理晋阳兵。不似劳车辙，空留八骏名。

◆ 七言绝句

下太行
（金）李俊民

山中日日伴云闲，不见闲云只见山。
君去试从山下望，青山却在白云间。

山　行

（元）王　恽

太行元气老洪濛，草树风前带润容。
山色只宜差远看，都移空翠上高峰。

西来游宦半忙闲，六日迢遥道路间。
回转羊肠三百里，天教马上饱看山。

卷七十一　　王屋山类

◆ 五言古

客有为余话登天坛遇雨之状因以赋之
　　　　　　　　（唐）刘禹锡

清晨登天坛，平路逢阴晦。疾行穿雨过，却立视云背。
白日照其上，风雷走于内。混漾雪海翻，槎牙玉山碎。
蛟龙露鬐鬣，神鬼含变态。万状互生灭，百音以繁会。
俯观群动静，始觉天宇大。山顶自晶明，人间已霶霈。
豁然重昏敛，涣若春冰碎。反照入松门，瀑流飞缟带。
遥光泛物色，馀韵吟天籁。洞府撞仙钟，村墟起夕霭。
却见山下侣，已如迷世代。问我何处来，我来云雨外。

早冬游王屋，自灵都抵阳台上方望天坛，
　偶吟成章，寄温谷周尊师、中书李相公
　　　　　　　　（唐）白居易

霜降山水清，王屋十月时。石泉碧漾漾，岩树红离离。
朝为灵都游，暮有阳台期。飘然世尘外，鸾鹤如可追。
忽念公程尽，复惭身力衰。天坛在天半，欲上心迟迟。
尝闻此游者，隐客与损之。各抱贵仙骨，俱非泥垢姿。
二人相顾言，彼此称男儿。若不为松乔，即须作皋夔。
今果如其语，光彩双葳蕤。一人佩金印，一人翳玉芝。

我来高其事，咏叹偶成诗。为君题石上，欲使故山知。

◆ 七言古

寄王屋山人孟大融
（唐）李白

我昔东海上，劳山餐紫霞。
亲见安期公，食枣大如瓜。
中年谒汉主，不惬还归家。
朱颜谢春晖，白发见生涯。
所期就金液，飞步登云车。
愿随夫子天坛上，闲与仙人扫落花。

◆ 五言律

送家兄归王屋山隐居
（唐）刘禹锡

洛阳天坛上，依稀似玉京。夜分先见日，月净远闻笙。
云路将鸡犬，丹台有姓名。古来成道者，兄弟一同行。

春来山事好，归去亦逍遥。水净苔莎色，露香芝术苗。
登台吸瑞景，飞步翼神飙。愿荐埙篪曲，相将学玉箫。

◆ 五言排律

王屋山天坛
（明）林鸿

名岳推王屋，孤标跨杳冥。深窥砥柱黑，高并太行青。
分野连三晋，风云萃百灵。鹤归松已偃，龙去水犹腥。
灶隐烧丹火，龛馀炼髓经。羽人金磬动，应此礼寒星。

◆ 七 言 律

天坛上境[*]

（贞元二十年五月十四日夜，宿天坛石幢侧，十五日得盖屋马逢少府书，知予远上天坛，因以长句见赠，篇末仍云"灵溪试为访金丹"，因于坛上还赠。）

（唐）元稹

野人性僻穷深僻，芸署官闲不似官。
万里洞中朝玉帝，（上有洞，周视万里。）九光霞外宿天坛。
洪涟浩渺东溟曙，白日低回上境寒。
因为南昌检仙籍，马君家世奉还丹。

宿王屋天坛

（唐）马戴

星斗半沉苍翠色，红霞远照海涛分。
折松晓拂天坛雪，投简寒窥玉洞云。
绝顶樵回人不见，深林磬度鸟应闻。
未知谁与传金箓，独向仙祠拜老君。

王屋道中

（元）耶律楚材

胜克河中号令齐，神兵入自太行西。
昏昏烟锁天坛暗，漠漠云埋王屋低。
风软却教冰泛水，寒轻还使雪成泥。
行吟想像覃怀景，多少梅花坼玉溪。

---

[*] 此诗别题"天坛上境"，今用此题，原题改作题注。

卷七十二 终南山类

◆ **五 言 古**

陪驾幸终南山

(北周) 宇文昶*

尧盖临河颍,汉跸践华嵩。日旆回北凤,星旃转南鸿。
青云过宣曲,先驱背射熊。金枒拂泉底,玉琯吹云中。
古辙称难极,新途或易穷。烟生山欲尽,潭净水恒空。
交松上连雾,修竹下来风。仙才道无别,灵气法能同。
东枣羞朝座,西桃献夜宫。诏令王子晋,出对浮丘公。

陪驾幸终南山和宇文内史

(北周) 庾信

玉山乘四载,瑶池宴八龙。鼋桥浮少海,鹄盖上中峰。
飞狐横塞路,白马当河冲。水奠三川石,山封五树松。
长虹双瀑布,圆阙两芙蓉。戍楼鸣夕鼓,山寺响晨钟。
新蒲节转促,短笋箨犹重。树宿含樱鸟,花留酿蜜蜂。
迎风下列缺,洒酒召昌容。且欣陪北上,方欲待东封。

登终南山

(隋) 胡师耽

结庐终南山,西北望帝京。烟霞乱鸟道,俯见长安城。

---

* 宇文昶:即李昶,西魏权臣宇文泰爱其才,赐姓宇文氏。

宫雉互相映，双阙云间生。钟鼓沸闾阖，箫吹咽承明。
朱阁临槐路，紫盖飞纵横。望望未极已，瓮牖秋风惊。
岩岫草木黄，飞雁遗寒声。坠叶积幽径，繁露垂荒庭。
瓮中酒新熟，涧谷寒虫鸣。且对一壶酒，安知世间名。
寄言市朝客，同君乐太平。

终南幽居献苏侍郎

（唐）储光羲

中岁尚微道，始知将谷神。抗策还南山，水木自相亲。
深林开一道，青嶂成四邻。平明去采薇，日入行刈薪。
云归万壑暗，雪罢千岩春。始看氤鸟来，已见瑶华新。
寄言搴芳者，无乃后时人。

卜筑青岩里，云萝四垂阴。虚室若无人，乔木自成林。
时有清风至，侧闻樵采音。凤凰鸣高冈，望望隔层岑。
既见山路远，复道溪流深。偓佺空中游，虬龙水间吟。
何当见轻翼，为我达远心。

望终南山寄紫阁隐者

（唐）李白

出门见南山，引领意无限。秀色难为名，苍翠日在眼。
有时白云起，天际自舒卷。心中与之然，托兴每不浅。
何当造幽人，灭迹栖绝巘。

登华严寺楼望终南山赠林校书兄弟

（唐）孟郊

地脊亚为崖，耸出冥冥中。楼根插迥云，殿翼翔危空。
前山胎元气，灵异生不穷。势吞万象高，秀夺五岳雄。
一望俗虑醒，再登仙愿崇。青莲三居士，昼景真赏同。

终南山下作
（唐）孟郊

见此原野秀，始知造化偏。山村不假阴，流水自雨田。
家家梯碧峰，门门锁青烟。因思蜕骨人，化作飞桂仙。

◆ 五 言 律

望终南山
（唐）太宗

重峦俯渭水，碧嶂插遥天。出红扶岭日，入翠贮岩烟。
叠松朝若夜，复岫阙疑全。对此恬千虑，无劳访九仙。

赋终南山用风字韵应诏
（唐）杨师道

睿言怀隐逸，辍驾践幽丛。白云飞夏雨，碧岭横春虹。
草绿长杨路，花疏五柞宫。登临日将晚，兰桂起香风。

蓬莱三殿侍宴奉敕咏终南山应制
（唐）杜审言

北斗挂城边，南山倚殿前。云标金阙迥，树杪玉堂悬。
半岭通佳气，中峰绕瑞烟。小臣持献寿，长此戴尧天。

终南山
（唐）王维

太乙近天都，连山到海隅。白云回望合，青霭入看无。
分野中峰变，阴晴众壑殊。欲投人处宿，隔水问樵夫。

终南山
（唐）张乔

带雪复衔春，横天占半秦。势奇看不定，景变写难真。

洞远皆通岳,川多更有神。白云幽绝处,自古属樵人。

终南山

(唐) 王贞白

千山凝黛色,今古满长安。地去搜扬近,人谋隐遁难。水穿诸苑过,雪照一城寒。为问红尘里,谁同驻马看?

卷七十三　龙门山类

◆ 五言古

过蜀龙门
　　　　　　　　（唐）沈佺期

龙门非禹凿，诡怪乃天功。西南出巴峡，不与众山同。
长窦亘五里，宛转复嵌空。伏湍煦潜石，瀑布生轮风。
流水无昼夜，喷薄龙门中。潭河势不测，藻葩垂彩虹。
我行当季月，烟景共春融。江关勤亦甚，巘崿意难穷。
逝将息机事，炼药此山东。

龙门山八咏
　　　　　　　　（唐）刘长卿

龙　门
秋山日摇落，秋水急波澜。独见鱼龙气，长令烟雨寒。
谁穷造化力，空向两崖看。

水东渡
山叶傍崖赤，千峰秋色多。夜泉发清响，寒渚生微波。
稍待沙上月，归人争渡河。

福公塔
寂莫对伊水，经行长未还。东流自朝暮，千载空云山。

谁见白鸥鸟，无心洲渚间。

远公龛
松路向精舍，花龛归老僧。闲云随锡杖，落日低金绳。
入夜翠微里，千峰明一灯。

石楼
隐隐见花阁，隔河映青林。水田秋雁下，山寺夜钟深。
寂寞群动息，风泉清道心。

下山
谁识往来意，孤云长自闲。风寒未渡水，日暮更看山。
木落众峰出，龙宫苍翠间。

水西渡
伊水摇镜光，纤鳞如不隔。千龛道傍古，一鸟沙上白。
何事还山云，能留向城客？

渡水
日暮下山来，千山暮钟发。不知波上棹，还弄山中月。
伊水连白云，东南远明灭。

龙门
(元) 袁桷

苍厓出双阙，群山俯首尊。阴风起晴雷，摩荡昼日昏。
铁峡拥偪仄，百川为之奔。疑下有龙湫，逞怪蹲天门。
滈兮出肤寸，顷刻黄流浑。侧径出石壁，臣浸留遗痕。
缅昔设天险，事久难穷论。征衣袭轻雨，神君俨云根。

◆ 七 言 古

龙门应制

（唐）宋之问

宿雨霁氛埃，流云度城阙。
河堤柳新翠，苑树花先发。
洛阳花柳此时浓，山水楼台映几重。
群公拂雾朝翔凤，天子乘春幸凿龙。
凿龙近出王城外，羽从淋漓拥轩盖。
云跸才临御水桥，天衣已入香山会。
山壁崭岩断复连，清流澄澈俯伊川。
塔影遥遥绿波上，星龛奕奕翠微边。
层峦旧长千寻木，远壑初飞万丈泉。
綵仗红旌绕香阁，下辇登高望河洛。
东城宫阙拟昭回，南陌沟塍殊绮错。
林下天香七宝台，山中有酒万年杯。
微风一起祥花落，仙乐初鸣瑞鸟来。
鸟来花落纷无已，称觞献寿香霞里。
歌舞淹留景欲斜，石间犹驻五云车。
鸾旗翼翼留芳草，龙骑骎骎映晚花。
千乘万骑銮舆出，水静山空严警跸。
郊外喧喧引看人，倾都南望属车尘。
嚣声引飏闻黄道，王气周回入紫宸。
先王定鼎山河固，宝命乘周万物新。
吾君不事瑶池乐，时雨来观农扈春。

◆ 五言律

龙 门

（唐）杜甫

龙门横野断，驿树出城来。气色皇居近，金银佛寺开。
往来时屡改，川陆日悠哉。相阅征途上，生涯尽几回。

龙 门

（元）周伯琦

踰险梦频悸，循夷气始渝。千岩奇互献，万壑势争趋。
峭壁剑门壮，重梁皇渚纡。凡鳞期变化，雷雨在斯须。

◆ 五言排律

奉和春日游龙门应制

（唐）武三思

凤辇临香地，龙舆上翠微。星宫含雨气，月殿抱春晖。
碧涧长虹下，雕梁早燕归。云疑浮宝盖，石似拂天衣。
露草侵阶长，风花绕席飞。日斜宸赏洽，清吹入重闱。

扈从度龙门

（明）王英

边塞山川壮，关城地势雄。崖倾开鸟道，路险瞰龙宫。
后队千旗拥，前驱一骑通。纡回多傍涧，登陟半凌空。
雨霁岩前雾，香飘树杪风。云随仙仗白，花映御衣红。
景属阳和后，恩覃化育中。临高须刻石，从此纪神功。

◆ 七言律

龙　门

（元）马祖常

万壑奔流一峡开，君王岁岁御龙来。
人间尘土常相隔，天上星辰到此回。
草木四时承午日，风云半夜束春雷。
自惭曾奏长杨赋，跋马彷徨念暴鳃。

龙门山中即事

（明）郏韶

雷雨过厓惊落湍，空林白昼忽生寒。
阴阴草阁开樽坐，细细山云卷幔看。
落日樵声经木末，青天鸟道挂簾端。
亦知吏隐非吾事，直欲从兹赋《考槃》。

卷七十四 峰 类

◆ 五言古

登太白峰
（唐）李白

西上太白峰,夕阳穷登攀。太白与我语,为我开天关。
愿乘泠风去,直出浮云间。举手可近月,前行若无山。
一别武功去,何时复更还?

送温处士归黄山白鹅峰旧居
（唐）李白

黄山四千仞,三十二莲峰。丹崖夹石柱,菡萏金芙蓉。
伊昔升绝顶,下窥天目松。仙人炼玉处,羽化留馀踪。
亦闲温伯雪,独往今相逢。采秀辞五岳,攀岩历万重。
归休白鹅岭,渴饮丹砂井。凤吹我时来,云车尔当整。
去去陵阳东,行行芳桂丛。回溪十六度,碧嶂尽晴空。
他日还相访,乘桥蹑彩虹。

紫阁峰
（唐）李白

紫阁连终南,青冥天倪色。凭崖望咸阳,宫阙罗北极。
万井惊画出,九衢如弦直。渭水清银河,横天流不息。

梦登太白峰

（唐）常建

梦寐升九崖，杳霭逢元君。携我太白峰，寥寥辞垢氛。
结宇在霄汉，宴林闭氤氲。檐楹覆馀翠，巾舄生片云。
时往溪谷间，孤亭昼仍曛。松峰引天影，石濑清霞文。
恬目缓舟趣，霁心投鸟群。春风又摇棹，潭岛花纷纷。

第三峰

（唐）常建

西山第三顶，茅宇依双松。杳杳欲至天，云梯升几重？
莹魄澄玉虚，以求鸾鹤踪。逶迤非天人，执节乘赤龙。
旁映白日光，缥缈轻霞容。孤辉上烟雾，馀影明心胸。
愿与黄麒麟，欲飞而莫从。因寂清万象，轻云自中峰。
山暝学栖鸟，月来随暗蛩。寻空静馀响，袅袅云溪钟。

仙娥峰下作

（唐）白居易

我为东南行，始登商山道。商山无数峰，最爱仙娥好。
参差树若插，匼匝云如抱。渴望寒玉泉，香闻紫芝草。
青岩屏削碧，白石床铺缟。向无如此物，安足留四皓。
感彼私自问，归山何不早？可能尘土中，还随众人老。

游芦峰分韵得尽字

（宋）朱子

芦山一何高，上上不可尽。我行独忘疲，泉石有招引。
须臾出蒙密，矫首眺无畛。已谓极峥嵘，仰视犹隐嶙。
新斋小休憩，馀力更勉黾。东峰切霄汉，首夏正凄紧。
杖策同攀跻，极目散幽窘。万里仰连环，千重瞰孤隼。
因知平生怀，未与尘累泯。归途采薇蕨，晚饷杂蔬笋。

笑谓同来人,此愿天所允。独往会淹留,寒栖甘菌蠢。
山阿子慕予,无忧勒回轸。

径山五峰

（宋）应祖铭

堆姝峰

天势下凌霄,坐使万壑趋。元气结峦岫,献此大宝珠。
翊殿护释梵,鼓钟殷人区。

大人峰

五髻生云雨,镇踞何舂容。具此大人相,题为大人峰。
伟哉天地间,万象同扩充。

鹏抟峰

峰势来大鹏,鼓此垂天翼。培风本无待,适兹造化力。
何须问天池,在在六月息。

宴坐峰

松杉太古色,不别春与冬。道人此宴坐,一念万劫融。
不特座灯王,等了诸法空。

朝阳峰

二仪开幽漠,日月临下土。万物丽高明,此峰正当午。
堂堂大圣人,两眼空寰宇。

熊耳峰

（元）安熙

穷探不惮远,行登最高峰。顿觉天宇近,一洗群山空。
奇哉此绝境,造化无天功。神襟一以旷,写我浩荡胸。

远意殊未极，更思脱樊笼。何当著神鞭，驾此慵飞龙。
翩翩上箕尾，再见开鸿濛。长啸暮云合，轻衣振天风。

飞来峰

（明）史鉴

久图山泽游，苦为风雨款。惊雷破重阴，及晨光已显。
逶迤入幽深，厉揭渡清浅。灵山传飞来，合涧互回转。
萝垂手可扪，松高盖惟偃。阳厓丹霞凝，阴洞苍雪满。
秀色如何揽，绝巘竟谁栈？众窍因风号，群芳迟春衍。
追念平生欢，历历如在眼。匪无新相知，已少旧游伴。
老僧久见招，相携集闲馆。解衣任盘礴，览物适萧散。
形忘虑则消，情至心莫展。寄言同怀人，对酒歌勿缓。

◆ 七言古

东峰歌

（唐）温庭筠

锦砾潺湲玉溪水，晓来微雨藤花紫。
冉冉山鸡红尾长，一声樵斧惊飞起。
松刺流空石差齿，烟香风软人参蕊。
阳崖一梦伴云根，仙菌灵芝梦魂里。

◆ 五言律

题西峰

（唐）陈子昂

为爱西峰好，吟头尽日昂。岩花红作阵，溪水绿成行。
终古碍新月，半山无夕阳。寄言嘉遁客，此处是仙乡。

中峰居喜见苗发

（唐）祖咏

自得中峰住，深林亦闭关。经秋无客到，入夜有僧还。
暗涧泉声小，荒冈树影闲。高窗下可望，星月满空山。

喜入兰陵望紫阁峰呈宣上人

（唐）李益

薙草开三径，巢林喜一枝。地宽留种竹，泉浅欲开池。
紫阁当疏牖，青松入短篱。从今安僻陋，萧相是吾师。

夏日登灵隐寺后峰

（唐）方干

绝顶无烦暑，登临三伏中。深萝难透日，乔木更含风。
山叠云霞际，川倾世界东。那知兹夕兴，不与古人同？

中　峰

（宋）林逋

中峰一径分，盘折上幽云。夕照前村见，秋涛隔岭闻。
长松含古翠，仙药动微薰。自爱苏门啸，怀贤事不群。

次林择之凉峰韵

（宋）朱子

解辔林间寺，归鸦晚欲盘。望中岚翠合，愁外夕阳残。
尊酒何妨醉，羁心且自宽。无端满窗月，遥夜不胜寒。

天柱峰

（元）张翥

一柱标南纪，神功自断鳌。寒通岣嵝远，势敌祝融高。
异鸟流清响，神灯见白毫。危巅可观日，夜涌海东涛。

◆ 五言排律

莲花峰

（唐）刘得仁

太华万馀重，岩峣只此峰。当秋倚寥泬，入望似芙蓉。
翠拔千寻直，青危一朵秾。气分毛女秀，灵有羽人踪。
倒影侵关路，香风激庙松。尘埃终不及，车马自憧憧。

◆ 七 言 律

万安县芙蓉峰

（宋）戴复古

凌空杰阁为谁开？隔岸芙蓉不用栽。
今古相传彩云现，江山曾识大苏来。
酒边歌舞共一笑，客里登临能几回。
翠浪玉虹从此去，明朝人在郁孤台。

秋日登玉峰

（宋）徐玑

玉琢孤峰压富沙，人行峰顶步云霞。
溪流缓去几回曲，树色幽分无数家。
翠拂寒烟平似水，红飘霜叶远如花。
明朝重向城中望，对此孤峰兴转赊。

游支硎南峰

（元）郑元祐

词客幽寻胜洞庭，神僧名迹在支硎。
马骑仄径犹存石，鹤放巅崖尚有亭。
岩底泉飞轻练白，峰头龛蚀古苔青。

到来顿醒红尘梦,万树松涛沸紫冥。

游南高峰

(明) 王世贞

从游指点南高胜,蹑屩攀萝兴不赊。
画里馀杭人卖酒,镜中湖曲棹穿花。
千岩半出分秋雨,一径微明逗晚霞。
最是夜归幽绝处,疏林灯火傍渔家。

◆ 五言绝句

师子峰

(明) 高启

风生百兽低,欲吼空山夜。疑是天目岩,飞来此山下。

含晖峰

(明) 高启

演漾弄晴晖,江山秋敛霏。我吟康乐句,日暮澹忘归。

◆ 七言绝句

紫阁峰

(唐) 邵谒

壮国山河倚空碧,迥拔烟霞侵太白。
绿崖下视千万寻,青天只据百馀尺。

统汉峰下

(唐) 李益

统汉峰西降户营,黄河战骨拥长城。
只今已勒燕然石,此地无人空月明。

题中峰

（唐）费冠卿

中峰高拄沈寥天，上有茅庵与石泉。
晴景猎人曾望见，青蓝色里一僧禅。

飞来峰

（唐）方干

邃岩乔木夏藏寒，床下云溪枕上看。
台殿渐多山更重，却令飞去即应难。

石廪峰次敬夫韵

（宋）朱子

七十二峰都插天，一峰石廪旧名传。
家家有廪高如许，大好人间快活年。

次黄叔张宿凉峰韵

（宋）朱子

菡萏含跗天外秀，婆娑散影月中孤。
惜无画手追前辈，写得凉峰憩寂图。

卷七十五　岭类

◆ 五言古

奉使嵩山途经缑岭
（唐）宋之问

侵星发洛城，城中歌吹声。毕景至缑岭，岭上烟霞生。
草树饶野意，山川多古情。大隐德所薄，归来可退耕。

早上五盘岭
（唐）岑参

平旦驱驷马，旷然出五盘。江回两崖斗，日隐群峰攒。
苍翠烟景曙，森沉云树寒。松疏露孤驿，花密藏回滩。
栈道溪雨滑，畲田原草干。此行为知己，不觉蜀道难。

秋云岭
（唐）刘长卿

山色无定姿，如烟复如黛。孤峰夕阳后，翠积秋天外。
云起遥蔽亏，江回频向背。不知今远近，到处犹相对。

峥嵘岭
（唐）孟郊

疏凿顺高下，结构红烟霞。坐啸郡斋肃，玩奇石路斜。
古树浮绿气，高门结朱华。始见峥嵘状，仰止逾可嘉。

过分水岭

(唐) 孟郊

山壮马力短，路行石齿中。十步九举辔，回还失西东。
溪水变为雨，悬厓阴濛濛。客衣飘摇秋，葛花零落风。
白日舍我去，征途忽然穷。

桑乾岭

(元) 袁桷

兹山西北来，旋转十二雷。昔人望乡处，特立何崔嵬。
我来坐绝顶，云汉森昭回。出日腾金钲，积露流银台。
长空不受暑，雪花散皑皑。毡车引绳过，屈曲腹九回。
微踪愧三至，南望心低徊。长风马耳迅，何当赋归来。

◆ 五言律

松山岭

(唐) 宋之问

翼翼高旌转，锵锵凤辇飞。尘消清跸路，云湿侍臣衣。
白羽摇丹壑，天营逼翠微。芳声耀今古，四海警宸威。

夜宿七盘岭

(唐) 沈佺期

独游千里外，高卧七盘西。山月临窗近，天河入户低。
芳春平仲绿，清夜子规啼。浮客空留听，褒城闻曙鸡。

游凤林寺西岭

(唐) 孟浩然

共喜年华好，来游水石间。烟容开远树，春色满幽山。
壶酒朋情洽，琴歌野兴闲。莫愁归路暝，招月伴人还。

玉山岭上作

（唐）皇甫曾

悠悠驱匹马，征路上连冈。晚翠深云窦，寒苔净石梁。
荻花偏似雪，枫叶不禁霜。愁见前程远，空郊下夕阳。

韶州送窦司直出岭

（唐）罗邺

江曲山如画，贪程亦驻舟。果随岩狖落，槎带水禽流。
客散他乡夜，人归故国秋。樽前挂帆去，风雨下西楼。

过秦岭

（唐）孟贯

古今传此岭，高下势峥嵘。安得青山路，化为平地行。
苍苔留虎迹，碧树障溪声。欲过一回首，踟蹰无限情。

千秋岭上

（宋）晁补之

永日倦高跻，盘回四望迷。松根危抱石，岭路曲随溪。
马腹飞云薄，山腰过雨低。阴崖不可度，谁此构长梯？

过黄塘岭

（宋）朱子

屈曲危塍转，沉阴山气昏。蝉声高树暗，石濑浅流喧。
已过黄塘岭，欲觅桃花源。无为此留滞，驱马踰山樊。

登梅岭

（宋）朱子

去路霜威劲，归程雪意深。往还无几日，景物变千林。
晓磴初移屐，寒云欲满襟。玉梅疏半落，犹足慰幽寻。

枪竿岭

（元）贡奎

薄宦辞家远，经秋未得归。直随山北去，却背雁南飞。川静白云起，郊平红叶微。忆曾留宿处，立马认还非。

将干岭

（元）贡师泰

绝顶低南斗，重关壮北门。陇云浮地白，谷水带泥浑。宇宙神功大，山河帝业尊。小臣叨载笔，华发感深恩。

灵峰岭

（明）樊阜

岭路青林杪，盘回出白云。寺楼当坞见，野碓隔溪闻。屐润苔花积，衣香药草熏。崖阴仙洞在，遥见鹿成群。

◆ 七言律

度东山岭

（明）程敏政

石桥驻马问田翁，一坞深深隔树东。
帝子阁前沙似粟，野神祠下路如弓。
疏松古涧风微动，细草阴厓雪半融。
回望红尘才数里，不知身在乱山中。

◆ 五言绝句

登岭望

（唐）许鼎

森森三江水，悠悠五岭关。雁飞犹不度，人去若为还。

◆ 七言绝句

岭南路
（唐）朱庆馀

越岭向南风景异,人人传说到京城。
经冬来往不踏雪,尽在刺桐花下行。

大散岭
（唐）罗邺

过往长逢日色稀,雪花如掌扑行衣。
岭头却望人来处,特地身疑是鸟飞。

王干三岭
（元）方回

澄练平皋水屈盘,青苍松栎拥峰峦。
霜晴村落全如画,一见都忘上岭难。

枪竿岭
（元）贡奎

百折回冈势欲迷,举头山寺与云齐。
经行绝似江南路,落日青林杜宇啼。

卷七十六　岩　类

◆ 五言古

安陆白兆山桃花岩寄刘侍御
（唐）李白

云卧三十年，好闲复爱仙。蓬壶虽冥绝，鸾鹤心悠然。
归来桃花岩，得憩云窗眠。对岭人共语，饮潭猿相连。
时升翠微上，邈若罗浮巅。两岑抱东壑，一嶂横西天。
树杂日易隐，崖倾月难圆。芳草换野色，飞萝摇春烟。
入远构石室，选幽开山田。独此林下意，杳无区中缘。
永辞霜台客，千载方来旋。

宴坐岩
（宋）刘子翚

青青栊树林，下荫苍藓石。幽人宴坐时，怀抱忘其适。
不见暮樵归，寒山雨中碧。

◆ 七言古

朝阳岩下歌
（唐）元结

朝阳岩下湘水深，朝阳洞口寒泉清。
零陵城郭夹湘岸，岩洞幽奇带郡城。

荒芜自古人不见，零陵徒有先贤传。
水石为娱安可羡，长歌一曲留相劝。

◆ 五 言 律

早春题少室东岩
（唐）白居易

二十六峰晴，雪消岚翠生。月留三夜宿，春引四山行。
远草初含色，寒禽未变声。东岩最高石，惟我有题名。

桃岩忆贾岛
（唐）顾非熊

路向桃岩去，多行洞壑间。鹤声兼野静，溪色带村闲。
疏苇秋前渚，斜阳雨后山。怜君不得见，诗思最相关。

化成岩
（宋）戴复古

城郭嚣尘外，江山胜概中。铿然一滩水，和以万松风。
夹径森危石，孤亭纳太空。苍岩不能语，曾识赞皇公。

章 岩
（宋）朱子

豁尔天开宇，呀然夜不扃。闲云任栖宿，密雨断飘零。
老屋僧常住，高轩客屡经。古今题写处，一半藓纹青。

次韵择之章岩
（宋）朱子

驱马倦长道，投鞭憩此岩。来应六鳌戴，迹是五丁劖。
泉脉流青涧，林梢拥碧巉。老禅深闭户，客子且征衫。

登灵岩

（明）陈秀民

宝殿压崔嵬，华池顶上开。山从太白出，水自洞庭来。
阁树联珠塔，岩花照石台。吴王清暑地，那得有尘埃。

登拂水岩

（明）顾云鸿

一杖入丛箐，春泉处处生。岩侵湖墅近，崖豁海门平。
云径分樵出，风林带鸟倾。盘回千嶂尽，下界一鸡鸣。

◆ 七 言 律

西 岩

（宋）余靖

万壑千岩斗物华，揩筇闲访道生涯。
一坛星斗修真馆，数里云霞剧药家。
鱼戏竹溪寒影碎，路穿松坞翠阴斜。
桃源自有神仙宅，未信明河八月槎。

题将军岩

（宋）刘子翚

昔年栖险人何在，仿佛楼台杳霭间。
事去长空飞鸟没，时清宴坐一僧闲。
霜秋石壁黄金树，月夜云涛碧玉湾。
杖策时来访奇绝，渔樵幽兴自相关。

和人游西岩

（宋）朱子

平生壮志浩无穷，老寄寒泉乱石中。

闲去披襟弄清泚,静来合眼听玲珑。
不知涧寺晴时雨,何似溪亭落叶风?
吟罢君诗自潇洒,此心端不限西东。

刘仙岩

(元)雅琥

削云千丈倚苍崖,箭括通天一窍开。
草树阴森藏洞府,烟霞缥缈护楼台。
白云已向空中去,黄鹤时闻月下来。
欲向仙翁借筇杖,凌高长啸望蓬莱。

◆ 五言绝句

竹 岩

(唐)张籍

独入千竿里,缘岩踏石层。笋头齐欲出,更不许人登。

逍遥岩

(元)杜本

鹏抟九万里,篱鷃飞只尺。所以达观人,亦各适其适。

◆ 七言绝句

夏日登鹤岩

(唐)戴叔伦

天风吹我上层冈,露洒长松六月凉。
愿借老僧双白鹤,碧云深处共翱翔。

奉和子服老弟黄杨游洲岩

(宋)朱子

闻道黄杨山上头,千峰环抱石泉幽。

羡君拄杖年年去，饱看人间万顷秋。

游洲岩下水泠泠，枕石何妨梦里听。
要与他年成故事，谩寻幽处著新亭。

云　岩

（明）陶望龄

丹壑苍崖处处钟，夜深天畔有孤筇。
寒灯一点松龛里，照见云间五老峰。

卷七十七　　洞　类

◆ 五言古

题韦少保静恭宅藏书洞
（唐）阙名

高意合天制，自然状无穷。仙华凝四时，玉藓生数峰。
书秘漆文字，匣藏金蛟龙。闭为气候肃，开作云雨浓。
洞隐谅非久，岩梦诚必通。将缀文士集，贯就真珠丛。

秦越人洞中咏
（唐）于鹄

扁鹊得仙处，传是西南峰。年年山下人，长见骑白龙。
洞门黑无底，日夜惟雷风。清斋将入时，戴星兼抱松。
石径阴且寒，地响知远钟。似行山林外，闻叶履声重。
低碍更俯身，渐远昼夜同。时时白蝙蝠，飞入人衣中。
行久路转窄，静闻水淙淙。但愿逢一人，自得朝天宫。

碧落洞
（宋）苏轼

槎牙乱峰合，晃荡绝壁横。遥知紫翠间，古来仙释并。
阳崖射朝日，高处连玉京。阴谷叩白月，梦中游化城。
果然石门开，中有银河倾。幽龛入窈窕，别户列虚明。
泉流下珠琲，乳溜交缦缨。我行畏人知，恐为仙者迎。

小语辄响答，空山自雷惊。策杖归去来，治具烦方平。

左史洞
（宋）沈辽

万古齐山石，谁为左史洞？左史今何在？苍崖本不动。
履险下重壑，幽深鬼神总。石门绝世路，久为尘泥拥。
青天十亩地，巉岏如覆瓮。琬琰凿屋壁，烟霞列梁栋。
崖间不老药，必非近时种。人去境长在，境以人为重。
欲观畴昔意，幽禽发清哢。吾方寄渊寂，无碍亦无纵。
手自剪荆榛，结茅当石空。长与麋鹿游，不复人间梦。

游鼓山灵源洞
（宋）蔡襄

郡楼瞻东方，岚光莹人目。乘舟逐早潮，十里登南麓。
云深翳前路，树暗迷幽谷。朝鸡乱木鱼，晏日明金屋。
灵泉注石窦，清吹出篁竹。飞毫划峭壁，势力忽惊触。
扪萝跻上峰，太空延眺瞩。孤青浮海山，长白挂天瀑。
况逢肥遯人，性尚自幽独。西景复向城，淹留未云足。

白云洞
（元）安熙

峨峨两峰间，崔嵬耸双阙。中有仙人洞，恍若仇池穴。
朝开白云生，暮掩白云灭。朝昏有奇变，宛与人境隔。
我来搴绿萝，深寻得幽绝。平生栖遯志，兹焉益超越。
未成长往计，复愧固穷节。永怀静修铭，徘徊仰前哲。
会当结茅屋，来此寄疏拙。沉思毕旧闻，长歌抱明月。
白云应更深，老眼益清彻。未敢持赠人，聊尔自怡悦。

张公洞
（明）马愈

悬崖泻红泉，石洞挂钟乳。仙房碧玉梯，清凉了无暑。

仙人洞口呼,相随看花去。欲往还自迷,云深不知处。

水滨洞
(明) 王守仁

送远憩岨谷,濯缨俯清流。沿溪陟危石,曲洞藏深幽。
花静馥常閟,溜暗光亦浮。平生泉石好,所遇成淹留。
好鸟忽双下,鯈鱼亦群游。坐久尘虑息,澹然与道谋。

◆ 七言古

无为洞口作
(唐) 元结

无为洞口春水满,无为洞傍春云白。
爱此踟蹰不能去,令人悔作衣冠客。
洞傍山僧皆学禅,无求无欲亦忘年。
欲问其心不能问,我到此中得无闷。

◆ 五言律

宿华阳洞寄元称
(唐) 李端

花洞晚阴阴,仙坛隔杏林。漱泉春谷冷,捣药夜窗深。
石上开山酒,松间对玉琴。戴家溪北住,雪后去相寻。

张公洞
(唐) 皇甫冉

云开小有洞,日出大罗天。三鸟随王母,双童翊子先。
何时种桃核,几度看桑田?倏忽烟霞里,穿岩骑更旋。

潺湲洞
(唐) 陆龟蒙

石浅洞门深,潺湲万古音。似吹双羽管,如奏落霞琴。

倒穴漂龙沫，穿松溅鹤襟。何人乘月弄，应作上清吟。

玉女洞
（宋）苏轼

洞里吹箫子，终年守独幽。石泉为晓镜，山月当簾钩。
岁晚杉枫尽，人归雾雨愁。送迎应鄙陋，谁寄楚臣讴？

◆ 七言律

桃源洞
（唐）章碣

绝壁相攲是洞门，昔人从此入仙源。
数株花下逢珠翠，半曲歌巾老子孙。
别后自疑园吏梦，归来谁信钓翁言。
山前空有无情水，犹绕当时碧树村。

游张公洞寄陶校书
（唐）方干

步步势穿江底去，此中危滑转身难。
下蒸阴气松萝湿，外制温风杖屦寒。
数里烟云方觉异，前程山水更应宽。
由来委曲寻仙路，不是先生换骨丹。

阳明洞
（元）韩性

日日携壶坐钓矶，眼看门外软红飞。
已无游骑寻芳草，却访幽人入翠微。
石磴欲青春雨足，酒垆初冷絮花稀。
悠然自解登临意，十里香风一棹归。

◆ 七言绝句

桃源洞
（唐）李群玉

我到瞿真上升处，山川四望使人愁。
紫云白鹤去不返，惟有桃花溪水流。

题武陵洞
（唐）曹唐

此生终使此身闲，不是春时且要还。
寄语桃花与流水，莫辞相送到人间。

却恐重来路不通，殷勤回首谢春风。
白鸡黄犬不将去，且寄桃花深洞中。

溪口回舟日已昏，却听鸡犬隔前村。
殷勤重与秦人别，莫使桃花闭洞门。

桃花夹岸杳何之，花满春山水去迟。
三宿武陵溪上月，始知人世有秦时。

题合溪乾洞
（唐）于鹄

渡水傍山寻绝壁，白云飞处洞天开。
仙人来往行无迹，石径春风长绿苔。

浮山洞
（宋）苏轼

人言洞府是鳌宫，升降随波与海通。
共坐船中那得见，乾坤浮水水浮空。

游三游洞

（宋）苏轼

冻雨霏霏半成雪，游人屦冷苍苔滑。
不辞携被岩底眠，洞口云深夜无月。

榴花洞

（宋）蔡襄

洞里花开无定期，落红曾见逐泉飞。
仙人应向东山口，管却春风不与归。

烟霞洞

（元）丘处机

山云勃勃涌惊涛，海水漫漫浸巨鳌。
极目下观千万里，扶桑依约见蟠桃。

白石磷磷绕洞泉，苍松郁郁锁寒烟。
碧桃花发朱樱秀，别是人间一洞天。

海曲山阿洞府低，蓬壶阆苑海东西。
仙人玉女时游集，不许桃源过客迷。

小三洞

（元）于石

四山回合响幽泉，古木苍藤路屈盘。
一局棋残双鹤去，石屏空倚白云寒。

洞门相对是吾家，朝看烟云暮看霞。
铁笛一声山石裂，老松惊落半岩花。

断崖怒涌四时雪，虚壁寒凝六月霜。
倚树老僧闲洗钵，碧桃花落涧泉香。

卷七十八 谷类

◆ 五言古

秋晓行南谷经荒村
（唐）柳宗元

杪秋霜露重,晨起行幽谷。黄叶覆溪桥,荒村惟古木。
寒花疏寂历,幽泉微断续。机心久已忘,何事惊麋鹿。

李老谷
（元）迺贤

高秋远行迈,入谷云气暝。稍稍微雨来,渐觉衣裳冷。
萦纡青崦窄,杳窱烟林迥。峰回忽开豁,夕阳散微影。
霜叶落秋涧,寒花媚秋岭。路穷见土屋,人烟杂墟井。
平生爱山癖,惬此惬幽静。月落闻子规,怀归心耿耿。

晦日稍次山谷
（明）林敏

清溪殊险豁,石濑何淙淙。寻源竟莫测,又复上几重。
行处众壑尽,望中天影空。于焉倏含景,水木相玲珑。
湿翠翳巾舃,片云起西峰。忽忽洞深杳,大圆变溟濛。
飞湍逗日月,急雨随蛟龙。洗心投白鸟,息见期青松。
愿因紫霞秘,永谐鸾鹤踪。

◆ 五言律

愚公谷
(唐) 王维

吾家愚谷里，此谷本来平。虽则行无迹，还能响应声。
不随云色暗，只待日光明。缘底名愚谷，都由愚所成。

春谷幽居
(唐) 钱起

黄鸟鸣园柳，新阳改旧阴。春来此幽兴，宛是谢公心。
扫径兰芳出，添池山影深。虚名随振鹭，安得久栖林。

过吴儿谷
(宋) 韩琦

晓入吴儿谷，危途信不虚。千峰疑绝路，一径甫容车。
山鸟过云语，田夫半岭锄。时平尽周道，天险欲何如？

庶先北谷
(宋) 文同

路自西溪入，园当北谷开。月亭诗作客，雨馆睡为媒。
摘果衣沾露，寻泉屐渍苔。闲居正无事，莫问我频来。

九里谷
(金) 李俊民

九曲羊肠路，千层剑戟山。行钩藤蔓刺，坐印石花斑。
树发三春暮，云归万壑闲。相陪林下屐，虽倦不知还。

◆ 五言排律

奉和圣制答张说扈从南出雀鼠谷
（唐）赵冬曦

轩辕应顺物，力牧正趋陪。道合殷为砺，时行楚有材。
省方西礼设，振旅北京回。地理分中壤，天文照上台。
寒依汾谷去，春入晋郊来。窃比康衢者，长歌仰大哉。

奉和圣制答张说扈从南出雀鼠谷
（唐）王丘

襟带三秦接，旍常万乘过。阳原淑气早，阴谷冱寒多。
花缛前茅仗，霜严后殿戈。代云开晋岭，江雁入汾河。
北土分尧俗，南风动舜歌。一闻天乐唱，恭遂万人和。

奉和圣制答张说扈从南出雀鼠谷
（唐）崔翘

硖路绕河汾，晴光扫曙氛。筇吟中岭树，仗入半峰云。
顿觉山原尽，平看邑里分。早行芳草远，晚憩好风薰。
嘉颂推英宰，春游扈圣君。共欣承睿渥，日月照天文。

奉和圣制同二相南出雀鼠谷
（唐）张九龄

设险诸侯地，承平圣主巡。东君朝二月，南旆拥三辰。
寒出重关尽，年随行漏新。瑞云丛捧日，芳树曲迎春。
舞咏先驰道，恩华及从臣。汾川花鸟意，并奉属车尘。

◆ 七言律

春　谷
（宋）朱子

武夷高处是蓬莱，采得灵根手自栽。
地僻芳菲镇长在，谷寒蜂蝶未全来。
红裳似欲留人醉，锦障何妨为客开。
饮罢醒心何处所？远山重叠翠成堆。

◆ 五言绝句

云　谷
（宋）朱子

闲云无四时，散漫此山谷。幸乏霖雨姿，何妨媚幽独。

◆ 七言绝句

宿青牛谷
（唐）杨衡

随云步入青牛谷，青牛道士留我宿。
可怜夜久月明中，惟有坛边一林竹。

筼筜谷
（宋）文同

池通一谷波溶溶，竹夹（合）两岸烟濛濛。
寻幽直去景渐野，宛尔不似在尘中。

黄花谷
（金）元好问

团团石瓮琢青瑶，仰面看云觉动摇。

谁著天瓢洒飞雨,半空翻转玉龙腰。

  同刘劝农彦和、葛县令祐之游苍谷口
(元) 王恽

四山遮尽外来风,山崦人家不觉冬。
独立苍崖重回首,山形浑似入居庸。

方山忽断两崖开,中有苍河自北来。
行出山门俱不见,玉龙翻作地中雷。

卷七十九 岛屿类

◆ 五言古

登江中孤屿
（宋）谢灵运

江南倦历览，江北旷周旋。怀新道转迥，寻异景不延。
乱流趋正绝，孤屿媚中川。云日相辉映，空水共澄鲜。
表灵物莫赏，蕴真谁为传？想像昆山姿，绵邈区中缘。
始信安期术，得尽养生年。

登江中孤屿赠白云先生王迥
（唐）孟浩然

悠悠清江水，水落沙屿出。回潭石下深，绿筱岸傍密。
鲛人潜不见，渔父歌自逸。忆与君别时，泛舟如昨日。
夕阳开返照，中坐兴非一。南望鹿门山，归来恨相失。

◆ 五言律

咏 岛
（唐）薛能

孤岛如江上，诗家犹闭门。一池分倒影，空舸系荒根。
烟湿高吟石，云生偶坐痕。登临有新句，公退与谁论？

竹 屿

（元）余阙

秋水镜台隍，孤洲入淼茫。地如方丈好，山接会稽长。
紫蔓林中合，红莲叶底香。何人酒船里？似是贺知章。

◆ 七言律

湄洲屿

（元）张翥

飞舸鲸涛渡渺冥，祠光坛上夜如星。
蛟龙笋簴悬金石，云雾衣裳集殿庭。
万里使轺游冠绝，千秋海甸仰英灵。
乘槎欲借天风便，仿佛神山一发青。

◆ 五言绝句

孤 屿

（唐）韩愈

朝游孤屿南，暮戏孤屿北。所以孤屿鸟，与公尽相识。

蓼 屿

（宋）文同

孤屿蓼花深，清波照寒影。时有双鹭鸶，飞来作佳景。

卷八十　石　类

◆ 五言古

咏孤石
（梁）朱超

侵霞去日近，镇水激流分。对影疑双阙，孤生若断云。
遏风静华浪，腾烟起薄曛。虽言近七岭，独立不成群。

咏　石
（陈）阴铿

天汉支机罢，仙岭博棋馀。零陵旧是燕，昆池本学鱼。
云移莲势出，苔驳锦纹疏。还当谷城下，别自解兵书。

咏孤石
（陈）僧惠标

中原一孤石，地理不知年。根含彭泽浪，顶入香炉烟。
崖成二鸟翼，峰作一芙莲。何时发东武，今来镇蠡川。

咏孤石
（陈）僧定法

迥石直生空，平湖四望通。岩根恒洒浪，树杪镇摇风。
偃流还渍影，侵霞更上红。独拔群峰外，孤秀白云中。

奉和周赵王咏石

（隋）崔仲方

玉绳随月落，金碑映日鲜。入江疑濯锦，出峡似开莲。
文马河西瑞，兵符济北篇。会逐灵槎上，还归天汉边。

赋得石

（隋）虞茂

蜀门郁遐阻，燕碣远参差。独标千丈峻，共起百重危。
镜峰含月魄，盖岭逼云枝。徒然抱贞介，填海竟谁知。

赋得临阶危石

（隋）岑德润

当阶耸危石，殊状实难名。带山疑似兽，侵波或类鲸。
云峰临栋起，莲影入檐生。楚人终不识，徒自蕴连城。

烂柯石

（唐）孟郊

仙界一日内，人间千岁穷。双棋未遍局，万物皆为空。
樵客返归路，斧柯烂从风。惟馀石桥在，犹自凌丹虹。

泰山石

（唐）李德裕

鸡鸣日观望，远与扶桑对。沧海似镕金，众山如点黛。
遥知碧峰首，犹立烟岚内。此石依五松，苍苍几千载。

叠石

（唐）李德裕

潺潺桂水端，漱石出奇状。鳞次冠烟霞，蝉联叠波浪。
今来碧梧下，迥出秋潭上。岁晚苔藓滋，怀贤益惆怅。

枕流石

（唐）费冠卿

不为幽岸隐，古色涵空出。愿以清泚流，鉴此坚贞质。
傍临玉光润，时泻苔花密。往往惊游鳞，尚疑垂钓日。

石版

（唐）李咸用

高人好自然，移得他山碧。不磨如版平，大巧非因力。
古藓小青钱，尘中看野色。冷倚砌花春，静伴疏篁直。
山僧若转头，如逢旧相识。

临流石

（宋）朱子

偃蹇西涧滨，枵然似枯木。下有幽泉鸣，上有苍苔绿。
来往定行人，山空此遗躅。

◆ 七言古　附长短句

题曲阿三昧王佛殿前孤石

（唐）刘长卿

孤石自何处？对之疑旧游。
氤氲岘首夕，苍翠剡中秋。
迥出群峰当殿前，雪山灵鹫惭贞坚。
一片孤云长不去，莓苔古色空苍然。

望夫石

（唐）王建

望夫处，江悠悠。化为石，不回头。
山头日日风和雨，行人归来石应语。

题祖山人池上怪石

(唐) 张碧

寒姿数片奇突兀,曾作秋江秋水骨。
先生应是厌风云,著向江边塞龙窟。
我来池上倾酒尊,半酣画破青烟痕。
参差翠缕摆不落,笔头惊怪粘秋云。
溶溶水墨有高价,邀得将来倚松下。
铺却霜缯直道难,掉首空归不成画。

石版歌

(唐) 李咸用

云根劈裂雷斧痕,龙泉切璞青皮皴。
直方挺质贞且真,当庭卓立凝顽神。
春雨流膏成玉文,主人性静看长新。
明月夜来回短影,何如照冷太湖滨。

雪浪石

(宋) 苏轼

太行西来万马屯,势与岱岳争雄尊。
飞狐上党天下脊,半掩落日先黄昏。
削成山东二百郡,气压代北三家村。
千峰石卷矗牙帐,虎崖凿断开土门。
揭来城下作飞石,一砲惊落天骄魂。
承平百年烽燧冷,此物僵卧枯榆根。
画师争摹雪浪势,天工不见雷斧痕。
离堆四面绕江水,坐无蜀士谁与论。
老翁儿戏作飞雨,把酒坐看珠跳盆。
此身自幻孰非梦,故园山水聊心存。

桐关大石
（元）方夔

盖天苍苍非虚空，高悬万象惊愚蒙。
仙人朝罢玉帝侧，戏抛黄土留遗踪。
何年坠此作砥柱，千古屹立洪涛中。
巨鱼出没深不测，罅缝草长蒲花茸。
淙淙细浪夜春击，水石鞺鞳铿金钟。
我来载酒坐其上，扁舟南下编青篷。
饮酣恍恍欲飞去，如踞猛虎骑游龙。
夜深酒醒山月落，一曲短笛横秋风。

◆ 五言律

咏 石
（唐）苏味道

济北甄神贶，河西濯锦文。声应天池雨，影触岱宗云。
燕归犹可候，羊起自成群。何当握灵髓，高枕绝嚣氛。

咏 石
（唐）李峤

宗子维城固，将军饮羽威。岩花镜里发，云叶锦中飞。
入宋星初陨，过湘燕早归。倘因持补极，宁复羡支机。

太湖石
（唐）白居易

烟翠三秋色，波涛万古痕。削成青玉片，截断碧云根。
风气通岩穴，苔丈护洞门。三峰具体小，应是华山孙。

兴平县野中得落星石，移置县斋

（唐）韩琮

的的堕芊芊，苍茫不记年。几逢疑虎将，应逐犯牛仙。
择地依兰畹，题诗问锦笺。何时成五色，却上女娲天？

三生石

（唐）僧修睦

圣迹谁会得，每到亦徘徊。一尚不可得，三从何处来？
清宵寒露滴，白昼野云偎。应是表灵异，凡情安可猜。

次韵张希孟凝云石

（元）袁桷

我爱凝云好，朝昏境不同。金芽养灵谷，铁网起晴空。
月色古今正，潮平子午中。点头那有意，吾欲问生公。

我爱凝云好，神清湛欲留。岷峨千古雪，泰华一天秋。
独鹤离群皎，层冰出涧幽。无言有深抱，山立正扬休。

大 石

（明）彭年

阳山青不断，阴壑路疑穷。鳌蝀凌松杪，骖騑历桂丛。
隔云分野绿，穿月逗中空。胜绝留孤赏，疏钟出梵宫。

◆ 五言排律

奉和牛相公题姑苏所寄太湖石见示兼寄李苏州

（唐）刘禹锡

震泽生奇石，沉潜得地灵。初辞水府出，犹带龙宫腥。
发自江湖国，来荣卿相庭。从风夏云势，上汉古查形。

拂拭鱼鳞见，铿锵玉韵聆。烟波含宿润，苔藓助新青。
嵌穴猢雏貌，纤铿虫篆铭。屠颜傲林薄，飞动向雷霆。
烦热近还散，馀醒见便醒。凡禽不敢宿，浮氓莫能停。
静称垂松盖，鲜宜映鹤翎。忘忧常目击，素尚与心冥。
眇小欺湘燕，团圆笑落星。徒然想融结，安可测年龄。
采取询乡老，搜求按旧经。垂钩入空隙，隔浪动晶荧。
有获人争贺，欢谣众共听。一州惊阅宝，千里远扬舲。
睹物洛阳陌，怀人吴御亭。寄言垂天翼，早晚起沧溟。

奉和思黯相公以
《李苏州所寄太湖石奇状绝伦，因题二十韵》见示，兼呈梦得
（唐）白居易

错落复崔巍（嵬），苍然玉一堆。
峰骈仙掌出，罅拆（坼）剑门开。
峭顶高危矣，蟠根下壮哉。精神欺竹树，气色压亭台。
隐起嶙嶙状，疑成瑟瑟胚。廉棱露锋刃，清越叩琼瑰。
炭䂎形时动，嵬峨势欲摧。奇应潜鬼魅，灵合蓄风雷。
黛润沾新雨，斑明点古苔。未应栖鸟雀，不肯染尘埃。
尖削琅玕笋，窾剜玛瑙罍。海神移碣石，画障簇天台。
在世为尤物，于人负逸才。渡江一苇载，入洛五丁推。
出处虽无意，升沉亦有媒。拔从水府底，置向相庭隈。
对称吟诗句，看宜把酒杯。终随金砺用，不学玉山颓。
疏傅心偏爱，园公眼屡回。共嗟无此分，虚管太湖来。

（居易与梦得俱典姑苏，而不获此石也。）

织女石
（唐）童翰卿

一片昆明石，千秋织女名。见人虚脉脉，依水更盈盈。
苔作轻衣色，波为促杼声。岸云连鬓湿，沙月对眉生。

有脸莲同笑,无心鸟不惊。还如朝镜里,形影两分明。

◆ 七言律

林间石

(宋)林逋

入夜跏趺多待月,移时箕踞为看山。
苔生晚片应知静,云动秋根合见闲。
瘦鹤独随行药后,高僧相对试茶间。
疏篁百本松千尺,莫怪频频此往还。

◆ 五言绝句

望夫石

(唐)刘方平

佳人成古石,藓驳覆花黄。犹有春山杏,枝枝似薄妆。

盘石磴

(唐)张籍

叠石盘空远,层层势更危。不知行几匝,得到上头时。

游西江泊苎萝山下题西施石

(唐)王轩

岭上千峰秀,江边细草春。今逢浣纱石,不见浣纱人。

题罗浮石

(唐)李德裕

清景持芳菊,凉天倚茂松。名山何必去,此地有群峰。

题奇石

(唐)李德裕

蕴玉抱清晖,闲庭日潇洒。块然天地间,自是孤生者。

题新定八松院小石

（唐）杜牧

雨滴珠玑碎，苔生紫翠重。故关何日到，且看小三峰。

拜岳石

（宋）赵抃

片石倚中天，云深鸟道间。人多祝尧寿，登此拜南山。

山堂前庭有奇石数种，其状皆与物形相类，在此久矣，自余始名而诗之

（宋）文同

鹦鹉石
静立身微耸，惊窥首略回。何人将至此，应自陇山来。

柘枝石
紫藓装花帽，红藤缠臂构。被谁留断拍，长舞不教休。

狻猊石
巨尾蟠深草，丰毛覆古苔。雕栏临绮席，长欲上香台。

昆仑石
雨渍身如漆，苔侵面若蓝。问时都不语，应是忆扶南。

珊瑚石
海底初生处，扶疏苦未全。几时随铁网，流落汉江边。

千人石

（明）高启

池上无陀石，千人列坐兽。如今跌夜月，唯有一山僧。

◆ 七言绝句

南侍御以石相赠,助成水声,因以绝句谢之
(唐)白居易

泉石磷磷声似琴,闲眠静听洗尘心。
莫轻两片青苔石,一夜潺湲直万金。

西施石
(唐)楼颖

西施昔日浣纱津,石上青苔思煞人。
一去吴宫不复返,岸傍桃李为谁春?

南园湖石
(金)王予可

翠雀衔云堕翠芜,砥峰倒影卧平湖。
飞花不到穿簾月,高倚晴天一剑孤。

卷八十一　石壁类

◆ 五言古

明庆寺石壁
（北周）王褒

夏水悬台际，秋泉带雨馀。石生铭字长，山久谷神虚。

泾县石壁道中
（元）贡师泰

万山从西来，中断忽如劈。攒峰阻重关，两崖立坚壁。
绝壑喷飞流，触石势逾激。神龙宅其下，白昼飞霹雳。
涉险恐羸骖，凌高快健翮。须臾得仙馆，颇觉契幽寂。
入竹敞凉轩，扫花吹铁笛。坐久竟忘疲，尘襟忽如涤。
翻思崎岖间，使我心戚戚。

天池石壁为铁雅赋
（元）张雨

尝读《枕中记》，华山閟中吴。神泉发其巅，青壁缭其隅。
春风四山来，群绿互纷扶。羽舾曲折行，浮花与之俱。
采芝搴薜荔，洗玉弄芙蕖。謦欬颇好名，石窟作鱼湖。
鸿一志草堂，枕烟遂成图。而此涤烦矶，阅世如樗蒲。
发兴云林子，盥手与我摹。居然缩地法，挈入壶公壶。

◆ 七言古

赤壁泛舟

（元）周权

赤壁之山何崚嶒，下有江水何清泠。
天空月出夜寥沉，玻璃万顷涵秋冰。
为问黄州雪堂老，迁官何如谪官好。
酒酣携客夜拏舟，忧患都将谈笑了。
划然长啸来天风，神游八极世虑空。
但见横江秋露白，错落低垂斗柄红。
洞箫声断潜蛟舞，月下清尊贮千古。
老瞒当日困周郎，十万楼船斗貔虎。
烟消水冷沉戈矛，空馀野燐寒沙头。
江山牢落满陈迹，追忆往事怀风流。
胜游到我知几度，感昔视今犹旦暮。
乾坤何事老英雄，衮衮长江自东去。

◆ 七言绝句

赤壁

（唐）杜牧

折戟沉沙铁未消，自将磨洗认前朝。
东风不与周郎便，铜雀春深锁二乔。

赤壁

（唐）胡曾

烈火西焚魏主旗，周郎开国虎争时。
交兵不假挥长剑，已挫英雄百万师。

赤　壁

（唐）孙元晏

会猎书来举国惊，只应周鲁不教迎。
曹公一战奔波后，赤壁功传万古名。

题泗滨南山石壁曰第一山

（宋）米芾

京洛风沙千里还，船头出汴翠屏间。
莫论衡霍撞星斗，且是东风第一山。

卷八十二 假山类

◆ 五言古

奉和裴仆射相公假山
（唐）韩愈

公乎真爱山，看山旦连夕。犹嫌山在眼，不得著脚力。
往语山中人，丐我涧侧石。有来应公须，归必载金帛。
当轩乍耕罗，随势忽开拆。有洞若神剜，有岩类天划。
终朝岩洞间，歌鼓宴宾戚。孰谓衡霍奇，近在王侯宅。
傅氏筑已卑，磻溪钓何激。逍遥功德下，不与事相摭。
乐我盛朝时，于焉傲今昔。

家园假山
（金）元德明

八尺飞来峰，苍然立于独。细看甲乙字，疑是半泉族。
山非一草石，见石山亦足。便恐东岫云，来我檐下宿。
今朝凿盆池，明朝种松菊。自笑住山人，何时返岩谷？

◆ 五言律

天宝初，南曹小司寇舅于我太夫人堂下累土为山，一篑盈尺，以代彼朽木，承诸焚香瓷瓯，瓯甚安矣。旁植慈竹。盖兹数峰，嵌岑婵娟，宛有尘外数（格）致，乃不知兴之所至，而作是诗
（唐）杜甫

一篑功盈尺，三峰意出群。望中疑在野，幽处欲生云。

慈竹春阴覆，香炉晓势分。维南将献寿，佳气日氤氲。

◆ 五言排律

奉和卢大夫新立假山
（唐）许浑

岩谷留心赏，为山极自然。孤峰空迸笋，攒萼旋开莲。
黛色朱楼下，云形绣户前。砌尘凝积霭，檐溜挂飞泉。
树暗湖中月，花香洞里天。何如谢康乐，海峤独题篇？

◆ 七言律

奉和太常韦卿阁老左藏库中假山之作
（唐）权德舆

春山仙掌百花开，九棘腰金有上才。
忽向庭中摹峻极，如从洞里见昭回。
小松已负干霄状，片石皆疑缩地来。
都内今朝似方外，仍传丽句寄云台。

寄题徐都官新居假山
（宋）梅尧臣

太湖万穴古山骨，共结峰岚势不孤。
苔径三层平木末，河流一带接墙隅。
已知谷口多花药，只欠林间落狖鼯。
谁侍巾褠此行乐，里中遗老肯相呼。

和人假山
（宋）苏轼

上党挽天碧玉环，绝河千里抱商颜。
试观烟雨三峰外，都在灵仙一掌间。

造物何如童子戏，写真聊发使君闲。
何当挈取西征去，画作围床六曲山。

◆ 五言绝句

咏小山

（唐）太宗

近谷交紫蕊，遥峰对出莲。径细无全磴，松小未含烟。

假　山

（宋）王十朋

君有好山癖，叠山亭院间。不遮山外眼，又得见真山。

◆ 七言绝句

累土山

（唐）白居易

堆土渐高山意出，终南移入户庭间。
玉山蓝水应惆怅，恐见新山忘旧山。

西蜀净众寺七祖院小山

（唐）郑谷

小巧功成雨藓斑，轩车日日叩松关。
峨嵋咫尺无人去，却向僧窗看假山。

过小院僧窗，有假山绝妙，作庐山势，书此

（宋）僧惠洪

庐阜归心久未降，梦魂时复渡溢江。
忽惊古寺秋庭上，翠蹙烟峦对矮窗。

卷八十三 众山类

◆ 四言古

登会稽刻石山
（晋）王彪之

隆山嵯峨，崇峦岩峣。傍觌沧州，仰拂元霄。
文命远会，风淳道辽。秦皇遐巡，迈兹英豪。
宅基灵阿，铭迹峻峤。青阳曜景，时和气淳。
修岭增鲜，长松挺新。飞鸿振羽，腾龙跃鳞。

登荆山
（晋）桓玄

理不孤湛，影必有津。曾是名岳，明秀超邻。
器栖荒外，命契响神。我之怀矣，巾驾飞轮。

◆ 五言古

咏 怀
（魏）阮籍

步出上东门，北望首阳岑。下有采薇士，上有嘉树林。
良辰在何许，凝霜沾衣襟。寒风振山冈，玄云起重阴。
鸣雁飞南征，鹍鸠发哀音。素质游商声，凄怆伤我心。

采药诗

（晋）庾阐

采药灵山嶕，结驾登九疑。悬崖溜石髓，芳谷挺丹芝。
泠泠云珠落，濩濩石蜜滋。鲜景染冰颜，妙气翼冥期。
霞光焕霏靡，虹景照参差。椿寿自有极，槿花何用疑。

登楚山

（晋）庾阐

拂驾升西岭，寓目临浚波。想望七德耀，咏此九功歌。
龙驷释阳林，朝服集三河。回首盼宇宙，一无济邦家。

登半石山

（晋）宗炳

清晨陟阻崖，志气洞潇洒。嶰谷豁地幽，穷石凌天委。
长松列竦肃，万树巇岩诡。上施神农萝，下凝尧时髓。

登作乐山

（宋）孝武帝

修路轸孤辔，竦石顿飞辕。遂登千寻首，表里望丘原。
屯烟扰风穴，积水溺云根。汉潦吐新波，楚山带旧苑。
壤草凌故国，拱木秀颓垣。目极情无留，客思空已繁。

登鲁山

（宋）孝武帝

解帆憩通渚，息徒凭椒丘。粤值风景和，升高纵远眸。
纪郢穷西路，湘梦极南流。杳哉汉阴水，浩焉江界修。

车驾幸京口侍游蒜山作

（宋）颜延之

元（玄）天高北列，日观临东溟。入河起阳峡，践华因削成。

岩险去汉宇,襟卫徙吴京。流池自化造,山关固神营。
园县极方望,邑社总地灵。宅道炳星纬,诞曜应辰明。
睿思缠故里,巡驾匝旧坰。陟峰腾辇路,寻云抗瑶甍。
春江壮风涛,兰野茂黄英。宣游弘下济,穷远凝圣情。
岳滨有和会,祥习在卜征。《周南》悲昔老,留滞感遗氓。
空食疲廊肆,反税事岩耕。

游岭门山诗

(宋)谢灵运

西京谁修政?龚汲称良吏。君子岂定所,清尘虑不嗣。
早莅建德乡,民怀虞芮意。海岸常寥寥,空馆盈清思。
协以上冬月,晨游肆所喜。千圻邈不同,万岭状皆异。
威摧三山峭,澉汨两江驶。渔舟岂安流,樵拾谢西芘。
人生谁云乐,贵不屈所志。

石室山诗

(宋)谢灵运

清旦索幽异,放舟越坰郊。莓莓兰渚急,藐藐苔岭高。
石室冠林陬,飞泉发山椒。虚泛径千载,峥嵘非一朝。
乡村绝闻见,樵苏限风霄。微戎无远览,总笄羡升乔。
灵域久韬隐,如与心赏交。合欢不容言,摘芳弄寒条。

登石门最高顶

(宋)谢灵运

晨策寻绝壁,夕息在山栖。疏峰抗高馆,对岭临迥溪。
长林罗户穴,积石拥阶基。连岩觉路塞,密竹使径迷。
来人忘新术,去子惑故蹊。活活夕流驶,噭噭夜猿啼。
沉冥岂别理,守道自不携。心契九秋幹,目玩三春荑。
居常以待终,处顺故安排。惜无同怀客,共登青云梯。

从庾中郎游园山石室

（宋）鲍照

荒涂趣山楹，云崖隐灵室。冈涧纷萦抱，林障沓重密。
昏昏磴路深，活活梁水疾。幽隅秉昼烛，地牖窥朝日。
怪石似龙章，瑕壁丽锦质。洞庭安可穷，漏井终不溢。
沉空绝景声，崩危坐惊慄。神化岂有方，妙象竟无迹。
至哉炼玉人，处此长自毕。

和王著作融登八公山

（齐）谢朓

东限琅琊台，西距孟诸陆。阡眠起杂树，檀栾荫修竹。
日隐涧疑空，云聚岫如复。出没眺楼雉，远近送春目。

游太平山

（齐）孔稚珪

石险天貌分，林交日容缺。阴涧落春荣，寒岩留夏雪。

侍游方山应诏

（齐）王融

巡躅望登年，帐饮临秋县。日羽镜霜浔，云旗落风甸。
四瀛良在目，八宇宛如见。小臣窃自嘉，预奉柏梁燕。

游金华山

（梁）沈约

远策追凤心，灵山协久要。天倪临紫阙，地道通丹窍。
未乘琴高鲤，且纵严陵钓。若蒙羽驾迎，得奉金书召。
高驰入閶阖，方睹灵妃笑。

早发定山

（梁）沈约

夙龄爱远壑，晚莅见奇山。标峰彩虹外，置岭白云间。
倾壁忽斜竖，绝顶复孤圆。归海流漫漫，出浦水溅溅。
野棠开未落，山樱发欲然。忘归属兰杜，怀禄寄芳荃。
眷言采三秀，徘徊望九仙。

渡西塞望江上诸山

（梁）江淹

南国多异山，杂树共冬荣。潺湲夕涧急，嘈囋晨鹍鸣。
石林上参错，流沫下纵横。松气鉴青霭，霞光砾丹英。
望古一凝思，留滞桂枝情。结友爱远岳，采药好长生。
常畏佳人晚，秋兰伤紫茎。海外果可学，岁暮诵仙经。

登寿阳八公山

（梁）吴均

远涧自倾曲，石溆复戈戈。含珠岸恒翠，怀玉浪多圆。
疏峰时吐月，密树不开天。瑶绳尽元（玄）秘，金检上奇篇。
是有琴高者，凌波去水仙。

东南射山

（梁）王筠

还丹改容质，握髓驻流年。口含千里雾，掌流五色烟。
琼浆泛金鼎，瑶池溉玉田。倏忽整龙驾，相遇凤台前。

南隐游泉山

（隋）孔德绍

名山狎朝隐，俗外远相求。还如倒景望，忽似阆风游。
临崖俯大壑，披露仰飞流。岁积松方偃，年深椿欲秋。

野花开石径，云叶掩山楼。何须问方士，此处是瀛洲。

南海乱石山作
（唐）杜审言

涨海积稽天，群山高嶻地。相传称乱石，图典失其事。
悬危悉可惊，大小都不类。乍将云岛极，还与星河次。
上耸忽如飞，下临仍欲坠。朝暾艳丹紫，交魄炯青翠。
穿崇雾雨蓄，幽隐灵仙闷。万寻挂鹤巢，千丈垂猿臂。
昔去景风涉，今来姑洗至。观此得咏歌，长时想精异。

游陆浑南山，自歇马岭到枫香林，以诗代书答李舍人适
（唐）宋之问

晨发歇马岭，遥望伏牛山。孤出群峰首，熊熊元气间。
太和亦崔巍（嵬），石扉横闪倏。细岑互攒倚，浮巘竞奔蹙。
白云遥入怀，青霭近可掬。我从寻灵异，周顾悸心目。
晨拂鸟路行，暮投人烟宿。粳稻远弥秀，栗芋秋新熟。
石髓非一岩，药苗乃万族。间关踏云雨，缭绕缘水木。
西见商山芝，南到楚乡竹。楚竹幽且深，半杂枫香林。
浩歌清潭曲，寄尔桃源心。

早春鱼亭山
（唐）薛稷

春气动百草，纷荣时断续。白云自高妙，徘徊空山曲。
阳林花已红，寒涧苔未绿。伊余息人事，萧寂无营欲。
客行虽已远，玩之聊自足。

与生公游石窟山
（唐）张九龄

探秘孰云远，忘怀复尔同。日寻高深意，宛是神仙中。
跻险构灵室，诡制非人功。潜洞黝无底，殊庭忽似梦。

岂如武安凿，自若茅山通。造物良有寄，嬉游迺惬衷。
犹希咽玉液，从此升云空。咄咄共携手，泠然且御风。

登城楼望西山

（唐）张九龄

城楼枕南浦，日夕顾西山。宛宛鸾鹤处，高高烟雾间。
仙井今犹在，洪崖久不还。金编莫我授，羽驾亦难攀。
檐际千峰出，云中一鸟闲。纵观穷水国，游思遍人寰。
勿复尘埃事，归来且闭关。

南　山

（唐）贺朝

湖北雨初晴，湖南山尽见。岩岩石帆影，如得海风便。
仙穴茅山峰，彩云时一见。邀君共探此，异箓残几卷。

题鹿门山

（唐）孟浩然

清晓因兴来，乘流越江岘。沙禽近方识，浦树远莫辨。
渐至鹿门山，山明翠微浅。岩潭多屈曲，舟楫屡回转。
昔闻庞德公，采药遂不返。金涧养芝术，石床卧苔藓。
纷吾感耆旧，结缆事攀践。隐迹今尚存，高风邈已远。
白云何时去，丹桂空偃蹇。探讨意未穷，回舻夕阳晚。

登望楚山最高顶

（唐）孟浩然

山水观形胜，襄阳美会稽。最高惟望楚，曾未一攀跻。
石壁疑削成，众山比全低。晴明试登陟，目极无端倪。
云梦掌中小，武陵花处迷。暝还归骑下，萝月在深溪。

登峨嵋山

(唐) 李白

蜀国多仙山,峨嵋邈难匹。周流试登览,绝怪安可悉。
青冥倚天开,彩错疑画出。泠然紫霞赏,果得锦囊术。
云间吟琼箫,石上弄宝瑟。平生有微尚,欢笑自此毕。
烟容如在颜,尘累忽相失。倘逢骑羊子,携手凌白日。

江上望皖公山

(唐) 李白

奇峰出奇云,秀木含秀气。清晏皖公山,巉绝称人意。
独游沧江上,终日淡无味。但爱兹岭高,何由讨灵异。
默然遥相许,欲往心莫遂。待吾还丹成,投迹归此地。

焦山望松寥山

(唐) 李白

石壁望松寥,宛然在碧霄。安得五彩虹,驾天作长桥。
仙人如爱我,举手来相招。

与南陵常赞府游五松山

(唐) 李白

安石泛溟渤,独啸长风还。逸韵动海上,高情出人间。
灵异可并迹,澹然与世闲。我来五松下,置酒穷跻攀。
征古绝遗老,因名五松山。五松何清幽,胜境美沃州。
萧飒鸣洞壑,终年风雨秋。响入百泉去,听如三峡流。
剪竹扫天花,且从傲吏游。龙堂若可憩,吾欲归精修。

岘山怀古

(唐) 李白

访古登岘首,凭高眺襄中。天清远峰出,水落寒沙空。

弄珠见游女，醉酒怀山公。感叹发秋兴，长松鸣夜风。

天门山
（唐）李白

迥出江上山，双峰自相对。岸映松色寒，石分浪花碎。
参差远天际，缥缈晴霞外。落日舟去遥，回首沉青霭。

登秦望山
（唐）薛据

南登秦望山，极目大海空。朝阳半荡漾，晃朗天水红。
溪壑争喷薄，江湖递交通。而多渔商客，不悟岁月穷。
振緡（缗）迎早潮，弭棹候长风。余本萍泛者，乘流任西东。
茫茫天际帆，栖泊何时同。将寻会稽迹，从此访任公。

登翅头山题俨公石壁
（唐）包融

晨登翅头山，山曛黄雾起。却瞻迷向背，直下失城市。
瞰日衔东郊，朝光生邑里。扫除诸烟氛，照出众楼雉。
青为洞庭山，白是太湖水。苍茫远郊树，倏忽不相似。
万象以区别，森然共盈几。坐令开心胸，渐觉落尘滓。
北岩千馀仞，结庐谁家子？愿陪中峰游，朝暮白云里。

早发西山
（唐）沈颂

游子空有怀，赏心杳无路。前程数千里，乘夜连轻驭。
缭绕松筱中，苍茫犹未曙。遥闻孤村犬，暗指人家去。
疲马怀涧泉，征衣犯霜露。喧呼溪鸟惊，沙上或骞翥。
娟娟东岑月，照耀独归虑。

夕次鹿门山

（唐）阎防

庞公嘉遁所，浪迹难追攀。浮舟暝始至，抱杖聊自闲。
双岩开鹿门，百谷集珠湾。喷薄湍上水，春容漂里山。
焦原不足险，梁壑未成艰。我行自春仲，夏鸟忽绵蛮。
蕙草色已晚，客心殊倦还。远游非避地，访道爱童颜。
安能徇机巧，争夺锥刀间。

蒙 山

（唐）萧颖士

东蒙镇海沂，合沓百馀里。清秋净氛霭，崖崿隐天起。
于役劳往还，息徒暂攀骑。将穷绝迹处，偶得冥心理。
云气杂虹霓，松声乱风水。微明绿林际，杳窱丹洞里。
仙鸟时可闻，羽人邈难视。此焉多深邃，贤达昔所秘。
子尚捐俗纷，季随蹑遐轨。蕴真道弥旷，怀古心未已。
白鹿凡几游，黄精复奚似？顾予尚牵缠，家业重书史。
少学务从师，壮年贵趋仕。方驰桂林誉，未暇桃源美。
岁暮期早寻，幽哉羡门子。

西 山

（唐）常建

一身为轻舟，落日西山际。常随去帆影，远接长天势。
物象归馀清，林峦分夕丽。亭亭碧流暗，日入孤霞继。
渚日远阴映，湖云尚明霁。林昏楚色来，岸远荆门闭。
至夜转清迥，萧萧北风厉。沙边雁鹭泊，宿处兼葭蔽。
圆月逗前浦，孤琴又摇曳。泠然夜遂深，白露沾人袂。

石菌山

（唐）刘长卿

前山带秋色，独往秋江晚。叠嶂入云多，孤峰去人远。

夤缘不可到，苍翠空在眼。渡口问渔家：桃源路深浅？

过桐柏山
（唐）钱起

秋风过楚山，山静秋声晚。赏心无定极，仙步亦清远。
返照云窦空，寒流石苔浅。羽人昔已去，灵迹欣方践。
投策谢归途，世缘从此遣。

独往来覆釜山寄郎士元
（唐）钱起

赏心无远近，芳月好登望。胜事引幽人，山下复山上。
将寻洞中药，复爱湖外嶂。古壁苔入云，阴溪树穿浪。
谁言世缘绝，更惜知音旷。莺啼绿萝春，回首还惆怅。

登覆釜山遇道人
（唐）钱起

晨策趣无涯，名山深转秀。三休变覆景，万转迷宇宙。
攀崖到天窗，入洞穷玉溜。侧径蹲怪石，飞萝挪惊狖。
花间炼药人，鸡犬和乳窦。散发便迎客，采芝仍满袖。
郭璞赋《游仙》，始愿今可就。

温门山
（唐）王建

早入温门山，群峰乱如戟。悬（崩）崖欲相触，呀谽断行迹。
脱屐寻浅流，定足畏攲石。路尽十里溪，地多千岁柏。
洞门昼阴黑，深处惟石壁。似见丹砂光，亦闻钟乳滴。
灵池出山底，沸水冲地脉。暖气成湿烟，濛濛窗中白。
随僧入古寺，便是云外客。月出天气凉，夜钟山寂寂。

经月岩山

（唐）韩翃

驱车过闽越，路出饶阳西。仙山翠如画，簇簇生虹蜺。
群峰若侍从，众阜如婴提。岩峦互吞吐，岭岫相追携。
中有月轮满，皎洁如圆珪。玉皇恣游览，到此神应迷。
嫦娥曳霞帔，引我同攀跻。腾腾上天半，玉镜悬飞梯。
瑶池何悄悄，鸾鹤烟中栖。回头望尘世，露下寒凄凄。

游灞陵山

（唐）严维

入山未尽意，胜迹聊独寻。方士去在昔，药堂留至今。
四隅白云间，一路清溪深。芳秀惬春目，高闲宜远心。
潭分化丹水，岭出升仙林。此道人不悟，坐鸣松下琴。

新晴望北山

（宋）文同

西风吹北山，晓日晒新雨。岚光登崿岫，草木纷可数。
翠壁倚万丈，白云横一缕。待访餐霞人，斯游欲谁与？

万　山

（宋）苏轼

西行度连山，北出临汉水。汉水蹙成潭，旋转山之趾。
禅房久已坏，古瓷含清泚。下有仲宣阑，缒刻深容指。
回头望西北，隐隐龟背起。传云右隆中，万树桑柘美。
月炯转山曲，山上见洲尾。绿水带平沙，盘盘如抱珥。
山川近且秀，不到懒成耻。问之安能详，画地费簪箠。

敬亭山

（元）贡奎

名山镇宣郡，古祠崇敬亭。杰构靓深岩，飞廊引重扃。

陟彼百仞高，始觉万类形。楼殿势益宏，兵卫森幽灵。
增秩睹隆典，纶音播明廷。丰穰走祈报，烟燎浮芳馨。
竹树蔽险窣，虚阑俯南坰。麻姑湖上碧，华阳天际青。
神飙飒然起，新凉濯微醒。疏雨映白石，垂虹截苍冥。
永言李谢游，岂惜岁月零。悠悠孤云去，渺渺从双軿。
招之殊未来，庄思展函经。

宿台城石绝顶
（元）萨都剌

江白潮已来，山黑月未出。树杪一灯明，云房人独宿。
近水星动摇，河汉下垂屋。四月夜深寒，繁露在修竹。

黑谷东路山
（元）朱德润

高冈盘崔嵬，白石落绝壑。鸣泉咽古窦，岩麓净如削。
缅想融化初，元气下磅礴。山灵托奇范，株脉下连络。
大峰齐云霄，群峤入云脚。朱阑团碧瓦，隐见仙人宅。
良境不可负，行将理芒屩。

石桥山
（元）黄镇成

散策南山下，逶迤登石桥。五涉曲涧水，两山郁岩嶤。
夤缘度绝壁，攀萝俯山椒。悬瀑泻层崖，冰华垂空飘。
盘纡上石磴，天梯颭回飙。厕足得平地，耸身凌丹霄。
入谷烟霞深，松竹声潇潇。会当发天秘，剪此荆榛条。
结屋栖白云，览瞩千峰遥。土沃既宜耕，山深仍可樵。
因之习天游，已足远世嚣。悠然万物表，我隐谁能招。

望会稽山
（元）柳贯

城东鉴湖道，水光翻夕鸥。云破青霹靡，稽峰芝掌浮。

悠然动予瞩，玉女开明眸。固知穴可探，却恐书难求。
蒲莲浩如海，微风挟轻舟。前山与后岭，导从森幢旒。
谁张北斗旗，渐进东瀛洲。桂枝尚堪折，鬓白愧重游。

泛舟黄颡湖望梅山
（元）张宪

泛舟黄颡湖，望见梅仙山。嵯峨结宝髻，晶淼浮银湾。
长风荡青蘋，雪浪相飞翻。鱼龙现怪诞，水怒山自闲。
讵知神灵意，杳在虚无间。缅思学仙尉，一去何时还？
幽姿不可见，高风邈难攀。落日动箫鼓，把酒酬潺湲。

岘峪山
（元）王盘

昨日游黄华，抵暮方言还。今晨到岘峪，驱马五松边。
未移金门日，还指元康烟。山中富清境，不暇相周旋。
大似山阴客，望门却回船。空怀上方寺，矫首浮云巅。
瀑布落晴雪，金灯开夜莲。何当重经过，岩下细流连。

龟 山
（明）张羽

轻舟俯淮流，千里不见山。披衣起青晓，忽睹青孱颜。
始觉客愁散，顿忘行路艰。安得策飞筇，一造幽人关。
翻思在山日，午岩厌登攀。物少乃足贵，不在美恶间。
役夫告我言，此中栖神奸。嘘气成江河，须臾驾冈峦。
僧伽大威力，困彼一掬悭。石岩下无底，系以千连环。
至今风涛夕，犹闻响珊珊。茫茫淮泗流，禹功不可刊。
传奇乃由谁？此语当重删。作诗寄崖石，庶以开愚顽。

登北山
（明）刘仔肩

薄言出东郭，纵步陟北岭。油云冒崟崿，寒松杂修挺。

林翳景若暝,溪回路犹引。崇基拟素志,澄渊鉴清影。
遵险既易常,临深亦逾谨。朋游并登眺,妙趣心独领。
寄想烟霞滨,超然欲归隐。

游西山
（明）史鉴

命驾晓行游,游彼西山里。西山信多奇,况复偕知己。
是时霖雨歇,群峰净如洗。紫气杳深沉,林木何茂骪。
众芳已销落,馀春栖百卉。流泉泻绝壁,潺潺若风雨。
厉涧既寒裳,临流还洗耳。飞来固无匹,韬光匪虚美。
径转迷故蹊,岩幽闭来轨。人归鸟乐声,日昃樵歌起。
往事良已然,来期尚谁启？回首谢山灵,吾游未云已。

龙川山中早行
（明）祝允明

磻磻左山影,横截右山腰。辨色鸟谨翔,微光漾晴朝。
浮云若中断,蔚蔚方行遥。

过石公山
（明）王宠

岛屿屡奔腾,石林突参错。朝云正吐秀,冬水亦渐涸。
槎牙熊豹蹲,蜷曲蛟龙蠖。波涛激中洞,岚霭纷上薄。
金膏赤日流,石镜青天霩。表灵征名图,延赏谐幽诺。
苍鼠不惊人,丹枫时自落。兹焉可投纶,毕志甘场藿。

归解石山杂题
（明）方太古

山高日出迟,云重天寒早。源远断人烟,木落惊啼鸟。
南斗雁峰坳,北极玉阑杪。下界隔中天,阴阳别昏晓。

宿白岳社山中

（明）潘纬

白社负幽期，青山寄空宅。偶携林中友，重卧崖下石。
云归忽闭关，月出更留客。不著尘梦还，潺湲响终夕。

石堂山

（明）李蓘

兹山曾两登，契阔十年越。风景岂殊旧，古木半摧伐。
仙去地犹灵，龙潜神讵歇。浩气荡太虚，河山坐出没。
幽歌步泉水，春怀与活活。羽客煮松花，晚来消酒渴。

◆ 七 言 古

夜归鹿门歌

（唐）孟浩然

山寺鸣钟昼已昏，渔梁渡头争渡喧。
人随沙岸向江村，予亦乘舟归鹿门。
鹿门月照开烟树，忽到庞公栖隐处。
岩扉松径长寂寥，惟有幽人自来去。

丈人山

（唐）杜甫

自为青城客，不唾青城地。
为爱丈人山，丹梯近幽意。
丈人祠西佳气浓，缘云拟住最高峰。
扫除白发黄精在，君看他时冰雪容。

游道场山何山

（宋）苏轼

道场山顶何山麓，上彻云峰下幽谷。

我从山水窟中来,尚爱此山看不足。
陂湖行尽白漫漫,青山忽作龙蛇盘。
山高无风松自响,误认石齿号惊湍。
山僧不放山泉出,屋底清池照瑶席。
阶前合抱香入云,月里仙人亲手植。
出山回望翠云鬟,碧瓦朱阑缥缈间。
白水田头问行路,小溪深处是何山。
高人读书夜达旦,至今山鹤鸣夜半。
我今废学不归山,山中对酒空三叹。

同正辅表兄游白水山

（宋）苏轼

伟哉造物真豪纵,攫土抟沙为此弄。
擘开翠峡走云雷,截破奔流作潭洞。
因随化人履巨迹,得与仙兄蹑飞鞚。
曳杖不知岩谷深,穿云但觉衣裳重。
坐看惊鸟投霜叶,知有老蛟蟠石瓮。
金沙玉砾粲可数,古镜宝奁寒不动。
念兄独立与世疏,绝境难到惟我共。
永辞角上两蛮触,一洗胸中九云梦。
浮来山高回望失,武陵路绝无人送。
筠篮撷翠爪甲香,素绠分碧银瓶冻。
归路霏霏汤谷暗,野堂活活神泉涌。
解衣浴此无垢人,身轻可试云间凤。

登云龙山

（宋）苏轼

醉中走上黄茅冈,满冈乱石如群羊。
冈头醉倒石作床,仰看白云天茫茫。

歌声落谷秋风长,路人举首东南望,拍手大笑使君狂。

会稽山中

(宋)戴复古

晓风吹断花梢雨,青山白云无唾处。
岚光滴翠湿人衣,踏碎琼瑶溪上步。
人家远近屋参差,半成图画半成诗。
若使山中无杜宇,登山临水定忘归。

游黄华山

(金)元好问

黄华水簾天下绝,我初闻之雪溪翁。
丹霞翠碧高欢宫,银河下濯青芙蓉。
昨朝一游亦偶尔,更觉摹写难为功。
是时节气已三月,山木赤立无春容。
湍声汹汹转绝壑,雪气凛凛随阴风。
悬流千丈忽当眼,芥蒂一洗生平胸。
雷公怒击散飞雹,日脚倒射垂长虹。
骊珠百斛供一泻,海藏翻倒愁龙公。
轻明圆转不相碍,变见融结谁为雄?
归来心魄为动荡,晓梦月落春山空。
手中仙人九节杖,每恨胜景不得穷。
携壶重来岩下宿,道人已约山樱红。

天马山

(元)黄清老

溪随天马西北行,半空忽见莲花生。
双鸾欲下却飞去,旌旗引入丹霞城。
攀萝上到猿啼处,恍然旷坐消百虑。

千山无人云气深，终日徘徊不能去。
虚空楼阁时自开，异香忽起三清台。
风吹笑语落天半，疑是神仙跨鹤来。
百花潭上春日照，白鹿呼人猿亦啸。
路迷不敢轻问津，恐有贤人隐耕钓。
苍崖九折樵径通，绝顶可见西崆峒。
尘心豁然臂欲羽，竦身直上凌天风。

八仙洞山

（元）僧惟则

入山隐隐如闻雷，山鸡角角随人飞。
松风洗我市喧耳，松露洒我青萝衣。
平生结习共幽赏，会景会物情依依。
谁能歌《紫芝》？我当歌《采薇》，招呼云外青鸾归。

登岳阳楼望君山

（明）杨基

洞庭无烟晚风定，春水平铺如练净。
君山一点望中青，湘女梳头对明镜。
镜里芙蓉夜不收，水光山色两悠悠。
直教流下春江去，消得巴陵万古愁。

过鹿门山

（明）薛瑄

西来汉水浸山根，舟人云此是鹿门。
峭壁苍苍石色古，曲径杳杳藤萝昏。
乱峰幽谷不知数，底是庞公栖隐处？
含情一笑江风清，双橹急摇下滩去。

登招山

（明）傅汝舟

招山不放海水过，坐与潮汐争咽喉。
军门鼓角动地远，不觉送我招山头。
风沙冥冥海在下，涛浪滚滚天真浮。
一目可到九万里，寸心遥飞十二洲。
千峰静处日脚动，百鸟飞绝云色愁。
帆樯散乱点秋叶，蛟龙出没如猕猴。
天门荡久恐将裂，碣石漫过能不柔。
未知尾闾果安在，只见万水皆兼收。
将军教我认绝域，日本西户东琉球。

◆ 五言律

登骊山高顶寓目

（唐）中宗

四郊秦汉国，八水帝王都。闾阖雄里闲，城阙壮规模。
贯渭称天邑，含岐实奥区。金门披玉馆，因此识皇图。

幸蜀西至剑门

（唐）明皇

剑阁横云峻，銮舆出狩回。翠屏千仞合，丹嶂五丁开。
灌木萦旗转，仙云拂马来。乘时方在德，嗟尔勒铭才。

奉和圣制登骊山瞩眺应制

（唐）张说

寒山上半空，临眺尽寰中。是日巡游处，晴光远近同。
川明分渭水，柳暗辨新丰。岩壑清音暮，天歌起大风。

奉和圣制登骊山高顶寓目应制
（唐）苏颋

仙跸御层甗，高高积翠分。岩声中谷应，天语半空闻。
丰树连黄叶，函关入紫云。圣图恢宇县，歌舞（赋）少横汾。

奉和圣制登骊山寓目应制
（唐）赵彦昭

皇情遍九垓，御辇驻昭回。路若随天转，人疑近日来。
河看大禹凿，山见巨灵开。愿扈封登驾，常持献寿杯。

奉和圣制次琼岳韵
（唐）张九龄

山祇亦望幸，云雨见灵心。岳馆逢朝霁，关门解宿阴。
咸京天上近，清渭日边临。我武因冬狩，何言是即禽。

奉和圣制次琼岳应制
（唐）李林甫

东幸从人望，西巡顺物回。云收二华出，天转五星来。
十月农初罢，三驱礼复开。更看琼岳上，佳气接神台。

和张明府登鹿门山
（唐）孟浩然

忽示登高作，能宽旅寓情。弦歌既多暇，山水思弥清。
草得风先动，虹因雨后成。谬承巴里和，非敢应同声。

酬崔十三侍御登玉垒山思故园见寄
（唐）岑参

玉垒天晴望，诸峰尽觉低。故园江树北，斜日岭云西。
旷野看人小，长空共鸟齐。山高徒仰止，不得日攀跻。

白盐山

（唐）杜甫

卓立群峰外，蟠根积水边。他皆任厚地，尔独近高天。
白榜千家邑，清秋万估船。词人取佳句，刻画竟谁传？

奉和圣制登会昌山应制

（唐）钱起

睿想入希夷，真游到具茨。玉銮登嶂远，云路出花迟。
泉壑凝神处，阳和布泽时。六龙多顺动，四海正雍熙。

洞阳山（浮丘旧隐处。）

（唐）刘长卿

旧日仙成处，荒林到客稀。白云将犬去，芳草任人归。
空谷无行径，深山少落晖。桃源几家住，谁为扫荆扉？

九日登青山

（唐）朱湾

昔人惆怅地，系马又登临。旧处烟霞在，多时草木深。
水将天一色，云共我无心。想见龙山会，良辰亦似今。

宿东横山

（唐）许浑

孤舟路渐赊，时见碧桃花。溪雨滩声急，岩风树势斜。
狝猴悬弱蔓，鹳鹤睡横槎。谩向山林宿，无人识阮家。

游烂柯山

（唐）项斯

步步出尘氛，溪山别是春。坛边时过鹤，棋处寂无人。
访古碑多缺，探幽路不真。翻疑归去晚，清世累移神。

商　山

（唐）黄贞白

商山名利路，夜亦有人行。四皓卧云处，千秋叠藓生。
昼烟笼涧黑，残雪隔林明。我待酬恩了，来听水石声。

送清散游太白山

（唐）僧无可

卷经归太白，蹑藓别萝龛。若履浮云上，须看积翠南。
倚身松入汉，暝目月离潭。此境堪长往，尘中事可谙。

寒石山

（唐）僧寒山

登陟寒山道，寒山路不穷。溪长石磊磊，涧阔草濛濛。
苔滑非关雨，松鸣不假风。谁能超世累，共坐白云中。

新霁望岐笠山

（宋）梅尧臣

北望直百里，峨峨千仞青。断虹迎日尽，飞雨带龙腥。
阴壑烟云蓄，阳崖草木灵。登临终不厌，时许到兹亭。

北山写望

（宋）林逋

晚来山北景，图画亦应非。村路飘黄叶，人家湿翠微。
樵当云外见，僧向水边归。一曲谁横笛，蒹葭白鸟飞。

雁　山

（宋）戴复古

此地古无闻，谁封万石君？山林才整整，来往早纷纷。
两派龙湫水，千峰雁荡云。东西十八寺，纪载欠碑文。

天门山

(元) 程钜夫

万里弥漫地,天门据要冲。乾坤大开辟,江汉此朝宗。
往事空多垒,千年只二峰。舟人亦痴绝,遥认两眉浓。

重游弁山

(元) 赵孟頫

竹色迷行径,松声涌座隅。水清花自照,风暖鸟相呼。
饮罢思棋局,歌长缺唾壶。重来潇洒地,聊足慰须臾。

游梅仙山和唐人韵

(元) 萨都剌

绝顶寻仙迹,寒泉照客容。栖鸾多种竹,爱鹤莫移松。
丹药人来乞,山粳手自舂。秋深霜叶满,麋鹿日相逢。

仙人不可见,借鹤过仙家。夜卧千峰月,朝餐五色霞。
祠空风扫叶,人去鹿衔花。归隐知何日,分炉学炼砂。

游江阴君山

(元) 贡师泰

孤嶂临沧海,千山涌大江。远帆归市独,高塔倒波双。
鸥鹭争洲潊,蛟龙怒石矼。壮游心未已,飞雨洒楼窗。

黄牛山

(明) 王冕

招提万山底,古屋蔽烟霞。密竹先秋意,长藤过夏花。
繁阴沉雨脚,清响漱云芽。老衲眉如雪,相逢话作家。

望颐山

（明）马治

斜日水南行，苍然云景清。远山时在望，仙洞故知名。
枫叶凝秋色，藤花落晚晴。西阳亭不见，惆怅翳榛荆。

望海虞山得踪字

（明）李廷兴

青山秋万叠，诗写晚愁浓。瀑断峰头路，云藏谷口松。
药炉丹气上，经藏碧苔封。谁似仙翁静，阶前扫鹤踪。

游会稽山

（明）袁凯

山实扬州镇，人踰浙水来。禹功悬白日，秦刻卧苍苔。
龙起梅梁去，神游石洞开。明朝有馀兴，更上越王台。

次韵胡学士春日陪驾游万岁山

（明）胡俨

凤辇宸游日，祥云夹道红。香风传别殿，飞翠绕行宫。
径转千岩合，波回一镜空。忽看鸾鹤起，声在半天中。

阁道云为幄，仙山玉作台。更无凡迹到，只有异香来。
柳拂金舆度，花迎宝扇开。太平多乐事，扈从得徘徊。

过桐君山

（明）张和

云断山疑合，川回路忽分。秋声两岸叶，晓色万峰云。
旅雁冲帆度，寒蝉隔水闻。严陵遗迹在，我欲问桐君。

弋山眺和

(明) 傅汝舟

峰青画龟石，水丽控龙沙。楚树悬猿直，衡云带雁斜。
笙歌塞江县，琴响彻山家。思君整飞舄，待此步飘霞。

咏虞山倒影

(明) 皇甫汸

今夜看山色，翻从一水中。溪岚乘月吐，岩翠合云空。
波静明葭菼，沙寒落雁鸿。临杯挹仙桧，星影乱芳丛。

夜登石钟山

(明) 曹学佺

湖口行人旷，山门入树幽。钟鸣片石夜，月满九江秋。
洞里悬渔网，崖前过客舟。醉歌仍未已，清露湿沧洲。

◆ 五言排律

度石门山

(唐) 杜审言

石门千仞断，迸水落遥空。道束悬崖半，桥欹绝涧中。
仰攀人屡息，直下骑才通。泥拥奔蛇径，云埋伏兽丛。
星躔牛斗北，地脉象牙东。开塞随行变，高深触望同。
江声连骤雨，日气抱残虹。未改朱明律，先含白露风。
坚贞所不惮，险涩谅难穷。有异登临赏，徒为造化功。

禹 穴

(唐) 宋之问

禹穴今晨到，耶溪此路通。著书闻太史，炼药有仙翁。
鹤往笼犹挂，龙飞剑已空。石帆摇海上，天镜落湖中。

水底寒云白，山边坠叶红。归舟何虑晚，日暮使樵风。

府试莱城晴日望三山
（唐）许郴

不易识蓬瀛，凭高望有程。盘根出巨浸，远色到孤城。
隐隐排云峻，层层就日明。净收残霭尽，浮动嫩岚轻。
纵目徒多暇，驰心累发诚。从容更何往？此路彻三清。

◆ 七言律

奉和圣制早登三乡山
（唐）张九龄

羽卫森森西向秦，山川历历在清晨。
晴云稍卷寒岩树，宿雨能销御路尘。
圣德由来合天道，灵符即此应时巡。
遗贤一一皆羁致，犹欲高深访隐沦。

望夫石
（唐）刘禹锡

何代提戈去不还，独留形影白云间。
肌肤消尽雪霜色，罗绮点成苔藓斑。
江燕不能传远信，野花空解妒愁颜。
近来岂少征人妇，笑采蘼芜上北山。

霍山
（唐）曹松

七千七百七十丈，丈丈藤萝势入天。
未必展来空似翅，不妨开去也成莲。
月将河汉分岩转，僧与龙蛇共窟眠。
直是画工须阁笔，况无名画可流传。

麻姑山

(唐) 刘沧

麻姑此地炼神丹,寂寂烟霞古灶残。
一自仙娥归碧落,几年春雨洗红兰。
帆飞震泽秋江远,雨过陵阳晚树寒。
山顶白云千万片,时闻鸾鹤下仙坛。

算山

(唐) 陆龟蒙

水绕苍山固护来,当时盘踞实雄才。
周郎计策清宵定,曹氏楼船白昼灰。
五十八年争虎视,三千馀骑骋龙媒。
何如今日家天下,阊阖门临万国开。

宿灊山

(唐) 伍乔

一入仙山万虑宽,夜深宁厌倚虚阑。
鹤和云影宿高木,人带月光登古坛。
芝术露浓溪坞白,薜萝风起殿廊寒。
更陪羽客论真理,不觉初钟叩晓残。

西塞山下作

(唐) 韦庄

西塞山前水似蓝,乱云飞絮满澄潭。
孤峰渐映湓城北,片月斜生梦泽南。
爂动晓烟烹紫鳜,露和香蒂摘黄柑。
他年却掉扁舟去,终傍芦花结一庵。

孤山后写望
（宋）林逋

水墨屏风状总非，作诗除是谢玄晖。
溪桥袅袅穿黄落，樵斧丁丁斫翠微。
返照未沉僧独往，长烟如淡鸟横飞。
南峰有客锄园罢，闲倚篱门忘却归。

过马鞍山
（宋）孔武仲

足历黄州百叠山，更无平地只冈峦。
物皆枯槁非人境，石最崔嵬是马鞍。
畏日流金红艳艳，乱山堆雪白漫漫。
崎岖出尽聊休息，喜有松声六月寒。

登齐山
（宋）孔武仲

路出南堤思洒然，乌藤点点破苔圆。
山腰仄塞原无路，洞底虚无别有天。
六月清风醒客醉，千丛怪石伴僧禅。
近人发览方为贵，从此匡庐不直钱。

宿九仙山
（宋）苏轼

风流王谢古仙真，一去空山五百春。
玉室金堂馀汉士，桃花流水失秦人。
困眠一榻香凝帐，梦绕千岩冷逼身。
夜半老僧呼客起，云峰缺处涌冰轮。

何　山

（元）仇远

溪转峰回一径平，田头白水照人清。
寺因何氏封山姓，客把坡诗证地名。
萝月长随行道影，杉风犹带读书声。
云津桥下潺湲急，僧濯袈裟客濯缨。

阴　山

（元）耶律楚材

八月阴山雪满沙，清光凝目眩生花。
插天绝壁喷晴日，擎海层峦吸翠霞。
松桧丛中疏畎亩，藤萝深处有人家。
横空千里雄西域，江左名山不足夸。

过玲珑山

（元）刘秉忠

世外徒闻说洞天，桃源迷路再无缘。
摩青碨磊谁能凿，绣白玲珑自可穿。
别有一壶藏日月，正看万窍吐云烟。
劳生得遇崆峒客，炼诀还丹问隐仙。

玉华山

（元）虞集

何处清江拥玉华，手题名榜寄仙家。
光凝石殿千年雪，影动银河八月槎。
藏药宝函腾玉气，说诗瑶席散天葩。
奎章阁吏无能赋，得似新宫蔡少霞。

浮山道中

（元）张翥

处处人烟有酒旗，楝花开后絮飞时。
一溪春水浮黄颊，满树暄风叫画眉。
入境渐闻人语好，看山不厌马行迟。
江篱绿遍汀州外，拟折芳馨寄所思。

游麻姑山用蒋师文韵

（元）黄镇成

紫雾鸾龙月里游，白银宫殿海中洲。
麻姑宴罢坛犹在，葛令丹成井独留。
滴雨浮岚空翠晚，飞花散玉瀑帘秋。
谁能共食金光草，来住仙家十二楼。

登台州巾山

（元）吴景奎

崒崔双峰著此身，危巅夜半见朝暾。
天低古塔参云阙，江送寒潮落海门。
帕帻风高仙已去，翠微僧老鹤长存。
下观城郭红尘隘，水色山光自吐吞。

桐君山

（元）徐舫

晓上桐君宿雾收，岚光苍翠恣夷犹。
丹炉秘诀归仙子，清景吟怀属士流。
七里滩横孤棹影，立山钟响五更头。
古来潇洒称名郡，莫把繁华数汴州。

题径山

(元) 僧益

攀萝扪石上崔嵬，为访名师特地来。
碧眼望穿红日际，青鞋踏破白云堆。
松涛振壑鸣天籁，瀑布春崖动地雷。
好境自然尘世别，何须海上觅蓬莱。

潭州望古北居庸诸山

(明) 陈秀民

古北居庸一望中，风沙满眼乱芙蓉。
曦车夜转昆仑脊，华盖阴移太乙峰。
金口水流终到海，玉泉云起又随龙。
两京形胜今如此，可拟秦关百二重。

邓尉山纪游

(明) 唐寅

邓尉名山久注思，少携闲伴是春时。
隔窗湖水坐不起，塞路梅花行转迟。
清福可教何日领，闲情曾有几人知。
漫收形胜归村馆，梦里烟霞亦自追。

晚望苍山即事

(明) 包节

吏散庭闲静掩扉，点苍西望翠霏微。
云裁玉叶和烟润，瀑溅珠花映雨飞。
石洞经秋龙未起，松枝将暝鹤初归。
泠然忽动烟霞思，拟陟丹梯一振衣。

◆ 五言绝句

登玉清
（唐）卢照邻

绝顶横临日，孤峰半倚天。徘徊拜真老，万里见风烟。

奉和登骊山应制
（唐）阎朝隐

龙行踏绛气，天半语相闻。混沌疑初判，洪荒若始分。

独坐敬亭山
（唐）李白

众鸟高飞尽，孤云独去闲。相看两不厌，只有敬亭山。

忆东山
（唐）李白

不向东山久，蔷薇几度花。白云还自散，明月落谁家？

西塞山
（唐）韦应物

势从千里奔，直入江中断。岚横秋塞雄，地束惊流满。

盛山隐月岫
（唐）韦处厚

初映钩如线，终衔镜似钩。远澄秋水色，高倚晓河流。

盛山琵琶台
（唐）韦处厚

褊地难层叠，因崖遂削成。浅深岚嶂色，尽向此中呈。

西　山
（唐）韩愈

新月迎宵挂，晴云到晚留。为遮西望眼，终是懒回头。

登柳州峨山
（唐）柳宗元

荒山林日午，独上意悠悠。如何望乡处，西北是融州。

地肺山春日
（唐）温庭筠

苒苒花明岸，涓涓水绕山。几时抛俗事，来共白云闲。

儋耳山
（宋）苏轼

突兀隘空虚，他山总不如。君看道傍石，尽是补天馀。

列岫亭望西山最正，殆无毫发遗憾，滕王秋屏皆不及也，因作此诗
（宋）朱子

东西水平分，南北山中断。妙处毫发间，商略无遗算。

百丈山石台
（宋）朱子

出谷转石棱，俯身窥木末。夕眺岚翠分，朝隮海云阔。

五峰山
（宋）僧大奎

一寻五峰老，孤塔在云端。铁策已古色，石房空昼寒。

忆郎山
（金）任询

万壑溪流合，千峰木叶黄。郎山五千尺，独立见苍苍。

云台山
（元）贡师泰

天星二十八，下作汉廷将。功成归帝傍，精彩射石上。

天冠山
（元）王士熙

龙口岩

飞泉龙口悬，平石鳌背展。高会瀛洲人，一笑沧浪浅。

长廊岩

谁谓山中险，长廊亦晏然。花开春雨足，月落山人眠。

金沙岭

峻岭接仙台，仙人独往来。箫声吹日落，鹤翅拂云开。

升仙台

高台去天咫，有仙从此升。遗迹尚可攀，山云白层层。

逍遥岩

老竹空岩里，悬崖飞水前。欲识逍遥意，试读《逍遥篇》。

道人岩

道人出白云，空岩为谁碧？独往谁得知，时有鹤一只。

老人峰
何年南极星,堕地化为石?至今明月夜,清辉倚天碧。

石人峰
仙人立危峰,欲作凌云举。飘然阅浮世,独立寂无语。

学堂岩
仙人读书处,樵子时闻声。犹胜烂柯者,只看棋一枰。

馨香岩
蛟涎渍顽石,磴道何崎岖。深潭湛古色,兴云只须臾。

月　岩
飞泉何许来,明月此夜满。登高立秋风,妙趣无人款。

凤　山
孤凤栖山中,白云护清境。朝阳早飞来,月落空岩冷。

五台山

(元)顾瑛

海涌如来室,清凉即五台。春风山顶雪,飞度雁门来。

五坞山飞泉坞

(明)高启

山空响更远,雨过流还急。馀沫洒回风,一林红树湿。

五坞山白云坞

(明)高启

云开见山家,云合失山路。闻语知有人,欲寻已迷误。

过关山
(明)李蓘

石不漱石窦,铿鍧下如乳。版屋有居人,终年听风雨。

◆ 六言绝句

别甑山
(唐)韩翃

一身趋侍丹墀,西路翩翩去时。
惆怅青山绿水,何年更是来期?

题云山
(明)陈继儒

雨过石生五色,云度山馀数层。
时有炊烟出树,中多处士高僧。

◆ 七言绝句

望天门山
(唐)李白

天门中断楚江开,碧水东流直北(到此)回。
两岸青山相对出,孤帆一片日边来。

过商山
(唐)戎昱

雨暗商山过客稀,路傍孤店闭柴扉。
卸鞍良久茅檐下,待得巴人樵采归。

过三乡望女几山,早岁有卜筑之志
(唐)羊士谔

女几山头春雪消,路傍仙杏发柔条。

心期欲去知何日,惆怅回车上野桥。

同诸隐者夜登四明山
(唐)施肩吾

半夜寻幽上四明,手攀松桧触云行。
相呼已到无人境,何处玉箫吹一声。

宿四明山
(唐)施肩吾

黎州(洲)老人命余宿,杳然高顶浮云平。
下视不知几千仞,欲晓不晓天鸡声。

商山道中
(唐)赵嘏

和如春色净如秋,五月商山是胜游。
当昼火云生不得,一溪分作万重流。

过象耳山
(唐)薛能

一色青松几万栽,异香薰路带花开。
山门欲别心潜愿,更到蜀中还到来。

题君山
(唐)雍陶

风波不动影沉沉,翠色全微碧色深。
疑是水仙梳洗处,一螺青黛镜中心。

商　山
(唐)司空图

马上搜奇已数篇,籝中犹愧是顽仙。

关头传说开元事,指点多疑孟浩然。

君山
(唐) 程贺

曾游方外见麻姑,说道君山自古无。
云是昆仑山顶石,海风飘泊洞庭湖。

湖山
(唐) 储嗣宗

犬入五云音信绝,凤栖凝碧悄无声。
焚香古洞步虚夜,露湿松花空月明。

登游齐山
(唐) 许坚

星使南驰入楚重,此山偏得驻行踪。
落花满地月华冷,寂寞旧山三四峰。

斛石山书事
(唐) 薛涛

王家山水画图中,意思都卢粉黛容。
今日忽登虚境望,步摇冠翠一千峰。

出惠山遥望横山
(宋) 杨万里

三日横山反覆看,殷勤送我惠山前。
常州更在横山外,只望横山已杳然。

至凤凰山再作
(宋) 朱子

门前寒水青铜阙,林外晴峰紫帽孤。

记得南坨通柳浪，依稀全是辋川图。

吴山高
（宋）朱子

行尽吴山过越山，白云犹是几重关。
若寻汗漫相期处，更在孤鸿灭没间。

过雁山
（宋）王十朋

清秋天气过山中，征雁行人路不同。
从此又劳千里翼，传书来往浙西东。

漳州圆山
（宋）徐玑

轻烟漠漠雾绵绵，野色笼青傍屋前。
尽说漳南风景好，众山围绕一山圆。

荆江口望见君山
（宋）郑震

荆江江口望漫漫，一白无边夕照寒。
只是青云浮水上，教人错认作山看。

三天竺道中
（元）方回

三天竺路渐平登，高似雷峰塔几层。
山到无人行处好，松阴万树立孤僧。

舟次九山
（元）黄庚

水云尽处立奇峰，螺髻参差杳霭中。

江岸维舟看不了,烟岚分碧入疏篷。

访屏风山
(元) 元淮

独出南关访翠微,钟楼佛阁蔼霏霏。
草根缚笔题墙了,更与山僧伴话归。

登师山
(元) 郑玉

山前村落乱高低,云意模糊远近迷。
万叠峰峦如画展,黄山正在小楼西。

次韵友竹弟南明山
(元) 周权

秋深槲叶满空山,饭罢僧袍挂石阑。
洗净十年尘土梦,天风吹瀑落云寒。

盘石山
(元) 陈孚

悬崖千仞铁崔嵬,势似飞虹卷海来。
我见只疑山欲跃,马蹄不敢蹴青苔。

赤松山
(元) 吴景奎

双鹤冲天去不回,五云缭绕散花台。
山中若见皇初起,为问留侯几度来。

天平山中
(明) 杨基

细雨茸茸湿楝花,南风树树熟枇杷。

徐行不记山深浅,一路莺啼送到家。

南　山

（明）殷奎

南山万叠为吾开,一日支颐看几回。
最是夕阳时好看,几人闲处解看来?

晚过张林山

（明）浦源

名山几度欲寻幽,此日虽来不暇游。
一棹黄昏过山下,疏灯络纬满林秋。

邓尉山

（明）方太古

危栏倦倚带斜阳,今夜禅床借上方。
七十二山何处是,洞庭烟水正茫茫。

灵岩山

（明）沈明臣

响屧廊空香径微,千年往迹故应非。
青山花草斜阳下,惟见残僧晒衲衣。

华阳杂韵

（明）廖孔说

林间风霭日氤氲,乍露孤峰半未分。
一夜雷声在山下,始知身出万重云。

卷八十四 水总类

◆ 五言古

赋得临水
（梁）沈君攸

开筵临桂水，携手望桃源。花落圆文出，风急细流翻。
光浮动岸影，浪息累沙痕。沧波自可悦，濯缨何用论。

咏 水
（陈）祖孙登

骊泉紫阙映，珠浦碧沙沉。岸阔莲香远，流清云影深。
风潭如拂镜，山溜似调琴。请君看皎洁，知有淡然心。

赋得方塘含白水
（隋）李巨仁

白水溢方塘，淼淼素波扬。叠浪摇凫影，连漪写雁行。
长堤柳色翠，夹岸荇花黄。观鱼自有乐，何必在濠梁。

玩止水
（唐）白居易

动者乐流水，静者乐止水。利物不如流，鉴形不如止。
凄清早霜降，淅沥微风起。中面红叶开，四隅绿萍委。
广狭八九丈，湾环有涯涘。浅深三四尺，洞彻无表里。

净分鹤翘足，澄见鱼掉尾。迎眸洗眼尘，隔胸荡心滓。
定将禅不别，明与诚相似。清能律贪夫，淡可交君子。
岂惟空狎玩，亦取相伦拟。欲识静者心，心源只如此。

亭西墙下伊渠水中置石，激流潺湲成韵，颇有幽趣，以诗记之

（唐）白居易

嵌巉嵩石峭，皎洁伊流清。立为远峰势，激作寒玉声。
夹岸罗密树，面滩开小亭。忽疑严子濑，流入洛阳城。
是时群动息，风静微月明。高枕夜悄悄，满耳秋泠泠。
终日临大道，何人知此情？此情苟自惬，亦不要人听。

泛 水

（宋）孔平仲

涟漪二十里，清淡得我性。微风不复摇，天水相与净。
秋容入崖柳，晚色依渔艇。仿佛会稽游，南湖明似镜。

◆ 七 言 古

西城观水

（金）赵沨

西山秋水来天地，巨野横流浩无际。
长风蹙浪鳞甲生，两角斜分半山里。
缭堤北去接飞桥，鼓鼙汹汹翻惊涛。
中流突兀玉山起，直疑河伯驱灵鳌。
冷光摇荡秋云白，浑似梦中游震泽。
隔林我欲唤渔郎，孤帆忽如过鸟翼。
安得酒船常拍浮，四时甘味置两头。
何人与我同此乐，颍阳试觅元丹丘。

◆ 五言律

春 水
（唐）杜甫

三月桃花浪，江流复旧痕。朝来没沙尾，碧色动柴门。
接缕垂芳饵，连筒灌小园。已添无数鸟，争浴故相喧。

远 水
（唐）马戴

荡漾空沙际，虚明入远天。秋光照不极，鸟影去无边。
势引长云断，波凝片雪连。汀洲杳难到，万古覆苍烟。

远 水
（唐）项斯

渺渺浸天色，一边生晚凉。阔含萍势远，寒入雁愁长。
北极连平地，东流即故乡。扁舟当宿处，仿佛似潇湘。

秋 水
（宋）徐积

水与秋月色，清无一点瑕。有情山共远，无限月初斜。
鹭下沉寒苇，雁空遗暖沙。旋将堤畔木，学泛斗边槎。

◆ 五言排律

赋得玉水记方流
（唐）陈昌言

明媚如怀玉，奇姿寄托幽。白虹深不见，绿水折空流。
方珪清沙遍，纵横气色浮。类圭才有角，写月漾成钩。
久处深（沉）潜贵，希当特达收。滔滔在何许？揭厉愿从游。

赋得玉水记方流

（唐）郑俞

积水漾文动，因知玉产幽。如天涵素色，伴地引方流。
潜润蒸云起，英华射浪浮。鱼龙泉不夜，草木岸无秋。
璧沼宁堪比，瑶池讵足俦。若非悬可测，谁复寄冥搜？

赋得玉水记方流

（唐）王鉴

玉润在中洲，光临碕岸幽。氤氲冥瑞影，演漾（漾）度方流。
乍似轻涟合，还疑骇浪收。夤缘知有异，洞彻信无俦。
比德称殊赏，含辉处至柔。沉沦如见念，况乃属时休。

赋得玉水记方流

（唐）杜元颖

重泉生美玉，积水异长流。如见清堪赏，因知宝可求。
斗回虹气见，磬折紫光浮。中矩谐明德，同方叶至柔。
月生偏共映，风暖伫将游。异宝虽无胫，逢时愿俯收。

赋得四水合流

（唐）李沛

禹凿山川地，因通四水流。萦回过凤阙，会合出皇州。
天影长波里，寒声古渡头。入河无昼夜，归海有谦柔。
顺物宜投石，逢时可载舟。羡鱼犹未已，临水欲垂钩。

赋得春水绿波

（唐）朱林

芳时淑气和，春水淡烟波。混漾（漾）滋兰杜，沦涟长芰荷。
晚光扶翠潋，潭影写清莎。归雁追飞尽，纤鳞游泳多。
朝宗终到海，润下每盈科。愿假中流便，从兹发棹歌。

赋得空水共澄鲜
（唐）阙名

悠然四望通，渺渺水无穷。海鹬飞天际，烟林出镜中。
云消澄遍碧，霞起淡微红。落日浮光满，遥山翠色同。
樵声喧竹屿，棹响入莲蘩。远客舟中兴，尘襟暂一空。

◆ 七言律

西蜀净因寺题水
（唐）郑谷

竹院松廊分数派，晴空清泚亦逶迤。
落花相逐去何处？幽鸟独来无限时。
洗钵老僧临岸久，钓鱼闲客卷纶迟。
晚来一片连莎绿，悔与沧浪有旧期。

水 纹
（元）谢宗可

新绿粼粼漾浅漪，织成春色上苔衣。
一池碧晕雨初落，十叠翠鳞风更微。
净縠光摇湘女镜，轻罗影动水仙机。
何如袖取并刀去，剪得吴淞半幅归。

◆ 七言绝句

流 水
（唐）罗邺

龙跃虬蟠旋作潭，绕红溅绿下东南。
春风散入侯家去，漱齿花前酒半酣。

卷八十五　　海　类

◆ 四言古

观沧海

(魏) 武帝

东临碣石，以观沧海。水何澹澹，山岛竦峙。
树木蘩（丛）生，百草丰茂。秋风萧瑟，洪波涌起。
日月之行，若出其中。星汉灿烂，若出其里。
幸甚至哉，歌以咏志。

◆ 五言古

登郁洲山望海

(梁) 刘峻

沧潦联霄岫，层岭郁巑岏。下盘盐海底，上转灵乌翼。
滇洒非可辨，鸿溶信难测。轻尘久弭飞，惊浪终不息。
云锦曜石屿，罗绫文水色。

奉和望海

(隋) 虞茂

清跸临溟涨，巨海望滔滔。十洲云雾远，三山波浪高。
长澜疑浴日，连岛类奔涛。神游貌姑射，睿藻冠风骚。
徒然虽观海，何以效涓毫？

景龙四年春祠海

（唐）宋之问

肃事祠春溟，宵斋洗蒙虑。鸡鸣见日出，鹭下惊涛鹜。
地阔八荒近，天回百川注。筵端接空曲，目外唯雾雾。
暖气物象来，周游晦明互。致牲匪元（玄）享，禋涤期灵煦。
的的波际禽，沄沄岛间树。安期今何在？方丈蔑寻路。
仙事与世隔，冥搜徒已屡。四明背群山，遗老莫辨处。
抚中良自慨，弱龄忝恩遇。三入文史林，两拜神仙署。
虽叹出关远，始知临海趣。赏来空自多，理胜孰能喻。
留楫竟何待，徙倚忽云暮。

入海

（唐）张说

乘桴入南海，海旷不可临。茫茫失方面，混沌如凝阴。
云山相出没，天地互浮沉。万里无涯际，云何测广深。
潮波自盈缩，安得会虚心。

和贺兰判官望北海作

（唐）高适

圣代务平典，辀轩推上才。迢遥溟海际，旷望沧波开。
四牡未遑息，三山安在哉。巨鳌不可钓，高浪何崔嵬。
湛湛朝百谷，茫茫连九垓。挹流纳广大，观异增迟回。
日出见鱼目，月圆如蚌胎。迹非想像到，心以精灵猜。
远色带孤屿，虚声涵殷雷。风行越裳贡，水遏天吴灾。
揽辔隼将击，忘机鸥复来。缘情韵骚雅，独立遗尘埃。
吏道竟殊用，翰林仍忝陪。长鸣谢知己，所愧非龙媒。

西陵口观海

（唐）薛据

长江漫汤汤，近海势弥广。在昔胚混凝，融为百川泱。

地形失端倪，天色潜滉瀁。东南际万里，极目远无象。
山影乍浮沉，潮波忽来往。孤帆或不见，棹歌犹想像。
日暮长风起，客心空振荡。浦口霞未收，潭心月初上。
林屿几逭回，亭皋时偃仰。岁晏访蓬瀛，真游非外奖。

观　海

(唐) 独孤及

北登渤澥岛，回首秦东门。谁尸造物功，凿此天池源？
滇洞吞百谷，周流无四垠。廓然混茫际，望见天地根。
白日自中吐，扶桑如可扪。超遥蓬莱峰，想像金台存。
秦帝昔经此，登临冀飞翻。扬旌百神会，望日群山奔。
徐福竟何成，羡门徒空言。唯见石桥足，千年潮水痕。

登东海龙兴寺高顶望海简演公

(唐) 刘长卿

朐山压海口，永望开禅宫。元气远相合，太阳生其中。
豁然万里馀，独为百川雄。白波走雷电，黑雾藏鱼龙。
变化非一状，晴明分众容。烟开秦帝桥，隐隐横残虹。
蓬岛如在眼，羽人那可逢。偶闻真僧言，甚与静者同。
幽意颇相惬，赏心殊未穷。花间午时梵，云外春山钟。
谁念遽成别，自怜归所从。他时相忆处，惆怅西南峰。

航　海

(宋) 陆游

我不如列子，神游御天风。尚应似安石，悠然云海中。
卧看十幅蒲，湾湾若张弓。潮来涌银山，忽复磨青铜。
饥鹘掠船舷，大鱼舞虚空。流落何足道，豪气荡肺胸。
歌罢海动色，诗成天改容。行矣跨鹏背，弭节蓬莱宫。

卷八十五　海　类

◆ 五言律

　　　　　咏　海
　　　　　　　　　　（唐）李峤

习坎疏丹壑，朝宗合紫微。三山巨鳌涌，万里大鹏飞。
楼写春云色，珠含明月辉。会因添雾露，方逐众川归。

　　　　　海　上
　　　　　　　　　　（金）刘迎

潮蹙三山岛，烟横万里沙。蜃楼春作市，鼍鼓莫催衙。
一曲《水仙操》，片帆渔父家。安期定何处，试问枣如瓜。

◆ 五言排律

　　　　　春日望海
　　　　　　　　　　（唐）太宗

披襟眺沧海，凭轼玩春芳。积流横地纪，疏派引天潢。
仙气凝三岭，和风扇八荒。拂潮云布色，穿浪日舒光。
照岸花分采，迷云雁断行。怀卑运深广，持满守灵长。
有形非易测，无源讵可量。洪涛经变野，翠岛屡成桑。
之罘思汉帝，碣石想秦皇。霓裳非本意，端拱是图王。

　　　　奉和圣制春日望海
　　　　　　　　　　（唐）杨师道

春日临渤海，征旅辍晨装。回眺卢龙塞，斜瞻肃慎乡。
洪波回地轴，孤屿映云光。落日惊涛上，浮天骇浪长。
仙台隐螭驾，水府泛鼋梁。碣石朝烟灭，之罘归雁翔。
北巡非汉后，东幸异秦皇。塞旗羽林客，拔（跋）距少年场。
龙击驱辽水，鹏飞出带方。将举青丘缴，安访白霓裳。

赋得海水不扬波

（唐）阙名

圣朝崇大道，寰海免波扬。既合千年圣，能安百谷王。
天心随泽广，水德共灵长。不挠鱼弥乐，无澜苇可航。
化流霑率土，恩浸及殊方。岂只朝宗国，唯闻有越裳。

◆ 七言律

南海

（唐）曹松

倾腾界汉沃诸蛮，立望何如画此看。
无地不同方觉远，共天难（无）别始知宽。
文鮡隔雾朝含磬，老蚌凌波夜吐丹。
万状千形皆得意，长鲸独自转身难。

昆阳望海

（明）杨慎

昆明波涛南纪雄，金碧混漾银河通。
平吞万里象马国，直下千尺蛟龙宫。
天外烟峦分点缀，云中海树入空濛。
乘槎破浪非吾事，已把渔竿狎钓翁。

◆ 七言绝句

海客

（唐）李商隐

海客乘槎上紫氛，星娥罢织一相闻。
只因不惮牵牛妒，聊用支机石赠君。

次韵宝印叔观海
（宋）王十朋

戴地浮天浩莫穷，气营楼阁耸虚空。
道人妙得观澜术，万里沧溟碧眼中。

滇海曲
（明）杨慎

梁王阁榭水中央，乌鹊双星带五潢。
跨海虹桥三十里，广寒宫殿夜飘香。

化城楼阁壮人寰，泽国封疆镇两关。
云气开成银色界，天工斲出点苍山。

叶榆巨浸环三岛，益部雄都控百蛮。
神禹导河双洱水，武侯征路七星关。

泛　海
（明）张可大

到处啼莺倚棹歌，客怀偏向布帆多。
黄云飞尽天如洗，鳌背山前万顷波。

卷八十六　江　类

◆ 五言古

江皋曲

（齐）王融

林断山更续，洲尽江复开。云峰帝乡起，水源桐柏来。

赴荆州泊三江口

（梁）元帝

涉江望行旅，金钲间綵斿。水际含天色，虹光入浪浮。
柳条恒拂岸，花气尽薰舟。丛林多故社，单戍有危楼。
叠鼓随朱鹭，长箫应紫骝。莲舟夹羽毦，画舸覆缇油。
榜歌殊未息，于此泛安流。

奉和晚日扬子江应教

（隋）柳䛒

大江都会所，长洲有旧名。西流控岷蜀，东泛迓蓬瀛。
未睹纤罗动，先听远涛声。空濛云色晦，浃叠浪花生。
欲知暮雨歇，当观飞旆轻。

奉和晚日扬子江应制

（唐）柳䛒

诘旦金铙发，骖驾出城闉。鲜云临葆盖，细艹藉斑轮。

千里烟霞色，四望江山春。梅风吹落蕊，洒雨减轻尘。
日斜欢未毕，睿想良非一。风生叠浪起，雾卷孤帆出。
掞藻丽繁星，高论光朝日。空美邹枚侣，终谢渊云笔。

入郴江

（隋）薛道衡

仗节遵严会，扬舲溯急流。征途非白马，水势类黄牛。
跳波鸣石碛，溅沫拥沙洲。岸回槎倒转，滩长船却浮。
缘崖频断挽，挂壁屡移钩。还忆青丝骑，东方来上头。

荆门浮舟望蜀江

（唐）李白

春水月峡来，浮舟望安极。正见桃花流，依然锦江色。
江色绿且明，茫茫与天平。逶迤巴山尽，摇曳楚云行。
雪照聚沙雁，花飞出谷莺。芳洲却已转，碧树森森迎。
流目浦烟夕，扬帆海月生。江陵识遥火，应到渚宫城。

晚次荆江

（唐）戎昱

孤舟大江水，水涉无昏曙。雨暗迷津时，云生望乡处。
渔翁闲自乐，樵客纷多虑。秋色湖上山，归心日边树。
徒称竹箭美，未得枫林趣。向夕垂钓还，吾从落潮去。

晚渡扬子江却寄江南亲故

（唐）权德舆

返照满寒流，轻舟任摇荡。支颐见千里，烟景非一状。
远岫有无中，片帆风水上。天清去鸟灭，浦迥寒沙涨。
树晚叠秋岚，江空翻宿浪。胸中千万虑，对此一清旷。
回首碧云深，佳人不可望。

江　色
　　　　　　　　　　（明）陶安

竹屋晨启关，江色直飞入。空碧压几案，阴阴四壁湿。
玻璨作天地，泠然手可挹。万象随升降，元气动呼吸。
临岸步观涨，石阶没千级。岷巴与湘汉，众水大会集。
合流东北去，海水亦起立。

晚晴江上
　　　　　　　　　　（明）汪广洋

江上鸭头绿，楚山螺髻青。鹧鸪啼不尽，花发树冥冥。
微风泛兰桨，落日过松亭。胜境思弥惬，渔歌随处听。

◆ 七言古

江南弄
　　　　　　　　　　（唐）李贺

江中绿雾起凉波，天上叠巘红嵯峨。
水风浦云生老竹，渚暝蒲帆如一幅。
鲈鱼千头酒百斛，酒中倒卧南山绿。
吴歈越吟未终曲，江上团团帖寒玉。

◆ 五言律

咏　江
　　　　　　　　　　（唐）李峤

日夕三江望，灵潮万里回。霞津锦浪动，月浦练花开。
湍似黄牛去，涛从白马来。英灵已杰出，谁识卿云才？

夜渡江
　　　　　　　　　　（唐）姚崇

夜渚带浮烟，苍茫晦远天。舟轻不觉动，缆急始知牵。

听草遥寻岸，闻香暗识莲。惟看孤帆影，常似客心悬。

自豫章南还江上作

（唐）张九龄

归去南江水，磷磷见底清。转逢空阔处，聊洗滞留情。
浦树遥如待，江鸥近若迎。津途别有趣，况乃濯吾缨。

春江晚景

（唐）张九龄

江林皆秀发，云日复相鲜。征客那逢此，春心益渺然。
兴来只自得，佳处莫能传。薄暮津亭下，馀花落客船。

渡扬子江

（唐）孟浩然

桂楫中流望，空波两畔明。林开扬子驿，山出润州城。
海尽边阴静，江寒朔吹生。更闻枫叶下，淅沥度秋声。

泊扬子江岸

（唐）祖咏

才入维扬郡，乡关此路遥。林藏初过雨，风退欲归潮。
江火明沙岸，云帆碍浦桥。客衣今日薄，寒气近来饶。

长　江

（唐）杜甫

浩浩终不息，乃知东极临。众流归海意，万国奉君心。
色借潇湘阔，声驱滟滪深。未辞添雾雨，接上遇衣襟。

渡　江

（唐）杜甫

春江不可渡，二月已风涛。舟楫欹斜疾，鱼龙偃卧高。

渚花张素锦，汀草乱青袍。戏问垂纶客，悠悠见汝曹。

巴　水
（唐）白居易

城下巴江水，春来似麹尘。软沙如渭曲，斜岸忆天津。
影蘸新黄柳，香浮小白蘋。临流搔首坐，惆怅为何人？

新春江次
（唐）白居易

浦干潮未应，堤湿冻初消。粉片妆梅朵，金丝刷柳条。
鸭头新绿水，雁齿小红桥。莫怪珂声碎，春来五马骄。

新安江行
（唐）章八元

江源南去永，野渡暂维艄。古戍悬鱼网，空林露鸟巢。
雪晴山脊见，沙浅浪痕交。自笑无媒者，逢人即解嘲。

郑尚书新开涪江
（唐）贾岛

岸凿青山破，江开白浪寒。日沉源出海，春至草生滩。
梓匠防波溢，蓬仙畏水干。从今疏决后，任雨滞峰峦。

不侵南亩务，已拔北江流。涪水方移岸，浔阳有到舟。
潭澄初捣药，波动乍垂钩。山可疏三里，从知历亿秋。

秋日富春江行
（唐）罗隐

远岸平如剪，澄江静似铺。紫鳞仙客驭，金颗李衡奴。
冷叠千山阔，清函万象殊。严陵亦高见，归卧是良图。

宿巴江

（唐）僧栖蟾

江声五十里,泻碧急于弦。不觉日又夜,争教人少年。
一汀巫峡月,两岸子规天。山影似相伴,依依到客船。

长芦江口

（宋）梅尧臣

风驾晚潮急,浪头相趁过。水归瓜步小,船下秣陵多。
鸥舞不停翅,燕飞轻贴波。今来学楚客,薄暮爱渔歌。

吴　江

（宋）王安石

莽莽昔登临,秋风一散襟。地留孤屿小,天入五湖深。
柑橘无千里,鱼鰕（虾）有万金。吾虽轻范蠡,终欲此幽寻。

冒雨登拟岘台观江涨

（宋）陆游

雨气分千嶂,江声撼万家。云翻一天墨,浪蹴半空花。
喷薄侵虚阁,低昂泛断槎。壮游思夙昔,乘醉下三巴。

泊舟湘岸

（元）李材

长沙今在眼,青草旧知名。二月风樯疾,三湘雪浪平。
藤深帝子庙,花发定王城。莫舣江南岸,啼鹃处处声。

入桐江

（明）徐中行

奔流千折下,峭壁两崖分。樵径冲江雨,渔舟宿岭云。
布帆林杪见,水碓月中闻。独有披裘客,千秋不可群。

◆ 五言排律

江上有怀
（唐）孙逖

秋水明川路，轻舟转石圻。霜多山橘熟，寒至浦禽稀。
飞席乘风势，回流荡日晖。昼行疑海若，夕梦识江妃。
野霁看吴尽，天长望洛非。不知何岁月，一似暮潮归。

岁暮自广江至新兴往复中题峡山寺
（唐）许浑

密树分苍壁，长溪抱碧岑。山风闻鹤远，潭日见鱼深。
松盖环清韵，榕根架绿阴。洞丁多斲石，蛮女半淘金。
南浦惊春至，西楼送月沉。江流不过岭，何处寄归音？

◆ 七 言 律

春　江
（唐）白居易

炎凉昏晓苦推迁，不觉忠州已二年。
闭阁只听朝暮鼓，上楼空望往来船。
莺声诱引来花下，草色勾留坐水边。
唯有春江看未厌，紫沙绕石绿潺湲。

春日游嘉陵江
（唐）刘沧

独泛扁舟映绿杨，嘉陵江水色苍苍。
行看芳草故乡远，坐对落花春日长。
曲岸危樯移渡影，暮天栖鸟入山光。
今来谁识东归意，把酒闲吟思洛阳。

江边吟

(唐) 李中

风暖汀洲吟兴生，远山如画雨新晴。
残阳影里水东注，芳草烟中人独行。
闪闪酒帘招醉客，深深绿树隐啼莺。
盘桓渔舍忘归去，云静高空月又明。

京口江际弄水

(宋) 徐铉

退公求静独临川，扬子江南二月天。
百尺翠屏甘露阁，数帆晴日海门船。
波澄獭石寒如玉，草接汀蘋绿似烟。
安得乘槎更东去，十洲风外弄潺湲。

初出真州泛大江作

(宋) 欧阳修

孤舟日日去无穷，行色苍茫杳霭中。
山浦转帆迷向背，夜江看斗辨西东。
澞田渐下云间雁，霜日初丹水上枫。
莼菜鲈鱼方有味，远来犹喜及秋风。

樊 江

(宋) 陆游

手中一卷养鱼经，又向樊江上草亭。
朝雨染成新涨绿，春烟淡尽远山青。
榜舟不厌频来往，岸帻常须半醉醒。
赋罢新诗自高咏，满汀鸥鹭欲忘形。

车驾渡江

（明）曾棨

朱旗画戟拥晴沙，锦缆牙樯照眼花。
佳气迥浮江北树，晓光初绚海东霞。
云中鸾凤扶丹毂，水底鱼龙识翠华。
不用临流羡天堑，只今四海尽为家。

车驾渡江

（明）周忱

柳色临江辇路长，葳蕤遥望翠华张。
衣冠隔岸催鹓序，舸舰中流列雁行。
鱼跃苍波瞻御座，鸟啼春树识天香。
时巡百度稽《虞典》，不奏横汾礼乐章。

送童士琦瑞州府判赋得蜀江

（明）杨慎

瑞州城下蜀江流，风物依然似故丘。
只道灵源千里合，不知仙迹几年留。
分符远泛星槎去，负弩真如昼锦游。
别后怀人更怀土，烦君时一到沧洲。

嘉陵江

（明）杨慎

嘉陵江水向西流，乱石惊滩夜未休。
岩畔苍藤悬日月，岸边瑶草记春秋。
版居未变先秦俗，刳木犹疑太古舟。
三十六程知近远，试凭高处望刀州。

秋江晚望
（明）蔡羽

沙头云树郁依依，晚稻吹香紫蟹肥。
露白秋江鸥一梦，月明寒树雁双归。
篷窗剪烛孤弹剑，草屋禁风静掩扉。
沧海十年空短鬓，青山未返薜萝衣。

◆ **七言排律**

次韵履仁春江即事
（明）文徵明

二月江南黄鸟鸣，春江千里绿波平。
朱甍碧瓦参差去，水荇兰苔次第生。
风外秋千何处笑，日斜钟鼓隔花晴。
洞庭烟霭孤舟远，茂苑芳菲万井明。
唱断竹枝空复恨，流连芳草不胜情。
何时载酒横塘去，共听吴娃打桨声。

长江万里图
（明）杨慎

五才坎德迥灵长，万里岷山始滥觞。
流汉天回经滟滪，盘涡谷转下柴桑。
扬澜左蠡层潭府，大壑归虚广莫乡。
天遣阳侯分淼淼，帝咨神禹画茫茫。
青岑翠观鲛人馆，水碧金膏龙伯堂。
景浴阳乌朝旭早，焰燃阴火夜霞光。
烟寒星散三洲树，风软云飞百尺樯。
鹤子凫雏喧澍雨，纹螺锦蚌映翔阳。
笼筩津鼓惊浮客，欸乃渔歌属菽郎。

泗磬石钟锵岛屿，轻涟蘋彩媚沧浪。
投鞭堪笑符坚策，静练难赓谢朓章。
彩鹢退飞休借问，白鸥浩荡信徜徉。

◆ 五言绝句

宿建德江
（唐）孟浩然

移舟泊烟渚，日暮客愁新。野旷天低树，江清月近人。

春江曲
（唐）张仲素

摇漾越江春，相将采白蘋。归时不觉夜，出浦月随人。

家寄征河岸，征人几岁游。不知潮水信，每日到沙头。

江　行
（唐）柳中庸

繁阴乍隐洲，落叶初飞浦。潇潇楚客帆，暮入寒江雨。

江　上
（唐）顾况

江清白鸟斜，荡桨冒蘋花。听唱菱歌晚，回塘月照沙。

泛瑞安江风涛贴然
（宋）陆游

俯仰两青空，舟行明镜中。蓬莱定不远，正要一帆风。

长江万里图
（元）丁鹤年

长啸还江国，迟回别海乡。春潮如有意，相送过浔阳。

长江千万里，何处是侬乡？忽见晴川树，依稀认汉阳。

◆ 七言绝句

渡浙江
（唐）卢纶

前船后船未相及，五两头平北风急。
飞沙卷地日色昏，一半征帆浪花湿。

晴江秋望
（唐）崔季卿

八月长江万里晴，千帆一道带风轻。
尽日不分天水色，洞庭南是岳阳城。

建昌江
（唐）白居易

建昌江水县门前，立马教人唤渡船。
忽似往年归蔡渡，草风沙雨渭河边。

暮江吟
（唐）白居易

一道残阳铺水中，半江瑟瑟半江红。
可怜九月初三夜，露似真珠月似弓。

嘉陵江
（唐）元稹

秦人唯识秦中水，长想吴江与蜀江。
今日嘉川驿楼下，可怜如练绕明窗。

千里嘉陵江水声,何年重绕此江行?
只应添得清宵梦,时见满江流月明。

望喜驿别嘉陵江水二绝
(唐)李商隐

嘉陵江水此东流,望喜楼中忆阆州。
若到阆州还赴海,阆州应更有高楼。

千里嘉陵江水色,含烟带月碧于蓝。
今朝相送东流后,犹自驱车更向南。

江　东
(唐)李商隐

惊鱼泼剌燕翩翩,独自江东上钓船。
今日春光太飘荡,谢家轻絮沈郎钱。

江上偶见绝句
(唐)杜牧

楚乡寒食橘花时,野渡临风驻綵旗。
草色连云人去住,水纹如縠燕差池。

泛楚江
(唐)崔涂

九重城外家书远,百里洲前客棹还。
金印碧幢如见问,一生安稳是长闲。

嘉陵江
(唐)薛逢

借问嘉陵江水湄,百川东去尔西之?
但教清浅源流在,得路朝宗会有期。

江行西望

（唐）韦庄

西望长安白日遥，半年无事驻兰桡。
欲将张翰秋江雨，画作屏风寄鲍昭。

泛吴淞江

（宋）王禹偁

苇篷疏薄漏斜阳，半日孤吟未过江。
唯有鹭鸶知我意，时时翘足对船窗。

秋江写望

（宋）林逋

苍茫沙觜鹭鸶眠，片水无痕浸碧天。
最爱芦花经雨后，一篷烟火饭渔船。

二月一日晓渡太和江

（宋）杨万里

绿杨接叶杏交花，嫩水新生尚露沙。
过了春江偶回首，隔江一岸好人家。

曹娥江

（元）韩性

隔岸樯竿著暮鸦，待舟人立渡头沙。
数拳寒石生云气，一半斜阳有浪花。

江　上

（元）黄庚

江上支筇眼界宽，夕阳影里水云寒。
凭谁说与闲鸥鹭，借我鱼矶把钓竿。

题秋江图

（元）倪瓒

长江秋色渺无边，鸿雁来时水拍天。
七十二湾明月夜，荻花枫叶覆渔船。

江　上

（明）陈宪章

水远烟浓白鸟低，数峰青锁夕阳西。
隔波莫是仙源否？恰到波心路已迷。

曲江类

◆ 五言古

同诸公秋霁曲江俯见南山
（唐）储光羲

天静终南高，俯映江水明。有若蓬莱下，浅深见澄瀛。
群峰悬中流，石壁如瑶琼。鱼龙隐苍翠，鸟兽游清泠。
菰蒲林下秋，薜荔波中轻。山灵浴兰沚，水若居云屏。
岚气浮渚宫，孤光随曜灵。阴阴豫章馆，宛宛百花亭。
大君及群臣，宴乐方嘤鸣。吾党二三子，萧辰怡性情。
逍遥沧海时，乃在长安城。

曲江春霁
（唐）刘驾

宿雨洗秦树，旧花如新开。池边艸未干，日照人马来。
马蹄踏流水，渐渐成尘埃。鸳鸯不敢下，飞绕岸东西。
此地喧仍旧，归人亦满街。

◆ 七言古

和钱员外答卢员外早春独游曲江见寄长句
（唐）白居易

春来有色闇融融，先到诗情酒思中。

柳岸霏微裹尘雨,杏园淡荡开花风。
闻君独游心郁郁,薄晚新晴骑马出。
醉思诗侣有同年,春叹翰林无暇日。
云夫首唱寒玉音,蔚章继和春搜吟。
此时我亦闭门坐,一日风流三处心。

◆ 五言律

奉和圣制赐史供奉曲江宴应制
（唐）王维

侍从有邹枚,琼筵向水开。言陪柏梁宴,新下建章来。
对酒山河满,移舟草树回。天文同丽日,驻景惜行杯。

酬白二十二舍人早春曲江见寄
（唐）张籍

曲江冰欲尽,风日已恬和。柳色看犹浅,泉声觉渐多。
紫蒲生湿岸,青鸭戏晴波。仙掖高情客,相招共一过。

曲　江
（唐）郑谷

细草岸西东,酒旗摇水风。楼台在烟杪,鸥鹭下沙中。
翠幄晴相接,芳洲夜暂空。何人赏秋景,兴与此时同。

曲江作
（唐）韦庄

细雨曲池滨,青袍草色新。咏诗行信马,载酒喜逢人。
性为无机率,家因守道贫。若无诗自遣,谁奈寂寥春。

曲江暮春雪霁
（唐）曹松

霁动江池色,春残一去游。菰风生马足,槐雪滴人头。

北阙尘未起,南山清欲流。如何多别地,却得醉汀洲?

秋日曲江书事
(唐)李洞

门摇枯苇影,落日共鸥归。园近鹿来熟,江寒人到稀。
片云穿塔过,枯叶入城飞。翻怕宾鸿至,无才动礼闱。

曲江秋望
(金)师柘

山远嶂重出,野平天四围。凉风芡实坼,久雨藕花肥。
水阔渔舟小,天长去鸟微。紫蒲行处有,采采莫盈衣。

◆ 五言排律

早春独游曲江
(唐)白居易

散职无羁束,羸骖少送迎。朝从直城出,春傍曲江行。
风起池东暖,云开山北晴。冰销泉脉动,雪尽草芽生。
露杏红初拆,烟杨绿未成。影迟新度雁,声涩欲啼莺。
闲地心俱静,韶光眼共明。酒狂怜性逸,药效喜身轻。
慵慢疏人事,幽栖遂野情。回看云阁笑,不似有浮名。

◆ 七言律

曲 江
(唐)杜甫

城上春云覆苑墙,江亭晚色静年芳。
林花著雨燕支湿,水荇牵风翠带长。
龙武新军深驻辇,芙蓉别殿谩焚香。
何时诏此金钱会,暂醉佳人锦瑟傍。

及第后宴曲江

（唐）刘沧

及第新春选胜游，杏园初宴曲江头。
紫毫粉壁题仙籍，柳色箫声拂御楼。
霁景露光明远岸，晚空山翠坠芳洲。
归时不省花间醉，绮陌香车似水流。

曲　江

（唐）章碣

日照香尘逐马蹄，风吹浪溅几回堤。
无穷罗绮填花径，大半笙歌占麦畦。
落絮却笼他树白，娇莺更学别禽啼。
只缘频宴蓬洲客，引得游人去似迷。

曲　江

（唐）李山甫

南山低对紫云楼，翠影红阴瑞气浮。
一种是春长富贵，大都为水也风流。
争攀柳带千千手，闲插花枝万万头。
独向江边最惆怅，满衣尘土避王侯。

曲江春望

（唐）罗邺

故国东归泽国遥，曲江晴望忆渔樵。
都缘北阙春先到，不是南山雪易消。
瑞景玉楼开组绣，欢声丹禁奏《云韶》。
虽然未得陪鹓鹭，亦酹金觞祝帝尧。

◆ 七言绝句

曲江春望
（唐）卢纶

菖蒲翻叶柳交枝,暗上莲舟鸟不知。
更到无花最深处,玉楼金殿影参差。

翠黛红妆画鹢中,共惊云色带微风。
箫管曲长吹未尽,花南水北雨濛濛。

泉声遍野入芳洲,拥沫吹花上碧流。
二月行人渐无路,巢峰乳燕满高楼。

同张水部籍春游曲江寄白二十二舍人
（唐）韩愈

漠漠轻阴晚自开,青春白日映楼台。
曲江水满花千树,有底忙时不肯来。

酬韩侍郎张博士雨后曲江见寄
（唐）白居易

小园新种红樱树,闲绕花行便当游。
何必更随鞍马队,冲泥蹋雨曲江头。

曲江独行
（唐）白居易

独来独去何人识,厩马朝衣野客心。
闲爱无风水边坐,杨花不动树阴阴。

曲江池上

（唐）雍裕之

殷勤春在曲江头，全藉群仙占胜游。
何必三山待鸾鹤，年年此地是瀛州。

春　游

（唐）王涯

曲江绿柳变烟条，寒谷冰随暖气消。
才见春光生绮陌，已闻清乐动《云韶》。

春日游曲江

（唐）张乔

日暖鸳鸯拍浪春，蒹葭浦际聚青蘋。
若论来往乡心切，须是烟波岛上人。

曲江春草

（唐）郑谷

花落江堤簇晓烟，雨馀江色远相连。
香轮莫辗青青破，留与游人一醉眠。

卷八十八　淮水类

◆ 五言古

奉和出颖至淮应令
（隋）诸葛颖

涉颖倦纡回，浮淮欣迴直。遥村含水气，远浦澄天色。
灵涛稍欲近，仙岩行可识。元（玄）览属睿辞，风云有馀力。

奉和出颖至淮应令
（隋）蔡允恭

久倦川涂曲，忽此望淮圻。波长泛淼淼，眺迥情依依。
稍觉金乌转，渐见锦帆稀。欲知仁化洽，讴歌满路归。

奉和出颖至淮应令
（隋）弘执恭

睿情欣逸赏，临泛入淮泗。棹歌喧岸度，帆影出云飞。
清流含日彩，犇浪荡霞晖。还如漳水曲，鸣笳启路归。

奉和出颖至淮应令
（唐）虞世南

良晨喜利涉，解缆入淮浔。寒流泛鹢首，霜吹响清吟。
潜鳞波里跃，水鸟浪前沉。邗沟非复远，怅望悦宸襟。

渡　淮

(宋) 刘子翚

鸣鼙渡长淮，霏烟散清晨。皎皎初日光，照耀草木新。
横林度馀碧，叠嶂开嶙峋。移桡失向背，烟波浩无垠。
儿童发棹歌，余心亦欣欣。轻帆互相逾，画鹢映流津。
徘徊望洲渚，悠然独怀人。樵渔有栖遯，寂寞谁问邻。
暮风翻洪涛，鱼虾亦有神。四顾天地黑，孤舟恐漂沦。

◆ 五言律

淮上秋夜

(唐) 刘方平

旅梦何时尽，征途望每赊。晚秋淮水上，新月楚人家。
猿啸空山近，鸿飞极浦斜。明朝南岸去，定折桂枝花。

◆ 五言排律

和杜学士旅次淮口阻风

(唐) 李峤

夕吹生寒浦，清淮上暝潮。迎风欲举棹，触浪反停桡。
淼漫烟波阔，参差林岸遥。日沉丹气敛，天敞白云消。
水雁衔芦叶，沙凫隐荻苗。客行殊未已，川路几迢迢。

◆ 五言绝句

问淮水

(唐) 白居易

自嗟名利客，扰扰在人间。何事长淮水，东流亦不闲。

望　淮
（元）王恽

朝日惨无色，昏昏水气间。到淮犹数里，隔岸见尖山。

◆ 七言绝句

渡　淮
（唐）武元衡

暮涛凝雪长淮水，细雨飞梅五月天。
行子不须愁夜泊，绿杨多处有人烟。

渡淮即事
（元）萨都剌

杨花点点冲帆过，燕子双双掠水飞。
淮上渔人闲不得，船头对结绿蓑衣。

卷八十九　河　类

◆ 四言古

河　铭
（汉）李尤

洋洋河水，赴宗于海。经自中州，龙图所在。
昔周诸侯，会于孟津。鱼入王舟，乃往尅殷。
大汉承绪，怀附遐邻。邦事来济，各贡厥珍。

河清颂
（宋）张畅

浑浑洪河，家国之滨。襟带晋卫，领袖齐秦。
龙门诞溜，积石传津。乘运能有，经启天人。
化流上帝，时表初星。飞书曝瑞，龙图照神。
协灵既伟，通气载荣。

◆ 五言古

奉和济黄河应教
（北齐）萧悫

大蕃连帝室，骖驾奉皇猷。未明驱羽骑，凌晨方画舟。
津城度维锦，岸柳夹缇油。钟声扬别岛，旗影照沧流。
早光生剑服，朝风起节楼。滔滔细波动，裔裔轻舸浮。
回栧避近碛，放舳下前洲。全疑上天汉，不异谒蓬丘。

望知云气合,听识水声秋。从君何等乐,喜从神仙游。

夜到洛口入黄河
(唐)储光羲

河洲多青草,朝暮增客愁。客愁惜朝暮,枉渚暂停舟。
中宵大川静,解缆逐归流。浦溆既清旷,沿洄非阻修。
登舻望落月,击汰悲新秋。倘遇乘槎客,永言星汉游。

同敬八卢五泛河间清河
(唐)高适

清川在城下,沿泛多所宜。同济怅数公,玩物欣良时。
飘飘波上兴,燕婉舟中词。昔涉乃平原,今来忽涟漪。
东流达沧海,西流延漙沱。云树共晦明,井邑相逶迤。
稍随归月帆,若与沙鸥期。渔父更留我,前潭水未滋。

黄 河
(宋)梅尧臣

积石导渊源,沄沄泻昆阆。龙门自吞险,鲸海终涵量。
怒浟生万涡,惊流非一状。浅深殊可测,激射无时壮。
常苦事堤防,何曾息波浪。川气迷远山,沙痕落秋涨。
槎沫夜浮光,舟人朝发唱。洪望画鹢连,古戍苍崖向。
浴鸟不知清,夕阳空在梁。谁当大雪天,走马坚冰上。

◆ 七言古

河 复
(宋)苏轼

君不见西汉元光元封间,河决瓠子二十年。
钜野东倾淮泗满,楚人恣食黄河鳣。
万里沙回封禅罢,初遣越巫沉白马。

河工未许人力穷,薪刍万计随流下。
吾君仁圣如帝尧,百神受职河神骄。
帝遣风师下约束,北流夜起澶州桥。
东风吹冻收微渌,神功不用淇园竹。
楚人种麦满河淤,仰看浮槎栖古木。

◆ 五言律

河　流
（唐）徐夤

洪流盘砥柱,淮济不同波。莫讶清时少,都缘曲处多。
远能通玉塞,高复接银河。大禹成门崄,为龙始得过。

清　河
（元）贡奎

溪碧石生处,山青云起时。藕花红映岸,藤蔓翠牵篱。
落日渔家网,微风酒市旗。顺流船渐急,翻觉去心迟。

清河水涨答复中吉监县水字诗
（元）张翥

漭泱清河涨,湍流滋浸淫。沧溟浑灌注,浊浪浩浮沉。
洲渚津涯阔,泥沙沮洳深。沿淮泽鸿满,漂荡渡江浔。

潞河晚泊
（明）屠隆

回浦落帆尽,长堤带郭斜。暮烟平吐树,春雨薄沉沙。
白艇藏渔市,黄茅覆酒家。一瓢云水外,不复问年华。

夏日游通惠河
（明）徐阶

颇忆三江远,乘流意若何?水深秋气入,竹密雨声多。

熟果当尊落,惊禽拂棹过。柳阴催系缆,欹枕听渔歌。

◆ 五言排律

黄　河
（唐）太宗

何处发昆仑,连乾复浸坤。波浑经雁塞,声振自龙门。
岸裂新冲势,滩馀旧落痕。横沟通海上,远色尽山根。
勇逗山峰折,雄标四渎尊。湾中秋景树,阔外夕阳村。
沫乱知鱼响,槎来见鸟蹲。飞沙当白日,凝露（雾）接黄昏。
润可资农亩,清能表帝恩。雨吟堪极目,风渡想惊魂。
显瑞龟曾出,阴灵伯固存。盘涡寒渐急,浅濑暑微温。
九曲终柔胜,常流可暗吞。人间无博望,谁复到穷源。

送襄阳卢判官奏开河事
（唐）钱起

千里趋魏阙,一言简圣聪。河流引关外,国用赡秦中。
有诏许其策,随山兴此功。连云积石阻,计日安波通。
飞棹转年谷,利人胜岁丰。言归汉阳路,拜首蓬莱宫。
紫殿赐衣出,青门醑酌同。晚阳过微雨,秋水见新鸿。
坐惜去车远,愁看离馆空。因思郢川守,南楚满清风。

◆ 七言律

自巩雒舟行入黄河即事寄府县僚友
（唐）韦应物

绿水苍山路向东,东南山豁大河通。
寒树依微远天外,夕阳明灭乱流中。
孤村几岁临伊岸,一雁初晴下朔风。
为报雒桥游宦侣,扁舟不系与心同。

黄　河

（唐）罗隐

莫把阿胶向此倾，此中天意固难明。
解通银汉应须曲，才出昆仑便不清。
高祖誓功衣带小，仙人占斗客槎轻。
三千年后知谁在，何必劳君报太平。

次韵陈子仁黄河

（元）杨载

禹功疏凿过忧勤，海内山川自此分。
元气浑沦通地脉，孤光迢递贯天文。
母金伏砾秋逾盛，阴火藏渊夜不焚。
多少鱼龙争变化，总归西北会风云。

登徐州城上黄楼北望河流作

（元）柳贯

高楼背水压奔冲，影动云虹落水中。
土色从黄宜制胜，河声触险听分洪。
却思沉璧千年日，欲问乘槎八月风。
汴泗交流平似席，南行北播本同功。

到广黄河*

（元）蔡珪

清漳节物似清江，不复莼鲈梦故乡。
历下果能留太白，镜湖端是属知章。
身随客路常岑寂，心与沙鸥共渺茫。
尚困马蹄三百里，小舟聊与过沧浪。

---

* 此诗又题《到广河》，作者或署"（金）蔡珪"。

卷九十 汉水类

◆ 五言古

玩汉水
（梁）简文帝

杂色昆仑水，泓澄陇首渠。岂若兹川丽，清流疾且徐。
离离细碛净，蔼蔼树阴疏。石衣随溜卷，水芝扶浪舒。
连翩泻去楫，镜澈倒遥墟。聊持点缨上，于是察川鱼。

初春汉水漾舟
（唐）孟浩然

漾舟逗何处？神女汉皋曲。雪消冰复开，春潭千丈绿。
轻舟恣往来，探玩无厌足。波影摇妓钗，沙光逐人目。
倾杯鱼鸟醉，联句莺花续。良会难再逢，日入须秉烛。

◆ 五言律

与鲜于庶子泛汉江
（唐）岑参

急管更须吹，杯行莫遣迟。酒光红琥珀，江色碧琉璃。
日影浮归棹，芦花冒钓丝。山公醉不醉，问取葛强知。

汉江临泛
（唐）王维

楚塞三湘接，荆门九派通。江流天地外，山色有无中。

郡邑浮前浦，波澜动远空。襄阳好风日，留醉与山翁。

汉阳即事
（唐）储光羲

楚国千里远，孰知方寸违。春游欢有客，夕寝赋无衣。
江水带冰绿，桃花随雨飞。九歌有深意，捐珮乃言归。

◆ 五言排律

渡汉江
（唐）李百药

东流既瀰瀰，南纪信滔滔。水激沉碑岸，波骇弄珠皋。
含星映浅石，浮盖下奔涛。溜阔霞光近，川长晓气高。
樯乌转轻翼，戏鸟落风毛。客心既多绪，长歌且代劳。

卷九十一　洛水类

◆ 四言古

洛水铭
（汉）李尤

洛出熊耳，东流会集。夏禹导疏，经于洛邑。
元龟赤字，汉符是立。帝都通路，建国南乡。
万乘终济，造舟为梁。三都五州，贡篚万方。
广视远听，审任贤良。元首昭明，庶物是康。

◆ 五言律

渡洛水
（唐）太宗

春蒐驰骏骨，总辔俯长河。霞处流紫锦，风前漾卷罗。
水花翻照树，堤兰倒插波。岂必汾阴曲，秋云发棹歌。

咏　洛
（唐）李峤

九洛韶光媚，三川物候新。花明丹凤浦，日映玉鸡津。
元礼期仙客，陈王睹丽人。神龟方锡瑞，绿字仾来臻。

奉和进船洛水应制
（唐）薛睿惑

禁园纡睿览，仙棹叶宸游。洛北风花树，江南彩画舟。

荣生兰蕙艸，春入凤凰楼。兴尽离宫暮，烟光起夕流。

归渡洛水
（唐）皇甫冉

暝色赴春愁，归人南渡头。渚烟空翠合，滩月碎光流。
澧浦饶芳草，沧浪有钓舟。谁知放歌客，此意正悠悠。

◆ 五言排律

奉和受图温洛应制
（唐）李峤

七萃銮舆动，千年瑞检开。文如龟负出，图似凤衔来。
殷荐三神享，明禋万国陪。周旂黄鸟集，汉幄紫云回。
日暮钩陈转，清歌上帝台。

奉和受图温洛应制
（唐）牛凤及

八神承玉辇，六羽警瑶溪。戒道伊川北，通津涧水西。
御图开洛匮，刻石与天齐。瑞日波中上，仙禽雾里低。
微臣矫弱翮，抃舞接鸾鹥。

湘水类

◆ 五言古

湘江舟中

(明) 薛瑄

湛湛湘水绿,夹岸丛篁多。挽舟逆水上,南风起微波。
嘉此晴宵景,逍遥玩江沱。沙渚旷缅邈,云岫纷嵯峨。
远目为舒畅,客意将如何?濯缨吾所爱,聊为扣舷歌。

◆ 五言律

使还湘水

(唐) 张九龄

归舟宛何处,正值楚江平。夕逗烟村宿,朝缘浦树行。
于役已弥岁,言旋今惬情。乡郊尚千里,流目夏云生。

自湘水南行

(唐) 张九龄

落日催行舫,逶迤洲渚间。虽云有物役,乘此更休闲。
暝色生前浦,清辉发近山。中流澹容与,唯爱鸟飞还。

夜渡湘水

(唐) 孟浩然

客行贪利涉,暗里渡湘川。露气闻芳杜,歌声识采莲。

榜人投岸火，渔子宿潭烟。行侣时相问，浔阳何处边？

夜入湘中

（唐）马戴

洞庭人夜到，孤棹入湘中。露洗寒山遍，波摇楚月空。
密林飞暗狖，广泽发鸣鸿。行抵扬帆渚，江分又不同。

◆ 七 言 律

冬末同友人泛潇湘

（唐）杜荀鹤

残腊泛舟何处好？最多吟兴是潇湘。
就船买得鱼偏美，踏雪沽来酒倍香。
猿到夜深啼岳麓，雁知春近别衡阳。
与君剩采江山景，裁取新诗入帝乡。

◆ 五言绝句

泊湘口

（唐）戴叔伦

湘山千岭树，桂水九秋波。露重猿声绝，风清月色多。

卷九十三　湖　类

◆ 五言古

　　车驾幸京口，三月三日侍游曲阿后湖作
　　　　　　　　　　　　　　（宋）颜延之

虞风载帝狩，夏谚颂王游。春方动宸驾，望幸倾五州。
山祇跸峤路，水若警沧流。神御出瑶轸，天仪降藻舟。
万轴肃行卫，千翼泛飞浮。彤云丽璇盖，祥飚被彩斿。
江南进荆艳，河激献赵讴。金练照海浦，筎鼓震溟洲。
藐眄覩青崖，衍漾观绿畴。民灵骞都野，鳞翰耸渊丘。
德礼既普洽，川岳遍怀柔。

　　　　　　　南　湖
　　　　　　　　　　　　（梁）简文帝

南湖荇叶浮，复有佳期游。银纶翡翠钩，玉轴芙蓉舟。
荷香乱衣麝，桡声随急流。

　　　　　　　治西湖
　　　　　　　　　　　　（梁）范云

史氏导漳水，西门溉河潮。图始未能悦，克终良可要。
拥锸劝年首，提爵劳春朝。平皋草色嫩，通林鸟声娇。
已集故池鹜，行莳新田苗。何吁畚筑苦，方欢鱼稻饶。

渡青草湖
（陈）阴铿

洞庭春溜满，平湖锦帆张。沅水桃花色，湘流杜若香。
穴去茅山近，江连巫峡长。带天澄迥碧，映日动浮光。
行舟逗远树，度鸟息危樯。滔滔不可测，一苇讵能航。

秋日侍宴娄苑湖应诏
（陈）江总

翠渚还銮辂，瑶池命羽觞。千门响云跸，四泽动荣光。
玉轴昆池浪，金舟太液张。虹旗照岛屿，凤盖绕林塘。
野静重阴阔，淮秋水气凉。雾开楼阙近，日迥烟波长。
洛宴谅斯在，镐饮讵能方。朽劣叨荣遇，簪笏奉周行。

彭蠡湖上
（唐）张九龄

沿涉经太湖，湖流多洑决。凌晨趋北渚，径浦已西日。
所适虽淹旷，中流且闲逸。瑰诡良复多，感见乃非一。
庐山直阳浒，孤石当阴术。一水云际飞，数峰湖心出。
象类何交纠，形言岂深悉。且知皆自然，高下无相恤。

过彭蠡湖
（唐）李白

谢公入彭蠡，因此游松门。余方窥石镜，兼得穷江源。
前赏迹可见，后来道空存。而欲继风雅，岂惟清心魂。
云海方助兴，波涛何足论。青嶂忆遥月，绿萝鸣愁猿。
水碧或可采，金膏秘莫言。予将振衣去，羽化出嚣烦。

下浔阳城泛彭蠡寄黄判官
（唐）李白

浪动灌婴井，浔阳江上风。开帆入天镜，直向彭湖东。

落景转疏雨，晴云散远空。名山发佳兴，清赏亦何穷。
石镜挂遥月，香炉灭彩虹。相思俱对此，举目与君同。

与贾至舍人于龙兴寺剪落梧桐枝望灉湖
（唐）李白

剪落青梧枝，灉湖坐可窥。雨洗秋山净，林光澹碧滋。
水闲明镜转，云绕画屏移。千古风流事，名贤共此时。

宿虾湖
（唐）李白

鸡鸣发黄山，暝投虾湖宿。白雨映寒山，森森似银竹。
提携采铅客，结荷水边沐。半夜四天开，星河烂人目。
明晨大楼去，冈陇多屈伏。当与持斧翁，前溪伐云木。

石鱼湖上作
（唐）元结

吾爱石鱼湖，石鱼在湖里。鱼背有酒樽，绕鱼是湖水。
儿童作小舫，载酒胜一杯。座中令酒舫，空去复满来。
湖岸多欹石，石下流寒泉。醉中一盥漱，快意无比焉。
金玉吾不须，轩冕吾不爱。且欲坐湖畔，石鱼长相对。

初入太湖
（唐）陆龟蒙

东南具区雄，天水合为一。高帆大弓满，羿射争箭疾。
时当暑雨后，气象仍郁密。乍如开雕笈，耸翅忽飞出。
行将十洲近，坐觉八极溢。耳目骇鸿濛，精神寒佶栗。
坑来斗呀豁，涌处惊嵯崒。崄异拔龙湫，喧如破蛟室。
斯须风妥帖，若受命平秩。微芒识端倪，远峤疑格笔。
巉巉见铜阙，左右皆辅弼。盘空俨相趋，去势犹横逸。
尝闻咸池气，下注作清质。至今涵赤霄，尚且浴白日。

又云构浮玉,宛与昆阆匹。肃为灵官家,此事难致诘。
才迎沙屿好,指顾俄已失。山川互蔽亏,鱼鸟空聱轧。
何当授真检,得召天吴术。一一问朝宗,方应可谭悉。

初入太湖

(唐)皮日休

闻有太湖名,十年未曾识。今朝得游泛,大笑称平昔。
一舍行胥塘,尽日到震泽。三万六千顷,顷顷玻璃色。
连空淡无颣,照野平绝隙。好放青翰舟,堪弄白玉笛。
疏岑七十二,双双(巉巉)露矛戟。悠然啸傲去,天上摇画鹢。
西风乍猎猎,惊波雹涵碧。倏忽雷阵吼,须臾玉崖拆。
树动为蜃尾,山浮似鳌脊。落照射鸿溶,清辉荡抛甓。
云轻似可染,霞烂如堪摘。渐暝无处泊,挽泛(帆)从所适。
枕下闻彭汃〔汃〕(澎湃),肌上生瘆痱。
讨异足邅回,寻幽多阻隔。
愿风与良便,吹入神仙宅。甘将一蕴书,永事嵩山伯。

翠簾山天湖

(明)林鸿

翠簾高凌天,峰麓旷且平。何年此蟠龙,遂成秋水泓?
呼吸纳元气,溟濛变阴晴。云雷地中起,日月波上生。
上有空僧巢,岩栖炼神形。寥寥水月观,洞见心胸明。
我昔凌天梯,恍若登赤城。浮杯动松影,发笑回天声。
从兹便高举,永极云霞情。

太 湖

(明)贺承

太湖何茫茫,一望渺无极。但见青莲花,嵯峨水中立。
仙人双髻丫,弄影镜光碧。皎皎山月高,船头几声笛。

◆ 七言古

雪中游西湖
（宋）苏轼

词源滟滟波头展，清唱一声岩谷满。
未容雪积句先高，岂独湖开心自远。
云山已作歌眉浅，山下碧流青似眼。
尊前侑酒只新诗，何异书鱼餐蠹简。

七月三日至鄱阳湖
（宋）王十朋

吾来鄱君山水州，山水入眼常迟留。
绝境遥通云锦洞，（安仁县有绝境，亭云"锦水"。）
清音下瞰琵琶洲。（馀干县有清音堂、琵琶洲。）
于越亭前晚风起，湖入鄱阳三百里。
晓来一雨洗新秋，身在江东画图里。

◆ 五言律

和尹懋秋夜游灉湖
（唐）张说

灉湖佳可游，既近复能幽。林里栖精舍，山间转去舟。
雁飞江月冷，猿啸野风秋。不是迷乡客，寻奇处处留。

和尹懋秋夜游灉湖
（唐）赵冬曦

政理常多暇，方舟此溯洄。吹笙虚洞答，举楫便风催。
山暗云犹辨，潭幽月稍来。清溪无数曲，未尽莫先回。

临洞庭

(唐) 孟浩然

八月湖水平,涵虚混太清。气蒸云梦泽,波撼岳阳城。
欲济无舟楫,端居耻圣明。坐观垂钓者,徒有羡鱼情。

秋夜游灉湖

(唐) 张均

远水沉西日,寒沙聚夜鸥。平湖乘月满,飞棹接星流。
黄叶鸣凄吹,苍葭扫暗洲。愿移沧浦赏,归待颍川游。

过洞庭湖

(唐) 杜甫

鲛室围青草,龙堆隐白沙。护堤盘古木,迎棹舞神鸦。
破浪南风正,回樯畏日斜。湖光与天远,直欲犯仙槎。

宿青草湖

(唐) 杜甫

洞庭犹在目,青草续为名。宿桨依农事,邮签报水程。
寒冰争倚薄,云月递微明。湖雁双双起,人来故北征。

题房公琯汉州西湖

(唐) 严公贶

凤池才未尽,馀思凿西湖。珍木罗修岸,冰光映座隅。
琴台今寂寞,竹岛尚萦纡。犹蕴济川志,芳名终不渝。

题汧湖

(唐) 许棠

偶得湖中趣,都忘陇坻愁。边声风下雁,楚思浪移舟。
静极亭连寺,凉多岛近楼。吟游终不厌,还似曲江头。

过洞庭湖
（唐）许棠
惊波常不定，半日鬓堪斑。四顾疑无地，中流忽有山。
鸟飞应畏坠，帆远却如闲。渔父时相引，行歌浩渺间。

赋洞庭
（唐）僧可朋
周极八百里，凝眸望则劳。水涵天影阔，山拔地形高。
贾客停非久，渔翁转几遭。飒然风起处，又是鼓波涛。

西湖闲望
（宋）梅尧臣
夏景已多趣，湖边日更佳。园葵杂红紫，岸柳自欹斜。
雨气收林表，城阴接水涯。爱闲输白鸟，尽日立汀沙。

寒食游南湖
（宋）苏辙
绕郭春水满，被堤新柳黄。官池无禁约，野艇得飞扬。
浪泛歌声远，花浮酒气香。晚风归棹急，细雨湿红妆。

鉴湖夜泛
（宋）李觏
明月到尊前，拏舟古岸边。乱山斜入雾，远水倒垂天。
酒气熏龙戏，歌声弄鹤眠。回头嗤李郭，此外更无仙。

春日游西湖
（宋）王十朋
山色绿如染，湖光青似磨。峰高捧日久，波阔浸天多。
瑞气浮城阙，春光醉绮罗。能将比西子，妙句有东坡。

西湖夜泛

（明）吴鼎芳

疏雨洗空翠，来看湖上山。断桥芳草外，小艇白鸥间。
月在美人远，春忙流水闲。西陵犹唤酒，灯影出花关。

西湖晓起

（明）吴鼎芳

残钟湖上月，杳杳落层岑。晓色散为水，秋声聚作林。
闲来曾不惯，幽处每相寻。丛桂南山下，晴香一径深。

泛石湖同筱园居士

（明）吴鼎芳

放棹秋光远，残阳湖水西。树团渔户小，山截寺门低。
野渡一僧立，汀花数鸟啼。且沽桥外酒，同宿越来溪。

西湖春游

（明）盛鸣世

晴光上柳条，结伴戏花朝。歌近舟沿岸，人开马度桥。
雷峰看塔迥，葛岭弄泉遥。日暮争门入，衣香满路飘。

彭蠡湖

（明）徐祯卿

茫茫彭蠡口，隐隐鄱阳岑。地涌三辰动，江连九派深。
扬舲武昌客，发兴豫章吟。不见垂纶叟，烟波空我心。

横　湖

（明）程本立

横湖如匹练，风景此中稀。日暖赤鳞跃，天晴白鸟飞。
寒松蟠石岸，春水没苔矶。几度斜阳晚，渔舟渡口归。

湖 兴
（明）皇甫涍

客路浮清济，西风引汶川。岩容摇浦岸，水色净湖烟。
旅雁青山外，残虹绿树边。沧浪棹讴发，待枕月华眠。

湖 上
（明）李奎

锦帐开桃岸，兰桡系柳津。鸟歌如劝酒，花笑欲留人。
钟磬千山夕，楼台十里春。回看香雾里，罗绮六桥新。

◆ **五言排律**

别澧湖
（唐）张说

念别澧湖去，浮舟更一临。千峰出浪险，万木抱烟深。
南郡延恩渥，东山恋宿心。露花香欲醉，时鸟啭馀音。
涉趣皆留赏，无奇不遍寻。莫言山水间，幽意在鸣琴。

和燕公别澧湖
（唐）赵冬曦

南湖美泉石，君子玩幽奇。湾澳陪临泛，岩崿共践窥。
秋风棘桂涑，春景绿杨垂。郢客〔路〕委分竹，湘滨拥去麾。
柱帆怀胜赏，留景惜差池。水木且不弃，情游良可知。

自乐城赴永嘉枉路泛白湖寄松阳李少府
（唐）张子容

西行碍浅石，北转入溪桥。树色烟轻重，湖光风动摇。
百花乱飞雪，万岭叠青霄。猿挂临潭筱，鸥迎出浦桡。
惟应赏心客，兹路不言遥。

与崔二十一游镜湖寄包贺二公
（唐）孟浩然

试览镜湖水，中流见底清。不知鲈鱼味，但识鸥鸟情。
帆得樵风送，春逢谷雨晴。将探夏禹穴，稍背越王城。
府掾有包子，文章推贺生。《沧浪》醉后唱，因此寄同声。

三月五日陪裴大夫泛长沙东湖
（唐）崔护

上巳馀风景，芳辰集远坰。綵舟浮浩荡，绣毂下娉婷。
林树回葱蒨，笙歌入杳冥。湖光迷翡翠，草色醉蜻蜓。
鸟弄桐花日，鱼翻谷雨萍。从今留胜会，谁看画兰亭？

陪幸西湖
（元）泰不华

北都冠盖地，西郭水云乡。珠树三花放，鸾旗五色翔。
鸡翘辉凤渚，豹尾殿龙骧。驾拥千官仗，帆开百尺樯。
属车陪后乘，清道肃前行。河汉元通海，湖山远胜杭。
经纶属姚宋，制作从班扬。瑞绕金根动，声摇玉佩锵。
春阴飞土雨，晓露挹天浆。御柳枝枝绿，仙葩处处香。
葵倾惟日向，荷偃借风张。宝马鸣沙路，华舟迥石塘。
金吾分禁籞，武卫四屯箱。小大濡深泽，仁明发正阳。
皇皇星斗润，落落股肱良。朝野崇无逸，邦家重有光。
赐租宽下国，传诏出中堂。布政亲巡省，观民戒怠荒。
麦禾连野迥，桑柘出林长。乐岁天颜喜，回銮月下廊。

◆ 七言律

春题湖上
（唐）白居易

湖上春来似画图，乱峰围绕水平铺。

松排山面千重翠，月点波心一颗珠。
碧毯线头抽早稻，青罗裙带展新蒲。
未能抛得杭州去，一半勾留是此湖。

南　湖
（唐）温庭筠

湖上微风入槛凉，翻翻菱荇满回塘。
野船著岸偎春草，水鸟带波飞夕阳。
芦叶有声疑雾雨，浪花无际似潇湘。
飘然蓬艇东游客，尽日相看忆楚乡。

三堂东湖作
（唐）韦庄

满塘秋水碧澄泓，十亩菱花晚镜清。
影动新桥横蝃蝀，岸铺芳草睡鸰鹐。
蟾投夜魄当湖落，岳倒秋莲入浪生。
何处最添诗客兴，黄昏烟雨乱蛙声。

祈雨晓过湖上
（宋）欧阳修

清晨驱马思悠然，渺渺平湖碧玉田。
晓日未升先起雾，绿阴初合自生烟。
身闲始觉时光好，春去犹馀物色妍。
更待四郊甘雨足，相随箫鼓乐丰年。

西湖泛舟呈运使学士张掞
（宋）欧阳修

波光柳色碧溟濛，曲渚斜桥画舸通。
更远更佳唯恐尽，渐深渐密似无穷。
绮罗香里留佳客，絃管声来飔晚风。

半醉回舟迷向背，楼台高下夕阳中。

西　湖
（宋）林逋

混元神巧本无形，匠出西湖作画屏。
春水净于僧眼碧，晚山浓似佛头青。
栾栌粉堵摇鱼影，兰杜烟丛阁鹭翎。
往往鸣榔与横笛，细风斜雨不堪听。

望太湖
（宋）苏舜钦

杳杳波涛阅古今，四无边际莫知深。
润通晓月为清露，气入霜天作暝阴。
笠泽鲈肥人鲙玉，洞庭柑熟客分金。
风烟触目相招引，聊为停桡一楚吟。

游鉴湖
（宋）秦观

画舫珠簾出缭墙，天风吹到芰荷乡。
水光入座杯盘莹，花气侵人笑语香。
翡翠侧身窥绿酒，蜻蜓偷眼避红妆。
葡萄力缓单衣怯，始信湖中五月凉。

次张子京游天王湖作
（宋）郑侠

湖上迟迟不忍还，谈元（玄）清彻几重关。
旋风野马皆归静，逝鸟潜鱼各自闲。
队（坠）果露巢秋后树，淡烟斜日晚来山。
吟情到此何终极，注目红云紫雾间。

沈虞卿秘监招游西湖

（宋）杨万里

苏公堤远柳生烟，和靖园深竹映关。
船入芰荷香处去，人从云水国中还。
似寒如暖清和在，欲雨翻晴顷刻间。
能为蓬莱老仙伯，一杯痛快吸湖山。

西湖图

（宋）真山民

两袖春风一丈池，等闲踏破柳桥西。
云开远嶂碧千叠，雨过落花红半溪。
青旆有情邀我醉，黄莺无恨为谁啼？
东城正在桃林外，多少游人逐马蹄。

钱塘湖

（元）马祖常

石桥西畔竹棚斜，闲日浮舟阅岁华。
金凿悬崖开佛国，玉分飞瀑过人家。
风杉鹳下春鸣垤，雨树猿啼暝蹋花。
欲赁茭田来此住，东南更望赤城霞。

过洞庭湖

（元）欧阳玄

白沙隐隐见金鳌，殿阁凭虚结构牢。
天水浑融浮太极，神人幽显隔秋毫。
龙堂深閟灵栖冷，象纬低垂客枕高。
欲作庙堂迎送曲，杜红蘅碧尽离骚。

次韵王侍郎游湖

（元）萨都剌

绮席新凉舞袖偏，赏心输与使君专。
螺杯注酒摇红浪，綵扇题诗染绿烟。
一镜湖光开晓日，万家花气涨晴天。
涌金门外春如海，画舫笙歌步步仙。

西　湖

（明）王直

玉泉东汇浸平沙，八月芙蓉尚有花。
曲岛下通鲛女室，晴波深映梵王家。
常时凫雁闻清呗，旧日鱼龙识翠华。
堤下连云粳稻熟，江南风物未宜夸。

西湖游览

（明）田汝成

苏堤如带束湖心，罗绮新妆照碧浔。
翠幕浅搴怜草色，华筵小簇占花阴。
凌波人渡纤纤玉，促柱筝翻叠叠金。
月出笙歌敛城市，珠楼缥缈彩云深。

◆ 七言排律

泛太湖书事寄微之

（唐）白居易

烟渚云帆处处通，飘然舟似入虚空。
玉杯浅酌巡初匝，金管徐吹曲未终。
黄夹缬林寒有叶，碧琉璃水净无风。
避旗飞鹭翩翩白，惊鼓跳鱼拨剌红。

涧雪压多松偃蹇，岩泉滴久石玲珑。
书为故事留湖上，吟作新诗寄浙东。
军府威容从道盛，江山气色定知同。
报君一事君应羡，五宿澄波皓月中。

侯郎中新置西湖
（唐）方干

远近利民因智力，周回润物像心源。
菰蒲纵感生成惠，鳣鲔那知广大恩。
潋滟清辉吞半郭，萦纡别派入遥村。
沙泉绕石通山脉，岸水粘萍是浪痕。
已见澄来连镜底，兼知极处浸云根。
波涛不起时方泰，舟楫徐行日易昏。
烟雾未应藏岛屿，凫鹭亦解避旌旜。
虽云桃叶歌还醉，却被荷花笑不言。
孤鹤必应思凤沼，凡鱼岂合在龙门。
能将盛事添元化，一夕机谟万古存。

◆ 五言绝句

陪侍郎叔游洞庭醉后
（唐）李白

船上齐桡乐，湖心泛月归。白鸥闲不去，争拂酒筵飞。

陪从祖济南太守泛鹊山湖
（唐）李白

湖阔数千里，湖光摇碧山。湖西正有月，独送李膺还。

水入北湖去，舟从南浦回。遥看鹊山转，却似送人来。

欹　湖

（唐）裴迪

空阔湖水广，青荧天色同。舣舟一长啸，四面来清风。

湖上夜饮

（唐）白居易

郭外迎人月，湖边醒酒风。谁留使君饮，红烛在舟中。

纳　湖

（宋）朱子

诗筒连画卷，坐看复行吟。想像南湖水，秋来几许深？

虚湖曲

（明）杨慎

留连非鱼鸟，溯洄岂蒹葭。明月浴灏露，青云吸流霞。

◆ 七言绝句

同武平一员外游湖

（唐）储光羲

朝来仙阁听絃歌，暝入花亭见绮罗。
池边命酒怜风月，浦口回船惜芰荷。

花潭竹屿傍幽蹊，画楫浮空入夜溪。
芰荷覆水船难进，歌舞留人月易低。

湖上闲坐

（唐）白居易

藤花浪拂紫茸条，菰叶风翻绿剪刀。

闲弄水芳生楚思,时时合眼咏《离骚》。

西湖戏作示同游者

(宋)欧阳修

菡萏香清画舸浮,使君宁复忆扬州。
都将二十四桥月,换得西湖十顷秋。

横　湖

(宋)苏轼

贪看翠盖拥红妆,不觉楼(湖)边一夜霜。
卷却天机云锦段,从教匹练写秋光。

湖上杂咏

(宋)邹浩

何处清风作晚凉,解衣相与面沧浪。
青萍紫荇无情思,遮却琉璃万顷光。

次韵马少伊、郁舜举寄示同游石湖诗

(宋)范成大

镜面波光倒碧峰,半湖云锦万芙蓉。
去年荡桨香风里,行傍石桥花正浓。

十一月大雾中自胥口渡太湖

(宋)范成大

白雾排空白浪深,舟如竹叶信浮沉。
科头晏起吾何敢,自有山川印此心。

游湖上

(宋)陆游

一榼无时可醉吟,一藤随处得幽寻。

先须挽取银河水，洗净人间尘雾心。

过鉴湖
（宋）王十朋

谁把青铜铸鉴湖，湖光冷浸越王都。
东风二月西游客，买得扁舟入画图。

鉴　湖
（宋）王十朋

胸中万顷元才子，方外孤标贺李真。
鉴水萦回三百里，风流何止两唐人。

洞庭湖
（宋）王十朋

江山好处未经眼，人道岳阳天下无。
入笔波涛自今阔，胸中已有洞庭湖。

维舟便上岳阳楼，风定波澜万顷秋。
闻说洞庭通震泽，水应先我到蘋洲。

夜过鉴湖
（宋）戴昺

推篷四望水连空，一片蒲帆正饱风。
山际白云云际月，子规声在白云中。

清湖春早
（元）方回

楼上春阴覆晓云，一天河净碧沄沄。
雨宜不骤风宜细，闲倚阑干看水纹。

湖上暮归

(元)赵孟頫

春阴柳絮不能飞,雨足蒲芽绿更肥。
正恐前呵惊白鹭,独骑款段绕湖归。

甓社湖

(元)袁桷

甓社湖中新水清,风牵荇带引帆行。
灵妃夜渡霓裳冷,轻折菱花玩月明。

湖面

(元)范梈

湖面春深暖气匀,青芜未陨已知春。
沙湾散驻张鱼客,芦室时惊射雁人。

石湖

(明)周砥

烟中白鹤独飞还,相伴孤云尽日闲。
落日放船湖水上,一簾秋色看青山。

登城望鸳鸯湖

(明)怀悦

一上高城思不群,东风吹面洗馀醺。
红船乌榜春湖上,多载银筝入暮云。

卷九十四　川　类

◆ 五言古

游斜川

（晋）陶潜

开岁倏五日，吾生行归休。念之动中怀，及辰为兹游。
气和天惟澄，班坐依远流。弱湍驰文鲂，闲谷矫鸣鸥。
迥泽散游目，缅然睇曾丘。虽微九重秀，顾瞻无匹俦。
提壶接宾侣，引满更献酬。未知从今去，当复如此不。
中肠纵遥情，忘彼千载忧。且极今朝乐，明日非所求。

伊川独游

（宋）欧阳修

东郊渐微绿，驱马忻独往。梅繁野渡晴，泉落春山响。
身闲爱物外，趣远谐心赏。归路逐樵歌，落日寒川上。

◆ 五言律

闻所知游樊川

（唐）郑谷

谁无泉石趣，朝下少同过。贪胜觉程近，爱闲经宿多。
片沙留白鸟，高木引青萝。醉把鱼竿去，殷勤藉岸莎。

独游辋川

（宋）苏舜钦

行穿翠霭中，绝涧落疏钟。数里踏乱石，一川环碧峰。
暗林麋养角，当路虎留踪。隐逸何曾见，孤吟对古松。

◆ 五言绝句

伊川泛舟

（宋）欧阳修

春溪渐生溜，演漾回舟小。沙禽独避人，飞去青林杪。

◆ 七言绝句

题稚川山水

（唐）戴叔伦

松下茅亭五月凉，汀沙云树暗苍苍。
行人无限秋风思，隔水青山似故乡。

卷九十五　渚　类

◆ 五言古

和徐都曹出新亭渚
（齐）谢朓

宛洛佳遨游，春色满皇州。结轸青郊路，回瞰苍江流。
日华川上动，风光草际浮。桃李成蹊径，桑榆荫道周。
东都已俶载，言归望绿畴。

至牛渚忆魏少英
（梁）王僧孺

枫林暖似画，沙岸净如扫。空巃望悬石，回斜见危岛。
绿草闲游蜂，青葭集轻鸨。徘徊洞初月，浸淫溃春潦。
非愿岁物华，徒用风光好。

晓入宜都渚
（唐）阎宽

问俗周楚甸，川行渺江浔。兴随晓光发，道会春言深。
回眺佳气象，远怀得山林。伫应舟楫用，曷务归闲心。

◆ 五言律

后渚置酒
（唐）陈叔达

大渚初惊夜，中流沸鼓鼙。寒沙满曲浦，夕雾上耶溪。

岸广凫飞急，云深雁度低。严关犹未遂，此夕待晨鸡。

铜官渚守风
（唐）杜甫

不夜楚帆落，避风湘渚间。水耕先浸草，春火更烧山。
早泊云物晦，逆行波浪悭。飞来双白鹤，过去杳难攀。

枉　渚
（元）薛汉

枉渚倚孤棹，意行随杖藜。鸥边渔艇小，牛后牧童低。
秋色多因树，寒声半是溪。何当买茅屋，此地卜幽栖。

◆ 七言绝句

牛　渚
（唐）胡曾

温峤南归辍棹晨，然犀牛渚照通津。
谁知万丈洪流下，更有朱衣跃马人。

灶　渚
（宋）范成大

白鱼出水卧银刀，紫笋堆盘脱锦袍。
扣腹将军犹未快，掉船西岸摘菱蒿。

卷九十六　浦　类

◆ 五言古

入淑浦
（梁）简文帝

泛水入回塘，空枝度日光。竹垂悬扫浪，凫疑远避樯。

夕逗繁昌浦
（梁）刘孝绰

日入江风静，安波似未流。岸回知舳转，缆解觉船浮。
暮烟生远渚，夕鸟赴前洲。隔山闻戍鼓，傍浦喧棹讴。
疑是辰阳宿，于此逗孤舟。

◆ 七言古

泊冷水浦
（宋）杨万里

前夕放船湘口步，约到衡州来日午。
五程一减作三程，谢渠江涨半篙清。
今日雨来三四五，又闭疏篷听暮雨。
长年商量泊舟所，雨外青山更青处。

◆ 五言律

晚投江泽浦即事呈柳兵曹
（唐）耿湋

落日过重霞，轻烟上远沙。移舟冲荇蔓，转浦入芦花。
断岸纤来客，连波漾去槎。故乡何处在？更道向天涯。

满浦
（宋）梅尧臣

马头搀岸斗，燕尾泊船齐。风送寒潮急，云藏晚日低。
逢人多楚语，问客煮吴鸡。难觅枚皋宅，蒹葭处处迷。

◆ 五言绝句

秋浦歌
（唐）李白

秋浦锦驼鸟，人间天上稀。山鸡羞渌水，不敢照毛衣。

愁作秋浦客，强看秋浦花。山川如剡县，风日似长沙。

桃波一步地，了了语声闻。闇与山僧别，低头礼白云。

逻人横鸟道，江祖出鱼梁。水急客舟疾，山花拂面香。

水如一匹练，此地即平天。耐可乘明月，看花上酒船。

渌水净素月，月明白鹭飞。郎听采菱女，一道夜歌归。

秋浦田舍翁，采鱼水中宿。妻子张白鹇，结罝映深竹。

东浦夜泊

（明）谢绩

日落潮生浦，天空月上沙。归舟与飞鸟，相趁入芦花。

◆ 七言绝句

浦中夜泊

（唐）白居易

暗上江堤还独坐（立），水风霜气夜棱棱。
回看深浦停舟处，芦荻花中一点灯。

过女儿浦

（元）郯韶

浦口寒烟生白波，蘋花风急棹舟过。
人家一路青山下，只有秋田落雁多。

舟次横浦

（明）僧德清

五云一水入南安，万叠山回六六滩。
行到水穷山尽处，梅花无数岭头看。

卷九十七　溪　类

◆ 五言古

将游湘水寻句溪
（齐）谢朓

既从陵阳钓，挂鳞骖赤螭。方寻桂水源，谒帝苍山垂。
辰哉且未会，乘景弄清漪。瑟汨泻长淀，潺湲赴两歧。
轻蘋上靡靡，杂石下离离。寒草分花映，戏鲔乘空移。
兴以暮秋月，清霜落素枝。鱼鸟余方玩，缨緌君自縻。
及兹畅怀抱，山川长若斯。

入若耶溪
（梁）王籍

艅艎何泛泛，空水共悠悠。阴霞生远岫，阳景逐回流。
蝉噪林逾静，鸟鸣山更幽。此地动归念，长年叹倦游。

入若耶溪
（唐）崔颢

轻舟去何疾，已到云林境。起坐鱼鸟间，动摇山水影。
岩中响自答，溪里言弥静。事事令人幽，停桡向馀景。

姑孰溪
（唐）李白

爱此溪水闲，乘流兴无极。漾楫怕鸥惊，垂竿待鱼食。

波翻晓霞影,岸叠春山色。何处浣纱人,红颜未相识。

青　溪
（唐）王维

言入黄花川,每逐青溪水。随山将万转,趋途无百里。
声喧乱石中,色静深松里。漾漾泛菱荇,澄澄映葭苇。
我心素已闲,清川澹如此。请留盘石上,垂钓将已矣。

春泛若耶溪
（唐）綦毋潜

幽意远无尽,此去随所偶。晚风吹行舟,花落入溪口。
际夜转西壑,隔山望南斗。潭烟飞溶溶,林月低向后。
生事且弥漫,愿为持竿叟。

泛若耶溪
（唐）丘为

结庐若耶里,左右若耶水。无日不钓鱼,有时向城市。
溪中水流急,渡口水流宽。每得樵风便,往来殊不难。
一川草长绿,四时那得辨。短褐衣妻儿,馀粮及鸡犬。
日暮鸟雀稀,稚子呼牛归。住处无邻里,柴门独掩扉。

缑氏尉沈兴宗置酒南溪
（唐）王昌龄

林色与溪古,深篁引幽翠。山樽在渔舟,棹月情已醉。
始穷清源口,壑绝人境异。春泉滴空崖,萌草圻阴地。
久之风榛寂,远闻樵声至。海雁时独飞,永然沧洲意。
古时青冥客,灭迹沦一尉。吾子蹰躇心,岂其纷埃事。
缑岑信所魁,济北余乃遂。齐物可任今,息肩理犹未。
卷舒形性表,脱略贤哲议。仲月期角巾,饭僧嵩阳寺。

卷九十七 溪 类

寻东溪还湖中作
（唐）刘眘虚

出山更回首，日暮清溪深。东岭新别处，数猿叫空林。
昔游初有迹，此路还独寻。幽兴方在往，归怀复为今。
云峰劳前意，湖水成远心。望望已超越，坐鸣舟中琴。

月溪与幼遐、君贶同游
（唐）韦应物

岸筱覆回溪，回溪曲如月。沉沉水容渌，寂寂莺声歇。
浅石方凌乱，游禽时出没。半雨夕阳霏，缘源杂花发。
明晨重来此，同心应已阙。

和皇甫判官游琅琊溪
（唐）孟郊

山中瑠璃境，物外琅琊溪。房廊逐岩壑，道路随高低。
碧濑漱白石，翠烟含青蜺。客来暂游践，意欲忘簪珪。
树杪灯火夕，云端钟梵齐。时同虽可仰，迹异难相携。
唯当清宵梦，仿佛愿攀跻。

奉陪侍中游石笋溪
（唐）卢纶

朝日照灵山，山溪浩纷错。图秦无旧记，纪禹应新凿。
双壁泻天河，一峰吐莲萼。潭心乱雪卷，岩腹繁珠落。
彩蛤攒锦囊，芳萝袅花索。猿群曝阳岭，龙穴腥阴壑。
静得渔者言，闲闻洞仙博。欹松倚朱幰，广石屯油幕。
国泰事留侯，山春纵康乐。间关殊状鸟，烂熳无名药。
欲验少君方，还吟大隐作。旌幢不可驻，古塞新沙漠。

下牢溪
（宋）欧阳修

隔谷闻溪声，寻溪度横岭。清流涵白石，静见千峰影。
岩花无时歇，翠柏郁何整。安能恋潺湲，俯仰弄云景。

宿樊溪
（宋）张耒

黄州望樊山，秀色如可鉴。扁舟横江来，山脚系吾缆。
大川失汹涌，浅水澄可揽。北风吹疏雨，夜枕舟屡撼。
齐安不可望，灭没孤城暗。奔流略溪口，龙唇屡窥瞰。
平生千金质，戒惧敢忘暂。兹游定何名？耿耿有馀念。

泛舟西溪
（元）刘因

万山倒沧浪，一叶凌嵯峨。嵯峨为飞舞，翠影如婆娑。
轻阴散雨足，净绿生圆波。人间碧海幻，老眼青铜磨。
风云几千古，办此雨一蓑。溪南有幽人，鼓棹前山阿。
烟深渺无处，月色浮松萝。

自衢州至兰溪
（明）刘基

秋郊敛微雨，霁色澄人心。振策率广路，逍遥散烦襟。
疏烟带平原，薄云去高岑。湛湛水凝碧，离离稻垂金。
荞麦霜始秀，元（玄）蝉寒更吟。幽怀耿虚寂，好景自相寻。
心契清川流，目玩嘉树林。歌传《沧浪》调，曲继《白雪》音。
仙山在咫尺，早晚期登临。

碧　溪
（明）顾璘

落落高梧阴，俯瞰寒流碧。微云过疏雨，秋容澹无迹。

鱼游绿藻晴，鸟下青芜夕。兴至每垂纶，歌罢还岸帻。
渔父两三人，时来共争席。

渡双溪

（明）薛瑄

双溪始合流，崖绪遂经复。洄潭一镜平，秋影空寒绿。
野渡得孤航，山家带乔木。适意方自兹，前呵戒童仆。
抚景重悠然，谁能知斯曲？

◆ 七言古

入少密溪

（唐）沈佺期

云峰苔壁绕溪斜，江路香风夹岸花。
树密不言通鸟道，鸡鸣始觉有人家。
人家更在深岩口，涧水周流宅前后。
游鱼瞥瞥双钓童，伐木丁丁一樵叟。
自是避喧非避秦，薜衣耕凿帝尧人。
相留且待鸡黍熟，夕卧深山萝月春。

说洄溪招退者

（唐）元结

长松亭亭满四山，山间乳窦流清泉。
洄溪正在此山里，乳水松膏常灌田。
松膏乳水田肥良，稻苗如蒲米粒长。
糜色如珈玉液酒，酒熟犹闻松节香。
溪边老翁年几许？长男头白孙嫁女。
问言只食松田米，无药无方向人语。
浯溪石下多泉源，盛暑大寒冬大温。
屠苏宜在水中石，洄溪一曲自当门。

吾今欲作泂溪翁，谁能住我舍西东？
勿惮山深与地僻，罗浮尚有葛仙翁。

罨画溪行

（宋）孙觌

老牸浮鼻水中归，彩雉应媒桑下飞。
萝茑冥冥山四起，数家鸡犬烟树里。
一支新绿涨晴沟，杨柳中间系小舟。
罨画溪头乌鸟乐，呼风唤雨不能休。

蝶趁花飞争入坐，倚空百尺游丝堕。
乱山衔日半船明，断云载雨前村过。
蕨芽戴土小儿拳，渔市人归柳贯鲜。
罨画溪头人语好，烹鱼煮蕨饷春田。

沙头绿暗已藏鸦，竹里犹残一两花。
蜗庐抱柳开新国，燕语窥帘忆旧家。
春风有信自年年，罨画溪边柳系船。
陶情满酌酒如泉，醉与长瓶藉草眠。

翠木苍藤缭白沙，槿篱茅店野人家。
了无狡兔营三窟，只有黄蜂趁两衙。
树头猎猎酒旗风，罨画溪边卖酒翁。
银瓶快泻清若空，令君一笑面生红。

晓泊兰溪

（宋）杨万里

金华山高九天半，夜雪装成珠玉案。
兰溪水清千顷强，朔风冻作瑠璃缸。

日光雪光两相射，老眼看来忘南北。
恨身不如波上鸥，脚指为楫身为舟。
恨身不如沙上雁，芦花作家梅作伴。
折绵冰酒未是寒，晓寒直欲冰我肝。
急闭箬篷拥炉去，竹叶梨花十分注。

馀不溪词

（元）倪瓒

馀不溪水涵绿蘋，微风吹波蹙龙鳞。
看山荡桨不知远，两岸桃花飞接人。
溪回路转松风急，竹林华房霞气湿。
忽逢道士颀而长，疑是韩国张子房。
相期飘拂紫烟里，下揽沧溟浮玉舸。

赋清溪

（元）郭钰

清溪之水抱幽谷，盘涡细浪相豗蹙。
半篙晴日荡金鳞，一带秋烟溜寒玉。
溪上仙翁绝尘俗，开门俯溪饮溪绿。
白鸟飞来明镜中，垂杨锁断阑干曲。
窈窕春花亚修竹，修竹何人共棋局？
紫萝为盖草为褥，如辋川图悬一幅。
嗟我早年厌羁束，五湖风月醉心目。
只今是处鲸波静，把钓从君事亦足。

◆ 五言律

泛镜湖南溪

（唐）宋之问

乘兴入幽栖，舟行日向低。岩花候冬发，谷鸟作春啼。

沓嶂开天小，丛篁夹路迷。犹闻可怜处，更在若耶溪。

酬万八、贺九云门下归溪中作

（唐）孙逖

晚从灵境出，林壑曙云飞。稍觉清溪尽，回瞻画刹微。
独园馀兴在，孤棹宿心违。更忆登攀处，天香盈袖归。

终南东溪中作

（唐）岑参

溪水碧于草，潺潺花底流。沙平堪濯足，石浅不胜舟。
洗药朝与暮，钓鱼春复秋。兴来从所适，还欲向沧洲。

武陵泛舟

（唐）孟浩然

武陵川路狭，前棹入花林。莫测幽源里，仙家信几深。
水回青嶂合，云渡绿溪阴。坐听闲猿啸，弥清尘外心。

宿黑灶溪

（唐）张籍

夜到碧溪里，无人秋月明。逢幽便移宿，取伴亦探行。
花下红泉色，云中乳鹤声。明朝记归处，石上自书名。

白云溪

（唐）吴巩

山径入幽篁，深林蔽日光。夏云生嶂远，瀑水引溪长。
秀迹逢皆胜，清氛坐转凉。回看玉罇夕，归路赏难忘。

泛　溪

（唐）朱庆馀

曲渚回花舫，生衣卧向风。鸟飞溪色里，人语棹声中。

馀卉才分影，新蒲自作丛。前湾更幽绝，虽浅去犹通。

泛溪
(唐) 项斯

溪船泛渺弥，渐觉减炎辉。动水花连影，逢人鸟背飞。
深犹见白石，凉好换生衣。未得多诗句，终须隔宿归。

蓝溪夜坐
(唐) 张乔

蓝水警尘梦，夜吟开草堂。月临山霭薄，松滴露花香。
诗外真风远，人间静兴长。明朝访禅侣，更上翠微房。

处州洞溪
(唐) 方干

气象四时清，无人画得成。众山寒叠翠，两派绿分声。
坐月何曾夜，听松不似晴。混元融结后，便有此溪名。

溪行即事
(唐) 僧灵一

近夜山更碧，入林溪转清。不知伏牛地，潭洞何纵横。
曲岸烟初合，平湖月未生。孤舟屡失道，但听秋泉声。

送崔主簿赴睦州清溪
(宋) 梅尧臣

舟轻不畏险，逆上子陵滩。七里峡天翠，千重云木寒。
古祠鸣野鸟，乱石激春湍。正与高怀惬，宁歌行路难。

宿兰溪水驿前
(宋) 杨万里

系缆兰溪岸，开襟柳驿窗。人争趋夜市，月自落秋江。

灯火疏还密,帆樯只更双。平生经此县,今夕驻孤幢。

水色秋逾白,山光夜不青。一眉画天月,万粟种江星。
小酌居然醉,当风不觉醒。谁家教儿子,清诵隔疏棂。

苕　溪
（元）戴表元

六月苕溪路,人言似若耶。渔罾挂棕树,酒舫出荷花。
碧水千塍共,青山一道斜。人间无限事,不厌是桑麻。

溪　上
（明）应亮

清溪流不极,林际带疏钟。鸟道连山屋,滩声落水舂。
涨消新有岸,云起本多峰。遥对猿啼峡,乡关烟树重。

南溪晚归
（明）高启

流水出云根,遥通古寺门。山深僧少俗,人静市如村。
马渡知长浅,鱼行见不浑。多情溪上月,归路照黄昏。

溪　上
（明）高启

秋色共溪长,游人笑语凉。萍开天倒影,莲堕水流香。
鱼罾和星漉,禽置带雨张。从今摇桂棹,不必问潇湘。

◆ 五言排律

奉酬韦祭酒自汤井还都经龙门北溪庄见赠之作
（唐）张说

闻君汤井至,潇洒憩郊林。拂曙携清赏,披云靓绿岑。

欢言游览意，款曲望归心。是日期佳客，同山忽异寻。
桃源花路转，杨柳涧门深。泛舟伊水涨，系马香树阴。
繁絃弄水族，娇吹狎沙禽。春满河光媚，景斜岚气侵。
怀仁殊未远，重德匪专临。来藻敷幽思，连词报所钦。

和处州韦使君新开南溪
（唐）朱庆馀

地里光图谶，樵人共说深。悠然想高躅，坐使变荒岑。
疏凿因殊旧，亭台亦自今。静容猿暂下，闲与鹤同寻。
转筛驯禽起，裹帷瀑溜侵。石稀潭见底，岚暗树无阴。
跻险难通屐，攀栖称抱琴。云风开物意，潭水识人心。
携榼寻花遍，移舟惜景沉。世嫌山水僻，谁伴谢公吟？

西蜀净众寺松溪八韵兼寄崔处士
（唐）郑谷

溪因松得名，松吹答溪声。缭绕能穿寺，幽奇不在城。
寒烟斋后散，春雨夜中平。染岸苍苔古，翘沙白鸟明。
澄分僧影瘦，光彻客心清。带梵侵云响，和钟击石鸣。
澹烹新茗爽，暖泛落花轻。此景吟难尽，凭君画入京。

泛五云溪
（唐）许浑

此溪何处路？遥问紫髯翁。佛庙千岩里，人家一岛中。
鱼倾荷叶露，蝉噪柳林风。急濑鸣车轴，微波漾钓筒。
石苔萦棹绿，山果拂舟红。更就前溪宿，村桥与剡通。

◆ 六言律

春日西溪即事
（明）僧道衍

云断山峰远远，树回溪路斜斜。

酒旗风飐村店，牛衣日晒田家。
唤妇鸠藏密竹，引雏鸭聚圆沙。
人晚棹歌归去，争先去折汀花。

人家半依沙觜，舟子长停岸足。
杨柳三株五株，桃花一簇两簇。
斜阳澹澹牵黄，远水盈盈涨绿。
老翁忘却投纶，因看晴鸥对浴。

◆ 七 言 律

题裴处士碧虚溪居
（唐）王建

鸟声真似深山里，平地人间也不同。
春圃紫芹长卓卓，暖泉青草一丛丛。
松台前后花皆别，竹崦高低水尽通。
细问来时从近远，溪名载入县图中。

溪上行
（唐）温庭筠

绿塘漾漾烟濛濛，张翰此来情不穷。
雪羽褵褷立倒景，金鳞泼剌跳晴空。
风翻荷叶一向白，雨湿蓼花千穗红。
心羡夕阳波上客，片时归梦钓船中。

夜雪泛舟游南溪
（唐）韦庄

大江西面小溪斜，入竹穿松似若耶。
两岸严风吹玉树，一滩明月晒银砂。
因寻野渡逢渔舍，更泊前湾上酒家。

去去不知归路远，棹声烟里独呕哑。

酬张器判官泛溪
（宋）欧阳修

园林初夏有清香，人意萧闲味愈长。
日暖鱼跳波面静，风轻鸟语树阴凉。
野亭飞盖临芳草，曲渚回舟带夕阳。
所得平时为郡乐，况多佳客共衔觞。

沂溪
（宋）陆游

射的峰前禹庙东，短篷三扇卧衰翁。
闲携清圣浊贤酒，重试朝南暮北风。
水落痕留红蓼节，雨来声满绿蒲丛。
冲烟莫作匆匆去，拟看溪丁下钓筒。

冷岩公柳溪
（金）刘中

斗印轻抛系肘金，故园风物动归心。
柳含烟翠丝千尺，水写天容玉一寻。
山色只于闲里好，风波不似向来深。
人间桃李栽培满，换得溪南十亩阴。

过五溪
（元）萨都剌

万壑泉声下五溪，小凉天气下溪时。
相逢桥上无非客，行尽江南都是诗。
苦雨最嫌鸠唤急，爱山不厌马行迟。
几时宿向华峰顶，露月萧萧生桂枝。

桃溪夜泊

（明）陆弼

清霜夜落武陵溪，水上苍烟十丈齐。
野爨冷烧红叶火，村春寒接五更鸡。
不眠枕上多新得，所过山中有旧题。
起问昨宵沽酒处，人家只在小桥西。

溪　上

（明）张泰

溪上闲行日未斜，石桥南北见桃花。
避人鱼入深深水，傍母凫眠浅浅沙。
渡口孤舟依野店，矶头一径到渔家。
何时谢却尘中事，来就田园学种瓜。

◆ 五言绝句

溪　上

（唐）顾况

采莲溪上女，舟小怯摇风。惊起鸳鸯宿，水云撩乱红。

◆ 六言绝句

剡溪舟行

（唐）朱放

月在沃洲山上，人归剡县溪边。
漠漠黄花覆水，时时白鹭惊船。

◆ 七言绝句

桃花溪
（唐）张旭

隐隐飞桥隔野烟，石矶西畔问渔船：
桃花尽日随流水，洞在清溪何处边？

兰溪棹歌
（唐）戴叔伦

凉月如眉挂柳湾，越中山水镜中看。
兰溪三日桃花雨，半夜鲤鱼来上滩。

和韩吏部泛南溪
（唐）贾岛

溪里晚从池岸出，石泉秋急夜声闻。
木兰船共山人上，月映渡头零落云。

夜泊荆溪
（唐）陈羽

小雪已晴芦叶暗，长波乍急鹤声嘶。
孤舟一夜宿流水，眼看山头月落溪。

池州清溪
（唐）杜牧

弄溪终日到黄昏，照数秋来白发根。
何物赖君千遍洗？笔头尘土渐无痕。

溪兴
（唐）杜荀鹤

山雨溪风卷钓丝，瓦瓯篷底独斟时。

醉来睡著无人唤，流下前滩也不知。

若耶溪上
（宋）陆游

九月霜风吹客衣，溪头红叶傍人飞。
村场酒薄何妨醉，菰正堪烹蟹正肥。

兰溪舟中
（元）萨都剌

水底霞天鱼尾赤，春波绿占白鸥汀。
越船一叶兰溪上，载得金华一半青。

小　溪
（元）刘秉忠

小溪流水碧如油，终日忘机羡白鸥。
两岸桃花春色里，可能容个钓鱼舟？

桃　溪
（明）鲁铎

世路悠悠已倦游，桃溪深处草堂幽。
东风自解幽人意，不遣飞花逐水流。

越来溪
（明）葛一龙

草烟绿凑柳垂低，桥对斜阳堕影西。
听罢情歌听啼鸟，吴船摇过越来溪。

荆　溪
（明）范沨

乱水声中系艇斜，月寒沽酒扣谁家？

仙源咫尺不知处，红叶吹来如落花。

青　溪

（明）沈明臣

窈窕青溪尽日寻，雨收风歇翠沉沉。
一双燕子翻花出，始觉人家住隔林。

卷九十八 涧类

◆ 五言古

从斤竹涧越岭溪行
（宋）谢灵运

猿鸣诚知曙，谷幽光未显。岩下云方合，花上露犹泫。
逶迤傍隈隩，迢递陟陉岘。过涧既厉急，登栈亦陵缅。
川渚屡径复，乘流玩回转。苹萍泛沉深，菰蒲冒清浅。
企石挹飞泉，攀林摘叶卷。想见山阿人，薜萝若在眼。
握兰勤徒结，折麻心莫展。情用赏为美，事昧竟谁辨？
观此遗物虑，一悟得所遣。

赋得曲涧
（梁）刘孝威

涧流急易转，溪竹暗难开。近楼俄已失，前洲忽复回。
石岸生寒藓，沉根渍水苔。菱舟沿道去，归凫迷径来。

西涧即事示卢陟
（唐）韦应物

寝扉临碧涧，晨起澹忘情。空林细雨至，圆文遍水生。
永日无馀事，山中伐木声。知子尘喧久，暂可散烦缨。

南涧中题
（唐）柳宗元

秋气集南涧，独游亭午时。回风一萧瑟，林影久参差。

始至若有得，稍深遂忘疲。羁禽响幽谷，寒藻舞沦漪。
去国魂已游，怀人泪空垂。孤生易为感，失路少所宜。
索寞竟何事，徘徊只自知。谁为后来者，当与此心期。

◆ 七言古

华林北涧

（宋）徐谖

总长潭兮括远源，下沉溜兮起轻泉。
回溪浚兮曲沼阻，冲波激兮濑溅溅。
贯九谷兮积灵芝，飞清涛兮洁澄涟。

◆ 五言绝句

南　涧

（唐）王建

野桂香满溪，石莎寒覆水。爱此南涧头，终日潺湲里。

小　涧

（宋）朱子

两岸交翠阴，一水自清泻。俯仰契幽情，神襟顿飘洒。

◆ 七言绝句

嘶水涧

（左原之南有左岭水，北流入于原中。水善嘶，晴而嘶则雨，雨而嘶则晴。水忽鸣忽止曰"嘶"）

（宋）王十朋

岭头寒涧远无声，夜静风恬忽自鸣。
山水有灵人不识，老农常用卜阴晴。

涉水涧作

（宋）朱子

绝壑藤萝贮翠烟，水声幽咽乱峰前。
行人但说青山好，望断云间双髻仙。

春日西涧独立

（明）周砥

涧房松竹静烟霏，径里苍苔行迹稀。
相与寻君遂初赋，江花欲落换春衣。

卷九十九　潭　类

◆ 五言古

旦发渔浦潭
（梁）丘迟

渔潭雾未开，赤亭风已飏。棹歌发中流，鸣鞞响沓嶂。
村童忽相聚，野老时一望。诡怪石异象，崭绝峰殊状。
森森荒树齐，析析寒沙涨。藤垂岛易陟，崖倾屿难傍。
信是永幽栖，岂徒暂清旷。坐啸昔有委，卧治今可尚。

发渔浦潭
（唐）孟浩然

东旭早光芒，渚禽已惊聒。卧闻渔浦口，桡声暗相拨。
日出气象分，始知江路阔。美人常晏起，照影弄流沫。
饮水畏惊猿，祭鱼时见獭。舟行自无闷，况值晴景豁。

葛山潭
（唐）孙逖

圆潭写流月，晴明涵万象。仙翁何时还？绿水空荡漾。
凉哉草木腓，白露沾人衣。犹醉空山里，时闻笙鹤飞。

泾溪南蓝山下有落星潭，可以卜筑，余泊舟石上，寄何判官昌浩
（唐）李白

蓝岑竦天壁，突兀如鲸额。奔蹙横澄潭，势吞落星石。

沙带秋月明，水摇寒山碧。佳境宜缓棹，清辉能留客。
恨君阻欢游，使我自惊惕。所期俱卜筑，结茅炼金液。

春日游罗敷潭
（唐）李白

行歌入谷口，路尽无人跻。攀崖度绝壑，弄水寻回溪。
云从石上起，客到花间迷。淹留未尽兴，日落群峰西。

万丈潭
（唐）杜甫

青溪合冥汉，神物有显晦。龙依积水蟠，窟压万丈内。
局步凌垠垠，侧身下烟霭。前临洪涛宽，却立苍石大。
山危一径尽，岸绝两壁对。削成根虚无，倒影垂澹瀩。
黑如湾澴底，清见光炯碎。孤云倒来深，飞鸟不在外。
高萝成帷幄，寒木垒旌旆。远川曲通流，嵌窦潜泄濑。
造幽无人境，发兴自我辈。告归遗恨多，将老斯游最。
闭藏修鳞蛰，出入巨石碍。何事炎天过，快意风雨会。

过小石潭
（宋）梅尧臣

树老石连潭，潭深烟翠入。群鱼石下游，独鸟潭上立。
泉暖草长绿，山高风自急。徘徊兴不穷，苔屐云沾湿。

鹳雀崖北龙潭
（金）元好问

层崖閟顽阴，水木深以阻。湍声半空落，汹汹如怒虎。
风生木叶脱，魄动不敢语。何年浑沌窍，灵物此栖处？
初从一线溜，开凿到神禹。云雨鼓飞浪，喷薄齐万弩。
藏珠骊龙领，百斛快一吐。油油入无底，细散不濡缕。
归藏海有穴，泛溢愁下土。南峰天一柱，万古镇幽府。

江山有奇探，落景迫行旅。多惭茹芝人，终年看飞雨。

龙　潭
（金）元好问

层冰积浩荡，陵谷互吞吐。窈窕转幽壑，突兀开净宇。
回头山水县，亦复堕尘土。孤云铁梁北，宇宙一仰俯。
风景初不殊，川涂忽修阻。寒潭海眼净，黮黑自太古。
蛰龙何年卧，万国待霖雨。谁能裂苍崖，雷风看掀举。

夜泛涡河龙潭
（金）吴激

轻舟弄素月，静夜横清涡。天风毛发乱，疏星灿明河。
图经纪父老，冥寞年岁多。渊沉三十丈，湛碧寒无波。
微流带文藻，绝岸无柔莎。炯如帝鸿镜，可鉴不可磨。
中蟠至神物，役使群蛟鼍。蜿蜿头角古，劲鬣谁能劙。
深宫照珠贝，颇费蚌与螺。何时葛陂竹，化作陶公梭？

竹筱潭
（明）张羽

冻雨不成雪，客行利新晴。回睇三山外，残阳霭馀明。
江神不扬波，归流澹且平。使者诚寡德，国家育威灵。
笳鼓发中州，棹歌和且清。酾酒凌长风，篇翰倏已成。
常诵《皇华》章，征夫任匪轻。愧无咨询效，何以答圣情？

玉女潭
（明）马愈

潭花散清香，潭影照眉宇。不见玉女容，骑鸾杳何去？
丹光罢青红，石屋亦轻举。惟有菰蒲根，年年自春雨。

◆ 五言律

对小潭寄远上人
（唐）白居易

小潭澄见底，闲客坐开襟。借问不流水，何如无念心？
彼惟清且浅，此乃寂而深。是义谁能答？明朝问道林。

仙游潭
（宋）苏轼

翠壁下无路，何年雷雨穿？光摇岩上寺，深到影中天。
我欲然犀看，龙应抱宝眠。谁能孤石上，危坐试僧禅？

龟 潭
（宋）孙觌

摆落攀缘断，驱除磊块平。庭松敌老健，潭水伴孤清。
待月出时看，寻云起处行。相随木上坐，徙倚到参横。

蜗舍三间小，龟泉一勺甘。《楞严》浑不看，弥勒久同龛。
潭影千峰倒，云梢万木参。岩花自无主，红雨落毵毵。

◆ 七言律

南 潭
（唐）李昌符

匝岸青芜掩古苔，面山亭榭枕潭开。
有时絃管收筵促，无数凫鹭逐浪来。
路入龙祠群木老，风惊渔艇一声回。
人传郭恽多游此，谁见当初泛玉杯？

龙　潭

（唐）僧应物

石激悬流雪满湾，五龙潜处野云闲。
暂收雷电九峰下，且敛溪潭一水间。
浪引浮槎依北岸，波分晓日浸东山。
回瞻四面如看画，须信游人不欲还。

北　潭

（金）史肃

竹阴松影玉葱龙，十里平堤一径通。
碧水乍开新镜面，青山都是好屏风。
寒蝉高鸟清愁外，折苇枯荷小景中。
酒力未多秋兴逸，夕阳聊贷半林红。

◆ 五言绝句

春游东潭

（唐）卢纶

移舟试望家，漾漾似天涯。日暮满潭雪，白鸥和柳花。

与畅当夜泛秋潭

（唐）卢纶

萤火飐莲丛，水凉多夜风。离人将落叶，俱在一船中。

镜　潭

（唐）韩愈

非铸复非镕，泓澄忽此逢。鱼虾不用避，只是照蛟龙。

◆ 七言绝句

潭上作
（唐）张乔

竹岛残阳映翠微，雪翎禽过碧潭飞。
人间未有关身事，每到渔家不欲归。

过河龙潭
（宋）欧阳修

碧潭风定影涵虚，神物中藏岸不枯。
一夜四郊春雨足，却来闲卧养明珠。

舟过谢潭
（宋）杨万里

夹江百里少人家，最苦江流曲更斜。
岭草已青今岁叶，岸芦犹白去年花。

三井潭
（宋）王十朋

源泉高似银河落，石井泓然鼎足分。
闻说井中龙已化，定从三级上青云。

夜泊芦潭
（明）汪本

石尤风动驻征帆，千里孤光月正南。
翘首故林天一角，水禽相伴宿芦潭。

卷一百　洲　类

◆ 五言古

百花洲
（明）僧道衍

水滟接横塘，华多碍舟路。波红晴漾霞，沙白寒栖鹭。
缘汀渔网集，隔渚菱歌度。不见昔游人，风烟自朝暮。

◆ 七言古

鹦鹉洲送王九游江左
（唐）孟浩然

昔登江上黄鹤楼，遥爱江中鹦鹉洲。
洲势逶迤绕碧流，鸳鸯鸂鶒满沙头。
沙头日落沙碛长，金沙耀耀动飙光。
舟人牵锦缆，浣女结罗裳。
月明全见芦花白，风起遥闻杜若香。
君行采采莫相忘。

鹦鹉洲
（唐）李白

鹦鹉来过吴江水，江上洲传鹦鹉名。
鹦鹉西飞陇山去，芳洲之树何青青。

烟开兰叶香风暖，岸夹桃花锦浪生。
迁客此时徒极目，长洲孤月向谁明？

春洲曲
（唐）温庭筠

韶光染色如娥翠，绿湿红鲜水容媚。
苏小慵多兰渚闲，融融浦日鸬鹕寐。
紫骝蹀躞金衔嘶，堤上扬鞭烟草迷。
门外平桥连柳堤，归来晚树黄莺啼。

◆ 五 言 律

桑落洲
（唐）李群玉

九江寒露夕，微浪北风生。浦屿渔人火，蒹葭凫雁声。
颓云晦庐岳，微鼓辨溢城。远忆天边弟，曾从此路行。

◆ 七 言 律

仙明洲口号
（唐）李群玉

长爱沙洲水竹居，暮江春树绿阴初。
浪翻新月金波浅，风卷轻云玉叶疏。
半浦夜歌闻荡桨，一星幽火照叉鱼。
二年此处寻佳句，景物常输楚客书。

泊平江百花洲
（宋）杨万里

吴中好处是苏州，却为王程得胜游。
半世三江五湖棹，十年四泊百花洲。

岸傍杨柳都相识，眼底云山苦见留。
莫怨孤舟无定处，此身自是一孤舟。

赋壶洲

（元）虞集

传闻海上有元洲，曾是安期旧所游。
千顷白云都种玉，一杯弱水不胜舟。
鱼龙夜护黄金鼎，鸾鹄晨朝紫绮裘。
波浪不惊星斗近，步虚声里度清秋。

为张壶洲赋壶洲

（元）陈旅

握日台高雨气收，扶桑凉影动瀛洲。
珠林错落三华露，宝稼离披五色秋。
邻曲夜机鲛有室，空中烟市蜃为楼。
颇闻云锦张高士，曾与壶公汗漫游。

赋中书左曹小瀛洲

（元）张翥

东曹地迥集名郎，宛是仙家紫翠房。
闾阖上通天咫尺，蓬莱移出海中央。
金波日暖浮鵁鹉，玉树春浓下凤凰。
几度梦回清夜直，此身如在五云乡。

◆ **六言绝句**

过雁洲

（宋）梅尧臣

船从雁洲北去，雁背春风亦归。
但见平沙绿水，菱蒿荻笋方肥。

卷一百一 渡类

◆ 五言古

初至崖口
（唐）宋之问

崖口众山断，欹崟耸天壁。气冲落日红，影入春潭碧。
锦缕织苔藓，丹青画松石。水禽泛容与，岩花飞的皪。
微路从此深，我来恨于役。惆怅情未已，群峰暗将夕。

横龙渡
（唐）刘长卿

空传古岸下，曾见蛟龙去。秋水晚沉沉，犹疑在深处。
乱声沙上石，倒影云中树。独系一扁舟，樵人往来渡。

◆ 七言古

古箭渡
（明）程敏政

古箭渡头春水急，古箭铺下春泥湿。
风吹一道雨微收，黑压四山云未入。
邮亭饭罢闻竹鸡，肩舆扶过苍崖西。
行人道侧乱相指，雨阵复来云脚齐。

◆ 五言律

早发寿安次永济渡
（唐）许浑

东西车马尘，巩洛与咸秦。山月夜行客，水烟朝渡人。
树凉风浩浩，沙浅石磷磷。会待功名就，扁舟寄此身。

晚泊汉江渡
（唐）刘敁

末秋云木轻，莲拆晚香清。雨下侵苔色，云凉出浪声。
叠帆依岸尽，微照映堤明。渡吏已头白，遥知客姓名。

过髦塘渡
（宋）杨万里

雪浪无坚岸，金沙有退痕。断桥犹半版，漱树欲枯根。
为问新来涨，今年第几番？昨来愁此渡，已济不堪论。

泊白沙渡
（宋）真山民

日暮片帆落，渡头生暝烟。与鸥分渚泊，邀月共船眠。
灯影渔舟外，湍声客枕边。离怀正无奈，况复听啼鹃。

过下杯渡
（宋）陈与义

夜宿下杯馆，朝鸣一棹东。湖平天尽落，峡断海横通。
冉冉云随舸，茫茫鸟溯风。仙人蓬岛上，遥见我乘空。

晓　渡
（明）李言恭

烟树晓栖鸦，长汀带白沙。中流聊击楫，新水误浮槎。

云与人争渡,春随客到家。遥知飞綵日,开落〔满〕石城花。

◆ 七言律

利州南渡
(唐) 温庭筠

澹然空水带斜晖,曲岛苍茫接翠微。
坡上马嘶看棹去,柳边人歇待船归。
数丛沙草群鸥散,万顷江田一鹭飞。
谁解乘舟寻范蠡,五湖烟水独忘机。

桃花渡
(明) 沈贞

渡头浑似曲江滨,谁种桃花隔世尘?
红雨绿波三月暮,暖风黄鸟数声春。
舟横落日非无主,树隔层霞不见人。
几欲前源访仙迹,迷茫何处问通津。

◆ 五言绝句

松滋渡
(唐) 司空图

步上短亭久,看回官渡船。江乡宜晚霁,楚老语丰年。

芳草渡
(唐) 皮日休

溪南越乡首,古柳渡江深。日晚无来客,闲船系绿阴。

◆ 七言绝句

浐阳渡
（唐）司空图

楚田人立带残晖，驿迥村幽客路微。
两岸芦花正萧飒，渚烟深处白牛归。

晚　渡
（唐）陆龟蒙

半波风雨半波晴，渔曲飘秋野调清。
各漾莲船逗村去，笠檐蓑袂有残声。

北　渡
（唐）陆龟蒙

江客柴门枕浪花，鸣机寒橹任呕哑。
轻舟过去真堪画，惊起鸬鹚一阵斜。

过杨二渡
（宋）杨万里

春迹无痕可得寻，不将诗眼看春心。
莺边杨柳鸥边草，一日青来一日深。

过仙人渡
（宋）王十朋

此去神仙路不迷，直从洞口到桃蹊。
仙人心境无名利，笑我频年渡此溪。

夜过黄泥渡
（元）许谦

夜深风息水安流，白雁黄芦满眼秋。

行李萧萧官棹稳,卧看明月过真州。

芦子渡

(明)王守仁

百里晴沙江水长,芦花风起碧天凉。
客舟会泊西城下,满地砧声两岸霜。

卷一百二　潮　类

◆ 五言古

赋得观潮
（梁）任昉

云容杂浪起，楚水漫吴流。渐看遥树没，稍见碧天浮。
渔人迷旧浦，海鸟失前洲。不测沧溟旷，轻鳞幸自游。

◆ 五言律

淮　潮
（宋）梅尧臣

汐潮如有信，时向旧痕生。始觉回波定，还看曲渚平。
舞鸥随上下，寒日共浮倾。后夜人无寐，遥听入浦声。

◆ 五言排律

樟亭观潮
（唐）宋昱

涛来势转雄，猎猎架长风。雷震云霓里，山飞霜雪中。
激流高失岸，吹涝上侵空。翕辟乾坤异，盈虚日月同。
艅艎从陆起，洲渚隔阡通。跳沫喷岩翠，翻波带景红。
怒湍初抵北，却浪复归东。寂听堪增勇，晴看自发蒙。

伍生传或谬，枚叟说难工。来信应无已，申威亦匪穷。
冲腾如决胜，回合似相攻。委质任平视，谁能涯始终。

◆ 七言律

观潮
（唐）朱庆馀

木落霜飞天地清，空江百里见潮生。
鲜飙横海鱼龙气，晴雪喷山雷鼓声。
云日半阴川渐满，客帆皆过浪难平。
高楼晓望无穷意，丹叶黄花绕郡城。

溯潮
（宋）苏辙

匹练萦回出海门，黄泥先变碧波浑。
初来似欲倾沧海，正满真能倒百源。
流楖飞腾竟何在，扁舟睥睨久仍存。
自惭不作山林计，来往终随万物奔。

海潮图
（宋）楼钥

钱塘佳月照青霄，壮观仍看半夜潮。
每恨形容无健笔，谁知收拾在生绡。
荡摇直恐三山没，咫尺真成万里遥。
金阙岩峣天尺五，海王自合日来朝。

次韵鲁参政观潮
（元）柳贯

怒涛卷雪过樟亭，人立西风酒旆青。
日毂行天浮左界，地机激水出东溟。

倒排山岳穷千变，阖辟云雷竦百灵。
望海楼头追胜赏，坐中宾众弁如星。

渔浦春潮
（元）钱惟善

江涨夜来高几寻，轻涛拍岸失蹄涔。
迟明帆发星滩远，尽日舟横雨渡深。
杜若风回赪鲤上，桃花浪起白鸥沉。
越人艇子来何处？欸乃时闻空外音。

钱塘观潮
（元）仇远

一痕初见海门生，顷刻长驱作怒声。
万马突围天鼓碎，六鳌翻背雪山倾。
远朝魏阙心犹在，直上严滩势始平。
寄语吴儿休踏浪，天河罔象正纵横。

◆ 七言绝句

潮
（唐）白居易

早潮才落晚潮来，一月周流六十回。
不独光阴朝复暮，杭州老去被潮催。

卷一百三　池类（附沼）

◆ 五言古

首夏泛天池
（梁）武帝

薄游朱明节，泛漾天渊池。舟楫互容与，藻蘋相推移。
碧沚红菡萏，白沙青涟漪。新波拂旧石，残花落故枝。
叶软风易出，草密路难披。

山池
（梁）简文帝

日暮芙蓉水，聊登鸣鹤舟。飞舻饰羽毦，长幔覆绨绸。
停舆依柳息，住盖影空留。古树横临沼，新藤上挂楼。
游鱼向暗集，戏鸟逗楂流。

山池应令
（梁）庾肩吾

阆苑秋光暮，金塘收潦清。荷低芝盖出，浪涌燕舟轻。
逆湍流棹唱，带谷聚笳声。野竹交临浦，山桐迥出城。
水逐云峰闇，寒随殿影生。

北寺寅上人房望远岫、玩前池
（梁）王筠

安期逐长往，交甫称高让。远迹入沧溟，轻举驰昆阆。

良由心独善，兼且情游放。岂若寻幽栖，即目穷清旷。
激水周堂下，屯云塞檐向。闭牖听奔涛，开窗延叠嶂。
前阶复虚沿，弥迤成洲涨。雨点散圆文，风生起斜浪。
游鳞互瀺灂，群飞皆哢吭。莲叶蔓田田，菱花动摇漾。
浮光曜庭庑，流芳袭帷帐。匡坐足忘怀，讵思江海上。

山池应令

（陈）徐陵

画舸图仙兽，飞艎挂采斿。榜人事金桨，钓女饰银钩。
细萍时带楫，低荷乍入舟。猿啼知谷晚，蝉咽觉山秋。

和炅法师游昆明池

（北周）庾信

游客重相欢，连镳出上兰。值泉倾盖饮，逢花驻马看。
平湖泛玉轴，高堰歇金鞍。半道闻荷气，中流觉水寒。

秋光丽晚天，鹢舸泛中川。密菱障浴鸟，高荷没钓船。
碎珠萦断菊，残丝绕折莲。落花催斗酒，栖乌送一弦。

奉和山池

（北周）庾信

乐宫多暇豫，望苑暂回舆。鸣笳陵绝浪，飞盖历通渠。
桂亭花未落，桐门叶半疏。荷风惊浴鸟，桥影聚行鱼。
日落含山气，云归带雨馀。

同会河阳公新造山池聊得寓目

（北周）庾信

横阶仍凿涧，对户即连峰。暗石疑藏虎，盘根似卧龙。
沙洲聚乱荻，洞口碍横松。引泉恒数派，开岩即十重。
北阁闻吹管，南邻听击钟。菊寒花正合，杯香酒绝浓。

由来魏公子，今日始相逢。

南　池
（唐）杜甫

峥嵘巴阆间，所向尽山谷。安知有苍池，万顷浸坤轴。
呀然阆城南，枕带巴江腹。芰荷入异县，粳稻共比屋。
皇天不无意，美利戒止足。高田失西成，此物颇丰熟。
清源多众鱼，远岸富乔木。独叹枫香林，春时好颜色。
南有汉王祠，终朝走巫祝。歌舞散灵衣，荒哉旧风俗。
高堂亦明王，魂魄犹正直。不应空陂上，缥缈亲酒食。
淫祀自古昔，非唯一川渎。干戈浩茫茫，地僻伤极目。
平生江海兴，遭乱身局促。驻马问渔舟，踌躇慰羁束。

同韩侍郎游郑家池吟诗小饮
（唐）白居易

野艇容三人，晚池流浼浼。悠然倚棹坐，水势如江海。
宿雨洗沙尘，晴风荡烟霭。残阳上竹树，枝叶生光彩。
我本偶然来，景物如相待。白鸥惊不起，绿芡行堪采。
齿发虽已衰，性灵未云改。逢诗遇杯酒，尚有心情在。

官舍内新凿小池
（唐）白居易

帘前开小池，盈盈水方积。中底铺白沙，四隅甃青石。
勿言不深广，但足幽人适。泛滟微雨朝，泓澄明月夕。
岂无大江外，波浪连天白。未如床席间，方丈深盈尺。
清浅可狎弄，昏烦聊漱涤。最爱晓暝时，一片秋天碧。

秋　池
（唐）白居易

朝衣薄且健，晚簟清仍滑。社近燕影稀，雨馀蝉声歇。

闲中得诗境,此境幽难说。露荷珠自倾,风竹玉相戛。
谁能一同宿,共玩新秋月。暑退凉早归,池边好时节。

泛春池

（唐）白居易

白蘋湘渚曲,绿筱剡溪口。各在天一涯,信美非吾有。
何如此庭内,水竹交左右。霜竹百千竿,烟波六七亩。
泓澄动阶砌,澹汀映户牖。蛇皮细有纹,镜面清无垢。
波上一叶舟,舟中一樽酒。或绕蒲浦前,或泊桃岛后。
未拨落杯花,低冲拂面柳。半酣迷所在,倚榜兀回首。
不知此何处,复是人寰否?

天　池

（明）高启

灵峰可度难,昔闻枕中书。天池在其巅,每出青芙蕖。
湛如玉女盆,云影含夕虚。人静时饮鹿,水寒不生鱼。
我来属始春,石壁烟霞舒。滟滟月出后,泠泠雪销馀。
再泛知神清,一酌欣虑除。何当逐流花,遂造仙人居。

◆ 七言古

淋池歌

（汉）昭帝

秋素景兮泛洪波,挥纤手兮折芰荷。
凉风凄凄扬棹歌,云光开曙月低河。
万岁为乐岂云多。

池上作

（唐）白居易

西溪风生竹森森,南潭萍开水沉沉。

丛翠万竿湘岸色,空碧一泊松江心。
浦派萦回误远近,桥岛向背迷窥临。
澄澜方丈若万顷,倒影咫尺如千寻。
泛然独游邈然坐,坐念行思心古今。
菟裘不闻有泉沼,西河亦恐无云林。
岂如白翁退老地,树高竹密池塘深。
华亭双鹤白矫矫,太湖四石青岑岑。
眼前尽日更无客,膝上此时唯有琴。
洛阳冠盖自相索,谁肯来此同抽簪?

太液池歌
（唐）温庭筠

腥鲜龙气连清防,花风漾漾吹细光。
叠澜不定照天井,倒影荡摇晴翠长。
平碧浅春生绿塘,云容雨态连青苍。
夜深银汉通柏梁,二十八宿朝玉堂。

◆ 五 言 律

和韦承庆过义阳公主山池
（唐）杜审言

赏玩奇他日,高深爱此时。池分八水背,峰作九山疑。
地静鱼偏逸,人闲鸟欲欺。青溪留别兴,更与白云期。

咏 池
（唐）李峤

綵棹浮太液,清觞醉习家。诗情对明月,云曲拂流霞。
烟散龙形净,波含凤影斜。安仁动秋兴,鱼鸟思空赊。

唐都尉山池

（唐）崔湜

曲渚飏轻舟，前溪钓晚流。雁翻蒲叶起，鱼拨荇花游。
金子悬湘柚，珠房拆海榴。幽寻惜未已，清月半西楼。

从岐王夜讌卫家山池应教

（唐）王维

座客香貂满，宫娃绮幔张。涧花轻粉色，山月小灯光。
积翠纱窗暗，飞泉绣户凉。还将歌舞出，归路莫愁长。

和尹谏议史馆山池

（唐）王维

云馆接天居，霓裳侍玉除。春池百子外，芳树万年馀。
洞有仙人箓，山藏太史书。君恩深汉帝，且莫上空虚。

晚秋陪严郑公摩诃池泛舟得溪字

（唐）杜甫

湍驶风醒酒，船回雾起堤。高城秋自落，杂树晚相迷。
坐触鸳鸯起，巢倾翡翠低。莫须惊白鹭，为伴宿清溪。

苏著作山池

（唐）贾彦璋

水树子云家，蓬瀛宛不赊。芥浮舟是叶，莲发岫为花。
酌蚁开春瓮，观鱼凭海槎。游苏多石友，题赠满瑶华。

观袁侍郎涨新池

（唐）卢纶

引水香山近，穿云复绕林。才闻篱外响，已觉石边深。
满处青苔色，澄来见柳阴。微风月明夜，知有五湖心。

陪中书李纾舍人夜泛东池

(唐)卢纶

看月复听琴,移舟出树阴。夜村机杼急,秋水芰荷深。
石静龟潜上,萍开菓暗沉。何言奉盃酒,得见五湖心。

早春游慈恩南寺

(唐)司空曙

山寺临池水,春愁望远生。踏桥逢鹤起,寻竹值泉横。
新柳丝犹短,轻蘋叶未成。还如虎丘上,日暮伴僧行。

旦携谢山人至愚池

(唐)柳宗元

新沐换轻帻,晓池风露清。自谐尘外意,况与幽人行。
霞散众山迥,天高数雁鸣。机心付当路,聊适羲皇情。

和令公新开龙泉、晋水二池

(唐)白居易

旧有潢汙泊,今为白水塘。笙歌闻四面,楼阁在中央。
春变烟波色,晴添树木光。龙泉信为美,莫忘午桥庄。

晚题东林寺双池

(唐)白居易

向晚双池好,初晴百物新。袅枝翻翠羽,溅水跃红鳞。
萍泛同游子,莲开当丽人。临流一惆怅,还忆曲江春。

南 池

(唐)白居易

萧条微雨绝,荒岸抱清源。入舫山侵塞,分泉稻接村。
秋声依树色,月影在蒲根。淹泊方难遂,他宵关梦魂。

泛觞池
（唐）薛能

通咽远华蹲，泛觞名自君。静看筹见影，轻动酒生纹。
细滴随杯落，来声就浦分。便应半酣后，清冷漱寒云。

官池上
（唐）僧无可

迥疏城阙内，寒泻出云波。岸广山鱼到，汀闲海鹭过。
泛沟侵道急，流叶入宫多。移舸浮中沚，清宵彻晓河。

陪姚合游金州南池
（唐）僧无可

柳暗清波涨，冲萍复漱苔。张筵白鸟起，扫苔使君来。
洲鸟秋应没，荷花晚尽开。高城吹角罢，骑驭尚徘徊。

假山小池
（宋）陆游

莲岳三峰峙，桃源一路分。池偷镜湖月，石带沃洲云。
鱼队深犹见，禽声静更闻。岩幽林箐密，疑可下湘君。

亭前引水名曰墨池
（明）杨慎

金潭朝洗菊，玉瓮暖滋兰。何如元址水，分作墨池澜。
烟云生几席，星斗宿阑干。问字休携酒，仙家沆瀣寒。

太液池
（明）马汝骥

碧苑西连阙，瑶池北映空。象垂河汉表，气与斗牛通。
鲸跃如翻石，鳌行不断虹。苍茫观海日，朝会百川同。

白丈自杭州归要游天池

（明）王穉登

桃花零落尽，游赏与君同。僧住松声里，莺啼石壁中。
岩光晴处紫，池色晚来空。莫把琵琶奏，尊前有白公。

侍上奉圣母观九龙池

（明）夏言

驻跸灵湫上，依岩帐殿开。雨从龙洞作，云拥凤舆来。
玉窦春鸣溜，金潭昼殷雷。翠华清樾下，天语赐徘徊。

◆ 五言排律

和许侍郎游昆明池

（唐）李百药

神池望北极，沧波接远天。仪星似河汉，落景类虞泉。
年深平馆宇，道泰偃戈船。差池下凫雁，掩映生云烟。
浪花开已合，风文直且连。税马金堤外，横舟石岸前。
羽觞倾绿蚁，飞日落红鲜。积水浮深智，明珠耀雅篇。
大鲸方远击，沉灰独未然。知君啸俦侣，短翮徒联翩。

奉和晦日幸昆明池应制

（唐）宋之问

春豫灵池会，沧波帐殿开。舟凌石鲸度，槎拂斗牛回。
节晦蕡全落，春迟柳暗催。象溟看浴景，烧劫辨沉灰。
镐饮周文乐，汾歌汉武才。不愁明月尽，自有夜珠来。

昆明池侍宴应制

（唐）沈佺期

武帝伐昆明，穿池习五兵。水同河汉在，馆有豫章名。

我后光天德，垂衣文教成。黩兵非帝念，劳物岂皇情。
春仗过鲸沼，云旂出凤城。灵鱼衔宝跃，仙女废机迎。
柳拂旌门暗，兰依帐殿生。还如流水曲，日晚棹歌声。

恩敕尚书省寮宴昆明池应制，同用尧字
（唐）张嘉贞

云沼初开汉，神池旧浴尧。昔人徒习武，明代此闻《韶》。
地脉山川胜，天恩雨露饶。时光牵利舸，春淑覆柔条。
芳酝醒千日，华笺落九霄。幸承欢赉重，不觉醉归遥。

奉和晦日幸昆明池应制
（唐）苏颋

炎历事边陲，昆明始凿池。豫游光后圣，征战罢前规。
霁色清珍宇，年芳入锦陂。御杯兰荐叶，仙仗柳交枝。
二石分河泻，双珠代月移。微臣比翔泳，恩广自无涯。

安德山池宴集
（唐）岑文本

甲第多清赏，芳辰命羽卮。书帷通竹径，琴台枕槿篱。
池疑夜壑徙，山似郁洲移。雕楹网萝薜，激濑合埙篪。
鸟戏翻新叶，鱼跃动清漪。自得淹留趣，宁劳攀桂枝。

赋得曲池洁寒流
（唐）崔立之

闲寻欹岸步，因向曲池看。透底何澄澈，回流乍屈盘。
稍随高树古，迥与远天宽。月入镜华转，星临珠影寒。
纤鳞时蔽石，转吹或生澜。愿假涓微效，来濡拙笔端。

和范郎中宿直中书省，晓玩新（清）池，赠南省同寮、两垣遗补

（唐）钱起

青琐留才子，春池静禁林。自矜仙岛胜，宛在掖垣深。
引派彤庭里，含虚玉砌阴。涨来知圣泽，清处见天心。
兰气飘红岸，文星动碧浔。凤栖长近日，虬卧欲为霖。
席宠虽高位，流谦乃素襟。焚香春漏尽，假寐晓莺吟。
丹地宜清泚，朝阳复照临。司言兼逸趣，鼓兴接知音。
六义惊摘藻，三台响掷金。为怜风水外，落羽此漂沉。

晦日益州北池侍宴

（唐）司空曙

临泛从公日，仙舟翠幌张。七桥通碧沼，双树接花塘。
玉烛收寒气，金波隐夕光。野闻歌管思，水静绮罗香。
游骑萦林远，飞桡截岸长。
郊源（原）怀瀍浐，陂漾（溔）写江潢。
常侍传花诏，偏裨问羽觞。岂令南岘首，千载播馀芳。

春池闲泛

（唐）白居易

绿塘新水平，红槛小舟轻。解缆随风去，开襟信意行。
浅怜青演漾，深爱绿澄泓。白扑柳飞絮，红浮桃落英。
古文科斗出，新叶剪刀生。树集莺朋友，云行雁弟兄。
飞沉皆适性，酣咏自怡情。花助银杯气，松添玉轸声。
鱼游何事乐，鸥起复谁惊？莫唱《沧浪曲》，无尘可濯缨。

游宣义池亭

（唐）姚合

春入池亭好，风光暖更鲜。寻芳行不困，逐胜坐还迁。

细草乱如发，幽琴鸣似絃。苔文翻古画，石色学秋天。
花落能漂酒，萍开解避船。暂来犹愈疾，久住合成仙。
迸笋搘阶起，垂藤压树偏。此生应借看，自计买无钱。

乾符丙申岁春奉诏涨曲江池
（唐）郑谷

玉泽尚通津，恩波此日新。深疑一夜雨，宛似五湖春。
泛滟翘振鹭，澄清跃紫鳞。翠低孤屿柳，香失半汀蘋。
凤辇寻佳境，龙舟命近臣。桂华如入手，愿作从游人。

省试奉诏涨曲江池
（唐）黄滔

池脉寒来浅，恩波住后新。引将诸派水，别贮大都春。
幽咽疏通处，清泠迸入辰。渐平连杏岸，旋阔映梅津。
沙没迷行径，洲宽恣跃鳞。愿当舟楫便，一附济川人。

◆ 七 言 律

兴庆池侍宴应制
（唐）沈佺期

碧水澄潭映远空，紫云香驾御微风。
汉家宫阙疑天上，秦地山川似镜中。
向浦回舟萍已绿，分林蔽殿槿初红。
古来徒羡横汾赏，今日宸游圣藻雄。

奉和圣制龙池篇
（唐）沈佺期

龙池跃龙龙已飞，龙德先天天不违。
池开天汉分黄道，龙向天门入紫微。
邸第楼台多气色，君王凫雁有光辉。

为报寰中百川水,来朝此地莫东归。

兴庆池侍宴应制
(唐)李乂

神池泛滥水盈科,仙跸纡徐步辇过。
纵棹回沿萍溜合,开轩眺赏麦风和。
潭鱼在沼欣游泳,谷鸟含樱入赋歌。
寄谢乘槎滨海客,回头来此问天河。

奉和中宗皇帝幸兴庆池戏竞渡应制
(唐)李适

拂露金舆丹旆转,凌晨黼帐碧池开。
南山倒影从云落,北涧遥光写浪回。
急舸争标排荇度,轻帆截浦触荷来。
横汾燕镐欢无极,歌舞年年圣寿杯。

兴庆池侍宴应制
(唐)马怀素

积水逶迤绕贝城,含虚皎镜有馀清。
图云曲榭连缇幕,映日中塘间綵旌。
赏洽犹闻箫管沸,欢留更睹木兰轻。
无劳海上寻仙客,即有蓬莱在帝京。

兴庆池侍宴应制
(唐)武平一

鸾舆羽驾直城隈,帐殿金门此地开。
皎洁灵潭图日月,参差画舸接楼台。
波摇岸影随桡转,风送荷香入酒来。
愿奉圣情欢不极,长游云汉几昭回。

奉和中宗皇帝幸兴庆池竞渡应制
（唐）徐彦伯

夹道传呼翊翠虬，天回地转御芳洲。
青潭晓霭笼仙跸，红屿晴花隔綵旒。
香溢金杯环广坐，声传妓舸匝中流。
群臣相庆嘉鱼乐，共哂横汾歌吹秋。

兴庆池侍宴应制
（唐）韦元旦

沧池漭沆帝城边，殊胜昆明凿汉年。
夹岸旌旗疏辇道，中流箫鼓振楼船。
云峰四起迎宸幄，水树千重入御筵。
宴乐已深鱼藻咏，承恩更欲奏甘泉。

奉和圣制龙池篇
（唐）崔日用

龙兴白水汉兴符，圣主时乘运斗枢。
岸上丰茸五花树，波中的皪千金珠。
操环昔闻迎夏启，发匣先来瑞有虞。
风色云光随隐见，赤云神化象江湖。

奉和圣制龙池篇
（唐）卢怀慎

代邸东南龙或跃，清泉碧浪远浮天。
楼台影就波中出，日月光疑镜里悬。
雁沼回流成舜海，龟书灵祉应尧年。
大川既济惭为楫，报德空思奉细涓。

奉和圣制龙池篇

（唐）裴璀

乾坤启圣吐龙泉，泉水年年胜一年。
始看鱼跃方成海，即睹龙飞利在天。
洲渚遥将银汉接，楼台直与紫微连。
休气荣光恒不散，悬知此地是神仙。

兴庆池侍宴应制

（唐）张说

灵池月满直城隈，黼帐天临御路开。
东沼初阳疑吐出，南山晓翠若浮来。
鱼龙百戏分容与，凫鹢双舟较溯洄。
愿似金堤青草馥，长承瑶水白云杯。

兴庆池侍宴应制

（唐）苏颋

降鹤池前回步辇，栖鸾树杪出行宫。
山光积翠遥疑逼，水态含青近若空。
直视天河垂象外，俯窥京室画图中。
皇情未使恩波极，日暮楼船更起风。

酬裴相公题兴化小池见招长句

（唐）白居易

爱为小塘招散客，不嫌老监与新诗。
山公倒载无妨学，范蠡扁舟未要追。
蓬断偶飘桃李径，鸥惊误拂凤凰池。
敢辞课拙酬高韵，一勺争禁万顷陂。

忆春日太液池东亭候对
（唐）李绅

宫莺晓报瑞烟开，三岛灵禽拂水回。
桥转綵虹当绮殿，槛浮花鹢近蓬莱。
草承步辇王孙长，桃艳仙颜阿母栽。
簪笔此时方侍从，却思金马笑邹枚。

习池晨起
（唐）皮日休

清曙萧森载酒来，凉风相引绕亭台。
数声翡翠背人去，一朵芙蓉含日开。
茭叶深深埋钓艇，鱼儿漾漾逐流杯。
竹屏风下登山屐，十宿高阳忘却回。

于秀才小池
（唐）方干

一泓潋滟复澄明，半日工夫斸小庭。
占地未过三五尺，浸天唯入两三星。
鹢舟草际浮霜叶，渔火沙边驻水萤。
才见规模试方寸，知君立意在沧溟。

元祐七年三月上巳，诏赐馆阁官花酒，以中浣日游金明池
（宋）秦观

春溜决决〔泱泱〕初满池，晨光欲转万年枝。
楼台四望烟云合，簾幕千家锦绣垂。
风过忽闻花外笑，日长时奏水中嬉。
太平谁谓全无象，寓在群仙把酒时。

鱼池将涸车水注之

（宋）陆游

清波溜溜入新渠，邻曲来观乐有馀。
试手便同三日雨，满陂已活十千鱼。
喜如雷动风行际，快若天开地辟初。
万物但令俱有托，吾曹安取爱吾庐。

芳池春水

（明）倪岳

芳池一曲接银河，分得天家雨露多。
新涨受风牵翠縠，好山随月堕青螺。
百年蘋藻沾馀泽，三月鱼龙涌漫波。
犹记临流泛春酌，倚阑同和濯缨歌。

◆ 五言绝句

萍　池

（唐）王维

春池深且广，会待轻舟回。靡靡绿萍合，垂杨扫复开。

题灞池

（唐）王昌龄

开门望长川，薄暮见渔者。借问白头翁，垂纶几年也？

玉鉴池

（明）高启

一镜寒光定，微风吹不波。更除荷芰影，放取月明多。

◆ 七言绝句

过大哥山池题石壁
（唐）明皇

澄潭皎镜石崔嵬,万壑千岩暗绿苔。
林亭自有幽真趣,况复秋深爽气来。

题韦家泉池
（唐）白居易

泉落青山出白云,萦村绕郭几家分。
自从引作池中水,深浅方圆一任君。

白莲池泛舟
（唐）白居易

白藕新花照水开,红窗小舫信风回。
谁教一片江南兴,逐我殷勤万里来。

盆 池
（唐）崔少卿

浮萍重叠水团圆,客绕千遭屐齿痕。
莫惊池里寻常满,一井寒泉是上源。

侍郎宅泛池
（唐）徐凝

莲子花边回竹岸,鸡头叶上荡兰舟。
谁知洛北朱门里,便到江南绿水流。

野 池
（唐）王建

野池水满连秋堤,菱花结实蒲叶齐。

川口雨晴风复止，蜻蜓上下鱼东西。

齐安郡后池

（唐）杜牧

菱透萍浮绿锦池，夏莺千啭弄蔷薇。
尽日无人看微雨，鸳鸯相对浴红衣。

参军厅新池

（唐）薛能

帘外无尘胜物外，墙根有竹似山根。
流泉不至客来久，坐见新池落旧痕。

凉榭池上

（宋）韩琦

游鳞惊触绿荷香，水马成群股脚长。
逐浪相追留篆迹，偃波垂露满方塘。

小　池

（宋）欧阳修

深院无人锁曲池，莓苔绕岸雨生衣。
绿萍合处蜻蜓立，红蓼开时蛱蝶飞。

冰　池

（宋）苏轼

不嫌冰雪绕池看，谁似诗人巧耐寒。
记取羲之洗砚处，碧琉璃下黑蛟蟠。

作盆池养科斗数十戏作

（宋）陆游

小小盆池不畜鱼，题诗聊记破苔初。

未听两部鼓吹乐，且看一篇（编）科斗书。

小　池
（宋）杨万里

泉眼无声涩细流，树阴照水爱晴柔。
小荷才露尖尖角，早有蜻蜓立上头。

附　沼

◆ **五言绝句**

胡芦沼
（唐）张籍

曲沼春流满，新蒲映野鹅。闲斋朝饭后，拄杖绕行多。

胡芦沼
（唐）韦处厚

疏凿徒为巧，圆洼自可澄。倒花纷错秀，鉴月静涵冰。

卷一百四　　沟　类

◆ 五言古

　　　　　　御　沟
　　　　　　　　　　（唐）王贞白
一派（带）御沟水，绿槐相荫清。此中涵帝泽，无处濯尘缨。
鸟道来虽险，龙池到自平。朝宗心本切，愿向急流倾。

　　　　　　过棠梨沟
　　　　　　　　　　（金）党怀英
地僻人烟少，山深涧谷重。坡陀下长坂，迤逦失诸峰。
问俗知怀土，听歌识相春。几家茅屋下，田亩自横从。

◆ 五言排律

　　　　　　御沟十六韵
　　　　　　　　　　（唐）吴融
一水终南下，何年派作沟？穿城初北注，过苑却东流。
绕岸清波溢，连宫瑞气浮。去应涵凤沼，来必渗龙湫。
激石珠争碎，萦堤练不收。照花长乐曙，泛叶建章秋。
影炫金茎表，光摇绮陌头。旁沾画眉府，斜入教箫楼。
有雨难澄镜，无萍易掷钩。鼓宜尧女瑟，荡必蔡姬舟。
皋的（著）通鸣鹤，津应接斗牛。逗风还潋潋，和月更悠悠。

浅忆舫堪泛，深思杖可投。只怀泾合虑，不带陇分愁。
自有朝宗乐，曾无溃穴忧。不劳夸大汉，清渭贯神州。

◆ 七 言 律

鱼沟怀家

（宋）晁补之

生涯身事任东西，药筥书囊偶自赍。
柳嫩桑柔鸦欲乳，雪消冰动麦初齐。
沙头晚日樯竿直，淮上春风雁鹜低。
归去未应芳物老，桃花如锦遍松溪。

邗　沟

（明）岳岱

隋皇昔日锦帆游，吴楚分疆是此沟。
两岸烟花迷贾客，万家杨柳挂新秋。
北瞻燕阙三千里，西望金陵十四楼。
淮海岷江都会地，繁华雄盛古扬州。

◆ 七言排律

奉和宋翰林显夫御沟诗韵

（元）傅若金

宛宛长波切太虚，霏霏晴雾湿高居。
云涵斜影翻元（玄）燕，日映圆纹散白鱼。
遥转石阴通树细，稍侵花底出宫徐。
桥边市起春鸣毂，阁里朝回晚曳裾。
天子数临窥碧藻，词臣时敕赋金薁。
龙池浩荡恩波接，草木无情亦胜予。

◆ 五言绝句

御沟水

（唐）唐肇

万壑朝溟海，萦回岁月多。无如此沟水，咫尺奉天波。

◆ 七言绝句

御沟水

（唐）僧无可

凿禁疏云数道开，垂风岸柳拂青苔。
银波玉沫空驰去，曾历千岩万壑来。

豫章沟

（宋）刘克庄

沟水泠泠草树香，独穿枝径入垂杨。
茅花满地无人见，唯有山蜂度短墙。

御沟春日偶成

（元）马祖常

御沟流水晓潺潺，直似长虹曲似环。
流入宫墙才一尺，便分天上与人间。

卷一百五　滩濑类

◆ 五言古

严陵濑
（梁）任昉

群峰此峻极，参差百重嶂。清浅既涟漪，激石复奔壮。
神物徒有造，终然莫能状。

石头濑
（唐）崔国辅

怅矣秋风时，余临石头濑。因高见远境，望尽此州内。
羽山一点青，海岸杂花碎。离离树木小，森森湖波大。
日暮千里帆，南飞落天外。须臾遂入夜，林色有微霭。
寻远路已穷，遗荣事多昧。一身犹未理，安得济时代。
且泛朝夕潮，荷衣蕙为带。

下陵阳沿高溪三门六刺滩
（唐）李白

三门横峻滩，六刺走波澜。石惊虎伏起，水状龙萦盘。
何惭七里濑，使我欲垂竿。

八节滩
（宋）欧阳修

乱石泻溪流，跳波溅如雪。往来川上人，朝暮愁滩阔。

更待浮云散，孤舟弄明月。

将至地黄滩

（宋）杨万里

未到地黄滩，十里先闻声。樯竿已震掉，未敢与渠争。
舟人各整篙，有如大敌临。搴篷试一望，溅雪纷琮琤。
乃是水砲港，为滩作先鸣。真滩定若何，老夫虚作惊。

苏木滩

（宋）杨万里

滩雪清溅眸，滩雷怒醒耳。落洪翠壁立，跳波碧山起。
船进若战胜，船退亦游戏。若非篙师苦，进退皆可喜。
忽逢下滩舟，掀舞快云驶。何曾费一棹，才瞬已数里。
会有上滩时，得意君勿恃。

辽车滩

（宋）杨万里

东岸上不得，西岸上更难。五船往复来，经纬滩两间。
一船初竟进，当流为众先。涛头打澎湃，退缩不敢干。
一船作后殿，忽焉突而前。瞬息越湍险，回头有矜颜。
老夫与寓目，亦为一粲然。

柴步滩

（宋）杨万里

江阔水不聚，分为三五滩。遂令客子舟，上滩一一难。
小沙已成洲，大沙已成山。山有树百尺，树围屋数间。
水底复生洲，沙湿犹未干。从此洲愈多，安得水更宽。
忆从严陵归，水落不能湍。拖以数童仆，折却十竹竿。
今兹过吾舟，念昔犹胆寒。

◆ 七言古

沧滩
（宋）陆游

百夫正諳助鸣橹，舟中对面不得语。
须臾人散寂无哗，惟闻百丈转两车。
呕呕哑哑车转急，舟人已在沙际立。
雾敛芦村落照红，雨馀渔舍炊烟湿。
故乡回首已千山，上峡初经第一滩。
少年亦慕宦游乐，投老方知行路难。

◆ 五言律

却归睦州至七里滩下作
（唐）刘长卿

南归犹谪宦，独上子陵滩。江树临洲晚，沙禽对水寒。
山开斜照在，石浅乱流难。惆怅梅花发，年年此地看。

暮发七里滩夜泊严光台下
（唐）方干

一瞬即七里，箭驰犹是难。樯边走岚翠，枕底失风湍。
但讶猿鸟定，不知霜月寒。前贤竟何益，此地误垂竿。

◆ 七言律

宿查濑
（宋）杨万里

寒流一带槛前横，落日诸峰霞外明。
水断新洲添五里，客寻旧路却重行。

江车自转非人踏,沙碓长舂彻夜鸣。
畴昔稚桑今秃树,如何白发不教生。

过查滩
(宋)杨万里

眼底常山一武中,上滩更得半船风。
青天以水为铜镜,白鹭前身是钓翁。
旧日岸头浑改尽,数尖山觜忽搀空。
老夫只费五六日,行尽浙江西复东。

◆ 五言绝句

白石滩
(唐)裴迪

跂石复临水,弄波情未极。日下川上寒,浮云澹秋色。

石濑
(宋)朱子

疏此竹下渠,漱彼涧中石。暮馆绕寒声,秋空动澄碧。

◆ 七言绝句

新小滩
(唐)白居易

石浅沙平流水寒,水边斜插一渔竿。
江南客见生乡思,道似严陵七里滩。

滩声
(唐)白居易

碧玉斑斑沙历历,清流决决响泠泠。

自从造得滩声后，玉管朱絃可要听？

七里滩
（唐）胡曾

七里清滩映碧层，九天星象感严陵。
钓鱼台上无丝竹，不是高人谁解登。

竹节滩
（宋）朱子

船下清江竹节滩，长烟漠漠水漫漫。
人家断岸斜阳好，客子中流薄暮寒。

溜港滩
（宋）杨万里

此去严州只半程，一江分作两江横。
忽惊洲背青山下，却有危樯地上行。

上章戴滩
（宋）杨万里

脱巾枕手仰哦诗，醉上诸滩总不知。
回看他船上滩苦，方知他看我船时。

明发韶州过赤水渴尾滩
（宋）杨万里

船下惊滩浪正喧，花汀水退走沙痕。
一峰忽自云端出，只见孤尖不见根。

过建封寺下鲢鱼滩
（宋）杨万里

江收众水赴单槽，石壁当流斗雪涛。

将取危舟飞过去,黄头郎只两三篙。

侯　滩

（宋）沈辽

江流激激过侯滩,更上山头看打盘。
百岁老人亲击鼓,城中忧乐不相干。

井　类

◆ 五言古

双桐生空井
（梁）简文帝

季月双桐井，新枝杂旧株。晚叶藏栖凤，朝花拂曙乌。还看西子照，银床系辘轳。

麟趾殿咏新井
（北周）宗懔

当为醴泉出，先令浪井开。铜新九龙殿，石胜凌云台。

道次灵井
（宋）梅尧臣

井面水不动，傍分龙鳞激。泉气时生沤，上涌光的皪。深苔翠堪染，石底清可觌。旱岁或来祠，弹絃属灵觋。

无波古井水
（元）张雨

古井何泓然，不食自甘冷。去来绝攀缘，挽断辘轳绠。惟有中宵月，圆中时照影。

◆ 五言律

咏　井
（唐）李峤

玉甃谈仙客，铜台赏魏君。蜀都宵映火，杞国旦生云。
向日莲花净，含风李树薰。已开千里国，还聚五星文。

井
（唐）苏味道

玲珑映玉槛，澄澈泻银床。流声集孔雀，带影出羵羊。
桐落秋蛙散，桃舒春锦芳。帝力终何有，机心庶此忘。

奉试冷井
（唐）孙欣

仙闱井初凿，灵液沁成泉。色湛青苔里，寒凝紫绠边。
铜瓶向影落，玉甃抱虚圆。永愿调神鼎，尧时泰万年。

和崔校书新穿井
（唐）章孝标

霜锸破桐阴，青丝试浅深。月轮开地脉，镜面写天心。
碧甃花千片，香泉乳百寻。欲知争汲引，听取辘轳音。

观山寺僧穿井
（唐）曹松

云僧凿山井，寒碧在中庭。况是分岩眼，同来下石瓶。
旁痕终变藓，圆影即澄星。异夜天龙蛰，应闻说叶经。

◆ **五言排律**

同朱五题卢使君义井
（唐）高适

高义惟良牧，深仁自下车。宁知凿井处，还是饮冰馀。
地即泉源久，人当汲引初。体清能鉴物，色淡每含虚。
上善滋来往，中和浃里闾。济时应未竭，怀惠复何如？

◆ **七言律**

奉和彭祖井
（唐）皇甫冉

上公旌节在徐方，旧井莓苔近寝堂。
访古因知彭祖宅，得仙何必葛洪乡。
清虚不共春池竞，盥漱偏宜夏日长。
闻道延年如玉液，欲将调鼎献明光。

山　井
（唐）方干

滟滟湿光凌竹树，寥寥清气袭衣襟。
不知侧穴通潮信，却讶轻涟动镜心。
夜久即疑星影过，早来犹见石痕深。
辘轳用智终何益，抱瓮遗名亦至今。

景福殿井水
（宋）梅尧臣

宫井蛟龙夭矫垂，晓瓶初汲渴禽窥。
清泠已向金盆贮，甘滑还从玉椀知。
九酝酒醇由此得，小团茶味为留迟。

阁门地脉应相似，翰苑曾邀咏昔诗。

◆ 五言绝句

石　井
（唐）钱起

片霞照仙井，泉底桃花红。那知幽石下，不与武陵通。

石　井
（唐）司空曙

苔色遍春石，桐阴入寒井。幽人独汲时，先落残阳影。

冰壶井
（明）谢恭

玉泉百尺深，古甃涵光冷。何以鉴虚明，参差辘轳影。

◆ 七言绝句

野　井
（唐）郭震

纵无汲引味清淳，冷浸寒空月一轮。
凿处若教当要路，为君常济往来人。

晓　井
（唐）李郢

桐阴覆井月斜明，百尺寒泉古甃清。
越女携瓶下金索，晓天初放辘轳声。

野　井
（唐）陆龟蒙

朱阁前头露井多，碧梧桐下美人过。

寒泉未必能如此，奈有银瓶素绠何。

新　井

（宋）梅尧臣

浅浅清泉自鉴开，鳞鳞寒甃未生苔。
山中亭午野禽渴，不畏人惊欲下来。

炼丹井

（宋）苏辙

凿井烧丹八百年，尘缘消尽果初圆。
石床藓甃人难到，绿水团团一片天。

莲　井

（明）僧大同

银床露下夜如何？鼻观生香静不波。
性水真空无热恼，定光院里月明多。

卷一百七　泉　类

◆ 五言古

太平寺泉眼
（唐）杜甫

招提凭高冈，疏散连草莽。出泉枯柳根，汲引岁月古。
石间见海眼，天畔萦水府。广深丈尺间，宴息敢轻侮。
青白二小蛇，幽姿可时睹。如丝气或上，烂熳为云雨。
山头到山下，凿井不尽土。取供十方僧，香美胜牛乳。
北风起寒文，弱藻舒翠缕。明涵客衣净，细荡林影趣。
何当宅下流，馀润通药圃？三春湿黄精，一食生毛羽。

幽谷泉
（宋）欧阳修

踏石弄泉流，寻源入幽谷。泉傍野人家，四面深篁竹。
溉稻满春畴，鸣渠绕茅屋。生长饮甘泉，荫泉栽美木。
潺湲无春冬，日夜响山曲。自言今白首，未惯逢朱毂。
顾我应可怪，每来听不足。

天门泉
（宋）梅尧臣

泠泠云外泉，的的岩光入。静若仙鉴开，寒疑玉龙蛰。
时应下鹿群，迹印青苔湿。

廉　泉
（宋）苏轼

水性故自清，不清或挠之。君看此廉泉，五色烂摩尼。
廉者谓我廉，何以此名为？有廉则有贪，有慧则有痴。
谁为柳宗元，谁为吴隐之？渔父足岂洁，许由耳何淄。
纷然立名字，此水了不知。毁誉有时尽，不知无尽时。
舄来廉泉上，捋须看鬓眉。好在水中人，到处相娱嬉。

松下泉
（元）周权

长松荫层峦，黛色入崖骨。郁为翠雪浮，蒸瀹香不歇。
融液作寒泉，飞迸出石窟。不濯软红尘，空山泻明月。

铅山龙泉
（明）刘基

兹山近南服，胜迹冠朱方。石骨入海眼，地脉通混茫。
金精孕清淑，水德融嘉祥。寒含六月冰，润浃九里长。
鲸颙狉猎起，虎口呿呀张。发窦既窈窕，流渠遂汪洋。
洞彻莹玉鉴，锵鸣合宫商。静含元（玄）机妙，动见大智藏。
养德君子类，膏物农夫望。野僧向我言，其功殊非常。
饮之祛百邪，能使俗虑忘。漱咽入灵府，喉舌生清香。
爽淅动毛发，飘忽凌风翔。何当扬湛洌，尽洗贪浊肠。

秋　泉
（明）蔡羽

予爱秋泉清，况傍岩花滴。鱼游日光中，倒见潭上壁。
安得无机人，同坐相浣涤。白术朝露香，紫芝秋霞熟。
石上琼瑶花，采来不盈掬。道人开石门，悠然在深竹。

◆ 七 言 古

虎跑泉

(宋) 苏轼

亭亭石塔东峰上,此老初来百神仰。
虎移泉眼趁行脚,龙作浪花供抚掌。
至今游人灌濯罢,卧听空阶环玦响。
故知此老如此泉,莫作人间去来想。

醉中下瞿唐峡中流观石壁飞泉

(宋) 陆游

吾舟十丈如青蛟,乘风翔舞从天下。
江流触地白盐动,滟滪浮波真一马。
主人满酌白玉杯,旗下昼鼓如春雷。
回头已失瀼西市,奇哉一削千仞之苍崖!
苍崖中裂银河飞,空里万斛倾珠玑。
醉面正须迎乱点,京尘未许化征衣。

夫子泉

(宋) 王十朋

君不见《水经》品第天下水,康王谷中泉第一。
但知取水不取人,品第未容无得失。
又不见武昌山中清泠渊,名因人重逢苏仙。
至今人呼作菩萨,沦入异教非吾泉。
刺桐城中泮宫里,大成殿下新泉水。
不须更以品第论,混混源流自夫子。
诸生游泳芹藻间,日饮一瓢心慕颜。
聪明不数远公社,(庐山莲社有聪明泉。)

清白大胜卧龙山。（越州卧龙山下有清白泉，范文正公名。）
圣毓尼丘家阙里，泉脉何为今在是？
周流天下皆美泉，浚井得之泉更美。
我来酌泉仍叩头，遐想洙泗三千游。
世间何处有此水，此州不愧名泉州。

游趵突泉

（明）王弼

济南历下多白泉，白沙几处涵风烟。
郭西趵突更神异，平地一朵白玉莲。
浪花滚起千层雪，此中疑是蛟龙穴。
灵藏岁久变妖怪，精气上涌成涎沫。
馀波散漫渊复渟，溪风冷冽山雨青。
微霜初下雁秋浴，落月渐低猿夜听。
穷源我欲溯川陆，旧志虚传自王屋。
冥茫难测造化情，聊寄泉亭漱寒玉。

◆ **五言律**

题山中流泉

（唐）储光羲

山中有流水，借问不知名。映地为天色，飞空作雨声。
转来深涧满，分出小池平。恬淡无人见，年年常自清。

和灵一上人新泉

（唐）刘长卿

东林一泉出，复与远公期。石浅寒流处，山空夜落时。
梦闲闻细响，虑澹对清漪。动静皆无意，惟应达者知。

和崔会稽咏王兵曹厅前涌泉势成中字
（唐）包融

茂德来征应，流泉入咏歌。含灵符上善，作字表中和。
有草恒垂露，无风欲偃波。为看人共水，清白定谁多。

一公新泉
（唐）严维

山下新泉出，泠泠此发源。落池才有响，渍石未成痕。
独映孤松色，殊分众鸟喧。惟当清夜月，对此启禅门。

题青萝翁双泉
（唐）耿湋

侧弁向清漪，门中夕照移。异源生暗石，叠响落秋池。
叶拥沙痕没，流回草蔓随。泠泠无限意，不独远公知。

山下泉
（唐）李端

碧水映丹霞，溅溅露浅沙。暗通山下草，流出洞中花。
素色和云落，喧声绕石斜。明朝更寻去，应到阮郎家。

听夜泉
（唐）张籍

细泉深处落，夜久渐闻声。独起出门听，欲寻当涧行。
还疑隔林远，复畏有风生。月下长来此，无人亦到明。

题喷玉泉
（唐）白居易

泉喷声如玉，潭澄色似空。练垂青嶂上，珠泻绿盆中。
溜滴三秋雨，寒生六月风。何时此岩下，来作濯缨翁？

题僧院引泉

（唐）姚合

泉眼高千尺，山僧取得归。架空横竹引，凿石透渠飞。
洗药溪流浊，浇花雨力微。朝昏长绕看，护惜似持衣。

方山寺松下泉

（唐）章孝标

石脉绽寒光，松根喷晓霜。注瓶云母滑，漱齿茯苓香。
野客偷煎茗，山僧惜净床。三禅不要问，孤月在中央。

酬从叔听夜泉见寄

（唐）项斯

梦罢更开户，寒泉声隔云。共谁寻最远，独自坐偏闻？
岩际和风滴，溪中浸月分。岂知当此夜，流念到江濆。

听夜泉

（唐）刘得仁

静里层层石，潺潺（湲）到鹤林。
回流（流回）出几洞，源远历千岑。
寒助空山月，清兼此夜心。幽人听达曙，难罢薜床吟。

题东林寺虎跑泉

（唐）周繇

胜到通幽感，灵泉有虎跑。爪抬山脉断，掌托石心坳。
竹霭疑相近，松阴盖亦交。转令栖遁者，真境愈难抛。

野 泉

（唐）张蠙

远出白云中，长年听不穷。细声萦乱石，寒色入长空。

挂壁聊成雨，穿林别起风。温泉非尔类，源发在深宫。

题鹤鸣泉
（唐）曹松

仙鹤曾鸣处，泉兼半井苔。直峰抛影入，片月泻光来。
潋滟侵颜冷，深沉慰眼开。何因值丹顶，满汲石瓶回。

信州开通寺题僧砌下泉
（唐）曹松

细声从峤落，幽淡浸香墀。此境未开日，何人初见时。
耗痕延黑藓，静籁吐微澌。应有松梢鹤，下来当饮之。

商山夜闻泉
（唐）曹松

泻月声不断，坐来心益闲。无人知落处，万木冷空山。
远忆云容外，幽疑石缝间。那辞通曙听，明日度蓝关。

泉
（唐）李中

潺潺青嶂底，来处一何长。激石苔痕滑，侵松鹤梦凉。
泛花穿竹坞，泻月下莲塘。想得归何处，天涯助渺茫。

遥赋义兴潜泉
（唐）李中

见说灵泉好，潺湲兴莫穷。谁当秋霁后，独听月明中。
溅石苔花润，随流木叶红。何当化霖雨，济物显殊功。

井泉
（宋）刘子翚

石井水溅溅，寒莎映碧鲜。雨声添溜急，天影入波圆。

晓汲连山寺，春耕润野田。杖藜三咽罢，毛发更萧然。

题周仲杰古泉
（元）朱德润

闻说东园好，渐江暗发源。凿池疏地脉，叠石种云根。
涤砚鱼鳞动，烹茶蟹眼温。欲知隐者乐，何日扣柴门？

玉　泉
（明）何景明

行游金口寺，坐爱玉泉名。云去随龙女，风来动石鲸。
入宫朝太液，穿苑象昆明。却望天河水，迢迢万古情。

酌岩泉
（明）黄辉

石髓从君剖，何如玉乳香。颔珠光直射，胆镜影横张。
甘露霏龙沫，寒星散鹄浆。一杯和笑酌，分得道人粮。

◆ 五言排律

甘泉诗
（唐）耿湋

异井甘如醴，深仁远未涯。气寒堪破暑，源静自蠲邪。
修绠悬冰甃，新桐荫玉沙。带星凝晓露，拂雾拥秋华。
绿溢涵千仞，清泠饮万家。何能葛洪宅，终日闭烟霞。

◆ 七言律

经汉武泉
（唐）赵嘏

芙蓉池苑起清秋，汉武泉声落御沟。

他日江山映蓬鬓,二年杨柳别渔舟。
行间驻马题诗去,物外何人识醉游?
尽把归心付红叶,晚来随水向东流。

石门山泉

(唐)郑谷

一脉清泠何所之,萦莎激藓入僧池。
云边野客穷来处,石上寒猿见落时。
聚沫绕槎残雪在,迸流穿树堕花随。
烟春雨晚闲吟去,不复远寻皇子陂。

和陈洗马山庄新泉

(宋)徐铉

已开山馆待抽簪,更凿岩泉欲洗心。
常被松声迷细韵,忽流花片落高岑。
便疏浅濑穿莎径,始有清光映竹林。
何日煎茶酝香酒,沙边同听暝猿吟。

宿千岁庵听泉

(宋)刘克庄

因爱庵前一脉泉,襆衾来此借房眠。
骤闻将谓溪当户,久听翻疑屋是船。
变作怒声犹壮伟,滴成细点更清圆。
君看昔日兰亭帖,亦把湍流替管絃。

游龙泉

(金)元好问

风色澄鲜称野情,居僧闻客喜相迎。
藤垂石磴云添润,泉漱山根玉有声。
庭树老于临济寺,霜林浑是汉家营。

明年此日知何处，莫惜题诗记姓名。

题子明雪泉

（元）朱德润

万壑轻澌度薄寒，碧云深处互漫漫。
六花溅沫成天巧，一脉潜流激暮湍。
石鼎茶温风味冽，玉壶冰皎露华干。
荆溪白石天寒夜，误作山阴道上看。

宝掌泉

（元）陈樵

屋上无端雨乱飘，雨留石罅碧寥寥。
浮光出穴藏丹浅，浣水为花到地消。
石发年深长满洞，玉鱼春冷未生苗。
泉中自是蛟龙窟，顷刻阴云满树腰。

◆ 五言绝句

金屑泉

（唐）王维

日饮金屑泉，少当千馀岁。翠凤翊文螭，羽节朝玉帝。

砌下泉

（唐）钱起

穿云来自远，激砌流偏驶。能资庭户幽，更引海禽至。

山下泉

（唐）皇甫曾

漾漾带山光，澄澄倒林影。那知石上喧，却益山中静。

流　泉

（宋）梅尧臣

石齿嚼寒声，粼粼萦曲处。有时浮落英，又向城根去。

井　泉

（宋）朱子

开山昔何人，凿此寒泉井。独夜漱琼瑶，泠然发深省。

玉簾泉

（元）赵孟頫

飞泉如玉簾，直下数千尺。新月横簾钩，遥遥挂空碧。

玉簾泉

（元）袁桷

截玉作明簾，不知簾外事。应有碧眼仙，隔簾见人至。

寒月泉

（元）杜本

啮冰激齿颊，咽雪涤胃肠。此水若寒月，饮之年命长。

罗汉泉

（元）迺贤

锡杖虚空落，灵泉发地中。忽看流菜叶，始信石桥通。

◆ 七言绝句

忆四明山泉

（唐）施肩吾

爱彼山中石泉水，幽声夜夜落空里。
至今忆得卧云时，犹是涓涓在人耳。

洞灵观流泉

（唐）李郢

石上苔芜水上烟，潺湲声在观门前。
千岩万壑分流去，更引飞花入洞天。

饮岩泉

（唐）陆龟蒙

已甘茅洞三君食，欠买桐江一朵山。
严子濑高秋浪白，水禽飞尽钓舟还。

谢山泉

（唐）陆龟蒙

决决春泉出洞霞，石坛封寄野人家。
草堂尽日留僧坐，自向前溪摘茗芽。

庶子泉

（宋）欧阳修

庶子遗踪留此地，寒岩徙倚弄飞泉。
古人不见心可见，一片清光长皎然。

游中峰杯泉

（宋）苏轼

石眼杯泉举世无，要知杯渡是凡夫。
可怜狡狯维摩老，戏取江湖入钵盂。

白云泉

（宋）范成大

龙头高啄漱飞流，玉醴甘浑乳气浮。
扪腹煮泉烹斗胯，真成骑鹤上扬州。

虎丘新复古石井泉,次太守沈虞卿韵

(宋)范成大

劝耕堂上醉高年,和气春风共蔼然。
大士亦修随喜供,夜来古井跃新泉。

落纸云烟堕翠峦,一泓潭月斗清寒。
凤凰池上挥毫手,却掬山泉淬笔端。

屑玉泉

(宋)王十朋

白石岩腰屑玉泉,佳名初自长官传。
浑疑齿颊冰霜论,终日霏霏落半天。

卷一百八　温泉类

◆ 五言古

浴温汤泉
（北齐）刘逖

骊岫犹怀土，新丰尚有家。神井堪消疹，温泉足荡邪。
紫苔生石岸，黄沫拥金沙。振衣殊未已，翻能停使车。

温汤泉
（宋）朱子

连山西南来，中断还崛起。干霄几千仞，据地三百里。
飞峰上灵秀，众壑下清美。逮兹势力穷，犹能出奇伟。
谁燃丹黄焰，爨此玉池水？客来争解带，万念付一洗。
当年谢康乐，兹绝今已矣。水碧复流温，相思五湖里。

◆ 五言律

奉和圣制温泉言志应制
（唐）张说

温泉媚新丰，骊山横半空。汤池薰水殿，翠木暖烟宫。
起疾逾山药，无私合圣功。始知尧舜德，心与万人同。

从驾游温泉宫
（唐）徐安贞

神女调温液，年年待圣人。试开临水殿，来洗属车尘。

暖气随明主，恩波洽近臣。灵威自无极，从此献千春。

温汤即事
（唐）皇甫冉

天仗星辰转，霜冬景气和。树含温液润，山入缭垣多。
丞相金钱赐，平阳玉辇过。鲁儒求一谒，无路独如何？

◆ 五言排律

过温泉
（唐）高宗

温渚停仙跸，丰郊驻晓旌。路曲回轮影，岩虚传漏声。
暖溜惊湍驶，寒空碧雾轻。林黄疏叶下，野白曙霜明。
眺听良无已，烟霞断续生。

幸凤汤泉
（唐）明皇

西狩观周俗，南山历汉宫。荐鲜知路近，省敛觉年丰。
阴谷含神爨，汤泉养圣功。益龄仙井合，愈疾醴源通。
不重鸣岐凤，谁夸陈宝雄。愿将无限泽，沾沐众心同。

奉和圣制幸凤汤泉应制
（唐）张说

周狩闻岐礼，秦都辨雍名。献禽天子孝，存老圣皇情。
温润宜冬幸，游畋乐岁成。汤云出水殿，暖气入山营。
坎意无私洁，乾心称物平。帝歌流乐府，溪谷也增荣。

奉和圣制过温汤泉
（唐）王德贞

握图开万宇，属圣启千年。骊阜疏缇骑，惊鸿映彩斾。

玉霜明凤野，金阵藻龙川。祥烟聚危岫，德水溢飞泉。
停舆兴睿览，还举《大风篇》。

和仆射晋公扈从温泉

（唐）王维

天子幸新丰，旌旗渭水东。寒山天仗里，温谷幔城中。
奠玉群仙座，焚香太乙宫。出游逢牧马，罢猎有非熊。
上宰无为化，明时太古同。灵芝三秀紫，陈粟万箱红。
王礼尊儒教，天兵小战功。谋猷归哲匠，词赋属文宗。
司谏方无阙，陈诗且未工。长吟《吉甫颂》，朝夕仰清风。

同崔员外温泉即事

（唐）郭汭

辇辂移双阙，宸游整六师。天回紫微座，日转羽林旗。
霜气寒戈戟，军容壮虎貔。弓鸣射雁处，泉暖跃龙时。
惠化成观俗，讴谣入赋诗。同欢王道盛，相与咏雍熙。

◆ 七言律

驾幸温泉

（唐）卢象

传闻圣主幸新丰，清跸鸣銮出禁中。
细草终朝随步辇，垂杨几处绕行宫。
千官扈从骊山北，万国来朝渭水东。
此日小臣徒献赋，汉家谁复重扬雄？

安宁温泉

（明）杨慎

铿瑟舞雩歌点也，流觞修禊记羲之。
何如碧玉温泉水，绝胜华清磐石池。

已淈金膏分沆瀣，更邀明月濯涟漪。
沉沉兰酊春相引，泛泛杨舟晚更移。

◆ 七言绝句

题庐山山下汤泉

（唐）白居易

一眼汤泉流向东，浸泥浇草暖无功。
骊山温水因何事，流入金铺玉甃中？

汤　泉

（唐）陆龟蒙

暖殿流汤数十间，玉渠香细浪回环。
上皇初解云衣浴，珠棹时敲瑟瑟山。

汤　泉

（宋）王十朋

占得乾坤造化炉，地中沸出巧工夫。
泉犹自作炎凉态，休说众生垢有无。

卷一百九 瀑布类（附水帘）

◆ 五言古

入庐山仰望瀑布
（唐）张九龄

绝顶有悬泉，喧喧出烟杪。不知几时岁，但见无昏晓。
闪闪青崖落，鲜鲜白日皎。洒流湿行云，溅沫惊飞鸟。
雷吼何喷薄，箭驰入窈窕。吾闻山下蒙，今乃林峦表。
物情有诡激，坤元曷纷矫。默然置此去，变化谁能了。

望庐山瀑布水
（唐）李白

西登香炉峰，南见瀑布水。挂流三百丈，喷壑数十里。
欻如飞电来，隐若白虹起。初惊河汉落，半洒云天里。
仰观势转雄，壮哉造化功。海风吹不断，江月照还空。
空中乱潨射，左右洗青壁。飞珠散轻霞，流沫沸穹石。
而我乐名山，对之心益闲。无论漱琼液，且得洗尘颜。
仍谐夙所好，永愿辞人间。

简寂观西涧瀑布下作
（唐）韦应物

淙流绝壁散，虚烟翠涧深。丛际松风起，飘来洒尘襟。
窥萝玩猿鸟，解组傲云林。茶果邀真侣，觞酌洽同心。

旷岁怀兹赏,行春始重寻。聊将横吹曲,一写山水音。

瀑　布
（唐）章孝标

秋河溢长空,天洒万丈布。深雷隐云壑,孤电挂岩树。
沧溟晓喷雪,碧落晴荡素。非趋下流急,势使不得住。

◆ 七言古

庐山瀑布谣
（元）杨维桢

银河忽如瓠子决,泻诸五老之峰前。
我疑天仙织素练,素练脱轴垂青天。
便欲手把并州剪,剪取一幅玻璨烟。
相逢云石子,有似捉月仙。
酒喉无耐夜渴甚,骑鲸吸海枯桑田。
居然化作十万丈,玉虹倒挂清泠渊。

◆ 五言律

湖口望庐山瀑布泉
（唐）张九龄

万丈红泉落,迢迢半紫氛。奔飞下杂树,洒落出重云。
日照虹霓似,天清风雨闻。灵山多秀色,空水共氤氲。

庐山瀑布
（唐）裴说

静景凭高望,光分翠嶂开。崄飞千尺雪,寒扑一声雷。
过去云冲断,傍来烧隔回。何当住峰下,终岁绝尘埃。

石门瀑布

(宋) 徐照

一派从天下(落),曾经李白看。千年流不尽,六月地长寒。
洒木跳微沫,冲崖作(激)怒湍。人言深碧处,常有老龙蟠。

龙湫瀑布

(宋) 徐照

飞下数千尺,全然无定形。电横天日射,龙出石云腥。
壮势春曾看,寒声佛共听。昔人云此水,洗目最能灵。

题双瀑

(宋) 王十朋

瀑水萧峰下,灵源不可寻。倚天双宝剑,点石万星金。
势合鲸鲵斗,声联虎豹吟。我来游胜境,洗耳听清音。

◆ 五言排律

秋霁望庐山瀑布

(唐) 夏侯楚

常思瀑布幽,晴眺喜逢秋。一带连青嶂,千寻倒碧流。
湿云应误鹤,翻浪定惊鸥。星浦虹初下,炉峰烟未收。
岩高时袅袅,天净起悠悠。傥见朝宗日,还须济巨舟。

◆ 七 言 律

题仙岩瀑布呈陈明府

(唐) 方干

方知激蹙与喷飞,直恐古今同一时。
远壑流来多石脉,寒空扑碎作凌澌。

谢公岩上冲云去,织女星边落地迟。
聚向山前更谁测,深沉见底是澄漪。

东山瀑布

(唐)方干

遥夜看来宜月照,平明失去被云迷。
挂岩远势穿松坞,击石残声注稻畦。
素色喷成三伏雪,馀波流作万年溪。
不缘真宰能开决,应向山前杂淤泥。

石门瀑布

(唐)方干

奔倾漱石亦喷苔,此事皆从元化来。
片影挂岩轻似练,远声离洞咽于雷。
气含松桂千枝润,势画云霞一道开。
直是银河分派落,兼闻碎滴溅天台。

天台瀑布

(唐)曹松

万仞得名云瀑布,远看如织挂天台。
休疑宝尺难量度,直恐金刀易剪裁。
喷向林梢成夏雪,倾来石上作春雷。
欲知便是银河水,堕落人间合却回。

开先瀑布

(宋)苏辙

山上流泉自作溪,行逢石缺泻虹霓。
定知云外波澜阔,飞到峰前本末齐。
入海明河惊照曜,倚天长剑失提携。
谁来卧枕莓苔石,一洗尘心万斛泥。

括苍石门瀑布

(宋) 戴复古

少泊石门观瀑布,明知是水却疑非。
乱抛雪玉从天下,散作云烟到地飞。
夜听萧萧洗尘梦,风吹细细湿人衣。
谢公蜡屐经行处,闻有留题在翠微。

三岩瀑布

(元) 尹廷高

天然石室踞云根,上有飞泉势若奔。
千尺素簾寒不卷,一潭碧玉碎无痕。
风飘馀湿沾香案,月漏疏光射洞门。
我欲扪萝登绝顶,桃花流水细穷源。

瀑　布

(明) 朱之蕃

万峰回合欲参天,千丈惊看匹练悬。
素女浣纱摇皓月,鲛人曳缟漾轻烟。
匡庐色借香花散,雁宕声随鼓吹传。
何必瑶京餐沆瀣,枕流终日听潺湲。

◆ 七言排律

和尚书咏泉山瀑布十二韵

(唐) 徐夤

名齐火浣溢山椒,谁把惊虹挂一条?
天外倚来秋水刃,海心飞上白龙绡。
民田凿断云根引,僧圃穿通竹影浇。
喷石似烟轻漠漠,溅崖如雨冷潇潇。

冰中蚕绪缠苍壁，日里虹精挂绛霄。
寒漱绿阴仙桂老，碎流红艳野桃夭。
千寻练写长年在，六出花开夏日消。
急恐划分青嶂骨，久应绷裂翠微腰。
濯缨便可讥渔父，洗耳还宜傲帝尧。
林际猿猱偏得饮，岸边乌鹊拟为桥。
赤城未到诗先寄，庐阜曾游梦已遥。
数夜积霖声更远，郡楼欹枕听良宵。

◆ 五言绝句

瀑　布

（唐）施肩吾

豁开青冥巅，泻出万丈泉。如裁一条素，白日悬秋天。

闻瀑布冰折

（唐）马戴

万仞冰峭折，寒声投白云。光摇山月堕，我向石床闻。

瀑　布

（宋）朱子

巅崖出飞泉，百尺散风雨。空质丽晴晖，龙鸾共掀舞。

小瀑布（在严溪钓台之东，前对方湾。）

（宋）王十朋

钓濑云山外，岩花瀑布边。却疑方处士，诗思涌成泉。

◆ 七言绝句

望庐山瀑布水

（唐）李白

日照香炉生紫烟，遥看瀑布挂长（前）川。

飞流直下三千尺,疑是银河落九天。

次观瀑布韵

（宋）朱子

快泻苍崖一道泉,白龙飞下蔚蓝天。
空山有此真奇观,倚杖来看思凛然。

附水簾

◆ 七言律

水　簾

（唐）罗邺

乱泉飞下翠屏中,似共真珠巧缀同。
一片长垂今与古,半山遥听水兼风。
虽无舒卷随人意,自有潺湲济物功。
每向暑天来往见,疑将仙子隔房栊。

◆ 七言绝句

水　簾

（唐）罗邺

万点飞泉下白云,似簾悬处望疑真。
若将此水为霖雨,更胜长垂隔路尘。

卷一百十　众水类

◆ 五言古

太子状落日望水
（梁）刘孝绰

川平落日迥，落照满川涨。复此沧波地，派别引沮漳。
耿耿流长脉，熠熠动微光。寒乌逐查漾，饥鹈拂浪翔。
临泛自多美，况乃还故乡。榜人夜理楫，棹女闇成妆。
欲待春江曙，争涂向洛阳。

汴水早发应令
（隋）虞世基

夏山朝万国，轩庭会百神。成功畴与让，盛德今为邻。
区宇属平一，庶类仰陶钧。銮跸临河济，裘冕肃柴禋。
启行分七萃，备物象三辰。祈祈亘原隰，济济咸缙绅。
旸谷升朝景，青丘发早春。衮衣敷帝则，分器叙彝伦。
临淄成诵美，河间雅乐陈。薰风穆已被，茂实久愈新。

过津口
（唐）杜甫

南岳自兹近，湘流东逝深。和风引桂楫，春日涨云岑。
回道过津口，而多枫树林。白鱼困密网，黄鸟喧嘉音。
物微限通塞，恻隐仁者心。瓮馀不尽酒，膝有无声琴。

圣贤两寂寞,渺渺独开襟。

与诸公游济渎泛舟
(唐)李颀

济水出王屋,其源来不穷。状泉数眼沸,平地清流通。
皇帝崇祀典,诏书视三公。分官祷灵庙,奠璧沉河宫。
神应每如答,松篁气葱茏。苍螭送飞雨,赤鲤喷回风。
洒洒布瑶席,吹箫下玉童。元(玄)冥掌阴事,祝史告年丰。
百谷趋潭底,三光悬镜中。浅深露沙石,蘋藻生虚空。
晚景临泛美,亭皋轻霭红。晴山傍舟楫,白鹭惊丝桐。
我本家颍北,出门见维嵩。焉知松峰外,又有天坛东。
左手正接䍦,浩歌眄青穹。夷犹傲清吏,偃仰狎渔翁。
对此川上闲,非君谁与同?霜凝远村曙,月净蒹葭丛。
兹境信难遇,为欢殊未终。淹留怅言别,烟屿夕微濛。

渭 水
(唐)权德舆

吕氏年八十,皤然持钓钩。意在靖天下,岂惟食营丘。
师臣有家法,小白乃尊周。日暮驻征策,爱兹清渭流。

游溢水
(唐)白居易

四月未全热,麦凉江风秋。湖山处处好,最爱溢水头。
溢水从东来,一派入江流。可怜似紫带,中有随风舟。
命酒一临泛,舍鞍扬棹讴。放回岸傍马,去逐波间鸥。
烟浪始渺渺,风襟亦悠悠。初疑上河汉,中若寻瀛洲。
汀树绿拂池,沙草芳未休。青萝与紫葛,枝蔓垂相樛。
系缆步平岸,回头望江州。城雉映水见,隐隐如蜃楼。
日入意未尽,将归复少留。到官行半岁,今日方一游。

此地来何暮，可以写吾忧。

晚渡伊水

（唐）韦述

悠悠涉伊水，伊水清见石。是时春向深，两岸草如积。
迢递望洲屿，逶迤亘津陌。新树落疏红，遥原上新碧。
回首望洛阳，邈有长山隔。烟雾犹辨家，风尘已为客。
登陟多异趣，往来见行役。云起早已昏，鸟飞日将夕。
光阴逝不借，超然慕畴昔。远游亦何为？归来存竹帛。

伊水门

（唐）楼颖

朝陟伊水门，伊水入门流。惬心乃成兴，澹然泛孤舟。
霏微傍青霭，容与随白鸥。竹阴交前浦，柳花媚中洲。
日落阴云生，弥觉兹路幽。聊以恣所适，此外知何求。

茗雪二水

（宋）梅尧臣

昔爱伊与洛，今逢茗与雪。南郭复西城，晓水明于甲。
尘缨庶可濯，白鸟谁来狎。落日潭上归，渔歌自相答。

吴江放船至枫桥湾

（宋）薛季宣

短篷负长虹，破篷挂明月。风马坐中生，天幕波中出。
高城多隐映，远岫才罗列。少小泛吴船，始识仙凡别。

汾水道中

（元）王恽

苍巅互出缩，峪势曲走蛇。回眺惊后拥，迎看复横遮。
云林荡高秋，半岭翻晴霞。十里九渡水，清流带寒沙。

山溪本幽寂，激之声乃哗。解鞍憩美荫，觉我心静嘉。
风枝满秋实，野菊披水涯。幽馨散兰馥，红鲜缀丹砂。
二物固琐碎，托兴骚人夸。我欣记所见，信笔书田家。

钓鱼湾

（明）吴鼎芳

家住此湾中，不出此湾里。长日坐鱼矶，闲心澹无已。
白云起前山，悠悠亦来此。搔首对斜阳，纶竿久不理。

早秋泾上行

（明）王问

兹晨暑气平，泾上自容与。返照入柴扉，蝉声在高树。
泾水静不流，蘋花发西渡。五湖秋色中，欲乘扁舟去。

◆ 五言律

侍宴浐水赋得浓字

（唐）张说

千行发御柳，一叶下仙筇。青浦宸游至，朱城紫气浓。
云霞交暮色，草树喜春容。蔼蔼天旗转，清笳入九重。

侍宴浐水赋得长字

（唐）宗楚客

御辇出明光，乘流泛羽觞。珠胎随月减，玉漏与年长。
寒尽梅犹白，风迟柳未黄。日斜旌旆转，休气展林塘。

泛前陂

（唐）王维

秋空自明迥，况复远人寰。畅以沙际鹤，兼之云外山。
澄波淡将夕，清月皎方闲。此夜任孤棹，夷犹殊未还。

泊扬子津

（唐）祖咏

才入维扬郡,乡关此路遥。林藏初霁雨,风退欲归潮。
江火明沙岸,云帆碍浦桥。客衣今正薄,寒气昨来饶。

与鄠县群官泛渼陂

（唐）岑参

万顷浸天色,千寻穷地根。舟移城入树,岸阔水浮村。
闲鹭惊箫管,潜虬傍酒樽。暝来呼小吏,列火俨归轩。

寻龙湍

（唐）孙逖

仙穴寻遗迹,轻舟爱水乡。溪流一曲尽,山路九峰长。
渔父歌金洞,江妃舞翠房。遥怜葛仙宅,真气共微茫。

董岭水

（唐）周朴

湖州安吉县,门与白云齐。禹力不到处,河声流向西。
去衙山色远,近水月光低。中有高人在,沙中曳杖藜。

临石步港

（宋）徐铉

碕岸随萦带,微风起细涟。绿阴三月后,倒影乱峰前。
吹浪游鳞小,粘苔碎石圆。会将腰下组,换取钓鱼船。

过白水

（宋）梅尧臣

下马独怀古,翛然临渡风。真人去未久,流水自无穷。
雨阔沙痕涨,湾平野色通。曾兴汉家业,今与百川同。

发扬港渡入交口夹

（宋）杨万里

朝雨匆匆霁，春山历历嘉。老青交幼绿，暗锦出明花。
渔艇十数只，鸡声三五家。人生须富贵，此辈亦生涯。

泊桐庐分水港

（宋）王十朋

何处系归舟？桐庐旧日游。港从分水出，亭瞰合江流。
叠嶂云披絮，遥天月吐钩。纷纷钓鱼者，无复见羊裘。

大龙湫

（宋）赵师秀

一派落虚空，如何画得同。高风吹作雨，低日射成虹。
西域书曾说，先朝路始通。或言龙已去，幽处别为宫。

◆ 五言排律

赋得荆溪夜湍送蒋逸人归义兴山

（唐）皇甫冉

惊湍流不极，夜渡识云岑。长带溪沙浅，时因山雨深。
方同七里路，更遂五湖心。揭厉朝将夕，潺湲古至今。
花源若可许，虽远亦相寻。

◆ 七 言 律

十五里沙

（宋）刘克庄

只见如山白浪飞，更堪动地黑风吹。
渺茫直际九州外，汹涌常如八月时。

河伯岂能穷海若,灵胥仅可嚇吴儿。
惜无散发骑鲸友,共了南游一段奇。

太乙湫

(金)杨云翼

四崖环抱镜光平,数亩澄泓石底渟。
寒入井头千丈雪,净涵岩际一天星。
傍人争出鱼依势,衔叶飞来鸟护灵。
日日东风送潮出,只因绝顶透沧溟。

太液晴波

(明)林环

池头旭日散轻烟,开镜清光近九天。
翠柳条长经雨后,绿蘋香暖得春先。
御沟流出通金水,仙派分来自玉泉。
在镐几回陪宴乐,咏歌鱼藻继周篇。

太液晴波

(明)曾棨

灵沼溶溶淑气回,玉泉初暖碧如苔。
风回鳌背山光动,日照龙鳞镜影开。
飞鸟惯随仙仗过,游鱼偏识翠华来。
愿倾池水成春酒,添进南山万寿杯。

太液晴波

(明)梁潜

蓬岛前头太液池,摇风漾日动涟漪。
鱼龟已惯迎仙舫,鸥鹭应能识翠旗。
著雨锦蕖开晚镜,拂烟翠柳曳晴丝。
周人自昔歌灵沼,愿沐恩波一献诗。

◆ 五言绝句

东 陂
（唐）钱起

永日兴难忘，掇芳春陂曲。新晴花枝下，爱此苔水绿。

潺湲声
（唐）钱起

乱石跳素波，寒声闻几处。飕飕暝风引，散出空林去。

黄菊湾
（唐）顾况

时菊凝晓露，露华滴秋湾。仙人酿酒熟，醉里飞空山。

白鹭汀
（唐）顾况

霢霂汀草碧，淋森鹭毛白。夜起沙月中，思量捕鱼策。

欹松漪
（唐）顾况

湛湛碧涟漪，老松欹侧卧。悠扬绿萝影，下拂波纹破。

春波曲
（元）杨维桢

家住春波上，春深未得归。桃花新水涨，应没浣花矶。

新 水
（明）袁凯

柳外朝朝雨，平添过旧痕。往时桃叶渡，今日更销魂。

◆ 七言绝句

渭 上
（唐）温庭筠

吕公荣达子陵归，万古烟波绕钓矶。
桥上一通名利迹，至今江鸟背人飞。

三十六湾
（唐）许浑

缥缈临风思美人，荻花枫叶带溪声。
夜深吹笛移船去，三十六湾秋月明。

延平津
（唐）胡曾

延平津下水溶溶，峭壁巍岑一万重。
昨夜七星潭底见，分明神剑化为龙。

寒芦港
（宋）苏轼

溶溶晴港漾春晖，芦笋生时柳絮飞。
还有江南风物否？桃花流水鳖鱼肥。

新 湾
（宋）刘子翚

冉冉寒生水面烟，吴歌唱罢月微偏。
停桡又向湾前宿，一夜西风浪打船。

过临平莲荡
（宋）杨万里

莲荡层层镜样方，春来嫩玉斩新黄。

角头一一张芦箔,不遣鱼虾过别塘。

人家星散水中央,十里芹羹菰饭香。
想得薰风端午后,荷花世界柳丝乡。

过沙头
(宋)杨万里

过了沙头渐有村,地平江阔气清温。
暗潮已到无人会,只有篙师识水痕。

玉 渊
(宋)王十朋

谁决银河落半天,飞流溅沫五峰前。
山中草木皆光润,知有含辉玉在渊。

卷一百十一　宫殿类

◆ 五言古

新成安乐宫
（梁）简文帝

遥看云雾中，刻桷映丹虹。珠簾通晓日，金花拂夜风。
欲知歌管处，来过安乐宫。

新成安乐宫
（陈）阴铿

新宫实壮哉，云里望楼台。迢递翔鹓仰，联翩贺雀来。
重檐寒雾宿，丹井夏莲开。砌石披新锦，梁花画早梅。
欲知安乐盛，歌管杂尘埃。

重阳殿成金石会竟上诗
（陈）张正见

周王兴路寝，汉后成甘泉。共知崇壮丽，迢递与云连。
抗殿疏龙首，峻陛激天泉。东西跨函谷，左右瞩伊瀍。
百常飞观竦，三休复道悬。拱乌遥造日，攀虬远架烟。
云栋疑飞雨，风窗似望仙。玉女临芳镜，金珰映彩椽。
梅梁横发蕊，藻井倒披莲。荣光开御宿，佳气属祈年。
霜雁排空断，寒花映日鲜。负扆凭霄极，台司列象躔。
登台喧大夏，御气响钧天。北斗承三献，南风入五絃。

鸾歌鹓鹊右，兽舞射熊前。翔鹍仰不逮，燕雀徒联翩。

过旧宫
（北周）明帝

玉烛调秋气，金舆历旧宫。还如过白水，更似入新丰。
秋潭渍晚菊，寒井落疏桐。举杯延故老，令闻歌《大风》。

侍宴瑶泉殿
（陈）江总

水亭通枌诣，石路接堂皇。野花不识采，旅竹本无行。
雀惊疑欲曙，蝉噪似含凉。何言金殿侧，亟奉瑶池觞。

帝京篇
（唐）太宗

秦川雄帝宅，函谷壮皇居。绮殿千寻起，离宫百雉馀。
连甍遥接汉，飞阁迥凌虚。云日隐城阙，风烟出绮疏。

早春桂林殿应制
（唐）上官仪

步辇出披香，清歌临太液。晓树流莺满，春堤芳草积。
风色翻露文，雪华上空碧。花蝶来未已，山光暧将夕。

侍宴莎册宫应制得情字
（唐）许敬宗

三星希曙景，万骑翊天行。葆羽翻风队，腾吹掩山楹。
暖日晨光浅，飞烟旦彩轻。塞寒桃变色，冰断箭流声。
渐奏长安道，神皋动睿情。

◆ 五 言 律

早春桂林殿应制
（唐）陈叔达

金铺照春色，玉律动年华。朱楼云似盖，丹桂雪如花。
水岸衔阶转，风条出柳斜。轻舆临太液，湛露酌流霞。

奉和仪鸾殿早秋应制
（唐）许敬宗

睿想追嘉豫，临轩御早秋。斜晖丽粉壁，清吹肃朱楼。
高殿凝阴满，雕窗艳曲流。小臣参广宴，大造谅难酬。

银潢宫侍宴应制得枝字
（唐）魏元忠

别殿秋云上，离宫夏景移。寒风生玉树，凉气下瑶池。
堲花仍吐叶，岩木尚抽枝。愿奉南山寿，千秋长若斯。

甘露殿侍宴应制
（唐）李峤

月宇临丹地，云窗网碧纱。御园陈桂醑，天酒酌榴花。
水向浮桥直，城连禁苑斜。承恩恣欢赏，归路满烟霞。

和周记室从驾晓发合璧宫
（唐）李峤

濯龙春苑曙，翠凤晓旗舒。野色开烟后，山光淡月馀。
风长箾响咽，川迥骑行疏。珠履陪仙驾，金声振属车

麟趾殿侍宴应制
（唐）宋之问

北阙层城峻，西宫复道悬。乘舆历万户，置酒望三川。

花柳含丹日，山河入绮筵。欲知陪赏处，空外有飞烟。

宫中行乐词
（唐）李白

水绿南薰殿，花红北阙楼。莺歌闻太液，凤吹绕瀛洲。
素女鸣珠珮，天人弄綵毬。今朝风日好，宜入未央游。

乐成殿
（明）马汝骥

金堤回北拱，宝殿乐西成。春急奔湍上，梁危架石行。
池龙蟠九岛，苑鸟下层城。帝豫因民事，长杨愧颂声。

◆ 五言排律

九成宫秋初应诏
（唐）刘祎之

帝圃疏金阙，仙台驻玉銮。野分鸣鹫岫，路接宝鸡坛。
林树千霜积，山宫四序寒。蝉急知秋早，莺疏觉夏阑。
怡神紫气外，凝睇白云端。舜海词波发，徒（空）惊游圣难。

春晚侍宴丽正殿探得开字
（唐）张说

圣政惟稽古，宾门引上才。坊因购书立，殿为集贤开。
髦彦星辰下，仙章日月回。字如龙负出，韵是凤衔来。
庭柳馀春驻，宫樱早夏催。喜承芸阁宴，幸奉柏梁杯。

奉和圣制暇日与兄弟同游兴庆宫作应制
（唐）张说

汉武横汾日，周王宴镐年。何如造区夏，复此睦亲贤。
巢凤新成阁，飞龙旧跃泉。棣华歌尚在，桐叶戏仍前。

禁籞氛埃隔,平台景物连。圣慈良有裕,王道固无偏。
问俗兆人阜,观风五教宣。献图开益地,张乐奏钧天。
侍酌衢尊满,询刍谏鼓悬。永言形友爱,万国共周旋。

奉和幸上阳宫侍宴应制
(唐) 宗楚客

紫庭金凤阙,丹禁玉鸡川。似立蓬瀛上,疑游昆阆前。
鸟将歌合转,花共锦争鲜。湛露飞尧酒,薰风入舜弦。
水光摇落日,树色带晴烟。向夕回珊辇,佳气满岩泉。

◆ 七 言 律

奉和春日幸望春宫应制
(唐) 沈佺期

芳郊绿野散春晴,复道离宫烟雾生。
杨柳千条花欲绽,葡萄百丈蔓初萦。
林香酒气元相入,鸟啭歌声各自成。
定是风光牵宿醉,来晨复得幸昆明。

奉和春日幸望春宫应制
(唐) 郑愔

晨跸凌高转翠旌,春楼望远背朱城。
忽排花上游天苑,却坐云边看帝京。
百草香心初冒蝶,千林嫩叶始藏莺。
幸同微藿倾阳早,愿比盘根应候荣。

奉和春日幸望春宫应制
(唐) 苏颋

东望望春春可怜,更逢晴日柳含烟。
宫中下见南山尽,城上平临北斗悬。

细草偏承回辇处,飞花故落舞筵前。
宸游对此欢无极,鸟弄歌声杂管絃。

奉和春日幸望春宫应制
（唐）张说

别馆芳菲上苑东,飞花淡荡舞筵红。
城临渭水天河近,阙对南山雨露通。
绕殿流莺凡几树,当轩乱蝶许多丛。
春园既醉心和乐,共识皇恩造化同。

奉和春日幸望春宫应制
（唐）崔湜

淡荡春光满晓空,逍遥御辇入离宫。
山河眺望云天外,台榭参差烟雾中。
庭际花飞锦绣合,枝间鸟语管絃同。
即此欢娱齐镐宴,惟应率舞乐薰风。

奉和圣制从蓬莱向兴庆阁道中留春雨中春望之作
（唐）李憕

别馆春还淑气催,三宫路转凤凰台。
云飞北阙轻阴散,雨歇南山积翠来。
御柳遥随天仗发,林花不待晓风开。
已知圣泽深无限,更喜年芳入睿才。

敕借岐王九成宫避暑应教
（唐）王维

帝子远辞丹凤阙,天书遥借翠微宫。
隔窗云雾生衣上,卷幔山泉入镜中。
林下水声喧语笑,岩间树色隐房栊。
仙家未必能胜此,何事吹箫向碧空。

和贾舍人早朝大明宫

（唐）王维

绛帻鸡人报晓筹，尚衣方进翠云裘。
九天阊阖开宫殿，万国衣冠拜冕旒。
日色才临仙掌动，香烟欲傍衮龙浮。
朝罢须裁五色诏，珮声归到凤池头。

奉和圣制从蓬莱向兴庆阁道中留春雨中春望之作

（唐）王维

渭水自萦秦塞曲，黄山旧绕汉宫斜。
銮舆迥出千门柳，阁道回看上苑花。
云里帝城双凤阙，雨中春树万人家。
为乘阳气行时令，不是宸游玩物华。

早朝大明宫呈两省僚友

（唐）贾至

银烛朝天紫陌长，禁城春色晓苍苍。
千条弱柳垂青琐，百啭流莺绕建章。
剑珮声随玉墀步，衣冠身惹御炉香。
共沐恩波凤池上，朝朝染翰侍君王。

和贾舍人早朝大明宫

（唐）岑参

鸡鸣紫陌曙光寒，莺啭皇州春色阑。
金阙晓钟开万户，玉阶仙仗拥千官。
花迎剑珮星初落，柳拂旌旗露未干。
独有凤凰池上客，阳春一曲和皆难。

和贾舍人早朝大明宫

（唐）杜甫

五夜漏声催晓箭，九重春色醉仙桃。
旌旗日暖龙蛇动，宫殿风微燕雀高。
朝罢香烟携满袖，诗成珠玉在挥毫。
欲知世掌丝纶美，池上于今有凤毛。

紫宸殿退朝口号

（唐）杜甫

户外昭容紫袖垂，双瞻御座引朝仪。
香飘合殿春风转，花覆千官淑景移。
昼漏稀闻高阁报，天颜有喜近臣知。
宫中每出归东省，会送夔龙集凤池。

宣政殿退朝晚出左掖

（唐）杜甫

天门日射黄金榜，春殿晴熏赤羽旗。
宫草霏霏承委珮，炉烟细细驻游丝。
云近蓬莱常五色，雪残鳷鹊亦多时。
侍臣缓步归青琐，退食从容出每迟。

和李员外扈驾幸温泉宫

（唐）钱起

未央月晓度疏钟，凤辇时巡出九重。
雪霁山门迎瑞日，云开水殿候飞龙。
轻寒不入宫中树，佳气常浮仗外峰。
遥羡枚皋扈仙跸，偏承霄汉渥恩浓。

九成宫

（唐）李商隐

十二层城阆苑西,平时避暑拂虹霓。
云随夏后双龙尾,风逐周王八骏蹄。
吴岳晓光连翠巘,甘泉晚景上丹梯。
荔枝卢橘沾恩幸,鸾鹊天书湿紫泥。

兴庆宫朝退次韵袁伯长见贻。是日上加尊号,礼成告谢集即东出奉祠斋宫

（元）虞集

翠盖重重宝扇斜,从官穿柳散慈鸦。
过宫路远纡天步,上寿杯深阁雨花。
玉贯两虹通象纬,衣成五綵练云霞。
奉祠东出蓬莱道,春水凫鹭踏汉槎。

兴圣殿进史

（元）黄清老

瑶编初进侍明光,日丽龙池昼刻长。
堤柳染成春水色,宫花并入御炉香。
金壶洒露层阶滑,玉盌分冰广殿凉。
矇瞍似知天意喜,凤笙新奏五云章。

大明殿早朝

（元）欧阳玄

扶摇万里上青霄,凤阙龙池步步瑶。
驼背负琛金络索,象身备驾玉逍遥。
衣冠俯伏传呼岳,千羽低佪看舞《韶》。
湖海布衣瞻盛事,他时田野梦天朝。

◆ 六言绝句

宫中三台词

（唐）王建

池北池南草绿，殿前殿后花红。
天子千秋万岁，未央明月清风。

◆ 七言绝句

宫　词

（唐）王建

金殿当头紫阁重，仙人掌上玉芙蓉。
太平天子朝元日，五色云车驾六龙。

罗衫叶叶绣重重，金凤银鹅各一丛。
每遍舞头分两句，太平万岁字当中。

未明开著九重关，金画黄龙五色幡。
直至银台排仗合，圣人三殿册西番。

龙烟日暖紫瞳瞳，宣政门当玉仗风。
五刻阁前卿相出，下帘声在半天中。

宫花不共外花同，正月长先一半红。
供御樱桃看守别，直无鸦鹊到园中。

延英引对碧衣郎，江砚宣毫各别床。
天子下帘亲考试，宫人手里过茶汤。

集贤殿里图书满,点勘头边御印同。
真迹进来依字数,别收锁在玉函中。

宫　词

(唐) 顾况

禁柳烟中闻晓乌,风吹玉漏尽铜壶。
内官先向蓬莱殿,金合(盒)开香泻御炉。

朝元引

(唐) 陈陶

玉殿云开露冕旒,下方珠毕压鳌头。
天鸡唱罢南山曙,春色先归十二楼。

宝祚河宫一向清,龟鱼天篆益分明。
侍(近)臣谁献登封草,五岳齐呼万岁声。

早赴北宫

(金) 郑摅

苍龙双阙郁层云,湖水鳞鳞柳色新。
绝似江行看春晓,不知身是趁朝人。

咏洪禧殿

(元) 周伯琦

镂花香案错琳璆,金瓮葡萄大白浮。
群玉诸山环御榻,瑶池只在殿西头。

咏水晶殿

(元) 周伯琦

冰华雪翼眩西东,玉座生寒八面风。
巧思曾经修月手,通明原在五云中。

宫　词

（元）周伯琦

苑路东西草色遥，阑干曲曲似飞桥。
水晶殿外檐铃响，疑是銮舆早散朝。

咏香殿

（元）周伯琦

鹧斑百和作坚材，翥凤翔龙四壁开。
宝地晓张香积界，始知天子是如来。

滦京杂咏

（元）杨允孚

曙色苍茫闻阖开，相君有奏入蓬莱。
须臾云拥千官出，又带天边好雨来。

丽日初明瑞气开，千官锡宴集蓬莱。
黄门控马天街立，丞相簪花御苑回。

宫　词

（明）黄省曾

金铺玉户月流辉，宝座瑶台映紫衣。
圣主观书居大善，三更龙辇未言归。

禁　直

（明）唐敏

武楼高迥接回廊，绣妥盘龙护御床。
得侍至尊论治道，祥风微袅水沉香。

卷一百十二 门阙类

◆ 五言古

咏双阙
（陈）江总

象阙连驰道，天宇照方疏。刻凤栖清汉，图龙入紫虚。
屡逢膏露洒，几遇祥烟初。竞言百尺丽，宁方万丈馀。

赋得待诏金马门
（陈）何胥

汉家一统轨，济济万国朝。飞缨拂晓雾，轻辇逐晨飙。
槐衢映绿绂，日彩丽金貂。此时参待诏，谁复想渔樵。

◆ 五言律

咏门
（唐）李峤

奕奕彤闱下，煌煌紫禁隈。阿房万户列，闾阖九重开。
疏广遗荣去，于公待驷来。讵知金马侧，方朔有奇才。

徽安门晓望
（宋）欧阳修

都门收宿雾，佳气郁葱葱。晓日寒川上，青山白露中。

楼台万瓦合，车马九衢通。恨乏登高赋，徒知京邑雄。

大明门春望

（明）张元凯

太和盈宇宙，奕奕遍光华。美丽都人绮，芳菲辇道沙。
紫骝衔禁草，黄鸟卧宫花。一望千重殿，常生五色霞。

◆ 五言排律

赋得蕃臣恋魏阙

（唐）蒋防

剖竹随皇命，分忧镇大蕃。恩波怀魏阙，献纳望天阍。
政奉南风顺，心依北极尊。梦魂通玉陛，动息寄朱轩。
直以蒸黎念，思陈政化源。如何子牟意，今古道斯存。

谒见日将至双阙

（唐）阙名

晓色临双阙，微臣礼位陪。远惊龙凤睹，谁识冕旒开。
蔼蔼千年盛，颙颙万国来。天文标日月，时令布云雷。
迥出黄金殿，全分白玉台。雕虫竟何取，瞻恋不知回。

◆ 七言律

阙下待传点呈诸同舍

（唐）刘禹锡

禁漏晨钟声欲歇，旌旗组绶影相交。
殿含佳气当龙首，阁倚晴天见凤巢。
山色葱茏丹槛外，霞光泛滟翠松梢。
多惭再入金门籍，不敢为文学解嘲。

和宋学士晚出丽正门

（元）甘立

暮光霞彩炫金题，绛阙高居雉堞低。
上相楼台连御苑，中郎车骑过沙堤。
皂雕孤揆凌云翻，紫燕双翻踏雪蹄。
回首上林凉月夜，蕊珠多是凤鸾栖。

长安门西道苑墙雨后经眺作

（明）汤珍

紫宫黄屋邃森沉，驰道周庐肃羽林。
树里啼莺清禁切，雨馀流水御沟深。
松篁并落钟山翠，云雾常依汉殿阴。
此日讴歌欢在镐，草茅何以嗣华音。

◆ 七言绝句

出左掖门口号

（元）王恽

花映岩廊近紫宸，宫官行酒过三巡。
共携满袖天香出，散作都城十日春。

望阙口号

（明）沈梦麟

阊阖排云玉殿开，千官鹓鹭早朝回。
不知谁献王褒颂，得奉君王万寿杯。

夏日出文明门

（明）薛瑄

文明门外柳阴阴，百啭黄鹂送好音。
行过御沟回望处，凤皇楼阁五云深。

卷一百十三　省掖类

◆ 五言古

晚出左掖
（唐）杜甫

昼刻传呼浅，春旗簇仗齐。退朝花底散，归院柳边迷。
楼雪融城湿，宫云去殿低。避人焚谏草，骑马欲鸡栖。

春宿左省
（唐）杜甫

花隐掖垣暮，啾啾栖鸟过。星临万户动，月傍九霄多。
不寝听金钥，因风想玉珂。明朝有封事，数问夜如何。

省中即事
（唐）岑参

华省谬为郎，蹉跎鬓已苍。到来恒幞被，随例且含香。
竹影遮窗暗，花阴拂簟凉。君王新赐笔，草奏向明光。

和范秘书省中作
（唐）喻坦之

清省宜寒夜，仙才称独吟。钟来宫转漏，月过阁移阴。
鹤壁灯前静，芸台幄外深。想知因此兴，暂动忆山心。

◆ 五言排律

酬苏员外味道夏晚寓直省中见赠
（唐）沈佺期

并命登仙阁，分曹直礼闱。大官供宿膳，侍史护朝衣。
卷幔天河入，开窗月露微。小池残暑退，高树早凉归。
冠剑无时释，轩车待漏飞。明朝题汉柱，三署有光辉。

直中书省
（唐）韦承庆

清切凤凰池，扶疏鸡树枝。唯应集鸾鹭，何为宿鹢雌。
大道乾坤辟，深恩雨露垂。昆蚑既含养，弩骀亦驱驰。
木偶翻为用，芝泥忽滥窥。九思空自勉，五字本无施。
徒喜逢千载，何阶答二仪。萤光向日尽，蚊力负山疲。
禁宇庭除阔，闲宵钟箭移。暗花临户发，残月下簾欹。
白发随年改，丹心为主披。命将时并泰，言与行俱危。
寄谢登巢客，尧年复在斯。

春日直门下省早朝
（唐）王维

骑省直明光，鸡鸣谒建章。遥闻侍中珮，暗识令君香。
玉漏催铜史，天书拜夕郎。旌旗映闾阖，歌吹满昭阳。
官舍梅初紫，宫门柳欲黄。愿将迟日意，同与圣恩长。

省中书事
（元）王士熙

玉京长夏里，画省五云边。终日身无事，清时职是仙。
缥瓷分马乳，银叶荐龙涎。细草烟笼罽，垂杨雪妒绵。
客怀天外鹤，农事雨馀田。染翰迎歌扇，挥金向酒船。
鳌峰孤绝处，闲坐似当年。

◆ 七 言 律

见于给事暇日上直寄南省诸郎官诗因以戏赠
（唐）白居易

倚作天仙弄地仙，夸张一日抵千年。
黄麻敕胜长生箓，白纻词嫌内景篇。
云彩误居青琐地，风流合在紫薇天。
东曹渐去西垣近，鹤驾无妨更著鞭。

休浣日西掖谒所知因成长句
（唐）温庭筠

赤墀高阁自从容，玉女窗扉报曙钟。
日丽九门青琐闼，雨晴双阙翠微峰。
毫端蕙露滋仙草，琴上薰风入禁松。
荀令凤池春晚晚，好将馀润变鱼龙。

省中偶作
（唐）张乔

三转郎曹自勉旃，莎阶吟步想前贤。
不如何逊无佳句，若比冯唐是壮年。
捧制名题黄纸尾，约僧心在白云边。
乳毛松雪春来好，直夜清闲且学禅。

雨中放朝出左掖
（明）文徵明

霏微芳润浥霓旌，历落彤墀散履声。
暝色浮烟迷左掖，碧云将雨近西清。
柳垂青琐千丝重，水落银桥万玉鸣。
霡洒不辞袍袖湿，天街尘净马蹄轻。

卷一百十四　馆阁类

◆ 五言古

赋得谒帝承明庐
　　　　　　　　　　（陈）江总

雾开仁寿殿，云绕承明庐。轮停绀幰引，马度红尘馀。
香貂拜黻衮，花绶拂元（玄）除。谒帝升清汉，何殊入紫虚。

◆ 五言律

冬夜寓直麟阁
　　　　　　　　　　（唐）宋之问

直事披三省，重关秘七门。广庭怜雪净，深屋喜炉温。
月幌花虚馥，风窗竹暗喧。东山白云意，兹夕寄琴樽。

春夜寓直凤阁怀群公
　　　　　　　　　　（唐）魏知古

拜门传漏晚，寓省索居时。昔重安仁赋，今称伯玉诗。
鸳池满不溢，鸡树久逾滋。夙夜怀山甫，清风咏所思。

奉和人日清晖阁宴群臣遇雪应制
　　　　　　　　　　（唐）宗楚客

窈窕神仙府，参差云汉间。九重中禁启，七日早春还。

太液天为水，蓬莱雪作山。今朝上林树，无处不堪攀。

◆ **七 言 律**

题集贤阁
（唐）刘禹锡

凤池西畔图书府，玉树玲珑景气闲。
长听馀风送大乐，时登高阁望人寰。
青山云绕阑干外，紫殿香来步武间。
曾是先贤翔集地，每看壁记一惭颜。

和刘郎中学士题集贤阁
（唐）白居易

朱阁青山高庳齐，与君才子作诗题。
傍闻大内笙歌近，下视诸司屋舍低。
万卷图书天禄上，一条风景月华西。
欲知丞相优贤意，百步新廊不踏泥。

忆夜直金銮殿承旨
（唐）李绅

月当银汉玉绳低，深听《箫韶》碧落齐。
门压紫垣高绮树，阁连青琐近丹梯。
墨宣外渥催飞诏，草布新恩促换题。
明日独归花路远，可怜人世隔云泥。

雨后月中玉堂闲坐
（唐）韩偓

银台直北金銮外，暑雨初晴皓月中。
惟对松篁听刻漏，更无尘土瞖虚空。
绿香熨齿冰盘果，清冷侵肌水殿风。

坐久忽闻铃索动，玉堂西畔响丁东。

陪王庶子游后湖涵虚阁

（宋）徐铉

悬圃清虚乍过秋，看山寻水上兹楼。
轻鸥的的飞难没，红叶纷纷晚更稠。
风卷微云分远岫，浪摇晴日照中洲。
跻攀况有承华客，如在南皮奉胜游。

留题微之廨中清晖阁

（宋）王安石

故人名字在瀛洲，邂逅低回向此留。
鸥鸟一双随坐啸，荷花十丈对冥搜。
水涵樽俎清如洗，山染衣巾翠欲流。
宣室应疑鬼神事，知君能复几来游。

寓直玉堂拜赐御酒

（宋）范成大

归鸦陆续堕宫槐，帘幎参差晚不开。
小雨遂将秋色至，长风时送市声来。
近瞻北斗璿玑次，犹梦西山碧翠堆。
惭愧君恩来甲夜，殿头宣劝紫金杯。

新馆内直

（明）曾棨

华馆深沉直禁闱，彩甍丹碧焕翚飞。
上林万树连西掖，北极诸星拱太微。
绕砚龙香裁诏罢，隔帘莺语退朝归。
应知几度青绫夜，月转金茎露满衣。

翰林斋宿
（明）文徵明

春星烂熳烛薇垣，独拥青绫向夜阑。
宫漏隔花银箭永，莲灯垂烬玉堂寒。
坐聆宵柝霜围屋，想见郊禋月满坛。
铃索无风尘土远，始知仙署逼金銮。

◆ 七言绝句

金銮坡上南望
（唐）郑畋

玉晨钟韵上清虚，画戟祥烟拱帝居。
极眼向南无限地，绿烟深处认中书。

玉堂读卷杂赋次韵
（元）虞集

千花覆槛柳垂丝，昼刻传呼淑景迟。
圣主自观新进策，侍臣簪笔立多时。

与赵子期趋阁
（元）虞集

日出风生太液波，画桥千尺彩船过。
桥头柳色深如许，应是偏承雨露多。

诏直内阁即事
（明）胡俨

清晓朝回秘阁中，坐看宫树露华浓。
绿窗朱户图书满，人在蓬莱第一峰。

浩荡东风雨散丝,暗移春色上花枝。
云阴半卷龙楼晚,正是词臣退直时。

卷一百十五　院　类

◆ 五言古

宴韦司户山亭院
　　　　　　（唐）高适

人幽想灵山，意惬怜远水。习静务为适，所居还复尔。
汲流涨华池，开酝宴君子。苔径试窥践，石屏可攀倚。
入门见中峰，携手如万里。横琴了无事，垂钓应有以。
高馆何沉沉，飒然凉风起。

◆ 五言律

奉和幸上官昭容院
　　　　　　（唐）郑愔

地轴楼居远，天台阙路赊。何如游帝宅，即此对仙家。
座拂金壶电，池摇玉酒霞。无云秦汉隔，别访武陵花。

槎流天上转，茅宇禁中开。河鹊填桥至，山熊避槛来。
庭花采蘘蓐，岩石步莓苔。愿奉舆图泰，长开锦翰裁。

辱张常侍题集贤院诗，因以继和
　　　　　　（唐）白居易

天禄阁门开，甘泉侍从回。图书皆帝籍，僚友尽仙才。

骑省通中掖，龙楼隔上台。犹怜病宫相，诗寄洛阳来。

重修府西水亭院

（唐）白居易

因下疏为沼，随高筑作台。龙门分水入，金谷取花栽。
绕岸行初匝，凭轩立未回。园西有池位，留与后人开。

南溪书院

（唐）杨发

茅屋往来久，山深不置门。草生垂井口，花发接篱根。
入院将雏鸟，攀萝抱子猿。曾逢异人说，风景似桃源。

◆ 五言排律

集贤书院成，送张说上集贤学士赐宴，得珍字

（唐）明皇

广学开书院，崇儒引席珍。集贤招衮职，论道命台臣。
礼乐沿今古，文章革旧新。献酬樽俎列，宾主位班陈。
节变云初夏，时移气尚春。所希光史册，千载仰兹辰。

奉和圣制送张说上集贤院学士赐宴赋得升字

（唐）裴漼

问道图书盛，尊儒礼教兴。石渠因学广，金殿为贤升。
日月恩光照，风云宠命膺。谋谟言可范，舟楫事斯凭。
燕喜明时洽，光辉湛露凝。大哉尧作主，天下颂歌称。

奉和圣制送张说上集贤院学士赐宴赋得风字

（唐）褚璆

讲习延东观，趋陪盛北宫。惟师恢帝则，敷教协天工。
宣室恩常异，金华礼更崇。洞门清永日，华绶接徽风。

韮降尧厨翠，榴看（开）舜酒红。文思光万宇，高议待升中。

奉和圣制送张说上集贤院学士赐宴赋得华字
（唐）韦述

修文中禁启，改字令名加。台座征人杰，书坊应国华。
赋诗开广宴，赐酒酌流霞。云散明金阙，池开照玉沙。
掖垣留宿鸟，温树落馀花。谬此天光及，衔恩醉日斜。

晚秋集贤院即事寄徐薛二侍郎
（唐）常衮

穆穆上清居，沉沉中秘书。金铺深内殿，石甃净寒渠。
花树台斜倚，宫烟阁半虚。缥囊披锦绣，翠轴卷琼琚。
墨润冰文茧，香销蠹字鱼。翻黄桐叶老，吐白桂花初。
旧德双游处，联芳十载馀。北朝荣庾薛，西汉盛严徐。
侍讲亲华扆，征诗步绮疏。缀簾金翡翠，赐砚玉蟾蜍。
移秩东南远，离怀岁月除。承明期重入，江海意何如？

◆ 七 言 律

院中晚晴怀西阁茅舍
（唐）杜甫

幕府秋风日夜清，淡云疏雨过高城。
叶心朱实堪（看）时落，阶面青苔先自生。
复有楼台衔暮景，不劳钟鼓报新晴。
浣花溪里花饶笑。肯信吾兼吏隐名，

田将军书院
（唐）贾岛

满庭花木半新栽，石自平湖远岸来。
笋进邻家还长竹，地经山雨几层苔。

井当深夜泉微上,阁入高秋户尽开。
行背曲江谁到此?琴书锁著未朝回。

夏日题寻真观李宽中秀才书院

(唐)吕温

闭院开轩笑语阑,江山并入一壶宽。
微风但觉杉香满,烈日方知竹气寒。
披卷最宜生白室,吟诗好就步虚坛。
愿君此地攻文字,如炼仙家九转丹。

寄题华严韦秀才院

(唐)许浑

三面楼台百丈峰,西岩高枕树重重。
晴攀翠竹题诗滑,秋摘黄花酿酒浓。
山殿日斜喧鸟雀,石潭波动戏鱼龙。
今来故国遥相忆,月照千山半夜钟。

贡院忆继学治书

(元)马祖常

棘闱粉署隔重墙,校艺分官属正郎。
五夜风簾烧蜡烛,九天冰树剂龙香。
周旋接武尚书履,供帐留茵御史床。
胪唱阁门春色曙,侍臣应奏庆云章。

次韵王师鲁待制史院题壁

(元)周伯琦

大安御阁势苕亭,华阙中天壮上京。
虹绕金堤晴浪细,龙蟠粉堞翠岗平。
众星拱北乾坤大,万国朝元日月明。
分署玉堂清似水,《箫韶》时听凤凰声。

春居玉山院

（明）木公

玉岳崚嶒映雪堂，年年有约赏春光。
飞红舞翠秋千院，击鼓鸣钲蹴踘场。
迟日醉听群鸟哢，暖风时送百花香。
好山好地堪为乐，莫厌尊前累尽觞。

◆ 五言绝句

书　院

（宋）赵抃

雨久藏书蠹，风高老屋斜。邻居尽金碧，一一梵王家。

◆ 七言绝句

春日书院

（明）鲁铎

门巷春苔隔路蹊，小桃开满磬池西。
枕书眠著无人唤，花里东风百舌啼。

卷一百十六　苑　类

◆ 五言古

侍宴乐游苑饯徐州刺史应诏
（梁）沈约

沃若动龙骖，参差凝凤管。金塘草未合，玉池泉将满。

游建兴苑
（梁）纪少瑜

丹陵抱天邑，紫渊更上林。银台悬百仞，玉树起千寻。
水流冠盖影，风扬歌吹音。踟蹰怜拾翠，顾步惜遗簪。
日落庭光转，方幰屡移阴。愿言乐未极，不道爱黄金。

御幸乐游苑侍宴
（陈）张正见

大君临四表，荣光普八埏。区中文化洽，海外武功宣。
凤下书丹篆，龟符著绿编。昆明不习战，云梦岂游畋。
轨文通万国，旄节靖三边。高秋藐姑射，睿想属汾川。
两宫明合璧，双阙带非烟。扬銮出城观，诏跸指郊坰。
禁苑回雕辇，离宫建翠斿。流水奔雷毂，追风赴电鞭。
画熊飘析羽，金埒响胶弦。鸣玉升文砌，称觞溢绮筵。
兽舞依钟石，鸾歌应管絃。霞明黄鹄路，风爽白云天。
潦收荷盖折，露重菊花鲜。上林宾早雁，长杨唱晚蝉。

小臣惭艺业，击壤慕怀铅。康衢飞驶羽，大海滴微涓。
咏歌还集木，舞蹈遂临泉。愿荐南山寿，明明奉万年。

◆ 五言律

中秋月直禁苑
（唐）郑畋

禁署方怀忝，纶闱已再加。暂来西掖路，还整上清槎。
恍惚归丹地，深严宿绛霞。幽襟聊自适，闲弄紫薇花。

◆ 七言律

苑中
（唐）韩偓

上苑离宫望处迷，相风高与露盘齐。
金阶铸出狻猊立，玉柱雕成翡翠栖。
外使调鹰初得按，中官过马不教嘶。
笙歌锦绣云霄里，独许词臣醉似泥。

从游西苑
（明）杨士奇

广寒宫殿属天家，晓从宸游驻翠华。
琼液总颁仙掌露，金枝皆插御筵花。
棹穿萍藻波间雪，旗飐芙蓉水上霞。
身世直超人境外，玉盘亲捧枣如瓜。

春日游东苑应制
（明）林鸿

长乐钟鸣玉殿开，千官步辇出蓬莱。
已教旭日催龙驭，更借春流泛羽杯。

堤柳欲眠莺唤起，宫花乍落鸟衔来。
宸游好续《箫韶》奏，京国于今有凤台。

秋日再经西苑

（明）文徵明

内苑秋清宿露晞，盈盈日采动金扉。
松间翠殿团华盖，天外银桥入紫微。
锦缆稀游青雀暗，璃波无际白鸥飞。
彤墙高柳无人折，时见中官一骑归。

◆ 七言绝句

汉苑行

（唐）张仲素

二月春光变柳条，九天清乐奏《云韶》。
蓬莱殿后花如锦，紫阁阶前雪未消。

回雁高飞太液池，新花低发上林枝。
年光到处皆堪赏，春色人间总未知。

春风澹澹影悠悠，莺啭高枝燕入楼。
千步回廊闻凤吹，珠簾处处上银钩。

苑中寓直

（明）夏言

涌玉亭前夜放舟，碧荷香净（静）雨初收。
遥看北岸红烟里，水殿珠簾尽上钩。

台榭类

◆ 四言古

灵台诗

（汉）班固

乃经灵台，灵台既崇。帝勤时登，爰考休征。
三光宣精，五行布序。习习祥风，祁祁甘雨。
百谷蓁蓁，庶草蕃庑。屡惟丰年，于皇乐胥。

◆ 五言古

临高台

（齐）王融

游人欲骋望，积步上高台。井莲当夏吐，窗桂逐秋开。
花飞低不入，鸟散远时来。还看云栋影，含月共徘徊。

登高台

（梁）王僧孺

试出金华殿，聊登铜雀台。九路平如掌，千门洞已开。
轩车映日过，箫管逐风来。若非邯郸美，便是洛阳才。

宫殿名登高台诗

（陈）祖孙登

独有相思意，聊敞凤凰台。莲披香稍上，月明光正来。

离鹤将云散,飞花似雪回。遥思竹林友,前窗夜夜开。

宓公琴台诗
(唐)高适

皤皤邑中老,自夸邑中理。何必升君堂,然后知君美。
开门无犬吠,早卧常晏起。昔人不忍欺,今我还复尔。

登单父陶少府半月台
(唐)李白

陶公有逸兴,不与常人俱。筑台像半月,迥出高城隅。
置酒望白云,商飙起寒梧。秋山入远海,桑柘罗平芜。
水色绿且明,令人思镜湖。终当过江去,爱此暂踟蹰。

小 台
(唐)白居易

新树低如帐,小台平似掌。六尺白藤床,一茎青竹杖。
风飘竹皮落,苔印鹤迹上。幽径与谁同?闲人自来往。

新构亭台示诸弟侄
(唐)白居易

平台高数尺,台上结茅茨。东西疏二牖,南北开两扉。
芦簾前后卷,竹簟当中施。清泠白石枕,疏凉黄葛衣。
开衿向风坐,夏日如秋时。笑傲颇有趣,窥临不知疲。
东窗对华山,三峰碧参差。南檐当渭水,卧见云帆飞。
仰摘枝上果,俯折畦中葵。足以充饥渴,何必慕甘肥。
况有好群从,旦夕相追随。

题岳麓道卿台
(宋)范成大

山外江水黄,江外满城绿。城外杳无际,天低到平陆。

长烟贯楚尾，远势带吴蜀。故园东北望，游子阑干曲。

◆ **七言古** 附长短句

春台望

（唐）明皇

暇景属三春，高台聊四望。
目极千里际，山川一何壮。
太华见重岩，终南分叠嶂。
郊原纷绮错，参差多异状。
佳气满通沟，迟步入绮楼。
初莺一一鸣红树，归雁双双去绿洲。
太液池中下黄鹤，昆明水上映牵牛。
闻道汉家全盛日，别馆离宫趣非一。
甘泉逶迤亘明光，五柞连延接未央。
周庐徼道纵横转，飞阁回轩左右长。
须念作劳居者逸，勿言我后焉能恤。
为想雄豪壮柏梁，何如俭陋卑茅室。
阳乌黯黯向山沉，夕鸟喧喧入上林。
薄暮赏馀回步辇，还念中人罢百金。

雍台歌

（唐）温庭筠

太子池南楼百尺，入窗新树疏簾隔。
黄金铺首画钩陈，羽葆亭童拂交戟。
盘纡栏楯临高台，帐殿临流鸾扇开。
早雁惊鸣细波起，映花卤簿龙飞回。

◆ 五言律

文翁讲堂
（唐）卢照邻

锦里淹中馆，岷山稷下亭。空梁无燕雀，古壁有丹青。
槐落犹疑市，苔深不辨铭。良哉二千石，江汉表遗灵。

登裴秀才迪小台作
（唐）王维

端居不出户，满目望云山。落日鸟边下，秋原人外闲。
遥知远林际，不见此檐间。好客多乘月，应门莫上关。

凝云榭晚兴
（宋）文同

晚策倚危榭，群峰天际横。云阴下斜谷，雨势落褒城。
远渡孤烟起，前村夕照明。遥怀寄新月，又见一棱生。

聚仙台夜饮
（金）元好问

永夜留欢席，高怀远市尘。月凉衣有露，风细酒生鳞。
乡社情亲旧，仙台姓字新。殷勤诗卷在，长记坐中人。

台 上
（明）薛蕙

台迥通风榭，窗虚近水城。卷簾残暑去，携手晚凉生。
碧树藏云暗，银河度月明。醉来愁仿佛，只作画中行。

澄江台
（明）王韦

混合开天堑，苍茫壮帝畿。帆樯移夕景，楼殿动朝辉。

落日波涛隐，浮烟岛屿微。登台歌古咏，长忆谢玄晖。

平台

（明）马汝骥

曲台通太乙，复道肃钩陈。虎旅归营久，龙光绕禁新。
柏梁开日月，蓬阁接天人。汉帝崇文化，赓歌奉紫宸。

秋日登雨花台

（明）陈凤

落叶山中寺，秋风江上台。凤城双阙迥，牛渚片帆来。
繁吹暮仍急，清樽醉复开。东篱菊尚晚，留取尽馀杯。

◆ 五言排律

郁孤台

（宋）苏轼

八境见图画，郁孤如旧游。山为翠浪涌，水作玉虹流。
日丽崆峒晓，风酣章贡秋。丹青未变叶，鳞甲欲生洲。
岚气昏城树，滩声入市楼。烟云侵岭路，草木半炎州。
故国千峰外，高台十日留。他年三宿处，准拟系归舟。

立春日山西纪、石二使君，陈、程二阃帅，邀游吹台，同张职方赋

（明）朱睦㮮

骢马寻芳出，高台野望同。人皆惠连辈，地即孝王宫。
宴对幽林雪，歌馀大国风。断垣苍藓合，遗沼碧流通。
日转平芜外，春归远树中。今朝逢赋客，怀古意何穷。

◆ 七 言 律

朝台送客有怀
（唐）许浑

赵佗西拜已登坛，马援南征土宇宽。
越国旧无唐印绶，蛮乡今有汉衣冠。
江云带日秋偏热，海雨随风夏亦寒。
岭北归人莫回首，蓼花枫叶万重滩。

凌歊台送韦秀才
（唐）许浑

云起高台日未沉，数村残照半岩阴。
野蚕成茧桑柘尽，溪鸟引雏蒲稗深。
帆势依依投极浦，钟声杳杳隔前林。
故山迢递故人去，一夜月明千里心。

亭 台
（唐）秦韬玉

雕楹累栋架崔嵬，院宇生烟次第开。
为向西窗添月色，岂辞南海取花栽。
意将画地成幽沼，势拟驱山近小台。
清境渐深官转重，春时长是别人来。

题睦州郡中千峰榭
（唐）方干

岂知平地似天台，朱户深沉别径开。
曳响露蝉穿树去，斜行沙鸟向池来。
窗中早月当琴榻，墙上秋山入酒杯。

何事此中如世外，应缘羊祜是仙才。

月波台

（宋）朱子

潺潺流水注回塘，中作平台受晚凉。
四面不通车马迹，一樽聊饮芰荷香。
韩公无复吟花岛，楚客何劳赋药房。
少待须臾更清绝，月华零露洗匡床。

登拟岘台

（宋）陆游

层台缥缈压城闉，倚杖来观浩荡春。
放尽尊前千里目，洗空衣上十年尘。
萦回水抱中和气，平远山如酝藉人。
更喜机心无复在，沙边鸥鹭亦相亲。

妙高台

（元）李思衍

危亭新构客持觞，雨浥阑干面面凉。
烟外好山供水墨，风前老树奏笙簧。
接天净绿秋江白，著地彤云晚稻黄。
骤裹丝鞭归兴逸，水晶宫殿桂花香。

华素台

（元）薛元曦

银台错落照长春，泰宇清明绝点尘。
星斗九天分楚越，山河万里界瓯闽。
花边绛节招猿鹤，云里丹梯驻凤麟。
戏马歌风何足数，初阳今古对天人。

新秋钓鱼台谯集,兼赠倪若谷秘书,得中字

（明）李先芳

古寺凉蝉嘒晚风,钓鱼台近濯龙宫。
波摇树色浮天上,山写秋容入镜中。
莲社旧游花落尽,濠梁乐事鸟啼空。
临流不醉新丰酒,笑煞沧浪把钓翁。

◆ 五言绝句

奉和春日池台

（唐）元万顷

日影飞花殿,风文积草池。凤楼通夜敞,虬辇望春移。

临高台送黎拾遗

（唐）王维

相送临高台,川原杳何极。日暮鸟飞还,行人去不息。

望山台

（唐）钱起

望山登春台,目尽趣难极。晚景下平阡,花际霞峰色。

石　台

（宋）朱子

出谷转石棱,俯身窥木末。夕眺岚翠分,朝隮云海阔。

聚远台

（金）赵沨

独上平台上,风云万里来。青山一尊酒,落日未能回。

过越王台

（明）僧来复

人道耶溪好，青山罨画开。荷花三百里，无数白鸥来。

◆ 七言绝句

严陵钓台

（唐）黄滔

终向烟霞作野夫，一竿竹不换簪裾。
直钩犹逐熊罴起，独是先生真钓鱼。

过云台

（金）李俊民

夜半风吹雾色开，晓乘残月过云台。
连山断处瞰平野，一线黄流掌上来。

钓台夜兴

（元）萨都剌

仙茶旋煮桐江水，客火遥分石壁灯。
风露满船山月上，夜凉独对钓台僧。

卷一百十八 亭 类

◆ 五言古

奉和登百花亭怀荆楚
（梁）朱超道

亭高登望极，春心远近同。莫谓荆台隐，云行不碍空。
柳色浮新翠，兰心带浅红。若因鹏举便，重上龙门中。

山亭夜宴
（唐）王勃

桂宇幽襟积，松台凉夜永。森沉野径寒，肃穆岩扉静。
竹晦南阿色，荷翻北潭影。清兴殊未阑，林端照初景。

夜饮东亭
（唐）宋之问

春泉鸣大壑，皓月吐层岑。岑壑景色佳，慰我远游心。
暗芳足幽气，惊栖多众音。高兴南山曲，长谣横素琴。

四月十三日诏宴宁王亭子赋得好字
（唐）张说

何许承恩宴，山亭风日好。绿嫩鸣鹤洲，阴浓斗鸡道。
果思夏来茂，花嫌春去早。行乐无限时，皇情及芳草。

春游南亭

（唐）韦应物

川明气已变，岩寒云尚拥。南亭草心绿，春塘泉脉动。
景煦听禽响，雨馀看柳重。逍遥池馆华，益愧专城宠。

芙蓉亭

（唐）柳宗元

新亭俯朱槛，嘉木开芙蓉。清香晨风送，缛彩寒露浓。
潇洒出人世，低昂多异容。尝闻色空喻，造物谁为工？
留连秋月宴，迢递来山钟。

郡亭

（唐）白居易

平旦起视事，亭午卧掩关。除亲簿领外，多在琴书前。
况有虚白亭，坐见海门山。潮来一凭槛，宾至一开筵。
终朝对云水，有时听管絃。持此聊过日，非忙亦非闲。
山林本寂寞，朝阙空喧烦。唯兹郡阁内，嚣静得中间。

旅次洛城东水亭

（唐）孟郊

水竹色相洗，碧花动轩槛。自然逍遥风，荡涤浮竞情。
霜落叶声燥，景寒人语清。我来招隐亭，衣上尘暂轻。

达观亭

（宋）蔡襄

峭峻钓龙石，飞亭压其端。旷彻四无际，因之名达观。
扳云跻大庭，仙路何纡盘。秋明澄远绿，暑霁凝新寒。
城郭烟火稠，水陆渔樵安。偶暇按民俗，适游心意欢。
鸣絃俯清流，对酒环苍山。重拂衣裾净，从带石岚还。

新作春野亭

（宋）蔡襄

太守职民治，诏书劝吾农。载酒事缅邈，作室当廨中。
况凭轩牖高，中视田野功。澹沱沐新泽，依微生浮风。
江潮涨新绿，山麓延朝红。耕锄时节动，歌谣声意通。
惭非佐理才，幸邁频年丰。未厌畎亩乐，驾言谁相从。

枕流亭

（宋）文同

爱此烟景佳，开轩故临水。晴晖照寒浪，飞影动窗纸。
倚槛见鱼游，卷簾知雁起。憔悴笑湘累，区区咏兰芷。

开先漱玉亭

（宋）苏轼

高岩下赤日，深谷来长风。劈开青玉峡，飞出两白龙。
乱沫散霜雪，古潭摇清空。馀流滑无声，快泻双石谼。
我来不忍去，月出飞桥东。荡荡白银阙，沉沉水晶宫。
愿随琴高生，脚踏赤鱓公。手持白芙蕖，跳下清泠中。

开先漱玉亭

（宋）朱子

奇哉康山阳，双剑屹对起。上有横飞云，下有瀑布水。
奔腾复璀璨，佳丽更雄伟。势从山梁外，影落明湖里。
平生两仙句，咏叹深仰止。三年落星湾，怅望眼空眯。
今朝随杖屦，得此弄清泚。更诵玉虹篇，尘襟谅昭洗。

张詹事遂初亭

（元）赵孟𫖯

青山缭神京，佳气溢芳甸。林亭去天咫，万状争自献。

年多嘉木合，春晚馀花殿。雕阑留戏蝶，藻井语娇燕。
退食鸣玉珂，友于此终宴。钟鼓乐清时，衣冠集群彦。
朝市尘得侵，图书味方远。纷华虽在眼，道胜安用战。
初心良已遂，雅志由此见。何事江海人，山林未如愿。

题清华亭

（元）黄溍

名区汇修渚，流望俯平陆。飞雨天际来，远峰净如沐。
生香馀晚华，繁阴霭嘉木。秀色坐可揽，终然不盈掬。
触景幽兴多，接物道机熟。谁能与之游，食芳饮山渌。

题荼阳驿飞亭

（元）萨都剌

白云飞出山，怒擘苍峡裂。幽谷湿晴云，绝壁洒飞雪。
万折入沧海，龙宫水晶阙。簸扬弄珠人，冰簾挂寒月。

松江亭（在吴江垂虹桥上）

（明）高启

泊舟登危亭，江风堕轻帻。空明入远眺，天水如不隔。
日落震泽浦，潮来松陵驿。緜緜洲溆平，莽莽葭菼积。
凭栏不敢唾，下有龙窟宅。帆归云外秋，鸟下烟中夕。
欲炊菰米饭，待月出海白。唤起弄珠君，闲吹第三笛。

◆ 七言古　附长短句

西亭子送李司马

（唐）岑参

高高亭子郡城西，直上千尺与云齐。
盘崖缘壁试攀跻，群山向下飞鸟低。
使君五马天半嘶，丝绳玉壶为君提。

坐来一望无端倪，红花绿柳莺乱啼，千家万井连回溪。
酒行未醉闻暮鸡，点笔操纸为君题。
为君题，惜解携，草萋萋，没马蹄。

宿东溪李十五山亭
（唐）王季友

上山下山入山谷，溪中落日留我宿。
松石依依当主人，主人不在意亦足。
名花出地两重阶，绝顶平天一小斋。
本意由来是山水，何用相逢语旧怀。

东山亭
（宋）文同

朝阳之峰乃天设，曲岭长冈地盘结。
下临绝涧走萦（索）回，上耸危（巍）亭飞巉嵲。
晚云几处水墨画，秋树几番红绿缬。
安能恰会此时闲，静与诗人吟晓雪。

题黄才叔看山亭
（宋）杨万里

春山叶润秋山瘦，雨山黯黯晴山秀。
湖湘山色天下稀，零陵仍复白其眉。
作亭不为俗人好，箇竹把茅吾事了。
朝来看山佳有馀，为渠更尽一编书。

冷泉亭
（元）周权

昔人来自天竺国，缥缈孤云伴飞锡。
天风吹落凝不去，化作奇峰耸空碧。
至今裂峡馀云髓，桂冷松香流未已。

翠光围住玉壶秋，不于晴雷度山趾。
道人宴坐无生灭，炯炯层胸照冰雪。
夜深出定汲清泠，寒猿啼断西岩月。

澄虚亭
（元）郭钰

匹马江上行且停，苍松夹道风泠泠。
波光倒吞落日白，云气下接炊烟青。
山僧独行扫残叶，水鸟双飞回远汀。
主人邀客领奇胜，赋诗把酒澄虚亭。

◆ 五言律

宿羽亭侍宴应制
（唐）杜审言

步辇千门出，离宫二月开。风光新柳报，宴赏落花催。
碧水摇空阁，青山绕吹台。圣情留晚兴，歌管送馀杯。

都尉山亭
（唐）杜审言

紫藤萦葛藟，绿刺冒蔷薇。下钓看鱼跃，探巢畏鸟飞。
叶疏荷已晚，枝亚果新肥。胜迹都无限，只应伴月归。

仙萼亭初成侍宴应制
（唐）沈佺期

山中气色和，宸赏第中过。辇路披仙掌，帷宫拂帝萝。
泉临香涧落，峰入翠云多。无异登元（玄）圃，东南望白河。

春日宴宋主簿山亭
（唐）宋之问

公子政邀欢，林亭春未阑。攀岩践苔易，迷路出花难。

窗覆垂杨暖,阶侵瀑水寒。帝城归路直,留兴接鹓鸾。

幸梨园亭应制

(唐)崔湜

年光陌上发,香辇镜中游。草绿鸳鸯殿,花明翡翠楼。
宝杯承露酌,仙管杂风流。今日陪游豫,皇恩不可酬。

相州北亭

(唐)张说

人务南亭少,烟霞北院多。山花迷径路,池水拂藤萝。
萍散鱼时舞,林幽鸟作歌。悠然白云意,乘兴抱琴过。

林亭作

(唐)张九龄

穿筑非求丽,幽闲欲寄情。寓怀因壤石,真意在蓬瀛。
苔益山文古,池添竹气清。从兹果萧散,无事亦无营。

同蔡孚五亭咏

(唐)徐晶

章奏中京罢,云泉别业归。拂琴铺野席,牵柳挂朝衣。
翡翠巢书幌,鸳鸯立钓矶。幽栖可怜处,春事满林扉。

宴荣山人池亭

(唐)孟浩然

甲第开金穴,荣期乐自多。枥嘶支遁马,池养右军鹅。
竹引携琴入,花邀载酒过。山翁来取醉,时唱接䍦歌。

早秋宴张郎中海亭即事

(唐)卢象

邑有弦歌宰,翔鸾狎野鸥。眷言华省旧,暂滞海池游。

郁岛藏深竹，前溪对舞楼。更闻书即事，云物是新秋。

陆浑水亭
（唐）祖咏

昼眺伊川曲，岩间霁色明。浅沙平有路，流水漫无声。
浴鸟沿波聚，潜鱼触钓惊。更怜春岸绿，幽意满前楹。

题韩少府水亭
（唐）祖咏

梅福幽栖处，佳期不忘还。鸟啼当户竹，花绕傍池山。
水气侵阶冷，松阴覆座闲。宁知武陵趣，宛在市朝间。

题崔八丈水亭
（唐）李白

高阁横秀气，清幽并在君。帘飞宛溪水，窗落敬亭云。
猿啸风中断，渔歌月里闻。闲随白鸥去，沙上自成群。

宴陶家亭子
（唐）李白

曲巷幽人宅，高门大士家。池开照胆镜，林吐破颜花。
绿水藏春日，青轩秘晚霞。若闻絃管妙，金谷不能夸。

章梓州水亭
（唐）杜甫

城晚通云雾，亭深到芰荷。吏人桥外少，秋水席边多。
近属淮王至，高门蓟子过。荆州爱山简，吾醉亦长歌。

重题郑氏东亭
（唐）杜甫

华亭入翠微，秋日乱清晖。危石欹山树，清涟曳水衣。

紫鳞冲岸跃,苍隼护巢归。向晚寻征路,残云傍马飞。

过南邻朱山人水亭
(唐)杜甫

相近竹参差,相过人不知。幽花欹满树,曲水细通池。
归客村非远,残樽席更移。看君多道气,从此数追随。

郡南亭子宴
(唐)张谓

亭子春城外,朱门向绿林。柳枝经雨重,松色带烟深。
漉酒迎山客,穿池集水禽。白云常在眼,聊足慰人心。

题裴十六少卿东亭
(唐)李嘉祐

平津旧东阁,深巷见南山。卷箔岚烟润,遮窗竹影闲。
倾茶兼落帽,恋客不开关。斜照窥檐外,川禽时往还。

宴无锡蔡长官西亭
(唐)李嘉祐

茅檐闲寂寂,无事觉人和。井近时浇圃,城低下见河。
兴缘芳草积,情向远峰多。别日归何地,停桡更一过。

题李将军山亭
(唐)郭良

凤阁将军位,龙门司隶家。衣冠为隐逸,山水作繁华。
径出重林草,池摇两岸花。谁知贵公第,亭院有烟霞。

夏夜西亭即事寄钱员外
(唐)耿湋

高亭宾客散,暑夜醉相和。细汗迎衣集,微凉待扇过。

风还池色定,月晚树阴多。遥想随行者,珊珊动晓珂。

玉台体题湖上亭

（唐）戎昱

湖入苑西边,湖头胜事偏。绿竿初长笋,红颗未开莲。
蔽日高高树,迎人小小船。清风长入座,夏月似秋天。

题杨侍郎新亭

（唐）刘商

毘陵过柱史,简易在茅茨。芳草如花种,修篁带笋移。
径幽人未赏,檐静燕初窥。野客怜霜壁,青松画一枝。

昼居池上亭独吟

（唐）刘禹锡

日午树阴正,独吟池上亭。静看蜂教诲,闲想鹤仪型。
法酒调神气,清琴入性灵。浩然机已息,几杖复何铭。

百花亭

（唐）白居易

朱槛在空虚,凉风八月初。山形如岘首,江色似桐庐。
佛寺乘船入,人家枕水居。高亭仍有月,今夜宿何如?

湖亭晚归

（唐）白居易

尽日湖亭卧,心闲事亦稀。起因残醉醒,坐待晚凉归。
松雨飘藤帽,江风透葛衣。柳堤行不厌,沙软絮霏霏。

题胡氏溪亭

（唐）朱庆馀

亭与溪相近,无时不有风。涧松生便黑,野藓看多红。

雨足秋声后，山沉夜色中。主人能守静，略与客心同。

光州王建使君水亭作

（唐）贾岛

楚水临轩积，澄鲜一亩馀。柳根连岸尽，荷叶出萍初。
极浦清相似，幽禽到不虚。夕阳亭际眺，槐雨滴疏疏。

溪　亭

（唐）许浑

溪亭四面山，横柳半溪湾。蝉响螳螂急，鱼深翡翠闲。
水寒留客醉，月上与僧还。犹恋萧萧竹，西斋未掩关。

暖枕眠溪柳，僧斋昨夜期。茶香秋梦后，松韵晚吟时。
共戏鱼翻藻，争栖鸟堕枝。重阳应一醉，栽菊助东篱。

宿宣义池亭

（唐）刘得仁

暮色绕柯亭，南山出竹青。夜深斜舫月，风定一池星。
岛屿无人迹，菰蒲有鹤翎。此中休便得，何必泛沧溟。

姚氏池亭

（唐）项斯

池馆饶佳致，幽人惬所闲。筱风能动浪，岸树不遮山。
啸槛鱼惊后，眠窗鹤语间。何须说庐阜，深处便跻攀。

早秋游湖上亭

（唐）刘威

危亭秋尚早，野思已无穷。竹叶一樽酒，荷香四座风。
晓烟孤屿外，归鸟夕阳中。渐爱湖光冷，移舟月满空。

涵碧亭

（唐）方干

高低竹杂松，积翠复留风。路剧阴溪里，寒生暑气中。
闲云低覆草，片水静涵空。方见洋源牧，心侔造化工。

鄂郊山舍题赵处士林亭

（唐）李洞

圭峰秋后叠，乱叶落寒虚。四五百竿竹，二三千卷书。
云深猿拾栗，雨霁蚁缘蔬。只隔门前水，如同万里馀。

汉南邮亭

（唐）裴说

高阁水风清，开门日送迎。帆张独鸟起，乐奏大鱼惊。
骤雨拖山过，微风拂面生。闲吟虽得句，留此谢多情。

题王侍御宅内亭子

（唐）黄滔

俗间尘外境，郭内宅中亭。或有人家创，还无莲幕馨。
石曾湖岸见，琴误岳楼听。来客频频说，终须作画屏。

中书相公溪亭宴集依韵

（宋）徐铉

雨霁秋光晚，亭虚野兴回。沙鸥掠岸去，溪水上阶来。
客傲风欹帻，筵香菊在杯。东山长许醉，何事忆天台。

碧巘亭

（宋）文同

断巘绿溪边，危亭翠壁前。轩窗谁是客，诗酒自称仙。
远壑春藏雨，长波昼起烟。吏人休报事，高兴正陶然。

弄珠亭春望

（宋）文同

岸柳舞毿毿,春浓物象酣。烟云分极浦,舟楫聚回潭。
上水鱼千百,眠沙雁两三。遥怀无可奈,长是寄城南。

东溪亭

（宋）文同

短彴逶迤渡,高栏夭矫沉。波光环堵净,日色綵梁深。
萍荇翻金鲫,兰苕超翠禽。主人公事简,时此照清襟。

蒙　亭

（宋）孙觌

小筑三间足,雄包万象并。遥波通极浦,落日抱孤城。
小语千岩应,长歌百蛰惊。坐看衣屦上,漠漠晚云生。

嫣然亭

（宋）朱子

手种篱间树,枝繁不忍删。新亭最佳处,胜日共欢颜。
景晏春红浅,雨馀寒翠潸。光风回巧笑,桃李任漫山。

过九里亭

（宋）杨万里

水渚才容足,渔家便架椽。屋根些子地,檐外不胜天。
岸岸皆垂柳,门门一钓船。五湖好风月,乞与不论钱。

陈伯可山亭

（宋）戴复古

梯险登霞外,乘流过竹西。寒溪随雨涨,高阁与云齐。
双鹤有时舞,孤猿何处啼。清吟无尽兴,白石可留题。

林皋亭
　　　　　　（元）虞集

九月天气肃，鹤鸣在林阴。使君甚好客，来者总能吟。
红树秋山近，黄华夕露深。邻翁八九十，有酒即相寻。

登山亭
　　　　　　（元）萨都剌

山上新亭好，红尘不可侵。雨阶幽草合，风径落花深。
野水浮晴色，平田下夕阴。城中公事少，日日就登临。

岳心亭
　　　　　　（元）张翥

何许新亭好，轩窗窈窕深。天开云四面，地据岳中心。
雨绿蘼芜道，风香苍莒林。晓岚收不尽，犹作半山阴。

吕公亭
　　　　　　（元）余阙

鄂渚江汉合，兹亭宅其幽。我来窥石镜，兼得眺芳洲。
远岫云中没，春江雨外流。何时乘白鹤，吹笛过南楼。

垂虹亭
　　　　　　（元）倪瓒

虚阁春城外，澄湖暮雨边。飞云忽入户，去鸟欲穷天。
林屋青西映，吴松碧左连。登临感时物，快吸酒如川

山　亭
　　　　　　（明）薛蕙

西圃禁垣东，凉生暑渐空。小池盈宿雨，丛桂易秋风。
独鹤窥云际，幽兰浥露中。来游行乐地，不惜醉山公。

内苑涵碧亭

(明) 陈沂

苑入黄金坞,桥回碧树湾。龙池观九岛,鳌禁觅三山。
溜转云车急,花深月殿闲。从来人罕至,御榻在中间。

偕方仲美宗良兄再集宛在亭

(明) 朱多炡

一曲君恩重,千秋贺监才。亭虚水禽集,池净藕花开。
进艇凉风送,钩帘返照来。谁能与朋好,到此不衔杯。

◆ 五言排律

王屋山第之侧杂构小亭,暇日与群公同游

(唐) 李峤

桂亭依绝巘,兰榭俯回溪。绮栋鱼鳞出,雕甍凤羽栖。
引泉聊涨沼,凿磴且通蹊。席上山花落,帘前野树低。
弋林开曙景,钓渚发晴霓。狎水惊梁燕,临风听楚鸡。
复看题柳叶,弥喜荫桐圭。

白莲花亭侍宴应制

(唐) 沈佺期

九日陪天仗,三秋幸禁林。霜威变绿树,云气落青岑。
水殿黄花合,山亭绛叶深。朱旗夹小径,宝马驻清浔。
苑吏收寒果,饔人膳野禽。承欢不觉暝,遥响素秋砧。

仙萼池亭侍宴应制

(唐) 沈佺期

步辇寻丹嶂,行宫在翠微。川长看鸟灭,谷转听猿稀。
天磴扶阶迥,云泉透户飞。闲花开石竹,幽叶吐蔷薇。

径狭难留骑,亭寒欲进衣。白龟来献寿,仙吹返彤闱。

奉和幸神皋亭应制
(唐)宋之问

清跸喧黄道,乘舆降紫宸。霜戈凝晓日,云管发阳春。
台古全疑汉,林馀半识秦。宴酺诗布泽,节改令行仁。
昔恃山河险,今依道德淳。多惭献嘉颂,空累属车尘。

郑郎中山亭
(唐)崔翘

篆笔飞章暇,园亭染翰游。地奇人境别,事远俗尘收。
书阁山云起,琴斋涧月留。泉清鳞影见,树密鸟声幽。
杜馥薰梅雨,荷香送麦秋。无劳置驿骑,文酒暗相求。

题独孤使君湖上林亭
(唐)刘长卿

出树倚朱栏,吹铙引上官。老农持锸拜,时稼卷帘看。
水对登龙净,山当建隼寒。夕阳湖草动,秋色渚田宽。
渤海人无事,荆州客独安。谢公何足比,来往石门难。

裴仆射东亭
(唐)钱起

凤扆任匡济,云溪难退还。致君超列辟,得道在荣班。
朱戟缭垣下,高斋芳树间。隔花闻远水,废卷爱晴山。
晚沐值清兴,知音同解颜。藉兰开赐酒,留客下重关。
仙犬逐人静,朝车映竹闲。则知真隐逸,未必谢区寰。
轩后三朝顾,赤松何足攀。

杭州卢录事山亭
(唐)朱庆馀

山色满公署,到来诗景饶。解衣临曲榭,隔竹见红蕉。

清漏焚香夕，轻岚视事朝。静中看锁印，高处见迎潮。
曳履庭芜近，当身树叶飘。傍城馀菊在，步入一仙瓢。

李氏小池亭十二韵

（唐）韦庄

积石乱巉巉，庭莎绿不芟。小桥低跨水，危槛半依岩。
花落鱼争唼，樱红鸟竞鹐。引泉疏地脉，扫絮积山嵌。
古柳红绡织，新篁紫绮缄。养猿秋啸月，放鹤夜栖杉。
枕簟溪云腻，池塘海雨咸。语窗鸡逗辨，舐榻犬偏馋。
踏藓青粘屐，攀萝绿荫衫。访僧舟北渡，贳酒日西衔。
迟客登高阁，题诗绕翠崟。家藏何所宝，清韵满琅函。

泉南孙氏园亭

（元）马祖常

凿石通归汐，浮梁看浴暾。鸭阑萍上甃，鹿栅藓生垣。
苍萄垂栀子，筼筜长竹孙。书香芸辟蠹，席暖锦裁鸳。
交客登仙籍，承家荷帝恩。冰瓯蜂蜜溜，酒榼荔浆翻。
吹籁花围屋，弹琴鹤舞园。海云春有态，闽雪夜无痕。
谁谓衣裳懒，予今杖履烦。捋须歌月地，翘首望天门。

◆ 七 言 律

太平公主山亭侍宴应制

（唐）李峤

黄金瑞榜绛河隈，白玉仙舆紫禁来。
碧树青岑云外耸，朱楼画壁水中开。
龙舟下瞰鲛人室，羽节高临凤女台。
遽惜欢娱歌吹晚，挥戈更却曜灵回。

题贾巡官林亭

（唐）杨巨源

白鸟闲栖亭树枝，绿樽仍对菊花篱。
许询本爱交禅侣，陈寔由来足（是）好儿。
明月出云秋馆思，远泉经雨夜窗知。
门前长者无虚辙，一片寒光动水池。

题友人池亭

（唐）温庭筠

月榭风亭绕曲池，粉垣回互瓦参差。
侵帘白片摇翻影，落镜红愁写倒枝。
鸂鶒刷毛花荡漾，鹭鸶拳足雪离披。
山翁醉后如相忆，羽扇清樽我自知。

奉同诸公题河中任中丞新创河亭

（唐）李商隐

万里谁能访十洲，新亭云构压中流。
河鲛纵玩难为室，海蜃遥惊耻化楼。
左右名山穷远目，东西大道锁轻舟。
独留巧思传千古，长与蒲津作胜游。

许州题德星亭

（唐）薛能

潩水南流东有堤，堤边亭是武陵溪。
槎松配石堪僧坐，蕊杏含春欲鸟啼。
高处月生沧海外，远郊山在夕阳西。
频来不似军从事，只戴纱巾曳杖藜。

题河中亭子

(唐) 薛能

河擘双流岛在中,岛中亭子正南空。
蒲根旧浸临关道,沙色遥飞傍苑风。
晴见树卑知岳大,晚闻车乱觉桥通。
无穷胜事应须宿,霜白兼葭月在东。

和于中丞登扶风亭

(唐) 方干

避石攀萝去不迷,行时举步似丹梯。
东轩海日已先照,下界晨鸡犹未啼。
郭里云山全占寺,村前竹树半藏溪。
谢公吟望多来此,此地应将岘首齐。

再题路支使南亭

(唐) 方干

行处避松兼碍石,即须门径落斜开。
爱邀旧友看渔钓,贪听新禽驻酒杯。
树影不随明月去,溪流常送落花来。
睡时分得江淹梦,五色毫端弄逸才。

睦州吕郎中环溪亭

(唐) 方干

为是仙才登望处,风光便似武陵春。
闲花半落犹迷蝶,白鸟双飞不避人。
树影斜馀侵枕簟,荷香坐久著衣巾。
暂来此地非多日,明主那容借寇恂。

题越州袁秀才林亭

（唐）方干

清邃林亭指画开，幽岩别派象天台。
坐牵蕉叶题诗句，醉触藤花落酒杯。
白鸟不归山里去，红鳞多向镜中来。
终年此地为吟侣，早起寻君薄暮回。

褚家林亭

（唐）皮日休

广庭遥带旧娃宫，竹岛萝溪委曲通。
茂苑楼台低槛外，太湖鱼鸟彻池中。
萧疏桂影移茶具，狼藉蘋花上钓筒。
争得共君来此住，便披鹤氅对清风。

题崔驸马林亭

（唐）僧无可

宫花野药半相和，藤蔓参差惜不科。
纤草连门留径细，高楼出树见山多。
洞中避暑青苔满，池上吟诗白鸟过。
更买太湖千片石，叠成云顶绿嵯峨。

登涵辉亭

（宋）孔武仲

常时洲岛隔波澜，故觅君山直上看。
罨画园林春减色，水晶宫阙昼添寒。
州城斜引群峰小，湖面平吞数驿宽。
坐久西风响乔木，扁舟思到武陵滩。

太湖恬亭

（宋）王安石

槛临溪上绿阴围，溪岸高低入翠微。
日落断桥人独立，水衔幽树鸟相依。
清游自觉心无累，静处安知世有机。
更待夜深同徙倚，秋风斜月钓船归。

成都杨氏江亭

（宋）文同

汀洲烟雨卷轻霏，遥望轩窗隐翠围。
万岭西来供晓色，一江南下载晴晖。
凫鸥惯入阑干宿，鱼蟹长随舴艋归。
我亦旧多沧海思，几时如此得苔矶？

题潭州徐氏春晖亭

（宋）苏轼

昽昽晓日上三竿，客向东风竞倚阑。
穿竹鸟声惊步武，入檐花影落杯盘。
勿嫌步月临元（玄）圃，冷笑乘槎向海滩。
胜概直应吟不尽，凭君寄与画图看。

秋日登海州乘槎亭

（宋）张耒

海上西风八月凉，乘槎亭外水茫茫。
人家日暖渔樵乐，山路秋晴松柏香。
隔水飞来鸿阵阔，趁潮归去橹声忙。
蓬莱方丈知何处？烟浪参差在夕阳。

次秀野极目亭韵
（宋）朱子

偶向新亭一破颜，高情直寄有无间。
地偏已隔东西路，天阔长围远近山。
浩荡只愁朝雾合，轮囷却喜暮云还。
不堪景物撩人甚，倒尽诗囊未许悭。

饮清湍亭石上小醉，再登昼寒
（宋）朱子

水边今日共传杯，多谢殷勤数子来。
三伏炎蒸那有此，百年怀抱顿能开。
云山合匝还生雾，雪涧翻腾怒吼雷。
却恨苍屏遮远目，凌风直欲跨蓬莱。

题张氏新亭
（宋）范成大

水杨成幄翠相遮，犹有东风管物华。
叶底青梅无数子，梢头红杏不多花。
烦将炼火炊香饭，更引长泉煮斗茶。
约我诗成须疥壁，莫嗔欹侧似归鸦。

水亭有怀
（宋）陆游

渔村把酒对丹枫，水驿凭轩送去鸿。
道路半年行不到，江山万里看无穷。
故人草诏九天上，老子题诗三峡中。
笑谓毛锥可无恨，书生处处与卿同。

池亭夏昼

（宋）陆游

造物宁非念老生，池亭幽事悉施行。
群鱼聚散忽无迹，孤蝶去来如有情。
小砲落茶纷雪片，寒泉得火作松声。
曲肱假寐翛然寤，不为敲门梦不成。

南海东庙浴日亭

（宋）杨万里

南海端为四海魁，扶桑绝境信奇哉。
日从若木梢头转，潮到占城国里回。
最爱五更红浪沸，忽吹万里紫霞开。
天公管领诗人眼，银汉星槎借一来。

寄题曾子与竞秀亭

（宋）杨万里

老夫上下蓼花滩，每过君家辄系船。
尊酒灯前山入座，孤鸿月底水连天。
暄凉书问二千里，场屋声名三十年。
竞秀主人文似豹，不应雾隐万峰边。

平远亭

（元）尹廷高

野水漫漫接白云，凭阑转觉兴撩人。
一川芳草青无际，数点遥峰淡不真。
烟树夕阳开画轴，风帆沙鸟伴吟身。
个中尽有闲田地，何必桃源更问津。

半山亭

（元）于石

万叠岚光冷滴衣，清泉白石锁烟扉。
半山落日樵相语，一径寒松僧独归。
叶落误惊幽鸟去，林空不碍断云飞。
层崖峭壁疑无路，忽有钟声出翠微。

分题翠光亭送李仲常江阴知事

（元）陈樵

亭前练水细如萦，亭上君山玉作屏。
林断才通吴月白，雁飞不尽楚天青。
莓苔著雨长黏石，翡翠迎风欲堕翎。
怪得步兵迷望眼，诗成正值酒初醒。

题张以中野亭

（元）倪瓒

人境旷无车马杂，轩楹只在第三桥。
开门草色侵书幌，隔水松声和玉箫。
一榻云山供夏簟，满江烟雨看春潮。
君能撷取飞霞珮，天际真人近可招。

题崇山刘氏园亭

（明）吴会

西山三叠郁岧峣，亭上看山翠欲飘。
杨柳小楼风满席，芙蓉清沼水平桥。
美人歌处倾金杓，仙客来时度玉箫。
我欲醉眠花底月，满衣香露夜萧萧。

方叔先生过咏归亭

（明）沈右

积雨空林喜夜晴，杖藜随意傍江行。
天寒木落青山出，日转沙虚白鸟明。
漫拟东邻时酿黍，自怜南亩晚归耕。
颍川高士能相过，闲把瑶琴膝上横。

坐王氏园亭作

（明）刘荣嗣

秋向郊原静处寻，古墙围绕荜门深。
迂回窈窕层苔路，青紫丹黄千树林。
风定小池开竹影，日中高榭合藤阴。
孤琴更在西邻北，遥领清商识隐心。

题来青亭

（明）僧德祥

西马桥分一水湾，来青亭子在其间。
一方席上长留客，三尺窗中只见山。
落地浮云须急扫，当檐繁木要频删。
轻岚嫩紫无朝暮，肯与闲情数往还。

◆ 七言排律

顾氏绿阴亭

（元）郑元祐

顾家亭子绿阴阴，杨柳菰蒲岸岸深。
鹭下积陂明霁雪，莺啼丛薄度镕金。
凉云覆地苔粘屐，疏雨沾衣露满襟。
境旷始知清昼寂，舟行忽见白沤沉。

锦香承宇花如雾,星采当阶月在林。
荷锸课童栽药物,开窗傍水候跫音。
湛痴原自能谈《易》,嵇锻何妨善鼓琴。
况是松醪酿初熟,公馀莫厌客同斟。

◆ 五言绝句

池西亭

(唐) 白居易

朱栏映晚树,金魄落秋池。还似钱塘夜,西楼月出时。

陪江州李使君重阳宴百花亭

(唐) 朱庆馀

闲携九日酒,共到百花亭。醉里求诗境,回看岛屿青。

迎风亭

(唐) 朱景元

山雨留青气,溪飙送早凉。时回石门步,阶下碧云光。

莲亭

(唐) 朱景元

回塘最幽处,拍水小亭开。莫怪阑干湿,鸂鶒夜宿来。

望湘亭

(唐) 郑谷

湘水似伊水,湘人非故人。登临独无语,风柳自摇春。

曹亭

(宋) 孔平仲

外看江水长,里见荷花发。庐阜收白云,南浦浸明月。

漾舟荷花里，舣棹绿杨阴。却上曹亭望，山高江水深。

披锦亭
（宋）文同

繁红层若云，密绿叠如浪。青帝下寻春，满园开步障。

露香亭
（宋）文同

宿露濛晓花，婀娜清香发。随风入怀袖，累日不消歇。

秀聚亭
（宋）陈瓘

晓色春风里，维舟一小亭。看山浑不倦，待得雪峰青。

卷云亭
（宋）朱子

西山云气深，徙倚一舒啸。浩荡忽搴开，为君展遐眺。

君子亭
（宋）朱子

倚杖临寒水，披襟立晚风。相逢数君子，为我说濂翁。

春露亭书
（元）刘因

老树含春容，寒泉动幽响。念彼山中人，风露恣清赏。

寄题真定明远亭
（元）赵孟頫

未到新亭上，先题明远诗。云间归雁小，山外夕阳迟。

烟波亭

（明）吴琳

汉水连天阔,江云护晓寒。青青山数点,最好倚阑看。

归云亭

（明）蔡羽

寻幽坐翠微,岚气湿人衣。日暮高亭上,云归僧未归。

冷泉亭

（明）王穉登

暮瀑浮花急,春流饮鹿浑。潺湲一片雨,终日在山门。

◆ 七言绝句

过崔处士兴宗林亭

（唐）王维

绿树重阴盖四邻,青苔日厚自无尘。
科头箕踞长松下,白眼看他世上人。

虢州后亭送李判官使赴晋绛

（唐）岑参

西原驿路挂城头,客散红亭雨未收。
君去试看汾水上,白云犹似汉时秋。

西亭春望

（唐）贾至

日长风暖柳青青,北雁归飞入杳冥。
岳阳城上闻吹笛,能使春心满洞庭。

杨家南亭

（唐）白居易

小亭门向月斜开，满地凉风满地苔。
此院好弹秋思处，终须一夜抱琴来。

宿府池西亭

（唐）白居易

池上平桥桥下亭，夜深睡觉上桥行。
白头老尹重来宿，十五年前旧月明。

高　亭

（唐）白居易

亭脊太高君莫拆，东家留取当西山。
好看落日斜衔处，一片春岚映半环。

宿窦使君庄水亭

（唐）白居易

使君何在在江东，池柳初黄杏欲红。
有兴即来闲便宿，不知谁是主人翁。

游城东王驸马亭

（唐）陆畅

城外无尘水间松，秋天木落见山容。
共寻萧史江亭去，一望终南紫阁峰。

题候仙亭

（唐）沈亚之

新创仙亭覆石坛，雕梁峻宇入云端。
岭北啸猿高枕听，湖南山色卷帘看。

登望云亭招友

(唐) 朱庆馀

日日恐无云可望,不辞逐静望来频。
共知亭下眠云远,解到上头能几人?

宿村家亭子

(唐) 贾岛

床头枕是溪中石,井底泉通竹下池。
宿客未眠过夜半,独闻山雨到来时。

题池州贵池亭

(唐) 杜牧

势比凌歊宋武台,分明百里远帆开。
蜀江雪浪西江满,强半春寒去却来。

题元处士高亭

(唐) 杜牧

水接西江天外声,小斋松影拂云平。
何人教我吹长笛,闲倚春风弄月明。

题隐雾亭

(唐) 鱼玄机

春花秋月入诗篇,白日幽闲是散仙。
空卷珠簾不曾下,长移一榻对山眠。

玉泉亭

(宋) 赵抃

潺潺朝暮入神清,落涧通池绕郡厅。
乱石长松山十里,探源须上玉泉亭。

易从师山亭
（宋）林逋

林表秋山白鸟飞，此中幽致亦还稀。
西村渡口人烟晚，坐见渔舟两两归。

登贺园高亭
（宋）孔平仲

东武名园数贺家，更于高处望春华。
深红浅白知多少，直到南山尽是花。

和杜孝锡展江亭
（宋）韩维

斜日低云动水光，偶寻佳处阅群芳。
城闉不隔和风度，吹过千花百草香。

溪光亭
（宋）苏轼

决去湖波尚有情，却随初日动檐楹。
溪光自古无人画，凭仗新诗与写成。

题赵秀才壁
（宋）陈造

日日危亭凭曲阑，几山苍翠拥烟鬟。
连朝策马冲云去，尽是亭中望处山。

再题吴公济风泉亭
（宋）朱子

华林翠涧响风泉，竟日闲来石上眠。
更结危亭俯幽听，未妨长作地行仙。

拄笏亭晚望

（宋）范成大

林泉随处有清凉，山绕阑干客自忙。
溪雨不飞虹尚饮，乱蝉高柳满斜阳。

云间湖光亭

（宋）范成大

微风不动敛涛湍，组练晶晶色界寒。
斜照发挥犹未尽，月明残夜更来看。

雨中山行至松风亭忽澄霁

（宋）陆游

烟雨千峰拥髻鬟，忽看青嶂白云间。
卷藏破墨营丘笔，却展将军著色山。

登多稼亭晓望

（宋）杨万里

风不能消晓雾痕，天犹未放宿云根。
城腰摺处才三径，山觜前头别一村。

中和馆后草亭

（金）李晏

藤花满地香仍在，松影拂云寒不收。
山鸟似嫌游客到，一声啼破小亭幽。

过济源登裴公亭用闲闲老人韵

（元）耶律楚材

山接晴霄水浸空，山光滟滟水溶溶。
风回一镜揉蓝浅，雨过千峰泼黛浓。

掀髯坐语闲临水，仰面徐行饱看山。
竹里忽闻春雪落，天教著我画图间。

宿浚仪公湖亭
（元）杨载

夜宿湖亭水气凉，四更风露湿衣裳。
空濛雾重前山暗，屋角斜明是月光。

题番阳方氏心远亭
（元）黄清老

柴门垂柳晓啼鸦，露径苔封芍药芽。
分得番阳云一半，自携春雨种黄花。

刘氏水南亭子
（明）蒋山卿

洛水桥南学士家，青林遥对碧山斜。
春风细雨柴门闭，一树莺啼杏子花。

小亭即事
（明）李先芳

绿杨垂穗噪新鸦，竹里茅亭一径斜。
不是山人携酒至，小园闲煞碧桃花。

望湖亭
（明）王穉登

亭边杨柳水边花，落日行人正忆家。
不及江南湖上寺，木兰舟里载琵琶。

秋 亭

（明）僧德祥

十日阴云雨未收，山中新涨足溪流。
杖藜不到闲亭上，恐有秋声在树头。

立玉亭

（明）僧法聚

山当崖断孤亭立，竹树回环翠万层。
倒看夕阳深涧底，不知云外有归僧。

卷一百十九　楼　类

◆ 五言古

登景阳楼

（宋）文帝

崇堂临万雉，层楼跨九成。瑶轩笼翠幌，组幕翳云屏。
阶上晓露洁，林下夕风清。蔓藻嫒绿叶，芳兰媚紫茎。
极望周天险，留察浃神京。交渠纷绮错，列植发华英。

奉和登北顾楼

（梁）简文帝

春陵佳丽地，济水凤皇宫。况此徐方域，川岳迈周丰。
皇情爱历览，游陟拟崆峒。聊驱式道候，无劳襄野童。
雾崖开早日，晴天歇晚虹。去帆入云里，遥星出海中。

水中楼影

（梁）简文帝

水底罘罳出，萍间反宇浮。风生色不坏，浪去影恒留。

和晋安王薄晚逐凉北楼回望应教

（梁）庾肩吾

向夕纷喧屏，追凉飞观中。树影临城日，窗含度水风。
遥天如接岸，远帆似凌空。陪文惭宋玉，徒等侍兰宫。

和晚日登楼

（梁）刘缓

所以登台榭，正重接烟霞。长丝触栏断，归鸟避窗斜。
俯巢窥暝宿，临树摘高花。百雉时方晚，九层光尚赊。

咏水中楼影

（梁）王台卿

飘飘似云度，亭亭如盖浮。熟看波不动，还是映高楼。

初春登楼即目观作述怀

（唐）太宗

凭轩俯兰阁，眺瞩散灵襟。绮峰含翠雾，照日蕊红林。
镂丹霞锦岫，残素雪斑岑。拂浪堤垂柳，娇花鸟续吟。
连甍岂一拱，众榦如千寻。明非独材力，终藉栋梁深。
弥怀矜乐志，更惧戒盈心。愧制劳居逸，方规十产金。

奉和登陕州城楼应制

（唐）许敬宗

挹河澄绿宇，御沟映朱宫。辰旂翻丽景，星盖曳雕虹。
学颦齐柳嫩，妍笑发春丛。锦鳞文碧浪，绣羽绚青空。
眷念三阶静，遐想二《南》风。

奉和圣制登蒲州逍遥楼应制

（唐）苏颋

在昔尧舜禹，遗尘成典谟。圣皇东巡狩，况乃经此都。
楼观纷迤逦，河山几萦纡。缅怀祖宗业，相继文武图。
尚德既无险，观风谅有孚。岂如汾水上，箫鼓事游娱。

题陆山人楼

（唐）储光羲

暮声杂初雁，夜色涵早秋。独见海中月，照君池上楼。
山云拂高栋，天汉入云流。不惜朝光满，其如千里游。

登锦城散花楼

（唐）李白

日照锦城头，朝光散花楼。金窗夹绣户，珠箔悬琼钩。
飞梯绿云中，极目散我忧。暮雨向三峡，春江绕双流。
今来一登望，如上九天游。

游平泉宴浥涧宿香山石楼赠坐客

（唐）白居易

逸少集兰亭，季伦宴金谷。金谷太繁华，兰亭闹丝竹。
何如今日会，浥涧平泉曲。杯酒与管絃，贫中随分足。
紫鲜林笋嫩，红润园桃熟。采摘助盘筵，芳滋盈口腹。
闲吟暮云碧，醉藉春草绿。舞妙艳流风，歌清叩寒玉。
古诗惜昼短，劝我令秉烛。是夜勿言归，相携石楼宿。

登溪山第一楼有怀倪元镇

（明）陈汝言

清晨独倚楼，秋色净如洗。山青云弄姿，江白风初起。
心随沙鸟闲，目送征帆驶。对景每怀人，相看隔千里。

◆ 七言古

山阴县西楼

（唐）孙逖

都邑西楼芳树间，逶迤霁色绕江山。

海月夜从公署出，江云晚对讼庭还。
谁知春色朝朝好，二月飞花满江草。
一见湖边杨柳风，遥忆青青洛阳道。

郓城西楼吟
（唐）郎士元

连山尽处水萦回，山上戍门临水开。
朱栏直下一百丈，日暖游鳞自相向。
昔人爱险闭层城，今人爱闲江复清。
沙洲枫岸无来客，草绿花红山鸟鸣。

寓居合江楼
（宋）苏轼

海上葱茏气佳哉，二江合处朱楼开。
蓬莱方丈应不远，肯为苏子浮江来。
江风初凉睡正美，楼上啼鸦呼我起。
我今身世两相违，西流白日东流水。
楼中老人日清新，天上岂有痴仙人。
三山咫尺不归去，一杯付与罗浮春。

黄氏容安楼
（元）郭钰

君家高楼高百尺，楼间把酒无虚日。
极目欲穷千里心，谁谓区区仅容膝。
卷帘半空云气入，孤鹤长鸣楚天碧。
醉拍阑干呼月来，万壑松风夜吹笛。
天上玉京十二楼，群仙不带人间愁。
晓飞霞珮来相访，携我共作丹丘游。
今日之日君我留，为君题诗楼上头。

笑指楼前大江水，古今人物共风流。

城南楼
（元）僧惟则

城南树尾花风晴，城南树下渔舟行。
隔溪竹屋数家酒，矮篱路转人纵横。
仙山石洞在眼底，塔竿倒影沧波明。
相期待渡日已晚，坐看平野青烟生。

◆ 五 言 律

奉和御制登鸳鸯楼即目应制
（唐）孙逖

玉辇下离宫，琼楼上半空。方巡五年狩，更辟四门聪。
井邑观秦野，山河念禹功。停銮留睿作，轩槛起南风。

登河北城楼作
（唐）王维

井邑傅岩上，客亭云雾间。高城眺落日，极浦映苍山。
岸火孤舟宿，渔家夕鸟还。寂寥天地暮，心与广川闲。

与杭州薛司户登樟亭楼作
（唐）孟浩然

水楼一登眺，半出青林高。帟幕英寮敞，芳筵下客叨。
山藏伯禹穴，城压伍胥涛。今日观溟涨，垂纶欲钓鳌。

题金城临河驿楼
（唐）岑参

古戍依重险，高楼见五凉。山根盘驿道，河水浸城墙。
庭树巢鹦鹉，园花隐麝香。忽如江浦上，忆作捕渔郎。

秋登宣城谢朓北楼

（唐）李白

江城如画里，山晓望晴空。两水夹明镜，双桥落彩虹。
人烟寒橘柚，秋色老梧桐。谁念北楼上，临风怀谢公。

与夏十二登岳阳楼

（唐）李白

楼观岳阳尽，川向洞庭开。雁引愁心去，山衔好月来。
云间连下榻，天上接行杯。醉后凉风起，吹人舞袖回。

登兖州城楼

（唐）杜甫

东郡趋庭日，南楼纵目初。浮云连海岱，平野入青徐。
孤嶂秦碑在，荒城鲁殿馀。从来多古意，临眺独踌躇。

题新津北桥楼得郊字

（唐）杜甫

望极春城上，开筵近鸟巢。白花檐外朵，青柳槛前梢。
池水观为政，厨烟觉远庖。西川供客眼，惟有此江郊。

白帝城楼

（唐）杜甫

江度寒山阁，城高绝塞楼。翠屏宜晚对，白谷会深游。
急急能鸣雁，轻轻不下鸥。夷陵春色起，渐拟放扁舟。

和樊润州秋日登城楼

（唐）皇甫冉

露冕临平楚，寒城带早霜。时同借河内，人是卧淮阳。
积水澄天堑，连山入帝乡。因高欲见下，非是爱秋光。

奉陪浑侍中五日登白鹤楼

（唐）卢纶

高楼倚玉梯，朱槛与云齐。顾盼临霄汉，谈谐息鼓鼙。
洪河回更直，野雨急仍低。今日陪樽俎，还应醉似泥。

奉陪段相公晚夏登张仪楼

（唐）姚向

秦相架群材，登临契上台。查从银汉落，江自雪山来。
俪曲亲流火，凌风洽小杯。帝乡如在目，欲下尽徘徊

晚夏登张仪楼

（唐）姚康

登览值晴开，诗从野思来。蜀川新草木，秦日旧楼台。
池影摇中座，山光接上台。近秋宜晚景，极目断浮埃。

同薛侍御登黎阳县楼眺黄河

（唐）杨巨源

倚槛恣流目，高城临大川。九回纡白浪，一半在青天。
气肃晴空外，光翻晓日边。开襟值佳景，怀抱更悠然。

江楼偶宴赠同座

（唐）白居易

南浦闲行罢，西楼小宴时。望湖凭槛久，待月放杯迟。
江果尝卢橘，山歌听竹枝。相逢且同乐，何必旧相知。

嘉州驿楼晚望

（唐）姚鹄

楼压寒江上，开簾对翠微。斜阳诸岭暮，古渡一僧归。
窗迥云冲起，汀遥鸟背飞。谁言坐多倦，目极自忘机。

长沙陪裴大夫登北楼

（唐）李群玉

岩嶂随高步，琴樽奉胜游。金风吹绿簟，湖水入朱楼。
朗抱云开月，高情鹤见秋。登临多暇日，非为赋消忧。

题樟亭驿楼

（唐）喻坦之

危槛倚山城，风帆槛外行。日生沧海赤，潮落浙江清。
秋晚遥峰出，沙干细草平。西陵烟树色，长见伍员情。

和于兴宗守绵州登越王楼以诗寄朝士

（唐）王铎

谢朓题诗处，危楼压郡城。雨馀江水碧，云断雪山明。
锦绣来仙境，风光入帝京。恨无青玉案，何以报高情？

岳阳楼

（唐）江为

倚楼高望极，展转念前途。晚叶红残楚，秋江碧入吴。
云中来雁急，天末去帆孤。明月谁同我，悠悠上帝都？

彭城南楼

（宋）文同

百尺压城端，飞檐欲上抟。湖光摇埤堄，山影转阑干。
秀野含春煦，乔林拥暮寒。回头大岷雪，千仞玉巑岏。

夏曼卿作新楼，扁曰"潇湘片景"

（宋）戴昺

有此一楼足，悠然万虑忘。拓开风月地，压断水云乡。
四野留春色，千峰照夕阳。眼前无限景，何处认潇湘？

建昌胡氏小有楼

（元）陈旅

窈窕麻姑宅，登临忆谢公。近闻好山色，多在小楼中。
屋曙丹霞吐，城深翠雨通。石池正当户，人立藕花风。

汉江城楼

（明）李言恭

楼阁依山出，城高逼太空。帆樯入烟雾，波浪过簾栊。
灯火深林里，星河流水中。人家半渔者，蓑笠挂秋风。

夕佳楼

（明）姚旅

托意眺西岭，岚阴过水浓。烟能添晚翠，霞亦胜朝容。
客散楼头月，人闲野水钟。于兹远尘侣，倦鸟每相从。

◆ 五言排律

登瀛洲南城楼寄远

（唐）沈佺期

层城起丽谯，凭览出重霄。兹地多形胜，中天宛寂寥。
四荣摩鹳鹤，百拱厉风飙。北际燕王馆，东连秦帝桥。
晴光七郡满，春色两河遥。傲睨非吾土，踌躇适远器。
离居欲有赠，春草寄长谣。

登临沮楼

（唐）张九龄

高深不可厌，巡属复来过。本与众山绝，况兹韶景和。
危楼入水倒，飞槛向空摩。杂树缘青壁，檫枝挂绿萝。
潭清能彻底，鱼乐好跳波。有象言难具，无端思转多。

同怀不在此，孤赏欲如何？

新成甲仗楼
（唐）张籍

谢氏起新楼，西临城角头。图功百尺丽，藏器五兵修。
结缔榱甍固，虚明户楹周。鱼龙卷旗帜，霜雪积戈矛。
暑雨煽蒸隔，凉风宴位留。地高形出没，山静气清幽。
睥睨斜光彻，栏干宿霭浮。芊芊粳稻色，脉脉宛溪流。
郡化王丞相，诗情沈隐侯。居兹良得意，殊胜岘山游。

分题蕃宣楼送山佥宪之闽
（元）吴师道

大府开闽土，危楼镇海涯。飞云浮画栋，丽日照高牙。
昔驻蕃侯马，今迎使者车。三山归指顾，万井仰光华。
缥缈临城处，逍遥散吏衙。榕阴千树翠，荔子半空霞。
岭峤俱清谧，宾僚亦静嘉。宣风问民俗，作屏扞王家。
去去青冥樾，依依紫禁花。登高应有赋，留待碧笼纱。

◆ 七言律

登安阳城楼
（唐）孟浩然

县城南面汉江流，江嶂开成南雍州。
才子乘春来骋望，群公暇日坐销忧。
楼台晚映青山郭，罗绮晴娇绿水洲。
向夕波摇明月动，更疑神女弄珠游。

七月一日题终明府水楼
（唐）杜甫

高栋层轩已自凉，秋风此日洒衣裳。

翛然欲下阴山雪，不去非无汉署香。
绝壁过云开锦绣，疏松隔水奏笙簧。
看君宜著王乔履，真赐还疑出尚方。

江陵节度使阳城郡王新楼成，王请严侍御判官赋七字句，同作

（唐）杜甫

楼上炎天冰雪生，高飞燕雀贺新成。
碧窗宿雾濛濛湿，朱栱浮云细细轻。
仗钺褰帷瞻具美，投壶散帙有馀清。
自公多暇延参佐，江汉风流万古情。

又作此奉卫王

（唐）杜甫

西北楼成雄楚都，远开山岳散江湖。
二仪清浊还高下，三伏炎蒸定有无。
推毂几年惟静镇，曳裾终日盛文儒。
白头受简焉能赋，愧似相如为大夫。

五凤楼晚望

（唐）白居易

晴阳晚照湿烟销，五凤楼高天沉寥。
野绿全经朝雨洗，林红半被暮云烧。
龙门翠黛眉相对，伊水黄金线一条。
自入秋来风景好，就中最好是今朝。

庾楼晓望

（唐）白居易

独凭朱槛立凌晨，山色初明水色新。
竹雾晓笼衔岭月，蘋风暖送过江春。
子城阴处犹残雪，衙鼓声前未有尘。

三百年来庾楼上，曾经多少望乡人。

题岳阳楼
（唐）白居易

岳阳城下水漫漫，独上危楼凭曲栏。
春岸绿时连梦泽，夕波红处近长安。
猿攀树立啼何苦，雁点湖飞渡亦难。
此地惟堪画图障，华堂张与贵人看。

过襄阳楼呈上府主严司空，楼在江陵节度使宅北隅
（唐）元稹

襄阳楼下树阴成，荷叶如钱水面平。
拂水柳花千万点，隔林莺舌两三声。
有时水畔看云立，每日楼前信马行。
早晚暂教王粲上，庾公应待月华明。

春早郡楼书事寄呈府中群公
（唐）许浑

两鬓垂丝发半霜，石城孤梦绕襄阳。
鸳鸿幕里莲披槛，虎豹营中柳拂墙。
画舸欲行春水急，翠帘初卷暮山长。
岘亭风起花千片，流入南湖尽日香。

和剡县陈明府登县楼
（唐）方干

郭里人家如掌上，檐前树木映窗棂。
烟霞自接天台地，分野应侵婺女星。
驿路古今通北阙，仙溪日夜入东溟。
綵衣才子多吟啸，公退时时见画屏。

尚书新创敌楼

（唐）方干

异境永为欢乐地，歌钟夜夜复年年。
平明旭日生床底，薄暮残霞落酒边。
虽向槛前窥下界，不知窗里是中天。
直须分付丹青手，画出旌幢绕谪仙。

太保中书令军前新楼

（唐）吴融

十二阑干压锦城，半空人语落滩声。
风流近接平津阁，气色高含细柳营。
尽日卷簾江草绿，有时欹枕雪峰晴。
不知奉诏朝天后，谁此登临看月明。

秋日登临越王楼

（唐）李渥

越王曾牧剑南州，因向城隅建此楼。
横玉远开千峤雪，暗雷下听一江流。
画檐先弄朝阳色，朱槛低临众木秋。
徒学仲宣聊四望，且将诗赋好依刘。

烟雨楼

（宋）郑侠

仙人居处即鳌宫，更作层楼峭倚空。
群岫西来烟漠漠，大江南去雨濛濛。
花镳柳策熙怡里，耘笠渔蓑笑语中。
别有夜楹千里月，凭阑清兴与谁同？

望海楼

(宋) 米芾

云间铁瓮近青天,缥缈飞楼百尺连。
三峡江声流笔底,六朝帆影落樽前。
几番画角催红日,无事沧洲起白烟。
忽忆赏心何处是,春风秋月两茫然。

望湖楼晚眺

(宋) 杨时

斜日侵帘上玉钩,檐花飞动锦文浮。
湖光写出千峰秀,天影融成十里秋。
翠鹬翻飞窥浅水,片云随意入沧洲。
留连更待东窗月,注目晴空独倚楼。

鄂州南楼

(宋) 范成大

谁将玉笛弄中秋,黄鹤飞来识旧游。
汉树有情横北渚,蜀江无语抱南楼。
烛天灯火三更市,摇月旌旗万里舟。
却笑鲈江垂钓手,武昌鱼好便淹留。

晚登木渎小楼

(宋) 范成大

万象当楼黼绣张,栏干一曲立苍茫。
云堆不动山深碧,星出无多月淡黄。
宿鸟尽时犹数点,归鸿惊处更斜行。
松陵正有鲈鱼上,安得长竿坐钓航。

宴西楼

（宋）陆游

西楼遗迹尚豪雄，锦绣笙箫在半空。
万里因循成久客，一年容易又秋风。
烛光低映珠簾丽，酒晕徐添玉颊红。
归路迎凉更堪爱，摩诃池上月方中。

黄鹤楼

（宋）游侣

长江巨浪拍天浮，城郭相望万景收。
汉水北吞云梦入，蜀江西带洞庭流。
角声交送千家月，帆影中分两岸秋。
黄鹤楼高人不见，却随鹦鹉过汀洲。

陈待制湖楼

（宋）赵师秀

何处飞来缥缈中，人间惟有画图同。
两层簾幕垂无地，一片笙箫起半空。
岩竹倒添秋水碧，渚莲平接夕阳红。
游人未达蒙庄旨，虚倚阑干面面通。

王元仲海岳楼同诸公赋

（金）王璹

十二朱阑倚半空，元龙高卧定谁雄？
檐楹翠湿蓬山雨，枕簟凉生弱水风。
物色横陈诗卷里，云涛飞动酒杯中。
谪仙会有骑鲸便，八极神游路可通。

烟雨楼
（明）葛一龙

烟雨楼头春乍晴，鸳鸯湖上鸟嘤嘤。
中浮片席空三面，斜抱千家截半城。
渔网晒来风柳变，酒船摇出浪花生。
夕阳惯照凭阑客，一抹遥山镜里明。

◆ 七言排律

重题别东楼
（唐）白居易

东楼胜事我偏知，气象多随昏旦移。
湖卷衣裳白重叠，山张屏障绿参差。
海仙楼阁晴方出，江女笙箫夜始吹。
春雨星攒寻蟹火，秋风霞飐弄涛旗。
宴宜云髻新梳后，曲爱《霓裳》未拍时。
太守三年嘲不尽，郡斋空作百篇诗。

◆ 五言绝句

登鹳雀楼
（唐）王之涣

白石依山尽，黄河入海流。欲穷千里目，更上一层楼。

登楼
（唐）韦应物

兹楼日登眺，流岁暗蹉跎。坐厌淮南守，秋山红树多。

登鹳雀楼
（唐）畅当

迥临飞鸟上，高出人世间。天势回平野，河流入断山。

北 楼

（唐）韩愈

郡楼乘晓上，尽日不能回。晚色将秋至，长风送月来。

江 楼

（唐）杜牧

独酌芳春酒，登楼已半醺。谁惊一行雁，冲断过江云。

高 楼

（唐）于邺

远天明月出，照此谁家楼？上有罗衣色，凉风吹不歇。

◆ 七言绝句

芙蓉楼送辛渐

（唐）王昌龄

丹阳城南秋海阴，丹阳城北楚云深。
高楼送客不能醉，寂寂寒江明月心。

黄鹤楼送孟浩然之广陵

（唐）李白

故人西辞黄鹤楼，烟花三月下扬州。
孤帆远影碧空尽，惟见长江天际流。

寄王舍人竹楼

（唐）李嘉祐

傲吏身闲笑五侯，江西〔西江〕取竹起高楼。
南风不用蒲葵扇，纱帽闲眠对水鸥。

登清晖楼

(唐) 刘禹锡

浔阳江色添潮满,彭蠡秋声送雁来。
南望庐山千万仞,共夸新出栋梁材。

宅西有流水,墙下构小楼,临玩之时,颇有幽趣。因命歌酒,聊以自娱,独醉独吟,偶题五首(录一)

(唐) 白居易

水色波文何所似,麹尘罗带一条斜。
莫言罗带春无主,自置楼来属白家。

竹楼宿

(唐) 白居易

小书楼下千竿竹,深火炉前一盏灯。
此处与谁相伴宿?烧丹道士坐禅僧。

登澧州驿楼寄京兆韦尹

(唐) 杜牧

一话浔阳旧使君,郡人回首望青云。
政声长与江声在,自到津楼日夜闻。

望海楼晚景

(宋) 苏轼

海上涛头一线来,楼前指顾雪成堆。
从今潮上君须上,更看银山二十回。

青山断处塔层层,隔岸人家唤欲譍。
江上秋风晚来急,为传钟鼓到西兴。

鄂州南楼

（宋）黄庭坚

四顾山光接水光，凭阑十里芰荷香。
清风明月无人管，并作南来一味凉。

雨中登岳阳楼望君山

（宋）黄庭坚

满川风雨独凭阑，绾结湘娥十二鬟。
可惜不当湖水面，银山堆里看青山。

双城寺中登楼

（金）周昂

云意生阴晚不收，西风疏雨一江秋。
画图忽上阑干角，隐隐平湾转钓舟。

友云楼

（金）白贲

雾羃烟迷十二阑，壶觞招我一跻攀。
黄簾卷起湘川竹，分得西州数点山。

东楼雨中

（金）王元粹

水边人静燕争泥，风动绿荷香满溪。
高树绕楼遮望眼，独看山色过墙西。

雨入溪楼不见山，雨晴依旧数峰闲。
韦郎诗句王维画，好在幽人指顾间。

雨过登楼

（元）刘秉忠

锦里春光晓望中，雨馀花润草蒙茸。
青山尚在浮云里，楼上分明见几峰。

湖光山色楼口占

（元）顾瑛

天风吹雨过湖去，溪水流云出树间。
楼上幽人不知暑，钩簾把酒看虞山。

晴山远树青如荠，野水新秧绿似苔。
落日湖光三万顷，尽从飞鸟带将回。

楼居春晓望元圃

（元）张雨

子晋新宫倚太霞，绕湖烟火万人家。
观台一面无人处，日出烟消都是花。

卷一百二十　　阁　类

◆ 五言古

登州中新阁
（北周）庾信

跨虚凌倒景，连云距少阳。璇极龙鳞上，雕甍鹏翅张。
千寻文杏照，十里木兰香。开窗对高掌，平坐望河梁。
歌响闻长乐，钟声彻建章。赋用王延寿，书须韦仲将。
龙来随画壁，凤起逐吹簧。石作芙蓉影，池如明镜光。
花梁反披叶，莲井倒垂房。徒然思燕贺，无以预鹓翔。

水阁朝霁奉简云安严明府
（唐）杜甫

东城抱春岑，江阁邻石面。崔嵬晨云白，朝旭射芳甸。
雨槛卧花丛，风床展书卷。钩帘宿鹭起，丸药流莺啭。
呼婢取酒壶，续儿诵《文选》。晚交严明府，矧此数相见。

登　阁
（宋）陈与义

今日天气佳，登临散腰脚。南方宜草木，九月未黄落。
秋郊乃明丽，夕云更萧索。远游吾未能，岁暮依楼阁。

豁然阁
（宋）程俱

云霞堕西山，飞帆拂天镜。谁开一窗明，纳此千顷净。
寒蟾发淡白，一雨破孤迥。时邀竹林交，或尽剡溪兴。
扁舟还北城，隐隐闻钟磬。

◆ 五言律

宿香山阁
（唐）贺朝

暝望春山阁，梯云宿半空。轩窗闭潮海，枕席拂烟虹。
朱网防栖鸽，纱灯护夕虫。一闻鸡唱晓，已见日曈曈。

夜宿西阁晓呈元二十一曹长
（唐）杜甫

城暗更筹急，楼高雨雪微。稍通绡幕霁，远带玉绳稀。
门鹊晨光起，樯乌宿处飞。寒江流甚细，有意待人归。

西阁雨望
（唐）杜甫

楼雨沾云幔，山寒著水城。径添沙面出，湍减石棱生。
菊蕊凄疏放，松林驻远情。滂沱朱槛湿，万虑倚檐楹。

宿竹阁
（唐）白居易

晚坐松檐下，宵眠竹阁间。清虚当服药，幽独抵归山。
巧未能胜拙，忙应不及闲。无劳别修道，即此是元（玄）关。

滕王阁

（唐）张乔

昔人登览处，遗阁大江隅。叠浪有时有，闲云无日无。
早凉先燕去，返照后帆孤。未得营归计，菱歌满旧湖。

登　阁

（宋）朱子

横空敞新阁，高处绝炎氛。野迥长风入，天秋凉气分。
凭阑生逸想，投迹远人群。终忆茅檐外，空山多白云。

舣舟登滕王阁

（宋）戴复古

散步登城郭，维舟古树傍。澄江浮野色，虚阁贮秋光。
却酒淋衣湿，搓橙满袖香。西风吹素发，犹逐少年狂。

光霁阁晚望

（宋）真山民

一阁纳万象，危阑俯渺茫。白沙难认月，黄叶易为霜。
宿鸟投烟屿，归樵趁野航。孤吟谁是伴？渔笛起《沧浪》。

翁邨翠流阁

（元）尹廷高

四围山翠合，缥缈见危楼。地狭星辰少，云深水石幽。
溪声晴亦雨，松影夏如秋。为语游方者，桃源岂外求。

菌　阁

（元）张雨

岩架菌芝阁，榜题松雪扉。云来画檐宿，龙向墨池归。
对几琴三叠，倚阑山四围。
仙灵能夜降，应得嗳（授）元（玄）机。

登天柱阁

(明) 胡缵宗

与客上江楼,横江山欲浮。云当天柱出,月傍小姑流。
帆外收吴楚,尊前落斗牛。弥漫忽千里,倚槛思悠悠。

◆ 五言排律

奉和圣制登朝元阁

(唐) 钱起

六合纡元(玄)览,重轩启上清。石林飞栋出,霞顶泰阶平。
拂曙銮舆上,晞阳瑞雪晴。翠微回日驭,丹巘驻天行。
御气升银汉,垂衣俯锦城。山通玉苑迥,河抱紫关明。
感物乾文动,凝神道化成。周王陟乔岳,列辟让英声。

望凌烟阁

(唐) 刘公兴

画阁凌虚构,遥瞻在九天。丹楹崇壮丽,素壁绘勋贤。
霭霭浮元气,亭亭出瑞烟。近看分百辟,远揖误群仙。
图列青霄(云)外,仪形紫禁前。望中空霁景,骧首几留连。

登福昌山阁

(宋) 蔡襄

危磴通高阁,登临境迥清。云开千岫出,雪霁一川明。
断雁来孤影,遥泉落细声。野烟依竹见,溪树与桥平。
已助骚人思,徒摇远客情。扁舟如可泛,历历是江程。

◆ 七 言 律

登升元阁

(唐) 李建勋

登高始觉太虚宽,白雪须知唱和难。

云度琐窗金榜湿,月移珠箔水精寒。
九天星象帘前见,六代城池直下观。
惟有上层人未到,金乌飞过拂阑干。

次韵孔宪蓬莱阁

(宋) 赵抃

山颠危构傍蓬莱,水阁风长此快哉。
天地涵容百川入,晨昏浮动两潮来。
遥思坐上游观远,愈觉胸中度量开。
忆我去年曾望海,杭州东向亦楼台。

运判南园瞻民阁

(宋) 文同

青都高与紫霄通,独凭危栏望不穷。
万岭过云秋色里,一峰擎雪夕阳中。
檐楹晓落天边月,窗户晴吹石阙风。
民吏安闲财赋足,管絃时复在层空。

题晋原舒太博清溪阁

(唐) 文同

危阁飞空羽翼开,下蟠波面影徘徊。
光摇画板月深浅,声绕曲阑风往来。
暝色四郊烟莽苍,晓云千嶂雪崔嵬。
主人好客民无讼,日夕登游对酒杯。

宿延平双溪阁

(宋) 蔡襄

鸣籁萧森万木声,浓岚环合乱峰青。
楼台盡处双溪会,雷电交时一剑灵。
晓市人烟披霁旭,夜潭渔火斗寒星。

画屏曾指孤舟看，今日孤舟是画屏。

登快阁，黄明府强使和山谷先生留题之韵
（宋）戴复古

未登快阁心先快，红日半檐秋雨晴。
宇宙无边万山立，云烟不动八窗明。
飞来一鹤天相近，过尽千帆江自横。
借问金华老仙伯，几人无忝入诗盟？

登净江寺松风阁
（元）尹廷高

岿然杰阁倚松冈，纵使无风也自凉。
四面阑干金碧界，万家城郭水云乡。
清江叠嶂迷空阔，白鸟苍烟堕渺茫。
风景不殊君记否？吴山顶上看钱塘。

题周南翁悠然阁
（元）杜本

大江之东彭蠡南，周家高阁与云参。
秋风猿狖啼青嶂，暮雨蛟龙起碧潭。
绕屋千丛生杞菊，过檐百尺长梗楠。
何时共此登临乐，指点山川与纵谈。

许茂勋乌桕阁
（明）葛一龙

地幽霜肃气珊珊，小阁高临树树斑。
东顾不遮寒水渡，西来俱是夕阳山。
连云送客当秋杪，片月争题落酒间。
撤去四窗留半榻，尽教栖鹍看人闲。

◆ 五言绝句

晚登郡阁

（唐）韦应物

怅然高阁望,已掩东城关。春风偏送柳,夜景欲沉山。

滕王阁春日晚望

（唐）曹松

凌春帝子阁,偶眺日移西。浪势平花坞,帆阴上柳堤。

西 阁

（宋）朱子

借此云窗眠,静夜心独苦。安得枕下泉,去作人间雨。

◆ 七言绝句

焦崖阁

（唐）韦庄

李白曾歌蜀道难,长闻白日上青天。
今朝夜过焦崖阁,始信星河在马前。

澄迈驿通潮阁

（宋）苏轼

倦客愁闻归路遥,眼明飞阁俯长桥。
贪看白鹭横秋浦,不觉青林没晚潮。

巾子山翠微阁

（宋）戴复古

双峰直上与天参,僧共白云栖一庵。

今古诗人吟不尽,好山无数在江南。

丹青阁
（宋）徐玑

翠霭空霏忽有无,笔端谁著此工夫?
溪山本被人图画,却道溪山是画图。

天香阁
（元）韩性

阑干曲曲乱云封,回首炉峰翠几重?
上界罡风秋万顷,银河开遍碧芙蓉。

舟夜忆郡斋眺阁
（明）顾大典

舟移泽国暮烟长,望入苍波思渺茫。
遥忆郡斋清绝处,万山孤阁夜焚香。

卷一百二十一　庄类（附山房）

◆ 五言古

宿来公山房待丁大不至
(唐) 孟浩然

夕阳度西岭，群壑倏已暝。松月生夜凉，风泉满清听。
樵人归欲尽，烟鸟栖初定。之子期宿来，孤琴候萝径。

游南城韩氏庄
(唐) 孟郊

初疑潇湘水，锁在朱门中。时见水底月，动摇池上风。
清气润竹木，白光连虚空。浪簇霄汉羽，岸芳金碧丛。
何言数亩间，环泛路不穷。愿逐神仙侣，飘然汗漫通。

宿王耕云山庄期衍师不至，就题竹上
(明) 张适

山馆绝尘交，惟容谢公屐。洗酌松下泉，题诗涧边石。
吟僧期不来，掩琴坐岑寂。貌此林外影，雨馀正凝碧。

◆ 五言律

春晚山庄率题
(唐) 卢照邻

田家无四邻，独坐一园春。莺啼非选树，鱼戏不惊纶。

山水弹琴尽，风花酌酒频。年华已可乐，高兴复留人。

蓝田山庄

（唐）宋之问

宦游非吏隐，心事好幽偏。考室先依地，为农且用天。
辋川朝伐木，蓝水暮浇田。独与秦山老，相欢春酒前。

侍宴长宁公主东庄应制

（唐）李峤

别业临青甸，鸣銮降紫霄。长筵鹓鹭集，仙管凤凰调。
树接南山近，烟含北渚遥。承恩咸已醉，恋赏未还镳。

春日山庄

（唐）韦述

初岁开韶月，田家喜载阳。晚晴摇水态，迟景荡山光。
浦净渔舟远，花飞樵路香。自然成野趣，都使俗情忘。

题李十四庄兼赠綦毋潜校书

（唐）孟浩然

闻君息阴地，东郭柳林间。左右瀍涧水，门庭缑氏山。
抱琴来取醉，垂钓坐乘闲。归客莫相待，寻源殊未还。

过故人庄

（唐）孟浩然

故人具鸡黍，邀我至田家。绿树村边合，青山郭外斜。
开筵（轩）面场圃，把酒话桑麻。待到重阳日，还来就菊花。

汉上题韦氏庄

（唐）岑参

结茅闻楚客，卜筑汉江边。日落数归鸟，夜深闻叩舷。

水痕侵岸柳，山翠借厨烟。调笑提筐妇，春来蚕几眠？

夜宴左氏庄

(唐) 杜甫

风林纤月落，衣露净琴张。暗水流花径，春星带草堂。检书烧烛短，看剑引杯长。诗罢闻吴咏，扁舟意不忘。

王侍御南原庄

(唐) 贾岛

买得足云地，新栽药数窠。峰头盘一径，原下注双河。春寺闲眠久，晴台独上多。南斋宿雨后，仍许重来过。

题朱郎中白都庄

(宋) 王安石

潇洒桐庐守，沧江（洲）寄一廛。山光隔钓岸，江气杂炊烟。藜杖听鸣橹，篮舆看种田。清时须共理，此兴在他年。

赵氏南庄

(元) 许衡

晓起北窗凉，清谈戢羽觞。入帘花气重，落地燕泥香。梦里青山小，吟边白日长。秋风载书籍，相对筑茅堂。

宿因胜庄

(元) 萨都剌

竹院亦幽雅，参禅愧未能。梦回僧枕雨，花落佛龛灯。风响过墙竹，窗摇挂树藤。裁诗题素壁，聊尔记吾曾。

山庄即事

(元) 叶颙

策杖步松关，衔杯看远山。青鞋陪月去，翠袖裛（裹）云还。

芳草斜阳外，落花流水间。山林多乐意，无梦到尘寰。

山　庄
（元）金涓

青村溪尽处，林密隐孤庄。石老莓苔路，门深薜荔墙。
人行秋叶滑，鹤立晚松凉。治亩农归后，蓑衣挂夕阳。

过故人庄
（明）樊阜

山村行处好，偶过故人庄。秋竹烟笼色，寒花露浥香。
一鸡鸣矮屋，双鹭浴横塘。留饮忘归去，陶然入醉乡。

◆ 五言排律

奉和幸韦嗣立山庄侍宴应制
（唐）宋之问

枢掖调梅暇，林园艺槿初。入朝荣剑履，退食偶琴书。
地隐东岩室，天回北斗车。旌门临窈窱，辇道属扶疏。
云罕明丹壑，霜笳彻紫虚。水疑投石处，溪似钓璜馀。
帝泽颁卮酒，人欢颂里闾。一承《黄竹》咏，长奉白茅居。

奉和幸韦嗣立山庄侍宴应制
（唐）李峤

南洛师臣契，东岩王佐居。幽情遗纨冕，宸眷属樵渔。
制下峒山跸，恩回灞水舆。松门驻旌盖，薜幄引簪裾。
石磴平黄陆，烟楼半紫虚。云霞仙路近，琴酒俗尘疏。
乔木千龄外，悬泉百尺馀。崖深经炼药，穴古旧藏书。
树宿抟风鸟，池潜纵壑鱼。宁知天子贵，尚忆武侯庐。

奉和幸韦嗣立山庄侍宴应制
（唐）赵彦昭

贤族惟题里，儒门但署乡。何如表岩洞，宸翰发辉光。
地在兹山曲，家邻合水阳。六龙驻旌罕，四牡耀旂常。
北斗临台座，东山入庙堂。天高羽翼近，主圣股肱良。
野竹池亭气，村花涧谷香。纵然怀豹隐，空愧蹑鸰行。

奉和幸韦嗣立山庄侍宴应制
（唐）武平一

三光回斗极，万骑肃钩陈。地若游汾水，畋疑历渭滨。
圆塘冰写镜，遥树露成春。絃奏鱼听曲，机忘鸟狎人。
筑岩思感梦，磻石想垂纶。落景摇红壁，层阴结翠筠。
素风纷可尚，元泽蔼无垠。薄暮清笳动，天文焕紫宸。

奉和圣制《幸玉真公主山庄因题石壁十韵》之作应制
（唐）王维

碧落风烟外，瑶台道路赊。如何连帝苑，别自有仙家？
此地回銮驾，缘溪转翠华。洞中开日月，窗里发云霞。
庭养冲天鹤，溪流上汉槎。种田生白玉，泥灶化丹砂。
谷静泉逾响，山深日易斜。御羹和石髓，香饭进胡麻。
大道今无外，长生讵有涯。还瞻九霄上，来往五云车。

◆ 七言律

奉和初春幸太平公主南庄应制
（唐）李峤

主家山第接云开，天子春游动地来。
羽骑参差花外转，霓旌摇曳日边回。
还将石溜调琴曲，更取峰霞入酒杯。

鸾辂已辞乌鹊渚,箫声犹绕凤凰台。

奉和初春幸太平公主南庄应制
（唐）沈佺期

主家山第早春归,御辇春游绕翠微。
买地铺金曾作垱,寻河取石旧支机。
云间树色千重满,竹里泉声百道飞。
自有神仙鸣凤曲,并将歌舞报恩辉。

侍宴安乐公主山庄应制
（唐）李适

平阳金牓凤凰楼,沁水银河鹦鹉洲。
綵仗遥临丹壑里,仙舆暂幸绿亭幽。
前池锦石莲花艳,后岭香炉桂蕊秋。
贵主称觞万年寿,还轻汉武济汾游。

奉和幸安乐公主山庄应制
（唐）赵彦昭

六龙齐轸御朝曦,双鹢维舟下绿池。
飞观仰看云外耸,浮桥直见海中移。
灵泉巧凿天孙渚,孝笋能抽帝女枝。
幸愿一生同草树,年年岁岁乐于斯。

奉和幸安乐公主山庄应制
（唐）韦元旦

银河南渚帝城隅,帝辇平明出九衢。
刻凤蟠螭凌桂邸,穿池叠石写蓬壶。
琼箫暂下钧天乐,绮缀常悬明月珠。
仙牓承恩歌既醉,方知朝野更欢娱。

奉和初春幸太平公主南庄应制

（唐）苏颋

主第山门起灞川，宸游风景入初年。
凤凰楼下交天仗，乌鹊桥头敞御筵。
往往花间逢彩石，时时竹里见红泉。
今朝扈跸平阳馆，不羡乘槎云汉边。

侍宴安乐公主山庄应制

（唐）苏颋

骎骎羽骑历城池，帝女楼台向晚披。
露洒旌旗云外出，风回岩岫雨中移。
当轩半落天河水，绕径全低月树枝。
箫鼓宸游陪宴日，和鸣双凤喜来仪。

奉和初春幸太平公主南庄应制

（唐）李邕

传闻银汉支机石，复见金舆出紫微。
织女桥边乌鹊起，仙人楼上凤凰飞。
流风入座飘歌扇，瀑水侵阶溅舞衣。
今日还同犯牛斗，乘槎共泛海潮归。

题平泉薛家雪堆庄

（唐）白居易

怪石千年应自结，灵泉一带是谁开？
蹙为宛转青蛇项，喷作玲珑白雪堆。
赤日暑天长看雨，元（玄）阴腊月亦闻雷。
所嗟地去都门远，不得肩舆每日来。

奉和思黯自题南庄见示兼呈梦得

(唐) 白居易

谢家别墅最新奇，山展屏风花夹篱。
晓月渐沉桥脚底，晨光初照屋梁时。
台头有酒莺呼客，水面无尘风洗池。
除却吟诗两闲客，此中情状更谁知。

题马太尉华山庄

(唐) 刘沧

别开池馆背山阴，近得幽奇物外心。
竹色拂云连岳寺，泉声带雨出溪林。
一庭杨柳春光暖，三径松萝晚翠深。
自是功成闲剑履，西斋长卧对瑶琴。

题姑苏凌处士庄

(唐) 韦庄

一簇林亭返照间，门当官道不曾关。
花深远岸黄莺闹，雨急春塘白鹭闲。
载酒客寻吴苑寺，倚楼僧看洞庭山。
怪来话得仙中事，新有人从物外还。

新买叠石溪庄招景仁

(宋) 司马光

一溪清水珮声寒，两岸莓苔锦绣班。
三径谁来卜邻舍，千峰我已作家山。
鹿裘藜杖偏宜老，紫陌红尘不称闲。
早挈琴书远相就，放朝烂醉白云间。

过徐氏庄居

（宋）沈与求

只著高冠不著缨，掉头防我问功名。
数椽茅屋有时漏，一墢（垡）野田无具耕。
酒地定能容胜践，墨畦终拟过平生。
叩舷归去蒹葭闹，后夜相思看月明。

渔 庄

（元）陈基

何处林塘好卜邻，清江绕屋净无尘。
定巢新燕浑如客，泛渚轻鸥不避人。
杨柳作花香胜雪，鲈鱼上钓白于银。
春风无限沧浪意，欲向汀洲赋采蘋。

夜宴范氏庄

（元）杨维桢

南弁山间多翠微，池塘处处涵清晖。
丹泉酿酒名千日，花树成窠大十围。
童子单衣碧鹤立，美人两袖彩鸾飞。
临分更作嬉春约，剩载红船白苎衣。

次韵沈陶庵题有竹庄

（明）张渊

爱汝石田茅屋好，依然风物似斜川。
白蘋洲渚沧江外，红树园林夕照边。
艇子打鱼偏趁月，山童洗药每临泉。
老夫欲问东家住，分取瓜畴数亩烟。

暮春初过山庄

（明）李先芳

山人本性爱山居，弭节春游过草庐。
短砌雨馀芳草合，小亭风定落花初。
拂尘下榻惊梁燕，开箧抽书走壁鱼。
更辟岩扉频洒扫，能无长者命巾车。

◆ 五言绝句

春　庄

（唐）王勃

山中兰叶径，城外李桃园。直知人事静，不觉鸟声喧。

题张处士山庄

（唐）杜牧

好鸟疑敲磬，风蝉认轧筝。修篁与嘉树，偏倚半岩生。

◆ 七言绝句

奉和圣制幸韦嗣立山庄应制

（唐）李峤

万骑千官拥帝车，八龙三马访仙家。
凤凰原上窥青壁，鹦鹉杯中弄紫霞。

奉和圣制幸韦嗣立山庄应制

（唐）李乂

曲榭回廊绕涧幽，飞泉喷水溢池流。
只应感发明王梦，遂得邀迎圣主游。

奉和圣制幸韦嗣立山庄应制
（唐）苏颋

树色参差隐翠微，泉流百尺向空飞。
传闻此处投竿住，遂使兹辰扈跸归。

奉和圣制幸韦嗣立山庄应制
（唐）武平一

鸣銮奕奕下重楼，羽盖逍遥向一丘。
汉日惟闻白衣宠，唐年更睹赤松游。

和裴令公南庄一绝
（裴云："野人不识中书令，唤作陶家与谢家。"）
（唐）白居易

陶庐僻陋那堪比，谢墅幽微不足攀。
何似嵩峰三十六，长随申甫作家山。

题吉涧卢拾遗庄
（唐）韦庄

主人西游去不归，满溪春雨长春薇。
怪来马上诗情好，印破青山白鹭飞。

石壁寺山房即事
（宋）沈与求

望断南冈远水通，客樯来往酒旗风。
画桥依约垂杨外，映带残霞一抹红。

怀山庄子仁侄
（宋）杨万里

危亭独上忽彷徨，欠个山庄堕我傍。

却是向来相聚日，老怀未解忆山庄。

白庄道中
（金）党怀英

暖风迟日弄春晴，浑似龙眠画里行。
沙路半随堤尾曲，几家桃李鹁鸪鸣。

题鸡鸣山房
（明）蔡羽

山浮寒碧水浮花，石壁苍苍竹树斜。
爱尔玉京秋色好，白云头上看人家。

卷一百二十二　园林类

◆ 五言古

夜游北园
（梁）简文帝

星芒侵岭树，月晕隐城楼。暗花舒不觉，明波动见流。

游韦黄门园
（梁）简文帝

息车冠盖里，停辔仲长园。檐疏远兴积，宾至羽觞繁。

从皇太子出玄圃应令
（梁）庾肩吾

春光起丽谯，屐步陟山椒。阁影临飞盖，莺鸣入洞箫。
水还登故渚，树长荫前桥。绿荷生绮叶，丹藤上细苗。
顾循惭振藻，何用拟琼瑶。

奉和初秋西园应教
（北齐）萧悫

池亭三伏后，林馆九秋前。清泠间泉石，散漫杂风烟。
蕖开千叶影，榴艳百枝然。约岭停飞旆，凌波动画船。

南　园
（唐）元稹

清露夏天晓，名园野气通。水禽遥泛雪，池莲迥披红。

幽林讵知暑，环舟似不穷。顿洒尘喧意，长啸满襟风。

郡中西园

（唐）白居易

闲园多芳草，春夏香靡靡。深树足佳禽，旦暮鸣不已。
院门闭松竹，庭径穿兰芷。爱彼池上桥，独来聊徙倚。
鱼依藻长乐，鸥见人暂起。有时舟随风，尽日莲照水。
谁知郡府内，景物闲如此。始悟喧静缘，何尝系远迩。

和裴侍中南园静兴见示

（唐）白居易

池馆清且幽，高怀亦如此。有时帘动风，尽日桥照水。
静将鹤为伴，闲与云相似。何必学留侯，崎岖觅松子。

次韵答斌老独游东园

（宋）黄庭坚

主人心安乐，花竹有和气。时从物外赏，自益酒中味。
斸枯蚁改穴，扫箨笋迸地。万籁寂中生，乃见风雨至。

晓出西园由谷中归

（元）甘复

被褐涉西园，烦襟散清晓。微风动高树，零露下芳沼。
始行幽谷中，忽出青林杪。流水漂馀花，修筱度啼鸟。
身缘翠石回，思逐白云杳。负杖孤赏怀，春阑绿阴悄。

◆ 七言古

邵郎中姑苏园亭

（宋）梅尧臣

吟爱乐天《池上》篇，买池十亩皆种莲。

薄城万竿竹婵娟,藤缆系桥青板船。
折腰大菱不值钱,鸡鹔鹨鹕沙际眠。
水从太湖根底穿,月出洞庭山上圆。
公归与客相留连,秋风鹤唳春杜鹃。
斑鲈斫鲙红缕鲜,紫豉煮莼香味全。
我思白傅在三川,吴船虽有吴馔偏。
当时九老各华颠,裴令来过吟复联。
至今怪石存旧镌,七叶树荫黄金田。
羡公有子胜昔贤,高门通车千万年。

◆ 五 言 律

春日侍宴幸芙蓉园应制
（唐）李峤

年光竹里遍,春色杏间遥。烟气笼青阁,流文荡画桥。
飞花随蝶舞,艳曲伴莺娇。今日陪欢豫,还疑陟紫霄。

春日侍宴幸芙蓉园应制
（唐）李乂

水殿临丹御,山楼绕翠微。昔游人托乘,今幸帝垂衣。
涧筱缘峰合,岩花逗浦飞。朝来江曲地,无处不光辉。

春日侍宴幸芙蓉园应制
（唐）宋之问

芙蓉秦地沼,卢橘汉家园。谷转斜盘径,川回曲抱原。
风来花自舞,春入鸟能言。侍宴瑶池夕,归途骑吹繁。

崔礼部园亭
（唐）张说

窈窕留清馆,虚徐步晚阴。水连伊阙近,树接夏阳深。

柳蔓怜垂拂，藤梢爱上寻。讶君轩盖侣，非复俗人心。

春园即事
（唐）王维

宿雨乘轻屐，春寒著敝袍。开畦分白水，间柳发红桃。
草际成棋局，林端举桔槔。还持鹿皮几，日暮隐蓬蒿。

题张野人园庐
（唐）孟浩然

与君园庐并，微尚颇亦同。耕钓方自逸，壶觞趣不空。
门无俗士驾，人有上皇风。何必先贤传，唯称庞德公。

晚归东园
（唐）李颀

荆扉带郊郭，稼穑满东菑。倚杖寒山暮，鸣梭秋叶时。
回云覆阴谷，返景照霜梨。澹泊真吾事，清风别自兹。

陪郑广文游何将军山林
（唐）杜甫

不识南塘路，今知第五桥。名园依绿水，野竹上青霄。
谷口旧相得，濠梁同见招。平生为幽兴，未惜马蹄遥。

百顷风潭上，千章夏木清。卑枝低结子，接叶暗巢莺。
鲜鲫银丝脍，香芹碧涧羹。翻疑舵楼底，晚饭越中行。

风磴吹阴雪，云门吼瀑泉。酒醒思卧簟，衣冷欲装绵。
野老来看客，河鱼不取钱。只疑淳朴处，自有一山川。

床上书连屋，阶前树拂云。将军不好武，稚子总能文。
醒酒微风入，听诗静夜分。绤衣挂萝薜，凉月白纷纷。

重过何氏

（唐）杜甫

问讯东桥竹，将军有报书。倒衣还命驾，高枕乃吾庐。
花妥莺捎蝶，溪喧獭趁鱼。重来休沐地，真作野人居。

山雨樽仍在，沙沉榻未移。犬迎曾宿客，鸦护落巢儿。
云薄翠微寺，天清皇子陂。向来幽兴极，步屧过东篱。

落日平台上，春风啜茗时。石栏斜点笔，桐叶坐题诗。
翡翠鸣衣桁，蜻蜓立钓丝。自今幽兴熟，来往亦无期。

颇怪朝参懒，应耽野趣长。雨抛金锁甲，苔卧绿沉枪。
手自移蒲柳，家才足稻粱。看君用幽意，白日到羲皇。

宁王山池

（唐）范朝

水势临阶转，峰形对路开。槎从天上得，石是海边来。
瑞草分丛种，祥花间色栽。旧传词赋客，惟见有邹枚。

奉和元相公家园即事寄王相公

（唐）韩翃

共列中台贵，能齐物外心。回车青阁晚，解带碧茸深。
寒水分畦入，晴花度竹寻。题诗更相忆，一字重千金。

题鲜于映林园

（唐）司空曙

雨后园林好，幽行迥野通。远山芳草外，流水落花中。
客醉悠悠惯，莺啼处处同。夕阳自望远，日暮杜陵东。

题李沆林园

（唐）卢纶

古巷牛羊出,重门接柳阴。闲看入竹路,自有向山心。
种药齐幽石,耕田到远林。愿同词赋客,得兴谢家深。

春日同诸公过兵部王尚书林园

（唐）权德舆

休沐君相近,时容曳履过。花间留客久,台上见春多。
松色明金艾,莺声杂玉珂。更逢新酒熟,相与藉庭莎。

题从叔沆林园

（唐）李端

阮宅闲园暮,窗中见树阴。樵歌依远草,僧语过长林。
鸟上花间井,人弹竹里琴。自嫌身未老,已有住山心。

题崔端公园林

（唐）李端

上士爱清晖,开门向翠微。抱琴看鹤去,枕石待云归。
野坐苔生席,高眠竹挂衣。旧山东望远,惆怅暮花飞。

春园即事

（唐）陈羽

水隔群物外,夜深风起频。霜中千树橘,月下五湖人。
听鹤忽忘寝,见山如得邻。明年还到此,共看洞庭春。

题邹处士隐居

（唐）许浑

桑柘满江村,西斋接海门。浪冲高岸响,潮入小池浑。
岩树荫碁局,山花落酒樽。相逢每留宿,还似识王孙。

初夏题段郎中修竹里南园
（唐）许浑

高人游息处，与此曲池连。密树才春后，深山在目前。
远峰初歇雨，片石欲生烟。数有僧来宿，应缘静好禅。

园　居
（唐）李郢

暮雨扬雄宅，秋风向秀园。不闻砧杵动，时看桔槔翻。
钓下鱼初食，船移鸭暂喧。橘寒才弄色，须带早霜繁。

小　园
（唐）李建勋

小园吾所好，栽植忘劳形。晚果经秋赤，寒蔬近社青。
竹萝荒引蔓，土井浅生萍。更欲从人劝，凭高置草亭。

陈氏园林
（唐）郑巢

当门三四峰，高兴几人同？寻鹤新泉外，留僧古木中。
蝉苗如草长，岩溜入池清。欲识怀君意，时闻鹤一鸣。

程评事西园 *
（唐）僧法振

谁向春莺道，名园已共知。檐前回水影，城上出花枝。
摇拂烟云动，登临翰墨随。相招能不厌，山舍为君移。

开州园纵民游乐
（宋）蔡襄

风日朝来好，园林雨后清。游鱼知水乐，戏蝶见春晴。

---

* 《四库》本缺此诗及以下三人四诗，共五首。

草软迷行迹，花深隐笑声。观民聊自适，不用管絃迎。

节候近清明，游人已踏青。插花穿戟户，酤酒向旗亭。
日迥林光润，风回海气腥。未知何处乐，归路已严扃。

六月十日中伏玉峰园避暑值雨
(宋) 文同

南园避中伏，意适晚忘归。墙外谷云起，檐前山雨飞。
兴馀思秉烛，坐久欲添衣。为爱东岩下，泉声通翠微。

题丁少瞻林园
(宋) 徐照

州分低岭外，来向此园行。路改初栽树，堂成未有名。
药苗如草长，岩溜入池清。欲识怀君意，时闻鹤一鸣。

春日游张提举园池
(宋) 徐玑

西野芳菲路，春风正可寻。山池依曲渚，古渡入修林。
长日多飞絮，游人爱绿阴。晚来歌吹起，惟觉画堂深。

后浦园庐
(宋) 戴敏

卜筑成佳致，幽栖乐圣时。何如谢公墅，略似习家池。
地暖梅开早，天寒酒熟迟。催租人去后，续得夜来诗。

题董侍郎山园
(宋) 戴复古

行尽芙蓉径，寻秋叩竹关。楼高纳万象，木落见群山。
平野水云际，画桥烟雨间。红尘城下路，只隔一湖湾。

家　园

(金) 周昂

五亩园连竹，三间屋向阳。气和春浩荡，心静日舒长。
花鸟成相识，琴书付两忘。陶然一樽酒，谁复纪羲皇。

过潘韫辉东园

(明) 李戣

为爱东园好，春来事事宜。药名人不识，花信蝶先知。
晋帖临青李，商歌咏紫芝。小车乘兴往，何必订幽期。

春日陪孟东洲宪使公重过宋氏园亭

(明) 冯惟讷

竹色青于染，春生宋玉家。众山当户出，一水抱城斜。
积雨翻高柳，轻寒勒早花。风光正如此，莫惜醉流霞。

春　园

(明) 谢榛

水村人寂寂，迟日敞柴关。菜甲春初细，园丁雨后闲。
沙边来白鸟，柳外出青山。此地多幽意，行歌薄暮还。

周氏园亭

(明) 俞允文

紫绀琳宫侧，芳园丽景回。焚香青霭聚，洗砚白云开。
橘想灵均什，亭堪内史才。更怜花径里，月色夜深来。

初夏园林即事

(明) 胡宗仁

夏入园林好，欣逢霁景明。药阑香醉蝶，柳岸绿迷莺。
道在心逾逸，情闲迹自清。夕阳红欲尽，一抹暮山横。

◆ **五言排律**

同二相已下群官乐游园宴
(唐) 明皇

撰日岩廊暇，需云宴乐初。万方朝玉帛，千品会簪裾。
地入南山近，城分北斗馀。池塘垂柳密，原隰野花疏。
帟幕看逾暗，歌钟听自虚。兴阑归骑转，还奏弼违书。

恩赐乐游园宴
(唐) 张说

汉苑佳游地，轩庭近侍臣。共持荣幸日，来赏艳阳春。
馔玉颁王筐，摐金下帝钧。池台草色遍，宫观柳条新。
花绶光连榻，朱颜畅饮醇。圣朝多乐事，天意每随人。

三月二十日诏宴乐游园赋得风字
(唐) 张说

乐游形胜地，表里望郊宫。北阙连天顶，南山对掌中。
皇恩贷芳月，旬宴美成功。鱼戏芙蓉水，莺啼杨柳风。
春光看欲暮，天泽恋无穷。长袖招斜日，留光待曲终。

题少府监李丞山池
(唐) 李颀

能向府亭内，置兹山与林。他人骋骕马，而我薜萝心。
雨止禁门肃，莺啼宫柳深。长廊阅军器，积水背城阴。
窗外王孙草，床头中散琴。清风多仰慕，吾亦尔知音。

和李仆射西园
(唐) 张籍

过午归闲处，西庭敞四檐。高眠著琴枕，散帙检书签。

印在休通客,山晴好卷簾。竹凉蝇少到,藤暗蝶争潜。
晚鹊频惊喜,疏蝉不许拈。石苔生紫点,栏药吐红尖。
虚坐诗情远,幽探道侣兼。所营当胜地,虽俭复谁嫌。

题崔驸马园林

（唐）姚合

东园连宅起,胜事与心期。幽洞自生药,新篁迸入池。
密林行不尽,芳草坐难移。石翠疑无质,莺歌似有词。
莎台高出树,薜壁净题诗。我独多来此,九衢人不知。

寄题田待制广州西园

（宋）余靖

善政偏修举,增完池馆清。地含春气早,月映暮潮生。
石有群星象,花多外国名。与民同雉兔,邀客醉蓬瀛。
翰墨资吟兴,云泉适野情。镇应持左蟹,快欲脍长鲸。
积霭藏楼阁,驯鸥识旆旌。甘棠留美荫,高倚越王城。

猗绿园

（元）马祖常

殖产吾何取,开林我独能。缚船常取竹,捣纸每移藤。
池曲波涛小,花繁雾雨蒸。春云同础润,秋月共江澄。
凤下非因食,鱼来不可罾。写经还道士,裹饭乞行僧。
笋屦新青折,荷衣旧翠凝。浮瓯茶有乳,溢瓮酒无冰。
香地留文篆,诗囊剩缭绫。清晨餐玉罢,东望日初升。

◆ 七言律

题张逸人园林

（唐）韩翃

藏头不复见时人,爱此云山奉养真。

露色点衣孤屿晓，花枝妨帽小园春。
闷携幼稚诸峰上，闲濯须眉一水滨。
兴罢归来还对酌，茅檐挂着紫荷巾。

题元注林园

(唐) 李端

谢家门馆似山林，碧石青苔满树阴。
乳鹊盼〔昒〕巢花巷静，鸣鸠鼓翼竹园深。
桔槔转水兼通药，方丈留僧共听琴。
独有野人箕踞惯，过君始得一长吟。

游东湖黄处士园林

(唐) 刘威

偶向东湖更向东，数声鸡犬翠微中。
遥知杨柳是门处，似隔芙蓉无路通。
樵客出来山带雨，渔舟过去水生风。
物情多与闲相称，所恨求安计不同。

暮春康乐园

(宋) 韩琦

榆荚纷纷掷乱钱，柳花相扑滚新绵。
一年寂寞频来地，三月芳菲已过天。
树密只喧闲鸟雀，台高犹得好山川。
老夫不饮时如此，徒有诗情益自然。

上巳访杨廷秀，赏牡丹于御书扁榜之斋。其东园仅一亩，为街者九，名曰"三三径"，意象绝新

(宋) 周必大

杨监全胜贺监家，赐湖岂比赐书华。
回环自剧三三径，顷刻常开七七花。

门外有田聊伏腊,望中无处不烟霞。
只惭下客非摩诘,无画无诗只漫夸。

积芳圃

(宋) 朱子

乐事从兹不易涯,朱门还似野人家。
行看靓艳须携酒,坐对清阴只煮茶。
晓起苍凉承坠露,晚来光景乱蒸霞。
平生结习今馀几?试数毗那襕上花。

再次秀野躬耕桑陌旧园之韵

(宋) 朱子

江皋晴日丽芳华,翠竹疏疏映白沙。
路转忽逢沽酒客,眼明惟见满园花。
望中景助诗人趣,物外春归释子家。
向晚却寻芳草径,夕阳流水绕村斜。

次秀野韵

(宋) 朱子

使君簾阁对修筠,起看名园雨后春。
便赋新诗留野客,更倾芳酒酹花神。
未酬管乐平生志,且作羲皇向上人。
只恐功名相迫逐,不容老子卧漳滨。

满园红紫已争新,百啭幽禽亦唤人。
蜡屐未妨泥步稳,珍丛终恨雨来频。
卧看晓色欣初霁,起约良游醉好春。
却笑当年金谷宴,相随仆仆望车尘。

春日小园杂赋

（宋）陆游

市尘不到放翁家，绕麦穿桑野径斜。
夜雨长深三尺水，晓寒留得一分花。
闷从邻舍分春瓮，闲就僧窗试露芽。
自此年光应更好，日驱秧马听缫车。

小　园

（宋）陆游

窄窄柴门短短篱，山家随分有园池。
客因问字来携酒，僧趁分题就赋诗。
晨露每看花蓇（蕾）拆（坼），夕阳频见树阴移。
拂衣司谏犹忙在，此趣渊明却少知。

山　园

（宋）陆游

山泉引派涨清池，野蔓移根种短篱。
艺果极知非老事，接花聊复效儿嬉。
提壶言语开颜听，啄木衣襦缓步窥。
莫笑题诗还满纸，小园幽事要君知。

初夏游凌氏小园

（宋）陆游

水满池塘叶满枝，曲廊危榭惬幽期。
风和海燕分泥处，日永吴蚕上簇时。
闲理阮咸寻旧谱，细倾白堕赋新诗。
从来夏浅胜春日，儿女纷纷岂得知。

新辟小园

(宋)陆游

新展山园半亩强,笑人车马出笼坊。
山禽乍暖殷勤语,野花无风自在香。
点点水纹迎细雨,疏疏篱影界斜阳。
出门遥向邻翁说,释耒相从共一觞。

陈侍御园上坐

(宋)范成大

倦眼逢欢春水明,诗情得酒春云生。
花梢蝴蝶作团去,竹里鹁鸠相对鸣。
邂逅浮生此日好,缠绵俗累何时轻?
擘笺沫墨乏奇句,撅笛当筵惭妙声。

小 园

(宋)戴敏

小园无事日徘徊,频报家人送酒来。
惜树不磨修月斧,爱花须筑避风台。
引些渠水添池满,移个柴门傍竹开。
多谢有情双白鹭,暂时飞去又飞回。

西园得西字

(金)冯延登

芳径层峦百鸟啼,芝廛兰畹自成蹊。
仙舟倒影涵鱼藻,画栋飘香落燕泥。
淑景晴熏红树暖,好风轻泛碧丛低。
冈头醉梦俄惊觉,歌吹谁家在竹西?

西园书事
（明）高启

西园春去绿阴成，已觉南窗枕簟清。
帘卷斜阳归燕入，池生芳草乱蛙鸣。
叶过谷雨花犹在，衣近梅天润易生。
独坐正知闲昼永，吟馀消尽篆烟轻。

次韵寄题镜川先生后乐园
（明）李东阳

药栏花圃背堂开，一日朝回几度来。
范老心终念廊庙，寇公家不起楼台。
海边钓石鸥盟远，松下棋声鹤梦回。
多少旧题诗句在，碧纱笼底认青苔。

晚雨饮子重园亭
（明）文徵明

高斋落日偶追从，樽酒淹留一笑中。
芳草满庭飞燕子，晚凉和雨滴梧桐。
江鱼绕箸肥烹玉，野树藏春浅映红。
潦倒莫言归更晚，习家池馆爱山公。

春夕潘园
（明）杨慎

雨砌风檐堕楝花，虫书鸟字遍晴沙。
春山载酒驰朝马，江阁邀宾起暮鸦。
陶令葛巾从渗漉，管宁纱帽任欹斜。
殊方未觉追随尽，韦曲风流更尔家。

游徐公子西园

（明）蔡汝楠

西园飞盖月中游，随意登攀自可留。
门径近连驰道树，池塘遥接汉宫流。
坐看虚牖明朱㦸，行见深松间画楼。
一自王孙开别第，凤台花鸟不知秋。

行后园新池

（明）蔡汝楠

后园凿沼爱涟漪，日日行园人不知。
浴鸟参差云宿处，戏鱼来往荇摇时。
晚依岩岫分寒翠，秋入芙蓉映倒枝。
最是一泓清兴足，五湖情事寄临池。

张舜卿园亭

（明）许㤺

绿阴深巷寂无哗，小结茅亭玩物华。
花散馀香来客座，竹分新翠过邻家。
锦袍垂手闲调鹤，乌帽笼头自煮茶。
况值承平常偃武，不妨诗酒作生涯。

◆ 五言绝句

春　园

（唐）王勃

山泉两处晚，花柳一园春。还持千日醉，共作百年人。

南　垞

（唐）王维

轻舟南垞去，北垞淼难即。隔浦望人家，遥遥不相识。

张郎中梅园作
（唐）孟浩然

绮席铺兰杜，珠盘折芰荷。故园留不住，应是恋絃歌。

绝 句
（唐）杜甫

急雨捎溪足，斜晖转树腰。隔巢黄鸟并，翻藻白鱼跳。

杉 径
（宋）朱子

南起云关口，萦纡上草堂。天风发清籁，山月度寒光。

◆ 六言绝句

田园乐
（唐）王维

采菱渡头风急，策杖林西日斜。
杏树坛边渔父，桃花源里人家。

桃红复含宿雨，柳绿更带朝烟。
花落家僮未扫，鸟啼山客犹眠。

◆ 七言绝句

奉和圣制同玉真公主游大哥山池题石壁
（唐）张说

池如明镜月华开，山学香炉云气来。
神藻飞为鹡鸰赋，仙声飓出凤凰台。

和沈太博小圃偶作

（宋）赵抃

名园雨后百花繁，人倚危楼十二阑。
园里芳菲楼上客，一般情绪怕春寒。

日烘薄雾开柔陌，风冒游丝著柳条。
语燕啼莺自撩乱，惊人残梦是春朝。

书湖阴先生壁

（宋）王安石

茅檐长扫净无苔，花木成畦手自栽。
一水护田将绿绕，两山排闼送青来。

开　园

（宋）苏轼

西园牡钥夜沉沉，尚有游人卧柳阴。
鹤睡觉来风露下，落花飞絮满衣襟。

南　园

（宋）苏轼

不种夭桃与绿杨，使君应欲候农桑。
春畦雨过罗纨腻，夏垄风来饼饵香。

过灵璧张氏园

（宋）曾巩

秫地成来多酿酒，杏林熟后亦留钱。
不须置驿迎宾客，直到门前系画船。

春日偶作

（宋）朱子

闻道西园春色深，急穿芒屩去登临。
千葩万蕊争红紫，谁识乾坤造化心？

园中杂书

（宋）陆游

残花委地笋掀泥，茗椀香囊到处携。
幽梦欲成谁唤起？半窗斜日鹧鸪啼。

花时遍游诸家园

（宋）陆游

翩翩马上帽檐斜，尽日寻春不到家。
偏爱张园好风景，半天高柳卧溪花。

饮张功父园戏题扇上

（宋）陆游

寒食清明数日中，西园春事又匆匆。
梅花自避新桃李，不为高楼一笛风。

东　园

（宋）僧道潜

曲渚回塘孰与期？杖藜终日自忘归。
隔林仿佛闻机杼，应有人家在翠微。

游何氏园

（金）马定国

八尺龙蛇薜荔墙，瘦红疏竹更苍凉。
梅花映水无人见，隔岸飞来片片香。

村　园

（元）金涓

半亩村园接水涯，诛茅新构小书斋。
窗前不用栽花柳，只对青山景自佳。

后　园

（明）罗洪先

南村云雨北村晴，晴鸠雨鸠更互鸣。
东风吹雨衣不湿，我在桃花深处行。

卷一百二十三　别业类

◆ 五言古

题崔山人别业
（唐）储光羲

南阳隐居者，筑室丹溪源。溪冷怯秋晏，室寒欣景暾。
山鸡鸣菌阁，水雾入衡门。东岭或舒啸，北窗时讨论。
封君渭川竹，逸士汉阴园。何必崆峒上，独为尧所尊。

晦日游大理韦卿城南别业
（唐）王维

与世澹无事，自然江海人。侧闻尘外游，解骖轭朱轮。
平野照暄景，上天垂春云。张组竟北阜，泛舟过东邻。
故乡信高会，牢醴及佳辰。幸同击壤乐，心荷尧为君。

寻巩县南李处士别业
（唐）岑参

先生近南郭，茅屋临东川。桑叶隐村户，芦花映钓船。
有时著书暇，尽日窗中眠。且喜闾井近，灌田同一泉。

过汪氏别业
（唐）李白

游山谁可游，子明与浮丘。叠岭碍河汉，连峰横斗牛。

汪生面北阜,池馆清且幽。我来感意气,搋枭列珍羞。
扫石待归月,开池涨寒流。酒酣益爽气,为乐不知秋。

浔阳陶氏别业

（唐）刘眘虚

陶家习先隐,种柳长江边。朝夕浔阳郭,白衣来几年。
霁云明孤岭,秋水澄寒天。物象自清旷,野情何绵联。
萧萧丘中赏,明宰非徒然。愿守黍稷税,归耕东山田。

初至洞庭怀灞陵别业

（唐）刘长卿

长安邈千里,日夕怀双阙。已是洞庭人,犹看灞陵月。
谁堪去乡思,亲戚想天末。昨夜梦中归,烟波觉来阔。
江皋见芳草,孤客心欲绝。岂讶青春来,但伤经时别。
长天不可望,鸟与浮云没。

◆ 五 言 律

终南别业

（唐）王维

中岁颇好道,晚家南山陲。兴来每独往,胜事空自知。
行到水穷处,坐看云起时。偶然值林叟,谈笑无还期。

酬虞部苏员外过蓝田别业不见留之作

（唐）王维

贫居依谷口,乔木带荒村。石路枉回驾,山家谁候门?
渔舟胶冻浦,猎火烧寒原。惟有白云外,疏钟闻夜猿。

从岐王过杨氏别业应教

（唐）王维

杨子谈经处,淮王载酒过。兴阑啼鸟缓,坐久落花多。

径转回银烛，林开散玉珂。严城时未启，前路拥笙歌。

宿岐州北郭严给事别业

(唐) 岑参

郭外山色暝，主人林馆秋。疏钟入卧内，片月到床头。
遥夜惜已半，清言殊未休。君虽在青琐，心不忘沧洲。

苏氏别业

(唐) 祖咏

别业居幽处，到来生隐心。南山当户牖，沣水映园林。
竹覆经冬雪，庭昏未夕阴。寥寥人境外，闲坐听春禽。

南溪别叶

(唐) 蒋冽

结宇依青嶂，开轩对绿畴。树交花两色，溪合水重流。
竹径春来扫，兰樽夜不收。逍遥自得意，鼓腹醉中游。

潘司马别业

(唐) 周瑀

门对青山近，汀牵绿草长。寒深包晚橘，风紧落垂杨。
湖畔闻渔唱，天边数雁行。萧然有高士，清思满书堂。

和人秋归终南山别业

(唐) 钱起

旧居三顾后，晚节重幽寻。野径到门尽，山窗连竹阴。
昔年莺出谷，今日凤归林。物外凌云操，谁能继此心？

题樊川杜相公别业

(唐) 钱起

数亩园林好，人知贤相家。结茅书阁俭，带水槿篱斜。

古树生春藓,新荷卷落花。圣恩加玉铉,安得卧烟霞。

题郑侍御蓝田别业

(唐) 张乔

秋山清若水,吟客静于僧。小径通商岭,高窗见杜陵。
云霞朝入镜,猿鸟夜窥灯。愿作前峰侣,终来寄上层。

游崔监丞城南别业

(唐) 刘得仁

门与青山近,青山复几重。雪融皇子岸,春润翠微峰。
地有经冬艹,林无未老松。竹寒溪隔寺,晴日直闻钟。

东溪别业寄段郎中

(唐) 方干

前山含远翠,罗列在窗中。尽日人不到,一樽谁与同。
凉随莲叶雨,暑避柳条风。岂分长岑寂,明时有至公。

冬日寻徐氏别业

(唐) 僧皎然

近依城北住,幽径少人知。积雪行深巷,寒山绕故篱。
竹花春自发,橙实晚仍垂。还其岩前鹤,今朝下夕池。

夏晚别墅

(宋) 蔡襄

夏竹侍前楹,凉襟析旧酲。叠云封日茜,斜雨著虹明。
鱼动池开晕,蝉移树减清。葭洲烟向暝,凫鹭自相迎。

上湖闲泛,舣舟石函,因过下湖小墅

(宋) 林逋

平皋望不极,云树远依依。及向扁舟泊,还寻下濑归。

青山连石埭，春水入柴扉。多谢提壶鸟，留人到落晖。

访云卿淮上别墅

（宋）僧惠崇

地近得频到，相携向野亭。河分冈势断，春入烧痕青。
望久人收钓，吟馀鹤振翎。不愁归路晚，明月上前汀。

饮张氏别墅

（元）揭傒斯

楚国多才俊，张家好弟兄。出门湖水碧，留客野堂清。
微雨鸣疏竹，寒烟覆古城。园人隔畦语，岁暮此中行。

清漳黄氏北墅

（元）陈旅

闻说黄家墅，开门入翠岚。细岑依舍北，流水出城南。
雨暖兰抽笋，霜晴树落柑。千年读书地，更莫乞羊昙。

别墅晚晴与邻叟久立

（明）刘仔肩

郊原初雨歇，散步出荆扉。落日在高树，凉风生客衣。
佛香僧舍近，江影塞鸿飞。亦有南邻叟，忘言相与归。

◆ 五言排律

冬至后过吴张二子檀溪别业

（唐）孟浩然

卜筑因自然，檀溪不更穿。园庐二友接，水竹数家连。
直取南山对，非关选地偏。卜邻依孟母，共井让王宣。
曾是歌三乐，仍闻咏五篇。草堂时偃曝，兰枻日周旋。
外事情都远，中流性所便。闲垂太公钓，兴发子猷船。

余亦幽栖者，经过窃慕焉。梅花残腊日，柳色半春天。
鸟泊随阳雁，鱼藏缩项鳊。停杯问山简，何似习池边？

◆ 七言律

春日题杜叟山下别业
（唐）卢纶

百鸟群飞山半晴，渚田相接有泉声。
园中晓露青丛合，桥上春风绿野明。
云影断来峰影出，林花落尽草花生。
今朝醉舞同君乐，始信幽人不爱荣。

春宴王补阙城东别业
（唐）郎士元

柳陌乍随洲势转，花源忽傍竹阴开。
能将瀑水清人境，直取流莺送酒杯。
山下古松当绮席，檐前片雨滴春苔。
地主同声复同舍，留欢不畏夕阳催。

酬王季友题半日邨别业兼呈李明府
（唐）郎士元

邨映寒原日已斜，烟生密竹早归鸦。
长溪南路当群岫，半景东邻照数家。
门通小径连芳草，马饮春泉踏浅沙。
欲待主人林上月，还思潘令县中花。

秋晚自洞庭湖别业寄穆秀才
（唐）皮日休

江村寥落过重阳，独自撄宁葺草房。
风撦红蕉仍换叶，雨淋黄菊不成香。

野猿偷栗重窥户,落雁疑人更绕塘。
他日若修耆旧传,为予添取此书堂。

张舍人南溪别业

(唐)僧法振

新田绕屋半春耕,藜杖闲门引客行。
山翠自成微雨色,溪花不隐乱泉声。
渔家远到堪留兴,公府悬知欲厌名。
入夜更宜明月满,双童唤出解吹笙。

题少保张公曲阿别墅

(金)王寂

钟湖亭下水淙淙,绿野平泉未易双。
十里藕花红步障,一轩松荫碧油幢。
洛中独乐有司马,天下不知名曲江。
纸尾欲烦贤宅相,雨蓑添我坐篷窗。

自山中归鉴湖别业

(元)吴景奎

数椽茅舍清江曲,六月炎天困郁蒸。
赖有青山围故宅,归来赤脚踏层冰。
石泉松籁为琴筑,野蔌山肴荐豆登。
明日回头望丘壑,芙蓉半出白云层。

次韵奉题吴彦贞华林别业

(明)吴会

郡城南去有华亭,花木成林竹绕汀。
照影凤凰临月镜,传声鹦鹉隔云屏。
分栽柳入陶潜传,点校茶归陆羽经。
我亦延州老孙子,对江相望乐清宁。

◆ 七言排律

许员外新阳别墅

（唐）方干

兰汀橘岛映亭台，不是经心即手栽。
满阁白云随雨去，一池寒月逐潮来。
小松出屋和巢长，新径通村避笋开。
柳絮风前攲枕卧，荷花香里钓鱼回。
园中认叶分灵草，檐下攀枝落野梅。
莫恣高情求逸思，须防急诏用长材。
若因萤火终残卷，便把渔歌送几盃。
多谢郢中贤太守，当时谈笑许追陪。

◆ 五言绝句

题袁氏别业

（唐）贺知章

主人不相识，偶坐为林泉。莫谩愁沽酒，囊中自有钱。

◆ 七言绝句

戏题辋川别业

（唐）王维

柳条拂地不须折，松树披云从更长。
藤花欲暗藏猱子，柏叶初齐养麝香。

题柳溪别墅

（金）姚孝锡

雨霁风和不动尘，柳边携酒赏晴春。

频来溪鸟浑相识,渡水穿花不避人。

枫塘别业
（元）尹廷高

白云缺处露檐牙,鸡犬相闻仅数家。
幽鸟不啼林寂寂,满山黄雾落松花。

卷一百二十四 城郭类

◆ 五言古

晚登三山还望京邑
（齐）谢朓

灞涘望长安，河阳视京县。白日丽飞甍，参差皆可见。
馀霞散成绮，澄江静如练。喧鸟覆春洲，杂英满芳甸。
去矣方滞淫，怀哉罢欢宴。佳期怅何许，泪下如流霰。
有情知望乡，谁能鬒不变。

登城北望
（梁）简文帝

登楼传昔赋，出蓟表前闻。灞陵忽回首，河堤徒望军。
兹焉聊回眺，极目杳难分。一水斜开岸，双城遥共云。

登石头城
（梁）何逊

关城乃形势，地险差非一。马岭逐纡回，犬牙傍隆窣。
百雉极襟带，亿庾兼量出。至理归无为，善守竟何恤。
眺听穷耳目，远近备幽悉。扰扰见行人，晖晖视落日。
连樯入回浦，飞盖交长术。天暮远山青，潮去遥沙出。
薄宦恧师表，属辞惭愈疾。愿乘觳觫牛，还隐蒙笼室。

秋日登广州城南楼
（陈）江总

秋城韵晚笛，危榭引清风。远气疑埋剑，惊禽似避弓。
海树一边出，山云四面通。野火初烟细，新月半轮空。
塞外离群客，颜鬓早如蓬。徒怀建邺水，复想洛阳宫。
不及孤飞雁，独在上林中。

游龙首城
（陈）张正见

关外山川阔，城隅尘雾浮。白云凝绝岭，沧波间断洲。
四面观长薄，千里眺平丘。河津无桂树，樽酒自淹留。

新霁登周王城
（宋）梅尧臣

行行古城头，历览古城下。水鸟傍人烟，河流隔桑柘。
秋山豁晴翠，野老亲时稼。民讼今已稀，闲登厌官舍。

◆ 七言古　附长短句

城　南
（宋）孔平仲

密州三月犹有寒，地平更在大海上。
昨朝雨止气已晴，今日繁阴北风壮。
城南蹙水傍城流，几处垂杨系小舟。
传闻寂寂无车马，红杏夭桃各自稠。

邓州城楼
（宋）陈与义

邓州城楼高百尺，楚岫秦云不相隔。

傍城积水晚更明,照见纶巾倚楼客。
李白上天不可呼,阴晴变化还须臾。
独抚危阑咏奇句,满楼风月不枝梧。

高邮城

(元)揭傒斯

高邮城,城何长?城上种麦,城下种桑。
昔日铁不如,今为耕种场。
但愿千万年,尽四海外为封疆。
桑阴阴,麦茫茫,终古不用城与隍。

◆ 五言律

登襄阳城

(唐)杜审言

旅客三秋至,层城四望开。楚山横地出,汉水接天回。
冠盖非新里,章华即旧台。习池风景异,归路满尘埃。

登润州城

(唐)丘为

天末江城晚,登临客望迷。春潮平岛屿,残雨隔虹霓。
鸟与孤帆远,烟和独树低。乡山何处是,目断广陵西。

江城晚眺

(唐)张祜

重槛构云端,江城四郁盘。河流出郭静,山色对楼寒。
浪草侵天白,霜林映日丹。悠然此江思,树杪几樯竿。

登杭州城

(唐)郑谷

漠漠江天外,登临返照间。潮来无别浦,木落见他山。

沙鸟晴飞远，渔人夜唱闲。岁穷归未得，心逐片帆还。

夏日晚霁与崔子登周襄故城
（宋）梅尧臣

雨脚收不尽，斜阳半古城。独携幽客步，闲阅老农耕。
宝气无人发，阴虫入夜鸣。余非避喧者，坐爱远风清。

再至都城
（宋）晁冲之

峥嵘花萼西，清晓望犹迷。御路红尘合，宫槐碧瓦齐。
夹城知辇过，复道觉香低。中使传宣入，千门避马蹄。

郭　外
（明）薛蕙

郭外平芜迥，溪边小径斜。客行迷野竹，莺语隔林花。
多景每难遇，孤游还自嗟。佳期竟何许，脉脉向春华。

◆ 七言律

和樊使君登润州城楼
（唐）刘长卿

山城迢递敞高楼，露冕吹铙居上头。
春草连天随北望，夕阳浮水共东流。
江田漠漠全吴地，野树苍苍故蒋州。
王粲尚为南郡客，别来何处更销忧？

河阴新城
（唐）雍陶

高城新筑压长川，虎踞龙盘气色全。
五里似云根不动，一重如月晕长圆。

河流暗与沟池合，山色遥将坤坻连。
自有此来当汴口，武牢何用锁风烟。

高邮城晓望

（元）萨都剌

城上高楼城下湖，城头画角晓呜呜。
望中灯火明还灭，天际星河澹欲无。
隔水人家暗杨柳，带霜凫雁起菰蒲。
短衣匹马非吾事，拟向烟波觅钓徒。

郡城晚望览临武堂故基

（元）张翥

全晋山川气象开，满城烟树拥楼台。
土风旧有尧时俗，人物今无楚国材。
千嶂晚云原上合，两河秋色雁边来。
昔贤胜赏空陈迹，落日登临画角哀。

◆ 五言绝句

圣明朝

（唐）张仲素

九陌祥烟合，千春瑞月明。宫花将御柳，先发凤凰城。

城　上

（唐）白居易

城上鼕鼕鼓，朝衙复晚衙。为君慵不出，落尽绕城花。

◆ 七言绝句

同王员外陇城绝句

（唐）钱起

三军版筑脱金刀，黎庶翻惭将士劳。

不忆新城连嶂起,惟惊画角入云高。

安仁巷口望仙人城
（唐）顾况

楼台采翠远分明,闻说仙家在此城。
欲上仙城无路上,水边花里有人声。

北　郭
（宋）文同

绕树垂萝荫曲堤,暖烟深处乱禽啼。
何人来此共携酒,可惜拒霜花一溪。

泗州东城晚望
（宋）秦观

渺渺孤城白水环,舳舻人语夕霏间。
林梢一抹青如画,应是淮流转处山。

过浦城
（元）萨都剌

人家鸡犬隔烟岚,城郭微茫见塔尖。
一片轻云笼马首,熟梅时节雨纤纤。

泊皖城三日怀白下故人
（明）宋珏

城依碎石岸依沙,行遍城南乏酒家。
日暮客愁如白下,芦花风起似杨花。

卷一百二十五　桥梁类

◆ 五言古

赋得桥
（梁）简文帝

浮梁既冲险，通波信可陵。乘空写渭石，跨岸拟河冰。
斜阑隐浊雾，布影入清涠。方知歌绿水，无待榜苍鹰。

石　桥
（梁）简文帝

惠子临濠上，秦王见海神。写虹便欲饮，图星逼似真。

夕望江桥示萧谘议、杨建康、江主簿
（梁）何逊

夕鸟已西度，残霞亦半消。风声动密竹，水影漾长桥。
旅人多忧思，寒江复寂寥。尔情深巩洛，予念返渔樵。
何因适归愿，分路一扬镳。

石　桥
（梁）庾肩吾

秦王金作柱，汉帝玉为阑。仙人飞往易，道士出归难。

渡岸桥
（陈）阴铿

画桥长且曲，傍险复凭流。写虹晴尚饮，图星昼不收。

跨波连断岸，接路上危楼。栏高荷不及，池清影自浮。
何必横南渡，方复似牵牛。

和庾司水修渭桥
（北周）王褒

东流仰天汉，南渡似牵牛。长堤通甬道，飞梁跨造舟。
使者开金堰，太守拥河流。广陵候涛水，荆峡望阳侯。
波生从故舶，沙涨涌新洲。天星识辩对，检玉应沉钩。
空悦浮云赋，非复采莲讴。

忝在司水看治渭桥
（北周）庾信

大夫参下位，司职渭之阳。富平移铁锁，甘泉运石梁。
跨虹连绝岸，浮鼋续断航。春洲鹦鹉色，流水桃花香。
星精逢汉帝，钓叟值周王。平堤石岸直，高堰柳阴长。
羡言杜元凯，河桥独举觞。

题石桥
（唐）韦应物

远学临海峤，横此莓苔石。郡斋三四峰，如有灵仙迹。
方愁暮云滑，始照寒池碧。自与幽人期，逍遥竟朝夕。

苦竹桥
（唐）柳宗元

危桥属幽径，缭绕穿疏林。进籜分苦节，轻筠抱虚心。
俯瞰涓涓流，仰聆萧萧吟。差池下烟日，嘲哳鸣山禽。
谅无要津用，栖息有馀音（阴）。

栖贤院三峡桥
（宋）朱子

两岸苍壁对，直下成斗绝。一水从中来，涌㶁知几折。

石梁据其会,迎望远明灭。倏至走长蛟,捷来翻素雪。
声雄万霹雳,势倒千嶙峋。足掉不自持,魂惊讵堪说。
老仙有妙句,千古擅奇崛。尚想化鹤来,乘流弄明月。

◆ 七言古

高桥行

(明) 曹学佺

东西有湖相竞白,只隔湖中一片石。
石桥湖水照人行,幽意盈盈动日夕。
坐来水满月亦多,月在两湖谁作波?
波香羡煞采莲曲,却见长江帆影过。

◆ 五言律

赋 桥

(唐) 张文琮

造舟浮渭日,鞭石表秦初。星文遥泻汉,虹势尚凌虚。
已授文成履,空题武骑书。别有临濠上,栖偃独观鱼。

咏 桥

(唐) 李峤

乌鹊填应满,黄公去不归。势疑虹始见,形似雁初飞。
妙应七星制,高分半月辉。秦皇空构石,仙岛远难依。

天津桥东旬宴得歌字韵

(唐) 张九龄

清洛象天河,东流形胜多。朝来逢宴喜,春尽却妍和。
泉鲔欢时跃,林莺醉里歌。赐恩频若此,为乐奈人何。

登平望桥下作
（唐）颜真卿

登桥试长望，望极与天平。际海兼霞色，终朝亮雁声。
近山全仿佛，远水忽微明。更览诸公作，知高题柱名。

离芜湖至观头桥
（宋）梅尧臣

江口泊来久，菰蒲长旧苗。争雏洲鹊斗，遗子浦鱼跳。
宿岸欣逢戍，归船竞趁潮。时时望乡树，已恨白云遥。

过青城题索桥
（宋）范成大

织箄匀铺面，排绳强架空。染人高晒帛，猎户远张罿。
薄薄难承雨，翻翻不受风。何时将蜀客，东下看垂虹？

河桥成
（金）李俊民

预积他山木，重新两岸堤。龙依天上卧，虹傍水心低。
不假鞭秦石，何劳立蜀犀。落成应有日，谁向柱先题？

宿三闸
（元）贡奎

小市人家簇，扁舟晚色清。山危倾地势，闸险著沟声。
岸石篙存迹，溪风树引情。明朝顺流去，万里眼初明。

宝带桥
（元）僧善住

运得他山石，还将石作梁。直从堤上去，横跨水中央。
白鹭下秋色，苍龙浮夕阳。涛声当夜起，并入榜歌长。

青　桥
（明）杨慎

阁道盘云栈，邮亭枕水涯。猿猱临客路，鸡犬隔仙家。
风起青丘树，春迷玉洞花。旅怀今日豁，停辔问褒斜。

高梁桥
（明）袁宗道

觅寺休辞远，逢僧不厌多。一泓春水疾，十里柳风和。
香雾迷车骑，花枝耀绮罗。半生尘土胃，涤浣赖清波。

◆ 五言排律

和李相公留守题漕上新桥六韵
（唐）白居易

选石铺新路，安桥压古堤。似从银汉下，落傍玉川西。
影定阑干倒，标高华表齐。烟开虹半见，月冷鹤双栖。
材映夔龙小，功嫌元凯低。从容济世后，馀力及黔黎。

◆ 七言律

陪李七司马皂江上观造竹桥，即日成，往来之人免冬寒入水，聊题短作简李公
（唐）杜甫

伐竹为桥结构同，褰裳不涉往来通。
天寒白鹤归华表，日落青龙见水中。
顾我老非题柱客，知君才是济川功。
合欢却笑千年事，驱石何时到海东？

晓上天津桥闲望，偶逢卢郎中、张员外携酒同倾
（唐）白居易

上阳宫里晓钟后，天津桥头残月前。

空阔境疑非下界，飘飘身似在寥天。
星河隐映初生日，楼阁葱茏半出烟。
此处相逢倾一盏，始知地上有神仙。

天津桥
（唐）白居易

津桥东北斗亭西，到此令人诗思迷。
眉月晚生神女浦，脸波春傍窈娘堤。
柳丝袅袅风缲出，草缕茸茸雨剪齐。
报道前驱少呼喝，恐惊黄鸟不成啼。

之石桥
（宋）韩维

闻道西桥水树间，不辞驱马涉风烟。
疏篱老屋临官道，瘦棘荒茅蔽石田。
欲下鸣鸦盘木末，远来惊雉落山前。
瓢中幸有村醪美，不怕春寒雨满川。

过宜福桥
（宋）杨万里

水乡泽国最输农，无旱无干只有丰。
碧豆密争桑荫底，绿荷杂出稻花中。
是田是沼浑难辨，何地何村不一同。
若使明年无种子，却愁闲煞雨和风。

惠安桥
（元）贡奎

浐阳山水壮南州，千尺飞梁连去邮。
蛟鳄翻涛声吼夜，虹霓分雨气横秋。
险疑云栈通车马，高比银河挟女牛。

钜万功成书太史,绝胜舟楫济中流。

过长桥书所见
(元)曹伯启

柳如青帜导姑苏,桥若垂虹饮太湖。
渺渺天光接波浪,凄凄秋色上菰蒲。
行囊只剩新诗稿,身世端如古画图。
独倚危阑追往事,雁衔霜信下平芜。

次韵马昂夫总管饮仙桥诗
(元)僧大䜣

铁锁高悬隔杳冥,仙桥有路上瑶京。
夜凉暗觉潜蛟动,晓色微看素练平。
坤极尚遗神禹力,山灵空识祖龙名。
烂柯旧事凭谁问,石柱题诗薜荔生。

海子桥
(明)曾棨

鲸海遥通一水长,沧波深处石为梁。
平铺碧甃连驰道,倒泻银河入苑墙。
晴绿乍添垂柳色,春流时泛落花香。
微茫迥隔蓬莱岛,不放飞尘入建章。

◆ 五言绝句

板　桥
(唐)钱起

静宜樵隐度,远与车马隔。有时行药来,喜遇归山客。

板　桥
（唐）司空曙

横遮野水石，前带荒村道。来往见行人，清风柳阴好。

上洛桥
（唐）李益

金谷园中柳，春来似舞腰。何堪好风景，独上洛阳桥。

方　桥
（唐）韩愈

非阁复非船，可居兼可过。君欲问方桥，方桥如是作。

梯　桥
（唐）韩愈

乍似上青冥，初疑蹑菡萏。自无飞仙骨，欲渡何由敢。

青桥夜宿
（明）杨慎

驿亭临白水，石榻满苍苔。远客浑无梦，江声枕上来。

◆ 七言绝句

皋　桥
（唐）皮日休

皋桥依旧绿杨中，闾里犹生隐士风。
惟我到来居上馆，不知何道胜梁鸿。

奉和皋桥
（唐）陆龟蒙

横绝春流架断虹，凭栏犹想五噫风。

今来未必非梁孟,却是无人继伯通。

乘公桥作
　　　　　　　　　　（宋）林逋

晚峰横碧树梢红,数榜渔罾水影中。
忆得江南曾看著,巨然名画在屏风。

过神助桥亭
　　　　　　　　　　（宋）杨万里

下轿浑将野店看,只惊脚底水声寒。
不知竹外长江近,忽有高桅出寸竿。

晓坐荷桥
　　　　　　　　　　（宋）杨万里

碧玉山边白鸟鸣,绿杨风里翠荷声。
草花踏碎教人惜,为勒芒鞋款款行。

横桥阻水
　　　　　　　　　　（元）胡天游

浮江积雨水连天,杨柳依依一钓船。
白发篙师多意气,向人先索渡江钱。

泊垂虹桥口占
　　　　　　　　　　（元）顾瑛

三江之水太湖东,激浪轻舟疾若风。
白鸟群飞烟树末,青山多在雪花中。

江风吹帆倏数里,野花笑人应独行。
更须对雪开金盏,要听邻船搊玉筝。

枫桥夜泊
（明）高启

乌啼霜月夜寥寥，回首离城尚未遥。
正是思家起头夜，远钟孤棹宿枫桥。

望丹阳郭经杨子桥
（明）镏炳

暖风晴日丹阳郭，处处东风是旧游。
记得杏花寒食候，紫箫红袖宿江楼。

长 桥
（明）苏大年

绿阴高树映清潭，一舸夷犹酒半酣。
最爱西城城下路，长桥烟雨似江南。

题吴江垂虹桥
（明）林鸿

云帆秋晚过垂虹，落日鲸波动远风。
欲借仙家辽海鹤，月明吹笛水晶宫。

华阴驻马桥
（明）程本立

绝谷层关路屈盘，斜冈侧嶂石巑岏。
今朝驻马桥边立，华岳三峰正面看。

断桥分手
（明）史鉴

近水人家半掩扉，两山楼阁尚斜晖。
断桥无数垂杨柳，总被游人折渐稀。

于役江乡归经板桥

（明）杨慎

千里长征不惮遥，解鞍明日问归桡。
真如谢朓宣城路，南浦新林过板桥。

板　桥

（明）曹学佺

两岸人家傍柳条，玄晖遗迹自萧萧。
曾为一夜青山客，未得无情过板桥。

堤岸类

◆ 五言古

登堤望水

（梁）元帝

驱马河堤上，非谓城隅游。怀山殊未已，徒然劳九愁。
旅泊依村树，江槎拥戍楼。高岸翻成浦，曲港反通舟。
枣野良知叹，瓠河今可俦。愿假宣尼道，泗水却横流。

登武昌岸望

（陈）阴铿

游人试历览，旧迹已丘墟。巴水萦非字，楚山断类书。
荒城高仞落，古柳细条疏。烟芜遂若此，当不为能居。

◆ 七言古

堤下

（宋）孔武仲

堤下人家喧笑语，高揭青帘椎瓦鼓。
黄流滚滚经檐甍，一任征夫作船苦。
绿榆覆水平如盃，前湾旋放水头来。
声如怒虎著船底，玉石磊砢相喧豗。
黄河虽断随（隋）渠急，舟楫舒迟行旋涩。

独上平堤望远天,衣裘已畏西风入。

汴堤行
(宋)孔平仲

长堤杳杳如丝直,隐以金椎密无迹。
当年何人种绿榆,千里分阴送行客。
波间交语船上下,马头一别人南北。
日轮西入鸟不飞,从古舟车无断时。

太平堤行
(明)皇甫汸

太平门外古崇堤,嘉树扶疏夹路垂。
负郭尽为芳草地,沿河直绕白云司。
当时王贡总仙才,况是承恩北阙来。
御史府中乌半宿,尚书门下骑双回。
青山几度朝陵节,元(玄)水曾流祓洛杯。
鸣珂再过平沙道,问舍多为后来少。
已看奏赋甘泉宫,每忆传诗临海峤。
惊心岁序易经春,举目湖山宛自新。
含香不睹游兰客,息影徒逢爱树人。
由来聚散皆无定,欲寄相思那可因。

◆ 七 言 律

吴兴新堤
(唐)朱庆馀

春堤一望思无涯,树势还同水势斜。
深映菰蒲三十里,晴分城郭几千家。
谋成既不劳人力,境远偏宜隔浪花。
若与青山长作固,汀洲肯恨柳丝遮。

苏堤春晓
（明）聂大年

树烟花雾绕堤沙，楼阁朦胧一半遮。
三竺钟声催落月，六桥柳色带栖鸦。
绿窗睡觉闻啼鸟，绮阁妆成唤卖花。
遥望酒旗何处是，炊烟起处有人家。

◆ 五言绝句

入朝洛堤步月
（唐）上官仪

脉脉广川流，驱马历长洲。鹊飞山月曙，蝉噪野风秋。

◆ 七言绝句

堤上行
（唐）刘禹锡

春堤缭绕水徘徊，酒舍旗亭次第开。
日晚上楼招估客，峨舸大艑落帆来。

魏王堤
（唐）白居易

花寒懒发鸟慵啼，信马闲行到日西。
何处未春先有思，柳条无力魏王堤。

堤上行
（唐）张籍

酒旗相望大堤头，堤下连樯堤上楼。
日暮行人争渡急，桨声伊轧满中流。

江南江北望烟波,入夜行人相应歌。
桃叶传情竹枝怨,水流无限月明多。

汴　堤

(宋)刘子翚

参差歌吹动离舟,宫女张帆信浪流。
转尽柳堤三百曲,夜桥灯火看扬州。

卷一百二十七 舟　类

◆ 四言古

舟楫铭
（汉）李尤

舟楫之利，譬犹舆马。辇重历远，以济天下。
相风视波，穷究川野。安审惧慎，终无不可。

舟赞
（宋）王叔之

致远任重，各因所由。陆则乘车，水惟用舟。
弱楫轻棹，利涉济求。缅彼渔父，鼓枻清讴。

◆ 五言古

咏轻利舟应临汝侯教
（梁）王筠

君侯饰轻利，摇荡迈飞云。凌波漾鹢彩，泛水涣蛟文。
电流已光绝，鸟逝复超群。倏忽方千里，恋兹歧路分。

别韦谅赋得江湖泛别舟
（陈）张正见

千里浔阳岸，三翼木兰船。鹢泛青凫后，鸡鸣白鹭前。

涵花没浅缆，带叶动深舷。不言朝夕水，独自限神仙。

赋得雪映夜舟

（陈）张正见

黄云迷鸟路，白雪下凫舟。分沙映冰浦，照鹤聚寒流。
樯风吹影落，缆锦杂花浮。船梁若是桂，翻如月照秋。

棹歌行

（隋）萧岑

桂酒既潺湲，轻舟亦乘驾。鼓枻何所吟？吟我皇唐化。
容与沧波中，淹留明月夜。

泊舟贻潘少府

（唐）储光羲

行子苦风潮，维舟未能发。宵分卷前幔，卧视清秋月。
四泽葭苇深，中洲烟火绝。苍苍水雾起，落落疏星没。
所遇尽渔商，与言多楚越。其如念极浦，又以思明哲。
常若千里馀，况之异乡别。

李兵曹壁画山水各赋得桂水帆

（唐）李颀

片帆浮桂水，落日天涯时。飞雁（鸟）看共度，闲云相与迟。
长波无晓夜，泛泛欲何之？

三 韵

（唐）杜甫

荡荡万斛船，影若摇白虹。起樯必椎牛，挂席集众功。
自非风动天，莫置大水中。

志峡船具诗

(唐)王周

艄

制之居首尾,俾之辨斜正。首动尾聿随,斜取正为定。
有如提吏笔,有如执时柄。有如秉师律,有如宣命令。
守彼方与直,得其刚且劲。既能济险艰,何畏涉辽夐。
招招俾作主,泛泛实司命。凤乌愧斟酌,画鹢空辉映。
古人存丰规,猗欤聊引证。

橹

用之大曰橹,冠乎小者楫。通津既能济,巨浸即横涉。
身之使者颊,虎之挐者爪。鱼之拨者鬛,弩之进者筴。
此实为相须,相须航一叶。

戙

箭飞峡中水,锯立峡中石。峡与水为隘,水与石相击。
濆为生险艰,声甚发霹雳。三老航一叶,百丈空千尺。
苍黄徒尔为,倏忽何可测。篙之小难制,戙之独有力。
猗嗟戙之为,彬彬坚且直。有如用武人,森森蠢戈戟。
有如敢言士,落落吐胸臆。拯危居坦夷,济险免兢惕。
志彼哲匠心,俾其来者识。

百丈

少尝侍先人,馀闲诵白氏。始得《入峡》诗,深味作诗旨。
云有万仞山,云有千丈水。自念坎壈时,尤多兢慎理。
山束峡如口,水漱石如齿。孤舟行其中,薄水犹坦履。
屃颜屹焉立,汹涌勃然起。百丈为前牵,万险即平砥。
破之以篾筜,绩之以麻枲。砺之坚以节,引之直如矢。

杼轴连半空，长短随两涘。铁销枉驰名，锦缆谩称美。
长绳岂能系，朽索何足拟。苟非綍之为，胡可力行此。

吴江放船至枫桥湾
（宋）薛季宣

短篷负长虹，破籞挂明月。风马座中生，天幕波间出。
高城多隐映，远岫搀罗列。少小泛吴江，始识仙凡别。

江船二咏
（元）王恽

篷

尺簪编黄芦，节密数须只。长短随所宜，张弛易为摘。
一傍系脚索，若网纲总缉。北人布为帆，南俗篷以荻。
舟师贪重载，高挂借风力。顺流与溯波，巨鹢添羽翮。
望从远浦来，一片云影黑。乱冲渚烟开，重带江雨湿。
百里不终朝，用舍从顺适。夕阳见晚泊，堆叠纷襞积。
水虽物善利，其助乃尔益。

橹

江船一巨鱼，橹柂乃尾鬣。当其渊水深，棹弱不救乏。
故令施航后，前与棹力合。济川具有五，此物乃其甲。
一声天际来，欸乃中流发。或浮大河东，并岸行若狎。
终朝卧舷间，兰桨但空插。缅怀剡木皇，智创万古法。

过桐庐漏港滩示舟人
（元）鲜于枢

惊流激长滩，百折怒未已。篙师与水争，退尺进才咫。
技穷解衣下，力排过乃止。惟时春冬交，冰雪寒堕指。
我时卧舟中，起视颡有泚。迂疏一何补，辛苦愧舟子。

远浦归帆
（元）陈孚

日落牛羊归，渡头动津鼓。烟昏不见人，隐隐数声橹。
水波忽惊摇，大鱼乱跳舞。北风一何劲，帆飞过南浦。

赋得山逐放舟迟送王主簿
（明）杨基

舟行山亦移，山尽舟亦住。青山无故人，行人自来去。
初辞逶迤谷，复接参差树。柁转暮色分，帆驶秋岚度。
俄停风暂弱，既远烟重护。别意即山情，依君屡回顾。

◆ 七言古　附长短句

泛小舲
（唐）白居易

水一塘，舲一只。舲头漾漾知风起，舲背萧萧闻雨滴。
醉卧船中欲醒时，忽疑身是江南客。

船缓进，水平流。一茎竹篙剔船尾，两幅青幕覆船头。
亚竹乱藤多照岸，如从凤口向湖州。

大舟
（宋）王令

大舟无风船不举，小舟傍入青冥去。
舟中渔子呼且歌，夜半斗鱼谁得多？

谢朱宰借船
（宋）陈造

书生禄邈空自怜，三年官满囊无钱。
身如绊骥心千瑞，安得一舸西风前。

令君磊落济川手,留滞亦怜穷独叟。
大舟百尺影白虹,借我搬家我何有。
函牛之鼎著鸡肋,涓滴渠须瓠五石。
劣留两席置图书,辇石囊沙压摇兀。
典衣买酒饷三老,搥鼓鸣锣人看好。
相过重读借船帖,我自卢胡君绝倒。

峡中得风挂帆
(宋) 杨万里

楼船上水不寸步,两山惨惨愁将暮。
一声霹雳天欲雨,隔江草树忽起舞。
风从海南天外来,怒吹峡山山倒开。
百夫绝叫椎大鼓,一夫飞上千尺桅。
布帆挂了却袖手,坐看水上鹅毛走。

东西船
(宋) 方岳

昨日东船使风下,突过乘舆快于马;
今日西船使风上,适从何来急于浪?
东船下时西船怨,西船上时东船羡。
篙师劳苦自相觉,明日那知风不转。
推篷一笑奚尔为,怨迟羡速无休时。
沙头漠漠杏花雨,依旧年时樯燕语。

野水孤舟
(宋) 梁栋

前村雨过溪流乱,行路弥漫都间断。
孤舟尽日少人来,小舟系在垂杨岸。
主人空有济川心,坐见门前水日深。

袖手归来茅屋下，任他鸥鸟自浮沉。

牵舟行
(元) 贡奎

河水沄沄流不已，溯流牵船鱼贯尾。
怒风卷地涨黄尘，白日茫迷雾云起。
前船缆影百丈微，号呼并力行如飞；
后船缆断势一失，汗身满足不相及。
须臾十里回天风，举樯撒柂悬高篷。
谁知日暮泊处所，成功却与前船同。
篙师接语告劳苦，仆从亦复讥途穷。
持樽傲坐且引醉，悲喜岂足关吾躬。
君不见何独人生行与止，请君万事推此理。

远浦归帆
(明) 宣宗

斜阳欲挂晴川树，丹霞远映潇湘浦。
洞庭湖上接星沙，万里归舟自何处？
云帆缥缈天际来，势压滔天雪浪摧。
须臾已达汉江曲，江声汹涌如鸣雷。
汉阳城头夜吹角，暂从鹦鹉洲边泊。
长笛一声山月低，残灯数点江云薄。
西蜀滇南与海通，浮波来往自无穷。
暮天已卷三湘雾，晓日还悬七泽风。
突兀危楼瞰江水，临眺何人频徙倚。
寒鸦飞尽澹烟收，浩荡遥空净如洗。

雪篷图诗为蔡子坚作
(明) 萧规

吴榜何年过东渐，带得山阴一篷雪。

春风浩浩吹不消，夜月娟娟照偏洁。
雪篷主人且好奇，载客日游随所之。
呼酒恒持金凿落，对花每品玉参差。
咿哑柔橹渡湖曲，惊起鸳鸯不成宿。
泛泛斜当琼树移，摇摇直傍银槎矗。
棹歌齐发声抑扬，高情独爱水云乡。
从游酬酢谁最密？儒雅人称马季常（谓马公振也）。

水月舫为奚川钱竹深赋

（明）汤颖绩

太乙真人莲一瓣，飘飘万里来天汉。
移入江南锦绣窠，兰桡桂桨空凌乱。
长鲸对舞碧纱窗，缺兔潜窥紫丝幔。
黍瓮浮香春可斟，蒲帆飏彩风堪唤。
老兴闲摅曲数讴，幽情缓发琴三叹。
古迹多因潮洗平，远山忽被云遮断。
曩时螃蟹落钱昆，今日鲈鱼到张翰。
莫令惠子识逍遥，且拉卢生游汗漫。
冰壶影里塞鸿飞，海镜光中沙鸟散。
好天良夜属君多，大壑深溪留我半。
乾坤正乏济川才，忍教独系黄芦岸？

王有恒听雨篷

（明）僧妙声

江南雨多春漠漠，篷篛中宽可淹泊。
坐听萧瑟复琮琤，若在洞庭张广乐。
木兰之楫青翰舟，斜风细雨不须忧。
笔床茶灶便终日，知我独有沧浪鸥。
廿年携书去乡国，芜城草深归未得。

援琴时作广陵散，鱼龙出听天吴泣。
江湖适意无前期，身如行云随所之。
平山堂上看春色，还忆江南听雨时。

◆ 五言律

七夕泛舟
(唐) 卢照邻

河葭肃徂暑，江树起初凉。水疑通织室，舟似泛仙潢。
连桡渡急响，鸣棹下浮光。日晚菱歌唱，风烟满夕阳。

舟
(唐) 李峤

征棹三江暮，连樯万里回。相乌风际转，画鹢浪前开。
羽客乘霞至，仙人弄月来。何当同傅说，特展巨川材。

泛永嘉江日暮回舟
(唐) 张子容

无云天欲暮，轻鹢大江清。归路烟中远，回舟月上行。
傍潭窥竹暗，出屿见沙明。更值微风起，乘流丝管声。

放 船
(唐) 杜甫

送客苍溪县，山寒雨不开。直愁骑马滑，故作泛舟回。
青惜峰峦过，黄知橘柚来。江流大自在，坐稳兴悠哉。

舟 中
(唐) 杜甫

风餐江柳下，雨卧驿楼边。结缆排鱼网，连樯并米船。
今朝云细薄，昨夜月清圆。飘泊南庭老，只应学水仙。

赋得的的帆向浦

（唐）司空曙

向浦参差去，随波远近还。初移芳草里，正在夕阳间。
隐映回孤驿，微明出乱山。向空看不尽，归思满江关。

秋夜船行

（唐）严维

扁舟时属暝，月上有馀辉。海燕秋还去，渔人夜不归。
中流何寂寂，孤棹也依依。一点前村火，谁家未掩扉。

泛舟

（唐）戴叔伦

风软扁舟稳，行依绿水堤。孤樽秋露滑，短棹晚烟迷。
夜静月初上，江空天更低。飘飘信流去，误过子猷溪。

五泻舟

（唐）皮日休

何事有青钱，因人买钓船。阔容兼饵坐，深许共蓑眠。
短好随朱鹭，轻堪倚白莲。自知无用处，却寄五湖仙。

放船

（宋）朱子

浩荡清江水，依微绿树风。解维春雨外，弭棹夕阳中。
江草生新径，岩花点旧丛。诗翁不愁思，逸兴杳何穷。

放船

（宋）杨万里

岸岸人家住，门门水面开。老翁扶杖立，稚子看船来。
一夜鸣春雨，诸滩涨绿醅。顺流行自快，更著北风催。

小　舟
（宋）赵师秀

小舟随处去，幽意日相亲。野草如荷叶，轻鸥似逸人。
闲思此湖水，曾洗几京尘？甚欲营渔屋，空虚未有因。

归　舟
（元）揭傒斯

汀洲春草遍，风雨独归时。大舸中流下，青山两岸移。
鸦啼木郎庙，人赛水神祠。波浪争掀舞，艰难久自知。

赋得天际舟送张孟功治河
（元）傅若金

日下行人发，春晨去鹢催。缆侵斜月解，帆向断云开。
度鸟窥书卷，垂虹映酒杯。寻源不可尽，奉使几时回？

雨　篷
（明）高启

楚雨满汀洲，潇潇洒客舟。梦惊孤枕夜，愁掩一篷秋。
苇叶寒相战，滩声暗共流。此时湘浦上，同听只沙鸥。

赋得江帆送蒋氏归仪真
（明）施渐

挂席发秋早，微风已满樯。中流片影去，远水一舟将。
海雨忽来重，江云相带凉。知投孝廉宅，三径接苍茫。

舟　泊
（明）僧善学

江静雨初收，湖光滑似油。岸如随棹转，山欲趁波流。
牵兴多浮荇，忘机足野鸥。夜闻渔父笛，吹破一天秋。

◆ **五言排律**

浮　槎

（唐）骆宾王

昔负千寻质，高临九仞峰。贞心凌晚桂，劲节掩寒松。
忽值风飙折，坐为波浪冲。摧残空有恨，拥肿遂无庸。
渤海三千里，泥沙几万重。似舟飘不定，如梗泛何从？
仙客终难托，良工岂易逢。徒怀高乘器，谁为一先容？

赋得天际识孤舟

（唐）薛能

斜日满江楼，天涯照背流。同人在何处，远目认孤舟。
帆省当时席，歌闻旧日讴。人浮津济晚，棹泛沴寥秋。
情阔欣全见，归迟怪久游。离居意无限，贪此望难休。

赋得济川用舟楫

（唐）胡权

渺渺水连天，归程想几千。孤舟辞曲岸，轻楫济长川。
迥指波涛雪，回瞻岛屿烟。心迷沧海上，目断白云边。
泛滥虽无定，维持且自专。还如圣明代，理国用英贤。

◆ **七 言 律**

小　舫

（唐）白居易

小舫一艘新造了，轻装梁柱庳安篷。
深坊静岸游应遍，浅水低桥去尽通。
黄柳影笼垂棹月，白蘋香起打头风。
慢牵欲傍樱桃泊，借问谁家花最红？

夜　船

（唐）韩偓

野云低迷烟苍苍，平波辉目如凝霜。
月明船上簾幕卷，露重岸头花木香。
村远夜深无火烛，江寒坐久换衣裳。
诚知不觉天将曙，几簇青山雁一行。

槎

（唐）吴融

浪痕龙迹老欹危，流落何年别故枝？
岁月空教苔藓积，芳菲长倩薜萝知。
有文在朽人难识，无蠹藏心鸟莫窥。
家近沧浪从泛去，碧天消息不参差。

舟行即事

（唐）杜荀鹤

年少髭须雪欲侵，别家三日几般心。
朝随贾客忧风色，夜逐渔翁宿苇林。
秋水鹭飞红蓼晚，暮山猿叫白云深。
重阳酒熟茱萸紫，却向江头倚棹吟。

帆

（唐）徐夤

岂劳孤棹送行舟，轻过天涯势未休。
断岸晓看残月挂，远湾寒背夕阳秋。
波平直可追飞箭，风健还能溯急流。
幸遇济川恩不浅，北溟东海更何愁。

舟中晓赋

（宋）陆游

木落霜清水鸟呼，扁舟夜泊古城隅。
吹残画角钟初动，低尽寒空斗欲无。
浪迹已同鸥境界，远游方羡雁程途。
高樯健席从今始，历遍三江与五湖。

阊门外登溪船

（宋）杨万里

步下新船试水初，打头揽载适逢余。
一椽板屋才经雨，两面油窗好读书。
剩买春园红芍药，乱篸棐几竹籧篨。
清溪浮取松亭子，赏遍千山不要驴。

方寺丞舣子初成

（宋）刘克庄

船成莫厌野人过，久欲从公具钓蓑。
积雨晴来湖面阔，残花落尽树阴多。
新营小店皆依柳，旧有危亭尚隔荷。
所恨前峰含暝色，不然和月宿烟波。

仙　槎

（元）谢宗可

曾作河源万斛舟，尘根已断卧蛟虬。
无心下土承烟雨，有路层霄犯斗牛。
破浪远冲银汉晓，凌风径渡碧天秋。
归来带得支机石，谁识人间博望侯。

莲叶舟

（元）谢宗可

稳棹红衣泛渺茫，风帆浪楫水云乡。
晓撑太华半峰月，晚载西湖十里香。
藕放雪丝应作缆，荷欹翠柄若为樯。
不须更捧金仙足，太乙真人梦正凉。

题风雨归舟图

（元）丁鹤年

昔向沧浪寄独醒，中流风雨正扬舲。
江空风卷潮头白，野旷云迷岘首青。
挂席正思遗珮浦，推篷已过濯缨亭。
襄阳耆旧今安在，抚几长歌对画屏。

题烟波泛舟图

（明）杨慎

旧游忆鼓湘湖棹，日净风微江练平。
小艇曲穿花底出，游鱼相伴镜中行。
别来漫想心徒切，画里重看眼亦明。
素石苍松是何处？愿从巢父濯冠缨。

题王煮石推篷图

（明）钱宰

粲粲晴林截素霓，梦回何处觅新题？
画檐压槛江南屋，短棹推篷雪后溪。
落月欲分花上下，春风不隔柳高低。
何当一见冰霜表，放笔孤山烟水西。

雪航

（明）朱之蕃

江天凝望六花飞，控带峰峦玉作围。
独棹扁舟凌浩渺，更搴篷幔弄霏微。
惊鸥万点冲芦起，翔鹤千群挟浪归。
煮酒烹鲜渔唱发，披裘醉卧失寒威。

跄风帆

（明）王鏳

江阔无忧风色横，跄帆亦得达常程。
画屏峰下流觞过，碧玉波中曲尺行。
已有烟霞供秀豁，更兼天日借晴明。
眼中便是湘阴郭，取得秋醪定九成。

帆影

（明）钱希言

岸曲沙回著处侵，半江落日半江阴。
悠悠乱逐春潮上，漠漠还随暮霭沉。
曾带断鸦归远岫，又移残月出疏林。
谁怜独倚危楼遍，目极天涯思不禁。

◆ 五言绝句

葭川独泛

（唐）卢照邻

倚棹春江上，横舟石岸前。山暝行人断，迢迢独泛仙。

江南曲

（唐）储光羲

绿江深见底，高浪直翻空。惯是湖边住，舟轻不畏风。

日暮长江里，相邀归渡头。落花如有意，来去逐船流。

北涧泛舟
（唐）孟浩然

北涧流恒满，浮舟触处通。沿洄自有趣，何必五湖中。

江　行
（唐）钱起

霁云疏有叶，雨浪细无花。稳放扁舟去，江天自有涯。

帆翅初张处，云鹏怒翼同。莫愁千里路，自有到来风。

睡稳叶舟轻，风微浪不惊。人居芦苇岸，终夜动秋声。

橹慢生轻浪，帆虚带白云。客船虽狭小，容得庾将军。

风借帆方疾，风回棹却迟。较量人世事，不爽一毫厘。

杨氏林亭探得古槎
（唐）皇甫冉

千年古貌多，八月秋涛晚。偶被主人留，那知来近远。

江　行
（唐）权德舆

孤舟漾暖景，独鹤下秋空。安流正日昼，净绿天无风。

昆明池泛舟
（唐）贾岛

一枝青竹榜，泛泛绿萍里。不见钓鱼人，渐入秋塘水。

江 行

（唐）陆龟蒙

酒旗菰叶外，楼影浪花中。碎帆张数幅，惟待鲤鱼风。

桡 声

（唐）崔涂

烟外桡声远，天涯幽梦回。争知江上客，不是故乡来？

古 意

（唐）阙名

长樯铁鹿子，布帆阿那起。诧侬安在间，一去数千里。

月夜泛舟

（唐）僧法振

西塞长云尽，南湖片月斜。漾舟人不见，卧入武陵花。

罗唝曲

（唐）刘采春

昨日北风寒，牵船浦瑞安。潮来打缆断，摇橹始知难。

出都来陈和所乘船上句

（宋）苏轼

我行无疾徐，轻楫信溶漾。船留村市闹，闸发寒波涨。

棹 歌

（宋）白玉蟾

朝吸西风餐，夜弄明月舞。万顷碧琉璃，下有玉清府。

黄昏杳无人，孤江但翠竹。惟有白鹭鸶，伴我舟中宿。

舟　中
　　　　　　　　（金）王宾

河伯夸秋涨，舟人健晚凉。橹声摇落月，山气郁苍苍。

题李溉之学士无倪舟
　　　　　　　　（元）虞集

三周华不注，水影浸青天。不上银河去，空明击棹还。

过高邮射阳湖杂咏
　　　　　　　　（元）萨都剌

雨湿鼓声重，风匀湖面平。官船南北去，帆影挂新晴。

夕　泛
　　　　　　　　（元）黄镇成

秋净山如拭，江清一棹横。挂帆延暮眺，趺坐待潮生。

过吴城山
　　　　　　　　（明）汪广洋

夜过吴城下，不眠闲倚窗。溯流双橹健，摇月下西江。

凫洲即事
　　　　　　　　（明）鲁铎

见说瓜堪摘，闲过洲上来。小船风打去，半日未能回。

古　意
　　　　　　　　（明）王弼

莫作河中水，愿为水上舟。舟行有返棹，水去无回流。

放　船
　　　　　　　　（明）方太古

放船春水慢，系缆柳条青。去去江村近，风吹鱼网腥。

舟　夜
（明）徐良彦

席边即水底，篷外是霜天。偶得寒更句，孤舟烛未燃。

◆ 六言绝句

舟　中
（明）鲍楠

野渡溶溶春水，夕阳点点寒鸦。
欸乃数声何处，行人一棹天涯。

◆ 七言绝句

泛洞庭
（唐）尹懋

风光淅淅草中飘，日采荧荧水上摇。
幸奉潇湘云壑意，山傍容与动仙桡。

东鲁门泛舟
（唐）李白

日落沙明天倒开，波摇石动水萦回。
轻舟泛月寻溪转，疑是山阴雪后来。

夔州歌
（唐）杜甫

蜀麻吴盐自古通，万斛之舟行若风。
长年三老长歌里，白昼摊钱高浪中。

五两歌送张夏
（唐）顾况

竿头五两风褭褭，水上云帆逐飞鸟。

送君初出扬州时，霭霭曈曈江溢晓。

杭州回舫

（唐）白居易

自别钱塘山水后，不多饮酒懒吟诗。
欲将此意凭回棹，与报西湖风月知。

汴水舟行答张祜

（唐）杜牧

千万长河共使船，听君诗句倍凄然。
春风野岸明花发，一道帆樯画柳烟。

舟次汴题

（唐）朱景元

曲岸兰丛雁飞起，野客维舟碧烟里。
竿头五两转天风，白日杨花满流水。

江上晚泊

（唐）左偃

寒云淡淡天无际，片帆落处沙鸥起。
水阔风高日复斜，扁舟独宿芦花里。

江　帆

（唐）罗邺

别离不独恨蹄轮，渡口风帆发更频。
何处青楼方凭槛，半江斜日认归人。

解　维

（唐）韦庄

又解征帆落照中，暮程还过秣陵东。

二年辛苦烟波里,赢得风姿似钓翁。

淮中晚泊犊头

(宋)苏舜钦

春阴垂野草青青,时有幽花一树明。
晚泊孤舟古祠下,满川风雨看潮生。

小 舟

(宋)林逋

舷低冷戛荷千柄,底舠斜穿月半轮。
一笠一蓑人稳坐,晚风萧飒弄青蘋。

戏赠米元晖

(宋)黄庭坚

万里风帆水著天,麝煤鼠尾过年年。
沧江静夜虹贯月,定是米家书画船。

舟行绝句

(宋)张耒

渡头烟雨欲昏天,湾畔枯桑系客船。
风打篷窗秋浪急,一杯寒酒夜深眠。

水口行舟

(宋)朱子

昨夜扁舟雨一蓑,满江风浪夜如何?
今朝试卷孤篷看,依旧青山绿树多。

题赵运管吟篷

(宋)徐照

飞尘难到碧波中,波上烟云尽不同。

吟断不知惊鹭起,汀花一半在船篷。

宫　词
（宋）花蕊夫人

龙池九曲远相通,杨柳丝牵两岸风。
长似江南好风景,画船来去碧波中。

襄阳绝句
（金）王元粹

江雨初晴江涨发,凉风吹水波浪开。
日暮津头闻打鼓,越商巴贾卸船来。

北关买舟
（元）尹廷高

北关门外柳青青,闲寄江南第一程。
别酒未阑山鸟唱,短篷撑梦过临平。

鲸背吟（海洋舟航所见,诗尾联以古句。）
（元）宋无

寻　艍
万舰同艍在海心,一时相离不知音。
夜来欲问平安信,明月芦花何处寻?

抛　矴
千斤铁矴系船头,万丈滩中得挽留。
想见夜深抛掷处,惊鱼错认月沉钩。

橹　歌
浪静船迟共一艍,橹歌齐起响连空。

要将檀板轻轻和，又被风吹别调中。

舟　行
（元）傅若金

渔家日暮乱收罾，欲及前舟苦未能。
行尽绿杨三十里，隔河遥见驿亭灯。

棹　歌
（元）傅若金

攀柳莫攀当路柳，系船须系上风船。
当路人行无好树，上风浪小得安眠。

题李成所画《江干帆影》
（元）黄公望

高阁崔巍（嵬）瞰碧江，布帆归去鸟双双。
无边树色千峰秀，一片晴光落短窗。

晚　棹
（元）周权

白水青林荡晓〔晚〕晴，野禽树底向人鸣。
东（乘）风十幅蒲帆饱，快试淮南第一程。

晚　渡
（元）周权

离离野树绿生烟，灼灼山花烂欲然。
酤酒人归春渡寂，柳根闲系夕阳船。

松林午憩
（元）李士瞻

松林坐久午风清，溪水潺潺树有声。

何处小舟撑柳外,来迎潮落去潮生。

春　帆
（元）李存

能举人间万斛舟,中流何用橹声柔。
杨花两岸东风软,送尽斜阳更未收。

扬州客舍
（元）余阙

船头浇酒祀神龙,手掷金钱撒水中。
百尺楼船双夹橹,唱歌齐上吕梁洪。

欸乃歌词
（元）郭翼

上塘船行无断头,下塘船少好安流。
两岸青山天上坐,看山吹笛上杭州。

三衢道中
（元）张雨

大溪中道放船流,船压山光泻碧油。
三百里滩欹枕过,买鱼酾酒下严州。

湖村庵即事
（元）僧维则

竹根吠犬隔溪西,湖雁声高木叶飞。
近听始知双橹响,一灯浮水夜船归。

访仙洞山舟次大溪口
（元）僧维则

窈窕仙家何处寻?夕阳明灭乱云深。

大溪横断青山合,一路风帆入树林。

与刘景玉安固泛舟
(明) 徐淮

云平水暖鱼吹浪,雨润泥香燕啄花。
著面东风浓似酒,扁舟流过白鸥沙。

春日怀江上
(明) 高启

一川流水半村花,旧屋南邻是钓家。
长记归篷载春醉,云笼残照雨鸣沙。

赴黄德让招过南坨
(明) 徐贲

风暗沙村晚渐平,相邀应得遂闲情。
南塘水满人来少,疏雨寒波一舸行。

兰溪棹歌
(明) 汪广洋

野凫晴蹋浪梯平,越上人家住近城。
箬叶裹鱼来换米,松舟一个似梭轻。

舟过黄陵庙
(明) 詹同

黄陵庙下倚船窗,水浅沙平属玉双。
山外断云寒日晚,半篷残雪下湘江。

竹枝词
(明) 杨慎

江头秋色换春酒,江上枫林青又红。
下水上风来往惯,一年长在马船中。

卷一百二十八　车　类

◆ 四言古

车左铭

（汉）崔骃

虞夏作车，取象机衡（叶）。君子建左，法天之阳。
正位授绥，车不内顾。尘不出轨，鸾以节步。
彼言不疾，彼指不躬。渊览于道，永思厥中。

车右铭

（汉）崔骃

择御卜右，采德用良。询纳耆老，于我是匡。
惟贤是师，惟道是式。箴阙旅贲，内顾自敕。
匪皇其度，匪愆其则。越戒敦俭，礼以华国。

小车铭

（汉）李尤

员盖象天，方舆则地。轮法阴阳，动不相离。
合之嘺嘘，疏达开通。两辐障邪，尊卑是从。
輗軏之用，信义所同。

天軿车铭

（汉）李尤

奚氏本造，后裔饰雍。轮以代步，軿以蔽容。

轮辁并合，出入周通。追仁赴义，惟礼是恭。

◆ **七言古**　附长短句

车遥遥

（唐）张籍

征人遥遥出古城，双轮齐动驷马鸣。
山川无处不归路，念君长作万里行。
野田人稀秋草绿，日暮放马车中宿。
惊麕游兔在我旁，独唱乡歌对僮仆。
君家大宅凤城隅，年年道上随行车。
愿为玉銮系华轼，终日有声在君侧。
门前旧宅久已抛，无由复得君消息。

十九日出曹门见水牛拽车

（宋）梅尧臣

只见吴牛事水田，只见黄犎负车軏。
今牵大车同一群，又与骡驴走长陌。
卬头阔步尘蒙蒙，不似绥耕泥汩汩（洦洦）。
一一夜眠头向南，越鸟心肠谁辨白。

车家行

（宋）孔武仲

上坂车声迟，下坂车声快。
迟如鸟语相喧啾，快如溪沙泻鸣濑。
一车人十捧拥行，江南江北不计程。
青天白日有时住，无人止得车轮声。
晚来骤雨声濯濯，平晓郊原尽沟壑。
方悟车家进退难，不如田家四时乐。

车遥遥
（明）李先芳

膏车何草草，遥遥万里道。
远道莫致思，倚轮望见之。
只轮不可行，去客难为情。
驾车策马轮已远，肠中车轮载君返。

登车行
（明）僧清濋

擎书使者来海涯，蹋晓迫趣登轮车。
高冈碾断赤石骨，长空拂碎红云花。
大声坎坎打天鼓，小声呜呜煎春茶。
羲生驭日信可并，阿香撒雨何足夸。
直入九重紫金殿，玉皇对坐倾流霞。
霓裳羽衣万变态，龙笙凤管相喧哗。
从容握手问至道，掀髯一笑吾还家。

◆ **五言律**

咏车
（唐）李峤

天子驭金根，蒲轮辟四门。五神趋雪至，双毂似雷奔。
丹凤栖金辖，非熊载宝轩。无阶添虚左，珠乘奉王言。

◆ **七言律**

和李秋谷平章小车
（元）虞集

雪晴宫草隐晴沙，相国朝天试帝车。

班马画移温室树,鸣銮晨度掖垣花。
褰帷每命贤俱载,趣驾频烦使至家。
此日龙门谁执御?拥经正履待金华。

◆ 七言绝句

小游仙诗
(唐)曹唐

酒酽春浓琼草齐,真公欲散醉如泥。
朱轮轧轧入云去,行到半天闻马嘶。

画　车
(宋)苏轼

何人画此只轮车,便是当年欹器图。
上易下难须审细,左提右挈免疏虞。

驼车行
(元)刘秉忠

驼顶丁当响巨铃,万车轧轧一齐鸣。
当年不离沙陀地,碾断金原鼓笛声。

予京居廿稔始作一车出入赋诗自志
(元)张翥

浅浅轻车稳便休,何须高盖与华辀。
短辕不作王丞相,下泽聊为马少游。

送翰林宋先生致仕归金华
(明)孙蕡

华发朱颜六袠馀,还乡犹驾软轮车。
龙江关吏如相识,应止青牛乞著书。

卷一百二十九　简阅类

◆ 五言古

从武帝琅邪城讲武应诏
　　　　　　　　　　（齐）王融

治兵闻鲁策，训旅见周篇。教民良不弃，任智理恒全。
白日映丹羽，赪霞文翠斿。凌山炫组甲，带水被戈船。
凝葭郁摧怆，清管乍联绵。早逢文化洽，复属武功宣。
愿陪玉銮右，一举扫燕然。

从齐武帝琅邪城讲武应诏
　　　　　　　　　　（梁）沈约

九功播桃埋，七德陈武悬。展事昌国图，息兵由重战。
皇情咨阅典，出车迨辰选。饰徒映寒隰，翻绥临广甸。
飒沓佩吴戈，参差腰夏箭。风旆舒复卷，云霞清以转。
轻舞信徘徊，前歌且遥衍。秋原嘶代马，朱光浮楚练。
虹壑写飞文，岩阿藻徐绚。发震岳灵从，扬旌水华变。
凭高训武则，中天起遐眷。凤盖卷洪河，珠旗扫长汧。
方待翠华举，远适瑶池宴。

九日登巴陵置酒望洞庭水军
　　　　　　　　　　（唐）李白

九日天气清，登高无秋云。造化辟川岳，了然楚汉分。

长风鼓横波,合沓蹙龙文。忆昔传游豫,楼船壮横汾。
今兹讨鲸鲵,旌旆何缤纷。白羽落酒樽,洞庭罗三军。
黄花不掇手,战鼓遥相闻。剑舞转颓阳,当时日停曛。
酣歌激壮士,可以摧妖氛。醒醒东篱下,渊明不足群。

◆ 五言律

观 兵

(唐)杜甫

北庭送壮士,貔虎数尤多。精锐旧无敌,边隅今若何?
妖氛拥白马,元帅待雕戈。莫守邺城下,斩鲸辽海波。

陪柏中丞观宴将士

(唐)杜甫

极乐三军士,谁知百战场?无私齐绮馔,久坐密金章。
醉客霑鹦鹉,佳人指凤皇。几时来翠节,特地引红妆。

绣段装檐额,金花帖鼓腰。一夫先舞剑,百戏后歌樵。
江树城孤远,云台使寂寥。汉朝频选将,应拜霍嫖姚。

◆ 七言律

癸卯二月十一日官军发吴门

(元)陈基

去年移戍秋将半,今岁渡江春正分。
晋国偏裨归宿将,汉庭旗鼓属元勋。
戈船十万尽犀弩,铁骑三千皆虎贲。
却笑高阳老狂客,谩凭口舌下齐军。

二十二日狼山口观兵

（元）陈基

官军野次狼山口,铁骑犀船尽虎貙。
杼轴万家供馈饷,旌旗千里亘江湖。
膝行已伏诸侯将,面缚行申两观诛。
淮海父兄争鼓舞,将军恐是汉金吾。

汪伯子司马阅武试

（明）王世贞

主恩司马一登台,立表骖驔千骑来。
镝似飞星争犯月,鼓如催雨不停雷。
横开铜柱南头去,坐夺金城右臂回。
此地若容狂李白,也应偏识令公才。

卷一百三十　狩猎类

◆ 五言古

和诸葛览从军游猎
（陈）张正见

治兵耀武节，纵猎骇畿封。迅骑驰千里，高罝起百重。
腾麚毙马足，饥鼯落剑锋。云根飞烧火，鸟道绝禽踪。
方罗四海俊，聊以习军戎。

和张侍中看猎
（北周）王褒

上林冬狩返，回中讲射归。还登宣曲观，共猎黄山围。
严冬桑柘落，寒霜马骑肥。继卢随兔起，高鹰接雉飞。
独嗟来远客，辛苦倦边衣。

伏闻游猎
（北周）庾信

虞旗喜旦晴，猎马向山横。石关鱼贯上，山梁雁翅行。
雪平寻兔迹，林藂听雉声。马嘶山谷响，弓寒桑柘鸣。
闻弦鸟自落，望火曾空惊。无风树即正，不冻水还平。
谁知茂陵下，愿入睢阳城。

冬狩行四韵连句应诏
（北周）庾信

三川羽檄驰，六郡良家选。观兵细柳营，校猎长杨苑。
惊雉逐鹰飞，腾猿看箭转。鸣笳河曲还，犹忆南皮返。

出猎
（唐）太宗

楚王云梦泽，汉帝长杨宫。岂若因农暇，阅武出辕嵩？
三驱陈锐卒，七萃列材雄。寒野霜气白，平原烧火红。
琱戈夏服箭，羽骑绿沉弓。怖兽潜幽壑，惊禽散翠空。
长烟晦落景，灌木振严风。所为除民瘼，非是悦林丛。

校猎义成喜逢大雪，率题九韵以示群官
（唐）明皇

弧矢威天下，旌旗游近县。一面施鸟罗，三驱教人战。
暮云成积雪，晓色开行殿。皓然原隰同，不觉林野变。
北风勇士马，东日华组练。触地银獐出，连山缟鹿见。
月兔落高缯，星狼下急箭。既欣盈尺兆，复忆磻溪便。
岁丰将遇贤，俱荷皇天眷。

奉和圣制校猎义成喜逢大雪应制
（唐）张说

文教资武功，郊甸阅邦政。不知仁育久，徒看禽兽盛。
夜霰氛埃灭，朝日山川净。绰仗飞走繁，抨弦筋角劲。
帝射参神道，龙驰合人性。五豝连一发，百中皆先命。
勇爵均万夫，雄图罗七圣。星为吉符老，雪作丰年庆。
喜听行猎诗，威神入军令。

同群公出猎海上
（唐）高适

畋猎自古昔，况伊心赏俱。偶与群公游，旷然出平芜。
层阴涨溟海，杀气穷幽都。鹰隼何翩翩，驰骤相传呼。
豺狼窜榛莽，麋鹿罹艰虞。高鸟下骄弓，困兽斗匹夫。
尘惊大泽晦，火燎深林枯。失之有馀恨，获者无全躯。
咄彼工拙间，恨非指踪徒。犹怀老氏训，感叹此欢娱。

猎城南
（金）元好问

翩翩游侠儿，白马如匹练。朝出城南猎，暮趁军中宴。
北平有真虎，爱惜腰间箭。

◆ 七言古　附长短句

行行且游猎篇
（唐）李白

边城儿，生年不读一字书，但将游猎夸轻趫。
塞马秋肥宜白草，骑来蹋影何矜骄。
金鞭拂雪挥鸣鞘，半酣呼鹰出远郊。
弓弯满月不虚发，双鸧迸落连飞髇。
海边观者皆辟易，猛气英风振沙碛。
儒生不及游侠人，白首下帷复何益。

扈从冬狩
（元）耶律楚材

天皇冬狩如行兵，白旄一麾长围成。
长围不知几千里，蛰龙震慄山神惊。
长围布置如圆阵，方骑云屯贯鱼进。

千群野马杂山羊，赤熊白鹿奔青獐。
壮士弯弓殒奇兽，更驱虎豹逐贪狼。
独有中书倦游客，放下毡簾诵《周易》。

◆ 五言律

观 猎
（唐）王维

风劲角弓鸣，将军猎渭城。草枯鹰眼疾，雪尽马蹄轻。
忽过新丰市，还归细柳营。回看射雕处，千里暮云平。

观 猎
（唐）李白

太守耀清威，乘闲弄晚晖。江沙横猎骑，山火绕行围。
箭逐云鸿落，鹰随月兔飞。不知白日暮，欢赏夜方归。

观猎骑
（唐）司空曙

缠臂绣纶巾，貂裘窄称身。射禽风助箭，走马雪翻尘。
金埒争开道，香车为驻轮。翩翩不知处，传是霍家亲。

观徐州李司空猎
（唐）张祜

晓出郡城东，分围浅草中。红旗开向日，白马骤迎风。
背手抽金镞，翻身控角弓。万人齐指处，一雁落寒空。

观 猎
（唐）张祜

残猎渭城东，萧萧西北风。雪花鹰背上，冰片马蹄中。
臂挂捎荆兔，腰悬落箭鸿。归来逞馀勇，儿子乱弯弓。

驾幸南海子

（明）薛蕙

诏幸芙蓉苑，传言羽猎行。三驱陪上将，四校出神兵。
列戟围熊馆，分弓射虎城。风云日暮起，偏绕汉皇营。

◆ 五言排律

云中十二韵

（明）杨慎

天子云中狩，将军久未还。律吹元（玄）兔塞，旗绕白狼山。
风火烧荒急，星辰过队闲。燕支留马首，苏络醉龙颜。
清乐千门动，黄金万镒颁。雪深怀纩絮，月满忆刀镮。
牙鸟严宵仗，宫鸦卷晓班。奏回青锁闼，捷报紫金关。
膂力休明铠，欢声洽禁闑。功牌银烁爚，贺障锦㛰斓。
日转虞巡外，春流镐宴间。戢戈行有颂，神武遍人寰。

◆ 七 言 律

观校猎上淮西相公

（唐）刘长卿

龙骧校猎邵陵东，野火初烧楚泽空。
师事黄公千载后，身骑白马万人中。
笳随晚吹吟边草，箭没寒云落塞鸿。
三十拥旄谁不羡，周郎少小立奇功。

观浙西府相畋游

（唐）韦庄

十里旌旗十万兵，等闲游猎出军城。
紫袍日照金鹅斗，红旆风吹画虎狞。

带箭彩禽云外落，避雕寒兔月中惊。
归来一路笙歌满，更有仙娥载酒迎。

观猎

(唐) 韦庄

苑墙东畔欲斜晖，傍苑穿花兔正肥。
公子喜逢朝罢日，将军夸换战时衣。
鹘翻锦翅云中落，犬带金铃草上飞。
直到四郊高鸟尽，掉鞍齐向国门归。

祭常山回小猎

(宋) 苏轼

青盖前头点皂旗，黄茅冈下出长围。
弄风骄马跑空立，趁兔苍鹰掠地飞。
回望白云生翠巘，归来红叶满征衣。
圣明若用西凉簿，白羽犹能效一挥。

忆观驾春蒐

(元) 萨都剌

日奏云间紫凤箫，春随天上赪黄袍。
仗前虎将千斤斧，架上鹰儿五色绦。
猎士开弓黄犬疾，宫官击鼓紫驼高。
侍游亦有中书人，七宝雕盘看绿毛。

围猎

(明) 杨荣

关塞霜清晓色明，銮舆校猎出边城。
六龙扶辇旌旗合，万骑连营鼓角鸣。
远火依微秋草薄，惊沙寂寞暮云平。
小臣躬睹三驱乐，愿效嵩呼播颂声。

扈从狩阳山次韵答胡学士

（明）金幼孜

銮舆晓出五城东，从狩儒臣载笔同。
日下苍龙随玉仗，道前宝马载珊弓。
苑松承露枝皆白，岛树经霜叶尽红。
向晚笳声催叠鼓，军门校猎气偏雄。

◆ 七言绝句

观 猎

（唐）王昌龄

角鹰初下秋草稀，铁骢抛鞚去如飞。
少年猎得平原兔，马后横捎意气归。

校猎曲

（唐）钱起

长杨杀气连云飞，汉主秋畋正掩围。
重门日晏红尘出，数骑畋人猎兽归。

从猎口号

（金）李献能

阊阖传符启九关，一声清跸驻南山。
虎贲先导三千士，天马初离十二闲。

烂烂龙旌捧日旗，从臣遥认赭红衣。
天王清晓亲弧矢，初合今冬第一围。

滦京杂咏

（元）杨允孚

羽猎山阴射白狼，太平天子狩封疆。

峰峦频转丹楼稳，辇辂初停白昼长。

月出王孙猎兔忙，玉骢拾矢戏沙场。
皮囊乳酒锣锅肉，奴视山阴对角羊。

出猎图
（元）杨维桢

燕支花开春日晖，从官游骑去如飞。
分明一段龙沙景，白雁黄羊好打围。

卷一百三十一　征伐类

◆ 五言古

命将出征歌
（晋）张华

重华隆帝道，戎蛮或不宾。徐夷兴有周，鬼方亦违殷。
今在圣明世，寇虐动四垠。豹狼染牙爪，群生号穹旻。
元帅统方夏，出车抚凉秦。众贞必以律，臧否实在人。
威信加殊类，疏逖思自亲。单醪岂有味，挟纩感至仁。
武功尚止戈，七德美安民。远迹由斯举，永世无风尘。

北伐
（宋）武帝

表里跨原隰，左右御川梁。月羽皎素魄，星旗赪赤光。

出重围和傅昭
（梁）沈约

鲁连扬一策，陈平出六奇。邯郸风雨散，白登烟雾维。
排云出九地，陵定振五厄。

从驾送军
（陈）沈炯

惟尧称乃武，轩后号神兵。弔民资智勇，治忽属师贞。

我君膺宝业，历驾视前英。蒲海方无浪，夷山未有平。
星光下结旆，剑气上舒精。云开万里彻，日丽百川明。
抚鼓山灵应，诏跸水祇惊。

南　征
（陈）苏子卿

一朝游桂水，万里别长安。故乡梦中近，边愁酒上宽。
剑锋但须利，戎衣不畏单。南中地气暖，少妇莫愁寒。

西征军行遇风
（唐）崔融

北风卷尘沙，左右不相识。飒飒吹万里，昏昏同一色。
马烦莫敢进，人急未遑食。草木春更悲，天景昼相匿。
夙龄慕忠义，雅尚存孤直。览史怀浸骄，读诗叹孔棘。
及兹戎旅地，忝从书记职。兵气腾北荒，军声振西极。
坐觉威灵远，行看氛祲息。愚臣何以报，倚马申微力。

征东至淇门答宋参军之问
（唐）陈子昂

南星中大火，将子涉清淇。西林改微月，征师空自持。
碧潭去已远，瑶华折遗谁？若问辽阳戍，悠悠天际旗。

贻鼓吹李丞，时信安王北伐，李公王之所器者
（唐）储光羲

北伐昧天造，王师示有征。辕门统元律，帝室命宗英。
灵威方首事，仗钺按边城。膏雨被春草，黄云浮太清。
文儒托后乘，武旅趋前旌。出车发西洛，营军临北平。
曰予深固陋，志气颇纵横。常思骠骑幕，愿逐嫖姚兵。
惟贤美无度，海内依扬声。河间旧相许，车骑日逢迎。
折节下谋士，深心论客卿。忠言虽未列，庶以知君诚。

◆ 七言古

走马川行奉送出师西征
（唐）岑参

君不见走马川行雪海边，平沙莽莽黄入天。
轮台九月风夜吼，一川碎石大如斗，随风满地石乱走。
塞上草黄马正肥，金山西见烟尘飞，汉家大将西出师。
将军金甲夜不脱，半夜军行戈相拨，风头如刀面如割。
马毛带雪汗气蒸，五花连钱旋作冰，幕中草檄砚水凝。
敌骑闻之心胆慑，料知短兵不敢接，车师西门伫献捷。

◆ 五言律

送著作佐郎崔融等从梁王东征
（唐）陈子昂

金天方肃杀，白露始专征。王师非乐战，之子慎佳兵。
海气侵南部，边风扫北平。莫卖卢龙塞，归邀麟阁名。

送白利从金吾董将军西征
（唐）李白

西羌延国讨，白起佐军威。剑决浮云气，弓弯明月辉。
马行边草绿，旗卷曙霜飞。抗手凛相顾，寒风生铁衣。

征西将
（唐）张籍

黄沙北风起，半夜又翻营。战马雪中宿，探人冰上行。
深山旗未展，阴碛鼓无声。几道征西将，同收碎叶城。

誓师毕随驾回营中马上赋

（明）金幼孜

万里阴山道，平原入望赊。天营高日月，辇路净风沙。
宝马衔金勒，苍龙绕翠华。阳和随处满，草色遍天涯。

◆ 五言排律

夏日都门送司马员外逸客孙员外佺北征

（唐）李乂

日逐滋南寇，天威抚北陲。析珪行仗节，持印且分麾。
羽檄双凫去，兵车驷马驰。虎旗悬气色，龙剑抱雄雌。
候月期戡翦，经时念别离。坐闻关陇外，无复引弓儿。

奉和幸望春宫送朔方军大总管张仁亶

（唐）李乂

边郊草具腓，河塞有兵机。上宰调梅寄，元戎细柳威。
虎貔东道出，鹰隼北庭飞。玉匣谋中野，金舆下太微。
投醪衔饯酌，缉衮事征衣。勿谓公孙老，行闻奏凯归。

送赵二尚书彦昭北伐

（唐）张说

朔地河冰合，边城备此时。兵连紫塞路，将举白云司。
提剑荣中贵，衔珠盛出师。日华光组练，风色焰旌旗。
投笔尊前起，横戈马上辞。梅花吹别引，杨柳赋新诗。

送梁公昌从信安王北征

（唐）李白

入幕推英选，捐书事远戎。高谈百战术，郁作万夫雄。
起舞莲花剑，行歌明月宫。将飞天地阵，兵出塞垣通。

祖席留丹景，征麾拂彩虹。旋应献凯入，麟阁伫深功。

◆ 七言律

行次昭应县道上送户部李郎中充昭义攻讨
（唐）李商隐

将军大斾扫狂童，诏选名贤赞武功。
暂逐虎牙临故绛，远含鸡舌过新丰。
鱼游沸鼎知无日，鸟覆危巢岂待风。
早勒勋庸燕石上，伫光纶綍汉庭中。

次韵赠张省史从军南征
（元）张宪

震天金鼓紫驼桥，皂纛连珠画斗杓。
甲马鱼鳞开晓日，锦袍花萼上春潮。
桄榔雨暗汤泉溢，茉莉风暄海瘴消。
幕下何人专草檄，共夸谋议得张昭。

送御史大夫邓公西征
（明）朱弘祖

今代麒麟第一功，从龙飞渡大江东。
彤弓锡宠专征伐，铁券铭勋誓始终。
龙虎亲军遥动地，凤凰台阁远生风。
不知幙下谁参佐，珠履三千尽石洪。

三月十七日送驾出德胜门
（明）梁潜

煌煌旄钺发平明，万里河山锦绣迎。
王气浮天随宝纛，虹光拂地护龙旌。
玉关指日看归马，青海无波待洗兵。

万姓欢呼传捷报，六军歌舞入瑶京。

送胡学士杨金二侍讲扈驾北伐
（明）黄守

六师北伐绕龙城，遥羡词臣扈跸行。
兵略曾从圯上得，檄书多向御前成。
黄沙白草云随马，画戟雕戈雪照营。
应想居庸关外路，东风归旆凯歌声。

嘉靖四年奉诏督师西征，再蒙温旨，
有赵充国、马援之褒，感而有述
（明）杨一清

西北风尘帝顾多，老臣承诏出岩阿。
便宜欲上赵充国，矍铄还非马伏波。
十乘戎行新节钺，三边精采旧关河。
极知君命如山重，感激浑忘两鬓皤。

夜坐念东征将士
（明）陆深

长河乘夜渡貔貅，兵气如云拥上浮。
大将能挥白羽扇，君王不爱紫貂裘。
十二关山齐故国，百年疆域汉神州。
不眠霜月闻刁斗，自启茅堂望斗牛。

◆ **七言绝句**

奉和裴相公东征途经女几山下作
（唐）韩愈

旗穿晓日云霞杂，山倚秋空剑戟明。
敢请相公平贼后，暂携诸吏上峥嵘。

南征行

（明）程诰

新河命将出屯营，画戟雕弓耀日明。
洗马真临江汉水，擒蛟空捣豫章城。

卷一百三十二　从军类

◆ 五言古

和王僧辩从军
（梁）元帝

宝剑饰龙渊，长虹画彩斿。山虚和铙管，水净写楼船。
连鸡随火度，燧象带烽然。洞庭晓风急，潇湘夜月圆。
荀令多文藻，临戎赋雅篇。

从军五更转五首
（陈）伏知道

一更刁斗鸣，校尉逴连城。遥闻射雕骑，悬惮将军名。

二更愁未央，高城寒夜长。试将弓学月，聊持剑比霜。

三更夜警新，横吹独吟春。畺听《梅花落》，误忆柳园人。

四更星汉低，落月与云齐。依稀北风里，边笳杂马嘶。

五更催送筹，晓色映山头。城乌初起堞，更人悄下楼。

从军行
（隋）明馀庆

三边烽火惊，十万且横行。风卷常山阵，笳喧细柳营。

剑花寒不落,弓月晓逾明。会取淮南地,持作朔方城。

送裴四判官赴河西军试

(唐)刘长卿

吏道岂易惬,如君谁与俦?逢时将骋骥,临事无全牛。
鲍叔幸相知,田苏颇同游。英资挺孤秀,清论含古流。
出塞佐持简,辞家拥鸣驺。宪台贵公举,幕府资良筹。
武士伫明试,皇华难久留。阳关望天尽,洮水令人愁。
万里看一鸟,旷然烟霞收。晚花对古戍,春雪含边州。
道路难暂隔,音尘那可求。他时相望处,明月西南楼。

从军行

(唐)戴叔伦

丈夫四方志,结发事远游。远游历燕蓟,独戍边城陬。
西风陇水寒,明月关山愁。酬恩仗孤剑,十年敝貂裘。
封侯属何人,蹉跎雪盈头。老马思故枥,穷鳞忆深流。
弹铗动深慨,浩歌气横秋。报国期努力,功名良见收。

送韩愈从军

(唐)孟郊

志士感恩起,变衣非变性。亲宾改旧观,僮仆生新敬。
坐作群书吟,行为孤剑咏。始知出处心,不失平生正。
凄凄天地秋,凛凛军马令。驿尘时一飞,物色极四静。
王师既不战,庙略在无竞。王粲有所依,元瑜初应命。
一章喻檄明,百万心气定。今朝旌鼓前,笑别丈夫盛。

前出军

(元)张翥

前军红衲袍,朱丝系彭排。后军细铠甲,白羽攒鞲鞴。
辎车左右驰,万马拥长街。送行动城郭,斗酒饮同侪。

壮士当报国，毋为故乡怀。

羽林子
（明）徐有贞

珠袍年少子，名冠羽林中。独佩流星剑，双悬明月弓。
陪游向何处？还入华清宫。

羽箭插腰间，骍弓臂上弯。自来从日驭，常得近天颜。
借问归何晚，长杨射猎还。

◆ 五言律　附小律

从军行
（唐）杨炯

烽火照西京，心中自不平。牙璋辞凤阙，铁骑绕龙城。
雪暗凋旗画，风多杂鼓声。宁为百夫长，胜作一书生。

送崔融
（唐）杜审言

君王行出将，书记远从征。祖帐连河阙，军麾动洛城。
旌旃朝朔气，笳吹夜边声。坐觉烟尘扫，秋风古北平。

送人随大夫和蕃
（唐）储光羲

西方有六国，国国愿来宾。圣主今无外，怀柔遣使臣。
大夫开幕府，才子作行人。解剑聊相送，边城二月春。

少年行
（唐）李巘

十八羽林郎，戎衣侍汉王。臂鹰金殿侧，挟弹玉舆傍。

驰道春风起，陪游出建章。

侍猎长杨下，承恩更射飞。尘生马影灭，箭落雁行稀。
薄暮随天仗，联翩入琐闱。

送戴迪赴凤翔幕府
（唐）韩翃

青春带文绶，去事魏征西。上路金羁出，中人玉箸齐。
当歌酒万斛，看猎马千蹄。自有从军乐，何须怨解携。

送杨从事从军
（明）高启

南风薰燕麦，送子怅如何。迢递从军役，凄凉横笛歌。
天笼平野迥，山绕古关多。莫笑书生怯，能当曳落河。

◆ 五言排律

赋送刘校书从军之湟中幕府
（唐）杨炯

天将下三宫，星门召五戎。坐谋资庙略，飞檄佇文雄。
赤土流星剑，乌号明月弓。秋阴生蜀道，杀气绕湟中。
风雨何年别，琴樽此日同。离亭不可望，沟水自西东。

送骆奉礼从军
（唐）李峤

玉塞边烽举，金坛庙略申。羽书资锐笔，戎幕引英宾。
剑动三军气，衣飘万里尘。琴樽留别赏，风景惜离晨。
笛梅含晚吹，营柳带馀春。希君勒石返，歌舞入城闉。

◆ 七言律

送客往鄜州
（唐）杨凝

新参将略事营平，锦带骍弓结束轻。
晓上关城吟画角，暗驰羌马发支兵。
回中地远风常急，鄜畤年多草自生。
近喜扶阳系戎相，从来卫霍笑长缨。

送侯判官赴广州从军
（唐）张籍

年少才高求自展，将身万里赴军门。
辟书远到开呈客，公服新成著谢恩。
驿舫过江分白候，戍亭当岭见红旛。
海花蛮草连冬有，行处无家不满园。

送按摊不花万户湖广赴镇[*]
（元）迺贤

三品新除万户侯，红旗照海出皇州。
腰间宝带悬金虎，马上春衫绣玉虬。
水落张帆游梦泽，月明挝鼓过南楼。
书生最喜从军乐，何日辕门借箸筹？

◆ 五言绝句

从军行
（唐）王维

燕颔多奇相，狼头敢犯边。寄言班定远，正是立功年。

---

[*] 按摊不花：《四库》本作"阿勒坦布哈"。

从军行

（唐）令狐楚

却望冰河阔，前登雪岭高。征人几多在，又拟战临洮。

◆ 七言绝句

从军行

（唐）王昌龄

青海长云暗雪山，孤城遥望玉门关。
黄沙百战穿金甲，不破楼兰终不还。

大漠风尘日色昏，红旗半卷出辕门。
前军夜战洮河北，已报生擒吐谷浑。

玉门山嶂几千重，山北山南总是烽。
人依远戍须看火，马踏深山不见踪。

出 军

（唐）戎昱

龙绕旌竿曾满旗，翻营乍似雪山移。
中军一队三千骑，尽是并州游侠儿。

从军行

（唐）陈羽

海畔风吹冻泥裂，枯桐叶落枝梢折。
横笛闻声不见人，红旗直上天山雪。

从军行

（唐）蒋山卿

雪岭寒云冻不飞，黄沙白草路人稀。
边城春色惟看柳，看到青时春已归。

卷一百三十三　出塞类

◆ 五言古

关山月

（梁）元帝

朝望清波道，夜上白登台。月中含桂树，流影自徘徊。
寒沙逐风起，春花犯雪开。夜长无与晤，衣单谁为裁？

出　塞

（梁）刘峻

蓟门秋气清，飞将出长城。绝漠冲风急，交河夜月明。
陷敌搅金鼓，摧锋扬斾旌。去去无终极，日暮动边声。

入　塞

（隋）何妥

桃林千里险，候骑正纷纷。问此将何事？嫖姚封冠军。
回旌引流电，归盖转行云。待任苍龙杰，方当论次勋。

出　塞

（隋）虞世基

上将三略远，元戎九命尊。缅怀古人节，思酬明主恩。
山西多勇气，塞北有游魂。扬枹上陇坂，勒骑下平原。
誓将绝沙漠，悠然去玉门。轻赍不遑舍，惊策骛戎轩。

凛凛边风急，萧萧征马烦。雪暗天山道，冰塞交河源。
雾烽黯无色，霜旗冻不翻。耿介倚长剑，日落风尘昏。

塞下曲

（唐）王昌龄

蝉鸣桑树间，八月萧关道。出塞复入塞，处处黄芦草。
从来幽并客，皆共尘沙老。莫学游侠儿，矜夸紫骝好。

后出塞

（唐）杜甫

男儿生世间，及壮当封侯。战伐有功业，焉能守旧丘。
召募赴蓟门，军动不可留。千金买马鞍，百金装刀头。
闾里送我行，亲戚拥道周。斑白居上列，酒酣进庶羞。
少年别有赠，含笑看吴钩。

朝进东门营，暮上河阳桥。落日照大旗，马鸣风萧萧。
平沙列万幕，部伍各见招。中天悬明月，令严夜寂寥。
悲笳数声动，壮士惨不骄。借问大将谁？恐是霍嫖姚。

塞下曲

（唐）李颀

黄云雁门郡，日暮风沙里。千骑黑貂裘，皆称羽林子。
金笳吹朔雪，铁马嘶云水。帐下饮蒲萄，平生寸心是。

◆ 七 言 古

送浑将军出塞

（唐）高适

将军族贵兵且强，汉家已是浑邪王。
子孙相承在朝野，至今部曲燕支下。

控弦尽周阴山儿,登阵长骑大宛马。
银鞍玉勒绣鳌弧,每逐嫖姚破骨都。
李广从来先将士,卫青未肯学孙吴。
传有沙场千万骑,昨日边庭羽书至。
城头画角三四声,匣里宝刀昼夜鸣。
意气能甘万里去,辛勤动作一年行。
黄云白草无前后,朝建旌旄夕刁斗。
塞下应多侠少年,关西不见春杨柳。
从军借问所从谁?击剑酣歌当此时。
远别无轻绕朝策,平戎早寄仲宣诗。

卢龙塞行送韦掌记
(唐)钱起

雨雪纷纷黑山外,行人共指卢龙塞。
万里飞沙咽鼓鼙,三军杀气凝旌旆。
陈琳书记本翩翩,料敌张兵夺酒泉。
圣主好文兼好武,封侯莫比汉皇年。

◆ 五言律

出 塞
(唐)杨炯

塞外欲纷纭,雌雄犹未分。明堂占气色,华盖辨星文。
二月河魁将,三千太乙军。丈夫皆有志,会见立功勋。

度关山
(唐)郑锡

象弭插文犀,鱼肠莹鹈鹕。水声分陇咽,马色度关迷。
晓幕寒沙惨,危峰汉月低。仍闻数骑将,更欲出辽西。

塞下曲

(唐) 霍总

曾当一面战，频出九重围。但见争锋处，长须得胜归。
雪沾旗尾落，风断节毛稀。岂要铭燕石，平生重武威。

塞上曲

(元) 王逢

将令传中阃，交欢浃两军。地形龙虎踞，阵伍鸟蛇分。
清野辉燕日，黄河泻岱云。生灵如有赖，绛灌不无文。

锋革带钩膺，联镳猎楚陵。白肥霜后兔，青没海东鹰。
千里榛芜辟，三年秬谷登。中郎示闲暇，呼酒出房烝。

◆ 五言排律

和陆明府赠将军重出塞

(唐) 陈子昂

忽闻天上将，关塞重横行。始返楼兰国，还向朔方城。
黄金装战马，白羽集神兵。星月开天阵，山川列地营。
晚风吹画角，春色耀飞旌。宁知班定远，犹是一书生。

塞　外

(唐) 郑愔

塞外萧条望，征人此路赊。边声乱朔马，秋色引寒笳。
遥障侵归日，长城带晚霞。断蓬飞古戍，连雁聚寒沙。
海暗云无叶，山春雪作花。丈夫期报主，万里独辞家。

荒垒三秋夕，穷郊万里平。海阴凝独树，日气下连营。
戎旆霜疑重，边裘夜更轻。将军犹转战，都尉不成名。

折柳悲春曲，吹笳断夜声。明年汉使返，须筑受降城。

◆ 七言律

出　塞

（明）戚继光

郁葱千里绿阴肥，涧水萦纡一径微。
鱼为惊钩闻鼓动，鸟因避帜傍人飞。
江南塞北何相似，并郡桑乾总未归。
惆怅十年成底事，独将羸马立斜晖。

◆ 五言绝句

陇上行

（唐）王维

负羽到边州，鸣笳度陇头。云黄知塞近，草白见边秋。

和张仆射塞下曲

（唐）卢纶

鹫翎金仆姑，燕尾绣蝥弧。独立扬新令，千营共一呼。

林暗草惊风，将军夜引弓。平明寻白羽，没在石棱中。

野幕敞琼筵，羌儿贺劳旋。醉和金甲舞，雷鼓动山川。

亭亭七叶贵，荡荡一隅清。他日题麟阁，唯应独不名。

塞下曲

（明）谢榛

飘蓬燕赵间，行李风霜下。芦管送边声，空林一驻马。

塞上黄须儿，饮马黑山涧。弯弧向朔云，莫射南飞雁。

◆ 七言绝句

出　塞
（唐）王昌龄

骝马新跨白玉鞍，战罢沙场月色寒。
城头铁鼓声犹振，匣里金刀血未干。

塞上曲
（唐）王烈

红颜岁岁老金微，沙碛年年卧铁衣。
白草城中春不入，黄花戍上雁长飞。

孤城夕对戍楼闲，回合青冥万仞山。
明镜不须生白发，风沙自解老红颜。

边　词
（唐）张敬宗

五原春色旧来迟，二月垂杨未挂丝。
即今河畔冰开日，正是长安花落时。

水鼓子第一曲
（唐）张子容

雕弓白羽猎初回，薄夜牛羊复下来。
梦水河边青草合，黑山峰外阵云开。

塞上曲
（金）元好问

平沙细草散羊牛，几簇征人在戍楼？

忽见陇头新雁过，一时回首望南州。

塞上曲
（元）迺贤

秋高沙碛地椒稀，貂帽狐裘晚出围。
射得白狼悬马上，吹箛夜半月中归。

马乳新挏玉满瓶，沙羊黄鼠割来腥。
踏歌尽醉营盘晚，鞭鼓声中按海青。

塞上谣
（元）张昱

虽说滦京是帝乡，三时闲静一时忙。
驾来满眼吹花柳，驾起连天降雪霜。

塞下曲
（明）谢榛

青海城边秋草稀，黄沙碛里夜云飞。
将军不寐听刁斗，月上辕门探马归。

出塞行送郭建初归戚都护幕中
（明）黄克晦

锁甲摇华铁戟寒，弢弓插羽上雕鞍。
班超自有封侯骨，世业宁论是史官。

后出塞
（明）陈第

万里秋风海上生，驱车今复戍檀城。
天寒夜度韦沟水，马尾凝冰碎有声。

卷一百三十四　告捷类

◆ 五言古

奉和平邺应诏

（北周）庾信

天策引神兵，风飞扫邺城。阵云千里散，黄河一代清。

执契静三边

（唐）太宗

执契静三边，持衡临万姓。玉彩辉关烛，金华流日镜。
无为宇宙清，有美璇玑正。皎佩星连景，飘衣云结庆。
戢武荣七德，升文辉九功。烟波澄旧碧，尘火息前红。
霜野韬莲剑，关城罢月弓。钱缀榆天合，城新柳塞空。
花销葱岭雪，縠尽流沙雾。秋驾转兢怀，春冰弥轸虑。
书绝龙庭羽，烽休凤穴戍。衣宵寝二难，食旰飡三惧。
翦暴兴先废，除凶存昔亡。圆盖归天壤，方舆入地荒。
乳海池京邑，双河沼帝乡。循躬思励已，抚俗愧时康。
元首伫盐梅，股肱惟辅弼。羽贤崆岭四，翼圣襄城七。
浇俗庶反淳，替文聊就质。已知隆至道，共欢区宇一。

奉和行经破薛举战地应制

（唐）许敬宗

混元分大象，长策挫修鲸。于斯建宸极，由此创鸿名。

一戎乾宇泰，千祀德流清。垂衣凝庶绩，端拱铸群生。
复整瑶池驾，还临官渡营。周游寻曩迹，旷望动天情。
帷宫面丹浦，帐殿瞩宛城。沙场栖九穗，前歌被六英。
战地甘泉涌，阵处景云生。普天沾凯泽，相携欣颂平。

还至张掖古城闻东军告捷赠韦五虚己

（唐）陈子昂

孟秋首归路，仲月旋边亭。闻道兰山战，相邀在井陉。
屡斗关月满，三捷塞云平。汉军追北地，寇骑走南庭。
君为幕中士，畴昔好言兵。白虎锋应出，青龙阵几成。
披图见丞相，按节入咸京。宁知玉门道，翻作陇西行。
北海朱旄落，东归白露生。纵横未得意，寂寞寡相迎。
负剑空叹息，苍茫登古城。

◆ 七 言 古

殷司马平广西寇歌

（明）王世贞

殷公文武邦之桢，不学渊源空有名。
一岁再迁中执法，兼提六管领南兵。
如云鹅鹳排千舰，五色神羊映百城。
征南将军不穿札，渡泸相公单白帢。
军声雷动细柳营，杀气霜凋大藤峡。
任是蛮烟开羽扇，还为汉雨浇金甲。
狼兵锦鞲绣蛮弧，夺得生猺换酒沽。
早知不杀称神武，悔自跳踉作后夫。
处处春田催布谷，朝朝列肆呼提壶。
千秋获嘉县重睹，伏波不得骄铜柱。
漓水滩和铙吹声，郁林花满旌旗路。

遥望苍梧云正苍，是公功成勒铭处。

◆ 五 言 律

太社观献捷

（唐）白居易

淮海妖氛灭，乾坤喜气通。班师郊社内，操袂凯歌中。
庙算无遗策，天兵不战功。小臣同鸟兽，率舞向皇风。

◆ 五言排律

河中献捷

（唐）张随

叛将忘恩久，王师不战通。凯歌千里内，喜气二仪中。
寇尽条山下，兵回汉苑东。将军初执讯，明主欲论功。
落日烟尘静，寒郊壁垒空。苍生幸无事，自此乐尧风。

◆ 七 言 律

奉使还途中闻东征捷音

（明）孙炎

南来万里净边尘，衔璧归朝尽大臣。
城上玉绳浮婺女，帐前银甲拥天人。
出师已略扶桑国，奉使须通析木津。
遂有江黄慕中夏，可无书檄谕全闽。

闻狼山捷

（明）李东阳

北风吹卷洞庭波，飞舸还经孟渎河。
今日胜兵方有算，向来遗孽本无多。

中宵驿使传书捷,两岸欢声入棹歌。
闻说西南犹转战,几时甘雨洗天戈?

◆ 七言排律

寄贺田侍中东平功成
(唐) 王建

使回高品满城传,亲见沂公在阵前。
百里旗旙冲即断,两重衣甲射皆穿。
探知检点兵应怯,算得新移栅未坚。
营被数惊乘势破,将经频败遂生全。
密招残寇防人觉,遥斩元凶恐自专。
首让诸军无敢近,功归部曲不争先。
开通州县斜连海,交割山河直到燕。
战马散驱还逐草,肉牛齐放却耕田。
府中独拜将军贵,门下兼分宰相权。
唐史上头功第一,春风双节好朝天。

◆ 七言绝句

桃林夜贺晋公
(唐) 韩愈

西来骑火照山红,夜宿桃林腊月中。
手把命珪兼相印,一时重叠赏元功。

卷一百三十五　凯旋类

◆ 五言古

正阳堂宴劳凯旋

（梁）沈约

凯入同高宴，饮至均多祜。昔往歌《采薇》，今来欢《杕杜》。
善战惟我皇，胜之不窥户。推毂授神谟，馀壮终能贾。
浩荡金罍溢，周流玉觞傅。

光华殿侍宴赋竞病韵

（梁）曹景宗

去时儿女悲，归来笳鼓竞。借问行路人，何如霍去病？

◆ 七言古

破阵曲

（宋）刘克庄

黄旗一片边头回，两河百郡送款来。
至尊御殿受捷奏，六军张凯声如雷。
元戎剑履云台上，麾下偏裨皆将相。
腐儒笔力尚跌宕，燕山之铭高十丈。

费将军凯还歌

（明）黄哲

费侯佐国文且武，礼乐从容在军旅。

汉家卿相谁得如，云台功臣祭征虏。
王师转战下山东，大将平燕无限功。
复有奇兵专节制，将军同日度居庸。
居庸城边草初白，戎兵夜遁龙沙北。
长风吹沙铁山黑，贤王㗅弓控不得。
组练如霜未倒戈，狼烽斥堠通滦河。
将军洗兵河上波，马前双吹金哱啰。
英雄如公信无敌，据鞍归来亲草檄。
归来更唱平戎歌，燕然山头堪勒石。
忽忆去年驻阿城，仆忝微官曾送迎。
马头北去扫燕土，今日传闻朝玉京。
旌麾再入阿亭路，横槊赋诗肯相顾？
官桥一道野棠开，人道当时列营处。
东风二月江南春，露布先传到紫宸。
丹书铁券分茅土，顾尔功成过古人。

◆ **五言律**

侍宴旋师喜捷应制
（唐）韦安石

蜂蚁屯夷落，熊罴逐汉飞。忘躯百战后，屈指一年归。
厚眷纡天藻，深慈解御衣。兴酣歌舞出，朝野羡光辉。

◆ **五言排律**

军师凯旋自邕州顺流舟中
（唐）李峤

鸣鞞入嶂口，泛舸历川湄。尚想江陵阵，犹疑下濑师。
岸回帆影疾，风逆鼓声迟。萍叶沾兰桨，林花拂桂旗。
弓鸣苍隼落，剑动白猿悲。芳树吟羌管，幽篁入楚词。

全军多胜策,无战在明时。寄谢山东妙,长缨徒自欺。

◆ **七言律**

晋公破贼回重拜台司以诗示幕中宾客
(唐)韩愈

南伐旋师太华东,天书夜到册元功。
将军旧压三司贵,相国新兼五等崇。
鹓鹭欲归仙仗里,熊罴还入禁营中。
长惭典午非材职,得就闲官即至公。

大将军徐丞相平定中原,振旅还朝,上御龙江亭,命儒臣赋诗迎之应制
(明)魏观

白旄黄钺两京平,甘雨和风四海清。
师出万全非用武,将资三杰在推诚。
苍龙挟雨迎车骑,彩凤穿云送旆旌。
献颂偶蒙天一笑,行看作乐著功成。

大驾北还
(明)蔡羽

銮舆北渡五云移,亲听铙歌海上吹。
黄道香风鸣宝铰,翠华秋日到瑶池。
千官喜得金门诏,南国新传赤雁诗。
六郡良家齐解甲,驺虞旗卷犒王师。

◆ **五言绝句**

战胜乐
(唐)徐彦伯

百战得功名,天兵意气生。三边永不战,此是我皇英。

平蕃曲
（唐）刘长卿

吹角报蕃营，回军欲洗兵。已教青海外，自筑汉家城。

绝漠大军还，平沙独戍闲。空留一片石，万古在燕山。

凯乐歌词
（唐）刘禹锡

受律辞元首，相将讨叛臣。咸歌破阵乐，共赏太平人。

圣德期昌运，雍熙万宇清。乾坤资化育，海岳共休明。

辟土欣耕稼，销戈遂偃兵。殊方歌帝泽，执贽贺昇平。

四海皇风被，千年德水清。戎衣更不著，今日告功成。

主圣开昌历，臣忠奉大猷。君看偃革后，更是太平秋。

◆ 七言绝句

献封大夫破播仙凯歌
（唐）岑参

汉将承恩西破戎，捷书先奏未央宫。
天子预开麟阁待，只今谁数贰师功？

官军西出过楼兰，营幕傍临月窟寒。
蒲海晓霜凝马尾，葱山夜雪扑旌竿。

鸣笳叠鼓拥回军，破国平蕃昔未闻。

大夫鹊印摇边月,天将龙旗掣海云。

日落辕门鼓角鸣,千群面缚出蕃城。
洗兵鱼海云迎阵,秣马龙堆月照营。

暮雨旌旗湿未干,龙沙白草日光寒。
昨夜将军连晓战,蕃军只见马空鞍。

邠州词献高尚书

(唐) 李涉

将家难立是威声,不见多传卫霍名。
一自元和平蜀后,马头行处即长城。

朔方忠义旧来闻,尽是邠城父子军。
今日兵符归上将,旄头不用更妖氛。

田侍郎归镇

(唐) 王建

去处长将决胜筹,回回身在阵前头。
贼城破后先锋入,看著红妆不敢收。

熨帖朝衣抛战袍,夔龙班里侍中高。
对时先奏牙门将,次第天恩与节旄。

踏著家乡马脚轻,暮山秋色眼前明。
老人上酒齐头拜,得侍中来尽再生。

功成谁不用蕃方,富贵还须是本乡。
万里双旌汾水上,玉鞭遥指白云庄。

鼓吹旗旛道两边,行男走女喜骈阗。
旧交省得当时别,指点如今却少年。

广场破阵乐初休,彩纛高于百尺楼。
老将气雄争起舞,管絃回作大缠头。

将士请衣忘却贫,绿窗红烛酒楼新。
家家尽踏还乡曲,明月街中不绝人。

大驾西狩还京百官出候于德胜门
(明)陈沂

直望氤氲紫雾遥,万重飞鞚马萧萧。
鹓班虎队皆戎服,两度迎銮德胜桥。

逐队绯袍引上公,当街行酒献成功。
人人识得君王喜,醉入仙桃两朵红。

龛山凯歌
(明)徐渭

短剑随枪暮合围,寒风吹血著人飞。
朝来道上看归骑,一片红冰冷铁衣。

七尺龙蟠皂线绦,倭儿刀挂汉儿腰。
向谁手内亲捎得,百遍冲锋滚海蛟。

卷一百三十六　行营类

◆ 五言律

送南特进赴归行营
（唐）刘长卿

闻道军书至，扬鞭不问家。塞云连白草，汉月到黄沙。
汗马河源饮，烧羌陇坻遮。翩翩新结束，去逐李轻车。

送郑正则徐州行营
（唐）郎士元

从军非陇头，师在古徐州。气劲三河卒，功全万户侯。
元戎阃外略，才子握中筹。莫听关山曲，还生塞上愁。

送李侍御赴徐州行营
（唐）韩翃

少年兼柱史，东至旧徐州。远属平津阁，前驱博望侯。
向营淮月满，吹角楚天秋。客梦依依处，寒山对白楼。

行营漫兴
（明）茅大方

北地得春晚，萧关积雪多。风云驱部伍，旌纛遍山河。
羌笛翻边调，秦兵杂楚歌。汉家飞将在，不必问廉颇。

◆ 五言排律

宿温城望军营
（唐）骆宾王

边地寒胶折，孤城夜柝闻。兵符关帝阙，天策动将军。
塞静胡笳彻，沙明楚练分。风旗翻翼影，霜剑转龙文。
白羽摇如月，青山断若云。烟疏疑卷幔，尘灭似销氛。
投笔怀班业，临戎想召勋。还应雪汉耻，持此报明君。

奉饯郎中四兄罢馀杭太守承恩加侍御史充行军司马赴汝南行营
（唐）刘长卿

星使三江上，天波万里通。权分金节重，恩借铁冠雄。
梅吹前军发，棠阴旧府空。残春锦障外，初日羽旗东。
岸柳遮浮鹢，江花隔避骢。离心在何处，芳草满吴宫。

送李傅侍郎剑南行营
（唐）贾岛

走马从边事，新恩受外台。勇看双节出，期破八蛮回。
许国家无恋，盘江栈不摧。移军刁斗逐，报捷剑门开。
角咽猕猴叫，鼙干霹雳来。去年新甸邑，犹滞佐时才。

营中闲夜
（明）唐之淳

闲坐乐从戎，将军得上公。佩刀悬玉虎，釭烬剔金虫。
远柝微侵月，清笳迥带风。香腾炉面紫，火射箭头红。
舞剑知书法，谈碁识战功。明朝当阅武，传令选彫弓。

◆ 七 言 律

得柳员外书,封寄近诗,书中兼报新主行营兵马,因代书戏答
（唐）独孤及

郎官作掾心非好,儒服临戎政已闻。
说剑尝宗漆园吏,戒严应笑棘门军。
遥知抵掌论皇道,时复吟诗向白云。
百越待君言即叙,相思不敢怆离群。

◆ 七言绝句

贺州宴行营回将
（唐）羊士谔

丸剑盈庭酒满卮,戍人归日及瓜时。
元戎静镇无边事,尽道营中偃画旗。

蕲州行营作
（唐）戴叔伦

蕲水西城向北看,桃花落尽柳花残。
朱旗半卷山川小,白马连嘶草树寒。

行营送人
（唐）刘商

鞞鼓喧喧对古城,独寻归鸟马蹄轻。
回来看觅莺飞处,即是将军细柳营。

春日行营即事
（唐）刘商

风引双旌马首齐,曹南战胜日平西。

为儒不解从戎事,花落春深闻鼓鼙。

宣府教场歌

(明)徐渭

宣府教场天下闻,个个峰峦尖入云。
不用弓刀排虎士,天生剑戟拥将军。

卷一百三十七　　阵图类

◆ 五言古

　　　八阵图
　　　　　　（晋）桓温
　　望古识其真，临源爱往迹。恐君遗事节，聊下南山石。

◆ 五言律

　　　观八阵图
　　　　　　（唐）刘禹锡
　　轩皇传上略，蜀相运神机。水落龙蛇出，沙平鹅鹳飞。
　　波涛无动势，麟介避馀威。会有知兵者，临歧指是非。

◆ 五言绝句

　　　八阵图
　　　　　　（唐）杜甫
　　功盖三分国，名成八阵图。江流石不转，遗恨失吞吴。

传统文化修养丛书

佩文斋咏物诗选 3

（最新点校本）

（清）汪霦等—编

乔继堂—整理

上海科学技术文献出版社
Shanghai Scientific and Technological Literature Press

本册目录

卷一百三十八　射类

五言古 …………………… 1085
　北园射堂新成
　　（北周）庾信／1085
　题君子亭（宋）朱子／1085
七言古 …………………… 1085
　射虎行赠射虎人
　　（元）郭钰／1085
　端午赐观骑射击毬侍讌
　　（明）王绂／1086
　答空同子观射见赠之作
　　（明）郑作／1087
五言律 …………………… 1087
　端午日观射柳应制
　　（明）王直／1087
五言排律 ………………… 1087
　玄武门侍射（唐）张说／1087
　和王怀州观西营秋射
　　（唐）耿湋／1087
　观卫尚书九日对中使射破的
　　（唐）戎昱／1088
七言律 …………………… 1088

次韵王晋卿奉诏押高丽燕射
　　（宋）苏轼／1088
　刘乙新作射亭（宋）苏轼／1088
　射柳（元）张弘范／1088
　端午日赐观射柳
　　（明）王英／1089
五言绝句 ………………… 1089
　观骑射（唐）李益／1089
七言绝句 ………………… 1089
　少年行（唐）令狐楚／1089
　看射柳枝（唐）李涉／1089

卷一百三十九　弓类

四言古 …………………… 1090
　良弓铭（汉）李尤／1090
五言古 …………………… 1090
　我有（元）张宪／1090
五言律 …………………… 1090
　戴光弓（唐）元稹／1090
　射弓次寄彭城四君
　　（宋）林逋／1091
五言绝句 ………………… 1091
　奉和咏弓（唐）杨师道／1091

弓（明）高启 / 1091

七言绝句 …………… 1091
  阅弓箭手（明）孙承宗 / 1091

卷一百四十 箭类

四言古 ……………… 1092
  弧矢铭（汉）李尤 / 1092
  弓矢赞（梁）萧统 / 1092
五言律 ……………… 1092
  箭（唐）李峤 / 1092
五言排律 …………… 1092
  御箭连中双兔
    （唐）阙名 / 1092

卷一百四十一 刀类

五言古 ……………… 1094
  以双刀遗子由，子由有诗次
    其韵（宋）苏轼 / 1094
  刀赠程自邑（明）郑作 / 1094
七言古 附长短句 …… 1094
  崔五六图屏风各赋一物得乌
    孙佩刀（唐）李颀 / 1094
  荆南兵马使太常卿赵公大食
    刀歌（唐）杜甫 / 1095
  难绾刀子歌（唐）卢纶 / 1095
  日本刀歌（宋）欧阳修 / 1096
  赠戴嗣良歌，时罢洪府监，
    兵过广陵……
      （宋）晁补之 / 1096

北庭宣元杰西番刀歌
  （元）张宪 / 1097
佩刀行（明）徐尊生 / 1098
杨伯翼赠日本刀歌
  （明）王穉登 / 1098
五言律 ……………… 1098
  刀（唐）李峤 / 1098
  琉球刀（明）徐渭 / 1099
七言律 ……………… 1099
  咏邵文敬所藏转刀
    （明）吴宽 / 1099
五言绝句 …………… 1099
  视刀环歌（唐）刘禹锡 / 1099

卷一百四十二 剑类

五言古 ……………… 1100
  剑（魏）文帝 / 1100
  宝剑（梁）吴均 / 1100
  经丰城剑池（陈）阴铿 / 1100
  古剑（唐）刘长卿 / 1100
  折剑头（唐）白居易 / 1100
  宝剑吟（宋）陆游 / 1101
  宝剑篇（明）祝允明 / 1101
七言古 附长短句 …… 1101
  古剑篇（唐）郭元振 / 1101
  与李渤新罗剑歌
    （唐）李涉 / 1102
  武昌铜剑歌（宋）苏轼 / 1102

张几仲有龙尾子石砚以铜剑
　　易之　（宋）苏轼／1102
郭祥正家醉画竹石壁上，郭
　　作诗为谢，且遗二古铜剑
　　（宋）苏轼／1103
汉剑歌　（元）贡奎／1103
宝剑歌　（明）孙炎／1103
匣剑行　（明）张元凯／1104
五言律 …………… 1105
　蕃剑　（唐）杜甫／1105
　宝剑篇　（唐）刘长卿／1105
　赋得双佩剑送方生趋幕府
　　（明）潘纬／1105
　赋得剑并送汤宪副
　　（明）童珮／1105
五言排律 …………… 1105
　观淬龙泉剑　（唐）裴夷／1105
　剑化为龙　（唐）张聿／1106
五言绝句 …………… 1106
　剑客　（唐）贾岛／1106
七言绝句 …………… 1106
　书剑　（唐）元稹／1106
　宝剑　（唐）韩偓／1106
　咏剑　（明）沈贞／1106
　戚将军赠宝剑歌
　　（明）王世贞／1107

卷一百四十三　旌旗类

五言古 …………… 1108

扬旗　（唐）杜甫／1108
五言律 …………… 1108
　旌　（唐）李峤／1108
　旗　（唐）李峤／1108
五言绝句 …………… 1109
　麾　（明）高启／1109

卷一百四十四　战袍类

七言古 …………… 1110
　观杭州钤辖欧育刀剑战袍
　　（宋）苏轼／1110
五言律 …………… 1110
　赋得战袍红　（明）徐渭／1110
五言绝句 …………… 1111
　战袍　（明）高启／1111

卷一百四十五　弹类

五言古 …………… 1112
　南林弹　（晋）桓玄／1112
七言古 …………… 1112
　挟弹图　（明）陈绍先／1112
五言律 …………… 1113
　弹　（唐）李峤／1113
七言绝句 …………… 1113
　宫词　（宋）花蕊夫人／1113
　四马挟弹图　（元）杨维桢／1113
　题挟弹人马图
　　（明）张适／1113
　题挟弹图　（明）陈继／1113

题赵仲穆挟弹图
　　（明）李东阳／1114

卷一百四十六　鞭类

五言古 ············· 1115
　野夫采鞭于东山偶得元者
　　（唐）羊士谔／1115
　野节鞭（唐）元稹／1115
长短句 ············· 1116
　咏马鞭（唐）高适／1116
五言律 ············· 1116
　赋得铁马鞭（唐）戎昱／1116
七言律 ············· 1116
　刘二十八以文石枕见赠，仍
　　题绝句······（唐）元稹／1116

卷一百四十七　武备杂类

五言古 ············· 1117
　咏鞞应诏（梁）萧琛／1117
七言古 ············· 1117
　文皇御枪歌（明）王世贞／1117
五言律 ············· 1118
　弩（唐）李峤／1118
　夕烽（唐）杜甫／1118
五言绝句 ··········· 1118
　矛（明）高启／1118
　胄（明）高启／1118
　铠（明）高启／1118
七言绝句 ··········· 1118

　狼烟（唐）薛逢／1118
　闻号（唐）郑畋／1119

卷一百四十八　卤簿类

五言排律 ··········· 1120
　元日望含元殿御扇开
　　（唐）张莒／1120
七言律 ············· 1120
　元日楼前观仗
　　（唐）薛逢／1120
七言绝句 ··········· 1120
　宫词（唐）王建／1120
　寿杯词（唐）司空图／1121
　驾幸新丰温泉宫献诗
　　（唐）上官昭容／1121
　探花词（金）元好问／1121
　元旦朝回书事
　　（元）吴师道／1121
　辇下曲（元）张昱／1121
　古宫词（元）王逢／1121

卷一百四十九　仪器类

五言律 ············· 1122
　铜仪（元）揭傒斯／1122
五言排律 ··········· 1122
　尚书郎上直闻春漏
　　（唐）张少博／1122
　冬夜集赋得寒漏
　　（唐）皇甫冉／1122

观象台铜浑天仪刻漏
　　（明）钟惺/1122
七言律 …………… 1123
　铜仪（唐）韦庄/1123
　刻漏（宋）朱子/1123
五言绝句 …………… 1123
　宫中乐（唐）令狐楚/1123
七言绝句 …………… 1123
　宫词（宋）花蕊夫人/1123
　早朝诗（明）杨子器/1124
　引奏后即事（明）蔡羽/1124
　日星晷（明）周玉箫/1124

卷一百五十　权衡度量类

四言古 …………… 1125
　嘉量铭（周）阙名/1125
五言律 …………… 1125
　赋得秤送孟孺卿
　　（唐）包何/1125
五言排律 …………… 1125
　奉和中和节诏赐公卿尺
　　（唐）裴度/1125
　奉和中和节诏赐公卿尺
　　（唐）李观/1126
七言绝句 …………… 1126
　天秤（明）郭登/1126

卷一百五十一　宝玉类

四言古 …………… 1127

玉赞（晋）庾肃之/1127
瑾瑜玉赞（晋）郭璞/1127
五言古 …………… 1127
　见卖玉器者（宋）鲍照/1127
　古风（唐）李白/1127
七言古 …………… 1128
　片玉篇（唐）钱起/1128
　金珰玉珮歌（唐）顾况/1128
五言律 …………… 1128
　咏玉（唐）李峤/1128
五言排律 …………… 1129
　赋得沽美玉（唐）南巨川/1129
　赋得沽美玉（唐）罗立言/1129
　赋得瑕瑜不相掩
　　（唐）陈中师/1129
　赋得瑕瑜不相掩
　　（唐）武翊黄/1129
　赋得白珪无玷
　　（唐）辛洪/1129
　赋得戛玉有馀声
　　（唐）管雄甫/1130
　赋得玉声如乐
　　（唐）潘存实/1130
　赋得瑕玉成器
　　（唐）叶季良/1130
五言绝句 …………… 1130
　咏水精（唐）韦应物/1130
　咏珊瑚（唐）韦应物/1130
　咏琉璃（唐）韦应物/1131

水精（唐）王建 / 1131
七言绝句 …………… 1131
　冶春口号（元）杨维桢 / 1131
　元宫词（明）朱有燉 / 1131

卷一百五十二　珠类

五言古 ……………… 1132
　拟古（宋）朱子 / 1132
　古乐府（元）黄清老 / 1132
五言律 ……………… 1132
　咏珠（唐）李峤 / 1132
　奉试明堂火珠
　　（唐）崔曙 / 1132
五言排律 …………… 1133
　省试骊珠诗（唐）耿湋 / 1133
　赋得沉珠于渊
　　（唐）独孤绶 / 1133
　赋得珠还合浦
　　（唐）邓陟 / 1133
　赋得浊水求珠
　　（唐）项斯 / 1133
　赋得暗投明珠
　　（唐）崔藩 / 1133
　赋得水怀珠（唐）莫宣卿 / 1134
　被褐怀珠玉（宋）黄庭坚 / 1134
五言绝句 …………… 1134
　桂水五千里（元）杨维桢 / 1134
七言绝句 …………… 1134
　小游仙诗（唐）曹唐 / 1134

游仙（明）汤颖绩 / 1134
武皇南巡旧京歌
　（明）顾璘 / 1135
嘉靖宫词（明）李蓘 / 1135

卷一百五十三　金类（附银）

五言律 ……………… 1136
　金（唐）李峤 / 1136
　银（唐）李峤 / 1136
五言排律 …………… 1136
　赋得金在镕（唐）白行简 / 1136
七言绝句 …………… 1137
　路入金州江中作
　　（唐）方干 / 1137
　杂咏（明）张治 / 1137
　西苑宫词（明）张元凯 / 1137
　南唐宫词（明）范汭 / 1137

卷一百五十四　钱类

五言古 ……………… 1138
　饮刘原甫家，原甫怀二古钱
　劝酒……（宋）梅尧臣 / 1138
七言古 ……………… 1138
　题毘陵承氏家藏古钱
　　（元）吴莱 / 1138
五言律 ……………… 1139
　钱（唐）李峤 / 1139
七言律 ……………… 1139
　金钱卜欢（元）杨维桢 / 1139

钱篚 （明）瞿佑/1140
咏钱 （明）沈周/1140
丙子九月工部奏进万历制钱
式样，赐讲官六人各一锭
（明）于慎行/1140
七言绝句 ………………… 1140
江南曲 （唐）于鹄/1140

卷一百五十五　锦绮类

五言古 ………………… 1141
领边绣 （梁）沈约/1141
五言律 ………………… 1141
锦 （唐）李峤/1141
绫 （唐）李峤/1141
五言排律 ………………… 1141
赋得临风舒锦
（唐）萧昕/1141
七言律 ………………… 1142
庾顺之以紫霞绮远赠以诗答之
（唐）白居易/1142
锦 （唐）郑谷/1142
大名文济王赐重綵二端赋谢
（元）萨都剌/1142
五言绝句 ………………… 1142
锦 （唐）薛莹/1142
七言绝句 ………………… 1143
少仪 （唐）司空图/1143
代送中使织衮还朝
（明）俞安期/1143

卷一百五十六　布帛类

五言古 ………………… 1144
素丝 （唐）陆龟蒙/1144
七言古 ………………… 1144
白丝行 （唐）杜甫/1144
东川清丝寄鲁冀州戏赠
（宋）苏轼/1144
五言律 ………………… 1145
罗 （唐）李峤/1145
布 （唐）李峤/1145
五言排律 ………………… 1145
恩赐耆老布帛 （唐）崔枢/1145
七言绝句 ………………… 1146
鲛绡 （唐）吴融/1146
高氏姊惠素罗
（元）郑允端/1146
寄绢陈云泉 （明）陆釴/1146
送卖水絮人过万州
（明）汤显祖/1146

卷一百五十七　苎葛类

五言古 ………………… 1147
黄葛篇 （唐）李白/1147
题耕织图 （元）赵孟頫/1147
七言古 附长短句 ………… 1147
白纻 古乐府 ………… 1147
罗浮山父与葛篇
（唐）李贺/1148

采葛歌（唐）阙名/1148
白苎歌（宋）戴复古/1148
五言律 ……………… 1148
　和李尹种葛（唐）戎昱/1148
七言律 ……………… 1149
　答甘允从寄海东白纻
　　（元）虞集/1149
五言绝句 …………… 1149
　山居（唐）鲍溶/1149
　石门曲（明）王穉登/1149
七言绝句 …………… 1149
　村行（金）郭邦彦/1149

卷一百五十八　毡罽类

五言古 ……………… 1150
　别毡帐火炉（唐）白居易/1150
五言律 ……………… 1150
　谢汾州田大夫寄茸毡蒲萄
　　（唐）姚合/1150
七言律 ……………… 1150
　袭美将以绿罽为赠因成四韵
　　（唐）陆龟蒙/1150
　酬鲁望见迎绿罽次韵
　　（唐）皮日休/1151
　周国雍参藩寄红罽衣赋此为谢
　　（明）朱多炡/1151
七言绝句 …………… 1151
　元宫词（明）朱有燉/1151

卷一百五十九　印笏类

四言古 ……………… 1152
　印衣铭（汉）胡广/1152
　印铭（汉）李尤/1152
　印铭（晋）傅玄/1152
　笏赞（晋）王升之/1152
七言古 附长短句 …… 1153
　谢王仲至惠洮州砺石黄玉印材
　　（宋）黄庭坚/1153
　孔道辅击蛇笏（元）赵孟頫/1153
　题姑苏陆友仁所藏卫青印
　　（元）揭傒斯/1153
五言律 ……………… 1153
　决道廿八弟得小金印以诗赠之
　　（宋）晁冲之/1153
　赠贡泰甫先生牙笏诗
　　（元）李士瞻/1154
七言律 ……………… 1154
　获玉印（元）吴全节/1154
七言绝句 …………… 1154
　戏题袭美书印囊
　　（唐）陆龟蒙/1154
　奉和陆鲁望印囊次韵
　　（唐）皮日休/1154

卷一百六十　冠簪类

四言古 ……………… 1155
　冠帻铭（汉）李尤/1155

五言古 …………………… 1155
　赠四王冠诗（汉）应亨／1155
　赠潘正叔（晋）陆机／1155
五言律 …………………… 1155
　翻著葛巾呈赵尹
　　　（唐）张说／1155
　答陈拾遗赠竹簪
　　　（唐）张九龄／1156
　酬贺四赠葛巾之作
　　　（唐）王维／1156
　咏白油帽送客
　　　（唐）钱起／1156
　答寄芙蓉冠子
　　　（唐）王建／1156
　答友人惠牙簪
　　　（唐）章孝标／1156
　山友寄薜花冠
　　　（唐）项斯／1156
　丁孝廉惠冠巾
　　　（明）高启／1157
　酬惟乔赠巾（明）薛蕙／1157
七言律 …………………… 1157
　以纱巾寄鲁望因而有作
　　　（唐）皮日休／1157
　袭美以纱巾见惠，继以雅音，
　　　因次韵酬谢
　　　（唐）陆龟蒙／1157
　友人遗华阳巾
　　　（唐）阙名／1157

椰子冠（宋）苏轼／1158
谢人惠云巾（宋）苏轼／1158
网巾（元）谢宗可／1158
谢戴文璜金院惠草帽
　　　（元）陈高／1158
别帽（元）丁鹤年／1159
陵祀归得赐煖耳诗和方石韵
　　　（明）李东阳／1159
箨冠（明）朱之蕃／1159
戊寅正月上尚巾礼成群臣称
　　贺赐白金文绮
　　　（明）于慎行／1159
五言绝句 ………………… 1160
　答友人赠乌纱帽
　　　（唐）李白／1160
七言绝句 ………………… 1160
　答元八遗纱帽
　　　（唐）张籍／1160
　华阳巾（唐）陆龟蒙／1160
　漉酒巾（唐）陆龟蒙／1160
　清兴（唐）韩偓／1160
　小游仙诗（唐）曹唐／1161
　玉山草堂口占（元）顾瑛／1161

卷一百六十一　衣类（附帕）

五言古 …………………… 1162
　新制布裘（唐）白居易／1162
　黑裘（宋）王禹偁／1162
　浣衣图（元）曹伯启／1162

藤蓑次陈公甫韵
　　（明）李东阳 / 1163
藤蓑（明）陈宪章 / 1163
七言古 附长短句 ………… 1163
酬殷佐明见赠五云裘歌
　　（唐）李白 / 1163
雪轩高士以白纻制服作歌戏赠
　　（元）周权 / 1164
拟寄衣曲（元）郑允端 / 1164
裁衣行（明）刘秩 / 1164
五言律 …………………… 1165
端午日赐衣（唐）杜甫 / 1165
谢令狐绹相公赐衣九事
　　（唐）贾岛 / 1165
敝裘（元）杨载 / 1165
谢赐衣（明）高启 / 1165
五言排律 ………………… 1165
古锦裙（唐）吴融 / 1165
七言律 …………………… 1166
元九以纻丝布白轻褣见寄，
　　制成衣服，以诗报之
　　（唐）白居易 / 1166
闻行简恩赐章服，喜成长句
　　寄之（唐）白居易 / 1166
喜刘苏州恩赐金紫，遥想
　　贺谦，以诗庆之
　　（唐）白居易 / 1166
和杨六尚书喜两弟汉公转
　　吴兴、鲁士赐章服……
　　（唐）白居易 / 1166
故衫（唐）白居易 / 1167
酬乐天得稹所寄纻丝布白轻
　　褣制成衣服以诗报之
　　（唐）元稹 / 1167
和蒋学士新授章服
　　（唐）王建 / 1167
贺淮南节度卢员外赐绯
　　（唐）罗隐 / 1167
贺淮南节度卢员外赐绯
　　（唐）徐商 / 1168
贺卢员外赐绯
　　（唐）段成式 / 1168
贺卢员外赐绯（唐）王传 / 1168
归乡蒙赐锦衣
　　（唐）翁承赞 / 1168
宣赐锦袍设上赠诸郡客
　　（唐）刘兼 / 1169
道服（宋）王禹偁 / 1169
谢茅山主者赠白罗氅衣，请
　　为作大洞祖宗师四十五赞
　　（元）虞集 / 1169
登第赐章服（元）宋褧 / 1169
戊寅正月进讲赐大红织成
　　缎衣一袭（明）于慎行 / 1170
五言绝句 ………………… 1170
尚书念旧，垂赐袍衣，率题
　　绝句献上，以申感谢
　　（唐）岑参 / 1170

边军支春衣（唐）柳公权/1170
四时宫词（元）曹文晦/1170
古词（明）高启/1170
古意（明）赵南星/1170
七夕咏百花画衣
　　（明）柳应芳/1171
典衣曲（明）陈鸿/1171
六言绝句 …………… 1171
七月寄衣（明）董少玉/1171
七言绝句 …………… 1171
花褐裘（唐）张籍/1171
戏题试衫（唐）司空图/1171
小游仙词（唐）曹唐/1171
新服裁制初成（唐）薛涛/1172
刘子澄寄羊裘
　　（宋）朱子/1172
辇下曲（元）张昱/1172
宫词（元）柯九思/1172
惟寅征君踏雨过林馆，为留
　　终日……（元）周砥/1172
山居诗（元）僧清珙/1173
元宫词（明）朱有燉/1173
贞溪初夏（明）邵亨贞/1173
扈从巡边至宣府往还杂诗
　　（明）杨士奇/1173
小景（明）祝允明/1173
弘治宫词（明）王世贞/1174
长安春雪曲（明）王稺登/1174
题衲衣（明）陆树声/1174

游仙曲（明）屠瑶瑟/1174
裁衣（明）董少玉/1174

附帕

七言律 …………… 1175
鲛绡帕（明）瞿佑/1175

卷一百六十二　带佩类

五言古 …………… 1176
玉环引送马伯庸北上
　　（元）王士熙/1176
七言古 …………… 1176
玉连环歌为邢从周典簿作
　　（元）张耆/1176
五言排律 …………… 1177
水精环（唐）罗虬/1177
五言绝句 …………… 1177
长安道（唐）鞠信陵/1177
佩韦（元）揭祐民/1177
七言绝句 …………… 1177
以玉带施元长老，元以衲裙
　　相报次韵（宋）苏轼/1177
小游仙（元）杨维桢/1178

卷一百六十三　履舄类

四言古 …………… 1179
袜铭（汉）崔骃/1179
五言古 …………… 1179
咏履（陈）后主/1179

七言古 ………………… 1179
　苴履 （金）李俊民／1179
五言排律 ……………… 1180
　赋得履 （明）高启／1180
七言律 ………………… 1180
　薛侍御处乞靴
　　（唐）李群玉／1180
　谢人惠方舄 （宋）苏轼／1180
　谢僧惠蒲履 （元）张昱／1180
　赠鞋生 （明）僧溥洽／1181
五言绝句 ……………… 1181
　寄刘道士舄 （唐）张说／1181
　送丘员外归山居
　　（唐）韦应物／1181
七言绝句 ……………… 1181
　谢云居山人草鞋
　　（宋）张咏／1181
　山居杂咏 （明）僧大香／1181

卷一百六十四　屏障类

五言古 ………………… 1182
　咏画屏风诗 （北周）庾信／1182
　题画山水障 （唐）张九龄／1182
　秋咏石屏 （宋）苏轼／1182
　秋林砚屏率鲁直同赋
　　（宋）苏轼／1183
　咏屏送周伯阳
　　（明）徐贲／1183
七言古　附长短句 ………… 1183
　素屏谣 （唐）白居易／1183
　生祺屏风歌 （唐）温庭筠／1184
　月石砚屏歌寄苏子美
　　（宋）欧阳修／1184
　轼近以月石砚屏献子功中书,
　复以涵星砚献纯父侍讲……
　　（宋）苏轼／1185
　戏题常州草虫枕屏
　　（宋）杨万里／1185
　巫峡云涛石屏志
　　（元）顾瑛／1186
五言律 ………………… 1186
　屏 （唐）李峤／1186
　咏屏风 （唐）袁恕己／1187
　咏旧屏风 （唐）姚合／1187
　屏风 （明）薛蕙／1187
　题魏少府破屏风
　　（明）柳应芳／1187
五言排律 ……………… 1187
　水墨障子 （唐）李洞／1187
　云母屏风隔坐
　　（唐）阙名／1188
七言律 ………………… 1188
　题西平王旧赐屏风
　　（唐）温庭筠／1188
　观山水障子 （唐）伍乔／1188
　杨龙图芦雁屏
　　（宋）赵抃／1188
　鱼鮁屏 （元）曹文晦／1189

五言绝句 …………………… 1189
　题友人云母障子
　　（唐）王维/1189
　早秋山水砚屏
　　（宋）文同/1189
　祝孝友作枕屏小景，以霜馀
　茂树名之，因题此诗
　　（宋）朱子/1189
　题梅屏 （明）刘基/1189
七言绝句 …………………… 1189
　题诗屏风绝句
　　（唐）白居易/1189
　答微之 （唐）白居易/1190
　屏风 （唐）李商隐/1190
　咏绣障 （唐）胡令能/1190
　寒林石屏 （唐）僧无闷/1190
　西湖竹枝词 （元）潘纯/1190

卷一百六十五　帘幕类

五言古 …………………… 1191
　咏幔 （齐）王融/1191
　赋得帘尘 （梁）徐摛/1191
　赋得珠帘 （隋）卢思道/1191
五言律 …………………… 1191
　赋帘 （唐）太宗/1191
　帷 （唐）李峤/1192
　帘 （唐）李峤/1192
　咏帘 （唐）万楚/1192
　破幌 （宋）张耒/1192

五言排律 …………………… 1192
　帘 （唐）杜牧/1192
七言律 …………………… 1193
　咏帘 （唐）徐夤/1193
　琉璃帘 （元）马祖常/1193
五言绝句 …………………… 1193
　宫中乐 （唐）令狐楚/1193
　四时宫词 （元）曹文晦/1193
七言绝句 …………………… 1193
　帘 （唐）陆龟蒙/1193
　帘 （唐）罗隐/1194
　宫词 （宋）花蕊夫人/1194
　东楼雨中 （金）王元粹/1194
　和史参政韵 （元）马祖常/1194
　上京杂咏 （元）萨都剌/1194
　绝句 （元）萨都剌/1195
　明仁殿进讲 （元）贡师泰/1195
　宫词 （元）迺贤/1195
　艳阳词 （明）宋濂/1195
　寄沈介轩 （明）沈翱/1195

卷一百六十六　如意麈拂类

五言古 …………………… 1196
　麈尾 （梁）宣帝/1196
　铁如意 （宋）谢翱/1196
　玉麈尾 （宋）谢翱/1196
七言古 附长短句 …………… 1197
　和赵给事白蝇拂歌
　　（唐）卢纶/1197

棕榈蝇拂歌（唐）韦应物/1197
七言律 ………………… 1197
　谢张直卿以铁如意见遗
　　（明）朱多炡/1197
　竹如意（明）朱之蕃/1198
　松麈（明）朱之蕃/1198
七言绝句 ……………… 1198
　竹拂子（金）秦略/1198

卷一百六十七　砧杵类

五言古 ………………… 1199
　夜听捣衣（晋）曹毗/1199
　捣衣（宋）谢惠连/1199
　咏捣衣（梁）王僧孺/1199
　捣衣（梁）柳恽/1200
　华观省中夜听城外捣衣
　　（梁）费昶/1200
　题画屏风（北周）庾信/1200
　始闻早砧（明）张羽/1200
七言古 ………………… 1201
　捣练篇（唐）韦庄/1201
　和逯先生闻砧韵
　　（明）沐昂/1201
五言律 ………………… 1201
　捣衣（元）张端/1201
　御苑秋砧（明）田汝耔/1201
七言律 ………………… 1202
　捣衣石（明）瞿佑/1202
　夜坐闻砧（明）吴宽/1202
　馆试秋夜闻砧（明）王格/1202
五言绝句 ……………… 1202
　江楼闻砧（唐）白居易/1202
七言绝句 ……………… 1203
　秋夜闻砧（唐）杜荀鹤/1203
　闻砧（金）郦权/1203

卷一百六十八　书籍类

四言古 ………………… 1204
　孝经诗（晋）傅咸/1204
　书帙铭（宋）谢灵运/1204
五言古 ………………… 1204
　书帙（梁）萧统/1204
　和刘明府观湘东王书诗
　　（梁）庾肩吾/1204
七言古 ………………… 1205
　无书叹（元）胡天游/1205
五言律 ………………… 1205
　蠹简（元）杨载/1205
七言律 ………………… 1205
　玉堂读卷（元）虞集/1205
七言绝句 ……………… 1206
　题朱兵曹山居（唐）张祜/1206
　襄阳为卢窦纪事
　　（唐）元稹/1206
　闻日本圆载上人挟儒家书泊
　释典以行，更作一绝以送
　　（唐）陆龟蒙/1206
　写《庄子》（唐）李九龄/1206

寄居江村，欲借书诸公，先寄此诗（宋）王庭珪/1206
时习斋（金）宇文虚中/1206
醉经斋为虞卿麻长官赋（金）周昂/1207
天历庚午，会试院中马伯庸尚书、杨廷镇司业及玄……（元）欧阳玄/1207
赠长垣宗室（明）边贡/1207

卷一百六十九　五经类

四言古 ……………………… 1208
《周易》（晋）傅咸/1208
《毛诗》（晋）傅咸/1208
《周官》（晋）傅咸/1208
五言古 ……………………… 1209
讲《易》（宋）鲍照/1209
赋《礼记》（唐）李百药/1209
赠别殷山人说《易》后归幽墅（唐）孟郊/1209
五言律 ……………………… 1209
经（唐）李峤/1209
七言律 ……………………… 1209
枕《易》（元）黄庚/1209
五言绝句 …………………… 1210
玩易斋（宋）朱子/1210
七言绝句 …………………… 1210
《易》（宋）朱子/1210
明仁殿进讲（元）贡师泰/1210

卷一百七十　史类

四言古 ……………………… 1211
于贾谧坐讲《汉书》（晋）潘岳/1211
五言古 ……………………… 1211
咏司马彪《续汉志》（唐）太宗/1211
五言律 ……………………… 1212
赋西汉（唐）魏徵/1212
咏史（唐）李峤/1212
七言绝句 …………………… 1212
唐尧（唐）周昙/1212
虞舜（唐）周昙/1212
夏禹（唐）周昙/1212
后稷（唐）周昙/1213
文王（唐）周昙/1213
武王（唐）周昙/1213
成王（唐）周昙/1213
周公（唐）周昙/1213
沛宫（唐）胡曾/1213
圯桥（唐）胡曾/1214
细柳营（唐）胡曾/1214
延平津（唐）胡曾/1214
山中作（唐）僧处默/1214

卷一百七十一　读书类

五言古 ……………………… 1215
读《山海经》（晋）陶潜/1215

读书　（宋）谢惠连／1215
帝京篇　（唐）太宗／1215
山涧读易轩　（元）刘永之／1215
七言古·················· 1216
　沣水送郑丰之鄠县读书
　　（唐）皇甫冉／1216
五言律·················· 1216
　送王正字山寺读书
　　（唐）李嘉祐／1216
　和刘七读书　（唐）钱起／1216
　送独孤马二秀才居明月山读书
　　（唐）贾岛／1216
七言律·················· 1216
　送薛居士和州读书
　　（唐）严维／1216
五言绝句················ 1217
　秋晚　（明）方登／1217
七言绝句················ 1217
　读《老子》（唐）白居易／1217
　读《孝经》（唐）方愚／1217
　寄云台观田秀才
　　（唐）马戴／1217

卷一百七十二　书法总类

五言古·················· 1218
　乐府　（魏）曹植／1218
七言古·················· 1218
　以右军书数种赠丘十四
　　（宋）黄庭坚／1218

　吴傅朋游丝帖歌
　　（宋）刘子翚／1218
　题唐模兰亭墨迹
　　（元）鲜于枢／1219
七言律·················· 1219
　题子固所藏鲜于墨迹
　　（元）贡师泰／1219
七言绝句················ 1220
　答柳柳州　（唐）刘禹锡／1220
　重赠诗叠后　（唐）柳宗元／1220
　书刘景文左藏所藏王子敬帖
　　（宋）苏轼／1220
　柳氏二外甥求笔迹
　　（宋）苏轼／1220
　杂咏　（元）黄庚／1220
　王大令保母帖
　　（元）鲜于枢／1221
　宣文阁　（元）周伯琦／1221

卷一百七十三　御书类

五言律·················· 1222
　羽林恩诏观御书王太尉碑
　　（唐）张说／1222
五言排律················ 1222
　御题国子监门
　　（唐）阙名／1222
七言律·················· 1222
　御书"雪林"二字赐赵中丞
　应制　（元）揭傒斯／1222

中都龙兴寺伏睹御书"第一山"
三大字碑有作
　　（明）周启／1223
七言绝句 …………… 1223
高宗御书（元）欧阳玄／1223

卷一百七十四　篆书类

五言古 ……………… 1224
抄众书应司徒教
　　（齐）王融／1224
借刘太常《说文》
　　（陈）江总／1224
观洛出书（唐）张钦敬／1224
观洛出书（唐）郭邕／1224
阳冰篆（宋）王禹偁／1225
推官惠李庶子鄂州篆字
　　（宋）文同／1225
七言古 附长短句 ………… 1225
李潮八分小篆歌
　　（唐）杜甫／1225
和永叔琅琊山庶子泉阳冰石
篆诗（宋）苏舜钦／1226
滕用亨诸篆体歌
　　（明）王行／1226
五言律 ……………… 1227
书（唐）李峤／1227
五言排律 …………… 1227
观洛出书（唐）叔孙元／1227
七言律 ……………… 1227

谢许炼师惠图书
　　（明）危进／1227
五言绝句 …………… 1228
题三会寺仓颉造字台
　　（唐）岑参／1228
仓颉台（唐）李咸用／1228
七言绝句 …………… 1228
仓颉台（唐）汪遵／1228

卷一百七十五　真书类

五言古 ……………… 1229
王右军（唐）李白／1229
七言古 ……………… 1229
临池歌（宋）刘子翚／1229
七言律 ……………… 1230
丹阳子高得逸少《瘗鹤铭》
于焦山之下，及梁、唐诸贤
四石刻……（宋）苏舜钦／1230

卷一百七十六　草书类

五言古 ……………… 1231
送草书献上人归庐山
　　（唐）孟郊／1231
七言古 附长短句 ………… 1231
草书歌行（唐）李白／1231
萧郸草书歌（唐）顾况／1232
怀素上人草书歌
　　（唐）戴叔伦／1232

怀素上人草书歌
　　（唐）鲁收 / 1232
怀素上人草书歌
　　（唐）王邕 / 1233
赋虞书歌　（唐）贯耽 / 1233
晉光大师草书歌
　　（唐）僧贯休 / 1234
观子玉郎中草圣
　　（宋）苏轼 / 1234
题紫微老人大字歌
　　（元）欧阳玄 / 1234
游龙回寺碧云堂有何无适草书
　　（元）许谦 / 1235
草书歌　（明）宣宗 / 1235
七言律 ·················· 1236
洛中寺北楼见贺监草书题诗
　　（唐）刘禹锡 / 1236
七言绝句 ················ 1236
题怀素上人草书
　　（唐）许瑶 / 1236
禁直　（明）唐敏 / 1236

卷一百七十七　书札类

七言律 ·················· 1237
将发洛中，枉令狐相公手札
　　······（唐）白居易 / 1237
初冬月夜得皇甫泽州手札并
　　诗数篇······（唐）白居易 / 1237
得故人书　（明）沈贞 / 1237

五言绝句 ················ 1238
杂咏　（唐）王维 / 1238
夹沟遇邑人问家信
　　（明）杨士奇 / 1238
怀邹子序　（明）谢榛 / 1238
七言绝句 ················ 1238
答友怀野寺旧居
　　（唐）李端 / 1238
秋思　（唐）张籍 / 1238
得袁相书　（唐）白居易 / 1238
小碎　（唐）元稹 / 1239
端州江亭得家书
　　（唐）李绅 / 1239
别王十后附书
　　（唐）杜牧 / 1239
送友人之湖上
　　（唐）陆龟蒙 / 1239
寓书　（元）范梈 / 1239
秋日作　（明）练子宁 / 1239

卷一百七十八　碑类

五言古 ·················· 1240
观李九少府翥树宓子贱神祠碑
　　（唐）高适 / 1240
太学创置石经
　　（唐）冯涯 / 1240
晋铭　（宋）文同 / 1240
七言古　附长短句 ········ 1241
岣嵝山　（唐）韩愈 / 1241

石鼓歌（唐）韦应物/1241
五言律 …………………… 1241
　送吕向补阙往西岳勒碑
　　（唐）徐安贞/1241
　春初送吕补阙往西岳勒碑
　　（唐）孙逖/1242
　送翰林张司马南海勒碑
　　（唐）杜甫/1242
　送翰林张学士岭南勒碑
　　（唐）司空曙/1242
七言律 …………………… 1242
　和袭美为新罗弘惠上人撰灵
　鹫山周禅师碑送归诗
　　（唐）陆龟蒙/1242
七言绝句 ………………… 1242
　题酸枣县蔡中郎碑
　　（唐）王建/1242
　题酸枣驿前碑
　　（唐）张祜/1243

卷一百七十九　笔类

五言古 …………………… 1244
　咏笔（梁）武帝/1244
　咏笔（梁）徐摛/1244
　圣俞惠宣州笔戏书
　　（宋）欧阳修/1244
　代柬曾小轩谢冯笔蜡纸之贶
　　（元）吴澄/1244
七言古 附长短句 ………… 1245
　紫毫笔（唐）白居易/1245
　刘远笔（金）元好问/1245
　无笔叹（元）胡天游/1245
　赠笔工陆继翁
　　（明）曾棨/1246
　铁笔行为王元诚作
　　（明）王守仁/1246
　秋日李氏东堂同长蘅观曝
　　图画，张伯夜贻画笔柬谢
　　（明）程嘉燧/1247
五言律 附小律/1247
　笔（唐）李峤/1247
　咏宣州笔（唐）耿湋/1247
　李员外寄纸笔
　　（唐）韩愈/1247
　诗笔（宋）林逋/1248
　乞笔（宋）曾几/1248
七言律 …………………… 1248
　杨尚书寄梆笔，知是小生
　　本样……（唐）柳宗元/1248
　赠笔工范君用
　　（元）郭天锡/1248
　鼠须笔（元）谢宗可/1249
　羊毫笔（明）瞿佑/1249
五言绝句 ………………… 1249
　咏笔（唐）杨收/1249
七言绝句 ………………… 1249
　仙女词（唐）施肩吾/1249
　酬马彧（唐）韩定辞/1249

笔 （唐）阙名 / 1250
笔离手 （唐）薛涛 / 1250
谢笔 （元）倪瓒 / 1250
笔 （明）郭登 / 1250
小游仙 （明）桑悦 / 1250
谢车叔铭寄笔
　　（明）僧德祥 / 1250

卷一百八十　墨类

五言古 …………………… 1251
　孙莘老寄墨 （宋）苏轼 / 1251
　赠墨生 （元）倪瓒 / 1251
七言古　附长短句 ………… 1252
　酬张司马赠墨
　　（唐）李白 / 1252
　梦锡惠墨，答以蜀茶
　　（宋）孔平仲 / 1252
　次韵答舒教授观余所藏墨
　　（宋）苏轼 / 1253
　谢景文惠浩然所作廷珪墨
　　（宋）黄庭坚 / 1253
　赠僧法一墨 （宋）晁冲之 / 1254
　再以承晏墨赠僧法一
　　（宋）晁冲之 / 1254
　陈循中求赋高丽墨诗，为作
　　长句 （宋）谢邁 / 1255
　谢钱珣仲惠高丽墨
　　（宋）韩驹 / 1255
　桐花烟为吴国良赋

　　（元）泰不华 / 1255
　赠陶得和制墨
　　（元）倪瓒 / 1256
五言律 …………………… 1256
　墨 （唐）李峤 / 1256
　江东魏元德所制齐峰墨，于上
　　都慈仁殿赐文锦马湩以
　　宠之…… （元）迺贤 / 1256
七言律 …………………… 1257
　谢吴宗师惠墨
　　（元）虞集 / 1257
　三用韵答巢翁，就以奎章赐
　　墨赠之 （元）虞集 / 1257
　赠沈生卖墨 （元）倪瓒 / 1257
七言绝句 ………………… 1257
　右军墨池 （唐）刘言史 / 1257
　赠墨生吴善 （元）倪瓒 / 1258

卷一百八十一　砚类（附砚山）

三四言 …………………… 1259
　书砚铭 （周）武王 / 1259
五言古 …………………… 1259
　咏砚 （唐）杨师道 / 1259
　石砚 （唐）杜甫 / 1259
　谢杨侍读惠端溪紫石砚
　　（宋）文同 / 1259
　游龙尾山 （宋）王炎 / 1260
　觅风字歙砚诗赠侍其府尹
　　（元）王恽 / 1260

七言古 …………………… 1261
　答陈舜俞推官惠诗求全瓦古砚
　　（宋）韩琦/1261
　谢寇十一惠端砚
　　（宋）陈师道/1261
　鲁直惠洮河绿石作冰壶砚次韵
　　（宋）张耒/1262
　谢人惠砚（宋）程俱/1263
　陈顺之灵璧石砚山
　　（宋）楼钥/1263
　赋张秋泉真人所藏砚山
　　（元）赵孟頫/1264
　砚山诗（元）揭傒斯/1264
　古砚歌（元）宋无/1265
　赋翠涛砚（元）倪瓒/1265
　滩哥石砚歌（明）宋濂/1265
五言律 …………………… 1266
　砚（唐）李峤/1266
　古石砚（唐）李山甫/1266
　龙尾石砚寄犹子远
　　（宋）苏轼/1267
　破砚（元）杨载/1267
　破砚（元）萨都剌/1267
七言律 …………………… 1267
　袭美以紫石砚见赠以诗迎之
　　（唐）陆龟蒙/1267
　以紫石砚寄鲁望兼酬见赠
　　（唐）皮日休/1267
　元珍以诗送绿石砚，所谓

"玉堂新样"者
　　（宋）王安石/1268
　获砚（宋）刘克庄/1268
　再获一砚自和
　　（宋）刘克庄/1268
　谢书巢送宣和泸石砚
　　（元）虞集/1268
　端石砚（元）宋无/1269
　铁砚（元）谢宗可/1269
五言绝句 …………………… 1269
　砚（金）李俊民/1269
　贮香室（明）盛时泰/1269
七言绝句 …………………… 1269
　徐虞部以龙尾石砚邀余第品，
　　仍授来使持还书府
　　（宋）蔡襄/1269
　偶于龙井辩才处得歙砚甚奇，
　　作小诗（宋）苏轼/1270
　过馀干吴师中秀才，以小诗
　　惠歙砚，次韵谢之
　　（宋）周必大/1270
　洮石砚（金）马延登/1270
　铜雀台瓦砚（金）元好问/1270
　惜砚中花（元）方回/1270
　砚（明）郭登/1270

卷一百八十二　纸类

五言古 …………………… 1271
　咏纸（梁）宣帝/1271

咏苔纸 (隋) 薛道衡 / 1271
使纸甚费 (宋) 孔平仲 / 1271
七言古 ················· 1272
答宋学士次道寄澄心堂纸百幅
　　(宋) 梅尧臣 / 1272
题高尚书藤纸画云林烟嶂图
　　(元) 柳贯 / 1272
送奎章阁广成局副杨元成
　奉旨之徽州熟纸因道便
　过家钱唐 (元) 傅若金 / 1272
五言律 ················· 1273
纸 (唐) 李峤 / 1273
七言绝句 ··············· 1273
宫词 (唐) 王建 / 1273
书乐天纸 (唐) 元稹 / 1273
谢惠纸 (唐) 僧齐己 / 1273
次韵宋肇惠澄心纸
　　(宋) 苏轼 / 1273
从寇生求茶库纸
　　(宋) 陈师道 / 1274
扈从上京学宫纪事
　　(元) 周伯琦 / 1274
谢静远惠纸 (元) 顾瑛 / 1274
与唐惟勤索纸 (明) 丘吉 / 1274
纸 (明) 毛钰龙 / 1274

卷一百八十三　笺类

五言古 ················· 1275
为傅建康咏红笺
　　(梁) 江洪 / 1275
七言律 ················· 1275
酬崔驸马惠笺百张兼贻四韵
　　(唐) 杨巨源 / 1275
袭美以鱼笺见寄因谢成篇
　　(唐) 陆龟蒙 / 1275
酬鲁望见答鱼笺之什
　　(唐) 皮日休 / 1276
以剡笺寄赠陈待诏
　　(明) 陈端 / 1276
七言排律 ··············· 1276
燕枝板浣花笺寄合州徐文职方
　　(宋) 石介 / 1276
七言绝句 ··············· 1277
宫词 (唐) 王建 / 1277
酬周秀才 (唐) 施肩吾 / 1277
寄温飞卿笺纸
　　(唐) 段成式 / 1277
寄弟洎蜀笺 (唐) 韩浦 / 1277
赠笺纸吕生 (元) 朱德润 / 1277

卷一百八十四　画类

五言古 ················· 1278
求崔山人百丈崖瀑布图
　　(唐) 李白 / 1278
莹禅师房观山海图
　　(唐) 李白 / 1278
观江淮名胜图
　　(唐) 王昌龄 / 1278

刘相公中书江山画障
　　（唐）岑参/1279
会稽王处士草堂壁画衡霍诸山
　　（唐）刘长卿/1279
画松（唐）元稹/1279
书鄢陵王主簿所画折枝
　　（宋）苏轼/1279
次韵鲁直书伯时所画王摩诘
　　（宋）苏轼/1280
孙知微画（宋）文同/1280
孙怀悦画（宋）文同/1280
题画（宋）朱子/1280
借王嘉叟所藏赵祖文画孙兴公
《天台赋》……
　　（宋）朱子/1280
题范宽秋山小景
　　（宋）楼钥/1281
题丁生所藏钱舜举山水
　　（元）龚璛/1281
赵千里小景（元）郭天锡/1281
题高尚书秋山暮霭图
　　（元）郭天锡/1281
为方厓画山就题
　　（元）倪瓒/1281
赵善长山水（元）王逢/1282
题盛懋画（元）郭钰/1282
题蒋廷晖小景（明）郭登/1282
七言古 附长短句…………1282
　　山水粉图（唐）陈子昂/1282

观博平王志安少府山水粉壁
　　（唐）李白/1282
同族弟金城尉叔卿烛照山水
壁画歌（唐）李白/1283
当涂赵炎少府粉图山水歌
　　（唐）李白/1283
奉先刘少府新画山水障歌
　　（唐）杜甫/1284
戏题王宰画山水图歌
　　（唐）杜甫/1284
观于舍人壁画山水
　　（唐）王季友/1285
辞诸画连句柏梁体
　　（唐）阙名/1285
赵令晏崔白大图幅径三丈
　　（宋）苏轼/1285
李思训画长江绝岛图
　　（宋）苏轼/1286
晚秋烟波图（宋）文同/1286
题商德符学士桃源春晓图
　　（元）赵孟頫/1286
高尚书夜山图
　　（元）鲜于枢/1287
李思训妙笔（元）邓文原/1287
王摩诘春溪捕鱼图
　　（元）邓文原/1287
写庐山图上（元）虞集/1288
题华岳江城图
　　（元）杨载/1288

吴真人京馆画壁
  （元）萨都剌 / 1288
题赵文敏木石有先师题于上
  （元）张𦺇 / 1288
题山水图 （元）贡师泰 / 1289
题江阴丘文中山水图
  （元）贡师泰 / 1289
题云西画卷 （元）吴镇 / 1289
题秋山风雨图
  （元）郭钰 / 1290
题碧山图 （元）赵汸 / 1290
赵千里夜潮图
  （明）王冕 / 1290
刘松年画 （明）高启 / 1291
题桶底仙山图
  （明）顾禄 / 1291
题赵原临高尚书山水小帧
  （明）张适 / 1291
题王叔明墨竹为郑叔度赋
  （明）方孝孺 / 1292
题画 （明）于谦 / 1292
题钟馗图 （明）凌云翰 / 1293
谢孔昭临黄大痴画
  （明）吴宽 / 1293
题高房山山水
  （明）吴宽 / 1293
沈石田追仿黄大痴长卷，为
 林御史舜举题
  （明）吴宽 / 1294

题安城彭学士山水图
  （明）程敏政 / 1294
题杜东原先生雨景
  （明）沈周 / 1294
唐寅画山水歌
  （明）祝允明 / 1295
五言律 …………………… 1295
题襄阳图 （唐）徐安贞 / 1295
题玄武禅师屋壁
  （唐）杜甫 / 1295
观李固请司马弟山水图
  （唐）杜甫 / 1296
严公厅宴同咏蜀道画图
  （唐）杜甫 / 1296
题山水障子 （唐）张祜 / 1296
题右丞山水障子
  （唐）张祜 / 1296
绵州中丞以江山小图远垂赐
 及兼寄诗 （唐）李朋 / 1296
陈式水墨山水 （唐）方干 / 1297
余尝有雪景一绝，为人所讽
 吟…… （唐）郑谷 / 1297
宋复古画潇湘晚景图
  （宋）苏轼 / 1297
心老久许为作画未果，以诗
 督之 （宋）陈与义 / 1297
赠画工 （宋）裘万顷 / 1297
米元晖云山短卷
  （元）邓文原 / 1297

残画（元）杨载 / 1298
赵道士山水图
　　（元）揭傒斯 / 1298
残画（元）萨都剌 / 1298
桃源图（元）傅若金 / 1298
阎立本西岭春云
　　（元）吴镇 / 1298
李昭道画卷（元）吴镇 / 1298
子久为危太朴画
　　（元）吴镇 / 1299
王晋卿万壑秋云图
　　（元）黄公望 / 1299
为袁清容长幅
　　（元）黄公望 / 1299
顾恺之秋江晴嶂图
　　（元）黄公望 / 1299
题米芾小景（元）杨维桢 / 1299
题画（元）郑允端 / 1299
书云林画林亭远岫
　　（明）吕敏 / 1300
题马文璧画（明）贝琼 / 1300
题姚公绶山水（明）张宁 / 1300
题苏子瞻游赤壁图
　　（明）何景明 / 1300
五言排律 ················ 1300
奉和李右相书壁画山水
　　（唐）孙逖 / 1300
奉观严郑公厅事岷山沱江
　　画图十韵（唐）杜甫 / 1301

府试观开元皇帝东封图
　　（唐）马戴 / 1301
七言律 ················ 1301
南省转牒，欲具注国图，令
　　尽通风俗故事
　　（唐）柳宗元 / 1301
赠写御真李长史
　　（唐）李远 / 1301
观项信水墨画
　　（唐）方干 / 1302
项洙处士画水墨钓台
　　（唐）方干 / 1302
水墨松石（唐）方干 / 1302
送醉画王处士
　　（唐）李洞 / 1302
扇上画牡丹（唐）罗隐 / 1303
李伯时画其弟亮功旧隐宅图
　　（宋）苏轼 / 1303
题顾善夫所藏张僧繇画翠嶂
　　瑶林图（元）邓文原 / 1303
刘松年春山仙隐图
　　（元）邓文原 / 1303
吴道玄五云楼阁图
　　（元）邓文原 / 1304
王维秋林晚岫图 邓文原 / 1304
题洪谷子楚山秋晚图
　　邓文原 / 1304
赵千里山水长幅 邓文原 / 1304
子昂秋山图（元）虞集 / 1305

题胡虔汲水蕃部图应制
　　（元）揭傒斯 / 1305
陆探微员峤仙游
　　（元）吴镇 / 1305
顾恺之秋江晴嶂
　　（元）吴镇 / 1305
黄荃蜀江秋净图
　　（元）吴镇 / 1306
郭忠恕仙峰春色
　　（元）吴镇 / 1306
李咸熙秋岚凝翠
　　（元）吴镇 / 1306
王晋卿画 （元）吴镇 / 1306
叔明松壑秋云图
　　（元）吴镇 / 1307
方壶松岩萧寺 （元）吴镇 / 1307
题关仝层峦秋霭图
　　（元）黄公望 / 1307
李成寒林图 （元）黄公望 / 1307
题孟珍玉涧画岳阳小景
　　（元）杨维桢 / 1308
为曹佥事画溪山春晓图因题
　　（元）倪瓒 / 1308
题赵仲穆秋山图
　　（明）钱宰 / 1308
水邨图 （明）沈周 / 1308
为苏太守题画
　　（明）沈周 / 1309
题画 （明）唐寅 / 1309

五言绝句 ·················· 1309
题天柱山图 （唐）戴叔伦 / 1309
书刘景文所藏宗少文一笔画
　　（宋）苏轼 / 1309
画斋 （宋）文同 / 1309
观祝孝友画卷
　　（宋）朱子 / 1310
题可老所藏徐明叔画卷
　　（宋）朱子 / 1310
题画卷小山 （宋）朱子 / 1310
吴画 （宋）朱子 / 1310
范宽画 （宋）朱子 / 1310
题扇上画 （元）陈深 / 1310
跋画归去来辞
　　（元）吴澄 / 1310
赵彦敬越山图
　　（元）赵孟頫 / 1311
种笔亭题画 （元）高克恭 / 1311
王叔明林泉清话图
　　（元）吴镇 / 1311
题宣和画卷 （元）丁复 / 1311
秋江晚渡图 （元）杨维桢 / 1311
题胡廷晖画 （元）郑韶 / 1311
杂画 （明）孙一元 / 1311

六言绝句 ·················· 1312
题孤山放鹤图
　　（元）赵孟頫 / 1312
题危太朴云林图
　　（元）丁复 / 1312

题画 （元）徐有贞／1312
七言绝句 ……………… 1312
　巫山枕障 （唐）李白／1312
　题礼上人壁画山水
　　（唐）钱起／1312
　画石 （唐）刘商／1313
　画树后呈濬师 （唐）刘商／1313
　将至韶州先寄张端公使君借
　　图经 （唐）韩愈／1313
　朝天词 （唐）王建／1313
　画木莲花图寄元郎中
　　（唐）白居易／1313
　观叶生画花 （唐）施肩吾／1313
　题画建溪图 （唐）方干／1314
　海棠图 （唐）崔涂／1314
　传经院壁画松
　　（唐）郑谷／1314
　金陵图 （唐）韦庄／1314
　僧有示西湖墨本者，为画林
　　山人隐居，诗以酬之
　　（宋）林逋／1314
　和韵 （宋）林逋／1314
　书李世南所画秋景
　　（宋）苏轼／1315
　书林次中所得李伯时归去来、
　　阳关二图后
　　（宋）苏轼／1315
　郭熙秋山平远
　　（宋）苏轼／1315

陈季常所畜朱陈村嫁娶图
　（宋）苏轼／1315
王晋卿所藏著色山
　（宋）苏轼／1315
次韵子由书王晋卿画山水
　（宋）苏轼／1316
题王晋卿画后
　（宋）苏轼／1316
题毛女真 （宋）苏轼／1316
申应时寻山图
　（宋）沈与求／1316
戏题画卷 （宋）程俱／1316
题严居厚溪庄图
　（宋）朱子／1317
奉题李彦中所藏俞侯墨戏
　（宋）朱子／1317
壁间古画精绝未闻有赏音者
　（宋）朱子／1317
题画卷 （宋）范成大／1317
题赵幹江行夜雪图
　（宋）李弥逊／1317
观宗室曹夫人画
　（宋）僧道潜／1318
渔村诗画图 （金）党怀英／1318
雅集图 （金）刘祖谦／1318
千里江山图 （金）李俊民／1318
题扇 （元）袁易／1318
赵子昂陈仲美合作水凫小景
　（元）仇远／1318

题山水卷（元）钱选／1319
题赵子昂为袁清容画春景仿
　　小李（元）邓文原／1319
王洽云山图（元）邓文原／1319
题赵子固水仙图
　　（元）张伯淳／1319
皇甫松竹梅图
　　（元）张伯淳／1319
题米南宫像（元）郭天锡／1319
李昇林泉高隐图
　　（元）郭天锡／1320
闲展山水手卷
　　（元）欧阳玄／1320
高房山画（元）王士熙／1320
董源山阁谈禅图
　　（元）吴镇／1320
李公麟大阿罗汉图
　　（元）吴镇／1320
荆浩秋山问奇图
　　（元）吴镇／1320
右丞秋山晚岫（元）吴镇／1321
李昭道秋山无尽图
　　（元）吴镇／1321
卢鸿嵩山草堂图
　　（元）吴镇／1321
马远放鹤图（元）吴镇／1321
王叔明卷（元）吴镇／1321
赵仲穆东山图
　　（元）吴镇／1321

赵伯驹画（元）吴镇／1322
子昂仿张僧繇
　　（元）吴镇／1322
子昂仿陆探微
　　（元）吴镇／1322
子久春山仙隐
　　（元）吴镇／1322
题画（元）吴镇／1322
王维雪渡图（元）黄公望／1323
郭忠恕仙峰春色图
　　（元）黄公望／1323
曹云西画卷（元）黄公望／1323
王洽云山图（元）黄公望／1323
黄荃花溪仙舫图
　　（元）黄公望／1323
董北苑（元）黄公望／1323
李营丘真迹次俞紫芝韵
　　（元）黄公望／1324
赵伯驹（元）黄公望／1324
方方壶画（元）黄公望／1324
题画（元）黄公望／1324
题春江小景图
　　（元）黄清老／1324
题桶底图（元）薛汉／1324
吴仲圭山水（元）倪瓒／1325
王叔明画（元）倪瓒／1325
李伯时画（元）倪瓒／1325
为吴溥泉画窠石平远并诗
　　（元）倪瓒／1325

荆溪秋色图为卜震亨题
  （元）倪瓒/1325
题画赠僧（元）倪瓒/1325
自题小画（元）倪瓒/1326
题王元章画万玉图
  （元）郑韶/1326
十八学士图（元）贡性之/1326
题黄子久画（元）贡性之/1326
题高尚书秋山暮霭图
  （元）沈右/1326
题米元晖画云图
  （元）吴全节/1326
题小山水景（元）吴志淳/1327
盛叔章画（元）鲍恂/1327
题画（元）马臻/1327
径山寺僧山水
  （元）张雨/1327
题赵松雪画（明）虞堪/1327
题云林画（明）李至刚/1328
题画（明）胡俨/1328
题米老山水（明）王偁/1328
题彦颙画中小景
  （明）聂大年/1328
为香山顾敬中题画
  （明）贺肯/1328
题画次矫以明韵
  （明）贺肯/1328
题画（明）唐寅/1329
茂之乞画楚山图，余将游
武林，走笔戏答
  （明）胡宗仁/1329
画家霜景与烟景淆乱，余未
有以易也……
  （明）董其昌/1329
题毕钵山图（明）陈继儒/1329
题画（明）李日华/1329
题自画秋林平远
  （明）张宇初/1329
题画（明）僧守仁/1330

卷一百八十五　乐律类

五言古 ·················· 1331
钧天曲（齐）谢朓/1331
观乐应诏（梁）王瑓/1331
奉敕于太常寺修正古乐
  （隋）何妥/1331
乐部曹观乐（隋）何妥/1332
观太常奏新乐（隋）孔德绍/1332
和孔侍郎观太常奏新乐
  （隋）卞斌/1332
帝京篇（唐）太宗/1332
踏歌词（唐）谢偃/1332
七言古 ·················· 1333
角引（梁）沈约/1333
徵引（梁）沈约/1333
宫引（梁）沈约/1333
商引（梁）沈约/1333
羽引（梁）沈约/1333

赋得薄暮动絃歌
　　（梁）沈君攸／1333
五言律 ………………… 1334
　三层阁上置音声
　　（唐）太宗／1334
　歌（唐）李峤／1334
　舞（唐）李峤／1334
　宫中行乐词（唐）李白／1334
五言排律 ……………… 1334
　释奠日国学观礼闻雅颂
　　（唐）令狐峘／1334
　乐府（唐）顾况／1335
　晓过南宫闻太常清乐
　　（唐）陆贽／1335
　释奠日国学观礼闻雅颂
　　（唐）滕珦／1335
　晓过南宫闻太常清乐
　　（唐）张濯／1335
　贡举人谒先师闻雅乐
　　（唐）王起／1336
　贡举人谒先师闻雅乐
　　（唐）吕炅／1336
　听郢客歌《阳春》《白雪》
　　（唐）阙名／1336
　太常寺观舞圣寿乐
　　（唐）徐元弼／1336
　册上公太常奏雅乐
　　（唐）徐元弼／1336
　太常观阅骠国新乐

　　（唐）胡直钧／1337
　赋得舞干羽两阶
　　（唐）石倚／1337
　郊坛听雅乐（唐）阙名／1337
七言律 ………………… 1337
　南园试小乐（唐）白居易／1337
　卧听法曲霓裳
　　（唐）白居易／1337
　送陈太祝使江浙收礼器乐书
　　（元）贡师泰／1338
五言绝句 ……………… 1338
　长安道（唐）储光羲／1338
　即事（唐）杜甫／1338
　宫中乐（唐）张仲素／1338
　路傍曲（唐）刘禹锡／1338
　小曲新词（唐）白居易／1339
　太平词（唐）王涯／1339
　隔壁闻奏伎（唐）裴延／1339
　闻歌（唐）许浑／1339
七言绝句 ……………… 1339
　登封大酺歌（唐）卢照邻／1339
　勤政楼观乐（唐）贾至／1339
　赠花卿（唐）杜甫／1339
　宫词（唐）顾况／1340
　编进乐府词（唐）盖嘉运／1340
　甘子堂陪宴上韦大夫
　　（唐）熊孺登／1340
　春日偶作（唐）武元衡／1340
　观祈雨（唐）李约／1340

霓裳词（唐）王建／1340
宫词（唐）王建／1341
元太守同游七泉寺
　　（唐）王建／1341
秋夜听高调凉州
　　（唐）白居易／1341
宫词（唐）王涯／1341
赠陆彫（唐）章孝标／1341
杨柳枝寿杯词
　　（唐）司空图／1342
闲居思湖上（宋）韩维／1342
宫词（宋）花蕊夫人／1342
滦京杂咏（元）杨允孚／1342
宫词（明）朱权／1342
元宫词（明）朱有燉／1343
嘉靖宫词（明）李蓘／1343

卷一百八十六　钟类

五言古 …………………… 1344
　山夜闻钟（唐）张说／1344
　烟际钟（唐）韦应物／1344
　烟寺晚钟（元）陈孚／1344
　闻钟（明）高启／1344
　烟寺晓钟（明）杨基／1345
　烟寺晚钟（明）薛瑄／1345
七言古 …………………… 1345
　北寺昏钟（元）胡炳文／1345
　烟寺晚钟（明）宣宗／1345
五言律 …………………… 1346

钟（唐）李峤／1346
卧钟（元）杨载／1346
南康夜泊闻庐阜钟声
　　（元）揭傒斯／1346
五言排律 ………………… 1346
　寒夜闻霜钟（唐）郑絪／1346
　寒夜闻霜钟（唐）卢景亮／1346
　晓闻长乐钟声
　　（唐）阙名／1347
七言律 …………………… 1347
　闻霜钟（明）张宇初／1347
五言绝句 ………………… 1347
　远寺钟（唐）李嘉祐／1347
　烟寺晚钟（元）揭傒斯／1347
　早行（元）僧善住／1347
七言绝句 ………………… 1348
　题玉真观李秘书院
　　（唐）韩翃／1348
　夜泊润州江口
　　（唐）刘言史／1348
　冬日峡中旅泊
　　（唐）刘言史／1348
　赠成炼师（唐）刘言史／1348
　寺钟暝（唐）皮日休／1348
　送僧（唐）潘咸／1348
　宫词（宋）花蕊夫人／1349
　钟陵夜宿闻钟
　　（元）范椁／1349
　题山家山景（元）傅若金／1349

夏日即事（元）僧善住/1349
与僧一然听钟
　　（明）廖孔说/1349
闻钟（明）廖孔说/1349

卷一百八十七　鼓类

五言律 …………………… 1350
　咏鼓（唐）李峤/1350
　同稚孝鼎卿咏津鼓限阳字
　　（明）程可中/1350
五言绝句 …………………… 1350
　寒食后北楼作
　　（唐）韦应物/1350
　听鼓（唐）李商隐/1350
七言绝句 …………………… 1351
　苏摩遮（唐）张说/1351
　游仙词（明）张泰/1351
　宫词（明）王叔承/1351

卷一百八十八　磬类

五言古 …………………… 1352
　泗滨得石磬（唐）李建勋/1352
　斋居闻磬（宋）朱子/1352
七言古 …………………… 1352
　慈恩寺石磬歌（唐）卢纶/1352
五言排律 …………………… 1353
　终南精舍月中闻磬
　　（唐）吕温/1353
　范成君击铜磬（唐）范传正/1353

七言律 …………………… 1353
　某君见遗石磬（明）徐渭/1353
五言绝句 …………………… 1354
　击磬老人（唐）王昌龄/1354
七言绝句 …………………… 1354
　夜到泗州酬崔使君
　　（唐）陆畅/1354

卷一百八十九　箫类

五言古 …………………… 1355
　箫史曲（齐）张融/1355
　咏箫（梁）刘孝仪/1355
　短箫（梁）张嵘/1355
　箫史曲（陈）江总/1355
长短句 …………………… 1356
　铁箫歌（明）袁宗/1356
七言律 …………………… 1356
　吹箫（金）边元鼎/1356
　夜月吹箫图（明）王偁/1356
五言绝句 …………………… 1357
　答韦苏州（唐）丘丹/1357
七言绝句 …………………… 1357
　夜宴安乐公主宅
　　（唐）李迥秀/1357
　同诸隐者夜登四明山
　　（唐）施肩吾/1357
　望少华（唐）杜牧/1357
　相思（唐）李商隐/1357
　小游仙诗（唐）曹唐/1358

小游仙词（元）张蓊 / 1358
宫词（明）朱权 / 1358
游仙词（明）张泰 / 1358
谢平江送至广通
　（明）杨慎 / 1358
闻吹箫（明）施渐 / 1358
对月寄壶梁（明）彭年 / 1359
闻箫声（明）吴鼎芳 / 1359
宫词（明）王司综 / 1359
雨夜闻箫（明）叶小鸾 / 1359

卷一百九十　管类

五言古 ………………… 1360
　楼中闻清管（唐）韦应物 / 1360
　感怀（明）桑悦 / 1360
五言绝句 ……………… 1360
　游春词（唐）令狐楚 / 1360
　双吹管（唐）陆龟蒙 / 1360
七言绝句 ……………… 1361
　春晓太平公主小楼闻吟双管
　　（唐）沈佺期 / 1361
　夜闻邻管（唐）刘商 / 1361
　赠杨炼师（唐）鲍溶 / 1361
　赠郑伦吹凤管
　　（唐）施肩吾 / 1361

卷一百九十一　笙类

五言古 ………………… 1362
　咏笙（梁）陆罩 / 1362

笙（梁）沈约 / 1362
笙（唐）杨希道 / 1362
嵩岳闻笙（唐）刘希夷 / 1362
七言古 附长短句 ……… 1363
　凤笙曲（梁）武帝 / 1363
　玉笙谣为铁门笙伶周奇赋
　　（元）张雨 / 1363
五言律 ………………… 1363
　笙（唐）李峤 / 1363
五言排律 ……………… 1363
　猴山月夜闻王子晋吹笙
　　（唐）厉元 / 1363
　笙磬同音（唐）阙名 / 1364
七言律 ………………… 1364
　题笙（唐）罗邺 / 1364
七言绝句 ……………… 1364
　殿前曲（唐）王昌龄 / 1364
　听邻家吹笙（唐）郎士元 / 1364
　秋夜安国观闻笙
　　（唐）刘禹锡 / 1365
　吹笙歌（唐）殷尧藩 / 1365
　小游仙（唐）曹唐 / 1365
　理笙（唐）卓英英 / 1365
　王都事家听周子奇吹笙
　　（元）倪瓒 / 1365
　饮春会（明）木公 / 1366
　拟古宫词（明）苏祐 / 1366
　道院秋夕（明）谢榛 / 1366

恭送昙阳大师
　　（明）屠隆 / 1366
唐词（明）徐定夫 / 1366

卷一百九十二　笛类

五言古 …………………… 1367
　咏笛（梁）武帝 / 1367
　赋得笛（隋）姚察 / 1367
　咏笛（隋）刘孝孙 / 1367
　金陵听韩侍御吹笛
　　（唐）李白 / 1367
　凤笛（宋）范仲淹 / 1368
七言古 附长短句 ………… 1368
　龙笛曲（梁）武帝 / 1368
　闻邻船吹笛（元）杨载 / 1368
　江上闻笛（元）萨都剌 / 1368
　自题铁笛道人像
　　（元）杨维桢 / 1368
五言律 …………………… 1369
　笛（唐）李峤 / 1369
　剡溪馆闻笛（唐）丁仙芝 / 1369
七言律 …………………… 1369
　寄沣州张舍人笛
　　（唐）杜牧 / 1369
　闻笛（元）张翥 / 1369
　铁笛为孟天暐赋
　　（元）张翥 / 1370
　猿臂笛（元）张雨 / 1370
　宿巴陵闻笛（明）王偁 / 1370

五言绝句 ………………… 1370
　江夕（唐）崔道融 / 1370
　铁笛亭（宋）朱子 / 1371
　小临海曲（元）杨维桢 / 1371
　江村（明）僧法聚 / 1371
七言绝句 ………………… 1371
　春夜洛城闻笛
　　（唐）李白 / 1371
　水调歌（唐）盖嘉运 / 1371
　李謩笛（唐）张祜 / 1371
　塞上闻笛（唐）张祜 / 1372
　观石将军舞（唐）李益 / 1372
　从军北征（唐）李益 / 1372
　泛舟入后溪（唐）羊士谔 / 1372
　夜笛词（唐）施肩吾 / 1372
　笛（唐）张乔 / 1372
　寄珉笛与宇文舍人
　　（唐）杜牧 / 1373
　初秋寓直（唐）郑畋 / 1373
　华清宫（唐）崔鲁 / 1373
　破笛（唐）阙名 / 1373
　和读书台入夜即事
　　（宋）王庭珪 / 1373
　闻笛（宋）严羽 / 1373
　秋夜闻笛（元）萨都剌 / 1374
　镇江寄王本中台掾
　　（元）萨都剌 / 1374
　晚眺（元）周权 / 1374
　柯亭（元）黄镇成 / 1374

谷口（元）黄镇成/1374
夏日杂兴（元）僧善住/1374
和袁海叟题老蛟化江叟吹笛图
　　（明）顾禄/1375
吹笛士女图（明）张泰/1375
闻笛（明）陈蒙/1375
闻笛（明）杨慎/1375
清明日偶述（明）苏澹/1375
冬夜闻笛（明）谢榛/1375
寄武林朱九疑
　　（明）盛时泰/1376
梅下吹笛（明）顾大典/1376
西湖闻笛（明）徐𤊟/1376
江上（明）范如珪/1376
宫词（明）王叔承/1376
夜坐怀顾益卿按察
　　（明）沈明臣/1376
杨柳枝词（明）朱阳仲/1377
吹笛（明）丰越人/1377
闻笛（明）僧德祥/1377
好溪渔歌（明）僧来复/1377

卷一百九十三　琴类（附风琴）

五言古 …………… 1378
秋夜咏琴（梁）刘孝绰/1378
赋得为我弹鸣琴
　　（陈）贺彻/1378
日晚弹琴（北齐）马元熙/1378
听琴（北齐）萧悫/1378
弄琴（北周）庾信/1378
咏琴（唐）杨希道/1379
琴（唐）王昌龄/1379
听弹《风入松》阕赠杨补阙
　　（唐）王昌龄/1379
听郑五愔弹琴
　　（唐）孟浩然/1379
赠裴九侍御昌江草堂弹琴
　　（唐）贾至/1379
江上琴兴（唐）常建/1380
张山人弹琴（唐）常建/1380
幽琴（唐）刘长卿/1380
琴（唐）韦应物/1380
清夜琴兴（唐）白居易/1380
和顺之琴者（唐）白居易/1381
听弹《古渌水》
　　（唐）白居易/1381
奉和张舍人阁中直夜思闻
　　雅琴，因书事通简僚友
　　（唐）吕温/1381
夜集汝州郡斋听陆僧辨弹琴
　　（唐）孟郊/1381
听尹炼师弹琴
　　（唐）吴筠/1381
宝琴（唐）僧彪/1382
和杨畋孤琴咏
　　（宋）范仲淹/1382
赵君泽携琴载酒见访分韵得
　　琴字（宋）朱子/1382

听袁员外弹琴
　　（元）倪瓒 / 1382
登忠勤楼听久孚贺架阁弹琴
　　（明）汪广洋 / 1382
古诗（明）贺甫 / 1382
七言古 附长短句 ………… 1383
琴歌（唐）李颀 / 1383
听颖师弹琴（唐）韩愈 / 1383
水仙操（唐）李咸用 / 1383
听贤师琴（宋）苏轼 / 1384
舟中听琴（宋）苏辙 / 1384
智仲可月下弹琴图
　　（金）元好问 / 1384
鄱阳萧性渊携其祖将领所爱
　唐琴号"霜钟"者……
　　（元）揭傒斯 / 1385
古琴漆有蛇蚹纹者，材之
　良也……（元）周权 / 1385
听郑廷美弹琴
　　（元）王逢 / 1386
秋夜听谷大弹《阳春》《白雪》
　遂歌以赠（明）黄元 / 1386
史沧如携琴过访
　　（明）葛一龙 / 1386
五言律 ……………… 1387
琴（唐）李峤 / 1387
听蜀僧濬弹琴（唐）李白 / 1387
听琴秋夜赠寇尊师
　　（唐）常建 / 1387

送弹琴李长史往洪州
　　（唐）钱起 / 1387
对琴待月（唐）白居易 / 1387
松下琴赠客（唐）白居易 / 1388
郡中夜听李山人弹三乐
　　（唐）白居易 / 1388
船夜援琴（唐）白居易 / 1388
秋夜仰怀钱孟二公琴客会
　　（唐）贾岛 / 1388
听琴（唐）张乔 / 1388
琴（唐）潘纬 / 1388
秋夜听业上人弹琴
　　（唐）僧贯休 / 1389
抱琴（元）黄潜 / 1389
听袁子方弹琴
　　（元）倪瓒 / 1389
夜访芭蟾二释子，因宿西涧
　听琴（明）高启 / 1389
五言排律 ……………… 1389
同张参军喜李尚书寄新琴
　　（唐）司空曙 / 1389
咏夫子鼓琴得其人
　　（唐）白行简 / 1390
七言律 ……………… 1390
梦得相过，援琴命酒，因弹
　《秋思》……
　　（唐）白居易 / 1390
听段处士弹琴
　　（唐）方干 / 1390

听赵秀才弹琴
　　（唐）韦庄/1390
琴（唐）孙氏/1391
次韵子由弹琴
　　（宋）苏轼/1391
神凤琴（元）虞集/1391
无絃琴（元）谢宗可/1391
五言绝句 …………… 1392
山夜调琴（唐）王绩/1392
夜兴（唐）王勃/1392
和游房公旧竹亭闻琴
　　（唐）刘禹锡/1392
琴（唐）白居易/1392
听琴（唐）王元/1392
书琴台（宋）赵抃/1392
听琴（宋）葛长庚/1392
山中（金）张建/1393
弹琴高士（明）杨基/1393
对琴（明）僧明显/1393
七言绝句 …………… 1393
湖口逢江州朱道士因听琴
　　（唐）卢纶/1393
赠贺若少府（唐）陆畅/1393
弹《秋思》（唐）白居易/1393
夜调琴忆崔少卿
　　（唐）白居易/1394
赠谭客（唐）白居易/1394
听《幽兰》（唐）白居易/1394
听琴（唐）王建/1394

风中琴（唐）卢仝/1394
赠美人琴絃（唐）裴夷直/1394
泾州听张处士弹琴
　　（唐）项斯/1395
送谢山人归江夏
　　（唐）陈陶/1395
嘲飞卿（唐）段成式/1395
夜听李山人弹琴
　　（唐）司马札/1395
听刘尊师弹琴
　　（唐）曹邺/1395
访友人幽居（唐）雍陶/1395
秋日听僧弹琴
　　（唐）吴仁璧/1396
席间赠琴客（唐）崔珏/1396
听僧弹琴（唐）僧贯休/1396
琴（唐）僧隐峦/1396
听武道士弹《贺若》
　　（宋）苏轼/1396
梦游洛中（宋）蔡襄/1396
题赵仲穆山水
　　（元）仇远/1397
赠茅山道士（元）萨都剌/1397
赠钱塘琴士（元）贡师泰/1397
偶题（元）黄清老/1397
赠山中道士善琴
　　（元）余阙/1397
宫词（明）朱权/1397
月明听胡琴（明）徐贲/1398

沧州道中寄蔡道卿
　　（明）王慎中／1398

附风琴

七言绝句 ………… 1398
　风琴　（唐）僧贯休／1398

卷一百九十四　琴石类

五言古 ………… 1399
　司空主簿琴席
　　（唐）韦应物／1399
七言古 ………… 1399
　问支琴石　（唐）白居易／1399
五言律 ………… 1399
　崔湖州赠红石琴荐，焕如
　　锦文，无以答之，以诗酬谢
　　（唐）白居易／1399
七言绝句 ………… 1400
　李西川荐琴石
　　（唐）柳宗元／1400

卷一百九十五　瑟类

七言古 ………… 1401
　赵瑟曲　（梁）沈约／1401
五言律 ………… 1401
　咏瑟　（唐）李峤／1401
五言排律 ………… 1401
　湘灵鼓瑟　（唐）钱起／1401
　湘灵鼓瑟　（唐）陈季／1402

湘灵鼓瑟　（唐）王邕／1402
七言绝句 ………… 1402
　瑶瑟　（唐）杜牧／1402
　小游仙诗　（唐）曹唐／1402
　瑶瑟吟　（唐）温庭筠／1402
　湘中絃　（明）徐庸／1403

卷一百九十六　筝类

五言古 ………… 1404
　和弹筝人　（梁）元帝／1404
　咏筝　（梁）沈约／1404
　咏筝　（梁）王台卿／1404
　玄圃宴各咏一物得筝
　　（陈）陆琼／1404
　高楼夜弹筝　（唐）常建／1404
　鸣筝曲　（元）杨维桢／1405
七言古　附长短句 ………… 1405
　秦筝曲　（梁）沈约／1405
　夜坐看搊筝　（唐）王諲／1405
　秦筝曲　（明）沈愚／1405
五言律　附小律／1405
　观搊筝　（唐）王湾／1405
　绀甲丽人　（明）杨慎／1406
　闻筝　（明）王廷陈／1406
　筝　（明）朱曰藩／1406
七言律 ………… 1406
　赠弹筝人　（明）张羽／1406
五言绝句 ………… 1406
　听筝　（唐）李端／1406

七言绝句 …………………… 1407
  夜闻商人船上筝
    （唐）刘禹锡/1407
  夜筝（唐）白居易/1407
  戏答思黯，有能筝者，以此
    戏之（唐）白居易/1407
  宫词（唐）王涯/1407
  听筝（唐）张祜/1407
  赠弹筝者（元）萨都剌/1407
  元宫词（明）朱有燉/1408
  听李节弹筝和韵
    （明）文嘉/1408
  赠筝人（明）杨慎/1408
  正德宫词（明）王世贞/1408
  听李节弹筝（明）盛时泰/1408

卷一百九十七　琵琶类

五言古 …………………… 1409
  琵琶（齐）王融/1409
  琵琶（梁）徐勉/1409
  听邻人琵琶（唐）陈叔达/1409
七言古 …………………… 1409
  临川康乐亭听琵琶坐客索诗
    （宋）僧惠洪/1409
  王光禄家屏后琵琶短歌
    （明）柳应芳/1410
五言律 …………………… 1410
  琵琶（唐）李峤/1410
  听琵琶伎弹《略略》

    （唐）白居易/1410
  和高启闻邻家琵琶之作
    （明）徐贲/1410
  琵琶（明）常伦/1411
七言律 …………………… 1411
  代琵琶弟子谢女师曹供奉寄
    新调弄谱（唐）白居易/1411
  桐滩月夜舟中闻琵琶
    （元）吴景奎/1411
七言绝句 …………………… 1411
  王家琵琶（唐）张祜/1411
  蛮中（唐）张籍/1411
  宫词（唐）王建/1412
  琵琶（唐）白居易/1412
  听曹刚弹琵琶
    （唐）薛逢/1412
  和微之饮杨路分家听琵琶
    （宋）韩维/1412
  再和尧夫同前
    （宋）韩维/1412
  宫词次偰公远正字韵
    （元）迺贤/1412
  李宫人琵琶引
    （元）王士熙/1413
  滦京杂咏（元）杨允孚/1413
  长安春雪曲（明）王穉登/1413
  过休阳访查八十不遇
    （明）王寅/1413
  夜听琵琶（明）石沆/1413

卷一百九十八　箜篌类

七言古 …………………… 1414
　李凭箜篌引（唐）李贺/1414
五言绝句 …………………… 1414
　汉宫曲（唐）韩翃/1414
七言绝句 …………………… 1414
　楚州韦中丞箜篌
　　（唐）张祜/1414
　赠女道士郑玉华
　　（唐）施肩吾/1415
　听李凭弹箜篌
　　（唐）杨巨源/1415
　秋夜闻弹箜篌
　　（金）郭邦彦/1415
　小游仙（元）杨维桢/1415
　席上偶成（明）孙一元/1415
　青溪小姑曲（明）吴鼎芳/1416

卷一百九十九　笛类

五言古 …………………… 1417
　边笛曲（唐）温庭筠/1417
七言绝句 …………………… 1417
　夜上受降城闻笛
　　（唐）李益/1417
　听李简上人吹芦管
　　（唐）张祜/1417
　听僧吹芦管（唐）薛涛/1418

卷二百　角类

五言律 …………………… 1419
　边城听角（唐）李咸用/1419
六言绝句 …………………… 1419
　冬夕（元）僧善住/1419
七言绝句 …………………… 1419
　晚泊润州闻角
　　（唐）李涉/1419
　瓜洲闻晓角（唐）张祜/1419
　闻角（唐）杜牧/1420
　晚景（唐）僧子兰/1420

卷二百一　觱篥类

七言古 …………………… 1421
　次韵赵君季文赠杜宽吹觱篥吟
　　（元）陈基/1421
七言绝句 …………………… 1421
　宫词（宋）花蕊夫人/1421
　铁笛道人遗觱篥
　　（元）张宪/1422

卷二百二　方响类

七言古 …………………… 1423
　方响（唐）牛殳/1423
七言绝句 …………………… 1423
　夜泊鹦鹉洲（唐）钱起/1423
　方响（唐）杜牧/1423
　方响（唐）陆龟蒙/1424

商明府家学方响
　　（唐）方干／1424
夜闻方响（唐）雍陶／1424
闻方响（元）王恽／1424

卷二百三　杂乐器类

五言古 …………………… 1425
筦（梁）沈约／1425
五言律 …………………… 1425
拍板（唐）朱湾／1425
五言排律 ………………… 1425
和令狐仆射小饮听阮咸
　　（唐）白居易／1425
七言律 …………………… 1426
李户曹小伎天得善击越器
以成曲章（唐）方干／1426
八音（明）朱之蕃／1426
七言绝句 ………………… 1426
云和（唐）白居易／1426
月夜独坐忆钱塘暹师房听施
彦昭摘阮（明）镏绩／1427

卷二百四　鼎彝类

四言古 …………………… 1428
鼎铭（梁）周舍／1428
五言古 …………………… 1428
得汉彝简周伯宁索香灰
　　（明）镏炳／1428
七言古　附长短句 ……… 1428

宝鼎诗（汉）班固／1428
古鼎歌（明）谢应芳／1429
五言律 …………………… 1429
获周丰鼎，见《博古图》第
三卷，铭六字
　　（元）赵孟頫／1429
七言绝句 ………………… 1430
富阳妙庭观董双成故宅，发
地得丹鼎……（宋）苏轼／1430

卷二百五　炉类（附火笼）

四言古 …………………… 1431
熏炉铭（汉）刘向／1431
熏炉铭（汉）李尤／1431
五言古 …………………… 1431
古诗　阙名／1431
咏竹火笼（齐）谢朓／1431
咏博山香炉（齐）刘绘／1432
咏竹火笼（梁）萧正德／1432
和刘雍州博山香炉
　　（梁）沈约／1432
咏五彩竹火笼（梁）沈氏／1432
长短句 …………………… 1433
夜会问答（唐）陆龟蒙／1433
五言律 …………………… 1433
别春炉（唐）白居易／1433
香鸭（唐）徐夤／1433
五言绝句 ………………… 1433
香毬（唐）元稹／1433

火炉前坐（唐）李群玉／1433
七言绝句 …………… 1434
　正月五日以送伴借官侍宴集
　英殿口号（宋）杨万里／1434

卷二百六　镜类

四言古 ……………… 1435
　铭（汉）李尤／1435
　镜铭（梁）简文帝／1435
　方镜铭（陈）江总／1435
五言古 ……………… 1435
　镜（梁）简文帝／1435
　和陈主咏镜（陈）孔范／1436
　咏镜（北周）庾信／1436
　赋得镜（隋）李巨仁／1436
　咏镜（唐）张说／1436
　春镜（唐）刘长卿／1436
　校书郎杨凝往年以古镜贶别，
　　今追赠以诗（唐）李益／1436
　磨镜篇（唐）刘禹锡／1437
　古镜（唐）李群玉／1437
　梦一僧出二镜，以镜置日中，
　　其影甚异……
　　　（宋）苏轼／1437
　酬刘子古镜（明）陆俸／1437
七言古 ……………… 1438
　镜听词（唐）李廓／1438
　百炼镜（唐）白居易／1438
　灵台家兄古镜歌

　　（唐）薛逢／1438
　镜囊词（明）许䋞／1439
五言律 ……………… 1439
　千秋节赐群臣镜
　　（唐）明皇／1439
　鉴（唐）李峤／1439
　奉和圣制赐王公千秋镜应制
　　（唐）张说／1440
　奉和敕赐公主镜
　　（唐）席豫／1440
　临镜晓妆（唐）杨容华／1440
　古鉴（宋）梅尧臣／1440
　尘镜（元）萨都剌／1440
　镜（明）毛钰龙／1440
五言排律 …………… 1441
　秦镜（唐）仲子陵／1441
　秦镜（唐）张佐／1441
　府试古镜（唐）阙名／1441
七言律 ……………… 1441
　咏镜（唐）姚合／1441
　月夜匀面（元）杨维桢／1442
　玉镜台（明）朱之蕃／1442
五言绝句 …………… 1442
　咏镜（唐）骆宾王／1442
　方镜（元）何失／1442
　友人拟古乐府因题
　　（元）黄清老／1442
　明镜篇（元）郭翼／1443
　玉镜台（元）杨维桢／1443

览镜（明）木公／1443
七言绝句·················1443
　方镜（唐）贾岛／1443
　对镜（金）完颜璹／1443

卷二百七　扇类

四言古·····················1444
　扇铭（汉）傅毅／1444
　竹扇铭（晋）郭清／1444
　团扇铭（晋）孙康／1444
　五时画扇颂（晋）刘臻妻／1444
　白羽扇赞（宋）谢惠连／1445
五言古·····················1445
　竹扇诗（汉）班固／1445
　竹扇（晋）许询／1445
　团扇歌（梁）武帝／1445
　与虞记室诸人咏扇
　　（梁）何逊／1445
　破扇（陈）许倪／1445
　团扇歌（唐）刘禹锡／1446
　徐叔度遗纨扇（元）戴良／1446
七言古·····················1446
　戏和文潜谢穆父松扇
　　（宋）黄庭坚／1446
　题扇（元）贡性之／1446
五言律·····················1447
　扇（唐）李峤／1447
　崔驸马宅咏画山水扇
　　（唐）梁锽／1447

题竹扇赠别（唐）皇甫冉／1447
扇（明）高启／1447
送周复秀才赋得纨扇
　（明）高启／1447
五言排律·················1448
　白羽扇（唐）白居易／1448
　赐扇（明）张位／1448
七言律·····················1448
　就陈常侍乞白簟扇
　　（唐）徐夤／1448
　题严内翰赐扇（明）何景明／1448
　赐画面川扇（明）于慎行／1449
五言绝句·················1449
　题蒲葵扇（唐）雍裕之／1449
　题扇头（金）王利宾／1449
　绿窗诗（元）孙蕙兰／1449
　青青水中蒲（明）张羽／1449
六言绝句·················1449
　德和墨竹扇头
　　（金）元好问／1449
　曹得一扇头（金）元好问／1450
　咏撒扇（明）宣宗／1450
七言绝句·················1450
　宫词（唐）王建／1450
　代董秀才却扇
　　（唐）李商隐／1450
　扇（唐）司空图／1450
　蒲葵扇（唐）孙元晏／1451
　送邢台州（唐）僧皎然／1451

漳州僧宗要见遗纸扇，每扇
　　各书一诗（宋）蔡襄/1451
谢郑闳中惠高丽画扇
　　（宋）黄庭坚/1452
太白扇头（金）李端甫/1452
还紫云寺素扇且题诗其上
　　（金）宋梓/1452
题刘才卿湖石扇头
　　（金）元好问/1452
题陈北山扇（元）贯云石/1453
东家四时词（元）虞集/1453
以琼扇一握奉致黄明府
　　（元）范梈/1453
题宋徽宗扇面（元）柳贯/1453
同张伯雨过凝神庵，因观
　　宋高宗所赐蒲衣道士张达
　　道白羽扇（元）萨都剌/1453
题扇面（元）陈旅/1454
倭扇（元）贡性之/1454
题扇赠首坐（明）吴会/1454
秋香便面（明）祝允明/1454

卷二百八　棋类（附弹棋）

四言古……………………1455
　围棋铭（汉）李尤/1455
　观棋（宋）苏轼/1455
五言古……………………1455
　象弈一首呈叶潜仲
　　（宋）刘克庄/1455

棋墅（明）袁凯/1456
七言古……………………1456
　观棋歌送偃师西游
　　（唐）刘禹锡/1456
　送棋僧惟照（宋）文同/1457
五言律……………………1457
　赠棋僧侣（唐）张乔/1457
　寄棋客（唐）郑谷/1457
　咏棋（唐）裴说/1457
　观棋（唐）僧子兰/1458
　赌棋赋诗输刘起居奂
　　（宋）徐铉/1458
　棋（宋）陈与义/1458
五言排律…………………1458
　对棋（唐）李洞/1458
七言律……………………1458
　送国棋王逢（唐）杜牧/1458
　宿叶公棋阁（唐）李洞/1459
　石棋局献时宰（唐）李中/1459
　观弈（明）吴宽/1459
　奉次毕司空与客对弈谢答
　　张侍御惠酒之作……
　　（明）边贡/1459
五言绝句…………………1460
　池上（唐）白居易/1460
　弈台（明）徐祯卿/1460
七言绝句…………………1460
　重送国棋王逢
　　（唐）杜牧/1460

送棋客（唐）陆龟蒙 / 1460
小游仙（唐）曹唐 / 1460
闲居（元）仇远 / 1460
次韵曹都水（元）倪瓒 / 1461
谩成（元）马臻 / 1461
颂古（元）僧明本 / 1461
观弈图（明）高启 / 1461
棋（明）郭登 / 1461
续游仙诗（明）马洪 / 1461
题画（明）唐寅 / 1462
口占（明）娄坚 / 1462

附弹棋

五言古 ················ 1462
　弹棋（北周）王褒 / 1462
七言古 附长短句 ········· 1462
　弹棋歌（唐）李颀 / 1462
　弹棋歌（唐）韦应物 / 1463

卷二百九　投壶类

七言律 ················ 1464
　郡阁阅书投壶和呈相国晏公
　　（宋）梅尧臣 / 1464
　时雨用东圃韵写怀兼惠柳木
　　壶矢（明）顾清 / 1464
七言绝句 ·············· 1464
　小游仙诗（唐）曹唐 / 1464

卷二百十　杖类

四言古 ················ 1466
　灵寿杖颂（魏）王粲 / 1466
　邛竹杖铭（晋）傅咸 / 1466
　邛竹杖铭（晋）苏彦 / 1466
　灵寿杖铭（晋）王氏 / 1466
五言古 ················ 1467
　送筇杖与刘湛然道士
　　（宋）王禹偁 / 1467
　以黄子木拄杖为子由寿
　　（宋）苏轼 / 1467
　已师竹杖（宋）文同 / 1467
七言古 附长短句 ········· 1468
　桃竹杖引（唐）杜甫 / 1468
　铁拄杖（宋）苏轼 / 1468
　箫杖歌（元）杨维桢 / 1469
　阮将军龙杖歌（明）王穉登 / 1469
五言律 ················ 1470
　和徐法曹赠崔洛阳斑竹杖以
　　诗见答（唐）卢纶 / 1470
　答僧拄杖（唐）张籍 / 1470
　赠宗鲁邛竹杖
　　（唐）李商隐 / 1470
　赋得长城斑竹杖
　　（唐）李频 / 1470
　华顶杖（唐）皮日休 / 1470
　和袭美华顶杖
　　（唐）陆龟蒙 / 1471

答匡山僧赠椰栗杖

　　（唐）曹松 / 1471

筇竹杖赠天圣长老仁公，仁有诗，次其韵

　　（元）赵孟頫 / 1471

以邛竹杖寿程孟孺母

　　（明）朱多炡 / 1471

五言排律 …… 1471

　红藤杖 （唐）白居易 / 1471

　番禺杖 （元）王恽 / 1472

七言律 …… 1472

　乐全先生生日，以铁拄杖为寿

　　（宋）苏轼 / 1472

　李郎中有诗谢寄藤杖，仍次韵答之 （宋）何梦桂 / 1473

　梅杖 （元）刘因 / 1473

　湘竹杖寄无住 （元）宋无 / 1473

　梅杖 （元）谢宗可 / 1473

　龙杖 （元）谢宗可 / 1474

　箫杖 （明）丁敏 / 1474

　新制方竹杖 （明）吴宽 / 1474

五言绝句 …… 1474

　红藤杖 （唐）白居易 / 1474

　题柯敬仲杂画 （元）虞集 / 1474

七言绝句 …… 1475

　赠张驸马斑竹拄杖

　　（唐）僧护国 / 1475

　送佛面杖与罗浮长老

　　（宋）苏轼 / 1475

　以拄杖供仁山主

　　（宋）陈师道 / 1475

　绝句 （元）黄溍 / 1475

　春日杂兴 （元）僧善住 / 1475

　游仙 （明）汤颖绩 / 1475

卷二百十一　文具类

五言古 …… 1476

　咏笔格 （梁）简文帝 / 1476

　裴侍郎湘川回以青竹筒相遗因赠 （唐）钱起 / 1476

七言古 …… 1476

　酬宇文少府见赠桃竹书筒

　　（唐）李白 / 1476

　西域种羊皮书褥歌

　　（元）吴莱 / 1477

五言律 …… 1477

　诗牌 （宋）林逋 / 1477

　诗筒 （宋）林逋 / 1477

七言律 …… 1477

　题飞伯诗囊 （金）李献能 / 1477

　远山笔架 （元）刘因 / 1478

　诗瓢 （元）谢宗可 / 1478

　冰蟾为金齐贤赋

　　（元）张翥 / 1478

　水晶笔架 （元）张翥 / 1478

　师邵出意，作纶竿于墙上，以便递诗……

　　（明）顾清 / 1479

书尺（明）顾清/1479
五言绝句 …………… 1479
　书架（宋）王十朋/1479
七言绝句 …………… 1479
　槐木纸椎（宋）林逋/1479

卷二百十二　玩具类

五言律 ……………… 1480
　镂鸡子（唐）骆宾王/1480
七言律 ……………… 1480
　观琉璃瓶中游鱼
　　（唐）徐夤/1480
七言绝句 …………… 1480
　玉龙子（唐）陆龟蒙/1480

卷二百十三　饮具类

四言古 ……………… 1481
　樽铭（汉）崔骃/1481
　樽铭（汉）李尤/1481
五言古 ……………… 1481
　咏瓢（唐）张说/1481
　窊樽诗（唐）元结/1481
　与禅师携瘿樽归杏园联句
　　（唐）李益/1482
　酒中咏（唐）皮日休/1482
　和袭美酒中咏
　　（唐）陆龟蒙/1482
　独酌试药玉滑盏，有怀诸
　　君子……（宋）苏轼/1483

七言古 附长短句 ……… 1483
　对芳樽（唐）韦应物/1483
　玛瑙杯歌（唐）钱起/1484
　吴冲卿出古饮鼎
　　（宋）梅尧臣/1484
　胡穆秀才遗古铜器似鼎而小，
　　上有两柱……（宋）苏轼/1484
　分宁大竹取为酒樽，短胫
　　宽大……（宋）韩驹/1485
　陈新甫生日出红玉杯饮为赋
　　（元）陈旅/1485
　红玉杯为陈云峤太祝赋
　　（元）吴师道/1485
五言律 ……………… 1486
　咏柳少府山瘿木樽
　　（唐）李白/1486
　酒席赋得匏瓢
　　（唐）郑审/1486
　和袭美诃陵樽
　　（唐）陆龟蒙/1486
五言排律 …………… 1486
　赋得玉卮无当
　　（唐）元稹/1486
七言律 ……………… 1487
　荷杯（元）刘因/1487
　桃杯（元）刘因/1487
　橙杯（元）刘因/1487
　赋西域鹦鹉螺杯
　　（元）王恽/1487

酒旗 （元）谢宗可／1488
夜光杯 （明）朱之蕃／1488
五言绝句 …………… 1488
咏山樽 （唐）李白／1488
答释子良史送酒瓢
　　（唐）韦应物／1488
答窦二曹长留酒还榼
　　（唐）李益／1488
乞宽禅师瘿山罍呈宣供奉
　　（唐）李益／1489
题采莲舟杯 （元）程钜夫／1489
东华门偶述 （明）李梦阳／1489
七言绝句 …………… 1489
寄两银榼与裴侍郎因题
　　（唐）白居易／1489
家园 （唐）白居易／1489
秘色越器 （唐）陆龟蒙／1489
宫词 （宋）花蕊夫人／1490
萨天锡夜宿菌阁追寄
　　（元）张雨／1490
静海偶书 （明）顾璘／1490

卷二百十四　酿具类

五言古 …………… 1491
酒中咏 （唐）皮日休／1491
和袭美酒中咏
　　（唐）陆龟蒙／1492
五言律 …………… 1492
自题酒库 （唐）白居易／1492

七言律 …………… 1492
夜闻筦酒有声因而成咏
　　（宋）苏舜钦／1492
槽声同彦高赋
　　（金）蔡松年／1492
卢明之酒垆 （元）方夔／1493
五言绝句 …………… 1493
过酒家 （唐）王绩／1493

卷二百十五　茶具类

五言古 …………… 1494
茶籯 （唐）皮日休／1494
茶瓯 （唐）皮日休／1494
茶鼎 （唐）皮日休／1494
茶鼎 （唐）陆龟蒙／1494
以椰子茶瓶寄德孺
　　（宋）黄庭坚／1495
七言古 …………… 1495
次韵董夷仲茶磨
　　（宋）苏轼／1495
七言律 …………… 1495
贡馀秘色茶盏
　　（唐）徐夤／1495
次韵周穜惠石铫
　　（宋）苏轼／1495
茶筅 （元）谢宗可／1496
竹炉 （明）韩奕／1496
题真上人竹茶炉
　　（明）王绂／1496

五言绝句 …………………… 1496
　焙茶坞（唐）顾况/1496
　茶灶（宋）朱子/1497
　杂诗（金）张建/1497
七言绝句 …………………… 1497
　春日行近山（元）黄镇成/1497
　题扇（元）倪瓒/1497
　次韵曹都水（元）倪瓒/1497
　过山家（明）高启/1497

卷二百十六　食具类

五言古 ……………………… 1498
　咏竹槟榔盘（梁）沈约/1498
　次韵答吴长文内翰遗石器八十八件（宋）梅尧臣/1498
五言排律 …………………… 1498
　箸诗（金）周驰/1498
七言律 ……………………… 1499
　次韵欧阳广明以诗送钵盂
　　（宋）王廷珪/1499
七言绝句 …………………… 1499
　凭韦少府乞大邑瓷碗
　　（唐）杜甫/1499
　西宫即事（元）萨都剌/1499
　山居（元）僧清珙/1499

卷二百十七　坐具类

四言古 ……………………… 1500
　床几铭（汉）李尤/1500
　赋席（吴）张纯/1500
　书案铭（梁）简文帝/1500
五言古 ……………………… 1501
　乌皮隐几（齐）谢朓/1501
　咏席（齐）谢朓/1501
　床诗（梁）宣帝/1501
　咏胡床应教（梁）庾肩吾/1501
　咏案（陈）后主/1501
　同畅当咏蒲团
　　（唐）卢纶/1501
五言律 ……………………… 1502
　席（唐）李峤/1502
　乌龙养和（唐）皮日休/1502
　和袭美乌龙养和
　　（唐）陆龟蒙/1502
　鞍子（金）周驰/1502
七言律 ……………………… 1502
　题泗河中石床
　　（唐）吴融/1502
七言绝句 …………………… 1503
　题画（元）贡性之/1503

卷二百十八　寝具类

四言古 ……………………… 1504
　六安枕铭（汉）崔骃/1504
　瓖材枕箴（汉）张纮/1504
五言古 ……………………… 1504
　咏帐（梁）沈约/1504
　白石枕（唐）钱起/1504

斋中有兽皮茵，偶成咏
　　（唐）羊士谔 / 1505
吕居仁惠建昌纸被
　　（宋）刘子翚 / 1505
赋永上人纸帐（明）高启 / 1505
七言古 附长短句 ……… 1505
　郑群赠簟（唐）韩愈 / 1505
　夜会问答（唐）皮日休 / 1506
　寄蕲簟与蒲传正
　　（宋）苏轼 / 1506
　欧阳晦夫惠琴枕
　　（宋）苏轼 / 1507
　湖南有大竹，世号"猫头"，
　　取以作枕，仍为赋诗
　　（宋）韩驹 / 1507
　纸帐歌和全初上人韵并简
　　刘光朝（元）陈泰 / 1507
　警枕词（元）杨维桢 / 1508
　咏纸被（明）龚诩 / 1508
五言律 ……………… 1508
　床（唐）李峤 / 1508
　旅枕（宋）孔武仲 / 1508
　送椰心簟与刘使君
　　（宋）戴复古 / 1509
五言排律 …………… 1509
　寄蕲州簟与元九因题
　　（唐）白居易 / 1509
七言律 ……………… 1509
　白角簟（唐）罗邺 / 1509

以竹夹膝寄赠袭美
　　（唐）陆龟蒙 / 1509
鲁望以竹夹膝见寄次韵酬谢
　　（唐）皮日休 / 1510
白角簟（唐）曹松 / 1510
碧角簟（唐）曹松 / 1510
纸帐（唐）徐夤 / 1510
纸被（唐）徐夤 / 1511
纸帐次柳子玉韵
　　（宋）苏轼 / 1511
送竹几与谢秀才
　　（宋）苏轼 / 1511
菊枕（元）马祖常 / 1511
芦花被（元）贯云石 / 1512
纸帐（元）谢宗可 / 1512
芦花被（元）谢宗可 / 1512
竹夫人（元）谢宗可 / 1512
芦花褥（元）吴景奎 / 1513
鹅毛褥（元）曹文晦 / 1513
演法师惠纸帐
　　（元）张昱 / 1513
纸帐（元）陆景龙 / 1513
竹簟（明）朱之蕃 / 1514
纸帐（明）朱之蕃 / 1514
决明甘菊枕（明）朱之蕃 / 1514
答江似孙谢遗锦衾
　　（明）程嘉燧 / 1514
五言绝句 …………… 1515
　竹簟（唐）元稹 / 1515

闳师自天台见寄石枕
（宋）林逋/1515
七言绝句 ················ 1515
赠元九文石枕
（唐）刘禹锡/1515
酬灵符秀才惠枕
（唐）张祜/1515
欹枕（唐）郑谷/1516
已凉（唐）韩偓/1516
酬人寄簟（唐）鱼玄机/1516
赵子充示竹夫人诗，盖凉寝
竹器······（宋）黄庭坚/1516
杂诗（金）王良臣/1516
序山家幽寂之趣十首（录一）
（元）叶颙/1516
楮帐（元）郑允端/1517
客散（明）方太古/1517
吴越宫词（明）范汭/1517
华顶（明）僧大香/1517

卷二百十九　杂器类

五言古 ················ 1518
大食瓶（元）吴莱/1518
七言古 ················ 1518
瓶笙（并引）（宋）苏轼/1518
雨伞（元）萨都剌/1519
五言排律 ·············· 1519
寄怪石石斛与鲁元翰
（宋）苏轼/1519

七言律 ················ 1519
寄馏合刷瓶与子由
（宋）苏轼/1519
瓶笙（元）谢宗可/1520
得匏庵雨篛诗辄次韵
（明）李东阳/1520
分咏药臼（明）沈周/1520
七言绝句 ·············· 1520
移石盆（唐）陆龟蒙/1520

卷二百二十　香类

五言古 ················ 1521
同阁学士赋金鸭烧香
（元）虞集/1521
和虞先生箸香
（元）薛汉/1521
七言古 附长短句 ········ 1521
赋得香出衣（梁）刘孝威/1521
烧香（宋）杨万里/1522
七言律 ················ 1522
烧香（宋）陆游/1522
魏城马南瑞以异香见遗为赋
（元）毛麾/1522
云州道中数闻异香
（元）虞集/1523
龙涎香（元）谢宗可/1523
线香（明）瞿佑/1523
香印（明）瞿佑/1523
烧香桌（明）瞿佑/1524

斋居谢屠元勋送解家香
　　（明）吴宽／1524
印香盘（明）朱之蕃／1524
香篆（明）朱之蕃／1524

五言绝句 …………… 1525
寄南岳客乞灵芜香
　　（唐）陆龟蒙／1525
贾天锡惠宝熏乞诗，予以
十字作诗报之……
　　（宋）黄庭坚／1525
香（金）李俊民／1525
焚香（明）高启／1525

六言绝句 …………… 1526
和黄鲁直烧香
　　（宋）苏轼／1526
有惠江南帐中香者戏赠
　　（宋）黄庭坚／1526
子瞻寄和复答
　　（宋）黄庭坚／1526
焚香（金）高宪／1526

七言绝句 …………… 1527
宫词（唐）王建／1527
薛舍人见征恩赐香并二十八字
同寄（唐）吴融／1527
春雨中偶成（宋）张耒／1527
邃老寄龙涎香
　　（宋）刘子翚／1527
烧香（宋）杨万里／1528
宫词（宋）花蕊夫人／1528

从希颜觅笃耨香
　　（金）元好问／1528
焚胜梅香（元）刘秉忠／1528
午寝（元）元淮／1529
题露台夜炷图
　　（元）揭祐民／1529
是年五月扈从上京学宫纪事
　　（元）周伯琦／1529
春寒（明）郊韶／1529
南郊杂韵（明）陆容／1529

卷二百二十一　灯烛类
（附烟火）

四言古 …………… 1530
金羊灯铭（汉）李尤／1530
灯铭（晋）傅玄／1530
烛铭（晋）傅咸／1530

五言古 …………… 1530
庭燎（晋）傅元／1530
灯（齐）谢朓／1531
正月八日燃灯诗应令
　　（梁）简文帝／1531
咏笼灯（梁）简文帝／1531
咏池中烛影（梁）元帝／1531
咏残灯（梁）纪少瑜／1531
咏灯檠（梁）王筠／1531
咏蜡烛（梁）王筠／1532
咏灯（梁）吴均／1532
和簾里烛（梁）刘孝威／1532

赋得照棋烛诗刻五分成
　　（梁）刘孝绰 / 1532
咏灯（梁）沈氏 / 1532
三善殿夜望山灯
　　（陈）江总 / 1532
奉和通衢建灯应制
　　（隋）诸葛颖 / 1533
寒釭（唐）刘长卿 / 1533
咏残灯和杨孟载
　　（明）高启 / 1533
咏料丝灯（明）薛蕙 / 1533
烛（明）薛蕙 / 1533

七言古 ················· 1534
三日侍宴咏曲水中烛影
　　（梁）庾肩吾 / 1534
禊饮嘉乐殿咏曲水中烛影
　　（梁）刘孝威 / 1534

五言律 ················· 1534
烛（唐）李峤 / 1534
送毋潜三寺中赋得纱灯
　　（唐）李颀 / 1534
咏灯花同侯十一
　　（唐）韩愈 / 1534
观山灯献徐尚书
　　（唐）段成式 / 1535
灯花（元）贡奎 / 1535
废檠（元）杨载 / 1535
元夕赐观灯（明）杨荣 / 1535
元夕午门赐观灯
　　（明）金幼孜 / 1535
元夕赐观灯应制
　　（明）陈敬宗 / 1536
怀旧何处观灯好
　　（明）储罐 / 1536
咏墨纱灯（明）曹学佺 / 1536
剪烛（明）僧德祥 / 1536

五言排律 ··············· 1537
剪灯联句（元）贡师泰 / 1537
灯花联句（元）张雨 / 1537
咏高丽石灯（明）唐之淳 / 1538
观灯（明）朱纯 / 1538
癸卯元夕曹能始席上咏夹纱
　灯屏得花字（明）吴兆 / 1538

七言律 ················· 1538
蜡烛（唐）郑谷 / 1538
长明灯（唐）罗隐 / 1539
灯花（唐）徐夤 / 1539
咏灯（唐）僧慕幽 / 1539
祥符寺九曲观灯
　　（宋）苏轼 / 1539
上元观灯（宋）曾巩 / 1540
灯夕呈刘帅（宋）刘克庄 / 1540
书灯（元）刘清叟 / 1540
金钗剪烛（元）蒲道源 / 1540
走马灯（元）谢宗可 / 1541
天灯（元）谢宗可 / 1541
莲灯（元）谢宗可 / 1541
水灯（元）谢宗可 / 1541

书灯　（元）谢宗可 / 1542
灯花　（元）谢宗可 / 1542
泡灯　（元）谢宗可 / 1542
雪灯　（元）谢宗可 / 1542
塔灯　（元）谢宗可 / 1543
灯花给韵　（元）胡天游 / 1543
西湖放灯　（元）张雨 / 1543
灯花　（明）张羽 / 1543
咏菩提叶灯　（明）吕诚 / 1544
元夕赐午门观灯
　（明）金幼孜 / 1544
赐午门观灯应制
　（明）陈宗 / 1544
河灯　（明）李东阳 / 1544
鞋灯　（明）瞿佑 / 1545
斗鸡灯　（明）瞿佑 / 1545
咏老人灯　（明）桑悦 / 1545
元夕咏冰灯　（明）唐顺之 / 1545
上元夜帝御龙舟观鳌山恭述
　（明）王士骐 / 1546
上张灯后苑，以麦灯居中，
　吾州所产也
　（明）王士骐 / 1546
石琉璃　（明）朱之蕃 / 1546
烛泪　（明）申时行 / 1546
烛影　（明）屠瑶瑟 / 1547
五言绝句 ················· 1547
咏烛　（唐）太宗 / 1547
挑灯杖　（唐）骆宾王 / 1547
同张将蓟门观灯
　（唐）孟浩然 / 1547
四时宫词　（元）曹文晦 / 1547
二月十五夜子浚兄灯谜再赋
　（明）皇甫汸 / 1547
七言绝句 ················· 1548
因梦得题公垂所寄蜡烛因寄
　公垂　（唐）白居易 / 1548
圣灯　（唐）薛能 / 1548
代夫作白蜡烛诗赠人
　（唐）孙氏 / 1548
次韵馆中上元游葆真宫观灯
　（宋）韩驹 / 1548
观野灯　（宋）朱子 / 1548
谢韩实之直阁送灯
　（宋）陆游 / 1549
宫词　（宋）花蕊夫人 / 1549
烛花　（元）郝经 / 1549
令狐学士金莲图
　（元）许有壬 / 1549
晚泊维扬驿　（元）宋褧 / 1549
书舍寒灯　（元）叶颙 / 1550
宫词　（明）朱权 / 1550
元夕午门观灯应制
　（明）金幼孜 / 1550
看灯词　（明）瞿佑 / 1550
燕京歌　（明）刘效祖 / 1550
灯词　（明）袁九淑 / 1550

附烟火

七言古 …………… 1551
  陈都阃宅看烟火
    （明）张时彻/1551
七言律 …………… 1552
  赠放烟火者（元）赵孟頫/1552
  烟火戏（明）瞿佑/1552

卷二百二十二　火类

五言古 …………… 1553
  咏火（齐）王融/1553
  远看放火（梁）庾肩吾/1553
  夜烧松明火（宋）苏轼/1553
  云龙山观烧得云字
    （宋）苏轼/1553
七言古 …………… 1554
  夜光篇（唐）王泠然/1554
  徐使君分新火
    （宋）苏轼/1554
五言律 …………… 1555
  晚上南山观烧
    （元）范梈/1555
七言律 …………… 1555
  松枝火（元）谢宗可/1555
  寒火（明）朱之蕃/1555
六言绝句 …………… 1556
  集王摩诘书语
    （元）张雨/1556

七言绝句 …………… 1556
  春烧（元）张雨/1556
  蚤至阙下候朝（明）高启/1556
  故山春日（明）杨基/1556

卷二百二十三　烟类

五言古 …………… 1557
  咏烟（梁）简文帝/1557
  浦狭村烟度（陈）张正见/1557
七言古 …………… 1557
  米元晖画卷（元）吴镇/1557
五言律 …………… 1558
  烟（唐）李峤/1558
  远烟（唐）僧处默/1558
  烟（明）孟洋/1558
  应制题画（明）于慎行/1558
七言律 …………… 1558
  和尚书咏烟（唐）徐夤/1558
  茶烟（元）谢宗可/1559
  茶烟（明）瞿佑/1559
五言绝句 …………… 1559
  新烟（明）袁凯/1559
七言绝句 …………… 1559
  宫词（唐）王涯/1559
  西山（宋）刘克庄/1559
  堂邑宣化堂退食
    （元）张养浩/1560
  题危太朴所藏荥阳郑虔画秋
    峦横霭图（元）邓文原/1560

暮烟 （明）胡宗仁／1560

卷二百二十四　薪炭类（附灰）

五言古 …………… 1561
　咏灰 （隋）岑德润／1561
七言古 …………… 1561
　答友人赠炭 （唐）孟郊／1561
　谢赵使君送乌薪
　　（宋）陈师道／1561
　雪晓舟中生火 （宋）杨万里／1562
五言律 …………… 1562
　尘灰 （唐）骆宾王／1562
五言排律 …………… 1562
　初寒拥炉欣而成咏
　　（明）杨慎／1562
七言律 …………… 1563
　榾柮窝 （元）陆景龙／1563
　董明府除夕惠炭
　　（明）谢应芳／1563
　木炭 （明）朱之蕃／1563
七言绝句 …………… 1563
　小游仙诗 （唐）曹唐／1563
　以少炭寄江子之
　　（宋）晁冲之／1564
　杜善甫乞炭 （金）刘勋／1564
　仙居吟 （元）僧清珙／1564

卷二百二十五　农类

四言古 …………… 1565
　劝农 （晋）陶潜／1565
　和陶劝农 （宋）苏轼／1565
五言古 …………… 1565
　癸卯岁始春怀古田舍
　　（晋）陶潜／1565
　丙辰岁八月中于下潠田舍获
　　（晋）陶潜／1566
　藉田 （梁）武帝／1566
　田家即事 （唐）李峤／1566
　新晴野望 （唐）王维／1566
　田家杂兴 （唐）储光羲／1567
　行次田家澳梁作
　　（唐）储光羲／1567
　田家即事答崔二东皋作
　　（唐）储光羲／1567
　田家 （唐）杨颜／1568
　题农夫庐舍 （唐）丘为／1568
　南溪春耕 （唐）钱起／1568
　观村人收山田
　　（唐）钱起／1568
　田家 （唐）柳宗元／1568
　观稼 （唐）白居易／1569
　古风 （唐）李绅／1569
　田居春耕 （宋）秦观／1569
　老农 （宋）刘子翚／1569
　劳农 （宋）朱子／1569
　次韵黄子理宣德田居四时
　　（宋）僧道潜／1570
　田家四事 （元）方夔／1570

耕图 （元）赵孟頫/1571
归田乐 （元）张养浩/1572
勤耕亭 （元）傅若金/1572
早出田所 （明）袁凯/1572
田家杂咏 （明）樊阜/1573
田家 （明）祝允明/1573
夏日田园即事
　　（明）蒋山卿/1574
南庄观获作 （明）王问/1574
湖庄观获 （明）王问/1574
田家 （明）袁褧/1574

七言古 附长短句 ………… 1575
寄宿田家 （唐）高适/1575
田家行 （唐）王建/1575
送吴叔举主簿往清江受纳秋苗
　　（宋）王庭珪/1575
插秧歌 （宋）杨万里/1576
题申季山所藏李伯时画村田
　　乐图 （宋）戴复古/1576
田家吟 （元）胡天游/1576
水车歌 （元）曹文晦/1576
田家乐寄张师孟
　　（明）镏炳/1577

五言律 ………………… 1577
张谷田舍 （唐）储光羲/1577
田舍 （唐）杜甫/1578
太和戊申岁大有年，诏赐
　　百寮出城观秋稼……
　　（唐）刘禹锡/1578

江上田家 （唐）包何/1578
田家 （唐）司空曙/1578
赠田家翁 （唐）耿湋/1578
赠田家翁 （唐）杜荀鹤/1578
田家 （唐）李建勋/1579
再出行田 （宋）韩琦/1579
田舍 （宋）范成大/1579
农家 （宋）陆游/1579
农家 （宋）陆游/1579
宿农家 （宋）戴复古/1580
出社下岭望九洲流陂稻田可爱
　　（明）镏崧/1580
夜宿田舍 （明）华察/1580
田家吟 （明）卢沄/1580
田家乐 （明）邓渼/1580

五言排律 ……………… 1581
奉和圣制至长春宫登楼观
　　稼穑之作 （唐）苏颋/1581
田家 （唐）王维/1581

六言律 ………………… 1581
春耕 （明）杨慎/1581

七言律 ………………… 1582
和游尧臣劝农韵
　　（宋）王炎/1582
次秀野躬耕桑陌旧园之韵
　　（宋）朱子/1582
村居初夏 （宋）陆游/1582
获稻用分秧韵
　　（明）顾清/1582

望田家 （明）汪应轸／1583
耕隐为南昌万用中赋
　　（明）僧来复／1583
南浦春耕 （明）僧德祥／1583
七言排律 …………… 1583
　省敛 （明）何洛文／1583
五言绝句 …………… 1584
　题田洗马游岩桔槔
　　（唐）陈子昂／1584
　山下宿 （唐）白居易／1584
　江行 （唐）钱起／1584
　春墅 （唐）崔道融／1584
　稻畦 （宋）文同／1584
　东溪小景 （明）鲁铎／1584
六言绝句 …………… 1585
　田园乐 （唐）王维／1585
　过山农家 （唐）顾况／1585
　农家六言 （明）黎扩／1585
　耕 （宋）杨万里／1585
七言绝句 …………… 1585
　稻田 （唐）韦庄／1585
　畲田调 （宋）王禹偁／1586
　初夏 （宋）林逋／1586
　田家 （宋）欧阳修／1586
　画车 （宋）苏轼／1586
　秋日田家 （宋）文同／1586
　丰年谣 （宋）王炎／1586
　晚憩田家二绝
　　（宋）王炎／1587

插秧 （宋）范成大／1587
田园杂兴 （宋）范成大／1587
农舍 （宋）陆游／1587
金溪道中 （宋）杨万里／1587
至后入城道中杂兴
　（宋）杨万里／1588
湖南江西道中
　（宋）刘克庄／1588
田舍即事 （宋）刘克庄／1588
农谣 （宋）方岳／1588
田头 （宋）方岳／1588
途间作 （宋）许月卿／1589
田家秋日 （金）赵元／1589
村行 （金）郭邦彦／1589
田舍曲 （元）洪希文／1589
田父词 （元）马臻／1589
宿田家 （明）胡奎／1590

卷二百二十六　　圃类

五言古 …………… 1591
观圃人艺植 （宋）鲍照／1591
斋中杂兴 （宋）陆游／1591
后圃散策 （宋）杨万里／1591
月下观畦丁灌园
　（金）雷渊／1592
灌畦 （元）岑安卿／1592
治圃 （元）戴良／1592
新治圃成 （明）袁凯／1592
命僮 （明）胡翰／1593

西园 （明）王守仁/1593
五言律 ·················· 1593
　南山下与老圃期种瓜
　　（唐）孟浩然/1593
　佐还山后寄 （唐）杜甫/1593
　园 （唐）杜甫/1594
　种圃 （宋）张耒/1594
　连日治圃至山亭又作五字
　　（宋）陆游/1594
　小畦 （宋）戴昺/1594
　理蔬 （宋）杨万里/1594
　菜圃 （宋）杨万里/1594
　治圃杂书 （元）方回/1595
　畦乐园 （明）刘永之/1595
　题老圃卷 （明）王绂/1595
　观莳 （明）葛一龙/1595
七言律 ·················· 1595
　村舍 （唐）许浑/1595
　偶圃小园因题
　　（宋）王禹偁/1596
　课畦丁灌园 （宋）范浚/1596
　小圃独酌 （宋）陆游/1596
　蒲桥寓居，庭有刳方石而实
　　以土者…… （宋）杨万里/1597
　为圃 （宋）刘克庄/1597
　即事 （宋）刘克庄/1597
五言绝句 ················ 1598
　城西书事 （宋）韩维/1598
　蔬圃 （宋）朱子/1598

行圃 （宋）杨万里/1598
课园夫 （宋）白玉蟾/1598
入圃 （明）李玮/1598
七言绝句 ················ 1598
　和沈太博小圃偶作
　　（宋）赵抃/1598
　春日田园杂兴
　　（宋）范成大/1599
　行圃 （宋）杨万里/1599
　初秋行圃 （宋）杨万里/1599
　杂诗 （金）王磵/1599
　山居诗 （元）僧清珙/1599

卷二百二十七　樵类

五言古 ·················· 1600
　樵父词 （唐）储光羲/1600
　樵人十咏 （录六）
　　（唐）陆龟蒙/1600
　奉和樵人十咏 （录四）
　　（唐）皮日休/1601
　山中 （元）于石/1602
　下岭樵歌 （明）许继/1602
　题画 （明）刘泰/1602
　访樵者 （明）孙一元/1602
　赠山阴陈海樵
　　（明）王问/1602
　观束薪 （明）王问/1602
七言古 附长短句 ·········· 1603
　樵客吟 （唐）张籍/1603

樵歌（宋）郑震/1603
醉樵歌（明）张简/1603
赠醉樵（明）高启/1604
五言律 …………………… 1604
樵者（唐）崔涂/1604
六言律 …………………… 1604
冬樵（明）杨慎/1604
七言律 …………………… 1605
雪樵（元）龚璛/1605
樵（明）朱之蕃/1605
五言绝句 …………………… 1605
樵（金）李俊民/1605
樵歌贻卢子明
　（明）黄克晦/1605
六言绝句 …………………… 1606
樵（明）黎扩/1606
七言绝句 …………………… 1606
樵翁（唐）蒋吉/1606
樵叟（唐）僧贯休/1606
樵者（宋）欧阳修/1606
岁晚书事（宋）刘克庄/1606
次松风阁韵（宋）裘万顷/1607
馀杭樵歌（宋）谢翱/1607
九曲樵歌（元）曹文晦/1607
寄破山樵者李超无
　（明）尹嘉宾/1607

卷一百三十八　射　类

◆ 五言古

北园射堂新成
（北周）庾信

轩台聊可习，仙的不难登。转箭初调筈，横弓先望堋。
惊心一雁落，连臂两猿腾。直知王济巧，谁觉魏舒能。
空心不死树，无叶未枯藤。择贤方至此，传卮欣得朋。

题君子亭
（宋）朱子

清晨坐武观，凉风动高旌。挟弓一笑起，屈此四座英。
破的亦已屡，穿杨讵云精。军吏不敢贺，高鸟时相惊。
解鞲脱决遂，缓带飘华缨。俯仰新亭幽，旷然尘虑清。
内正外自直，三揖奚所争？端居得深玩，君子非虚名。

◆ 七言古

射虎行赠射虎人
（元）郭钰

昨日射虎南山巅，悲风萧萧眼力穿。
今日射虎北山下，虎血溅衣山路夜。
朝朝射虎无空归，家人望断孤云飞。

度岭踰山弓力健，虎肉共分不辞远。
府司帖下问虎皮，高枕髑髅醉不知。
虎昔咆哮百兽走，今日宁知在君手。
鼻端出火耳生风，拔剑起舞气如虹。
昨夜空村见渔火，牛羊不收犬长卧。
作诗赠君毛发寒，烦君为我谢上官。
独不见昔日刘昆称长者，虎北渡河不须射。

端午赐观骑射击毬侍谯

（明）王绂

葵榴花开蒲艾香，都城佳节逢端阳。
龙舟竞渡不足尚，诏令禁籞开毬场。
毬场新开向东苑，一望晴烟绿莎软。
万马骞腾鼓吹喧，五云缭绕旌旗展。
羽林年少青纶巾，秀眉丰脸如神人。
锦袍窄袖巧结束，金鞍宝勒红缨新。
纷纭来往尤迅速，马上时看藏马腹。
背挽雕弓金镞鸣，一剪柔条碎新绿。
忽闻有诏命分棚，毬先到手人夸能。
马蹄四合云雾集，骊珠落地蛟龙争。
彩色毬门不盈尺，巧中由来如破的。
划然一击电光飞，平地风云轰霹雳。
自矜得隽意气粗，万夫夸羡声喧呼。
摐金伐鼓助喜色，共言此乐人间无。
鸾舆临幸天颜喜，谯赐千官醉蒲醑。
光禄樽开北斗傍，《箫韶》乐奏南薰里。
微臣何幸遭盛明，清光日近多恩荣。
呈诗敢拟《长杨赋》，万岁千秋颂太平。

答空同子观射见赠之作
（明）郑作

我骑白鼻騧，君载青油车。
行行城南道，联翩走风沙。
停车下马对相揖，弯弓抽矢向西立。
一箭应手坠双翼，镝中飒飒悲风入。
天寒日暮侵征衣，侧身上马先尔归。
扬鞭径去不回首，黄云白雪春霏霏。

◆ 五言律

端午日观射柳应制
（明）王直

杨柳绿含滋，琱弓纵射时。向风飞白羽，和露折青丝。
辇路晴光动，旌门午漏迟。营前挝鼓急，捷报万人知。

◆ 五言排律

玄武门侍射
（唐）张说

射观通元（玄）阙，兵栏辟御筵。雕弧月半上，画的晕重圆。
羿后神幽赞，灵王法暗传。贯心精四返，饮羽妙三联。
雪鹤来衔箭，星麟下集弦。一逢军宴洽，万庆武功宣。

和王怀州观西营秋射
（唐）耿湋

谢公观校武，草碧露漫漫。落叶停高驾，空林满从官。
迎筹皆叠鼓，挥箭或移竿。名借三军勇，功推百中难。
主皮山郡晚，饮箅柳营寒。明日开铃阁，新诗双玉盘。

观卫尚书九日对中使射破的

（唐）戎昱

盛宴倾黄菊，殊私降紫泥。月营开射圃，霜旆拂晴霓。
出将三朝贵，弯弓五善齐。腕回金镞满，的破绿弦低。
勇气干牛斗，欢声震鼓鼙。忠臣思报国，更欲取关西。

◆ 七 言 律

次韵王晋卿奉诏押高丽燕射

（宋）苏轼

北苑传呼陛楯郎，东藩（夷）初识令君香。
天山自可三箭取，海国何劳一苇航。
宣劝不辞金盌侧，醉归争看玉鞭长。
锦囊诗草勤收拾，莫遣鸡林得夜光。

刘乙新作射亭

（宋）苏轼

兰玉当年刺史家，双鞭驰射笑穿花。
而今白首闲骢马，只有清尊照画蛇。
寂寂小窗蛛网遍，阴阴垂柳雁行斜。
手柔弓燥春风暖，置酒看君中棘牙。

射 柳

（元）张弘范

年少将军耀武威，人如轻燕马如飞。
黄金箭落星三点，白玉弓开月一围。
箫鼓声中惊霹雳，绮罗筵上动光辉。
回头笑杀无功子，羞对薰风脱锦衣。

端午日赐观射柳

（明）王英

凤皇城上驻龙旂，瑞日含光耀紫微。
淡荡蒲风初应节，絪缊花气半薰衣。
仗前新筑麒麟苑，云外遥开虎豹围。
先看圣孙来试马，指麾兵阵合天机。

鸣箫伐鼓催飞鞚，列阵行云拥翠华。
竞挽雕弓如月满，尽摧杨柳向风斜。
因知上将皆猿臂，总道诸军胜虎牙。
莫羡天山曾献巧，射生今已静边沙。

◆ 五言绝句

观骑射

（唐）李益

边头射雕将，走马出中军。远见平原上，翻身向暮云。

◆ 七言绝句

少年行

（唐）令狐楚

家本清河住五城，须凭弓箭得功名。
等闲飞鞚秋原上，独向寒云试射声。

看射柳枝

（唐）李涉

玉弝朱弦敕赐弓，新加三斗得秋风。
万人齐看翻金勒，百步穿杨逐箭空。

卷一百三十九 弓 类

◆ 四言古

良弓铭
（汉）李尤

弓矢之作，爰自曩时。乡射载礼，招命在诗。
妙称颜高，巧发晋师。不争之美，亦以辨仪。

◆ 五言古

我 有
（元）张宪

我有骍角弓，百步能破的。力强不受檠，材美陋越棘。
时能毙飞将，万骑莫敢逼。翻翻铁丝箭，剡剡金爪镝。
鼓寒霜气重，应手响霹雳。岂惟射渠魁，眼中已无敌。
雄哉两櫜鞬，俨若左右翼。时来亦大用，不偶直暂塞。
我弓虽少置，未许楚人得。

◆ 五言律

戴光弓
（唐）元稹

潞府筋胶劲，戴光因合成。知君怀胆气，赠我定交情。

不拟闲穿叶,那能枉始生。唯调一只箭,飞入破聊城。

射弓次寄彭城四君
（宋）林逋

襟掩皂貂斜,晴鼙向水涯。箭翎沉白雪,贴晕破微霞。
气为傍观壮,言因决胜夸。钿钗金捍毂,更忆五侯家。

◆ **五言绝句**

奉和咏弓
（唐）杨师道

霜重麟胶劲,风高月影圆。乌飞随帝辇,雁落逐鸣弦。

弓
（明）高启

燕角号良材,楼烦劈未开。秋风悬臂出,何处一鸧来？

◆ **七言绝句**

阅弓箭手
（明）孙承宗

三年又见柳依依,细柳营中划柳归。
却喜丹台新燕子,学成白羽水平飞。

卷一百四十　箭　类

◆ 四言古

弧矢铭
　　　　　　　　　　（汉）李尤

剡木为弧，剡木为矢。弧矢协并，八极同纪。

弓矢赞
　　　　　　　　　　（梁）萧统

弓用筋角，矢制良工。亦以观德，非止临戎。
杨叶命中，猿堕长空。

◆ 五言律

箭
　　　　　　　　　　（唐）李峤

汉甸初收羽，燕城忽解围。影随流水急，光带落星飞。
夏列三成范，尧沉九日辉。断蛟云梦泽，希为识忘归。

◆ 五言排律

御箭连中双兔
　　　　　　　　　　（唐）阙名

宸游经上苑，羽猎向闲田。狡兔初迷窟，纤骊讵著鞭。

三驱仍百步,一发遂双连。影谢含霜草,魂消向月弦。欢声动寒木,喜气满晴天。那似陈王意,空垂乐府篇。

卷一百四十一　刀　类

◆ 五言古

　　　　以双刀遗子由，子由有诗次其韵
　　　　　　　　　　　　　　（宋）苏轼

宝刀匣不见，但见龙雀镮。何曾斩蛟蛇，亦未切琅玕。
胡为穿窬辈，见之要领寒？吾刀不汝问，有愧在其肝。
念此力自藏，包之虎皮斑。湛然如古井，终岁不复澜。
不忧无所用，忧在用者难。佩之非其人，匣中自长叹。
我老众所易，屡遭非意干。惟有王元（玄）通，阶庭秀芝兰。
知子后必大，故择刀所便。屠狗非不用，一岁六七刓。
欲试百炼刚，要须更泥蟠。作诗铭其背，以待知者看。

　　　　刀赠程自邑
　　　　　　　　　　　　　　（明）郑作

昔客汴上来，曾遗西番刀。出鞘试蠢蠢，口吹断毫毛。
裹以白鹿皮，缠以青丝绦。不逢拂拭人，尘埃甘自韬。
把赠惭吾老，功名看汝豪。

◆ 七言古　附长短句

　　　　崔五六图屏风各赋一物得乌孙佩刀
　　　　　　　　　　　　　　（唐）李颀

乌孙腰间佩两刀，刃可吹毛锦为带。

握中枕宿穹庐室，马上割飞罽蝤塞。
执之魍魉谁能前，气凛清风沙漠边。
磨用阴山一片玉，洗将朔北独流泉。
主人屏风写奇状，铁鞘金镮俨相向。
回头瞪目时一看，使予心在江湖上。

荆南兵马使太常卿赵公大食刀歌

（唐）杜甫

太常楼船声嗷嘈，问兵刮寇超下牢。
牧出令奔飞百艘，猛蛟突兽纷腾逃。
白帝寒城驻锦袍，元（玄）冬示我胡国刀。
壮士短衣头虎毛，凭轩拔鞘天为高。
翻风转日木怒号，冰翼雪淡伤哀猱。
镌错碧罂鸊鹈膏，鋩锷已莹虚秋涛。
鬼物撇捩乱坑壕，苍水使者扪赤绦。
龙伯国人罢钓鳌，芮公回首颜色劳。
分阃救世用贤豪，赵公玉立高歌起。
揽环结佩相终始，万岁持之护天子。
得君乱丝与君理，蜀江如线针如水。
荆岑弹丸心未已，贼臣恶子休干纪。
魑魅魍魉徒为耳，妖腰乱领敢欣喜？
用之不高亦不庳，不似长剑须天倚。
吁嗟光禄英雄弭，大食宝刀聊可比。
丹青宛转麒麟里，光芒六合无泥滓。

难绾刀子歌

（唐）卢纶

黄金鞘里青芦叶，丽若剪成铦且翣。
轻冰薄玉状不分，一尺寒光堪决云。

吹毛可试不可触，似有虫搜阙裂文。
淬之几堕前池水，焉知不是蛟龙子？
割鸡刺虎皆若空，愿应君心逐君指。
并州难绾竟何人，每成此物如有神。

日本刀歌

（宋）欧阳修

昆夷道远不复通，世传切玉谁能穷？
宝刀近出日本国，越贾得之沧海东。
鱼皮装贴香木鞘，黄白间杂鍮与铜。
百金传入好事手，佩服可以禳妖凶。
传闻其国居大岛，土壤沃饶风俗好。
其先徐福诈秦民，采药淹留丱童老。
百工五种与之居，至今器玩皆精巧。
前朝贡献屡往来，士人往往工词藻。
徐福行时书未焚，逸《书》百篇今尚存。
令严不许传中国，举世无人识古文。
先王大典藏蛮貊，沧波浩荡无通津。
令人感激坐流涕，锈涩短刀何足云。

赠戴嗣良歌，时罢洪府监，兵过广陵，为东坡公出所获西夏刀剑，东坡公命作

（宋）晁补之

三郎少日如乳虎，代父搏贼惊山东。
硬弓长箭取官职，自说九战皆先锋。
将军拳勇馈不继，痛惜灵武寄谋空。
城头揶揄下俯走，壮士志屈羞填胸。
平生山西踏霜雪，洪府下湿号儿童。
闻名未识二十载，初见长揖东坡公。

锐头短后凛八尺，气似饮井垂檐虹。
只令不语当阵立，望见已是千夫雄。
往年身夺五刀剑，名玉所擐犀扎同。
晨朝携来一府看，窃指私语惊庭中。
红妆拥坐花照酒，青萍拔鞘堂生风。
螺旋铓锷波起脊，白蛟双挟三苍龙。
试人一缕立褫魄，戏客三招森动容。
东坡喜为出好砺，洮鸭绿石如坚铜。
收藏入匣人意定，蛾眉稍进琉璃钟。
太平君子尚小慼，戒惧𫊸小毋丼蜂。
舞干两阶庶可睹，跳空七剑今何庸。
我为苏公起扬觯，雅歌缓带聊堪同。
从公请砺归作砚，闻公常谏求边功。

北庭宣元杰西番刀歌

（元）张宪

金神起持水火齐，煅炼阴阳结精锐。
七月七日授冶师，手作钳锤股为砺。
一千七百七十锋，脊高体狭刀口洪。
龙飞蛟化岁月久，阮师旧物今无踪。
呱哇绣镔柔可曲，东倭纯钢不受触。
贤侯示我西番刀，名压古今刀剑录。
三尖两刃圭首圆，剑脊黑黑生黑烟。
朱砂斑痕点人血，雕青皮软金钩联。
唐人宝刀夸大食，于今利器称米息。
十年土涮松纹生，戎王造时当月蚀。
平章遗佩固有神，朱高固始多奇勋。
三公重器不虚授，往继王祥作辅臣。

佩刀行

(明) 徐尊生

神人藏舟半天里,绝壑谽谺露舟尾。
铮然有物堕中宵,八觚棱嶒长尺只。
野僧拾之归张公,化为夭矫苍精龙。
不知何世何年閟奇气,剸犀断虎一旦生神通,
魑魅却走妖邪空。
张公佩到蓬莱殿,天上群仙惊未见。
青丝綖悬白玉环,当昼孤光摇冷电。
为君淬厉向盘根,纵有青萍何足羡。
他年辞荣归浙山,莫行金华赤松间。
精灵感会霹雳吼,便恐飞去无时还。

杨伯翼赠日本刀歌

(明) 王穉登

杨郎手持一匣霜,赠我拂拭生寒芒。
铅刀纷纷空满目,君与此锷皆鱼肠。
南金换却东溟铁,上带倭兵髑髅血。
血未曾消刃未平,皎若莲花浸秋月。
灯前细看鹣䴖锋,入手还疑蛟与龙。
门外湖深恐飞去,朱绳夜缚青芙蓉。
苔花斓斑土花紫,白虹沉沉卧寒水。
归家不惜十年磨,他日还能报知己。

◆ 五 言 律

刀

(唐) 李峤

列辟鸣鸾至,惟良佩犊旋。带环疑写月,引鉴似含泉。

入梦华梁上，藏锋彩笔前。莫惊开百炼，特拟定三边。

琉球刀

（明）徐渭

单刀新试舞，双剑旧能轮。雨过腥闻血，风旋雪里身。
对镮归思动，挂壁蒯缑尘。醉后时横看，终当赠与人。

◆ 七言律

咏邵文敬所藏转刀

（明）吴宽

铄金巧思出工倕，独抱机心展转危。
报主久知深自许，授人难辨倒相持。
笔端字悟藏锋妙，囊底锥嫌脱颖迟。
诗社埋头羞锐进，吴笺一割尚差差。

◆ 五言绝句

视刀环歌

（唐）刘禹锡

常恨言语浅，不知人意深。今朝两相视，脉脉万重心。

卷一百四十二 剑 类

◆ 五言古

剑

（魏）文帝

越民铸宝剑，出匣吐寒芒。服之御左右，除凶致福祥。

宝剑

（梁）吴均

我有一宝剑，出自昆吾溪。照人如照水，切玉如切泥。锷边霜凛凛，匣上风凄凄。寄语张公子，何当来见携。

经丰城剑池

（陈）阴铿

清池自湛澹，神剑久迁移。无复连星气，空馀似月池。夹筱澄深渌，含风结细漪。唯有莲花萼，还想匣中雌。

古剑

（唐）刘长卿

龙泉闲古匣，苔藓沦此地。何意久藏锋，翻令世人弃。铁衣今正涩，宝刃犹可试。傥遇拂拭恩，应知剸犀利。

折剑头

（唐）白居易

拾得折剑头，不知折之由。一握青蛇尾，数寸碧峰头。

疑是斩鲸鲵，不然刺蛟虬。缺落泥土中，委弃无人收。
我有鄙介性，好刚不好柔。勿轻直折剑，犹胜曲全钩。

宝剑吟

（宋）陆游

幽人枕宝剑，殷殷夜有声。人言剑化龙，直恐兴风霆。
不然愤狂竖，慨然思遐征。取酒起酹剑，至宝当潜形。
岂无知君者，时来自施行。一匣有馀地，胡为鸣不平。

宝剑篇

（明）祝允明

我有三尺匣，白石隐青锋。一藏三十年，不敢轻开封。
无人解舞术，秋山蛰神龙。时时自提看，碧水苍芙蓉。
家鸡未须割，屠蛟或当逢。想望张壮武，揄扬郭代公。
高歌抚匣卧，遐想干将翁。幸得留光彩，长飞星汉中。

◆ 七言古 附长短句

古剑篇

（唐）郭元振

君不见昆吾铁冶飞炎烟，红光紫气俱赫然。
良工锻炼凡几年，铸得宝剑名龙泉。
龙泉颜色如霜雪，良工咨嗟叹奇绝。
琉璃玉匣吐莲花，错镂金环映明月。
正逢天下无风尘，幸得周防君子身。
精光黯黯青蛇色，文章片片绿龟鳞。
非直结交游侠子，亦曾亲近英雄人。
何言中路遭弃捐，零落漂沦古狱边？
虽复尘埋无所用，犹能夜夜气冲天。

与李渤新罗剑歌

(唐) 李涉

我有神剑异人与,暗中往往精灵语。
识者知从东海来,来时一夜因风雨。
长河临晓北斗残,秋水露背青螭寒。
昨夜大梁城下宿,不借趺趺光颜看。
刃边飒飒尘沙缺,瘢痕半是蛟龙血。
雷焕张华久已无,沉冤知向谁人说?
我有爱弟都九江,一条直气今无双。
青光好去莫惆怅,必斩长鲸须少壮。

武昌铜剑歌

(宋) 苏轼

雨馀江清风卷沙,雷公蹴云捕黄蛇。
蛇行空中如枉矢,霓光煜煜烧蛇尾。
或投以块铿有声,雷飞上天蛇入水。
水上青山如削铁,神物欲出山自裂。
细看两胁生碧花,犹是西江老蛟血。
苏子得之何所为?蒯缑弹铗咏新诗。
君不见凌烟功臣长九尺,腰间玉具高拄颐。

张几仲有龙尾子石砚以铜剑易之

(宋) 苏轼

我家铜剑如赤蛇,君家石砚苍璧椭而窊(洼)。
君持我剑向何许?大明宫里玉珮鸣冲牙。
我得君砚亦安用?雪堂窗下《尔雅》笺鱼虾。
二物与人初不异,飘落高下随风花。
蒯缑玉具皆外物,视草草元(玄)无等差。

君不见秦赵城易璧,指图睨柱相矜夸;
又不见二生妾换马,骄鸣啜泣思其家。
不如无情两相与,永以为好譬之桃李与琼华。

郭祥正家醉画竹石壁上,郭作诗为谢,且遗二古铜剑

（宋）苏轼

空肠得酒芒角出,肝肺槎枒生竹石。
森然欲作不可回,吐向君家雪色壁。
平生好诗仍好画,书墙涴壁长遭骂。
不瞋不骂喜有馀,世间谁复如君者?
一双铜剑秋水光,两首新诗争剑铓。
剑在床头诗在手,不知谁作蛟龙吼。

汉剑歌

（元）贡奎

古剑邻邻一泓水,高堂脱鞘神光起。
何年失势竟飞来,风雨灵雌泣渊底。
自从掌握归山人,勾连铁锁羁烟尘。
山石裂开鸣碧玉,土华蚀尽浮苍鳞。
天官下敕百灵守,呼吸云雷任驱走。
或云其来由汉始,留侯佩从赤松子。
千载相传有定名,造物忘令书太史。
君不见干将莫邪离复合,气冲牛斗森灭没,
长鲸掉尾沧海阔。

宝剑歌

（明）孙炎

宝剑光耿耿,佩之可以当一龙。
只是阴山太古雪,为谁结此青芙蓉?

明珠为宝锦为带,三尺枯蛟出冰海。
自从虎革裹干戈,飞入芒砀育光彩。
青田刘郎汉诸孙,传家惟有此物存。
匣中千年睡不醒,白帝血染桃花痕。
山童神全眼如日,时见蜿蜒走虚室。
我逢龙精不敢弹,正气直贯青天寒。
还君持之献明主,若岁大旱为霖雨。

匣剑行

(明)张元凯

生长阖闾国,家住专诸里。
锻炼昆吾成,一匣明秋水。
秋水泠泠声绕扉,凄清中夜蛟龙归。
空庐独抱朗月卧,高天飒动霜华飞。
提携神物无人觉,何来白虹常在握。
锋芒卫霍耀天山,精灵荆聂倾河岳。
结客纷纷向五陵,呼卢博采且浮沉。
宁输百万留三尺,悬在腰间酬寸心。
鸂鶒新淬光如彗,照见人间不平事。
玉玦金环日日闲,匣中一匊明珠泪。
严城吹角秋夜清,风凄月肃邻鸡鸣。
擎(揽)衣起舞欲拔剑,无乃岁久青苔生。
莫邪空老无人齿,世人共宝铅刀耳。
幕南塞北行路难,酬恩报怨竟谁是?
沦落沉埋一蒯缑,耻将弹铗动诸侯。
丰城不掩千霄气,越石何嗟绕指柔。

◆ 五言律

蕃剑

（唐）杜甫

致此自僻远，又非珠玉装。如何有奇怪，每夜吐光芒？
虎气必腾上，龙身宁久藏？风尘苦未息，持汝奉明王。

宝剑篇

（唐）刘长卿

宝剑不可得，相逢几许难。今朝一度见，赤色照人寒。
匣里星文动，环边月影残。自然神鬼伏，无事莫空弹。

赋得双佩剑送方生趋幕府

（明）潘纬

延津双玉虹，神物合雌雄。易用千金购，难为一割功。
尘埋馀斗气，岁远结阴风。感激封侯去，龙鸣出匣中。

赋得剑并送汤宪副

（明）童珮

宝锷曾留此，千年尚有名。星辰片云识，风雨半江生。
炼想古人迹，功知烈士成。张华在当路，宁使久延平。

◆ 五言排律

观淬龙泉剑

（唐）裴夷

欧冶将成器，风胡幸见逢。发硎思剚玉，投水化为龙。
讵肯藏深匣，终期用刺钟。莲花生宝锷，秋日厉霜锋。
炼质才三尺，吹毛过百重。击磨如不倦，提握愿长从。

剑化为龙

（唐）张聿

古剑诚难屈，精明有所从。沉埋方出狱，会合却成龙。
牛斗冤初歇，蜿蜒气渐浓。云涛透百尺，水府跃千重。
拖尾迷莲锷，张鳞露锦容。至今沙岸下，谁得睹灵踪？

◆ **五言绝句**

剑 客

（唐）贾岛

十年磨一剑，霜刃未曾试。今日把似君，谁有不平事？

◆ **七言绝句**

书 剑

（唐）元稹

渝工剑刃皆欧冶，巴吏书踪尽子云。
唯我心知有来处，泊船黄草夜思君。

宝 剑

（唐）韩偓

困极应还有日通，难将尘土掩神踪。
但教出得丰城后，不是延津亦化龙。

咏 剑

（明）沈贞

三尺精灵夜吐辉，曾闻天上化龙飞。
千金漫落英雄手，不断人间是与非。

戚将军赠宝剑歌

(明) 王世贞

铸成欧冶笑相看,朵朵莲花映日寒。
自是君家第三剑,万年不遣赠来丹。

曾向沧流劓怒鲸,酒阑分手赠书生。
芙蓉涩尽鱼鳞老,总为人间事渐平。

霜华出匣影迷离,懒傍商山刈紫芝。
腰下长镰来便妒,不须风雨论雄雌。

螭头衔玉虎丝绦,白昼凌霜夜吼涛。
东海王生身渐老,可能酬得吕虔刀?

卷一百四十三　旌旗类

◆ 五言古

扬　旗
（唐）杜甫

江雨飒长夏，府中有馀清。我公会宾客，肃肃有异声。
初筵阅军装，罗列照广庭。庭空六马入，駊騀扬旗旌。
回回偃飞盖，熠熠迸流星。来缠风飙急，去擘山岳倾。
材归俯身尽，妙取略地平。虹蜺就掌握，舒卷随人轻。
三州逼寇戎，但见西岭青。公来练猛士，欲夺天边城。
此堂不易升，庸蜀日已宁。吾徒且加餐，休适蛮与荆。

◆ 五言律

旌
（唐）李峤

告善康庄侧，求贤市肆中。拥麾分彩雉，持节曳丹虹。
影丽天山雪，光摇朔塞风。方知美周政，抗旆赋《车攻》。

旗
（唐）李峤

桂影承宵月，虹辉接曙云。纵横齐八阵，舒卷引三军。
日薄蛟龙影，风翻鸟隼文。谁知怀勇志，蟠地几缤纷。

◆ 五言绝句

麾

（明）高启

彩帛曳长虹，悠悠卷塞风。三军齐陷阵，应在一挥中。

卷一百四十四　战袍类

◆ 七言古

观杭州钤辖欧育刀剑战袍
（宋）苏轼

青绫衲衫暖衬甲，红线勒帛光绕胁。
秃巾小袖雕鹘盘，大刀长剑龙蛇柙。
两军鼓噪屋瓦坠，红尘白羽纷相杂。
将军恩重此身轻，笑履锋铓如一插。
书生只肯坐帷幄，谈笑毫端弄生杀。
叫呼击鼓催上竿，猛士应怜小儿黠。
试问黄河夜偷渡，掠面惊沙寒霎霎。
何如大舰日高眠，一枕清风过苕霅。

◆ 五言律

赋得战袍红
（明）徐渭

海𧎢染啼猩，征袍制始成。春笼香共叠，夜帐火俱明。
自与鹑旗映，还宜蟒绣萦。战归新月上，脱向侍儿擎。

◆ 五言绝句

战　袍
（明）高启

雕锦剪花团，三边总认看。寻常不肯著，风雪念兵寒。

卷一百四十五　弹　类

◆ 五言古

南林弹
（晋）桓玄

散带蹑良驷，挥弹出长林。归翾赴旧栖，乔木转翔禽。
落羽寻绝响，屡中转应心。

◆ 七言古

挟弹图
（明）陈绍先

连钱骢马雕鞍新，银蹄躞蹀扬风尘。
一声嘶过沙堤畔，雨香云暖当芳春。
乌纱云锦新承赐，侍宴明光醉归去。
弯弓挟弹望飞禽，落花满地无处寻。

奚官平明出建章，金羁白马多恩光。
翻身忽见草中兔，雕弓满彀如鹰扬。
四蹄蹴踏烟莎短，垂鞭缓把丝缰缩。
归来犹带上林酣，挥袂香风春日暖。

◆ 五言律

弹
（唐）李峤

侠客持苏合，佳游满帝乡。避丸深可诮，求炙遂难忘。
金进疑星落，珠成似月光。谁知少孺子，将此谏吴王。

◆ 七言绝句

宫词
（宋）花蕊夫人

侍女争挥玉弹弓，金丸飞入乱花中。
一时惊起流莺散，踏落残花满地红。

四马挟弹图
（元）杨维桢

八骏瑶池一半归，锦袍欲脱玉腰围。
君王手挟流星弹，莫打慈乌绕树飞。

题挟弹人马图
（明）张适

骢骑闲行不用鞭，绿阴原上草芊芊。
是谁催促春归去，却把金丸打杜鹃？

题挟弹图
（明）陈继

白马雕鞍艳绮罗，东城南陌遍经过。
金丸且莫轻抛掷，绿树春深乳雀多。

题赵仲穆挟弹图

(明)李东阳

东风挟弹小城春,游骑飞缰不动尘。
道上相逢休借问,卫家兄弟霍家亲。

卷一百四十六　鞭　类

◆ 五言古

野夫采鞭于东山偶得元者
（唐）羊士谔

追风岂无策，持斧有遐想。风去留孤根，岩悬非朽壤。
苔斑自天生，玉节垂云长。勿谓山之幽，丹梯亦可上。

野节鞭
（唐）元稹

神鞭鞭宇宙，玉鞭鞭骐骥。紧绁野节鞭，本用鞭赑屃。
使君鞭甚长，使君马亦利。司马并马行，司马马憔悴。
短鞭不可施，疾步无由致。使君驻马言，愿以长鞭遗。
此遗不寻常，此鞭不容易。金坚无缴绕，玉滑无尘腻。
青蛇圻生石，不刺山阿地；乌龟旋眼斑，不染江头泪。
长看雷雨痕，未忍驽骀试。特用换所持，无令等闲弃。
答言君何奇，赠我君所贵。我用亦不凡，终身保明义。
誓以鞭奸顽，不以鞭蹇踬。指搞狡兔踪，决挞怪龙睡。
借令寸寸折，节节不虚坠。因作换鞭诗，诗成谓同志。
而我得闻之，笑君年少意。安用换长鞭，鞭长亦奚为？
我有鞭尺馀，泥抛风雨渍。不拟闲赠行，唯将烂夸醉。
春来信马头，款缓花前辔。愿我迟似挛，饶君疾如翅。

◆ 长短句

咏马鞭

（唐）高适

龙竹养根凡几年，工人截之为长鞭，一节一目皆天然。
珠重重，星连连。绕指柔，纯金坚。绳不直，规不圆。
把向空中捎一声，良马有心日驰千。

◆ 五言律

赋得铁马鞭

（唐）戎昱

成器虽因匠，怀刚本自天。为怜持寸节，长拟静三边。
未入英髦用，空存铁石坚。希君剖腹取，还解抱龙泉。

◆ 七言律

刘二十八以文石枕见赠，仍题绝句，以将厚意。因持壁州鞭酬谢，兼广为四韵

（唐）元稹

枕截文琼珠缀篇，野人酬赠壁州鞭。
用长时节君须策，泥醉风云我欲眠。
歌盼彩霞临药灶，执陪仙仗引炉烟。
张骞却上知何日？随会归期在此年。

武备杂类

◆ 五言古

咏鞭应诏

（梁）萧琛

抑扬应雅舞，击节逗和音。却马既云在，将帅止思心。

◆ 七言古

文皇御枪歌

（明）王世贞

天欲大统归文皇，健儿插羽起翼方。
隆准重瞳美髯秀，如云黑帜绿沉枪。
帜尾绒排七曜色，枪尖铁浴九秋霜。
毋论此枪丈二尺，尺刃能为万人敌。
耀如掣电长绕身，袅若修蛇四生翼。
衔枚直透深阵后，立表时悬伏兵色。
白沟河溃呼吸中，金陵铁瓮无坚埔。
保儿身手岂不健，凡介岂敢追真龙。
紫茸甲彫赤骠死，若论元勋此枪耳。
贯镞中穿悬昧白，捍刃痕多断鳞紫。
星斗长依黼座边，虹霓不试太平年。
宁如汉祖斩蛇剑，武库风多遰上天。

◆ 五言律

弩
（唐）李峤

挺质本轩皇，申威震远方。机张惊雉雏，玉彩耀星芒。
高鸟行应尽，清猿坐见伤。苏秦六百步，推此说韩王。

夕烽
（唐）杜甫

夕烽来不近，每日报平安。塞上传光小，云边落点残。
照秦通警急，过陇自艰难。闻道蓬莱殿，千门立马看。

◆ 五言绝句

矛
（明）高启

画镦似蛇长，谁论半段枪。日斜亲斗罢，高宴卓沙场。

胄
（明）高启

黄金胄虎头，乍免走豪酋。还有从容处，纶巾按垒游。

铠
（明）高启

丝串镂文银，高城日照鳞。擐来曾搅阵，一镞不伤身。

◆ 七言绝句

狼烟
（唐）薛逢

三道狼烟过碛来，受降城上探旗开。

传声却报边无事，自是官军入钞回。

闻　号

（唐）郑畋

陛兵偏近御林营，夜静仍传禁号声。
应笑执金双阙下，近南犹隔两重城。

卷一百四十八　卤簿类

◆ 五言排律

元日望含元殿御扇开
(唐) 张昌

万国来朝岁,千秋觐圣君。辇迎仙仗出,扇匝御香焚。
俯对朝容近,先知曙色分。冕旒开处见,钟磬合时闻。
影动承朝日,花攒似庆云。蒲葵那可比,徒用隔炎氛。

◆ 七言律

元日楼前观仗
(唐) 薛逢

千门曙色锁寒梅,五夜疏钟晓箭催。
宝马占堤朝阙去,香车争路进名来。
天临玉几班初合,日照金鸡仗欲回。
更傍紫微瞻北斗,上林佳气满楼台。

◆ 七言绝句

宫　词
(唐) 王建

秘殿清斋刻漏长,紫微宫女夜焚香。

拜陵日近公卿发，卤簿分头出太常。

寿杯词
（唐）司空图

台城细仗晓初移，诏赐千官禊饮时。
绿帐远笼清佩响，更熏晴日上龙旗。

驾幸新丰温泉宫献诗
（唐）上官昭容

鸾旂掔曳拂空回，羽骑骖騑蹑景来。
隐隐骊山云外耸，迢迢御帐日边开。

探花词
（金）元好问

禁里苍龙启九关，殿前鹦鹉唤新班。
沉沉绿树鞭声远，袅袅薰风扇影闲。

元旦朝回书事
（元）吴师道

朱衣高唱御楼东，清漏迟迟昼景中。
黄伞宝幢微影动，一时吹面受东风。

辇下曲
（元）张昱

三司侍宴皇情洽，对御吹螺大礼终。
宝扇合鞘催放仗，马蹄哄散万花中。

古宫词
（元）王逢

万年枝上月团团，一色珠衣立露寒。
独有君王遥认得，扇开双尾簇红鸾。

卷一百四十九　仪器类

◆ 五言律

铜　仪
（元）揭傒斯

法象坤仪重，来从汴水迁。飞龙缠四极，黄道界中天。
望绝秋毫永，循环太古前。荒台明月夜，历历应星躔。

◆ 五言排律

尚书郎上直闻春漏
（唐）张少博

建礼含香处，重城待漏辰。徐闻传凤阙，晓唱辨鸡人。
银箭听将尽，铜壶滴更新。催筹当五夜，移刻及三春。
杳杳从天远，泠泠出禁频。直庐残响曙，肃穆对勾陈。

冬夜集赋得寒漏
（唐）皇甫冉

清冬洛阳客，寒漏建章台。出禁因风彻，萦窗共月来。
偏将残濑杂，乍与远鸿哀。遥夜重城警，流年滴水催。
闲斋堪坐听，况有故人杯。

观象台铜浑天仪刻漏
（明）钟惺

制出何人手，年标异代君。篆成蝌蚪迹，斑上鹧鸪纹。

古瓦栖朝露，孤楹抱宿云。九金来禹牧，七政准尧文。
候较吹葭审，躔从累黍分。当时甘石辈，心目太精勤。

◆ 七言律

铜　仪
（唐）韦庄

铜仪一夜变葭灰，暖律还吹岭上梅。
已喜汉宫今再睹，更惊尧历又重开。
窗中远岫青如黛，门外长江绿似苔。
谁念闭关张仲蔚，满庭春雨长蒿莱。

刻　漏
（宋）朱子

无疑莫诣君平肆，任运休寻季主家。
谩设铜壶候尺晷，闲参玉表验分差。
不妨启处知时节，那更荣枯纪岁华。
却羡昇平好官府，日高三丈放朝衙。

◆ 五言绝句

宫中乐
（唐）令狐楚

月上宫花静，烟含苑树深。银台门已闭，仙漏夜沉沉。

◆ 七言绝句

宫　词
（宋）花蕊夫人

鸡人报晓才三唱，玉井金床转辘轳。

烟引御炉香绕殿,漏签初刻上铜壶。

早朝诗

(明) 杨子器

残月朣胧欲五更,禁门候立万灯明。
君王静对铜人坐,一夜斋宫数漏声。

引奏后即事

(明) 蔡羽

千门花柳转枫宸,百和香中过辇尘。
银箭忽从天上落,六宫仙子听时辰。

日星晷

(明) 周玉箫

八节晨昏子半时,极星出地较高卑。
君心不似天经纬,日日归垣定不移。

卷一百五十　权衡度量类

◆ 四言古

嘉量铭

（周）阙名

时文思索，允臻其极。嘉量既成，以观四国。
永启厥后，兹器维则。

◆ 五言律

赋得秤送孟孺卿

（唐）包何

愿以金锤秤，因君赠别离。钩悬新月吐，衡直众星随。
掌握须平执，锱铢必尽知。由来投分审，莫放弄权移。

◆ 五言排律

奉和中和节诏赐公卿尺

（唐）裴度

阳和行庆赐，尺度为臣工。荷宠乘佳节，倾心立大中。
短长思合制，远近贵攸同。初仰裁成德，将酬分寸功。
作程施有用，垂范播无穷。愿永延洪寿，千春奉圣躬。

奉和中和节诏赐公卿尺

（唐）李观

淑景韶光媚，皇家宠锡崇。具寮颁玉尺，成器幸良工。
岂止寻常用，将传度量同。人何不取则，物亦赖其功。
紫翰宣殊造，丹诚属匪躬。奉之无失坠，恩泽自天中。

◆ 七言绝句

天　秤

（明）郭登

体物何曾有重轻，相君因尔号阿衡。
谁多谁少皆公论，才有些儿便不平。

卷一百五十一　宝玉类

◆ 四言古

玉　赞
（晋）庾肃之

圆璧月镜，璆琳星罗。结秀蓝田，辉真荆和。
元珪特达，瑜不掩瑕。质鲜气润，流映滂沱。

瑾瑜玉赞
（晋）郭璞

钟山之美，爰有玉华。光彩流映，气如虹霞。
君子是佩，象德闲邪。

◆ 五言古

见卖玉器者
（宋）鲍照

泾渭不可杂，珉玉当早分。子实旧楚客，蒙俗谬有闻。
安知理孚采，岂识质明温。我方历上国，从洛入函辕。
扬光十贵室，驰誉四豪门。奇声振朝邑，高价服乡村。
宁能与尔曹，瑕瑜稍辨论。

古　风
（唐）李白

宋国梧台东，野人得燕石。夸作天下珍，却哂赵王璧。

赵璧无缁磷,燕石非贞真。流俗多错误,岂知玉与珉。

◆ 七 言 古

片玉篇

(唐) 钱起

至宝未为代所奇,韫灵示璞荆山陲。
独使虹光天子识,不将清韵世人知。
世人所贵惟燕石,美玉对之成瓦砾。
空山埋照凡几年,古色苍痕宛自然。
重溪羃羃暗云树,一片荧荧光石泉。
美人之鉴明且彻,玉指提携叹奇绝。
试劳香袖拂莓苔,不觉清心皎冰雪。
连城美价幸逢时,命代良工岂见遗。
试作珪璋礼天地,何如瑀珊在阶墀。

金珰玉珮歌

(唐) 顾况

赠君金珰太霄之玉珮,金锁禹步之流珠,
五岳真君之秘箓,九天丈人之宝书。
东井沐浴辰已毕,先进洞房上奔日。
借问君从何处来?黄姑织女机边出。

◆ 五 言 律

咏 玉

(唐) 李峤

映石先过魏,连城欲向秦。洛阳陪胜友,燕赵类佳人。
方水晴虹媚,常山瑞马新。徒为卞和识,不遇楚王珍。

◆ 五言排律

赋得沽美玉

（唐）南巨川

抱玉将何适？良工正在斯。有瑕宁自掩，匪石幸君知。
雕琢嗟成器，缁磷志不移。饰樽光宴赏，入佩奉威仪。
象德曾留誉，如虹窃可奇。终希逢善价，还得桂林枝。

赋得沽美玉

（唐）罗立言

谁怜披褐士，怀玉正求沽。成器终期达，逢时岂见诬。
宝同珠照乘，价重剑论都。浮彩朝虹满，悬光月影孤。
几年沦瓦砾，今日出泥涂。采斲资良匠，无令瑕掩瑜。

赋得瑕瑜不相掩

（唐）陈中师

出石温然玉，瑕瑜素在中。妍媸因异彩，音韵信殊风。
让美心方并，求疵意本同。光华开缜密，清润仰磨礲。
秀质非攘善，贞姿肯废忠？今来傥成器，分别在良工。

赋得瑕瑜不相掩

（唐）武翊黄

抱璞应难辨，妍媸每自融。贞姿偏特达，微玷遇磨砻。
泾渭流终异，瑕瑜自不同。半曾光透石，未掩气如虹。
缜密诚为智，包藏岂为忠。疑看分美恶，今得值良工。

赋得白珪无玷

（唐）辛洪

片玉表坚贞，逢时宝自呈。色鲜同雪白，光润夺冰清。

皎皎无瑕玷,锵锵有佩声。昆山标重价,垂棘振香名。
抱璞心常苦,全真道未行。琢磨欣大匠,还冀动连城。

赋得戛玉有馀声

(唐)管雄甫

戛玉音难尽,凝人思转清。依稀流户牖,仿佛在檐楹。
更逐松风起,还将涧水并。乐中如旧曲,天际转馀声。
漂渺浮烟远,温柔入耳轻。想如君子佩,时得上堂鸣。

赋得玉声如乐

(唐)潘存实

表质自坚贞,因人一叩鸣。静将金并响,妙与乐同声。
杳杳疑风送,泠泠似曲成。韵含湘瑟切,音带帝絃清。
不独藏虹气,犹能畅物情。后夔如为听,从此振琮琤。

赋得瑕玉成器

(唐)叶季良

片玉寄幽石,纷纶当代名。荆人献始遇,良匠琢初成。
水映寒光动,虹开晚色明。雅容看更澈,馀响叩弥清。
自与琼瑶比,方随掌握荣。因知君有用,高价仵连城。

◆ 五言绝句

咏水精

(唐)韦应物

映物随颜色,含空无表里。特来向明月,的皪愁成水。

咏珊瑚

(唐)韦应物

绛树无花叶,非石亦非琼。世人何处得?蓬莱顶上生。

咏琉璃
（唐）韦应物

有色同寒冰，无物隔纤尘。象筵看不见，堪将对玉人。

水　精
（唐）王建

映水色不别，向月光还度。倾在荷叶中，有时看是露。

◆ 七言绝句

冶春口号
（元）杨维桢

见说昆田生玉子，海西还有小昆仑。
明朝去拔珊瑚树，龙气随飞过海门。

元宫词
（明）朱有燉

一段无瑕白玉光，来从西域献君王。
制成新样双龙鼎，庆寿宫中奉太皇。

卷一百五十二　珠　类

◆ 五言古

拟　古
（宋）朱子

夫君沧海至，赠我一箧珠。谁言君行近，南北万里馀。
结作同心花，缀在红罗襦。双垂合欢带，丽服眷微躯。
为君一起舞，君情定何如？

古乐府
（元）黄清老

君好锦绣段，妾好明月珠。锦绣可为服，服美令人愚。
不如珠夜光，可以照读书。

◆ 五言律

咏　珠
（唐）李峤

灿烂金舆侧，玲珑玉殿隈。昆池明月满，合浦夜光回。
彩逐灵蛇转，形随舞凤来。甘泉宫起罢，花媚望风台。

奉试明堂火珠
（唐）崔曙

正位开重屋，凌空出火珠。夜来双月满，曙后一星孤。

天净光难灭，云生望欲无。遥知太平代，国宝在名都。

◆ **五言排律**

省试骊珠诗
（唐）耿湋

是日重渊下，言探径寸珠。龙鳞今不逆，鱼目也应殊。
掌上星初满，盘中月正孤。酬恩光莫及，照乘色难逾。
欲问投人否，先论按剑无。倪怜希代价，敢对此冰壶。

赋得沉珠于渊
（唐）独孤绶

至道归淳朴，明珠被弃捐。失真来照乘，成性却沉泉。
不是灵蛇吐，犹疑合浦旋。岸傍随日落，波底共星悬。
致远终无胫，怀贪遂比肩。欲知恭俭德，所宝在惟贤。

赋得珠还合浦
（唐）邓陟

至宝含冲粹，清虚映浦湾。素辉明荡漾，圆彩色纷㻞。
昔逐诸侯去，今随太守还。影摇波里月，光动水中山。
鱼目徒相比，骊龙乍可攀。愿将车饰用，长得耀君颜。

赋得浊水求珠
（唐）项斯

灵魄自沉浮，从来任浊流。愿从深处得，不向暗中投。
圆月时堪惜，沧波路可求。沙寻龙窟远，泥访蚌津幽。
是宝终知贵，惟恩且用酬。如能在公掌，的不负明眸。

赋得暗投明珠
（唐）崔藩

至宝看怀袖，明珠出复收。向人光不定，离掌势难留。

皎澈虚临夜,孤圆冷莹秋。徐来惊月落,疾转怕星流。
有泪甘瑕弃,无媒自暗投。今朝感恩处,将欲报隋侯。

赋得水怀珠

(唐)莫宣卿

长川含媚水,波底孕灵珠。素魄生蘋末,圆规照水隅。
沧涟冰彩动,荡漾瑞光铺。夜迥星同贯,秋清岸不枯。
江妃思在掌,海客亦忘躯。合浦当还日,恩威信已敷。

被褐怀珠玉

(宋)黄庭坚

国士怀珠玉,通津不易杠。椟藏心有待,褐短义难降。
宝唾归青简,晴虹贯夜窗。直言方按剑,岂是故迷邦。
弹雀轻千仞,连城买一双。安知蓝缕底,明月弄寒江。

◆ 五言绝句

桂水五千里

(元)杨维桢

桂水五千里,南风大府开。象王新贡入,鲛女送珠来。

◆ 七言绝句

小游仙诗

(唐)曹唐

沧海令抛即未能,且缘鸾鹤立相仍。
蔡家新妇莫嫌少,领取真珠三五升。

游 仙

(明)汤颖绩

挂树苍猿朗朗呼,藓侵石壁字模糊。

痴龙颔下珠如月，照见寰中五岳图。

武皇南巡旧京歌

（明）顾璘

石壁斜临元（玄）武湖，中开天府贮民图。
文鱼在藻承皇泽，来傍龙舟夜吐珠。

嘉靖宫词

（明）李蓘

小车飞曳向元（玄）都，翠羽金翘笑自扶。
玉蝀桥边长日市，内官争买大秦珠。

卷一百五十三 金类（附银）

◆ 五言律

金
（唐）李峤

南楚标前贡，西秦识旧城。祭天封汉岭，掷地警孙声。
向日披沙净，含风振铎鸣。方同杨伯起，独有四知名。

银
（唐）李峤

思妇屏辉掩，游人烛影长。玉壶初下箭，桐井共安床。
色带明河色，光浮满月光。灵山有珍瓮，仙阙荐君王。

◆ 五言排律

赋得金在镕
（唐）白行简

巨橐方镕物，洪炉欲范金。紫光看渐发，赤气望逾深。
焰热晴云变，烟浮昼景阴。坚刚由我性，鼓铸任君心。
踊跃徒标异，沉潜自可钦。何当得成器，待叩向知音。

◆ 七言绝句

路入金州江中作
（唐）方干

棹寻椒岸萦回去，数里时逢一两家。
知是从来贡金处，江边牧竖亦披沙。

杂　咏
（明）张治

紫宸宫阙九天开，中使传宣殿里来。
红玉雕盘宫锦覆，上公含笑赐金回。

西苑宫词
（明）张元凯

蓬莱方丈可梯航，勾漏丹砂近寄将。
昨铸银山高几许，试持玉尺殿中量。

南唐宫词
（明）范汭

女冠鸟爪解方音，识得蓬瀛路浅深。
戏搦雪花镕紫磨，汉宫谁数辟寒金？

卷一百五十四　钱　类

◆ 五言古

饮刘原甫家，原甫怀二古钱劝酒，其一齐之大刀，
长五寸半；其一王莽时金错刀，长二寸半

（宋）梅尧臣

主人劝客饮，劝客无夭妍。欲出古时物，先请射以年。
我料孔子履，久化武库烟。固知陶氏梭，飞乘风雨天。
世无轩辕镜，百怪争后先。复闻丰城剑，已入平津渊。
聊雠二百载，傥有书画传。喣呼才十一，便可倾觥船。
探怀发二宝，太公新室钱。独行齐大刀，镰形末环连。
文存半辨齐，背有模法圆。次观金错刀，一刀平五千。
精铜不蠹蚀，肉好钩婉全。为君举酒尽，跨马月娟娟。

◆ 七言古

题毘陵承氏家藏古钱

（元）吴莱

我观《泉志》颇识钱，古今钱品不一传。
历山铸金史靡纪，泉府职币开其前。
五铢半两日以变，榆荚鹅眼争相缘。
重轻子母信有制，周郭肉好俱完全。
吾知圣人利世用，要在百货得懋迁。

农夫红女置不易，尺布斗粟储为渊。
嗟哉后王弊自此，竟使匹庶握利权。
剪皮凿鍱伪莫禁，执签障簏悭称贤。
国储何当调度足，民食矧是藿盐先？
潜交鬼神欲著论，臭衔富贵仍开鄽（廛）。
冶卒铜工各鼓鞴，偏炉盗铸多烟烶。
一朝变通别改币，馀尽沉朽徒埋船。
承君好古此收拾，宝玩有若编垺然。
大贝南金特啬厚，元珪博璧同瑛鲜。
汉官受一洁簠簋，晋士挂百酾杯棬。
白水真人笑有谶，上清童子猜非仙。
古钱勿用幸久贮，古货难卖空精甄。
时能抚摩却秽梦，坐与饕浊收馋涎。
世间万物裹可尽，床脚一瓮踏欲癫。
试看营室锁星处，何似扬州骑鹤年。

◆ 五言律

钱

（唐）李峤

汉日五铢建，姬年九府流。天龙带泉宝，地马列金沟。
赵壹囊初乏，何曾箸欲收。金门应入论，玉井冀来求。

◆ 七言律

金钱卜欢

（元）杨维桢

紫姑坛上祝方兄，忽听呼卢掷地声。
星斗未分牛女会，阴阳先判雨云生。
青蚨孕子宁无兆，玉蝶化身仍有情。

宝镜重圆三五夜,好磨半月问亏盈。

钱 篚

(明)瞿佑

器小才堪贮百千,也胜扑满费陶甄。
书生纸裹真堪笑,邻女香囊亦可怜。
野步不须鞋上系,市沽何用杖头悬。
画义更有黄州竹,取用随时合自然。

咏 钱

(明)沈周

个许微躯万事任,似泉流动利源深。
平章市物无偏价,泛滥儿童有爱心。
一饱莫充输白粟,五财同用愧黄金。
可怜别号为赇赂,多少英雄就此沉。

丙子九月工部奏进万历制钱式样,赐讲官六人各一锭

(明)于慎行

汉苑新成少府钱,万年宝历赤文镌。
青凫出冶铜官奏,黄纸题名玉署传。
赵壹囊空留暂满,东方俸薄赐常偏。
五侯甲第虚成垺,未拟儒臣受宠年。

◆ 七言绝句

江南曲

(唐)于鹄

偶向江边采白蘋,还随女伴赛江神。
众中不敢分明语,暗掷金钱卜远人。

卷一百五十五　锦绮类

◆ 五言古

领边绣

（梁）沈约

纤手制新奇，刺作可怜仪。萦丝飞凤子，结缕坐花儿。
不声如动吹，无风自袅枝。丽色倘未歇，聊承云鬓垂。

◆ 五言律

锦

（唐）李峤

汉使巾车远，河阳步障陈。云浮仙石日，霞满蜀江春。
机迥回文巧，绅兼束发新。若逢楚王贵，不作夜行人。

绫

（唐）李峤

金缕通秦国，为裘指魏君。落花遥写雾，飞鹤近图云。
马眼冰凌影，竹根雪霰文。何当画秦女，烟际坐氤氲。

◆ 五言排律

赋得临风舒锦

（唐）萧昕

丽锦乇云终，襜襜展向风。花开翻覆翠，色乱动摇红。

缕散悠扬里，文回照灼中。低垂疑步障，吹起作晴虹。
既与丘迟梦，深知卓氏功。还乡将制服，从此表亨通。

◆ 七言律

庾顺之以紫霞绮远赠以诗答之
（唐）白居易

千里故人心郑重，一端杏绮紫氤氲。
开缄日映晚霞色，满幅风生秋水文。
为褥欲裁怜叶破，制裘将剪惜花分。
不如裁作合欢被，寤寐相思如对君。

锦
（唐）郑谷

文君手里曙霞生，美号仍闻借蜀城。
夺得始知袍更贵，著归方觉昼偏荣。
宫花颜色开时丽，池凤毛衣浴后明。
礼部郎官人所重，省中别好占棐名。

大名文济王赐重綵二端赋谢
（元）萨都剌

夜梦东南五色云，晓闻使者已临门。
府中重遭年前赐，幕下多承望外恩。
芝艸暖霞浮露彩，藕丝秋水织霜痕。
何因得侍西园宴？宫锦淋漓献寿樽。

◆ 五言绝句

锦
（唐）薛莹

轧轧弄寒机，功多力渐微。惟忧机上锦，不称舞人衣。

◆ 七言绝句

少 仪

(唐)司空图

昨日登班侍柏台,更惭起草属微才。
锦窠不是寻常锦,兼向丘迟夺得来。

代送中使织衮还朝

(明)俞安期

织罢冰绡进御归,鲛人水国暂停机。
自怜不及吴蚕老,一吐新丝上衮衣。

卷一百五十六　　布帛类

◆ 五言古

素　丝

（唐）陆龟蒙

园客丽独茧，诗人吟五緵。如何墨子见，反以悲途穷？
我意岂如是，愿参天地功。为线补君衮，为絃系君桐。
左右修阙职，宫商还古风。端然洁白心，可与神明通。

◆ 七言古

白丝行

（唐）杜甫

缲丝须长不须白，越罗蜀锦金粟尺。
象床玉手乱殷红，万草千花动凝碧。
已悲素质随时染，裂下鸣机色相射。
美人细意熨帖平，裁缝灭尽针线迹。
春天衣著为君舞，蛺蝶飞来黄鹂语。
落絮游丝亦有情，随风照日宜轻举。
香汗清尘污颜色，开新合故置何许？
君不见才士汲引难，恐惧弃捐忍羁旅。

东川清丝寄鲁冀州戏赠

（宋）苏轼

鹅溪清丝清如冰，上有千岁交枝藤。

藤生谷底饱风雪,岁晚忽作龙蛇升。
嗟我虽为老侍从,骨寒只受布与缯。
床头锦衾未还客,坐觉芒刺在背膺。
岂如髯卿晚乃贵,福禄正似川方增。
醉中倒著紫绮裘,下有半臂出缥绫。
封题不敢妄裁剪,刀尺自有佳人能。
遥知千骑出清晓,积雪未放浮尘兴。
白须红带柳丝下,老弱空巷人相登。
但放奇纹出领袖,吾髯虽老无人憎。

◆ 五言律

罗

（唐）李峤

妙舞随裙动,行歌入扇清。莲花依帐发,秋月鉴帷明。
云薄衣初卷,蝉飞翼转轻。若珍三代服,同擅绮纨名。

布

（唐）李峤

御绩创羲皇,缁冠表素王。瀑飞临碧海,火浣擅炎方。
孙被登三相,刘衣阐四方。仁因春斗粟,来晓棣华芳。

◆ 五言排律

恩赐耆老布帛

（唐）崔枢

殊私及耆老,圣德振黎元。布帛忻天赐,生涯拜主恩。
情均皆挟纩,礼异贡丘园。庆洽时方泰,仁沾月告存。
宁知酬雨露,空识荷乾坤。击壤将何幸,徘徊望九门。

◆ 七言绝句

鲛绡

(唐) 吴融

云供片段月供光,贫女寒机柱自忙。
若道不蚕能致此,海边何事有扶桑?

高氏姊惠素罗

(元) 郑允端

雪色香罗照眼明,阿兄寄赠见深情。
明朝急为裁春服,相约麻姑礼上清。

寄绢陈云泉

(明) 陆釴

白米新炊夜夜香,糟床应听雨淋浪。
只愁湿却陶公葛,为寄官家压酒囊。

送卖水絮人过万州

(明) 汤显祖

江西水絮白轻微,残腊天南正葛衣。
见说先朝曾雨雪,槟榔寒落冻云飞。

卷一百五十七　苧葛类

◆ 五言古

黄葛篇
（唐）李白

黄葛生洛溪，黄花自绵羃。青烟蔓长条，缭绕几百尺。
闺人费素手，采缉作絺绤。缝为绝国衣，远寄日南客。
苍梧大火落，暑服莫轻掷。此物虽过时，是妾手中迹。

题耕织图
（元）赵孟頫

池水何洋洋，沤麻水中央。数日麻可取，引过两手长。
织绢能几时？织布已复忙。依依小儿女，岁晚叹无裳。
布襦不掩胫，念之热中肠。朝缉满一篮，暮缉满一筐。
行看机中布，计日渐可量。我衣苟已成，不忧天早霜。

◆ 七言古　附长短句

白　纻
古乐府

白纻宝如月，轻如云，色似银。
制以为袍馀作巾，袍以光躯巾拂尘。①

---

① 此诗亦作："质如轻云色如银，制以为袍馀作巾，袍以光躯巾拂尘。"

罗浮山父与葛篇

（唐）李贺

依依宜织江雨空,雨中六月兰台风。
博罗老仙时出洞,千岁石床啼鬼工。
蛇毒浓凝洞堂湿,江鱼不食衔沙立。
欲剪箱中一尺天,吴娥莫道吴刀涩。

采葛歌*

（唐）阙名

葛不连蔓棻台台,今我采葛以作丝。
女工织兮不敢迟,弱于罗兮轻霏霏,号絺素兮将献之。

白苎歌

（宋）戴复古

云为纬,玉为经。一织三涤手,织成一片冰。
清如夷齐,可以为衣。陟彼西山,于焉采薇。

◆ 五 言 律

和李尹种葛

（唐）戎昱

弱质人皆弃,唯君手自栽。薿含霜后竹,香惹腊前梅。
拟托凌云势,须凭接引材。绿阴如可惜,黄鸟定飞来。

---

* 此诗又名《采葛妇歌》,托名先秦人,全诗云:"葛不连蔓棻台台,我君心苦命更之。尝胆不苦甘如饴,令我采葛以作丝。女工织兮不敢迟,弱于罗兮轻霏霏,号絺素兮将献之。越王悦兮忘罪除,吴王叹兮飞尺书。增封益地赐羽奇,机杖茵蓐诸侯仪,群臣拜舞天颜舒,我王何忧能不移,饥不遑食四体疲。"

◆ 七言律

答甘允从寄海东白纻

(元) 虞集

海国练衣雪色明,寄将千里见高情。
著随野鹤浑相称,行近沙鸥亦不惊。
江露满船歌醉起,炉烟携袖忆诗成。
秋风游子偏愁予,谁采芙蓉共晚晴?

◆ 五言绝句

山 居

(唐) 鲍溶

窈窕垂涧萝,蒙茸采葛花。鸳鸯怜碧水,照影舞金沙。

石门曲

(明) 王穉登

蚕成桑叶空,门前青苎长。一半织郎衣,一半结鱼网。

◆ 七言绝句

村 行

(金) 郭邦彦

枣花初落路尘香,燕掠麻池乍颉颃。
一片云阴遮十顷,卖瓜棚下午风凉。

芹叶芦花岸两边,钓溪石畔落孤鸢。
小畦引入平流水,麻秆森森已拍肩。

卷一百五十八　毡罽类

◆ 五言古

别毡帐火炉
（唐）白居易

忆昨腊月天，北风三尺雪。年老不禁寒，夜长安可彻。
赖有青毡帐，风前自张设。复此红火炉，雪中相暖热。
如鱼入渊水，似兔藏深穴。婉软蛰鳞苏，温炖冻肌活。
方安阴惨夕，遽变阳和节。无奈时候迁，岂是恩情绝。
毳簾逐日卷，香燎随烟灭。离恨属三春，佳期在十月。
但令此身健，不作多时别。

◆ 五言律

谢汾州田大夫寄茸毡蒲萄
（唐）姚合

筐封紫蒲萄，筒卷白茸毛。卧暖身应健，含消齿免劳。
衾衣疏不称，梨栗鄙难高。晓起题诗报，寒澌满笔毫。

◆ 七言律

袭美将以绿罽为赠因成四韵
（唐）陆龟蒙

三径风霜利若刀，襜褕吹断冒蓬蒿。

闲中只自嗟龙具,世上何人识羽袍。
狐貉近怀珠履贵,薜萝遥羡白巾高。
陈王轻暖如相遗,免制衰荷效《广骚》。

酬鲁望见迎绿罽次韵
（唐）皮日休

轻裁鸭绿任金刀,不怕西风断野蒿。
酬赠既无青玉案,纤华犹欠赤霜袍。
烟披怪石难同逸,竹映仙禽未胜高。
成后料君无别事,只应酣饮读《离骚》。

周国雍参藩寄红罽衣赋此为谢
（明）朱多炡

万里蚕丛亦浣纱,使君缄赠自三巴。
濯残秋水天孙锦,染尽春山杜宇花。
懒集芰荷成短褐,闲过祗树混袈裟。
相思几上江边阁,却卷珠帘坐暮霞。

◆ 七言绝句

元宫词
（明）朱有燉

清宁殿里见元勋,侍坐茶馀到日曛。
旋著内官开宝藏,剪绒段子御前分。

卷一百五十九　印笏类

◆ 四言古

印衣铭
（汉）胡广

明明圣皇，旌以命服。纡朱怀金，为光为饰。
迈种其泽，抚宁四国。宣慈惠和，柔嘉维则。
克副帝心，膺兹多福。登位历寿，子孙千亿。

印　铭
（汉）李尤

赤绂在躬，非印不明。棨传符节，非印不行。
龟钮犊鼻，用尔作程。

印　铭
（晋）傅玄

往昔先王，配天垂则。乃设印章，作信万国。
取象昬度，是铭是刻。文明慎密，直方其德。
本立道生，归乎元（玄）默。太上结绳，下无荒慝。

笏　赞
（晋）王升之

慎为德要，惟善用光。敬上尊贤，贵不逾常。

用制斯器，备对遗忘。因事施礼，升降有章。

◆ 七言古 附长短句

谢王仲至惠洮州砺石黄玉印材
（宋）黄庭坚

洮砺发剑吐〔虹〕贯日，印章不琢色蒸栗。
磨礲顽钝印此心，故人持赠意坚密。
故人鬓凋文字工，藏书万卷胸次同。
日临天闲騄真龙，新诗得意挟雷风。
我贫无句当二物，看公倒海取明月。

孔道辅击蛇笏
（元）赵孟頫

以笏击蛇有孔公，义与段公击贼同。
事之钜细虽有异，正气愤激生于中。
伟哉孔公圣人裔，岂听妖邪惑民志。
即今槐木一尺强，气象凛凛含风霜。
子孙守之慎宝藏，绝胜象牙堆满床。

题姑苏陆友仁所藏卫青印
（元）揭傒斯

白玉蟠螭小篆文，姓名识得卫将军。
卫将军，今何在？白草茫茫古时塞。
将军功业汉山河，江南陆郎古意多。

◆ 五言律

决道廿八弟得小金印以诗赠之
（宋）晁冲之

季也获金印，籀文秦不如。情知非鸟迹，恨不识天书。

池静龟游罢,庭闲鹊斗馀。春风还旧物,疏俊最怜渠。

赠贡泰甫先生牙笏诗

(元)李士瞻

象简凝霜重,苍髯雪色新。转输劳算用,报答费经纶。
垂珮朝明主,临轩问老臣。此时江海上,人已厌风尘。

◆ 七言律

获玉印

(三茅山道童遇白兔入穴,掘之得九老仙都君玉印一颗,乃宣和故物也。)

(元)吴全节

瑶瑛篆刻镇华阳,犹带宣和雨露香。
玉兔有灵开地藏,金童无意得天章。
九重台上增春色,万里书中耿夜光。
喜遇明时荐神瑞,三君珍重护宏纲。

◆ 七言绝句

戏题袭美书印囊

(唐)陆龟蒙

鹊衔龟顾妙无馀,不爱封侯爱石渠。
应笑休文过万卷,至今谁道沈家书。

奉和陆鲁望印囊次韵

(唐)皮日休

金篆方圆一寸馀,可怜银艾未思渠。
不知夫子将心印,印破人间万卷书。

卷一百六十　冠簪类

◆ 四言古

冠帻铭
（汉）李尤

冠为元服，帻为首服。君子敬慎，自强不忒。

◆ 五言古

赠四王冠诗
（汉）应亨

济济四令弟，妙年践二九。令月维吉日，成服加元首。
人咸饰其容，鲜能离尘垢。虽无兕觥爵，杯醮传旨酒。

赠潘正叔
（晋）陆机

过蒙时来运，与尔游承华。执笏崇贤内，振缨曾城阿。

◆ 五言律

翻著葛巾呈赵尹
（唐）张说

昔日接䍦倒，今我葛巾翻。宿酒何时醒，形骸不复存。

忽闻有佳客，躧步出闲门。桃花春径满，误识武陵源。

答陈拾遗赠竹簪

（唐）张九龄

与君尝此志，因物复知心。遗我龙钟节，非无玳瑁簪。
幽素宜相重，雕华岂所任。为君安首饰，怀此代兼金。

酬贺四赠葛巾之作

（唐）王维

野巾传惠好，兹贶重兼金。嘉此幽栖物，能齐隐吏心。
早朝方暂挂，晚沐复来簪。坐觉嚣尘远，思君共入林。

咏白油帽送客

（唐）钱起

薄质惭加首，微阴幸庇身。卷舒无定日，行止必依人。
已沐脂膏惠，宁辞雨露频。虽同客衣色，不染洛阳尘。

答寄芙蓉冠子

（唐）王建

一学芙蓉叶，初开映水幽。虽经小儿手，不称老夫头。
枕上眠常戴，风前醉恐柔。明年有闺阁，此样必难求。

答友人惠牙簪

（唐）章孝标

牙簪不可忘，来处隔炎方。截得半轮月，磨成四寸霜。
晓辞梳齿腻，秋入发根凉。好是纱巾下，纤纤锥出囊。

山友寄藓花冠

（唐）项斯

尘污出华发，惭君青藓冠。此身闲未得，终日戴应难。

好就松阴挂,宜当枕石看。会须寻道士,簪去绕霜坛。

丁孝廉惠冠巾
（明）高启

知试山人服,冠巾远寄重。佳名因子夏,旧制学林宗。
裹映秋吟鬓,欹宜晚醉容。朝簪今已解,斯上华阳峰。

酬惟乔赠巾
（明）薛蕙

野巾初著日,心赏竟朝曛。试正行窥水,从欹卧看云。
坐翻嫌月露,出每避尘氛。顾影还相笑,风流愧使君。

◆ 七言律

以纱巾寄鲁望因而有作
（唐）皮日休

周家新样替三梁,（头巾起后周武帝。）裹发偏宜白面郎。
掩敛乍疑裁黑雾,轻明浑似戴元（玄）霜。
今朝定见看花侧,明日应闻漉酒香。
更有一般君未识,虎文巾在绛霄房。

袭美以纱巾见惠,继以雅音,因次韵酬谢
（唐）陆龟蒙

薄如蝉翅背斜阳,不称春前赠囧郎。
初觉顶寒生远吹,预忧头白透新霜。
堪窥水槛澄波影,好拂花墙亚蕊香。
知有芙蓉留自戴,（桐柏真人戴芙蓉冠。）欲峨烟雾访黄房。

友人遗华阳巾
（唐）阙名

剪雾裁烟胜角冠,来从玉洞五云端。

醉宜薤叶敧斜影,稳称菱花仔细看。
野客爱留笼鹤发,溪翁争乞配鱼竿。
真仙首饰劳相寄,尘土翻惭戴去难。

椰子冠

(宋) 苏轼

天教日饮欲全丝,美酒生林不待仪。
自漉疏巾邀醉客,更将空壳付冠师。
规模简古人争看,簪导轻安发不知。
更著短檐高屋帽,东坡何事不违时?

谢人惠云巾

(宋) 苏轼

燕尾称呼理未便,剪裁云叶却天然。
无心只是青山物,覆顶宜归紫府仙。
转觉周家新样俗,未容陶令旧名传。
鹿门佳士勤相赠,黑雾元(玄)霜合此肩。

网 巾

(元) 谢宗可

乌纱未解涤尘袢,一网清风两鬓寒。
筛影细分云缕滑,棋文斜界雪丝干。
不须渔父灯前结,且向诗翁镜里看。
头上任渠笼络尽,有时华发亦冲冠。

谢戴文瑨佥院惠草帽

(元) 陈高

细结夫须染色新,使君持赠意偏真。
玉川便易煎茶帽,元亮还抛漉酒巾。
影堕水波浮晚照,黑遮霜鬓隔秋尘。

深惭欲报无琼玖，感戴宁忘拂拭频。

别　帽
（元）丁鹤年

云样飘萧月样团，百年雄丽压南冠。
黄金缀顶攒文羽，白璧垂缨间木难。
刺绣尚期平敌垒，簪花曾梦舞仙坛。
一从吹堕西风里，谁念尘沙白发寒？

陵祀归得赐暖耳诗和方石韵
（明）李东阳

乌纱巾上透凉飔，一发君恩力未辞。
赐煖宫貂同日戴，冒寒郊马有人骑。
耳闻明主如丝诏，心似穷民挟纩时。
明向玉阶还再拜，羔羊重续退公诗。

筝　冠
（明）朱之蕃

龙孙头角旧青霄，蜕甲斑纹永不凋。
偃月制成笼短鬓，切云剪就映高标。
都门挂后名心净，湖曲归来逸兴骄。
酒漉葛巾慵更著，行吟搔首自逍遥。

戊寅正月上尚巾礼成群臣称贺赐白金文绮
（明）于慎行

负扆年来海岳安，春朝绣帻始加冠。
龙楼拂曙天颜近，玉座垂旒日角宽。
九庙神灵应已慰，两阶环珮不胜欢。
迩臣幸奉青蒲对，珍赐还看出上阑。

◆ 五言绝句

答友人赠乌纱帽

(唐) 李白

领得乌纱帽,全胜白接䍦。山人不照镜,稚子道相宜。

◆ 七言绝句

答元八遗纱帽

(唐) 张籍

黑纱方帽君边得,称对山前坐竹床。
惟恐被人偷样剪,不曾闲戴出书堂。

华阳巾

(唐) 陆龟蒙

莲花峰下得佳名,云褐相兼上鹤翎。
须是古坛秋霁后,静焚香炷礼寒星。

漉酒巾

(唐) 陆龟蒙

靖节高风不可攀,此巾犹坠冻醪间。
偏宜雪夜山中戴,认取时情与醉颜。

清 兴

(唐) 韩偓

阴沉天气连翩醉,摘索花枝料峭寒。
拥鼻绕廊吟看雨,不知遗却竹皮冠。

小游仙诗

（唐）曹唐

昨夜相邀宴杏坛，等闲乘醉走青鸾。
红云塞路东风紧，吹绽芙蓉碧玉冠。

玉山草堂口占

（元）顾瑛

临池醉吸杯中月，隔屋香传蕊上花。
狂煞会稽于外史，秋风吹堕小乌纱。

卷一百六十一　衣类（附帕）

◆ 五言古

新制布裘
（唐）白居易

桂布白似雪，吴绵软于云。布重绵且厚，为裘有馀温。
朝拥坐至暮，夜覆眠达晨。谁知严冬月，肢体暖如春。
中夕忽有念，抚裘起逡巡。丈夫贵兼济，岂独善一身。
安得万里裘，盖裹周四垠？稳暖皆如我，天下无寒人。

黑　裘
（宋）王禹偁

野蚕自成茧，缫密为山绸。此物产何许？莱夷负海州。
一端重数斤，裁染为裒〔吾〕裘。守黑异华侈，崇俭非轻柔。
熏香则无取，风雪曾何忧。朝可奉冠带，夜以为衾裯。
晏婴三十年，庶几迹相侔。季子叹貂弊，吾服已为优。
不耻狐貉者，亦当师仲由。况我屡迁谪，行采赓歌讴。
映发垂鹭顶，植杖昂鸠头。袖宽可以舞，老农即为俦。
不曳银台门，任尔争封侯。

浣衣图
（元）曹伯启

静女思归宁，浣衣拜高堂。隐士履贞固，濯缨视沧浪。
苟有涓洁心，憔悴犹姬姜。常怀济时策，进退皆康庄。

藤蓑次陈公甫韵

（明）李东阳

采藤复采藤，日夕费斤斧。制为身上蓑，人古衣亦古。
借问制者谁？白沙乃蓑祖。冉冉绿蓑衣，萧萧白沙渚。
披蓑向江水，顾影还独语。爱此勿轻捐，春江正多雨。

藤　蓑

（明）陈宪章

一蓑费几藤，南冈砺朝斧。交加落翠鬟，制作类上古。
吾闻大泽滨，羊裘动世祖。何如六尺蓑，灭迹芦花渚？
举俗无与同，天随梦中语。今夜不须归，前溪正风雨。

新蓑藤叶青，旧蓑藤叶白。新故理则然，胡为妄忻戚？
扁舟西湖口，坐望南山石。东风吹新蓑，浩荡沧溟黑。
须臾月东上，万里天一碧。安得同心人，婆娑共今夕。

◆ 七言古　附长短句

酬殷佐明见赠五云裘歌

（唐）李白

我吟谢朓诗上语，朔风飒飒吹飞雨。
谢朓已往青山空，后来继之有殷公。
粉图珍裘五云色，灿如晴天散彩虹。
文章彪炳光陆离，应是素娥玉女之所为。
轻如松花落金粉，浓似苔锦含碧滋。
远山积翠横海岛，残霞霏丹映江草。
凝毫采掇花露容，几年功成夺天造。
故人赠我我不违，著令山水含清晖。
顿惊谢康乐，诗兴生我衣。

襟前林壑敛暝色,袖上烟霞收夕霏。
群仙长叹惊此物,千崖万岭相紫郁。
身骑白鹿行飘飖,手擘紫芝笑披拂。
相如不足夸鹔鹴,王恭鹤氅安可方。
瑶台雪花数千点,片片吹落春风香。
为君持此凌苍苍,上朝三十六玉皇。
下窥夫子不可及,矫首相思空断肠。

雪轩高士以白纻制服作歌戏赠
(元)周权

经冰纬玉纷纵横,三盟寒露方织成。
晓机裂下不敢玩,一道雪瀑来中庭。
天然精洁不可浣,犀熏麝染惭吴绫。
制成素服轻于雪,雅称仙官锵珮玦。
星斗离离夜插橡,高兴飘飘白银阙。
乘风便控紫鸾车,琼箫吹落蓬莱月。

拟寄衣曲
(元)郑允端

男儿远向交河道,铁马金戈事征讨。
边头八月霜风寒,欲寄征衣须趁早。
急杵清砧捣夜深,玉纤铜斗熨贴平。
裁缝制就衣袄裙,千针万线始得成。
封裹重重寄边使,为语夫君奋忠义。
好将功业立边陲,要使声名垂史记。

裁衣行
(明)刘秩

裁衣须裁短短衣,短衣上马轻如飞。
缝袖须缝窄窄袖,袖窄弯弓不碍肘。

短衣窄袖样时新,殷勤寄与从军人。
愿郎著衣便弓马,破敌长驱古城下。
明年佩印披紫绯,裁衣不比从军时。

◆ 五言律

端午日赐衣
（唐）杜甫

宫衣亦有名,端午被恩荣。细葛含风软,香罗叠雪轻。
自天题处湿,当暑著来清。意内称长短,终身荷圣情。

谢令狐绹相公赐衣九事
（唐）贾岛

长江飞鸟外,主簿跨驴归。逐客寒前夜,元戎与厚衣。
雪来松更绿,霜降月弥辉。即入调殷鼎,朝分是与非。

敝 裘
（元）杨载

寂寞牛衣子,能无敝缊袍?尘埃须浣濯,虮虱费爬搔。
意味存鸡肋,寒凉视马毛。千金既销铄,犹听朔风号。

谢赐衣
（明）高启

胪呼遥捧赐,拜服望蓬莱。香带炉烟下,光迎扇月开。
奇文天女织,新样内官裁。被泽徒深厚,惭无夺锦才。

◆ 五言排律

古锦褯
（唐）吴融

濯水经何日,随风故有人。绿衣犹逼画,丹顶尚迷真。
（锦上有鹦鹉、鹤。）

暗淡云沉古,青苍藓剥新。映襟知染唾,侵鞲想紫尘。
掣曳无由睹,流传久自珍。武威应认得,牵挽几当春?

◆ 七言律

元九以绿丝布白轻褣见寄,制成衣服,以诗报之
(唐)白居易

绿丝文布素轻褣,珍重京华手自封。
贫友素劳君寄附,山妻亲为我裁缝。
袴花白似秋云薄,衫色青于春艹浓。
欲著却休知不称,折腰无复旧形容。

闻行简恩赐章服,喜成长句寄之
(唐)白居易

吾年五十加朝散,尔亦今年赐服章。
齿发却同知命岁,官衔俱是客曹郎。
荣传锦帐花联萼,綵动绫袍雁趁行。
大抵著绯宜老大,莫嫌秋鬓数经霜。

喜刘苏州恩赐金紫,遥想贺谦,以诗庆之
(唐)白居易

海内姑苏太守贤,恩加章绶岂徒然。
贺宾喜色欺杯酒,醉妓欢声遏管絃。
鱼珮茸鳞光照地,鹘衔瑞草势冲天。
莫嫌鬓上些些白,金紫由来称长年。

和杨六尚书喜两弟汉公转吴兴、鲁士赐章服,
命宾开宴,用庆恩荣,赋长句见示
(唐)白居易

华筵贺客日纷纷,剑外欢娱洛下闻。

朱绂宠光新照地，彤襜喜气远凌云。
荣联花萼知难和，乐助埙篪酒易醺。
感羡料应知我意，今生此事不如君。

故　衫
（唐）白居易

闇淡绯衫称老身，半披半曳出朱门。
袖中吴郡新诗本，襟上杭州旧酒痕。
残色过梅看向尽，故香因洗嗅犹存。
曾经烂熳三年著，欲弃空箱似少恩。

酬乐天得稹所寄纻丝布白轻褣制成衣服以诗报之
（唐）元稹

涪城万里隔巴庸，纻薄绨轻共一封。
腰带定知今瘦小，衣衫难作远裁缝。
惟愁书到炎凉变，忽见诗来意绪浓。
春草绿茸云色白，想君骑马好仪容。

和蒋学士新授章服
（唐）王建

五色箱中绛服春，笏花成就白鱼新。
看宣赐处惊回眼，著谢恩时便称身。
瑞草惟承天上露，红鸾不受世间尘。
翰林同贺文章出，惊动茫茫下界人。

贺淮南节度卢员外赐绯
（唐）罗隐

俭莲高贵九霄间，灿灿朱衣降五云。
骢马早年曾避路，银鱼今日且从军。
衔题綵服垂天眷，袍展花心透縠纹。

应笑当年老莱子,鲜华都降自明君。

贺淮南节度卢员外赐绯
(唐)徐商

朱紫花前贺故人,兼荣此会颇关身。
同年座上联宾榻,宗姓亭中布锦裀。
晴日照旗红灼烁,韶光入队影玢璘。
芳菲解助今朝喜,嫩蕊青条满眼新。

贺卢员外赐绯
(唐)段成式

云雨轩悬莺语新,一篇佳句占阳春。
银黄年少偏欺酒,金紫风流不让人。
连璧座中斜日满,贯珠歌里落花频。
莫辞倒载吟归去,看取东山又吐茵。

贺卢员外赐绯
(唐)王传

朱紫联辉照日新,芳菲全属断金人。
华筵重处宗盟地,白雪飞时郢曲春。
仙府色饶攀桂侣,莲华光让握兰身。
自怜亦是膺门客,吟想恩荣气益振。

归乡蒙赐锦衣
(唐)翁承赞

九重宣旨下丹墀,面对天颜赐锦衣。
中使擎来三殿晓,宝箱开处五云飞。
德音耳听君恩重,金印腰悬已力微。
更待临轩陈鼓吹,星轺便指故乡归。

宣赐锦袍设上赠诸郡客

（唐）刘兼

十月芙蓉花满枝，天庭驿骑赐寒衣。
将同玉蝶侵肌冷，也遣金鹏遍体飞。
夜卧始知多忝窃，昼行方觉转光辉。
深冬若得朝丹阙，太华峰前衣锦归。

道　服

（宋）王禹偁

楮符布褐皂纱巾，曾奉西垣寓直人。
此际暂披因假日，如今长著见闲身。
濯缨未识三湘水，漉酒空经五柳春。
不为行香著朝服，二车谁信旧词臣。

谢茅山主者赠白罗氅衣，请为作大洞祖宗师四十五赞

（元）虞集

鹤氅裁成雪色新，仙翁持寄感情真。
清高自此全抛俗，宽博由来稳称身。
珮玉洞闻云外响，剑光飞射日中尘。
画图写向群真里，便是挥毫赞咏人。

登第赐章服

（元）宋褧

承平天子重科名，章服分颁出大明。
袍是涿罗香缕细，笏胜楷木素文横。
晨趋象魏云霞灿，夕奏龙池玉雪清。
遥想鸣珂朝会处，鹓行争讶被恩荣。

戊寅正月进讲赐大红织成缎衣一袭

（明）于慎行

讲殿朝朝圣渥频，赐衣又见出枫宸。
织成共识金梭巧，贡到初开锦样新。
色借宫云红近日，香浮仙珮暖宜春。
垂裳幸值轩唐理，补衮无劳愧许身。

◆ 五言绝句

尚书念旧，垂赐袍衣，率题绝句献上，以申感谢

（唐）岑参

富贵情犹在，相逢岂间然。绨袍更有赠，深荷故人怜。

边军支春衣

（唐）柳公权

挟纩非真纩，分衣是假衣。从今貔虎士，不惮戍金微。

四时宫词

（元）曹文晦

雪亚双鸳瓦，寒生五凤楼。羊羔初燕罢，分赐绣毪（茸）裘。

古 词

（明）高启

妾刀不断机，郎行当早归。还将机中锦，作郎身上衣。

古 意

（明）赵南星

锦织双鸳鸯，还自裁为衣。恐入他人手，不解惜分飞。

七夕咏百花画衣
（明）柳应芳

七夕画衣裁，一花一色开。当筵翻酒湿，争道渡河来。

典衣曲
（明）陈鸿

典尽衣难赎，邻家夜捣砧。那堪风露冷，儿女说秋深。

◆ 六言绝句

七月寄衣
（明）董少玉

雁鸿何处飞鸣？满目萧条黄草。
书来先寄寒衣，风雨太原秋早。

◆ 七言绝句

花褐裘
（唐）张籍

对织芭蕉雪毳新，长缝衫袖窄裁身。
到头须向边城著，消得秋风称猎尘。

戏题试衫
（唐）司空图

朝班尽说人宜紫，洞府应无鹤著绯。
从此玉皇须破例，染霞裁赐地仙衣。

小游仙词
（唐）曹唐

八海风凉水影高，上卿教制赤霜袍。

鲛丝玉线难裁割,须借玉妃金剪刀。

新服裁制初成
(唐)薛涛

紫阳宫里赐红绡,仙雾朦胧隔海遥。
霜兔毳寒冰茧净,嫦娥笑指织星桥。

九炁分为九色霞,五灵仙驭五云车。
春风因过东君舍,偷样人间染百花。

刘子澄寄羊裘
(宋)朱子

谁把羊裘与醉披?故人心事不相违。
意行今夜知何处,月冷风凄未肯归。

辇下曲
(元)张昱

只孙官样青红锦,裹肚圆文宝相珠。
羽仗执金班控鹤,千人鱼贯振嵩呼。

宫 词
(元)柯九思

万里名王尽入朝,法宫置酒奏《箫韶》。
千官一色真珠袄,宝带攒装稳称腰。

惟寅征君踏雨过林馆,为留终日,因诵近赋绝句三首,辄走笔奉和(录一)
(元)周砥

秋来长掩竹间扉,过客谁能识道机。
惭愧庐山陈处士,时来共茸薜萝衣。

山居诗

（元）僧清珙

一天红日晓东南，自拔青苗插瘦田。
布裰半沾泥水湿，归来脱晒竹房前。

元宫词

（明）朱有燉

闾阖门开拥钺旄，千官侍立晓星高。
尚衣欲进虬龙服，错捧天鹅织锦袍。

健儿千队足如飞，随从南郊露未晞。
鼓吹声中春日晓，御前咸著只孙衣。

纤纤初月鹅黄嫩，浅浅方池鸭绿澄。
内苑秋深天气冷，越罗衫子换吴绫。

贞溪初夏

（明）邵亨贞

雨过深林竹笋肥，渡头风急柳花飞。
柴门不掩绿阴静，人在闲窗试苎衣。

扈从巡边至宣府往还杂诗

（明）杨士奇

怀来城外夜微雪，风送轻寒初著身。
平旦马前红一色，回军共试赐衣新。

小 景

（明）祝允明

浓云压岭雨初至，密叶障林风更多。

只有渔翁能了事,一枚圆笠半肩蓑。

弘治宫词
(明) 王世贞

南海珠池贡已稀,西川又罢锦文机。
朝来御服三经浣,贱妾宁希曳地衣。

长安春雪曲
(明) 王穉登

勒寒桃李未成蹊,啄雪流莺已自啼。
进得貂裘浑不著,圣人春日赐征西。

题衲衣
(明) 陆树声

解组归东万事捐,尽将身世付安禅。
披来戒衲浑无事,不向歌姬为乞缘。

游仙曲
(明) 屠瑶瑟

银台珠树是仙家,绮阁晴娇四照花。
不用安妃裁蜀锦,铢衣多剪赤城霞。

裁 衣
(明) 董少玉

芙蓉江北雁飞飞,燕子矶边人未归。
只怕沈郎腰已瘦,迟回难寄旧时衣。

附　帕

◆ 七 言 律

鲛绡帕

（明）瞿佑

茧结扶桑出海滨，远随机杼倩鲛人。
不裁洛浦凌波袜，能代湘川拭泪巾。
紫麝熏香收汗润，彩毫传恨寄情真。
吴绫轻薄番罗俗，出袖宜同掌上珍。

卷一百六十二　带佩类

◆ 五言古

玉环引送马伯庸北上
（元）王士熙

昆山有美璞，昆吾有宝刀。推雪漉寒冰，凝此英琼瑶。
团团月长满，晶晶白云浅。似环环无穷，寥寥人意远。
有美天山人，皎洁同精神。禁垣青春多，大珮垂朝绅。
腰无大羽箭，肘有如斗印。结束上京行，骊驹骤长靷。
不采珊瑚钩，海深安可求？不执水苍璧，汉庭罗公侯。
爱此玲珑质，题诗赠与客。百金一朝倾，三年不可得。
不得只空行，山泉琴峡鸣。摩挲龙门石，忆忆应留情。
天风北极高，归涂踏霜卉。不惜玉环分，只愿君还早。

◆ 七言古

玉连环歌为邢从周典簿作
（元）张翥

于阗河头夜光发，赤髯贾胡采明月。
中有美璞凝寒晶，惟有鬼工能琢成。
伊谁得此邢公子，示我绿玉双连理。
恍如空碧虹气垂，半隐青瑶蟾一规。
展之两环不盈尺，叠作团团小苍璧。

榖文错落映雷文，宛是昆吾宝刀刻。
庐陵学士癖好奇，辨古重以琼琚词。
珊瑚珮钩讵可数，我疑制自金源时。
集贤仙人丈人行，凤阁舍人文有样。
请君留束宫锦袍，待看挥毫玉堂上。

◆ **五言排律**

水精环

（唐）罗维

王室符长庆，环中得水精。任圆循不极，见素质仍贞。
信是天然瑞，非因朴斲成。无瑕胜玉美，至洁过冰清。
未肯齐珉价，宁同杂珮声。能衔任黄雀，亦欲应时明。

◆ **五言绝句**

长安道

（唐）鞠信陵

朱门映绿杨，双阙抵通庄。玉珮声逾远，红尘犹自香。

佩 韦

（元）揭祐民

吾韦佩已久，韦敝将若何？纵有未革性，谢韦功已多。

◆ **七言绝句**

以玉带施元长老，元以衲裙相报次韵

（宋）苏轼

瘦骨难堪玉带围，钝根仍落箭锋机。
欲教乞食歌姬院，故与云山旧衲衣。

小游仙

(元)杨维桢

青旄节卫翠云軿,按部东行过赤城。
龙女遗珠鸡卵大,结为双佩赐方平。

履舃类

◆ 四言古

袜铭
（汉）崔骃

机衡建子，万物含滋。黄钟育化，以养元基。
长履景福，至于亿年。皇灵既祐，祉禄来臻。
本支百世，子子孙孙。

◆ 五言古

咏履
（陈）后主

贤舍观穴踵，瓜田睹蹑迹。矩步今有仪，用此前嘉客。

◆ 七言古

苴履
（金）李俊民

待诏门前东郭趾，蓝关路上仙人迹。
雪花纷披盖地白，东家不借借不得。
虽然近市屦亦无，以故为新即有馀。
同行留我木上座，补过仰渠金十奴。
一生能著屐几两，用心犹在阮孚上。

不须更觅下邳侯,（时守下邳。）山林此计成长往。

◆ 五言排律

赋得履

（明）高启

稳称游方脚,新编楚岸蒲。滑欺峰顶石,危怯世间途。
轻曳愁妨蚁,高飞笑化凫。上堂声每众,度岭影还孤。
著处朝行道,抛时夜结趺。空山欲相访,落叶去踪无。

◆ 七 言 律

薛侍御处乞靴

（唐）李群玉

越客南来夸桂麞,良工用意巧缝成。
看时共说茱萸绉,著处嫌无鹦鸰鸣。
百里奚身嗟甚似,五羊皮价敢全轻。
日于文苑陪高步,赢得芳尘接武名。

谢人惠方舃

（宋）苏轼

乌靴短勒格粗疏,古雅无如此样殊。
妙手不劳盘作凤,轻身只欲化为凫。
魏风褊俭堪羞葛,楚客豪华可笑珠。
拟学梁家名解脱,便于禅坐作跏趺。

谢僧惠蒲履

（元）张昱

丈夫此日可徒行,蒲履深烦远寄情。
除是高僧求易得,自非巧手织难成。

春来见客身差健，老去看花步觉轻。
他日裌裟如过我，定须著此出门迎。

赠鞋生
（明）僧溥洽

父子相传履制奇，青丝细软合时宜。
声随鸣珮君王识，影落飞凫太史知。
泥滓乍离归隐计，香云才振上升期。
年来敝屣无心弃，却笑干将补较迟。

◆ 五言绝句

寄刘道士舄
（唐）张说

真人降紫氛，邀我丹田宫。远寄双凫舄，飞飞不碍空。

送丘员外归山居
（唐）韦应物

郡阁始嘉宴，青山忆旧居。为君量革履，且愿驻篮舁。

◆ 七言绝句

谢云居山人草鞋
（宋）张咏

云居山客草为鞋，路转千峰此寄来。
昨日公馀偷步蹑，万端心绪忆天台。

山居杂咏
（明）僧大香

接叶阴阴唤水鸠，花坪草堰偶经游。
芒鞋晒向西岩石，露冷烟凄不记收。

卷一百六十四　屏障类

◆ 五言古

咏画屏风诗
（北周）庾信

逍遥游桂苑，寂绝到桃源。狭石分花径，长桥映水门。
管声惊百鸟，人衣香一园。定知欢未足，横琴坐石根。

上林春径密，浮桥柳路长。龙媒逐细草，鹤氅映垂杨。
水似桃花色，山如甲煎香。白石春泉上，谁能待月光？

题画山水障
（唐）张九龄

心累犹不尽，果为外物牵。偶因耳目好，复假丹青妍。
尝抱野间意，而迫区中缘。尘事固已矣，秉意终不迁。
良工适我愿，妙墨挥岩泉。变化合群有，高深侔自然。
置陈北堂上，仿像南山前。静无户庭出，行已兹地偏。
萱草忧可树，合欢忿益蠲。所因本微物，况乃凭幽筌。
言象会自泯，意色聊自宣。对玩有佳趣，使我心渺绵。

秋咏石屏
（宋）苏轼

霏霏点轻素，眇眇开重阴。风花乱紫翠，雪外有烟林。

雪近势方壮，林远意殊深。会有无事人，支颐识此心。

秋林砚屏率鲁直同赋

（宋）苏轼

西山无时春，巉岩锁顽阴。分明倚天壁，点缀无风林。
物固为人出，兴谁于此深？穷奇真自蠹，诗句且娱心。

咏屏送周伯阳

（明）徐贲

巧鬶辞云母，图画比晴天。密防宜便坐，连张须广筵。
月临皎乃隐，风当駃亦旋。望处凭（频）移障，只恐见离船。

◆ 七言古　附长短句

素屏谣

（唐）白居易

素屏素屏，胡为乎不文不鬶、不丹不青？
当世岂无李阳冰篆字、张旭之笔迹，
边鸾之花鸟、张藻之松石？
吾不令加一点一画于其上，欲尔保真而全白。
吾于香炉峰下置草堂，二屏倚在东西墙。
夜如明月入我室，晓如白云围我床。
我心久养浩然气，亦欲与尔表里相辉光。
尔不见当今甲第与王宫，织成步障锦屏风，
缀珠陷钿贴云母，五金七宝相玲珑。
贵豪待此方悦目，然肯寝卧乎其中。
素屏素屏，物各有所宜，用各有所施。
尔今木为骨兮纸为面，舍吾草堂欲何之？

生祺屏风歌

(唐) 温庭筠

玉埒暗接昆仑井,井上无人金索冷。
画壁阴森九子堂,阶前细月铺花影。
绣屏银鸭香蓊蒙,天上梦归花绕丛。
宜男漫作后庭草,不似樱桃千子红。

月石砚屏歌寄苏子美

(宋) 欧阳修

月从海底来,行上天东南。
正当天中时,下照千丈潭。
潭心无风月不动,倒影射入紫石岩。
月光水洁石莹净,感此阴魄来中潜。
自从月入此石中,天有两曜分为三。
清光万古不磨灭,天地至宝难藏缄。
天公呼雷公,夜持巨斧堕崭岩。
堕此一片落千仞,皎然寒镜在玉奁。
虾蟆白兔走天上,空留桂影犹毵毵。
景山得之惜不得,赠我意与千金兼。
自云每到月满时,石在暗室光出檐。
大哉天地间,万怪难悉谈。
嗟予不度量,每事思穷探。
欲将两耳目所及,而与造化争毫纤。
煌煌三辰行,日月尤尊严。
若令下与物为比,扰扰万类将谁瞻?
不然此石竟何物,有口欲说嗟如钳。
吾奇苏子胸,罗列万象中包含。
不惟胸宽胆亦大,屡出言语惊愚凡。

自吾得此石，未见苏子心怀惭。
不经老匠先指抉，有手谁敢施镌镵。
呼工画石持寄似，幸子留意其无谦。

轼近以月石砚屏献子功中书，复以涵星砚献纯父侍讲。
子功有诗，纯父未也，复以月石风林研屏赠之。

谨和子功诗，并求纯父数句
（宋）苏轼

紫潭出元（玄）云，翳我潭上星。
独有潭上月，倒挂紫翠屏。
我老不看书，默坐养此昏花睛。
时时一开眼，见此云月眼自明。
久知世界一泡影，大小真伪何足评。
笑彼三子欧梅苏，无事自作雪羽争。
故将屏砚送两范，要使珠璧栖窗棂。
大范忽长谣，语出月胁令人惊；
小范当继之，说破星心如鸡鸣。
床头复一月，下有风林横。
急送小范家，护此涵星泓。
愿从少陵博一句，山木尽与洪涛倾。

戏题常州草虫枕屏
（宋）杨万里

黄蜂作歌紫蝶舞，蜻蜓蚱蜢如风雨。
先生昼眠纸帐温，无那此辈喧梦魂。
眼中了了华胥国，蜂催蝶唤到不得。
觉来忽见四摺屏，野花红白野长青。
勾引飞虫作许声，何缘先生睡不惊。

巫峡云涛石屏志

（元）顾瑛

谢家绿玉屏，不作龟甲形。
方若陟釐纸，粉缥带苔青。
秀洁庚庚绝文理，十二巫峰横隐起。
芙蓉照影立亭亭，远落巴江一江水。
素湍汹涌翻绿涛，长风吹云白日高。
三峡涛声满人耳，个中独欠孤猿号。
胡僧谩有金壶汁，洒向素缣图不得。
女娲炼石作五彩，点染料应无此色。
此石产景由天工，略假石人磨削功。
石色欲尽玉色起，泛沉天碧涵清空。
君不闻大食贡石莹如玉，中有奇松四时绿，
六月凉风卷翠涛，瑟瑟秋声战空屋。
又不闻杨家古屏刻水精，中有为云之美人，
海绡衣裳为烟雾，姓名自语非真真。
二物化去固已久，价重隋珠难再有。
君家玉屏独在世，勿落忍人豪夺手。
我闻故人杨铁仙，束带拜之如米颠。
起来发狂捉铁笔，醉墨写入青瑶镌。
何日乘舟上鱼复，唤取巴童唱巴曲；
更借丹丘粉墨屏，对案巫山真面目。

◆ **五 言 律**

屏

（唐）李峤

洞彻琉璃蔽，威纡屈膝回。锦中云母列，霞上织成开。

山水含春动，神仙倒景来。修身兼竭节，谁识作铭才？

咏屏风

(唐) 袁恕己

绮阁云霞满，芳林草树新。鸟惊疑欲曙，花笑不关春。
山对弹琴客，溪留垂钓人。请看车马路，行处有风尘。

咏旧屏风

(唐) 姚合

时人嫌古画，倚壁不曾收。雨滴胶山断，风吹绢海秋。
残云飞屋里，片水落床头。尚胜残花鸟，君能补缀不？

屏风

(明) 薛蕙

屏风十二曲，罗列洞房隅。双环金屈膝，四角锦流苏。
蛾眉行处隐，玉袖坐中扶。因歌留上客，翠盖少踟蹰。

题魏少府破屏风

(明) 柳应芳

依倚忘年岁，凝尘冀尔容。乍通宵案烛，不掩午堂钟。
射雀犹存影，弹蝇已失踪。勿言新可代，官冷若为供。

◆ 五言排律

水墨障子

(唐) 李洞

若非神助笔，砚水恐藏龙。研尽一寸墨，扫成千仞峰。
壁根堆乱石，床罅种枯松。岳麓穿因鼠，湘江绽为蚕。
挂衣岚气湿，梦枕浪头舂。只为少颜色，时人著意慵。

云母屏风隔坐

（唐）阙名

彩障成云母，丹墀隔上公。才彰二纪盛，荣播一朝同。
近玉初齐白，临花乍散红。凝姿分缥缈，转珮辨玲珑。
意惬恩偏厚，名新宠更崇。谁知历千古，犹自仰清风。

◆ 七言律

题西平王旧赐屏风

（唐）温庭筠

曾向金扉玉砌来，百花鲜湿隔尘埃。
披香殿下樱桃熟，结绮楼前芍药开。
朱鹭已随新卤簿，黄鹂犹识旧池台。
世间刚有东流水，一送恩波更不回。

观山水障子

（唐）伍乔

功绩精妍世少伦，图时应倍用心神。
不知草木承何异，但见江山长带春。
云势似离岩底石，浪花如动岸边蘋。
更疑独泛渔舟者，便是其中旧隐人。

杨龙图芦雁屏

（宋）赵抃

省宇屏图喆匠成，写传芦雁笔尤精。
斜依风苇丛丛裛，远飏烟波渺渺平。
弋者定嗟何所慕，鹏抟莫怪不能鸣。
公看羽翼飞腾处，有意青云万里程。

鱼魫屏
（元）曹文晦

何人遗公鱼魫屏？定须东海鲙长鲸。
不应虚室自生白，正与幽人相对清。
素色晓含银汉冷，寒光夜照玉蟾明。
平生未识豪家客，金雀徒闻后世名。

◆ 五言绝句

题友人云母障子
（唐）王维

君家云母障，时向野庭开。自有山泉入，非因彩画来。

早秋山水砚屏
（宋）文同

晚霭隔远岫，秋容入平林。方素仅盈尺，岩谷能许深？

祝孝友作枕屏小景，以霜馀茂树名之，因题此诗
（宋）朱子

山寒夕飙急，木落洞庭波。几叠云屏好，一生秋梦多。

题梅屏
（明）刘基

树杪过流星，轻霜落半庭。疏花与孤客，相对一灯青。

◆ 七言绝句

题诗屏风绝句
（唐）白居易

相忆采君诗作障，自书自勘不辞劳。

障成定被人争写，从此南中纸价高。

答微之
（唐）白居易

君写我诗盈寺壁，我题君句满屏风。
与君相遇知何处？两叶浮萍大海中。

屏　风
（唐）李商隐

六曲连环接翠帷，高楼半夜酒醒时。
掩灯遮雾密如此，雨落月明俱不知。

咏绣障
（唐）胡令能

日暮堂前花蕊娇，争拈小笔上床描。
绣成安向东园里，引得黄莺下柳条。

寒林石屏
（唐）僧无闷

草堂无物伴身闲，惟有屏风枕簟间。
本向他山求得石，却于石上看他山。

西湖竹枝词
（元）潘纯

云髻高梳鬓不分，扫除虚室事元君。
新糊白纸屏风上，尽画蓬莱五色云。

卷一百六十五 簾幕類

◆ 五言古

咏幔
（齊）王融

幸得與珠綴，幂䍥君之楹。月映不辭卷，風來輒自輕。
每聚金爐氣，時駐玉琴聲。但願置尊酒，蘭釭當夜明。

賦得簾塵
（梁）徐摛

朝逐珠胎卷，夜傍玉鉤垂。恒教羅袖拂，不分秋風吹。

賦得珠簾
（隋）盧思道

鑒帷明欲斂，照檻色將晨。可憐疏復密，隱映當窗人。
浮清帶遠吹，含光動細塵。落花時屢拂，會待玉階春。

◆ 五言律

賦簾
（唐）太宗

參差垂玉闕，舒卷映蘭宮。珠光搖素月，竹影亂清風。
彩散銀鉤上，文斜桂戶中。惟當雜羅綺，相與媚房櫳。

帷

（唐）李峤

久闭先生户，高褰太守车。罗将翡翠合，锦逐凤凰舒。
明月弹琴夜，清风入幌初。方知决胜策，黄石受兵书。

簾

（唐）李峤

清风时入燕，紫殿几含秋。暧暧笼灵阁，纤纤上玉钩。
窗中翡翠动，户外水精浮。巧作盘龙势，长迎飞燕游。

咏 簾

（唐）万楚

玳瑁昔称华，玲珑薄绛纱。钩衔门势曲，节乱水纹斜。
日弄长飞鸟，风摇不卷花。自当分内外，非是为骄奢。

破 幌

（宋）张耒

破幌一点白，卧知千里明。低窗通雪气，乔木尚风声。
传警军城静，鸣钟梵刹清。高眠寻断梦，邻树已乌惊。

◆ **五言排律**

簾

（唐）杜牧

徒云逢剪削，岂谓见偏装？凤节轻雕日，鸾花薄篩香。
问屏何屈曲，怜帐解周防。下渍金阶露，斜分碧瓦霜。
沉沉伴春梦，寂寂侍华堂。谁见昭阳殿，真珠十二行？

◆ 七言律

咏帘

（唐）徐夤

素节轻盈透影匀，何人巧思间成文？
闲垂别殿风应度，半掩行宫麝欲熏。
绣户远笼寒焰重，玉楼高挂曙光分。
无情几对黄昏月，才到如钩便堕云。

琉璃帘

（元）马祖常

吴侬巧制玉玲珑，翡翠虾须迥不同。
万缕横陈银色界，一尘不入水晶宫。
月华远射离离白，灯影斜穿细细红。
相隔神仙才咫尺，灵犀一点若为通。

◆ 五言绝句

宫中乐

（唐）令狐楚

九重青琐闼，百尺碧云楼。明月秋风夜，珠帘上玉钩。

四时宫词

（元）曹文晦

水殿笙歌歇，宫门听漏签。薰风吹藕荡，香度水精帘。

◆ 七言绝句

帘

（唐）陆龟蒙

枕映疏容晚向欹，秋烟脉脉雨微微。

迸风障燕寻常事，不学人前当妓衣。

帘
（唐）罗隐

叠影重纹映画堂，玉钩银烛共荧煌。
会应得见神仙在，休下真珠十二行。

翡翠佳名世共稀，玉堂高下巧相宜。
殷勤为嘱纤纤手，卷上银钩莫放垂。

宫　词
（宋）花蕊夫人

纱幔薄垂金麦穗，帘钩纤挂玉葱条。
楼西别起长春殿，香壁红泥透蜀椒。

翠华香重御炉添，双凤楼头晓日暹。
扇掩红鸾金殿悄，一声清跸卷珠帘。

东楼雨中
（金）王元粹

多年苍柏拂檐枝，燕子飞来语向谁？
枕簟不妨留客住，满楼风雨下帘时。

和史参政韵
（元）马祖常

五云天近书香残，红白花枝满药阑。
一夜东风吹小雨，殿头持卷隔帘看。

上京杂咏
（元）萨都剌

沙苑棕毛百尺楼，天风摇曳锦绒钩。

内家宴罢无人到，面面珠帘夜不收。

绝　句
（元）萨都剌

待得郎君半醉时，笑将纨扇索题诗。
小红帘卷春波绿，渡水杨花落砚池。

明仁殿进讲
（元）贡师泰

黄金为带玉为檐，剑戟如林卫紫髯。
也爱儒臣勤讲读，向前轻揭虎皮帘。

宫　词
（元）迺贤

琼岛岩峣内苑西，斑斓绮石甃清漪。
御床不许红尘到，黄幔长教窣地垂。

艳阳词
（明）宋濂

几番花信逐时添，诸柘新篘酒正甜。
莫道晓风犹料峭，内家新赐却寒帘。

寄沈介轩
（明）沈翊

锦绣湖山罨画楼，君家住在小瀛洲。
洞箫吹上花间月，十二珠帘不下钩。

卷一百六十六　如意麈拂类

◆ 五言古

麈　尾
（梁）宣帝

匣上生光影，毫际起风流。本持谈妙理，宁是用催牛。

铁如意
（宋）谢翱

仙客五六人，月下斗婆娑。散影若云雾，遗音杳江河。
其一起楚舞，一起作楚歌。双执铁如意，击碎珊瑚柯。
一人夺执之，眤者一人过。更舞又一人，相向屡傞傞。
一人独抚掌，身挂青薜萝。夜长天籁寂，宛转思如何。

玉麈尾
（宋）谢翱

客持麈尾柄，色夺环与玦。尘心随影祛，一片若行雪。
神兽潜空山，何年探灵穴？忽失落人手，遂为谈者悦。
阴崖起白气，篆古逾轩颉。一拂沉薛文，再拂字不灭。
三拂蛟螭腾，世眼不能别。投尔阴崖巅，惊怪吐其舌。

◆ **七言古** 附长短句

和赵给事白蝇拂歌

（唐）卢纶

华堂多众珍，白拂称殊异。
柄裁沉节香袭人，上结为文下垂穗。
霜缕霏微莹且柔，虎须乍细龙髯稠。
皎然素色不因染，淅尔凉风非为秋。
群蝇青苍恣游息，广包万品无颜色。
金屏成点玉成瑕，昼眠宛转空咨嗟。
此时满筵看一举，荻花忽旋杨花舞，
骞如寒隼惊暮禽，飒若繁埃得轻雨。
主人说是故人留，每戒如新比白头。
若将挥玩闲临水，愿接波中一白鸥。

棕榈蝇拂歌

（唐）韦应物

棕榈为拂登君席，青蝇撩乱飞四壁。
文如轻罗散如发，马尾牦牛不能絜。
柄出湘江之竹碧玉寒，上有纤罗紫缕寻未绝。
左挥右洒烦暑清，孤松一枝风有声。
丽人纨素可怜色，安能点白还为黑？

◆ **七言律**

谢张直卿以铁如意见遗

（明）朱多炡

土花斑驳锦模糊，一片寒冰出锻炉。

致向书中称折角,捉来石上稳跏趺。
提携起舞旋长袖,慷慨酣歌缺唾壶。
多谢司空饶博物,只愁无地击珊瑚。

竹如意

(明)朱之蕃

斲取铿金戞玉枝,不资型范自离奇。
坚持劲节羞茅靡,挥霍虚心与物宜。
花雨争飞从握手,闲云静看独支颐。
客来指点潜身处,免作长竿渭上垂。

松 麈

(明)朱之蕃

捉柄从夸手玉如,青松振鬣自萧疏。
折来偏助谈锋劲,挥处犹看翠霭舒。
谢却猩红休染涴,留将鳞甲莫捐除。
清风谡谡浑忘倦,朗月澄怀坐碧虚。

◆ 七言绝句

竹拂子

(金)秦略

觅个龟毛也是难,直教击碎钓鱼竿。
世人不用轻分别,信手拈来总一般。

卷一百六十七　砧杵类

◆ 五言古

夜听捣衣

（晋）曹毗

寒兴御纨素，佳人治衣襟。冬夜清且永，皓月照堂阴。
纤手叠轻素，朗杵叩鸣砧。清风流繁节，回飚洒微吟。
嗟此嘉运速，悼彼幽滞心。二物感余怀，岂但声与音。

捣 衣

（宋）谢惠连

衡纪无淹度，晷运倏如催。白露滋园菊，秋风落庭槐。
肃肃莎鸡羽，烈烈寒螀啼。夕阴结空幕，宵月皓中闺。
美人戒裳服，端饬相招携。簪玉出北房，鸣金步南阶。
檐高砧响发，楹长杵声哀。微芳起两袖，轻汗染双题。
纨素既已成，君子行未归。裁用笥中刀，缝为万里衣。
盈箧自余手，幽械俟君开。腰带准畴昔，不知今是非。

咏捣衣

（梁）王僧孺

足伤金管遽，多怆缇光促。露团池上紫，风飘庭里绿。
下机弩西眺，鸣砧遽东旭。芳汗似兰汤，彤金辟龙烛。
散度《广陵》音，掺写《渔阳曲》。

别鹤悲不已，离鸾断还续。尺素在鱼肠，寸心凭雁足。

捣　衣
（梁）柳恽

步檐杳不极，离堂肃已扃。轩高夕杵散，气爽夜砧鸣。
瑶华随步响，幽兰逐袖生。踟蹰理金翠，容与纳宵清。

华观省中夜听城外捣衣
（梁）费昶

闾阖下重关，丹墀吐明月。秋气城中冷，秋砧城外发。
浮声绕雀台，飘响度龙阙。宛转何藏摧，当从上路来。
藏摧意未已，定自乘轩里。乘轩尽世家，佳丽似朝霞。
圆珰耳上照，方绣领间斜。衣熏百和屑，鬓插九枝花。
昨暮庭槐落，今朝罗绮薄。拂席卷鸳鸯，开幔舒龟鹤。
金波正容与，玉步依砧杵。红袖往还萦，素腕参差举。
徒闻不得见，独夜空愁伫。独夜何穷极，怀之在心恻。
阶垂玉衡露，庭舞相风翼。沥滴流星辉，灿烂长河色。
三冬诚足用，五日无粮食。扬云已寂寥，今君复弦直。

题画屏风
（北周）庾信

捣衣明月下，静夜秋风飘。锦石平砧面，莲房接杵腰。
急节迎秋韵，新声入手调。寒衣须及早，将寄霍嫖姚。

始闻早砧
（明）张羽

寂寂秋景宴，萧萧凉吹生。闺人感寒至，一轸远人情。
嘹亮清砧动，纡徐捣杵鸣。微茫带烟远，萧疏出帘轻。
此时离居客，单眠梦亦惊。披衣一惆怅，斜月满山城。

◆ 七言古

捣练篇

（唐）韦庄

月华吐艳明烛烛，青楼妇唱捣衣曲。
白袷丝光织鱼目，菱花绶带鸳鸯簇。
临风缥缈叠秋雪，月下丁东捣寒玉。
楼兰欲寄在何乡？凭人与系征鸿足。

和逯先生闻砧韵

（明）沐昂

秋高万木脱林坞，与子庭前开绿醑。
忽闻别院动砧声，西风吹断萧萧雨。
隔岸人家红树稀，辞巢燕子故飞飞。
酒酣自起为君舞，正爱凉飚吹我衣。

◆ 五言律

捣 衣

（元）张端

为捣清砧素，令人念藁砧。近寒将雁至，入夜正蛩吟。
霜月三更杵，关山万里心。金风何太弱，不与送馀音。

御苑秋砧

（明）田汝耕

露结金扉冷，霜凄绣幕深。褰（搴）罗出素手，乘月响清砧。
高入宫云断，低随阁漏沉。无言为谁苦，永夜助蛩音。

◆ 七言律

捣衣石

（明）瞿佑

一方滑净绝苔钱，才属秋闺响便传。
长夜未央风阵急，美人相对月华圆。
高于凤阙黄金础，厚胜花阶绿玉砖。
几度晚凉眠不得，丁东声到客愁边。

夜坐闻砧

（明）吴宽

何处疏砧隔短墙？东邻有妇捣衣裳。
风林落叶秋声动，露草鸣蛩夜气凉。
久别官寮忘馆阁，每从儿子话家乡。
强扶筇竹归深院，半壁残灯独上床。

馆试秋夜闻砧

（明）王格

萧瑟秋风散晚凉，谁家清夜捣衣裳。
丁丁遥应疏钟响，簌簌还如落叶忙。
明月有情留小院，征鸿无数挟轻霜。
不堪客梦湘云远，独对寒灯思渺茫。

◆ 五言绝句

江楼闻砧

（唐）白居易

江南授衣晚，十月始闻砧。一夕高楼月，万里故园心。

◆ 七言绝句

秋夜闻砧
（唐）杜荀鹤

荒凉客舍眠秋色，砧杵家家弄月明。
不及巴山听猿夜，三声中有不愁声。

闻 砧
（金）郦权

玉关消息到长安，处处砧声捣夜阑。
想得月残音响断，一灯清照剪刀寒。

卷一百六十八　书籍类

◆ 四言古

孝经诗
（晋）傅咸

立身行道，始于事亲。上下无怨，不恶于人。
孝无终始，不离其身。三者备矣，以临其民。

书帙铭
（宋）谢灵运

怀幽卷赜，戢妙抱密。用舍以造，舒卷不失。
亮惟勤玩，无或暇逸。

◆ 五言古

书　帙
（梁）萧统

擢影兔园池，抽茎淇水侧。朝映出岭云，暮聚飞归翼。
幸杂缃囊用，聊因班女织。一合轩羲曲，千龄如可即。

和刘明府观湘东王书诗
（梁）庾肩吾

陈王擅书府，河间富典坟。五车方累箧，七阁自连云。

松榡芳帙气，柏熏起厨文。羽陵青简出，妫泉绿字分。
方因接游圣，暂得奉朝闻。峰楼霞早发，林殿日先曛。
洛城复接限，归轩畏后群。

◆ 七言古

无书叹

（元）胡天游

六经既降诸子出，后代枝叶何其多。
眼中万卷忽如扫，无乃天意增繁苛。
陈言故纸本糟粕，吾道耿耿终难磨。
劫灰不楮孝先笥，昼卧坦腹时摩挲。

◆ 五言律

蠹 简

（元）杨载

往古韦编在，何年始汗青？蠹虫深卜宅，蝌蚪少成形。
泯灭阽秦火，搜罗出汉庭。斯文天未坠，不敢望全经。

◆ 七言律

玉堂读卷

（元）虞集

玉堂策士诏儒臣，御笔亲题墨色新。
省树坐移簾底日，宫壶驰赐殿头春。
虞庭制作夔龙盛，汉代文章董贾醇。
书阁暮年偏感遇，但歌天保播皇仁。

◆ 七言绝句

题朱兵曹山居
（唐）张祜

朱氏西斋万卷书，水门山阔自高疏。
我来穿穴非无意，愿向君家作壁鱼。

襄阳为卢窦纪事
（唐）元稹

帝下真符召玉真，偶逢游子暂相亲。
素书三卷留为赠，从向人间说向人。

闻日本圆载上人挟儒家书泊释典以行，更作一绝以送
（唐）陆龟蒙

九流三藏一时倾，万轴光凌渤海声。
从此遗编东去后，却应荒外有诸生。

写《庄子》
（唐）李九龄

圣泽安排当散地，贤侯优贷借新居。
闲中亦有闲生计，写得《南华》一部书。

寄居江村，欲借书诸公，先寄此诗
（宋）王庭珪

卜筑江村翠岭坳，喜君书室近衡茅。
牙签插架几千册，准拟从头借一钞。

时习斋
（金）宇文虚中

未厌平生习气浓，更将馀事训儿童。

《鲁论》二万三千字，悟入从初一句中。

醉经斋为虞卿麻长官赋
（金）周昂

诗书读破自融神，不羡云安麹米春。
黄卷至今真味在，莫将糟粕待前人。

天历庚午，会试院中马伯庸尚书、杨廷镇司业及玄，皆乙卯榜进士，偶成绝句纪其事。出院明日，有敕督修《经世大典》，又成小诗寄诸弟（录一）
（元）欧阳玄

圣主宫中游幸疏，日临秘阁玩芸储。
昨朝兰省才开试，清晓玉音催著书。

赠长垣宗室
（明）边贡

瑶室青编万卷馀，宫中谁道日闲居。
家臣昨夜长安去，犹向君王乞秘书。

卷一百六十九　五经类

◆ 四言古

《周易》
（晋）傅咸

卑以自牧，谦尊而光。进德修业，既有典常。
晖光日新，照于四方。小人勿用，君子道长。

《毛诗》
（晋）傅咸

无将大车，维尘冥冥。济济多士，文王以宁。
显允君子，大猷是经。

《周官》
（晋）傅咸

惟王建国，设官分职。进贤兴功，取诸易直。
除其不蠲，无敢反侧。以德诏爵，允臻其极。

辨其可任，以告于正。掌其戒禁，治其政令。
各修乃职，以听王命。

◆ 五言古

讲《易》
（宋）鲍照

云泽翔羽姬，横盖招益人。贲园无金尚，履道易书绅。

赋《礼记》
（唐）李百药

玉帛资王会，郊丘叶圣情。重广开环堵，至道轶金籯。
盘薄依厚地，遥裔腾太清。方悦升中礼，足以慰馀生。

赠别殷山人说《易》后归幽墅
（唐）孟郊

夫子说天地，若与灵龟言。幽幽人不知，一一予所敦。
秋月吐白夜，凉风韵清源。旁通忽已远，神感寂不喧。
一悟祛万结，夕怀倾朝烦。旅鞘无停波，别马嘶去辕。
殷勤荒草士，会有知己论。

◆ 五言律

经
（唐）李峤

汉室鸿儒盛，邹堂大义明。五千道德阐，三百礼仪成。
青紫方拾芥，黄金徒满籯。谁知怀逸辨，重席冠群英。

◆ 七言律

枕《易》
（元）黄庚

古鼎烟消倦点朱，翛然高卧夜寒初。

四檐寂寂半床梦，两鬓萧萧一卷书。
日月冥心知代谢，阴阳回首验盈虚。
起来万象皆吾有，收拾乾坤在草庐。

◆ 五言绝句

玩易斋

（宋）朱子

竹几横陈处，韦编半掩时。寥寥三古意，此地有深期。

◆ 七言绝句

《易》

（宋）朱子

立卦生爻事有因，两仪四象已前陈。
须知三绝韦编者，不是寻行数墨人。

潜心虽出重爻后，著眼何妨未画前。
识得两仪根太极，此时方好绝韦编。

明仁殿进讲

（元）贡师泰

黄绫写本奏经筵，正是《虞书》第二篇。
圣主从容听讲罢，许教留在御床边。

卷一百七十　史　类

◆ 四 言 古

于贾谧坐讲《汉书》

（晋）潘岳

理道在儒，弘儒由人。显允鲁侯，文质彬彬。
笔下摛藻，席上敷珍。前疑既辨，旧史维新。
维新尔史，既辨尔疑。延我僚友，讲此微辞。

◆ 五 言 古

咏司马彪《续汉志》

（唐）太宗

二仪初创象，三才乃分位。非惟树司牧，固亦垂文字。
绵代更膺期，芳图无辍记。炎汉承君道，英谟纂神器。
潜龙既可跃，术兔奚难致。前史殚妙词，后昆沉雅思。
书言扬盛迹，补阙兴鸿志。川谷犹旧途，郡国开新意。
梅山未觉朽，谷水谁云异。车服随名表，文物因时置。
凤戟翼康衢，銮衡总柔辔。清浊必能澄，洪纤幸无弃。
观仪不失序，遵礼方由事。政宣竹律和，时平玉条备。
文囿雕奇彩，艺门蕴深致。云飞星共流，风扬月兼至。
类禋遵令典，坛壝资良地。五胜竟无违，百司诚有庇。
粤予承暇景，谈丛引众秘。讨论穷义府，看覈披经笥。

大辨良难仰,小学终先匮。闻道谅知荣,含毫孰忘愧。

◆ 五言律

赋西汉

(唐) 魏徵

受降临轵道,争长趋(趣)鸿门。驱传渭桥上,观兵细柳屯。
夜宴经柏谷,朝游出杜原。终藉叔孙礼,方知皇帝尊。

咏 史

(唐) 李峤

马记天官设,班图地理新。善谈方亹亹,青简见彬彬。
方朔初闻汉,荆轲昔向秦。正辞堪载笔,终冀作良臣。

◆ 七言绝句

唐 尧

(唐) 周昙

妖氛不起瑞烟轻,端拱垂衣日月明。
何事四方无外役,茅茨深处土阶平。

虞 舜

(唐) 周昙

进善惩奸立帝功,功成揖让益温恭。
满朝卿士多元凯(恺),为黜兜苗与四凶。

夏 禹

(唐) 周昙

尧违天孽赖询谟,顿免洪波浸碧虚。
海内生灵微伯禹,尽应随浪化为鱼。

后 稷

(唐) 周昙

人惟邦本本由农,旷古谁高后稷功。
百谷且繁三曜在,牲牢郊祀信无穷。

文 王

(唐) 周昙

昭然明德报天休,禴（祈）祭惟馨胜杀牛。
二老五侯何所诈,不归商受尽归周。

武 王

(唐) 周昙

文王寝膳武王随,内竖言安色始怡。
七载岂堪拘羑里,一夫为报亦何疑。

成 王

(唐) 周昙

成王有过伯禽知,圣惠能新日自奇。
王道既成何所感,越裳呈瑞凤来仪。

周 公

(唐) 周昙

文武传芳百代基,几多贤哲守成规。
仍闻吐握延儒素,犹恐民艰未尽知。

沛 宫

(唐) 胡曾

汉高辛苦事干戈,帝业兴隆俊杰多。
犹恨四方无壮士,还乡高唱《大风歌》。

圯　桥

（唐）胡曾

妙算张良独有馀，少年逃难下邳初。
逡巡不进泥中履，争得先生一卷书？

细柳营

（唐）胡曾

文帝銮舆劳北征，条侯此地整严兵。
辕门不峻将军令，今日争知细柳营？

延平津

（唐）胡曾

延平津路水溶溶，峭壁危岑一万重。
昨夜七星潭底见，分明神剑化为龙。

山中作

（唐）僧处默

席簾高挂枕高攲，门掩垂萝蘸碧溪。
闲把史书眠一觉，起来山月过松西。

卷一百七十一　读书类

◆ 五言古

读《山海经》
（晋）陶潜

孟夏草木长，绕屋树扶疏。众鸟欣有托，吾亦爱吾庐。
既耕亦已种，时还读我书。穷巷隔深辙，颇回故人车。
欢言酌春酒，摘我园中蔬。微雨从东来，好风与之俱。
泛览周王传，流观山海图。俯仰终宇宙，不乐复何如。

读　书
（宋）谢惠连

贲园奚足慕，下帷故宜遵。山成由一篑，崇积始微尘。
虞轩虽渺莽，颜隰亦何人。

帝京篇
（唐）太宗

岩廊罢机务，崇文聊驻辇。玉匣启龙图，金绳披凤篆。
韦编断仍续，缥帙舒还卷。对此乃淹留，欹案观坟典。

山涧读易轩
（元）刘永之

环环碧涧连，靡靡苍山属。初日照林端，春禽鸣布谷。
松深有去云，苔静无来躅。独把一编书，时向窗间读。

◆ 七言古

沣水送郑丰之鄠县读书

（唐）皇甫冉

麦秋中夏凉风起，送君西郊及沣水。
孤烟远树动离心，隔岸江流若千里。
早年江海谢浮名，此路云山惬尔情。
上古全经皆在口，秦人如见济南生。

◆ 五言律

送王正字山寺读书

（唐）李嘉祐

欲究先儒教，还过支遁居。山阶闲听法，竹径独看书。
向日荷新卷，迎秋柳半疏。风流有佳句，不似带经锄。

和刘七读书

（唐）钱起

夜雨深馆静，苦心黄卷前。云阴留墨沼，萤影傍华编。
梦鸟富青藻，通经仍妙年。何愁丹穴凤，不饮玉池泉。

送独孤马二秀才居明月山读书

（唐）贾岛

濯志俱高洁，儒科慕冉颜。家辞临水郡，雨到读书山。
栖鸟棕花上，声钟砾阁间。寂寥窗外户，时见一舟还。

◆ 七言律

送薛居士和州读书

（唐）严维

孤云独鹤共悠悠，万卷经书一叶舟。

楚地巢城民舍少，烟村社树鹭湖秋。
蒿莱织妾晨炊黍，篱落耕童夕放牛。
年少不应辞苦节，诸生若遇亦封侯。

◆ **五言绝句**

秋　晚

（明）方登

秋晚行堤上，书声在茅屋。月出不逢人，风来弄修竹。

◆ **七言绝句**

读《老子》

（唐）白居易

言者不知知者默，此语吾闻于老君。
若道老君是知者，缘何自著五千文？

读《孝经》

（唐）方愚

星彩满天朝北极，源流是处赴东溟。
为臣为子须忠孝，莫负宣尼一卷经。

寄云台观田秀才

（唐）马戴

雪压松枝拂石窗，幽人独坐鹤成双。
晚来漱齿敲冰渚，闲读仙书倚翠幢。

卷一百七十二　书法总类

◆ 五言古

乐　府
（魏）曹植

墨出青松烟，笔出狡兔翰。古人感鸟迹，文字有改判。

◆ 七言古

以右军书数种赠丘十四
（宋）黄庭坚

丘郎气如春景晴，风暄百菓草木生。
眼如霜鹘齿玉冰，拥书环坐爱窗明。
松花泛砚摹真行，字身藏颖秀劲清，问谁学之果兰亭。
我昔颇复戏墨卿，银钩虿尾烂箱籝，赠君铺案粘曲屏。
小字莫作痴冻蝇，《乐毅论》胜《遗教经》。
大字无过《瘗鹤铭》，官奴作草欺伯英。
随人作计终后尘，自成一家始逼真。
卿家小女名阿潜，眉目似翁有精神。
试留此书他日学，往往不减卫夫人。

吴傅朋游丝帖歌
（宋）刘子翚

园清无瑕二三月，时见游丝转空阔。

谁人写此一段奇，著纸春风吹不脱。
纷纭纠结疑非书，安得龙蛇如许癯。
神踪政喜萦不断，老眼只愁看若无。
定知苗裔出飞白，古人妙处君潜得。
勿轻漠漠一缕浮，力遒可挂千钧石。
眷余弟兄情不忘，轴之远寄悠然堂。
谢公遗髯凛若活，卫后落鬓摇人光。
翻思长安夜飞盖，醉哦声落南山外。
乱离契阔三十秋，笔意与人俱老大。
政成著脚明河津，外家风流今绝伦。
文章固自有机杼，戏事岂足劳心神。

题唐模兰亭墨迹
（元）鲜于枢

君家禊帖评甲乙，和璧隋珠价相敌。
神龙贞观苦未远，赵葛冯汤总名迹。
主人熊鱼两兼爱，彼短此长俱有得。
三百二十有七字，字字龙蛇怒腾掷。
嗟余到手眼生障，有数存焉岂人力。
吾闻神龙之初《黄庭》《乐毅》真迹尚无恙，
此帖犹为时所惜。
况今相去又千载，古帖消磨万无一。
有馀不足贵相通，欲抱奇书求博易。

◆ 七 言 律

题子固所藏鲜于墨迹
（元）贡师泰

一自昭陵藏墨本，书名谁复更超群？

忽传河朔专行草,不让吴兴变隶分。
黄鹄夜深随落月,白鹅秋冷化孤云。
风流赖有张公子,雪茧封题比右军。

◆ 七言绝句

答柳柳州

(唐)刘禹锡

昔日佣工记姓名,远劳辛苦写西京。
近来渐有临池兴,为报元常欲抗衡。

重赠诗叠后

(唐)柳宗元

事业无成耻艺成,南宫起草旧连名。
劝君火急添功用,趁取当时二妙声。

书刘景文左藏所藏王子敬帖

(宋)苏轼

家鸡野鹜同登俎,春蚓秋蛇总入奁。
君家两行十二字,气压邺侯三万钱。

柳氏二外甥求笔迹

(宋)苏轼

退笔如山未足珍,读书万卷始通神。
君家自有元和脚,莫厌家鸡更问人。

杂　咏

(元)黄庚

地多种竹堪容鹤,池不栽莲恐碍鱼。
小径荒苔人不到,闭门闲学换鹅书。

王大令保母帖

（元）鲜于枢

姜侯才气亦人豪，辨折〔析〕区区漫尔劳。
不向骊黄求驵骏，书家自有九方皋。

临摹旧说范新妇，古刻今看李意如。
却笑南宫米夫子，一生辛苦学何书？

宣文阁

（元）周伯琦

延阁图书取次陈，讲帷日日集儒臣。
墨池云合天光绚，东壁由来近北辰。

卷一百七十三　御书类

◆ 五言律

羽林恩诏观御书王太尉碑
（唐）张说

陇首名公石，来承圣札归。鱼龙生意态，钩剑动铓辉。
字得神明保，词惭少女徽。谁家羽林将，又逐凤书飞。

◆ 五言排律

御题国子监门
（唐）阙名

宸翰符元造，荣题国子门。笔锋回日月，字势动乾坤。
檐下云光色，梁间鹊影翻。张芝圣莫拟，索靖妙徒言。
为著盘龙迹，能彰舞凤尊。更随垂露象，常以沐皇恩。

◆ 七言律

御书"雪林"二字赐赵中丞应制
（元）揭傒斯

圣主挥毫临秘阁，亲臣执法坐崇台。
祥云五色从天下，彩凤双飞映日来。
政欲清如林上雪，已闻声奋地中雷。

君臣千载明良会，咫尺薇垣接上台。

中都龙兴寺伏睹御书"第一山"三大字碑有作
（明）周启

九重宸翰丽天文，三字穹碑压厚坤。
山色不知今古异，地灵唯戴帝王尊。
蛟龙绝巘盘亭构，狮象诸天拱寺门。
千载钟王夸健笔，敢同羲画与时论。

◆ 七言绝句

高宗御书
（元）欧阳玄

君王不爱辟寒钗，永巷泥金进损斋。
欲上太清楼下石，啼鸦落日满宫槐。

卷一百七十四　篆书类

◆ 五言古

抄众书应司徒教
（齐）王融

说礼固多才，惇诗信为善。岩筲发仙华，金縢开碧篆。

借刘太常《说文》
（陈）江总

刘棻慕子云，许慎询景伯。硕学该虫篆，奇文秀鸟迹。
曰余徒下帷，待问垂重席。不诣王充市，聊投班元籍。
三写遍钻研，六书多补益。幽居服药饵，山宇生虚白。
留连嗣芳杜，旷荡依泉石。夫君爱满堂，愿言驰下泽。

观洛出书
（唐）张钦敬

浮空九洛水，端圣千年质。奇象八卦分，《图书》九畴出。
含微卜筮远，抱数阴阳密。中得天地心，旁探鬼神吉。
昔闻夏禹代，今献唐尧日。谬此叙彝伦，寰宇贺清谧。

观洛出书
（唐）郭邕

德合天贶呈，龙飞圣人作。光宅被寰区，《图书》荐河洛。

象登四气顺,文辟九畴错。氤氲瑞彩浮,左右灵仪廓。
微造功不宰,神行利攸博。一见皇家庆,方知禹功薄。

阳冰篆
(宋)王禹偁

泠泠庶子泉,落落阳冰笔。云气势奔垂,龙蛇互蟠屈。
峄山既劘灭,石鼓又缺失。唯兹数十字,遒劲倚云窟。
模印遍寰区,流传耀缃帙。书诚一艺尔,小道讵可忽。
乃知出人事,千古名不没。

推官惠李庶子鄂州篆字
(宋)文同

天下有奇篆,阳冰书鄂州。异兽呀五口,狂咬掉三头。
磟砢玻璨盎,诘屈珊瑚钩。愧无希世宝,何以为子酬?

◆ 七言古　附长短句

李潮八分小篆歌
(唐)杜甫

苍颉鸟迹既茫昧,字体变化如浮云。
陈仓石鼓又已讹,大小二篆生八分。
秦有李斯汉蔡邕,中间作者寂不闻。
峄山之碑野火焚,枣木传刻肥失真。
苦县光和尚骨立,书贵瘦硬方通神。
惜哉李蔡不复得,吾甥李潮下笔亲。
尚书韩择木,骑曹蔡有邻。
开元以来数八分,潮也奄有二子成三人。
况潮小篆逼秦相,快剑长戟森相向。
八分一字直百金,蛟龙盘拏肉屈强。
吴郡张颠夸草书,草书非古空雄壮。

岂如吾甥不流宕,丞相中郎丈人行。
巴东逢李潮,逾月求我歌。
我今衰老才力薄,潮乎潮乎奈汝何!

和永叔琅琊山庶子泉阳冰石篆诗
(宋)苏舜钦

一气氤氲万事起,独有篆籀含其真。
周鼓秦山坏已久,下至唐室始有人。
宗臣转注得天法,质虽浑厚气乃振。
人间所存十数处,丰疏异体世共珍。
其中琅琊石泉记,比之他法殊不伦。
铁锁关连玉钩壮,曲处力可挂万钧。
复疑蛟虬植爪角,隐入翠壁蟠未伸。
近来俗眼苦不赏,唯有风月时相亲。
紫微仙人谪此守,此地胜绝旧喜闻。
公馀往观领宾从,猎猎画隼摇青春。
远休车骑步泉侧,酌泉爱篆移朝昏。
挥弄潆洄玩点画,情通恍惚疑前身。
作诗缄本远相寄,邀我共赋意甚勤。
昨承见教久阁笔,压以大句尤难文。
高风胜事日倾倒,安得身寄西飞云。

滕用亨诸篆体歌
(明)王行

维周大篆成史籀,宣圣传经制蝌蚪。
总因苍颉见鸟迹,象形置书变未久。
李斯小篆类玉箸,钟鼎鱼虫分众手。
碧霄鸾凤漫回翔,沧海蛟螭互蟠纽。
有如垂露杨柳叶,或似委薤剑环首。

许慎程邈评已彰，馀子纷纷亦何有？
有唐阳冰号高古，尝拓鸿都《峄山谱》。
新泉丹井尚幸存，缨珞麒麟折钗股。
刻符摹印气候形，义理深关非小补。
南阳髯翁学古书，雅与秦汉参锱铢。
古文奇字荡胸臆，岂若俗工讹鲁鱼。
自言初习胜国时，玉雪左丞吾所师。
荻茎锥沙指画腹，廿年勤苦求妍姿。
呜呼方今世雍熙，明良际遇千载期。
大书功德勒金石，绝胜草草人间碑。

◆ 五 言 律

书

（唐）李峤

削简龙文见，临池鸟迹舒。河图八卦出，洛范九畴初。
垂露春光满，奔云骨气馀。请君看入木，一寸乃非虚。

◆ 五言排律

观洛出书

（唐）叔孙元

清洛含温溜，元（玄）龟荐宝书。波开绿字出，瑞应紫宸居。
物著群灵首，文成列卦初。美珍翔阁凤，庆迈跃舟鱼。
俾伣惟可远，休皇复在诸。东都主人意，歌颂望乘舆。

◆ 七 言 律

谢许炼师惠图书

（明）危进

茅山许史旧诸孙，还向仙台卧白云。

竹外画沙迷鹤迹，花间引水泛鹅群。
苍崖翠刻金书字，丹井银床玉篆文。
蝌蚪早收东观上，几人相倚播清芬。

◆ 五言绝句

题三会寺仓颉造字台
（唐）岑参

野寺荒台晚，寒天古木悲。空阶有鸟迹，犹似造书时。

仓颉台
（唐）李咸用

先贤忧民诈，观迹成纲纪。自有书契来，争及结绳理。

◆ 七言绝句

仓颉台
（唐）汪遵

观迹成文代结绳，皇风儒教浩然兴。
几人从此休耕钓，吟对长安雪夜灯。

卷一百七十五　真书类

◆ 五言古

王右军

（唐）李白

右军本清真，潇洒在风尘。山阴过羽客，爱此好鹅宾。
扫素写道经，笔精妙入神。书罢笼鹅去，何曾别主人。

◆ 七言古

临池歌

（宋）刘子翚

君不见钟繇学书夜不眠，以指画字衣皆穿，
当时尺牍来邺下，锦标玉轴争流传。
又不见鲁公得法屋漏雨，意象咄咄临千古，
断碑零落翠苔封，直气英风犹可睹。
元常独步黄初际，清臣后出今无继。
风神迥出本天资，巧力亦自精勤至。
羡君好尚何高奇，寒窗弄笔手生胝。
向来失计堕尘网，锐气直欲摩云飞。
男儿舌在心何怍，却拟临池寻旧学。
要须笔外见钟颜，会自蛟龙生掌握。
银钩石刻余何爱，劝以短歌君勿怠。

他时八体妙有馀,此歌傥可君绅书。

◆ 七言律

丹阳子高得逸少《瘗鹤铭》于焦山之下,及梁、唐诸贤四石刻,共作一亭,以"宝墨"名之,集贤伯镇为之作记。
　　　远来求诗,因作长句以寄
　　　　　　　　　　(宋)苏舜钦

山阴不是换鹅经,京口今存《瘗鹤铭》。
潇洒集仙来作记,风流太守为开亭。
两篇玉蕊尘初涤,四体银钩藓尚青。
我久临池无所得,愿观遗法快沉冥。

草书类

◆ 五言古

送草书献上人归庐山
（唐）孟郊

狂僧不为酒，狂笔自通天。将书云霞片，直至清明巅。
手中飞黑电，象外泻元（玄）泉。万物随指顾，三光为回旋。
骤书云霮䨴，洗砚山晴鲜。忽怒画蛇虺，喷然生风烟。
江人愿停笔，惊浪恐倾船。

◆ 七言古　附长短句

草书歌行
（唐）李白

少年上人号怀素，草书天下称独步。
墨池飞出北溟鱼，笔锋杀尽中山兔。
八月九月天气凉，酒徒词客满高堂。
笺麻素绢排数箱，宣州石砚墨色光。
吾师醉后倚绳床，须臾扫尽数千张。
飘风骤雨惊飒飒，落花飞雪何茫茫。
起来向壁不停手，一行数字大如斗。
恍恍如闻神鬼惊，时时只见龙蛇走。
左盘右蹙如惊电，状同楚汉相攻战。

湖南七郡凡几家，家家屏障书题遍。
王逸少，张伯英，古来几许浪得名。
张颠老去不足数，我师此艺不师古。
古来万事贵天生，何必要公孙大娘浑脱舞。

萧郸草书歌

（唐）顾况

萧子草书人不及，洞庭叶落秋风急。
上林花开春露湿，花枝濛濛向水泣。
见君数行之洒落，石上之松松下鹤。
若把君书比仲将，不知谁在凌云阁。

怀素上人草书歌

（唐）戴叔伦

楚僧怀素工草书，古法尽能新有馀。
神清骨竦意真率，醉来为我挥健笔。
始从破体变风姿，一一花开春景迟。
忽为壮丽就枯涩，龙蛇腾盘兽屹立。
驰毫骤墨剧奔驷，满座失声看不及。
心手相师势转奇，诡形怪状翻合宜。
有人若问此中妙，怀素自言初不知。

怀素上人草书歌

（唐）鲁收

吾观开（文）士多利用，笔精墨妙诚堪重。
身上艺能无不通，就中草圣最天纵。
有时兴发逞神机，抽毫点墨纵横挥。
风声吼烈随手起，龙蛇迸落空壁飞。
连拂数行势不绝，藤悬查蹙生奇节。

划然放纵惊云涛，或时顿挫萦毫发。
自言转腕无所拘，大笑羲之用阵图。
狂来纸尽势不尽，投笔抗声连叫呼。
信如鬼神助此道，墨池未尽书已好。
行路谈君口不容，满堂观者空绝倒。
所恨时人多笑声，唯知贱实翻贵名。
观尔向来三五字，颠奇何谢张先生。

怀素上人草书歌

（唐）王邕

衡阳双峡插天峻，青壁巉巉万馀仞。
此中灵秀众所知，草书独有怀素奇。
怀素身长五尺四，嚼汤诵咒吁可畏。
铜瓶锡杖倚闲庭，班管狻毫多逸意。
或粉壁，或彩笺，蒲葵绢素何相鲜？
忽作风驰及电掣，更点飞花兼散雪。
寒猿饮水撼枯藤，壮士拔山伸劲铁。
君不见张芝昔日称独贤，君不见近日张旭为老颠。
二公绝艺人所惜，怀素传之得真迹。
峥嵘蹙出海上山，突兀状成湖畔石。
一纵又一横，一欹又一倾。
临江不羡飞帆势，下笔长为骤雨声。
我牧此州喜相识，又见草书多惠力。
怀素怀素不可得，开卷临池转相忆。

赋虞书歌

（唐）贾耽

众书之中虞书巧，体法自然归大道。
不同怀素只攻颠，岂类张芝惟劄草。

形势素奇筋骨老，父子君臣相揖抱。
孤青似竹更飀飀，阔白如波长浩渺。
谁能方正不攲倒，功夫未至难寻奥。
须知孔子庙堂碑，便是青箱中至宝。

昝光大师草书歌

（唐）僧贯休

雪压千峰横枕上，穷困虽多还激壮。
看师逸迹两相宜，高适歌行李白诗。
海上风惊驱猛烧，吹断狂烟著沙草。
江楼曾见落星石，几回试发将军炮。
别有寒雕掠绝壁，提上元（玄）猿更生力。
又见吴牛磨角来，舞槊盘刀初触击。
好文天子握宸翰，御制本多堆玉案。
晨开水殿教题壁，题罢紫衣亲宠锡。
僧家爱诗自拘束，僧家爱画亦局促。
惟师草圣艺偏高，一掬山泉心便足。

观子玉郎中草圣

（宋）苏轼

柳侯运笔如电闪，子云寒悴羊欣俭。
百斛明珠便可扛，此书非我谁能双？

题紫微老人大字歌

（元）欧阳玄

紫微老人射生手，挽强竟取黄金斗。
骠骑营中拜骁勇，凤凰池上称耆旧。
时平腕力无所施，筋骨犹能学颜柳。
纵横戎略结构体，杀活兵机屈伸肘。

山庄刘氏得最多，当日襜褕驻应久。
高楼大扁曰明远，况又爱山并尚友。
我来后公五十年，主人酌我楼中酒。
平田野水凫雁集，重冈复岭蛟龙走。
登高欲赋乏佳兴，忽睹台躔照窗牖。
家藏有此希世珍，取酒当为主人寿。
想当洗砚弢笔时，羽箑生风剑龙吼。
焉知今人正传玩，名与麒麟同不朽。
峤南魋鼯十五秋，老将如今安得有。
鄂公九原如可作，养寿清商为公奏。

游龙回寺碧云堂有何无适草书

（元）许谦

苍鳞作霖回壑里，竟化长冈飞不起。
何年老僧飞锡来，强架檐楹万山底。
碧云石梯如登天，俯视竹树行其巅。
岩峦起伏呈怪状，壮若群马奔吾前。
何仙仙去不复返，满壁龙蛇惊醉眼。
可怜一半委泥沙，况复阽危混苔藓。
山翁摸（模）拓妙入神，永和茧纸且逼真。
劝君勿辞一日力，为我留为百世珍。
君不见二王旧帖皆残编，至今不惜千金传。

草书歌

（明）宣宗

草书所自何所授？初变楷法为章奏。
当时作者最得名，崔瑷杜度张伯英。
三人真迹已罕见，后来继之有羲献。
笔端变化妙入神，逸态雄姿看劲健。

风惊电掣浮云飞，蛟龙奋跃猛虎驰。
汉晋草法千载师，张颠藏真亦绝奇。
一代精艺才数辈，遗墨千人万人爱。
固知顿挫出腕力，亦用飞动生神采。
古来篆籀今已讹，何况隶草讹愈多。
吾书岂必论工緻，诚悬有言当默识。

◆ 七言律

洛中寺北楼见贺监草书题诗

（唐）刘禹锡

高楼贺监昔曾登，壁上笔迹龙虎腾。
中国书流尚皇象，北朝文士重徐陵。
偶因特见空惊目，恨不同时便伏膺。
惟恐尘埃转磨灭，再三珍重嘱山僧。

◆ 七言绝句

题怀素上人草书

（唐）许瑶

志在新奇无定则，古瘦漓䍦半无墨。
醉来信手两三行，醒后却书书不得。

禁　直

（明）唐敏

天门旭日炫新晴，凤髓龙香砚墨清。
亲见君王书草字，蛟龙吹雨杂风声。

卷一百七十七　书札类

◆ 七言律

将发洛中，枉令狐相公手札，兼辱二篇宠行，以长句答之
　　　　　　　　　　　　（唐）白居易

　　尺素忽惊来梓泽，双金不惜送蓬山。
　　八行落泊飞云雨，五字鎗鏦动珮环。
　　玉韵乍听堪醒酒，银钩细读当披颜。
　　收藏便作终身宝，何啻三年怀袖间。

初冬月夜得皇甫泽州手札并诗数篇，因遣报书，偶题长句
　　　　　　　　　　　　（唐）白居易

　　清泠玉韵两三章，落泊银钩七八行。
　　心逐报书悬雁足，梦寻来路绕羊肠。
　　水南地空多明月，山北天寒足早霜。
　　最恨泼醅新熟酒，迎冬不得共君尝。

得故人书
（明）沈贞

　　萧萧落叶蔽荒苔，流水柴门昼始开。
　　紫塞雁从江上过，故人书向日边来。
　　秋风客舍心千里，夜雨灯窗看几回。
　　迢递关河空念别，何时能报一枝梅？

◆ 五言绝句

杂 咏
（唐）王维

家住孟津河，门对孟津口。常有江南船，寄书家中否？

夹沟遇邑人问家信
（明）杨士奇

闻道故乡来，辞家今远近？恐有南京书，停舟试相问。

怀邹子序
（明）谢榛

渺渺太湖水，湖中多鲤鱼。故人时把钓，应有北来书。

◆ 七言绝句

答友怀野寺旧居
（唐）李端

自嫌野性共人疏，忆向西林更结庐。
寄谢山阴许都讲，昨来频得远公书。

秋 思
（唐）张籍

洛阳城里见秋风，欲作家书意万重。
复恐匆匆说不尽，行人临发又开封。

得袁相书
（唐）白居易

谷苗深处一农夫，面黑头斑手把锄。

何意使人犹识我，就田来送相公书。

小　碎
（唐）元稹

小碎诗篇取次书，等闲题柱意何如？
诸郎到处应相问，留取三行代鲤鱼。

端州江亭得家书
（唐）李绅

雨中鹊语喧江树，风处蛛丝飏水浔。
开拆远书何事喜？数行家信抵千金。

别王十后附书
（唐）杜牧

重关晓渡宿云寒，羸马原知步步难。
此信的应中路见，乱山何处拆书看。

送友人之湖上
（唐）陆龟蒙

故人溪上有渔舟，竿倚风蘋夜不收。
欲寄一函聊问讯，洪乔宁作置书邮。

寓　书
（元）范梈

欲写乡书寄故园，行人已远意空存。
举头却见南来燕，个个随春度塞门。

秋日作
（明）练子宁

水精簾动桂花风，湘簟凉生八月中。
魄落西窗银烛里，乌丝雪茧寄秋鸿。

卷一百七十八　碑　类

◆ 五言古

观李九少府翥树宓子贱神祠碑
（唐）高适

吾友吏兹邑，亦尝怀宓公。安知梦寐间，忽与精灵通。
一见兴永叹，再来激深衷。宾从何逶迤，二十四老翁。
于焉建层碑，突兀长林东。作者无愧色，行人感遗风。
坐令高岸尽，独对秋山空。片石忽谓轻，斯言固难穷。
龙盘色丝外，鹊顾偃波中。形胜驻群目，坚贞指苍穹。
我非王仲宣，去矣徒发蒙。

太学创置石经
（唐）冯涯

圣唐复古制，德义功无替。奥旨悦诗书，遗文分篆隶。
银钩互交映，石壁靡尘翳。永与乾坤期，不逐日月逝。
儒林道益广，学者心弥锐。从此理化成，恩光遍遐裔。

晋　铭
（宋）文同

长安鬻碑者，遗我古鼎铭。不知其所来，有眼实未经。
凡百十九字，诡怪摹物形。纵横下点画，不类子与丁。
试考诸传说，其源已冥冥。宣王石鼓文，气韵殊飘零。

始皇峄山碑，骨骼何玲玼。我恐雨粟时，正为此物灵。
安得仓颉神，提去询大庭。为我译其辞，读之骇群听。

◆ 七言古　附长短句

岣嵝山

（唐）韩愈

岣嵝山尖神禹碑，字青石赤形模奇。
蝌蚪拳身薤倒披，鸾飘凤泊拏虎螭。
事严迹秘鬼莫窥，道人独上偶见之，我来咨嗟涕涟洏。
千搜万索何处有？森森绿树猿猱悲。

石鼓歌

（唐）韦应物

周宣大猎兮岐之阳，刻石表功兮炜煌煌。
石如鼓形数止十，风雨缺讹苔藓湿。
今人濡纸脱其文，既击既扫白黑分。
忽开满卷不可识，惊潜动蛰走云云。
喘逶迤，相糺错，乃是宣王之臣史籀作。
一书遗此天地间，精意长存世冥寞。
秦家祖龙还刻石，碣石之罘李斯迹。
世人好古犹法传，持来比此殊悬隔。

◆ 五言律

送吕向补阙往西岳勒碑

（唐）徐安贞

圣作西山颂，君其出使年。勒碑悬日月，驱传接云烟。
寒尽函关路，春归洛水边。别离能几许？朝暮玉墀前。

春初送吕补阙往西岳勒碑

（唐）孙逖

刻石记天文，朝推谷子云。箧中缄圣札，岩下揖神君。
语别梅初艳，为斯草欲薰。往来春不尽，离思莫氛氲。

送翰林张司马南海勒碑

（唐）杜甫

冠冕通南极，文章落上台。诏从三殿去，碑到百蛮开。
野馆浓花发，春帆细雨来。不知沧海上，天遣几时回。

送翰林张学士岭南勒碑

（唐）司空曙

汉恩天外洽，《周颂》日边称。文独司空羡，书兼大尉能。
出关逢北雁，度岭逐南鹏。使者翰林客，馀春归灞陵。

◆ 七 言 律

和袭美为新罗弘惠上人撰灵鹫山周禅师碑送归诗

（唐）陆龟蒙

一函迢递过东瀛，只为先生处乞铭。
已得雄词封静检，却怀孤影在禅庭。
春过异国人应写，夜读沧州怪亦听。
遥想勒成新塔下，尽望空碧礼文星。

◆ 七言绝句

题酸枣县蔡中郎碑

（唐）王建

苍苔满字土埋龟，风雨销磨绝妙辞。

不向图经中旧见,无人知是蔡邕碑。

题酸枣驿前碑

(唐)张祜

苍苔古涩字雕疏,谁道中郎笔力馀?
长爱当时遇王粲,每来碑下不关书。

卷一百七十九　笔　类

◆ 五言古

咏　笔
（梁）武帝

昔闻兰蕙月，独是桃李年。春心倘未写，为君照情筵。

咏　笔
（梁）徐摛

木自灵山出，名因瑞草传。纤端奉积润，弱质散芳烟。直写飞蓬牒，横承落絮篇。一逢提握重，宁忆仲升捐。

圣俞惠宣州笔戏书
（宋）欧阳修

圣俞宣城人，能使紫毫笔。宣人诸葛高，世业守不失。紧心缚长毫，三副颇精密。硬软适人手，百管不差一。京师诸笔工，牌榜自称述。累累相国东，比若衣缝虱。或柔多虚尖，或硬不可屈。但能装管楬，有表曾无实。价高仍费钱，用不过数日。岂如宣城毫，耐久仍可乞。

代柬曾小轩谢冯笔蜡纸之贶
（元）吴澄

束缚山中豪，寸管入时操。几微见锋锐，可敌古铅刀。

江人有妙悟，匪直取价高。坡公诧葛吴，蔡澡朱所褒。
迩来浙西冯，声实相朋曹。小技足名世，屠龙宁自劳。

◆ **七言古** 附长短句

紫毫笔
（唐）白居易

紫毫笔，尖如锥兮利如刀。
江南石上有老兔，吃竹饮泉生紫毫。
宣城之人采为笔，千万毛中选一毫。
毫虽轻，功甚重。管勒工名充岁贡，君兮臣兮勿轻用。
勿轻用，将何如？愿赐东西府御史，愿颁左右台起居。
握管趋入黄金阙，抽毫立在白玉除。
臣有奸邪正衙奏，君有动言直笔书。
起居郎，侍御史，尔知毫笔不易致。
每岁宣城进笔时，紫毫之价如金贵。
慎勿空将弹失仪，慎勿空将录制词。

刘远笔
（金）元好问

老雠力能举玉杵，文阵挽强犹百钧。
惜哉变化太狡狯，向也褐衣金虎文。
宣城诸葛寂无闻，前后两刘新策勋。
谢郎神锋恨太隽，虽然岂不超人群。
三钱鸡毛吐古坟，尖奴定能张吾军。
何时酹我百壶酒，为汝醉草垂天云。

无笔叹
（元）胡天游

宣城鼠须不可索，越南鸡毛不可得。

山中老颖飞上天,九馆痴髯化为石。
晴窗无复秃千枝,晓梦有时来五色。
一庭老叶扫西风,袖手空阶看蜗迹。

赠笔工陆继翁

(明)曾棨

吴兴笔工陆文宝,制作不与常人同。
自然入手造神妙,所以举世称良工。
有时盘礴坐轩东,石盘水清如镜中。
空山老兔脱毛骨,简拔精锐披蒙茸。
平原霜气在毫末,水面犹觉吹秋风。
制成进入蓬莱宫,紫花彤管飞晴虹。
九重清燕发宸翰,五色绚烂皆成龙。
国初以来称绝艺,光价自此垂无穷。
美哉文宝名已久,当有家法传继翁。
我时得之一挥洒,落纸欲挫词场锋。
枣心兰蕊动光彩,栗尾鸡距争奇雄。
揭来簪此扈仙跸,欲补造化难为功。
梦中何人授五色,安得锦绣蟠心胸?
间来书空不成字,纵有篆刻惭雕虫。
幸今太平重文学,玉堂金马多奇逢。
莫言盛世少知己,为我寄谢管城公。

铁笔行为王元诚作

(明)王守仁

王郎宋代中书孙,铸铁为笔书坚珉。
画沙每笑唐长史,拔毫未数秦将军。
高堂落笔神鬼怒,九万鸾笺碎如雾。
铅泪霏霏洒露盘,金声铮铮入秋树。

鸟迹微茫科斗变，柳薤凋伤悲籀篆。
鼓文已裂岐阳石，漆灯空照山阴茧。
王郎笔艺精莫传，几度索我东归篇。
毛锥不如铁锥利，吾方老钝君加鞭。
矢尔铁心磨铁砚，淬锋要比婆留箭。
太平天子封功臣，脱囊去写黄金券。

秋日李氏东堂同长蘅观曝图画，张伯夜贻画笔束谢

（明）程嘉燧

秋云杲杲天景澄，高堂与客翻湘藤。
潇湘水阔愁嘉陵，江花有情遥沾膺。
闲门此时无人膺，紫毫一束烦高朋。
鸡距脱手新锋棱，未忍用点屏间蝇。
青松短檠临层冰，颠崖老树云门僧，貌君布袜予行縢。

◆ 五言律 附小律

笔

（唐）李峤

握管门庭侧，含毫山水隈。霜辉简上发，锦字梦中开。
鹦鹉摘文至，麒麟绝句来。何当遇良史，左右振奇才？

咏宣州笔

（唐）耿湋

寒竹渐虚受，纤毫任几重？影端缘守直，心劲赖藏锋。
落纸惊风起，摇空挹露浓。丹青与纪事，舍此复何从？

李员外寄纸笔

（唐）韩愈

题是临池后，分从起草馀。兔尖针莫并，茧净雪难如。

莫怪殷勤谢，虞卿正著书。

诗　笔
（宋）林逋

青镂墨淋漓，珊瑚架最宜。静援花影转，孤卓漏声迟。
题柱吾何取，如椽彼一时。风骚兼草隶，千古有人知。

乞　笔
（宋）曾几

市上无佳笔，营求亦已劳。护持空雪竹，束缚欠霜毫。
此物藏三穴，烦君拔一毛。不图髯主簿，取用价能高。

◆ 七言律

杨尚书寄郴笔，知是小生本样，令更商搉，使尽其功，辄献长句
（唐）柳宗元

截玉铦锥作妙形，贮云含雾到南溟。
尚书旧用裁天诏，内史新将写道经。
曲艺岂能裨损益，微辞只欲播芳馨。
桂阳卿月光辉遍，毫末应传顾兔灵。

赠笔工范君用
（元）郭天锡

光分顾兔一毫芒，遍洒春分翰墨场。
得趣妙从看剑舞，全身功贵善刀藏。
梦花不羡雕虫巧，试草曾供倚马忙。
昨过山僧馀习在，小书红叶拭新霜。

鼠须笔
（元）谢宗可

夜逐虚星上月宫，奋然夺得管城公。
橐中不搅吟窗梦，指下先争翰苑功。
莫笑砚池濡醉墨，绝胜仓廪饱陈红。
平生啮尽诗书字，散作龙蛇落纸中。

羊毫笔
（明）瞿佑

毛颖年深老不能，中书模画叹难胜。
管城忽现左元放，草泽不容严子陵。
壁上榴皮功可述，门前竹叶事无凭。
刚柔何必吹毛问，耐久真堪作友朋。

◆ 五言绝句

咏笔
（唐）杨收

虽非囊中物，可坚不可钻。一朝操政柄，定使冠三端。

◆ 七言绝句

仙女词
（唐）施肩吾

仙女群中名最高，曾看王母种仙桃。
手题金简非凡笔，道是天边玉兔毛。

酬马彧
（唐）韩定辞

崇霞台上神仙客，学辨痴龙艺最多。

盛德好将银笔述，丽词堪与雪儿歌。

笔

(唐) 阙名

能令音信通千里，解致蛟龙运八行。
纵使江生未相赏，应缘自负好文章。

笔离手

(唐) 薛涛

越管宣毫始称情，红笺纸上撒花琼。
都缘用久锋头尽，不得羲之手里擎。

谢笔

(元) 倪瓒

陶泓思渴待陈元，对楮先生意未宣。
何似中书君并至，明窗脱帽一欣然。

笔

(明) 郭登

绾蚓涂鸦不自嫌，却将毫末强揪持。
中书老矣真无用，犹向人前要出尖。

小游仙

(明) 桑悦

仙童惊报笔生花，万丈长虹缬彩霞。
独进词头三百卷，承恩常醉玉皇家。

谢车叔铭寄笔

(明) 僧德祥

寄来名笔自湖州，珍重斋中什袭收。
早晚翻经有僧到，芭蕉先种待新秋。

卷一百八十　墨　类

◆ 五言古

孙莘老寄墨
（宋）苏轼

徂徕无老松，易水无良工。珍材取乐浪，妙手惟潘翁。
鱼胞熟万杵，犀角蟠双龙。墨成不敢用，进入蓬莱宫。
蓬莱春昼永，玉殿明房栊。金笺洒飞白，瑞雾萦长虹。
遥怜醉常侍，一笑开天容。

溪石琢马肝，剡藤开玉版。嘘嘘云雾出，奕奕龙蛇绾。
此中有何好？秀色纷满眼。故人归天禄，古漆窥蠹简。
隃糜给尚方，老手擅编划。分馀幸见及，流落一叹挽。

我贫如饥鼠，长夜空咬啮。瓦池研灶煤，苇管书柿叶。
近者唐夫子，远致乌玉玦。先生又继之，圭璧烂箱箧。
晴窗洗砚坐，蛇蚓稍蟠结。便有好事人，敲门求醉帖。

赠墨生
（元）倪瓒

岩谷春风起，桐花落涧红。隔水轻烟发，收煤入灶中。
豹囊秘元玉，鹅池生白虹。汤生法潘谷，千载事同风。

◆ **七言古** 附长短句

酬张司马赠墨
（唐）李白

上党碧松烟，夷陵丹砂末。
兰麝凝珍墨，精光乃堪掇。
黄头奴子双鸦鬟，锦囊养之怀袖间。
今日赠余兰亭去，兴来洒笔会稽山。

梦锡惠墨，答以蜀茶
（宋）孔平仲

墨者色自黑，黑者墨之宜。
所以陈元（玄）号，闻之于退之。
近世工颇拙，所巧惟见欺。
摹成古鼎篆，团作革靴皮。
挥毫见惨淡，色比突中煤。
谁最蓄佳品？郑君真好奇。
赠我以所贵，有不让金犀。
坚如雷公石，端若大禹圭。
研磨出深黝，落纸光陆离。
较之囊中旧，相去乃云泥。
辱君此赐固已厚，何以报之乏琼玖。
不如投君以嗜好，君性嗜茶人罕有。
建溪龙凤想厌多，越上枪旗不禁久。
我收蜀茗亦可饮，得自峨嵋高太守。
人情或以少为珍，心若喜之当适口。
更怜此物来处远，三峡惊波如电卷。
江湖重覆千万里，淮海浩荡涟漪浅。

舍舟登陆尚相随，今以答君非不腆。
开缄碾泼试一尝，尤称君家桐叶盏。

次韵答舒教授观余所藏墨
（宋）苏轼

异时长笑王会稽，野鹜膻腥污刀几。
暮年却得庾安西，自厌家鸡题六纸。
二子风流冠当代，顾与儿童争愠喜。
秦王十八已龙飞，嗜好晚将蛇蚓比。
我生百事不挂眼，时人谬说云工此。
世间有癖念谁无，倾身障篮尤堪鄙。
一生当著几緉屐，定心肯为微物起？
此墨足支三十年，但恐风霜侵发齿。
非人磨墨墨磨人，瓶应未罄罍先耻。
逝将振衣归故国，数亩荒园自锄理。
作书寄君君莫笑，但觅来禽与青李。
一螺点漆便有馀，万灶烧松何处使？
君不见永宁第中捣龙麝，列屋闲居清且美。
倒晕连眉秀岭浮，双鸦画鬓香云委。
时闻五斛赐蛾绿，不惜千金求獭髓。
闻君此诗当大笑，寒窗冷砚冰生水。

谢景文惠浩然所作廷珪墨
（宋）黄庭坚

廷珪赝墨出苏家，麝煤添泽纹乌靴。
柳枝瘦龙印香字，什袭一日三摩抄。
刘侯爱我如桃李，挥赠要我书万纸。
不意神禹治水圭，忽然入我怀袖里。
吾不能手抄五车书，亦不能写论付官奴。

便当闭门学水墨,洒作江南骤雨图。

赠僧法一墨

(宋)晁冲之

黄山之巅百尺松,虬枝偃盖连群峰。
山神守护魑魅避,道人剪伐天为容。
扪崖蹑跨篝火远,绝壁晻霭凝烟浓。
元(玄)霜霏霏玉杵下,捕麇煮角当严冬。
阴房风日不可到,律管吹尽灰无踪。
小书细字著名姓,黄金照耀图双龙。
守臣再拜选进日,九关有诏开重重。
老儒偶得实天幸,千金更买无由逢。
上人淡泊何所好?工书草隶如飞蓬。
苦来求我惜不得,一酬十载相过从。
君不见玉堂词人紫垣客,拜赐舞蹈黄罗封。
长安纸价犹未贵,江南江北山皆童。

再以承晏墨赠僧法一

(宋)晁冲之

我闻江南墨官有诸奚,老超尚不如廷珪。
后来承晏复秀出,喧然父子名相齐。
百年相传纹断碎,仿佛尚见蛟龙背。
电光属天星斗昏,雨痕倒海风云晦。
却忆当年清暑殿,黄门侍立才人见。
银钩洒落桃花笺,牙床磨试红丝砚。
同时书画三万轴,大徐小篆徐熙竹。
御题四绝海内传,秘府毫芒惜如玉。
君不见建隆天子开国初,曹公受诏行扫除。
王侯旧物人今得,更写西天贝叶书。

陈循中求赋高丽墨诗，为作长句

（宋）谢薖

老松收烟作（琢）元（玄）玉，可试洮中鸭头绿。
来从万里古乐浪，传到麻源第三谷。
要须岱郡鹿角胶，捣成方解土炭嗽。
请君磨研写新作，一弄潺湲访康乐。

谢钱珣仲惠高丽墨

（宋）韩驹

王卿赠我三韩纸，白若截肪光照几。
钱侯继赠朝鲜墨，黑如点漆光浮水。
旧传绩溪多老松，奚超已往松亦空。
易水良工近名世，珍才始不归潘翁。
萧然南堂一居士，赤管隃麋无月赐。
借问元（玄）圭何自来？去年海中持节使。
明窗晏坐不怱怱，引纸磨墨寒生风。
自笑平生绾蛇蚓，更惭《尔雅》注鱼虫。
殷勤二物从来远，稗海寰瀛眼中见。
若欲挥写藏名山，不如却作谈天衍。

桐花烟为吴国良赋

（元）泰不华

吴郎骨相非食肉，朝食桐花洞庭曲。
洞庭三月桐始华，千枝万朵摇江绿。
吴郎采采盈倾筐，宝之不啻琼膏粟。
真珠龙脑吹香雾，夜夜山房捣元（玄）玉。
墨成谁共进蓬莱，天颜一笑金门开。
河伯香飞喷木叶，太守嘘气成楼台。

龙宾十二吾何有，不意龙文入吾手。
芙蓉粉暖玻璃匣，云蓝色映彤墀柳。
玉堂退食春昼长，桃花纸透水油光。
筠管时时濡秀石，银钩历历凝元霜。
君不闻易水仙人号奇绝，落纸三年光不灭；
又不闻唐夫子致乌玉玦，坡老当年书柿叶。
惜哉唐李不复见，吴郎善保千金诀，
呜呼吴郎善保千金诀！

赠陶得和制墨

（元）倪瓒

糜胶万杵捣玄霜，螺制初成龙井庄。
悟得廷珪张遇法，古松烟细色苍苍。
桐花烟出潘衡后，依旧升龙柳枝瘦。
请看陶法妙非常，一点浓云琼楮透。

◆ 五 言 律

墨

（唐）李峤

长安分石炭，上党结松心。绕画蝇初落，含滋绶更深。
悲丝光易染，叠素彩还沉。别有张芝学，书池幸见临。

江东魏元德所制齐峰墨，于上都慈仁殿赐文锦马湩以宠之。既南归，作诗以赠云

（元）迺贤

锦袭元圭莹，龙香秘阁浮。渍毫春黛湿，拂楮翠云流。
绣绮颁宫掖，琼浆出殿头。小臣沾雨露，千载荷恩休。

◆ 七言律

谢吴宗师惠墨
####（元）虞集

念我衰年不废书，锦囊古墨送幽居。
明窗尘影丹同熟，元圃云英玉不如。
敢谓文章胜虎豹，只应笺注到虫鱼。
研磨不尽人间老，传与儿孙尚有馀。

三用韵答巢翁，就以奎章赐墨赠之
####（元）虞集

邻父常思长史书，不辞频谒老巢居。
临池三月元霜尽，对月千篇白雪如。
赋敌洛波翔翠羽，歌成湘浦媵文鱼。
故分泸石松烟色，犹是奎章旧赐馀。

赠沈生卖墨
####（元）倪瓒

桐烟墨法后松烟，妙赏坡翁已久传。
麋角胶清莹元玉，龙文刀利淬寒泉。
山廨唯珍白鹅帖，云窗谁录古苔篇？
爱尔治生吴市隐，收煤一室数灯然。

◆ 七言绝句

右军墨池
####（唐）刘言史

永嘉人事尽归空，逸少遗居蔓草中。
至今池水涵馀墨，犹与诸泉色不同。

赠墨生吴善

(元) 倪瓒

铜官山下白云亭,涧底长松长茯苓。
传得潘生烧墨法,墨成持赠写丹经。

卷一百八十一 砚类（附砚山）

◆ 三四言

书砚铭

（周）武王

石墨相，著而黑。邪心谗言，无得污白。

◆ 五言古

咏　砚

（唐）杨师道

圆池类璧水，轻翰染烟华。将军欲定远，见弃不应赊。

石　砚

（唐）杜甫

平公今诗伯，秀发吾所羡。奉使三峡中，长啸得石砚。
巨璞禹凿馀，异状君独见。其滑乃波涛，其光或雷电。
联坳各尽墨，多水递隐见。挥洒容数人，十手可对面。
比公头上冠，贞质未为贱。当公赋佳句，况得终清宴。
公含起草姿，不远明光殿。致于丹青地，知汝随顾盼。

谢杨侍读惠端溪紫石砚

（宋）文同

学文二十年，语气殊未成。所以文房中，四谱无一精。

岂不愿收贮，窃恐好事名。自愧中槁然，敢假外物荣。
前日下秘阁，谒公来西城。公常顾遇厚，待以为墨卿。
延之吐佳论，出口无杂声。语次座上物，砚有紫石英。
云在岭使得，渠常美其评。因取手自封，见授嘱所擎。
仓皇奉以拜，其喜怀抱盈。归来示家人，众目欢且惊。
言并我所有，瓦砾而瑶琼。贵价市珍煤，风前试寒泓。
磨知密理润，点觉浮光清。洗濯鉴面莹，弹扣牙音铿。
遂剪什袭巾，加以重篋盛。客来有欲观，稍俗不敢呈。
愿传之子孙，更重金满籯。作诗叙嘉贶，惭比毫毛轻。

游龙尾山

（宋）王炎

他山石徒多，器宝匿幽僻。产璞芙蓉坑，金声而玉德。
冈峦外钩联，地势中断隔。曲坞八九家，路入羊豕迹。
涧水抱石根，石骨多绀碧。北山上搀天，南山势蟠伏。
砚工二百指，日凿崔嵬腹。篝灯砺斧斤，深入逾百尺。
我行冒风雨，周览不知夕。夜宿茅茨下，青灯照岑寂。
酒阑呼匠氏，访之语纤悉。冰蚕吐银丝，鲛人织雾縠。
巧手琢磨之，价值黄金镒。断岿半倾欹，旧穴久湮塞。
旁求得他材，饮水不受墨。坚滑已支庶，粗燥乃臧获。
信知天壤间，尤物神所惜。罕见固为贵，有亦未易识。
珉玉混一区，语尽三叹息。摩挲苍藓厓，此言可深刻。

觅风字歙砚诗赠侍其府尹

（元）王恽

砚本发墨具，不尔安用他？碧紫晕鸜眼，黝黑深宫鸦。
彼端类高人，风姿同云佳。远韵不少吝，清谈浩无涯。
但于当机时，未免思棼拏。若或砥砺用，茫然手空叉。
硬则墨为褪，软则磨泥沙。惟歙士之杰，体性何交加。

罗纹与刷丝，一寸皆可嘉。回视端溪公，有名实则差。
新安山水窟，泽大生龙蛇。举世被其利，何有蛭与鼍。
山高溪水清，其芒例如碬。尝闻右军砚，风字琢手奢。
是名为水箕，朵颐骇唅呀。松煤烬无馀，惟恐中书丫。
池宽水瀰漫，挹彼如尊洼。陂陀浸半海，挥洒生云霞。
平生未尝有，梦寐江之涯。君今去为邦，过此空成嗟。
包公尹端州，归不一砚拏。珕肝类安邑，一笑春生华。
书生乞索态，殆是心贪邪。祢衡泥所爱，竟掺《渔阳挝》。
今冬与来春，会有泛斗槎。雄雯或雌缦，分送张华家。

◆ 七 言 古

答陈舜俞推官惠诗求全瓦古砚

（宋）韩琦

邺宫废瓦埋烟草，取之为砚成坚好。
求者如麻几百年，宜乎今日难搜讨。
吾邦巧匠世其业，能辨瑰奇幼而老。
随材就器固不遗，大则梁栋小梦㮊。
必须完者始称珍，何殊巨海寻三岛。
荆人之璧尚有瑕，夏后之璜岂无考。
况乎此物出坏陶，千耕万劚常翻搅。
吾今所得不专全，秘若英瑶藉文缫。
君诗苦择未如意，持赠只虞笑绝倒。
君不见镇圭尺二瑁四寸，大小虽异皆君宝。

谢寇十一惠端砚

（宋）陈师道

百工营才先利器，市道居货如作赘。
书生活计亦酸寒，断砖半瓦宁求备。

端溪四山下龙渊,郁积中州清淑气。
金声玉骨石为容,河江屈流云作使。
滑如女肤色马肝,夜半神光际天地。
诸天散花百神喜,知有圣人在当世。
没人投深索千丈,探颔适遭龙伯睡。
辘轳輓出万人负,千岁之藏一朝致。
琢为时样供翰墨,什袭包藏百金贵。
北行万里更众目,寇卿好事不计费。
南邻居士卿之孙,丰悴相从不为异。
似怜陶瓦磨灶煤,辍诵不减前人志。
人言寒士莫作事,鬼夺客偷天破碎。
龟玉韫椟与无同,锦衾还客弃佳惠。
众所欲得当有缘,天独于余可无意?
敢书细事注鱼虫,要传《华严》八千偈。

鲁直惠洮河绿石作冰壶砚次韵

(宋)张耒

洮河之石利剑矛,磨刀日解十二牛。
千年荒徼困沙砾,一日见宝来中州。
黄子文章妙天下,独驾八马森幢旄。
平生笔墨万金直,奇煤利翰盈箧收。
谁持此砚参案几,风澜近手寒生秋。
包持投我弃不惜,副以清诗帛加璧。
明窗试墨吐秀润,端溪歙州无此色。
野人斋房无玩好,惭愧衣冠陈裸国。
晁侯碧海为文词,盘礴万顷澄清漪。
新篇来如彻札箭,劲笔更似画沙锥。
知君自足报苍璧,愧我空赋琼瑰诗。

谢人惠砚

（宋）程俱

帝鸿墨海世不见，近爱端溪青紫砚。
溪流见底寒且清，光凝浅绀渊之精。
斧柯千古留仙局，云暗半山含紫玉。
割云镌玉巧如神，龙尾铜台可奴仆。
君来自南数千里，不载珠玑如薏苡。
芊芊溪草裹石砚，文字之祥直送喜。
明窗大几墨花春，炉火吐兰千穗云。
虚中含默静相对，那复草玄惊世人。

陈顺之灵璧石砚山

（宋）楼钥

名画法书环四壁，中有米家真宝石。
璧峰森耸外涧流，他物虽奇敢争席？
旧属半山老仙人，佛印乞之如乞邻。
阿童有力负之走，一时攘取或纷纶。
此石天然非琢磨，是时有水生岩阿。
至今砚池尚馀润，岁月既久惜不多。
几年徒见士夫说，一旦喜看形偃月。
傍连玉立两於菟，主人照映冰壶彻。
陈侯之富可敌国，会有宝光惊四塞。
呼童吸尽砚中水，更为轻番玩奇刻。
不堪回首江南李，空唱多愁似春水。
更不如此石千载传，玉砌雕栏等糠秕。
宝晋得之真不易，身后宁知亦轻弃。
只今传玩知几人？当日锁窗空自秘。
端歙争名南北部，勿向雷门扬布鼓。

铜台锡瓦更不须，只合觚棱荫风雨。

赋张秋泉真人所藏砚山
（元）赵孟頫

泰山亦一拳石多，势雄齐鲁青巍峨。
此石却是小岱岳，峰峦无数生陂陀。
千岩万壑来几上，中有绝涧横天河。
粤从混沌元气判，自然凝结非镌磨。
人间奇物不易得，一见大叫争摩挲。
米公平生好奇者，大书深刻无差讹。
傍有小砚天所造，仰受笔墨如圆荷。
我欲为君书《道德》，但愿此石不用鹅。
巧偷豪夺古来有，问君此意当如何？

砚山诗
（元）揭傒斯

何年灵璧一拳石，五十五峰峰不盈尺。
峰峰相向如削铁，祝融紫盖前后列。
东南一泓尤可爱，白昼玄云生霡霂。
在唐已著群玉赋，入宋更受元章拜。
天台溪洞云海连，戴氏藏之馀百年。
护持不涴权贵手，仓皇独与身俱全。
帝旁真人乘紫霞，尺书招之若还家。
阴崖洞壑寒谽谺，宛转细路通褒斜。
昆仑蓬莱与方壶，坐卧相对神仙居。
硬黄从写《黄庭》帖，汗青或抄鸿宝书。
秦淮咽咽金陵道，此物幸不随秋草。
愿君谷神长不老，净几明窗永相保。

古砚歌

（元）宋无

神娲踏云补天去，遗下一团苍黑天。
千年万年干不得，长带盘古青紫烟。
玉工剖天天化石，石内星精有馀魄。
瑂光发炯成禹璧，海王川后输元（玄）液。
帝青呵雾坤倪湿，匣月不开太阴泣。
破天残缺无人补，一穴丝丝漏春雨。
空藏老石磨今古，补天何时与天语？

赋翠涛砚

（元）倪瓒

岳翁常宝翠涛石，今我还珍翠涛砚。
翠涛沄沄生縠纹，云章龙文发奇变。
米芾砚山徒自惜，此砚颠应未曾见。
我初仓卒失神物，玉蟾寂寞空瞻恋。
珠还合浦乃有时，洗涤摩挲冰玉姿。
书舟轻迅逐凫鹥，喜出火宅临清漪。
松雪磨香淬毛锥，天影江波淡碧滋，一咏新诗开我眉。

滩哥石砚歌

（明）宋濂

朱君嗜古米黻同，三代彝器藏心胸。
滩哥古砚近获见，惊喜奚翅逢黄琮。
砚煤敷纸巧摹拓，访我一一陈始终。
有唐四叶崇象教，梵僧航海来番禺。
手持贝叶写健相，翻译华竺谈元（玄）空。
辞义幽深众目〔莫〕识，当时授笔唯房融。
〔砚中淋漓墨花湿，助演真乘诚有功。

爱其厚重为题识,〕七月七日元神龙。
鬼工雷斧琢削古,天光电影生新容。
衺将四尺广逾半,作镇弗迁犹华嵩。
涉唐入宋岁五百,但见宝气浮晴虹。
南渡群公竞赏识,氏名环列紫秋虫。
朔元虽以实内府,弃置但使烟埃封。
方今圣人重文献,毡蒙舟载来江东。
风磨雨濯露精彩,奉敕舁入文华宫。
宫中日昃万几暇,侍臣左右咸云从。
紫端元(玄)歜尽斥去,欣然为此回重瞳。
重瞳一顾光照日,天章奎画分纤浓。
有才沉埋恨已久,石如能语夸奇逢。
维昔成周全盛日,兑戈胤衣并大弓。
藏诸天府遗孙子,用以镇国昭无穷。
愿将斯砚传万世,什袭不下古鼎钟。
上明文德化八极,下书宽诏苏疲癃。
君方执笔掌纶诰,愿以此言闻帝聪。
老臣作歌在何日?洪武戊午当严冬。

◆ 五 言 律

砚

(唐)李峤

左思裁赋日,王充作论年。光随锦文发,形带石岩圆。
积润循毫里,开池小学前。君苗徒见爇,谁咏士衡篇?

古石砚

(唐)李山甫

追琢他山石,方圆一勺深。抱真唯守墨,求用每虚心。

波浪因文起，尘埃为废侵。凭君更研究，何啻直千金。

龙尾石砚寄犹子远
（宋）苏轼

皎皎穿云月，青青出水荷。文章工点黼，忠义老研磨。
伟节何须怒，宽饶要少和。吾衰此无用，寄与小东坡。

破　砚
（元）杨载

彼美端溪石，家藏岁月多。廉隅皆破缺，筋力尽研磨。
玉亦坚而已，星如粲者何？向来曾自诡，持用掇高科。

破　砚
（元）萨都剌

巨璞何人凿？磨穿偶至今。系文虚绿润，雨气共元（玄）阴。
瓦砾开无异，尘埃积转深。明光几携入，往事复何心？

◆ 七 言 律

袭美以紫石砚见赠以诗迎之
（唐）陆龟蒙

霞骨坚来玉自愁，琢成飞燕古钗头。
澄沙脆弱闻应伏，青铁沉埋见亦羞。
最称风亭批碧简，好将云窦渍寒流。
君能把赠行吟客，遍写江南物象酬。

以紫石砚寄鲁望兼酬见赠
（唐）皮日休

样如金蹙小能轻，微润将融紫玉英。
石墨一研为凤尾，寒泉半勺是龙睛。

骚人白芷关心切,狎客红筵夺眼明。
两地有期皆好用,不须空把洗溪声。

元珍以诗送绿石砚,所谓"玉堂新样"者

(宋) 王安石

玉堂新样世争传,况以蛮溪绿石镌。
嗟我长来无异物,愧君持赠有佳篇。
久埋瘴雾看犹湿,一取春波洗更鲜。
还与故人袍色似,论心于此亦同坚。

获 砚

(宋) 刘克庄

二砚温如玉琢成,信知天地有精英。
马肝紫润尤宜沐,鸲眼青圆宛似生。
未爱潘郎呼作友,便教米老拜为兄。
今年几案多奇获,应是儒生命渐亨。

再获一砚自和

(宋) 刘克庄

三砚联翩买券成,绝胜玉杵聘云英。
扪摩无粟向肌起,涂抹有花从笔生。
韫椟每愁逢暴客,倾囊或笑费方兄。
古来事业由勤苦,不信磨穿道不亨。

谢书巢送宣和泸石砚

(元) 虞集

巢翁新得泸州砚,拂拭尘埃送老樵。
毁璧复完知故物,沉沙俄出认前朝。
毫翻夜雨天垂藻,墨泛春冰夜应潮。
恐召相如令草檄,为怀诸葛渡军遥。

端石砚

（元）宋无

千年岳璞斩新硎，一片琳腴截紫青。
云汉带星来玉匣，墨池蒸雨出沧溟。
烟开雾敛天晶彩，海静江澄地典刑。
要与陶泓作佳传，老磨松液写《黄庭》。

铁　砚

（元）谢宗可

不用端溪割紫云，铸来壮士铁心存。
一方自出炉鎚巧，百炼元无斧凿痕。
金炁冷涵池水润，土花腥蚀墨烟昏。
坚刚千古难磨了，谁为扶桑赋晓暾？

◆ 五言绝句

砚

（金）李俊民

端溪温润石，价重百车渠。一滴元（玄）潭水，蝇头万卷书。

贮香室

（明）盛时泰

花开砚池旁，花落砚池底。洗砚译经时，斛尽龙池水。

◆ 七言绝句

徐虞部以龙尾石砚邀余第品，仍授来使持还书府

（宋）蔡襄

玉质纯苍理致精，锋铓都尽墨无声。

相如间道还持去，肯要秦人十五城。

偶于龙井辩才处得歙砚甚奇，作小诗
（宋）苏轼

罗细无纹角浪平，半丸犀璧浦云泓。
午窗睡起人初静，时听西风拉瑟声。

过馀干吴师中秀才，以小诗惠歙砚，次韵谢之
（宋）周必大

旧曾起草向明光，独与罗文近赭黄。
三载瓦池研灶墨，因君聊复梦羲皇。

洮石砚
（金）马延登

鹦鹉洲前抱石归，琢来犹自带清辉。
芸窗尽日无人到，坐看元（玄）云吐翠微。

铜雀台瓦砚
（金）元好问

爱惜铅华洗又看，画阑桂树雨声寒。
千年不作鸳鸯去，博得书生笑老瞒。

惜砚中花
（元）方回

花担移来锦绣丛，小窗瓶水浸春风。
朝来不忍轻磨墨，落砚香黏数点红。

砚
（明）郭登

形模麤野已堪羞，况复驽顽滑似油。
常笑石乡才不逮，有何功业便封侯。

卷一百八十二　纸　类

◆ 五言古

咏纸
（梁）宣帝

皎白犹霜雪，方正若布棋。宣情且记事，宁同鱼网时？

咏苔纸
（隋）薛道衡

昔时应春色，引绿泛清流。今来承玉管，布字改银钩。

使纸甚费
（宋）孔平仲

家贫何所费？使纸如使水。亲交或见遗，自买不知几。
置之几案间，数轴俄空矣。作字本不工，学书非不喜。
不知何故尽，疑若有神鬼。若云随置邮，性复懒笺启。
间或强为之，皆出不得已。横斜若幡脚，龃龉如雁齿。
数易仅能成，纷纷多废委。叙致失轻重，畏慎防触抵。
往往已缄封，时时又删洗。遂令巾衍竭，大半或缘此。
昔无楮先生，云自蔡伦始。假令行竹简，秃野未供使。
人生有知慧，不若愚且鄙。古来取卿相，未必皆经史。
谁教识点画，空耗五斗米。咄嗟为此诗，又是一张纸。

◆ 七言古

答宋学士次道寄澄心堂纸百幅
（宋）梅尧臣

寒溪浸楮春夜月，敲冰举簾匀割脂。
焙干坚滑若铺玉，一幅百钱曾不疑。
江南老人有在者，为予常说江南时。
李主用以藏秘府，外人取次不得窥。
最后犹存数千幅，散入本朝谁谓奇。
漫堆闲屋任尘土，七十年来人不知。
而今制作已轻薄，比于古纸诚堪嗤。
古纸精光肉理厚，迩岁好事亦稍推。
五六年前吾永叔，赠予两轴令宝之。
是时颇叙此本末，遂号澄心堂纸诗。
我不善书心每愧，君又何此百幅遗？
重增吾赧不敢拒，且置缣箱何所为？

题高尚书藤纸画云林烟嶂图
（元）柳贯

髯翁昔饮西湖渌，满意看山山不足。
醉拈官纸写秋光，割截五州云一幅。
吾闻妙画能通仙，此纸度可支千年。
只愁蓬莱失左股，六鳌戴之飞上天。

送奎章阁广成局副杨元成奉旨之徽州熟纸因道便过家钱唐
（元）傅若金

新安江水清见底，水边作纸明于水。
兔白霜残晓月空，鲛宫练出秋风起。

五云高阁染宸章，最忆吴笺照墨光。
明朝驿使江南去，诏许千番贡玉堂。

◆ 五 言 律

纸

(唐) 李峤

妙迹蔡侯施，芳名左伯驰。云飞锦绮落，花发缥红披。
舒卷随幽显，廉方合轨仪。莫惊反掌字，当取葛洪规。

◆ 七言绝句

宫 词

(唐) 王建

千牛仗下放朝初，玉案傍边立起居。
每日进来金凤纸，殿头无事不教书。

书乐天纸

(唐) 元稹

金銮殿里书残纸，乞与荆州元判司。
不忍拈将等闲用，半封京信半题诗。

谢惠纸

(唐) 僧齐己

烘焙几工成晓雪，轻明百幅叠春冰。
何消才子题诗外，分与能书贝叶僧。

次韵宋肇惠澄心纸

(宋) 苏轼

诗老囊空一不留，百番曾作百金收。

知君也要雕肝肾，分我江南数斛愁。

君家家学陋相如，宜与诸儒论石渠。
古纸无多且分我，自应给札奏新书。

从寇生求茶库纸

（宋）陈师道

南朝官纸女儿肤，玉版云英比不如。
乞与此翁元不称，他年留待大苏书。

扈从上京学宫纪事

（元）周伯琦

黉舍重开大殿西，牙符给事籍金闺。
唔咿日课繙青简，挥染还看写赫蹏。

谢静远惠纸

（元）顾瑛

蜀郡金花新著样，剡溪玉板旧齐名。
荷君寄我黟川雪，犹带涟漪泻月声。

与唐惟勤索纸

（明）丘吉

鱼网无功补蔡侯，蜀江不洗薛涛愁。
教儿昨日繙诗稿，书破芭蕉数幅秋。

纸

（明）毛钰龙

家住稽山剡水头，陈元（玄）毛颖忆同游。
荣封楮国金符在，尺素修成五凤楼。

卷一百八十三　　笺　类

◆ 五言古

为傅建康咏红笺

（梁）江洪

杂彩何足奇，唯红偏作可。灼烁类蕖开，轻明似霞破。
缕质卷芳脂，裁花承百和。且传别离心，复是相思裹。
不值情牵人，岂识风流座。

◆ 七言律

酬崔驸马惠笺百张兼贻四韵

（唐）杨巨源

百张云样乱花开，七字文头艳锦回。
浮碧空从天上得，殷红应自日边来。
捧持价重凌云叶，封裹香深笑海苔。
满箧清光应照眼，欲题风韵愧凡才。

袭美以鱼笺见寄因谢成篇

（唐）陆龟蒙

捣成霜粒细鳞鳞，知作豪吟幸见分。
向日乍惊新茧色，临风时辨白萍文。
好将花下承金粉，堪送天边咏碧云。

见倚小窗亲襞染,尽图春色寄夫君。

酬鲁望见答鱼笺之什
(唐)皮日休

轻如隐起腻如饴,除却鲛工解制稀。
欲写恐成河伯诏,试裁疑是水仙衣。
毫端白獭脂犹湿,指下冰蚕子欲飞。
若用莫将闲处去,好题春思赠江妃。

以剡笺寄赠陈待诏
(明)陈端

云母光笼玉楮温,得来元自剡溪濆。
清涵天姥峰头雪,润带金庭谷口云。
九万未充王内史,百番聊赠杜参军。
从知醉里纵横墨,不到羊欣白练裙。

◆ 七言排律

燕枝板浣花笺寄合州徐文职方
(宋)石介

合州太守鬓将丝,闻说欢情尚不衰。
板与歌娘拍新调,笺供狎客写芳辞。
木成文理差差动,花映溪光瑟瑟奇。
名得只从嘉郡树,(燕枝木,嘉州出。)
样传仍自薛涛时。(有薛涛笺。)
奇章磊磊驰声价,江令翩翩落酒卮。
几首诗成卷鱼子,(有鱼子笺。)谁人唱罢泣燕枝?
红牙管好同床置,紫竹笙宜一处施。
愿助风流向樽席,杏花况是未离披。

◆ 七言绝句

宫　词
（唐）王建

内人对御叠花笺，绣坐移来玉案边。
红蜡光中呈草本，平明昇出阁门宣。

酬周秀才
（唐）施肩吾

三展蜀笺皆郢曲，我心珍重甚琼瑶。
应缘水府神龙睡，偷得鲛人五色绡。

寄温飞卿笺纸
（唐）段成式

三十六鳞充使时，数番犹得裹相思。
待将袍袄重钞了，尽写襄阳播捃词。

寄弟洎蜀笺
（唐）韩浦

十样蛮笺出益州，寄来新自浣溪头。
老兄得此全无用，助尔添修五凤楼。

赠笺纸吕生
（元）朱德润

玉肌匀腻粉初干，淡淡空青印碧阑。
晓日长杨新赋就，墨云时度玉螭寒。

罗文缉缉染湘流，中莹晴空一段秋。
莫问汗青千古事，漆书应让管城侯。

卷一百八十四 画类

◆ 五言古

求崔山人百丈崖瀑布图
（唐）李白

百丈素崖裂，四山丹壁开。龙潭中喷射，昼夜生风雷。
但见瀑泉落，如潈云汉来。闻君写真图，岛屿备萦回。
石黛刷幽草，层青泽古苔。幽缄傥相传，何必向天台。

莹禅师房观山海图
（唐）李白

真僧闭精宇，灭迹含达观。列障图云山，攒峰入霄汉。
丹崖森在目，清昼疑卷幔。蓬壶来轩窗，瀛海入几案。
烟涛争喷薄，岛屿相凌乱。征帆飘空中，瀑水洒天半。
峥嵘若可陟，想像徒盈叹。杳与真心冥，遂谐静者玩。
如登赤城里，揭步沧洲畔。即事能娱人，从兹得消散。

观江淮名胜图
（唐）王昌龄

刻意吟云山，尤知隐沦妙。远公何为者，再诣临海峤？
而我高其风，披图得遗照。援毫无逃境，遂展千里眺。
淡扫荆门烟，明标赤城烧。青葱林间岭，隐见淮海徼。
但指香炉顶，无闻白猿啸。沙门既云灭，独往岂殊调。

感对怀拂衣，胡宁事渔钓。安期始遗舄，千古谢荣耀。
投迹庶可齐，沧浪有孤棹。

刘相公中书江山画障
（唐）岑参

相府征墨妙，挥毫天地穷。始知丹青笔，能夺造化功。
潇湘在簾间，庐壑横座中。忽疑凤凰池，暗与江海通。
粉白湖上云，黛青天际峰。昼日恒见月，孤帆如有风。
岩花不飞落，涧草无春冬。担锡香炉缁，钓鱼沧浪翁。
如何平津意，尚想尘外踪？富贵心独轻，山林兴弥浓。
喧幽趣颇异，出处事不同。请君为苍生，未可追赤松。

会稽王处士草堂壁画衡霍诸山
（唐）刘长卿

粉壁衡霍近，群峰如可攀。能令堂上客，见尽湖南山。
青翠数千仞，飞来方丈间。归云无处灭，去鸟何时还？
胜事日相对，主人常独闲。稍看林壑晚，佳气生重关。

画 松
（唐）元稹

张璪画古松，往往得神骨。翠帚扫春风，枯龙戛寒月。
流传画师辈，奇态尽埋没。纤枝无萧洒，顽榦空突兀。
乃悟尘埃心，难状烟霄质。我去淅阳山，深山看真物。

书鄢陵王主簿所画折枝
（宋）苏轼

论画以形似，见与儿童邻；赋诗必此诗，定非知诗人。
诗画本一律，天工与清新。边鸾雀写生，赵昌花传神。
何如此两幅，疏淡含精匀。谁言一点红，解寄无边春？

次韵鲁直书伯时所画王摩诘
（宋）苏轼

前身陶彭泽，后身韦苏州。欲觅王右丞，还向五字求。
诗人与画手，兰菊芳春秋。又恐两皆是，分身来入流。

孙知微画
（宋）文同

太古奇伟士，精思独于画。驰心入茫昧，万物赴挥洒。
当时一名重，顾陆非尔亚。卓哉青城笔，妙绝冠天下。
煌煌九天仗，一一若神写。吾恐千载后，是终难继者。

孙怀悦画
（宋）文同

孙老抱奇笔，临纸恣挥洒。从头扫乱石，磥砢随墨下。
焦顽与圆润，无一不精者。谁信万钧重，卷之不盈把。

题　画
（宋）朱子

青鸾凌风翔，飞仙窈窕姿。高挹谢尘境，妙颜粲琼蕤。
登霞抗玉音，结雾吹参差。神钧舞空洞，元（玄）露湛宵晖。
山中玉斧家，胡不一来嬉？真凡路一分，元运千年期。

借王嘉叟所藏赵祖文画孙兴公《天台赋》
"凝思幽岩，朗咏长川"一幅，有契于心因作
（宋）朱子

翩然乘孤鹤，往至苍崖巅。上有桂树林，下有清泠渊。
洗心咏太素，泛景窥灵诠。栖身托岁暮，毕此岩中缘。

题范宽秋山小景

（宋）楼钥

山高最难图，意足不在大。尺楮渺千里，长江浸横翠。
人家杂烟树，懽悦徒意会。苟或森三尺，便若俗子对。
此画格律严，兴寄独超迈。洗眼映窗明，妙处乃不昧。
流泉见原委，著屋分向背。推车度危桥，指路向关隘。
轻舟最渺茫，浦屿如有待。山棱瘦露骨，汀洲横若带。
木叶黄欲脱，秋容俨然在。霜馀无片云，历历数沙界。
搜寻目力疲，欲赋无可奈。近山才四寸，万象纷纳芥。
欲识无穷意，耸翠更天外。

题丁生所藏钱舜举山水

（元）龚璛

寒溪深无鱼，扁舟小如屐。举世相为浮，更用一篙力。
画彼山中人，憩此松下石。

赵千里小景

（元）郭天锡

鹪鸰喧柳阴，生鹅乐清沚。竹风递荷气，长夏凉如水。
王孙翰墨仙，丹青绝纨绮。何当著幽人，艇子沙头舣。

题高尚书秋山暮霭图

（元）郭天锡

远树含空烟，群峰缄积翠。离离雁外樯，落日来天际。
高侯丘壑心，点墨悟三昧。我欲画沧洲，昼长枕篷睡。

为方厓画山就题

（元）倪瓒

摩诘画山时，见山不见画。松雪自缠络，飞鸟亦闲暇。

我初学挥染,见物皆画似。郊行及城游,物物归画笥。
为问方厓师,孰假孰为真?墨池挹涓滴,寓我无边春。

赵善长山水

(元)王逢

画师今赵原,东吴谅无双。寸毫九鼎重,乌获力靡扛。
翠树拥羽旗,深崦敞云窗。参差见蠹鱼,不无酒盈缸。
老山石黄色,插脚琉璃江。隐若赤壁垒,势压曹魏邦。
何当柔猛虎,蛟鳄遂我降。欠伸列仙崖,嚏咳渔蛮矼。

题盛懋画

(元)郭钰

远岛映微红,疏林带寒绿。石上一柴关,溪边两茅屋。
轻风花落地,细雨云归谷。侧耳试闲听,疑闻《紫芝曲》。

题蒋廷晖小景

(明)郭登

我家南山中,柴门别经久。不知今春来,新添几株柳?
清江闲钓竹,鸥鹭还来否?对此忽相思,长歌独搔首。

◆ 七言古　附长短句

山水粉图

(唐)陈子昂

山图之白云兮,若巫山之高丘。
纷群翠之鸿溶,又似蓬瀛海水之周流。
信夫人之好道,爱云山以幽求。

观博平王志安少府山水粉壁

(唐)李白

粉壁为空天,丹青状江海。

游云不知归，日见白鸥在。
博平真人王志安，沉吟至此愿挂冠。
松溪石磴带秋色，愁客思归坐晓寒。

同族弟金城尉叔卿烛照山水壁画歌
（唐）李白

高堂粉壁图蓬瀛，烛前一见沧洲清。
洪波汹涌山峥嵘，皎若丹丘隔海望赤城。
光中乍喜岚气灭，谓逢山阴晴后雪。
回溪碧流寂无喧，又如秦人月下窥花源。
了然不觉清心魂，只将叠嶂鸣秋猿。
与君对此欢未歇，放歌行吟达明发。
却顾海客扬云帆，便欲因之向溟渤。

当涂赵炎少府粉图山水歌
（唐）李白

峨嵋高出西极天，罗浮直与南溟连。
名公绎思挥彩笔，驱山走海置眼前。
满堂空翠如可扫，赤城霞气苍梧烟。
洞庭潇湘意渺绵，三江七泽情洄沿。
惊涛汹涌向何处？孤舟一去迷归年。
征帆不动亦不旋，飘如随风落天边。
心摇目断兴难尽，几时可到三山巅？
西峰峥嵘喷流泉，横石蹙水波潺湲。
东崖合沓蔽轻雾，深林杂树空芊绵。
此中冥昧失昼夜，隐几寂听无鸣蝉。
长松之下列羽客，对座不语南昌仙。
南昌仙人赵夫子，妙年历落青云士。
讼庭无事罗众宾，杳然如在丹青里。

五色粉图安足珍,真仙可以全吾身。
若待功成拂衣去,武陵桃花笑杀人。

奉先刘少府新画山水障歌
(唐)杜甫

堂上不合生枫树,怪底江山起烟雾。
闻君扫却赤县图,乘兴遣画沧洲趣。
画师亦无数,好手不可遇。
对此融心神,知君重毫素。
岂但祁岳与郑虔,笔迹远过杨契丹。
得非元(玄)圃裂,无乃潇湘翻。
悄然坐我天姥下,耳边已似闻清猿。
反思前夜风雨急,乃是蒲城鬼神入。
元气淋漓障犹湿,真宰上诉天应泣。
野亭春还杂花远,渔翁暝踏孤舟立。
沧浪水深青溟阔,欹岸侧岛秋毫末。
不见湘妃鼓瑟时,至今斑竹临江活。
刘侯天机精,爱画入骨髓。
自有两儿郎,挥洒亦莫比。
大儿聪明到,能添老树巅崖里;
小儿心孔开,貌得山僧及童子。
若耶溪,云门寺,吾独胡为在泥滓,青鞋布袜从此始。

戏题王宰画山水图歌
(唐)杜甫

十日画一水,五日画一石。
能事不受相促迫,王宰始肯留真迹。
壮哉昆仑方壶图,挂君高堂之素壁。
巴陵洞庭日本东,赤岸水与银河通,中有云气随飞龙。

舟人渔子入浦溆，山木尽亚洪涛风。
尤工远势古莫比，咫尺应须论万里。
焉得并州快剪刀，剪取吴松半江水。

观于舍人壁画山水

（唐）王季友

野人宿在山家少，朝见此山谓山晓。
半壁能栖岭上云，开簾欲放湖中鸟。
独坐长松是阿谁？再三招手起来迟。
于公大笑向余说，小弟丹青能尔为。

辞诸画连句柏梁体

（唐）阙名*

吴生画勇正〔矛〕戟攒（段成式），出变奇势千万端（张希复）。
苍苍鬼怪层壁宽（郑符），睹之恩恩（忽忽）毛发寒。
楞伽之力所疲殚（成式），李真周昉优劣难（符）。
活禽生卉推边鸾（成式），花房嫩彩犹未干（希复）。
韩幹变态如激湍（符），昔者画壁势未殚（成式）。
后人新画何汗漫（希复）。

赵令晏崔白大图幅径三丈

（宋）苏轼

扶桑大茧如瓮盎，天女织绡云汉上。

---

* 此诗当录自段成式《酉阳杂俎》续集卷六。该书卷五"寺塔记上"云，段氏与同人张希复（善继）、郑符（梦复），约定同游长安诸寺，"一旬寻两街寺，以街东兴善为首，二记（《两京新记》《游目记》）所不具则别录之"，记之外别附以"辞"（即柏梁体联句诗）。编辑者将"辞。诸画连句，柏梁体"连属抄录，导致诗题语意难解。据原文，诗题以作《崇仁坊资圣寺诸画联句（柏梁体）》为妥，作者则段、张、郑三人也。

往来不遣凤衔梭,谁能鼓臂投三丈。
人间刀尺不敢裁,丹青付与濠梁崔。
风蒲半折寒雁起,竹间的皪横江梅。
画堂粉壁翻云幕,十里江天无处著。
好卧元龙百尺楼,笑看江水拍天流。

李思训画长江绝岛图
(宋)苏轼

山苍苍,江茫茫,小孤大孤江中央。
崖崩路绝猿鸟去,惟有乔木攙天长。
客舟何处来?棹歌中流声抑扬。
沙平风软望不到,孤山久与船低昂。
峨峨两烟鬟,晓镜开新妆。
舟中贾客莫漫狂,小姑前年嫁彭郎。

晚秋烟波图
(宋)文同

直于一丈素,写尽千里景。
云山杳杳已成秋,烟水溔溔方入暝。
君应无心得此画,我岂有言能尔咏。

题商德符学士桃源春晓图
(元)赵孟頫

宿云初散青山湿,落红缤纷流水急。
桃花源里得春多,洞口春烟摇绿萝。
绿萝摇烟挂绝壁,飞流直下三千尺。
瑶草离离满涧阿,长松落落凌空碧。
鸡鸣犬吠自成村,居人至老不相识。
瀛洲仙客知仙路,点染丹青寄轻素。

何处有山如此图，移家欲向山中住。

高尚书夜山图
（元）鲜于枢

世人看山在山下，李侯看山向绝顶；
世人画山画白日，高侯画山摹夜景。
绝顶看山山更奇，夜景摹出人少知。
远山苍苍近山黑，岩树历历汀树微。
天高露下暮潮息，月明一片寒江迟。
藏深乐渊潜，惊定安林栖。
耳绝城市喧，心息声利机。
古人无因驻清景，高侯有笔能夺移。
容翁复作有声画，冥搜天巧为补遗。
后来知有李侯之德高侯画，千年人诵容公诗。

李思训妙笔
（元）邓文原

李侯丹青胜结绿，贝阙珠宫看不足。
偶研丹碧想春山，万壑千峰仅盈幅。
应知深处有神仙，花落花开度岁年。
扁舟自是寻真侣，为觅桃源一洞天。

王摩诘春溪捕鱼图
（元）邓文原

辋川之景天下奇，我惜曾闻不曾识。
若人笔端斡元气，万顷烟涛归咫尺。
渔翁生事浩无穷，醉挹青蓝洗胸臆。
或披蓑笠卧寒蟾，或倚孤篷蘸空碧。
静观此理良可娱，应须仰慕王摩诘。

写庐山图上

（元）虞集

忆昔系船桑落洲，洲前五老当船头。
风吹云气迷谷起，霜堕枫叶令人愁。
高人只在第九叠，太白一去三千秋。
石桥二客如有待，裹茶试泉春岩幽。

题华岳江城图

（元）杨载

华岳能诗世有名，学画丹青亦豪放。
此图似写安庆城，雉堞楼台俨相向。
北风将至江面黑，千艘万艘争避匿。
沧溟涌溢水倒流，南岳动摇天柱侧。
蛟龙戏落秋潭底，素练平铺八千里。
时清好伴钓鱼翁，闲弄轻舟烟雾里。

吴真人京馆画壁

（元）萨都剌

砚池花落丹水香，步虚白日声琅琅。
江南道士爱潇洒，新粉素壁如秋霜。
王郎酒酣衫袖湿，醉眼朦胧电光急。
元（玄）龙云重雨脚斜，白兔秋高月中泣。
倦游借榻日观东，恍惚夜梦三湘中。
鹧鸪声断江路远，青林雨暗春濛濛。

题赵文敏木石有先师题于上

（元）张翥

吴兴笔法妙天下，人藏片楮无遗者。
南阳诗律动江湖，一篇才出人争写。

二老风流倾一时，只今传画仍传诗。
清涵月露秋见影，黑入雷雨寒无姿。
仇山黄鹤去不返，苕溪鸥波岁俱晚。
好呼铁爪夜铮铮，刻向青珉照人眼。

题山水图
（元）贡师泰

前山后山云乱起，山脚入溪清见底。
溪南更有山外山，散如浮尘聚如米。
老枫枯栎叶纷纷，下有人家深闭门。
钓丝欲收风浪急，却回双艇来篱根。
老人曳杖行伛偻，一童负樵一童斧。
笔端意度尽神妙，卷里衣冠自淳古。
商周寂寞经几秦，后来莘渭宁无人？
茫茫耕钓去不已，武陵竟隔桃花春。

题江阴丘文中山水图
（元）贡师泰

老龙渴饮池中墨，飞上半天成魃蜮。
云烟著地凝不开，白昼神驱太阴黑。
笔端巧夺造化功，咫尺峰峦千万重。
长林似洒枫叶雨，虚亭不动松花风。
隔江更有山无数，江上扁舟才半渡。
他年白发许重来，为君别写容城赋。

题云西画卷
（元）吴镇

云西老人清且奇，随意点笔自合诗。
高尚不趋车辙迹，新图不让虎头痴。
溪中有人空伫立，江上征帆归去迟。

何处溪歌声欸乃？碧云疏树晚离离。

题秋山风雨图

（元）郭钰

平生最爱米家画，君之此图妙天下。
鸟分归路云不开，树压悬崖雨如泻。
倚江茅屋何人住？芦竹萧萧出无路。
似我还山烟雨中，闲来只读《秋阳赋》。

题碧山图

（元）赵汸

尝爱李太白，兴来栖碧山。
山中别有一天地，惜无图画留人间。
谁为碧澄翁？久向山中住。
栽花种柳待春风，忽见新图识其趣。
青山淡淡云离离，小桥流水涵清漪。
抱琴择胜可终日，安得似汝图中时？
韩侯好诗仍好画，嗜酒不忧官长怪。
欲图李白碧山居，酒禁方严笔如借。
知翁有子旧曾游，澹泊无营心日休。
图成漫与翁为寿，愿翁长乐无虞忧。

赵千里夜潮图

（明）王冕

去年夜渡西陵关，待渡兀立江上滩。
滩头潮来倒雪屋，海面月出行金盘。
冰花著人如撒霰，过耳斜风快如箭。
叫霜鸿雁零乱飞，正似今年画中见。
寒烟漠漠天冥冥，展玩陡觉心神清。
便欲吹箫骑大鲸，去看海上三山青。

刘松年画

（明）高启

樵青刺篙胜摇桨，船头分流水声响。
青山淼淼波漾漾，白鸥飞过时一两。
载书百卷酒十壶，日斜出游女儿湖。
邻舟买得巨口鲈，醉拍铜斗歌呜呜。
此乐除却江南无。

题桶底仙山图

（明）顾禄

昔人夜投逆旅中，戏将指爪呈神工。
飕飕逸响如飘风，桶底刻出蓬莱宫。
状如六鳌拥虚空，戴山出没沧溟东。
琼台瑶阙知几重，千门万户遥相通。
俨然中坐一老翁，星眸霞脸冰雪容。
群真左右来相从，或翳白凤骑青龙。
仙女七十如花红，各执乐器笙与镛。
钧天一曲奏未终，双成劝酒琉璃锺。
谷神长生寿无穷，出入造化超鸿濛。
我欲上天蹑紫虹，高步去逐东王公。

题赵原临高尚书山水小帧

（明）张适

有元画山谁第一？燕都独数高尚书。
盛名不在吴兴下，米虎用墨浑无殊。
江南赵原最晚出，蓄得高宰留真迹。
行披坐阅无暂停，肯綮皆将饱胸臆。
貌此小帧云山图，万里不尽墨糢糊。

绿树人家春昼晚，当门缥缈风烟湖。
俨与前朝合作符，何啻禊帖唐钩摹。
黄庭画赞虽小字，位置春容大无异。
平原一变为穹碑，任笔纵横亦适意。
赵卿得此变化笔，知尔当今尽无敌。
酒酣试倒金壶汁，元气淋漓神鬼泣。
赵卿赵卿诚莫当，我有古纸久矣藏。
几时邀君吸百觞，为我乘兴挥毫芒？
使人复睹尚书郎，高堂素壁生辉光。

题王叔明墨竹为郑叔度赋

（明）方孝儒

吴下王蒙艺且文，吴兴赵公之外孙。
黄尘飘荡今白发，典刑远矣风流存。
华亭朱芾称善画，每观蒙画必叹诧。
谓言妙处逼古人，世俗相传倍增价。
昔年夜到南屏山，高堂素壁五月寒。
壁间举目见修竹，烟雨冥漠蛟龙蟠。
呼童秉烛久不寐，细看醉墨王蒙字。
固知蒙也好天趣，画师岂解知其意。
分枝缀叶人所知，要外枝叶求神奇。
天机贵足不贵似，此事不可传诸师。
麟溪郑君好奇士，爱画犹能赏其趣。
於乎世间作者非不多，郑君甚少可奈何！

题　画

（明）于谦

江村昨夜西风起，木叶萧萧堕江水。
水边蘋蓼正开花，妆点秋容画图里。

小舟一叶弄沧浪，钓得鲈鱼酒正香。
醉后狂歌惊宿雁，芦花两岸月苍苍。

题钟馗图

(明) 凌云翰

湖风吹沙目欲眯，官柳摇金梅绽蕊。
终南进士偓然起，带束蓝袍靴露趾。
手擎硬黄书一纸，若曰上帝锡尔祉。
蝟磔于思含老齿，颐指守门荼与垒，肯放妖狐摇九尾？
一声爆竹人尽靡，明日春光万馀里。

谢孔昭临黄大痴画

(明) 吴宽

大痴道人避世士，移家旧隐虞山里。
早年能画老入神，落笔虞山宛相似。
深林依稀村坞重，水口近与昆湖通。
高冈巍硪势欲堕，此老前身黄石公。
百年以后谁其亚？昔者吴门称老谢。
案头临画似临书，咄咄逼人真可诧。
风流前辈杳难攀，谑语空传谢叠山。
窗中远岫依然在，天际春云仍自还。

题高房山山水

(明) 吴宽

燕南蹙翠维房山，高公昔者生其间。
戏拈画笔少明豁，玉女峰亚垂烟鬟。
积雨初收隔春树，望见人家坞边住。
亦知中有王维诗，行到水穷无觅处。

沈石田追仿黄大痴长卷，为林御史舜举题

（明）吴宽

大痴道人顾长康，平生痴绝仍画绝。
长卷当年我亦观，大略犹能为人说。
山川历历百里开，仿佛扁舟适吴越。
平林曲岸客共游，复嶂重湖天所设。
渔工樵子互出没，定有高人在岩穴。
墨沈淋漓拾未能，信得画家山水诀。
为人说此亦徒然，把笔安能指下传。
对本临摹未为苦，运思想像谁能专？
晴窗设色手自改，输与吾乡沈石田。

题安城彭学士山水图

（明）程敏政

何人结屋青山里，终日开窗见山喜。
近峰错落走檐牙，远岫蜿蜒插天嘴。
澄江一道山前过，短棹平分浪痕破。
船头水气绿侵衣，载酒高人面山坐。
石泉下冲沙渚浑，桑榆接地成深村。
柴扉欲扣不可到，或有细路通云根。
竹鹤老人名画手，半幅生绡大于斗。
水分山断意无穷，目送飞鸿度江口。
安城先生尘虑脱，南望乡人楚天阔。
高堂永日对山歌，萧萧凉风起蘋末。

题杜东原先生雨景

（明）沈周

老原作画墨法熟，纸上沉沉泼墨绿。

重林湿叶欲堕地，合涧流淙似鸣玉。
庐山九叠翠不干，秋影平吞此长幅。
借看真怕雨拂面，要为时人洗双目。
滕王珠簾正堪卷，董家破屋不可宿。
出门一笑青天高，犹怪春泥污吾足。

唐寅画山水歌

（明）祝允明

杜陵一匹好东绢，韦郎上植松两榦。
唐寅今如曹不兴，有客乞染淞江绫。
前山如笑后如怒，疏林如雨密如雾。
黯黯浑疑隔千里，蜿蜒忽辨缘溪路。
黑云㡓苍厓，丹霞标赤城。壮哉画工力，九州通尺屏。
两崖远立犀两角，一道空江浸寥廓。
吴绫本自淞水剪，谁把淄渑辨清浊？
茅斋傍江绝低小，羡尔高居长自好。
今年吴地几鱼鳖，看画转觉心热恼。
黄金壶中一斗汁，我欲濡毫映手湿。
莫教童子误攘（搴）翻，忽使痴龙携雨出。

◆ 五言律

题襄阳图

（唐）徐安贞

画得襄阳郡，依然见昔游。岘山思驻马，汉水忆回舟。
丹壑常含霁，青林不换秋。图书空咫尺，千里意悠悠。

题玄武禅师屋壁

（唐）杜甫

何年顾虎头，满壁画沧洲？赤日石林气，青天江海流。

锡飞常近鹤，杯渡不惊鸥。似得庐山路，真随惠远游。

观李固请司马弟山水图
（唐）杜甫

简易高人意，匡床竹火炉。寒天留远客，碧海挂新图。
虽对连山好，贪看绝岛孤。群仙不愁思，冉冉下蓬壶。

方丈浑连水，天台总映云。人间常见画，老去恨空闻。
范蠡舟偏小，王乔鹤不群。此生随万物，何路出尘氛？

高浪垂翻屋，奔崖欲压床。野桥分子细，沙岸绕微茫。
红浸珊瑚短，青悬薜荔长。浮查并坐得，仙老暂相将。

严公厅宴同咏蜀道画图
（唐）杜甫

日临公馆静，画列地图雄。剑阁星桥北，松州雪岭东。
华彝（夷）山不断，吴蜀水相通。兴与烟霞会，清樽幸不空。

题山水障子
（唐）张祜

一见秋山色，方怜画手稀。波涛连壁动，云物下檐飞。
岭树冬犹发，江帆暮不归。端然是渔父，相向日依依。

题右丞山水障子
（唐）张祜

精华在笔端，咫尺匠心难。日月中堂见，江湖满座看。
夜凝岚气湿，秋浸壁光寒。料得昔人意，平生诗思残。

绵州中丞以江山小图远垂赐及兼寄诗
（唐）李朋

巴江与雪山，并邑共回环。图写丹青内，分明烟霭间。

移居名郡邑，助我小斋闲。日想登临处，高踪不可攀。

陈式水墨山水
（唐）方干

造化有功力，平分归笔端。溪如冰后听，山似烧来看。
立意雪髯出，支颐烟汗干。世间从尔后，应觉致名难。

余尝有雪景一绝，为人所讽吟，段赞善小笔精微，忽为图画，以诗谢之
（唐）郑谷

赞善贤相后，家藏名画多。留心于绘素，得意在烟波。
属兴同吟咏，成功更琢磨。爱余风雪句，幽绝写渔蓑。

宋复古画潇湘晚景图
（宋）苏轼

西征忆南国，堂上画潇湘。照眼云山出，浮空野水长。
旧游心自省，信手笔都忘。会有衡阳客，来看意渺茫。

心老久许为作画未果，以诗督之
（宋）陈与义

布衲王摩诘，禅馀寄笔端。试将能事迫，肯作画工难。
秋入无声句，山连欲雨寒。平生梦想处，奉乞小巑岏。

赠画工
（宋）裘万顷

綵笔三生梦，春莲万叶花。笑人为市道，随分足生涯。
山路净如水，溪流浅见沙。能来良不恶，看尔傲烟霞。

米元晖云山短卷
（元）邓文原

芳草孤舟渡，幽居一径通。江湖春雨外，墟里暮烟中。

机息鸥先下，花飞水自东。临流无限意，画史若为工。

残　画
（元）杨载

破裂无边幅，华堂弃置馀。苍松深踞地，白鹤上凌虚。
风格犹森若，丹青总黳如。苦心绝人事，谁见用功初。

赵道士山水图
（元）揭傒斯

悄怆寒山晓，凄迷野水昏。长桥通古寺，小艇背衡门。
路尽双松上，云生乱石根。如行南岳暮，遥见祝融尊。

残　画
（元）萨都剌

胜境不可得，生绡馀旧图。丹青初仿佛，尘土半模糊。
蝴蝶飞疑去，波涛折转无。良工今岂少，为尔一长吁。

桃源图
（元）傅若金

闻说避秦地，花间忘岁年。偶逢渔父问，长使世人传。
丘壑浑疑幻，林庐或近仙。至今图画里，时忆武陵船。

阎立本西岭春云
（元）吴镇

西山高五台，缥缈出蓬莱。春半花争发，宵征客倦来。
短桥流曲水，危壁覆苍苔。宣庙曾留赏，临风愧匪材。

李昭道画卷
（元）吴镇

人爱山居好，何如此际便。家规仍小异，幽致更超然。

暮霭映高树，柴扉绕细泉。新图不可再，展阅忆唐贤。

子久为危太朴画
（元）吴镇

子久丹青好，新图更擅长。浮空烟水阔，倚岸树阴凉。
咫尺分浓淡，高深见渺茫。知君珍重意，愈久岂能忘。

王晋卿万壑秋云图
（元）黄公望

雨霁云仍碧，天高气且清。霜枫红欲尽，涧瀑落长鸣。
岫岭苍茫景，江湖浩荡情。应知卧云者，奚尚避秦名。

为袁清容长幅
（元）黄公望

入山眺奇壑，幽致探何穷。一水青岑外，千岩绮照中。
萧森凌杂树，灿烂映丹枫。有客茅茨里，居然隐者风。

顾恺之秋江晴嶂图
（元）黄公望

三绝如君少，斯图更擅长。设施无斧凿，点染自微茫。
山碧林光净，江清秋气凉。怜余瞻对久，疑入白云乡。

题米芾小景
（元）杨维桢

烟雾林梢出，苍翠望中分。山溜杂人语，溪云乱鹤群。
石梁逢释子，岩屋隐征君。皴皵谁家笔？披图有篆文。

题　画
（元）郑允端

谁貌江南景，风烟万里宽。金银开佛寺，紫翠出林峦。

远客驰行役，幽人赋《考槃》。苍茫无限意，抚卷为盘桓。

书云林画林亭远岫
（明）吕敏

忆过梁溪宅，于今向廿年。赋诗清閟阁，试茗惠山泉。
夜雨牵离梦，春云黯远天。乡情与客思，看画共茫然。

题马文璧画
（明）贝琼

小桥危跨壑，破屋幸依山。避地人相过，朝天客未还。
麝眠春草外，猿挂古松间。寂寞南窗日，残书亦久闲。

题姚公绶山水
（明）张宁

幽意写不尽，万山深更深。白云无出处，绿树漫成林。
啼鸟醒人梦，流泉净客心。何当随钓艇，看弈草堂阴。

题苏子瞻游赤壁图
（明）何景明

垂老黄州客，高秋赤壁船。三分留古迹，两赋到今传。
落日寒江动，青天断岸悬。画图谁省识，千载尚云烟。

◆ 五言排律

奉和李右相书壁画山水
（唐）孙逖

庙堂多暇日，山水契中情。欲写高深趣，还因藻绘成。
九江临户牖，三峡绕檐楹。花柳穷年发，烟云逐意生。
能令万里近，不觉四时行。气染荀香馥，光含乐镜清。
咏歌齐出处，图画表冲盈。自保千年遇，何论八载荣。

奉观严郑公厅事岷山沱江画图十韵
（唐）杜甫

沱水临中座，岷山到北堂。白波吹粉壁，青嶂插雕梁。
直讶杉松冷，兼疑菱荇香。雪云虚点缀，沙草得微茫。
岭雁随毫末，川蜺饮练光。霏红洲蕊乱，拂黛石萝长。
暗谷非关雨，丹枫不为霜。秋成元（玄）圃外，景物洞庭傍。
绘事功殊绝，幽襟兴激昂。从来谢太傅，丘壑道难忘。

府试观开元皇帝东封图
（唐）马戴

俨若翠华举，登封图乍开。冕旒明主立，冠剑侍臣陪。
迹类飞仙去，光同拜日来。粉痕疑检玉，黛色讶生苔。
挂壁云将起，凌风仗若回。何年复东幸？鲁叟望悠哉。

◆ 七言律

南省转牒，欲具注国图，令尽通风俗故事
（唐）柳宗元

圣代提封尽海壖，狼荒犹得纪山川。
华彝（夷）图上应初录，风土纪中殊未传。
椎髻老人难借问，黄茅深峒敢留连？
南宫有意求遗俗，试检周书《王会篇》。

赠写御真李长史
（唐）李远

玉座烟销砚水清，龙髯不动彩毫轻。
初分隆准山河秀，乍点重瞳日月明。
宫女卷帘皆暗认，侍臣开殿尽遥惊。
三朝供奉无人敌，始觉僧繇浪得名。

观项信水墨画

（唐）方干

险峭虽从笔下成，精能皆自意中生。
倚云孤桧知无朽，挂壁高泉似有声。
转扇惊波连岸动，回灯落日向山明。
小年师祖今过祖，异域应传项信名。

项洙处士画水墨钓台

（唐）方干

画石画松无两般，犹嫌瀑布画声难。
虽云知慧生灵府，要且工夫在笔端。
泼处便连阴洞黑，添来先向朽枝干。
我家曾寄双台下，往往开图尽日看。

水墨松石

（唐）方干

三世精能举世无，笔端狼藉见工夫。
添来势逸阴崖黑，泼处痕轻灌木枯。
垂地寒云吞大漠，过江春雨入全吴。
兰堂坐久心弥惑，不道山川是画图。

送醉画王处士

（唐）李洞

几年乘兴住南吴，狂醉兰舟夜落湖。
别后鹤毛描转细，近来牛角饮还麤。
同餐夏果山何处，共钓秋涛石在无？
关下相逢怪予老，篇章役思绕寰区。

扇上画牡丹
　　　　　　　　（唐）罗隐

为爱红芳满砌阶，教人扇上画将来。
叶随彩笔参差长，花逐轻风次第开。
闲挂几曾停蛱蝶，频摇不怕落莓苔。
根深无地如仙桂，疑是嫦娥月里栽。

李伯时画其弟亮功旧隐宅图
　　　　　　　　（宋）苏轼

乐天早退今安有，摩诘长闲古亦无。
五亩自栽池上竹，十年空看辋川图。
近闻陶令开三径，应许扬雄寄一区。
晚岁与君同活计，如云鹅鸭散平湖。

题顾善夫所藏张僧繇画翠嶂瑶林图
　　　　　　　　（元）邓文原

善夫夙有耽奇癖，珍秘何须羡贾胡。
徽庙未销当日字，僧繇仍见昔年图。
千林历落人烟密，万里萦回鸟道孤。
几欲临风试题句，恍疑身世在冰壶。

刘松年春山仙隐图
　　　　　　　　（元）邓文原

绿柳疏花绕舍栽，长松灌木覆亭台。
云峦倒影水天复，蒲苇有声山雨来。
内史幽情觞咏乐，右丞别业画图开。
何时许我游真境？野色桥边踏紫苔。

吴道玄五云楼阁图

（元）邓文原

观阁嵯峨起日边，春云靉叇倚层巅。
天低青海一杯水，山落齐州九点烟。
百尺长松神阙外，千秋灵柏古坛前。
遨游尽是蓬山侣，瑶草金芝不计年。

王维秋林晚岫图

邓文原

千峰凝翠宛神州，中有仙人寤寐游。
林麓渐看红叶暮，风烟俄入野塘秋。
摇摇小艇寻溪转，寂寂双扉向晚投。
我欲探幽未能去，画中真境许谁俦？

题洪谷子楚山秋晚图

邓文原

旧知洪谷古先俦，五尺横图见十洲。
千嶂排空青玉立，一江流水白云浮。
琱檐共话当年雨，丹叶谁怜满径秋。
最是无声诗思好，恍然身在赤城游。

赵千里山水长幅

邓文原

苍山高处白云浮，楼阁参差带远洲。
千尺虬龙依绝壁，一群鹳鹤泪清秋。
山翁有约凭双屐，野客无心溯碧舟。
自是霜林好风景，居然咫尺见丹丘。

子昂秋山图

（元）虞集

翁昔少年初画山，丹枫黄竹杂潺湲。
直疑积雨得深润，不假浮云相往还。
世外空青秋一色，窗中远黛晓千鬟。
瀛洲鸡犬同人境，尚想翁归向此间。

题胡虔汲水蕃部图应制

（元）揭傒斯

沙碛茫茫塞草平，沙泉下马满囊盛。
曾于《王会图》中见，真向天山雪外行。
圣德只今包宇宙，边庭随处乐农耕。
生绡半幅唐人笔，留与君王驻远情。

陆探微员峤仙游

（元）吴镇

梅阁重重翠绕遮，时时云气飐平沙。
千峰树色藏朝雨，百道江声送晚霞。
洞古数留仙子迹，溪回深护羽人家。
遨游每忆无尘地，咫尺仍堪阅岁华。

顾恺之秋江晴嶂

（元）吴镇

从来六法重长康，染得新图更郁苍。
万顷远横秋镜阔，千重林立彩云长。
村村鸡犬鸣晴昼，两两渔樵话夕阳。
无限风烟谁得似，欲将此处付行藏。

黄荃蜀江秋净图

（元）吴镇

暮烟漠漠一江秋，疏树依稀见远舟。
风度钟声来古寺，人随雁影过前洲。
云销碧落天无际，波撼苍山地欲浮。
应识个中清绝处，成都画史笔端收。

郭忠恕仙峰春色

（元）吴镇

层轩缭绕绿云堆，坐挹空青落凤台。
一石负鳌三岛去，九峰骑鹤众仙来。
越南翡翠无时见，洞口蔷薇几度开。
春去春来花木好，溪头时听棹歌回。

李咸熙秋岚凝翠

（元）吴镇

雨过秋光映翠微，岩云一抹澹荆扉。
千山寂寂疏钟杳，万壑萧萧落木稀。
涧水奔飞行路湿，松篁回合野禽归。
征帆点点沧江上，应羡山人种蕨薇。

王晋卿画

（元）吴镇

晋卿绘事诚无匹，尺素能参造化功。
碧树依微烟水阔，苍山缥缈暮云笼。
幽深自觉尘氛远，闲澹从教色相空。
更喜涪翁遗墨好，草堂何必独称工。

叔明松壑秋云图

（元）吴镇

万壑潆洄磴道长，崇冈交互转苍苍。
疏松过雨虚阑净，古木回风曲岸凉。
村舍几家门半启，渔梁何处水流香。
扁舟凝望云千顷，不觉西林下夕阳。

方壶松岩萧寺

（元）吴镇

方壶终日痼烟霞，写得湖山事事嘉。
湖上烟笼梵王宅，山深云覆羽人家。
诗翁伫立搜新句，稚子闲来扫落花。
几处归帆何处客，一声啼鸟夕阳斜。

题关仝层峦秋霭图

（元）黄公望

群峰矗矗暮云连，萝磴透迤鸟道悬。
落叶深深门半掩，疏花历历客犹眠。
岩端飞瀑为青雨，江上归舟溯碧烟。
应识个中奇绝处，昔年洪谷属君传。

李成寒林图

（元）黄公望

六法从来推顾陆，一生今始见营丘。
腕中筋骨元来铁，世上江山尽入眸。
林影有风摧落叶，涧声无雨咽清流。
寒驴骚客吟成未，万壑寒云为尔留。

题孟珍玉涧画岳阳小景

（元）杨维桢

岳阳楼上望君山，山色苍凉十二鬟。
剑气拂云连翠黛，珮声挑月过沧湾。
洞庭水落渔船上，云梦秋深猎客还。
最忆老仙吹铁笛，驭风时复往来间。

为曹佥事画溪山春晓图因题

（元）倪瓒

荆溪之水清涟漪，溪上晴岚紫翠围。
连舸载书烟渚泊，提壶入林春蕨肥。
身远云霄作幽梦，手栽花竹映山扉。
矶头雪影多鸥鹭，也著狂夫一浣衣。

题赵仲穆秋山图

（明）钱宰

人家水槛接山窗，好在江南山水邦。
两岸云林皆落日，一天凫雁共秋江。
屋头数遍青峦九，松下吟成白石双。
野服何人正萧散，泊船归醉酒盈缸。

水邨图

（明）沈周

鱼庄蟹舍一丛丛，湖上成邨似画中。
互渚断沙桥自贯，轻鸥远水地俱空。
船迷杨柳人依绿，灯隔蒹葭火映红。
全与吾家风致合，草堂曾有此愚翁。

为苏太守题画

（明）沈周

叠叠青山宛宛溪，林蹊曲折世途迷。
云边石壁花漫缝，畬后春田雨夹泥。
趁屋墙斜邻舍逼，当门树密鸟巢低。
鸣驺入谷人惊起，惟有图书积旧栖。

题　画

（明）唐寅

湖上仙山隔渺茫，世尘不上渡头航。
白蘋开处藏渔市，红叶中间放鹿场。
落日沉沙罾有影，新霜著树橘生香。
遥闻遄老经行处，芝草葳蕤满路傍。

◆ 五言绝句

题天柱山图

（唐）戴叔伦

拔翠五云中，擎天不计功。谁能凌绝顶，看取日升东？

书刘景文所藏宗少文一笔画

（宋）苏轼

宛转回文锦，萦盈连理花。何须郭忠恕，匹素画缫车。

画　斋

（宋）文同

试品斋中画，曾无第二流。顽礓与乱筱，应挂在当头。

观祝孝友画卷

（宋）朱子

草阁临无地，江空秋月寒。亦知奇绝景，未必要人看。

题可老所藏徐明叔画卷

（宋）朱子

群峰相接连，断处秋云起。云起山更深，咫尺看千里。

题画卷小山

（宋）朱子

飞来小坡陀，未雨已滂濞。荒此定何人，苏公有遗记。

吴画

（宋）朱子

妙绝吴生笔，飞扬信有神。群仙不愁思，步步出风尘。

范宽画

（宋）朱子

山雄云气深，树老风霜劲。下有考槃人，超遥得真性。

题扇上画

（元）陈深

古木排山立，幽窗傍水开。直疑林处士，独棹小舟回。

跋画归去来辞

（元）吴澄

当时归去意，难与世人知。未信千年后，心期有画师。

赵彦敬越山图
（元）赵孟頫

越山隔涛江，风起不可渡。时于图中看，居然在烟雾。

种笔亭题画
（元）高克恭

积雨暗林屋，晚峰晴露巅。扁舟入蘋渚，浮动一溪烟。

王叔明林泉清话图
（元）吴镇

落日秋山外，霜林暮霭中。相看无俗处，生事有谁同。

题宣和画卷
（元）丁复

澹意芙蓉外，闲情翡翠边。波翻太液水，分送向南船。

秋江晚渡图
（元）杨维桢

船泊大江口，行人与马争。不如渔艇子，高卧待潮平。

题胡廷晖画
（元）郯韶

仙馆空青里，春船罨画中。鸥波千丈雪，渔笛一丝风。

杂画
（明）孙一元

夕阳没中流，舟子不停橹。风来未满帆，望断桃花浦。

◆ 六言绝句

题孤山放鹤图
（元）赵孟頫

昔年曾到孤山，苍藤古木高寒。
想见先生风致，画图留与人看。

题危太朴云林图
（元）丁复

天台万八千丈，云林三十六峰。
几载山中独忆，今朝江上相逢。

题　画
（元）徐有贞

山路只通樵客，江村半是渔家。
秋水矶边落雁，夕阳影里飞鸦。

◆ 七言绝句

巫山枕障
（唐）李白

巫山枕障画高丘，白帝城边树色秋。
朝云夜入无行处，巴水横天更不流。

题礼上人壁画山水
（唐）钱起

连山画出映禅扉，粉壁香筵满翠微。
坐来炉气萦空散，共指晴云向岭归。

画　石

（唐）刘商

苍藓千年粉绘传，坚贞一片色犹全。
那知忽遇非常用，不把分铢补上天。

画树后呈濬师

（唐）刘商

翔凤边风十月寒，苍山古木更摧残。
为君壁上画松柏，劲雪严霜君试看。

将至韶州先寄张端公使君借图经

（唐）韩愈

曲江山水闻来久，恐不知名访倍难。
愿借图经将入界，每逢佳处便开看。

朝天词

（唐）王建

威容难画改频频，眉目分毫恐不真。
有诏别图书阁上，先教粉本定风神。

画木莲花图寄元郎中

（唐）白居易

花房腻似红莲朵，艳色鲜如紫牡丹。
唯有诗人应解爱，丹青写出与君看。

观叶生画花

（唐）施肩吾

心窍玲珑貌亦奇，荣枯只在手中移。
今朝故向霜天里，点破繁花四五枝。

题画建溪图

（唐）方干

六幅轻绡画建溪，刺桐花下路高低。
分明记得曾行处，只欠猿声与鸟啼。

海棠图

（唐）崔涂

海棠花底三年客，不见海棠花盛开。
却向江南见图画，始惭虚到蜀城来。

传经院壁画松

（唐）郑谷

危根瘦盖耸孤峰，珍重江僧好笔踪。
得向游人多处画，却胜涧底作真松。

金陵图

（唐）韦庄

谁谓关情画不成？画人心逐世人情。
君看六幅南朝事，老木寒云满故城。

僧有示西湖墨本者，为画林山人隐居，诗以酬之

（宋）林逋

泉石年来偶结庐，冷挨松雪瞰西湖。
高僧好事仍多艺，已共孤山入画图。

和　韵

（宋）林逋

表里湖山极目春，据鞍时此避埃尘。
苍苍烟树悠悠水，除却王维少画人。

书李世南所画秋景
（宋）苏轼

野水参差落涨痕,疏林欹倒出霜根。
扁舟一棹归何处,家在江南黄叶村。

书林次中所得李伯时归去来、阳关二图后
（宋）苏轼

不见何戡唱渭城,旧人空数米嘉荣。
龙眠独识殷勤处,画出《阳关》意外声。

两本新图墨宝香,樽前独唱小秦王。
为君翻作《归来引》,不学《阳关》空断肠。

郭熙秋山平远
（宋）苏轼

日尽孤鸿落照边,遥知风雨不同川。
此间有句无人识,送与襄阳孟浩然。

陈季常所畜朱陈村嫁娶图
（宋）苏轼

何年顾陆丹青手,画作《朱陈嫁娶图》?
闻道一村唯两姓,不将门户买崔卢。

王晋卿所藏著色山
（宋）苏轼

荦确何人似退之,意行无路欲从谁?
宿云解驳晨光漏,独见山红涧碧时。

次韵子由书王晋卿画山水

（宋）苏轼

山人昔与云俱出，俗驾今随水不回。
赖我胸中有佳处，一尊时对画图开。

题王晋卿画后

（宋）苏轼

醜石半蹲山下虎，长松倒卧水中龙。
试君眼力看多少，数到云峰第几重？

题毛女真

（宋）苏轼

雾鬓风鬟木叶衣，山川良是昔人非。
只因闲过商颜老，独自吹箫月下归。

申应时寻山图

（宋）沈与求

王维买宅先成画，申子寻山亦载图。
他日真能营小筑，此山佳处著侬无？

戏题画卷

（宋）程俱

五载京尘白鬓须，丹青遐想寄衡巫。
如今扫迹长林下，如对真山看画图。

胸中云梦本无穷，合是人间老画工。
常恨无因继三绝，倩人拈笔写胸中。

题严居厚溪庄图

（宋）朱子

平日生涯一短篷，只今回首画图中。
平章个里无穷事，要见三山老放翁。

奉题李彦中所藏俞侯墨戏

（宋）朱子

不是胸中饱丘壑，谁能笔下吐云烟。
故应只有王摩诘，解写《离骚》极目天。

壁间古画精绝未闻有赏音者

（宋）朱子

老木樛枝入太阴，苍崖寒水断追寻。
千年粉壁尘埃底，应识良工独苦心。

题画卷

（宋）范成大

凿落秋江水石明，高枫老柳两滩横。
君看叠嶂云容变，又有中宵雨意生。

欹倾栈路绕山明，隔陇人家犬吠声。
无限白云堆去路，不知谁识许宣平。

题赵幹江行夜雪图

（宋）李弥逊

瓜步西头水拍天，白鸥波上寄长年。
个中认得江南手，十里黄芦雪打船。

观宗室曹夫人画

（宋）僧道潜

临平山下藕花洲，旁引官河一带流。
雨棹风帆有无处，笔端须与细冥搜。

渔村诗画图

（金）党怀英

江村清境皆画本，画里更传诗语工。
渔父自醒还自醉，不知身在画图中。

雅集图

（金）刘祖谦

翠雀翩翩野鹤孤，玉京人物会仙图。
后来且莫轻题品，席上挥毫有大苏。

千里江山图

（金）李俊民

笔下江山取意成，一峰未尽一峰生。
凭谁试向行人问，水郭烟村第几程？

题 扇

（元）袁易

飞燕惊鸿拟未真，飘飘直欲似行云。
入舟山色羞眉黛，隔岸榴花避舞裙。

赵子昂陈仲美合作水凫小景

（元）仇远

良工苦思可心降，底事文禽不解双？
欲采芳华波浪阔，芙蓉朵朵隔秋江。

题山水卷

（元）钱选

胸中得酒出屏颜，木叶森森岁暮残。
落墨不随岚气暝，几重山色几重澜。

题赵子昂为袁清容画春景仿小李

（元）邓文原

王孙久别同朝侣，为写晴云百叠峰。
挂起碧窗凝望处，画中今喜故人逢。

王洽云山图

（元）邓文原

五云深处拥蓬莱，树色苍凉映水开。
何处书声映林樾，却教仙侣过桥来。

题赵子固水仙图

（元）张伯淳

裙长带袅寒偏耐，玉质金相密更奇。
见画如花花似画，西兴渡口晚晴时。

皇甫松竹梅图

（元）张伯淳

三友亭亭岁晚时，政缘冷淡易相知。
何须近舍今皇甫，却向图中觅补之。

题米南宫像

（元）郭天锡

海岳庵空久已仙，风神超迈画中传。
凌云健笔飞光怪，不顾人间唤米颠。

李昇林泉高隐图

（元）郭天锡

为厌繁华爱好山，幽栖赢得此身闲。
生平已足林泉兴，留取高名满世间。

闲展山水手卷

（元）欧阳玄

十年京国看图画，半幅云烟亦恼侬。
今日身行屏障里，却思移住最高峰。

高房山画

（元）王士熙

吴山重叠粉团高，有客晨兴洒墨毫。
百两真珠难买得，越峰压倒涌金涛。

董源山阁谈禅图

（元）吴镇

山阁深沉树影凉，瀑流飞沫溅匡床。
多君相对坐终日，话到无生味更长。

李公麟大阿罗汉图

（元）吴镇

潇洒龙眠不可呼，彩毫犹喜未模糊。
天台五百知何处？还向图中证有无。

荆浩秋山问奇图

（元）吴镇

霜落林端万壑幽，白云红叶入溪流。
朝来尚有寻真至，共向山亭领素秋。

右丞秋山晚岫

（元）吴镇

右丞已往六百载，翰藻神工若个同。
千嶂远横秋色里，山家遥带暮烟中。

李昭道秋山无尽图

（元）吴镇

奇峰倒映青冥立，绝壁高悬白雾开。
万里无云见秋末，千林有雨向春回。

卢鸿嵩山草堂图

（元）吴镇

卢鸿仙去五百载，一段高风未可攀。
忽睹草堂清绝处，分明几案有嵩山。

马远放鹤图

（元）吴镇

载鹤轻舟湖上归，重重楼阁锁烟霏。
仙家正在幽深处，竹里鸡声半掩扉。

王叔明卷

（元）吴镇

短缣几许容丘壑，郁郁乔林更著山。
应识王郎胸次好，未教消得此身闲。

赵仲穆东山图

（元）吴镇

东山为乐奈苍生，望重须知亦累情。
蜡屐春来行更好，桃花洞口笑相迎。

赵伯驹画

(元) 吴镇

琼馆芙蓉罨画山,天香缥缈碧云闲。
鹤巢松顶藤花落,一任山人指顾间。

子昂仿张僧繇

(元) 吴镇

雨过秋塘泛曲湍,归人欲渡俯平滩。
前村遥望炊烟起,更有新篍破晓寒。

子昂仿陆探微

(元) 吴镇

客子行吟径路幽,一声啄木绿阴稠。
芙蓉倒映空江色,危立溪头几点鸥。

子久春山仙隐

(元) 吴镇

山家处处面芙蓉,一曲溪歌锦浪中。
隔岸游人何处去?数声鸡犬夕阳红。

题　画

(元) 吴镇

草堂仍著薜萝遮,地僻林深有几家。
莫道春风吹不到,门前依旧鸟衔花。

千仞巅厓势欲倾,飞流溅眼雪花明。
长风卷入层云去,都作天台暮雨声。

王维雪渡图

（元）黄公望

摩诘仙游五百年，画称雪渡未能传。
只因曾入宣和府，珍重令人缀短篇。

郭忠恕仙峰春色图

（元）黄公望

仙人原自爱蓬莱，瑶草金芝次第开。
欸乃棹歌青雀舫，逍遥响屧凤凰台。

曹云西画卷

（元）黄公望

十载相逢正忆君，忽从纸上见寒云。
空江漠漠渔歌度，一片疏林带夕曛。

王洽云山图

（元）黄公望

石桥遥与赤城连，云锁琼楼满树烟。
不用飙车凌弱水，人间自有地行仙。

黄荃花溪仙舫图

（元）黄公望

花发枝头水涨溪，仙舟犹泊武陵堤。
重重楼阁仙云卷，无数青峰出竹西。

董北苑

（元）黄公望

一片闲云出岫来，袈裟不染世间埃。
独怜陶令门前柳，青眼偏逢惠远开。

李营丘真迹次俞紫芝韵

（元）黄公望

营丘自是浪仙流，写得空山一段秋。
古木千章施锦绣，风光都属慢亭收。

赵伯驹

（元）黄公望

露湿庭松偃盖青，一声野鹤隔疏棂。
仙翁来往无拘束，闲向琳宫读道经。

方方壶画

（元）黄公望

魠石矶头宿雨晴，蛟峰祠下树冥冥。
一江春水浮官绿，千里归舟载客星。

题　画

（元）黄公望

茂林石磴小亭边，遥望云山隔淡烟。
却忆旧游何处是，翠蛟亭下看流泉。

题春江小景图

（元）黄清老

小艇无人载绿阴，白鸥门外笋成林。
不知多少山中雨，染得一江春水深。

题桶底图

（元）薛汉

蕊珠宫阙见毫厘，中有群仙按羽衣。
莫讶此图天地窄，黍铢境界更希微。

吴仲圭山水
（元）倪瓒

道人家住梅花村，窗下松醪满石樽。
醉后挥毫写山色，岚霏云气淡无痕。

王叔明画
（元）倪瓒

笔精墨妙王右军，澄怀卧游宗少文。
王侯笔力能扛鼎，五百年来有此君。

李伯时画
（元）倪瓒

飞仙游骑龙眠画，貌得形模也自奇。
句曲真人亲鉴定，不须言下更题诗。

为吴溥泉画窠石平远并诗
（元）倪瓒

地僻林深无过客，松门元自不曾关。
展将一幅溪藤滑，写得溪阴数点山。

荆溪秋色图为卜震亨题
（元）倪瓒

罨画溪头秋水明，上人逸笔思纵横。
云山多少玄晖句，不道毫端画得成。

题画赠僧
（元）倪瓒

笠泽依稀雪意寒，澄怀轩里酒杯干。
篝灯染笔三更后，远岫疏林亦耐看。

自题小画
（元）倪瓒

逸笔纵横意到成，烧香弄翰了馀生。
窗前竹树依苔石，寒雨萧条待晚晴。

题王元章画万玉图
（元）郑韶

西湖千树玉交加，清夜掀篷看雪花。
狂杀山阴王处士，兴来放笔扫横斜。

十八学士图
（元）贡性之

闻说瀛洲尺五天，会中宾客总成仙。
分明一段风流梦，犹向人间画里传。

题黄子久画
（元）贡性之

此老风流世所知，诗中有画画中诗。
晴窗笑看淋漓墨，赢得人呼作大痴。

题高尚书秋山暮霭图
（元）沈右

高侯笔法妙天下，貌得江南雨后山。
都是乾坤清淑气，兴来移入画图间。

题米元晖画云图
（元）吴全节

溪上青山过雨浓，分明倒浸玉芙蓉。
令人却忆匡庐顶，百丈银河下碧峰。

雨外夕阳摇树明，山云吞吐乱阴晴。
飞帆一点知谁子，疑在元晖画里行。

题小山水景

（元）吴志淳

小舟何处问通津？二月东湖柳色新。
老向天涯频见画，一枝曾折送行人。

盛叔章画

（元）鲍恂

烟湿空林翠霭飘，渚花汀草共萧萧。
仙家应在云深处，只许人间到石桥。

题　画

（元）马臻

月华如水天如空，苍烟远树涵秋容。
笔头墨尽意不尽，参错云山三四重。

径山寺僧山水

（元）张雨

澄心茧纸墨花香，上有元晖古印章。
怪底径山山寺里，老僧衣袖著潇湘。

题赵松雪画

（明）虞堪

王孙今代玉堂仙，自画苕溪似辋川。
如此青山红树底，那无十亩种瓜田？

题云林画

(明)李至刚

故家池馆锡山阿,门径宁容俗士过。
清閟阁空诗社散,蛛丝网户落花多。

题　画

(明)胡俨

遥看瀑布落寒青,野服乌巾自在行。
好似匡庐读书处,满林红叶夜猿声。

题米老山水

(明)王偁

海岳庵前觅旧踪,苍茫云树米南宫。
别来几片青山影,都付寒鸥一笛风。

题彦颙画中小景

(明)聂大年

水禽沙鸟自相呼,远近云中半有无。
一叶扁舟两三客,载将烟雨过西湖。

为香山顾敬中题画

(明)贺甫

芳草晴烟处处迷,画堂应在画桥西。
花开记得寻君日,一路香风送马蹄。

题画次矫以明韵

(明)贺甫

画舫西湖载酒行,藕花风度管絃声。
馀情未尽归来晚,杨柳池台月又生。

题 画

(明) 唐寅

红树中间飞白云,黄茅槛底界斜曛。
此中大有逍遥处,难说于君画与君。

茂之乞画楚山图,余将游武林,走笔戏答

(明) 胡宗仁

片帆已挂晓须开,无奈游情日与催。
欲画楚山青万叠,待余行看越山来。

画家霜景与烟景淆乱,余未有以易也。丁酉冬,燕山道上乃始悟之,题诗驿楼云

(明) 董其昌

晓角寒声散柳堤,千林雪色亚枝低。
行人不到邯郸道,一种烟霜也自迷。

题毕钵山图

(明) 陈继儒

毕钵罗峰回入霄,不通猿鸟不通樵。
横空独木如飞栈,半月山人一换桥。

题 画

(明) 李日华

霜落兼葭水国寒,浪花云影上渔竿。
画成未拟将人去,茶熟香温且自看。

题自画秋林平远

(明) 张宇初

北苑高情宿世同,疏林汀渚正秋风。

砚池洒墨应多思,写向寒烟夕照中。

题　画

(明) 僧守仁

积雨平原烟树重,翠厓千丈削芙蓉。
招提更在秋云外,只许行人听晓钟。

乐律类

◆ 五言古

钧天曲

（齐）谢朓

高宴颢天台，置酒迎风观。笙镛礼百神，钟石动云汉。
瑶堂琴瑟惊，绮席舞衣散。威凤来参差，元（玄）鹤起凌乱。
已庆明庭乐，讵惭南风弹。

观乐应诏

（梁）王暕

赵瑟含清音，秦筝凝逸响。参差陈九夏，依迟纷四上。
从风绕金梁，含云映珠网。递奏岂二八，繁絃非一两。
幸叨东郭吹，厕陪南风赏。忘味信铿锵，餐和终俯仰。
轻尘已飞散，游鱼亦翻荡。恩光实难遇，咏言宁易放。

奉敕于太常寺修正古乐

（隋）何妥

大乐遗钟鼓，至乐贵忘情。俗久淳和变，年深礼教生。
嶰谷调孤管，仑山学凤鸣。浮云成舞曲，白雪作歌名。
闻《诗》六义辨，观乐八风平。肃穆皇威畅，沧涟河水清。
钧天动丝竹，括地响錞钲。尽美兼《韶濩》，盛德总《咸英》。
寥亮凫钟彻，飘扬翟羽轻。小臣属千载，时幸预簪缨。

行欣负苍璧,衢坛听九成。

乐部曹观乐

(隋)何妥

东海馀风大,陶唐遗思深。何如观遍舞,奏鼓间摐金。
清管调丝竹,朱絃韵雅琴。八行陈树羽,六德审知音。
至道兼《韶濩》,充庭总靺任。高天度流火,落日广城阴。
百神谐景福,万国仰君临。大乐非钟鼓,且用戒民心。

观太常奏新乐

(隋)孔德绍

大君膺宝历,出豫表功成。钧天金石响,洞庭絃管清。
八音动繁会,九变叶希声。和云留睿赏,薰风悦圣情。
盛烈光《韶濩》,易俗迈《咸英》。窃吹良无取,率舞抃群生。

和孔侍郎观太常奏新乐

(隋)卞斌

昔人梦上帝,尚喜颂钧天。况兹开景业,作乐武功宣。
大雅废还理,乘风毁更悬。《中和》诚易拟,《韶夏》讵相沿。
犍为磬响彻,嶰谷管声传。小臣滥清耳,长奉《南风》絃。

帝京篇

(唐)太宗

鸣笳临乐馆,眺听欢芳节。急管韵朱絃,清歌凝白雪。
彩凤肃来仪,元(玄)鹤纷成列。去兹郑卫声,雅音方可悦。

踏歌词

(唐)谢偃

夜久星沉没,更深月影斜。裙轻才动佩,鬟薄不胜花。
细风吹宝袜,轻雾湿红纱。相看乐未已,兰灯照九华。

◆ 七言古

角引
（梁）沈约

萌生触发，岁在春。咸池始奏，德尚仁。
愡懘以息，和且均。

徵引
（梁）沈约

执衡司事宅离方，滔滔夏日火德昌，八音备举乐无疆。

宫引
（梁）沈约

八音资始君五声，兴比和乐感百精，优游律吕被《咸英》。

商引
（梁）沈约

司秋纪兑奏西音，激扬钟石和瑟琴，风流福被乐愔愔。

羽引
（梁）沈约

玄英纪运冬冰拆，物为音本和且悦，穷高测深长无绝。

赋得薄暮动絃歌
（梁）沈君攸

柳谷向夕沉馀日，蕙楼临砌徙斜光。
金户半入丛林影，兰径时移落蕊香。
丝绳玉壶传绮席，秦筝赵瑟响高堂。
舞裙拂履喧珠珮，歌响出扇绕尘梁。

云边雪飞絃柱促,留宾但须罗袖长。
日暮歌钟恒不倦,处处行乐为时康。

◆ 五言律

三层阁上置音声
(唐)太宗

绮筵移暮景,紫阁引宵烟。隔栋歌尘合,分阶舞影连。
声流三处管,响乱一重絃。不似秦楼上,吹箫空学仙。

歌
(唐)李峤

汉帝临汾水,周仙去洛滨。郢中唫(吟)白雪,梁上绕飞尘。
响发行云驻,声随子夜新。愿君听扣角,当自识贤臣。

舞
(唐)李峤

妙伎游金谷,佳人满石城。霞衣席上转,花袖雪前明。
仪凤谐清曲,回鸾应雅声。非君一顾重,谁赏素腰轻。

宫中行乐词
(唐)李白

卢橘为秦树,葡萄出汉宫。烟花宜落日,丝管醉春风。
笛奏龙吟水,箫鸣凤下空。君王多乐事,还与万方同。

◆ 五言排律

释奠日国学观礼闻雅颂
(唐)令狐峘

肃肃先师庙,依依胄子群。满庭陈旧礼,开户拜清芬。

万舞当华烛,《箫韶》入翠云。颂歌侵晓听,雅吹度风闻。
澹泊调元气,《中和》美圣君。唯馀东鲁客,蹈舞向南薰。

乐　府
(唐) 顾况

暖谷春光至,宸游近甸荣。云随天仗转,风入御簾轻。
翠盖浮佳气,朱楼倚太清。朝臣冠剑退,宫女管絃迎。
细草承雕辇,繁花入幔城。文房开圣藻,武卫宿天营。
玉醴随觞至,铜壶逐漏行。五星含土德,万姓彻中声。
亲祀先崇典,躬推示劝耕。国风新正乐,农器近销兵。
道德关河固,刑章日月明。野人同鸟兽,率舞感昇平。

晓过南宫闻太常清乐
(唐) 陆贽

南宫闻古乐,拂曙听初惊。烟霭遥迷处,丝桐暗辨名。
节随新律改,声带绪风轻。合雅将移俗,同和自感情。
远音兼晓漏,馀响过春城。九奏明初日,寥寥天地清。

释奠日国学观礼闻雅颂
(唐) 滕珦

太学时观礼,东方晓色分。威仪何棣棣,环珮又纷纷。
古乐从空尽,清歌几处闻。六和成远吹,九奏动行云。
圣上尊儒学,春秋奠茂勋。幸因陪齿列,聊以颂斯文。

晓过南宫闻太常清乐
(唐) 张濛

玉珂经礼寺,金奏过南宫。雅调乘清晓,飞声向远空。
慢随飘去雪,轻逐度来风。迥出重城里,傍闻九陌中。
应将肆夏比,更与五英同。一听《南薰曲》,因知大舜功。

贡举人谒先师闻雅乐
（唐）王起

蔼蔼观光士，来同鹓鹭群。鞠躬遗像在，稽首雅歌闻。
度曲飘清汉，馀音遏晓云。两楹凄已合，九仞杳难分。
断续同清吹，洪纤入紫氛。长言听已罢，千载仰斯文。

贡举人谒先师闻雅乐
（唐）吕炅

礼圣来群彦，观光在此时。闻歌音在远，合乐和还迟。
调朗能偕竹，声微又契丝。轻泠流箽簚，缭绕动缨緌。
九变将随节，三终必尽仪。国风由是正，王化自雍熙。

听郢客歌《阳春》《白雪》
（唐）阙名

寂听郢中人，高歌已绝伦。临风飘《白雪》，向日奏《阳春》。
调雅偏盈耳，声长杳入神。连连贯珠并，袅袅遏云频。
度曲知难和，凝情想任真。周郎如赏善，莫使滞芳晨。

太常寺观舞圣寿乐
（唐）徐元弼

舞字传新庆，人文遇旧章。冲融和气洽，悠远圣功长。
盛德流无外，明时乐未央。日华增顾盼，风物助低昂。
翥凤方齐首，高鸿忽断行。《云门》与兹曲，同是奉陶唐。

册上公太常奏雅乐
（唐）徐元弼

司乐陈金石，逶迤引上公。奏音人语静，清韵珮声通。
应律烟云改，来仪鸟兽同。德贤因举颂，修礼便观风。
圣寿三称内，天观九奏中。寂寥高曲尽，犹自满宸聪。

太常观阅骠国新乐
（唐）胡直钧

异音来骠国，初被奉常人。才可宫商辨，殊惊节奏新。
转规回绣面，曲折度文身。舒散随鸾吹，喧呼杂鸟春。
襟袵怀旧识，丝竹变恒陈。何事留中夏，长令表化淳。

赋得舞干羽两阶
（唐）石倚

干羽能柔远，前阶舞正陈。欲称文德盛，先表乐声新。
肃肃行初列，森森气益振。动容和律吕，变曲静风尘。
化美昭千古，恩波及七旬。已知天下服，不动有苗人。

郊坛听雅乐
（唐）阙名

泰坛恭祀事，綵仗下寒埛。展礼陈嘉乐，斋心动众灵。
韵长飘更远，曲度静宜听。泛响何清越，随风散杳冥。
微悬和气聚，旋退晓山青。本自钧天降，还疑列洞庭。

◆ 七言律

南园试小乐
（唐）白居易

南园斑驳花初发，新乐铮鏦教欲成。
红萼紫房皆手植，苍头碧玉尽家生。
高调管色吹银字，慢拽歌词唱《渭城》。
不饮一盃听一曲，将何安慰此心情？

卧听法曲霓裳
（唐）白居易

金磬玉笙和已久，牙床角枕睡常迟。

朦胧闲梦初成后，宛转柔声入破时。
乐可理心应不谬，酒能陶性信无疑。
起尝残酌听馀曲，斜背银釭半下帷。

送陈太祝使江浙收礼器乐书

（元）贡师泰

六月楼船泛御河，太平乐谱自编摩。
凤鸣巘谷曾吹律，马出蒲梢更作歌。
古尺要将诸部定，新声还用四清和。
器成早入神庭奏，人颂明时瑞应多。

◆ 五言绝句

长安道

（唐）储光羲

西行一千里，暝色生寒树。暗闻歌吹声，知是长安路。

即事

（唐）杜甫

百宝装腰带，珍珠络臂韝。笑时花近眼，舞罢锦缠头。

宫中乐

（唐）张仲素

网户交如绮，纱窗薄似烟。乐吹天上曲，人是月中仙。

月彩浮鸾殿，砧声隔凤楼。笙歌临水槛，红烛乍迎秋。

路傍曲

（唐）刘禹锡

南山宿雨晴，春入凤凰城。处处闻絃管，无非送酒声。

小曲新词
（唐）白居易

霁色鲜宫殿，秋声脆管絃。圣明千载乐，岁岁似今年。

太平词
（唐）王涯

风俗今和厚，君王在穆清。行看探花曲，尽是泰阶平。

隔壁闻奏伎
（唐）裴延

徒闻絃管切，不见舞腰回。赖有歌梁合，尘飞一半来。

闻 歌
（唐）许浑

新秋丝管清，时转遏云声。曲尽不知处，月高风满城。

◆ 七言绝句

登封大酺歌
（唐）卢照邻

日观仙云随凤辇，天门瑞雪照龙衣。
繁絃绮席方终夜，妙舞清歌欢未归。

勤政楼观乐
（唐）贾至

银河帝女下三清，紫禁笙歌出九城。
为报延州来听乐，须知天下久昇平。

赠花卿
（唐）杜甫

锦城丝管日纷纷，半入江风半入云。

此曲只应天上有，人闻能得几回闻。

宫　词
（唐）顾况

九重天乐降神仙，步舞分行踏锦筵。
嘈囋一声钟鼓歇，万人楼下拾金钱。

编进乐府词
（唐）盖嘉运

鸳鸯殿里笙歌起，翡翠楼前出舞人。
唤上紫微三五夕，圣明万寿一千春。

甘子堂陪宴上韦大夫
（唐）熊孺登

武陵楼上春长早，甘子堂前花落迟。
楚乐怪来声竞起，新歌尽是大夫词。

春日偶作
（唐）武元衡

飞花寂寂燕双双，南客衡门对楚江。
惆怅管絃何处发？春风吹到读书窗。

观祈雨
（唐）李约*

桑条无叶土生烟，箫管迎龙水庙前。
朱门几处看歌舞，犹恐春阴咽管絃。

霓裳词
（唐）王建

中管五絃初半曲，遥教合上隔簾听。

---

* 原本作"沈约"，当为"李约"，径改。

一声声向天边落，学得仙人夜唱经。

絃索摐摐隔彩云，五更初发满宫闻。
武皇目送西王母，新染霓裳月色裙。

宫　词
　　　　　　　　（唐）王建

内人相续报花开，准拟君王便看来。
逢著五絃琴绣袋，宜春院里按歌回。

移来女乐部头边，新赐花檀大五絃。
缠得红罗手帕子，中心细画一双蝉。

元太守同游七泉寺
　　　　　　　　（唐）王建

盘磴回廊古塔深，紫芝红药入云寻。
晚吹箫管秋山里，引得猕猴出象林。

秋夜听高调凉州
　　　　　　　　（唐）白居易

楼上金风声渐紧，月中银字韵初调。
促张絃柱吹高管，一曲《凉州》入沆寥。

宫　词
　　　　　　　　（唐）王涯

雕墙不断接宫城，金榜皆书殿院名。
万转千回相隔处，各调絃管对闻声。

赠陆郎
　　　　　　　　（唐）章孝标

帝城云物得阳春，水国烟花乐主人。

昨日天风吹乐府，六宫丝管一时新。

杨柳枝寿杯词
（唐）司空图

乐府翻来占太平，风光无处不含情。
千门万户喧歌吹，富贵人间只此声。

闲居思湖上
（宋）韩维

远泛每思随雁鹜，深居半是避盃觥。
官闲日永无馀事，卧听朱絃教曲成。

宫　词
（宋）花蕊夫人

三清臺近苑墙东，楼槛重重映水红。
尽日绮罗人度曲，管絃声在半天中。

御案横金殿幄红，扇开云表露天容。
太常备奏三千曲，乐府新调十二钟。

滦京杂咏
（元）杨允孚

仪凤伶官乐既成，仙风吹送下蓬瀛。
花冠簇簇停歌舞，独喜《箫韶》奏太平。

宫　词
（明）朱权

楼阁崔嵬起碧霄，微闻仙乐奏《箫韶》。
天风吹落宫人耳，知是彤廷正早朝。

元宫词

（明）朱有燉

大安楼阁耸云霄，列坐三宫御早朝。
政是太平无事日，九重深处奏《箫韶》。

嘉靖宫词

（明）李蓘

考鼓吹笙送上清，醮坛将罢日初生。
太平元老偏承宠，召听钧天广乐声。

卷一百八十六　钟　类

◆ 五言古

山夜闻钟

（唐）张说

夜卧闻夜钟，夜静山更响。霜风吹寒月，窈窱虚中上。
前声既春容，后声复晃荡。听之如可见，寻之定无像。
信知本际空，徒挂生灭想。

烟际钟

（唐）韦应物

隐隐起何处，迢迢送落晖。苍茫随思远，萧散逐烟微。
秋野寂云晦，望山僧独归。

烟寺晚钟

（元）陈孚

山深不见寺，藤阴锁修竹。忽闻疏钟声，白云满空谷。
老僧汲水归，松露堕衣绿。钟残寺门掩，山鸟自争宿。

闻　钟

（明）高启

迢迢烟际发，隐隐岩中应。初来觉寺遥，乍歇看山暝。
惆怅未眠人，空斋几回听。

烟寺晓钟

（明）杨基

孤塔望中青，钟声隔洞庭。苍山不可及，烟阔浪冥冥。
忆似寒山寺，枫桥半夜听。

烟寺晚钟

（明）薛瑄

夕照下山门，清音出烟雾。暝壑一僧还，侧伫寻归路。
月上楚天宽，露落洞庭树。

◆ 七言古

北寺昏钟

（元）胡炳文

日斜一路红阑干，日落四山苍翠寒。
云深不见招提处，一声两声起林端。
遥度前溪声欲绝，溪上渔舟撑未歇。
众鸟栖定树头云，一僧归踏松间月。

烟寺晚钟

（明）宣宗

烟光漠漠春山紫，古寺深藏万松里。
夕阳西坠群壑阴，隔林蔼蔼疏钟起。
潇湘无风波浪停，恍如水底鸣长鲸。
山僧策杖归来晚，遥听穿云百八声。
缓急因风如断续，远彻山阿并水曲。
已随暮角响江城，更送樵歌出林麓。
乘桥二客心悠然，偶立遥看瀑布泉。
高山流水有深意，咫尺不闻音韵传。

乾坤无尘万籁静，朗然空谷声相应。
高秋正遇晓霜清，分明若向丰山听。

◆ 五言律

钟
（唐）李峤

既接南邻磬，还随北里笙。平陵通曙响，长乐警宵声。
秋至含霜动，春归应律鸣。欲知常待扣，金簴有馀清。

卧钟
（元）杨载

汉殿经年久，呜然卧草中。雕几牙板废，锈涩土花蒙。
追蠡难陈力，华鲸不奏功。待贤初设簴，想见古人风。

南康夜泊闻庐阜钟声
（元）揭傒斯

庐山三百寺，何处扣层云？宿鸟月中起，归人湖上闻。
入空应更迥，近瀑正难分。遥想诸僧定，香炉上夕熏。

◆ 五言排律

寒夜闻霜钟
（唐）郑絪

霜钟初应律，寂寂出重林。拂水宜清听，凌空散迥音。
春容时未歇，摇曳夜方深。月下和虚籁，风前间远砧。
净兼寒漏彻，闲畏曙更侵。遥想千山外，泠泠何处寻？

寒夜闻霜钟
（唐）卢景亮

洪钟发长夜，清响出层岑。暗入繁霜切，遥传古寺深。

何城渻远漏,几处杂疏砧?已警离人梦,仍沾旅客襟。
待时当命侣,抱器本无心。倘若无知者,谁能设此音?

晓闻长乐钟声
(唐)阙名

汉苑钟声早,秦台曙色分。霜凌万户彻,风散一城闻。
已启蓬莱殿,初朝鹓鹭群。虚心方应物,大扣欲干云。
近杂鸡人唱,新传凫氏文。能令翰苑客,流听思氤氲。

◆ 七言律

闻霜钟
(明)张宇初

霜满琼林度晓钟,月华流韵彻晴空。
投簪几忆鸿鸣露,欹枕犹惊鹤唳风。
银叶香消深馆里,梅花调远古城东。
十年感慨成无寐,应律音长岂世同。

◆ 五言绝句

远寺钟
(唐)李嘉祐

疏钟何处来?度竹兼拂水。渐逐微风声,依依犹在耳。

烟寺晚钟
(元)揭傒斯

朝送山僧去,暮唤山僧归。相唤复相送,山露湿人衣。

早 行
(元)僧善住

拂曙驾柔橹,溪山行几重。云昏不见寺,依约但闻钟。

◆ 七言绝句

题玉真观李秘书院
（唐）韩翃

白云斜日影深松,玉宇瑶坛知几重?
把酒题诗人散后,华阳洞里有疏钟。

夜泊润州江口
（唐）刘言史

秋江欲起白头波,贾客占风无渡河。
千船火绝寒宵半,独听钟声觉寺多。

冬日峡中旅泊
（唐）刘言史

霜月明明雪复残,孤舟夜泊使君滩。
一声钟出远山里,暗想雪窗僧起寒。

赠成炼师
（唐）刘言史

黄昏骑得下天龙,巡遍茅山数十峰。
采芝却到蓬莱上,花里犹残碧玉钟。

寺钟暝
（唐）皮日休

百缘斗薮无尘土,寸地章煌欲布金。
重击蒲牢唅山月,冥冥烟树睹栖禽。

送　僧
（唐）潘咸

阙下僧归山顶寺,却看朝日下方明。

莫道野人寻不见,半天云里有钟声。

宫　词
(宋)花蕊夫人

东内斜将紫禁通,龙池凤苑夹城中。
晓钟声断严妆罢,院院纱窗海日红。

钟陵夜宿闻钟
(元)范梈

中年江海梦灵皇,夜半闻钟似上阳。
一百八声犹未已,更兼云外雁啼霜。

题山家山景
(元)傅若金

万壑苍苍云气昏,石泉斜落古松根。
前林欲暝僧归晚,应听钟声到寺门。

夏日即事
(元)僧善住

庭树森沉晚色浓,翛翛寒雨满疏钟。
白云一片归飞急,知宿城南若个峰?

与僧一然听钟
(明)廖孔说

寥寥相对一灯明,数尽遥钟百八声。
题向山堂成故事,他年却好话平生。

闻　钟
(明)廖孔说

华阳百里一孤钟,地阔天空山万重。
飒沓烟霜悠飏月,依微随鹤绕三峰。

卷一百八十七　鼓　类

◆ 五言律

咏　鼓
（唐）李峤

舜日谐夔响，尧年韵土声。向楼疑吹击，震谷似雷惊。
仙鹤排门起，灵鼍带水鸣。乐云行已奏，礼曰冀相成。

同稚孝鼎卿咏津鼓限阳字
（明）程可中

戍鼓何萧索，阛阓水一方。停枹留堕月，流响激繁霜。
乡梦秋难稳，津楼夜正央。三挝遗谱失，悲壮忆《渔阳》。

◆ 五言绝句

寒食后北楼作
（唐）韦应物

园林过新节，风花乱高阁。遥闻击鼓声，蹴鞠军中乐。

听　鼓
（唐）李商隐

城头叠鼓声，城下暮江清。欲问《渔阳掺》，时无祢正平。

◆ 七言绝句

苏摩遮

（唐）张说

腊月凝阴积帝台，齐歌急鼓送寒来。
油囊取得天河水，将添上寿万年盃。

游仙词

（明）张泰

鱼轩辗破水中天，雾鬓风鬟从列仙。
鼍鼓咚咚敲向月，洞庭君女嫁泾川。

宫　词

（明）王叔承

绿云细草湿红巾，御酒倾霞欲醉春。
试奏教坊新鼓响，内园初赛百花神。

卷一百八十八　磬　类

◆ 五言古

泗滨得石磬
（唐）李建勋

浮磬潜清深，依依呈碧浔。出水见贞质，在悬含玉音。
对此喜还叹，几秋仍到今？器古契良觌，韵和谐宿心。
何为值明鉴，适得离幽沉？自兹入清庙，无复泥沙侵。

斋居闻磬
（宋）朱子

幽林滴露稀，华月流空爽。独士守寒栖，高斋绝群想。
此时邻磬发，声合前山响。起对玉书文，谁知道机长。

◆ 七言古

慈恩寺石磬歌
（唐）卢纶

灵山石磬生海西，海涛平处与天齐。
长眉老僧同佛力，咒使鲛人往求得。
珠穴沉成绿浪痕，天衣拂尽苍苔色。
星汉徘徊山有风，禅翁静扣月明中。
群仙下云龙出水，鸾鹤交飞半空里。

城精木魅不可听,落叶秋砧一时起。
花宫杳杳响泠泠,无数沙门昏梦醒。
古廊灯下见行道,疏林池边闻诵经。
徒壮洪钟閟高阁,万金费尽工雕凿。
岂如全质挂青松,数叶残云一片峰。
吾师宝之寿中国,愿同劫石无终极。

◆ 五言排律

终南精舍月中闻磬

(唐) 吕温

月峰禅室掩,幽磬静昏氛。思入空门妙,声从觉路闻。
泠泠满虚壑,杳杳出寒云。天籁疑难辨,霜钟讵可分。
偶来游法界,便欲谢人群。竟夕听真响,尘心自解纷。

范成君击铜磬

(唐) 范传正

历历闻金奏,微微下玉京。为详家牒久,偏识洞阴名。
澹泞人间听,铿锵古曲成。何须百兽舞,自畅九天情。
注目看无见,留心记未精。云霄如可托,借鹤向层城。

◆ 七言律

某君见遗石磬

(明) 徐渭

泗上归来动来年,亲提浮磬兴泠然。
一除梵版裁云俗,再扣春䴗绕竹圆。
老去固难腰似折,贫来直到室如悬。
闲窗重理当时架,数杵香残客话边。

◆ 五言绝句

击磬老人
（唐）王昌龄

双峰褐衣久,一磬白眉长。谁识野人意,徒看春草芳。

◆ 七言绝句

夜到泗州酬崔使君
（唐）陆畅

徐城洪尽到淮头,月里山河见泗州。
闻道泗滨清庙磬,雅声今在谢家楼。

卷一百八十九 箫 类

◆ 五言古

箫史曲
（齐）张融

引响犹天外，吟声似地中。戴胜噪落景，龙歅（喷）清霄风。

咏 箫
（梁）刘孝仪

危声合鼓吹，绝弄混笙篪。管饶知气促，钗动觉唇移。仙史安为贵，能令秦女随？

短 箫
（梁）张嵊

促柱絃始繁，短箫吹初亮。舞袖拂长席，钟音由簧飏。已落檐瓦间，复绕梁尘上。时属清夏阴，恩晖亦非望。

箫史曲
（陈）江总

弄玉秦家女，箫史仙处童。来时兔月满，去后凤楼空。密笑开还敛，浮声咽更通。相期红粉色，飞向紫烟中。

◆ 长 短 句

铁箫歌

(明)袁宗

滇江夜半风雨黑,电火烧空轰霹雳。
须臾雨霁波浪恬,江壖脱却苍龙脊。
道人骑鲸江上来,见之错愕惊而咍。
拾得归来世希罕,土花锈涩生莓苔。
上有空星泛宫徵,嶰谷苍筤岂堪比。
六丁鼓鞴神功成,百炼金精雪花起。
一吹潜蛟舞,载吹嫠妇泣。
孤鸾长吟音袅袅,碎玉玲珑真可拾。
酒酣为我三复吹,青天行云不敢飞。
初如七十二凤声雄雌,又若独茧抽出冰蚕丝。
东望蓬莱山,把酒招安期。
飘飘清兴不可遏,听君一曲歌我诗。
曲终酒尽客且散,西轩月在梨花枝。

◆ 七 言 律

吹 箫

(金)边元鼎

弄玉吹箫玉管低,秋风散入满天思。
沧波夜涨龙吟细,琪树霜飘凤啸迟。
汉月有情如静听,萧郎无路不相知。
秦楼虚负清宵意,为念乘鸾旧有期。

夜月吹箫图

(明)王偁

梧桐月转欲栖鸦,闲弄参差隔紫霞。

彩凤暗巢长乐树，金莺偷语上阳花。
斗妆凉露沾钗玉，簇仗香云绕扇纱。
吹到《凉州》移别调，君王亲为按红牙。

◆ 五言绝句

答韦苏州

（唐）丘丹

露滴梧叶鸣，风秋桂花发。中有学仙侣，吹箫弄山月。

◆ 七言绝句

夜宴安乐公主宅

（唐）李迥秀

金牓岩峣云里开，玉箫叁（参）差天际回。
莫惊侧弁还归路，只为平阳歌舞催。

同诸隐者夜登四明山

（唐）施肩吾

半夜寻幽上四明，手攀松桂触云行。
相呼已到无尘境，何处玉箫吹一声？

望少华

（唐）杜牧

眼看云鹤不相随，何况尘中事作为。
好伴羽人深洞去，月前秋听玉参差。

相　思

（唐）李商隐

相思树上合欢枝，紫凤青鸾共羽仪。

肠断秦台吹管客,日西春尽到来迟。

小游仙诗

(唐) 曹唐

帝子真娥相领行,当天合曲玉箫清。
梨花新折东风软,犹在缑山乐笑声。

小游仙词

(元) 张蓍

美人临水笑相邀,自解罗巾掷作桥。
同觅云间仙伴侣,杏花坛上听吹箫。

宫　词

(明) 朱权

忽闻天外玉箫声,花下听来独自行。
三十六宫秋一色,不知何处月偏明。

游仙词

(明) 张泰

仙人天上好楼居,门外离离种白榆。
一曲洞箫吹向月,夜深惊起海中乌。

谢平江送至广通

(明) 杨慎

明月清风渡两桥,相随百里不辞遥。
共怜话别无长夜,红烛青尊碧玉箫。

闻吹箫

(明) 施渐

夜半闻声莫问谁,急将幽意向人吹。

秋风不与闲心会,只有窗前明月知。

对月寄壶梁

(明)彭年

天街霜月夜迢迢,淮浦金波荡画桥。
才子行吟青玉案,仙人吹和紫璃箫。

闻箫声

(明)吴鼎芳

洞箫如缕到尊前,明月高楼夜可怜。
何处一声风易断,千家花柳障晴烟。

宫　词

(明)王司綵

琼花移种入深宫,旖旎浓香韵晚风。
赢得君王留步辇,玉箫嘹唳月明中。

雨夜闻箫

(明)叶小鸾

纱窗徙倚倍无聊,香烬熏炉懒更烧。
一缕箫声何处弄,隔帘微雨湿芭蕉。

卷一百九十　　管　类

◆ 五言古

楼中闻清管
（唐）韦应物

山阳遗韵在，林端横吹惊。响迥凭高阁，曲怨绕秋城。
淅沥危叶振，萧瑟凉气生。始遇兹管赏，已怀故园情。

感　怀
（明）桑悦

嶰谷有奇竹，能中虞廷管。九奏鬼神格，阳舒寒谷暖。
新裁作长笛，杳眇传新声。曲终风不吹，秋色满空庭。

◆ 五言绝句

游春词
（唐）令狐楚

一夜好风吹，新花一万枝。风前调玉管，花下簇金羁。

双吹管
（唐）陆龟蒙

长短截浮筠，参差作飞凤。高楼明月夜，吹出江南弄。

◆ 七言绝句

春晓太平公主小楼闻吟双管
（唐）沈佺期

主家天上凤楼人，传得仙音到客新。
未省落梅和折柳，风吹散作万家春。

夜闻邻管
（唐）刘商

何事霜天月满空，鹍雏百啭向春风。
邻家思妇更长短，杨柳如丝在管中。

赠杨炼师
（唐）鲍溶

紫烟衣上绣春云，清隐山书小篆文。
明月在天将凤管，夜凉吹向玉宸君。

赠郑伦吹凤管
（唐）施肩吾

喃喃解语凤凰儿，曾听梨园竹里吹。
谁谓五陵年少子，还将此曲暗相随。

卷一百九十一　　笙　类

◆ 五言古

咏　笙
（梁）陆罩

管清罗袖拂，响合绛唇吹。含情应节转，逸态逐声移。
所美周王子，弄羽一参差。

笙
（梁）沈约

彼美实奇枝，孤筱定参差。鹍鸡已嗣晰，枣下复林离。
本期王子宴，宁待洛滨吹。

笙
（唐）杨希道

短长插凤翼，洪细摹鸾音。能令楚妃叹，复使荆王吟。
切切孤竹管，来应云和琴。

嵩岳闻笙
（唐）刘希夷

月出嵩山东，月明山益空。山人爱清景，散发卧秋风。
风止夜何清，独夜草虫鸣。仙人不可见，乘月近吹笙。
绛唇吸灵气，玉指调真声。真声是何曲？三山鸾鹤情。

昔去落尘俗，愿言闻此曲。今来卧嵩岑，何幸承幽音。
神仙乐吾事，笙歌铭夙心。

◆ 七言古　附长短句

凤笙曲
（梁）武帝

绿耀尅碧雕管笙，朱唇玉指学凤鸣，流连参差飞且停。
飞且停，在凤楼。弄娇响，间清讴。

玉笙谣为铁门笙伶周奇赋
（元）张雨

我有紫霞想，爱闻白玉笙。
悬匏比竹无灵气，昆丘采此十二茎。
凤味衔明珠，凤翼排素翎。
金华周郎妙宫徵，子晋仙人初教成。
月下吹参差，群雏亦和鸣。
緱氏山头白云起，七月七日来相迎。
长谢时人一挥手，飘下满空鸾鹤声。

◆ 五言律

笙
（唐）李峤

悬匏曲沃上，孤筱汶阳隈。形写歌鸾翼，声随舞凤裁。
欢娱分北里，纯孝即南陔。今日虞音奏，跄跄鸟兽来。

◆ 五言排律

緱山月夜闻王子晋吹笙
（唐）厉元

緱山明月夜，岑寂隔尘氛。紫府参差曲，清宵次第闻。

韵流多入洞，声度半和云。拂竹鸾惊侣，经松鹤舞群。
蟾光听处合，仙路望中分。坐惜千岩曙，遗音过汝濆。

笙磬同音

（唐）阙名

笙磬闻何处？凄锵宛在东。激扬音自彻，高下曲宜同。
历历俱盈耳，泠泠远散空。曾因繁奏舞，人感至和通。
讵间洪纤韵，能齐捬拊功。四悬今尽美，一听辨移风。

◆ 七言律

题 笙

（唐）罗邺

筠管参差排凤翅，月堂凄切胜龙吟。
最宜轻动纤纤玉，醉送当观滟滟金。
缑岭独能征妙曲，嬴台相并（共）吹清音。
好将宫徵陪歌扇，莫遣新声郑卫侵。

◆ 七言绝句

殿前曲

（唐）王昌龄

几部笙歌西殿头，梨园弟子和《凉州》。
新声一段高楼月，圣主千秋乐未休。

听邻家吹笙

（唐）郎士元

凤吹声如隔彩霞，不知墙外是谁家。
重门深锁无寻处，疑有碧桃千树花。

秋夜安国观闻笙

（唐）刘禹锡

织女分明银汉秋，桂枝梧叶共飕飕。
月露满庭人寂寂，《霓裳》一曲在高楼。

吹笙歌

（唐）殷尧藩

伶儿竹声声绕空，秦女欲湿胭脂红。
玉桃花片落不住，三十六簧能唤风。

小游仙

（唐）曹唐

笑擎云液紫瑶觥，共请云和碧玉笙。
花下偶然吹一曲，人间因识董双成。

玉洞长春风景鲜，丈人私宴就芝田。
笙歌暂向花间尽，便是人间一万年。

理　笙

（唐）卓英英

频倚银屏理凤笙，调中幽意起春情。
因思往事成迢递，安得缑山和一声？

王都事家听周子奇吹笙

（元）倪瓒

隔水吹笙引凤鸣，十三声外柳风清。
风流自有王子晋，留取清樽吸月明。

饮春会

（明）木公

官家春会与民同，土酿鹅竿节节通。
一匜芦笙吹未断，蹋歌起舞月明中。

拟古宫词

（明）苏祐

水殿凉生独不眠，风来忽谩凤笙传。
寻常明月娟娟夜，似向今宵分外圆。

道院秋夕

（明）谢榛

秋河一带月光圆，露坐空除夜欲阑。
却讶西楼降仙子，玉笙吹彻万家寒。

恭送昙阳大师

（明）屠隆

西池南岳坐相邀，仿佛烟中白玉桥。
手炙鹅笙踏云路，灵音一半入琼箫。

唐词

（明）徐定夫

禁门秋草雨中生，睡醒芙蓉小帐清。
几日内廷宣唤少，紫薇花底学吹笙。

卷一百九十二　笛　类

◆ 五言古

咏　笛
（梁）武帝

柯亭有奇竹，含情复抑扬。妙声发玉指，龙音响凤凰。

赋得笛
（隋）姚察

作曲是佳人，制名由巧匠。鹍絃时莫并，凤管还相向。
随歌响更发，逐舞声弥亮。宛转度云窗，逶迤出黼帐。
长随画堂里，承恩无所让。

咏　笛
（隋）刘孝孙

凉秋夜笛鸣，流风韵九成。调高时慷慨，曲变或凄清。
征客怀离绪，邻人思旧情。幸以知音顾，千载有奇声。

金陵听韩侍御吹笛
（唐）李白

韩公吹玉笛，倜傥流英音。风吹绕钟山，万壑皆龙吟。
王子停凤管，师襄掩瑶琴。馀韵渡江去，天涯安可寻。

风　笛

　　　　　　　　　　（宋）范仲淹

风引湖边笛，焉知非隐沦？一声裂云去，明月生精神。
无为《落梅》调，留寄陇头人。

◆ 七言古　附长短句

龙笛曲

　　　　　　　　　　（梁）武帝

美人绵眇在云堂，雕金镂竹眠玉床，婉爱寥亮绕虹梁。
绕虹梁，流月台。驻狂风，郁徘徊。

闻邻船吹笛

　　　　　　　　　　（元）杨载

江空月寒江露白，何人船头夜吹笛？
参差楚调转吴音，定是江南远行客。
江南万里欲归家，笛里分明说鬓华。
已分折残堤上柳，莫教吹落陇头花。

江上闻笛

　　　　　　　　　　（元）萨都剌

江上何人吹竹笛，水浅沙寒鲸夜泣。
鲛人水底织冰绡，洒泪成珠露华湿。
银河耿耿波茫茫，雁奴打更沙溆旁。
更深绣被夜寒重，明月梅花满地霜。

自题铁笛道人像

　　　　　　　　　　（元）杨维桢

道人炼铁如炼雪，丹铁火花飞列缺。

神焦鬼烂愁镆铘，精魂夜语吴钩血。
居然跃冶作龙吟，三尺笛成如竹截。
道人天声閟天窍，娲皇上天补天裂。
淮南张涯人中杰，爱画道人吹怒铁。
道人与笛同长生，直上方壶观日月。

◆ 五言律

笛

(唐) 李峤

羌笛写龙声，长吟入夜清。关山孤月下，来向陇头鸣。
逐吹梅花落，含春柳色惊。行观向子赋，坐忆旧邻情。

剡溪馆闻笛

(唐) 丁仙芝

夜久闻羌笛，寥寥虚客堂。山空响不散，溪静曲宜长。
草木生边气，城池泛夕凉。虚然异风出，仿佛宿平阳。

◆ 七言律

寄沣州张舍人笛

(唐) 杜牧

发匀肉好生春岭，截玉钻星寄使君。
檀的染时痕半月，《落梅》飘处响穿云。
楼中威凤倾冠听，沙上惊鸿掠水分。
遥想紫泥封诏罢，夜深应隔禁墙闻。

闻 笛

(元) 张蓁

何人吹笛傍江干，木落淮南夜色寒。

三弄水边人舣棹,一声云杪客凭阑。
梅花簌簌吹应落,杨柳依依折欲残。
惆怅绿珠何处在,绮窗深锁月漫漫。

铁笛为孟天暐赋

(元)张翥

爱此轻圆铁铸成,何须楚竹选孤生。
年多化作青蛇色,夜静吹如彩凤声。
绣出碧花凝错落,冷涵金气发铿清。
最宜携向君山去,一听仙翁奏月明。

猿臂笛

(元)张雨

三峡家山已隔生,一枝玉骨尚堪横。
攀援远似穿云曲,吟啸高于喷竹声。
栗叶霜黄天竺梦,梅花春老玉关情。
伶伦且为相娱乐,谁问将军善射名。

宿巴陵闻笛

(明)王偁

玉笛飘残月下声,空江秋入思冥冥。
怪来《杨柳》移关塞,可是《梅花》落洞庭。
半夜旅情随调切,谁家少妇倚楼听?
晓来更觅龙吟处,一点君山水面青。

◆ 五言绝句

江 夕

(唐)崔道融

江心秋月白,起柂信潮行。蛟龙化为人,半夜吹笛声。

铁笛亭

（宋）朱子

何人轰铁笛，喷薄两崖开。千载留馀响，犹疑笙鹤来。

小临海曲

（元）杨维桢

道人铁笛响，半入洞庭山。大风将一半，吹度白银湾。

江　村

（明）僧法聚

残阳在木末，远鸟下孤屿。渔舟归未归，吹笛芙蓉渚。

◆ 七言绝句

春夜洛城闻笛

（唐）李白

谁家玉笛暗飞声，散入春风满洛城。
此夜曲中闻折柳，何人不起故园情。

水调歌

（唐）盖嘉运

猛将关西意气多，能骑骏马弄琱戈。
金鞍宝铰精神出，笛倚新翻水调歌。

李謩笛

（唐）张祜

平时东幸洛阳城，天乐宫中夜彻明。
无奈李謩偷曲谱，酒楼吹笛是新声。

塞上闻笛

（唐）张祜

一夜《梅花》笛里飞，冷沙晴槛月光辉。
北风吹尽向何处？高入寒云燕雁稀。

观石将军舞

（唐）李益

微月东南上戍楼，琵琶起舞锦缠头。
更闻横笛关山远，白草平沙西塞秋。

从军北征

（唐）李益

天山雪后海风寒，横笛偏吹行路难。
碛里征人三十万，一时回首月中看。

泛舟入后溪

（唐）羊士谔

东风朝日破轻岚，仙棹初移酒未酣。
玉笛闲吹《折杨柳》，春风无事傍渔潭。

夜笛词

（唐）施肩吾

皎洁西楼月未斜，笛声寥亮入东家。
却令灯下裁衣妇，误剪同心一半花。

笛

（唐）张乔

剪雨裁云一节秋，落梅杨柳曲中留。
尊前暂借殷勤看，明月曾闻向陇头。

寄珉笛与宇文舍人

（唐）杜牧

调高银字声还侧，物比柯亭韵校奇。
寄与玉人天上去，桓将军见不教吹。

初秋寓直

（唐）郑畋

晓星独挂结麟楼，三殿风高药树秋。
玉笛数声飘不住，问人依约在东头。

华清宫

（唐）崔鲁

银河漾漾月辉辉，楼碍星边织女机。
横玉叫云清似水，满空霜逐一声飞。

破 笛

（唐）阙名

当时得意气填心，一曲君王直万金。
今日不如庭下竹，风来犹得学龙吟。

和读书台入夜即事

（宋）王庭珪

池底星光个个添，半钩斜月吐纤纤。
数声寒笛西风下，人在珠楼卷暮簾。

闻 笛

（宋）严羽

江上谁家吹笛声，月明霜白可堪听。
孤舟万里潇湘客，一夜归心满洞庭。

秋夜闻笛

（元）萨都剌

何人吹笛秋风外？北固山前月色寒。
亦有江南未归客，徘徊终夜倚阑干。

镇江寄王本中台掾

（元）萨都剌

梅花落尽空吹笛，正月半头思远人。
两岸好山青不断，一江微雨鹧鸪春。

晚　眺

（元）周权

闪闪归鸦过别林，斜阳流水意沉沉。
数声樵笛人何处，一路寒山晚翠深。

柯　亭

（元）黄镇成

金碧楼台宅梵王，柯亭无处问中郎。
何当截取如椽榦，吹起昆仑紫凤凰。

谷　口

（元）黄镇成

谷口桥边日未斜，先寻宿处近梅花。
分明听得吹长笛，只隔红阑第一家。

夏日杂兴

（元）僧善住

落尽红芳见绿阴，小桥流水雨馀深。
市楼横笛谁家子，吹得残阳下远岑。

和袁海叟题老蛟化江叟吹笛图

(明) 顾禄

千里神蛟化作翁，月明吹笛倚龙宫。
曲声不许人间听，散入重湖半夜风。

吹笛士女图

(明) 张泰

冰簟银床倚石屏，芭蕉凉露湿秋庭。
贞心试托湘江竹，吹向流云与凤听。

闻 笛

(明) 陈蒙

落尽梅花雪满庭，故园杨柳梦中青。
羌儿马上传来曲，今夜《关山》月里听。

闻 笛

(明) 杨慎

江楼寒笛起春声，蜀客扁舟万里行。
吹尽《落梅》还《折柳》，新年残腊正关情。

清明日偶述

(明) 苏澹

梨花寂寂燕飘零，药槛兰畦嫩叶生。
处处儿童吹柳笛，扶持春事到清明。

冬夜闻笛

(明) 谢榛

雪后寒云散御堤，笛声何处重凄凄。
北风吹折边城柳，人倚层楼月正西。

寄武林朱九疑

(明) 盛时泰

湖上轻风拂柳条,美人吹笛向平桥。
欲知胥浦潮初退,正是秦淮雪半消。

梅下吹笛

(明) 顾大典

红筵绿酒扑寒香,树树梅花压粉墙。
忽见玉鳞飞夜月,自吹长笛坐胡床。

西湖闻笛

(明) 徐㘽

月白霜寒客梦醒,笛声迥出柳洲亭。
莫教吹过孤山去,风里《梅花》不耐听。

江　上

(明) 范如珪

江上西风雨复晴,菰蒲深处钓丝轻。
何人隔岸吹长笛,杨柳秋江一夜生。

宫　词

(明) 王叔承

十五传歌隶太常,寿阳公主教新妆。
朝来试弄琅玕笛,零落梅花玳瑁床。

夜坐怀顾益卿按察

(明) 沈明臣

高云南去夜郎低,万里秋风过五溪。
玉笛不吹江水绿,美人犹在月明西。

杨柳枝词

（明）朱阳仲

广陵杨花辞故枝，各自空条雨后垂。
羌笛不知春自去，分明一曲月中吹。

吹 笛

（明）丰越人

空林醉卧不知秋，手采芙蓉下小舟。
明月满天凉似水，闲吹短笛过沧洲。

闻 笛

（明）僧德祥

江花如雪绕江春，江水迢迢入梦频。
一夜东风有横笛，满城都是惜花人。

好溪渔歌

（明）僧来复

少微山下万松青，铁笛携将过水亭。
吟得竹枝新有谱，秋风吹与老龙听。

卷一百九十三 琴类（附风琴）

◆ 五言古

秋夜咏琴
（梁）刘孝绰

上宫秋露结，上客夜琴鸣。幽兰暂罢曲，积雪更传声。

赋得为我弹鸣琴
（陈）贺彻

薄暮高堂上，调琴召美人。伯喈声未尽，相如曲复新。
点徽还转弄，乱爪更留宾。聊持一絃响，杂起艳歌尘。

日晚弹琴
（北齐）马元熙

上客敞前扉，鸣琴对晚晖。掩抑歌张女，凄清奏楚妃。
稍视红尘落，渐觉白云飞。新声独见赏，莫恨知音稀。

听琴
（北齐）萧悫

洞门凉气满，闲馆夕阴生。絃随流水急，调杂秋风清。
掩抑朝飞弄，凄断夜啼声。至人齐物我，持此悦高情。

弄琴
（北周）庾信

雉飞催晓别，乌啼惊夜眠。若交新曲变，惟须促一絃。

不见石城乐，惟闻乌噪林。新声逐絃转，应得动春心。

咏琴
（唐）杨希道

久擅龙门质，孤竦峄阳名。齐娥初发弄，赵女正调声。
嘉客勿遽返，繁絃曲未成。

琴
（唐）王昌龄

孤桐秘虚鸣，朴素传幽真。仿佛絃指外，遂见初古人。
意远风雪苦，时来江山春。高宴未终曲，谁能辨经纶。

听弹《风入松》阕赠杨补阙
（唐）王昌龄

商风入我絃，夜竹深有露。声沉与林寂，清景不可度。
寥落幽居心，飕飗青松树。松风吹艸白，溪水寒日暮。
声意去复还，九变待一顾。空山多雨雪，独立君始悟。

听郑五愔弹琴
（唐）孟浩然

阮籍推名饮，清风满竹林。半酣下衫袖，拂拭龙唇琴。
一盃弹一曲，不觉夕阳沉。予意在山水，闻之谐夙心。

赠裴九侍御昌江草堂弹琴
（唐）贾至

朔风吹疏林，积雪在崖巘。鸣琴草堂响，小涧清且浅。
沉吟东山意，欲去芳岁晚。怅望黄绮心，白云若在眼。

江上琴兴

（唐）常建

江上调玉琴，一絃清一心。泠泠七絃遍，万木澄幽阴。
能使江月白，又令江水深。始知枯桐枝，可以徽黄金。

张山人弹琴

（唐）常建

君去芳草绿，西峰弹玉琴。岂惟丘中赏，兼得清烦襟。
朝从山口还，出岭闻清音。了然云霞气，照见天地心。
元（玄）鹤下澄空，翩翩舞松林。改絃叩商声，又听飞龙吟。
稍觉此身妄，渐知仙事深。其将炼金鼎，永以投吾簪。

幽　琴

（唐）刘长卿

月色满轩白，琴声宜夜阑。泠泠七絃上，静听松风寒。
古调虽自爱，今人多不弹。向君投此曲，所贵知音难。

琴

（唐）韦应物

有客天一方，寄我孤桐琴。迢迢万里隔，托此传幽音。
冰霜中自结，龙凤相与吟。絃以明直道，漆以固交深。

清夜琴兴

（唐）白居易

月出鸟栖尽，寂然坐空林。是时心境闲，可以弹素琴。
清泠由木性，恬淡随人心。心积和平气，木应正始音。
响馀群动息，曲罢秋夜深。正声感元化，天地清沉沉。

和顺之琴者
（唐）白居易

阴阴花院月，耿耿兰房烛。中有弄琴人，声貌俱如玉。
清泠石泉引，雅淡风松曲。遂使君子心，不爱凡丝竹。

听弹《古渌水》
（唐）白居易

闻君《古渌水》，使我生和平。欲识慢流意，为听疏泛声。
西窗竹阴下，竟日有馀清。

奉和张舍人阁中直夜思闻雅琴，因书事通简僚友
（唐）吕温

迢迢天上直，寂寞丘中琴。忆尔山水韵，起予仁智心。
凝情在正始，超想疏烦襟。凉生子夜后，月照禁垣深。
远风霭兰气，微露清桐阴。方袭缊衣庆，永奏《南薰吟》。

夜集汝州郡斋听陆僧辨弹琴
（唐）孟郊

康乐宠词客，清宵意无穷。征文北山外，借月南楼中。
千里愁并尽，一樽欢暂同。胡为夔楚琴？淅沥起寒风。

听尹炼师弹琴
（唐）吴筠

至乐本太乙，幽琴和乾坤。郑声久乱雅，此道希能尊。
吾见尹仙翁，伯牙今复存。众人乘其流，夫子达其源。
在山峻峰峙，在水洪涛奔。都忘迩城阙，但觉清心魂。
代乏识微者，幽音谁与论？

宝　琴
（唐）僧彪

吾有一宝琴，价重双南金。刻作龙凤像，弹为山水音。
星从徽里发，风来絃上吟。钟期不可遇，谁辨曲中心？

和杨畋孤琴咏
（宋）范仲淹

爱此千年器，如见古人面。欲弹换朱丝，明月当秋汉。
我愿宫商絃，相应声无间。自然召南风，莫起孤琴叹。

赵君泽携琴载酒见访分韵得琴字
（宋）朱子

山城夜寥阒，虚堂杳沉沉。王孙有高趣，挈榼来相寻。
喜兹烦抱舒，未觉盃酒深。一为尘外想，再抚丘中琴。
馀音殷雷动，爽籁悲龙吟。寄谢筝笛耳，宁知山水音。

听袁员外弹琴
（元）倪瓒

郎官调绿绮，谷雪赏初晴。两忘絃与手，流泉松吹声。
问年逾八十，云尝见河清。挂帆望九华，神人欻相迎。
啖以海上枣，欢爱若平生。元（玄）遇宁复得，惜哉遗姓名。

登忠勤楼听久孚贺架阁弹琴
（明）汪广洋

画栋栖朝霞，层檐宿秋雾。振衣坐前楹，援琴写中素。
幽泉鸣涧深，落花荡春暮。油然闻至音，令人起遐慕。

古　诗
（明）贺甫

焦桐古制作，乃是爨下材。金徽灿星斗，玉軫调风雷。

宝之不欲弹，抚视日几回。囊韬藉文锦，有待知音来。

◆ **七言古**　附长短句

琴 歌

（唐）李颀

主人有酒欢今夕，请奏鸣琴广陵客。
月照城头乌半飞，霜凄万树风入衣。
铜炉华烛烛增辉，初弹《渌水》后《楚妃》。
一声已动物皆静，四座无言星欲稀。
清淮奉使千馀里，敢告云山从此始。

听颖师弹琴

（唐）韩愈

昵昵儿女语，恩怨相尔汝。
划然变轩昂，勇士赴敌场。
浮云柳絮无根蒂，天地阔远随飞扬。
喧啾百鸟群，忽见孤凤凰。
跻攀分寸不可上，失势一落千丈强。
嗟余有两耳，未省听丝篁。
自闻颖师弹，起坐在一旁。
推手遽止之，湿衣泪滂滂。
颖乎尔诚能，无以冰炭置我肠！

水仙操

（唐）李咸用

大波相拍流水鸣，蓬山鸟兽多奇形。
琴心不喜亦不惊，安絃缓爪何泠泠。
水仙飘渺来相迎，伯牙从此留嘉名。
峄阳散木虚且轻，重华斧下知其声。

屡丝相乱成凄清，调和引得薰风生。
指底先王长养情，曲终天下称太平。
后人好事传其曲，有时声足意不足。
始峨峨兮复洋洋，但见山青兼水绿。
成连入海移人情，岂是本来无嗜欲。
琴兮琴兮在自然，不在徽金将轸玉。

听贤师琴

（宋）苏轼

大絃春温和且平，小絃廉折亮以清。
平生未识宫与角，但闻牛鸣盎中雉登木。
门前剥啄谁叩门，山僧未闲君勿嗔。
归家且觅千斛水，净洗从前筝笛耳。

舟中听琴

（宋）苏辙

江流浩浩群动息，琴声琅琅中夜鸣。
水深天阔音响远，仰视牛斗皆纵横。
昔有至人爱奇曲，学之三岁终无成。
一朝随师过沧海，留置绝岛不复迎。
终年见怪心自感，海水震掉鱼龙惊。
翻回荡潏有遗韵，琴意忽忽从此生。
师来迎笑问所得，抚手无言心已明。
世人嚣嚣好丝竹，撞钟击鼓浪谓荣。
安知江琴韵超绝，掩耳大笑不肯听。

智仲可月下弹琴图

（金）元好问

暮春舞雩鼓瑟希，琴语解吐胸中奇。

谁言手挥七絃易，大笑虎头真绝痴。
北风萧萧路何永，流波汤汤君自知。
三尺丝桐尽堪老，儿童休讶鹤书迟。

鄱阳萧性渊携其祖将领所爱唐琴号"霜钟"者，
　　还自和林求诗。六月三日五门宣赦后作
（元）揭傒斯

嵩州昔有萧将军，读书学剑天下闻。
南随龙马渡江去，尚有孤琴传子孙。
孤琴云是唐人斵，昔日军中自行乐。
至今犹存杀伐声，一鼓哀风振寥廓。
将军之孙才且良，文能作赋武蹶张。
秦王城下饮白马，祁连山中射白狼。
时平好文不好武，抱琴却叹儒衣误。
昭王台上看青春，彭郎矶头梦归路。
日长史馆幽且闲，正冠拂琴为我弹。
京城六月日如火，霜钟半夜鸣空山。
《南风》自有虞廷操，可惜同心不同调。
捐琴决眼望青天，今日天门有新诏。

古琴漆有蛇蚹纹者，材之良也。道友携一琴甚古，
谓是零陵湘石枯桐斵成，索价三百缗无偿之者，戏作湘桐吟
（元）周权

黄钟沉声喧瓦缶，良材入爨知多少？
谁裁鸣凤千年枝，蛇蚹龙纹巧蟠纽。
泽坚古漆光不磨，徽絃不具含云和。
已无伯牙之手子期耳，三叹如此湘桐何。

听郑廷美弹琴

（元）王逢

画阑月照芙蓉霜，博山水暖蔷薇香。
石屏石几青黛光，郑卿君子琴中堂。
榴裙蕙带辞罗洞，玉珮朱缨脱飞鞚。
何处春深云满林，小巢并语梧花凤。
君不见湘灵鼓瑟湘江浒，苦竹祠荒愁暮雨。
遗音一曲增感伤，使我无言重怀古。
重怀古，鸡喔喔。
明星烂熳东城角，谁家尚奏桑间乐？

秋夜听谷大弹《阳春》《白雪》遂歌以赠

（明）黄元

昔闻歌《白雪》，未知絃上声。
看君弹来秋月下，十指如度春风鸣。
初闻飘飘下天阙，乱逐回风气骚屑。
冻来深树梅不开，散入空林竹应折。
又如纷纷江上来，流音中节浑相催。
灞陵一日几人度，剡溪半夜孤舟回。
清川带寒流，野鸟绝繁语。
少女歌残叶共飞，仙郎唱罢花能舞。
须臾雪晴风亦迟，按絃问君君不知。
声残响绝无所见，惟见桐枝秋露垂。

史沧如携琴过访

（明）葛一龙

樱桃花开山雨红，有客乘舟云水东，舟空只馀三尺桐。
仙人气骨林下风，姓名不署神相通。

别云访我若不遇,自弹一曲出门去。

◆ 五言律

琴

(唐)李峤

隐士竹林隈,英声宝匣开。风前绿绮弄,月下白云来。
淮海多为室,梁岷旧作台。子期如可听,山水响馀哀。

听蜀僧濬弹琴

(唐)李白

蜀僧抱绿绮,西下峨嵋峰。为我一挥手,如听万壑松。
客心洗流水,馀响入霜钟。不觉碧山暮,秋云暗几重。

听琴秋夜赠寇尊师

(唐)常建

琴当秋夜听,况是洞中人。一指指应法,一声声爽神。
寒虫临砌默,清吹裹灯频。何必钟期耳,高闲自可亲。

送弹琴李长史往洪州

(唐)钱起

抱琴为傲吏,孤棹复南行。几度秋江水,皆添白雪声。
佳期来客梦,幽思缓王程。佐牧无劳问,心和政自平。

对琴待月

(唐)白居易

竹院新晴夜,松窗未卧时。共琴为老伴,与月有秋期。
玉轸临风久,金波出雾迟。幽音待清景,唯是我心知。

松下琴赠客

（唐）白居易

松寂风初定，琴清夜欲阑。偶因群动息，试拨一声看。
寡鹤当徽怨，秋泉应指寒。惭君此倾听，本不为君弹。

郡中夜听李山人弹三乐

（唐）白居易

风琴秋拂匣，月户夜开关。荣启先生乐，姑苏太守闲。
传声千古后，得意一时间。却怪钟期耳，唯听水与山。

船夜援琴

（唐）白居易

鸟栖鱼不动，月照夜江深。身外都无事，舟中只有琴。
七絃为益友，两耳是知音。心静即声淡，其间无古今。

秋夜仰怀钱孟二公琴客会

（唐）贾岛

月色四时好，秋光君子知。南山昨夜雨，为我写清规。
独鹤耸寒骨，高杉韵细飔。仙家缥缈弄，仿佛此中期。

听 琴

（唐）张乔

清月转瑶轸，弄中湘水寒。能令坐来客，不语自相看。
静恐鬼神出，急疑风雨残。几时归岭峤，更过洞庭弹。

琴

（唐）潘纬

客来鸣素琴，惆怅对遗音。一曲起于古，几人听到今。
昼寒风霭远，日泛月烟深。夙续水山操，坐生方外心。

秋夜听业上人弹琴

（唐）僧贯休

万物都寂寂，堪闻弹正声。人心尽如此，天下自和平。
湘水泻秋碧，古风吹太清。往年庐岳奏，今夕更分明。

抱 琴

（元）黄溍

三尺枯桐树，相随年岁深。此行端有意，何处托知音？
隐隐青山夜，寥寥太古心。空携《水仙曲》，更向海中岑。

听袁子方弹琴

（元）倪瓒

蕙帐凝夕清，高堂流月明。芳琴发绮席，列座散繁缨。
回翔别鹄意，缥缈孤鸾鸣。一写冰霜操，掩抑寄馀情。

夜访芑蟾二释子，因宿西涧听琴

（明）高启

清夜独幽寻，岩扉落叶深。许携陶令酒，来听颖师琴。
人醉月沉阁，乌啼风满林。应留西涧水，千载写馀音。

◆ 五言排律

同张参军喜李尚书寄新琴

（唐）司空曙

新琴传凤凰，晴景称高张。白玉连徽净，朱丝系爪长。
轻埃随拂拭，杂籁满铿锵。暗想山泉合，如亲兰蕙芳。
正声消郑卫，古状掩笙簧。远识贤人意，清风愿激扬。

咏夫子鼓琴得其人

（唐）白行简

宣父穷元（玄）奥，师襄受〔授〕素琴。
稍殊《流水引》，全辨圣人心。慕德深馀感，怀仁意自深。
泠泠传妙手，摵摵振空林。促调清风至，操絃白日沉。
曲终情不尽，今古仰知音。

◆ 七言律

梦得相过，援琴命酒，因弹《秋思》，偶咏所怀，兼寄继之待价二相府

（唐）白居易

闲居静侣偶相招，小饮初酣琴欲调。
我正风前弄《秋思》，君应天上听《云韶》。
时和始见陶钧力，物遂方知盛圣朝。
双凤栖梧鱼在藻，飞沉随分各逍遥。

听段处士弹琴

（唐）方干

几年调弄七条丝，元化分功十指知。
泉迸幽音离石底，松含细韵在霜枝。
窗东顾兔初圆夜，竹上寒蝉尽散时。
唯有此中心更静，声声堪作后人师。

听赵秀才弹琴

（唐）韦庄

满匣冰泉咽又鸣，玉音闲淡入神清。
巫山夜雨絃中起，湘水清波指下生。
蜂簇野花吟细韵，蝉移高柳迸残声。

不须更奏《幽兰曲》，卓氏门前月正明。

琴＊

（唐）孙氏

玉指朱絃轧复清，《湘妃》一曲（愁怨）最难听。
初疑飒飒凉风动，又似萧萧暮雨零。
近若流泉来碧嶂，远如元（玄）鹤下青冥。
夜深弹罢堪惆怅，雾湿丛兰月满庭。

次韵子由弹琴

（宋）苏轼

琴上遗声久不弹，琴中古意本长存。
苦心欲记常迷旧，信指如归自著痕。
应有仙人依树听，空教瘦鹤舞风鶱。
谁知千里溪堂夜，时引惊猿撼竹轩。

神凤琴

（元）虞集

鸣鸟人间久不闻，遗絃欲托断琴纹。
曾看土鼓歌朝日，亦共陶尊醉夜分。
五色云中迎太乙，九疑山下望湘君。
采诗应被《唐风谱》，早晚楼船或祀汾。

无絃琴

（元）谢宗可

独茧长缫底用抽，蛇纹空锁凤枝秋。
落星留晕绳光断，冻瀑无声练影收。

＊ 此诗诗题，五代孙光宪《北梦琐言》记作"《闻琴》"，今通行本多从之。

别鹤那闻风外泣,孤鸾不向月中愁。
多情只有柴桑老,寂寂高山水自流。

◆ 五言绝句

山夜调琴
（唐）王绩

促轸乘明月,抽絃对白云。从来山水韵,不使俗人闻。

夜 兴
（唐）王勃

野烟含夕渚,山月照秋林。还将中散兴,来偶步兵琴。

和游房公旧竹亭闻琴
（唐）刘禹锡

尚有竹间路,永无綦下尘。一闻《流水曲》,重忆餐霞人。

琴
（唐）白居易

置琴曲几上,慵坐但含情。何烦故挥弄,风絃自有声。

听 琴
（唐）王元

拂尘开按匣,何事独颦眉?古调俗不乐,正声君自知。

书琴台
（宋）赵抃

制动必原静,治人先正心。风乎昼坛上,退食鸣瑶琴。

听 琴
（宋）葛长庚

心造虚无外,絃鸣指甲间。夜来宫调罢,明月满空山。

山　中

（金）张建

林樱堕红珠，打著琴上絃。山人时一笑，爱此声琅然。

弹琴高士

（明）杨基

江静月在水，山空秋满亭。自弹还自罢，初不要人听。

对　琴

（明）僧明显

对琴不见琴，忘琴听琴响。坐久听亦无，云飞树尖上。

◆ 七言绝句

湖口逢江州朱道士因听琴

（唐）卢纶

庐山道士夜携琴，映月相逢辨语音。
引坐霜中弹一弄，满船商客有归心。

赠贺若少府

（唐）陆畅

十日广陵城里住，听君花下抚金徽。
新声指上怀中纸，莫怪潜偷数曲归。

弹《秋思》

（唐）白居易

信意闲弹《秋思》时，调清声直韵疏迟。
近来渐喜无人听，琴格高低心自知。

夜调琴忆崔少卿

（唐）白居易

今夜调琴忽有情，欲弹惆怅忆崔卿。
何人解爱中徽上，《秋思》边头八九声。

赠谭客

（唐）白居易

上客清谭（谈）何亹亹，幽人闲思自寥寥。
请君谩说长安事，膝上风清琴正调。

听《幽兰》

（唐）白居易

琴中有曲是《幽兰》，为我殷勤更弄看。
欲得身心俱静好，自弹不及听人弹。

听 琴

（唐）王建

无事此身离白云，松风溪水不曾闻。
至心听著仙翁引，今看青山围绕君。

风中琴

（唐）卢仝

五音六律十三徽，龙吟鹤响思庖牺。
一弹流水一弹月，水月风生松树枝。

赠美人琴絃

（唐）裴夷直

应从玉指到金徽，万态千情料可知。
今夜灯前湘水曲，殷勤封在七条丝。

泾州听张处士弹琴

（唐）项斯

边州独夜正思乡，君又弹琴在客堂。
仿佛不离灯影外，似闻流水到潇湘。

送谢山人归江夏

（唐）陈陶

黄鹤春风二千里，山人佳期碧江水。
携琴一醉杨柳堤，日暮龙沙白云起。

嘲飞卿

（唐）段成式

燕支山色重能轻，南阳水泽斗分明。
不烦射雉先张翳，自有琴中威凤声。

夜听李山人弹琴

（唐）司马札

瑶琴夜久絃秋清，楚客一奏湘烟生。
曲终声尽意不尽，月照竹轩红叶明。

听刘尊师弹琴

（唐）曹邺

曾于清海独闻蝉，又向空庭夜听泉。
不似斋堂人静处，秋声长在七条絃。

访友人幽居

（唐）雍陶

莎深苔滑地无尘，竹冷花迟剩驻春。
尽日弄琴谁共听？与君兼鹤是三人。

秋日听僧弹琴

（唐）吴仁璧

金徽玉轸韵泠然，言下浮生指下泉。
恰称秋风西北起，一时吹入碧湘烟。

席间赠琴客

（唐）崔珏

七条絃上五音寒，此艺知音自古难。
惟有河南房次律，始终怜得董庭兰。

听僧弹琴

（唐）僧贯休

家近吴王古战城，海风终日打潮声。
今朝乡思浑堆积，琴上闻师大蟹行。

琴

（唐）僧隐峦

七条丝上寄深意，涧水松风生十指。
自乃知音犹尚稀，欲教更入何人耳？

听武道士弹《贺若》

（宋）苏轼

清风终日自开簾，凉月今宵肯挂檐。
琴里若能知贺若，诗中定合爱陶潜。

梦游洛中

（宋）蔡襄

修竹萧萧曲槛前，清泉潋潋小池边。
琴中一弄《履霜操》，人静当庭月正圆。

题赵仲穆山水
（元）仇远

绿林红树石峥嵘，有客携琴访友生。
今夜西轩风月好，殷勤为我鼓商声。

赠茅山道士
（元）萨都剌

茅山道士来相访，手抱七絃琴一张。
准拟月明弹一曲，桐花落尽晚风凉。

赠钱塘琴士
（元）贡师泰

画船载酒西湖上，一日笙歌几万钱。
独抱孤桐向何处，夜深弹月上青天。

偶题
（元）黄清老

永夜观儿课旧编，小窗灯火忆当年。
曲肱自笑不成寐，月上瑶琴第五絃。

赠山中道士善琴
（元）余阙

山中道士绿荷衣，新抱瑶琴出翠微。
已与尘缘断来往，逢人犹鼓《雉朝飞》。

宫词
（明）朱权

银潢斗转挂疏棂，翡翠窗纱夜未扃。
三弄琴声弹大雅，一簾明月到中庭。

月明听胡琴

(明) 徐贲

檀板朱絃出砑声,停盃齐听月当楹。
分明自是《凉州曲》,不解何人最有情。

沧州道中寄蔡道卿

(明) 王慎中

泠泠风举碧罗裳,一曲焦桐月在床。
寂历寒波兼坠叶,不知何处是潇湘。

附风琴

◆ 七言绝句

风　琴

(唐) 僧贯休

至竟心为造物功,一枝青竹四絃风。
寥寥双耳更深后,如在緱山明月中。

卷一百九十四　琴石类

◆ 五言古

司空主簿琴席

（唐）韦应物

烟花方散薄，蕙气犹含露。淡景发清琴，幽期默云悟。
留连白雪意，断续回风度。掩抑虽已终，忡忡在幽素。

◆ 七言古

问支琴石

（唐）白居易

疑因星陨空中落，叹被泥埋涧底沉。
天上定应胜地上，支机未必及支琴。
提携拂拭知恩否，虽不能言合有心。

◆ 五言律

崔湖州赠红石琴荐，焕如锦文，无以答之，以诗酬谢

（唐）白居易

赪锦支绿绮，韵同相感深。千年古涧石，八月秋堂琴。
引出山水思，助成金玉音。人间无可比，比我与君心。

◆ 七言绝句

李西川荐琴石

（唐）柳宗元

远师驺忌鼓鸣琴，去和《南风》惬舜心。
从此他山千古重，殷勤曾是奉徽音。

卷一百九十五　瑟　类

◆ 七言古

赵瑟曲

（梁）沈约

邯郸奇弄出文梓，萦絃急调切流徵，元（玄）鹤徘徊白云起。白云起，郁披香。离复合，曲未央。

◆ 五言律

咏　瑟

（唐）李峤

伏羲初制法，素女昔传名。流水嘉鱼跃，丛台舞凤惊。
嘉宾饮未极，君子娱俱并。倘入丘之户，应知由也情。

◆ 五言排律

湘灵鼓瑟

（唐）钱起

善抚云和瑟，常闻帝子灵。冯夷空自舞，楚客不堪听。
逸韵谐金石，清音发杳冥。苍梧来怨慕，白芷动芳馨。
流水传湘浦，悲风过洞庭。曲终人不见，江上数峰青。

湘灵鼓瑟

（唐）陈季

神女泛瑶瑟，古祠严野亭。楚云来泱漭，湘水助清泠。
妙指微幽契，繁声入杳冥。一弹新月白，数曲暮山青。
调苦荆人意，时遥帝子灵。馀音如可赏，试奏为君听。

湘灵鼓瑟

（唐）王邕

宝瑟和琴韵，灵妃应乐章。依稀闻促柱，仿佛梦新妆。
波外声初发，风前曲正长。凄清和万籁，断续绕三湘。
转觉云山迥，空怀杜若芳。谁能传此意？雅会在宫商。

◆ 七言绝句

瑶 瑟

（唐）杜牧

玉仙瑶瑟夜珊珊，月过楼西桂烛残。
风景人间不如此，动摇湘水彻明寒。

小游仙诗

（唐）曹唐

万岁蛾眉不解愁，旋弹清瑟旋闲游。
忽闻下界笙箫曲，斜倚红鸾笑不休。

瑶瑟吟

（唐）温庭筠

冰簟银床梦不成，碧天如水夜云轻。
雁声远过潇湘去，十二楼中月自明。

湘中絃

（明）徐庸

蘋花含露荻含风，霄汉无云水接空。
二十五絃今夜拨，沅湘江上月明中。

卷一百九十六　筝类

◆ 五言古

　　　　和弹筝人
　　　　　　　　（梁）元帝
琼柱动金丝，秦声发赵曲。流徵含阳春，美手过如玉。

　　　　咏　筝
　　　　　　　　（梁）沈约
秦筝吐绝调，玉柱扬清曲。絃依高张断，声随妙指续。徒闻音绕梁，宁知颜如玉。

　　　　咏　筝
　　　　　　　　（梁）王台卿
依歌时转韵，按曲动花钿。促调移轻柱，乱手度繁絃。惟有高秋月，秦声独可怜。

　　　　玄圃宴各咏一物得筝
　　　　　　　　（陈）陆琼
三五并时年，二八共来前。今逢泗滨树，定减琴中絃。鹤别霜初紧，乌啼月正悬。

　　　　高楼夜弹筝
　　　　　　　　（唐）常建
高楼百馀尺，直上江水平。明月照人苦，开簾弹玉筝。

山高猿狖急，天静鸿雁鸣。曲度犹未终，东峰霞半生。

鸣筝曲
（元）杨维桢

断虹落屏山，斜雁著行安。钉铃双啄木，错落千珠桦。
秋龙吟玉海，夜燕语雕阑。只因桓叔夏，重起为君弹。

◆ 七言古　附长短句

秦筝曲
（梁）沈约

罗袖飘纚拂雕桐，促柱高张散轻宫，迎歌度舞遏归风。
遏归风，止流月。寿万春，欢无歇。

夜坐看搊筝
（唐）王諲

调筝夜坐灯光里，却挂罗帏露纤指。
朱絃一一声不同，玉柱连连影相似。
不知何处学新声，曲曲弹来未睹名。
应是石家金谷里，流传未满洛阳城。

秦筝曲
（明）沈愚

高楼欲暮花含烟，嫣红落粉愁无眠。
含羞起舞银烛前，玉纤轻抹鸳鸯絃。
鸳鸯絃，凤凰曲。移妾心，置君腹。

◆ 五言律　附小律

观搊筝
（唐）王湾

虚室有秦筝，筝新月复清。絃多弄委曲，柱促语分明。

晓怨凝繁手，春娇入曼声。近来惟此乐，传得美人情。

绀甲丽人
（明）杨慎

银甲卸弹筝，花从玉指生。逡巡卷罗袖，掩抑奉金觥。
莫摘相思子，琼枝最有情。

闻　筝
（明）王廷陈

花月可怜春，房栊映玉人。思繁纤指乱，愁剧翠蛾颦。
授色歌频变，留宾态转新。曲终仍自叙，家世本西秦。

筝
（明）朱曰藩

日者西园宴，云和独未收。絃张鹍转急，柱促雁相求。
靡靡萦怀切，纤纤绕指柔。多情如有待，庭树莫先秋。

◆ 七 言 律

赠弹筝人
（明）张羽

先辈曾将旧曲传，纤纤银甲更堪怜。
清和未数湘灵瑟，嘹唳浑同蜀国絃。
莺弄晚风啼复歇，雁飞秋水断还连。
坐中北客听来少，漫想当时一惘然。

◆ 五言绝句

听　筝
（唐）李端

鸣筝金粟柱，素手玉房前。欲得周郎顾，时时误拂絃。

◆ 七言绝句

夜闻商人船上筝
（唐）刘禹锡

大艑高船一百尺，清声促柱十三絃。
扬州市里商人女，来占江西明月天。

夜 筝
（唐）白居易

紫袖红絃明月中，自弹自感暗低容。
絃凝指咽声停处，别有深情一万重。

戏答思黯，有能筝者，以此戏之
（唐）白居易

何时得见十三絃？待取无云有月天。
愿得金波明似镜，镜中照出月中仙。

宫 词
（唐）王涯

筝翻禁曲觉声难，玉柱皆非旧处安。
记得君王曾道好，长因下辇得先弹。

听 筝
（唐）张祜

十指纤纤玉笋红，雁行轻遏翠絃中。
分明似说长城苦，水咽云寒一夜风。

赠弹筝者
（元）萨都剌

银甲弹冰五十絃，海门风急雁行偏。

故人情重知多少，扬子江头月满船。

元宫词

(明) 朱有燉

月夜西宫听按筝，文殊指拨太分明。
清音浏亮天颜喜，弹罢还教合凤笙。

听李节弹筝和韵

(明) 文嘉

泠泠寒玉泻秦筝，片片清声似断冰。
一曲浑疑李凭在，不知秋旅是金陵。

赠筝人

(明) 杨慎

绮筵雕俎换新声，博取琼花出玉英。
肯信博陵崔十四，平生愿作乐中筝。

正德宫词

(明) 王世贞

仙《韶》别院奏新声，不按唐山曲里名。
青鹧白翎俱入破，十三絃底似雷鸣。

听李节弹筝

(明) 盛时泰

酒清香蔼夜搊筝，絃上凉生六月冰。
但许风流擅南馆，不教飞梦绕西陵。

琵琶类

◆ 五言古

琵琶
（齐）王融

抱月如可明，怀风殊复清。丝中传意绪，花里寄春情。
掩抑有奇态，凄锵多好声。芳袖幸时拂，龙门空自生。

琵琶
（梁）徐勉

虽为远道怨，翻成今日欢。含花已灼灼，类月复团团。

听邻人琵琶
（唐）陈叔达

本自龙门桐，因妍入汉宫。香缘罗袖里，声逐朱絃中。
虽有《相思》韵，翻将《入塞》同。关山临却月，花蕊散回风。
为将《金谷引》，添令曲未终。

◆ 七言古

临川康乐亭听琵琶坐客索诗
（宋）僧惠洪

小槽横捧梳妆薄，绿罗绾带仍斜搭。

十指纤纤葱乍剥,紫燕飞翻初弄拨。
梨园曲调皆品匝,敛容却复停时霎。
日烘花底光似发,娇莺得暖歌唇滑。
圆吭相应啼恰恰,须臾急变花十八,玉盘蔌蔌珠玑撒。
坐客渐欲身离榻,裂帛一声催合煞。
玉容娇困拨仍插,雪梅一枝初破腊。

王光禄家屏后琵琶短歌
(明)柳应芳

十二金屏逐面遮,双鬟背倚弹琵琶。
《六幺》絃急齐声按,桃叶桃根旧一家。
曲罢屏开但香雾,馀音空绕珊瑚树。
中年魂梦不惊飞,雏月巫云引归路。

◆ 五 言 律

琵 琶
(唐)李峤

朱丝闻岱谷,铄质本多端。半月分絃出,丛花拂面安。
将军曾制曲,司马屡陪观。本是边头乐,希君马上弹。

听琵琶伎弹《略略》
(唐)白居易

腕软拨头轻,新教《略略》成。四絃千遍语,一曲万重情。
法向师边得,能从意上生。莫欺江外手,别是一家声。

和高启闻邻家琵琶之作
(明)徐贲

花暗短垣春,琵琶度隔邻。促絃知改调,停拨似要人。
得见情应眷,遥听思已亲。摧藏曲中怨,何事话能真?

琵琶
（明）常伦

红袖挥金拨，朱絃系玉肩。团圝怀夜月，幽咽泻春泉。
白雪调终宴，青云遏远天。悠悠时断续，引兴似当年。

◆ 七言律

代琵琶弟子谢女师曹供奉寄新调弄谱
（唐）白居易

琵琶师在九重城，忽得书来喜且惊。
一纸展看非旧谱，四絃翻出是新声。
蕤宾掩抑娇多怨，散水玲珑峭更清。
珠颗泪沾金捍拨，红妆弟子不胜情。

桐滩月夜舟中闻琵琶
（元）吴景奎

湛湛长江上有枫，予怀渺渺水云空。
未夸湓浦逢商妇，剩喜桐滩有钓翁。
欹枕醉眠秋渚月，乱帆争趁夜潮风。
晓寒难结思归梦，一尺秋霜压短篷。

◆ 七言绝句

王家琵琶
（唐）张祜

金屑檀槽玉腕明，子絃轻捻为多情。
只愁拍尽《凉州》调，画出风雷是拨声。

蛮中
（唐）张籍

铜柱南边毒草春，行人几日到金麟？

玉环穿耳谁家女,自抱琵琶迎海神。

宫　词
（唐）王建

黄金捍拨紫檀槽,絃索初张调更高。
尽理昨来新上曲,内官簾外送樱桃。

琵　琶
（唐）白居易

絃清拨剌语铮铮,背却残灯就月明。
赖是心无惆怅事,不然争奈子絃声。

听曹刚弹琵琶
（唐）薛逢

禁曲新翻下玉都,四絃振触五音殊。
不知天上弹多少,金凤衔花尾半无。

和微之饮杨路分家听琵琶
（宋）韩维

酒熟梅香腊后天,春莺巧啭忽当筵。
共嗟白傅辛勤甚,万唤千呼始上船。

再和尧夫同前
（宋）韩维

教得新声十二絃,每逢嘉客便开筵。
春湖水渌花争发,好引红妆上画船。

宫词次傁公远正字韵
（元）迺贤

绣床倦倚怯深春,窗外飞花落锦茵。

抱得琵琶阶下立，试弹一曲斗清新。

李宫人琵琶引
（元）王士熙

琼花春岛百花香，太液池边夜色凉。
一曲《六么》天上谱，君王曾进紫霞觞。

一入深宫岁月长，承恩曾得侍昭阳。
檀槽按出新翻曲，五色云中落凤凰。

滦京杂咏
（元）杨允孚

为爱琵琶调有情，月高未放酒盃停。
新腔翻得《凉州》曲，弹出天鹅避海青。

长安春雪曲
（明）王穉登

暖玉琵琶寒玉肤，一般如雪映罗襦。
抱来只选《阳春》曲，弹作盘中大小珠。

过休阳访查八十不遇
（明）王寅

年来匹马走燕云，听尽琵琶尽让君。
白发紫檀须自惜，稀教弹与世人闻。

夜听琵琶
（明）石沆

娉婷少妇未关愁，清夜琵琶上小楼。
裂帛一声江月白，碧云飞起四山秋。

卷一百九十八　箜篌类

◆ 七言古

李凭箜篌引

（唐）李贺

吴丝蜀桐张高秋，空山凝云颓不流。
江娥啼竹素女愁，李凭中国弹箜篌。
昆山玉碎凤凰叫，芙蓉泣露香兰笑。
十二门前融冷光，二十三丝动紫皇。
女娲炼石补天处，石破天惊逗秋雨。
梦入神山教神妪，老鱼跳波瘦蛟舞。
吴质不眠倚桂树，露脚斜飞湿寒兔。

◆ 五言绝句

汉宫曲

（唐）韩翃

绣幕珊瑚钩，春关翡翠楼。深情不肯道，娇倚钿箜篌。

◆ 七言绝句

楚州韦中丞箜篌

（唐）张祜

千重钩锁撼金铃，万颗珍珠泻玉瓶。

恰值满堂人欲醉,甲光才触一时醒。

赠女道士郑玉华

(唐) 施肩吾

明镜湖中休采莲,却师阿母学神仙。
朱丝误落青囊里,犹是箜篌第几絃?

听李凭弹箜篌

(唐) 杨巨源

听奏繁絃玉殿清,风传曲度禁林鸣。
君王听乐春园暖,翻到云门第几声?

花咽娇莺玉漱泉,名高半在御筵前。
汉王欲助人间乐,从遣新声坠九天。

秋夜闻弹箜篌

(金) 郭邦彦

露重花香飘不远,风微梧叶落无声。
红楼何处教新曲,夜静月高絃索鸣。

小游仙

(元) 杨维桢

麻姑今夜过青丘,玉醴催斟白玉舟。
莫向外人矜指爪,酒酣为我擘箜篌。

席上偶成

(明) 孙一元

杨花燕子弄春柔,醉倚箜篌笑未休。
依旧清风明月好,买船吹笛过沧州。

青溪小姑曲

（明）吴鼎芳

十五盈盈学解愁，珠簾不卷倚箜篌。
多情明月无情水，夜夜青溪映酒楼。

卷一百九十九　笳　类

◆ 五言古

边笳曲
（唐）温庭筠

朔管迎秋动，雕阴雁来早。上郡隐黄云，天山吹白草。
嘶马悲寒碛，朝阳照霜堡。江南戍客心，门外芙蓉老。

◆ 七言绝句

夜上受降城闻笳（一作"闻笛"）
（唐）李益

回乐峰前沙似雪，受降城外月如霜。
不知何处吹芦管，一夜征人尽望乡。

听李简上人吹芦管
（唐）张祜

细芦僧管夜沉沉，越鸟巴猿寄恨吟。
吹到耳边声尽处，一条丝断碧云心。

月落江城树绕鸦，一声芦管是天涯。
分明西国人来说，赤佛堂西是汉家。

听僧吹芦管

(唐) 薛涛

晓蝉呜咽暮莺愁,言语殷勤十指头。
阅罢梵书劳一弄,散随金磬泥清秋。

角 类

◆ 五言律

边城听角

（唐）李咸用

戍楼鸣画角,寒露滴金枪。细引云成阵,高催雁著行。
唤回边将梦,吹薄晓蟾光。未遂终军志,何劳思故乡?

◆ 六言绝句

冬 夕

（元）僧善住

繁草霜严绿减,疏星云尽光寒。
城头一声画角,月落乌啼夜阑。

◆ 七言绝句

晚泊润州闻角

（唐）李涉

孤城吹角水茫茫,曲引边声旅思长。
惊起暮天沙上雁,海门斜去两三行。

瓜洲闻晓角

（唐）张祜

寒耿稀星照碧霄,月楼吹角夜江遥。

五更人起烟霜静,一曲残声送落潮。

闻 角

(唐)杜牧

晓楼烟槛出云霄,景下林塘已寂寥。
城角为悲声更远,护霜云破海天遥。

晚 景

(唐)僧子兰

池荷衰飒菊芬芳,策杖吟诗上草堂。
满目暮云风卷尽,郡楼寒角数声长。

觱篥类

◆ 七言古

次韵赵君季文赠杜宽吹觱篥吟
（元）陈基

寒竹初裁芦叶秋，夜吹百花洲上楼。
千金纵有狐白裘，难买杜宽一艺优。
妙知音律能雕锼，薛家小童安敢侔。
江空月白烂不收，冥搜罔象悲阳侯。
哀泉声咽秦陇头，何年变曲为《凉州》？
神工太古开黄牛，惊浪出峡风飕飗。
落叶秋随渭水流，渭水有尽情无休。
繇繇又若茧绪抽，要眇宁以智力求。
须臾水激龙腾湫，熊罴夜咆魑魅愁。
劝君不用皓齿讴，侧耳听此消百忧。
宽也胡为此淹留？自合天上参鸣球。
飘然我欲归帝丘，仙人张乐烟雾浮。
苍龙为车挟翠虬，千秋万岁迟子同遨游。

◆ 七言绝句

宫　词
（宋）花蕊夫人

御制新翻曲子成，六宫才唱未知名。

尽将觱篥来抄谱,先按君王玉笛声。

铁笛道人遗觱篥

(元)张宪

汉家卤簿最多仪,来驾双菰武骑随。
不似酒边呼李衮,静携九漏月中吹。

卷二百二　方响类

◆ 七言古

　　　　　方　响

　　　　　　　　（唐）牛殳

乐中何乐偏堪赏，无过夜深听方响。
缓击急击曲未终，暴雨飘飘生坐上。
铿铿铛铛寒重重，盘涡蹙派鸣蛟龙。
高楼漏滴金壶水，碎雹打著山寺钟。
又似公卿入朝去，环珮鸣玉长街路。
忽然碎打入破声，石崇推倒珊瑚树。
长短参差十六片，敲击宫商无不遍。
此乐不教外人闻，寻常只向堂前宴。

◆ 七言绝句

　　　　夜泊鹦鹉洲

　　　　　　　（唐）钱起

月照溪边一罩篷，夜闻清唱有微风。
小楼深巷敲方响，水国人家在处同。

　　　　　方　响

　　　　　　　（唐）杜牧

数条秋水挂琅玕，玉手丁当怕夜寒。

曲尽连敲三四下，恐惊珠泪落金盘。

方　响

(唐)　陆龟蒙

击霜寒玉乱丁丁，花底秋风拂坐生。
王母闲看汉天子，满猗兰殿珮环声。

商明府家学方响

(唐)　方干

葛溪铁片梨园调，耳底丁东十六声。
彭泽主人怜妙乐，玉杯春暖许同倾。

夜闻方响

(唐)　雍陶

方响闻时夜已深，声声敲著客愁心。
不知正在谁家乐，月下犹疑是远砧。

闻方响

(元)　王恽

丁东铿戛碎璆琳，掩尽朱絃窈眇音。
花外粉墙遮不断，珮环清彻洞房深。

杂乐器类

◆ 五言古

箎
（梁）沈约

江南箫管地，妙响发孙枝。殷勤寄玉指，含情举复垂。
雕梁再三绕，轻尘四五移。曲中有深意，丹诚君自知。

◆ 五言律

拍板
（唐）朱湾

赴节心长在，从绳道可观。须知片木用，莫向散材看。
空为歌偏苦，仍愁和即难。既能亲掌握，愿得接同欢。

◆ 五言排律

和令狐仆射小饮听阮咸
（唐）白居易

掩抑复凄清，非琴不是筝。还弹乐府曲，别占阮家名。
古调何人识？初闻满座惊。落盘珠历历，摇珮玉玎玎。
似劝杯中物，如含林下情。时移音律改，岂是昔时声。

◆ 七言律

李户曹小伎天得善击越器以成曲章
（唐）方干

越器敲来曲调成，腕头匀滑自轻清。
随风摇曳有馀韵，测水浅深多泛声。
昼漏丁当相续滴，寒蝉计会一时鸣。
莫教进上梨园去，众乐无由更擅名。

八 音
（明）朱之蕃

土牛鞭后见春回，群木勾萌早放梅。
吹彻匏笙鸣瑞凤，挝将革鼓隐轻雷。
竹抽新笋穿阶出，花惹游丝隔苑来。
采得茶归烹石鼎，不妨中夜醉金杯。

雪积郊原湿土膏，撼风古木更牢骚。
诗裁竹屋吟偏壮，酒煖匏尊兴转豪。
指迹分明穿革履，腰围增减试丝绦。
衾裯抱石难成寐，听彻金鸡午夜号。

◆ 七言绝句

云 和
（唐）白居易

非琴非瑟亦非筝，拨柱推絃调未成。
欲散白头千万恨，只消红袖两三声。

月夜独坐忆钱塘暹师房听施彦昭摘阮

（明）镏绩

忽思吴客四条絃，出谷新莺咽洞泉。
一曲醉翁何处听？冬青树底佛堂前。

卷二百四 鼎彝类

◆ 四言古

鼎　铭

（梁）周舍

天下宁康，异方同轨。九牧作贡，百司咸理。
范金铸器，戒镇阶厄。波圆月镜，传之无已。

◆ 五言古

得汉彝简周伯宁索香灰

（明）镏炳

古彝多款识，蟠螭汉篆存。黄金销土色，翠羽饮雷文。
绮席流寒月，银屏度彩云。兰灰能裹寄，长吟尽夜分。

◆ 七言古　附长短句

宝鼎诗

（汉）班固

岳修贡兮川效珍，吐金景兮歊浮云。
宝鼎见兮色纷缊，焕其炳兮被龙文。
登祖庙兮享圣神，昭灵德兮弥亿年。

古鼎歌

（苏州万寿寺藏古铜鼎，其识有"周康穆宫册锡襄用郑伯姬"等语。）

（明）谢应芳

碧云师著金伽黎，空王殿前龙象随。
当阶一卒送古鼎，状若献宝波斯儿。
群缁聚观方丈室，中有老僧前致词。
云是山中旧时物，立诵款识能无遗。
文词诘屈错《盘诰》，字体隐伏蟠蛟螭。
苍姬讫箓世屡改，不知何代来于斯。
谢家宝树修佛刹，巨构价与秦城齐。
鼎兮鼎兮什袭去，岁经六纪今来归。
师闻此语重叹息，兵火连年炎九域。
金钟大镛弃道旁，总若沉沙销折戟。
鼎归禅月独无恙，护持信有天龙力。
摩挲两铉湿烟雾，错落丹砂映金碧。
光如摩尼含五色，高比珊瑚长一尺。
噫嘻！羲轩之鼎莫可求，禹鼎亦已沦东周。
世所用者非尔俦，或膨豕腹徒包羞。
调羹尔无与，覆餗尔不忧。
归来兮归来，北山兮薇裘。
汾阴自有为时出，切莫放光惊斗牛。

◆ 五 言 律

获周丰鼎，见《博古图》第三卷，铭六字

（元）赵孟頫

丰鼎制特小，周人风故淳。摩挲玉质润，拂拭翠光匀。
铸法观来妙，铭文考更真。平生笃好古，对此兴弥新。

◆ 七言绝句

富阳妙庭观董双成故宅,发地得丹鼎,覆以铜盘,承以琉璃盆。盆既破碎,丹亦为人争夺持去,今独盘、鼎在耳

(宋)苏轼

琉璃击碎走金丹,无复神光发旧坛。
时有世人来舐鼎,欲随鸡犬事刘安。

炉 类（附火笼）

◆ 四言古

熏炉铭

（汉）刘向

嘉此正器，崭岩若山。上贯太华，承以铜盘。
中有兰绮，朱火青烟。

熏炉铭

（汉）李尤

上似蓬莱，吐气委蛇。芳烟布绕，遥冲紫微。

◆ 五言古

古 诗

阙名

四坐且莫喧，愿听歌一言。请说铜炉器，崔巍（嵬）象南山。
上枝似松柏，下根据铜盘。雕文各异类，离娄自相连。
谁能为此器？公输与鲁班。朱火然其中，青烟飏其间。
从风入君怀，四座莫不欢。香风难久居，空令蕙草残。

咏竹火笼

（齐）谢朓

庭雪乱如花，井冰粲成玉。因炎入貂袖，怀温奉芳褥。

体密用宜通，文邪性非曲。本自江南墟，嫋娟修且绿。
暂承君玉指，请谢阳春旭。

咏博山香炉

(齐) 刘绘

参差郁佳丽，合沓纷可怜。蔽亏千种树，出没万重山。
上镂秦王子，驾鹤乘紫烟。下刻蟠龙势，矫首半衔连。
傍为伊水丽，芝盖出岩间。复有汉游女，拾翠弄馀妍。
荣色何杂糅，缛绣更相鲜。麏麚或腾倚，林薄杳芊眠。
掩华终不发，含薰未肯然。风生玉阶树，露湛曲池莲。
寒虫飞夜室，秋云没晓天。

咏竹火笼

(梁) 萧正德

桢榦屈曲尽，兰麝氤氲消。欲知怀炭日，正是履霜朝。

和刘雍州博山香炉

(梁) 沈约

范金诚可则，摛思必良工。凝芳自朱燎，先铸首山铜。
璨姿信岊嶲，奇态实玲珑。峰嶒互相拒，岩岫杳无穷。
赤松游其上，敛足御轻鸿；蛟螭盘其下，骧首盼层穹。
岭侧多奇树，或孤或复丛；岩间有佚女，垂袂似含风。
翚飞若未已，虎视郁馀雄。登山起重障，左右引丝桐。
百和清夜吐，兰烟四面充。如彼崇朝气，触石绕华嵩。

咏五彩竹火笼

(梁) 沈氏

可怜润霜质，纤剖复毫分。织作回风缕，制为萦绮文。
含芳出珠被，耀彩接缃裙。徒嗟今丽饰，岂念昔凌云。

◆ 长短句

　　　　　夜会问答
　　　　　　　　　　（唐）陆龟蒙

金火障，（皮日休问。）红曾飞光射罗幌。
夜来斜展掩深炉，半睡芙蓉香荡漾。

◆ 五言律

　　　　　别春炉
　　　　　　　　　　（唐）白居易

煖阁春初入，温炉兴稍阑。晚风犹冷在，夜火且留看。
独宿相依久，多情欲别难。谁能共天语，长遣四时寒。

　　　　　香　鸭
　　　　　　　　　　（唐）徐夤

不假陶镕妙，谁教羽翼全。五金池畔质，百和口中烟。
觜钝鱼难啄，心空火自燃。御香如待爇，须进圣君前。

◆ 五言绝句

　　　　　香　毬
　　　　　　　　　　（唐）元稹

顺俗惟团转，居中莫动摇。爱君心不侧，犹讶火长烧。

　　　　　火炉前坐
　　　　　　　　　　（唐）李群玉

孤灯照不寐，风雨满西林。多少关心事，书灰到夜深。

◆ 七言绝句

正月五日以送伴借官侍宴集英殿口号

（宋）杨万里

金鼠狻猊立玉台，双瞻御座首都回。
水沉山麝蔷薇露，漱作香云喷出来。

卷二百六　镜　类

◆ 四言古

铭

（汉）李尤

铸铜为鉴，整饰容颜。修尔法服，正尔衣冠。

镜　铭

（梁）简文帝

金精玉英，冰辉沼清。高堂悬影，仁寿摛声。
云开月见，水净珠明。

方镜铭

（陈）江总

元枵命巧，仲吕呈祥。金镌石汉，铜铸丹阳。
价珍负局，影丽高堂。图星拟盖，写卦随方。
明齐水止，照与天长。增辉兔苑，永侍龙光。

◆ 五言古

镜

（梁）简文帝

锱铢恒在侧，谁言览镜稀。如冰不见水，似扇长含晖。

全开玳瑁匣,并卷织成衣。脱入相如手,疑言赵璧归。

和陈主咏镜

(陈)孔范

虎贲愁兴日,龙镜览颜时。怀恩未得报,空叹发如丝。

咏　镜

(北周)庾信

玉匣聊开镜,轻灰暂拭尘。光如一片水,影照两边人。
月生无有桂,花开不逐春。试挂淮南竹,堪能见四邻。

赋得镜

(隋)李巨仁

魏宫知本姓,秦楼识旧名。凤从台上出,龙就匣中生。
无波菱自动,不夜月恒明。非惟照佳丽,复得厌山精。

咏　镜

(唐)张说

宝镜如明月,出自秦宫样。隐起双盘龙,衔珠俨相向。
常恐君不察,匣中委清量。积翳掩菱花,虚心蔽尘状。
倪蒙罗袖拂,光生玉台上。

春　镜

(唐)刘长卿

宝镜凌曙开,含虚净如水。独悬秦台上,万象清光里。
岂虑高鉴偏,但防流尘委。不知娉婷色,回照今何似。

校书郎杨凝往年以古镜贶别,今追赠以诗

(唐)李益

明镜出匣时,明如云间月。一别青春槛,回光照华发。

美人昔自爱，鞶带手所结。愿以三五期，经天无玷缺。

磨镜篇
（唐）刘禹锡

流尘翳明镜，岁久看如漆。门前负局人，为我一磨拂。
萍开绿池满，晕尽金波溢。白日照空心，圆光走幽室。
山神妖气沮，野魅真形出。却思未磨时，瓦砾来唐突。

古　镜
（唐）李群玉

明月何处来，朦胧在人境。得非轩辕作？妙绝世莫并。
瑶匣开旭日，白电走孤影。泓澄一尺天，彻底涵霜景。
冰辉凛毛发，使我肝胆冷。忽惊行深幽，面落九秋井。
云天入掌握，爽朗神魄净。不必负局仙，金沙发光炯。
阴沉蓄灵怪，可与天地永。恐为老龙吟，飞去在俄顷。

梦一僧出二镜，以镜置日中，其影甚异，
一如芭蕉，一如莲花，梦中与作诗
（宋）苏轼

君家有二镜，光景如湛卢。或长如芭蕉，或圆如芙蕖。
飞电著子壁，明月入我庐。月下合三璧，日月跳明珠。
问子是非我，我是非文殊。

酬刘子古镜
（明）陆俸

古镜不自惜，遥兼千里音。悬之照肝胆，奚啻双南金。
圆质凝精光，螭盘古铭深。明月入我怀，聊复理吾簪。
与君别几时，鬓发雪已盈。愿言保不缺，报君久要心。

◆ 七言古

镜听词

(唐)李廓

匣中取镜祠灶王,罗衣掩尽明月光。
昔时长著照容色,今夜潜将听消息。
门前地黑人来稀,无人错道朝夕归。
更深弱体冷如铁,绣带菱花怀里热。
铜片铜片如有灵,愿得照见行人千里形。

百炼镜

(唐)白居易

百炼镜,镕范非常规,日辰处所灵且祇。
江心波上舟中铸,五月五日日午时。
琼粉金膏磨莹已,化为一片秋潭水。
镜成将献蓬莱宫,扬州长吏手自封。
人间臣妾不合照,背有九五飞天龙。
人人呼为天子镜,我有一言闻太宗。
太宗常以人为镜,鉴古鉴今不鉴容。
四海安危居掌内,百王治乱悬其中。
乃知天子别有镜,不是扬州百炼铜。

灵台家兄古镜歌

(唐)薛逢

一尺圆潭深墨色,篆文如丝人不识。
耕夫云住赫连城,赫连城下亲耕得。
镜上磨莹一月馀,日中渐见菱花舒。
金膏洗拭鉎涩尽,黑云吐出新蟾蜍。
人言此是千年物,百鬼闻之形暗栗。
玉匣曾经龙照来,岂宜更鉴农夫质。

有时霹雳半夜惊，窗中飞电如晦明。
盘龙鳞胀玉匣溢，牙爪触风时有声。
耕夫不解珍灵异，翻惧赫连神作祟。
十千卖与灵台兄，百丈灵湫坐中至。
溢匣水色如欲倾，儿童不敢窥澄泓。
寒光照人近不得，坐愁雷电湫中生。
吾兄吾兄须爱惜，将来慎勿虚抛掷。
兴云致雨会有神，莫遣红妆秽灵迹。

镜囊词

（明）许篈

江上女儿当窗织，染得深潭千丈黑。
什袭珍包入尚方，五丁输取归东国。
几年箱箧有馀香，为君裁作明镜囊。
囊里青铜明似月，镜中玉貌春花光。
青铜可磨石可转，惟有此心终不变。
欲识中情长忆君，日日揭囊看镜面。

◆ 五 言 律

千秋节赐群臣镜

（唐）明皇

铸得千秋镜，光生百炼金。分将赐群后，遇象见清心。
台上冰华澈，窗中月影临。更衔长绶带，留意感人深。

鉴

（唐）李峤

明鉴掩尘埃，含情照魏台。日中乌鹊至，花里凤凰来。
玉彩疑冰彻，金辉似月开。方知乐彦辅，自有鉴人才。

奉和圣制赐王公千秋镜应制
（唐）张说

宝镜颁神节，凝规写圣情。千秋题作字，长寿带为名。
月向天边下，花从日里生。不承悬象意，谁辨照心明。

奉和敕赐公主镜
（唐）席豫

令节颁龙镜，仙辉下凤台。含灵万象入，写照百花开。
色与王明散，光随圣泽来。妍媸冰鉴里，从此愧非才。

临镜晓妆
（唐）杨容华

林鸟惊眠罢，房栊曙色开。凤钗金作缕，鸾镜玉为台。
妆似临池出，人疑向月来。自怜方未已，欲去复徘徊。

古 鉴
（宋）梅尧臣

古鉴得荒野，土花全未磨。背菱尖尚在，鼻兽角微讹。
月暗虾蟆蚀，尘昏魍魉过。但令光彩发，表里是山河。

尘 镜
（元）萨都剌

古镜色如墨，千年独此留。玉台尘网暗，珠匣土花浮。
莫笑尘埃满，曾令鬼魅愁。蟠龙今已化，云雨梦悠悠。

镜
（明）毛钰龙

样出秦宫制，团团宝月回。虚空开物象，心迹远尘埃。
影覆香罗帕，光生碧玉台。绣囊鸳鸟并，珍重嫁时裁。

◆ 五言排律

秦　镜
（唐）仲子陵

万里秦时镜，从来抱至精。依台月自吐，在匣水常清。
烂烂金光发，澄澄物象生。云天皆洞鉴，表里尽虚明。
但见人窥胆，全胜响应声。妍媸定可识，何处更逃情。

秦　镜
（唐）张佐

楼上秦时镜，千秋独有名。菱花寒不落，冰质夏长清。
龙在形难掩，人来胆易呈。升台宜远照，开匣乍藏明。
皎色新磨出，圆规旧铸成。愁容如可鉴，当欲拂尘缨。

府试古镜
（唐）阙名

旧是秦时镜，今藏古匣中。龙盘初挂月，凤舞欲生风。
石黛曾留殿，珠光适在宫。应祥知道泰，鉴物觉神通。
肝胆诚难隐，妍媸信易穷。幸居君子室，长愿免尘蒙。

◆ 七言律

咏　镜
（唐）姚合

铸为明镜绝尘埃，翡翠窗前挂玉台。
绣带共寻龙口出，菱花争向匣中开。
孤光常见鸾踪在，分处还因鹊影回。
好是照身宜谢女，嫦娥飞向月中来。

月夜匀面
　　　　　　　　　　（元）杨维桢

一片清光照胆寒，玉容满镜掩飞鸾。
素娥照见黄金阙，绛雪镕开白玉盘。
翠点柳尖春未透，红生樱颗露初干。
好风为我披罗幕，一朵芙蓉正面看。

玉镜台
　　　　　　　　　　（明）朱之蕃

铸出江心满月悬，擎来宝玉琢蓝田。
鸾台接席清辉炯，蟾魄临窗灏彩圆。
莫道连环谐旧约，休从杵臼觅良缘。
婵娟绣阁新妆就，眉妩依稀对洛川。

◆ 五言绝句

咏　镜
　　　　　　　　　　（唐）骆宾王

写月无芳桂，照日有花菱。不持光谢水，翻将影学冰。

方　镜
　　　　　　　　　　（元）何失

十八事舅姑，机杼任蓬首。照面不照心，照心妾不丑。

友人拟古乐府因题
　　　　　　　　　　（元）黄清老

早晚临妆镜，秋容怯玉钿。君心如日月，照妾似初年。

明镜篇
（元）郭翼

开镜珠玑匣，盘龙百炼金。使君持照妾，不解照君心。

玉镜台
（元）杨维桢

郎赠玉镜台，妾挂菱花盘。安得咸阳镜，照郎心肺肝。

览　镜
（明）木公

借览青铜镜，香奁出绣栊。喜看今日面，不改旧时红。

◆ 七言绝句

方　镜
（唐）贾岛

背如刀截机头锦，面似升量涧底泉。
铜雀台南秋日得，照来照去已三年。

对　镜
（金）完颜璹

镜中色相类吾深，吾面终难镜里寻。
明月印空空受月，是他空月本无心。

明明非浅亦非深，何事痴人泥影寻。
照见大千真法体，不关形相不关心。

卷二百七　　扇　类

◆ 四言古

扇　铭
（汉）傅毅

翩翩素圆，清风载扬。君子玉体，赖以宁康。
冬则龙潜，夏则凤举。知进知退，随时出处。

竹扇铭
（晋）郭清

器由造制，用必以宜。擢秀翠林，拟象灵羲。
清飘来集，炎景回施。动静非我，与时推移。

团扇铭
（晋）孙康

有圆者扇，诞此秀仪。晞露散霾，拟日定规。
朗姿玉畅，惠风时披。

五时画扇颂
（晋）刘臻妻

炎后飞轨，引曜丹逵。蕤宾应律，融精协曦。
五象列位，品物以垂。兑降素兽，震升青螭。
日月澄晖，仙章来仪。仰憩翠岩，俯映兰池。

灵柯幽蔼，神卉参差。如山之寿，如松之猗。
永锡难老，与时推移。

白羽扇赞

（宋）谢惠连

惟兹白羽，体此溅洁。凉齐清风，素同冰雪。
其仪可贵，是用玩悦。挥之襟袖，以御炎热。

◆ 五言古

竹扇诗

（汉）班固

供时有度量，异好有团方。来风堪避暑，静夜致清凉。

竹扇

（晋）许询

良工眇芳林，妙思触物骋。篾疑秋蝉翼，团取望舒景。

团扇歌

（梁）武帝

手中白团扇，净如秋宵月。清风任动生，娇香承意发。

与虞记室诸人咏扇

（梁）何逊

如珪信非玷，学月但为轮。机杼蘼芜妾，裁缝箧笥人。
摇风入素手，占曲掩朱唇。罗袖幸拂拭，微芳聊可因。

破扇

（陈）许倪

蔽日无全影，摇风有半凉。不堪鄣巧笑，犹足动衣香。

团扇歌
（唐）刘禹锡

团扇复团扇，奉君清暑殿。秋风入庭树，从此不相见。
上有乘鸾女，苍苍网虫遍。明年入怀袖，别是机中练。

徐叔度遗纨扇
（元）戴良

团团七华扇，名在制久缺。感君裂纨素，与蒙却烦暍。
入手讶如珪，映容疑学月。玩之炎气消，摇之微风发。
却愿暑长在，无使情暂歇。

◆ 七 言 古

戏和文潜谢穆父松扇
（宋）黄庭坚

猩毛束笔鱼网纸，松柎织扇清相似。
动摇怀袖风雨来，想见僧前落松子。
张侯哦诗松韵寒，六月火云蒸肉山。
持赠闺人（小君）聊一笑，不须射雉觳黄间。

题 扇
（元）贡性之

鲛人夜织绡满机，并刀剪碎光陆离。
归来斫断珊瑚枝，制就明月初圆时。
南州溽暑醉如酒，朝携暮携常在手。
从此相亲成好友，纵使分违应不久，祝融峰头重回首。

◆ 五言律

扇
（唐）李峤

翟羽旧传名，蒲葵价不轻。花芳不满面，罗薄讵障声。
御热含风细，临秋带月明。同心如可赠，持表合欢情。

崔驸马宅咏画山水扇
（唐）梁锽

画扇出秦楼，谁家赠列侯？小含吴剡县，轻带楚扬州。
掩作山云暮，摇成陇树秋。坐来传与客，汉水又回流。

题竹扇赠别
（唐）皇甫冉

湘竹殊堪制，齐纨且未工。幸亲芳袖日，犹带旧林风。
掩笑歌筵里，传书卧阁中。竟将为别赠，宁与合欢同。

扇
（明）高启

皎皎复团团，何人剪素纨。驱萤临几席，扑蝶近阑干。
似月惊朝见，生风变夏寒。时移当日弃，莫怨网乘鸾。

送周复秀才赋得纨扇
（明）高启

不画乘鸾女，应怜素质新。霜机惊落早，风鏖尚挥频。
席上曾歌怨，窗间或掩嚬。何如为君子，远路障埃尘。

◆ 五言排律

白羽扇

（唐）白居易

素是自然色，圆因裁制功。飒如松起籁，飘似鹤翻空。
盛夏不消雪，终年无尽风。引秋生手里，藏月入怀中。
麈尾斑非匹，蒲葵陋不同。何人称相对，清瘦白须翁。

赐　扇

（明）张位

冠剑联鵷鹊，天风满建章。宠光临白羽，节序届朱阳。
捧给罗中使，新裁总上方。传宣天语近，披拂舜薰长。
不向三秋至，终令什袭藏。愿言清惠溥，尽使热中凉。

◆ 七 言 律

就陈常侍乞白篾扇

（唐）徐夤

难求珍箽过炎天，远就金貂乞月圆。
直在引风欹角枕，且图遮日上渔船。
但令织取无花篾，不用挑为饮露蝉。
莫道如今时较晚，也应留得到明年。

题严内翰赐扇

（明）何景明

端阳綵扇百官传，每岁宫臣赐独偏。
君去翰林供奉久，始来经幄拜恩年。
颁从殿阁风先动，捧向云霄月并悬。
象毂银镮倍光宠，好扬薰吹助虞絃。

赐画面川扇

（明）于慎行

九华綵扇贡巴东，午日承恩出汉宫。
云映金泥黄帕解，花开宝绘玉函空。
擎来濯锦江头月，动处披香殿里风。
自是君恩在怀袖，惟将皎洁矢丹衷。

◆ 五言绝句

题蒲葵扇

（唐）雍裕之

倾心曾向日，在手幸摇风。羡尔逢提握，知名自谢公。

题扇头

（金）王利宾

轻纱画竹雀，柄短不盈握。暑气正凭陵，清风一何邈。

绿窗诗

（元）孙蕙兰

小小春罗扇，团团秋月生。蟠桃花树里，绣得董双成。

青青水中蒲

（明）张羽

青青水中蒲，织作团团扇。不肯赠傍人，自掩春风面。

◆ 六言绝句

德和墨竹扇头

（金）元好问

静里离离新粉，动时细细清香。

明月清风自在,红尘白日何妨。

曹得一扇头
(金)元好问

机中秦女仙去,月底梅花晚开。
只见一枝疏影,不知何处香来。

咏撒扇
(明)宣宗

湘浦烟霞交翠,剡溪花雨生香。
扫却人间炎暑,招回天上清凉。

◆ 七言绝句

宫 词
(唐)王建

宛转黄金白柄长,青荷叶子画鸳鸯。
把来不是呈新样,欲进微风到御床。

代董秀才却扇
(唐)李商隐

莫将画扇出帷来,遮掩春山滞上才。
若道团圞是明月,此中须放桂花开。

扇
(唐)司空图

珍重逢秋莫弃捐,依依只仰故人怜。
有时池上遮残日,承得霜林几个蝉。

蒲葵扇
（唐）孙元晏

抛舍东山岁月遥，几施经略挫雄豪。
若非名德喧寰宇，争得蒲葵价数高。

送邢台州
（唐）僧皎然

海上名山属使君，石桥琪树古来闻。
他时画出白团扇，乞取天台一片云。

漳州僧宗要见遗纸扇，每扇各书一诗
（宋）蔡襄

山僧遗我白纸扇，入手轻快清风多。
物无大小贵适用，何必吴绫与蜀罗。

野老寻山剪白云，欲将清吹助南薰。
不堪便面张京兆，却称能书王右军。

径尺规圆比雪霜，昔人何事恨秋凉。
珍藏箧笥未为失，更有明年夏日长。

武侯白羽挥三军，帐前甲马生风云。
怜君才地亦疏薄，几品书林至夜分。

薄似蒲葵质更圆，忽疑明月落樽前。
南堂暑气生烦浊，一座清凉直几钱？

晃白新笺卷线棱，刮青纤竹缠红藤。

可怜子夜书帷下，一片圆光得未曾？

堂阴壁罅蚊蚋都，指挥四面先驱除。
山翁一夜稳眠睡，若或论功谁胜渠。

老去将携只要轻，况临炎暑绕风清。
儿童爱画青鸾样，未识山翁质素情。

谢郑闳中惠高丽画扇
（宋）黄庭坚

会稽内史三韩扇，分送黄门画省中。
海外人烟来眼界，全胜《博物》注鱼虫。

太白扇头
（金）李端甫

岩冰涧雪谪仙才，碧海骑鲸望不回。
今日霜纨见遗像，飘然疑是月中来。

还紫云寺素扇且题诗其上
（金）宋楫

吴绫便面小团团，失手拈来亦厚颜。
障尽驿尘三十里，却还明月紫云间。

题刘才卿湖石扇头
（金）元好问

幽涧云凝雨未干，曲池疏竹共荒寒。
扇头唤起西园梦，好似熙春阁下看。

题陈北山扇

（元）贯云石*

翠幕低垂护午阴,碧瓶里面水痕深。
东风截断人间热,勾引清凉养道心。

东家四时词

（元）虞集

临流洗砚见长身,白苎宽衣短葛巾。
纨扇自题新得句,水亭分送倚阑人。

以琼扇一握奉致黄明府

（元）范梈

拾得炎州月一团,殷勤持赠比琅玕。
情知已是秋风后,留作明年九夏寒。

题宋徽宗扇面

（元）柳贯

瑶池池上万芙渠,孔雀听经水殿虚。
扇影已随鸾影去,轻纨留得瘦金书。

同张伯雨过凝神庵,因观宋高宗所赐蒲衣道士张达道白羽扇

（元）萨都剌

晴日赤山湖水明,湖中山影一眉青。
蒲衣道士无人识,羽扇年年落凤翎。

---

* 贯云石:原名"小云石海涯",因父名贯只哥,即以贯为姓,自号"酸斋"。《四库》本作"苏尔约苏哈雅"。诗题原作"陈此山",应为"陈北山",径改。

题扇面（剪纸为梅花、残月，夹以素纨。）

（元）陈旅

娟娟翠袖倚清空，解把并刀剪雪风。
一段寒香吹不尽，西泠残月角声中。

倭　扇

（元）贡性之

外番巧艺夺天工，笔底丹青智莫穷。
好似越裳供翡翠，也从中国被仁风。

题扇赠首坐

（明）吴会

提来电掣风千里，放下云沉月五更。
举似座中三百众，定从何处有风生。

秋香便面

（明）祝允明

晃玉摇银小扇图，五云楼阁女仙居。
行间著个秋香字，知是成都薛校书。

卷二百八　棋　类（附弹棋）

◆ 四 言 古

围棋铭
（汉）李尤

诗人幽忆，感物则思。志之空闲，玩弄游意。
局为宪矩，棋法阴阳。道为经纬，方错列张。

观　棋
（宋）苏轼

五老峰前，白鹤遗址。长松荫亭，风日清美。
我时独游，不逢一士。谁欤棋者？户外屦二。
不闻人声，时闻落子。纹枰坐对，谁究此味？
空钩意钓，岂在鲂鲤。小儿近道，剥啄信指。
胜固欣然，败亦可喜。优哉游哉，聊复尔耳。

◆ 五 言 古

象弈一首呈叶潜仲
（宋）刘克庄

小艺无难精，上智有未解。君看橘中戏，妙不出局外。
屹然两国立，限以大河界。连营禀中权，四壁设坚械。

三十二子者，一一具变态。先登如挑敌，分布如备塞。
尽锐贾吾勇，持重伺彼怠。或迟如围莒，或速如入蔡。
远炮勿虚发，冗卒要精汰。负非繇寡少，胜岂系疆大。
昆阳以象奔，陈涛以车败。匹马郭令来，一士汲黯在。
献俘将策勋，得隽众称快。我欲筑坛场，孰可建旗盖？
叶侯天机深，临阵识向背。纵未及国手，其高亦可对。
狃捷敢饶先，讳输每索再。宁为握节守，安肯屈膝拜。
有时横槊吟，句法犹雄迈。愚虑仅一得，君才乃十倍。
霸图务并弱，兵志贵攻昧。虽然屡克获，讵可自侈汰。
吕蒙能袭荆，卫瓘足缚艾。南师未宜轻，夜半防砍寨。

棋 墅
(明) 袁凯

矗矗林影静，白石况如砥。幽幽青苔色，离离见屐齿。
岂无橘中叟，还逢烂柯士。日入始言归，相送青川涘。

◆ 七言古

观棋歌送儇师西游
(唐) 刘禹锡

长沙男子东林师，闲读艺经工弈棋。
有时凝思如入定，暗覆一局谁能知。
今年访余来小桂，方袍袖中贮新势。
山城无事愁日长，白昼懵懵眠匡床。
因君临局看斗智，不觉迟景沉西墙。
自从山人遇樵子，直到开元王长史。
前身后身付馀习，百变千化无穷已。
初疑磊落曙天星，次见搏击三秋兵。
雁行布阵众未晓，虎穴得子人皆惊。

行尽三湘不逢敌，终日饶人损机格。
自言台阁有知音，悠然远起西游心。
商山夏木阴寂寂，好处徘徊驻飞锡。
忽思争道画平沙，独笑无言心有适。
蔼蔼京城在九天，贵游豪士足华筵。
此时一行出人意，赌取声名不要钱。

送棋僧惟照

（宋）文同

学成九章开方诀，诵得一行乘除诗。
自然天性晓绝艺，可敌国手应吾师。
窗前横榻拥炉处，门外大雪压屋时。
独翻旧局辨错著，冷笑古人心许谁。

◆ 五言律

赠棋僧侣

（唐）张乔

机谋时未有，多向弈棋销。已与山僧敌，无令海客饶。
静驱云阵起，疏点雁行遥。夜雨如相忆，松窗更见招。

寄棋客

（唐）郑谷

松窗楸局稳，相顾思皆凝。几局赌山果，一洗饶海僧。
覆棋闻夜雨，下子对秋灯。何日无羁束，期君向杜陵。

咏　棋

（唐）裴说

十九条平路，言平又崄巇。人心无算处，国手有输时。
势迥流星远，声干下雹迟。临轩才一局，寒日又西垂。

观　棋

（唐）僧子兰

拂局尽涓时，能因长路迟。点头初得计，格手待无疑。
寂默亲遗景，凝神入过思。共藏多少意，不语两相知。

赌棋赋诗输刘起居昪

（宋）徐铉

刻烛知无取，争先素未精。本图忘物我，何必计输赢。
赌墅终规利，焚囊亦近名。不如相视笑，高咏两三声。

棋

（宋）陈与义

长日无公事，闲围李远棋。傍观真一笑，互胜不移时。
幸未逢重霸，何妨著献之。晴天散飞雹，惊动隔墙儿。

◆ 五言排律

对　棋

（唐）李洞

小槛明高雪，幽人斗智时。日斜抛作劫，月午蹙成迟。
倚杖湘僧算，翘松野鹤窥。侧楸敲醒睡，片石夹吟诗。
雨点奁中渍，灯花局上吹。秋涛寒竹寺，此兴谢公知。

◆ 七言律

送国棋王逢

（唐）杜牧

玉子纹楸一路饶，最宜檐雨竹萧萧。
羸形暗去春泉长，猛势横来野火烧。

守道还如周柱史,鏖兵不羡霍嫖姚。
得年七十更万日,与子期于局上消。

宿叶公棋阁

(唐)李洞

带风棋阁竹相敲,局莹无尘拂树梢。
日到长天征未断,钟来岳顶劫须抛。
挑灯雪客栖寒店,供茗溪僧爇废巢。
因悟修身试贪教,不须焚火向三茅。

石棋局献时宰

(唐)李中

得从岳叟诚堪重,却献皋夔事更宜。
公退启枰书院静,日斜收子竹阴移。
适情岂待樵柯烂,罢局还应展齿屐。
预想幽窗风雨夜,一灯闲照覆图时。

观 弈

(明)吴宽

高楼残雪照棋枰,坐觉窗间黑白明。
袖手自甘终日饱,苦心谁惜两雄争。
豪鹰欲击形还匿,怒蚁初交阵已成。
却笑面前歧路满,苏张何事学纵横?

奉次毕司空与客对弈谢答张侍御惠酒之作,是日司空招予出城不及赴

(明)边贡

灌木阴阴曲绕塘,水风如雨细生凉。
绣衣家酝携兼至,太傅围棋兴转长。
檐局晚移文石静,荷樽秋泛露华香。

烂柯欲步王樵武,惆怅仙踪隔苑墙。

◆ 五言绝句

池 上
（唐）白居易

山僧对棋坐,局上竹阴清。映竹无人见,时闻下子声。

弈 台
（明）徐祯卿

仙人好博弈,时下绿云中。一片苍苔石,落花长自红。

◆ 七言绝句

重送国棋王逢
（唐）杜牧

绝艺如君天下少,闲人似我世间无。
别后竹窗风雪夜,一灯明暗覆吴图。

送棋客
（唐）陆龟蒙

满目山川似弈棋,况当秋雁正斜飞。
金门若召羊元保,赌取江东太守归。

小游仙
（唐）曹唐

洞里烟霞无歇时,洞中天地足金芝。
月明朗朗溪头树,白发老人相对棋。

闲 居
（元）仇远

鸟雀喧啾未肯栖,狂风吹树影离披。

屋边尚有斜阳在，更看山人一局棋。

次韵曹都水

（元）倪瓒

《水品》《茶经》手自笺，夜烧绿竹煮山泉。
莫留樵客看棋局，持斧归来几岁年？

谩　成

（元）马臻

风琴流响韵虚堂，湘簟欹眠水一方。
静里数声棋剥啄，乳莺深向绿阴藏。

颂　古

（元）僧明本

斧烂柯销局未阑，天风吹鹤下瑶坛。
满盘黑白轻翻转，轻拂梧桐玉佩寒。

观弈图

（明）高启

错向山中立看棋，家人日暮待薪炊。
如何一局成千载？应是仙翁下子迟。

棋

（明）郭登

怕败贪赢错认真，运筹多少费精神。
看来总是争闲气，笑杀傍观袖手人。

续游仙诗

（明）马洪

巴园橘里赌棋还，暗忆赢时笑解颜。

两袖玉尘三百斛,抛为瑞雪满人间。

题　画

（明）唐寅

杨柳阴浓夏日迟,村边高馆漫平池。
邻翁挈榻乘清早,来决输赢昨日棋。

口　占

（明）娄坚

眼底何人不售欺,自矜才力竟谁私?
才争一著终难强,独有人间国手棋。

附弹棋

◆ 五言古

弹　棋

（北周）王褒

投壶生电影,六博值仙人。何如镜奁上,自有拂轻巾。
隔涧疑将别,陇头如望秦。握笔徒思赋,辞短竟无陈。

◆ 七言古　附长短句

弹棋歌

（唐）李颀

崔侯善弹棋,巧妙尽于此。
蓝田美石清如砥,白黑相分十二子。
联翩百中皆造微,魏文手巾不足比。
缘边度陇未可嘉,鸟跂星悬正复斜。
回飙转指速飞电,拂四取五旋风花。
座上齐声称绝艺,仙人六博何能继。

一别常山道路遥,为余更作三两势。

弹棋歌

(唐)韦应物

圆天方地局,二十四气子。
刘生绝艺难对曹,客为歌其能,请从中央起。
中央转斗颇欲阑,零落势背谁能弹?
此中举一得六七,旋风忽散霹雳疾。
履机乘变安可当,置之危地翻取强。
不见短兵反掌收已尽,唯有猛士守四方。
四方又何难,横击且缘边。
岂如昆明与碣石,一箭飞中隔远天。
神安志悏动十全,满堂惊视谁得然。

卷二百九　　投壶类

◆ 七言律

郡阁阅书投壶和呈相国晏公
　　　　　　　　　　（宋）梅尧臣

较量人世无穷乐，罗列平生未见书。
聊奉投壶祭征虏，休言击剑马相如。
画楼晚去闻寒角，缥帙看来落蠹鱼。
日获诲言皆旧学，不愁贫贱带经锄。

时雨用东圃韵写怀兼惠柳木壶矢
　　　　　　　　　　（明）顾清

束矢形裁出蓟方，几陪陈榻署东廊。
争枭解夺由基巧，失笑曾闻玉女忙。
分遗却随诗并至，试投谁合酒先尝？
春风有约应非远，拍瓮新醅夜已香。

◆ 七言绝句

小游仙诗
　　　　　　　　　　（唐）曹唐

彤阁钟鸣碧鹭飞，皇君催熨紫霞衣。
丹房玉女心慵甚，贪看投壶不肯归。

北斗西风吹白榆,木公相笑夜投壶。
花前玉女来相问,赌得青龙许赎无?

卷二百十　杖　类

◆ 四言古

灵寿杖颂

（魏）王粲

兹杖灵木，以介眉寿。奇幹贞正，不待矫揉。
据贞斯直，植之爰茂。

邛竹杖铭

（晋）傅咸

嘉兹奇竹，质劲体直。立比高节，示世矜式。

邛竹杖铭

（晋）苏彦

安不忘危，任在所杖。秀矣云竹，劲直篠簜。
节高质贞，霜雪弥亮。圆以应物，直以居当。
妙巧无功，奇不待匠。君子是扶，逍遥神王。

灵寿杖铭

（晋）王氏

籊籊鲜幹，秀彼崇嶂。下泽兰液，上莹芳霄。
贞劲内固，鲜粲外昭。耀质灵荟，作珍华朝。
杖之身安，越龄松乔。

◆ 五言古

送筇杖与刘湛然道士

（宋）王禹偁

有客遗竹杖，九节共一枝。鹤胫老更长，龙骨干且奇。
我问何所来，来从西南夷。因思汉武帝，求此民力疲。
明明圣天子，德教嘉四维。蛮獠尽臣妾，县道皆羁縻。
僰僮与笮马，入贡何累累。此竹日以贱，轻视如蒿藜。
我年三十七，血气未全衰。况在紫微垣，动为簪笏羁。
倚壁如长物，岁月无所施。寸心空爱惜，惜此来天涯。
忽承明主诏，来谒太乙祠。再见刘先生，气貌清且羸。
持此以为赠，所谓得其宜。少助橘童力，好引花鹿随。
步月莫离手，看山聊搘颐。微物懒致书，故作筇竹诗。

以黄子木拄杖为子由寿

（宋）苏轼

灵寿扶孔光，菊潭饮伯始。虽云闲草木，岂乐蒙此耻。
一时偶收用，千载相瘢痏。海南无佳植，野果名黄子。
坚瘦多节目，天材任操倚。嗟我始剪裁，世用或缘此。
贵从老夫手，往配先生几。相从归故山，不愧仙人杞。

已师竹杖

（宋）文同

已师杖奇竹，坐亦不去手。循摩莹且腻，瘦骨何蚴蟉。
丛枝抱奇节，两两相对走。寻常出孤梢，上下分左右。
如何此独异，天产固非偶。师初得之谁？此实世未有。
不为师所用，亦共众植朽。愿师勿弃置，珍之比灵寿。

◆ 七言古 附长短句

桃竹杖引

（唐）杜甫

江心蟠石生桃竹，苍波喷浸尺度足。
斩根削皮如紫玉，江妃水仙惜不得。
梓潼使君开一束，满堂宾客皆叹息。
怜我老病赠两茎，出入爪甲铿有声。
老夫复欲东南征，乘涛鼓枻白帝城。
路幽必为鬼神夺，杖剑或与蛟龙争。
重为告曰：杖兮杖兮，尔之生也甚正直，
慎勿见水踊跃学变化为龙。
使我不得尔之扶持，灭迹于君山湖上之青峰。
噫，风尘澒洞兮豺虎咬人，忽失双杖兮吾将曷从。

铁拄杖

（宋）苏轼

柳公手中黑蛇滑，千年老根生乳节。
忽闻铿然爪甲声，四座惊顾知是铁。
含簧腹中细泉语，迸火石上飞星裂。
公言此物老有神，自昔闽王饷吴越。
不知流落几人手，坐看变灭如春雪。
忽然赠我意安在？两脚未许甘衰歇。
便寻辙迹访崆峒，径度洞庭探禹穴。
披榛觅药采芝菌，刺虎縱蛟擉蛇蝎。
会教化作两钱锥，归来见公未华发。
问我铁君无恙否，取出摩挲向公说。

箫杖歌

（元）杨维桢

空心劲草琅玕节，瘦如笔枝赤如铁。
壶公手中曾掷之，黄公石上飞星裂。
玑天道人双眼青，见之不减九节藤。
神丁未窥混沌窍，中有万壑铜龙声。
道人亲凿崆峒玉，九漏玲珑尺度足。
黑蛇飞来膝上横，道人手中啸鸾鹄。
自言奇音不敢作，寒星堕地风折岳。
去年台山解虎斗，今年狼山敲豸角。
铁崖相见洞庭东，腰间篆佩苍精龙。
湘江两脚吹雌风，相呼道人木上座，杖陂水拔须眉峰。

阮将军龙杖歌

（明）王穉登

七尺天台藤，千年石梁雪。夭矫欲飞腾，支离半鳞甲。
樵柯斲出空岩下，风雷昼鸣虎啸夜。
曳处常疑云雾生，植来犹恐猿猱挂。
将军家居南巷中，一簏《阴符》四壁空。
何人赠此作扶老？青鞋白帢随春风。
春风策入花源去，仙人正傍桃花住。
晴岚扑衣瀑绕床，鹤巢生觳芝成树。
廉颇能挽弓三石，充国平羌负奇画。
何为将军负杖行，不佩宝刀持画戟？
冯唐老去未逢时，立马辕门弄柳丝。
邻雨滴残鱼箙箭，窗风吹裂蜃弧旗。
雀罗当门印辞肘，坐觉红颜成白首。
三百青钱杖上挑，黄公垆头醉春酒。

神物从来尽有灵,延津曾见跃青萍。
何必葛陂方化去,只今已作老龙吟。

◆ 五言律

和徐法曹赠崔洛阳斑竹杖以诗见答
(唐) 卢纶

玉榦一寻馀,苔花锦不如。劲堪和醉倚,轻好向空书。
采拂稽山曲,因依释氏居。芳辰将独步,岂与此君疏。

答僧拄杖
(唐) 张籍

灵藤为拄杖,白净色如银。得自高僧手,将扶病客身。
春游不骑马,夜会亦呈人。持此归山去,深宜戴角巾。

赠宗鲁邛竹杖
(唐) 李商隐

大夏资轻策,全溪赠所思。静怜穿树远,滑想过苔迟。
鹤怨朝还望,僧闲暮有期。风流真底事,常欲傍清羸。

赋得长城斑竹杖
(唐) 李频

秦兴版筑时,剪伐不知谁。异代馀根在,幽人得手持。
细看生古意,闲倚动边思。莫作鸠形并,空传鹤发期。

华顶杖
(唐) 皮日休

金庭仙树枝,道客自携持。探洞求丹粟,挑云觅白芝。
量泉将濯足,阑鹤把支颐。以此将为赠,惟君尽得知。

和袭美华顶杖

（唐）陆龟蒙

万古阴崖雪，灵根不为枯。瘦于霜鹤胫，奇似黑龙须。
拄访谈元（玄）客，持看泼墨图。湖云如有路，兼可到仙都。

答匡山僧赠栭栗杖

（唐）曹松

栗杖出匡顶，百中无一枝。虽因野僧得，犹畏岳神知。
画月冷光在，指云秋片移。宜留引蹇步，他日访峨嵋。

筇竹杖赠天圣长老仁公，仁有诗，次其韵

（元）赵孟頫

瘦节苍骨耸，腻肤黄玉温。苔间时卓地，月下屡敲门。
持赠松庐老，携寻水竹村。归来倚空壁，夜气与俱存。

以邛竹杖寿程孟孺母

（明）朱多炡

龙飞葛陂渚，鸠刻汉王宫。未若山中竹，天然林下风。
一枝供燕喜，万里自蚕丛。历尽峨嵋雪，深知节操同。

◆ 五言排律

红藤杖

（唐）白居易

南诏红藤杖，西江白首人。时时携步月，处处把寻春。
劲健孤茎直，疏圆六节匀。火山生处远，泸水洗来新。
麓细才盈手，高低仅过身。天边望乡客，何日拄归秦？

番禺杖

（元）王恽

异种来番国，知名是老坡。杖材任操倚，节目喜摩挲。
尺度天然足，柑黄气色和。奇姿含海雾，孤植映江沱。
物眇离乡贵，材希审实讹。声音铿爪甲，鳞介讶蛟鼍。
鞭驭真雷策，批亢格鲁戈。重轻欣得所，长短称闲拖。
扶老携行便，持危得力多。金蛇僵自劲，鲐背痒忘苛。
不自浮槎使，来从老伏波。见归情郑重，未许老婆娑。
入手嗟神物，传看骇玉柯。支颐迎月出，横膝伴诗哦。
选胜寻泉石，穷幽入薜萝。有时儿女触，却恐鬼神呵。
盖节空筇竹，神锋黯太阿。笑挥堪解虎，静倚可降魔。
灵寿轻无赖，梅条皱可捼。花藤昏玳瑁，斑点惨湘娥。
桃竹那能比，桄榔未足歌。望尘甘却立，敛迹总无过。
用舍时当审，敲撞责果何？更防雷雨夜，冲屋学陶梭。

◆ 七言律

乐全先生生日，以铁拄杖为寿

（宋）苏轼

先生真是地行仙，住世因循五百年。
每向铜人话畴昔，故教铁杖斗清坚。
入怀冰雪生秋思，倚壁蛟龙护昼眠。
遥想人天会方丈，众中惊倒野狐禅。

二年相伴影随身，踏遍江湖草木春。
摘石旧痕犹在眼，闭门高节欲生鳞。
畏涂自卫真无敌，捷径争先却累人。
远寄知公不嫌重，笔端犹自斡千钧。

李郎中有诗谢寄藤杖，仍次韵答之

（宋）何梦桂

海南觅得古藤枝，持与诗人杜牧之。
紫贝斑文鞭更烂，赤龙苍骨蜕尤奇。
路无夷险终全节，用有行藏一任时。
非但与君扶脚力，鏦蛟剸虎要支持。

梅　杖

（元）刘因

铁石心肠冰玉姿，掌中潜得岁寒枝。
天教一握藏春密，风觅馀香就手吹。
雪月冷怀随步履，溪山高兴入支颐。
玉堂若要扶持用，说与东君也不知。

湘竹杖寄无住

（元）宋无

采向湘江古庙边，得来贾客木兰船。
老宜泉石揩慵态，吟称烟霞倚瘦肩。
宴坐夜和金锡憩，经行春卓紫苔穿。
知师道价神龙护，莫漫腾空去九天。

梅　杖

（元）谢宗可

紫玉槎牙蚀藓痕，黄昏扶醉倍精神。
一枝冷曳孤山雪，七尺横拖庾岭春。
江路策云香在手，溪桥挑月影随人。
归来却笑林和靖，还现堂中上座身。

龙　杖

（元）谢宗可

鳞甲先摇玉一枝，幽宫跃出袖中持。
多因掌握提携晚，休恨飞腾变化迟。
缓策不愁山雨湿，醉横长有野云随。
会看挂壁风雷起，莫待诗翁过葛陂。

箫　杖

（明）丁敏

嶰谷新裁六尺形，半含宫徵半扶行。
吹时只恐成龙去，策处常疑作凤鸣。
挂壁影怜秦女瘦，敲门音合《舜韶》清。
月明挂向山坛上，同和钧天奏九成。

新制方竹杖

（明）吴宽

紫玉新裁恰过肩，斑斑四面带湘烟。
羸躯藉雨能扶直，巧手烦渠莫削圆。
世事固知方则止，时人应道曲能全。
此生得免模棱诮，晚节相依尚挺然。

◆ 五言绝句

红藤杖

（唐）白居易

交亲过浐别，车马到江回。唯有红藤杖，相随万里来。

题柯敬仲杂画

（元）虞集

昔过筼筜谷，钩衣石角斜。拟寻龙作杖，拾得上天槎。

◆ 七言绝句

赠张驸马斑竹拄杖
（唐）僧护国

此君与我在云溪，劲节奇文胜杖藜。
为有岁寒堪赠远，玉阶行处愿提携。

送佛面杖与罗浮长老
（宋）苏轼

十方三界世尊面，都在东坡掌握中。
送与罗浮德长老，携归万窍总号风。

以拄杖供仁山主
（宋）陈师道

洗足投筇只坐禅，厌寻歧路费行缠。
老来阅尽人间事，不用山公更削圆。

绝　句
（元）黄溍

遥忆仙华鹤发翁，清泉白石满奇胸。
若为此日千峰顶，更试平生九节筇。

春日杂兴
（元）僧善住

野塘风紧涨涟漪，桃李春寒发尚迟。
山色晚晴青不了，倚筇忘却立多时。

游　仙
（明）汤颖绩

鹤氅斜披出市喧，青霞窟里听啼猿。
半酣骑著壶公杖，直溯黄河到水源。

卷二百十一　文具类

◆ 五 言 古

咏笔格

（梁）简文帝

英华表玉笈，佳丽称蛛网。无如兹制奇，雕饰杂众象。
仰出写含花，横插学仙掌。幸因提拾用，遂厕璇台赏。

裴侍郎湘川回以青竹简相遗因赠

（唐）钱起

楚竹青玉润，从来湘水阴。缄书取直节，君子知虚心。
入用随宪简，积文不受金。体将丹凤直，色映秋霜深。
宁肯假伶伦，谬为鸾凤吟？惟将翰苑客，珍秘瑶华音。
长跪捧嘉贶，岁寒惭所钦。

◆ 七 言 古

酬宇文少府见赠桃竹书筒

（唐）李白

桃竹书筒绮绣文，良工巧妙称绝群。
灵心圆映三江月，彩质叠成五色云。
中藏宝诀峨眉去，千里提携长忆君。

西域种羊皮书褥歌

（元）吴莱

波斯谷中神夜语,波斯牧羊俱杂卤。
当道剚刃羊可食,土城留种羊胫骨。
四围筑垣闻杵声,羊子还从胫骨生。
青草丛抽脐未断,马蹄踏铁绕垣行。
羊子跳踉却在草,鼠王如拳不同老。
饫肉筳开塞馔肥,裁皮褥作书林宝。
南州侠客遇西人,昔得手褥今无伦。
君不见冰蚕之锦欲盈尺,康洽年来贫不贫。

◆ **五 言 律**

诗 牌

（宋）林逋

蠹方标胜概,读处即忘归。静壁悬虚白,危楼钉翠微。
清衔时亦有,绝唱世还稀。一片题谁作,吾庐水竹围。

诗 筒

（宋）林逋

唐贤存雅制,（元白唱和,常以竹筒贮诗往还。）诗笔仰防闲。
递去权应紧,（诗权出薛许昌。）封回债已还。（诗债出贾司仓。）
带斑犹恐俗,和节不辞艰。酒箧将书篦,谁言季孟间。

◆ **七 言 律**

题飞伯诗囊

（金）李献能

颖露毛锥只自贤,智如橐腹但求全。

迂疏差似渊才富,羞涩犹无杜老钱。
收拾珠玑三万斛,贮储风月一千篇。
呕心大胜奚奴锦,要与风人被管絃。

远山笔架（痕字）

（元）刘因

何物能支笔万钧？案头依约远山痕。
灯横烟影隐犹见,秋入霜毫势欲吞。
掌上三峰看太华,人间一发是中原。
中书未免从高阁,不向林泉怨少恩。

诗 瓢

（元）谢宗可

雨蔓霜藤老翠壶,吟边不是酒葫芦。
剖开架上轮囷玉,著尽胸中错落珠。
满贮苦心留宇宙,深藏精气付江湖。
谁家半腹能千首,为问山人果在无？

冰蟾（水滴也）为金齐贤赋

（元）张翥

老蟾素魄禀金精,千岁玻璃幻结成。
明水夜零阴隧冻,丹书秋满肉芝生。
腹凝寒露藏虚白,影入银河浴太清。
拟问嫦娥乞灵药,与君骑向广寒行。

水晶笔架

（元）张翥

三峰近列砚池头,光照文房烂不收。
冰壑夜寒龙独卧,雪山春暖兔群游。
彩毫倚阁功应就,银管依栖价未酬。

别有珊瑚新琢样,策勋毕竟是谁优?

师邵出意,作纶竿于墙上,以便递诗,名曰"诗钓"。
首唱一篇,依韵奉酬

(明)顾清

巧心文思孰兼长,诗钓诗成又几章?
千里浮沉谢江路,一竿风月共邻墙。
君如缘木求鲂鲤,我正怀砖想珮璜。
毕竟两无名利念,五湖烟水旧同乡。

书 尺

(明)顾清

文木裁成体直方,高斋时伴校书郎。
坐摊散帙资弹压,风动残编待主张。
叶叶展舒迎雪牖,行行指点照萤囊。
但知持正无偏倚,尺寸何劳计短长。

◆ 五言绝句

书 架

(宋)王十朋

君富端不俗,有钱长买书。家藏三万轴,不怕腹空虚。

◆ 七言绝句

槐木纸椎

(宋)林遹

入手轻干是古槐,几声清响彻池台。
椎馀鱼网如脂滑,时写新诗更寄来。

卷二百十二　玩具类

◆ 五言律

镂鸡子
（唐）骆宾王

幸遇清明节，欣逢旧练人。刻花争脸态，写月竞眉新。
晕罢空馀月，诗成并道春。谁知怀玉者，含响未吟晨。

◆ 七言律

观琉璃瓶中游鱼
（唐）徐夤

宝器一泓银汉水，锦鳞才动即先知。
似涵明月波宁隔，欲上轻冰律未移。
薄雾罩来分咫尺，碧绡笼处较毫厘。
文翁未得沉香饵，拟置金盘召左慈。

◆ 七言绝句

玉龙子
（唐）陆龟蒙

何代奇工碾玉英，细髯纤角尽雕成。
烟干雾悄君心苦，风雨长随一掷声。

卷二百十三　饮具类

◆ 四言古

樽　铭
（汉）崔骃

惟岁之元，朝会奉樽。金罍牺象，嘉礼具陈。
献酬交错，万国咸欢。

樽　铭
（汉）李尤

樽设在堂，以俟俊乂。三山共承，雕琢错带。

◆ 五言古

咏　瓢
（唐）张说

美酒酌悬瓢，真淳好相映。蜗房卷堕首，鹤胫抽长柄。
雅色素而黄，虚心轻且劲。岂无雕刻者，贵此成天性。

宴樽诗
（唐）元结

巉巉小山石，数峰对宴亭。宴石堪为樽，状类不可名。
巡回数尺间，如见小蓬瀛。樽中酒初涨，始有岛屿生。

岂无日观峰，直下临沧溟。爱之不觉醉，醉卧还自醒。
醒醉在樽畔，始为吾性情。若以形胜论，坐隅临郡城。
平湖近阶砌，远山复青青。异木几十株，枝条冒檐楹。
盘根满石上，皆作龙蛇形。酒堂贮酿器，户牖皆罂瓶。
此樽可常满，谁是陶渊明？

与禅师携瘿樽归杏园联句
（唐）李益

千畦抱瓮园，一酌瘿樽酒。惟有沃州僧，时过杏溪叟。（益）
追欢君适性，独饮我空口。儒释事虽殊，文章意多偶。（广宣）

酒中咏
（唐）皮日休

酒 船

剡桂复刜兰，陶陶任行乐。但知涵泳好，不计风涛恶。
尝行麹封内，稍系糟丘泊。东海如可倾，乘之就斟酌。

酒 铛

象鼎格仍高，其中不烹饪。惟将煮浊醪，用以资酣饮。
偏宜旋樵火，稍近馀醒枕。若得伴琴书，吾将著闲品。

酒 杯

昔有嵇氏子，龙章而凤姿。手挥五絃罢，聊复一樽持。
但取性澹泊，不知味醇醨。兹器不复见，家家惟玉卮。

和袭美酒中咏
（唐）陆龟蒙

酒 樽

黄金即为侈，白石又太拙。斲得奇树根，中如老蛟穴。

时招山下叟，共酌林间月。尽醉两忘言，谁能作天舌？

酒枪

景山实名士，所玩垂清尘。尝作酒家语，自言中圣人。
奇器质含古，挫糟味应醇。惟怀魏公子，即此飞觞频。

酒杯

叔夜傲天壤，不将琴酒疏。制为酒中物，恐是琴之馀。
一弄《广陵散》，又裁《绝交书》。颓然掷林下，身世俱何如？

酒旗

摇摇倚青岸，远荡游人思。风歊翠竹杠，雨澹香醪字。
才来隔烟见，已觉临江迟。大旆非不荣，其如有王事。

独酌试药玉滑盏，有怀诸君子。
明日望夜月庭，佳景不可失，作诗招之

（宋）苏轼

镕铅煮白石，作玉真自欺。琢削为酒杯，规模定州瓷。
荷心虽浅狭，镜面良渺瀰。持此寿佳客，到手不容辞。
曹侯天下平，定国岂其师。二饮至数石，温克颇似之。
风流越王孙，诗酒屡出奇。喜我有此客，玉杯不徒施。
请君诘欧阳，问疾来何迟？呼童扫月榭，快饮及良时。

◆ **七言古**　附长短句

对芳樽

（唐）韦应物

对芳樽，醉来百事何足论。
遥见青山始一醒，欲著接䍦还复昏。

玛瑙杯歌

（唐）钱起

瑶溪碧岸生奇宝，剖质披心出文藻。
良工雕饰明且鲜，得成珍器入芳筵。
含华炳丽金樽侧，翠罋琼觞忽无色。
繁絃急管催献酬，倏若飞空生羽翼。
湛湛兰英照豹斑，满堂词客尽朱颜。
花光来去传香袖，霞影高低傍玉山。
王孙彩笔题新咏，碎锦连珠复辉映。
世情贵耳不贵奇，谩说海底珊瑚枝。
宁及琢磨当妙用，燕歌楚舞长相随。

吴冲卿出古饮鼎

（宋）梅尧臣

精铜作鼎土不蚀，地下千年藓花罨。
腹空凤卵留藻文，足立三刀刃微直。
左耳可执口可斟，其上两柱何对植。
从谁掘得归吴侯，来助雅饮欢莫极。
又荷君家主母贤，翠羽胡琴令奏侧。
丝声不断玉筝繁，绕树黄鹂鸣不得。
我虽衰荼为之醉，玩古乐今人未识。

胡穆秀才遗古铜器似鼎而小，上有两柱，可以覆而不蹶。
以为鼎则不足，疑其饮器也。胡有诗，答之

（宋）苏轼

只耳兽啮环，长唇鹅擘喙。
三趾下锐春蒲短，两柱高张秋菌细。
君看翻覆俯仰间，覆成三角翻两髻。

古书虽满腹，苟有用我亦随世。
嗟君一见呼作鼎，才注升合已漂逝。
不如学鸱夷，尽日盛酒真良计。

分宁大竹取为酒樽，短胫宽大，腹可容二升，而漆其外，戏为短歌
（宋）韩驹

此君少日青而臞，迩来黑肥如瓠壶。
缩肩短帽压两耳，无乃戏学驺侏儒？
人言腹大中何有，不独容君更容酒。
未须常要托后车，滑稽且作先生友。
少陵匏樽安在哉，次山石臼空飞埃。
茅檐对客夜惊笑，曲生叩门何自来？
老向人间不称意，但觉渊明酒多味。
乞取田家老瓦盆，伴我年年竹根醉。

陈新甫生日出红玉杯饮为赋
（元）陈旅

昆仑东阿含海日，石中玉子如日赤。
神工夜发昆吾刀，剸作金杯盛酒吃。
蟠桃初开缑母家，丹露滴如芙蓉花。
广陵公子酒如海，年年颜色衬朝霞。

红玉杯为陈云峤太祝赋
（元）吴师道

番人拣玉河源水，夜候霞光蠡空起。
将归万里售中州，琢刻为杯世无比。
截肪栗色非不奇，鸡冠通赤希见之。
筵间乍置争注目，谁复更顾黄金卮。

小槽新压真珠滴，擎向桃花花下吸。
但馀落日争光辉，未许妖姬比颜色。
主人今代陈孟公，闭门留客酒不空。
千金之裘五花马，不惜买醉酬春风。
公侯家世多珍物，独宝此杯为故笏。
华堂舞罢饮阑时，什袭珍藏莫刭缺。

◆ 五言律

咏柳少府山瘿木樽

（唐）李白

蟠木不雕饰，且将斤斧疏。樽成山岳势，材是栋梁馀。
外与金罍并，中涵玉醴虚。惭君垂拂拭，遂忝玳筵居。

酒席赋得匏瓢

（唐）郑审

华阁与贤开，仙瓢自远来。幽林尝伴许，陋巷亦随回。
挂影怜红壁，倾心向绿杯。何曾斟酌处，不使玉山颓。

和袭美诃陵樽

（唐）陆龟蒙

鱼骼匠成樽，犹残海浪痕。外堪欺玳瑁，中可酌昆仑（酒名）。
水绕苔矶曲，山当草阁门。此中醒复醉，何必问乾坤。

◆ 五言排律

赋得玉卮无当

（唐）元稹

共惜连城宝，翻成无当卮。讵惭君子贵，深讶巧工窥。
泛蚁功全少，如虹色不移。可怜殊砾石，何计辨糟醨。

江海诚难满,盘筵莫忘施。纵乖斟酌意,犹得对光仪。

◆ 七言律

荷　杯
（元）刘　因

碧筩和露卷晴霞,锦浪随鲸落晚沙。
风趁歌声来弄叶,酒知人意要浮花。
胸中壁立三峰玉,醉里神游太乙家。
明日清霜看红翠,人生容易鬓成华。

桃　杯
（元）刘　因

希夷尊俎永相望,混沌凿开见此觞。
金橘有天容逸老,青田无地避馀香。
云中招隐留仙掌,物外寻真得醉乡。
试向峨嵋问啼鸟,人间红雨几斜阳?

橙　杯
（元）刘　因

潇湘千树暮林平,风露诗肠快一倾。
蜜恋金丝仍可意,香分绿蚁最关情。
洞庭春色元无恙,南国幽姿谩独清。
惟办海船千万斛,棹歌和月卷江声。

赋西域鹦鹉螺杯
（元）王　恽

老月沦精射海波,珠绳分秀贯神螺。
鹧斑渍粉垂金薤,鹦啄嫌寒缩翠窠。
樽出瘿藤纹浪异,瓢成椰子腹空嶓。

饮馀疑与溪娘遇，一笑相看发浩歌。

酒　旗

（元）谢宗可

水村山郭酒初香，纩影青青字一行。
垆畔低悬花雾湿，檐阴斜揭柳风凉。
指挥意马冲愁阵，摇曳心旌入醉乡。
惆怅步兵招不起，半竿空自舞斜阳。

夜光杯

（明）朱之蕃

髻螺盘绕隐东洋，吸得瑶空宝月光。
孕出圆珠能照乘，剖开素质待飞觞。
晶莹绝胜金樽艳，华彩浑添玉液芳。
浮白江天遥骋望，酒星垂耀正更长。

◆ 五言绝句

咏山樽

（唐）李白

拥肿寒山木，嵌空成酒樽。愧无江海量，偃蹇在君门。

答释子良史送酒瓢

（唐）韦应物

此瓢今已到，山瓢知已空。且饮寒塘水，遥将回也同。

答窦二曹长留酒还榼

（唐）李益

榼小非由榼，星郎是酒星。解酲原有数，不用吓刘伶。

乞宽禅师璎山罍呈宣供奉
（唐）李益

石色疑秋藓，峰形若夏云。谁留柰苑地，好赠杏溪君。

题采莲舟杯
（元）程钜夫

攀翻叶上露，酿作杯中洒。可能君不醉，负此掺掺手。

东华门偶述
（明）李梦阳

银瓮烂生光，盘龙绣袱香。但知从内出，不省赐何王。

◆ 七言绝句

寄两银榼与裴侍郎因题
（唐）白居易

贫无好物堪为信，双榼虽轻意不轻。
愿奉谢公池上酌，丹心绿酒一时倾。

惯和麴蘖堪盛否，重用盐梅试洗看。
小器不知容几许，襄阳米贱酒升宽。

家　园
（唐）白居易

篱下先生时得醉，瓮间吏部暂偷眠。
何如家酝双鱼榼，雪夜花时长在前。

秘色越器
（唐）陆龟蒙

九秋风露越窑开，夺得千峰翠色来。

好向中宵盛沆瀣,共嵇中散斗遗杯。

宫　词
(宋) 花蕊夫人

春日龙池小宴开,岸边亭子号流杯。
沉檀刻作神仙女,对捧金尊水上来。

萨天锡夜宿菌阁追寄
(元) 张雨

鹤台遗民掩柴扃,雁门才子宿寒汀。
恰有金华一尊酒,且置茅家双玉瓶。

静海偶书
(明) 顾璘

红烛当垆夜数钱,驿亭四面绿杨边。
重来烟景浑依旧,只认青帘记昔年。

卷二百十四　酿具类

◆ 五言古

酒中咏
（唐）皮日休

酒篘

翠篾初织来，或如古鱼器。新从山下买，静向甑中试。
轻可网金醅，疏能容玉蚁。自此好成功，无贻我曑耻。

酒床

糟床带松节，酒腻肥于羜。滴滴连有声，空疑杜康语。
开眉既压后，染指偷尝处。自此得公田，不过浑种黍。

酒垆

红垆高几尺，颇称幽人意。火作缥醪香，灰为冬醴气。
有铛尽龙头，有主皆犊鼻。觉得作杜根，佣保何足愧。

酒瓮

坚净不苦窳，陶于醉封疆。临溪刷旧痕，隔屋闻新香。
移来近麹室，倒处临糟床。所嗟无比邻，余亦能偷尝。

和袭美酒中咏

（唐）陆龟蒙

酒篘

山斋酝方熟，野童编近成。持来欢伯内，坐使贤人清。
不待盎中满，旋供花下倾。汪汪日可挹，未羡黄金籝。

◆ 五言律

自题酒库

（唐）白居易

野鹤一辞笼，虚舟长任风。送愁还闹处，移老入闲中。
身更求何事，天将富此翁。此翁何处富？酒库不曾空。

◆ 七言律

夜闻笮酒有声因而成咏

（宋）苏舜钦

糟床新压响泠泠，欹枕初闻睡自轻。
几段愁惊俱滴破，一番欢意已篘成。
空阶夜雨徒传句，三峡流泉无此声。
只待松轩看飞雪，呼宾同引瓮头清。

槽声同彦高赋

（金）蔡松年

糟床过竹春泉句，他日人云吾亦云。
自爱淳音含太古，谁传清溜入南薰？
秋风几共橙香注？晓月曾和鹤唳闻。
我欲婆娑竹林国，洗空尘耳正须君。

卢明之酒垆

（元）方夔

懒作西风汗漫游，归谋诸妇此淹留。
采花墩近初成酒，种秫田多早带秋。
燕颔已空西塞梦，犊裈莫遣远山愁。
沧江留得偏醒客，袖手时凭百尺楼。

◆ **五言绝句**

过酒家

（唐）王绩

对酒但知饮，逢人莫强牵。倚垆便得睡，横瓮足堪眠。

卷二百十五　茶具类

◆ 五言古

茶　籝

（唐）皮日休

筼筜晓携去，蓦过山桑坞。开时送紫茗，负处沾清露。
歇把傍云泉，归将挂烟树。满此是生涯，黄金何足数。

茶　瓯

（唐）皮日休

邢客与越人，皆能造磁器。圆似月魂堕，轻如云魄起。
枣花势旋眼，蘋沫香沾齿。松下时一看，支公亦如此。

茶　鼎

（唐）皮日休

龙舒有良匠，铸此佳样成。立作菌蠢势，煎为潺湲声。
草堂暮云阴，松窗残雪明。此时勺复茗，野语知逾清。

茶　鼎

（唐）陆龟蒙

新泉气味良，古铁形状丑。那堪风雪夜，更值烟霞友。
曾过赪石下，又住清溪口。且共荐皋卢，何劳倾斗酒。

以椰子茶瓶寄德孺

（宋）黄庭坚

炎丘椰木实，入用随茗椀。譬如楛石砮，但贵从来远。
往时万里物，今在篱落间。知公一拂拭，想我瘴雾颜。

◆ 七言古

次韵董夷仲茶磨

（宋）苏轼

前人初用茗饮时，煮之无问叶与骨。
寖穷厥味曰始用，复计其初碾方出。
计尽功极至于磨，信哉智者能创物。
破槽折杵向墙角，亦其遭遇有伸屈。
岁久讲求知处所，佳者出自衡山窟。
巴蜀石工强镌凿，理疏性软良可咄。
余家江陵远莫致，尘土何人为披拂？

◆ 七言律

贡馀秘色茶盏

（唐）徐夤

捩碧融青瑞色新，陶成先得贡吾君。
巧剜明月染春水，轻旋薄冰盛绿云。
古镜破苔当席上，嫩荷涵露别江濆。
中山竹叶香初发，清圣那堪中十分。

次韵周穜惠石铫

（宋）苏轼

铜腥铁涩不宜泉，爱此苍然深且宽。

蟹眼翻波汤已作，龙头拒火柄犹寒。
姜新盐少茶初熟，水渍云蒸藓未干。
自古函牛多折足，要知无脚是轻安。

茶筅

(元) 谢宗可

此君一节莹无瑕，夜听松声漱玉华。
万缕引风归蟹眼，半瓶飞雪起龙芽。
香凝翠发云生脚，湿满苍髯浪卷花。
到手纤毫皆尽力，多因不负玉川家。

竹炉

(明) 韩奕

绿玉裁成偃月形，偏宜煮雪向岩扃。
虚心未许如灰冷，古色人看似汗青。
偶免樵柯供土锉，尚疑清籁和陶瓶。
达人曾拟同天地，上有秋虫为篆铭。

题真上人竹茶炉

(明) 王绂

僧馆高闲事事幽，竹编茶灶瀹清流。
气蒸阳羡三春雨，声带湘江两岸秋。
玉臼夜敲苍雪冷，翠瓯晴引碧云稠。
禅翁托此重开社，若个知心是赵州？

◆ 五言绝句

焙茶坞

(唐) 顾况

新茶已上焙，旧架忧生醭。旋旋续新烟，呼儿劈寒木。

茶　灶
（宋）朱子

仙翁遗石灶，宛在水中央。饮罢方舟去，茶烟袅细香。

杂　诗
（金）张建

瓦瓶担山泉，石鼎煮岩菊。燎以松桂枝，清芬满茅屋。

◆ 七言绝句

春日行近山
（元）黄镇成

门外山童扫落霞，问师还只在山家。
推窗引客云边坐，自扇风炉煮雪花。

题　扇
（元）倪瓒

听雨楼中也自凉，偶停笔砚静焚香。
君来为煮稽山茗，自洗冰瓯仔细尝。

次韵曹都水
（元）倪瓒

萧闲馆里挑灯宿，山阁重敷六尺床。
隐几翛翛听夜雨，竹林烟霿煮茶香。

过山家
（明）高启

流水声中响纬车，板桥春暗树无花。
风前何处香来近，隔崦人家午焙茶。

卷二百十六　食具类

◆ 五言古

咏竹槟榔盘
　　　　　　　　（梁）沈约

梢风有劲质，随用道非一。平织方以文，穹成圆且密。
荐羞虽百品，所贵浮天实。幸承欢醑馀，宁辞嘉宴毕。

次韵答吴长文内翰遗石器八十八件
　　　　　　　　（宋）梅尧臣

山工日斲器，殊匪事樵牧。掘地取云根，剖坚如剖玉。
餐具与果具，待宾良有勖。亦将茶具并，饱啜时出俗。
公何都赠予？金多不入目。我家固宜之，瓦碗居漏屋。
得此尤称穷，客来无不足。唯应赤脚婢，收拾怨常酷。
夏席堆青虀，冬盘饤旨蓄。竟无粱肉馔，甚愧萧家录。

◆ 五言排律

箸诗（章庙御题，限红字韵。）
　　　　　　　　（金）周驰

矢束形何短，筹分色尽红。骈头斯效力，失偶竟何功？
比数盘盂侧，经营指掌中。蒸豚挑项脔，汤饼拌油葱。
正使遭馋口，何尝废直躬。上前如许借，犹足沃渊衷。

◆ 七言律

    次韵欧阳广明以诗送钵盂
           （宋）王廷珪*

方丈盈前送八珍，山人不是此中人。
试寻僧钵斋厨近，更喜园官菜把新。
秋满城头看落叶，风吹酒面已生鳞。
何时共过溪边寺，雪夜扁舟发兴频。

◆ 七言绝句

    凭韦少府乞大邑瓷碗
           （唐）杜甫

大邑烧瓷轻且坚，扣如哀玉锦城传。
君家白碗胜霜雪，急送茅斋也可怜。

      西宫即事
           （元）萨都剌

退朝西殿承平日，一片春云奏凤笙。
窄袖内官供玉食，却将黄帕覆银铛。

       山　居
           （元）僧清珙

离众多年无坐具，入山长久没袈裟。
单单有个铁铛子，留得人间煮瀑花。

---

* 王廷珪：当作"王庭珪"，两宋之际诗人；另有"王廷珪"，五代后蜀将领。

卷二百十七　坐具类

◆ 四言古

床几铭
（汉）李尤

虚左致贤，设坐来宾。筵床对几，盛养已陈。
殽仁饭义，枕典席文。道可醉饱，何必清醇。
西伯善养，二老来臻。

赋　席
（吴）张纯

席为冬设，簟为夏施。揖让而坐，君子攸宜。

书案铭
（梁）简文帝

刻香镂彩，纤银卷足。照色黄金，回花青玉。
漆华映紫，画制舒绿。性广知平，文雕非曲。
厕质锦帷，承芳绮缛。敬客礼贤，恭思俨束。
披古通今，察奸理俗。仁义可安，忠贞自烛。
鉴矣勒铭，知微敬勖。

◆ 五言古

乌皮隐几
（齐）谢朓

蟠木生附枝，刻削岂无施。取则龙文鼎，三趾献光仪。
勿言素韦洁，白沙尚推移。曲躬奉微用，聊承终宴疲。

咏 席
（齐）谢朓

本生潮汐地，落景照参差。汀洲蔽杜若，幽渚夺江蓠。
遇君时采撷，玉座奉金卮。但愿罗衣拂，无使素尘弥。

床 诗
（梁）宣帝

衡山白玉镂，汉殿珊瑚支。踡膝申久坐，屡好为频移。

咏胡床应教
（梁）庾肩吾

传名乃外域，入用信中京。足欹形已正，文斜体自平。
临堂对远客，命旅誓初征。何如淄馆下，淹留奉盛明。

咏 案
（陈）后主

已罗七俎满，兼逢百品易。张陈答赠言，梁室齐眉席。

同畅当咏蒲团
（唐）卢纶

团团锦花结，乃是前溪蒲。拥坐称儒褐，倚眠宜老夫。
惟当学禅寂，日夕与之俱。

◆ 五言律

席
（唐）李峤

避坐承宣父，重筵揖戴公。桂香浮半月，兰气袭回风。
舞拂丹霞上，歌清白雪中。伫将文绮色，舒卷帝王宫。

乌龙养和
（唐）皮日休

寿木拳数尺，天生形状幽。把疑伤虺节，用恐破蛇瘤。
置合月观内，买须云肆头。料君携去处，烟雨太湖舟。

和袭美乌龙养和
（唐）陆龟蒙

养和名字好，偏寄道情深。所以亲逋客，兼能助五禽。
倚肩沧海望，钩膝白云吟。不是逍遥侣，谁知世外心。

㩙子（私盍反，支起也。）
（金）周驰

勿以微材弃，安危任不轻。谁怜一片小，能使四方平。
几案由吾正，盘盂免尔倾。何当遇夷坦，沉默更无营。

◆ 七言律

题泗河中石床
（唐）吴融

一片苔床水漱痕，何人清赏动乾坤？
谪仙醉后云为态，野客吟时月作魂。（李白、杜甫皆此饮咏。）
光景不回波自远，风流难问石无言。

迩来多少登临客，千载谁将胜事论？

◆ 七言绝句

　　　　　题　画

　　　　　　　　（元）贡性之

马足车轮尽日忙，梦魂不到水云乡。
闲人自识闲边趣，小簟疏帘坐晚凉。

卷二百十八　寝具类

◆ 四言古

六安枕铭

（汉）崔骃

枕有规矩，恭一其德。承元宁躬，终始不忒。

璅材枕箴

（汉）张纮

彧彧其文，馥馥其芬。出自幽阻，升于毡茵。
允瓌允丽，惟淑惟珍。安安文枕，贰彼弁冠。
冠御于昼，枕式于昏。代作充用，荣己宁身。
兴寝有节，适性和神。

◆ 五言古

咏　帐

（梁）沈约

甲帐垂和璧，螭云张桂宫。隋珠既吐耀，翠被复含风。

白石枕

（唐）钱起

琢珉胜水碧，所贵素且贞。曾无白圭玷，不作浮磬鸣。

捧来太阳前，一片新冰清。沉沉风宪地，待尔秋已至。
璞坚难为功，谁怨晚成器。比德无磷缁，论交亦如此。

斋中有兽皮茵，偶成咏
（唐）羊士谔

逸才岂凡兽，服猛愚人得。山泽生异姿，蒙茸蔚佳色。
青毡持与藉，重锦裁为饰。卧阁幸相宜，温然承宴息。

吕居仁惠建昌纸被
（宋）刘子翚

寒声晚移林，残腊无几日。高人拥楮眠，挛卷意自适。
素风含混沌，春煦回呼吸。馀温偶见分，来自芝兰室。
午舒魄流辉，忽卷潮无迹。未能澡余心，愧此一衾白。
尝闻盱江藤，苍崖走虬屈。采之霜露秋，沤以沧浪色。
粉身从澼絖，蜕骨齐丽密。乃知莹然姿，故自渐陶出。
治物犹贵精，治心岂宜逸。平生感交游，耳剽非无得。
精神随事分，内省殊未力。寸阴捐已多，老矣将何及？
自从得此衾，梦觉常惕惕。清如夷齐邻，粹若渊骞觌。
独警发铿鍧，邪思戢毫忽。勿谓绝知闻，虚闱百灵集。
鼎鬴或存戒，韦绚亦规失。则知君子惠，所以励蒙塞。

赋永上人纸帐
（明）高启

剡藤裁素帱，坐使诸尘隔。冬室自生温，寒窗屡更白。
不随直省被，长覆栖禅箦。思曾雪夜时，宿伴山中客。

◆ 七言古　附长短句

郑群赠簟
（唐）韩愈

蕲州笛竹天下知，郑君所宝尤瑰奇。

携来当昼不得卧，一府传看黄琉璃。
体坚色净又藏节，尽眼凝滑无瑕疵。
法曹贫贱众所易，腰腹空大何能为。
自从五月困暑湿，如坐深甑遭蒸炊。
手摩袖拂心语口，曼肤多汗真相宜。
日暮归来独惆怅，有卖直欲倾家赀。
谁谓故人知我意，卷送八尺含风漪。
呼奴扫地铺未了，光彩照耀惊童儿。
青蝇侧翅蚤虱避，肃肃疑有清飙吹。
倒身甘寝百疾愈，却愿天日恒炎曦。
明珠青玉不足报，赠子相好无时衰。

夜会问答

(唐) 皮日休

锦鲸荐，（张贲问。）碧香红腻承君宴。
几度闲眠却觉来，彩鳞飞出云涛面。

寄蕲簟与蒲传正

(宋) 苏轼

兰溪美箭不成笛，离离玉箸排霜脊。
千沟万缕自生风，入手未开先惨慄。
公家列屋闲蛾眉，珠簾不动花阴移。
雾帐银床初破睡，牙签玉轴坐弹棋。
东坡病叟长羁旅，冻卧饥吟似饥鼠。
倚赖春风洗破裘，一夜雪寒披故絮。
火冷灯清谁复知，孤舟儿女自嚶咿。
皇天何时返炎燠，愧此八尺黄琉璃。
愿君净扫清香阁，卧听风漪声满榻。
习习还从两腋生，请公乘此朝闾阖。

欧阳晦夫惠琴枕

（宋）苏轼

中郎不眠仰看屋，得此古椽围尺竹。
轮囷濩落非笛用，剖作床琴徽轸足。
流传几处到渊明，卧枕纶巾酒新漉。
孤鸾别鹤谁复闻，鼻息䶏䶏自成曲。

湖南有大竹，世号"猫头"，取以作枕，仍为赋诗

（宋）韩驹

湖南人家养狸奴，夜出相乳肥其肤。
买鱼穿柳不蒙聘，深蹲地底老欲枯。
谁将作枕置榻上，拥肿似惯眠氍毹。
慵便玉枕分已无，孙生洗耳非良图。
茅斋纸帐施团蒲，与我同归夜相娱。
更长月黑试拊卧，鼠目尚尔惊睢盱。
坐令先生春睡美，梦魂直绕赤沙湖。
更烦黄妳好看取，走入旁舍无人呼。

纸帐歌和全初上人韵并简刘光朝

（元）陈泰

道人于事百不闻，岁晚鹤骨谁相温。
禅床茧光薄如雾，宜月宜霜复宜露。
梦回蕲竹生清寒，五月幻得梅花看。
初疑脆膜轻无力，一片凝秋剡中色。
道人巧手天机深，两杵独伴阶虫吟。
卷舒似听桔叶音，珍重莫遣烟煤侵。
百年富贵谁能免，锦幄彤庐语恩怨。
可怜老楮岁寒心，用舍在吾难自荐。

君不见燕山穹庐毡百幅,狎坐围春醉红玉。
道人不学制戎衣,空煮南山卧茅屋。
安知幕天席地一希夷,长共青山白云宿。

警枕词

(吴越王钱镠自少在军中,夜未尝寐,倦极则就圆木小枕或枕大铃,寐熟辄欹而寤,名曰"警枕"。)

(元)杨维桢

不睡龙,醒复醒,珊瑚圆木摇金铃。
五花宝簟芙蓉屏,铜盘雪粉香浅清。
楼墙铜弹飞霹雳,夜半更奴起辟易。
圆木功,无与敌。吴越封疆平地辟,四世三王安衽席。

咏纸被

(明)龚诩

纸衾方幅六七尺,厚软轻温腻而白。
霜天雪夜最相宜,不使寒侵独眠客。
老夫得此良多年,旧物宝爱同青毡。
不论素罽出南海,岂羡文锦来西川。
受用将图此生过,争奈义孙要与阿翁相伴卧。
阿翁夜夜苦丁宁,莫学恶睡骄儿轻踏破。

◆ 五言律

床

(唐)李峤

传闻有象床,畴昔献君王。玳瑁千金起,珊瑚七宝装。
桂筵含柏馥,兰席拂沉香。愿奉罗帏夜,长承秋月光。

旅枕

(宋)孔武仲

旅枕春风底,翛然一梦惊。漏移清禁远,天入小窗明。

桂玉梁园费，山椒楚客情。萧条过百五，犹有卖花声。

送椰心簟与刘使君
（宋）戴复古

适有椰心席，殷勤持赠君。来从三屿国，织作五花文。
凉暖宜冬夏，清光隔垢氛。桃笙与蕲簟，优劣迥然分。

◆ 五言排律

寄蕲州簟与元九因题
（唐）白居易

笛竹出蕲春，霜刀劈翠筠。织成双锁簟，寄与独眠人。
卷作筒中信，舒为席上珍。滑如铺莲叶，冷似卧龙鳞。
清润宜承露，鲜华不受尘。通州炎瘴地，此物最关身。

◆ 七 言 律

白角簟
（唐）罗邺

叠玉骈珪巧思长，露华烟魄让清光。
休摇雉尾当三伏，似展龙鳞在一床。
高价不惟标越绝，冷纹疑是卧潇湘。
杜陵他日重归去，偏称醉眠松桂堂。

以竹夹膝寄赠袭美
（唐）陆龟蒙

截得筼筜冷似龙，翠光横在暑天中。
堪临莲簟闲凭月，好向松窗卧跂风。
持赠敢齐青玉案，醉吟偏称碧荷筒。
添君野具教多著，为著西斋谱一通。

鲁望以竹夹膝见寄次韵酬谢

（唐）皮日休

圆于玉柱滑于龙，来自衡阳翠彩中。
拂润恐飞清夏雨，叩虚疑贮碧湘风。
大胜书客裁成简，颇赛溪翁截作筒。
从此角巾因尔戴，俗人相访若为通。

白角簟

（唐）曹松

角簟功夫已到头，夏来全占满床秋。
若言保惜归华屋，只合封题寄列侯。
学卷晓冰常怕绽，解铺寒水不教流。
蒲桃锦是潇湘底，曾得王孙价倍酬。

碧角簟

（唐）曹松

细皮重叠织霞纹，滑腻铺床胜锦茵。
八尺碧天无点翳，一方青玉绝纤尘。
蝇行只恐烟黏足，客卧浑疑水浸身。
五月不教炎气入，满堂秋色冷龙鳞。

纸　帐

（唐）徐夤

为笑文园四壁空，碎寒深入剡藤中。
误悬谢守澄江练，自宿嫦娥白兔宫。
几叠玉山开洞壑，半岩春雾结房栊。
针罗截锦饶他侈，争及蒙茸暖避风。

纸 被

(唐) 徐夤

文采鸳鸯罢合欢,细柔轻缀好鱼笺。
一床明月盖归梦,数尺白云笼冷眠。
披对劲风温胜酒,拥听寒雨暖于绵。
五陵年少见皆笑,却问儒生直几钱。

纸帐次柳子玉韵

(宋) 苏轼

乱纹龟壳细相连,惯卧青绫恐未便。
洁似僧巾白氎布,暖于蛮帐紫茸毡。
锦衾速卷持还客,破屋那愁仰见天。
但恐娇儿还恶睡,夜深蹋裂不成眠。

送竹几与谢秀才

(宋) 苏轼

平生长物扰天真,老去归田只此身。
留我同行木上座,赠君无语竹夫人。
但随秋扇年年在,莫斗琼枝夜夜新。
堪笑荒唐玉川子,暮年家口若为亲。

菊 枕

(元) 马祖常

东篱采采数枝霜,包裹西风入梦凉。
半夜归心三径远,一囊秋色四屏香。
床头未觉黄金尽,镜里难教白发长。
几度醉来消不得,卧收清气入诗肠。

芦花被

(元) 贯云石

采得芦花不浣尘，翠蓑聊复藉为茵。
西风刮梦秋无际，夜月生香雪满身。
毛骨已随天地老，声名不让古今贫。
青绫莫为鸳鸯妒，欸乃歌中别有春。

纸　帐

(元) 谢宗可

清悬四壁剡溪霜，高卧梅花月半床。
茧瓮有天春不老，瑶台无夜雪生香。
觉来虚白神光发，睡去清闲好梦长。
一枕总无尘土气，何妨留我白云乡。

芦花被

(元) 谢宗可

白似杨花暖似烘，纤尘难到黑甜中。
软铺香絮清无比，醉压晴霜夜不融。
一枕和秋眠落月，五更飞梦逐西风。
谁怜宿雁江汀冷，赢得相思旧恨空。

竹夫人

(元) 谢宗可

胸次玲珑粉黛羞，宵征何必抱衾裯。
应无云雨三更梦，自有冰霜六月秋。
尽节每曾陈讽刺，虚心那解老温柔。
专房不怕蛾眉妒，只恐西风动别愁。

芦花褥

（元）吴景奎

摇落蒹葭白露霜，冰绡覆护带帱张。
琼台积雪和烟凝（去声），银浦流云入梦香。
失绤曾怜衣冷落，吐茵空染酒淋浪。
雁声仿佛潇湘夜，起坐俄惊月一床。

鹅毛褥

（元）曹文晦

野老铺陈亦好奇，聚毛曾到蔡州池。
每思叠雪敷云处，尚想眠沙泛浦时。
坐石未温惊客至，累茵虽贵恐神疲。
正宜布被梅花帐，豆粥凝香起未迟。

演法师惠纸帐

（元）张昱

银灯夜照白纷纷，四面光摇白縠文。
隔枕不闻巫峡雨，绕床惟走剡溪云。
风和柳絮何因到，月与梅花竟不分。
塞北江南风景别，却思毡帐旧从军。

纸　帐

（元）陆景龙

溪藤捣雪净无瑕，素箔围风绝可嘉。
梦入清虚明月照，倦游广汉白云遮。
茧窝春暖浮银色，鲛室宵分散玉华。
警鹤一声天已豁，老夫诗思绕梅花。

竹簟

（明）朱之蕃

纹如流水滑如脂，一片清光漾碧漪。
凉思入帷移翠影，轻烟紫帐拂霜姿。
采真湘浦窗间梦，写兴淇园枕上诗。
欲避炎蒸何处是，石屏横展对芳池。

纸帐

（明）朱之蕃

慵飞兔颖厌涂鸦，联向书帷好蔽遮。
四面轻云萦柏子，一窗斜月映梅花。
峭寒无隙难容入，清梦常安不受哗。
葆得气完神亦固，吴绫蜀锦为谁夸？

决明甘菊枕

（明）朱之蕃

警枕神劳石枕寒，无如药裹最相安。
剖来珠蚌光堪掬，采积金英秀可餐。
布被暖香欺锦帐，竹床清气敌蒲团。
休论返黑方瞳炯，熟寝通宵即大丹。

梦醒化蝶尚蘧蘧，腹坦肱横两足舒。
青炯双瞳还映水，绿添短发渐盈梳。
地钟灵卉充高枕，天付幽香媚隐居。
供帐从今夸雅丽，床头闲却读残书。

答江似孙谢遗锦衾

（明）程嘉燧

曾无文绮赠交欢，聊尔同裯恋一寒。

长枕正思裁十幅,高眠尽可拥三竿。
休嫌吟苦蒙时污,应笑书痴画处刓。
博得新诗酬锦段,衙斋传比练裙看。

故衾何意托交欢?得共高人寤寐宽。
不分秋风破茅屋,从教夜雪满长安。
空床独枕琴三尺,远札相遗绮一端。
早晚平津谁与报?布衣思庇九州寒。

◆ 五言绝句

竹簟

(唐)元稹

竹簟衬重茵,未忍都令卷。忆昨初来日,看君自施展。

闳师自天台见寄石枕

(宋)林逋

斲石自何许?枕之怀赤城。空庐复蕙帐,旦暮白云生。

◆ 七言绝句

赠元九文石枕

(唐)刘禹锡

文章似锦气如虹,宜荐华簪绿殿中。
纵使凉飙生旦夕,犹堪拂拭愈头风。

酬灵符秀才惠枕

(唐)张祜

八寸黄杨惠不轻,虎头光照簟文清。
空心想此缘成梦,拔剑灯前一夜行。

欹　枕

（唐）郑谷

欹枕高歌日午春，酒酣睡足最闲身。
明明会得穷通理，未必输他马上人。

已　凉

（唐）韩偓

碧阑干外绣帘垂，猩色屏风画折枝。
八尺龙须方锦褥，已凉天气未寒时。

酬人寄簟

（唐）鱼玄机

珍簟新铺翡翠楼，泓澄玉水记方流。
惟应筠扇情相似，同向银床恨早秋。

赵子充示竹夫人诗，盖凉寝竹器。憩臂休膝，似非夫人之职，予为名曰"青奴"，并以小诗取之

（宋）黄庭坚

秾李四絃风拂席，昭华三弄月侵床。
我无红袖堪娱夜，政要青奴一味凉。

杂　诗

（金）王良臣

道人知我爱禅房，净扫阶前紫石床。
软饱三杯风味好，脱巾和月卧昏黄。

序山家幽寂之趣十首（录一）

（元）叶颙

一任猿惊野鹤猜，老怀笑口要频开。
高眠蕙帐春风暖，不怕霜声入枕来。

楮　帐

（元）郑允端

昔随阿母上蓬莱，香气如云拂面来。
今日梦中犹是见，梅花相对一床开。

客　散

（明）方太古

客散书堂秋日凉，山风吹雨葛花香。
竹床藤簟茶初熟，消受山人午睡长。

吴越宫词

（明）范汭

千门斜日四窗星，山近簾衣分外青。
侍女夜闲眠不稳，御床圆枕缀金铃。

华　顶

（明）僧大香

海色迢迢半紫氛，婆椤开落夏将分。
道人清晓下山去，纸被一床铺白云。

卷二百十九　杂器类

◆ 五言古

大食瓶
（元）吴莱

西南有大食，国自波斯传。兹人最解宝，厥土善陶埏。
素瓶一二尺，金碧灿相鲜。晶荧龙宫献，错落鬼斧镌。
粟纹起点缀，花穗蟠蜿蜒。定州让巧薄，邛邑斗清坚。
脱指滑欲坠，凝瞳冷将穿。逖哉贾胡力，直致蛟鳄渊。
常嗟古器物，颇为世所捐。幞衫易冠衮，盘盂改豆笾。
礼图日以变，戎索岂其然。在时苟适用，重译悉来前。
大寰幸混一，四海际幅员。县度缚绳组，娑夷航革船。
凿空发使节，随俗混民编。汉玉堆楱筲，蕃罗塞鞍鞯。
城池信不隔，服食奈渠迁。轮囷即上据，鼎釜畴能肩。
插葩夺艳冶，盛酩添馨羶。当筵特见异，博识无庸诠。
藏之或论价，裹之犹吾毡。珊瑚尚可击，碛路徒飞烟。
彼还彼互市，我且我杯圈（棬）。角貒独不出，记取征西年。

◆ 七言古

瓶笙（并引）
（宋）苏轼

刘几仲饯饮东坡，中觞闻笙箫声，杳杳若在云霄间，抑扬往返，粗中音节。徐而察之，则出于双瓶，水火相得，自然吟啸。作《瓶笙》诗记之。

孤松吟风细泠泠，独茧长缲女娲笙。
陋哉石鼎逢弥明，蚯蚓窍作苍蝇声。
瓶中宫商自相赓，昭文无亏亦无成。
东坡醉熟呼不醒，但云作劳吾耳鸣。

雨 伞
（元）萨都剌

开如轮，合如束，剪纸调膏护秋竹。
日中荷叶影亭亭，雨里芭蕉声簌簌。
晴天却阴雨却晴，二天之说诚分明。
但操大柄常在手，覆尽东西南北行。

◆ **五言排律**

寄怪石石斛与鲁元翰
（宋）苏轼

山骨裁方斛，江珍拾浅滩。清池上几案，碎月落杯盘。
老去怀三友，平生困一箪。坚姿聊自儆，秀色已堪餐。
好去髯卿舍，凭将道眼看。东坡最后供，霜雪照人寒。

◆ **七言律**

寄馏合刷瓶与子由
（宋）苏轼

老人心事日摧颓，宿火通红手自焙。
小甑短瓶良具足，稚儿娇女共燔煨。
寄君东阁闲蒸栗，知我空堂坐画灰。

约束家僮好收拾，故山梨枣待翁来。

瓶笙

（元）谢宗可

炉头莫为热中鸣，且作松风入耳清。
火候抽添成别调，汤痕深浅变秋声。
谁知冷暖情难尽，自为炎凉诉不平。
何用绛唇吹玉管，纤簧低咽夜三更。

得匏庵雨篝诗辄次韵

（明）李东阳

结构亲劳较短长，栋材应不弃馀良。
平分屋角三重溜，巧借檐阴二尺凉。
槛外青山犹可送，簾前紫燕莫愁妨。
从今稳作城东客，雨笠烟篝不用将。

分咏药臼

（明）沈周

山翁治药斫云根，梡腹中容海月吞。
捣过砂床剩金（朱）糁，炼馀石髓腻青痕。
无铭错认周王鼓，有窍真移玉女盆。
采术人来识清杵，数声遥在杏花村。

◆ 七言绝句

移石盆

（唐）陆龟蒙

移得龙泓潋滟寒，月轮初下白云端。
无人尽日澄心坐，倒影新篁一两竿。

香 类

◆ 五言古

同阁学士赋金鸭烧香
（元）虞集

黄金铸为鸭，焚兰夕殿中。窈窕转斜月，逶迤动微风。
绮席列珠树，华灯连玉虹。无眠待顾问，不知清夜终。

和虞先生箸香
（元）薛汉

奇芬捣精微，纤茎挺修直。炮轻雪消晛，火细萤耀夕。
素烟袅双缕，暗馥生半室。鼻观静里参，心原坐来息。
有客臭味同，相看终永日。

◆ 七言古 附长短句

赋得香出衣
（梁）刘孝威

香出衣，步近气逾飞。
博山登高用邺锦，含情动靥比洛妃。
香缨麝带缝金缕，琼花玉胜缀珠徽。
苏合故年微恨歇，都梁路远恐非新。
犹贤汉君芳千里，尚笑荀令止三旬。

烧　香

(宋) 杨万里

琢瓷作鼎碧于水，削银为叶轻如纸。
不文不武火力匀，闭合下帘风不起。
诗人自炷古龙涎，但令有香不见烟。
素馨忽开茉莉圻，低处龙麝和沉檀。
平生饱识山林味，不奈此香殊妩媚。
呼儿急取烹木犀，却作书生真富贵。

◆ 七言律

烧　香

(宋) 陆游

宝薰清夜起氤氲，寂寂中庭伴月痕。
小斲海沉非弄水，旋开山麝取当门。
蜜房割处春方半，花露收时日未暾。
安得故人同晤语，一灯相对看云屯。

魏城马南瑞以异香见遗为赋

(元) 毛麾

梅心兰甲类元同，气压荀家百和功。
借润更烦纤手玉，出云初试博山铜。
崇朝日下亭亭盖，三月花间细细风。
我有因缘在香火，鼻端消息为君通。

二卉真香岂复加，便宜编谱入雄夸。
留残一点蔷薇水，幻出诸天薝葡花。
佩带正垂金钿小，薰炉孤起翠云斜。
金笼甲帐豪华事，惭愧桑枢瓮牖家。

云州道中数闻异香

（元）虞集

云中楼观翠岩峣，载道飞香远见招。
非有芝兰从地出，略无烟雾只风飘。
玉皇案侧当霄立，王母池边向日朝。
却袖馀薰散人世，九天清露海尘遥。

龙涎香

（元）谢宗可

瀛岛蟠龙玉吐凝，轻氛飞绕博山青。
暖浮蛟窟潮声怒，清彻骊宫蛰睡醒。
碧脑盈箱收海气，红薇滴露洗云腥。
雨窗篝火浓熏被，梦驾苍鳞上帝庭。

线 香

（明）瞿佑

捣麝筛檀入范模，润分薇露合鸡苏。
一丝吐出青烟细，半炷烧成玉箸粗。
道士每占经次第，佳人唯验绣工夫。
轩窗几席随宜用，不待高擎鹊尾炉。

香 印

（明）瞿佑

量酌香尘尽左旋，曾烦巧匠为雕镌。
萤穿古篆盘红焰，风绕回文吐碧烟。
画内仅容方寸地，数中元有范围天。
老来无复封侯念，日日移当绣佛前。

烧香桌

（明）瞿佑

雕檀斲梓样新奇，雾阁云窗任转移。
金兽小身平立处，玉人双手并抬时。
轻烟每向穿花见，细语多因拜月知。
有约不来闲凭久，麝煤煨尽独敲棋。

斋居谢屠元勋送解家香

（明）吴宽

坐来斋阁欲清心，忽对名香到夜深。
已似古人频扫地，更无俗客共鸣琴。
煖烟盘曲丝萦碧，细屑圆成箸削金。
始信解家真得法，清泉饼莫送词林。

印香盘

（明）朱之蕃

不听更漏向谯楼，自剖元（玄）机贮案头。
炉面匀铺香粉细，屏间时有篆烟浮。
回环恍若周天象，节次同符五夜筹。
清梦觉来知候改，褰帷星火照吟眸。

香　篆

（明）朱之蕃

水沉初试博山时，吐雾蒸云复散丝。
忽漫书空疑锦织，相看扫素傍灯帷。
萦纡细缕虫鱼错，断续残烟柳薳垂。
几向螭头闻阊殿，罗襕携出凤凰池。

◆ 五言绝句

寄南岳客乞灵芫香
（唐）陆龟蒙

闻说融峰下，灵香似返魂。春来正堪采，试为劚云根。

贾天锡惠宝熏乞诗，予以"兵卫森画戟，燕寝凝清香"十字作诗报之。久失此藁，偶于门下后省故纸中得之（录五首）
（宋）黄庭坚

石蜜化螺甲，棋槽煮水沉。博山孤烟起，对此作森森。

轮囷香事已，郁郁著书画。谁能入吾室，脱汝世俗械。

床帷夜气馥，衣桁晚烟凝。瓦沟鸣急雪，睡鸭照华灯。

雉尾映鞭声，金炉拂太清。班近闻香早，归来学得成。

衣篝丽纨绮，有待乃芬芳。当念真富贵，自熏知见香。

香
（金）李俊民

小炷博山鼎，半残心字灰。游蜂何处客，应为百花来。

焚 香
（明）高启

斜霏动远吹，暗馥留微火。心事共成灰，窗间一翁坐。

◆ 六言绝句

和黄鲁直烧香
（宋）苏轼

四句烧香偈子，随香遍满东南。
不是闻思所及，且令鼻观先参。

有惠江南帐中香者戏赠
（宋）黄庭坚

百炼香螺沉水，宝熏近出江南。
一穗黄云绕几，深禅想对同参。

螺甲割昆仑耳，香材屑鹧鸪斑。
欲雨鸣鸠日永，下帷睡鸭春闲。

子瞻寄和复答
（宋）黄庭坚

置酒未容虚左，论诗时要指南。
迎笑天香满袖，喜公新趁朝参。

迎燕温风旎旎，润花小雨斑斑。
一炷烟中得意，九衢尘里偷闲。

焚　香
（金）高宪

茉利花心晓露，蔷薇萼底温风。
洗念六根尘外，忘言一炷烟中。

满地落花春晓，一帘微雨轻阴。

正要金蕉引睡,不妨玉陇知音。

纸帐收烟密下,松皮卷火常虚。
午寂春闲小睡,人间自有华胥。

沉水浓熏甲煎,宫梅细点波津。
奕奕非烟非雾,依依如幻如真。

◆ 七言绝句

宫　词

（唐）王建

雨入珠簾满殿凉,避风新出玉盆汤。
内人恐要秋衣著,不住熏笼换好香。

薛舍人见征恩赐香并二十八字同寄

（唐）吴融

往岁知君侍武皇,今来何用紫罗囊?
多缘有意重熏裹,更洒江毫上玉堂。

春雨中偶成

（宋）张耒

春阴只与睡相宜,卧听鸣禽语复飞。
一缕断香浮不散,何人深院昼熏衣?

邃老寄龙涎香

（宋）刘子翚

瘴海骊龙供素沫,蛮村花露浥清滋。
微参鼻观犹疑似,全在炉烟未发时。

烧　香

（宋）杨万里

小阁疏棂春昼长，沉烟半穗弄轻黄。
老铃略不知人意，故故褰簾放出香。

宫　词

（宋）花蕊夫人

会真广殿绕宫墙，楼阁相扶倚太阳。
净甃玉阶横水岸，御炉香气扑龙床。

安排诸院接行廊，外监周回十里强。
青锦地衣红绣毯，尽铺龙脑郁金香。

晓吹翩翩动翠旗，炉烟千叠瑞云飞。
何人奏对偏移刻，御史天香染绣衣。

从希颜觅笃耨香

（金）元好问

绿洋奇亦赛浓梅，永忆熏炉试浅灰。
尤物也知人爱惜，簾筛风动只萦回。

自倚诗情合得消，暮寒新火觉无聊。
悬知受用无多在，试往新诗乞断瓢。

焚胜梅香

（元）刘秉忠

春风吹灭小檠釭，梦断炉香结翠幢。
檐外杏花横素月，恰如梅影在西窗。

午　寝
（元）元淮

莺来踏碎乱红翻，尽日簾垂昼永闲。
午睡觉来香味远，金猊犹有鹧鸪斑。

题露台夜炷图
（元）揭祐民

赭红清夜露台香，月冷铜人正耐霜。
心事意知惟密诉，帝青天语近琅琅。

是年五月扈从上京学宫纪事
（元）周伯琦

鹧斑百和作坚材，翥凤翔龙四壁开。
宝地晓张香积界，始知天子是如来。

春　寒
（明）郑韶

十日春寒早闭门，风风雨雨怕黄昏。
小斋坐对黄金鸭，寂寂沉香火自温。

南郊杂韵
（明）陆容

仙韶隐隐落空濛，台下传呼拜启同。
知是燔柴礼初献，沉香火起烛天红。

卷二百二十一　灯烛类（附烟火）

◆ 四言古

金羊灯铭
（汉）李尤

贤哲勉务，惟日不足。金羊载耀，作明以续。

灯　铭
（晋）傅玄

晃晃华灯，含滋炳灵。素膏流液，元炷亭亭。
丹水阳辉，飞景兰庭。

烛　铭
（晋）傅咸

煌煌丹烛，焰焰飞光。取则景龙，拟象扶桑。
照彼幽夜，炳若朝阳。焚形鉴世，无隐不彰。

◆ 五言古

庭　燎
（晋）傅元

元正始朝享，万国执珪璋。枝灯若火树，庭燎继天光。

灯

（齐）谢朓

发翠斜溪里，蓄宝宕山峰。抽茎类仙掌，衔光似烛龙。
飞蛾再三绕，轻花四五重。孤对相思夕，空照舞衣缝。

正月八日燃灯诗应令

（梁）简文帝

藕树交无极，花云衣数重。织竹能为象，缚荻巧成龙。
落灰然蕊盛，垂油湿画峰。天宫倘若见，灯王愿可逢。

咏笼灯

（梁）简文帝

动焰翠帷里，散影罗帐前。花心生复落，明销君讵怜。

咏池中烛影

（梁）元帝

渔灯且灭烬，鹤焰暂停辉。自有衔龙烛，青光入朱扉。
映水疑三烛，翻池类九微。入林如燐影，度渚若萤飞。
河低扇月落，雾上珠星稀。章华终宴所，飞盖且相追。

咏残灯

（梁）纪少瑜

残灯犹未灭，将尽更扬辉。唯馀一两焰，裁得解罗衣。

咏灯檠

（梁）王筠

百华曜九枝，鸣鹤映冰池。朱光本内照，丹花复外垂。
流辉悦嘉客，翻影泣生离。自销良不悔，明白愿君知。

咏蜡烛

（梁）王筠

执烛引佳期，流影度单帷。朣胧别绣被，依稀见蛾眉。
芙明不足贵，焦烬岂为疑。所恐恩情改，照君寻履綦。

咏　灯

（梁）吴均

昔在凤凰阙，七采莲花茎。陆离看宝帐，烂熳照文屏。
澹艳烟光转，氛氲雾里轻。能方三五夜，桂树月中生。

和簾里烛

（梁）刘孝威

开关簾影出，参差风焰斜。浮光烛绮带，凝滴污垂花。

赋得照棋烛诗刻五分成

（梁）刘孝绰

南皮絃吹罢，终弈且留宾。日下房栊闇，华烛命佳人。
侧光全照局，回花半隐身。不辞纤手倦，羞令夜向晨。

咏　灯

（梁）沈氏

绮筵日已暮，罗帷月未归。开花散四照，含光出九微。
风轩动丹焰，冰宇澹清辉。不吝轻蛾绕，唯恐晓蝇飞。

三善殿夜望山灯

（陈）江总

百花疑吐夜，四照似含春。的的连星出，亭亭向月新。
采珠非合浦，赠珮异江滨。若任扶桑路，堪言并日轮。

奉和通衢建灯应制
（隋）诸葛颖

芳衢澄夜景，法炬烂参差。逐轮时徙焰，桃花生落枝。
飞烟绕定室，浮光映瑶池。重阁登临罢，歌管乘空移。

寒 釭
（唐）刘长卿

向夕灯稍进，空堂弥寂寞。光寒对愁人，时复一花落。
但恐明见累，何愁暗难托。恋君秋夜永，无使兰膏薄。

咏残灯和杨孟载
（明）高启

凝寒结重晕，逼曙零孤朵。膏空逐漏水，焰在同炉火。
恋影未成眠，更就馀光坐。

咏料丝灯
（明）薛蕙

淮南玉为盌，西京金作枝。未若兹灯丽，擅巧昆明池。
霏微状蝉翼，连娟侔网丝。烟空不碍视，雾弱未胜持。
碧水点葱郁，彩石染葳蕤。霞叠有无色，云攒深浅姿。
焚兰发香气，对烛映红滋。明月讵须侈，夜光方可嗤。

烛
（明）薛蕙

客醉北堂上，花生夜户中。色乱歌梁月，影暗舞衣风。
珠簾照不隔，罗帻映疑空。愿得陪长谯（宴），相看曲未终。

◆ 七 言 古

三日侍宴咏曲水中烛影

（梁）庾肩吾

重焰垂花比芳树，风吹水动俱难住。
春枝拂岸影上来，还杯绕客光中度。

禊饮嘉乐殿咏曲水中烛影

（梁）刘孝威

火浣花心犹未长，金枝密焰已流芳。
芙蓉池畔涵停影，桃花水脉引行光。

◆ 五 言 律

烛

（唐）李峤

兔月清光隐，龙盘画烛新。三星花入夜，四序玉调晨。
浮炷依罗幌，吹香匝绮茵。若逢燕国相，持用举贤人。

送毋潜三寺中赋得纱灯

（唐）李颀

禅室吐香烬，轻纱笼翠烟。长绳挂青竹，百尺垂红莲。
熠燿众星下，玲珑双塔前。含光待明发，此别岂徒然。

咏灯花同侯十一

（唐）韩愈

今夕知何夕，花燃锦帐中。自能当雪暖，那肯待春红。
黄里排金粟，钗头缀玉虫。更烦将喜事，来报主人公。

观山灯献徐尚书

（唐）段成式

风杪影零乱，露轻光陆离。如霞散仙掌，似烧上峨嵋。
道树千花发，扶桑九日移。因山成聚像，不复藉蟠螭。

涌出多宝塔，往来飞锡僧。分明三五月，传照百千灯。
驯狄移高炷，庆云遮半层。夜深寒焰白，犹自缀金绳。

灯　花

（元）贡奎

今夕离家远，灯花尽意开。绿烟浮小晕，红焰落轻煤。
影照频占喜，心挑莫见猜。遥知儿女坐，欢笑对银台。

废　檠

（元）杨载

二尺书檠在，如今久弃捐。鱼膏虽有焰，蠹简独无缘。
墙下偕遗砾，窗间带旧烟。却观提挈处，辛苦悔当年。

元夕赐观灯

（明）杨荣

禁苑东风暖，青霄月正中。鱼龙千队戏，罗绮万花丛。
云峤祥光丽，星桥宝炬红。太平多乐事，此夕万方同。

元夕午门赐观灯

（明）金幼孜

鳌山新结綵，列炬照晴天。箫鼓瑶台上，星河绛阙前。
綵装千队好，绣簇万花妍。欢赏陪銮驭，还歌《既醉篇》。

元夕赐观灯应制

（明）陈敬宗

紫陌连清禁，彤楼接绛河。九门星綵动，万井月华多。
宝炬通宵晃，鸾笙协气和。臣民涵圣泽，齐唱太平歌。

山拥金鳌壮，云盘彩凤来。星河随斗转，珠阙倚天开。
欢洽春声遍，恩从淑气回。愿歌《鱼藻咏》，长奉万年杯。

怀旧何处观灯好

（明）储巏

何处观灯好？台城并骑时。酒边看夜戏，花下听春词。
火树璇霄发，松棚綵市移。迟迟南陌上，明月镇相随。

何处观灯好？琳宫禁籞西。星桥通碧落，云网缀丹梯。
梅畔春犹寂，松梢月渐低。传柑谁得句？痛饮忆宣溪。

何处观灯好？风光帝里多。鲛屏围宝炬，鳌驾滟金河。
列第珠垂箔，长桥蝀枕河。谁家吹铁笛，月午更相过。

咏墨纱灯

（明）曹学佺

质裂横疑水，光生薄似苔。凭将彩笔画，认作前刀裁。
鸟向空中度，花从镜里开。细看若无力，不畏晓风催。

剪 烛

（明）僧德祥

风处摇金蛹，烟时闪墨鸦。寸心终不昧，双泪欲横斜。
渐过分诗刻，虚开报喜花。剪声初落指，满席散春霞。

◆ **五言排律**

剪灯联句

（元）贡师泰

夜暖拈香茧，春寒落剪刀。劳心连郁结，（贡）绮思出长缲。
点缀轻蝉翼，（吴子彦）装粘细凤毛。
风花凝琐碎，（贡）云叶护周遭。
影烁金垂烬，（侯敬文）光融玉作膏。
舞裯围落絮，（刘子清）歌扇逐飞桃。
带转银幡小，（贡）轮回宝盖高。蜘蛛围露网，（吴）顾兔堕秋毫。
莺掷翻红雪，（侯）鱼跳起碧涛。春阳嘘蛱蝶，（刘）秋冷蜕蚼蝥。
翠薄荷分钿，丝柔柳散绦。青童来绛节，玉女翳纤翿。
碎讶珠胎迸，尖愁燕尾翱。微茫萦错落，斜隙漏葡萄。
饧釜空烧蜡，棚山漫结鳌。浮尘笼漠漠，流水眩滔滔。
纂绮难为密，裁绡只自劳。婵娟妒清夜，蟛蜞落晴皋。
制异宫人绶，荣怀学士绦。未曾分宝炬，先许照襕袍。
剧赏尊频倒，穷搜笔屡操。盍簪嘶骙裹，奋袖舞豪曹。
酒促华筵散，诗惭白战鏖。时平无夜禁，繁弱且归弢。（贡）

灯花联句

（元）张雨

星阁迎寒閟，霜钟动夜搅。（孝光）酒深燔术火，漏下续兰釭。
寸艸荧芝小，（雨）丹葩瑞带双。
金枝交婉娈，（孝光）银粟乱鬖髿。
蜡结飞蛾笑，（雨）膏融吐凤慅。
汞珠光透镜，（孝光）火齐幻垂幢。
的的煇青琐，（雨）淫淫飐玉缸。
烛龙擎紫盖，（孝光）翘燕缀红鬟。

邻眼书窥隙,（雨）仙眉墨晕窗。
狂吟心蕊发,（孝光）喜听足音跫。
折壄风吹座,（雨）钩簾月堕江。
青藜如见遇,挥手出纷庞。（孝光）

咏高丽石灯

（明）唐之淳

窍石烛幽遐,虚明讵异纱。琢从箕子国,燕向竺王家。
耿耿知悬烬,亭亭讶作花。定馀神自照,经残漏欲赊。
愿持明慧镜,扬彩遍河沙。

观　灯

（明）朱纯

春色满侯家,金莲夜吐花。香膏融绛液,细烬落金沙。
闪闪明珠箔,荧荧映碧纱。烟凝微作晕,焰煖欲成霞。
绾结流苏重,缤纷宝带斜。人看临珠翠,月出让光华。
遍列雕阑护,高张绣幄遮。休言非敕送,吟对亦堪夸。

癸卯元夕曹能始席上咏夹纱灯屏得花字

（明）吴兆

火树当筵出,灯屏绕席斜。逶迤一片影,匼匝九枝华。
薄素流明月,层波浸百花。龙膏燃作雾,鹤彩散成霞。
晓户莺窥镜,春窗蝶误纱。盈盈空内外,瞰客若为遮。

◆ 七 言 律

蜡　烛

（唐）郑谷

仙漏迟迟出建章,宫簾不动透清光。
金闺露白新裁诏,画阁春红正试妆。
泪滴杯盘何所恨,烬飘兰麝暗和香。

多情更有分明处,照得歌尘下燕梁。

长明灯
(唐)罗隐

破暗长明世代深,烟和香气雨沉沉。
不知初点人何在,只见当年火至今。
晓似红莲开沼面,夜如寒月镇潭心。
孤光自有龙神护,雀戏蛾飞不敢侵。

灯 花
(唐)徐夤

点蜡烧银却胜裁,九华红艳吐玫瑰。
独含冬夜寒光拆,不傍春风暖处开。
难见只因能送喜,莫挑唯恐坠成灰。
贪膏附热多相误,为报飞蛾罢拂来。

咏 灯
(唐)僧慕幽

钟断危楼鸟不飞,荧荧何处最相宜?
香燃水寺僧开卷,笔写春帏客著诗。
忽尔思多穿壁处,偶然心尽断缨时。
孙康勤苦谁能念,少减馀光借与伊。

祥符寺九曲观灯
(宋)苏轼

纱笼擎烛迎门入,银叶烧香见客邀。
金鼎转丹光吐夜,宝珠穿蚁闹连宵。
波翻焰里元相激,鱼舞汤中不畏焦。
明日酒醒空想像,清吟半逐梦魂销。

上元观灯

(宋) 曾巩

九衢仙仗豫游归，宝烛星繁换夕晖。
传酨未斜清禁月，散花还拂侍臣衣。
天香暗度金虬燠，宫扇双开彩凤飞。
法曲世人听未足，却迎朱辇下端闱。

灯夕呈刘帅

(宋) 刘克庄

士女如云服珥鲜，暂陪猎较亦欣然。
清于坡老游杭市，俭似乖崖在剑川。
使指何功烦卜夜，遨头此念可通天。
粤人拥道千层看，不见犿鞍三十年。

书 灯

(元) 刘清叟

一点兰膏数寸心，小窗伴我夜沉沉。
煖分青焰藜烟细，喜动红光花意深。
洞见苦心归典策，照残幽梦入寒衾。
他时富贵不相弃，移上长檠伴醉吟。

金钗剪烛

(元) 蒲道源

歌舞兰堂夜色深，烛花轻剪试钗金。
分开小凤双飞翼，拨尽寒灰一寸心。
玉泪乱随红袖落，蜡香留得碧云簪。
短檠二尺挑寒雨，头白书生正苦吟。

走马灯

（元）谢宗可

飙轮拥骑驾炎精，飞绕人间不夜城。
风鬣追星低弄影，霜蹄逐电去无声。
秦军夜溃咸阳火，吴炬宵驰赤壁兵。
更忆雕鞍年少梦，章台踏碎月华明。

天 灯

（元）谢宗可

龙逐炎精下紫宫，夜深不肯落云中。
光分霄汉三更黑，影乱星辰万点红。
玉柱倚天擎火齐，金绳系日挂瑶空。
照开仙阙朝元路，绛节霓旌稳驾风。

莲 灯

（元）谢宗可

万点芙蓉午夜芳，醉看疑是水云乡。
兰釭照破西湖梦，火树烧残太液香。
焰煖应愁擎夜雨，烬寒不为倒秋霜。
元宵庭院东风晓，零乱红衣落画梁。

水 灯

（元）谢宗可

波明焰煖晚风闲，泡影飞来镜里看。
万点芙蓉开碧沼，一天星斗落冰盘。
珠浮赤水光犹湿，火浴丹池夜未干。
照破鱼龙波底梦，幽宫不怕五更寒。

书 灯

（元）谢宗可

吾伊声里漏初长，愿借丹心吐寸光。
万古分明看简册，一生照耀付文章。
芸编清逼兰膏暖，花烬时粘竹汗香。
明日金莲供草制，几人风露在秋堂。

灯 花

（元）谢宗可

谁分春色上银台，小草梢头吐烬煤。
丹萼擎烟深夜结，朱蕤喷火背阳开。
吟窗对酒分诗罢，旅馆敲棋待客来。
愿得东君膏泽满，芳心一点不成灰。

泡 灯

（元）谢宗可

焰吐兰膏映水晶，泓澄不动一沤轻。
天星影落冰壶夜，神汞光凝火齐明。
碧晕浮春丹气湿，红云泛暖玉华清。
游鱼不觉三更冷，飞入琉璃井底行。

雪 灯

（元）谢宗可

一炬烧寒照夜长，玉虫飞入白纱囊。
冰壶吞月涵秋影，海蚌怀珠吐夜光。
六出自随飞烬落，寸辉不受积阴藏。
浑疑冻壑寒崖底，忽见东风转太阳。

塔　灯
（元）谢宗可

拔地烧空宝炬长，烛龙挂影照穹苍。
七层火树云生暖，九曲神珠夜吐光。
霞点彤幢归净界，星随绛节下西方。
如来应到天坛上，万斛金莲绕步香。

灯花给韵
（元）胡天游

寸烬能偷造化权，花开花落自黄昏。
岂凭根本栽培力，暂借膏油养育恩。
隔幔乍疑笼日幄，展屏聊当避风幡。
飘零满案无人问，付与青娥淬鬓痕。

西湖放灯
（元）张雨

共泛兰舟灯火闹，不知风露湿青冥。
如今池底休铺锦，此日槎头直挂星。
烂若金莲分夜炬，空于云母隔秋屏。
却怜牛渚清狂甚，苦欲燃犀走百灵。

灯　花
（明）张羽

画堂银烛映歌钟，醉眼俄惊火树红。
白玉屏深留晚艳，绛纱笼暖护春丛。
阑干清泪非因雨，狼藉残煤总为风。
更忆禁垣归路静，金莲随马散文虹。

咏菩提叶灯

(明) 吕诚

宝林菱叶堕天风，一落人间便不同。
云镜荧煌开月匣，并刀裁剪费春工。
星攒蜩翼冰绡薄，华拥虾须玉栅红。
从此可传无尽藏，五湖今有水晶宫。

元夕赐午门观灯

(明) 金幼孜

凤辇初临鼓吹喧，千官环侍紫宸边。
九门灯火云霄上，午夜山河锦绣前。
春散炉烟浮树暖，月移宝仗映花妍。
从臣忝预传柑宴，既醉犹歌《湛露篇》。

赐午门观灯应制

(明) 陈宗

鳌峰千仞郁嵯峨，万蜡荣春洽太和。
明月只随仙仗转，红云偏近御筵多。
旌旄影飐黄金阙，丝竹声翻白雪歌。
万岁三呼频祝颂，醉归数问夜如何。

白玉仙京上帝家，六龙遥驾五云车。
巨鳌此夕移三岛，火树迎春吐万花。
水咽宫壶留夜色，欢腾黎庶乐年华。
承恩尽醉归来晚，一派钧天隔彩霞。

河 灯

(明) 李东阳

火里莲花水上开，乱红深绿共徘徊。

纷如列宿时时出，宛似流觞曲曲来。
色界本知空有相，恒河休叹劫成灰。
凭君莫话燃犀事，水底鱼龙或见猜。

鞋 灯
（明）瞿佑

弓样新裁瘦不禁，分明一掬照花阴。
凌波未试弯弯玉，踏月还生步步金。
红蕾先开传密意，赤绳双系结同心。
少年前度相看处，唯恨秋千别院深。

斗鸡灯
（明）瞿佑

怒挟争机下绛台，月明照见影毰毸。
彩鸾舞镜肠应断，丹凤迎阳尾乍开。
五德有名终气合，两雄相厄未心灰。
孟韩联句谁能续？烧尽东风画烛煤。

咏老人灯
（明）桑悦

假合分明两鬓秋，鲍郎衫袖带膏油。
衰颜自分随灰冷，急景何妨秉烛游。
得火常时能煖腹，避烟终夜只摇头。
却疑南极星辰现，一点光芒落海陬。

元夕咏冰灯
（明）唐顺之

正怜火树斗春妍，忽见清辉映夜阑。
出海鲛珠犹带水，满堂罗袖欲生寒。
烛花不碍空中影，晕气疑从月里看。

为语东风暂相借,来宵还得尽馀欢。

上元夜帝御龙舟观鳌山恭述
(明) 王士骐

紫禁鳌山结翠斿,昇平故事雅宜修。
春回九陌风仍暖,月出千门雾乍收。
烟火楼台疑化国,高明世界正宸游。
何人不傍宫墙听,天乐泠泠在御舟。

上张灯后苑,以麦灯居中,吾州所产也
(明) 王士骐

江南五月麦初黄,野老殷勤进尚方。
织就丝丝冰比洁,镂成叶叶玉分光。
谁高市上千金价,不数宫中七宝装。
闻道圣人昭俭德,莹然一盏照中央。

石琉璃
(明) 朱之蕃

瑞石莹然冰雪姿,琢成宝月半如规。
骊珠出海光犹湿,牛渚燃犀照不遗。
丈室明涵金色界,禅关朗映白毫眉。
蒲团坐看炉烟袅,天禄何烦太乙藜。

烛　泪
(明) 申时行

风袭帘帷炬色寒,鲛珠错落泻银盘。
红绡半湿金莲吐,紫焰微销玉箸残。
传蜡汉宫春厌浥,绝缨楚馆夜阑干。
须知归院承恩日,涓滴还将雨露看。

烛　影

（明）屠瑶瑟

画梁疏影按红牙，光入花丛比桂华。
时伴琼筵翻广乐，乍浮纨扇隔轻纱。
溶溶春夜疑宵永，闪闪秋闱共月斜。
散尽缠头天欲曙，清光犹照五侯家。

◆ 五言绝句

咏　烛

（唐）太宗

九龙蟠焰动，四照逐花生。即此流高殿，堪持代月明。

挑灯杖

（唐）骆宾王

禀质非贪热，焦心岂惮熬。终知不自润，何处用脂膏。

同张将蓟门观灯

（唐）孟浩然

异俗非乡俗，新年改故年。蓟门看火树，疑是烛龙然。

四时宫词

（元）曹文晦

掖庭春夜燕，小队去红妆。敕赐金莲烛，雕阑照海棠。

二月十五夜子浚兄灯谳再赋

（明）皇甫汸

再吐金枝焰，重开玉树花。非关耽夜饮，直是眷年华。

綵缕交花艳，明珠减月辉。君能留顾盼，时得奉芳菲。

◆ 七言绝句

因梦得题公垂所寄蜡烛因寄公垂
（唐）白居易

照梁初日光相似，出水新莲艳不如。
却寄两条君领取，明年双引入中书。

圣　灯
（唐）薛能

莽莽空中稍稍灯，坐看迷浊变清澄。
须知火尽烟无益，一夜栏边说向僧。

代夫作白蜡烛诗赠人
（唐）孙氏

景胜银釭香比兰，一条白玉逼人寒。
他时紫禁春风夜，醉草天书仔细看。

次韵馆中上元游葆真宫观灯
（宋）韩驹

玉作芙蓉院院明，博山香度小峥嵘。
直言水北人稀到，也有盘姗勃窣行。

观野灯
（宋）朱子

飞萤腐草寻常事，作底兹山独耀芒？
须信地灵资物化，金膏随处发明光。

谢韩实之直阁送灯

（宋）陆游

旧友年来不作疏，华灯乃肯寄蜗庐。
宁知此老萧条甚，二尺檠前正读书。

宫　词

（宋）花蕊夫人

夜色楼台月数层，金猊烟穗绕觚棱。
重廊曲折连三殿，密上真珠百宝灯。

天门宴罢九重关，楼倚银河气象间。
一点星毬垂绛阙，五云仙伏下蓬山。

烛　花

（元）郝经

江城深夜作轻寒，金粟堆盘蜡炬残。
应是灯花怜久客，故随人意报平安。

令狐学士金莲图

（元）许有壬

九天光彩动金闺，辇路风香树影齐。
却笑汉家恩数薄，只教天禄待青藜。

晚泊维扬驿

（元）宋聚

朱轩翠馆郁岧峣，几处笙歌几处桥。
怪得隔江人望见，夜深灯火似元宵。

书舍寒灯

(元) 叶颙

青灯黄卷伴更长,花落银釭午夜香。
异日长檠珠翠处,苦心寒焰莫相忘。

宫　词

(明) 朱权

翠盘金缕绛纱笼,银烛荧煌照汉宫。
应制草词书细字,灯花报喜吐殷红。

元夕午门观灯应制

(明) 金幼孜

阊阖重重夜不扃,琼楼十二敞银屏。
东风一曲昇平乐,此夜都人尽许听。

看灯词

(明) 瞿佑

傀儡妆成出教坊,彩旗前引两三行。
郭郎鲍老休相笑,毕竟何人舞袖长?

燕京歌

(明) 刘效祖

元会初分庭燎光,君王亲御紫霞觞。
不知五夜春多少,白日犹闻蜡炬香。

灯　词

(明) 袁九淑

家家行乐管絃催,火树千枝向夜开。
见说南邻祠太乙,笑声一片踏歌来。

附烟火

◆ 七言古

陈都阃宅看烟火

(明)张时彻

正月初旬长昼昏,北风吹沙江吐云。
千门弱柳青袅袅,官院红梅开正芬。
雨霁张灯春不迟,将军烟火夜偏奇。
层层岛屿神仙见,灿灿云霄星斗垂。
宝塔崚嶒跨紫峰,青天削出金芙蓉。
芳兰映日琼瑶碧,菡萏凌波玛瑙红。
蜡炬光中战马鸣,奔如飞电突如鲸。
戈矛寒带阴山雪,旗甲晴辉瀚海星。
野鹄双飞乍欲没,衔枝喜鹊喳喳发。
芍药蒲萄悬翠屏,珊瑚宝贝流明月。
空中捧出百丝灯,神女新妆五彩明。
真人斩蛟动长剑,狂客吹箫过洞庭。
翩翩舞蝶戏穿花,海上楼台散赤霞。
须臾锦绣被满地,明珠斗大纷如麻。
城中小儿齐拍手,声声道好如雷吼。
击鼓弹筝时转喧,河汉低回挂朱牖。
夜深宾客各言归,主人长跪强牵衣。
朱苞细拆漳南橘,白椀新盛北地梨。
联床接席出丰膳,美酒平斟玉屈卮。
清宵良会岂再得,今我不醉将何为?

◆ 七言律

赠放烟火者

（元）赵孟頫

人间巧艺夺天工，炼药燃灯清昼同。
柳絮飞残铺地白，槐花落尽满阶红。
纷纷灿烂如星陨，爚爚喧豗似火攻。
后夜再翻花上锦，不愁零乱向东风。

烟火戏

（明）瞿佑

天花无数月中开，五色祥云绕绛台。
堕地忽惊星彩散，飞空频作雨声来。
怒撞玉斗翻晴雪，勇踏金轮起迅雷。
更漏已深人渐散，闹干挑得綵灯回。

卷二百二十二　火　类

◆ 五言古

咏　火
（齐）王融

冰容惭远鉴，水质谢明辉。是照相思夕，早望行人归。

远看放火
（梁）庾肩吾

风前细尘起，月里黑烟生。发焰看乔木，侵光识远城。

夜烧松明火
（宋）苏轼

岁暮风雨交，客舍凄薄寒。夜烧松明火，照室红龙鸾。
快焰初煌煌，碧烟稍团团。幽人忽富贵，蕙帐芬椒兰。
珠煤缀屋角，香脂流铜盘。坐看十八公，俯仰灰烬残。
齐奴朝爇蜡，莱公夜长叹。海康无此物，烛尽更未阑。

云龙山观烧得云字
（宋）苏轼

丁女真水妃，寒山便火耘。阴霜知已杀，坏户听初焚。
束缊方熠耀，敲石俄氤氲。落点甘泉烽，横烟楚塞氛。
穷蛇上乔木，潜蛟蹙浮云。惊飞堕伤雁，狂走迷痴麇。
谷蛰起蜩燕，山妖窜夔羵。野竹爆逸响，幽桂飘清芬。

散同秋照蟹,快若夏燎蚊。火牛入燕垒,燧象奔吴军。
喧腾井陉口,万马皆朱幩。摇曳骊山阴,诸姨烂红裙。
方随长风卷,忽值绝涧分。我本山中人,习见匪独闻。
偶从二三子,来访张隐君。君家亦何有?物象移朝曛。
把酒看飞烬,空庭落缤纷。行观农事起,畦垅如缬纹。
细雨发春颖,严霜倒秋蕡。始知一炬力,洗尽狐兔群。

◆ 七言古

夜光篇

（唐）王泠然[*]

游人夜到汝阳间,夜色溟濛不解颜。
谁家暗起寒山烧,因此明中得见山。
山头山下须臾满,历险缘深无暂断。
焦声散著群树鸣,炎气傍林一川暖。
是时西北多海风,吹上连天光更雄。
浊烟熏月黑,高焰爇云红。
初谓炼丹仙灶里,还疑铸剑神溪中。
划为飞电来照物,乍作流星并上空。
西山无草光已灭,东顶荧荧犹未绝。
沸汤空谷数道水,融尽阴崖几年雪。
两京贫病若为居,四壁皆成凿照馀。
未得贵游同秉烛,惟将半影借披书。

徐使君分新火

（宋）苏轼

临皋亭中一危坐,三月清明改新火。

---

[*] 原本作"王冷然",据《全唐诗》等径改。

沟中枯木应笑人，钻灼不燃谁似我？
黄州使君怜久病，分我五更红一朵。
从来破釜跃江鱼，只有清诗嘲饭颗。
起携蜡炬绕空屋，欲事煎烹无一可。
为公分作无尽灯，照破十方昏暗锁。

◆ 五言律

晚上南山观烧

（元）范梈

渡口向寥闃，夕晖生翠屏。随风初绕电，翳雾忽如星。
鸟兽蒸宜遁，柴扉照不扃。闽都春始过，雨洗合重青。

◆ 七言律

松枝火

（元）谢宗可

薜骨谁教劫火侵？欲将春意破穷阴。
鳞鬣光动红云起，膏液香融紫雾深。
馀烬尚留霜后节，残灰难灭岁寒心。
有时焰起随风转，犹似苍龙涧底吟。

寒　火

（明）朱之蕃

腾空烈焰挟灰飞，望里荧煌煖气微。
禅性定馀传指灭，客心燃后御风归。
烹来石髓凉侵齿，著尽霓裳冷切闱。
入火化人元不爇，徒劳炙手借炎威。

◆ 六言绝句

集王摩诘书语

（元）张雨

夜深童仆静默,月明辋水沦涟。
独与山僧饭讫,寒林远火初然。

◆ 七言绝句

春　烧

（元）张雨

日落山前野烧生,白茅黄苇地初晴。
明朝却赋《雉带箭》,呼酒冈头看火城。

蚤至阙下候朝

（明）高启

月明立傍御沟桥,半启宫门未放朝。
驺吏忽传丞相至,火城如昼晓寒销。

故山春日

（明）杨基

梨花两枝春可怜,下马折花山径边。
山中人家改新火,隔树吹来榆柳烟。

卷二百二十三　烟　类

◆ 五言古

咏　烟
（梁）简文帝

浮空覆杂影，含露密花藤。乍如洛霞发，颇似巫云登。
映光飞百仞，从风散九层。欲持翡翠色，时吐鲸鱼灯。

浦狭村烟度
（陈）张正见

茅兰夹两岸，野燎烛中川。村长合夜影，水狭度浮烟。
收光暗鸟弋，分火照渔船。山人不炊桂，樵华幸共然。

◆ 七言古

米元晖画卷
（元）吴镇

烟光与山色，缥缈相为容。
不知山色淡，还复烟光浓。
虎儿断入图画中，凭阑展卷将无同。
但令绝景长在眼，从渠轻霭随春风。

◆ 五言律

烟

(唐)李峤

瑞气凌青阁,空濛上翠微。迥浮双阙路,遥拂九仙衣。
桑柘迎寒色,松篁暗晚晖。还当紫霄上,时接彩鸾飞。

远 烟

(唐)僧处默

霭霭前山上,凝光满薜萝。高风吹不起,远树得偏多。
翠与晴云合,轻将淑气和。正堪流野目,朱阁意如何?

烟

(明)孟洋

湘流落日外,沙迥暮生烟。杳杳千峰失,霏霏万壑连。
鹊翻知浦树,人语辨江船。暗里猿声断,幽人尚未眠。

应制题画(烟雨)

(明)于慎行

潇潇一幅上,秋气满枫林。半似随风引,全疑夹雾阴。
远峰看处暝,疏树望来深。笔底烟云色,争知用作霖?

◆ 七言律

和尚书咏烟

(唐)徐夤

无根无蒂结还融,曾触岚光彻底空。
不散几知离毕雨,欲飞须待落花风。
玲珑薄展鲛绡片,羃䍥轻含凤竹丛。

琼什捧来思旧隐，扑窗穿户晓溟濛。

茶　烟
（元）谢宗可

玉川炉畔影沉沉，淡碧萦空杳隔林。
蚓窍声微松火暗，凤团香煖竹窗阴。
诗成禅榻风初起，梦破僧房雪未深。
老鹤迟归无俗客，白云一缕在遥岑。

茶　烟
（明）瞿佑

濛濛漠漠更霏霏，淡抹吟屏羃讲帷。
石鼎火红诗咏后，竹炉汤沸客来时。
雪飘僧舍衣初湿，花落觥船鬓已丝。
唯有庭前双白鹤，翩然趋避独先知。

◆ 五言绝句

新　烟
（明）袁凯

覆堤初冉冉，渡水尚迟迟。一树梨花色，犹能似旧时。

◆ 七言绝句

宫　词
（唐）王涯

禁前烟起紫沉沉，楼阁当中复道深。
长入暮天凝不散，掖庭何处动秋砧。

西　山
（宋）刘克庄

绝顶遥知有隐君，餐芝种术鹿为群。

多因午灶茶烟起，山下看来是白云。

堂邑宣化堂退食
（元）张养浩

县斋公退炷炉熏，聊为尘烦一解纷。
闭户不教香远去，簟纹浮动半窗云。

题危太朴所藏荥阳郑虔画秋峦横霭图
（元）邓文原

金风瑟瑟入空山，村落人家叶尽斑。
最是个中奇绝处，一天烟霭有无间。

暮　烟
（明）胡宗仁

送客归舟息树根，萧疏枫叶掩柴门。
暮烟未即全遮眼，犹露桥西一两村。

卷二百二十四　薪炭类（附灰）

◆ 五言古

咏　灰

（隋）岑德润

图规晕不缺，气改律还虚。欲燃愁狱吏，弃道畏刑书。
未得逢强阵，轻举欲焉如？

◆ 七言古

答友人赠炭

（唐）孟郊

青山白屋有仁人，赠炭价重双乌银。
驱却座上千重寒，烧出炉中一片春。
吹霞弄日光不定，煖得曲身成直身。

谢赵使君送乌薪

（宋）陈师道

欲落未落雪近人，将尽不尽冬压春。
风枝冰瓦有去鸟，远坊穷巷无来人。
忽闻叩门声邃速，惊鸡透篱犬升屋。
使君传教赐薪炭，妓围那解思寒谷。
老身曲直不足云，冷窗冻壁作春温。

定知和气家家到，不独先生雪塞门。

雪晓舟中生火

（宋）杨万里

乌银见火生绿雾，便当水沉一浓炷。
却因断续更氤氲，散作霏微煖袍袴。
须臾雾霁吐红光，欻如云表生扶桑。
阳春和日曛满室，苍颜渥丹疑醉乡。
忽然火冷雾亦灭，只见红炉堆白雪。
窗外雪深三尺强，窗里雪深一寸香。

◆ **五 言 律**

尘 灰

（唐）骆宾王

洛川流雅韵，秦道擅苛威。听歌梁上动，应律管中飞。
光飘神女袜，影落羽人衣。愿言心未翳，终冀效轻微。

◆ **五言排律**

初寒拥炉欣而成咏

（明）杨慎

闭户当严候，围炉似故人。
胡桃无赐炭，（宋世御炭，以胡桃文、鹁鸽色为上。）榾柮有穷薪。
儿兔号寒喜，翁便永夜亲。焰腾金菡萏，灰聚玉麒麟。
剪烛休论跋，传杯莫记巡。煎茶浮蟹眼，煨芋皱虬鳞。
一点那容雪，千门预借春。灞桥何事者，冻缩苦吟身？

◆ 七言律

榾柮窝

（元）陆景龙

安乐窝中兴澹然，灵根斫得自樵仙。
地炉伏火春如海，雪屋围风夜似年。
香透玉酥和芋拨，脂流琥珀带松燃。
绝胜沉水烧金鸭，吹彻参差恼醉眠。

董明府除夕惠炭

（明）谢应芳

范叔寒多正不禁，乌薪意重比乌金。
赊来脱粟忙炊饭，留得焦桐好制琴。
环堵一龛春盎盎，丽谯三鼓夜沉沉。
砚池冰释龙香煖，写我朝来抱膝吟。

木 炭

（明）朱之蕃

墨沼苍龙蜕骨坚，冰霜难犯地炉边。
送来雪里寒威重，领取春回暖律先。
炙手何劳争倚附，熏心喜见息风烟。
乌金声实真相称，不朽精神藉火传。

◆ 七言绝句

小游仙诗

（唐）曹唐

去住楼台一任风，十三天洞暗相通。
行厨侍女炊何物，满灶无烟玉炭红。

以少炭寄江子之

（宋）晁冲之

金籍曾通玉虚殿，仙曹拟拜翠微郎。
莫嫌薄上温麝火，犹得浓熏笃耨香。

杜善甫乞炭

（金）刘勋

笔口酸嘶解说穷，寒炉随手变春红。
因君大笑涪翁拙，费尽奇香得马通。

仙居吟

（元）僧清珙

山风吹破故窗纸，片片雪花飞入来。
添尽布裘浑不暖，拾枯深拨地炉灰。

农 类

◆ 四言古

劝 农
（晋）陶潜

熙熙令音，猗猗原陆。卉木繁荣，和风清穆。
纷纷士女，趋时竞逐。桑妇宵征，农夫野宿。

气节易过，和泽难久。冀缺携俪，沮溺结耦。
相彼贤达，犹勤垄亩。矧伊众庶，曳裾拱手？

和陶劝农
（宋）苏轼

听我苦言，其福永久。利尔鉏（耡）耨，好尔邻耦。
剪艾蓬藋，南东其亩。父兄揖挺，以抶游手。

天不假易，亦不汝匮。春无遗勤，秋有厚冀。
云举雨决，妇姑毕至。我良孝爱，袒跣何愧。

◆ 五言古

癸卯岁始春怀古田舍
（晋）陶潜

先师有遗训，忧道不忧贫。瞻望邈难逮，转欲志常勤。

秉耒欢时务，解颜劝农人。平畴交远风，良苗亦怀新。
虽未量岁功，即事多所欣。耕种有时息，行者无问津。
日入相与归，壶浆劳近邻。长吟掩柴门，聊为陇亩民。

丙辰岁八月中于下潠田舍获

（晋）陶潜

贫居依稼穑，戮力东林隈。不言春作苦，常恐负所怀。
司田眷有秋，寄声与我谐。饥者欢初饱，束带候鸣鸡。
扬楫越平湖，泛随清壑回。郁郁荒山里，猿声闲且哀。
悲风爱静夜，林鸟喜晨开。曰余作此来，三四星火颓。
姿年逝已老，其事未云乖。遥谢荷蓧翁，聊得从君栖。

藉　田

（梁）武帝

寅宾始出日，律中方星鸟。千亩土膏紫，万顷陂色缥。
严驾仝霞昕，浥露逗光晓。启行天犹暗，伐鼓地未悄。
苍龙发蟠蜿，青旂引窈窕。仁化洽孩虫，德令禁胎夭。
耕藉乘月映，遗滞指秋杪。年丰廉让多，岁薄礼节少。
公卿秉耒耜，庶甿荷鉏耰。一人惭百王，三推先亿兆。

田家即事

（唐）李峤

旧居东皋上，左右俯荒村。樵路前傍岭，田家遥对门。
欢娱始披拂，惬意在郊原。馀霁荡川雾，新秋仍昼昏。
攀条憩林麓，引水开泉源。稼穑岂云倦，桑麻今正繁。
方求静者赏，偶与潜夫论。鸡黍何必具，我心知道尊。

新晴野望

（唐）王维

新晴原野旷，极目无氛垢。郭门临渡头，村树连溪口。

白水明田外，碧峰出山后。农月无闲人，倾家事南亩。

田家杂兴

（唐）储光羲

众人耻贫贱，相与尚膏腴。我情既浩荡，所乐在畋渔。
山泽时晦冥，归家暂闲居。满园植葵藿，绕屋树桑榆。
禽雀知我闲，翔集依我庐。所愿在优游，州县莫相呼。
日与南山老，兀然倾一壶。

梧桐荫我门，薜荔网我屋。超超两夫妇，朝出暮还宿。
稼穑既自种，牛羊还自牧。日旰懒耕锄，登高望川陆。
空山足禽兽，墟落多乔木。白马谁家儿？联翩相驰逐。

种桑百馀树，种黍三十亩。衣食既有馀，时时会亲友。
夏来菰米饭，秋至菊花酒。孺人喜逢迎，稚子解趋走。
日暮闲园里，团团荫榆柳。酩酊乘夜归，凉风吹户牖。
清浅望河汉，低昂看北斗。数瓮犹未开，明朝能饮否？

行次田家澳梁作

（唐）储光羲

田家俯长道，邀我避炎氛。当暑日方昼，高天无片云。
桑间禾黍气，柳下牛羊群。野雀栖空屋，晨风不复闻。
前登澳梁坂，极望温泉分。逆旅方三舍，西山犹未曛。

田家即事答崔二东皋作

（唐）储光羲

元（玄）鸟双双飞，杏林初发花。
呴（煦）媮命僮仆，可以树桑麻。
清旦理犁锄，日入未还家。

田　家

（唐）杨颜

小园足生事，寻胜日倾壶。莳蔬利于鬻，才青摘已无。
四邻依野竹，日夕采其枯。田家心适时，春色遍桑榆。

题农夫庐舍

（唐）丘为

东风何处至，已绿湖上山。湖上春既早，田家日不闲。
沟塍流水处，耒耜平芜间。薄暮饭牛罢，归来还闭关。

南溪春耕

（唐）钱起

荷蓑趋南径，戴胜鸣条枚。溪雨有馀润，土膏宁厌开。
沟塍落花尽，耒耜度云回。谁道耦耕倦，仍兼胜赏催。
日长农有暇，悔不带经来。

观村人收山田

（唐）钱起

六府且未盈，三农争务作。贫民乏井税，塉土皆垦凿。
禾黍入寒云，茫茫半山郭。秋来积霖雨，霜降方铚获。
中田聚黎甿，反景空村落。顾惭不耕者，微禄同卫鹤。
庶追周任言，敢负谢生诺。

田　家

（唐）柳宗元

蓐食徇所务，驱牛向东阡。鸡鸣村巷白，夜色归暮田。
札札耒耜声，飞飞来乌鸢。竭兹筋力事，特用穷岁年。
尽输助徭役，聊就空自眠。子孙日以长，世世还复然。

观 稼
（唐）白居易

世役不我牵，身心常自若。晚出看田亩，闲行傍村落。
累累绕场稼，喷喷群飞雀。年丰岂独人，禽鸟声亦乐。
田翁逢我喜，默起具杯杓。敛手笑相延，社酒有残酌。
愧兹勤且敬，藜杖为淹泊。言动任天真，未觉农人恶。
停杯问生事，夫种妻儿获。筋力苦疲劳，衣食常单薄。
自惭禄仕者，不曾营农作。饱食无所劳，何殊卫人鹤。

古 风
（唐）李绅

锄禾日当午，汗滴禾下土。谁知盘中餐，粒粒皆辛苦。

田居春耕
（宋）秦观

鸡号四邻起，结束赴高原。戒妇预为黍，呼儿随掩门。
犁锄带晨景，道路更笑喧。宿潦濯芒屦，野芳簪鬓根。
雾色披窅霭，春空正鲜繁。辛夷茂横阜，锦雉娇空园。
少壮已云趋，伶俜尚鸥蹲。蟹黄经雨润，野马从风犇。
村落次第集，隔塍致寒暄。眷言月占好，努力竞晨昏。

老 农
（宋）刘子翚

山前有老农，给我薪水役。得钱径沽酒，醉卧山日夕。
忘形与之语，妙理时见益。志士多隐沦，欲学惭未识。

劳 农
（宋）朱子

四体久不勤，筋力坐弩缓。何事两山阿，离离豆苗满？

多谢植杖翁，居然见长短。

次韵黄子理宣德田居四时
（宋）僧道潜

四序自逶迤，田园常局促。春阳旋东皋，迫我事铫鎒。
出种曝篱根，驱牛饮溪曲。晖晖明昭阳，聒聒喧布谷。
颓龄惜筋骸，晓睡谩云足。蓐食出柴门，荷蓧赴幽谷。
挚条视柔桑，密叶已舒绿。今年气候早，膏雨厌霢霂。
邻翁一时来，耕耨每相属。

离离小麦黄，习习南风度。桑枣暗蓬麻，耕锄困朝暮。
种瓜屋东隅，翠蔓已分布。黄花引疏篱，冉冉欲横路。
白水漫青秧，联翩下鸥鹭。新丝换浊酒，肴蔌羞薄具。
扫洒聚比邻，环坐荫高树。稚子羡赢馀，牵衣傍翁妪。
牛羊岭外归，落日林梢去。饷妇亦还家，笑言隔烟雾。

朔风鸣高林，回塘冰已结。牛羊卧茅屋，原野暗飞雪。
壮男臂雕弓，短后事田猎。饥鹰一号呼，荒径洒毛血。
归来夸意气，邻舍呼饮啜。明朝过南山，更欲穷窟穴。
寒炉然豆萁，光焰时起灭。布被拥娇儿，从渠踏里裂。
老翁寝不寐，展转念鹅鸭：篱落易穿窬，狐狸恐惊发。

田家四事
（元）方夔

耕

古人以农仕，仕即为公卿。未仕有常业，安得不躬耕？
我耕常及时，破块当初晴。坟垆土性异，勤怠人力并。
泥涂淤手足，雾露沾裳缨。妇子挈午饷，劳苦宽我情。
罢耕亟放牧，吾牛亦饥鸣。投耒重回首，深山空月明。

种

我生古扬州，田下异梁雍。山田种荒菜，水田种浮葑。
地力肥瘦兼，农器有无共。及时撒新谷，抟黍递幽哢。
生意日夜长，移秧趁芒种。未嫌豚酒祝，自乐鸡黍供。
落日竹枝歌，犹是豳原颂。

耘

良苗已入土，田间水沄沄。昨夜苗根发，翳叶如烟云。
草生害我苗，匝月一再耘。是时人苦热，出门天未昕。
郁蒸体流膏，爬捽手生皲。手荼拥根节，腰草驱蝇蚊。
青青衿佩子，从事哀我勤。我勤自乐此，尔非沮溺群。

获

凉风入衣襟，斜日照墟落。我稼将登场，筑杵声橐橐。
宵征备寇盗，日行呀鼠雀。腰镰赴田间，是处竞秋获。
刈疾笑翁健，负重惭儿弱。山炊杂戎菽，野草配场藿。
人生累衣食，计较一饷乐。已矣复何言，吾生老耕凿。

耕 图

(元) 赵孟頫

二月

东风吹原野，地冻亦已消。早觉农事动，荷锄过相招。
迟迟朝日上，炊烟出林梢。土膏脉既起，良耜利若刀。
高低遍翻垦，宿草不待烧。幼妇颇能家，井臼常自操。
散灰缘旧俗，门径环周遭。所冀岁有成，殷勤在今朝。

三月

良农知土性，肥瘠有不同。时至万物生，芽蘖由地中。

秉耒向畎亩，忽遍西与东。举家往于田，劳瘁在尔农。
春雨及时降，被野何濛濛。乘兹各布种，庶望西成功。
培根利秋实，仰天望年丰。但使阴阳和，自然仓廪充。

十二月

一日不力作，一日食不足。惨淡岁云暮，风雪入破屋。
老农气力衰，伛偻腰背曲。索绹民事急，昼夜互相续。
饭牛欲牛肥，茭藁亦预蓄。蹇驴虽劣弱，挽车致百斛。
农家极劳苦，岁岂恒稔熟？能知稼穑难，天下自蒙福。

归田乐

(元) 张养浩

日月底天庙，阳瘅土脉生。习习协风来，颙颙众蛰惊。
农人服厥亩，薄言事春耕。缺堤流瀄瀄，灌木鸣嘤嘤。
白扉飏青帘，绿野明丹英。蚕妇喜形色，牧竖歌传声。
天随野色遥，山与吟怀清。向来悭一际，今者幸四并。
倘佯子真谷，万事秋毫轻。

勤耕亭

(元) 傅若金

日月靡闲暇，四序更运之。斯人务作业，矧敢怠遑时。
负耒适西畴，恒患耕作迟。仲春时雨至，群物具含姿。
牛食青涧阿，鸟鸣芳树枝。兴言播嘉谷，夙夜将耘耔。
岂不怀逸居，亦念寒与饥。但使秋税毕，聊乐及我私。
羲农虽已远，沮溺不吾欺。努力顺天命，素餐非所知。

早出田所

(明) 袁凯

愧无经济术，徒有茂异名。行游三十年，不见有所成。

归来得荒地，黾勉始学耕。方春多云气，甘雨亦时行。
大泽含澄澜，沟浍皆满盈。清晨出门去，路与烟雾并。
庶几望秋实，敢怀勤苦情。日午有浊醪，挥汗且复倾。

田家杂咏

(明) 樊阜

嘉树荫衡门，鸣鸠遍村墅。薄言农务兴，力作无男女。
晨爨烟未起，驱牛理田圃。兹时若晏嬉，争得好禾黍？
清晓闻雨过，春流涨溪渚。小儿学把犁，小女亦能杵。
生理勿嫌微，浮荣非我取。

少长郊墟中，县官名未识。长时带好容，不见恶颜色。
高垄麦穗齐，雉鸣自藏翼。野田耕耨馀，工力暂时息。
日夕会邻家，黄牛卧篱侧。酒酣勉诸孙，耕作当努力。
微雨过前村，鸟鸣催蓐食。

乌桕荫我墙，白茅覆我屋。荷蓧朝出耘，依依暮归宿。
少妇勤织缝，诸孙解樵牧。秋风禾黍收，寒日照原陆。
鸟雀啾啾鸣，园篱多草木。官租及早偿，莫待里胥督。

山村颇幽僻，甘向田间老。邻家隔短墙，出入同一道。
桑柘团午阴，鹜雏牝鸡抱。夕阳雨外明，溪上山色好。
夫妇话绸缪，农工非草草。秧长及时移，明朝饭须早。

田家

(明) 祝允明

溪流浸茅宇，短檐挂犁锄。柔桑交午阴，幽禽时相呼。
稚子跨犊眠，梦归候朝餔。稼翁释其劳，暂往携陶壶。
老妻督少妇，择茧停辟纑。轻雨日日零，群苗尽怀苏。

夏日田园即事
（明）蒋山卿

沉沉夜来雨，泱泱川上平。田家趋时作，驱牛急晨耕。
遥遥阡陌间，肃肃老少并。札札耒与耜，咿咿桔槔声。
纡回野水入，绵延禾稼盈。劬苦事一时，倏忽见秋成。
四体虽云疲，所贵惟此生。此生各有分，胡乃不自营？
寥寥千载下，宁知沮溺情。

南庄观获作
（明）王问

畇畇泾上田，粒养岁所需。黾勉事朝夕，聊尔谋一盂。
归来已十年，取足不愿馀。泽泽稼事劳，念尔苦沾涂。
予也观厥成，觊彼荷蓧徒。四体不常勤，而有此廪庾。
长日茅茨下，击缶歌乌乌。上以供粢盛，下以奉亲娱。
以惠我周亲，布德赒比闾。

湖庄观获
（明）王问

清川泛容与，轻飙动微波。霜气日夕寒，岁暮栖岩阿。
遹观湖上农，子妇纷取禾。瓯窭盈筐箱，比屋廪嵯峨。
酾酒燕乡社，击缶笑以歌。仰荷皇泽覃，早得谢鸣珂。
绝轨车马途，何由逢轗轲？优游养馀齿，但愿丰年多。

田　家
（明）袁聚

谁言田家乐，所乐亦岂常？耕敛稍不给，丰歉复相当。
五月了蚕事，十月登稻粱。所入不偿用，闲少实多忙。
营营事公私，劳苦过即忘。岁功已告毕，蜡社聚一方。
酌酒宰鸡豚，鼓腹坐山阳。宁知朱门内，昼夜罗酒浆。

贫富在所遭，苦乐难较量。

◆ **七言古** 附长短句

寄宿田家

（唐）高适

田家老翁住东陂，说道平生隐在兹。
鬓白未曾记日月，山青每到识春时。
门前种柳深成巷，野谷流泉添入池。
牛壮日耕十亩地，人闲长扫一茅茨。
客来满酌清樽酒，感兴平吟才子诗。
岩际窟中藏鼹鼠，潭边竹里隐鸬鹚。
村墟日落行人少，醉后无心怯路歧。
今夜只应还寄宿，明朝拂曙与君辞。

田家行

（唐）王建

男声欣欣女颜悦，人家不怨言语别。
五月虽热麦风清，檐头索索缲车鸣。
野蚕作茧人不取，叶间扑扑秋蛾生。
麦收上场绢在轴，的知输得官家足。
不望入口复上身，且免向城卖黄犊。
田家衣食无厚薄，不见县门身即乐。

送吴叔举主簿往清江受纳秋苗

（宋）王庭珪

田头作谷催入场，一半白著输官仓。
庐江主簿喜怀橄，放船椎鼓开帆樯。
萧滩老农公事毕，夹道欢呼罗酒浆。
笑言归去唤妻子，今年租米两平量。

插秧歌

（宋）杨万里

田夫抛秧田妇接，小儿拔秧大儿插。
笠是兜鍪蓑是甲，雨从头上湿到胛。
唤渠朝餐歇半霎，低头折腰只不答。
秧根未牢莳未匝，照管鹅儿与雏鸭。

题申季山所藏李伯时画村田乐图

（宋）戴复古

春秧夏苗秋遂获，官赋私逋都了却。
鸡豚社酒赛丰年，醉唱村歌舞村乐。
鼓笛有声无曲谱，布衫颠倒傞傞舞。
欲识太平真气象，试看此画有佳趣。
管絃声按宫商发，细转柳腰花十八。
罗帏绣幕拂香风，九酝葡萄金盏滑。
王孙公子巧欢娱，勿将富贵笑田夫。
非渠耕稼饱君腹，问有黄金可乐无？

田家吟

（元）胡天游

村南村北鸣鹂黄，舍东舍西开野棠。
坡晴渐放桑眼绿，水暖忽报秧牙长。
老翁躬耕催早起，女绩男舂妇炊黍。
犊儿狂走未胜犁，蚕蚁半生犹恋纸。
一春莫笑田家苦，苦乐原来两相补。
君不见踏歌槌鼓肉如山，昨日原头祭田祖。

水车歌

（元）曹文晦

老农呼妇呼孙子，齐上沟车踏河水。

浪走源头雪霰飞，天翻脚底风雷起。
飒飒昆明龙蜕骨，宛宛常山蛇顾尾。
倐尔盈科叹水哉，激之过颡由人耳。
吼声濊濊河伯怒，苗色芃芃田畯喜。
阿香滴瓢苦瑟缩，鲛人泣绡无尺咫。
苏枯幸活庄子鲋，腾空如化琴高鲤。
东郊桔槔不亦劳，西邻辘轳安足拟。
忘机却笑抱瓮夫，巧制端从斯轮氏。
天心普顺固无边，人力强为终有已。
欲令田野息愁叹，正在庙堂能燮理。
五风十雨岁穰穰，弃置沟车如敝屣。

田家乐寄张师孟

（明）镏炳

田家乐，今年庄农好秋作。
蛰龙蜕骨桔槔悬，五谷咸登时雨若。
官家更忧民力疲，公田折布能轻赍。
小姑携筐懒梳洗，拾得棉花如雪肥。
大姑轧轧催机杼，疏簾树影寒蛩语。
鬓云笼雾飐西风，眉月生凉褪秋暑。
山径牛羊下夕墟，萧萧榆柳草堂虚。
野老杖藜邀小酌，诸孙灯火读残书。

◆ 五 言 律

张谷田舍

（唐）储光羲

县官清且俭，深谷有人家。一径入寒竹，小桥穿野花。
碓喧春涧满，梯倚绿桑斜。自说年来稔，前村酒可赊。

田 舍

（唐）杜甫

田舍清江曲，柴门古道傍。草沉迷市井，地僻懒衣裳。
榉柳枝枝弱，枇杷树树香。鸬鹚西日照，晒翅满鱼梁。

太和戊申岁大有年，诏赐百寮出城观秋稼，谨书盛事，以俟采诗者

（唐）刘禹锡

长安铜雀鸣，秋稼与云平。玉烛调寒暑，金风振顺成。
川原呈上瑞，恩泽赐闲行。欲返重城掩，犹闻歌舞声。

江上田家

（唐）包何

近海川原薄，人家本自稀。黍苗期腊酒，霜叶是寒衣。
市井谁相识，渔樵夜始归。不须骑马问，恐畏狎鸥飞。

田 家

（唐）司空曙

田家喜雨足，邻老相招携。泉溢沟塍坏，麦高桑柘低。
呼儿催放犊，宿客待烹鸡。搔首蓬门下，如将轩冕齐。

赠田家翁

（唐）耿湋

老人迎客处，篱落稻畦间。蚕屋朝寒闭，田家昼雨闲。
门闾新薙草，蹊径旧谙山。自道谁相友，邀余试往还。

赠田家翁

（唐）杜荀鹤

田家真快活，婚嫁不离村。州县供输罢，追随鼓笛喧。

盘餐同老少，家计共田园。自说身无事，应官有子孙。

田　家
（唐）李建勋

不识城中路，熙熙乐有年。木盘擎社酒，瓦鼓送神钱。
霜落牛归屋，禾收雀满田。遥陂过秋水，闲阁钓鱼船。

再出行田
（宋）韩琦

丰岁观农获，先畴路不遐。子多宜晚谷，生拗就新麻。
荞麦方成靛，蔓菁未入桠。乡民愚自诧，太守是吾家。

田　舍
（宋）范成大

呼唤携锄至，安排斜囷忙。儿童眠落叶，乌雀噪斜阳。
烟火村声远，林菁野气香。乐哉今岁事，天末稻云黄。

农　家
（宋）陆游

南亩勤菑获，西成谨盖藏。种荞乘霁日，斫荻待微霜。
溪碓新舂白，山厨野蔌香。何须北窗卧，始得傲羲皇。

农　家
（宋）陆游

大布缝袍稳，干薪起火红。薄才施畎亩，朴学教儿童。
羊要高为栈，鸡当细织笼。农家自堪乐，不是傲王公。

东舍女乘龙，西家妇梦熊。翁夸酒重碧，孙爱果初红。
栗烈三冬近，团栾一笑同。营生无缪巧，百事仰天公。

诸孙晚下学，髫脱绕园行。互笑藏钩拙，争言斗草赢。
爷严责程课，翁爱哺饴饧。富贵宁期汝，他年且力耕。

宿农家
（宋）戴复古

门巷规模古，田园气味长。小桃红破萼，大麦绿衔芒。
稚犬迎来客，归牛带夕阳。儒衣愧飘泊，相就说农桑。

出社下岭望九洲流陂稻田可爱
（明）镏崧

度岭望平田，人家隐翠烟。村墟自鸡犬，风物似神仙。
晚树依沙立，秋粳带水眠。几时驱两犊，投迹此安廛？

夜宿田舍
（明）华察

郊居观获罢，暝色满荆扉。岁事山田薄，人家茅屋稀。
荒园寒照敛，独树暮禽归。夜静然灯坐，高窗黄叶飞。

田家吟
（明）卢沄

最是农家乐，收成十月天。春耕馀谷种，秋税了官钱。
儿女团朝日，鸡豚散野田。邻翁相见处，丰稔说明年。

田家乐
（明）邓渼

烟火高原合，鸡豚小市通。夜行防虎阱，寒至筑牛宫。
捕雀遵桑翳，浇麻引竹筒。今年倍收秋，不怕瓮头空。

◆ 五言排律

奉和圣制至长春宫登楼观稼穑之作
（唐）苏颋

帝迹奚其远，皇符之所崇。敬时尧务作，尽力禹称功。
赫濯惟元后，经营自左冯。变芜粳稻实，流恶水泉通。
国阜犹前豹，人疲讵昔熊。黄图巡沃野，清吹入离宫。
是阅京坻富，仍观都邑雄。凭轩一何绮，积溜写晴空。
礼节家安外，和平俗在中。见龙垂渭北，辞雁指河东。
睿思方居镐，宸游若饮丰。宁夸子云从，只为猎扶风。

田 家
（唐）王维

旧谷行将尽，良苗未可希。老年方爱粥，卒岁且无衣。
雀乳青苔井，鸡鸣白板扉。柴车驾羸牸，草屩牧豪豨。
夕雨红榴拆，新秋绿芋肥。饷田桑下憩，旁舍草中归。
住处名愚谷，何须问是非。

◆ 六 言 律

春 耕
（明）杨慎

五风十雨乐岁，东皋西崦人家。
水心鱼浮菖叶，屋角鸠鸣杏花。
饷垄青梅煮酒，访邻绿笋烹茶。
问津宁知沮溺，祠田但祝污邪。

◆ 七 言 律

和游尧臣劝农韵
（宋）王炎

传呼稳凭筍舆行，喜见漫山麦浪平。
道上老农皆好语，年来瘦地有新耕。
草深黄犊阳坡暖，雨过青蒲野水生。
桃李阴中春事好，田家鸡犬亦欢声。

次秀野躬耕桑陌旧园之韵
（宋）朱子

郊园旱久只多蹊，昨夜欣沾雨一犁。
已办青鞋随老圃，便驱黄犊过深溪。
农谈剩喜乡邻近，饁具仍教妇子携。
指点竹寒沙碧处，不知何似锦城西。

村居初夏
（宋）陆游

天遣为农老故乡，山园三亩镜湖旁。
嫩莎经雨如秧绿，小蝶穿花似茧黄。
斗酒只鸡人笑乐，五风十雨岁丰穰。
相逢但喜桑麻长，欲话穷通已两忘。

获稻用分秧韵
（明）顾清

负郭园池带宅田，老晴天气太平年。
获来黍稻丛高廪，散出牛羊满近川。
饁启甑山腾雾霭，蚁香醅瓮起沦涟。
斜阳一枕西窗梦，纵有丹青不与传。

望田家

（明）汪应轸

数椽茅屋傍山开，横麓平檐雪满堆。
耳畔春风还料峭，田家钱镈尚尘埃。
鸡豚诧客穿篱入，牛马驯人际晚回。
何事邻翁喧笑语？为储旧谷接新来。

耕隐为南昌万用中赋

（明）僧来复

山庄别筑楚城西，百亩桑阴水一溪。
莎草雨晴黄犊卧，稻花风暖白鸠啼。
沽来官酒春祈社，读罢农书晓灌畦。
孝悌力田新有诏，姓名还向御前题。

南浦春耕

（明）僧德祥

索索缲车谷口闻，鸟催农事日纷纷。
新生野水瓜藤绕，旧作田塍井字分。
耕雨每怜黄犊健，带经犹爱小儿勤。
晚风独立溪桥外，流水桃花一队云。

◆ 七言排律

省 敛

（明）何洛文

翠华缥缈出明光，帝亩油油晓露瀼。
田畯秋登歌万宝，宸旒时敛足千仓。
欣瞻垄覆黄云满，想见匙翻白雪香。
耕藉三推蒙帝力，连茎累岁纪农祥。

即看荐熟流馨飶,更识忧民念雨旸。
六合长应书大有,愿陈《豳雅》表时康。

◆ 五言绝句

题田洗马游岩桔槔
(唐)陈子昂

望远长为客,商山遂不归。谁怜北陵井,未息汉阴机。

山下宿
(唐)白居易

独到山下宿,静向月中行。何处水边碓,夜舂云母声。

江 行
(唐)钱起

岸草连荒色,村声乐稔年。晚晴贪获稻,闲却采菱船。

春 墅
(唐)崔道融

蛙声近过社,农事忽已忙。邻妇饷田归,不见百花芳。

稻 畦
(宋)文同

决水转横渠,交塍画方罫。秋风报禾熟,满顷吹穮稺。

东溪小景
(明)鲁铎

隔溪语农人,新禾胫尚短。车痕记水畦,莫灌东畦满。

◆ 六言绝句

田园乐
(唐) 王维

酌酒会临泉水，抱琴好倚长松。
南园露葵朝折，东谷黄粱夜舂。

过山农家
(唐) 顾况

版（板）桥人渡泉声，茅檐日午鸡鸣。
莫嗔焙茶烟暗，却喜晒谷天晴。

农家六言
(宋) 杨万里

插秧已盖田面，疏苗犹逗水光。
白鸥飞处极浦，黄犊归时夕阳。

耕
(明) 黎扩

南村北村雨足，十亩五亩秧齐。
带月肩犁未出，催人布谷先啼。

◆ 七言绝句

稻田
(唐) 韦庄

绿波春浪满前陂，极目连云穄稏肥。
更被鹭鸶千点雪，破烟来入画屏飞。

畬田调

（宋）王禹偁

大家齐力劚孱颜，耳听田歌手莫闲。
各愿种成千百索，（山田俱以百尺绳量，曰若干索。）
豆萁禾穄满青山。

初　夏

（宋）林逋

乳雀啁啾日气浓，稚桑交影绿重重。
秧田百亩鹅黄犬，横策溪桥属老农。

田　家

（宋）欧阳修

绿桑高下映平川，赛罢田神笑语喧。
林外鸣鸠春雨歇，屋头初日杏花繁。

画车（按：此系水车）

（宋）苏轼

九衢歌舞颂王明，谁恻寒泉独自清。
赖有千车能散福，化为膏雨满重城。

秋日田家

（宋）文同

淘潆沟源筑野塘，满陂烟草卧牛羊。
今年且喜输官办，豆荚繁多粟穗长。

丰年谣

（宋）王炎

稻如马尾覆沟塍，桑柘阴中鸡犬鸣。

收获登场便无事,输租人不入州城。

晚憩田家二绝
（宋）王炎

家书未到鹊先喜,春事无多莺又啼。
偶对好山留客坐,绿阴遮屋日将西。

山间一径牛羊迹,林下数家鸡犬声。
底事居人苦争畔,闲田官正募民耕。

插秧
（宋）范成大

种密移疏绿毯平,行间清浅縠纹生。
谁知细细青青草,中有丰年击壤声。

田园杂兴
（宋）范成大

五月吴江麦秀寒,移秧披絮尚衣单。
稻根科斗行如块,田水今年一尺宽。

下田戽水出江流,高垄翻江逆上沟。
地势不齐人力尽,丁男长在踏车头。

农舍
（宋）陆游

三农虽隙亦匆忙,稼事何曾一夕忘。
欲晒胡麻愁屡雨,未收荞麦怯新霜。

金溪道中
（宋）杨万里

野花垂路止人行,田水偏寻缺处鸣。

近浦人家随曲折,插秧天气半阴晴。

至后入城道中杂兴
（宋）杨万里

大熟仍教得大晴,今年又是一昇平。
昇平不在《箫韶》里,只在诸村打稻声。

湖南江西道中
（宋）刘克庄

丁男放犊草间嬉,少妇看蚕不画眉。
岁暮家家禾绢熟,萍乡风物似《豳诗》。

田舍即事
（宋）刘克庄

去年赢粟尚储瓶,又见新秧蘸水青。
野老逢人说惭愧,长官清白社公灵。

农 谣
（宋）方岳

春雨初晴水拍堤,村南村北鹁鸪啼。
含风宿麦青相接,刺水柔秧绿未齐。

小麦青青大麦黄,护田沙径绕羊肠。
秧畦岸岸水初饱,尘甑家家饭已香。

田 头
（宋）方岳

秧田多种八月白,草树初开九里香。
但得有牛横短笛,一蓑春雨自农桑。

途间作

（宋）许月卿

乍雨乍晴寒食候，半花半蕊山礬香。
老农甚喜天意好，日暖今年不冻秧。

田家秋日

（金）赵元

禾穗累累豆角稠，崧前村落太平秋。
熙熙多少丰年意，都在农家社案头。

村　行

（金）郭邦彦

豆叶芃芃麻叶光，植禾得雨又催黄。
田家乐事谁真得，牧子行歌醉叟狂。

田舍曲

（元）洪希文

杏花开后雨如烟，燕子来时水满川。
眉雪老翁刍一束，省犁扶犊出新田。

田父词

（元）马臻

龙钟田父住深村，桑柘冈头石路分。
犹领儿孙到城市，向人听读劝农文。

处处丛祠鼓笛喧，已占蚕麦十分添。
醉骑牛背归来晚，乱把山花插帽檐。

宿田家

（明）胡奎

村北村南社鼓声，闲寻老父说昇平。
孤灯也识离人意，落尽寒花却再生。

卷二百二十六 圃 类

◆ 五言古

观圃人艺植

（宋）鲍照

善贾笑蚕渔，巧宦贱农牧。远养遍关市，深利穷海陆。
乘轺实金羁，当垆信珠服。居无逸身伎，安得坐粱肉。
徒承属生幸，政缓吏平睦。春畦及耘艺，秋场早芟筑。
泽阅既繁高，山营又登熟。抱耜垄上餐，结茅野中宿。
空织已尚淳，宁知俗翻覆。

斋中杂兴

（宋）陆游

荷锄草堂东，艺花二百株。春风一朝来，白白兼朱朱。
南列红薇屏，北界绿芊区。偃蹇双松老，森耸万竹臞。
馀地不忍弗，插楥引瓠壶。何当拂东绢，画作山园图。

后圃散策

（宋）杨万里

花径雨后凉，树声风外战。杖履顿轻松，儿女同行散。
少者前已失，老者后成倦。隔林吹笑语，相闻如对面。
明明去人近，眇眇弥步远。松杉满地影，一瞬忽不见。
仰观紫日轮，偶度白云片。佳处留再来，前山未须遍。

月下观畦丁灌园
（金）雷渊

村居邻老圃，喘汗悯夏畦。辘轳健晚凉，月轮转天蹊。
剡剡金融沟，涓涓冰泮溪。黄萎渐苏息，绿润俄萋迷。
生意续夜气，甘滋浃新荑。风露触处香，河汉望中低。
野人无远谋，且喜丰食鲑。虽愧下帷董，稍悟养生嵇。
归怀自浩然，流光挹平西。

灌　畦
（元）岑安卿

灌畦起清晨，汲水甘自劳。微露湿裳屐，凉风吹鬓毛。
缅怀汉阴丈，东陵亦其曹。顾余何为者，佚豫敢自骄。
日午得偃息，读书志弥高。年饥见粳稻，万民免煎熬。
寄迹天壤间，于焉遂逍遥。

治　圃
（元）戴良

三春丰雨泽，晨兴观我畦。嘉蔬有馀滋，草盛相与齐。
戮力治荒秽，指景光已西。好月因时来，归路杳然迷。
暮鸟寻旧林，晚兽遵故蹊。我亦息微劳，去去安吾栖。

长夏罕人事，斋居有馀闲。北窗多悴物，且遂灌我园。
攒根既舒达，积叶亦葱芊。瓜瓞绕畦长，新葵应节鲜。
抱瓮一回视，生意盈化先。在我岂不劳，即境多所欢。
悠悠千载间，樊生信为贤。

新治圃成
（明）袁凯

隙壤所自治，翦制去芘茸。幸无棼秽杂，况此清泉涌。

灌滋竟朝夕，勾萌各森耸。青蒲已弥泽，黄瓜方卧垄。
春菁向堪把，秋梨日应重。自余通宦籍，职事劳纷冗。
禄食虽云美，私心恒自恐。归来得萧茅，采撷聊自奉。
且远丘园乐，永谢承明宠。

命僮
（明）胡翰

今晨雨新歇，日出东南隅。草树有佳色，当轩散纷敷。
欢言命僮仆，治我园中蔬。幸此琴册暇，且复一荷锄。
虽有黾勉劳，良足具中厨。但恐恶草长，不治成荒芜。
世事每如此，岂敢忘勤劬。

西园
（明）王守仁

方园不盈亩，蔬卉颇成列。分溪免瓮灌，补篱防豕蹢。
芜草稍焚薙，清雨夜来歇。濯濯新叶敷，荧荧夜光发。
放锄息重阴，旧书漫披阅。倦枕竹下石，醒望松间月。
起来步且谣，晚酌檐间设。酣时藉草眠，忘与邻翁别。

◆ 五言律

南山下与老圃期种瓜
（唐）孟浩然

樵牧南山近，林间北郭赊。先人留素业，老圃作邻家。
不种千株橘，惟资五色瓜。邵平能就我，开径剪蓬麻。

佐还山后寄
（唐）杜甫

几道泉浇圃，交横落幔坡。葳蕤秋叶少，隐映野云多。
隔沼连香芰，通林带女萝。甚闻霜薤白，重惠意如何？

园
（唐）杜甫

仲夏多流水，清晨向小园。碧溪摇艇阔，朱果烂枝繁。
始为江山静，终防市井喧。畦蔬绕茅屋，自足媚盘飧。

种圃
（宋）张耒

僦舍亦为圃，从人笑我痴。自求佳草木，仍插小藩篱。
吾事正如此，人生聊自怡。霜松未及尺，独我见奇姿。

连日治圃至山亭又作五字
（宋）陆游

好竹千竿翠，新泉一勺冰。残芜衬落日，老木上寒藤。
细磴欹难过，危栏曲可凭。归时忽已暮，点点数渔灯。

小畦
（宋）戴昺

小畦寻丈许，凿壁置柴扉。雨后菜虫尽，秋来花蝶稀。
插篱新种菊，抱瓮已忘机。俗客忽相访，妨人洗布衣。

理蔬
（宋）杨万里

小摘吾犹惜，频来径自成。青虫捕仍有，绿叶蠹还生。
贫里犹存灶，霜馀正可羹。窥园未妨学，抱瓮更须营。

菜圃
（宋）杨万里

此圃何其窄，于侬已自华。看人浇白菜，分水及黄花。
霜熟天殊暖，风微筛亦斜。笑摩桃竹杖，何日拄还家？

治圃杂书
（元）方回

天地一闲人，园林数亩春。认苗谙药性，养果护花身。
社友同疏饭，邻儿笑野巾。空庭维老马，不出动经旬。

花有如罂粟，能同橘不迁。茄藤宜硬地，豆荚恶肥田。
元飙齐民术，夷吾土物篇。园丁初未读，口诀自相传。

畦乐园
（明）刘永之

郭南抱瓮者，久与世情疏。砌长龙须草，林开燕尾渠。
辘轳花下转，莴苣雨中锄。蔗熟能相寄，酬君薤叶书。

题老圃卷
（明）王绂

桑榆宜晚境，筑圃近茅堂。凿沼分流水，编篱补坏墙。
雨晴瓜蔓绿，风暖菜花香。客过飨鸡黍，村醪剪韭尝。

观莳
（明）葛一龙

计户各成区，开塍直到湖。桔槔旋老牸，箪食走童乌。
绿自歌边起，雨为劳者苏。穰穰从此日，饥可一年无。

◆ 七 言 律

村 舍
（唐）许浑

自剪春莎织雨衣，南村烟火是柴扉。
莱妻早报蒸藜熟，童子遥迎种豆归。

鱼下碧潭当镜跃,鸟还青嶂拂屏飞。
花时未免人来往,欲买严光旧钓矶。

向平多累自归难,一日身闲一日安。
山径有云收猎网,水门无月挂渔竿。
花间酒气春风远,竹里棋声夜雨寒。
三顷水田秋更熟,北窗谁拂旧尘冠。

偶圃小园因题
(宋) 王禹偁

偶营菜圃为盘飧,淮渎祠前水北村。
泉响静连衙鼓响,柴门深近子城门。
濛濛细雨春蔬甲,亹亹寒流老树根。
从此商於地图上,画工添个舍人园。

课畦丁灌园
(宋) 范浚

连筒隔竹度流泉,约束畦丁灌小园。
拔薤自须还种白,刈葵辄莫苦伤根。
瓜畴准拟狸头大,草径堤防马齿繁。
努力荷锄当给酒,无令菜把乏朝昏。

小圃独酌
(宋) 陆游

少时裘马竞豪华,岂料今为老圃家。
数点霏微社公雨,两丛闲淡女郎花。
诗成枕上常难记,酒满街头却易赊。
自笑迩来能用短,只将独醉作生涯。

蒲桥寓居，庭有刳方石而实以土者，小孙子艺花窠菜本其中，戏名幼圃

（宋）杨万里

寓舍中庭劣半弓，燕泥为圃石为墉。
瑞香萱草一两本，葱叶蓼苗三四丛。
稚子落成小金谷，蜗牛卜筑别珠宫。
也思日涉随儿戏，一径惟看蚁得通。

为　圃

（宋）刘克庄

屋边废地稍平治，妆点风光要自怡。
爱敬古梅如宿士，护持新笋似婴儿。
花窠易买姑添价，亭子难营且筑基。
老矣四科无入处，旋锄小圃学樊迟。

即　事

（宋）刘克庄

买得荒郊五亩馀，旋营花木置琴书。
柳能樊圃犹须种，兰纵当门亦不锄。
无力改墙姑覆草，多方存井要浇蔬。
区区才志聊如此，谁谓先生广且疏。

目为诗客不胜惭，唤作园翁定自堪。
抱瓮荷锄非鄙事，栽花移竹似清谈。
野人只识羹芹美，相国安知食笋甘。
晚觉齐民书最要，惜无幽士肯同参。

◆ 五言绝句

城西书事
(宋)韩维

蔬畦绕茅屋,林下辘轳迟。霜蔓已除架,风瓢空挂篱。

蔬 圃
(宋)朱子

花柳绕宅茂,先生在郊居。下帷良已苦,时作带经锄。

行 圃
(宋)杨万里

摘杞搜枯梗,攀花脱脆包。蝶成新样粉,柳送隔城梢。

课园夫
(宋)白玉蟾

已属畦丁了,都将菜甲耘。数时稽食籍,醢芥又羹芹。

入 圃
(明)李玮

入圃细雨馀,荷锄情不恶。山妻爱木棉,惭余种红药。

◆ 七言绝句

和沈太博小圃偶作
(宋)赵抃

日烘薄雾开桑陌,风冒游丝著柳条。
语燕啼莺自撩乱,惊人残梦是春朝。

春日田园杂兴
（宋）范成大

种园得果仅偿劳，不奈儿童鸟雀搔。
已插棘针樊笋径，更铺渔网盖樱桃。

行圃
（宋）杨万里

蓶本新痕割复齐，豆苗初叶合仍离。
莺声正好还飞去，不为诗人更许时。

初秋行圃
（宋）杨万里

花梢飞下两鸣鸠，欲住还行行复留。
拾得来禽吞不得，啄来啄去竟成休。

杂诗
（金）王磵

南亩东皋春务时，田家候雨罢耕犁。
却汲井泉浇药圃，更疏陂水灌麻畦。

山居诗
（元）僧清珙

钁头添铁屋头悬，健即锄云倦即眠。
红日正中黄独熟，甘香不在火炉边。

卷二百二十七　樵　类

◆ 五言古

　　　　　樵父词
　　　　　　　　（唐）储光羲

山北饶朽木，山南多枯枝。枯枝作采薪，爨室私自知。
诘朝砺斧寻，视暮行歌归。先雪隐薜荔，迎暄卧茅茨。
清涧日濯足，乔林时曝衣。终年登险阻，不复忧安危。
荡漾与神游，莫知是与非。

　　　　　樵人十咏（录六）
　　　　　　　　（唐）陆龟蒙

　　樵　溪
山高溪且深，苍苍但群木。抽条欲千尺，众亦疑朴樕。
一朝蒙剪伐，万古辞林麓。若遇燎圆穹，微烟出云族。

　　樵　家
草木黄落时，比邻见相喜。当门清涧尽，屋在寒云里。
山棚日才下，野灶烟初起。所谓顺天民，唐尧亦如此。

　　樵　子
生在苍崖边，能谙白云养。才穿远林去，已在孤峰上。
薪和野花束，步带山词唱。日暮不归来，柴扉有人望。

樵　担
轻无斗储价，重则筋力绝。欲下半岩时，忧襟两如结。
风高势还却，雪厚疑中折。负荷诚独难，移之赠来哲。

樵　风
朝随早潮去，暮带残阳返。向背得清飚，相随无近远。
采山一何迟，服道常苦蹇。仙术信能为，年华未将晚。

樵　歌
纵调为野吟，徐徐下云磴。固知负樵乐，不减援琴兴。
出林方自转，隔水犹相应。但取天壤情，何求郢人称。

奉和樵人十咏（录四）
（唐）皮日休

樵　溪
何时有此溪，应便生幽木。橡实养山禽，藤花蒙涧鹿。
不止产蒸薪，愿当歌《棫朴》。君知天意无？以此安吾族。

樵　家
空山最深处，太古两三家。云萝共夙世，猿鸟同生涯。
衣服濯春泉，盘餐烹野花。居兹老复老，不解叹年华。

樵　径
蒙茏中一径，绕在千里。歇处遇松根，危中值石齿。
花穿枲衣落，云拂芒鞋起。自古行此途，不闻颠与坠。

樵　风
野船渡樵客，来往平波中。纵横清飚吹，旦暮归期同。

蘋花惹衣白，莲影涵薪红。吾意请封尔，直作镜湖公。

山　中

（元）于石

我家万山中，日日采樵去。扪萝上层巅，苔滑不留屦。
落日负樵归，云深失归路。谁家犬吠声，声在云深处。

下岭樵歌

（明）许继

石磴缘苍苍，负薪下层峭。歌声相应发，山木闪残照。
近惊幽谷响，远答清猿啸。欸乃江上音，烟波岂同调。

题　画

（明）刘泰

千峰落日阴，闪闪鸦飞尽。隔树暗鸣泉，苍茫路难认。
何处远归樵，山花红插鬓。

访樵者

（明）孙一元

远寻山中樵，不识山中路。隔林伐木声，遥意林深处。
不晤竟空归，日堕西陵树。

赠山阴陈海樵

（明）王问

十年制一斧，三日采一薪。白石自堪煮，赤松为尔邻。
入市当问卜，移家非避秦。独乘辽东鹤，高揖谢时人。

观束薪

（明）王问

山椒露未晞，松约多樛枝。林疏古苔出，错崿云根攲。

坐此观捆载，落日樵腹饥。归爨秋篱下，薪湿烟火迟。

◆ **七言古** 附长短句

樵客吟
（唐）张籍

山上采樵选枯树，深处樵多出辛苦。
秋来野火烧栎林，枝柯已枯堪采取。
斧声坎坎在幽谷，采得齐梢青葛束。
日西待伴同下山，竹担弯弯向身曲。
共知路傍多虎穴，未出深林不敢歇。
村西地暗狐兔鸣，稚子叫时相应声。
采樵客，莫采松与柏。
松柏生枝直且坚，与君作屋成家室。

樵 歌
（宋）郑震

上山劚山山丁登，下山嵌山山棱层。
秋残日暮归来晚，茅檐洗脚月又明，明朝早入芙蓉城。

醉樵歌
（明）张简

东吴市中逢醉樵，铁冠欹侧发飘萧。
两肩屹屹何所负，青松一枝悬酒瓢。
自言华盖峰头住，足迹踏遍人间路。
学书学剑俱不成，惟有饮酒得真趣。
管乐本是王霸才，松乔自有烟霞具。
手持昆冈白玉斧，曾向月里斫桂树。
月里仙人不我嗔，特令下饮洞庭春。
兴来一吸海水尽，却把珊瑚樵作薪。

醒时邂逅逢王质，石上看棋黄鹄立。
斧柯烂尽不成仙，不如一醉三千日。
于今老去名空在，处处题诗偿酒债。
淋漓醉墨落人间，夜夜风雷起光怪。

赠醉樵

（明）高启

川钓已遭猎，野耕终改图。
不如山中樵，醉卧谁得呼。
采山不采松，松花可为酒。
酒熟谁共斟，木客为我友。
木客已去空石床，举杯向月邀吴刚。
借汝快斧斫大桂，要令四海增清光。
林风吹发寒拥耳，独枕空尊碧岩里。
此时忘却负薪归，猛虎一声惊不起。
世间万事如浮烟，看棋何必逢神仙。
青松化石鹤未返，酒醒又是三千年。

◆ 五 言 律

樵 者

（唐）崔涂

入山行采薇，闲剪蕙为衣。避世嫌山浅，逢人说姓稀。
有时还独醉，何处掩衡扉？莫看棋终局，溪风晚待归。

◆ 六 言 律

冬 樵

（明）杨慎

城阙软，红尘远，林峦空，翠岚深。

丁丁鸟，惊斧重，霏霏雪，压担沉。
沙明东郭履迹，谷响南华足音。
归去自换村酒，不须解却貂金。

◆ 七言律

雪樵

（元）龚璛

伊川门下已齐腰，清苦谁如雪里樵。
浩荡山林行靡靡，低迷蓑笠影飘飘。
枯梢一夜号寒堕，野菜寻春待冻消。
炙手故应犹可热，高人尘甑尽无聊。

樵

（明）朱之蕃

行歌伐木隐林中，平楚高原四望通。
爱踏春山萦碧草，醉眠秋壑舞丹枫。
唯留松柏团成盖，不许荆榛竞作丛。
半岭夕阳归路稳，乘风破浪为谁雄？

◆ 五言绝句

樵

（金）李俊民

云外山将遍，人间日易斜。不知棋换世，柯烂未还家。

樵歌贻卢子明

（明）黄克晦

采薪入深林，唱歌出幽谷。樵歌非无辞，辞古不可读。

◆ 六言绝句

樵

（明）黎扩

窈窈径穿林下，丁丁斧彻云间。
耳惯猿惊鹤怨，迹穷红树青山。

◆ 七言绝句

樵 翁

（唐）蒋吉

独入深山信脚行，惯当貙虎不曾惊。
路傍花发无心看，惟见枯枝刮眼明。

樵 叟

（唐）僧贯休

樵父貌饥带尘土，自言一生苦寒苦。
担头担个赤瓷罂，斜阳独立朦胧坞。

樵 者

（宋）欧阳修

云际依依认旧林，断崖荒磴路难寻。
西山望见朝来雨，南涧归时渡处深。

岁晚书事

（宋）刘克庄

岁晚郊居苦寂寥，日高盐路去城遥。
深深榕径苔墙里，忽有银钗叫卖樵。

次松风阁韵

（宋）裘万顷

白云殊不作俗态，流水更似知人心。
溪边濯足溪上坐，樵唱一声秋满林。

馀杭樵歌

（宋）谢翱

樵斧丁丁响翠微，赪肩半脱汗身衣。
因来避雨岩前洞，裹得山蜂和蜜归。

九曲樵歌

（元）曹文晦

琼阙峨峨接太清，五云洞口问长生。
欲知岭上无穷景，听取樵歌四五声。

寄破山樵者李超无

（明）尹嘉宾

结隐深随麋鹿群，上方钟磬断知闻。
空山岁晚多冰雪，若个峰头踏冻云？

传统文化修养丛书

佩文斋咏物诗选 4
（最新点校本）

（清）汪霦等—编

乔继堂—整理

上海科学技术文献出版社
Shanghai Scientific and Technological Literature Press

本册目录

卷二百二十八　渔类

四言古 ……………… 1609
　酒会诗（魏）嵇康/1609
　江郊（宋）苏轼/1609
五言古 ……………… 1609
　钓竿行（魏）文帝/1609
　钓竿（梁）沈约/1609
　观钓（陈）阴铿/1610
　钓竿篇（隋）李巨仁/1610
　渔父词（唐）储光羲/1610
　钓鱼湾（唐）储光羲/1610
　渔父歌（唐）李颀/1610
　大回中（唐）元结/1611
　蓝田溪与渔者宿
　　（唐）钱起/1611
　江中晚钓寄荆南一二相识
　　（唐）刘长卿/1611
　渔具诗（唐）陆龟蒙/1611
　和袭美添咏渔具
　　（唐）陆龟蒙/1613
　和陆鲁望渔具诗
　　（唐）皮日休/1613

添咏渔具（录二）
　　（唐）皮日休/1615
　渔人（唐）苏拯/1615
　渔家傲（宋）晁补之/1615
　石门渔舍（宋）薛季宣/1615
　秋江钓月（元）程钜夫/1616
　秋江钓月（元）范梈/1616
　过高邮射阳湖杂咏
　　（元）萨都剌/1616
　渔父曲（元）叶颙/1616
　钓矶（明）袁凯/1616
　秋江渔唱（明）高棅/1617
　渔钓（明）祝允明/1617
　寒江钓雪（明）周复俊/1617
七言古　附长短句 ……… 1617
　渔父（唐）岑参/1617
　渔父歌（唐）张志和/1617
　赠湘南渔父（唐）刘长卿/1618
　渔翁（唐）柳宗元/1618
　清江行（宋）刘子翚/1618
　分题得渔村晚照
　　（宋）徐照/1618
　渔父词（金）完颜璹/1619

渔翁图 （元）程钜夫 / 1619
渔父 （元）揭傒斯 / 1619
右丞春溪捕鱼
　　（元）吴镇 / 1619
王摩诘春溪捕鱼图
　　（元）黄公望 / 1620
渔庄 （元）郑元祐 / 1620
渔庄 （元）于立 / 1620
渔村夕照 （明）宣宗 / 1621
钓竿 （明）刘基 / 1621
捕鱼词 （明）高启 / 1621
清溪渔隐 （明）杨基 / 1622
林志尹秋江渔父图
　　（明）张以宁 / 1622
题渔乐图 （明）王绂 / 1622
渔父词 （明）陈继 / 1622
江乡渔乐图 （明）刘溥 / 1623
渔景 （明）鲁铎 / 1623
笠泽渔父词 （明）文彭 / 1623
捕鱼词 （明）吴梦旸 / 1624
五言律 …………… 1624
独钓 （唐）韩愈 / 1624
垂钓亭 （唐）姚合 / 1624
春江独钓 （唐）戴叔伦 / 1624
夜到渔家 （唐）张籍 / 1625
和春深二十首（录一）
　　（唐）白居易 / 1625
渔父 （唐）杜牧 / 1625
宿渔家 （唐）刘威 / 1625
渔父 （唐）李中 / 1625
溪叟 （唐）僧景云 / 1625
渔父吟 （宋）宋伯仁 / 1626
渔隐为周仲明赋
　　（元）黄庚 / 1626
渔庄 （元）郭翼 / 1626
夜到渔家 （明）吴鼎芳 / 1626
五言排律 …………… 1626
钓竿篇 （唐）沈佺期 / 1626
六言律 …………… 1627
秋渔 （明）杨慎 / 1627
七言律 …………… 1627
和慕容法曹寻渔者寄城中故人
　　（唐）钱起 / 1627
西江上送渔父
　　（唐）温庭筠 / 1627
寄湘阴阎少府乞钓轮子
　　（唐）温庭筠 / 1627
西塞山泊渔家
　　（唐）皮日休 / 1628
鲁望以轮钩相示，缅怀高致，
　　因作三篇（录二）
　　皮日休 / 1628
顷自桐江得一钓车，以袭美
　　乐烟波之思……
　　（唐）陆龟蒙 / 1628
赠彭蠡钓者 （唐）杜荀鹤 / 1629
戏赠渔家 （唐）杜荀鹤 / 1629
忆钓舟 （唐）吴融 / 1629

钓翁 （唐）秦韬玉/1629
赠渔者 （唐）胡曾/1630
赠渔者 （唐）韩偓/1630
赠渔翁 （唐）韦庄/1630
赠渔翁 （唐）罗隐/1630
钓车 （唐）徐夤/1631
贻钓鱼李处士
　　（唐）谭用之/1631
次韵南溪观鱼
　　（宋）韩驹/1631
渔家 （宋）陆游/1631
次圭父观渔韵
　　（宋）朱子/1632
渔父 （金）李节/1632
潮溪夜渔 （元）柳贯/1632
渔蓑 （元）谢宗可/1632
钓丝 （元）谢宗可/1633
潮溪夜渔 （元）吴莱/1633
题秋江把钓图
　　（元）黄镇成/1633
渔村意 （元）钱惟善/1633
竹𥲤青乐钓 （明）太祖/1634
题烟波泛舟图
　　（明）刘基/1634
吴淞渔乐 （明）沈贞/1634
怀朱渔父 （明）江仲鱼/1634
峨溪晚钓 （明）僧德祥/1635

五言绝句 ……………… 1635
江行 （唐）钱起/1635

江村夜泊 （唐）项斯/1635
渔家 （唐）张乔/1635
野钓 （唐）韩偓/1635
钓叟 （唐）杜荀鹤/1636
江上渔者 （宋）范仲淹/1636
渔艇 （宋）朱子/1636
溪边钓船 （元）牟巘/1636
题渔舟风雨图
　　（元）吴澄/1636
淮南渔歌 （元）马祖常/1636
捕鱼图 （元）虞集/1636
春江独钓图 （元）倪瓒/1637
渔村夕照 （元）陈旅/1637
杂画 （明）孙一元/1637
网集潭 （明）施渐/1637
平望夜泊 （明）王穉登/1637

六言绝句 ……………… 1637
渔隐图诗为程子纯赋
　　（元）杜本/1637
渔 （明）黎扩/1637

七言绝句 ……………… 1638
戏题湖上 （唐）常建/1638
江村即事 （唐）司空曙/1638
家园 （唐）白居易/1638
赠渔父 （唐）杜牧/1638
怀归 （唐）杜牧/1638
湖上 （唐）许浑/1639
守风淮阴 （唐）许浑/1639
薛氏池垂钓 （唐）温庭筠/1639

寄裴生乞钓钩
　　（唐）温庭筠／1639
沅江渔者（唐）李群玉／1639
钓鱼（唐）李群玉／1639
赠江上老人（唐）方干／1640
渔父（唐）汪遵／1640
渔者（唐）张乔／1640
阻风（唐）韩偓／1640
醉著（唐）韩偓／1640
江南（唐）陆龟蒙／1640
自遣（唐）陆龟蒙／1641
钓车（唐）陆龟蒙／1641
淮上渔者（唐）郑谷／1641
钓叟（唐）杜荀鹤／1641
渔父（唐）李中／1641
小儿垂钓（唐）胡幽贞／1642
渔者（宋）郭震／1642
南塘即事（宋）翁卷／1642
舟行六绝句（录一）
　　（宋）张耒／1642
过盖竹作（宋）朱子／1642
田舍即事（宋）刘克庄／1642
渔父词（宋）方岳／1643
烟溪独钓图（金）元好问／1643
所见（金）刘铎／1643
过唐州西李口
　　（金）邢安国／1643
江景（元）黄庚／1643
雨过（元）黄庚／1643

江乡夜兴（元）尹廷高／1644
溪上（元）刘秉忠／1644
即事（元）许有壬／1644
渔翁（元）周权／1644
题春江渔父图（元）杨维桢／1644
绿阴垂钓（元）贡性之／1644
钓鱼图（元）贡性之／1645
题画杂诗（元）马臻／1645
画意（元）马臻／1645
小汉（元）僧圆至／1645
绝句漫兴（明）刘基／1645
题盛子昭临吴兴公溪山钓船图
　　（明）虞堪／1646
春江渔父（明）陈继／1646
赠钓伴（明）陈宪章／1646
醉著（明）孙一元／1646
秋江钓者（明）潘德元／1646
渔村夕照（明）沈明臣／1646
桃溪（明）娄坚／1647
虾子禅（明）僧守仁／1647
渔村夜归（明）僧宗衍／1647
颂古诗（明）僧普慈／1647

卷二百二十九　牧类

五言古 ·················· 1648
　牧童词（唐）储光羲／1648
　牧童词（元）周权／1648
七言古　附长短句 ········ 1648
　牧童词（唐）李涉／1648

牧童　（唐）僧隐峦/1649
书晁说之《考牧图》后
　　（宋）苏轼/1649
牧牛儿　（宋）张耒/1649
李唐春牧图　（元）任士林/1650
牧童谣　（明）周是修/1650
五言律 …………………… 1650
　牧童　（唐）僧栖蟾/1650
　牧　（明）张居正/1651
六言律 …………………… 1651
　夏牧　（明）杨慎/1651
七言律 …………………… 1651
　牧　（明）朱之蕃/1651
五言绝句 ………………… 1651
　牧童　（唐）刘驾/1651
　牧竖　（唐）崔道融/1652
六言绝句 ………………… 1652
　牧　（明）黎扩/1652
七言绝句 ………………… 1652
　牧童　（唐）卢肇/1652
　题牧牛图　（元）黄清老/1652
　题牧牛图　（元）僧行端/1652
　牧牛　（明）王锡爵/1652
　平原道中见牧豕者
　　　（明）尹嘉宾/1653

卷二百三十　织类

五言古 …………………… 1654
　子夜夏歌　（晋）乐府/1654

作蚕丝　（晋）阙名/1654
咏中妇织流黄
　　（梁）简文帝/1654
与司马治书同闻邻妇夜织
　　（梁）王僧孺/1654
见人织聊为之咏
　　（梁）刘邈/1654
中妇织流黄　（唐）虞世南/1655
织女词　（唐）孟郊/1655
古词　（唐）施肩吾/1655
村舍杂书　（宋）陆游/1655
题耕织图　（元）赵孟頫/1655
七言古 …………………… 1656
赋得婀娜当轩织
　　（陈）萧诠/1656
织锦词　（唐）温庭筠/1657
染丝上春机　（唐）李贺/1657
缲丝行　（宋）范成大/1657
流黄引　（元）宋褧/1657
寒机女词　（元）王逢/1658
五言律 …………………… 1658
蚕室成　（明）皇甫汸/1658
五言排律 ………………… 1658
鲛人潜织　（唐）薛能/1658
七言律 …………………… 1658
织锦女　（唐）秦韬玉/1658
题张萱美人织锦图为慈溪
　蔡元起赋　（元）迺贤/1659
织锦机　（明）瞿佑/1659

五言绝句 …………………… 1659
　续古（唐）陈陶/1659
　浣纱女（唐）僧皎然/1659
　织锦图（元）杨维桢/1660
七言绝句 …………………… 1660
　江南织绫词（唐）施肩吾/1660
　冬日田园杂兴
　　（宋）范成大/1660
　织妇（宋）谢翱/1660
　西湖竹枝词（元）顾瑛/1660
　过村家（明）樊阜/1660
　贫女吟（明）佘育/1661
　苏蕙（明）梁辰鱼/1661
　竹枝词（明）王叔承/1661

卷二百三十一　女红类

五言古 ……………………… 1662
　子夜夏歌（晋）乐府/1662
　咏剪䌽花（梁）刘孝威/1662
　咏剪䌽花（梁）朱超道/1662
　子夜冬歌（唐）崔国辅/1662
　子夜吴声四时歌
　　（元）张宪/1662
七言古 ……………………… 1663
　白纻词（唐）张籍/1663
　裁衣曲（元）陈基/1663
　美人熨帛图（明）刘溥/1663
五言律 ……………………… 1663
　剪䌽（唐）张九龄/1663

七言律 ……………………… 1664
　剪刀（唐）徐夤/1664
　监绣（元）揭祐民/1664
　剪刀（明）瞿佑/1664
五言绝句 …………………… 1664
　春夜裁缝（唐）薛维翰/1664
　无题（明）袁凯/1665
七言绝句 …………………… 1665
　寒闺思（唐）白居易/1665
　题针限斲字韵
　　（宋）裘万顷/1665
　春词（元）胡天游/1665
　理绣（元）杨维桢/1665
　宫中词（元）张昱/1665
　题月下裁衣图
　　（明）陈继/1666
　宫词（明）俞允文/1666

卷二百三十二　佛寺类

五言古 ……………………… 1667
　开善寺法会（梁）萧统/1667
　游光宅寺诗应令
　　（梁）简文帝/1667
　奉和往虎窟山寺
　　（梁）陆罩/1667
　奉和往虎窟山寺
　　（梁）王囿/1668
　仰同令君摄山栖霞寺山房
　　夜坐六韵（陈）徐孝克/1668

静卧栖霞寺房望徐祭酒
　　（陈）江总／1668
经始兴广果寺题恺法师山房
　　（陈）江总／1668
和崔侍中从驾经山寺
　　（北齐）萧悫／1669
云居寺高顶（北周）王褒／1669
谒慈恩寺题奘法师房
　　（唐）太宗／1669
题终南翠微寺空上人房
　　（唐）孟浩然／1669
宿天竺寺（唐）陶翰／1669
游天竺寺（唐）崔颢／1670
蓝田山石门精舍
　　（唐）王维／1670
至闲居精舍呈正上人
　　（唐）储光羲／1670
同群公题中山寺
　　（唐）高适／1670
青龙寺昙壁上人院集
　　（唐）裴迪／1671
题鹤林寺（唐）綦毋潜／1671
送崔十二游天竺寺
　　（唐）李白／1671
与从侄杭州刺史良游天竺寺
　　（唐）李白／1671
安州般若寺水阁纳凉喜遇
　　薛员外乂（唐）李白／1671
出关经华岳寺访法华云公
　　（唐）岑参／1672
闻崔十二侍御灌口夜宿报恩寺
　　（唐）岑参／1672
题华严寺瑰公禅房
　　（唐）岑参／1672
游龙门奉先寺
　　（唐）杜甫／1672
题栖霞寺（唐）张晕／1672
奉陪萧使君入鲍达洞寻灵山寺
　　（唐）刘长卿／1673
庄严精舍游集
　　（唐）韦应物／1673
行宽禅师院（唐）韦应物／1673
游终南龙池寺（唐）孟郊／1673
偶游石盎僧舍
　　（唐）杜牧／1673
同曼叔游菩提寺
　　（宋）韩维／1674
端午遍游诸寺得禅字
　　（宋）苏轼／1674
峡山寺（宋）苏轼／1674
香积寺（宋）文同／1674
妙光庵（宋）孙觌／1675
过报德庵（宋）刘子翚／1675
落星寺（宋）朱子／1675
临溪寺（宋）范成大／1675
少林（金）元好问／1675
游云水庵（元）刘因／1676
宿福海寺（元）戴表元／1676

庆寿僧舍即事
　　（元）赵孟頫／1676
至正己亥四月廿二日宿翠峰
　禅室登留云阁数日与
　净莲公（元）高克恭／1676
宿栖真院分韵得独字
　　（元）于石／1676
再游石壁寺（元）于石／1677
题云庵（元）李存／1677
福山庵（元）黄清老／1677
过广福寺石屏山房怀曾子白
　修撰陈伯清侍讲
　　（元）陈高／1677
游惠山寺（元）郑元祐／1678
同子充潜仲游北山，夜宿
　觉慈院（元）戴良／1678
楞伽寺得月台
　　（元）僧宗衍／1678
晨诣祥符寺（明）刘基／1678
南峰寺（明）高启／1679
楞伽寺（明）高启／1679
过云岩（明）张羽／1679
衍上人萧然斋
　　（明）徐贲／1679
金鸡岩僧室（明）林鸿／1679
宿黄梅五祖寺
　　（明）林鸿／1680
宿夹江寺（明）方孝孺／1680
游君山寺（明）薛瑄／1680

天界寺（明）蔡羽／1680
秋夜宿东白启师方丈
　　（明）沈遇／1681
宿牛首寺（明）陈铎／1681
自茶磨入治平寺
　　（明）程嘉燧／1681
过高峰庵（明）吴鼎芳／1681
栖云寺（明）徐𤊟／1681
七言古 …………………… 1682
大觉高僧兰若（唐）杜甫／1682
题台州隐静寺
　　（唐）王建／1682
和丁宝臣游甘泉寺
　　（宋）欧阳修／1682
二十七日自阳平至斜谷宿于
　南山中蟠龙寺
　　（宋）苏轼／1683
自普照游二庵（宋）苏轼／1683
五言律 …………………… 1683
游梵宇三觉寺
　　（唐）王勃／1683
陪润州薛司空丹徒桂明府游
　招隐寺（唐）骆宾王／1684
夏日游晖上人房
　　（唐）陈子昂／1684
奉和圣制同皇太子游慈恩寺
　应制（唐）沈佺期／1684
游少林寺（唐）沈佺期／1684
乐城白鹤寺（唐）沈佺期／1684

游韶州广界寺
  （唐）宋之问／1684
奉和圣制闰九月九日登庄严
 总持二寺阁
  （唐）宋之问／1685
幸岳寺应制（唐）宋之问／1685
宿云门寺阁（唐）孙逖／1685
同皇甫兵曹天宫寺浴室新成
 招友人赏会
  （唐）寇坦／1685
题义公禅房（唐）孟浩然／1685
宿立公房（唐）孟浩然／1685
游景光寺（唐）孟浩然／1686
江夏陪长史叔及薛明府宴兴
 德寺南阁（唐）李白／1686
宿龙兴寺（唐）綦毋潜／1686
题灵隐寺山顶禅院
  （唐）綦毋潜／1686
过香积寺（唐）王维／1686
登辨觉寺（唐）王维／1686
过感化寺昙兴上人山院
  （唐）王维／1687
登少室山寺（唐）褚朝阳／1687
游感化寺昙兴上人山院
  （唐）裴迪／1687
登总持阁（唐）岑参／1687
山寺（唐）杜甫／1687
题玄武禅师屋壁
  （唐）杜甫／1687

后游修觉寺（唐）杜甫／1688
望兜率寺（唐）杜甫／1688
上牛头寺（唐）杜甫／1688
和裴迪登新津寺寄王侍郎
  （唐）杜甫／1688
巳上人茅斋（唐）杜甫／1688
题破山寺后院
  （唐）常建／1688
奉陪韦润州过鹤林寺
  （唐）李嘉祐／1689
宿北山禅寺兰若
  （唐）刘长卿／1689
题精舍寺（唐）钱起／1689
题僧房（唐）韩翃／1689
题龙兴寺澹师房
  （唐）韩翃／1689
同中书刘舍人题青龙上方
  （唐）韩翃／1689
题慈恩寺竹院（唐）韩翃／1690
双山过信公所居
  （唐）包佶／1690
题云际寺上方
  （唐）卢纶／1690
春日陪李庶子遵善寺东院晓望
  （唐）卢纶／1690
慈恩寺暕上人房招耿拾遗
  （唐）李端／1690
宿禅智寺上方演大师院
  （唐）崔峒／1690

同韩员外宿云门寺
　　（唐）严维／1691
鄱阳大云寺一公房
　　（唐）顾况／1691
题招提寺　（唐）戎昱／1691
游瀑泉寺　（唐）于鹄／1691
题山寺　（唐）刘商／1691
题横山寺　（唐）戴叔伦／1691
游少林寺　（唐）戴叔伦／1692
西郊兰若　（唐）羊士谔／1692
宿诚禅师山房题赠
　　（唐）刘禹锡／1692
题润州甘露寺
　　（唐）张祜／1692
题万道人禅房
　　（唐）张祜／1692
杭州孤山寺　（唐）张祜／1692
题濠州钟离寺
　　（唐）张祜／1693
姚岩怀贾岛　（唐）顾非熊／1693
同卢校书游新兴寺
　　（唐）朱庆馀／1693
与石昼秀才过普照寺
　　（唐）朱庆馀／1693
宿山寺　（唐）贾岛／1693
过灵泉寺　（唐）姚合／1693
入静隐寺途中作
　　（唐）周贺／1694
山寺　（唐）杜牧／1694

题扬州禅智寺
　　（唐）杜牧／1694
恩德寺　（唐）许浑／1694
送僧归敬亭山寺
　　（唐）许浑／1694
郁林寺　（唐）许浑／1694
游云际寺　（唐）喻凫／1695
题翠微寺　（唐）喻凫／1695
岫禅师南溪兰若
　　（唐）喻凫／1695
青龙寺僧院　（唐）刘得仁／1695
宿翠微寺　（唐）马戴／1695
题静住寺钦用上人房
　　（唐）马戴／1695
宿灵岩寺　（唐）赵嘏／1696
题造微禅师院
　　（唐）温庭筠／1696
宿辉公精舍　（唐）温庭筠／1696
宿澧曲僧舍　（唐）温庭筠／1696
宿秦僧山斋　（唐）温庭筠／1696
和袭美初冬章上人院
　　（唐）陆龟蒙／1696
游竹林寺　（唐）方干／1697
题慈云寺僧院
　　（唐）李山甫／1697
登甘露寺　（唐）周繇／1697
题山僧院　（唐）张乔／1697
题灵山寺　（唐）张乔／1697
宿澄泉兰若　（唐）郑谷／1697

题兴善寺（唐）郑谷/1698
书翠岩寺壁（唐）曹松/1698
宿溪僧院（唐）曹松/1698
冬日题觉公牛头兰若
　　（唐）李洞/1698
宿山寺（唐）张蠙/1698
题岳州僧舍（唐）裴说/1698
宿山寺（唐）孟贯/1699
甘露寺（唐）孙鲂/1699
宿山房（唐）李建勋/1699
题圣果寺（唐）僧处默/1699
题简然师院（唐）僧贯休/1699
又和游光睦院
　　（宋）徐铉/1699
题灵山寺（宋）赵抃/1700
题九仙寺（宋）赵抃/1700
游水南寺（宋）余靖/1700
题净慧大师禅斋
　　（宋）欧阳修/1700
盱眙山寺（宋）林逋/1700
同宋复古游大林寺
　　（宋）周敦颐/1700
昆山慧聚寺次张祜韵
　　（宋）王安石/1701
独游富阳普照寺
　　（宋）苏轼/1701
宿雪屏山寺（宋）文同/1701
吉祥院（宋）文同/1701
金地寺（宋）陈造/1701

化度寺（宋）孙觌/1701
翠峰寺（宋）范成大/1702
独游虎跑泉小庵
　　（宋）范成大/1702
慈云院东阁小憩
　　（宋）陆游/1702
之永和小憩资寿寺
　　（宋）杨万里/1702
龟峰寺（宋）赵师秀/1702
翠岩寺（宋）赵师秀/1702
宝冠寺（宋）翁卷/1703
石门庵（宋）翁卷/1703
福州黄檗寺（宋）翁卷/1703
宿寺（宋）徐照/1703
题衢州石壁寺（宋）徐照/1703
能仁寺（宋）徐照/1703
宿寺（宋）徐玑/1704
小寺（宋）刘克庄/1704
夜过瑞香庵作
　　（宋）刘克庄/1704
水陆寺（宋）戴复古/1704
游青源（宋）文天祥/1704
兴福寺（宋）真山民/1704
宿宝胜寺（宋）真山民/1705
高寺（金）张斛/1705
甘露寺（金）赵亮功/1705
陪李舜咨登悯忠寺阁
　　（金）赵秉文/1705
宿海会寺（金）李俊民/1705

宿甘露寺（元）黄庚/1705
翠峰庵即事（元）黄庚/1706
游山寺（元）李材/1706
宿龙潭寺（元）萨都剌/1706
衡山福严寺二十三题（录三）
　　（元）张翥/1706
游石头城清凉寺用天锡题壁
　　诗韵（元）张翥/1707
游麻姑万松庵
　　（元）贡师泰/1707
圣安寺（元）通贤/1707
大悲阁（元）通贤/1707
万寿寺（元）通贤/1707
竹林寺（元）通贤/1707
游昆山慧聚寺和唐人诗
　　（元）宋聚/1708
吉祥寺（元）吴莱/1708
来云僧舍（元）周权/1708
游定林寺和韵
　　（元）陈泰/1708
游洞岭寺（元）卢琦/1708
游清心寺（元）曹文晦/1708
题应上人净深精舍
　　（元）叶颙/1709
湖寺拥碧轩（元）张雨/1709
嘉定显庆寺（元）僧善住/1709
春日游柏谷山寺
　　（明）朱理尧/1709
寓天界寺（明）高启/1709

甘露寺（明）高启/1709
宿真庆庵（明）唐肃/1710
宿云门寺（明）林鸿/1710
题深上人松月轩
　　（明）楼琏/1710
游灵峰寺（明）樊阜/1710
游黄龙寺（明）樊阜/1710
与陆无骞宿资庆寺
　　（明）蔡羽/1710
甘露寺次韵（明）屠应埈/1711
冬日游天竺寺
　　（明）施渐/1711
游报恩寺（明）徐鳞/1711
避暑东湖寺（明）徐鳞/1711
题岘山济公房
　　（明）蔡汝楠/1711
橘溪僧院（明）吴子孝/1711
过南郭野寺（明）施峻/1712
宿雁山灵岩寺
　　（明）皇甫涍/1712
游能仁寺（明）金大舆/1712
沂水道中过教寺
　　（明）金大舆/1712
半塘寺一上人小楼
　　（明）居节/1712
雨后登虎丘宿梅花楼僧房
　　（明）陆弼/1712
泊京口望金山寺
　　（明）陈鹤/1713

佛慧寺（明）吴孺子/1713
兰若即事（明）王伯稠/1713
大慧寺（明）童珮/1713
破山寺（明）吴鼎芳/1713
虎丘僧房招寻郭圣仆乘月登山
　　（明）吴鼎芳/1713
寓建阳福山寺
　　（明）徐𤊹/1714
吴门归入惠山寺
　　（明）邹迪光/1714
晚过新兴寺（明）张宇初/1714
秋日重游穹窿山海云精舍
　　（明）僧道衍/1714
题海云寺（明）僧德祥/1714
同庵新居（明）僧德祥/1714
宿甘露庵（明）僧海旭/1715
题指月庵（明）僧照源/1715
水寺（明）僧际瞻/1715
五言排律 …………… 1715
谒并州兴国寺
　　（唐）太宗/1715
奉和幸大荐福寺应制
　　（唐）李峤/1715
奉和幸三会寺应制
　　（唐）李峤/1716
奉和幸三会寺应制
　　（唐）宋之问/1716
游称心寺（唐）宋之问/1716
灵隐寺（唐）宋之问/1716

游法华寺（唐）宋之问/1716
游感化寺（唐）王维/1717
投道一师兰若宿
　　（唐）王维/1717
青龙寺昙壁上人兄院集
　　（唐）王维/1717
春日归山寄孟六浩然
　　（唐）李白/1717
同诸公游云公禅寺
　　（唐）张谓/1718
游栖霞寺同沈拾遗宿康上人房
　　（唐）权德舆/1718
题甘露寺（唐）许棠/1718
题甘露寺（唐）杨夔/1718
法海寺（明）吴兆/1719
七言律 …………… 1719
从幸香山寺应制
　　（唐）沈佺期/1719
红楼院应制（唐）沈佺期/1719
灉湖山寺（唐）张说/1719
过乘如禅师萧居士嵩丘兰若
　　（唐）王维/1720
涪城县香积寺官阁
　　（唐）杜甫/1720
夜宿灵台寺寄郎士元
　　（唐）钱起/1720
题精舍寺（唐）郎士元/1720
题云际寺淮上人房
　　（唐）李端/1721

题凌云寺 （唐）司空曙／1721
春题龙门香山寺
　　（唐）武元衡／1721
题柱国寺 （唐）王建／1721
送王十八归山寄题仙游寺
　　（唐）白居易／1722
寒林寺 （唐）李绅／1722
杭州天竺灵隐二寺
　　（唐）李绅／1722
早秋寄题天竺灵隐寺
　　（唐）贾岛／1722
宿长庆寺 （唐）杜牧／1723
寄题甘露寺北轩
　　（唐）杜牧／1723
题灵山寺行坚师院
　　（唐）许浑／1723
题庐山寺 （唐）马戴／1723
宿山寺 （唐）项斯／1724
题西明寺禅院
　　（唐）温庭筠／1724
宿松门寺 （唐）温庭筠／1724
和赵嘏题岳寺
　　（唐）温庭筠／1724
宿云际寺 （唐）温庭筠／1725
雨后游南门寺 （唐）刘沧／1725
题应天寺上方兼呈谦上人
　　（唐）方干／1725
题宣州延庆寺益公院
　　（唐）杨夔／1725

少华甘露寺 （唐）郑谷／1726
游西禅 （唐）伍乔／1726
驾幸普济寺应制
　　（唐）僧广宣／1726
题栖霞寺僧房
　　（唐）僧处默／1726
游虎丘山寺 （宋）王禹偁／1727
登甘露寺北望
　　（宋）徐铉／1727
登广教院阁 （宋）韩琦／1727
同万州相里殿丞游溪西山寺
　　（宋）赵抃／1727
孤山寺端上人房写望
　　（宋）林逋／1728
孤山寺 （宋）林逋／1728
易从上人山亭
　　（宋）林逋／1728
次韵吴季野题岳上人澄心亭
　　（宋）王安石／1728
寄题华藏院清轩
　　（宋）蔡襄／1729
是日宿水陆寺寄北山清顺僧
　　（宋）苏轼／1729
留题显圣寺 （宋）苏轼／1729
闲居院上方晚景
　　（宋）文同／1729
甘露寺 （宋）米芾／1730
山光寺 （宋）米芾／1730
题落星寺 （宋）黄庭坚／1730

石壁寺（宋）沈与求/1730
宿柳子观音寺
　　（宋）张耒/1731
灵泉寺（宋）孙觌/1731
南山寺（宋）孙觌/1731
山人方丈（宋）朱子/1731
桐庐舟中见山寺
　　（宋）朱子/1732
游修觉寺（宋）陆游/1732
六月十四日宿东林寺
　　（宋）陆游/1732
过湖上僧房（宋）陆游/1732
万年寺（宋）赵师秀/1733
觉慈寺（宋）戴复古/1733
访僧邻庵（宋）林景熙/1733
三峰寺（宋）真山民/1733
宿南峰寺（宋）真山民/1734
游凤栖寺（宋）真山民/1734
次韵孙传师龙图游醴泉寺
　　（宋）僧道潜/1734
题天王圆证大师房壁
　　（宋）僧惠洪/1734
寒食再游福田寺
　　（金）元德明/1735
登绵山上方（金）周昂/1735
登净江寺松风阁
　　（元）尹廷高/1735
宿中山乾明寺
　　（元）刘秉忠/1735

游智者寺（元）鲜于枢/1736
题圆觉天台教寺
　　（元）邓文原/1736
三月晦游道场山宿清公房
　　（元）邓文原/1736
栖真院（元）于石/1736
次韵张蔡国公淡庵青山寺诗
　　（元）虞集/1737
题半山寺（元）萨都剌/1737
游天竺寺（元）张翥/1737
建德城西寺（元）贡师泰/1737
东冈崇恩寺晚酌，其僧一峰
　　求诗（元）宋褧/1738
寓奉化寺寄菩提寺主
　　（元）丁鹤年/1738
游南峰寺有支遁放鹤亭
　　（明）高启/1738
过僧舍访吕敏（明）高启/1738
孤园寺（明）高启/1739
秋日登戴山佛阁
　　（明）张羽/1739
登太华寺（明）张㧕/1739
金山寺（明）赵文/1739
送辰长老住横山寺
　　（明）郑嘉/1740
化城寺（明）王守仁/1740
月潭寺（明）何景明/1740
同万鹿园宿工文庵次韵有赠
　　（明）唐顺之/1740

高座寺（明）蔡汝楠/1741

寓妙隐庵（明）徐熥/1741

宿上封寺（明）童珮/1741

重过虞山塔院兰公话旧

　　（明）程嘉燧/1741

秋晚客鸡鸣寺

　　（明）顾大猷/1742

过愚公虎丘寺

　　（明）吴梦旸/1742

寓极乐寺（明）王衡/1742

晚坐弘济寺（明）阮大铖/1742

送谦选中住花泾寺

　　（明）僧溥洽/1743

云谷寺法会应制

　　（明）僧守仁/1743

登富春永安寺

　　（明）僧德祥/1743

五言绝句 …………… 1743

游昌化山精舍

　　（唐）卢照邻/1743

宿吉祥寺寄庐山隐者

　　（唐）杨衡/1743

题奉国寺（唐）陆海/1744

题龙门寺（唐）陆海/1744

善福寺阁（唐）韦应物/1744

荐福寺送元伟

　　（唐）李端/1744

题竹林寺（唐）朱放/1744

游道林寺（唐）戴叔伦/1744

和韦开州盛山宿云亭

　　（唐）张籍/1744

涂山寺独游（唐）白居易/1745

遗爱寺（唐）白居易/1745

观花后游慈恩寺

　　（唐）施肩吾/1745

题水西寺（唐）杜牧/1745

牛头寺（唐）司空图/1745

题九日山石佛院乱峰轩

　　（宋）朱子/1745

立雪堂（明）高启/1745

冰壶井（明）高启/1746

小飞虹（明）高启/1746

避雨山寺（明）汪生民/1746

圆觉寺晚坐（明）李先芳/1746

东林寺前作（明）梁有誉/1746

入寺（明）僧明显/1746

寻竹隐寺（明）僧怀让/1746

高山寺（明）僧德清/1747

七言绝句 …………… 1747

题泾县水西寺

　　（唐）宣宗/1747

过融上人兰若

　　（唐）孟浩然/1747

与谢良辅游泾川陵岩寺

　　（唐）李白/1747

题法院（唐）常建/1747

寻盛禅师兰若

　　（唐）刘长卿/1747

登宝意寺上方旧游
　　（唐）韦应物／1748
同路郎中韩侍御春日题野寺
　　（唐）卢纶／1748
题兰若（唐）崔峒／1748
题净居寺（唐）戴叔伦／1748
栖霞寺云居室
　　（唐）权德舆／1748
题清凉寺（唐）杨巨源／1748
游西林寺（唐）李涉／1749
题僧院（唐）张籍／1749
宿西林寺（唐）白居易／1749
香山寺（唐）白居易／1749
游云居寺赠穆三十六地主
　　（唐）白居易／1749
题香山新经堂招僧
　　（唐）白居易／1749
古寺（唐）元稹／1750
峰顶寺（唐）张祜／1750
夏雨后题青荷兰若
　　（唐）施肩吾／1750
题禅僧院（唐）施肩吾／1750
寻石瓮寺上方（唐）贾岛／1750
寄题宣州开元寺
　　（唐）杜牧／1750
醉后题禅院（唐）杜牧／1751
定山寺（唐）薛逢／1751
宿僧院（唐）赵嘏／1751
李侍御归炭谷山居同宿华严寺
　　（唐）赵嘏／1751
宿僧舍（唐）赵嘏／1751
题谷隐兰若（唐）段成式／1751
题金山寺石室
　　（唐）李群玉／1752
峡山寺上方（唐）李群玉／1752
登祝融峰兰若
　　（唐）卢肇／1752
题清远峡观音院
　　（唐）卢肇／1752
题常乐寺（唐）唐球／1752
题灵峰僧院（唐）黄滔／1753
题袁州龙兴寺
　　（唐）易恩／1753
江上人禅居（唐）僧皎然／1753
和宿硖石寺下（宋）赵抃／1753
七月过孤山勤上人院
　　（宋）蔡襄／1753
自定林过西庵
　　（宋）王安石／1753
金陵报恩大师西堂方丈
　　（宋）王安石／1754
书双竹湛师房
　　（宋）苏轼／1754
南寺千佛阁（宋）苏轼／1754
归宜兴留题竹西寺
　　（宋）苏轼／1754
常州太平寺蘑葡亭
　　（宋）苏轼／1754

中梁山寺 （宋）文同 / 1754
竹西寺 （宋）米芾 / 1755
题妙觉寺壁 （宋）孙觌 / 1755
书永和寺壁 （宋）朱松 / 1755
游宁国奉圣寺
　　（宋）范成大 / 1755
题照上人迎翠轩
　　（宋）杨万里 / 1755
游定林寺 （宋）杨万里 / 1755
寒食雨中同舍人约游天竺呈
　　陆务观 （宋）杨万里 / 1756
雨后忆龙翔寺
　　（宋）薛季宣 / 1756
龙潭方丈 （宋）楼钥 / 1756
秀峰寺 （宋）徐玑 / 1756
舣舟江心寺 （宋）谢翱 / 1757
僧门 （宋）林景熙 / 1757
过湘江题慈云寺壁
　　（宋）僧惠洪 / 1757
巨然山寺 （金）任询 / 1757
游栖岩寺 （金）张㻞 / 1757
题济源龙潭寺
　　（金）赵之杰 / 1757
宝岩僧舍 （金）宗道 / 1758
晚宿山寺 （金）赵沨 / 1758
真容院 （金）萧贡 / 1758
八月十四日宿官塔下院
　　（金）冯延登 / 1758
山寺早起 （元）刘因 / 1758

游青莲寺 （元）王恽 / 1758
上蓝寺 （元）贡奎 / 1759
净慧寺 （元）鲜于枢 / 1759
又戏题广严僧房壁
　　（元）鲜于枢 / 1759
宿焦山上方 （元）郭天锡 / 1759
春日上平坡寺
　　（元）范梈 / 1759
五月二十六夜宿松林兰若
　　（元）范梈 / 1759
白石庵 （元）周权 / 1760
游法兴寺 （元）胡天游 / 1760
宿圆明寺早起
　　（明）高启 / 1760
宿蟾公房 （明）高启 / 1760
寄馆天宁寺 （明）丘吉 / 1760
白水寺 （明）方廷玺 / 1760
永兴寺散步 （明）皇甫汸 / 1761
弘教寺 （明）王穉登 / 1761
归宗寺 （明）吴兆 / 1761
晚投黄龙寺慧宗上人房
　　（明）吴兆 / 1761
送一公还天界寺
　　（明）范汭 / 1761
初宿海会寺 （明）李蓘 / 1761
阚峰普济寺 （明）钱希言 / 1762
讲经台 （明）僧守仁 / 1762
题萝壁山房 （明）僧德祥 / 1762
次韵题高斋 （明）僧无愠 / 1762

不二楼 （明）僧镇澄／1762

石林庵 （明）僧广印／1762

卷二百三十三　佛类

四言古 ……………… 1763

念佛三昧诗（晋）王齐之／1763

惟卫佛像铭（梁）简文帝／1763

释迦文佛像铭

（梁）简文帝／1763

式佛像铭（梁）简文帝／1764

五言古 ……………… 1764

迎舍利（梁）宣帝／1764

舍利佛（隋）阙名／1764

同马太守听九思法师讲

《金刚经》（唐）高适／1764

听蓝溪僧为元居士说

《维摩经》（唐）孟郊／1764

久雨斋居诵经

（宋）朱子／1765

慧日寺十八大阿罗塑像

（明）邓黻／1765

读佛书（明）归有光／1765

七言古　附长短句 ……… 1765

僧伽歌（唐）李白／1765

题杨子文罗汉渡海图

（明）张以宁／1766

次韵张仲举承旨题卢楞伽过

海罗汉图（明）僧来复／1766

五言律 ……………… 1767

和李澧州题常开州经藏诗

（唐）白居易／1767

读《瑜珈论》

（宋）僧惠洪／1767

七言律 ……………… 1767

予写《金刚经》与王正道，

正道与朱少章复以诗来……

（金）宇文虚中／1767

五言绝句 ……………… 1768

题云际南峰眼上人读经堂

（唐）岑参／1768

七言绝句 ……………… 1768

听僧云端讲经（唐）贾岛／1768

龙门石佛（金）刘中／1768

释迦出山息轩画

（金）完颜璹／1768

莲叶观音，恩禅师所藏，同

路宣叔赋（金）元德明／1768

月伯明讲经，与玉山各赋

二绝以寄（录一）

（元）姚文奂／1768

题罗汉图（元）僧行端／1769

卷二百三十四　僧类

五言古 ……………… 1770

赤谷安禅师塔

（唐）卢照邻／1770

还山贻湛法师

（唐）孟浩然／1770

赠僧崖公 （唐）李白 / 1770
送通禅师还南陵隐静寺
　　（唐）李白 / 1771
赠宣州灵源寺仲濬公
　　（唐）李白 / 1771
赠僧行融 （唐）李白 / 1771
送恂上人还吴
　　（唐）储光羲 / 1771
赠霈禅师 （唐）皇甫曾 / 1772
赠江华长老 （唐）柳宗元 / 1772
夏日谒智远禅师
　　（唐）孟郊 / 1772
赠道月上人 （唐）孟郊 / 1772
送清远上人归楚山旧寺
　　（唐）孟郊 / 1772
送元亮师 （唐）孟郊 / 1773
送淡公 （唐）孟郊 / 1773
题道宗上人十韵
　　（唐）白居易 / 1773
题天竺南院赠闲元旻清四上人
　　（唐）白居易 / 1773
赠别宣上人 （唐）白居易 / 1773
梵天寺见僧守诠小诗清远
　　可爱次韵 （宋）苏轼 / 1774
送金山乡僧归蜀开堂
　　（宋）苏轼 / 1774
送僧定观归 （元）黄清老 / 1774
赓僧韵 （明）太祖 / 1774
送僧归越中 （明）王偁 / 1774

吴中普门长老乞语
　　（明）杨循吉 / 1775
答松上人过访不值
　　（明）吴鼎芳 / 1775
清凉庵赠僧 （明）范汭 / 1775
寒山访雪谷师
　　（明）僧智舷 / 1775
七言古　附长短句 ……… 1775
别山僧 （唐）李白 / 1775
寄崇梵僧 （唐）王维 / 1776
偃师东与韩樽同诣景云晖上
　　人即事 （唐）岑参 / 1776
送鸿举师游江西
　　（唐）刘禹锡 / 1776
支公诗 （唐）僧皎然 / 1777
腊日游孤山访惠勤惠思二僧
　　（宋）苏轼 / 1777
送林上人还杭
　　（宋）僧道潜 / 1777
题幻住庵中峰和尚莲池野亭
　　小像 （明）陈秀民 / 1778
镡上送僧归衡山
　　（明）林鸿 / 1778
送生明还雪窦
　　（明）僧智舷 / 1779
五言律 ……………… 1779
送沙门弘景道俊玄奘还荆州
　　应制 （唐）李峤 / 1779

送沙门弘景道俊玄奘还荆州
　　应制（唐）李乂／1779
陪李侍御访聪上人禅居
　　（唐）孟浩然／1779
同崔兴宗送衡岳琼公南归
　　（唐）王维／1780
送王上人还襄阳
　　（唐）储光羲／1780
夏日过青龙寺谒操禅师
　　（唐）裴迪／1780
晚过盘石寺礼郑和尚
　　（唐）岑参／1780
谒真谛寺禅师
　　（唐）杜甫／1780
送灵澈上人归嵩阳兰若
　　（唐）刘长卿／1780
云门寺访灵一上人
　　（唐）刘长卿／1781
秋夜肃公房喜普门上人自阳
　　羡山至（唐）刘长卿／1781
送方外上人之常州依萧使君
　　（唐）刘长卿／1781
送賛法师往上都
　　（唐）钱起／1781
送宏志上人归湖州
　　（唐）李嘉祐／1781
送普门上人还阳羡
　　（唐）皇甫冉／1781
题昭上人房（唐）皇甫冉／1782

寄净虚上人初至云门
　　（唐）皇甫曾／1782
题赠吴门邕上人
　　（唐）皇甫曾／1782
送少微上人东南游
　　（唐）皇甫曾／1782
冬夕寄青龙寺源公
　　（唐）郎士元／1782
送少微上人游蜀
　　（唐）卢纶／1782
赠衡岳隐禅师
　　（唐）李端／1783
赠海明上人（唐）耿湋／1783
喜入兰陵望紫阁峰呈宣上人
　　（唐）李益／1783
赠兰若僧（唐）于鹄／1783
赠行脚僧（唐）戴叔伦／1783
送映师归本寺
　　（唐）权德舆／1783
送桃岩成上人归本寺
　　（唐）严维／1784
送僧法和（唐）戎昱／1784
送惟良上人（唐）刘禹锡／1784
秋日过鸿举法师寺送归江陵
　　（唐）刘禹锡／1784
送供奉定法师归南安
　　（唐）杨巨源／1784
赠海东僧（唐）张籍／1784
山中赠日南僧（唐）张籍／1785

送闽僧 （唐）张籍 / 1785
送无相禅师入关
　　（唐）章孝标 / 1785
寄白头陀 （唐）白居易 / 1785
赠僧云栖 （唐）张祜 / 1785
送僧游温州 （唐）朱庆馀 / 1785
送僧 （唐）朱庆馀 / 1786
送僧归天台 （唐）贾岛 / 1786
送僧游衡岳 （唐）贾岛 / 1786
送僧 （唐）贾岛 / 1786
寄无可上人 （唐）贾岛 / 1786
送天台僧 （唐）贾岛 / 1786
送厉宗上人 （唐）贾岛 / 1787
送去华法师 （唐）贾岛 / 1787
赠然上人 （唐）周贺 / 1787
奉寄安国大师兼简子蒙
　　（唐）李商隐 / 1787
送太昱禅师 （唐）许浑 / 1787
白马寺不出院僧
　　（唐）许浑 / 1787
赠僧 （唐）许浑 / 1788
送无梦道人先归甘露寺
　　（唐）许浑 / 1788
寄西岳白石僧
　　（唐）马戴 / 1788
寄终南真空禅师
　　（唐）马戴 / 1788
赠别空公 （唐）马戴 / 1788
送禅师 （唐）薛能 / 1788

寄石桥僧 （唐）项斯 / 1789
赠越僧岳云 （唐）温庭筠 / 1789
秋宿诗僧云英房因赠
　　（唐）杜荀鹤 / 1789
寄石溢清越上人
　　（唐）方干 / 1789
赠江南僧 （唐）方干 / 1789
送镜空上人游江南
　　（唐）方干 / 1790
题雪窦禅师 （唐）方干 / 1790
题碧溪山禅老
　　（唐）方干 / 1790
赠玛瑙山禅者
　　（唐）方干 / 1790
送日东僧游天台
　　（唐）杨夔 / 1790
闻仰山禅师往曹溪因赠
　　（唐）张乔 / 1790
赠敬亭清越上人
　　（唐）张乔 / 1791
上柏梯寺怀旧僧
　　（唐）司空图 / 1791
赠信美寺岑上人
　　（唐）司空图 / 1791
赠圆昉公 （唐）司空图 / 1791
送僧归江东 （唐）崔涂 / 1791
送僧归天竺 （唐）崔涂 / 1791
晚次修路僧 （唐）崔涂 / 1792
赠休粮僧 （唐）崔涂 / 1792

青龙寺赠云颢法师
　　（唐）曹松／1792
送德辉禅师（唐）曹松／1792
贻住山僧（唐）曹松／1792
寄崇圣寺僧（唐）曹松／1792
送云卿上人游安南
　　（唐）李洞／1793
送远上人（唐）李洞／1793
锦城秋寄怀弘播上人
　　（唐）李洞／1793
寄太白禅师（唐）张蠙／1793
赠可论上人（唐）张蠙／1793
赠著上人（唐）唐球／1793
寄楚琼上人（唐）李咸用／1794
云居长老（唐）王贞白／1794
访澄上人（唐）李中／1794
寄暹上人（唐）孟贯／1794
送僧归富春（唐）郑巢／1794
送琇上人（唐）郑巢／1794
赠蛮僧（唐）郑巢／1795
怀赠操禅师（唐）李建勋／1795
赠幻群法师（唐）僧清塞／1795
送秘上人游京
　　（唐）僧皎然／1795
赠圭峰禅师（唐）僧无可／1795
送僧游西域（唐）僧处默／1795
宁公新拜首座因赠
　　（宋）王禹偁／1796
僧可真东归因谒范苏州

（宋）梅尧臣／1796
送长吉上人（宋）林逋／1796
送思齐上人之宣城
　　（宋）林逋／1796
寄清晓阇黎（宋）林逋／1796
寄楞严大师（宋）文同／1796
赠胜上人（宋）叶适／1797
寄开元奎律师
　　（元）袁桷／1797
寄中山隐讲师
　　（元）张宪／1797
送僧（元）倪瓒／1797
拟寒山子（元）僧行端／1797
送思上人（明）徐贲／1797
赠虚中上人（明）徐贲／1798
忆山中旧游赠坦师
　　（明）张适／1798
春日访大林和尚
　　（明）皇甫汸／1798
观音岩赠僧（明）童珮／1798
访天圣寺长老
　　（明）吴孺子／1798
同闻上人作（明）程嘉燧／1798
送僧还松萝山
　　（明）僧德祥／1799
送邻寺僧（明）僧德祥／1799
赠别华顶老僧
　　（明）僧圆复／1799
老僧（明）僧照源／1799

七言律 …………………… 1799
　留别公安太易沙门
　　（唐）杜甫/1799
　寄庐山真上人
　　（唐）李端/1800
　赠衡岳隐禅师
　　（唐）司空曙/1800
　送义舟师却还黔南
　　（唐）刘禹锡/1800
　赠日本僧智藏
　　（唐）刘禹锡/1800
　赠草堂宗密上人
　　（唐）白居易/1801
　赠黄檗山僧希运
　　（唐）裴休/1801
　赠闲师（唐）许浑/1801
　赠南岳僧（唐）李远/1801
　送僧归庐山（唐）赵嘏/1802
　赠天卿寺神亮上人
　　（唐）赵嘏/1802
　寄清凉寺僧（唐）温庭筠/1802
　送僧归国清寺
　　（唐）杜荀鹤/1802
　留别复本修古二上人
　　（唐）刘沧/1803
　和题支山南峰僧次韵
　　（唐）陆龟蒙/1803
　送圆载上人归日本国
　　（唐）皮日休/1803

　访寂上人不遇
　　皮日休/1803
　送圆载上人归日本
　　（唐）颜萱/1804
　江西逢僧省文
　　（唐）曹松/1804
　寄僧（唐）吴融/1804
　寄淮海惠泽上人
　　（唐）李洞/1804
　送僧（唐）黄滔/1805
　闻尚颜上人创居有寄
　　（唐）僧齐己/1805
　赠诗僧道通（宋）苏轼/1805
　赠从善上人（宋）徐照/1805
　照阁奉陪辩才老师夜坐怀少
　　游学士（宋）僧道潜/1806
　访箕和尚岘山
　　（金）许古/1806
　寄开元奎律师（元）袁桷/1806
　赠星上人归湘中
　　（元）虞集/1806
　越僧无涯号栖云乞赋
　　（元）张翥/1807
　答复见心长老见寄
　　（元）周伯琦/1807
　奉寄恕中韫禅师
　　（元）丁鹤年/1807
　送僧还天台省亲
　　（明）张羽/1807

寄南屏渭长老
　　（明）张羽/1808
越中送僧还旧山
　　（明）王野/1808
次韵怀冷泉禅师
　　（明）僧守仁/1808
赠住庵僧（明）僧雪梅/1808
五言绝句……………… 1809
湖上别鉴上人
　　（唐）宋之问/1809
别东林寺僧（唐）李白/1809
送灵澈上人（唐）刘长卿/1809
送方外上人（唐）刘长卿/1809
寄灿师（唐）韦应物/1809
望南山雪怀山寺普上人
　　（唐）皇甫冉/1809
送僧游春（唐）李端/1809
宿山中僧（唐）顾况/1810
酬师问（唐）刘商/1810
李韶州书论释氏，州有能公遗迹，诗以问之
　　（唐）权德舆/1810
赠苦行僧（唐）雍裕之/1810
和郑相公寻宣上人不遇
　　（唐）杨巨源/1810
赠建业契公（唐）孟郊/1810
寄西峰僧（唐）张籍/1810
禅师（唐）张籍/1811
赠禅师（唐）张祜/1811

赠空禅师（唐）喻凫/1811
怀无可上人（唐）雍陶/1811
与僧（唐）韩偓/1811
访僧不遇（唐）崔道融/1811
寄僧知乾（唐）裴说/1811
寄融上人（唐）僧皎然/1812
僧（金）李俊民/1812
禅窝（明）谢徽/1812
七言绝句……………… 1812
县内闲居赠温公
　　（唐）韦应物/1812
赠僧（唐）顾况/1812
赠天竺灵隐二寺主
　　（唐）权德舆/1812
赠广通上人（唐）权德舆/1813
赠药山高僧惟俨之作
　　（唐）李翱/1813
再赠（唐）李翱/1813
赠华严院僧（唐）张籍/1813
题清头陀（唐）白居易/1813
送僧游山（唐）熊孺登/1813
送僧游天台（唐）鲍溶/1814
秋夜怀紫阁寺僧
　　（唐）鲍溶/1814
寻僧（唐）朱庆馀/1814
别臻师（唐）李商隐/1814
华师（唐）李商隐/1814
同崔八诣药山访融禅师
　　（唐）李商隐/1814

大梦上人自庐峰回
　　（唐）杜牧/1815
赠终南兰若僧
　　（唐）杜牧/1815
寄敬上人（唐）许浑/1815
送僧（唐）马戴/1815
秋日送僧志幽归山寺
　　（唐）马戴/1815
寻僧（唐）赵嘏/1816
赠质上人（唐）杜荀鹤/1816
山僧（唐）陆龟蒙/1816
赠老僧（唐）陆龟蒙/1816
访僧不遇（唐）陆龟蒙/1816
赠日东鉴禅师
　　（唐）郑谷/1817
江西逢僧省文
　　（唐）曹松/1817
赠青龙印禅师
　　（唐）李洞/1817
送僧清演归山
　　（唐）李洞/1817
赠僧（唐）李洞/1817
雪窦禅师（唐）崔道融/1817
赠念《法华经》绶上人
　　（唐）李中/1818
访章禅老（唐）李中/1818
送僧归南岳（唐）僧清塞/1818
奉和武功学士舍人寄赠文懿
　　大师（宋）徐铉/1818

赠东林总长老
　　（宋）苏轼/1818
示西林可师（宋）朱子/1818
山中僧（元）宋无/1819
忆原上人（明）刘绩/1819
和寒山子诗（明）陈芹/1819
寄曦春谷讲师
　　（明）僧德祥/1819

卷二百三十五　浮图类

五言古·················1820
　和从驾登云居寺塔
　　（北周）庾信/1820
　奉和同泰寺浮图
　　（北周）庾信/1820
　登扬州西岩寺塔
　　（唐）刘长卿/1820
七言古·················1821
　惠云塔（明）程本立/1821
五言律·················1821
　奉和九月九日登慈恩寺浮图
　　应制（唐）李适/1821
　奉和九月九日登慈恩寺浮图
　　应制（唐）赵彦昭/1821
　奉和九月九日登慈恩寺浮图
　　应制（唐）杨庶/1821
　登栖灵寺塔（唐）蒋涣/1822
　登慈恩寺塔（唐）张乔/1822
　保叔塔（元）钱惟善/1822

报恩寺塔 （明）蔡汝楠/1822
五言排律 ………………… 1822
　登总持寺浮图
　　（唐）孟浩然/1822
　秋日登扬州西灵塔
　　（唐）李白/1823
七言律 …………………… 1823
　题慈恩寺浮图
　　（唐）章八元/1823
　题雁塔 （唐）许玫/1823
　福州开元寺塔
　　（唐）周朴/1823
七言绝句 ………………… 1824
　与梦得同登栖灵塔
　　（唐）白居易/1824
　塔顶 （元）郭钰/1824

卷二百三十六　僧家杂类

五言古 …………………… 1825
　饭覆釜山僧 （唐）王维/1825
七言古　附长短句 ……… 1825
　锡杖歌送明楚上人归佛川
　　（唐）皇甫曾/1825
　智达上人水晶念珠歌
　　（唐）欧阳詹/1826
五言律 …………………… 1826
　秋夜北上精舍观体如师梵
　　（唐）刘长卿/1826
　饭僧 （唐）王建/1826

送志弘沙弥赴上元受戒
　（唐）僧皎然/1827
五言排律 ………………… 1827
　过卢四员外宅看饭僧共题七韵
　　（唐）王维/1827
七言律 …………………… 1827
　宿莹公禅房闻梵
　　（唐）李颀/1827
　奉和开元寺佛钵
　　（唐）陆龟蒙/1827
　开元寺佛钵诗 （唐）皮日休/1828
　水晶念珠 （唐）曹松/1828
　开元寺石钵 （明）高启/1828
七言绝句 ………………… 1828
　清闲上人 （唐）白居易/1828
　定水寺行香 （唐）郑谷/1829
　和闻梵 （明）曹学佺/1829

卷二百三十七　仙观类

五言古 …………………… 1830
　和鲍常侍龙川馆
　　（梁）元帝/1830
　游匡山简寂馆
　　（陈）张正见/1830
　和梁武陵王遥望道馆
　　（北周）萧撝/1830
　过藏矜道馆 （北周）王褒/1831
　至老子庙应诏
　　（北周）庾信/1831

入道士馆 （北周）庾信 / 1831
游清都观寻沈道士
　　（唐）凌敬 / 1831
游清都观寻沈道士得清字
　　（唐）许敬宗 / 1831
秋日仙游观赠道士
　　（唐）王勃 / 1832
游清都观寻沈道士得仙字
　　（唐）刘孝孙 / 1832
至嵩阳观 （唐）储光羲 / 1832
述降圣观 （唐）储光羲 / 1832
题应圣观 （唐）储光羲 / 1832
昭圣观 （唐）储光羲 / 1833
宿天台桐柏观
　　（唐）孟浩然 / 1833
自紫阳观至华阳洞宿侯尊师
　草堂简同游李延年
　　（唐）刘长卿 / 1833
宿简寂观 （唐）白居易 / 1833
游华山云台观
　　（唐）孟郊 / 1834
西上经灵宝观
　　（唐）孟郊 / 1834
上真观 （唐）陆龟蒙 / 1834
冬日天目西峰张炼师所居
　　（唐）僧皎然 / 1834
青城山丈人观
　　（宋）文同 / 1835
天仓山威仪观 （宋）文同 / 1835

宿武夷观妙堂
　　（宋）朱子 / 1835
大涤洞天 （宋）林景熙 / 1835
金华观 （元）吴师道 / 1836
琼林台为薛元卿赋
　　（元）甘立 / 1836
毛公坛 （明）高启 / 1836
初夏过宁真道院
　　（明）杨基 / 1836
春日游真常观
　　（明）杨训文 / 1836
七言古 ················· 1837
宿无为观 （唐）元结 / 1837
题醴陵玉仙观歌
　　（唐）僧护国 / 1837
毛公坛福地 （宋）范成大 / 1837
七真山洞云观
　　（元）程钜夫 / 1838
游吴山紫阳庵
　　（元）萨都剌 / 1838
鹤林诗 （明）刘刚 / 1838
分得九仙观送刘司务之天官
　　（明）赵迪 / 1839
五言律 ················· 1839
游灵公观 （唐）骆宾王 / 1839
岳馆 （唐）沈佺期 / 1839
幸白鹿观应制
　　（唐）沈佺期 / 1839
幸白鹿观应制 （唐）李峤 / 1840

幸白鹿观应制
　　（唐）苏颋/1840
幸白鹿观应制
　　（唐）崔湜/1840
幸白鹿观应制
　　（唐）徐彦伯/1840
幸白鹿观应制
　　（唐）李乂/1840
奉和幸白鹿观应制
　　（唐）武平一/1840
春日登金华观
　　（唐）陈子昂/1841
过方尊师院（唐）綦毋潜/1841
寻雍尊师隐居
　　（唐）李白/1841
清明日宴梅道士房
　　（唐）孟浩然/1841
游精思观题山房
　　（唐）孟浩然/1841
玉台观（唐）杜甫/1841
苑外至龙兴院作
　　（唐）储光羲/1842
奉和华清宫观行香应制
　　（唐）崔国辅/1842
开元观遇张侍御
　　（唐）钱起/1842
过包尊师山院
　　（唐）刘长卿/1842
宿洞灵观（唐）皇甫冉/1842

云阳观寄袁稠
　　（唐）李端/1842
不食仙姑山房（唐）张籍/1843
同萧炼师宿太一庙
　　（唐）李益/1843
游天柱观（唐）李郢/1843
游玉芝观（唐）李群玉/1843
玉芝观（唐）周贺/1843
谒仙观（唐）马戴/1843
同庄秀才宿镇星观
　　（唐）马戴/1844
宿阳台观（唐）马戴/1844
终南白鹤观（唐）郑谷/1844
寄李校书游简寂观
　　（唐）黄滔/1844
题许仙师院（唐）韦庄/1844
同僧宿道者院
　　（唐）李洞/1845
灵溪观（唐）刘昭禹/1845
宿玉箫宫（唐）储嗣宗/1845
宿天柱观（唐）僧灵一/1845
和明道人宿山寺
　　（宋）徐铉/1845
晚憩白鹤庙寄句容张少府
　　（宋）徐铉/1845
题鹤鸣化上清宫
　　（宋）文同/1846
栖霞观观在麻岭之下
　　（宋）孙觌/1846

延禧观 （宋）赵师秀 / 1846
题信州先天观图
　　（元）杨载 / 1846
题先天观图 （元）揭傒斯 / 1846
玉虚宫 （元）迺贤 / 1846
云溪真观 （元）雅琥 / 1847
与索编修士岩访马学士伯庸
　　于蓬莱馆，因观藤花
　　（元）黄清老 / 1847
寄题林虑山赵炼师精舍
　　（明）朱理尧 / 1847
寻天台李道士斋
　　（明）周忱 / 1847
夏日游道观 （明）薛蕙 / 1847
元真观 （明）皇甫濂 / 1847
五言排律 …………………… 1848
为赵法师别造精院过院赋诗
　　（唐）明皇 / 1848
和刘侍郎入隆唐观
　　（唐）杨炯 / 1848
和辅先入昊天观
　　（唐）杨炯 / 1848
晚秋陪崔阁老张秘监苗考功
　　同游昊天观
　　（唐）权德舆 / 1848
圣真观刘真师院十韵
　　（唐）罗隐 / 1849
题何仙人大隐阁
　　（宋）蔡襄 / 1849

七言律 …………………… 1849
玉台观 （唐）杜甫 / 1849
题茅山李尊师山居
　　（唐）秦系 / 1849
同游仙游观 （唐）韩翃 / 1850
延平天庆观 （唐）王初 / 1850
宿题天坛观 （唐）刘沧 / 1850
再游姑苏玉芝观
　　（唐）许浑 / 1850
题青城山范贤观
　　（唐）唐球 / 1851
四月十五道室书事寄袭美
　　（唐）陆龟蒙 / 1851
和四月十五日道室书事
　　（唐）皮日休 / 1851
寄题玉霄峰叶涵象尊师所居
　　（唐）皮日休 / 1851
寄题罗浮轩辕先生所居
　　（唐）皮日休 / 1852
寄题镜岩周尊师所居
　　（唐）皮日休 / 1852
题龙瑞观兼呈徐尊师
　　（唐）方干 / 1852
登昇元阁 （唐）李建勋 / 1852
桐柏观 （唐）周朴 / 1853
安国寺随驾幸兴唐观应制
　　（唐）僧广宣 / 1853
题紫阳观 （宋）徐铉 / 1853

留题延生观后山上小堂
　　（宋）苏轼／1853
游龙瑞宫次程公韵
　　（宋）秦观／1854
青城山会庆建福宫
　　（宋）范成大／1854
孙真人庵（宋）范成大／1854
题东山道院（宋）徐玑／1854
紫泽观（宋）刘克庄／1855
玉清宫与赵达夫、鲜于枢联句
　　（元）白珽／1855
宿曲阳仙馆（元）萨都剌／1855
同吴郎饮道院
　　（元）萨都剌／1855
游清溪道院（元）萨都剌／1856
先天观（元）陈旅／1856
县圃为上清周道士赋
　　（元）遇贤／1856
寄题天台杨道士素轩
　　（元）吴景奎／1856
牧斋真人华阳道院
　　（元）吴全节／1857
玄妙观（元）吴全节／1857
冲佑万年宫（元）吴全节／1857
繁禧观（元）吴全节／1857
崇禧观（元）吴全节／1858
道人延翠轩（明）王恭／1858
紫虚观（明）张璪／1858
宿云开堂（明）顾璘／1858

道场纪事（明）张治／1859
题林屋洞天（明）僧德祥／1859
五言绝句 …………………… 1859
题井陉双溪李道士所居
　　（唐）岑参／1859
宿道士观（唐）朱庆馀／1859
古仙坛（元）虞集／1859
毛公坛（明）葛一龙／1860
七言绝句 …………………… 1860
题朱炼师山房
　　（唐）王昌龄／1860
题茅山华阳洞
　　（唐）储光羲／1860
题蒋道士房（唐）皇甫冉／1860
题张道士山居
　　（唐）秦系／1860
望简寂观（唐）顾况／1860
题叶道士山房
　　（唐）顾况／1861
题自然观（唐）陆畅／1861
紫极宫斋后（唐）李群玉／1861
游洞灵观（唐）陈羽／1861
悟真院（宋）王安石／1861
题石门奉真观
　　（宋）刘宰／1861
马坊冷大师清真道院
　　（金）元好问／1862
题天寿观清隐山房
　　（元）仇远／1862

题庐山太平宫
  （元）贯云石 / 1862
游会仙宫（元）萨都剌 / 1862
题吕城葛观（元）萨都剌 / 1862
紫阳道士冯友直与余同宿菌
  阁，次日余过元符宫……
  （元）萨都剌 / 1862
憩奉真道院（元）萨都剌 / 1863
春日镇阳柳溪道院
  （元）萨都剌 / 1863
张道士山房（明）储巏 / 1863
石湖小天台同陆生施生兄弟
  （明）王叔承 / 1863

卷二百三十八　仙类

四言古 …………… 1864
 飞龙篇（魏）曹植 / 1864
五言古 …………… 1864
 长歌行（汉）阙名 / 1864
 五游篇（魏）曹植 / 1864
 游仙诗（晋）郭璞 / 1865
 游仙诗（晋）庾阐 / 1865
 读《山海经》（晋）陶潜 / 1866
 游仙诗（齐）袁彖 / 1866
 游仙诗（齐）王融 / 1866
 升仙篇（梁）简文帝 / 1866
 和竟陵王游仙诗
  （梁）沈约 / 1867
 郭弘农璞游仙

  （梁）江淹 / 1867
 云山赞（梁）江淹 / 1867
 咏得神仙（陈）阴铿 / 1867
 奉和赵王游仙
  （北周）庾信 / 1867
 英才言聚赋得升天行
  （隋）僧慧净 / 1868
 怀仙（唐）王勃 / 1868
 玉真仙人辞（唐）李白 / 1868
 仙谷遇毛女意，知是秦宫人
  （唐）常建 / 1868
 宿五度溪仙人得道处
  （唐）常建 / 1869
 怀尹真人（唐）鲍溶 / 1869
 求仙曲（唐）孟郊 / 1869
 游仙（唐）贾岛 / 1869
 题洪崖先生像卷
  （元）钱选 / 1869
 钧天曲（明）朱成泳 / 1870
 游仙（明）刘基 / 1870
 仙人篇（明）黄肃 / 1870
七言古　附长短句 …… 1870
 巴谣歌（秦）阙名 / 1870
 王子乔（北魏）高允 / 1871
 元丹丘歌（唐）李白 / 1871
 神仙曲（唐）李贺 / 1871
 玉华仙子歌（唐）李康成 / 1871
 思琴高（唐）鲍溶 / 1872
 水仙谣（唐）温庭筠 / 1872

句曲山朝真词
　　（唐）陆龟蒙／1872
郭忠恕夏山仙馆
　　（元）吴镇／1873
题刘阮天台图（明）徐庸／1873
五言律 …………………… 1873
　观内怀仙（唐）王勃／1873
　八仙径（唐）王勃／1874
　游仙（唐）王贞白／1874
　酬王尊师仙游（明）王英／1874
　游仙诗（明）罗颀／1874
五言排律 ………………… 1875
　游仙（唐）王绩／1875
　缑山月夜闻王子晋吹笙
　　（唐）钟辂／1875
七言律 …………………… 1875
　赠毛仙翁（唐）王起／1875
　赠毛仙翁（唐）沈传师／1875
　梦仙（唐）项斯／1876
　穆王谒王母于九光流霞馆
　　（唐）曹唐／1876
　汉武帝将候西王母下降
　　（唐）曹唐／1876
　汉武帝于宫中谒西王母
　　（唐）曹唐／1876
　王远谒麻姑蔡经宅
　　（唐）曹唐／1877
　刘阮洞中遇仙子
　　（唐）曹唐／1877

紫河张休真（唐）曹唐／1877
梦仙（唐）韩偓／1877
卢鸿仙山台榭图
　　（元）邓文原／1878
升龙观夜烧香印上有吕洞宾
　老树精（元）萨都剌／1878
陆探微员峤仙游
　　（元）吴镇／1878
卢鸿仙山台榭
　　（元）吴镇／1878
梦仙（元）吴景奎／1879
钟子炼丹（明）太祖／1879
写韵轩（明）朱梦炎／1879
五言绝句 ………………… 1879
　怀仙（唐）陆龟蒙／1879
　仙人（宋）文同／1880
六言绝句 ………………… 1880
　杂咏（元）郭翼／1880
七言绝句 ………………… 1880
　上清词（唐）张继／1880
　寻仙（唐）张籍／1880
　和州守侍郎缑山题仙庙
　　（唐）徐凝／1880
　清夜忆仙宫子
　　（唐）施肩吾／1880
　仙翁词（唐）施肩吾／1881
　偶题（唐）杜牧／1881
　赠女仙（唐）赵嘏／1881
　朝元引（唐）陈陶／1881

小游仙诗（唐）曹唐／1881
携仙箓（唐）司空图／1882
仙山（唐）韩偓／1883
梦仙谣（唐）王毂／1883
上清词（唐）李九龄／1883
得仙诗（唐）杨监真／1883
画秦宫人（宋）谢翱／1883
右丞文献公所画张果像
　（金）张行中／1884
题醉王母图（元）胡长孺／1884
郭忠恕万松仙馆图
　（元）吴镇／1884
郭忠恕万松仙馆图
　（元）黄公望／1884
郭忠恕仙峰春色图
　（元）黄公望／1884
黄荃花溪仙舫图
　（元）黄公望／1885
游仙词（元）郭翼／1885
小游仙（元）杨维桢／1885
游赤松（元）金涓／1886
仙人词（明）刘基／1886
小游仙（明）王泽／1886
小游仙（明）张羽／1886
小游仙词（明）镏洤／1886
续游仙诗（明）马洪／1887
游仙词（明）张泰／1887
拟杨铁崖小游仙
　（明）王鸿儒／1887

小游仙（明）桑悦／1888
仙居吟（明）张金／1888
追和张外史游仙诗
　（明）余善／1888

卷二百三十九　道士类

五言古 ……………………1889
贻韦炼师（唐）储光羲／1889
越中逢天台太乙子
　（唐）孟浩然／1889
与王昌龄宴黄道士房
　（唐）孟浩然／1889
题卢道士房（唐）李颀／1889
寄全椒山中道士
　（唐）韦应物／1890
寻华山云台观道士
　（唐）钱起／1890
山中访道者（唐）于鹄／1890
送萧炼师入四明山
　（唐）孟郊／1890
送李尊师元（唐）孟郊／1891
送道士（唐）孟郊／1891
别尹炼师（唐）李群玉／1891
山中道者（唐）苏拯／1891
寄邓道士（宋）苏轼／1891
送许尊师还大涤洞
　（明）张羽／1892
寄琪林黄道士
　（明）孙蕡／1892

七言古　附长短句 ……… 1892
　望龙山怀道士许法棱
　　　（唐）刘长卿/1892
　赠别华阴道士
　　　（唐）韩翃/1892
　送戴真人归越
　　　（元）虞集/1893
　和韵三茅山呈张伯雨外史
　　　（元）萨都剌/1893
　御制山水图歌赐长春真人
　　刘渊然归南京
　　　（明）宣宗/1894
　赠丘老师（明）高启/1894
　洞虚道院访鹤山道士
　　　（明）王问/1895
五言律 ………………… 1895
　寄天台司马道士
　　　（唐）崔湜/1895
　寄天台司马道士
　　　（唐）张说/1895
　奉饯高尊师如贵道士传道箓
　　毕归北海（唐）李白/1895
　寻洪尊师不遇
　　　（唐）刘长卿/1895
　寻南溪常道士
　　　（唐）刘长卿/1896
　寻贾尊师（唐）卢纶/1896
　赠月溪羽士（唐）戴叔伦/1896
　赠道者（唐）朱庆馀/1896

山中道士（唐）贾岛/1896
灵都观李道士
　　（唐）张籍/1896
赠王道士（唐）于鹄/1897
送秦炼师（唐）李群玉/1897
送王道士（唐）马戴/1897
送道友入天台山作
　　（唐）马戴/1897
赠王尊师（唐）刘得仁/1897
赠道者（唐）唐球/1897
逢道者神和子
　　（唐）王毂/1898
赠聂尊师（唐）杜荀鹤/1898
送喻炼师归茅山
　　（唐）李建勋/1898
遇道者（唐）张蠙/1898
山寺喜道者至
　　（唐）僧贯休/1898
宿休庵用德功壁间韵赠陈道人
　　（宋）朱子/1898
送倪道士之庐山
　　（宋）赵师秀/1899
赠熊炼师（宋）翁卷/1899
修真院访崔道士
　　（宋）真山民/1899
初夏访刘道士
　　（宋）真山民/1899
赠杨洞天道人
　　（元）马祖常/1899

寄题汪道士草亭
　　（元）虞集／1899
寄王道士宗晋
　　（元）倪瓒／1900
怀王道士　（明）袁凯／1900
送吕道士　（明）张羽／1900
寄方壶道人　（明）詹同／1900
五言排律 …………………… 1900
赠焦道士　（唐）王维／1900
赠东岳焦炼师
　　（唐）王维／1900
逢牛尊师　（明）林鸿／1901
七言律 ……………………… 1901
送方尊师归嵩山
　　（唐）王维／1901
送张道士归茅山谒李尊师
　　（唐）皇甫冉／1901
题嵩阳焦道士石壁
　　（唐）钱起／1901
赠韩道士　（唐）戴叔伦／1902
赠道士　（唐）李端／1902
赠东岳张炼师
　　（唐）刘禹锡／1902
送胡炼师归王屋
　　（唐）张籍／1902
寻郭道士不遇
　　（唐）白居易／1903
寻赵尊师不遇
　　（唐）姚鹄／1903

赠道者　（唐）刘威／1903
赠道者　（唐）刘沧／1903
赠道士　（唐）褚载／1904
华山李炼师所居
　　（唐）皮日休／1904
送羽人王锡归罗浮
　　（唐）曹唐／1904
赠道人　（唐）曹松／1904
龙潭张道者　（唐）伍乔／1905
贻庐山清溪观王尊师
　　（唐）李中／1905
赠王道者　（唐）李中／1905
赠钟尊师游茅山
　　（唐）李中／1905
寄西华黄炼师
　　（唐）罗隐／1906
赠奚道士　（宋）徐铉／1906
寄茅山温尊师
　　（宋）赵师秀／1906
赠玉隆刘道士
　　（宋）刘克庄／1906
送戴道士住天台
　　（元）程钜夫／1907
访李真人不遇
　　（元）虞集／1907
送薛元卿归龙虎山
　　（元）杨载／1907
送王真人北上代刘宗师
　　（元）萨都剌／1907

送上清道士李士宾归山
　　（元）张翥/1908
赠天台李炼师
　　（元）贡师泰/1908
赠仙居散人（元）贡师泰/1908
送袁道士（元）王士熙/1908
送赵虚一降香至南海庐山会稽
　　（元）薛汉/1909
赠松崖道士（元）周权/1909
别章炼师（元）倪瓒/1909
寄赠皇厓坛刘炼师
　　（元）郭钰/1909
送秦东海法师游上清
　　（明）王瑅/1910
送赵一阳真士归雪上
　　（明）周砥/1910
过龙虎山（明）甘瑾/1910
赠鹤林周元初尊师
　　（明）孙蕡/1910
寄张心湛天师
　　（明）王穉登/1911
七言排律 ·················· 1911
　赠竺炼师（元）宋无/1911
五言绝句 ·················· 1911
　访武陵道者不遇
　　（唐）薛莹/1911
　赠道者（唐）马戴/1912
　题道士青山白云图
　　（明）张以宁/1912

七言绝句 ·················· 1912
　送司马道士游天台
　　（唐）宋之问/1912
　河上歌（唐）韩翃/1912
　寄许炼师（唐）戎昱/1912
　赠成炼师（唐）刘言史/1913
　寻徐道士（唐）张籍/1913
　赠道士（唐）张籍/1913
　同张炼师溪行
　　（唐）施肩吾/1913
　员峤先生（唐）徐凝/1913
　寄茅山孙炼师
　　（唐）李德裕/1913
　送张道者（唐）贾岛/1914
　赠朱道灵（唐）杜牧/1914
　访刘君（唐）裴夷直/1914
　赠张炼师（唐）温庭筠/1914
　高道士（唐）陆龟蒙/1914
　送道者（唐）司空图/1914
　赠孙仁本尊师
　　（唐）韩偓/1915
　送虞道士（唐）李中/1915
　访洞神宫邵道者不遇
　　（唐）李中/1915
　招西洞道者（唐）李昭象/1915
　寻易尊师不遇
　　（唐）陈峤/1915
　寄清溪道者（唐）僧齐己/1916
　送魏道士（宋）张咏/1916

山中道士（宋）谢翱／1916
留赠丹阳王炼师
　　（金）元好问／1916
访刘道士（元）朱德润／1916
访道士（明）廖孔说／1916

卷二百四十　步虚词类

五言古 ·················· 1917
　道士步虚词（北周）庾信／1917
五言律 ·················· 1917
　步虚词（唐）顾况／1917
　步虚词（唐）吴筠／1918
　步虚词（唐）韦渠牟／1918
　步虚词（宋）徐铉／1918
五言排律 ··············· 1918
　上元日听太清宫步虚
　　（唐）张仲素／1918
七言律 ·················· 1919
　步虚词（明）朱真淑／1919
七言绝句 ··············· 1919
　步虚词（唐）刘禹锡／1919
　萧炼师步虚词十首卷后以
　　二绝继之（唐）白居易／1919
　步虚词（唐）司空图／1920
　步虚词（唐）高骈／1920

卷二百四十一　道家杂类

四言古 ·················· 1921
　洗药池（晋）葛洪／1921

五言古 ·················· 1921
　读道书作（宋）朱子／1921
　阅《真诰》（明）张简／1921
五言律 ·················· 1922
　道家三首奉敕撰
　　（唐）张说／1922
　赠辟谷者（唐）张籍／1922
　元日女道士受箓
　　（唐）贾岛／1922
　月下留丹灶（唐）司空图／1922
七言律 ·················· 1923
　题雍丘崔明府丹灶
　　（唐）李白／1923
　道服（宋）王禹偁／1923
　井西丹房（元）张宪／1923
七言绝句 ··············· 1923
　武陵龙兴观黄道士房问《易》
　　因题（唐）王昌龄／1923
　闻陈山人定命丹成，试以诗乞
　　（宋）文同／1924
　炼丹井（元）吴景奎／1924

卷二百四十二　食物总类

五言古 ·················· 1925
　会食（宋）孔平仲／1925
　冬日放言（宋）张耒／1925
　园居荒芜，春至草生，日寻
　　野蔬……（宋）程俱／1925
　村舍杂书（宋）陆游／1926

七言古　附长短句 ……… 1926
　北客置酒（宋）王安石/1926
　泛舟城南，会者五人，分韵
　　赋诗（宋）苏轼/1926
　谢景叔惠冬笋雍酥水梨三物
　　（宋）黄庭坚/1927
　以莼姜法鱼糟蟹寄子瞻
　　（宋）秦观/1927
　冬夜与溥庵主说川食戏作
　　（宋）陆游/1927
　船中蔬饭（宋）杨万里/1927
　春盘（宋）方岳/1928
　林公励志薰修，七日不食，
　　走笔问之（明）王世贞/1928
五言律 ……………………… 1928
　孟仓曹步趾领新酒酱二物满
　　器见遗老夫（唐）杜甫/1928
　题李上謩壁（唐）李商隐/1929
　杂兴（宋）唐庚/1929
　初夏斋中杂题
　　（元）柳贯/1929
　溪岩杂咏（元）僧清珙/1929
　句曲秋日郊居杂兴
　　（明）杨基/1929
五言排律 …………………… 1930
　食后（唐）王绩/1930
七言律 ……………………… 1930
　谢主人惠绿酒白鱼
　　（唐）徐夤/1930

泗州除夜雪中黄实送酥酒
　（宋）苏轼/1930
二月十九日携白酒鲈鱼过詹
　使君，食槐叶冷淘
　（宋）苏轼/1930
对客再次韵（宋）陈造/1931
闲居（唐）唐庚/1931
对食戏咏（宋）陆游/1931
谢余处恭送七夕酒果蜜食化
　生儿（宋）杨万里/1931
以糟蟹洞庭甘送丁端叔，端
　叔有诗，因和其韵
　（宋）杨万里/1932
谢史石窗送酒并茶
　（宋）戴复古/1932
十七日驿中作春盘
　（元）耶律楚材/1932
赠富察元帅
　（元）耶律楚材/1932
谢飞卿饭再用韵纪西游事
　（元）耶律楚材/1933
四月二十八日起屡赐鲜笋青
　梅鲥鱼枇杷杨梅雪梨鲜藕
　（明）程敏政/1933
丙戌冬至南郊扈驾，圣母轸
　念天寒……
　（明）于慎行/1933
五言绝句 …………………… 1933
　和晏相公湖上（宋）韩维/1933

遣怀绝句 （明）顾璘／1934

七言绝句 ·················· 1934
　蔬食 （唐）陆龟蒙／1934
　和庞公谢子鱼荔枝
　　（宋）蔡襄／1934
　六月二十七日望湖楼醉书
　　（宋）苏轼／1934
　次韵钱穆父马上寄蒋颖叔
　　（宋）苏轼／1934
　秋日郊居 （宋）陆游／1934
　小饮俎豆，颇备江西淮浙
　　之品，戏题
　　（宋）杨万里／1935
　明仁殿进讲 （元）贡师泰／1935
　滦京杂咏 （元）杨允孚／1935
　辇下曲 （元）张昱／1935
　糟豚蹄东阳酒送理之
　　（元）薛汉／1936
　次韵答石室元晦
　　（元）僧大䜣／1936
　邻农以麦饭菜羹见饷
　　（明）居节／1936

卷二百四十三　酒类

五言古 ·················· 1937
　子夜歌 （晋）乐府／1937
　前有一罇酒行
　　（晋）傅玄／1937
　饮酒 （晋）陶潜／1937

对酒 （梁）张率／1938
对酒 （陈）张正见／1938
对酒 （陈）岑之敬／1938
蒙赐酒 （北周）庾信／1938
答王司空饷酒
　（北周）庾信／1938
蒲州刺史中山公许乞酒一车
　未送 （北周）庾信／1938
月下独酌 （唐）李白／1939
岐亭 （宋）苏轼／1939
洞庭春色 （宋）苏轼／1939
和陶渊明《饮酒》
　（宋）苏轼／1939
有客 （宋）张九成／1940
寒食对酒 （宋）杨万里／1940
舟中新暑止酒
　（宋）杨万里／1940
饮酒 （金）元好问／1941
欢饮 （元）刘因／1941
对酒 （元）倪瓒／1941
和陶《饮酒》（明）陈宪章／1941
冻醴 （明）王鏊／1941

六言古 ·················· 1942
　饮酒乐 （晋）陆机／1942

七言古　附长短句 ········ 1942
　金陵酒肆留别
　　（唐）李白／1942
　新丰主人 （唐）储光羲／1942
　湖上对酒行 （唐）张谓／1942

李审言遗酒（宋）梅尧臣/1943
真一酒歌（宋）苏轼/1943
蜜酒歌（宋）苏轼/1944
考亭陈国器以家酿饷吾友人
　卓民表，民表以饮余……
　　（宋）朱松/1944
林知常惠白酒六尊，仍示
　酒法，作十韵谢之
　　（宋）王十朋/1944
家酿红酒美甚戏作
　　（宋）曾几/1945
生酒歌（宋）杨万里/1945
苏子翼送黄精酒
　　（宋）朱弁/1945
虞舜卿送橙酒
　　（金）李纯甫/1946
善之入雪，兰皋置酒，小诗
　纪坐中事（元）牟巘/1947
招子昂饮歌（元）戴表元/1947
醉时歌（元）黄庚/1948
仆尝夜梦从彦成饮，彦成曰：
　……（元）陈基/1948
新麹米酒歌（元）蒲道源/1949
蒲萄酒（元）周权/1949
红酒歌（元）杨维桢/1949
麻姑酒歌（明）杜庠/1950
五言律 …………………… 1950
　咏云酒（唐）骆宾王/1950
　酒（唐）李峤/1951

雪中酒熟，欲携访吴监，先
　寄此诗（唐）白居易/1951
雪夜对酒招客
　　（唐）白居易/1951
酒醒（唐）元稹/1951
家酿（宋）朱子/1951
酒市（宋）朱子/1951
对酒（宋）陆游/1952
卢申之载酒舟中，分韵得明字
　　（宋）赵师秀/1952
涯翁示独酌二诗，序云"是
　日饮松江酒"，次韵奉谢
　　（明）顾清/1952
元旦后一日刘德仪送酒
　　（明）沈周/1952
闽中与吴元翰过马季声家酌
　　（明）吴兆/1952
五言排律 …………………… 1952
　早饮湖州酒寄崔使君
　　（唐）白居易/1952
　答皇甫十郎中秋深酒熟见忆
　　（唐）白居易/1953
七言律 …………………… 1953
　钱湖州以箬下酒，李苏州以
　　五酘酒相次寄到……
　　（唐）白居易/1953
　桥亭卯饮（唐）白居易/1953
　李羽处士寄惠新酝走笔戏酬
　　（唐）温庭筠/1953

和鲁望看压新醅次韵
　　（唐）皮日休／1954
看压新醅寄怀袭美
　　（唐）陆龟蒙／1954
白酒两瓶送崔侍御
　　（唐）徐夤／1954
断酒　（唐）徐夤／1954
依韵和正仲寄酒因戏之
　　（宋）梅尧臣／1955
谢孙抗员外惠酒
　　（宋）余靖／1955
谢尧夫寄新酒　（宋）韩维／1955
庚辰岁正月十二日，天门冬
　　酒熟，……（宋）苏轼／1955
新酿桂酒　（宋）苏轼／1956
真一酒　（宋）苏轼／1956
同家弟用前韵谢判府惠酒
　　（宋）陈与义／1956
对酒　（宋）陈与义／1956
夜宿房溪，饮野人张珣家桂
　　叶鹿蹄酒……
　　（宋）杨万里／1957
余与客尝茶蘪泻酒，客求
　　其法……（宋）杨万里／1957
酒　（宋）徐玑／1957
秋露白酒熟，卧闻槽声……
　　（元）许有壬／1957
碧筒饮次胡丞韵
　　（元）张昱／1958

夏正夫邀饮蛇酒
　　（明）杜庠／1958
雪中崇之送麻姑酒一尊
　　（明）费宏／1958
沽酒　（明）周用／1958
雪酒为孙司徒赋，奉次涯
　　翁先生　（明）邵宝／1959
戏和石潭尝酒
　　（明）顾清／1959
次韵谢凌季行送新酿六尊
　　（明）吴宽／1959
酒熟志喜　（明）王鏊／1959
尝酒用前韵　（明）陆容／1960
弟洛为猗氏学谕，以襄陵酒
　　方见示……（明）李濂／1960
七言排律……………………1960
咏家酝十韵　（唐）白居易／1960
五言绝句……………………1961
看酿酒　（唐）王绩／1961
过酒家　（唐）王绩／1961
戏主人　（唐）孟浩然／1961
醉后　（唐）权德舆／1961
敕赐长寿酒　（唐）权德舆／1961
酬马侍郎寄酒
　　（唐）韩愈／1961
李舍人少尹惠家酝一小榼，
　　立书绝句　（唐）窦庠／1962
酬范侍御　（唐）鲍溶／1962
春酿　（唐）赵嘏／1962

醉眠　（唐）杜牧／1962
独酌　（唐）杜牧／1962
闲夜酒醒　（唐）皮日休／1962
杂诗绝句　（宋）梅尧臣／1962
饮　（金）李俊民／1963
碧筒饮　（明）高启／1963
平望夜泊　（明）王穉登／1963

六言绝句 ························ 1963
寄李袁州桑落酒
　　（唐）郎士元／1963

七言绝句 ························ 1963
戏问花门酒家翁
　　（唐）岑参／1963
谢严中丞送青城山道士乳酒
　一瓶　（唐）杜甫／1963
设酒寄独孤少府
　　（唐）王建／1964
招客　（唐）白居易／1964
自劝　（唐）白居易／1964
先醉　（唐）元稹／1964
独醉　（唐）元稹／1964
刘兵曹赠酒　（唐）张籍／1964
花下醉　（唐）李商隐／1965
春夕酒醒　（唐）皮日休／1965
自遣　（唐）陆龟蒙／1965
和皮袭美征友人酒
　　（唐）陆龟蒙／1965
和袭美醉中以一壶并一绝见
　寄次韵　（唐）陆龟蒙／1965

禁直和人饮酒　（唐）郑畋／1965
咏酒　（唐）汪遵／1966
对酒　（唐）韦庄／1966
和陈表用员外求酒
　　（宋）徐铉／1966
次韵赵德麟雪中惜梅且饷柑酒
　　（宋）苏轼／1966
赠孙莘老　（宋）苏轼／1966
冬日田园杂兴
　　（宋）范成大／1966
正月五日以送伴借官侍宴集
　英殿口号　（宋）杨万里／1967
宫词　（宋）花蕊夫人／1967
饮归　（元）方回／1967
中山府　（元）陈孚／1967
吴中亲旧远寄新酒
　　（明）高启／1967
子烜买红酒　（明）张以宁／1967
内法酒出大官者，尝四叩燕
　赐及……　（明）王世贞／1968
襄陵酒出平阳襄陵县，色黄白
　香酽……　（明）王世贞／1968
蒲州酒清洌芬旨，与羊羔并而
　不膻……　（明）王世贞／1968
秋露白出山东藩司，甘而酽，
　色白性热……
　　（明）王世贞／1968
章丘酒去济南不百里，清味
　隽永……　（明）王世贞／1968

淮安酒有一种差佳，曰"苦
　蒿"……（明）王世贞/1969
荡口酒，范氏、华氏以鹅胪
　荡水酿……
　　（明）王世贞/1969
行抵平原而酒忽浊，作此
　自嘲（明）王世贞/1969
王元美分守浙西，书来谓乌
　程酒浊如泾水……
　　（明）王叔承/1969
荆州公馈酒（明）宋登春/1969
醉归（明）吴孺子/1970
舟过陆州谢乡人余五郎送酒
　　（明）王寅/1970
山下买酒（明）何其渔/1970
酿酒（明）梁小玉/1970

卷二百四十四　茶类

五言古 ………………… 1971
答族侄僧中孚赠玉泉仙人掌茶
　　（唐）李白/1971
巽上人以竹间自采新茶见赠
　酬之以诗（唐）柳宗元/1971
睡后茶兴忆杨同州
　　（唐）白居易/1971
龙山人惠石廪方及团茶
　　（唐）李群玉/1972
茶坞（唐）陆龟蒙/1972
茶人（唐）陆龟蒙/1972
茶笋（唐）陆龟蒙/1972
茶焙（唐）陆龟蒙/1972
茶坞（唐）皮日休/1973
茶笋（唐）皮日休/1973
茶舍（唐）皮日休/1973
茶焙（唐）皮日休/1973
煮茶（唐）皮日休/1973
得雷太简自制蒙顶茶
　　（宋）梅尧臣/1973
吕晋叔著作遗新茶
　　（宋）梅尧臣/1974
李仲求寄建溪洪井茶七品，
　云愈少愈佳……
　　（宋）梅尧臣/1974
茶垅（宋）蔡襄/1974
采茶（宋）蔡襄/1975
造茶（宋）蔡襄/1975
试茶（宋）蔡襄/1975
饮修仁茶（宋）孙觌/1975
龙门茶屋图（元）倪瓒/1975
七言古　附长短句 ……… 1976
西山兰若试茶歌
　　（唐）刘禹锡/1976
西岭道士茶歌
　　（唐）温庭筠/1976
谢僧寄茶（唐）李咸用/1976
月兔茶（宋）苏轼/1977
试院煎茶（宋）苏轼/1977
送南屏谦师（宋）苏轼/1977

鲁直以诗馈双井茶次韵为谢
  （宋）苏轼 / 1978
双井茶送子瞻
  （宋）黄庭坚 / 1978
谢王烟之惠茶
  （宋）黄庭坚 / 1978
简江子之求茶
  （宋）晁冲之 / 1978
谢木韫之舍人分送讲筵赐茶
  （宋）杨万里 / 1979
和曾逢原试茶连韵
  （宋）僧惠洪 / 1979
煮土茶歌（元）洪希文 / 1980
白云泉煮茶（明）韩奕 / 1980
采茶词（明）高启 / 1981
五言律 …………………… 1981
送陆鸿渐栖霞寺采茶
  （唐）皇甫冉 / 1981
津梁寺采新茶，与幕中诸公
  遍赏……
  （唐）武元衡 / 1981
颖公遗碧霄峰茗
  （宋）梅尧臣 / 1981
怡然以垂云新茶见饷，报以
  大龙团……
  （宋）苏轼 / 1982
绿窗诗（元）孙淑 / 1982
雨后过云公问茶事
  （明）居节 / 1982

五言排律 …………………… 1982
五言月夜啜茶联句
  （唐）颜真卿 / 1982
题茶山（唐）杜牧 / 1982
蜀州郑史君寄乌觜茶因以赠
  答八韵（唐）薛能 / 1983
故人寄茶（唐）曹邺 / 1983
茶园十二韵（宋）王禹偁 / 1983
和门下殷侍郎新茶二十韵
  （宋）徐铉 / 1984
七言律 ……………………… 1984
谢李六郎寄新蜀茶
  （唐）白居易 / 1984
谢刘相公寄天柱茶
  （唐）薛能 / 1984
峡中尝茶（唐）郑谷 / 1985
尚书惠蜡面茶
  （唐）徐夤 / 1985
东亭茶讌（唐）鲍君徽 / 1985
龙凤茶（宋）王禹偁 / 1985
次谢许少卿寄卧龙山茶
  （宋）赵抃 / 1986
尝茶次寄越僧灵皎
  （宋）林逋 / 1986
惠山谒钱道人，烹小龙团，
  登绝顶望太湖
  （宋）苏轼 / 1986
次韵曹辅寄壑源试焙新茶
  （宋）苏轼 / 1986

汲江煎茶（宋）苏轼/1987
戏酬尝草茶（宋）沈与求/1987
答卓民表送茶
　　（宋）朱松/1987
胡邦衡生日以诗送北苑八銙
　　日注二瓶（宋）周必大/1987
次韵王少府送焦坑茶
　　（宋）周必大/1988
以六一泉煮双井茶
　　（宋）杨万里/1988
陈蹇叔郎中出闽漕别送新茶，
　　李圣俞郎中出手分似
　　（宋）杨万里/1988
次韵刘升卿惠焦坑寺茶用东
　　坡韵（宋）王庭珪/1988
与客啜茶戏成
　　（宋）僧惠洪/1989
西域从王君玉乞茶因其韵
　　（元）耶律楚材/1989
尝云芝茶（元）刘秉忠/1990
元统乙亥，余除闽宪知事
　　未行……
　　（元）萨都剌/1990
雪煎茶（元）谢宗可/1991
煮茗轩（元）谢应芳/1991
是夜酌泉试宜兴吴大本所寄茶
　　（明）文徵明/1991
某伯子惠虎丘茗谢之
　　（明）徐渭/1991

七言排律…………… 1992
　和伯恭自造新茶
　　（宋）余靖/1992
五言绝句…………… 1992
　茶岭（唐）韦处厚/1992
　茶岭（唐）张籍/1992
　山泉煎茶有怀
　　（唐）白居易/1992
七言绝句…………… 1992
　与赵莒茶䜩（唐）钱起/1992
　新茶咏寄上西川相公二十三
　　舅大夫二十舅
　　（唐）卢纶/1993
　尝茶（唐）刘禹锡/1993
　萧员外寄新蜀茶
　　（唐）白居易/1993
　乞新茶（唐）姚合/1993
　茗坡（唐）陆希声/1993
　答友寄新茗（唐）李群玉/1993
　煎茶（唐）成彦雄/1994
　与亢居士青山潭饮茶
　　（唐）僧灵一/1994
　茶（宋）林逋/1994
　游诸佛舍，一日饮酽茶七盏，
　　戏书勤师壁（宋）苏轼/1994
　谢公择舅分赐茶
　　（宋）黄庭坚/1994
　奉同公择作拣芽咏
　　（宋）黄庭坚/1994

初识茶花 （宋）陈与义 / 1995
李茂嘉寄茶 （宋）孙觌 / 1995
舟泊吴江 （宋）杨万里 / 1995
赏茶 （宋）戴昺 / 1995
偶成 （金）吴激 / 1995
夏至 （金）赵秉文 / 1995
题苏东坡墨迹 （元）虞集 / 1996
竹窗 （元）马臻 / 1996
过山家 （明）高启 / 1996
送翰林宋先生致政归金华
　　（明）孙蕡 / 1996
送茶僧 （明）陆容 / 1996
赠欧道士卖茶 （明）施渐 / 1996
题唐伯虎烹茶图为喻正之太守
　　（明）王穉登 / 1997
暮春偶过山家 （明）吴兆 / 1997
题书经室 （明）僧德祥 / 1997

卷二百四十五　饭类

五言古 …………… 1998
　蔬饭 （宋）朱松 / 1998
五言律 …………… 1998
　佐还山后寄 （唐）杜甫 / 1998
七言律 …………… 1998
　润卿遗青饲饭，兼之一绝，
　　聊用答谢 （唐）皮日休 / 1998
七言绝句 …………… 1999
　润卿遗青饲饭
　　（唐）陆龟蒙 / 1999

以青饲饭分送袭美、鲁望，
　　因成一绝 （唐）张贲 / 1999
送乔仝寄贺君 （宋）苏轼 / 1999
竹枝歌 （宋）杨万里 / 1999
武陵庄 （明）沈明臣 / 1999

卷二百四十六　粥类

五言古 …………… 2000
　吃茗粥作 （唐）储光羲 / 2000
七言古　附长短句 …… 2000
　豆粥 （宋）苏轼 / 2000
　口数粥行 （宋）范成大 / 2001
　豆粥 （宋）僧惠洪 / 2001
七言律 …………… 2001
　食茯苓粥 （明）周砥 / 2001
七言绝句 …………… 2002
　评事翁寄饧粥走笔为答
　　（唐）李商隐 / 2002
　戏郑秀才 （金）刘勋 / 2002
　滦京杂咏 （元）杨允孚 / 2002

卷二百四十七　面类

五言古 …………… 2003
　槐叶冷淘 （唐）杜甫 / 2003
　甘菊冷淘 （宋）王禹偁 / 2003
七言古 …………… 2004
　傅家面食行 （明）程敏政 / 2004
五言律 …………… 2004
　粔面 （元）许有壬 / 2004

七言绝句 …………… 2004
　房陵（宋）陈造/2004

卷二百四十八　糕类

七言古 ……………… 2005
　谢韩幹送丝糕
　　（宋）陈造/2005
七言律 ……………… 2006
　九日陪诸阁老食赐糕次谢授
　经韵（明）高启/2006
七言绝句 …………… 2006
　滦京杂咏（元）杨允孚/2006

卷二百四十九　饼类

七言律 ……………… 2007
　乙亥元日，十峰饮师邵东斋，
　出予家桂饼……
　　（明）顾清/2007
七言绝句 …………… 2007
　寄胡饼与杨万州
　　（唐）白居易/2007
　对食戏作（宋）陆游/2007
　题扇与周干臣
　　（元）虞集/2008

卷二百五十　馔类

五言律 ……………… 2009
　慕容承携素馔见过
　　（唐）王维/2009

七言律 ……………… 2009
　丁丑五月大旱雩祷，上斋居
　御讲，颁赐素蔬一盒
　　（明）于慎行/2009
七言绝句 …………… 2009
　中书送敕赐斋馔戏酬内
　　（唐）权德舆/2009
七言绝句 …………… 2010
　滦京杂咏（元）杨允孚/2010

卷二百五十一　酥类

七言绝句 …………… 2011
　刘监仓家煎米粉作饼，子余
　云为"甚酥"……
　　（宋）苏轼/2011
　寄颜经略羊酥
　　（元）贡师泰/2011
　滦京杂咏（元）杨允孚/2011

卷二百五十二　乳类

五言古 ……………… 2012
　咏有人乞牛舌乳不付因饷
　槟榔诗（梁）刘孝绰/2012

七言律 ……………… 2012
　寄贾抟霄乞马乳
　　（元）耶律楚材/2012
五言绝句 …………… 2012
　乳饼（宋）朱子/2012

卷二百五十三　羹类

五言古 ·················· 2013
　狄韶州煮蔓菁芦菔羹
　　（宋）苏轼 / 2013
　龙福寺煮东坡羹戏作
　　（宋）朱弁 / 2013
　食菜羹示何道士
　　（宋）僧惠洪 / 2013
七言古 ·················· 2014
　戏督潜亨作春羹
　　（宋）邹浩 / 2014
　莼羹歌（明）李流芳 / 2014
七言律 ·················· 2015
　食蛤蜊米脯羹
　　（宋）杨万里 / 2015
　菜羹（元）洪希文 / 2015
七言绝句 ················ 2015
　过子忽出新意，以山芋作
　　玉糁羹······（宋）苏轼 / 2015
　素羹（宋）范成大 / 2016
　东坡羹（宋）僧惠洪 / 2016
　岭南杂咏（明）汪广洋 / 2016

卷二百五十四　汤类

七言绝句 ················ 2017
　归宜兴留题竹西寺
　　（宋）苏轼 / 2017
　邹松滋寄苦竹泉橙麹莲子汤
　　（宋）黄庭坚 / 2017
　赠别徐监观（宋）葛长庚 / 2017

卷二百五十五　糖霜类

七言律 ·················· 2018
　糖霜（元）洪希文 / 2018
七言绝句 ················ 2018
　答梓州雍熙长老寄糖霜
　　（宋）黄庭坚 / 2018

卷二百五十六　食物杂类

五言古 ·················· 2019
　谢张泰伯惠黄雀鲊
　　（宋）黄庭坚 / 2019
　次圣与小儿唉虎脯篇
　　（宋）刘宰 / 2019
　菽乳（明）孙作 / 2020
七言古　附长短句 ········ 2020
　长林令卫象饧丝结歌
　　（唐）司空曙 / 2020
　安州老人食蜜歌
　　（宋）苏轼 / 2020
　谢崔致君饷天花
　　（宋）朱弁 / 2021
　李圣俞郎中求吾家江西黄雀
　　醢法，戏作醢经遗之
　　（宋）杨万里 / 2021
　吴春卿饷腊猪肉戏作古句
　　（宋）杨万里 / 2022

谢亲戚寄黄雀
  （宋）杨万里／2022
蜂儿榧歌（宋）叶适／2023
五言律 …………………… 2023
  酬崔御史送熊掌
    （元）虞集／2023
七言律 …………………… 2023
  袭美以巨鱼之半见分因以酬谢
    （唐）陆龟蒙／2023
  邦衡再送二诗，一和为甚酥，
    二和牛尾狸
    （宋）周必大／2023
  鹿尾（元）耶律楚材／2024
  糟鱼（元）王恽／2024
  琉璃肺（元）王恽／2024
  粉丸（明）吴宽／2025
  油锤（明）吴宽／2025
  以灯圆饷陆太仆
    （明）顾清／2025
  赐鲜鲫鱼（明）于慎行／2025
五言绝句 ………………… 2026
  豆腐（宋）朱子／2026
七言绝句 ………………… 2026
  寒具（宋）苏轼／2026
  醉中信笔作（宋）陆游／2026
  荷包鲊（宋）宋伯仁／2026
  圆子（宋）朱淑真／2026
  引奏后即事（明）蔡羽／2027

卷二百五十七　谷类

四言古 …………………… 2028
  禾（魏）曹植／2028
  谷（魏）曹植／2028
  华黍（晋）束晳／2028
  庭前植稻苗赞
    （晋）湛方生／2028
五言古 …………………… 2029
  行官张望补稻畦水归
    （唐）杜甫／2029
  遣兴（唐）杜甫／2029
  东坡（宋）苏轼／2029
  籴米（宋）苏轼／2029
  看刈禾（明）高启／2030
七言古　附长短句 ……… 2030
  乌盐角行（宋）戴复古／2030
  杜伯渊送新米（明）杨基／2030
五言律 …………………… 2031
  茅堂检校收稻
    （唐）杜甫／2031
  暂往白帝复还东屯
    （唐）杜甫／2031
  与诸公同出城观稼
    （唐）白居易／2031
  田舍（明）李玮／2031
  观稻（明）石沆／2031
五言排律 ………………… 2032
  秋稼如云（唐）蒋防／2032

嘉禾合颖 （唐）孟简／2032
太和戊申，岁大有年，诏赐
　百寮出城观稼……
　　（唐）白居易／2032
嘉禾合颖 （唐）阙名／2032
七言律 …………………… 2033
西明寺威公盆池新稻
　　（唐）唐彦谦／2033
六月六日雨后过岳庙游从封
　寺观稼席上
　　（宋）韩琦／2033
观稼 （宋）韩琦／2033
端孺籴米龙川，得粳糯数
　十斛以归，作诗调之
　　（宋）唐庚／2033
丹阳道中观稼
　　（元）张雨／2034
秋获喜晴 （明）黄佐／2034
米花 （明）盛彧／2034
七言绝句 ………………… 2034
禾熟 （宋）孔平仲／2034
房陵 （宋）陈造／2035
早行 （宋）陈与义／2035
丰年谣 （宋）王炎／2035
东门外观刈熟，民间租米船
　相衔入城，喜作
　　（宋）范成大／2035
春日田园杂兴
　　（宋）范成大／2035

晚春田园杂兴
　　（宋）范成大／2036
秋日田园杂兴
　　（宋）范成大／2036
书馆即事 （元）黄庚／2036
一峰云外庵 （元）僧惟则／2036
秋日即事诗三章送元辅张罗山
　（录一）（明）世宗／2036
送汪伯昭游白门，伯昭将自
　京口至栖霞寺……
　　（明）李流芳／2037

卷二百五十八　麦类

五言古 …………………… 2038
耕图 （元）赵孟頫／2038
久麦 （明）陶望龄／2038
七言古 …………………… 2038
刈麦行 （宋）戴复古／2038
打麦词 （明）高启／2039
五言排律 ………………… 2039
麦穗两歧 （唐）郑畋／2039
馀瑞麦 （唐）张聿／2039
七言律 …………………… 2039
麦 （明）申时行／2039
七言绝句 ………………… 2040
初夏即事 （宋）王安石／2040
莫田 （宋）刘子翚／2040
初夏 （宋）范成大／2040

初四日东郊观麦苗
  （宋）范成大／2040
春日田园杂兴
  （宋）范成大／2040
夏日田园杂兴
  （宋）范成大／2041
秋晓出郊（宋）杨万里／2041
江山道中蚕麦大熟
  （宋）杨万里／2041
麦（宋）杨万里／2041
行郊外（元）张养浩／2041
九日省舅氏，郭西独行，因
  书所见（元）曹伯启／2041
喜晴（元）杨载／2042
绝句（明）刘基／2042
送别叔铭出顺承门
  （明）镏崧／2042
怀友（明）僧德祥／2042

卷二百五十九　蔬菜类

五言古 …………………… 2043
 雨后行菜（宋）苏轼／2043
 元修菜（宋）苏轼／2043
 食煮菜简吕居仁
  （宋）韩驹／2044
 种菜（宋）刘子翚／2044
 谢马善卿送菜（明）孙作／2044
 紫芥（明）吴宽／2045
七言古　附长短句 ……… 2045

春菜（宋）苏轼／2045
次韵子瞻春菜
  （宋）黄庭坚／2045
秋蔬（宋）张耒／2046
顺老寄菜花乾戏作长句
  （宋）韩驹／2046
咸齑十韵（宋）陆游／2046
食生菜（宋）葛长庚／2047
蔬圃（元）许有孚／2047
菜薖为余唐卿赋
  （明）高启／2048
五言律 …………………… 2048
 蓝上采石芥寄前李明府
  （唐）钱起／2048
 白菜（元）许有壬／2048
五言排律 ………………… 2048
 蔬圃（宋）陆游／2048
七言律 …………………… 2049
 偶掇野蔬寄袭美
  （唐）陆龟蒙／2049
 鲁望以躬掇野蔬兼示雅什用以
  酬谢（唐）皮日休／2049
 挽蔬（宋）朱子／2049
 芥齑（宋）杨万里／2049
 赵尉送菜（宋）戴昺／2050
五言绝句 ………………… 2050
 同群公题张处士菜园
  （唐）高适／2050
 芥（宋）刘子翚／2050

题苏希亮画（宋）袁万顷/2050
瀍阳后庵（金）元好问/2050
题画菜（明）钱宰/2051
七言绝句 ················ 2051
寻山家（唐）长孙佐辅/2051
食蔬（唐）陆龟蒙/2051
洛城杂诗（宋）韩维/2051
撷菜（宋）苏轼/2051
二月二日挑菜节大雨不能出
　　（宋）张耒/2052
春日怀淮阳（宋）张耒/2052
春日田园杂兴
　　（宋）范成大/2052
晚春田园杂兴
　　（宋）范成大/2052
冬日田园杂兴
　　（宋）范成大/2052
野菜（宋）陆游/2053
巢菜（宋）陆游/2053
宿南岭驿（宋）杨万里/2053
至后入城道中杂兴
　　（宋）杨万里/2053
新春喜雨（宋）徐玑/2053
雨后（金）冯辰/2054
翰林故事莫盛于唐宋，聊述
　　旧闻……（元）袁桷/2054
洪州歌（元）柳贯/2054
题菜（元）贡性之/2054
春菜（元）张雨/2054

山居吟（元）僧清珙/2054
西园即事（明）高启/2055
答杨署令送菜
　　（明）徐贲/2055
县舍即事（明）叶子奇/2055
画菜（明）任衡/2055

卷二百六十　杂蔬类

五言古 ················ 2056
百合（梁）宣帝/2056
行园（梁）沈约/2056
续古诗（唐）白居易/2056
北人以松皮为菜，予初不
　　知味……（宋）朱弁/2056
采芹（明）僧宗泐/2057
七言古 ················ 2057
郭圃送芜菁感成长句
　　（宋）张耒/2057
豆苗（宋）方岳/2057
五言律 ················ 2058
芹（宋）朱子/2058
畦乐园（明）刘永之/2058
五言绝句 ··············· 2058
菘（宋）刘子翚/2058
七言绝句 ··············· 2058
谢杨履道送银茄
　　（宋）黄庭坚/2058
题秋茄图（元）钱选/2059
翠岩流罄（元）黄公望/2059

题菘菜图 （元）陈高/2059

卷二百六十一　瓜类

五言古 …………………… 2060
　寄姚司马 （唐）张说/2060
　种瓜 （唐）韦应物/2060
五言律 …………………… 2060
　瓜 （唐）李峤/2060
　南山下与老圃期种瓜
　　（唐）孟浩然/2060
　薛氏瓜庐 （宋）赵师秀/2061
　题薛景石瓜庐 （宋）徐照/2061
　题薛景石瓜庐 （宋）徐玑/2061
七言律 …………………… 2061
　食西瓜 （元）方夔/2061
　横山下种瓜作
　　（明）王宠/2061
五言绝句 ………………… 2062
　柳枝 （唐）李商隐/2062
七言绝句 ………………… 2062
　致中惠瓜成二绝
　　（宋）刘子翚/2062
　夏日田园杂兴
　　（宋）范成大/2062
　西域尝新瓜
　　（元）耶律楚材/2062
　滦京杂咏 （元）杨允孚/2062
　剖瓜仕女图 （元）倪瓒/2063
　题画瓜 （明）聂大年/2063

卷二百六十二　豆花类

五言律 …………………… 2064
　架边 （明）谢榛/2064
五言绝句 ………………… 2064
　晚凉 （明）僧宗泐/2064
七言绝句 ………………… 2064
　江南 （唐）陆龟蒙/2064
　忆汪遯斋 （元）戴良/2064
　偶睡 （明）高启/2065
　新秋示盛伯宣
　　（明）刘泰/2065
　为僧朗碧天题扇寄人
　　（明）史鉴/2065
　忆王屋山人 （明）孙一元/2065
　访葛征君 （明）谢榛/2065
　种豆 （明）王穉登/2065
　酒次与吴文学
　　（明）居节/2066
　秋日过子问郊居
　　（明）王伯稠/2066
　凉生豆花 （明）王伯稠/2066

卷二百六十三　莼菜类

长短句 …………………… 2067
　题彦皋莼轩 （明）陈璧/2067
七言绝句 ………………… 2067
　答朝士 （唐）贺知章/2067
　西湖采莼曲 （明）沈明臣/2067

莼菜（明）陆树声／2068
莼菜（明）徐桂／2068

卷二百六十四 菌类（附石耳）

五言古 附长短句 ……… 2069
　答永新宗令寄石耳
　　（宋）黄庭坚／2069
　蕈子（宋）杨万里／2069
五言律 ……………………… 2070
　沙菌（元）许有壬／2070
七言律 ……………………… 2070
　与参寥师行园中得黄耳蕈
　　（宋）苏轼／2070
五言绝句 …………………… 2070
　白蕈（宋）朱子／2070
七言绝句 …………………… 2071
　上萧家峡（宋）黄庭坚／2071
　后滦水秋风词（元）柳贯／2071

卷二百六十五 瓠类

五言古 ……………………… 2072
　田家屋上壶（宋）梅尧臣／2072
五言律 ……………………… 2072
　种瓠（元）范梈／2072
　秋后瓠果成一实，轮囷可爱……
　　（元）范梈／2072
　家园种壶作（明）朱曰藩／2072
七言律 ……………………… 2073
　手植瓠材（金）刘从益／2073

五言绝句 …………………… 2073
　瓠（宋）刘子翚／2073

卷二百六十六 韭薤类（附葱）

五言律 ……………………… 2074
　秋日阮隐居致薤三十束
　　（唐）杜甫／2074
　田家（宋）梅尧臣／2074
　韭花（元）许有壬／2074
七言律 ……………………… 2074
　题华季充剪韭轩
　　（明）周翼／2074
五言绝句 …………………… 2075
　韭（宋）刘子翚／2075
　韭（明）高启／2075
七言绝句 …………………… 2075
　葱（宋）陆游／2075

卷二百六十七 山药类

七言古 附长短句 ……… 2076
　子平寄惠希夷陈先生服福
　唐山药方……
　　（宋）文同／2076
　掘山药歌（元）龚璛／2076
五言律 ……………………… 2077
　象之以山药见赠
　　（宋）韩维／2077
　尝山药（明）镏崧／2077

七言律 ………………… 2077
　次韵奉和蔡枢密南京种山药法
　　（宋）王安石/2077
　和七兄山蓣汤
　　（宋）黄庭坚/2077
　山药（宋）朱子/2078

卷二百六十八　芋类

七言律 ………………… 2079
　谢姜宽送芋子（明）费宏/2079
五言绝句 ………………… 2079
　芋魁（宋）朱子/2079
　西园（明）边贡/2079
七言绝句 ………………… 2079
　冬日田园杂兴
　　（宋）范成大/2079
　漫成（元）马臻/2080

卷二百六十九　蕹菜类

长短句 ………………… 2081
　罗仲宪送蕹菜谢以长句
　　（宋）杨万里/2081
五言律 ………………… 2081
　蕹（宋）朱子/2081

卷二百七十　芦菔类

五言古 ………………… 2082
　徐梦弼以诗求芦菔辄次来韵
　　（金）刘迎/2082

五言律 ………………… 2082
　芦菔（元）许有壬/2082
五言绝句 ………………… 2083
　萝菔（宋）刘子翚/2083
　萝卜（宋）朱子/2083

卷二百七十一　蕨类

七言律 ………………… 2084
　初食笋蕨（宋）杨万里/2084
七言绝句 ………………… 2084
　答客（元）杨奂/2084

卷二百七十二　椒姜类

四言古 ………………… 2085
　椒华颂（晋）成公绥/2085
　椒赞（晋）郭璞/2085
　元日椒花颂（晋）刘臻妻/2085
五言律 ………………… 2085
　地椒（元）许有壬/2085
七言律 ………………… 2086
　花椒（明）僧宗林/2086
五言绝句 ………………… 2086
　椒园（唐）裴迪/2086
　江行（唐）钱起/2086
　姜（宋）刘子翚/2086
七言绝句 ………………… 2086
　寄怀归州马判官
　　（唐）僧齐己/2086

卷二百七十三　荠类

五言古 …………………… 2087
　荠菜（宋）陆游/2087
七言绝句 ………………… 2087
　晚春初夏绝句
　　（宋）张耒/2087

卷二百七十四　菱芡类

五言古 …………………… 2088
　采菱曲（梁）简文帝/2088
　采菱曲（梁）陆罩/2088
　采菱词（唐）储光羲/2088
七言古 …………………… 2088
　采菱行（唐）刘禹锡/2088
　食鸡头（宋）欧阳修/2089
　食鸡头（宋）苏辙/2089
　采芡（宋）文同/2090
　采菱图（明）杜琼/2090
五言律 …………………… 2091
　菱（唐）李峤/2091
七言律 …………………… 2091
　食鸡头子（宋）杨万里/2091
　食鸡头子（宋）杨万里/2091
五言绝句 ………………… 2091
　江行（唐）钱起/2091
　菱（宋）梅尧臣/2092
　采菱舟（宋）朱子/2092

过高邮射阳湖杂咏
　　（元）萨都剌/2092
题溪楼（元）余阙/2092
六言绝句 ………………… 2092
　望亭饭僧作（明）僧洪恩/2092
七言绝句 ………………… 2092
　看采菱（唐）白居易/2092
　菱荇沼（唐）薛涛/2093
　菱渚（宋）林逋/2093
　秋思（宋）陆游/2093
　菱沼（宋）杨万里/2093

卷二百七十五　总树类

五言古 …………………… 2094
　古诗（汉）阙名/2094
　杂诗（晋）张翰/2094
　读《山海经》（晋）陶潜/2094
　芳树（梁）元帝/2095
　芳树（梁）丘迟/2095
　芳树（陈）张正见/2095
　芳树（陈）顾野王/2095
　赋得芳树（陈）李爽/2095
　咏树（北周）庾信/2095
　移树（北周）庾信/2096
　送刘散员同赋，得陈思王诗
　　"山树郁苍苍"
　　（唐）许敬宗/2096
　望宅中树有所思
　　（唐）卢照邻/2096

玩新庭树因咏所怀
　　（唐）白居易／2096
截树（唐）白居易／2096
新晴后溪树阴洒然，览景成韵
　　（宋）文同／2097
京城闲居杂言
　　（元）揭傒斯／2097
题拙作小图（元）朱德润／2097
题黄彦成云林小隐
　　（明）练子宁／2097
题叶熙时空树轩
　　（明）僧智舷／2098
七言古 …………………… 2098
赋得庭中有奇树
　　（陈）贺循／2098
题远山平林图
　　（宋）王炎／2098
西湖酒家壁画枯木
　　（元）宋无／2098
赋得独树边淮送人之京
　　（明）林鸿／2099
五言律 …………………… 2099
送窦校书见饯，得云中辨江树
　　（唐）张九龄／2099
试古木卧平沙
　　（唐）王泠然／2100
赋得海边树（唐）皇甫冉／2100
枯树（唐）韩愈／2100
古树（唐）张籍／2100

路傍树（唐）马戴／2100
禁中庭树（宋）钱惟演／2100
翠雨亭诗（元）朱德润／2101
倚树（明）王野／2101
五言排律 ………………… 2101
永乐县所居一草一木无非
自栽……（唐）李商隐／2101
咸通十四年府试木向荣
　　（唐）郑谷／2101
七言律 …………………… 2101
红树（唐）吴融／2101
书绿帷亭壁（宋）文同／2102
红树（宋）文同／2102
绿阴（元）谢宗可／2102
次韵和石末公红树诗
　　（明）刘基／2102
次韵和石末公红树诗
　　（明）刘基／2103
蓟门烟树（明）杨荣／2103
蓟门烟树（明）金幼孜／2103
蓟门烟树（明）李东阳／2103
树色（明）邵宝／2104
树影（明）朱之蕃／2104
七言排律 ………………… 2104
画古木（元）马祖常／2104
五言绝句 ………………… 2104
洛阳道献吕四郎中
　　（唐）储光羲／2104
北垞（唐）王维／2105

漆园（唐）王维／2105
同赋送远客一绝
　（唐）皇甫冉／2105
天长地久词（唐）卢纶／2105
晚思（唐）司空曙／2105
早发汾南（唐）王建／2105
梦江南（唐）张祜／2105
古树（唐）崔道融／2106
行园树（宋）徐铉／2106
和晏相公湖上
　（宋）韩维／2106
余元祐六年六月罢著作佐郎，
　除秘书丞……
　（宋）张耒／2106
观祝孝友画卷
　（宋）朱子／2106
山居杂诗（金）元好问／2106
即事（元）赵雍／2106
题宋子障太守画
　（元）张昱／2107
六言绝句……………… 2107
舍北闲望作六字绝句
　（宋）陆游／2107
题画（元）倪瓒／2107
绝句（元）张雨／2107
七言绝句……………… 2107
送朱越（唐）王昌龄／2107
诣徐卿觅果栽
　（唐）杜甫／2107

送齐山人归长白山
　（唐）韩翃／2108
送韦判官（唐）卢纶／2108
雨晴至江渡（唐）柳宗元／2108
同钱员外禁中夜直
　（唐）白居易／2108
戏题山居（唐）陈羽／2108
宫词（唐）王涯／2108
古树（唐）徐凝／2109
寄永道士（唐）李商隐／2109
池边（唐）李商隐／2109
汉阴庭树（唐）赵嘏／2109
晓宴（唐）李群玉／2109
小游仙（唐）曹唐／2110
荆林馆（宋）孔平仲／2110
出郊（宋）王安石／2110
入瑞岩道间绝句呈彦集充父
　二兄（宋）朱子／2110
丙辰正月三日赠彭世昌归山
　（宋）朱子／2110
玉山道中（宋）杨万里／2110
道傍草木（宋）杨万里／2111
连江官湖（宋）徐玑／2111
秋兴（金）吴激／2111
杂诗（金）王碏／2111
宋楼道中（金）刘从益／2111
太乙宫（元）王恽／2112
题画（元）张宪／2112

卷二百七十六　总花类

五言古 ……………… 2113
　落花　（梁）萧子范／2113
　赋得岸花临水发
　　（陈）张正见／2113
　和王褒咏摘花
　　（北周）明帝／2113
　咏园花　（北周）庾信／2113
　于阗采花　（隋）乐府／2114
　浮游花　（隋）辛德源／2114
　沣上与幼遐月夜登西冈玩花
　　（唐）韦应物／2114
　对杂花　（唐）韦应物／2114
　赋得春晚馀花落
　　（唐）李益／2114
　东坡种花　（唐）白居易／2114
　买花　（唐）白居易／2115
　观花有感　（元）虞集／2115
　咏井底花移赠李太常
　　（明）郭第／2115
七言古 ……………… 2115
　风雨看舟前落花戏为新句
　　（唐）杜甫／2115
　买花谣　（唐）刘言史／2116
　落花　（宋）孔平仲／2116
　惜花　（宋）文同／2116
　飞花行赠马衢州，时马在建
　　香别业　（元）戴表元／2116

　惜花叹　（明）高启／2117
　卖花词　（明）高启／2117
　雨中看花　（明）杨基／2118
　邀方员外看花　（明）杨基／2118
　卖花篇　（明）黄德水／2118
五言律 ……………… 2119
　和杨舍人咏中书省花树
　　（唐）张文琮／2119
　花底　（唐）杜甫／2119
　南池落花　（唐）羊士谔／2119
　惜落花　（唐）白居易／2119
　赋得雨后花　（唐）元稹／2120
　赠子直花下　（唐）李商隐／2120
　晚春花　（唐）项斯／2120
　题友人山花　（唐）方干／2120
　落花　（唐）李咸用／2120
　赋得花影　（明）王偁／2120
　花残　（明）蒋山卿／2121
　延季居士种花诗
　　（明）王醇／2121
五言排律 ……………… 2121
　夏日陪裴尹员外西斋看花
　　（唐）杨巨源／2121
　花村六韵　（唐）吴融／2121
　赋落花以宋元宪"金谷楼危
　　到地香"得香字
　　（明）刘丞直／2121
六言律 ……………… 2122
　落花　（唐）李中／2122

七言律 …………… 2122
　山花（唐）钱起/2122
　西省对花忆忠州东坡新花树
　　因寄题东楼（唐）白居易/2122
　阊间城北有卖花翁，讨春之
　　士往往造焉，因招袭美
　　（唐）陆龟蒙/2122
　鲁望以花翁之什见招因次韵
　　酬之（唐）皮日休/2123
　对花（唐）秦韬玉/2123
　惜花（唐）李建勋/2123
　玉堂栽花周正孺有诗次其韵
　　（宋）苏轼/2123
　看花（宋）曾巩/2124
　落花（元）郝经/2124
　花信（元）黄溍/2124
　卖花声（元）谢宗可/2124
　春半采花（元）洪希文/2125
　落花诗（明）沈周/2125
　花魂（明）朱之蕃/2125
　落花（明）朱之蕃/2125
　种花（明）李流芳/2126
五言绝句 …………… 2126
　赠李十四（唐）王勃/2126
　林塘怀友（唐）王勃/2126
　题鉴上人房（唐）宋之问/2126
　喜入长安（唐）崔湜/2127
　玉真公主山居
　　（唐）储光羲/2127

江南曲（唐）储光羲/2127
河上逢落花（唐）万楚/2127
送子婿往扬州
　（唐）刘长卿/2127
代人乞花（唐）李益/2127
花岛（唐）韩愈/2127
花源（唐）韩愈/2128
惜花（唐）张籍/2128
酬范侍御（唐）鲍溶/2128
惜花（唐）施肩吾/2128
高花（唐）李商隐/2128
杂题（唐）司空图/2128
赏残花（唐）纪干著/2128
月夜泛舟（唐）僧法振/2129
双池（宋）苏轼/2129
花坞（宋）文同/2129
花（明）张羽/2129
落花（明）薛蕙/2129
六言绝句 …………… 2129
　山居乐（明）李言恭/2129
七言绝句 …………… 2130
　惜花（唐）郭震/2130
　宴春源（唐）王昌龄/2130
　西巡歌（唐）李白/2130
　江畔独步寻花（唐）杜甫/2130
　送王卿（唐）韦应物/2130
　赠张千牛（唐）韩翃/2130
　河中府崇福寺看花
　　（唐）卢纶/2131

残花 （唐）杨凝 / 2131
和陈阁老当直从东省过史馆
　看花 （唐）权德舆 / 2131
同诸公夜宴监军玩花之作
　（唐）武元衡 / 2131
看花 （唐）羊士谔 / 2131
送廖参谋东游
　（唐）刘禹锡 / 2131
诏追赴都 （唐）柳宗元 / 2132
落花 （唐）韩愈 / 2132
风折花枝 （唐）韩愈 / 2132
游太平公主山庄
　（唐）韩愈 / 2132
登科后 （唐）孟郊 / 2132
九华观看花 （唐）张籍 / 2132
山中主人 （唐）杨巨源 / 2133
春晚游鹤林寺
　（唐）李涉 / 2133
衡州夜后把火看花留客绝句
　（唐）吕温 / 2133
伏翼西洞送人
　（唐）陈羽 / 2133
宫中词 （唐）王建 / 2133
于主簿厅看花 （唐）王建 / 2133
看花屋 （唐）白居易 / 2134
惜落花赠崔二十四
　（唐）白居易 / 2134
别种东坡花树
　（唐）白居易 / 2134

僧院花 （唐）白居易 / 2134
花栽 （唐）元稹 / 2134
宫词 （唐）王涯 / 2134
题邮亭残花 （唐）张祜 / 2135
同友人看花 （唐）朱庆馀 / 2135
春日餐霞阁 （唐）施肩吾 / 2135
观叶生画花 （唐）施肩吾 / 2135
念昔游 （唐）杜牧 / 2135
春晚题韦家亭子
　（唐）杜牧 / 2135
和严恽秀才落花
　（唐）杜牧 / 2136
过南邻花园 （唐）雍陶 / 2136
过旧宅看花 （唐）雍陶 / 2136
惜花 （唐）方干 / 2136
咏花 （唐）方干 / 2136
卖花谣 （唐）来鹏 / 2136
山路见花 （唐）崔橹 / 2137
文昌寓直 （唐）郑谷 / 2137
卖花翁 （唐）吴融 / 2137
日高 （唐）韩偓 / 2137
惜花 （唐）成彦雄 / 2137
红花 （唐）李中 / 2137
晚春寄示茂才冯彭年
　（宋）林逋 / 2138
山村 （宋）苏轼 / 2138
再次韵答田国博部夫还
　（宋）苏轼 / 2138
和子山种花 （宋）文同 / 2138

口号（宋）文同/2138
初秋行圃（宋）杨万里/2138
晚春（宋）戴复古/2139
观落花（宋）翁卷/2139
宫词（宋）花蕊夫人/2139
山居（金）元好问/2139
晓发富阳县（元）方回/2139
经历司暮春即事
　　（元）萨都剌/2139
上陈达卿架阁
　　（元）袁士元/2140
元宫词（明）朱有燉/2140
绝句（明）董纪/2140
客舍暮春（明）徐淮/2140
花答（明）李祯/2140
题画杂花（明）钱毂/2140
残花（明）丘云霄/2141
古寺寻花（明）朝鲜女子/2141

卷二百七十七　松类

五言古　附长短句 ……… 2142
赠从弟（魏）刘桢/2142
寒松（梁）沈约/2142
咏寒松（梁）范云/2142
咏慈姥矶石上松
　　（梁）吴均/2142
应制赋铜鞮山松
　　（北魏）元魌/2142
咏松树（隋）李德林/2143

题张老松树（唐）宋之问/2143
石子松（唐）储光羲/2143
南轩松（唐）李白/2143
庭松（唐）白居易/2143
松声（唐）白居易/2144
赠卖松者（唐）白居易/2144
西斋小松（唐）元稹/2144
咏道上松（宋）孔平仲/2144
同希颜怪松（金）冯璧/2144
乐山松（金）刘从益/2145
种松（元）刘因/2145
题松云斋十五韵
　　（元）叶颙/2145
松鏖（明）袁凯/2146
听松（明）邵宝/2146
松下居（明）僧宗泐/2146
七言古　附长短句 ……… 2146
灵溪老松歌（唐）卢士衡/2146
小松歌（唐）李成用/2147
松障图歌（元）陈泰/2147
赋得贞松寿姑苏张继孟八十
　　（明）刘溥/2147
五言律 …………………… 2148
松（唐）李峤/2148
严郑公阶下新松得沾字
　　（唐）杜甫/2148
松（唐）陆肱/2148
高松（唐）李商隐/2148
广德官舍二松（唐）喻凫/2148

和李用夫栽小松
  （唐）项斯／2149
题唐兴寺小松
  （唐）杜荀鹤／2149
和薛侍御题兴善寺松
  （唐）许棠／2149
移小松（唐）张乔／2149
僧院松（唐）曹松／2149
郑毂补阙山松（唐）张蠙／2149
述松（唐）王贞白／2150
松（唐）僧无可／2150
赋松（南唐）谢仲宣／2150
赤松咏（明）傅汝舟／2150
松（明）申时行／2150
五言排律 ················· 2150
贡院楼北新栽小松
  （唐）李正封／2150
贡院楼北新栽小松
  （唐）钱众仲／2151
贡院楼北新栽小松
  （唐）吴武陵／2151
禁中春松（唐）陆贽／2151
禁中春松（唐）周存／2151
禁中春松（唐）常沂／2151
与杨十二巨源、卢十九经济
  同游大安亭……
  （唐）元稹／2152
中书相公任兵部侍郎日，后
  阁植四松……

  （唐）郑澣／2152
奉和四松（唐）唐扶／2152
奉和四松（唐）刘禹锡／2152
奉和四松（唐）雍陶／2153
文宣王庙古松
  （唐）李胄／2153
七言律 ················· 2153
松（唐）李山甫／2153
题子侄书院双松
  （唐）曹唐／2153
题净众寺古松（唐）崔涂／2154
松（唐）韩溉／2154
题吉水县厅前新栽小松
  （唐）李中／2154
松（唐）炙毂子／2154
龙形松（元）谢宗可／2155
罗汉松（明）屠隆／2155
七言排律 ················· 2155
遥同蔡起居偃松篇
  （唐）张说／2155
五言绝句 ················· 2155
松下雪（唐）钱起／2155
千松岭（唐）顾况／2156
四望驿松（唐）王建／2156
小松（唐）王建／2156
题翰林院东阁小松
  （唐）元稹／2156
乳毛松（唐）郑谷／2156
松（宋）徐铉／2156

松（金）李俊民／2156
七言绝句 …………… 2157
  凭韦少府班觅松树子栽
    （唐）杜甫／2157
  酬道芬寄画松（唐）刘商／2157
  松树（唐）白居易／2157
  省中题新植双松
    （唐）贾岛／2157
  采松花（唐）姚合／2157
  小松（唐）章孝标／2157
  书院二小松（唐）李群玉／2158
  小松（唐）杜荀鹤／2158
  涧松（唐）崔涂／2158
  题僧院松（唐）曹松／2158
  松岭（唐）陆希声／2158
  松（唐）成彦雄／2158
  华山孤松（唐）张蠙／2159
  画松（唐）僧景云／2159
  江路闻松风（金）赵可／2159
  静芳亭（元）袁桷／2159

卷二百七十八　柏类

五言古 …………… 2160
  庭柏（北齐）魏收／2160
  双柏（元）陈樵／2160
  柏屏（明）顾璘／2160
七言古 …………… 2160
  古柏行（唐）杜甫／2160
五言律 …………… 2161

  使院中新栽柏树子呈李十五
  栖筠（唐）岑参／2161
  穗柏联句（唐）段成式／2161
  古柏（唐）李洞／2161
五言绝句 …………… 2162
  指柏轩（明）高启／2162
七言绝句 …………… 2162
  武侯庙古柏（唐）雍陶／2162
  题龙兴寺老柏院
    （宋）张在／2162
  禹柏图（元）吴师道／2162

卷二百七十九　桧类

五言古 …………… 2163
  济南庙中古桧同叔能赋
    （金）元好问／2163
长短句 …………… 2163
  致道观看七星桧树歌
    （明）孙一元／2163
五言律 …………… 2164
  画桧（元）虞集／2164
七言律 …………… 2164
  谢寺双桧（唐）刘禹锡／2164
  法云双桧（唐）温庭筠／2164
  桧树（唐）秦韬玉／2164
  陈桧（明）马弓／2165
  桧（明）章珪／2165
五言绝句 …………… 2165
  桧和子由（宋）苏轼／2165

七言绝句 …………… 2165
  自遣诗（唐）陆龟蒙／2165
  和重元寺双矮桧
    （唐）陆龟蒙／2165
  醒闻桧（唐）皮日休／2166
  重元寺双矮桧
    （唐）皮日休／2166
  题法云寺双桧
    （唐）方壶居士／2166
  古桧（元）虞集／2166

卷二百八十　杉类

五言古 …………… 2167
  郡斋移杉（唐）韦应物／2167
  栽杉（唐）白居易／2167
长短句 …………… 2167
  古杉行（元）范梈／2167
七言绝句 …………… 2168
  题中峰杉径（宋）朱子／2168

卷二百八十一　榆类

五言古 …………… 2169
  榆（明）吴宽／2169
五言绝句 …………… 2169
  榆（宋）张耒／2169
七言绝句 …………… 2169
  贫居春怨（唐）雍陶／2169
  榆钱（宋）孔平仲／2170
  春晚（宋）僧道潜／2170

  次韵答李拚之（明）王弼／2170
  无题（明）康栗／2170

卷二百八十二　槐类

七言古 …………… 2171
  孔林瑞槐歌（元）迺贤／2171
五言律 …………… 2171
  咏槐（唐）李峤／2171
七言律 …………… 2172
  槐花（唐）罗邺／2172
  宫槐（宋）梅尧臣／2172
五言绝句 …………… 2172
  宫槐陌（唐）王维／2172
  宫槐陌（唐）裴迪／2172
  槐（宋）苏轼／2172
  罢直图（明）练子宁／2173
七言绝句 …………… 2173
  送人入蜀（唐）杨凝／2173
  槐花（唐）郑谷／2173
  题槐（唐）翁承赞／2173
  溪阴堂（宋）苏轼／2173
  轼以去岁春夏侍立迩英，而
    秋冬之交子由相继入侍……
    （宋）苏轼／2173
  夏日田园杂兴
    （宋）范成大／2174
  槐影（宋）许月卿／2174
  玉堂槐花（金）赵秉文／2174
  玉堂闲适图（元）王恽／2174

即事（元）赵孟頫/2174
庭槐（元）郑允端/2174
拟宫词（明）袁宏道/2175

卷二百八十三　梧桐类

五言古 …………………… 2176
双桐（魏）明帝/2176
咏桐（齐）王融/2176
游东堂咏桐（齐）谢朓/2176
咏孤桐（梁）沈约/2176
咏梧桐（梁）沈约/2176
咏桐（隋）魏澹/2177
答李伯鱼桐竹（唐）张说/2177
桐竹赠张燕公（唐）李伯鱼/2177
段宥厅孤桐（唐）王昌龄/2177
题僧房双桐（唐）李颀/2177
梧桐（唐）戴叔伦/2177
题鲜于子骏桐轩
　（宋）司马光/2178
拟古（金）张建/2178
桐树（明）高启/2178
洗桐（明）王问/2178
七言古 …………………… 2178
登乐陵台倚梧桐望月有怀南台
李御史（元）萨都剌/2178
五言律 …………………… 2179
桐（唐）李峤/2179
次韵择之梧竹二首并呈季通
　（宋）朱子/2179

月下新桐喜徐元叹至
　（明）钟惺/2179
七言律 …………………… 2179
周履道征赋梧桐月
　（明）周翼/2179
五言绝句 ………………… 2180
题桐叶（唐）韦应物/2180
七言绝句 ………………… 2180
丹丘（唐）李商隐/2180
蜀桐（唐）李商隐/2180
齐安偶题（唐）杜牧/2180
夜（宋）朱子/2180
暑中杂兴（宋）方岳/2181
暮春（金）蔡珪/2181
桐花（元）方回/2181
和薛伯通韵（元）耶律楚材/2181
怀友时住夏玉泉山
　（元）黄清老/2181
杂咏（元）吴景奎/2181
梧桐（元）丁鹤年/2182
梧桐（元）郑允端/2182
秋闺思（明）孙蕡/2182
醉起（明）黄姬水/2182

卷二百八十四　榕类

五言律 …………………… 2183
南峰庵庵径有古榕树，悬枝
对峙，宛若关门
　（明）傅汝舟/2183

七言绝句 ············ 2183
　柳州二月榕叶落尽偶题
　　（唐）柳宗元/2183
　榕溪阁（宋）刘克庄/2183

卷二百八十五　椿类

七言古 ············ 2184
　灵椿（宋）刘敞/2184
七言绝句 ············ 2184
　天坛杂诗（金）元好问/2184

卷二百八十六　楠类

五言古 ············ 2185
　和宣州钱判官使院厅前石楠树
　　（唐）孟郊/2185
七言古 ············ 2185
　题巴州光福寺楠木
　　（唐）严武/2185
　题巴州光福寺楠木
　　（唐）史俊/2186
五言律 ············ 2186
　高楠（唐）杜甫/2186
七言律 ············ 2186
　石楠树（唐）白居易/2186
七言绝句 ············ 2187
　看石楠花（唐）王建/2187
　石楠（唐）司空图/2187

卷二百八十七　桑类

五言古 ············ 2188
　采桑度（晋）乐府/2188
　种桑诗（宋）谢灵运/2188
　陌上桑（梁）王台卿/2188
　春词（唐）常建/2188
　采桑（唐）王建/2189
　陌上桑（明）杨基/2189
长短句 ············ 2189
　采桑曲（宋）郑震/2189
　采桑曲（明）宋璲/2189
五言绝句 ············ 2189
　春闺思（唐）张仲素/2189
　杨下采桑（唐）张祜/2190
　采桑（唐）郑谷/2190
　江南乐（明）徐祯卿/2190
七言绝句 ············ 2190
　采桑曲（元）赵孟頫/2190
　桑（明）陈继儒/2190

卷二百八十八　楸类

七言绝句 ············ 2191
　绝句（唐）杜甫/2191
　楸树（唐）韩愈/2191
　梦中绝句（宋）苏轼/2191
　楸树（金）元德明/2191
　楸花（元）段克己/2192

卷二百二十八　渔　类

◆ 四言古

酒会诗
（魏）嵇康

敛絃散丝，游钓九渊。重流千仞，惑饵者悬。
猗欤庄老，栖迟永年。实惟龙化，荡志浩然。

江　郊
（宋）苏轼

江郊葱昽，云水蒨绚。碕岸斗入，洄潭轮转。
先生悦之，布席闲燕。初日下照，潜鳞俯见。
意钓忘鱼，乐此竿线。优哉悠哉，玩物之变。

◆ 五言古

钓竿行
（魏）文帝

东越河济水，遥望大海涯。钓竿何珊珊，鱼尾何簁簁。
行路之好者，芳饵欲何为？

钓　竿
（梁）沈约

桂舟既容与，绿浦复回纡。轻丝动弱芰，微楫起单凫。

叩舷忘日暮，卒岁以为娱。

观 钓
（陈）阴铿

澄江息晚浪，钓侣枻轻舟。丝垂遥溅水，饵下暗通流。
歌声时断续，楫影乍横浮。寄言濯缨者，沧浪终滞游。

钓竿篇
（隋）李巨仁

潺湲面江海，混瀁瞩波澜。不惜黄金饵，唯怜翡翠竿。
斜纶控急水，定楫下飞湍。潭回风来易，川长雾歇难。
寄言朝市客，沧浪余自安。

渔父词
（唐）储光羲

泽鱼好鸣水，溪鱼好上流。渔梁不得意，下渚潜垂钩。
乱荇时碍楫，新芦复隐舟。静言念终始，安坐看沉浮。
素发随风扬，远心与云游。逆浪还极浦，信潮下沧洲。
非为徇形役，所乐在行休。

钓鱼湾
（唐）储光羲

垂钓绿湾春，春深杏花乱。潭清疑水浅，荷动知鱼散。
日暮待情人，维舟绿杨岸。

渔父歌
（唐）李颀

白首何老人，蓑笠蔽其身。避世长不仕，钓鱼清江滨。
浦沙明濯足，山月静垂纶。寓宿湍与濑，行歌秋复春。
持竿湘岸竹，爇火芦洲薪。绿水饭香稻，青荷包紫鳞。

于中还自乐,所欲全吾真。而笑独醒者,临流多苦辛。

大回中

(唐) 元结

樊水欲东流,大江又北来。樊山当其南,此中为大回。
回中鱼好游,回中多钓舟。漫欲作渔人,终焉无所求。

蓝田溪与渔者宿

(唐) 钱起

独游屡忘归,况此隐沦处。濯发清泠泉,月明不能去。
更怜垂纶叟,静若沙上鹭。一论白云心,千里沧州趣。
芦中夜火尽,浦口秋山曙。叹息分枝禽,何时更相遇?

江中晚钓寄荆南一二相识

(唐) 刘长卿

楚郭微雨收,荆门遥在目。漾舟水云里,日暮春江绿。
霁华静洲渚,暝色连松竹。月出波上时,人归渡头宿。
一身已无累,万事更何欲?渔父自夷犹,白鸥不羁束。
既怜沧浪水,复爱《沧浪曲》。不见眼中人,相思心断续。

渔具诗

(唐) 陆龟蒙

网

大罟网目繁,空江波浪黑。沉沉到波底,恰共波同色。
牵时万髻入,已有千钧力。尚悔不横流,恐他人更得。

罩

左手揭圆罩,轻桡弄舟子。不知潜鳞处,但去笼烟水。
时穿紫萍破,忽值朱衣起。(松江有朱衣鲋。)

贵得不贵名，敢论鲂与鲤。

罶

有意烹小鲜，乘流驻孤棹。虽然烦取舍，未肯求津要。
多为虾蚬误，已分鸰鹬笑。寄语龙伯人，荒唐不同调。

钓筒

短短截筠光，悠悠卧江色。篷差橹相应，雨慢烟交织。
须臾中芳饵，迅疾如飞翼。彼竭我还浮，君看不争得。

钓车

溪上持只轮，溪边指茅屋。间乘风水便，敢议朱丹毂。
高多倚衡惧，下有折轴速。曷若载逍遥，归来卧云族。

鱼梁

能编似云薄，横绝清川口。缺处欲随波，波中先置笱。
投身入笼槛，自古难飞走。尽日水滨吟，殷勤谢渔叟。

叉鱼

春溪正含绿，良夜才参半。持矛若羽轻，列烛如星烂。
伤鳞跳密藻，碎首沉遥岸。尽族染东流，傍人作佳玩。

鸣桹

水浅荇藻涩，钩罩无所及。铿如木铎音，势若金钲急。
驱之就深处，用以资俯拾。搜罗尔甚微，遁去将何入？

滬

万植御洪波，森然倒林薄。千颅咽云上，过半随潮落。

其间风信背,更值雷声恶。天道亦哀多,吾将移海若。

笭箵

谁谓笭箵小,我谓笭箵大。盛鱼自足飡,置璧能为害。
时将刷蘋浪,又取悬藤带。不及腰上金,何劳问蓍蔡。

和袭美添咏渔具

(唐)陆龟蒙

渔庵

结茅次烟水,用以资啸傲。岂谓钓家流,忽同禅室号。
闲凭山叟占,晚有溪禽嫪。华屋莫相非,各随吾所好。

钓矶

拣得白云根,秋潮未曾没。坡陀坐鳌背,散漫垂龙发。
持竿从掩雾,置酒复待月。即此放神情,何劳适吴越。

箬笠

朝携下枫浦,晚戴出烟艇。冒雪或平檐,听泉时仄顶。
飘移霭然色,波写危如影。不识九衢尘,终年居下泂。

背篷

敏手擘江筠,随身织烟壳。沙禽固不知,钓伴犹初觉。
闲从翠微拂,静唱沧浪濯。见说方山潭,渔童尽能学。

和陆鲁望渔具诗

(唐)皮日休

网

晚挂溪上网,映空如雾縠。闲来发其机,旋旋沉平绿。
下处若烟雨,牵时似崖谷。必若遇鲲鲕,从教通一目。

罩

芒鞋下葑中，步步沉轻罩。既为菱浪飐，亦被莲泥胶。
人立独无声，鱼烦似相抄。满手搦霜鳞，思归举轻棹。

罶

烟雨晚来好，东塘下罶去。网小正星櫺，舟轻欲腾翥。
谁知荇深后，恰值鱼多处。浦口更有人，停桡一延伫。

钓筒

笼钟截数尺，标置能幽绝。从浮笠泽烟，任卧桐江月。
丝随碧波漫，饵逐清滩发。好是趁筒时，秋声正清越。

钓车

得乐湖海志，不厌华辀小。月中抛一声，惊起滩上鸟。
心将潭底测，手把波文袅。何处觅奔车？平波今渺渺。

鱼梁

波际插翠筠，离离似清篽。游鳞到溪口，入此无逃所。
斜临杨柳津，静下鸂鶒侣。编此欲何之？终焉富春渚。

鸣桹

尽日平湖上，鸣桹仍动桨。丁丁入波心，澄彻和清响。
鹭听独寂寞，鱼惊昧来往。尽水无所逃，川中有钩党。

舴艋

阔处只三尺，翛然足吾事。低篷挂钓车，枯蚌盛鱼饵。
只好携桡坐，惟堪盖蓑睡。若遣遂平生，艅艎不如是。

笭箵

朝空笭箵去，暮实笭箵归。归来倒却鱼，挂在幽窗扉。
但闻虾蚬气，欲生蘋藻衣。十年佩此处，烟雨苦霏霏。

添咏渔具（录二）

（唐）皮日休

渔庵

庵中只方丈，恰称幽人住。枕上悉鱼经，门前空钓具。
束竿时倚壁，晒网还侵户。上洞有杨颙，须留往来路。

箬笠

圆似写月魄，轻如织烟翠。涔涔向上雨，不乱窥鱼思。
携来沙日微，挂处江风起。纵戴二梁冠，终身不忘尔。

渔人

（唐）苏拯

垂竿朝与暮，披蓑卧横楫。不问清平时，日乐沧波业。
长畏不得闲，几度避游盻。当笑钓台上，逃名名却传。

渔家傲

（宋）晁补之

渔家人言傲，城市未曾到。生理自江湖，那知城市道。
晴日七八船，熙然在清川。但见笑相属，不省歌何曲。
忽然四散归，远处沧洲微。或云后车载，藏去无复在。
至老不曲躬，羊裘行泽中。

石门渔舍

（宋）薛季宣

渔家在何许？踏驳岩下石。花树几株芳，湖山数峰碧。

窊樽亭遂古，双阙天自辟。锦绣入茨舍，藤萝封笙栅。
吾为江上游，形苦世间役。心驰定沙步，舟行过檐隙。
浪翁底镌铭，太尉此居宅。岂若斯人徒，风云相主客。

秋江钓月
（元）程钜夫

荷蓑非避世，持竿不求赏。夙抱江海心，宁为利名鞅。
天明紫烟里，日暮清波上。四顾无人知，孤舟自来往。

秋江钓月
（元）范梈

秋江明似镜，月色静更好。之子罢琴来，萝径初尚早。
众峰更灭没，横笛隔幽岛。我船尔棹歌，丝纶荡浮藻。
潜鱼却寒饵，宿雁起夜缟。离离不可招，白露下烟岫。
高风桐庐士，骏业渭川老。同是钓鱼人，那应不同道。
把酒酹清辉，如何答穹昊？

过高邮射阳湖杂咏
（元）萨都剌

大罾一丈阔，小舟一叶轻。相传子与孙，终古无人争。

渔父曲
（元）叶颙

雨过暮云收，江空凉月出。轻蓑独钓翁，一曲秋风笛。
宿鹭忽惊飞，点破烟波碧。

钓 矶
（明）袁凯

白日自团团，春流亦漾漾。闲沤雨边至，轻丝风外飏。
既寡羡鱼情，还闻濯缨唱。缅彼磻上翁，投竿复何向？

秋江渔唱
（明）高棅

大川饶数罟，浅渎无吞舟。日暮收我纶，唱歌度中流。
歌长入空阔，两岸江声秋。断续和鸣榔，摇飏随狎鸥。
曲终人不见，云水空悠悠。

渔 钓
（明）祝允明

幸非城市住，不舍烟波宅。白鸟丽金沙，苍苔绕黄石。
凉阴涧木青，平远水天碧。梁寒鱼尽落，稻晚蟹犹瘠。
修纶倚答箸，败笠盖被襫。沽酒自易醉，枫根忽终夕。

寒江钓雪
（明）周复俊

岚云冻不飞，江水明素练。千林冥若空，遥峰隐还见。
渔歌岩下起，落日声犹转。

◆ 七言古 附长短句

渔 父
（唐）岑参

扁舟沧浪叟，心与沧浪清。
不自道乡里，无人知姓名。
朝从滩上饭，暮向芦中宿。
歌竟还复歌，手持一竿竹。
竿头钓丝长丈馀，鼓枻乘流无定居。
世人那得识深意，此翁取适非取鱼。

渔父歌
（唐）张志和

西塞山边（前）白鹭飞，桃花流水鳜鱼肥。

青箬笠,绿蓑衣,斜风细雨不须归。

松江蟹舍主人欢,菰饭莼羹亦共餐。
枫叶落,荻花干,醉宿渔舟不觉寒。

赠湘南渔父
(唐) 刘长卿

问君何所适?暮暮逢烟水。
独与不系舟,往来楚云里。
钓鱼非一岁,终日只如此。
日落江清桂楫迟,纤鳞百尺深可窥。
沉钩垂饵不在得,白首沧浪空自知。

渔 翁
(唐) 柳宗元

渔翁夜傍西岩宿,晓汲清湘然(燃)楚竹。
烟消日出不见人,欸乃一声山水绿。
回看天际下中流,岩上无心云相逐。

清江行
(宋) 刘子翚

渔翁一棹老清波,稚子学语能渔歌。
日暮沙头寒爇竹,雨馀船角乱堆蓑。
鬻残小鲜仍自鲙,湖海茫茫醉乡内。
夜阑酒渴漱寒流,月照芦花上篷背。

分题得渔村晚照
(宋) 徐照

渔师得鱼绕溪卖,小船横系柴门外。
出门老妪唤鸡犬,收敛蓑衣屋头晒。

卖鱼得酒又得钱，归来醉倒地上眠。
小儿啾啾问煮米，白鸥飞去芦花烟。

渔父词

（金）完颜璹

杨柳风前白版扉，荷花雨里绿蓑衣。
红稻美，锦鳞肥，渔笛闲拈月下吹。

钓得鱼来卧看书，船头横置酒葫芦。
烟际柳，雨中蒲，乞与人间作画图。

渔翁图

（元）程钜夫

渔翁牵纑渔妇纺，膝上儿看掉车响。
溪南溪北趁冬晴，水急船多欠新网。
祝儿休啼手正忙，网成得鱼如汝长。

渔　父

（元）揭傒斯

夫前撒网如车轮，妇后摇橹青衣裙。
全家托命烟波里，扁舟为屋鸥为邻。
生男已解安贫贱，生女已得供炊爨。
天生网罟作田园，不教衣食看人面。
男大还娶斁家女，女大还作斁家妇。
朝朝骨肉在眼前，年年生计大江边。
更愿官中减征赋，有钱沽酒供醉眠。
虽无馀羡无不足，何用世上千钟禄。

右丞春溪捕鱼

（元）吴镇

前滩罾兮后滩网，鱼兮鱼兮何所往？

桃花锦浪绿杨村，浦溆忽闻渔笛响。
我行笠泽熟此图，顿起桃源鸡犬想。
不如归向茅屋底，老瓦盆中醉春酿。

王摩诘春溪捕鱼图

（元）黄公望

春江水绿春雨初，好山对面青芙蕖。
渔舟两两渡江去，白头老渔争捕鱼。
操篙提网相两两，慎勿江心轻举网。
风雷昨夜过禹门，桃花浪暖鱼龙长。
我识扁舟垂钓人，旧家江南红叶村。
卖鱼买酒醉明月，贪夫徇利徒纷纭。
世上闲愁生不识，江草江花俱有适。
归来一笛杏花风，乱云飞散长天碧。

渔　庄

（元）郑元祐

濠上春晴花朵朵，施周强知鱼与我。
争如顾循读书倦，驭沓浪花宵鼓柁。
船头列炬船尾唱，绳擉如云翻水上。
并刀斫雪鲙缕飞，拍拍茅柴荐新酿。
庄上东风柳欲绵，鲤鱼吹浪迎归船。
由来名教有乐地，看书却埽消残年。

渔　庄

（元）于立

二月春水生，三月春波阔。
东风杨柳花，江上鱼吹沫。
放船直入云水乡，芦荻努芽如指长。

船头濯足歌《沧浪》，兰杜吹作春风香。
得鱼归来三尺强，有酒在壶琴在床。
长安市上人如蚁，十丈红尘埋马耳。
渔庄之人百不理，醉歌长在渔庄里。

渔村夕照
（明）宣宗

岳阳城头望湘浦，芳草垂杨迷古渡。
晴岚霏白夕阳红，渺渺江村天欲暮。
渔家茅屋住汀洲，罢钓归来稳系舟。
自念生涯在网罟，临风高挂向船头。
出水鲜鳞杂紫蟹，垆头有酒还堪买。
东邻西舍当此时，欢笑声馀歌欸乃。
豚鱼吹浪白连天，隔江贾客促归船。
馀光远映双凫外，残影半落孤鸿边。
湖上高楼云外起，下瞰湖湘千百里。
凭高一望楚天低，云树苍苍暮山紫。

钓 竿
（明）刘基

斫竹作钓竿，抽茧作钓丝。
沧洲日暖波涟漪，绿蒲茸茸柳叶垂，钩纤饵香鱼不知。
石鳞激水溪毛动，玉燕回翔竿尾重。
大鱼入馔腮颊红，小鱼却放渊沄中。
更祝小鱼知我意，稳向深潭莫贪饵。

捕鱼词
（明）高启

后网初沉前网起，夫妇生来业淘水。

忽惊网重力难牵，打得长鱼满船喜。
不教持卖去南津，且向江头祭水神。
愿得年年神作主，无事全家卧烟雨。
不论城中鱼贵贱，换得酒归侬不怨。

清溪渔隐
（明）杨基

清溪秋来水如练，历历鱼虾皆可见。
绿蓑酒醒雁初飞，风急芦花吹满面。
溪南一带是青山，逢著垂杨便可湾。
漫道白鸥闲似我，渔舟更比白鸥闲。

林志尹秋江渔父图
（明）张以宁

江风摇柳云冥冥，小艚钓归潮满汀。
卖鱼得钱共秋酌，白酒船头青瓦瓶。
樵青劝酒渔童舞，击瓯唱歌无曲谱。
船前野鸭莫惊飞，我有竹弓不射汝。

题渔乐图
（明）王绂

遥天雨歇明残霞，凉风飒飒吹蒹葭。
晚来随处可栖泊，五湖烟水皆吾家。
得鱼且觅津桥酒，旋采溪毛杂菱藕。
除著沙鸥孰可亲？隔篷唤取邻船叟。
生计年年一叶舟，全家不识别离愁。
妇能斫鲙儿行盏，一笛横吹万里秋。

渔父词
（明）陈继

江柳阴，江水深，钓船不到江之心。

江心风高浪相激,纵使鱼多不易得。
钓丝只在江边垂,得鱼无鱼心自怡。
有时投竿把书读,残阳渐红江转绿。
有时沽酒醉风前,沙鸥忘机相对眠。
人生富贵那足羡,好是春鸿与秋燕。
江柳阴,江水深,钓船不到江之心。

江乡渔乐图

(明) 刘溥

桃花雨歇春潮长,江中鲤鱼随水上。
香蒲叶短白鹭飞,渔父乘船自来往。
船头巨罾三丈馀,轳轤引绠如引车。
浪花触船鱼乱跃,儿女相顾争欢呼。
江头卖鱼朝买谷,晚来还向江头宿。
老翁不愁儿不啼,新妇船中炊欲熟。

渔 景

(明) 鲁铎

桃李秾纤含晓湿,篷背晴曦晒蓑笠。
汀洲草芳凫雁飞,江风扑岸炊烟急。
中湖布网却伊谁?作力包罗意恐迟。
春深欲劝同休息,正是鱼龙孕子时。

笠泽渔父词

(明) 文彭

无利无名一老翁,笔床茶灶任西东。
陆鲁望,米南宫,除却先生便是侬。

吴淞江上是侬家,每到秋来爱荻花。

眠未足，日初斜，起坐船头看落霞。

钓得鲈鱼不卖钱，船头吹火趁新鲜。
樽有酒，月将圆，落得今宵一醉眠。

捕鱼词

(明) 吴梦旸

钱塘萧萧暮潮响，雪片打船天苍莽。
此时江心鱼不上，渔郎视鱼如在掌。
身跃水底胜落网，手擎一尾一尺广。
回身落水水几丈，俄顷出没鱼穰穰。
起立船头发蔽颡，不著衣裳还打桨。

◆ 五 言 律

独　钓

(唐) 韩愈

侯家林馆胜，偶入得垂竿。曲树行藤角，平池散芡盘。
羽沉知食驶，缗细觉牵难。聊取夸儿女，榆条系从鞍。

独往南塘上，秋晨景气醒。露排四岸艹，风约半池萍。
鸟下见人寂，鱼来闻饵馨。所嗟无可召，不得倒吾瓶。

垂钓亭

(唐) 姚合

由钓起茅亭，柴扉复竹楹。波清见丝影，坐久识鱼情。
白鸟依窗宿，青蒲傍砌生。欲同渔父舍，须自减逢迎。

春江独钓

(唐) 戴叔伦

独钓春江上，春江引趣长。断烟栖草碧，流水带花香。

心事同沙鸟，浮生寄野航。荷衣尘不染，何用濯沧浪。

夜到渔家
（唐）张籍

渔家在江口，潮水入柴扉。行客欲投宿，主人犹未归。
竹深村路远，月出钓船稀。遥见寻沙岸，春风动草衣。

和春深二十首（录一）
（唐）白居易

何处春深好？春深渔父家。松湾随棹月，桃浦落船花。
投饵移轻楫，牵轮转小车。萧萧芦叶里，风起钓丝斜。

渔　父
（唐）杜牧

白发沧浪上，全忘是与非。秋潭随钓去，夜月叩船归。
烟影侵芦岸，潮痕在竹扉。终年狎鸥鸟，来去且无机。

宿渔家
（唐）刘威

竹屋清江上，风烟四五家。水围分芰叶，邻界认芦花。
雨到鱼翻浪，洲回鸟傍沙。月明何处去，片片席帆斜。

渔　父
（唐）李中

烟冷暮江滨，高歌散诞身。移舟过蓼岸，待月正丝纶。
亦与樵翁约，同游酒市春。白头云水上，不识独醒人。

溪　叟
（唐）僧景云

溪翁居处静，溪鸟入门飞。早起钓鱼去，夜深乘月归。

露香菰米熟,烟煖荇丝肥。潇洒尘埃外,扁舟一艸衣。

渔父吟
(宋) 宋伯仁

小舟如雁许,稳稳下波心。蓑笠几风雨,江山无古今。
清歌鸣短棹,红叶满疏林。一醉不知世,前溪月未沉。

渔隐为周仲明赋
(元) 黄庚

一笠戴春雨,扁舟寄此情。世间尘网密,江上钓丝轻。
不羡鱼虾利,惟寻鸥鹭盟。严陵台下水,犹作汉时清。

渔 庄
(元) 郭翼

山色桃花里,渔庄信少双。鸥群回落日,鱼笱聚深矼。
杨柳秋开屋,蒹葭雨满江。野翁归醉晚,水没系船桩。

夜到渔家
(明) 吴鼎芳

渔家近秋水,水上槿扉开。地寂月初到,溪寒潮不来。
村沽惟白杜,野坐只青苔。为说芙蓉好,明朝未可回。

◆ 五言排律

钓竿篇
(唐) 沈佺期

朝日敛红烟,垂竿向绿川。人疑天上坐,鱼似镜中悬。
避楫时惊透,猜钩每误牵。湍危不理辖,潭静欲留船。
钓玉君徒尚,征金我未贤。为看芳饵下,贪得会无筌。

◆ 六言律

秋渔

（明）杨慎

日出烟消露晞，百丈清江钓矶。
船似天边稳坐，鱼若空行无依。
袄霭歌星独往，婆娑舞月方归。
兆熊不梦渭叟，狎鸥久忘汉机。

◆ 七言律

和慕容法曹寻渔者寄城中故人

（唐）钱起

孤烟一点绿溪湄，渔父幽居即旧基。
饥鹭不惊收钓处，闲麕应乳负暄时。
茅斋对雪开尊好，稚子焚枯饭客迟。
胜事宛然怀抱里，顷来新得谢公诗。

西江上送渔父

（唐）温庭筠

却逐严光向若邪（耶），钓轮菱棹寄年华。
三秋细雨愁枫叶，一夜扁舟宿苇花。
不见水云应有梦，偶随烟岛便成家。
白蘋风起楼船暮，江燕双双五两斜。

寄湘阴阎少府乞钓轮子

（唐）温庭筠

钓轮形与月轮同，独茧和烟影似空。
若向三江逢雁信，莫辞千里寄渔翁。

篷声夜滴淞江雨，菱叶秋传镜水风。
终日垂钓还有意，尺书多在锦鳞中。

西塞山泊渔家
（唐）皮日休

白纶巾下发如丝，静倚枫根坐钓矶。
中妇桑村挑叶去，小儿沙市买蓑归。
雨来莼菜流船滑，春后鲈鱼坠钓肥。
西塞山前终日客，隔波相羡尽依依。

鲁望以轮钩相示，缅怀高致，因作三篇（录二）
皮日休

角柄孤轮细腻轻，翠篷十载伴君行。
捻时解转蟾蜍魄，抛处能啼络纬声。
七里滩波喧一舍，五云溪月静三更。
朱衣鲋足和蓑睡，谁信人间有利名。

尽日悠然舴艋轻，小轮声细雨溟溟。
三寻丝带桐江烂，一寸钩含笠泽腥。
用近詹何传钓法，收和范蠡养鱼经。
孤篷半夜无馀事，应被严滩聒酒醒。

顷自桐江得一钓车，以袭美乐烟波之思，因出以为玩，俄辱三篇，复抒酬答（录一）
（唐）陆龟蒙

曾招渔侣下清浔，独茧初随一锤深。
细辗烟华无辙迹，静含风力有车音。
相呼野饭依芳草，迭和山歌逗远林。
得失任渠但取乐，不曾生个是非心。

赠彭蠡钓者

（唐）杜荀鹤

偏坐渔舟出苇林，苇花零落向秋深。
只将波上鸥为侣，不把人间事系心。
傍岸歌来风欲起，卷丝眠去月初沉。
若教我似君闲放，赢得湖山到老吟。

戏赠渔家

（唐）杜荀鹤

见君生计羡君闲，求食求衣有底难？
养一箔蚕供钓线，种千茎竹作渔竿。
胡卢杓酌春醲（浓）酒，舴艋舟流夜涨滩。
却笑侬家最辛苦，听蝉鞭马入长安。

忆钓舟

（唐）吴融

青山小隐枕潺湲，一叶垂纶几溯沿。
后浦春风随兴去，南塘秋雨有时眠。
惯冲晓雾惊群雁，爱飐残阳入乱烟。
回首无人寄惆怅，九衢尘土困扬鞭。

钓 翁

（唐）秦韬玉

一竿青竹老江隈，荷叶衣裳可自裁。
潭定静悬丝影直，风高斜飐浪纹开。
朝携轻棹穿云去，暮背寒塘戴月回。
世上无穷崄巇事，算应难入钓船来。

赠渔者

（唐）胡曾

不愧人间万户侯，子孙相继老扁舟。
往来南越谙鲛室，生长东吴识蜃楼。
自为钓竿能遣闷，不因萱草解销忧。
羡君独得逃名趣，身外无机任白头。

赠渔者

（唐）韩偓

个侬居处近诛茅，枳棘篱兼用荻梢。
尽日风扉从自掩，无人筒钓是谁抛？
城方四面墙阴直，江阔中心水脉坳。
我亦好闲求老伴，莫嫌迁客且论交。

赠渔翁

（唐）韦庄

草衣荷笠鬓如霜，自说家编楚水阳。
满岸秋风吹枳橘，绕陂烟雨种菰蒋。
芦刀夜鲙红鳞腻，木甑朝蒸紫芋香。
曾向五湖期范蠡，尔来空阔久相忘。

赠渔翁

（唐）罗隐

叶艇悠扬鹤发垂，生涯空托一轮丝。
是非不向眼前起，寒暑任从波上移。
风漾长歌秋月里，梦和春雨昼眠时。
逍遥此意谁人会？应有青山绿水知。

钓　车
　　　　　　　　　（唐）徐　夤

荻湾渔客巧妆成，硾铸银星一点轻。
抛过碧江鸂鶒岸，轧残金井辘轳声。
轴磨驿角冰光滑，轮卷春丝水面平。
把向严滩寻辙迹，渔台基在辗难倾。

贻钓鱼李处士
　　　　　　　　　（唐）谭用之

罢吟鹦鹉草芊芊，又泛鸳鸯水上天。
一棹冷涵杨柳雨，片帆香挂芰荷烟。
绿摇江澹萍离岸，红点云疏橘满川。
何处邈将归洞府，数茎红蓼一渔船。

次韵南溪观鱼
　　　　　　　　　（宋）韩　驹

城西鼓楫又城东，不待溪分上下风。
碧树垂杨间黄绿，冰盘行鲙簇青红。
横塘日暮林峦合，断岸秋来浦溆通。
安得此身无世累，便随渔艇入空濛。

渔　家
　　　　　　　　　（宋）陆　游

江上渔家水蘸扉，闲云片片傍苔矶。
钓收鹭下虚舟立，桥断僧寻别径归。
海近冈峦多迤逦，天寒雾雨正霏微。
羊裘老作桐江叟，点检初心幸未违。

次圭父观渔韵

（宋）朱子

平生三伏断追游，谁唤来穿涧树幽？
初讶网横天影破，忽惊人蹴浪花浮。
鸣榔不用齐吴榜，鼓枻何须学楚讴。
便有金盘堆白雪，却怜清泚向东流。

渔 父

（金）李节

举世从谁话独醒，短蓑轻箬寄馀生。
半篙春水世尘远，一笛晚风山雨晴。
稚乳满船生事简，鱼虾到市利源轻。
旁人莫怪机心少，曾与沧洲白鸟盟。

潮溪夜渔

（元）柳贯

溪水添流到石矼，小家残户占鱼商。
蛟龙未解乘云气，鱼鳖安能避泽梁。
两岸栎林藏曲折，一篝松火照微茫。
淮夷固有蠙蛛颗，往往钩深得夜光。

渔 蓑

（元）谢宗可

翠结香莎付钓舟，一竿风雨不须愁。
苔矶夜泊披寒去，苇岸昏归带湿收。
月冷笼衣眠柁尾，天晴随网晒船头。
羊裘莫笑狂奴错，也著烟波万顷秋。

钓　丝
（元）谢宗可

临流纤影众鳞惊，消得长缫一缕轻。
钩坠乱紫春水碧，竿垂斜袤晚风清。
牵回江上烟波梦，掣断人间富贵情。
我欲笑携千尺去，桃花浪里拔鲲鲸。

潮溪夜渔
（元）吴莱

昨夜寒潮与此通，荒溪尚趁百川东。
行依柏树林头月，钓拂芦花屿畔风。
插竹侵沙鱼扈短，篝灯映草蟹碕空。
太公远矣吾将隐，赤鲤何书在腹中。

题秋江把钓图
（元）黄镇成

独载轻舠过碧川，一纶牵动楚江天。
芦边有月还吹笛，柳外无风不系船。
留火夜燃湘岸竹，得鱼朝送酒家钱。
十年湖海真如画，亦欲狂歌一叩舷。

渔村意
（元）钱惟善

丙穴鱼来江尽头，元（玄）真卜筑更深幽。
对门灯火三家市，何处烟波万里舟。
明月竹枝扬子夜，西风木叶洞庭秋。
棹歌一曲闲来往，指点侬家鹦鹉洲。

竹榦青乐钓

(明) 太祖

旷浦澄天湿晓烟,智人乐钓稳沙前。
蓑轻雨霁云收谷,钓掷纶枢水映船。
举棹欲归江月上,挂帆已近暮霞边。
汀芦处处飞萤火,照彻渔村夜不眠。

题烟波泛舟图

(明) 刘基

旧游忆鼓湘湖棹,日净风微江练平。
小艇曲穿花底出,游鱼相伴镜中行。
别来漫想心徒切,画里重看眼亦明。
素石苍松是何处,愿从巢父濯冠缨。

吴淞渔乐

(明) 沈贞

家住沧洲白鸟边,捕鱼沽酒自年年。
桃花浪暖堪垂钓,杨柳风轻不系船。
帆影带归孤屿月,笛声吹散一江烟。
武陵亦是人间路,谁说仙家别有天。

怀朱渔父

(明) 江仲鱼

九溪深处似严滩,渺渺风尘白眼看。
叶艇每随幽嶂出,茅房孤掩落花残。
芙蓉衣上云千片,杨柳溪头月一竿。
钓罢瓦瓶曾共醉,满身零露不知寒。

峨溪晚钓

（明）僧德祥

牛渚山前白鹭飞，船头坐得便无机。
莺从柳絮风中听，鱼到桃花水后肥。
有梦只因怀太白，逢人多是说玄晖。
一壶春酒江村暮，泊在峨溪醉不归。

◆ 五言绝句

江　行

（唐）钱起

岸绿野烟远，江红斜照微。撑开小渔艇，应到月明归。

曾有烟波客，能歌西塞山。落帆惟待月，一钓紫菱湾。

江雨正霏微，江村晚渡稀。何曾妨钓艇，更待得鱼归。

江村夜泊

（唐）项斯

月落江路黑，前村人语稀。几家深树里，一火夜渔归。

渔　家

（唐）张乔

拥棹思悠悠，更深泛积流。惟将一星火，何处宿芦洲。

野　钓

（唐）韩偓

细雨桃花水，轻鸥逆浪飞。风头阻归棹，坐睡倚蓑衣。

钓叟

（唐）杜荀鹤

茅屋深湾里，钓船横竹门。经营衣食外，犹得弄儿孙。

江上渔者

（宋）范仲淹

江上往来人，但爱鲈鱼美。君看一叶舟，出没风波里。

渔艇

（宋）朱子

出载长烟重，归装片月轻。千岩猿鹤友，愁绝棹歌声。

溪边钓船

（元）牟巘

莫出前溪去，随宜下钓钩。风波若不恶，鲈鳜满船头。

题渔舟风雨图

（元）吴澄

蓑笠寒飕飕，一篙背拳曲。有人方醉眠，酒醒失茅屋。

淮南渔歌

（元）马祖常

棹船淮水上，晒网赤岸南。船中捕来鱼，卖钱买鱼篮。

小艇如凫鹥，湘东柴杉木。载家复捕鱼，夜夜系江竹。

捕鱼图

（元）虞集

网罟日相从，天寒泽国空。钓竿长倚树，老却渭川翁。

春江独钓图

（元）倪瓒

春洲菰蒋绿，江水似空虚。望山以高咏，意钓不在鱼。

渔村夕照

（元）陈旅

落日楚江深，倒景在高树。晒网茅屋头，分鱼石梁步。

杂　画

（明）孙一元

尽日不见鱼，风高网罟冷。蹋歌归未归，江波荡人影。

网集潭

（明）施渐

朝向湖上去，暮从湖上归。渔家自成市，晒网及斜晖。

平望夜泊

（明）王穉登

鱼鳞成石量，桑叶论斤卖。珍重丝网难，家家月中晒。

◆ 六言绝句

渔隐图诗为程子纯赋

（元）杜本

山下白云缥缈，水边红树依稀。
信有桃源深处，渔人今亦忘归。

渔

（明）黎扩

鱼水心情淡淡，鸥波身世悠悠。

清风杨柳一曲，明月芦花满洲。

◆ 七言绝句

戏题湖上
（唐）常建

湖上老人坐矶头，湖里桃花水却流。
竹竿袅袅波无际，不知何者吞吾钩。

江村即事
（唐）司空曙

罢钓归来不系船，江村月落正堪眠。
纵然一夜风吹去，只在芦花浅水边。

家　园
（唐）白居易

沧浪峡水子陵滩，路远江深欲去难。
何似家池通小院，卧房阶下插渔竿。

赠渔父
（唐）杜牧

芦花深泽静垂纶，月夕烟朝几十春。
自说孤舟寒水畔，不曾逢著独醒人。

怀　归
（唐）杜牧

尘埃终日满窗前，水态云容思浩然。
争得便归湘浦去，却持竿上钓鱼船。

湖　上
　　　　　　　　　（唐）许浑

仿佛欲当三五夕，万蟾清杂乱泉纹。
钓鱼船上一尊酒，月出渡头零落云。

守风淮阴
　　　　　　　　　（唐）许浑

遥见江阴夜渔客，因思京口钓鱼时。
一潭明月万株柳，自去自来人不知。

薛氏池垂钓
　　　　　　　　　（唐）温庭筠

池塘经雨更苍苍，万点荷珠晓气凉。
朱瑀空媥御沟水，锦鳞红尾属严光。

寄裴生乞钓钩
　　　　　　　　　（唐）温庭筠

一随菱棹谒王侯，深愧移文负钓舟。
今日太湖风色好，却将诗句乞鱼钩。

沅江渔者
　　　　　　　　　（唐）李群玉

倚棹汀洲沙日晚，江鲜野菜桃花饭。
长歌一曲烟霭深，归去沧浪绿波远。

钓　鱼
　　　　　　　　　（唐）李群玉

七尺青竿一丈丝，菰蒲叶里逐风吹。
几回举手抛芳饵，惊起沙滩水鸭儿。

赠江上老人

（唐）方干

潭底锦鳞多识钓，未投香饵即先知。
欲教鱼目无分别，须学揉蓝染钓丝。

渔　父

（唐）汪遵

棹月眠流处处通，绿蓑苇带混元风。
灵均说尽孤高事，全与逍遥意不同。

渔　者

（唐）张乔

首戴圆荷发不梳，叶舟为宅水为居。
沙头聚看人如市，钓得澄江一丈鱼。

阻　风

（唐）韩偓

平生情趣羡渔师，此日烟江惬所思。
肥鳜香粳小艛艓，早秋滋味阻风时。

醉　著

（唐）韩偓

万里清江万里天，一村桑柘一村烟。
渔翁醉著无人唤，过午醒来雪满船。

江　南

（唐）陆龟蒙

便风船尾香粳熟，细雨罾头赤鲤跳。
待得江沧闲望足，日斜方动木兰桡。

自 遣

(唐) 陆龟蒙

甫里先生未白头,酒旗犹可战高楼。
长鲸好鲙无因得,乞取艅艎作钓舟。

贤达垂竿小隐中,我来真作捕鱼翁。
前溪一夜春流急,已学严滩下钓筒。

钓 车

(唐) 陆龟蒙

小轮轻线妙无双,曾伴幽人酒一缸。
洛客见时如有问,辗烟冲雨过桐江。

淮上渔者

(唐) 郑谷

白头波上白头翁,家逐船移浦浦风。
一尺鲈鱼新钓得,儿孙吹火荻花中。

钓 叟

(唐) 杜荀鹤

田不曾耕地不锄,谁人闲散得如渠。
渠将底物为香饵?一度抬竿一个鱼。

渔 父

(唐) 李中

偶向芦花深处行,溪光山色晚来晴。
渔家开户相迎接,稚子争窥犬吠声。

雪鬓苍髯白布袍,笑携赪鲤换村醪。

殷勤留我宿溪上，钓艇归来明月高。

小儿垂钓
（唐）胡幽贞

蓬头稚子学垂纶，倒坐莓苔艸映身。
路人借问遥招手，恐畏鱼惊不应人。

渔　者
（宋）郭震

江柳弄风颦翠黛，山花著雨湿胭脂。
却收短棹拈长笛，一叶舟中仰面吹。

南塘即事
（宋）翁卷

半川寒日满村烟，红树青林古岸边。
渔子不知何处去，渚禽飞落拗（拗）罾船。

舟行六绝句（录一）
（宋）张耒

渡头风雨晚生寒，蓑笠渔翁坐钓船。
为问篷中有鱼否，一双新鳜出笼鲜。

过盖竹作
（宋）朱子

浩荡鸥盟久未寒，征骖聊此驻江干。
何时买得渔船就，乞与人间画里看。

田舍即事
（宋）刘克庄

溪上渔郎占断春，一川碧浪映红云。

问渠定是神仙否，橹去如飞语不闻。

渔父词
（宋）方岳

阴阴深树晚生烟，雨急归来失系船。
白鹭不惊沙水浅，依然共在绿杨边。

烟溪独钓图
（金）元好问

鞍马风沙万里身，眼明惊见楚江春。
绿蓑衣底元真子，不解吟诗亦可人。

所　见
（金）刘铎

纶竿老子绿蓑衣，细雨斜风一钓矶。
正是邻家社醅熟，柳条穿得锦鳞归。

过唐州西李口
（金）邢安国

白沙翠竹溪上村，渔翁卖鱼唤行人。
西风吹皱一溪水，水光日影金鳞鳞。

江　景
（元）黄庚

寒生雁背天将雪，冷入鱼腮水欲冰。
钓艇归来江路暝，舟人分火点渔灯。

雨　过
（元）黄庚

雨过山头云气湿，潮生渡口岸痕深。

一声短笛斜阳外,知有渔舟泊柳阴。

江乡夜兴
(元)尹廷高

极浦霜清雁打围,渔灯明灭水烟微。
天寒想是鲈鱼少,犬吠空江船夜归。

溪　上
(元)刘秉忠

芦花远映钓舟行,渔笛时闻三两声。
一阵西风吹雨散,夕阳犹在水边明。

即　事
(元)许有壬

几家门系钓鱼船,一阵风香燎麦烟。
画出太平村落景,酒旗多在绿杨边。

渔　翁
(元)周权

转棹收缗日未西,短篷斜阁断沙低。
卖鱼买酒归来晚,风飐芦花雪满溪。

题春江渔父图
(元)杨维桢

一片青天白鹭前,桃花水泛住家船。
呼儿去换城中酒,新得槎头缩颈鳊。

绿阴垂钓
(元)贡性之

茅屋人家隔薜萝,绿阴窗户晚凉多。

日长借得南风便,时送《沧浪》一曲歌。

钓鱼图
(元) 贡性之

溪树苍茫带晚烟,溪流逆上似登天。
归来钓得鲈鱼美,只博西窗一觉眠。

题画杂诗
(元) 马臻

数点残鸦水绕村,几家茅屋掩柴门。
白头溪叟归来晚,自把渔舟系柳根。

采菱渡头秋日晚,红楼隔岸知谁家。
参差远树杂云气,灭没渔舟侵浪花。

画 意
(元) 马臻

江花江草映江楼,写出江天一片秋。
隔岸小桥低数尺,澹烟消处见渔舟。

小 汊
(元) 僧圆至

麻骨灯明竹壁疏,更深人语在茅庐。
开篷缘岸去沽酒,点火拨船来卖鱼。

绝句漫兴
(明) 刘基

五湖风雨夜垂纶,一叶扁舟一粟身。
至竟云涛归大壑,烟波还属钓鱼人。

题盛子昭临吴兴公溪山钓船图

（明）虞堪

著我春江听雨眠，鸥波亭下水如天。
当时度得参差玉，吹起春风满钓船。

春江渔父

（明）陈继

鬓丝如雪映沙鸥，烟渚风汀醉泊舟。
好谢岸傍花共柳，莫将春色忌清秋。

赠钓伴

（明）陈宪章

短短菱蒿浅浅湾，夕阳倒影对南山。
大船鼓枻唱歌去，小艇得鱼吹笛还。

醉 著

（明）孙一元

瓦瓶倒尽醉难醒，独抱渔竿卧晚汀。
风露满身呼不起，一江流水梦中听。

秋江钓者

（明）潘德元

江湖最乐是渔翁，何地无天著钓篷。
见惯白鸥浑不避，一丝晴飓蓼化风。

渔村夕照

（明）沈明臣

不知谁唱白铜鞮，杨柳村边即大堤。
欸乃一声风断续，打鱼人背夕阳西。

桃　溪
（明）娄坚

迎潮小艇漉鱼虾，临水居人引钓车。
不怕桃源迷处所，潮回应带树头花。

虾子禅
（明）僧守仁

杖藜何处问虾禅？回首胥村锁暮烟。
一曲渔歌秋浦外，腥风吹满渡头船。

渔村夜归
（明）僧宗衍

月落蘋汀宿雾凝，小桥霜冷挂鱼罾。
归来已是三更后，水际人家尚有灯。

颂古诗
（明）僧普慈

每嗟船子惯垂纶，恒泊溪边荻映身。
人问不言头自点，恐惊鱼去不应人。

卷二百二十九　牧　类

◆ 五言古

牧童词
（唐）储光羲

不言牧田远，不道牧陂深。所念牛驯扰，不乱牧童心。
圆笠覆我首，长蓑披我襟。方将忧暑雨，亦以惧寒阴。
大牛隐层坂，小牛穿近林。同类相鼓舞，触物成讴吟。
取乐须臾间，宁问声与音。

牧童词
（元）周权

我牧不惮远，牧多良苦辛。所幸牧已狎，驯扰无败群。
平原湿春烟，碧茻何披纷。大牛隐重坂，小牛饮芳津。
旦出露未晞，及归景尚曛。时复叩角歌，歌俚全吾真。
取乐田野间，世事非所闻。歌阑卧牛背，仰见天际云。

◆ 七言古　附长短句

牧童词
（唐）李涉

朝牧牛，牧牛下江曲；夜牧牛，牧牛村口谷。
荷笠出林春雨细，芦管卧吹沙茻绿。

乱插蓬蒿箭满腰，不怕猛虎欺黄犊。

牧　童
（唐）僧隐峦

牧童见人俱不识，尽著芒鞋带蓑笠。
朝阳未出众山时，露滴蓑衣犹半湿。
二月三月时，平原草初绿。
三个五个骑羸牛，前村后村来放牧。
笛声才一举，众稚齐歌舞。
看看白日又西斜，各自骑牛又归去。

书晁说之《考牧图》后
（宋）苏轼

我昔在田间，但知羊与牛。
川平牛背稳，如驾百斛舟。
舟行无人岸自移，我卧读书牛不知。
前有百尾羊，听我鞭声如鼓鼙。
我鞭不妄发，视其后者而鞭之。
泽中草木长，艸长病牛羊。
寻山跨坑谷，腾趠筋骨强。
烟蓑雨笠长林下，老去而今空见画。
世间马耳射东风，悔不长作多牛翁。

牧牛儿
（宋）张耒

牧牛儿，远陂牧。
远陂牧牛芳草绿，儿怒掉鞭牛不触。
涧边柳古南风清，麦深蔽目田野平。
乌犍砺角逐艸行，老牸卧噍饥不鸣。

犊儿跳梁没艸去,隔林应母时一声。
老翁念儿自携饷,出门先上冈头望。
日斜风雨湿蓑衣,拍手唱歌寻伴归。
远村放牛风日薄,近村放牛泥水恶。
珠玑燕赵儿不知,儿生但知牛背乐。

李唐春牧图
(元)任士林

春气熏人未耕作,江头青青牛齿白。
牛饥草细随意嚼,老翁曲膝睡亦著。
蓬头不记笠抛却,午树当风梦摇落。
梦里牛绳犹在握,昨夜囤头牛食薄。

牧童谣
(明)周是修

远牧牛,朝出东溪溪上头。
溪头草短牛不住,直过水南芳草洲。
脱衣渡水随牛去,黄芦飒飒风和雨。
老鸦乱啼野羊走,绝谷无人惊四顾,
寒藤枯木暮山苍,同伴相呼归又忙。
石棱割脚茅割耳,身上无有干衣裳。
却思昨日西边好,旷坂平原尽丰草。
短蓑一卧午风轻,长笛三吹夕阳早。

◆ 五言律

牧 童
(唐)僧栖蟾

牛得自由骑,春风细雨飞。青山青草里,一笠一蓑衣。
日出唱歌去,月明抚掌归。何人得似尔,无是亦无非。

牧

（明）张居正

是处桑麻好，田家乐事同。耕夫闲白昼，牧竖趁春风。
短笛云山外，长林雨露中。命俦还藉草，相与说年丰。

◆ 六 言 律

夏 牧

（明）杨慎

长夏冷风清飔，新晴丹陂绿畴。
山高羊群似蚁，水阔牛背如舟。
半幅生烟羃羃，三腔短笛悠悠。
柴扉归来早掩，斜阳影在檐头。

◆ 七 言 律

牧

（明）朱之蕃

择地求刍两得宜，欣看茁壮望蕃孳。
薰风永昼蓑堪枕，残日荒村笛任吹。
海上平津封已晚，窖中属国节空奇。
长原浅草清流绕，倒跨徐归信犊儿。

◆ 五言绝句

牧 童

（唐）刘驾

牧童见客拜，山果怀中落。昼日驱牛归，前溪风雨恶。

牧　竖
（唐）崔道融

牧竖持蓑笠，逢人气傲然。卧牛吹短笛，耕却傍溪田。

◆ 六言绝句

牧
（明）黎扩

芳草茸茸暖碧，乌犍湿湿春肥。
满蓑烟雨朝出，一笛斜阳暮归。

◆ 七言绝句

牧　童
（唐）卢肇

谁人得似牧童心，牛背横眠秋兴深。
时复往来吹一曲，何愁南北不知音。

题牧牛图
（元）黄清老

平原雨多烟草浮，牧童驱牛如挽舟。
柴门正在水深处，青山流过屋西头。

题牧牛图
（元）僧行端

谁家荒疃连平原，何处孤村带乔木。
官田耕尽牛正闲，且对东风弄横玉。

牧　牛
（明）王锡爵

垅上归来跨牸行，扬鞭遥指暮云生。

明朝共把春犁去,闻道君王欲省耕。

平原道中见牧豕者
(明) 尹嘉宾

天门室宿郁如虹,海上萧条牧豕翁。
会得平津开合意,一竿寒日野田中。

卷二百三十　织　类

◆ 五言古

子夜夏歌
（晋）乐府

春倾桑叶尽，夏开蚕务毕。昼夜理机丝，知欲早成匹。

作蚕丝
（晋）阙名

素丝非常质，屈折成绮罗。敢辞机杼劳，但恐花色多。

咏中妇织流黄
（梁）简文帝

翻花满阶砌，愁人独上机。浮云西北起，孔雀东南飞。
调丝时绕腕，易镊乍牵衣。鸣梭逐动钏，红妆映落晖。

与司马治书同闻邻妇夜织
（梁）王僧孺

洞房风已激，长廊月复清。蔼蔼夜庭广，飘飘晓帐轻。
杂闻百虫思，偏伤一鸟声。鸟声长不息，妾心复何极。
犹恐君无衣，夜夜当窗织。

见人织聊为之咏
（梁）刘邈

纤纤运玉指，脉脉正蛾眉。振蹑开交缕，停梭续断丝。

檐花照初月，洞口垂朱帷。弄机行掩泪，翻令织素迟。

中妇织流黄

(唐) 虞世南

寒闺织素锦，含怨敛双蛾。综新交缕涩，经脆断丝多。
衣香逐举袖，钏动应鸣梭。还恐裁缝罢，无信达交河。

织女词

(唐) 孟郊

夫是田中郎，妾是田中女。当年嫁得君，为君秉机杼。
筋力日已疲，不息窗下机。如何织纨素，自着蓝缕衣？
官家傍村路，更索栽桑树。

古　词

(唐) 施肩吾

夜裁鸳鸯绮，朝织蒲桃绫。欲试一寸心，待缝三尺冰。

村舍杂书

(宋) 陆游

中春农在野，蚕事亦随作。手种临安青，可饲蚕百箔。
累累茧满簇，绎绎丝上篗。老子虽安眠，衣帛可无作。

题耕织图

(元) 赵孟頫

三　月

三月蚕始生，纤细如牛毛。婉娈闺中女，素手握金刀。
切叶以饲之，拥纸散周遭。庭树鸣黄鸟，发声和且娇。
蚕饥当采桑，何暇事游遨。田时人力少，丈夫方种苗。
相将挽长条，盈筐不终朝。数口望无寒，敢辞终岁劳。

五　月

五月夏以半，谷莺先弄晨。老蚕成雪茧，吐丝乱纷纭。
伐苇作曲薄，束缚齐榛榛。黄者黄如金，白者白如银。
烂然满筐筥，爱此颜色新。欣欣举家喜，稍慰经时勤。
有客过相问，笑声闻四邻。论功何所归？再拜谢蚕神。

六　月

釜下烧桑柴，取茧投釜中。纤纤女儿手，抽丝疾如风。
田家五六月，绿树阴相蒙。但闻缲车响，远接村西东。
旬日可经绢，弗忧杼轴空。妇人能蚕桑，家道当不穷。
更望时雨足，二麦亦稍丰。酤酒田家饮，醉倒妪与翁。

七　月

七月暑尚炽，长日弄机杼。头蓬不暇梳，挥手汗如雨。
嘤嘤时鸟鸣，灼灼红榴吐。何心娱耳目，往来忘伛偻。
织为机中素，老幼要纫补。青灯照夜梭，蟋蟀窗外语。
辛勤亦何有，身体衣几缕。嫁为田家妇，终岁服劳苦。

◆ 七言古

赋得婀娜当轩织

（陈）萧诠

东南初日照秦楼，西北织妇正娇羞。
绮窗犹垂翡翠幌，珠簾半上珊瑚钩。
新妆入机映春牗，弄杼鸣梭挑织手。
何曾织素让新人，不掩流苏推中妇。
三日五匹未言迟，衫长腕弱绕青丝。
绫中转蹑成离鹄，锦上回文作别诗。

不惜纨素同霜雪,更伤秋扇箧中辞。

织锦词

(唐) 温庭筠

丁东细漏侵琼瑟,影转高梧月初出。
簇簌金梭万缕红,鸳鸯艳锦初成匹。
锦中百结皆同心,蕊乱云盘相间深。
此意欲传传不得,玫瑰作柱朱絃琴。
为君裁破合欢被,星斗迢迢共千里。
象尺熏炉未觉秋,碧池已有新莲子。

染丝上春机

(唐) 李贺

玉罂汲水桐花井,蒨丝沉水如云影。
美人懒态胭脂愁,春梭抛掷鸣高楼。
綵线结茸背复叠,白袷王郎寄桃叶。
为君挑鸾作腰绶,愿君处处宜春雪。

缫丝行

(宋) 范成大

小麦青青大麦黄,原头日出天色凉。
姑妇相呼有忙事,舍后煮茧门前香。
缫车嘈嘈似风雨,茧厚丝长无断缕。
今年那暇织绢著,明日西门卖丝去。

流黄引

(元) 宋褧

桂庭月午啼螀闲,鸾宫露下冰纨单。
酥灯毳帐雁门塞,妾心料此中闺寒。
流黄缩涩微含润,锦石铺云莹相衬。

细腰杵急夜如年,捣碎商飙不知困。
春纤易制添光泽,凤花入眼波纹溢。
东天皞皞呼侍儿,快取衣箱金粟尺。

寒机女词

(元) 王逢

鸳鸯机满东西舍,雪茧缲来日相射。
世俗竞染红蓝花,妾心钟爱金丝柘。
君王锦绣焚殿前,天孙凤梭蛛网悬。
织成云雾制龙衮,万一熏香分御筵。

◆ 五言律

蚕室成

(明) 皇甫汸

蚕馆开周典,鸾舆扈汉仪。棘墙春窈窕,桑沼昼涟漪。
茧献夫人日,衣明上帝时。娥媌御王母,玉佩降瑶池。

◆ 五言排律

鲛人潜织

(唐) 薛能

珠馆冯夷室,灵鲛信所潜。幽闲云碧牖,滉漾水晶簾。
机动龙梭跃,丝萦藕纻添。七襄牛女恨,三日大人嫌。
透手擎吴练,凝冰笑越缣。无因听札札,空想濯纤纤。

◆ 七言律

织锦女

(唐) 秦韬玉

桃花日日觅新奇,有镜何曾及画眉。

只恐轻梭难作匹，岂辞纤手遍生胝。
合蝉巧间双盘带，联雁斜衔小折枝。
豪贵大堆酬曲彻，谁知辛苦一丝丝。

题张萱美人织锦图为慈溪蔡元起赋
（元）迺贤

织锦秦川窈窕娘，新翻花样学宫坊。
窗虚转轴莺声滑，腕倦停梭粉汗香。
双凤回翔金缕细，五云飞动綵丝长。
明年夫婿封侯日，裁得宫袍远寄将。

织锦机
（明）瞿佑

绿纱窗下响呷哑，知是秦川第几家？
五色染成长命缕，双头挽就合欢花。
只愁转轴劳筋力，莫谩投梭损齿牙。
不似绣床闲坐倦，自将辛苦作生涯。

◆ 五言绝句

续 古
（唐）陈陶

婵娟越机里，织得双栖凤。慰此殊世花，金梭忽停弄。

景龙临太极，五凤当庭舞。谁信壁间梭，升天作云雨。

浣纱女
（唐）僧皎然

清浅白沙滩，绿蒲尚堪把。家住水东西，浣纱明月下。

织锦图

(元) 杨维桢

秋深未寄衣,络纬上寒机。断织曾相戒,夫君不用归。

◆ 七言绝句

江南织绫词

(唐) 施肩吾

卿卿买得越人丝,贪弄金梭懒画眉。
女伴能来看新簁,鸳鸯正欲上花枝。

冬日田园杂兴

(宋) 范成大

村巷冬年见俗情,邻翁讲礼拜柴荆。
长衫布缕如霜雪,云是家机自织成。

织 妇

(宋) 谢翱

待得原蚕茧上丝,织成送女去还归。
支机本是寒砧石,留取秋深自捣衣。

西湖竹枝词

(元) 顾瑛

陌上采桑桑叶稀,家中看蚕怕蚕饥。
大姑要织回文锦,小姑要织嫁时衣。

过村家

(明) 樊阜

细莎村路绕山斜,涧水西头一两家。
桑柘叶干鸠雨歇,茅檐索索响缫车。

贫女吟

（明）佘育

旧丝织尽复新丝，辛苦终朝不下机。
只恐与时花样别，不堪裁作嫁人衣。

苏 蕙

（明）梁辰鱼

泪痕点滴锦花浮，几载抛梭织未休。
愿得璇图似夫婿，残丝断处认回头。

竹枝词

（明）王叔承

青桑老尽茜花开，新妇看蚕婆不来。
织得西川宫样锦，机头先与小姑裁。

卷二百三十一 女红类

◆ 五言古

子夜夏歌
（晋）乐府

田蚕事已毕，思妇犹苦身。当暑理絺服，持寄与行人。

咏剪䌽花
（梁）刘孝威

叶舒非渐大，花发是初开。无论人讶似，蜂见也争来。

咏剪䌽花
（梁）朱超道

浅深依树色，舒卷听人裁。假令春已度，终在手中开。

子夜冬歌
（唐）崔国辅

寂寥抱寒心，裁罗文褭褭。夜久频挑灯，霜寒剪刀冷。

子夜吴声四时歌
（元）张宪

瓦上松雪落，灯前夜有声。起持白玉尺，呵手制吴绫。繾绋征袍缝，边庭艸又青。

◆ 七言古

白纻词

（唐）张籍

皎皎白纻白且鲜，将作春衣称少年。
裁缝长短不能定，自持刀尺向姑前。
复恐兰膏污纤指，常遣傍人收堕珥。
衣裳著时寒食下，还把玉鞭鞭白马。

裁衣曲

（元）陈基

殷勤织纨绮，寸寸成文理。
裁作远人衣，缝缝不敢迟。
裁衣不怕剪刀寒，寄远惟忧行路难。
临裁更忆身长短，只恐边城衣带缓。
银灯照壁忽垂花，万一衣成人到家。

美人熨帛图

（明）刘溥

霜帛丁东捣初歇，女伴相怜白如雪。
掩帷下堂同此情，白腕对曳当中庭。
中庭无风干未得，铜斗自烧还自熨。
只愁熨著有燋晕，难表此身如此白。
小鬟莫更蹲复蹲，犹恐皱却葵花纹。

◆ 五言律

剪䌽

（唐）张九龄

姹女矜容色，为花不让春。既争芳意早，谁待物华真。

叶作参差发,枝从点缀新。自然无限态,长在艳阳晨。

◆ 七言律

剪　刀

（唐）徐夤

宝持多用绣为囊,双目交加两鬓霜。
金匣掠平花翡翠,绿窗裁破锦鸳鸯。
初栽连理枝犹短,误绾同心带不长。
欲制缊袍先把看,质非纨绮愧铦铓。

监　绣

（元）揭祐民

凤阁龙庭庆自今,羽鳞颜色组丝深。
美人百巧天孙手,才士一生红女心。
愿化神蚕抽瓮茧,用将缫藉入瑶林。
读书补报浑无力,惭愧临机惜寸阴。

剪　刀

（明）瞿佑

巧制工夫百炼钢,持来闺阁共行藏。
双环对展鱼肠快,两股齐开燕尾张。
针线有功凭制造,绮罗无价任裁量。
随机镂出新花样,长在佳人玉指傍。

◆ 五言绝句

春夜裁缝

（唐）薛维翰

珠箔因风起,飞蛾入最能。不教人夜作,方便杀明灯。

无 题

（明）袁凯

春衣裁剪罢，密叶间秾花。缝到鸳鸯处，行行线脚斜。

◆ 七言绝句

寒闺思

（唐）白居易

寒月沉沉洞房静，真珠帘外梧桐影。
秋霜欲下手先知，灯底裁缝剪刀冷。

题针限羹字韵

（宋）裘万顷

一寸坚钢铁琢成，绮罗丛里度平生。
有时稚子敲成钓，钓得鱼儿便作羹。

春 词

（元）胡天游

绿窗红烛制春衣，宫样花纱要入时。
玉手怕裁双凤破，并刀欲下更迟迟。

理 绣

（元）杨维桢

拣得金针出象筒，鸳鸯双刺扇罗中。
却嗔昨夜狸奴恶，抓乱金床五色绒。

宫中词

（元）张昱

延华阁下日如年，除是当番到御前。

寻出涂金香坠子,安排衣线捻春绵。

题月下裁衣图

(明)陈继

香帏风卷月团团,睡起裁衣思万端。
秋叶未红金剪冷,玉门关外不胜寒。

宫　词

(明)俞允文

一承恩泽入蓬莱,别赐轻绡称体裁。
剪得辟邪新茧子,并房宫女斗看来。

卷二百三十二　佛寺类

◆ 五言古

开善寺法会
（梁）萧统

栖乌犹未翔，命驾出山庄。诘屈登马岭，回互入羊肠。
稍看原蔼蔼，渐见岫苍苍。落星埋远树，新雾起朝阳。
阴池宿早雁，寒风催夜霜。兹地信闲寂，清旷惟道场。
玉树琉璃水，羽帐郁金床。紫柱珊瑚地，神幢明月珰。
牵萝下石磴，攀桂陟松梁。涧斜日欲隐，烟生楼半藏。
千祀终何迈，百代归我皇。神功照不极，睿镜湛无方。
法轮明暗室，慧海渡慈航。尘根久未洗，希霑垂露光。

游光宅寺诗应令
（梁）简文帝

陪游入旧丰，云气郁青葱。紫陌垂青柳，轻槐拂慧风。
八泉光绮树，四柱暧临空。翠网随烟碧，丹花共日红。
方欣大云溥，慈波流净宫。

奉和往虎窟山寺
（梁）陆罩

鸡鸣动晬驾，柰苑眷晨游。朱镳陵九达，青盖出层楼。
岁华满芳岫，虹彩被春洲。葆吹临风远，旌羽映九斿。

乔枝隐修径，曲涧聚轻流。徘徊花草合，浏亮鸟声遒。
金盘响清梵，涌塔应鸣桴。慧云方靡靡，法水正悠悠。
实归徒荷教，信解愧难酬。

奉和往虎窟山寺

（梁）王同

美境多胜迹，道场实兹地。造化本灵奇，人功兼制置。
房廊相映属，阶阁并殊异。高明留睿赏，清净穆神思。
豫游穷岭历，藉此方春至。野花夺人眼，山莺纷可喜。
风景共鲜华，水石相辉媚。法像无尘染，真僧绝名利。
陪游既伏心，闻道方刻意。

仰同令君摄山栖霞寺山房夜坐六韵

（陈）徐孝克

戒坛青石路，灵相紫金峰。影尽皈依鸽，餐迎守护龙。
晨朝宣宝偈，寒夜敛疏钟。鸡兰静含握，仁智独从容。
五禅清虑表，七觉荡心封。愿言于此处，携手屡相逢。

静卧栖霞寺房望徐祭酒

（陈）江总

绝俗俗无侣，修心心自斋。连崖夕气合，虚宇宿云霾。
卧藤新接户，欹石久成阶。树声非有意，禽戏似忘怀。
故人市朝狎，心期林壑乖。惟怜对芳杜，可以为吾侪。

经始兴广果寺题恺法师山房

（陈）江总

息舟候香埠，怅别在寒林。竹近交枝乱，山长绝径深。
轻飞入定影，落照有疏阴。不见投云状，空留折桂心。

和崔侍中从驾经山寺
（北齐）萧悫

钩陈夜警徹，河汉晓纵横。游骑腾文马，前驱转翠旌。
野禽喧曙色，山树动秋声。云表金轮见，岩端画栱明。
塔疑从地涌，盖似积香成。泉高下溜急，松古上枝平。
仪台多壮思，丽藻蔚缘情。自嗤非照乘，何以继连城。

云居寺高顶
（北周）王褒

中峰云已合，绝顶日犹晴。邑居随望近，风烟对眼生。

谒慈恩寺题奘法师房
（唐）太宗

停轩观福殿，游目眺皇畿。法轮含日转，花盖接云飞。
翠烟香绮阁，丹霞光宝衣。幡虹遥合彩，空外迥分晖。
萧然登十地，自得会三归。

题终南翠微寺空上人房
（唐）孟浩然

翠微终南里，雨后宜返照。闭关久沉冥，杖策一登眺。
遂造幽人室，始知静者妙。儒道虽异门，云林颇同调。
两心相喜得，毕景共谈笑。暝还高窗眠，时见远山烧。
缅怀赤城标，更忆临海峤。风泉有清音，何必苏门啸。

宿天竺寺
（唐）陶翰

松柏乱岩口，山西微径通。天开一峰见，宫阙生虚空。
正殿倚霞壁，千楼标石丛。夜来猿鸟静，钟梵寒云中。
岑翠映湖月，泉声杂溪风。心超诸境外，了与悬解同。

明发气候改，起视长崖东。湖色浓荡漾，海光渐曈曚。
葛仙迹尚在，许氏道犹崇。独往古来事，幽怀期二公。

游天竺寺

（唐）崔颢

晨登天竺山，山殿朝阳晓。厓泉争喷薄，江岫相萦绕。
直上孤顶高，平看众峰小。南州十二月，地暖冰雪少。
青翠满寒山，藤萝覆冬沼。花霓瀑布侧，青壁石林杪。
鸣钟集人天，施饭聚猿鸟。洗意归清净，澄心悟空了。
始知世上人，万物一何扰。

蓝田山石门精舍

（唐）王维

落日山水好，漾舟信归风。探奇不觉远，因以缘源穷。
遥爱云木秀，初疑路不同。安知清流转，偶与前山通。
舍舟理轻策，果然惬所适。老僧四五人，逍遥荫松柏。
朝梵林未曙，夜禅山更寂。道心及牧童，世事问樵客。
暝宿长林下，焚香卧瑶席。涧芳袭人衣，山月映石壁。
再寻畏迷误，明发更登历。笑谢桃源人，花红复来觌。

至闲居精舍呈正上人

（唐）储光羲

太室三招提，其趣皆不同。不同非一趣，况是天游宫。
双岭前夹门，阁道复横空。宝坊若花积，宛转不可穷。
流泉自成池，青松信饶风。秋晏景气迥，晶明丹素功。
近将隐者邻，远与西山通。大师假慧照，念以息微躬。

同群公题中山寺

（唐）高适

平原十里外，稍稍云岩深。遂及清净所，都无人世心。

名僧既礼谒，高阁复登临。石壁倚松径，山田多栗林。
超遥尽巘崿，逼侧仍岖嵚。吾欲休世事，于焉聊自任。

青龙寺昙壁上人院集

（唐）裴迪

灵境信为绝，法堂出尘氛。自然成高致，向下看浮云。
迤逦峰岫列，参差闾井分。林端远堞见，风末疏钟闻。
吾师久禅寂，在世超人群。

题鹤林寺

（唐）綦毋潜

道门隐形胜，向背临层霄。松覆山殿冷，花藏溪路遥。
珊珊宝幡挂，焰焰明灯烧。迟日半空谷，春风连上潮。
少凭水木兴，暂令身心调。愿谢携手客，兹山禅诵饶。

送崔十二游天竺寺

（唐）李白

遥闻天竺寺，梦想怀东越。每年海树霜，桂子落秋月。
送君游此地，已属流芳歇。待我来岁行，相随浮溟渤。

与从侄杭州刺史良游天竺寺

（唐）李白

挂席凌蓬丘，观涛憩樟楼。三山动逸兴，五马同遨游。
天竺森在眼，松风飒惊秋。览云测变化，弄水穷清幽。
叠嶂隔遥响，当轩写归流。诗成傲云月，佳趣满吴洲。

安州般若寺水阁纳凉喜遇薛员外乂

（唐）李白

翛然金园赏，远近含晴光。楼台成海气，草木皆天香。
忽逢青云士，共解丹霞裳。水退池上热，风生松下凉。

吞讨破万象，褰窥临众芳。而我遗有漏，与君用无方。
心垢都已灭，永言题禅房。

出关经华岳寺访法华云公
（唐）岑参

野寺聊解鞍，偶见法华僧。开门对西岳，石壁青崚层。
竹径厚苍苔，松门盘紫藤。长廊列古画，高殿悬孤灯。
五月山雨热，三峰火云蒸。侧闻樵人言，深谷犹积冰。
久愿寻此山，至今嗟未能。谪官忽东走，王程苦相仍。
欲去恋双树，何由穷一乘。月轮吐山郭，夜色空清澄。

闻崔十二侍御灌口夜宿报恩寺
（唐）岑参

闻君寻野寺，便宿支公房。溪月冷深殿，江云拥回廊。
然灯松林静，煮茗柴门香。胜事不可接，相思幽兴长。

题华严寺瓌公禅房
（唐）岑参

寺南几十峰，峰翠晴可掬。朝从老僧饭，昨日崖口宿。
锡杖倚孤松，绳床映深竹。东溪草堂路，来往行自熟。
生事在云山，谁能复羁束。

游龙门奉先寺
（唐）杜甫

已从招提游，更宿招提境。阴壑生灵籁，月林散清影。
天阙象纬逼，云卧衣裳冷。欲觉闻晨钟，令人发深省。

题栖霞寺
（唐）张晕

跻险入幽林，翠微含竹殿。泉声无休歇，山色时隐见。

潮来杂风雨，梅落成霜霰。一从方外游，顿觉尘心变。

奉陪萧使君入鲍达洞寻灵山寺
（唐）刘长卿

山居秋更鲜，秋江相映碧。独临沧洲路，如待挂帆客。
遂使康乐侯，披榛著双屐。入云开岭道，永日寻泉脉。
古寺隐青冥，空中寒磬夕。苍苔绝行径，飞鸟去无迹。
树杪下归人，水声过幽石。任情趣愈远，移步奇屡易。
萝木静蒙蒙，风烟深寂寂。徘徊未能去，畏共桃源隔。

庄严精舍游集
（唐）韦应物

良游因时暇，乃在西南隅。绿烟凝层城，丰草满通衢。
精舍何崇旷，烦局一弘舒。架虹施广荫，构云眺八区。
即此尘境远，忽闻幽鸟殊。新林泛景光，丛绿含露濡。
永日亮难遂，平生少欢娱。谁能遽还归，幸与高士俱。

行宽禅师院
（唐）韦应物

北望极长廊，斜扉掩丛竹。亭午一来寻，院幽僧亦独。
唯闻山鸟啼，爱此林下宿。

游终南龙池寺
（唐）孟郊

飞鸟不到处，僧房终南巅。龙在水长碧，雨开山更鲜。
步出白日上，坐依清溪边。地寒松桂短，石险道路偏。
晚磬送归客，数声落遥天。

偶游石盎僧舍
（唐）杜牧

敧岑草浮光，句沚水解脉。悒郁乍怡融，凝严忽颓坼。

梅颣暖眠酣,风绪和无力。凫浴涨汪汪,雏娇村幂幂。
落日美楼台,轻烟饰阡陌。潋绿古津远,积润苔基释。
孰谓汉陵人,来作江汀客。载笔念无能,捧筹惭所画。
任啬偶追闲,逢幽果遭适。僧语淡如云,尘事繁堪织。
今古几辈人,而我何能息。

同曼叔游菩提寺
（宋）韩维

高城如破崖,寺带乔木古。禅房掩清昼,佛画剥寒雨。
荒池野蔓合,浊水佳莲吐。萧条联骑游,澹泊对僧语。
秋风日夕好,胜事从此数。

端午遍游诸寺得禅字
（宋）苏轼

肩舆任所适,遇胜辄留连。焚香引幽步,酌茗开净筵。
微雨止还作,小窗幽更妍。盆山不见日,草木自苍然。
忽登最高塔,眼界穷大千。卞峰照城郭,震泽浮云天。
深沉既可喜,旷荡亦所便。幽寻未云毕,墟落生晚烟。
归来记所历,耿耿清不眠。道人亦未寝,孤灯同夜禅。

峡山寺
（宋）苏轼

天开清远峡,地转凝碧湾。我行无迟速,摄衣步孱颜。
山僧本幽独,乞食况未还。云碓水自舂,松门风为关。
石泉解娱客,琴筑鸣空山。佳人剑翁孙,游戏暂人间。
忽忆啸云侣,赋诗留玉环。林深不可见,雾雨霾髻鬟。

香积寺
（宋）文同

道险转诘曲,山深愈巉岏。行松耳目清,入竹襟袖寒。

殿阁红芙蓉，嵩峦碧琅玕。高僧把金字，拥衲对云看。

妙光庵
（宋）孙觌

孤烟抱水村，落日满云树。乱山如连环，杨柳是门处。
青缭竹溪湾，翠点苔石路。钟鱼寂无声，白日掩僧户。
茗椀酌云腴，香篆擢烟缕。坐稳不知夕，炯炯山月吐。

过报德庵
（宋）刘子翚

循溪踏危矼，路入筼筜坞。森森翠筤间，一榦横清雨。
茶烟日月静，石壁轩扉古。尽兹北山傍，小胜无遗取。

落星寺
（宋）朱子

浩浩长江水，东逝无停波。及此一回薄，湖平烟浪多。
孤屿屹中川，层台起周阿。晨望爱明灭，夕游惊荡磨。
极目青冥茫，回瞻碧嵯峨。不复车马迹，惟闻榜人歌。
我愿辞世纷，兹焉老渔蓑。会有沧浪子，鸣舷夜相过。

临溪寺
（宋）范成大

万山绕骈羚，二水奔湏洞。亭亭林中寺，金碧灿櫊栋。
解鞍得蒲团，卧受瓦炉供。少捐一炊顷，暂作百年梦。
无人自惊觉，幽禽正清哢。倦客如残僧，无力供世用。
此行端为山，紫翠迭迎送。漱井出门去，惊尘扑飞鞚。

少林
（金）元好问

云林入清深，禅房坐萧爽。澄泉洁馀习，高鸟唤长往。

我无元（玄）豹姿，谩有紫霞想。回首山中云，灵芝日应长。

游云水庵

（元）刘因

乘春奋幽潜，观化登丘山。哀淙闻远壑，息驾思云关。
垦石密松桂，结屋珍茅菅。生烟纷漠漠，激流散潺潺。
山石浮寿色，涧木荣欢颜。览物有真意，抚节惊循环。
悠然千载情，俨若盘石间。睠焉欲晤语，古人何当还？

宿福海寺

（元）戴表元

嶷岩苍龙角，汲流紫云根。道人不绝俗，自然无耳喧。
屋脊挂修岭，一日过千辕。此中但高卧，松风有清言。
听之亦无有，风定松在门。炊成我欲去，独鹤鸣朝暾。

庆寿僧舍即事

（元）赵孟頫

白雨映青松，萧飒洒朱阁。稍觉暑气销，微凉度疏箔。
客居秋寺古，心迹俱寂寞。夕虫鸣阶砌，孤萤炯丛薄。
展转怀故乡，时闻风鸣铎。

至正己亥四月廿二日宿翠峰禅室登留云阁数日与净莲公

（元）高克恭

米老天机清，梦入烟云窟。山河大地影，玻璨镜中出。
任自选胜场，莫浪翻墨汁。今于西湖滨，割取南半壁。

宿栖真院分韵得独字

（元）于石

空翠冷滴衣，石藓滑吾足。偶随白云去，栖此林下屋。
楼影挂斜阳，钟声出深竹。山僧老面壁，谁与伴幽独？

分我云半间，欹枕听飞瀑。

再游石壁寺

（元）于石

曾为石壁游，更借僧房宿。楼阁倚林腰，溪山醒尘目。
敲门寻旧僧，清响应林谷。老僧不厌客，分我云半屋。
禅月岂后身，尚馀诗满腹。疑我亦荀鹤，再与赋汉牧。
汲井昼煮茶，洗钵夜分粥。山空人语寂，邀我入深竹。
独抱无絃琴，不唱浮生曲。月树影参差，风滩声断续。
翛然出尘表，身世转幽独。明朝出山去，无言笑相瞩。
江上石牛眠，秋草为谁绿？

题云庵

（元）李存

夜宿云庵中，白云满床头。客来云不语，客去云不留。
明日在山下，白云何处求？

福山庵

（元）黄清老

晨光海上来，云气升万壑。鸡鸣落花中，残钟度城郭。
庵僧戴星出，我自饭藜藿。宁知天地心，但有山水乐。
书灯夜摇动，雾气侵儿阁。开扉得新月，欲掩见栖雀。
烟霞暂相违，笔砚庶有托。但留松间雪，付与双白鹤。
庭柯换故叶，林竹脱新箨。何日芝草开，拏舟赴前约。

过广福寺石屏山房怀曾子白修撰陈伯清侍讲

（元）陈高

游行滞春雨，憩息依禅林。寺门闭寥阒，崖石耸嶔崟。
幽禽飞复止，修竹何森森。赏寂屏尘虑，观空起遐心。
分榻坐云影，巡廊步晚阴。缅怀玉堂彦，曾此共登临。

惆怅抚遗迹，石径苍苔深。

游惠山寺

（元）郑元祐

百里尽平壤，兹山忽中蟠。谽谺得宏深，纡徐纳平宽。
僧坊隐其腹，崇构居桓桓。立神卫觚棱，缘云置阑干。
我来玄冬交，榜舟起微澜。天连黄沙白，露委青林丹。
地无车马尘，松筠政坚完。苍然后彫意，彼此不厌看。
稍稍涉其厓，探深汲清寒。恭惟桑苎翁，出处良独难。
帝青九万里，冥飞见修翰。空留雪泥迹，莫究清净观。
煮茗涤烦暑，晏然有馀欢。

同子充濬仲游北山，夜宿觉慈院

（元）戴良

穷年厌喧嚣，今晨惬游衍。岂伊清旷怀，直为朋知展。
指涂阳已升，入谷光未显。涉流既百折，寻山亦千转。
停策树频倚，攀林芳屡搴。路夷始出幽，山暝复凌缅。
佛庐既栖薄，僧榻聊息偃。地僻心自怡，俗远虑乃遣。
明发有佳趣，胜处将历践。

楞伽寺得月台

（元）僧宗衍

月出湖水湄，清辉映林屋。山明秋树静，照见幽鸟宿。
开门谁遣入，俯涧近可掬。道人犹未眠，经声出深竹。

晨诣祥符寺

（明）刘基

上马鸡始鸣，入寺钟未歇。草际起微风，林端淡斜月。
僧房湛幽寂，假寐待明发。松径断无人，经声在清樾。

南峰寺
（明）高启

樵归众山昏，天峰尚馀景。欲投石门宿，更度西南岭。
远闻云间钟，萝径入寺永。悬灯照静室，一礼支公影。
鸟鸣涧壑空，泉响窗户冷。对此问山僧，何如沃洲境。

楞伽寺
（明）高启

夕阳西下嶂，返照东湖水。来寻古寺游，枫叶秋几里。
叩门山猿惊，维马林鸟起。钟声出烟去，半落渔舟里。
《楞伽》义未晓，尘累方自耻。欲打塔铭碑，从僧乞山纸。

过云岩（在虎丘寺）
（明）张羽

逶迤度前峰，到寺行屡歇。斋庖竹外烟，汲路松间雪。
睹水悟真源，闻香解禅悦。欲共老僧言，相对还无说。

衍上人萧然斋
（明）徐贲

高林洒繁露，闲斋自翛然。俄闻一叶坠，应我琴中絃。
野水寒欲浅，遥岑秋更妍。清晨理梵罢，窗扉霭馀烟。

金鸡岩僧室
（明）林鸿

远公青莲宇，百尺构云阙。一径入松萝，山泉濯苔发。
石房弹玉琴，清响在林樾。夜来沧海寒，梦绕波上月。
微吟《白云篇》，高兴了未辍。未能悟声闻，安得离言说。

宿黄梅五祖寺

（明）林鸿

佛祖说法处，迥与诸天邻。珠宫历浩劫，桂殿馀真身。
登攀访灵异，礼谒知宿因。地远泉石怪，人闲猿鸟驯。
松杉覆窗户，湿竹清衣巾。花雨出深夜，天香来暮春。
久知簪组妄，思与缁锡亲。所希慧灯影，为余照迷津。

宿夹江寺

（明）方孝孺

窗开觉山近，院凉知雨足。淡月透疏棂，流萤度深竹。
心空虑仍澹，神清梦难熟。起坐佛灯前，闲抽《易》书读。

游君山寺

（明）薛瑄

为爱湖中山，遂寻山下路。跻攀转幽邃，涧谷亦回互。
石磴足莓苔，青林杂烟雾。前行如有穷，岚岭乍分布。
招提压重湖，千里周一顾。孤峰四无根，形气自依附。
山僧复导我，窈窕更徐步。疏篱野蔓悬，老圃寒泉注。
径转山房深，重与绝境遇。白云檐外生，清风竹间度。
庭花杂无名，岁晏色犹故。澄心得妙观，忘言契良晤。
爱此林壑清，遂薄尘俗务。重来待何时？尚子毕嫁娶。

天界寺

（明）蔡羽

秋晨慕虚览，梵宇谢埃郁。前垅未及逾，中林庶款述。
入门蹑飕飗，循陕多肩鑐。紫院阴霞兴，瑶阶锦苔出。
问柏知僧年，藉花荫佛日。昼憩夕忘返，神恬形寡役。
忏往坐独冥，玩空尘徐拂。终寓岂不欢，旋舆未能释。

秋夜宿东白启师方丈

（明）沈遇

竹梧满秋庭，萧萧凉气早。孤灯照跏趺，高僧坐来晓。
风清鹤梦醒，云淡钟声杳。尘事永相忘，心空众缘了。

宿牛首寺

（明）陈铎

到寺万缘绝，萧然宿峰顶。苍苍野色新，漠漠秋烟暝。
相期话三生，夜坐石根冷。微凉入虚阑，老鹤语桐井。
支郎翻经处，松子落古鼎。白露下高空，湿云压幽境。
望极巅厓前，寒篱眇村径。谈久明月来，照我天地静。
自汲石泉水，同僧瀹佳茗。天风在林末，空翠散复整。
一乘演微机，开豁自惭省。疏竹何萧萧，云房乱灯影。

自茶磨入治平寺

（明）程嘉燧

日昃山路闲，林木纷如结。环沟引湖流，经桥见曲折。
路枉寺门出，高榆对森列。连冈亘城堤，坱圠宛当闑。
斜日射山翠，玲珑映松彻。香气行客闻，心闲忘分别。

过高峰庵

（明）吴鼎芳

林回觉路枉，路枉亦自适。光风不作寒，吹烟半晴湿。
涧春多异芳，岭月少行迹。犬吠空山云，山僧杖藜出。

栖云寺

（明）徐熥

出自东郊门，萝径转幽邃。刹影入层云，鸡声落空翠。
钟响答松涛，炉烟和花气。斜日下遥岑，残僧独归寺。

◆ 七 言 古

大觉高僧兰若

（唐）杜甫

巫山不见庐山远，松林兰若秋风晚。
一老犹鸣日暮钟，诸僧尚乞斋时饭。
香炉峰色隐晴湖，种杏仙家近白榆。
飞锡去年啼邑子，献花何日许门徒？

题台州隐静寺

（唐）王建

隐静灵山寺天凿，杯渡飞来建岩壑。
五峰直上插银河，一涧当空泻寥廓。
崆峒黯淡碧琉璃，白云吞吐红莲阁。
不知势压天几重，钟声常在月中落。

和丁宝臣游甘泉寺

（宋）欧阳修

江上孤峰蔽绿萝，县楼终日对嵯峨。
丛林已废姜祠在，事迹难寻楚语讹。
空馀一派寒岩侧，澄碧泓渟涵玉色。
野僧岂解惜清泉，蛮俗那知为胜迹。
西陵老令好寻幽，时共登临向此游。
欹危一径穿林樾，盘石苍苔留客歇。
山深云日变阴晴，涧柏岩松度岁青。
谷里花开知地暖，林间鸟语作春声。
依依渡口夕阳时，却望层峦在翠微。
城头暮鼓休催客，更待横江弄月归。

二十七日自阳平至斜谷宿于南山中蟠龙寺

（宋）苏轼

横槎晚渡碧涧口，骑马夜入南山谷。
谷中暗水响泷泷，岭上疏星明煜煜。
寺藏岩底千万仞，路转山腰三百曲。
风生饥虎啸空林，月黑惊麕窜修竹。
入门突兀见深殿，照佛青荧有残烛。
愧无酒食待游人，旋斫杉松煮溪蕨。
板阁独眠惊旅枕，木鱼晓动随僧粥。
起观万瓦郁参差，目乱千岩散红绿。
门前商贾负椒荈，山后咫尺连巴蜀。
何时归耕江上田，一夜心逐南飞鹄。

自普照游二庵

（宋）苏轼

长松吟风晚雨细，东庵半掩西庵闭。
山行尽日不逢人，裛裛野梅香入袂。
居僧笑我恋清景，自厌山深出无计。
我虽爱山亦自笑，独往神伤后难继。
不如西湖饮美酒，红杏碧桃香覆髻。
作诗寄谢采薇翁，本不避人那避世。

◆ 五言律

游梵宇三觉寺

（唐）王勃

杏阁披青磴，琱台控紫岑。叶齐山路狭，花积野坛深。
萝幌栖禅影，松门听梵音。遽忻陪妙躅，延赏涤烦襟。

陪润州薛司空丹徒桂明府游招隐寺

（唐）骆宾王

共寻招隐寺，初识戴颙家。还依旧泉壑，应改昔云霞。
绿竹寒天笋，红蕉腊月花。金绳傥留客，为系日光斜。

夏日游晖上人房

（唐）陈子昂

山水开精舍，琴歌列梵筵。人疑白楼赏，地似竹林禅。
对户池光乱，交轩岩翠连。色空今已寂，乘月弄澄泉。

奉和圣制同皇太子游慈恩寺应制

（唐）沈佺期

肃肃莲花界，荧荧贝叶宫。金人来梦里，白马出城中。
涌塔初从地，焚香欲遍空。天歌应春籥，非是为春风。

游少林寺

（唐）沈佺期

长歌游宝地，徙倚对珠林。雁塔丹青古，龙池岁月深。
绀园澄夕霁，碧殿下秋阴。归路烟霞晚，山蝉处处吟。

乐城白鹤寺

（唐）沈佺期

碧海开龙藏，青云起雁堂。潮声迎法鼓，雨气湿天香。
树接前山暗，溪承瀑水凉。无言谪居远，清静得空王。

游韶州广界寺

（唐）宋之问

影殿临丹壑，香台隐翠霞。巢飞含象鸟，砌蹋雨空花。
宝铎摇初霁，金池映晚沙。莫愁归路远，门外有三车。

奉和圣制闰九月九日登庄严总持二寺阁
（唐）宋之问

闰月再重阳，仙舆历宝坊。帝歌云稍白，御酒菊犹黄。
风铎喧行漏，天花拂舞行。豫游多景福，梵宇日生光。

幸岳寺应制
（唐）宋之问

暂幸珠筵地，俱怜石濑清。泛流张翠幕，拂迥挂红旌。
雅曲龙调管，芳樽蚁泛觥。陪欢玉座晚，复得听金声。

宿云门寺阁
（唐）孙逖

香阁东山下，烟花象外幽。悬灯千嶂夕，卷幔五湖秋。
画壁馀鸿雁，纱窗宿斗牛。更疑天路近，梦与白云游。

同皇甫兵曹天宫寺浴室新成招友人赏会
（唐）寇坦

温室欢初就，兰交托胜因。共听无漏法，兼濯有为尘。
水洁三空性，香沾四大身。清心多善友，颂德慰同人。

题义公禅房
（唐）孟浩然

义公习禅处，结构依空林。户外一峰秀，阶前众壑深。
夕阳连雨足，空翠落庭阴。看取莲花净，方知不染心。

宿立公房
（唐）孟浩然

支遁初求道，深公笑买山。何如石岩趣，自入户庭间。
苔涧春泉满，萝轩夜月闲。能令许玄度，吟卧不知还。

游景光寺
（唐）孟浩然

龙象经行处，山腰度石关。屡迷青嶂合，时爱绿萝闲。
宴息花林下，高谈竹屿间。寥寥隔尘事，疑是入鸡山。

江夏陪长史叔及薛明府宴兴德寺南阁
（唐）李白

绀殿横江上，青山落镜中。岸回沙不尽，日映水成空。
天乐流香阁，莲舟飐晚风。恭陪竹林宴，留醉与陶公。

宿龙兴寺
（唐）綦毋潜

香刹夜忘归，松清古殿扉。灯明方丈室，珠系比丘衣。
白月传心净，青莲喻法微。天花落不尽，处处鸟衔飞。

题灵隐寺山顶禅院
（唐）綦毋潜

招提此山顶，下界不相闻。塔影挂清汉，钟声和白云。
观空静室掩，行道众香焚。且驻西来驾，人天日未曛。

过香积寺
（唐）王维

不知香积寺，数里入云峰。古木无人径，深山何处钟？
泉声咽危石，日色冷青松。薄暮空潭曲，安禅制毒龙。

登辨觉寺
（唐）王维

竹径从初地，莲峰出化城。窗中三楚尽，林外九江平。
嫩草承趺坐，长松响梵声。空居法云外，观世得无生。

过感化寺昙兴上人山院
（唐）王维

暮持筇竹杖，相待虎溪头。催客闻山响，归房逐水流。
野花丛发好，谷鸟一声幽。夜坐空林寂，松风直似秋。

登少室山寺
（唐）褚朝阳

飞阁青霞里，先秋独早凉。天花映窗近，月桂拂檐香。
华岳三峰小，黄河一带长。空闻指归路，烟处有垂杨。

游感化寺昙兴上人山院
（唐）裴迪

不远灞陵边，安居向十年。入门穿竹径，留客听山泉。
鸟啭深林里，心闲落照前。浮名竟何益，从此愿栖禅。

登总持阁
（唐）岑参

高阁逼诸天，登临近日边。晴开万井树，愁看五陵烟。
槛外低秦岭，窗中小渭川。早知清净理，常愿奉金仙。

山寺
（唐）杜甫

野寺残僧少，山园细路高。麝香眠石竹，鹦鹉啄金桃。
乱水通人过，悬崖置屋牢。上方重阁晚，百里见纤毫。

题玄武禅师屋壁
（唐）杜甫

何年顾虎头，满壁画沧洲。赤日石林气，青天江海流。
锡飞常近鹤，杯渡不惊鸥。似得庐山路，真随惠远游。

后游修觉寺

（唐）杜甫

寺忆曾游处，桥怜再渡时。江山如有待，花柳更无私。
野润烟光薄，沙暄日色迟。客愁全为减，舍此复何之？

望兜率寺

（唐）杜甫

树密当山径，江深隔寺门。霏霏云气重，闪闪浪花翻。
不复知天大，空馀见佛尊。时应清盥罢，随喜给孤园。

上牛头寺

（唐）杜甫

香山意不尽，衮衮上牛头。无复能拘碍，真成浪出游。
花浓春寺静，竹细野池幽。何处莺啼切，移时独未休。

和裴迪登新津寺寄王侍郎

（唐）杜甫

何限倚山木，吟诗秋叶黄。蝉声集古寺，鸟影度寒塘。
风物悲游子，登临忆侍郎。老夫贪佛日，随意宿僧房。

巳上人茅斋

（唐）杜甫

巳公茅屋下，可以赋新诗。枕簟入林僻，茶瓜留客迟。
江莲摇白羽，天棘蔓青丝。空忝许询辈，难酬支遁辞。

题破山寺后院

（唐）常建

清晨入古寺，初日照高林。曲径通幽处，禅房花木深。
山光悦鸟性，潭影空人心。万籁此俱寂，惟闻钟磬音。

奉陪韦润州过鹤林寺

（唐）李嘉祐

野寺江城近，双旌五马过。禅心超忍辱，梵语问多罗。
松竹闲僧老，云烟晚日和。寒塘归路转，清磬隔微波。

宿北山禅寺兰若

（唐）刘长卿

上方鸣夕磬，林下一僧还。密行传人少，禅心对虎闲。
青松临古路，白日满寒山。旧识窗前桂，经霜更待攀。

题精舍寺

（唐）钱起

胜景不易遇，入门神顿清。房房占山色，处处分泉声。
诗思竹边得，道心松下生。何时来此地，摆落世间情。

题僧房

（唐）韩翃

披衣闻客至，关锁此时开。鸣磬夕阳尽，卷簾秋色来。
名香连竹径，清梵出花台。身在心无住，他方到几回。

题龙兴寺澹师房

（唐）韩翃

双林彼上人，诗兴转相亲。竹里经声晚，门前山色春。
卷簾苔点净，下箸药苗新。记取无生理，归来问此身。

同中书刘舍人题青龙上方

（唐）韩翃

西掖归来后，东林静者期。远峰春雪里，寒竹暮天时。
笑说金人偈，闲听宝月诗。更怜茶兴在，好出下方迟。

题慈恩寺竹院

（唐）韩翃

千峰对古寺，何异到西林。幽磬蝉声下，闲窗竹翠阴。
诗人谢客兴，法侣远公心。寂寂炉烟里，香花欲暮深。

双山过信公所居

（唐）包佶

遥礼前朝塔，微闻后夜钟。人间第四祖，云里一双峰。
积雨封苔径，多年亚石松。传心不传法，谁可继高踪？

题云际寺上方

（唐）卢纶

松高萝蔓轻，中有石床平。下界水常急，上方灯自明。
空门不易起，初地本无程。回步忽山尽，万缘从此生。

春日陪李庶子遵善寺东院晓望

（唐）卢纶

映竹水田分，当山起雁群。阳峰高对寺，阴井下通云。
雪尽惟看鹤，花时此见君。由来禅诵地，多有谢公文。

慈恩寺暕上人房招耿拾遗

（唐）李端

悠然对惠远，共结故山期。汲井树阴下，闭门亭午时。
地闲花落厚，石浅水流迟。愿与神仙客，同来事本师。

宿禅智寺上方演大师院

（唐）崔峒

石林高几许？金刹在中峰。白日空山梵，清霜后夜钟。
竹窗回翠壁，苔径入寒松。幸接无生法，疑心怯所从。

同韩员外宿云门寺

（唐）严维

小岭路虽近，仙郎此夕过。潭空观月定，涧静见云多。
竹翠烟深色，松声雨点和。万缘俱不有，对境自垂萝。

鄱阳大云寺一公房

（唐）顾况

尽日陪游处，斜阳竹院清。定中观有漏，言外证无生。
色界聊传法，空门不用情。欲知相去近，钟鼓两闻声。

题招提寺

（唐）戎昱

招提精舍好，石壁向江开。山影水中尽，鸟声天上来。
一灯传岁月，深院长莓苔。日暮双林磬，泠泠送客回。

游瀑泉寺

（唐）于鹄

日斜寻未遍，古木寺高低。粉壁犹遮岭，朱楼尚隔溪。
厨窗通涧鼠，殿脊立山鸡。更有无人处，明朝独向西。

题山寺

（唐）刘商

扁舟水淼淼，曲岸复长塘。古寺春山上，登楼忆故乡。
云烟横极浦，花木拥回廊。更有思归意，晴明陟上方。

题横山寺

（唐）戴叔伦

偶入横山寺，湖山景最幽。露涵松翠湿，风涌浪花浮。
老衲供茶盌，斜阳送客舟。自缘归思促，不得更迟留。

游少林寺

（唐）戴叔伦

步入招提路，因之访道林。石龛苍藓积，香径白云深。
双树含秋色，孤峰起夕阴。屧廊行欲遍，回首一长吟。

西郊兰若

（唐）羊士谔

云天宜北户，塔庙似西方。林下僧无事，江清日正长。
石泉盈掬冷，山实满枝香。寂寞传心印，无言亦已忘。

宿诚禅师山房题赠

（唐）刘禹锡

晏坐白云端，清江直上看。来人望金刹，讲席绕香坛。
虎啸夜林动，鼍鸣秋涧寒。众音徒起灭，心在定中观。

题润州甘露寺

（唐）张祜

千重构横险，高步出尘埃。日月光先见，江山势尽来。
冷云归水石，清露滴楼台。况是东溟上，平生意一开。

题万道人禅房

（唐）张祜

何处凿禅壁？西南江上峰。残阳过远水，落叶满疏钟。
世事静中去，道心尘外逢。欲知情不动，床下虎留踪。

杭州孤山寺

（唐）张祜

楼台耸碧岑，一境入湖心。不雨山长润，无云水自阴。
断桥荒藓涩，空院落花深。犹忆西窗夜，钟声出北林。

题濠州钟离寺

（唐）张祜

遥遥东郭寺，数里占原田。远岫碧光合，长淮清派连。
院藏归鸟树，钟到落帆船。唯羡空门叟，栖心尽百年。

姚岩怀贾岛

（唐）顾非熊

路向姚岩去，多行洞壑间。鹤声连坞静，溪色带村闲。
疏苇秋前渚，斜阳雨外山。怜君不得见，诗思最相关。

同卢校书游新兴寺

（唐）朱庆馀

山深云景别，有寺亦堪过。才子将迎远，林僧气性和。
潭清蒲影定，松老鹤声多。岂不思公府，其如野兴何？

与石昼秀才过普照寺

（唐）朱庆馀

问人知寺路，松竹暗春山。潭黑龙应在，巢空鹤未还。
经年为客倦，半日与僧闲。更共尝新茗，闻钟笑语间。

宿山寺

（唐）贾岛

众岫耸寒色，精庐向此分。流星透疏木，走月逆行云。
绝顶人来少，高松鹤不群。一僧年八十，世事未曾闻。

过灵泉寺

（唐）姚合

偶寻灵迹去，幽径入清氛。转壑惊飞鸟，穿山蹋乱云。
水从岩上落，溪向寺前分。释子游何处，空堂日渐曛。

入静隐寺途中作
（唐）周贺

乱云迷远寺，入路认青松。鸟道缘巢影，僧鞋印露踪。
草烟连野烧，溪雾隔霜钟。更遇樵人问，犹言过数峰。

山　寺
（唐）杜牧

峭壁引行径，截溪开石门。泉飞溅虚槛，云起涨前轩。
隔水看来路，疏篱见定猿。未闲难久住，归去复何言。

题扬州禅智寺
（唐）杜牧

雨过一蝉噪，飘萧松桂秋。青苔满阶砌，白鸟故迟留。
暮霭生深树，斜阳下小楼。谁知竹西路，歌吹是扬州。

恩德寺
（唐）许浑

楼台横复重，犹有半岩空。萝洞浅深水，竹廊高下风。
晴山疏雨后，秋树断云中。未尽平生意，孤帆又向东。

送僧归敬亭山寺
（唐）许浑

十年剑中路，传尽本师经。晓月下黔峡，秋风归敬亭。
开门新树绿，登阁旧山青。遥想论禅处，松阴水一瓶。

郁林寺
（唐）许浑

台殿冠嵯峨，春来日日过。水分诸院少，云近上方多。
众籁凝丝竹，繁英耀绮罗。酒酣诗自逸，乘月棹寒波。

游云际寺

（唐）喻凫

涧壑吼风雷，香门绝顶开。阁寒僧不下，钟定虎常来。
鸟啄林梢果，鼯跳竹里苔。心源无一事，尘界拟休回。

题翠微寺

（唐）喻凫

沿溪又涉岭，始喜到前轩。钟度鸟沉壑，殿扃云湿旛。
凉泉堕众石，古木彻疏猿。月上僧初定，斯游岂易言。

岫禅师南溪兰若

（唐）喻凫

锡影配瓶光，孤溪照草堂。水悬青石磴，钟动白云床。
树色含残雨，河流带夕阳。唯应无月夜，瞑目见他方。

青龙寺僧院

（唐）刘得仁

常多簪组客，非独看高松。此地堪终日，开门见数峰。
苔新禽迹少，泉冷树阴重。师意如山里，空房晓暮钟。

宿翠微寺

（唐）马戴

处处松阴满，樵开一径通。鸟归霜磬尽，僧语石楼空。
积翠含微月，遥泉韵细风。经行心不厌，忆在故山中。

题静住寺钦用上人房

（唐）马戴

寺近朝天路，多闻玉珮音。鉴人开慧眼，归鸟息禅心。
磬接星河曙，窗连夏木深。此中能燕坐，何必在云林。

宿灵岩寺

(唐)赵嘏

明月溪头寺,虫声满橘洲。倚栏香径晚,移石太湖秋。
古树云归尽,荒台水更流。无人见惆怅,独上最高楼。

题造微禅师院

(唐)温庭筠

夜香闻偈后,岑寂掩双扉。照竹灯和雪,看松月到衣。
草堂疏磬断,江寺故人稀。惟忆湘南雨,春风独鸟归。

宿辉公精舍

(唐)温庭筠

禅房无外物,清话此宵同。林彩水烟里,涧声山月中。
橡霜诸壑霁,杉火一炉空。拥褐寒更彻,心知觉路通。

宿澧曲僧舍

(唐)温庭筠

东郊和气新,芳霭远如尘。客舍停疲马,僧墙画古人。
沃田桑景晚,平野菜花春。更想严家濑,微风荡白蘋。

宿秦僧山斋

(唐)温庭筠

衡巫路不通,结室在东峰。岁晚得支遁,夜寒逢戴颙。
龛灯落叶寺,山雪隔林钟。行解无由发,曹溪欲施春。

和袭美初冬章上人院

(唐)陆龟蒙

每伴来方丈,还如到四禅。菊承荒砌露,茶待远山泉。
画古全无迹,林寒却有烟。相看吟未竟,金磬已泠然。

游竹林寺

（唐）方干

得路到深寺，幽虚曾识名。藓浓阴砌古，烟起暮香生。
曙月落松翠，石泉流梵声。闻僧说真理，烦恼自然轻。

题慈云寺僧院

（唐）李山甫

帝城深处寺，楼殿压秋江。红叶去寒树，碧峰来晓窗。
烟霞生净土，苔藓上高幢。欲问吾师语，心猿不肯降。

登甘露寺

（唐）周繇

盘江上几层，峭壁半垂藤。殿锁南朝像，龛禅外国僧。
海涛春砌槛，山雨洒窗灯。日暮疏钟起，声声彻广陵。

题山僧院

（唐）张乔

溪路曾来日，年多与旧同。地寒松影里，僧老磬声中。
远水清风落，闲云别院通。心源若无碍，何必更论空。

题灵山寺

（唐）张乔

树凉清岛寺，虚阁敞禅扉。四面闲云入，中流独鸟归。
湖平幽径近，船泊夜灯微。一宿秋风里，烟波隔捣衣。

宿澄泉兰若

（唐）郑谷

山半古招提，空林雪月迷。乱流分石上，斜汉在松西。
云集寒庵宿，猿先晓磬啼。此心如了了，即此是曹溪。

题兴善寺
（唐）郑谷

寺在帝城阴，清虚胜二林。藓侵隋画暗，茶助越瓯深。
巢鹤和钟唳，诗僧倚锡吟。烟莎后池水，前迹杳难寻。

书翠岩寺壁
（唐）曹松

何年话尊宿，瞻礼此堂中。入郭非无路，归林自学空。
溅瓶云峤水，逆磬雪川风。时说南庐事，知师用意同。

宿溪僧院
（唐）曹松

年少云溪里，禅心夜更闲。煎茶留静者，靠月坐苍山。
露白钟寻定，萤多户未关。嵩阳有石室，何日译经还？

冬日题觉公牛头兰若
（唐）李洞

天寒高木静，一磬隔川闻。鼎水看山汲，台香拂雪焚。
鹤归惟认刹，僧步不离云。石室开禅后，轮珠谢圣君。

宿山寺
（唐）张蠙

中峰半夜起，忽觉在青冥。此界自生雨，上方犹有星。
楼高钟尚远，殿古像多灵。好是潺湲水，房房伴诵经。

题岳州僧舍
（唐）裴说

喜到重湖北，孤洲横晚烟。鹭衔鱼入寺，鸦接饭随船。
松桧君山迥，菰蒲梦泽连。与师吟论处，秋水浸遥天。

宿山寺
（唐）孟贯

溪山尽日行，方听远钟声。入院逢僧定，登楼见月生。
露垂群木润，泉落一岩清。此景关吾事，通宵寐不成。

甘露寺
（唐）孙鲂

寒暄皆有景，孤绝画难行。地拱千寻险，天垂四面青。
昼灯笼雁塔，夜磬彻渔汀。最爱僧房好，波光满户庭。

宿山房
（唐）李建勋

石窗灯欲尽，松槛月还明。就枕浑无睡，披衣却出行。
岩高泉乱滴，林动鸟时惊。倏忽山钟曙，喧喧仆马声。

题圣果寺
（唐）僧处默

路自中峰上，盘回出薜萝。到江吴地尽，隔岸越山多。
古木丛青霭，遥天浸白波。下方城郭近，钟磬杂笙歌。

题简然师院
（唐）僧贯休

机忘室亦空，静与沃洲同。惟有半庭竹，能生竟日风。
思山海月上，出定印香终。继后传衣者，还须立雪中。

又和游光睦院
（宋）徐铉

寺门山水际，清浅照屑颜。客棹晚维岸，僧房犹掩关。
日华穿竹静，云影过阶闲。箕踞一长啸，忘怀物我间。

题灵山寺
（宋）赵抃

我为灵山好，登留到日曛。岩幽馀暑雪，钟冷入秋云。
篇咏唯僧助，尘烦与俗分。明朝入东㯉，因得识吾文。

题九仙寺
（宋）赵抃

坠果春三径，蒸云晚一轩。廊腰回战蚁，山腹合啼猿。
泉淡禽窥影，苔深屐印痕。自惭名利者，聊免世纷喧。

游水南寺
（宋）余靖

双刹耸浮云，层轩绝世尘。松溪千盖雨，茶圃一旗春。
夜梵龛灯暗，朝香篆火新。暂来犹永日，堪羡白莲人。

题净慧大师禅斋
（宋）欧阳修

巾屦诸方遍，莓苔一室前。菱花吟次落，孤月定中圆。
斋钵都人施，谈机海外传。时应暮钟响，来度禁城烟。

盱眙山寺
（宋）林逋

下傍盱眙县，山崖露寺门。疏钟过淮口，一径入云根。
竹老生虚籁，池清见古源。高僧拂经榻，茶话到黄昏。

同宋复古游大林寺
（宋）周敦颐

三月山方暖，林花互照明。路盘层顶上，人在半空行。
水色云含白，禽声谷应清。天风拂巾袂，缥缈觉身轻。

昆山慧聚寺次张祜韵
（宋）王安石

峰岭互出没，江湖相吐吞。园林浮海角，台殿拥山根。
百里见渔艇，万家藏水村。地偏来客少，幽兴只桑门。

独游富阳普照寺
（宋）苏轼

富春真古邑，此寺亦唐馀。鹤老依乔木，龙归护赐书。
连筒春水远，出谷晓钟疏。欲继江潮韵，何人为起予。

宿雪屏山寺
（宋）文同

翠岭耸云端，巉巉走复蟠。客从尘外入，僧向画中看。
月上千岩碧，风生万木寒。平明惜归去，犹待一凭栏。

吉祥院
（宋）文同

欹危一径通，下马转深丛。便是尘寰外，可怜烟坞中。
修篁寒滴雨，老柏静吟风。日暮庭前树，归鸦自绕空。

金地寺
（宋）陈造

侧径崎岖去，飞萝次第扪。山横欲无地，路转却逢村。
竹柏围荒寺，莓苔上缭垣。残僧不知客，芋火老云根。

化度寺
（宋）孙觌

失路迷千嶂，投林借一枝。扣门竹西寺，立马日斜时。
戛铄僧窥户，睢盱犬透篱。定知嫌不速，明日与君辞。

翠峰寺
（宋）范成大

来从第九天，橘社系归船。借问翠峰路，谁参雪窦禅？
应真庭下木，说法井中泉。公案新翻出，诸方一任传。

独游虎跑泉小庵
（宋）范成大

苔径弯环入，茅斋取次成。蔓花缘壁起，闲草上阶生。
宿雨松篁色，新晴燕雀声。筒泉烹御米，聊共老僧倾。

慈云院东阁小憩
（宋）陆游

横阁院东偏，翛然拂榻眠。香浓烟穗直，茶嫩乳花圆。
岩倚团团桂，筒分细细泉。凭谁为题版，牓作小壶天。

之永和小憩资寿寺
（宋）杨万里

石子密铺径，竹茎疏作行。不缘憩驺仆，几失此山房。
佛像看都好，林花静自香。来须清兴尽，归更借僧床。

龟峰寺
（宋）赵师秀

石路入青莲，来游出偶然。峰高秋月射，岩裂野烟穿。
萤冷粘棕上，僧闲坐井边。虚堂留一宿，宛似雁山眠。

翠岩寺
（宋）赵师秀

石岩看不见，翠色自重重。春雨生松叶，山风响铁钟。
碑顽工费墨，草嫩鹿添茸。住院吴僧老，相迎忆旧逢。

宝冠寺
（宋）翁卷

山多猿鸟群，永日绝嚣氛。一涧水流出，几房僧共闻。
拄筇黏落叶，拂石动寒云。谁昔来营此？寻碑看记文。

石门庵
（宋）翁卷

山到极深处，石门为地名。岚蒸空寺坏，雪压小庵清。
果落群猿拾，林昏独虎行。一僧何所得？高坐若无情。

福州黄檗寺
（宋）翁卷

天下两黄檗，此中山是真。碑看前代刻，僧值故乡人。
一宿禅房雨，经时客路尘。将行更瞻礼，十二祖师身。

宿寺
（宋）徐照

古殿清灯冷，虚廊叶扫风。掩关人迹外，得句佛香中。
鹤睡应无梦，僧谈必悟空。坐惊窗欲晓，片月在林东。

题衢州石壁寺
（宋）徐照

岸石横生脉，平林一里溪。众船寒渡集，高寺远山齐。
残磬吹风断，眠禽压竹低。自嫌昏黑至，难认壁间题。

能仁寺
（宋）徐照

寺置有碑传，观音岩石前。殿高灯焰短，山合磬声圆。
窗静吹寒雪，春鸣落夜泉。清游人岂识，谓不似秋天。

宿寺

（宋）徐玑

古木山边寺，深松径底风。独吟侵夜半，清坐杂禅中。
殿静灯光小，经残磬韵空。不知清远梦，啼鸟在林东。

小寺

（宋）刘克庄

小寺无蹊径，行时认藓痕。犬寒鸣似豹，僧老瘦于猿。
涧水来旋磨，山童出闭门。城中梅未见，已有数枝繁。

夜过瑞香庵作

（宋）刘克庄

夜深扣绝顶，童子旋开扉。问客来何暮，云僧去未归。
山空闻瀑泻，林黑见萤飞。此境惟予爱，他人到想稀。

水陆寺

（宋）戴复古

长沙沙上寺，突兀古楼台。四面水光合，一边山影来。
静分僧榻坐，晚趁钓船回。明日重相约，前村访早梅。

游青源

（宋）文天祥

空庭横蟒蝀，断碣偃龙蛇。活火参禅笋，真泉透佛茶。
晚钟何处雨，春水满城花。夜影灯前客，江西七祖家。

兴福寺

（宋）真山民

为厌市喧杂，携诗来此吟。鸟声山路静，花影寺门深。
楼阁庄严界，池塘清净心。松风亦好事，送客出前林。

宿宝胜寺

（宋）真山民

苦吟吟未了，只向两廊行。月去塔无影，风来铎有声。
尘心随水净，佛眼共灯明。安得云边住，与僧分此情。

高　寺

（金）张斛

高寺鸣钟后，孤舟落雁边。已知归径晚，故就上方眠。
石峻溜声急，月高松影圆。明朝下烟霭，回首阻清川。

甘露寺

（金）赵亮功

郑南峰下寺，泉石间疏篁。飞雨度山阁，闲云生野塘。
檐前松子落，厨际柏烟香。别后闻钟磬，山阴空夕阳。

陪李舜咨登愍忠寺阁

（金）赵秉文

日月躔双栱，风烟纳寸眸。云山浮近甸，宇宙有高楼。
鸟外馀残照，天边更去舟。登临有如此，况接李膺游。

宿海会寺

（金）李俊民

青山云水窟，杖锡几时来。竹待香严击，松经道者栽。
西江无水吸，震旦忽花开。三笑图中友，同倾破戒杯。

宿甘露寺

（元）黄庚

山险疑无路，萦回一径通。钟声寒瀑外，塔影夕阳中。
窗出茶烟白，炉分蓺火红。禅房遇耆旧，清话数宵同。

翠峰庵即事
（元）黄庚

竟日寻幽处，杖藜不惮遥。客行黄叶路，僧立碧溪桥。
岩瀑飞寒雪，松风吼夜潮。是山皆可隐，何用楚辞招。

游山寺
（元）李材

行行行复止，行到白云间。见客意不俗，逢僧心便闲。
细泉分别涧，小径入他山。拟借禅房榻，追游信宿还。

宿龙潭寺
（元）萨都剌

倦游借禅榻，客意稍从容。落日江船鼓，孤灯野寺钟。
竹鸡啼雨过，山臼带云春。夜半波涛作，长潭起卧龙。

衡山福严寺二十三题（录三）
（元）张翥

一生岩

初地灵峰下，重来为讲经。神应合掌受，石亦点头听。
云鹤随飞盋，湖龙入净瓶。至今花雨处，长照一灯青。

隐身岩

尘世苦热恼，山林长夏幽。岳神来护法，尊者坐经秋。
呼粥鱼频响，衔花鹿自游。法云长散满，七十二峰头。

兜率桥

传是竺僧说，幽如兜率宫。驱龙劈地险，架石补天空。
星土熊湘合，云沙鹭岭通。阑干倚来久，时度吉祥风。

游石头城清凉寺用天锡题壁诗韵
（元）张翥

扪萝上绝顶，岚气湿缤纷。日色不到地，树阴浑似云。
僧归过岭见，樵唱逆风闻。更待诗人醉，狂书白练裙。

游麻姑万松庵
（元）贡师泰

积雨变秋思，清游惬道心。过桥分履迹，问寺逐钟音。
红堕鸟争果，绿深鱼占阴。何当脱尘鞅，重此契幽寻？

圣安寺
（元）迺贤

兰若城幽处，联镳八月来。宝华幢盖合，衮冕画图开。
断碣苍苔暗，空庭落叶堆。饥鸢不避客，攫食下生台。

大悲阁
（元）迺贤

阁道连天起，丹青饰井干。如何千手眼，只著一衣冠。
金牓交龙挟，珊甍吻兽攒。凭高天万里，白纻不胜寒。

万寿寺
（元）迺贤

皇唐开宝构，历劫抵金时。绝妙青松障，清凉白玉池。
长廊秋籁响，高阁夜钟迟。独有乘闲客，扶藜读旧碑。

竹林寺
（元）迺贤

城南天尺五，祇树给孤园。甲第王侯去，精蓝帝释尊。
老僧夸塔影，稚子骑松根。何日天台路，相从一问源。

游昆山慧聚寺和唐人诗
（元）宋褧

天外山光近，峰颠海气吞。潮凭风作阵，云藉石为根。
鸟重烟藏树，帆多水绕村。凭高暂诗酒，回首望修门。

吉祥寺
（元）吴莱

一昔逢寒食，行吟采物华。风生敲槛竹，雨湿堕船花。
曲坞青龙树，长滩白鹭沙。回看江上水，直去到吾家。

来云僧舍
（元）周权

连云开佛屋，接竹引岩泉。路滑迷霜叶，钟寒阁曙烟。
有为皆是幻，无想总成禅。梦觉僧檐雨，重来又十年。

游定林寺和韵
（元）陈泰

一灯何处起，千载续黄梅。世与身俱幻，吾携影独来。
山空钟自响，日淡鹤将回。寄语沙头鹭，相逢慎勿猜。

游洞岭寺
（元）卢琦

古寺藏烟树，岩扉昼不扃。日高花散影，风定竹无声。
稚子添香火，闲僧阅藏经。新诗吟未就，独向殿阶行。

游清心寺
（元）曹文晦

夏日清心寺，萧萧树石佳。高人留别院，幽意满空斋。
松偃新移路，渊临欲堕厓。五年才一过，回首为兴怀。

题应上人净深精舍
（元）叶颙

一室纤尘绝,炉烟贝叶经。每呼明月至,常遣白云扃。
竹色侵虚幌,荷香袭小亭。晚来开瓮牖,放入数峰青。

湖寺拥碧轩
（元）张雨

喧寂一尘隔,湖滨出宝坊。荷阴分补衲,水气杂烧香。
书勘乌皮几,茵敷白氎床。从来已（巳）公屋,诗客许徜徉。

嘉定显庆寺
（元）僧善住

舣棹逢精舍,松扉昼不扃。暮云兼雨黑,寒树带烟青。
鸟散庭还静,龙归水自灵。徘徊未能去,石塔语风铃。

春日游柏谷山寺
（明）朱㷆尧

天外闻清梵,晨光满翠微。杖藜苍藓滑,劚药紫参肥。
松偃云垂盖,花分露湿衣。一僧能话古,去住转忘机。

寓天界寺
（明）高启

雨过帝城头,香凝佛界幽。果园春乳雀,花殿午鸣鸠。
万屦随钟集,千灯入镜流。禅居容旅迹,不觉久淹留。

甘露寺
（明）高启

胜地江山壮,名林岁月遥。刹藏京口树,钟送海门潮。
月黑龙光发,天清蜃气销。何当寻狠石,闲坐话前朝。

宿真庆庵

（明）唐肃

落日古城阴，萧萧竹树深。雨花知佛境，流水识禅心。
月到翻经榻，苔缘挂壁琴。不因支许旧，那得遂幽寻。

宿云门寺

（明）林鸿

龙宫临水国，鸟道入烟萝。海旷知天尽，山空见月多。
鹤归僧自老，松偃客重过。便欲依禅寂，尘缨可奈何！

题深上人松月轩

（明）楼琏

夜月明松顶，轩居不掩扉。石泉沉湿翠，碧瓦弄晴晖。
林静猿初息，巢空鹤未归。此中凝坐者，寒沁薜萝衣。

游灵峰寺

（明）樊阜

步入灵峰寺，岚霏翠湿衣。野塘蒲叶短，石磴藓花微。
潭静龙长卧，山寒鹤未归。老僧茶话久，高阁转斜晖。

游黄龙寺

（明）樊阜

古寺青山上，登临见远村。楼虚堆竹粉，崖剥露松根。
晚径云生润，秋池涨落痕。高僧宣梵偈，趺坐到黄昏。

与陆无蹇宿资庆寺

（明）蔡羽

空壁闻啼鸟，云深冷石房。春随落花去，人自采茶忙。
叶暗翻经室，泉虚点《易》床。陆郎溪壑主，假榻久何妨。

甘露寺次韵

（明）屠应埈

甘露千年寺，群公揽辔过。楼空吴楚尽，江阔雨云多。
蜃气连沧海，琳宫隐碧萝。更闻幽绝处，白日走鼋鼍。

冬日游天竺寺

（明）施渐

缘湖始忻往，遐览历幽寻。山到不容路，云藏犹有林。
阶前寒涧落，榻下白云深。积雪千峰里，寥然空世心。

游报恩寺

（明）徐𬞟

荒畛通云岫，烟萝敞绀扉。画梁云气尽，网户雨丝飞。
僧寂鸣钟罢，林荒宿鸟归。一灯仍自照，惆怅恋残晖。

避暑东湖寺

（明）徐𬞟

物外寻真境，云标启梵宫。绿沉消夏气，红艳夺春工。
岭色含朝旭，岩声乱夕空。坐来林月上，凉思满房栊。

题岘山济公房

（明）蔡汝楠

禅榻澄湖上，山光似镜中。疏钟摇落叶，细雨带秋虫。
峰竹虚窗映，炉香别院通。何期碧云合，一酌对休公？

橘溪僧院

（明）吴子孝

蝉声不出寺，钟断只闻香。流水迷松径，闲云满石床。
无言忘寂寞，宴坐得清凉。欲谢人间事，冥心叩药王。

过南郭野寺

(明) 施峻

休沐出南郭,寻僧一扣关。孤灯燃白昼,疏磬满秋山。
束带经年苦,看云尽日闲。斋厨清供罢,惊鸽欲飞还。

宿雁山灵岩寺

(明) 皇甫涍

寥寥到真境,宿处傍风泉。遥霭引疏磬,群峰寒暮天。
白云沧洲赏,清夜石门禅。却笑桃源客,空从蕙路旋。

游能仁寺

(明) 金大舆

落叶迷幽径,垂藤锁断垣。溪深晴浴鹭,树老昼啼猿。
海气庭前障,天花雨外翻。坐来清梵永,尽日不闻喧。

沂水道中过教寺

(明) 金大舆

村落藏孤寺,疏松一径幽。经年无客到,终日有寒流。
青壁衔初照,黄沙拥断丘。平生江海性,下马一登楼。

半塘寺一上人小楼

(明) 居节

何处闻清磬,春云度半塘。茶香连小院,楼影带修廊。
不染莲花净,闲贪佛日长。晚山如有意,飞翠满绳床。

雨后登虎丘宿梅花楼僧房

(明) 陆弼

高阁藤萝外,扁舟暮雨残。钟声知客到,山色入门看。
月出千松静,云披片石寒。支公擅名理,终夕奉清欢。

泊京口望金山寺

（明）陈鹤

南徐一片石，千古柱中流。绕树开僧舍，缘空结梵楼。
疏灯明水底，落月挂潮头。向晚禅钟起，风吹到客舟。

佛慧寺

（明）吴孺子

乱竹闭僧院，长松护法堂。坐怜新月上，行爱落花香。
破壁流灯影，悬厓挂夕阳。支公闲懒处，暂此礼空王。

兰若即事

（明）王伯稠

兴来时野眺，小立倚柴扉。一雨清波动，双林片月归。
山飔藏竹语，水鸟出花飞。不觉空烟暮，濛濛翠湿衣。

大慧寺

（明）童珮

寺里藏云气，丹青引客过。春山一墙隔，啼鸟六时多。
列石成岩穴，闭门生薜萝。逃禅恰宜此，归奈马蹄何？

破山寺

（明）吴鼎芳

巉岏随石转，迤逦踏花行。古壁龙蛇气，空岩风雨声。
佛香清渡水，鸟路白过城。绝顶遥观海，苍茫晓雾生。

虎丘僧房招寻郭圣仆乘月登山

（明）吴鼎芳

长堤沿短棹，转入翠微湾。酒伴秋相集，僧房夜不关。
布袍先受月，竹杖早过山。何处歌声起？悠悠林木间。

寓建阳福山寺

（明）徐𤊹

磴路层层入，招提夹两山。柏侵阴殿绿，苔绣古墙斑。
细雨虫声碎，微风蝶影闲。五更钟韵杳，乡梦屡催还。

吴门归入惠山寺

（明）邹迪光

胜游不惜屡，馀兴尚淋漓。竹路青相借，花宫翠乱披。
酒阑留月住，曲半受风吹。为问梁溪夜，何如吴苑时？

晚过新兴寺

（明）张宇初

晚过新兴寺，扶藜野步轻。鸟啼春雨足，花落午风晴。
僧室连云住，山阿带雾行。武陵归路近，已听涧松声。

秋日重游穹窿山海云精舍

（明）僧道衍

迢递青村外，崎岖紫逻间。过林才见日，到渡不逢山。
一室依岩险，双扉傍竹闲。曾看云际鹤，向暮独飞还。

题海云寺

（明）僧德祥

香刹住中流，初疑地若浮。路从沙际入，帆到树边收。
清磬敲渔夜，新书报橘秋。洞庭西在望，欲去更迟留。

同庵新居

（明）僧德祥

新居劳种植，隙地不教闲。作圃先通水，栽松欲借山。
鸟逢春尽到，云向晚都还。独许王摩诘，题诗在壁间。

宿甘露庵
（明）僧海旭

舟出太湖险，语溪投暮钟。听风多在竹，看月不离松。
柝护城三里，鸡鸣村一重。长安明日路，霜草滑归筇。

题指月庵
（明）僧照源

短扉将绿掩，小径倚村斜。老树借藤叶，新桐布屋花。
渔歌传外港，鸥梦立前沙。静者离言象，门题指月家。

水　寺
（明）僧际瞻

孤寺水中起，净心宛在虚。钟边云易湿，松外地无馀。
幢影鱼窥熟，梵音风定初。入秋看月上，清切复何如。

◆ 五言排律

谒并州兴国寺
（唐）太宗

回銮游福地，极目玩芳晨。梵钟交二响，法日转双轮。
宝刹遥承露，天花近足春。未佩兰犹小，无丝柳尚新。
圆光低月殿，碎影乱风筠。对此留馀想，超然离俗尘。

奉和幸大荐福寺应制
（唐）李峤

雁沼开香域，鹦林降彩旟。还窥图凤宇，更坐濯龙川。
桂栌朝群辟，兰宫列四禅。半空银阁断，分砌宝绳连。
甘雨苏焦泽，慈云动沛篇。独瀸贤作砺，空喜福成田。

奉和幸三会寺应制

（唐）李峤

故台苍颉里，新邑紫泉居。岁在开金寺，时来降玉舆。
龙形虽起刹，鸟迹尚留书。竹是蒸青外，池仍点墨馀。
天文光圣草，宝思合真如。谬奉千龄日，欣陪十地初。

奉和幸三会寺应制

（唐）宋之问

六飞回玉辇，双树谒金仙。瑞鸟呈书字，神龙吐浴泉。
净心遥证果，睿想独超禅。塔涌香花地，山围日月天。
梵音迎漏彻，空乐倚云悬。今日登仁寿，长看法镜圆。

游称心寺

（唐）宋之问

释事怀三隐，清襟谒四禅。江鸣潮未落，林晓日初悬。
宝叶交香雨，金沙吐细泉。望谐舟客趣，思发海人烟。
顾枥仍留马，乘杯久弃船。未忧龟负岳，且识鸟耘田。
理契都无象，心冥不寄筌。安期庶可揖，天地得齐年。

灵隐寺

（唐）宋之问

鹫岭郁岧峣，龙宫锁寂寥。楼观沧海日，门对浙江潮。
桂子月中落，天香云外飘。扪萝登塔远，刳木取泉遥。
霜薄花更发，冰轻叶互凋。夙龄尚遐异，搜对涤烦嚣。
待入天台路，看余度石桥。

游法华寺

（唐）宋之问

高岫拟耆阇，真乘引妙车。空中结楼殿，意表出云霞。

后果缠三足，前因感六牙。宴林薰宝树，水溜滴金沙。
寒谷梅犹浅，温庭橘未华。台香红药乱，塔影绿篁遮。
果渐轮王族，缘超梵帝家。晨行踏忍草，夜诵得灵花。
江郡将何匹，天都亦未加。朝来沿泛所，应是逐仙槎。

游感化寺

（唐）王维

翡翠香烟合，琉璃宝地平。龙宫连栋宇，虎穴傍檐楹。
谷静惟松响，山深无鸟声。琼峰当户折，金涧透林鸣。
郢路云端迥，秦川雨外晴。雁王衔果献，鹿女踏花行。
抖擞辞贫里，归依宿化城。绕篱生野蕨，空馆发山樱。
香饭青菰米，嘉蔬紫芋羹。誓陪清梵末，端坐学无生。

投道一师兰若宿

（唐）王维

一公栖太白，高顶出云烟。梵流诸壑遍，花雨一峰偏。
迹为无心隐，名因立教传。鸟来还语法，客去更安禅。
昼涉松路尽，暮投兰若边。洞房隐深竹，清夜闻遥泉。
向是云霞里，今成枕席前。岂惟暂留宿，服事将穷年。

青龙寺昙壁上人兄院集

（唐）王维

高处敞招提，虚空讵有倪。坐看南陌骑，下听秦城鸡。
眇眇孤烟起，芊芊远树齐。青山万井外，落日五陵西。
眼界今无染，心空安可迷。

春日归山寄孟六浩然

（唐）李白

朱绂遗尘境，青山谒梵筵。金绳开觉路，宝筏渡迷川。
岭树攒飞栱，岩花覆谷泉。塔形标海月，楼势出江烟。

香气三天下，钟声万壑连。荷秋珠已满，松密盖初圆。
鸟聚疑闻法，龙参若护禅。愧非流水韵，叨入伯牙絃。

同诸公游云公禅寺
（唐）张谓

共许寻鸡足，谁能惜马蹄。长空净云雨，斜日半虹霓。
檐下千峰转，窗前万木低。看花寻径远，听鸟入林迷。
地与喧卑隔，人将物我齐。不知樵客意，何事武陵溪。

游栖霞寺同沈拾遗宿康上人房
（唐）权德舆

偶来人境外，心赏幸随君。古殿烟霞夕，深山兰桂熏。
岩花点寒溜，石磴扫春云。清梵诸天近，喧尘下界分。
名僧康宝月，上客沈休文。共宿东林下，清猿彻曙闻。

题甘露寺
（唐）许棠

丹槛拂丹霄，人寰下瞰遥。何年增造化，万古出尘嚣。
地势盘三楚，江声换几朝。满栏皆异药，到顶尽飞桥。
泽广方云梦，山孤数沃焦。中宵霞始散，经腊木稀凋。
铎动天风度，窗鸣海气消。带鼍分迥堞，当日辨翻潮。
鸟去沉葭荥，帆来映沇潨。浮生自多事，无计免回镳。

题甘露寺
（唐）杨夔

高殿拂云霓，登临想虎溪。风匀帆影众，烟乱鸟行迷。
北倚波涛阔，南窥井邑低。满城尘漠漠，隔岸草萋萋。
虚阁延秋磬，澄江响暮鼙。客心还惜去，新月挂楼西。

法海寺

(明) 吴兆

野航时可系,林寺昼犹扃。古木无年岁,清阴满户庭。
客来方礼磬,僧坐但翻经。烟起吹茶灶,声闻汲井瓶。
窗过湖鸟白,檐挂叶虫青。蔬饭欣然饱,徐徐步远坰。

◆ 七言律

从幸香山寺应制

(唐) 沈佺期

南山奕奕通丹禁,北阙峨峨连翠云。
岭上楼台千地起,城中钟鼓四天闻。
栴檀晓阁金舆度,鹦鹉晴林綵仗分。
愿以醍醐参圣酒,还将祇苑当秋汾。

红楼院应制

(唐) 沈佺期

红楼疑见白毫光,寺逼宸居福盛唐。
支遁爱山情漫切,昙摩泛海路空长。
经声夜息闻天语,炉气晨飘接御香。
谁谓此中难可到,自怜深院得回翔。

灉湖山寺

(唐) 张说

空山寂历道心生,虚谷迢遥野鸟声。
禅室从来尘外赏,香台岂是世中情。
云间东岭千重出,树里南湖一片明。
若使巢由同此意,不将萝薜易簪缨。

过乘如禅师萧居士嵩丘兰若

（唐）王维

无著天亲弟与兄，嵩丘兰若一峰晴。
食随鸣磬巢乌下，行蹋空林落叶声。
迸水定侵香案湿，雨花应共石床平。
深洞长松何所有？俨然天竺古先生。

涪城县香积寺官阁

（唐）杜甫

寺下春江深不流，山腰官阁迥添愁。
含风翠壁孤云细，背日丹枫万木稠。
小院回廊春寂寂，浴凫飞鹭晚悠悠。
诸天合在藤萝外，昏黑应须到上头。

夜宿灵台寺寄郎士元

（唐）钱起

西日横山含碧空，东方吐月满禅宫。
朝瞻双顶青冥上，夜宿诸天色界中。
石潭倒泑莲花水，塔院空闻松柏风。
万里故人能尚尔，知君视听我心同。

题精舍寺

（唐）郎士元

石林精舍武溪东，夜叩禅扉谒远公。
月在上方诸品静，心持半偈万缘空。
苍苔古道行应遍，落木寒泉听不穷。
更忆双峰最高顶，此心期与故人同。

题云际寺准上人房

（唐）李端

高僧居处似天台，锡杖铜瓶对绿苔。
竹巷雨晴春鸟啭，山房日午老人来。
园中鹿过椒枝动，潭底龙游水沫开。
独夜焚香礼遗象，空林月出始应回。

题凌云寺

（唐）司空曙

春山古寺绕沧波，石磴盘空鸟道过。
百丈金身开翠壁，万龛灯焰隔烟萝。
云生客到侵衣湿，花落僧禅覆地多。
不与方袍同结社，下归尘世竟如何？

春题龙门香山寺

（唐）武元衡

众香天上梵仙宫，钟磬寥寥半碧空。
清景乍开松岭月，乱流长响石楼风。
山河杳映春云外，城阙参差茂树中。
欲尽幽寻那可得，三千世界本无穷。

题柱国寺

（唐）王建

皇帝施钱修此院，半居天上半人间。
丹梯暗出三重阁，古像斜开一面山。
松柏自穿空地少，川原不税小僧闲。
行香天使长相续，早起离城日午还。

送王十八归山寄题仙游寺
（唐）白居易

曾于太白峰前住，数到仙游寺里来。
黑水澄时潭底出，白云破处洞门开。
林间煖酒烧红叶，石上题诗扫绿苔。
惆怅旧游无复到，菊花时节羡君回。

寒林寺
（唐）李绅

最深城郭在人烟，疑借壶中到梵天。
岩树桂花开月殿，石楼风铎绕金仙。
地无尘染多灵草，室鉴真空有定泉。
应是法宫传觉路，使无烦恼见青莲。

杭州天竺灵隐二寺
（唐）李绅

翠岩幽谷高低寺，十里松风碧嶂连。
开尽春花芳草涧，遍通秋水月明泉。
石文照日分霞壁，竹影侵云拂暮烟。
时有猿猱扰钟磬，老僧无复得安禅。

人烟不隔江城近，水石虽清海气深。
波动只观罗刹相，静居难识梵王心。
鱼扃昼锁龙宫宝，雁塔高摩欲界金。
近日犹闻重雕饰，世人遥礼二檀林。

早秋寄题天竺灵隐寺
（唐）贾岛

峰前峰后寺新秋，绝顶高窗见沃洲。

人在定中闻蟋蟀，鹤曾栖处挂狝猴。
山钟夜度空江水，汀月寒生古石楼。
心忆悬帆身未遂，谢公此地昔年游。

宿长庆寺

（唐）杜牧

南行步步远浮尘，更近青山昨夜邻。
高铎数声秋撼玉，霁河千里晓横银。
红蕖影落前池净，绿稻香来野径频。
终日官闲无一事，不妨长醉是游人。

寄题甘露寺北轩

（唐）杜牧

曾向蓬莱宫里行，北轩栏槛最留情。
孤高堪弄桓伊笛，缥缈宜闻子晋笙。
天接海门秋水色，烟笼隋苑暮钟声。
他年会着荷衣去，不向山僧道姓名。

题灵山寺行坚师院

（唐）许浑

西岩一径不通樵，八十持杯未觉遥。
龙卧石潭闻夜雨，雁移沙渚见秋潮。
经函露湿文多暗，香印风吹字半销。
应笑东归又南去，越山无路水迢迢。

题庐山寺

（唐）马戴

白茅为屋宇编荆，数处阶墀石叠成。
东谷笑言西谷响，下方云雨上方晴。
鼠惊樵客缘苍壁，猿戏山头撼紫柽。

别有一条投涧水，竹筒斜引入茶铛。

宿山寺

（唐）项斯

栗叶重重复翠微，黄昏溪上语人稀。
月明古寺客初到，风度闲门僧未归。
山果经霜多自落，水萤穿竹不停飞。
中宵能得几时睡，又被钟声催著衣。

题西明寺禅院

（唐）温庭筠

曾识匡山远法师，低松片石对前墀。
为寻名画来过院，因访闲人得看棋。
新雁参差云碧处，寒鸦缭绕叶红时。
自知终有张华识，不向沧洲理钓丝。

宿松门寺

（唐）温庭筠

白石青厓世界分，卷簾孤坐对氤氲。
林间禅室春深雪，潭上龙堂夜半云。
落月苍凉登阁在，晓钟摇荡隔江闻。
西州旧是经行地，愿漱寒瓶逐领军。

和赵嘏题岳寺

（唐）温庭筠

疏钟细响乱鸣泉，客省高临水似天。
岚翠暗来空觉润，涧茶馀爽不成眠。
越僧寒立孤灯外，岳月秋当万木前。
张邴宦情何太薄，远公窗外有池莲。

宿云际寺

（唐）温庭筠

白盖微云一径深，东风弟子远相寻。
苍苔路熟僧归寺，红叶声干鹿在林。
高阁清香生静境，夜堂疏磬发禅心。
自从紫桂岩前别，不见南能直至今。

雨后游南门寺

（唐）刘沧

郭南山寺雨初晴，上界寻僧竹里行。
半壁楼台秋月过，一川烟水夕阳平。
苔封石室云含润，露滴松枝鹤有声。
木叶萧萧动归思，西风画角汉东城。

题应天寺上方兼呈谦上人

（唐）方干

中天坐卧见人寰，峭石垂藤不易攀。
晴卷风雷归故壑，夜和猿鸟锁寒山。
势横绿野苍茫外，影落平湖潋滟间。
师在西岩最高处，路寻之字见禅关。

题宣州延庆寺益公院

（唐）杨夔

默坐能除万种情，腊高兼有赐衣荣。
讲经旧说倾朝听，登殿曾闻降辇迎。
幽径北连千嶂碧，虚窗东望一川平。
长年门外无尘客，时见元戎驻斾旌。

少华甘露寺

(唐) 郑谷

石门萝径与天邻，雨桧风篁远近闻。
饮涧鹿喧双派水，上楼僧蹋一梯云。
孤烟薄暮关城没，远色初晴渭曲分。
长欲然灯来此宿，北林猿鹤旧同群。

游西禅

(唐) 伍乔

远岫当轩列翠光，高僧一衲万缘忘。
碧松影里地长润，白莲花中水亦香。
云自雨前生净石，鹤于钟后宿尘廊。
游人恋此吟终日，盛暑楼台早有凉。

驾幸普济寺应制

(唐) 僧广宣

南方宝界几由旬，八部同瞻一佛身。
寺压山河天宇静，楼悬日月镜光新。
重城柳暗东风暖，复道花明上苑春。
向晚鸾舆归凤阙，曲江池上动青蘋。

题栖霞寺僧房

(唐) 僧处默

名山不取买山钱，任构花宫近碧巅。
松桧老依云里寺，楼台深锁洞中天。
风经险嶂回疏雨，石倚危屏挂落泉。
欲结茅庵共师住，肯饶多少薜萝烟。

游虎丘山寺
（宋）王禹偁

寺墙围著碧屏颜，曾是当年海涌山。
尽把好峰藏院里，不教幽景落人间。
剑池草色经冬在，石座苔花自古斑。
珍重晋朝吾祖地，一回来此便忘还。

登甘露寺北望
（宋）徐铉

京口潮来曲岸平，海门风起浪花生。
人行沙上见日影，舟过江中闻橹声。
芳草远迷杨子渡，宿烟深映广陵城。
游人乡思应如橘，相望须含两地情。

登广教院阁
（宋）韩琦

岑寂禅扉启昼关，公馀为会一开颜。
高台面垒包平野，老柏参天碍远山。
花去春丛蝴蝶乱，雨匀朝圃桔橰闲。
徘徊轩槛何时下？直待前枝倦鹊还。

同万州相里殿丞游溪西山寺
（宋）赵抃

使君呼客入山行，晓径前驱照彩旌。
蛮女背樵岩侧避，野僧携刺马头迎。
千层云水迷三峡，一哄人烟认百城。
楼阁凭馀清我听，竹风萧瑟涧泉鸣。

孤山寺端上人房写望

（宋）林逋

底处凭阑思渺然，孤山塔后阁西偏。
阴沉画轴林间寺，零落棋枰葑上田。
秋景有时飞独鸟，夕阳无事起寒烟。
迟留更爱吾庐近，只待重来看雪天。

孤山寺

（宋）林逋

云峰水树南朝寺，只隔丛篁作并邻。
破殿静披蕫（蘁）曰古，斋房闲试酪奴春。
白公睡阁幽如画，张祜诗牌妙入神。
乘兴醉来拖木突，翠苔苍藓石磷磷。

易从上人山亭

（宋）林逋

湖上汪湾隔数峰，篱门和竹夹西东。
闲来此地行无厌，又共吾庐看不同。
灵隐路归秋色里，招贤庵在鸟行中。
屏风若欲相挠见，合把巉岩与画工。

次韵吴季野题岳上人澄心亭

（宋）王安石

高亭五月尚寒生，回首尘沙自郁蒸。
砌水乱流穿石底，槛云高出蔽山层。
跻攀欲绝人间世，缔构知从物外僧。
肠胃坐来清似洗，神奇未怪佛图澄。

寄题华藏院清轩
（宋）蔡襄

湖边无地有尘埃，况复虚明向此开。
山色每随朝气变，水光长共夕阳来。
船行天上游人散，树没云中宿鸟回。
一到便应离火宅，不须花雨拂金台。

是日宿水陆寺寄北山清顺僧
（宋）苏轼

长嫌钟鼓聒湖山，此境萧条却自然。
乞食绕村真为饱，无言对客本非禅。
披榛觅路冲泥入，洗足关门听雨眠。
遥想后身穷贾岛，夜寒应耸作诗肩。

留题显圣寺
（宋）苏轼

渺渺疏林集晚鸦，孤村烟火梵王家。
幽人自种千头橘，远客来寻百结花。
浮石已干霜后水，焦坑闲试雨前茶。
只疑归梦西南去，翠竹江村绕白沙。

闲居院上方晚景
（宋）文同

绕岩萦谷到禅扃，更上危颠最上亭。
风搅乱鸦盘古木，雨催群鹭下寒汀。
秋田沟垅如棋局，晚岫峰峦若画屏。
诗已就成终夕去，远村灯火一星星。

甘露寺

（宋）米芾

六代萧萧木叶稀，楼高北固落残晖。
两州城郭青烟起，千里江山白鹭飞。
海近云涛惊夜梦，天低月露湿秋衣。
使君肯负时平乐，长倒金钟尽醉归。

山光寺

（宋）米芾

竹围山径晚风清，又入山光寺里行。
一一过僧谈旧事，迟迟绕壁认题名。
仙来石畔怀灰劫，鹤语池边劝后生。
三十年间成底事，空叨闲禄是身荣。

题落星寺

（宋）黄庭坚

落星开士深结屋，龙阁老翁来赋诗。
小雨藏山客坐久，长江接天帆到迟。
宴寝清香与世隔，画图妙绝无人知。
峰房各自开户牖，处处煮茶藤一枝。

石壁寺

（宋）沈与求

山萦细路走修蛇，峭壁连云只藓花。
木末忽看旛影乱，马头初见殿阴斜。
回廊迤迤穿危峤，侧涧涓涓露浅沙。
秀色可餐吾事办，粥鱼茶板莫相夸。

宿柳子观音寺

(宋)张耒

黄尘满道客衣穿,古寺荒凉暂息肩。
倦体卧来便稳榻,汗颜濯去快寒泉。
野僧治饭挑蔬至,童子携茶对客煎。
夜久月高风铎响,木鱼呼觉五更眠。

灵泉寺

(宋)孙觌

窗户遥开紫翠间,小桥独立听潺潺。
意谐独有清风共,兴尽聊随落照还。
但见虚童蒙白帕,且无泷吏发骍颜。
风花雨叶元无定,何必区区恋故山。

南山寺

(宋)孙觌

千丈云根荫此邦,沉沉寒影卧秋江。
潭空映日苍虬动,烟煖翘沙白鹭双。
梦觉滩声喧客枕,吟馀竹色满僧窗。
诗成绝叫曾(层)楼上,听我洪钟万石撞。

山人方丈

(宋)朱子

方丈翛然屋数椽,槛前流水自清涟。
蒲团竹几通宵坐,扫地焚香白昼眠。
地窄不容挥麈客,室空那有散花天。
个中有句无人荐,不是诸方五味禅。

桐庐舟中见山寺

（宋）朱子

一山云水拥禅居，万里江流绕屋除。
行色匆匆吾正尔，春风处处子何如？
江湖此去随沤鸟，粥饭何时共木鱼？
孤塔向人如有意，他年来借一篷篨。

游修觉寺

（宋）陆游

上尽苍崖百尺梯，诗囊香椀手亲携。
山从飞鸟行边出，天向平芜尽处低。
花落忽惊春事晚，楼高剩觉客魂迷。
兴阑扫榻禅房卧，清梦还应到剡溪。

六月十四日宿东林寺

（宋）陆游

看尽江湖千万峰，不嫌云梦芥吾胸。
戏招西塞山前月，来听东林寺里钟。
远客岂知今再到，老僧能记昔相逢。
虚窗熟睡谁惊觉？野碓无人夜自舂。

过湖上僧房

（宋）陆游

西庵每过未尝开，邂逅清言始此回。
陶令巾车寻壑去，巳公茅屋赋诗来。
奇香炷罢云生岫，瑞茗烹成乳泛杯。
便恐从今往还熟，入门猿鹤不惊猜。

万年寺
（宋）赵师秀

万年山木有千年，石路阴深到缭垣。
几片闲云谁是主，一条流水不知源。
土栽芍药尤胜术，僧说猕猴极畏猿。
夜半空堂诸境寂，微闻钟梵亦成喧。

觉慈寺
（宋）戴复古

踏破白云登上方，自嫌尘土涴禅床。
千山月色令人醉，半夜梅花入梦香。
深谷不妨春到早，老僧殊为客来忙。
山童懒惯劳呼唤，自拗枯松煮术汤。

访僧邻庵
（宋）林景熙

拂石题诗满袖岚，寻僧又过竹溪南。
乾坤浩荡酒乡寄，山水苍寒琴意参。
老燕未归同是客，孤云无住孰为庵。
寂寥午夜松风响，疑是神仙接麈谈。

三峰寺
（宋）真山民

寂寞烟林噪乱鸦，青鞋步入野僧家。
云深不碍钟声出，日转还依塔影斜。
廊下蜗粘沿砌藓，佛前蜂恋插瓶花。
竹床纸帐清如水，一枕松风听煮茶。

宿南峰寺

（宋）真山民

禅房花木锁深幽，借与诗人信宿留。
簾影分来半廊月，磬声敲破一林秋。
僧偏好事能青眼，佛本无心亦白头。
试问青松峰外鹤，闲边曾见几人游？

游凤栖寺

（宋）真山民

十载重游古凤栖，莲宫新绕绿杨堤。
欲谈世事佛无语，不管客愁禽自啼。
苔滑空廊方散步，尘昏老壁失留题。
僧家山地邻家种，菜甲春生绿满畦。

次韵孙传师龙图游醴泉寺

（宋）僧道潜

杨林几曲到城根，中有招提气象昏。
暝雀聚群盘栋吻，老藤垂蔓覆高垣。
月生归路无灯火，巷转人家有笑言。
却掩吾庐还寂寞，冷风摇幔影翩翻。

题天王圆证大师房壁

（宋）僧惠洪

闭户不妨依聚落，开轩随分有山林。
残经半掩世情断，好鸟一声村意深。
篱外霜筠森束玉，屋头露橘欲垂金。
能营野饭羹红酱，渡水何辞数访寻。

寒食再游福田寺
（金）元德明

春山寂寂掩禅扉，复岭盘盘入翠微。
布袜青鞋供胜践，粥鱼斋鼓荐灵机。
日烘幽径绿烟煖，风定晓枝红雨稀。
曾是西堂读书客，不应啼鸟也催归。

登绵山上方
（金）周昂

环合青峰插剑长，山平如掌寄禅房。
危栏半出云霄上，秘景尽收天地藏。
野阔群山惊破碎，云低沧海认微茫。
九华籍甚因人显，回秀可怜天一方。

登净江寺松风阁
（元）尹廷高

岿然杰阁倚松冈，纵使无风也自凉。
四面阑干金碧界，万家城郭水云乡。
清江叠嶂迷空阔，白鸟苍烟堕渺茫。
风景不殊君记否？吴山顶上看钱塘。

宿中山乾明寺
（元）刘秉忠

客散关门厌事哗，炉香满屋卧烟霞。
人辞故里凡三载，僧到伽蓝自一家。
梦破小窗浮月色，漏残寒角奏梅花。
天明又上潦阳道，鸳水归程渐有涯。

游智者寺

（元）鲜于枢

四围松是祇园树，三面山开舍卫城。
游子心随仙境化，老禅诗似石泉清。
几人解后有今日，半载趑趄成此行。
安得尽抛身外事，长年来此学无生。

题圆觉天台教寺

（元）邓文原

大圆觉境清凉地，要阐毘卢贝藏开。
飞锡不妨随鹤下，蟠桃曾见有龙来。
相逢定性三生路，尽了尘心万劫灰。
忆我初年慕蝉蜕，石桥烟雨过天台。

三月晦游道场山宿清公房

（元）邓文原

绝顶轩窗纳晚晡，下方灯火听钟鱼。
天连震泽涵元气，地涌浮图切太虚。
凉立松风观石溜，晚寻樵径扣僧庐。
孤亭山麓荒苔积，犹想幽人夜读书。

栖真院

（元）于石

空翠凝寒不受埃，断崖千尺拥崔嵬。
老僧倚树惊猿去，童子扫阶知客来。
石径晴因松露湿，茶烟远趁竹风回。
禅家也办吟边料，不种闲花只种梅。

次韵张蔡国公淡庵青山寺诗
　　　　　　　　　　（元）虞集

相国观山负夙期，圣恩只许暂相违。
身随云影留三宿，心了泉声绝百非。
开士谈空依宝树，野人耕雨荐山薇。
双龙深护安禅处，绕坐诸天近紫微。

题半山寺
　　　　　　　　　　（元）萨都剌

今日偶成林壑趣，清幽恨未得从容。
龙归石洞半山雨，潮卷天风十里松。
春路泥深多滑马，晚楼雾重只闻钟。
荆公旧隐知何处，回首苍茫第几重？

游天竺寺
　　　　　　　　　　（元）张翥

石梁溅水湿苍苔，阴洞旁穿涧底回。
殿阁金银从地涌，山林图画自天开。
龙随僧到分云住，猿听人呼下树来。
游兴未阑斜日尽，马头呼酒自徘徊。

建德城西寺
　　　　　　　　　　（元）贡师泰

山门东转步廊深，长日禅房占绿阴。
松径雨晴添虎迹，竹潭风冷听龙吟。
上林久说相如赋，故里徒夸季子金。
独坐胡床看明月，不知凉露湿衣襟。

东冈崇恩寺晚酌，其僧一峰求诗

（元）宋褧

山门杉桧碧萧森，步屧回廊一径深。
罢酒长风来北渚，按歌明月出东林。
幽轩晚立云容湿，高阁晴登海气侵。
忽报寒沟潮信到，可能重听颖师琴？

寓奉化寺寄菩提寺主

（元）丁鹤年

菩提岭外空王寺，丹磴行穿虎豹群。
万壑涛声岩下瀑，千峰雨气屋头云。
海龙送水金瓶贮，天女怀香宝鼎焚。
惭愧无缘尘土客，朝朝钟鼓下方闻。

游南峰寺有支遁放鹤亭

（明）高启

每向人间望碧峰，石门今得问幽踪。
路缘风磴泠泠策，寺隔烟萝杳杳钟。
窗下鸟来多堕果，亭前鹤去只高松。
一龛愿借依香火，莫道诗人非戴颙。

过僧舍访吕敏

（明）高启

几欲相寻与愿违，今朝始得过禅扉。
磬声穿竹山房远，屐齿粘苔石径微。
幽鸟每同驯鸽下，高人闲与老僧依。
谈诗说偈俱堪喜，坐觉茶香上薜衣。

孤园寺（在洞庭山，梁散骑常侍吴猛古宅。）
（明）高启

欲问南朝常侍宅，已为西域化人宫。
山僧归带渔舟雨，湖鸟来闻粥鼓风。
橘柚垂檐秋殿暗，波涛惊坐夜堂空。
给孤长者谁曾见，应在烟云杳霭中。

秋日登戴山佛阁
（明）张羽

风物澄明宿霭收，登山欲尽更登楼。
一行白雁投南下，百道清溪向北流。
野嶂云归初歇雨，湖田稼熟始知秋。
空门寂寂无尘事，骋望端能散客愁。

登太华寺
（明）张紞

太华嵯峨一望遥，到门犹碍过溪桥。
慈云长见阶前起，孽火都来海上消。
屋近树阴晴亦暗，砚涵竹露夜还潮。
从今剩买游山屐，野客无妨屡见招。

金山寺
（明）赵文

水天楼阁影重重，化国何年此寄踪。
淮海西来三百里，大江中涌一孤峰。
涛声夜恐巢枝鸟，云气朝随出洞龙。
几度欲登帆去疾，苍茫遥听隔烟钟。

送辰长老住横山寺

（明）郑 嘉

紫檀烟凝鹤回翔，清磬泠泠出上方。
岩畔异花熏讲席，涧边修竹护禅房。
东林结社莲初种，南岳分春茗乍香。
三伏炎蒸应不到，绿萝风洒石凫凉。

化城寺

（明）王守仁

化城高处万山深，楼阁凭空上界侵。
天上清秋度明月，人间微雨结轻阴。
钵龙浮处云生座，岩虎归时风满林。
最爱山僧能好事，夜堂灯火伴孤吟。

月潭寺

（明）何景明

玲珑金刹白云边，踏阁攀林一径穿。
龙出洞门常作雨，鹤巢松树不知年。
僧来殿上鸣钟饭，客到山中借榻眠。
怪底夜来难得寐，秋风窗下绕流泉。

同万鹿园宿工文庵次韵有赠

（明）唐顺之

何处寻山不厌深，淡烟归鸟暮钟音。
去家百里讶如客，别尔经年尚此心。
宴坐清香滋夜氛（气），闭门残雪映寒林。
相从一宿应堪觉，机事何须问汉阴。

高座寺
　　　　　　　　　（明）蔡汝楠

云公台榭至今留，休暇追随访古游。
秋色总归红叶寺，楚江还见白蘋洲。
松林月上言弥静，阁道钟残思转幽。
莫讶为郎贪佛日，官闲禅定两悠悠。

寓妙隐庵
　　　　　　　　　（明）徐燐

东风仙苑斗芳菲，家在云林屡梦归。
河畔草青莺欲语，城南花满蝶初飞。
寒生古院偏多雨，苔没空阶正掩扉。
留恋曲池春更好，垂杨终日锁烟霏。

宿上封寺
　　　　　　　　　（明）童珮

上封林处磴千盘，为讶高云碍竹冠。
晴气满空还似雨，秋光未半忽生寒。
客来石上占星聚，僧住岩前作鸟看。
一榻偶然金磬侧，谁将银汉挂阑干？

重过虞山塔院兰公话旧
　　　　　　　　　（明）程嘉燧

湖边春草忆佳期，重放扁舟夏木滋。
游戏自来通绘事，安禅久已废吟诗。
半江塔影迎帆远，曲巷经声出院迟。
曾访本师乘夜月，旧房空老碧梧枝。

秋晚客鸡鸣寺

（明）顾大猷

古寺崔嵬俯帝城，攀跻渐觉旅愁轻。
楼台寒入三山色，砧杵秋高万户声。
向夕张琴依竹坐，有时待月伴僧行。
从来禅室多心赏，几席无尘梦亦清。

过愚公虎丘寺

（明）吴梦旸

烹葵剥枣尽相关，坐到昏钟始下山。
弟子可知皆白足，老夫焉得不苍颜。
花飞日日何曾扫，柳长村村只未攀。
路黑出门灯肯借，画船箫鼓几家还。

寓极乐寺

（明）王衡

湾湾绿水带城阴，白石青莲双树林。
万叠云山千里梦，六时钟磬五更心。
寒灯贝叶翻香蠹，春日檐花坐语禽。
随意竹床葵菜好，经簾不卷画堂深。

晚坐弘济寺

（明）阮大铖

古柳参差掩寺门，荆篱石埠自为村。
风严乌榜通菱浦，日落渔炊就荻根。
野月荒荒难辨色，江峰寂寂更何言。
灯前无限浮沉思，销在菰香水鹤喧。

送谦选中住花泾寺

（明）僧溥洽

秋风一棹入花泾，杨柳芙蓉接水亭。
野老尚能谈故事，乡僧争请说新经。
楸梧雨外闻啼鸟，楼阁烟中见湿萤。
欲写别离无限意，孤鸿遥没越山青。

云谷寺法会应制

（明）僧守仁

寒岩草木正严冬，一日春回雨露浓。
安石故居遗雪竹，道林新塔倚云松。
木鱼声断催朝饭，铜鼎香销起暮钟。
千载奎文留秘藏，天光午夜照金容。

登富春永安寺

（明）僧德祥

栗叶村前石子溪，青山一掩路浑迷。
也知谷里多猿鸟，未信云中有犬鸡。
满耳只闻诸涧响，回头方觉众峰低。
平生倾想今朝到，愿结茅茨在寺西。

◆ 五言绝句

游昌化山精舍

（唐）卢照邻

宝地乘峰出，香台接汉高。稍觉真途近，方知人事劳。

宿吉祥寺寄庐山隐者

（唐）杨衡

风鸣云外钟，鹤宿千年松。相思杳不见，月出山重重。

题奉国寺
　　　　　　　　（唐）陆　海

新秋夜何爽，露下风转凄。一磬竹窗外，千灯花塔西。

题龙门寺
　　　　　　　　（唐）陆　海

窗灯林霭里，门磬水声中。更与龙华会，炉烟满夕风。

善福寺阁
　　　　　　　　（唐）韦应物

残霞照高阁，青山出远林。晴明一登望，潇洒此幽襟。

荐福寺送元伟
　　　　　　　　（唐）李　端

送客攀花后，寻僧坐竹时。明朝莫回望，青草马行迟。

题竹林寺
　　　　　　　　（唐）朱　放

岁月人间促，烟霞此地多。殷勤竹林寺，更得几回过？

游道林寺
　　　　　　　　（唐）戴叔伦

佳山路不远，俗侣到常稀。及此烟霞暮，相看复欲归。

和韦开州盛山宿云亭
　　　　　　　　（唐）张　籍

清净当深处，虚明向远开。卷帘无俗客，应只见云来。

涂山寺独游

（唐）白居易

野径行无伴，僧房宿有期。涂山来去熟，惟是马蹄知。

遗爱寺

（唐）白居易

弄石临溪坐，寻花绕寺行。时时闻鸟语，处处是泉声。

观花后游慈恩寺

（唐）施肩吾

世事知难了，应须问苦空。羞将看花眼，来入梵王宫。

题水西寺

（唐）杜牧

三日去还住，一生焉再游。含情碧溪水，重上絫公楼。

牛头寺

（唐）司空图

终南最佳处，禅诵出青霄。群木澄幽寂，疏烟泛沉寥。

题九日山石佛院乱峰轩

（宋）朱子

因依古佛居，结屋寒林杪。当户碧峰稠，云烟自昏晓。

岩中老释子，白发对青山。不作看山想，秋云时往还。

立雪堂

（明）高启

堂前参未退，立到雪深时。一夜山中冷，无人只自知。

冰壶井

（明）高启

圆甃夏生冰，光涵数星冷。窗有定中僧，休牵辘轳绠。

小飞虹

（明）高启

初看卧波影，应恐雨崇朝。过涧寻师去，端如度石桥。

避雨山寺

（明）汪生民

偶逐荷锄入，松关犬吠频。山僧买药去，风雨自留人。

圆觉寺晚坐

（明）李先芳

片片归林鸟，微微出寺钟。僧门掩秋色，明月在高松。

东林寺前作

（明）梁有誉

山色斜依寺，江流曲抱村。时有山僧出，残阳独掩门。

入　寺

（明）僧明显

碧草通樵径，青松夹寺门。已来亲眼见，难去对人言。

寻竹隐寺

（明）僧怀让

闻钟识寺遥，小径缘云入。日暮冒岚归，秋衣不知湿。

高山寺

（明）僧德清

山城枕江流，梵刹云中起。钟鸣万户开，人在莲华里。

◆ 七言绝句

题泾县水西寺

（唐）宣宗

大殿连云接赏溪，钟声还与鼓声齐。
长安若问江南事，说道风光在水西。

过融上人兰若

（唐）孟浩然

山头禅室挂僧衣，窗外无人溪鸟飞。
黄昏半在下山路，却听泉声连翠微。

与谢良辅游泾川陵岩寺

（唐）李白

乘君素舸泛泾西，宛似云门对若溪。
且从康乐寻山水，何必东游入会稽。

题法院

（唐）常建

胜景门开对远山，竹深松老半含烟。
素月殿中三度磬，水精宫里一僧禅。

寻盛禅师兰若

（唐）刘长卿

秋草黄花覆古阡，隔林何处起人烟。

山僧独在山中老,惟有寒松见少年。

登宝意寺上方旧游
(唐)韦应物

翠岭香台出半天,万家烟树满晴川。
诸僧近住不相识,坐听微钟记往年。

同路郎中韩侍御春日题野寺
(唐)卢纶

寺前山远古陂宽,寺里人稀春草寒。
何事最堪悲色相,折花将与老僧看。

题兰若
(唐)崔峒

绝顶茅庵老此生,寒云孤木独经行。
世人那得知幽径,遥向青峰礼磬声。

题净居寺
(唐)戴叔伦

玉壶山下云居寺,六百年来选佛场。
满地白云关不住,石泉流出落花香。

栖霞寺云居室
(唐)权德舆

一径萦纡至此穷,山僧盥漱白云中。
闲吟定后更何事,石上松枝常有风。

题清凉寺
(唐)杨巨源

凭槛霏微松树烟,陶潜曾用道林钱。

一声寒磬空心晓,花雨知从第几天?

游西林寺
(唐) 李涉

十地初心在此身,水能生月即离尘。
如今再结林中社,可羡当年会里人。

题僧院
(唐) 张籍

闻师行讲青龙院,本寺住来多少年。
静扫空房惟独坐,千茎秋竹在檐前。

宿西林寺
(唐) 白居易

木落天晴山翠开,爱山骑马入山来。
心知不及柴桑令,一宿西林便欲回。

香山寺
(唐) 白居易

空门寂静老夫闲,伴鸟随云往复还。
家酝满瓶书满架,半移生计入香山。

游云居寺赠穆三十六地主
(唐) 白居易

乱峰深处云居路,共榻花行独惜春。
胜地本来无定主,大都山属爱山人。

题香山新经堂招僧
(唐) 白居易

烟满秋堂月满庭,香花漠漠磬泠泠。

谁能来此寻真谛，白老新开一藏经。

古　寺

（唐）元稹

古寺春馀日半斜，竹风萧爽胜人家。
花时不到有花院，意在寻僧不在花。

峰顶寺

（唐）张祜

月明如水山头寺，仰面看天石上行。
夜半深廊人语定，一枝松动鹤来声。

夏雨后题青荷兰若

（唐）施肩吾

僧舍清凉竹树新，初经一雨洗诸尘。
微风忽起吹莲叶，青玉盘中泻水银。

题禅僧院

（唐）施肩吾

栖禅枝畔数花新，飞作琉璃地上尘。
谷鸟自啼猿自叫，不能愁得定中人。

寻石瓮寺上方

（唐）贾岛

野寺入时春雪后，崎岖得到此房前。
老僧不出迎朝客，已住上方三十年。

寄题宣州开元寺

（唐）杜牧

松寺曾同一鹤栖，夜深台殿月高低。

何人为倚东楼柱，正是千山雪涨溪。

醉后题禅院

（唐）杜牧

觥船一棹百分空，十载青春不负公。
今日鬓丝禅榻畔，茶烟轻飏落花风。

定山寺

（唐）薛逢

十里松萝映碧苔，一川晴色镜中开。
遥闻上界繙经处，片片香云出院来。

宿僧院

（唐）赵嘏

月满长空树满霜，度云低拂近檐床。
林中夜半一声磬，卧见高僧入道场。

李侍御归炭谷山居同宿华严寺

（唐）赵嘏

家在青山近玉京，白云红树满归程。
相逢一宿最高寺，半夜翠微泉落声。

宿僧舍

（唐）赵嘏

高僧夜滴芙蓉漏，远客窗含杨柳风。
何处相逢话心地？月明身在磬声中。

题谷隐兰若

（唐）段成式

风惹闲云半谷阴，岩西隐者醉相寻。

草衰乍觉径增险，叶尽却疑溪不深。

题金山寺石室
（唐）李群玉

白波四面照楼台，日夜潮声绕寺回。
千叶红莲高会处，几曾龙女献珠来。

峡山寺上方
（唐）李群玉

满院泉声山殿凉，隔簾微雨野松香。
东峰下视南溟月，笑蹋金波看海光。

登祝融峰兰若
（唐）卢肇

祝融绝顶万馀层，策杖攀萝步步登。
行到月宫霞外寺，白云相伴两三僧。

题清远峡观音院
（唐）卢肇

清潭洞澈深千尺，危岫攀萝上几层。
秋尽更无黄叶树，夜阑惟对白头僧。

风入古松添急雨，月临虚槛背残灯。
老猿啸狖还欺客，来撼窗前百尺藤。

题常乐寺
（唐）唐球

桂冷香闻十里间，殿台浑不似人寰。
日斜回首江头望，一片闲云落后山。

题灵峰僧院
（唐）黄滔

系马松间不忍归，数巡香茗一枰棋。
拟登绝顶留人宿，犹待沧溟月满时。

题袁州龙兴寺
（唐）易偲

百尺古松松下寺，宝旛朱盖尽珊珊。
闲庭甘露几回落，青石绿苔犹未干。

江上人禅居
（唐）僧皎然

路入松声远更奇，山光水色共参差。
中峰禅寂一僧在，坐对梁朝老桂枝。

和宿硖石寺下
（宋）赵抃

淮岸浮图半倚天，山僧应已离尘缘。
松关暮锁无人迹，惟放钟声入画船。

七月过孤山勤上人院
（宋）蔡襄

青林蔼蔼日晖晖，薄晚凉生暑气微。
湖上清风如可载，画船十只不空归。

自定林过西庵
（宋）王安石

午鸡声不到禅林，柏子烟中静拥衾。
忽忆西岩道人语，杖藜乘兴得幽寻。

金陵报恩大师西堂方丈
（宋）王安石

萧萧出屋千竿玉，霭霭当窗一炷云。
心力长年人事外，种花移石尚殷勤。

书双竹湛师房
（宋）苏轼

暮鼓朝钟自击撞，闭门孤枕对残釭。
白灰旋拨通红火，卧听萧萧雪打窗。

南寺千佛阁
（宋）苏轼

古邑居民半海涛，师来构筑便能高。
千金用尽身无事，坐看香烟绕白毫。

归宜兴留题竹西寺
（宋）苏轼

此生已觉都无事，今岁仍逢大有年。
山寺归来闻好语，野花啼鸟亦欣然。

常州太平寺蘑葡亭
（宋）苏轼

六花蘑葡林间佛，九节菖蒲石上仙。
何似东坡铁拄杖，一时惊散野狐禅。

中梁山寺
（宋）文同

上方梯磴绕岩头，谁就孤高更起楼。
直望汉江三百里，一条如线下洋州。

竹西寺

（宋）米芾

竹西桑柘暮鸦盘，特地霜风满倦颜。
不用使君相料理，都缘尘土蔽青山。

题妙觉寺壁

（宋）孙觌

叶底红稀不见花，枝头绿暗可藏鸦。
春归古殿苍苔满，一点笼灯隐绛纱。

书永和寺壁

（宋）朱松

来解征衣日未斜，小轩泉竹两清华。
道人法力真无碍，解遣龙孙吐浪花。

游宁国奉圣寺

（宋）范成大

松梢台殿郁高标，山转溪回一水朝。
不惜褰裳呼小渡，夜来春涨失浮桥。

题照上人迎翠轩

（宋）杨万里

参寥懒可去无还，谁蹋诗僧最上关？
欲具江西句中眼，犹须作礼问云山。

游定林寺

（宋）杨万里

钟山已在万山深，更过钟山入定林。
穿尽松杉行尽石，一庵犹隔白云岑。

半破僧庵半补篱,旧题无复壁间诗。
只馀手植双桐在,此外仍兼洗砚池。

寒食雨中同舍人约游天竺呈陆务观
(宋)杨万里

笋舆冲雨复冲泥,一径深深只觉迟。
孤塔忽从云外出,寺门渐近报侬知。

老桧如幢翠接连,山茶作塔绿萦缠。
山僧相识浑相忘,不到山中十五年。

禅房寂寂水潺潺,涧草岩花点缀闲。
忽有仙禽发奇响,频伽来自补陀山。

雨后忆龙翔寺
(宋)薛季宣

二峰高峙夹禅扃,长落潮音逐磬声。
老僧睡起绝无事,不管波涛四面生。

龙潭方丈
(宋)楼钥

又因寒食此中来,窗户虚明绝点埃。
山里春风无间断,海棠开过地棠开。

秀峰寺
(宋)徐玑

篮舆晚泊近岩隈,精舍门临古道开。
僧子相逢便相识,十年三过秀峰来。

舣舟江心寺

（宋）谢翱

数声清磬出晴暮，落木人家散烟雾。
风送年年江上潮，白云生根吹不去。

僧　门

（宋）林景熙

一闲每笑不如僧，及到僧门闲未能。
昨夜褐袍风雪里，隔溪犬吠入林灯。

过湘江题慈云寺壁

（宋）僧惠洪

慈云寺在古城隈，月阁风轩照水开。
独倚阑干秋雨后，青山相逐渡江来。

巨然山寺

（金）任询

孤撑山作碧螺髻，散漫水成苍玉鳞。
野寺荒凉人不到，水光山影正横陈。

游栖岩寺

（金）张瓒

林表招人白塔明，竹间兰芷石泉清。
惠崇水墨西轩景，烟带平芜水带城。

题济源龙潭寺

（金）赵之杰

树围修竹竹围庵，庵下泓然碧一潭。
极目荷花半秋色，小横图上看江南。

宝岩僧舍
（金）宗道

寂寂钟鱼柏满轩，午风轻飔煮茶烟。
西堂竟日无人到，只许山人借榻眠。

晚宿山寺
（金）赵沨

松门明月佛前灯，庵在孤云最上层。
犬吠一山秋意静，敲门时有夜归僧。

真容院
（金）萧贡

魔宫佛界等空虚，此理何曾属有无。
直向台山始相见，可中还有二文殊。

八月十四日宿官塔下院
（金）冯延登

野僧引客看修竹，拄杖入林惊暝禽。
一道细泉鸣藓磴，恍如闲听颖师琴。

山寺早起
（元）刘因

松窗一夜远潮生，断送幽人睡失明。
梦觉不知春已去，半帘红雨落无声。

游青莲寺
（元）王恽

上方曾阁倚晴烟，回合诸峰耸碧莲。
午枕不容诗梦就，天风吹雨下危巅。

上蓝寺
　　　　　　　　（元）贡奎

古寺回廊雪满阶，官闲因访老僧来。
一方晴日檐声响，绝爱小窗临竹开。

净慧寺
　　　　　　　　（元）鲜于枢

晚雨才收日已西，石梁沙路净无泥。
清泉瀺瀺千峰迥，绿柳阴阴一鸟啼。

又戏题广严僧房壁
　　　　　　　　（元）鲜于枢

几年门外策征骖，不料能来共一龛。
壁上未须书岁月，褚河南是护伽蓝。

宿焦山上方
　　　　　　　　（元）郭天锡

扬子江头风浪平，焦山寺里晚钟鸣。
炉烟已断灯花落，唤起山僧看月明。

春日上平坡寺
　　　　　　　　（元）范梈

萝径阴阴近百层，金舆记是昔人登。
山僧苦避寻诗者，牢闭柴门唤不应。

五月二十六夜宿松林兰若
　　　　　　　　（元）范梈

白沙寨外接飞霞，行至招提日已斜。
睡觉忽闻山寨语，不知今夕离吾家。

白石庵
（元）周权

地幽山气霭空岚，落叶萧萧白石庵。
归鹤一声无觅处，松梢擎月影毵毵。

游法兴寺
（元）胡天游

山色摇光入袖凉，松阴十丈印回廊。
老僧读罢楞严咒，一殿神风柏子香。

宿圆明寺早起
（明）高启

客起灯前梦尚迷，满楼残月晓风西。
应知野寺非山店，只听钟声不听鸡。

宿蟾公房
（明）高启

一禽不鸣深树烟，明月下照高僧禅。
独开西阁咏清夜，秋河欲堕山苍然。

寄馆天宁寺
（明）丘吉

茶炉吹断鬓丝烟，借得禅林看鹤眠。
不道秋风何处起，一堆黄叶寺门前。

白水寺
（明）方廷玺

石径逢僧一话间，白云深处不知还。
松阴日午茶烟起，不有客来僧更闲。

永兴寺散步
（明）皇甫汸

帝城西觅古丛林，万木寒垂六月阴。
庭下闲花斋后偈，门前空水定时心。

弘教寺
（明）王穉登

内家金像出蓬莱，千叶莲花玉作台。
试向白毫光里看，圣人前世是如来。

归宗寺
（明）吴兆

路绕鸾溪去复回，鹅池闻说右军开。
山僧相遇衣裳湿，双剑峰头看瀑来。

晚投黄龙寺慧宗上人房
（明）吴兆

几处禅林聚似村，岭头风雨涧头昏。
千枝灯影僧初放，一派经声客到门。

送一公还天界寺
（明）范汭

江流汨汨树层层，短笠空瓢去秣陵。
依旧青山风雪里，荜门深掩一龛灯。

初宿海会寺
（明）李蓘

灵泉流水夜淙淙，月小松高鹤影双。
石榻觉来秋烛冷，诵经声满碧山窗。

阚峰普济寺

（明）钱希言

阚公山绕阚公湖，舍宅年犹记赤乌。
寂寂寺门霜叶里，水禽飞上石浮屠。

讲经台

（明）僧守仁

乞食归来坐瞑鸦，谭经每到白牛车。
东风柳絮吹晴雪，犹想天宫酌宝花。

题萝壁山房

（明）僧德祥

青萝壁下一僧房，长日惟烧片炷香。
风在竹榈人在定，鸟衔红柿落柴床。

次韵题高斋

（明）僧无愠

高斋寂寂俯清池，瓦鼎香浮十二时。
天晓定回松下石，藓痕青上布伽黎。

不二楼

（明）僧镇澄

谈经人在翠微中，缥缈烟霏隔几重。
欲寄此心无可托，长随片月挂西峰。

石林庵

（明）僧广印

觉道金绳绝巘开，半空花雨湿楼台。
长林怪石皆龙象，曾受生公记莂来。

卷二百三十三　佛　类

◆ 四言古

念佛三昧诗
（晋）王齐之

妙用在兹，涉有览无。神由昧彻，识以照麤。
积微自引，因功本虚。泯彼三观，忘此毫馀。

寂漠何始，理元（玄）通微。融然忘适，乃廓灵晖。
心游缅域，得不践机。用之以冲，会之以希。

神资天凝，圆映朝云。与化而感，与物斯群。
应不以方，受者自分。寂尔渊镜，金水尘纷。

慨自一生，夙乏惠识。托崇渊人，庶藉冥力。
思转毫功，在深不测。至哉之念，主心西极。

惟卫佛像铭
（梁）简文帝

灼灼金容，巍巍满月。永被人天，常留花窟。

释迦文佛像铭
（梁）简文帝

至矣调御，行备智周。满月为面，青莲在眸。

心珠可莹，智流方普。永变身田，长无沙卤。

式佛像铭
（梁）简文帝

影生千叶，花成四柱。塔象单留，毳童双舞。

◆ 五言古

迎舍利
（梁）宣帝

释迦称散体，多宝号金躯。白玉诚非比，黄金良莫逾。
变见绝言象，端异乃冥符。灵知虽隐显，妙色岂荣枯。
惟当千劫后，方成无价珠。

舍利佛
（隋）阙名

金绳界宝地，珍木荫瑶池。云间妙音奏，天际法蠡吹。

同马太守听九思法师讲《金刚经》
（唐）高适

吾师晋阳宝，杰出山河最。途经世谛间，心到空王外。
鸣钟山虎伏，说法天龙会。了义同建瓴，梵法若吹籁。
深知亿劫苦，善喻恒沙大。舍施割肌肤，攀援去亲爱。
招提何清净，良牧驻轻盖。露冕众香中，临人觉苑内。
心持佛印久，标割魔军退。愿开初地因，永奉弥天对。

听蓝溪僧为元居士说《维摩经》
（唐）孟郊

古树少枝叶，真僧亦相依。山木自曲直，道人无是非。
手持维摩偈，心向居士归。空景忽开雾，雪花犹在衣。

洗然水溪昼，寒物生光辉。

久雨斋居诵经
（宋）朱子

端居独无事，聊披释氏书。暂释尘累牵，超然与道俱。
门掩竹林幽，禽鸣山雨馀。了此无为法，身心同晏如。

慧日寺十八大阿罗塑像
（明）邓袚

至人自藏珍，古貌元气备。抟土造佛徒，追真信难事。
亭亭青莲宇，诸天奠其位。尊者十二辈，高座纳双屣。
巍巍超凡表，尘眼有瞢视。深厚貌漂山，广博欲际地。
静沉马足万，专守门不二。觉能越几先，慈欲放踵施。
龙驤以珠豢，虎跳以咒弭。目瞑澄渊黑，顶突华峰翠。
若真外形骸，能以理胜自。嗒然了得丧，何有立同异。
麈柄操莹玉，宝花自空坠。想当经营初，其手空俗士。
我思彼尊者，所造亦深邃。函经入方夏，后乃道宏肆。
以空摄万有，以道猎众智。穷山养枯骸，野鸟习其髻。
善士瞻梵相，瓶锡此焉恃？安得如此塑，慰我怀古意。

读佛书
（明）归有光

天竺降灵圣，利益其在此。雪山真苦行，九恼尚缠己。
非徒食马麦，空钵良可耻。纷纷姁荼女，谤论或未已。
不知手指中，犹出五狮子。

◆ 七言古　附长短句

僧伽歌
（唐）李白

真僧法号号僧伽，有时与我论三车。

问言诵咒几千遍,口道恒河沙复沙。
此僧本住南天竺,为法头陀来此国。
戒得长天秋月明,心如世上青莲色。
意清净,貌棱棱。亦不减,亦不增。
瓶里千年舍利骨,手中万岁胡孙藤。
嗟余落魄江淮久,罕遇真僧说空有。
一言忏尽波罗夷,再礼浑除犯轻垢。

题杨子文罗汉渡海图

(明)张以宁

天台之东巨瀛海,濛濛元气浮无边。
应真十六山中来,径渡万里蛟鼍渊。
巨灵前驱海若伏,翠水帖帖开红莲。
神螭猛兽竞轩𩦡,穿龟巨鱼相后先。
一山浮玉当其前,石室古藓垂千年。
异人高居役众鬼,挽过巨浸如飙旋。
贝宫神君迎且拜,明星玉女争花妍。
阴风黯淡百怪集,天容旍影飞翩翩。
石桥回望渺何处,紫翠明灭空云烟。
问渠飞锡何所往,毋乃鹫岭朝金仙?
金仙雪山方晏坐,笑汝狡狯何纷然。
书生平生未省见,太息此画人间传。
清时麟凤在郊野,白日昊昊行青天。

次韵张仲举承旨题卢楞伽过海罗汉图

(明)僧来复

僧伽神变妙莫穷,去住隐显如旋风。
能令大海作平陆,超然独脱阎浮中。
山君河伯备洒扫,锡飞杯渡云行空。

安禅不避魔鬼窟,受斋直入龙王宫。
文犀赤豹时作伍,元(玄)猿白鹿日与同。
腾光嘘气闪奔电,天鼓震曜惊雷公。
世人虽呵小乘法,谁独高举随云龙?
我昔衡山问方广,石桥每见驮经童。
天姝散花跪双膝,金盘笑捧明珠红。
开图恍惚睹颜色,山海遥隔精灵通。
那知画者有深意,丹青巧夺造化功。
君不闻幻游天地同旅泊,我身安得驾鹤从西东?

◆ 五 言 律

和李澧州题常开州经藏诗

(唐)白居易

既悟莲花藏,须遗贝叶书。菩提无处所,文字本空虚。
观指非知月,忘筌是得鱼。闻君登彼岸,舍筏复何如?

读《瑜珈论》

(宋)僧惠洪

此生已无累,一席可穷年。细嚼宝公饭,饱参弥勒禅。
懒修精进定,爱作吉祥眠。夜久山空寂,唯闻绕砌泉。

◆ 七 言 律

予写《金刚经》与王正道,正道与朱少章复以诗来,辄次二公韵

(金)宇文虚中

前世曾为粥饭僧,此生随处且腾腾。
经中因认人我相,教外都忘大小乘。
写去欲云居士颂,信来如续祖师灯。
他年辱赠茅庵句,谁谓因缘昔未曾。

◆ 五言绝句

题云际南峰眼上人读经堂
（唐）岑参

结宇题三藏，焚香老一峰。云间独坐卧，只是对山松。

◆ 七言绝句

听僧云端讲经
（唐）贾岛

无生深旨诚难解，惟有师言得正真。
远近持斋来谛听，酒坊鱼市尽无人。

龙门石佛
（金）刘中

凿破苍崖已失真，又添行客眼中尘。
请君看取他山石，不费工夫总法身。

释迦出山息轩画
（金）完颜璹

庞眉袖手出岩阿，及至拈花事已讹。
千古雪山山下路，杖藜无处避藤萝。

莲叶观音，恩禅师所藏，同路宣叔赋
（金）元德明

瑞相分明一叶中，华严性海共圆通。
补陀自有丹青变，画史区区可得工？

月伯明讲经，与玉山各赋二绝以寄（录一）
（元）姚文奂

玉笛飞空过洞庭，西山不改旧时青。

短长桥下风雨夜,知是老龙来听经。

题罗汉图
(元)僧行端

诸谛空来世所无,神通百变绝名模。
不知何处留踪迹,却被人传作画图。

卷二百三十四 僧 类

◆ 五言古

赤谷安禅师塔
（唐）卢照邻

独坐岩之曲，悠然无俗氛。酌酒呈丹桂，思诗赠白云。
烟霞朝晚聚，猿鸟岁时闻。水华竞秋色，山翠含夕曛。
高谈十二部，细覈五千文。如如数冥昧，生生理氤氲。
古人有糟粕，轮扁情未分。且当事芝术，从吾所好云。

还山贻湛法师
（唐）孟浩然

幼闻无生理，常欲观此身。心迹罕兼遂，崎岖多在尘。
晚途归旧壑，偶与支公邻。导以微妙法，结为清净因。
烦恼业顿舍，山林情转殷。朝来问疑义，夕话得清真。
墨妙称古绝，词华惊世人。禅房闭虚静，花药连冬春。
平石藉琴砚，落泉洒衣巾。欲知冥灭意，朝夕海鸥驯。

赠僧崖公
（唐）李白

昔在朗陵东，学禅白眉空。大地了镜彻，回旋寄轮风。
揽彼造化力，持为我神通。晚谒太山君，亲见日没云。
中夜卧山月，拂衣逃人群。授余金仙道，旷劫未始闻。

冥机发天光，独朗谢垢氛。虚舟不系物，观化游江濆。
江濆遇同声，道崖乃僧英。说法动海岳，游方化公卿。
手秉玉麈尾，如登白楼亭。微言注百川，亹亹信可听。
一风鼓群有，万籁各自鸣。启闭八窗牖，托宿掣电霆。
自言历天台，扪壁蹑翠屏。凌兢石桥去，恍惚入青冥。
昔往今来归，绝景无不经。何日更携手，乘杯向蓬瀛。

送通禅师还南陵隐静寺
（唐）李白

我闻隐静寺，山水多奇踪。岩种朗公橘，门深杯渡松。
道人制猛虎，振锡还孤峰。他日南陵下，相期谷口逢。

赠宣州灵源寺仲濬公
（唐）李白

敬亭白云气，秀色连苍梧。下映双溪水，如天落镜湖。
此中积龙象，独许濬公殊。风韵逸江左，文章动海隅。
观心同水月，解领得明珠。今日逢支遁，高谈出有无。

赠僧行融
（唐）李白

梁有汤惠休，常从鲍照游。峨嵋史怀一，独映陈公出。
卓绝二道人，结交凤与麟。行融亦俊发，吾知有英骨。
海若不隐珠，骊龙吐明月。大海乘虚舟，随波任安流。
赋诗旃檀阁，纵酒鹦鹉洲。待我适东越，相携上白楼。

送恂上人还吴
（唐）储光羲

洛城本天邑，洛水即天池。君王既行幸，法子复来仪。
虚室香花满，清川杨柳垂。乘闲道归去，远意谁能知。

赠霈禅师

（唐）皇甫曾

南岳满湘源，吾师经利涉。身归沃洲老，名与支公接。
净教传荆吴，道缘正渔猎。观空色不染，对镜心自愜。
室中人寂寞，门外山稠叠。天台积幽梦，早晚当负笈。

赠江华长老

（唐）柳宗元

老僧道机熟，默语心皆寂。去岁别春陵，沿流此投迹。
空室无侍者，巾屦唯挂壁。一饭不愿馀，跏趺便终夕。
风窗疏竹响，露井寒松滴。偶地即安居，满庭芳草积。

夏日谒智远禅师

（唐）孟郊

吾师当几祖，说法云无空。禅心三界外，宴坐天地中。
院静鬼神去，身与草木同。因知护王国，满钵盛毒龙。
斗薮尘埃衣，谒师见真宗。何必千万劫，瞬息去樊笼。
盛夏火为日，一堂十月风。不得为弟子，名姓挂儒宫。

赠道月上人

（唐）孟郊

僧貌净无点，僧衣宁缀华。寻常昼日行，不使身影斜。
饭术煮松柏，坐山邀云霞。欲知禅隐高，缉薜为袈裟。

送清远上人归楚山旧寺

（唐）孟郊

波中出吴境，霞际登楚岑。山寺一别来，云萝三改阴。
诗夸碧云句，道证青莲心。应笑泛萍者，不知松隐深。

送元亮师

（唐）孟郊

兰泉涤我襟，杉月栖我心。茗啜绿净花，经诵清柔音。
何处笑为别，淡情愁不侵。

送淡公

（唐）孟郊

江南邑中寺，平地生胜山。开元吴语僧，律韵高且闲。
妙乐溪岸平，桂榜复往还。树石相斗生，红绿各异颜。
风味我遥忆，新奇师独攀。

题道宗上人十韵

（唐）白居易

如来说偈赞，菩萨著论议。是故宗律师，以诗为佛事。
一音无差别，四句有诠次。欲使第一流，皆知不二义。
精洁沾戒体，闲淡藏禅味。从容恣语言，缥缈离文字。
旁延邦国彦，上达王公贵。先以诗句牵，后令入佛智。
人多爱师句，我独知师意。不似休上人，空多碧云思。

题天竺南院赠闲元旻清四上人

（唐）白居易

杂芳涧草合，繁绿岩树新。山深景候晚，四月有馀春。
竹寺过微雨，石径无纤尘。白衣一居士，方袍四道人。
地异佛国土，人非俗交亲。城中山下别，相送亦殷勤。

赠别宣上人

（唐）白居易

上人处世界，清净何所似？似彼白莲花，在水不著水。
性真悟泡幻，行洁离尘滓。修道来几时？身心俱到此。

嗟予牵世网，不得长依止。离念与碧云，秋来朝夕起。

梵天寺见僧守诠小诗清远可爱次韵
（宋）苏轼

但闻烟外钟，不见烟中寺。幽人行未已，草露湿芒屦。
唯应山头月，夜夜照来去。

送金山乡僧归蜀开堂
（宋）苏轼

撞钟浮玉山，迎我三千指。众中闻謦欬，未语知乡里。
我非个中人，何以默识子？振衣忽归去，只影千山里。
涪江与中泠，共此一味水。冰盘荐琥珀，何似糖霜美。

送僧定观归
（元）黄清老

诗僧百丈来，复作五台别。丁然振金锡，桂子落秋雪。
山空白云闲，风息万籁灭。相思何处无，江湖一明月。

赓僧韵
（明）太祖

天台五百尊，方寸皆明月。月影弥千江，何曾有暂歇。
为斯妙用通，今古长不灭。昔当悬挂时，诚非凡可越。
住世及应真，几度阿僧劫。假锡作梯航，泛海涛如雪。
一旦杳无踪，暂与沙门别。儵忽群禅中，孰能为机泄。
禅心旷无迹，如海亦何竭。僧本具他心，宗门常合辙。

送僧归越中
（明）王偁

锡挑龙河云，衣带越溪雨。说法方西来，随缘复东去。
松枝偃故房，柏子落庭树。从此上方遥，人间但凝伫。

吴中普门长老乞语

（明）杨循吉

普门在何处？莫向海中寻。只此吴城中，便有紫竹林。
古以水与月，而赞白衣士。举头即见月，掘地即得水。
朴哉明长老，今往住普门。济度说已尽，我复将何言。
虽然无可言，愿且举水月。月在水中明，此理分明说。

答松上人过访不值

（明）吴鼎芳

孤踪石上云，飘忽本无住。门外即青山，一瓢向何处？
离心寄春草，柔艳欲飞去。引领生白烟，花落祇陀树。

清凉庵赠僧

（明）范汭

芒鞋定远近，天路临苍苍。结宇久未了，种松新已长。
平池托空影，断壁飞斜光。欲问吾师法，吾师法已忘。

寒山访雪谷师

（明）僧智舷

寒山太湖东，六月雪埋坞。时有天耳师，巢居类巢父。
春秋末半百，气骨自高古。清泉冻连底，蹲石怒狮虎。
此中除梅花，无物入岩户。

◆ 七言古　附长短句

别山僧

（唐）李白

何处名僧到水西，乘舟弄月宿泾溪。
平明别我上山去，手携金策踏云梯。
腾身转觉三天近，举足回看万岭低。

谑浪肯居支遁下，风流还与远公齐。
此度别离何日见，相思一夜暝猿啼。

寄崇梵僧

（唐）王维

崇梵僧，崇梵僧，秋归覆釜春不还。
落花啼鸟纷纷乱，涧户山窗寂寂闲。
峡里谁知有人事，郡中遥望空云山。

偃师东与韩樽同诣景云晖上人即事

（唐）岑参

山阴老僧解《楞伽》，颍阳归客远相过。
烟深草湿昨夜雨，雨后秋风渡漕河。
空山终日尘事少，平郊远见行人小。
尚书碛上黄昏钟，别驾渡头一归鸟。

送鸿举师游江西

（唐）刘禹锡

禅客学禅兼学文，出山初似无心云。
从风卷舒来何处？缭绕巴山不得去。
山州古寺好闲居，读尽龙王宫里书。
使君滩头拣石砚，白帝城边寻野蔬。
忽然登高心瞥起，又欲浮杯信流水。
烟波浩淼鱼鸟情，东去三千三百里。
荆门峡断无盘涡，湘平汉阔清光多。
庐山雾开见瀑布，西江月净闻渔歌。
钟陵八郡多名守，半是西方社中友。
与师相见便谈空，想得高斋狮子吼。

支公诗
（唐）僧皎然

支公养马复养鹤，率性无羁多脱略。
天生支公与凡异，凡情不到支公地。
得道由来天上仙，为僧却下人间寺。
道家诸子论自然，此公唯许逍遥篇。
山阴诗友喧四座，佳句纵横不废禅。

腊日游孤山访惠勤惠思二僧
（宋）苏轼

天欲雪，云满湖，楼台明灭山有无。
水清石出鱼可数，林深无人鸟自呼。
腊日不归对妻孥，名寻道人实自娱。
道人之居在何许？宝云山前路盘纡。
孤山孤绝谁肯庐？道人有道山不孤。
纸窗竹屋深自暖，拥褐坐睡依团蒲。
天寒路远愁仆夫，整驾催归及未晡。
出山回望云木合，但见野鹘盘浮图。
兹游淡泊欢有馀，到家怳如梦蘧蘧。
作诗火急追亡逋，清景一失后难摹。

送林上人还杭
（宋）僧道潜

聚水作一雨，多少近远随所遭。
或霑枯荄仅濡浃，或入巨海成波涛。
少林真风今百纪，怅惜至此何萧条。
喜君齐志早寂寞，同我十载沦刍樵。
含冲嗜漠不自厌，更欲剌口尝群肴。

师门祖席在在有，得此失彼良自嘲。
竭来东南走千里，但愿刈楚逢翘翘。
驮浮长川不惮恶，陟彼巨巘宁知劳。
诚专志苦若有相，行断西壤逢英豪。
金鎚扣天元（玄）楗廓，玉电激海明珠高。
星霜因循共千日，谁尔使子先行包？
湖山蜿蜒湖水薄，湖上幽人想如昨。
秋入芙蓉露已溥，晓卷簾栊暑初却。
明明潭底见行云，谩谩空中闻唳鹤。
此景从来吾已知，异乡宁羡君先归。
由来出处元无隔，同看明朝日上时。

题幻住庵中峰和尚莲池野亭小像

（明）陈秀民

亭前池水生莲花，亭中老禅方结跏。
双枝作供净瓶里，仿佛玉井衔丹霞。
世上莲花亦常有，玉堂不比丹青手。
水底冰蚕已化龙，绝世于今故无偶。
师是莲花花是师，亭亭净植涅不缁。
胸中五色舌上吐，烂熳写出莲花词。
世间物物皆为幻，我把斯图作真看。
君不见中峰峰上十丈莲，吹香夜夜到诸天。

镡上送僧归衡山

（明）林鸿

上人孤闲似云鹤，十五出家住衡岳。
说法能超最上乘，持心不受群疑缚。
世上谁知来去踪？南窥太华北游嵩。
衲经雁荡千峰雪，定入峨嵋半夜钟。

于今戒腊青松古，犹泛慈航到东土。
杨柳舟中九曲云，笋皮笠上三山雨。
昨夜归心绕楚天，西风杖锡又茫然。
化龙潭畔清秋别，回雁峰头旧日禅。

送生明还雪窦

（明）僧智舷

残月在松僧在户，犬声如豹隔松坞。
霜厚如雪野易风，空村家家门尚杜。
还山不问几日程，直造云边峰顶坐。
莫想钱塘江北庵，琉璃一点如萤火。

◆ 五言律

送沙门弘景道俊玄奘还荆州应制

（唐）李峤

三乘归净域，万骑饯通庄。就日离亭近，弥天别路长。
荆南旋杖钵，渭北限津梁。何日纡真果，还来入帝乡？

送沙门弘景道俊玄奘还荆州应制

（唐）李乂

初日承归旨，秋风起赠言。汉珠留道味，江璧返真源。
地出南关远，天回北斗尊。宁知一柱观，却启四禅门。

陪李侍御访聪上人禅居

（唐）孟浩然

欣逢柏台友，共谒聪公禅。石室无人到，绳床见虎眠。
阴崖常抱雪，枯涧为生泉。出处虽云异，同欢在法筵。

同崔兴宗送衡岳琼公南归

（唐）王维

言从石菌阁，新下穆陵关。独向池阳去，白云留故山。
绽衣秋日里，洗钵古松间。一施传心法，惟将戒定还。

送王上人还襄阳

（唐）储光羲

朝看法云散，知有至人还。送客临伊水，行车出故关。
天花满南国，精舍在空山。虽复时来去，中心长日闲。

夏日过青龙寺谒操禅师

（唐）裴迪

安禅一室内，左右竹亭幽。有法知不染，无言谁敢酬。
鸟飞争向夕，蝉噪已先秋。烦暑自兹适，清源何处求？

晚过盘石寺礼郑和尚

（唐）岑参

暂诣高僧话，来寻野寺孤。岸花藏水碓，溪竹映风炉。
顶上巢新鹊，衣中得旧珠。谈禅未得去，辍棹且踟蹰。

谒真谛寺禅师

（唐）杜甫

兰若山高处，烟霞障几重。冻泉依细石，晴雪落长松。
问法看诗妄，观身向酒慵。未能割妻子，卜宅近前峰。

送灵澈上人归嵩阳兰若

（唐）刘长卿

南地随缘久，东林几岁空。暮山门独掩，春草路难通。
作梵连松韵，焚香入桂丛。唯将旧瓶钵，却寄白云中。

云门寺访灵一上人

（唐）刘长卿

所思劳日久，惆怅去西东。禅客知何在？春山到处同。
独行残雪里，相见白云中。请近东林寺，穷年事远公。

秋夜肃公房喜普门上人自阳羡山至

（唐）刘长卿

山栖久不见，林下偶同游。早晚来香积，何人住沃洲。
寒禽惊后夜，古木带高秋。却入千峰去，孤云不可留。

送方外上人之常州依萧使君

（唐）刘长卿

宰臣思得度，鸥鸟恋为群。远客回飞锡，空山卧白云。
夕阳孤艇去，秋水两溪分。归共临川史，同翻贝叶文。

送赟法师往上都

（唐）钱起

远近化人天，王城指日边。宰官迎说法，童子伴随缘。
到处花为雨，行时杖出泉。今宵松月下，门闭想安禅。

送宏志上人归湖州

（唐）李嘉祐

山林唯乐静，行住不妨禅。高月穿松径，残阳过水田。
诗从宿世悟，法为本师传。能使南人敬，修持香火缘。

送普门上人还阳羡

（唐）皇甫冉

花宫难久别，道者忆千灯。残雪入林路，深山归寺僧。
日光依嫩草，泉响滴春冰。何用求方便，看心是一乘。

题昭上人房

（唐）皇甫冉

沃洲传教后，百衲老空林。虑尽朝昏磬，禅随坐卧心。
鹤飞湖草迥，门掩海云深。地与天台接，中峰早晚寻。

寄净虚上人初至云门

（唐）皇甫曾

寒踪白云里，法侣自提携。竹径通城下，松门隔水西。
方同沃洲去，不似武陵迷。仿佛心知处，高峰是会稽。

题赠吴门邕上人

（唐）皇甫曾

春山唯一室，独坐草萋萋。身寂心成道，花闲鸟自啼。
细泉松径里，返景竹林西。晚与门人别，依依出虎溪。

送少微上人东南游

（唐）皇甫曾

石桥人不到，独往更迢迢。乞食山家少，寻钟野寺遥。
松门风自扫，瀑布雪难消。秋夜闻清梵，馀音逐海潮。

冬夕寄青龙寺源公

（唐）郎士元

敛屦入寒竹，安禅过漏声。高松残子落，深井冻痕生。
罢磬风枝动，悬灯雪屋明。何当招我宿，乘月上方行。

送少微上人游蜀

（唐）卢纶

瓶钵绕禅衣，连宵宿翠微。树开巴水远，山晓蜀星稀。
遍识中朝贵，多谙外学非。何当一传付，道侣愿知归。

赠衡岳隐禅师

（唐）李端

旧住衡州寺，随缘偶北来。夜禅山雪下，朝汲竹门开。
半偈传初尽，群生意未回。唯当与樵者，杖锡入天台。

赠海明上人

（唐）耿湋

来自西天竺，持经奉紫微。年深梵语变，行苦俗流归。
月上安禅久，苔生出院稀。梁间有驯鸽，不去复何依？

喜入兰陵望紫阁峰呈宣上人

（唐）李益

薙草开三径，巢林喜一枝。地宽留种竹，泉浅欲开池。
紫阁当疏牖，青松入坏篱。从今安僻陋，萧相是吾师。

赠兰若僧

（唐）于鹄

一身禅诵苦，洒扫古花宫。静室门常闭，深萝夜不通。
悬灯乔木上，鸣磬乱幡中。附入高僧传，长称二远公。

赠行脚僧

（唐）戴叔伦

补衲随缘住，难维尘外踪。木杯能渡水，铁钵肯降龙。
到处栖云榻，何年卧雪峰？知师归日近，应偃旧房松。

送映师归本寺

（唐）权德舆

还归柳寺去，远远出人群。苔甃桐花落，山窗桂树薰。
引泉通绝涧，放鹤入孤云。幸许宗雷到，清谈不易闻。

送桃岩成上人归本寺

（唐）严维

长老归缘起，桃花忆旧岩。清晨云抱石，深夜月笼杉。
道具门人捧，斋粮谷鸟衔。馀生愿依止，文字欲三缄。

送僧法和

（唐）戎昱

达士心无滞，他乡总是家。问经翻贝叶，论法指莲花。
欲契真空义，先开智慧芽。不知飞锡后，何处是恒沙。

送惟良上人

（唐）刘禹锡

穷巷惟秋草，高僧独叩门。相欢如旧识，问法到无言。
水为风生浪，珠非尘可昏。悟来皆是道，此别不消魂。

秋日过鸿举法师寺送归江陵

（唐）刘禹锡

学画长廊遍，寻僧一径幽。小池兼鹤净，古木带蝉秋。
客至茶烟起，禽归讲席收。浮杯明日去，相望水悠悠。

送供奉定法师归南安

（唐）杨巨源

故乡南越外，万里碧云峰。经论辞天去，香花入海逢。
鹭涛清梵彻，蜃阁化城重。心到长安陌，交州后夜钟。

赠海东僧

（唐）张籍

别家行万里，自说过扶馀。学得中州语，能为外国书。
与医收海藻，持咒取龙鱼。更问同来伴，天台几夏居？

山中赠日南僧
（唐）张籍

独向双峰老，松门闭两涯。翻经上蕉叶，挂衲落藤花。
甃石新开井，穿林自种茶。时逢海南客，蛮语问谁家？

送闽僧
（唐）张籍

几夏京城住，今朝独远归。修行四分律，护净七条衣。
溪寺黄橙熟，沙田紫芋肥。九龙潭上路，同去客应稀。

送无相禅师入关
（唐）章孝标

九衢车马尘，不染了空人。暂舍中峰雪，应看内殿春。
斋心无外事，定力见前身。圣主方崇教，深宜谒紫宸。

寄白头陀
（唐）白居易

近见头陀伴，云师老更慵。性灵闲似鹤，颜状古于松。
山里犹难觅，人间岂易逢。仍闻移住处，太白最高峰。

赠僧云栖
（唐）张祜

麈尾与筇杖，几年离石坛。梵馀林雪后，棋罢岳钟残。
开卷喜先悟，漱瓶知早寒。衡阳寺前雁，今日到长安。

送僧游温州
（唐）朱庆馀

夏满随所适，江湖非系缘。卷经离峤寺，隔苇上秋船。
水落无风夜，猿啼欲雨天。石门期独往，谢守有遗篇。

送　僧
（唐）朱庆馀

客行皆有为，师去是闲游。野望携金策，禅栖寄石楼。
山深松翠冷，潭静菊花秋。几处题青壁，袈裟溅瀑流。

送僧归天台
（唐）贾岛

辞秦经越过，归寺海西峰。石涧双流水，山门九里松。
曾闻清禁漏，却听赤城钟。妙字研磨讲，应齐智者踪。

送僧游衡岳
（唐）贾岛

心知衡岳路，不怕去人稀。船里犹鸣磬，溪头自曝衣。
有家从小别，无寺不言归。料得逢寒往，当禅雪满扉。

送　僧
（唐）贾岛

大内曾持论，天南化俗行。旧房山雪在，春草岳阳生。
晓了莲经义，堪任宝盖迎。王侯皆护法，何寺讲钟鸣。

寄无可上人
（唐）贾岛

僻寺多高树，凉天忆重游。磬过沟水尽，月入草堂秋。
穴蚁苔痕静，藏蝉柏叶稠。名山思遍往，早晚到嵩丘。

送天台僧
（唐）贾岛

远梦归华顶，扁舟背岳阳。寒蔬修净食，夜浪动禅床。
雁过孤峰晓，猿啼一树霜。身心无别念，馀习在诗章。

送厉宗上人

（唐）贾岛

拥策背岷峨，终南雨雪和。漱泉秋鹤至，禅树夜猿过。
高顶白云尽，前山黄叶多。会吟庐岳上，月动九江波。

送去华法师

（唐）贾岛

在越居何寺？东南水路归。秋江洗一钵，寒日晒三衣。
默听鸿声尽，行看叶影飞。囊中无宝货，船户夜扃稀。

赠然上人

（唐）周贺

竹庭瓶水新，深称北窗人。讲罢见黄叶，诗成寻旧邻。
锡阴迷坐石，池影露斋身。苦作南行约，劳生始问津。

奉寄安国大师兼简子蒙

（唐）李商隐

忆奉莲花坐，兼闻贝叶经。岩光分蜡屐，涧响入铜瓶。
日下徒推鹤，天涯正对萤。鱼山羡曹植，眷属有文星。

送太昱禅师

（唐）许浑

禅床深竹里，心与径山期。结社多高客，登坛尽小师。
早秋归寺远，新雨上滩迟。别后江云碧，南斋一首诗。

白马寺不出院僧

（唐）许浑

禅心空已寂，世路任多歧。到院客长见，闭关人不知。
寺喧听讲绝，厨远送斋迟。墙外洛阳道，东西无尽时。

赠　僧
（唐）许浑

心法本无住，流沙归复来。锡随山鸟动，经附海船回。
洗足柳遮寺，坐禅花委苔。惟将一童子，又欲上天台。

送无梦道人先归甘露寺
（唐）许浑

飘飘随晚浪，杯影入鸥群。萍冻千船雪，岩阴一寺云。
夜灯江北见，寒磬水西闻。鹤岭烟霞在，归期不羡君。

寄西岳白石僧
（唐）马戴

挂锡中峰上，经行蹋石梯。云房出定后，岳月在池西。
峭壁残霞照，欹松积雪齐。年年著山屐，曾得到招提。

寄终南真空禅师
（唐）马戴

闲想白云外，了然清净僧。松门山半寺，雨夜佛前灯。
此境可长往，浮生自不能。一从林下别，瀑布几成冰。

赠别空公
（唐）马戴

云门秋却入，微径久无人。后夜中峰月，空林百衲身。
寂寥寒磬尽，盥漱瀑泉新。履迹谁相见，松风扫石尘。

送禅师
（唐）薛能

寒空孤鸟度，落日一僧归。近寺路闻梵，出郊风满衣。
步摇瓶浪起，盂戛磬声微。还坐栖禅所，荒山月照扉。

寄石桥僧

（唐）项斯

逢师入山日，道在石桥边。别后何人见，秋来几处禅？
溪中云隔寺，夜半雪添泉。生有天台约，知无却出缘。

赠越僧岳云

（唐）温庭筠

世机消已尽，巾履亦飘然。一室故山月，满瓶秋涧泉。
禅庵过微雪，乡寺隔寒烟。应共白莲客，相期松桂前。

兰亭旧都讲，今日意如何？有树开深院，无尘到浅莎。
僧居随处好，人事出门多。不及新春鸟，年年镜水波。

秋宿诗僧云英房因赠

（唐）杜荀鹤

贾岛怜无可，都缘数句诗。君虽是后辈，我谓过当时。
溪浪和星动，松阴带鹤移。同吟到明坐，此道淡谁知。

寄石溢清越上人

（唐）方干

寺处惟高僻，云生石枕前。静吟因得句，独夜不妨禅。
窗接停猿树，岩飞浴鹤泉。相思有书札，俱倩猎人传。

赠江南僧

（唐）方干

忘机室亦空，禅与沃洲同。唯有半庭竹，能生竟日风。
思山海月上，出定印香终。继后传衣者，还须立雪中。

送镜空上人游江南
（唐）方干

去住如云鹤，飘然不可留。何山逢后夏，一食在孤舟。
细雨莲塘晚，疏蝉橘岸秋。应怀旧溪月，夜过石窗流。

题雪窦禅师
（唐）方干

飞泉溅禅石，瓶注亦生苔。海上山不浅，天边人自来。
度年随桧柏，独夜任风雷。猎者闻疏磬，知师入定回。

题碧溪山禅老
（唐）方干

师步有云随，师情唯鹤知。萝迷收苓路，雪隔出溪时。
竹狖窥沙井，岩禽停桧枝。由来傲卿相，卧稳答书迟。

赠玛瑙山禅者
（唐）方干

芴草不停曾，因师山更灵。村林朝乞食，风雨夜开扃。
井味兼松粉，云根著净瓶。尘劳如醉梦，对此暂能醒。

送日东僧游天台
（唐）杨夔

一瓶离日外，行指赤城中。去自重云下，来从积水东。
攀萝跻石径，挂锡憩松风。回首鸡林道，惟应梦想通。

闻仰山禅师往曹溪因赠
（唐）张乔

曹溪松下路，猿鸟重相亲。四海求元（玄）理，千峰绕定身。
异花天上堕，灵草雪中春。自惜经行处，焚香礼旧真。

赠敬亭清越上人

（唐）张乔

海上独随缘，归来二十年。久闲时得句，渐老不离禅。
砌木欹临水，窗峰直倚天。犹期向云里，别扫石床眠。

上柏梯寺怀旧僧

（唐）司空图

云根禅客居，皆说旧吾庐。松日明金像，苔龛响木鱼。
依栖应不阻，名利本来疏。纵有人相问，林间懒拆书。

赠信美寺岑上人

（唐）司空图

巡礼诸方遍，湘南频有缘。焚香老山寺，乞食向江船。
纱碧笼名画，灯寒照净禅。我能来永日，莲漏滴寒泉。

赠圆昉公

（唐）司空图

天阶让紫衣，冷格鹤犹卑。道胜嫌名出，身闲觉老迟。
晚香延宿火，寒磬度高枝。每说长松寺，他年与我期。

送僧归江东

（唐）崔涂

坐彻秦城夏，行登越客船。去留那有著，语默不离禅。
叶拥临关路，霞明近海天。更寻同社侣，应得虎溪边。

送僧归天竺

（唐）崔涂

忽忆曾栖处，千峰近沃洲。别来秦树老，归去海门秋。
汲带寒汀月，禅邻贾客舟。遥知清兴惬，不厌石林幽。

晚次修路僧

（唐）崔涂

平尽不平处，尚嫌功未深。应难将世路，便得称师心。
高鸟下残照，白烟生远林。更闻清磬发，聊喜缓尘襟。

赠休粮僧

（唐）崔涂

闻钟独不斋，何事更关怀。静少人过院，闲从草上阶。
生台无鸟下，石路有云埋。为忆禅中旧，时游梦百崖。

青龙寺赠云颢法师

（唐）曹松

紫檀衣且香，春殿日尤长。此地开新讲，何山锁旧房？
僧名喧北阙，祖印续南方。莫惜青莲喻，秦人听未忘。

送德辉禅师

（唐）曹松

天涯缘事了，又造石霜微。不以千峰险，唯将独影归。
有为嫌假佛，无境是真机。到后流沙锡，何时更有飞？

贻住山僧

（唐）曹松

罢讲巡岩坞，无穷得野情。腊高犹伴鹿，夏满不归城。
云朵缘崖发，峰阴截水清。自然双洗耳，惟任白毫生。

寄崇圣寺僧

（唐）曹松

不醉秦中酒，冥心只似师。望山吟过日，伴鹤立多时。
沟远流声细，林寒绿色迟。庵西萝月夕，重得语空期。

送云卿上人游安南

（唐）李洞

春往海南边，秋闻半夜禅。鲸吞洗钵水，犀触点灯船。
岛屿分诸国，星河共一天。长安却回日，松偃旧房前。

送远上人

（唐）李洞

海岳两无边，去来都偶然。齿因吟后冷，心向静中圆。
虫网花间井，鸿鸣雨后天。叶书归旧寺，应附载钟船。

锦城秋寄怀弘播上人

（唐）李洞

极顶云兼冻，孤城露洗初。共辞嵩少雪，久绝贝多书。
远照雁行细，寒条狄挂虚。分泉煎月色，忆就茗林居。

寄太白禅师

（唐）张蠙

何年万仞顶，独有坐禅僧。客上应无路，人传或见灯。
斋厨惟有橡，讲石任生藤。遥想东林社，如师谁复能。

赠可沦上人

（唐）张蠙

师教本于空，流来不自东。修从多劫后，行出众人中。
衲冷湖山雨，幡轻海甸风。游吴累夏讲，还与虎溪同。

赠著上人

（唐）唐球

掩门江上住，尽日更无为。古木坐禅处，残星鸣磬时。
水浇冰滴滴，珠数落累累。自有闲行伴，青藤杖一枝。

寄楚琼上人

(唐) 李咸用

遥知无事日,静对五峰秋。鸟隔寒烟语,泉和夕照流。
凭栏疏磬尽,瞑目远云收。几句出人意,风高白雪浮。

云居长老

(唐) 王贞白

巘路蹑云上,来参出世僧。松高半岩雪,竹覆一溪冰。
不说有为法,非传无尽灯。了然方寸内,应只见南能。

访澄上人

(唐) 李中

寻师来静境,神骨觉清凉。一饷逢秋雨,相留坐竹堂。
石渠堆败叶,莎砌咽寒螀。话到南能旨,怡然万虑忘。

寄暹上人

(唐) 孟贯

闻罢城中讲,来安顶上禅。夜灯明石室,清磬出岩泉。
欲访惭多事,相辞恨来年。终期息尘虑,接话虎溪边。

送僧归富春

(唐) 郑巢

忆过僧禅处,遥山抱竹门。古房关藓色,秋径扫潮痕。
石静闻泉落,沙寒见鹤翻。终当从此望,更与道人言。

送琇上人

(唐) 郑巢

古殿焚香外,清羸坐石棱。茶烟开瓦雪,鹤迹上潭冰。
孤磬侵云动,灵山隔水登。白云归意远,旧寺在庐陵。

赠蛮僧
（唐）郑巢

南海何年过，中林一磬微。病逢秋雨发，心逐暮潮归。
久卧前山寺，犹缝故国衣。近来慵步履，石藓满柴扉。

怀赠操禅师
（唐）李建勋

尝隐曹溪子，龛居面碧嵩。杉松新夏后，雨雹夜禅中。
道匪因经悟，心能向物空。秋来得音信，又在剡山东。

赠幻群法师
（唐）僧清塞

北京从别后，南越几听砧。住久白髭出，讲长黄叶深。
香连邻舍像，磬彻远巢禽。寂寞应关道，何人见此心？

送秘上人游京
（唐）僧皎然

共君方异路，山伴与谁同？日冷行人少，时清古镇空。
暖瓶和雪水，鸣锡带江风。撩乱终南色，遥应入梦中。

赠圭峰禅师
（唐）僧无可

绝壑禅床底，泉分落石层。雾交高顶草，云隐下方灯。
朝满倾心客，溪连学道僧。半旬持一食，此事有谁能？

送僧游西域
（唐）僧处默

一盂兼一锡，只此度流沙。野性难为客，禅心即是家。
寺投云峤雪，路入晓天霞。自说游诸国，回应岁月赊。

宁公新拜首座因赠

（宋）王禹偁

著书新奏御，优诏及禅扉。首座名虽贵，家山老未归。
磬声寒绕枕，塔影静侵衣。终忆西湖上，秋风白鸟飞。

僧可真东归因谒范苏州

（宋）梅尧臣

姑苏台畔去，云壑付清机。野策过寒水，山童护衲衣。
松门正投宿，竹笠带馀晖。谁爱杼山句，使君应姓韦。

送长吉上人

（宋）林逋

囊集暮云篇，行行肯废禅。青山买未暇，朱阙去随缘。
茗试幽人井，香焚贾客船。淮流迟新月，吟玩想忘眠。

送思齐上人之宣城

（宋）林逋

林岭蔼春晖，程程入翠微。泉声落坐石，花气上行衣。
诗正情怀淡，禅高语论稀。萧闲水西寺，驻锡莫忘归。

寄清晓阇黎

（宋）林逋

前时春雪晴，林壑趣弥清。几忆山阴讲，兼忘谷口耕。
树丛归夕鸟，湖影浸寒城。还肯重相访，柴门掩杜蘅。

寄楞严大师

（宋）文同

锦官城里寺，一室若云峰。水缩秋吟鼎，霜低夜讲松。
住斋尘入钵，出定藓生筇。曾听三摩义，居常梦晓钟。

赠胜上人
（宋）叶适

近日能吟者，黄岩说胜师。语生兼老笔，体重带幽姿。
遣腊冰千箸，勾春柳一丝。方山最高顶，不拟到茅茨。

寄开元奎律师
（元）袁桷

开元古坛主，老至律精严。洗钵鱼游水，开门鹤入簾。
拾薪供茗具，滴露写经签。已悟如来意，看花不用拈。

寄中山隐讲师
（元）张宪

问讯山中隐，中山第几重？风廊巡夜虎，云钵听经龙。
流水千溪月，寒岩一树松。无因净查滓，来共上堂钟。

送僧
（元）倪瓒

闻说四明道，山川似若邪（耶）。去依阿育塔，还宿梵王家。
野井封残雪，江船聚晚沙。光公强健否，持底作生涯？

拟寒山子
（元）僧行端

偃仰千岩内，超然与世违。采芝为口食，纫槲作身衣。
瀑水淋苔磴，湫云渍草扉。闲吟竺仙偈，几度历斜晖。

送思上人
（明）徐贲

一瓶与一锡，游越复游吴。到寺长逢旧，看山每过湖。
饭缘随处有，法意本来无。南地多猿鸟，还惊梵语殊。

赠虚中上人
（明）徐贲

归去东林寺，行循曲涧流。馀灯因佛在，宿饭为猿留。
竹屋烟迎夕，菱池雨送秋。还参众师旧，一一话曾游。

忆山中旧游赠坦师
（明）张适

中峰旧名刹，每到竟忘还。泉泻岩千折，云分屋半间。
松枯知寺古，田少觉僧闲。师去因怀古，诗成未解颜。

春日访大林和尚
（明）皇甫汸

投迹入空境，看心愧此身。绾巾蒙示结，执镜为宣因。
石壁初消雪，筎关久灭尘。坐来花落尽，犹自不知春。

观音岩赠僧
（明）童珮

问道祝融东，逢僧是远公。林间孤殿破，石下半潭空。
云影恋苔绿，山光借树红。翻经对灵鹫，日日鸟声中。

访天圣寺长老
（明）吴孺子

吴兴天圣寺，长老有馀工。种药寒云外，分泉杳霭中。
看心孤月满，照影万缘空。我是陶元亮，常来访远公。

同闻上人作
（明）程嘉燧

旬月拟来此，同游亦偶然。经行适多暇，喧寂自俱禅。
出寺半峰雨，归房终夜泉。独惭心住著，仍是爱幽偏。

送僧还松萝山

（明）僧德祥

乡井何曾念，溪山不肯忘。百滩春水色，万壑古松香。
云影同归路，钟声出上方。松萝最深处，闲坐阅流光。

送邻寺僧

（明）僧德祥

同住南山里，经年不一逢。深萝挂灵锡，落叶闷行踪。
梦绕千峰涧，吟残两寺钟。今从湖上别，云水意重重。

赠别华顶老僧

（明）僧圆复

老宿清无侣，名山住有年。须留三寸雪，衲挂半窗烟。
破屋眠秋雨，孤铛煮夜泉。相逢笑相别，红叶满霜天。

老 僧

（明）僧照源

早得安心法，柴门岂浪开。发长难剪雪，衣故不容埃。
屈指僧中腊，寻思云外来。恐伤虫蚁乐，常诫坐莓苔。

◆ 七言律

留别公安太易沙门

（唐）杜甫

隐居欲就庐山远，丽藻初逢休上人。
数问舟航留制作，长开箧笥拟心神。
沙村白雪仍含冻，江县红梅已放春。
先蹋庐峰置兰若，徐飞锡杖出风尘。

寄庐山真上人

(唐) 李端

高僧无迹本难寻,更得禅行去转深。
青草湖中看五老,白云山上宿双林。
月明潭色澄空性,夜静猿声证道心。
更说谢公南座好,烟萝到地几重阴。

赠衡岳隐禅师

(唐) 司空曙

拥褐安居南岳头,白云高寺见衡州。
石窗湖水摇寒月,枫树猿声报夜秋。
讲席旧逢山鸟至,梵经初向竺僧求。
自知身老将传法,因下人间遂此游。

送义舟师却还黔南

(唐) 刘禹锡

黔江秋水浸云霓,独泛慈航路不迷。
猿狖窥斋林叶动,蛟龙闻咒浪花低。
如莲半偈心常悟,问菊新诗手自携。
常说摩围似灵鹫,却将山屐上丹梯。

赠日本僧智藏

(唐) 刘禹锡

浮杯万里过沧溟,遍礼名山适性灵。
深夜降龙潭水黑,新秋放鹤野田青。
身无彼我那怀土,心会真如不读经。
为问中华学道者,几人雄猛得宁馨?

赠草堂宗密上人

（唐）白居易

吾师道与佛相应，念念无为法法能。
口藏宣传十二部，心台照耀百千灯。
尽离文字非中道，长住虚空是小乘。
少有人知菩萨行，世间只是重高僧。

赠黄蘗山僧希运

（唐）裴休

自从大士传心印，额上圆珠七尺身。
挂锡十年栖蜀水，浮杯今日渡漳滨。
一千龙象随高步，万里香花结胜因。
拟欲事师为弟子，不知将法付何人。

赠闲师

（唐）许浑

近日高僧更有谁？宛陵山下遇闲师。
东林共许三乘学，南国争传五字诗。
初到庾楼红叶坠，夜投萧寺碧云随。
秋江莫惜题佳句，正好磷磷见底时。

赠南岳僧

（唐）李远

曾住衡阳岳寺边，门开江水与云连。
数州城郭藏寒树，一片风帆著远天。
猿去不离行道处，客来皆到卧床前。
今朝惆怅红尘里，惟忆闲塘尽日眠。

送僧归庐山

（唐）赵嘏

禅栖忽忆五峰游，去著方袍谢列侯。
经启楼台千叶曙，锡含风雨一枝秋。
题诗片月侵云在，洗钵香泉覆菊流。
却忆前年别师处，马嘶残月虎溪头。

赠天卿寺神亮上人

（唐）赵嘏

五看春尽此江濆，花自零风日自曛。
空有慈悲随物念，已无踪迹在人群。
迎秋月色檐前见，入夜钟声竹外闻。
笑指白莲心自得，世间烦恼是浮云。

寄清凉寺僧

（唐）温庭筠

石路无尘竹径开，昔年曾伴戴颙来。
窗间半偈闻钟后，松下残棋送客回。
簾向王峰藏夜雪，砌因蓝水长秋苔。
白莲社里如相问，为说游人是姓雷。

送僧归国清寺

（唐）杜荀鹤

吟送越僧归海涯，僧行浑不觉程赊。
路沿山脚潮痕出，睡倚松根日色斜。
撼锡度冈猿抱树，挈瓶盛浪鹭翘沙。
到参禅后知无事，看引秋泉灌藕花。

留别复本修古二上人
（唐）刘沧

二远相知是昔年，此身长寄礼香烟。
绿芜风晚水边寺，清磬月高林下禅。
台殿虚窗山翠入，梧桐疏叶露光悬。
西峰话别又须去，终日关山在马前。

和题支山南峰僧次韵
（唐）陆龟蒙

眉毫霜细欲垂肩，自说初栖海岳年。
万壑烟霞秋后到，一林风雨夜深禅。
时翻贝叶添新藏，闲插松枝护小泉。
好是清冬无外事，匡床斋罢向阳眠。

送圆载上人归日本国
（唐）皮日休

讲殿谈馀著赐衣，椰帆却返旧禅扉。
贝多纸上经文动，如意瓶中佛爪飞。
飓母影边持戒宿，波神宫里受斋归。
家山到日将何入？白象新秋十二围。

访寂上人不遇
皮日休

何意寻云暂废禅，客来还寄草堂眠。
桂寒自落翻经案，石冷空消洗钵泉。
炉里尚飘残玉篆，龛中仍锁小金仙。
须将二百签回去，待得支公恐来年。

送圆载上人归日本

（唐）颜萱

师来一世恣经行，却向沧溟问去程。
心静已能防渴鹿，声喧时为骇长鲸。
禅林几结金桃重，梵室重修铁瓦轻。
料得还乡无别利，只应先见日华生。

江西逢僧省文

（唐）曹松

高僧不负雪峰期，却伴青霞入翠微。
百叶岩前霜欲降，九枝松上鹤初归。
风生碧涧鱼龙跃，锡振金楼燕雀飞。
想得白莲花上月，满山犹带旧光辉。

寄 僧

（唐）吴融

柳拂池光一点清，紫方袍袖杖藜行。
偶传新句来中禁，谁把闲书寄上卿？
锡倚山根重藓破，棋敲石面碎云生。
应怜正视淮王诏，不识东林物外情。

寄淮海惠泽上人

（唐）李洞

海涛痕满旧征衣，长忆初程宿翠微。
竹里桥鸣知马过，塔中灯露见鸿飞。
眉毫别后应盈尺，岩木居来定几围。
他日愿师容一榻，煎茶扫地学忘机。

送 僧
(唐)黄滔

才年七岁便从师,犹说辞家学佛迟。
新厮松萝还不住,爱寻云水拟何之?
孤溪雪满维舟夜,叠嶂猿啼过寺时。
鸟道龙湫悉行后,岂将翻译负心期。

闻尚颜上人创居有寄
(唐)僧齐己

麓山南面橘洲西,别构新斋与竹齐。
野客已闻将鹤赠,江僧未说有诗题。
窗临香霭云千嶂,枕逼潺湲月一溪。
可想乍移吟榻处,松阴冷湿壁新泥。

赠诗僧道通
(宋)苏轼

雄豪而妙苦而腴,只有琴聪与蜜殊。
语带烟霞从古少,气含蔬笋到公无。
香林乍喜闻蒼蔔,古井唯惭断辘轳。
为报韩公莫轻许,从今岛可是诗奴。

赠从善上人
(宋)徐照

骨气清泠无片尘,即应僧可是前身。
诗因圆解堪呈佛,棋与禅通可悟人。
扫地就凉松日少,煑茶消困石泉新。
不能来往城中寺,去买青山约我邻。

照阁奉陪辩才老师夜坐怀少游学士

（宋）僧道潜

猿鸟投林已寂然，芭蕉过雨小楼前。
云依绝壁中间破，月自遥峰缺处圆。
照坐不须红蜡炬，可人惟有蕙炉烟。
校酬御府图书客，畴昔还同此夜禅。

访箕和尚岘山

（金）许古

山中风定夜沉沉，月满禅床静客心。
苍桧四排严法界，孤松中立殷潮音。
鼓钟有节人如玉，台殿无尘地布金。
二月来游春尚浅，红梅无数照山阴。

寄开元奎律师

（元）袁桷

双塔亭亭透夕阳，芭蕉深处碧窗凉。
江神夜听光明偈，天女朝分解脱香。
斋钵午空乌守树，经台云冷鹤归房。
平生欲结西方社，侣（似）怪渊明作吏忙。

赠星上人归湘中

（元）虞集

潭北湘南无影树，一花吹度海门潮。
天香满室定初起，云气上衣身欲飘。
宝月夜寒龙在钵，银河秋近鹊成桥。
岂无一箇邛州竹，与尔松根共寂寥？

越僧无涯号栖云乞赋
（元）张翥

上方何处但闻钟，深护林扉翠几重。
卧冷衲衣侵片石，行随锡杖度千峰。
松晴每下安巢鹤，潭暮时留听法龙。
更欲移禅沃洲去，微茫岩洞不曾封。

答复见心长老见寄
（元）周伯琦

浙水东头佛舍连，蒲庵上士坐忘年。
五云古衲层澜涌，百宝浮图列宿躔。
床上贝书多译梵，门前海舶直通燕。
比丘喜得阶兰秀，应种菩提满法田。

奉寄恕中韫禅师
（元）丁鹤年

曾向名山识异人，心如木石气如春。
坐禅霜叶秋埋膝，行道天花日绕身。
有钵相传元是幻，无锥可卓本非贫。
惟馀潭底中秋月，对写龙峰面目真。

送僧还天台省亲
（明）张羽

载经东去路迢迢，应为宁亲到石桥。
江上中斋寻午䬸，沙边夜梵杂寒潮。
宰官问法留三宿，慈母焚香制七条。
岁晚定知归本寺，待予听雪坐终宵。

寄南屏渭长老

（明）张羽

蒲室传心第一宗，老寻古刹寄行踪。
贯花偈就人争写，坏色衣穿自懒缝。
案上梵经皆贝叶，手中谈麈是青松。
何年惠远重开社，来听东林寺里钟。

越中送僧还旧山

（明）王野

折柳插瓶溪水湾，此方缘尽又思还。
春花乞食云门寺，秋叶翻经瓦屋山。
云起珠林封旧迹，月临宝地忆慈颜。
知君身是旃檀树，已去留春梵宇间。

次韵怀冷泉禅师

（明）僧守仁

八年京国雁书沉，每见游僧问好音。
已喜法支流日本，剩传诗价到鸡林。
马嘶赤拨晨朝散，花落甔𪔌午定深。
今雨不来春又暮，鹫峰烟树绿成阴。

赠住庵僧

（明）僧雪梅

垂簾清昼篆烟霞，满地苍苔衬落花。
习寂不须天送供，图闲懒为客煎茶。
寒炉煨芋留残火，怪衲连云缀断麻。
兀坐不知天早晚，月移松影上窗纱。

◆ 五言绝句

湖上别鉴上人
（唐）宋之问

愿与道林近，在意逍遥篇。自有灵佳寺，何用沃洲禅。

别东林寺僧
（唐）李白

东林送客处，月出白猿啼。笑别庐山远，何烦过虎溪。

送灵澈上人
（唐）刘长卿

苍苍竹林寺，杳杳钟声晚。荷笠带夕阳，青山独归远。

送方外上人
（唐）刘长卿

孤云将野鹤，岂向人间住。莫买沃洲山，时人已知处。

寄灿师
（唐）韦应物

林院生夜色，西廊上纱灯。时忆长松下，独坐一山僧。

望南山雪怀山寺普上人
（唐）皇甫冉

夜夜梦莲宫，无由见远公。朝来出门望，知在雪山中。

送僧游春
（唐）李端

独将支遁去，欲往戴颙家。晴野人临水，春山树发花。

宿山中僧
（唐）顾况

不爇香炉烟，蒲团坐如铁。常想同夜禅，风堕松顶雪。

酬师问
（唐）刘商

虚空无处所，仿佛似琉璃。诗境何人到，禅心又过诗。

李韶州书论释氏，州有能公遗迹，诗以问之
（唐）权德舆

常日区中暇，时闻象外言。曹溪有宗旨，一为勘心源。

赠苦行僧
（唐）雍裕之

幽深红叶寺，清净白毫僧。古殿长鸣磬，低头礼昼灯。

和郑相公寻宣上人不遇
（唐）杨巨源

方寻莲境去，又值竹房空。几韵飘寒玉，馀清不在风。

赠建业契公
（唐）孟郊

师住青山寺，清华常绕身。虽然到城郭，衣上不栖尘。

寄西峰僧
（唐）张籍

松暗水涓涓，夜凉人未眠。西峰月犹在，遥忆草堂前。

禅　师

（唐）张籍

独在西峰顶，年年闭石房。家中无子弟，人到为焚香。

赠禅师

（唐）张祜

坐见三生事，宗传一衲来。已知无法说，心向定中灰。

赠空禅师

（唐）喻凫

虎见修行久，松知夏腊高。寒堂坐风雨，瞑目尚波涛。

怀无可上人

（唐）雍陶

山寺秋晴后，僧家夏满时。清凉多古迹，几处有新诗。

与　僧

（唐）韩偓

江海扁舟客，云山一衲僧。相逢两无语，若个是南能？

访僧不遇

（唐）崔道融

寻僧已寂寞，林下锁山房。松竹虽无语，牵衣借晚凉。

寄僧知乾

（唐）裴说

貌高清入骨，帝里旧临坛。出语经相似，行心佛证安。

寄融上人

（唐）僧皎然

常爱西林寺，池中月在时。芭蕉一片叶，书取寄吾师。

僧

（金）李俊民

貌与松俱瘦，心将絮共沾。一庵空寂地，香火读《楞严》。

禅窝

（明）谢徽

阴壑寒犹闼，空山响已沉。白云无路入，禅向定中深。

◆ 七言绝句

县内闲居赠温公

（唐）韦应物

满郭春风岚已昏，鸦啼吏散掩重门。
虽居世网常清净，夜对高僧无一言。

赠僧

（唐）顾况

家住义兴东舍溪，溪边莎草雨无泥。
上人一向心入定，春鸟年年空自啼。

赠天竺灵隐二寺主

（唐）权德舆

石路泉流两寺分，寻常钟磬隔山闻。
山僧半在中峰住，共占清猿与白云。

赠广通上人

（唐）权德舆

身随猿鸟在深山，早有诗名到世间。
客至上方留盥漱，龙泓洞水昼潺潺。

赠药山高僧惟俨之作

（唐）李翱

练得身形似鹤形，千株松下两函经。
我来问道无馀说，云在青天水在瓶。

再　赠

（唐）李翱

选得幽居惬野情，终年无送亦无迎。
有时直上孤峰顶，月下披云笑一声。

赠华严院僧

（唐）张籍

一身依止荒闲院，烛耀窗中有宿烟。
遍礼《法华》经里字，不曾行到寺门前。

题清头陀

（唐）白居易

头陀独宿寺西峰，百尺禅庵半夜钟。
烟月苍苍风瑟瑟，更无杂树对山松。

送僧游山

（唐）熊孺登

云身自在山山去，何处灵山不是归。
日暮寒林投古寺，雪花飞满水田衣。

送僧游天台

（唐）鲍溶

金岭雪晴僧独归，水文霞采衲禅衣。
可怜石室烧香夜，江月对心无是非。

秋夜怀紫阁寺僧

（唐）鲍溶

满山雨色应难见，隔涧经声又不闻。
紫阁夜深多入定，石台谁为扫秋云？

寻　僧

（唐）朱庆馀

吟背春城出草迟，天晴紫阁赴僧期。
山边树下行人少，一派新泉日午时。

别臻师

（唐）李商隐

昔去灵山非拂席，今来沧海欲求珠。
楞伽顶上清凉地，善眼仙人忆我无？

华　师

（唐）李商隐

孤鹤不睡云无心，衲衣筇杖来西林。
院门昼锁回廊静，秋日当阶柿叶阴。

同崔八诣药山访融禅师

（唐）李商隐

共受征南不次恩，报恩唯是有忘言。
岩花涧草西林路，未见高僧只见猿。

大梦上人自庐峰回

（唐）杜牧

行脚寻常到寺稀，一枝藜杖一禅衣。
开门满院空秋色，新向炉峰过夏归。

赠终南兰若僧

（唐）杜牧

北阙南山是故乡，两枝仙桂一时芳。
休公都不知名姓，始觉禅门气味长。

寄敬上人

（唐）许浑

万山秋雨水萦回，红叶多从紫阁来。
云冷竹斋禅衲薄，已应飞锡过天台。

送 僧

（唐）马戴

亲在平阳久忆归，洪河雨涨出关迟。
独过旧寺人稀识，一一杉松老别时。

龛中破衲自持行，树下禅床坐一生。
来往白云知岁久，满山猿鸟会经声。

秋日送僧志幽归山寺

（唐）马戴

禅室绳床在翠微，松间荷笠一僧归。
磬声寂历宜秋夜，手冷灯前自衲衣。

寻 僧

（唐）赵嘏

溪户无人谷鸟飞，石桥横木挂禅衣。
看云日暮倚松立，野水乱鸣僧未归。

赠质上人

（唐）杜荀鹤

栿坐云游出世尘，兼无瓦钵可随身。
逢人不说人间事，便是人间无事人。

山 僧

（唐）陆龟蒙

山藓几重生草履，涧泉长自满铜缾。
时将如意敲眠虎，遣向林间坐听经。

一夏不离苍岛上，秋来频话石城南。
思归瀑布声前坐，却把松枝拂旧庵。

赠老僧

（唐）陆龟蒙

枯貌自同霜里木，馀生唯指佛前灯。
少时写得坐禅影，今见问人何处僧。

自有山家供衲线，不离溪曲取庵茅。
旧曾闻说林中鸟，定后常来顶上巢。

访僧不遇

（唐）陆龟蒙

棹倚东林欲问禅，远公飞锡未应还。

蒙庄弟子相看笑，何事空门亦有关？

赠日东鉴禅师

（唐）郑谷

故国无心渡海潮，老禅方丈倚中条。
夜深雨绝松堂静，一点山萤照寂寥。

江西逢僧省文

（唐）曹松

闽地高僧楚地逢，伴游（僧）蛮锡挂垂松。
白云逸性都无定，才出双峰爱五峰。

赠青龙印禅师

（唐）李洞

雨涩秋刀剃雪时，庵前曾礼草堂师。
居人昨日相过说，鹤已生孙竹满池。

送僧清演归山

（唐）李洞

毛褐斜肩背负经，晓思吟入窦山青。
峰前野水横官道，踏著秋天三四星。

赠僧

（唐）李洞

不羡王公与贵人，唯将云鹤自相亲。
闲来石上观流水，欲洗禅衣未有尘。

雪窦禅师

（唐）崔道融

雪窦峰前一派悬，雪窦五月无炎天。

客尘半日洒欲尽,师到白头林下禅。

赠念《法华经》绶上人
(唐) 李中

五更初起扫松堂,瞑目先焚一炷香。
念彻《莲经》谁得见,千峰岩外晓苍苍。

访章禅老
(唐) 李中

比寻禅客叩禅机,澄却心如月在池。
松下偶然醒一梦,却成无语问吾师。

送僧归南岳
(唐) 僧清塞

草履初登南客船,铜瓶犹贮北山泉。
衡阳旧寺秋归后,门锁寒潭几树蝉。

奉和武功学士舍人寄赠文懿大师
(宋) 徐铉

已洁心源超世表,却缘诗句有时名。
初闻行业如耆宿,及见容颜是后生。

赠东林总长老
(宋) 苏轼

溪声便是广长舌,山色岂非清净身。
夜来八万四千偈,他日如何举似人。

示西林可师
(宋) 朱子

幽居四畔只空林,啼鸟落花春意深。

独宿尘龛无梦寐，五更山月照寒衾。

山中僧

（元）宋无

雪顶霜眉齿半稀，跏趺苔石看云归。
山童扫叶鹤飞起，狼藉松花满衲衣。

忆原上人

（明）刘绩

一两棕鞋八尺藤，广陵行遍又金陵。
不知竹雨松风夜，吟对秋山那寺灯。

和寒山子诗

（明）陈芹

青烟紫雾夕冥冥，似雨飞泉满户庭。
白日山人无一事，水晶簾下阅金经。

寄曦春谷讲师

（明）僧德祥

有德高僧亦有年，少曾行到寺门前。
寻常独看华严处，十二时中柏子烟。

卷二百三十五 浮图类

◆ 五言古

和从驾登云居寺塔
（北周）庾信

重峦千仞塔，危磴九层台。石关恒逆上，山梁乍斗回。
阶下云峰出，窗前风洞开。隔岭钟声度，中天梵响来。
平时欣侍从，于此暂徘徊。

奉和同泰寺浮图
（北周）庾信

岧岧凌太清，照殿比东京。长影临双阙，高层出九城。
栱积行云碍，幡摇度鸟惊。凤飞如始泊，莲合似初生。
轮重对月满，铎韵拟鸾声。画水流全住，图云色半轻。
露晚盘犹滴，珠朝火更明。虽连博望苑，还接银沙城。
天香下桂殿，仙梵入伊笙。庶闻八解乐，方遣六尘情。

登扬州西岩寺塔
（唐）刘长卿

北塔凌空虚，雄观压川泽。亭亭楚云外，千里看不隔。
遥对黄金台，浮辉乱相射。盘梯接元气，半壁栖夜魄。
稍登诸劫尽，若骋排霄翮。向是沧洲人，已为青云客。
雨飞千栱霁，日在万家夕。鸟处高却低，天涯远如迫。

江流入空翠，海峤见微碧。向暮期不来，谁堪复行役。

◆ 七言古

惠云塔
（明）程本立

老禅西来兜率宫，金昙舍利开芙蓉。
平地起作宝光相，七级上凌天九重。
摩泥顶珠现穹碧，丹霞掩映鸡足峰。
八窗玲珑悬皎月，层栏翠滑扶神龙。
我欲乘虚求帝释，云梯高峻红尘隔。
檐铃停语寂籁泠，白鹤飞下苍烟夕。

◆ 五言律

奉和九月九日登慈恩寺浮图应制
（唐）李适

凤辇乘朝霁，鹓林对晚秋。天文贝叶写，圣泽菊花浮。
塔似神功造，龛疑佛影留。幸陪清汉跸，欣奉净居游。

奉和九月九日登慈恩寺浮图应制
（唐）赵彦昭

出豫乘秋节，登高陟梵宫。皇心满尘界，佛迹现虚空。
日月宜长寿，人天得大通。喜闻题宝偈，受记莫由同。

奉和九月九日登慈恩寺浮图应制
（唐）杨庶

万乘临真境，重阳眺远空。慈云浮雁塔，定水映龙宫。
宝铎含飙响，仙轮带日红。天文将瑞色，辉焕满寰中。

登栖灵寺塔

（唐）蒋涣

三休寻磴道，九折步云霓。瀍涧临江北，郊原极海西。
沙平瓜步出，树远绿杨低。南指晴天外，青峰是会稽。

登慈恩寺塔

（唐）张乔

窗户响层风，清凉碧落中。世人来往别，烟景古今同。
列岫横秦断，长河极塞空。斜阳越乡思，天末见归鸿。

保叔塔

（元）钱惟善

金刹天开画，铁檐风语铃。野云秋共白，江树晚逾青。
凿屋岩藏雨，黏崖石坠星。下看湖上客，歌吹正沉冥。

报恩寺塔

（明）蔡汝楠

宝塔中天构，君王奠镐年。皇图香界合，海气凤楼悬。
万岭开江左，千门倚日边。南山留作镇，长见法轮圆。

◆ 五言排律

登总持寺浮图

（唐）孟浩然

半空跻宝塔，晴望尽京华。竹绕渭川遍，山连上苑斜。
四门开帝宅，阡陌俯人家。累劫从初地，为童忆聚沙。
一窥功德见，弥益道心加。坐觉诸天近，空香送落花。

秋日登扬州西灵塔

（唐）李白

宝塔凌苍苍，登攀览四荒。顶高元气合，标出海云长。
万象分空界，三天接画梁。水摇金刹影，日动火珠光。
鸟拂琼帘度，霞连绣栱张。目随征路断，心逐去帆扬。
露浴梧楸白，霜催橘柚黄。玉毫如可见，于此照迷方。

◆ 七 言 律

题慈恩寺浮图

（唐）章八元

十层突兀在虚空，四十门开面面风。
却怪鸟飞平地上，自惊人语半天中。
回梯暗踏如穿洞，绝顶初攀似出笼。
落日凤城佳气合，满城春树雨濛濛。

题雁塔

（唐）许玫

宝轮金地压人寰，独坐苍冥启玉关。
北岭风烟开魏阙，南山气象锁商颜。
灞陵车马垂杨里，京国城池落照间。
暂放尘心游物外，六街钟鼓又催还。

福州开元寺塔

（唐）周朴

开元寺里七重塔，遥对方山影拟齐。
杂俗人看离世界，孤高僧上觉天低。
惟堪片片紫霞映，不与濛濛白雾迷。
心若无私罗汉在，参差免向日虹西。

◆ 七言绝句

与梦得同登栖灵塔
（唐）白居易

半月悠悠在广陵，何楼何塔不同登。
共怜筋力犹堪在，上到栖灵第九层。

塔　顶
（元）郭钰

塔顶新晴独自登，画栏高倚十三层。
不知眼界高多少，地上行人似冻蝇。

卷二百三十六　僧家杂类

◆ 五言古

饭覆釜山僧
（唐）王维

晚知清净理，日与人群疏。将候远山僧，先期扫敝庐。
果从云峰里，顾我蓬蒿居。藉草饭松屑，焚香看道书。
燃灯昼欲尽，鸣磬夜方初。一悟寂为乐，此生闲有馀。
思归何必深，身世犹空虚。

◆ 七言古　附长短句

锡杖歌送明楚上人归佛川
（唐）皇甫曾

上人远自西天至，头陀行遍南朝寺。
口翻贝叶古字经，手持金策声泠泠。
护法护身惟振锡，石濑云溪深寂寂。
乍来松径风露寒，遥映霜天月成魄。
后夜空山禅诵时，寥寥挂在松树枝。
真法常传心不住，东西南北随缘路。
佛川此去何时回？应真莫便游天台。

智达上人水晶念珠歌

(唐) 欧阳詹

水已清,清中不易当其精。
精华极,何宜更复加磨拭。
良工磨拭成贯珠,泓澄洞澈看如无。
星辉月耀莫之逾,骇鸡照乘徒称殊。
上人念佛泛真谛,一佛一珠以为记。
既指其珠当佛身,亦欲珠明像佛智。
咨董母,访朱公,得之玓瓅群奇中,龙龛鹫岭长随躬。
朝自手持纤掌透,夜来月照红绦空。
穷川极陆难为宝,孰说车渠将玛瑙。
连连寒溜下阴轩,荧荧泫露垂秋草。
皎晶晶,彰煌煌,陆离电烻纷不常,凌眸晕目生光芒。
我来借问修行术,数日殷勤羡兹物。
上人视日授微言,心净如斯即是佛。

◆ 五言律

秋夜北上精舍观体如师梵

(唐) 刘长卿

焚香奏仙呗,向夕遍空山。清切兼秋远,威仪对月闲。
静分岩响答,散逐海潮还。幸得风吹去,随人到世间。

饭 僧

(唐) 王建

别屋炊香饭,薰辛不入家。温泉调葛粉,净手摘藤花。
蒲鲊除青叶,芹虀带紫芽。愿师常伴食,消气有姜茶。

送志弘沙弥赴上元受戒
（唐）僧皎然

不肯资章甫，胜衣被木兰。今随秣陵信，欲及蔡州坛。
野寺钟声远，春山戒足寒。归来次第学，应见后心难。

◆ 五言排律

过卢四员外宅看饭僧共题七韵
（唐）王维

三贤异七贤，青眼慕青莲。乞饭从香积，裁衣学水田。
上人飞锡杖，檀越施金钱。趺坐檐前日，焚香竹下烟。
寒空法云地，秋色净居天。身逐因缘法，心过次第禅。
不须愁日暮，自有一灯燃。

◆ 七言律

宿莹公禅房闻梵
（唐）李颀

花宫仙梵远微微，月隐高城钟漏稀。
夜动霜林惊落叶，晓闻天籁发清机。
萧条已入寒空静，飒沓仍随秋雨飞。
始觉浮生无住著，顿令心地欲皈依。

奉和开元寺佛钵
（唐）陆龟蒙

空王初受逞神功，四钵须臾现一重。
持次想添香积饭，覆时应带步罗钟。
光寒好照金毛鹿，响静堪降白耳龙。
从此宝函香里见，不烦西去诣灵峰。

开元寺佛钵诗

(唐) 皮日休

帝青石作绿冰姿,曾得金人手自持。
拘律厨过斋散后,提罗花下洗来时。
乳糜味断中天觉,麦麨香消大劫知。
从此共君亲顶戴,斜风应不等闲吹。

水晶念珠

(唐) 曹松

等量红缕贯晶荧,尽道匀圆别未胜。
凿断玉潭盈尺水,琢成金地两条冰。
轮时只恐星侵佛,挂处常疑露滴僧。
几度夜深寻不着,琉璃为殿月为灯。

开元寺石钵

(明) 高启

宝石当年琢帝青,浮波不异木杯轻。
传灵已历乾陀国,乞食曾来舍卫城。
渔父得时初献洗,法王在日每擎行。
寺僧见客休频出,恐有藏龙此内惊。

◆ 七言绝句

清闲上人(自蜀入洛,于长寿寺说法度人。)

(唐) 白居易

梓潼眷属何年别,长寿坛场近日开。
应是蜀人皆度了,法轮移向洛中来。

定水寺行香

（唐）郑谷

听松看画绕虚廊，风拂金炉待赐香。
丞相未来春雪密，暂偷闲卧老僧床。

和闻梵

（明）曹学佺

山下层层起暮烟，山中一点佛灯然。
僧家功课如常事，只有朝昏无岁年。

卷二百三十七　仙观类

◆ 五言古

和鲍常侍龙川馆
（梁）元帝

珍台接闲馆，迢递山之旁。多解三真术，俱善四明方。
玉题书仙篆，金牓烛神光。桂影侵檐进，藤枝绕槛长。
苔衣随溜转，梅气入风香。

游匡山简寂馆
（陈）张正见

三梁涧本绝，千仞路犹通。即此神山内，银牓映仙宫。
镜似临峰月，流如饮涧虹。幽桂无斜影，深松有劲风。
惟当远人望，知在白云中。

和梁武陵王遥望道馆
（北周）萧撝

神境流精阙，仙居紫翠房。今有寻真地，迤逦丽通庄。
九柱含虬重，三台饰夜光。金辉碧海桃，玉笈紫书方。
拂筵青鸟集，吹箫白凤翔。履归堪是燕，石在讵非羊。
烟霞四照蕊，风月五名香。于兹喜临眺，愿得假霓裳。

过藏矜道馆

（北周）王褒

松古无年月，鹄去复来归。石壁藤为路，山窗云作扉。

至老子庙应诏

（北周）庾信

虚无推驭辨，寥廓本乘蜺。三门临苦县，九井对灵溪。
盛丹须竹节，量药用刀圭。石似临邛芋，芝如封禅泥。
毸毛新鹄小，盘根古树低。野戍孤烟起，春山百鸟啼。
路有三千别，途经七圣迷。唯当别关吏，直向流沙西。

入道士馆

（北周）庾信

金华开八景，玉洞上三危。云袍白鹤度，风管凤凰吹。
野衣缝蕙叶，山巾箨笋皮。何必淮南馆，淹留攀桂枝。

游清都观寻沈道士

（唐）凌敬

聊排灵琐闼，徐步入清都。青溪冥寂士，思元（玄）徇道枢。
十芒生药笥，七焰发丹炉。缥裹桐君箓，朱书王母符。
宫槐散绿穗，日槿落青柎。矫去龙门鹤，飞来叶县凫。
凌风自可御，安事迫中区。方追羽衣侣，从此得元（玄）珠。

游清都观寻沈道士得清字

（唐）许敬宗

幽人蹈箕颖，方士访蓬瀛。岂若逢真气，齐契体无名。
既诠众妙理，聊畅远游情。纵心驰贝阙，怡神想玉京。
或命馀杭酒，时听洛滨笙。风衢通阆苑，星使下层城。
蕙帐晨飙动，芝房夕露清。方叶栖迟趣，于此听钟声。

秋日仙游观赠道士
（唐）王勃

石图分帝宇，银牒洞灵宫。回丹萦岫室，复翠上岩栊。
雾浓金灶静，云暗玉坛空。野花常捧露，山叶自吟风。
林泉明月在，诗酒故人同。待余逢石髓，从尔命飞鸿。

游清都观寻沈道士得仙字
（唐）刘孝孙

纷吾因暇豫，行乐极留连。寻真谒紫府，披雾觌青天。
缅怀金阙外，遐想玉京前。飞轩俯松柏，抗殿接云烟。
滔滔清夏景，嘒嘒早秋蝉。横琴对危石，酌醴临寒泉。
聊祛（祛）尘俗累，宁希龟鹤年。无劳生羽翼，自可狎神仙。

至嵩阳观
（唐）储光羲

真人上清室，乃在中峰前。花雾生玉井，霓裳画列仙。
念兹宫故宇，多此地新泉。松柏有清阴，薜萝亦自妍。
一闻步虚子，又话《逍遥篇》。忽若在云汉，风中意泠然。

述降圣观
（唐）储光羲

一山尽天苑，一峰开道宫。道花飞羽卫，天鸟游云空。
玉殿俯元（玄）水，春旗摇素风。夹门小松柏，覆井新梧桐。
自昔太仙下，乃知元化功。神皇作桂馆，此意与天通。

题应圣观
（唐）储光羲

空中望小山，山下见馀雪。皎皎河汉女，在兹养真骨。
登门骇天书，启籥问仙诀。池光摇水雾，灯色连松月。

合砖起花台，折草成玉节。天鸡弄白羽，王母垂元（玄）发。
北有上年宫，一路在云霓。上心方向道，时复朝金阙。

昭圣观
（唐）储光羲

主家隐溪口，微路入花源。数日朝青阁，彩云犹在门。
双楼夹一殿，玉女侍丹元。扶橑尽蟠木，步欄多画幡。
新松引天籁，小柏绕山樊。坐弄竹阴远，行随溪水喧。
石池辨春色，林兽知人言。未逐凤凰去，真宫在此原。

宿天台桐柏观
（唐）孟浩然

海行信风帆，夕宿逗云岛。缅寻沧洲趣，近爱赤城好。
扪萝亦践苔，辍棹恣穷讨。息阴憩桐柏，采秀寻芝艸。
鹤唳清露垂，鸡鸣信潮早。愿言解缨绂，从此去烦恼。
高步陵四明，元（玄）踪得三老。纷吾远游意，学彼长生道。
日夕望三山，云涛空浩浩。

自紫阳观至华阳洞宿侯尊师草堂简同游李延年
（唐）刘长卿

石门媚烟景，句曲盘江甸。南向佳气浓，数峰遥隐见。
渐临华阳口，云路入葱蒨。七曜悬洞宫，五云抱仙殿。
银函竟谁发，金液徒堪荐。千载空桃花，秦人深不见。
东溪喜相遇，贞白如会面。青鸟来去闲，红霞朝夕变。
一从换仙骨，万里乘飞电。萝月延步虚，松花醉闲宴。
幽人即长往，茂宰应交战。明发归琴堂，知君懒为县。

宿简寂观
（唐）白居易

岩白云尚屯，林红叶初陨。秋光引闲步，不知身远近。
夕投灵洞宿，卧觉尘机泯。名利心既忘，市朝梦亦尽。

暂来尚如此,况乃终身隐。何以疗夜饥,一匙云母粉。

游华山云台观
(唐) 孟郊

华岳独灵异,草木恒新鲜。山尽五色石,水无一色泉。
仙酒不醉人,仙芝皆延年。夜闻明星馆,时韵女萝絃。
敬兹不能寐,焚柏吟道篇。

西上经灵宝观
(唐) 孟郊

道士无白发,语音灵泉清。青松多寿色,白石恒夜明。
放步霁霞起,振衣华风生。真文秘中顶,宝气浮四楹。
一片古关路,万里今人行。上仙不可见,驱策徒西征。

上真观
(唐) 陆龟蒙

尝闻升三清,真有上中下。官居乘佩服,一一自相亚。
霄裙或霞褵,侍女忽玉妊。坐进金碧腴,去驰飙欻驾。
今来上真观,恍若心灵讶。只恐暂神游,又疑新羽化。
风馀撼朱草,云破生瑶榭。望极觉波平,行虚信烟藉。
闲开飞龟帙,静倚宿凤架。俗状既能遗,尘冠聊以卸。
人间方大火,此境无朱夏。松盖荫日车,泉绅拖天罅。
穷幽不知倦,复息芝园舍。锵珮引凉姿,焚香礼遥夜。
无情走声利,有志依闲暇。何处好迎僧,希将石楼借。

冬日天目西峰张炼师所居
(唐) 僧皎然

采薪逢野泉,渐见栖闲所。坎坎山上声,幽幽林中语。
仙卿何代隐? 乡服言亦楚。开冰洗药苗,扫雪候山侣。
零叶聚败篱,幽花积寒渚。冥冥孤鹤性,天外思轻举。

青城山丈人观

（宋）文同

群峰垂碧光，下拥岷仙家。神皇被金巾，坐领五帝衙。
威灵摄真境，俗语不敢哗。精心叩殊庭，俯首仰紫华。
愿言凤罗盟，毕世驱尘邪。循奉蕊珠戒，期之飞太霞。

天仓山威仪观

（宋）文同

群峰削琼瑶，老藓抹古绿。应朝大岷去，簪笏俨相逐。
珠宫秘仙仗，锦笈藏宝箓。上帝此为仓，其田堪种玉。

宿武夷观妙堂

（宋）朱子

阴霭除已尽，山深夜还冷。独卧一斋空，不眠思耿耿。
闲来生道心，妄遣慕真境。稽首仰高灵，尘缘誓当屏。

清晨叩高殿，缓步绕虚廊。斋心启真秘，焚香散十方。
出门恋仙境，仰首云峰苍。踌躅野水际，顿将尘虑忘。

大涤洞天

（宋）林景熙

九锁绝人寰，一嶂耸天柱。自从开辟来，著此洞天古。
奇石千万姿，元不费神斧。帝敕守六丁，山夔孰敢侮。
白昼中冥冥，游者必持炬。或绚若霞敷，或蹙若波诡；
或竖若旌幢，或悬若钟鼓；或虎而爪踞，或凤而趐舞。
异状纷献酬，清音起击拊。不知金堂仙，恍惚在何许。
褰衣下侧径，层岚结琼乳。径极罅转深，幽潭蓄风雨。
劣容童竖入，恐触蛟龙怒。凛乎不可留，长啸出岩户。

金华观

（元）吴师道

春晏践宿期，云间陟高岑。获从胜友俱，遂此物外心。
月窟探万仞，临渊测重阴。盘坐白石台，长啸青栎林。
莫探虚皇居，急雨含萧森。松风飞淙合，终夜凄笙琴。
何能发孤咏，千载同遗音。

琼林台为薛元卿赋

（元）甘立

西山有崇台，上与云气通。仙人紫霞佩，导以双青童。
逍遥琪树林，盘礴瑶华官。积石象县圃，连岑构空同。
纚纚驻朝景，泠泠度天风。丹凤刷仪羽，绛节飘曈昽。
矫首不可及，灭没凌飞鸿。愿言授灵药，与世无终穷。

毛公坛

（明）高启

欲观汉坛符，东上缥缈峰。葛花堕寒露，夕饮清心胸。
月出太湖水，鹤鸣空涧松。真境久寂寥，苍苔閟灵踪。
尝闻绿毛叟，变化犹神龙。世人岂得见，偶许樵夫逢。
攀阴力易疲，探元（玄）志难从。归出白云外，空闻仙观钟。

初夏过宁真道院

（明）杨基

偶来高树下，独坐青苔石。涧雨落馀霏，衣裳淡生碧。
道因微物悟，理向元（玄）言析。习静自无营，何妨处嚣寂。

春日游真常观

（明）杨训文

携琴偶独来，寻幽入芳树。林深鸟声寂，坐久淡忘虑。

振衣下崇冈，斜阳在归路。

◆ 七言古

宿无为观
（唐）元结

九疑山深几千里，峰谷崎岖人不到。
山中旧有仙姥家，十里飞泉绕丹灶。
如今道士三四人，茹芝炼玉学轻身。
霓裳羽盖傍临壑，飘飘似欲来云鹤。

题醴陵玉仙观歌
（唐）僧护国

王乔一去空仙观，白云至今凝不散。
星垣松殿几千秋，往往笙歌下天半。
瀑布西行过石桥，黄精采根还采苗。
路逢一人擎药椀，松花夜雨风吹满。
又言家住在东坡，白犬相随邀我过。
南山石上有棋局，曾使樵夫烂斧柯。

毛公坛福地
（宋）范成大

松萝滴翠白昼阴，七十二峰中最深。
绿毛仙翁已仙去，惟有石坛留竹坞。
竹阴扫坛石槎牙，汉时风雨生薛花。
山中笙鹤尚遗响，湖外人烟惊岁华。
道人眸子照秋色，邀我分山筑丹室。
驱丁役甲莫儿嬉，渴饮隐泉饥饵术。

七真山洞云观

（元）程钜夫

七真之山白云里，绛关神宫半空起。
祁君有志于君成，更赐雄材自天予。
东临沧海西昆仑，森森翠节排天门。
三更日射芙蓉色，六月石挂冰霜痕。
山头仿佛清虚府，洞底阴岑太行路。
青苔能识六龙车，明月长悬万年树。
峰盘涧复气絪缊，瑶艸金芝日日新。
君王自有长生药，端拱无为万国春。

游吴山紫阳庵

（元）萨都剌

天风吹我登鳌峰，大山小山石玲珑。
赤霞日烘紫玛瑙，白露夜滴青芙蓉。
飘绡云起穿石屋，石上凉风吹紫竹。
挂冠何日赋归来，煮茗篝灯洞中宿。

鹤林诗

（明）刘刚

鹤林羽士金门客，旧辟丹房炼琼液。
手栽千树虬髯松，坐对两山虎头石。
白云昼静豁岩扉，湿翠满阶生紫芝。
瑶琴自奏涧湍响，银河直挂瀑泉飞。
鼎炉存火烹铅汞，灵药成苗几时种？
皓鹤翎梳雪鬐林，碧桃花落霞飘洞。
琳宫蕊阙想蓬莱，叠嶂连峰紫翠堆。
丹光穿壁如红日，应有仙人骑鹤来。

分得九仙观送刘司务之天官
（明）赵迪

青山一径连花竹，瑶宫璃馆依林麓。
昔云兄弟九仙人，跨鲤成仙岩下宿。
仙人一去竟不来，落叶行迹空苍苔。
石窗无人白云冷，药炉有火芙蓉开。
春林不辨武陵处，阴崖尚忆瑶池路。
仙乐时闻太乙宫，翠禽声起勾陈树。
鸦浴池边日未斜，洞门流水秦人家。
湖光占处知残雨，山色晴中见落花。
朝来送君即倾盖，离筵适与群仙会。
仙人吹笙期子来，碧桃花下应相待。

◆ 五言律

游灵公观
（唐）骆宾王

灵峰标胜境，神府枕通川。玉殿斜连汉，金堂迥架烟。
断风疏晚竹，流水切寒絃。别有青门外，空怀县圃仙。

岳 馆
（唐）沈佺期

洞壑仙人馆，孤峰玉女台。空濛朝气合，窈窕夕阳开。
流涧含轻雨，虚岩应薄雷。正逢鸾与鹤，歌舞出天来。

幸白鹿观应制
（唐）沈佺期

紫凤真人府，斑龙太上家。天流芝盖下，山转桂旟斜。
圣藻垂寒露，仙杯落晚霞。惟应问王母，桃作几时花。

幸白鹿观应制

（唐）李峤

驻跸三天路，回斿万仞溪。真庭群帝飨，洞府百灵栖。
玉酒仙炉出，金方暗壁题。伫看青鸟入，还陟紫云梯。

幸白鹿观应制

（唐）苏颋

碧虚清吹下，蔼蔼入仙宫。松磴攀云绝，花源接涧空。
受符邀羽使，传诀驻香童。讵似闲居日，徒闻有顺风。

幸白鹿观应制

（唐）崔湜

御旗探紫箓，仙仗辟丹丘。捧药芝童下，焚香桂女留。
鸾歌无岁月，鹤语记春秋。臣朔真何幸，常陪汉武游。

幸白鹿观应制

（唐）徐彦伯

凤舆乘八景，龟箓向三仙。日月移平地，云霞缀小天。
金童擎紫药，玉女献青莲。花洞留宸赏，还旗绕夕烟。

幸白鹿观应制

（唐）李乂

制跸乘骊阜，回舆指凤京。南山四皓谒，西岳两童迎。
云幄临县圃，霞杯荐赤城。神明近兹地，何事往蓬瀛。

奉和幸白鹿观应制

（唐）武平一

玉府凌三曜，金坛驻六龙。綵旒悬倒景，羽盖偃乔松。
县圃灵芝秀，华池瑞液浓。谬因霑舜渥，长愿奉尧封。

春日登金华观

（唐）陈子昂

白玉仙台古，丹丘别望遥。山川乱云日，楼榭入烟霄。
鹤舞千年树，虹飞百尺桥。还逢赤松子，天路坐相邀。

过方尊师院

（唐）綦毋潜

羽客北山寻，草堂松径深。养神宗示法，得道不知心。
洞户逢双履，寥天有一琴。更登元（玄）圃上，仍种杏成林。

寻雍尊师隐居

（唐）李白

群峭碧摩天，逍遥不记年。拨云寻古道，倚树听流泉。
花暖青牛卧，松高白鹤眠。语来江色暮，独自下寒烟。

清明日宴梅道士房

（唐）孟浩然

林卧愁春尽，褰帷揽物华。忽逢青鸟使，邀入赤松家。
金灶初开火，仙桃正发花。童颜若可驻，何惜醉流霞。

游精思观题山房

（唐）孟浩然

误入花源里，初怜竹径深。方知仙子宅，未有世人寻。
舞鹤过闲砌，飞猿啸密林。渐通元（玄）妙理，深得坐忘心。

玉台观

（唐）杜甫

浩劫因王造，平台访古游。彩云箫史驻，文字鲁恭留。
宫阙通群帝，乾坤到十洲。人传有笙鹤，时过北山头。

苑外至龙兴院作

（唐）储光羲

朝游天苑外，忽见法筵开。山势当空出，云阴满地来。
疏钟清月殿，幽梵静花台。日暮香林下，飘飘仙步回。

奉和华清宫观行香应制

（唐）崔国辅

天子藻〔蕊〕珠宫，楼台碧落通。豫游皆汗漫，斋处即崆峒。
云物三光里，君臣一气中。道言何所说，宝历自无穷。

开元观遇张侍御

（唐）钱起

碧落忘归处，佳期不厌逢。晚凉生玉井，新暑避烟松。
欲醉流霞酌，还醒度竹钟。更怜琪树下，历历见遥峰。

过包尊师山院

（唐）刘长卿

卖药曾相识，吹箫此复闻。杏花谁是主？桂树独留君。
漱玉临丹井，围棋访白云。道经今为写，不虑惜鹅群。

宿洞灵观

（唐）皇甫冉

孤烟灵洞远，积雪满山寒。松柏凌高殿，莓苔封古坛。
客来清夜久，仙去白云残。明日开金箓，焚香更沐兰。

云阳观寄袁稠

（唐）李端

花洞晚阴阴，仙坛隔杏林。漱泉春谷冷，捣药夜窗深。
石上开仙酌，松间对玉琴。戴家溪北住，雪后去相寻。

不食仙姑山房

（唐）张籍

寂寂花枝里，草堂惟素琴。因山曾改眼，见客不言心。
月出溪路静，鹤鸣云树深。丹砂如可学，便欲住幽林。

同萧炼师宿太一庙

（唐）李益

微月空山曙，春祠谒少君。落花坛上拂，流水洞中闻。
酒引芝童奠，香馀桂子焚。鹤飞将羽节，遥向赤城分。

游天柱观

（唐）李郢

听钟到灵观，仙子喜相寻。茅洞几千载，水声寒至今。
读碑丹井上，坐石涧亭阴。清兴未云尽，烟霞生夕林。

游玉芝观

（唐）李群玉

寻仙向玉清，独倚雪初晴。木落寒郊迥，烟开叠嶂明。
片云盘鹤影，孤磬杂松声。且共探元（玄）理，归途月未生。

玉芝观

（唐）周贺

四面山萝合，空堂画老仙。蠹根停雪水，曲角积茶烟。
道至心机尽，宵清琴韵全。暂来还又去，未得坐经年。

谒仙观

（唐）马戴

我生求羽化，斋沐造仙居。葛蔓没丹井，石函盛道书。
寒松多偃侧，灵洞遍清虚。一就泉西饮，云中采药蔬。

山空蕙气香,乳管出(折)云房。愿值壶中客,亲传肘后方。
三更礼星斗,寸匕服丹霜。默坐树阴下,仙经横石床。

同庄秀才宿镇星观

(唐)马戴

的的星河落,沾苔复洒松。湿光微泛草,石翠淡摇峰。
野观云和月,秋城漏间钟。知君亲此境,九陌少相逢。

宿阳台观

(唐)马戴

玉洞仙何在,炉香客自焚。醮坛围古木,石磬响寒云。
曙月孤霞映,悬流峭壁分。心知人世隔,坐与鹤为群。

终南白鹤观

(唐)郑谷

步步景通真,门前众水分。桎萝诸洞合,钟磬上清闻。
古木千寻雪,寒山万丈云。终期扫坛级,来事紫阳君。

寄李校书游简寂观

(唐)黄滔

古观云溪上,孤怀永夜中。梧桐四更雨,山水一庭风。
诗得如何句,仙游最胜宫。却愁逢羽客,相与入烟空。

题许仙师院

(唐)韦庄

地古多乔木,游人到且吟。院开金锁涩,门映绿篁深。
山色不离眼,鹤声长在琴。往来谁与熟?乳鹿住前林。

同僧宿道者院

（唐）李洞

携文过水宿，拂席四廊尘。坠果敲楼瓦，高萤映鹤身。
点灯吹叶火，谈佛悟山人。尽有栖霞志，好谋三教邻。

灵溪观

（唐）刘昭禹

鳌海西边地，宵吟景象宽。云开孤月上，瀑喷一山寒。
人异发常绿，草灵秋不干。无由此栖息，魂梦在长安。

宿玉箫宫

（唐）储嗣宗

尘飞不到空，露湿翠微宫。鹤影石桥月，箫声松殿风。
绿毛辞世女，白发入壶翁。借问烧丹处，桃花几遍红？

宿天柱观

（唐）僧灵一

石室初投宿，仙翁幸见容。花源随水见，洞府过山逢。
泉涌阶前地，云生户外峰。中宵自入定，非是欲降龙。

和明道人宿山寺

（宋）徐铉

闻道经行处，山前与水阳。磬声深小院，灯影迥高房。
落宿依楼角，归云拥殿廊。羡师闲未得，早起逐班行。

晚憩白鹤庙寄句容张少府

（宋）徐铉

日入林初静，山空暑更寒。泉鸣细岩窦，鹤唳眇云端。
拂榻安碁局，焚香戴道冠。望君如不见，终夕凭阑干。

题鹤鸣化上清宫

（宋）文同

秘宇压屠颜，飞梯上屈盘。清流抱山合，乔木夹云寒。
地古芝英拆，岩秋石乳乾。飙轮游底处，空自立层坛。

栖霞观观在麻岭之下

（宋）孙觌

云表朝飞屐，松残晚驻鞍。破扉连白板，槁顶系黄冠。
径雨喧风箨，汀沙立露翰。小窗床坐好，对此百忧宽。

延禧观

（宋）赵师秀

寂寞古仙宫，松林常有风。鹤毛兼叶下，井气与云同。
背日苔砖紫，多年粉壁红。相传陶县令，曾住此山中。

题信州先天观图

（元）杨载

四围山不断，状若碧芙蓉。谷远含风细，崖深下露浓。
茂林藏虎豹，阴洞伏蛟龙。恍惚神人降，浮空羽盖重。

题先天观图

（元）揭傒斯

闻说先天观，重重绝壁环。鸟啼青嶂里，花落白云间。
樵子能长啸，居人识大还。洞门无处认，惟有水潺湲。

玉虚宫

（元）迺贤

楼观回深巷，松枝夹路低。拾薪供早爨，抱瓮灌春畦。
经向琅函读，诗从古鼎题。白须张道士，送客过桃溪。

云溪真观
（元）雅琥

真馆云溪上，孤高逼太清。江山环几席，星斗拂檐楹。
树古成龙去，篁疏作凤鸣。仙游始可接，我欲谢尘缨。

与索编修士岩访马学士伯庸于蓬莱馆，因观藤花
（元）黄清老

昔访蓬莱馆，春烹芍药芽。重来寻竹径，久坐落藤花。
君欲鸣瑶瑟，予将拾紫霞。鹤吟知雨近，留宿白云家。

寄题林虑山赵炼师精舍
（明）朱珵尧

壶关跨天党，中有地仙乡。曲磴悬星斗，危峰度石梁。
泉声当户落，药气入云香。何日同真隐，来寻出世方？

寻天台李道士斋
（明）周忱

瑶草迷行径，丹台近赤城。山川遥在望，鸡犬不闻声。
谷静松花落，桥横涧水鸣。云间双鹤下，疑听紫鸾笙。

夏日游道观
（明）薛蕙

隔竹窥丹洞，临池坐碧沙。翠盃寒玉水，石盌净云芽。
展簟来风色，吹笙上月华。休论河朔饮，讵似醉流霞。

元真观
（明）皇甫濂

列馆成恬旷，垂轩坐息机。未须人境远，已觉世尘违。
筠密秋生院，花残日背扉。谁将示冲漠？予意正忘归。

◆ 五言排律

为赵法师别造精院过院赋诗

（唐）明皇

宗师心物外，为道运虚舟。不恋岩泉赏，来从宫禁游。
探元（玄）知几岁，习静更宜秋。烟树辨朝色，风湍闻夜流。
坐朝繁听览，寻胜在清幽。欲广无为化，因兹庶可求。

和刘侍郎入隆唐观

（唐）杨炯

福地阴阳合，仙都日月开。山川临四险，城树隐三台。
伏槛排云出，飞轩绕涧回。参差凌倒影，潇洒轶浮埃。
百果珠为实，群峰锦作苔。悬萝暗凝雾，瀑布响成雷。
方士烧丹液，真人泛玉杯。还如问桃水，更似得蓬莱。
汉帝求仙日，相如作赋才。自然金石奏，何必上天台。

和辅先入昊天观

（唐）杨炯

遁甲爱皇里，星占太乙宫。天门开奕奕，佳气郁葱葱。
碧落三乾外，黄图四海中。邑居环若水，城关抵新丰。
玉槛昆仑侧，金枢地轴东。上真朝北斗，元始咏南风。
汉后祠五帝，淮王礼八公。道书编竹简，灵液灌梧桐。
艸茂琼阶绿，花繁宝树红。石楼纷似画，地境淼如空。
桑海年应积，桃源路不穷。黄轩若有问，三月住崆峒。

晚秋陪崔阁老张秘监苗考功同游昊天观

（唐）权德舆

方驾游何许，仙源去似归。萦回留胜赏，潇洒出尘机。
泛菊贤人至，烧丹姹女飞。步虚清晚籁，隐几吸晨晖。

竹径琅玕合，芝田沆瀣晞。银钩三洞字，瑶笥六铢衣。
丽句翻红药，佳期限紫薇。徒然一相望，郢曲和应稀。

圣真观刘真师院十韵
（唐）罗隐

簾下严君卦，窗间少室峰。摄生门已尽，混迹世犹逢。
山薮师王烈，簪缨友戴颙。鱼跳介象鲙，饭吐葛元（玄）蜂。
紫饱垂新椹，黄轻堕小松。尘埃金谷路，楼阁上阳钟。
野鹤鸢肩寄，仙书鸟爪封。支床龟纵老，取箭鹤何慵。
别久曾牵念，闲来肯厌重。尚馀青竹在，试为剪成龙。

题何仙人大隐阁
（宋）蔡襄

万井连交道，中天敞静轩。由来隐鄽（廛）市，全胜贲丘园。
目极无留赏，心闲不避喧。沼光摇屋动，花艳出栏繁。
雨霁山容静，潮生海气昏。幽人披彩槛，永日对芳樽。
素业名家久，通医奥义存。丹图环八卦，仙诀遁三元。
造化今为友，欢欣本聚门。应须超世累，宴坐此忘言。

◆ 七言律

玉台观
（唐）杜甫

中天积翠玉台遥，上帝高居绛节朝。
遂有冯夷来击鼓，始知嬴女善吹箫。
江光隐见鼋鼍窟，石势参差乌鹊桥。
更有红颜生羽翰，便应黄发老渔樵。

题茅山李尊师山居
（唐）秦系

天师百岁少如童，不到山中竟不逢。

洗药每临新瀑水,步虚时上最高峰。
篱间五月留残雪,石上千年荫怪松。
此去人寰今远近,回看云壑一重重。

同游仙游观

(唐)韩翃

仙台初见五城楼,风物凄清宿雨收。
山色遥连秦树晚,砧声近报汉宫秋。
疏松影落空坛静,细草春香小洞幽。
何用别寻方外去,人间亦自有丹丘。

延平天庆观

(唐)王初

剑化江边绿构新,层台不染玉梯尘。
千章隐篆标龙阁,一曲空歌降凤钧。
岚气湿衣云叶晓,天香飘户月枝春。
盟金早晚闻仙语,学种三芝伴羽人。

宿题天坛观

(唐)刘沧

沐发清斋宿洞宫,桂花松韵满岩风。
紫霞晓色秋山霁,碧落寒光霜月空。
华表鹤声天外迥,蓬莱仙界海门通。
冥心一悟虚无理,寂寞元(玄)珠象罔中。

再游姑苏玉芝观

(唐)许浑

高梧一叶下秋初,迢递重廊旧寄居。
月过碧窗今夜酒,雨昏红壁去年书。
玉池露冷芙蓉浅,琼树风高薜荔疏。

从此扁舟更东去，仙翁应笑为鲈鱼。

题青城山范贤观
（唐）唐球

数里缘山不厌难，为寻真诀问黄冠。
苔铺翠点仙桥滑，松织香梢古道寒。
昼傍绿畦薅嫩玉，夜开红灶捻新丹。
钟声已断泉声在，风动瑶花月满坛。

四月十五道室书事寄袭美
（唐）陆龟蒙

乌饭新炊芼臛香，道家斋日以为常。
月苗杯举存三洞，云蕊函开叩九章。
一掬阳泉堪作雨，数铢秋石欲成霜。
可中值著雷平信，为觅闲眠苦竹床。

和四月十五日道室书事
（唐）皮日休

望朝斋戒是寻常，静启金根第几章？
竹叶饮为甘露色，莲花鲊作肉芝香。
松膏背日凝云磴，丹粉经年染石床。
剩欲与君同此志，顽仙惟恐鬓成霜。

寄题玉霄峰叶涵象尊师所居
（唐）皮日休

青冥向上玉霄峰，元始先生戴紫蓉。
晓案琼文光洞壑，夜坛香气惹杉松。
闲迎仙客来为鹤，静噀灵符去是龙。
仔细扪心无偃骨，欲随师去肯相容。

寄题罗浮轩辕先生所居

（唐）皮日休

乱峰四百三十二，欲问征君何处寻。
红翠数声瑶室响，真檀一炷石楼深。
山都遣负沽来酒，樵客容看化后金。
从此谒师知不远，求官先有葛洪心。

寄题镜岩周尊师所居

（唐）皮日休

八十馀年住镜岩，鹿皮巾下雪髟髟。
床寒不奈云萦枕，经润何妨乳滴函。
饮涧猿回窥绝洞，缘梯人歇倚危杉。
如何计吏穷于鸟，欲望仙都一举帆。

题龙瑞观兼呈徐尊师

（唐）方干

或雨或云常不定，地灵云雨自无时。
世人莫识神方字，仙鸟偏栖药树枝。
远壑度年如晦暝，阴溪入夜有凌澌。
此中唯有师知我，未得寻师即梦师。

登昇元阁

（唐）李建勋

登高始觉太虚宽，白雪须知唱和难。
云度琐窗金牓湿，月移珠箔水精寒。
九天星象簾前见，六代城池直下观。
唯有上层人未到，金乌飞过拂阑干。

桐柏观
（唐）周朴

东南一境清心目，有此千峰插翠微。
人在下方冲月上，鹤从高处破烟飞。
岩深水落寒侵骨，门静花开色照衣。
欲识蓬莱今便是，更于何处学忘机？

安国寺随驾幸兴唐观应制
（唐）僧广宣

东林何殿是西邻？禅客垣墙接羽人。
万乘游仙宗有道，三车引路本无尘。
初传宝诀长生术，已证金刚不坏身。
两地同修天上事，共瞻鸾鹤重来巡。

题紫阳观
（宋）徐铉

南朝名士富仙才，追步东乡遂不回。
丹井自深桐暗老，祠宫长在鹤频来。
岩边桂树攀仍倚，洞口桃花落复开。
惆怅霓裳太平事，一函真迹炼昭台。

留题延生观后山上小堂
（宋）苏轼

溪山愈好意无厌，上到巉巉第几尖？
深谷野禽毛羽怪，上方仙子鬓眉纤。
不惭弄玉骑丹凤，应逐嫦娥驾老蟾。
涧草岩花自无主，晚来蝴蝶入疏簾。

游龙瑞宫次程公韵

（宋）秦观

灵祠真馆閟山隈，形势相高对越台。
莓径翠依屏上转，藕花红绕鑑中开。
鹤衔宝箓排烟去，龙护金书带雨来。
夹道万星攒骑火，满城争看使君回。

青城山会庆建福宫

（宋）范成大

墨诏东来汹驿传，璇题金榜照山川。
祥开圣代千秋节，响动仙都九室天。
触石涌云埋紫逻，流金飞火烛苍巅。
只应老宅庞眉客，长记新宫锡号年。

孙真人庵

（宋）范成大

何处仙翁旧隐居，青莲巉绝似蓬壶。
云深未到淘朱洞，雨小先寻炼药炉。
涧下艸香疑可饵，林间虎伏试教呼。
闲身尽办供薪水，定肯分山一半无？

题东山道院

（宋）徐玑

古院嵌崎石作层，绿苔芳草近郊垧。
溪流偶到门前合，山色偏来竹里青。
静与黄蜂通户牖，闲将白鸟共沙汀。
道人亦有能琴者，一曲清徵最可听。

紫泽观

(宋) 刘克庄

修持尽是女黄冠,自小辞家学住山。
簾影静垂斜日里,磬声徐出落花间。
祭星绿简亲书字,避客青衣密掩关。
最爱粉墙堪试笔,苦无才思又空还。

玉清宫与赵达夫、鲜于枢联句

(元) 白珽

巾子峰头檥钓船,(达夫)初阳台上坐鸣絃。
出云高树明残日,(珽)过雨苍苔泫细泉。
绝俗谁能继遐躅,(枢)凌空我欲学飞仙。(达夫)
还家正恐乡人问,(珽)化鹤重来知几年。(枢)

宿曲阳仙馆

(元) 萨都剌

天际三峰横紫烟,山前山后尽芝田。
楼台木末疑无路,鸡犬云中半是仙。
白石经年皆化玉,青松尽日只闻泉。
曲林三馆幽深处,一夜重楼听雨眠。

同吴郎饮道院

(元) 萨都剌

三月江南飞柳花,松间童子脸如霞。
旋酤采石仙人酒,来访山阴道士家。
落日下城人影散,东风吹马帽檐斜。
吴郎今夜孤舟渡,回首江心月半沙。

游清溪道院

（元）萨都剌

旧游淮水东边月，高照升龙道士家。
丹灶火光穿树木，石坛幡影走龙蛇。
虾须卷夜收云气，仙掌擎秋泻露华。
天外松风吹鹤梦，珊珊珂珮隔青霞。

先天观

（元）陈旅

龙虎山南古涧阿，幽人住处白云多。
千林总种三珠树，百亩曾收五色禾。
丹鼎夜光迎海日，石船秋影接天河。
环中异趣知谁会，我欲穷源过碧萝。

县圃为上清周道士赋

（元）迺贤

县圃云深路渺茫，神仙飞珮隔扶桑。
碧桃开尽春溪涨，白鹤归来海月凉。
岩溜涓涓鸣石窦，松花细细落琴床。
明年我亦山中去，剩采瑶芝满药囊。

寄题天台杨道士素轩

（元）吴景奎

梨云漠漠护幽扃，宴坐冥观内景清。
风露洗秋生灏白，雪霜惊晓眩空明。
琼楼奏乐霓裳冷，缑岭吹笙鹤羽轻。
窗户玲珑人寂寂，碧桃花下步虚声。

牧斋真人华阳道院

（元）吴全节

鳌载三峰拥客查，采真访古意无涯。
云山夜雨棠梨树，宇宙春风棣萼花。
龙洞远分丹井水，鹤松高映赤城霞。
宗师应帝光前绪，仙馆新开第一家。

玄妙观

（元）吴全节

榴皮书壁走龙蛇，池上芭蕉又见花。
北阙恩承新雨露，西湖光动旧烟霞。
春风日长玄都树，秋水星回碧汉查。
修月功成三万户，蕊珠宫里诵《南华》。

冲佑万年宫

（元）吴全节

武夷天赐万年宫，云隔蓬莱梦已通。
玉旨煌煌镌石壁，棹歌隐隐度溪风。
帆归海国春潮绿，市俯星村晚照红。
不用广寒修月斧，奎章大笔纪成功。

繁禧观

（元）吴全节

门前流水泛桃花，回首蓬山别一家。
曾把金茎餐沆瀣，闲挥玉麈看琵琶。
火存丹鼎春长好，卷掩《黄庭》日欲斜。
心与江湖天共远，大开瀛海驻吾槎。

崇禧观

（元）吴全节

曲林古观水西流，天遣皇华驷玉虬。
高士远分龙虎派，哲人久伴凤凰游。
楼台山色三峰晓，池馆泉声五月秋。
云案凝香浮洞府，坐令和气蔼丹丘。

道人延翠轩

（明）王恭

山水婵娟扫黛屏，清晖迢递到柴扃。
云归独树天边小，雪罢孤峰鸟外青。
寒藓带花侵卷幔，野泉流叶近闲庭。
浮生只解人间事，未得从师种茯苓。

紫虚观

（明）张璨

紫虚坛上鹤成群，碧洞灵芝产石根。
云引昼阴归竹坞，水流春色出花源。
药炉伏火仙留诀，茶灶生烟客到门。
欲就上清传宝箓，未知何日谢尘喧。

宿云开堂

（明）顾璘

难逢魏母彩鸾车，聊试弥明石鼎茶。
翠羽金支云缥缈，紫厓丹洞石嵯岈。
五峰黛色消晴雪，万木灵晖散晚霞。
愿借双公元（玄）鹤羽，月明骑上太清家。

道场纪事

（明）张治

黄发真人戴玉冠，身骑金虎佩苍鸾。
俯窥日月行丹极，贪礼星辰拜石坛。
旛影一庭仙掌净，钟声万户彩云寒。
朝元初罢千官下，碧宇沉沉夜未阑。

题林屋洞天

（明）僧德祥

群山包水水包山，金作芙蓉玉作环。
洞里有天通五岳，山中无地著三班。
白云仿佛鸡初唱，碧海迢遥鹤又还。
可惜桃花有凡骨，年年随浪出人间。

◆ 五言绝句

题井陉双溪李道士所居

（唐）岑参

五粒松花酒，双溪道士家。惟求缩却地，乡路莫教赊。

宿道士观

（唐）朱庆馀

堂闭仙人影，空坛月露初。闲听道家子，盥漱读灵书。

古仙坛

（元）虞集

远山谁放烧？疑是坛边醮。仙人错下山，拍手坛边笑。

毛公坛

（明）葛一龙

此公得道处，山骨何其清。草木日与习，毛羽自然生。

◆ 七言绝句

题朱炼师山房

（唐）王昌龄

叩齿焚香出世尘，斋坛鸣磬步虚人。
百花仙酝能留客，一饭胡麻度几春。

题茅山华阳洞

（唐）储光羲

华阳洞口片云飞，细雨濛濛欲湿衣。
玉箫遍满仙坛上，应是茅家兄弟归。

题蒋道士房

（唐）皇甫冉

轩窗缥缈起烟霞，诵诀存思白日斜。
闻道昆仑有仙籍，何时青鸟送丹砂？

题张道士山居

（唐）秦系

盘石垂萝即是家，回头犹看五枝花。
松间寂寂无烟火，应服朝来一片霞。

望简寂观

（唐）顾况

青嶂青溪直复斜，白鸡白犬到人家。

仙人住在最高处，向晚春泉流白花。

题叶道士山房

（唐）顾况

水边垂柳赤栏桥，洞里仙人碧玉箫。
近得麻姑书信否？浔阳江上不通潮。

题自然观

（唐）陆畅

剑阁门西第一峰，道陵成道有高踪。
行人若上升仙处，须拨白云三四重。

紫极宫斋后

（唐）李群玉

紫府空歌碧落寒，晓星寥亮月光残。
一群白鹤高飞散，唯有松风扫石坛。

游洞灵观

（唐）陈羽

初访西城李少君，独行深入洞天云。
风吹青桂寒花落，香绕仙坛处处闻。

悟真院

（宋）王安石

野水纵横漱屋除，午窗残梦鸟相呼。
春风日日吹香草，山北山南路欲无。

题石门奉真观

（宋）刘宰

叠嶂为屏石作门，阴云漠漠雨昏昏。

清游到晚不知去,要上峰头望晓暾。

马坊冷大师清真道院
(金)元好问

枯蒲折苇障清湾,十里风荷指顾间。
安得西湖展江手,乱铺云锦浸青山。

题天寿观清隐山房
(元)仇远

紫极秋声竹满轩,一尘飞不涴琴樽。
白云自逐秋风去,卧看君山懒出门。

题庐山太平宫
(元)贯云石

山上清风山下尘,碧沙流水浅如春。
不知松外谁敲月,惊醒南华梦里人。

游会仙宫
(元)萨都剌

霏霏凉露湿瑶台,半夜吹箫月下来。
山外春风将雨过,满庭撩乱碧桃开。

题吕城葛观
(元)萨都剌

吕公城下葛仙家,洞府春深锁暮霞。
过客不知天畔月,小风吹落凤仙花。

紫阳道士冯友直与余同宿菌阁,次日余过元符宫,友直同僧安上人入五云观,因以寄之
(元)萨都剌

道人采药出山迟,菌阁秋高袭羽衣。

半夜忽闻孤鹤唳,五云相伴一僧归。

憩奉真道院
(元)萨都剌

落花风飐步虚声,翠艸元(玄)芝烂熳生。
过客不知春早晚,午窗晴日睡闻莺。

春日镇阳柳溪道院
(元)萨都剌

城外青溪出洞门,道人归去日长曛。
柳花满地无人扫,隔水遥看是白云。

张道士山房
(明)储罐

徙倚诗成午照馀,仙家宫府半楼居。
醉来也有回仙兴,自擘黄柑蘸酒书。

石湖小天台同陆生施生兄弟
(明)王叔承

石桥流水碧生凉,潭树垂阴百尺长。
一片晚霞生谷口,羽衣如在赤城梁。

卷二百三十八　仙　类

◆ 四言古

飞龙篇
（魏）曹植

晨游泰山，云雾窈窕。忽逢二童，颜色鲜好。
乘彼白鹿，手翳芝草。我知真人，长跪问道。
西登玉台，金楼复道。授我仙药，神皇所造。
教我服食，还精补脑。寿同金石，永世难老。

◆ 五言古

长歌行
（汉）阙名

仙人骑白鹿，发短耳何长。导我上太华，揽芝获赤幢。
来到主人门，奉药一玉箱。主人服此药，身体日康强。
发白复更黑，延年寿命长。

五游篇
（魏）曹植

九州不足步，愿得凌云翔。逍遥八纮外，游目历遐荒。
披我丹霞衣，袭我素霓裳。华盖芬晻蔼，六龙仰天骧。
曜灵未移景，倏忽造昊苍。阊阖启丹扉，双阙曜朱光。

徘徊文昌殿，登陟太微堂。上帝休西棂，群后集东厢。
带我琼瑶珮，漱我沆瀣浆。踟蹰玩灵芝，徙倚弄华芳。
王子奉仙药，羡门进奇方。服食享遐纪，延寿保无疆。

游仙诗
（晋）郭璞

青溪千馀仞，中有一道士。云生梁栋间，风出窗户里。
借问此何谁？云是鬼谷子。翘迹企颍阳，临河思洗耳。
阊阖西南来，潜波涣鳞起。灵妃顾我笑，粲然启玉齿。
蹇修时不存，要之将谁使？

翡翠戏兰苕，容色更相鲜。绿萝结高林，蒙茏盖一山。
中有冥寂士，静啸抚清弦。放情凌霄外，嚼蕊挹飞泉。
赤松临上游，驾虹乘紫烟。左挹浮丘袖，右拍洪崖肩。
借问蜉蝣辈，宁知龟鹤年。

旸谷吐灵曜，扶桑森万丈。朱霞升东山，朝日何晃朗。
回风流曲棂，幽室发逸响。悠然心永怀，眇尔自遐想。
仰思举云翼，延首矫玉掌。啸傲遗世罗，纵情任独往。
明道虽若昧，其中有妙象。希贤宜励德，羡鱼当结网。

璇台冠昆岭，西海滨招摇。琼林笼藻映，碧树疏英翘。
丹泉漂朱沫，黑水鼓元（玄）涛。寻仙万馀日，今乃见子乔。
振发睎翠霞，解褐被绛绡。总辔临少广，盘虬舞云轺。
永偕帝乡侣，千龄共逍遥。

游仙诗
（晋）庾阐

邛疏炼石髓，赤松漱水玉。凭烟眇封子，流浪挥元（玄）俗。

崆峒临北户，昆吾眇南陆。层霄映紫芝，潜涧泛丹菊。
昆仑涌五河，八流纡地轴。

读《山海经》

（晋）陶潜

玉台凌霞秀，王母怡妙颜。天地共俱生，不知几何年。
灵化无穷已，馆宇非一山。高酣发新谣，宁效俗中言。

游仙诗

（齐）袁彖

羽客宴瑶宫，旌盖乍舒设。王子洛浦来，湘娥洞庭发。
长引逐清风，高歌送奔月。并驾排帝阊，连吹入天阙。
万古一方春，千霜岂二发。

游仙诗

（齐）王融

献岁和风起，日出东南隅。凤斿乱烟道，龙驾溢云区。
结赏自员峤，移讌乃方壶。金卮浮水翠，玉斝挹泉珠。
徒用霜露改，终然天地俱。

湘沅有兰芷，汩吾欲南征。遗珮出长浦，举袂望增城。
朱霞拂绮树，白云照金楹。五芝多秀色，八桂常冬荣。
弭节且夷与，参差闻凤笙。

升仙篇

（梁）简文帝

少室堪求道，明光可学仙。丹缯碧林宇，绿玉黄金篇。
云车了无辙，风马讵须鞭。灵桃恒可饵，几回三千年。

和竟陵王游仙诗

（梁）沈约

夭矫乘绛仙，螭衣方陆离。玉銮隐云雾，溶溶纷上驰。
瑶台风不息，赤水正涟漪。峥嵘元（玄）圃上，聊攀琼树枝。

郭弘农璞游仙

（梁）江淹

崦山多灵艸，海滨饶奇石。偃蹇寻青云，隐沦驻精魄。
道人读丹经，方士炼玉液。朱霞入窗牖，曜灵照空隙。
傲睨摘木芝，凌波采水碧。眇然万里游，矫掌望烟客。
永得安期术，岂愁蒙汜迫。

云山赞

（梁）江淹

阴长生

阴君惜灵骨，珪璧讵为宝。日夜名山侧，果得金丹道。
忧伤永不至，光颜如碧草。若渡西海时，致意三青鸟。

秦女

青琴既旷世，绿珠亦绝群。犹不及秦女，十五乘彩云。
璧质人不见，琼光俗讵闻。愿使洛灵往，为我道奇芬。

咏得神仙

（陈）阴铿

罗浮银是殿，瀛洲玉作堂。朝游云暂起，夕饵菊恒香。
聊持履成燕，戏以石为羊。洪崖与松子，乘羽就周王。

奉和赵王游仙

（北周）庾信

藏山还采药，有道得从师。京兆陈安世，成都李意期。

玉京传相鹤，太乙授飞龟。白石香新芋，青泥美熟芝。
山精逢照镜，樵客值围棋。石纹如碎锦，藤苗似乱丝。
蓬莱在何处，汉后欲遥祠。

英才言聚赋得升天行

（隋）僧慧净

驭风过阆苑，控鹤下瀛洲。欲采三芝秀，先从千仞游。
驾凤吟虚管，乘槎泛浅流。颓龄一已驻，方验大椿秋。

怀　仙

（唐）王勃

鹤岑有奇径，麟洲富仙家。紫泉漱珠液，元（玄）岩列丹葩。
常希披尘网，眇然登云车。鸾情极霄汉，凤想疲烟霞。
道存蓬瀛近，意惬朝市赊。无为坐惆怅，虚此江上华。

玉真仙人辞

（唐）李白

玉真之仙人，时往太华峰。清晨鸣天鼓，飙欻腾双龙。
弄电不辍手，行云本无踪。几时入少室，王母应相逢。

仙谷遇毛女意，知是秦宫人

（唐）常建

溪口水石浅，泠泠明药丛。入溪双峰峻，松栝疏幽风。
垂岭枝袅袅，翳泉花濛濛。夤缘雾人目，路尽心弥通。
盘石横阳崖，前临殊未穷。回潭清云影，弥漫长天空。
水边一神女，千岁为玉童。羽毛经汉代，珠翠逃秦宫。
目觌神已寓，鹤飞言未终。祈君青云祕，愿谒黄仙翁。
尝以耕玉田，龙鸣西顶中。金梯与天接，几日来相逢。

宿五度溪仙人得道处
（唐）常建

五度溪上花，生根依两崖。二月寻片云，愿宿秦人家。
上见悬崖峻，下见白水湍。仙人弹棋处，石上青萝盘。
无处求玉童，翳翳惟林峦。前溪遇新月，聊取玉琴弹。

怀尹真人
（唐）鲍溶

万里叠嶂翠，一心浮云闲。羽人杏花发，倚树红琼颜。
流水杳冥外，女萝阴荫间。却思人间世，多故不可扳。
青鸟飞难远，春云晴不还。但恐五云车，山中复有山。

求仙曲
（唐）孟郊

仙教生为门，仙宗静为根。持心若妄求，服食安足论。
铲惑有灵药，饵真成本源。自当出尘网，驭凤登昆仑。

游　仙
（唐）贾岛

借得孤鹤骑，高近金乌飞。掬河洗老貌，照月生光辉。
天中鹤路直，天尽鹤一息。归来不骑鹤，身自有羽翼。
若人无仙骨，芝术无烦食。

题洪厓先生像卷
（元）钱选

神驾驭景飙，太虚时总辔。元（玄）道不可分，直悟天人际。
群从皆成仙，玩世不记年。何当事神游，许我笑拍肩。

钧天曲

（明）朱成泳

飞游郁罗境，稽首东王公。开轩临法座，置酒燕灵宫。
紫云歌玉女，琼浆酌金童。挥刀麟脯细，入箸鸾膏空。
凤箫声袅袅，鼍鼓鸣逢逢。投壶起天笑，吹律回春融。
燕罢百神散，乐阕万舞终。归来倚馀醉，凭虚驭刚风。

游 仙

（明）刘基

日月如过翼，瞬息春已秋。何不学神仙，缥缈凌虚游。
雷霆以为舆，虹蜺以为辀。清晨登阆风，薄暮宿不周。
长啸曾城巅，濯足翠水流。俯视八极内，扰扰飞蜉蝣。

仙人篇

（明）黄肃

翩翩骑白鹿，言上泰山顶。俯观浮世中，不见百年影。
道逢古时人，绿发被两领。授我采药诀，延年保寿命。
我闻再拜跪，问是何方求。抚我挟我肘，与我上天游。
天上多桂树，枝叶何修修。折取忽盈筥，馨香沾我裘。
何因入君袖，道路长悠悠。

◆ 七言古　附长短句

巴谣歌

（秦）阙名

神仙得者茅初成，驾龙上升入太清。
时下元（玄）洲戏赤城，继世而往在我盈，
帝若学之腊嘉平。

王子乔

（北魏）高允

王少卿，王少卿，超升飞龙翔天庭。
遗仪景，云汉酬，光骛电逝忽若浮。
骑日月，从列星。跨腾八廓踰杳冥。
寻元气，出天门，穷览有无究道根。

元丹丘歌

（唐）李白

元丹丘，爱神仙。朝饮颍水之清流，
暮还嵩岑之紫烟，三十六峰长周旋。
长周旋，蹑星虹，身骑飞龙耳生风。
横江跨海与天通，我知尔游心无穷。

神仙曲

（唐）李贺

碧峰海面藏灵书，上帝拣作仙人居。
清明笑语闻空虚，闲乘巨浪骑鲸鱼。
春罗书字邀王母，共宴红楼最深处。
鹤羽冲风过海迟，不如却使青龙去。
犹疑王母不相许，垂雾娃鬟更传语。

玉华仙子歌

（唐）李康成

紫阳仙子名玉华，珠盘承露饵丹砂。
转态凝情五云里，娇颜千岁芙蓉花。
紫阳䌽女矜无数，遥见玉叶皆掩嫭。
高堂初日不成妍，落渚流风徒自怜。
璇阶霓绮阁，碧题霜罗幕。
仙娥桂树长自春，王母桃花未尝落。

上元夫人宾上清,深宫寂历厌层城。
解珮空怜郑交甫,吹箫不逐许飞琼。
溶溶紫庭步,渺渺瀛台路。
兰陵贵士谢相逢,济北书生尚回顾。
沧洲傲吏爱金丹,清心回望云之端。
羽盖霓裳一相识,传情写念长无极。
长无极,永相随。攀霄历金阙,弄影下瑶池。
夕宿紫府云母帐,朝餐县圃昆仑芝。
不学兰香中道绝,却教青鸟报相思。

思琴高

（唐）鲍溶

琴仙人,得仙去。
万古钓龙空有处,我持曲钩思白鱼。
仙溪绿净涵空虚,天钩踪迹无遗馀。
烧香寄影在岩树,东礼海日鸡鸣初。

水仙谣

（唐）温庭筠

水客夜骑红鲤鱼,赤鸾双鹤蓬瀛书。
轻尘不起雨新霁,万里孤光含碧虚。
露魄冠轻见云发,寒丝七炷香泉咽。
夜深天碧乱山姿,光碎平波满船月。

句曲山朝真词

（唐）陆龟蒙

九华磬答寒泉急,十绝幡摇翠微湿。
司命旟旌未下来,焚香抱简凝神立。
残星下照霓襟冷,缺月才分鹤轮影。
空洞灵章发一声,春来万壑烟花醒。

郭忠恕夏山仙馆

（元）吴镇

苍崖过雨流青玉，万朵芙蓉红间绿。
松枝摇动碧簾风，兰舟徐度回塘曲。
画阁朱楼设翠褕，银床冰簟上流苏。
美人绣倦频来往，仙侣长吟聊自娱。
羽扇不挥尘不到，博山麝脑香犹袅。
新蝉惊破北窗眠，幽禽啼断林间巧。
竹烟浮翠荐龙团，树影当庭映日圆。
晚来两两寻幽客，应识溪声六月寒。
图中景物非人世，如此丹青谁得似？
屈指流传四百年，宣和赏识标忠恕。
人间何处无炎歊，火云照耀未能消。
高斋展对殊未已，一片凉飔落素绡。

题刘阮天台图

（明）徐庸

白云苍霭迷行路，水复山重不知处。
行过涧谷有人家，忽见东风万桃树。
芳香艳态娱青春，花间得遇娉婷人。
五铢衣薄卷烟雾，笑语便觉情相亲。
神仙虽遇终离别，千古佳名自传说。
天台山水至今存，桃源望断空明月。

◆ 五言律

观内怀仙

（唐）王勃

玉架残书隐，金坛旧迹迷。牵花寻紫涧，步叶下清溪。

琼浆犹类乳，石髓尚如泥。自能成羽翼，何必仰云梯。

八仙径

（唐）王勃

柰园欣八正，松岩访九仙。援萝窥雾术，攀桂俯云阡。
代北鸾骖至，辽西鹤骑旋。终希脱尘网，连翼下芝田。

游　仙

（唐）王贞白

我家三岛上，洞户枕波涛。醉背云屏卧，谁知海日高。
露香红玉树，风绽碧蟠桃。悔与神仙别，思归梦钓鳌。

酬王尊师仙游

（明）王英

翠水三山路，微茫见十洲。月临珠斗迥，云度绛河流。
露气生鳌背，箫声出凤楼。惭无学仙分，得伴赤松游。

漠漠层霄外，寥寥太乙居。苍龙翊飞盖，白鹿挽行车。
翡翠瑶台树，云霞玉洞书。何因蹑天路，探讨极元（玄）虚？

羽节飘摇转，霓旌汗漫游。红光飞赤鲤，紫气度青牛。
月上芙蓉馆，风回莲叶舟。遥怜徐福辈，入海访瀛洲。

游仙诗

（明）罗颀

幽径赤城颠，松萝九曲连。千林喧药杵，一嶂起茶烟。
深窦源通海，层岩树隐天。携琴就猿鹤，同种玉峰田。

◆ 五言排律

游仙

（唐）王绩

上月芝兰径，中岩紫翠房。金壶新练乳，玉釜始煎香。
六局黄公术，三门赤帝方。吹沙聊作鸟，动石试为羊。
缑氏还程促，瀛洲会日长。谁知北岩下，延首咏霓裳。

缑山月夜闻王子晋吹笙

（唐）钟辂

月满缑山夜，风传子晋笙。初闻盈谷远，渐听入云清。
杳异人间曲，遥分鹤上情。孤鸾惊欲舞，万籁寂无声。
此夕留烟驾，何时返玉京？惟愁音响绝，晓色出都城。

◆ 七言律

赠毛仙翁

（唐）王起

冰霜肌骨称童年，羽驾何由到俗间？
丹灶化金留秘诀，仙宫漱玉叩元（玄）关。
壶中世界青天近，洞口烟霞白日闲。
若许随师去尘网，愿陪鸾鹤向三山。

赠毛仙翁

（唐）沈传师

安期何事出云烟？为把仙方与世传。
只向人间称百岁，谁知洞里过千年。
青牛到日迎方朔，丹灶开时共稚川。
更说桃源更深处，异花长占四时天。

梦　仙

（唐）项斯

昨宵魂梦到仙津，得见蓬山不老人。
云叶许裁成野服，玉浆教吃润愁身。
红楼近月宜寒水，绿杏摇风占古春。
次第引看行未遍，浮光牵入世间尘。

穆王谯王母于九光流霞馆

（唐）曹唐

桑叶扶疏闭日华，穆王邀命谯流霞。
霓旌著地云初驻，金奏掀天月欲斜。
歌咽细风吹粉蕊，饮馀清露湿瑶砂。
不知白马红缰解，偷吃东田碧玉花。

汉武帝将候西王母下降

（唐）曹唐

昆仑凝想最高峰，王母来乘五色龙。
歌听紫鸾犹缥缈，语来青鸟许从容。
风回水落三清月，漏苦霜传五夜钟。
树影悠悠花悄悄，若闻箫管是行踪。

汉武帝于宫中谯西王母

（唐）曹唐

鳌岫云低太乙坛，武皇斋洁不胜欢。
长生碧字期亲署，延寿丹泉许细看。
剑珮有声宫树静，星河无影禁花寒。
秋风裛裛月朗朗，玉女清歌一夜阑。

王远谯麻姑蔡经宅

（唐）曹唐

好风吹树杏花香，花下真人道姓王。
大篆龙蛇随笔札，小天星斗满衣裳。
闲抛南极归期晚，笑指东溟饮兴长。
要唤麻姑同一醉，使人沽酒向馀杭。

刘阮洞中遇仙子

（唐）曹唐

天和树色霭苍苍，霞重岚深路渺茫。
云窦满山无鸟雀，水声沿涧有笙簧。
碧沙洞里乾坤别，红树枝前日月长。
愿得花间有人出，不令仙犬吠刘郎。

紫河张休真

（唐）曹唐

琪树扶疏压瑞烟，玉皇朝客满花前。
山川到处成三月，丝竹经时即万年。
树石冥茫初缩地，杯盘狼藉未朝天。
东风小饮人皆醉，从听黄龙枕水眠。

梦　仙

（唐）韩偓

紫霄宫阙五云芝，九级坛前再拜时。
鹤舞鹿眠春艸远，山高水阔夕阳迟。
每嗟阮肇归何速，深羡张骞去不疑。
澡练纯阳功力在，此心惟有玉皇知。

卢鸿仙山台榭图

（元）邓文原

仙都围合碧云笼，洞口绯桃著雨秋。
丹阙春深巢翡翠，朱扉风暖出芙蓉。
壶公不负三山约，向子终期五岳逢。
野鹤一声山馆寂，倚阑长听水淙淙。

升龙观夜烧香印上有吕洞宾老树精

（元）萨都剌

兰风吹动吕仙影，老树槎牙吐暮秋。
夜静药炉丹火现，月明神剑夜光浮。
已知浩气无穷尽，不到心灰未肯休。
铁笛一声吹雪散，碧云飞过岳阳楼。

陆探微员峤仙游

（元）吴镇

梅阁重重翠绕遮，时时云气飐平沙。
千峰树色藏朝雨，百道江声送晚霞。
洞古数留仙子迹，溪回深护羽人家。
遨游每忆无尘地，咫尺仍堪阅岁华。

卢鸿仙山台榭

（元）吴镇

尘踪何得此中游，无数青山绕殿头。
炉篆浮烟朝霭霭，溪云连树晚油油。
花香曲径群麕聚，芸芷平田独鹤游。
欲识仙家真乐处，一泓清濑四山秋。

梦　仙
（元）吴景奎

紫鸾邀梦到仙家，结佩相逢萼绿华。
翠勺细倾千日酒，蜺旌斜插五云车。
飞琼鬓影含清雾，弄玉箫声隔彩霞。
杜宇无情惊觉后，月痕犹在碧桃花。

钟子炼丹
（明）太祖

翠微高处渺青烟，知子机藏辟谷坚。
丹鼎铅砂勤火候，溪云岩谷傲松年。
潭龙掣雹深渊底，崖虎生风迥洞边。
径已苔蒙人未履，昂霄足蹑斗牛天。

写韵轩
（明）朱梦炎

掌籍江河误泄机，几年谪降学书痴。
晴窗滴露花摇席，午夜挥毫月满帷。
绾得春风留凤带，画残秋水照蛾眉。
从今了却人间事，一曲鸾箫跨虎吹。

◆ 五言绝句

怀　仙
（唐）陆龟蒙

闻道阳都女，连娟耳细长。自非黄犊客，不得到云房。

神烛光华丽，灵祛羽翼生。已传餐玉粒，犹自买云英。

仙　人
（宋）文同

头梳三角髻，馀发散垂腰。时伴秦楼女，月明吹紫箫。

◆ 六言绝句

杂　咏
（元）郭翼

朝汲橘泉丹井，暮耕蕙圃芝田。
肘后长生有诀，一笑曾许相传。

◆ 七言绝句

上清词
（唐）张继

紫阳宫女捧丹砂，王母令过汉帝家。
春风不肯停仙驭，却向蓬莱看杏花。

寻　仙
（唐）张籍

溪头一径入青崖，处处仙居隔杏花。
更见峰西幽客说，云中犹有两三家。

和州守侍郎缑山题仙庙
（唐）徐凝

王子缑山石殿明，白家诗句咏吹笙。
安知散席人间曲，不是寥天鹤上声。

清夜忆仙宫子
（唐）施肩吾

夜静门深紫洞烟，孤行独坐忆神仙。

三清宫里月如昼,十二琼楼何处眠?

仙翁词
（唐）施肩吾

世间无远可为游,六合朝行夕已周。
坛上夜深风雨静,小仙乘月系苍虬。

偶题
（唐）杜牧

道在人间或可传,小还轻变已多年。
今来海上升高望,不到蓬莱不是仙。

赠女仙
（唐）赵嘏

水思云情小凤仙,月涵花态语如絃。
不因金骨三清客,谁识吴州有洞天。

朝元引
（唐）陈陶

帝烛荧煌下九天,蓬莱宫晓玉炉烟。
无央鸾凤随金母,来贺薰风一万年。

小游仙诗
（唐）曹唐

南斗阑珊北斗稀,茅君夜着紫霞衣。
朝骑白鹿趁朝去,凤押笙歌逐后飞。

洞里烟霞无歇时,洞中天地足金芝。
月明朗朗溪头树,白发老人相对棋。

青锦缝裳绿玉珰,满身新带五云香。

闲依碧海攀鸾驾,笑就苏君觅橘尝。

八景风回五凤车,昆仑山上看桃花。
若教使者沽春酒,须觅馀杭阿母家。

太乙元君昨夜过,碧云高髻绾婆娑。
手抬玉策红于火,敲断金鸾使唱歌。

碧瓦彤轩月殿开,九天花落瑞风来。
玉皇欲着红龙衮,亲唤金妃下手裁。

绛节笙歌绕殿飞,紫皇欲到五云归。
细腰侍女瑶花外,争向红房报玉妃。

公子闲吟八景文,花南拜别上阳君。
金鞭遥指玉清路,龙影马嘶归五云。

红艸青林日半斜,闲乘小凤出彤霞。
略寻旧路过西国,因得冰园一尺瓜。

青苑红堂压瑞云,月明闲宴九阳君。
不知昨夜谁先醉,书破明霞八幅裙。

海上风来吹杏枝,昆仑山上看花时。
红龙锦鞯黄金勒,不是元君不得骑。

携仙箓
(唐)司空图

一半晴空一半云,远笼仙掌日初曛。

洞天有路不知处，绝顶异香难更闻。

仙　山
（唐）韩偓

一炷心香洞府开，偃松皱涩半莓苔。
水清无底山如削，始有仙人跨鹤来。

梦仙谣
（唐）王毂

前程渐觉风光好，琪花片片粘瑶草。
有人遗我五色丹，一粒吞之后天老。

青童递酒金觞疾，列坐红霞神气逸。
笑说留连数日间，已是人间一千日。

瑶台绛节游皆遍，异果奇花香扑面。
松窗梦觉却神清，残月林前三两片。

上清词
（唐）李九龄

新拜天官上玉都，紫皇亲授五灵符。
群仙个个来相问，人世风光似此无？

得仙诗
（唐）杨监真

日落焚香坐醮坛，庭花露湿渐更阑。
净水仙童调玉液，春宵羽客化金丹。

画秦宫人
（宫人字玉姜，秦时逃入山，是为毛女，汉魏间人犹见之。）
（宋）谢翱

结草为衣类鹤翎，初来一味服黄精。

宫莺几处衔花出，犹向山中认得声。

右丞文献公所画张果像
（金）张行中

古来人物画为难，惊见仙公树石间。
莫把丹青名右相，太平勋业在人寰。

题醉王母图
（元）胡长孺

宴罢瑶池醉不任，仙人那有世人心。
良工欲写无言意，自托丹青作酒箴。

郭忠恕万松仙馆图
（元）吴镇

参差琳馆碧山齐，云拥疏松望欲迷。
野老忘机自来去，忽惊麋鹿各东西。

郭忠恕万松仙馆图
（元）黄公望

琳堂掩映万松齐，绝壑寒云望不迷。
为听水流翻破寂，轻袍重过短墙西。

郭忠恕仙峰春色图
（元）黄公望

闻道仙家有玉楼，翠厓丹壁绕芳洲。
寻春拟约商岩叟，一度花开十度游。

仙人原自爱蓬莱，瑶草金芝次第开。
欸乃棹歌青雀舫，逍遥响屟凤凰台。

春泉瀰瀰流青玉，晚岫层层障碧云。
习静仙居忘日月，不知谁是紫阳君。

黄荃花溪仙舫图

（元）黄公望

花发枝头水涨溪，仙舟犹泊武陵堤。
重重楼阁仙云卷，无数青峰出竹西。

游仙词

（元）郭翼

银流万里海云东，只泛灵查上碧空。
仙女蹋歌星影里，老龙吹笛浪花中。

白鹤下啄瑶草青，道士夜读神农经。
问之长生有宝诀，授以松根千岁苓。

溪水流香饭熟麻，洞中千树玉桃花。
金盘日日飞仙供，敕赐安期海上瓜。

麟洲宫殿五云高，夜赴瑶池宴碧桃。
借得仙人红尾凤，月中飞影拂波涛。

小游仙

（元）杨维桢

日落海门吹凤匏，须臾海水沸如炮。
船头处女来听曲，知是洞庭千岁蛟。

西湖仙人莲叶舟，又见石山移海流。
老龙卷水青天去，小朵莲花共上游。

游赤松

（元）金涓

枕石听流梦未安，碧云萝薜古祠寒。
夜深鸾鹤群仙过，人在青松月下看。

仙人词

（明）刘基

玉府仙人冰雪姿，生来即遣侍瑶池。
五云隔断尘凡路，说著人间总不知。

小游仙

（明）王泽

中山千日酒初醒，却爱元（玄）都夜景清。
起坐天门吹玉笛，月中珠树起秋声。

小游仙

（明）张羽

洞口春泉漱碧沙，楼台仿佛蔡经家。
赤鸾衔得金盘子，掷向窗前树树花。

晞发扶桑露气新，三花树底坐调笙。
到门解说长生理，只有茅家好弟兄。

朝游碧海不骑鱼，凤引霓旌鹤引车。
吟得步虚谁解和？归来闲倩少霞书。

小游仙词

（明）镏涣

玉京侍宴返瑶池，西母金舆九凤帔。

小队旌幢三十六,龙声马影隔云飞。

续游仙诗

(明) 马洪

玉板金花阔幅笺,朝来次第散群仙。
紫皇敕遣誊《真诰》,第一人书第一篇。

玉案珠簾翡翠屏,焚香夜诵《蕊珠经》。
月明鸾背飞琼过,少驻花阴带笑听。

游仙词

(明) 张泰

十二琼楼丽紫清,银河隔座泻秋声。
翠鸾扶起瑶台月,人在仙家第五城。

海风吹绉蔚蓝天,山涌芙蓉月涌莲。
对对凌波尘袜小,相逢多是水中仙。

鹤笙鸾驾隔苍烟,天上那知更有天。
不向九霄歌《白雪》,怕人知是小诗仙。

金阙西厢玉案前,众中谁是掌书仙?
欲披小券支风月,借与琅函五色笺。

拟杨铁崖小游仙

(明) 王鸿儒

方壶员峤月初生,海色如银万顷明。
一片彩云当面堕,东华童子召飞琼。

一别良常岁月赊,茅君相念寄瑶华。
五云阁史无人换,犹是当年蔡少霞。

小游仙

(明) 桑悦

胸藏星宿是天文,暗坐光腾五岳云。
侵晓清都挥彩笔,欲书制诰赐茅君。

仙班济济侍宸官,袖拂红云跨彩鸾。
笑约玉皇香案吏,禹馀宫里借花看。

仙居吟

(明) 张金

寻常不到山前路,洞口闲云尽日封。
时有听经童子至,不知身是石潭龙。

追和张外史游仙诗

(明) 余善

溪头流水饭胡麻,曾折瑶林第一花。
欲识道人藏密处,一壶天地小于瓜。

卷二百三十九 道士类

◆ 五言古

贻韦炼师
（唐）储光羲

精思莫知日，意静如空虚。三鸟自来去，九光遥卷舒。
新池近天井，玉宇停云车。余亦苦山路，洗心祈道书。

越中逢天台太乙子
（唐）孟浩然

仙穴逢羽人，停舻向前拜。问余涉风水，何处远行迈。
登陆寻天台，顺流下吴会。兹山夙所尚，安得闻灵怪？
上逼青天高，俯临沧海大。鸡鸣见日出，常觌仙人旆。
往来赤城中，逍遥白云外。莓苔异人间，瀑布当空界。
福庭长自然，华顶旧称最。永此从之游，何当济所届。

与王昌龄宴黄道士房
（唐）孟浩然

归来卧青山，常梦游清都。漆园有傲吏，惠好在招呼。
书幌神仙箓，画屏山海图。酌霞复对此，宛似入蓬壶。

题卢道士房
（唐）李颀

秋砧响落木，共坐茅君家。惟见两童子，林前汲井华。

空坛静白日,神鼎飞丹砂。麈尾拂霜草,金铃摇霁霞。
上章人〔尘〕世隔,看弈桐阴斜。
稽首开〔问〕仙要,黄精堪饵花。

寄全椒山中道士

(唐) 韦应物

今朝郡斋冷,忽念山中客。涧底束荆薪,归来煮白石。
欲持一樽酒,远慰风雨夕。落叶满空山,何处寻行迹?

寻华山云台观道士

(唐) 钱起

秋日西山明,胜趣引孤策。桃源数曲尽,洞口两岸坼。
还从冈象来,忽得仙灵宅。霓裳谁之子,霞酌能止客。
残阳在翠微,携手更登历。林行拂烟雨,溪望乱金碧。
飞鸟下天窗,袅松际云壁。少寻元(玄)踪远,宛入寥天寂。
愿言葛仙翁,终年炼玉液。

山中访道者

(唐) 于鹄

触烟入溪口,岸岸惟栏栎。其中尽碧流,十里不通屐。
出林山始转,绝径缘峭壁。把藤借行势,侧足凭石脉。
齾牙断行处,光滑猿猱迹。忽然风景异,乃到神仙宅。
天晴茅屋头,残云蒸气白。隔窗梳发声,久立闻吹笛。
抱琴出门来,不顾人间客。山院不洒扫,四时自虚寂。
落叶埋长松,出地才数尺。曾读《上清经》,知注长生籍。
愿示不老方,何山有琼液。

送萧炼师入四明山

(唐) 孟郊

闲于独鹤心,大于高松年。迥出万物表,高栖四明巅。

千寻直裂峰，百尺倒泻泉。绛雪为我饭，白云为我田。
静言不语俗，灵踪时步天。

送李尊师元

（唐）孟郊

口诵碧简文，身是青霞君。头冠两片月，肩披一条云。
松骨轻自飞，鹤心高不群。

送道士

（唐）孟郊

千年山上行，山上无遗踪。一日人间游，六合人皆逢。
自有意中侣，白云徒相从。

别尹炼师

（唐）李群玉

吾家五千言，至道悬日月。若非函关令，谁注流沙说？
多君飞升志，机悟独超拔。学道玉筓山，烧丹白云穴。
南穷衡疑秀，采药历幽绝。夜卧瀑布风，朝行碧岩雪。
洞宫四百日，玉籍恣探阅。徒以菌蟪姿，缅攀修真诀。
尘笼罩浮世，遐志空飞越。一罢棋酒欢，离情满寥泬。
愿骑紫盖鹤，早向黄金阙。城市不可留，尘埃秽仙骨。

山中道者

（唐）苏拯

筇杖六尺许，坐石流泉所。举头看古松，似对仙鹤语。
是时天气清，四迥无尘侣。顾我笑相迎，知有丹砂异。

寄邓道士

（宋）苏轼

一杯罗浮春，远饷采薇客。遥知独酌罢，醉卧松下石。

幽人不可见，清啸闻月夕。聊戏庵中人，空飞本无迹。

送许尊师还大涤洞

（明）张羽

青山九锁处，白发一龛居。清斋诵黄老，不阅世间书。
餐霞食真气，对月礼空虚。暂来流水地，应与孤云疏。
遥知还山日，仙坛春草馀。

寄琪林黄道士

（明）孙蕡

雨绝天景佳，前荣树光绿。遥怜采芝侣，远在春山曲。
琴歌久已断，酒赋何由续。有约今夕同，开樽扫茅屋。

◆ 七言古 附长短句

望龙山怀道士许法棱

（唐）刘长卿

心惆怅，望龙山。云之际，鸟独还。
悬崖绝壁几千丈，绿萝袅袅不可攀。
龙山高，谁能践？灵原中，苍翠晚。
岚烟瀑水如向人，终日迢迢空在眼。
中有一人披霓裳，诵经山顶餐琼浆。
空林闲坐独焚香，真官列侍俨成行。
朝入青霄礼玉堂，夜扫白云眠石床。
桃花洞里居人满，桂树山中住日长，龙山高高遥相望。

赠别华阴道士

（唐）韩翃

紫府先生旧同学，腰垂彤管贮灵药。
耻论方士小还丹，好饮仙人太元（玄）酪。

芙蓉山顶玉池西，一室平临万仞溪。
昼洒瑶台五云湿，夜行金烛七星齐。
回身暂下青冥里，方外相寻有知己。
卖鲊市中何许人，钓鱼坐上谁家子？
青青百草云台春，烟驾霓裳白角巾。
露叶独归仙掌去，回风片雨谢时人。

送戴真人归越
（元）虞集

戴先生，日饮五斗醉不得，再饮一石不肯眠。
昨从桃源来，两袖携风烟。
长安道上小儿女，拍手拦道呼神仙。
马如游龙花如雨，蹴蹋春秋作朝暮。
东方不作窗间戏，上帝还令海边去。
海边玉虹夜不收，贝宫珠阙皆蛟虬。
芝田玉树久相待，天上老仙那肯留。
戴先生，鉴湖之水三千丈，不可以鉴可以酿。
明朝亦脱锦袍去，与汝酣歌钓船上。

和韵三茅山呈张伯雨外史
（元）萨都剌

碧桃花落蓬莱宫，银屏甲帐围春风。
冰簾卷水玉堂静，白露滴月银床空。
仙人夜酌九霞酒，手握北斗倾尊中。
梧枝落影凤凰语，幽韵仿佛临苍穹。
伐毛洗髓天地老，火鼎夜出芙蓉红。
呼龙洞口种瑶草，采药忽遇松间童。
茅君自骑一虎去，犹闻珂佩声丁东。
武华山人三载别，绿袍赤杖苍髯翁。

淮南江上复相见，落日澹澹天无穷。
明朝稽首渡江去，楚水清浅银河通。

御制山水图歌赐长春真人刘渊然归南京
（明）宣宗

东华之东湛明景，彩霞环绕蓬莱境。
琼枝瑶草春不穷，丹光夜动黄金鼎。
渊然老仙崆峒客，万里归来此栖息。
手持如意青芙蓉，两脸潮红头雪白。
头上玉琢冠，身中云绣衣。
朝朝飞神驭炁超汗漫，直上太清朝紫微。
腰间腾龙双宝剑，秋水光晶寒潋滟。
啸风呼霆作霖雨，屡注仙瓢苏下土。
功成敛用归希夷，元（玄）天至道本无为。
眼看民患忍坐视，恤人亦体天之慈。
旦来谢别何匆匆，骑鹤径度江之东。
江东龙盘虎踞五云表，钟山翠接三茅峰。
茅家兄弟青冥上，白日骖鸾定相访。
还来赤松子，亦有安期生。
上朝南极寿昌星，好山好水清且明。
西方出金桃，南斗斟云液。
长生有曲舞且歌，年过广成千二百。

赠丘老师
（明）高启

长春之孙自仙骨，袖有蟠桃食遗核。
平生不学烧汞方，唾视黄金等何物。
满城谁识旧庚桑，白发人中似鹤长。
时上高楼惟独醉，榴皮书破壁尘香。

洞虚道院访鹤山道士

（明）王问

洞虚清寒十二时，绛楼簾幕镇长垂。
庭中槭槭卷风叶，玉露凋落青梧枝。
身骑飞龙逐流电，闻君受法通明殿。
万里云霄鹤一声，夜静归来月如练。

◆ 五言律

寄天台司马道士

（唐）崔湜

闻有三元客，祈仙九转成。人间白云返，天上赤龙迎。
尚惜金芝晚，仍攀琪树荣。何年缑岭上，一谢洛阳城。

寄天台司马道士

（唐）张说

世上求真客，天台去不还。传闻有仙要，梦寐在兹山。
朱阙青霞断，瑶堂紫月闲。何时枉飞鹤，笙吹接人间。

奉饯高尊师如贵道士传道箓毕归北海

（唐）李白

道隐不可见，灵书藏洞天。吾师四万劫，历世递相传。
别杖留青竹，行歌蹑紫烟。离心无远近，长在玉京悬。

寻洪尊师不遇

（唐）刘长卿

古木无人地，来寻羽客家。道书堆玉案，仙陂叠青霞。
鹤老难知岁，梅寒未作花。山中不相见，何处化丹砂？

寻南溪常道士

（唐）刘长卿

一路经行处，莓苔见履痕。白云依静渚，青草闭闲门。
过雨看松色，随山到水源。溪花与禅意，相对亦忘言。

寻贾尊师

（唐）卢纶

玉洞秦时客，焚香映绿萝。新传左慈诀，曾与右军鹅。
井臼阴苔遍，方书古字多。成都今日雨，曾与酒相和。

赠月溪羽士

（唐）戴叔伦

月明溪水上，谁识步虚声。夜静金波冷，风微玉练平。
自知尘梦远，一洗道心清。更弄瑶笙罢，秋空鹤又鸣。

赠道者

（唐）朱庆馀

独住神仙境，门当瀑布开。地多临水石，行不惹尘埃。
风起松花落，琴鸣鹤翅回。还归九霄上，时有故人来。

山中道士

（唐）贾岛

头发梳千下，休粮带瘦容。养雏成大鹤，种子作高松。
白石通宵煮，寒泉尽日舂。不曾离隐处，那得世人逢。

灵都观李道士

（唐）张籍

山观雨来静，绕房琼草春。素书天上字，花洞古时人。
泥灶煮灵液，扫坛朝玉真。几回游阆苑，青节自随身。

赠王道士

（唐）于鹄

去寻常不出，门似绝人行。床下石苔满，屋头秋草生。
学琴寒月短，写《易》晚窗明。惟到黄昏后，溪中闻磬声。

送秦炼师

（唐）李群玉

紫府静沉沉，松轩思别吟。水流宁有意，云泛本无心。
锦洞桃花远，青山竹叶深。不因时卖药，何路更相寻？

送王道士

（唐）马戴

真人俄整舄，双鹤屡飞翔。恐入壶中住，须传肘后方。
霓裳云气润，石径术苗香。一去何时见，仙家日月长。

送道友入天台山作

（唐）马戴

却忆天台去，移居海岛空。观寒琪树碧，雪浅石桥通。
漱齿飞泉外，餐霞早境中。终期赤城里，披氅与君同。

赠王尊师

（唐）刘得仁

为道常日损，尊师修此心。挂肩黄布被，穿发白蒿簪。
符札灵砂字，絃弹古素琴。囊中常有药，点土亦成金。

赠道者

（唐）唐球

披霞带鹿胎，岁月不能催。饭把琪花煮，衣将藕叶裁。
鹤从归日养，松是小时栽。往往樵人见，溪边洗药来。

逢道者神和子

（唐）王毂

珍重神和子，闻名五十年。童颜终不改，绿发尚依然。
酒里消闲日，人间作散仙。长生如可慕，相逐隐林泉。

赠聂尊师

（唐）杜荀鹤

诗道皆仙分，求之不可求。非关从小学，应是数生修。
蟾桂云梯折，鳌山鹤驾游。他年两成事，堪喜是邻州。

送喻炼师归茅山

（唐）李建勋

休粮知几载，脸色似桃红。半醉离尘去，单衣行雪中。
水声茅洞晓，云影石房空。莫学秦时客，音书便不通。

遇道者

（唐）张蠙

数里白云峰，身轻无履踪。故寻多不见，偶到即相逢。
古井生灵水，高坛出异松。聊看杏花酌，便似换颜容。

山寺喜道者至

（唐）僧贯休

闰年春过后，山寺始花开。还有无心者，闲寻此境来。
鸟幽声忽断，茶好味重回。知住南岩久，冥心坐绿苔。

宿休庵用德功壁间韵赠陈道人

（宋）朱子

暮入千峰里，寒栖一草庵。室连丹灶煖，厨引石泉甘。
尘虑纷难到，神光暧内含。非君有道气，孤绝讵能堪。

送倪道士之庐山
（宋）赵师秀

近方辞地肺，本自住天台。有鹤相同出，无云作伴回。
道房随处借，诗板逐时开。又说庐山去，闲看瀑布来。

赠熊炼师
（宋）翁卷

松边自掩扉，卖药罢方归。教客认仙草，笑人求紫衣。
惜琴眠处放，玩《易》语时稀。见说沉砂贱，闲身去欲飞。

修真院访崔道士
（宋）真山民

竹扉苍藓墙，林下小丹房。风定香烟直，月斜簾影长。
瀹茶泉味别，点《易》露痕香。安得栖尘外，求师却老方？

初夏访刘道士
（宋）真山民

白云随杖履，伴我到山房。暑薄疑天别，林深见路长。
术芝皆道味，花竹亦诗香。更待荷花后，来分半榻凉。

赠杨洞天道人
（元）马祖常

我自不入俗，君今又欲仙。鸟啼百花里，屋住万山边。
密树云难过，空潭月易圆。题诗秋卷了，为说小行年。

寄题汪道士草亭
（元）虞集

飞白妙娉婷，新题照草亭。仙遗相鹤法，客借换鹅经。
雾雨归悬黍，风云护茯苓。遥知春昼永，深坐养《黄庭》。

寄王道士宗晋

（元）倪瓒

王君旧隐地，闻更结茅茨。鹤氅春栽苎，鹅群雪泛池。
时歌绿水曲，不负碧山期。夜雨生芳草，令人起梦思。

怀王道士

（明）袁凯

宣城王道士，爱著芰荷衣。一自清江别，三年白雁飞。
酒徒随处有，沽客向来稀。最忆青城夜，狂歌不肯归。

送吕道士

（明）张羽

石室无人住，归心似鹤轻。山君驱虎去，童子报丹成。
玉窦凭龙守，芝田借雨耕。怀君明月夜，遥听步虚声。

寄方壶道人

（明）詹同

海上神仙馆，天边处士星。卧云歌酒德，对雨著茶经。
石洞龙嘘气，松巢鹤坠翎。都将金玉句，一一写空青。

◆ 五言排律

赠焦道士

（唐）王维

海上游三岛，淮南预八公。坐知千里外，跳向一壶中。
缩地朝珠阙，行天使玉童。饮人聊割酒，送客乍分风。
天老能行气，吾师不养空。谢君徒雀跃，无可问鸿濛。

赠东岳焦炼师

（唐）王维

先生千岁馀，五岳遍曾居。遥识齐侯鼎，新过王母庐。

不能师孔墨，何事问长沮。玉管时来凤，铜盘即钓鱼。
耸身空里语，明目夜中书。自有还丹术，时论太素初。
频蒙露版诏，时降软轮车。山静泉逾响，松高枝转疏。
揩颐问樵客，世上复何如？

逢牛尊师

（明）林鸿

道逢牛道士，把酒醉云房。龙问壶中诀，人传肘后方。
久知凫是舄，更指石为羊。遣兴聊题翰，无言但括囊。
秋星明剑气，夜月让丹光。酣饮从倾倒，神游极混茫。
别情波渺渺，归路树苍苍。又棹扁舟去，寻云到草堂。

◆ 七 言 律

送方尊师归嵩山

（唐）王维

仙官欲住九龙潭，旄节朱幡倚石龛。
山压天中半天上，洞穿江底出江南。
瀑布松杉常带雨，夕阳彩翠忽成岚。
借问迎来双白鹤，已曾衡岳送苏耽。

送张道士归茅山谒李尊师

（唐）皇甫冉

向山独有一人行，近洞应逢双鹤迎。
常以素书传弟子，还因白石号先生。
无穷杏树何年种，几许芝田带月耕。
师事少君年岁久，欲随旄节往层城。

题嵩阳焦道士石壁

（唐）钱起

三峰花畔碧堂悬，锦里真人此得仙。

玉体才飞西蜀雨，霓裳欲向大罗仙。
彩云不散烧丹灶，白鹿时藏种玉田。
幸入桃源因出世，方期丹诀一延年。

赠韩道士

（唐）戴叔伦

日暮秋风吹野花，上清归客意无涯。
桃源寂寂烟霞闭，天路悠悠星汉斜。
还似世人生白发，定知仙骨变黄芽。
东城南陌频相见，应是壶中别有家。

赠道士

（唐）李端

姓氏不书高士传，形神自得逸人风。
已传花洞将秦接，更指茅山与蜀通。
懒说岁年齐绛老，甘为乡曲号涪翁。
终朝卖药无人识，敝服徒行入市中。

赠东岳张炼师

（唐）刘禹锡

东岳真人张炼师，高情雅淡世间稀。
堪为列女书青简，久事元君住翠微。
金缕机中抛锦字，玉清潭上著霓衣。
云衢不要吹箫伴，只拟乘鸾独自飞。

送胡炼师归王屋

（唐）张籍

王阳峰下学长生，洞府仙乡已有名。
独戴熊须冠暂出，惟将鹤尾扇同行。
炼成云母休炊爨，召得雷公当吏兵。

却到瑶坛上头宿，应闻空里步虚声。

寻郭道士不遇
（唐）白居易

郡中乞假来相访，洞里朝元去不逢。
看院只留双白鹤，入门惟见一青松。
药炉有火丹应伏，云碓无人水自舂。
欲问《参同契》中事，更期何日得相从。

寻赵尊师不遇
（唐）姚鹄

羽客朝元昼掩扉，林中一径雪中微。
松阴绕院鹤相对，山色满楼人未归。
尽日独思风驭返，寥天几望野云飞。
凭高目断无消息，自醉自吟愁落晖。

赠道者
（唐）刘威

五云深处有真仙，岁月催多却少年。
入郭不知今世事，卖丹犹觅古时钱。
闲寻白鹿眠瑶草，暗摘红桃去洞天。
时向人间深夜坐，鬼神长在药囊边。

赠道者
（唐）刘沧

真趣淡然居物外，忘机多是隐天台。
停灯深夜看仙篆，拂石高秋坐钓台。
卖药故人湘水别，入檐栖鸟旧山来。
无因朝市知名姓，地僻衡门对岳开。

赠道士

（唐）褚载

簪星曳月下蓬壶，曾见东皋种白榆。
六甲威灵藏瑞检，五龙雷电绕霜都。
惟教鹤探丹丘信，不使人窥太乙炉。
闻说葛陂风浪恶，许骑青鹿从行无？

华山李炼师所居

（唐）皮日休

麻姑古貌上仙才，谪向莲峰管玉台。
瑞气染衣金液启，香烟映面紫文开。
孤云尽日方离洞，双鹤移时只有苔。
深夜寂寥存想歇，月天时下草堂来。

送羽人王锡归罗浮

（唐）曹唐

风前整顿紫荷巾，常向罗浮保养神。
石磴倚天行带月，铁桥通海入无尘。
龙蛇出洞闲邀雨，犀象眠花不避人。
最爱葛洪寻药处，露苗烟蕊满山春。

赠道人

（唐）曹松

住山因以福为庭，便向山中隐姓名。
阆苑驾将雕羽去，洞天赢得绿毛生。
日边肠胃餐霞火，月里肌肤饮露英。
顾我从来断浮浊，拟驱鸡犬上三清。

龙潭张道者

（唐）伍乔

碧洞幽岩独息心，时人何路得相寻？
养生不说凭诸药，适意惟闻在一琴。
石径扫稀山藓合，竹轩开晚野云深。
他年功就期飞去，应笑吾徒多苦吟。

贻庐山清溪观王尊师

（唐）李中

霞帔星冠复杖藜，积年修炼住灵溪。
松轩睡觉冷云起，石磴坐来春日西。
采药每寻岩径远，弹琴常到月轮低。
鼎中龙虎功成后，海上三山去不迷。

赠王道者

（唐）李中

混俗从教鬓似银，世人无分得相亲。
槎流海上波涛阔，酒满壶中天地春。
功就不看丹灶火，性闲时拂玉琴尘。
仙家变化谁能测，只恐洪崖是此身。

赠钟尊师游茅山

（唐）李中

笻杖担琴背俗尘，路寻茅岭有谁群。
仙翁物外应相遇，灵药壶中必许分。
香入肌肤花洞酒，冷侵魂梦石床云。
伊余亦有朝修志，异日遨游愿见君。

寄西华黄炼师

（唐）罗隐

西华有路入中华，依约山川认永嘉。
羽客昔时留篠簜，故人今又种烟霞。
坛高已降三清鹤，海近因通八月槎。
盛事两般君总得，老莱衣服戴颙家。

赠奚道士

（宋）徐铉

奚生曾有洞天期，犹傍天坛摘紫芝。
处世自能心混沌，全真谁见德支离。
玉霄壁闭人长在，金鼎功成俗未知。
他日飙轮谒茅许，愿同鸡犬去相随。

寄茅山温尊师

（宋）赵师秀

几度题诗寄入山，不知何处得书看。
莓苔石上秋吟苦，星斗坛中夜拜寒。
鹤改新名呼未至，碑逢断刻打应难。
忆师每欲寻师去，芝术栽成自可餐。

赠玉隆刘道士

（宋）刘克庄

观中曾访老黄冠，尔尚为童立醮坛。
新染氅衣披得称，旧泥丹灶出来寒。
诗非易作须勤读，琴亦难精莫废弹。
忆上洪崖题瀑布，因游试为拂尘看。

送戴道士住天台
（元）程钜夫

君承恩命住天台，万壑千峰绕绛台。
门外霞川浮溟涬，杯中云海接蓬莱。
时同野鹤看桃去，或领山猿采药回。
三十年前吾亦到，旧题应入白云堆。

访李真人不遇
（元）虞集

退朝花底珮珊珊，去访真人晓出关。
芳草欲迷行径古，长松深护步廊闲。
苍龙挟雨探瑶简，白鹿穿云致玉环。
如到天坛看月影，定知清露满人间。

送薛元卿归龙虎山
（元）杨载

金门诏下羽人归，欲向山中采蕨薇。
琥珀悬崖松树老，琅玕倚涧竹根稀。
高岩蓄雨星辰湿，古石悬云径路微。
养性可无轩冕累，游尘元不浼仙衣。

送王真人北上代刘宗师
（元）萨都剌

玉佩丁东下界闻，天风吹动碧霞裙。
刘郎跨鹤游三岛，王子吹笙到五云。
洞府夜光传玉印，石坛月黑礼茅君。
若逢天上吴夫子，应问丹砂炼几分。

送上清道士李士宾归山

（元）张翥

归去青溪点《易》窗，仙林如子世难双。
丹藏虎豹千山雪，剑度鱼龙万里江。
别洞苔花分石路，古坛松子落岩淙。
道人不用寻烟火，术煎经冬正满缸。

赠天台李炼师

（元）贡师泰

翠蛟青凤下晴空，家住天台第几重？
岁久松肪成琥珀，夜深丹气出芙蓉。
仙童奏简骑文虎，太乙悬旗起绛龙。
昨夜从师到天上，故山还著白云封。

赠仙居散人

（元）贡师泰

青山四面玉嵯峨，中有山人隐薜萝。
细雨闲门芳草满，微风深涧落花多。
童窥丹灶时惊鹤，客写《黄庭》欲换鹅。
我亦平生爱疏散，春来应许谢朝珂。

送袁道士

（元）王士熙

轩辕云裔越公家，学道青山几岁华？
仙觅安期曾授枣，诗成湘子解开花。
金砂拟炼长生药，银海初回远使槎。
二十四岩明月夜，箫声何处落烟霞？

送赵虚一降香至南海庐山会稽

（元）薛汉

天香分下殿西头，处士今乘使者驺。
曾是骑麟参北斗，真成跨鹤过扬州。
山中五老应相识，海上三神亦易求。
勾越东南仙柱观，神光依旧贯林丘。

赠松崖道士

（元）周权

名山历遍气飘浮，面带风霜雪满头。
碧涧寒通丹井曙，青松影落石潭秋。
布袍洗药香犹湿，砂釜藏茶火自留。
笑问阆风何处是，追游还许借青牛。

别章炼师

（元）倪瓒

方舟共济春江阔，访我寒烟菰苇中。
鼓柂斜冲蘋叶雨，钩簾半怯杏花风。
仙人坛上芝应碧，玉女窗中桃未红。
拟趁轻帆数来往，缥壶不惜酒如空。

寄赠皇厓坛刘炼师

（元）郭钰

神仙宫馆近青冥，紫翠峰峦开画屏。
日射水晶江石白，云封琥珀岭松青。
虎司丹鼎知留诀，鹤立瑶坛听说经。
相约安期今夕至，灵风遥想满虚棂。

送秦东海法师游上清

（明）王叚

为爱仙山绝世氛，苍苔寂寞路难分。
白羊岁久浑疑石，琼树春深半是云。
洗药泉香龙蜕骨，吹箫台迥鹤成群。
隐文秘诀无人识，我欲相从一问君。

送赵一阳真士归霅上

（明）周砥

渺渺晴湖白鹭飞，青山迢递夕岚微。
闲操桂楫云生腋，欲采芙蓉露满衣。
紫翠房深丹灶暖，松杉秋静鹤巢稀。
明年去觅封君达，应驾青牛说息机。

过龙虎山

（明）甘瑾

素书一束展经纶，世业留侯异等伦。
紫府群仙天上籍，碧桃流水洞中春。
吹箫嬴女台留凤，送酒麻姑脯劈麟。
看取步虚朝帝所，夜阑飞佩近星辰。

赠鹤林周元初尊师

（明）孙蕡

物外逍遥月鼎翁，先生早岁得相从。
榴皮画壁成黄鹤，竹叶书符化绿龙。
天女时闻苍水佩，世人空拜蕊珠峰。
神游倘遂烟霞约，便解朝衣问赤松。

寄张心湛天师

（明）王穉登

青鸟音书久寂寥，霓旌去入凤城遥。
身披一品麟衣坐，手捧三公象简朝。
长乐花深容曳履，未央月出许吹箫。
不须更上蓬莱颂，清静无为祝帝尧。

◆ 七言排律

赠竺炼师

（元）宋无

姓疑乾竺古先生，霞外幽栖近四明。
履斗星移冠剑影，步虚风引珮环声。
蕊宫夜唤青鸾降，花洞朝骑白鹿行。
长使芝童看药灶，为眈琼液过蓬瀛。
鹤传仙语归华表，鱼寄丹书上赤城。
怪石醉中拈笔画，险棋静里按图争。
玉桃窃惯容留种，瑶草寻多尽识名。
缩地日携龙作杖，卧云时约凤吹笙。
海边定与安期遇，关上当逢尹喜迎。
我本翠寒山道士，相随便欲采黄精。

◆ 五言绝句

访武陵道者不遇

（唐）薛莹

花发鸟仍啼，行行路欲迷。二真无问处，虚度武陵溪。

赠道者
（唐）马戴

深居白云穴，静注赤松经。往往龙潭上，焚香礼斗星。

题道士青山白云图
（明）张以宁

仙馆白云封，青山第几重？道人时化鹤，巢向最高松。

行到溪源尽，青山无俗氛。道人拈铁笛，吹起满川云。

只道溪源尽，遥闻钟磬音。却寻流水去，行尽白云深。

◆ 七言绝句

送司马道士游天台
（唐）宋之问

羽客笙歌此地违，离筵散处白云飞。
蓬莱阙下长相忆，桐柏山头去不归。

河上歌
（唐）韩翃

河上老人坐古槎，合丹只用青莲花。
至今八十如四十，口道沧溟是我家。

寄许炼师
（唐）戎昱

扫石焚香礼碧空，露华偏湿蕊珠宫。
如何说得天坛上，万里无云月正中。

赠成炼师
(唐) 刘言史

花冠蕊帔色婵娟,一曲清箫凌紫烟。
不知今日重来意,更住人间几百年。

寻徐道士
(唐) 张籍

寻师远到晖天观,竹院森森闭药房。
闻入静来经七日,仙童檐下独焚香。

赠道士
(唐) 张籍

茅山近别剡溪逢,玉节青旄十二重。
自说年年上天去,罗浮最近海边峰。

同张炼师溪行
(唐) 施肩吾

青溪道士紫霞巾,洞里仙家旧是邻。
每见桃花逐流水,无回不忆武陵人。

员峤先生
(唐) 徐凝

员峤先生无白发,海烟深处采青芝。
逢人借问陶唐主,欲进冰蚕五色丝。

寄茅山孙炼师
(唐) 李德裕

独寻兰渚玩迟晖,闲倚松窗望翠微。
遥想春山明月晓,玉坛清磬步虚归。

送张道者

(唐) 贾岛

新岁抱琴何处去？洛阳三十六峰西。
生来未识山人面，不得一听乌夜啼。

赠朱道灵

(唐) 杜牧

刘根丹篆三千字，郭璞青囊两卷书。
牛渚矶南谢山北，白云深处有岩居。

访刘君

(唐) 裴夷直

扰扰驰蹄又走轮，五更飞尽九衢尘。
灵芝老观深松院，还有斋时未起人。

赠张炼师

(唐) 温庭筠

丹溪药尽变金骨，清洛月寒吹玉笙。
他日隐居无访处，碧桃花发水纵横。

高道士

(唐) 陆龟蒙

峨嵋道士风骨峻，手把玉皇书一通。
东游借得琴高鲤，骑入蓬莱清浅中。

送道者

(唐) 司空图

洞天真侣昔曾逢，西岳今居第几峰？
峰顶他时教我认，相招须把碧芙蓉。

殷勤不为学烧金,道侣惟应识此心。
雪里千山访君易,微微鹿迹入深林。

赠孙仁本尊师

(唐)韩偓

齿如冰雪发如鬖,几百年来醉似泥。
不共世人争得失,卧床前有上天梯。

送虞道士

(唐)李中

烟霞聚散通三岛,星斗分明在一壶。
笑说馀杭沽酒去,蔡家重要会麻姑。

访洞神宫邵道者不遇

(唐)李中

闲来仙观问希夷,云满星坛水满池。
羽客不知何处去,洞前花落立多时。

招西洞道者

(唐)李昭象

危峰抹黛夹晴川,树簇红英草碧烟。
樵客云僧两无事,此中堪去觅灵仙。

寻易尊师不遇

(唐)陈㟧

烂熳红霞光照衣,苔封白石路微微。
华阳洞里人何在,落尽松花不见归。

寄清溪道者

（唐）僧齐己

万重千叠红霞嶂，夜烛朝香白石龛。
常寄溪窗凭危槛，看经影落古龙潭。

送魏道士

（宋）张咏

江上萧萧木叶飞，天台狂客杖藜归。
莫嫌俗吏勤相顾，曾是嵩阳旧掩扉。

山中道士

（宋）谢翱

山中道士服朝霞，二十修行别故家。
留客一杯清苦蜜，蜂房知是近梅花。

留赠丹阳王炼师

（金）元好问

敝尽貂裘白发新，京华旅食记前身。
仙翁相见休相笑，同是邯郸枕上人。

访刘道士

（元）朱德润

云林深处翠微多，石室春深长薜萝。
当代衣冠正高贵，不须闲诵采薇歌。

访道士

（明）廖孔说

露草烟林断客行，竹扉昼掩对高城。
道人不爱人天供，消受秋空鹤一声。

卷二百四十　步虚词类

◆ 五言古

道士步虚词
（北周）庾信

凝真天地表，绝想寂寥前。有象犹虚豁，忘形本自然。
开经壬子岁，值道甲申年。回云随舞曲，流水逐歌絃。
石髓香如饭，芝房脆似莲。停鸾谳瑶水，归路上鸿天。

东明九芝盖，北烛五云车。飘飖入倒景，出没上烟霞。
春泉下玉霤，青鸟向金华。汉帝看桃核，齐侯问枣花。
上元应送酒，来向蔡经家。

归心游太极，回向入无名。五香芬紫府，千灯照赤城。
凤林采珠实，龙山种玉荣。夏簧三舌响，春钟九乳鸣。
绛河应远别，黄鹄来相迎。

◆ 五言律

步虚词
（唐）顾况

回步游三洞，清心礼七真。飞符超羽翼，焚火醮星辰。
残药沾鸡犬，灵香出凤麟。壶中无窄处，愿得一容身。

步虚词

（唐）吴筠

紫府与玄洲，谁来物外游？无烦骑白鹿，不用驾青牛。
金化颜应驻，云飞鬓不秋。仍闻碧海上，更用玉为楼。

玉树杂金花，天河织女家。月邀丹凤鸟，风送紫鸾车。
雾縠笼绡带，云屏列锦霞。瑶台千万里，不觉往来赊。

步虚词

（唐）韦渠牟

鸾鹤共徘徊，仙官使者催。香花三洞启，风雨百神来。
凤篆文初定，龙泥印已开。何须生羽翼，始得上瑶台。

上帝求仙使，真符取玉郎。三才闲布象，二景郁生光。
骑吏排龙虎，笙歌奏凤凰。天高人不见，暗入白云乡。

步虚词

（宋）徐铉

气为还元正，心由抱一灵。凝神归罔象，飞步入青冥。
整服乘三素，旋纲蹑九星。琼章开后学，稽首奉真经。

◆ 五言排律

上元日听太清宫步虚

（唐）张仲素

仙客开金箓，元辰会玉京。灵歌宾紫府，雅韵出层城。
声杂音徐彻，风飘响更清。纤馀空外尽，断续听中生。
舞鹤纷将集，流云驻未行。谁知九陌上，尘俗仰遗声。

◆ 七言律

步虚词
(明) 朱真淤

瑶坛深处磬声微,羽客朝元午夜归。
杳杳三山青鸟过,翩翩双舄彩凫飞。
岛间月色明珠树,洞里丹光透五扉。
剑佩几回翔碧落,天风吹冷六铢衣。

彩霞琪树共氤氲,七色斑虬驾鹤群。
玉佩冷摇沧海月,霓裳晴带绛霄云。
碧桃花绽春方永,金鼎丹成火自焚。
午夜朝元向天阙,空歌声在始清闻。

◆ 七言绝句

步虚词
(唐) 刘禹锡

阿母种桃云海际,花落子成二千岁。
沧海吹折最繁枝,跪捧金盘献天帝。

萧炼师步虚词十首卷后以二绝继之
(唐) 白居易

欲上瀛洲临别时,赠君十首步虚词。
天仙若爱应相问,向道江州司马诗。

花纸瑶缄松墨字,把将天上共谁开?
试呈王母如堪唱,发遣双成更取来。

步虚词

(唐) 司空图

阿母亲教学步虚,三元长遣下蓬壶。
《云韶》韵俗停瑶瑟,鸾鹤飞低拂宝炉。

步虚词

(唐) 高骈

清溪道士人不识,上天下天鹤一只。
洞门深锁碧窗寒,滴露研朱点《周易》。

道家杂类

◆ 四言古

洗药池
（晋）葛洪

洞阴泠泠，风珮清清。仙居永劫，花木长荣。

◆ 五言古

读道书作
（宋）朱子

岩居秉贞操，所慕在元（玄）虚。清夜眠斋宇，终朝观道书。
形忘气自冲，性达理不馀。于道虽未庶，已超名迹拘。
至乐在襟怀，山水非所娱。寄语狂驰子，营营竟焉如。

白露坠秋节，碧阴生夕凉。起步广庭内，仰见天苍苍。
东华绿发翁，授我不老方。愿言勤修学，接景三元乡。

阅《真诰》
（明）张简

长史昔好道，炼真三秀峰。夜感紫微仙，降集华房中。
鸾鸟鸣素月，翠旐飏琅风。摘词托讽谕，赞扬皆真宗。
中有餐霞人，可以回婴童。刻之白玉检，藏之华阳宫。

真人有仙气，乃得探其踪。我生慕元（玄）素，无由启愚蒙。
啸咏金玉章，灵音朗九空。怀仙起冥想，飒然精灵通。
焉能出嚣滓，欻忽骖云龙。

◆ 五 言 律

道家三首奉敕撰
（唐）张说

金坛启曙闱，真气肃微微。落月衔仙窦，初霞拂羽衣。
香随龙节下，云逐凤箫飞。暂往蓬莱戏，千年始一归。

窈窕流精观，深沉紫翠庭。金莲调上药，宝案读仙经。
作赋看神雨，乘槎辨客星。只应谢人俗，轻举托云輧。

道记开中箓，真官表上清。焚香三鸟至，炼药九仙成。
天上灵书下，空中妙伎迎。迎来出烟雾，渺渺戏蓬瀛。

赠辟谷者
（唐）张籍

学得餐霞法，逢人赠小还。身轻会试鹤，力弱未离山。
无食犬犹在，不耕牛自闲。朝朝空漱水，叩齿草堂间。

元日女道士受箓
（唐）贾岛

元日更新夜，斋身称净衣。数星连斗出，万里断云飞。
霜下磬声在，月高坛影微。立听师语了，左肘系符归。

月下留丹灶
（唐）司空图

月下留丹灶，坛边树羽衣。异香人不觉，残夜鹤分飞。

朝会初元盛,蓬瀛旧侣稀。瑶函真迹在,妖魅敢扬威。

◆ 七言律

题雍丘崔明府丹灶

（唐）李白

美人为政本忘机,服药求仙事不违。
叶县已泥丹灶毕,瀛洲当伴赤松归。
先师有诀神将助,大圣无心火自飞。
九转但能生羽翼,双凫忽去定何依?

道　服

（宋）王禹偁

楮符布褐皂纱巾,曾奉西垣寓直人。
此际暂披因假日,如今长著见闲身。
濯缨未识三湘水,漉酒空经六里春。
不为行香着朝服,二车谁信旧词臣。

井西丹房

（元）张宪

葛井西头更向西,丹房高与白云齐。
铅田虎下飞红电,汞海龙沉结紫泥。
山鬼俯栏窥火候,炉神伏地丐刀圭。
饮馀一醆中黄酒,坐听鹃声松上啼。

◆ 七言绝句

武陵龙兴观黄道士房问《易》因题

（唐）王昌龄

斋心问《易》太阳宫,八卦真形一气中。

仙老言余鹤飞去，玉清坛上雨濛濛。

闻陈山人定命丹成，试以诗乞

（宋）文同

水火相交养大还，已闻神汞满炉乾。
虓肪穀漆寻常得，教服灵丹二万丸。

炼丹井

（元）吴景奎

丹成遗井在层巅，金碧灵光夜烛天。
抱瓮道人闲不得，白云深处灌芝田。

卷二百四十二　食物总类

◆ 五言古

会　食
（宋）孔平仲

学宫不置酒，相聚惟一饭。公家事何多，客至日已晚。
乘饥骋大嚼，美恶宁复拣。仆夫无所馀，顾我色不满。
泼茶旋煎汤，就火自烘盏。从容共谈谑，熟视笑而莞。
昌龄岂其愠，策马独先返。

冬日放言
（宋）张耒

寒羊肉如膏，江鱼如切玉。肥兔与奔鹑，日夕悬庖屋。
嬉嬉顾妻孥，滋味喉可欲。谪官但强名，比者何不足。

园居荒芜，春至草生，日寻野蔬，以供匕箸。今日枯枿间得蒸菌四五，亦取食之。自笑穷甚，戏作此诗
（宋）程俱

平生嗫嚅口，出语无媚悦。定非肉食姿，赋分在藜蕨。
侨居得空园，穷陋亦清绝。分阴岂不惜，饱睡送日月。
芜菁不须种，众草今已苗。朝来一雨过，青细皆可掇。
东篱有更生，杞枸仅堪垺。乃知天随生，岂羡五鼎列。
堂萱不吾负，芽甲破春雪。縻身荐瓢箪，解我忧思结。

茅花虽未繁，著地烂于缬。惊雷发蒸菌，自可当夏鳖。
马兰亦芳脆，人苋固凡劣。晴朝当炙背，俯偻事挑抉。
家人各盈襜，汲井手自挈。满炊太仓陈，侑以冬菹洌。
盘中长阑干，置馈每虚撤。恨无籛龙苞，此味那得阙。
长谣青青槐，馋液想庭樾。妻孥复相诮，男子志勋烈。
君非老浮图，莱本可长啗。况滋闲草木，岂为刀匕设。
乃翁笑摩腹，万事付一吷。此中有真趣，勿为儿辈说。

村舍杂书

（宋）陆游

折莲酿作醯，采豆治作酱。开历揆日时，汲井涤瓮盎。
上奉时祭须，下给春耕饷。咨尔后之人，岁事不可旷。

◆ 七言古　附长短句

北客置酒

（宋）王安石

紫衣操鼎置客前，巾鞲稻饭随粱籑。
引刀取肉割啖客，银盘擘臑薨与鲜。
殷勤劝侑邀一饱，卷牲归馆觞更传。
山蔬野果杂饴蜜，獾脯豕腊加炰煎。
酒酣众史稍欲起，小儿捽耳争留连。
为渠止饮且少安，一杯相属非偶然。

泛舟城南，会者五人，分韵赋诗

（宋）苏轼

紫蟹鲈鱼贱如土，得钱相付何足数。
碧筒时作象鼻弯，白酒微带荷心苦。
运肘风生看斫鲙，随刀雪落惊飞缕。
不将醉语作新诗，饱食应惭腹如鼓。

谢景叔惠冬笋雍酥水梨三物
（宋）黄庭坚

玉人怜我长蔬食，走送厨珍不自尝。
秦牛肥腻酥胜雪，汉苑甘寒梨得霜。
冰底暨春生笋束，豹文解箨馈寒玉。
见他桃李忆故园，馋獠应残绕窗竹。

以莼姜法鱼糟蟹寄子瞻
（宋）秦观

鲜鲫经年渍醽醁，团脐紫蟹脂填腹。
后春莼茁滑于酥，先社姜芽肥胜肉。
凫卵累累何足道，饤饾盘餐亦时欲。
淮南风俗事瓶罂，方法相传为旨蓄。
鱼鳙虌醢荐笾豆，山薮溪毛例蒙录。
辄送行庖当击鲜，泽居备礼无麋鹿。

冬夜与溥庵主说川食戏作
（宋）陆游

唐安薏米白如玉，汉嘉栮脯美胜肉。
大巢初生蚕正浴，小巢渐老麦米熟。
龙鹤作羹香出釜，木鱼瀹茄子盈腹。
未论索饼与馓饭，最爱红糟并鲊粥。
东来坐阅七寒暑，未尝举箸忘吾蜀。
何时一饱与子同，更剪土茗浮甘菊。

船中蔬饭
（宋）杨万里

食蕨食臂莫食拳，食笋食梢莫食根。
何曾万钱方下箸，先生把莱亦饱去。

岭南风物似江南，笋如束薪蕨作篮。
先生食籍几万卷，千岩万壑皆厨传。

春　盘
（宋）方岳

莱菔根松缕冰玉，蒌蒿苗肥点寒绿。
霜鞭行茁软于酥，雪树生钉肥胜肉。
与我同味蓼丝辣，知我长贫韭葅熟。
更蒸独压花层层，略糁凫成金粟粟。
青红饾饤间梅柳，翠紫招邀醉松竹。
擎将碧脆卷月明，嚼出宫商带诗馥。
赐幡羞上老人头，家园不负将军腹。
人生行乐未渠央，物意趋新自相续。
不妨细雨看梅花，且喜春风到茅屋。

林公励志薰修，七日不食，走笔问之
（明）王世贞

东林公，东林公，禅房寂寂苍苔空。
七日不受人天供，出门双颊桃花红。
我不愿白牛乳，回汝黄金色；
亦不愿一麻复一米，令汝肌肤削如腊。
藜羹豆饭香且圆，树影忽过墙西偏。
即呼杂食吾亦可，饱啜松风任意眠。

◆ 五言律

孟仓曹步趾领新酒酱二物满器见遗老夫
（唐）杜甫

楚岸通秋屐，胡床面夕畦。藜糟分汁滓，瓮酱落提携。
饭糁添香味，朋来有醉泥。理生那免俗，方法报山妻。

题李上謩壁
（唐）李商隐

旧著思元（玄）赋，新编杂拟诗。江庭犹近别，山舍得幽期。
嫩割周颙韭，肥烹鲍照葵。饱闻南烛酒，仍及泼醅时。

杂兴
（宋）唐庚

夜语不觉久，晨兴良独难。加之得卯酒，晚矣恰朝餐。
笋蕨春生箸，鱼虾海入盘。南方禁太饱，茗椀直须宽。

初夏斋中杂题
（元）柳贯

壤隔溪流断，门依野次成。初非慵应接，自是寡将迎。
笋蕨搜山得，盐醯入市营。贫居薄滋味，盘胾敢求精。

溪岩杂咏
（元）僧清珙

山厨修午供，泉白似银浆。羹熟笋鞭烂，饭炊粳米香。
油煎青顶蕈，醋煮紫芽姜。百味皆难及，何须说上方。

结草便为庵，年年用覆苫。纸窗松叶暗，竹屋藓花粘。
麦饭惟饶火，藜羹不点盐。生涯随分过，谁管世人嫌。

句曲秋日郊居杂兴
（明）杨基

编竹补疏篱，生刍束酒旗。鸡豚田祖庙，鹰犬猎神祠。
玉糁菰为粉，璚酥豆作糜。儿童采芦叶，争学短箫吹。

◆ 五言排律

食 后
（唐）王绩

田家无所有，晚食遂为常。莱剪三秋绿，飧炊百日黄。
胡麻山籹样，楚豆野麋方。始曝松皮脯，新添杜若浆。
葛花消酒毒，萸蒂发羹香。鼓腹聊乘兴，宁知逢世昌。

◆ 七言律

谢主人惠绿酒白鱼
（唐）徐夤

早起鹊声频送喜，白鱼芳酒寄来珍。
馨香乍揭春风瓮，拨剌初辞夜雨津。
樽阔最宜澄桂酒（液），网疏殊未损霜鳞。
不曾垂钓兼亲酝，堪愧金台醉饱身。

泗州除夜雪中黄实送酥酒
（宋）苏轼

关右土酥黄似酒，扬州云液却如酥。
欲从元放觅拄杖，忽有麹生来坐隅。
对雪不堪令饱暖，隔船应已厌歌呼。
明朝积玉深三尺，高枕床头尚一壶。

二月十九日携白酒鲈鱼过詹使君，食槐叶冷淘
（宋）苏轼

枇杷已熟灿金珠，桑落初尝滟玉蛆。
暂借垂莲十分盏，一浇空腹五车书。
青浮卵碗槐芽饼，红点冰盘藿叶鱼。

醉饱高眠真事业,此生有味在三馀。

对客再次韵
(宋)陈造

客来一笑同乡味,便粉秋菰刷藕泥。
糟浥子姜仍旧法,笼缄干笋俨新题。
白鱼紫蟹空濡沫,窭兔惊麇想砢迷。
自揣膻儒合蔬粝,放麑终恐愧巴西。

闲 居
(宋)唐庚

细细敲门细细应,老翁方曲昼眠肱。
鱼陂旧种千头鲙,桑径新窠十亩缯。
菜足尚堪分地主,米馀翻欲供邻僧。
平生雅有乘桴兴,咫尺沧溟去未能。

对食戏咏
(宋)陆游

一饱欣逢岁小穰,时凭野饷诳枯肠。
橙黄出白金虀美,菰脆供盘玉片香。
客送轮囷霜后蟹,僧分磊落社前姜。
秋来幸是身强健,聊为佳时举一觞。

谢余处恭送七夕酒果蜜食化生儿
(宋)杨万里

踉蹡儿孙忽满庭,折荷骑竹臂春莺。
巧楼后夜迎牛女,留钥今朝送化生。
节物催人教老去,壶觞拜赐喜先倾。
醉眠管得银河鹊,天上归来打六更。

(予庚戌考试殿庐,夜漏煞五更之后,复打一更。问之鸡人,云宫漏有六更。)

以糟蟹洞庭甘送丁端叔,端叔有诗,因和其韵
（宋）杨万里

斗州只解寄鹅毛,鼎肉何曾馈百牢。
驱使木奴供露颗,催科郭索献霜螯。
乡封万户只名醉,天作一丘都是糟。
却被新诗太清绝,唤将雪虐更风饕。

谢史石窗送酒并茶
（宋）戴复古

遣来二物应时须,客子行厨用有馀。
午困正凭茶料理,春愁全仗酒消除。
不胜欢喜拜嘉惠,无限殷勤作谢书。
君既有来何以报,一床蕲簟两淮鱼。

十七日驿中作春盘（是日早行,始忆昨日立春。）
（元）耶律楚材

昨朝春日偶然忘,试作春盘我一尝。
木案初开银线乱,砂瓶煮熟藕丝长。
匀和豌豆揉葱白,细剪蒌蒿点韭黄。
也与何曾同是饱,区区何必待膏粱。

赠富察元帅
（元）耶律楚材

使君排饭宴南溪,不枉从君乌鼠西。
春薤旋浇浓鹿尾,腊糟微浸软驼蹄。
丝丝鱼脍明如玉,屑屑鸡生烂似泥。
白面书生知此味,从今更不嗜黄虀。

主人开宴醉华胥,一派丝篁沸九衢。

黯紫蒲萄垂马乳，轻黄芭榄灿牛酥。
金波泛蚁斟欢伯，雪浪浮花点酪奴。
忙里偷闲谁若此，西行万里亦良图。

谢飞卿饭再用韵纪西游事
（元）耶律楚材

河中花木蔽春山，烂赏东风纵宝鞍。
留得晚瓜过腊半，藏来秋果到春残。
亲尝芭榄宁论价，自酿蒲萄不纳官。
常叹不才还有幸，滞留遐域得佳餐。

四月二十八日起屡赐鲜笋青梅鲥鱼枇杷杨梅雪梨鲜藕
（明）程敏政

都城三伏暑方炎，天上分鲜我亦霑。
缄发紫泥留榼筥，香生青箬带冰盐。
南州远贡来何数，北客初尝味更添。
为感岁时蕃赐帖，不知残日下疏簾。

丙戌冬至南郊扈驾，圣母轸念天寒，特赐姜苏杏仁一盒
（明）于慎行

黄门飞鞚到天坛，传道东朝赐讲官。
只为甘泉劳扈从，特从温室下盘餐。
调兰欲动先春色，新桂浑消午夜寒。
慈念殷勤知有望，惭无一字罄衷丹。

◆ 五言绝句

和晏相公湖上
（宋）韩维

获水登红稻，篙舟割紫菱。杯盘见秋物，江海思飞腾。

遣怀绝句

（明）顾璘

野鲜苍兕美，山鲊鹪鸪香。市笋挣苞出，仓禾带把藏。

◆ 七言绝句

蔬　食

（唐）陆龟蒙

孔融不要留残脍，庾悦无端吝子鹅。
香稻熟来秋菜嫩，伴僧餐了听云何。

和庞公谢子鱼荔枝

（宋）蔡襄

霜鳞分不登枯肆，丹实全应胜木奴。
欲效野芹羞献去，敢期佳什坠骊珠。

六月二十七日望湖楼醉书

（宋）苏轼

乌菱白茨不论钱，乱系青菰裹绿盘。
忽忆尝新会灵观，滞留江海得加餐。

次韵钱穆父马上寄蒋颖叔

（宋）苏轼

玉关不用一丸泥，自有长城鸟鼠西。
剩与故人寻土物，腊糟红曲寄驼蹄。

秋日郊居

（宋）陆游

秋日留连野老家，朱盘鲊脔粲如花。

已炊虌散真珠米，更点丁坑白雪茶。

小饮俎豆，颇备江西淮浙之品，戏题
（宋）杨万里

满盘山海眩芳珍，未借前筹已咽津。
鲨酱子鱼总佳客，玉狸黄雀是乡人。

明仁殿进讲
（元）贡师泰

殿前冠佩俨成行，玉椀金瓶进早汤。
自愧平生饭藜藿，朝来得食大官羊。

滦京杂咏
（元）杨允孚

嘉鱼贡自黑龙江，西域蒲萄酒更良。
南土至奇夸凤髓，北陲异品是黄羊。

内人调膳侍君王，玉仗平明出建章。
宰辅乍临闻阖表，小臣传旨赐汤羊。

汤羊内膳日差排，红帖呼名到玉阶。
底事金吾呵不住，腰间悬得象牙牌。

海红不似花红好，杏子何如芭榄良。
更说高丽生菜美，总输山后蘑菰香。

輦下曲
（元）张昱

儒臣奉诏修三史，丞相衔兼领总裁。
卒士院官传赐宴，黄羊桐酒满车来。

糟豚蹄东阳酒送理之

（元）薛汉

彭生失足落糟丘，醉入肌肤味更优。
亦有麴生差可意，伴君倚槛看春流。

次韵答石室元晦

（元）僧大䜣

不识往来相熟未，青衣迎棹惯看人。
糗粢分饷家家似，薯蓣炊香顿顿新。

邻农以麦饭菜羹见饷

（明）居节

来牟作饭菜为羹，惭愧山农饷我情。
一饱年来非易得，五湖无地可躬耕。

卷二百四十三　酒　类

◆ 五言古

子夜歌
（晋）乐府

举酒待相劝，酒还杯亦空。愿因微觞会，心感色亦同。

前有一罇酒行
（晋）傅玄

置酒结此会，主人起行觞。玉罇两楹间，丝理东西厢。
舞袖一何妙，变化穷万方。宾主齐德量，欣欣乐未央。
同享千年寿，朋来会此堂。

饮　酒
（晋）陶潜

故人赏我趣，挈壶相与至。班荆坐松下，数斟已复醉。
父老杂乱言，觞酌失行次。不觉知有我，安知物为贵。
悠悠迷所留，酒中有深味。

子云性嗜酒，家贫无由得。时赖好事人，载醪祛所惑。
觞来为之尽，是谘无不塞。有时不肯言，岂不在伐国。
仁者用其心，何尝失显默。

对 酒

（梁）张率

对酒诚可乐，此酒复芳醇。如华良可贵，似乳更堪珍。
何当留上客，为寄掌中人。金樽清复满，玉椀亟来亲。
谁能共迟暮，对酒惜芳辰？君歌尚未罢，却坐避梁尘。

对 酒

（陈）张正见

当歌对玉酒，匡坐酌金罍。竹叶三清泛，蒲萄百味开。
风移兰气入，月逐桂香来。独有刘将阮，忘情寄羽杯。

对 酒

（陈）岑之敬

色映临池竹，香浮满砌兰。舒文泛玉盌，漾蚁溢金盘。
箫曲随鸾易，笳声出塞难。惟有将军酒，川上可除寒。

蒙赐酒

（北周）庾信

金膏下帝台，玉沥在蓬莱。仙人一遇饮，分得两三杯。
忽闻桑叶落，正值菊花开。阮籍披衣进，王戎含笑来。
从今觅仙药，不假向瑶台。

答王司空饷酒

（北周）庾信

今日小园中，桃花数树红。开君一壶酒，细酌对春风。
未能扶毕卓，犹足舞王戎。仙人一捧露，判不及杯中。

蒲州刺史中山公许乞酒一车未送

（北周）庾信

细柳望蒲台，长河始一回。秋桑几过落，春蚁未曾开。

莹角非难驭，搥轮稍可催。只言千日饮，旧逐中山来。

月下独酌

（唐）李白

天若不爱酒，酒星不在天；地若不爱酒，地应无酒泉。
天地既爱酒，爱酒不愧天。已闻清比圣，复道浊如贤。
贤圣既已饮，何必求神仙。三杯通大道，一斗合自然。
但得醉中趣，勿为醒者传。

岐 亭

（宋）苏轼

昨日云阴重，东风融雪汁。远林草木暗，近舍烟火湿。
下有隐君子，啸歌方自得。知我犯寒来，呼酒意颇急。
抚掌动邻里，绕村捉鹅鸭。房栊锵器声，蔬果照巾幂。
久闻蒌蒿美，初见新芽赤。洗盏酌鹅黄，磨刀削熊白。
须臾我竟醉，坐睡落巾帻。醒时夜向阑，唧唧铜瓶泣。
黄州岂云远，但恐朋友缺。我当安所主，君亦无此客。
朝来静庵中，惟见峰峦集。

洞庭春色

（宋）苏轼

二年洞庭秋，香雾长噀手。今年洞庭春，玉色疑非酒。
贤王文字饮，醉笔龙蛇走。既醉念君醒，远饷为我寿。
瓶开香浮座，盏凸光照牖。方倾安仁醽，莫遣公远觏。
要当立名字，未用问升斗。应呼钓诗钩，亦号扫愁帚。
君知蒲桃恶，正是嫫母黝。须君滟海杯，浇我谈天口。

和陶渊明《饮酒》

（宋）苏轼

顷者大雪年，海波翻玉英。有士常痛饮，饥寒见真情。

床头有败榼，孤坐时一倾。未能平体粟，且复浇肠鸣。
脱衣裹冻酒，每醉念此生。民劳吏无德，岁美天有道。
暑雨避麦秋，温风送蚕老。三咽初有闻，一溉未濡稿。
诏书宽积欠，父老颜色好。再拜贺吾君，获此不贪宝。
颓然笑阮籍，醉几书谢表。淮海虽故楚，无复轻扬风。
斋厨圣贤杂，无事时一中。谁言大道远，正赖三杯通。
使君不夕坐，衙门散刀弓。

有 客

（宋）张九成

春雨止复作，闭门无与居。童奴告予言，有客叩吾庐。
束带出见之，颀然一丈夫。手携一樽酒，辞气何晏如。
谓言久闻名，曾未瞻簪裾。天寒宜饮酒，一杯聊以娱。
盘飧亦草草，蔬果间溪鱼。颜色温胜玉，言谈贯如珠。
岂期有道者，而来警我愚。酒酣意两适，心间乐有馀。
四海元有人，君勿轻荒区。

寒食对酒

（宋）杨万里

荔枝园园花，寒食日日雨。先生老多病，颇已疏绿醑。
儿童喜时节，笑语治罇俎。南烹既前陈，北果亦草具。
螬蜯方才甘，笋蕨未作苦。先生欲独醒，儿女难多拒。
初心且一杯，三杯亦漫许。醒时本强饮，醉后忽快举。
一杯至三杯，一二三四五。偶然问儿辈，卒爵是何处。
儿言翁但醉，已忘酒巡数。

舟中新暑止酒

（宋）杨万里

新暑酒不宜，作热妨夜睡。不如看人饮，亦自有醉意。

彼饮吾为咽,所美过于味。同舟笑吾痴,吾不羡渠醉。
安知醉与醒,谁似谁不似。

饮 酒
（金）元好问

西郊一亩宅,闭门秋草深。床头有新酿,意惬成孤斟。
举杯谢明月,蓬荜肯相临。愿将万古色,照我万古心。

欢 饮
（元）刘因

同类天地中,相亲理所宜。前后亿万年,而我生此时。
前予既不及,后孰能待之。同时四海内,遍识将无期。
所识既无几,赏心又当谁？政有赏心人,会遇亦复希。
当其会遇时,岂无事相违。今朝好风色,不饮君何辞？

对 酒
（元）倪瓒

题诗石壁上,把酒长松间。远水白云度,晴天孤鹤还。
虚亭映苔竹,聊此息跻攀。坐久日已夕,春鸟声关关。

和陶《饮酒》
（明）陈宪章

木犀冷于菊,更后十日开。清风吹芳香,芳香袭人怀。
千回咽入腹,五内无一乖。虽靡鸾凤吟,亦有鹪鹩栖。
昔者东篱饮,百榼醉如泥。那知此日花,复与此酒谐。
一曲尽一杯,酩酊花间迷。赤脚步明月,酒尽吾当回。

冻 醴
（明）王鏊

倾家五斗米,冲缸三斗水。一夜北风霜,长棱生榨觜。
君勿嫌其薄,洗袋副未已。犹足胜沽来,推恩到奴婢。

一笑呵冻砚，援笔赋冻醴。

◆ 六言古

饮酒乐

（晋）陆机

蒲萄四时芳醇，琉璃千钟旧宾。
夜饮舞迟销烛，朝醒絃促催人。
春风秋月恒好，骕醉日月言新。

◆ 七言古　附长短句

金陵酒肆留别

（唐）李白

白门柳花满店香，吴姬压酒唤客尝。
金陵子弟来相送，欲行不行各尽觞。
请君问取东流水，别意与之谁短长？

新丰主人

（唐）储光羲

新丰主人新酒熟，旧客还归旧堂宿。
满酌香含北砌花，盈尊色泛南轩竹。
云散天高秋月明，东家少女解秦筝。
醉来忘却巴陵道，梦中疑是洛阳城。

湖上对酒行

（唐）张谓

夜坐不厌湖上月，昼行不厌湖上山。
眼前一樽又长满，心中万事如等闲。
主人有黍百馀石，浊醪数斗应不惜。

即今相对不尽欢，别后相思复何益。
茱萸湾头归路赊，愿君且宿黄公家。
风光若此人不醉，参差辜负东园花。

李审言遗酒

(宋) 梅尧臣

大梁美酒斗千钱，欲饮常被饥窘煎。
经时一滴不入口，漱齿费尽华池泉。
昨日灵昌兵吏至，跪壶曾不候报笺。
赤泥坏封倾瓦盎，母妻共尝婢流涎。
邻家葡萄未结子，引蔓垂过高墙巅。
当街卖杏已黄熟，独堆百颗充盘筵。
老年牙疏不喜肉，况乃下箸无腥膻。
空肠易醉忽酩酊，倒头梦到上帝前。
赐臣苍龙跨入月，不意正值姮娥眠。
无人来顾傍玉兔，便取作腊下九天。
拔毛为笔笔如椽，狂吟一扫一百篇。
其间长句寄东郡，东郡太守终始贤。
切莫汲竭滑公井，留酿此醑待我传。

真一酒歌

(宋) 苏轼

空中细茎插天芒，不生沮泽生陵冈。
涉阅四气更六阳，森然不受螟与蝗。
飞龙御月作秋凉，苍波改色屯云黄。
天旋雷动玉尘香，起搜十裂照坐光。
踟跦牛噍安且详，动摇天关出琼浆。
壬公飞空天女藏，三伏遇井了不尝。
酿为真一和而庄，三杯俨如侍君王。

湛然寂照非楚狂,终身不入无功乡。

蜜酒歌
(宋)苏轼

真珠为浆玉为醴,六月田夫汗流沘。
不如春瓮自生香,蜂为耕耘花作米。
一日小沸鱼吐沫,二日眩转清光活。
三日开瓮香满城,快泻银瓶不须拨。
百钱一斗浓无声,甘露微浊醍醐清。
君不见南园采花蜂似雨,天教酿酒醉先生。
先生年来穷到骨,问人乞米何曾得。
世间万事真悠悠,蜜蜂大胜监河侯。

考亭陈国器以家酿饷吾友人卓民表,民表以饮余,香味色皆清绝不可名状。因为制名曰"武夷仙露",仍赋一首
(宋)朱松

二年饮水闽中村,忽见玉醴倾蛮尊。
涓涓醍醐灌热脑,耿耿沆瀣明朝暾。
旱尘久涨城市暗,客梦欲挽江湖吞。
何人远致双鲤信,知我来叩罗雀门。
不须邀月已清绝,尚恐熨齿当微温。
要从华池汲真液,岂独元(玄)髭薅愁根。
微芒已识投辖客,妩媚似返当垆魂。
奇功谁续伯伦颂,妙意要与渊明论。
胸中我自有泾渭,笔下君已倾昆仑。
诗成寄与约他日,饮君与我空瓶盆。

林知常惠白酒六尊,仍示酒法,作十韵谢之
(宋)王十朋

老大生涯付杯酒,种秫辛勤三百亩。

东皋遗法已失传，蜜汁薑浆不通口。
迩来软饱经月无，岂有清欢对朋友。
百钱强就村醍醉，终夜蔬肠作雷吼。
先生只把文字耕，妙意能施杜康手。
怜我新愁馀万斛，那更浇肠无五斗。
分惠青州六从事，秘法兼蒙传肘后。
便同北海歌不空，免似东坡叹乌有。
慨予偃蹇老更饕，感激故人情意厚。
会须续遣白衣来，篱畔黄花欲重九。

家酿红酒美甚戏作
（宋）曾几

麹生奇丽乃如许，酒母秾华当若何。
向人自作醉时面，遣我宁不苍颜酡。
得非琥珀所成就，更有丹砂想〔相〕荡磨。
可怜老杜不对汝，但爱引颈舟前鹅。

生酒歌
（宋）杨万里

生酒清如雪，煮酒赤如血，煮酒不如生酒冽。
煮酒只带烟花气，生酒不离泉石味。
石根泉眼新汲将，面米酿出春风香。
坐上猪红间熊白，瓮头鸭绿变鹅黄。
先生一醉万事已，那知身在尘埃里。

苏子翼送黄精酒
（宋）朱弁

仙经何物堪却老？较功无如太阳草。
龙衔鸡衔名虽异，兔公羊公事可考。

苏君真是神仙裔,橘井阴功贯穹昊。
云笈书成数万言,银阙珠宫用心早。
独知此物有奇效,福地名山为储宝。
不惮林泉新劚掘,斥去杵臼谢筛捣。
况从高士论麴糵,更课公田收秫稻。
一朝灵液浮瓮盎,三冬浩气生襟抱。
且欣软饱得浇肠,漫说逆流上补脑。
眼碧那忧散黑花,发斑故应还翠葆。
贾傅只嫌松醪陋,刘堕敢夸桑落好。
直须五斗论解酲,宁待三杯乃通道。
谁知万里落羌人,亦许饱尊自倾倒。
为君唤回雪窖春,八载羁愁供一扫。
曼倩宜分此日桃,安期莫诧他年枣。
何烦更采石斛花,已觉容颜不枯槁。
根连石室喜入梦,句拟桐溪愧摛藻。
平生我亦爱书札,朱髓绿肠勤探讨。
幸君汲引成此志,鹤驾骎骎望仙岛。
吞腥啄腐非夙心,岁晚兹言良可保。

虞舜卿送橙酒

(金)李纯甫

屏山持律不作诗,砚尘笔秃紫蛛丝。
枯肠燥吻思戛戛,法当以酒疏瀹之。
何物督邮风味恶,振(枨)触闲愁无处著。
苦思新酿压橙香,世间那有扬州鹤。
乞诗送酒并柴门,瀛洲仙裔令公孙。
肝肠愤痒芒角出,倾泻长句如翻盆。
怪汝胸中云梦大,老我眼皮危塞破。
径呼短李与黔王,快取锦囊收玉唾。

善之入雲，兰皋置酒，小诗纪坐中事

（元）牟巘

病翁禁酒仍禁脚，不省人间有行乐。
主人最善客善之，邀我来同鸡黍约。
清樽快吸船落埭，颇悔从前谢杯杓。
故人久别如此酒，一时倾倒慰离索。
更擘新笋供春淘，狐泉槐叶未须学。
发〔殷〕勤入鼎资（煮）过熟，老饕恣吞不劳嚼。
人生难得是合并，开口一笑良不恶。
呼车载我雨中归，阿香推车散飞雹。
分明戒我轻破戒，故把春衫都湿却。
我亦投床作雷吼，无数残红枕边落。

招子昂饮歌

（元）戴表元

与君相逢难草草，与君相逢苦不早。
人生何处少泥涂，此日飘零武林道。
武林城中马如云，闭屋狂歌人不闻。
狂歌自笑君亦笑，依然狂绝不如君。
君歌岂是真狂者，青衫少日春潇洒。
至今俊笔五花纹，最惜青眸十行下。
虚名何用等灰尘，不如世上蓬蒿人。
黄金偏趋不贫室，白发难老无愁身。
风雨无情亦如此，凄凄但聒穷人耳。
不见朱楼高到天，凤箫龙管连朝起。
连朝笙管可奈何？我歌且止须君歌。
青天白雪望不极，坐见绿水生层波。
我生何为被狂恼？江头鱼肥新酒好。
从今作乐拚醉倒，与君相逢难草草。

醉时歌

(元) 黄庚

茫茫古堪舆，何日分九州？
九州封域如许大，仅能著我胸中愁。
浇愁须是如渑酒，曲波酿尽银河流。
贮以倒海千顷黄金罍，酌以倾江万斛玻瓈舟。
天为青罗幕，月为白玉钩。
月边天孙织云锦，制成五色蒙茸裘。
披裘把酒踏月窟，长揖北斗相劝酬。
一饮一千石，一醉三千秋。
高卧五城十二楼，刚风洌洌吹酒醒，起来披发骑赤虬。
大呼洪崖拉浮丘，飞上昆仑山顶头。
下视尘寰一培塿，挥斥八极逍遥游。

仆尝夜梦从彦成饮，
彦成曰："此荔枝浆也，饮之令人寿。子能为我赋之，当赠三百壶。"
余自口占一诗。觉乃梦也。
及会玉山，闻彦成酿酒，果名"荔枝浆"，以梦白之，不觉大笑。
玉山曰："君当书此诗，吾当与子致酒，以质所梦。"
因莞尔书之。彦成见之，必更一笑也

(元) 陈基

凉州莫谩夸葡萄，中山枉诧松为醪。
仙人自酿真一酒，洞庭春色嗟徒劳。
琼浆滴尽生荔枝，玉露泻入黄金卮。
一杯入口寿千岁，安用火枣并交梨。
不愿青州觅从事，不愿步兵为校尉。
但令唤鹤共呼鸾，日日从君花下醉。

新麹米酒歌

（元）蒲道源

骄阳行空势方烈，刈麦农夫宁惮热。
天旋雷动飞玉尘，雾渤云蒸成麹蘖。
麦秋方罢还插秧，穲稏西风千顷黄。
腰镰肩担行相逐，共趁晴色催登场。
碓舂糠粃光如雪，汲泉淅米令清洁。
炊縻糁曲同糅和，元气絪缊未分裂。
瓮中小沸微有声，鱼沫吐尽秋江清。
脱巾且漉仍且饮，陶然自觉春风生。
君不见渊明有田惟种秫，醉里作诗聊自述。
又不见《豳风》十月获稻忙，春酒介寿俱徜徉。
但愿年年遇丰稔，更须三万六千场。

蒲萄酒

（元）周权

翠虬夭矫飞不去，颔下明珠脱寒露。
累累千斛昼夜春，列瓮满浸秋泉红。
数宵酝月清光转，秾腴芳髓蒸霞暖。
酒成快泻宫壶香，春风吹冻玻瓈光。
甘逾瑞露浓欺乳，麹生风味难通谱。
纵教典却鹔鹴裘，不将一斗博《凉州》。

红酒歌

（元）杨维桢

扬子渴如马文园，宰官特赐桃花源。
桃花源头酿春酒，滴滴真珠红欲然。
左官忽落东海边，渴心盐井生炎烟。

相呼西子湖上船，莲花博士饮中仙。
如银酒色未为贵，令人长忆桃花泉。
胶州判官玉牒贤，忆昔同醉琼林筵。
别来南北不通问，夜梦玉树春风前。
朝来五马过陋廛，赠以同袍五色彩，副以五凤楼头笺。
何以浇我磊落抑塞之感慨？桃花美酒斗十千。
垂虹桥下水拍天，虹光散作真珠涎。
吴娃斗色樱在口，不放白雪盈人颠。
我有文园渴，苦无曲奏鸳鸯弦。
预恐沙头双玉尽，力醉未与长瓶眠。
径当垂虹去，鲸量吸百川。
我歌君扣舷，一斗不惜诗百篇。

麻姑酒歌

（明）杜庠

麻姑之山撑半空，麻姑之水飞长虹。
奔流到城不到海，酿春尽入糟丘中。
前年足迹半天下，曾访麻姑当盛夏。
麻姑酌我三百杯，玉山颓然醉方罢。
麒麟之脯擘荐酒，世间此味何曾有？
醒来欲再访麻姑，万叠千重云有无。
君家留我亦不减此味，酒泉如海何须沽。

◆ 五言律

咏云酒

（唐）骆宾王

朔空曾纪历，带地旧疏泉。色泛临硠瑞，香流赴蜀仙。
款交欣散玉，洽友悦沉钱。无复中山赏，空吟吴会篇。

酒
（唐）李峤

孔坐洽良俦，陈筵几献酬。临风竹叶满，湛月桂香浮。
每接高阳宴，长陪河朔游。会从元（玄）石饮，云雨出圆丘。

雪中酒熟，欲携访吴监，先寄此诗
（唐）白居易

新雪对新酒，忆同倾一杯。自然须访戴，不必待延枚。
陈榻无辞解，袁门莫懒开。笙歌与谈笑，随分自将来。

雪夜对酒招客
（唐）白居易

帐小青毡暖，杯香绿蚁新。醉怜今夜月，欢忆去年人。
闇落灯花烬，闲生草坐尘。殷勤报絃管，明日有嘉宾。

酒 醒
（唐）元稹

饮醉日将尽，醒时夜已阑。暗灯风焰晓，春席水窗寒。
未解萦身带，犹倾坠枕冠。呼儿问狼藉，疑是梦中骧。

家 酿
（宋）朱子

闻道兵厨盛，春泉响膡篘。定知盈榼送，不待扣门求。
沆瀣应难比，茅柴只自羞。此身从法缚，好客为公留。

酒 市
（宋）朱子

闻说崇安市，家家麹米春。楼头邀上客，花底觅南邻。
讵有当垆子，应无折券人。劝君浑莫问，一酌便还醇。

对 酒
（宋）陆游

密筱持苫屋，寒芦用织簾。嶔肩柴熟罨，莼菜豉初添。
黄甲如盘大，红丁似蜜甜。街头桑叶落，相唤指青帘。

卢申之载酒舟中，分韵得明字
（宋）赵师秀

闲人闲处住，载酒荷高情。小舍宁容客，同舟却向城。
弄花忘昼暑，忧縠念秋晴。归路虽无月，银河亦自明。

涯翁示独酌二诗，序云"是日饮松江酒"，次韵奉谢
（明）顾清

城阙非长往，山林是夙期。时开问字酒，不赋解嘲诗。
绿树停舫久，红阑点笔迟。奚童斟酌惯，深浅自能知。

元旦后一日刘德仪送酒
（明）沈周

使者双瓶至，蓬门向晚开。停肩慰泥滑，解幂省香来。
染指怜佳味，挑灯引细杯。明朝携小榼，江上候新梅。

闽中与吴元翰过马季声家酌
（明）吴兆

多君新酿熟，邀我客中闲。剖橘香生手，衔杯暖泛颜。
败藤萦格下，争雀堕篱间。门巷斜邻寺，朝昏易往还。

◆ 五言排律

早饮湖州酒寄崔使君
（唐）白居易

一榼扶头酒，泓澄泻玉壶。十分蘸甲酌，潋滟满银盂。

捧出光华动，尝看气味殊。手中稀琥珀，舌上冷醍醐。
瓶里有时尽，江边无处沽。不知崔太守，更有寄来无？

答皇甫十郎中秋深酒熟见忆
（唐）白居易

烟景冷苍茫，秋深夜夜霜。为思池上酌，先觉瓮头香。
未暇倾巾漉，还应染指尝。醍醐惭气味，琥珀让晶光。
若许陪歌席，须容散道场。月中斋戒毕，犹及菊花黄。

◆ 七言律

钱湖州以箬下酒，李苏州以五酘酒相次寄到，无因同饮，聊咏所怀
（唐）白居易

劳将箬下忘忧物，寄与江城爱酒翁。
铛脚三州何处会，瓮头一盏几时同？
倾如竹叶盈樽绿，饮作桃花上面红。
莫怪殷勤醉相忆，曾陪西省与南宫。

桥亭卯饮
（唐）白居易

卯时偶饮斋时卧，林下高桥桥上亭。
松影过窗眠始觉，竹风吹面醉初醒。
就荷叶上包鱼鲊，当石渠中浸酒瓶。
生计悠悠身兀兀，甘从妻唤作刘伶。

李羽处士寄惠新酝走笔戏酬
（唐）温庭筠

高谭有伴还成薮，沉醉无期即是乡。
已恨流莺欺谢客，更将浮蚁与刘郎。
檐前柳色分张绿，窗外花枝借助香。

所恨玳筵红烛夜，草元（玄）寥落近回塘。

和鲁望看压新醅次韵
（唐）皮日休

一篑松花细有声，旋将渠椀撇寒清。
秦吴只恐篘来近，刘项真应酿得平。
酒德有神多客颂，醉乡无货没人争。
五湖烟水郎山月，合向樽前问姓名。

看压新醅寄怀袭美
（唐）陆龟蒙

晓压糟床渐有声，旋如荒涧野泉清。
身前古态熏应出，世上愁痕滴合平。
饮啄断年同鹤俭，风波终日看人争。
樽中若使常能渌，两绶通侯总强名。

白酒两瓶送崔侍御
（唐）徐夤

雪化霜融好泼醅，满壶冰冻向春开。
求从白石洞中得，携向百花岩畔来。
几夕露珠寒贝齿，一泓银水冷琼杯。
湖边送与崔夫子，谁见稽山尽日颓？

断　酒
（唐）徐夤

因论沉湎觉前非，便碎金罍与羽卮。
采茗早驰三蜀使，看花甘负五侯期。
窗间近火刘伶传，坐右新铭管仲辞。
此事十年前已说，匡庐山下老僧知。

依韵和正仲寄酒因戏之
（宋）梅尧臣

上字黄封谁可识，偷传王母法应真。
清淮始变醅犹薄，句水新来味更醇。
欲拟比酥酥少色，曾持劝客客何人？
红梅虽是吾家物，老去无心一醉春。

谢孙抗员外惠酒
（宋）余靖

白衣远远到江楼，报道携壶助胜游。
醉眼便堪终日富，离肠先破一春愁。
梅梢背岭开犹晚，雪片当风舞未休。
此景满怀方得意，不须千酿敌封侯。

谢尧夫寄新酒
（宋）韩维

故人一别两重阳，每欲从之道路长。
有客忽传龙坂至，开樽如对马军尝。
定将琼液都为色，疑有金英密借香。
却笑当年彭泽令，篱边终日叹空觞。

庚辰岁正月十二日，天门冬酒熟，余自漉之，且漉且尝，遂以大醉
（宋）苏轼

自拨床头一瓮云，幽人先已醉浓芬。
天门冬熟新年喜，麹米春香并舍闻。
菜圃渐疏云漠漠，竹扉斜掩雨纷纷。
拥衾睡觉知何处？吹面东风散缬纹。

新酿桂酒

（宋）苏轼

捣香筛辣入瓶盆，盎盎春溪带雨浑。
收拾小山藏社瓮，招呼明月到芳樽。
酒材已遣门生致，菜把仍叨地主恩。
烂煮葵羹斟桂醑，风流可惜在蛮村。

真一酒

（宋）苏轼

拨雪披云得乳泓，蜜蠭又欲醉先生。
稻垂麦仰阴阳足，器洁泉新表里清。
晓日著颜红有晕，春风入髓散无声。
人间真一东坡老，与作青州从事名。

同家弟用前韵谢判府惠酒

（宋）陈与义

衔杯乐圣便称贤，无酒犹堪卧瓮间。
使者在门催仆仆，麴车入梦正班班。
不烦白水真人力，来自青城道士山。
千载王弘今并美，未应杞菊赋寒悭。

对　酒

（宋）陈与义

陈留春色撩诗思，一日搜肠一百回。
燕子初归风不定，桃花欲动雨频来。
人间多待须微禄，梦里相逢记此杯。
白竹扉前容醉舞，烟村渺渺欠高台。

夜宿房溪，饮野人张珦家桂叶鹿蹄酒。
其法以桂叶为饼，以鹿蹄煮酒，酿以八月，过是期味减云

（宋）杨万里

桂叶揉青作麹投，鹿蹄煮醁趁凉篘。
落杯莹滑冰中水，过口森严菊底秋。
玉友黄封犹退舍，虀汤蜜汁更输筹。
野人未许传醅法，剩关双瓶过别州。

余与客尝荼䕷泻酒，客求其法，因戏答之

（宋）杨万里

月中露下摘荼䕷，泻酒银瓶花倒垂。
若要花香薰酒骨，莫教玉醴湿琼肌。
一杯堕我无何有，百罚知君亦不辞。
敕赐深卮能几许？野人时复一中之。

酒

（宋）徐玑

才倾一盏碧澄澄，自是山妻手法成。
不遣水多防味薄，要令麹少得香清。
凉从荷叶风边起，暖向梅花月里生。
世味总无如此味，深知此味即渊明。

秋露白酒熟，卧闻槽声，喜而得句，可行当同赋也

（元）许有壬

治麹辛勤夏竟秋，奇功今日遂全收。
日华煎露成真液，泉脉穿岩咽细流。
不忍泼醅翻瓮面，且教留响在床头。
老怀磈磊行浇尽，三径黄花两玉舟。

碧筼饮次胡丞韵

(元)张昱

小刺攒攒绿满茎,看揎罗袖护轻盈。
分司御史心先醉,多病相如渴又生。
银浦流云虽有态,铜盘清露寂无声。
当年欲博千金笑,故作风荷带雨倾。

夏正夫邀饮蛇酒

(明)杜庠

藤峡香醪远寄来,一樽公馆晚凉开。
功同薏苡能消瘴,色胜葡萄乍泼醅。
钱在杖头宜剩买,壁悬弓影莫深猜。
主人情重怜衰病,入夜张灯再举杯。

雪中崇之送麻姑酒一尊

(明)费宏

醒眼寒窗对白虚,马军来值卧瓶初。
呼童旋觅团脐蟹,谋妇方烹巨口鱼。
蕉叶浅斟能稍稍,梅花欲放正疏疏。
心交久矣醇醪醉,岂必盱泉味有馀。

沽 酒

(明)周用

一春白发斗丝长,无奈春归唤酒尝。
日晒一林梅子熟,风吹满店柳花香。
汉江初泼葡萄绿,银海频浮琥珀光。
消得百年三万日,不妨还醉六千场。

雪酒为孙司徒赋，奉次涯翁先生

（明）邵宝

玄酒曾闻侑大烹，酿来寒雪品尤清。
也知承露能高致，须信藏冰为曲成。
光动夜杯如有物，暖销春瓮本无声。
相看莫谓人间味，一滴先天万古情。

戏和石潭尝酒

（明）顾清

不惜糟床劈作柴，已呼儿子旋安排。
只愁新瓮能几榼，遂有高轩驻两阶。
永夜烛光邻壁骇，他年谈苑几人偕。
细君不学刘伶妇，晚出双鱼更自佳。

次韵谢凌季行送新酿六尊

（明）吴宽

寒掩蓬门午不开，东邻新酿叩门来。
黄封内法何从授，红印他家自满堆。
饮量笑添清浍阔，吟肩醉耸玉山嵬。
青州旧例今重举，从事多能未减裁。

酒熟志喜

（明）王鏊

常年送酒愧诸邻，斗觉今年富十分。
水法特教担柳毅，麹材先已谢桐君。
床头夜滴晴阶雨，瓮面香浮暖阁云。
莫笑陶公巾自漉，年来正策醉乡勋。

尝酒用前韵

（明）陆容

饮尽君家碧瓮春，香痕狼藉上罗巾。
诗坛不遣前盟负，郎署应怜此会新。
归骑已闻珂撼玉，留人莫待烛销银。
步兵故有风流在，笑杀金貂买醉人。

弟洛为猗氏学谕，以襄陵酒方见示，如法酿造良佳，赋此答意

（明）李濂

襄陵自昔称名酒，猗氏于今得秘方。
传示故园知汝意，酿成新味与谁尝？
金盘滴露泠泠白，玉椀浮春冉冉香。
倚瓮题诗寄吾弟，西斋风雨忆联床。

◆ 七言排律

咏家酝十韵

（唐）白居易

独醒从古笑灵均，长醉如今敩伯伦。
旧法依稀传自杜，新方要妙得于陈。
井泉王相资重九，麹糵精灵用上寅。
酿糯岂劳炊范黍，撇篘何假漉陶巾。
常嫌竹叶犹凡浊，始觉榴花不正真。
瓮揭开时香酷烈，瓶封贮后味甘辛。
捧疑明水从空化，饮似阳和满腹春。
色洞玉壶无表里，光摇金盏有精神。
能消忙事成闲事，转得忧人作乐人。
应是世间贤圣物，与君还往拟终身。

◆ 五言绝句

看酿酒
（唐）王绩

六月调神麹，正朝汲美泉。从来作春酒，未省不经年。

过酒家
（唐）王绩

竹叶连糟翠，蒲萄带麹红。相逢不令尽，别后为谁空？

对酒但知饮，逢人莫强牵。倚垆便得睡，横瓮足堪眠。

戏主人
（唐）孟浩然

客醉眠未起，主人呼解醒。已言鸡黍熟，复说瓮头清。

醉 后
（唐）权德舆

美禄与贤人，相逢自可亲。愿将花柳月，尽赏醉乡春。

敕赐长寿酒
（唐）权德舆

恩霈长寿酒，归遗同心人。满酌共君醉，一杯千万春。

酬马侍郎寄酒
（唐）韩愈

一壶情所寄，四句意能多。秋到无诗酒，其如月色何？

李舍人少尹惠家酝一小榼，立书绝句
（唐）窦牟

禁锁天浆嫩，虞行夜月寒。一瓢那可醉，应遣试尝看。

酬范侍御
（唐）鲍溶

闻道中山酒，一杯千日醒。黄莺似传语，劝酒太丁宁。

春　酿
（唐）赵嘏

春酿正风流，梨花莫问愁。马卿思一醉，不惜鹔鹴裘。

醉　眠
（唐）杜牧

秋醪雨中熟，寒斋落叶中。幽人本多睡，更酌一罇空。

独　酌
（唐）杜牧

窗外正风雪，拥炉开酒缸。何如钓船雨，篷底睡秋江。

闲夜酒醒
（唐）皮日休

醒来山月高，孤枕群书里。酒渴漫思茶，山童呼不起。

杂诗绝句
（宋）梅尧臣

河畔有钓翁，团泥为瓮缶。坐想秦人声，思倾杜陵酒。

饮

（金）李俊民

竹叶杯中酦，金钗坐上春。浅斟低唱境，犹道是粗人。

碧筩饮

（明）高启

绿觞卷高叶，醉吸清香度。酒泻正何如？风倾晓盘露。

平望夜泊

（明）王穉登

月下压酒声，将船系杨柳。明日到家近，不须沽一斗。

◆ 六言绝句

寄李袁州桑落酒

（唐）郎士元

色比琼浆犹嫩，香同甘露仍春。
十千提携一斗，远送潇湘故人。

◆ 七言绝句

戏问花门酒家翁

（唐）岑参

老人七十仍沽酒，千壶百瓮花门口。
道傍榆荚巧似钱，摘来沽酒君肯否？

谢严中丞送青城山道士乳酒一瓶

（唐）杜甫

山瓶乳酒下青云，气味浓香幸见分。
鸣鞭走送怜渔父，洗盏开尝对马军。

设酒寄独孤少府

(唐) 王建

自看和酿一依方,缘著松花色较黄。
不分君家新酒熟,好时收得被回将。

招　客

(唐) 白居易

日午微阴且暮寒,春风冷峭雪干残。
碧毡帐下红炉畔,试为来尝一盏看。

自　劝

(唐) 白居易

忆昔羁贫应举年,脱衣典酒曲江边。
十千一斗犹赊饮,何况官供不著钱。

先　醉

(唐) 元稹

今日樽前败饮名,三杯未尽不能倾。
怪来花下长先醉,半是春风荡酒情。

独　醉

(唐) 元稹

一树芳菲也当春,漫随车马拥行尘。
桃花解笑莺能语,自醉自眠那藉人。

刘兵曹赠酒

(唐) 张籍

一瓶颜色似秋泉,开向新栽小竹前。
饮罢身中更无事,移床独就夕阳眠。

花下醉

（唐）李商隐

寻芳不觉醉流霞，倚树沉眠日已斜。
客散酒醒深夜后，更持红烛赏残花。

春夕酒醒

（唐）皮日休

四絃才罢醉蛮奴，醽醁馀香在翠炉。
夜半醒来红蜡短，一枝寒泪作珊瑚。

自　遣

（唐）陆龟蒙

酝得秋泉似玉容，比于云液更应浓。
思量北海徐刘辈，枉向人间号酒龙。

和皮袭美征友人酒

（唐）陆龟蒙

冻醪初漉嫩如春，轻蚁漂漂杂蕊尘。
得伴方平同一醉，明朝应作蔡经身。

和袭美醉中以一壶并一绝见寄次韵

（唐）陆龟蒙

酒痕衣上杂莓苔，犹忆红螺一两杯。
正被绕篱荒菊笑，日斜还有白衣来。

禁直和人饮酒

（唐）郑畋

卉醴陀花物外香，清醲标格胜椒浆。
我来尚有钧天会，犹得金樽半日尝。

咏 酒
（唐）汪遵

万事销沉向一杯，竹门哑轧为风开。
秋宵睡足芭蕉雨，又是江湖入梦来。

对 酒
（唐）韦庄

何用岩栖隐姓名，一壶春酎可忘形。
伯伦若有长生术，直到如今醉未醒。

和陈表用员外求酒
（宋）徐铉

暑天频雨亦频晴，簾外闲云重复轻。
珍重一壶酬绝唱，向风遥想醉吟声。

次韵赵德麟雪中惜梅且饷柑酒
（宋）苏轼

蹀躞娇黄不受羁，东风暗与色香归。
偶逢白堕争春酒，遣入王孙玉斝飞。

赠孙莘老
（宋）苏轼

乌程霜稻袭人香，酿作春风雪水光。
时复中之徐邈圣，毋多酌我次公狂。

冬日田园杂兴
（宋）范成大

煮酒春前腊后蒸，一年长飨瓮头清。
尘居何似山居乐，秫米新来禁入城。

正月五日以送伴借官侍宴集英殿口号

（宋）杨万里

千官拜舞仰虚皇，奉上瑶池万寿觞。
殿里双传送御酒，槛前一曲绕虹梁。

宫　词

（宋）花蕊夫人

酒库新修近水傍，泼醅初熟五云浆。
殿前供御频宣索，进入花间一阵香。

饮　归

（元）方回

潋滟红深百盏浇，醉归不觉路迢迢。
临分情味殷勤甚，暗遣人扶过画桥。

中山府

（元）陈孚

马上秋云拥节旄，霜花如雪点征袍。
要留醒眼看天地，不向山中饮浊醪。

吴中亲旧远寄新酒

（明）高启

双壶远寄碧香新，酒内情多易醉人。
上国岂无千日酿，独怜此是故乡春。

子烜买红酒

（明）张以宁

吴江红酒红如霞，忆著故园桃正花。
羊角山前几回醉，女须（媭）嗔汝未还家。

内法酒出大官者,尝四叨燕赐及。诸大珰所酿亦近之,虽似清美,但或甘或冽,多未得平,饮之令人热及好渴,不堪醉也

(明) 王世贞

黄封银瓮出当筵,侧弁须臾执法前。
何似家园红友在,一瓻相借柳风眠。

襄陵酒出平阳襄陵县,色黄白香酽,而所致者多过甘不堪醶。独赵兵巡赍两瓽,味极殊绝,累日不厌,以无甘味故也

(明) 王世贞

涓然甘露布松梢,似玉如饴味更饶。
尚有碧霄真沆瀣,无将一滴贮天瓢。

蒲州酒清冽芬旨,与羊羔并而不膻,远出桑落襄陵之上,特以远故不易得

(明) 王世贞

屑琼为麹露为浆,超出人间色味香。
应从帝女传遗法,不向河东羡索郎。

秋露白出山东藩司,甘而酽,色白性热,余绝不喜之。臬司因为改造,终不能佳也。惟德府王亲薛生者,收莲花露酿之,清芬特甚,第不可多得耳

(明) 王世贞

玉露凝云在半空,银槽虚自滴秋红。
薛家新样莲花色,好把清樽傍碧筒。

章丘酒去济南不百里,清味隽永,自是名胜。而人乃传"秋露",何也?谢少溪侍郎者佳

(明) 王世贞

玉缸春色暖融融,一点清泠便不同。

肯向邯郸斗秾艳，自夸林下谢家风。

淮安酒有一种差佳，曰"苦蒿"，
味近苦而冽。世人重甘，良可笑也
(明) 王世贞

漕河两岸碧栏杆，泻出春缸琥珀寒。
任道侬家胜崖蜜，争如橄榄有回甘。

荡口酒，范氏、华氏以鹅肫荡水酿，绝如菉竹色，
而清旨爽冽，釂之凉风生齿咽间，美而不酲，南酒第一也。
余尝过其地，醉者两日
(明) 王世贞

波如竹色酒如波，劝客仍倾翡翠螺。
纵醉欲抛抛不得，教人无奈忆时何！

行抵平原而酒忽浊，作此自嘲
(明) 王世贞

使君虚忝旧青州，无那平原有督邮。
解使玺书今夜至，不教封作醉乡侯。

王元美分守浙西，书来谓乌程酒浊如泾水、黑若油也，戏为解嘲
(明) 王叔承

试问乌程第一篘，醉仙翻作酒家羞。
三千年上探星海，未必黄河是浊流。

荆州公馈酒
(明) 宋登春

菱叶青青水荇齐，绕篱黄蝶菜苗肥。
夕阳谁送山人醉，坐看儿童跨犊归。

秋风袅袅熟黄粱，池上鹅肥酒更香。
醉里不妨学楚语，竹枝歌好和渔郎。

醉　归

（明）吴孺子

风磴云梯手自扶，飞花如意引归途。
莫教水气醒馀醉，宁使儿童厌再沽。

舟过陆州谢乡人余五郎送酒

（明）王寅

新醪香艳石榴花，赠得双樽不用赊。
为谢客愁消得尽，残年一路醉还家。

山下买酒

（明）何其渔

隔浦渔家傍酒家，渔罾掩映酒帘斜。
探囊恰好供归客，买得黄鱼并杏花。

酿　酒

（明）梁小玉

麴部尚书谱不留，椒花细雨冽香流。
酿王家法应如是，新拜云溪女醉侯。

卷二百四十四　茶　类

◆五言古

答族侄僧中孚赠玉泉仙人掌茶
（唐）李白

尝闻玉泉山，山洞多乳窟。仙鼠如白鸦，倒悬深溪月。
茗生此石中，玉泉流不歇。根柯洒芳津，采服润肌骨。
丛老卷绿叶，枝枝相接连。曝成仙人掌，似拍洪崖肩。
举世未见之，其名定谁传。宗英乃禅伯，投赠有佳篇。
清镜烛无盐，顾惭西子妍。朝坐有馀兴，长吟播诸天。

巽上人以竹间自采新茶见赠酬之以诗
（唐）柳宗元

芳丛翳湘竹，零露凝清华。复此雪山客，晨朝掇灵芽。
蒸烟俯石濑，咫尺凌丹崖。圆方丽奇色，圭璧无纤瑕。
呼儿爨金鼎，馀馥延幽遐。涤虑发真照，还源荡昏邪。
犹同甘露饮，佛事熏毘耶。咄此蓬瀛侣，无乃贵流霞。

睡后茶兴忆杨同州
（唐）白居易

昨晚饮太多，嵬峨连宵醉；今朝餐又饱，烂熳移时睡。
睡足摩挲眼，眼前无一事。信脚绕池行，偶然得幽致。
婆娑绿阴树，斑驳青苔地。此处置绳床，傍边洗茶器。

白磁瓯甚洁，红炉炭方炽。沫下麹尘香，花浮鱼眼沸。
盛来有佳色，咽罢馀芳气。不见杨慕巢，谁人知此味？

龙山人惠石廪方及团茶

（唐）李群玉

客有衡岳隐，遗予石廪茶。自云凌烟露，采掇春山芽。
珪璧相压叠，积芳莫能加。碾成黄金粉，轻嫩如松花。
红炉爇霜枝，越儿斟井华。滩声起鱼眼，满鼎漂清霞。
凝澄坐晓灯，病眼如蒙纱。一瓯拂昏寐，襟鬲开烦挐。
顾渚与方山，谁人留品差？持瓯默吟味，摇膝空咨嗟。

茶　坞

（唐）陆龟蒙

茗地曲隈回，野行多缭绕。向阳就中密，背涧差还少。
遥盘云髻慢，乱簇香篝小。何处好幽期？满岩春露晓。

茶　人

（唐）陆龟蒙

天赋识灵草，自然钟野姿。闲年北山下，似与东风期。
雨后探芳去，云间幽路危。惟应报春鸟，得共斯人知。

茶　笋

（唐）陆龟蒙

所孕和气深，时抽玉苕短。轻烟渐结华，嫩蕊初成管。
寻来青霭曙，欲去红云暖。秀色自难逢，倾筐不曾满。

茶　焙

（唐）陆龟蒙

左右捣凝膏，朝昏布烟缕。方圆随样拍，次第依层取。
山谣纵高下，火候还文武。见说焙前人，时时炙花脯。

茶 坞

（唐）皮日休

闲寻尧氏山，遂入深深坞。种莳已成园，栽葭宁记亩。
石洼泉似掬，岩罅云如缕。好是夏初时，白花满烟雨。

茶 笋

（唐）皮日休

袅然三五寸，生必依岩洞。寒恐结红铅，暖宜销紫汞。
圆如玉轴光，脆似琼英冻。每为遇之疏，南山挂幽梦。

茶 舍

（唐）皮日休

阳崖枕白屋，几口嬉嬉活。棚上汲红泉，焙前蒸紫蕨。
乃翁研茗后，中妇拍茶歌。相向掩柴扉，清香满山月。

茶 焙

（唐）皮日休

凿彼碧岩下，恰应深二尺。泥易带云根，烧难碍石脉。
初能燥金饼，渐见干琼液。九里共杉林，相望在山侧。

煮 茶

（唐）皮日休

香泉一合乳，煎作连珠沸。时看蟹目溅，乍见鱼鳞起。
声疑松带雨，饽恐烟生翠。傥把沥中山，必无千日醉。

得雷太简自制蒙顶茶

（宋）梅尧臣

陆羽旧《茶经》，一意重蒙顶。比来唯建溪，团片敌汤饼。
顾渚及阳羡，又复下越茗。近来江国人，鹰爪夸双井。

凡今天下品，非此不览省。蜀荈久无味，声名谩驰骋。
因雷与改造，带露摘牙颖。自煮至揉焙，入碾只俄顷。
汤嫩乳花浮，香新舌甘永。初分翰林公，岂数博士冷。
醉来不知惜，悔许已向醒。重思朋友义，果决在勇猛。
倏然乃以赠，蜡囊收细梗。吁嗟茗与鞭，二物诚不幸。
我贫事事无，得之似赘瘿。

吕晋叔著作遗新茶

（宋）梅尧臣

四叶及三游，共家原坂岭。岁摘建溪春，争先取晴景。
大窠有壮液，所发必奇颖。一朝团焙成，价与黄金逞。
吕侯得乡人，分赠我已幸。其赠几何多，六色十五饼。
每饼包青蒻，红签缠素苘。屑之云雪轻，啜已神魄惺。
会待嘉客来，侑谈当昼永。

李仲求寄建溪洪井茶七品，云愈少愈佳，未知尝何如耳，因条而答之

（宋）梅尧臣

忽有西山使，始遗七品茶。末品无水晕，六品无沉柤。
五品散云脚，四品浮粟花。三品若琼乳，二品罕所加。
绝品不可议，甘香焉等差。一日尝一瓯，六腑无昏邪。
夜枕不得寐，月树闻啼鸦。忧来唯觉衰，可验唯齿牙。
动摇有三四，妨咀连左车。发亦足惊悚，疏疏点霜华。
乃思平生游，但恨江路赊。安得一见之？煮泉相与夸。

茶垅

（宋）蔡襄

造化曾无私，亦有意所嘉。夜雨作春力，朝云护日车。
千万碧天枝，戢戢抽灵芽。

采　茶
（宋）蔡襄

春衫逐红旗，散入青林下。阴崖喜先至，新苗渐盈把。
竞携筠笼归，更带山云写。

造　茶
（宋）蔡襄

糜玉寸阴间，抟金新范里。规呈月正圆，势动龙初起。
出焙幽花全，争夸火候是。

试　茶
（宋）蔡襄

兔毫紫瓯新，蟹眼清泉煮。雪冻作成花，云间未垂缕。
愿尔池中波，去作人间雨。

饮修仁茶
（宋）孙觌

烟云吐长崖，风雨暗古县。竹舆赪两肩，弛担息微倦。
茗饮初一尝，老父有芹献。幽姿绝媚妩，著齿得瞑眩。
昏昏嗜睡翁，唤起风洒面。亦有不平心，尽从毛孔散。

龙门茶屋图
（元）倪瓒

龙门秋月影，茶屋白云泉。不与世人赏，瑶草自年年。
上有天池水，松风舞沦涟。何当蹑飞凫，去采池中莲。

◆ 七言古 附长短句

西山兰若试茶歌

（唐）刘禹锡

山僧后檐茶数丛，春来映竹抽新茸。
宛然为客振衣起，自傍芳丛摘鹰觜。
斯须炒成满室香，便酌砌下金沙水。
骤雨松声入鼎来，白云满盏花徘徊。
悠扬喷鼻宿酲散，清峭彻骨烦襟开。
阳崖阴岭各殊气，未若竹下莓苔地。
炎帝虽尝未解煎，桐君有录那知味。
新芽连拳半未舒，自摘至煎俄顷馀。
木兰沾露香微似，瑶草临波色不如。
僧言灵味宜幽寂，采采翘英为嘉客。
不辞缄封寄郡斋，砖井铜炉损标格。
何况蒙山顾渚春，白泥赤印走风尘。
可知花蕊清泠味，须是眠云跂石人。

西岭道士茶歌

（唐）温庭筠

乳窦溅溅通石脉，绿尘愁草春江色。
涧花入井水味香，山月当人松影直。
仙翁白扇霜乌翎，拂坛夜读《黄庭经》。
疏香皓齿有馀味，更觉鹤心通杳冥。

谢僧寄茶

（唐）李咸用

空门少年初志坚，摘芳为药除睡眠。

匡山茗树朝阳偏，暖萌如爪挐飞鸢。
枝枝膏露凝滴圆，参差失向兜罗绵。
倾筐短甑蒸新鲜，白纻眼细匀于研。
砖排古砌春苔干，殷勤寄我清明前。
金槽无声飞碧烟，赤兽呵冰急铁喧。
林风夕和真珠泉，半匙青粉搅潺湲。
绿云轻绾湘娥鬟，尝来纵使重支枕，蝴蝶寂寂空掩关。

月兔茶
（宋）苏轼

环非环，玦非玦。
中有迷离白兔儿，一似佳人帢上月。
月圆还缺缺还圆，此月一缺圆何年？
君不见斗茶公子不忍斗，小团上有双衔绶带双飞鸾。

试院煎茶
（宋）苏轼

蟹眼已过鱼眼生，飕飕欲作松风鸣。
蒙茸出磨细珠落，眩转绕瓯飞雪轻。
银瓶泻汤夸第二，未识古人煎水意。
君不见昔时李生好客手自煎，贵从活火发新泉。
又不见今时潞公煎茶学西蜀，定州花瓷琢红玉。
我今贫病常苦饥，分无杯碗捧蛾眉。
且学公家作茗饮，砖炉石铫行相随。
不用撑肠拄腹文字五千卷，但愿一瓯常及睡足日高时。

送南屏谦师
（宋）苏轼

道人晓出南屏山，来试点茶三昧手。

忽惊午盏兔毛斑,打作春瓮鹅儿酒。
天台乳花世不见,玉川风腋今安有?
先生有意续茶经,会使老谦名不朽。

鲁直以诗馈双井茶次韵为谢

(宋) 苏轼

江夏无双种奇茗,汝阴六一夸新书。
磨成不敢付僮仆,自看雪汤生玑珠。
列仙之儒瘠不腴,只有病渴同相如。
明年我欲东南去,画舫何妨宿太湖。

双井茶送子瞻

(宋) 黄庭坚

人间风月不到处,天上玉堂森宝书。
想见东坡旧居士,挥毫百斛泻明珠。
我家江南摘云腴,落硙霏霏雪不如。
为公唤起黄州梦,独载扁舟向五湖。

谢王烟之惠茶

(宋) 黄庭坚

平生心赏建溪春,一丘风味极可人。
香包解尽宝带胯,黑面碾出明窗尘。
家园鹰爪政呕冷,官焙龙文常食陈。
于公岁取壑源足,勿遣沙溪来乱真。

简江子之求茶

(宋) 晁冲之

政和密云不作团,小夸寸许苍龙蟠。
金花绛囊如截玉,绿面仿佛松溪寒。
人间此品那可得,三年闻有终未识。

老夫于此百不忙，饱食但苦夏日长。
北窗无风睡不解，齿颊苦涩思清凉。
故人新除协律郎，交游多在白玉堂，拣牙斗夸皆饫尝。
幸为传声李太府，烦渠折简买头纲。

谢木韫之舍人分送讲筵赐茶

（宋）杨万里

吴绫缝囊染菊水，蛮砂涂印题进字。
淳熙锡贡新水芽，天珍误落黄茅地。
故人鸾渚紫薇郎，金华讲彻花草香。
宣赐龙焙第一纲，殿上走趋明月珰。
御前啜罢三危露，满袖香烟怀璧去。
归来拈出两蜿蜒，雷鸣晦冥惊破柱。
北苑龙芽内样新，铜围银范铸琼尘。
九天宝月霏五云，玉龙双舞黄金鳞。
老夫平生爱煮茗，十年烧穿折脚鼎。
下山汲井得甘冷，上山摘芽得苦梗。
何曾梦到龙游窠，何曾梦吃龙芽茶？
故人分送玉川子，春风来自玉皇家。
锻圭椎璧调冰水，烹龙炰凤搜肝髓。
石花紫笋可衙官，赤印白泥牛走尔。
故人气味茶样清，故人丰骨茶样明。
开缄不但似见面，叩之咳唾金石声。
麹生劝人堕巾帻，睡魔劝我抛书册。
老夫七椀病未能，一啜犹堪坐秋夕。

和曾逢原试茶连韵

（宋）僧惠洪

霜须瘴面豁齿牙，门前小舟尝自挐。

茅茨丛竹依垅畲，君来游时方采茶。
传呼部曲江路赊，迎门颠倒披袈裟。
仙风照人虔敬加，秀如春露湿兰芽。
和如东风吹奇葩，马蹄归路冲飞花。
青松转壑登龙蛇，路人聚观不敢哗。
诗筒复肯来山家，想见戟门兵卫遮。
湘江玉展无纤瑕，但闻江空响钓车。
嗟予生计唯搹虾，安识醉墨翻侧麻。
喜如小儿抱秋瓜，宣和官焙囊绛纱。
见之美如痒初爬，爱客自试欢无涯。
身世都忘是长沙，院落日长蜂趁衙。
园林雨足鸣池蛙，诗成句法规正邪。
细窥不容铢两差，逸群翰墨争传夸。
坡谷非子前身耶？沅湘万古一长嗟。
明年夜直趋东华，应有佳句怀烟霞。

煮土茶歌

（元）洪希文

论茶自古称壑源，品水无出中泠泉。
莆中苦茶出土产，乡味自汲井水煎。
器新火活清味永，且从平地休登仙。
王侯第宅斗绝品，揣分不到山翁前。
临风一啜心自省，此意莫与他人传。

白云泉煮茶

（明）韩奕

白云在天不作雨，石罅出泉如五乳。
追寻能自远师来，题咏初因白公语。
山中知味有高禅，采得新芽社雨前。

欲试点茶三昧手，上山亲汲云间泉。
物品由来贵同性，骨清肉腻味方永。
客来如解吃茶去，何但令人尘梦醒。

采茶词

（明）高启

雷过溪山碧云暖，幽丛半吐枪旗短。
银钗女儿相应歌，筐中摘得谁最多？
归来清香犹在手，高品先将呈太守。
竹炉新焙未得尝，笼盛贩与湖南商。
山家不解种禾黍，衣食年年在春雨。

◆ 五 言 律

送陆鸿渐栖霞寺采茶

（唐）皇甫冉

采茶非采菉，远远上层崖。布叶春风暖，盈筐白日斜。
旧知山寺路，时宿野人家。借问王孙草，何时泛椀花？

津梁寺采新茶，与幕中诸公遍赏，芳香尤异，因题四韵，兼呈陆郎中

（唐）武元衡

灵卉碧岩下，荑英初散芳。涂涂犹宿露，采采不盈筐。
阴窦藏烟湿，单衣染焙香。幸将调鼎味，一为奏明光。

颖公遗碧霄峰茗

（宋）梅尧臣

到山春已晚，何处有新茶？峰顶应多雨，天寒始发芽。
采时林狖静，蒸处石泉嘉。持作衣囊秘，分来五柳家。

怡然以垂云新茶见饷，报以大龙团，仍戏作小诗

（宋）苏轼

妙供来香积，珍烹具大官。拣牙分雀舌，赐茗出龙团。
晓日云庵暖，春风浴殿寒。聊将试道眼，莫作两般看。

绿窗诗

（元）孙淑

小阁烹香茗，疏簾下玉钩。灯光翻出鼎，钗影倒沉瓯。
婢捧消春困，亲尝散莫愁。吟诗因坐久，月转晚妆楼。

雨后过云公问茶事

（明）居节

雨洗千山出，氤氲绿满空。开门飞燕子，吹面落花风。
野色行人外，经声流水中。因来问茶事，不觉过云东。

◆ 五言排律

五言月夜啜茶联句

（唐）颜真卿

泛花邀坐客，代饮引清言。（陆士修）
醒酒宜华席，留僧想独园。（张荐）
不须攀月桂，何暇树庭萱。（李萼）
御史秋风劲，尚书北斗尊。（崔万）
流华净肌骨，疏瀹涤心源。（真卿）
不似春醪醉，何辞绿菽繁。（皎然）
素瓷传静夜，芳气满闲轩。（士修）

题茶山

（唐）杜牧

山实东吴秀，茶称瑞草魁。剖符虽俗吏，修贡亦仙才。

溪尽停蛮棹，旗张卓翠苔。柳村穿窈窕，松涧渡喧豗。
等级云峰峻，宽平洞府开。拂天闻笑语，特地见楼台。
泉嫩黄金涌，牙香紫璧裁。拜章期沃日，轻骑疾奔雷。
舞袖岚侵润，歌声谷答回。磬音藏叶鸟，雪艳照潭梅。
好是全家到，兼为奉诏来。树阴香作帐，花径落成堆。
景物残三月，登临怆一杯。重游难自克，俯首入尘埃。

蜀州郑史君寄乌觜茶因以赠答八韵
（唐）薛能

乌觜撷浑牙，精灵胜镆铘。烹尝方带酒，滋味更无茶。
拒碾乾声细，撑封利颖斜。衔芦齐劲实，啄木聚菁华。
盐损添常诫，姜宜著更夸。得来抛道药，携去就僧家。
旋觉前瓯浅，还愁后信赊。千惭故人意，此惠敌丹砂。

故人寄茶
（唐）曹邺

剑外九华英，缄题下玉京。开时微月上，碾处乱泉声。
半夜招僧至，孤吟对月烹。碧沉霞脚碎，香泛乳花轻。
六腑睡神去，数朝诗思清。月馀不敢费，留伴肘书行。

茶园十二韵
（宋）王禹偁

勤王修岁贡，晚驾过郊原。蔽芾馀千本，青葱共一园。
牙新撑老叶，土软迸新根。舌小侔黄雀，毛狞摘绿猿。
出蒸香便别，入焙火微温。采近桐华节，生无谷雨痕。
缄縢防远道，进献趁头番。待破华胥梦，先经阊阖门。
汲泉鸣玉甃，开宴压瑶罇。茂育知天意，甄收荷主恩。
沃心同直谏，苦口类嘉言。未复金銮召，年年奉至尊。

和门下殷侍郎新茶二十韵

（宋）徐铉

暖吹入春园，新芽竞粲然。才教鹰觜坼，未放雪花妍。
荷杖青林下，携筐旭景前。孕灵资雨露，钟秀自山川。
碾后香弥远，烹来色更鲜。名随土地贵，味逐水泉迁。
力藉流黄暖，形模紫笋圆。正当钻柳火，遥想涌金泉。
任道时新物，须依古法煎。轻瓯浮绿乳，孤灶散馀烟。
甘荠非予匹，宫槐让我先。竹孤空冉冉，荷弱谩田田。
解渴消残酒，清神感夜眠。十浆何足馈，百榼尽堪捐。
采撷唯忧晚，营求不计钱。任公因焙显，陆氏有经传。
爱甚真成癖，尝多合得仙。亭台虚静处，风月艳阳天。
自可临泉石，何妨杂管絃。东山似蒙顶，愿得从诸贤。

◆ 七言律

谢李六郎寄新蜀茶

（唐）白居易

故情周匝向交亲，新茗分张及病身。
红纸一封书后信，绿芽十片火前春。
汤添勺水煎鱼眼，末下刀圭搅麴尘。
不寄他人先寄我，应缘我自别茶人。

谢刘相公寄天柱茶

（唐）薛能

两串春团敌夜光，名题天柱印维扬。
婉嫌曼倩桃无味，捣觉嫦娥药不香。
惜恐被分缘利市，尽应难觅为供堂。
麤官寄与真抛却，赖有诗情合得尝。

峡中尝茶

（唐）郑谷

簇簇新英摘露光，小江园里火前尝。
吴僧谩说鸦山好，蜀叟休夸鸟觜香。
入座半瓯轻泛绿，开缄数片浅含黄。
鹿门闲客不归去，酒渴更知春味长。

尚书惠蜡面茶

（唐）徐夤

武夷春暖月初圆，采摘新芽献地仙。
飞鹊印成香蜡片，啼猿溪走木兰船。
金槽和碾沉香末，冰椀轻涵翠缕烟。
分赠恩深知最异，晚铛宜煮北山泉。

东亭茶讌

（唐）鲍君徽

闲朝向晓出帘栊，茗讌东亭四望通。
远眺城池山色里，俯聆絃管水声中。
幽篁映沼新抽翠，芳槿低檐欲吐红。
坐久此中无限兴，更怜团扇起清风。

龙凤茶

（宋）王禹偁

样标龙凤号题新，赐得还因作近臣。
烹处岂期商岭水，碾时空想建溪春。
香于九畹芳兰气，圆似三秋皓月轮。
爱惜不尝惟恐尽，除将供养白头亲。

次谢许少卿寄卧龙山茶

（宋）赵抃

越芽远寄入都时，酬倡珍夸互见诗。
紫玉丛中观雨脚，翠峰顶上摘云旗。
啜多思爽都忘寐，吟苦更长了不知。
想到明年公进用，卧龙春色自迟迟。

尝茶次寄越僧灵皎

（宋）林逋

白云峰下两枪新，腻绿长鲜谷雨春。
静试却如湖上雪，对尝兼忆剡中人。
瓶悬金粉师应有，箸点琼花我自珍。
清话几时搔首后，愿和松色劝三巡。

惠山谒钱道人，烹小龙团，登绝顶望太湖

（宋）苏轼

踏遍江南南岸山，逢山未免更留连。
独携天上小团月，来试人间第二泉。
石路萦回九龙脊，水光翻动五湖天。
孙登无语空归去，半岭松声万壑传。

次韵曹辅寄壑源试焙新茶

（宋）苏轼

仙山灵雨湿行云，洗遍香肌粉未匀。
明月来投玉川子，清风吹破武林春。
要知冰雪心肠好，不是膏油首面新。
戏作小诗君莫笑，从来佳茗似佳人。

汲江煎茶

（宋）苏轼

活水还须活火烹，自临钓石汲深清。
大瓢贮月归春瓮，小杓分江入夜铛。
雪乳已翻煎处脚，松风忽作泻时声。
枯肠未易禁三盌，卧听山城长短更。

戏酬尝草茶

（宋）沈与求

惯看留客费瓜茶，政羡多藏不示夸。
要使睡魔能偃草，肯惭欢伯解迷花。
一旗但觉烹殊品，双凤何须觅瑞芽。
待摘家山供茗饮，与君盟约去骄奢。

答卓民表送茶

（宋）朱松

搅云飞雪一番新，谁念幽人尚食陈。
仿佛三生玉川子，破除千饼建溪春。
唤回窈窈清都梦，洗尽蓬蓬渴肺尘。
便欲乘风度芹水，却悲狡狯得君嗔。

胡邦衡生日以诗送北苑八銙日注二瓶

（宋）周必大

贺客称觞满冠霞，悬知酒渴正思茶。
尚书八饼分闽焙，主簿双瓶拣越芽。
妙手合调金鼎铉，清风稳到玉皇家。
明年敕使宣台馈，莫忘幽人赋叶嘉。

次韵王少府送焦坑茶

（宋）周必大

昏然午枕困漳滨，醒以清风赖子真。
初似参禅逢硬语，久如味谏得端人。
王程不趁清明宴，野老先分浩荡春。
敢向柘罗评绿玉，待君同碾试飞尘。

以六一泉煮双井茶

（宋）杨万里

鹰爪新茶蟹眼汤，松风鸣雪兔毫霜。
细参六一泉中味，故有涪翁句子香。
日铸建溪当退舍，落霞秋水梦还乡。
何时归上滕王阁，自看风炉自煮尝。

陈蹇叔郎中出闽漕别送新茶，李圣俞郎中出手分似

（宋）杨万里

头纲别样建溪春，小璧苍龙浪得名。
细泻谷帘珠颗露，打成寒食杏花饧。
鹧斑椀面云萦字，兔褐瓯心雪作泓。
不待清风生两腋，清风先向舌端生。

次韵刘升卿惠焦坑寺茶用东坡韵

（宋）王庭珪

日出城门啼早鸦，杖藜投足野僧家。
非关西寺钟前饭，要看南枝雪里花。
玉局偶然留妙语，焦坑从此贵新茶。
刘郎寄我兼长句，落笔更如锥画沙。

与客啜茶戏成

(宋) 僧惠洪

道人要我煮温山,似识相如病里颜。
金鼎浪翻螃蟹眼,玉瓯绞刷鹧鸪斑。
津津白乳冲眉上,拂拂清风产腋间。
唤起晴窗春昼梦,绝怜佳味少人攀。

西域从王君玉乞茶因其韵

(元) 耶律楚材

积年不啜建溪茶,心窍黄尘塞五车。
碧玉瓯中思雪浪,黄金碾畔忆雷芽。
卢仝七椀诗难得,谂老三瓯梦亦赊。
敢乞君侯分数饼,暂教清兴绕烟霞。

厚意江洪绝品茶,先生分出蒲轮车。
雪花滟滟浮金蕊,玉屑纷纷碎白芽。
破梦一杯非易得,搜肠三椀不能赊。
琼瓯啜罢酬平昔,饱看西山插翠霞。

高人惠我岭南茶,烂赏飞花雪没车。
玉屑三瓯烹嫩蕊,青旗一叶碾新芽。
顿令衰叟诗魂爽,便觉红尘客梦赊。
两腋清风生坐榻,幽欢远胜泛流霞。

酒仙飘逸不知茶,可笑流涎见麹车。
玉杵和云舂素月,金刀带雨剪黄芽。
试将绮语求茶饮,特胜春衫把酒赊。
啜罢神清淡无寐,尘嚣身世便云霞。

长笑刘伶不识茶,胡为买锸谩随车?
萧萧莫雨云千顷,磊磊春雷玉一芽。
建郡深瓯吴地远,金山佳水楚江赊。
红炉石鼎烹团月,一枕和香吸碧霞。

枯肠搜尽数杯茶,千卷胸中到几车?
汤响松风三昧手,雪香雷震一枪芽。
满囊垂赐情何厚,万里携来路更赊。
清兴无涯腾八表,骑鲸踏破赤城霞。

啜罢江南一椀茶,枯肠历历走雷车。
黄金小碾飞琼屑,碧玉深瓯点雪芽。
笔阵陈兵诗思勇,睡魔卷甲梦魂赊。
精神爽逸无馀事,卧看残阳补断霞。

尝云芝茶
(元)刘秉忠

铁色皴皮带老霜,含英咀美入诗肠。
舌根未得天真味,鼻观先通圣妙香。
海上精华难品第,江南草木属寻常。
待将肤凑侵微汗,毛骨生风六月凉。

元统乙亥,余除闽宪知事未行,立春十日,参政许可用惠茶,寄诗以谢
(元)萨都剌

春到人间才十日,东风先过玉川家。
紫薇书寄斜封印,黄阁香分上赐茶。
秋露有声浮莲叶,夜窗无梦到梅花。
清风两腋归何处?直上三山看海霞。

雪煎茶
（元）谢宗可

夜扫寒英煮绿尘，松风入鼎更清新。
月团影落银河水，云脚香融玉树春。
陆井有泉应近俗，陶江无酒未为贫。
诗脾夺尽丰年瑞，分付蓬莱顶上人。

煮茗轩
（元）谢应芳

聚蚊金谷任荤膻，煮茗留人也自贤。
三百小团阳羡月，寻常新汲惠山泉。
星飞白石童敲火，烟出青林鹤上天。
午梦觉来汤欲沸，松风初响竹炉边。

是夜酌泉试宜兴吴大本所寄茶
（明）文徵明

醉思雪乳不能眠，活火沙瓶夜自煎。
白绢旋开阳羡月，竹符新调惠山泉。
地炉残雪贫陶榖，破屋清风病玉川。
莫道年来尘满腹，小窗寒梦已醒然。

某伯子惠虎丘茗谢之
（明）徐渭

虎丘春茗妙烘蒸，七椀何愁不上升。
青箬旧封题谷雨，紫砂新罐买宜兴。
却从梅月横三弄，细搅松风炧一灯。
合向吴侬彤管说，好将书上玉壶冰。

◆ 七言排律

和伯恭自造新茶
（宋）余靖

郡庭无事即仙家，野圃栽成紫笋茶。
疏雨半晴回暖气，轻雷初过得新芽。
烘祛精谨松斋静，采撷紫迂涧路斜。
江水对煎萍仿佛，越瓯新试雪交加。
一枪试焙春尤早，三盏搜肠句更嘉。
多谢彩笺贻雅贶，想资诗笔思无涯。

◆ 五言绝句

茶　岭
（唐）韦处厚

顾渚吴商绝，蒙山蜀信稀。千丛因此始，含露紫茸肥。

茶　岭
（唐）张籍

紫芽连白蕊，初向岭头生。自看家人摘，寻常触路行。

山泉煎茶有怀
（唐）白居易

坐酌泠泠水，看煎瑟瑟尘。无由持一盌，寄与爱茶人。

◆ 七言绝句

与赵莒茶讌
（唐）钱起

竹下忘言对紫茶，全胜羽客醉流霞。

尘心洗尽兴难尽，一树蝉声片影斜。

新茶咏寄上西川相公二十三舅大夫二十舅
（唐）卢纶

三献蓬莱始一尝，日调金鼎阅芳香。
贮之玉合才半饼，寄与阿连题数行。

尝　茶
（唐）刘禹锡

生拍芳茸鹰觜芽，老郎封寄谪仙家。
今宵更有湘江月，照出霏霏满盌花。

萧员外寄新蜀茶
（唐）白居易

蜀茶寄到但惊新，渭水煎来始觉珍。
满瓯似乳堪持玩，况是春深酒渴人。

乞新茶
（唐）姚合

嫩绿微黄碧涧春，采时闻道断荤辛。
不将钱买将诗乞，借问山翁有几人？

茗　坡
（唐）陆希声

二月山家谷雨天，半坡芳茗露华鲜。
春醒酒病兼消渴，惜取新芽旋摘煎。

答友寄新茗
（唐）李群玉

满火芳香碾麹尘，吴瓯湘水绿花新。

愧君千里分滋味,寄与春风酒渴人。

煎　茶
（唐）成彦雄

岳寺春深睡起时,虎跑泉畔思迟迟。
蜀茶倩个云僧碾,自拾枯松三四枝。

与亢居士青山潭饮茶
（唐）僧灵一

野泉烟火白云间,坐饮香茶爱此山。
岩下维舟不忍去,青溪流水暮潺潺。

茶
（宋）林逋

石碾轻飞瑟瑟尘,乳香烹出建溪春。
世间绝品人难识,闲对茶经忆古人。

游诸佛舍,一日饮酽茶七盏,戏书勤师壁
（宋）苏轼

示病维摩元不病,在家灵运已忘家。
何须魏帝一丸药,且尽卢仝七碗茶。

谢公择舅分赐茶
（宋）黄庭坚

外家新赐苍龙璧,北焙风烟天上来。
明日蓬山破寒月,先甘和梦听春雷。

奉同公择作拣芽咏
（宋）黄庭坚

赤囊岁上双龙璧,曾见前朝盛事来。

想得天香随御所，延春阁道转轻雷。

初识茶花
（宋）陈与义

伊轧篮舆不受催，湖南秋色更佳哉。
青裙玉面初相识，九月茶花满路开。

李茂嘉寄茶
（宋）孙觌

蛮珍分到谪仙家，断璧残璋裹绛纱。
拟把金钗候汤眼，不将白玉伴脂麻。

舟泊吴江
（宋）杨万里

江湖便是老生涯，佳处何妨且泊家。
自汲淞江桥下水，垂虹亭上试新茶。

赏茶
（宋）戴昺

自汲香泉带落花，漫烧石鼎试新茶。
绿阴天气闲庭院，卧听黄蜂报晚衙。

偶成
（金）吴激

蟹汤兔盏斗旗枪，风雨山中枕簟凉。
学道穷年何所得，只工扫地与焚香。

夏至
（金）赵秉文

玉堂睡起苦思茶，别院铜轮碾露芽。

红日转阶帘影薄,一双蝴蝶上葵花。

题苏东坡墨迹

(元) 虞集

老却眉山长帽翁,茶烟轻飏鬓丝风。
锦囊旧赐龙团在,谁为分泉落月中?

竹　窗

(元) 马臻

竹窗西日晚来明,桂子香中鹤梦清。
侍立小童闲不动,萧萧石鼎煮茶声。

过山家

(明) 高启

流水声中响纬车,板桥春暗树无花。
风前何处香来近?隔崦人家午焙茶。

送翰林宋先生致政归金华

(明) 孙蕡

红鞓金带荔枝花,三品词林内相家。
归去山中无个事,瓦瓶春水自煎茶。

送茶僧

(明) 陆容

江南风致说僧家,石上清香竹里茶。
法藏名僧知更好,香烟茶晕满袈裟。

赠欧道士卖茶

(明) 施渐

静守《黄庭》不炼丹,因贫却得一身闲。

自看火候蒸茶熟,野鹿衔筐送下山。

题唐伯虎烹茶图为喻正之太守
(明) 王穉登

太守风流嗜酪奴,行春常带煮茶图。
图中傲吏依稀似,纱帽笼头对竹炉。

灵源洞口采旗枪,五马来乘谷雨尝。
从此端明茶谱上,又添新品绿云香。

伏龙十里尽香风,正近吾家别墅东。
他日干旌能见访,休将水厄笑王蒙。

暮春偶过山家
(明) 吴兆

山村处处采新茶,一道春流绕几家。
石径行来微有迹,不知满地是松花。

题书经室
(明) 僧德祥

池边木笔花新吐,窗外芭蕉叶未齐。
正是欲书三五偈,煮茶香过竹林西。

卷二百四十五　饭　类

◆ 五言古

蔬　饭
（宋）朱松

蕨拳婴儿手，笋解箨龙蜕。荐羞杞菊间，采擷烟雨外。
嗟予饭藜藿，咽塞舟溯濑。朝来二美兼，一饱良已泰。
充肠我诚足，染指客应嘅。平生食肉相，琴瑟何足赖。
王郎催牛炙，韩老忆鲸鲙。侠气信雄夸，戏语亦狡狯。
我师鲁颜子，陋巷翳蓬艾。执瓢不可从，一取清泉酹。

◆ 五言律

佐还山后寄
（唐）杜甫

白露黄粱熟，分张素有期。已应舂得细，颇觉寄来迟。
味岂同金菊，香宜配绿葵。老人他日爱，正想滑流匙。

◆ 七言律

润卿遗青饨饭，兼之一绝，聊用答谢
（唐）皮日休

传得三元饨饭名，大宛闻说有仙卿。
分泉过屋舂青稻，拂露攲衣折紫茎。

蒸处不教双鹤见，服来唯怕五云生。
草堂空坐无饥色，时把金津漱一声。

◆ 七言绝句

润卿遗青饲饭

（唐）陆龟蒙

旧闻香积金仙食，今见青精玉斧餐。
自笑镜中无骨录，可能飞上紫云端？

以青饲饭分送袭美、鲁望，因成一绝

（唐）张贲

谁屑琼瑶事青饲？旧传名品出华阳。
应宜仙子胡麻拌，因送刘郎与阮郎。

送乔仝寄贺君

（宋）苏轼

千古风流贺季真，最怜嗜酒谪仙人。
狂吟醉舞知无益，粟饭藜羹问养神。

竹枝歌

（宋）杨万里

岸傍燎火莫阑残，须念儿郎手脚寒。
更把绿荷包热饭，前头不怕上高滩。

武陵庄

（明）沈明臣

青精作饭紫莼羹，饱后微吟水上行。
不道空山曾有寺，隔溪风送午钟声。

卷二百四十六 粥类

◆ 五言古

吃茗粥作

（唐）储光羲

当昼暑气盛，鸟雀静不飞。念君高梧阴，复解山中衣。
数片远云度，曾不蔽炎晖。淹留膳茶粥，共我饭蕨薇。
敝庐既不远，日暮徐徐归。

◆ 七言古 附长短句

豆粥

（宋）苏轼

君不见滹沱流澌车折轴，公孙仓黄奉豆粥，
湿薪破灶自燎衣，饥寒顿解刘文叔。
又不见金谷敲冰草木春，帐下烹煎皆美人，
萍虀豆粥不传法，咄嗟而办石季伦。
干戈未解身如寄，声色相缠心已醉。
身心颠倒自不知，更识人间有真味。
岂如江头千顷雪色芦，茅檐出没晨烟孤。
地碓舂粳光似玉，沙瓶煮豆软如酥。
我老此身无著处，卖书来问东家住。
卧听鸡鸣粥熟时，蓬头曳履君家去。

口数粥行

（宋）范成大

家家腊月二十五，淅米如珠和豆煮。
大杓撩铛分口数，疫鬼闻香走无处。
镂姜屑桂浇蔗糖，滑甘无比胜黄粱。
全家团栾罢晚饭，在远行人亦留分。
襁中孩子强教尝，馀波溥霑获与臧。
新元叶气调玉烛，天行已过来万福。
物无疵厉年谷熟，长向腊残分豆粥。

豆 粥

（宋）僧惠洪

出碓新粳明玉粒，落丛小豆枫叶赤。
井花洗粳勿去箕，沙瓶煮豆须弥日。
五更锅面沤起灭，秋沼隆隆疏雨集。
急除烈焰看徐搅，豆才亦趁洄涡入。
须臾大杓传净瓷，浪寒不兴色如栗。
食馀偏称地炉眠，白灰红火光蒙密。
金谷宾朋怪咄嗟，娄亭君臣相记忆。
我今万事不知他，但觉铜瓶蚯蚓泣。

◆ 七 言 律

食茯苓粥

（明）周砥

荷钁穿云得茯苓，作糜从此谢吞腥。
斋厨自启添松火，香韵初浮满竹庭。
时忆紫芝歌旧曲，尚寻黄独制颓龄。
今晨暂辍青精饭，与洁方坛味玉经。

◆ 七言绝句

评事翁寄赐饧粥走笔为答
（唐）李商隐

粥香饧白杏花天，省对流莺坐绮筵。
今日寄来春已老，凤楼迢递忆秋千。

戏郑秀才
（金）刘勋

张老豆新频见饷，郑家米齑不须赊。
客来粥熟吾能办，要与齐奴斗咄嗟。

滦京杂咏
（元）杨允孚

狼山山下晓风酸，掩面佳人半怯寒。
倚户殷勤唤尝粥，正宜倦客宿征鞍。（俗卖豆粥）

卷二百四十七　面　类

◆ 五言古

槐叶冷淘
（唐）杜甫

青青高槐叶，采掇付中厨。新面来近市，汁滓宛相俱。
入鼎资过熟，加餐愁欲无。碧鲜俱照箸，香饭兼苞芦。
经齿冷于雪，劝人投比珠。愿随金騕褭，走置锦屠苏。
路远思恐泥，兴深终不渝。献芹则小小，荐藻明区区。
万里露寒殿，开冰清玉壶。君王纳凉晚，此味亦时须。

甘菊冷淘
（宋）王禹偁

经年厌粱肉，颇觉道气浑。孟春致斋戒，敕厨惟素飧。
淮南地甚暖，甘菊生篱根。长芽触土膏，小叶弄晴暾。
采采忽盈把，洗去朝露痕。俸面新且细，溲牢如玉墩。
随刀落银缕，煮投寒泉盆。杂此青青色，芳香敌兰荪。
一举无子遗，空愧越碗存。解衣露其腹，稚子为我扪。
饱惭广文郑，饥谢鲁山元。况我草泽士，藜藿供朝昏。
谬因事笔砚，名通金马门。官供政事食，久直紫薇垣。
谁言谪滁上，吾族饱且温。既无甘旨庆，焉用味品烦。
子美重槐叶，直欲献至尊。起予有遗韵，甫也可与言。

◆ 七言古

傅家面食行

(明) 程敏政

傅家面食天下工,制法来自东山东。
美如甘酥色莹雪,一出(块)入口心神融。
旁人未许窥炙釜,素手每自开蒸笼。
侯鲭尚食固多品,此味或恐无专功。
并洛人家亦精办,敛手未敢来争雄。
主人官属司徒公,好客往往尊罍同。
我虽北人本南产,饥肠不受饼饵充。
惟到君家不须劝,大嚼颇惧冰盘空。
膝前新生两小童,大者已解呼乃翁。
愿君饤饾常加丰,待我醉携双袖中。

◆ 五言律

粔 面

(元) 许有壬

坡远花全白,霜轻实便黄。杵头麸退墨,硙齿雪流香。
玉叶翻盘薄,银丝出漏长。元宵贮膏火,蒸墨笑南乡。

◆ 七言绝句

房 陵

(宋) 陈造

夏田少雨富来牟,多雨何妨稼事秋。
已戒日供皮子面,更教晚稻饱霜收。

卷二百四十八　糕　类

◆ 七言古

谢韩幹送丝糕

（宋）陈造

玉颗莹澈珠就磋，吴乡早粳莫计过。
无乃风露秀结异，移种昆仑之木禾。
国（君）家厨妇一（穷）百枝，三春九淅付重罗。
银丝千寻忽萦积，中疏外洁生搓挼。
扶桑仙蚕大如盘，线（缲）之本供织女梭。
怳惊万啄斗新巧，冒作冰茸雪网窠。
即今拟形供食事，纤手幻出千绚多。
倒甑入箸第三绝，色香兼味皆可歌。
《周官》宾祭珍餈饵，有此复具理则那。
诗翁物色及粗粝，得此来前当见诃。
鲙盘漫诧金缕钉，汤饼徒夸银线窝。
琼酥玉腻信非匹，胡麻崖蜜仍相和。
感君泛爱记衰朽，回首一笑分馀波。
腐儒口实长作累，馋饕之名定不磨。
金山别去每挂梦，老眼复见还双摩。
婪酣得饱问便腹，如汝平生相负何？
更从公子乞方法，日当饫之老涧薖。

买田二顷不种秫，未怕酒客来操戈。

◆ 七言律

九日陪诸阁老食赐糕次谢授经韵
（明）高启

叨陪讲席按词曹，晓禁霜花点素袍。
院贮图书西掖静，云连宫殿北山高。
故园莫忆黄花酒，内府初尝赤枣糕。
最爱凤毛今复见，便令池上一挥毫。

◆ 七言绝句

滦京杂咏
（元）杨允孚

葡萄万斛压香醪，华屋神仙意气豪。
酺节凉糕犹末品，内家先散小绒绦。

卷二百四十九　饼　类

◆ 七言律

乙亥元日，十峰饮师邵东斋，出予家桂饼，
　　师邵有诗，自墙上递至，次韵奉答
　　　　　　　　　　　　（明）顾清

宝钿和露压金英，为趁秋光一日成。
月殿有人留素影，花林无物称佳名。
携来不觉乡关远，吟罢犹令客梦清。
茗盌酒杯皆可意，好将新岁作传生。（唐人岁首饮酒名"传生"。）

◆ 七言绝句

寄胡饼与杨万州
　　　　　　　　　　　　（唐）白居易

胡麻饼样学京都，面脆油香新出炉。
寄与饥馋杨大使，尝看得似辅兴无。

对食戏作
　　　　　　　　　　　　（宋）陆游

春前腊后物华催，时伴儿曹把酒杯。
蒸饼犹能十字裂，馄饨那得五般来。

题扇与周干臣

（元）虞集

玉叠松花蜜饼香，龙珠星颗露盘凉。
遥知环碧楼中坐，翠竹苍松夏日长。

馔 类

◆ 五言律

慕容承携素馔见过
(唐) 王维

纱帽乌皮几,间居懒赋诗。门看五柳识,年算六身知。
灵寿君王赐,雕胡弟子炊。空劳酒食馔,持底解人颐。

◆ 七言律

丁丑五月大旱雩祷,上斋居御讲,颁赐素蔬一盒
(明) 于慎行

云汉忧歌岁事艰,桑林虔祷圣心殚。
祈年不辍金华讲,减膳犹分玉箸餐。
始见仙盘疑泛露,却尝宝馔是调兰。
崇朝肤寸纤宸想,霖雨应腾四野欢。

◆ 七言绝句

中书送敕赐斋馔戏酬内
(唐) 权德舆

常日每齐眉,今朝共解颐。遥知大官膳,应与众雏嬉。

◆ 七言绝句

滦京杂咏

（元）杨允孚

御馔官厨不较馀，金门掌膳意勤如。
更分光禄瓶中酒，烂醉归时月上初。

卷二百五十一　酥　类

◆ 七言绝句

刘监仓家煎米粉作饼，子余云为“甚酥”；潘邠老家造逡巡酒，余饮之云“莫作醋错著水来否”。后数日，余携家饮郊外，因作小诗戏刘公求之

（宋）苏轼

野饮花间百物无，杖头惟挂一葫芦。
已倾潘子错著水，更觅君家为甚酥。

寄颜经略羊酥

（元）贡师泰

三山五月尚清寒，新滴羊酥冻玉柈。
何物风流可相称？兔豪花瀹水龙团。

滦京杂咏

（元）杨允孚

营盘风软净无沙，乳饼羊酥当啜茶。
底事燕支山下女，生平马上惯琵琶？

卷二百五十二　乳　类

◆ 五言古

　　　　咏有人乞牛舌乳不付因饷槟榔诗

　　　　　　　　　　　　（梁）刘孝绰

陈乳何能贵，烂舌不成珍。空持渝皓齿，非但污丹唇。
别有无枝实，曾要湛上人。羞比朱樱熟，讵易紫梨津。
莫言蒂中久，当看心里新。微芳虽不足，含咀愿相亲。

◆ 七言律

　　　　　　寄贾抟霄乞马乳

　　　　　　　　　　　　（元）耶律楚材

天马西来酿玉浆，革囊倾处酒微香。
长沙莫吝西江水，文举休空北海觞。
浅白痛思琼液冷，微甘酷爱蔗浆凉。
茂陵要洒尘心渴，愿得朝朝赐我尝。

◆ 五言绝句

　　　　　　　乳　饼

　　　　　　　　　　　　（宋）朱子

清朝荐疏盘，乳钵有真味。不用精琼糜，无劳烂羊胃。

卷二百五十三　羹　类

◆五言古

狄韶州煮蔓菁芦菔羹
（宋）苏轼

我昔在田间，寒庖有珍烹。常支折脚鼎，自煮花蔓菁。
中年失此味，想像如隔生。谁知南岳老，解作东坡羹。
中有芦菔根，尚含晓露清。勿语贵公子，从渠嗜膻腥。

龙福寺煮东坡羹戏作
（宋）朱弁

山寺解尘鞅，溪边有微行。手摘诸葛菜，自煮东坡羹。
虽无锦绣肠，亦饱风露清。钩帘坐扪腹，落日千峰明。

食菜羹示何道士
（宋）僧惠洪

穷冬海道绝，瘴雨晴墟里。何以知岁丰，未卯炊烟起。
先生清梦回，科髻方隐几。獠奴拾堕薪，发爨羹藷米。
饱霜阔叶菘，近水繁花荠。都卢深注汤，米烂菜自美。
椎门醉道士，一笑欲染指。诚勿加酸醎，云恐坏至味。
分尝果超绝，玉糁那可比。鲜肥增恶欲，腥荤耗道气。
毕生啜此羹，自可老僧耳。录以寄徐闻，阿同应笑喜。

◆ 七言古

戏督潜亨作春羹
（宋）邹浩

先生家中馀玉粒，粉以为饼陪春羹。
春羹品物谢时味，江流暖泛园中英。
晴窗对案忽举首，径走长须呼友生。
襄阳大夫腹如鼎，一箸九牛犹未盈。
欢然放箸即过我，自叹珍庖逾大烹。
且言初意亦在我，属我府事留西城。
先生饭不饭俗客，若苦转盼相倒倾。
东风雕刻物物好，槎头缩颈尾不赪。
药苗蔬甲破土出，似与米齐争功名。
应怜十载瘦藜苋，为我一除饥肠鸣。

莼羹歌
（明）李流芳

怪我生长居江东，不识江东莼菜美。
今年四月来西湖，西湖莼生满湖水。
朝朝暮暮来采莼，西湖城中无一人。
西湖莼菜萧山卖，千担万担湘湖滨。
吾友数人偏好事，时呼轻舠致此味。
柔花嫩叶出水新，小摘轻淹杂生气。
微施姜桂犹清真，未下盐豉已高贵。
吾家平头解烹煮，间出新意殊可喜。
一朝能作千里羹，顿使吾徒摇食指。
琉璃盌盛碧玉光，五味纷错生馨香。
出盘四座已叹息，举箸不敢争先尝。
浅斟细嚼意未足，指点杯盘恋馀馥。

但知脆滑利齿牙，不觉清虚累口腹。
血肉腥臊草木苦，此味超然离品目。
京师黄芽软如酥，家园燕笋白于玉。
差堪与汝为执友，菁根杞苗皆臣仆。
君不见区区芋魁亦遭遇，西湖莼生人不顾。
季鹰之后有吾徒，此物千年免沉锢。
君为我饮我作歌，得此十斗不足多。
世人耳食不贵近，更须远挹湘湖波。

◆ 七言律

食蛤蜊米脯羹
（宋）杨万里

倾来百颗恰盈奁，剥作杯羹未属厌。
莫遣下盐伤正味，不曾著蜜若为甜。
雪揩玉质全身莹，金缘冰钿半缕纤。
更渐香粳轻糁却，发挥风韵十分添。

菜 羹
（元）洪希文

雨后过畦嫩甲长，士夫此味未能忘。
筠笼采撷朝晡供，土锉烹熬雨露香。
盐豉匀调仍点露，香粳细捣旋加姜。
老饕赋好人争诵，唤醒欧生为洗狂。

◆ 七言绝句

过子忽出新意，以山芋作玉糁羹，色香味皆奇绝。
　　天上酥陀则不可知，人间决无此味也
（宋）苏轼

香似龙涎仍酽白，味如牛乳更全清。

莫将南海金齑脍，轻比东坡玉糁羹。

素　羹
（宋）范成大

毡芋凝酥敌少城，土藷割玉胜南京。
合和二物归藜糁，新法依家骨董羹。

东坡羹
（宋）僧惠洪

分外浓甘黄竹笋，自然微苦紫藤心。
东坡铛内相容摄，乞与馋禅掉舌寻。

岭南杂咏
（明）汪广洋

吉贝衣单木屦轻，晚凉门外踏新晴。
相逢故旧无多语，解说边炉骨董羹。

卷二百五十四　汤　类

◆ 七言绝句

　　　　归宜兴留题竹西寺
　　　　　　　　　　（宋）苏轼

道人劝饮鸡苏水，童子能煎莺粟汤。
暂借藤床与瓦枕，莫教孤负竹风凉。

　　　　邹松滋寄苦竹泉橙麹莲子汤
　　　　　　　　　　（宋）黄庭坚

松滋县西竹林寺，苦竹林中甘井泉。
巴人漫说虾蟆焙，试裹春芽来就煎。

天将金阙真黄色，借与洞庭霜后橙。
松滋解作逡巡曲，压倒江南好事僧。

新收千百秋莲菂，剥尽红衣捣玉霜。
不假《参同》成气味，跳珠椀里绿荷香。

　　　　赠别徐监观
　　　　　　　　　　（宋）葛长庚

晓来自点素馨汤，两朵莲花隔宿香。
夜醉至今犹未醒，荔枝取次对枯肠。

卷二百五十五　糖霜类

◆ 七言律

糖霜

（元）洪希文

春馀甘蔗榨为浆，色美鹅儿浅浅黄。
金掌飞仙承瑞露，板桥行客履新霜。
携来已见坚冰渐，嚼过谁传餐玉方。
输与雪堂老居士，牙盘玛瑙妙称扬。

◆ 七言绝句

答梓州雍熙长老寄糖霜

（宋）黄庭坚

远寄蔗浆知有味，胜于崔子水晶盐。
正宗扫地从谁说，我舌犹能及鼻尖。

食物杂类

◆ 五言古

谢张泰伯惠黄雀鲊
（宋）黄庭坚

去家十二年，黄雀悭下箸。笑开张侯盘，汤饼始有助。
蜀王煎藙法，醢以羊羱兔。麦饼薄于纸，含浆和醶酢。
秋霜落场谷，一一挟茧絮。残飞蒿艾间，入网辄万数。
烹煎宜老稚，罂缶烦爱护。南包解京师，至尊所珍御。
玉盘登百十，睥睨轻桂蠹。五侯哆豢豹，见谓美无度。
濒河饭食浆，瓜菹已佳茹。谁言风沙中，乡味入供具。
坐令亲馈甘，更使客得与。蒲阴虽穷僻，勉作三年住。
愿公且安乐，分寄尚能屡。

次圣与小儿啖虎脯篇
（宋）刘宰

折臂最小儿，骨耸颡微广。弗说螺蛳小，可以吞大象。
那敢谓其然，且幸日稍长。顾似陶家郎，智识殊不爽。
强令侍师席，跳踉绕函丈。胡能辨滋味，舍鱼取熊掌。
但见蔬果列，攫取如技痒。嘉馈得虎脔，新猎出林莽。
对之懒下箸，杀气犹可想。呼儿食之既，睥睨尚来往。
饕餮我所羞，跌荡或称赏。服猛岂渠能，过奖谢吾党。

深濑如敝帑，有误千金享。

菽乳

(明) 孙作

淮南信佳士，思仙筑高台。八老变童颜，鸿宝枕中开。
异方营齐味，数度真琦瑰。作羹传世人，令我忆蓬莱。
茹荤厌葱韭，此物乃呈才。戎菽来南山，清漪浣浮埃。
转身一旋磨，流膏入盆罍。大釜气浮浮，小眼汤洄洄。
倾待晴浪翻，坐见雪花皑。青盐化液卤，绛蜡窜烟煤。
霍霍磨昆吾，白玉大片裁。烹煎适吾口，不为老齿摧。
蒸豚亦何为？人乳圣所哀。万钱同一饱，斯言匪俳诙。

◆ **七言古** 附长短句

长林令卫象饧丝结歌

(唐) 司空曙

主人琱盘盘素丝，寒女眷眷墨子悲。
乃言假使饧为之，八珍重沓失颜色。
手援玉箸不敢持，始状芙蓉出新水。
仰坼重衣倾万蕊，又如合欢交乱枝，红茸向暮花参差。
吴蚕络茧抽尚绝，细缕纤毫看欲灭。
雪发羞垂倭堕鬟，绣囊畏并茱萸结。
我爱此丝巧，妙绝世间无，为君作歌陈座隅。

安州老人食蜜歌

(宋) 苏轼

安州老人心似铁，老人心肝小儿舌。
不食五谷惟食蜜，笑指蜜蜂作檀越。
蜜中有诗人不知，千花百草争含姿。
老人咀嚼时一吐，还引世间痴小儿。

小儿得诗如得蜜，蜜中有药治百疾。
正当狂走捉风时，一笑看诗百忧失。
东坡先生取人廉，几人相欢几人嫌。
恰似饮茶甘苦杂，不如食蜜中边甜。
因君寄与双龙饼，镜空一照双龙影。
三吴六月水如汤，老人心似双龙井。

谢崔致君饷天花

(宋) 朱弁

三年北馈饱膻荤，佳蔬颇忆江南味。
地菜方为九夏珍，天花忽从五台至。
崔侯胸中散千卷，金瓯名相传云裔。
爱山亦如谢康乐，得此携归岂容易。
应念使馆久寂寥，分饷明明见深意。
堆盘初见瑶草瘦，鸣齿稍觉琼枝脆。
树鸡湿烂惭扣门，桑蛾青黄漫趋市。
赤城菌子立万钉，今日因君不知贵。
乖龙耳仅免一割，沙门业已通三世。
偃戈息民未有术，虽复加餐只增愧。
云山去此纵不远，口腹何容更相累。
报君此诗永为好，捧腹一笑万事置。

李圣俞郎中求吾家江西黄雀醢法，戏作醢经遗之

(宋) 杨万里

江夏无双小道士，一丘一壑长避世。
裁云缝雾作羽衣，芦花柳绵当裘袂。
身骑鸿鹄太液池，脚踏金蟆攀桂枝。
渴饮南阳菊潭水，饥啄蓝田粟玉芝。
今年天田秋大熟，紫皇遣刈神仓谷。

一双凫雁堕云罗,夜随弋人卧茅屋。
卖身不直程将军,却与彭越俱策勋。
解衣戏入玉壶底,壶中别是一乾坤。
水精盐山两歧麦,身在椒兰众香国。
玉条脱下澡凝脂,金叵罗中酌琼液。
平生学仙不学禅,刳心洗髓糟床边。
诸公俎豆惊四筵,犹得留侯借箸前。
昔为飞仙今酒仙,更入太史滑稽篇。

吴春卿饷腊猪肉戏作古句

(宋)杨万里

老夫畏热饭不能,先生馈肉香倾城。
霜刀削下黄水精,月斧斫出红松明。
君家猪红腊前作,是时雪后吴山脚。
公子彭生初解缚,糟丘挽上凌烟阁。
却将一胾配两螯,世间真有扬州鹤。

谢亲戚寄黄雀

(宋)杨万里

万金家书寄中庭,牍背仍题双掩并。
不知千里寄底物,白泥红印三十瓶。
瓷瓶浅染茱萸紫,心知亲宾寄乡味。
印泥未开出馋水,印泥一开香扑鼻。
江西山间黄羽衣,纯绵被体白如脂。
偶然一念堕世网,身插两翼那能飞。
误蒙诸公相俎豆,月里花边一杯酒。
先生与渠元不疏,两年眼底不见渠。
端能访我荆溪曲,愿借前筹酌郦渌。

蜂儿榧歌

(宋)叶适

平林常榧唉俚蛮，玉山之产升金盘。
其中一树断崖立，石乳荫根多岁寒。
形嫌蜂儿尚麤率，味嫌蜂儿少标律。
昔日取急欲高比，今我细论翻下匹。
世间异物难并兼，百年不许赢栽添。
馀甘何为满地涩，荔子正复漫天甜。
浮云变化嗟俯仰，灵芝醴泉成独往。
后来空向玉山求，坐对蜂儿还想像。

◆ 五言律

酬崔御史送熊掌

(元)虞集

熊掌来东国，分甘到老夫。鸾刀寒断节，翠釜暖柔肤。
兔脱中山醢，鱼藏丙穴腴。藜肠浑未厌，玉食恐时须。

◆ 七言律

袭美以巨鱼之半见分因以酬谢

(唐)陆龟蒙

谁与春江上信鱼，可怜霜刃截来初。
鳞隳似撤骚人屋，腹断疑伤远客书。
避网几跳山影破，逆风曾蹙浪花虚。
今朝最是家童喜，免泥荒畦掇野蔬。

邦衡再送二诗，一和为甚酥，二和牛尾狸

(宋)周必大

金谷烹煎岂我徒，磨春争语夜阑厨。

六年不赐汤官饵，除日犹分刺史酥。
小惠无多真画饼，大篇有味胜清酺。
遥知发幂烘堂处，不见蒸鹅只瓠壶。

追迹犹应怨猎徒，截肪何敢恨庖厨。
脍鲈湖上曾夸玉，煮豆瓶中未是酥。
伴食偏宜十字饼，先驱正赖一卮酺。
却因玉面新名字，肠断元正白兽壶。

鹿　尾
（元）耶律楚材

銮舆秋狝猎南冈，鹿尾分甘赐尚方。
浓色殷殷红玉髓，微香馥馥紫琼浆。
韭花酷辣同葱薤，芥屑差辛类桂姜。
何似毡根蘸浓液，邀将诗客大家尝。

糟　鱼
（元）王恽

霜刀截断玉腴芳，暖贮银罂酿粉浆。
锦尾带赪传内品，金盘堆雪喜初尝。
解酲未减黄柑美，隽味能欺紫蟹香。
一箸餍馀乘醉卧，梦横沧海听鸣榔。

琉璃肺
（元）王恽

击鲜为具乐朋簪，辣品流馨涨绿沉。
犀箸喜辛忘海味，霜刀争割快牛心。
四筵谈屑霏馀烈，一缕冰浆濯素襟。
胜过屠门矜大嚼，梦云飞绕蹿林深。

粉　丸
（明）吴宽

净淘细碾玉霏霏，万颗完成素手稀。
须上轻圆真易拂，腹中磊硊更堪围。
不劳刘裕呼方旋，若使陈平食更肥。
既饱有人频咳唾，席间往往落珠玑。

油　餤
（明）吴宽

腻滑津津色未干，聊因佳节助杯盘。
画图莫使依寒具，书信何劳送月团。
曾见范公登杂记，独逢吴客劝加餐。
当筵一嚼夸甘美，老大无成忆胆丸。

以灯圆饷陆太仆
（明）顾清

三五新正忆故园，屑云糜玉闹春盘。
小奴解作江南意，远客都忘岁暮寒。
梅欲斗圆忙著子，雪如争巧故成团。
玉厓太仆真清吏，莫认明珠按剑看。

赐鲜鲋鱼
（明）于慎行

六月鲋鱼带雪寒，三千江路到长安。
尧厨未进银刀鲙，汉阙先分玉露盘。
赐比群卿恩已重，颁随元老遇犹难。
迟回退食惭无补，仙馔年年领大官。

◆ 五言绝句

豆　腐

（宋）朱子

种豆豆苗稀，力竭心已腐。早知淮王术，安坐获泉布。

◆ 七言绝句

寒　具

（宋）苏轼

纤手搓来玉数寻，碧油轻蘸嫩黄深。
夜来春睡浓于酒，压褊佳人缠臂金。

醉中信笔作

（宋）陆游

今朝卖谷得青钱，自出街头买豷肩。
草火燎来香满屋，未容下箸已流涎。

荷包鲊

（宋）宋伯仁

买得荷包酒旋沽，荷包惜不是鲈鱼。
鲈鱼不见张翰辈，白向沧波隐处居。

圆　子

（宋）朱淑真

轻圆绝胜鸡头肉，滑腻偏宜蟹眼汤。
纵可风流无处说，已输汤饼试何郎。

引奏后即事

（明）蔡羽

金华筵罢退从容，小仗穿花听午钟。
五色伞中黄帕冪，大官初进紫驼峰。

卷二百五十七　谷　类

◆ 四言古

禾
（魏）曹植

猗猗嘉禾，惟谷之精。其洪盈箱，协穗殊茎。
昔生周朝，今植魏庭。献之庙堂，以昭祖灵。

谷
（魏）曹植

于穆圣皇，仁畅惠渥。辞献减膳，以服鳏独。
和气致祥，时雨渗漉。野草萌变，化成嘉谷。

华　黍
（晋）束晳

黮黮重云，习习和风。黍华陵颠，麦秀丘中。
靡田不播，九谷斯丰。奕奕青霄，濛濛甘溜。
黍发稠华，禾挺其秀。靡田不植，九谷斯茂。
无高不播，无下不植。芒芒其稼，参参其穑。
穑我王委，充我民食。玉烛阳明，显猷翼翼。

庭前植稻苗赞
（晋）湛方生

蒨蒨嘉苗，离离阶侧。弱叶繁蔚，圆株疏植。

清流津根，轻露濯色。

◆ 五言古

行官张望补稻畦水归
（唐）杜甫

东屯大江北，百顷平若案。六月青稻多，千畦碧泉乱。
插秧适云已，引溜加溉灌。更仆往方塘，决渠当断岸。
公私各地著，浸润无天旱。主守问家臣，分明见溪畔。
芊芊炯翠羽，剡剡生银汉。鸥鸟镜里来，关山雪边看。
秋菰成黑米，精凿传白粲。玉粒足晨炊，红鲜任霞散。
终然添旅食，作苦期壮观。遗穗及众多，我仓戒滋蔓。

遣兴
（唐）杜甫

丰年孰云迟，甘泽不在早。耕田秋雨足，禾黍已映道。
春苗九月交，颜色同日老。劝汝衡门士，勿悲尚枯槁。
时来展材力，先后无丑好。但讶鹿皮翁，忘机对芳草。

东坡
（宋）苏轼

种稻清明前，乐事我能数。毛空暗春泽，针水闻好语。
分秧及初夏，渐喜风叶举。月明看露上，一一珠垂缕。
秋来霜穗重，颠倒相撑拄。但闻畦垄间，蚱蜢如风雨。
新春便入甑，玉粒照筐筥。我久食官仓，红腐等泥土。
行当知此味，口腹已吾许。

籴米
（宋）苏轼

籴米买束薪，百物资之市。不缘耕樵得，饱食殊少味。

再拜请邦君，愿受一廛地。知非笑昨梦，食力免内愧。
春秧几时花，夏稗忽已穟。怅然抚未耜，谁复识此意？

看刈禾

（明）高启

农工亦云劳，此日始告成。往获安可后，相催及秋晴。
父子俱在田，札札镰有声。黄云渐收尽，旷望空郊平。
日入负担归，讴歌道中行。鸟雀亦群喜，下啄飞且鸣。
今年幸稍丰，私廪各已盈。如何有贫妇，拾穗犹惸惸？

◆ 七言古　附长短句

乌盐角行

（宋）戴复古

凤箫鼍鼓龙须笛，夜宴华堂醉春色。
艳歌妙舞荡人心，但有欢娱别无益。
何如村落卷桐吹，能使时人知稼穑。
村南村北声相续，青郊雨后耕黄犊。
一声催得大麦黄，一声换得新秧绿。
人言此角只儿戏，孰识古人吹角意。
田家作劳多怨咨，故假声音召和气。
吹此角，起东作；吹此角，田家乐。
此角上与邹子之律同宫商，合钟吕，
形甚朴，声甚古，一吹寒谷生禾黍。

杜伯渊送新米

（明）杨基

山人送我山田米，粒粒如霜新可喜。
雨春风播落红芒，照眼如珠绝糠秕。
饥肠欲食未敢炊，未及秋尝羞祖祢。

忆我春来岁方旱，焦穗萎苗将槁矣。
不意兹晨见精凿，此宝更将何物比？
终岁勤劳农可念，不耕而食余堪耻。
归买淞江雪色鲈，持向高堂奉甘旨。

◆ **五 言 律**

茅堂检校收稻

(唐) 杜甫

香稻三秋末，平田百顷间。喜无多屋宇，幸不碍云山。
御夹侵寒气，尝新破旅颜。红鲜终日有，玉粒未吾悭。

暂往白帝复还东屯

(唐) 杜甫

复作归田去，犹残获稻功。筑场怜穴蚁，拾穗许村童。
落杵光辉白，除芒子粒红。加餐可扶老，仓庾慰飘蓬。

与诸公同出城观稼

(唐) 白居易

老尹醉醺醺，来随年少群。不忧头似雪，但喜稼如云。
岁望千仓积，秋怜五谷分。何人知帝力？尧舜正为君。

田 舍

(明) 李玮

广陌度秋风，田家门巷同。藤花金一色，豆荚箸双红。
穤襐存生理，篝车见岁功。茅柴新酿得，逼社醉南翁。

观 稻

(明) 石沆

稻水千区映，村烟几处斜。冷风低起树，轻浪细浮花。

鸟雀深深圃,凫鹥浅浅沙。社歌声不绝,于此见年华。

◆ 五言排律

秋稼如云
(唐) 蒋防

肆目如云处,三田大有秋。葱茏初满墅,散漫正盈畴。
稍混从龙势,空同触石幽。紫芒纷羃羃,青野澹油油。
始惬仓箱望,终无灭裂忧。西成知不远,雨露复何酬。

嘉禾合颖
(唐) 孟简

玉烛将成岁,封人亦自歌。八方需圣泽,异亩发嘉禾。
共秀芳何远,连茎瑞且多。颖低甘露滴,影乱惠风过。
表稔由神化,为祥识气和。因知兴嗣岁,王道旧无颇。

太和戊申,岁大有年,
诏赐百寮出城观稼,谨书盛事,以俟采诗
(唐) 白居易

清晨承诏命,丰岁阅田间。膏雨抽苗足,凉风吐穗初。
早禾黄错落,晚稻绿扶疏。好入诗家咏,宜令史馆书。
散为万姓食,堆作九年储。莫道如云稼,今秋云不如。

嘉禾合颖
(唐) 阙名

天祚皇王德,神呈瑞谷嘉。盛时苗特秀,证道叶方华。
气转腾佳色,云披映早霞。薰风浮合颖,湛露净祥花。
六穗垂兼倒,孤茎袅复斜。影同唐叔献,称庆比周家。

◆ 七言律

西明寺威公盆池新稻
（唐）唐彦谦

为笑江南种稻时，露蝉鸣后雨霏霏。
莲盆积润分畦小，藻井垂阴擢秀稀。
得地又生金粟界，结根仍对水田衣。
支公尚有三吴思，更使幽人忆钓矶。

六月六日雨后过岳庙游从封寺观稼席上
（宋）韩琦

暑雨频经信宿休，近郊方出释潜忧。
虽妨麦始三停获，且见苗知一半收。
神岳怖民藏电雹，老松凭寺偃蛟虬。
佳游况遇从丰谶，好饬千仓待有秋。

观 稼
（宋）韩琦

一夕甘滋起瘁田，陡回灾沴作丰年。
便晴惟恐禾生耳，将熟偏宜谷捺卷。
云退不留驱旱迹，气清浑露已秋天。
老翁岂独同民乐，更觉诗豪似有权。

端孺籴米龙川，得粳糯数十斛以归，作诗调之
（宋）唐庚

倒拔孤舟入瘴烟，归来百斛泻丰年。
炊香未数神江白，酿滑偏宜佛迹泉。
饱去定知频梦与，醉中何至便妨禅。
凭君为比长安米，看直公车陕几千。

丹阳道中观稼

（元）张雨

行遍山东黄叶村，纵横草路细难分。
荒鸡户暗蟏蛸月，落雁天粘穤稌云。
下泽车傍悬酒榼，延陵祠畔读碑文。
空山更觅牛羊径，入兽依然不乱群。

秋获喜晴

（明）黄佐

农事初成乐事繁，即看云水接平原。
巾车道上黄迷垄，社鼓声中绿满尊。
十里断霞明雁鹜，半林斜照散鸡豚。
丰年有愿缘忧国，击壤今闻到处村。

米　花

（明）盛彧

吴下苧娄传旧俗，人间儿女卜清时。
釜香云阵冲花瓣，火烈春声绕竹枝。
翻笑绝粮惊雨粟，还疑煮豆泣然萁。
一年休咎何须问，且醉樽前金屈卮。

◆ 七言绝句

禾　熟

（宋）孔平仲

百里西风禾黍香，鸣泉落窦谷登场。
老牛粗了耕耘债，啮草坡头卧夕阳。

房　陵
　　　　　　　　（宋）陈造

夏田少雨富来牟，多雨何妨穧事秋。
已戒日供皮子麪，更教晚稻饱霜收。

早　行
　　　　　　　　（宋）陈与义

露侵驼褐晓寒轻，星斗阑干分外明。
寂寞小桥和梦过，稻田深处草虫鸣。

丰年谣
　　　　　　　　（宋）王炎

满箔春蚕得茧丝，家家机杼换新衣。
五风十雨天时好，又见西郊稻秫肥。

洞丁猺户尽归耕，篁竹无人弄寸兵。
要识二天恩德广，黄云千里见秋成。

睡鸭陂塘水漫流，离离禾稼满平畴。
共言官府催科缓，饱饭浑家百不忧。

东门外观刈熟，民间租米船相衔入城，喜作
　　　　　　　　（宋）范成大

潮到灵桥绿绕船，海边力穑屡丰年。
淡青山色深黄稻，恰似胥门九月天。

春日田园杂兴
　　　　　　　　（宋）范成大

吉日初开种稻包，南山雷动雨连宵。

今年不欠秧田水，新涨看看拍小桥。

晚春田园杂兴

（宋）范成大

湔裙水满菉蘋洲，上巳微寒懒出游。
薄暮蛙声连晓闹，今年田稻十分秋。

秋日田园杂兴

（宋）范成大

秋来只怕雨垂垂，甲子无云万事宜。
获稻毕工随晒谷，直须晴到入仓时。

新筑场泥镜面平，家家打稻趁霜晴。
笑歌声里轻雷动，一夜连枷响到明。

书馆即事

（元）黄庚

烟拖野色入书窗，一畈平田隔草塘。
暮雨初收新水满，藕花香杂稻花香。

一峰云外庵

（元）僧惟则

平田水语稻花香，半解罗衣受晚凉。
景物双清秋正好，乱山云外又斜阳。

秋日即事诗三章送元辅张罗山（录一）

（明）世宗

拂暑金风动衮裳，满天商吹送新凉。
农家万宝收成后，十里遥闻禾黍香。

送汪伯昭游白门，伯昭将自京口至栖霞寺，因忆旧游，走笔得四绝（录一）

（明）李流芳

紫藤峰下麓公房，松户阴阴岭月凉。
若到都门宜晓骑，姚坊廿里稻花香。

卷二百五十八　麦　类

◆ 五言古

耕　图
　　　　　　　　　　（元）赵孟頫

仲夏苦雨干，二麦先后熟。南风吹垅亩，惠气散清淑。
是为农夫庆，所望实其腹。酤酒醉比邻，语笑声满屋。
纷然收获罢，高廪起相属。有周成王业，后稷播百谷。
皇天贻来牟，长世自兹卜。愿言仍岁稔，四海尽蒙福。

久　麦
　　　　　　　　　　（明）陶望龄

久麦化蝴蝶，蝶化宁自识？翅粉渐凌乱，须觜好妆饰。
无端梦为周，夸言大鹏翼。著书一何困，矢口谈道德。
当其梦觉时，栩栩亦暂适。莫信梦中言，前身一腐麦。

◆ 七言古

刈麦行
　　　　　　　　　　（宋）戴复古

腰镰上垅刈黄云，东家西家麦满门。
前村寡妇拾滞穗，饘粥有馀炊饼饵。
我闻淮南麦最多，麦田今岁无干戈。

饱饭不知征战苦,生长此方真乐土。

打麦词
（明）高启

雉雏高飞夏风暖,行割黄云随手断。
疏茎短若牛尾垂,去冬无雪不相宜。
场头负归日色白,穗落连枷声拍拍。
呼儿打晒当及晴,雨来怕有飞蛾生。
卧驱鸟雀非爱惜,明年好收从尔食。

◆ 五言排律

麦穗两歧
（唐）郑畋

圣虑忧千顷,嘉苗荐两歧。如云方表盛,成穗更标奇。
瑞露纵横滴,祥风左右吹。讴谣连上苑,化日逼平陂。
史册书堪重,丹青画更宜。愿依连理树,俱作万年枝。

馀瑞麦
（唐）张聿

瑞麦生尧日,芃芃雨露偏。两歧分更合,异亩颖仍连。
冀获明王庆,宁惟太守贤。仁风吹靡靡,甘雨长芊芊。
圣德应多稔,皇家配有年。已闻天下泰,谁为济西田?

◆ 七言律

麦
（明）申时行

芃芃秀色挺来牟,片片黄云似水流。
风作跳波时隐见,雨添新涨乍沉浮。

晴畦锦漾千层瀫，寒垅涛生四月秋。
却怪狂澜频起陆，漫教文伟赋中愁。

◆ 七言绝句

初夏即事
（宋）王安石

石梁茅屋有湾碕，流水溅溅度两陂。
晴日暖风生麦气，绿阴幽草胜花时。

荷叶初圆笋渐抽，东坡南荡正堪游。
无端垅上翛翛麦，横起风寒占作秋。

莫　田
（宋）刘子翚

打麦逢逢上莫田，儿童拾穟笑争先。
市头米价新来贱，一醉瓷瓯五六钱。

初　夏
（宋）范成大

晴丝千尺挽韶光，百舌无声燕子忙。
永日屋头槐影暗，微风扇里麦花香。

初四日东郊观麦苗
（宋）范成大

去岁秋霖麦下迟，腊残一雪润无泥。
相将饱吃溥沱饭，来听林间快活啼。

春日田园杂兴
（宋）范成大

高田二麦接山青，傍水低田绿未耕。

桃杏满村春似锦，踏歌椎鼓过清明。

夏日田园杂兴
（宋）范成大

二麦俱收斗百钱，田家唤作小丰年。
饼炉饭甑无饥色，接到西风熟稻天。

秋晓出郊
（宋）杨万里

初日新寒正晓霞，残山剩水稍人家。
霜红半脸金婴子，雪白一川荞麦花。

江山道中蚕麦大熟
（宋）杨万里

黄云割路几肩归，紫玉炊香一饭肥。
却破麦田秧晚稻，未教水牯卧斜晖。

麦
（宋）杨万里

无边绿锦织云机，全幅青罗作地衣。
此是农家真富贵，雪花销尽麦苗肥。

行郊外
（元）张养浩

云驳疏阴漏日华，昽昽晨色散林鸦。
马前怪底犹明月，路转满川荞麦花。

九日省舅氏，郭西独行，因书所见
（元）曹伯启

浩浩阴风酿宿霾，道边佛刹记曾来。

荞花不识秋光老，犹向桑阴密处开。

喜　晴
（元）杨载

檐外喧喧鹊报晴，夕阳犹照小窗明。
回舟更倚南风顺，要听田家打麦声。

绝　句
（明）刘基

槐叶阴阴覆短墙，微风细雨麦秋凉。
如何一岁三春景，不及闲窗午梦长？

送别叔铭出顺承门
（明）镏崧

送客出城秋已凉，太行南上楚天长。
顺承门外斜阳里，荞麦花开似故乡。

怀　友
（明）僧德祥

湖草青青上客舟，辛夷花老麦初秋。
一春多少怀人梦，半在乡山雨外楼。

卷二百五十九　蔬菜类

◆ 五言古

雨后行菜

（宋）苏轼

梦回闻雨声，喜我菜甲长。平明江路湿，并岸飞两桨。
天公真富有，乳膏泻黄壤。霜根一蕃滋，风叶渐俯仰。
未任筐筥载，已作杯案想。艰难生理窄，一味敢专飨？
小摘饭山僧，清安寄深赏。芥蓝如菌蕈，脆美牙颊响。
白菘类羔豚，冒土出蹯掌。谁能视火候，小灶当自养。

元修菜（并序）

（宋）苏轼

菜之美者，有吾乡之巢。故人巢元修嗜之，余亦嗜之。元修云："使孔北海见，当复云吾家菜耶。"因谓之"元修菜"。余去乡十有五年，思而不可得。元修适自蜀来，见余于黄，乃作诗，使归致其子而种之东坡之下云。

彼美君家菜，铺田绿茸茸。豆荚圆且小，槐芽细而丰。
种之秋雨馀，擢秀繁霜中。欲花而未萼，一一如青虫。
是时青裙女，采撷何匆匆。烝之复湘之，香色蔚其饛。
点酒下盐豉，缕橙芼姜葱。那知鸡与豚，但觉放箸空。
春尽苗叶老，耕翻烟雨丛。润随甘泽化，暖作青泥融。

始终不我负，力与粪壤同。我老忘家舍，楚音变儿童。
此物独妩媚，终年系余胸。君归致其子，囊盛勿函封。
张骞移苜蓿，适用如葵菘；马援载薏苡，罗生等蒿蓬。
悬知东坡下，斥卤化千钟。长使齐安民，指此说两翁。

食煮菜简吕居仁

（宋）韩驹

晓谒吕公子，解带浮屠宫。留我具朝餐，唤奴求晚菘。
洗箸点盐豉，鸣刀芼姜葱。俄顷香馥坐，雨声传鼎中。
方观翠浪涌，忽变黄云浓。争贪歠钵煖，不觉定盌空。
忆登金山顶，僧饭与此同。还家不能学，空费烹调功。
硬恐动牙颊，冷愁伤肺胸。君独得其妙，堪持饷衰翁。
异时闻豪气，爱客行庖丰。殷勤故煮菜，知我林下风。
人生各有道，旨蓄用御冬。今我无所营，枵腹何由充？
岂惟台无馈，菜把尚不蒙。念当勤致此，亦足慰途穷。

种　菜

（宋）刘子翚

傍舍植柔蔬，携锄理荒秽。桔槔勤俯仰，一雨功百倍。
朝来绿映土，新叶摇肺肺。牛羊勿践畦，肉食屠尔辈。

谢马善卿送菜

（明）孙作

尝欣食菜美，自谓肉不过。今晨齿颊间，屡咽安敢唾。
持粱啮肥鲜，野蔌谁当课？使君可怜人，异味谙小大。
我本江南樵，酸寒羹不和。空肠转藜苋，粝粟连穅礚。
雨韭春割苗，霜菘秋钉座。羊蹄酿旨蓄，蒲歜杂细剉。
芋魁掘地底，荍首洗泥科。木鱼三百头，竹笋一万箇。
朝湘出山厨，夕煮吹烟锉。堆盘青黄具，入口生涩柰。

以兹媚盘餐，颇复如君作。采之谅有时，蒸或躬自佐。
白盐点葱橙，红椒罗曰磨。蔗饧质剂调，酽酰芳辛破。
香饭炊屡熟，宿酒醒方饿。鹅掌推不受，鳖裙空欲蜕。
馈案连十罍，饱食深自荷。霜根咀寒虀，三叹论奇货。
冰壶夺仙厨，适口腾轩簸。四海一东坡，拙谪常坎坷。
参军半亩菜，诗句剧嘲贺。我惷不偿一，造物知何那？
抱瓮力不任，负锄筋苦堕。亦欲赋归田，自种百亩稼。
传君作菜法，华瓷旋封裹。食勤不愧天，日晏从高卧。

紫　芥
（明）吴宽

惟芥本菜类，秋深掇而藏。此种乃野生，已向春初长。
紫花布满地，叶嫩亦堪尝。气味既不辛，却与芥同行。
北人无不食，木梻与草芒。入盘以油和，齿颊流肥香。

◆ 七言古　附长短句

春　菜
（宋）苏轼

蔓菁宿根已生叶，韭芽戴土拳如蕨。
烂蒸香荠白鱼肥，碎点青蒿凉饼滑。
宿酒初消春睡起，细履幽畦掇芳辣。
茵陈甘菊不负渠，鲙缕堆盘纤手抹。
北方苦寒今未已，雪底菠薐如铁甲。
岂如吾蜀富冬蔬，霜叶露芽寒更苦。
久抛松菊犹细事，苦笋江豚那忍说。
明年投劾竟须归，莫待齿摇并发脱。

次韵子瞻春菜
（宋）黄庭坚

北方春蔬嚼冰雪，妍暖思采南山蕨。

韭苗水饼姑置之，苦菜黄鸡羹糁滑。
莼丝色紫菰首白，蒌蒿牙甜蓼头辣。
生菹入汤翻手成，芼以姜橙夸缕抹。
惊雷茵子出万钉，白鹅截掌鳖解甲。
琅玕林深未飘箨，软炊香粳煨短苴。
万钱自是宰相事，一饭且从吾党说。
公如端为苦笋归，明日青衫诚可脱。

秋　蔬
（宋）张耒

荒园秋露瘦韭叶，色茂春菘甘胜蕨。
人言佛见为下箸，芼炙烹羹更滋滑。
其馀琐屑皆可口，芜菁脆肥姜菹辣。
藏鞭雏笋纤玉露，映叶乳茄浓黛抹。
已残枸杞只留柹，晚种莴苣初生甲。
南来食鱼忘肉味，久思吾土牛羊苜。
软炊一饱老有味，痛饮百壶今不说。
蒲团斋罢欠申时，自觉少年心解脱。

顺老寄菜花乾戏作长句
（宋）韩驹

道人禅馀自锄菜，小摘黄花日中晒。
峨眉檽脯久不来，麹糁姜丝典型在。
封题寄我纸作囊，中有巴蜀斋厨香。
起炊晓甑八月白，配此春盘一掬黄。

（檽，软木耳；八月白，稻名也。）

咸齑十韵
（宋）陆游

九月十月屋瓦霜，家人共畏畦蔬黄。

小罂大瓮盛涤濯，青菘绿韭谨蓄藏。
天气初寒手诀妙，吴盐正白山泉香。
挟书旁观稚子喜，洗刀竭作厨人忙。
园丁无事卧曝日，弃叶狼藉堆空廊。
泥为缄封糠作火，守护不敢非时尝。
人生各自有贵贱，百花开时促高宴。
刘伶病酲相如渴，长鱼大肉何由荐？
冻虀此际价千金，不数狐泉槐叶面。
摩挲便腹一欣然，作歌聊续冰壶传。

食生菜

（宋）葛长庚

残风剩雨放春晴，久醉欲醒何由醒？
枕上扶头更解酲，五官六吏皆失宁。
满园万苣间蔓菁，火急掣铃呼庖丁。
细脍雨叶缕风茎，酢红姜紫银盐明，豆䜺麻膏和使成。
食如辣玉兼甜冰，毛骨洒洒心泠泠。

蔬 圃

（元）许有孚

有池可汲园可蹶，拂袖归来心愿足。
自甘学圃为小人，爱此菜茹画首蓿。
元修雨后脆且腴，诸葛敷荣蔓浓绿。
萝卜生儿芥有孙，芋魁出水频浇沃。
罢锄时或钓池鱼，隐几何曾梦蕉鹿。
既无抱瓮老翁劳，亦免趋炎胁肩辱。
吾尝寓甲第，纷纷厌粱肉。
吾今且烹葵，食郁杂野蔌。
彼紫驼峰出翠釜，争如菘韭侑炊粟。

五侯之鲭世所贵，五辛之盘吾亦欲。
庸人皆被富贵熏，或羡吾饕是清福。
但令此色毋驻颜，隽味啮根充我腹。
三年不窥惭仲舒，吾侪何可轻樊须。
九月筑场十月涤，连年藉此输官租。

菜薖为余唐卿赋
（明）高启

柱桐里中君始归，菜花满园黄蜂飞。
桔槔倚树长不用，江南雨多山土肥。
方畦独绕看新绿，晚食何须尚思肉。
翠缕登盘春蘸香，金钗出盎冬葅熟。
我家亦在莼菰乡，秋风便应归共尝。
潮州司马成何事，回首空愁足万羊。

◆ 五言律

蓝上采石芥寄前李明府
（唐）钱起

渊明遗爱处，山芥绿芳初。玩此春阴色，犹滋夜雨馀。
隔溪烟叶小，覆石雪花舒。采采还相赠，瑶华洵不如。

白　菜
（元）许有壬

土羔新且嫩，筐筥荐纷披。可作青精饭，仍携玉版师。
清风牙颊响，真味士夫知。南土称秋末，投簪要及时。

◆ 五言排律

蔬　圃
（宋）陆游

山翁老学圃，自笑一何愚。硗瘠才三亩，勤劬赖两奴。

正方畦画局，微润土融酥。剪辟荆榛尽，锄犁磊块无。
过沟横略彴，聚壁起浮屠。隙地成瓜楥，馀工及芋区。
如丝细生菜，似鸭烂蒸壶。此事今真办，东归不为鲈。

◆ 七言律

偶掇野蔬寄袭美
（唐）陆龟蒙

野园烟里自幽寻，嫩甲香蕤引渐深。
行歇每依鸦舅影，挑频时见鼠姑心。
凌风蔼彩初携笼，带露虚疏或贮襟。
欲助春盘还爱否，不妨萧洒似家林。

鲁望以躬掇野蔬兼示雅什用以酬谢
（唐）皮日休

杖摘春烟暖向阳，烦君为我致盈筐。
深挑乍见牛唇液，（《尔雅》云："蕢牛唇，一名水舄。"）
细掐徐闻鼠耳香。（《本草》云："叶似鼠耳，茎赤，可生食。"）
紫甲采从泉脉畔，翠牙搜自石根旁。
雕胡饭熟醍醐软，不是高人不合尝。

挽 蔬
（宋）朱子

未觉闲来岁月频，荷锄方喜土膏匀。
连畦已放瑶簪露，覆地行看玉本新。
小摘登盘先饷客，晚餐当肉更宜人。
却怜寂寞公仪子，拔尽园蔬不叹贫。

芥 虀
（宋）杨万里

茈姜馨辣最佳蔬，苏芥芳心不让渠。

蟹眼嫩汤微熟了，鹅儿新酒未醒初。
枨香醋酽作三友，露叶霜芽知几锄。
自笑枯肠成破瓮，一生只解贮寒菹。

赵尉送菜

（宋）戴昺

虚老空山学圃翁，荷锄头白雪鬃（鬈）鬆。
芥薹如臂何曾梦，菜脑生筋漫自供。
不料官园苍玉束，绝胜禁脔紫驼峰。
更烦诗手剪春雨，剩与一番风露胸。

◆ 五言绝句

同群公题张处士菜园

（唐）高适

耕地桑柘间，地肥菜常熟。为问葵藿资，何如庙堂肉？

芥

（宋）刘子翚

叶实把芳辛，气烈消烦滞。登俎效微劳，乍食惊频嚏。

题苏希亮画

（宋）裘万顷

石梁度山涧，上有秦人居。岁寒不种桃，汲泉灌嘉蔬。

瀍阳后庵

（金）元好问

韭早春先绿，菘肥秋未黄。殷勤绕畦水，终日为君忙。

题画菜
（明）钱宰

绿酒交春熟，灯花入夜开。两畦堪小摘，不见故人来。

今日荷锄倦，嘉蔬没四垣。客来春酒绿，风雨夜开园。

◆ 七言绝句

寻山家
（唐）长孙佐辅

独访山家歇还涉，茅屋斜连隔松叶。
主人闻语未开门，绕篱野菜飞黄蝶。

食　蔬
（唐）陆龟蒙

日午空斋带睡痕，水蔬山药荐盘飧。
林乌信我无机事，长到而今下石盆。

洛城杂诗
（宋）韩维

上东门外春三月，桑叶阴阴覆菜花。
密竹乱流行径绝，桔槔鸣处是人家。

撷　菜
（宋）苏轼

秋来霜露满东园，芦菔生儿芥有孙。
我与何曾同一饱，不知何苦食鸡豚。

二月二日挑菜节大雨不能出

（宋）张耒

久将菘芥茝南羹，佳节泥深人未行。
想见故园蔬甲好，一畦春水辘轳声。

春日怀淮阳

（宋）张耒

最爱南城汲井园，春来蔬甲不胜繁。
人家断处无鸡犬，迟日东风似古原。

春日田园杂兴

（宋）范成大

桑下春蔬绿满畦，菘心青嫩芥薹肥。
溪头洗择店头卖，日暮裹盐沽酒归。

晚春田园杂兴

（宋）范成大

紫青莼叶卷荷香，玉雪芹芽拔薤长。
自撷溪毛充晚供，短篷风雨宿横塘。

茅针香软渐包茸，蓬蘽甘酸半染红。
采采归来儿女笑，杖头高挂小筠笼。

冬日田园杂兴

（宋）范成大

拨雪挑来踏地菘，味如蜜藕更微浓。
朱门肉食无风味，只作寻常菜把供。

野　菜
（宋）陆游

老农饭粟出躬耕，扪腹何殊享大烹。
吴地四时常足菜，一番过后一番生。

雨过寒声满背篷，如今真是荷锄翁。
自怜遇事常迟钝，九月区区种晚菘。

巢　菜
（宋）陆游

昏昏雾雨暗衡茅，儿女随宜治酒肴。
便觉此身如在蜀，一盘笼饼足豌巢。

宿南岭驿
（宋）杨万里

蕨手犹拳已箸长，菊苗初甲可羹尝。
山村佳味无人享，一路春风野菜香。

至后入城道中杂兴
（宋）杨万里

畦蔬甘似卧沙羊，正为新经几夜霜。
芦菔过拳菘过膝，北风一路菜羹香。

新春喜雨
（宋）徐玑

农家不厌一冬晴，岁事春来渐有形。
昨夜新雷催好雨，蔬畦麦垅最先青。

雨　后
　　　　　　　　　　（金）冯辰

东风花外锦鸠啼，唤起西山雨一犁。
绿满蔬畦人不到，桔槔闲立夕阳低。

翰林故事莫盛于唐宋，聊述旧闻，拟宫词十首（录一）
　　　　　　　　　　（元）袁桷

春帖分裁阁分多，宫娥争馈缬绡罗。
青丝菜并银盘送，幡胜新题墨旋磨。

洪州歌
　　　　　　　　　　（元）柳贯

女儿头戴角冠欹，匎叶垂垂觯鬓齐。
十里来城肩担重，新晴菜把贱如泥。

题　菜
　　　　　　　　　　（元）贡性之

西风吹动锦斓斑，晓起窥园露未干。
三日宿酲醒不得，正思风味到辛盘。

春　菜
　　　　　　　　　　（元）张雨

土甲离离宿雨痕，畦蔬小摘当盘飧。
红绫饼餤残牙齿，合向岩头嚼菜根。

山居吟
　　　　　　　　　　（元）僧清珙

山形凹凸路高低，石占云头屋占蹊。
地窄栽来蔬菜少，又营小圃过桥西。

西园即事
（明）高启

绿池芳草满晴波，春色都从雨里过。
知是邻家花落尽，菜畦今日蝶来多。

答杨署令送菜
（明）徐贲

隙地知君手自栽，绀芽红甲雨中开。
闲居我亦清斋久，肯折新葵为送来？

县舍即事
（明）叶子奇

朝日开衙暮散衙，略无一刻及春华。
偶过县舍坡陀外，随分春风领菜花。

画 菜
（明）任衡

露芽烟甲曙光寒，紫翠溥香湿未干。
记得花开曾病酒，玉人纤手荐春盘。

卷二百六十　杂蔬类

◆ 五言古

百　合
（梁）宣帝

接叶有多种，开花无异色。含露或低垂，从风时偃抑。

行　园
（梁）沈约

寒瓜方卧垄，秋菰亦满陂。紫茄纷烂熳，绿芋郁参差。
初菘向堪把，时韭日离离。高梨有繁实，何减万年枝。
荒渠集野雁，安用昆明池。

续古诗
（唐）白居易

朝采山上薇，暮采山上薇。岁晏薇亦尽，饥来何所为？
坐饮白石水，手把青松枝。击节独长歌，其声清且悲。
枥马非不肥，所苦长絷维。豢豕非不饱，所忧竟为牺。
行行歌此曲，以慰长苦饥。

北人以松皮为菜，予初不知味。虞侍郎分饷一小把，因饭素，授厨人与园蔬杂进，珍美可喜，因作一诗
（宋）朱弁

吾老似出家，晚悟愧根钝。滋旨却膻荤，禅悦要亲近。

伟哉十八公，兹道亦精进。舍身奉刀几，割体绝嗔恨。
鳞皴老龙皮，鸣齿溢芳润。流膏为伏龟，千岁未须问。
便堪奴笋蕨，讵肯友芝菌。跏趺得一饱，万事皆可摈。
侍郎文懿后，落落众推俊。澹然世味薄，内典得所信。
香厨留净供，频食不言顿。晏然默不语，草木雷音震。
得法于此公，骨髓传心印。应怜持节人，饷此为问讯。
欲将无上味，为我洗尘坌。食之不敢馀，感激在方寸。

采 芹
（明）僧宗泐

深渚芹生密，浅渚芹生稀。采稀不濡足，采密畏沾衣。
清晨携筐去，及午行歌归。道逢李将军，驰兽春乘肥。

◆ 七言古

郭圃送芜菁感成长句
（宋）张耒

芜菁至南皆变菘，菘美在上根不食。
瑶簪玉笋不可见，使我每食思故国。
西邻老翁知我意，盈筐走送如雪白。
蒸烹气味元不改，今晨一餐兼南北。
孔明用蜀最艰窘，百计捃拾无遗策。
当时此物助军行，渭上褒中有遗植。
英雄临事究琐屑，终服奇才屈强敌。
想见躬耕自灌畦，当时有意谁能测。

豆 苗
（宋）方岳

江南之笋天下奇，春风匆匆吹上篱。
秦邮之姜肥胜肉，远莫致之长负腹。

先生一钵同僧居，别有方法供斋蔬。
山房扫地布豆粒，不须勤荷烟中锄。
手分瀑泉洒作雨，覆以老瓦如穹庐。
平明发视玉髶礫，一夜怒长堪冰苴。
自亲火候瀹鱼眼，带生芼入晴云盝。
碧丝高压涎滑莼，脆响平欺辛螫薄。
晚菘早韭各一时，非时不到诗人脾。
何如此雋咄嗟办，庾郎处贫未为惯。

◆ 五言律

芹

（宋）朱子

晚食宁论肉，知君薄世荣。琼田何日种？玉本一时生。
白鹤今休误，青泥旧得名。收单还炙背，北阙傥关情。

畦乐园

（明）刘永之

郭南抱瓮者，久与世情疏。砌长龙须草，林开燕尾渠。
辘轳花下转，芮苴雨中鉏。蔗熟能相寄，酬君薤叶书。

◆ 五言绝句

菘

（宋）刘子翚

周郎爱晚菘，对客蒙称赏。今晨喜荐新，小嚼冰霜响。

◆ 七言绝句

谢杨履道送银茄

（宋）黄庭坚

藜藿盘中生精神，珍蔬长蒂色胜银。

朝来盐醢饱滋味，已觉瓜瓠漫轮囷。

君家水茄白银色，殊胜坝里紫彭亨。
蜀人生疏不下箸，吾与北人俱眼明。

白金作颗非种成，中有万粟嚼轻冰。
戎州夏畦少蔬供，感君来饭在家僧。

畦丁收尽垂露实，叶底犹藏十二三。
待得银包已成谷，更当乞种过江南。

题秋茄图
（元）钱选

忆昔毗山爱写生，瓜茄任我笔纵横。
自怜老去翻成拙，学圃今犹学不成。

翠岩流壑
（元）黄公望

石磴连云暮霭霏，翠微深杳玉泉飞。
溪回寂静尘踪少，惟许山人共采薇。

题菘菜图
（元）陈高

栗里园荒旧日归，手栽菘菜雨根肥。
只今客里看图画，惆怅红尘满目飞。

卷二百六十一　　瓜　类

◆ 五言古

寄姚司马

（唐）张说

共君春种瓜，本期清夏暑。瓜成人已去，失望将谁语？
裛露摘香园，感味怀心许。偶逢西风便，因之寄鄂渚。

种　瓜

（唐）韦应物

率性方卤莽，理生尤自疏。今年学种瓜，园圃多荒芜。
众草同雨露，新苗独翳如。直以春窘迫，过时不得锄。
田家笑枉费，日夕转空虚。信非吾侪事，且读古人书。

◆ 五言律

瓜

（唐）李峤

欲识东陵味，青门五色瓜。龙蹄远珠履，女臂动金花。
六子方呈瑞，三仙实可嘉。终朝奉絺绤，谒帝仵非赊。

南山下与老圃期种瓜

（唐）孟浩然

樵牧南山近，林庐北郭赊。先人留素业，老圃作邻家。

不种千株橘,惟资五色瓜。邵平能就我,开径剪蓬麻。

薛氏瓜庐

(宋)赵师秀

不作封侯念,悠然远世纷。惟应种瓜事,犹被读书分。
野水多于地,春山半是云。吾生嫌已老,学圃未如君。

题薛景石瓜庐

(宋)徐照

何地有瓜庐?平湖四亩馀。自锄畦上草,不放手中书。
人远来求字,童闲去钓鱼。山民山上住,却羡水边居。

题薛景石瓜庐

(宋)徐玑

近舍新为圃,浇锄及晚凉。因看瓜蔓吐,识得道心长。
隔沼嘉蔬洁,侵畦异草香。小舟应买在,门外是渔郎。

◆ 七言律

食西瓜

(元)方夔

恨无纤手削驼峰,醉嚼寒瓜一百筒。
缕缕花衫粘唾碧,痕痕丹血掐肤红。
香浮笑语牙生水,凉入衣襟骨有风。
从此安心师老圃,青门何处问穷通。

横山下种瓜作

(明)王宠

山田荦确苦多沙,学种东陵五色瓜。
激涧即看穿石竹,插篱偏自爱藤花。

囊中未得餐霞法,溪上时留泛海槎。
长日辍耕无一事,只须牛角挂《南华》。

◆ 五言绝句

柳　枝
（唐）李商隐

嘉瓜引蔓长,碧玉冰寒浆。东陵虽五色,不忍值牙香。

◆ 七言绝句

致中惠瓜成二绝
（宋）刘子翚

故人夙有瓜畦约,走送筠篮百里间。
翠瓤琼罌才一握,极知风味胜黄斑。

柘浆溜溜香浮玉,苏水沉沉色弄金。
那似甘瓜能破暑,一盘霜露沍清襟。

夏日田园杂兴
（宋）范成大

昼出耘田夜绩麻,村庄儿女各当家。
儿童未解供耕织,也傍桑阴学种瓜。

西域尝新瓜
（元）耶律楚材

西征军旅未还家,六月攻城汗滴沙。
自愧不才还有幸,午风凉处剖新瓜。

滦京杂咏
（元）杨允孚

虽然玉宇桂无花,秋比江南分外嘉。

絃管画楼人散去,舍郎携妓劝尝瓜。

剖瓜仕女图

（元）倪瓒

月弯削破翠团团,六月人间风露寒。
谁觅东陵故侯去,但知华屋荐金盘。

题画瓜

（明）聂大年

翠实离离引蔓秋,西风凉露满林丘。
东门尚有闲田地,千载何人说故侯。

卷二百六十二 豆花类

◆ 五言律

架　边

（明）谢榛

闲庭秋一色，满架豆花垂。薄俗存吾计，衰年习土宜。
烟中晚雀定，露下候虫知。何限幽人意，临风独立时。

◆ 五言绝句

晚　凉

（明）僧宗泐

晚凉池上亭，坐来心似水。雨过竹林青，风吹豆花紫。

◆ 七言绝句

江　南

（唐）陆龟蒙

村边紫豆花垂次，岸上红梨叶战初。
莫怪烟中重回首，酒家青纻一行书。

忆汪遯斋

（元）戴良

四明羁客近如何，别去今才一月过。

记得小斋多野思,豆花阴里唱离歌。

偶睡
（明）高启

竹间门掩似僧居,白豆花开片雨馀。
一榻茶烟成偶睡,觉来犹把读残书。

新秋示盛伯宣
（明）刘泰

暑退新凉透碧纱,砧声不断是谁家?
酒醒小立残阳里,闲数篱边紫豆花。

为僧朗碧天题扇寄人
（明）史鉴

玉筼峰下雨来时,索我闲吟寄远诗。
蕉叶满庭松子落,竹林啼鸟豆花垂。

忆王屋山人
（明）孙一元

几时不见鹿皮翁,回首碧云天自东。
记得去秋新月夜,豆花棚下说年丰。

访葛征君
（明）谢榛

西城闲访葛洪家,篱落秋馀白豆花。
高枕自知无俗梦,数椽茅屋在烟霞。

种豆
（明）王穉登

庭下秋风草欲平,年饥种豆绿阴成。

白花青蔓高于屋，夜夜寒虫金石声。

酒次与吴文学

（明）居节

对酒无言兴尽还，豆花棚下有青山。
明朝欲钓鲈鱼去，君若来时恐未闲。

秋日过子问郊居

（明）王伯稠

映竹缘溪三两家，阴阴树影日将斜。
翩翩黄蝶穿疏蓼，唧唧秋虫语豆花。

凉生豆花

（明）王伯稠

豆花初放晚凉凄，碧叶阴中络纬啼。
贪与邻翁棚底话，不知新月照清溪。

卷二百六十三　莼菜类

◆ 长短句

题彦皋莼轩

（明）陈璧

芙蓉花冷烟作雨，鲤鱼风生紫莼渚。
轩前秋容浩谁主（无主），江人倚楫烟中语。
纤茎采香光漉漉，冰丝齐穿水晶绿。
莼有羹，菰有米。
綵衣奉寿阿母喜，平生宦情一杯水。

◆ 七言绝句

答朝士

（唐）贺知章

钑镂银盘盛蛤蜊，镜湖莼菜乱如丝。
乡曲近来佳此味，遮渠不道是吴儿。

西湖采莼曲

（明）沈明臣

西湖莼菜胜东吴，三月春波绿满湖。
新样越罗裁窄袖，著来人说是罗敷。

莼　菜
　　　　　　　　　　（明）陆树声

陆瑁湖边水漫流，洛阳城外问渔舟。
鲈鱼正美莼丝熟，不到秋风已倦游。

莼　菜
　　　　　　　　　　（明）徐桂

波心未吐心如结，水叶初齐叶尚含。
脂自凝肤柔绕指，转教风味忆江南。

鲛纻纷纷散作丝，龙涎宛宛滑流匙。
诗人采茅元从水，莫误嘉蔬嗔露葵。

卷二百六十四 菌类（附石耳）

◆ **五言古** 附长短句

答永新宗令寄石耳
（宋）黄庭坚

饥欲食首山薇，渴欲饮颍川水。
嘉禾令尹清如冰，寄我南山石上耳。
筠笼动浮烟雨姿，瀹汤磨沙光陆离。
竹萌粉饵相发挥，芥姜作辛和味宜。
公庭退食饱下箸，杞菊避席遗萍虀。
雁门天花不复忆，况乃桑鹅与楮鸡。
小人藜羹亦易足，嘉蔬遗饷荷眷私。
吾闻石耳之生常在苍崖之绝壁，苔衣石胹风日炙。
扪萝挽葛采万仞，侧足委骨豺狼宅。
佩刀买犊剑买牛，作民父母今得职。
闵仲叔不以口腹累安邑，我其敢用鲑菜烦嘉禾？
愿公不复甘此鼎，免使射利登嵯峨。

蕈子
（宋）杨万里

空山一雨山溜急，漂流桂子松花汁。
土膏松暖都渗入，蒸出蕈花团戢戢。

戴穿落叶忽起立,拨开落叶百数十。
蜡面黄紫光欲湿,酥茎娇脆手轻拾。
色如鹅掌味如蜜,滑如莼丝无点涩。
伞不如笠钉胜笠,香留齿牙麝莫及。
菘羔楮鸡避席揖,餐玉茹芝当却粒。
作羹不可疏一日,作腊仍堪贮盈笈。

◆ 五言律

沙 菌

（元）许有壬

牛羊膏润足,物产借英华。帐脚骈遮地,（此物生车帐卓歇之地,夏秋则环绕其迹而出。）钉头怒戴沙。

斋厨供玉食,毳索出毡车。莫作垂涎想,家园有昔邪。

◆ 七言律

与参寥师行园中得黄耳蕈

（宋）苏轼

遣化何时取众香？法筵斋钵久凄凉。
寒蔬病甲谁能采,落叶空畦半已荒。
老楮忽生黄耳蕈,故人兼致白芽姜。
萧然放箸东南去,又入春山笋蕨乡。

◆ 五言绝句

白 蕈

（宋）朱子

闻说阆风苑,琼田产玉芝。不收云表露,烹瀹讵相宜？

◆ 七言绝句

> 上萧家峡
>
> （宋）黄庭坚

玉笥峰前几百家，山明松雪水明沙。
趁虚人集春蔬好，桑菌竹萌烟蕨芽。

> 后滦水秋风词
>
> （元）柳贯

山邮纳客供次舍，土屋迎寒催墐藏。
砂头麻姑一寸厚，雨过牛童提满筐。

卷二百六十五　瓠类

◆ 五言古

田家屋上壶

（宋）梅尧臣

修蔓屋头缀，大壶檐外垂。霜干叶犹苦，风断根未移。
收挂烟突近，开充酒具迟。贱生无所用，会有千金时。

◆ 五言律

种瓠

（元）范梈

岂是阶庭物，支离亦自奇。已殊凡草蔓，缀得好花枝。
带雨宁无实，凌霄必有为。啾啾群鸟雀，从汝踏多时。

秋后瓠果成一实，轮囷可爱，余嘉其晚成而不群，答赋云

（元）范梈

嘉瓠吾所爱，孤高更可人。不虚种植意，终系发生神。
有叶诚藏用，无容岂识真。明年应见汝，众子亦轮囷。

家园种壶作

（明）朱曰藩

春柳半含荑，春鸠屋上啼。弱苗何日引，长柄得谁携？

瓠落非无用，鸱夷爱滑稽。挥钮不觉倦，新月在楼西。

◆ 七言律

手植瓠材

（金）刘从益

为爱葫芦手自栽，弱条柔蔓渐萦回。
素花飘后初成实，碧荫浓时可数枚。
试问老禅藤缀处，何如游子杖挑来。
早知瓠落非无用，岂合江湖养不才。

◆ 五言绝句

瓠

（宋）刘子翚

溉釜熟轮囷，香清味仍美。一线解琼瑶，中有佳人齿。

卷二百六十六　韭薤类（附葱）

◆ 五言律

秋日阮隐居致薤三十束
（唐）杜甫

隐者柴门内，畦蔬绕舍秋。盈筐承露薤，不待致书求。
束比青刍色，圆齐玉箸头。衰年关鬲冷，味暖并无忧。

田　家
（宋）梅尧臣

高树荫柴扉，青苔点落晖。荷锄山月上，寻径野烟微。
老叟扶童望，羸牛带犊归。灯前饭何有？白薤露中肥。

韭　花
（元）许有壬

西风吹野韭，花发满沙陀。气校荤蔬媚，功于肉食多。
浓香跨姜桂，馀味及瓜茄。我欲收其实，归山种涧阿。

◆ 七言律

题华季充剪韭轩
（明）周翼

吴下有田宜种韭，高风莫笑庾郎贫。

翚飞画栋青林表，玉洗行盘绿水滨。
夜雨剪来茸自长，春风吹起碧初匀。
客来一箸分清供，不与区区肉食人。

◆ **五言绝句**

韭

（宋）刘子翚

肉食终三韭，终怜气味清。一畦春雨足，翠发剪还生。

韭

（明）高启

芽抽冒馀湿，掩冉烟中缕。几夜故人来，寻畦剪春雨。

◆ **七言绝句**

葱

（宋）陆游

瓦盆麦饭伴邻翁，黄菌青蔬放箸空。
一事尚非贫贱分，芼姜僭用大官葱。

卷二百六十七　山药类

◆ 七言古　附长短句

子平寄惠希夷陈先生服福唐山药方，因戏作杂言谢之

（宋）文同

蜀江之东山色尽如赭，有道人云此是丹砂伏其下；
烟云光润若洗濯，涧谷玲珑如刻画。
我闻神仙草药不在凡土生，是中当有灵苗异卉之根茎。
果然人言所出山芋为第一，西南诸郡有者皆虚名。
就中福唐众称赏，肥硕甘香天所养。
有时岩头倒垂三尺壮士臂，忽然洞口直举一合仙人掌。
土人入冬农事闲，千簨万锸来此山。
可怜所鬻不甚贵，著价即售曾不悭。
往年子瞻为余说，言君所部之内此物尤奇绝。
后复寄书劝我当饵之，满纸亲提华岳先生诀。
余因购之不惜钱，依方服饵将二年。
其功神圣久乃觉，牙牢体溢支节坚。
自问丹霄几时上，早生两翅教高飏。
尘世如帤〔絮〕不可居，待看鸿濛对云将。

掘山药歌

（元）龚璛

绿薜紫藤细色子，种玉绵延春透髓。

晴虹岁晚寒不起，托命长镵山谷里。
小隐墙东垦药阑，钁土政得方盘盘。
服食相传养生诀，茂陵刘郎和露啜。

◆ 五言律

象之以山药见赠

（宋）韩维

龙山有游客，赠药满筠笼。叶渍沙泉碧，苗分石窦红。
钁应侵晓露，来喜及春风。却笑丹砂远，辛勤勾漏翁。

尝山药

（明）镏崧

谁种山中玉，修圆故自匀。野人寻得惯，带雨钁来新。
味益丹田暖，香凝石髓春。商芝亦何事，空负白头人。

◆ 七言律

次韵奉和蔡枢密南京种山药法

（宋）王安石

区种抛来六七年，春风条蔓想宛延。
难追老圃莓苔径，空对珍盘玳瑁筵。
嘉种忽传河右壤，灵苗更长阙西偏。
故畦穿钁知何日，南望钟山一慨然。

和七兄山蓣汤

（宋）黄庭坚

厨人清晓献琼糜，正是相如酒渴时。
能解饥寒胜汤饼，略无风味笑蹲鸱。
打窗急雨知然鼎，乱眼晴云看上匙。

已觉尘生双并椀,浊醪从此不须持。

山　药

（宋）朱子

怪来朽壤耀琼英,小斸顷筐可代耕。
豢豹于人尽无分,蹲鸱从此不须生。
雪镵但使身长健,石鼎何妨手自烹。
欲赋玉延无好语,羞论蜂蜜与羊羹。

芋 类

◆ 七言律

谢姜宽送芋子
（明）费宏

芋魁相送满筥笼，应念冰盘苜蓿空。
此日蹲鸱真损惠，当年黄独漫哀穷。
蒸时不厌葫芦烂，煨处还思榾柮红。
自是菜根滋味好，万钱谁复羡王公。

◆ 五言绝句

芋 魁
（宋）朱子

沃野无凶年，正得蹲鸱力。区种黄叶青，深煨奉朝食。

西 园
（明）边贡

庭际何所有？有萱复有芋。自闻秋雨声，不种芭蕉树。

◆ 七言绝句

冬日田园杂兴
（宋）范成大

榾柮无烟雪夜长，地炉煨酒暖如汤。

莫嗔老妇无盘飣,笑指灰中芋栗香。

漫 成

(元)马 臻

饱霜紫芋细凝酥,旋拨寒灰出地炉。
惭愧邻家新酒熟,客来沽得满葫芦。

卷二百六十九　蒪菜类

◆ 长短句

罗仲宪送蒪菜谢以长句
（宋）杨万里

学琴自有谱，相鹤自有经。
蔬经我繙尽，不见蒪菜名。
金华诗里初相识，玉友尊前每相忆。
坐令芥孙姜子芽，一见风流俱避席。
取士取名多失真，向来许靖亦误人。
君不见郑花不得半山句，却参鲁直称门生。

◆ 五言律

蒪
（宋）朱子

灵草生何许？风泉古涧旁。褰裳勤采撷，投箸嚏芳香。
冷入元（玄）根阒，春归翠颖长。遥知拈起处，全体露真常。

卷二百七十　芦菔类

◆ 五言古

徐梦弼以诗求芦菔辄次来韵
（金）刘迎

神农尝草木，济世以仁爱。根源列郡出，品目成书载。
中云莱菔根，试验颇为大。昌谷呕时须，文园渴尝待。
食异地黄并，效与芜菁逮。岂惟齿众药，政自冠诸菜。
五州风土宜，罫布畦垅对。垦锄尽众力，封培穷百态。
翠角春雨中，黄花晚烟外。日送盘箸资，岁给瓶罂赖。
片玉出头颅，层冰起肤背。脆美掩莼葵，甘辛敌姜芥。
物生贵有用，对此一何快。储贮得沉涵，弃遗免狼狈。
但足齐人餐，何惭楚臣佩。

◆ 五言律

芦菔
（元）许有壬

性质宜沙地，栽培属夏畦。熟登甘似芋，生荐脆如梨。
老病消凝滞，奇功直品题。故园长尺许，青叶更堪齑。

◆ 五言绝句

萝菔

（宋）刘子翚

密壤穿根蒂，风霜亦饱经。如何纯白质，近蒂却微青？

萝卜

（宋）朱子

纷敷剪翠丛，津润擢玉本。寂寞病文园，吟馀得深畎。

卷二百七十一　蕨　类

◆ 七言律

初食笋蕨

（宋）杨万里

炰凤烹龙世浪传，猩唇熊掌我无缘。
只逢笋蕨杯盘日，便是山林富贵天。
稚子玉肤新脱锦，小儿紫臂未开拳。
只嫌岭外无珍馔，一味春蔬不直钱。

◆ 七言绝句

答　客

（元）杨奂

仕晚自知为学拙，家贫人道治生疏。
满山薇蕨春风老，昨夜邻翁有报书。

卷二百七十二　椒姜类

◆ 四言古

椒华颂
（晋）成公绥

嘉哉芳椒，载繁其实。厥味惟贞，蠲除百疾。
肇惟岁始，月正元日。永介眉寿，以祈初吉。

椒赞
（晋）郭璞

椒之灌植，实繁有榛。薰林烈薄，酹其芬辛。
服之不已，洞见通神。

元日椒花颂
（晋）刘臻妻

璇穹周回，三朔肇建。青阳散辉，澄景载涣。
美哉灵花，爰采爰献。圣容映之，永寿于万。

◆ 五言律

地椒
（元）许有壬

冻雨催花紫，轻风散野香。刺沙尖叶细，敷地乱条长。

楚客收成裹，奚童撷满筐。行厨供草具，调鼎尔非良。

◆ 七言律

花　椒

（明）僧宗林

欣欣笑口向西风，喷出元（玄）珠颗颗同。
采处倒含秋露白，晒时娇映夕阳红。
调浆美著《骚经》上，涂壁香凝汉殿中。
鼎鼐也应如此味，莫教姜桂独成功。

◆ 五言绝句

椒　园

（唐）裴迪

丹刺罥人衣，芳香留过客。幸堪调鼎用，愿君垂采摘。

江　行

（唐）钱起

映竹疑村好，穿芦觉渚幽。渐安无旷土，姜芋当农收。

姜

（宋）刘子翚

新芽肌理腻，映日净如空。恰似匀妆指，柔尖带浅红。

◆ 七言绝句

寄怀归州马判官

（唐）僧齐己

三年为倅兴何长，高卧应多事少忙。
又见秋风霜裹树，满山椒熟水云香。

荠 类

◆ 五言古

荠菜

（宋）陆游

舍东种早韭，生计如庾郎。舍西种小果，戏学蚕丛乡。
惟荠天所赐，青青被陵冈。珍美屏盐酪，耿介凌雪霜。
采撷无阙日，烹饪有秘方。候火地炉煖，加糁砂钵香。
尚嫌杂笋蕨，而况污膏粱。炊秔及饔飧，得此生辉光。
吾馋实易足，扪腹喜欲狂。一扫万钱食，终老稽山旁。

◆ 七言绝句

晚春初夏绝句

（宋）张耒

睡足高檐春日斜，碾声初破小龙茶。
楼边绿树飞红尽，春色墙阴老荠花。

卷二百七十四　菱芡类

◆ 五言古

采菱曲
（梁）简文帝

菱花落复含，桑女罢新蚕。桂棹浮星艇，徘徊莲叶南。

采菱曲
（梁）陆罩

参差杂荇枝，田田竞荷密。转叶任香风，舒花影流日。
戏鸟波中荡，游鱼菱下出。不与文王嗜，羞持比萍实。

采菱词
（唐）储光羲

浊水菱叶肥，清水菱叶鲜。义不游浊水，志士多苦言。
潮没具区薮，潦深云梦田。朝随北风去，暮逐南风旋。
浦口多渔家，相与邀我船。饭稻以终日，羹莼将永年。
方冬水物穷，又欲休山樊。尽室相随从，所贵无忧患。

◆ 七言古

采菱行
（唐）刘禹锡

白马湖平秋日光，紫鳞如锦彩鸳翔。

荡舟游女满中央，采菱不顾马上郎。
争多逐胜纷相向，时转兰桡破轻浪。
长鬟弱袂披参差，钗影钏文浮荡漾。
笑语哇咬顾晚晖，蓼花缘岸扣舷归。
归来共到市桥步，野蔓系船萍满衣。
家家竹楼临广陌，下有连樯多估客。
携觞荐芰夜经过，醉踏大堤相应歌。
屈平祠下沅湘水，月照寒波白烟起。
一曲南音此地闻，长安北望三千里。

食鸡头
（宋）欧阳修

六月京师暑雨多，夜夜南风吹芡觜。
凝祥池锁会灵园，仆射荒陂安可拟。
争先园客采新苞，剖蚌得珠从海底。
都城百物贵鲜新，厥价难酬与珠比。
金盘磊落何所荐，滑台泼醅如玉醴。
自惭窃食万钱厨，满口飘浮嗟病齿。
却思年少在江湖，野艇高歌菱荇里。
香新味美手自摘，玉洁沙磨软还美。
一瓢固不羡五鼎，万事适情为可喜。
何时遂买颍东田，归去结茅临绿水。

食鸡头
（宋）苏辙

芡叶初生皱如縠，南风吹开轮脱辐。
紫苞青刺攒猬毛，水面放花波底熟。
森然出手初莫近，谁料明珠藏满腹。
剖开膏液尚糢糊，大盆磨声风雨速。

清泉活火曾未久，满堂坐客分升掬。
纷然咀嚼惟恐后，势若群雏方脱粟。
东都每忆会灵沼，南国陂塘种尤足。
东游尘土未应嫌，此物秋来日常食。

采 芡

(宋）文同

芡盘团团开碧轮，城东壕中如叠鳞。
汉南父老旧不识，日日岸上多少人。
骈头髼松露秋熟，绿刺红针割寒玉。
提笼当筵破紫苞，老蚌一开珠一掬。
吹台北下凝祥池，圃田东边仆射陂。
如今两处尽湮没，异日此地名应驰。
物贵新成味尤美，可惜飘零还入水。
料得明年转更多，一匦清波流珠子。

采菱图

(明）杜琼

苕溪秋高水初落，菱花已老菱生角。
红裙绿髻谁家人，小艇如梭不停泊。
三三两两共采菱，纤纤十指寒如冰。
不怕指寒并刺损，只恐归家无斗升。
湖州人家风俗美，男解耕田女丝枲。
采菱即是采桑人，又与家中助生理。
落日青山敛暮烟，湖波十里镜中天。
清歌一曲循归路，不似耶溪唱采莲。

◆ 五言律

菱

（唐）李峤

钜野韶光暮，东平春溜通。影摇江浦月，香引棹歌风。
日色翻池上，潭花发镜中。五湖多赏乐，千里望难穷。

◆ 七言律

食鸡头子

（宋）杨万里

江妃有诀煮真珠，菰饭牛酥软不如。
手擘鸡头金五色，盘倾骊颔琲千馀。
夜光明月供朝嚼，水府灵宫恐夕虚。
好取蓝田餐玉法，编归辟谷赤松书。

食鸡头子

（宋）杨万里

三危瑞露冻成珠，九转丹砂炼久如。
鼻观温芳炊桂歇，齿根熟软剥胎馀。
半瓯鹰爪中秋近，一炷龙涎丈室虚。
却忆吾庐野塘味，满山柿叶正堪书。

◆ 五言绝句

江 行

（唐）钱起

细竹渔家路，斜阳看结罾。喜来邀客坐，分与折腰菱。

菱

(宋)梅尧臣

紫角菱实肥,青铜菱叶老。孤根未能定,不及寒塘草。

采菱舟

(宋)朱子

湖平秋水碧,桂棹木兰舟。一曲菱歌晚,惊飞欲下鸥。

过高邮射阳湖杂咏

(元)萨都剌

霜落大湖浅,渔家悬破罾。此时生计别,小艇卖秋菱。

题溪楼

(元)余阙

溪水绿悠悠,高楼在溪上。日暮望江南,舟中采菱唱。

◆ 六言绝句

望亭饭僧作

(明)僧洪恩

隔岸长松疏柳,双溪一片湖光。
夜听渔舟共语,风吹菱芡时香。

◆ 七言绝句

看采菱

(唐)白居易

菱池如镜净无波,白点花稀青角多。
时唱一声新水调,谩人道是采菱歌。

菱荇沼

（唐）薛涛

水荇斜牵绿藻浮，柳丝和叶卧清流。
何时得向溪头赏，旋摘菱花旋泛舟。

菱　渚

（宋）林逋

含机绿锦翻新叶，满箧青铜莹古花。
最爱晚来鸥与鹭，宿烟翘雨便为家。

秋　思

（宋）陆游

老子斋居罢击鲜，木盘竹箸每随缘。
邻僧不用分香钵，莲芡犹堪过半年。

菱　沼

（宋）杨万里

柄似蟾蜍股样肥，叶如蝴蝶翼相差。
蟾蜍翘立蝶飞起，便是菱花著子时。

卷二百七十五　总树类

◆ 五言古

古　诗

（汉）阙名

庭中有奇树，绿叶发华滋。攀条折其英，将以遗所思。
馨香盈怀袖，路远莫致之。此物何足贵，但感别经时。

杂　诗

（晋）张翰

东邻有一树，三纪栽可拱。无花复无实，亭亭云中竦。
鶆禽不为巢，短翮莫肯任。忽有一飞鸟，五色杂英华。
一鸣众鸟至，再鸣众鸟罗。长鸣摇羽翼，百鸟互相和。

读《山海经》

（晋）陶潜

丹木生何许？迺在崟山阳。黄花复朱实，食之寿命长。
白玉凝素液，瑾瑜发奇光。岂伊君子宝，见重我轩皇。

逍遥芜皋上，杳然望扶木。洪柯百万寻，森散覆旸谷。
灵人侍丹池，朝朝为日浴。神景一登天，何幽不见烛。

粲粲三珠树，寄生赤水阴。亭亭凌风桂，八榦共成林。

灵凤抚云舞,神鸾调玉音。虽非世上宝,爱得王母心。

芳　树
（梁）元帝

芬芳君子树,交柯御宿园。桂影含秋月,桃花染春源。
落英逐风聚,轻香带蕊翻。丛枝临北阁,灌木隐南轩。
交让良宜重,成蹊何用言。

芳　树
（梁）丘迟

芳叶已漠漠,嘉实复离离。发景傍云屋,凝晖覆华池。
轻蜂掇浮颖,弱鸟隐深枝。一朝容色茂,千春长不移。

芳　树
（陈）张正见

奇树舒春苑,流芳入绮钱。合欢分四照,同心影万年。
香浮佳气里,叶映彩云前。欲识扬雄赋,金玉满《甘泉》。

芳　树
（陈）顾野王

上林通建章,杂树遍林芳。日影桃蹊色,风吹梅径香。
幽山桂叶落,驰道柳条长。折荣疑路远,用表莫相忘。

赋得芳树
（陈）李爽

芳树千株发,摇荡三阳时。气软来风易,枝繁度鸟迟。
春至花如锦,夏近叶成帷。欲寄边城客,路远讵能持。

咏　树
（北周）庾信

交柯乍百顷,擢本或千寻。枫子留为式,桐孙待作琴。

残核移桃种，空花植枣林。幽居对蒙密，蹊径转深沉。

移　树
（北周）庾信

酒泉移赤柰，河阳徙石榴。虽言有千树，何处似封侯？

送刘散员同赋，得陈思王诗"山树郁苍苍"
（唐）许敬宗

乔木托危岫，积翠绕连冈。叶疏犹漏影，花少未流芳。
风来闻肃肃，雾罢见苍苍。此中饯行迈，不异上河梁。

望宅中树有所思
（唐）卢照邻

我家有庭树，秋叶正离离。上舞双栖鸟，中秀合欢枝。
劳思复劳望，相见不相知。何当共攀折，歌笑此堂垂。

玩新庭树因咏所怀
（唐）白居易

霭霭四月初，新树叶成阴。动摇风景丽，盖覆庭院深。
下有无事人，竟日此幽寻。岂惟玩时物，亦可开烦襟。
时与道人语，或听诗客吟。度春足芳色，入夜多鸣禽。
偶得幽闲境，遂忘尘俗心。始知真隐者，不必在山林。

截　树
（唐）白居易

种树当前轩，树高柯叶繁。惜哉远山色，隐此蒙茏间。
一朝持斧斤，手自截其端。万叶落头上，千峰来面前。
忽似决云雾，豁达睹青天。又如所念人，久别一款颜。
始有清风至，稍见飞鸟还。开怀东南望，目远心辽然。
人各有偏好，物莫能两全。岂不爱柔条？不如见青山。

新晴后溪树阴洒然，览景成韵
（宋）文同

雨后溪水急，晴光郁如浮。高林放繁阴，黯黯幢盖稠。
麦熟桑椹好，撩乱黄栗留。呷呷动新蜩，局局啼乳鸠。
晚策贪静境，缓带成独游。照影俯回渊，濯足临漫流。
愿言怀世虑，逐此潇洒休。定知今夕梦，不作尘土忧。

京城闲居杂言
（元）揭傒斯

朔土高且厚，民生劲而彊。榆柳虽弱质，生植益繁昌。
桃李大于拳，枣栗充粮粮。谁谓苦寒地，百物莫得伤？
青青云梦竹，宿昔傲雪霜。移植于此庭，不如芥与杨。
竹性岂有改，由来非本乡。

题拙作小图
（元）朱德润

碧山高阴岑，老树立突兀。岚光凝晓候，隐见苍林密。
空谷有佳人，胡宁欲行役。

招提抱层岩，阑楯出虚迥。微微宿霭收，转见苍林静。
客子更何之？扶筇蹑云磴。

题黄彦成云林小隐
（明）练子宁

有客素肥遯，幽居爱林庐。结屋依陋巷，种树绕城隅。
浮云南山来，清阴覆其间。老柳带寒色，芳兰露春腴。
窗深不知晓，树密室自虚。甘贫意自适，守道乐有馀。
娱宾非旨酒，饱食但园蔬。流水赴大壑，翔禽恋高株。
物性各有遂，谁能常晏如。

题叶熙时空树轩

（明）僧智舷

尝闻松化石，未闻树化竹。君家草堂树，何乃虚其腹。
怀抱日益空，枝叶不放绿。其中有容焉，外润若不足。
僧还可入定，旅寓何必屋。居士空诸有，不独此老木。

◆ 七言古

赋得庭中有奇树

（陈）贺循

三春节物始芳菲，游丝细草动春晖。
香风飘舞花间度，好鸟和鸣枝上飞。
临池间竹偏增绿，依阶映雪纷如玉。
温室庭前竟不言，鼓吹楼中能作曲。
曾闻远别旧难思，攀折会取赠佳期。
长条本自堪为带，密叶由来好作帷。
星稀汉转月轮明，徘徊夜鹊屡相惊。
欲识幽人兰杜径，山窗芳桂复丛生。

题远山平林图

（宋）王炎

山色微茫疑有无，木叶半脱殊萧疏。
云根更著数椽屋，此屋当有幽人居。
墨妙逼真乃如此，毕竟非真惟近似。
何如屐齿饱经行，是处溪山皆画笥。
还君图画吾且归，家在江南依翠微。

西湖酒家壁画枯木

（元）宋无

衡岳乔松道途远，成都古柏山川隔。

忽惊老树刺眼来，疑是颓崖压东壁。
拗怒风雷龙虎气，盘摺造化乾坤力。
阴连沧海一片秋，秀夺西湖两峰色。
寒云苒惹霾昼影，冻藓缘沿借春碧。
醉翁睥睨欲挂衣，禅伯经营思憩锡。
乌鸢冥下踏枝空，猿猱夜过嗔藤仄。
铁榦铜柯嗅不香，苍雪元（玄）烟润将滴。
便拟攀罗解纠缠，何烦平地生荆棘。
直须扫去曲碌姿，挥作昂霄数千尺。

赋得独树边淮送人之京

（明）林鸿

君不见秦淮水流东到海，淮边独树如车盖。
九月微霜赤叶干，枯枝飒飒鸣天籁。
枝上啼鸦散曙烟，枝头残照咽寒蝉。
离人留饮停车骑，侠客相逢挂马鞭。
南国高僧从此去，驻锡雨花台下路。
一饭淮边洗钵时，六时宴坐祇园树。
野鹤孤云任去还，禅心不道别离难。
山中亦有长松树，待尔青青共岁寒。

◆ **五言律**

送窦校书见饯，得云中辨江树

（唐）张九龄

江水天连色，无涯净野氛。微明岸傍树，凌乱渚前云。
举棹形随转，登舻意渐分。渺茫从此去，空复惜离群。

试古木卧平沙

（唐）王泠然

古木卧平沙，摧残岁月赊。有根横水石，无斡拂烟霞。
春至苔为叶，冬来雪作花。不逢星汉使，谁辨是灵槎。

赋得海边树

（唐）皇甫冉

历历缘荒岸，冥冥入远天。每同沙草发，长共水云联。
摇落潮风早，离披海雨偏。故伤游子意，多在客舟前。

枯　树

（唐）韩愈

老树无枝叶，风霜不复侵。腹穿人可过，皮剥蚁还寻。
寄托惟朝菌，依投绝暮禽。犹堪持改火，未肯但空心。

古　树

（唐）张籍

古树枝柯少，枯来复几春。露根堪系马，空腹恐藏人。
蠹节莓苔老，烧痕霹雳新。若当江浦上，行客祭为神。

路傍树

（唐）马戴

古树何人种，清阴减昔时。莓苔根半露，风雨节偏危。
虫蠹心将穴，蝉催叶向衰。樵童不须剪，聊起召公思。

禁中庭树

（宋）钱惟演

紫闼分阴地，丹条擢秀时。高枝接温树，密叶覆辛夷。
夜影瑶光接，晨英玉露滋。乘春好封植，为赋《角弓》诗。

翠雨亭诗
（元）朱德润

翠树元无雨，空濛暗湿衣。林深迷远嶂，风卷杂晴晖。
岚润侵书几，阴凉拂钓矶。苍云何处密，清晓傍檐飞。

倚　树
（明）王野

偶尔依芳树，蹦跌迹绿苔。身忘群鸟近，坐久一花开。
移影高还下，看人去复回。携书空置石，翻动任风来。

◆ 五言排律

永乐县所居一草一木无非自栽，今春悉已芳茂，因书即事一章
（唐）李商隐

手种悲陈事，心期玩物华。柳飞彭泽雪，桃散武陵霞。
枳嫩栖鸾叶，桐香待凤花。绶藤萦弱蔓，袍草展新芽。
学植功虽倍，成蹊迹尚赊。芳年谁共玩？终老邵平瓜。

咸通十四年府试木向荣
（唐）郑谷

园林青气动，众木散寒声。败叶墙阴在，滋条雪后荣。
欣欣春令早，蔼蔼日华轻。庾岭梅先觉，隋堤柳暗惊。
山川应物候，皋壤起农情。只待花开日，连栖出谷莺。

◆ 七 言 律

红　树
（唐）吴融

一声南雁已先红，械械凄凄叶叶同。

自是孤根非暖地，莫惊他木耐秋风。
烧烟散去阴全薄，明月临来影半空。
长忆洞庭千万树，照山横浦夕阳中。

书绿帷亭壁

（宋）文同

乔木绕舍如绿帷，群山四面寒参差。
春禽入秋啼自别，早云到暮归常迟。
庭前好菊劝饮酒，案上佳纸邀吟诗。
闲居数月兴便野，浑忘簿书相聒时。

红　树

（宋）文同

万叶惊风尽卷收，独馀红树拟禁秋。
已疑断烧生前岭，更共残霞入远楼。
枫岸最深霜未落，柿园浑变雨初休。
劝君莫上青山道，妆点行人分外愁。

绿　阴

（元）谢宗可

万树东风涌翠澜，遮藏芳恨料应难。
入帘苍霭暮春晚，满地碧云清昼寒。
柳暗池台烟乍湿，槐深门巷雨初干。
阶前花落无人到，又染苔痕上石阑。

次韵和石末公红树诗

（明）刘基

岸柳江蒲总戚施，柏林辛苦擢金支。
虞人诧见炎官伞，候骑讹传汉将旗。
照水荧煌空衒貌，因风飘落竟从谁？

应惭若木生旸谷,长驻踆乌烛崦嵫。

次韵和石末公红树诗
(明) 刘基

红树漫山驻岁华,元(玄)冬惊见眼生花。
井陉旗帜军容盛,汴水帆樯御气赊。
春草凄迷金谷障,夕阳照灼赤城霞。
靡莽丹木扶桑里,惆怅谁乘博望槎。

蓟门烟树
(明) 杨荣

蓟门春雨散浮埃,烟树溟濛霁欲开。
十里清阴连紫陌,半空翠影接金台。
东风叶暗留莺语,落日林深看鸟回。
记得清明携酒处,碧桃花底坐徘徊。

蓟门烟树
(明) 金幼孜

野色苍苍接蓟门,淡烟疏树碧氤氲。
过桥酒幔依稀见,附郭人家远近分。
红雨落花行处有,绿阴啼鸟坐来闻。
玉京尽日多佳气,缥缈还看映五云。

蓟门烟树
(明) 李东阳

蓟丘城外访遗踪,树色烟光远更重。
飞雨过时青未了,落花残处绿还浓。
路迷南郭将三里,望断西林有数峰。
坐久不知迟日霁,隔溪僧寺午时钟。

树　色
　　　　　　（明）邵宝

乍浓还淡弄朝晖，树色依稀定是非。
楼上望回川历历，城阴遮断路微微。
晴云有影团倾盖，春水无波绿染衣。
独坐怀人心正远，天空渭北雁初归。

树　影
　　　　　　（明）朱之蕃

层枝叠叶点苔斑，深院重垣总莫关。
夹道密移须按辔，满庭交匝可怡颜。
月穿池岸连浮藻，日射园林障远山。
斜拂北窗来枕簟，清阴合处鸟声闲。

◆ 七言排律

画古木
　　　　　　（元）马祖常

桑空河上生贤相，枫老山中化羽人。
未借九关当地轴，还曾八月上天津。
雷烧桐尾琴材古，玉刻龙形剑具新。
雨蚀苍皮苔护石，泉春玉乳月翻轮。
东堤杨柳春烟暖，西浦芙蓉晓露匀。
偃蹇孤根岩壑气，我知栎朴不为薪。

◆ 五言绝句

洛阳道献吕四郎中
　　　　　　（唐）储光羲

洛水春冰开，洛城春树绿。朝看大道上，落花乱马足。

北垞

（唐）王维

北垞湖水北，杂树映朱栏。逶迤南川水，明灭青林端。

漆园

（唐）王维

古人非傲吏，自阙经世务。偶寄一微官，婆娑数株树。

同赋送远客一绝

（唐）皇甫冉

行随新树深，梦隔重江远。迢递风日闲，苍茫洲渚晚。

天长地久词

（唐）卢纶

玉砌红花树，香风不敢吹。春光解天意，偏发殿南枝。

晚思

（唐）司空曙

蛩吟窗下月，草湿阶前露。晚景凄我衣，秋风入庭树。

早发汾南

（唐）王建

桥上车马发，桥南烟树开。青山斜不断，迢递故乡来。

梦江南

（唐）张祜

行吟洞庭句，不见洞庭人。尽日碧江梦，江南红树春。

古 树

（唐）崔道融

古树春风入，阳和力太迟。莫言生意尽，更引万年枝。

行园树

（宋）徐铉

松节凌霜久，蓬根逐吹频。群生各有性，桃李但争春。

和晏相公湖上

（宋）韩维

风枝挂危露，飞动夕阳中。莫遣儿童撼，留看著叶红。

余元祐六年六月罢著作佐郎，除秘书丞。是岁仲冬，复除著作郎兼史院检讨，复至旧局题屏

（宋）张耒

庭树应知我，相逢益老苍。别来秋苦雨，但见瓦松长。

观祝孝友画卷

（宋）朱子

天边云绕山，江上烟迷树。不向晓来看，讵知重叠数？

山居杂诗

（金）元好问

涨落沙痕出，堤摧岸口斜。断桥堆聚沫，高树阁浮槎。

即 事

（元）赵雍

独坐对明月，遥遥千古情。西风两三日，庭树已秋声。

题宋子障太守画

(元)张昱

老树含青雨,平林澹白烟。隔溪茅屋在,好泊米家船。

◆ 六言绝句

舍北闲望作六字绝句

(宋)陆游

潘岳一篇《秋兴》,李成八幅《寒林》。
舍北偶然倚杖,尽见古人用心。

题　画

(元)倪瓒

罨画溪头唤渡,铜官山下寻僧。
水榭汀桥曲曲,风林云磴层层。

绝　句

(元)张雨

三山环合一水,中有老木参天。
不著幽人草阁,谁收无限云烟?

◆ 七言绝句

送朱越

(唐)王昌龄

远别舟中蒋山暮,君行举首燕城路。
蓟门秋月隐黄云,期向金陵醉江树。

诣徐卿觅果栽

(唐)杜甫

草堂少花今欲栽,不问绿李与黄梅。

石笋街中却归去,果园坊里为求来。

送齐山人归长白山
（唐）韩翃

旧事仙人白兔公,掉头归去又乘风。
柴门流水依然在,一路寒山万木中。

送韦判官
（唐）卢纶

前峰后岭碧濛濛,草拥惊泉树带风。
人语马嘶听不得,更堪长路在云中。

雨晴至江渡
（唐）柳宗元

江雨初晴思远步,日西独向愚溪渡。
渡头水落村径成,撩乱浮槎在高树。

同钱员外禁中夜直
（唐）白居易

宫漏三声知半夜,好风凉月满松筠。
此时闲坐寂无语,药树影中惟两人。

戏题山居
（唐）陈羽

虽有柴门长不关,片云高木共身闲。
犹嫌住久人知处,见欲移居更上山。

宫 词
（唐）王涯

曈曈日出大明宫,天乐遥闻在碧空。

禁树无风正和暖，玉楼金殿晓光中。

御果收时属内官，傍檐低压玉阑干。
明朝摘向金华殿，尽日枝头次第看。

古　树
（唐）徐凝

古树欹斜临古道，枝不生花复生草。
行人不见树少时，树见行人几番老。

寄永道士
（唐）李商隐

共上云山独下迟，阳台白道细如丝。
君今并倚三珠树，不记人间叶落时。

池　边
（唐）李商隐

玉琯葭灰细细吹，流莺上下燕参差。
日西千绕池边树，忆把枯条撼雪时。

汉阴庭树
（唐）赵嘏

掘沟引水浇蔬圃，插竹为篱护药苗。
杨柳如丝风易乱，梅花似雪日难消。

晓　宴
（唐）李群玉

金波西倾银汉落，绿树含烟倚朱阁。
晓华曈昽闻调笙，一点残灯隔罗幕。

小游仙

（唐）曹唐

元洲草木不知黄，甲子初开浩劫长。
无限万年年少女，手攀红树满残阳。

荆林馆

（宋）孔平仲

古木森然满驿庭，繁阴凌乱月分明。
千枝万叶谁拘管，搅作秋风一片声。

出 郊

（宋）王安石

川原一片绿交加，深树冥冥不见花。
风日有情无处着，初回光景到桑麻。

入瑞岩道间绝句呈彦集充父二兄

（宋）朱子

风高木落晚秋时，日暮千林黄叶稀。
只有苍苍谷中树，岁寒心事不相违。

丙辰正月三日赠彭世昌归山

（宋）朱子

象山闻说是君开，云木参天瀑响雷。
好去山头且坚坐，等闲莫要下山来。

玉山道中

（宋）杨万里

村北村南水响齐，巷头巷尾树阴低。
青山自负无尘色，尽日殷勤照碧溪。

道傍草木

（宋）杨万里

古树何年涧底生，只今已与岭般平。
千梢万叶无重数，一一分明报雨声。

连江官湖

（宋）徐玑

众山围绕绿团圆，官木参差古道边。
行尽浓阴全不了，一湖飞雨带轻烟。

秋　兴

（金）吴激

后园杂树入云高，万里长风夜怒号。
忆向钱塘江上寺，松窗竹阁瞰秋涛。

杂　诗

（金）王碉

阴阴绿树闇庭除，散尽鸣禽静有馀。
独对熏炉坐终日，会心惟有漆园书。

屋头丛木撼苍烟，风卷飞花到枕边。
南寺有僧来问字，打门惊觉午窗眠。

宋楼道中

（金）刘从益

十里羊肠路诘盘，过花穿柳几回还。
马头忽转青林角，绿绕人家水一湾。

太乙宫

（元）王恽

庭树潇潇绿满廊，日长深锁碧窗凉。
隔簾遥见秋来处，一叶轻黄堕井床。

题　画

（元）张宪

晴川渺渺停春水，怪石峨峨插乱山。
最爱夕阳烟寺里，千株古木伴僧闲。

总花类

◆ 五言古

落花
（梁）萧子范

绿叶生半长，繁英早自香。因风乱蝴蝶，未落隐鹂黄。
飞来入斗帐，吹去上牙床。非是迎冬质，宁可值秋霜？

赋得岸花临水发
（陈）张正见

奇树满春洲，落蕊映江浮。影间莲花石，光涵濯锦流。
漾色随桃水，飘香入桂舟。别有仙潭菊，含芳独向秋。

和王褒咏摘花
（北周）明帝

玉椀承花落，花落椀中芳。酒浮花不没，花含酒更香。

咏园花
（北周）庾信

暂往春园傍，聊过看果行。枝繁类金谷，花杂映河阳。
自红无假染，真白不须妆。燕送归菱井，蜂衔上蜜房。
非是金炉气，何关柏殿香。褰衣偏定好，应持奉魏王。

于阗采花

（隋）乐府

山川虽异所，草木尚同春。亦如溱洧地，自有采采花人。

浮游花

（隋）辛德源

窗中斜日照，池上落花浮。若畏春风晚，当思秉烛游。

沣上与幼遐月夜登西冈玩花

（唐）韦应物

置酒临高隅，佳人自城阙。已玩满川花，还看满川月。
花月方浩然，赏心何由歇？

对杂花

（唐）韦应物

朝红争景新，夕素含露翻。妍姿如有意，流芳复满园。
单栖守远郡，永日掩重门。不与花为偶，终遣与谁言？

赋得春晚馀花落

（唐）李益

留春春竟去，春去花如此。蝶舞绕应稀，鸟惊飞讵已。
衰红乱故萼，繁绿扶凋蕊。自委不胜愁，庭风那更起。

东坡种花

（唐）白居易

持钱买花树，城东坡上栽。但购有花者，不限桃杏梅。
百果参杂种，千枝次第开。天时有早晚，地力无高低。
红者霞艳艳，白者雪皑皑。游蜂逐不去，好鸟亦栖来。
前有长流水，下有小平台。时拂台上石，一举风前杯。

花枝荫我头,花蕊落我怀。独酌复独咏,不觉月平西。
巴俗不爱花,竟春无人来。惟此醉太守,尽日不能回。

买花

(唐)白居易

帝城春欲暮,喧喧车马度。共道牡丹时,相随买花去。
贵贱无常价,酬直看花数。灼灼百朵红,戋戋五束素。
上张幄幕庇,旁织笆篱护。水洒复泥封,移来色如故。
家家习为俗,人人迷不悟。有一田舍翁,偶来买花处。
低头独长叹,此叹无人喻。一丛深色花,十户中人赋。

观花有感

(元)虞集

挂巾花树枝,酌酒花树下。风吹巾上尘,花落手中斝。
清唱起相寿,毋遽且聊暇。流光急去人,莫怪行乐者。

咏井底花移赠李太常

(明)郭第

素绠夜不垂,寒波晓含洁。娇英被银床,葳蕤弄澄澈。
对月还对镜,堪赏那堪折。细读太常诗,泠然莹冰雪。

◆ 七言古

风雨看舟前落花戏为新句

(唐)杜甫

江上人家桃树枝,春寒细雨出疏篱。
影遭碧水潜勾引,风妒红花却倒吹。
吹花困懒傍舟楫,水光风力俱相怯。
赤憎轻薄遮人怀,珍重分明不来接。
湿久飞迟半欲高,萦沙惹草细于毛。

蜜蜂蝴蝶生情性，偷眼蜻蜓避百劳。

买花谣

(唐) 刘言史

杜陵村人不田稼，入谷经溪复缘壁。
每至南山草木春，即向侯家取金碧。
幽艳凝花春景曙，采来携得将何处？
蝶惜芳丛送下山，寻断孤香始回去。
豪少居连鸂鶒东，千金使买一枝红。
院多花少栽未得，零落绿蛾纤指中。
咸阳亲戚长安里，无限将金买花子。
浇红湿绿千万家，青丝玉轳声哑哑。

落 花

(宋) 孔平仲

岭南冬深花照灼，比至春初花已落。
乘间携酒到西园，鸟散蜂归春寂寞。
江南此际春如何？红杏海棠开正多。
归期不及春风日，犹见池塘著绿荷。

惜 花

(宋) 文同

游蜂采花花气薄，黄鸟啄花花蕊落。
林风吹花花片乱，池水浸花花色恶。
少年惜花花会意，晴张青帏雨油幕。
劝君直须为花饮，明日春归空晚萼。

飞花行赠马衢州，时马在建岙别业

(元) 戴表元

山上风花山下飞，花飞欲尽山翁归。

归来亦自忘行迹，但觉满地红依依。
馀花更惜随春去，溪上游人山下路。
恋家渔父断来踪，难老刘郎记前度。
花开花落春风前，我昔与翁同少年。
只今鹤去但华表，何处鸟啼悲杜鹃？
游人自游春自暮，从翁问花花不语。
且当向花日日醉，醉倒花前学花舞。

惜花叹

（明）高启

惜花不是爱花娇，赖得花开伴寂寥。
树树长悬铃索护，丛丛频引鹿卢浇。
几回欲折花枝嗅，心恐花伤复停手。
每来花下每题诗，不到花前不持酒。
准拟看花直尽春，春今未尽已愁人。
才留片萼依前砌，全落千英过别邻。
懊恼园中妒花女，画旛不禁狂风雨。
流水残香一夜空，黄鹂魂断无言语。
纵有星星在藓衣，拾来已觉损光辉。
只应独背东窗卧，梦里相随高下飞。

卖花词

（明）高启

绿盆小树枝枝好，花比人家别开早。
陌头担得春风行，美人出帘闻叫声。
移去莫愁花不活，卖与还传种花诀。
馀香满路日暮归，犹有蜂蝶相随飞。
买花朱门几回改，不如担上花长在。

雨中看花

（明）杨基

青青杨柳深深竹，雨里绛桃开一簇。
羞将瘦蹇逐金鞍，著屐看花仍不俗。
花枝净洗胭脂面，老眼惊如梦中见。
已拚春色过三分，何止东风吹一片。
只恐天晴是暮春，半随流水半成尘。
淡烟芳草长干路，作意能来有几人？

邀方员外看花

（明）杨基

金昌亭西万株花，胭脂玉雪争纷挐。
春风携酒看花去，骑马径到山人家。
花深树密无径入，下马徘徊映花立。
紫萼风微翠袖香，红丝露重乌巾湿。
别来几负看花期，客里匆匆见一枝。
白下桥边寒食后，广陵城外绿阴时。
今年花最逢春早，准拟清樽对花倒。
人意方邀酒伴来，花枝已向东风老。
花虽渐老仍堪折，犹胜纷纷满蹊雪。
且共芙蓉幕里人，坐看海棠枝上月。

卖花篇

（明）黄德水

日南气候天下奇，四序皆如三月时。
《邶风》谩赋为裘什，越俗空传《采葛》诗。
泉甘土沃山川美，长日花开烂于绮。
不论秋去有兰荪，宁独春来盛桃李。

初景曈昽万户开，僰童骆驿卖花来。
一筐新蕊朝才摘，数种奇葩岁自栽。
曲房小阁开妆箧，紫贝青蚨走轻屟。
若个簾前飞堕英，谁家门外无残叶。
参珠间玉斗光辉，踏青拾翠弄芳菲。
花房剩有瑶台露，滴尽侬家金缕衣。

◆ 五 言 律

和杨舍人咏中书省花树
（唐）张文琮

华萼映芳丛，参差间早红。因风时落砌，杂雨乍浮空。
影照凤池水，香飘鸡树风。岂不爱攀折，希君怀袖中。

花　底
（唐）杜甫

紫萼扶千蕊，黄须照万花。忽疑行暮雨，何事入朝霞？
恐是潘安县，堪留卫玠车。深知好颜色，莫作委泥沙。

南池落花
（唐）羊士谔

蝉噪城沟水，芙蓉忽已繁。红花迷越艳，芳意过湘沅。
湛露宜清暑，披香正满轩。朝朝只自赏，秋李亦何言。

惜落花
（唐）白居易

夜来风雨急，无复旧花林。枝上三分落，园中二寸深。
日斜啼鸟思，春尽老人心。莫怪添杯饮，情多酒不禁。

赋得雨后花

（唐）元稹

红芳怜静色，深与雨相宜。馀滴下纤蕊，残珠坠细枝。
浣花江上思，啼粉镜中窥。念此低徊久，风光幸一吹。

赠子直花下

（唐）李商隐

池光忽隐墙，花气乱侵房。屏缘蝶留粉，窗油蜂印黄。
官书推小吏，侍史从清郎。并马更吟去，寻思有底忙。

晚春花

（唐）项斯

阴洞日光薄，花开不及时。当春无半树，经晚足空枝。
疏与香风会，细将泉影移。此中人到少，开尽几人知？

题友人山花

（唐）方干

平明方尽拆，为得好风吹。不见移来日，先愁落去时。
浓香熏叠叶，繁朵压卑枝。来看皆终夕，游蜂似有期。

落　花

（唐）李咸用

拾得移时看，重思造化功。如何飘丽景，不似遇春风。
满地馀香在，繁枝一夜空。只应公子见，先忆坠楼红。

赋得花影

（明）王偁

欲拂更纷纷，空香寂不闻。乱迷芳蝶梦，轻护锦苔纹。
衬月笼书幌，因风飐舞裙。莫移庭下步，蹴碎一阶云。

花　残

（明）蒋山卿

寂寂门空闭，菲菲花欲残。赏心不相见，对酒若为欢。
小径芳烟霭，疏帘细雨寒。一年春又谢，惆怅思无端。

延季居士种花诗

（明）王醇

谁能了空意，因示数枝春。色但随根现，花聊过眼新。
护香栽刺遍，界绿委泉匀。岂必来游者，方为借玩人。

◆ 五言排律

夏日裴尹员外西斋看花

（唐）杨巨源

笑向东来客，看花柱在前。始知清夏月，更胜艳阳天。
露湿呈妆污，风吹畏火燃。葱茏和叶盛，烂熳压枝鲜。
红彩当铃阁，清香到玉筵。蝶栖惊曙色，莺语滞晴烟。
得地殊堪赏，过时倍觉妍。芳菲迟最好，惟是谢家怜？

花村六韵

（唐）吴融

地胜非离郭，花深故号村。已怜梁雪重，仍愧楚云繁。
山近当吟冷，泉高入梦喧。依稀小有洞，邂逅武陵源。
月好频依座，风轻莫闭门。流莺更多思，百啭待黄昏。

赋落花以宋元宪"金谷楼危到地香"得香字

（明）刘丞直

英华本天性，开谢任年光。自是春风改，那因夜雨伤。
低徊飘绮席，荏苒度雕墙。翠雾当窗合，红云匝地香。

点泥登燕垒,添密入蜂房。剪綵夸西苑,成妆诧寿阳。
角哀翻塞曲,径远误渔郎。但使灵根在,重看锦树芳。

◆ 六 言 律

落 花
(唐)李中

残红引动诗魔,怀古牵情奈何。
半落铜台月晓,乱飘金谷风多。
悠悠旋逐流水,片片轻粘短莎。
谁见长门深锁,黄昏细雨相和。

◆ 七 言 律

山 花
(唐)钱起

山花照坞复烧溪,树树枝枝尽可迷。
野客未来枝畔立,流莺已向树边啼。
从容只是愁风起,眷恋常须向日西。
别有妖妍胜桃李,攀来折去亦成蹊。

西省对花忆忠州东坡新花树因寄题东楼
(唐)白居易

每看阙下丹青树,不忘天边锦绣林。
西掖垣中今日眼,南宾楼上去年心。
花含春意无分别,物感人情有浅深。
最忆东坡红烂熳,野桃山杏水林檎。

阖间城北有卖花翁,讨春之士往往造焉,因招袭美
(唐)陆龟蒙

故城边有卖花翁,水曲舟轻去尽通。

十亩芳菲为旧业，一家烟雨是元功。
闲添药品年年别，笑指生涯树树红。
若要见春归处所，不过携手问东风。

鲁望以花翁之什见招因次韵酬之
（唐）皮日休

九十携锄伛偻翁，小园幽事尽能通。
斸烟栽药为身计，负水浇花是世功。
婚嫁定期杉叶紫，盖藏应待桂枝红。
不知家道能多少，只在勾芒一夜风。

对　花
（唐）秦韬玉

长与韶光暗有期，可怜蜂蝶却先知。
谁家促席临低树，何处横钗戴小枝？
丽日多情疑曲照，和风得路合偏吹。
向人难道浑无语，笑劝王孙到醉时。

惜　花
（唐）李建勋

淡淡西园日又垂，一樽何忍负芳枝。
莫言风雨长相促，直是晴明得几时？
心破只愁莺践落，眼穿唯怕客来迟。
年年使我成狂叟，肠断红笺几首诗。

玉堂栽花周正孺有诗次其韵
（宋）苏轼

故山桃李半荒榛，粗报君恩便乞身。
竹簟暑风招我老，玉堂花蕊为谁春？
纤纤翠蔓诗催发，皎皎霜葩发斗新。

只有来禽青李帖，他年留与学书人。

看花

（宋）曾巩

春来日日探花开，紫陌看花始此回。
欲赋妍华无健笔，拟酬芳景怕深杯。
但知抖擞红尘去，莫问鬇鬡白发催。
更老风情转应少，且邀佳客试徘徊。

落花

（元）郝经

彩云红雨暗长门，翡翠枝馀萼绿痕。
桃李东风蝴蝶梦，关山明月杜鹃魂。
玉阑烟冷空千树，金谷香销谩一尊。
狼藉满庭君莫扫，且留春色到黄昏。

花信

（元）黄溍

已觉寻芳去较迟，千林红紫总纷披。
几经夜雨能无恙，试问春风竟不知。
斜日游蜂应有梦，野亭立马已多时。
殷勤却是江南客，曾擘冰霜寄一枝。

卖花声

（元）谢宗可

春光叫遍费千金，紫韵红腔细细吟。
几处又惊游冶梦，谁家不动惜芳心。
暗穿红雾楼台晓，清逐香风巷陌深。
妆镜美人听未了，绣帘低揭画檐阴。

春半采花

(元) 洪希文

芳菲著雨便成苔，问讯东君几日回？
闰月不曾花下去，今朝偶到树边来。
几何闲阔莺偏老，如此生疏蝶也猜。
流水时光容易过，举头枝上已青梅。

落花诗

(明) 沈周

飘飘荡荡复悠悠，树底追寻到树头。
赵武泥涂知辱雨，秦宫脂粉惜随流。
痴情恋酒粘红袖，急意穿簾泊玉钩。
欲拾残芳捣为药，伤春难疗个中愁。

夕阳无赖小桥西，春事阑珊意亦迷。
锦里门前溪好浣，黄陵庙里鸟还啼。
焚追螺甲教香史，煎带牛酥嘱膳娵。
万宝千钿真可惜，归来直欲满筐携。

花 魂

(明) 朱之蕃

交枝低亚蕊纷披，舞影飘香化日迟。
红颊晓酣微困酒，粉痕宵褪苦搜诗。
追从蜂蝶应难定，倦听笙歌有所思。
寻遍天涯芳草路，三生石上月明时。

落 花

(明) 朱之蕃

春宵花月照春江，泻影流香绕客艭。

广野芳魂招不得,一天愁绪总难降。
啄馀燕嘴归高栋,粘向蜂须入小窗。
灯下帘垂寂无语,似随红烬坠银缸。

催花遣使忆新衔,又报春归燕语喃。
园月和烟霏曲径,江风带雨洒孤帆。
乱飘不羡吴姬舞,远寄无劳驿使缄。
藉坐锦茵新酿熟,待尝樱笋试罗衫。

种 花
(明)李流芳

为园数亩未言赊,凿沼疏泉手灌花。
花欲疏疏仍密密,枝须整整复斜斜。
渐看节序皆芳候,不放风光到别家。
最爱南荣冬日暖,蜡梅一树映山茶。

◆ 五言绝句

赠李十四
(唐)王勃

小径偏宜草,空庭不厌花。平生诗与酒,自得会仙家。

乱竹开三径,飞花满四邻。从来扬子宅,别有尚元(玄)人。

林塘怀友
(唐)王勃

芳屏画春草,仙杼织朝霞。何如山水路,对面即飞花。

题鉴上人房
(唐)宋之问

落花双树积,芳草一庭春。玩之堪兴尽,何必见幽人。

喜入长安
(唐) 崔湜

云物（日）能催晓，风光不惜年。
赖逢征路（客）尽，归在落花前。

玉真公主山居
(唐) 储光羲

山北天泉苑，山西凤女家。不言沁园好，独隐武陵花。

江南曲
(唐) 储光羲

日暮长江里，相邀归渡头。落花如有意，来去逐船流。

河上逢落花
(唐) 万楚

河水浮落花，花流东不息。应见浣纱人，为道长相忆。

送子婿往扬州
(唐) 刘长卿

半逻莺满树，新年人独还。落花逐流水，共到茱萸湾。

代人乞花
(唐) 李益

绣户朝眠起，开帘满地花。春风解人意，吹落妾西家。

花　岛
(唐) 韩愈

蜂蝶去纷纷，香风隔岸闻。欲知花岛处，水上觅红云。

花　源
　　　　　　　　（唐）韩愈
源上花初发，公应日日来。丁宁红与紫，慎勿一时开。

惜　花
　　　　　　　　（唐）张籍
山中春已晚，处处见花稀。明日来应尽，林间宿不归。

酬范侍御
　　　　　　　　（唐）鲍溶
玉管倾杯乐，春园斗草情。野花无限意，处处逐人行。

相劝醉年华，莫醒春日斜。春风宛陵道，万里晋阳花。

惜　花
　　　　　　　　（唐）施肩吾
落尽万株红，无人解系风。今朝芳径里，惆怅锦机空。

高　花
　　　　　　　　（唐）李商隐
花将人共笑，篱外露繁枝。宋玉临江宅，墙低不碍窥。

杂　题
　　　　　　　　（唐）司空图
孤枕闻莺起，幽怀独悄然。地融春力润，花泛晓光鲜。

赏残花
　　　　　　　　（唐）纥干著
零落多依草，芳香散著人。低檐一枝在，犹占满堂春。

月夜泛舟
（唐）僧法振

西塞长云尽，南湖片月斜。泛舟人不见，卧入武陵花。

双　池
（宋）苏轼

溯流入城郭，亹亹渡千家。不见双池水，长漂十里花。

花　坞
（宋）文同

缭绕穿红萼，斓斑踏紫苔。谁将锦步障，端为使君开。

花
（明）张羽

能白更兼黄，无人亦自芳。寸心原不大，容得许多香。

落　花
（明）薛蕙

今朝卷簾坐，时见一花飞。不惜芳菲尽，春风稍稍稀。

◆ 六言绝句

山居乐
（明）李言恭

一径杳无车马，万山忽有人家。
相问不知岁月，惟见开花落花。

◆ 七言绝句

惜 花

（唐）郭震

艳拂衣襟蕊拂杯，绕枝闲共蝶徘徊。
春风满目还惆怅，半欲离披半未开。

宴春源

（唐）王昌龄

源向春城花几重，江明深翠引诸峰。
与君醉失松溪路，山馆寥寥传暝钟。

西巡歌

（唐）李白

水绿天青不起尘，风光和暖胜三秦。
万国烟花随玉辇，西来添作锦江春。

江畔独步寻花

（唐）杜甫

江深竹静两三家，多事红花映白花。
报答春光知有处，应须美酒送生涯。

送王卿

（唐）韦应物

别酌春林啼鸟稀，双旌背日晚风吹。
却忆回来花已尽，东郊立马望城池。

赠张千牛

（唐）韩翃

蓬莱阙下是天家，上苑新回白鼻騧。

急管昼催平乐酒,春衣夜宿杜陵花。

河中府崇福寺看花
（唐）卢纶

闻道山花如火红,平明登市已经风。
老僧无见亦无说,应与看人心不同。

残　花
（唐）杨凝

五马踟蹰在路歧,南来只为看花枝。
莺衔蝶弄红芳尽,此日深闺那得知。

和陈阁老当直从东省过史馆看花
（唐）权德舆

昼漏沉沉倦琐闱,西垣东观阅芳菲。
繁花满地似留客,应为主人休浣归。

同诸公夜宴监军玩花之作
（唐）武元衡

五侯门馆百花繁,红烛摇风白雪翻。
不似凤凰池畔见,飘扬今隔上林园。

看　花
（唐）羊士谔

一到花间一忘归,玉杯瑶瑟减光辉。
歌筵更覆青油幕,忽似朝云瑞雪飞。

送廖参谋东游
（唐）刘禹锡

九陌逢君又别离,行云别鹤本无期。

望嵩楼上忽相见，看过花开花落时。

诏追赴都

（唐）柳宗元

十一年前南渡客，四千里外北归人。
诏书许逐阳和至，驿路开花处处新。

落　花

（唐）韩愈

已分将身著地飞，那羞践踏损光辉。
无端又被春风误，吹落西家不得归。

风折花枝

（唐）韩愈

浮艳侵天难就看，清香扑地只遥闻。
春风也是多情思，故拣繁枝折赠君。

游太平公主山庄

（唐）韩愈

公主当年欲占春，故将台榭压城闉。
欲知前面花多少，直到南山不属人。

登科后

（唐）孟郊

昔日龌龊不足夸，今朝放荡思无涯。
春风得意马蹄疾，一日看遍长安花。

九华观看花

（唐）张籍

街西无数闲游处，不似九华仙观中。

花里可怜池上景，几重墙壁贮春风。

山中主人
（唐）杨巨源

十里青山有一家，翠屏深处又添霞。
若为说得溪中事，锦石和烟四面花。

春晚游鹤林寺
（唐）李涉

野寺寻花春已迟，背岩唯有两三枝。
明朝携酒犹堪赏，为报春风且莫吹。

衡州夜后把火看花留客绝句
（唐）吕温

红芳暗落碧池头，把火遥看且少留。
半夜忽然风更起，明朝不复上南楼。

伏翼西洞送人
（唐）陈羽

洞里春晴花正开，看花出洞几时回？
殷勤好去武陵客，莫引世人相逐来。

宫中词
（唐）王建

五更三点索金车，尽放宫人出看花。
仗下一边催立马，殿头先报内园家。

于主簿厅看花
（唐）王建

小叶稠枝粉压堆，暖风吹动鹤翎开。

若无别事为留滞,应便抛家宿看来。

看花屋
(唐) 白居易

忽惊映树新开屋,却似当檐故种花。
可惜年年红似火,今春始得属元家。

惜落花赠崔二十四
(唐) 白居易

漠漠纷纷不奈何,狂风急雨两相和。
晚来怅望君知否?枝上稀疏地上多。

别种东坡花树
(唐) 白居易

花林好住莫憔悴,春至但知依旧春。
楼上明年新太守,不妨还是爱花人。

僧院花
(唐) 白居易

欲悟色空为佛事,故栽芳树在僧家。
细看便是华严偈,方便风开智慧花。

花栽
(唐) 元稹

买得山花一两栽,离乡别土易摧颓。
欲知北客居南意,看取南花北地来。

宫词
(唐) 王涯

春风摆荡禁花枝,寒食秋千满地时。

又落深宫石渠里,尽随流水入龙池。

题邮亭残花

（唐）张祜

云暗山横日欲斜,邮亭下马对残花。
自从身逐征西府,每到花时不在家。

同友人看花

（唐）朱庆馀

寻花不问春深浅,纵是残红也入诗。
每个树边行一匝,谁家园里最多时?

春日餐霞阁

（唐）施肩吾

洒水初晴物候新,餐霞阁上最宜春。
山花四面风吹入,为我铺床作锦茵。

观叶生画花

（唐）施肩吾

心窍玲珑貌亦奇,荣枯只在手中移。
今朝故向霜天里,点破繁花四五枝。

念昔游

（唐）杜牧

李白题诗水西寺,古木回岩楼阁风。
半醒半醉游三日,红白花开山雨中。

春晚题韦家亭子

（唐）杜牧

拥鼻侵襟花草香,高台春去恨茫茫。

蔫红半落平池晚，曲渚飘成锦一张。

和严恽秀才落花

（唐）杜牧

共惜流年留不得，且环流水醉流杯。
无情红艳年年盛，不恨凋零却恨开。

过南邻花园

（唐）雍陶

莫怪频过有酒家，多情长是惜年华。
春风堪赏还堪恨，才见开花又落花。

过旧宅看花

（唐）雍陶

山桃野杏两三栽，树树繁花去复开。
今日主人相引看，谁知曾是客移来。

惜　花

（唐）方干

可怜妍艳正当时，刚被狂风一夜吹。
今日流莺来旧处，百般言语殢空枝。

咏　花

（唐）方干

狂心醉眼共徘徊，一半先开笑未开。
此日不能偷折去，胡蜂直恐趁人来。

卖花谣

（唐）来鹏

紫艳红苞价不同，匝街罗列起香风。

无言无语呈颜色,知落谁家池馆中?

山路见花

（唐）崔橹

晓红初拆露香新,独立空山冷笑人。
春意自知无主惜,恣风吹逐马蹄尘。

文昌寓直

（唐）郑谷

何逊空阶夜雨平,朝来交直雨新晴。
落花乱下花砖上,不忍和苔踏紫英。

卖花翁

（唐）吴融

和烟和露一丛花,担入宫城许史家。
惆怅东风无处说,不教闲地著春华。

日　高

（唐）韩偓

朦胧犹认管弦声,噤痄馀寒酒半醒。
春暮日高帘半卷,落花和雨满中庭。

惜　花

（唐）成彦雄

忘餐为恋满枝红,锦帐频移护晓风。
客散酒醒归未得,栏干独立月明中。

红　花

（唐）李中

红花颜色掩千花,任是猩猩血未加。

染出轻罗莫相贵，古人崇俭戒奢华。

晚春寄示茂才冯彭年
（宋）林逋

头上酒巾为长物，据梧微咏意无涯。
人生行乐知能几，但见春风满路花。

山　村
（宋）苏轼

竹篱茅屋趁溪斜，春入山村处处花。
无象太平还有象，孤烟起处是人家。

再次韵答田国博部夫还
（宋）苏轼

枝上稀疏地上稠，忍看红糁落墙头。
风流别乘多才思，归趁西园秉烛游。

和子山种花
（宋）文同

风流从事季长家，绕遍官居种尽花。
应为清才无比敌，拟将文彩竞春华。

口　号
（宋）文同

可笑陵阳太守家，闲无一事只栽花。
已开渐落并才发，长作亭中五色霞。

初秋行圃
（宋）杨万里

小小园亭亦自佳，晚云雨过却成霞。

烂开栀子浑如雪，已熟来禽尚带花。

晚　春
（宋）戴复古

池塘渴雨蛙声少，庭院无人燕语长。
午枕不成春草梦，落花风静煮茶香。

观落花
（宋）翁卷

才看艳蕾破春晴，又见飞花点点轻。
纵是闲花自开落，东风毕竟亦无情。

宫　词
（宋）花蕊夫人

春殿千官宴却归，上林莺舌报花时。
宣徽旋进新裁曲，学士争吟应诏诗。

山　居
（金）元好问

诗肠搜苦怯茶瓯，信手拈书却枕头。
檐溜滴残山院静，碧花红穗媚凉秋。

晓发富阳县
（元）方回

长山礧石片帆斜，小雨初晴日眩沙。
回首遥看富阳县，青烟低罩一丛花。

经历司暮春即事
（元）萨都剌

霞飞海燕拂帘过，风卷鱼鳞剪绿波。

闲倚石阑数春事，满池红雨落花多。

上陈达卿架阁
（元）袁士元

金猊香透小窗纱，莲幕归来日未斜。
掩却竹扉清昼静，呼童汲水更浇花。

元宫词
（明）朱有燉

春日融和上翠台，芳池九曲似流杯。
合香殿外花如锦，不是看花不敢来。

绝　句
（明）董纪

小径斜穿入竹林，曲栏通转亚花阴。
墙隈势逼风如旋，落地残红几许深？

客舍暮春
（明）徐淮

蜂儿酿蜜心方醉，燕子营巢语未安。
闭户不知春事老，满帘风雨落花寒。

花　答
（明）李祯

多谢天公著意栽，不教妆点艳亭台。
无人剪折无人赏，赢得年年自在开。

题画杂花
（明）钱穀

淡白轻黄各斗奇，嫩红殷紫总芳菲。

上林春色原无赖,不断生香惹客衣。

残　花

（明）丘云霄

昨日看花花满枝,今朝烂熳点青池。
无情莫抱东风恨,作意开时是谢时。

古寺寻花

（明）朝鲜女子

春深古寺燕飞飞,深院重门客到稀。
我正寻花花尽落,寻花还为惜花归。

卷二百七十七　　松　类

◆ **五言古**　附长短句

　　　　　　赠从弟
　　　　　　　　　　（魏）刘桢
亭亭山上松，瑟瑟谷中风。风声一何盛，松枝一何劲。
冰霜正惨悽，终岁常端正。岂不罹凝寒，松柏有本性。

　　　　　　寒　松
　　　　　　　　　　（梁）沈约
梢耸振寒声，青葱标暮色。疏叶望岭齐，乔榦凌云直。

　　　　　　咏寒松
　　　　　　　　　　（梁）范云
修条拂层汉，密叶障天浔。凌风知劲节，负雪见贞心。

　　　　　　咏慈姥矶石上松
　　　　　　　　　　（梁）吴均
根为石所蟠，枝为风所碎。赖我有贞心，终凌细草辈。

　　　　　　应制赋铜鞮山松
　　　　　　　　　　（北魏）元勰
问松林，松林经几冬？山川何如昔，风云与古同。

咏松树

（隋）李德林

结根生上苑，擢秀迩华池。岁寒无改色，年长有倒枝。
露自金盘洒，风从玉树吹。寄言谢霜雪，贞心自不移。

题张老松树

（唐）宋之问

岁晚东岩下，周顾何悽恻。日落西山阴，众草起寒色。
中有乔松树，使我长叹息。百尺无寸枝，一生自孤直。

石子松

（唐）储光羲

盘石青岩下，松生盘石中。冬春无异色，朝暮有清风。
五鬣何人采？西山旧两童。

南轩松

（唐）李白

南轩有孤松，柯叶自绵幂。清风无间时，潇洒终日夕。
阴生古苔绿，色染秋烟碧。何当凌云霄，直上数千尺。

庭松

（唐）白居易

堂下何所有？十松当我阶。乱立无行次，高下亦不齐。
高者三丈长，下者十尺低。有如野生物，不知何人栽。
接以青瓦屋，承之白沙台。朝昏有风月，燥湿无尘泥。
疏韵秋槭槭，凉阴夏凄凄。春深微雨夕，满叶珠蓑蓑。
岁暮大雪天，压枝玉皑皑。四时各有趣，万木非其侪。
去年买此宅，多为人所哈。一家二十口，移转就松来。
移来有何得？但得烦襟开。即此是益友，岂必交贤才。

顾我犹俗士,冠盖走尘埃。未称为松主,时时一愧怀。

松声

(唐)白居易

月好好独坐,双松在前轩。西南微风来,潜入枝叶间。
萧寥发为声,半夜明月前。寒山飒飒雨,秋琴泠泠絃。
一闻涤炎暑,再听破昏烦。竟夕遂不寐,心体俱翛然。
南陌车马动,西邻歌吹繁。谁知兹檐下,满耳不为喧。

赠卖松者

(唐)白居易

一束苍苍色,知从涧底来。劚掘经几日,枝叶满尘埃。
不买非他意,城中无地栽。

西斋小松

(唐)元稹

松树短于我,清风亦已多。况乃枝上雪,动摇微月波。
幽姿得闲地,讵感岁蹉跎。但恐厦终构,藉君当奈何?

咏道上松

(宋)孔平仲

长松高落落,积雪白皑皑。鳞鬣冻且僵,郁结久不开。
观其缠压意,直使同枯荄。雁带寒光去,鸟传春信来。
微阳入直榦,生意忽已回。豁若醉初醒,整顿出尘埃。
秀色媚山腹,孤标摩斗魁。时至自当复,安得长摧颓。
若非根本壮,何能异草莱。

同希颜怪松

(金)冯璧

崧高地气灵,花木竞妍秀。玉峰西南趾,有松独怪陋。

偃蹇如蟠螭，奋迅如攫兽。叶劲须髯张，皮古鳞甲皱。
菌蠹藤瘿怒，支离筇节瘦。月上虬影摇，风度雨声骤。
子落慰枯禅，枝樛碍飞鼬。盘根万乘器，平盖千岁寿。
樵斤幸免辱，厦匠矧肯构。龙化会有时，天旱期汝救。

乐山松
（金）刘从益

乐山一何崇，上有千岁松。清孤月露底，秀拔天地中。
蒲柳抱常质，桃李开芳容。争如十八公，笑傲冰霜风。
居然喜避世，不肯污秦封。蟠如北海螭，伏如南阳龙。
纷纷过者多，匠石终不逢。明堂几时构？唤起苍髯翁。

种　松
（元）刘因

万牛来丘山，大厦高崔嵬。当年谁苦辛，遗此千岁材。
手持百松子，与之俱倾颏。殷勤嘱造物，为护荒山隈。
今来见豪末，喜溢苍烟堆。十年望根立，百年排风雷。
自此千万年，再见明堂开。东家十年计，戢戢千头栽。
岂不早有望，求此良悠哉。

题松云斋十五韵
（元）叶颙

青松如舞蛟，白云如游龙。龙游化甘霖，与世为年丰；
蛟舞散清影，利爪拏高穹。二者无限奇，尽入幽人宫。
幽人室悬磬〔罄〕，隐约松云中。松秀悦耳目，云生荡心胸。
读书坐云石，鼓琴杂松风。无往不自得，深喜世虑空。
披云采松花，何啻食万钟。万钟食有尽，松花味无穷。
松云幸无恙，天地同始终。扶筇一相顾，摩云抚孤松。
问松几何年，适与云会同？松静了不言，云去寻无踪。

回首万峰顶，但见山重重。

松壑

（明）袁凯

矫矫千岁姿，生此众石间。微飔度岩阿，殷殷起波澜。
幽人一壶酒，日夕自怡颜。安得川上舟，与子相往还？

听松

（明）邵宝

听松复听松，松声在高阁。阁成四十年，听者今如昨。
风来春涛生，风去秋涛落。当其无风时，萧然亦微作。
聪者听于斯，冥心对寥廓。

松下居

（明）僧宗泐

我此松下居，即事良可悦。闭户留白云，开轩放明月。
松响风忽来，泉流雨初歇。时有西斋人，相亲默无说。

◆ 七言古　附长短句

灵溪老松歌

（唐）卢士衡

灵溪古观坛西角，千尺鳞皴栋梁朴。
横出一枝戛楼阁，直上一枝扫寥廓。
白日苍苔拥根脚，月明风撼寒光落。
有时风雨晦暝摆，撼若黑龙之腾跃。
合生于象外峰峦，枉滞乎人间山岳。
安得巨灵授请托，拔向青桂白榆边安著。

小松歌
（唐）李咸用

幽人不喜凡草生，秋锄劚得寒青青。
庭闲土瘦根脚狞，风摇雨拂精神醒。
短影月斜不满尺，清声细入鸣蛩夕。
天人戏剪苍龙髯，参差簇在瑶阶侧。
金精水鬼欺不得，长与东皇逗颜色。
劲节暂因君子移，贞心不为麻中直。

松障图歌
（元）陈泰

何人独立身堂堂，十八公子须髯苍。
凝冰不遣势摧折，清籁时与髯低昂。
兰为兄兮雪为友，燕坐松间自呼酒。
眼花耳热鳞鬣生，千尺龙蛇入挥手。
手中松月自离笔，已见云烟生蓊郁。
倘非白昼堂宇空，真恐幽阴鬼神出。
平生始识颜平原，坚苦绝胜甜中边。
世间画史千金价，惜哉此松不多画。

赋得贞松寿姑苏张继孟八十
（明）刘溥

徂徕之松何蜿蜓，根盘厚地枝摩天。
气横东南动光彩，泰山风雪衡山烟。
长风吹天天宇开，飒飒海涛天上来。
世间草木总卑小，如就彭祖观婴孩。
古来君子不改德，松亦何尝改其色。
往往工师求栋梁，重如山岳谁移得。

春风细洒金粉香，茯苓寒凝琥珀光。
为君取此制春酒，饮之眉寿同无疆。

◆ 五言律

松

（唐）李峤

郁郁高岩表，森森幽涧陲。鹤栖君子树，风拂大夫枝。
百尺条阴合，千年盖影披。岁寒终不改，劲节幸君知。

严郑公阶下新松得沾字

（唐）杜甫

弱质岂自负，移根方尔瞻。细声闻玉帐，疏翠近珠簾。
未见紫烟集，虚蒙清露沾。何当一百丈，欹盖拥高檐。

松

（唐）陆肱

雪霜知劲质，今古占嘉名。断砌盘根远，疏林偃盖清。
鹤栖何代色，僧老四时声。郁郁心弥久，烟高万井生。

高 松

（唐）李商隐

高松出众木，伴我向天涯。客散初晴后，僧来不语时。
有风传雅韵，无雪试幽姿。上药终相待，他年访伏龟。

广德官舍二松

（唐）喻凫

杨公休簿领，二木日坚牢。直甚彰吾节，清终庇尔曹。
幽阴月里细，冷树雪中高。谁见干霄后，枝飘白鹤毛。

和李用夫栽小松
（唐）项斯

移来未换叶，已胜在空山。静对心标直，遥吟境助闲。
影侵残雪际，声透小窗间。即耸凌空榦，翛翛岂易攀。

题唐兴寺小松
（唐）杜荀鹤

虽小天然别，难将众木同。侵僧半窗月，向客一襟风。
枝拂行苔鹤，声分叫砌虫。如今未堪看，须待雪霜中。

和薛侍御题兴善寺松
（唐）许棠

何年飋到城，满国响高名。半寺阴常匝，邻坊景亦清。
代多无朽势，风定有馀声。自得天然状，非同涧底生。

移小松
（唐）张乔

松子落何年，纤枝长水边。斫开新润雪，移出远林烟。
带月栖幽鸟，兼花灌冷泉。微风动清韵，闲听罢琴眠。

僧院松
（唐）曹松

此木韵弥全，秋宵学瑟絃。空知百馀尺，未定几多年。
古甲磨云拆，孤根捉地坚。何当抛一榦，作盖道场前。

郑毂补阙山松
（唐）张蠙

心将积雪欺，根与白云离。远寄僧犹忆，高看鹤未知。
影交新长叶，皴匝旧生枝。多少同时种，深山不得移。

述　松

（唐）王贞白

远谷呈材榦，何由入栋梁？岁寒虚胜竹，功绩不如桑。
秋老落干子，春深裹嫩黄。虽蒙匠者顾，樵采日难防。

松

（唐）僧无可

枝榦怪鳞皴，烟梢出涧新。屈盘高极目，苍翠远惊人。
待鹤移阴过，听风落子频。青青寒木外，自与九霄邻。

赋　松

（南唐）谢仲宣

送人多折柳，唯我独吟松。若保岁寒在，何妨霜雪重。
森梢蓬静境，廓落见孤峰。还似君高节，亭亭勘继踪。

赤松咏

（明）傅汝舟

赤松五千丈，一丈一云生。蛟龙分叶卧，雷雨抱枝鸣。
阴好鹤长在，巢居仙自营。鬣苓须指夕，辅取九丹成。

松

（明）申时行

宛转随高阜，青葱结茂林。团云低盖影，挟雨送涛音。
节抱风霜苦，根盘岁月深。亦知弘景意，山阁助清吟。

◆ **五言排律**

贡院楼北新栽小松

（唐）李正封

青苍初得地，华省植来新。尚带山中色，犹含洞里春。

近楼依北户，隐砌净游尘。鹤寿应成盖，龙形未有鳞。
为梁资大厦，封爵耻嬴秦。幸此观光日，清风屡得亲。

贡院楼北新栽小松
（唐）钱众仲

爱此凌霜操，移来独占春。贞心初得地，劲节始依人。
笼月烟犹薄，当轩色转新。枝低无宿羽，叶净不留尘。
每与芝兰近，常惭雨露均。幸因逢顾盼，生植及兹辰。

贡院楼北新栽小松
（唐）吴武陵

拂槛爱贞容，移根自远峰。曾经芳草没，终不住苔封。
叶少初凌雪，鳞生欲化龙。乘春濯雨露，得地近垣墉。
逐吹香微动，含烟色渐浓。时回日月照，为谢小山松。

禁中春松
（唐）陆贽

阴阴清禁里，苍翠满春松。雨露恩偏近，阳和色更浓。
高枝分晓日，灵韵杂宵钟。岚助炉烟远，形疑盖影重。
愿符千载寿，不羡五株封。倘得回天眷，全胜老碧峰。

禁中春松
（唐）周存

几岁含贞节，青青紫禁中。日华留偃盖，雉尾转春风。
不为繁霜改，那将众木同。千条攒翠色，百尺澹晴空。
影密金茎近，花明凤沼通。安知幽涧侧，独与散樗丛。

禁中春松
（唐）常沂

映殿松偏好，森森列禁中。攒柯沾圣泽，疏盖引皇风。

晚色连秦苑,春香满汉宫。操将贞石固,材与直臣同。
翠影宜青琐,苍枝秀碧空。还知沐天眷,千载更葱茏。

与杨十二巨源、卢十九经济同游大安亭,各赋二物,合为五韵,探得石松

(唐)元稹

片石与孤松,曾经物外逢。月临栖鹤影,云抱老人峰。
蜀客君当问,秦官我旧封。积膏当琥珀,新劫长芙蓉。
待补苍苍去,樛柯蚤变龙。

中书相公任兵部侍郎日,后阁植四松,逾数年澣忝此官,因献拙什

(唐)郑澣

丞相当时植,幽襟对此开。人知舟楫器,天假栋梁材。
错落龙鳞出,褵褷鹤翅回。重阴罗武库,细响静山台。
得地公堂里,移根涧水隈。吴臣梦寐远,秦岳岁年摧。
转觉飞缨緌,何因继组来?几寻珠履迹,愿比角弓培。
柏悦犹依社,星高久照台。后凋应共操,无复问良媒。

奉和四松

(唐)唐扶

幽抱应无语,贞松遂自栽。寄怀丞相业,因擢大夫材。
日射苍鳞动,尘迎翠幙回。嫩茸含细粉,初叶泛新杯。
偶圣为舟去,逢时与鹤来。寒声连晓竹,静气结阴苔。
赫奕鸣驺至,荧煌洞户开。良辰一临眺,憇树几徘徊。
恨发风期阻,诗从绮思裁。还闻旧凋契,凡在此中培。

奉和四松

(唐)刘禹锡

右相历中台,移松武库栽。紫茸抽组绶,青实长玫瑰。

便有干霄势，看成构厦材。数分天柱半，影逐日轮回。
旧赏台阶去，新知谷口来。息阴长仰望，玩意几徘徊。
翠粒晴悬露，苍鳞雨起苔。凝音助瑶瑟，飘蕊泛金罍。
月桂花遥烛，星榆叶对开。终须似鸡树，荣茂近昭回。

奉和四松

(唐) 雍陶

右相历兵署，四松皆手栽。斸时惊鹤去，移处带云来。
根倍双桐植，花分八桂开。生成造化力，长作栋梁材。
岂羡兰依省，犹嫌柏占台。出楼终百尺，入梦已三台。
幽韵和宫漏，馀香度酒杯。拂冠枝上雪，染履影中苔。
高位相承地，新诗寡和才。何由比萝蔓，攀附在条枚。

文宣王庙古松

(唐) 李胄

列植成均里，分行古庙前。阴森非一日，苍翠自何年？
寒影烟霜暗，晨光枝叶妍。近檐阴更静，临砌色相鲜。
每愧闻钟磬，多惭接豆笾。更宜教胄子，于此学贞坚。

◆ 七言律

松

(唐) 李山甫

地耸苍龙势抱云，天教青共众材分。
孤标百尺雪中见，长啸一声风里闻。
桃李傍他真是佞，藤萝攀尔亦非群。
平生相爱应相识，谁道修篁胜此君。

题子侄书院双松

(唐) 曹唐

自种双松费几钱，顿令院落似秋天。

能藏此地新晴雨，却惹空山旧烧烟。
枝压细风过枕上，影笼残月到窗前。
莫教取次成闲梦，使汝悠悠十八年。

题净众寺古松

（唐）崔涂

百尺森疏倚梵台，昔人曾见此初栽。
故园未有偏堪恋，浮世如闲即合来。
天暝岂分苍翠色，岁寒应识栋梁材。
清阴可惜不驻得，归去暮城空首回。

松

（唐）韩溉

倚空高槛冷无尘，往事闲征梦欲分。
翠色本宜霜后见，寒声偏向月中闻。
啼猿想带苍山雨，归鹤应和紫府云。
莫向东园近桃李，春光还是不容君。

题吉水县厅前新栽小松

（唐）李中

劚开幽涧藓苔斑，移得孤根植砌前。
影小未遮官舍月，翠浓犹带旧山烟。
群花解笑香宁久，众木虽高节不坚。
输我婆娑栏槛内，晚风萧飒学幽泉。

松

（唐）炙毂子

寒松耸拔倚苍岑，绿叶扶疏自结阴。
丁固梦时还有意，秦皇封日岂无心。
常将正节栖孤鹤，不遣高枝宿众禽。

好是特凋群木后，护霜凌雪翠逾深。

龙形松
（元）谢宗可

夭矫拏云海上来，蜿蜒蜕骨老莓苔。
紫髯夜湿千山雨，铁甲春生万壑雷。
影动欲翻平陆起，声号如卷怒潮回。
蜷枝冷挂岩前月，犹似擎珠照九垓。

罗汉松
（明）屠隆

何年苍叟住禅林，百尺婆娑万壑阴。
四果总来成佛印，一官应不受秦侵。
灵根岁月跏趺久，老榦风霜面壁深。
谡谡回飙响空谷，犹闻清夜海潮音。

◆ 七言排律

遥同蔡起居偃松篇
（唐）张说

清都众木总荣芬，传道孤松最出群。
名接天庭长景色，气连宫阙借氛氲。
悬池的的停华露，偃盖重重拂瑞云。
不惜流膏助仙鼎，愿将桢榦奉明君。
莫比冥灵楚南树，朽老江边代不闻。

◆ 五言绝句

松下雪
（唐）钱起

虽因朔风至，不向瑶台侧。惟助苦寒松，偏明后凋色。

千松岭
（唐）顾况
终日吟天风，有时天籁止。问渠何旨意？恐落凡人耳。

四望驿松
（唐）王建
当初此间别，直至此庭中。何意闻声耳，听他枝上风？

小　松
（唐）王建
小松初数尺，未有直生枝。间即傍边立，看多长却迟。

题翰林院东阁小松
（唐）元稹
檐碍修鳞亚，霜侵簇翠黄。惟馀入琴韵，终待舜絃张。

乳毛松
（唐）郑谷
松格一何高，何人号乳毛？霜天寓直夜，愧尔伴闲曹。

松
（宋）徐铉
细韵风中远，寒青雪后浓。繁阴堪避雨，效用待东封。

松
（金）李俊民
郁郁愁无地，青青独有心。疑从大夫后，倾盖到如今。

◆ 七言绝句

凭韦少府班觅松树子栽
（唐）杜甫

落落出群非榉柳，青青不朽岂杨梅。
欲存老盖千年意，为觅霜根数寸栽。

酬道芬寄画松
（唐）刘商

闻道松花学沈宁，寒枝淅沥叶青青。
一株将比囊中树，若个年多有茯苓。

松树
（唐）白居易

白金换得青松树，君既先栽我不栽。
幸有西风易凭仗，夜深偷送好声来。

省中题新植双松
（唐）贾岛

端坐高宫起远心，云高水阔共幽沉。
更堂寓直将谁语？自种双松伴夜吟。

采松花
（唐）姚合

拟服松花无处学，嵩阳道士忽相教。
朝来试上高枝采，不觉翻倾仙鹤巢。

小松
（唐）章孝标

爪叶鳞条龙不盘，梳风幕翠一庭寒。

莫言只似人长短,须作浮云向上看。

书院二小松
(唐) 李群玉

一双幽色出凡尘,数粒秋烟二尺鳞。
从此静窗闻细韵,琴声长伴读书人。

小　松
(唐) 杜荀鹤

自小刺头深草里,而今渐觉出蓬蒿。
时人不识凌云木,直待凌云始道高。

涧　松
(唐) 崔涂

寸寸凌霜长劲条,路人犹笑未干霄。
南园桃李虽堪羡,争奈春残又寂寥。

题僧院松
(唐) 曹松

空山涧畔枯松树,禅老堂头鳞甲身。
传是昔朝僧种著,下头应有茯苓神。

松　岭
(唐) 陆希声

岭上春松手自栽,已能苍翠映莓苔。
岁寒本是家君事,好送清风月下来。

松
(唐) 成彦雄

大夫名价古今闻,盘屈孤贞更出群。

将谓岭头闲得了，夕阳犹挂数枝云。

华山孤松
（唐）张蠙

石罅引根非土力，冒寒犹助岳莲光。
绿槐生在膏腴地，何得无心拒雪霜。

画松
（唐）僧景云

画松一似真松树，且待寻思记得无。
曾在天台山上见，石桥南畔第三株。

江路闻松风
（金）赵可

雪里云山玉作屏，松风入耳细泠泠。
朝来醉著江亭酒，却被髯龙唤得醒。

静芳亭
（元）袁桷

簾外群山当画屏，白云如水度中庭。
松花落径无人扫，失却莓苔一半青。

卷二百七十八　柏　类

◆ 五言古

庭　柏
（北齐）魏收

古松图偃盖，新柏写炉峰。凌寒翠不夺，迎暄绿更浓。
茹叶轻沈体，咀实化衰容。将使中台麝，违山能见从。

双　柏
（元）陈樵

亭亭山上柏，柯榦如青铜。苍古拔俗姿，肯作儿女容？
风霜日摇落，万木为之空。尔独不见摧，屹立如老翁。
乃知归根妙，生意恒内融。愿乘雷雨兴，化作双飞龙。

柏　屏
（明）顾璘

壁立青玉屏，下见古柏根。相怜岁寒叶，郁作苍云屯。
贞姿洗霜雪，老气横乾坤。名园非此种，谁可当君门？

◆ 七言古

古柏行
（唐）杜甫

孔明庙前有老柏，柯如青铜根如石。

霜皮溜雨四十围，黛色参天二千尺。
君臣已与时际会，树木犹为人爱惜。
云来气接巫峡长，月出寒通雪山白。
忆昨路绕锦亭东，先主武侯同閟宫。
崔嵬枝榦郊原古，窈窕丹青户牖空。
落落盘踞谁得地，冥冥孤高多烈风。
扶持自是神明力，正直原因造化功。
大厦如倾要梁栋，万牛回首丘山重。
不露文章世已惊，未辞剪伐谁能送。
苦心岂免容蝼蚁，香叶终经宿鸾凤。
志士幽人莫怨嗟，古来材大难为用。

◆ 五 言 律

使院中新栽柏树子呈李十五栖筠
（唐）岑参

爱尔青青色，移根此地来。不曾台上种，留向碛中栽。
翠叶欺门柳，狂花笑院梅。不须愁岁晚，霜露岂能摧。

穗柏联句
（唐）段成式

一院暑难侵，莓苔共影深。标枝争息鸟，馀吹正开襟。（成式）
宿雨香添色，残阳石在阴。乘闲动诗意，助静入禅心。（张希复）

古 柏
（唐）李洞

手植知何代，年齐偃盖松。结根生别树，吹子落邻峰。
古榦经龙嗅，高烟过雁冲。可知繁叶尽，声不碍秋钟。

◆ 五言绝句

指柏轩

（明）高启

清阴护燕几，中有忘言客。人来问不应，笑指庭前柏。

◆ 七言绝句

武侯庙古柏

（唐）雍陶

宿叶四时同一色，高枝千岁对孤峰。
此中疑有精灵在，为见盘根是卧龙。

题龙兴寺老柏院

（宋）张在

南邻北舍牡丹开，年少寻芳去又回。
惟有君家老柏树，春风恰似不曾来。

禹柏图

（元）吴师道

柏贡荆州任土风，汉阳遗树尚葱茏。
休夸此是亲曾植，四海青青尽禹功。

卷二百七十九　桧　类

◆ 五言古

济南庙中古桧同叔能赋
　　　　　　　　　　（金）元好问

亭亭祠宫桧，郁郁上云雨。扶持几来年，造物心独苦。
青馀玉川润，根入铁岸古。虽含栋梁姿，斤斧安得取？
沈泬地中久，骇浪思一鼓。天柱屹不移，水国奠平土。
乾坤此神物，甲乙存世谱。濑乡留耳孙，阙里传鼻祖。
秦松徒自污，蜀柏聊共数。会待十抱成，兹焉重摩拊。

◆ 长短句

致道观看七星桧树歌
　　　　　　　　　　（明）孙一元

海虞山前突兀见古桧，眼中气势相盘拏。
上应七曜分布有神会，地灵千岁储英华。
皴皮无文尽驳落，老根化石吞泥沙。
据山嵓岜，映壑谽谺。身枯溜雨，枝黑藏蛇。
伫立顷刻云雾遮，日落未落山之厓。
同行观者皆叹嗟，舌扪颈缩无敢哗。
归来灵物不可究，夜宿撼床恐龙斗。

◆ 五言律

画 桧

(元) 虞集

茅山多古树，此桧更长生。鹳鹤栖来稳，蛟龙化得成。
云深还近户，月落似闻笙。千载如相见，苍然故旧情。

◆ 七言律

谢寺双桧

(唐) 刘禹锡

双桧苍然古貌奇，含烟吐雾郁参差。
晚依禅客当金殿，初耐将军映画旗。
龙象界中成宝盖，鸳鸯瓦上出高枝。
长明灯是前朝焰，曾照青青年少时。

法云双桧

(唐) 温庭筠

晋朝名辈此离群，想对浓阴去住分。
题处尚寻王内史，画时应是顾将军。
长廊夜静声疑雨，古殿秋深影似云。
一下南台到人世，晓泉清籁更难闻。

桧 树

(唐) 秦韬玉

翠云交榦瘦轮囷，啸雨吟风几百春。
深盖屈盘青麈尾，老皮张展黑龙鳞。
惟堆寒色资琴兴，不放秋声染俗尘。
岁月如波事如梦，竟留苍翠待何人。

陈桧
（明）马弓

古本凌空百尺过，根盘如石铁为柯。
浓阴不碍金莲座，虚籁犹传玉树歌。
倦客解衣频徙倚，老禅卓锡定摩挲。
云门寺里梁朝柏，身上苔痕想更多。

桧
（明）章珪

天挺良材耸百寻，托根仙宿历年深。
能兼老柏冰霜操，不让寒梅铁石心。
夜静绕坛星布列，月明满地翠阴森。
工师若选明堂用，为栋为梁价万金。

◆ 五言绝句

桧和子由
（宋）苏轼

依依古松子，郁郁绿毛身。每长须成节，明年渐庇人。

◆ 七言绝句

自遣诗
（唐）陆龟蒙

花濑濛濛紫气昏，水边山曲更容村。
终须拣取幽栖地，老桧成双便作门。

和重元寺双矮桧
（唐）陆龟蒙

可怜烟刺是青螺，如到双林误礼多。

更忆早秋登北固,海门苍翠出晴波。

醒闻桧

(唐)皮日休

解洗馀醒晨半酒,星星仙吹起云门。
耳根莫厌听佳木,会尽山中寂静源。

重元寺双矮桧

(唐)皮日休

扑地枝回是翠钿,碧丝笼细不成烟。
应如天竺难陀寺,一对狻猊相枕眠。

题法云寺双桧

(唐)方壶居士

谢郎双桧绿于云,昏晓浓阴色未分。
若并毫宫仙鹿迹,定知高峭不如君。

古　桧

(元)虞集

根到深泉石作身,疏疏香叶不知春。
海波不动天风远,千岁寒蛟作老人。

卷二百八十　杉　类

◆ 五言古

郡斋移杉
（唐）韦应物

擢榦方数尺，幽姿已苍然。结根西山寺，来植郡斋前。
新含野露气，稍静高窗眠。虽为赏心遇，岂有岩中缘。

栽　杉
（唐）白居易

劲叶森利剑，孤茎挺端标。才高四五尺，势若干青霄。
移栽东窗前，爱尔寒不凋。病夫卧相对，日夕闲萧萧。
昨为山中树，今为檐下条。虽然遇赏玩，无乃近尘嚣。
犹胜涧谷底，埋没随众樵。不见郁郁松，委质山上苗。

◆ 长短句

古杉行
（元）范梈

丹陵观，有古杉，屹如双阙当云门。
云是钟君之手植，君去此树馀空村。
尾摇翡翠捎八表，根结蛇蛟行九原。
幽边岂无鬼神护，深处直形天地恩。

一方拆裂引穿溜，犹是百年烧火痕。
苍皮树裏渐欲合，始知草木有道存。
或云下有丹火伏，四时地底皆春温。
神还复壮此其验，疑是自此无传喧。
平生政坐嗜奇古，来看适值寒冬昏。
长歌沉思绕其下，夜半月高松露繁。
飘飘叶县凫舄影，牢落丰城龙剑魂。
何当唤起博物者，共骑黄鹄凌昆仑。

◆ 七言绝句

题中峰杉径

（宋）朱子

盘回山腹转修蛇，横入中峰小隐家。
好把稚杉缘径插，待迎凉月看清华。

卷二百八十一 榆　类

◆ 五 言 古

榆

（明）吴宽

始我种三榆，近在亭之左。西日待隐蔽，阴成客能坐。
七年长渐高，密叶已交锁。生钱闻可食，贫者当果蓏。
其一忽憔悴，啮腹缘蚁螺。持斧欲伐之，材未中船舵。
藤蔓方附丽，不伐亦自可。古人无弃物，守囿常用跛。

◆ 五言绝句

榆

（宋）张耒

修柯遇云日，老柽干虹霓。嗟尔臃肿材，大匠何见遗？

◆ 七言绝句

贫居春怨

（唐）雍陶

贫居尽日冷风烟，独向檐床看雨眠。
寂寞春风花落后，满庭榆荚似秋天。

榆　钱

　　　　　　　　（宋）孔平仲

镂雪裁绡个个圆，日斜风定稳如穿。
凭谁细与东君说，买住青春费几钱？

春　晚

　　　　　　　　（宋）僧道潜

叠颖丛条翠欲流，午阴浓处听鸣鸠。
儿童赌罢榆钱去，狼藉春风漫不收。

次韵答李拚之

　　　　　　　　（明）王弼

榾柮炉头拥薄绵，嫩寒微雨暮春天。
不知诗思能多少，榆叶梨花已满前。

无　题

　　　　　　　　（明）康栗

笑看海云初起处，吾家隐隐碧天隅。
何时跨鹤随风去，同与仙人坐白榆。

卷二百八十二　　槐　类

◆ 七言古

孔林瑞槐歌
（元）迺贤

阙里阴阴槐树古，百尺长柯挟风雨。
密叶盘空拥翠云，深根贯石流琼乳。
苍皮皴蚀纹异常，天成篆籀分毫芒。
游丝紊错科斗乱，云气飞动龙鸾翔。
嬴秦书焚士坑僇，几叹遗经藏壁屋。
千年圣道复昭明，喜见文章出嘉木。
神明元胄嗣上公，雨露滋沐深培封。
清阴如水石坛静，弹琴树底歌薰风。

◆ 五言律

咏　槐
（唐）李峤

暮律移寒火，春宫长旧栽。叶生驰道侧，花落凤庭限。
烈士怀忠触，鸿儒访业来。何当赤墀下，疏榦拟三台。

◆ 七言律

槐　花
（唐）罗邺

行宫门外陌铜驼，两畔分栽此最多。
欲到清秋近时节，争开金蕊向关河。
层楼寄恨飘珠箔，骏马怜香撼玉珂。
愁杀江南随计者，年年为尔剩奔波。

宫　槐
（宋）梅尧臣

汉家宫殿荫长槐，嫩色葱葱不染埃。
天仗龙旗穿影去，钩陈豹尾拂枝来。
青虫挂后蜂衔子，素月生来桂并栽。
我意方同杜工部，冷淘惟喜叶新开。

◆ 五言绝句

宫槐陌
（唐）王维

仄径荫宫槐，幽阴多绿苔。应门但迎扫，畏有山僧来。

宫槐陌
（唐）裴迪

门前宫槐陌，是向欹湖道。秋来山雨多，落叶无人扫。

槐
（宋）苏轼

采撷殊未厌，忽然已成阴。蝉鸣看不见，鹤立赴还深。

罢直图
（明）练子宁

草诏下金銮，宫槐白露寒。紫骝骄不鞚，明月在阑干。

◆ 七言绝句

送人入蜀
（唐）杨凝

剑阁迢迢梦想间，行人归路绕梁山。
明朝骑马摇鞭去，秋雨槐花子午关。

槐 花
（唐）郑谷

毵毵金蕊扑晴空，举子心惊落照中。
今日老郎犹有恨，昔年相谑十秋风。

题 槐
（唐）翁承赞

雨中妆点望中黄，勾引蝉声送夕阳。
忆得当年随计吏，马蹄终日为君忙。

溪阴堂
（宋）苏轼

白水满时双鹭下，绿槐高处一蝉吟。
酒醒门外三竿日，卧看溪南十亩阴。

轼以去岁春夏侍立迩英，而秋冬之交子由相继入侍，次韵绝句四首，各述所怀（录一）
（宋）苏轼

瞳瞳日脚晓犹清，细细槐花暖欲零。

坐阅诸公半廊庙,时看黄色起天庭。

夏日田园杂兴
(宋)范成大

槐叶初匀日气凉,葱葱鼠耳翠成双。
三公只得三枝看,闲客清阴满北窗。

槐　影
(宋)许月卿

槐影本来惟戴日,蝉声固自未知秋。
斜阳薄雨羊归径,冷月横星人倚楼。

玉堂槐花
(金)赵秉文

玉堂阴合冷窗纱,雨过银泥引篆蜗。
萱草茇葵俱不见,蜂声满院采槐花。

玉堂闲适图
(元)王恽

醉岸乌纱殿影东,宫花低映酒波红。
兴来草罢长杨赋,独占高槐洒晚风。

即　事
(元)赵孟頫

庭槐风静绿阴多,睡起茶馀日影过。
自笑老来无复梦,闲看行蚁上南柯。

庭　槐
(元)郑允端

风转庭槐拂槛开,绿阴如染净无埃。

妇人不作功名梦,闲看南柯蚁往来。

　　　　拟宫词
　　　　　　　(明)袁宏道
百子池头九子萍,美人双照月棱青。
宫槐叶落秋如水,诵得《莲花》两卷经。

卷二百八十三　梧桐类

◆ 五言古

双　桐
（魏）明帝

双桐生空井，枝叶自相加。通泉浸其根，元（玄）雨润其柯。

咏　桐
（齐）王融

骞凤影层枝，轻虹镜展绿。岂斅龙门幽，直慕瑶池曲。

游东堂咏桐
（齐）谢朓

孤桐北窗外，高枝百尺馀。叶生既婀娜，叶落更扶疏。无华复无实，何以赠离居？裁为珪与瑞，足可命参墟。

咏孤桐
（梁）沈约

龙门百尺时，排云少孤立。分根荫玉池，欲待高鸾集。

咏梧桐
（梁）沈约

秋还遽已落，春晓犹未荑。微叶虽可贱，一剪或成珪。

咏 桐

（隋）魏澹

本求裁作瑟，何用削成珪。愿寄华庭里，枝横待凤栖。

答李伯鱼桐竹

（唐）张说

结庐桐竹下，室迩人相深。接垣分竹径，隔户共桐阴。
落花朝满岸，明月夜披林。竹有龙鸣管，桐留凤舞琴。
奇声与高节，非君谁赏心？

桐竹赠张燕公

（唐）李伯鱼

北竹青桐北，南桐绿竹南。竹林君早爱，桐树我初贪。
凤栖桐不愧，凤食竹何惭。栖食更如此，馀非凤所堪。

段宥厅孤桐

（唐）王昌龄

凤凰所宿处，月映孤桐寒。槁叶零落尽，空柯苍翠残。
虚心谁能见，直影非无端。响发调尚苦，清商劳一弹。

题僧房双桐

（唐）李颀

青桐双拂日，傍带凌霄花。绿叶传僧磬，清阴润井华。
谁能事音律？焦尾蔡邕家。

梧 桐

（唐）戴叔伦

亭亭南轩外，贞榦修且直。广叶结青阴，繁花连素色。
天资韶雅性，不愧知音识。

题鲜于子骏桐轩
####	（宋）司马光

朝阳升东隅，照此庭下桐。莘莘复萋萋，居然古人风。
疏枝青玉笴，密叶翠羽蒙。午景凝馀清，夕照留残红。
雨响甍栋外，风生户牖中。主人政多暇，步赏幸从容。
终当致威凤，览德鸣噰噰。又将施五絃，解愠歌帝宫。

拟　古
####	（金）张建

莘莘峄山桐，一树十二枝。枝分十二律，所指各不移。
何为师襄子，独谓东南奇？一律不可缺，一枝不可遗。
谁能以此意，说似典乐夔？

桐　树
####	（明）高启

晴粉朝英坠，凉琼夏叶舒。鸟啼高树早，蝉转薄疏虚。
朱絃未荐曲，彤管屡题诗。坐恐销华泽，商吹起前除。

洗　桐
####	（明）王问

梧桐生高冈，莘莘贻夏阴。挹取叶上露，为子洗其心。
有时藉槁（稿）君，闲情寄徽音。何以报尔德？激泉濯朝林。
永日影相对，勿使尘涴侵。

◆ 七言古

登乐陵台倚梧桐望月有怀南台李御史
####	（元）萨都剌

凉风吹堕梧桐叶，泻下泠泠露华白。

乐陵台上悄无人，独倚梧桐看秋月。
月高当午桐阴直，不觉衣沾露华湿。
此时却忆在金陵，酒醒江楼听秋笛。

◆ 五 言 律

桐

（唐）李峤

孤秀峰阳岑，亭亭出众林。春光杂凤影，秋月弄圭阴。
高映龙门迥，双依玉井深。不因将入爨，谁为作鸣琴？

次韵择之梧竹二首并呈季通

（宋）朱子

永日长梧下，清阴小院幽。自怜风裊裊，客赋雨浏浏。
作别今千里，相思欲九秋。更怜同社友，复此误淹留。

月下新桐喜徐元叹至

（明）钟惺

是物多妨月，桐阴殊不然。长如晨露引，不隔晚凉天。
绿满清虚内，光生幽独边。怀新君亦尔，到在夕阳先。

◆ 七 言 律

周履道征赋梧桐月

（明）周翼

云卷清秋画角悲，梧桐满地月明时。
斜穿翠叶通银井，化作金波落砚池。
青女乍惊乌鹊梦，素娥偏惜凤凰枝。
故人有约来何暮，独立云阶影渐移。

◆ 五言绝句

题桐叶

（唐）韦应物

参差剪绿绮，萧洒覆琼柯。忆在沣东寺，偏书此叶多。

◆ 七言绝句

丹 丘

（唐）李商隐

青女丁宁结夜霜，羲和辛苦送朝阳。
丹丘万里无消息，几对梧桐忆凤凰。

蜀 桐

（唐）李商隐

玉垒高桐拂玉绳，上含非雾下含冰。
枉教紫凤无栖处，斲作秋琴弹《广陵》。

齐安偶题

（唐）杜牧

秋声无不搅离心，梦泽蒹葭楚雨深。
自滴阶前大梧叶，干君何事动哀吟？

夜

（宋）朱子

独宿山房夜气清，一窗凉月共虚明。
邻鸡未作人声寂，时听高梧滴露声。

暑中杂兴
（宋）方岳

是非不到野溪边，只就梧桐听雨眠。
睡熟不知溪水长，鹭鸶飞上钓鱼船。

暮春
（金）蔡珪

陌上歌声枕上听，秋千梧影两亭亭。
春风三月正花好，晓日一竿初酒醒。

桐花
（元）方回

怅惜年光怨子规，王孙见事一何迟。
等闲春过三分二，凭仗桐花报与知。

和薛伯通韵
（元）耶律楚材

黄花红叶满秋山，月浸银河夜未阑。
寂寞梧桐深院落，有人何处倚阑干。

怀友时住夏玉泉山
（元）黄清老

远水平林翠绕城，秋来风雨动离情。
玉泉千尺梧桐树，月下时闻落叶声。

杂咏
（元）吴景奎

野人居处绝纷哗，芳楥疏篱八九家。
昨夜山中风雨急，晓来门巷扫桐花。

梧 桐

（元）丁鹤年

井梧彻夜下霜风，锦绣园林瞬息空。
老尽秋容何足惜，凤巢吹堕月明中。

梧 桐

（元）郑允端

梧桐叶上秋先到，索索萧萧向树鸣。
为报西风莫吹却，夜深留取听秋声。

秋闺思

（明）孙蕡

凉夜箫声处处过，玉楼高起偪天河。
西风瘦尽梧桐叶，添得西窗月影多。

醉 起

（明）黄姬水

山中长日卧烟霞，车马无尘静不哗。
石上酒醒天已暮，一簾月色覆桐花。

卷二百八十四　榕　类

◆ 五言律

南峰庵庵径有古榕树，悬枝对峙，宛若关门
（明）傅汝舟

古树上危根，依天巧作门。云飞不在外，虎过定消魂。
野客逢迎少，山僧出入尊。朋游坐不厌，叶落满金樽。

◆ 七言绝句

柳州二月榕叶落尽偶题
（唐）柳宗元

宦情羁思共凄凄，春半如秋意转迷。
山城过雨百花尽，榕叶满庭莺乱啼。

榕溪阁（山谷南迁，维舟榕下。）
（宋）刘克庄

榕声竹影一溪风，迁客曾来系短蓬。
我与竹君俱晚出，两榕犹及识涪翁。

卷二百八十五　椿　类

◆ 七言古

灵　椿

（宋）刘敞

野人独爱灵椿馆，馆西灵椿耸危榦。
风揉雨炼三月馀，奕奕中庭荫华伞。

◆ 七言绝句

天坛杂诗

（金）元好问

溪童相对采椿芽，指似阳坡说种瓜。
想得近山营马少，青林深处有人家。

卷二百八十六　楠　类

◆ 五言古

　　　　和宣州钱判官使院厅前石楠树
　　　　　　　　　　　　（唐）孟郊

大朴既一剖，众材争万殊。懿兹南海华，来与北壤俱。
生长如自惜，雪霜无凋渝。笼笼抱灵秀，簇簇抽芳肤。
寒日吐丹艳，赪子流细珠。鸳鸯花数重，翡翠叶四铺。
雨洗新妆色，一枝如一姝。耸异敷庭际，倾妍来坐隅。
散彩饰机案，馀辉盈盘盂。高意因造化，常情逐荣枯。
主公方寸中，陶植在须臾。养此奉君子，赏觌日为娱。
始觉石楠咏，价倾赋两都。《棠颂》庶可比，桂词难以逾。
因谢丘墟木，空采落泥涂。时来开佳姿，道去卧枯株。
争芳无由缘，受气如郁纡。抽肝在郢匠，叹息何踟蹰。

◆ 七言古

　　　　题巴州光福寺楠木
　　　　　　　　　　　　（唐）严武

楚江长流对楚寺，楠木幽生赤崖背。
临溪插石盘老根，苔色青苍山雨痕。
高枝闹叶鸟不度，半掩白云朝与暮。
香殿萧条转密阴，花龛滴沥垂青露。

闻道偏多越水头，烟生霁敛使人愁。
月明忽忆湘川夜，猿叫还思鄂渚秋。
看君幽霭几千丈，寂寞穷山今遇赏。
亦知钟梵报黄昏，犹卧禅林恋奇响。

题巴州光福寺楠木
（唐）史俊

近郭城南山寺深，亭亭奇树出禅林。
结根幽壑不知岁，耸盖摩天凡几寻。
翠色晚将岚气合，月光时有夜猿吟。
经行绿叶望成盖，宴坐黄花长满襟。
此木尝闻生豫章，今朝独秀在巴乡。
凌霜不肯让松柏，作宇由来称栋梁。
会待良工时一盼，应归法水作慈航。

◆ 五 言 律

高　楠
（唐）杜甫

楠树色冥冥，江边一盖青。近根开药圃，接叶制茅亭。
落景阴犹合，微风韵可听。寻常绝醉困，卧此片时醒。

◆ 七 言 律

石楠树
（唐）白居易

可怜颜色好阴凉，叶剪红笺花扑霜。
伞盖低垂金翡翠，薰笼乱搭绣衣裳。
春芽细炷千灯焰，夏蕊浓闻百和香。
见说上林无此树，只教桃柳占年芳。

◆ 七言绝句

看石楠花

（唐）王建

留得行人忘却归，雨中须是石楠枝。
明朝独上铜台路，容见花开少许时。

石　楠

（唐）司空图

客处媱闲未是闲，石楠虽好懒频攀。
如何风叶西归路，吹断寒云见故山。

卷二百八十七　桑　类

◆ 五言古

采桑度
（晋）乐府

蚕生春三月，春桑正含绿。女儿采春桑，歌吹当春曲。

种桑诗
（宋）谢灵运

诗人陈条柯，亦有美攘剔。前修为谁故，后事资纺绩。
常佩知方诫，愧微富教益。浮阳骛嘉月，艺桑迨闲隙。
疏栏发近郛，长行达广场。旷流始愬泉，涸涂犹跬迹。
俾此将长成，慰我海外役。

陌上桑
（梁）王台卿

令月开和景，处处动春心。挂筐须叶满，息倦重枝阴。

春　词
（唐）常建

翳翳陌上桑，南枝交北堂。美人金梯出，素手自提筐。
非但畏蚕饥，盈盈娇路傍。

采 桑
（唐）王建

鸟鸣桑叶间，叶绿条复柔。
扳（攀）看去手近，散（放）下长长钩。
黄花盖野田，白马少年游。所念岂回顾，良人在高楼。

陌上桑
（明）杨基

青青陌上桑，叶叶带春雨。已有催丝人，咄咄桑下语。

◆ 长 短 句

采桑曲
（宋）郑震

晴采桑，雨采桑，田头陌上家家忙。
去年养蚕十分熟，蚕姑只著麻衣裳。

采桑曲
（明）宋璲

桑芽露春微似粟，小姑把蚕试新浴。
素翎频扫细于蚁，嫩叶纤纤初上指。
朝采桑，暮采桑，采桑不得盈顷筐。
羞将辛苦向姑语，妾命自知桑叶比。
家中蚕早未成眠，大姑已卖新丝钱。
岸上何人紫花马，却欲抛金桑树下。

◆ 五言绝句

春闺思
（唐）张仲素

袅袅城边柳，青青陌上桑。提笼忘采叶，昨夜梦渔阳。

杨下采桑
（唐）张祜

飞丝惹绿尘，软叶对孤轮。今朝入园去，物色强著人。

采桑
（唐）郑谷

晓陌携笼去，桑林路隔淮。何如斗百草，赌取凤凰钗。

江南乐
（明）徐祯卿

人言江南薄，江南信自乐。采桑作蚕丝，罗绮任侬著。

◆ 七言绝句

采桑曲
（元）赵孟頫

野雉朝雊雊且飞，谁家女儿采桑归。
欲折花枝插丫髻，还愁草露湿裳衣。

桑
（明）陈继儒

女桑新绿映宫槐，三月春风戴胜来。
织就鸳鸯锦千匹，金刀先取合欢裁。

卷二百八十八　楸　类

◆ 七言绝句

绝　句
（唐）杜甫

楸树馨香倚钓矶，斩新花蕊未应飞。
不如醉里风吹尽，可忍醒时雨打稀。

楸　树
（唐）韩愈

几岁生成为大树，一朝缠绕困长藤。
谁人与脱青罗帔，看吐高花万万层。

幸自枝条能树立，何烦萝蔓作交加。
旁人不解寻根本，却道新花胜旧花。

梦中绝句
（宋）苏轼

楸树高花欲插天，暖风迟日共茫然。
落英满地君方见，惆怅春光又一年。

楸　树
（金）元德明

道边楸树老龙形，社酒浇来渐有灵。

只恐等闲风雨夜,怒随雷电上青冥。

楸　花

（元）段克己

楸树馨香见未曾,墙西碧盖耸孤棱。
会须雨洗尘埃尽,看吐高花一万层。

传统文化修养丛书

佩文斋咏物诗选

（最新点校本）

5

（清）汪霦等—编

乔继堂—整理

上海科学技术文献出版社
Shanghai Scientific and Technological Literature Press

本册目录

卷二百八十九　杨柳类

五言古 …………………… 2193
　折杨柳（梁）简文帝 / 2193
　咏阳云楼檐柳
　　（梁）元帝 / 2193
　赋得垂柳映斜溪
　　（陈）张正见 / 2193
　西涧种柳（唐）韦应物 / 2193
　东涧种柳（唐）白居易 / 2194
　柳堤（明）袁凯 / 2194
七言古　附长短句 ……… 2194
　咏柳（唐）许景先 / 2194
　官渡柳歌送李员外承恩往来
　　扬州觐省（唐）独孤及 / 2195
　岸柳（宋）杨万里 / 2195
五言律 …………………… 2195
　春池柳（唐）太宗 / 2195
　柳（唐）李峤 / 2195
　望汉阳柳色寄王宰
　　（唐）李白 / 2196
　柳边（唐）杜甫 / 2196
　赋得长亭柳（唐）戴叔伦 / 2196

生春（唐）元稹 / 2196
柳（唐）李商隐 / 2196
谑柳（唐）李商隐 / 2196
咏柳（唐）方干 / 2197
咏柳（唐）吴融 / 2197
柳花寄人（唐）李建勋 / 2197
折柳亭（宋）孔平仲 / 2197
折杨柳（元）钱惟善 / 2197
杨花（元）僧善住 / 2197
绿窗诗（元）孙淑 / 2198
宫柳（明）陈沂 / 2198
折杨柳（明）杨慎 / 2198
赋得新柳送别
　（明）谢肇淛 / 2198
孤柳（明）僧德祥 / 2198
折杨柳（明）杨文俪 / 2198
五言排律 ………………… 2199
　小苑春望宫池柳色
　　（唐）张昔 / 2199
　御沟新柳（唐）贾棱 / 2199
　御沟新柳（唐）冯宿 / 2199
　御沟新柳（唐）陈羽 / 2199
　御沟新柳（唐）杜荀鹤 / 2199

垂柳　（唐）李商隐／2200
柳絮　（金）高廷玉／2200
柳巷　（元）许有孚／2200

七言律 …………………… 2200
柳絮　（唐）刘禹锡／2200
喜小楼西新柳抽条
　　（唐）白居易／2201
柳　（唐）李商隐／2201
题柳　（唐）温庭筠／2201
咏柳　（唐）薛逢／2201
新柳　（唐）薛能／2202
柳　（唐）罗绍威／2202
咏柳　（唐）李咸用／2202
折杨柳　（唐）翁绶／2202
新柳　（唐）顾云／2203
柳　（唐）徐夤／2203
咏柳　（宋）王十朋／2203
杨花　（金）邢安国／2203
反垂柳短吟　（元）刘因／2204
风柳　（元）张弘范／2204
柳眼　（元）谢宗可／2204
赋杨花　（元）陈基／2204
杨花　（元）马臻／2205
杨花　（明）睿宗／2205
杨花　（明）谢晋／2205
糁径杨花　（明）李东阳／2205
宫柳　（明）石珤／2206
武昌柳　（明）钱希言／2206
咏新柳　（明）徐桂／2206

柳　（明）朱谋㙔／2206
烟柳　（明）朱之蕃／2207
沾泥絮　（明）朱之蕃／2207
应制赋禁中柳絮
　　（明）潘纬／2207
咏湖上新柳　（明）李奎／2207
柳　（明）申时行／2208

五言绝句 …………………… 2208
赋得临池柳　（唐）太宗／2208
柳浪　（唐）裴迪／2208
题平阳郡汾桥边柳树
　　（唐）岑参／2208
新柳　（唐）司空曙／2208
山径柳　（唐）顾况／2208
柳花词　（唐）刘禹锡／2209
柳溪　（唐）韩愈／2209
柳下暗记　（唐）李商隐／2209
途中柳　（唐）李中／2209
村居　（元）刘因／2209
渡江　（明）张以宁／2209

七言绝句 …………………… 2209
咏柳　（唐）贺知章／2209
襄阳寒食寄宇文籍
　　（唐）窦巩／2210
杨柳枝　（唐）刘禹锡／2210
池上絮　（唐）韩愈／2210
折杨柳　（唐）杨巨源／2210
赋得灞岸柳留辞郑员外
　　（唐）杨巨源／2211

华清宫前柳（唐）王建 / 2211
忆江柳（唐）白居易 / 2211
杨柳枝词（唐）白居易 / 2211
柳绝句（唐）杜牧 / 2211
东亭柳（唐）赵嘏 / 2212
柳（唐）李商隐 / 2212
离亭赋得折杨柳
　　（唐）李商隐 / 2212
折杨柳（唐）薛能 / 2212
折杨柳（唐）段成式 / 2213
杨柳枝（唐）温庭筠 / 2213
杨柳枝词（唐）韩琮 / 2213
柳（唐）李山甫 / 2213
杨柳枝寿杯词
　　（唐）司空图 / 2214
柳（唐）司空图 / 2215
柳（唐）罗隐 / 2215
柳（唐）罗隐 / 2215
折杨柳（唐）崔涂 / 2215
柳（唐）郑谷 / 2215
杨花（唐）吴融 / 2216
柳（唐）韩偓 / 2216
杨柳枝词（唐）崔道融 / 2216
柳（唐）李中 / 2216
柳（唐）裴说 / 2216
杨柳枝词（唐）孙鲂 / 2217
柳枝词（唐）成彦雄 / 2217
柳枝词（宋）徐铉 / 2217
柳枝词（宋）徐铉 / 2218

柳絮（宋）韩琦 / 2219
再赋柳枝词（宋）韩琦 / 2219
和春卿学士柳枝词
　　（宋）韩琦 / 2219
杨柳（宋）王安石 / 2219
柳絮（宋）陈与义 / 2220
新柳（宋）杨万里 / 2220
杨花（宋）楼钥 / 2220
柳叶词（宋）徐照 / 2220
春晚（宋）僧道潜 / 2220
杨柳（金）高士谈 / 2221
杨花（金）高士谈 / 2221
春日（金）刘勋 / 2221
春柳应制得城字
　　（金）刘㣚 / 2221
乡郡杂诗（金）元好问 / 2221
杨柳（金）元好问 / 2221
南园新柳（元）元淮 / 2222
赋柳（元）蒲道源 / 2222
县下凿池，种柳成聚。晨起
　　视水深五寸……
　　（元）蒲道源 / 2222
杨柳村（元）张伯淳 / 2222
清凉亭衰柳（元）萨都剌 / 2222
春日独坐（元）吴师道 / 2222
飞絮（元）杨维桢 / 2223
柳花词（元）张昱 / 2223
偶成（元）张雨 / 2223
见柳咏怀（元）马臻 / 2223

杨柳枝（明）朱有燉 / 2223
柳枝歌（明）朱有燉 / 2224
杨柳枝词（明）刘基 / 2224
杨柳词（明）方行 / 2224
杨柳枝词（明）胡俨 / 2224
西湖柳枝词（明）瞿佑 / 2225
柳枝词（明）杨慎 / 2225
柳枝词（明）胡安 / 2225
柳（明）黄姬水 / 2225
题柳（明）张凤翼 / 2225
柳枝词（明）章士雅 / 2225
柳枝词（明）吴鼎芳 / 2226
题便面画新柳
　（明）李日华 / 2226
南山杂咏（明）僧怀渭 / 2226
柳塘（明）僧永瑛 / 2226

卷二百九十　柽类

五言古 ·················· 2227
　柽（梁）简文帝 / 2227
　有木诗八首（录一）
　　（唐）白居易 / 2227
　柽（明）吴宽 / 2227
七言古 ·················· 2227
　魏仓曹东堂柽树
　　（唐）李颀 / 2227
七言绝句 ················ 2228
　村居（金）马定国 / 2228
　暮春杂咏（元）僧善住 / 2228

卷二百九十一　乌桕类

七言绝句 ················ 2229
　水亭秋日偶书
　　（宋）林逋 / 2229
　行田（宋）方岳 / 2229
　寄高彬（明）孙蕡 / 2229
　湖村晚眺（明）樊阜 / 2229
　征人早行图（明）杨慎 / 2230

卷二百九十二　冬青类

五言律 ·················· 2231
　洞灵观冬青（唐）许浑 / 2231
七言绝句 ················ 2231
　汉宫曲（唐）韩翃 / 2231
　访隐者不遇（唐）李商隐 / 2231
　宛陵馆冬青树（唐）赵嘏 / 2231
　夏昼小雨（宋）戴昺 / 2232
　田家（元）方夔 / 2232
　画（明）张羽 / 2232

卷二百九十三　银杏类

五言古 ·················· 2233
　永叔内翰遗李太傅家新生鸭脚
　　（宋）梅尧臣 / 2233
　梅圣俞寄银杏
　　（宋）欧阳修 / 2233
　和圣俞鸭脚子
　　（宋）欧阳修 / 2233

七言律 ……………… 2234
　谢济之送银杏（明）吴宽/2234
七言绝句 …………… 2234
　银杏（宋）杨万里/2234

卷二百九十四　木瓜类

七言古 ……………… 2235
　瓜洲谢李德载寄蜂儿木瓜笔
　　（宋）张耒/2235
五言律 ……………… 2235
　木瓜园（宋）文同/2235
七言绝句 …………… 2236
　宫词（元）张昱/2236

卷二百九十五　木槿花类

五言古 ……………… 2237
　咏槿（唐）李白/2237
　木槿（元）舒頔/2237
　白木槿（宋）舒頔/2237
五言律 ……………… 2238
　玩槿花（唐）羊士谔/2238
　槿花（唐）李商隐/2238
　朱槿花（唐）李商隐/2238
　木槿（唐）杨凌/2238
　槿树（宋）谢翱/2238
七言律 ……………… 2239
　道旁槿篱（宋）杨万里/2239
　木槿（明）陆深/2239
五言绝句 …………… 2239

木槿（唐）杨凌/2239
槿花（唐）崔道融/2239
木槿花（明）张以宁/2239
七言绝句 …………… 2240
　题槿花（唐）戎昱/2240
　送王贞（唐）刘商/2240
　白槿花（唐）白居易/2240
　朱槿花（唐）李绅/2240
　夸红槿（唐）徐凝/2240
　洞口人家（元）郭钰/2240
　秋日即事（明）刘基/2241

卷二百九十六　桃花类

五言古 ……………… 2242
　初桃（梁）简文帝/2242
　奉和咏龙门桃花
　　（北齐）萧悫/2242
　晚桃（唐）刘长卿/2242
　桃花（宋）韩驹/2242
　桃园春晓（明）仁宗/2243
七言古 ……………… 2243
　桃源行（唐）王维/2243
　南家桃（唐）元稹/2244
五言律 ……………… 2244
　咏桃（唐）太宗/2244
　桃（唐）李峤/2244
　廨中见桃花南枝已开，北枝
　　未发，因寄杜副端
　　（唐）刘长卿/2244

小桃园（唐）李商隐／2244
邻家桃花（明）高启／2245
桃（明）方九功／2245
五言排律 ················ 2245
　桃花（唐）薛能／2245
七言律 ················ 2245
　晚桃花（唐）白居易／2245
　绯桃（唐）唐彦谦／2246
　绯桃花（唐）李咸用／2246
　桃花（唐）李中／2246
　馆中桃花（宋）孔武仲／2246
　桃花（元）马臻／2247
　碧桃（元）黄石翁／2247
　咏溪上所栽桃
　　（明）袁凯／2247
　桃（明）吴宽／2247
　桃花（明）申时行／2248
　咏红白桃花（明）陈鸿／2248
五言绝句 ················ 2248
　入百丈涧见桃花晚开
　　（唐）刘长卿／2248
　桃坞（唐）韦处厚／2248
　桃坞（唐）张籍／2248
　嘲桃（唐）李商隐／2249
　桃（宋）王十朋／2249
　桃蹊（宋）朱子／2249
　桃（宋）崔德符／2249
　壶中二色桃花
　　（明）杨基／2249

七言绝句 ················ 2249
　侍宴桃花园咏桃花应制
　　（唐）李乂／2249
　从宴桃花园咏桃花应制
　　（唐）赵彦伯／2249
　侍宴桃花园咏桃花应制
　　（唐）苏颋／2250
　桃花园马上应制
　　（唐）张说／2250
　萧八明府寔处觅桃栽
　　（唐）杜甫／2250
　崦里桃花（唐）顾况／2250
　题百叶桃花（唐）韩愈／2250
　大林寺桃花（唐）白居易／2250
　下邽庄南桃花
　　（唐）白居易／2251
　寄题忠州小楼桃花
　　（唐）白居易／2251
　桃花（唐）元稹／2251
　亚枝红（唐）元稹／2251
　玩新桃花（唐）施肩吾／2251
　桃花（唐）白敏中／2252
　酬王秀才桃花园见寄
　　（唐）杜牧／2252
　千秋岭下（唐）赵嘏／2252
　小游仙诗（唐）曹唐／2252
　桃花（唐）周朴／2252
　移桃栽（唐）司空图／2252
　小桃（唐）郑谷／2253

桃花（唐）吴融／2253
桃蹊（唐）陆希声／2253
桃花谷（唐）陆希声／2253
桃花行（唐）阙名／2253
途次叶县观千叶桃花
　（宋）陶弼／2253
尝桃（宋）杨万里／2254
桃（宋）曾裘父／2254
桃（金）段继昌／2254
舟行青溪道中入歙
　（元）方回／2254
小桃（元）王恽／2254
碧桃花（元）张弘范／2254
题舜举折枝桃
　（元）赵孟頫／2255
题宋徽宗献寿桃图
　（元）柳贯／2255
书扇寄玉邑在瑶芳所书是日
　食金桃（元）杨维桢／2255
桃（明）张新／2255
桃花（明）陈宪章／2255
桃花图（明）岳岱／2255
娄塘里桃蹊即事
　（明）娄坚／2256
咏上苑桃花（明）陶望龄／2256
题刘松年桃花山水
　（明）僧德祥／2256
游西洞庭（明）僧德祥／2256

卷二百九十七　梅花类
（附红梅、梅子）

五言古 …………………… 2257
赠范蔚宗（宋）陆凯／2257
雪里觅梅花（梁）简文帝／2257
梅花（梁）吴均／2257
同萧左丞咏摘梅花
　（梁）庾肩吾／2257
雪里梅花（陈）阴铿／2257
梅花落（陈）苏子卿／2258
梅花（北周）庾信／2258
早梅（唐）柳宗元／2258
访梅（宋）徐玑／2258
移梅（元）马祖常／2258
探梅分韵得香字
　（元）于石／2259
题墨梅（元）傅若金／2259
题竹外一枝梅花
　（元）黄清老／2259
七言古　附长短句 ……… 2259
梅花落（宋）鲍照／2259
看梅（隋）侯夫人／2260
郡治燕堂庭中梅花
　（宋）杨万里／2260
筹堂寻梅（金）李俊民／2260
陪于思庸训导登道山亭观梅
　用坡仙韵（元）朱德润／2260

题梅花（明）王冕/2261
竹堂寺探梅（明）沈周/2261
五言律 …………………… 2261
咏梅（唐）李峤/2261
和常州崔使君咏后庭梅
　　（唐）孙逖/2262
江梅（唐）杜甫/2262
山路见梅感而有作
　　（唐）钱起/2262
生春（唐）元稹/2262
早梅（唐）朱庆馀/2262
闻薛先辈陪大夫看早梅因寄
　　（唐）许浑/2262
梅（唐）杜牧/2263
江梅（唐）郑谷/2263
早梅（唐）熊皎/2263
早梅（唐）僧齐己/2263
清江道中见梅（宋）朱子/2263
和罗巨济山居
　　（宋）杨万里/2263
寻梅（明）张羽/2264
邓尉看梅（明）王穉登/2264
约王子看梅（明）陆承宪/2264
湖上梅花（明）陆承宪/2264
瓶梅（明）谭元春/2264
五言排律 …………………… 2265
华林园早梅（唐）郑述诚/2265
咏神乐观梅花
　　（明）陈束/2265

七言律 …………………… 2265
和薛秀才寻梅花同饮见赠
　　（唐）白居易/2265
岸上梅（唐）崔橹/2265
湖南梅花一冬再发，偶题于
　　花楥（唐）韩偓/2266
钤兵王阁使素芳亭赏梅花
　　（宋）赵抃/2266
山园小梅（宋）林逋/2266
梅花（宋）林逋/2267
与微之同赋梅花得香字
　　（宋）王安石/2267
答戏昭文梅花
　　（宋）朱槔/2267
戊申元日立春题道山堂前梅花
　　（宋）杨万里/2267
梅（宋）徐玑/2268
梅（宋）戴复古/2268
山中见梅寄曾无疑
　　（宋）戴复古/2268
梅（元）刘清叟/2268
江边梅树（元）刘秉忠/2269
谢徐容斋赠梅
　　（元）王恽/2269
谢书巢惠梅花
　　（元）虞集/2269
次王本中灯夕观梅
　　（元）萨都剌/2269
蟠梅（元）谢宗可/2270

水中梅影（元）谢宗可/2270
鸳鸯梅（元）谢宗可/2270
二月梅（元）雅琥/2270
二月江城见梅
　　（元）叶颙/2271
落梅（元）僧善住/2271
镜中梅（明）袁凯/2271
梅花（明）高启/2271
次韵西园公咏梅
　　（明）高启/2272
梅涧（明）李东阳/2272
咏园中梅花（明）皇甫濂/2273
梅影（明）朱之蕃/2273
梅（明）朱之蕃/2273
老梅（明）朱之蕃/2273
送梅（明）许㯋/2274
雪中梅花（明）王穉登/2274
天平道中看梅呈陆丈
　　（明）王穉登/2274
题语溪郁振公梅花草堂
　　（明）程嘉燧/2274
九言律/2275
九字梅花咏（元）僧明本/2275
咏梅（明）杨慎/2275
五言绝句 …………… 2275
江滨梅（唐）王适/2275
梅溪（唐）韦处厚/2275
梅湾（唐）顾况/2276
梅溪（唐）张籍/2276

忆梅（唐）李商隐/2276
梅花（宋）王安石/2276
梅堤（宋）朱子/2276
观梅（宋）戴敏/2276
梅（金）李俊民/2276
问梅（元）张昱/2277
梅（元）郑允端/2277
六言绝句 …………… 2277
曹得一扇头（金）元好问/2277
早梅（元）赵次诚/2277
题柯敬仲梅（元）杜本/2277
灵谷寺梅花坞（明）焦竑/2277
七言绝句 …………… 2278
早梅（唐）戎昱/2278
竹里梅（唐）刘言史/2278
新栽梅（唐）白居易/2278
梅花坞（唐）陆希声/2278
梅花（唐）罗邺/2278
旅馆梅花（唐）吴融/2279
梅（唐）崔道融/2279
春日咏梅花（唐）王贞白/2279
大石岭驿梅花
　　（唐）谭用之/2279
次韵杨公济奉议梅花
　　（宋）苏轼/2279
再和杨公济（宋）苏轼/2280
梅花（宋）韩驹/2280
和张矩臣水墨梅
　　（宋）陈与义/2280

梅（宋）陈与义／2280
梅花（宋）陈与义／2280
梅（宋）孙觌／2281
梅（宋）朱子／2281
梅花绝句（宋）朱子／2281
雨后东郭排岸司申梅开方及
　三分……（宋）范成大／2281
北城梅为雪所禁
　（宋）范成大／2281
观梅至花泾高端叔解元见寻
　（宋）陆游／2282
梅花绝句（宋）陆游／2282
梅花绝句（宋）陆游／2282
昌英知县叔作岁，座上赋瓶里
　梅花，时座上九人
　（宋）杨万里／2283
池亭双树梅花
　（宋）杨万里／2283
正月三日骤暖，多稼亭前梅花
　盛开（宋）杨万里／2283
发通衢驿见梅有感
　（宋）杨万里／2283
南斋梅花（宋）杨万里／2283
小瓶梅花（宋）杨万里／2284
探梅（宋）杨万里／2284
山中见梅（宋）戴复古／2284
梅边（宋）何梦桂／2284
和王成之梅韵
　（金）李俊民／2284

忆梅（元）段克己／2284
梅花（元）赵孟頫／2285
月下观梅（元）许桢／2285
癸酉岁晚留上方观
　（元）虞集／2285
漫题（元）欧阳玄／2285
题所贵侄梅（元）欧阳玄／2285
题画梅（元）陈旅／2285
墨梅（元）傅若金／2286
题墨梅（元）吴镇／2286
二月梅花（元）洪希文／2286
梅花（元）黄镇成／2286
题梅花扇面寄五十金宪
　（元）丁鹤年／2286
忆梅（元）僧明本／2286
评梅（元）僧明本／2287
别梅（元）僧明本／2287
惜梅（元）僧明本／2287
剪梅（元）僧明本／2287
苔梅（元）僧明本／2287
月梅（元）僧明本／2287
风梅（元）僧明本／2288
烟梅（元）僧明本／2288
茅舍梅（元）僧明本／2288
隔簾梅（元）僧明本／2288
纸帐梅（元）僧明本／2288
墨梅（明）王冕／2288
陌上见梅（明）高启／2289
画梅（明）牛谅／2289

栽梅（明）卓敬／2289
梅花（明）陆昂／2289
题梅送友（明）徐章／2289
看梅偶成（明）林俊／2289
禁中梅花（明）罗伦／2290
惜梅（明）王弼／2290
湖上梅花歌（明）王穉登／2290
王元章倒枝梅画
　　（明）徐渭／2290
梅（明）陈继儒／2290
画梅（明）僧大遂／2291
咏梅（明）项兰贞／2291

附红梅

五言古 …………… 2291
于仲元舍赋红梅
　　（元）虞集／2291
七言古 …………… 2291
望京府赏红梅
　　（元）郝经／2291
五言律 …………… 2292
红梅（宋）石延年／2292
七言律 …………… 2292
红梅（宋）王安石／2292
红梅（宋）苏轼／2292
立春日赏红梅
　　（元）元淮／2293
观闲闲斋红梅次苏公姿字韵
　　（元）袁桷／2293

次韵罗云叔红梅
　　（元）杨载／2293
红梅（元）谢宗可／2294
红梅（明）雷思霈／2294
五言绝句 …………… 2294
红梅（明）王冕／2294
七言绝句 …………… 2294
红梅（唐）罗隐／2294
谢关景仁送红梅栽
　　（宋）苏轼／2294
红梅（宋）毛泽民／2295
红梅（元）丁鹤年／2295
红梅（元）杨维桢／2295
红梅（明）王冕／2295
红梅（明）王冕／2295
红梅图为肇和题
　　（明）罗玘／2295
红梅（明）徐水轩／2296
题画红梅（明）僧德祥／2296

附梅子

七言律 …………… 2296
食梅（明）费宏／2296
七言绝句 …………… 2296
新晴西园散步
　　（宋）杨万里／2296
谢静远惠蜜梅
　　（元）顾瑛／2297

卷二百九十八　李花类

五言古 ·················· 2298
　麦李（梁）沈约 / 2298
　咏李（陈）江总 / 2298
　赋得李（唐）太宗 / 2298
　道州城北楼观李花
　　（唐）吕温 / 2298
七言古 ·················· 2299
　李花（唐）韩愈 / 2299
五言律 ·················· 2299
　李（唐）李峤 / 2299
　子直晋昌李花得分字
　　（唐）李商隐 / 2299
　李（宋）司马光 / 2299
七言律 ·················· 2300
　李（明）杨基 / 2300
　李（明）吴宽 / 2300
　李花（明）王世贞 / 2300
五言绝句 ················ 2300
　探得李（唐）太宗 / 2300
七言绝句 ················ 2301
　嘉庆李（唐）白居易 / 2301
　李径（唐）陆希声 / 2301
　读退之李花诗
　　（宋）杨万里 / 2301
　李（宋）杨万里 / 2301
　昌平道中（明）袁宏道 / 2301

卷二百九十九　杏花类

五言古 ·················· 2302
　杏花（北周）庾信 / 2302
　杏坞（明）袁凯 / 2302
五言律 ·················· 2302
　杏花（唐）温宪 / 2302
　杏花（唐）郑谷 / 2302
　咏杏花（唐）孙何 / 2303
　杏花（明）申时行 / 2303
五言排律 ················ 2303
　曲江亭望慈恩寺杏园花发
　　（唐）李君何 / 2303
七言律 ·················· 2303
　杏花（唐）温庭筠 / 2303
　杏花（唐）吴融 / 2303
　途中见杏花（唐）吴融 / 2304
　杏花（唐）罗隐 / 2304
　杏花（宋）林逋 / 2304
　郡圃杏花（宋）杨万里 / 2304
　张村杏花（金）元好问 / 2305
　城外见杏花（元）吴师道 / 2305
　杏（明）吴宽 / 2305
　杏（明）朱谋䥥 / 2305
五言绝句 ················ 2306
　游春曲（唐）王涯 / 2306
　村西杏花（唐）司空图 / 2306
　思归乐（唐）韩偓 / 2306

春雪初霁，杏花正芳，月夜
　闲吟（唐）唐彦谦/2306
　墙头杏花（元）宋无/2306
七言绝句 ………………… 2306
　重寻杏园（唐）白居易/2306
　杏花（唐）元稹/2307
　杏园（唐）杜牧/2307
　杏花（唐）薛能/2307
　故乡杏花（唐）司空图/2307
　杏花（唐）司空图/2307
　曲江红杏（唐）郑谷/2307
　杏花（唐）罗隐/2308
　杏花（宋）王禹偁/2308
　杏花（宋）王安石/2308
　北陂杏花（宋）王安石/2308
　徐熙杏花（宋）苏轼/2309
　都中冬日（宋）戴复古/2309
　宫词（宋）花蕊夫人/2309
　杏花（宋）朱淑真/2309
　杏花杂诗（金）元好问/2309
　小园即事（元）陈深/2310
　南圃杏花（元）元淮/2310
　青杏（元）张弘范/2310
　写杏花自题绝句
　　（明）陈铎/2310
　瓶花（明）孙承宗/2310
　杏花（明）申时行/2311
　杏花（明）张新/2311

卷三百　梨花类

五言古 ………………… 2312
　咏池上梨花（齐）王融/2312
　和池上梨花（齐）刘绘/2312
　咏梨应诏（梁）沈约/2312
　于座应令咏梨花
　　（梁）刘孝绰/2312
　奉梨（北周）庾信/2312
　梨花（宋）黄庭坚/2313
　梨花（金）元好问/2313
　次韵肯堂学士冬日红梨花
　　（元）程钜夫/2313
七言古 ………………… 2313
　千叶红梨花（宋）欧阳修/2313
五言律 ………………… 2314
　梨花（金）庞铸/2314
七言律 ………………… 2314
　梨花（金）张建/2314
　醉梨（元）刘因/2314
　秋日梨花（元）张养浩/2314
　梨（明）吴宽/2315
五言绝句 ………………… 2315
　左掖梨花（唐）王维/2315
　左掖梨花（唐）丘为/2315
　左掖梨花（唐）皇甫冉/2315
　梨花（唐）钱起/2315
　左掖梨花（唐）武元衡/2316
　梨花（宋）王十朋/2316

七言绝句 ·················· 2316
　鄠杜郊居（唐）温庭筠/2316
　梨花（宋）韩琦/2316
　梨花（宋）张舜民/2316
　梨花（宋）陆游/2316
　梨花（宋）谢逸/2317
　梨花（金）吕中孚/2317
　梨花（明）文徵明/2317
　梨花（明）张凤翼/2317

卷三百一　栗类

七言律 ·················· 2318
　栗熟（宋）朱子/2318
　新栗寄云林（元）张雨/2318
七言绝句 ·················· 2319
　山禽（唐）张籍/2319

卷三百二　枣类

五言古 ·················· 2320
　枣（后秦）赵整/2320
　赋枣（梁）简文帝/2320
　枣下何纂纂（梁）简文帝/2320
　杏园中枣树（唐）白居易/2320
　赋枣（宋）王安石/2321
　枣亭春晚（明）揭轨/2321
　枣（明）吴宽/2321
五言绝句 ·················· 2322
　枣（宋）苏轼/2322
七言绝句 ·················· 2322
　枣花寒（宋）沈辽/2322
　宝鸡县（明）汪广洋/2322

卷三百三　柰类

五言古 ·················· 2323
　咏柰（梁）褚沄/2323
　和萧国子咏柰花
　　（梁）谢瑱/2323
五言律 ·················· 2323
　竖子至（唐）杜甫/2323
七言绝句 ·················· 2324
　拨闷（明）朱多炡/2324

卷三百四　柑类

四言古 ·················· 2325
　甘颂（晋）宗炳/2325
五言古 ·················· 2325
　咏柑（陈）徐陵/2325
　阻雨不得归瀼西甘林
　　（唐）杜甫/2325
五言律 ·················· 2326
　树间（唐）杜甫/2326
　甘园（唐）杜甫/2326
五言排律 ·················· 2326
　咏宗良兄斋头佛手柑
　　（明）朱多炡/2326
七言律 ·················· 2326
　柳州城西北隅种甘树
　　（唐）柳宗元/2326

师黯以彭甘五子为寄，因怀
　　四明园中此果甚多……
　　　　（宋）苏舜钦 / 2327
襄柑分惠景仁以诗将之
　　　　（宋）韩维 / 2327
食甘 （宋）苏轼 / 2327
曾宏父分饷洞庭柑
　　　　（宋）曾几 / 2327
访晓庵禅师，师以洞庭柑为供
　　　　（明）张和 / 2328
七言绝句 ………………… 2328
　酬郭简州寄柑子
　　　　（唐）薛涛 / 2328
　和王晋卿传柑
　　　　（宋）苏轼 / 2328
　跋小寺旧题 （宋）刘克庄 / 2328
　竹枝词 （明）吴鼎芳 / 2328

卷三百五　橘类（附金橘）

五言古 ………………… 2329
　古诗 （汉）阙名 / 2329
　橘 （晋）张华 / 2329
　咏橘 （梁）简文帝 / 2329
　园橘 （梁）沈约 / 2329
　园橘 （梁）范云 / 2329
　咏橘 （梁）徐摛 / 2330
　橘诗 （梁）虞羲 / 2330
　园中杂咏橘树
　　　　（隋）李孝贞 / 2330

　南中荣橘柚 （唐）柳宗元 / 2330
　橘中篇 （元）杨载 / 2330
　橘 （明）孙七政 / 2331
七言古　附长短句 ……… 2331
　谅公洞庭孤橘歌
　　　　（唐）顾况 / 2331
　题大理评事王元老双橘堂
　　　　（金）党怀英 / 2331
五言律 ………………… 2331
　橘 （唐）李峤 / 2331
　橘花 （宋）杨万里 / 2332
　岁暮 （金）吴激 / 2332
七言律 ………………… 2332
　拣贡橘书情 （唐）白居易 / 2332
　橘园 （唐）李绅 / 2332
　奉和拣贡橘 （唐）张彤 / 2333
　袭美以春橘见惠，兼之雅篇，
　　因次韵酬谢
　　　　（唐）陆龟蒙 / 2333
　奉和拣贡橘 （唐）周元范 / 2333
　橘花 （宋）刘克庄 / 2333
　次韵谢朱伯初惠橘
　　　　（元）赵汸 / 2334
　橘 （明）王世贞 / 2334
　谢惠橘 （明）僧妙声 / 2334
五言绝句 ………………… 2334
　江行 （唐）钱起 / 2334
　东村 （明）葛一龙 / 2334

七言绝句 …………………… 2335
  答郑骑曹青橘绝句
    （唐）韦应物/2335
  庭橘（唐）僧贯休/2335
  橘堤（宋）朱子/2335
  秋日田园杂兴
    （宋）范成大/2335
  橘枝词记永嘉土风
    （宋）叶适/2335
  伯坚惠绿橘（金）刘著/2335
  斋居即事用敖征君韵
    （元）范梈/2336
  夏日杂兴（元）僧善住/2336
  寄三江王六秀才
    （明）袁凯/2336
  过流通院（明）高启/2336
  橘（明）陈继儒/2336

附金橘

七言律 …………………… 2337
  和赐后苑金橘
    （宋）李清臣/2337
七言绝句 …………………… 2337
  欧阳从道许寄金橘，以诗督之
    （宋）黄庭坚/2337

卷三百六　橙类

七言律 …………………… 2338
  咏橙（宋）梅尧臣/2338
  九日南陵送橙菊
    （明）李梦阳/2338
七言绝句 …………………… 2338
  橙（宋）欧阳修/2338
  香橙径（宋）苏轼/2339
  赠刘景文（宋）苏轼/2339
  橙（宋）黄庭坚/2339
  舶上谣（明）王弼/2339

卷三百七　榴花类

五言古 …………………… 2340
  咏石榴（梁）元帝/2340
  咏石榴（隋）魏澹/2340
  石榴（隋）孔绍安/2340
  咏邻女东窗海石榴
    （唐）李白/2340
  新植海石榴（唐）柳宗元/2341
  石榴（宋）梅尧臣/2341
  石榴（元）朱德润/2341
  榴（明）吴宽/2341
七言古 …………………… 2341
  榴花（金）元德明/2341
五言律 …………………… 2342
  咏楼前海石榴（唐）孙逖/2342
  海榴（唐）温庭筠/2342
  石榴（宋）郑獬/2342
七言律 …………………… 2342
  见穆三十中庭海榴花谢
    （唐）杜牧/2342

庭际海石榴花盛发有寄
　　（唐）皮日休／2342
奉和海石榴花发次韵
　　（唐）陆龟蒙／2343
海石榴（唐）方干／2343
石榴（宋）杨万里／2343
榴火（明）朱之蕃／2343
五言绝句 …………… 2344
　移海榴（唐）韦应物／2344
　同张侍御咏兴宁寺经藏院海
　　石榴花（唐）皇甫冉／2344
　石榴（宋）范成大／2344
　咏石榴花（元）杨维桢／2344
七言绝句 …………… 2344
　咏张十一旅舍榴花
　　（唐）韩愈／2344
　题韦润州后亭海榴
　　（唐）李嘉祐／2344
　韦使君宅海榴咏
　　（唐）权德舆／2345
　石榴（唐）李商隐／2345
　奉和文尧对庭前千叶石榴
　　（唐）黄滔／2345
　河阴道中（金）王庭筠／2345
　榴花（元）张弘范／2345
　赵中丞折枝石榴图
　　（元）马祖常／2345

卷三百八　柿类

五言古 ………………… 2346
　咏无核红柿（宋）孔平仲／2346
五言绝句 ……………… 2346
　红柿子（唐）刘禹锡／2346
　柿（宋）韩维／2346
七言绝句 ……………… 2347
　华师（唐）李商隐／2347
　柿（宋）刘子翚／2347
　柿（明）陈汝秩／2347

卷三百九　杨梅类

七言古 ………………… 2348
　初食杨梅（明）杨循吉／2348
七言律 ………………… 2349
　谢丘师杨梅（宋）杨万里／2349
　白杨梅（明）瞿佑／2349
　谢于乔送杨梅干无诗，用
　　前韵奉索（明）李东阳／2349
五言绝句 ……………… 2349
　平望夜泊（明）王穉登／2349

卷三百十　核桃类

七言古 ………………… 2350
　送鹤林长老胡桃一裹茶三角
　　（元）萨都剌／2350
七言律 ………………… 2350
　胡桃（宋）杨万里／2350

七言绝句 …………………… 2350
  对客 （元）萨都剌/2350

卷三百十一　枇杷花类

五言古 ……………………… 2351
  题枇杷树 （唐）羊士谔/2351
五言律 ……………………… 2351
  卫明府寄枇杷叶以诗答之
    （唐）司空曙/2351
  真觉院有洛花，花时不暇往，
  四月十八日与刘景文同往
  赏枇杷 （宋）苏轼/2351
  枇杷 （宋）杨万里/2351
七言律 ……………………… 2352
  山枇杷 （唐）白居易/2352
  赐鲜枇杷 （明）于慎行/2352
五言绝句 …………………… 2352
  枇杷 （宋）宋祁/2352
七言绝句 …………………… 2352
  山枇杷花 （唐）白居易/2352
  枇杷 （宋）梅尧臣/2353
  桐庐道中 （宋）杨万里/2353
  村居 （元）倪瓒/2353

卷三百十二　樱桃类

五言古 ……………………… 2354
  朱樱 （宋）王僧达/2354
  奉答南平王康赍朱樱
    （梁）简文帝/2354

赋得樱桃春字韵 （唐）太宗/2354
五言律 ……………………… 2354
  同诸客携酒早看樱桃花
    （唐）白居易/2354
  深树见一颗樱桃尚在
    （唐）李商隐/2355
  樱桃花 （明）吴国伦/2355
  荆溪游樱桃园
    （明）王叔承/2355
五言排律 …………………… 2355
  和咏廨署有樱桃
    （唐）孙逖/2355
  酬裴杰秀才新樱
    （唐）权德舆/2355
  与沈杨二舍人阁老同食敕赐
  樱桃…… （唐）白居易/2356
七言律 ……………………… 2356
  敕赐百官樱桃 （唐）王维/2356
  野人送樱桃 （唐）杜甫/2356
  和张员外敕赐百官樱桃
    （唐）韩愈/2356
  朝日敕赐百官樱桃
    （唐）张籍/2357
  东吴樱桃 （唐）白居易/2357
  北楼樱桃花 （唐）李绅/2357
  樱桃 （宋）杨万里/2357
  七儿应复同客饮樱桃园，摘
  新归以遗亲……
    （元）牟巘/2358

江上樱桃甚盛而予寓所无有
……（明）袁凯/2358
五言绝句 …………… 2358
　樱桃花（唐）刘禹锡/2358
　樱桃树（宋）文同/2358
　樱桃（宋）范成大/2358
　樱桃（明）杨廷和/2359
　樱桃花（明）于若瀛/2359
七言绝句 …………… 2359
　白樱桃（唐）李白/2359
　樱桃曲（唐）顾况/2359
　和裴仆射看樱桃花
　　（唐）张籍/2359
　移山樱桃（唐）白居易/2359
　樟亭双樱树（唐）白居易/2360
　摘樱桃赠元居士，时在望仙
　　亭南楼，与朱道士同处
　　（唐）柳宗元/2360
　樱桃花（唐）张祜/2360
　樱桃花下（唐）李商隐/2360
　题于公花园（唐）薛能/2360
　春日陪崔谏议樱桃园宴
　　（唐）皮日休/2360
　买带花樱桃（唐）吴融/2361
　含桃圃（唐）陆希声/2361
　白樱桃（唐）韦庄/2361
　樱桃花（宋）王安石/2361
　初见山花（宋）范成大/2361
　樱桃花（宋）范成大/2361

　暮春（宋）杨万里/2362
　樱桃花（元）方回/2362
　绝句（元）泰不华/2362
　宫词（元）迺贤/2362
　春日湖上（明）镏泰/2362

卷三百十三　林檎花类

五言古 …………… 2363
　月临花（元）元稹/2363
七言古 …………… 2363
　来禽花（宋）陈与义/2363
五言律 …………… 2363
　水林檎花（唐）郑谷/2363
七言绝句 …………… 2364
　来禽（宋）刘子翚/2364
　十五夜饮王敬止园亭
　　（明）方太古/2364

卷三百十四　荔枝类

五言古 …………… 2365
　咏荔枝（梁）刘霁/2365
　十四夜都司席上饯光禄屠公
　　分赋（明）江以达/2365
七言古 …………… 2365
　四月十一日初食荔枝
　　（宋）苏轼/2365
　廖致平送绿荔枝为戎州第一
　　……（宋）黄庭坚/2366

赠陈众仲秀才缄云辞
    （元）马祖常 / 2366
五言律 ················ 2366
  新年（宋）苏轼 / 2366
  赵景贤送荔枝
    （宋）戴复古 / 2366
五言排律 ·············· 2367
  题郡中荔枝诗十八韵兼寄
  杨万州八使君
    （唐）白居易 / 2367
  荔枝（宋）陶弼 / 2367
七言律 ················ 2367
  重寄荔枝与杨使君，时闻杨
  使君欲种植……
    （唐）白居易 / 2367
  荔枝树（唐）郑谷 / 2368
  南海陪郑司空游荔园
    （唐）曹松 / 2368
  荔枝（唐）徐夤 / 2368
  次韵刘焘抚寄蜜渍荔枝
    （宋）苏轼 / 2368
  次韵曾仲锡承议食蜜渍生荔枝
    （宋）苏轼 / 2369
  和程大夫荔枝（宋）唐庚 / 2369
  福帅张道渊荔子
    （宋）曾几 / 2369
  走笔谢吉守赵判院分饷三山
  荔枝（宋）杨万里 / 2369
  次韵谢新荔（元）黄石翁 / 2370

七言绝句 ·············· 2370
  解闷（唐）杜甫 / 2370
  荔枝楼对酒（唐）白居易 / 2370
  荔枝诗（唐）薛能 / 2370
  荔枝（唐）韩偓 / 2370
  忆荔枝（唐）薛涛 / 2371
  荔枝（宋）蔡襄 / 2371
  荔枝（宋）苏轼 / 2371
  书事（宋）戴复古 / 2371
  荔枝（宋）洪驹父 / 2371
  戎州（宋）汪元量 / 2371
  初至崖州吃荔枝
    （宋）僧惠洪 / 2372
  忽剌木御史还台，索诗二绝
  为别（录一）
    （元）程钜夫 / 2372
  福州杂诗（元）范梈 / 2372
  寄匡山人（元）陈基 / 2372
  荔枝画为福建金宪张惟远题
    （元）张昱 / 2372
  题鼓山廨院壁
    （明）方太古 / 2372
  荔子曲（明）柳应芳 / 2373
  寄阮坚之司理
    （明）范汭 / 2373

卷三百十五　龙眼类

七言律 ················ 2374
  龙眼（宋）刘子翚 / 2374

龙眼（明）王象晋/2374
七言绝句 …………… 2375
　龙眼（宋）张栻/2375
　西园晚步（宋）杨万里/2375
　思明州（元）陈孚/2375

卷三百十六　橄榄类

五言古 ……………… 2376
　橄榄（宋）刘敞/2376
　尝新橄榄（元）洪希文/2376
七言绝句 …………… 2377
　橄榄（宋）苏轼/2377
　谢王子予送橄榄
　　（宋）黄庭坚/2377
　橄榄（元）郝经/2377

卷三百十七　葡萄类

七言古 ……………… 2378
　初食太原生葡萄，时十二月
　　二日（宋）杨万里/2378
　题温日观画葡萄
　　（元）杨载/2378
　酬萧侯送葡萄
　　（元）虞集/2378
七言律 ……………… 2379
　葡萄架（宋）杨万里/2379
　葡萄（元）洪希文/2379
　葡萄（明）冯琦/2379
五言绝句 …………… 2380

题墨蒲萄（元）傅若金/2380
七言绝句 …………… 2380
　葡萄（唐）韩愈/2380
　观寂照葡萄（元）鲜于枢/2380
　温日观葡萄（元）邓文原/2380
　葡萄（元）欧阳玄/2380
　题画蒲萄（元）丁鹤年/2380
　葡萄（明）李梦阳/2381

卷三百十八　海棠类
（附秋海棠）

五言古 ……………… 2382
　山馆观海棠（宋）朱子/2382
　海棠（金）元好问/2382
七言古 ……………… 2382
　和刘德彝海棠
　　（元）袁士元/2382
　题海棠（元）陈樵/2383
五言律 ……………… 2383
　垂丝海棠（宋）梅尧臣/2383
　山馆观海棠（宋）朱子/2383
　海棠画扇（明）薛蕙/2383
　雨中看垂丝海棠
　　（明）王叔承/2383
五言排律 …………… 2384
　海棠（唐）薛能/2384
七言律 ……………… 2384
　海棠（唐）李绅/2384
　海棠（唐）郑谷/2384

擢第后入蜀经罗村溪路，见
海棠盛开，偶有题咏
　　（唐）郑谷 / 2384
海棠花　（宋）刘子翚 / 2385
海棠　（宋）杨万里 / 2385
春晴怀故园海棠
　　（宋）杨万里 / 2385
海棠盛开而雨
　　（宋）方岳 / 2385
黄海棠　（金）蔡松年 / 2386
和刘朔斋海棠
　　（元）牟巘 / 2386
和咏海棠韵　（元）李祁 / 2386
垂丝海棠　（明）瞿佑 / 2386
周德章驸马府赏海棠
　　（明）程敏政 / 2387
七言排律 ………… 2387
　画海棠图（元）马祖常 / 2387
五言绝句 ………… 2387
　海棠（宋）宋祁 / 2387
七言绝句 ………… 2387
　对花呈幕中（唐）高骈 / 2387
　蜀中赏海棠（唐）郑谷 / 2388
　海棠（唐）吴融 / 2388
　海棠溪（唐）薛涛 / 2388
　展江亭海棠（宋）韩维 / 2388
　海棠（宋）苏轼 / 2388
　海棠（宋）黄庭坚 / 2388
　海棠（宋）陈与义 / 2389

海棠屏（宋）朱子 / 2389
赏海棠（宋）范成大 / 2389
晓寒（宋）杨万里 / 2389
垂丝海棠（宋）杨万里 / 2389
海棠（宋）僧惠洪 / 2390
同儿辈赋未开海棠
　　（金）元好问 / 2390
腊月海棠（元）尹廷高 / 2390
为浪溪题折枝海棠
　　（元）欧阳玄 / 2390
醉起（元）萨都剌 / 2390
折枝海棠（元）杨维桢 / 2391
海棠（元）马臻 / 2391
西斋庭前海棠
　　（明）高启 / 2391
海棠（明）张新 / 2391
秋海棠（明）俞琬纶 / 2391

卷三百十九　桂花类

五言古　附长短句 ……… 2392
咏桂树（梁）范云 / 2392
咏桂（梁）庾肩吾 / 2392
咏定林寺桂树
　　（北周）王褒 / 2392
春桂问答（唐）王绩 / 2392
古意（唐）王绩 / 2392
咏桂（唐）李白 / 2393
谢陆处士杼山折青桂花见寄
之什（唐）颜真卿 / 2393

庐山桂 （唐）白居易／2393
比闻龙门敬善寺有红桂树独
　　秀伊川……
　　（唐）李德裕／2393
小桂 （唐）陆龟蒙／2394
小桂 （唐）皮日休／2394
谢人寄双桂 （宋）欧阳修／2394
桂 （宋）曾肇／2394
木犀古风 （宋）刘子翚／2394
饮钱二孔周宅桂花下
　　（明）王宠／2395
七言古…………………2395
　桂 （宋）毛滂／2395
　以玉山亭馆分题得金粟影
　　（元）顾瑛／2396
五言律…………………2396
　桂 （唐）李峤／2396
　岩桂 （宋）刘子翚／2396
　咏岩桂 （宋）朱子／2396
　木犀 （宋）许月卿／2397
　桂花 （元）倪瓒／2397
　咏桂 （明）申时行／2397
五言排律…………………2397
　月中桂树 （唐）顾封人／2397
　华州试月中桂
　　（唐）张乔／2397
　幽人折芳桂 （唐）阙名／2398
七言律…………………2398
　八月十七日天竺山送桂花分

赠元素 （宋）苏轼／2398
木犀初发呈张功甫
　　（宋）杨万里／2398
昨日访子上不遇，裴回庭砌，
　　观木犀而归……
　　（宋）杨万里／2398
木犀花 （元）方夔／2399
木犀 （元）方夔／2399
月中桂花 （元）谢宗可／2399
红木犀 （明）瞿佑／2399
桂 （明）申时行／2400
五言绝句…………………2400
　题殿前桂叶 （唐）卢僎／2400
　崔九弟欲往南山马上口号与别
　　（唐）王维／2400
　山中桂 （唐）雍裕之／2400
　木犀 （宋）朱子／2400
　东渚 （宋）朱子／2401
　木犀 （宋）杨万里／2401
　芳桂坞 （明）高启／2401
七言绝句…………………2401
　东城桂 （唐）白居易／2401
　厅前桂 （唐）白居易／2401
　双桂咏 （唐）陈陶／2401
　寄阳朔友人 （唐）李郢／2402
　袭美初植松桂偶题
　　（唐）陆龟蒙／2402
　洞宫夕 （唐）陆龟蒙／2402
　小游仙诗 （唐）曹唐／2402

天竺寺八月十五日夜桂子
　　（唐）皮日休／2402
木犀　（宋）邓肃／2402
咏木犀　（宋）谢无逸／2403
次刘彦集木犀韵
　　（宋）朱子／2403
岩桂　（宋）范成大／2403
凝露堂木犀　（宋）杨万里／2403
木犀　（宋）方岳／2403
木犀　（宋）朱淑真／2404
桂枝词　（元）张雨／2404
红木犀　（明）太祖／2404
凉夜　（明）高启／2404
直房闻桂香　（明）史谨／2404
田人送桂花有怀同庵法兄
　　（明）僧德祥／2405
仙桂曲题月娥帖和荪谷韵
　　（明）崔孤竹／2405

卷三百二十　玉兰花类

五言排律 ·················· 2406
　玉兰花　（明）王世贞／2406
七言律 ···················· 2406
　玉兰　（明）文徵明／2406
　玉兰花　（明）王世贞／2406
　玉兰　（明）陆树声／2407
七言绝句 ·················· 2407
　玉兰　（明）睦石／2407

卷三百二十一　丁香花类

五言古 ···················· 2408
　丁香　（唐）杜甫／2408
五言律 ···················· 2408
　赋得池上双丁香树
　　（唐）钱起／2408
七言绝句 ·················· 2408
　丁香　（唐）陆龟蒙／2408

卷三百二十二　夜合花类

五言古 ···················· 2409
　合欢　（晋）杨方／2409
　夜合　（宋）韩琦／2409
　合欢木　（元）吴师道／2409
五言律　附小律 ············ 2410
　题合欢花　（唐）李颀／2410
　夜合　（唐）元稹／2410
七言律 ···················· 2410
　玉堂合欢花初开，郑潜昭率
　同院赋诗次韵
　　（元）袁桷／2410
五言绝句 ·················· 2410
　合欢　（明）于若瀛／2410
七言绝句 ·················· 2411
　闺妇　（唐）白居易／2411
　合昏　（宋）韩琦／2411
　京城杂咏　（元）欧阳玄／2411
　游仙诗　（明）叶小鸾／2411

卷三百二十三　紫薇花类

五言古 ……………… 2412
　紫薇（唐）杨於陵/2412
　和郴州杨侍郎玩郡斋紫薇花
　　十四韵（唐）刘禹锡/2412
五言律 ……………… 2413
　紫薇花（唐）刘禹锡/2413
　紫薇（明）薛蕙/2413
七言律 ……………… 2413
　紫薇（唐）白居易/2413
　临发崇让宅紫薇
　　（唐）李商隐/2413
五言绝句 ……………… 2414
　平望夜泊（明）王穉登/2414
七言绝句 ……………… 2414
　紫薇花（唐）白居易/2414
　见紫薇花忆微之
　　（唐）白居易/2414
　紫薇花（唐）杜牧/2414
　阁下暮春（宋）王禹偁/2414
　次韵钱穆父紫薇花
　　（宋）苏轼/2414
　入直召对选德殿赐茶而退
　　（宋）周必大/2415
　紫薇（宋）杨万里/2415
　凝露堂前紫薇花两株，每自
　　五月盛开，九月乃衰
　　（宋）杨万里/2415

　紫薇（宋）刘克庄/2415
　和省郎杜德常清明三绝兼简
　　王君实艺林
　　（元）宋褧/2415
　题石睿学士图
　　（明）徐霖/2415

卷三百二十四　木兰花类

五言律 ……………… 2416
　陈秀才庭际木兰
　　（唐）方干/2416
五言排律 ……………… 2416
　题灵佑上人法华院木兰花
　　（唐）刘长卿/2416
五言绝句 ……………… 2416
　木兰（宋）郑侠/2416
七言绝句 ……………… 2417
　戏题木兰花（唐）白居易/2417
　题令狐家木兰
　　（唐）白居易/2417
　木兰花（唐）李商隐/2417
　木兰（宋）张芸叟/2417
　春日闲居（明）王虞凤/2417

卷三百二十五　蜡梅花类

七言古 ……………… 2418
　蜡梅一首赠赵景贶
　　（宋）苏轼/2418
　蜡梅（宋）陈与义/2418

五言律 …………… 2419
　蜡梅（宋）杨万里/2419
七言律 …………… 2419
　蜡梅（元）耶律楚材/2419
五言绝句 …………… 2419
　戏咏蜡梅（宋）黄庭坚/2419
　黄梅（宋）黄庭坚/2419
　同家弟赋蜡梅
　　（宋）陈与义/2419
　蜡梅（宋）陈与义/2420
七言绝句 …………… 2420
　和王立之蜡梅
　　（宋）晁冲之/2420
　从张仲谋乞蜡梅
　　（宋）黄庭坚/2420
　蜡梅（宋）晁补之/2420
　蜡梅（宋）杨万里/2421
　蜡梅（宋）杨万里/2421
　蜡梅（宋）谢翱/2421
　谢王巨川惠蜡梅因用其韵
　　（元）耶律楚材/2421

卷三百二十六　山茶花类

五言古 …………… 2422
　春晚山茶始开示德衡弟
　　（元）蒲道源/2422
　白茶（元）朱德润/2422
七言律 …………… 2422
　山茶（宋）刘克庄/2422

　十二月十八日海云赏山茶
　　（宋）范成大/2423
　月丹（元）郝经/2423
五言绝句 …………… 2423
　山茶（宋）梅尧臣/2423
　山茶（明）黎扩/2423
七言绝句 …………… 2424
　红茶花（唐）司空图/2424
　邵伯梵行寺山茶
　　（宋）苏轼/2424
　山茶花（宋）陶弼/2424
　山茶（宋）俞国宝/2424
　阻风南露筋，过罗汉寺，登
　　楼看山茶（元）萨都剌/2425
　山茶（明）张新/2425

卷三百二十七　栀子花类

五言古 …………… 2426
　咏墙北栀子（齐）谢朓/2426
　摘同心栀子赠谢娘因附此诗
　　（梁）刘令娴/2426
　栀子花（宋）曾肇/2426
五言律 …………… 2426
　栀子（唐）杜甫/2426
七言绝句 …………… 2427
　刘平甫分惠水栀小诗为谢
　　（宋）朱子/2427
　栀子（宋）朱淑真/2427
　栀子（宋）蒋梅/2427

次韵悦兑元见寄
　　（明）朱右／2427
栀子花题画　（明）丰坊／2427
栀子　（明）于若瀛／2428

卷三百二十八　辛夷花类

七言古 …………………… 2429
初入京寓天界西阁对辛夷花
　怀徐七记室
　　（明）高启／2429
五言律 …………………… 2429
辛夷花　（唐）李德裕／2429
七言律 …………………… 2429
扬州看辛夷花
　　（唐）皮日休／2429
和扬州看辛夷花次韵
　　（唐）陆龟蒙／2430
游蒋山题辛夷花寄陈奉礼
　　（宋）徐铉／2430
五言绝句 ………………… 2430
辛夷坞　（唐）裴迪／2430
辛夷　（明）陈继儒／2430
七言绝句 ………………… 2430
题灵隐寺红辛夷花戏酬光上人
　　（唐）白居易／2430
二辛夷　（唐）李群玉／2431
辛夷　（唐）欧阳炯／2431
木笔花　（唐）吴融／2431
辛夷　（明）冯文度／2431

辛夷　（明）张新／2431

卷三百二十九　绣毬花类

七言律 …………………… 2432
绣毬花次兀颜廉使韵
　　（元）张昱／2432
七言绝句 ………………… 2432
绣毬花　（明）谢榛／2432

卷三百三十　棠梨花类

五言排律 ………………… 2433
追咏棠梨花十韵
　　（唐）吴融／2433
七言绝句 ………………… 2433
送王使君自楚移越
　　（唐）刘商／2433
以庭前海棠梨花一枝寄李
　十九员外　（唐）韩偓／2433
碧瓦　（宋）范成大／2434
棠梨幽鸟　（明）张以宁／2434
题画　（明）雷鲤／2434
题画　（明）唐寅／2434
古塘即事　（明）张金／2434
棠梨　（明）陆树声／2434
过孙山人故居
　　（明）僧明秀／2435
春归　（明）孟淑卿／2435

卷三百三十一　玉蕊花类

五言古 ······················ 2436
　玉蕊花 （宋）王琪／2436
五言律 ······················ 2436
　玉蕊花 （唐）李德裕／2436
　棣花，唐玉蕊花，介甫谓之
　　玚花······（宋）薛季宣／2436
七言律 ······················ 2437
　次杨子直使君韵
　　　　（宋）周必大／2437
　赵正则彦法司户沿檄而归，
　　玉蕊已过······
　　　　（宋）周必大／2437
五言绝句 ···················· 2437
　玉蕊 （唐）郑谷／2437
七言绝句 ···················· 2437
　闻扬州唐昌观玉蕊花拆，有
　　仙人游，怅然成二绝
　　　　（唐）严休复／2437
　唐昌观玉蕊花
　　　　（唐）武元衡／2438
　唐昌观玉蕊花
　　　　（唐）杨凝／2438
　唐昌观玉蕊花
　　　　（唐）刘禹锡／2438
　唐昌观玉蕊花
　　　　（唐）杨巨源／2438
　同严给事闻唐昌观玉蕊开，

　　近有仙过，因成绝句二首
　　　　（唐）张籍／2438
　唐昌观玉蕊花
　　　　（唐）王建／2439
　酬严给事玉蕊花
　　　　（唐）白居易／2439
　惜玉蕊花有怀集贤王校书起
　　　　（唐）白居易／2439
　玉蕊院真人降
　　　　（唐）元稹／2439
　送汪太学游江都
　　　　（明）黄姬水／2439

卷三百三十二　山礬花类

七言古 ······················ 2440
　题林周民山礬图
　　　　（明）许伯旅／2440
七言绝句 ···················· 2440
　题高节亭边山礬花一首
　　　　（宋）黄庭坚／2440
　山礬 （宋）黄庭坚／2441

卷三百三十三　楝花类

七言绝句 ···················· 2442
　浅夏独行奉新县圃
　　　　（宋）杨万里／2442
　寄友 （元）朱希晦／2442
　贞溪初夏 （明）邵亨贞／2442
　暮春送客 （明）沈周／2442

春暮（明）孙一元/2443
寄曹学佺（明）吴兆/2443
暮春闲居和荛卿侄
　（明）范汭/2443
晚兴（明）张宇初/2443

卷三百三十四　木棉花类
（附橦花）

七言绝句 …………… 2444
曲池陪宴即事上窦中丞
　（唐）熊孺登/2444
二月一日雨寒
　（宋）杨万里/2444
潮惠道中（宋）刘克庄/2444
思明州（元）陈孚/2444
岭南杂录（明）汪广洋/2445
古耶道中有怀
　（明）陈宪章/2445
晚次安南吕块站
　（明）许天锡/2445
田家即事（明）唐时升/2445

附橦花

五言古 …………… 2445
种橦花（元）陈高/2445

卷三百三十五　竹类

五言古 …………… 2447
咏竹（齐）谢朓/2447

秋竹曲（齐）谢朓/2447
赋得竹（梁）元帝/2447
檐前竹（梁）沈约/2447
绿竹（梁）吴均/2448
和新浦侯斋前竹
　（梁）江洪/2448
赋得山中翠竹
　（陈）张正见/2448
赋得夹池修竹
　（陈）贺循/2448
咏竹（北齐）萧放/2448
赋得临池竹应制
　（唐）虞世南/2448
与东方左史虬修竹篇
　（唐）陈子昂/2449
慈姥竹（唐）李白/2449
对新篁（唐）韦应物/2449
颜侍御厅丛篁咏送薛存诚
　（唐）卢纶/2449
竹（唐）张南史/2449
竹（唐）戴叔伦/2450
竹溪（唐）李益/2450
竹径偶作（唐）权德舆/2450
新栽竹（唐）白居易/2450
酬元九对新栽竹有怀见寄
　（唐）白居易/2450
题小桥前新竹招客
　（唐）白居易/2451
东楼竹（唐）白居易/2451

竹窗　（唐）白居易／2451
邮竹　（唐）元稹／2451
寺院新竹　（唐）元稹／2452
新竹　（唐）陆龟蒙／2452
新竹　（唐）皮日休／2452
寒竹　（唐）僧皎然／2452
竹轩　（宋）司马光／2453
新竹　（宋）朱子／2453
风竹如水声　（金）蔡珪／2453
题朱邸竹木　（元）虞集／2453
题竹　（明）吴宽／2453
七言古　附长短句 ……… 2454
赋得阶前嫩竹
　（陈）张正见／2454
绿竹引　（唐）宋之问／2454
竹　（唐）张南史／2454
刑部看竹效孟郊体
　（宋）欧阳修／2454
野竹　（元）吴镇／2455
画竹　（元）吴镇／2455
绿筠轩为姚宰作
　（明）萧执／2455
过华端叔草堂写晴竹于壁上
　（明）王绂／2455
五言律 …………… 2456
和黄门卢侍御咏竹
　（唐）张九龄／2456
严郑公宅同咏竹
　（唐）杜甫／2456

和徐侍郎中书丛筱韵
　（唐）蒋涣／2456
和王相公题中书丛竹寄上元
相公　（唐）郎士元／2456
池上竹　（唐）杨巨源／2456
新竹　（唐）元稹／2457
题刘秀才新竹
　（唐）杜牧／2457
栽竹　（唐）杜牧／2457
竹径　（唐）薛能／2457
新栽竹　（唐）杜荀鹤／2457
庭竹　（唐）李咸用／2457
庭竹　（唐）李中／2458
新竹　（唐）张蠙／2458
赋竹　（南唐）孙岘／2458
和谢仲弓廷评栽竹
　（宋）梅尧臣／2458
次韵子由绿筠堂
　（宋）苏轼／2458
对竹　（元）黄庚／2458
寄题竹轩　（元）杜本／2459
盆竹　（元）僧善住／2459
竹户　（明）杨慎／2459
竹亭　（明）僧德祥／2459
五言排律 ………… 2459
沈十四拾遗新竹生读经处同
诸公之作　（唐）王维／2459
同郭参谋题崔仆射淮南节度
使厅前竹　（唐）刘长卿／2460

赋得竹箭有筠
　　（唐）席夔/2460
杜中丞书院新移小竹
　　（唐）王建/2460
题卢秘书夏日新栽竹二十韵
　　（唐）白居易/2460
赋得震为苍筤竹
　　（唐）朱庆馀/2461
新竹（唐）李建勋/2461
七言律 …………………… 2461
竹（唐）崔涯/2461
和令狐舍人酬峰上人题山栏
　　孤竹（唐）杨巨源/2461
南庭竹（唐）李绅/2462
邻人自金仙观移竹
　　（唐）李远/2462
题新竹（唐）方干/2462
越州使院竹（唐）方干/2462
竹（唐）罗邺/2463
新竹（唐）薛能/2463
题竹（唐）秦韬玉/2463
竹（唐）郑谷/2463
洗竹（唐）王贞白/2464
题友人庭竹（唐）殷文珪/2464
竹（唐）韩溉/2464
竹（唐）李中/2464
次韵刘贡父西省种竹
　　（宋）苏轼/2465
次韵何文缜种竹
　　（宋）韩驹/2465
移竹（宋）刘克庄/2465
义师院丛竹（宋）郭长倩/2465
丹阳观竹自宫中移赐
　　（金）李献能/2466
竹阴（元）白珽/2466
赋文子方家赟笃竹影
　　（元）虞集/2466
种竹（元）洪希文/2466
居竹轩（元）倪瓒/2467
偶心寺看竹（明）章敞/2467
风雨种竹（明）李东阳/2467
竹（明）吴宽/2467
种竹（明）文徵明/2468
五言绝句 …………………… 2468
赋得临池竹（唐）太宗/2468
临阶竹（唐）卢照邻/2468
竹里馆（唐）王维/2468
斤竹岭（唐）王维/2468
斤竹岭（唐）裴迪/2468
雨后对后檐竹
　　（唐）崔元翰/2469
庭竹（唐）刘禹锡/2469
竹径（唐）韩愈/2469
竹溪（唐）韩愈/2469
题竹（唐）李群玉/2469
竹（宋）徐铉/2469
竹（宋）朱子/2469
题纸上竹（元）鲜于枢/2470

一叶竹为竹叟禅师作
　　（元）吴镇／2470
岳生画竹（元）郑元祐／2470
丛竹图（明）高启／2470
略上人房竹（明）高启／2470
七言绝句 ………………… 2470
从韦二明府续处觅绵竹
　　（唐）杜甫／2470
晚春归山居题窗前竹
　　（唐）刘长卿／2470
清水驿丛竹，天水赵云余手
　种一十二茎
　　（唐）柳宗元／2471
葺夷陵幽居（唐）李涉／2471
题李次虚窗竹
　　（唐）白居易／2471
问移竹（唐）白居易／2471
高司马移竹（唐）马戴／2471
竹风（唐）唐彦谦／2471
庭竹（唐）唐球／2472
苦竹径（唐）陆希声／2472
春日山中竹（唐）裴说／2472
竹（唐）李建勋／2472
竹（唐）陈陶／2472
对竹（唐）李中／2473
竹林（宋）林逋／2473
壬戌正月晦与仲元自淮上复
　至齐安（宋）王安石／2474
霜筠亭（宋）苏轼／2474

横山堂（宋）孙觌／2474
新竹（宋）阙名／2474
细香轩（金）路铎／2474
墨竹（金）庞铸／2474
琳宫词（元）许有壬／2475
扇上竹（元）杨载／2475
题金显宗画墨竹
　　（元）柳贯／2475
墨竹（元）欧阳玄／2475
题竹石图（元）陈旅／2475
题雨竹（元）陈旅／2476
题王虚斋所藏镇南王墨竹
　　（元）迺贤／2476
苏东坡竹（元）吴镇／2476
苏东坡竹（元）黄公望／2476
题柯敬仲竹（元）泰不华／2476
题柯学士画竹
　　（元）陈基／2476
遵道竹枝（元）张雨／2477
题云林竹（明）张简／2477
题宋好古墨竹（明）危素／2477
早朝待漏题杨谕德竹
　　（明）王璲／2477
题竹（明）王绂／2477
竹（明）徐渭／2477
题薛淡园墨竹
　　（明）僧道衍／2478
题王黄鹤墨竹
　　（明）僧德祥／2478

卷三百三十六　笋类

五言古 …………………… 2479
　食笋　（唐）白居易／2479
　和黄鲁直食笋次韵
　　（宋）苏轼／2479
　食笋十韵　（宋）黄庭坚／2479
　萧巽葛敏修二学子和予食笋
　　诗，次韵答之
　　（宋）黄庭坚／2480
　食新笋　（元）岑安卿／2480
七言古 …………………… 2480
　双笋歌送李回兼呈刘四
　　（唐）李颀／2480
　食笋行　（宋）唐庚／2481
　苦笋　（宋）陆游／2481
　谢唐德明惠笋
　　（宋）杨万里／2481
　食笋　（元）刘因／2481
　笋　（元）吴镇／2482
　食烧笋留题陈惟寅竹间
　　（明）杨基／2482
　新笋歌　（明）岳岱／2482
五言律 …………………… 2483
　篱笋　（唐）李颀／2483
五言排律 ………………… 2483
　和侯协律咏笋
　　（唐）韩愈／2483
七言律 …………………… 2483

闻开元寺开笋园寄章上人
　（唐）皮日休／2483
食笋　（宋）曾几／2484
都下食笋自十一月至四月戏题
　（宋）杨万里／2484
食烧笋　（金）郝天挺／2484
佩之惠笋干自称玉版，老师
　谓原博冬笋为吴山少俊，
　叠韵奉谢（明）李东阳／2484
答于乔次韵谢送冬笋
　（明）吴宽／2485
行根笋　（明）朱之蕃／2485
笋　（明）朱之蕃／2485
赐鲜笋　（明）于慎行／2485
五言绝句 ………………… 2486
　新笋　（宋）朱子／2486
　笋脯　（宋）朱子／2486
　笋　（元）郑允端／2486
　内中偶述　（明）徐祯卿／2486
六言绝句 ………………… 2486
　看笋六言　（宋）杨万里／2486
七言绝句 ………………… 2486
　昌谷北园新笋
　　（唐）李贺／2486
　初食笋呈座中
　　（唐）李商隐／2487
　笋　（宋）王禹偁／2487
　谢惠猫儿头笋
　　（宋）苏轼／2487

笋（宋）朱松／2487
次韵谢刘仲行惠笋
　　（宋）朱子／2487

卷三百三十七　牡丹花类

五言古 …………… 2488
　白牡丹（唐）白居易／2488
七言古 …………… 2488
　和李中丞慈恩寺清上人院
　　牡丹花歌（唐）权德舆／2488
　远公亭牡丹（唐）李咸用／2489
　朝元宫白牡丹（元）宋褧／2489
　同院僚观阁中牡丹作
　　　　（明）唐顺之／2489
五言律 …………… 2490
　咏牡丹未开者
　　（唐）韩琮／2490
　牡丹（唐）裴说／2490
　白牡丹（唐）王贞白／2490
　李才元寄示蜀中花图
　　（宋）范镇／2490
　和仲常牡丹诗（元）王恽／2491
五言排律 …………… 2491
　和王郎中召看牡丹
　　（唐）姚合／2491
　牡丹（唐）薛能／2491
　赋牡丹（元）贡奎／2491
七言律 …………… 2492
　戏题牡丹（唐）韩愈／2492

牡丹（唐）薛能／2492
牡丹（唐）薛能／2492
牡丹（唐）温庭筠／2492
牡丹（唐）韩琮／2493
牡丹（唐）方干／2493
牡丹（唐）方干／2493
牡丹（唐）李山甫／2493
牡丹（唐）罗隐／2494
牡丹（唐）秦韬玉／2494
僧舍白牡丹（唐）吴融／2494
红白牡丹（唐）吴融／2494
赵侍郎看红白牡丹，因寄杨
　状头赞图（唐）殷文珪／2495
再看光福寺牡丹
　（唐）刘兼／2495
追和白舍人咏白牡丹
　（唐）徐夤／2495
尚书座上赋牡丹花得轻字，
　其花自越中移植
　　（唐）徐夤／2495
严相公宅牡丹（宋）徐铉／2496
昼锦堂再赏牡丹
　（宋）韩琦／2496
答西京王尚书寄牡丹
　（宋）欧阳修／2496
和君贶寄河阳侍中牡丹
　（宋）司马光／2496
宿新丰坊咏瓶中牡丹因怀故园
　（宋）杨万里／2497

赋益公平园牡丹白花青绿
　　（宋）杨万里/2497
应制粉红双头牡丹
　　（金）党怀英/2497
五月牡丹应制
　　（金）赵秉文/2497
次韵杨司业牡丹
　　（元）吴澄/2498
谢吴宗师送牡丹并柬伯庸尚书
　　（元）虞集/2498
牡丹花（元）胡天游/2498
和李别驾赏牡丹
　　（元）高明/2498
赋素轩沐公家牡丹一首和杨
　　彦谧韵（明）郭登/2499
赏牡丹呈席上诸友
　　（明）钱洪/2499
牡丹（明）张淮/2499
牡丹（明）吴宽/2499
五言绝句 ················· 2500
　浑侍中宅牡丹
　　（唐）刘禹锡/2500
　牡丹（唐）司空图/2500
　双头牡丹（宋）夏竦/2500
七言绝句 ················· 2500
　赏牡丹（唐）刘禹锡/2500
　看恽家牡丹花戏赠李二十
　　（唐）白居易/2500

赠李十二牡丹花片因以饯行
　　（唐）元稹/2500
西明寺牡丹（唐）元稹/2501
牛尊师宅看牡丹
　　（唐）段成式/2501
白牡丹（唐）韦庄/2501
题牡丹（唐）卢士衡/2501
裴给事宅白牡丹
　　（唐）开元名公/2501
题牡丹（唐）苍头捧剑/2501
白牡丹（宋）欧阳修/2502
奉陪颖叔赋钦院牡丹
　　（宋）沈辽/2502
和仲良催看黄才叔秀才南园
　牡丹（宋）杨万里/2502
湖上（宋）方岳/2502
云龙川泰和殿五月牡丹
　　（金）章宗/2502
新开牡丹（元）刘秉忠/2502
赵中丞折枝牡丹图
　　（元）马祖常/2503
欧阳公牡丹诗
　　（元）欧阳玄/2503
宫词（明）薛蕙/2503
牡丹（明）冯琦/2503

卷三百三十八　芍药花类

五言古 ··················· 2504
　直中书省（齐）谢朓/2504

戏题阶前芍药

　　（唐）柳宗元 / 2504

红芍药　（唐）元稹 / 2504

七言古 …………………… 2505

新安芍药歌送胡伯恭之婺源

　　（元）袁桷 / 2505

五言律 …………………… 2505

芍药　（唐）张九龄 / 2505

苏子川宅观芍药

　　（明）黎民表 / 2505

芍药　（明）睦石 / 2505

五言排律 ………………… 2506

草词毕遇芍药初开，因咏小谢"红药当阶翻"诗……

　　（唐）白居易 / 2506

七言律 …………………… 2506

芍药　（宋）王禹偁 / 2506

北第同赏芍药　（宋）韩琦 / 2507

玉盘盂　（宋）苏轼 / 2507

彭孝求以《绿野行》送芍药数种，鄙句为谢

　　（宋）周必大 / 2507

多稼亭前两槛芍药红白对开二百朵　（宋）杨万里 / 2507

芍药　（元）郝经 / 2508

王叔能宅芍药

　　（元）马祖常 / 2508

陪宴相府得芍药花有感赋

　　（元）张昱 / 2508

芍药　（明）吴宽 / 2508

五言绝句 ………………… 2509

芍药　（金）姚孝锡 / 2509

七言绝句 ………………… 2509

芍药　（唐）韩愈 / 2509

芍药　（宋）苏轼 / 2509

谢赵生惠芍药

　　（宋）陈师道 / 2509

过广陵值早春

　　（宋）黄庭坚 / 2509

五月芍药　（元）马祖常 / 2509

滦京杂咏　（元）杨允孚 / 2510

芍药　（明）高启 / 2510

题芍药　（明）僧德祥 / 2510

卷三百三十九　瑞香花类

五言古 …………………… 2511

次韵曹子方龙山真觉院瑞香花

　　（宋）苏轼 / 2511

次韵钱倅诸公瑞香花

　　（宋）陈造 / 2511

长短句 …………………… 2511

瑞香花诗　（明）宣宗 / 2511

五言律 …………………… 2512

瑞香花　（宋）杨万里 / 2512

七言律 …………………… 2512

次韵杨廷秀待制瑞香花

　　（宋）周必大 / 2512

瑞香花　（宋）杨万里 / 2512

瑞香花　（宋）朱淑真／2513
五言绝句 …………………… 2513
　瑞香花　（宋）王十朋／2513
七言绝句 …………………… 2513
　瑞香花　（宋）杨万里／2513
　瑞香花　（宋）阙名／2513
　瑞香花　（元）杨维桢／2514

卷三百四十　木芙蓉类

五言古 ……………………… 2515
　芙蓉亭　（唐）柳宗元／2515
　湘岸移木芙蓉植龙兴精舍
　　（唐）柳宗元／2515
　芙蓉　（元）朱德润／2515
五言律 ……………………… 2515
　木芙蓉　（唐）韩愈／2515
　芙蓉　（明）申时行／2516
七言律 ……………………… 2516
　木芙蓉　（唐）刘兼／2516
　题殷舍人宅木芙蓉
　　（宋）徐铉／2516
　次韵寄题芙蓉馆
　　（宋）朱子／2516
　拒霜花　（宋）杨万里／2517
　木芙蓉　（宋）方岳／2517
　红芙蓉　（元）蒲道源／2517
　转观芙蓉　（元）蒲道源／2517
　次韵萨天锡台郎赋三益堂芙蓉
　　（元）僧大䜣／2518

五言绝句 …………………… 2518
　辛夷坞　（唐）王维／2518
　木芙蓉　（宋）朱子／2518
　拒霜　（宋）杨万里／2518
　芙蓉　（明）蒋忠／2518
七言绝句 …………………… 2518
　木芙蓉花下招客饮
　　（唐）白居易／2518
　芙蓉　（唐）高蟾／2519
　木芙蓉　（唐）黄滔／2519
　芙蓉　（宋）欧阳修／2519
　和陈述古拒霜花
　　（宋）苏轼／2519
　拒霜　（宋）刘理／2519
　芙蓉　（宋）刘克庄／2520
　维扬花园　（宋）宋伯仁／2520
　钱舜举折枝芙蓉
　　（元）虞集／2520
　木芙蓉　（元）虞集／2520
　题倪元镇画　（元）陈基／2520
　题画　（明）吴孺子／2521

卷三百四十一　茉莉花类

七言古 ……………………… 2522
　次韵胡元甫茉莉花
　　（宋）楼钥／2522
　茉莉　（宋）杨万里／2522
五言律 ……………………… 2523
　茉莉　（宋）刘子翚／2523

茉莉（宋）朱子/2523
奉酬圭父茉莉之作
　　（宋）朱子/2523
五言绝句 …………… 2523
　题茉莉（明）皇甫汸/2523
七言绝句 …………… 2524
　茉莉（宋）叶廷珪/2524
　宫词（明）朱有燉/2524
　茉莉（明）赵福元/2524
　宫词（明）仲春龙/2524
　茉莉词（明）王稚登/2524
　茉莉花（明）沈宜修/2525

卷三百四十二　夹竹桃花类

五言古 …………… 2526
　弋阳县学北堂见夹竹桃花
　　有感而书（宋）李觏/2526
五言律 …………… 2526
　夹竹桃花（明）王世懋/2526

卷三百四十三　蔷薇花类

五言古 …………… 2527
　咏蔷薇（齐）谢朓/2527
　咏蔷薇（梁）简文帝/2527
　咏蔷薇（梁）柳恽/2527
　看美人摘蔷薇（梁）刘缓/2527
　咏蔷薇（梁）鲍泉/2528
　邀人赏蔷薇（唐）孟郊/2528
　蔷薇洞（明）顾璘/2528

七言古 …………… 2528
　蔷薇篇（唐）储光羲/2528
　和蔷薇花歌（唐）孟郊/2529
五言律 …………… 2529
　题蔷薇花（唐）朱庆馀/2529
　红薇（唐）李咸用/2529
　僧院蔷薇（唐）李咸用/2529
五言排律 …………… 2529
　蔷薇花联句（唐）张籍/2529
　裴常侍以题蔷薇架十八韵见
　　示，因广为三十韵以和之
　　（唐）白居易/2530
　寒食日沙县雨中看蔷薇
　　（唐）韩偓/2530
　依韵和令公大王蔷薇诗
　　（宋）徐铉/2531
七言律 …………… 2531
　城上蔷薇（唐）李绅/2531
　蔷薇正开，春酒初熟，因招
　　刘十九张大夫崔二十四
　　同饮（唐）白居易/2531
　朱秀才庭际蔷薇
　　（唐）方干/2532
　和蔷薇次韵（唐）皮日休/2532
　李太舍池上玩红薇醉题
　　（唐）韩偓/2532
　蔷薇（唐）李建勋/2532
　李少卿宅蔷薇
　　（明）王韦/2533

五言绝句 …………… 2533
　蔷薇下（明）鲁铎/2533
七言绝句 …………… 2533
　戏题卢秘书新移蔷薇
　　（唐）白居易/2533
　蔷薇花（唐）张祜/2533
　蔷薇花（唐）杜牧/2533
　重题蔷薇（唐）皮日休/2534
　红蔷薇（唐）牛峤/2534
　蔷薇（唐）徐夤/2534
　红蔷薇花（唐）僧齐己/2534
　闲游（宋）陆游/2534
　湖城簿厅（金）吴激/2534
　草萍驿和萨天锡
　　（元）卢琦/2535

卷三百四十四　月季花类

五言古 …………… 2536
　月季花（宋）宋祁/2536
　次韵子由月季花再生
　　（宋）苏轼/2536
五言律 …………… 2536
　月季花（明）刘绘/2536
七言律 …………… 2537
　月季花翠雀（明）申时行/2537
七言绝句 …………… 2537
　月季花（宋）韩琦/2537
　月季花（明）张新/2537

卷三百四十五　刺桐花类

七言绝句 …………… 2538
　小雪日戏题（唐）张登/2538
　泉州刺桐花咏兼呈赵使君
　　（唐）陈陶/2538
　永春路（宋）徐玑/2539
　舟行青溪道中入歙
　　（元）方回/2539
　书武阳驿（明）汪应轸/2539
　送金员外归泉南
　　（明）僧来复/2539
　西湖杂诗（明）僧来复/2539

卷三百四十六　酴醾花类

五言古 …………… 2540
　杜沂游武昌以酴醾花见饷
　　（宋）苏轼/2540
　酴醾架（元）贡奎/2540
　刺蘼（明）吴宽/2540
七言古 …………… 2541
　失题（宋）卢元赞/2541
　和罗武冈酴醾长句
　　（宋）杨万里/2541
　酴醾歌（元）华幼武/2541
五言律 …………… 2542
　荼蘼（宋）陈与义/2542
五言排律 …………… 2542
　次韵荼蘼（宋）黄庭坚/2542

七言律 …………………… 2542
　王主簿家酴醿
　　（宋）黄庭坚 / 2542
　酴醿（宋）刘子翚 / 2543
　酴醿（宋）杨万里 / 2543
　酴醿（宋）朱淑真 / 2543
　酴醿（金）刘仲伊 / 2543
　荼蘼花开有怀同赏
　　（明）陈宪章 / 2544
五言绝句 …………………… 2544
　荼蘼（宋）朱子 / 2544
七言绝句 …………………… 2544
　酴醿（宋）韩维 / 2544
　酴醿花（宋）韩维 / 2544
　惜酴醿（宋）韩维 / 2544
　绝句（宋）刘攽 / 2545
　荼蘼洞（宋）苏轼 / 2545
　荼蘼（宋）张舜民 / 2545
　酴醿花（宋）黄庭坚 / 2545
　披仙阁上观酴醿
　　（宋）杨万里 / 2545
　失题（宋）戴复古 / 2545
　荼蘼（宋）方岳 / 2546
　酴醿（金）元好问 / 2546
　春深（元）刘秉忠 / 2546
　暮春写怀（明）镏炳 / 2546
　忽雨（明）张宇初 / 2546

卷三百四十七　凌霄花类
五言古 …………………… 2547
　凌霄花（宋）梅尧臣 / 2547
　凌霄花（宋）曾肇 / 2547
　凌霄花（宋）范浚 / 2547
七言绝句 …………………… 2548
　凌霄花（宋）杨绘 / 2548
　为沈趣庵题画（明）偶桓 / 2548

卷三百四十八　藤花类
五言古 …………………… 2549
　咏藤（梁）简文帝 / 2549
　驾檐藤（唐）储光羲 / 2549
　石上藤（唐）岑参 / 2549
　潭上紫藤（唐）李德裕 / 2549
　挂树藤（唐）曹冠卿 / 2549
　垂涧藤（宋）朱子 / 2550
　罨画溪（明）马愈 / 2550
　朱藤（明）吴宽 / 2550
七言古　附长短句 ……… 2550
　爱敬寺古藤歌
　　（唐）李颀 / 2550
　和题藤架（唐）独孤及 / 2551
五言律 …………………… 2551
　藤（唐）李峤 / 2551
五言排律 …………………… 2551
　和友人许棠题宣平里古藤
　　（唐）张蠙 / 2551

七言律 …………………… 2551
　紫藤花（明）王世贞/2551
　藤（明）王士骐/2552
五言绝句 ………………… 2552
　紫藤树（唐）李白/2552
　古藤（唐）钱起/2552
　石上藤（唐）顾况/2552
　藤（明）于若瀛/2552
七言绝句 ………………… 2553
　送王永（唐）刘商/2553
　宿杨家（唐）白居易/2553
　紫藤（唐）许浑/2553
　题画（明）沈周/2553
　中甫过斋中，烹茗清谈，试笔写图，因题其上
　　（明）居节/2553
　荆溪杂曲（明）王叔承/2553
　和令则题画（明）陈继儒/2554

卷三百四十九　山丹花类

五言古 …………………… 2555
　次韵子由所居（宋）苏轼/2555
　山丹（宋）朱子/2555
七言律 …………………… 2555
　山丹花（宋）杨万里/2555

卷三百五十　素馨花类

七言绝句 ………………… 2556
　素馨花（宋）陈傅良/2556

　素馨花（明）杨慎/2556
　夜至红桥所居
　　（明）林鸿/2556

卷三百五十一　玉珑璁花类

七言律 …………………… 2557
　茌平县西门邮亭废圃中，有花名玉珑璁……
　　（明）王蒙/2557
七言绝句 ………………… 2557
　游天坛杂诗（金）元好问/2557

卷三百五十二　琼花类
（附瑶花、琪花）

长短句 …………………… 2558
　赋得琼花观送人
　　（明）刘溥/2558
七言律 …………………… 2558
　约黄成之观琼花，予不及从，以诗代简（宋）方岳/2558
五言绝句 ………………… 2559
　扬州广城店（明）张以宁/2559
七言绝句 ………………… 2559
　小游仙（唐）曹唐/2559
　后土庙琼花诗
　　（宋）王禹偁/2559
　扬州后土祠琼花
　　（元）尹廷高/2559
　续游仙诗（明）马洪/2559

附瑶花

七言古 …………… 2560
  瑶花 （元）郭钰/2560

附琪花

五言古 …………… 2560
  琪树下因吟六韵呈先达者
    （唐）刘驾/2560
五言绝句 …………… 2560
  初移琪树 （唐）羊士谔/2560
  石桥琪树 （唐）僧隐丘/2561
七言绝句 …………… 2561
  步虚词 （唐）陈羽/2561

卷三百五十三　兰花类

五言古 …………… 2562
  幽兰 （宋）鲍照/2562
  紫兰始萌 （梁）武帝/2562
  兰 （梁）宣帝/2562
  赋新题得兰生野径
    （陈）张正见/2562
  猗兰操 （隋）辛德源/2562
  兰 （唐）王维/2563
  古意 （唐）贺兰进明/2563
  赠友人 （唐）李白/2563
  咏兰 （唐）白居易/2563
  兰 （唐）李德裕/2563
  题杨次公春兰 （宋）苏轼/2564

  秋兰已悴，以其根归学古
    （宋）朱子/2564
  种兰 （宋）薛季宣/2564
  刈兰 （宋）薛季宣/2564
  盆兰 （元）岑安卿/2564
  兰花篇 （明）宋濂/2565
  塘上闻兰香 （明）叶子奇/2565
  墨兰 （明）僧宗衍/2565
七言古 …………… 2565
  画兰 （元）吴镇/2565
  采兰堂 （明）僧妙声/2566
五言律 …………… 2566
  芳兰 （唐）太宗/2566
  咏兰 （唐）李峤/2566
  幽兰 （唐）崔涂/2566
  兰 （唐）僧无可/2566
  去岁蒙学古分惠兰花，清赏
    既歇…… （宋）朱子/2567
  兰 （明）冯琦/2567
七言律 …………… 2567
  兰 （宋）杨万里/2567
  兰 （宋）刘克庄/2567
  挂兰 （元）谢宗可/2568
  兰 （明）文徵明/2568
  题赵松雪墨兰
    （明）僧宗衍/2568
五言绝句 …………… 2568
  兰 （唐）唐彦谦/2568
  兰 （宋）司马光/2568

兰涧　(宋) 朱子 / 2569
兰　(宋) 杨万里 / 2569
题信上人春兰
　　(元) 揭傒斯 / 2569
题画兰　(元) 陈旅 / 2569
兰　(元) 郑允端 / 2569
写兰　(明) 景翩翩 / 2569
七言绝句 …………………… 2569
　兰　(宋) 朱子 / 2569
　寒食相将诸子游翟园
　　(宋) 杨万里 / 2570
　题画兰　(明) 文徵明 / 2570
　兰　(明) 余有丁 / 2570
　紫兰　(明) 景翩翩 / 2570

卷三百五十四　蕙花类

五言古 …………………… 2571
　蕙花初开　(宋) 杨万里 / 2571
五言律 …………………… 2571
　题次公蕙　(宋) 苏轼 / 2571
五言绝句 …………………… 2571
　蕙　(宋) 朱子 / 2571
　题信上人秋蕙
　　(元) 揭傒斯 / 2572
七言绝句 …………………… 2572
　和令狐侍御赏蕙草
　　(唐) 杜牧 / 2572
　蕙草　(宋) 刘克庄 / 2572
　东园　(宋) 僧道潜 / 2572

卷三百五十五　芝类

乐府 …………………… 2573
　灵芝歌　(汉) 班固 / 2573
五言古 …………………… 2573
　芝草　(梁) 庾肩吾 / 2573
　菌耳遍沃野　(元) 吾丘衍 / 2573
七言古 …………………… 2574
　石芝　(宋) 苏轼 / 2574
五言律 …………………… 2574
　宣政殿芝草　(唐) 李义府 / 2574
七言绝句 …………………… 2574
　题画卷　(元) 马臻 / 2574
七言绝句 …………………… 2574
　送道友游山　(唐) 施肩吾 / 2574
　寄题朱元晦武夷精舍
　　(宋) 陆游 / 2575
　次王参政延福宫韵
　　(元) 马祖常 / 2575
　中秋前偶赋　(元) 虞集 / 2575
　惟寅征君踏雨过林馆，为留
　　终日……(明) 周砥 / 2575
　雨后　(明) 彭年 / 2575

卷三百五十六　萱花类

五言古 …………………… 2576
　塘上行　(宋) 谢惠连 / 2576
　咏萱草　(北齐) 阳休之 / 2576
　咏阶前萱草　(隋) 魏澹 / 2576

五言律 ················ 2576
　萱（唐）李峤 / 2576
　萱草（唐）李咸用 / 2577
　萱（金）周昂 / 2577
五言绝句 ·············· 2577
　萱（宋）宋祁 / 2577
　萱（宋）石延年 / 2577
　萱草（宋）朱子 / 2577
　有感（明）马闲卿 / 2577
七言绝句 ·············· 2578
　宫词（明）黄省曾 / 2578

卷三百五十七　菊花类

五言古 ················ 2579
　菊（晋）袁山松 / 2579
　饮酒（晋）陶潜 / 2579
　摘园菊赠谢仆射举
　　（梁）王筠 / 2579
　咏菊（唐）陈叔达 / 2580
　和钱员外早冬玩禁中新菊
　　（唐）白居易 / 2580
　霜菊（唐）席夔 / 2580
　霜菊（唐）阙名 / 2580
　和圣俞庭菊（宋）苏舜钦 / 2580
　菊（宋）苏洵 / 2581
　野菊（元）郝经 / 2581
　菊（元）何中 / 2581
　泾上观菊（明）王问 / 2581
七言古　附长短句 ········ 2582

买菊（宋）杨万里 / 2582
白菊（金）宇文虚中 / 2582
菊潭（明）李蓘 / 2582
买西园菊至，招同社徐兴公
　商孟和诸人花下小酌，因
　和短歌（明）陈鸿 / 2583
五言律 ················ 2583
　赋得残菊（唐）太宗 / 2583
　秋菊（唐）骆宾王 / 2583
　菊（唐）李峤 / 2583
　九日奉陪令公登白楼同咏菊
　　（唐）卢纶 / 2584
　菊（唐）李商隐 / 2584
　白菊（唐）许棠 / 2584
　菊（唐）罗隐 / 2584
　白菊（唐）张蠙 / 2584
　采菊（唐）李建勋 / 2584
　菊（唐）僧无可 / 2585
　九日菊花咏应诏
　　（唐）僧广宣 / 2585
　九月十八日黄菊始开，时且
　禁酿，漫成示德衡弟
　　（元）蒲道源 / 2585
　汝庆宅红菊（明）何景明 / 2585
　菊（明）申时行 / 2585
　菊（明）唐文献 / 2585
五言排律 ·············· 2586
　和令狐相公玩白菊
　　（唐）刘禹锡 / 2586

咏夹径菊（唐）薛能/2586
恩门小谏雨中乞菊栽
　　（唐）郑谷/2586
南海使院对菊怀丁卯别墅
　　（唐）许浑/2586
七言律 …………………… 2587
和马郎中移白菊见示
　　（唐）李商隐/2587
野菊（唐）李商隐/2587
幽居有白菊一丛，因而成咏
　呈知己（唐）陆龟蒙/2587
重忆白菊（唐）陆龟蒙/2587
和鲁望白菊（唐）皮日休/2588
和陆鲁望白菊（唐）张贲/2588
刘员外寄移菊
　　（唐）李山甫/2588
咏白菊（唐）罗隐/2588
和张少监晚菊
　　（宋）徐铉/2589
菊（宋）刘子翚/2589
今年立冬后菊方盛开小饮
　　（宋）陆游/2589
野菊（宋）杨万里/2589
野菊，座主闲闲公命作
　　（金）元好问/2590
重九后菊（元）叶颙/2590
西施菊（明）瞿佑/2590
汪司骥席上对菊
　　（明）熊卓/2590

五言绝句 …………………… 2591
江行（唐）钱起/2591
野菊（唐）王建/2591
咏新菊（唐）姚合/2591
将赴湖州留题亭菊
　　（唐）杜牧/2591
折菊（唐）杜牧/2591
菊（宋）徐铉/2591
菊（宋）王十朋/2592
菊（宋）杨万里/2592
七言绝句 …………………… 2592
重阳席上赋白菊
　　（唐）白居易/2592
菊（唐）白居易/2592
菊花（唐）元稹/2592
忆白菊（唐）陆龟蒙/2592
白菊杂诗（唐）司空图/2593
华下对菊（唐）司空图/2593
菊（唐）郑谷/2593
庭前菊（唐）韦庄/2593
菊（宋）韩玉/2593
白菊（宋）魏野/2594
沈仲一送菊，自言封殖之劳，
　欲得诗为报
　　（宋）陈傅良/2594
黄菊（宋）杨万里/2594
九日月中对菊同禧伯郎中赋
　　（元）张本/2594
赏菊（明）魏时敏/2594

卷三百五十八　荷花类

五言古 …………………… 2595
　青阳度 （晋） 乐府 / 2595
　夏歌 （晋） 乐府 / 2595
　夏歌 （梁） 武帝 / 2595
　咏同心莲 （梁） 萧统 / 2595
　咏芙蓉 （梁） 简文帝 / 2596
　赋得涉江采芙蓉
　　（梁） 元帝 / 2596
　咏芙蓉 （梁） 沈约 / 2596
　咏荷 （梁） 江洪 / 2596
　咏同心芙蓉 （梁） 朱超 / 2596
　采莲曲 （梁） 朱超 / 2596
　芙蓉花 （隋） 辛德源 / 2597
　咏同心芙蓉 （隋） 杜公瞻 / 2597
　采芙蓉 （唐） 太宗 / 2597
　古风 （唐） 李白 / 2597
　折荷有赠 （唐） 李白 / 2597
　粲公院各赋一物得初荷
　　（唐） 李颀 / 2598
　初秋莲塘归 （唐） 顾况 / 2598
　东林寺白莲 （唐） 白居易 / 2598
　京兆府新栽莲
　　（唐） 白居易 / 2598
　高荷 （唐） 元稹 / 2598
　野莲 （元） 郝经 / 2599
　池莲咏 （元） 倪瓒 / 2599

次韵欧阳检阅濠池观荷
　　（元） 薛元曦 / 2599
　过荷叶浦 （明） 徐贲 / 2599
　采莲曲 （明） 李淑媛 / 2599
七言古 …………………… 2600
　赵昌荷花 （元） 袁桷 / 2600
　西湖荷花有感
　　（元） 于石 / 2600
　徐两山寄莲花
　　（明） 王彝 / 2601
　采莲曲 （明） 张泰 / 2601
　采莲图 （明） 文徵明 / 2601
五言律 …………………… 2602
　荷 （唐） 李峤 / 2602
　荷花 （唐） 李商隐 / 2602
　新荷 （唐） 李群玉 / 2602
　晚荷 （唐） 李群玉 / 2602
　宫池产瑞莲 （唐） 王贞白 / 2602
　荷花 （宋） 丰稷 / 2602
　奉酬圭父白莲之作
　　（宋） 朱子 / 2603
　采莲歌 （元） 叶颙 / 2603
　荷叶 （明） 高启 / 2603
　新荷 （明） 高启 / 2603
　荷叶 （明） 杨基 / 2603
　莲花泾庄 （明） 徐贲 / 2603
　莲花 （明） 申时行 / 2604
　陈真人馆中赏荷花作
　　（明） 薛蕙 / 2604

五言排律 …………… 2604
　秋日吴中观贡藕
　　（唐）赵嘏 / 2604
　赋得芙蓉出水
　　（唐）贾谟 / 2604
七言律 ……………… 2604
　阙下芙蓉（唐）包何 / 2604
　六年秋重题白莲
　　（唐）白居易 / 2605
　咏南池嘉莲（唐）姚合 / 2605
　永乐殷尧藩明府县池嘉莲咏
　　（唐）雍陶 / 2605
　高侍御话皮博士池中白莲因
　　成奉呈（唐）吴融 / 2605
　重台莲（唐）李建勋 / 2606
　西府直舍盆池种莲
　　（宋）杨万里 / 2606
　晓看芙蓉（宋）杨万里 / 2606
　莲实（金）张楫 / 2606
　三益堂芙蓉（元）萨都剌 / 2607
　白莲（元）谢宗可 / 2607
　白莲（元）王士熙 / 2607
　冰盘雪藕（元）周霆震 / 2607
　荷风（明）瞿佑 / 2608
　赐藕（明）李东阳 / 2608
　池莲（明）朱之蕃 / 2608
　赐鲜藕（明）于慎行 / 2608
　次张龙湖吏侍院中观莲
　　（明）徐阶 / 2609

和观莲（明）陆树声 / 2609
张卿子汤穉含泛舟看荷花
　（明）程嘉燧 / 2609
五言绝句 …………… 2609
　采莲（唐）崔国辅 / 2609
　临湖亭（唐）王维 / 2610
　石莲花（唐）司空曙 / 2610
　临平湖（唐）顾况 / 2610
　芙蓉榭（唐）顾况 / 2610
　赋得秋池一枝莲
　　（唐）郭恭 / 2610
　莲叶（唐）李群玉 / 2610
　静夜相思（唐）李群玉 / 2610
　芙蓉（元）虞集 / 2611
　莲藕花叶图（元）吴师道 / 2611
　莲（元）郑允端 / 2611
　采菱曲（明）钱宰 / 2611
　采莲曲（明）熊卓 / 2611
　采莲曲（明）常伦 / 2611
　芙蓉（明）于若瀛 / 2612
　采莲女（明）杨文俪 / 2612
　采莲（明）孟淑卿 / 2612
七言绝句 …………… 2612
　采莲曲（唐）张朝 / 2612
　咏双开莲花（唐）刘商 / 2612
　宫词（唐）王建 / 2612
　盆池（唐）韩愈 / 2613
　种白莲（唐）白居易 / 2613
　阶下莲（唐）白居易 / 2613

白莲池泛舟（唐）白居易/2613
看采莲（唐）白居易/2613
莲塘（唐）孟迟/2613
咏莲（唐）温庭筠/2614
白芙蓉（唐）陆龟蒙/2614
秋荷（唐）陆龟蒙/2614
重台莲花（唐）陆龟蒙/2614
白莲（唐）陆龟蒙/2614
白莲（唐）皮日休/2614
重台莲花（唐）皮日休/2615
莲叶（唐）郑谷/2615
采莲女（唐）李中/2615
爱莲（宋）朱子/2615
临平道中（宋）僧道潜/2615
池莲（金）完颜璹/2615
池荷（元）黄庚/2616
荷花词次韵周伯温参政
　（元）张昱/2616
竹枝词（元）丁鹤年/2616
采莲歌（明）刘基/2616
过南湖戏折藕花
　（明）吴植/2616
采莲曲（明）胡侍/2616
采莲曲（明）魏学礼/2617
采莲曲（明）沈明臣/2617
瑞莲应制（明）潘纬/2617
盆荷（明）徐阶/2618
藕花居（明）陈凤/2618
邻家植荷盆中高出墙外，予于斋头见之戏题一绝
　（明）邵濂/2618

卷三百五十九　葵花类

四言古 ················ 2619
　蜀葵（宋）颜延之/2619
五言古 ················ 2619
　蜀葵（宋）司马光/2619
　王伯扬所藏赵昌花
　　（宋）苏轼/2619
　葵（明）吴宽/2619
五言律 ················ 2620
　宜阳所居白蜀葵答咏简诸公
　　（唐）武元衡/2620
　蜀葵（唐）徐夤/2620
　葵（宋）韩琦/2620
　葵花（明）高启/2620
七言律 ················ 2620
　使院黄葵花（唐）韦庄/2620
　继人葵花韵（元）许衡/2621
五言绝句 ·············· 2621
　蜀葵（金）姚孝锡/2621
　黄葵词（元）赵孟頫/2621
　黄蜀葵（元）虞集/2621
七言绝句 ·············· 2621
　蜀葵（唐）陈标/2621
　和知己秋怀（唐）郑谷/2622
　葵（宋）刘敞/2622
　黄葵（宋）宋祁/2622

题画黄葵（元）袁易/2622
题葵花（明）占城使臣/2622

卷三百六十　杜鹃花类
（山石榴、踯躅、谢豹花同）

五言古 …………… 2623
　咏山榴（梁）沈约/2623
七言古　附长短句 …… 2623
　山石榴寄元九
　　（唐）白居易/2623
　喜山石榴花开
　　（唐）白居易/2624
五言律 …………… 2624
　酬郑毗踯躅咏
　　（唐）孟郊/2624
　杜鹃花（唐）方干/2624
七言律 …………… 2624
　题山石榴花（唐）白居易/2624
　玉泉寺南三里涧下多深红
　踯躅，繁艳殊常……
　　（唐）白居易/2625
五言绝句 …………… 2625
　寒食日题杜鹃花
　　（唐）曹松/2625
七言绝句 …………… 2625
　宫中词（唐）王建/2625
　武关南见元九题山石榴花见寄
　　（唐）白居易/2625
　戏问山石榴（唐）白居易/2626

山石榴花（唐）施肩吾/2626
山石榴（唐）杜牧/2626
漫书（唐）司空图/2626
踯躅（宋）苏轼/2626
春词（元）胡天游/2626
杜鹃花漫兴（明）张献翼/2627
竹枝词（明）王叔承/2627

卷三百六十一　水仙花类

五言古 …………… 2628
　咏鹿葱（梁）沈约/2628
　咏水仙花五韵
　　（宋）陈与义/2628
　水仙花（宋）陈傅良/2628
　题水仙图（元）韩性/2629
七言古 …………… 2629
　水仙花效李长吉
　　（明）邹亮/2629
七言律 …………… 2629
　谢到水仙二本
　　（宋）韩维/2629
　题钱山水仙花
　　（明）顾辰/2629
　水仙花（明）梁辰鱼/2630
五言绝句 …………… 2630
　水仙（明）于若瀛/2630
　水仙花（明）僧船窗/2630
七言绝句 …………… 2630
　水仙花（宋）黄庭坚/2630

刘邦直送水仙花
　　（宋）黄庭坚/2630
次韵中玉水仙花
　　（宋）黄庭坚/2631
题水仙花图（元）陈旅/2631
水仙（元）贡师泰/2631
题虞瑞岩描水仙花
　　（元）姚文奂/2631
水仙花（元）丁鹤年/2631

卷三百六十二　金沙花类

五言绝句 …………… 2633
池上荼蘼架金沙花盛开
　　（宋）王安石/2633
次王荆公韵（宋）苏轼/2633
七言绝句 …………… 2633
金沙花（宋）王安石/2633
次荆公韵（宋）苏轼/2633
闻西省赏荼蘼芍药，戏成小诗
　　简泰之侍讲舍人年兄……
　　（宋）周必大/2634

卷三百六十三　金钱花类

七言绝句 …………… 2635
金钱花（唐）卢肇/2635
金钱花（唐）来鹏/2635
金钱花（唐）皮日休/2635
金钱花（唐）吴仁璧/2635
金钱花（唐）石懋/2636

卷三百六十四　罂粟花类
　（即米囊花）

七言律 ……………… 2637
滇南二月罂粟花盛开，皆千
　叶红者……
　　（明）程本立/2637
七言绝句 …………… 2637
西归出斜谷（唐）雍陶/2637
米囊花（宋）杨万里/2637
罂粟（宋）谢薖/2638
东山纪别（明）僧圆复/2638

卷三百六十五　玉簪花类

五言古 ……………… 2639
同白兄赋瓶中玉簪
　　（金）元好问/2639
玉簪（元）刘因/2639
七言律 ……………… 2639
陈中丞翃东斋赋白玉簪
　　（唐）卢纶/2639
玉簪花（宋）方广德/2640
玉簪（元）刘因/2640
体斋西轩观玉簪花偶作
　　（明）李东阳/2640
七言绝句 …………… 2640
玉簪花（唐）罗隐/2640
玉簪（宋）王安石/2641

玉簪（宋）黄庭坚/2641
玉簪（明）王冕/2641
玉簪花（明）李东阳/2641
凉夜（明）汤珍/2641

卷三百六十六　凤仙花类

五言古 …………………… 2642
　凤仙花（宋）刘敞/2642
　感寓（明）刘基/2642
五言绝句 ………………… 2642
　咏凤仙花（明）林媞/2642
七言绝句 ………………… 2642
　凤仙花（唐）吴仁璧/2642
　金凤花（宋）晏殊/2643
　金凤花（宋）欧阳修/2643
　金凤花（宋）杨万里/2643
　夏日绝句（宋）杨万里/2643

卷三百六十七　鸡冠花类

五言古 …………………… 2644
　鸡冠花（宋）梅尧臣/2644
　鸡冠（元）郝经/2644
七言绝句 ………………… 2645
　鸡冠花（唐）罗邺/2645
　鸡冠花（宋）王洙/2645
　种花口号（宋）孔平仲/2645

卷三百六十八　牵牛类

五言古 …………………… 2646

　牵牛（元）郝经/2646
　牵牛（明）吴宽/2646
七言绝句 ………………… 2647
　牵牛花（宋）杨万里/2647
　杨休烈村居（金）马定国/2647
　题柯敬仲画（元）虞集/2647
　客舍咏牵牛花（元）倪瓒/2647
　隐居（明）叶子奇/2647
　寓玉清观（明）叶子奇/2648

卷三百六十九　杜若花类

五言古 …………………… 2649
　咏杜若（梁）沈约/2649
五言绝句 ………………… 2649
　池上亭（唐）钱起/2649
七言绝句 ………………… 2649
　六月二十七日望湖楼醉书
　　（宋）苏轼/2649
　题画图（元）陈旅/2649
　谩成（元）马臻/2650
　望武昌（明）杨基/2650
　越江曲（明）梁有誉/2650

卷三百七十　菖蒲类

五言古 …………………… 2651
　菖蒲（汉）阙名/2651
　乐府体（唐）曹邺/2651
　和子由记园中草木
　　（宋）苏轼/2651

菖蒲 （宋）裘万顷 / 2651
效孟郊体 （宋）谢翱 / 2652
长短句 …………………… 2652
　寄菖蒲 （唐）张籍 / 2652
七言律 …………………… 2652
　和子由盆中石菖蒲忽生九花
　　（宋）苏轼 / 2652
五言绝句 ………………… 2652
　杂兴 （唐）陆龟蒙 / 2652
　石菖蒲 （宋）王十朋 / 2653
　过紫微庵访冯道士
　　（元）萨都剌 / 2653
七言绝句 ………………… 2653
　送顾非熊秀才归丹阳
　　（唐）王建 / 2653
　寄茅山孙炼师
　　（唐）李德裕 / 2653
　赠常州报恩长老
　　（宋）苏轼 / 2653
　采菖蒲 （宋）陈与义 / 2653
　寄谢刘彦集菖蒲之贶
　　（宋）朱子 / 2654
　谢吴公济菖蒲 （宋）朱子 / 2654

卷三百七十一　芭蕉类
（附美人蕉）

五言古 …………………… 2655
　芭蕉赞 （宋）谢灵运 / 2655
　甘蕉 （梁）沈约 / 2655

红蕉 （唐）柳宗元 / 2655
芭蕉 （唐）杜牧 / 2655
咏池上芭蕉 （明）袁凯 / 2655
蕉石亭 （明）顾璘 / 2656
五言排律 ………………… 2656
　咏蕉 （明）徐桂 / 2656
七言律 …………………… 2656
　书庭蕉 （明）王守仁 / 2656
　咏芭蕉 （明）张继 / 2656
七言排律 ………………… 2657
　戏题阴凉室阶前芭蕉
　　（明）僧良琦 / 2657
五言绝句 ………………… 2657
　芭蕉 （唐）路德延 / 2657
　芭蕉 （宋）朱子 / 2657
　红蕉 （宋）朱子 / 2657
　斋前芭蕉 （明）高启 / 2658
　为友人写蕉 （明）沈周 / 2658
　题美人蕉 （明）皇甫汸 / 2658
七言绝句 ………………… 2658
　红蕉 （唐）徐凝 / 2658
　蕉叶 （唐）徐夤 / 2658
　未展芭蕉 （唐）钱珝 / 2658
　杂题 （宋）王安石 / 2659
　芭蕉 （宋）张载 / 2659
　咏芭蕉 （宋）杨万里 / 2659
　题乐静轩 （明）王绂 / 2659
　芭蕉美人 （明）夏寅 / 2659
　题蕉 （明）沈周 / 2659

府江杂诗 （明）谢少南/2660
雨蕉 （明）汤显祖/2660

卷三百七十二　石竹花类

五言古 …………………… 2661
魏仓曹宅各赋一物，得当轩
石竹 （唐）李颀/2661
咏石竹 （宋）张耒/2661
五言律 …………………… 2661
答李滁州题庭前石竹花见寄
（唐）独孤及/2661
云阳寺石竹花
（唐）司空曙/2661
七言律 …………………… 2662
赋石竹 （元）虞集/2662
五言绝句 ………………… 2662
石竹花 （唐）皇甫冉/2662
七言绝句 ………………… 2662
石竹花咏 （唐）陆龟蒙/2662
石竹 （宋）王安石/2662
赋石竹 （元）蒲道源/2662

卷三百七十三　叶类

五言古 …………………… 2663
落叶 （隋）孔绍安/2663
落叶 （明）王问/2663
落叶 （明）徐良彦/2663
长短句 …………………… 2663
落叶行 （元）吴师道/2663

五言律 …………………… 2664
和杜录事题红叶
（唐）白居易/2664
闻落叶 （唐）僧齐己/2664
陨叶 （唐）僧无可/2664
霣叶 （元）僧善住/2664
赋蜘蛛落叶 （明）许继/2665
赋得窗中度落叶
（明）莫是龙/2665
窗中度落叶 （明）张文柱/2665
见落叶 （明）王醇/2665
落叶 （明）僧宗泐/2665
五言排律 ………………… 2665
一叶落 （唐）薛能/2665
七言律 …………………… 2666
红叶 （唐）吴融/2666
红叶 （明）徐渭/2666
七言排律 ………………… 2666
枫林 （明）于若瀛/2666
五言绝句 ………………… 2667
奉和元日赐群臣柏叶
（唐）李乂/2667
奉和元日赐群臣柏叶
（唐）赵彦昭/2667
奉和元日赐群臣柏叶
（唐）武平一/2667
落叶 （唐）王建/2667
醉中对红叶 （唐）白居易/2667
江上枫 （唐）成彦雄/2667

龙兴道中（宋）晁冲之／2667
闲题树叶上（元）马祖常／2668
题黄子久小画
　　（明）高启／2668
兰叶（明）张羽／2668

七言绝句 …………… 2668
王起居独游青龙寺玩红叶因寄
　　（唐）羊士谔／2668
山行（唐）杜牧／2668
秋行（宋）徐玑／2668
落叶（宋）宋伯仁／2669
秋（宋）裘万顷／2669
枫叶（宋）朱淑真／2669
村居（金）马定国／2669
江天秋晚图（金）王绘／2669
杂诗（金）刘豫／2669
山园梨叶有青红相半者，
　戏作一诗（金）元德明／2670
题高氏所藏画图
　　（元）陈旅／2670
无题（元）朱德润／2670
泊闾门（元）顾瑛／2670
山居吟（元）僧清珙／2670
题红叶仕女（明）谈震／2670
柏坊驿题壁（明）姚汝循／2671
赋得千山红树送人
　　（明）柳应芳／2671
题扇送客怀长蘅湖上
　　（明）程嘉燧／2671

玉岑闲行口占
　　（明）李流芳／2671
石门（明）廖孔说／2671

卷三百七十四　杂树类

五言古 …………… 2672
咏疏枫（梁）简文帝／2672
植灵寿木（唐）柳宗元／2672
宥老楮（宋）苏轼／2672

五言律 …………… 2673
题椰子树（唐）沈佺期／2673
同李郎中净律院梭子树
　　（唐）包何／2673

五言排律 …………… 2673
兴善寺贝多树（唐）张乔／2673

五言绝句 …………… 2673
咏棕树（唐）徐仲雅／2673

七言绝句 …………… 2673
凭何十一少府邕觅桤木栽
　　（唐）杜甫／2673
木莲树（唐）白居易／2674
林下樗（唐）白居易／2674
红荆（唐）元稹／2674
戏题桦皮（元）袁桷／2674
纪兴（明）吴鼎芳／2674

卷三百七十五　杂花类

五言古 …………… 2675
红花（宋）文帝／2675

丽春（唐）杜甫/2675
崔元受少府自贬所还，遗山姜花，以诗答之
　（唐）刘禹锡/2675
惜郁李花（唐）白居易/2675
七言古　附长短句 ……… 2676
优钵罗花歌（唐）岑参/2676
谢王参议送练春红二枝
　（元）袁桷/2676
五言律 ………………… 2677
夏中崔中丞宅见海红摇落，一花独开（唐）刘长卿/2677
苦楝花（唐）温庭筠/2677
玫瑰（唐）唐彦谦/2677
五言排律 ……………… 2677
和李舍人昆季咏冬瑰花寄赠徐侍郎（唐）卢纶/2677
和李员外与舍人咏冬瑰花寄徐侍郎（唐）司空曙/2677
七言律 ………………… 2678
玉烛花（唐）刘兼/2678
司直巡官无诸移到玫瑰花
　（唐）徐夤/2678
鱼儿牡丹得之湘中，花红而蕊白……（宋）周必大/2678
红锦带花（宋）杨万里/2679
咏雪球花（明）陈鸿/2679
五言绝句 ……………… 2679
紫荆花（唐）韦应物/2679

济之怪余久归赋杂言解嘲
　（明）王叔承/2679
七言绝句 ……………… 2679
看山木瓜花（唐）刘言史/2679
逢贾岛（唐）张籍/2680
种木槲花（唐）柳宗元/2680
玩迎春花赠杨郎中
　（唐）白居易/2680
紫阳花（唐）白居易/2680
代迎春花招刘郎中
　（唐）白居易/2680
南园（唐）李贺/2681
忆紫溪（唐）徐凝/2681
寄山僧（唐）赵嘏/2681
燕蓊花（唐）李郢/2681
虎丘寺西小溪闲泛
　（唐）皮日休/2681
小游仙诗（唐）曹唐/2681
金灯花（唐）薛涛/2682
金灯花（唐）阙名/2682
海仙花诗（录二）
　（宋）王禹偁/2682
次韵郁李花（宋）赵抃/2682
扶桑（宋）蔡襄/2683
洛城杂诗（宋）韩维/2683
微雨中赏月桂独酌
　（宋）陈与义/2683
宝相花（宋）范成大/2683

闻傅氏庄紫笑花开，急掉
　　小舟观之（宋）陆游/2683
闲咏园中草木
　　（宋）陆游/2683
春晚村居杂赋
　　（宋）陆游/2684
三峡歌（宋）陆游/2684
剪春罗（宋）翁元广/2684
小泊英州（宋）杨万里/2684
归自豫章复过西山
　　（宋）杨万里/2684
新晴西园散步
　　（宋）杨万里/2684
山居（金）元好问/2685
台山杂咏（金）元好问/2685
赋瓶中杂花
　　（金）元好问/2685
雨晴（金）赵秉文/2686
塞上曲（元）通贤/2686
三月廿日题所寓屋壁
　　（元）倪瓒/2686
登双凤普福宫东楼赠吴道传，
　　时周境存隐君同席
　　（元）王逢/2686
粉团花下夜饮
　　（元）钱惟善/2686
上京次贡待制韵
　　（元）涂颖/2686
谩成（元）马臻/2687

岭南杂咏（明）汪广洋/2687
南唐故址（明）叶子奇/2687
发淮安（明）杨士奇/2687
秀上人课经图
　　（明）镏泰/2687
访包山徐德彰
　　（明）陈宽/2687
画丫兰（明）陆治/2688
马兰花（明）舒芬/2688
虞美人（明）孙齐之/2688

卷三百七十六　药类

五言古 …………………… 2689
和纪参军服散得益
　　（齐）谢朓/2689
憩郊园和约法师采药
　　（梁）沈约/2689
采药游名山（陈）刘删/2689
种药（唐）韦应物/2689
山居新种花药与道士同赋
　　（唐）钱起/2690
药草（唐）苏拯/2690
拟古寄何太卿
　　（宋）谢翱/2690
谢子静寄端午药煎
　　（宋）谢翱/2690
采药（元）许谦/2691
咏东汉高士封君达
　　（元）张雨/2691

题金华宗原常双溪洗药图
　　（明）吴溥／2691
七言古 …………………… 2691
　锄药咏（唐）钱起／2691
　采药晚归因宿野人草舍
　　（宋）文同／2692
五言律 …………………… 2692
　月下洗药（唐）钱起／2692
　清旦题采药翁草堂
　　（唐）温庭筠／2692
　夏日（宋）张耒／2692
五言排律 ………………… 2692
　春过贺遂员外药园
　　（唐）王维／2692
七言律 …………………… 2693
　重玄寺元达年逾八十，
　　好种名药……
　　（唐）皮日休／2693
　和题达上人药圃
　　（唐）陆龟蒙／2693
　分得药臼谢医
　　（明）沈周／2694
五言绝句 ………………… 2694
　药圃（唐）钱起／2694
　酬濬上人采药见寄
　　（唐）刘商／2694
　药园（唐）司空曙／2694
　房君珊瑚散（唐）李商隐／2694
　药圃（唐）夏侯子云／2694

赠华山游人（唐）毛女正美／2695
洗药池（元）赵孟頫／2695
紫轩（元）赵孟頫／2695
香阴（明）僧通润／2695
七言绝句 ………………… 2695
　绝句（唐）杜甫／2695
　送僧往来金州（唐）张籍／2695
　招周处士（唐）张籍／2695
　酬孝甫见赠十首，各酬本意，
　　次用旧韵（录一）
　　（唐）元稹／2696
　题龙池山人（唐）施肩吾／2696
　自遣（唐）陆龟蒙／2696
　宗人惠四药（唐）郑谷／2696
　山村经行因施药
　　（宋）陆游／2696
　采药径（宋）赵师秀／2696
　卖药翁（元）马臻／2697
　访柱上人（明）徐贲／2697

卷三百七十七　人参类

五言古 …………………… 2698
　人参（宋）苏轼／2698
　紫团参寄王定国
　　（宋）苏轼／2698
　效孟郊体（宋）谢翱／2698
七言律 …………………… 2699
　友人以人参见惠因以诗谢
　　（唐）皮日休／2699

和袭美谢友人惠人参
　　（唐）陆龟蒙 / 2699
七言绝句 …………… 2699
　送客之潞府（唐）韩翃 / 2699
　与周为宪求人参
　　（唐）段成式 / 2699
　以人参遗段柯古
　　（唐）周繇 / 2700
　送上党长（宋）谢翱 / 2700

卷三百七十八　茯苓类

五言律 …………… 2701
　路逢襄阳杨少府入城戏呈
　杨员外绾（唐）杜甫 / 2701
七言律 …………… 2701
　病中宜茯苓寄李谏议
　　（唐）吴融 / 2701
七言绝句 …………… 2701
　赠鹤林上人（唐）戴叔伦 / 2701
　送阿龟归华阳
　　（唐）李商隐 / 2702
　游仙词（元）张雨 / 2702
　赠伯清（元）倪瓒 / 2702

卷三百七十九　黄精类

五言古 …………… 2703
　饵黄精（唐）韦应物 / 2703
　再赋天池（元）张雨 / 2703
七言绝句 …………… 2703

期王炼师不至
　　（唐）秦系 / 2703
寄王奉御（唐）张籍 / 2703
黄精鹿（宋）苏轼 / 2704
雪晓怀西清田舍
　　（明）杨承鲲 / 2704

卷三百八十　山茱萸类

五言律 …………… 2705
　奉御札赋茱萸诗
　　（宋）徐铉 / 2705
七言律 …………… 2705
　奉和御制茱萸
　　（宋）徐铉 / 2705
五言绝句 …………… 2705
　山茱萸（唐）王维 / 2705
　茱萸沜（唐）王维 / 2706
　茱萸沜（唐）裴迪 / 2706
七言绝句 …………… 2706
　秋园（唐）司空曙 / 2706

卷三百八十一　槟榔类

五言古 …………… 2707
　忽见槟榔（北周）庾信 / 2707
　食槟榔（宋）苏轼 / 2707
　初食槟榔（明）刘基 / 2707
七言绝句 …………… 2708
　槟榔五绝卒章戏简及之主簿
　　（宋）朱子 / 2708

岭南杂咏（明）汪广洋/2708

卷三百八十二　枳壳类

五言绝句 …………………… 2709
　访客舟中（明）陈宪章/2709
七言绝句 …………………… 2709
　商州王中丞留吃枳壳
　　（唐）朱庆馀/2709
　城西访友人别墅
　　（唐）雍陶/2709
　寄襄阳章孝标
　　（唐）雍陶/2709
　题石田翁赠朱守拙小景
　　（明）陈蒙/2710

卷三百八十三　枸杞类

五言古 ……………………… 2711
　井上枸杞架（唐）孟郊/2711
　枸杞（宋）苏轼/2711
七言律 ……………………… 2711
　楚州开元寺枸杞临井繁茂可爱
　　（唐）刘禹锡/2711
　枸杞（宋）杨万里/2712
七言绝句 …………………… 2712
　和郭使君题枸杞
　　（唐）白居易/2712

卷三百八十四　决明类

五言古 ……………………… 2713

种决明（宋）黄庭坚/2713
决明（明）吴宽/2713
七言律 ……………………… 2713
　次韵济之谢送决明
　　（明）吴宽/2713

卷三百八十五　药名诗类

五言古 ……………………… 2714
　药名（齐）王融/2714
五言律 ……………………… 2714
　山家小憩即景效药名体
　　（宋）戴昺/2714
五言排律 …………………… 2714
　药名联句（唐）皮日休/2714
五言绝句 …………………… 2715
　药名诗（元）陈高/2715
七言绝句 …………………… 2715
　药名诗（唐）权德舆/2715
　答鄱阳客药名诗
　　（唐）张籍/2715

卷三百八十六　杂药类

五言古 ……………………… 2716
　兔丝（齐）谢朓/2716
　咏益智（梁）刘孝胜/2716
　种术（唐）柳宗元/2716
　种仙灵毗（唐）柳宗元/2717
　薏苡（宋）苏轼/2717
　地黄（宋）苏轼/2717

寄何首乌丸与友人
　　（宋）文同／2718
　天门冬　（宋）朱子／2718
　黄连　（明）吴宽／2718
　兔丝　（明）薛蕙／2718
七言古 …………………… 2719
　紫参歌　（唐）钱起／2719
　薏苡　（宋）陆游／2719
五言律 …………………… 2719
　临洮龙兴寺元上人院同咏青
　　木香丛　（唐）岑参／2719
　灼艾　（宋）范大成／2719
五言排律 ………………… 2720
　谢李吏部赠诃梨勒叶
　　（唐）包佶／2720
七言律 …………………… 2720
　次韵袁公济谢芎椒
　　（宋）苏轼／2720
五言绝句 ………………… 2720
　曲水寺枳实　（唐）刘商／2720
七言绝句 ………………… 2720
　香附子　（唐）顾况／2720
　与梧州刘中丞
　　（唐）李涉／2721
　答开州韦使君寄车前子
　　（唐）张籍／2721
　劝饮酒　（唐）张祜／2721
　赠丘先生　（唐）贾岛／2721
　睡起闻米元章冒热到东园送

　麦门冬饮子
　　（宋）苏轼／2721
　贝母　（宋）张载／2721
　晚春田园杂兴
　　（宋）范成大／2722
　次韵春日漫兴
　　（明）高启／2722
　闻芷　（明）僧德祥／2722

卷三百八十七　芦苇类
（附蒹葭、葑）

五言古 …………………… 2723
　和子由记园中草木
　　（宋）苏轼／2723
　舟中杂咏　（元）袁桷／2723
　芦　（明）吴宽／2723
长短句 …………………… 2724
　芦花动　（唐）耿湋／2724
五言律 …………………… 2724
　种苇　（唐）姚合／2724
　使院栽苇　（唐）薛能／2724
　顾少府池亭苇
　　（唐）曹松／2724
　丛苇　（唐）张蠙／2724
　同儿曹赋芦花
　　（金）吴激／2725
五言排律 ………………… 2725
　芦苇　（唐）王贞白／2725
　庭苇　（唐）李中／2725

七言律 …… 2725
  芦花 （唐）罗邺/2725
  芦槛 （宋）朱松/2726
  芦花 （明）徐熥/2726
五言绝句 …… 2726
  江行 （唐）钱起/2726
  西芦词 （明）袁袠/2726
七言绝句 …… 2726
  溪岸秋思 （唐）杜荀鹤/2726
  晚春田园杂兴
    （宋）范成大/2727
  已至湖尾望见西山
    （宋）杨万里/2727
  江村晚眺 （宋）戴复古/2727
  杨村 （元）马祖常/2727
  洪厓桥 （元）虞集/2727
  余与观志能俱以公事赴北，
    舟至梁山泊时……
    （元）萨都剌/2727
  题画杂诗 （元）马臻/2728
  晚眺 （明）赵迪/2728
  舟中暮归 （明）张泰/2728
  润州舟行作 （明）汤珍/2728

附蒹葭

五言律 …… 2728
  蒹葭 （唐）杜甫/2728
七言绝句 …… 2729
  旅怀 （唐）杜荀鹤/2729

  送友人 （唐）薛涛/2729
  滇中词 （明）范汭/2729

附菼

七言绝句 …… 2729
  菼田 （宋）林逋/2729
  洪州歌 （元）柳贯/2729

卷三百八十八　荻花类

五言古 …… 2730
  赋得春荻 （梁）元帝/2730
五言律 …… 2730
  送荻栽与秀才朱观
    （宋）徐铉/2730
五言绝句 …… 2730
  答李澣 （唐）韦应物/2730
七言绝句 …… 2730
  荻浦 （宋）苏轼/2730
  豫章江皋 （宋）杨万里/2731
  拜郊台晚渡 （元）朱德润/2731
  题小景 （明）刘基/2731
  过浔阳 （明）袁凯/2731
  田家即事 （明）唐时升/2731

卷三百八十九　苻花类（附蒹）

七言绝句 …… 2732
  胥门闲泛 （唐）皮日休/2732
  次余仲庸松风阁韵
    （宋）裘万顷/2732

水荇（明）彭绍贤／2732

附蒗

七言绝句 …………… 2732
　经旧游（唐）张祜／2732
　湖上暮归（明）史鉴／2733

卷三百九十　蓼花类

五言古 ……………… 2734
　蓼滩（明）袁凯／2734
五言律 ……………… 2734
　蓼花（唐）郑谷／2734
五言绝句 …………… 2734
　江行（唐）钱起／2734
　蓼花（宋）王十朋／2735
七言绝句 …………… 2735
　寄周恽（唐）于鹄／2735
　竹枝词（唐）白居易／2735
　山行（唐）李郢／2735
　寓居（唐）司空图／2735
　蓼屿（宋）苏轼／2735
　出城途中小憩
　　（宋）杨万里／2736
　蓼花（宋）刘克庄／2736
　舟中（宋）刘宰／2736
　蓼花（宋）宋伯仁／2736
　江村（元）黄庚／2736
　沙湖晚归（元）朱德润／2736
　题石田小景（明）陈顾／2737
　秋日写巨然笔意与若休
　　（明）李日华／2737

卷三百九十一　蘋花类

五言律 ……………… 2738
　秋日泛舟赋蘋花
　　（宋）徐铉／2738
五言绝句 …………… 2738
　永嘉赠别（唐）陈陶／2738
　秋水观（元）虞集／2738
　秋江晚渡（明）钱宰／2738
七言绝句 …………… 2739
　酬曹侍御过象县见寄
　　（唐）柳宗元／2739
　吴兴秋思（唐）陈陶／2739
　题曹云西画（元）倪瓒／2739
　怀友次陈石泉韵
　　（明）偶桓／2739
　宿澧阳（明）郭武／2739
　寄陈叔庄（明）周鼎／2740

卷三百九十二　苔藓类

五言古 ……………… 2741
　咏青苔（梁）沈约／2741
　新苔（梁）庾肩吾／2741
　莓苔（唐）姚合／2741
　读书图（明）张羽／2741
七言古 ……………… 2742
　苔歌（唐）顾云／2742

五言律 …………………… 2742
  同舍弟佶班韦二员外对秋苔
    成咏（唐）包何/2742
  苔（唐）李咸用/2742
七言律 …………………… 2743
  苔（唐）徐夤/2743
  苔（明）朱谋晋/2743
五言绝句 ………………… 2743
  书事（唐）王维/2743
  石上苔（唐）钱起/2743
  竹里径（唐）司空曙/2743
  借居（唐）司空图/2744
  偶成（元）钱惟善/2744
  阶前苔（明）高启/2744
七言绝句 ………………… 2744
  石上苔（唐）白居易/2744
  苔钱（唐）郑谷/2744
  春苔（唐）李中/2744
  残春（宋）葛长庚/2745
  道过赞善庵（元）萨都剌/2745
  题画图（元）陈旅/2745
  扫径（元）周权/2745
  山居吟（元）僧清珙/2745
  废寺（明）张羽/2745
  山居杂咏（明）吴鼎芳/2746

卷三百九十三　萍类

五言古 …………………… 2747
  咏萍（齐）刘绘/2747

赋得池萍（梁）庾肩吾/2747
浮萍（北魏）冯元兴/2747
浪萍间稚荷效王司马体
    （宋）谢翱/2747
赋得萍赠陈久中
    （明）杨基/2747
萍（明）薛蕙/2748
五言律 …………………… 2748
  萍（唐）李峤/2748
  萍（宋）李觏/2748
七言律 …………………… 2748
  览柳恽汀洲采白蘋之什因成
    （唐）徐夤/2748
  萍（唐）徐夤/2748
  絮化萍（元）谢宗可/2749
  萍庵（明）杜琼/2749
  咏萍（明）阙名/2749
五言绝句 ………………… 2749
  萍（元）宋无/2749
七言绝句 ………………… 2750
  浮萍（唐）陆龟蒙/2750
  浮萍（唐）皮日休/2750
  宫词（明）朱权/2750
  萍（明）镏师邵/2750

卷三百九十四　薜萝类

五言古 …………………… 2751
  咏女萝（齐）王融/2751
  赋松上轻萝（陈）刘删/2751

剡原九曲 （明）高启／2751
五言绝句 …………… 2751
　石宫 （唐）元结／2751
　石门坞 （宋）朱子／2752
　烟萝境 （元）虞集／2752
　富林春晓 （明）陆德蕴／2752
七言绝句 …………… 2752
　慈湖矶 （元）贡奎／2752

卷三百九十五　菰蒲类

五言古 ……………… 2753
　拔蒲 （晋）乐府／2753
　咏蒲 （齐）谢朓／2753
　蒲生行 （齐）谢朓／2753
　赋得蒲生我池中
　　（梁）元帝／2753
　咏菰 （梁）沈约／2754
　鲁东门观刈蒲
　　（唐）李白／2754
　青青水中蒲 （唐）韩愈／2754
　蒲 （明）薛蕙／2754
长短句 ……………… 2754
　拔蒲歌 （唐）张祜／2754
七言律 ……………… 2755
　蒲 （唐）徐夤／2755
　蒲剑 （明）朱之蕃／2755
五言绝句 …………… 2755
　白石滩 （唐）王维／2755
　北垞 （唐）裴迪／2755

七言绝句 …………… 2755
　夔州歌 （唐）杜甫／2755
　种蒲 （唐）陆龟蒙／2756
　送慈师北游 （宋）林逋／2756
　秋日 （宋）秦观／2756
　江村晚眺 （宋）戴复古／2756
　江浦夜泊 （元）萨都剌／2756

卷三百九十六　草类
（附莎、芫……）

五言古 ……………… 2757
　细草 （梁）元帝／2757
　树中草 （梁）萧子显／2757
　咏青草 （陈）刘删／2757
　庭草 （唐）曹邺／2757
长短句 ……………… 2757
　江草歌送卢判官
　　（唐）皇甫冉／2757
　春草谣 （唐）顾况／2758
五言律 ……………… 2758
　庭草 （唐）杜甫／2758
　赋得古原草送别
　　（唐）白居易／2758
　路傍草 （唐）于邺／2758
　池塘生春草 （唐）陈陶／2759
　芳草 （唐）李中／2759
　赋得江边草 （唐）李中／2759
　春草 （明）陈德懿／2759

本册目录

五言排律 …………………… 2759
  赋得御园芳草
    （唐）陆贽/2759
  赋得龙池春草 （唐）陈诩/2760
  赋得龙池春草 （唐）宋迪/2760
  龙池春草 （唐）李洞/2760
  春草碧色 （唐）王叡/2760
  春草凝露 （唐）张友正/2760
  赋得生刍一束
    （唐）于结/2761
  赋得生刍一束
    （唐）郑孺华/2761
  礼闱试阶前春草生
    （唐）阙名/2761

七言律 …………………… 2761
  芳草 （唐）罗邺/2761
  咏草 （宋）程子/2761
  草茵 （明）朱之蕃/2762

五言绝句 …………………… 2762
  春草 （唐）皇甫冉/2762
  春草 （唐）曹松/2762
  芳草 （唐）黄滔/2762
  鸳鸯草 （唐）薛涛/2762
  寒草 （宋）梅尧臣/2763
  芳草 （宋）王安石/2763
  江南曲 （元）宋无/2763
  游三洞金盆诸峰
    （元）叶颙/2763
  新草 （明）袁凯/2763

江南曲 （明）王廷相/2763
春草 （明）陈沂/2763

七言绝句 …………………… 2764
  宫中词 （唐）王建/2764
  江边草 （唐）白居易/2764
  芳草 （唐）罗邺/2764
  赏春 （唐）罗邺/2764
  路傍草 （唐）徐夤/2764
  书轩 （宋）苏轼/2764
  春草 （宋）杨万里/2765
  春草曲 （宋）薛季宣/2765
  西城道中 （金）周昂/2765
  杂诗 （金）王硺/2765
  清胜轩绝句 （元）赵孟頫/2765
  王朋梅东凉亭图，延祐中奉敕
    所作草也 （元）虞集/2765
  题竹院壁 （元）萨都剌/2766
  上京即事 （元）萨都剌/2766
  滦京杂咏 （元）杨允孚/2766
  绝句 （元）倪瓒/2766
  偶成 （元）倪瓒/2766
  题画 （元）丁鹤年/2767
  春草 （明）王韦/2767

附莎

五言排律 …………………… 2767
  移莎 （唐）唐彦谦/2767
七言绝句 …………………… 2767
  招周处士 （唐）张籍/2767

附芫

五言古 …………………… 2768
　棹歌 （宋）葛长庚／2768
七言绝句 ………………… 2768
　雨中长乐水馆送赵十五滂不及
　　（唐）李商隐／2768
　书原上鲍处士屋壁
　　（唐）方干／2768
　春日杂兴 （宋）唐庚／2768
　小景 （金）吕中孚／2768
　晓过横塘 （明）僧戒襄／2769

附蓬

五言古 …………………… 2769
　杂诗 （晋）司马彪／2769
五言绝句 ………………… 2769
　入长安咏秋蓬示辛学士
　　（唐）王绩／2769
　答王无功入长安咏秋蓬见示
　　（唐）辛学士／2769

附茅

五言古 …………………… 2769

　香茅 （梁）简文帝／2769
　香茅 （北齐）萧祗／2770

附菁

五言古 …………………… 2770
　咏菁 （梁）王筠／2770

附蓂

五言排律 ………………… 2770
　赋得数蓂 （唐）元稹／2770

附凫葵

五言绝句 ………………… 2770
　江行 （唐）钱起／2770

附瓦松

五言排律 ………………… 2771
　尚书都堂瓦松
　　（唐）李华／2771

卷二百八十九　杨柳类

◆ 五言古

折杨柳
（梁）简文帝

杨柳乱成丝，攀折上春时。叶密鸟飞碍，风轻花落迟。
城高短箫发，林空画角悲。曲中无别意，并是为相思。

咏阳云楼檐柳
（梁）元帝

杨柳非花树，依楼自觉春。枝边通粉色，叶里映红巾。
带日交簾影，因吹扫席尘。拂檐应有意，偏宜桃李人。

赋得垂柳映斜溪
（陈）张正见

千仞清溪险，三阳弱柳垂。叶细临湍合，根空带石危。
风翻夹浦絮，雨濯倚流枝。不分梅花落，还同横笛吹。

西涧种柳
（唐）韦应物

宰邑乖所愿，黾勉愧昔人。聊将休暇日，种柳西涧滨。
置锸息微倦，临流睇归云。封壤自人力，生条在阳春。
成阴岂自取，为茂属他辰。延咏留佳赏，山水变夕曛。

东涧种柳

(唐)白居易

野性爱栽植,植柳水中坻。乘春持斧斫,裁截而树之。
长短既不一,高下随所宜。倚岸埋大幹,临流插小枝。
松柏不可待,楩楠固难移。不如种此树,此树易荣滋。
无根亦可活,成阴况非迟。三年未离郡,可以见依依。
种罢水边憩,仰头闲自思:富贵本非望,功名须待时。
不种东溪柳,端坐欲何为?

柳 堤

(明)袁凯

柔条被晴莎,密阴覆芳杜。逶迤起沙际,寂寞连水浒。
鸥眠雨未歇,莺叫烟初曙。还将竹竿去,从尔钓春渚。

◆ 七言古　附长短句

咏 柳

(唐)许景先

春色东来渡渭桥,青门垂柳百千条。
长杨西连建章路,汉家林苑纷无数。
萦花始遍合欢枝,游丝半冒相思树。
春楼初日照南隅,柔条垂绿扫金铺。
宝钗新梳倭堕髻,锦带交垂连理襦。
自怜柳塞淹戎幕,银烛长啼愁梦著。
芳树朝催玉管新,春风夜染罗衣薄。
城头杨柳已如丝,今年花落去年时。
折芳远寄相思曲,为惜容华难再持。

官渡柳歌送李员外承恩往来扬州觐省

(唐) 独孤及

君不见官渡河两岸,三月杨柳枝,千条万条色,色色胜绿丝。
花作铅粉絮,叶成翠羽帐。此时送远人,怅望春水上。
远客折杨柳,依依两含情。夹郎木兰舟,送郎千里行。
郎把紫泥书,东征觐庭闱。脱却貂襜褕,新著五彩衣。
双凤并两翅,将雏东南飞。五两得便风,几日到扬州。
莫贪扬州好,客行剩淹留。郎到官渡头,春兰已应久。
殷勤道远别,为谢大堤柳。攀条倘相忆,五里一回首。
明年柳枝黄,问郎还家否?

岸 柳

(宋) 杨万里

柳梢拂入溪云阴,柳根插入溪水深。
只今立岸一敝帚,归时弄日千黄金。
人生荣谢亦如此,谢何足怨荣何喜。
秋霜春雨自四时,老夫问柳柳不知。

◆ 五 言 律

春池柳

(唐) 太宗

年柳变池台,隋堤曲直回。逐浪丝阴去,迎风带影来。
疏黄一鸟哢,半翠几眉开。萦雪临春岸,参差间早楼〔梅〕。

柳

(唐) 李峤

杨柳郁氤氲,金堤总翠芬。庭前花类雪,楼际叶如云。
列宿分龙影,芳池写凤文。短箫何以奏?攀折为思君。

望汉阳柳色寄王宰

（唐）李白

汉阳江上柳,望客引东枝。树树花如雪,纷纷乱若丝。
春风传我意,草木度前墀。寄谢弦歌宰,西来定未迟。

柳 边

（唐）杜甫

只道梅花发,那知柳亦新。枝枝总到地,叶叶自开春。
紫燕时翻翼,黄鹂不露身。汉南应老尽,灞上远愁人。

赋得长亭柳

（唐）戴叔伦

濯濯长亭柳,阴连灞水流。雨搓金缕细,烟袅翠丝柔。
送客添新恨,听莺忆旧游。赠行多折取,那得到深秋。

生 春

（唐）元稹

何处生春早?春生柳眼中。芽新才绽日,茸短未含风。
绿误眉心重,黄惊蜡泪融。碧条殊未合,愁绪已先丛。

柳

（唐）李商隐

章台从掩映,郢路更参差。见说风流极,来当婀娜时。
桥回行欲断,堤远意相随。忍放花如雪,青楼扑酒旗。

谑 柳

（唐）李商隐

已带黄金缕,仍飞白玉花。长时须拂马,密处少藏鸦。
眉细从他敛,腰轻莫自斜。玳梁谁道好,偏拟映卢家。

咏　柳
（唐）方干

摇曳惹风吹，临堤软胜丝。态浓谁为识，力弱自难持。
学舞枝翻袖，呈妆叶展眉。如何一攀折，怀友又题诗？

咏　柳
（唐）吴融

自与莺为地，不教花作媒。细应和雨断，轻只受风裁。
好拂锦步幛，莫遮铜雀台。灞陵千万树，日暮别离回。

柳花寄人
（唐）李建勋

每爱江城里，青春向尽时。一回新雨歇，是处好风吹。
破石粘虫网，高楼扑酒旗。遥知陶令宅，五树正离披。

折柳亭
（宋）孔平仲

杨柳已藏鸦，高亭望物华。平时常送客，此日自离家。
别酒杯何满，征途日欲斜。醉行三十里，春思满莺花。

折杨柳
（元）钱惟善

何处好杨柳，攀条赠远行。花飞渡江水，客醉踏歌声。
秋色凋榆塞，春阴接凤城。一枝不敢折，为近亚夫营。

杨　花
（元）僧善住

池塘春欲暮，散漫复霏微。未得为萍去，先来作雪飞。
带泥粘燕觜，和雨点人衣。向晚东风急，飘零无所归。

绿窗诗

（元）孙淑

窗里人初起，窗前柳正娇。卷帘冲落絮，开镜见垂条。
坐对分金线，行防拂翠翘。流莺空巧语，倦听不须调。

宫　柳

（明）陈沂

袅袅春声里，阴阴晓色中。缕垂金屋暗，花散玉楼空。
凝露啼秦苑，因风斗楚宫。不知行辇处，几树近帘栊？

折杨柳

（明）杨慎

白雪新年尽，东风昨夜惊。芳菲随处满，杨柳最多情。
染作春衣色，吹为玉笛声。如何千里别，只赠一枝行？

赋得新柳送别

（明）谢肇淛

短岸复长堤，黄轻绿未齐。晓风吹不定，春雪压常低。
草细偏相妒，莺娇未敢啼。年芳君莫问，日落灞陵西。

孤　柳

（明）僧德祥

孤柳在江津，年年占早春。上林何限树，此树独无邻。
蘸水烟条短，啼春露叶新。不知缘甚事，只赠远行人。

折杨柳

（明）杨文俪

昔去临歧路，柔黄缀树生。今来归故里，暗绿与楼平。
花起轻飘絮，条声巧啭莺。因看攀折处，记取别时情。

◆ 五言排律

小苑春望宫池柳色
（唐）张昔

小苑春初至，皇衢日更清。遥分万条柳，迥出九重城。
隐映龙池润，参差凤阙明。影宜宫雪曙，色带禁烟晴。
深浅残阳变，高低晓吹轻。年光正堪折，欲寄一枝荣。

御沟新柳
（唐）贾棱

御苑阳和早，章沟柳色新。托根偏近日，布叶乍迎春。
秀质方含翠，清阴欲庇人。轻烟度斜景，多露滴行尘。
袅袅堪离赠，依依独望频。王孙如可赏，攀折在芳辰。

御沟新柳
（唐）冯宿

夹道天渠远，垂丝御柳新。千条宜向日，万户共迎春。
轻翠含烟发，微音逐吹频。静看思渡口，回望忆江滨。
袅袅分游骑，依依驻旅人。阳和如可及，攀折在兹辰。

御沟新柳
（唐）陈羽

宛宛如丝柳，含黄一望新。未成沟上暗，且向日边春。
袅娜方遮水，低迷欲醉人。托空方郁郁，逐溜影鳞鳞。
弄色滋宵露，垂枝染夕尘。夹堤连太液，还似映天津。

御沟新柳
（唐）杜荀鹤

律到御沟春，沟边柳色新。细笼穿禁水，轻拂入朝人。
日近韶光早，天低圣泽匀。谷莺栖未稳，宫女画难真。

楚国空摇浪,隋堤暗惹尘。何如帝城里,先得覆龙津。

垂　柳
（唐）李商隐

垂柳碧鬖髿,楼昏雨带容。思量成夜梦,束久发春慵。
梳洗凭张敞,乘骑笑稚恭。碧虚随转笠,红烛近高舂。
怨目明秋水,愁眉淡远峰。小栏花尽蝶,静院醉醒蛩。
旧作琴台凤,今为药店龙。宝奁抛掷久,一任景阳钟。

柳　絮
（金）高廷玉

断送春归去,纷飞不暂停。和风三径雪,微雨一池萍。
蝶惹依芳草,蜂粘过小庭。静宜投隙地,狂欲搅青冥。
得得穿珠户,时时扑翠屏。黄莺枝上语,似与诉飘零。

柳　巷
（元）许有孚

种柳圭塘路,行行便向荣。雨晴羞眼涩,烟暖细眉横。
色比金犹嫩,枝看翠易盈。林疏无系马,叶接有啼莺。
线乱柔条袅,毡铺落絮平。寻诗常独往,送客或同行。
归院尘难到,还家月每明。上通陶令宅,下接亚夫营。
京兆时非昔,高楼梦自惊。阳关休叠曲,司马易伤情。
但恐春回驭,何将酒解酲?托根因胜境,由径得嘉名。
莫讶公休吏,诗成句未精。

◆ 七 言 律

柳　絮
（唐）刘禹锡

飘飏南陌起东邻,漠漠濛濛好度春。

花巷暖随轻舞蝶，玉楼晴拂艳妆人。
萦回谢女题诗笔，点缀陶公漉酒巾。
何处好风偏似雪？隋河堤上古江津。

喜小楼西新柳抽条
（唐）白居易

一行弱柳前年种，数尺柔条今日新。
渐欲拂他骑马客，未多遮得上楼人。
须教碧玉羞眉黛，莫与红桃作麹尘。
为报金堤千万树，饶伊未敢苦争春。

柳
（唐）李商隐

江南江北雪初消，漠漠轻黄惹嫩条。
灞岸已攀行客手，楚宫先骋舞姬腰。
清明带雨临官道，晚日含风拂野桥。
如线如丝正牵恨，王孙归路一何遥。

题　柳
（唐）温庭筠

杨柳千条拂面丝，绿烟金穗不胜吹。
香随静婉歌尘起，影伴娇娆舞袖垂。
羌笛一声何处曲？流莺百啭最高枝。
千门九陌花如雪，飞过宫墙两不知。

咏　柳
（唐）薛逢

弱植惊风急自伤，暮来翻遣思悠扬。
曾飘绮陌随高下，敢拂朱栏竞短长。
萦砌乍飞还乍舞，扑池如雪又如霜。

莫令歧路频攀折，渐拟垂阴到画堂。

新　柳

（唐）薛能

轻轻须重不须轻，众木难成独早成。
柔性定胜刚性立，一枝还引万枝生。
天钟和气元无力，时遇风光别有情。
谁道少逢知己用，将军因此建雄名。

柳

（唐）罗绍威

妆点青春更有谁？青春常许占先知。
亚夫营畔风轻处，元亮门前日暖时。
花密宛如飘六出，叶繁何惜借双眉。
交情别绪论多少，好向行人赠一枝。

咏　柳

（唐）李咸用

日近烟饶还有意，东垣西掖几千株。
牵仍别恨知难尽，夸衔春光恐更无。
解引人情长婉约，巧随风势强盘纡。
天应绣出繁华景，处处茸丝惹路衢。

折杨柳

（唐）翁绶

紫陌金堤映绮罗，游人处处动离歌。
阴移古戍迷芳草，花带残阳落远波。
台上少年吹《白雪》，楼中思妇敛青蛾。
殷勤攀折赠行客，此去关山雨雪多。

新　柳
（唐）顾云

带露含烟处处垂，绽黄摇绿嫩参差。
长堤未见风飘絮，广陌初怜日映丝。
斜傍画筵偷舞态，低临妆阁学愁眉。
离亭不放到春暮，折尽拂檐千万枝。

柳
（唐）徐夤

漠漠金条引线微，年年先翠报春归。
解笼飞鬻延芳景，不逐乱花飘夕晖。
啼鸟噪蝉堪怅望，舞烟摇水自因依。
五株名显陶家后，见说辞荣种者稀。

咏　柳
（宋）王十朋

东君于此最钟情，装点村村入画屏。
向我无言眉自展，与人非故眼犹青。
萦牵别恨丝千尺，断送春光絮一亭。
叶底黄鹂音更好，隔溪烟雨醉时听。

杨　花
（金）邢安国

细点轻团转复飘，隋家堤岸灞陵桥。
非绵非絮寒无用，如雪如霜暖不消。
狂惹客衣知有恨，巧寻禅榻故相撩。
陂塘回首浮萍满，依旧春风摆翠条。

反垂柳短吟

(元) 刘因

偃蹇高松雪谩飞，最怜憔悴绿杨枝。
青丝曾识莺声软，黄叶俄惊马足迟。
有分只偷春色早，无心要结岁寒知。
不应再得东风力，更与行人管别离。

风　柳

(元) 张弘范

澹澹池塘近楚宫，绿腰袅娜学《盘中》。
乱摇芳草飞轻白，细搭朱栏拂落红。
枝上娇莺啼恰恰，树边舞蝶意匆匆。
东君应著吹嘘力，要把春愁一扫空。

柳　眼

(元) 谢宗可

媚娭窥春浅碧浮，欲开还闭半颦羞。
露垂烟缕秋波溜，雨歇风条晓泪收。
上苑困酣兴废梦，灞桥看尽古今愁。
五株彭泽回青否？应是生花雪满头。

赋杨花

(元) 陈基

巷南巷北昼冥冥，摇荡春风未肯停。
薄命不禁巫峡雨，前身曾化楚江萍。
已于谢女诗中见，更向刘郎曲里听。
肠断不堪回首处，并人飞过短长亭。

杨　花

（元）马臻

品题曾入百花名，长恨濛濛画不成。
灞岸雨馀粘穗湿，章台风暖扑人轻。
缓随流水知无力，闲度高楼似有情。
想得山斋清影里，乱和蛛网惹柴荆。

杨　花

（明）睿宗

金丝缕缕是谁搓？时见流莺为掷梭。
春暮絮飞清影薄，夏初蝉噪绿阴多。
依依弱态愁青女，袅袅柔情恋碧波。
惆怅路歧行客众，长条折尽欲如何？

杨　花

（明）谢晋

飞飞滚滚复扬扬，送尽春归客路傍。
雪为有才曾拟咏，风因无力却欺狂。
妆楼晓起萦簾白，水郭晴来满店香。
莫向隋堤凝望眼，断烟斜日正迷茫。

糁径杨花

（明）李东阳

汉漠杨花带远天，舞如轻雪糁如毡。
行当僻处随人到，风向多时著意偏。
地湿似沾前夜雨，日斜犹飐隔溪烟。
春光到此真须惜，莫爱床头沽酒钱。

宫　柳

（明）石珤

内里垂杨自不同，万条柔翠拂琼宫。
叶含华萼楼前雨，枝带朝元阁上风。
望入画眉情正切，啭来黄鸟语初工。
一般灞水桥头绿，日日行人惆怅中。

武昌柳

（明）钱希言

容颜消息转悠悠，暗忆飞绵上翠楼。
谢氏女郎空有赋，卢家少妇不知愁。
阴疑灞水桥边合，丝学灵和殿里柔。
若向吴昌折春色，绿条留取系归舟。

咏新柳

（明）徐桂

掩映朱楼荫曲池，霏微芳树早含滋。
枝枝水畔才舒眼，叶叶风前乍展眉。
未许漫天轻作絮，且教拂地有垂丝。
征人远道那堪折，休共梅花笛里吹。

条风一夜乍回枯，黛色和烟半有无。
元（玄）灞柔条堪系马，白门疏影不藏乌。
楼头寒映罗衣薄，曲里风惊紫塞孤。
春水渌（绿）波春草碧，等闲芳岁莫教徂。

柳

（明）朱谋䥴

二十八星中有名，千枝万树绾离情。

暖风拂地条初弱，寒雨连空叶渐生。
半倚红亭江北岸，低藏粉堞汉南城。
绿阴高处春光暮，吹送新蝉四五声。

烟　柳
（明）朱之蕃

隋堤吴苑锁春光，淡抹轻笼万绿杨。
朝暮晴阴从变幻，眼眉颦笑暗相将。
莺梭忙织绡纹薄，燕剪平分匹练长。
不辨离亭曾折处，遥连芳草断柔肠。

沾泥絮
（明）朱之蕃

雨扑香尘紫陌融，杨花无力奈春风。
凭虚到底升还坠，浪迹从前西复东。
漫拟铺毡盈径路，无缘点砚入簾栊。
萍繁桦弱皆乘化，心事枯禅未许同。

应制赋禁中柳絮
（明）潘纬

日暖长杨露乍晞，楼台无处不霏霏。
才随汉苑春风起，忽作梁园暮雪飞。
案上花生供奉笔，墀头影落侍臣衣。
不因赋质轻微甚，那得吹嘘到禁闱。

咏湖上新柳
（明）李奎

依依弱留不胜春，袅袅垂条向水滨。
奈可轻盈愁少妇，岂堪攀折赠离人。
烟消翡翠眠初起，风折鹅黄舞乍新。

犹喜芳心未成絮，肯将眉黛向人颦。

柳

（明）申时行

泥融沙涨雪痕消，到处芳菲著旧条。
隔水半藏青雀舫，迎风斜倚赤栏桥。
楼头人醉初横笛，灞口春阴不上潮。
陶令柴桑归去久，五株门外已飘摇。

◆ 五言绝句

赋得临池柳

（唐）太宗

岸曲丝阴聚，波摇带影疏。还将眉里翠，来就镜中舒。

柳 浪

（唐）裴迪

映池同一色，逐吹散如丝。结阴既得地，何谢陶家时？

题平阳郡汾桥边柳树

（唐）岑参

此地曾居住，今来宛似归。可怜汾上柳，相见也依依。

新 柳

（唐）司空曙

全欺芳蕙晚，似妒寒梅疾。撩乱发青条，春风来几日。

山径柳

（唐）顾况

宛转若游丝，浅深栽绿崦。年年立春后，即被啼莺占。

柳花词
（唐）刘禹锡

开从绿条上，散逐香风远。故取花落时，悠扬占春晚。

轻飞不假风，轻落不委地。缭乱舞晴空，发人无限思。

柳　溪
（唐）韩愈

柳树谁人种，行行夹岸高。莫将条系缆，著处有蝉号。

柳下暗记
（唐）李商隐

无奈巴南柳，千条傍吹台。更将黄映白，拟作杏花媒。

途中柳
（唐）李中

翠色晴来近，长亭路去遥。无人折烟缕，落日拂溪桥。

村　居
（元）刘因

黄昏雨气浓，喜色满南亩。谁知一夜风，吹放门前柳。

渡　江
（明）张以宁

几载途中月，羁愁酒半酣。送人杨柳色，今日是江南。

◆ 七言绝句

咏　柳
（唐）贺知章

碧玉妆成一树高，万条垂下绿丝绦。

不知细叶谁裁出,二月春风似剪刀。

襄阳寒食寄宇文籍
(唐)窦巩

烟水初销见万家,东风吹柳万条斜。
大堤欲上谁相问,马踏春泥半是花。

杨柳枝
(唐)刘禹锡

南陌东城春早时,相逢何处不依依。
桃红李白皆夸好,须得垂杨相发挥。

御陌青门拂地垂,千条金缕万条丝。
如今绾作同心结,将赠行人知不知?

城外春风吹酒旗,行人挥袂日西时。
长安陌上无穷树,唯有垂杨管别离。

轻盈袅娜占年华,舞榭妆楼处处遮。
春尽絮飞留不得,随风好去落谁家?

池上絮
(唐)韩愈

池上无风有落晖,杨花晴后自飞飞。
为将纤质凌清镜,湿却无穷不得归。

折杨柳
(唐)杨巨源

水边杨柳麹尘丝,立马烦君折一枝。
惟有春风最相惜,殷勤更向手中吹。

赋得灞岸柳留辞郑员外
（唐）杨巨源

杨柳含烟灞岸春，年年攀折为行人。
好风倘惜低枝便，莫遣青丝扫路尘。

华清宫前柳
（唐）王建

杨柳宫前忽地春，在先惊动探春人。
晓来唯欠骊山雨，洗却枝头绿上尘。

忆江柳
（唐）白居易

曾栽杨柳江南岸，一别江南两度春。
遥忆青青江岸上，不知攀折是何人。

杨柳枝词
（唐）白居易

陶令门前四五树，亚夫营里百千条。
何似东都正二月，黄金枝映洛阳桥。

依依袅袅复青青，勾引春风无限情。
白雪花繁空扑地，绿丝柔弱不胜莺。

柳绝句
（唐）杜牧

数树新开翠影齐，倚风情态被春迷。
依依故国樊川恨，半掩村桥半掩溪。

东亭柳

（唐）赵嘏

拂水斜烟一万条，几随春色倚河桥。
不知别后谁攀折，犹自风流胜舞腰。

柳

（唐）李商隐

柳映江潭底有情，望中频遣客心惊。
巴雷隐隐千山外，更作章台走马声。

离亭赋得折杨柳

（唐）李商隐

含烟惹雾每依依，万绪千条拂落晖。
为报行人休尽折，半留相送半迎归。

折杨柳

（唐）薛能

华清高树出离宫，南陌柔条带暖风。
谁见轻阴是良夜，瀑泉声畔月明中。

洛桥晴影覆江船，羌笛秋声湿塞烟。
闲想习池公宴罢，水蒲风絮夕阳天。

嫩绿轻悬似缀旒，路人遥见隔宫楼。
谁能更近丹墀种，解播皇风入九州。

窗外齐垂旭日初，楼边轻暖好风徐。
游人莫道栽无益，桃李清阴却不如。

众木犹寒独早青,御沟桥畔曲江亭。
陶家旧日应如此,一院春条绿绕厅。

折杨柳
(唐)段成式

玉楼烟薄不胜芳,金屋寒轻翠带长。
公子骅骝往何处?绿阴堪系紫游缰。

杨柳枝
(唐)温庭筠

苏小门前柳万条,毵毵金线拂平桥。
黄莺不语东风起,深闭朱门伴细腰。

金缕毵毵碧瓦沟,六宫眉黛惹春愁。
晓来更带龙池雨,半拂栏干半入楼。

御柳如丝映九重,凤凰窗柱绣芙蓉。
景阳楼畔千条露(路),一面新妆待晓钟。

杨柳枝词
(唐)韩琮

枝斗纤腰叶斗眉,春来无处不如丝。
灞陵原上多离别,少有长条拂地垂。

柳
(唐)李山甫

灞岸江头腊雪消,东风偷软入纤条。
春来不忍登楼望,万架金丝著地娇。

受尽风霜得到春,一条条是逐年新。

寻常送别无馀事，争忍攀将过与人。

长恨阳和也世情，把香和艳与红英。
家家只是栽桃李，独自无根到处生。

从来只是爱花人，杨柳何曾占得春。
多向客亭门外立，与他迎送往来尘。

无赖秋风斗觉寒，万条烟罩一时干。
游人若要春消息，直向江头腊后看。

杨柳枝寿杯词

（唐）司空图

桃源仙子不须夸，闻道唯栽一片花。
何似浣纱溪畔住，绿阴相间两三家。

处处紫空百万枝，一枝枝好更题诗。
隔城远岫招行客，便与朱楼当酒旗。

锦城分得映金沟，两岸年年引胜游。
若似松篁须带雪，人间何处认风流？

大堤时节近清明，霞衬烟笼绕郡城。
好是梨花相映处，更胜松雪日初晴。

圣主千年乐未央，御沟金翠满垂杨。
年年织作升平字，高映南山献寿觞。

柳

（唐）司空图

谁家按舞傍池塘，已见繁枝嫩眼黄。
谩说早梅先得意，不知春力暗分张。

似拟凌寒妒早梅，无端弄色傍高台。
折来未有新枝长，莫遣佳人更折来。

柳

（唐）罗隐

一簇青烟锁玉楼，半垂栏畔半垂沟。
明年更有新条在，绕乱春风卒未休。

柳

（唐）罗隐

灞岸晴来送别频，相偎相倚不胜春。
自家飞絮犹无定，争解垂丝绊路人。

折杨柳

（唐）崔涂

朝朝车马如蓬转，处处江山待客归。
若使人间少离别，杨花应合过春飞。

柳

（唐）郑谷

半烟半雨江桥畔，映杏映桃山路中。
会得离人无限意，千丝万絮惹春风。

杨　花
　　　　　　　　　　（唐）吴融

不斗秾华不占红，自飞晴野雪濛濛。
百花长恨风吹落，唯有杨花独爱风。

柳
　　　　　　　　　　（唐）韩偓

一笼金线拂湾桥，几被儿童损细腰。
无奈灵和标格在，春来依旧袅长条。

杨柳枝词
　　　　　　　　　　（唐）崔道融

雾捻烟搓一索春，年年长似染来新。
应须唤作风流线，系得东西南北人。

柳
　　　　　　　　　　（唐）李中

春来无树不青青，似共东风别有情。
闲忆旧居漤水畔，数枝烟雨属啼莺。

最爱青青水国中，莫愁门外间花红。
纤纤无力胜春色，撼起啼莺恨晚风。

柳
　　　　　　　　　　（唐）裴说

高拂危楼低拂尘，灞桥攀折一何频。
思量却是无情树，不解迎人只送人。

杨柳枝词

（唐）孙鲂

灵和风暖太昌春，舞线摇丝向昔人。
何似晓来江雨后，一行如画隔遥津。

十首当年有旧词，唱青歌翠几无遗。
未曾得向行人道，不为离情莫折伊。

柳枝词

（唐）成彦雄

东君爱惜与先春，草泽无人处也新。
委嘱露华并细雨，莫教迟日惹风尘。

绿杨移傍小亭栽，便拥浓烟拨不开。
谁把金刀为删掠，故教明月入窗来。

柳枝词（座中应制）

（宋）徐铉

金马辞臣赋小诗，梨园弟子唱新词。
君恩还似东风意，先入灵和蜀柳枝。

百草千花共待春，绿杨颜色最惊人。
天边雨露年年在，上苑芳华岁岁新。

长爱龙池二月时，毿毿金线弄春姿。
假饶叶落枝空后，更有梨园笛里吹。

绿水成文柳带摇，东风初到不鸣条。

龙舟欲过偏留恋,万缕轻丝拂御桥。

百尺长桥涴麹尘,诗题不尽画难真。
凭君折向人间种,还似君恩处处春。

风暖云开晚照明,翠条深映凤凰城。
人间欲识灵和态,听取新词玉管声。

醉折垂杨唱柳枝,金城三月走金羁。
年年为爱新条好,不觉苍华也似丝。

新春花柳竞芳姿,偏爱垂杨拂地枝。
天子遍教词客赋,宫中要唱洞箫词。

凝碧池头蘸翠涟,凤凰楼畔簇晴烟。
新诗欲咏知难咏,说与双成入管弦。

侍从甘泉与未央,移舟偏要近垂杨。
樱桃未绽梅花老,折得柔条百尺长。

柳枝词

（宋）徐铉

把酒凭君唱柳枝,也从丝管递相随。
逢春只合朝朝醉,记取秋风叶落时。

夹岸朱栏柳映楼,绿波平幔带花流。
歌声不出长条密,忽地风回见䌽舟。

濛濛堤岸柳含烟,疑是阳和二月天。

醉里不知时节改,漫随儿女打秋千。

此去仙源不是遥,垂杨深处有朱桥。
共君同过朱桥去,密映垂杨听洞箫。

柳　絮

(宋)韩琦

絮雪纷纷不自持,乱愁萦困满春晖。
有时穿入花枝过,无限蜂儿作队飞。

再赋柳枝词

(宋)韩琦

曲江风暖晓阴斜,翠色相宜拂钿车。
自是春眠慵未起,日高人困又飞花。

叶叶新长约黛蛾,丝丝轻软任风梭。
啼莺便学歌喉啭,知是春来舞意多。

和春卿学士柳枝词

(宋)韩琦

楼前轻雪未全消,偷得春光入嫩条。
似向东风犹绰约,可能浑忘舞时腰?

章街风晓起新眠,寒食轻阴未雨天。
无限青丝拂游骑,一生芳意负金鞭。

杨　柳

(宋)王安石

杨柳杏花何处好?石梁茅屋雨初干。
绿垂静路要深驻,红写清波得细看。

柳　絮

（宋）陈与义

柳送腰肢日几回，更教飞絮舞楼台。
颠狂忽作高千丈，风力微时稳下来。

新　柳

（宋）杨万里

柳条百尺拂银塘，且莫深青只浅黄。
未必柳条能蘸水，水中柳影引他长。

杨　花

（宋）楼钥

雨压轻寒春较迟，春深不见柳绵飞。
忽然飞入闲庭院，疑是故人何处归。

柳绵无数糁枝头，日暖随风扑画楼。
万象可观惟有雪，喜看晴昼满空游。

为我轻攀绿柳枝，带花低护又携归。
日长深院微风动，要著松绵当面飞。

柳叶词

（宋）徐照

嫩叶吹风不自持，浅黄微绿映清池。
玉人未识分离恨，折向堂前学画眉。

春　晚

（宋）僧道潜

晓风池沼水澜翻，春尽淮南麦秀寒。

院落无人日停午,柳花如雪满阑干。

杨　柳
〔金〕高士谈

魏王堤暗雨垂垂,还似春残欲别时。
传语西风且停待,黛残黄浅不禁吹。

杨　花
〔金〕高士谈

来时官柳万丝黄,去日飞毯满路傍。
我比杨花更飘荡,杨花只是一春忙。

春　日
〔金〕刘勋

粉蝶耽香梦正迷,黄蜂和蜜计何痴。
小轩无事谁如我,卧看杨花点砚池。

春柳应制得城字
〔金〕刘徽

翠细匀圆绿线轻,著行排立弄新晴。
更看三月春风里,散作轻花满凤城。

乡郡杂诗
〔金〕元好问

一沟流水几桥横,岸上人家种柳成。
来岁春风一千树,绿烟和雨暗重城。

杨　柳
〔金〕元好问

杨柳青青沟水流,莺儿调舌弄娇柔。

桃花记得题诗客,斜倚春风笑不休。

南园新柳

(元)元淮

万缕依依带嫩黄,斜穿红杏弄疏狂。
昼长舞得东风困,半倚秋千半拂墙。

赋　柳

(元)蒲道源

枯树生黄色已娇,低垂江岸映溪桥。
东君不惜黄金缕,散作春风十万条。

县下凿池,种柳成聚。晨起视水深五寸,而草树承夜雨后,苍翠郁然可爱,戏题厅柱

(元)蒲道源

槟榔池上芭蕉雨,更种垂杨十六株。
中有玉堂萧散吏,检书正对辋川图。

杨柳村

(元)张伯淳

千丝万缕拂章台,陌上行人几去来。
何事结根荒寂处,东风青眼为谁开?

清凉亭衰柳

(元)萨都剌

清凉亭上几株霜,脱叶难遮夕照光。
依旧明年二三月,小金山下看鹅黄。

春日独坐

(元)吴师道

茶烟淡淡风前少,庭叶沉沉雨后添。

何处杨花念幽独,殷勤入室更穿簾。

飞　絮
（元）杨维桢

春风门巷欲无花,絮起晴风落又斜。
飞入画簾空惹恨,不知杨柳在谁家。

柳花词
（元）张昱

栏马墙西欲暮春,花飞不复过中旬。
倚天楼阁晴光里,争扑珠簾不避人。

满院长条散绿阴,谁家门户碧沉沉?
地衣不许重簾隔,雪白花铺一寸深。

偶　成
（元）张雨

黄篾楼中枕书卧,双鹤交鸣惊梦破。
青天坠下白云来,卷簾一阵杨花过。

见柳咏怀
（元）马臻

画船曾系柳边桥,歌舞昇平乐意饶。
事去却怜桥畔柳,春来犹学舞儿腰。

杨柳枝
（明）朱有燉

春来折尽更逢春,旧折长条又复新。
惟有行人相送别,今年不是去年人。

莫折柔丝五尺金,一丝丝系别离心。
春风吹到无情处,乱滚香绵结昼阴。

柳枝歌

(明) 朱有燉

苏小门前万缕垂,白家园内两三枝。
听歌看舞人何在,惟有东风展翠眉。

三月风和散麹尘,枝枝垂地每伤神。
为君系得春心住,忍折长条送远人。

宛转千条冒晚风,拖烟带雨渭城东。
征衫点得轻轻絮,寄入《阳关》曲调中。

杨柳枝词

(明) 刘基

多事垂杨管送迎,长条折尽短条生。
不知几许东风里,犹带轻烟冒晚晴。

杨柳词

(明) 方行

韶华无限暗中消,摇荡春光几万条。
却怪晚来风定后,雪花飞满赤栏桥。

杨柳枝词

(明) 胡俨

画簾风动影丝丝,曳绿摇金昼景迟。
睡起倚栏看蛱蝶,莺声只在最高枝。

西湖柳枝词
（明）瞿佑

西子湖边杨柳枝，千条万缕尽垂丝。
东风日暮花如雪，飞入雕墙两不知。

柳枝词
（明）杨慎

结根元自在青冥，袅袅依依映紫庭。
怪得古来天帝醉，柳边高揭酒旗星。

柳枝词
（明）胡安

惜取杨枝暮复朝，未经攀折欲魂消。
闲中喜得无离别，缓步春风灞水桥。

柳
（明）黄姬水

南陌香尘逐马蹄，东园桃李共成蹊。
春来树树花先发，独有垂杨叶早齐。

题柳
（明）张凤翼

千丝千树拂天津，三起三眠出上林。
何似小桃低曲处，一枝斜覆玉窗深。

柳枝词
（明）章士雅

长淮渡头杨柳春，长淮市上酒旗新。
系船沽酒折杨柳，还是去年西渡人。

柳枝词

（明）吴鼎芳

绿阴如雨万条斜，啼罢朝莺又晚鸦。
尽日春风无别意，只吹花点过西家。

题便面画新柳

（明）李日华

雪消野水半融泥，冻柳森森态未齐。
昨夜一番春雨好，淡黄金色满湖堤。

南山杂咏

（明）僧怀渭

暮春三月风日妍，乱折花枝送酒船。
西岭山光青浸水，南池柳色绿生烟。

柳　塘

（明）僧永瑛

千树垂丝两岸烟，绿波春雨白鸥天。
江乡不近章台路，留得长条系钓船。

柽 类

◆ 五言古

柽
（梁）简文帝

凌寒竞贞节，负雪固难亏。无惭云母桂，讵减珊瑚枝。

有木诗八首（录一）
（唐）白居易

有木名水柽，远望青童童。根株非劲挺，柯叶多蒙茸。
彩翠色如柏，鳞皴皮似松。为同松柏类，得列嘉树中。
枝弱不胜雪，势高常惧风。雪压低还举，风吹西复东。
柔芳甚杨柳，早落先梧桐。唯有一堪赏，中心无蠹虫。

柽
（明）吴宽

读《诗》识其名，谁谓材无用。西戎每渡河，此木能载重。
所以人字之，（一名"西河柳"。）岂在作梁栋。
两株倚东篱，计亦七年种。相对垂青丝，蓦地来二仲。

◆ 七言古

魏仓曹东堂柽树
（唐）李颀

爱君双柽一树奇，千叶齐生万叶垂。

长头拂石带烟雨,独立空山人莫知。
攒青蓄翠阴满屋,紫穗红英曾断目。
洛阳墨客游云间,若到麻源第三谷。

◆ 七言绝句

村　居

（金）马定国

五月南风化蟋蛄,野塘晚笋未成蒲。
柽花落尽红英细,沙渚鸳鸯半引雏。

暮春杂咏

（元）僧善住

满地柽阴野水新,粉墙额额有凝尘。
一双戏蝶来书幌,犹绕残花觅旧春。

卷二百九十一　乌桕类

◆ 七言绝句

水亭秋日偶书
（宋）林逋

巾子峰头乌桕树，微霜未落已先红。
凭栏高看复低看，半在石池波影中。

行田
（宋）方岳

屋头乌桕午阴密，牛与牧童相对眠。
不是官中催税急，十年前已学耕田。

寄高彬
（明）孙蕡

条风吹绿满蟾溪，蜡屐行春日向西。
独木桥边乌桕树，鹁鸠飞上上头啼。

湖村晚眺
（明）樊阜

村南村北总西风，桕叶先霜浅著红。
野鸟飞边堪入画，数家篱落夕阳中。

征人早行图

（明）杨慎

杜鹃花下杜鹃啼,乌桕树头乌桕栖。
不待鸡鸣度关去,梦中征马尚闻嘶。

卷二百九十二　冬青类

◆ 五言律

　　洞灵观冬青

　　　　　　　（唐）许浑

　　雪霰不凋色，两株交石坛。未秋红实浅，经夏绿阴寒。
　　露重蝉鸣急，风多鸟宿难。何如西禁柳，晴舞玉阑干。

◆ 七言绝句

　　汉宫曲

　　　　　　　（唐）韩翃

　　五柞宫中过腊看，万年枝上雪花残。
　　绮窗夜闭玉堂静，素绠朝垂金井寒。

　　访隐者不遇

　　　　　　　（唐）李商隐

　　秋水悠悠浸野扉，梦中来数觉来稀。
　　元（玄）蝉声尽黄叶落，一树冬青人未归。

　　宛陵馆冬青树

　　　　　　　（唐）赵嘏

　　碧树如烟覆晚波，清秋欲尽客重过。

故园亦有如烟树,鸿雁不来风雨多。

夏昼小雨
(宋)戴昺

小床蕲簟展琉璃,窗外新篁一尺围。
正午云桥疏雨过,冬青花上蜜蜂归。

田　家
(元)方夔

晌午鸦鸦响踏车,那边丛薄有人家。
老农歇热藤阴下,一树冬青落细花。

画
(明)张羽

疏散元非用世才,日高林户尚慵开。
为怜湖上青山好,行到冬青树底来。

卷二百九十三　银杏类

◆ 五言古

永叔内翰遗李太傅家新生鸭脚
（宋）梅尧臣

北人见鸭脚，南人见胡桃。识内不识外，疑若橡栗韬。
鸭脚类绿李，其名因叶高。吾乡宣城郡，多以此为劳。
种树三十年，结子防山猱。剥核手无肤，持置宫省曹。
今喜生都下，荐酒压葡萄。初闻帝苑夸，又复主第褒。
累累谁采掇，玉椀上金鳌。金鳌文章宗，分赠我已叨。
岂无异乡感，感此微物遭。一世走尘土，鬓颠得霜毛。

梅圣俞寄银杏
（宋）欧阳修

鹅毛赠千里，所重以其人。鸭脚虽百个，得之诚可珍。
予闻得之谁，诗老远且贫。霜野橘林实，京师寄时新。
封包虽甚微，采掇皆躬亲。物贵以人贵，人贤弃而沦。
开缄重嗟惜，诗以报殷勤。

和圣俞鸭脚子
（宋）欧阳修

鸭脚生江南，名实本相浮。绛囊因入贡，银杏贵中州。
致远有馀力，好奇自贤侯。因令江上根，结实彝（夷）门秋。

始摘才三四,金盘献凝酥。公卿不及识,天子百金酬。
岁久子渐多,累累枝上稠。主人名好客,赠我比珠投。
博望昔所徙,葡萄安石榴。想其初来时,厥价与此侔。
今已遍中国,篱根及墙头。物性久虽在,人情逐时流。
惟当记其始,后世知来由。是亦史官法,岂徒续君讴。

◆ 七 言 律

谢济之送银杏

(明) 吴宽

错落朱提数百枚,洞庭秋色满盘堆。
霜馀乱摘连柑子,雪里同煨有芋魁。
不用盛囊书复写,料非钻核意无猜。
却愁佳惠终难继,乞与山中几树栽。

◆ 七言绝句

银 杏

(宋) 杨万里

深灰浅火略相遭,小苦微甘韵最高。
未必鸡头如鸭脚,不妨银杏作金桃。

卷二百九十四　木瓜类

◆ 七言古

瓜洲谢李德载寄蜂儿木瓜笔

（宋）张耒

瓜洲萧索秋江渚，西风江岸残红舞。
津亭永夜守青灯，客睡朦胧听江雨。
清樽晓酌遣怀抱，但恨郁郁将谁语。
敲门忽得故人书，洗手开缄见眉宇。
蜂儿肥腻愈风痹，木瓜甘酸轻病股。
铦锋皓管见还愧，老去笔砚生尘土。
北归飘泊亦何事，篙工已束横江橹。
天寒应客太昊墟，当遣何人具鸡黍？

◆ 五言律

木瓜园

（宋）文同

驱马下高冈，吟鞭只自扬。溪山过新霁，草木发清香。
浩荡来江阔，萦纡去栈长。春风吹欲尽，樽酒叹何尝。

◆ 七言绝句

宫　词

（元）张昱

宫罗支请银霜褐，彻夜房中自剪裁。
明日看花西内去，牡丹台畔木瓜开。

木槿花类

◆ 五言古

咏　槿
（唐）李白

园花笑芳年，池草艳春色。犹不如槿花，婵娟玉阶侧。
芬荣何夭促，零落在瞬息。岂若琼树枝，终岁长翕赩。

木　槿
（元）舒頔

爱花朝朝开，怜花暮即落。颜色虽可人，赋质无乃薄。
亭亭映清池，风动亦绰约。仿佛芙蓉花，依稀木芍药。
炎天众芳凋，而此独凌铄。慰目聊娱情，苍松在岩壑。

白木槿
（宋）舒頔

素质不自媚，开花向秋前。澹然超群芳，不与春争妍。
凉夜弄清影，缟衣照婵娟。佳人分寂寞，零落只自怜。
鲜鲜碧云树，皎皎万玉悬。朝开暮还落，物理乃自然。
嗤彼壅肿木，徒尔全天年。

◆ 五 言 律

玩槿花
（唐）羊士谔

何乃诗人兴，妍词属蕣华？风流感异代，窈窕比同车。
凝艳垂清露，惊秋隔绛纱。蝉鸣复虫思，惆怅竹阴斜。

槿 花
（唐）李商隐

燕体伤风力，鸡香积露文。殷鲜一相杂，啼笑两难分。
月里宁无姊，云中亦有君。三清与仙岛，何事亦离群？

珠馆薰燃久，玉房梳扫馀。烧兰才作烛，襞锦不成书。
本以亭亭远，翻嫌脉脉疏。回头问残照，残照更空虚。

朱槿花
（唐）李商隐

莲后红何患，梅先白莫夸。才飞建章火，又落赤城霞。
不卷锦步障，未登油壁车。日西相对罢，休浣向天涯。

木 槿
（唐）杨凌

群玉开双槿，丹荣对绛纱。含烟疑出火，隔雨怪舒霞。
向晚争辞蕊，迎朝斗发花。非关后桃李，为欲继年华。

槿 树
（宋）谢翱

白犬吠行人，西风杵臼新。洗香澄宿水，曝发向秋邻。
野草依沟尽，宫花入帽频。人家小门径，怜尔独相亲。

◆ 七言律

道旁槿篱
（宋）杨万里

夹道疏篱锦作堆，朝开暮落复朝开。
抽心粗敉轻拖糁，近蒂胭脂酽抹腮。
占破半年犹道少，何曾一日不芳来。
花中却是渠长命，换旧添新底用催。

木　槿
（明）陆深

曾闻郑女咏同车，更爱丰姿淡有花。
欲傍莓苔横野渡，似将铅粉斗朝华。
品题从此添高价，物色仍烦筑短沙。
漫道春来李能白，秋风一种玉无瑕。

◆ 五言绝句

木　槿
（唐）杨凌

绿树竞扶疏，红姿相照灼。不学桃李花，乱向春风落。

槿　花
（唐）崔道融

槿花不见夕，一日一回新。东风吹桃李，须到明年春。

木槿花
（明）张以宁

朝昏看开落，一笑小窗中。别种蟠桃子，千年一度红。

◆ 七言绝句

题槿花

(唐) 戎昱

自用金钱买槿栽,二年方始得花开。
鲜红未许家人见,蝴蝶争知早到来?

送王贞

(唐) 刘商

清扬玉润复多才,邂逅佳期过早梅。
槿花亦可浮杯上,莫待东篱黄菊开。

白槿花

(唐) 白居易

秋蕣晚英无艳色,何因栽种在人家?
使君自别罗敷面,争解回头爱白花。

朱槿花

(唐) 李绅

瘴烟长暖无霜雪,槿艳繁花满树红。
每叹芳菲四时厌,不知开落有春风。

夸红槿

(唐) 徐凝

谁道槿花生感促,可怜相继半年红。
何如桃李无多少,并打千枝一夜风。

洞口人家

(元) 郭钰

松树回环四五家,机梭长日响咿哑。

西风裹得胭脂色,偏与篱东木槿花。

秋日即事

(明) 刘基

槿花数树夕阳时,收拾秋光在短篱。
自紫自红还自碧,只应独有暮蝉知。

卷二百九十六　桃花类

◆ 五言古

初　桃
（梁）简文帝

初桃丽新彩，照地吐其芳。枝间留紫燕，叶里发轻香。
飞花入露井，交干拂华堂。若映窗前柳，悬疑红粉妆。

奉和咏龙门桃花
（北齐）萧悫

旧闻开露井，今见植龙门。树少知非塞，花高异少源。
论时应未发，故欲影归轩。只言轻摘罢，犹胜逐风翻。

晚　桃
（唐）刘长卿

四月深涧底，桃花方欲然。宁知地势下，遂使春风偏。
此意颇堪惜，无言谁与传。过时君未赏，空媚幽林前。

桃　花
（宋）韩驹

桃花如美人，服饰靓以丰。徘徊顾香影，似为悦己容。
数枝有馀妍，窈窕禁苑中。

桃园春晓

（明）仁宗

曙光犹未分，芳园露华炫。碧桃千万树，鲜妍如锦绚。
隔林莺语滑，两两间关啭。掖垣将启扉，漏箭传声远。
花底候宫车，更觉东风软。

◆ 七言古

桃源行

（唐）王维

渔舟逐水爱山春，两岸桃花夹去津。
坐看红树不知远，行尽青溪不见人。
山口潜行始隈隩，山开旷望旋平陆。
遥看一处攒云树，近入千家散花竹。
樵客初传汉姓名，居人未改秦衣服。
居人共住武陵源，还从物外起田园。
月明松下房栊静，日出云中鸡犬喧。
惊闻俗客争来集，竞引还家问都邑。
平明闾巷扫花开，薄暮渔樵乘水入。
初因避地去人间，及至成仙遂不还。
峡里谁知有人事，世中遥望空云山。
不疑灵境难闻见，尘心未尽思乡县。
出洞无论隔山水，辞家终拟长游衍。
自谓经过旧不迷，安知峰壑今来变。
当时只记入山深，青溪几曲到云林。
春来遍是桃花水，不辨仙源何处寻。

南家桃

(唐) 元稹

南家桃树深红色,日照露光看不得。
树小花狂风易吹,一夜风吹满墙北。
离人自有经年别,眼前落花心叹息。
更待明年花满枝,一年迢递空相忆。

◆ 五言律

咏 桃

(唐) 太宗

禁苑春晖丽,花蹊绮树妆。缀条深浅色,点露参差光。
向日分千笑,迎风共一香。如何仙岭侧,独秀隐遥芳。

桃

(唐) 李峤

独有成蹊处,秾华发井旁。山风凝笑脸,朝露泫啼妆。
隐士颜应改,仙人露渐长。还欣上林苑,千岁奉君王。

廨中见桃花南枝已开,北枝未发,因寄杜副端

(唐) 刘长卿

何意同根本,开花每后时?应缘去日远,独自发春迟。
结实恩难忘,无言恨岂知。年光不可待,空羡向南枝。

小桃园

(唐) 李商隐

竟日小桃园,休寒亦未暄。坐莺当酒重,送客出墙繁。
啼久艳粉薄,舞多香雪翻。犹怜未圆月,先出照黄昏。

邻家桃花

（明）高启

春色东家出，相窥似有心。曲垣遮自短，别院闭还深。
影动疑人折，香摇妒蝶寻。好风时解意，吹片拂罗襟。

桃

（明）方九功

一曲桃园树，平沙十里春。落花红胜锦，藉草绿如茵。
野兴邀诗伴，村沽觅酒邻。怕逢渔父问，疑是避秦人。

◆ 五言排律

桃 花

（唐）薛能

秀气自天钟，千年岂易逢。开齐全未落，繁极欲相重。
冷湿朝如淡，晴干午更浓。风光新社燕，时节旧春农。
篱落欹临竹，亭台盛间松。乱缘堪羡蚁，深入不如蜂。
有影宜暄煦，无言自冶容。洞连非俗世，溪静接仙踪。
子熟河应变，根盘土已封。西王潜爱惜，东朔盗过从。
醉席眠英好，题诗恋景慵。芳菲聊一望，何必在临邛。

◆ 七 言 律

晚桃花

（唐）白居易

一树红桃亚拂池，竹遮松荫晚开时。
非因斜日无由见，不是闲人岂得知。
寒地生材遗校易，贫家养女嫁常迟。
春深欲落谁怜惜，白侍郎来折一枝。

绯桃

（唐）唐彦谦

短墙荒圃四无邻，烈火绯桃照地春。
坐久好风休掩袂，夜来微雨已沾巾。
敢同俗态期青眼，似有微词动绛唇。
尽日更无乡井念，此时何必见秦人。

绯桃花

（唐）李咸用

茫茫天意为谁留？深染夭桃备胜游。
未醉已知醒后忆，欲开先为落时愁。
痴蛾乱扑灯难灭，跃鲤傍惊电不收。
何事梨花空似雪，也称春色是悠悠。

桃花

（唐）李中

只应红杏是知音，灼灼偏宜间竹阴。
几树半开金谷晓，一溪齐绽武陵深。
艳舒百叶时皆重，子熟千年事莫寻。
谁步宋墙明月下，好香和影上衣襟。

馆中桃花

（宋）孔武仲

蓬壶深绝锁芳菲，初见仙桃第一枝。
天近自应风景别，春长莫恨化工迟。
相重朱户人稀到，半掩香苞蝶未知。
想像江南今盛发，亦经频雨稍离披。

桃　花
　　　　　（元）马臻

浅碧繁红又满枝，化工消息本无机。
艳滋晓露莺摇落，香渍春泥燕掠归。
金谷园中芳草在，元（玄）都观里昔人非。
自从云隔天台路，刘阮如今梦亦稀。

碧　桃
　　　　　（元）黄石翁

洗尽娇红出翠帷，玉人无语背斜晖。
绿华前度通仙谱，天水何年染素衣。
宴罢瑶池春梦断，影寒姑射夜深归。
禁烟时节多风雨，莫遣繁英一片飞。

咏溪上所栽桃
　　　　　（明）袁凯

桃树移栽近浅沙，呼儿插竹护欹斜。
秋来拟吃垂垂实，春到还看浩浩花。
旋置酒旗深处挂，更将渔艇密边遮。
老夫未是文章手，故少新诗对客夸。

桃
　　　　　（明）吴宽

城南春色晓移来，妆点园林锦作堆。
嫩绿不须将叶认，淡红已是当花开。
元（玄）都自发刘郎咏，幽谷还教谢判栽。
此日公门深似许，昼长高锁正抡材。

桃　花

（明）申时行

万山回合似天台，二月桃花已遍开。
映水却疑乘浪暖，缘崖故是倚云栽。
乱红飞雨沾衣袂，碎锦分霞入酒杯。
漫道武陵仙路远，探奇有客问津来。

咏红白桃花

（明）陈鸿

双艳如从露井看，妆分浓淡映雕栏。
玉肤中酒冰绡薄，粉面窥人镜障寒。
杏雨并随窗外度，梨云同入帐中残。
胆瓶不是馀香在，定讶珊瑚间木难。

◆ 五言绝句

入百丈涧见桃花晚开

（唐）刘长卿

百丈深涧里，过时花欲妍。应缘地势下，遂使春风偏。

桃　坞

（唐）韦处厚

喷日舒红锦，通蹊茂绿阴。终期王母摘，不羡武陵深。

桃　坞

（唐）张籍

春坞桃花发，多将野客游。日西殊未散，看望酒缸头。

嘲 桃

（唐）李商隐

无赖夭桃面，平明露井东。春风为开了，却拟笑春风。

桃

（宋）王十朋

在处飘红雨，临窗照夕阳。何时清禁里，一醉伴仙郎？

桃 蹊

（宋）朱子

涧里春泉响，种桃泉上头。烂红纷委地，未肯出山流。

桃

（宋）崔德符

残夜迷春晓，夭桃怯夜寒。何人未妆洗，先傍玉阑干？

壶中二色桃花

（明）杨基

素颊映红腮，西园共折来。怜渠竟先落，知是最先开。

◆ 七言绝句

侍宴桃花园咏桃花应制

（唐）李乂

绮萼成蹊遍苑芳，红英扑地满筵香。
莫将秋宴传王母，来比春华寿圣皇。

从宴桃花园咏桃花应制

（唐）赵彦伯

红萼竞然春苑曙，芊（粉）茸新色御筵开。

长年愿奉西王宴,近侍惭无东朔才。

侍宴桃花园咏桃花应制
（唐）苏颋

桃花灼灼有光辉,无数成蹊点更飞。
为见芳林含笑待,遂同温树不言归。

桃花园马上应制
（唐）张说

林间艳色骄天马,苑里秾华伴丽人。
愿逐南风飞帝席,年年含笑舞青春。

萧八明府寔处觅桃栽
（唐）杜甫

奉乞桃栽一百根,春前为送浣花村。
河阳县里虽无数,濯锦江边未满园。

崦里桃花
（唐）顾况

崦里桃花逢女冠,林间杏叶落仙坛。
老人方授上清箓,夜听步虚山月寒。

题百叶桃花
（唐）韩愈

百叶双桃晚更红,窥窗映竹见玲珑。
应知侍史归天上,故伴仙郎宿禁中。

大林寺桃花
（唐）白居易

人间四月芳菲尽,山寺桃花始盛开。

长恨春归无觅处,不知转入此中来。

下邽庄南桃花
(唐)白居易

村南无限桃花发,唯我多情独自来。
日暮风吹红满地,无人解惜为谁开?

寄题忠州小楼桃花
(唐)白居易

再游巫峡知何日,总是秦人说向谁?
长忆小楼风月夜,红阑干外两三枝。

桃 花
(唐)元稹

芙蓉脂肉绿云鬟,罨画楼台青黛山。
千树桃花万年药,不知何事忆人间。

亚枝红
(唐)元稹

往岁与乐天曾于郭家亭子竹林中,见亚枝红桃花半在池水。自后数年,不复记得。忽于褒城驿池岸竹间见之,宛如旧物,深所怆然。

平阳池上亚枝红,怅望山邮事事同。
还向万竿深竹里,一枝浑卧碧流中。

玩新桃花
(唐)施肩吾

几叹红桃开未得,忽惊造化新妆饰。
一种同霑荣盛时,偏荷清光借颜色。

桃　花

（唐）白敏中

千朵秾芳倚树斜，一枝枝缀乱云霞。
凭君莫厌临风看，占断春光是此花。

酬王秀才桃花园见寄

（唐）杜牧

桃满西园淑景催，几多红艳浅深开。
此花不逐溪流出，晋客无因入洞来。

千秋岭下

（唐）赵嘏

知有岩前万树桃，未逢摇落思空劳。
年年盛发无人见，三十六溪春水高。

小游仙诗

（唐）曹唐

闲来洞口等刘君，缓步轻抬玉线裙。
旋擘桃花掷流水，更无言语倚彤云。

桃　花

（唐）周朴

桃花春色暖先开，明媚谁人不看来。
可惜狂风吹落后，殷红片片点莓苔。

移桃栽

（唐）司空图

独临官道易伤摧，从遣春风恣意开。
禅客笑移山上看，流莺直到槛前来。

小　桃
（唐）郑谷

和烟和雨遮敷水，映竹映村连灞桥。
撩乱春风耐寒冷，到头赢得杏花娇。

桃　花
（唐）吴融

满树和娇烂熳红，万枝丹彩灼春融。
何当结作千年实，将示人间造化工。

桃　蹊
（唐）陆希声

芳草霏霏遍地齐，桃花脉脉自成蹊。
也知百舌多言语，住向春风尽意啼。

桃花谷
（唐）陆希声

君阳山下足春风，满谷仙桃照水红。
何必武陵源上去，涧边好过落花中。

桃花行
（唐）阙名

源水丛花无数开，丹跗红萼间青梅。
从今结子三千岁，预喜仙游复摘来。

途次叶县观千叶桃花
（宋）陶弼

三月官桃满上林，一花千萼费春心。
叶公城外襄河北，一树无人色更深。

尝桃

（宋）杨万里

金桃两饤照银杯，一是栽花一买来。
香味比尝无两样，人情毕竟爱亲栽。

桃

（宋）曾裘父

衣裁缃缬态纤秾，犹在瑶池午醉中。
嫌近清明时节冷，趁渠新火一番红。

桃

（金）段继昌

一溪流水走青蛇，春在江边渔父家。
竹外寒梅看欲尽，清香移入小桃花。

舟行青溪道中入歙

（元）方回

蕨拳欲动茗抽芽，节近清明路近家。
五日缓行三百里，夹溪随处有桃花。

小桃

（元）王恽

梅粉飘零柳未烟，一枝春色独当轩。
今年盼得红苞拆，风雪禁持第几番？

碧桃花

（元）张弘范

应是元（玄）都观里仙，为嫌白淡厌红嫣。
故栽一种新颜色，疑是飞仙坠翠钿。

题舜举折枝桃
（元）赵孟頫

醉里春归寻不得，眼明忽见折枝花。
向来飞盖西园夜，万烛高烧照烂霞。

题宋徽宗献寿桃图
（元）柳贯

青鸟衔书昨夜来，蟠桃如斗核如杯。
蓬莱殿上三千寿，不及春风梦已回。

书扇寄玉嵒在瑶芳所书是日食金桃
（元）杨维桢

昨日追随阿母游，锦袍人在紫云楼。
谱传玉笛俄相许，果出金桃不外求。

桃
（明）张新

绿浅红深醉眼浓，殢人何处不迷踪。
飞时莫浪随流水，自有春涛可化龙。

桃　花
（明）陈宪章

云锁千峰雨未开，桃花流水更天台。
刘郎莫记归时路，只许刘郎一度来。

桃花图
（明）岳岱

竹林深处有桃花，一半春风一半遮。
尚忆春来三日醉，晓烟疏雨卧山家。

娄塘里桃蹊即事

（明）娄坚

雨洗胭脂风卷霞，醒来零落醉时花。
残尊好为轻阴尽，一片澄波隔绛纱。

无数乱红看不足，碧潭还对一枝斜。
春光欲去谁留得，水面浮来几落花。

咏上苑桃花

（明）陶望龄

度索山头驻彩霞，蓬莱宫阙即仙家。
共传西苑千秋实，已著东风一树花。

题刘松年桃花山水

（明）僧德祥

杳无鸡犬有人家，夹水山高路不赊。
刘阮别来频甲子，年年春雨送桃花。

游西洞庭

（明）僧德祥

玉柱金庭在洞中，当时谁道有毛公。
人间白发三千丈，只见桃花一片红。

卷二百九十七 梅花类（附红梅、梅子）

◆ 五言古

赠范蔚宗
（宋）陆凯

折梅逢驿使，寄与陇头人。江南无所有，聊赠一枝春。

雪里觅梅花
（梁）简文帝

绝讶梅花晚，争来雪里窥。下枝低可见，高处远难知。
俱羞惜腕露，相让到腰羸。定须还剪綵，学作两三枝。

梅花
（梁）吴均

梅性本轻荡，世人相陵贱。故作负霜花，欲使绮罗见。
但愿深相知，千摧非所恋。

同萧左丞咏摘梅花
（梁）庾肩吾

窗梅朝始发，庭雪晚初消。折花牵短树，攀丛入细条。
垂冰溜玉手，含刺冒春腰。远道终难寄，馨香徒自饶。

雪里梅花
（陈）阴铿

春近寒虽转，梅舒雪尚飘。从风还共落，照日不俱销。

叶开随足影,花多助重条。今来渐异昨,向晚判胜朝。

梅花落
(陈)苏子卿

中庭一树梅,寒冬叶未开。只言花是雪,不悟有香来。
上郡春恒晚,高楼年易催。织书偏有意,教逐锦文回。

梅 花
(北周)庾信

常年腊月半,已觉梅花阑。不信今春晚,俱来雪里看。
树动悬冰落,枝高出手寒。早知觅不见,真悔著衣单。

早 梅
(唐)柳宗元

早梅发高树,迥映楚天碧。朔吹飘夜香,繁霜滋晓白。
欲为万里赠,杳杳山水隔。寒英坐销落,何用慰远客。

访 梅
(宋)徐玑

访梅行近郊,寒气初淅沥。欲开未开时,三点两点白。
清枝何萧疏,幽香况岑寂。颇知天姿殊,绝似人有德。
逢君天一方,欢然旧相识。

移 梅
(元)马祖常

幽屏逐鱼鸟,沉迹俦隐沦。所欣在林薮,嘉植日以亲。
眷言江介品,纷葩号南珍。遇我好奇服,移根得良因。
井井十亩园,菁茅荫涧滨。缟裳擢玉质,宜此空山春。

植尔当庭隅,岂复资鼎味。迁尔自谷中,岂复相妩媚。

洌洌元（玄）冥候，众植各浮脆。高标自凌寒，孤尚独冠岁。
么禽何处来，飞下双羽翠。

探梅分韵得香字

（元）于石

绝壁两屡云，荒村半桥霜。孤往欲何之？林下幽径长。
寒梅在何许？临风几徜徉。谁家断篱外，一枝寄林塘。
水静不摇影，竹深难护香。无言独倚树，山空月荒凉。

题墨梅

（元）傅若金

老树亚晴空，疏花带寒野。风流不自惜，澹泊从人写。
岁晏孰能娱，空山少来者。

孤花何婉娩，玉立含幽素。短短时出桥，疏疏或临路。
生疑檐下月，半照墙西树。

题竹外一枝梅花

（元）黄清老

仙标何处来，一枝倚寒玉。晴窗见疏林，座上春可掬。
山阴带残雪，水影兼远绿。珍重孤竹君，岁寒伴幽独。

◆ 七言古　附长短句

梅花落

（宋）鲍照

中庭杂树多，偏为梅咨嗟。
问君何独然？念其霜中能作花，露中能作实。
摇荡春风媚春日，念尔零落逐寒风，徒有霜华无霜质。

看 梅

（隋）侯夫人

砌雪无消日，卷帘时自颦。
庭梅对我有怜意，先露枝头一点春。

郡治燕堂庭中梅花

（宋）杨万里

林中梅花如隐士，只多野气无尘气。
庭中梅花如贵人，也无野气也无尘。
不疏不密随宜了，旋落旋开无不好。
珠帘遭风细为吹，画檐护霜寒更微。
诗翁绕阶未得句，先送诗材与翁语。
有酒如渑谁伴翁？玉雪对饮惟渠侬。
翁欲还家即明发，更为梅兄留一月。

筹堂寻梅

（金）李俊民

萧疏篱落谁家圃，寻芳信逐游蜂去。
眼前荆棘少人行，马蹄直到香来处。
怕愁贪睡独开迟，瘦损春寒鹤膝枝。
可是东君苦留客，斜风细雨不堪诗。

陪于思庸训导登道山亭观梅用坡仙韵

（元）朱德润

道山亭下梅花村，坡仙作诗为招魂。
明姿照人隔寒水，瘦影带月欺黄昏。
先生颇厌郡斋冷，持书晚约窥山园。
松风吹香清人骨，地炉烟销酒初温。
孤标已出群卉上，故遣雪意迷晴暾。

和羹结子时较晚，先传春色来衡门。
天寒谷幽翠袖薄，岂知春鸟能传言。
明晨看花重有约，呼童扫石罗清尊。

题梅花
（明）王冕

江南十月天雨霜，人间草木不敢芳。
独有溪头老梅树，面皮如铁生光芒。
朔风吹寒珠蕾裂，千花万花开白雪。
仿佛蓬莱群玉妃，夜深下踏瑶台月。
银铛泠泠动清韵，海烟不隔罗浮信。
相逢共说岁寒盟，笑我飘流霜满鬓。
君家秋露白满缸，放怀饮我千百觞。
兴酣脱帽恣盘礴，拍手大叫梅花王。
五更窗前博山冷，么凤飞鸣酒初醒。
起来笑抱石丈人，门外白云三万顷。

竹堂寺探梅
（明）沈周

竹堂梅花一千树，晴雪塞门无入处。
秋官黄门两诗客，珂马西来为花驻。
老翁携酒亦偶同，花不留人人自住。
满身毛骨沁冰影，嚼蕊含香各搜句。
酒酣涂纸作横斜，笔下珠光湿春露。
只愁此纸卷春去，明日重来花在地。

◆ 五言律

咏梅
（唐）李峤

大庾敛寒光，南枝独早芳。雪含朝暝色，风引去来香。

妆面回青镜,歌尘起画梁。若能遥止渴,何假泛琼浆。

和常州崔使君咏后庭梅
（唐）孙逖

闻唱梅花落,江南春意深。更传千里外,来入越人吟。
弱榦红妆倚,繁香翠羽寻。庭中自公日,歌舞向芳阴。

江 梅
（唐）杜甫

梅蕊腊前破,梅花年后多。绝知春意早,最奈客愁何。
雪树元同色,江风亦自波。故园不可见,巫岫郁嵯峨。

山路见梅感而有作
（唐）钱起

莫言山路僻,还被好风催。行客凄凉过,村篱冷落开。
晚溪寒水照,晴日数蜂来。重忆江南酒,何因把一杯?

生 春
（唐）元稹

何处生春早?春生梅榞中。蕊排难犯雪,香乞拟来风。
陇迥羌声怨,江遥客思融。年年最相恼,缘未有诸丛。

早 梅
（唐）朱庆馀

天然根性异,万物尽难陪。自古承春早,严冬斗雪开。
艳寒宜雨露,香冷隔尘埃。堪把依松竹,良涂一处栽。

闻薛先辈陪大夫看早梅因寄
（唐）许浑

涧梅寒正发,莫信笛中吹。素艳雪凝树,清香风满枝。

折惊山鸟散，携任野蜂随。今日从公醉，何人倒接䍦？

梅
（唐）杜牧

轻盈照溪水，掩敛下瑶台。妒雪聊相比，欺春不逐来。
偶同佳客见，似为冻醪开。若在秦楼畔，堪为弄玉媒。

江 梅
（唐）郑谷

江梅且缓飞，前辈有歌词。莫惜黄金缕，难忘白雪枝。
吟看归不得，醉嗅立如痴。和雨和烟折，含情寄所思。

早 梅
（唐）熊皎

江南近腊时，已亚雪中枝。一夜欲开尽，百花犹未知。
人情皆共惜，天意不教迟。莫讶无浓艳，芳筵正好吹。

早 梅
（唐）僧齐己

万木冻欲折，孤根暖独回。前村深雪里，昨夜一枝开。
风送幽香出，禽窥素艳来。明年如应律，先发映春台。

清江道中见梅
（宋）朱子

今日清江路，寒梅第一枝。不愁风袅袅，正奈雪垂垂。
暖热惟须酒，平章却要诗。他年千里梦，谁与写相思？

和罗巨济山居
（宋）杨万里

园花皆手植，梅蕊独禁寒。色与香无价，飞和雪作团。

数枝横翠竹,一夜绕朱阑。不惜吟边苦,收将句里看。

寻　梅
（明）张羽

策杖度林塘,幽寻犯晓霜。临池疑掩映,傍竹畏遮藏。
款曲敲僧舍,徘徊绕苑墙。好携《三弄》笛,树底为催妆。

邓尉看梅
（明）王穉登

人似梅花瘦,舟如兰叶长。青山十亩白,流水一春香。
种密人难入,开齐夜有光。苔枝容我折,野老不嗔狂。

桥外花开日,分明雪作图。不将他树杂,未有一家无。
多处半青嶂,香时过太湖。浊醪元易得,市远亦须沽。

约王子看梅
（明）陆承宪

梅花动山意,野客不胜情。长夜思琼树,青春怀友生。
雨中开欲尽,风处落能轻。即遣山阴棹,还同雪里行。

湖上梅花
（明）陆承宪

不独山中有,还从湖上偏。全将雪嶂影,倒尽玉湖天。
花落鸥群乱,香浮雨气鲜。山僧开阁坐,相对一萧然。

瓶　梅
（明）谭元春

入瓶过十日,愁落幸开迟。不借春风发,全无夜雨欺。
香来清净里,韵在寂寥时。绝胜山中树,游人或未知。

◆ 五言排律

华林园早梅
（唐）郑述诚

晓日东楼路，林端见早梅。独凌寒气发，不逐众花开。
素彩风前艳，韶光雪后催。蕊香沾紫陌，枝亚拂青苔。
止渴曾为用，和羹旧有才。含情欲攀折，瞻望几徘徊。

咏神乐观梅花
（明）陈束

素质舒元（玄）圃，清芬袅碧纱。自将幽独意，不逐艳阳华。
避暖迟开叶，凌寒早著花。瓣轻飘易堕，枝曲影丛斜。
杂雪明春砌，随风入暮笳。何须飞宝靥，长此奉仙家。

◆ 七言律

和薛秀才寻梅花同饮见赠
（唐）白居易

忽惊林下发寒梅，便试花前饮冷杯。
白马走迎诗客去，红筵铺待舞人来。
歌声怨处微微落，酒气熏时旋旋开。
若到岁寒无雨雪，犹应醉得两三回。

岸上梅
（唐）崔橹

含情含怨一枝枝，斜压渔家短短篱。
惹袖尚馀香半日，向人如诉雨多时。
初开偏称雕梁画，未落先愁玉笛吹。
行客见来无去意，解帆烟浦为题诗。

湖南梅花一冬再发，偶题于花援

（唐）韩偓

湘浦梅花两度开，直应天意别栽培。
玉为通体依稀见，香号返魂容易回。
寒气与君霜里退，阳和为尔腊前来。
妖桃莫倚东风势，调鼎何曾用不材。

钤兵王阁使素芳亭赏梅花

（宋）赵抃

素尊清香并酒卮，主人勤意嘱留诗。
为逢蜀国新开日，却忆江南旧赏时。
春密未通桃李信，腊残都放雪霜姿。
先公旧植亭栏外，肯构重来见本枝。

山园小梅

（宋）林逋

众芳摇落独暄妍，占尽风情向小园。
疏影横斜水清浅，暗香浮动月黄昏。
霜禽欲下先偷眼，粉蝶如知合断魂。
幸有微吟可相狎，不须檀板共金尊。

剪绡零碎点酥干，向背稀稠画亦难。
日薄纵甘春至晚，霜深应怯夜来寒。
澄鲜只共邻僧惜，冷落犹嫌俗客看。
忆著江南旧行路，酒旗斜拂堕吟鞍。

数年闲作园林主，未有新诗到小梅。
摘索又开三两朵，团栾空绕百千回。

荒邻独映山初尽，晚景相禁雪欲来。
寄语清香少愁结，为君吟罢一衔杯。

梅　花
（宋）林逋

小园烟景正凄迷，阵阵寒香压麝脐。
湖水倒窥疏影动，屋檐斜入一枝低。
画名空向闲时看，诗客休征故事题。
惭愧黄鹂与蝴蝶，只知春色在桃溪。

与微之同赋梅花得香字
（宋）王安石

汉宫娇额半涂黄，粉色凌寒透薄妆。
好借月魂来映烛，恐随春梦去飞扬。
风亭把盏酬孤艳，雪径回舆认暗香。
不为调羹应结子，直须留此占年芳。

答戏昭文梅花
（宋）朱槔

腊到方留此日寒，雨多未觉过云残。
共惊台柳匆匆去，独抱园花细细看。
洗面不劳千点雪，熏衣剩破一分檀。
诗人穷苦谁料理？只倚东风酒量宽。

戊申元日立春题道山堂前梅花
（宋）杨万里

今年元日不孤来，带领新春一并回。
夜雨初添石渠水，东风先入道山梅。
不妨数朵且微破，未要十分都放开。
江路野香原自好，阿谁携取种蓬莱？

梅

(宋)徐玑

是谁曾种白玻瓈,复绝寒荒一点奇。
不厌陇头千百树,最怜窗下两三枝。
幽深真似《离骚》句,枯健犹如贾岛诗。
吟到月斜浑未已,萧萧鬓影有风吹。

梅

(宋)戴复古

孤标粲粲压群葩,独占春风管岁华。
几树参差江上路,数枝妆点野人家。
冰池照影何须月,雪岸闻香不见花。
绝似林间隐君子,自从幽处作生涯。

山中见梅寄曾无疑

(宋)戴复古

香动寒山寂寞滨,直从空谷见佳人。
树头树底参差雪,枝北枝南次第春。
有此瑰琦在岩壑,其他草树亦精神。
移根上苑谁云晚,桃李依然在后陈。

梅

(元)刘清叟

休说逋仙两句工,冰瓯涤笔别形容。
清标骚客风前立,素面仙姝月下逢。
山店霜寒香扑马,溪桥水浅影如龙。
一枝尽是寒凝结,金鼎无盐味更浓。

除香除影赋梅花,方许诗中擅作家。

怕俗似嫌羌作酒，高人颇称雪煎茶。
参横屋角霜初下，人倚阑干月欲斜。
夜冷玉肌愁入骨，金壶移入伴窗纱。

江边梅树
（元）刘秉忠

江边缭绕惜芳丛，绝笔天真在眼中。
素艳乍开珠蓓蕾，暗香微度玉玲珑。
一枝倒影斜斜月，满树浮光细细风。
明日行经山下路，几回特地驻青骢。

谢徐容斋赠梅
（元）王恽

燕钗宫额蜡妆匀，梦绕罗浮雪里村。
持赠一枝遮老眼，淡依疏影度黄昏。
风流灯下佳人面，潇洒吟边竹叶樽。
我老忘情被花恼，曲屏深锁惜芳温。

谢书巢惠梅花
（元）虞集

巢翁远送梅花树，正在东风四日前。
红萼无言馀旧雪，白头相见又新年。
喜从嘉树来江雨，忆共香粳上海船。
春夜不眠宾客醉，只留孤鹤伴清妍。

次王本中灯夕观梅
（元）萨都剌

翠禽偷梦出南园，绰约冰姿傍绿樽。
冰镜玉钗浮翠影，风帘银烛照妆痕。
粉香微润无人见，素质多寒藉酒温。

不似海棠春睡去，西楼月落已黄昏。

蟠梅
（元）谢宗可

萦青绊碧裂苍苔，岁晏寒香宛转来。
蛟蛰冻云冰骨瘦，龙眠夜月玉鳞开。
风霜气势从千折，铁石心肠亦九回。
只为东君甘自屈，不教枉占百花魁。

水中梅影
（元）谢宗可

澄澄寒碧映冰条，云母屏开见阿娇。
春色一枝流不去，雪痕千点浸难消。
临风倚槛云鬟湿，带月凌波玉珮摇。
最是黄昏堪画处，横斜清浅傍溪桥。

鸳鸯梅
（元）谢宗可

两两魁春簇锦机，文衾梦觉月分辉。
枝头交颈栖香暖，花底同心结子肥。
金殿锁烟妆粉额，玉堂环水浴红衣。
有情一种随流去，莫被风飘各自飞。

二月梅
（元）雅琥

去年呵笔赋寒梅，又见仙家二月开。
不是东君留客醉，肯教神女逐春回？
梨花院落为云妒，柳絮池塘作雪猜。
东阁如今清兴减，罗浮谁与寄香来？

二月江城见梅

(元) 叶颙

二月江城第一枝,怕寒故故著花迟。
不嫌艳杏夭桃俗,甘受狂蜂妒蝶疑。
月落西湖惊旧梦,雪消南国忆当时。
楼头亦有霜天角,懒对春风暖日吹。

桃杏纷纷正得时,疏梅高洁合知几。
如何万卉娇春日,犹有孤芳驻夕晖?
未要板桥寻蜡屐,最宜沙路试罗衣。
轻鞋小扇孤山下,绝胜逋仙踏雪时。

落 梅

(元) 僧善住

晴雪霏霏洒砌苔,浪蜂欲去更徘徊。
空传淡影浮歌扇,不送寒香入酒杯。
陇首故人千里隔,江南驿使几时回?
翠禽莫怨高楼笛,一度春风一度开。

镜中梅

(明) 袁凯

的皪孤芳野水滨,折来应是晓妆人。
瑶池风暖香初散,银汉春回迹未真。
奔月定知犹有影,凌波却喜不生尘。
绿毛幺凤无栖处,来往兰房不厌频。

梅 花

(明) 高启

琼姿只合在瑶台,谁向江南处处栽。

雪满山中高士卧，月明林下美人来。
寒依疏影萧萧竹，春掩残香漠漠苔。
自去何郎无好咏，东风愁寂几回开？

缟袂相逢半是仙，平生水竹有深缘。
将疏尚密微经雨，似暗还明远在烟。
薄暝山家松树下，嫩寒江店杏花前。
秦人若解当时种，不引渔郎入洞天。

断魂只有月明知，无限春愁在一枝。
不共人言惟独笑，忽疑君到正相思。
歌残别院烧灯夜，妆罢深宫揽镜时。
旧梦已随流水远，山窗聊复伴题诗。

翠羽惊飞别树头，冷香狼藉倩谁收？
骑驴客醉风吹帽，放鹤人归雪满舟。
淡月微云皆似梦，空山流水独成愁。
几看疏影低回处，只道花神夜出游。

次韵西园公咏梅

（明）高启

如何天与出尘姿，不得芳名入楚辞？
春后春前曾独采，江南江北每相思。
微云淡月迷千树，流水空山见一枝。
拟折赠君供寂寞，东风无那欲残时。

梅　涧

（明）李东阳

地僻沙寒水更清，老梅偏向涧边横。

风吹落瓣仍低陨,石压傍枝却倒生。
野鹤对人轻欲舞,蹇驴冲雪瘦能行。
山翁只在山中老,看尽春光不入城。

咏园中梅花

(明) 皇甫濂

上月青阳启曙晖,园梅变腊识春归。
花犹并雪凌芳遍,叶似含情弄影微。
素落机前纨自怯,香分奁外镜堪依。
由来物序兼愁思,一咏何郎欲和稀。

梅　影

(明) 朱之蕃

斗帐香浮月欲斜,纵横疏密遍窗纱。
恍疑姑射仙姬步,来访西湖处士家。
转盼含情仍逗态,全欺琢玉更蒸霞。
溪藤点笔留芳韵,书幌银釭不用遮。

梅

(明) 朱之蕃

东皇著意布三阳,点缀疏枝弄早芳。
刻玉镂冰无俗韵,钩帘泛坐有馀香。
卧游庾岭云横路,梦到西湖雪映塘。
相对倾樽明月上,行吟绕树不知忙。

老　梅

(明) 朱之蕃

空岩曲折挂苍虬,骨骱崚嶒韵致幽。
闇淡输香宜纸帐,森疏濯影向溪流。
懒随艳冶荣千树,独葆青真隐一丘。

自有松篁深结契，江天春柳任轻柔。

送　梅
（明）许㻞

烂熳南枝与北枝，残香落落影离离。
多情明月还相照，无赖狂风且莫吹。
纵饮不辞今日醉，算开犹是来年期。
最怜今夜黄昏后，寂寞微吟倚树时。

雪中梅花
（明）王穉登

二月春光雪尚飘，看梅独坐思无聊。
银花乱缀难分萼，玉树交加莫辨条。
粉似傅来容易褪，香偏留却不同消。
一般飞入妆台里，独让残英点额娇。

天平道中看梅呈陆丈
（明）王穉登

新春日日雨霏霏，雨后寻春愿不违。
花近翠微苔作树，人行香径雪生衣。
折从野岸俱无主，开入僧家尽掩扉。
谁似丈人能好事，冲风踏冻不言归。

题语溪郁振公梅花草堂
（明）程嘉燧

竹寒沙碧堂成处，移得官梅绕屋栽。
未到花时留客坐，恰当人日寄诗来。
出郊路熟香偏早，傍舍春生水正回。
湖畔垂垂天欲雪，乡愁驿信两相催。

何人曾送草堂赀，几首巡檐索笑诗。
东阁去逢春动候，西溪邀宿月明时。
山空翠袖禁寒薄，雪紧青灯放焰迟。
烟角霜钟断消息，窗前一夜为相思。

◆ 九言律

九字梅花咏

（元）僧明本

昨夜西风吹折千林梢，渡口小艇滚入沙滩坳。
野桥古梅独卧寒屋角，疏影横斜暗上书窗敲。
半枯半活几个屡蓓蕾，欲开未开数点含香苞。
纵使画工奇妙也缩手，我爱清香故把新诗嘲。

咏 梅

（明）杨慎

昨夜小春十月微阳回，绿萼梅蕊早傍南枝开。
折赠未寄陆凯岭头去，相思忽到卢仝窗下来。
歌残水调沉珠明月浦，舞破山香碎玉凌风台。
错恨高楼三弄叫云笛，无奈二十四番花信催。

◆ 五言绝句

江滨梅

（唐）王适

忽见寒梅树，开花汉水滨。不知春色早，疑是弄珠人。

梅 溪

（唐）韦处厚

夹岸凝清素，交枝漾浅沦。味调方荐实，腊近又先春。

梅 湾
（唐）顾况

白石盘盘磴,清香树树梅。山深不吟赏,辜负委苍苔。

梅 溪
（唐）张籍

自爱新梅好,行寻一径斜。不教人扫石,恐损落来花。

忆 梅
（唐）李商隐

定定住天涯,依依向物华。寒梅最堪恨,长作去年花。

梅 花
（宋）王安石

墙角数枝梅,凌寒独自开。遥知不是雪,为有暗香来。

梅 堤
（宋）朱子

仙人冰雪姿,贞秀绝伦拟。驿使讵知闻,寻香问烟水。

观 梅
（宋）戴敏

三杯暖寒酒,一榻竹亭前。为爱梅花月,终宵不肯眠。

梅
（金）李俊民

未报江南信,先开雪里村。要看花上月,立马待黄昏。

问 梅
（元）张昱

一种陇头树，东风都合吹。未应造物者，偏在向南枝。

梅
（元）郑允端

岁寒冰雪里，独见一枝来。不比凡桃李，春风无数开。

◆ 六言绝句

曹得一扇头
（金）元好问

机中秦女仙去，月底梅花晚开。
只见一枝疏影，不知何处香来。

早 梅
（元）赵次诚

江南冬十二月，溪上梅三两花。
载取小舟香影，月明自棹回家。

题柯敬仲梅
（元）杜本

点点苔枝缀玉，疏疏檀蕊凝香。
还记当年月色，箫声暗度宫墙。

灵谷寺梅花坞
（明）焦竑

山下几家茅屋，村中千树梅花。
藉草持壶燕坐，隔林敲石煎茶。

蒼葍林东短墙，曾开宝地齐梁。
初春老树花发，深涧无人水香。

◆ 七言绝句

早　梅
（唐）戎昱

一树寒梅白玉条，迥临村路傍溪桥。
应缘近水花先发，疑是经春雪未消。

竹里梅
（唐）刘言史

竹里梅花相并枝，梅花正发竹枝垂。
风吹总向竹枝上，直似王家雪下时。

新栽梅
（唐）白居易

池边新种七株梅，欲到花时点检来。
莫怕长洲桃李妒，今年好为使君开。

梅花坞
（唐）陆希声

冻蕊凝香雪艳新，小山深坞伴幽人。
知君有意凌寒色，羞共千花一样春。

梅　花
（唐）罗邺

繁如瑞雪压枝开，越岭吴溪免用栽。
却是五侯家未识，春风不放过江来。

旅馆梅花

（唐）吴融

清香无以敌寒梅，可爱他乡独看来。
为忆故溪千万树，几年辜负雪中开。

梅

（唐）崔道融

溪上寒梅初发枝，夜来霜月透芳菲。
清光寂寞思无尽，应待琴樽与解围。

春日咏梅花

（唐）王贞白

靓妆初罢粉痕新，追晓风回散玉尘。
若遣有情应怅望，已兼残雪又兼春。

大石岭驿梅花

（唐）谭用之

仙中姑射接瑶姬，成阵清香拥路歧。
半出驿墙谁画得，雪英相倚两三枝。

次韵杨公济奉议梅花

（宋）苏轼

梅梢春色弄微和，作意南枝翦刻多。
月黑林间逢缟袂，霸陵醉尉误谁何。

缟帬练帨玉川家，肝胆清新冷不邪。
秾李争春犹办此，更教踏雪看梅花。

再和杨公济

（宋）苏轼

天教桃李作舆台，故遣寒梅第一开。
凭仗幽人收艾纳，国香和雨入青苔。

湖面初惊片片飞，尊前吹折最繁枝。
何人会得春风意，怕见黄梅雨细时。

梅　花

（宋）韩驹

江南岁晚雪漫漫，涧谷梅花巧耐寒。
幸有幽香当供给，不辞三载滞西安。

和张矩臣水墨梅

（宋）陈与义

粲粲江南万玉妃，别来几度见春归。
相逢京洛浑依旧，惟恐缁尘染素衣。

自读西湖处士诗，年年临水看幽姿。
晴窗画出横斜影，绝胜前村夜雪时。

梅

（宋）陈与义

爱欹纤影上窗纱，无限轻香夜绕家。
一阵东风湿残雪，强将娇泪学梨花。

梅　花

（宋）陈与义

铁面苍髯洛阳客，玉颜红领会稽仙。

街头相见如相识,恨满东风意不传。

梅

(宋)孙觌

北风翦水玉花飞,翠袖凌寒不自持。
脉脉含情无一语,水边篱落立多时。

纤纤萝蔓牵茅屋,细细苔花点石矼。
梦断酒醒山月吐,一枝疏影卧东窗。

梅

(宋)朱子

姑射仙人冰雪容,尘心已共彩云空。
年年一笑相逢处,长在愁烟苦雾中。

梅花绝句

(宋)朱子

幽壑潺湲小水通,茅茨烟雨竹篱空。
梅花乱发篱边树,似寄寒枝恨朔风。

雨后东郭排岸司申梅开方及三分,戏书小绝令一面开燕

(宋)范成大

雨入南枝玉蕊皱,合江云冷冻芳尘。
司花好事相邀勒,不著笙歌不肯春。

北城梅为雪所禁

(宋)范成大

冻蕊粘枝瘦欲干,新年犹未有春看。
雪花只欲欺红紫,不道梅花也怕寒。

观梅至花泾高端叔解元见寻

（宋）陆游

春暖山中云作堆，放翁艇子出寻梅。
不须问信道傍叟，但觅梅花多处来。

梅花绝句

（宋）陆游

当年走马锦城西，曾为梅花醉似泥。
二十里中香不断，青羊宫到浣花溪。

闻道梅花坼晓风，雪堆遍满四山中。
何方可化身千亿，一树梅花一放翁。

小亭终日倚阑干，树树梅花看到残。
只怪此翁常谢客，元来不是怕春寒。

乱篸桐帽花如雪，斜挂驴鞍酒满壶。
若得丹青如顾陆，凭渠画我夜归图。

红梅过后到缃梅，一种春风不并开。
造物无心还有意，引教日日放翁来。

梅花绝句

（宋）陆游

探春岁岁在天涯，醉里题诗字半斜。
今日溪头还小饮，冷官不禁看梅花。

昌英知县叔作岁，座上赋瓶里梅花，时座上九人

（宋）杨万里

胆样银瓶玉样梅，北枝折得未全开。
为怜落寞空山里，唤入诗人几案来。

雪冻霜封稍欲残，殷勤折向坐中看。
绮疏深闭珠簾密，不遣花愁半点寒。

池亭双树梅花

（宋）杨万里

开尽梅花半欲残，两株晴雪作双寒。
团栾绕树元无见，只合池亭隔水看。

正月三日骤暖，多稼亭前梅花盛开

（宋）杨万里

却缘腊雪勒孤芳，等待晴光洒麝囊。
小立树西人不会，东风供我打头香。

发通衢驿见梅有感

（宋）杨万里

忙中撩眼雪枝斜，落片纷纷点玉沙。
虚过一冬妨底事，不曾款曲是梅花。

南斋梅花

（宋）杨万里

朝来早起挂南窗，要看梅花试晓妆。
两树相挨前后发，老夫一月不烧香。

小瓶梅花

（宋）杨万里

梅萼才开已乱飞，不堪雨打更风吹。
萧萧只隔窗间纸，瓶里梅花总不知。

探　梅

（宋）杨万里

山间幽步不胜奇，正是深寒浅暮时。
一树梅花开一朵，恼人偏在最高枝。

山中见梅

（宋）戴复古

踏破溪边一径苔，好山好竹少人来。
有梅花处惜无酒，三嗅清香当一杯。

梅　边

（宋）何梦桂

江南何处美人家，认似梅花尚恐差。
近向梅边得春信，始知人好似梅花。

和王成之梅韵

（金）李俊民

朝来一雪羃晴沙，行到前村始见花。
驿使便将春色去，暗香今夜落谁家？

忆　梅

（元）段克己

姑射仙人冰作肤，昔年伴我向西湖。
别来几度春风换，标格而今似旧无？

梅　花
(元) 赵孟頫

潇洒江梅似玉人，倚风无语澹生春。
曲中桃叶元非侣，梦里梨花恐未真。

月下观梅
(元) 许桢

老树清溪映白沙，可人竹外一枝斜。
黄昏信步前村去，香到松林卖酒家。

癸酉岁晚留上方观
(元) 虞集

灯前自了读残经，风入疏簾月入棂。
坐到夜深谁是伴？数枝梅萼一铜瓶。

漫　题
(元) 欧阳玄

铃索无声玉漏稀，青绫夜直月侵扉。
五更一觉梅花梦，催得江南学士归。

题所贵侄梅
(元) 欧阳玄

老树纵横出几条，一枝还又亚墙腰。
西湖湖上掀篷看，一夜吹香满六桥。

题画梅
(元) 陈旅

处士桥边古岸隈，梅花偏向小园开。
冲寒有客寻春去，移得晴窗雪影来。

墨　梅
　　　　　　　　（元）傅若金

天涯不见遥相忆，窗外重逢乍欲迷。
仿佛空山明月夜，一枝初出古墙西。

题墨梅
　　　　　　　　（元）吴镇

粲粲江南万木妃，别来几度见春归。
相逢京洛浑依旧，却恨缁尘染素衣。

二月梅花
　　　　　　　　（元）洪希文

夺得冰姿过岁华，远离尘垢迥堪夸。
即今年少多脂粉，只恐春光不称花。

梅　花
　　　　　　　　（元）黄镇成

吟屋萧疏霜后村，江头千树欲黄昏。
等闲又被春风觉，添得寒梢月一痕。

题梅花扇面寄五十金宪
　　　　　　　　（元）丁鹤年

忆向西湖踏早春，万花如玉月如银。
一枝照影临清浅，满面冰霜似故人。

忆　梅
　　　　　　　　（元）僧明本

夜分明月是扬州，尚有春风在树头。
莫怪当年何水部，岁寒心事与谁愁。

评 梅
（元）僧明本

月旦花前岂乏人，风霜齿颊带阳春。
江南野史馀芳论，绝世清如古逸民。

别 梅
（元）僧明本

花谢东风搅离思，愁翻缟袂忍轻分。
月明梢送临溪水，春树遥怜隔暮云。

惜 梅
（元）僧明本

香销泥汗意裹回，掠地回风玉作堆。
愁绝黄昏无一语，怕看孤月上窗来。

剪 梅
（元）僧明本

破玉并刀试手温，香凝双股断芳魂。
花随燕尾轻分去，不带春风爪甲痕。

苔 梅
（元）僧明本

古貌苍然鹤膝枝，唾花生晕护春机。
玉堂试看青袍客，莫忘江南有白衣。

月 梅
（元）僧明本

数枝姑射斗婵娟，疏影分明不夜天。
散却广寒宫里桂，春光长满玉堂前。

风 梅

(元) 僧明本

花间少女觑春寒,粲粲霓裳舞队仙。
月夜遥看环珮冷,莫教吹落玉花钿。

烟 梅

(元) 僧明本

梦隔梨云逗晓天,苔枝浮翠逼春寒。
不嫌玉质笼轻素,留与诗人冷淡看。

茅舍梅

(元) 僧明本

数椽茅屋延清客,竹作疏篱护玉葩。
不是玉堂无分到,且和明月到山家。

隔帘梅

(元) 僧明本

庭花映箔眩吟眸,一片湘云锁莫愁。
风卷黄昏疏影动,珊瑚枝上月如钩。

纸帐梅

(元) 僧明本

春融剡雪道人家,素幅凝香四面遮。
明月满床清梦觉,白云堆里见疏花。

墨 梅

(明) 王冕

我家洗砚池边树,朵朵花开淡墨痕。
不要人夸好颜色,只留清气满乾坤。

陌上见梅
（明）高启

陌头一树带风沙,零落寒香日欲斜。
车马纷纷谁暇看,当年只合种山家。

画 梅
（明）牛谅

梨花云底路参差,折得春风玉一枝。
南雪未消江月晓,欲从何处寄相思?

栽 梅
（明）卓敬

风流东阁题诗客,潇洒西湖处士家。
雪冷江深无梦到,自锄明月种梅花。

梅 花
（明）陆昂

春到南枝与北枝,花开的皪照寒漪。
何人似解相怜意,不把东风玉笛吹。

题梅送友
（明）徐章

万树笼香障白云,孤山深处隔尘氛。
玉颜为惜君归去,却向东风瘦几分。

看梅偶成
（明）林俊

消息东风两月前,西湖索莫老逋仙。
雪篷昨夜还扶醉,移近梅花一处眠。

禁中梅花

（明）罗伦

一段清香蔼禁闱，几枝疏影照寒辉。
玉堂不让孤山趣，雪骨冰肌对紫薇。

惜 梅

（明）王弼

独树墙西老更繁，几回相伴月黄昏。
东风只为芳菲计，不道飞花已满园。

湖上梅花歌

（明）王穉登

山烟山雨白氤氲，梅蕊梅花湿不分。
浑似高楼吹笛罢，半随流水半为云。

虎山桥外水如烟，雨暗湖昏不系船。
此地人家无玉历，梅花开日是新年。

闻道湖中尽是梅，两山千种一时开。
估客片帆春雨里，载将香气过湖来。

王元章倒枝梅画

（明）徐渭

皓态孤芳压俗姿，不堪复写拂云枝。
从来万事嫌高格，莫怪梅花著地垂。

梅

（明）陈继儒

村边杨柳已拖黄，一路云深旧讲堂。

偶向梅花村里度，芒鞋到处雪痕香。

画　梅

（明）僧大遂

古榦横斜意自奇，半开半蕊亦相宜。
寒时悔不前村觅，知是溪桥第几枝？

咏　梅

（明）项兰贞

冰玉孤清世外姿，娟娟新月上疏枝。
无情短笛休轻弄，未是春风点额时。

附红梅

◆ 五言古

于仲元舍赋红梅

（元）虞集

白雪不成夜，丹霞遂崇朝。妙质承日映，飞英向风飘。
醉来红袖近，歌罢彩云消。扬州问何逊，何似董娇娆？

◆ 七言古

望京府赏红梅

（元）郝经

汴梁宫中绛绡梅，移向汴河堤上栽。
青条团搭杏花颗，琐细向阳才半开。
张公小队呼我饮，风色偃鬐寒气凛。
玉衔径踏黄河冰，貂帽飒檐掀紫锦。
金鞍细马歌舞人，雪压小桥不动尘。
入门下马簇花宴，红莲旧府花正新。

玉川金波碧香酒,折花遍插分素手。
春透寒梢未全绽,风流正要胭脂瘦。
赏梅不用歌《落梅》,缓歌却著银笙催。
爱香细撷生霞蕊,浮动云腴嚼一杯。
本是前村冷淡花,不称王侯将相家。
明朝会散更向明月底,藉雪冻吟疏影里。

◆ 五言律

红 梅

(宋)石延年

梅好唯伤白,今红是绝奇。认桃无绿叶,辨杏有青枝。
烘笑从人赠,酡颜任笛吹。未应娇意急,发赤怒春迟。

◆ 七言律

红 梅

(宋)王安石

结子非贪鼎鼐尝,偶先红杏占年芳。
从教腊雪埋藏骨,却恐春风漏泄香。
不御铅华知国色,只裁云缕想仙妆。
少陵为尔牵诗兴,可是无心赋海棠?

红 梅

(宋)苏轼

怕愁贪睡独开迟,自恐冰容不入时。
故作小红桃杏色,尚馀孤瘦雪霜姿。
寒心未肯随春态,酒晕无端上玉肌。
诗老不知梅格在,更看绿叶与青枝。

雪里开花却是迟，如何独占上春时？
也知造物含深意，故与施朱发妙姿。
细雨浥残千颗泪，轻寒瘦损一分肌。
不应便杂夭桃杏，半点微酸已著枝。

幽人自恨探春迟，不见檀心未吐时。
丹鼎夺胎那是宝，玉人瓶颊更多姿。
抱丛暗蕊初含子，落盏醲香已透肌。
乞与徐熙画新样，竹间璀璨出斜枝。

立春日赏红梅
（元）元淮

昨夜东风转斗杓，陌头杨柳雪才消。
晓来一树如繁杏，开向孤村隔小桥。
应是化工嫌粉瘦，故将颜色助花娇。
青枝绿叶何须辨，万卉丛中夺锦标。

观闲闲斋红梅次苏公姿字韵
（元）袁桷

云阁香温睡觉迟，不堪残角晓钟时。
玉妃琼屑难为从，青女铅华敢弄姿。
可怪鲛绡能幻色，谁将猩血解填肌。
团团似就回文锦，薄暮凝愁下翠枝。

次韵罗云叔红梅
（元）杨载

玉人中酒殢芳华，尽压东风百种花。
幞被冬深裁异锦，篝灯夜永障轻纱。
纤蕤露沁蜂腰蜡，密蕊云蒸鹤顶砂。

为问阆风何处在，相期高举翳晨霞。

红　梅
（元）谢宗可

梨云无梦倚黄昏，薄倩朱铅蚀泪痕。
宿酒破寒薰玉骨，仙丹偷暖返冰魂。
茜裙影露罗衣卷，霞珮香封缟袂温。
回首孤山斜照外，寻真误入杏花村。

红　梅
（明）雷思霈

似是梨花靠杏芽，又飞柳絮裹桃花。
嵊山绀雪仙娥颊，玉座丹砂道士家。
岂为秾香非素质，故将冰蕊当铅华。
广平心事浑如铁，作赋何妨妩媚奢。

◆ 五言绝句

红　梅
（明）王冕

深院春无限，香风吹绿漪。玉妃清梦醒，花雨落胭脂。

◆ 七言绝句

红　梅
（唐）罗隐

天赐胭脂一抹腮，盘中磊落笛中哀。
虽然未得和羹便，曾与将军止渴来。

谢关景仁送红梅栽
（宋）苏轼

年年芳信负红梅，江畔垂垂又欲开。

珍重多情关令尹，直和根拨送春来。

红　梅
（宋）毛泽民

好处曾临阿母池，浑将绛雪点寒枝。
东墙羞颊逢人笑，南国酡颜强自持。

红　梅
（元）丁鹤年

姑射仙人炼玉砂，丹光晴贯洞中霞。
无端半夜东风起，吹作江南第一花。

红　梅
（元）杨维桢

罗浮仙子宴璚宫，海色生春醉靥红。
十二阑干明月夜，九霞帐暖睡东风。

红　梅
（明）王冕

玉妃步月影毿毿，燕罢瑶池酒正酣。
半夜不知香露冷，春风吹梦过江南。

红　梅
（明）王冕

昭阳殿里醉春风，香隔琼簾映浅红。
翠袖拥云扶不起，玉箫吹过小楼东。

红梅图为肇和题
（明）罗玘

西湖残雪候多时，却恨前年被雪欺。

且学杏花红似锦,暂招鸣鸟到南枝。

红　梅
（明）徐水轩

轻盈弄月醉霞觞,娇软酡颜褪晚妆。
缟素丛中红一点,好花终是不寻常。

题画红梅
（明）僧德祥

三百年来处士家,酒旗风里一枝斜。
断桥荒藓无人问,颜色如今似杏花。

附梅子

◆ 七言律

食　梅
（明）费宏

夏木阴阴雨气寒,半黄肥颗摘林端。
齿输赤子先拚软,眉为苍生故自攒。
调剂功微惭玉铉,赐沾恩重忆金盘。
一株留取当阶树,赢得花时索笑看。

◆ 七言绝句

新晴西园散步
（宋）杨万里

红雨斑斑竹外蹊,黄金袅袅水边丝。
举头拣遍低阴处,带叶青梅摘一枝。

谢静远惠蜜梅

（元）顾瑛

江南烟雨未全黄，谁使青酸堕蜜房？
妩媚已能知魏证，典型时复见中郎。

卷二百九十八　李花类

◆ 五言古

麦　李
（梁）沈约

青玉冠西海，碧石弥外区。化为中园实，其下成路衢。
在先良足贵，因小邈难逾。色润房陵缥，味夺寒水朱。
摘持欲以献，尚食且踟蹰。

咏　李
（陈）江总

嘉树春风早，春风花落新。但见成蹊处，几得正冠人。
当知露井侧，复与夭桃邻。

赋得李
（唐）太宗

玉衡流桂圃，成蹊正可寻。莺啼密叶外，蝶戏脆花心。
丽景光朝彩，轻霞散夕阴。暂顾奎章侧，远眺灵山林。

道州城北楼观李花
（唐）吕温

夜疑关山月，晓似沙场雪。曾使西域来，幽情坐超越。
将念浩无际，欲言忘所说。岂是花感人，自怜抱孤节。

◆ 七言古

李 花

（唐）韩愈

当春天地争奢华，洛阳园苑尤纷拏。
谁将平地万堆雪，剪刻作此连天花。
日光赤色照未好，明月暂入都交加。
夜领张彻投卢仝，乘云共至玉皇家。
长姬香御四罗列，缟裙练帨无等差。
静濯明妆有所奉，顾我未肯置齿牙。
清寒莹骨肝胆醒，一生思虑无由邪。

◆ 五言律

李

（唐）李峤

潘岳闲居日，王戎戏陌辰。蝶游芳径馥，莺啭弱枝新。
叶暗青房晚，花明玉井春。方知有灵榦，特用表真人。

子直晋昌李花得分字

（唐）李商隐

吴馆何时熨，秦台几夜熏。绡轻谁解卷，香异自先闻。
月里谁无姊，云中亦有君。樽前见飘荡，愁极客襟分。

李

（宋）司马光

嘉李繁相倚，园林澹泊春。齐纨剪衣薄，吴纻下机新。
色与晴光乱，香和露气匀。望中皆玉树，环堵不为贫。

◆ 七言律

李

（明）杨基

忆与卢仝共看来，花光月色两徘徊。
江村远处长相识，风雨寒时已早开。
霁雪玲珑愁易湿，春冰轻薄笑难栽。
江城二月城西路，谁惜柔香满翠苔。

李

（明）吴宽

萧森何处为舁来，曾带荒园宿土培。
燥壤岂劳长瓮灌，低枝不碍短篱开。
敢将艳色夸桃树，剩要清阴乞柳栽。
赖有当时仙种语，为薪莫漫比樗材。

李 花

（明）王世贞

鄠曲千秋花事新，一枝娇婉出风尘。
歌秾处处停游骑，报玖时时忆故人。
露井漫为桃怅恨，烟江未损玉精神。
青旗沽酒堪相趁，为惜芳菲向晚春。

◆ 五言绝句

探得李

（唐）太宗

盘根直盈渚，交榦横倚天。舒华光四海，卷叶荫三川。

◆ 七言绝句

嘉庆李
（唐）白居易

东都绿李万州栽，君手封题我手开。
把得欲尝先怅望，与渠同别故乡来。

李径
（唐）陆希声

一径浓芳万蕊攒，风吹雨打未摧残。
怜君尽向高枝发，应为行人要整冠。

读退之李花诗
（宋）杨万里

近红暮看失胭脂，远白宵明雪色奇。
花不见桃惟见李，一生不晓退之诗。

李
（宋）杨万里

李花宜远更宜繁，惟远惟繁始足看。
莫学江梅作疏影，家风各自一般般。

昌平道中
（明）袁宏道

庵前乞得老僧茶，一派垂杨十里沙。
乌笼白篮凭拣取，麝香李子枕头瓜。

卷二百九十九　杏花类

◆ 五言古

杏　花
（北周）庾信

春色方盈野，枝枝绽翠英。依稀映村坞，烂熳开山城。
好折待宾客，金盘衬红琼。

杏　坞
（明）袁凯

窈窕石径深，参差繁英满。发采已云奇，生香殊未断。
依依午桥路，粲粲朱陈阪。月色散疏景，时时坐横管。

◆ 五言律

杏　花
（唐）温宪

团雪上晴梢，红明映碧寥。店香风起夜，村白雨休朝。
静落频沾蒂，繁开正蔽条。澹然闲赏玩，无以破妖韶。

杏　花
（唐）郑谷

不学梅欺雪，轻红照碧池。小桃新谢后，双燕却来时。

香属登龙室,烟笼宿蝶枝。临轩须貌取,风雨易离披。

咏杏花
（唐）孙何

殷红鄙桃艳,淡白笑梨花。落处飘微霰,繁时叠碎霞。
苑宜开帝里,坛称在儒家。丽日明珠箔,清香袭绛纱。

杏　花
（明）申时行

坊开裴野锦,花发董林株。望欲迷琼苑,栽宜近白榆。
微风舒露脸,小雨湿烟须。春意枝头闹,从教醉玉壶。

◆ 五言排律

曲江亭望慈恩寺杏园花发
（唐）李君何

春晴凭水轩,仙杏发南园。开蕊风初晓,浮香景欲暄。
光华临御陌,色相对空门。野雪遥添净,山烟近借繁。
地闲分柰苑,景胜类桃源。况值新晴日,芳枝度彩鸳。

◆ 七 言 律

杏　花
（唐）温庭筠

红花初绽雪花繁,重叠高低满小园。
正见盛时犹怅望,岂堪开处已缤翻。
情为世累诗千首,醉是吾乡酒一樽。
杳杳艳歌春日午,出墙何处隔朱门?

杏　花
（唐）吴融

粉薄红轻掩敛羞,花中占断得风流。

软非因醉都无力,凝不成歌亦自愁。
独照影时临水畔,最含情处出墙头。
徘徊尽日难成别,更待黄昏对酒楼。

途中见杏花
(唐)吴融

一枝红艳出墙头,墙外行人正独愁。
长得看来犹有恨,可堪逢处更难留。
林空色暝莺先到,春浅香寒蝶未游。
更忆帝乡千万树,淡烟笼日暗神州。

杏 花
(唐)罗隐

暖触衣襟漠漠香,间梅遮柳不胜芳。
数枝艳拂文君酒,半里红欹宋玉墙。
尽日无人疑怅望,有时经雨乍凄凉。
旧山山下还如此,回首东风一断肠。

杏 花
(宋)林逋

蓓蕾枝梢血点干,粉红腮颊露春寒。
不禁烟雨轻欹著,只好亭台爱惜看。
傍柳傍桃斜欲坠,等莺期蝶猛成团。
京师巷陌新晴后,卖得风流更一般。

郡圃杏花
(宋)杨万里

小树嫣然一两枝,晴熏(醺)雨醉总相宜。
才(绝)怜欲白仍红处,政是微开半吐时。
得幸东风无忌(与)对,主张春色更还谁。

海棠秾丽梅花淡，不是渠侬别样奇。

张村杏花
（金）元好问

昨日樱桃绛蜡痕，今朝红袖已迎门。
只应芳树知人意，留著残妆伴酒尊。
秾李尚须羞粉艳，寒梅空自怨黄昏。
诗家元白无今古，从此张村即赵村。

城外见杏花
（元）吴师道

曲江二十年前会，回首芳菲似梦中。
老去京华度寒食，闲来野水看东风。
树头绛雪飞还白，花外青天映更红。
闻说琳宫更佳绝，明朝携酒访城东。

杏
（明）吴宽

花信风寒已早来，隔墙俄见赤云堆。
并头两树长相倚，屈指三春始得开。
曲水少年谁复探，公门今日要兼栽。
莫言结实供人啖，破核还堪作药材。

杏
（明）朱谋㙔

一月烧林发绛英，六街初有卖花声。
黄鹂立亚高枝雨，紫燕飞来小树晴。
村僻深藏沽酒斾，楼高全露约帘旌。
年年开遍曲江寺，香在马蹄归处生。

◆ **五言绝句**

游春曲
(唐) 王涯

万树江边杏,新开一夜风。满园深浅色,照在绿波中。

村西杏花
(唐) 司空图

肌细分红脉,香浓破紫苞。无因留得玩,争忍折来抛。

思归乐
(唐) 韩偓

晚日催絃管,春风入绮罗。杏花如有意,偏落舞衫多。

春雪初霁,杏花正芳,月夜闲吟
(唐) 唐彦谦

霁景明如练,繁英杏正芳。姮娥应有语,悔共雪争光。

墙头杏花
(元) 宋无

红杏西邻树,过墙无数花。相烦问春色,端的属谁家。

◆ **七言绝句**

重寻杏园
(唐) 白居易

忽忆芳时频酩酊,却寻醉处重徘徊。
杏花结子春深后,谁解多情又独来。

杏　花
　　　　　　　　　　（唐）元稹

常年出入右银台，每怪春光例早回。
惭愧杏园行在景，同州园里也先开。

杏　园
　　　　　　　　　　（唐）杜牧

夜来微雨洗芳尘，公子骅骝步贴匀。
莫怪杏园憔悴去，满城多少插花人。

杏　花
　　　　　　　　　　（唐）薛能

活色生香第一流，手中移得近青楼。
谁知艳性终相负，乱向春风笑不休。

故乡杏花
　　　　　　　　　　（唐）司空图

寄花寄酒喜新开，左把花枝右把杯。
欲问花枝与杯酒，故人何得不同来？

杏　花
　　　　　　　　　　（唐）司空图

诗家偏为此伤情，品韵由来莫与争。
解笑亦应兼解语，只应慵语倩莺声。

曲江红杏
　　　　　　　　　　（唐）郑谷

遮莫江头柳色遮，日浓莺睡一枝斜。
女郎折得殷勤看，道是春风及第花。

杏　花

（唐）罗隐

暖气潜催次第春，梅花已谢杏花新。
半开半落闲园里，何异荣枯世上人。

杏　花

（宋）王禹偁

红芳紫萼怯春寒，蓓蕾粘枝密作团。
记得观灯凤楼上，百条银烛露阑干。

暖映垂杨曲槛边，一堆红雪罩春烟。
春来自得风流伴，榆荚休抛买笑钱。

桃红梨白莫争春，素态妖姿两未匀。
日暮墙头试回首，不施朱粉是东邻。

登龙曾入少年场，锡宴琼林醉御觞。
争戴满头红烂熳，至今犹杂桂枝香。

杏　花

（宋）王安石

垂杨一径紫苔封，人语萧萧院落中。
独有杏花如唤客，倚墙斜日数枝红。

北陂杏花

（宋）王安石

一陂春水绕花身，花影妖娆各占春。
纵被春风吹作雪，绝胜南陌碾成尘。

徐熙杏花
（宋）苏轼

江左风流王谢家，尽携书画到天涯。
却因梅雨丹青暗，洗出徐熙落墨花。

都中冬日
（宋）戴复古

脱却鹴裘付酒家，忍寒图得醉京华。
一冬天气如春暖，昨日街头卖杏花。

宫　词
（宋）花蕊夫人

小雨霏微润绿苔，后阑红杏傍池开。
一枝插向金瓶里，捧进君王殿上来。

杏　花
（宋）朱淑真

浅注胭脂剪绛绡，独将妖艳冠花曹。
春心自得东皇意，远胜元（玄）都观里桃。

杏花杂诗
（金）元好问

袅袅纤条映酒船，绿娇红小不胜怜。
长年自笑情缘在，犹要春风慰眼前。

暖日园林可散愁，每逢花处尽迟留。
青旗知是谁家酒，一片春风出树头。

纷纷红紫不胜稠，争得春光竞出头。

却是梨花高一著,随宜梳洗尽风流。

露浥清华粉自添,隔溪遥见玉簾苫。
眼看桃李飘零尽,更拣繁枝插帽檐。

红妆翠盖惜风流,春动香生不自由。
莫向芸斋厌闲冷,小诗供作锦缠头。

小园即事
(元) 陈深

淡黄杨柳著烟轻,细草茸茸衬履行。
行到水边心会处,夕阳一树杏花明。

南圃杏花
(元) 元淮

燕脂万点怯轻寒,蓓蕾枝头绛雪干。
昨夜南园春雨过,玉人晓起揭簾看。

青　杏
(元) 张弘范

落尽残红绿满枝,青青如豆酿酸时。
佳人摘得新尝怯,一点春愁锁画眉。

写杏花自题绝句
(明) 陈铎

晴团红粉护春烟,仿佛江村二月天。
记得景卿回首处,一枝斜拂酒楼前。

瓶　花
(明) 孙承宗

高牙风峭戟枝寒,杏蕊新香春未阑。

却忆韦家花树会，关城初向一瓶看。

杏　花
（明）申时行

上林佳处午桥边，半染赪霞半著烟。
记得曲江春日里，一枝曾占百花先。

杏　花
（明）张新

曲江池畔题诗处，燕子飞时花正开。
报道状元归去也，马头春色日边来。

卷三百 梨花类

◆ 五言古

咏池上梨花
(齐) 王融

翻阶没细草,集水间疏萍。芳春照流雪,深夕映繁星。

和池上梨花
(齐) 刘绘

露庭晚翻积,风闱夜入多。紫丛似乱蝶,拂烛状联蛾。

咏梨应诏
(梁) 沈约

大谷来既重,岷山道又难。摧折非所悋,但令入玉盘。

于座应令咏梨花
(梁) 刘孝绰

玉垒称津润,金谷咏芳菲。讵匹龙楼下,素蕊映华扉。杂雨疑霰落,因风似蝶飞。岂不怜飘坠,愿入九重闱。

奉 梨
(北周) 庾信

接枝秋转脆,含情落更香。擎置仙人掌,应添瑞露浆。

梨 花
（宋）黄庭坚

沙头十日春，当年谁手种？风飘香未改，雪压枝自重。
看花思食实，知味少人共。霜降百工休，把酒约宽纵。

梨 花
（金）元好问

梨花如静女，寂寞出春莫。春工惜天真，玉颊洗风露。
素月淡相映，萧然见风度。恨无尘外人，为续雪香句。
孤芳忌太洁，莫遣凡卉妒。

次韵肯堂学士冬日红梨花
（元）程钜夫

黄菊卧阶雨，六花舞天风。壁冻室生白，手僵肉作红。
秀句忽堕前，光怪侵簾栊。至人晏坐处，元气含冲融。
无情及枯株，嫣然为修容。坐令玉华君，来从蕊珠宫。
丽妆凝祥云，明眸转惊鸿。岂非散花手，试君情所钟。
老我嗜好淡，空诗亦雷同。只愿酌花时，毋忘比邻翁。

◆ 七言古

千叶红梨花
（宋）欧阳修

红梨千叶爱者谁？白发郎官心好奇。
徘徊绕树不忍折，一日千匝看无时。
夷陵寂寞千山里，地远气偏时节异。
愁烟苦雾少芳菲，野卉蛮花斗红紫。
可怜此树生此处，高枝绝艳无人顾。
春风吹落复吹开，山鸟飞来自飞去。

根盘树老几经春，真赏今才遇使君。
风轻绛雪罇前舞，日暖繁香露下闻。
从来奇物产天涯，安得移根植帝家。
犹胜张骞为汉使，辛勤西域徙榴花。

◆ 五言律

梨　花

（金）庞铸

孤洁本无匹，谁令先众芳？花能红处白，月共冷时香。
缟袂清无染，冰姿淡不妆。夜来清露底，万颗玉毫光。

◆ 七言律

梨　花

（金）张建

蠹树枝高茁朵稠，嫩苞开破雪搓毬。
碎粘粉紫须齐吐，润卷丹黄叶半抽。
月影晓窗留好梦，雨声深院锁清愁。
琼胞已实香犹在，散入长安卖酒楼。

醉　梨

（元）刘因

白雪春香洗未残，元（玄）霜谁遣冻成团？
漆封圆颗盘增滑，蜜和浓浆齿避寒。
绿蚁从今忘病渴，金花无地著馀酸。
快人风味依然在，莫作寻常软熟看。

秋日梨花

（元）张养浩

雪香吹尽树头春，谁遣西风为返魂？

月影已非前日梦，雨容独带旧时痕。
只知秋色千林老，争信阳和一脉存。
莫讶殷韩太多事，仙家元不计寒暄。

梨

（明）吴宽

名果先从张谷来，纷纷碎雪欲成堆。
淡妆自把蛾眉扫，巧笑谁将瓠齿开。
园子岂求他种接，主人能使及时栽。
夭桃灼灼惊凡目，缟素应甘自不材。

◆ 五言绝句

左掖梨花

（唐）王维

闲洒阶边草，轻随箔外风。黄莺弄不足，衔入未央宫。

左掖梨花

（唐）丘为

冷艳全欺雪，馀香乍入衣。春风且莫定，吹向玉阶飞。

左掖梨花

（唐）皇甫冉

巧解迎人笑，偏能乱蝶飞。春风时入户，几片落朝衣。

梨 花

（唐）钱起

艳静如笼月，香寒未逐风。桃花徒照地，终被笑妖红。

左掖梨花

(唐) 武元衡

巧笑解迎人,晴雪花堪惜。随风蝶影翻,误点朝衣赤。

梨 花

(宋) 王十朋

淡客逢寒食,烟村烂熳芳。谪仙天上去,白雪世间香。

◆ 七言绝句

鄠杜郊居

(唐) 温庭筠

槿篱芳援近樵家,垅麦青青一径斜。
寂寞游人寒食后,夜来风雨送梨花。

梨 花

(宋) 韩琦

风开笑颊轻桃艳,雨带啼痕自玉容。
蝶舞只疑残靥坠,月明唯觉异香浓。

梨 花

(宋) 张舜民

青女朝来冷透肌,残春小雨更霏微。
流莺怪底争来往,为掷金梭织玉衣。

梨 花

(宋) 陆游

开向春残不恨迟,绿杨窣地最相宜。
征西幕府煎茶地,一幅边鸾画折枝。

粉淡香清自一家,未容桃李占年华。
常思南郑清明路,醉袖迎风雪一权。

梨　花
(宋)谢逸

冷香销尽晚风吹,脉脉无言对落晖。
旧日郊西千树雪,今随蝴蝶作团飞。

蓊蓊轻风漠漠寒,玉肌萧瑟粉香残。
一枝带雪墙头出,不用行人著眼看。

梨　花
(金)吕中孚

等待清明得得芳,团枝晴雪暖生香。
洗妆自有风流态,却笑红深睡海棠。

梨　花
(明)文徵明

物华无赖酒初醒,奕奕梨花照晚晴。
怪底山禽啼不歇,十分春色近清明。

梨　花
(明)张凤翼

重门寂寂锁春云,雨滴空阶坐夜分。
老去微之风调在,折来何处与双文?

卷三百一 栗 类

◆ 七言律

栗 熟
（宋）朱子

树杂椅桐继《国风》，莫教林下长蒿蓬。（《种树法》："栗下不得有草木。"）
共期秋实充肠饱，不羡春华转眼空。
病起数升传药录，（《本草》云："人有脚弱，往栗树下啖及数升，遂能起行。"）
晨兴三咽学仙翁。（苏黄门诗云："老去自添腰脚病，山翁服栗旧传方。客来为说晨兴晚，三咽徐收白玉浆。"）
樱桃浪得银丝荐，一笑才堪发面红。（银丝，见杜诗。《本草云》："樱桃，服之令人美颜色。"）

新栗寄云林
（元）张雨

朅来常熟尝新栗，黄玉穰分紫壳开。
果园坊中无买处，顶山寺里为求来。
囊盛稍共来禽帖，酒荐深宜蘸甲杯。
首奉云林三百颗，也胜酸橘寄书回。

◆ 七言绝句

山　禽

（唐）张籍

山禽毛如白练带，栖我庭前栗树枝。
猕猴半夜来取果，一双中林向月飞。

卷三百二 枣 类

◆ 五言古

枣

（后秦）赵整

北园有一树，布叶垂重阴。外虽多棘刺，内实有赤心。

赋 枣

（梁）简文帝

浮华齐水丽，垂彩郑都奇。白英纷靡靡，紫实标离离。
风摇羊角树，日映鸡心枝。谷城逾石蜜，蓬岳表仙仪。
已闻安邑美，永茂玉门垂。

枣下何纂纂

（梁）简文帝

垂花临碧涧，结翠依丹巘。非直入游宫，兼期植灵苑。
落日芳春暮，游人歌吹晚。弱刺引罗衣，朱实凌还幰。
且欢洛浦词，无羡安期远。

杏园中枣树

（唐）白居易

人言百果中，惟枣凡且鄙。皮皱似龟手，叶小如鼠耳。
胡为不自知，生花此园里？岂宜遇攀玩，幸免遭伤毁。

二月曲江头，杂英红旖旎。枣亦在其间，如嫫对西子。
东风不择木，吹苞长未已。眼看欲合抱，得尽生生理。
寄言游春客，乞君一回视。君爱绕指柔，从君怜柳杞。
君求悦目艳，不敢争桃李。君若作大车，轮轴材须此。

赋枣

（宋）王安石

种桃昔所传，种枣予所欲。在实为美果，论材又良木。
馀甘入邻家，尚得馋妇逐。况予秋盘中，快噉取餍足。
风包堕朱缯，日颗皱红玉。贽享古已然，《豳诗》自宜录。
䌷怀青齐间，万树荫平陆。谁云食之昏，匪志乃成俗。
广庭觞圣寿，以此参肴蔌。愿比赤心投，皇明傥予烛。

枣亭春晚

（明）揭轨

昨日花始开，今日花已满。倚树听嘤嘤，折花歌纂纂。
美人浩无期，青春忽已晚。写尽锦笺长，烧残红烛短。
日夕望江南，彩云天际远。

枣

（明）吴宽

荒园乏佳果，枣树八九株。纂纂争结实，大率如琲珠。
此种殊甘脆，南方之所无。日炙色渐赤，儿童已窥觎。
剥击盈数斗，邻舍或求须。早知实可食，何须种柽榆。
此木颇耐旱，地宜土不濡。所以齐鲁间，斩伐充薪刍。
近复得异种，挛拳类人疴。曲木未可恶，惟天付形躯。
良材却矫揉，不见笏与弧。

◆ 五言绝句

枣

（宋）苏轼

居人几番老，枣树未成槎。汝长才堪轴，吾归已及瓜。

◆ 七言绝句

枣花寒

（宋）沈辽

山禽哺雏半欲搏，坐想葛陂临风湍。
数日阴霖复未畅，不知更作枣花寒。

宝鸡县

（明）汪广洋

渭河霜满水如苔，一县人家半草莱。
惟有秋风酸枣木，淡烟深锁斗鸡台。

柰 类

◆ 五言古

咏 柰

（梁）褚沄

成都贵素质，酒泉称白丽。红紫夺夏藻，芬芳掩春蕙。
映日照新芳，丛林抽晚蒂。谁谓重三珠，终焉竞八桂。
不让圜丘中，粲洁华庭际。

和萧国子咏柰花

（梁）谢琁

俱荣上节初，独秀高秋晚。吐绿变衰园，舒红摇落苑。
不逐奇幻生，宁从吹律暖。幸同瑶华折，为君聊赠远。

◆ 五言律

竖子至

（唐）杜甫

楂梨且缀碧，梅杏半传黄。小子幽园至，轻笼熟柰香。
山风犹满把，野露及新尝。欲寄江湖客，提携日月长。

◆ 七言绝句

拨 闷

(明)朱多炡

雨暗春城十万家,强搘鬓几到栖鸦。
峭风欲阁游人屐,吹尽墙头柰子花。

柑 类

◆ 四言古

甘颂
（晋）宗炳

煌煌嘉实，磊如景星。南金其色，隋珠其形。

◆ 五言古

咏柑
（陈）徐陵

朱实挺江南，苞品擅珍淑。上林杂嘉树，江潭间修竹。
万室拟封侯，千株挺荆国。绿叶萋以布，素荣芬且郁。
得陈终宴欢，良垂云雨育。

阻雨不得归瀼西甘林
（唐）杜甫

三伏适已过，骄阳化为霖。欲归瀼西宅，阻此江浦深。
坏舟百板坼，峻岸复万寻。篙工初一弃，恐泥劳寸心。
仁立东城隅，怅望高飞禽。草堂乱元（玄）圃，不隔昆仑岑。
昏浑衣裳外，旷绝同层阴。园甘长成时，三寸如黄金。
诸侯旧上计，厥贡倾千林。邦人不足重，所迫豪吏侵。
客居暂封殖，日夜偶瑶琴。虚徐五株态，侧塞烦胸襟。

焉得辍雨足，杖藜出岖嵚。条流数翠实，偃息归碧浔。
拂拭乌皮几，喜闻樵牧音。令儿快搔背，脱我头上簪。

◆ 五言律

树　间

（唐）杜甫

岑寂双柑树，婆娑一院香。交柯低几杖，垂实碍衣裳。
满岁如松碧，同时待菊黄。几回沾叶露，乘月坐胡床。

甘　园

（唐）杜甫

春日清江岸，千甘二顷园。青云羞叶密，白雪避花繁。
结子随边使，开筒近至尊。后于桃李熟，终得献金门。

◆ 五言排律

咏宗良兄斋头佛手柑

（明）朱多炡

春雨空花散，秋霜硕果低。牵枝出纤素，隔叶卷柔荑。
指竖禅师悟，拳开法嗣迷。疑将洒甘露，似欲揽伽梨。
色现黄金界，香分肉麝脐。愿从灵运后，接引证菩提。

◆ 七言律

柳州城西北隅种甘树

（唐）柳宗元

手种黄柑二百株，春来新叶遍城隅。
方同楚客怜皇树，不学荆州利木奴。
几岁开花闻喷雪，何人摘实见垂珠？

若教坐待成林日，滋味还堪养老夫。

师黯以彭甘五子为寄，因怀四明园中此果甚多，偶成长句以为谢
（宋）苏舜钦

忆向江东太守园，猗猗甘树蔽前轩。
风摇玉蕊霏微落，霜发金衣委坠繁。
枕畔冷香通醉梦，齿边馀味涤吟魂。
天彭路远无因得，犹赖君心记旧恩。

襄柑分惠景仁以诗将之
（宋）韩维

荆州解绶十经春，回梦青林绕汉滨。
霜气轻寒催绀实，渚波馀润作甘津。
僧园采摘宁论数，客路奔驰竟占新。
雪意垂收高会缺，分金聊助席间珍。

食 甘
（宋）苏轼

一双罗帕未分珍，林下先尝愧逐臣。
露叶霜枝剪寒碧，金盘玉指破芳辛。
清泉蔌蔌先流齿，香雾霏霏欲噀人。
坐客殷勤为收子，千奴一掬奈吾贫。

曾宏父分饷洞庭柑
（宋）曾几

黄柑送似得尝新，坐我松江震泽滨。
想见霜林三百颗，梦成罗帕一双珍。
流泉喷雾真宜酒，带叶连枝绝可人。
莫向君家樊素口，瓠犀微龁远山颦。

访晓庵禅师,师以洞庭柑为供

（明）张和

十年不到白龙潭,延庆名僧始一参。
石鼎未烹阳羡茗,金盘先献洞庭柑。
檐前暮雨沾天棘,席外春风动石楠。
明日又从江上别,九峰惆怅隔晴岚。

◆ 七言绝句

酬郭简州寄柑子

（唐）薛涛

霜规不让黄金色,圆质仍含御史香。
何处同声情最异?临川太守谢家郎。

和王晋卿传柑

（宋）苏轼

侍史传柑玉座傍,人间草木尽天浆。
寄与维摩三十颗,不知薝蔔是馀香。

跋小寺旧题

（宋）刘克庄

禅几曾陪白氎巾,柑花似雪斗芳新。
而今柑子圆如弹,不见浇花供佛人。

竹枝词

（明）吴鼎芳

南濠有客寄书还,夫婿黄柑已趁钱。
几日不来湖上棹,休教重上赣州船。

橘类（附金橘）

◆ 五言古

古　诗
（汉）阙名

橘柚垂华实，乃在深山侧。闻君好我甘，窃独自雕饰。
委身玉盘中，历年冀见食。芳菲不相投，青黄忽改色。
人傥欲我知，因君为羽翼。

橘
（晋）张华

橘生湘水侧，菲陋人莫传。逢君金华宴，得在玉几前。

咏　橘
（梁）简文帝

萎蕤映庭树，枝叶凌秋芳。故条杂新实，金翠共含霜。
攀枝折缥榦，甘旨若琼浆。无假存雕饰，玉盘馀自尝。

园　橘
（梁）沈约

绿叶凝露滋，朱苞待霜润。但令入玉柈，金衣非所恡。

园　橘
（梁）范云

芳条结寒翠，圆实变霜朱。徙根楚州上，来覆广庭隅。

咏 橘

（梁）徐摛

丽树标江浦，结翠似芳兰。焜煌玉衡散，照曜金衣丹。
愧以无雕饰，徒然登玉盘。

橘 诗

（梁）虞羲

冲飚发陇首，朔雪度炎洲。摧折江南桂，离披漠北楸。
独有凌霜橘，荣丽在中州。从来自有节，岁暮将何忧。

园中杂咏橘树

（隋）李孝贞

嘉树出巫阴，分根徙上林。白华如散雪，朱实似悬金。
布影临丹地，飞香度玉岑。自有凌冬质，能守岁寒心。

南中荣橘柚

（唐）柳宗元

橘柚怀贞质，受命此炎方。密林耀朱绿，晚岁有馀芳。
殊风限清汉，飞雪滞故乡。攀条何所叹，北望熊与湘。

橘中篇

（元）杨载

并海无山林，莽莽皆平畴。君家择地利，即此营菟裘。
杂树作藩屏，青红间绸缪。其中植橘柚，拥蔽枝叶稠。
盛夏开白华，朱实悬高秋。飞霜虐万物，寒风助飕飗。
凌晨察变候，策杖巡维陬。是何黄金多，暴露宜藏收。
采摘资众力，转输及他州。子长传货殖，谓此同列侯。
上充国家赋，下贻筐筥谋。千缣可坐致，何必龙阳洲。

橘

（明）孙七政

美人有嘉树，结实如黄金。微霜降秋节，芬芳满中林。
采采不盈篋，岁暮远相寻。缄以尺素书，致以瑶华音。
开缄读素书，字字琅与琳。把玩不去手，置我高堂阴。
恍行洞庭上，秋色潇湘深。况此东南美，《橘颂》步高吟。
橘柚匪芬芳，荷君芬芳心。

◆ 七言古　附长短句

谅公洞庭孤橘歌

（唐）顾况

不种自生一株橘，谁教渠向阶前出？
不羡江陵千木奴，下生白蚁子，上生青雀雏。
飞花薝蔔旃檀香，结实如缀摩尼珠。
洞庭橘树笼烟碧，洞庭波月连沙白。
待取天公放恩赦，侬家定作湖中客。

题大理评事王元老双橘堂

（金）党怀英

朱橘复朱橘，传分包贡实。
煌煌中堂榜奇画，照公堂前萱草碧。
公今致养丰禄食，更取蛮珍奉颜色。
举觞一笑三千秋，坐看诸孙索梨栗。

◆ 五言律

橘

（唐）李峤

万里盘根直，千株布叶繁。既荣潘子赋，方重陆生言。

玉花含霜动，金衣逐吹翻。愿辞湘水曲，长茂上林园。

橘　花
（宋）杨万里

花净何须艳，林深不隔香。初闻何处觅，小摘莫令长。
春落秋仍发，梅兼雪未强。缥瓷汲寒砌，浅浸一枝凉。

不夜非关月，无风也自香。著花能许细，落子不多长。
玉糁开犹半，金鬚捻更强。解愁何必醉，遇暑却生凉。

岁　暮
（金）吴激

天南家万里，江上橘千头。梦绕阊门迥，霜飞震泽秋。
秋深宜映屋，香远解随舟。怀袖何时献，庭闱底处愁？

◆ 七言律

拣贡橘书情
（唐）白居易

洞庭贡橘拣宜精，太守勤王请自行。
珠颗形容随日长，琼浆气味得霜成。
登山敢惜驽骀力，望阙难伸蝼蚁情。
疏贱无由亲跪献，愿凭朱实表丹诚。

橘　园
（唐）李绅

江城雾敛轻霜早，园橘千株欲变金。
朱实摘时天路近，素英飘处海云深。
惧同枳棘愁迁徙，每抱馨香委照临。
怜尔结根能自保，不随寒暑换贞心。

奉和拣贡橘
（唐）张彤

凌霜远涉太湖深，双卷朱旗望橘林。
树树笼烟疑带火，山山照日似悬金。
行看采摘方盈手，暗觉馨香已满襟。
拣选封题皆尽力，无人不感近臣心。

袭美以春橘见惠，兼之雅篇，因次韵酬谢
（唐）陆龟蒙

到春犹作九秋鲜，应是亲封白帝烟。
良玉有浆须让味，明珠无颗亦羞圆。
堪居汉苑霜梨上，合在仙家火枣前。
珍重更过三十子，不堪分付野人边。

奉和拣贡橘
（唐）周元范

离离朱实绿丛中，似火烧山处处红。
影下寒林沉碧水，光摇高树照晴空。
银章自竭人臣力，玉液谁知造化功。
看取明朝船发后，馀香犹尚逐仁风。

橘 花
（宋）刘克庄

一种灵根有异芬，初开犹胜结丹蕡。
白于薝蔔林中见，清似旃檀国里闻。
淡月珠胎明璀璨，微风玉屑撼缤纷。
平生荀令熏衣癖，露坐花间至夜分。

次韵谢朱伯初惠橘

（元）赵汸

溪上山中两绝尘，惟应黄绮最相亲。
治生每愧奴无木，行酒空闻脯有麟。
丹实结容朝得句，锦囊驰赠座生春。
年年移作朱门供，漫想山林色正匀。

橘

（明）王世贞

曾因骚客称嘉树，从此名留贡篚间。
淮浦孤踪一水隔，洞庭千树两峰殷。
烟霞自与长生液，霜霰翻来渐老颜。
碁局便须相伴住，未烦尘世访商山。

谢惠橘

（明）僧妙声

洞庭嘉实正离离，满树黄金欲采迟。
香比陆郎怀去后，霜如韦守寄来时。
开尝直想千林晚，包贡空含万里悲。
江汉风尘愁路绝，食新聊得一开眉。

◆ 五言绝句

江 行

（唐）钱起

轻云未护霜，树杪橘初黄。信是知名物，微风过水香。

东 村

（明）葛一龙

曾闻东园公，住此不复出。年年开白花，犹是汉时橘。

◆ 七言绝句

答郑骑曹青橘绝句
（唐）韦应物

怜君卧病思新橘，试摘犹酸亦未黄。
书后欲题三百颗，洞庭须待满林霜。

庭　橘
（唐）僧贯休

蚁踏金包四五株，洞庭山上味何殊。
不缘松树称君子，肯便甘人唤木奴？

橘堤
（宋）朱子

君家池上几时栽，千树玲珑亦富哉。
荷尽菊残秋欲老，一年佳处眼中来。

秋日田园杂兴
（宋）范成大

新霜彻晓报秋深，染尽青林作缬林。
惟有橘园风景异，碧丛丛里万黄金。

橘枝词记永嘉土风
（宋）叶适

蜜满房中金作皮，人家短日挂疏篱。
判霜剪露装船去，不唱杨枝唱橘枝。

伯坚惠绿橘
（金）刘著

黄苞犹带洞庭霜，翠袖传看绿叶香。

何待封题三百颗,只今诗思满江乡。

斋居即事用敖征君韵
(元)范梈

故人不见意何如,流水孤村处士庐。
犹记去年双橘熟,分甘曾得寄来书。

夏日杂兴
(元)僧善住

中庭日午橘花开,蜂蝶何知故故来。
一阵南薰生殿角,乱飘香雪点苍苔。

寄三江王六秀才
(明)袁凯

沧洲荷屋晚秋时,橘柚青黄满户垂。
安得扁舟趁潮去,醉看江雨散轻丝。

过流通院
(明)高启

橘柚林中薜荔垣,幽寻几度入秋园。
虽然老衲无闻见,犹胜相逢俗客言。

橘
(明)陈继儒

睡起难禁酒力加,醉时随卧白鸥沙。
草堂位置新篱落,蕉叶西边橘试花。

附金橘

◆ 七言律

和赐后苑金橘

（宋）李清臣

苑臣初摘置珊盘，口敕宣恩赐近官。
气味岂同淮枳变，皮肤不作楚梅酸。
参差翠叶藏珠琲，错落黄金铸弹丸。
安得一株擎雨露，画图传与世人看。

◆ 七言绝句

欧阳从道许寄金橘，以诗督之

（宋）黄庭坚

禅客入秋无信息，想依红袖醉琵琶。
霜枝摇落黄金弹，许送筠笼殊未来。

卷三百六 橙 类

◆ 七言律

咏 橙
(宋) 梅尧臣

洞庭朱橘未弄色，襄水锦橙多已黄。
玉臼捣虀怜鲙美，金盘按酒助杯香。
虽生南土名犹重，未信中州客厌尝。
欲寄百苞凭驿去，只应佳味怯风霜。

九日南陵送橙菊
(明) 李梦阳

朱门美菊采先芳，玉圃新橙摘早霜。
传送满盘真斗色，分看随手各矜香。
深怜便合携尊酹，暂贮应须得蟹尝。
独醉秋堂卧风物，一年晴雨任重阳。

◆ 七言绝句

橙
(宋) 欧阳修

嘉树团团俯可攀，压枝秋实渐斓斑。
朱阑碧瓦清霜晓，凿凿繁星绿叶间。

香橙径

(宋) 苏轼

金橙纵复里人知,不见鲈鱼价自低。
须是松江烟雨里,小船烧薤捣香虀。

赠刘景文

(宋) 苏轼

荷尽已无擎雨盖,菊残犹有傲霜枝。
一年好景君须记,正是橙黄橘绿时。

橙

(宋) 黄庭坚

谁将金阙真黄色,借与洞庭霜后橙。
松滋解作逡巡麴,压倒江南好事僧。

舶上谣

(明) 王弼

千艘飞过石头城,猎猎黄旗发鼓声。
中使面前传令急,江南十月进香橙。

卷三百七　榴花类

◆ 五言古

咏石榴
（梁）元帝

涂林未应发，春暮转相催。然灯疑夜火，连珠胜早梅。
西域移根至，南方酿酒来。叶翠如新剪，花红似故栽。
还忆河阳县，映水珊瑚开。

咏石榴
（隋）魏澹

分根金谷里，移植广廷（庭）中。新枝含浅绿，晚萼散轻红。
影入环阶水，香随度隙风。路远无由寄，徒念春闺空。

石榴
（隋）孔绍安

可惜庭中树，移根逐汉臣。只为来时晚，开花不及春。

咏邻女东窗海石榴
（唐）李白

鲁女东窗下，海榴世所稀。珊瑚映绿水，未足比光辉。
清香随风发，落日好鸟归。愿为东南枝，低举拂罗衣。
无由共攀折，引领望金扉。

新植海石榴
（唐）柳宗元

弱植不盈尺，远意驻蓬瀛。月寒空阶曙，幽梦彩云生。
粪壤擢珠树，莓苔插琼英。芳根閟颜色，徂岁谁为荣？

石 榴
（宋）梅尧臣

榴枝苦多雨，过熟坼已半。秋雷石罂破，晓日丹砂烂。
任从雕俎荐，岂待霜刀判。张骞西使时，蒟酱同归汉。

石 榴
（元）朱德润

雨馀鸣蜩歇，众绿郁阴翳。绡囊蹙红巾，光焰当林丽。
映日萼先皱，临风叶如缀。秋深荐红实，颗裂排皓齿。
只应乘槎客，天上得仙味。

榴
（明）吴宽

团团复亭亭，园丁巧相竞。都下朝千盆，花市此为盛。
我独解其缚，高枝遂其性。参差花更繁，绯绿错相映。
安石名已蒙，休从谢公姓。

◆ 七言古

榴 花
（金）元德明

山茶赤黄桃绛白，戎葵米囊不入格。
庭中忽见安石榴，叹息花中有真色。
生红一撮掌上看，模写虽工更觉难。

诗到黄州隔千里，画家辛苦费铅丹。

◆ 五言律

咏楼前海石榴

（唐）孙逖

客自新亭郡，朝来数物华。传君画楼好，初发海榴花。
露色珠簾映，香风粉壁遮。更宜林下雨，日晚逐行车。

海　榴

（唐）温庭筠

海榴开似火，先解报春风。叶乱裁笺绿，花宜插鬓红。
蜡珠攒作蒂，缃彩剪成丛。郑驿多归思，相期一笑同。

石　榴

（宋）郑獬

高枝重欲折，霜老拆（裂）丹肤。试剖紫金椀，满堆红玉珠。
根虽传大夏，种必近仙都。题作江南信，人应贱橘奴。

◆ 七言律

见穆三十中庭海榴花谢

（唐）杜牧

矜红掩素似多才，不待樱桃不逐梅。
春到未曾逢宴赏，雨馀争解免低徊。
巧穷南国千般艳，趁得东风二月开。
堪恨王孙浪游去，落英狼藉始归来。

庭际海石榴花盛发有寄

（唐）皮日休

一夜春光绽绛囊，碧油枝上书煌煌。

风匀只似调红露,日暖唯忧化赤霜。
火齐满枝烧夜月,金津含蕊滴朝阳。
不知桂树知情否,无限同游阻陆郎。

奉和海石榴花发次韵
（唐）陆龟蒙

紫府真人饷露囊,猗兰灯烛未荧煌。
丹华乞曙先侵日,金焰欺寒却照霜。
谁与佳名从海曲,只应芳裔出河阳。
那堪谢氏庭前见,一段清香染郄郎。

海石榴
（唐）方干

亭际夭妍日日看,每朝颜色一般般。
满枝犹待春风力,数朵先欺腊雪寒。
舞蝶似随歌拍转,游人只怕酒盃干。
久长年少应难得,忍不丛边到夜观。

石榴
（宋）杨万里

深著红蓝染暑裳,琢成文玵敌秋霜。
半含笑里清冰齿,忽绽吟时古锦囊。
雾縠作房珠作骨,水精为醴玉为浆。
刘郎不为文园渴,何苦星槎远取将。

榴火
（明）朱之蕃

天付炎威与祝融,海波如沸沃珍丛。
飞将宝鼎千重焰,炼就丹砂万点红。
自抱赤衷迎晓日,应惭艳质媚春风。

农家颖实需甘雨,愁拟焚林望碧空。

◆ 五言绝句

移海榴

(唐) 韦应物

叶有苦寒色,山中霜雪多。虽此蒙阳景,移根意若何?

同张侍御咏兴宁寺经藏院海石榴花

(唐) 皇甫冉

嫩叶生初茂,残花少更鲜。结根龙藏侧,故欲竞青莲。

石 榴

(宋) 范成大

日烘古锦囊,露浥红玛瑙。玉池咽清肥,三彭迹如扫。

咏石榴花

(元) 杨维桢

密幄千重碧,疏巾一朵红。花时随早晚,不必嫁春风。

◆ 七言绝句

咏张十一旅舍榴花

(唐) 韩愈

五月榴花照眼明,枝间时见子初成。
可怜此地无车马,颠倒青苔落绛英。

题韦润州后亭海榴

(唐) 李嘉祐

江上年年小雪迟,年光独报海榴知。

寂寂山城风日暖，谢公含笑向南枝。

韦使君宅海榴咏
（唐）权德舆

淮阳卧理有清风，腊月榴花带雪红。
闭阁寂寥常对此，江湖心在数枝中。

石 榴
（唐）李商隐

榴枝婀娜榴实繁，榴膜轻明榴子鲜。
可羡瑶池碧桃树，碧桃红颊一千年。

奉和文尧对庭前千叶石榴
（唐）黄滔

一朵千英绽晓枝，采（彩）霞堪与别为期。
移根若在芙蓉苑，岂向当年有醒时。

河阴道中
（金）王庭筠

微行入麦去斜斜，才过深林又几家。
一色生红三十里，际山多少石榴花。

榴 花
（元）张弘范

猩血谁教染绛囊，绿云堆里润生香。
游蜂错认枝头火，忙驾薰风过短墙。

赵中丞折枝石榴图
（元）马祖常

乘槎使者海西来，移得珊瑚汉苑栽。
只待绿阴（荫）芳树合，蕊珠如火一时开。

卷三百八　　柿　类

◆ 五言古

咏无核红柿
（宋）孔平仲

林中有丹果，压枝一何稠。为柿已软美，嗟尔骨亦柔。
风霜变颜色，雨露如膏油。大哉造化心，于尔何绸缪。
荆筐载趋市，价贱良易求。剖心无所有，入口颇相投。
为栗外屈强，老者所不收。为枣中亦刚，饲儿戟其喉。
众言咀嚼快，唯尔无所忧。排罗置前列，圆熟当高秋。
且以悦一时，长久岂暇谋。咄哉溃烂速，弃掷将谁尤？

◆ 五言绝句

红柿子
（唐）刘禹锡

晓连星影出，晚带日光悬。本因遗采掇，翻自保天年。

柿
（宋）韩维

朱果繁霜后，甘甜半自零。忽惊林色曙，零落见残星。

◆ 七言绝句

华　师

（唐）李商隐

孤鹤不睡云无心，衲衣筇杖来西林。
院门昼锁回廊静，秋日当阶柿叶阴。

柿

（宋）刘子翚

秋林黄叶晚霜严，熟蒂甘香未得兼。
火伞虬珠浪裒拂，风标却似色中黔。

柿

（明）陈汝秩

晚风吹雨过林庐，柿叶飘红手自书。
无限潇潇江海意，一樽相对忆鲈鱼。

卷三百九 杨梅类

◆ 七言古

初食杨梅
（明）杨循吉

杨梅本是我家果，归来相对叹先作。
往来南北将十年，久不飡汝几忘却。
忆从年少在吴中，食以成伤难疗药。
年年端午即有之，街头卖折先附郭。
初间生酸带青色，次见熟从枝上落。
吴侬好奇不论钱，一味才逢倾倒橐。
生时熏蒸喜烈日，所怕狂风阴雨虐。
有红有白紫者佳，大如弹丸圆可握。
生芒刺口易破碎，到牙甘露先流腭。
黄船奉贡昼夜走，数枚出赐惟台阁。
其馀官小那得预，说著江南怀颇恶。
吴人盐蜜百计收，不知本味终枯涸。
肉存液去但有名，夺以酸甜无可嚼。
我今到家又遇夏，正是高林雨方濯。
满盘新摘恣狂啖，十指染丹如茜著。
细思口实亦小事，其来乃以微官博。
使余不有故山归，安得香鲜列惟错。

人生百年有适意，忍口劳劳何所乐。

◆ 七言律

谢丘师杨梅
(宋) 杨万里

梅出稽山世少双，情知风味胜他杨。
玉肌半醉生红粟，墨晕微深染紫囊。
火齐堆盘珠径寸，醴泉浸齿蔗为浆。
故人解寄吾家果，未变蓬莱阁下香。

白杨梅
(明) 瞿佑

乃祖杨朱族最奇，诸孙清白又分枝。
炎风不解消冰骨，寒粟偏能上玉肌。
异味每烦山客赠，灵根犹是圣僧移。
水晶盘荐华筵上，酪粉盐花两不知。

谢于乔送杨梅干无诗，用前韵奉索
(明) 李东阳

深夜柴门阖更开，杨梅香送满罂来。
霜干浅带层冰结，红烂纷成万粟堆。
坐爱春盘装磊落，忆从秋树采崔嵬。
莫教俗却先生馈，佳句重烦答后裁。

◆ 五言绝句

平望夜泊
(明) 王穉登

雨多杨梅烂，青筐满山市。儿女当夕飡，嫣然口唇紫。

卷三百十　核桃类

◆ 七言古

送鹤林长老胡桃一裹茶三角
（元）萨都剌

胡桃壳坚乳肉肥，香茶雀舌细叶奇。
枯肠无物不可用，寄与说法谈禅师。
竹龙吐雪涧水活，茅屋烟炊树云薄。
竹院深沉有客过，碎桃点茶亦不恶。

◆ 七言律

胡　桃
（宋）杨万里

三韩万里半天松，方丈蓬莱东复东。
珠玉锁成千岁实，冰霜吹落九秋风。
酒边膈膊牙车响，座上须臾漆榻空。
新果新尝正新暑，绣衣使者念山翁。

◆ 七言绝句

对　客
（元）萨都剌

石榴花开光照屋，胡桃叶大阴满簾。
焚香终日对客坐，时有白云来纤纤。

卷三百十一　枇杷花类

◆ 五言古

　　题枇杷树
　　　　　　　　　（唐）羊士谔
　珍树寒始花，氤氲九秋月。佳期若有待，芳意常无绝。
　袅袅碧海风，濛濛绿枝雪。急景自馀妍，春禽幸流悦。

◆ 五言律

　　卫明府寄枇杷叶以诗答之
　　　　　　　　　（唐）司空曙
　顷筐呈绿叶，重叠色何鲜。讵是秋风里，犹如晓露传。
　仙方当见重，消疾本应便。全胜甘蕉赠，空投谢氏篇。

真觉院有洛花，花时不暇往，四月十八日与刘景文同往赏枇杷
　　　　　　　　　（宋）苏轼
　绿暗初迎夏，红残不及春。魏花非老伴，卢橘是乡人。
　井落依山尽，岩崖发兴新。岁寒君记取，松雪看苍鳞。

　　枇　杷
　　　　　　　　　（宋）杨万里
　大叶耸长耳，一梢堪满盘。荔支多与核，金橘却无酸。

雨压低枝重,浆流冰齿寒。长卿今在否?莫遣作园官。

◆ 七言律

山枇杷

(唐)白居易

深山老去惜年华,况对东溪野枇杷。
火树风来翻绛焰,琼枝日出晒红纱。
回看桃李都无色,映得芙蓉不是花。
争奈结根深石底,无因移得到人家。

赐鲜枇杷

(明)于慎行

嘉名汉苑旧标奇,北客由来自不知。
绿萼经春开笼日,黄金满树入筐时。
江南漫道珍卢橘,西蜀休称荐荔枝。
千里梯航来不易,怀将馀核志恩私。

◆ 五言绝句

枇 杷

(宋)宋祁

有果产西蜀,作花凌早寒。树繁碧玉叶,柯叠黄金丸。

◆ 七言绝句

山枇杷花

(唐)白居易

万重青嶂蜀门口,一树红花山顶头。
春尽忆家归未得,低红如解替君愁。

枇 杷

（宋）梅尧臣

五月枇杷黄似橘，谁思荔支同此时。
嘉名已著《上林赋》，却恨红梅未有诗。

桐庐道中

（宋）杨万里

肩舆坐睡茶力短，野堠无人山路长。
鸦鹊声欢人不会，枇杷一树十分黄。

村 居

（元）倪瓒

疏疏梅雨橘花香，寂寂桐阴研席凉。
怪底林间金弹子，枇杷都熟不知尝。

卷三百十二 樱桃类

◆ 五言古

朱樱
（宋）王僧达

初樱动时艳，擅藻灼辉芳。缃叶未开蕊，红葩已发光。

奉答南平王康赉朱樱
（梁）简文帝

倒流映碧丛，点露擎朱实。花茂蝶争飞，枝浓鸟相失。
已丽金钗瓜，仍美玉盘橘。宁异梅似丸，不羡萍如日。
永植平台垂，长与云桂密。徒然奉推甘，终以愧操笔。

赋得樱桃春字韵
（唐）太宗

华林满芳景，洛阳遍阳春。朱颜含远日，翠色影长津。
乔柯啭娇鸟，低枝映美人。昔作园中实，今为席上珍。

◆ 五言律

同诸客携酒早看樱桃花
（唐）白居易

晓报樱桃发，春携酒客过。绿饧粘盏杓，红雪压枝柯。

天色晴明少，人生事故多。停杯替花语，不醉拟如何？

深树见一颗樱桃尚在

（唐）李商隐

高枝留晚实，寻得小庭南。矮堕绿云鬟，敧危红玉簪。
惜堪充凤食，痛已被莺含。越鸟夸香荔，齐名亦未甘。

樱桃花

（明）吴国伦

御苑含桃树，花开作雪看。谁移荒署里，偏助早春寒。
逞素愁金谷，垂珠迟玉盘。不知萧颖士，何意独相残。

荆溪游樱桃园

（明）王叔承

珠林光万点，红乱野园芳。艳夺桃花彩，甘骄荔子浆。
女翻双腕白，莺溜一衣黄。问是谁家胜？江东顾辟疆。

◆ 五言排律

和咏廨署有樱桃

（唐）孙逖

上林天禁里，芳树有红樱。江国今来见，君门春意生。
香从花绶转，色绕佩珠明。海鸟衔初实，吴姬扫落英。
切将稀取贵，羞与众同荣。为此堪攀折，芳蹊处处成。

酬裴杰秀才新樱

（唐）权德舆

新果真琼液，来应宴紫兰。圆疑窃龙领，色已夺鸡冠。
远火微微辨，残星隐隐看。茂先知味易，曼倩恨偷难。
忍用烹驿酪，从将玩玉盘。流年如可驻，何必九华丹。

与沈杨二舍人阁老同食敕赐樱桃,玩物感恩,因成十四韵

(唐)白居易

清晓趋丹禁,红樱降紫宸。驱禽养得熟,和叶摘来新。
圆转盘倾玉,鲜明笼透银。内园题两字,西掖赐三臣。
荧惑晶华赤,醍醐气味真。如珠未穿孔,似火不烧人。
杏俗难为对,桃顽讵可伦。肉嫌卢橘厚,皮笑荔枝皴。
琼液酸甜足,金丸大小匀。偷须防曼倩,惜莫掷安仁。
手擘才离核,匙抄半是津。甘为舌上露,暖作腹中春。
已惧长尸禄,仍惊数食珍。最惭恩未报,饱喂不才身。

◆ 七 言 律

敕赐百官樱桃

(唐)王维

芙蓉阙下会千官,紫禁朱樱出上阑。
才是寝园春荐后,非关御苑鸟衔残。
归鞍竞带青丝笼,中使频倾赤玉盘。
饱食不须愁内热,大官还有蔗浆寒。

野人送樱桃

(唐)杜甫

西蜀樱桃也自红,野人相赠满筠笼。
数回细写愁仍破,万颗匀圆讶许同。
忆昨赐霑门下省,退朝擎出大明宫。
金盘玉箸无消息,此日尝新任转蓬。

和张员外敕赐百官樱桃

(唐)韩愈

汉家旧种明光殿,炎帝还书《本草经》。

岂似满朝承雨露，共看传赐出青冥。
香随翠笼擎初到，色映银盘泻未停。
食罢自知无所报，空然惭汗仰皇扃。

朝日敕赐百官樱桃

　　　　　　　　（唐）张籍

仙果人间都未有，今朝忽见下天门。
捧盘小吏初宣敕，当殿群臣共拜恩。
日色遥分廊下座，露香才出禁中园。
每年从此长先熟，愿得千春奉至尊。

东吴樱桃

　　　　　　　　（唐）白居易

含桃最说出东吴，香色鲜秾气味殊。
洽恰举头千万颗，婆娑拂面两三株。
鸟偷飞处衔将火，人摘争时蹋破珠。
可惜风吹兼雨打，明朝后日即应无。

北楼樱桃花

　　　　　　　　（唐）李绅

开花占得春光早，雪缀云装万萼轻。
凝艳拆时初照日，落英频处乍闻莺。
舞空柔弱看无力，带月葱茏似有情。
多事东风入闺闼，尽飘芳思委江城。

樱　桃

　　　　　　　　（宋）杨万里

樱桃一雨半彫零，更与黄鹂翠羽争。
计会小风留紫脆，殷勤落日弄红明。
摘来珠颗光如湿，走下金盘不待倾。

天上荐新旧分赐，儿童犹解忆寅清。

（予旧在奉常，孟夏太庙荐樱桃，礼官各分赐四篮。奉常有寅清堂。）

七儿应复同客饮樱桃园，摘新归以遗亲，用其诗韵识所感

（元）牟巘

尚记当年荐寝园，百官分赐荷恩宽。
带青丝笼空馀梦，搔白头人苦不欢。
诗老夸称作崖蜜，野翁惊看泻银盘。
南山见说红千树，鸟雀儿童任入阑。

江上樱桃甚盛而予寓所无有，忽苏城友人惠一大盒，故赋此

（明）袁凯

野店荒蹊红满枝，煖烟微雨共离披。
忽思西蜀匀圆颗，正值东吴远送时。
老子细看方自讶，儿童惊喜欲成痴。
拾遗门下曾沾赐，此日飘蓬也赋诗。

◆ 五言绝句

樱桃花

（唐）刘禹锡

樱桃千树枝，照耀如雪天。王孙宴其下，隔水疑神仙。

樱桃树

（宋）文同

偶因移晓雨，似欲占春风。嫩叶藏新绿，繁葩露浅红。

樱　桃

（宋）范成大

火齐宝璎络，垂于绿茧丝。幽禽都未觉，和露折新枝。

樱桃

(明）杨廷和

团于火色贝，灿极月光珠。西海瑶池苑，层城宝树区。

樱桃花

(明）于若瀛

三月雨声细，樱花疑杏花。溪转开双笑，临流见浣纱。

◆ 七言绝句

白樱桃

(唐）李白

红罗袖里分明见，白玉盘中看却无。
疑是老僧休念诵，腕前推下水晶珠。

樱桃曲

(唐）顾况

百舌犹来上苑花，游人独自忆京华。
遥知寝庙尝新后，敕赐樱桃向几家？

和裴仆射看樱桃花

(唐）张籍

昨日南园新雨后，樱桃花发旧枝柯。
天明不待人同看，绕树重重履迹多。

移山樱桃

(唐）白居易

亦知官舍非吾宅，且斸山樱满院栽。
上佐近来多五考，少应四度见花开。

樟亭双樱树

（唐）白居易

南馆西轩两树樱，春条长足夏阴成。
素华朱实今虽尽，碧叶风来别有情。

摘樱桃赠元居士，时在望仙亭南楼，与朱道士同处

（唐）柳宗元

海上朱樱赠所思，楼居况是望仙时。
蓬莱羽客如相访，不是偷桃一小儿。

樱桃花

（唐）张祜

石榴未坼梅犹小，爱此山花四五株。
斜日庭前风袅袅，碧油千片漏红珠。

樱桃花下

（唐）李商隐

流莺舞蝶两相欺，不取花芳正结时。
他日未开今日谢，嘉辰长短是参差。

题于公花园

（唐）薛能

含桃庄主后园深，繁实初成静扫阴。
若使明年花可待，应须恼破事花心。

春日陪崔谏议樱桃园宴

（唐）皮日休

万树香飘水麝风，蜡熏花雪尽成红。
夜深欢态状不得，醉客图开明月中。

买带花樱桃
（唐）吴融

粉红轻浅靓妆新，和露和烟别近邻。
万一有情应有恨，一年荣落两家春。

含桃圃
（唐）陆希声

小圃初晴风露光，含桃花发满山香。
看花对酒心无事，倍觉春来白日长。

白樱桃
（唐）韦庄

王母阶前种几株，水晶簾外看如无。
只应汉武金盘上，泻得珊瑚白露珠。

樱桃花
（宋）王安石

山樱抱石荫松枝，比并馀花发最迟。
赖有春风嫌寂寞，吹香渡水报人知。

初见山花
（宋）范成大

三日晴泥尚没靴，几将风雨过年华。
湘东二月春才到，恰有山樱一树花。

樱桃花
（宋）范成大

借暖冲寒不用媒，匀朱匀粉最先来。
玉梅一见怜痴小，教向傍边自在开。

暮 春

（宋）杨万里

花时追赏夜将朝，花过迟眠日尽高。
又与山禽争口腹，执竿挟弹守樱桃。

樱桃花

（元）方回

浅浅花开料峭风，苦无妖色画难工。
十分不肯精神露，留与他时著子红。

绝 句

（元）泰不华

金吾列侍拥旌旄，五色云深雉尾高。
视草词臣方退食，内官传敕赐樱桃。

宫 词

（元）迺贤

上苑含桃熟暮春，金盘满贮进枫宸。
醍醐渍透冰浆滑，分赐阶前儤直人。

春日湖上

（明）镏泰

樱桃花发向阳枝，便觉韶光暗有期。
明日重来应烂熳，双柑斗酒听黄鹂。

卷三百十三　林檎花类

◆ 五言古

月临花（即林檎花。）
（元）元稹

凌风飐飐花，透影胧胧月。巫峡隔波云，姑峰漏霞雪。
镜匀娇面粉，灯泛高笼缬。夜久清露多，啼珠坠还结。

◆ 七言古

来禽花
（宋）陈与义

来禽花高不受折，满意清明好时节。
人间风日不贷春，昨夜胭脂今日雪。
舍东芜菁满眼黄，蝴蝶飞去专斜阳。
妍媸都无十日事，付与梧桐一夏凉。

◆ 五言律

水林檎花
（唐）郑谷

一露一朝新，簾笼晓景分。艳和蜂蝶动，香带管絃闻。
笑拟春无力，妆浓酒渐醺。直疑风起夜，飞去替行云。

◆ 七言绝句

来　禽

（宋）刘子翚

粲粲来禽已著花，芳根谁徙向天涯？
好寻青李相遮映，风味应同逸少家。

十五夜饮王敬止园亭

（明）方太古

客子未归天一涯，沧江亭上听新蛙。
春风莫漫随人老，吹落来禽千树花。

荔枝类

◆ 五言古

咏荔枝

（梁）刘霁

叔师贵其珍，武仲称斯美。良由自远致，含滋不留齿。

十四夜都司席上饯光禄屠公分赋

（明）江以达

幕府侈高会，长筵列朱缨。浮觞无缓筝，一曲三四行。
岂不诚欢娱，之子怀远征。握手一为叹，秉烛循栏楹。
攀条摘荔枝，枝叶何青青。

◆ 七言古

四月十一日初食荔枝

（宋）苏轼

南村诸杨北村卢，白华青叶冬不枯。
垂黄缀紫烟雨里，特与荔子为先驱。
海山仙人绛罗襦，红纱中单白玉肤。
不须更待妃子笑，风骨自是倾城姝。
不知天公有意无，遣此尤物生海隅。
云山得伴松桧老，霜雪自困楂梨麓。

先生洗盏酌桂醑，冰盘荐此颓虬珠。
似开江鳐斫玉柱，更洗河豚烹腹腴。
我生涉世本为口，一官久已轻莼鲈。
人间何者非梦幻，南来万里真良图。

廖致平送绿荔枝为戎州第一，王公权荔枝绿酒亦为戎州第一

（宋）黄庭坚

王公权家荔枝绿，廖致平家绿荔枝。
试倾一杯重碧色，快剥千颗轻红肌。
拨醅葡萄未足数，堆盘马乳不同时。
谁能同此胜绝味，唯有老杜《东楼》诗。

赠陈众仲秀才缬云辞

（元）马祖常

缬云织波射金水，郎君水西著皮履。
南陌紫尘十丈高，捋须买酒意气豪。
万里将书凭好鸟，荔枝千颗团团小。
天津不隔少微星，闾阖门开夜光晓。

◆ 五 言 律

新 年

（宋）苏轼

荔子几时熟？花头今已繁。探春先拣树，买夏欲论园。
居士常携客，参军许叩门。明年更有味，怀抱带诸孙。

赵景贤送荔枝

（宋）戴复古

荔子固多种，色香俱不同。新来尝小绿，又胜擘轻红。
大嚼思千树，分甘仅一笼。尝观蔡公谱，梦想到莆中。

◆ 五言排律

题郡中荔枝诗十八韵兼寄杨万州八使君
（唐）白居易

奇果标南土，芳林对北堂。素华春漠漠，丹实夏煌煌。
叶捧低垂户，枝擎重压墙。始因风弄色，渐与日争光。
夕讶条悬火，朝惊树点妆。深于红踯躅，大校白槟榔。
星缀连心朵，珠排耀眼房。紫罗裁衬壳，白玉裹填瓤。
早岁曾闻说，今朝始摘尝。嚼疑天上味，嗅异世间香。
润胜莲生水，鲜逾橘得霜。胭脂掌中颗，甘露舌头浆。
物少尤珍重，天高苦渺茫。已教生暑月，又使阻遐方。
粹液灵难驻，妍姿嫩易伤。近南光景热，向北道途长。
不得充王赋，无由寄帝乡。唯君堪掷赠，面白似潘郎。

荔 枝
（宋）陶弼

五月南游渴，欣逢荔子丹。壳匀仙鹤顶，肉露水晶丸。
色映离为火，甘殊木作酸。枝繁恐相染，树重欲成团。
赤蚌遗珠颗，红犀露角端。爽能消内热，润可濯中干。
一簇冰蚕茧，千苞火凤冠。隔瓤银叶嫩，透膜玉浆寒。

◆ 七言律

重寄荔枝与杨使君，时闻杨使君欲种植，故有落句戏之
（唐）白居易

摘来正带凌晨露，寄去须凭下水船。
映我绯衫浑不见，对公银印最相鲜。
香连翠叶真堪画，红透青笼实可怜。
闻道万州方欲种，愁君得吃是何年。

荔枝树

（唐）郑谷

二京曾见画图中，数本芳菲色不同。
孤棹今来巴徼外，一枝烟雨思无穷。
夜郎城近含香瘴，杜宇巢低起暝风。
肠断渝泸霜霰薄，不教叶似灞陵红。

南海陪郑司空游荔园

（唐）曹松

荔枝时节出旌斿，南国名园尽兴游。
乱结罗纹照襟袖，别含琼露爽咽喉。
叶中新火欺寒食，树上丹砂胜锦州。
他日为霖不将去，也须图画取风流。

荔　枝

（唐）徐夤

日日熏（薰）风卷瘴烟，南园珍果荔枝先。
灵鸦啄破琼津滴，宝气盛来蚌腹圆。
锦里只闻消醉渴，蕊宫惟合赠神仙。
何人刺出猩猩血，深染罗纹遍壳鲜。

次韵刘焘抚寄蜜渍荔枝

（宋）苏轼

时新满座闻名字，别久何人记色香。
叶似杨梅蒸雾雨，花如卢橘傲风霜。
每怜莼菜下盐豉，肯与蒲萄压酒浆。
回首惊尘卷飞雪，诗情真合与君尝。

次韵曾仲锡承议食蜜渍生荔枝
（宋）苏轼

代北寒齑捣韭萍，奇包零落似晨星。
逢盐久已成枯腊，得蜜犹疑是薄刑。
欲就左慈求拄杖，便随李白跨沧溟。
攀条与立新名字，儿女称呼恐不经。

和程大夫荔枝
（宋）唐庚

家在岷峨饱荔枝，十年游宦但神驰。
侧生流落今千载，入贡称珍彼一时。
定自不将凡果比，如何偏与瘴烟宜？
白头莫作江南客，辜负山中故友期。

福帅张道渊荔子
（宋）曾几

岂无重碧实瓶罍，难得轻红荐一杯。
千里人从闽岭出，三年公送荔枝来。
玉为肌骨凉无汗，云作衣裳皱不开。
莫讶关情向尤物，厌看绿李与杨梅。

走笔谢吉守赵判院分饷三山荔枝
（宋）杨万里

吾州五马住闽山，分我三山荔子丹。
甘露落来鸡子大，晓风冻作水晶团。
西川红锦无此色，南海绿罗犹带酸。
不是今年天不暑，玉肤照得野人寒。

次韵谢新荔

（元）黄石翁

海国仙人剪绛霞，年年一朵到仙家。
眼中玉色如何晏，席上风流得孟嘉。
野客不分唐殿带，老臣并按建溪茶。
醉来往事都休问，且擘轻红对晚花。

◆ 七言绝句

解　闷

（唐）杜甫

忆过泸戎摘荔枝，青枫隐映石逶迤。
京华旧见无颜色，红颗酸甜只自知。

荔枝楼对酒

（唐）白居易

荔枝新熟鸡冠色，烧酒初开琥珀香。
欲摘一枝倾一盏，西楼无客共谁尝？

荔枝诗

（唐）薛能

颗如松子色如樱，未识蹉跎欲半生。
岁杪监州曾见树，时新入座久闻名。

荔　枝

（唐）韩偓

巧裁霞片裹神浆，崖蜜天然有异香。
应是仙人金掌露，结成冰入茜罗囊。

封开玉笼鸡冠涩，叶衬金盘鹤顶鲜。
想得佳人微露齿，翠钗先取一枝悬。

忆荔枝

（唐）薛涛

传闻象郡隔南荒，绛实丰肌不可忘。
近有青衣连楚水，素浆还得类琼浆。

荔　枝

（宋）蔡襄

翠叶纤枝杂绛囊，使君分寄驿人忙。
彩毫分处曾留笔，箬片开时不减香。

荔　枝

（宋）苏轼

罗浮山下四时春，卢橘杨梅次第新。
日啖荔枝三百颗，不妨长作岭南人。

书　事

（宋）戴复古

打鼓行船未有期，恰如江上阻风时。
诗中一段闲公事，幸不妨人吃荔枝。

荔　枝

（宋）洪驹父

仙果携从海上山，露华供液鹤分丹。
朱砂芒刺羞红颗，龙目团圆避赤丸。

戎　州

（宋）汪元量

锦荔戎州第一奇，大如鸡子压枝垂。

金刀剪下三千颗，对客从容把酒卮。

初至崖州吃荔枝

（宋）僧惠洪

口腹平生厌事治，上林珍果亦尝之。
天公见我流涎甚，遣向崖州吃荔枝。

忽剌木御史还台，索诗二绝为别（录一）

（元）程钜夫

曾此观风惯土风，老榕能识旧花骢。
如何又踏秦淮月，不待炎州荔子红？

福州杂诗

（元）范梈

虎豹几曾惊石鼓，鱼龙犹解隐金沙。
遮藏翠荔馀千刹，掩映朱霞倚万家。

寄匡山人

（元）陈基

早春相见又经秋，秋水迢迢阻泛舟。
每见玉山问消息，荔浆何日寄江楼？

荔枝画为福建佥宪张惟远题

（元）张昱

茜罗轻裹玉肌寒，吹尽南风露未干。
一寸丹心无与寄，为凭图画入长安。

题鼓山廨院壁

（明）方太古

十年宝剑行边友，半夜寒灯梦里家。

细雨短墙新佛院，小堂香满荔枝花。

荔子曲
（明）柳应芳

白玉明肌裹绛囊，中含仙露压璃浆。
城南多少青丝笼，竞取王家十八娘。

寄阮坚之司理
（明）范汭

讼庭寂寂散春烟，碧海丹山在目前。
市得虾姑堪佐酒，摘来荔子不论钱。

卷三百十五　龙眼类

◆ 七言律

龙　眼
　　　　　　　（宋）刘子翚

幽姿（株）傍（旁）挺绿婆娑，啄杂（咂）虽微奈美何。
香剖蜜脾知韵胜，价轻鱼目为生多。
左思赋咏名初出，玉局揄扬论岂颇。
地极海南秋更暑，登盘犹足洗沉疴。

龙　眼
　　　　　　　（明）王象晋

来从炎徼登珚俎，满架芳馨总莫逾。
崖蜜纵甘终带酢，江瑶虽美未全瑜。
骚人赋就芳名远，汉帝移来贝叶敷。
较烈侧生应不忝，何缘唤作荔枝奴？

何缘唤作荔枝奴？艳冶丰姿百果无。
琬液醇和羞沆瀣，金丸玓瓅赛玑珠。
好将姑射仙人产，供作瑶池王母需。
应共荔丹称伯仲，况兼益智策勋殊。

◆ 七言绝句

龙　眼
（宋）张栻

荔子如今尚典型，秋林圆实著嘉名。
虽无赪玉南风面，却愿筠笼千里行。

西园晚步
（宋）杨万里

龙眼初如菉豆肥，荔枝已似佛螺儿。
南荒北客难将息，最是残春首夏时。

思明州
（元）陈孚

刺竹丛丛苦笋主，山禽无数不知名。
元宵已似春深后，龙眼花开蛤蚧鸣。

卷三百十六　橄榄类

◆五言古

橄　榄
（宋）刘敞

南珍富奇异，畴昔颇穷挚（览）。夷荒无书传，从古陋铅椠。
苞封走中土，天序异离坎。有香已变衰，有色多黯谵。
今君此堂上，珍物唯橄榄。青肤胜琼莹，翠颗森菡萏。
味为幽人贞，久见君子淡。甘怀彼包羞，日新此刚敢。
清泉荐芳茗，臭味独相感。澡雪清烦酲，涤除莹元（玄）览。
灵均采时菊，西伯嗜昌歜。庙鼎谁调梅，壮士仍尝胆。
由来趋俗好，诸绝不言惨。殷勤谢凡口，薤白空三噉。

尝新橄榄
（元）洪希文

橄榄如佳士，外圆内实刚。为味苦且涩，其气清以芳。
侑酒解酒毒，投茶助茶香。得咸即回味，消食尤奇方。
宫商舌底发，星宿胸中藏。虽云白露降，气味更老苍。
山林假岁月，颜色饶风霜。以兹调众口，谁敢轻颉颃。
作此橄榄诗，远继荍菲章。大器当晚成，斯言君勿忘。

◆ 七言绝句

橄 榄
（宋）苏轼

纷纷青子落红盐,正味森森苦且严。
待得微甘回齿颊,已输崖蜜十分甜。

谢王子予送橄榄
（宋）黄庭坚

方怀味谏轩中果,忽见金盘橄榄来。
想共馀甘有瓜葛,苦中真味晚方回。

橄 榄
（元）郝经

半青来子味难夸,宜著山僧点蜡茶。
若是党家金帐底,只将金橘送流霞。

卷三百十七　葡萄类

◆ 七言古

　　　　初食太原生葡萄，时十二月二日
　　　　　　　　　　（宋）杨万里

淮南葡萄八月酸，只可生吃不可干。
淮北葡萄十月熟，纵可作靶也无肉。
老夫腊里来都梁，钉坐那得马乳香。
分明犹带龙须在，径寸元（玄）珠肥十倍。
太原清霜熬绛饧，甘露冻作紫水精。
隆冬压架无人摘，雪打冰封不曾拆。
风吹日炙不曾腊，玉盘一颗直万钱。
与渠倾盖真忘年，君不见道逢麹车口流涎。

　　　　　题温日观画葡萄
　　　　　　　　　　（元）杨载

老禅嗜酒醉不醒，兀坐虚檐写清影。
兴来掷笔意茫然，落叶满庭秋月冷。
醉中捉笔两眼花，倚檐架子欹复斜。
翠藤盘屈那可辨，但见满纸生龙蛇。

　　　　　酬萧侯送葡萄
　　　　　　　　　　（元）虞集

萧侯昔致蒲萄苗，山童不灌三日焦。

宛西上品复亲致，手种窗南自浇水。
一月当生一尺长，移向江头薜荔墙。
秋深雨足马乳重，举囊石压青霞浆。
是时萧侯当走马，来访衰翁茅屋下。
酒酣舞剑倾一尊，不信金盘露如泻。

◆ 七言律

葡萄架

（宋）杨万里

才喜盘藤卷叶生，又惊压架暗阴成。
夏添凉润青油幕，秋摘甘寒黑水精。
近竹犹争一尺许，抛须先冒两三茎。
今年乞种江西去，长是茅斋怯晚晴。

葡 萄

（元）洪希文

走架龙须弱不支，炎天待月立多时。
醍醐纵美输清滑，璎珞虽圆让陆离。
珍异曾夸太冲赋，累垂已入退之诗。
当年若得传方法，博取凉州亦一奇。

葡 萄

（明）冯琦

晻暧繁阴覆绿苔，藤枝萝蔓共萦回。
自随博望仙槎后，诏许甘泉别殿栽。
的的紫房含雨润，疏疏翠幄向风开。
词臣消渴沾新酿，不羡金茎露一杯。

◆ 五言绝句

题墨蒲萄
（元）傅若金

上苑根株少，风沙道路长。也知随汉节，终得荐君王。

◆ 七言绝句

葡　萄
（唐）韩愈

新茎未遍半犹枯，高架支离倦复扶。
若欲满盘堆马乳，莫辞添竹引龙须。

观寂照葡萄
（元）鲜于枢

阿师已把书为画，俗客那知色是空。
却忆西湖酒醒处，一棚凉影卧秋风。

温日观葡萄
（元）邓文原

满筐圆实骊珠滑，入口甘香冰玉寒。
若使文园知此味，露华应不乞金盘。

葡　萄
（元）欧阳玄

宛马西来贡帝乡，骊珠颗颗露凝光。
只今移植江南地，蔓引龙须百尺长。

题画蒲萄
（元）丁鹤年

西域蒲萄事已非，故人挥洒出天机。

碧云凉冷骊龙睡，拾得遗珠月下归。

葡　萄

（明）李梦阳

万里西风过檐时，绿云元（玄）玉影参差。
酒酣试取冰丸嚼，不说天南有荔枝。

卷三百十八　海棠类（附秋海棠）

◆ 五言古

山馆观海棠
（宋）朱子

景暄林气深，雨罢寒塘渌。置酒此佳晨，寻幽慕前躅。
芳树丽烟华，紫绵散清馥。当由怀别恨，寂寞向空谷。

海棠
（金）元好问

妍花红粉妆，意态工媚妩。窈窕春风前，霞衣欲轻举。
金盘渺华屋，国艳徒自许。依依如有意，脉脉不得语。
诗人太冷落，愁绝残春雨。

◆ 七言古

和刘德彝海棠
（元）袁士元

主人爱花胜爱珠，春风庭院如画图。
褰衣曲径步花影，翩翩夜月飞长裾。
海棠睡起春正美，花貌参差玉人似。
主人吟赏夜不眠，直欲题诗压苏子。

题海棠
（元）陈樵

东风吹堕缃云影，别院春迟宫漏永。
绣帷宝带绾流苏，梦入瑶台呼不醒。
荧荧银烛花蕊多，城头乌啼奈晓何。

◆ 五言律

垂丝海棠
（宋）梅尧臣

要使吴同蜀，须看线海棠。胭脂色欲滴，紫蜡蒂何长。
夜雨偏宜著，春风一任狂。当时杜子美，吟遍独相忘。

山馆观海棠
（宋）朱子

春草池塘绿，忽惊花屿红。乱英深浅色，芳气有无中。
置酒宾朋集，披襟赏咏同。若非摹写得，应逐彩云空。

海棠画扇
（明）薛蕙

西蜀繁花树，春深乱蕊红。还怜彩扇上，宛似锦城中。
影转团团月，香含细细风。江淹才力减，赋尔若为工。

雨中看垂丝海棠
（明）王叔承

江花低拂座，窈窕雨中枝。湿翠笼芳树，娇红袅碧丝。
骊山清被处，越水浣纱时。可奈风前态，迷春映酒卮。

◆ 五言排律

海棠
（唐）薛能

酷烈复离披，元（玄）功莫我知。青苔浮落处，暮柳间开时。
带醉游人插，连阴被叟移。晨前清露湿，晏后恶风吹。
香少传何许，妍多画半遗。岛苏涟水脉，庭绽粒松枝。
偶泛因沉砚，闲飘欲乱碁。绕山生玉垒，和郡遍坤维。
负赏惭休饮，牵吟分失饥。明年应不见，留此赠巴儿。

◆ 七言律

海棠
（唐）李绅

海边佳树生奇彩，知是仙山取得栽。
琼蕊籍中闻阆苑，紫芝图上见蓬莱。
浅深芳萼通宵换，委积红英报晓开。
寄语春园百花道，莫争颜色泛金杯。

海棠
（唐）郑谷

春风用意匀颜色，销得携觞与赋诗。
秾艳最宜新著雨，娇娆全在欲开时。
莫愁粉黛临窗懒，梁广丹青点笔迟。
朝醉暮吟看不足，羡他蝴蝶宿深枝。

擢第后入蜀经罗村溪路，见海棠盛开，偶有题咏
（唐）郑谷

上国休夸红杏艳，深溪自照绿苔矶。

一枝低带流莺睡,数片狂和舞蝶飞。
堪恨路长移不得,可无人与画将归?
手中已有新春桂,多谢烟香更入衣。

海棠花

(宋)刘子翚

幽姿淑态弄春晴,梅借风流柳借轻。
剩种直教围野水,半开长是近清明。
几经夜雨香犹在,染尽胭脂画不成。
诗老无心为题拂,至今惆怅似含情。

海棠

(宋)杨万里

小园不到负今晨,晚唤娇红伴老身。
落日争明那肯暮,艳妆一出更无春。
树间露坐看摇影,酒底花光并入唇。
银烛不烧渠不睡,梢头恰恰挂冰轮。

春晴怀故园海棠

(宋)杨万里

故园今日海棠开,梦入江西锦绣堆。
万物皆春人独老,一年过社燕方回。
似青如白天浓淡,欲堕还飞絮往来。
无奈春光餐不得,遣诗招入翠琼杯。

海棠盛开而雨

(宋)方岳

闭门十日雨淋漓,洗尽红香了未知。
才一霎晴齐睡去,几何人见半开时。
世无解语玉条脱,春欲负予金屈卮。

自是晦明天不定，非干工部欠渠诗。

黄海棠
（金）蔡松年

清阴不叹晚寻芳，缥缈湘云翠袖长。
萼绿江花输带叶，醉红蜀艳恨无香。
南州气味连三月，东晋风流共一觞。
老眼寒来易凄绝，几疑新柳映斜阳。

和刘朔斋海棠
（元）牟巘

人物当今第一流，以花为屋玉为舟。
晓妆未许褰帏看，夜醉何妨秉烛游。
锦里宣华思旧梦，黄州定慧起新愁。
何如归伴徐公饮，稳结一巢花上头。

和咏海棠韵
（元）李祁

名花初发爱轻阴，翠袖红妆渐满林。
步入锦帷香径小，醉扶银烛画堂深。
妖娆喜识春风面，零落愁关夜雨心。
多幸凤凰池上客，为抽劳思写清吟。

垂丝海棠
（明）瞿佑

袅袅春风拂苑墙，天机呈巧织仙裳。
玉栏斜搭酣春睡，银烛高烧照晚妆。
华屋雨寒愁绪乱，绮窗日暖唾茸香。
诗成倘有纤毫补，愿醉佳人锦瑟傍。

周德章驸马府赏海棠
（明）程敏政

冥冥花雾拥回廊，冉冉猩红隔画墙。
按谱更谁争有韵，失评空自说无香。
莫烧银烛惊春梦，好障丹纱护晓妆。
仙种北来初识面，临风抈醉九霞觞。

◆ 七言排律

画海棠图
（元）马祖常

石家五尺珊瑚树，海国千房火齐珠。
风雨春寒围锦护，艳阳天暖倚栏扶。
浣时应贮芙蓉水，香处重熏翡翠炉。
红腻不随蜂菁蚀，粉匀终为蝶身敷。
葳蕤綵缬盘仙绶，襞积云罗落舞襦。
青帝化成非幻有，杜陵吟老却知无。
催开每赖尌鹦鹉，吹落还因唱鹧鸪。
曾见赤城花亚蕊，丹铅此去不须图。

◆ 五言绝句

海 棠
（宋）宋祁

薄暝霞烘烂，平明露湿鲜。长衾绣作地，密帐锦为天。

◆ 七言绝句

对花呈幕中
（唐）高骈

海棠初发去春枝，首唱曾题七字诗。

今日能来花下饮,不辞频把使头旗。

蜀中赏海棠
(唐)郑谷

浓淡芳春满蜀乡,半随风雨断莺肠。
浣花溪上堪惆怅,子美无心为发扬。

海 棠
(唐)吴融

雪绽霞铺锦水头,占春颜色最风流。
若教更近天街种,马上多逢醉五侯。

海棠溪
(唐)薛涛

春教风景驻仙霞,水面鱼身总带花。
人世不思灵卉异,竞将红缬染轻纱。

展江亭海棠
(宋)韩维

占尽人间丽与华,白头伴得醉流霞。
谁将法锦翻新样,红绿装成遍地花。

海 棠
(宋)苏轼

东风袅袅泛崇光,香雾霏霏月转廊。
只恐夜深花睡去,高烧银烛照红妆。

海 棠
(宋)黄庭坚

海棠院里寻春色,日炙嫣红满院香。

不觉风光都过了，东窗浑为读书忙。

海　棠
（宋）陈与义

海棠默默要诗催，日暮紫绵无数开。
欲识此花奇绝处，明朝有雨试重来。

海棠屏
（宋）朱子

蜀树成行翠作围，花开时节更芳菲。
主人梦蝶寻春去，栩栩深穿锦障飞。

赏海棠
（宋）范成大

芳春随分到贫家，儿女多情惜岁华。
聊为海棠修故事，去年灯烛去年花。

忆向宣华夜倚栏，花光妍暖月光寒。
如今塌（蹋）飒嫌风露，且只铜瓶满插看。

晓　寒
（宋）杨万里

春光唤入百花丛，寒力平欺两鬓蓬。
吹乱众红还复整，海棠却不怕春风。

垂丝海棠
（宋）杨万里

无波可照底须窥，与柳争娇也学垂。
破晓骤晴天有意，生红新晒一绚丝。

海　棠

　　　　　　　　　　（宋）僧惠洪

酒入香腮笑未知，小妆初罢醉儿痴。
一枝柳外墙头见，胜却千丛著雨时。

同儿辈赋未开海棠

　　　　　　　　　　（金）元好问

翠叶轻笼豆颗匀，胭脂浓抹蜡痕新。
殷勤留著花梢露，滴下生红可惜春。

枝间新绿一重重，小蕾深藏数点红。
爱惜芳心莫轻吐，且教桃李闹春风。

腊月海棠

　　　　　　　　　　（元）尹廷高

尤物真能夺化工，腊前偷泄数枝红。
霜花不上燕支面，强饰春妍嫁北风。

为浪溪题折枝海棠

　　　　　　　　　　（元）欧阳玄

点缀春风只一枝，此花犹是半开时。
更令老杜如今见，便是无情也赋诗。

醉　起

　　　　　　　　　　（元）萨都剌

杨柳楼心月满床，锦屏绣褥夜生香。
不知门外春多少，自起移灯照海棠。

折枝海棠

（元）杨维桢

金屋银釭照宿妆，一枝分得锦云乡。
梅郎底事多馀恨，怪煞珊瑚不肯香。

海　棠

（元）马臻

殷红含露卧朝寒，疑是春工画未干。
底事诗人吟不稳，直须烧烛夜深看。

西斋庭前海棠

（明）高启

寂寥银烛与金盘，睡足簾前怯晓寒。
不是诗人赏幽兴，雨中深院有谁看。

海　棠

（明）张新

雨滋霞衬入朱颜，月下疑从姑射还。
最是春工多巧思，著将色在浅深间。

秋海棠

（明）俞琬纶

春色先阴到海棠，独留此种占秋芳。
稀疏点缀猩红小，堪佐黄花荐客觞。

卷三百十九 桂花类

◆ 五言古 附长短句

咏桂树
（梁）范云

南中有八树，繁华无四时。不识风霜苦，安知零落期。

咏 桂
（梁）庾肩吾

新丛入望苑，旧榦别层城。倩视今移处，何如月里生。

咏定林寺桂树
（北周）王褒

岁馀凋晚叶，年至长新围。月轮三五映，乌生八九飞。

春桂问答
（唐）王绩

问春桂：桃李正芳华，年光随处满，何事独无花？

春桂答：春华讵能久，风霜摇落时，独秀君知不？

古 意
（唐）王绩

桂树何苍苍，秋来花更芳。自言岁寒性，不知露与霜。

幽人重其德，徙植临前堂。连拳八九树，偃蹇二三行。
枝枝自相纠，叶叶还相当。去来双鸿鹄，栖息两鸳鸯。
荣荫诚不厚，斤斧亦勿伤。赤心许君时，此意那可忘。

咏　桂
（唐）李白

世人种桃李，多在金张门。攀折争捷径，及此春风暄。
一朝天霜下，荣耀难久存。安知南山桂，绿叶垂芳根。
清阴亦可托，何惜树君园。

谢陆处士杼山折青桂花见寄之什
（唐）颜真卿

群子游杼山，山寒桂花白。绿蕚含素萼，采折自逋客。
忽枉岩中诗，芳香润金石。全高南越蠹，岂谢东堂策。
会惬名山期，从君恣幽觌。

庐山桂
（唐）白居易

偃蹇月中桂，结根依青天。天风绕月起，吹子下人间。
飘零委何处？乃落匡庐山。生为石上桂，叶如剪碧鲜。
枝榦日长大，根荄日牢坚。不归天上月，空老山中年。
庐山去咸阳，道里三四千。无人为移植，得入上林园。
不及红花树，长栽温室前。

比闻龙门敬善寺有红桂树独秀伊川，尝于江南诸山访之莫致。陈侍御知予所好，因访剡溪樵客得数株，移植郊园，众芳色沮。乃知敬善所有是蜀道菖草，徒得嘉名，因赋是诗，兼赠侍御

（唐）李德裕

昔闻红桂枝，独秀龙门侧。越叟移数株，周人未尝识。
平生爱此树，攀玩无由得。君子知我心，因之为羽翼。

岂烦嘉客誉，且就清阴息。来自天姥岑，长疑翠岚色。
芳芬世所绝，偃蹇枝渐直。琼叶润不凋，珠英粲如织。
犹疑翡翠宿，想待鹓鸾食。宁止暂淹留，终当更封殖。

小　桂

（唐）陆龟蒙

讽赋轻八植，擅名方一枝。才高不满意，更自寒山移。
宛宛别云态，苍苍出尘姿。烟归助华杪，雪点迎芳蕤。
青条坐可结，白日如奔螭。谅无劚翦忧，即是萧森时。
洛浦虽有荫，骚人聊自怡。终为济川楫，岂在论高卑。

小　桂

（唐）皮日休

一子落天上，生此青璧枝。欻从山之幽，劚断云根移。
劲挺隐珪质，盘珊绨油姿。叶彩碧髓融，花状白毫蕤。
棱层立翠节，偃蹇樛青螭。影澹雪霁后，香泛风和时。
吾祖在月窟，孤贞能见怡。愿老君子地，不敢辞喧卑。

谢人寄双桂

（宋）欧阳修

有客赏芳丛，移根自幽谷。为怀山中趣，爱此岩下绿。
晓露秋晖浮，清阴药栏曲。更待繁花白，邀君弄芳馥。

桂

（宋）曾肇

团团桂丛孤，枝叶寒更媚。托根庭宇间，自有幽人致。
何必问嫦娥，青云借馀地。

木犀古风

（宋）刘子翚

化工吝幽香，斑斑被花木。氤氲寒岩桂，高韵盖群馥。

无人尽日芳，守志何幽独。士介耻求知，女贞惭自鬻。
凄凉楚山秋，樛枝吐金粟。浅水映轻明，微飔发含蓄。
楼端静忽闻，马上遥相逐。踟蹰为延伫，但见林峦绿。
瓶罂谁折赠，清芬闵庐屋。久处不自知，乍至弥郁郁。
客悲芳岁暮，梦绕寒溪曲。长吟小山词，古意恐难复。

饮钱二孔周宅桂花下
（明）王宠

嘉树荫团团，团团露华白。本自招摇山，植君青霞宅。
不意凌寒姿，占此瑶墀隙。高枝挂珠网，卑条敷绮席。
萋萋布叶阴，茸茸吐花积。风飘远近香，月映盈亏魄。
既集佳丽人，亦招隐沦客。幸承金樽荐，亲劳玉腕摘。
歌曲出琤珑，舞袖随宽窄。条繁每冒钗，花落常点额。
戏羽必成双，栖禽无单只。及此芳菲时，荷君千金惜。
不醉且淹留，看朱已成碧。

◆七言古

桂
（宋）毛滂

玉阶桂影秋绰约，天空为卷浮云幕。
婵娟醉眠水晶殿，老蟾不守馀花落。
苍苔忽生霜月裔，仙芬凄冷真珠萼。
娟娟石畔为谁妍，香雾著人清入膜。
夜深醉月寒相就，荼䕷却作伤心瘦。
弄云仙女淡纻衣，烟裙不著鸳鸯绣。
眼中寒香谁同惜？冷吟径召梅花魄。
小蛮为洗玻瓈杯，晚来秋瓮蒲萄碧。

以玉山亭馆分题得金粟影

（元）顾瑛

飞轩下瞰芙蓉渚，槛外幽花月中吐。
天风寂寂吹古香，清露泠泠湿秋圃。
云梯万丈手可攀，居然梦落清虚府。
庭中捣药玉兔愁，树下乘鸾素娥舞。
琼楼玉殿千娉婷，中有臞仙淡眉宇。
问我西湖旧风月，何似东华软尘土。
寒光倒落影娥池，的皪明珠承翠羽。
但见山河影动摇，独有清辉照今古。
觉来作诗思茫然，金粟霏霏下如雨。

◆ 五言律

桂

（唐）李峤

未植银宫里，宁移玉殿幽。枝生无限月，花满自然秋。
侠客条为马，仙人叶作舟。愿君期道术，攀折可淹留。

岩桂

（宋）刘子翚

凉飔振远村，寂寞度清芬。山路不知处，月窗时夜闻。
孤根寒抱石，落子半飘云。袖手空延伫，无才可赋君。

咏岩桂

（宋）朱子

亭亭岩下桂，岁晚独芬芳。叶密千层绿，花开万点黄。
天香生净想，云影护仙妆。谁识王孙意，空吟《招隐》章。

木犀

(宋)许月卿

诗到黄初上,高标不肯唐。分封在香国,筮仕得黄裳。
锦昼累金印,瑶英案玉皇。黄香天下士,谁得并清芳?

桂花

(元)倪瓒

桂花留晚色,簾影淡秋光。靡靡风还落,菲菲夜未央。
玉绳低缺月,金鸭罢焚香。忽起故园想,泠然归梦长。

咏桂

(明)申时行

岩壑同栖处,风霜独秀时。暗飘灵隐粟,高擢广寒姿。
露气侵衣袂,天香扑酒卮。桂丛吾自密,不负小山期。

◆ 五言排律

月中桂树

(唐)顾封人

芬馥天边桂,扶疏在月中。能齐大椿长,不与小山同。
皎皎舒华色,亭亭丽碧空。亏盈宁委露,摇落不关风。
岁晚花应发,春馀质讵丰。无因遂攀赏,徒欲望青葱。

华州试月中桂

(唐)张乔

与月转鸿濛,扶疏万古同。根非生下土,叶不堕秋风。
每以圆时足,还随缺处空。影超群木外,香满一轮中。
未种丹霄日,应虚玉兔宫。何当因羽化,细得问元(玄)功。

幽人折芳桂

（唐）阙名

厚地生芳桂，遥林耸榦长。叶开风里色，花吐月中光。
曙鸟啼馀翠，幽人爱早芳。动时垂露滴，攀处拂衣香。
入调声犹苦，孤高力自强。一枝终是折，荣耀在东堂。

◆ 七 言 律

八月十七日天竺山送桂花分赠元素

（宋）苏轼

月缺霜浓细蕊干，此花元属桂堂仙。
鹫峰子落惊前夜，蟾窟枝空记昔年。
破衲高僧怜耿介，练裙溪女斗清妍。
愿公采撷纫幽佩，莫遣孤芳老涧边。

木犀初发呈张功甫

（宋）杨万里

尘世何曾识桂林，花仙夜入广寒深。
移将天上众香国，寄在梢头一束金。
露下风高月当户，梦回酒醒客闻砧。
诗情恼得浑无赖，不为龙涎与水沉。

昨日访子上不遇，裴回庭砌，观木犀而归，再以七言乞数枝

（宋）杨万里

昨携儿辈叩云关，绕遍岩花恣意看。
苔砌落深金布地，水沉蒸透粟堆盘。
寄诗北院赊秋色，供我西窗当晚餐。
小朵出丛须折却，莫教折破碧团栾。

木犀花

（元）方夔

曾住仙山九折岩，夜凉萝荔挂衣衫。
月窥樽里如相伴，人立花边自不凡。
丛绿联环玱玉珮，残黄琐骨现金函。
枝空蟾窟今谁记，犹道东陵系旧衔。

木 犀

（元）方夔

下土花中第一流，移根自笑此生浮。
独依上界清虚府，满贮青冥沉瀣秋。
棱叶风翻低散乱，苍皮虫蚀老雕锼。
醉来径向高寒处，自驾青鸾拥玉虬。

苍苍珠树俯寒流，析木津头戏拍浮。
褐凤抟风朝紫极，砚蟾滴露泻清秋。
返魂香倩罗裳贮，碍月枝凭玉斧锼。
夜景未阑清入骨，潇潇鳞甲卧痴虬。

月中桂花

（元）谢宗可

金粟如来夜化身，嫦娥留得护冰轮。
枝横大地山河影，根老层霄雨露春。
长有天香飞碧落，不教仙子种红尘。
折来何必吴刚斧，还我凌云第一人。

红木犀

（明）瞿佑

滴露研珠染素秋，轻黄淡白总包羞。

量空金粟知难买，击碎珊瑚惜未收。
仙友自传丹灶术，状元须作锦衣游。
一枝拟问嫦娥乞，管取花神暗点头。

桂

（明）申时行

招隐曾缘桂树留，追欢仍爱小山幽。
尊前露气浮清汉，云里天香散碧秋。
老斡已分蟾窟种，良宵堪续兔园游。
灵椿晚岁能相傍，花底何妨醉白头。

◆ 五言绝句

题殿前桂叶

（唐）卢僎

桂树生南海，芳香隔远山。今朝天上见，疑是月中攀。

崔九弟欲往南山马上口号与别

（唐）王维

城隅一分手，几日还相见？山中有桂花，莫待花如霰。

山中桂

（唐）雍裕之

八树拂丹霄，四时青不凋。秋风何处起，先袅最长条。

木犀

（宋）朱子

乔木生夏凉，芳蕤散秋馥。未觉岁时寒，扶疏方绕屋。

东渚

（宋）朱子

小山幽桂丛，岁暮霭佳色。花落洞庭波，秋风渺何极。

木犀

（宋）杨万里

不是人间种，移从月里来。广寒香一点，吹得满山开。

芳桂坞

（明）高启

欲攀淮南树，人去山寂寞。袅袅凉风生，疏花月中落。

◆ 七言绝句

东城桂

（唐）白居易

子堕本从天竺寺，根盘今在阆闾城。
当时应逐南风落，落向人间取次生。

厅前桂

（唐）白居易

天台岭上凌霜树，司马厅前委地丛。
一种不生明月里，山中犹较胜尘中。

双桂咏

（唐）陈陶

青冥结根易倾倒，沃洲山中双树好。
琉璃宫殿无斧声，石上萧萧伴僧老。

寄阳朔友人

（唐）李郢

桂林虽产千株桂，未解当天影日开。
我到月中收得种，为君移向故园栽。

袭美初植松桂偶题

（唐）陆龟蒙

轩阴冉冉移斜日，寒韵泠泠入晚风。
烟格月姿曾不改，至今犹似在山中。

洞宫夕

（唐）陆龟蒙

月午山空桂花落，华阳道士云衣薄。
石坛香散步虚声，杉露清泠滴栖鹤。

小游仙诗

（唐）曹唐

焚香独自上天坛，桂树风吹玉简寒。
长怕嵇康乏仙骨，与将仙籍再寻看。

天竺寺八月十五日夜桂子

（唐）皮日休

玉颗珊珊下月轮，殿前拾得露华新。
至今不会天中事，应是嫦娥掷与人。

木　犀

（宋）邓肃

雨过西风作晚凉，连云老翠入新黄。
清风一日来天阙，世上龙涎不敢香。

咏木犀

(宋) 谢无逸

瀹雪凝酥点嫩黄，蔷薇清露染衣裳。
西风扫尽狂蜂蝶，独伴天边桂子香。

次刘彦集木犀韵

(宋) 朱子

众芳摇落九秋期，横出天香第一枝。
莫似寒梅太孤绝，更教遥夜笛中吹。

岩 桂

(宋) 范成大

越城芳径手亲栽，红浅黄深次第开。
不用小山《招隐赋》，身如强健日千回。

一枝萧索倚宣华，东苑香风属内家。
丹碧屠苏银烛照，平生奇绝象山花。
(少城圃中惟有一株。四明月桂特奇。)

凝露堂木犀

(宋) 杨万里

梦骑白凤上青空，径度银河入月宫。
身在广寒香世界，觉来簾外木犀风。

木 犀

(宋) 方岳

谁遣秋风开此花，天香来自玉皇家。
郁金裳浥蔷薇露，知是仙人萼绿华。

木　犀

（宋）朱淑真

弹压西风擅众芳，十分秋色为伊忙。
一枝淡贮书窗下，人与花心各自香。

桂枝词

（元）张雨

桂树丛生枝婀娜，糁粟黄云欲成朵。
薰醒秋衣懒下床，金蟾啮断烧香锁。

红木犀

（明）太祖

月宫移向日宫栽，引得轻红入面来。
好向烟霄承雨露，丹心一点为君开。

秋入幽岩桂影圆，香心（深）粟粟照林丹。
应随王母瑶池宴，染得朝霞下广寒。

凉　夜

（明）高启

一声远笛数声砧，月满江城夜正深。
坐据胡床爱凉思，空阶移尽桂花阴。

直房闻桂香

（明）史谨

松阴池馆昼偏凉，何处飘来桂子香。
起傍雕阑看秋色，广寒宫殿近昭阳。

田人送桂花有怀同庵法兄
（明）僧德祥

上清宫里花间殿，天竺山中月下台。
两地旧游同怅望，田家人送一枝来。

仙桂曲题月娥帖和荪谷韵
（明）崔孤竹

碧落迢迢鸾路长，天风吹送桂花香。
玉箫归去瑶坛上，罗袜寒生一寸霜。

卷三百二十　玉兰花类

◆ 五言排律

玉兰花
（明）王世贞

暂藉辛夷质，仍分薝葡光。微风催万舞，好雨净千妆。
月向瑶台并，春还锦帐藏。高枝凝汉掌，艳蕊胜唐昌。
神女曾捐珮，宫妃欲试香。
谁为《后庭》奏，一曲按《霓裳》。

◆ 七言律

玉兰
（明）文徵明

绰约新妆玉有辉，素娥千队雪成围。
我知姑射真仙子，天遣霓裳试羽衣。
影落空阶初月冷，香生别院晚风微。
玉环飞燕元相敌，笑比江梅不恨肥。

玉兰花
（明）王世贞

南国风流曲未阑，开帘一笑万花攒。
霓裳夜色团瑶殿，露掌晴辉散玉盘。

自是蓝田贻别种，不同湘浦怨春寒。
唐昌观里夸如雪，争似侬家几树看。

玉　兰

（明）陆树声

葱茏芳树雨初干，樽酒花前洽笑欢。
日晃簾栊晴喷雪，风回斋阁气生兰。
参差玉佩排空出，烂熳香鳞拥醉看。
自是东君苦留客，莫教絃管易吹残。

◆ 七言绝句

玉　兰

（明）眭石

霓裳片片舞妆新，束素亭亭玉殿春。
已向丹霞生浅晕，故将清露作芳尘。

卷三百二十一　丁香花类

◆ 五言古

丁香

（唐）杜甫

丁香体柔弱，乱结枝犹垫。细叶带浮毛，疏花披素艳。
深栽小斋后，庶近幽人占。晓堕兰麝中，休怀粉身念。

◆ 五言律

赋得池上双丁香树

（唐）钱起

得地移根远，交柯绕指柔。露香浓结桂，池影斗蟠虬。
黛叶轻筠绿，金花笑菊秋。何如南海外，雨露隔炎洲。

◆ 七言绝句

丁香

（唐）陆龟蒙

江上悠悠人不问，十年云外醉中身。
殷勤解却丁香结，从放繁枝散诞春。

卷三百二十二 夜合花类

◆ 五言古

合欢

（晋）杨方

南邻有奇树，承春挺素华。丰翘被长条，绿叶蔽朱柯。
因风吐微音，芳气入紫霞。我心羡此木，愿徙著余家。
夕得游其下，朝得弄其葩。尔根深且固，余宅浅且洿。
移植良无期，叹息将如何！

夜合

（宋）韩琦

俗人之爱花，重色不重香。吾今得真赏，以矫时之常。
所爱夜合者，清芬逾众芳。叶叶自相对，开敛随阴阳。
不惭历草滋，独擅尧阶祥。得此合欢名，忧忿诚可忘。
茸茸红白姿，百和从风飏。沉水燎庭槛，薰陆芬缨裳。
弥月固未歇，况兹夏景长。凡目不我贵，馥烈徒自将。
仲尼失灭明，史迁疑子房。以貌不以行，举世同悲伤。
予欲先馨德，群艳孰可方。直饶妖牡丹，须让花中王。

合欢木

（元）吴师道

合欢爱佳名，矧复知昏旦。淮土产特多，葱茏荫沟岸。

离离青叶解，冉冉红茸散。静和宿露卷，动与微风恋。
物意岂悦人，和乐自堪玩。蹇予寡所谐，触事多忿悁。
亦拟学嵇生，植根向庭畔。

◆ 五言律 附小律

题合欢花
（唐）李颀

开花复卷叶，艳眼又惊心。蝶绕西枝露，风披东榦阴。
黄衫漂细蕊，时拂女郎砧。

夜 合
（唐）元稹

绮树满朝阳，融融有露光。雨多疑濯锦，风散似分妆。
叶密烟蒙火，枝低绣拂墙。更怜当暑见，留咏日偏长。

◆ 七 言 律

玉堂合欢花初开，郑潜昭率同院赋诗次韵
（元）袁桷

一树高花冠玉堂，知时舒卷欲云翔。
马嘶不动游缨𦈡，雉尾初开翠扇张。
旧渴未须餐玉屑，嘉名端合纪青裳。
云窗雾冷文书静，留取馀清散远香。

◆ 五言绝句

合 欢
（明）于若瀛

一茎两三花，低垂泫朝露。开帘弄幽色，时有香风度。

◆ 七言绝句

闺　妇
（唐）白居易

斜凭绣床愁不动，红绡带缓绿鬟低。
辽阳春尽无消息，夜合花前日又西。

合　昏
（宋）韩琦

合昏枝老拂檐牙，红白开成蘸晕花。
最是清香合蠲忿，累旬风送入窗纱。

京城杂咏
（元）欧阳玄

白玉堂前夜合花，高高绿树散朱霞。
朝来如见唐人画，系著谁家白鼻䯀？

游仙诗
（明）叶小鸾

可是初逢萼绿华，琼楼烟月几仙家。
坐中听彻《凉州曲》，笑指窗前夜合花。

卷三百二十三 紫薇花类

◆ 五言古

紫薇
（唐）杨於陵

晏朝受明命，维夏走天衢。逮兹三伏候，息驾万里途。
省躬既局蹐，结思多烦纡。簿领幸无事，宴休谁与娱？
内斋有佳树，双植分庭隅。绿叶下成幄，紫花纷若铺。
摘霞晚舒艳，凝露朝垂珠。炎沴昼方铄，幽姿闲且都。
夭桃固难匹，芍药宁为徒。懿此时节久，讵同光景驱。
陶甄试一致，品汇乃散殊。濯质非受采（彩），无心那夺朱。
粤予久羁旅，留赏益踟蹰。通夕靡云倦，西南山月孤。

和郴州杨侍郎玩郡斋紫薇花十四韵*
（唐）刘禹锡

几年丹霄上，出入金华省。暂别万年枝，看花桂阳岭。
南方足奇树，公府成佳境。绿阴交广除，明艳透萧屏。
雨馀人吏散，燕语簾栊静。懿此含晚芳，倏然忘簿领。
紫茸垂组绶，金缕攒锋颖。露浥暗传香，风轻徐弄影。

---

* 此诗原题《奉和侍郎二丈玩郡斋紫薇花十四韵》，作者"杨於陵"。今从《全唐诗》及《四库》本径改。

苒弱多意思，从容占光景。得地在侯家，移根近仙井。
开樽好凝睇，倚瑟仍回颈。游蜂驻绿冠，舞鹤迷烟顶。
兴生红药后，爱与甘棠并。不学夭桃姿，浮荣在俄顷。

◆ 五言律

紫薇花

（唐）刘禹锡

明丽碧天霞，丰茸紫绶花。香闻荀令宅，艳入孝王家。
几岁自荣辱，高情方叹嗟。有人移上苑，犹是占年华。

紫薇

（明）薛蕙

紫薇开最久，烂熳十旬期。夏日逾秋序，新花续故枝。
楚云轻掩冉，蜀锦碎参差。卧对山窗下，犹堪比凤池。

◆ 七言律

紫薇

（唐）白居易

紫薇花对紫薇翁，名目虽同貌不同。
独占芳菲当夏景，不将颜色托春风。
浔阳官舍双高树，兴善僧庭一大丛。
何似苏州安置处，花堂栏下月明中。

临发崇让宅紫薇

（唐）李商隐

一树浓姿独看来，秋庭暮雨类轻埃。
不先摇落应有待，已欲别离休更开。
桃绶含情依露井，柳绵相忆隔章台。
天涯地角同荣谢，岂要移根上苑栽。

◆ 五言绝句

平望夜泊
（明）王穉登

店傍栽紫薇，颜色斗江霞。我家庭下树，归日正开花。

◆ 七言绝句

紫薇花
（唐）白居易

丝纶阁下文书静，钟鼓楼中刻漏长。
独坐黄昏谁是伴？紫薇花对紫薇郎。

见紫薇花忆微之
（唐）白居易

一丛闇淡将何比？浅碧笼裙衬紫巾。
除却微之见应爱，人间少有别花人。

紫薇花
（唐）杜牧

晓凝瑞露一枝新，不占园中最上春。
桃李无言又何在？向风偏笑艳阳人。

阁下暮春
（宋）王禹偁

诏书稀少日何长，闲枕通中睡一场。
院吏报来丞相出，紫薇花影上东廊。

次韵钱穆父紫薇花
（宋）苏轼

折得芳蕤两眼花，题诗相报字横斜。

笈中尚有丝纶句，坐觉天光照海涯。

入直召对选德殿赐茶而退
（宋）周必大

绿槐夹道集昏鸦，敕使传宣坐赐茶。
归到玉堂清不寐，月钩初上紫薇花。

紫薇
（宋）杨万里

晴霞艳艳覆檐牙，绛雪霏霏点砌沙。
莫管身非香案吏，也移床对紫薇花。

凝露堂前紫薇花两株，每自五月盛开，九月乃衰
（宋）杨万里

似痴如醉弱还嘉，露压风欺分外斜。
谁道花无红百日，紫薇长放半年花。

紫薇
（宋）刘克庄

风标雅合对词臣，映砌窥窗伴演纶。
忽发一枝深谷里，似知茅屋有诗人。

和省郎杜德常清明三绝兼简王君实艺林
（元）宋聚

闲门景物苦无涯，柳拂青丝杏衬霞。
酝藉仙郎谁得似，官曹常对紫薇花。

题石睿学士图
（明）徐霖

归来厩马踏堤沙，回首彤楼路渐赊。
遥想禁门金锁合，一庭月浸紫薇花。

卷三百二十四 木兰花类

◆ 五言律

陈秀才庭际木兰

（唐）方干

昔见初栽日，今逢成树时。存思心更感，绕看步还迟。
蝶舞摇风蕊，莺啼含露枝。徘徊不忍去，应与醉相宜。

◆ 五言排律

题灵佑上人法华院木兰花

（唐）刘长卿

庭种南中树，年华几度新。已依初地长，独发旧园春。
映日成华盖，摇风散锦茵。色空荣落处，香醉往来人。
菡萏千灯遍，芳菲一雨均。高柯倘为楫，渡海有良因。

◆ 五言绝句

木 兰

（宋）郑侠

未识春风面，先闻乐府名。洗妆侬出塞，进艇客登瀛。

◆ 七言绝句

戏题木兰花

(唐) 白居易

紫房日照胭脂坼,素艳风吹腻粉开。
怪得独饶脂粉态,木兰曾作女郎来。

题令狐家木兰

(唐) 白居易

腻如玉指涂朱粉,光似金刀剪紫霞。
从此时时春梦里,应添一树女郎花。

木兰花

(唐) 李商隐

洞庭波冷晓侵云,日日征帆送远人。
几度木兰舟上望,不知元是此花身。

木 兰

(宋) 张芸叟

石上红花低照水,山头翠筱细含烟。
天生一本徐熙画,只欠鹧鸪相对眠。

春日闲居

(明) 王虞凤

浓阴柳色罩窗纱,风送炉烟一缕斜。
庭草黄昏随意绿,子规啼上木兰花。

卷三百二十五 蜡梅花类

◆ 七言古

蜡梅一首赠赵景贶
（宋）苏轼

天公点酥作梅花，此有蜡梅禅老家。
蜜蜂采花作黄蜡，取蜡为花亦其物。
天工变化谁得知，我亦儿嬉作小诗。
君不见万松岭上黄千叶，玉蕊檀心两奇绝。
醉中不觉度千山，夜闻梅香失醉眠。
归来却梦寻花去，梦里花仙觅奇句。
此间风物属诗人，我老不饮当付君。
君行适吴我适越，笑指西湖作衣钵。

蜡 梅
（宋）陈与义

智琼额黄且勿夸，回眼视此风前葩。
家家融蜡作杏蒂，岁岁逢梅是蜡花。
世间真伪非两法，映日细看真是蜡。
我今嚼蜡已甘腴，况此有韵蜡不如。
只愁繁香欺定力，薰我欲醉须人扶。
不辞花前醉倒卧经月，是酒是香君试别。

◆ 五言律

蜡梅

（宋）杨万里

栗玉圆雕蕾，金钟细著行。来从真蜡国，自号小黄香。
夕吹撩寒馥，晨曦透暖光。南枝本同姓，唤我作他杨。

◆ 七言律

蜡梅

（元）耶律楚材

越岭仙姿迥异常，洞庭春染六铢裳。
枝横碧玉天然瘦，蕾破黄金分外香。
反笑素英浑淡抹，却嫌红艳太浓妆。
临风挹此蔷薇露，醉墨淋漓寄渺茫。

◆ 五言绝句

戏咏蜡梅

（宋）黄庭坚

金蓓锁春寒，恼人香未展。虽无桃李颜，风味极不浅。

体薰山麝脐，色染蔷薇露。披拂不满襟，时有暗香度。

黄梅

（宋）黄庭坚

异色深宜晚，生香故触人。不施千点白，别作一家春。

同家弟赋蜡梅

（宋）陈与义

朱朱与白白，著意待春开。那知洞房里，已傍额黄来。

韵胜谁能舍，色庄那得亲。朝阳一映树，到骨不留尘。

黄罗作广袂，绛帐作中单。人间谁敢著，留得护春寒。

一花香十里，更值满枝开。承恩不在貌，谁敢斗香来。

蜡　梅
（宋）陈与义

花房小如许，铜切（剪）黄金涂。中有万斛香，与君细细输。

来从底处所，黄露满衣湿。缘漈翻得怜，亭亭倚风立。

奕奕金仙面，排行立晓晴。殷勤夜来雪，少住作珠璎。

◆ 七言绝句

和王立之蜡梅
（宋）晁冲之

茅檐竹坞两幽奇，岸帻寻花醉不知。
崖蜜已成蜂去尽，夜寒惟有露房垂。

从张仲谋乞蜡梅
（宋）黄庭坚

闻君寺后野梅发，香蜜染成官样黄。
不拟折来遮老眼，欲知春色到池塘。

蜡　梅
（宋）晁补之

恐是酴醾染得黄，月中清露滴来香。
定知何逊牵诗兴，借与穿簾一点光。

蜡 梅

(宋)杨万里

蜜蜂底物是生涯？花作糇粮蜡作家。
岁晚略无花可采，却将香蜡吐成花。

蜡 梅

(宋)杨万里

天向梅梢别出奇，国香未许世人知。
殷勤滴蜡缄封却，偷被霜风折一枝。

江梅珍重雪衣裳，薄相红梅学杏装。
渠独小参黄面老，额间艳艳发金光。

蜡 梅

(宋)谢翱

冷艳清香受雪知，雨中谁把蜡为衣。
蜜房做就花枝色，留得寒蜂宿不归。

谢王巨川惠蜡梅因用其韵

(元)耶律楚材

雪里冰枝破冷金，前村篱落暗香侵。
令人多谢王公子，分惠幽芳寄好音。

卷三百二十六　山茶花类

◆ 五言古

春晚山茶始开示德衡弟
（元）蒲道源

山茶本冬花，憔悴遂开晚。侪辈斗芬芳，己独尚息偃。
及兹春事深，渥丹始赫烜。参列姚魏前，正色无婉娩。
因之观我生，平昔非骄蹇。衡门自栖迟，临老遇推挽。
朱紫皆少年，迹亲心自远。华颠岂怀荣，田里幸得返。
功名船上滩，岁月轮下坂。抚树三叹息，岁寒同缱绻。

白　茶
（元）朱德润

秋高银河泻，碧宇净如洗。飞仙自天来，幻作白茶蕊。
清香不自媚，迥出山谷底。盈盈双玉环，婉立庭户里。
风霜非故林，雨露结新意。

◆ 七言律

山　茶
（宋）刘克庄

青女行霜下晓空，山茶独殿众花丛。
不知户外千林缟，且看盆中一本红。

性晚每经寒始坼，色深那爱日微烘。
人言此树尤难养，暮溉晨浇自课童。

十二月十八日海云赏山茶
（宋）范成大

追趁新晴管物华，马蹄松快帽檐斜。
天南腊尽风晞雪，冰下春来水漱沙。
已报主林催市柳，仍从掌故问山茶。
丰年自是欢声沸，更著牙前画鼓挝。

月 丹
（元）郝经

小艇移来江涨桥，盘盘矮矮格仍娇。
丹霞皱月珊红玉，香雾凝春剪绛绡。
一种是花偏富贵，三冬无物比妖娆。
广寒记忆曾攀折，满殿光摇照紫霄。

（王承宣致月丹一本，云山茶大者曰"月丹"，又大者曰"照殿红"。）

◆ 五言绝句

山 茶
（宋）梅尧臣

南国有嘉树，华居赤玉杯。曾无冬春改，常冒霰雪开。

山 茶
（明）黎扩

叶苦寒摧绿，花愁雪妒红。自知荣适晚，不敢恨春风。

◆ 七言绝句

红茶花

（唐）司空图

景物诗人见即夸,岂怜高韵说红茶。
牡丹枉用三春力,开得方知不是花。

邵伯梵行寺山茶

（宋）苏轼

山茶相对阿谁栽,细雨无人我独来。
说似与君君不会,烂红如火雪中开。

山茶花

（宋）陶弼

江南池馆厌深红,零落山烟山雨中。
却是北人偏爱惜,数枝和雪上屏风。

浅为玉茗深都胜,大白山茶小海红。
名誉漫多朋援少,年年身在雪霜中。

山茶

（宋）俞国宝

花近东溪居士家,好携尊酒款携茶。
玉皇收拾还天上,便恐笃阳无此花。

玉洁冰寒自一家,地偏惊对此山茶。
归来不负西游眼,曾识人间未见花。

阻风南露筋，过罗汉寺，登楼看山茶
（元）萨都剌

野寺寻春酒未醒，不知几日过清明。
小阑干外东风急，一树山茶落晚晴。

山　茶
（明）张新

胭脂染就绛裙襕，琥珀妆成赤玉盘。
似共东风解相识，一枝先已破春寒。

卷三百二十七　栀子花类

◆ 五言古

咏墙北栀子
（齐）谢朓

有美当阶树，霜露未能移。金蕡发朱采，映日以离离。
幸赖夕阳下，馀景及西枝。还思照绿水，君阶无曲池。
馀荣未能已，晚实犹见奇。复留顷筐德，君恩信未赀。

摘同心栀子赠谢娘因附此诗
（梁）刘令娴

两叶难为赠，交情永未因。同心何处恨，栀子最关人。

栀子花
（宋）曾肇

林兰擅孤芳，性与凡木异。不受雪霰侵，自足中和气。
欲知清净身，即此林间是。

◆ 五言律

栀　子
（唐）杜甫

栀子比众木，人间诚未多。于身色有用，与道气相和。

红取风霜实，青看雨露柯。无情移得汝，贵在映江波。

◆ 七言绝句

刘平甫分惠水栀小诗为谢
（宋）朱子

何处飞来薝蔔林，老枝樛屈更萧椮。
凄凉杜老江头句，坐对行吟得自箴。

栀 子
（宋）朱淑真

一根曾寄小峰峦，薝蔔香清水影寒。
玉质自然无暑意，更宜移就月中看。

栀 子
（宋）蒋梅

清净法身如雪莹，肯来林下现孤芳。
对花六月无炎暑，省爇铜匜几炷香。

次韵悦兑元见寄
（明）朱右

于越山中谢傅家，旧时池馆似东嘉。
继公幽隐经行处，薝蔔新开一树花。

栀子花题画
（明）丰坊

金鸭香消夏日长，抛书高卧北窗凉。
晚来骤雨山头过，栀子花开满院香。

栀 子

（明）于若瀛

萱花荼蘼亚枝柔，夏艳春娇取次收。
丽朵乍开金谷障，冷香乱堕水晶球。

卷三百二十八　辛夷花类

◆ 七言古

　　初入京寓天界西阁对辛夷花怀徐七记室
　　　　　　　　　　　　　　（明）高启

去年寺里开辛夷，君来忆我曾题诗。
今年我来君已去，思君还对花开时。
欲寻花下君行迹，日暮空庭古苔碧。
殷勤把酒问花枝，看过春风几行客。

◆ 五言律

　　　　　辛夷花
　　　　　　　　　　　　　　（唐）李德裕

昔年将出谷，几日对辛夷。倚树怜芳意，攀条惜岁滋。
清阴须暂憩，秀色正堪思。只待挥金日，殷勤泛羽卮。

◆ 七言律

　　　　　扬州看辛夷花
　　　　　　　　　　　　　　（唐）皮日休

腊前千朵亚芳丛，细腻偏胜素捺〔柰〕功。
蟆首不言披晓雪，麝脐无主任春风。

一枝拂地成瑶圃,数树参庭是蕊宫。
应为当时天女服,至今犹未放全红。

和扬州看辛夷花次韵
（唐）陆龟蒙

柳疏梅堕少春丛,天遣花神别致功。
高处朵稀难避日,动时枝弱易为风。
堪将乱蕊添云肆,若得千株便雪宫。
不待群芳应有意,等闲桃杏即争红。

游蒋山题辛夷花寄陈奉礼
（宋）徐铉

今岁游山已恨迟,山中仍喜见辛夷。
簪缨且免全为累,桃李犹堪别作期。
晴后日高偏照灼,晚来风急渐离披。
山郎不作同行伴,折得何由寄所思?

◆ 五言绝句

辛夷坞
（唐）裴迪

绿堤春草合,王孙自留玩。况有辛夷花,色与芙蓉乱。

辛　夷
（明）陈继儒

春雨湿窗纱,辛夷弄影斜。曾窥江梦彩,笔笔忽生花。

◆ 七言绝句

题灵隐寺红辛夷花戏酬光上人
（唐）白居易

紫粉笔含尖火焰,红胭脂染小莲花。

芳情乡思知多少，恼得山僧悔出家。

二辛夷

（唐）李群玉

狂吟乱舞双白鹤，霜翎玉羽纷纷落。
空庭向晚春雨微，欲敛寒香抱瑶萼。

辛　夷

（唐）欧阳炯

含锋新吐嫩红芽，势欲书空映早霞。
应是玉皇曾掷笔，落来地上长成花。

木笔花

（唐）吴融

嫩如新竹管初齐，粉腻红轻样可携。
谁与诗人偎槛看，好于笺墨并分题。

辛　夷

（明）冯文度

木笔花名映碧栏，词臣相对动毫端。
晓来似惹松烟滑，疑向春风咏牡丹。

辛　夷

（明）张新

梦中曾见笔生花，锦字还将气象夸。
谁信花中原有笔，毫端方欲吐春霞。

卷三百二十九 绣毬花类

◆ 七言律

绣毬花次兀颜廉使韵
（元）张昱

绣毬春晚欲生寒，满树玲珑雪未干。
落遍杨花浑不觉，飞来蝴蝶忽成团。
钗头懒戴应嫌重，手里闲抛却好看。
天女夜凉乘月到，羽车偷驻碧栏干。

◆ 七言绝句

绣毬花
（明）谢榛

高枝带雨压雕栏，一蒂千花白玉团。
怪杀芳心春历乱，卷簾谁向月中看。

棠梨花类

◆ 五言排律

追咏棠梨花十韵
（唐）吴融

蜀地从来胜，棠梨第一花。更应无软弱，别自有妍华。
不贵绡为雾，难降绮作霞。移须归紫府，驻合饵丹砂。
密映弹琴宅，深藏卖酒家。夜宜红蜡照，春称锦筵遮。
连庙魂栖望，飘江字绕巴。未饶酥点薄，兼妒雪飞斜。
旧赏三年断，新期万树赊。长安如种得，谁定牡丹夸？

◆ 七言绝句

送王使君自楚移越
（唐）刘商

露冕行春向若耶，野人怀惠欲移家。
东风二月淮阴道，惟见棠梨一树花。

以庭前海棠梨花一枝寄李十九员外
（唐）韩偓

二月春风澹荡时，旅人虚对海棠梨。
不如寄与星郎去，想得朝回正画眉。

碧　瓦

（宋）范成大

碧瓦楼前绣幕遮，赤栏桥外绿溪斜。
无风杨柳漫天絮，不雨棠梨满地花。

棠梨幽鸟

（明）张以宁

扬州旧梦隔天涯，曾醉春风阿那家。
幽鸟岂知人事恨，依然啼杀野棠花。

题　画

（明）雷鲤

鸟外风烟古寺回，半帆倒挂夕阳来。
江天物色无人管，处处野棠花自开。

题　画

（明）唐寅

青藜拄杖寻诗处，多在平桥绿树中。
红叶没鞋人不到，野棠花落一溪风。

古塘即事

（明）张金

布谷声中日又斜，石桥流水两三家。
乡村春色无人管，开尽棠梨几树花。

棠　梨

（明）陆树声

满树棠梨锦作团，双栖啼鸟斗争妍。
边徐生色依然好，赢得东风岁岁看。

过孙山人故居
（明）僧明秀

溪边野竹映寒沙，茅屋青山处士家。
燕子归来寒食雨，春风开遍野棠花。

春　归
（明）孟淑卿

落尽棠梨水拍堤，凄凄芳草望中迷。
无情最是枝头鸟，不管人愁只管啼。

卷三百三十一　玉蕊花类

◆ 五言古

玉蕊花
　　　　　　（宋）王琪

玉蕊生禁林，地崇姿亦贵。散漫阴谷中，蓬茨复何异。
清芬信幽远，素彩非妖丽。苍烟蔽山日，琼瑶为之晦。
岁久自扶疏，岩深愈凝邃。请观唐相吟，俗眼无轻视。

◆ 五言律

玉蕊花
　　　　　　（唐）李德裕

玉蕊中天树，金闺昔共窥。落英闲舞雪，密叶乍低帷。
旧赏烟霄远，前欢岁月移。今来想颜色，还似忆琼枝。

楛花，唐玉蕊花，介甫谓之场花，鲁直谓之山礬，
武昌山中多有之，其叶可供染事，土人用之酿酒
　　　　　　（宋）薛季宣

楛绿吐瑶琨，泠然郭外村。仙人来玉蕊，文士立山礬。
芳泽留丝素，风流付酒尊。莫言场酷似，香处不胜繁。

◆ 七言律

次杨子直使君韵
（宋）周必大

雪茧冰丝结素华，天孙初织费缫车。
花开金谷空千种，蕊叠瑶英自一家。
下比山礬谁薄相，上攀琼木各雄夸。
集仙翰苑须公等，归继唐贤植此花。

赵正则彦法司户沿檄而归，玉蕊已过，追赋车字韵奉答
（宋）周必大

春深游客竞繁华，宝马香轮带曲车。
不为来看招隐树，有谁肯顾野人家。
飞飞粉蝶须相映，皎皎银蟾色共夸。
今得审言诗胜画，传神何必赵昌花。

◆ 五言绝句

玉蕊
（唐）郑谷

唐昌树已荒，天意眷文昌。晓入微风起，春时雪满墙。

◆ 七言绝句

闻扬州唐昌观玉蕊花拆，有仙人游，怅然成二绝
（唐）严休复

味道斋心祷玉宸，魂销眼冷未逢真。
不如满树琼瑶蕊，笑对藏花洞里人。

羽车潜下玉龟山,尘界何由睹舜颜?
惟有无情枝上雪,好风吹缀绿云鬟。

唐昌观玉蕊花
(唐) 武元衡

琪树年年玉蕊新,洞中长闭彩霞春。
日暮落英铺地雪,献花无复九天人。

唐昌观玉蕊花
(唐) 杨凝

瑶花琼蕊种何年,萧史秦嬴向紫烟。
时控彩鸾过旧邸,摘花持献玉皇前。

唐昌观玉蕊花
(唐) 刘禹锡

玉女来看玉蕊花,异香先引七香车。
攀枝弄雪时回首,惊怪人间日易斜。

雪蕊琼葩满院春,衣轻步步不生尘。
君平帘下徒相问,长伴吹箫别有人。

唐昌观玉蕊花
(唐) 杨巨源

晴空素艳照霞新,香洒天风不到尘。
持赠昔闻将白雪,蕊珠宫里玉华春。

同严给事闻唐昌观玉蕊开,近有仙过,因成绝句二首
(唐) 张籍

千枝花里玉尘飞,阿母宫中见亦稀。
应共诸仙斗百艸,独来偷折一枝归。

五色云中紫凤车,寻仙来到洞仙家。
飞轮回处无踪迹,惟有斑斑满地花。

唐昌观玉蕊花
(唐)王建

一树珑璁玉刻成,飘廊点地色轻轻。
女冠夜觅香来处,唯见阶前碎月明。

酬严给事玉蕊花
(唐)白居易

嬴女偷乘凤下迟,洞中潜歇弄琼枝。
不缘啼鸟春饶舌,青琐仙郎可得知?

惜玉蕊花有怀集贤王校书起
(唐)白居易

芳意将阑风又吹,白云离叶雪辞枝。
集贤雠校无闲日,落尽瑶花君不知。

玉蕊院真人降
(唐)元稹

弄玉潜过玉树时,不教青鸟出花枝。
的应未有诸人觉,只是严郎不得知。

送汪太学游江都
(明)黄姬水

蔷薇芍药与茱萸,无数芳菲傍酒垆。
惟有蕃釐仙观里,一枝玉蕊世间无。

卷三百三十二　山礬花类

◆ 七言古

题林周民山礬图
（明）许伯旅

山礬入画古所少，我昔见之倪瓒家。
问君何处得此本，水屋十月来春花。
东风著树香满雪，长须滴露金粟结。
一枝独立霜霰馀，已觉江梅是同列。
惜哉此物知者稀，深林大谷多所遗。
牧竖樵童尔何苦，剪伐每同荆棘归。
林君本是鳌头客，高卧云间人莫识。
酒酣挥袖卷新图，一笑西山眼中碧。

◆ 七言绝句

题高节亭边山礬花一首
（宋）黄庭坚

高节亭边竹已空，山礬独自倚春风。
二三名士开颜笑，把断花光水不通。

山　礬

（宋）黄庭坚

北岭山礬取次开，清风正用此时来。
平生习气难料理，爱看幽香未拟回。

卷三百三十三　楝花类

◆ 七言绝句

浅夏独行奉新县圃
（宋）杨万里

我来官下未多时，梅已黄深李绿肥。
只怪南风吹紫雪，不知屋角楝花飞。

寄　友
（元）朱希晦

雨过溪头鸟篆沙，溪山深处野人家。
门前桃李都飞尽，又见春光到楝花。

贞溪初夏
（明）邵亨贞

楝花风起漾微波，野渡舟轻客自过。
沙上儿童临水立，戏将萍藻饲黄鹅。

暮春送客
（明）沈周

旧迹新痕洒满衣，东风紫楝又花飞。
金阊亭上偏无赖，春与行人并日归。

春 暮

（明）孙一元

门开辘轳东风晓，酒熟床头无可人。
听尽雨声浑不寐，楝花榆荚过残春。

寄曹学佺

（明）吴兆

几年山水共闲游，无日吟诗不唱酬。
一卧故园春又暮，楝花零落满溪头。

暮春闲居和荩卿侄

（明）范汭

舍南舍北雨声催，款款闲鸥逐队来。
欲买鱼虾唤江艇，楝花临水荜门开。

晚 兴

（明）张宇初

晚来山色翠芙蓉，树带溪声水接空。
自是江南春雨久，柳阴啼鸟楝花风。

卷三百三十四 木棉花类（附橦花）

◆ 七言绝句

曲池陪宴即事上窦中丞
（唐）熊孺登

水自山阿绕座来，珊瑚台上木棉开。
欲知举目无情罚，一片花流酒一杯。

二月一日雨寒
（宋）杨万里

姚黄魏紫向谁赊，郁李樱桃也没些。
却是南中春色别，满城都是木棉花。

潮惠道中
（宋）刘克庄

春深绝不见妍华，极目黄茅际白沙。
几树半天红似染，居人云是木棉花。

思明州
（元）陈孚

毒虫含弩满汀沙，荒草深眠十丈蛇。
遥望天边红似火，瘴云飞落木棉花。

岭南杂录

（明）汪广洋

石鼎微熏茉莉香，椰瓢满贮荔枝浆。
木棉花落南风起，五月交州海气凉。

古耶道中有怀

（明）陈宪章

翠烟浮垄麦初齐，社树青青独鸟啼。
何处相思不相见，木棉花下水门西。

晚次安南吕块站

（明）许天锡

琼云归路正匆匆，十里官亭坐晚风。
何事最关孤客思？数声啼鸟木棉红。

田家即事

（明）唐时升

楝花簌簌柳毿毿，犬吠西邻饷麦蚕。
雨过木棉齐放叶，相邀作社到城南。

附橦花

◆ 五言古

种橦花

（元）陈高

炎方有橦树，衣被代蚕桑。舍西得闲园，种之漫成行。
苗生初夏时，料理晨夕忙。挥锄向烈日，洒汗成流浆。
培根浇灌频，高者三尺强。鲜鲜绿叶茂，灿灿金英黄。
结实吐秋茧，皎洁如雪霜。及时以收敛，采采动盈筐。

缉治入机杼，裁剪为衣裳。御寒类挟纩，老稚免凄凉。
豪家植花卉，纷纷被垣墙。于世竟何补？争先玩芬芳。
弃取一何异，感物增惋伤。

卷三百三十五　竹　类

◆ 五言古

咏　竹
（齐）谢朓

窗前一丛竹，青翠独言奇。南条交北叶，新笋杂故枝。
月光疏已密，风来起复垂。青扈飞不碍，黄口得相窥。
但恨从风箨，根株长别离。

秋竹曲
（齐）谢朓

婵娟绮窗北，结根未参差。从风既袅袅，映日颇离离。
欲求枣下吹，别有江南枝。但能凌白雪，贞心荫曲池。

赋得竹
（梁）元帝

嶰谷管新抽，淇园节复修。作龙还葛水，为马向并州。
柯亭临绝涧，桃枝夹细流。冠学芙蓉势，花堪威凤游。
邛王若有献，张骞应拜侯。

檐前竹
（梁）沈约

萌开箨已垂，结叶始成枝。繁荫上郁郁，促节下离离。

风动露滴沥，月照影参差。得生君户牖，不愿夹华池。

绿竹
（梁）吴均

婵娟障郭绮殿，绕弱拂春漪。何当逢采拾，为君笙与篪。

和新浦侯斋前竹
（梁）江洪

本生出高岭，移赏入庭蹊。檀栾拂桂橑，蓊葱傍朱闱。
夜条风析析，晓叶露凄凄。箨紫春莺思，筠绿寒蝥啼。
不惜凌云茂，遂听群雀栖。愿抽一茎实，试看翔凤来。

赋得山中翠竹
（陈）张正见

修竹映岩垂，来风异夹池。复涧藏高节，重林隐劲枝。
云生龙未上，花落凤将移。莫言栖嶰谷，伶伦不复吹。

赋得夹池修竹
（陈）贺循

绿竹影参差，葳蕤带曲池。逢秋叶不落，经寒色讵移。
来风韵晚径，集凤动春枝。所欣高蹈客，未待伶伦吹。

咏竹
（北齐）萧放

怀风枝转弱，防露影逾浓。既来丹穴凤，还作葛陂龙。

赋得临池竹应制
（唐）虞世南

葱翠梢云质，垂彩映清池。波泛含风影，流摇防露枝。
龙鳞漾嶰谷，凤翅拂涟漪。欲识凌冬性，惟有岁寒知。

与东方左史虬修竹篇
(唐) 陈子昂

龙种生南岳，孤翠郁亭亭。峰岭上崇崒，烟雨下微冥。
夜闻鼯鼠叫，昼聒泉壑声。春风正澹荡，白露已清泠。
哀响激金奏，密色滋玉英。岁寒霜雪苦，含彩独青青。
岂不厌凝冽，羞比春木荣。春木有荣歇，此节无彫零。
始愿与金石，终古保坚贞。不意伶伦子，吹之学凤鸣。
遂偶云和瑟，张乐奏天庭。妙曲方千变，《箫韶》亦九成。
信蒙雕斲美，常愿事仙灵。驱驰翠虬驾，伊郁紫鸾笙。
结交嬴台女，吟弄《昇天行》。携手登白日，远游戏赤城。
低昂元（玄）鹤舞，断续彩云生。永随众仙逝，三山游玉京。

慈姥竹
(唐) 李白

野竹攒石生，苍烟映江岛。翠色落波深，虚声带寒早。
龙吟曾未听，凤曲吹应好。不觉蒲柳彫，贞心常自保。

对新篁
(唐) 韦应物

新绿苞初解，嫩气笋犹香。含露渐舒叶，抽丛稍自长。
清晨止亭下，独爱此幽篁。

颜侍御厅丛篁咏送薛存诚
(唐) 卢纶

玉榦百馀茎，生君此堂侧。拂簾寒雨响，拥砌深溪色。
何事凤凰雏，兹焉理归翼？

竹
(唐) 张南史

竹价长东南，别种殊草木。成林处处云，抽笋年年玉。

天风起成韵,池水涵更绿。闲临庾信园,数竿心自足。

竹
(唐)戴叔伦

卷箨正离披,新枝复蒙密。翛翛月下闻,褭褭林际出。
岂独对芳菲,终年色如一。

竹溪
(唐)李益

访竹越云崖,即林若溪绝。宁知修榦下,漠漠秋苔洁。
清光溢空曲,茂色临幽澈。采摘愧芳鲜,奉君岁暮节。

竹径偶作
(唐)权德舆

退朝此休沐,闭户无尘氛。支策入幽径,清风随此君。
琴觞恣偃仰,兰蕙相氤氲。幽赏方自适,林西烟景曛。

新栽竹
(唐)白居易

佐邑意不适,闭门秋草生。何以娱野性?种竹百馀茎。
见此溪上色,忆得山中情。有时公事暇,尽日绕栏行。
勿言根未固,勿言阴未成。已觉庭宇内,稍稍有馀清。
最爱近窗卧,秋风枝有声。

酬元九对新栽竹有怀见寄
(唐)白居易

昔我十年前,与君始相识。会将秋竹心,风霜侵不得。
始嫌梧桐树,秋至先改色。不爱杨柳枝,春来软无力。
怜君别我后,见竹长相忆。常欲在眼前,故栽庭户侧。
分手今何处?君南我在北。吟我赠君诗,对之心恻恻。

题小桥前新竹招客
（唐）白居易

雁齿小红桥，垂檐低白屋。桥前何所有？苒苒新生竹。
皮开拆（坼）褐锦，节露抽青玉。
筠翠如可飱（餐），粉霜不忍触。
闲吟声未已，幽玩心难足。管领好风烟，轻欺凡草木。
谁能有月夜，伴我林中宿？为君倾一杯，狂歌竹枝曲。

东楼竹
（唐）白居易

潇洒城东楼，绕楼多修竹。森然一万竿，白粉封青玉。
卷帘睡初觉，欹枕看未足。影转色入楼，床席生浮绿。
空城绝宾客，向夕弥幽独。楼上夜不归，此君留我宿。

竹 窗
（唐）白居易

常爱辋川寺，竹窗东北廊。一别十馀载，见竹未曾忘。
今春二月初，卜居在新昌。未暇作厩库，且先营一堂。
开窗不糊纸，种竹不依行。意取北檐下，窗与竹相当。
绕屋声浙浙，逼人色苍苍。烟通杳霭气，月透玲珑光。
是时三伏天，天气热如汤。独此竹窗下，朝回解衣裳。
轻纱一幅巾，小簟六尺床。无客尽日静，有风终夜凉。
乃知前古人，言事颇谙详。清风北窗卧，可以傲羲皇。

邮 竹
（唐）元稹

庭有萧萧竹，门有阗阗骑。嚣静本殊途，因依偶同寄。
亭亭乍干云，袅袅亦垂地。人有异我心，我无异人意。

寺院新竹

(唐) 元稹

宝地琉璃坼，紫苞琅玕踊。亭亭巧于削，一一大如拱。
冰碧林外寒，峰峦眼前耸。槎枒矛戟合，屹仡龙蛇动。
烟泛翠光流，岁馀霜彩重。风朝竽籁过，雨夜鬼神恐。
佳色有鲜妍，修茎无拥肿。节高迷玉簇，箨缀疑花捧。
讵必太山根，本自仙坛种。谁令植幽壤，复此依闲冗？
居然霄汉姿，坐受藩篱壅。噪集倦鸱鸟，炎昏繁蠛蠓。
未遭伶伦听，非安子猷宠。威凤来有时，虚心岂无奉。

新 竹

(唐) 陆龟蒙

别坞破苔藓，严城树轩楹。恭闻禀璇玑，化质离青冥。
色可定鸡颈，实堪招凤翎。立窥五岭秀，坐对三都屏。
晴月窈窕入，曙烟霏微生。昔者尚借宅，况来处宾庭。
金罍纵倾倒，碧露还鲜醒。若非抱苦节，何以偶惟馨。
徐观稚龙出，更赋锦苞零。

新 竹

(唐) 皮日休

笠泽多异竹，移之植后楹。一架三百本，绿沉森冥冥。
圆紧珊瑚节，钐利翡翠翎。俨若青帝仗，矗如紫姑屏。
槭槭微风度，漠漠轻霭生。如神语钧天，似乐奏洞庭。
一玩九藏冷，再闻百骸醒。有根可以执，有覆可以馨。
愿禀君子操，不敢先彫零。

寒 竹

(唐) 僧皎然

裛裛孤生竹，独立山中雪。苍翠摇劲风，婵娟带寒月。

狂花不相似,还共凌冬发。

竹 轩
(宋) 司马光

兹轩最洒落,历历种琅玕。正昼薄云稀,萧萧风雨寒。
翠阴凉宴坐,疏韵成清欢。锦箨裁夏扇,玉笋供春盘。
蜻蜗潜叶底,暝雀投林端。幽兴遇物惬,高怀随处安。
且免一日无,何须千亩宽。

新 竹
(宋) 朱子

春雷殷檐际,幽艹齐发生。我种南窗竹,戢戢已抽萌。
坐获幽林赏,端居无俗情。

风竹如水声
(金) 蔡珪

好竹风淅淅,流水声泠泠。吾庐兼有此,要是佳友生。
北窗午梦断,冷簟无飞蝇。端疑故人至,唤作寒泉鸣。
揽衣起徘徊,自笑还自惊。无须问形似,自可名双清。

题朱邸竹木
(元) 虞集

猗猗淇园竹,结根盘石安。枝干相扶持,风雨不可干。
其实凤所食,君子思保完。恒恐声影疏,萧条霜露寒。
金玉慎高节,千载承清欢。

题 竹
(明) 吴宽

翛然数君子,落落俱长身。东家每借看,步去不嫌频。
移栽幸许我,已自前年春。自我得此辈,园居岂为贫。

但忧积雨霁,日暴少精神。终然勤灌溉,枝叶还如新。
因兹悟为学,黾勉在斯晨。

◆ 七言古　附长短句

赋得阶前嫩竹
（陈）张正见

翠竹梢云自结丛,轻花嫩笋欲凌空。
砌曲横枝屡解箨,阶前疏叶强来风。
欲知抱节成龙处,当于山路葛陂中。

绿竹引
（唐）宋之问

青溪绿潭潭水侧,修竹婵娟同一色。
徒生仙实凤不游,老向空山人讵识。
妙年秉愿逃俗纷,归卧嵩丘弄白云。
含情傲睨慰心目,何可一日无此君。

竹（一字至七字）
（唐）张南史

竹,竹。
被山,连谷。
出东南,殊草木。
叶细枝劲,霜停露宿。
成林处处云,抽笋年年玉。
天风乍起争韵,池水相涵更绿。
却寻庾信小园中,闲对数竿心自足。

刑部看竹效孟郊体
（宋）欧阳修

花妍儿女姿,开落一何速。竹比君子德,猗猗寒更绿。

京师多名园，车马纷驰逐。春风红紫时，见此苍翠玉。
凌乱迸青苔，萧疏拂华屋。森森日影闲，濯濯生意足。
幸此接清赏，宁辞荐芳醁。黄昏人去锁深廊，枝上月明春鸟宿。

野　竹
（元）吴镇

野竹野竹绝可爱，枝叶扶疏有真态。
生平素守远荆榛，走壁悬厓穿石罅。
虚心抱节山之阿，清风白月聊婆娑。
寒梢千尺将如何？渭川淇澳风烟多。

画　竹
（元）吴镇

与可画竹不见竹，东坡作诗忘此诗。
高丽老茧冰雪古，戏写岁寒岩壑姿。
纷纷苍霰落碧筱，谡谡好风扶旧枝。
狰狞头角易变化，细听夜深雷雨时。

绿筠轩为姚宰作
（明）萧执

绿筠隐隐翳窗户，此是姚侯读书处。
摇空翡翠晚宜人，食实鸾凰晓相语。
稚子牵衣惜春露，候卒编篱护秋雨。
何当便弃人间事，抱琴走觅湖山住。

过华端叔草堂写晴竹于壁上
（明）王绂

我爱君家远城郭，绕檐竹色侵帘幕。
醉中挥翰写晴梢，湘云一剪春阴薄。
看来顿觉风气清，耳边恍若闻秋声。

啸歌到晚不归去，高卧翠阴呼月明。

◆ 五 言 律

和黄门卢侍御咏竹
（唐）张九龄

清切紫庭垂，葳蕤防露枝。色无元（玄）月变，声有惠风吹。
高节人相重，贞心世所知。凤凰佳可食，一去一来仪。

严郑公宅同咏竹
（唐）杜甫

绿竹半含箨，新梢才出墙。色侵书帙晚，阴过酒樽凉。
雨洗娟娟净，风吹细细香。但令无剪伐，会见拂云长。

和徐侍郎中书丛筱韵
（唐）蒋涣

中禁夕沉沉，幽篁别作林。色连鸡树近，影落凤池深。
为重凌霜节，能虚应物心。年年承雨露，长对紫庭阴。

和王相公题中书丛竹寄上元相公
（唐）郎士元

多时仙径里，色并翠琅玕。幽意含烟月，清阴比蕙兰。
枝繁分露重，叶老爱天寒。竟日双鸾止，孤吟为一看。

池上竹
（唐）杨巨源

一丛婵娟色，四面清泠波。气润晚烟重，光闲秋露多。
翠筠入疏柳，清影拂圆荷。岁晏琅玕实，心期有凤过。

新　竹
（唐）元稹

新篁才解箨，寒色已青葱。冉冉偏凝粉，萧萧渐引风。
扶疏多透日，寥落未成丛。唯有团团节，坚贞大小同。

题刘秀才新竹
（唐）杜牧

数茎幽玉色，晓夕翠烟分。声破寒窗梦，根穿绿藓纹。
渐笼当槛日，欲碍入帘云。不是山阴客，何人爱此君？

栽　竹
（唐）杜牧

本因遮日种，却似为溪移。历历羽林影，疏疏烟露姿。
萧骚寒雨夜，敲劫晚风时。故国何年到，尘冠挂一枝。

竹　径
（唐）薛能

盘径入依依，旋惊幽鸟飞。寻多苔色古，踏碎箨声微。
鞭节横妨户，枝梢动拂衣。前溪闻到处，应接钓鱼矶。

新栽竹
（唐）杜荀鹤

劚破莓苔地，因栽十数茎。窗风从此冷，诗思当时清。
酒入杯中影，棋添局上声。不同桃与李，潇洒伴书生。

庭　竹
（唐）李咸用

嫩绿与老碧，森然庭砌中。坐消三伏景，吟起数竿风。
叶影重还密，梢声远或通。更期春共看，桃映小花红。

庭　竹
（唐）李中

偶自山僧院，移归傍砌栽。好风终日起，幽鸟有时来。
筛月牵诗兴，笼烟伴酒杯。南窗睡轻起，萧飒雨声回。

新　竹
（唐）张蠙

新鞭暗入庭，初长两三茎。不是他山少，无如此地生。
垂梢丛上出，柔叶箨间成。何用高唐峡，风枝扫月明。

赋　竹
（南唐）孙岘

万物中潇洒，修篁独逸群。贞姿曾冒雪，高节欲凌云。
细韵风初发，浓烟日正曛。因题偏惜别，不可暂无君。

和谢仲弓廷评栽竹
（宋）梅尧臣

移得溪边翠，来为庭下阴。惜根存旧土，带笋助新林。
暗换萧萧叶，知虚寸寸心。东风莫摇撼，培壅未应深。

次韵子由绿筠堂
（宋）苏轼

爱竹能延客，求诗剩挂墙。风梢千纛乱，月影万夫长。
谷鸟惊棋响，山蜂识酒香。只应陶靖节，会听北窗凉。

对　竹
（元）黄庚

门对南邻竹，青青玉万竿。虽然无地种，且得隔篱看。
露叶晴犹湿，风枝夏亦寒。但教休剪伐，日用报平安。

寄题竹轩
（元）杜本

绿竹猗猗处，华轩楚楚深。暮留雏凤宿，晓听蛰龙吟。
月进窗棂隐，云移几席阴。居然淇澳趣，莫使俗尘侵。

盆　竹
（元）僧善住

瓦缶不多土，娟娟枝叶蕃。岂知么凤尾，元是古龙孙。
苍雪洒禅榻，细香浮酒尊。王猷来此见，应亦为销魂。

竹　户
（明）杨慎

竹户少尘埃，浓阴郁不开。静闻清露坠，凉送好风来。
鸟下弹琼粉，虫行篆紫苔。无人共欣赏，坐啸独悠哉。

竹　亭
（明）僧德祥

满园惟种竹，竹里置幽亭。犬吠青松路，人来白鹭汀。
花沟安钓艇，蕉地著茶瓶。老耳思鸣凤，何当借此听？

◆ 五言排律

沈十四拾遗新竹生读经处同诸公之作
（唐）王维

闲居日清净，修竹自檀栾。嫩节留馀箨，新丛出旧阑。
细枝风响乱，疏影月光寒。乐府裁龙笛，渔家伐钓竿。
何如道门里，青翠拂仙坛。

同郭参谋题崔仆射淮南节度使厅前竹

（唐）刘长卿

昔种梁王苑，今移汉将坛。蒙茏低冕过，青翠卷帘看。
得地移根远，经霜抱节难。开花成凤实，嫩笋长鱼竿。
蔼蔼军容静，萧萧郡宇宽。细音和角暮，疏影上门寒。
湘浦何年变，山阳几处残。不知轩屏侧，岁晚对袁安。

赋得竹箭有筠

（唐）席夔

共爱东南美，青青叹有筠。贞姿众木异，秀色四时均。
枝叶当无改，风霜岂惮频。虚心如待物，劲节自留春。
鲜润期栖凤，婵娟可并人。待看初箨卷，粉泽更宜新。

杜中丞书院新移小竹

（唐）王建

此地本无竹，远从山寺移。经年求养法，隔日记浇时。
嫩绿卷新叶，残黄收故枝。色惊寒不动，声与静相宜。
爱护出常数，稀稠看自知。贫家缘未有，客散独行迟。

题卢秘书夏日新栽竹二十韵

（唐）白居易

湘竹初封植，卢生此考槃。久持霜节苦，新托露根难。
等度须当砌，疏稠要满栏。买怜分薄俸，栽称作闲官。
叶剪蓝罗碎，茎抽玉管端。几声清淅沥，一簇绿檀栾。
未夜青岚入，先秋白露团。拂肩摇翡翠，熨手弄琅玕。
韵透窗风起，阴铺砌月残。炎天闻觉冷，窄地见疑宽。
梢动胜摇扇，枝低好挂冠。碧笼烟羃羃，珠洒雨珊珊。
晚箨晴云展，阴牙蛰虺蟠。爱从抽马策，惜未截鱼竿。
松韵徒烦听，桃夭不足观。梁惭当家杏，台陋本司兰。

撑拨诗人兴，勾牵酒客欢。静连芦簟滑，凉拂葛衣单。
岂止消时暑，应能保岁寒。莫同凡草木，一种夏中看。

赋得震为苍筤竹
（唐）朱庆馀

为擢东方秀，萧然异众筠。青葱才映粉，蒙密正含春。
嫩箨沾微雨，幽根绝细尘。乍怜分径小，偏觉带烟新。
结实皆留凤，垂阴似庇人。愿为竿在手，深水钓赪鳞。

新　竹
（唐）李建勋

袅袅薰风软，娟娟湛露光。参差仙子仗，迤逦羽林枪。
迥去侵花地，斜来破藓墙。箨干犹抱翠，粉腻若涂妆。
径曲茎难数，阴疏叶未长。懒嫌吟客倚，甘畏夏虫伤。
映水如争立，当轩自著行。北亭樽酒兴，还为此君狂。

◆ 七言律

竹
（唐）崔涯

领得溪风不放回，傍窗缘砌遍庭栽。
行招野客为邻住，看引山禽入郭来。
幽院独惊秋气早，小门深向绿阴开。
谁怜翠色兼寒影，静落茶瓯与酒杯。

和令狐舍人酬峰上人题山栏孤竹
（唐）杨巨源

满院冰姿粉箨残，一茎青翠近簾端。
离丛自欲亲香火，抱节何妨共岁寒。
能让繁声任真籁，解将孤影对芳兰。

范云许访西林寺，枝叶须和彩凤看。

南庭竹

（唐）李绅

东南旧美凌霜操，五月凝阴入座寒。
烟惹翠梢含玉露，粉开春箨耸琅玕。
莫令戏马儿童见，试引为龙道士看。
须信结根香实在，凤凰终拟下云端。

邻人自金仙观移竹

（唐）李远

移居新竹已堪看，劚破莓苔得几竿。
圆节不教伤粉箨，低枝犹拟拂霜坛。
墙头枝动和烟绿，枕上风来送夜寒。
第一莫教渔父见，且从萧飒满朱栏。

题新竹

（唐）方干

青苔劚破植贞坚，细碧竿排郁眼鲜。
小凤凰声吹嫩叶，短蛟龙尾袅轻烟。
节环腻色端匀粉，根拔秋光暗长鞭。
怪得入门肌骨冷，缀风粘月满庭前。

越州使院竹

（唐）方干

莫见凌风飘粉箨，须知碍石作盘根。
细看枝上蝉吟处，犹是笋时虫蚀痕。
月送绿阴斜上砌，露含寒色湿遮门。
列仙终日逍遥地，鸟雀潜来不敢喧。

竹

（唐）罗邺

翠叶才分细细枝，清阴犹未上阶墀。
蕙兰虽许相依日，桃李还应笑后时。
抱节不为霜雪改，成林终与凤凰期。
渭滨若更征贤相，好作渔竿系钓丝。

新 竹

（唐）薛能

柳营茅土倦麄材，因向山家乞翠栽。
清露便教终夜滴，好风疑是故园来。
栏边匠去朱犹湿，溉后虫浮穴暗开。
他日会应威凤至，莫辞公府受尘埃。

题 竹

（唐）秦韬玉

削玉森森幽思清，阮家高兴尚分明。
卷帘阴薄漏山色，欹枕韵寒宜雨声。
斜对酒缸偏觉好，静笼棋局最多情。
却惊九陌轮蹄外，独有溪烟数十茎。

竹

（唐）郑谷

宜烟宜雨又宜风，拂水藏村复间松。
移得萧骚从远寺，洗来疏净见前峰。
侵阶藓拆春芽迸，绕径莎微夏荫浓。
无赖杏花多意绪，数枝穿翠好相容。

洗　竹
　　　　　　　　（唐）王贞白

道院竹繁教略洗，鸣琴酌酒看扶疏。
不图结实来双凤，且要长竿钓巨鱼。
锦箨裁冠添散逸，玉芽修馔称清虚。
有时记得三天事，自向琅玕节下书。

题友人庭竹
　　　　　　　　（唐）殷文珪

丛篁萧瑟拂清阴，贵地栽成碧玉林。
尽待花开添凤食，可怜风击伏龙吟。
钿竿离立霜文静，锦箨飘零粉节深。
何事子猷偏寄赏？此君心似主人心。

竹
　　　　　　　　（唐）韩溉

绿色连云万叶开，王孙不厌满庭栽。
凌霜尽节无人见，终日虚心待风来。
谁许风流添兴咏，自怜潇洒出尘埃。
朱门处处多闲地，正好移阴覆翠苔。

竹
　　　　　　　　（唐）李中

森森移得自山庄，植向空庭野兴长。
便有好风来枕簟，更无闲梦到潇湘。
荫来砌藓经疏雨，引下溪禽带夕阳。
闲约羽人同赏处，安排棋局就清凉。

次韵刘贡父西省种竹

（宋）苏轼

要知西掖承平事，记取刘郎种竹初。
旧德终呼名字外，后生谁续笑谈馀？
成阴障日行当见，取笋供庖计已疏。
白首林间望天上，平安时报故人书。

次韵何文缜种竹

（宋）韩驹

杜陵穷老觅桤栽，不似何郎种笛材。
三径莫忧荒艸合，一樽如与故人开。
未堪急雨枝枝打，便有幽禽日日来。
坐诵东坡食无肉，诗肠日午转饥雷。

移　竹

（宋）刘克庄

借居未定先栽竹，为爱疏声与薄阴。
一日暂无能鄙吝，数竿虽小亦萧森。
窗间对了添诗料，郭外移来费俸金。
自笑明年何处在，虚檐风至且披襟。

义师院丛竹

（宋）郭长倩

南轩移植自西坛，瘦玉亭亭十数竿。
得法未应输老柏，托根兼得近幽兰。
虽无秾艳包春色，自许贞心老岁寒。
百艸千花尽零落，请君来向此中看。

丹阳观竹自宫中移赐
　　　　　　　　　　（金）李献能

素士如林待紫青，紫青新许住蓬瀛。
娟娟粉节霜筠出，矗矗烟梢玉削成。
福地根茎蒙化育，中天雨露借恩荣。
绿章封事朝来奏，又听风前彩凤鸣。

竹　阴
　　　　　　　　　　（元）白珽

占断人间潇洒地，全身水墨画筼筜。
非烟非雾一林碧，似雨似晴三径凉。
翠袖佳人黯空谷，白须道士隐南塘。
数竿醉日君须记，移向西轩补夕阳。

赋文子方家筼筜竹影
　　　　　　　　　　（元）虞集

数箇筼筜一小亭，南窗承日映寒青。
水精簾里珊瑚树，云母屏前翡翠翎。
却爱微风动萧瑟，翻疑薄暮倚娉婷。
凭君纵有鹅溪绢，莫与空山结定形。

种　竹
　　　　　　　　　　（元）洪希文

移得霜根趁雨栽，墙阴踏破一方苔。
甫能引汝清风到，未暇招渠俗子来。
猿讶便当书案立，鹤知早避钓船回。
不妨更了岁寒计，早晚栽松兼种梅。

居竹轩

（元）倪瓒

翠竹如云江水春，结茅依竹住江滨。
阶前迸笋丛侵径，雨后垂阴欲覆邻。
映叶黄鹂还自语，傍人白鹤亦能驯。
遥知静者忘声色，满屋清风未觉贫。

偶心寺看竹

（明）章敞

山深无数碧琅玕，爱静人来取次看。
地匝翠云侵骨冷，径迷苍雪蔽天寒。
风敲玉佩惊清梦，月浸金波起宿鸾。
我欲平分僧半榻，烦君日日报平安。

风雨种竹

（明）李东阳

石栏沙路雨声干，为欠萧萧一两竿。
深带土膏从地底，暝移茅屋过江干。
方于辰日依时种，影待晴天拂翠看。
试倚蓬窗听疏密，布袍沾尽不知寒。

竹

（明）吴宽

种竹能招凤鸟来，月明清影拂书堆。
笋鞭遇石犹斜出，花米逢春莫乱开。
此物似贤今合荐，吾家医俗旧曾栽。
若从后圃论高节，梨白桃红孰取材？

种　竹

（明）文徵明

分得亭亭绿玉枝，雨馀生意满阶墀。
凌霄已展疏疏叶，护粉聊营短短篱。
肯信移来真是醉，不愁俗在未能医。
人间此夜频前席，凉月虚窗更自宜。

◆ 五言绝句

赋得临池竹

（唐）太宗

贞条障曲砌，翠叶贯寒霜。拂牖分龙影，临池待凤翔。

临阶竹

（唐）卢照邻

封霜连锦砌，妨露拂瑶阶。聊将仪凤质，暂与俗人谐。

竹里馆

（唐）王维

独坐幽篁里，弹琴复长啸。深林人不知，明月来相照。

斤竹岭

（唐）王维

檀栾映空曲，青翠漾涟漪。暗入商山路，樵人不可知。

斤竹岭

（唐）裴迪

明流纡且直，绿筱密复深。一径通山路，行歌望旧岑。

雨后对后檐竹
（唐）崔元翰

含风摇砚水，带雨拂墙衣。乍似秋江上，渔家半掩扉。

庭　竹
（宋）刘禹锡

露涤铅粉节，风摇青玉枝。依依似君子，无地不相宜。

竹　径
（唐）韩愈

无尘从不扫，有鸟莫令弹。若要添风月，应除数百竿。

竹　溪
（唐）韩愈

蔼蔼溪流漫，梢梢岸筱长。穿沙碧篸净，落水紫苞香。

题　竹
（唐）李群玉

一顷含秋绿，森风十万竿。气吹朱夏转，声扫碧霄寒。

竹
（宋）徐铉

劲节生宫苑，虚心奉豫游。自然名价重，不羡渭川侯。

竹
（宋）朱子

种竹官墙阴，经年但憔悴。故园新绿多，宿幹转苍翠。

题纸上竹
　　　　　　　　　　（元）鲜于枢

阴凉生研池，叶叶秋可数。京华客梦醒，一片江南雨。

一叶竹为竹叟禅师作
　　　　　　　　　　（元）吴镇

谁云古多福，三茎四茎曲。一叶研池秋，清风满淇澳。

岳生画竹
　　　　　　　　　　（元）郑元祐

修篁含雨馀，枝拂清风起。扫破碧玲珑，高堂净如洗。

丛竹图
　　　　　　　　　　（明）高启

窈窕复蒙茏，千山万竹中。幽人独惊起，秋雨共秋风。

略上人房竹
　　　　　　　　　　（明）高启

幽筱半梢横，山窗飐月明。上人禅定久，不怕有秋声。

◆ 七言绝句

从韦二明府续处觅绵竹
　　　　　　　　　　（唐）杜甫

华轩蔼蔼他年到，绵竹亭亭出县高。
江上舍前无此物，幸分苍翠拂波涛。

晚春归山居题窗前竹
　　　　　　　　　　（唐）刘长卿

溪上残春黄鸟稀，辛夷花尽杏花飞。

始怜幽竹山窗下,不改清阴待我归。

清水驿丛竹,天水赵云余手种一十二茎

（唐）柳宗元

檐下疏篁十二茎,襄阳从事寄幽情。
只因（应）更使伶伦见,写尽雌雄双凤鸣。

葺夷陵幽居

（唐）李涉

负郭依山一径深,万竿如束翠沉沉。
从来爱物多成癖,辛苦移家为竹林。

题李次虚窗竹

（唐）白居易

不用裁为鸣凤管,不须截作钓鱼竿。
千花百草凋零后,留向纷纷雪里看。

问移竹

（唐）白居易

问君移竹意如何,慎勿排行但间窠。
多种少栽皆有意,大都少校不如多。

高司马移竹

（唐）马戴

丛居堂下幸君移,翠掩灯窗露叶垂。
莫羡孤生在山谷,无人看著拂云枝。

竹 风

（唐）唐彦谦

竹映风窗数阵斜,旅人愁坐思无涯。

夜来留得江湖梦，全为乾声似荻花。

庭　竹
（唐）唐球

月笼翠叶秋承露，风亚繁梢暝扫烟。
知道雪霜终不变，永留寒色在庭前。

苦竹径
（唐）陆希声

山前无数碧琅玕，一径清森五月寒。
世上何人怜苦节，应须细问子猷看。

春日山中竹
（唐）裴说

数竿苍翠拟龙形，峭拔须教此地生。
无限野花开不得，半山寒色与春争。

竹
（唐）李建勋

琼节高吹宿凤枝，风流交我立忘归。
最怜瑟瑟斜阳下，花影相和满客衣。

竹
（唐）陈陶

不厌东溪绿玉君，天坛双凤有时闻。
一峰晓似朝仙处，青节森森倚绛云。

须题内史琅玕坞，几醉山阳琴瑟村。
剩养万茎将扫俗，莫教凡鸟闹云门。

一溪云母间灵花,似到封侯逸士家。
谁识雌雄九成律,子乔丹井在深涯。

啸入新篁一里行,万竿如瓮锁龙泓。
惊巢翡翠无寻处,闲倚云根刻姓名。

青岚帚亚思吾祖,绿润偏多忆蔡邕。
长听南园风雨夜,恐生鳞甲尽为龙。

迸玉闲抽上钓矶,翠苗番次脱霞衣。
山童泥乞青骢马,骑过春泉掣手飞。

一节呼龙万里秋,数茎垂海六鳌愁。
更须瀑布峰前种,云里阑干过子猷。

丘壑谁堪话碧鲜,静寻春圃认婵娟。
会当小杀青瑶简,图写龟鱼把上天。

县圃千春闭玉丛,淇阳一祖碧云空。
不须骚屑愁江岛,今日南枝在国风。

对　竹

（唐）李中

懒穿幽径冲鸣鸟,忍踏清阴损翠苔。
不似闲闲倚枕听,秋声如雨入轩来。

竹　林

（宋）林逋

寺篱斜夹千梢翠,山磴深穿万箨乾。

却忆贵家厅馆里,粉墙时画数茎看。

壬戌正月晦与仲元自淮上复至齐安

(宋)王安石

风暖紫荆处处开,雪干沙净水洄洄。
意行却得前年路,看尽梅花看竹来。

霜筠亭

(宋)苏轼

解箨新篁不自持,婵娟已有岁寒姿。
要看凛凛霜前意,须待秋风粉落时。

横山堂

(宋)孙觌

苍云十亩荫平宽,露叶风枝绕舍寒。
莫遣先生赋归去,且令小吏报平安。

新　竹

(宋)阙名

根露苍龙脊骨寒,叶盘丹凤尾梢端。
风雷未化秋塘影,鱼鳖长猜是钓竿。

细香轩

(金)路铎

霜雪青青玉一丛,肯从桃李借薰醲。
不知香界何从立,凭仗清风问箨龙。

墨　竹

(金)庞铸

一溪流水玉涓涓,溪上修篁接暮烟。

谁倩能诗文与可,笔端移得小江天。

弥川急雨暗秋空,无限琅玕淡墨中。
剑甲摐摐军十万,欲将貔虎战斜风。

琳宫词
(元)许有壬

凉入簾帏夜色轻,瑶台添月更虚明。
一壶天地浑无迹,只有清风动竹声。

扇上竹
(元)杨载

种竹何须种万竿,一枝分影亦檀栾。
秋宵更受风披拂,听取清音入梦寒。

题金显宗画墨竹
(元)柳贯

海润星辉大定年,生绡笔笔写苍烟。
若为梦里笂筜谷,直到洋州雪筏边。

墨 竹
(元)欧阳玄

两枝淡淡与浓浓,垂叶应无霢靡容。
玉立满身都是雨,何人能识葛陂龙。

题竹石图
(元)陈旅

蓝田水曲青玉立,雨过秋光满林湿。
故人结屋傍幽崖,静爱石窗晴翠入。

题雨竹

（元）陈旅

江上鹧鸪留客住，黄陵庙下泊船时。
一林春雨垂垂绿，消得晴风烂熳吹。

题王虚斋所藏镇南王墨竹

（元）迺贤

帝子乘鸾谒紫清，满天风露翠衣轻。
闲将十二参差玉，吹向云间作凤鸣。

苏东坡竹

（元）吴镇

晴梢初放叶可数，新粉才消露未干。
太似美人无俗韵，清风徐洒碧琅玕。

苏东坡竹

（元）黄公望

一片湘云湿未干，春风吹下玉琅玕。
强扶残醉挥吟笔，簾帐萧萧翠雨寒。

题柯敬仲竹

（元）泰不华

梁王宅里参差见，山简池边烂熳栽。
记得九霄秋月上，满庭清影覆苍苔。

题柯学士画竹

（元）陈基

群玉仙人佩水苍，金茎分露服琳琅。
曾将天上昭华琯，吹作飞龙奉玉皇。

遵道竹枝

（元）张雨

筼筜谷口白云生，云里琅玕万玉声。
惊破幽人春枕梦，一窗斜月半梢横。

题云林竹

（明）张简

笠泽庄头道士家，书窗风竹翠交加。
新梢便有凌云势，高出墙檐扫落花。

题宋好古墨竹

（明）危素

我忆东曹粉署郎，琅玕写就拂云长。
只疑散步云林曲，独听秋声待晚凉。

早朝待漏题杨谕德竹

（明）王璲

禁钟才动晓风微，新竹疏疏对琐闱。
不是日高簾不卷，怕教空翠湿朝衣。

题 竹

（明）王绂

宫树栖鸦拜夕郎，洞门烟霭竹苍苍。
珮声摇曳归来晚，香篆初消月满床。

竹

（明）徐渭

昨夜窗前风月时，数竿疏影响书帏。
今朝拓向溪藤上，犹觉秋声笔底飞。

题薛淡园墨竹

（明）僧道衍

淡淡烟中映夕曛，疏疏石上拂晴云。
展图却忆西冈夜，坐听秋声亦有君。

题王黄鹤墨竹

（明）僧德祥

辋川竹里旧题诗，画里如今似见之。
满耳秋声人不到，弹琴长啸月来时。

笋 类

◆ 五言古

食 笋
（唐）白居易

此州乃竹乡，春笋满山谷。山夫折盈把，抱来早市鬻。
物以多为贱，双钱易一束。置之炊甑中，与饭同时熟。
紫箨拆故锦，素肌擘新玉。每食遂加飡，经时不思肉。
久为京洛客，此味常不足。且食勿踟蹰，南风吹作竹。

和黄鲁直食笋次韵
（宋）苏轼

饱食有残肉，饥食无馀菜。纷然生喜怒，似被狙公卖。
尔来谁独觉？凛凛白下宰。一饭在家僧，至乐甘不坏。
多生味蠹简，食笋乃馀债。萧然映樽俎，未肯杂菘芥。
君看霜雪姿，童稚已耿介。胡为遭暴横，三嗅不忍嘬。
朝来忽解箨，势迫风雷噫。尚可饷三闾，饭筒缠五采。

食笋十韵
（宋）黄庭坚

洛下斑竹笋，花时压鲑菜。一束酬千金，掉头不肯卖。
我来白下聚，此族富庖宰。茁栗戴地翻，觳觫触墙坏。
䐢䐢（㬠㬠）入中厨，如偿食竹债。甘葅和菌耳，辛膳胹姜芥。

烹鹅杂股掌,炮鳖乱裙介。小儿哇不美,鼠壤有馀嘬。
可贵生于少,古来食共噫。尚想高将军,五溪无人采。

萧巽葛敏修二学子和予食笋诗,次韵答之
(宋) 黄庭坚

北馔厌羊酪,南庖丰笋菜。自北初落南,几为儿所卖。
习知价廉平,百态事烹宰。盐晞枯腊瘦,蜜渍真味坏。
就根煨苗美,岂念炮烙债。咀吞千亩馀,胸次不蒂芥。
二妙各能诗,才名动江介。诗论多佳句,脍炙甘我嘬。
因君思养竹,万籁听秋噫。从此缮藩篱,下令禁渔采。

食新笋
(元) 岑安卿

黄虀瓮已竭,枯臜筐亦空。老芥长芒刺,食久咽为痛。
山雨拆竹胎,未入春盘供。畦丁适踵门,致我亲戚送。
脱绷锦纹散,切玉霜刀弄。新香歆汤鼎,馋涎迸齿缝。
未倩搜诗肠,已破食肉梦。参禅诚滑稽,煮箦宜笑哄。
赞宁谱亦佳,涪翁句堪诵。僻居东海偏,斯味时一中。
山僧应厌餐,饱食听春哢。

◆ 七言古

双笋歌送李回兼呈刘四
(唐) 李颀

并抽新笋色渐绿,迥出空林双碧玉。
春风解箨雨润根,一枝半叶青露痕。
为君当面拂云日,孤生四远何足论。
再三抱此怅为别,嵩洛故人与之说。

食笋行

(宋)唐庚

半夜春山试雷雨,惊起蛰龙初出土。
野人不惜苍苔古,掘得嘉餐自烧煮。
满盘明玉远飘风,一箸鲈鱼味差苦。
竹斋食罢竹阴午,竹里行吟傲簪组。
君夸食肉君固卑,我夸食笋我亦痴。
阿蛮丰肌飞燕瘦,意态艳异要皆奇。
君不见天随先生贫食杞,又不见关中客卿肥刺齿。
丰俭不齐皆有理,彼此相忘聊尔耳。

苦笋

(宋)陆游

藜藿盘中忽眼明,骈头脱襁白玉婴。
极知耿介种性别,苦节乃与生俱生。
我觉魏徵殊媚妩,约束儿童勿多取。
人才自古要养成,放使干霄战风雨。

谢唐德明惠笋

(宋)杨万里

高人爱笋如爱玉,忍口不餐要添竹。
云何又遣十辈来,昏花两眼为渠开。
贩夫束缚向市卖,外强中干美安在?
锦纹犹带落花泥,不论烧煮两皆奇。
猪肝累人真可怍,以笋累公端不恶。

食笋

(元)刘因

梦回齿颊风萧骚,幽姿不许霜松高。

南来苍玉不盈束，已觉饮兴翻云涛。
诗家胸次自宜此，尚嫌烟火须烹炮。
想像南风吹万竹，箨龙正恐称冤号。
石盆养鱼心自苦，仰羡鹳鸰云间巢。
眼中岁旱土不膏，长镵后虑山无毛。
退食归来北窗梦，山巅朱凤声嗷嗷。

笋

（元）吴镇

绿阴昼静南风来，晴梢拂拂烟花开。
箨龙走地牙角出，班班玉立横苍苔。
长镵穿云石路滑，锦衣脱褂玉版白。
鸣牙未下冰雪壅，开笼先放扬州鹤。

食烧笋留题陈惟寅竹间

（明）杨基

春雷一声万簪玉，参差乱进莓苔绿。
斫来扫叶当境烧，何异燃萁煮秋菽。
登盘查牙玉版肥，焦尾碎破苍龙皮。
山人大嚼无以报，写作林间烧笋诗。

新笋歌

（明）岳岱

满林黄鸟不胜啼，林下新笋与人齐。
春风闭门走山兔，白昼露滴惊竹鸡。
雨中三日春已过，又近石床添几个。
竞将头角向青云，不管阶前绿苔破。

◆ 五言律

篱笋

（唐）李颀

东园长新笋，映石复穿篱。迸出依青嶂，攒生伴绿池。
密因林向背，行逐地高卑。但恐春将老，青青独尔为。

◆ 五言排律

和侯协律咏笋

（唐）韩愈

竹亭人不到，新笋满前轩。乍出真堪赏，初多未觉烦。
成行齐婢仆，环立比儿孙。验长常携尺，愁乾屡侧盆。
对吟忘膳饮，偶坐变朝昏。滞雨膏腴湿，骄阳气候温。
得时方张王，挟势欲腾骞。见角牛羊没，看皮虎豹存。
攒生犹有隙，散布忽无垠。讵可持筹算，谁能以理言。
纵横公占地，罗列暗连根。狂剧时穿壁，群强几触藩。
深潜如避逐，远去苦追奔。始讶妨人路，还惊入药园。
萌芽防浸大，覆载莫偏恩。已复侵危砌，非徒出短垣。
身宁虞瓦砾，计拟掩兰荪。且叹高无数，庸知上几番。
短长终不较，先后竟谁论？外恨苞藏密，中仍节目繁。
暂须回步履，要取助盘飧。穰穰疑翻地，森森竞塞门。
戈矛头戢戢，蛇虺首掀掀。妇儒咨料拣，儿痴谒尽髡。
侯生来慰我，诗句读惊魂。属和才将竭，呻吟至日暾。

◆ 七言律

闻开元寺开笋园寄章上人

（唐）皮日休

园锁开声骇鹿群，满林薛莝水犀文。

森森竞泫林梢雨,巀巀争穿石上云。
并出亦如鹅管合,各生还似犬牙分。
折烟束露如相遗,何胤明朝不茹荤。

食 笋

（宋）曾几

花事阑珊竹事初,一番风味殿春蔬。
龙蛇戢戢风雷后,虎豹斑斑雾雨馀。
但使此君常有子,不忧每食叹无鱼。
丁宁下里须留取,障日遮风却要渠。

都下食笋自十一月至四月戏题

（宋）杨万里

竹祖龙孙渭上居,供侬樽俎半年馀。
斑衣戏綵春无价,玉版谈禅佛不如。
若怨平生食无肉,何如陋巷饭斯蔬。
不须庾韭元修菜,吃到憎时始忆渠。

食烧笋

（金）郝天挺

煨拙旧闻山谷语,劝耕还忆大苏诗。
传将火候无多诀,留得天真又一奇。
未放锦绷开束缚,已看玉版证茶〔茶〕毘。
白麻初拜惊烧尾,见此应惭富贵痴。

佩之惠笋干自称玉版,老师谓原博冬笋为吴山少俊,叠韵奉谢

（明）李东阳

玉版山深石路开,东轩真被笼盛来。
饱谙南国烟霞味,不入长安酒肉堆。
老觉禅心终苦淡,瘦看诗骨共崔嵬。

丛林年少休相笑，脱却缁衣更懒裁。

答于乔次韵谢送冬笋

（明）吴宽

西郭清风棋墅开，门前俗物敢持来？
聊供香饭抄云子，为想长镵斸雪堆。
空腹冷含金琐碎，壮心未怯玉崔嵬。
知君能画非馋守，乞与鹅溪绢剪裁。

行根笋

（明）朱之蕃

琅玕林立拂云高，诘屈盘根茁上膏。
龙尾挂崖鹰攫爪，凤味衔石蟹舒螯。
清阴只拟过邻屋，玉版何期饫老饕。
好待春雷抽犊角，长镵不用费爬搔。

笋

（明）朱之蕃

龙孙头角奋春雷，蓦径穿林破绿苔。
已放琅玕摩碧汉，聊从玉版荐金罍。
煮泉清入诗脾健，喷饭香传笑口开。
清味不妨频作供，万竿烟雨为栽培。

赐鲜笋

（明）于慎行

殊锡光生玉笋班，曾从青简赋檀栾。
蒲筐乍解香盈座，锦箨初分绿满盘。
一饭疑含仙禁雨，三秋犹忆北窗寒。
惭无凤实仪千仞，祝有龙孙长万竿。

◆ 五言绝句

新 笋

（宋）朱子

翛翛江上林，白日暗风雨。下有万玉虬，三冬卧寒土。

笋 脯

（宋）朱子

南山春笋多，万里行枯腊。不落盘餐中，今知绿如箦。

笋

（元）郑允端

竹林春雨过，瘦笋迸苔长。坐待成高节，清标出短墙。

内中偶述

（明）徐祯卿

朱筥殊方贡，黄旗使者回。内园春未到，青笋渡江来。

◆ 六言绝句

看笋六言

（宋）杨万里

笋如滕薛争长，竹似夷齐独清。
只爱锦绷满地，暗林忽两三茎。

◆ 七言绝句

昌谷北园新笋

（唐）李贺

箨落长竿削玉开，君看母笋是龙材。
更容一夜抽千尺，别却池园数寸埃。

斫取青光写楚词,赋香春粉黑离离。
无情有恨何人见,露压烟啼千万枝。

初食笋呈座中

（唐）李商隐

嫩箨香苞初出林,五陵论价重如金。
皇都陆海应无数,忍剪凌云一寸心。

笋

（宋）王禹偁

昨夜春雷迸藓痕,乱披烟箨出柴门。
稚川龙过应回首,认得青青几代孙?

谢惠猫儿头笋

（宋）苏轼

长沙一日煨笾笋,鹦鹉洲前人未知。
走送烦公助汤饼,猫儿突兀鼠穿篱。

笋

（宋）朱松

一雷惊起箨龙儿,戢戢满山人未知。
急唤苍头劚烟雨,明朝吹作竹参差。

次韵谢刘仲行惠笋

（宋）朱子

谁寄寒林新劚笋,开奁喜见白差差。
知君调我酸寒甚,不是封侯食肉姿。

卷三百三十七 牡丹花类

◆ 五言古

白牡丹

（唐）白居易

城中看花客，旦暮走营营。素华人不顾，亦占牡丹名。
开在深寺中，车马无来声。唯有钱学士，尽日绕丛行。
怜此皓然质，无人自芳馨。众嫌我独赏，移植在中庭。
留景夜不暝，迎光曙先明。对之心亦静，虚白相向生。
唐昌玉蕊花，攀玩众所争。折来比颜色，一种如瑶琼。
彼因稀见贵，此以多为轻。始知无正色，爱恶随人情。
岂惟花独尔，理与人事并。君看入眼者，紫艳与红英。

◆ 七言古

和李中丞慈恩寺清上人院牡丹花歌

（唐）权德舆

淡荡韶光三月中，牡丹偏自占春风。
时过宝地寻香径，已见新花出故丛。
曲水亭西杏园北，浓芳深院红霞色。
擢秀全胜珠树林，结根幸在青莲域。
艳蕊鲜房次第开，含烟洗露照苍苔。
庞眉倚杖禅僧起，轻翅萦枝舞蝶来。

独坐南台时共美,闲行古刹情何已。
花间一曲奏《阳春》,应为芬芳比君子。

远公亭牡丹

(唐) 李咸用

雁门禅客吟春亭,牡丹独逞花中英。
双成腻脸偎云屏,百般姿态因风生。
延年不敢歌倾城,朝云暮雨愁娉婷。
蕊繁蚁脚粘不行,蝶迷蜂醉飞无声。
庐山根脚含精灵,发妍吐秀丛君庭。
溢江太守多闲情,栏朱绕绛留轻盈。
潺潺绿醴当风倾,平头奴子啾银笙。
红葩艳艳交童星,左文右武怜君荣,
白铜堤〔鞮〕上惭清明。

朝元宫白牡丹

(元) 宋聚

瑶囿廓落昆仑高,霓旌豹节凌旋飙。
东门偷种来尘嚣,开云镂月百千瓣。
雪痕冰璺辞镂琱,重台复榭玉版白。
湿露拥出青霞娇,琼娥爱春受春足。
香腴酥腻愁风消,人间洛阳红紫妖。
紫霞滟滟吹秦箫,青鸾望极何当招?

同院僚观阁中牡丹作

(明) 唐顺之

西掖衡连翡翠城,笼烟裛雾百花明。
只谓紫薇方吐萼,忽言红药已敷英。
红药葳蕤艳盛阳,万年春色在文昌。

宁同邺下芙蓉苑，讵比雒阳桃李场。
裁成异瓣千般锦，缬就同心一样黄。
金阁披时浑是画，绮楼凝处并疑妆。
濯枝故向凤池上，裛露偏依仙掌傍。
仙掌巑岏对凤池，词郎侍直鹭鹓齐。
玲珑玉佩花间映，飘曳罗衫叶下迷。
花间叶下情无极，含笑含娇似相识。
羞将鸡舌斗馨香，欲取蠶冠并颜色。
翠幕分看态转新，朱栏斜倚不胜春。
未采孤根助灵液，聊持芳蕊赠佳人。

◆ 五言律

咏牡丹未开者

(唐) 韩琮

残花何处藏？尽在牡丹房。嫩蕊包金粉，重葩结绣囊。
云凝巫峡梦，簾闭景阳妆。应恨年华促，迟迟待日长。

牡 丹

(唐) 裴说

数朵欲倾城，安同桃李荣。未尝贫处见，不似地中生。
此物疑无价，当春独有名。游蜂与蝴蝶，来往自多情。

白牡丹

(唐) 王贞白

谷雨洗纤素，裁为白牡丹。异香开玉合，轻粉泥银盘。
晓贮露华湿，宵倾月魄寒。佳人淡妆罢，无语倚朱栏。

李才元寄示蜀中花图

(宋) 范镇

自古成都胜，开花不似今。径围三尺大，颜色几重深。

未放香喷雪，仍藏蕊散金。要知空相谕，聊见主人心。

和仲常牡丹诗
（元）王恽

汉殿承恩早，金盘荐露新。色酣中省乐，香重锦窠春。
尽殿群芳后，谁辞载酒频。清如司马相，也作插花人。

◆ 五言排律

和王郎中召看牡丹
（唐）姚合

葩叠萼相重，烧栏复照空。妍姿朝景里，醉艳晚烟中。
乍怪霞临砌，还疑烛出笼。绕行惊地赤，移坐觉衣红。
殷丽开繁朵，香浓发几丛。裁绡样岂似，染茜色宁同。
嫩畏人看损，鲜愁日炙融。婵娟涵宿露，烂熳抵春风。
纵赏襟情合，闲吟景思通。客来归尽懒，莺恋语无穷。
万物珍那比，千金买不充。如今难更有，纵有在仙宫。

牡 丹
（唐）薛能

异色禀陶甄，常疑主者偏。众芳殊不类，一笑独奢妍。
颗坼羞含懒，蘩虚隐陷圆。亚心堆胜被，美色艳于莲。
品格如寒食，精光似少年。种堪收子子，价合易贤贤。
迥秀应无妒，奇香称有仙。深阴宜映幕，富贵助开筵。
蜀水争能染，巫山未可怜。数难忘次第，立困恋傍边。
逐日愁风雨，和星祝夜天。且从留尽赏，离此便归田。

赋牡丹
（元）贡奎

曲槛春如锦，晴开晓日妍。树摇风影乱，枝滴露光圆。

玉珮停湘女,金盘拱汉仙。翠填宫鬓巧,黄染御袍鲜。
力费青工造,名随绮语传。细翎层拥鹤,弱翅独迎蝉。
倚竹成双立,留花任众先。久看心已倦,欲折意还怜。
洛谱今存几,吴园路忆千。可应频载酒,相与醉华年。

◆ 七言律

戏题牡丹

（唐）韩愈

幸自同开俱隐约,何须相倚斗轻盈。
凌晨并作新妆面,对客偏含不语情。
双燕无机还拂掠,游蜂多思正经营。
长年是事皆抛尽,今日栏边眼暂明。

牡　丹

（唐）薛能

去年零落莫春时,泪湿红笺怨别诗。
常恐便同巫峡散,因何重有武陵期。
传情每向馨香得,不语还应彼此知。
欲就阑边安枕席,夜深闲共说相思。

牡　丹

（唐）薛能

牡丹愁为牡丹饥,自惜多情欲瘦羸。
浓艳冷香初盖后,好风甘雨正开时。
吟蜂遍坐无闲蕊,醉客曾偷有折枝。
京国别来谁占玩?此花光景属吾诗。

牡　丹

（唐）温庭筠

水漾晴红压叠波,晓来金粉覆庭莎。

裁成艳思偏应巧，分得春光数最多。
欲绽似含双靥笑，正繁疑有一声歌。
华堂客散帘垂地，想凭栏干敛翠娥。

牡　丹
（唐）韩琮

桃时杏日不争浓，叶帐阴成始放红。
晓艳远分金掌露，暮香深惹玉堂风。
名移兰杜千年后，贵擅笙歌百醉中。
如梦如仙忽零落，暮霞何处绿屏空？

牡　丹
（唐）方干

不逢盛暑不冲寒，种子成丛用法难。
醉眼若为抛去得，狂心更拟折来看。
凌霜烈火吹无焰，裛露阴霞晒不干。
莫道娇红怕风雨，经时犹自未凋残。

牡　丹
（唐）方干

借问庭芳早晚栽？座中疑展画屏开。
花分浅浅燕支脸，叶堕殷殷腻粉腮。
红砌不须夸芍药，白蘋何用逗重台。
殷勤为报看花客，莫学游蜂日日来。

牡　丹
（唐）李山甫

邀勒春风不蚤开，众芳飘后上楼台。
数苞仙艳火中出，一片异香天上来。
晓露精神妖欲动，暮烟情态恨成堆。

知君也解相轻薄,斜凭阑干首重回。

牡　丹
（唐）罗隐

似共东风别有因,绛罗高卷不胜春。
若教解语应倾国,任是无情亦动人。
芍药与君为近侍,芙蓉何处避芳尘?
可怜韩令功成后,辜负秾华过此身。

牡　丹
（唐）秦韬玉

压妖放艳有谁催,疑就仙中旋折来。
图把一春皆占断,故留三月始教开。
压枝金蕊香如扑,逐朵檀心巧胜裁。
好是酒阑丝竹罢,倚风含笑向楼台。

僧舍白牡丹
（唐）吴融

腻若裁云薄缀霜,春残独自殿群芳。
梅妆向日霏霏暖,纨扇摇风闪闪光。
月魄照来空见影,露华凝后更多香。
天生洁白宜清净,何必殷红映洞房。

侯家万朵簇霞丹,若并双林素艳难。
合影只应天际月,分香多是畹中兰。
虽饶百卉争先发,还在三春向后残。
想得惠休凭此槛,肯将荣落意来看。

红白牡丹
（唐）吴融

不必繁絃不必歌,静中相对更情多。

殷鲜一半霞分绮,洁澈旁边月飐波。
看久愿成庄叟梦,惜留须倩鲁阳戈。
重来应共今来别,风堕香残衬绿莎。

赵侍郎看红白牡丹,因寄杨状头赞图
(唐)殷文珪

迟开都为让群芳,贵地栽成对玉堂。
红艳袅烟疑欲语,素华映月只闻香。
剪裁偏得东风意,淡薄如矜西子妆。
雅称花中为首冠,年年长占断春光。

再看光福寺牡丹
(唐)刘兼

去年曾看牡丹花,蛱蝶迎人傍彩霞。
今日再游光福寺,春风吹我入仙家。
当筵芬馥歌唇动,倚槛娇羞醉眼斜。
来岁未朝京阙去,依前和露载归衙。

追和白舍人咏白牡丹
(唐)徐夤

蓓蕾抽开素练囊,琼葩薰出白龙香。
裁分楚女朝云片,剪破嫦娥夜月光。
雪句岂须征柳絮,粉腮应恨贴梅妆。
槛边几笑东篱菊,冷折金风待降霜。

尚书座上赋牡丹花得轻字,其花自越中移植
(唐)徐夤

流苏凝作瑞华精,仙阁开时丽日晴。
霜月冷销银烛焰,宝瓯圆印彩云英。
娇含嫩脸春妆薄,红蘸香绡艳色轻。

早晚有人天上去，寄他将赠董双成。

严相公宅牡丹

（宋）徐铉

但是豪家重牡丹，争如丞相阁前看。
凤楼日暖开偏早，鸡树阴浓谢更难。
数朵已应迷国艳，一枝何幸上尘冠。
不知更许凭栏否，烂熳春光未肯残。

昼锦堂再赏牡丹

（宋）韩琦

锦堂重赏牡丹红，不惜残英数日空。
嘉艳岂无来岁好，清欢难得故人同。
谁言山下曾为雨，只恐身轻去逐风。
且共对花开笑口，莫持姚左较雌雄。

答西京王尚书寄牡丹

（宋）欧阳修

新花来远喜开封，呼酒看花兴未穷。
年少曾为洛阳客，眼明重见魏家红。
却思初赴青油幕，自笑今为白发翁。
西望无由陪胜赏，但吟佳句想芳丛。

和君贶寄河阳侍中牡丹

（宋）司马光

真宰无私妪煦同，洛花何事占全功？
山河势胜帝王宅，寒暑气和天地中。
尽日玉盘堆秀色，满城绣毂走春风。
谢公高兴看春物，倍忆清伊与碧嵩。

宿新丰坊咏瓶中牡丹因怀故园
(宋)杨万里

客子泥涂正可怜,天香国色一枝鲜。
雨中晚敛寒如此,烛底宵暄笑粲然。
自觉玉容微婉软,急将翠掌护婵娟。
江南也有新丰市,未羡宾王酌圣贤。

赋益公平园牡丹白花青绿
(宋)杨万里

东阳〔皇〕封作万花王,更赐珍华出上方。
白玉杯将青玉酒,碧罗领衬素罗裳。
古来洛口元无种,今日天心别作香。
涂改欧家纪文看,此花未出说姚黄。

应制粉红双头牡丹
(金)党怀英

卿云分瑞两嫣然,镜里妆成谷雨天。
晓日倚阑争妒艳,春风拾翠两骈肩。
水南水北何曾见,桃叶桃根本自仙。
梦想沉香亭北槛,略修花谱纪芳妍。

春意应嫌芍药迟,一枝分秀伴双蕤。
并肩翠袖初酣酒,对镜红妆欲斗奇。
上苑风烟工献巧,中天雨露本无私。
更看散作人间瑞,万里黄云麦两歧。

五月牡丹应制
(金)赵秉文

好事天工养露芽,阳和趁及六龙车。

天香护日迎朱辇,国色留春待翠华。
谷雨曾霑青帝泽,薰风又卷赤城霞。
金盘荐瑞休嗟晚,犹是人间第一花。

次韵杨司业牡丹

(元)吴澄

谁是旧时姚魏家?喜从官舍得奇葩。
风前月下妖娆态,天上人间富贵花。
化魄他年锁子骨,点唇何处箭头砂?
后庭玉树闻歌曲,羞杀陈宫说丽华。

谢吴宗师送牡丹并柬伯庸尚书

(元)虞集

轻风紫陌少尘沙,忽见金盘送好花。
云气自随仙掌动,天香不许世人夸。
青春有态当窗近,白发多情插帽斜。
最爱尚书才思别,解吟蝴蝶出东家。

牡丹花

(元)胡天游

相逢尽道看花归,惭愧寻芳独后时。
北海已倾新酿酒,东风犹锁半开枝。
扫空红紫真无敌,看到云仍未可知。
但愿倚栏人不老,为公长赋谪仙诗。

和李别驾赏牡丹

(元)高明

绛罗密幄护风沙,莫遣牛酥污落花。
蝶梦不知春已暮,鹤翎还似暖生霞。
诗呈金字怀仙客,手印红脂出内家。

独羡沉香李供奉，《清平》一曲度韶华。

赋素轩沐公家牡丹一首和杨彦谧韵
（明）郭登

浅红深碧画难分，左紫姚黄未足云。
五色应将灵药染，三生曾用妙香熏。
枝头直讶妆成锦，梦里还疑化作云。
不与群芳竞开落，任教蜂蝶自纷纷。

赏牡丹呈席上诸友
（明）钱洪

国色天香映画堂，荼蘼芍药避芬芳。
日熏绛幄春酣酒，露洗金盘晓试妆。
三月繁华倾洛下，千年红艳怨沉香。
看花判泥花神醉，莫惹春愁点鬓霜。

牡　丹
（明）张淮

绿云堆里露精神，依约如羞认未真。
开落后天皆有数，品题先汉却无人。
金铃送响多惊鸟，翠幄围娇不受尘。
何处托根偏得地，年年独让魏家春？

牡　丹
（明）吴宽

嫣然国色眼中来，红玉分明簇一堆。
最爱倚阑如欲语，缘知举酒特先开。
洛中旧谱头须接，吴下新居手自栽。
若向花间求匹配，扬州琼树是仙材。

◆ 五言绝句

浑侍中宅牡丹

(唐) 刘禹锡

径尺千馀朵,人间有此花。今朝见颜色,更不向诸家。

牡　丹

(唐) 司空图

得地牡丹盛,晓添龙麝香。主人犹自惜,锦幕护春霜。

双头牡丹

(宋) 夏竦

红芳争并萼,缃叶竞骈枝。彩凤双飞稳,霞冠对舞迟。

◆ 七言绝句

赏牡丹

(唐) 刘禹锡

庭前芍药妖无格,池上芙蓉净少情。
唯有牡丹真国色,花开时节动京城。

看恽家牡丹花戏赠李二十

(唐) 白居易

香胜烧兰红胜霞,城中最数令公家。
人人散后君须看,归到江南无此花。

赠李十二牡丹花片因以饯行

(唐) 元稹

莺涩馀声絮堕风,牡丹花尽叶成丛。
可怜颜色经年别,收拾朱栏一片红。

西明寺牡丹
（唐）元稹

花向琉璃地上生，光风炫转紫云英。
自从天女盘中见，直至今朝眼更明。

牛尊师宅看牡丹
（唐）段成式

洞里仙春日更长，翠丛风剪紫霞芳。
若为箫（萧）史通家客，情愿扛壶入醉乡。

白牡丹
（唐）韦庄

闺中莫妒新妆妇，陌上须惭傅粉郎。
昨夜月明浑似水，入门唯觉一庭香。

题牡丹
（唐）卢士衡

万叶红绡剪尽春，丹青任写不如真。
风光九十无多日，难惜樽前折赠人。

裴给事宅白牡丹
（唐）开元名公*

长安豪贵惜春残，争赏（玩）新开紫牡丹。
别有玉盘承露冷，无人起就月中看。

题牡丹
（唐）苍头捧剑

一种芳菲出后庭，却输桃李得佳名。

---

* 此诗作者，《全唐诗》谓卢纶，并注"一作裴潾诗"。《四库》本改题《白牡丹》，作者裴潾。

谁能为向天人说，从此移根近太清？

白牡丹

（宋）欧阳修

蟾精雪魄孕云荄，春入香腴一夜开。
宿露枝头藏玉块，暖风庭面倒银杯。

奉陪颖叔赋钦院牡丹

（宋）沈辽

昔年曾到洛城中，玉椀金盘深浅红。
行上荆溪溪畔寺，愧将白发对东风。

和仲良催看黄才叔秀才南园牡丹

（宋）杨万里

愁雨留花花已阑，作晴犹喜两朝寒。
山城春事无多子，可缓黄园看牡丹。

湖　上

（宋）方岳

今岁春风特地寒，百花无赖已摧残。
马塍晓雨如尘细，处处筠篮卖牡丹。

云龙川泰和殿五月牡丹

（金）章宗

洛阳谷雨红千叶，岭外朱明玉一枝。
地力发生虽有异，天公造物本无私。

新开牡丹

（元）刘秉忠

四月新来三月还，一春光景镜中看。

东风也逐情浓处,吹落桃花放牡丹。

赵中丞折枝牡丹图
（元）马祖常

洛阳春雨湿芳菲,万斛胭脂染舞衣。
帐底金盘承蜜露,东家蝴蝶不须飞。

欧阳公牡丹诗
（元）欧阳玄

盛游西洛方年少,晚乐渔樵号醉翁。
白首归来玉堂署,君王殿后见鞓红。

宫　词
（明）薛蕙

禁闱处处锁名花,步障层层簇绛纱。
斟酌君恩似春色,牡丹枝上独繁华。

牡　丹
（明）冯琦

百宝阑干护晓寒,沉香亭畔若为看。
春来谁作韶华主,总领群芳是牡丹。

数朵红云静不飞,含香含态醉春晖。
东皇雨露知多少,昨夜风前已赐绯。

卷三百三十八　芍药花类

◆ 五言古

直中书省
（齐）谢朓

紫殿肃阴阴，彤庭赫弘敞。风动万年枝，日华承露掌。
玲珑结绮钱，深沉映朱网。红药当阶翻，苍苔依砌上。
兹言翔凤池，鸣佩多清响。信美非吾室，中园思偃仰。
朋情以郁陶，春物方骀荡。安得凌风翰，聊恣山泉赏。

戏题阶前芍药
（唐）柳宗元

凡卉与时谢，妍华丽兹晨。欹红醉浓露，窈窕留馀春。
孤赏白日暮，暄风动摇频。夜窗蔼芳气，幽卧知相亲。
愿致溱洧赠，悠悠南国人。

红芍药
（唐）元稹

芍药绽红绡，笆篱织青琐。繁丝蹙金蕊，高焰当炉火。
剪刻彤云片，开张赤霞裹。烟轻琉璃叶，风亚珊瑚朵。
受露色低迷，向人娇婀娜。酡颜醉后并，小女妆成坐。
艳艳锦不如，夭夭桃未可。晴霞畏欲散，晚日愁将堕。
结植本为谁？赏心期在我。采之谅多思，幽赠何由果？

◆ 七言古

新安芍药歌送胡伯恭之婺源
（元）袁桷

洛阳花枝如美人，点点不受尘土嗔。
轻红深白铸颜色，高亚绿树争精神。
那如新安红芍药，透日千层光闪烁。
碧云迸出紫瑠璃，风动霓裳凝绰约。
我闻种花如种玉，尽日阴晴看不足。
微云淡荡增宠光，细雨轻濛赐汤沐。
何人看花不解理，香雪纷纷手中毁。
酒酣跌宕空低昂，得意须臾竟如此。
翩翩骈骥云中君，爱花直欲留青春。
青春如流欲归去，明年看花君合住。

◆ 五言律

芍药
（唐）张九龄

仙禁生红药，微芳不自持。幸因清切地，还遇艳阳时。
名见《桐君录》，香闻郑国诗。孤根若可用，非直爱华滋。

苏子川宅观芍药
（明）黎民表

为掩群芳色，开花独后时。青扶承露蕊，红妥出阑枝。
绰约东邻子，风流郑国诗。合欢还有恨，名字是将离。

芍药
（明）眭石

春色今方满，名花尔较迟。含芳如有意，呈彩亦当时。

调鼎需仙液，挥毫停凤池。天工知不浅，一夜露华滋。

◆ 五言排律

草词毕遇芍药初开，因咏小谢"红药当阶翻"诗，以为一句未尽其状，偶成十六韵

（唐）白居易

罢草紫泥诏，起吟红药诗。词头封送后，花口坼开时。
坐对钩簾久，行观步履迟。两三丛烂熳，十二叶参差。
背日房微敛，当阶朵旋攲。钗葶抽碧股，粉蕊扑黄丝。
动荡情无限，低斜力不支。周回看未足，比喻语难为。
勾漏丹砂裹，僬侥火焰旗。彤云剩根蒂，绛帻欠缨綾。
况有晴风度，仍兼宿露垂。凝香熏罨画，似泪著胭脂。
有意流连我，无言怨思谁。应愁明日落，如恨来年期。
菡萏泥连萼，玫瑰刺绕枝。等量无胜者，惟眼与心知。

◆ 七言律

芍药

（宋）王禹偁

东君留著占残春，得得迟开亦有因。
曾与掖垣留故事，又来淮海伴词臣。
日烧红艳排千朵，风递清香满四邻。
更爱绿头弄金缕，异时相对掌丝纶。

满院匀开似赤城，帝乡齐点上元灯。
感伤纶阁多情客，珍重维扬好事僧。
酌处酒杯深蘸甲，折来花朵细含棱。
老郎为郡辜朝寄，除却吟诗百不能。

北第同赏芍药
（宋）韩琦

芍药名高致亦难，此观妖艳满雕阑。
酒酣谁欲张珠网，（醉西施）金细偏宜间宝冠。（金线冠子）
露裛更深云髻重，（髻子）蝶栖长苦玉楼寒。（楼子）
郑诗已取相持赠，不见诸经载牡丹。

玉盘盂
（宋）苏轼

杂花狼藉占春馀，芍药开时扫地无。
两寺妆成宝璎珞，一枝争看玉盘盂。
佳名会作新翻曲，绝品难寻旧画图。
从此定知年谷熟，姑山亲见雪肌肤。

彭孝求以《绿野行》送芍药数种，鄙句为谢
（宋）周必大

占断春光及夏初，琉璃剪叶朵珊瑚。
休论花品同而异，共咏诗人乐且吁。
北第莫辞金凿落，南禅争看玉盘盂。
彭宣微恙何妨醉，自有娇痴婢子扶。

多稼亭前两槛芍药红白对开二百朵
（宋）杨万里

红红白白定谁先，袅袅娉娉各自妍。
最是倚栏娇分外，却缘经雨意醒然。
晚春早夏浑无伴，暖艳晴香正可怜。
好为花王作花相，不应只遣侍甘泉。

（论花者，牡丹王，芍药近侍。）

芍药

(元) 郝经

夜来风雨洗残春，芍药还开春又新。
入座忽惊持酒客，举杯先酹送花人。
烟轻雪腻丰茸质，露重霞香婀娜身。
铁石肝肠总销铄，却将软语说风神。

王叔能宅芍药

(元) 马祖常

莺粉分衩艳有光，天工巧制殿春阳。
霞缯襞积云千叠，宝盏凝脂蜜半香。
并蒂当阶盘绶带，金苞向日剖珠囊。
诗人莫咏扬州紫，便与花王可颉颃。

陪宴相府得芍药花有感赋

(元) 张昱

醉吐车茵愧不才，马前蝴蝶趁花回。
玉瓶盛露扶春起，锦帐围灯照夜开。
垂白敢思溱洧赠，欹红还是庙廊栽。
扬州何逊空才思，惟对高寒咏阁梅。

芍药

(明) 吴宽

品高真自广陵来，旧谱空馀壁角堆。
千叶连云如并拥，两枝迎日忽齐开。
诗中相谑何须赠，担上能赊也用栽。
记取今年才看起，醉吟多藉麹生材。

◆ 五言绝句

芍　药

（金）姚孝锡

绿萼披风瘦，红苞浥露肥。只愁春梦断，化作彩云飞。

◆ 七言绝句

芍　药

（唐）韩愈

浩态狂香昔未逢，红灯烁烁绿盘龙。
觉来独对情惊恐，身在仙宫第几重？

芍　药

（宋）苏轼

倚竹佳人翠袖长，天寒犹著薄罗裳。
扬州近日红千叶，自是风流时世妆。

谢赵生惠芍药

（宋）陈师道

九十风光次第分，天怜独得殿残春。
一枝剩欲簪双髻，未有人间第一人。

过广陵值早春

（宋）黄庭坚

春风十里珠帘卷，仿佛三生杜牧之。
红药梢头初茧栗，扬州风动鬓成丝。

五月芍药

（元）马祖常

红芍花开端午时，江南游客苦相疑。

上京不是春光晚,自是天家日景迟。

滦京杂咏
(元) 杨允孚

东风亦肯到天涯,燕子飞来相国家。
若较内园红芍药,洛阳输却牡丹花。

(内园芍药迷望,亭亭直上数尺许,花大如斗。扬州芍药称第一,终不及上京也。)

时雨初肥芍药苗,脆甘味压酒肠消。
扬州簾卷东风里,曾惜名花第一娇。

(草地芍药,初生软美,居人多采食之。)

芍 药
(明) 高启

昔年花发要人催,今日人稀花自开。
独有园丁怜国色,时容闲客借看来。

题芍药
(明) 僧德祥

玉阶宜有此花开,金鼎调香宰相才。
莫谓人间无彩笔,写将秾艳入云台。

卷三百三十九　瑞香花类

◆ 五 言 古

次韵曹子方龙山真觉院瑞香花

（宋）苏轼

幽香结浅紫，来自孤云岑。骨香不自知，色浅意殊深。
移栽青莲宇，遂冠薝蔔林。纫为楚臣佩，散落天女襟。
君持风霜节，耳冷歌笑音。一逢兰蕙质，稍回铁石心。
置酒要妍暖，养花须晏阴。及此阴晴间，恐致悭霡霂。
彩云知易散，鹍鸠忧先吟。明朝便陈迹，试著丹青临。

次韵钱倅诸公瑞香花

（宋）陈造

钩窗玩孤芳，残月衣上明。紫囊坼兰麝，小风弄初晴。

◆ 长 短 句

瑞香花诗

（明）宣宗

瑞香花，叶如织。其叶非一状，花开亦殊色。
或如玛瑙之殷红，或如玉雪之姿容。
或含浅绛或深紫，细蕤叠萼芬玲珑。
腊后春前花未放，先春独占梅花上。

绕枝芳意露毵毵,万卉千葩总相让。
瞳昽旭日照阶墀,淡荡香风拂面时。
初疑沉檀爇宝鼎,亦似兰麝熏人衣。
瑞香花,树高三尺强。
山杏野桃动逾丈,得似幽丛约馥香。

◆ 五言律

瑞香花
(宋)杨万里

外著朝霞绮,中裁淡玉纱。森森千万笋,旋旋两三花。
小霁迎风喜,轻寒索幎遮。香中真上瑞,兰麝敢名家?

短短熏笼小,团团锦帕围。浮阳烘酒思,沉水著人衣。
茉莉通家远,椒花具体微。春愁浑瘦尽,别有瘦中肥。

◆ 七言律

次韵杨廷秀待制瑞香花
(宋)周必大

灞桥忍冻两相攒,汉殿含香别一般。
粉面故宜垂紫袖,锦裳何必著中襌。
禁庭侍史今同宿,宫帽花枝故自栾。
咀嚼新诗怀旧直,刺贪宁不愧河檀。

瑞香花
(宋)杨万里

侵雪开花雪不侵,开时色浅未开深。
碧团圞里笋成束,紫蓓蕾中香满襟。
别派近传庐阜顶,孤芳元自洞庭心。

诗人自有熏笼锦,不用衣篝炷水沉。

瑞香花
（宋）朱淑真

玲珑巧蹙紫罗裳,合得东君著意妆。
带露破开宜晓日,临风微困怯春霜。
发挥名字来庐阜,弹压芳菲入醉乡。
最是午窗初睡醒,重重赢得梦魂香。

◆ 五言绝句

瑞香花
（宋）王十朋

真是花中瑞,本朝名始闻。江南一梦后,天下仰清芬。

◆ 七言绝句

瑞香花
（宋）杨万里

织锦天孙矮作机,紫茸翻了白花枝。
更将沉水浓熏却,日淡风微欲午时。

瑞香花
（宋）阙名

庐阜当年春睡浓,花名从此擅春工。
紫葩四迸呈鲜粉,如爇仙香透锦笼。

拏花簇粉烘晴日,蔼有浓香透远风。
六曲阑干凝睇处,锦笼真似玉为笼。

瑞香花

（元）杨维桢

一团华盖翠亭亭，万个丁香露欲零。
日炙锦熏眠不得，玉人扶起酒初醒。

卷三百四十 木芙蓉类

◆ 五言古

芙蓉亭
（唐）柳宗元

新亭俯朱槛，嘉木开芙蓉。清香晨风远，缛彩寒露浓。
潇洒出人世，低昂多异容。尝闻色空喻，造物谁为工？
留连秋月晏，迢递来山钟。

湘岸移木芙蓉植龙兴精舍
（唐）柳宗元

有美不自蔽，安能守孤根。盈盈湘西岸，秋至风露繁。
丽影别寒冰，秾芳委前轩。芰荷谅难杂，反此生高原。

芙　蓉
（元）朱德润

夹城遗芳栽，摇落及千年。芙蓉发靓妆，绝艳秋江边。
临风拂罗帏，红裳拥三千。素抱拒霜质，亭亭赤城仙。
曾携一枝去，生绡记馀妍。

◆ 五言律

木芙蓉
（唐）韩愈

新开寒露丛，远比水间红。艳色宁相妒，嘉名偶自同。

采江官渡晚,搴木古祠空。愿得勤来看,无令便逐风。

芙 蓉

(明)申时行

群芳摇落后,秋色在林塘。艳态偏临水,幽姿独拒霜。
汉皋霞作佩,湘曲锦为裳。白首沧江上,相看醉夕阳。

◆ 七 言 律

木芙蓉

(唐)刘兼

素灵失律诈风流,强把芳菲半载偷。
是叶葳蕤霜照夜,此花烂熳火烧秋。
谢莲色淡争堪种,陶菊香浓亦合羞。
谁道金风能肃物,因何厚薄不相侔?

题殷舍人宅木芙蓉

(宋)徐铉

怜君庭下木芙蓉,袅袅纤枝淡淡红。
晓吐芳心零宿露,晚摇娇影媚清风。
似含情态愁秋雨,暗减馨香借菊丛。
默饮数杯应未称,不知歌管与谁同。

次韵寄题芙蓉馆

(宋)朱子

不须艇子棹歌来,且看芙蓉面面开。
卷里有诗都锦绣,席间无地可尘埃。
风清月白琴三弄,绿暗红深酒一杯。
明日仲宣楼上去,越吟应是首频回。

拒霜花

（宋）杨万里

木蕖何似水芙蕖，同个声名各自都。
风露商量借膏沐，胭脂深浅入肌肤。
唤回春色秋光里，饶得红妆翠盖无？
字曰拒霜浑不恶，却愁霜重要人扶。

木芙蓉

（宋）方岳

绿裳红脸水仙容，不谓佳名偶自同。
一朵方酣初日色，千枝应发去年丛。
莫惊坠落添新紫，更待微霜晕浅红。
却笑牡丹犹浅俗，但将浓艳醉春风。

红芙蓉

（元）蒲道源

丰肌弱骨与秋宜，宿酒酣来不自持。
岂为严霜成槁质，要凭初日发妍姿。
燕姬入画犹嫌陋，蜀锦团窠未足奇。
独对芳丛寄幽兴，子高真是遇仙时。

转观芙蓉

（元）蒲道源

露凉风冷见温柔，谁挽春还九月秋？
午醉未醒全带艳，晨妆初罢尚含羞。
未甘白纻居寒素，也著绯衣入品流。
若信牡丹南面贵，此花应合是封侯。

次韵萨天锡台郎赋三益堂芙蓉

（元）僧大䜣

花间未觉早霜残，留伴仙人酒半阑。
翡翠巢空秋浦净，落霞飞尽暮江寒。
玉真对月啼双颊，楚袖迎风舞七盘。
持向毘耶听说法，老翁原作色空看。

◆ 五言绝句

辛夷坞

（唐）王维

木末芙蓉花，山中发红萼。涧户寂无人，纷纷开且落。

木芙蓉

（宋）朱子

红芳晓露浓，绿树秋风冷。共喜巧回春，不妨间弄影。

拒 霜

（宋）杨万里

染露金风里，宜霜玉水滨。莫嫌开最晚，元自不争春。

芙 蓉

（明）蒋忠

清露下林塘，波光净如洗。中有弄珠人，盈盈隔秋水。

◆ 七言绝句

木芙蓉花下招客饮

（唐）白居易

晚凉思饮两三杯，召得江头酒客来。

莫怕秋无伴醉物，水莲开尽木莲开。

芙　蓉
（唐）高蟾

天上碧桃和露种，日边红杏倚云栽。
芙蓉生在秋江上，不向东风怨未开。

木芙蓉
（唐）黄滔

黄鸟啼烟二月朝，若教开即牡丹饶。
天嫌青帝恩光盛，留与秋风雪寂寥。

却假青腰女剪成，绿罗囊绽彩霞呈。
谁怜不及黄花菊，只遇陶潜便得名。

芙　蓉
（宋）欧阳修

种处雪消春始冻，开时霜落雁初过。
谁栽金菊丛相近，织出新番蜀锦窠。

和陈述古拒霜花
（宋）苏轼

千林扫作一番黄，只有芙蓉独自芳。
唤作拒霜知未称，细思却是最宜霜。

拒　霜
（宋）刘珵

翠幄临流结绛囊，多情常伴菊花芳。
谁怜冷落清秋后，能把柔姿独拒霜。

芙 蓉

（宋）刘克庄

湖上秋风起棹歌，万株映柳更依荷。
老来不作繁华梦，一树池边已觉多。

池上秋开一两丛，未妨冷淡伴诗翁。
而今纵有看花意，不爱深红爱浅红。

维扬花园

（宋）宋伯仁

红柳营基琐绿苔，万花新种小亭台。
芙蓉喜见江南客，故向西风一夜开。

钱舜举折枝芙蓉

（元）虞集

白发多情忆剑南，秋风溪上看春酣。
剪来一尺吴江水，拟比千花濯锦潭。

木芙蓉

（元）虞集

九月襄王宴渚宫，霓旌翠羽度云中。
满汀山雨衣裳湿，宋玉愁多赋未工。

题倪元镇画

（元）陈基

西池亭馆带芙蓉，云水苍茫一万重。
此日画图看不足，满簾秋雨梦吴淞。

题　画

（明）吴孺子

玉露凌寒万壑空，洞庭秋水醉芙蓉。
小舟不放寻诗梦，撑入村南卧晚风。

卷三百四十一　茉莉花类

◆七言古

次韵胡元甫茉莉花

（宋）楼钥

残暑未尽秋欲来，玉刻万叶琼英开。
孤标雅韵一枝足，江上紫翠空成堆。
素娥常与明月约，青女细把轻绡裁。
主人好事趁时买，买置此地真宜哉。
墙间闲地方丈所，几年累甓装层台。
春花秋卉方互发，蜀葵芍药参徘徊。
眼明忽见此奇绝，弟畜素馨兄事梅。
夜深飞香性幽独，未许蜂蝶来相陪。
糖霜封馀有闽玉，会须扫取添花栽。
吾闻闽山千万木，人或视此齐蒿莱。
何如航海上天阙，玉色照映琉璃杯。
新凉徙倚看不足，坐见日影欹庭槐。

茉　莉

（宋）杨万里

江梅去去木樨晚，芝草石榴刺人眼。
唯有茉莉幽更佳，龙涎避香雪避花。

朝来无热夜凉甚,急走山僮问花信。
一枝带雨折来归,走送诗人觅好诗。

◆ 五言律

茉莉
（宋）刘子翚

翠叶光如沃,冰葩淡不妆。一番秋早秀,彻日坐傍香。
色照祇园净,清回瘴海凉。倘堪纫作佩,老子欲浮湘。

茉莉
（宋）朱子

旷然尘虑尽,为对夕花明。密叶低层幄,冰蕤乱玉英。
不因秋露湿,讵识此香清。预恐芳菲尽,微吟绕砌行。

奉酬圭父茉莉之作
（宋）朱子

玉蕊琅玕树,天香知见薰。露寒清透骨,风定远含芬。
爽致消烦暑,高情谢晓云。遥怜河朔饮,那得醉时闻。

◆ 五言绝句

题茉莉
（明）皇甫汸

萼密聊承叶,藤轻易绕枝。素华堪饰鬓,争趁晚妆时。

香惯临风细,花偏映日生。若将人试拟,小玉定齐名。

◆ 七言绝句

茉　莉
（宋）叶廷珪

露华洗出通身白，沉水薰成换骨香。
近说根苗移上苑，休惭系出本南荒。

宫　词
（明）朱有燉

屏掩春山夜渐长，秋来处处有新凉。
一天明月星河淡，满殿风吹茉莉香。

茉　莉
（明）赵福元

刻玉雕琼作小葩，清姿原不受铅华。
西风偷得馀香去，分与秋城无限花。

宫　词
（明）仲春龙

海子周遭长荻芽，春深乘舰不乘车。
阿谁贪看游鱼戏，抛却新簪茉莉花。

茉莉词
（明）王穉登

赣州船子两头尖，茉莉初来价便添。
公子豪华钱不惜，买花只拣树齐檐。

卖花伧父笑吴儿，一本千钱亦太痴。
侬在广州城里住，家家茉莉尽编篱。

章江茉莉贡江兰,夹竹桃花不耐寒。
三种尽非吴地产,一年一度买来看。

茉莉花

(明) 沈宜修

如许闲宵似广寒,翠丛倒影浸冰团。
梅花宜冷君宜热,一样香魂两样看。

卷三百四十二　夹竹桃花类

◆ 五言古

弋阳县学北堂见夹竹桃花有感而书
（宋）李觏

暖碧覆晴殷，依依近朱栏。异类偶相合，劲节何能安。
同时尽妖艳，无地容檀栾。移根既不可，洁心诚为难。
外貌任春色，中心期岁寒。正声尚可听，谁是伶伦官？

◆ 五言律

夹竹桃花
（明）王世懋

名花逾岭至，婀娜自成阴。不分芳春色，犹馀晚岁心。
绛分疏翠小，青入嫩红深。本识仙源种，无妨共入林。

何来武陵色，移植向深闺。叶不迎秋堕，花仍入夏齐。
菲菲能拂石，冉冉更成蹊。尚挟风霜气，流莺未敢栖。

卷三百四十三　蔷薇花类

◆ 五言古

咏蔷薇
（齐）谢朓
低枝讵胜叶，轻香幸自通。发萼初攒紫，馀采尚霏红。
新花对白日，故蕊逐行风。参差不俱曜，谁肯盼微丛。

咏蔷薇
（梁）简文帝
燕来枝益软，风飘花转光。氤氲不肯去，还来阶上香。

咏蔷薇
（梁）柳恽
当户种蔷薇，枝叶太葳蕤。不摇香已乱，无风花自飞。
春闺不能静，开匣理明妃。曲池浮采采，斜岸列依依。
或闻好音度，时见衔泥归。且对清酤湛，其馀任是非。

看美人摘蔷薇
（梁）刘缓
新花临曲池，佳丽复相随。鲜红同映水，轻香共逐吹。
绕架寻多处，窥丛见好枝。矜新犹恨少，将故复嫌萎。
钗边烂熳插，何处不相宜。

咏蔷薇

（梁）鲍泉

经植宜春馆，霏靡上兰宫。片舒犹带紫，半卷未全红。
叶疏难蔽日，花密易伤风。佳丽新妆罢，含笑折芳丛。

邀人赏蔷薇

（唐）孟郊

蜀色庶可比，楚丛亦应无。醉红不自力，狂艳如索扶。
丽蕊惜未扫，宛枝长更纡。何人是花侯，诗老强相呼。

蔷薇洞

（明）顾璘

百丈蔷薇枝，缭绕成洞房。密叶翠帷重，秾花红锦张。
对著玉局棋，遣此朱夏长。香云落衣袂，一月留馀芳。

◆ 七言古

蔷薇篇

（唐）储光羲

袅袅长数寻，青青不作林。
一茎独秀当庭心，数枝分作满庭阴。
春日迟迟欲将半，庭影离离正堪玩。
枝上娇莺不畏人，叶底飞蛾自相乱。
秦家女儿爱芳菲，画眉相伴采葳蕤。
高处红须欲就手，低边绿刺已牵衣。
蒲桃架上朝光满，杨柳园中暝鸟飞。
连袂踏歌从此去，风吹香气逐人归。

和蔷薇花歌

（唐）孟郊

仙机轧轧织凤皇，花开七十有二行。
天霞落地攒红光，风枝袅袅时一飏，飞散葩馥绕空王。
忽惊锦浪洗新色，又似宫娥逞妆饰。
终当一使移花根，还比蒲桃天上植。

◆ **五言律**

题蔷薇花

（唐）朱庆馀

四面垂条密，浮云入夏清。绿攒伤手刺，红堕断肠英。
粉著蜂须腻，光凝蝶翅明。雨中看亦好，况复值初晴。

红薇

（唐）李咸用

春雨有五色，洒来花旋成。欲留池上景，别染草中英。
画出看还欠，薰为插未轻。王孙多好事，携酒寄吟倾。

僧院蔷薇

（唐）李咸用

客引擎茶看，离披晒锦红。不缘开净域，争忍负春风。
小片当吟落，清香入定空。何人来此植？应固恼休公。

◆ **五言排律**

蔷薇花联句（裴、白、刘）

（唐）张籍

似锦如霞色，连春接夏开。（禹锡）

波红分影入，风好带香来。（度）
得地依东阁，当阶奉上台。（行式）
浅深皆有态，次第暗相催。（禹锡）
满地愁英落，缘堤惜棹回。（度）
芳浓濡雨露，明丽隔尘埃。（行式）
似著胭脂染，如经巧妇裁。（居易）
奈花无别计，只有酒残杯。（籍）

裴常侍以题蔷薇架十八韵见示，因广为三十韵以和之
（唐）白居易

托质依高架，攒华对小堂。晚开春去后，独秀院中央。
霁景朱明早，芳时白昼长。秾因天与色，丽共日争光。
剪碧排千萼，研朱染万房。烟条涂石绿，粉蕊扑雌黄。
根动彤云涌，枝摇赤羽翔。九微灯炫转，七宝帐荧煌。
淑气熏行径，清阴接步廊。照梁迷藻棁，耀壁变雕墙。
烂若蘩然火，殷于叶得霜。胭脂含笑脸，苏合裹衣香。
浃洽濡晨露，玲珑漏夕阳。合罗排勘缬，醉晕浅深妆。
乍见疑回面，遥看误断肠。风朝舞飞燕，雨夜泣萧娘。
桃李惭无语，芝兰让不芳。山榴何细碎，石竹苦寻常。
蕙惨偎栏避，莲羞映浦藏。怯教蕉叶战，妒得柳花狂。
岂可轻嘲咏，应须痛比方。画屏风自展，绣伞盖谁张？
翠锦挑成字，丹砂印著行。猩猩凝血点，瑟瑟蹙金匡。
散乱萎红片，尖纤嫩紫芒。触僧飘毳褐，留妓冒罗裳。
寡和《阳春曲》，多情骑省郎。缘夸美颜色，引出好文章。
东顾辞仁里，西归入帝乡。假如君爱惜，留著莫移将。

寒食日沙县雨中看蔷薇
（唐）韩偓

何处遇蔷薇，殊乡冷节时。雨声笼锦帐，风势偃罗帏。

通体全无力，酡颜不自持。绿疏微露刺，红密欲藏枝。
惬意凭栏久，贪吟放盏迟。旁人应见讶，自醉自题诗。

依韵和令公大王蔷薇诗
（宋）徐铉

绿树成阴后，群芳稍歇时。谁将新濯锦，挂向最长枝？
卷箔香先入，凭栏影任移。赏频嫌酒渴，吟苦怕霜髭。
架迥笼云幄，庭虚展绣帷。有情萦舞袖，无力冒游丝。
嫩蕊莺偷采，柔条柳伴垂。荀池波自照，梁苑客尝窥。
玉李寻皆谢，金桃亦暗衰。花中应独贵，庭下故开迟。
委艳妆苔砌，分华借槿篱。低昂匀灼烁，浓淡叠参差。
幸植王宫里，仍逢宰府知。芳心向谁许？醉态不能支。
芍药天教避，玫瑰众共嗤。光明烘昼景，润腻裛轻䉕。
丽似期神女，珍如重卫姬。君王偏属咏，士子尽搜奇。

◆ 七 言 律

城上蔷薇
（唐）李绅

蔷薇繁艳满城阴，烂熳开红次第深。
新蕊度香翻宿蝶，密房飘影戏晨禽。
窦闺织妇惭诗句，南国佳人怨锦衾。
风月寂寥思往事，暮春空赋白头吟。

蔷薇正开，春酒初熟，因招刘十九张大夫崔二十四同饮
（唐）白居易

瓮头竹叶经春熟，阶底蔷薇入夏开。
似火浅深红压架，如饧气味绿粘台。
试将诗句相招去，倘有风情或可来。
明日早花应更好，心期同醉卯时杯。

朱秀才庭际蔷薇

（唐）方干

绣难相似画难真，明媚鲜妍绝比伦。
露压盘条方到地，风吹艳色欲烧春。
断霞转影侵西壁，浓麝分香入四邻。
看取后时归故里，庭花应让锦衣新。

和蔷薇次韵

（唐）皮日休

谁绣连延满户陈，暂应遮得陆郎贫。
红芳掩敛将迷蝶，翠蔓飘飖欲挂人。
低拂地时如堕马，高临墙处似窥邻。
只应是董双成戏，剪得神霞寸寸新。

李太舍池上玩红薇醉题

（唐）韩偓

花低池小水泙泙，花落池心片片轻。
酩酊不能羞白鬓，颠狂犹自眷红英。
乍为旅客颜常厚，每见同人眼暂明。
京洛林园归未得，天涯相顾一含情。

蔷薇

（唐）李建勋

万蕊争开照槛光，诗家何物可相方？
锦江风撼云霞碎，仙子衣飘黼黻香。
裛露早英浓压架，背人狂蔓暗穿墙。
彩笺蛮榼旬休日，欲召亲宾看一场。

李少卿宅蔷薇

（明）王韦

柔香弱蔓不胜寒，十二围屏锦绣攒。
秦殿晓妆俱窈窕，习家春事未阑珊。
怜将清奏愁中听，竞折高枝醉后看。
好待诗成酬胜赏，东风休遣露华干。

◆ 五言绝句

蔷薇下

（明）鲁铎

独酌蔷薇下，花阴乱午风。有时残露滴，刚著酒杯中。

◆ 七言绝句

戏题卢秘书新移蔷薇

（唐）白居易

风动翠条腰袅娜，露垂红萼泪阑干。
移他到此须为主，不爱花人莫使看。

蔷薇花

（唐）张祜

晓风抹尽胭脂颗，夜雨催成蜀锦机。
当昼开时正明媚，故乡疑是买臣归。

蔷薇花

（唐）杜牧

朵朵精神叶叶稠，雨晴香拂醉人头。
石家锦障依然在，闲倚狂风夜未收。

重题蔷薇

(唐) 皮日休

浓似猩猩初染素,轻于燕燕欲凌空。
可怜细丽难胜日,照得深红作浅红。

红蔷薇

(唐) 牛峤

晓啼珠露浑无力,绣簇罗襦不著行。
若缀寿阳公主额,六宫争肯学梅妆?

蔷 薇

(唐) 徐夤

朝露洒时如濯锦,晚风飘处似遗钿。
重门剩著黄金锁,莫被飞琼摘上天。

红蔷薇花

(唐) 僧齐己

晴日当楼晓香歇,锦带盘空欲成结。
莺声渐老柳飞时,狂风吹尽猩猩血。

闲 游

(宋) 陆游

好事湖边卖酒家,杖头钱尽惯曾赊。
炉边烂醉眠经日,开过红薇一架花。

湖城簿厅

(金) 吴激

日迟风暖燕飞飞,古柳高槐面翠微。
卷上疏帘无一事,满池春水照蔷薇。

草萍驿和萨天锡

(元)卢琦

林外轻风帽影斜,客衣近染紫山霞。
等闲点检春多少,墙角蔷薇几树花。

卷三百四十四　月季花类

◆ 五言古

月季花
（宋）宋祁

群花各分荣，此花贯时序。聊披浅深艳，不易冬春虑。
真寄竟何言，予将造形悟。

次韵子由月季花再生
（宋）苏轼

幽芳本长春，暂瘁如蚀月。且当付造物，未易料枯栟。
也知宿根深，便作紫笋苗。乘时出婉娩，为我暖栗烈。
先生早贵重，庙论推英拔。而今城东瓜，不记召南苃。
陋居有远寄，小圃无阔蹑。还为久处计，坐待行年匝。
腊果缀梅枝，春杯浮竹叶。谁言一萌动，已觉万木活。
聊将玉蕊新，插向纶巾折。

◆ 五言律

月季花
（明）刘绘

绿刺含烟郁，红苞逐月开。朝华抽曲沼，夕蕊压芳台。
能斗霜前菊，还迎雪里梅。踢歌春岸上，几度醉金杯。

◆ 七言律

月季花翠雀

（明）申时行

奇葩竞吐汉宫春，日日含香送紫宸。
千叶能随蒉荄茂，四时常应桂轮新。
乍疑胜里金花巧，却讶枝间翠凤驯。
愿以长春歌圣寿，还将解网颂皇仁。

◆ 七言绝句

月季花

（宋）韩琦

牡丹殊绝委春风，露菊萧疏怨晚丛。
何似此花荣艳足，四时长放浅深红。

月季花

（明）张新

一番花信一番新，半属东风半属尘。
惟有此花开不厌，一年长占四时春。

卷三百四十五 刺桐花类

◆ 七言绝句

小雪日戏题
（唐）张登

甲子徒推小雪天，刺桐犹绿槿花然。
阳和长养无时歇，却是炎洲雨露偏。

泉州刺桐花咏兼呈赵使君
（唐）陈陶

海曲春深满郡霞，越人多种刺桐花。
可怜虎竹西楼色，锦帐三千阿母家。

猗猗小艳夹通衢，晴日薰风笑越姝。
只是红芳移不得，刺桐屏障满中都。

赤帝尝闻海上游，三千幢盖拥炎洲。
今来树似离宫色，红翠欹斜十二楼。

仿佛三株植世间，风光满地赤城闲。
无因秉烛看奇树，长伴刘公醉玉山。

永春路
（宋）徐玑

路行僻处山山好，春到晴时物物嘉。
秀色连云原上麦，清香夹道刺桐花。

舟行青溪道中入歙
（元）方回

刺桐花发草如蓝，欲卸绵袍剪纻衫。
一夜春霜忽如雪，江南天气不宜蚕。

书武阳驿
（明）汪应轸

小驿春深屋半斜，东风开到刺桐花。
夜来有梦难分别，半是长安半是家。

送金员外归泉南
（明）僧来复

朱楼别起拥飞霞，浮石桥边久住家。
海日浴红春雨霁，鹧鸪啼上刺桐花。

西湖杂诗
（明）僧来复

芙蓉湾口绿阴斜，吹笛何人隔彩霞。
惊起沙头双翠羽，衔鱼飞上刺桐花。

卷三百四十六　酴醾花类

◆ 五言古

杜沂游武昌以酴醾花见饷
（宋）苏轼

酴醾不争春，寂寞开最晚。青蛟走玉骨，羽盖蒙珠幰。
不妆艳已绝，无风香自远。当时吴宫阙，红粉埋故苑。
至今微月夜，笙箫来翠巘。馀妍入此花，千载尚清婉。
怪君呼不归，定为花所挽。昨宵雷雨恶，花尽君应返。

酴醾架
（元）贡奎

西园检春事，积雨断馀红。酴醾压高架，皎皎晚日烘。
翠蔓点残雪，清香度微风。幽人对之坐，莹然此心同。
徘徊不忍去，片月来高空。宛如万玉娥，素袖舞云中。
珠玑露颗缀，翠珮烟光笼。爱花不受折，枝柔刺盈丛。
携酒醉其下，慰此良夜终。

刺蘼
（明）吴宽

酴醾有数种，同名而异字。花开欲折难，铦钩如棘刺。
白者榦独长，红者香更腻。种之小径傍，所恨胃衣袂。
插竹如编缚，步障差可类。石家金谷园，恐乏此佳致。

◆ 七言古

失　题

（宋）卢元赞

初疑广寒修月手，酿此欲作长春酒。
又疑青女未归家，抟香弄粉为此花。
要知风韵太超绝，清影亭亭半遮月。
微风不动香更繁，沉水未灰金博山。
我来已落春去后，尚觉有香栖鼻端。
年年欲占馀春住，早开却被嫣红妒。
从今著意问春工，借与姮娥奔月路。

和罗武冈酴醾长句

（宋）杨万里

花飞十不啻五六，青子团枝失红簇。
江南桃李总成阴，不论少城与韦曲。
酴醾珍重不浪开，晚堆绿云点冰玉。
体熏山麝非一脐，水洗银河费千斛。
滴成小蓓密于糁，乱走长条柔可束。
醉眸须及月下来，破鼻试从风处触。
先生未必被花恼，偶与门人莫春浴。
为怜压架十万枝，小立傍边领新馥。
剩拚好语宠琼蕤，更掇清英酿醽醁。
先生何得便杜门，霜鬓犹烦玉堂宿。

酴醾歌

（元）华幼武

丹葩醉染猩猩血，素萼便娟比霜雪。
呈妖逞艳岂足贵，含芳嗜洁夸清绝。
荼蘼饱浥春雨膏，玲珑剪刻英琼瑶。

千金麝脑和淑质,万个玉蝶萦柔条。
坐看明月花梢上,便应题作清虚牓。
醉眠花底不须归,狼藉苔茵空抚掌。
先生爱花何太浓,对花一饮挥千钟。
昔逢端伯称韵友,我欲结好惭衰容。
莫教摇落西风后,贾岛留题传不朽。
怜君为作荼蘼歌,多情又酿荼蘼酒。

◆ 五言律

荼 蘼

(宋)陈与义

雨过无桃李,惟馀雪覆墙。青天映妙质,白日照繁香。
影动春微透,花寒韵更长。风流到樽酒,犹得助诗狂。

◆ 五言排律

次韵荼蘼

(宋)黄庭坚

梅残红药迟,此物共春晖。名字因壶酒,风流付枕帏。
坠钿香径艳,飘雪净垣衣。玉气晴虹发,沉材锯屑霏。
直知多不厌,可忍摘令稀。常恨金沙学,䕫时正可挥。

◆ 七言律

王主簿家酴醿

(宋)黄庭坚

肌肤冰雪生沉水,百草千花莫比方。
露湿何郎试汤饼,日烘荀令炷炉香。
风流彻骨成春酒,梦寐宜人入枕囊。

输与能诗王主簿，瑶台影里据绳床。

酴醾
（宋）刘子翚

颠风急雨退花晨，翠叶银苞照眼新。
高架攀缘虽得地，长条盘屈总由人。
横钗数朵开犹小，扑酒馀香韵绝伦。
唯有金沙颜色好，年年相伴殿残春。

酴醾
（宋）杨万里

以酒为名却谤他，冰为肌骨月为家。
借令落尽仍香雪，且道开时是底花？
白玉梢头千点韵，绿云堆里一枝斜。
休休莫斸西庄柳，放上松梢分外嘉。

酴醾
（宋）朱淑真

花神未许春归去，故遣仙姿殿众芳。
白玉体轻蟾魄莹，素纱囊薄麝脐香。
梦回洛浦婵娟影，闲记瑶台淡净妆。
勾引诗人清绝处，一枝和雨在东墙。

酴醾
（金）刘仲伊

相看绝似好交友，著眼江梅季孟中。
海窟笙箫来鹤背，月林冰雪绕春风。
满前玉蕊名尤重，特地梨花梦不同。
安得涪翁香一瓣，种成聊供小南丰。

荼蘼花开有怀同赏

（明）陈宪章

看花何处发孤吟？墙角荼蘼又破金。
紫焰照人今日态，香风吹梦来年心。
多情酒伴来何晚，得意游蜂入每深。
病起南窗坐终日，独怜涓滴未成斟。

◆ 五言绝句

荼 蘼

（宋）朱子

结楥护芳植，覆墙拥深翠。还当具春酒，与客花下醉。

◆ 七言绝句

酴醾

（宋）韩维

平生为爱此香浓，仰面常迎落架风。
每至春归有遗恨，典型原在酒杯中。

酴醾花

（宋）韩维

细蓓繁英次第开，攀条尽日未能回。
不如醉卧春风底，时使清香拂面来。

惜酴醾

（宋）韩维

天意再三珍雅艳，花中最后吐奇香。
狂风莫扫残英尽，留与佳人贮绛囊。

绝 句

（宋）刘攽

明红暗紫竞芳菲，送尽东风不自知。
占得馀香慰愁眼，百花无得似酴醿。

荼蘼洞

（宋）苏轼

长忆故山寒食夜，野荼蘼发暗香来。
分无素手簪罗髻，且折霜蕤浸玉醅。

荼 蘼

（宋）张舜民

冰肥雪艳映残春，燠日熏风入四邻。
任是主人能爱惜，也抃一半与游人。

酴醿花

（宋）黄庭坚

汉宫娇额半涂黄，肌骨浓熏笃耨香。
日色渐迟风力细，倚阑催舞白霓裳。

披仙阁上观酴醿

（宋）杨万里

酴醿约我早来看，及至来看花已残。
动地寒风君莫怯，乱吹香雪洒阑干。

失 题

（宋）戴复古

东风满架索春饶，三月梁园雪未消。
剩馥何人炷兰麝，柔条无力带琼瑶。

荼蘼

（宋）方岳

山径阴阴雨未干，春风已暖却成寒。
不缘天气浑无准，要护荼蘼继牡丹。

酴醾

（金）元好问

枕帏馀韵最清真，梦里犹来著莫人。
拟借浓阴作罗幕，玉缨多处卧残春。

春深

（元）刘秉忠

新染蔷薇一扑黄，梨花乱舞白霓裳。
凭谁收拾春风去，催发荼蘼满架香。

暮春写怀

（明）镏炳

青梅煮酒蕨芽肥，倦客怀家入梦思。
想得故园风景好，一庭香雪落荼蘼。

忽雨

（明）张宇初

飘风急雨燕初泥，新竹成阴小阁西。
数卷残书香篆息，园花落尽到荼蘼。

凌霄花类

◆ 五言古

凌霄花

（宋）梅尧臣

草木不解行，随生自有理。观此引蔓柔，必凭高树起。
气类固未合，萦缠岂由己。仰见苍虬枝，上发彤霞蕊。
层霄不易凌，樵斧者谁子？

凌霄花

（宋）曾肇

凌波体纤柔，枝叶工托丽。青青乱松树，直榦遭蒙蔽。
不有严霜威，焉能辨坚脆。

凌霄花

（宋）范浚

栽松待成阴，种漆拟作器。人皆笑艰拙，往往后得利。
君看植凌霄，百尺蔓柔翠。新花郁煌煌，照日吐妍媚。
风霜忽摇落，大木亦彫瘁。视尔托根生，枯茎无残蒂。
先荣疾萧瑟，物理固难（艰）恃。凌霄亟芳华，衰歇亦容易。

◆ 七言绝句

凌霄花

（宋）杨绘

直饶枝斡凌霄去，犹有根源与地平。
不道花依他树发，强攀红日斗鲜明。

为沈趣庵题画

（明）偶桓

溪山深处野人居，小小簾栊草阁虚，
洒面松风吹梦醒，凌霄花落半床书。

卷三百四十八　藤花类

◆ 五言古

咏　藤
（梁）简文帝

纤条寄乔木，弱影掣风斜。摽春抽晓翠，出雾挂悬花。

驾檐藤
（唐）储光羲

得从轩墀下，如胜松柏林。生枝逐架远，吐叶向门深。
何许答君子，檐间朝暝阴。

石上藤
（唐）岑参

石上生孤藤，弱蔓依石长。不逢高枝引，未得凌空上。
何处堪托身，为君长万丈。

潭上紫藤
（唐）李德裕

故乡春欲尽，一岁芳难再。岩树已青葱，吾庐日堪爱。
幽蹊人未去，芳草行应碍。遥忆紫藤垂，繁阴照潭黛。

挂树藤
（唐）曹冠卿

本为独立难，寄彼高树枝。蔓衍数条远，溟濛千朵垂。

向日助成阴，当风藉持危。谁言柔可屈，坐见蟠蛟螭。

垂涧藤

（宋）朱子

寒泉下碧涧，古木垂苍藤。荫此万里流，闲花自层层。
何人赏幽致？白发岩中僧。

罨画溪

（明）马愈

溪藤荡微风，溪水清见底。照映青藤花，摇摇不能已。
仙人紫绮裘，啸咏溪光里。慨彼尘俗心，谁能此涓洗。

朱藤

（明）吴宽

袅袅数尺藤，往岁亲手插。西庵敞短檐，借尔两相夹。
岁久终蔓延，枝叶已交接。有花散红缨，有子垂皂荚。
赤日隔繁阴，偃息可移榻。但忧风雨甚，高架一朝压。
霜雪却不妨，忍冬共经腊。

◆ 七言古 附长短句

爱敬寺古藤歌

（唐）李颀

古藤池水盘树根，左擭右挐龙虎蹲。
横空直上相凌突，丰茸离纚若无骨。
风雷霹雳连黑枝，人言其下藏妖魑。
空庭落叶作开合，十月苦寒常倒垂。
忆昨花飞满空殿，密叶吹香饭僧遍。
南阶双桐一百尺，相与年年老霜霰。

和题藤架

（唐）独孤及

尊尊（尊尊）叶成幄，璀璀花落架。
花前离心苦，愁至无日夜。
人去藤花千里强，藤花无主为谁芳？
相思历乱何由尽，春日迢迢如线长。

◆ 五言律

藤

（唐）李峤

吐叶依松磴，舒苗长石台。神农尝药罢，质子寄书来。
色映葡萄架，花分竹叶杯。金堤不见识，玉润几重开。

◆ 五言排律

和友人许棠题宣平里古藤

（唐）张蠙

欲结千年茂，生来便近松。迸根通井润，交叶覆庭秾。
历代频更主，盘空渐变龙。昼风圆影乱，宵雨细声重。
盖密胜丹桂，层危类远峰。嫩条悬夜鼠，枯节叫秋蛩。
翠老霜难蚀，皴多藓乍封。几家遥共玩，何寺不堪容。
客对忘离榻，僧看误过钟。顷因陪预作，终夕绕枝筇。

◆ 七言律

紫藤花

（明）王世贞

蒙茸一架自成林，窈窕繁葩灼暮阴。

南国红蕉将比貌,西陵青柏结同心。
裁霞缀绮光相乱,剪雨紫烟态转深。
紫雪半庭长不扫,闲抛簪组对清吟。

藤

（明）王士骐

手种藤花大可围,暮春小圃亦芳菲。
黄鹂隐叶惟闻啭,紫蝶寻春不辨飞。
满架迎风光眩眼,缘溪著雨碧侵衣。
漫道破除情事尽,长条柔蔓转依依。

◆ 五言绝句

紫藤树

（唐）李白

紫藤挂云木,花蔓宜阳春。密叶隐歌鸟,香风留美人。

古 藤

（唐）钱起

引蔓出云树,垂纶覆巢鹤。幽人对酒时,苔上闲花落。

石上藤

（唐）顾况

空山无鸟迹,何物如人意?委曲结绳文,离披草书字。

藤

（明）于若瀛

藤古结为梁,蜿蜒凭云雾。步之时动摇,疑驾彩虹度。

◆ 七言绝句

送王永
（唐）刘商

绵衣似热夹衣寒，时景虽和春已阑。
诚知暂别那惆怅，明日藤花独自看。

宿杨家
（唐）白居易

杨氏弟兄俱醉卧，披衣独起下高斋。
夜深不语中庭立，月照藤花影下阶。

紫藤
（唐）许浑

绿蔓秾阴紫袖低，客来留坐小堂西。
醉中掩瑟无人会，家近江南罨画溪。

题画
（明）沈周

临水人家竹树中，只因孤屿水船通。
当门细荇牵微浪，绕屋藤花落软风。

中甫过斋中，烹茗清谈，试笔写图，因题其上
（明）居节

落尽藤花涧水香，松风如水昼初长。
幽人自是山中相，鹤氅黄冠坐夕阳。

荆溪杂曲
（明）王叔承

女墙开遍白蔷薇，萝叶藤花鸟乱飞。

耐可铜官复离墨,满城山色照人衣。

和令则题画

(明) 陈继儒

山村雨霁水痕加,鸭鹈滩头燕尾沙。
新结松棚试新茗,好风无力扫藤花。

卷三百四十九　山丹花类

◆ 五言古

次韵子由所居
（宋）苏轼

堂前种山丹，错落马脑盘。堂后种秋菊，碎金收辟寒。
草木如有情，慰此芳岁阑。幽人正独乐，不知行路难。

山　丹
（宋）朱子

昔游岭海间，几见蛮卉拆。素英溥夕露，朱花烂晴日。
归来今几年，晤对只寒碧。因君赋山丹，悦复见颜色。

◆ 七言律

山丹花
（宋）杨万里

春去无芳可得寻，山丹最晚出云林。
柿红一色明罗袖，金粉群虫集宝簪。
花似鹿葱还耐久，叶如芍药不多深。
青泥瓦斛移山花，聊著书窗伴小吟。

卷三百五十　素馨花类

◆ 七言绝句

素馨花
（宋）陈傅良

羞将姿媚随花谱，爱伴孤高上月评。
独恨遇寒成弱植，色香殊不避梅兄。

素馨花
（明）杨慎

金碧佳人堕马妆，鹧鸪林里斗芬芳。
穿花贯缕盘香雪，曾把风流恼陆郎。

夜至红桥所居
（明）林鸿

素馨花发暗香飘，一朵斜簪近翠翘。
宝马归来新月上，绿杨影里倚红桥。

卷三百五十一　玉珑鬆花类

◆ 七言律

茌平县西门邮亭废圃中，有花名玉珑璁，枝叶与琼花无异，但花蕊层生，与叶相间，远望如翠烟笼玉，幽香扑人。遂呼浊醪，痛饮花下。陈令取纸笔索诗，乘醉走笔赋二律

（明）王蒙

谁司后土作花王，忍置瑶华官道旁？
衣袂不经尘世染，梦魂犹带广寒香。
孤蟾照破琼林雪，飞蝶栖残珠树霜。
天上人间惟有此，好将栏槛护荒凉。

何年碧海会璚仙，云制衣裳雪作钿。
醉锁素虬缠宝树，闲骑白凤下瑶天。
鹤林寺废空流水，后土祠荒起暮烟。
惭愧邮亭一株雪，春风犹得路人怜。

◆ 七言绝句

游天坛杂诗

（金）元好问

漫山白白与红红，小树低丛看不供。
总道楂花香气好，就中偏爱玉珑鬆。

（原注：花名有"玉珑鬆"。）

卷三百五十二　琼花类（附瑶花、琪花）

◆ 长 短 句

　　　　　赋得琼花观送人
　　　　　　　　　（明）刘溥

琼花观，在江都，云窗月馆仙人居。
无双亭前一方地，昔日琼花今已无。
玉女香车游碧落，回首人间尘漠漠。
重栏空护八仙花，飞佩谁乘九皋鹤？
古城杨柳接东桥，十里红楼路不遥。
行舟过此一停泊，琪树阴中听紫箫。

◆ 七 言 律

　　　　约黄成之观琼花，予不及从，以诗代简
　　　　　　　　　（宋）方岳

杜宇声中鬓欲华，春风将绿又天涯。
欠随江夏无双士，共看扬州第一花。
想像烟云人跨鹤，淋漓诗句字栖鸦。
蹇驴不管唐衫湿，醉兀归鞍暮雨斜。

◆ 五言绝句

扬州广城店

（明）张以宁

潮落邗江夜，先将梦到家。扬州无赖月，独自照琼花。

◆ 七言绝句

小游仙

（唐）曹唐

云陇琼花满地香，碧沙红水遍朱堂。
外人欲压长生籍，拜请飞琼报玉皇。

后土庙琼花诗

（宋）王禹偁

春冰薄薄压枝柯，分与清香是月娥。
忽似暑天深涧底，老松擎雪白婆娑。

扬州后土祠琼花

（元）尹廷高

无双亭下万人看，欲觅残英一片难。
夜静月明猿鹤唳，误翻玉雪堕阑干。

续游仙诗

（明）马洪

侍儿扶上紫鸾车，一笑相逢萼绿华。
今夜芜城好明月，无双亭上看琼花。

附瑶花

◆ 七言古

瑶花（花白色而变残红而碧。）

（元）郭钰

瑶台仙子初相见，迥立天风飘雪练。
东华梦破归去迟，素衣总被缁尘染。
芳心不委春蝶狂，水晶簾卷凝清香。
胭脂洗红留残晕，海云翦碧浮霓裳。
扬州琼花旧同谱，零落谁知到南土。
闻君爱花最有情，亭台五月清无暑。
君不见花开今日多，有酒不饮君如何？

附琪花

◆ 五言古

琪树下因吟六韵呈先达者

（唐）刘驾

举世爱嘉树，此树何人识？清秋远山意，偶向亭际得。
奇柯交若斗，生叶密如织。尘中尚青葱，更想尘外色。
所宜巢三鸟，影入瑶池碧。移根岂无时，一问紫烟客。

◆ 五言绝句

初移琪树

（唐）羊士谔

爱此丘中物，烟霜尽日看。无穷碧云意，更助绿窗寒。

石桥琪树

（唐）僧隐丘

山上天将近，人间路渐遥。谁当云里见，知欲度仙桥。

◆ 七言绝句

步虚词

（唐）陈羽

楼殿层层阿母家，昆仑山顶驻红霞。
笙歌出见穆天子，相引笑看琪树花。

卷三百五十三　兰花类

◆ 五言古

幽　兰
（宋）鲍照

簾委兰蕙露，帐含桃李风。揽带昔何道，坐令芳节终。

紫兰始萌
（梁）武帝

种兰玉台下，气暖兰始萌。芬芳与时发，婉转迎节生。
独使金翠娇，偏动红绮情。二游何足怀，一顾非倾城。
羞将苓芝侣，岂畏鹯鸠鸣。

兰
（梁）宣帝

折茎聊可佩，入室自成芳。开花不竞节，含秀委微霜。

赋新题得兰生野径
（陈）张正见

披襟出兰畹，命酌动幽心。锄罢还开路，歌喧自动琴。
华灯共影落，芳杜杂花深。莫言闲径里，遂不断黄金。

猗兰操
（隋）辛德源

奏事传青阁，拂除乃陶嘉。散条凝露彩，含芳映日华。

已知香若麝，无怨直如麻。不学芙蓉艹，空作眼中花。

兰

(唐) 王维

根移地因偏，花老色未改。意苏瘴雾馀，气压初寒外。
婆娑靖节窗，仿佛灵均佩。

古　意

(唐) 贺兰进明

崇兰生涧底，香气满幽林。采采欲为赠，何人是同心？
日暮徒盈把，徘徊忧思深。慨然纫杂佩，重奏丘中琹。

赠友人

(唐) 李白

兰生不当户，别是闲庭艹。凤被霜露欺，红荣已先老。
谬接瑶华枝，结根君王池。顾无馨香美，叨沐清风吹。
馀芳若可佩，卒岁常相随。

咏　兰

(唐) 白居易

寓常本殊致，意幽非我情。吾常有疏浅，外物无重轻。
各言艺幽深，彼美香素茎。岂为赏者说，自保孤根生。
易地无赤株，丽土亦同荣。赏际林壑近，泛馀烟露清。
余怀既郁陶，尔类徒纵横。妍媸苟不信，宠辱何为惊。
贞隐谅无迹，激时犹栋〔拣〕名。幽丛霭绿畹，岂必怀归耕。

兰

(唐) 李德裕

楚客重兰荪，遗芳今未歇。叶抽清浅水，花点暄妍节。
紫艳映渠鲜，轻香含露洁。

题杨次公春兰
（宋）苏轼

春兰如美人，不采羞自献。时闻风露香，蓬艾深不见。
丹青写真色，欲补《离骚》传。对之如灵均，冠佩不敢燕。

秋兰已悴，以其根归学古
（宋）朱子

秋至百草晦，寂寞寒露滋。兰皋一以悴，芜秽不能治。
端居念离索，无以遗所思。愿言托孤根，岁晏以为期。

种 兰
（宋）薛季宣

兰生林樾间，清芬倍幽远。野人坐官曹，兹意极不浅。
西窗蔽斜日，松钗架春晚。墙阴莳花木，憔悴根日损。
植此山国香，坐与前事反。扶疏可纫佩，心绪端有本。
芽生仅盈坛，高风传九畹。群芳颜色好，只自夸园苑。
何如淡嚼蜡，草莽曾谁混。对我静无言，忘形如莽荨。

刈 兰
（宋）薛季宣

东畹刈真香，静院篸瓶水。高远不胜情，时逐微风起。
和雨剪闲庭，谁作骚人语？记得旧家山，香来无觅处。

盆 兰
（元）岑安卿

猗猗紫兰花，素秉岩穴趣。移栽碧盆中，似为香所误。
吐舌终不言，畏此尘垢汙。岂无高节士，幽深共情素。
俯首若有思，清风飒庭户。

兰花篇
（明）宋濂

阳和煦九畹，晴芬溢青兰。强姿发元（玄）麝，幽花凝紫檀。
绿萝托芳邻，白谷挹高寒。元圣未成调，湘累久长叹。
菉蓷虽外蔽，贞洁终能完。岂知生平心，卒获君子观。
杂以青瑶芝，承以白玉盘。灵风晚方荐，清露夜初溥。
此时不见知，骈罗混荒菅。春风桃杏花，烂若霞绮攒。
徒媚夸毗子，千金买歌欢。弃之不彼即，要使中心安。
愿结美人佩，把玩日忘餐。

塘上闻兰香
（明）叶子奇

大谷空无人，芝兰花自香。寻根竟不见，芳草如人长。

墨兰
（明）僧宗衍

楚雪春已晴，沅湘水初满。去年故叶长，今年新叶短。
波明碧沙净，日照紫苔暖。不见泽中人，江南暝云断。

◆ 七言古

画兰
（元）吴镇

趑趄风下东吴舟，坯土移入漳泉秋。
初疑紫莛攒翠凤，恍如绿绶萦青虬。
猗猗九畹易消歇，奕奕百亩多淹留。
轩窗相逢与一笑，结交三友成风流。

采兰堂

(明) 僧妙声

去年采兰兰叶长,今年采兰兰叶短。
秉芳欲寄路漫漫,国香零落风吹断。
莲花峰下采兰堂,永怀佳境不能忘。
上人开窗面山坐,山水含晖吟谢郎。
三生误落夫差国,翠结琼琚香不息。
目断王孙犹未归,江南春艸连天碧。

◆ 五 言 律

芳 兰

(唐) 太宗

春晖开禁苑,淑景媚兰场。映庭含浅色,凝露泫浮光。
日丽参差影,风传轻重香。会须君子折,佩里作芬芳。

咏 兰

(唐) 李峤

虚室重招寻,忘言契断金。英浮汉家酒,雪洒楚王琴。
广殿轻香发,高台远吹吟。河汾应擢秀,谁肯访山阴。

幽 兰

(唐) 崔涂

幽植众宁知,芬芳止暗持。自无君子佩,未是国香衰。
白露沾常早,春风到每迟。不知当路艸,芬馥欲何为。

兰

(唐) 僧无可

兰色结春光,氤氲掩众芳。过门阶露叶,寻泽径连香。

畹静风吹乱,亭秋雨引长。灵均曾采撷,纫佩挂荷裳。

去岁蒙学古分惠兰花,清赏既歇,
复以根丛归之故畹,而学古预有今年之约。
近闻颇已著花,辄赋小诗,以寻前约,幸一笑

(宋)朱子

秋兰递初馥,芳意满冲襟。想子空斋里,凄凉楚客心。
夕风生远思,晨露洒中林。颇意孤根在,幽期得重寻。

兰

(明)冯琦

韦曲名园好,习池胜事繁。午风披蕙带,秋色上苔痕。
密树云成幄,疏篱水绕门。不烦除客径,吾欲藉兰荪。

◆ 七言律

兰

(宋)杨万里

雪径偷开浅碧花,冰根乱吐小红芽。
生无桃李春风面,名可山林处士家。
政坐国香到朝市,不容霜节老云霞。
江蓠蕙圃非吾耦,付与骚人定等差。

兰

(宋)刘克庄

深林不语抱幽贞,赖有微风递远馨。
开处何妨依藓砌,折来未肯恋金瓶。
孤高可挹供诗卷,素淡堪移入卧屏。
莫笑门无佳子弟,数枝濯濯映芝庭。

挂 兰

(元) 谢宗可

江浦烟丛困草莱,灵根从此谢栽培。
移将楚畹千年恨,付与东风一缕开。
湘女久无尘土梦,灵均元是栋梁材。
午窗试读《离骚》赋,却怪幽香天上来。

兰

(明) 文徵明

灵根珍重自瓯东,绀碧垂香玉两丛。
和露纫为湘水佩,凌风如到蕊珠宫。
谁言别有幽贞在,我已相忘臭味中。
老去相如才思减,临窗欲赋不能工。

题赵松雪墨兰

(明) 僧宗衍

湘江春日静辉辉,兰雪初消翡翠飞。
拂石似鸣苍玉佩,御风还著六铢衣。
夜寒燕姞空多梦,岁晚王孙尚不归。
千载画图劳点缀,所思何处寄芳菲?

◆ **五言绝句**

兰

(唐) 唐彦谦

谢庭漫芳草,楚畹多绿莎。于焉忽相见,岁晏将如何?

兰

(宋) 司马光

艺植日繁滋,芬芳时入座。青葱春蕊擢,皎洁秋英堕。

兰涧

(宋) 朱子

光风浮碧涧,兰杜日猗猗。竟岁无人采,含薰只自知。

兰

(宋) 杨万里

健碧缤缤叶,斑红浅浅芳。幽香空自秘,风肯秘幽香。

题信上人春兰

(元) 揭傒斯

深谷暖云飞,重岩花发时。非因采樵者,那得外人知。

题画兰

(元) 陈旅

九畹光风转,重岩坠露香。紫宫祠太乙,瑶席荐琼芳。

兰

(元) 郑允端

并石疏花瘦,临风细叶长。灵均清梦远,遗佩满沅湘。

写兰

(明) 景翩翩

道是深林种,还怜出谷香。不因风力紧,何以度潇湘?

◆ 七言绝句

兰

(宋) 朱子

漫种秋兰四五茎,疏簾底事太关情?

可能不作凉风计,护得幽香到晚清。

寒食相将诸子游翟园

(宋) 杨万里

鹿葱旧种竹新栽,幽径深行忘却回。
忽有野香寻不得,兰于石背一花开。

题画兰

(明) 文徵明

手培兰蕙两三栽,日暖风微次第开。
坐久不知香在室,推窗时有蝶飞来。

兰

(明) 余有丁

何处幽香扑酒樽?洲中杜若畹中荪。
纫来为佩裁为服,不许蘩葹挂荜门。

紫 兰

(明) 景翩翩

碧玉参差簇紫英,当年剩有国香名。
风前漫结幽人佩,澧浦春深寄未成。

蕙花类

◆ 五言古

蕙花初开
（宋）杨万里

幽人非爱山，出山将何之？山居种兰蕙，岁寒久当知。
初艺止百亩，馀地惜奚为？先生无广居，千岩一茅茨。
四面只艺蕙，中间才置锥。锐绿分宿丛，修紫擢幼枝。
孤榦八九花，一花破初蕤。西风淡无味，微度成香吹。
灯梦得幽馥，月写传静姿。我欲掇芳英，和露充晨炊。
眷然恻不忍，环玩息忘饥。岂无众花草，不愿秋风迟。
种时乱不择，岁晚悔可追。

◆ 五言律

题次公蕙
（宋）苏轼

蕙本兰之族，依然臭味同。曾为水仙佩，相识楚词中。
幻色虽非实，贞香亦竟空。云何起微馥，鼻观已先通。

◆ 五言绝句

蕙
（宋）朱子

今花得古名，旖旎香更好。适意欲忘言，尘编讵能考？

题信上人秋蕙

（元）揭傒斯

幽丛不盈尺，空谷为谁芳？一径寒云色，满林秋露香。

◆ 七言绝句

和令狐侍御赏蕙草

（唐）杜牧

寻常诗思巧如春，又喜幽亭蕙草新。
本是馨香比君子，绕栏今更为何人？

蕙 草

（宋）刘克庄

萧艾荣枯各有时，深藏芳洁欲奚为？
世间鼻孔无凭托，且伴幽窗读楚词。

东 园

（宋）僧道潜

云峰缺处支筇立，溪溜声中弄扇行。
习习南风吹百草，幽香知有蕙兰生。

卷三百五十五　芝　类

◆ 乐　府

灵芝歌

（汉）班固

因露寝兮产灵芝，象三德兮瑞应图。
延寿命兮光此都，配上帝兮象太微，参日月兮扬光辉。

◆ 五言古

芝　草

（梁）庾肩吾

踟蹰玩芝草，淹留攀桂丛。桂丛方偃蹇，芝叶正玲珑。
如龙复如马，成阙复成宫。黄金九华发，紫盖六英通。
隐士苍山北，神仙海穴东。随丹聊变水，独摇不须风。

菌耳遍沃野

（元）吾丘衍

菌耳遍沃野，琼芝亦芬芳。群阴掩其茨，谁复知尔良。
我愿得此草，移根植崇冈。闲攀紫金蕤，浥露晞朝阳。
服食换绿髓，轻举过紫皇。招携三辰游，与之同辉光。

◆ 七言古

石　芝
（宋）苏轼

空堂明月清且新，幽人睡息来初匀。
了然非梦亦非觉，有人夜呼祁孔宾。
披衣相从到何许？朱栏碧井开琼户。
忽惊石上堆龙蛇，玉芝紫笋生无数。
锵然敲折青珊瑚，味如蜜藕和鸡苏。
主人相顾一抚掌，满堂坐客皆卢胡。
亦知洞府嘲轻脱，终胜嵇康羡王烈。
神山一合五百年，风吹石髓坚如铁。

◆ 五言律

宣政殿芝草
（唐）李义府

明王敦孝感，宝殿秀灵芝。色带朝阳净，光涵雨露滋。
且标宣德重，更引国恩施。圣祚今无限，微臣乐未移。

◆ 七言绝句

题画卷
（元）马臻

翠叠洪濛色，云凝淡沱春。高寒不可到，应有采芝人。

◆ 七言绝句

送道友游山
（唐）施肩吾

欲驻如今未老形，万重山上九芝青。

君今若问采芝路，踏水踏云穿杳冥。

寄题朱元晦武夷精舍

（宋）陆游

先生结屋绿岩边，读《易》悬知屡绝编。
不用采芝惊世俗，恐人谤道是神仙。

次王参政延福宫韵

（元）马祖常

唐家涨水望云亭，三月千花隔障屏。
不似仙人华绿洞，双笙吹凤五芝庭。

中秋前偶赋

（元）虞集

采芝不觉过前山，偶答樵歌暮却还。
人影自行残照外，雨云先入翠微间。

惟寅征君踏雨过林馆，为留终日，因诵近赋绝句三首，辄走笔奉和

（明）周砥

野花疏竹媚幽姿，翡翠帘前雨散丝。
最爱陈琳诗句好，玉盘春露捧金芝。

雨　后

（明）彭年

洞底泉声谷口闻，望中峰色杳难分。
欲寻雨后金芝草，更踏前峰半湿云。

卷三百五十六　萱花类

◆ 五言古

塘上行
（宋）谢惠连

芳萱秀陵阿，菲质不足营。幸有忘忧用，移根托君庭。
垂颖临清池，擢彩仰华甍。沾渥云雨润，葳蕤吐芳馨。
愿君眷轻叶，留景惠馀明。

咏萱草
（北齐）阳休之

开跗幽涧底，散彩曲堂垂。优柔清露湿，微穆惠风吹。
朝朝含丽景，夜夜对华池。

咏阶前萱草
（隋）魏澹

绿茆正含芳，霍靡映前堂。带心花欲发，依笼叶已长。
云度时无影，风来乍有香。横得忘忧号，余忧遂不忘。

◆ 五言律

萱
（唐）李峤

屣步寻芳日，忘忧自结丛。黄英开养性，绿叶正依笼。

色湛仙人露，香传少女风。还依北堂下，曹植动文雄。

萱　草
（唐）李咸用

芳草比君子，诗人情有由。只应怜雅态，未必解忘忧。
积雨莎庭小，微风藓砌幽。莫言开太晚，犹胜菊花秋。

萱
（金）周昂

万里黄萱好，风烟接路傍。迹疏虽异域，心密竟中央。
染练成初色，移瓶得细香。客愁无路遣，始为看花忘。

◆ 五言绝句

萱
（宋）宋祁

修茎无附叶，繁萼攒莛首。每欲问诗人，定得忘忧否？

萱
（宋）石延年

移萱树之背，丹霞间缥色。我有忧民心，对君忘不得。

萱　草
（宋）朱子

春条拥深翠，夏花明夕阴。北堂罕悴物，独尔淡冲襟。

有　感
（明）马闲卿

春风零落后，秋圃恨开迟。总是宜男草，傍人也未知。

◆ 七言绝句

宫　词

（明）黄省曾

清萱到处碧鬖鬖，兴庆宫前色倍含。
借问皇家何种此，太平天子要宜男。

卷三百五十七 菊花类

◆ 五言古

菊

(晋) 袁山松

灵菊植幽崖,擢颖凌寒飙。春露不改色,秋霜不改条。

饮 酒

(晋) 陶潜

结庐在人境,而无车马喧。问君何能尔?心远地自偏。
采菊东篱下,悠然见南山。山气日夕佳,飞鸟相与还。
此中有真意,欲辨已忘言。

秋菊有佳色,裛露掇其英。泛此忘忧物,远我遗世情。
一觞虽独进,杯尽壶自倾。日入群动息,归鸟趋林鸣。
啸傲东轩下,聊复得此生。

摘园菊赠谢仆射举

(梁) 王筠

灵茅挺三脊,神芝曜九明。菊花偏可意,碧叶媚金英。
重九惟嘉节,抱一应元贞。泛酌宜长久,聊荐野人诚。

咏菊
　　　　　　　　（唐）陈叔达

霜间开紫蒂，露下发金英。但令逢采摘，宁辞独晚荣。

和钱员外早冬玩禁中新菊
　　　　　　　　（唐）白居易

禁署寒气迟，孟冬菊初拆。新黄间繁绿，烂若金照碧。
仙郎小隐日，心似陶彭泽。秋怜潭上看，日惯篱边摘。
今来此地赏，野意潜自适。金马门内花，玉山峰下客。
寒芳引清句，吟玩烟景夕。赐酒色偏宜，握兰香不敌。
凄凄百卉腓，岁晚冰霜积。唯有此花开，殷勤助君惜。

霜菊
　　　　　　　　（唐）席夔

时令忽已改，行看被霜菊。可怜后时秀，当此凛风肃。
淅沥翠枝翻，凄清金蕊馥。凝姿节堪重，澄艳景非淑。
宁袪青女威，愿盈君子掬。持来泛樽酒，永以照幽独。

霜菊
　　　　　　　　（唐）阙名

秋尽北风生，律移寒气肃。淅沥降繁霜，离披委残菊。
华姿尚照灼，幽气含纷郁。的的冒空园，萋萋被幽谷。
骚人有遗咏，陶令曾盈掬。倘使怀袖中，犹堪袭馀馥。

和圣俞庭菊
　　　　　　　　（宋）苏舜钦

不谓花草稀，实爱菊色好。先时自封植，坐待秋风老。
类妆翠羽枝，已喜金靥小。严霜发层英，益见化匠巧。
摇疑光艳落，折恐丛薄少。一日三四吟，一吟三四绕。

赏专情自迷，美极语难造。得君所赋诗，烂熳惬怀抱。
朗咏偿此心，清樽为之倒。

菊
（宋）苏洵

骚人足奇思，香草比君子。况此霜下杰，清芬绝兰茝。
气禀金行秀，德备黄中美。古来鹤发翁，餐英饮其水。
但恐蓬藋伤，课仆加料理。

野　菊
（元）郝经

乾坤入消数，万物呈晚节。秋晏菊始华，荒丛翳林樾。
野迥幽姿清，冈断寒艳接。丝虫胃青苞，啼螿抱枯叶。
瀼露积玉华，层层拥金屑。我欲摘以杯，饮之濯中热。
霜栽郁高标，胡与荒秽列。嗟尔夷惠侪，玉质难变灭。
不谓无人看，便使幽香歇。安得老瓦盆，坐对浇古月。

菊
（元）何中

菊花如幽人，梅花如烈士。同居冰雪中，标格不相似。
道里阻荒寒，故人万里馀。菊枝傥可折，持以寄远书。

泾上观菊
（明）王问

泾上一老人，爱菊如爱稼。踏叶到林丘，散襟茅茨下。
青柯吐芳英，采采渐盈把。眷言五色姿，阳春似相假。
晚节良可亲，予怀自舒写。有物苟会心，那辞在荒野。
岁晏不可留，柴车凤云驾。奕奕车马客，谁解闲行者？

◆ 七言古　附长短句

买　菊
（宋）杨万里

老夫山居花绕屋，南斋杏花北斋菊。
青春二月杏花开，抱瓶醉卧锦绣堆。
凉秋九月菊花发，自折寒枝插华发。
湘累落英曾几何，陶令东邻未是多。
吾家满山种秋色，黄金为地香为国。
就中更有一丈黄，霜葩月蕊耿出墙。
饮徒无酒寻不得，寻得一身花露香。
如今小寓咸阳市，有口何曾问花事。
百钱担上买一株，聊伴诗人发幽意。

白　菊
（金）宇文虚中

西风萧飒百草黄，南斋白菊占秋芳。
主人好事不专飨，撷送客馆分幽香。
幽香清艳两难得，冰雪肌肤龙麝裹。
悄然坐我蕊珠宫，玉斧瑶姬皆旧识。
仙家艺菊名日精，我今号尔为月英。
月中风露秋夕好，感此仙种来曾城。
凭君传与金天令，月与霜姿驻清景。
重阳好伴白衣来，五柳先生忆三径。

菊　潭
（明）李蓘

甘菊之下潭水清，上有菊花无数生。
谷中人家饮此水，能令上寿皆百龄。
汉家宰相亦不俗，月致洛阳三十斛。

遗踪芜没无处寻，夜雨春风长荆榖。

浩荡李青莲，清狂孟襄阳。
当时各到菊潭上，风流对酒酬壶觞。
山树槭槭山菊老，谷中人寿今多少？
高贤已去碧山空，千载流光一归鸟。

买西园菊至，招同社徐兴公商孟和诸人花下小酌，因和短歌

（明）陈鸿

几处菊花残，西园馀数亩。
买来竹窗下，折简会宾友。
把酒坐花傍，一齐衫袖香。
春天百卉媚，不及此幽芳。
阶下凉风薄暮起，枝枝低拂深杯里。
愿君尽醉宿我家，明日更买西园花。

◆ 五言律

赋得残菊

（唐）太宗

阶兰凝曙霜，岸菊照晨光。露浓晞晓笑，风劲浅残香。
细叶彫轻翠，圆花飞碎黄。还将今岁色，复结后年芳。

秋　菊

（唐）骆宾王

擢秀三秋晚，开芳十步中。分黄俱笑日，含翠共摇风。
碎影涵流动，浮香隔岸通。金翘徒可泛，玉斝竟谁同？

菊

（唐）李峤

玉律三秋暮，金精九日开。荣舒洛媛浦，香泛野人盃。

霾靡寒潭侧，丰茸晓岸隈。黄花今日晚，无复白衣来。

九日奉陪令公登白楼同咏菊
（唐）卢纶

琼樽犹有菊，可以献留侯。愿比三花秀，非同百卉秋。
金英和药细，玉露结房稠。黄雀知恩在，衔飞亦上楼。

菊
（唐）李商隐

暗暗淡淡紫，融融冶冶黄。陶令篱边色，罗含宅里香。
几时禁重露，实是怯残阳。愿泛金鹦鹉，升君白玉堂。

白　菊
（唐）许棠

所尚雪霜姿，非关落帽期。香飘风外别，影到月中疑。
发在林凋后，繁当露冷时。人间稀有此，自古乃无诗。

菊
（唐）罗隐

篱落岁云晏，数枝聊自芳。雪裁纤蕊密，金坼小苞香。
千载白衣酒，一生青女霜。春丛莫轻薄，彼此有行藏。

白　菊
（唐）张蠙

秋天木叶干，犹有白花残。举世稀栽得，豪家却画看。
片苔相应绿，诸卉独宜寒。几度携佳客，登高欲折难。

采　菊
（唐）李建勋

簇簇竞相鲜，一枝开几番。味甘资麹糵，香好胜兰荪。

古道风摇远,荒篱露压繁。盈筐时采得,服饵近知门。

菊

(唐)僧无可

东篱摇落后,密艳被寒催。夹雨惊新拆,经霜忽尽开。
野香盈客袖,禁蕊泛天杯。不共春兰并,悠扬远蝶来。

九日菊花咏应诏

(唐)僧广宣

可讶东篱菊,能知节候芳。细枝青玉润,繁蕊碎金香。
爽气浮朝露,浓姿带夜霜。泛杯传寿酒,应共乐时康。

九月十八日黄菊始开,时且禁酿,谩成示德衡弟

(元)蒲道源

冉冉秋事杪,幽丛花始黄。直须彫众卉,才许见孤芳。
重露洗金质,严风吹绿裳。陶翁如有酒,何日不重阳?

汝庆宅红菊

(明)何景明

红菊开时暮,亭亭冠物华。亦知颜色好,不是艳阳花。
罗绮娇秋日,楼台媚晚霞。清香如不改,常傍美人家。

菊

(明)申时行

诛茅疏野径,种菊拟山家。秀擢三秋榦,奇分五色葩。
凌霜留晚节,殿岁夺春华。为道餐英好,东篱兴独赊。

菊

(明)唐文献

西苑宸游地,东篱菊已花。当年夸野色,此日丽天葩。

轻白凌寒露,深红映晚霞。秋英疑可茹,无复楚人嗟。

◆ 五言排律

和令狐相公玩白菊
(唐)刘禹锡

家家菊尽黄,梁国独如霜。莹净真琪树,分明对玉堂。
山人披雪氅,素女厌红妆。粉蝶来难见,麻衣拂更香。
面风摇羽扇,含露滴琼浆。高艳遮银井,繁枝覆象床。
桂丛惭并发,梅萼妒先芳。一入瑶华咏,从兹播乐章。

咏夹径菊
(唐)薛能

夹径尽黄英,不通人并行。几曾相对绽,元自两行生。
丛比高低等,香连左右并。畔摇风势断,中夹日华明。
间隔蛩吟隔,交横蝶乱横。频应泛桑落,摘处近前楹。

恩门小谏雨中乞菊栽
(唐)郑谷

握兰将满岁,栽菊伴吟诗。老去慵趋世,朝回独绕篱。
递香风细细,浇绿水弥弥。只共山僧赏,何当国士移。
孤根深有托,微雨正相宜。更待金英发,凭君插一枝。

南海使院对菊怀丁卯别墅
(唐)许浑

何处曾移菊,溪桥鹤岭东。篱疏还有艳,园小亦无丛。
日晚秋烟里,星繁晓露中。影摇金涧水,香染玉潭风。
罢酒惭陶令,题诗答谢公。朝来数花发,身在尉佗宫。

◆ 七言律

和马郎中移白菊见示
（唐）李商隐

陶诗只采黄金实，郢曲新传白雪英。
素色不同篱下发，繁花疑自月中生。
浮杯小摘开云母，带露全移缀水精。
偏称含香五字客，从兹得地始芳荣。

野　菊
（唐）李商隐

苦竹园南椒坞边，微香冉冉泪涓涓。
已悲节物同寒雁，忍委芳心与暮蝉？
细路独来当此夕，清樽相伴省他年。
紫云新苑移花处，不取霜栽近御筵。

幽居有白菊一丛，因而成咏呈知己
（唐）陆龟蒙

还是延年一种材，即将瑶朵冒霜开。
不如红艳临歌扇，欲伴黄英入酒杯。
陶令接罹堪岸著，梁王高屋好歊来。
月中若有闲田地，为劝嫦娥作意栽。

重忆白菊
（唐）陆龟蒙

我怜贞白重寒芳，前后丛生夹小堂。
月朵暮开无绝艳，风茎时动有奇香。
何惭谢雪清才咏，不羡刘梅贵主妆。
更忆幽窗凝一梦，夜来村落有微霜。

和鲁望白菊

（唐）皮日休

已过重阳半月天，琅华千点照寒烟。
蕊香亦似浮金靥，花样还如缕玉钱。
玩影冯妃堪比艳，炼形萧史好争妍。
无由摘向牙箱里，飞上方诸赠列仙。

和陆鲁望白菊

（唐）张贲

雪彩冰姿号女华，寄身多是地仙家。
有时南国和霜立，几处东篱伴月斜。
谢客琼枝空贮恨，袁郎金钿不成夸。
自知终古清香在，更出梅妆弄晚霞。

刘员外寄移菊

（唐）李山甫

秋来缘树复缘墙，怕共平芜一例荒。
颜色不能随地变，风流唯解逐人香。
烟含细叶交加碧，露坼寒英次第黄。
深谢栽培与知赏，但惭终岁待重阳。

咏白菊

（唐）罗隐

虽被风霜竞欲催，皎然颜色不低摧。
已疑素手能妆出，又似金钱未染来。
香散自宜飘渌酒，叶交仍得荫香苔。
寻思闭户中宵见，应认寒窗雪一堆。

和张少监晚菊
（宋）徐铉

忆共庭兰倚砌栽，柔条轻吹独依隈。
自知佳节终堪赏，为惜流光未忍开。
采撷也须盈掌握，馨香还解满罇罍。
今朝旬假犹无事，更好登临泛一杯。

菊
（宋）刘子翚

青丛馥郁早抽芽，金蕊斓斑晚著花。
秋意只应宜澹泊，化工可是惜铅华。
轻烟细雨重阳节，曲槛疏篱五柳家。
暮醉朝吟供采摘，更怜寒蝶共生涯。

今年立冬后菊方盛开小饮
（宋）陆游

胡床移就菊花畦，饮具酸寒手自携。
野实似丹仍似漆，村醑如蜜复如齑。
传方那解烹羊脚，破戒犹惭擘蟹脐。
一醉又驱黄犊出，冬晴正要饱耕犁。

野菊
（宋）杨万里

未与骚人当糗粮，况随流俗作重阳。
正缘在野有幽色，肯为无人减妙香。
已晚相逢半山碧，便忙也折一枝黄。
花应冷笑东篱族，犹向陶翁觅宠光。

野菊,座主闲闲公命作
(金) 元好问

柴桑人去已千年,细菊斑斑也自圆。
共爱鲜明照秋色,争教狼藉卧疏烟。
荒畦断垄新霜后,瘦蝶寒螀晚景前。
只恐春丛笑迟暮,题诗端为发幽妍。

重九后菊
(元) 叶颙

痴蝶狂蜂未用疑,从来根性懒趋时。
情知不少争先辈,故遣迟开殿后枝。
斜日园林方冷淡,西风天地特清奇。
芳苞小蕊秋香老,不是渊明断不知。

西施菊
(明) 瞿佑

不惜金钱买冶容,移根应自馆娃宫。
西风冷落三秋后,故国繁华一笑中。
戏蝶留连香径晚,游人怅望屧廊空。
莫教野鹿偷衔去,留映苏台夕照红。

汪司骥席上对菊
(明) 熊卓

锦席秋轩流客觞,阶除迟菊恋年芳。
翠条冉冉初经雨,青蕊娟娟欲候霜。
幸为分回供阒寂,空然别去梦寒香。
小车如觅东溪路,古屋疏篱是醉乡。

◆ 五言绝句

江行
（唐）钱起

丛菊生堤上，此花长后时。有人还采掇，何必在春期。

晚菊绕江垒，忽如开古屏。莫言时节过，白日有馀馨。

浔阳江畔菊，应似古来秋。为问幽栖客，吟诗得酒不？

野菊
（唐）王建

晚艳出荒篱，冷香著秋水。忆向山中见，伴蛩石壁里。

咏新菊
（唐）姚合

黄金色未足，摘取且尝新。若待重阳日，何曾异众人？

将赴湖州留题亭菊
（唐）杜牧

陶菊手自种，楚兰心有期。遥知渡江日，正是撷芳时。

折菊
（唐）杜牧

篱东菊径深，折得自孤吟。雨中衣半湿，拥鼻自知心。

菊
（宋）徐铉

细丽披金彩，氤氲散远馨。泛杯频奉赐，缘解制颓龄。

菊

(宋)王十朋

佳节逢吹帽,黄金染菊丛。渊明何处饮?三径冷香中。

菊

(宋)杨万里

味苦谁能爱,香含只自珍。长将潭底水,普供世间人。

◆ 七言绝句

重阳席上赋白菊

(唐)白居易

满园花菊郁金黄,中有孤丛色似霜。
还似今朝歌酒席,白头翁入少年场。

菊

(唐)白居易

一夜新霜著瓦轻,芭蕉新折败荷倾。
耐寒唯有东篱菊,金粟初开晓更清。

菊 花

(唐)元稹

秋丛绕舍似陶家,遍绕篱边日渐斜。
不是花中偏爱菊,此花开尽更无花。

忆白菊

(唐)陆龟蒙

稚子书传白菊开,西成相滞未容回。
月明阶下窗纱薄,多少清香透入来。

白菊杂诗

(唐) 司空图

黄昏寒立更披襟,露浥清香悦道心。
却笑谁家扃绣户,正熏龙麝暖鸳衾。

四面云屏一带天,是非断得自翛然。
此生只是偿诗债,白菊开时最不眠。

华下对菊

(唐) 司空图

清香裛露对高斋,泛酒偏能浣旅怀。
不是春风逗红艳,镜前空坠玉人钗。

菊

(唐) 郑谷

日日池边载酒行,黄昏独自绕黄英。
重阳过后频来此,甚觉多情胜薄情。

庭前菊

(唐) 韦庄

为忆长安烂熳开,我今移尔满庭栽。
红兰莫笑青青色,曾向龙山泛酒来。

菊

(宋) 韩玉

造化工夫岂异端,自缘开晚少人看。
若教总似陶潜眼,肯向芳春赏牡丹?

白　菊

（宋）魏野

浓露繁霜著似无，几多光彩照庭除。
何须更待萤兼雪，便好丛边夜读书。

沈仲一送菊，自言封殖之劳，欲得诗为报

（宋）陈傅良

东篱何在菊年年，菊视陶诗竟孰贤？
未必缘诗花更好，花将诗与万人传。

黄　菊

（宋）杨万里

莺样衣裳钱样裁，冷霜凉露溅秋埃。
比他红紫开差晚，时节来时毕竟开。

九日月中对菊同禧伯郎中赋

（元）张本

花上清光花下阴，素娥惜此万黄金。
一杯寒露三更后，谁信幽人更苦心。

赏　菊

（明）魏时敏

短篱疏雨正离披，淡白深红朵朵宜。
自计老年才思减，重阳过后不题诗。

卷三百五十八　荷花类

◆ 五言古

青阳度

（晋）乐府*

青荷盖绿水，芙蓉披红鲜。下有并根藕，上生并头莲。

夏　歌

（晋）乐府

郁蒸仲暑月，长啸北湖边。芙蓉始结叶，抛艳未成莲。

夏　歌

（梁）武帝

江南莲花开，红光照碧水。色同心复同，藕异心无异。

咏同心莲

（梁）萧统

江南采莲处，照灼本足观。况等连枝树，俱耀紫茎端。
同逾并根草，双异独鸣鸾。以兹代萱草，必使愁人欢。

---

* 此诗及下一首，一作鲍令晖（鲍照妹）作。

咏芙蓉
（梁）简文帝

圆花一蒂卷，交叶半心开。影前光照耀，香里蝶徘徊。
欣随玉露点，不逐秋风催。

赋得涉江采芙蓉
（梁）元帝

江风当夏清，桂楫逐流萦。初疑京兆剑，复似汉冠名。
荷香带风远，莲影向根生。叶卷珠难溜，花舒红易倾。
日暮凫舟满，归来度锦城。

咏芙蓉
（梁）沈约

微风摇紫叶，轻露拂朱房。中池所以绿，待我泛红光。

咏荷
（梁）江洪

泽陂有微草，能花复能实。碧叶喜翻风，红英宜照日。
移居玉池上，托根庶非失。如何霜露交，应与飞蓬匹。

咏同心芙蓉
（梁）朱超

青山丽朝景，元（玄）峰朗夜光。未及清池上，红蕖并出房。
日分双蒂影，风合两花香。鱼惊畏莲折，龟上碍荷长。
云雨流轻润，草木隐嘉祥。徒歌涉江曲，谁见缉为裳。

采莲曲
（梁）朱超

艳色前后发，缓楫去来迟。看妆碍荷影，洗手畏菱滋。

摘除莲上叶，拖出藕中丝。湖里人无限，何日满船时？

芙蓉花

（隋）辛德源

洛神挺凝素，文君拂艳红。丽质徒相比，鲜彩两难同。
光临照波日，香随出岸风。涉江良自远，托意在无穷。

咏同心芙蓉

（隋）杜公瞻

灼灼荷花瑞，亭亭出水中。一茎孤引绿，双影共分红。
色夺歌人脸，香乱舞衣风。名莲自可念，况复两心同。

采芙蓉

（唐）太宗

结伴戏方塘，携手上雕航。船移分细浪，风散动浮香。
游莺无定曲，惊凫有乱行。莲稀钏声断，水短棹歌长。
栖乌还密树，泛流归建章。

古　风

（唐）李白

碧荷生幽泉，朝日艳且鲜。秋光冒绿水，密叶罗青烟。
秀色空绝世，馨香竟谁传？坐看飞霜满，凋此红芳年。
结根未得所，愿托华池边。

折荷有赠

（唐）李白

涉江玩秋水，爱此红蕖鲜。攀荷弄其珠，荡漾不成圆。
佳人彩云里，欲赠隔远天。相思无因见，怅望凉风前。

粲公院各赋一物得初荷

（唐）李颀

微风和众草，大叶长圆阴。晴露珠共合，夕阳花映深。
从来不著水，清净本因心。

初秋莲塘归

（唐）顾况

秋光净无迹，莲消锦云红。只有溪上山，还识扬舲翁。
如何白蘋花，幽渚笑凉风？

东林寺白莲

（唐）白居易

东林北塘水，湛湛见底清。中生白芙蓉，菡萏三百茎。
白日发光彩，清飙散芳馨。泄香银囊破，泻露玉盘倾。
我惭尘埃眼，见此琼瑶英。乃知红莲花，虚得清净名。
夏萼敷未歇，秋芳结才成。夜深众僧寝，独起绕池行。
欲收一颗子，寄向长安城。但恐出山去，人间种不生。

京兆府新栽莲

（唐）白居易

污沟贮浊水，水上叶田田。我来一长叹，知是东溪莲。
下有青泥污，馨香无复全。上有红尘扑，颜色不得鲜。
物性犹如此，人事亦宜然。托根非其所，不如遭弃捐。
昔在溪中日，花叶媚清涟。今来不得地，憔悴府门前。

高荷

（唐）元稹

种藕百馀根，高荷才四叶。飐闪碧云扇，团圆青玉叠。
亭亭自抬举，鼎鼎难藏擪（撅）。不学著水荃，一生长怗怗。

野莲
（元）郝经

陂塘渺烟芜，秋波淡浮空。蒹葭杂芙蕖，依稀见愁红。
轻销露华凉，亭亭倚西风。金粉亦自香，霞腮为谁容？
无言恨最深，失偶情更浓。摇摇似相招，为喜诗人逢。
翻思彼桃李，反在罗绮中。复忆岩下兰，绿叶翳荒丛。
西子出苎萝，原思老蒿蓬。万物在生处，莫漫仇天公。

池莲咏
（元）倪瓒

回翔波间风，的历叶上露。清池结素彩，华月映微步。
云阴花房敛，雨歇芳气度。欲去拾明珰，踟蹰惜迟暮。

次韵欧阳检阅濠池观荷
（元）薛元曦

行行濠池上，亭亭见长荷。琼葩耀初日，碧芰卷轻波。
深蒲晓色乱，微雨晚香多。方舟时自移，高轩或来过。
岂无河朔饮，那复发商歌。商歌一慷慨，此物奈君何？

过荷叶浦
（明）徐贲

粼粼水溶春，淡淡烟销午。不见唱歌人，空来荷叶浦。
无处寄相思，停舟采芳杜。

采莲曲
（明）李淑媛

南湖采莲女，日日南湖归。浅渚莲子满，深潭荷叶稀。
荡桨娇无力，水溅越罗衣。无心却回棹，贪看鸳鸯飞。

◆ 七言古

赵昌荷花

（元）袁桷

我家东湖三百顷，瑞锦纵横绿云凝。
森森晓气天香飞，星斗光沉水花净。
远如婴儿脱文褓，近若胎仙临玉镜。
琼杯欲侧雨丝垂，金掌初调露珠定。
尽将机心付鸥鹭，小雨轻烟穿短艇。
京尘乌帽二十年，梦入沧洲寄清兴。
赵生画意不画格，浅粉轻砂养真性。
韬精敛容羞自陈，三沭无言月华靓。
迩来冯於号能事，老嫩风晴毫发证。
元（玄）黄已辨神俊枯，逐影之人道中病。
高堂视此青琉璃，香色俱忘保清静。

西湖荷花有感

（元）于石

我昔扁舟泛湖去，回望荷花浩无数。
谁家画舫倚红妆，笑声迥入花深处。
笙歌凄咽水云寒，花色似嫌脂粉汙。
夜深人静月明中，方识荷花有真趣。
水天倒浸碧琉璃，净质芳姿澹相顾。
亭亭翠盖拥群仙，轻风微颤凌波步。
酒晕潮红浅渥唇，肤如凝脂腰束素。
一捻香骨薄裁冰，半破芳心娇泣露。
湖光花气满衣襟，月落波寒浸香雾。
恍然人在蕊珠宫，便欲移家临水住。
回首落日低黄尘，十年不到湖山路。

花开花落几秋风,湖上青山自如故。

徐两山寄莲花

(明) 王彝

秋风吹皱银塘水,小雨芙蓉不胜洗。
谁拣新船折得来,不怕绿芒伤玉指。
烟丝有恨自悠扬,相惹相牵短复长。
双头并作幽修语,一夜露痕黄粉香。
我有银瓶秋水满,君心不似莲心短。
绿房结子为君收,种向明年应未晚。

采莲曲

(明) 张泰

翡翠楼临鸂𬸪水,朱簾卷晓香风起。
靓妆摇荡湖色澄,一样芙蕖镜光里。
蒲深柳暗人迹稀,麦歌声里双凫飞。
攀红采绿日易晚,夕灯愁对文君机。
金羁白马谁家醉,桂楫迎秋减芳意。
荷叶经霜缺旧圆,藕肠欲断丝还系。

采莲图

(明) 文徵明

横塘西头春水生,荷花落日照人明。
花深叶暗不辨人,有时叶底闻歌声。
歌声宛转谁家女,自把双桡击兰渚。
不愁击渚溅红裳,水中惊起双鸳鸯。

◆ 五言律

荷
（唐）李峤

新溜满澄陂，圆荷影若规。风来香气远，日落盖阴移。
鱼戏排细叶，龟浮见绿池。魏朝难接采，楚服但同披。

荷花
（唐）李商隐

都无色可并，不奈此香何。瑶席乘凉设，金羁落晚过。
回衾灯照绮，渡袜水沾罗。预想前秋别，离居梦棹歌。

新荷
（唐）李群玉

田田八九叶，散点绿池初。嫩碧才平水，圆阴已蔽鱼。
浮萍遮不合，弱荇绕犹疏。半在春波底，芳心卷未舒。

晚荷
（唐）李群玉

露冷芳意尽，稀疏空碧荷。残香随暮雨，枯蕊堕寒波。
楚客罢奇服，吴姬停棹歌。涉江无可寄，幽恨竟如何！

宫池产瑞莲
（唐）王贞白

雨露及万物，嘉祥有瑞莲。香飘鸡树近，荣占凤池先。
圣日临双丽，恩波照并妍。愿同指佞草，生向帝尧前。

荷花
（宋）丰稷

桃杏二三月，此花泥滓中。人心正畏暑，水面独摇风。

净刹如金涌，嘉宾照幕红。谁歌采莲曲？舟在晓霞东。

奉酬圭父白莲之作
（宋）朱子

忽传夔府句，并送远公莲。翠盖临风迥，冰华浥露鲜。
舞衣清缟袂，倒景烂珠缠。想像芙蓉阙，冥冥绝世缘。

采莲歌
（元）叶颙

越女浙江头，烟波万顷愁。往来荷叶浦，荡漾木兰舟。
岛阔香云冷，江空明月秋。清讴三四曲，声断白蘋洲。

荷　叶
（明）高启

楚服新裁得，吴箑旧制成。圆应同荇菜，密欲翳莲茎。
声中乱雨至，阴下一鱼行。桂棹还思折，江南日暮情。

新　荷
（明）高启

如盖复如钿，初生雨后天。叶低浮水上，茎弱袅风前。
乍覆游鱼戏，难藏宿鹭眠。佳人休便折，留荫采莲船。

荷　叶
（明）杨基

圆的破蓬苞，孤茎上藕梢。雨撑栖鹭屋，风卷荫龟巢。
溪友裁巾帻，虚人作饭包。小娃曾已折，新月里湖坳。

莲花泾庄
（明）徐贲

洲渚绿萦回，菱荷面面开。路从花外过，山向柳间来。

鸣鹭惊回舫，游鱼仰酹杯。同为城郭里，此地绝尘埃。

莲　花
（明）申时行

碧沼渟寒玉，红蕖映绿波。妆凝朝日丽，香逐晚风多。
游戏金鳞出，飞扬翠羽过。纳凉依水榭，还续采莲歌。

陈真人馆中赏荷花作
（明）薛蕙

别馆瀛洲丽，新花菡萏香。红衣迷日色，翠盖写波光。
雨过金塘湿，风生石槛凉。客来修竹下，回首见潇湘。

◆ **五言排律**

秋日吴中观贡藕
（唐）赵嘏

野艇几西东，清泠映碧空。褰衣来水上，捧玉出泥中。
叶乱田田绿，莲馀片片红。激波才入选，就日已生风。
御洁玲珑膳，人怀拔擢功。梯山谩多品，不与世流同。

赋得芙蓉出水
（唐）贾谟

的皪舒芳艳，红姿映绿蘋。摇风开细浪，出沼媚清晨。
翻影初迎日，流香暗袭人。独披千叶浅，不竞百花春。
鱼戏参差动，龟游次第新。涉江如可采，从此免迷津。

◆ **七言律**

阙下芙蓉
（唐）包何

一人理国致昇平，万物呈祥助圣明。

天上河从阙下过,江南花向殿前生。
庆云垂荫开难落,湛露为珠满不倾。
更对乐悬张簨簴,歌工欲奏采莲声。

六年秋重题白莲
(唐) 白居易

素房含露玉冠鲜,绀叶摇风钿扇圆。
本是吴洲供进藕,今为伊水寄生莲。
移根到此三千里,结子经今六七年。
不独池中花故旧,兼乘旧日采花船。

咏南池嘉莲
(唐) 姚合

芙蓉池里叶田田,一本双花出碧泉。
浓淡共妍香各散,东西分艳蒂相连。
自知政术无多异,纵有祯祥亦偶然。
四野人闻皆尽喜,争来入郭看嘉莲。

永乐殷尧藩明府县池嘉莲咏
(唐) 雍陶

青蘋白石匝莲塘,水里莲开带瑞光。
露湿红芳双朵重,风摇绿蒂一枝长。
同心栀子徒夸艳,合穗嘉禾岂解香。
不独丰祥先有应,更宜花县对潘郎。

高侍御话皮博士池中白莲因成奉呈
(唐) 吴融

白玉花开绿锦池,风流御史报人知。
看来应是云中堕,偷去须从月下移。
已被乱蝉催晼晚,更禁凉雨动褵褷。

习家秋色堪图画，只欠山公倒接䍦。

重台莲

（唐）李建勋

斜倚秋风绝比伦，千英和露染难匀。
自为祥瑞生南国，谁把丹青寄北人。
明月几宵同绿水，牡丹无路出红尘。
怜伊不算多时立，赢得馨香暗上身。

西府直舍盆池种莲

（宋）杨万里

飞空天镜堕莓苔，玉井移莲旋旋栽。
坐看一花随手长，横开半叶出头来。
稍添菱荇相萦带，便有龟鱼数往回。
剩欲绕池三两匝，数声排马苦相催。

晓看芙蓉

（宋）杨万里

两岁芙蓉无一枝，今年万朵压枝低。
半红半白花都间，非短非长树斩齐。
临水酾妆新雨后，出墙背面晓风西。
春英笑杀秋英淡，只恐浓于桃李蹊。

莲　实

（金）张楫

水妃擎出绀珠囊，玉笋雕盘喜乍尝。
肤白已搀新藕嫩，心清犹带小荷香。
斗馀翠鸟零珍羽，飞尽黄蜂露蜜房。
口腹累人良可笑，此身便欲老江乡。

三益堂芙蓉

(元) 萨都剌

斑簾十二卷轻碧，秋水芙蓉隔画栏。
綵扇迎风霞透影，锦袍弄月酒生寒。
湘魂翠袖留江浦，仙掌红云湿露盘。
只恐淮南霜信早，绛纱笼烛夜深看。

白 莲

(元) 谢宗可

三千宫额翠云房，洗褪铅华浅淡妆。
仙掌月明应自怨，东林梦远为谁芳？
波澄夜静花无影，露冷风清玉有香。
舞罢《霓裳》谁得似？六郎清瘦比何郎。

白 莲

(元) 王士熙

昆吾纤刃刻芳菲，玉女新抛织锦机。
无质易随清露滴，有情应化素云飞。
青腰霜下蟾房冷，皓首天边鸟使稀。
最忆齐州旧游处，日斜双桨折花归。

冰盘雪藕

(元) 周霆震

清彻冰盘压蔗浆，酒酣雪藕近华堂。
凝寒色映瑶华脆，真白丝连翠袖香。
金掌曾闻承玉露，琼台忽见捣元（玄）霜。
文园近日真消渴，莫种莲根引恨长。

荷　风

（明）瞿佑

一阵南风一阵凉，扁舟来到水云乡。
吹开太华峰头雨，散作西湖水面香。
清露泻珠沾翡翠，红衣坠粉妒鸳鸯。
飘飘香袖空中举，知是谁家窈窕娘？

赐　藕

（明）李东阳

只向名花看画图，忽惊仙骨在泥涂。
轻同握雪愁先碎，细比餐冰听却无。
郭北芳菲怀故里，江南风味忆西湖。
渴尘此夜消应尽，未羡金茎与玉壶。

池　莲

（明）朱之蕃

藕花层叠点回塘，映日随风远送香。
翠被玉颜眠锦帐，绿鬟红粉舞霓裳。
承将晓露珠倾斛，照彻晴波镜对妆。
鸥鹭徊翔知眷恋，可无觞咏答韶光？

十亩横塘列芰荷，虚亭开向绮霞窝。
娇花浥露红妆拥，密叶翻风翠袖多。
越女翩翩偕巧笑，湘娥冉冉共凌波。
不劳玉井峰头觅，坐对倾杯发浩歌。

赐鲜藕

（明）于慎行

芙蓉别殿晓风凉，玉井灵根出水香。

荐熟方闻开寝庙，赐鲜已见布朝堂。
冰丝欲断鲛人缕，琼液疑含阆苑霜。
忆昨金鳌桥上望，红衣翠盖满银塘。

次张龙湖吏侍院中观莲

（明）徐阶

曲径方池列馆东，荷开殊胜昔年红。
虚瞻玉井青冥上，似睹金莲紫禁中。
佳实豫知深雨露，苦心原自耐霜风。
亭亭独立烟波冷，肯羡春华在汉宫？

和观莲

（明）陆树声

秘省仙郎别苑东，池开新长芰荷红。
幽芳渺渺三湘外，疏影亭亭一水中。
香湿琼衣迷晓雾，尘消罗袜起秋风。
玉堂归后青藜照，竞拟金莲出上宫。

张卿子汤穉含泛舟看荷花

（明）程嘉燧

主客琅玕烂熳同，快哉谁为乞天公？
低昂霞绮船头浪，狼藉玻璨盌面风。
蠲暑可忘吹大小，析酲聊复辨雌雄。
飞花度水来何处？折尽西陂劝酒筒。

◆ 五言绝句

采 莲

（唐）崔国辅

玉溆花争发，金塘水乱流。相逢畏相失，并著采莲舟。

临湖亭

（唐）王维

轻舸迎上客，悠悠湖上来。当轩对樽酒，四面芙蓉开。

石莲花

（唐）司空曙

今逢石上生，本自波中有。红艳秋风里，谁怜众芳后。

临平湖

（唐）顾况

采藕平湖上，藕泥封藕节。船影入荷香，莫冲莲柄折。

芙蓉榭

（唐）顾况

风摆莲衣干，月背鸟巢寒。文鱼翻乱叶，翠羽上雕阑。

赋得秋池一枝莲

（唐）郭恭

秋至皆零落，凌波独吐红。托根方得所，未肯即随风。

莲　叶

（唐）李群玉

根是泥中玉，心承露下珠。在君塘下种，埋没任春蒲。

静夜相思

（唐）李群玉

山空天籁寂，水榭延轻凉。浪定一浦月，藕花闲自香。

芙 蓉
（元）虞集

丹霞覆苑洲，公子夜来游。终宴清露冷，折花登綵舟。

莲藕花叶图
（元）吴师道

玉雪窍玲珑，纷披绿映红。生生无限意，只在苦心中。

莲
（元）郑允端

本无尘土气，自在水云乡。楚楚净如拭，亭亭生妙香。

采菱曲
（明）钱宰

绿柳横塘曲，沧湾是妾家。菱歌不解唱，秋水照荷花。

溪上采莲女，秋波照晚妆。心如莲子苦，情似藕丝长。

荷叶纫为佩，芙蓉缉作裳。妾心花下藕，节节是秋霜。

采莲曲
（明）熊卓

采莲复采莲，盈盈水中路。鸳鸯触叶飞，卸下团团露。

采莲曲
（明）常伦

素月开歌扇，红蕖艳舞衣。隔江闻笑语，隐隐棹歌归。

沼月并舟还，荷花隘江水。笑擘菡萏开，小小新莲子。

芙 蓉
（明）于若瀛

入港采芙蓉，芙蓉动泗淤。游鱼聚蜂房，吹作波心锦。

采莲女
（明）杨文俪

若耶采莲女，日出荡轻桡。惯识溪中路，歌声入画桥。

采 莲
（明）孟淑卿

风日正晴明，荷花蔽洲渚。不见采莲人，只闻花下语。

◆ 七言绝句

采莲曲
（唐）张朝

朝出沙头日正红，晚来云起半江中。
赖逢邻女曾相识，并著莲舟不畏风。

咏双开莲花
（唐）刘商

菡萏新花晓并开，浓妆美笑面相偎。
西方采画迦陵鸟，早晚双飞池上来。

宫 词
（唐）王建

风簾水阁压芙蓉，四面钩栏在水中。
避热不归金殿内，秋河织女夜窗红。

盆　池
（唐）韩愈

莫道盆池作不成，藕梢才种已齐生。
从今有雨君须记，来听萧萧打叶声。

种白莲
（唐）白居易

吴中白藕洛中栽，莫恋江南花懒开。
万里携归尔知否？红蕉朱槿不将来。

阶下莲
（唐）白居易

叶展影翻当砌月，花开香散入簾风。
不如种在天池上，犹胜生于野水中。

白莲池泛舟
（唐）白居易

白藕新花照水开，红窗小舫信风回。
谁教一片江南兴，逐我殷勤万里来？

看采莲
（唐）白居易

小桃闲上小莲船，半采红莲半白莲。
不似江南恶风浪，芙蓉池在卧床前。

莲　塘
（唐）孟迟

脉脉低回殷袖遮，脸横秋水髻盘鸦。
莲茎有刺不成折，尽日岸旁空看花。

咏 莲

（唐）温庭筠

绿塘摇滟接星津，轧轧兰桡入白蘋。
应为洛神波上袜，至今莲蕊有香尘。

白芙蓉

（唐）陆龟蒙

澹然相对却成劳，月染风裁个个高。
似说玉皇亲摘堕，至今犹著水霜袍。

秋 荷

（唐）陆龟蒙

蒲茸承露有佳色，茭叶束烟如效颦。
盈盈一水不得渡，冷翠遗香愁向人。

重台莲花

（唐）陆龟蒙

水国烟乡足芰荷，就中芳瑞此难过。
风情为与吴王近，红萼常教一倍多。

白 莲

（唐）陆龟蒙

素花多蒙别艳欺，此花真合在瑶池。
还应有恨无人觉，月晓风清欲堕时。

白 莲

（唐）皮日休

但恐醍醐难并洁，只应苜蓿可齐香。
半垂金粉知何似，静婉临溪照额黄。

重台莲花
（唐）皮日休

欹红姹媠力难任，每叶头边半米金。
可得教他水妃见，两重元是一重心。

莲　叶
（唐）郑谷

移舟水溅参差绿，倚槛风摇柄柄香。
多谢浣溪人未折，雨中留得盖鸳鸯。

采莲女
（唐）李中

晚凉含笑上兰舟，波底红妆影欲浮。
陌上少年休植足，荷香深处不回头。

爱　莲
（宋）朱子

闻道移从玉井旁，开花十丈是寻常。
月明露冷无人见，独为先生引兴长。

临平道中
（宋）僧道潜

风蒲猎猎弄轻柔，欲立蜻蜓不自由。
五月临平山下路，藕花无数满汀洲。

池　莲
（金）完颜璹

轻轻资质淡娟娟，点缀圆池亦可怜。
数点飞来荷叶雨，暮香分得小江天。

池荷

（元）黄庚

红藕花多映碧阑，秋风才起易彫残。
池塘一段荣枯事，都被沙鸥冷眼看。

荷花词次韵周伯温参政

（元）张昱

一种西湖与若耶，鸳鸯宿处便为家。
秋房结得新莲子，便是当时藕上花。

竹枝词

（元）丁鹤年

水上摘莲青的的，泥中采藕白纤纤。
却笑同根不同味，莲心清苦藕芽甜。

采莲歌

（明）刘基

采得红莲爱白莲，双桡快转怕人先。
争知要紧翻成慢，菱叶中间绊却船。

过南湖戏折藕花

（明）吴植

秋日南湖戏采莲，鸳鸯飞上木兰船。
一声《白纻》知何处，无复闲情似少年。

采莲曲

（明）胡侍

棹讴宛转发中川，队队红妆竞采莲。
欲就前溪问名姓，莲花当住木兰船。

采莲曲
（明）魏学礼

烟中一叶采莲舟，两岸香风正早秋。
瞥见江南明月上，玉箫吹断紫云愁。

采莲曲
（明）沈明臣

生长江南惯采莲，棹歌声里斗婵娟。
十三十四年相亚，覆额低眉各可怜。

荷叶莲枝水面齐，采花归去夕阳低。
绿芜一道分南北，犹有歌声绕大堤。

少女明妆出采莲，双头并蒂独心怜。
不知金钏何时堕，空手来归意惘然。

白面红妆二八春，藏羞不肯过东邻。
偶从绿水桥边去，谁道荷花妒杀人？

月照波纹似鸭头，一船双桨荡中流。
采莲不道罗裙湿，归晒雕栏夜不收。

瑞莲应制
（明）潘纬

盆作金龙百宝装，波心常现玉毫光。
新秋一朵青莲涌，三十六宫闻妙香。

瑶池漫说千年藕，玉井虚传十丈花。

争似九茎开五色,西天瑞现帝王家。

盆　荷

（明）徐阶

四面花开玉露滋,晓风翻雨夜垂垂。
渊明酒思濂溪癖,凭仗盆池借一枝。

藕花居

（明）陈凤

十里莲花过眼新,水风犹自起香尘。
明年还约看花侣,来唤湖边雪藕人。

邻家植荷盆中高出墙外,予于斋头见之戏题一绝

（明）邵濂

露珠濯濯晓光新,红粉初施彩色匀。
憔悴自怜非宋玉,东家何事亦窥臣?

卷三百五十九　葵花类

◆ 四言古

　　　　蜀　葵
　　　　　　　　（宋）颜延之

井维降精，岷络升灵。物微气丽，卉草之生。
喻艳众葩，冠冕群英。类麻能直，方葵不倾。

◆ 五言古

　　　　蜀　葵
　　　　　　　　（宋）司马光

白若缯初断，红如颜欲酡。坐令仙驾俨，幢节纷骈罗。
物性有常好，人情轻所多。菖蒲傥自秀，弃掷不我过。

　　　王伯扬所藏赵昌花（黄葵）
　　　　　　　　（宋）苏轼

弱质困夏永，奇姿苏晚凉。低昂黄金杯，照耀初日光。
檀心自成晕，翠叶森有芒。古来写生人，妙绝谁似昌？
晨妆与午醉，真态含阴阳。君看此花枝，中有风露香。

　　　　葵
　　　　　　　　（明）吴宽

托身北墙隅，幸免人所践。苗长已过墙，入土根不浅。

叶间蕊何多,溅溅满圆茧。此种觉尤佳,观者尽云鲜。
倾心识忠臣,卫足存古典。作羹谅非菜,名同亦须辨。

◆ 五 言 律

宜阳所居白蜀葵答咏简诸公

(唐)武元衡

冉冉众芳歇,亭亭虚室前。敷荣时已背,幽赏地宜偏。
红艳世方重,素华徒可怜。何当君子愿,知不近喧妍。

蜀 葵

(唐)徐夤

剑门南面树,移向会仙亭。锦水饶花艳,岷山带叶青。
文君惭婉娩,神女让娉婷。烂熳红兼紫,飘香入绣扃。

葵

(宋)韩琦

炎天花尽歇,锦绣独成林。不入当时眼,其如向日心。
宝钗知见弃,幽蝶或来寻。谁许清风下,芳醪对一斟。

葵 花

(明)高启

艳发朱光里,丛依绿荫边。夕同山蕣落,午并海榴燃。
幽馥流珍簟,鲜辉照藻筵。群芳已谢赏,孤植转成怜。

◆ 七 言 律

使院黄葵花

(唐)韦庄

薄妆新著澹黄衣,对捧金炉侍醮迟。

向月似矜倾国貌，倚风如唱步虚词。
乍开檀炷疑闻语，试与云和必解吹。
为报同人看来好，不禁秋露即离披。

继人葵花韵

（元）许衡

戎葵花色耀深浓，偏称修丛映短丛。
绛脸有情争向日，锦苞无语细含风。
舒开九夏天真秀，压倒千年画史工。
但恐主人贫且婆，不教相对舞衣红。

◆ 五言绝句

蜀葵

（金）姚孝锡

倾心知向日，布叶解成阴。空侧黄金盏，谁人与对斟？

黄葵词

（元）赵孟頫

仙掌郁金衣，朝阳风露晞。可怜蜂与蝶，只解弄春晖。

黄蜀葵

（元）虞集

花萼立清晨，鹅黄向日新。金杯承玉露，偏醉蜀乡人。

◆ 七言绝句

蜀葵

（唐）陈标

眼前无奈蜀葵何，浅紫深红数百窠。

能共牡丹争几许？得人轻处只缘多。

和知己秋怀
（唐）郑谷

流水歌声共不回，去年天气旧亭台。
梁尘寂寞燕归去，黄蜀葵花一朵开。

葵
（宋）刘敞

白露清风催八月，紫兰红药共凄凉。
黄花冷落无人看，独自倾心向太阳。

黄　葵
（宋）宋祁

黄葵贵丽不夭饶，一朵新晴松下高。
还似冰英临黼座，曚昽晓日照天袍。

题画黄葵
（元）袁易

忆昔戎葵花下饮，金杯春滟绿鬟欹。
只今花似金杯侧，独对西风咏折枝。

题葵花
（明）占城使臣

花于木槿浑相似，叶比芙蓉只一般。
五尺阑干遮不尽，独留一半与人看。

杜鹃花类

（山石榴、踯躅、谢豹花同）

◆ 五言古

咏山榴

（梁）沈约

灵园同佳称，幽山有奇质。停采久弥鲜，含华岂期实。
长愿微名隐，无使孤株出。

◆ 七言古 附长短句

山石榴寄元九

（唐）白居易

山石榴，一名山踯躅，一名杜鹃花，杜鹃啼时花扑扑。
九江三月杜鹃来，一声催得一枝开。
江城上佐闲无事，山下刬得厅前栽。
烂熳一栏十八树，根株有数花无数。
千房万叶一时新，嫩紫殷红鲜麹尘。
泪痕裛损胭脂脸，剪刀裁破红绡巾。
谪仙初堕愁在世，姹女新嫁娇泥春。
日射血珠将滴地，风翻火焰欲烧人。
闲折两枝持在手，细看不似人间有。
花中此物是西施，芙蓉芍药皆嫫母。
奇芳绝艳别者谁？通州迁客元拾遗。

拾遗初贬江陵去,去时正值青春暮。
商山秦岭愁煞人,山石榴花红夹路。
题诗报我何所云?苦云色似石榴裙。
当时丛畔惟思我,今日栏前只忆君。
忆君不见坐销落,日西风起红纷纷。

喜山石榴花开

(唐) 白居易

忠州州里今日花,庐山山头去年树。
已怜根损斩新栽,还喜花开依旧数。
赤玉何人少琴轸,红缬谁家合罗袴?
但知烂熳恣情开,莫怕南宾桃季妒。

◆ 五言律

酬郑毗踯躅咏

(唐) 孟郊

不似人手致,岂关地势偏。孤光裛馀翠,独影舞多妍。
迸火烧闲地,红星堕青天。忽惊物表物,嘉客为留连。

杜鹃花

(唐) 方干

未问移栽日,先愁落地时。疏中从间叶,密处莫烧枝。
郢客教谁采,胡蜂见(是)自知。周回两三步,常有醉乡期。

◆ 七言律

题山石榴花

(唐) 白居易

一丛千朵压阑干,剪碎红绡却作团。

风袅舞腰香不尽，露销妆脸泪新干。
蔷薇带刺攀应懒，菡萏生泥玩亦难。
争及此花檐户下，任人采弄尽人看。

玉泉寺南三里涧下多深红踯躅，繁艳殊常，
感惜题诗，以示游者

（唐）白居易

玉泉南涧花奇怪，不似花丛似火堆。
今日多情惟我到，每年无故为谁开？
宁辞辛苦行三里，更与留连饮两杯。
犹有一般辜负事，不将歌舞管絃来。

◆ 五言绝句

寒食日题杜鹃花

（唐）曹松

一朵又一朵，并开寒食时。谁家不禁火？总在此花枝。

◆ 七言绝句

宫中词

（唐）王建

太仪前日暖房来，嘱向昭阳乞药栽。
敕赐一窠红踯躅，谢恩未了奏花开。

武关南见元九题山石榴花见寄

（唐）白居易

往来同路不同时，前后相思两不知。
行过关门三四里，榴花不见见君诗。

戏问山石榴

（唐）白居易

小树山榴近砌栽，半含红萼带花来。
争知司马夫人妒，移到庭前便不开。

山石榴花

（唐）施肩吾

深色燕脂碎剪红，巧能攒合是天公。
莫言无物堪相比，妖艳西施春驿中。

山石榴

（唐）杜牧

似火山榴映小山，繁中能薄艳中闲。
一朵佳人玉钗上，只疑烧却翠云鬟。

漫 书

（唐）司空图

溪边随事有桑麻，尽日山程十数家。
莫怪行人频怅望，杜鹃不是故乡花。

踯躅（题赵昌画）

（宋）苏轼

枫林翠壁楚江干，踯躅千层不忍看。
开卷便知归路近，剑南樵客为施丹。

春 词

（元）胡天游

暖风深巷卖花天，争买繁花袅鬓边。
拣得一枝红踯躅，隔帘抛与沈郎钱。

杜鹃花漫兴

（明）张献翼

花花叶叶正含芳,丽景朝朝夜夜长。
何事江南春去尽,子规声里驻年光。

竹枝词

（明）王叔承

白盐生井火生畲,女子行商男作家。
橦布红衫来换米,满头都插杜鹃花。

卷三百六十一　水仙花类

◆ 五言古

咏鹿葱
（梁）沈约

野马不任骑，兔丝不任织。既非中野花，无堪麋麖食。

咏水仙花五韵
（宋）陈与义

仙人缃色裘，缟衣以裼之。青帨纷委地，独立东风时。
吹香洞庭暖，弄影清昼迟。寂寂篱落英，亭亭与予期。
谁知园中客，能赋会真诗。

水仙花
（宋）陈傅良

江梅丈人行，岁寒固天姿。蜡梅微著色，标致亦背时。
胡然此柔嘉，支本仅自持。迺以平地尺，气与松篁夷。
粹然金玉相，承以翠羽仪。独立万槁中，冰胶雪垂垂。
水仙谁强名？相宜未相知。刻画近脂粉，而况山谷诗。
吾闻抱太和，未易形似窥。当其自英华，造物且霁威。
平生恨刚褊，未老齿发衰。掇花置胆瓶，吾今得吾师。

题水仙图

（元）韩性

洛下风流人，人言影亦好。况乃蛟宫仙，迥立清汉表。
翠裙湿凉蟾，晴光白如扫。坐对冰雪容，不受东风老。
澄江渺余怀，相期拾瑶草。

◆ 七言古

水仙花效李长吉

（明）邹亮

冯夷镂冰驻花魄，奇芬染肌沁仙骨。
天风吹梦落瑶台，家住江南水云窟。
弄珠拾草潇湘渚，带月迷烟愁不语。
小龙潜开水晶殿，玉杯凉露承华宴。
青鸟衔书来阆苑，笑指蓬莱水清浅。

◆ 七言律

谢到水仙二本

（宋）韩维

黄中秀外榦虚通，乃喜嘉名近帝聪。
密叶暗传深夜露，残花犹及早春风。
拒霜已失芙蓉艳，出水难留菡萏红。
多谢使君怜寂寞，许教绰约伴仙翁。

题钱山水仙花

（明）顾辰

宴罢瑶池曙色凉，凌波仙子试新妆。
金盘露积珠襦重，玉佩风生翠带长。

万里弱流通阆苑，一簾疏雨隔潇湘。
岁寒林下花时节，只许梅花压众芳。

水仙花

（明）梁辰鱼

幽花开处月微茫，秋水凝神黯淡妆。
绕砌露浓空见影，隔簾风细但闻香。
瑶坛夜静黄冠湿，小洞秋深玉佩凉。
一段凌波堪画处，至今词赋忆陈王。

◆ 五言绝句

水　仙

（明）于若瀛

水花垂绿蒂，袅袅绿云轻。自是压群卉，谁言梅是兄？

水仙花

（明）僧船窗

如闻交佩响，疑是洛妃来。朔风欺罗袖，朝霜滋玉台。

◆ 七言绝句

水仙花

（宋）黄庭坚

得水能仙天与奇，寒香寂寞动冰肌。
仙风道骨今谁有，淡扫蛾眉簪一枝。

刘邦直送水仙花

（宋）黄庭坚

钱塘昔闻水仙庙，荆州今见水仙花。

暗香靓色掩诗句，宜在林逋处士家。

次韵中玉水仙花
（宋）黄庭坚

借水开花自一奇，水沉为骨玉为肌。
暗香已压酴醾倒，只比寒梅无好枝。

题水仙花图
（元）陈旅

莫信陈王赋洛神，凌波那得更生尘。
水香露影空清处，留得当年解佩人。

水　仙
（元）贡师泰

太液池边雪始干，晓妆初试珮珊珊。
簾钩欲上东风细，犹梦珠宫扇影寒。

十二瑶台风露寒，银河淡淡月团团。
龙宫自与尘凡隔，别有铢衣白玉冠。

题虞瑞岩描水仙花
（元）姚文奂

离思如云赋洛神，花容婀娜玉生春。
凌波袜冷香魂远，环珮珊珊月色新。

水仙花
（元）丁鹤年

湘云冉冉月依依，翠袖霓裳作队归。
怪底香风吹不断，水晶宫里宴江妃。

影娥池上晓凉多，罗袜生尘水不波。
一夜碧云凝作梦，醒来无奈月明何。

卷三百六十二 金沙花类

◆ 五言绝句

池上荼蘼架金沙花盛开
（宋）王安石

故作荼蘼架，金沙只漫栽。似矜颜色好，飞度雪前开。

次王荆公韵
（宋）苏轼

甲第非真有，闲花亦偶栽。聊为清净供，却对道人开。

◆ 七言绝句

金沙花
（宋）王安石

海棠开后数金沙，高架层层吐绛葩。
咫尺西城无力到，不知谁赏魏家花。

荼蘼一架最先来，夹竹金沙次第栽。
浓绿扶疏云对起，醉红撩乱雪先开。

次荆公韵
（宋）苏轼

青李扶疏禽自来，清真逸少手亲栽。

深红浅紫从争发,雪白鹅黄也斗开。

斫竹穿篱破绿苔,小诗端为觅桤栽。
细看造物初无物,春到江南花自开。

闻西省赏荼䕷芍药,戏成小诗简泰之侍讲舍人年兄,
　并以丁香橄榄百枚助筵,却求残花数枝
　　　　　　　　　　　(宋)周必大

满架冰肌含碧云,翻阶翠袖映红裙。
玉堂只有金沙在,伴直明朝又属君。

卷三百六十三　金钱花类

◆ 七言绝句

金钱花
（唐）卢肇

轮郭休夸四字书，红窠写出对庭除。
时时买得佳人笑，本色金钱却不如。

金钱花
（唐）来鹏

也无棱廓也无神，露洗还同铸出新。
青帝若教花里用，牡丹应是得钱人。

金钱花
（唐）皮日休

阴阳为炭地为炉，铸出金钱不用模。
莫向人前逞颜色，不知还解济贫无？

金钱花
（唐）吴仁璧

浅绛浓香几朵匀，日镕金铸万家新。
堪疑刘宠遗芳在，不许山阴父老贫。

金钱花

（唐）石懋

名贵已居三品上，价高仍在五铢先。
春来买断深红色，烧得人心似火然。

卷三百六十四 罂粟花类（即米囊花）

◆ 七言律

滇南二月罂粟花盛开，皆千叶红者，紫者、白者、微红者、半红者，傅粉而红者，白肤而绛唇者，丹衣而紫纯者，殷如染茜者，一种而具数色，绝类《丽春谱》之所云

（明）程本立

鄯阐东风不作寒，米囊花似梦中看。
珊瑚旧是王孙玦，玛瑙犹疑内府盘。
嘶过骅骝金匼匝，飞来蛱蝶玉阑干。
瘴烟窟里身今老，春事关心思万端。

◆ 七言绝句

西归出斜谷

（唐）雍陶

行过险栈出褒斜，历尽平川似到家。
万里客愁今日散，马前初见米囊花。

米囊花

（宋）杨万里

鸟语蜂喧蝶亦忙，争传天诏诏花王。
东皇羽卫无供给，探借春风十日粮。

罂 粟

(宋) 谢薖

铅膏细细点花梢,道是春深雪未消。
一斛千囊苍玉粟,东风吹作米长腰。

茶粒齐圜剖罂子,作汤和蜜味尤宜。
中年强饭却丹石,安用咄嗟成淖糜。

东山纪别

(明) 僧圆复

谷口风斜斗笠狂,米囊夹路白于霜。
山童不掩溪头寺,一任闲云满竹廊。

卷三百六十五　玉簪花类

◆ 五言古

同白兄赋瓶中玉簪
（金）元好问

畏景众芳歇，仙葩此彝（夷）犹。冰姿出新沐，娟娟倚清秋。
昨梦今见之，风鬟玉搔头。谁言闺房秀，高情渺林丘。
碧筵古铜壶，一室香四周。怀人成独咏，远思徒悠悠。

玉　簪
（元）刘因

堂阴秋气集，幽花独清新。临风玉一簪，含情待何人？
含情不自展，未展情更真。徘徊明月光，泛泛如相亲。
因之欲有托，风鬟渺冰轮。

◆ 七言律

陈中丞翊东斋赋白玉簪
（唐）卢纶

美矣新成太华峰，翠莲枝折叶重重。
松阴满涧闲飞鹤，潭影通云暗上龙。
漠漠水香风颇馥，涓涓乳溜味何浓。
因声远报浮丘子，不奏登封时不容。

玉簪花

（宋）方广德

不信搔头花底重，数茎秋濯露溶溶。
腰憎荆玉生前折，影比崔娘月下逢。
摘去何人怜素腕，插来是处映秋容。
薄愁莫减冰霜骨，十二金钗好向从。

玉 簪

（元）刘因

花中冰雪避秋阳，月底阴阴锁暗香。
玉瘦每忧和露摘，心清惟恨有丝长。
且留宛转围沉水，莫遣联翩入粉囊。
只许幽人太相似，苍苔疏雨北窗凉。

体斋西轩观玉簪花偶作

（明）李东阳

小围纡步玉堂阴，堂下花开白玉簪。
浥露馀香犹带湿，出泥幽意敢辞深。
冰霜自与孤高色，风雨长怀采掇心。
醉后相思不相见，月庭如水正难寻。

◆ 七言绝句

玉簪花

（唐）罗隐

雪魄冰姿俗不侵，阿谁移植小窗阴。
若非月姊黄金钏，难买天孙白玉簪。

玉　簪
（宋）王安石

瑶池仙子宴流霞，醉里遗簪幻作花。
万斛浓香山麝馥，随风吹落到君家。

玉　簪
（宋）黄庭坚

宴罢瑶池阿母家，嫩琼飞上紫云车。
玉簪堕地无人拾，化作东南第一花。

玉　簪
（明）王冕

玉色瓷盆绿柄深，夜凉移向小窗阴。
儿童莫讶心难展，未展心时正似簪。

玉簪花
（明）李东阳

昨夜花神出蕊宫，绿云袅袅不禁风。
妆成试照池边影，只恐搔头落水中。

凉　夜
（明）汤珍

明河流影散云霞，南斗离离北斗斜。
月色露华凉似水，金萤飞堕玉簪花。

卷三百六十六 凤仙花类

◆ 五言古

凤仙花

（宋）刘敞

手植中庭地，分破紫兰畹。绿叶纷映阶，红芳烂盈眼。
辉辉丹穴禽，矫矫翅翎展。

感寓

（明）刘基

庭前金凤花，向晚争媚妩。但见白露滋，岂知繁霜苦。
芳时良可惜，此物何足数。

◆ 五言绝句

咏凤仙花

（明）林埕

凤鸟久不至，花枝空复名。何如学葵蕊，开即向阳倾？

◆ 七言绝句

凤仙花

（唐）吴仁璧

香红嫩绿正开时，冷蝶饥蜂两不知。

此际最宜何处看？朝阳初上碧梧枝。

金凤花

（宋）晏殊

九苞颜色春霞萃，丹穴威仪秀气攒。
题品直须名最上，昂昂骧首倚朱栏。

金凤花

（宋）欧阳修

忆绕朱栏手自栽，绿丛高下几番开。
中庭雨过无人迹，狼藉深红点绿苔。

金凤花

（宋）杨万里

细看金凤小花丛，费尽司花染作工。
雪色白边袍色紫，更饶深浅四般红。

夏日绝句

（宋）杨万里

不但春妍夏亦佳，随缘花草是生涯。
鹿葱解插纤长柄，金凤仍开最小花。

卷三百六十七 鸡冠花类

◆ 五言古

鸡冠花
（宋）梅尧臣

秋至天地闭，百芳变枯草。爱尔得雄名，宛然出陈宝。
未甘阶墀陋，肯与时节老？赤玉刻缜栗，丹芝谢彫槁。
鲜鲜云叶卷，粲粲凫翁好。由来名实副，何必荣华早。
君看先春花，浮浪难自保。

神农纪百卉，五色异甘酸。乃有秋花实，全如鸡帻丹。
笼烟何耸耸，泣露更团团。取譬可无意，得名殊足观。
通真归造化，任巧即彫剜。赤玉书留魏，丹砂句诵韩。
诚能因物比，谁谓入时难。有客驱词颖，临风运笔端。
尝嗟古吟阙，每惜此芳残。揣情苦精妙，继音惭未安。

鸡 冠
（元）郝经

夷则播新律，卉木协秋候。绾结流火馀，的皪金天宿。
峨峨列庭除，摘摘俨雄秀。炎帝朝火官，绛帻轩宇宙。
植立竟不拜，离披拥青袖。奕叶初类苋，吐心渐如豆。
脉络引丝起，一片珊瑚瘦。云芝茁红胅，紫茵卷翠胭。

碎颗蹙丹砂，肉绽殷血透。怒割赤龙耳，劲磔还乱糅。
麻叶薄且耸，山字缺仍覆。杳牙欲成角，拥肿下连咮。
生全馀小穗，展尽带残皱。昂藏偃膺高，突兀出群骤。
还将早霞映，欲向朝日雊。月露终夜栖，风雨几回斗。
再砺复自止，交退谁与救？区区闲草花，象物与接构。
弭兵日观战，亦是自贻咎。垂簾且相忘，高枕卧清昼。

◆ 七言绝句

鸡冠花
（唐）罗邺

一枝浓艳对秋光，露滴风摇倚砌傍。
晓景乍看何处似？谢家新染紫罗囊。

鸡冠花
（宋）王洙

如飞如舞对瑶台，一顶春云若剪裁。
谁教移根冀苃畔，玉鸡知应太平来。

种花口号
（宋）孔平仲

幽居装景要多般，带雨移花便得看。
禁奈久长颜色好，绕阶更使种鸡冠。

卷三百六十八　牵牛类

◆ 五言古

牵　牛

（元）郝经

野花照天星，星中花亦盛。长夏蔓草深，疏篱掩斜径。
幽庭日无事，森寂澹相映。缭绕丝乱垂，点缀叶相并。
金风一披拂，零露光彩竞。参差碧玉簪，绾插滑欲迸。
霜丝吐冰蚕，容色好娟净。堂阴青锦张，墙背紫苔莹。
时方鹊桥成，佳节当秋孟。织女能翦裁，天河洗尤称。
女以秋为期，郎将花作证。风雨开云屏，鸾凤锵月镜。
处处乞巧筵，家家喜相庆。五年江馆客，万事成堕甑。
不能致龙节，空自悲虎阱。永日麈炎蒸，中暑甘卧病。
对花泪盈目，坐起不觉暝。云汉见双星，回头看斗柄。
遥怜小儿女，昏嫁俱未竟。中流虞风波，相见何日更？

牵　牛

（明）吴宽

《本草》载药品，草部见牵牛。薰风篱落间，蔓生甚绸缪。
谁琢紫玉簪，叶密花仍稠。日高即挚敛，定（岂）是朝菌俦。
阴气得独盛，下剂斯见收。便须作花庵，谁与迂叟谋？

◆ 七言绝句

牵牛花
（宋）杨万里

莫笑渠侬不服箱，天孙为织碧云裳。
浪言偷得星桥巧，只解冰盘染苤姜。

晓思欢欣晚思愁，绕篱萦架太娇柔。
木犀未发芙蓉落，买断西风恣意秋。

杨休烈村居
（金）马定国

篱落牵牛放晚花，西风吹叶满人家。
闭门久雨青苔滑，时见鸳鸯下白沙。

题柯敬仲画
（元）虞集

牵牛引蔓上棠梨，上有幽禽夜夜栖。
自有秋风动疏竹，江南落月不须啼。

客舍咏牵牛花
（元）倪瓒

小盘承露净铅华，玉露依稀染碧霞。
弱质幽姿娱我老，傍人篱落蔓秋花。

隐 居
（明）叶子奇

苍石红泉少隐家，牵牛延蔓绕篱笆。
不知满径秋多少，凉露西风澹泊花。

寓玉清观

(明)叶子奇

径草微微护浅沙,小山丛竹玉清家。
牵牛延蔓无多碧,点缀秋光一两花。

卷三百六十九　杜若花类

◆ 五言古

　　　　　咏杜若

　　　　　　　　（梁）沈约

生在穷绝地，岂与世相亲。不顾逢采撷，本欲芳幽人。

◆ 五言绝句

　　　　　池上亭

　　　　　　　　（唐）钱起

临池构杏梁，待客归烟塘。水上褰簾好，莲开杜若香。

◆ 七言绝句

　　　　六月二十七日望湖楼醉书

　　　　　　　　（宋）苏轼

献花游女木兰桡，细雨斜风湿翠翘。
无限芳洲生杜若，吴儿不识楚词招。

　　　　　题画图

　　　　　　　　（元）陈旅

雨馀空翠转霏霏，杜若洲边小艇归。

又为故人临野阁，江云日暮湿秋衣。

谩　成

（元）马臻

萧萧野老发垂肩，家住湖西杜若烟。
载得茭根入城卖，西风落日满归船。

望武昌

（明）杨基

吹面风来杜若香，离离烟柳拂鸥长。
人家鹦鹉洲边住，一向开门对汉阳。

越江曲

（明）梁有誉

横塘风起送新凉，蒲叶拍波江水长。
莫道春归光落尽，中流还有杜蘅香。

卷三百七十　菖蒲类

◆ 五言古

菖　蒲
（汉）阙名

石上生菖蒲，一寸八九节。仙人劝我餐，令人好颜色。

乐府体
（唐）曹邺

莲子房房嫩，菖蒲叶叶齐。共结池中根，不厌池中泥。

和子由记园中草木
（宋）苏轼

自我来关辅，南山得再游。山中亦何有？草木媚深幽。
菖蒲人不识，生此乱石沟。山高霜雪苦，苗叶不得抽。
下有千岁根，蹙缩如蟠虬〔虬〕。长为鬼神守，德薄安敢偷。

菖　蒲
（宋）裘万顷

匡庐入吾怀，十载驰梦魂。踵门者何人？遗余以芳荪。
欢然得其趣，如对五老言。幽姿出岩谷，常带冰雪痕。
尘容为一洗，两目不复昏。忽思三峡流，褰衣涉潺湲。
因仍一寸石，浸润九节根。人言可扶老，岁月须其蕃。

兹理谅不诬，吾将从绮园。

效孟郊体

（宋）谢翱

手持菖蒲叶，洗根涧水湄。云生岩下石，影落莓苔枝。忽起逐云影，覆以身上衣。菖蒲不相待，逐水流下溪。

◆ 长 短 句

寄菖蒲

（唐）张籍

石上生菖蒲，一寸十二节。
仙人劝我食，令我头青面如雪。
逢人寄君一绛囊，书中不得传此方。
君能来作栖霞侣，与君同入丹元乡。

◆ 七 言 律

和子由盆中石菖蒲忽生九花

（宋）苏轼

春蘘秋荚两须臾，神药人间果有无？
无鼻何由识蘅薇，有花今始信菖蒲。
芳心未饱两蛱蝶，寒意知鸣几蟋蟀？
记取明年十二节，小儿休更籋（镊）霜须。

◆ 五言绝句

杂 兴

（唐）陆龟蒙

桃柰傍檐楹，无人赏春华。时情重不见，却忆菖蒲花。

石菖蒲

（宋）王十朋

天上玉衡散，结根泉石间。要须生九节，长为驻红颜。

过紫微庵访冯道士

（元）萨都剌

道士爱幽居，年来一事无。盆池新雨过，石上种菖蒲。

◆ 七言绝句

送顾非熊秀才归丹阳

（唐）王建

江城柳色海门烟，欲到茅山始下船。
知道君家当瀑布，菖蒲潭在草堂前。

寄茅山孙炼师

（唐）李德裕

石上溪荪发紫茸，碧山幽霭水溶溶。
菖花定是无人见，春日唯应羽客逢。

赠常州报恩长老

（宋）苏轼

碧玉盌盛红马脑，井花水养石菖蒲。
也知法供无穷尽，试问禅师得饱无？

采菖蒲

（宋）陈与义

闲行涧底采菖蒲，千岁龙蛇抱石臞。
明朝却觅房州路，飞下山颠不用扶。

寄谢刘彦集菖蒲之贶

（宋）朱子

君家兰杜久萋萋，近养菖蒲绿未齐。
乞与幽人伴岑寂，小窗风露日低迷。

谢吴公济菖蒲

（宋）朱子

翠羽纷披一尺长，带烟和雨过书堂。
知君别有臞仙种，容易难教出洞房。

卷三百七十一　芭蕉类（附美人蕉）

◆ 五言古

芭蕉赞

（宋）谢灵运

生分本多端，芭蕉知不一。含萼不结核，敷华何由实。
至人善取譬，无宰谁能律。莫昵缘合时，当视分散日。

甘　蕉

（梁）沈约

抽叶固盈丈，擢本信兼围。流甘掩椰实，弱缕冠絺衣。

红　蕉

（唐）柳宗元

晚英值穷节，绿润含珠光。以兹正阳色，窈窕凌清霜。
远物世所重，旅人心所伤。回晖眺林际，戚戚无遗芳。

芭　蕉

（唐）杜牧

芭蕉为雨移，故向窗前种。怜渠点滴声，留得归乡梦。
梦远莫归乡，觉来一翻动。

咏池上芭蕉

（明）袁凯

亭亭虚心植，冉冉繁阴布。既掩猗兰砌，还覆莓苔路。

卷舒今自知，衰荣随所寓。默契方在兹，临轩挹清醑。

蕉石亭
（明）顾璘

怪石如笔格，上植蕉叶青。苍然太古色，得尔增娉婷。
欲携一斗墨，叶底书《黄庭》。拂拭坐盘薄，风雨秋冥冥。

◆ 五言排律

咏　蕉
（明）徐桂

根自苏台徙，阴生蒋径幽。当空炎日障，倚槛碧云流。
未展心如结，微舒叶渐抽。琐窗迷翠黛，张幕动青油。
书借临池用，光分汗简留。流甘掩中土，为绤衣南州。
只益莓苔润，翻令蕙若忧。荷风同委露，梧叶共鸣秋。
梦境知谁得，人生似尔浮。漫劳弹事苦，终日傍林丘。

◆ 七言律

书庭蕉
（明）王守仁

檐前蕉叶绿成林，长夏全无暑气侵。
但得雨声连夜静，何妨月色半床阴。
新诗旧叶题将满，老芝疏桐恨转深。
莫笑郑人谈讼鹿，至今醒梦两难寻。

咏芭蕉
（明）张綖

长叶翩翩绿玉丛，植来况是近梧桐。
美人间立秋风里，羁客孤眠夜雨中。

情逐舞鸾偏易感，事随梦鹿渺难穷。
太湖石畔新凉院，何处吹箫月满空？

◆ 七言排律

戏题阴凉室阶前芭蕉
（明）僧良琦

新种芭蕉绕石房，清阴早见落书床。
根沾零露北山润，叶带湿云南涧凉。
得地初依苍石瘦，抽心欲并绿筠长。
雨声夜响颠崖瀑，晴碧朝浮海日光。
樗栎自惭全寿命，梗楠合愧托岩廊。
观身政忆维摩语，草字宁追怀素狂。
白昼栖迟吾计拙，青霄偃仰汝身强。
岁寒要使交期在，莫畏空山有雪霜。

◆ 五言绝句

芭 蕉
（唐）路德延

一种灵苗异，天然体性虚。叶如斜界纸，心似倒抽书。

芭 蕉
（宋）朱子

芭蕉植秋槛，勿云憔悴姿。与君障夏日，羽扇宁复持。

红 蕉
（宋）朱子

弱植不自持，芳根为谁好？虽微九秋榦，丹心中自保。

斋前芭蕉

（明）高启

静绕绿阴行，闲听雨声卧。还有感秋诗，窗前书叶破。

为友人写蕉

（明）沈周

便欲开船去，因君更写蕉。要知相忆地，叶上雨潇潇。

题美人蕉

（明）皇甫汸

带雨红妆湿，迎风翠袖翻。欲知心不卷，迟暮独无言。

◆ 七言绝句

红　蕉

（唐）徐凝

红蕉曾到岭南看，较小芭蕉几一般。
差是斜刀剪红绢，卷来开去叶中安。

蕉　叶

（唐）徐夤

绿绮新裁织女机，摆风摇日影离披。
只应青帝行春罢，闲倚东墙卓翠旗。

未展芭蕉

（唐）钱珝

冷烛无烟绿蜡干，芳心犹卷怯春寒。
一缄书札藏何事，会被东风暗拆看。

杂 题
　　　　　　　　　　（宋）王安石

紫燕将雏语夏深，绿槐庭院不多阴。
西窗一夜无人问，展尽芭蕉数尺心。

芭 蕉
　　　　　　　　　　（宋）张 载

芭蕉心尽展新枝，新卷新心暗已随。
愿学新心养新德，旋随新叶起新知。

咏芭蕉
　　　　　　　　　　（宋）杨万里

骨相玲珑透八窗，花头倒插紫荷香。
绕身无数青罗扇，风不来时也自凉。

题乐静轩
　　　　　　　　　　（明）王 绂

竹几藤床小砚屏，薰风簾幕篆烟青。
闲斋几日黄梅雨，添得芭蕉绿满庭。

芭蕉美人
　　　　　　　　　　（明）夏 寅

晓妆才罢思徘徊，罗袜轻移步绿苔。
试向芭蕉问春信，一缄芳札为谁开？

题 蕉
　　　　　　　　　　（明）沈 周

惯见闲庭碧玉丛，春风吹过即秋风。
老夫都把荣枯事，却寄萧萧数叶中。

府江杂诗

（明）谢少南

冬炎卉木未萧条，暂倚蓬窗旅况销。
树架绿垂君子蔓，崖林红破美人蕉。

雨　蕉

（明）汤显祖

东风吹展半廊青，数叶芭蕉未拟听。
记得楚江残雨夜，背灯人语醉初醒。

石竹花类

◆ 五言古

魏仓曹宅各赋一物,得当轩石竹
(唐)李颀

罗生殊众色,独为华表滋。虽杂兰蕙处,无争桃李时。
同人趋府暇,落日后庭期。密叶散红点,灵条惊紫蕤。
芳菲看不厌,采摘愿来兹。

咏石竹
(宋)张耒

真竹乃不花,尔独艳暮春。何妨儿女眼,谓尔胜霜筠。
世无王子猷,岂无知竹人?粲粲好自持,时来称此君。

◆ 五言律

答李滁州题庭前石竹花见寄
(唐)独孤及

殷疑曙霞染,巧类匣刀裁。不怕南风热,能迎小暑开。
游蜂怜色好,思妇感年催。览赠添离恨,愁肠日几回。

云阳寺石竹花
(唐)司空曙

一自幽山别,相逢此寺中。高低俱出叶,深浅不分丛。
野蝶难争白,庭榴暗让红。谁怜芳最久,春露到秋风。

◆ 七言律

赋石竹
（元）虞集

积雪初消荨绿华，东风吹动绛绡霞。
龙嘘石气千年润，鹤过林阴一径斜。
刻字欲寻金错落，析旌如织翠交加。
绮窗坐对吹笙暖，未觉人间岁月赊。

◆ 五言绝句

石竹花
（唐）皇甫冉

数点空阶下，闲凝细雨中。那能久相伴，嗟尔滞秋风。

◆ 七言绝句

石竹花咏
（唐）陆龟蒙

曾看南朝画国娃，古萝衣上散明霞。
而今莫共金钱斗，买却春风是此花。

石 竹
（宋）王安石

麝香眠后露檀匀，绣在罗衣色未真。
斜倚细丛如有意，冷摇数朵欲无春。

赋石竹
（元）蒲道源

短篱新见出梢梢，葱蒨都无尺许高。
茜色芳葩工点缀，莫教容易混蓬蒿。

叶 类

◆ 五言古

落 叶

（隋）孔绍安

早秋惊落叶，飘零似客心。翻飞未肯下，犹言惜故林。

落 叶

（明）王问

枕上闻朔风，夜半声策策。晓来繁林空，落叶卷庭石。
乘运固其然，芬菲岂自惜。悟彼归根言，独与至人说。

落 叶

（明）徐良彦

落叶不上枝，因风亦复起。清风若无私，何因有彼此？
一叶随飘扬，一叶沾泥滓。寄语风前叶，莫堕东流水。
多谢三春风，山中多兰芷。

◆ 长短句

落叶行

（元）吴师道

山窗独眠抱秋冷，四壁无声中夜醒。

天清急雨忽万点，月出枯蛇纷众影。
开门飒飒非故林，满空飞叶搏愁阴。
石涧流红细泉咽，藓痕掩碧孤蛩吟。
高秋共谁听萧瑟，却忆江南远游客。
楚天摇落白日高，万里扁舟荡春色。
江南客来归，山中叶亦稀。
相思绕遍寒树下，有恨愿随秋风吹。
山空夜寒风渐微，惨惨霜露沾人衣，征鸿独叫残云飞。

◆ 五言律

和杜录事题红叶
（唐）白居易

寒山十月旦，霜叶一时新。似烧非因火，如花不待春。
连行排绛帐，乱落剪红巾。解驻篮舆看，风前唯两人。

闻落叶
（唐）僧齐己

楚树霜晴后，萧萧落晚风。因思故园夜，临水几株空？
煮茗烧干翠，行苔踏烂红。来年未离此，还见碧丛丛。

陨 叶
（唐）僧无可

绕巷夹溪红，萧条逐北风。别林遗宿鸟，浮水载鸣虫。
石小埋初尽，枝长落未终。带霜书丽什，闲读白云中。

霣 叶
（元）僧善住

霜后色初变，风高始乱零。和云流远涧，杂雨下空庭。
扫处兼僧影，烧时带鹤翎。翻思在春日，绕屋政青青。

赋蜘蛛落叶
（明）许继

秋气感木叶，故林飘坠时。不成栖蔓草，还复缀蛛丝。
屡舞凉风得，高悬落照宜。多情似留恋，争奈已辞枝。

赋得窗中度落叶
（明）莫是龙

绮疏临野渡，秋树响前林。飒飒含风入，纷纷逗雨深。
拂来红袖掩，积处绿尘侵。谁送哀蝉曲？无端搅客心。

窗中度落叶
（明）张文柱

袅袅回风下，萧萧薄岁阴。一山方隐几，片雨自前林。
重以轻霜色，凄其入曲心。高居尚摇落，不敢更登临。

见落叶
（明）王醇

朝来见落叶，因悔向林行。飞鸟不无意，何人非有生。
枝容昨夜月，秋减一村声。转禁樵童入，留兹长道情。

落叶
（明）僧宗泐

一片复一片，西风与北风。但看阶下满，不觉树头空。
缀服犹堪用，题诗自不工。山童朝更扫，闲委古墙东。

◆ 五言排律

一叶落
（唐）薛能

轻叶独悠悠，天高片影流。随风来此地，何树落先秋。

变色黄应近，辞林绿尚稠。无双浮水面，孤绝落关头。
乍减诚难觉，将凋势未休。客心空自比，谁肯问新愁。

◆ 七言律

红　叶

（唐）吴融

露染霜斡片片轻，斜阳照处转烘明。
和烟飘落九秋色，随浪泛将千里情。
几夜月中藏鸟影，谁家庭际伴蛩声。
一时衰飒无多恨，看著春风綵剪成。

红　叶

（明）徐渭

才见芳华照眼新，又看红叶点衣频。
只言春色能骄物，不道秋霜解媚人。
宫水正寒愁字字，吴江初冷锦鳞鳞。
更馀一种闲风景，醉杂黄花野老巾。

◆ 七言排律

枫　林

（明）于若瀛

禁城玉树渐秋深，枫色凄凄满上林。
万片作霞延日丽，几株含雾苦霜吟。
斜连双阙辉青琐，倒影平津映碧浔。
歧叶著飙声瑟瑟，殷红过雨色沉沉。
杂黄间绿缘成锦，委砌飘檐坍作金。
向夕转深娇落照，因风散响怖栖禽。
城头迥接青岑远，殿角寒生绣幄阴。

几度朝昏劳怅望，徘徊故苑倍萧森。

◆ 五言绝句

奉和元日赐群臣柏叶
（唐）李乂

劲节凌霜劲，芳心待岁芳。能令益人寿，非止麝含香。

奉和元日赐群臣柏叶
（唐）赵彦昭

器乏雕梁器，材非构厦材。但将千岁叶，常奉万年杯。

奉和元日赐群臣柏叶
（唐）武平一

绿叶迎春绿，寒枝历岁寒。愿持柏叶寿，长奉万年欢。

落 叶
（唐）王建

陈绿尚参差，初红已重叠。中庭初扫地，绕树三两叶。

醉中对红叶
（唐）白居易

临风杪秋树，对酒长年人。醉貌如霜叶，虽红不是春。

江上枫
（唐）成彦雄

江风自蓊郁，不竞松筠力。一叶落渔家，斜阳带秋色。

龙兴道中
（宋）晁冲之

涧道垂黄花，山城拥红叶。人争小舟渡，马就平沙涉。

闲题树叶上

(元)马祖常

秋意凤城多,凉飙奈夜何。题诗满霜叶,不见洞庭波。

题黄子久小画

(明)高启

溪水虽多曲,舟行不惮赊。山山秋叶赤,犹复似桃花。

兰　叶

(明)张羽

泛露光偏乱,含风影自斜。俗人那解此,看叶胜看花。

◆ 七言绝句

王起居独游青龙寺玩红叶因寄

(唐)羊士谔

十亩苍苔绕画廊,几株红树过清霜。
高情还似看花去,闲对南山步夕阳。

山　行

(唐)杜牧

远上寒山石径斜,白云生处有人家。
停车坐爱枫林晚,霜叶红于二月花。

秋　行

(宋)徐玑

红叶枯梨一两株,翛然秋思满山居。
诗怀自叹多尘土,不似秋来木叶疏。

落 叶
（宋）宋伯仁

卷地西风促雨来，扫除黄叶满苍苔。
垂杨已有青青眼，只碍梅花未敢开。

秋
（宋）裘万顷

数声牧笛日将晚，一曲樵歌山更幽。
解带盘桓小溪上，坐看红叶泛清流。

枫 叶
（宋）朱淑真

江空木落雁声悲，霜入丹枫百草萎。
蝴蝶不知身是梦，又随春色上寒枝。

村 居
（金）马定国

柿叶经霜菊在溪，天寒落日见鸡栖。
西家有客篘新酒，红叶萧萧盖芋畦。

江天秋晚图
（金）王绘

万顷波间踏浪儿，潇湘秋晚趁归时。
四山红叶风声健，散入侬家欸乃词。

杂 诗
（金）刘豫

古渡停骖日向沉，凄凉归思梗清吟。
碧山几点塞天阔，红叶一林秋意深。

山园梨叶有青红相半者，戏作一诗
（金）元德明

霜轻霜重偶然中，一叶虽殊万叶同。
不信世间闲草木，解随儿女作青红。

题高氏所藏画图
（元）陈旅

谁家林麓近溪湾，高树扶疏出石间。
落叶尽随溪雨去，只留秋色满空山。

无 题
（元）朱德润

索索西风白露零，隔林砧杵助秋声。
欲寻隐者门前路，落叶漫山碍屐行。

泊阊门
（元）顾瑛

枫叶芦花暗画船，银筝断绝十三絃。
西风只在寒山寺，长送钟声搅客眠。

山居吟
（元）僧清珙

深秋时节雨霏霏，藓叶层层印虎蹄。
一夜西风吹不住，晓来黄叶与阶齐。

题红叶仕女
（明）谈震

初试宫妆步玉除，诗成把笔更踌躇。
旧愁新恨知多少，尽向霜红叶上书。

柏坊驿题壁

(明) 姚汝循

风雨萧萧滞客程,荒亭独宿峭寒生。
今宵羁思知多少?听尽千山堕叶声。

赋得千山红树送人

(明) 柳应芳

萧萧浅绛霜初醉,槭槭深红雨后然。
染得千林秋一色,还家只当是春天。

题扇送客怀长蘅湖上

(明) 程嘉燧

送客西楼落木风,鬓丝吹断酒巾空。
危廊斜日云居寺,霜叶仍欺二月红。

玉岑闲行口占

(明) 李流芳

玉岑山脚水萦洄,寒日晖晖下稻堆。
穿过松冈寻法相,满空黄叶打头来。

石 门

(明) 寥孔说

石门酒薄客愁宽,谁念霜溪晓被寒?
偶见邻舟说红叶,五更疏雨梦长干。

卷三百七十四 杂树类

◆ 五言古

咏疏枫
（梁）简文帝

萎绿映葭青，疏红分浪白。花叶洒行舟，仍持送远客。

植灵寿木
（唐）柳宗元

白华鉴寒水，怡我适野情。前趋闻长老，重复欣嘉名。
蹇连易衰朽，方刚谢经营。敢期齿杖赐，聊且移孤茎。
丛萼中竞秀，分房外舒英。柔条乍反植，劲节常对生。
循玩足忘疲，稍觉步武轻。安能事翦伐，持用资徒行。

宥老楮
（宋）苏轼

我墙东北隅，张王维老毂。树先樗栎大，叶等桑柘沃。
流膏马乳涨，堕子杨梅熟。胡为寻丈地，养此不材木？
蹶之得舆薪，规以种松菊。静言求其用，略数得五六。
肤为蔡侯纸，子入《桐君录》。黄缯练成素，黝面頳作玉。
灌洒蒸生菌，腐馀光吐烛。虽无傲霜节，幸免狂醒毒。
孤根信微陋，生理有倚伏。投斧为赋诗，德怨聊相赎。

◆ 五言律

题椰子树

（唐）沈佺期

日南椰子树，香裛出风尘。丛生调木首，圆实槟榔身。
玉房九霄露，碧叶四时春。不及涂林果，移根随汉臣。

同李郎中净律院梡子树

（唐）包何

木梡稀难识，沙门种则生。叶殊经写字，子为佛称名。
滤水浇新长，燃灯煖更荣。亭亭无别意，只是劝修行。

◆ 五言排律

兴善寺贝多树

（唐）张乔

还应毫末长，始见拂丹霄。得子从西国，成阴见昔朝。
势随双刹直，寒出四墙遥。带月啼春鸟，连空噪暝蜩。
远根穿古井，高顶起凉飙。影动悬灯夜，声繁过雨朝。
静迟松桂老，坚任雪霜彫。永共终南在，应随劫火烧。

◆ 五言绝句

咏棕树

（唐）徐仲雅

叶似新蒲绿，身如乱锦缠。任君千度剥，意气自冲天。

◆ 七言绝句

凭何十一少府邕觅桤木栽

（唐）杜甫

草堂堑西无树林，非子谁复见幽心。

饱闻桤木三年大,与致溪边十亩阴。

木莲树
(唐)白居易

如折芙蓉栽旱地,似抛芍药挂高枝。
云埋水隔无人识,唯有南宾太守知。

林下樗
(唐)白居易

香檀文桂苦雕镌,生理何曾得自全。
知有无材老樗否?一枝不损尽天年。

红 荆
(唐)元稹

庭中栽得红荆树,十月花开不待春。
直到孩提尽惊怪,一家同是北来人。

戏题桦皮
(元)袁桷

褐裳新脱玉层层,红叶朱蕉谢不能。
拟制小冠韬短发,意行云水一枝藤。

纪 兴
(明)吴鼎芳

道人赢得半生闲,枕上清泉座上山。
犹有半生闲不得,娑椤影里叩禅关。

卷三百七十五 杂花类

◆ 五言古

红 花
（宋）文帝

红蓝与芙蓉，我色与欢敌。莫案石榴花，历乱听侬摘。

丽 春
（唐）杜甫

百草竞春华，丽春应最胜。少须好颜色，多漫枝条剩。
纷纷桃李枝，处处总能移。如何贵此种？却怕有人知。

崔元受少府自贬所还，遗山姜花，以诗答之
（唐）刘禹锡

故人博罗尉，遗我山姜花。采从碧海上，来自谪仙家。
云涛润孤根，阴火照晨葩。静摇扶桑日，艳对瀛洲霞。
世人受苦辛，搴撷忘幽遐。传名入帝里，飞驿辞天涯。
王济本尚味，石崇方斗奢。堆盘多不识，绮席乃增华。
驿马损筋骨，贵人滋齿牙。顾予藜藿士，持此重咨嗟。

惜郁李花
（唐）白居易

树小花鲜妍，香繁条软弱。高低二三尺，重叠千万萼。

朝艳霭霏霏，夕凋纷漠漠。辞枝朱粉细，覆地红绡薄。
由来好颜色，常苦易销铄。不见茛荡花，狂风吹不落。

◆ **七言古** 附长短句

优钵罗花歌

（唐）岑参

白山南，赤山北，其间有花人不识，绿茎碧叶好颜色。
叶六瓣，花九房，夜掩朝开多异香，何不生彼中国兮生西方？
移根在庭，媚我公堂。耻与众草之为伍，何亭亭而独芳。
何不为人之所赏兮？深山穷谷委严霜。
吾窃悲阳关道路长，曾不得献于君王。

谢王参议送练春红二枝

（元）袁桷

玉堂老仙玩幽独，闭户无人似初溽。
倚阑岸帻领孤芳，薿薿轻红冠群绿。
化工有意卑凡卉，积李崇桃空眩目。
争先斗巧等堪怜，已向东风尽驱逐。
此花清妍净如洗，收拾馀春傲荣辱。
何郎汤饼徒试妆，太真温泉空赐浴。
天然生色铸真态，亭午低头睡初足。
谁言花后最奇绝，我怪酪奴能汙触。
嫣然一笑奉清欢，莫把金尊歌别鹄。
并刀妙剪骈头来，珠露淋漓袖新蹙。
似嫌凡子多京尘，却恨高人付流俗。
微风澹荡新雨生，强拭愁容吐残馥。
拟将色笔写清意，绮语非工那忍渎。
徘徊中庭月过半，翠袖娟娟泣寒玉。

◆ 五言律

夏中崔中丞宅见海红摇落,一花独开
（唐）刘长卿

何事一花残,闲庭百草阑?绿滋经雨发,红艳隔林看。
竟日馀香在,过时独秀难。共怜芳意晚,秋露未须团。

苦楝花
（唐）温庭筠

院里莺歌歇,墙头舞蝶孤。天香熏羽葆,宫紫晕流苏。
晻暧迷青琐,氤氲向画图。只应春惜别,留与博山炉。

玫 瑰
（唐）唐彦谦

麝炷腾清燎,鲛纱覆绿蒙。宫妆临晓日,锦段落东风。
无力春烟里,多愁暮雨中。不知何事意,深浅两般红。

◆ 五言排律

和李舍人昆季咏冬瑰花寄赠徐侍郎
（唐）卢纶

独鹤寄烟霜,双鸾思晚芳。旧阴依谢宅,新艳出萧墙。
蝶散摇轻露,莺含入夕阳。雨朝胜濯锦,风夜剧焚香。
丽日千层艳,孤霞一片光。密来惊叶少,动处觉枝长。
布影期高赏,留春为远方。赏闻赠琼玖,叨和愧升堂。

和李员外与舍人咏冬瑰花寄徐侍郎
（唐）司空曙

仙吏紫薇郎,奇花共玩芳。攒星排绿蒂,照眼发红光。

暗妒翻阶药，遥连直署香。游枝蜂绕易，碍刺鸟衔妨。
露湿凝衣粉，风吹散蕊黄。蒙笼珠树合，焕烂锦屏张。
留客胜看竹，思人比爱棠。如传《采蘋》咏，远思满潇湘。

◆ 七 言 律

玉烛花

（唐）刘兼

袅袅香英三四枝，亭亭红艳照阶墀。
正当晚槛初开处，恰似春闱就试时。
少女不吹方熠燨，东君偏惜未离披。
夜深斜倚朱栏外，拟把邻光借与谁？

司直巡官无诸移到玫瑰花

（唐）徐夤

芳菲移自越王台，最似蔷薇好并栽。
称艳尽怜胜彩绘，嘉名谁赠作玫瑰。
春成锦绣风吹坼，天染琼瑶日照开。
为报朱衣早邀客，莫教零落委苍苔。

鱼儿牡丹得之湘中，花红而蕊白，状类双鱼，累累相比，枝不能胜，压而下垂若俯首然，鼻目良可辨。叶与牡丹无异，亦以二月开，因是得名，其幹则芍药也。予名花而赋是诗。闻江东山谷间此品甚多

（宋）周必大

天教姚魏主芳菲，合有宫嫔次列妃。
玉颈圆瑳宜粉面，霞裙深染学翚衣。
枝头窈窕鱼双贯，风里翩跹凤对飞。
莫把根苗方芍药，留春不似送将归。

红锦带花

(宋)杨万里

天女风梭织露机,碧丝地上茜栾枝。
何曾系住春归脚,只解紫长客恨眉。
节节生花花点点,茸茸晒日日迟迟。
后园初夏无题目,小树微芳也得诗。

咏雪球花

(明)陈鸿

盈盈初发几枝寒,映户流苏百结团。
正恐东风先飓尽,不愁迟日易销残。
淡姿向晓迷蝴蝶,艳色争春笑牡丹。
惟有三郎儿戏甚,还疑蹋鞠绕丛看。

◆ 五言绝句

紫荆花

(唐)韦应物

杂英纷已积,含芳独暮春。还如故园树,忽忆故园人。

济之怪余久归赋杂言解嘲

(明)王叔承

白苎含闺怨,吴蚕五月空。但知桑叶绿,不识茜花红。

◆ 七言绝句

看山木瓜花

(唐)刘言史

裛露凝氛紫艳新,千般婉娜不胜春。

年年此树花开日，出尽丹阳郭里人。

柔枝湿艳亚朱栏，暂作庭芳便欲残。
深藏数片将归去，红缕金针绣取看。

逢贾岛

（唐）张籍

僧房逢著款冬花，出寺行吟日已斜。
十二街中春雪满，马蹄今去入谁家？

种木槲花

（唐）柳宗元

上苑年年占物华，飘零今日在天涯。
只因长作龙城守，剩种庭前木槲花。

玩迎春花赠杨郎中

（唐）白居易

金英翠萼带春寒，黄色花中有几般？
凭君语向游人道，莫作蔓菁花眼看。

紫阳花

（唐）白居易

何年植向仙坛上，早晚移栽到梵家。
虽在人间人不识，与君名作紫阳花。

代迎春花招刘郎中

（唐）白居易

幸与松筠相近栽，不随桃李一时开。
杏园岂敢妨君去，未有花时且看来。

南　园

（唐）李贺

长峦谷口倚嵇家，白昼千峰老翠华。
自履藤鞋收石蜜，手牵苔絮长莼花。

忆紫溪

（唐）徐凝

长忆紫溪春欲尽，千岩交映水回斜。
岩空水满溪自紫，水态更笼南烛花。

寄山僧

（唐）赵嘏

云里幽僧不置房，橡花藤叶盖禅床。
朝来逢著山中伴，闻说新移最上方。

燕蓊花

（唐）李郢

十二街中何限草，燕蓊尽欲占残春。
黄花扑地无穷极，愁杀江南江北人。

虎丘寺西小溪闲泛

（唐）皮日休

鼓子花明白石岸，桃枝竹覆翠岚溪。
分明似对天台洞，应厌顽仙不肯迷。

小游仙诗

（唐）曹唐

芝蕙芸花烂熳春，瑞香烟露湿衣巾。
玉童私地夸书札，偷写云瑶暗赠人。

金灯花

(唐) 薛涛

栏边不见蘘蘘叶,砌下惟翻艳艳丛。
细视欲将何物比?晓霞初叠赤城宫。

金灯花

(唐) 阙名

兰膏爇处心犹浅,银烛烧残焰不馨。
好向书生窗畔种,免教辛苦更囊萤。

海仙花诗(录二)

(宋) 王禹偁

　　海仙花者,世谓之"锦带",维扬人传云,初得于海州山谷间,其枝长而花密,若锦带然。其花未开如海棠,既开如木瓜,而繁丽袅袅过之。一朵满头,冠不克荷。惜其不香而无子,第可钩压其条,移植他所。因以《释草》《释木》验之,皆无有也。近之好事者作《花谱》,以海棠为花中神仙。予谓此花不在海棠下,宜以"仙"为号,曰之"锦带",俚俗甚焉,又取始得之地,名曰"海仙",且赋诗三章,以存其名,题诸僧壁。

一堆绛雪压春丛,袅袅长条弄晚风。
借问开时何所似,似将绣被覆熏笼。

何年移植在僧家,一簇柔条缀彩霞。
锦带为名俚且俗,为君呼作海仙花。

次韵郁李花

(宋) 赵抃

花县逢春对晓晖,朱朱白白缀繁枝。

梅先菊后何须校,好似人生各有时。

扶桑
（宋）蔡襄

溪馆初寒似早春,寒花相倚媚行人。
可怜万木凋零尽,独见繁枝烂熳新。

洛城杂诗
（宋）韩维

无数长条乱晓风,谁将紫锦覆春丛?
残英点落青苔面,独倚朱栏细雨中。

微雨中赏月桂独酌
（宋）陈与义

人间跌宕简斋老,天下风流月桂花。
一壶不觉丛边尽,暮雨霏霏欲湿鸦。

宝相花
（宋）范成大

谁把桑条夹砌栽,压枝万朵一时开。
为君也著诗收拾,题作西楼锦被堆。

闻傅氏庄紫笑花开,急掉小舟观之
（宋）陆游

日长无奈清愁处,醉里来寻紫笑香。
漫道闲人无一事,逢春也似蜜蜂忙。

闲咏园中草木
（宋）陆游

剪刀叶畔戏鱼回,帔子花头舞蝶来。

领略年光属闲客,一樽自劝不须推。

春晚村居杂赋
(宋)陆游

鹅儿草绿侵行路,帔子花明照屋除。
处处乞浆俱得酒,杖头何恨一钱无。

三峡歌
(宋)陆游

乱插山花簪子红,蛮歌相和瀼西东。
忽然四散不知处,蹋月扪萝归洞中。

剪春罗
(宋)翁元广

谁把风刀剪薄罗,极知造化著功多。
飘零易逐春光老,公子尊前奈若何。

小泊英州
(宋)杨万里

人人藤叶嚼槟榔,户户茅檐覆土床。
只有春风不寒乞,隔溪吹度柚花香。

归自豫章复过西山
(宋)杨万里

一眼苕花十里明,忽疑九月雪中行。
我行莫笑无驺从,自有西山管送迎。

新晴西园散步
(宋)杨万里

池水初生盖玉沙,雨馀碧草卧堤斜。

日摇波影缠桥柱，绣出栾枝遍地花。

山　居
（金）元好问

斜阳高树挂晴虹，肃肃微凉雨气中。
一道鹭鸶花不断，密香吹满马头风。

台山杂咏
（金）元好问

一国春风帝子家，绿云晴雪间红霞。
香绵稳藉僧溪草，蜀锦惊看佛钵花。

赋瓶中杂花（予绝爱未开杏花，故末篇自戏。）
（金）元好问

老眼惊看节物新，今年更与酒杯亲。
东山一道花如绣，从此他乡不是春。

生红点点弄娇妍，半坏花房更可怜。
传语春风好将护，莫教容易作银钱。

红抹兰膏绿染衣，绿娇红小两相宜。
华边剩有清香在，木石痴儿自不知。

素艳来从月姊家，温风淑气发清华。
人间自有交枝玉，天上休开六出花。

昨日桃花锦片新，兔葵今日到残春。
低枝留得稀疏朵，比似全开更恼人。

古铜瓶子满芳枝,裁剪春风入小诗。
看著海棠如有语,杏花也到退房时。

雨　晴
(金)赵秉文

一春不雨漫尘黄,碧瓦朝来泛霁光。
留得紫威花上露,几招渴燕下雕梁。

塞上曲
(元)迺贤

双鬟小女玉娟娟,自卷毡簾出帐前。
忽见一枝长十八,折来簪在帽檐边。

三月廿日题所寓屋壁
(元)倪瓒

梓树花开破屋东,邻墙花信几番风。
闭门睡过兼旬雨,春事依依是梦中。

登双凤普福宫东楼赠吴道传,时周境存隐君同席
(元)王逢

楼殿岩峣上赤霞,水纹蟠凤卧灵槎。
石棋盘静香烟直,簾下双头百合花。

粉团花下夜饮
(元)钱惟善

万花碎剪玉团团,晴雪飞香夜不寒。
恰似玉人相对立,酒尊移月近前看。

上京次贡待制韵
(元)涂颖

海风吹雨度龙沙,满眼金莲紫菊花。

日暮笙歌何处起？高低穿帐五侯家。

谩　成
（元）马臻

槐阴满院喧巢鸦，蜜房香老蜂趁衙。
邻家艇子钓鱼去，水光摇动金莲花。

岭南杂咏
（明）汪广洋

榕树阴阴集暮鸦，竹深人静似仙家。
芭蕉小苑垂双实，茉莉南州压万花。

南唐故址
（明）叶子奇

唐主宫垣集暝鸦，垣边几座野人家。
尚馀一片繁华地，宜种红蓝内苑花。

发淮安
（明）杨士奇

岸蓼疏红水荇青，茨菰花白小如萍。
双鬟短袖惭人见，背立船头自采菱。

秀上人课经图
（明）镏泰

山绕清溪树绕亭，隔云金磬晓泠泠。
道人不管花开落，白乳香中读《观经》。

访包山徐德彰
（明）陈宽

青山湖上是君家，有约来看巨胜花。

蹋破白云秋一片，不知还隔几重霞。

画丫兰
（明）陆治

玉戟棱棱应节分，枝枝柔玉纫香云。
凝妆拟待三更月，露染生绡六幅裙。

马兰花
（明）舒芬

金气棱棱泽国秋，马兰花发满汀洲。
富春山下连鱼屋，采石江头映酒楼。

虞美人
（明）孙齐之

蔷薇开尽绿阴凉，西国名花此际芳。
夜月空悬汉宫镜，幽姿犹带楚云妆。

卷三百七十六　药　类

◆ 五言古

和纪参军服散得益
（齐）谢朓

金液称九转，西山歌五色。炼质乃排云，濯景终不测。
云英亦可饵，且驻羲和力。能令长卿卧，暂故遇真识。

憩郊园和约法师采药
（梁）沈约

郭外三千亩，欲以贸朝饘。繁蔬既绮布，密果亦星悬。

采药游名山
（陈）刘删

名山本郁盘，道士贵黄冠。独驭千年鹤，来寻五色丸。
石床新溜乳，金灶欲成丹。定知无二价，非复在长安。

种　药
（唐）韦应物

好读神农书，多识药草名。持缣购山客，移时罗众英。
不改幽涧色，宛如此地生。汲井既蒙泽，插楥亦扶倾。
阴颖夕房敛，阳条夏花明。悦玩从兹始，日夕绕庭行。
州民自寡讼，养闲非政成。

山居新种花药与道士同赋

（唐）钱起

自乐鱼鸟性，宁求农牧资。浅深爱岩壑，疏凿尽幽奇。
雨花相助好，莺鸣春草时。种兰入山翠，引葛上花枝。
风露拆红紫，缘溪复映池。新泉香杜若，片石隐江蓠。
宛谓武陵洞，潜应造化移。杖策携烟客，满袖掇芳蕤。
蝴蝶舞留我，仙鸡闲傍篱。但令黄精熟，不虑韶光迟。
笑指云萝径，樵人那得知。

药　草

（唐）苏拯

天子恤疲瘵，坤灵奉其职。年年济世功，贵贱相兼植。
因产众草中，所希采者识。一枝当若神，千金亦何直。
生草不生药，无以彰土德；生药不生草，无以彰奇特。
国忠在臣贤，民患凭药力。灵草犹如此，贤人岂多得。

拟古寄何太卿

（宋）谢翱

世闻卖药翁，出市恒骑虎。谒来空山中，恨不辄与语。
长啸归无家，独指梧桐树。既指梧桐树，复采梧桐子。
持以赠所思，浩歌聊复尔。

谢子静寄端午药煎

（宋）谢翱

麸桃弄朝烟，舍虫炼百杵。山人入药箓，捣日月逢午。
甘酸杂众味，能生玉池乳。颇忆越吟人，性静无所苦。
中年白发生，寄以润肺腑。为谢山中人，愿结山中侣。

采药

(元)许谦

亭亭北山松,宿蔼荫深碧。苍根走虬龙,巨榦蟠铁石。
平生栋梁具,不受霜雪厄。兔丝得所附,袅袅挂千尺。
流脂入九地,千载化琥珀。我欲掇其英,俯仰费搜摘。
红炉转丹砂,石髓变金液。但恐茫昧间,图骥不可索。
意长时苦促,双鬓日夜白。刀圭或可试,习习在两腋。
蓬莱三万里,讵谓弱水隔。他时来山中,故老应不识。

咏东汉高士封君达

(元)张雨

入山服黄连,还乡骑青牛。借得五岳图,一去三千秋。

题金华宗原常双溪洗药图

(明)吴溥

洗药临溪头,水流溪尾香。居人饮溪水,百年跻寿康。
石路曲盘蛇,山花如锦黄。日暮携药归,香风满衣裳。

◆ 七言古

锄药咏

(唐)钱起

芍药穿林复在巘,浓香秀色深能浅。
云气垂来裛露偏,松阴古处知春晚。
拂曙残莺百啭催,紫泉带石几花开。
不随飞鸟缘枝去,如笑幽人出谷来。
对之不觉忘疏懒,废卷荷锄嫌日短。
岂无萱草树阶墀,惜尔幽芳世所遗。
但使芝兰出萧艾,不辞手足皆胼胝。

宁学陶潜空嗜酒，颓龄舍此事东菑。

采药晚归因宿野人草舍
（宋）文同

东岩阴深崖巘古，夹涧垂泉结鹅乳。
我来采药晚忘归，试宿荆扉问鸡黍。
春风满林灯火冷，一夜不眠山月苦。
平明携策下青苍，松叶纷纷洒新雨。

◆ 五言律

月下洗药
（唐）钱起

汲井向新月，分流入众芳。湿花低桂影，翻叶静泉光。
露下添馀润，蜂惊引暗香。寄言养生客，来此共提筐。

清旦题采药翁草堂
（唐）温庭筠

幽人寻药径，来自晓云边。衣湿术花雨，语成松岭烟。
解藤开涧户，踏石过溪泉。林外晨光动，山昏鸟满天。

夏 日
（宋）张耒

种药幽人事，还披《本草经》。出山抛旧翠，过雨有新青。
术受壶中秘，方传肘后灵。不辞勤服饵，为变发星星。

◆ 五言排律

春过贺遂员外药园
（唐）王维

前年槿篱故，新作药栏成。香草为君子，名花是长卿。

水穿盘石透，藤系古松生。画畏开厨走，来蒙倒屣迎。
蔗浆菰米饭，蒟酱露葵羹。颇识灌园意，于陵不自轻。

◆ 七言律

重玄寺元达年逾八十，好种名药，凡所植者，多至自天台、四明、包山、句曲，丛萃纷糅，各可指名。余奇而访之，因题二章

（唐）皮日休

雨蒏〔涤〕烟锄伛偻赍，绀牙红甲两三畦。
药名却笑桐君少，年纪翻嫌竹祖低。
白石静敲蒸术火，清泉闲洗种花泥。
怪来昨日休持钵，一尺雕胡似掌齐。

香蔓蒙笼覆昔邪，桧烟杉露湿袈裟。
石盆换水捞松叶，竹径迁床避笋芽。
藜杖移时挑细药，铜瓶尽日灌幽花。
支公谩道怜神骏，不及今朝种一麻。

和题达上人药圃

（唐）陆龟蒙

药味多从远客赍，旋添花圃旋成畦。
三桠旧种根因（应）异，九节初移叶尚低。
山荚便和幽涧石，水芝须带本池泥。
从今直到清秋日，又有香苗几番齐。

净名无语是清羸，草药搜来喻更微。
一雨一风皆遂性，花开花落尽忘机。
教疏兔缕金絃乱，自拥龙刍紫汞肥。

莫怪独亲幽圃坐，病容消尽欲依归。

分得药臼谢医

（明）沈周

山人治药斫云根，枵腹中容海月吞。
捣过砂床剩朱糁，炼馀石髓腻青痕。
无铭错认周王鼓，有窍真移玉女盆。
抱疾人来识清杵，数声遥在杏花村。

◆ 五言绝句

药　圃

（唐）钱起

春畦生百药，花叶香初霁。好客似风光，偏来入丛蕙。

酬濬上人采药见寄

（唐）刘商

玉英期共采，云岭独先过。应得灵芝也，诗情一倍多。

药　园

（唐）司空曙

春园芳已遍，绿蔓杂红英。独有深山客，时来辨药名。

房君珊瑚散

（唐）李商隐

不见嫦娥影，清秋守月轮。月中闲杵臼，桂子捣成尘。

药　圃

（唐）夏侯子云

绿叶红英遍，仙经自讨论。偶移岩伴菊，锄断白云根。

赠华山游人

（唐）毛女正美

药苗不满筥，又更上危巅。回首归去路，相将入翠烟。

洗药池

（元）赵孟頫

真人栖隐处，洗药有清池。金丹要沐浴，玉水自生肥。

紫　轩

（元）赵孟頫

林君已仙去，紫轩名尚存。丹光时或现，药鼎夜常温。

香　阴

（明）僧通润

山中多药苗，往往发香气。不知采药人，曾嗅此香未？

◆ 七言绝句

绝　句

（唐）杜甫

药条药甲润青青，色过棕亭入草亭。
苗满空山惭取誉，根居隙地怯成形。

送僧往来金州

（唐）张籍

闻道汉阴山水好，师行一一遍经过。
事须觅取堪居处，若个溪头药最多？

招周处士

（唐）张籍

闭门秋雨湿墙莎，俗客来稀野思多。

已扫书堂安药灶,山人作意早经过。

酬孝甫见赠十首,各酬本意,次用旧韵(录一)
(唐) 元稹

一自低心翰墨场,箭靫抛尽负书囊。
近来兼爱休粮药,柏叶莎萝杂豆黄。

题龙池山人
(唐) 施肩吾

主人家在龙池侧,水中有鱼不敢食。
终朝采药供仙厨,却笑桃花少颜色。

自 遣
(唐) 陆龟蒙

无多药圃近南荣,合有新苗次第生。
稚子不知名品上,恐随春草斗输赢。

宗人惠四药
(唐) 郑谷

宗人忽惠西山药,四味清新香助茶。
爽得心神便骑鹤,何须烧得白朱砂。

山村经行因施药
(宋) 陆游

逆旅人家近野桥,偶因秣蹇暂逍遥。
村翁不解读《本草》,争就先生辨药苗。

采药径
(宋) 赵师秀

十载仙家采药心,春风过了得幽寻。

如今纵有相逢处，不是桃花是绿阴。

卖药翁
（元）马臻

山人本在山中住，偶向城中卖药去。
不道石潭龙出云，失却朝来下山处。

访柱上人
（明）徐贲

经院深深久护烟，雨中药草午凉天。
古香室里人重到，恰似秋风五日前。

卷三百七十七 人参类

◆ 五言古

人 参
（宋）苏轼

上党天下脊，辽东真井底。元（玄）泉倾海腴，白露洒天醴。
灵苗此孕毓，肩股或具体。移根到罗浮，越水灌清泚。
地殊风雨隔，臭味终祖祢。青桠缀紫萼，圆实堕红米。
穷年生意足，黄土手自启。上药无炮炙，龁啮尽根柢。
开心定魂魄，忧恚何足洗。糜身辅吾躯，既食首重稽。

紫团参寄王定国
（宋）苏轼

谽谺土门口，突兀太行顶。岂惟团紫云，实自俯倒景。
刚风被草木，真气入苕颖。旧闻人衔芝，生此羊肠岭。
纤攕虎豹鬣，蹙缩龙蛇瘿。蚕头试小嚼，龟息变方骋。
矧予明真子，已造浮玉境。清宵月挂户，半夜珠落井。
灰心宁复然，汗喘久已静。东坡犹故日，北药致遗秉。
欲持三桠根，往侑九转鼎。为予置齿颊，岂不贤酒茗。

效孟郊体
（宋）谢翱

移参窗北地，经岁日不至。悠悠荒郊云，背植足阴气。

新雨养陈根,乃复佐药饵。天涯葵藿心,怜尔独种参。

◆ 七言律

友人以人参见惠因以诗谢
（唐）皮日休

神草延年出道家,是谁披露记三桠。
开时的定涵云液,劚后还应带石花。
名士寄来消酒渴,野人煎处撇泉华。
从今汤剂如相续,不用金山焙上茶。

和袭美谢友人惠人参
（唐）陆龟蒙

五叶初成椵树阴,紫团峰外即鸡林。
名参鬼盖须难见,材似人形不可寻。
品第已闻升碧简,携持应合重黄金。
殷勤润取相如肺,封禅书成动帝心。

◆ 七言绝句

送客之潞府
（唐）韩翃

官柳青青匹马嘶,回风暮雨入铜鞮。
佳期别在春山里,应是人参五叶齐。

与周为宪求人参
（唐）段成式

少赋令才犹强作,众医多识不能呼。
九茎仙草真难得,五叶灵根许惠无?

以人参遗段柯古

（唐）周繇

人形上品传方志，我得真英自紫团。
惭非叔子空持药，更请伯言审细看。

送上党长

（宋）谢翱

春雨人参长紫苗，县庭无事坐终朝。
俯看云气千山表，野有新田市有谣。

卷三百七十八　茯苓类

◆ 五言律

　　　　路逢襄阳杨少府入城戏呈杨员外绾
　　　　　　　　　　　　　　　　　　（唐）杜甫

　　寄语杨员外，山寒少茯苓。归来稍暄暖，当为劚青冥。
　　翻动神仙窟，封题鸟兽形。兼将老藤杖，扶汝醉初醒。

◆ 七言律

　　　　病中宜茯苓寄李谏议
　　　　　　　　　　　　　　　　　　（唐）吴融

　　千年茯菟带龙鳞，太华峰头得最珍。
　　金鼎晓煎云漾粉，玉瓯寒贮露含津。
　　南宫已借征诗客，内署今还托谏臣。
　　飞檄愈风知妙手，也须分药救漳滨。

◆ 七言绝句

　　　　赠鹤林上人
　　　　　　　　　　　　　　　　　　（唐）戴叔伦

　　日日涧边寻茯苓，岩扉常掩凤山青。
　　归来挂衲高林下，自剪芭蕉写佛经。

送阿龟归华阳

（唐）李商隐

草堂归意背烟萝，黄绶垂腰不奈何。
因汝华阳求药物，碧松根下茯苓多。

游仙词

（元）张雨

应见《霓裳》舞广庭，罢看三十九章经。
道人腰著金鸦嘴，自向松根洗茯苓。

赠伯清

（元）倪瓒

市上休疑张伯清，药无二价制颓龄。
何当扫雪居幽谷，与我松根采茯苓。

卷三百七十九　黄精类

◆ 五言古

饵黄精
（唐）韦应物

灵药出西山，服食采其根。九蒸换凡骨，经著上世言。
候火起中夜，馨香满南轩。斋居感众灵，药术启妙门。
自怀物外心，岂与俗士论。终期脱印绶，永与天壤存。

再赋天池
（元）张雨

龓嵸古墩丘，泓潭浸其股。金碧争荡磨，穿穴稍旁午。
斩松罗石榻，元（玄）芝错神浒。遥应玉女盆，润及黄精圃。

◆ 七言绝句

期王炼师不至
（唐）秦系

黄精蒸罢洗琼杯，林下从留石上苔。
昨日围棋未终局，已乘白鹤下山来。

寄王奉御
（唐）张籍

爱君紫阁峰前好，新作书堂药灶成。

见欲移居相近住，有田多与种黄精。

黄精鹿（书艾宣画）

（宋）苏轼

太华西南第几峰，落花流水自重重。
幽人只采黄精去，不见青山鹿养茸。

雪晓怀西清田舍

（明）杨承鲲

种来黄独已如拳，手劚冰肤煮涧泉。
酒醒雪晴无一事，竹窗炊火送新烟。

卷三百八十　山茱萸类

◆ 五言律

　　　　奉御札赋茱萸诗
　　　　　　　　　　（宋）徐铉

万物庆西成，茱萸独擅名。房排红结小，香透夹衣轻。
宿露霑犹重，朝阳照更明。长和菊花酒，高晏奉西清。

◆ 七言律

　　　　奉和御制茱萸
　　　　　　　　　　（宋）徐铉

台畔西风御果新，芳香精彩丽萧辰。
柔条细叶妆治好，紫蒂红芳点缀匀。
几朵得陪天上宴，千株长作洞中春。
今朝圣藻偏流咏，黄菊无由更敢邻。

◆ 五言绝句

　　　　山茱萸
　　　　　　　　　　（唐）王维

朱实山下开，清香寒更发。幸与丛桂花，窗前向秋月。

茱萸沜

（唐）王维

结实红且绿，复如花更开。山中倘留客，置此芙蓉杯。

茱萸沜

（唐）裴迪

飘香乱椒桂，布叶间檀栾。云日虽回照，森沉犹自寒。

◆ 七言绝句

秋　园

（唐）司空曙

伤秋不是惜年华，别忆春风碧玉家。
强向衰丛见芳意，茱萸红实似繁花。

卷三百八十一　　槟榔类

◆ 五言古

忽见槟榔
（北周）庾信

绿房千子熟，紫穗百花开。莫言行万里，曾经相识来。

食槟榔
（宋）苏轼

月照无枝林，夜栋立万础。眇眇云间扇，荫此九月暑。
上有垂房子，下绕绛刺御。风欺紫凤卵，雨暗苍龙乳。
裂包一堕地，还以皮自煮。北客初未谙，劝食俗难阻。
中虚畏泄气，始嚼或半吐。吸津得微甘，著齿随亦苦。
面目太严冷，滋味绝媚妩。诛彭勋可策，推毂勇宜贾。
瘴风作坚顽，导利时有补。药储固可尔，果录讵用许？
先生失膏粱，便腹委败鼓。日啖过一粒，肠胃为所侮。
蛰雷殷脐肾，藜藿腐亭午。书灯看膏尽，钲漏历历数。
老眼怕少睡，竟使赤眦弩（努）。渴思默林咽，饥念黄独举。
奈何农经中，收此困羁旅。牛舌不饷人，一斛肯多与？
乃知见本偏，但可酬恶语。

初食槟榔
（明）刘基

槟榔红白文，包以青扶留。驿吏劝我食，可已瘴疠忧。

初惊刺生颊，渐若戟在喉。纷纷花满眼，岑岑晕蒙头。
将疑误腊毒，复想致无由。稍稍热上面，轻汗如珠流。
清凉彻肺腑，粗秽无纤留。信知殷王语，瞑眩疾乃瘳。
三复增永叹，书之遗朋俦。

◆ **七言绝句**

槟榔五绝卒章戏简及之主簿
（宋）朱子

暮年药裹关身切，此外翛然百不贪。
薏苡载来缘下气，槟榔收得为祛痰。

锦文缕切劝加餐，蜃炭扶留共一盘。
食罢有时求不得，英雄邂逅亦饥寒。

向来试吏著南冠，马甲蚝山得饫餐。
却借芳辛来解秽，鸡心磊落看堆盘。

个中有味要君参，螫吻春喉久不甘。
珍重人心亦如此，莫将寒苦换春酣。

高士沉迷簿领书，有时红糁缀元（玄）须。
定知不著金盘贮，儿女心情本自无。

岭南杂咏
（明）汪广洋

海滨朝夕易炎凉，湿气蒸人沁薄裳。
昨日崖州有船到，满城争买白槟榔。

卷三百八十二　枳壳类

◆ 五言绝句

访客舟中
（明）陈宪章

船中酒多少，船尾阁春沙。恰到溪穷处，山山枳壳花。

◆ 七言绝句

商州王中丞留吃枳壳
（唐）朱庆馀

方物就中名最远，只应愈疾味偏嘉。
若教尽吃人人与，采尽商山枳壳花。

城西访友人别墅
（唐）雍陶

澧水桥西小路斜，日高犹未到君家。
村园门巷多相似，处处春风枳壳花。

寄襄阳章孝标
（唐）雍陶

青油幕下白云边，日日空山夜夜泉。
闻说小斋多野意，枳花阴里麝香眠。

题石田翁赠朱守拙小景

（明）陈蒙

野藤刺水竹篱斜,落尽东风枳壳花。
日午不闻茶臼响,春城买药未还家。

卷三百八十三　枸杞类

◆ 五言古

　　井上枸杞架

　　　　　　　（唐）孟郊

深锁银泉甃，高叶架云空。不与凡木并，自将仙盖同。
影疏千点月，声细万条风。迸子邻沟外，飘香客位中。
花杯承此饮，椿岁小无穷。

　　枸　杞

　　　　　　　（宋）苏轼

神药不自閟，罗生满山泽。日有牛羊忧，岁有野火厄。
越俗不好事，过眼等茨棘。青荑春自长，绛珠烂莫摘。
短篱护新植，紫笋生卧节。根茎与花实，收拾无弃物。
大将元（玄）吾鬓，小则饷我客。似闻朱明洞，中有千岁质。
灵厖或夜吠，可见不可索。仙人倘许我，借杖扶衰疾。

◆ 七言律

　　楚州开元寺枸杞临井繁茂可爱

　　　　　　　（唐）刘禹锡

僧房药树倚寒井，井有香泉树有灵。
翠黛叶生笼石甃，殷红子熟照铜瓶。

枝繁本是仙人杖,根老新成瑞犬形。
上品功能甘露味,还知一勺可延龄。

枸 杞

（宋）杨万里

芥花菘荟饯春忙,夜吠仙苗喜晚尝。
味抱土膏甘复脆,气含风露咽犹香。
作齑淡著微施酪,芼茗临时莫过汤。
却忆荆溪古城上,翠条红乳摘盈箱。

◆ 七言绝句

和郭使君题枸杞

（唐）白居易

山阳太守政严明,吏静民安无犬惊。
不知灵药根成狗,怪得时闻吠夜声。

卷三百八十四 决明类

◆ 五言古

种决明
（宋）黄庭坚

后皇富嘉种，决明注方术。耘耡一席地，时至观茂密。
缥叶资芼羹，缃花马蹄实。霜丛风雨馀，簸簸场功毕。
枕囊代曲肱，甘寝听芬苾。老眼愿力馀，读书真成癖。

决 明
（明）吴宽

黄花隐绿叶，雨过仍离披。不为杜老叹，未是凉风时。
服食治目眚，吾将采掇之。不须更买药，园丁是医师。

◆ 七言律

次韵济之谢送决明
（明）吴宽

畦间香露正氤氲，童子清晨荷锸勤。
不惜离披垂翠羽，端愁摇动落黄云。
药名再得宣公注，书带休从郑老分。
病目向来俱有赖，凉风吹汝莫纷纷。

卷三百八十五　药名诗类

◆ 五言古

药　名
（齐）王融

重台信严敞，陵泽乃闲荒。石蚕终未茧，垣衣不可裳。
秦芎留近咏，楚蘅揩远翔。韩原结神艹，随庭衔夜光。

◆ 五言律

山家小憩即景效药名体
（宋）戴昺

柴门通艹径，茅屋桂枝间。修竹连翘木，高松续断山。
仰空青荫密，扫石绿花斑。傍涧牵牛饮，白头翁自闲。

◆ 五言排律

药名联句
（唐）皮日休

为待防风饼，须参薏苡杯。（张贲）
香燃柏子后，樽泛菊花来。（皮日休）
石耳泉能洗，垣衣雨为裁。（陆龟蒙）
从容犀局静，续断玉琴哀。（贲）

白芷寒犹采，青葙醉尚开。（日休）
马衔衰草卧，乌啄蠹根回。（龟蒙）
雨过兰芳好，霜多桂末摧。（贲）
朱儿应作粉，云母讵成灰。（日休）
艺可屠龙胆，家曾近燕胎。（龟蒙）
墙高牵薜荔，障软撼玫瑰。（贲）
鼯鼠啼书户，蜗牛上砚台。（日休）
谁能将藁本，封与玉泉才？（龟蒙）

◆ 五言绝句

药名诗

（元）陈高

丈夫怀远志，儿女苦参商。过海防风浪，何当归故乡。

◆ 七言绝句

药名诗

（唐）权德舆

七泽兰芳千里春，潇潇花落石磷磷。
有时浪白微风起，坐钓藤阴不见人。

答鄱阳客药名诗

（唐）张籍

江皋岁暮相逢地，黄叶霜前半夏枝。
子夜吟诗向松桂，心中万事喜君知。

卷三百八十六　杂药类

◆ 五言古

兔　丝
（齐）谢朓

轻丝既难理，细缕竟无织。烂熳已万条，连绵复一色。
安根不可知，萦心终不测。所贵能卷舒，伊用蓬生直。

咏益智
（梁）刘孝胜

挺芳铜岭上，擢颖石门端。连丛去本叶，杂和委雕盘。
宁推不迷草，讵减聪明丸。傥逢公子宴，方厌永夜欢。

种　术
（唐）柳宗元

守闲事服饵，采术东山阿。东山幽且阻，疲苶烦经过。
戒徒劚灵根，封植閟天和。违尔涧底石，彻我庭中莎。
土膏滋元（玄）液，松露坠繁柯。南东自成亩，缭绕纷相罗。
晨步佳色媚，夜眠幽气多。离忧苟可怡，孰能知其佗。
爨竹茹芳叶，宁虑瘵与瘥。留连树蕙辞，婉娩《采薇歌》。
悟拙甘自足，激清愧同波。单豹且理内，高门复如何？

种仙灵毗

（唐）柳宗元

穷陋阙自养，疠气剧蠹烦。隆冬乏霜霰，日夕南风温。
杖藜下庭际，曳踵不及门。门有野田吏，慰我飘零魂。
及言有灵药，近在湘西原。服之不盈旬，蹩躠皆腾鶱。
笑忭前即吏，为我擢其根。蔚蔚遂充庭，英翘忽已繁。
晨起自采曝，杵臼通夜喧。灵和理内藏，攻疾贵自源。
壅覆逃积雾，伸舒委馀暄。奇功苟可征，宁复资兰荪。
我闻畸人术，一气中夜存。能令深深息，呼吸还归跟。
疏放固难效，且以药饵论。痿者不忘起，穷者宁复言。
神哉辅吾足，幸及儿女奔。

薏苡

（宋）苏轼

伏波饭薏苡，御瘴传神良。能除五溪毒，不救谗言伤。
谗言风雨过，瘴疠久亦亡。两俱不足治，但爱草木长。
草木各有宜，珍产骈南荒。绛囊悬荔支，雪粉剖桄榔。
不谓蓬荻姿，中有药与粮。春为芡珠圆，炊作菰米香。
子美拾橡栗，黄精诳空肠。今吾独何者，玉粒照座光。

地黄

（宋）苏轼

地黄饲老马，可使光鉴人。吾闻乐天语，喻马施之身。
我衰正伏枥，垂耳气不振。移栽附沃壤，蕃茂争新春。
沉水得稚根，重汤养陈薪。投以东阿清，和以北海醇。
崖密助甘冷，山姜发芳辛。融为寒食饧，咽作瑞露珍。
丹田自宿火，渴肺还生津。愿饷内热子，一洗胸中尘。

寄何首乌丸与友人

（宋）文同

此草有奇效，尝闻于习之。陵阳亦旧产，其地尤所宜。
翠蔓走岩壁，芳丛蔚参差。下有根如拳，赤白相雄雌。
劚之高秋后，气味乃不亏。断以苦竹刀，蒸曝凡九为。
夹罗下香屑，石密相和治。入臼杵万过，盈盘走累累。
日进岂厌屡，初若无所滋。渐久觉肤革，鲜润如凝脂。
既已须发换，白者无一丝。耳目固聪明，步履欲走驰。
十年亲友别，忽见皆生疑。问胡得尔术，容貌曾莫衰。
为之讲灵苗，不为世俗知。盖以多见贱，蓬蘽同一亏。
君如听予服，此语不敢欺。勿信柳子厚，但夸仙灵脾。

天门冬

（宋）朱子

高萝引蔓长，插榍垂碧丝。西窗夜来雨，无人领幽姿。

黄 连

（明）吴宽

花细山桂然，阶下不堪嗅。野人劚其根，根长节应九。
苦节不可贞，服食可资寿。其功利于病，有客嫌苦口。
戒余勿种兹，味苦和难受。岂不见甘草，百药无不有。

兔 丝

（明）薛蕙

根株不自立，枝蔓为谁䛊（饰）？偶同杂组文，未比朱絃直。
园客何由整，天女讵堪织。暂附松柏枝，终辞霜露色。

◆ 七言古

紫参歌
(唐) 钱起

远公林下满青苔,春药偏宜间石开。
往往幽人寻水见,时时仙蝶隔云来。
阴阳雕刻花如鸟,对凤连鸡一何小。
春风宛转虎溪旁,紫翼红翘翻霁光。
贝叶经前无住色,莲花会里暂留香。
蓬山才子怜幽性,《白雪》《阳春》动新咏。
应知仙卉老烟霞,莫赏夭桃满蹊径。

薏苡
(宋) 陆游

初游唐安饭薏米,炊成不减雕胡美。
大如芡实白如玉,滑欲流匙香满屋。
腹腴项脔不入盘,况复飱酪夸甘酸。
东归思之未易得,每以问人人不识。
呜呼!奇材从古弃草菅,君试求之篱落间。

◆ 五言律

临洮龙兴寺元上人院同咏青木香丛
(唐) 岑参

移根自远方,种得在僧房。六月花新吐,三春叶已长。
抽茎高锡杖,引影到绳床。只为能除疾,倾心向药王。

灼艾
(宋) 范大成

血忌详涓日,尻(尻)神谨避方。艾求真伏道,穴按古明堂。

谢去群巫祝,胜如几药汤。起来成独笑,一事搅千忙。

◆ 五言排律

谢李吏部赠诃梨勒叶

(唐) 包佶

一叶生西徼,赍来海上查。岁时经水府,根本别天涯。
方士真难见,商胡辄自夸。比香同异域,看色胜仙家。
茗饮暂调气,梧丸喜伐邪。幸蒙祛老疾,深愿驻韶华。

◆ 七言律

次韵袁公济谢芎椒

(宋) 苏轼

燥吻时时著酒濡,要令卧疾致文殊。
河鱼溃腹空号楚,汗水流骸始信吴。
自笑方求三岁艾,不如长作独眠夫。
羡君清瘦真仙骨,更助飘飘鹤背躯。

◆ 五言绝句

曲水寺枳实

(唐) 刘商

枳实绕僧房,攀枝置药囊。洞庭山上橘,霜落也应黄。

◆ 七言绝句

香附子

(唐) 顾况

越人翠被今何寂,独立江边莎草碧。

紫燕西飞欲寄书，白云何处逢来客。

与梧州刘中丞
（唐）李涉

三代卢龙将相家，五分符竹到天涯。
瘴山江上重相见，醉里同看荳蔻花。

答开州韦使君寄车前子
（唐）张籍

开州午日车前子，作药人皆道有神。
惭愧使君怜病眼，二千里外寄闲人。

劝饮酒
（唐）张祜

烧得硫黄漫学仙，未胜长付酒家钱。
窦常不吃齐推药，却在人间八十年。

赠丘先生
（唐）贾岛

常言吃药全胜饭，华岳松边采茯神。
不遣髭须一茎白，拟为白日上升人。

睡起闻米元章冒热到东园送麦门冬饮子
（宋）苏轼

一枕清风直万钱，无人肯买北窗眠。
开心暖胃门冬饮，知是东坡手自煎。

贝母
（宋）张载

贝母阶前蔓百寻，双桐盘绕叶森森。

刚强顾我蹉跎甚,时欲低柔警寸心。

晚春田园杂兴
(宋)范成大

新绿园林晓气凉,晨炊早出看移秧。
百花飘尽桑麻小,夹路风来阿魏香。

次韵春日漫兴
(明)高启

菖蒲叶老芷花新,地暖鸳鸯护水纹。
不上高楼无远恨,江南春尽艸如云。

闻 芷
(明)僧德祥

白芷花开绕屋香,一时秋思入江乡。
云多水阔人难见,楚竹歌声动夕阳。

卷三百八十七　芦苇类（附蒹葭、蒚）

◆ 五言古

和子由记园中草木
（宋）苏轼

芦笋初似竹，稍开叶如蒲。方春节抱甲，渐老根生须。
不爱当夏绿，爱此及秋枯。黄叶倒风雨，白花摇江湖。
江湖不可到，移植苦勤劬。安得双野鸭，飞来成画图。

舟中杂咏
（元）袁桷

白苇生寒沙，残花摇敝罕。燕都百万家，借尔作薪樵。
物微生最下，功用乃堪取。大胜桃李花，矜矜斗妍丑。

芦
（明）吴宽

江湖渺无际，弥望皆高芦。芦本水滨物，久疑平陆无。
移根偶种植，沟浅土不污。纵横忽遍地，叶卷多葭莩。
白花可为絮，长幹须人扶。每当风雨夕，萧萧亦江湖。
宛如扁舟过，榜人共歌呼。浩然发归兴，岂为思莼鲈。

◆ 长短句

芦花动
（唐）耿㵽

连素穗，翻秋气，细节疏茎任长吹。
共作月中声，孤舟发乡思。

◆ 五言律

种苇
（唐）姚合

欲种数茎苇，出门来往频。近陂收本土，选地问幽人。
静看唯思长，初移未觉匀。坐中寻竹客，将去更逡巡。

使院栽苇
（唐）薛能

戛戛复差差，一丛千万枝。格如僧住处，栽得吏闲时。
笋自厅中出，根从府外移。从军无宿例，空想夜风吹。

顾少府池亭苇
（唐）曹松

池上分行种，公庭觉少尘。根离潮水岸，韵爽判曹人。
正午回鱼影，方昏息鹭身。无时不动咏，沧岛思方频。

丛苇
（唐）张蠙

丛丛寒水边，曾折打鱼船。忽与亭台近，翻嫌岛屿偏。
花明无月夜，声急正秋天。遥忆巴陵渡，残阳一望烟。

同儿曹赋芦花

（金）吴激

天接苍苍渚，江涵袅袅花。秋声风似雨，夜色月如沙。
泽国几千里，渔村三两家。翻思杏园路，鞭袅帽檐斜。

◆ 五言排律

芦苇

（唐）王贞白

高士想江湖，闲庭遍植芦。清风时有至，绿竹兴何殊。
嫩喜日光薄，疏忧雨点麤。惊蛙跳得过，斗雀袅如无。
未织芭篱护，几抬邛杖扶。惹烟轻弱柳，蘸水漱清蒲。
溉灌情偏重，琴尊赏不孤。穿花思钓叟，吹叶少羌雏。
寒色暮天映，秋声远籁俱。朗吟应有趣，潇洒十馀株。

庭苇

（唐）李中

品格清于竹，诗家景最幽。从栽向池沼，长似在汀洲。
玩好招溪叟，栖堪待野鸥。影疏当夕照，花乱正深秋。
韵细堪清耳，根牢好系舟。故溪高岸上，冷淡有谁游。

◆ 七言律

芦花

（唐）罗邺

如练如霜干复轻，西风处处拂江城。
长垂钓叟看不足，暂泊王孙愁亦生。
好傍翠楼妆月色，柱随红叶舞秋声。
最宜群鹭斜阳里，闲捕纤鳞傍尔行。

芦　槛

（宋）朱松

手劚修芦著槛栽，使君公退几徘徊。
想当风雨翻丛急，疑卷江湖入座来。
未辨松窗眠绿浦，且将屐齿印苍苔。
种成桃李人间满，应念孤根首重回。

芦　花

（明）徐熥

江畔洲前白渺茫，萧萧摵摵斗秋光。
轻风乱播漫天雪，斜月微添隔岸霜。
半夜雁群清避影，数声渔笛澹吹香。
琼枝玉树分明见，愁绝怀人水一方。

◆ 五言绝句

江　行

（唐）钱起

风晚冷飕飕，芦花已白头。旧来红叶寺，堪忆玉京秋。

西芦词

（明）袁裒

秋雁集复飞，寒潮明更灭。日暮风起时，芦子花如雪。

◆ 七言绝句

溪岸秋思

（唐）杜荀鹤

桑柘穷头三四家，挂罾垂钓是生涯。

秋风忽起溪浪白，零落岸边芦荻花。

晚春田园杂兴
（宋）范成大

湖莲旧荡藕新翻，小小荷钱没涨痕。
斟酌梅天风浪紧，更从水外种芦根。

已至湖尾望见西山
（宋）杨万里

芦荻中间一港深，蒌蒿如柱不成簪。
正愁半日无村落，远有人家在树林。

江村晚眺
（宋）戴复古

江头落日照平沙，潮退渔舠阁岸斜。
白鸟一双临水立，见人惊起入芦花。

杨　村
（元）马祖常

霜明野水晓粼粼，芦叶黄时少白蘋。
船上忽逢吴客子，牵衣双手拂征尘。

洪厓桥
（元）虞集

澄江如练碧悠悠，一色芦花覆远洲。
无尽青天归雁急，月明寒影不曾留。

余与观志能俱以公事赴北，舟至梁山泊时，荷花盛开，风雨大至，舟不相接，遂泊芦苇中。余折芦一叶，题诗其上寄志能
（元）萨都剌

题诗芦叶雨斑斑，底事诗人不奈闲？

满浦荷花开欲遍,客程五月过梁山。

题画杂诗
(元) 马臻

岸水依痕钓艇闲,炊烟几处出芦湾。
西窗正是斜阳好,一带泥金抹远山。

晚 眺
(明) 赵迪

白云深处野人家,倚杖闲吟日未斜。
江上数峰看欲尽,晚钟残月入芦花。

舟中暮归
(明) 张泰

断柳残沙不掩堤,苇丛幽称水禽栖。
半江斜照将秋色,相送归船到竹溪。

润州舟行作
(明) 汤珍

河洲春苗紫芦芽,绿水清晖弄客槎。
十日南风吹未息,残梅犹发短墙花。

附蒹葭

◆ 五言律

蒹 葭
(唐) 杜甫

摧折不自守,秋风吹若何。暂时花戴雪,几处叶沉波。
体弱春苗早,丛长夜露多。江湖后摇落,亦恐岁蹉跎。

◆ 七言绝句

旅　怀

（唐）杜荀鹤

蒹葭月冷时闻雁，杨柳风和日听莺。
水涉山行二年客，就中偏怕雨船声。

送友人

（唐）薛涛

水国蒹葭夜有霜，月寒山色共苍苍。
谁言千里自今夕，离梦杳如关路长。

滇中词

（明）范汭

秀海海边葭菼秋，滇池池上云悠悠。
人心恰似此中水，一道南流一北流。

附　䓖

◆ 七言绝句

䓖田

（宋）林逋

淤泥肥黑稻秧青，阔盖深流旋旋生。
拟倩湖君书版籍，水仙今佃老农耕。

洪州歌

（元）柳贯

东湖水满䓖云开，掠取烟光雨色来。
未放官蓰兴畚锸，且从鱼乐占池台。

卷三百八十八　荻花类

◆ 五言古

　　　　赋得春荻
　　　　　　　　（梁）元帝
翠荚玉池前，遥映江南莲。非秋无有耻，未烧不生烟。

◆ 五言律

　　　　送荻栽与秀才朱观
　　　　　　　　（宋）徐铉
羡子清吟处，茅斋面碧流。解憎莲艳俗，唯欠荻花幽。
鹭立低枝晚，风惊折叶秋。赠君须种取，不必树忘忧。

◆ 五言绝句

　　　　答李澣
　　　　　　　　（唐）韦应物
马卿犹有壁，渔父自无家。想子今何处，扁舟隐荻花。

◆ 七言绝句

　　　　荻　浦
　　　　　　　　（宋）苏轼
雨折霜干不耐秋，白花黄叶使人愁。

月明小艇湖边宿，便是江南鹦鹉洲。

豫章江皋
（宋）杨万里

只今秋稼满江郊，犹记春船掠屋茅。
可是北风寒入骨，荻花争作向南梢。

拜郊台晚渡
（元）朱德润

风飏松花落涧滨，荻芽洲渚水鳞鳞。
莫教行到崇台上，忘却山前唤渡人。

题小景
（明）刘基

江头日日起西风，江树惊寒叶变红。
天澹云低何处雁，一行飞下荻花中。

过浔阳
（明）袁凯

夜泊浔阳江上沙，扁舟何处载琵琶。
西风不管水流去，依旧满汀开荻花。

田家即事
（明）唐时升

江村女儿喜行舟，江上人家吉贝秋。
缘岸荻花三四里，石桥南去见城头。

卷三百八十九　荇花类（附蓣）

◆ 七言绝句

胥门闲泛

（唐）皮日休

青翰虚徐夏思清，愁烟漠漠荇花平。
醉来欲把田田叶，尽裹当时醒酒鲭。

次余仲庸松风阁韵

（宋）裘万顷

已著遗经洗此心，更寻流水濯吾襟。
经旬不涉溪边路，荇带苔钱如许深。

水　荇

（明）彭绍贤

泉分石窦泻珠光，坐挹矶边水荇香。
何处歌声最幽窈，临流那复羡沧浪。

附　蓣

◆ 七言绝句

经旧游

（唐）张祜

去年来送行人处，依旧虫声古岸南。

斜日照溪云影断,水渶花穗倒空潭。

湖上暮归

（明）史鉴

鸭群呼去水云空,香滴渶花露气浓。
僧寺茫茫看不见,暮烟生处忽闻钟。

卷三百九十　蓼花类

◆ 五言古

　　　　蓼　滩

　　　　　　　（明）袁凯

衍迤近横塘，坡陀间幽渚。轻穗含夕霏，丛条偃秋雨。
纵横覆鱼队，阒寂来鸥侣。杖策时一临，逍遥更延伫。

◆ 五言律

　　　　蓼　花

　　　　　　　（唐）郑谷

簇簇复悠悠，年年拂漫流。差池伴黄菊，冷淡过清秋。
晚带鸣虫急，寒藏宿鹭愁。故溪归不得，凭仗系渔舟。

◆ 五言绝句

　　　　江　行

　　　　　　　（唐）钱起

山雨夜来涨，喜鱼跳满江。岸沙平欲尽，垂蓼入船窗。

沙上独行时，吟情到楚词。难将垂岸蓼，盈把当江蓠。

蓼　花

（宋）王十朋

秋色在何许，蓼花垂浅红。客情禁不得，归兴逐西风。

◆ 七言绝句

寄周恽

（唐）于鹄

家在荒陂长似秋，蓼花芹叶水虫幽。
去年相伴寻山客，明月今宵何处游？

竹枝词

（唐）白居易

巴东船舫上巴西，波面风生雨脚齐。
水蓼冷花红簇簇，江蓠湿叶碧萋萋。

山　行

（唐）李郢

小田微雨稻苗香，田畔清溪潏潏凉。
自忆东吴榜舟日，蓼花沟水半篙强。

寓　居

（唐）司空图

不放残年却到家，衔杯懒更问生涯。
河堤往往人相送，一曲晴川隔蓼花。

蓼　屿

（宋）苏轼

秋归南浦蟋蟀鸣，霜落横湖沙水清。

卧雨幽花无限思，抱丛寒蝶不胜情。

出城途中小憩
（宋）杨万里

未到江城已日斜，山烟白处是人家。
秋风毕竟无多巧，只把燕支滴蓼花。

蓼　花
（宋）刘克庄

分红间白汀洲晚，拜雨揖风江汉秋。
看谁耐得清霜去，却恐芦花先白头。

舟　中
（宋）刘宰

蓼岸著花红半吐，稻畦过雨绿平铺。
炊烟起处三家市，却向江头忆画图。

蓼　花
（宋）宋伯仁

秋到梧桐我未宜，蓼花何事已先知。
朝来数点西风雨，喜见深红四五枝。

江　村
（元）黄庚

极目江天一望赊，寒烟漠漠日西斜。
十分秋色无人管，半属芦花半蓼花。

沙湖晚归
（元）朱德润

山野低徊落雁斜，炊烟茅屋起平沙。

橹声归去浪痕浅,摇动一滩红蓼花。

题石田小景
(明) 陈颀

齐女门北古塘斜,岸苇无穷杂蓼花。
此地往来应惯熟,借书常到邺侯家。

秋日写巨然笔意与若休
(明) 李日华

山光沉绿树酣黄,九月江南欲试霜。
独坐滩头不垂钓,蓼花风急送渔榔。

卷三百九十一 蘋花类

◆ 五言律

秋日泛舟赋蘋花
（宋）徐铉
素艳拥行舟，清香覆碧流。远烟分的的，轻浪泛悠悠。
雨歇平湖满，风凉运渎秋。今朝流咏处，即是白蘋洲。

◆ 五言绝句

永嘉赠别
（唐）陈陶
芳草温阳客，归心浙水西。临风青桂楫，几日白蘋溪？

秋水观
（元）虞集
湖深山影碧，天净月光空。幸自无波浪，蘋花谩晚风。

秋江晚渡
（明）钱宰
落日归棹缓，沧江秋思加。双鳞上荷叶，一雁下蘋花。

◆ 七言绝句

酬曹侍御过象县见寄
（唐）柳宗元

破额山前碧玉流，骚人遥驻木兰舟。
春风无限潇湘意，欲采蘋花不自由。

吴兴秋思
（唐）陈陶

不是苕溪厌看月，天涯有程云树凉。
何意汀洲剩风雨，白蘋今日似潇湘。

题曹云西画
（元）倪瓒

吴松江水碧于蓝，怪石乔柯在渚南。
鼓柁长吟采蘋去，新晴风日更清酣。

怀友次陈石泉韵
（明）偶桓

枫林叶赤露华浓，来往晴沙一径通。
遥望美人秋水隔，蘋花吹老楚江风。

宿澧阳
（明）郭武

蘋花风急水茫茫，今夜孤舟宿澧阳。
谁在江城吹画角，五更残月一天霜。

寄陈叔庄

(明) 周鼎

郭外何须二顷田,江湖春水绿如烟。
扁舟荡漾不归去,日暮蘋花风满川。

卷三百九十二　苔藓类

◆ 五言古

咏青苔
（梁）沈约

缘阶已漠漠，泛水复绵绵。微根如欲断，轻丝似更联。
长风隐细艸，深堂没绮钱。萦郁无人赠，葳蕤徒可怜。

新苔
（梁）庾肩吾

随潮染岸石，逐沫聚浮查。纵令阿谷丽，停筐不汰沙。

莓苔
（唐）姚合

茅堂阶岂高，数寸是苔藓。只恐秋雨中，窗户亦不溅。
眼前无此物，我情何由遣？

读书图
（明）张羽

幽栖出尘表，修翠连松竹。袖得碧苔篇，闲来石上读。
日暝欲忘还，山空人转独。

◆ 七言古

苔 歌
（唐）顾云

槛前溪夺秋空色，百丈潭心数沙砾。
松筠条条长碧苔，苔色碧于秋水碧。
波回梳开孔雀尾，根细贴著盘陀石。
拨浪轻拈出少时，一髻浓烟三四尺。
山光日华乱相射，静缕蓝鬟匀襞积。
试把临流抖擞看，瑠璃珠子泪双滴。
如看玉女洗头处，解破云鬟收未得。
即是仙宫欲制六铢衣，染丝未倩鲛人织。
采之不敢盈筐篋，苦把龙神河伯惜。
琼苏玉盐烂熳煮，咽入丹田续灵液。
会待功成插翅飞，蓬莱顶上寻仙客。

◆ 五言律

同舍弟佶班韦二员外对秋苔成咏
（唐）包何

每看苔藓色，如向簿书闲。幽思缠芳树，高情寄远山。
雨痕连地绿，日色出林斑。却笑兴公赋，临危滑石间。

苔
（唐）李咸用

几年风雨迹，叠在石屏颜。生处景长静，看来情尽闲。
吟亭侵坏壁，药院掩空关。每忆东行径，移筇独自还。

◆ 七言律

苔

（唐）徐夤

印留麋鹿野禽踪，岩壑渔矶几处逢。
金谷晓凝花影重，章华春映柳阴浓。
石桥羽客遗前迹，陈阁才人没旧容。
归去扫除阶砌下，藓痕残绿一重重。

苔

（明）朱谋㙔

布叶如钱个个青，不争要路占闲庭。
风前印鹤移罡步，雨后留蜗作篆形。
生阁久萦词客恨，入碑多蚀古人铭。
红英堕地交相映，小屐跫然未忍停。

◆ 五言绝句

书　事

（唐）王维

轻阴阁小雨，深院昼慵开。坐看苍苔色，欲上人衣来。

石上苔

（唐）钱起

净与溪色连，幽宜松雨滴。谁知古石上，不染世人迹。

竹里径

（唐）司空曙

幽径行迹稀，清阴苔色古。萧萧风欲来，乍似蓬山雨。

借 居
（唐）司空图

借住郊园久，仍逢夏景新。绿苔行履稳，黄鸟傍窗频。

偶 成
（元）钱惟善

苔花洗春雨，藉此听潺湲。终日无客至，满楼都是山。

阶前苔
（明）高启

莫扫雨馀绿，任满闲阶路。留藉落来花，春泥免相污。

◆ 七言绝句

石上苔
（唐）白居易

漠漠斑斑石上苔，幽芳静绿绝纤埃。
路傍凡草荣遭遇，曾得七香车辗来。

苔 钱
（唐）郑谷

春红秋紫绕池台，个个圆如济世财。
雨后无端满穷巷，买花不得买愁来。

春 苔
（唐）李中

春霖催得锁烟浓，竹院莎斋径小通。
谁爱落花风味处，莫愁门巷衬残红。

残　春
（宋）葛长庚

昨日春光更水涯，水涯今日已春赊。
春归只道无踪迹，尚有青苔一片花。

道过赞善庵
（元）萨都剌

夕阳欲下少行人，绿遍苔茵路不分。
修竹万竿松影乱，山风吹作满窗云。

题画图
（元）陈旅

青红楼观护烟霞，湖曲高亭竹径斜。
日出炎埃生九野，松阴水石养苔花。

扫　径
（元）周权

剥啄无人昼掩门，庭花春晚雪纷纷。
山童不解山翁意，埽（扫）破苍苔一径云。

山居吟
（元）僧清珙

一片无尘新雨地，半边有藓古时松。
目前景物人皆见，取用谁知各不同。

废　寺
（明）张羽

白昼闲门一两僧，山房深掩藓花青。
西风不管钟鱼破，自在斜阳与塔铃。

山居杂咏

(明) 吴鼎芳

苔花满径绿云凉,嫩竹离离覆短墙。
院静昼长人不到,一帘风袅一炉香。

卷三百九十三　萍　类

◆ 五言古

咏　萍
（齐）刘绘

可怜池内萍，氤氲紫复青。巧随浪开合，能逐水低平。
微根无所缀，细叶讵须茎。漂泊终难测，留连如有情。

赋得池萍
（梁）庾肩吾

风翻乍青紫，浪起时疏密。本欲叹无根，还惊能有实。

浮　萍
（北魏）冯元兴

有艸生碧池，无根绿水上。脆弱恶风波，危微苦惊浪。

浪萍间稚荷效王司马体
（宋）谢翱

初萍半含絮，顷刻开数亩。荷生浮其间，风雨足邂逅。
百年游子心，欲作千岁久。昔为浮萍根，今为稚荷藕。
荷高刺已生，鱼游触其首。离离荷下萍，吹向白鱼口。

赋得萍赠陈久中
（明）杨基

浮踪散寒星，一夕生无数。鱼跳翠乍开，沤过青还聚。

微风和影去，急雨连根露。惆怅别君时，杨花满衣絮。

萍
（明）薛蕙

参差如霰布，的皪似星出。鱼戏影初开，鸟散文仍密。
幸因云雨会，且免风波失。无裨江海流，徒谢芳菲质。

◆ 五 言 律

萍
（唐）李峤

二月虹初见，三春蚁正浮。青蘋含吹转，紫蒂带波流。
屡逐明神荐，常随旅客游。既能甜似蜜，还绕楚王舟。

萍
（宋）李觏

尽日看流萍，谁原造化情？可怜无用物，偏解及时生。
泥滓根萌浅，风波性质轻。晚来堆岸曲，犹得护蛙鸣。

◆ 七 言 律

览柳恽汀洲采白蘋之什因成
（唐）徐夤

采尽汀蘋恨别离，鸳鸯鸂鶒总双飞。
月明南浦梦初断，花落洞庭人未归。
天远有书随驿使，夜长无烛照寒机。
年来泣泪知多少，重叠成痕在绣衣。

萍
（唐）徐夤

为实随流瑞色新，泛风紫草护游鳞。

密行碧水澄涵月,涩滞轻桡去采蘋。
比物何名腰下剑,无根堪并镜中身。
平湖春渚知何限,拨破闲投独茧纶。

絮化萍
（元）谢宗可

点缀离人恨已多,水流云散为消磨。
半篙晴浪星无数,两岸东风雪几何。
脱白定知沾化雨,取青应是谢恩波。
满池好护苍天影,休逐东流绕汴河。

萍庵
（明）杜琼

闲把浮萍号叶舟,百年身世总如浮。
若为有迹成栖泊,可是无根任去留。
杨柳晚风移别浦,桃花春水泛中流。
楚谣惊断江湖梦,随处忘机逐海鸥。

咏萍
（明）阙名

锦鳞密砌不容针,只为根儿做不深。
曾与白云争水面,岂容明月下波心。
几番浪打应难灭,数阵风吹不复沉。
多少鱼龙藏在底,渔翁无处下钩寻。

◆ 五言绝句

萍
（元）宋无

风波长不定,浪迹在天涯。莫怨身轻薄,前身是柳花。

◆ 七言绝句

浮　萍
（唐）陆龟蒙

晓来风约半池明，重叠侵沙绿罽成。
不用临池重相笑，最无根蒂是浮名。

浮　萍
（唐）皮日休

嫩似金脂飐似烟，多情浑欲拥红莲。
明朝拟附南风信，寄与湘妃作翠钿。

宫　词
（明）朱权

小立东风半掩门，杨花扑面也亲人。
妾心已作沾泥絮，不化浮萍到水滨。

萍
（明）镏师邵

乍因轻浪叠晴沙，又趁回风拥钓槎。
莫怪狂踪易漂泊，前身不合是杨花。

卷三百九十四　薜萝类

◆ 五言古

咏女萝
（齐）王融

羃䍥女萝草，蔓衍旁松枝。含烟黄且绿，因风卷复垂。

赋松上轻萝
（陈）刘删

叶绕千年盖，条依百尺枝。属与松风动，时将薜影垂。
学带非难结，为衣或易披。山阿若近远，独有楚人知。

剡原九曲
（明）高启

山折水暂旋，山开水仍往。东陂汇初成，秋色弥然广。
碧萝花茸茸，月映石壁上。何时试沿洄，一理烟中舫？

◆ 五言绝句

石　宫
（唐）元结

石宫夏水寒，寒水宜高林。远风吹萝蔓，野客熙清阴。

石门坞
（宋）朱子

朝开云气拥，暮掩薜萝深。自笑晨门者，那知孔氏心。

烟萝境
（元）虞集

玉女乘烟雾，松间采薜萝。飞行了无迹，明月送空歌。

富林春晓
（明）陆德蕴

旭日始启旦，鸟声出烟萝。草堂检春事，花落风檐多。

◆ 七言绝句

慈湖矶
（元）贡奎

碧萝交蔓络崖阴，潭底潜蛟万仞深。
今古江流推不去，湿云长护最高岑。

卷三百九十五　莃蒲类

◆ 五言古

拔　蒲
（晋）乐府

青蒲衔紫茸，长叶复从风。与君同舟去，拔蒲五湖中。

朝发桂兰渚，昼息桑榆下。与君同拔蒲，竟日不成把。

咏　蒲
（齐）谢朓

离离水上蒲，结水散为珠。间厕秋菡萏，出入春凫雏。
初萌实雕俎，暮蕊杂椒涂。所悲塘上曲，遂铄黄金躯。

蒲生行
（齐）谢朓

蒲生广湖边，托身洪波侧。春露惠我泽，秋霜缛我色。
根叶从风浪，常恐不永植。摄生各有命，岂云智与力。
安得游云上，与尔同羽翼。

赋得蒲生我池中
（梁）元帝

池中种蒲叶，叶影荫池滨。未好中宫荐，行堪隐士轮。

为书聊可截,匹柳复宜春。瑞叶生苻苑,镂碧献周人。

咏菰
（梁）沈约

结根布洲渚,垂叶满皋泽。匹彼露葵羹,可以留上客。

鲁东门观刈蒲
（唐）李白

鲁国寒事早,初霜刈渚蒲。挥镰若转月,拂水生连珠。
此草最可珍,何必贵龙须。织作玉床席,欣承清夜娱。
罗衣能再拂,不畏素尘芜。

青青水中蒲
（唐）韩愈

青青水中蒲,下有一双鱼。君今上陇去,我在与谁居?

青青水中蒲,长在水中居。寄语浮萍草,相识我不如。

青青水中蒲,叶短不出水。妇人不下堂,行子在万里。

蒲
（明）薛蕙

昔闻咏塘上,今见玩池中。紫茸含细蕊,绿带舞轻丛。
蜻蛉高下逐,翡翠往来通。徘徊桂兰渚,竟日与君同。

◆ 长 短 句

拔蒲歌
（唐）张祜

拔蒲来,领郎镜湖边。郎心在何处?莫趁新莲去。
拔得无心蒲,问郎看好无?

◆ 七言律

蒲

(唐) 徐夤

濯秀盘根在碧流，紫茵含露向晴抽。
编为细履随君步，织作轻帆送客愁。
疏叶稍迥投饵钓，密丛还碍采莲舟。
鸳鸯鸂鶒多情甚，日日双双绕傍游。

蒲 剑

(明) 朱之蕃

萍化芹香水国春，蒲抽铿锷剑光新。
不资淬砺能全德，常合雌雄若有神。
浴鹭忘情时振羽，潜蛟惧截欲存身。
江干森立非无意，待剖双鱼慰远人。

◆ 五言绝句

白石滩

(唐) 王维

清浅白石滩，绿蒲向堪把。家住水东西，浣纱明月下。

北 垞

(唐) 裴迪

南山北垞下，结宇临欹湖。每欲采樵去，扁舟出菰蒲。

◆ 七言绝句

夔州歌

(唐) 杜甫

瀼东瀼西一万家，江北江南春冬花。

背飞鹤子遗琼蕊,相趁凫雏入蒋芽。

种 蒲
（唐）陆龟蒙

杜若溪边手自移,旋抽烟剑碧参差。
何时织得孤帆去,悬向秋风访所思。

送慈师北游
（宋）林逋

郁郁蒲茸染水田,渡淮闲寄贾人船。
知师一枕清秋梦,多为林间放鹤天。

秋 日
（宋）秦观

霜落邗沟积水清,寒星无数傍船明。
菰蒲深处疑无地,忽有人家笑语声。

江村晚眺
（宋）戴复古

数点归鸦过别村,隔滩渔笛远相闻。
菰蒲断岸潮痕湿,日落空江生白云。

江浦夜泊
（元）萨都剌

千里长江浦月明,星河半入石头城。
棹歌未断西风起,两岸菰蒲杂雨声。

卷三百九十六　　草　类

（附莎、芜、蓬、茅、菁、蓂、凫葵、瓦松）

◆ 五 言 古

细　草

（梁）元帝

依阶疑绿藓，傍渚若青苔。漫生虽欲遍，人迹会应开。

树中草

（梁）萧子显

幸有青袍色，聊因翠幄凋。虽间珊瑚蒂，非是合欢条。

咏青草

（陈）刘删

雨淋三春叶，风传十步香。映袍怜色重，临书喜带长。

庭　草

（唐）曹邺

庭草根自浅，造化无遗功。低回一寸心，不敢怨春风。

◆ 长 短 句

江草歌送卢判官

（唐）皇甫冉

江皋兮春早，江上兮芳草。

杂蘼芜兮杜蘅，作丛秀兮欲罗生。
被遥隰兮经长衍，雨中深兮烟中浅。
目渺渺兮增愁，步迟迟兮堪搴。
澧之浦兮湘之滨，思夫君兮送美人。
吴洲曲兮楚乡路，远孤城兮依独戍。
新月能分裛露时，夕阳照见连天处。
问君行迈将何之？淹泊沿洄风日迟。
处处汀洲有芳草，王孙讵肯念归期。

春草谣

（唐）顾况

春草不解行，随人上东城。
正月二月色绵绵，千里万里伤人情。

◆ 五 言 律

庭　草

（唐）杜甫

楚草经寒碧，庭春入眼浓。旧低收叶举，新掩卷牙重。
步履宜轻过，开筵得屡供。看花随节序，不敢强为容。

赋得古原草送别

（唐）白居易

离离原上草，一岁一枯荣。野火烧不尽，春风吹又生。
远芳侵古道，晴翠接荒城。又送王孙去，萋萋满别情。

路傍草

（唐）于邺

春至始青青，香车碾已平。不知山下处，来绕路傍生。
每岁有人在，何时无马行。应随尘与土，吹满洛阳城。

池塘生春草
（唐）陈陶

谢公遗咏处，池水夹通津。古往人何在，年来草自春。
色宜波际绿，香异雨中新。今日青青意，空嗟行路人。

芳　草
（唐）李中

二月正绵绵，离情被尔牵。四郊初过雨，万里正铺烟。
眷恋残花惹，留连醉客眠。飘香是杜若，最忆楚江边。

赋得江边草
（唐）李中

岸春芳草合，几处思缠绵。向暮江蓠雨，初晴杜若烟。
静宜幽鹭立，远称碧波连。送别王孙处，萋萋南浦边。

春　草
（明）陈德懿

无人种春草，随意发芳丛。绿遍郊原外，青回远近中。
羃烟粘落絮，和雨衬残红。不解王孙去，凄凄对晚风。

◆ 五言排律

赋得御园芳草
（唐）陆贽

阴阴御园里，瑶草日光长。靃靡含烟雾，依稀带夕阳。
雨馀葭更密，风暖蕙初香。拥仗缘驰道，乘舆入建章。
湿烟摇不散，细影乱无行。恒恐韶光晚，何人辨早芳。

赋得龙池春草

（唐）陈诩

青春光凤苑，细草遍龙池。曲渚交蘋叶，回塘惹柳枝。
因风初冉冉，覆岸欲离离。色带金堤静，阴连玉树移。
日光浮霡霂，波影动参差。岂比生幽远，芳馨众不知。

赋得龙池春草

（唐）宋迪

凤阙韶光遍，龙池草色匀。烟波全让绿，堤柳不争新。
翻叶迎红日，飘香借白蘋。幽姿偏占暮，芳意欲留春。
已胜生金埒，长思藉玉轮。翠华如见幸，正好及兹辰。

龙池春草

（唐）李洞

龙池清禁里，芳草傍池春。旋长方遮岸，全生不染尘。
和风轻动色，湛露静流津。浅得承天步，深疑绕御轮。
鱼寻倒影没，花带湿光新。肯学长河畔，绵绵思远人。

春草碧色

（唐）王叡

习习东风扇，萋萋草色新。浅深千里碧，高下一时春。
嫩叶舒烟际，微香动水滨。金塘明夕照，辇路惹芳尘。
造化功何广，阳和力自均。今当发生日，沥恳祝良辰。

春草凝露

（唐）张友正

苍苍芳草色，含露对青春。已赖阳和长，仍惭润泽频。
日临犹未滴，风度欲成津。蕙叶垂偏重，兰丛洗转新。
将行愁裛径，欲采畏濡身。独爱池塘畔，清华袭远人。

赋得生刍一束

（唐）于结

比玉人应重，为刍物自轻。向风倾弱叶，裛露示纤茎。
蒨练宜春景，芊绵对雨情。每惭蘋藻用，多谢芷兰荣。
孺子才虽远，公孙策未行。谘询如不弃，终冀及微生。

赋得生刍一束

（唐）郑孺华

孙弘期射策，长倩赠生刍。至洁心将比，忘忧道不孤。
芝兰方入室，萧艾莫同途。馥馥香犹在，青青色更殊。
芳宁九春歇，薰岂十年无？蒋菲如堪采，山苗自可逾。

礼闱试阶前春草生

（唐）阙名

河畔虽同色，南宫淑景先。微开曳履处，常对讲经前。
得地风尘隔，依林雨露偏。已逢霜候改，初寄日华妍。
影与丛兰杂，荣将众卉连。哲人如不薙，生意在芳年。

◆ 七 言 律

芳 草

（唐）罗邺

废苑墙南残雨中，似袍颜色正蒙茸。
微香暗惹游人步，远绿才分斗雉踪。
三楚渡头长恨见，五侯门外却难逢。
年年纵有春风便，马迹车轮一万重。

咏 草

（宋）程子

渐觉东皇意思匀，陈根初动夜来新。

忽惊平地有轻绿,已盖六街无旧尘。
莫为荣枯吟野草,且怜愁醉捉香轮。
诗人空怨王孙远,极目萋萋又一春。

草 茵

（明）朱之蕃

青葱初向烧痕分,陌上池边积渐殷。
风落繁英舒蜀锦,云连远岫蹙湘纹。
佳人斗巧披香径,狂客挥杯藉夕曛。
不待蛩吟秋露冷,闲眠先自惜芳芬。

◆ 五言绝句

春 草

（唐）皇甫冉

草遍颍阳山,花开武陵水。春色既已同,人心亦相似。

春 草

（唐）曹松

不独满池塘,梦中佳句香。春风有馀力,引上古城墙。

芳 草

（唐）黄滔

泽国多芳草,年年长自春。应从屈平后,更苦不归人。

鸳鸯草

（唐）薛涛

绿英满香砌,两两鸳鸯小。但娱春日长,不管春风早。

寒草

（宋）梅尧臣

寒草才变枯，陈根已含绿。始知天地仁，谁道风霜酷。

芳草

（宋）王安石

芳草知谁种，缘阶已数丛。无心与时竞，何苦绿葱葱。

江南曲

（元）宋无

遥天碧荡荡，远草绿愔愔。并作相思海，春来一样深。

游三洞金盆诸峰

（元）叶颙

犬吠人家近，鸟啼春昼晴。涧草有幽色，野花无定名。

新草

（明）袁凯

水边春尚浅，沙际叶才穿。拾翠双双女，迢迢度碧烟。

江南曲

（明）王廷相

采蘅金陵江，往来石城道。不问江南人，安识江南草。

春草

（明）陈沂

夜雨江南梦，春风陌上情。东皇如有意，移向玉阶生。

◆ 七言绝句

宫中词
（唐）王建

新晴草色绿温暾,山雪初消涔水浑。
今日踏青归校晚,传声留著望春门。

江边草
（唐）白居易

闻君泽畔伤春草,忆在天门街里时。
漠漠萋萋愁满眼,就中惆怅是江蓠。

芳　草
（唐）罗邺

曲江岸上天街里,两地纵生车马多。
不似萋萋南浦见,晚来烟雨半相和。

赏　春
（唐）罗邺

芳草和烟暖更青,闲门要路一时生。
年年点检人间事,惟有春风不世情。

路傍草
（唐）徐夤

楚甸秦原万里平,谁教根向路傍生？
轻蹄绣毂长相蹋,合是荣时不得荣。

书　轩
（宋）苏轼

雨昏石砚寒云色,风动牙签乱叶声。

庭下已生书带草，使君疑是郑康成。

春　草

（宋）杨万里

年年春色属垂杨，金捻千丝翠万行。
今岁草芽先得计，搀他浓翠夺他黄。

春草曲

（宋）薛季宣

散雪枝头寒已老，平芜一夜铺春草。
江梅著子怯东风，花落满庭浑不扫。

西城道中

（金）周昂

草路幽香不动尘，细蝉初向叶间闻。
溟濛小雨来无数，云与青山淡不分。

杂　诗

（金）王磵

晴日南溪物色饶，草芽新绿冻全消。
金丝柳底洲沙没，数尺流波拍夜桥。

清胜轩绝句

（元）赵孟頫

小草幽香动碧池，暖风晴日长新荑。
南窗昼倚绿阴静，听尽行人过马蹄。

王朋梅东凉亭图，延祐中奉敕所作草也

（元）虞集

滦水东流紫雾开，千门万户起崔嵬。

坡陀草色如波浪,长是銮舆六月来。

题竹院壁
(元) 萨都剌

门外好山青入户,阶前芳草绿侵簾。
山僧应笑游人醉,头上花枝压帽檐。

上京即事
(元) 萨都剌

大野连山沙作堆,白沙平处见楼台。
行人禁地避芳草,尽日曲阑斜路来。

滦京杂咏
(元) 杨允孚

鸳鸯坡上是行宫,又喜临歧象驭通。
芳草撩人香扑面,白翎随马叫晴空。

铁番竿下草如茵,澹澹东风六月春。
高柳岂堪供过客,好花留待踏青人。

绝　句
(元) 倪瓒

我别故人无十日,冲烟艇子又重来。
门前积雨生幽草,墙上春云覆绿苔。

偶　成
(元) 倪瓒

紫燕低飞不动尘,黄鹂娇小未胜春。
东风绿遍门前草,暮雨寒烟愁杀人。

题　画

（元）丁鹤年

江树青红江草黄，好山不断楚天长。
云中楼观无人住，只有秋声送夕阳。

春　草

（明）王韦

带雨和烟未可名，春风处处不胜情。
于今南浦知多少，都向王孙去后生。

附　莎

◆ **五言排律**

移　莎

（唐）唐彦谦

移从杜城曲，置在小斋东。正是高秋里，仍兼细雨中。
结根妨迸竹，疏荫悦高桐。苒苒齐芳草，飘飘笑断蓬。
片时留静者，一夜响鸣虫。野露通宵滴，溪烟尽日蒙。
试才卑庾薤，求味笑周菘。只此霜栽好，他时赠伯翁。

◆ **七言绝句**

招周处士

（唐）张籍

闭门秋雨湿墙莎，俗客来稀野思多。
已扫书堂安药灶，山人作意早经过。

附 芜

◆ 五言古

棹 歌
（宋）葛长庚

岸上酒旗舞，寒芜生秋风。谁家六七童，手持金芙蓉。

◆ 七言绝句

雨中长乐水馆送赵十五滂不及
（唐）李商隐

碧云东去雨云西，苑路高高驿路低。
秋水绿芜终尽分，夫君太骋锦障泥。

书原上鲍处士屋壁
（唐）方干

水阁坐看千万里，青芜盖地接天津。
祢衡莫爱山中静，绕舍山多却碍人。

春日杂兴
（宋）唐庚

短帽轻衫信马行，郊原春色太牵情。
兔葵燕麦浑闲事，最有芜菁到处生。

小 景
（金）吕中孚

青芜平野四围山，山郭依依紫翠间。
村远路长人去少，一竿斜日酒旗闲。

晓过横塘

（明）僧戒裵

半幅蒲帆九里汀，石湖秋水接天青。
舟人指点蘼芜外，一带青山是洞庭。

附　蓬

◆ 五言古

杂诗

（晋）司马彪

百草应节生，含气有深浅。秋蓬独何辜，飘飘随风转？
长飙一飞薄，吹我之四远。摇首望故株，邈然无由返。

◆ 五言绝句

入长安咏秋蓬示辛学士

（唐）王绩

遇坎聊知止，逢风或未归。孤根何处断，轻叶强能飞。

答王无功入长安咏秋蓬见示

（唐）辛学士

托根虽异所，飘叶早相依。因风若有便，更共入云飞。

附　茅

◆ 五言古

香茅

（梁）简文帝

铜律与鸣琴，俱称类君子。岂若江淮间，发叶超众美。

珍同自牧归，茅因汇征起。岂独迈秦蘅，方知蔑沅沚。

香　茅
（北齐）萧祗

鶗鴂芳不歇，霜繁绿更滋。擢本同三脊，流芳有四时。
蠡根缩酒易，结解舞蚕迟。终当入楚贡，岂羡咏陈诗。

附　蓍

◆ 五 言 古

咏　蓍
（梁）王筠

数奇不可偶，性直谁能纡。祯蔡伏灵异，祥云降温腴。

附　莢

◆ 五 言 排 律

赋得数莢
（唐）元稹

将课司天历，先观近砌莢。一旬开应月，五日数从星。
桂满丛初合，蟾亏影渐零。辨时长有素，数闰或馀青。
坠叶推前事，新芽察未形。尧年始今岁，方欲瑞千龄。

附凫葵

◆ 五 言 绝 句

江　行
（唐）钱起

幽思正迟迟，沙边濯弄时。自怜非博物，犹未识凫葵。

附瓦松

◆ 五言排律

尚书都堂瓦松

（唐）李华

华省祕仙踪，高堂露瓦松。叶因春后长，花为雨来浓。
影混鸳鸯色，光含翡翠容。天然斯所寄，地势太无从。
接栋临双阙，连甍近九重。宁知深涧底，霜雪岁兼封。

传统文化修养丛书

佩文斋咏物诗选 6
（最新点校本）

（清）汪霦等—编

乔继堂—整理

上海科学技术文献出版社
Shanghai Scientific and Technological Literature Press

本册目录

卷三百九十七　麟类

四言古 ······ 2773
 麟颂（汉）蔡邕 / 2773
 麒麟颂（吴）薛综 / 2773
 麒麟颂（西凉）李暠 / 2773
五言律 ······ 2773
 麟（唐）李峤 / 2773
七言绝句 ······ 2774
 步虚词
  （明）苏谷（朝鲜人）/ 2774

卷三百九十八　驺虞类

四言古 ······ 2775
 五灵颂（汉）蔡邕 / 2775
 驺虞颂（吴）薛综 / 2775
 驺虞赞（晋）郭璞 / 2775
长短句 ······ 2775
 驺虞画赞（唐）白居易 / 2775

卷三百九十九　狮子类

长短句 ······ 2777
 陆探微画狮子屏风赞
  （宋）苏轼 / 2777
七言律 ······ 2777
 狮子（明）夏言 / 2777
七言绝句 ······ 2777
 拟古宫词（明）朱让栩 / 2777

卷四百　象类

四言古 ······ 2778
 象赞（晋）郭璞 / 2778
五言律 ······ 2778
 象（唐）李峤 / 2778
五言绝句 ······ 2778
 偶题（唐）殷尧藩 / 2778
七言绝句 ······ 2779
 滦京杂咏（元）杨允孚 / 2779
 辇下曲（元）张昱 / 2779

卷四百一　虎类

五言古 ······ 2780
 猛虎词（唐）储光羲 / 2780
 遣兴（唐）杜甫 / 2780
 挂虎图于寝壁示秸桯
  （宋）张耒 / 2780

猛虎行 （宋）徐照 / 2781
七言古 附长短句 …………… 2781
　曲江 （唐）杜甫 / 2781
　和李尚书画射虎图歌
　　（唐）独孤及 / 2781
　猛虎行 （唐）张籍 / 2781
　虎图行 （宋）王安石 / 2782
　画虎图 （宋）游子明 / 2782
　宣差射虎 （金）李俊民 / 2783
　赵邈龊伏虎图行
　　（元）郝经 / 2783
　赵邈龊虎图行
　　（元）王恽 / 2783
　题胡氏杀虎图
　　（元）陈旅 / 2784
　答禄将军射虎行
　　（元）迺贤 / 2784
　女杀虎行 （元）吴莱 / 2785
　杀虎行 （元）杨维桢 / 2785
　猛虎行 （明）高启 / 2786
　题画虎 （明）刘溥 / 2786
五言律 ………………………… 2786
　题虎树亭 （元）王逢 / 2786
　虎洞 （明）金大章 / 2787
七言律 ………………………… 2787
　射虎得山字 （金）冯延登 / 2787
　画虎图赠真一先生
　　（元）虞集 / 2787
　谢希大虎皮 （明）储罐 / 2787

五言绝句 ……………………… 2788
　复愁 （唐）杜甫 / 2788
　山中夜宿 （唐）顾况 / 2788
　题潞州壁 （唐）僧普满 / 2788
　九月中曾题二小诗于南溪
　　竹上，既而忘之……
　　（宋）苏轼 / 2788
七言绝句 ……………………… 2788
　答东林道士 （唐）韦应物 / 2788
　小游仙诗 （唐）曹唐 / 2788
　射虎 （元）张洪范 / 2789
　荆溪杂曲 （明）王叔承 / 2789
　追和张外史游仙诗
　　（明）余善 / 2789
　山居杂咏 （明）僧慧浸 / 2789
　山居诗 （明）僧法果 / 2789

卷四百二　豹类

七言古 附长短句 …………… 2790
　腊日观咸宁王部曲婆勒擒豹歌
　　（唐）卢纶 / 2790
　文豹篇赠王介夫
　　（宋）梅尧臣 / 2790
五言律 ………………………… 2791
　咏豹 （唐）李峤 / 2791
七言绝句 ……………………… 2791
　雨中赠仙人山贾山人
　　（唐）柳宗元 / 2791
　滦京杂咏 （元）杨允孚 / 2791

卷四百三　熊罴类

五言古 ………………… 2792
　落日射罴（梁）元帝 / 2792
七言古 ………………… 2792
　王世赏席上题林良鹰熊图
　　（明）李东阳 / 2792
五言律 ………………… 2793
　熊（唐）李峤 / 2793
　咏冯昭仪当熊
　　（唐）贾至 / 2793

卷四百四　骆驼类

四言古 ………………… 2794
　橐驼（晋）郭璞 / 2794
五言古 ………………… 2794
　后出军（元）张翥 / 2794
七言绝句 ……………… 2794
　蜀驼引（唐）冯涓 / 2794
　塞下曲（宋）严羽 / 2795
　驼车行（元）刘秉忠 / 2795
　河湟书事（元）马祖常 / 2795
　明安驿道中（元）陈孚 / 2795
　滦河曲（元）贡师泰 / 2795
　塞上曲（元）迺贤 / 2795
　滦京杂咏（元）杨允孚 / 2796
　辇下曲（元）张昱 / 2796
　元宫词（明）朱有燉 / 2796
　上谷歌（明）徐渭 / 2796

次韵王敏文待制燕京杂咏
　（明）僧来复 / 2796

卷四百五　马类

三言古 ………………… 2797
　天马歌（汉）乐府 / 2797
五言古 ………………… 2797
　系马（梁）简文帝 / 2797
　后园看骑马（梁）元帝 / 2797
　走马引（梁）张率 / 2797
　紫骝马（陈）徐陵 / 2798
　紫骝马（陈）张正见 / 2798
　天马引（隋）傅縡 / 2798
　骢马（隋）庾抱 / 2798
　饮马歌（唐）李益 / 2798
　御骠出厩图（元）王恽 / 2799
　鞭马图（元）袁桷 / 2799
七言古　附长短句 ……… 2799
　蒲梢天马歌（汉）武帝 / 2799
　舞马篇（唐）薛曜 / 2799
　画马篇（唐）高适 / 2800
　骢马行（唐）杜甫 / 2801
　韩干马十四匹
　　（宋）苏轼 / 2801
　题骕骦图（宋）秦观 / 2801
　刘善长出示李伯时画马图
　　（宋）朱子 / 2802
　戏题出洗马（元）赵孟頫 / 2802
　装马曲（元）袁桷 / 2802

题滚尘骝图（元）虞集／2803
神马歌次韵陈元之
　　（元）杨载／2803
曹将军下槽马图
　　（元）揭傒斯／2803
韩幹马（元）揭傒斯／2804
画马（元）萨都剌／2804
题二马图（元）贡师泰／2804
刘舍人桃花马歌
　　（元）迺贤／2805
观内厩洗马（元）朱德润／2805
题张参政所藏骢马滚尘图
　　（元）朱德润／2805
题画马（元）薛汉／2806
二月八日游皇城西华门外观
　嘉孥弟走马歌
　　（元）张宪／2806
姚少师所藏八骏图
　　（明）曾棨／2807
赵松雪画马（明）刘溥／2807
龙驹（明）张居正／2807
题韩幹画马图
　　（明）僧宗衍／2808
题画马（明）僧妙声／2808
五言律 …………………… 2808
　咏饮马（唐）太宗／2808
　咏饮马应制（唐）杨师道／2809
　紫骝马（唐）沈佺期／2809
　骢马（唐）杨炯／2809

紫骝马（唐）李白／2809
送刘评事充朔方判官赋得征
　马嘶（唐）高适／2809
浴马（唐）喻凫／2809
文纪行赠以小步马
　　（元）杨奂／2810
立仗马（元）张宪／2810
五言排律 …………………… 2810
　天骥呈材（唐）郑蕡／2810
　天骥呈材（唐）徐仁嗣／2810
　骐骥长鸣（唐）章孝标／2810
　归马华山（唐）白行简／2811
　敕赐三相马（唐）张随／2811
　西戎献马（唐）周存／2811
七言律 …………………… 2811
　舞马千秋万岁乐府词
　　（唐）张说／2811
　骢马（唐）万楚／2812
　裴相公大学士见示答张秘书
　谢马诗并群公属和，因命
　追作（唐）刘禹锡／2812
　公垂尚书以白马见寄，光洁
　稳善，以诗谢之
　　（唐）白居易／2812
　和张十八秘书谢裴相公寄马
　　（唐）白居易／2813
　贺张十八秘书得裴司空马
　　（唐）韩愈／2813

谢裴司空寄马（唐）张籍/2813
紫骝马（唐）秦韬玉/2813
白马（唐）翁绶/2814
代书寄马（唐）韦庄/2814
縈白马诗上薛仆射
　　（唐）平曾/2814
韩左军马图卷（元）钱选/2814
大宛二马（元）郝经/2815
画马（元）范椁/2815
上都诈马大谳
　　（元）贡师泰/2815
天马（元）郭翼/2815
题赵仲穆彦征画马
　　（明）钱宰/2816

五言绝句 ………… 2816
白马（唐）贾至/2816
马诗（唐）李贺/2816
偶成（元）贡性之/2816
和李长吉马诗（元）郭翼/2816
少年乐（明）徐有贞/2817
紫骝马（明）汪淮/2817

六言绝句 ………… 2817
舞马词（唐）张说/2817

七言绝句 ………… 2818
天马词（唐）张仲素/2818
羽林骑（唐）韩翃/2818
看调马（唐）韩翃/2818
乐府（唐）刘言史/2818
舞马（唐）陆龟蒙/2819

马图同裕之赋
　　（金）李纯甫/2819
子昂逸马图（元）袁桷/2819
桃花马（元）马祖常/2819
题宋成之画马卷
　　（元）曹伯启/2819
洗马图（元）张伯淳/2819
曹霸下槽马（元）虞集/2820
韩幹马（元）虞集/2820
画马（元）虞集/2820
唐人四马卷（元）宋无/2820
三马图（元）陈旅/2821
题饮马图（元）傅若金/2821
题赵仲穆揩痒马图
　　（元）朱德润/2821
画马（元）贡性之/2821
王架阁家画马
　　（明）高启/2821
双驭图（明）张羽/2822
画马（明）刘绩/2822
紫骝马（明）王慎中/2822
题赵松雪马图
　　（明）僧来复/2822

卷四百六　驴类（附骡）

七言古 ………… 2823
雪中骑驴访某道人于观，
　　追忆曩日栖霞之约
　　（明）徐渭/2823

七言律 …………………… 2823
　题倒骑驴观梅图
　　（元）吴澄 / 2823
　梦骑驴（元）王逢 / 2823
五言绝句 …………………… 2824
　路傍曲（宋）陆游 / 2824
　送胡献叔守邵阳
　　（宋）方岳 / 2824
　题画扇骑驴踏雪
　　（元）陈深 / 2824
　题秋山行旅图
　　（元）赵孟頫 / 2824
七言绝句 …………………… 2824
　送人（唐）王建 / 2824
　小游仙诗（唐）曹唐 / 2824
　绝句（唐）阙名 / 2825
　雪行图（金）元好问 / 2825
　韩陵道中（金）王庭筠 / 2825
　题杜陵浣花（元）赵孟頫 / 2825
　画意（元）马臻 / 2825
　陈生华山图（元）张雨 / 2825
　读临川集（元）张雨 / 2826
　驴（明）梁小玉 / 2826

卷四百七　牛类（驸犀牛）

五言古 …………………… 2827
　题竹石牧牛（宋）黄庭坚 / 2827
　毛老斗牛（宋）文同 / 2827
七言古　附长短句 ………… 2827

放牛歌（唐）陆龟蒙 / 2827
十九日出曹门见水牛拽车
　　（宋）梅尧臣 / 2827
题牧牛图（宋）陈与义 / 2828
游昭牛图（宋）陆游 / 2828
观小儿戏打春牛
　　（宋）杨万里 / 2828
安乐坊牧童（宋）杨万里 / 2829
春郊牧养图（宋）戴复古 / 2829
题牧牛图（元）吴澄 / 2829
题牧牛渡水图
　　（元）贡师泰 / 2830
饭牛歌（元）洪希文 / 2830
牧牛图（元）贡性之 / 2830
牧牛词（明）高启 / 2831
题牧牛图（明）张以宁 / 2831
牛图（明）僧清濬 / 2831
五言律 …………………… 2831
牛（唐）李峤 / 2831
铁牛庙（元）逎贤 / 2832
七言律 …………………… 2832
牧牛图（金）王良臣 / 2832
白牛为日本纯上人赋
　　（明）僧来复 / 2832
五言绝句 …………………… 2832
田园言怀（唐）李白 / 2832
将牛何处去（唐）元结 / 2832
代牛言（唐）刘叉 / 2833
情（唐）曹邺 / 2833

山中吟叠韵（唐）皮日休/2833
牧童（宋）葛长庚/2833
画牛（元）僧大䜣/2833
牧牛图（明）钱宰/2833
栖云楼晏坐效寒山偈
　　（明）殷迈/2833
雨涧牛（明）僧如兰/2834
七言绝句 …………… 2834
小游仙（唐）曹唐/2834
昇平词（宋）王禹偁/2834
绝句（宋）张耒/2834
春日田园杂兴
　　（宋）范成大/2834
冬日田园杂兴
　　（宋）范成大/2834
农舍（宋）陆游/2835
春晚即事（宋）陆游/2835
买牛（宋）陆游/2835
过百家渡（宋）杨万里/2835
过大皋渡（宋）杨万里/2835
桑茶坑道中（宋）杨万里/2836
次韵程弟（宋）方岳/2836
和元卿郊行（金）党怀英/2836
题江贯道百牛图
　　（元）白珽/2836
老牛（元）宋无/2836
牧牛图（元）贡性之/2836
题野老醉骑牛图
　　（明）钱宰/2837

衡岳杂兴（明）胡安/2837
过水下口（明）刘侃/2837
题画牛（明）僧普慈/2837

附犀牛

五言古 …………… 2837
述韦昭应画犀牛
　　（唐）储光羲/2837
七言古 …………… 2838
驯犀（唐）元稹/2838

卷四百八　羊类

七言古　附长短句 …… 2839
五仙谣（宋）郭祥正/2839
题四羊图（宋）王阮/2839
恭题灵羊图（明）谢承举/2840
五言律 …………… 2840
羊（唐）李峤/2840
秋羊（元）许有壬/2840
黄羊（元）许有壬/2840
题苏武牧羊图
　　（元）杨维桢/2841
七言律 …………… 2841
牧羊儿土鼓（明）太祖/2841
五言绝句 …………… 2841
李陵台（元）马祖常/2841
七言绝句 …………… 2841
小游仙（唐）曹唐/2841

戏答张秘监馈羊
　　（宋）黄庭坚／2841
次韵王敏文待制燕京杂咏
　　（明）僧来复／2842

卷四百九　犬类

四言古 …………………… 2843
　赋犬（吴）张俨／2843
五言古 …………………… 2843
　狗诗（晋）张华／2843
　狂犬（宋）孔平仲／2843
　予来儋耳，得吠狗曰"乌觜"
　　…… （宋）苏轼／2844
五言绝句 ………………… 2844
　逢雪宿芙蓉山主人
　　（唐）刘长卿／2844
　题李迪画犬（明）高启／2844
　游天坛山（明）谢榛／2844
　潞阳晓访冯员外汝言
　　（明）谢榛／2844
　题画（明）僧德清／2844
　暮景（明）申光汉（朝鲜人）／2845
六言绝句 ………………… 2845
　山家（明）姚旅／2845
七言绝句 ………………… 2845
　山店（唐）王建／2845
　山中喜静和子见访
　　（唐）施肩吾／2845
　再归松溪旧居宿西林

　　（唐）徐凝／2845
　夜会郑氏昆季林亭
　　（唐）方干／2845
　小游仙诗（唐）曹唐／2846
　寒夜吟（唐）成彦雄／2846
　春日田园杂兴
　　（宋）范成大／2846
　郊行（金）郦权／2846
　阎立本职贡图（金）阎长言／2846
　宿卓水（元）许衡／2846
　军中苦乐谣（元）周霆震／2847
　题犬（元）贡性之／2847
　秋日过子问郊原
　　（明）王伯稠／2847
　巫夒道中（明）黄辉／2847
　冬日穆湖村居同蕴辉上人赋
　　（明）僧智舷／2847

卷四百十　豕类

四言古 …………………… 2848
　豪彘赞（晋）郭璞／2848
长短句 …………………… 2848
　驱猪行（金）元好问／2848
七言绝句 ………………… 2849
　金人出猎图（元）张雨／2849

卷四百十一　鹿类

四言古 …………………… 2850
　白鹿颂（吴）薛综／2850

虞获子鹿（唐）韦应物/2850
五言古 …………… 2850
　述园鹿（唐）韦应物/2850
　鹿喻（元）王恽/2850
五言律 …………… 2851
　咏鹿（唐）李峤/2851
五言排律 …………… 2851
　省试内出白鹿宣示百官
　　（唐）黄滔/2851
七言律 …………… 2851
　和杨龙图獐猿屏
　　（宋）蔡襄/2851
　獐猿屏（宋）阙名/2852
　题小薛王画鹿
　　（元）邓文原/2852
五言绝句 …………… 2852
　鹿柴（唐）裴迪/2852
七言绝句 …………… 2852
　山中（唐）卢仝/2852
　山中玩白鹿（唐）施肩吾/2852
　寻古观（唐）朱庆馀/2853
　观鹿（唐）贾岛/2853
　新昌井（唐）殷尧藩/2853
　头陀僧（唐）陆龟蒙/2853
　呦呦（宋）林逋/2853
　西山（宋）刘克庄/2853
　山行（金）庞铸/2854
　游三茅华阳诸洞
　　（元）宋无/2854

续游仙诗（明）马洪/2854
蓬莱小游仙（明）刘绩/2854
寄神乐观邓仙官
　（明）僧来复/2854

卷四百十二　狐类

四言古 …………… 2855
　九尾狐赞（晋）郭璞/2855
五言绝句 …………… 2855
　山行（明）汪日梦/2855
七言绝句 …………… 2855
　从猎口号（金）李献能/2855
　塞下曲（明）何白/2855

卷四百十三　猿类

五言古 …………… 2856
　石塘濑听猿（梁）沈约/2856
　赋得夜猿啼（陈）萧诠/2856
　三峡吟（宋）徐照/2856
七言古 …………… 2856
　题吴处士猿獐图
　　（宋）黄庭坚/2856
　听猿（宋）白玉蟾/2857
　题画（明）李东阳/2857
五言律 …………… 2857
　咏猿（唐）杜甫/2857
　放猿（唐）许浑/2858
　巴江夜猿（唐）马戴/2858
　猿（唐）曹松/2858

和修睦上人听猿
　　（唐）李咸用／2858
　江猿（明）薛蕙／2858
五言排律 …………… 2859
　雪夜听猿吟（唐）顾伟／2859
七言律 ……………… 2859
　长安里中闻猿（唐）吴融／2859
　忆猿（唐）吴融／2859
　黄藤山下闻猿（唐）韦庄／2859
　放猿（唐）王仁裕／2860
　遇所放猿再作
　　（唐）王仁裕／2860
　猿皮（宋）徐照／2860
　猿（元）宋无／2860
五言绝句 …………… 2861
　辽东山夜临秋
　　（唐）太宗／2861
　临湖亭（唐）裴迪／2861
　送张四（唐）王昌龄／2861
　溪行逢雨与柳中庸
　　（唐）李端／2861
　送客之蜀（唐）杨凌／2861
　题猿图（元）马祖常／2861
　忆事（明）沈泰鸿／2861
七言绝句 …………… 2862
　留题云门（唐）萧翼／2862
　早发白帝城（唐）李白／2862
　卢溪主人（唐）王昌龄／2862
　寄四明山子（唐）施肩吾／2862

秋夜山中别友人
　　（唐）施肩吾／2862
　失猿（唐）李商隐／2862
　猿（唐）段成式／2863
　猿（唐）张乔／2863
　咏猿（唐）周朴／2863
　猿（唐）徐夤／2863
　放猿（唐）吉师老／2863
　怀傅茂元（宋）刘子翚／2863
　林高士隐居（元）黄庚／2864
　月岭猿啼（元）叶颙／2864
　竹枝词（明）杨慎／2864
　竹枝词（明）王叔承／2864

卷四百十四　狼类

四言古 ……………… 2865
　白狼赞（晋）郭璞／2865
五言古 ……………… 2865
　遣兴（唐）杜甫／2865
七言绝句 …………… 2865
　廿不剌川在上都西北七百里
　　外，董侯承旨扈从北回……
　　（元）王恽／2865
　上京即事（元）萨都剌／2866

卷四百十五　狸类

五言古 ……………… 2867
　以野狸饷石末公因侑以诗
　　（明）刘基／2867

七言古 附长短句 …………… 2867
　牛尾狸（宋）苏辙/2867
　杨廷秀送牛尾狸，侑以长句
　　次韵（宋）周必大/2868
　牛尾狸（宋）杨万里/2868
七言律 …………………………… 2868
　送牛尾狸与徐使君
　　　（宋）苏轼/2868
七言绝句 ………………………… 2869
　牛尾狸（宋）朱松/2869

卷四百十六　兔类

五言古 …………………………… 2870
　舟中杂咏（元）袁桷/2870
七言古 附长短句 …………… 2870
　狡兔行（唐）苏拯/2870
　永叔白兔（宋）梅尧臣/2870
　永叔云诸君所作皆以嫦娥
　　月宫为说，愿以新意别作
　　一篇（宋）梅尧臣/2871
　白兔（宋）欧阳修/2871
　信都公家白兔
　　　（宋）王安石/2871
　放兔行（宋）秦观/2872
　兔（元）赵孟頫/2872
　竹树图（元）杨载/2872
五言律 …………………………… 2873
　咏兔（唐）李峤/2873
　恭题黑兔图（明）张四维/2873

五言排律 ………………………… 2873
　恭题黑兔图应制
　　　（明）申时行/2873
七言律 …………………………… 2873
　应制咏白兔（金）杨云翼/2873
　黑兔（明）曾棨/2874
五言绝句 ………………………… 2874
　从猎（唐）韩偓/2874
七言绝句 ………………………… 2874
　宫词（唐）王建/2874
　黄荃子母兔（明）高启/2874

卷四百十七　猫类

七言律 …………………………… 2875
　猫饮酒（金）李纯甫/2875
　乞猫（明）文徵明/2875
七言绝句 ………………………… 2875
　猫儿（宋）林逋/2875
　乞猫（宋）黄庭坚/2876
　醉猫图（金）元好问/2876
　不出（金）刘仲尹/2876
　狸奴画轴（金）王良臣/2876
　题睡猫图（元）柳贯/2876

卷四百十八　鼠类

四言古 …………………………… 2877
　飞鼠赞（晋）郭璞/2877
　䶆鼠赞（晋）郭璞/2877
　鼶鼠赞（晋）郭璞/2877

鼹鼠赞 （晋）郭璞／2877
鼩鼠赞 （晋）郭璞／2878
五言古 …………………… 2878
　竹䶉 （宋）苏轼／2878
七言古 …………………… 2878
　饥鼠行 （明）龚诩／2878
五言律 …………………… 2878
　黄鼠 （元）许有壬／2878
七言绝句 ………………… 2879
　夜半 （唐）李商隐／2879
　秋宿长安韦主簿厅
　　（唐）李洞／2879
　明安驿道中 （元）陈孚／2879
　钱舜举硕鼠图
　　（元）邓文原／2879
　读瀛海喜其绝句清远，因口
　　号数诗示九成，皆实意也
　　（元）张翥／2879
　和胡士恭滦阳纳钵即事韵
　　（元）贡师泰／2880
　松鼠葡萄画 （元）贡性之／2880
　元宫词 （明）朱有燉／2880
　采真诗再为慧虚度师恭撰
　　（明）屠隆／2880

卷四百十九　猩猩类（附狒狒）

四言古 …………………… 2881
　猩猩赞 （晋）郭璞／2881
　狒狒赞 （晋）郭璞／2881

七言绝句 ………………… 2881
　送蜀客 （唐）张籍／2881
　送僧南游 （唐）方干／2881
　竹枝词 （明）王叔承／2882

卷四百二十　杂兽类

四言古 …………………… 2883
　比肩兽赞 （晋）郭璞／2883
五言古 …………………… 2883
　有獭吟 （唐）刘禹锡／2883
　胡克逊 （明）汤显祖／2883
五言律 …………………… 2884
　题追獾图 （明）周叙／2884

卷四百二十一　总禽鸟类

四言古 …………………… 2885
　归鸟 （晋）陶潜／2885
五言古 …………………… 2885
　送刘散员同赋陈思王诗，得
　　"好鸟鸣南枝"
　　（唐）刘斌／2885
　舟中闻春禽寄江阴包鹤洲
　　（明）杨基／2885
　神龙祠旁二鸟 （明）王履／2886
七言古　附长短句 ……… 2886
　啼鸟 （宋）欧阳修／2886
　鸟啼 （宋）陆游／2887
　王若水为画秋江众禽图
　　（明）袁凯／2887

画禽 （明）李东阳 / 2888
四禽图 （明）李东阳 / 2888
春溪聚禽图 （明）吴宽 / 2889
五言律 …………………… 2889
　春鸟诗送元秀才入京
　　　（唐）顾况 / 2889
　生春 （唐）元稹 / 2889
　北禽 （唐）李商隐 / 2889
　闻鸟 （明）龚用卿 / 2890
　鸟散馀花落 （明）皇甫汸 / 2890
五言排律 …………………… 2890
　鸟散馀花落 （唐）赵存约 / 2890
　赋得好鸟鸣南枝
　　　（唐）郑袌 / 2890
　鸟散馀花落 （唐）窦洵直 / 2890
七言律 …………………… 2891
　中夜闻啼禽 （唐）吴融 / 2891
　玩水禽 （唐）韩偓 / 2891
　提刑司勋示及暝禽图，作诗
　　咏之 （宋）文同 / 2891
　鸟声 （明）邵宝 / 2891
五言绝句 …………………… 2892
　浴浪鸟 （唐）卢照邻 / 2892
　九陇津集 （唐）卢照邻 / 2892
　晓 （唐）贺知章 / 2892
　木兰柴 （唐）王维 / 2892
　鸟鸣涧 （唐）王维 / 2892
　竹里馆 （唐）裴迪 / 2892
　江行杂诗 （唐）钱起 / 2892

赠同游者 （唐）韩愈 / 2893
晚望 （唐）白居易 / 2893
溪居 （唐）裴度 / 2893
独望 （唐）司空图 / 2893
杂诗绝句 （宋）梅尧臣 / 2893
春日 （宋）杨万里 / 2893
和韦苏州秋斋独宿
　　　（金）赵秉文 / 2893
郊居寓目随事辄题
　　　（元）袁易 / 2894
问梅阁 （明）高启 / 2894
晓发山驿 （明）高启 / 2894
题翎毛小景 （明）钱宰 / 2894
题花木翎毛画
　　　（明）叶子奇 / 2894
散步 （明）鲁铎 / 2894
宿华亭寺 （明）杨慎 / 2894
桃花小禽图 （明）僧德祥 / 2895
六言绝句 …………………… 2895
　清明别墅小集
　　　（宋）孙觌 / 2895
　杨氏山庄 （明）高启 / 2895
　舟中偶成 （明）史鉴 / 2895
七言绝句 …………………… 2895
　解闷 （唐）杜甫 / 2895
　桂江中题香台顶
　　　（唐）刘言史 / 2895
　题大安池亭 （唐）雍陶 / 2896
　王官 （唐）司空图 / 2896

越鸟 （唐）郑谷 / 2896
水鸟 （唐）吴融 / 2896
晏起 （唐）韦庄 / 2896
幽居春思 （唐）韦庄 / 2896
闻春鸟 （唐）韦庄 / 2897
访陈处士 （宋）蔡襄 / 2897
从尹师鲁饮香山石楼
　　（宋）蔡襄 / 2897
金陵即事 （宋）王安石 / 2897
随意 （宋）王安石 / 2897
书辨才白云堂壁
　　（宋）苏轼 / 2897
绝句 （宋）陈师道 / 2898
晚雪湖上 （宋）文同 / 2898
七月十六日题南禅院壁
　　（宋）张耒 / 2898
听鸣禽 （宋）张耒 / 2898
晓雨 （宋）张耒 / 2898
闲居 （宋）陈造 / 2898
春日 （宋）陈与义 / 2899
吴门道中 （宋）孙觌 / 2899
游金沙寺，寺有陆希声侍郎
　　读书堂，在颐山上
　　（宋）孙觌 / 2899
偶作 （宋）程俱 / 2899
野望 （宋）朱子 / 2899
睡觉 （宋）范成大 / 2899
窗下戏咏 （宋）陆游 / 2900
蚕行鸣山 （宋）杨万里 / 2900

携家小歇严州建德县簿厅晓起
　　（宋）杨万里 / 2900
归途过铜官山
　　（宋）戴昺 / 2900
高阳道中 （金）刘汲 / 2900
即事 （金）刘昂 / 2900
扇图 （金）许古 / 2901
草堂春暮横披
　　（金）冯璧 / 2901
忆旧 （金）曹用之 / 2901
杂诗 （金）刘豫 / 2901
全氏小楼与南山相对，殆几
　　案间物也……
　　（元）王恽 / 2901
春尽 （元）刘因 / 2901
怀德清别业 （元）赵孟頫 / 2902
晚访仲章不遇
　　（元）袁桷 / 2902
闽浙之交 （元）马祖常 / 2902
黄华山中 （元）许有壬 / 2902
睡起偶成 （元）许桢 / 2902
徽宗画梨花青禽图
　　（元）虞集 / 2902
桃花幽禽图 （元）陈旅 / 2903
题雪禽 （元）李祁 / 2903
绝句 （元）倪瓒 / 2903
雨中春望 （明）高启 / 2903
过北塘道中 （明）高启 / 2903
棘竹三禽图 （明）高启 / 2903

三十六湾 （明）杨士奇/2904
次钱文伯题云林诗韵
　（明）沈应/2904
舟中暮归 （明）张泰/2904
初晴 （明）陈宪章/2904
喜晴 （明）陈宪章/2904
题画 （明）沈周/2904
放苑内诸禽 （明）陈沂/2905
题画 （明）龚用卿/2905
闻鸟 （明）陈淳/2905
雨晴 （明）夏云英/2905

卷四百二十二　凤类（附鸾）

四言古 …………………… 2906
　凤颂 （吴）薛综/2906
五言古 …………………… 2906
　赠从弟 （魏）刘桢/2906
　赋得威凤栖梧
　　（陈）张正见/2906
　古意 （唐）王绩/2906
　凤凰曲 （唐）李白/2907
　古风 （唐）李白/2907
　杂诗呈逢原 （宋）孙觉/2907
　凤池 （宋）蔡襄/2907
　翩翩紫凤雏送方希直赴汉中
　　教授 （明）郑居贞/2907
　浴凤沼 （明）程本立/2908
七言古　附长短句 ……… 2908
　仪凤歌 （周）成王/2908

鸾 （汉）崔骃/2908
凤凰台 （元）岑安卿/2908
神凤操 （明）太祖/2908
五言律 …………………… 2909
　咏凤 （唐）李峤/2909
　鸾凤 （唐）李商隐/2909
五言排律 ………………… 2909
　仪凤 （唐）杨嗣复/2909
七言律 …………………… 2909
　凤洞 （元）张雨/2909
五言绝句 ………………… 2910
　舞 （唐）虞世南/2910
　酬人失题 （唐）卢纶/2910
　深竹堂 （元）迺贤/2910
七言绝句 ………………… 2910
　襄阳为卢窦纪事
　　（唐）元稹/2910
　步虚词 （唐）朱泽/2910
　凤 （唐）李商隐/2910
　寄酬韩冬郎兼呈畏之员外
　　（唐）李商隐/2911
　上清 （唐）陆龟蒙/2911
　题欧阳原功少监家柯敬仲画
　　（元）虞集/2911
　纪梦 （元）杨载/2911
　游三茅华阳诸洞
　　（元）宋无/2911
　题黄荃竹鸾图
　　（元）陈旅/2911

辇下曲 （元）张昱/2912
闺情 （明）金诚/2912
宫词 （明）蒋山卿/2912

卷四百二十三　孔雀类

七言古 …………… 2913
　孔雀图 （明）胡俨/2913
五言律 …………… 2913
　西川使宅有韦令公时孔雀存
　　焉，暇日与诸公同玩……
　　　（唐）武元衡/2913
　和武门下伤韦令孔雀
　　　（唐）王建/2914
　奉和武相公镇蜀时咏使宅
　　韦太尉所养孔雀
　　　（唐）韩愈/2914
五言排律 …………… 2914
　和孙朴韦蟾孔雀咏
　　　（唐）李商隐/2914
七言律 …………… 2914
　孔雀 （唐）李郢/2914
　和皮袭美孔雀
　　　（唐）陆龟蒙/2915
七言绝句 …………… 2915
　元宫词 （明）朱有燉/2915

卷四百二十四　鹤类

五言古 …………… 2916
　咏怀 （魏）阮籍/2916
赋得舞鹤 （梁）简文帝/2916
飞来双白鹤 （梁）元帝/2916
主人池前鹤 （梁）吴均/2916
咏鹤 （陈）阴铿/2917
送王明府参选赋得鹤
　（唐）骆宾王/2917
黄鹤 （唐）沈佺期/2917
宣城长史弟昭赠余琴溪中
　双舞鹤，诗以见志
　（唐）李白/2917
谢王郎中赠琴鹤
　（唐）顾况/2917
晓鹤 （唐）孟郊/2917
感鹤 （唐）白居易/2918
代鹤 （唐）白居易/2918
鹤屏 （唐）陆龟蒙/2918
鹤屏 （唐）皮日休/2918
遇旅鹤 （唐）孙昌颖/2919
李生画鹤 （宋）文同/2919
城南有道者居名"松鹤堂"，
　暇日同东平王继学为避暑
　之游……（元）马祖常/2919
部中鹤 （明）汤显祖/2919
题鹤轩图 （明）僧道衍/2920
七言古　附长短句 …………… 2920
　画鹤篇 （唐）钱起/2920
　独鹤吟 （唐）李咸用/2920
　画鹤 （元）虞集/2920

双鹤吟寄友人
　　（元）马臻/2921
五言律　附小律 …………… 2921
　咏鹤（唐）李峤/2921
　池边鹤（唐）储光羲/2921
　和裴相公寄白侍郎求双鹤
　　（唐）刘禹锡/2922
　答裴相公乞鹤
　　（唐）白居易/2922
　刘苏州以华亭一鹤远寄以诗
　　谢之（唐）白居易/2922
　闻云中鹤唳（唐）章孝标/2922
　别鹤（唐）杜牧/2922
　池州封员外郡斋双鹤，丹顶
　　霜翎，仙态浮旷……
　　（唐）李群玉/2922
　购鹤（元）张养浩/2923
　题江仲暹听鹤亭
　　（明）张以宁/2923
五言排律 ……………… 2923
　郡中每晨兴，见群鹤东飞，
　　至暮又行列而返……
　　（唐）张九龄/2923
　黄鹄下太液池
　　（唐）贾岛/2923
　猴山鹤（唐）张仲素/2923
　鹤警露（唐）陈季/2924
　鹤鸣九皋（唐）阙名/2924
七言律 …………………… 2924

送鹤与裴相临别赠诗
　　（唐）白居易/2924
鹤池（唐）白居易/2924
忆放鹤（唐）李绅/2925
台州郑员外郡斋双鹤
　　（唐）朱庆馀/2925
郑侍御厅玩鹤
　　（唐）许浑/2925
失鹤（唐）李远/2925
山阳卢明府以双鹤寄遗，伯
　　氏以诗为答，因寄和
　　（唐）赵嘏/2926
鹤（唐）郑谷/2926
谢丹阳李公素学士惠鹤
　　（宋）韩琦/2926
鹤（元）宋无/2926
和咏鹤（元）李祁/2927
来鹤诗赠周元初
　　（元）沈右/2927
周元初来鹤诗
　　（明）郑洪/2927
鹤舞（明）邵宝/2927
野鹤（明）朱之蕃/2928
五言绝句 ……………… 2928
　咏省壁画鹤（唐）宋之问/2928
　田鹤（唐）钱起/2928
　田鹤（唐）司空曙/2928
　鹤（唐）白居易/2928
　鹤雏（唐）姚合/2928

即事（唐）司空图/2929
修竹坞（明）高启/2929
六言绝句 …………… 2929
　为曾高士画湖山旧隐
　　　（元）倪瓒/2929
七言绝句 …………… 2929
　寄刘尊师（唐）韦应物/2929
　酬令狐相公见寄
　　　（唐）刘禹锡/2929
　崔驸马养鹤（唐）张籍/2929
　有双鹤留在洛中，忽见刘郎
　　中依然鸣顾……
　　　（唐）白居易/2930
　问鹤（唐）白居易/2930
　舟中夜坐（唐）白居易/2930
　赠峨嵋山杨炼师
　　　（唐）鲍溶/2930
　崔卿池上鹤（唐）贾岛/2930
　崔少卿鹤（唐）姚合/2931
　放鹤（唐）雍陶/2931
　忆鹤（唐）刘得仁/2931
　当轩鹤（唐）陆龟蒙/2931
　自河西归山（唐）司空图/2931
　钱塘鹤（唐）吴仁璧/2931
　鹤（唐）褚载/2932
　独鹤（唐）韦庄/2932
　湖上杂咏（宋）邹浩/2932
　望少室（金）许安仁/2932
　驯鹤图（金）王予可/2932

四安道中所见
　　　（元）牟巘/2932
仙游曲（元）王恽/2933
偶成（元）赵孟頫/2933
记梦（元）杨载/2933
游三茅华阳诸洞
　　　（元）宋无/2933
为彭道士赋鹤峰
　　　（元）陈旅/2933
缙溪道士（元）陈旅/2933
甲子七月廿二日忽坐后闻弹鹤
　　　（元）袁士元/2934
题画（元）李祁/2934
六月五日偶成
　　　（元）倪瓒/2934
云巢鹤睡（元）叶颙/2934
题雪景（明）蓝仁/2934
送芸上人（明）程诰/2934
毛贞夫参政别余，笼一白鹤
　　与丹书一函见贻……
　　　（明）孙一元/2935
采真诗再为慧虚度师恭撰
　　　（明）屠隆/2935
古道庵望华亭
　　　（明）吴梦旸/2935
冬景（明）张宇初/2935
夜坐（明）僧清濋/2935
宫词（明）沈琼莲/2936

卷四百二十五　锦鸡类

七言古 ···················· 2937
　锦鸡　（元）周权/2937
　锦鸡　（明）杨基/2937
　锦鸡图　（明）胡俨/2937
　四禽图　（明）李东阳/2938
五言律 ···················· 2938
　咏山鸡　（唐）温庭筠/2938
　山鸡　（唐）许浑/2938
五言排律 ·················· 2939
　赋得山鸡舞石镜
　　（唐）崔护/2939
七言律 ···················· 2939
　锦鸡　（宋）文同/2939

卷四百二十六　雁类

五言古 ···················· 2940
　归鸿　（宋）颜延之/2940
　咏湖中雁　（梁）沈约/2940
　赋得始归雁　（梁）刘孝绰/2940
　赋得集池雁　（北周）庾信/2940
　咏雁　（北周）庾信/2941
　咏雁　（北周）王褒/2941
　二弟宰邑南海，见群雁南飞，
　　因成咏以寄
　　（唐）张九龄/2941
　白雁　（唐）李建勋/2941
　赋秋鸿送刘衡州
　　（宋）梅尧臣/2941
　高邮陈直躬处士画雁
　　（宋）苏轼/2942
　九月三日宿胥口始闻雁
　　（宋）范成大/2942
　赋得春雁送张郎中省觐扬州
　　（元）揭傒斯/2942
　群雁图　（元）傅若金/2942
　平沙落雁　（明）杨基/2943
　平沙落雁　（明）薛瑄/2943
七言古　附长短句 ········ 2943
　鸣雁行　（唐）李白/2943
　鸿雁　（宋）曾巩/2943
　汪履道家观所蓄烟雨芦鸿图
　　（宋）僧惠洪/2944
　鸿雁篇　（元）陈基/2944
五言律 ···················· 2944
　同张二咏雁　（唐）骆宾王/2944
　秋雁　（唐）骆宾王/2945
　雁　（唐）李峤/2945
　归雁　（唐）杜甫/2945
　孤雁　（唐）杜甫/2945
　见上林春雁翔青云寄杨起居
　　李员外　（唐）钱起/2945
　送征鸿　（唐）钱起/2945
　赋得沙上雁　（唐）耿湋/2946
　夜闻回雁　（唐）司空曙/2946
　泊雁　（唐）戴叔伦/2946
　早雁　（唐）顾非熊/2946

早鸿（唐）李群玉/2946
归雁（唐）孟贯/2946
孤雁（唐）崔涂/2947
孤雁（唐）储嗣宗/2947
侍宴赋得归雁
　　（宋）徐铉/2947
闻雁寄欧阳夷陵
　　（宋）梅尧臣/2947
闻雁（元）虞集/2947
雁声（元）张翥/2948
孤雁（元）黄庚/2948
闻雁（明）曹嘉/2948
盐河闻雁（明）苏澹/2948
闻雁（明）宗臣/2948
雨夜闻雁（明）居节/2948
雁至（明）雷思霈/2949
白雁（明）曹学佺/2949
闻雁（明）僧德祥/2949
雉城闻雁（明）项兰贞/2949
闻雁
　　（明）郑梦周（朝鲜人）/2949
五言排律 …………… 2949
飞鸿响远音（唐）李体仁/2949
河南府试秋夕闻新雁
　　（唐）黄滔/2950
归雁（宋）范仲淹/2950
七言律 ……………… 2950
旅馆闻雁别友人
　　（唐）赵嘏/2950

归雁（唐）陆龟蒙/2950
题雁（唐）郑谷/2951
新雁（唐）吴融/2951
鸿（唐）徐夤/2951
雁（唐）黄滔/2951
宾雁（宋）韩琦/2952
和孙侔雁荡（宋）梅尧臣/2952
咏雁（元）曹伯启/2952
赋飞鸿送胡则大
　　（元）杨载/2952
雁宾（元）谢宗可/2953
雁字（元）谢宗可/2953
白雁（元）谢宗可/2953
清溪落雁（元）曹文晦/2953
白雁（明）徐舫/2954
白雁（明）顾文昱/2954
孤雁（明）瞿佑/2954
归雁（明）沈恒/2954
旅中闻雁（明）骆文盛/2955
雁字（明）朱之蕃/2955
雁（明）朱之蕃/2955
咏雁字（明）唐时升/2955
是夕闻雁（明）王鏳/2956
五言绝句 …………… 2957
赋得早雁出云鸣
　　（唐）太宗/2957
南中咏雁（唐）韦承庆/2957
秋雁（唐）褚亮/2957
闻雁（唐）韦应物/2957

水宿闻雁（唐）李益/2957

雁（唐）陆龟蒙/2957

雁（宋）陈师道/2957

秋雁图（元）杨维桢/2958

闻雁忆弟子培（明）宗臣/2958

闻雁（明）僧道衍/2958

六言绝句 ………………… 2958

惠崇芦雁（宋）苏轼/2958

题王子庆所藏大年墨雁

（元）赵孟頫/2958

七言绝句 ………………… 2958

官池春雁（唐）杜甫/2958

归雁（唐）钱起/2959

雁（唐）薛能/2959

夜泊咏栖鸿（唐）陆龟蒙/2959

题新雁（唐）杜荀鹤/2959

闻雁（唐）林宽/2959

小雁荡（宋）王十朋/2960

闻雁（宋）陆游/2960

闻新雁有感（宋）陆游/2960

春半闻归雁（宋）杨万里/2960

题赵大年芦雁

（元）戴表元/2960

见雁有怀（元）黄庚/2960

四雁图（元）任士林/2961

沙雁（元）杨载/2961

题王元善赴北清江新雁图

（元）黄镇成/2961

题墨雁（元）杨维桢/2961

闻雁（元）丁鹤年/2961

自题芦洲聚雁图

（明）朱芾/2961

芦雁（明）王泽/2962

九月十七日闻雁寄董庄

（明）徐贲/2962

题芦雁图（明）胡奎/2962

早雁（明）高棅/2962

题雁（明）王绂/2962

宿雁图（明）张泰/2962

月夜下桐江闻孤雁

（明）王叔承/2963

清江闸闻雁（明）李玮/2963

二月闻雁（明）孙承宗/2963

题一雁图（明）僧德祥/2963

卷四百二十七　鹰类

（附隼、海青）

五言古 ………………… 2964

杨监又出画鹰十二扇

（唐）杜甫/2964

养鹰词（唐）刘禹锡/2964

七言古　附长短句 ……… 2964

观放白鹰（唐）李白/2964

姜楚公画角鹰歌

（唐）杜甫/2965

笼鹰词（唐）柳宗元/2965

观刘永年画角鹰

（宋）黄庭坚/2965

野鹰来 （金）蔡珪 / 2966
题刘履初所藏莫庆善画鹰
　　（元）郭钰 / 2966
题画鹰送罗缉熙南归
　　（明）李东阳 / 2966
题鲁京尹所藏双鹰图
　　（元）李东阳 / 2967
画鹰 （明）徐渭 / 2967
海东青行 （明）僧梵琦 / 2968
五言律 ················ 2968
　进秋隼 （唐）耿湋 / 2968
　和舍弟让咏笼中鹰
　　（唐）吕温 / 2968
　失白鹰 （唐）郑縠 / 2968
五言排律 ·············· 2969
　霜隼下晴皋 （唐）阙名 / 2969
七言律 ················ 2969
　见王监兵马使，说近山有
　　白黑二鹰……
　　（唐）杜甫 / 2969
　白海青 （元）袁易 / 2969
五言绝句 ·············· 2970
　画鹰 （元）马祖常 / 2970
　题画鹰 （元）李祁 / 2970
七言绝句 ·············· 2970
　新罗进白鹰 （唐）窦巩 / 2970
　宫词 （唐）王建 / 2970
　饥鹰词 （唐）章孝标 / 2970
　观猎 （唐）薛逢 / 2970

咏架上鹰 （唐）崔铉 / 2971
鹰 （唐）高越 / 2971
丁卯上京 （元）马祖常 / 2971
宫词 （明）朱有燉 / 2971
元宫词 （明）朱有燉 / 2971
拟古宫词 （明）徐祯卿 / 2972
长安少年行 （明）僧宗泐 / 2972

卷四百二十八　鹘类

五言古 ················ 2973
　画鹘行 （唐）杜甫 / 2973
　海州观放鹘搏兔不中而飞去
　　（宋）沈括 / 2973
五言排律 ·············· 2973
　出笼鹘 （唐）濮阳瓘 / 2973
七言绝句 ·············· 2974
　梦游洛中 （宋）蔡襄 / 2974

卷四百二十九　雕鹗类

五言绝句 ·············· 2975
　客夜偶成 （元）马臻 / 2975
　榆林驿 （明）尹耕 / 2975
七言绝句 ·············· 2975
　猎骑 （唐）杜牧 / 2975
　射雕骑 （唐）马戴 / 2975
　落帆后赋 （唐）李群玉 / 2976
　元宫词 （明）朱有燉 / 2976
　晚登沁州城有感
　　（明）谢榛 / 2976

书事　（明）陆之裘／2976

卷四百三十　白翎雀类

七言古　附长短句 ……… 2977
　白翎雀　（元）萨都剌／2977
　白翎鹊词　（元）杨维桢／2977
　白翎雀图　（明）王祎／2978
七言绝句 …………………… 2978
　塞上曲　（元）迺贤／2978

卷四百三十一　鸢类

五言古 …………………… 2979
　射鸢　（魏）刘桢／2979
七言古 …………………… 2979
　飞鸢操　（唐）刘禹锡／2979
五言绝句 …………………… 2980
　盘石磴　（唐）韦处厚／2980

卷四百三十二　雉类

五言古 …………………… 2981
　雉朝飞操　（梁）简文帝／2981
　雉朝飞操　（梁）吴均／2981
　雉子斑　（陈）江总／2981
　射雉　（陈）萧有／2981
　雉子斑　（陈）张正见／2982
　射雉　（唐）韦应物／2982
七言古　附长短句 ……… 2982
　白雉诗　（汉）班固／2982
　雉带箭　（唐）韩愈／2982
　雉将雏　（唐）王建／2982
　雉场歌　（唐）温庭筠／2983
五言律 …………………… 2983
　雉　（唐）李峤／2983
五言排律 …………………… 2983
　越裳献白雉　（唐）丁仙芝／2983
　越裳献白雉　（唐）王若嵒／2983
五言绝句 …………………… 2984
　上元日放二雉　（唐）司空图／2984
　从猎　（唐）韩偓／2984
七言绝句 …………………… 2984
　又和留山鸡　（唐）薛能／2984
　杂题　（元）王逢／2984
　送李节度赴镇
　　（明）金宗直（朝鲜人）／2984

卷四百三十三　鹧鸪类

七言古 …………………… 2985
　放鹧鸪词　（唐）柳宗元／2985
七言律 …………………… 2985
　鹧鸪　（唐）郑谷／2985
　侯家鹧鸪　（唐）郑谷／2985
　鹧鸪　（唐）韦庄／2986
　鹧鸪　（唐）徐夤／2986
五言绝句 …………………… 2986
　江行杂诗　（唐）钱起／2986
　听山鹧鸪　（唐）顾况／2986
　鹧鸪词　（唐）李益／2986
　松滋渡　（唐）司空图／2987

长沙杂诗（明）杨基/2987
六言绝句 …………………… 2987
　竹枝词（明）刘溥/2987
七言绝句 …………………… 2987
　踏歌词（唐）刘禹锡/2987
　玉仙馆（唐）张籍/2987
　日晚归山词（唐）施肩吾/2987
　听吹《鹧鸪》（唐）许浑/2988
　放鹧鸪（唐）罗邺/2988
　放鹧鸪（唐）崔涂/2988
　会友不至（唐）成彦雄/2988
　题嘉陵驿（唐）张蠙/2988
　初入湖南醴陵界
　　（宋）范成大/2988
　闽浙之交（元）马祖常/2989
　回衡山县望南岳呈御史完颜
　　正夫、修撰庞或简
　　（元）陈孚/2989
　过三合驿（元）范梈/2989
　画竹石（元）杨载/2989
　镇江寄王本中台掾
　　（元）萨都剌/2989
　和经历杨子承晓发山馆
　　（元）萨都剌/2989
　黄亭驿晓起（元）萨都剌/2990
　送王奏差调福州
　　（元）泰不华/2990
　山鹧鸪（明）刘基/2990
　秋江晚渡图（明）高启/2990

题陈大宅方壶子层层云树图
　（明）周元/2990
潇湘雨意图（明）熊直/2990
歇马大径山（明）陈宪章/2991
题许子厚扇（明）史鉴/2991
萧皋别业竹枝词
　（明）沈明臣/2991
语儿溪（明）沈明臣/2991
山门（明）孙承恩/2991

卷四百三十四　乌类（鸦同）

五言古 …………………… 2992
　城上乌（梁）吴均/2992
　城上乌（梁）朱超/2992
　乌夜啼（北周）庾信/2992
　晚飞乌（隋）虞世基/2992
　群鸦咏（唐）储光羲/2992
　送张兵部孟功巡河分题得屋
　　上乌（元）虞集/2993
七言古　附长短句 ……… 2993
　乌引雏（唐）韦应物/2993
　乌夜啼（唐）王建/2993
　题李尚文少府所藏枯柳寒鸦图
　　（元）郭钰/2993
　乌夜啼（明）高启/2994
五言律 …………………… 2994
　咏乌代杨师道
　　（唐）太宗/2994
　乌（唐）李峤/2994

惠崇古木寒鸦
　　（元）杨载 / 2994
归鸦 （明）高启 / 2994
五言排律 …………… 2995
　应诏咏巢乌 （唐）杨师道 / 2995
七言律 ……………… 2995
　楼鸦 （明）朱日藩 / 2995
五言绝句 …………… 2995
　咏乌 （唐）李义府 / 2995
　淮阴行 （唐）刘禹锡 / 2995
　绝句 （元）陈高 / 2995
　前溪曲 （明）沈明臣 / 2996
　山景 （明）僧宗泐 / 2996
七言绝句 …………… 2996
　丹阳送韦参军
　　（唐）严维 / 2996
　枫桥夜泊 （唐）张继 / 2996
　宫词 （唐）王涯 / 2996
　曛黑 （唐）韩偓 / 2996
　竹枝词 （唐）孙光宪 / 2997
　暴雨初晴楼上晚景
　　（宋）苏轼 / 2997
　腊月下旬偶作
　　（宋）张耒 / 2997
　天迥 （宋）刘子翚 / 2997
　晚风寒林 （宋）杨万里 / 2997
　晚步 （宋）真山民 / 2998
　过李湘 （金）马定国 / 2998
　晚望 （金）周昂 / 2998

寓居写怀 （金）赵沨 / 2998
蔡村道中 （金）杨云翼 / 2998
杂诗 （金）刘豫 / 2998
自赵庄归冠氏
　（金）元好问 / 2999
秋吟 （元）黄庚 / 2999
枯木寒鸦 （元）王恽 / 2999
别樊时中廉使
　（元）余阙 / 2999
寄别 （明）宋濂 / 2999
回文 （明）高启 / 2999
小游仙 （明）张羽 / 3000
香严寺诗 （明）萧宗 / 3000
朝鸦 （明）汪元锡 / 3000
旅夜 （明）黄佐 / 3000
春词 （明）谢榛 / 3000
郊行即事 （明）李先芳 / 3000
寒鸦图 （明）黎民表 / 3001
归鸦 （明）沈明臣 / 3001
书去年临别画疏林暮鸦与季康
　（明）程嘉燧 / 3001
夜泊梁溪 （明）范汭 / 3001

卷四百三十五　鹊类

四言古 ……………… 3002
　魏德讴 （魏）曹植 / 3002
五言古 ……………… 3002
　咏鹊 （梁）萧纪 / 3002
　看柳上鹊 （北齐）魏收 / 3002

园树有巢鹊戏以咏之
　　（隋）魏澹／3002
　山行见鹊巢（唐）蒋冽／3003
　异鹊（宋）苏轼／3003
七言古　附长短句 ……… 3003
　祝鹊（唐）王建／3003
　即事（宋）程俱／3003
　鹊有媒（元）吴景奎／3004
五言律 ……………… 3004
　咏鹊（唐）李峤／3004
五言排律 …………… 3004
　花枝独鹊（明）陈于陛／3004
七言律 ……………… 3005
　鄜州进白野鹊
　　（唐）薛能／3005
　鹊（唐）韩偓／3005
　鹊（唐）徐夤／3005
　鹊（南唐）韩溉／3005
五言绝句 …………… 3006
　咏礼部尚书厅后鹊
　　（唐）苏颋／3006
　夜飞鹊（唐）蒋冽／3006
　黄荃鹊雏（宋）文同／3006
　王若水梨花山鹊
　　（元）张雨／3006
七言绝句 …………… 3006
　闺情（唐）李端／3006
　山鹊（唐）司空图／3006
　喜山鹊初归（唐）司空图／3007

阁下昼眠（宋）蔡襄／3007
寓壶源僧舍（宋）吴儆／3007
山家（元）刘因／3007

卷四百三十六　鸠类

四言古 ……………… 3008
　魏德讴（魏）曹植／3008
五言古 ……………… 3008
　白浮鸠（梁）吴均／3008
　春鸠（唐）元稹／3008
　鸠隐（明）汪应轸／3008
七言古　附长短句 ……… 3009
　青鸠词（宋）徐照／3009
　题画（明）张邦奇／3009
五言绝句 …………… 3009
　西窗昼雨（元）黄镇成／3009
七言绝句 …………… 3009
　初晴游沧浪亭
　　（宋）苏舜钦／3009
　绝句（宋）苏轼／3009
　清明日晚晴（宋）沈与求／3010
　曾宏父将往霅川见内相叶公
　　以诗为别，次其韵以自见
　　（宋）沈与求／3010
　村居秋暮（宋）薛季宣／3010
　春日即事（金）周昂／3010
　即事（金）周昂／3010
　雨中过山（明）高启／3010
　梨花锦鸠（明）张以宁／3011

题梨花锦鸠图
　　（明）程本立／3011
题鸣鸠拂羽图
　　（明）胡俨／3011
题梨花斑鸠图
　　（明）王恭／3011
过相湖（明）怀悦／3011
斑鸠（明）钱逊／3011
春郊即事（明）宋登春／3012
长幅茧纸仿叔明
　　（明）李日华／3012
暮春入栖霞山寻张文寺
　　（明）纪青／3012
春寒（明）张宇初／3012

卷四百三十七　莺类

五言古 …………………… 3013
白田马上闻莺
　　（唐）李白／3013
闻早莺（唐）白居易／3013
闻晚莺（明）高启／3013
黄鸟日来啼（明）胡宗仁／3013
七言古　附长短句 ……… 3014
侍从宜春苑奉诏赋龙池柳色
初青听新莺百啭歌
　　（唐）李白／3014
听莺曲（唐）韦应物／3014
听莺曲（元）杨维桢／3015
四禽图（明）李东阳／3015

秋莺歌（明）僧宗泐／3015
五言律 …………………… 3016
咏莺（唐）李峤／3016
咏黄莺（唐）孙处／3016
听宫莺（唐）王维／3016
莺声（唐）罗隐／3016
闻莺（宋）杨万里／3016
五言排律 ………………… 3017
早春雪中闻莺
　　（唐）韩愈／3017
莺出谷（唐）钱可复／3017
莺出谷（唐）张鹭／3017
柳陌听早莺（唐）陶翰／3017
禁林闻晓莺（唐）陆宸／3017
七言律 …………………… 3018
流莺（唐）李商隐／3018
宫莺（唐）徐夤／3018
早莺（唐）僧贯休／3018
莺梭（元）谢宗可／3018
禁中闻莺（明）章懋／3019
春暮见莺（明）石珤／3019
初自彭城山行闻莺
　　（明）王世贞／3019
新莺（明）屠隆／3019
秋莺（明）廖孔说／3020
五言绝句 ………………… 3020
咏黄莺儿（唐）郑愔／3020
江行（唐）钱起／3020
洛阳陌（唐）顾况／3020

残莺（唐）雍裕之 / 3020
早起（唐）李商隐 / 3020
春中（唐）司空图 / 3021
退居漫题（唐）司空图 / 3021
晓起闻莺（元）赵孟頫 / 3021
晚春即事（元）朱德润 / 3021
新莺（明）袁凯 / 3021
寄都主事穆（明）李梦阳 / 3021
送王生北行（明）李梦阳 / 3021
舟中杂咏（明）徐霖 / 3022
闲居（明）南元善 / 3022
春晚（明）章士雅 / 3022

六言绝句 ………… 3022
莺（唐）李中 / 3022
湖上（元）张宪 / 3022
杂咏（元）马臻 / 3022
郊居（明）袁凯 / 3023
六言（明）顾清 / 3023
春游（明）李濂 / 3023

七言绝句 ………… 3023
过刘五（唐）李颀 / 3023
漫兴（唐）杜甫 / 3023
寒食寄京师诸弟
　（唐）韦应物 / 3024
春思（唐）韦应物 / 3024
赠远（唐）顾况 / 3024
送郭秀才（唐）顾况 / 3024
移家别湖上亭
　（唐）戎昱 / 3024

春霁花萼楼南闻宫莺
　（唐）杨凌 / 3024
春兴（唐）武元衡 / 3025
和武相公春晓闻莺
　（唐）杨巨源 / 3025
宫词（唐）王建 / 3025
和门下武相公春晓闻莺
　（唐）王建 / 3025
残春曲（唐）白居易 / 3025
春词（唐）施肩吾 / 3025
山中送友人（唐）施肩吾 / 3026
江南春（唐）杜牧 / 3026
访友人幽居（唐）雍陶 / 3026
待漏院吟（唐）刘邺 / 3026
晓登成都迎春阁
　（唐）刘驾 / 3026
和袭美春夕陪崔谏议樱桃园宴
　（唐）陆龟蒙 / 3026
鹂（唐）司空图 / 3027
杨柳枝寿杯词
　（唐）司空图 / 3027
早入谏院（唐）郑谷 / 3027
黄莺（唐）郑谷 / 3027
幽斋（唐）僧齐己 / 3027
独卧（宋）王安石 / 3027
示西林可师（宋）朱子 / 3028
五月闻莺（宋）范成大 / 3028
晚春田园杂兴
　（宋）范成大 / 3028

新凉（宋）徐玑/3028
越州歌（宋）汪元量/3028
宫词（宋）花蕊夫人/3029
城西游（元）刘秉忠/3029
柳下听莺（元）许有孚/3029
到京师（元）杨载/3029
题黄鹏海棠图（元）陈旅/3029
和马伯庸学士拟古宫词
　　（元）贡师泰/3029
京城春日（元）迺贤/3030
次韵赵祭酒城东宴集
　　（元）迺贤/3030
即席用苏世贤韵送郭子昭
　　（元）许谦/3030
湖光山色楼口占
　　（元）顾瑛/3030
春日幽居（元）马臻/3030
村中书事（元）马臻/3030
赋得闻莺送客
　　（明）朱恬烄/3031
闰三月有感（明）高启/3031
春夜（明）沈应/3031
黄莺（明）李东阳/3031
新春谩兴（明）刘玉/3031
雨中过鲍庵先生园居
　　（明）陈章/3031
京馆闻莺（明）祝允明/3032
白雀返棹李王二子送余过虞
　　山下作（明）王宠/3032

绝句（明）苏濂/3032
春尽日闻莺（明）孙艾/3032
愚公园春酌（明）谢榛/3032
早夏示殿卿（明）李攀龙/3032
徐汝思见过林亭
　　（明）李攀龙/3033
饮钱大花树下
　　（明）吴孺子/3033
鹫岭寺寄友人
　　（明）吴兆/3033

卷四百三十八　燕类

五言古 …………………… 3034
咏双燕（宋）鲍照/3034
双燕离（梁）简文帝/3034
新燕（梁）简文帝/3034
和晋安王咏双燕
　　（梁）庾肩吾/3035
咏檐燕（梁）庾肩吾/3035
赠杜容成（梁）吴均/3035
咏燕燕于飞应诏
　　（陈）江总/3035
咏衔泥双燕（陈）萧诠/3035
赋得檐燕（唐）皇甫冉/3035
赋得巢燕送客
　　（唐）钱起/3036
赋得早燕送别
　　（唐）李益/3036
燕诗示刘叟（唐）白居易/3036

晚燕 （唐）白居易 / 3036
双燕曲 （明）杨慎 / 3037
七言古　附长短句 ……… 3037
　赋得戏燕俱宿
　　（隋）虞世基 / 3037
　燕衔泥 （唐）韦应物 / 3037
　春燕词 （唐）王建 / 3037
　京城燕 （元）迺贤 / 3038
五言律 ………………… 3038
　咏燕 （唐）李峤 / 3038
　咏燕 （唐）张九龄 / 3038
　双燕 （唐）杜甫 / 3038
　归燕 （唐）杜甫 / 3039
　空梁落燕泥 （唐）顾况 / 3039
　洞房燕 （唐）张祜 / 3039
　燕 （唐）罗隐 / 3039
　燕雏 （唐）吴融 / 3039
　赠燕 （金）李宴 / 3039
　雪中燕 （明）杨基 / 3040
　题绿柳紫燕图
　　（明）王袤 / 3040
　归燕 （明）施敬 / 3040
　赋得燕燕于飞
　　（明）方九叙 / 3040
　春燕 （明）潘之恒 / 3040
五言排律 ……………… 3041
　归燕 （唐）武元衡 / 3041
　归燕词 （唐）李建勋 / 3041
七言律 ………………… 3041

燕 （唐）郑谷 / 3041
雏燕 （元）张弘范 / 3041
燕 （元）刘埙 / 3042
睡燕 （元）谢宗可 / 3042
白燕 （明）时大本 / 3042
燕泥 （明）瞿佑 / 3042
白燕 （明）顾清 / 3043
白燕次希大韵 （明）储巏 / 3043
燕 （明）朱诇 / 3043
和顾汝和玉河见白燕
　（明）黎民表 / 3043
玉燕 （明）朱之蕃 / 3044
白燕 （明）朱之蕃 / 3044
应制题扇 （明）申时行 / 3044
五言绝句 ……………… 3044
燕巢军幕 （唐）宋之问 / 3044
春燕 （唐）徐璧 / 3045
长相思 （唐）张继 / 3045
淮阴行 （唐）刘禹锡 / 3045
古宫词 （唐）皮日休 / 3045
杂诗 （宋）梅尧臣 / 3045
双燕 （宋）范成大 / 3045
燕 （元）宋无 / 3045
春晓 （明）于谦 / 3046
春曲 （明）李梦阳 / 3046
社燕吟 （明）朱应登 / 3046
题画 （明）李蓘 / 3046
六言绝句 ……………… 3046
燕 （唐）李中 / 3046

远归图 （明）陈继／3046
七言绝句 ·················· 3047
　苏溪亭 （唐）戴叔伦／3047
　宫燕词 （唐）杨巨源／3047
　归燕下第后献主司
　　　（唐）章孝标／3047
　归燕 （唐）杜牧／3047
　村舍燕 （唐）杜牧／3047
　春来燕 （唐）杜荀鹤／3047
　秋燕 （唐）司空图／3048
　新燕 （唐）成彦雄／3048
　燕来 （唐）韦庄／3048
　燕 （唐）滕白／3048
　咏燕上主司 （唐）欧阳澥／3048
　送人还吴江道中作
　　　（宋）苏舜钦／3048
　春近四绝句（录一）
　　　（宋）黄庭坚／3049
　春日 （宋）范成大／3049
　贞燕 （金）元好问／3049
　卜居 （金）李俊民／3049
　庚子营又青旧业
　　　（元）尹廷高／3049
　留燕 （元）刘秉忠／3049
　文妇词 （元）元淮／3050
　新燕 （元）张弘范／3050
　即事 （元）赵孟頫／3050
　消燕 （元）马祖常／3050
　寄示男武子 （元）马祖常／3050
　腊日偶题 （元）虞集／3050
　绝句 （元）范梈／3051
　双燕图赠王惟中
　　　（元）傅若金／3051
　燕子词 （元）杨维桢／3051
　登双凤普福宫东楼赠吴道传，
　　时周境存隐君同席
　　　（元）王逢／3051
　西湖竹枝词 （元）钱惟善／3051
　春兴 （元）僧善住／3052
　古宫词 （明）朱让栩／3052
　宫词 （明）申屠衡／3052
　漫兴 （明）史迁／3052
　春日偶成 （明）樊阜／3052
　春思 （明）王谊／3052
　燕 （明）李东阳／3053
　春日睡起 （明）张泰／3053
　春闺词 （明）王瑞／3053
　燕 （明）叶权／3053
　青楼曲 （明）王伯稠／3053
　春词 （明）宋登春／3053
　春日小斋 （明）沈野／3054
　燕 （明）陈价夫／3054
　自适 （明）李氏／3054

　卷四百三十九　白鹇类

五言古 ·················· 3055
　赠黄山胡公求白鹇
　　　（唐）李白／3055

和梅龙图公仪谢鹇
　　（宋）欧阳修/3055
　白鹇　（明）徐渭/3056
七言古　附长短句 ……… 3056
　放白鹇篇　（唐）宋之问/3056
　白鹇　（明）杨基/3056
七言绝句 ………………… 3057
　和孙明府怀旧山
　　（唐）雍陶/3057
　杏花白鹇　（宋）苏轼/3057

卷四百四十　鹦鹉类

五言古 …………………… 3058
　鹦鹉　（唐）李义府/3058
　鹦鹉联句同王继学赋
　　（元）马祖常/3058
七言古 …………………… 3058
　赋鹦鹉送僾世南廉使之海南
　　（元）迺贤/3058
五言律 …………………… 3059
　同蔡孚起居咏鹦鹉
　　（唐）胡皓/3059
　鹦鹉　（唐）杜甫/3059
　鹦鹉　（唐）张祜/3059
　鹦鹉　（唐）杜牧/3059
　咏鹦鹉　（唐）裴说/3059
　桃花鹦鹉　（元）揭傒斯/3060
　范司马东溟先生怜仆羁孤
　　客旅，邀仆观白鹦鹉……

　　（明）吴孺子/3060
　鹦鹉　（明）马守真/3060
七言律 …………………… 3060
　双鹦鹉　（唐）白居易/3060
　鹦鹉　（唐）白居易/3060
　鹦鹉　（唐）殷文圭/3061
　鹦鹉咏　（唐）罗邺/3061
　咏鹦鹉　（明）高岱/3061
　鹦鹉　（明）张维/3061
五言绝句 ………………… 3062
　见鹦鹉有赤色者遂赋
　　（明）黄鲁曾/3062
七言绝句 ………………… 3062
　赴北庭度陇思家
　　（唐）岑参/3062
　吴宫词　（唐）白居易/3062
　宫词　（唐）王涯/3062
　汉宫词　（唐）鲍溶/3062
　奉和鹦鹉　（唐）徐凝/3062
　夕　（唐）成彦雄/3063
　鹦鹉　（唐）罗隐/3063
　宫词　（宋）花蕊夫人/3063
　有怀遂长老（元）刘秉忠/3063
　东家四时词　（元）虞集/3063
　滦京杂咏　（元）杨允孚/3063
　西湖春日壮游即事
　　（元）马臻/3064
　纵禽　（明）沈周/3064
　无题　（明）屠隆/3064

万历五年春有献五色鹦鹉者
诏入之恭赋
　　（明）沈明臣／3064

卷四百四十一　鹳鹆类

七言古　附长短句 ……… 3065
　宝观主白鹳鹆歌
　　（唐）韦应物／3065
　戏咏子舟画两竹两鹳鹆
　　（宋）苏轼／3065
　四禽图（明）李东阳／3066

七言绝句 ……………… 3066
　鹳鹆育雏于贞节堂东壁，壁高
　且危……（明）陈宪章／3066
　题画（明）僧德祥／3066

卷四百四十二　雀类（附黄雀）

五言古 ………………… 3067
　青雀（魏）刘桢／3067
　沧海雀（梁）张率／3067
　雀乳空井中（梁）刘孝威／3067
　咏雀（梁）沈趋／3067
　咏雀（隋）李孝贞／3068
　空城雀（唐）李白／3068
　空城雀（唐）孟郊／3068
　义雀行和朱评事
　　（唐）贾岛／3068
　早起闻雀声（明）王问／3068
　空城雀（明）僧宗泐／3069

长短句 ………………… 3069
　青雀歌（唐）王维／3069
　青雀歌（唐）裴迪／3069
　青雀歌（唐）卢象／3069
　青雀歌（唐）崔兴宗／3069
　题百雀图（明）汪应轸／3070

五言律 ………………… 3070
　咏雀（唐）李峤／3070
　檐雀（唐）杨发／3070

五言排律 ……………… 3070
　旌节亭瓦雀（明）陈宪章／3070

七言律 ………………… 3071
　笼雀（明）王翱／3071

七言绝句 ……………… 3071
　雀（宋）李觏／3071
　疏梅寒雀图（元）王恽／3071
　芳塘（元）僧圆至／3071
　赠刘七（明）雷思霈／3071

卷四百四十三　画眉类

七言绝句 ……………… 3072
　画眉鸟（宋）欧阳修／3072
　画眉禽（宋）文同／3072
　桃竹画眉图（元）黄溍／3072
　白画眉图（元）陈旅／3072
　杏花画眉（明）钱逊／3073
　画眉（明）范言／3073

卷四百四十四 戴胜类

七言古 ·················· 3074
  戴胜词 （唐）王建／3074
五言排律 ················ 3074
  织鸟 （唐）张何／3074
七言绝句 ················ 3074
  题戴胜 （唐）贾岛／3074
  春日田家 （明）朱真淤／3075
  戴胜 （明）僧守仁／3075

卷四百四十五 布谷类
（报谷、郭公同）

长短句 ·················· 3076
  禽言 （明）冯惟敏／3076
五言绝句 ················ 3076
  郭公 （宋）孔平仲／3076
七言绝句 ················ 3076
  稼邨诗帖 （宋）蔡襄／3076
  山村 （宋）苏轼／3077
  暮春 （宋）陆游／3077
  暮行田间 （宋）杨万里／3077
  写兴 （明）汪广洋／3077

卷四百四十六 提壶类

长短句 ·················· 3078
  提壶 （宋）梅尧臣／3078
七言律 ·················· 3078
  早春闻提壶鸟因题邻家
  （唐）白居易／3078
五言绝句 ················ 3078
  提壶芦 （宋）文同／3078
  谯国嘲提壶 （宋）晁补之／3079
六言绝句 ················ 3079
  漫题 （元）蒲道源／3079
七言绝句 ················ 3079
  初入山闻提壶鸟
    （宋）王禹偁／3079
  花前独酌 （金）姚孝锡／3079

卷四百四十七 啄木类

四言古 ·················· 3080
  啄木诗 （晋）左芬／3080
五言古 ·················· 3080
  啄木 （明）僧宗衍／3080
长短句 ·················· 3080
  啄木 （晋）傅玄／3080
七言绝句 ················ 3081
  啄木谣 （唐）陈标／3081
  拟古宫词 （明）朱让栩／3081

卷四百四十八 鸳鸯类

四言古 ·················· 3082
  赠秀才入军 （魏）嵇康／3082
  酒会诗 （魏）嵇康／3082
五言古 ·················· 3082
  鸳鸯篇 （唐）陈子昂／3082

庭下养三鸳鸯，忽去不返，
戏为此诗
　　（金）宇文虚中 / 3083
题画 （明）张绅 / 3083
鸳鸯曲 （明）陆师道 / 3083
七言律 …………………… 3083
和友人鸳鸯之什
　　（唐）崔珏 / 3083
鸳鸯 （唐）罗邺 / 3084
鸳鸯 （唐）皮日休 / 3084
五言绝句 ………………… 3084
江南曲 （唐）储光羲 / 3084
吴子夜四时歌
　　（元）杨维桢 / 3084
莲塘曲 （明）刘基 / 3084
鸳鸯 （明）高启 / 3085
塘上行 （明）李德 / 3085
采莲曲 （明）常伦 / 3085
采菱曲 （明）金銮 / 3085
题画 （明）李蓘 / 3085
子夜歌 （明）董少玉 / 3085
七言绝句 ………………… 3085
野望 （唐）羊士谔 / 3085
南塘 （唐）鲍溶 / 3086
华下 （唐）司空图 / 3086
鸳鸯 （唐）吉师老 / 3086
荆溪夜泊 （唐）李九龄 / 3086
春雨 （宋）徐玑 / 3086
逢江易艺芳于赋芳洲

　　（元）欧阳玄 / 3086
绝句 （明）王立中 / 3087
题吴王纳凉图
　　（明）袁凯 / 3087
夏日忆西湖 （明）于谦 / 3087
四时词（夏）（明）陆钺 / 3087
孟夏行田杂歌
　　（明）朱曰藩 / 3087
宫词 （明）王叔承 / 3087

卷四百四十九　鸂鶒类

五言古 …………………… 3088
咏鸂鶒 （齐）谢朓 / 3088
咏飞来鸂鶒 （梁）简文帝 / 3088
长短句 …………………… 3088
忆西湖双鸂鶒
　　（唐）李绅 / 3088
五言律 …………………… 3089
鸂鶒 （唐）杜甫 / 3089
鸂鶒 （唐）许浑 / 3089
鸂鶒 （唐）李中 / 3089
七言律 …………………… 3089
鸂鶒 （唐）唐彦谦 / 3089
七言绝句 ………………… 3089
答顾况 （唐）包佶 / 3089
鸂鶒 （唐）李群玉 / 3090
南庄春晚 （唐）李群玉 / 3090
玩金鸂鶒戏赠袭美
　　（唐）陆龟蒙 / 3090

和陆鲁望玩金鸂鶒戏赠
　　（唐）皮日休／3090
玩金鸂鶒　（唐）张贲／3090
题马贲画鸂鶒图
　　（金）党怀英／3090
竹杏沙头鸂鶒
　　（元）虞集／3091

卷四百五十　鹅鹕类

五言律 …………… 3092
　鹅鹕　（唐）杜牧／3092
七言律 …………… 3092
　鹅鹕　（唐）陆龟蒙／3092
五言绝句 …………… 3092
　池塘晚景　（唐）李群玉／3092
七言绝句 …………… 3093
　酬答　（唐）李贺／3093
　春堤曲　（唐）张籍／3093
　浪淘沙　（唐）皇甫松／3093
　池上作　（宋）林逋／3093
　杂诗　（金）王磵／3093
　谩成　（元）马臻／3093
　松陵舟中迟钱受之太史
　　（明）范汭／3094
　秋夜集石湖分得妆字
　　（明）王微／3094

卷四百五十一　鸥类

五言古 …………… 3095

古风　（唐）李白／3095
七言古　附长短句 …… 3095
　弄白鸥歌　（唐）刘长卿／3095
　赋得白鸥歌送李伯康归使
　　（唐）卢纶／3095
　题白鹭洲江鸥送陈君
　　（宋）徐铉／3096
　述鸥　（宋）孔平仲／3096
五言律 …………… 3096
　鸥　（唐）杜甫／3096
　赠沙鸥　（唐）白居易／3097
　盟鸥轩　（明）僧妙声／3097
七言律 …………… 3097
　白鸥　（唐）陆龟蒙／3097
　和鲁望白鸥　（唐）皮日休／3097
　狎鸥亭　（宋）韩琦／3097
　横塘春泛　（明）王世懋／3098
五言绝句 …………… 3098
　戏鸥　（唐）钱起／3098
　寄淮上柳十三
　　（唐）顾况／3098
　江鸥　（唐）崔道融／3098
　过溪亭　（宋）文同／3098
　吉水夜泊　（宋）真山民／3099
　孙氏午沟桥亭
　　（金）王庭筠／3099
　朱泽民山水　（元）郑元祐／3099
六言绝句 …………… 3099
　题画　（明）徐有贞／3099

七言绝句 …………………… 3099
　夔州歌 （唐）杜甫 / 3099
　闲思 （唐）戴叔伦 / 3099
　寿安水馆 （唐）薛能 / 3100
　马当呼鸥不至，偶成呈同行
　　诸官 （宋）余靖 / 3100
　观鱼亭呈陈公度
　　（宋）张耒 / 3100
　三山次郑德宇韵
　　（宋）朱槔 / 3100
　梦回 （宋）林景熙 / 3100
　淮上 （宋）僧道潜 / 3100
　宫词 （宋）花蕊夫人 / 3101
　题均福堂 （金）郝俣 / 3101
　过关渡水图 （金）刘迎 / 3101
　襄阳绝句 （金）王元粹 / 3101
　舟中偶成 （元）贡奎 / 3101
　送人 （元）杨载 / 3101
　海鸥 （元）宋无 / 3102
　漫成 （元）马臻 / 3102
　题画 （明）周砥 / 3102
　观沙鸥 （明）袁凯 / 3102
　江上寄严八 （明）袁凯 / 3102
　题画 （明）王直 / 3102
　题沈恒吉画扇 （明）陈宽 / 3103
　送沈彦修 （明）丁岳 / 3103
　夜泊阖闾城 （明）孙一元 / 3103
　漫兴 （明）施渐 / 3103
　金山吞海亭 （明）许相卿 / 3103

　江上杂咏 （明）尹嘉宾 / 3103
　题画 （明）僧德祥 / 3104

卷四百五十二　　鹭类

五言古 …………………… 3105
　朱鹭 （梁）王僧孺 / 3105
　朱鹭 （陈）张正见 / 3105
　朱鹭 （陈）苏子卿 / 3105
　白鹭 （唐）刘长卿 / 3105
　舟中杂咏 （元）袁桷 / 3106
　九鹭图 （元）傅若金 / 3106
　题尚仲良画鹭卷
　　（明）张以宁 / 3106
七言古　附长短句 ……… 3106
　白鹭 （唐）刘禹锡 / 3106
　题九鹭图 （明）萧镃 / 3106
五言律　附小律 ………… 3107
　白鹭咏 （唐）李端 / 3107
　鹭鸶 （唐）张祜 / 3107
　鹭 （唐）裴说 / 3107
　鹭鸶 （宋）徐照 / 3107
　正阳城楼西角二鹭巢焉
　　（明）皇甫汸 / 3108
　题宣庙御笔汀鹭应制
　　（明）于慎行 / 3108
五言排律 ………………… 3108
　省试振鹭 （唐）李频 / 3108
七言律 …………………… 3108
　崔卿双白鹭 （唐）顾非熊 / 3108

崔卿池上双白鹭
　　（唐）贾岛 / 3108
咏双白鹭　（唐）雍陶 / 3109
亲仁里双鹭　（唐）许棠 / 3109
鹭鸶　（唐）刘象 / 3109
双鹭　（唐）徐夤 / 3109
驯鹭　（元）张雨 / 3110
五言绝句 ……………… 3110
白鹭鸶　（唐）李白 / 3110
赋得白鹭鸶送宋少府入三峡
　　（唐）李白 / 3110
晚归鹭　（唐）钱起 / 3110
江行　（唐）钱起 / 3110
白鹭　（唐）李嘉祐 / 3110
沙上鹭　（唐）张文姬 / 3111
崔白画荷苇寒鹭
　　（宋）文同 / 3111
题秋塘图　（元）陈深 / 3111
过高邮射阳湖杂咏
　　（元）萨都剌 / 3111
鹭　（元）吴师道 / 3111
出郊　（明）杨慎 / 3111
湘江绝句　（明）王鏳 / 3111
六言绝句 ……………… 3112
鹭鸶　（宋）文同 / 3112
再赠鹭鸶　（宋）文同 / 3112
七言绝句 ……………… 3112
漫成一绝　（唐）杜甫 / 3112
长安县后庭看画

　　（唐）王建 / 3112
箬岘东池　（唐）白居易 / 3112
鹭鸶　（唐）卢仝 / 3113
鹭鸶　（唐）杜牧 / 3113
鹭鸶　（唐）许浑 / 3113
白鹭　（唐）陆龟蒙 / 3113
鹭鸶　（唐）来鹏 / 3113
鹭鸶障子　（唐）张乔 / 3113
鹭鸶　（唐）郑谷 / 3114
失鹭鸶　（唐）郑谷 / 3114
放鹭鸶　（唐）李中 / 3114
鹭鸶　（唐）罗隐 / 3114
田家　（宋）张耒 / 3114
罗江　（宋）陈与义 / 3114
题秋鹭图　（宋）范成大 / 3115
城头秋望　（宋）杨万里 / 3115
壕上书事　（宋）杨万里 / 3115
晨炊玉田观鹭
　　（宋）杨万里 / 3115
秋日西湖　（宋）僧道潜 / 3115
古诗云："芦花白间蓼花红，
　一日秋江惨澹中……
　　（宋）僧惠洪 / 3115
阅见　（金）边元鼎 / 3116
游南城　（金）李好复 / 3116
鹭　（元）马臻 / 3116
正月十九日　（明）镏崧 / 3116
秋塘　（明）镏师邵 / 3116
题画　（明）僧智舷 / 3116

卷四百五十三　百舌类

五言古 …………………… 3117
　侍宴咏反舌（梁）沈约/3117
　咏百舌（梁）刘孝绰/3117
　听百舌（梁）刘令娴/3117
　长安听百舌（陈）韦鼎/3117
　听百舌鸟（隋）李孝贞/3118
七言古 …………………… 3118
　百舌吟（唐）刘禹锡/3118
五言排律 ………………… 3118
　徐州试反舌无声
　　　（唐）张籍/3118
七言律 …………………… 3119
　听百舌鸟（唐）王维/3119
　赋百舌鸟（唐）严郾/3119
　竹间听反舌鸟
　　　（明）僧慧秀/3119
七言绝句 ………………… 3119
　百舌鸟（唐）僧无则/3119
　戏和舍弟船场探春
　　　（宋）黄庭坚/3120
　山中春晓听鸟声
　　　（明）高启/3120
　春日书院（明）鲁铎/3120
　园居（明）俞允文/3120

卷四百五十四　杜鹃类

五言律 …………………… 3121
　子规（唐）杜甫/3121
　和周赞善闻子规
　　　（唐）张籍/3121
五言绝句 ………………… 3121
　夜闻子规（唐）王建/3121
　闻子规（唐）雍陶/3121
七言绝句 ………………… 3122
　送人归岳阳（唐）李益/3122
　泛舟入后溪（唐）羊士谔/3122
　杏山馆听子规
　　　（唐）窦常/3122
　湘江夜泛（唐）熊孺登/3122
　宿石矶（唐）元稹/3122
　酬乐天舟泊夜读微之诗
　　　（唐）元稹/3122
　吕校书雨中见访
　　　（唐）赵嘏/3123
　闻杜鹃（唐）雍陶/3123
　暮春送人（唐）僧无闷/3123
　崇寿客舍夜闻子规，得三
　　绝句……（宋）朱子/3123
　夜闻子规（宋）朱子/3123
　邻山县（宋）范成大/3123
　过真阳峡（宋）杨万里/3124
　乡村四月（宋）翁卷/3124
　次韵陈君授暮春感怀
　　　（宋）王庭珪/3124
　溪桥晚兴（宋）郑协/3124
　春日杂兴（宋）僧道潜/3124

暮春 （元）黄庚 / 3124
客中即事 （元）杨载 / 3125
得樟树镇便寄家书
　　（元）范梈 / 3125
春暮 （元）叶颙 / 3125
己未夏日杂兴
　　（元）僧善住 / 3125
江上 （明）汪广洋 / 3125
山中冬日偶题
　　（明）纪青 / 3125

卷四百五十五　鶪鸠类
（伯劳同）

五言古 ·················· 3126
　鶪鸠吟 （唐）刘禹锡 / 3126
七言绝句 ················ 3126
　即事寄人 （唐）杨凌 / 3126
　湘中谣 （唐）崔涂 / 3126
　水口行舟 （宋）朱子 / 3126
　燕京暮春歌 （明）靳学颜 / 3127

卷四百五十六　白头公类

七言古 ·················· 3128
　白头公词 （元）陈基 / 3128
五言绝句 ················ 3128
　题画白头双鸟
　　（元）贡性之 / 3128
七言绝句 ················ 3128
　子昂画 （元）虞集 / 3128

梨花白头翁图为四明应成立题
　　（元）迺贤 / 3129
雪竹白头翁横披
　　（元）宋聚 / 3129
花上白头翁 （明）王绂 / 3129
题海棠白头翁便面次韵
　　（明）钱洪 / 3129
白头公图 （明）沈周 / 3129

卷四百五十七　白鸟类

五言律 ·················· 3130
　送陈偃赋得白鸟翔翠微
　　（唐）朱湾 / 3130
五言绝句 ················ 3130
　登白楼见白鸟席上命鹧鸪辞
　　（唐）李益 / 3130
七言绝句 ················ 3130
　河梁晚望 （唐）僧子兰 / 3130
　青田同七五兄作
　　（宋）薛季宣 / 3130

卷四百五十八　翠鸟类

五言古 ·················· 3131
　翠鸟 （汉）蔡邕 / 3131
　翡翠 （宋）文同 / 3131
　东谷书所见 （宋）文同 / 3132
七言古 ·················· 3132
　翡翠坞 （唐）李绅 / 3132
　拾羽曲 （宋）文同 / 3132

七言律 …………………… 3132
  翡翠巢（元）杨维桢/3132
五言绝句 ………………… 3133
  绝句（唐）杜甫/3133
  衔鱼翠鸟（唐）钱起/3133
  鱼池（宋）文同/3133
六言绝句 ………………… 3133
  翡翠（宋）文同/3133
七言绝句 ………………… 3133
  翠碧鸟（唐）陆龟蒙/3133
  翠碧鸟（唐）韩偓/3134
  翡翠（唐）僧齐己/3134
  怀友（明）张弼/3134

卷四百五十九　鸬鹚类

五言古 …………………… 3135
  武陵精舍（明）岳岱/3135
五言绝句 ………………… 3135
  鸬鹚堰（唐）王维/3135
七言绝句 ………………… 3135
  春水生（唐）杜甫/3135
  绝句（唐）杜甫/3135
  鸬鹚（唐）杜荀鹤/3136
  过宝应新开河
    （宋）杨万里/3136
  柳塘春口占（元）顾瑛/3136
  田家即事（明）唐时升/3136
  宝泉滩即事（明）李淑媛/3136

卷四百六十　鹧鹑类

五言律 …………………… 3137
  应制题画鹧鹑
    （明）于慎行/3137
七言绝句 ………………… 3137
  雪岸鸣鹧（金）元好问/3137
  辇下曲（元）张昱/3137
  元宫词（明）朱有燉/3137

卷四百六十一　天鹅类

七言绝句 ………………… 3138
  湖州歌（宋）汪元量/3138
  宫词（元）杨维桢/3138

卷四百六十二　凫类

五言古 …………………… 3139
  咏单凫（梁）简文帝/3139
  咏寒凫（梁）简文帝/3139
  赋得泛泛水中凫
    （陈）江总/3139
七言古 …………………… 3139
  白凫行（唐）杜甫/3139
  题惠崇画秋江凫雁
    （宋）王庭珪/3140
  柳塘野鸭（元）虞集/3140
五言律 …………………… 3140
  咏凫（唐）李峤/3140
  翠漪堂（宋）文同/3140

七言律 ·················· 3141
　池上双凫（唐）吴融/3141
　咏凫（宋）文同/3141
五言绝句 ················ 3141
　野鸭（唐）李群玉/3141
　东飞凫（唐）陆龟蒙/3141
　池上双凫（唐）薛涛/3142
　方湖（宋）文同/3142
　冰池（宋）文同/3142
　寒芦港（宋）文同/3142
　柴门（明）郑善夫/3142
七言绝句 ················ 3142
　漫兴（唐）杜甫/3142
　发青山馆（唐）赵嘏/3142
　天汉桥（宋）文同/3143
　晚登净远亭（宋）杨万里/3143
　登净远亭（宋）杨万里/3143
　望瀛台春望（金）边元勋/3143
　欸歌（元）顾瑛/3143
　冻凫（元）贡性之/3143
　梨花睡鸭图（明）顾观/3144
　春日怀江上（明）高启/3144
　江上晚归（明）高启/3144
　巴人竹枝歌（明）王廷相/3144

卷四百六十三　竹鸡类
　（泥滑滑同）

长短句 ·················· 3145
　禽言（宋）朱子/3145

五言绝句 ················ 3145
　泥滑滑（宋）文同/3145
七言绝句 ················ 3145
　绝句（宋）范成大/3145
　天台道上早行
　　（宋）戴昺/3145
　雪霁（金）马定国/3146
　竹枝词（元）丁鹤年/3146
　入峓口（明）程庆玢/3146
　府江杂诗（明）谢少南/3146
　寄洪时斋（明）僧德祥/3146

卷四百六十四　鹅类

五言古　附长短句 ········ 3147
　咏鹅（唐）骆宾王/3147
　道州北池放鹅（唐）吕温/3147
　滕昌祐藭香睡鹅图
　　（元）虞集/3147
七言古 ·················· 3147
　赵大年鹅图（元）杨维桢/3147
五言律 ·················· 3148
　舟前小鹅儿（唐）杜甫/3148
　黄尊师高轩观鹅因留宿
　　（元）揭傒斯/3148
　与客夜登开利寺观鹅亭
　　（明）王问/3148
七言绝句 ················ 3148
　送贺宾客归越
　　（唐）李白/3148

得房公池鹅 （唐）杜甫／3149
题鹅 （唐）李商隐／3149
深院 （唐）韩偓／3149
同乐园 （金）赵秉文／3149
闲闲公为上清宫道士写经，
　并以所养鹅群付之……
　　（元）杨云翼／3149
春寒 （元）方回／3149
访张道士题壁
　　（明）袁凯／3150
过北塘 （明）高启／3150
夜至阳城田家 （明）高启／3150
观书偶成 （明）史鉴／3150

卷四百六十五　鸭类

五言古 …………………… 3151
　鸭雏 （宋）梅尧臣／3151
　斗鸭篇 （明）高启／3151
长短句 …………………… 3152
　射鸭词 （明）高启／3152
五言律 …………………… 3152
　花鸭 （唐）杜甫／3152
五言绝句 ………………… 3152
　画鸭 （元）揭傒斯／3152
六言绝句 ………………… 3152
　宫中三台词 （唐）王建／3152
　静观 （宋）文同／3153
七言绝句 ………………… 3153
　小鸭 （宋）黄庭坚／3153

春日 （宋）晁冲之／3153
晚春田园杂兴
　　（宋）范成大／3153
夏日田园杂兴
　　（宋）范成大／3153
茶陵竹枝歌 （明）李东阳／3153
白苎词 （明）孙一元／3154

卷四百六十六　鸡类

五言古 …………………… 3155
　斗鸡篇 （魏）曹植／3155
　斗鸡 （魏）刘桢／3155
　斗鸡 （梁）简文帝／3155
　斗鸡 （陈）徐陵／3156
　斗鸡东郊道 （陈）褚玠／3156
　看斗鸡 （北周）王褒／3156
　斗鸡 （北周）庾信／3156
　鸡鸣篇 （隋）岑德润／3156
　斗鸡联句 （唐）韩愈／3156
七言古　附长短句 ……… 3157
　鸡鸣篇 （梁）简文帝／3157
　鸡鸣歌 （隋）阙名／3157
　缚鸡行 （唐）杜甫／3158
　鸡鸣曲 （唐）陈陶／3158
　仙鸡诗 （金）元德明／3158
　斗鸡行 （元）杨维桢／3159
　鸡鸣歌 （明）高启／3159
　钱舜举画花石子母鸡图
　　（明）王淮／3159

鸡鸣歌　（明）僧道衍／3160
五言律 …………………… 3160
　咏鸡　（唐）杜甫／3160
　鸡　（唐）徐夤／3160
五言排律 …………………… 3160
　咏寒食斗鸡应秦王教
　　（唐）杜淹／3160
七言律 …………………… 3161
　晨鸡　（唐）刘兼／3161
五言绝句 …………………… 3161
　闻鸡赠主人　（唐）李益／3161
　早行遇雪　（唐）石召／3161
　近诗　（唐）奚锐金／3161
　早行　（宋）刘子翚／3161
　饮酒西岩　（金）蔡松年／3162
　金鸡山　（元）贡师泰／3162
　杂兴　（元）周权／3162
　马氏东轩　（明）高启／3162
　途中　（明）陆深／3162
六言绝句 …………………… 3162
　晓枕　（宋）范成大／3162
七言绝句 …………………… 3163
　赋得鸡　（唐）李商隐／3163
　仙人词　（唐）陈陶／3163
　鸡鸣曲　（唐）汪遵／3163
　鸡　（唐）崔道融／3163
　僧爽白鸡　（宋）苏轼／3163
　太湖沿檄西原道即事
　　（宋）程俱／3163

武夷棹歌　（宋）朱子／3164
和筹堂途中即事
　（金）李俊民／3164
和黄景杜雪中即事
　（元）赵孟頫／3164
登师山诸生有书
　（元）郑玉／3164
小游仙　（元）杨维桢／3164
郊行　（明）庄昶／3164
题画　（明）沈周／3165
赠致政司谏刘后峰
　（明）李开先／3165
鸡　（明）俞允文／3165
宿太华山寺　（明）张佳颖／3165
斗鸡图　（明）周天球／3165
田家即事　（明）唐时升／3165
泖上嘲吴凝父　（明）范汭／3166

卷四百六十七　杂鸟类

四言古 …………………… 3167
　大鹏赞　（晋）阮修／3167
　比翼鸟赞　（晋）郭璞／3167
五言古 …………………… 3167
　五色雀　（宋）苏轼／3167
七言古　附长短句 ………… 3168
　时乐鸟篇　（唐）张说／3168
　鸭鵊词　（宋）欧阳修／3168
　禽言　（宋）苏轼／3169
　禽言　（元）杨维桢／3169

倒挂（明）高启／3169
禽言（明）冯惟敏／3169
五言律 …………………… 3170
  白鸽（唐）徐夤／3170
五言排律 ………………… 3170
  学诸进士作精卫衔石填海
    （唐）韩愈／3170
七言律 …………………… 3170
  恭题皇上所御画扇鹡鸰葵兰
    （明）赵用贤／3170
  题御扇所画鹡鸰葵兰
    （明）申时行／3170
  桂花芙蓉山雀
    （明）何洛文／3171
五言绝句 ………………… 3171
  春怀故园（唐）柳宗元／3171
  青鹩（唐）李群玉／3171
  湘中（唐）郑仆射／3171
  偶题（唐）苍头捧剑／3171
  拖白练（宋）文同／3171
  连点七（宋）文同／3172
  淘河（宋）文同／3172
  舜举画棠梨练雀
    （元）程钜夫／3172
  春妍带雪图（元）虞集／3172
六言绝句 ………………… 3172
  鹳（宋）文同／3172
七言绝句 ………………… 3172
  朱坡（唐）杜牧／3172

和袭美松江早春
  （唐）陆龟蒙／3173
龟山寺晚望（唐）张蠙／3173
出郊杂咏（宋）王炎／3173
冬日田园杂兴
  （宋）范成大／3173
自晨至午，起居饮食皆以墙
  外人物之声为节……
  （宋）范成大／3173
宫词（宋）花蕊夫人／3173
东家四时词（元）虞集／3174
题十二红卷子
  （元）杨载／3174
牡丹鹡鸰图（元）朱德润／3174
蓼花雪姑图（元）陈基／3174
小游仙词（元）杨维桢／3174
漫兴（元）杨维桢／3174
水墨四香画（元）杨维桢／3175
杂题（元）王逢／3175
吐绶鸟（元）郑允端／3175
湖上（明）王宠／3175
题画为李宫詹子蕃
  （明）黎民表／3175
山水图（明）僧宗泐／3175

卷四百六十八　龙类（附蛟虬）

五言古 …………………… 3176
  应龙篇（陈）张正见／3176
  飞龙引（北齐）萧悫／3176

龙潭　（元）刘因 / 3176
七言古　附长短句 ……… 3177
　　日离海　（宋）谢翱 / 3177
　　僧传古涌雾出波龙图歌
　　　　（元）柳贯 / 3177
　　题王宰所藏墨龙
　　　　（元）柳贯 / 3177
　　题陈所翁墨龙
　　　　（元）萨都剌 / 3178
　　题陈所翁九龙戏珠图
　　　　（元）张翥 / 3178
　　题苍龙戏海图
　　　　（元）陈泰 / 3179
　　墨龙　（元）张雨 / 3179
　　题吴彦嘉所藏张秋蟾龙图
　　　　（明）方行 / 3179
七言律 …………………… 3180
　　龙池乐章　（唐）苏颋 / 3180
　　奉和圣制龙池篇
　　　　（唐）姚崇 / 3180
五言绝句 ………………… 3180
　　黄神谷纪事　（唐）马戴 / 3180
　　续古　（唐）陈陶 / 3180
　　龙井　（元）贡师泰 / 3180
　　玉簾泉　（元）杜本 / 3181
　　画扇　（元）张宪 / 3181
　　小临海曲　（元）杨维桢 / 3181
　　题道士青山白云图
　　　　（明）张以宁 / 3181

七言绝句 ………………… 3181
　　绝句　（唐）杜甫 / 3181
　　小游仙　（唐）曹唐 / 3181
　　偶题　（宋）王安石 / 3182
　　上沙遇雨快凉
　　　　（宋）范成大 / 3182
　　台山杂咏　（金）元好问 / 3182
　　玉龙图　（元）虞集 / 3182
　　夜发龙潭　（元）萨都剌 / 3182
　　游覆船山宿草堂
　　　　（元）郑玉 / 3183
　　岭南杂咏　（明）汪广洋 / 3183
　　奉同王浚川海上杂歌
　　　　（明）薛蕙 / 3183

卷四百六十九　鱼类
（附虾、海蜇）

四言古 …………………… 3184
　　比目鱼　（晋）郭璞 / 3184
五言古 …………………… 3184
　　咏跃鱼应诏　（梁）张率 / 3184
　　咏石鲸应诏　（陈）周弘正 / 3184
　　赋得莲下游鱼
　　　　（陈）阮卓 / 3184
　　赋得鱼跃水生花
　　　　（陈）张正见 / 3185
　　咏鱼　（隋）岑德润 / 3185
　　岘潭作　（唐）孟浩然 / 3185
　　放鱼　（唐）白居易 / 3185

江南曲 （唐）陆龟蒙 / 3185
种鱼 （唐）皮日休 / 3186
蔡仲谋遗鲫鱼十六尾，余忆
　　在襄城时获此鱼……
　　（宋）梅尧臣 / 3186
白小 （宋）唐庚 / 3186
走笔谢王去非遣馈江鲜
　　（宋）刘宰 / 3186
松江舟中 （宋）戴复古 / 3187
郊居寓目随事辄题
　　（元）袁易 / 3187
食鲈鱼 （元）王恽 / 3187
鱼渊 （明）袁凯 / 3187
观鱼 （明）杨基 / 3188
乐府杂曲 （明）僧法杲 / 3188
七言古　附长短句 ……… 3188
酬中都小吏携斗酒双鱼于
　　逆旅见赠 （唐）李白 / 3188
观打鱼歌 （唐）杜甫 / 3188
阌卿姜七少府设脍戏赠长歌
　　（唐）杜甫 / 3189
罩鱼歌 （唐）温庭筠 / 3189
愧鱼亭 （宋）孔武仲 / 3189
画鱼歌 （宋）苏轼 / 3190
西湖秋涸，东池鱼窘甚，因
　　会客呼网师迁之西池……
　　（宋）苏轼 / 3190
渼陂鱼 （宋）苏轼 / 3190
读神仙传 （宋）程俱 / 3191

鲅鱼 （金）刘迎 / 3191
题捕鱼图 （元）欧阳玄 / 3192
题程亚卿所藏刘进画鱼
　　（明）李东阳 / 3192
五言律 ……………… 3193
白小 （唐）杜甫 / 3193
洞庭鱼 （唐）李商隐 / 3193
荆州 （宋）苏轼 / 3193
江南忆 （金）吴激 / 3194
余旧游魏郡日，有双鱼之馔
　　……（明）王世贞 / 3194
五言排律 …………… 3194
赋得巨鱼纵大壑
　　（唐）钱起 / 3194
鱼上冰 （唐）王季则 / 3194
鱼上冰 （唐）纪元皋 / 3194
赋得巨鱼纵大壑
　　（唐）姚康 / 3195
临川羡鱼 （唐）张元正 / 3195
叉鱼招张功曹
　　（唐）韩愈 / 3195
赋得鱼登龙门 （唐）元稹 / 3195
七言律 ……………… 3196
和鲁望谢惠鱼之什
　　（唐）皮日休 / 3196
观鱼轩 （宋）韩琦 / 3196
杜介送鱼 （宋）苏轼 / 3196
郑太玉送子鱼
　　（宋）唐庚 / 3196

初食淮白鱼（宋）杨万里/3197
和张寺丞谢惠河豚
　　（宋）刘宰/3197
佩之馈石首鱼有诗次韵奉谢
　　（明）李东阳/3197
金鱼（明）朱之蕃/3197
和比玉赋游鱼唼花影
　　（明）程嘉燧/3198
五言绝句 …………………… 3198
江行杂诗（唐）钱起/3198
新亭（唐）韩愈/3198
续古（唐）陈陶/3198
放鱼（唐）李群玉/3198
鱼（宋）苏轼/3198
淮南鱼歌（元）马祖常/3199
和杨铁崖小临海
　　（明）张简/3199
绝句（明）殷奎/3199
西湖曲（明）李东阳/3199
偶成（明）卢沄/3199
六言绝句 …………………… 3199
题娱晖亭（明）唐时升/3199
七言绝句 …………………… 3200
解闷（唐）杜甫/3200
垂花坞醉后戏题
　　（唐）独狐及/3200
小鱼咏寄泾州杨侍郎
　　（唐）卢纶/3200
放鱼（唐）窦巩/3200

盆池（唐）韩愈/3200
观游鱼（唐）白居易/3200
池上寓兴（唐）白居易/3201
南园（唐）李贺/3201
南塘（唐）鲍溶/3201
鲤鱼（唐）章孝标/3201
观鱼（唐）陆希声/3201
对鲙（唐）项斯/3201
游鱼（唐）来鹏/3202
秋霁（唐）崔道融/3202
鱼（宋）欧阳修/3202
赠莘老（宋）苏轼/3202
惠崇春江晚景
　　（宋）苏轼/3202
戏作鮰鱼一绝（宋）苏轼/3202
题超化寺壁（宋）晁冲之/3203
赴广陵道中（宋）晁补之/3203
早夏（宋）陈造/3203
延平道中（宋）朱槔/3203
梅雨（宋）范成大/3203
晚春田园杂兴
　　（宋）范成大/3203
秋日田园杂兴
　　（宋）范成大/3204
自晨至午，起居饮食皆以墙
　外人物之声为节……
　　（宋）范成大/3204
窗下戏咏（宋）陆游/3204
晓坐荷桥（宋）杨万里/3204

垂虹亭看打鱼斫鲙
　　（宋）杨万里 / 3204
湖州歌（宋）汪元量 / 3204
寄俞秀老清老二居士
　　（宋）僧道潜 / 3205
宫词（宋）花蕊夫人 / 3205
顺安词呈赵使君
　　（金）刘著 / 3205
日照道中（金）党怀英 / 3205
首夏村居杂兴（元）袁易 / 3205
赠渔者（元）郝经 / 3206
十一日浯畬登舟十绝（录一）
　　（元）程钜夫 / 3206
洪州歌（元）柳贯 / 3206
夜过白马湖（元）萨都剌 / 3206
吴淞江上漫兴
　　（元）贡师泰 / 3206
梦中作（元）洪希文 / 3206
题赤鲤图（元）李祁 / 3207
江边竹枝词（元）王逢 / 3207
师子林即景（元）僧惟则 / 3207
望武昌（明）杨基 / 3207
汪口渡捕鱼者
　　（明）汪广洋 / 3207
江上（明）汪广洋 / 3207
兰溪棹歌（明）汪广洋 / 3208
东吴棹歌（明）汪广洋 / 3208
入狭潭（明）镏崧 / 3208
画鱼（明）钱宰 / 3208

钓鱼图（明）庄昶 / 3208
寄友（明）沈周 / 3208
金山江天阁（明）王叔承 / 3209
晓过八圻（明）王叔承 / 3209
画跃鲤送人（明）徐渭 / 3209

附虾

七言古 …………………… 3209
海虾图（明）王鏊 / 3209
五言绝句 ………………… 3210
池上（宋）韩维 / 3210

附海蜇

七言律 …………………… 3210
海蜇（元）谢宗可 / 3210

卷四百七十　蟹类

五言古 …………………… 3211
子集弟寄江蟹
　　（宋）张九成 / 3211
七言古 …………………… 3211
谢陈壶天惠蟹
　　（元）龚璛 / 3211
中秋碧云师送蟹
　　（元）张宪 / 3211
上巳日吴野人烹蟹及吴化父
兄弟宴集（明）王叔承 / 3212
五言律 …………………… 3212
江南忆（金）吴激 / 3212

赋得蟹送人之官
　　（明）高启／3212
七言律 …………… 3213
　酬袭美见寄海蟹
　　（唐）陆龟蒙／3213
　呈吴正仲遗活蟹
　　（宋）梅尧臣／3213
　丁公默送蝤蛑（宋）苏轼／3213
　盐蟹数枚寄段摄中谊斋
　　（明）宋讷／3213
五言绝句 …………… 3214
　画蟹（宋）文同／3214
　雨后杂兴（明）王叔承／3214
七言绝句 …………… 3214
　忆江南旧游（唐）羊士谔／3214
　钓侣（唐）陆龟蒙／3214
　咏蟹（唐）皮日休／3214
　仲秋书事（宋）陆游／3214
　淮上（宋）僧道潜／3215
　银州道中（金）吴激／3215
　题小景（元）杜本／3215
　画蟹（明）钱宰／3215
　题画（明）唐寅／3215

卷四百七十一　龟类

四言古 …………… 3216
　龟赞（晋）郭璞／3216
五言古 …………… 3216
　咏龟诗（北齐）赵儒宗／3216

五言律 …………… 3216
　龟（唐）徐夤／3216
五言排律 …………… 3217
　龟（唐）李群玉／3217
五言绝句 …………… 3217
　江行（唐）钱起／3217
七言绝句 …………… 3217
　赠莎衣道士（唐）施肩吾／3217
　菡萏亭（宋）苏轼／3217

卷四百七十二　车螯类

五言古 …………… 3218
　永叔请赋车螯
　　（宋）梅尧臣／3218
　初食车螯（宋）欧阳修／3218
七言律 …………… 3219
　食车螯（宋）杨万里／3219
七言绝句 …………… 3219
　钓侣（唐）皮日休／3219

卷四百七十三　蚌蛤类
（附蛎蚝、蚶蛏）

四言古 …………… 3220
　蚌赞（晋）郭璞／3220
五言古 …………… 3220
　咏螺蚌（宋）谢惠连／3220
　泰州王学士寄车螯蛤蜊
　　（宋）梅尧臣／3220

圆蛤 （宋）唐庚 / 3221
食蛎房 （宋）刘子翚 / 3221
七言古　附长短句 ……… 3221
朱君以建昌霜橘见寄报以蛤蜊
　　（宋）孔平仲 / 3221
钱塘赋水母 （宋）沈与求 / 3222
七言律 ……………………… 3222
蛤蜊 （宋）孔武仲 / 3222
周愚卿江西美刘棠仲同赋江
　珧诗，牵强奉答
　　（宋）周必大 / 3223
七言绝句 …………………… 3223
城外 （唐）李商隐 / 3223
酒病偶作 （唐）皮日休 / 3223
谢张德恭送糟蚶
　　（宋）陈造 / 3223
岛上曲 （宋）谢翱 / 3223
岭南杂咏 （明）汪广洋 / 3224
萧皋别业竹枝词
　　（明）沈明臣 / 3224

卷四百七十四　蛙类

五言古 ……………………… 3225
南池宴钱辛子赋得科斗子
　　（唐）岑参 / 3225
七言古 ……………………… 3225
蛙声 （明）徐渭 / 3225
七言律 ……………………… 3226
题白渡方氏听蛙亭
　　（宋）刘克庄 / 3226
蛙鼓 （明）朱之蕃 / 3226
蛙 （明）张维 / 3226
五言绝句 …………………… 3227
戏咏蛙 （唐）杨收 / 3227
杂诗 （宋）梅尧臣 / 3227
六言绝句 …………………… 3227
积雨作寒 （宋）范成大 / 3227
七言绝句 …………………… 3227
盆池 （唐）韩愈 / 3227
碌石西泉 （唐）韩愈 / 3227
禽虫 （唐）白居易 / 3228
春晚 （宋）徐玑 / 3228
农谣 （宋）方岳 / 3228
夏雨 （金）祝简 / 3228
寓望 （金）赵秉文 / 3228
二月十五雨作
　　（元）倪瓒 / 3228
张园杂赋 （元）钱惟善 / 3229
师子林即景 （元）僧惟则 / 3229
漫兴 （明）李东阳 / 3229

卷四百七十五　总虫类

五言古 ……………………… 3230
观居宁画草虫
　　（宋）梅尧臣 / 3230
七言古　附长短句 ……… 3230
赋得寒蛩 （唐）耿湋 / 3230
蝇虎 （宋）陈师道 / 3230

五言排律 …………………… 3231
　拟县补以虫鸣秋诗
　　　（宋）朱子 / 3231
七言律 ……………………… 3231
　题水墨蓼花草虫
　　　（明）刘基 / 3231
五言绝句 …………………… 3231
　绝句 （唐）崔国辅 / 3231
　江行 （唐）钱起 / 3231
　禁中闻蛩 （唐）白居易 / 3231
　独夜 （元）赵孟𫖯 / 3232
六言绝句 …………………… 3232
　草虫 （明）鲁铎 / 3232
七言绝句 …………………… 3232
　夜月 （唐）刘方平 / 3232
　闻蛩 （唐）白居易 / 3232
　兴州江馆 （唐）郑谷 / 3232
　雨晴 （唐）王驾 / 3232
　蛩 （唐）李中 / 3233
　闻蛩 （宋）张耒 / 3233
　秋日 （宋）秦观 / 3233
　暮春 （宋）范浚 / 3233
　春日闲吟 （宋）范成大 / 3233
　秋日田园杂兴
　　　（宋）范成大 / 3233
　蛩声 （宋）杨万里 / 3234
　腊里立春蜂蝶辈出
　　　（宋）杨万里 / 3234
　宿官塔下院 （金）冯延登 / 3234

露坐 （元）张翥 / 3234
夜坐口占 （元）顾瑛 / 3234
渔村 （明）王璲 / 3235
踏青 （明）王宠 / 3235
秋日杂兴 （明）何景明 / 3235
遣兴 （明）僧明秀 / 3235
秋夜 （明）孟淑卿 / 3235

卷四百七十六　蚕类

五言古 ……………………… 3236
　野蚕 （唐）于濆 / 3236
　题耕织图 （元）赵孟𫖯 / 3236
七言古　附长短句 ………… 3236
　簇蚕词 （唐）王建 / 3236
　田家词 （宋）苏舜钦 / 3237
　田家谣 （宋）陈造 / 3237
　照田蚕行 （宋）范成大 / 3237
　秋蚕 （金）元好问 / 3238
　养蚕词 （明）高启 / 3238
五言绝句 …………………… 3238
　春日曲 （宋）徐照 / 3238
七言绝句 …………………… 3239
　雨过山村 （唐）王建 / 3239
　春日钱塘杂兴
　　　（唐）施肩吾 / 3239
　姬人养蚕 （唐）韦庄 / 3239
　蚕妇 （唐）杜荀鹤 / 3239
　春日田园杂兴
　　　（宋）范成大 / 3239

晚春田园杂兴
　　（宋）范成大 / 3239
夏日田园杂兴
　　（宋）范成大 / 3240
春晚即事（宋）陆游 / 3240
夏日（宋）陆游 / 3240
农谣（宋）方岳 / 3240
春郊（金）刘瞻 / 3240
蚕（元）郝经 / 3240
即事（元）许有壬 / 3241
春词（元）胡天游 / 3241
村中书事（元）马臻 / 3241
春蚕（明）刘基 / 3241
茶陵竹枝歌（明）李东阳 / 3241
萧皋别业竹枝歌
　　（明）沈明臣 / 3241
春蚕词（明）朱静庵 / 3242

卷四百七十七　蝉类

五言古 …………………… 3243
听早蝉（梁）简文帝 / 3243
听鸣蝉应诏（梁）沈约 / 3243
咏早蝉（梁）范云 / 3243
后堂听蝉（梁）萧子范 / 3243
赋得蝉（梁）褚沄 / 3243
同陆廷尉惊早蝉
　　（梁）沈君攸 / 3244
赋得秋蝉咽柳应衡阳王教
　　（陈）张正见 / 3244

郊园闻蝉寄诸弟
　　（唐）韦应物 / 3244
开成二年夏闻新蝉赠梦得
　　（唐）白居易 / 3244
早蝉（唐）白居易 / 3244
早蝉（唐）白居易 / 3245
春蝉（唐）元稹 / 3245
闻蝉（唐）鲍溶 / 3245
次韵和子仪闻蝉
　　（宋）黄庶 / 3245
雨馀闻蝉（明）张羽 / 3245
五言律 …………………… 3246
新蝉（唐）耿湋 / 3246
和尉迟侍御夏杪闻蝉
　　（唐）戴叔伦 / 3246
答梦得闻蝉见寄
　　（唐）白居易 / 3246
闻蝉寄贾岛（唐）姚合 / 3246
蝉（唐）李商隐 / 3246
风蝉（唐）赵嘏 / 3247
早蝉（唐）薛能 / 3247
蝉（唐）陆龟蒙 / 3247
早蝉（唐）李咸用 / 3247
闻蝉（唐）吴融 / 3247
鸣蜩（宋）李觏 / 3247
闻蝉（金）周昂 / 3248
赋得蝉送别（明）高启 / 3248
始闻夏蝉（明）高启 / 3248
雨后闻蝉（明）金大舆 / 3248

月下闻蝉 （明）僧道敷 / 3248

五言排律 …………… 3248

  溪馆听蝉联句 （唐）耿湋 / 3248

  闻蝉十二韵 （唐）许棠 / 3249

  寒蝉树 （唐）沈鹏 / 3249

七言律 …………… 3249

  夜蝉 （唐）唐彦谦 / 3249

  蝉 （金）党怀英 / 3250

  秋蝉 （明）朱有燉 / 3250

  和黄体方伴读新蝉韵
    （明）王翰 / 3250

  庚戌九日是日闻蝉
    （明）贝琼 / 3250

  蝉琴 （明）朱之蕃 / 3251

五言绝句 …………… 3251

  赋得弱柳鸣秋蝉
    （唐）太宗 / 3251

  秋蝉 （唐）虞世南 / 3251

  咏蝉 （唐）李百药 / 3251

  江行 （唐）钱起 / 3251

  昼蝉 （唐）戴叔伦 / 3251

  新蝉 （唐）卢仝 / 3252

  蝉 （唐）薛涛 / 3252

  初入二里 （宋）文同 / 3252

  宿笇笪铺 （宋）朱子 / 3252

  闻蝉 （宋）朱子 / 3252

  宿山寺闻蝉作
    （宋）朱子 / 3252

  咏蝉 （明）谢榛 / 3252

七言绝句 …………… 3253

  题友人山居 （唐）戴叔伦 / 3253

  和崔驸马闻蝉 （唐）张籍 / 3253

  宫词 （唐）王涯 / 3253

  酬姚合 （唐）贾岛 / 3253

  听蝉 （唐）赵嘏 / 3253

  越中赠别 （唐）张乔 / 3253

  杨柳枝 （唐）司空图 / 3254

  蝉 （唐）罗隐 / 3254

  新蝉 （宋）寇准 / 3254

  闻蝉 （宋）林景熙 / 3254

  自天平岭过高景庵
    （宋）范成大 / 3254

  立秋后一日雨天欲暮小立问
  月亭 （宋）杨万里 / 3254

  晚步追凉 （宋）杨万里 / 3255

  秋暑 （宋）杨万里 / 3255

  秋行 （宋）徐玑 / 3255

  高昌馆道中 （金）吴激 / 3255

  风柳鸣蝉 （金）元好问 / 3255

  题子昂江天钓艇图
    （元）陈旅 / 3255

  村居 （元）周权 / 3256

  酬秦仲纳凉 （元）张端 / 3256

  漫成 （元）马臻 / 3256

  一峰云外庵和韵
    （元）僧惟则 / 3256

  晚立西浦渡 （明）高启 / 3256

卷四百七十八 蝶类

五言古 …………………… 3257
  咏蛱蝶 （梁）简文帝 / 3257
  咏素蝶 （梁）刘孝绰 / 3257
  蝶蝶行 （梁）李镜远 / 3257
  咏花蝶 （北魏）温子升 / 3257
  明月几回满 （元）范梈 / 3258
七言古 附长短句 ……… 3258
  蝴蝶行 （宋）孔平仲 / 3258
  梦题墨梅 （元）揭傒斯 / 3258
  美人扑蝶图 （明）高启 / 3258
五言律 …………………… 3259
  蝶 （唐）李商隐 / 3259
  蝶 （唐）李商隐 / 3259
  蝶 （唐）罗隐 / 3259
  赵璘郎中席上赋蝴蝶
    （唐）郑谷 / 3259
  蛱蝶 （唐）吴融 / 3259
  秋日舟中见蝶
    （明）杨基 / 3259
七言律 …………………… 3260
  蝶 （唐）李建勋 / 3260
  蝴蝶 （唐）徐夤 / 3260
  新蝶 （元）贡师泰 / 3260
  睡蝶 （元）谢宗可 / 3261
  蝶使 （元）谢宗可 / 3261
  蝶 （元）马臻 / 3261
  黄蝶 （明）瞿佑 / 3261
  睡蝶 （明）沈天孙 / 3262
五言绝句 ………………… 3262
  崔逸人山亭 （唐）钱起 / 3262
  晚蝶 （唐）王建 / 3262
  蝶 （唐）李商隐 / 3262
  萱草蛱蝶图 （元）赵孟頫 / 3262
  新蝶 （明）袁凯 / 3262
  盱眙山馆 （明）苏志皋 / 3263
六言绝句 ………………… 3263
  即景 （明）杨基 / 3263
七言绝句 ………………… 3263
  江畔独步寻花 （唐）杜甫 / 3263
  寻花 （唐）刘言史 / 3263
  宫词 （唐）王建 / 3263
  看花招李兵曹不至
    （唐）元稹 / 3263
  青陵台 （唐）李商隐 / 3264
  野行 （唐）唐彦谦 / 3264
  歌者 （唐）司空图 / 3264
  初夏戏作 （唐）徐夤 / 3264
  蝴蝶 （唐）徐夤 / 3264
  秋日田园杂兴
    （宋）范成大 / 3265
  春日绝句 （宋）陆游 / 3265
  窗下戏咏 （宋）陆游 / 3265
  即事 （宋）陆游 / 3265
  平阳书事 （金）施宜生 / 3265
  蝴蝶 （元）戴表元 / 3265
  馆内幽怀 （元）郝经 / 3266

东山春景　（元）欧阳玄／3266
题吴性存所藏赵仲穆竹枝
双蝶图与玉山同赋
　　（元）张翥／3266
竹蝶图　（元）张宪／3266
漫兴　（元）杨维桢／3266
宫词　（明）朱权／3266
秋蝶　（明）镏涣／3267
暮春　（明）史迁／3267
愚公园春酌　（明）谢榛／3267
春昼　（明）居节／3267

卷四百七十九　蜂类

五言古 ·················· 3268
　蜂　（梁）简文帝／3268
五言律 ·················· 3268
　蜂　（明）俞允文／3268
七言律 ·················· 3268
　蜂房　（明）瞿佑／3268
五言绝句 ················ 3269
　春晓　（唐）陆龟蒙／3269
　蜂　（金）李俊民／3269
六言绝句 ················ 3269
　夏氏池亭　（明）唐时升／3269
七言绝句 ················ 3269
　蜂　（唐）罗隐／3269
　南溪山居秋日睡起
　　（宋）杨万里／3269
　蜂　（明）郭登／3270

宫词　（明）仲春龙／3270

卷四百八十　蜻蜓类

七言律 ·················· 3271
　红蜻蜓　（明）瞿佑／3271
五言绝句 ················ 3271
　村居　（明）僧通凡／3271
七言绝句 ················ 3271
　春词　（唐）刘禹锡／3271
　夏日田园杂兴
　　（宋）范成大／3272
　晓坐荷桥　（宋）杨万里／3272
　舟中与陈敬初联句
　　（元）顾瑛／3272

卷四百八十一　蜘蛛类

五言律 ·················· 3273
　蜘蛛　（唐）元稹／3273
五言绝句 ················ 3273
　古意　（明）赵宽／3273
七言绝句 ················ 3273
　新安官舍　（唐）来鹄／3273
　过百家渡　（宋）杨万里／3274
　晚兴　（宋）杨万里／3274
　宿孔镇观雨中蛛丝
　　（宋）杨万里／3274
　题院壁　（明）僧永瑛／3274

卷四百八十二　萤类

四言古 ………………… 3275
　萤火赞（晋）郭璞/3275
五言古 ………………… 3275
　咏萤（梁）简文帝/3275
　咏萤火（梁）元帝/3275
　月中飞萤（梁）纪少瑜/3275
　照帙秋萤（陈）阳缙/3276
七言古 ………………… 3276
　炭步港观萤（宋）孔武仲/3276
五言律 ………………… 3276
　秋萤（唐）骆宾王/3276
　萤火（唐）杜甫/3276
　夜对流萤作（唐）韦应物/3276
　咏萤（唐）李嘉祐/3277
　萤（唐）周繇/3277
　萤（唐）罗隐/3277
　咏萤（明）僧德祥/3277
七言律 ………………… 3277
　见萤火（唐）杜甫/3277
　萤（唐）徐夤/3278
　萤灯（元）谢宗可/3278
　萤火（明）朱之蕃/3278
五言绝句 ……………… 3278
　咏萤（唐）虞世南/3278
　咏萤火示情人（唐）李百药/3278
　秋夜喜遇王处士
　　　（唐）王绩/3279

玩萤火（唐）韦应物/3279
七言绝句 ……………… 3279
　萤（唐）郭震/3279
　夏夜登南楼（唐）贾岛/3279
　萤（唐）罗邺/3279
　寓壶源僧舍（宋）吴儆/3280
　玉清夜归（宋）赵师秀/3280
　秋夕（金）吴激/3280
　即事（金）刘昂/3280
　酬秦仲纳凉（元）张端/3280
　夜过张子不值（明）皇甫汸/3280
　萤（明）郭登/3281
　即席赠薛之翰（明）谢榛/3281
　闲居杂兴（明）顾大典/3281
　宫词（明）王叔承/3281

卷四百八十三　促织类
（络纬同）

七言古　附长短句 ……… 3282
　促织鸣（元）陈高/3282
　络纬词（明）张弼/3282
　络纬吟（明）贝翔/3282
五言律 ………………… 3283
　促织（唐）杜甫/3283
　促织（金）周昂/3283
　舟夜闻络纬（明）王醇/3283
七言律 ………………… 3283
　促织（明）朱之蕃/3283
　络纬（明）朱之蕃/3283

戏题斗促织 （明）张维 / 3284
五言绝句 ·················· 3284
　促织 （宋）苏轼 / 3284
　促织 （元）郝经 / 3284
　吴子夜四时歌
　　　（元）杨维桢 / 3284
　秋夜 （明）僧文贞 / 3284
七言绝句 ·················· 3285
　促织 （唐）张乔 / 3285
　宿石门山居 （唐）雍陶 / 3285
　山间秋夜 （宋）真山民 / 3285
　宫词 （宋）花蕊夫人 / 3285
　络纬 （明）郝经 / 3285

卷四百八十四　蠹鱼类

五言律 ···················· 3286
　咏壁鱼 （唐）李远 / 3286
　再任后遣模归按视石林
　　　（宋）叶梦得 / 3286
五言绝句 ·················· 3286
　秋斋为周彦通题
　　　（明）林俊 / 3286
七言绝句 ·················· 3286
　松下迟杨君谦不至
　　　（明）朱存理 / 3286
　寄秘书直长夏祥凤
　　　（明）僧德祥 / 3287

卷四百八十五　蚊蝇类

五言古 ···················· 3288
　蚊蟆 （唐）白居易 / 3288
　秋蝇 （宋）邹浩 / 3288
　夜坐苦蚊 （元）方夔 / 3289
七言古 ···················· 3289
　蚊 （明）袁凯 / 3289
七言律 ···················· 3290
　苍蝇 （明）朱之蕃 / 3290
　蝇 （明）张维 / 3290
五言绝句 ·················· 3290
　蝇 （宋）梅尧臣 / 3290
七言绝句 ·················· 3290
　佛日山荣长老方丈
　　　（宋）苏轼 / 3290
　暑夕 （宋）文同 / 3290
　冻蝇 （穿）杨万里 / 3291
　立春 （金）党怀英 / 3291

卷四百八十六　杂虫类

四言古 ···················· 3292
　螳螂赞 （晋）郭璞 / 3292
　尺蠖 （晋）郭璞 / 3292
五言古 ···················· 3292
　答柳柳州食虾蟆
　　　（唐）韩愈 / 3292
七言古　附长短句 ········· 3293
　蝎虎 （宋）苏轼 / 3293

二虫 （宋）苏轼/3293
五言律 ……………… 3293
　蛒蜂 （唐）元稹/3293
　蟆子 （唐）元稹/3294
　浮尘子 （唐）元稹/3294
　虻 （唐）元稹/3294
　蟋蟀 （元）僧善住/3294
七言律 ……………… 3294
　草虫 （唐）李咸用/3294
　螳螂 （明）朱之蕃/3295
　纺织婆 （明）朱之蕃/3295
五言绝句 ……………… 3295
　春夜裁缝 （唐）薛维翰/3295
　天水牛 （宋）苏轼/3295

蜗牛 （宋）苏轼/3295
鬼蝶 （宋）苏轼/3296
春日闲居 （明）钱宰/3296
七言绝句 ……………… 3296
　禽虫 （唐）白居易/3296
　禽虫 （唐）白居易/3296
　元处士池上 （唐）温庭筠/3296
　偶题 （唐）司空图/3296
　凉榭池上 （宋）韩琦/3297
　过陂子径五十馀里，乔木
　　蔽天，遣闷七绝（录一）
　　（宋）杨万里/3297
　咏蟋蟀 （元）赵汸/3297

卷三百九十七　麟　类

◆ 四言古

麟颂
（汉）蔡邕

皇矣大角，降生灵兽。视明礼修，麒麟来孚。
《春秋》既书，尔来告就。庶士子鉏，获诸西狩。

麒麟颂
（吴）薛综

懿哉麒麟，惟兽之伯。政平覩景，否则戢足。
德以卫身，不布牙角。屏营唐日，帝尧保禄。
委体大吴，以昭遐福。天祚圣帝，享兹万国。

麒麟颂
（西凉）李暠

一角圆蹄，行中规矩。游必择地，翔而后处。
不入陷阱，不罹网罟。德无不王，为之折股。

◆ 五言律

麟
（唐）李峤

汉祀应祥开，鲁郊西狩回。奇音中钟吕，成角喻英才。

画像临仙阁，藏书入帝台。若惊能吐哺，为睹凤凰来。

◆ 七言绝句

步虚词
（明）苏谷（朝鲜人）

王母云车五色麟，白鸾前导向西巡。
天章晓奏虚皇殿，仙桂花开八万春。

仙岛焚香礼玉虚，紫麟催驾五云车。
西宫侍女多娇笑，录尽三天未见书。

卷三百九十八 驺虞类

◆ 四言古

五灵颂

（汉）蔡邕

大梁乘精，白虎用生。思叡信立，绕于垣堋。

驺虞颂

（吴）薛综

婉婉白虎，优仁是崇。饥不侵暴，困不改容。
敛威扬德，恺悌之风。圣德极盛，驺虞乃彰。

驺虞赞

（晋）郭璞

怪兽五采，尾参于身。矫足千里，儵忽若神。
是谓驺虞，《诗》叹其仁。

◆ 长短句

驺虞画赞

（唐）白居易

孟山有兽，仁心毛质。不践生刍，不食生物。
有道则见，非时不出。三季已还，退藏于密。

我闻其名,征之于书。不识其形,得之于图。
白质黑文,猊首虎躯。是耶非耶,孰知之乎?
已矣夫,已矣夫!前不见往者,后不见来者,吁嗟乎驺虞!

狮子类

◆ 长短句

陆探微画狮子屏风赞
（宋）苏轼

圆其目，仰其鼻，奋髯吐舌威见齿。
舞其足，前其耳，左顾右盼喜见尾。
虽猛而和益（盖）其戏，嵩嵩高堂护燕几。
啼呼颠沛走百鬼，呜呼妙哉我陆子。

◆ 七言律

狮子
（明）夏言

金眸玉爪目悬星，群兽闻知尽骇惊。
怒慑熊罴威凛凛，雄驱虎豹气英英。
曾闻西国常驯养，今出中华应太平。
却羡文殊能服尔，稳骑驾驭下天京。

◆ 七言绝句

拟古宫词
（明）朱让栩

白雪漫漫积禁堤，夜寒宫月照玻瓈。
晓来宫女喧看处，扫向盘中捏狻猊。

卷四百　　象　类

◆ 四言古

象　赞

（晋）郭璞

象实魁梧，体巨貌诡。肉兼十牛，目不逾豕。
望头如尾，动若丘徙。

◆ 五言律

象

（唐）李峤

郁林开郡毕，维扬作贡初。万推方演梦，惠子正焚书。
执燧奔吴战，量舟入魏墟。六牙行致远，千叶奉高居。

◆ 五言绝句

偶　题

（唐）殷尧藩

越女收龙眼，蛮儿拾象牙。长安千万里，走马送谁家？

◆ 七言绝句

滦京杂咏
(元) 杨允孚

纳宝盘营象辇来,画簾毡暖九重开。
大臣奏罢行程记,万岁声传龙虎台。

聿来新贡又殊方,重译宁夸自越裳。
驯象明珠龟九尾,皇王不宝寿无疆。

怪得家僮笑语回,门前惊见事奇哉。
老翁携鼠街头卖,碧眼黄髯骑象来。

辇下曲
(元) 张昱

当年大驾幸滦京,象背前驮幄殿行。
国老手炉先引导,白头联骑出都城。

卷四百一 　虎　类

◆ 五言古

猛虎词
（唐）储光羲

寒亦不忧雪，饥亦不食人。人肉岂不甘，所惧伤明神。
太室为我宅，孟门为我邻。百兽为我膳，五龙为我宾。
蒙马一何威，浮江亦以仁。彩章耀朝日，爪牙雄武臣。
高云逐气浮，厚地随声震。（叶平声）君能贾馀勇，日夕长相亲。

遣兴
（唐）杜甫

猛虎凭其威，往往遭急缚。雷吼徒咆哮，枝撑已在脚。
忽看皮寝处，无复睛闪烁。人有甚于斯，足以劝元恶。

挂虎图于寝壁示秸秸
（宋）张耒

画工出幻事，缟素发原薮。萧萧白茅低，凛凛北风走。
耽然老於菟，举步安不骤。目光炯双射，怒吻呀欲受。
彼彪掷其旁，文采淡初就。虽然窃形似，已足走百兽。
烦君卫吾寝，振此蓬荜陋。坐令盗肉鼠，不敢窥白昼。

猛虎行

（宋）徐照

猛虎出林行，咆哮取人食。居人虑虎至，荆棘挂墙壁。
虎乃爱其身，惊遁不近侧。人或虎不如，甘心蹈荆棘。

◆ 七言古　附长短句

曲　江

（唐）杜甫

自断此生休问天，杜曲幸有桑麻田，故将移住南山边。
短衣匹马随李广，看射猛虎终残年。

和李尚书画射虎图歌

（唐）独孤及

饥虎呀呀立当路，万夫震恐百兽怒。
彤弓金镞当者谁？鸣鞭飞控流星驰。
居然画中见真态，若务除恶不顾私。
时和年丰五兵已，白额未诛壮士耻。
分铢远迩悬彀中，不中不发思全功。
舍矢如破石可裂，应弦尽敌山为空。
杀气满堂观者骇，飒若崖谷生长风。
精微入神在毫末，作缋造物可同工。
方叔秉钺受命新，丹青起予气益振。
底绥静难巧可拟，嗟叹不足声成文。
他时代天育万物，亦以此道安斯民。

猛虎行

（唐）张籍

南山北山树冥冥，猛虎白日绕林行。

向晚一身当道食，山中麋鹿尽无声。
年年养子在空谷，雌雄上山不相逐。
谷中近窟有山林，长向村家取黄犊。
五陵年少不敢射，空来林下看行迹。

虎图行

（宋）王安石

壮哉非熊（罴）亦非貙，目光夹镜当坐隅。
横行妥尾不畏逐，顾盼欲去仍踌躇。
卒然一见心为动，熟视稍稍摩其须。
固知画者巧为此，此物安肯来庭除。
想当盘礴欲画时，睥睨众史如庸奴。
神闲意定始一扫，功与造化论锱铢。
悲风飒飒吹黄芦，上有寒雀惊相呼。
槎枒古树鸣老乌，向之俯啄如哺雏。
山墙野壁黄昏后，冯妇遥看亦下车。

画虎图

（宋）游子明

平生射虎裴将军，马狞如龙弓百钧。
手撚（捻）白羽旁无人，注虎使虎不敢奔。
须臾丛薄斑斓出，人马不知俱辟易。
矢如蓬蒿弓减力，将军得归几败绩。
徐行爪牙元不露，耽耽垂头若微顾。
尾剪霜风林叶飞，倏忽山头日光暮。
包家画出真於菟，我尚不敢编其须。
昔人作诗讯画图，吁嗟画图今亦无。

宣差射虎

（金）李俊民

北原风劲霜草枯，草间出没藏於菟。
耽耽来此被谁驱，不防邂逅冯妇车。
将军胆气勇有馀，手中笑撚（捻）金仆姑。
等闲如射兔与狐，两眼错莫精光无。
深山大泽失所居，或撩汝头编汝须。
可惜肉食无远图，伎俩不及黔之驴。

赵邈龊伏虎图行

（元）郝经

南山射虎曾得名，壁上忽见令我惊。
何物敢尔来户庭？屡叱不动仍生狞。
画师前身是山灵，胸中有虎无丹青。
老槲数笔平扫成，杀气惨淡猛气横。
头颅半妥蹲孤城，怒尾倒插蟠霜旌。
铁须张磔疑有声，赤吻沥血犹带腥。
抱石欲卧伏欲腾，爪入石角瞠不瞑。
寒电夹镜骞两睛，四座凛凛阴风生。
威棱神采出典型，邈龊乃是金天精。
伊昔诗家杜少陵，酷爱赋马并赋鹰，为怜神俊故屡称。
我今赋虎亦有征，要得猛士建太平，坐令四海皆澄清。
吁嗟掷笔还抚膺：世间道路多荆棘，伥鬼磨牙不可行。

赵邈龊虎图行

（元）王恽

巅崖老树缠冰雪，石觜枒杈横积铁。
北平山深林樾黑，下虽有径人迹灭。

耽耽老虎底许来?抱石踞坐何雄哉。
目光夹镜尾束胯,百兽却走潜风埃。
赵侯欲尽神妙功,都著威棱阿堵中。
想当盘礴喋墨时,众史缩手甘凡庸。
至今元气老不没,神物所在缠阴风。
前年驱马下靖边,崖东突起草底眠。
腰间恨无铁丝箭,寝皮食肉空长叹。
今朝过喜一嚼快,熟视须顶为摩编。
货驯跁服暴戾息,弭耳道义思拳拳。
主人爱玩中有谓,遇事炳变通经权。
我闻汉家大猎陆冰天,豸冠思赋《长杨篇》。
四方猛士今云合,早晚龙旗到渭畋。

题胡氏杀虎图

(元)陈旅

沙河野黑秋风麤,枣阳戍卒车载弩。
道旁老虎歹未餔,车中健妇不见夫。
仓皇下车持虎足,呼儿授刀剚其腹。
夫骨已断不可续,泣与孤儿餐虎肉。

答禄将军射虎行

(元)迺贤

将军部曲瀚海东,三千铁骑精且雄。
久知天命属真主,奋身来建非常功。
世祖神谟涵宇宙,坐使英雄皆入彀。
十年转战淮蔡平,帐下论功封太守。
信阳郭外山嵯峨,长林大谷青松多。
白额於菟踞当道,城边日落无人过。
将军闻之毛发竖,拔剑誓天期杀虎。

弯弓走马出东门，倾城来看夸豪武。
猛虎磨牙当路嗥，目光睒睒斑尾摇。
据鞍一叱双眦裂，鸟飞木落风萧萧。
金弰琱弓铁丝箭，满月弦开正当面。
雕翎射没锦毛摧，厓石倾颓腥血溅。
万人欢笑声震天，剖开一箭当心穿。
父老持杯马前拜，祝公眉寿三千年。
将军立功期不朽，奇事相传在人口。
可怜李广不封侯，却喜将军今有后。
承平公子秘书郎，文场百步曾穿杨。
咫尺风云看豹变，鸣珂曳履登朝堂。

女杀虎行
（元）吴莱

山深日落猛虎行，长风振木威狰狞。
父樵未归女在室，心已与虎同死生。
扬睛掉尾腥满地，狭路残榛苦遭噬。
岂非一气通呼吸，徒以柔躯扼强鸷。
君不见冯妇来下车，众中无人尚负嵎；
又不见裴将军出鸣镝，一时鞍马俱辟易。
丈夫英雄却不武，临事趑趄汗流雨。
关东贤女不足数，孝女千年传杀虎。

杀虎行
（刘平妻胡氏，从平戍枣阳。平为虎擒，胡杀虎争夫。千载义烈，有足歌者。犹恨时之士大夫，其作未雄，故为赋是章。）
（元）杨维桢

夫从军，妾从主。
梦魂犹痛刀箭瘢，况乃全躯饲豺虎。
拔刀誓天天为怒，眼视於菟小于鼠。

血号虎鬼冤魂语，精光夜贯新阡土。
可怜三世不复仇，太（泰）山之妇何足数。

猛虎行
（明）高启

阴风吹林乌鹊悲，猛虎欲出人先知。
目光煇煇当路坐，将军一见弧矢堕。
几家插棘高作门，未到日没收猪豚。
猛虎虽猛犹可喜，横行只在深山里。

题画虎
（明）刘溥

千山万山日向晡，哑哑老树愁啼鸟。
长途迢递人迹绝，奋跃只有黄於菟。
长风飕飕震林木，百兽纷披望风伏。
霜牙凛凛摧万夫，金镜瞳瞳射双目。
饥来择肉惟熊罴，不更小取豺与狸。
田家黄犊要耕种，又肯搏攫夸能为。
如今天关求守备，盖世雄威素称异。
举首为城掉尾旌，愿保皇家千万世。

◆ 五 言 律

题虎树亭

（宋聪禅师住华亭时，有二虎噬人，师降伏之，命名曰"大青""小青"。后瘗师塔旁，逾年生银杏树二。今主僧隐公，辟亭树间，扁曰"虎树"。）

（元）王逢

舟泊东西客，诗招大小青。山高白月堕，草偃黑风腥。
植物钟英爽，精蓝被宠灵。凉阴慎翦伐，留护石函经。

虎　洞
（明）金大章

灵山通上界，羸马涉遥岑。天净峰如掌，风悲虎出林。
空岩春昼冷，石洞夜坛阴。渐悟真如性，还同出世心。

◆ 七 言 律

射虎得山字
（金）冯延登

田翁太息论三害，猎骑俄惊见一斑。
涎口风生雷吼怒，角弓寒劲月痕弯。
柳营共许千人敌，鱼服仍馀一矢还。
我欲残年赏神骏，短衣匹马梦南山。

画虎图赠真一先生
（元）虞集

猎猎霜风木叶干，月明曾过越王山。
青龙久待蟠仙鼎，赤豹相呼守帝关。
终岁采芝茅阜曲，丰年收谷杏林间。
谁家稚子能为御，长与桃椎共往还。

谢希大虎皮
（明）储罐

风檐短札墨渐开，多谢皋比撤送来。
食肉我非投笔相，寝皮君有控弦材。
毫端拟画真难类，座上闻谈只漫猜。
却笑衔恩还恋阙，车茵稳称不须裁。

◆ 五言绝句

复 愁
（唐）杜甫

人烟生僻处，虎迹过新蹄。野鹘翻窥草，村船逆上溪。

山中夜宿
（唐）顾况

凉月挂层峰，萝床落叶重。掩关深畏虎，风起撼长松。

题潞州壁
（唐）僧普满

此水连泾水，双珠月满川。青牛将赤虎，还贺太平年。

九月中曾题二小诗于南溪竹上，既而忘之，昨日再游，见而录之（录一）
（宋）苏轼

谁谓江湖居，而为虎豹宅。焚山岂不能，爱此千竿碧。

◆ 七言绝句

答东林道士
（唐）韦应物

紫阁西边第几峰，茅斋夜雪虎行踪。
遥看黛色知何处，欲出山门寻暮钟。

小游仙诗
（唐）曹唐

百辟朝回闭玉除，露风清晏桂花疏。

西归使者骑金虎，弹鞚垂鞭唱步虚。

射　虎
（元）张洪范*

黑风万骑卷空山，怒吼岩林出锦斑。
得意将军飞铁镞，忽惊一点草梢殷。

荆溪杂曲
（明）王叔承

卖残竹菌笋还来，收罢兰花蕙又开。
但使山田饶秋米，何妨虎迹遍莓苔。

追和张外史游仙诗
（明）余善

城阙芙蓉晓未分，身骑金虎谒元君。
青童不道天家近，笑指空中五色云。

山居杂咏
（明）僧慧浸

行到深深一翠微，人多畏虎闭山扉。
我今最爱兹山住，虎迹多时人迹稀。

山居诗
（明）僧法杲

青山叠叠绕珠林，磬响时兼流水音。
虎不避人人避虎，虎能先我息机心。

---

* 张洪范：应即张弘范。

卷四百二　豹　类

◆ **七言古** 附长短句

　　　　腊日观咸宁王部曲娑勒擒豹歌
　　　　　　　　　　　　　（唐）卢纶

　　山头曈曈日将出，山下猎围照初日。
　　前林有兽未识名，将军促骑无人声。
　　潜形踠伏草不动，双雕旋转群鸦鸣。
　　阴方质子才三十，译语受词番语揖。
　　舍鞍解甲疾如风，人忽虎蹲兽人立。
　　欻然扼吭批其颐，爪牙委地涎淋漓。
　　既苏复吼拗仍怒，果决英谋生致之。
　　拖自深丛目如电，万夫失容千马战。
　　传呼贺拜声相连，杀气腾陵阴满川。
　　始知缚虎如缚鼠，败敌降羌生眼前。
　　祝尔嘉词尔毋苦，献尔将随犀象舞。
　　苑中流水禁中山，期尔攫搏开天颜。
　　非熊之兆庆无极，愿纪雄名传百蛮。

　　　　　　文豹篇赠王介夫
　　　　　　　　　　　　　（宋）梅尧臣

　　壮哉南山豹，不畏白额虎。

泽雾毛虽杂鼮鼠，朝捋其须暮饮乳。
文章子云久已许，还笑大夫费五羖。
天子仗中仪物举，尾与旍常愿看取。

◆ 五 言 律

咏 豹
（唐）李峤

车法肇宗周，鼺文阐大猷。还将君子变，来蕴太公筹。
委质超羊鞹，飞名列虎侯。若令逢雨露，长隐南山幽。

◆ 七言绝句

雨中赠仙人山贾山人
（唐）柳宗元

寒江夜雨声潺潺，晓云遮尽仙人山。
遥知元（玄）豹在深处，下笑羁绊泥涂间。

滦京杂咏
（元）杨允孚

撒道黄尘辇路过，香焚万室格天和。
两行排列金钱豹，钦察将军上马驼。

卷四百三　　熊罴类

◆ 五言古

落日射罴
（梁）元帝

促宴引枚邹，中园观兽侯。日度棚阴广，风横旗影浮。
移竿标入箭，叠鼓送争筹。附枝时可息，言从清夜游。

◆ 七言古

王世赏席上题林良鹰熊图
（明）李东阳

坡陀连延出林麓，孤鹰盘拏熊缩伏。
金眸耀日开苍烟，健尾捎风起平陆。
由来异物乃同性，意气飞扬两撑蠤。
山跑野掠纷路歧，何事相逢辄相肉。
侧睨翻疑批亢来，迅步直欲空壁逐。
乾坤苍茫色惨淡，落木萧飕满空谷。
群豸敛迹百鸟停，万里长空齐注目。
是谁画者诚崛奇，笔势似与渠争速。
坐间宾客皆起避，阶下儿童骇将蹴。
当筵看画催索诗，卷帙不待高阁束。
平生搏击非我才，欲赋真愁成刻鹄。

微酣对此发双竖,酒令诗筹复相督。
顿令拙劣成麤豪,一饮步兵三百斛。

◆ 五 言 律

熊
(唐)李峤

导洛宜阳右,乘春别馆前。昭仪忠汉日,太傅翼周年。
列射三侯满,兴师七步旋。莫言舒紫褥,犹异饮清泉。

咏冯昭仪当熊
(唐)贾至

白羽插雕弓,蜺旌动朔风。平明出金屋,扈辇上林中。
逐兽长廊静,呼鹰御苑空。王孙莫谏猎,贱妾解当熊。

卷四百四　骆驼类

◆ 四言古

橐　驼
（晋）郭璞

驼惟奇畜，肉鞍是被。迅鹜流沙，显功绝地。
潜识泉源，微乎其智。

◆ 五言古

后出军
（元）张翥

行行铁兜牟，队队金骆驼。呜呜吹铜角，来来齐唱歌。
总戎面如虎，指顾挥琱戈。马蹄无贼垒，手箠可填河。
王师本无敌，安用战图多。

◆ 七言绝句

蜀驼引
（唐）冯涓

昂藏大步蚕丛国，曲颈微伸高九尺。
卓女窥窗我莫知，严仙据案何曾识。

塞下曲
（宋）严羽

一身远客逐戎旌，落日萧条望古城。
渐近碛西无水草，北风沙起骆驼惊。

驼车行
（元）刘秉忠

驼项丁当响巨铃，万车轧轧一齐鸣。
当年不离沙陀地，辗断金原鼓笛声。

河湟书事
（元）马祖常

波斯老贾渡流沙，夜听驼铃识路赊。
采玉河边青石子，收来东国易桑麻。

明安驿道中
（元）陈孚

貂鼠红袍金盘陀，仰天一箭双天鹅。
琱弓放下笑归去，急鼓数声鸣骆驼。

滦河曲
（元）贡师泰

椎髻使来交趾国，橐驼车宿李陵台。
遥闻彻夜铃声过，知进六宫瓜果回。

塞上曲
（元）迺贤

杂沓毡车百辆多，五更冲雪渡滦河。
当辕老妪行程惯，倚岸敲冰饮橐驼。

滦京杂咏

（元）杨允孚

翎出王侯部落多，香风簇簇锦盘陀。
燕姬翠袖颜如玉，自按辕条驾骆驼。

东风吹暖柳如烟，寄语行人缓著鞭。
燕舞巧防鸦鹊落，马嘶惊起骆驼眠。

辇下曲

（元）张昱

驼装序入日精门，铜鼓牙旗作队喧。
一听巡阶铃铍振，满宫俱喜出迎恩。

元宫词

（明）朱有燉

春游到处景堪夸，厌戴名花插野花。
笑语懒行随凤辂，内官催上骆驼车。

上谷歌

（明）徐渭

昨向居庸剑戟过，今朝流水是洋河。
无数黄旗呵过客，有时青草站鸣驼。

次韵王敏文待制燕京杂咏

（明）僧来复

晓宴皇姑拜上家，金钱满赐橐驼车。
黄门前道飞鞚过，貂帽斜簪利市花。

马 类

◆ 三言古

天马歌
（汉）乐府

太乙贶，天马下。霑赤汗，沫流赭。志俶傥，精权奇。
籋浮云，晻上驰。体容与，迣万里。今安匹？龙为友。

◆ 五言古

系 马
（梁）简文帝

青骊流赭汗，绿地悬花蹄。未垂青鞘尾，犹挂紫障泥。
踠足绊中愤，摇头枥上嘶。紫关如未息，直去取榆溪。

后园看骑马
（梁）元帝

良马出兰池，连翩驱桂枝。鸣珂随局驶，轻尘逐影移。
香来知骤近，汗敛觉风吹。遥望黄金络，悬识幽并儿。

走马引
（梁）张率

良马龙为友，玉珂金作羁。驰骛宛与洛，半骤复半驰。

倏忽而千里,光景不及移。九方惜未见,薛公宁所知。
敛辔且归去,吾畏路傍儿。

紫骝马
(陈)徐陵

玉镫绣缠鬃,金鞍锦覆幪。风惊尘未起,草浅垮犹空。
角弓连两兔,珠弹落双鸿。日斜驰逐罢,联翩还上东。

紫骝马
(陈)张正见

将军入大宛,善马出从戎。影绝千河上,声流水窟中。
似鹿犹依草,如龙欲向空。须还十万里,试为一追风。

天马引
(隋)傅縡

骢色表连钱,出冀复来燕。取用偏开地,为歌乃号天。
权奇意欲远,蹙踥势难前。本珍白玉镫,因饰黄金鞭。
愿酬刍秣宠,千里得千年。

骢马
(隋)庾抱

枥下浮云骢,本出吴门中。发迹来东道,长鸣起北风。
回鞍拂柱白,赪汗类尘红。灭没徒留影,无因图汉宫。

饮马歌
(唐)李益

百马饮一泉,一马争上游。一马喷成泥,百马饮浊流。
上有沧浪客,对之空叹息。自顾缨上尘,徘徊终日夕。
为问泉上翁,何时见沙石?

御骠出厩图

（元）王恽

何人拂绢素，写此房驷精。一马老伏枥，志在千里行。
二马骋踶啮，角壮犹龙腾。一马方辊尘，海岸翻鲲鲸。
画师惨淡意，落笔矜多能。我观寓所感，国制贵有经。
唐人重马政，分屯列郊坰。当时百万匹，肃肃罗天兵。
东封与西荡，岁用不可胜。嗣王猎其馀，尚足开中兴。
乃知三军本，匪马将奚凭？圣经说备豫，万古为世程。
仓卒事亦办，未免众目惊。我思立仗间，振鬣伸长鸣。
所言固刍荛，圣经其可轻。

鞭马图

（元）袁桷

生驹万里意，所向知无前。圉人忌其德，未试先加鞭。
要令俯首驯，使我常相怜。伯乐去已久，此道不复传。
驾车困泥途，伏枥老岁年。所用非所养，谁能别媸妍。
画师逐时好，谓尔诚当然。披图重叹嗟，我意何由宣？

◆ 七言古 附长短句

蒲梢天马歌

（汉）武帝

天马徕兮从西极，经万里兮归有德。
承灵威兮障外国，涉流沙兮四夷服。

舞马篇

（唐）薛曜

星精龙种竞腾骧，双眼黄金紫艳光。
一朝逢遇昇平代，伏皂衔图事帝王。

我皇盛德苞六羽，俗泰时和虞石拊。
昔闻九代有馀名，今日百兽先来舞。
钩陈周卫俨旌旄，钟镈陶匏声殷地。
承云嘈囋骇日灵，调露铿鋐动天驷。
奔尘飞箭若麟螭，蹑景追风忽见知。
咀衔拉铁并权奇，被服雕章何陆离。
紫玉鸣珂临宝镫，青丝綵络带金羁。
随歌鼓而电惊，逐丸剑而飙驰。
态聚踣还急，骄凝骤不移。
光献白日下，气拥绿烟垂。
婉转盘跚殊未已，悬空步骤红尘起。
惊凫翔鹭不堪俦，矫凤回鸾那足拟。
蘅垂桂裛香氤氲，长鸣汗血尽浮云。
不辞辛苦来东道，只为《箫韶》朝夕闻。
闾阖间，玉台侧，承恩煦兮生光色。
鸾锵锵，车翼翼，备国容兮为戎饰。
充云翘兮天子庭，荷日用兮情无极。
吉良乘兮一千岁，神是得兮天地期。
大《易》占云南山寿，趍趨共乐圣明时。

画马篇

（唐）高适

君侯枥上骢，貌在丹青中。
马毛连钱蹄铁色，图画光辉骄玉勒。
马行不动势若来，权奇蹴踏无尘埃。
感兹绝代称妙手，遂令谈者不容口。
麒麟独步自可珍，驽骀万匹知何有，终未如他枥上骢。
载华毂，骋飞鸿，荷君剪拂与君用，一日千里如旋风。

骢马行

(唐) 杜甫

邓公马癖人共知，初得花骢大宛种。
夙昔传闻思一见，牵来左右神皆竦。
雄姿逸态何崷崒，顾影骄嘶自矜宠。
隅目青荧夹镜悬，肉鬃碨礧连钱动。
朝来少试华轩下，未觉千金满高价。
赤汗微生白雪毛，银鞍却覆香罗帕。
卿家旧物公能取，天厩真龙此其亚。
昼洗须腾泾渭深，夕趋可刷幽并夜。
吾闻良骥老始成，此马数年人更惊。
岂有四蹄疾于鸟，不与八骏俱先鸣。
时俗造次那得致，云雾晦冥方降精。
近闻下诏喧都邑，肯使骐驎地上行。

韩干马十四匹

(宋) 苏轼

二马并驱攒八蹄，二马宛颈鬃尾齐。
一马任前双举后，一马却避长鸣嘶。
老髯奚官骑且顾，前身作马通马语。
后有八匹饮且行，微流赴吻若有声。
前者既济出林鹤，后者欲涉鹤俯啄。
最后一匹马中龙，不嘶不动尾摇风。
韩生画马真是马，苏子作诗如见画。
世无伯乐亦无韩，此诗此画谁当看？

题骐骥图

(宋) 秦观

双瞳夹镜权协月，尾鬣萧森泽于发。

鞍衔不施缰复脱，旁无驭者气腾越。
地如砥平丘陇灭，天寒日暮抱饥渴。
骧首号鸣思一发，超轶绝尘入恍惚。
东门金铸久销歇，曹霸丹青亦云没。
赖有龙眠戏挥笔，眼前时见千里骨。
玉台闾阖相因依，嗟尔龙媒空自奇。
鸾旗日行三十里，焉用逐风追雷为。

刘善长出示李伯时画马图
（宋）朱子

俯首举尾拳一蹄，掣缰欲嗅骄不嘶。
奚官耸肩两足垂，意貌自与造父齐。
鸡目麟鬐凤呈臆，玉山禾远未容食。
籋云追电有馀地，置之画图人岂识。
精神权奇孰可班，当在白兔青龙间。
君知此马从何来？龙眠胸中十二闲。

戏题出洗马
（元）赵孟頫

啮膝雯驾谁能御，驽蹇纷纷何足顾。
青丝络首锦障泥，鞭箠空劳怨长路。
明窗戏写乘黄姿，洗刷归来气如怒。
不须对此苦叹嗟，男儿自昔多徒步。

装马曲
（元）袁桷

綵丝络头百宝装，猩血入缨火齐光。
锡铃交驱八风转，东西夹翼双龙冈。
伏日翠裘不知重，珠帽齐肩颤金凤。

绛阙葱昽旭日初，逐电回飙斗光动。
宝刀羽箭鸣玲珑，雁翅却立朝重瞳。
沉沉棕殿云五色，法曲初奏歌薰风。
酮官庭前列千斛，万瓮葡萄凝紫玉。
驼峰熊掌翠釜珍，碧实冰盘行陆续。
须臾玉卮黄帕覆，宝训传宣争俯首。
黑河夜渡辛苦多，画戟雕闳总勋旧。
龙媒嘶风日将暮，宛转琵琶前起舞。
鸣鞭静跸宫门闭，长跪齐声呼万岁。

题滚尘骝图

（元）虞集

骅骝食粟石每既，立仗归来汗如洗。
脱羁展转聊自恣，落花尘土随身起。
君不见春雷起蛰龙欠伸，雾拥云蒸九河水。

神马歌次韵陈元之

（元）杨载

神马来自昆仑西，有足未始行沙泥。
朝趋欲出飞鸟上，夕逝直与奔星齐。
绿鬣半散插双耳，赤汗交流攒四蹄。
风神秀猛狭天地，岂顾燕蔡并渠黎。
时时牵浴临清溪，对人夸煞黄须奚。
玉山之禾中刍秣，不啮堤头枯草稊。
与君侧耳听长嘶，凡马不闻生駃騠。

曹将军下槽马图

（元）揭傒斯

曹霸画马真是马，宛颈相摩槽枥下。

卓荦权奇果如此，岂有世上无知者？
朱丝不是凡马缰，天闲十二皆龙骧，曾从天子平四方。
画图仿佛馀骊黄，华山之阳春草长。

韩幹马
（元）揭傒斯

韩幹画出曹将军，幹惟画肉犹逼真。
昂藏四顾欲飞去，老奚安知马有神？
想当此马未画时，朝刷吴越暮燕秦。
顿辔长鸣风动地，不数骅骝与骐驎。
当时用舍那知许，粉墨萧条尚雄武。
千金骏骨何足论，万世长留群玉府。

画 马
（元）萨都剌

汉水扬波洗龙骨，房星堕地天马出。
四蹄躞蹀若流星，两耳尖修如削笔。
天闲十二连青云，生长出入黄金门。
鼓鬣振尾恣偃仰，食粟何以酬主恩。
岂堪碌碌同凡马，长鸣喷沫奚官怕。
入为君王驾鼓车，出为将军静边野。
将军与尔同死生，要令四海无战争，千古万古歌太平。

题二马图
（元）贡师泰

铁喙騧，连钱骢。
何年坠影江水中？蒲梢西来八尺龙。
天闲十二为尔空，五花云锦吹东风。

刘舍人桃花马歌

（元）迺贤

青丝骏马桃花色，翠鞍玉辔黄金勒。
奚奴牵出不敢骑，道上行人争爱惜。
往时曾遇李将军，汗流赤血气如云。
朝刷黄河暮南粤，沙场百战成奇勋。
归来无心伏槽枥，顿辔长鸣思奋力。
东家白面绣衣郎，千金买去游南陌。
昨朝校猎向城隅，万人争说天下无。
夜归不怕霸陵尉，玉鞭醉打苍头奴。
画烛银屏欢彻曙，一朝金尽宾朋去。
可怜骄马属谁家，断缰犹系阶前树。
君不见西家款段三十年，青刍满枥菽满田。
老翁不识城下路，骑看射猎南山边。

观内厩洗马

（元）朱德润

黄云洒雨沙场秋，滩高水平凝不流。
晓霜袭透苍驼裘，圉人浴马津水头。
绿骠连钱双骅骝，日光射波脂腻浮。
青丝脱鞚黄金钩，轻爬短刷湿未收。
三花剪鬉平且柔，蔺云骏气将无俦。
束刍斗豆岂马羞，茫茫丰草生林丘。
霜蹄胡为踏长楸，振鬣一跃期天游。

题张参政所藏骢马滚尘图

（元）朱德润

盛唐太仆王毛仲，八方分队三花动。

当时画马称曹韩，尺素幻出真龙种。
玉花照夜争新妍，一马滚尘鬣尾鲜。
昂头不受金丝络，汗血辗沙生昼烟。
翰林妙写不减古，名驹染出青毫素。
延祐君王赏骏材，金盘赐帛开当宁。
时清处处生骊騩，何必汉朝称渥洼。
王良幸勿嗔蹉跎，一跃天衢千里沙。

题画马

（元）薛汉

渥洼龙媒少人识，世上驽骀日充斥。
班生画马画两匹，骏骨雄姿殊未得。
赭袍乌帻坐奚官，似出春风十二闲。
掩图不语三太息，我方垂耳盐车间。

二月八日游皇城西华门外观嘉孥弟走马歌

（元）张宪

春风压城紫燕飞，绣鞍宝勒生光辉。
软莎青青平似镜，花雨满巾风满衣。
潜蛟双绾玉抱肚，朱鬣分光散红雾。
金龙五爪蟠綵袍，满背真珠撒秋露。
生猿俊健双臂长，左脚拨镫右蹴缰。
铜铙四扇绕十指，玉声珠碎金琅珰。
黄蛇下饮电掣地，锦鹰打兔起复坠。
袖云突兀鞍面空，银瓮驼囊两边缒。
西宫綵楼高插天，凤凰缭绕排神仙。
玉皇拍阑误一笑，不觉四蹄如进烟。
神驹长鸣背凝血，郎君转面醉眼缬。
天恩剪下五色云，打鼓归来汗如雪。

姚少师所藏八骏图

(明) 曾棨

周家八马如飞电，夙昔传闻今始见。
锐耳双分秋竹批，拳毛一片桃花旋。
肉鬃叠耸高崔嵬，权奇知此真龙媒。
霜蹄试踏层冰裂，骏尾欲掉长飙回。
瑶池宴罢归来早，络月羁金照京镐。
紫鞚飞时逐落花，雕鞍解处眠芳草。
由来骏骨健且驯，弄影骄嘶不动尘。
有时渴饮天津水，五色照见波粼粼。
圉官骑来难久驻，饮向春流最深处。
珠衔宝勒不敢疏，直恐飞腾化龙去。
古来善画韦与韩，此画岂同凡马看。
人间造次不可得，苜蓿秋深烟雨寒。

赵松雪画马

(明) 刘溥

王孙画马世无敌，一画一回飞霹雳。
千里长风入彩毫，平沙碧草春无迹。
砚池想是通渥洼，突然走出白鼻騧。
翻涛浴浪动光彩，云影满身堆玉花。
玉花连钱汗流血，骏尾捎风蹄蹜铁。
何时骑得似画中，踏破阴山古时雪。

龙　驹

(明) 张居正

天马徕，翼飞龙。蹄削玉，耳垂筒。
碧月悬双颊，明星贯两瞳。

文皇将士尽罴虎,复有龙驹助神武。
流矢当胸战不休,汗沟血点桃花雨。
坝上摧锋第一功,策勋何必减元戎。
君不见虎士标形麟阁里,龙驹亦入画图中。

题韩幹画马图
(明)僧宗衍

唐朝画马谁第一?韩幹妙出曹将军。
此图无乃幹所作,世上有若真空群。
双瞳精荧两耳立,兰筋束骨皮肉急。
何年霹雳起龙池,五花一团云气湿。
当年天子少马骑,远求乌孙诏写之。
即今内厩多如蚁,纵有骐驎画者谁?

题画马
(明)僧妙声

皎皎白马白于练,首如渴乌目如电。
天闲骐骥人不见,画师为我开生面。
圉人牵浴定昆池,落花满地骄不嘶。
青丝络头无一丈,挽住万里昆仑蹄。

画师胸中有全马,三马斯须生笔下。
中有一匹玉花骢,似是西来大宛者。
不群不食意气豪,差与二马同凡槽。
使我见画三太息,于今谁是九方皋?

◆ 五 言 律

咏饮马
(唐)太宗

骏骨饮长泾,奔流洒络缨。细纹连喷聚,乱荇绕蹄萦。

水光鞍上侧,马影溜中横。翻似天池里,腾波龙种生。

咏饮马应制
(唐) 杨师道

清晨控龙马,弄影出花林。蹀躞依春涧,联翩度碧浔。
苔流染丝络,水洁写雕簪。一御瑶池驾,讵忆长城阴。

紫骝马
(唐) 沈佺期

青玉紫骝鞍,骄多影屡盘。荷君能剪拂,蹀躞喷桑乾。
跼足追奔易,长鸣遇赏难。摐金一万里,霜露不辞寒。

骢 马
(唐) 杨炯

骢马铁连钱,长安侠少年。帝畿平若水,官路直如弦。
夜玉妆车轴,秋金铸马鞭。风霜但自保,穷达任皇天。

紫骝马
(唐) 李白

紫骝行且嘶,双翻碧玉蹄。临流不肯渡,似惜锦障泥。
白雪关山远,黄云海树迷。挥鞭万里去,安得恋春闺。

送刘评事充朔方判官赋得征马嘶
(唐) 高适

征马向边州,萧萧嘶不休。思深应带别,声断为兼秋。
歧路风将远,关山月共愁。赠君从此去,何日大刀头?

浴 马
(唐) 喻凫

解控复收鞍,长津动细涟。空蹄沉绿玉,阔臆没连钱。

沫漩桥声下，嘶盘柳影边。常闻禀龙性，固与白波便。

文纪行赠以小步马

（元）杨奂

洛水西头路，桃花夹岸香。偏宜红叱拨，小试紫游缰。
雨径沙初软，春山草正长。杖藜犹过我，此别莫相忘。

立仗马

（元）张宪

照夜玉狻猊，霜毛铁凿蹄。春风金络脑，小雨锦障泥。
御驾驰天上，军封受海西。日供三品料，缄口不闻嘶。

◆ 五言排律

天骥呈材

（唐）郑蕡

毛骨合天经，拳奇步骤轻。曾邀于阗驾，新出贰师城。
喷勒金铃响，追风汗血生。酒亭留去迹，吴坂认嘶声。
力可通衢试，材堪圣代呈。王良如顾盼，垂耳欲长鸣。

天骥呈材

（唐）徐仁嗣

至德符天道，龙媒应圣明。追风奇质异，喷玉彩毛轻。
踠蹙形难状，连拳势乍呈。效才矜逸态，绝影表殊名。
峡路宁辞远，关山岂惮行。盐车虽不驾，今日亦长鸣。

骐骥长鸣

（唐）章孝标

有马骨堪惊，无人眼暂明。力穷吴坂峻，嘶苦朔风生。
逐逐怀良御，萧萧顾乐鸣。瑶池期弄影，天路欲飞声。

皎月谁知种，浮云莫问程。盐车终愿脱，千里为君行。

归马华山
（唐）白行简

牧野功成后，周王战马闲。驱驰休伏皂，饮龁任依山。
逐日朝仍去，随风暮自还。冰生疑陇坂，叶落似榆关。
蹀躞仙峰下，腾骧渭水湾。幸逢时偃武，不复鼓鼙间。

敕赐三相马
（唐）张随

上苑骅骝出，中宫诏命传。九天班锡礼，三相代劳年。
顾主声犹发，追风力正全。鸣珂龙阙下，喷玉凤池前。
四足疑云灭，双瞳比镜悬。为因能致远，今日表求贤。

西戎献马
（唐）周存

天马从东道，皇威被远戎。来参八骏列，不假贰师功。
影别流沙路，嘶流上苑风。望云时蹀足，向月每争雄。
禀异才难状，标奇志岂同。驱驰如见许，千里一朝通。

◆ 七言律

舞马千秋万岁乐府词
（唐）张说

金天诞圣千秋节，玉醴还分万寿觥。
试听紫骝歌乐府，何如骢骥舞华冈。
连骞势出鱼龙变，蹀躞骄生鸟兽行。
岁岁相传指树日，翩翩来伴庆云翔。

圣皇至德与天齐，天马来仪自海西。

腕足徐行拜两膝，繁骄不进踏千蹄。
鬏鬃奋鬣时蹲踏，鼓怒骧身忽上跻。
更有衔杯终宴曲，垂头掉尾醉如泥。

远听明君爱逸才，玉鞭金翅引龙媒。
不因兹白人间有，定是飞黄天上来。
影弄日华相照耀，喷含云色且徘徊。
莫言阙下桃花舞，别有河中兰叶开。

骢　马
（唐）万楚

金络青骢白玉鞍，长鞭紫陌野游盘。
朝驱东道尘恒灭，暮到河源日未阑。
汗血每随边地苦，蹄伤不惮陇阴寒。
君能一饮长城窟，为尽天山行路难。

裴相公大学士见示答张秘书谢马诗并群公属和，因命追作
（唐）刘禹锡

草元（玄）门户少尘埃，丞相并州寄马来。
初自塞垣衔苜蓿，忽行幽径破莓苔。
寻花缓辔威迟去，带酒垂鞭踯躅回。
不与王侯与词客，知轻富贵重清才。

公垂尚书以白马见寄，光洁稳善，以诗谢之
（唐）白居易

翩翩白马称金羁，领缀银花尾曳丝。
毛色鲜明人尽爱，性灵驯善主偏知。
免将妾换惭来处，试使奴牵欲上时。
不蹶不惊行步稳，最宜山简醉中骑。

和张十八秘书谢裴相公寄马
（唐）白居易

齿齐膘足毛头腻，秘阁张郎叱拨驹。
洗了颔花翻假锦，走时蹄汗蹋真珠。
青衫乍见曾惊否，红粟难赊得饱无？
丞相寄来应有意，遣君骑去上云衢。

贺张十八秘书得裴司空马
（唐）韩愈

司空远寄养初成，毛色桃花眼镜明。
落日已曾交辔语，春风还拟并鞍行。
长令奴仆知饥渴，须著贤良待性情。
旦夕公归申拜谢，免劳骑去逐双旌。

谢裴司空寄马
（唐）张籍

骅骝新驹骏得名，司空远自寄书生。
乍离华厩移蹄涩，初到贫家举眼惊。
每被闲人来借问，多寻古寺独骑行。
长思岁旦沙堤上，得从鸣珂傍火城。

紫骝马
（唐）秦韬玉

渥洼奇骨本难求，况是豪家重紫骝。
膘大宜悬银压胯，力浑欺著玉衔头。
生狞弄影风随步，蹙踏冲尘汗满鞲。
若遇丈夫能控驭，任从骑取觅封侯。

白 马

(唐) 翁绶

渥洼龙种雪霜同,毛骨天生胆气雄。
金埒乍调光照地,玉关初别远嘶风。
花明锦鞯垂杨下,露湿朱缨细草中。
一夜羽书催转战,紫髯骑出佩骍弓。

代书寄马

(唐) 韦庄

驱驰曾在五侯家,见说初生自渥洼。
鬣白似披梁苑雪,颈肥如扑杏园花。
休嫌绿绶嘶贫舍,好著红缨入使衙。
稳上云衢三万里,年年长踏魏堤沙。

繁白马诗上薛仆射

(唐) 平曾

白马披鬃练一团,今朝被绊欲行难。
雪中放去空留迹,月下牵来只见鞍。
向北长鸣天外远,临风斜控耳边寒。
自知毛骨还应异,更请孙阳仔细看。

韩左军马图卷

(元) 钱选

韩公胸次有神奇,写得天闲八尺驹。
曾为岐王天上赐,不随都护雪中驱。
霜蹄奋迅追飞电,凤首昂藏似渴乌。
春草青青华山曲,三边今日已无虞。

大宛二马

（元）郝经

二马飘飘万里来，玉花萧飒上金台。
风生两耳云霄近，电掣双瞳日月开。
渥水虎文连朔气，大宛龙种绝氛埃。
将军正欲成勋业，看汝骁腾展骥才。

画 马

（元）范梈

一自房星下渥洼，龙媒多在玉皇家。
赤毛洒血微生汗，黑晕团云整作花。
不待老能知失道，固应来自涉流沙。
如今岂少真神骏，犹有丹青纸上夸。

上都诈马大谯

（元）贡师泰

紫云扶日上璇题，万骑来朝队仗齐。
织翠氆长攒孔雀，镂金鞍重嵌文犀。
行迎御辇争先避，立近天墀不敢嘶。
十二街头人聚看，传言丞相过沙堤。

天 马

（元）郭翼

四年远涉流沙道，筋骨权奇旧肉鬃。
晓秣龙堆寒蹙雪，晚经月窟怒追风。
汉文千里知曾却，曹霸丹青貌不同。
拂拭金鞍被来好，幸陪天厩玉花骢。

题赵仲穆彦征画马

（明）钱宰

骢马连钱新凿蹄，络头羁䪎任官奚。
来从月窟真无价，进入天闲不敢嘶。
雨露九重思冀北，风尘千里下淮西。
解鞍知在休兵后，杨柳平河春草齐。

◆ 五言绝句

白　马

（唐）贾至

白马紫连钱，嘶鸣丹阙前。闻珂自踯躅，不要下金鞭。

马　诗

（唐）李贺

龙脊贴连钱，银蹄白踏烟。无人识锦韂，谁为铸金鞭。

大漠沙如雪，燕山月似钩。何当金络脑，万里踏清秋。

香幞赭罗新，盘龙蹙灯鳞。回看南陌上，谁道不逢春。

偶　成

（元）贡性之

雪色西番马，临流顾影嘶。似嫌金络重，蹴碎落花泥。

和李长吉马诗

（元）郭翼

肉䃘锦缠鬃，流云汗似红。太平无战伐，骖騄走沙蓬。

龙性非凡质，腾波出紫云。檀溪飞过日，应识汉将军。

龙印留官字,霜花剥暗毛。长鸣愁过影,只忆九方皋。

霞口缕衔塞,霜蹄削玉寒。晓看经逻娑,暮已蓦楼兰。

神骏知无匹,骁腾绝域来。流沙一丈雪,夜拂白龙堆。

天子飞黄马,牵来赐近臣。玉阶新雨过,风衮落花尘。

内厩玉花骢,斑斑歕肉鬃。奚官新浴罢,沙苑踏春风。

佛郎通上国,万里进龙媒。晓日开阊阖,虹光射玉台。

天马谁能驭,和鸾驾紫微。年年清暑去,霹雳逐龙飞。

少年乐
（明）徐有贞

少年骑骏马,意气两相骄。驰骋春风里,人看满渭桥。

紫骝马
（明）汪淮

谁家白面郎,跨下紫骝马。跐跋踏落花,骄嘶绿杨下。

黄金络马首,白玉作马鞭。盘旋不肯去,墙外看鞦韂。

◆ 六言绝句

舞马词
（唐）张说

万玉朝宗凤扆,千金率领龙媒。

盼鼓凝骄蹀躞，听歌弄影徘徊。

天鹿遥征卫叔，日龙上借羲和。
将共两骖争舞，来随八骏齐歌。

綵旄八佾成行，时龙五色因方。
屈膝衔杯赴节，倾心献寿无疆。

◆ 七言绝句

天马词
（唐）张仲素

天马初从渥水来，郊歌曾唱得龙媒。
不知玉塞沙中路，苜蓿残花几处开？

蹀躞宛驹齿未齐，摐金喷玉向风嘶。
来时欲尽金河道，猎猎轻风在碧蹄。

羽林骑
（唐）韩翃

骏马牵来御柳中，鸣鞭欲向渭桥东。
红蹄乱踏春城雪，花颔骄嘶上苑风。

看调马
（唐）韩翃

鸳鸯赭白齿新齐，晓日花间散碧蹄。
玉勒斗回初喷沫，金鞭欲下不成嘶。

乐　府
（唐）刘言史

花额红鬃一向偏，绿槐香陌欲朝天。

仍嫌众里骄行疾,傍灯深藏白玉鞭。

舞马
（唐）陆龟蒙

月窟龙孙四百蹄,骄骧轻步应金鞭。
曲终似要君王宠,回望红楼不敢嘶。

马图同裕之赋
（金）李纯甫

天马飞来不苦难,云屯万骑开元间。
太平有象韩生笔,曾见真龙如此闲。

子昂逸马图
（元）袁桷

神骏飘飘得自闲,天池飞跃下尘寰。
青丝络首谁收得,留与春风十二闲。

桃花马
（元）马祖常

白毛红点巧安排,勾引春风上背来。
莫解雕鞍桥下浴,恐随流水泛天台。

题宋成之画马卷
（元）曹伯启

奚官珍重玉花骢,纵意清涟碧草中。
幸际四庭烽火静,不须腾踏待秋风。

洗马图
（元）张伯淳

萧萧雾鬣与风鬃,扑面征尘一洗空。

相顾倍增神骏气,恍疑初在渥洼中。

曹霸下槽马
(元)虞集

枥下长年饱豆刍,谁通马语识跐蹰?
主恩深重知何报,或者东封驾鼓车。

韩幹马
(元)虞集

开元沙苑蒺藜秋,韩幹新图总不收。
天厩真龙奇骨在,故知臣甫负骅骝。

画 马
(元)虞集

萧条沙苑贰师还,苜蓿秋风尽日闲。
白发圉人曾习御,长鸣知是忆关山。

唐人四马卷
(元)宋无

金衔初脱齿新齐,蹄玉无声赤汗微。
昨日杏园春宴罢,满身红雨带花归。

簇仗回来玉勒闲,黄门牵向落花间。
君王不爱长杨猎,嘶入春风十二闲。

霜蹄踏月早朝回,尾弄红丝拂紫苔。
日暖龙池初洗罢,尚方闻进御鞍来。

太仆新调试锦鞯,九重日色照连钱。
春来兴庆池边路,偏称宫中软玉鞭。

三马图

（元）陈旅

豹股龙膺百战馀，凌烟长楣载璠玙。
时平不出横门道，愿为君王驾鼓车。

题饮马图

（元）傅若金

一斛寒泉照紫骝，萧萧骏尾动高秋。
夜来枥上西风满，忆傍寒云饮陇头。

题赵仲穆揩痒马图

（元）朱德润

渥洼天马骨如龙，散步春郊苜蓿中。
揩遍玉鬃尘未落，日斜宫树影摇风。

画马

（元）贡性之

天闲牵出自奚官，饮罢春流未解鞍。
记得曾陪仙仗立，五云深处隔花看。

骏马骁腾不受羁，贡来远自渥洼西。
花阴立仗归来晚，骑向天街自在嘶。

奚官牵出莫归迟，丰草甘泉御苑西。
记得晓趋金殿直，百花深处听骄嘶。

王架阁家画马

（明）高启

草草髯奴绀绿衣，王家好马诧新肥。

解鞍闲立斜阳里，应是城南赌射归。

双驭图
（明）张羽

内官妆束样能齐，宛洛春风信马蹄。
共说放朝无一事，看花直到夹城西。

画　马
（明）刘绩

双驹汗血已斑斑，蹀躞春风意态闲。
闻道千金求骏骨，不应龙种在人间。

紫骝马
（明）王慎中

朱汗四垂碧玉蹄，缰丝陡勒不胜嘶。
长安陌上催花雨，万树红英踏作泥。

题赵松雪马图
（明）僧来复

振鬣长鸣产月支，玉关风急贡来时。
五花狮子真龙种，赐出黄门不敢骑。

驴类（附骡）

◆ 七言古

雪中骑驴访某道人于观，追忆曩日栖霞之约
（明）徐渭

昨日雪深驴没蹄，今日雪深驴可骑。
此时去访杨道士，青天犹压杨花垂。
太平门外虽多景，莫妙梅花水清冷。
栖霞有约不得行，孤负千峰老鸦颈。

◆ 七言律

题倒骑驴观梅图
（元）吴澄

玉妃一笑本无猜，拗性驴儿去不回。
见面可怜交臂失，留情聊复转身来。
月凝绝艳骎骎远，风送清香款款陪。
雪里吟翁吟弗就，过时却与恼痴呆。

梦骑驴
（元）王逢

蹇驴双耳卓东风，前导青衣一小童。
石涧倒涵岚气白，海霞高贯日轮红。

桃花芝草经行异,鹤发鸡皮语笑同。
却待朝天惊梦失,春醒无奈雨簾栊。

◆ 五言绝句

路傍曲
（宋）陆游

冷饭杂砂砾,短褐蒙霜露。黄叶满山邮,行人跨驴去。

送胡献叔守邵阳
（宋）方岳

宁骑踏雪驴,莫骤追风马。霜蹄失衔勒,多是快意者。

题画扇骑驴踏雪
（元）陈深

雪没驴腰白,行行诗兴催。不因太清绝,那肯犯寒来。

题秋山行旅图
（元）赵孟頫

老树叶似雨,浮岚翠欲流。西风驴背客,吟断野桥秋。

◆ 七言绝句

送　人
（唐）王建

山客狂来跨白驴,袖中遗却颍阳书。
人间亦有妻儿在,抛却嵩阳古观居。

小游仙诗
（唐）曹唐

沙野先生闭玉虚,焚香夜写紫微书。

供承童子闲无事,教刬琼花喂白驴。

绝　句
（唐）阙名

今年敕下尽骑驴,短辔长鞦满九衢。
清瘦儿郎犹自可,就中愁杀郑昌图。

雪行图
（金）元好问

太乙仙舟云锦重,新郎走马杏园红。
骑驴亏煞吟诗客,到处相逢是雪中。

韩陵道中
（金）王庭筠

石头荦确两坡间,不记秋来几往还。
日暮蹇驴鞭不动,天教仔细数前山。

题杜陵浣花
（元）赵孟頫

春色醺人苦不禁,蹇驴驮醉晚骎骎。
江花江草诗千首,老尽平生用世心。

画　意
（元）马臻

缘溪路滑蹇驴迟,水色山光总入诗。
还胜襄阳孟夫子,满身风雪灞桥时。

陈生华山图
（元）张雨

西祀曾寻箭栝天,云台石室故依然。

雪驴嗅地鞭不起,一笑太平三百年。

读临川集
（元）张雨

班马文章老琢磨,皋夔心迹半雕讹。
执鞭愿作钟山吏,一袄字书随白骡。

驴
（明）梁小玉

买得青驴捷似梭,松云萝月任婆娑。
还嫌踏碎娇花影,款款扶缰倩墨娥。

卷四百七　牛类（附犀牛）

◆ 五言古

题竹石牧牛
（宋）黄庭坚

野次小峥嵘，幽篁相依绿。阿童三尺箠，御此老觳觫。
石吾甚爱之，勿遣牛砺角。牛砺角尚可，牛斗残我竹。

毛老斗牛
（宋）文同

牛牛尔何争，于此辄斗怒？长鞭闹儿童，大炬走翁妪。
苍獀八九子，骇立各四顾。何时解角归，茅舍江村暮。

◆ 七言古　附长短句

放牛歌
（唐）陆龟蒙

江草秋穷似秋半，十角吴牛放江岸。
邻肩抵尾乍依偎，横去斜奔忽分散。
荒陂断堑无端入，背上时时孤鸟立。
日暮相将带雨归，田家烟火微茫湿。

十九日出曹门见水牛拽车
（宋）梅尧臣

只见吴牛事水田，只见黄犁负车辄。

今牵大车同一群，又与骡驴走长陌。
卬头阔步尘蒙蒙，不似绥耕泥洎洎。
一一夜眠头向南，越鸟心肠谁辨白。

题牧牛图
（宋）陈与义

千里烟草绿，连山雨新足。
老牛抱朝饥，向山影觳觫。
犊儿狂走先过浦，却立长鸣待其母。
母子为人实仓廪，汝饱不惭人愧汝。
牧童生来日日娱，只忧身大当把锄。
日斜睡足牛背上，不信人间有黄舆。

游昭牛图
（宋）陆游

游昭木石师李唐，画牛乃是其所长。
出栏切听一声笛，意气已无千顷荒。
客居京口老益困，衣不掩胫须眉苍。
时时弄笔眼力健，蹄角毛骨分毫芒。
我无沙堤金络马，拂拭此幅喜欲狂。
乞骸幸蒙优诏许，置身忽在烟林傍。
日落饮牛水满塘，夜半饭牛天雨霜。
俚医灌药美水草，老巫呵禁祓不祥。
愿我孙子勤农桑，愿汝生犊筋脉强。
碓声惊破五更梦，岁负玉粒输官仓。

观小儿戏打春牛
（宋）杨万里

小儿著鞭鞭土牛，学翁打春先打头。

黄牛黄蹄白双角，牧童绿蓑笠青箬。
今年土脉应雨膏，去年不似今年乐。
儿闻年登喜不饥，牛闻年登愁不肥。
麦穗即看云作帚，稻米亦复珠盈斗。
大田耕尽却耕山，黄牛从此何时闲？

安乐坊牧童

（宋）杨万里

前儿牵牛渡溪水，后儿骑牛回问事。
一儿吹笛笠簪花，一牛载儿行引子。
春溪嫩水清无滓，春洲细草碧无瑕。
五牛远去莫管他，隔溪便是群儿家。
忽然头上数点雨，三笠四蓑赶将去。

春郊牧养图

（宋）戴复古

我之居，元在野，平生惯识牛羊者。
今见蒲江出此图，半日不知渠是画。
一犍当前转头立，一犍渡浦毛犹湿。
中有一苍骑以牧，牯牸相随数十足。
殿后两枚黄觳觫，分明如活下前坡。
路转山南春草多，耳根只欠牧儿歌。

题牧牛图

（元）吴澄

树叶醉霜秋草萎，童驱觳觫涉浅溪。
一牛先登舐犊背，犊毛湿湿犹未晞。
一牛四蹄俱在水，引胫前望喜近堤。
一牛两脚初下水，尻高未举后两蹄。

前牛已济伺同队,回身向后立不移。
一牛将济一未济,直须并济同时归。
此牛如人有恩义,人不如牛多有之。
人不如牛多有之,笑问二童知不知。

题牧牛渡水图

(元) 贡师泰

儿骑牛,儿骑牛。
两牛渡水当中流,一牛带犊临沙洲。
沙洲泥深没牛足,中流浪高拍牛腹。
长绳坠手衣裹身,前者起顾后俯伏。
牛背欹倾不自由,谁云稳比万斛舟?
待儿出险走平地,画图忽落东海头。
东海头,饭牛之子曾封侯。

饭牛歌

(元) 洪希文

牛咤咤,蹄趵趵,枯萁啮尽芳草绿。
自哺薄夜不满腹,撷菜作糜豆作粥。
饲饥饮渴两已足,脱纼解衔就茅屋。
不愁饥肠雷辘辘,风檐独抱牛衣宿。
丁男长大牛有犊,明年添种南山曲。

牧牛图

(元) 贡性之

溪童饮牛渡溪水,牛遇水深行复止。
人知水深牛不行,谁识回头顾其子?
桃林之野春雨晴,烧痕回绿春草青。
太守劝农当二月,土膏肥暖牛可耕。

邯郸城头征战息，宁戚徒劳吟白石。
一声笛里太平歌，牛背溪童自朝夕。

牧牛词

（明）高启

尔牛角弯环，我牛尾秃速。
共拈短笛与长鞭，南垄东冈去相逐。
日斜草远牛行迟，牛劳牛饥惟我知。
牛上唱歌牛下坐，夜归还向牛边卧。
长年牧牛百不忧，但恐输租卖我牛。

题牧牛图

（明）张以宁

返照在高树，归牛度层坡。
一犊牟然赴其母，老㸺返顾情何多。
牧儿见之亦心恻，人间母子当如何？日暮倚门乌尾讹。

牛　图

（明）僧清濋

春光寂寂烟晕晴，春风水水波痕明，溪南溪北小坡平。
我却骑牛向溪曲，溪曲嫩草嫩如玉。
记得当时农事足，倒指数来三十年。
今观此图犹宛然，只多舐犊双崖边。

◆ 五 言 律

牛

（唐）李峤

齐歌初入相，燕阵早横功。欲向桃林下，先过梓树中。
在吴频喘月，奔梦屡惊风。不用五丁士，如何九折通？

铁牛庙

（元）迺贤

燕人重东作，镕铁象牛形。角断苔花碧，蹄穿土锈腥。
遗踪传野老，古庙托山灵。一酹壶中酒，穰穰黍麦青。

◆ 七言律

牧牛图

（金）王良臣

三摩不受一尘侵，本分工夫日念深。
杖履得回游子脚，葛藤灰尽老婆心。
颠狂不作风头絮，出入谁伤井底金。
回首人牛在何许，一江明月夜沉沉。

白牛为日本纯上人赋

（明）僧来复

畔云不住海门东，牧向楞伽小朵峰。
露地已忘调服力，雪山谁识去来踪。
放归祇树随羊鹿，种就昙花伴象龙。
一色天阑头角别，水晶池沼玉芙蓉。

◆ 五言绝句

田园言怀

（唐）李白

贾谊三年谪，班超万里侯。何如牵白犊，饮水对清流。

将牛何处去

（唐）元结

将牛何处去，耕彼故城东。相伴有田父，相欢惟牧童。

代牛言

(唐) 刘叉

渴饮颍川水（流），饿喘吴门月。黄金如可种，我力终不歇。

情

(唐) 曹邺

东西是长江，南北是官道。牛羊不恋山，只恋山中草。

山中吟叠韵

(唐) 皮日休

穿烟泉潺湲，触竹犊觳觫。荒篁香墙匡，熟鹿伏屋曲。

牧童

(宋) 葛长庚

杨柳阴初合，村童睡正迷。一牛贪草嫩，吃过断桥西。

画牛

(元) 僧大䜣

草暖犊子肥，牧闲牛耳湿。谁知荷蓑翁，风雨租税急。

牧牛图

(明) 钱宰

野老春耕歇，溪儿晚牧过。夕阳牛背笛，强似饭牛歌。

栖云楼晏坐效寒山偈

(明) 殷迈

对雨千峰静，看山百虑轻。昨宵明月夜，露地白牛生。

雨涧牛

（明）僧如兰

溪岸野桥横，乌犍带犊行。无人挂书读，雨外候春耕。

◆ 七言绝句

小游仙

（唐）曹唐

绛树彤云户半开，守花童子怪人来。
青牛卧地吃琼草，知道先生朝未回。

昇平词

（宋）王禹偁

细草烟深暮雨收，牧童归去倒骑牛。
笛中一曲昇平乐，再得生来未解愁。

绝　句

（宋）张耒

天高列岫出林外，霜落大江流地中。
晚日桥边数归牧，牛羊部分听儿童。

春日田园杂兴

（宋）范成大

骑吹东西里巷喧，行春车马闹如烟。
系牛莫碍门前路，移系门西碌碡边。

冬日田园杂兴

（宋）范成大

乾高寅缺筑牛宫，厄酒豚蹄酹土公。

牯牸无瘟犊儿长,明年添种越城东。

农 舍
(宋)陆游

万钱近县买黄犊,袯襫行当东作时。
堪笑江东王谢辈,唾壶麈尾事儿嬉。

杜门虽与世相违,未许人嘲作计非。
长绠云边牵犊过,小舟月下载犁归。

春晚即事
(宋)陆游

龙骨车鸣水入塘,雨来犹可望丰穰。
老农爱犊行泥缓,幼妇忧蚕采叶忙。

买 牛
(宋)陆游

老子倾囊得万钱,石帆山下买乌犍。
牧童避雨归来晚,一笛春风草满川。

过百家渡
(宋)杨万里

一晴一雨路干湿,半淡半浓山叠重。
远草平中见牛背,新秧疏处有人踪。

过大皋渡
(宋)杨万里

隔岸横洲十里青,黄牛无数放春晴。
船行非与牛相背,何事黄牛却倒行?

桑茶坑道中
（宋）杨万里

晴明风日雨干时，草满花堤水满溪。
童子柳阴眠正著，一牛吃过柳阴西。

次韵程弟
（宋）方岳

草堂四壁一瓢空，举世无人与我同。
黄犊山南又山北，犁春犹有古人风。

和元卿郊行
（金）党怀英

马驮车驱起路尘，傍山阴翳作春温。
东风欲放萌芽动，已有疲牛啮烧痕。

题江贯道百牛图
（元）白珽

几年散放桃林后，馀四百蹄犹可骑。
揽镜挂书多事（自）在，能骑惟有一凝之。

老 牛
（元）宋无

草绳穿鼻系柴扉，残喘无人问是非。
春雨一犁鞭不动，夕阳空送牧儿归。

牧牛图
（元）贡性之

郊原春草绿茸茸，牛背如舟卧牧童。
自是太平新气象，错将画意属良工。

题野老醉骑牛图

（明）钱宰

村田乐事老来稀，记得江南春社时。
儿女醉扶黄犊背，帽檐颠倒插花枝。

衡岳杂兴

（明）胡安

幽泉自注石厓销，度壑寒云去未遥。
松畔茯苓无处劚，倒骑黄犊自吹箫。

过水下口

（明）刘侃

山树参差石径斜，雨馀飞瀑过桑麻。
山翁放罢村前犊，倚杖溪头护稻花。

题画牛

（明）僧普慈

林下逍遥饱则眠，何人能似尔安然。
因思昔日陶弘景，金作笼头不易牵。

附犀牛

◆ 五言古

述韦昭应画犀牛

（唐）储光羲

遐方献文犀，万里随南金。大邦柔远人，以之居山林。
食棘无秋冬，绝流无浅深。双角前崭崭，三蹄下骎骎。
朝贤壮其容，未能辨其音。有我衰凤郎，新邑长鸣琴。
陛阁飞嘉声，丘甸盈仁心。闲居命国工，作绘北堂阴。

眈眈若有神，庶比来仪禽。昔有舞天庭，为君奏龙吟。

◆ 七言古

驯　犀

（唐）元稹

建中之初放驯象，远归林邑近交广。
曾返深山鸟构巢，鹰雕鹞鹘无羁鞚。
贞元之岁贡驯犀，上林置圈官司养。
玉盆金栈非不珍，虎哮狴牢鱼食网。
渡江之橘逾汶貉，反时易性安能长。
腊月北风霜雪深，踡局鳞身遂长往。
行地无疆费传驿，通天异物罹幽枉。
乃知养兽如养人，不必人人自敦奖。
不扰则得之于理，不夺有以多于赏。
脱衣推食衣食之，不若男耕女令纺。
尧民不自知有尧，但见安闲聊击壤。
前观驯象后观犀，理国其如指诸掌。

卷四百八　羊　类

◆ 七言古　附长短句

五仙谣

（宋）郭祥正

番禺五仙人，骑羊各一色。手持六秬穗，翱翔绕城壁。
翩然去乘云，诸羊化为石。至今留空祠，异象犹可识。
曾闻经猛火，毫发无痕迹。五仙宁复来，三说颇难测。
只忧风雨至，半夜随霹雳。
君不见羌庐刘越之洞天，万象森罗无一尺。

题四羊图

（宋）王阮

三百维群世不见，廼以四羊为一图。
人言此图出韦偃，不知韦偃有意无？
岩岩参天一古木，下有轻莪满郊绿。
雪髯隐约黑晕中，沙肋微茫笔端足。
昔闻韦侯画马工，杜陵长歌歌古松。
孰知画羊更如此，世间绝艺谁能穷？
蕲春太守好事者，珍藏有此希世画。
嗟余得见双眼明，此一转语久难下。
三羊游戏芳草茵，一羊辄登枯树根。

安得添我作牧人,为公鞭此一败群。

恭题灵羊图（宣宗御笔）

（明）谢承举

塞上春深草初绿,黄河套边堪放牧。
何来羌羚携乳畜,旁有韩卢将搏逐。
群羚不奔且不惊,輶车无影鸾无声。
持旄已归苏子卿,挟册未见皇初平。
羊何安闲卢何猛,以静制动清边境。
我皇执笔发深儆,意在和雍化强梗。
是时贤相惟三杨,昇平辅理称虞唐。
九重优游翰墨场,天与人文垂四方。

◆ 五言律

羊

（唐）李峤

绝饮惩浇俗,行驱梦逸才。仙人拥石去,童子驭车来。
夜玉含星动,晨毡映雪开。莫言鸿渐力,长牧上林隈。

秋羊

（元）许有壬

塞上寒风起,庖人急尚供。戎盐舂玉碎,肥荠压花重。
肉净燕支透,膏凝琥珀浓。年年神御殿,颁馂每霑侬。

黄羊

（元）许有壬

草美秋先腊,沙平夜不藏。解绦文豹健,脔炙宰夫忙。
有肉须供蚁,无魂亦似獐。少年非好杀,假尔试穿杨。

题苏武牧羊图

（元）杨维桢

未入麒麟阁，时时望帝乡。寄书元有雁，食雪不离羊。
旄尽风云节，心悬日月光。李陵何以别，涕泪满河梁。

◆ 七言律

牧羊儿土鼓

（明）太祖

群羊朝牧遍山坡，松下常吟乐道歌。
土鼓枹时山鬼听，石泉濯处涧鸥和。
金华谁识仙机密，兰渚何知道术多。
岁久市中终得信，叱羊洞口白云过。

◆ 五言绝句

李陵台

（元）马祖常

故国关河远，高台日月荒。颇闻苏属国，海上牧羝羊。

◆ 七言绝句

小游仙

（唐）曹唐

共爱初平住九霞，焚香不出闭金华。
白羊成队难收拾，吃尽溪头巨胜花。

戏答张秘监馈羊

（宋）黄庭坚

细肋柔毛饱卧沙，烦公遣骑送寒家。

忍令无罪充庖宰,留与儿童驾小车。

次韵王敏文待制燕京杂咏

(明)僧来复

秋满龙沙草已霜,射雕风急朔云长。
内官连日无宣唤,猎取黄羊进尚方。

犬 类

◆ 四言古

赋 犬
（吴）张俨

守则有威，出则有获。韩卢宋鹊，书名竹帛。

◆ 五言古

狗 诗
（晋）张华

如黄批狡兔，青骹撮飞雉。鹄鹭皆尽收，凫鹥安足视。

狂 犬
（宋）孔平仲

吾家有狂犬，其走如脱兔。撑突盘盂翻，搜爬堂庑污。
逢人吠不止，鸡噪猫且怒。固难在家庭，只可守村墅。
不见已半年，意谓少惩惧。昨日至城东，摇尾喜若赴。
衔衣复抱膝，屡叱不肯去。一跃数尺高，其强乃如故。
岂惟性则然，汝分亦天赋。未闻有骅骝，蹄啮弃中路。
安敢携汝归，重令儿女怖。

予来儋耳,得吠狗曰"乌觜",甚猛而驯。
随予迁合浦,过澄迈泅而济,路人皆惊。戏为作此诗

（宋）苏轼

乌喙本海獒,幸我为之主。食馀已瓠肥,终不忧鼎俎。
昼驯识宾客,夜悍为门户。知我当北还,掉尾喜欲舞。
跳踉趁童仆,吐舌喘汗雨。长桥不肯蹑,竟渡清深浦。
拍浮似鹅鸭,登岸剧虓虎。盗肉亦小疵,鞭箠当贳汝。
再拜谢恩厚,天不遣言语。何当寄家书,黄耳定乃祖。

◆ 五言绝句

逢雪宿芙蓉山主人

（唐）刘长卿

日暮苍山远,天寒白屋贫。柴门闻犬吠,风雪夜归人。

题李迪画犬

（明）高启

猧儿偏吠客,花下卧晴莎。莫出东原猎,春来兔乳多。

游天坛山

（明）谢榛

偶逢双玉童,相引蹑云去。犬吠洞门开,三花最深处。

潞阳晓访冯员外汝言

（明）谢榛

野阔早霜明,林空凉吹动。一犬吠人来,松窗破秋梦。

题　画

（明）僧德清

风雨孤舟夜,微茫草树春。茅檐惊犬吠,定是渡江人。

暮 景
（明）申光汉（朝鲜人）

树密深浓翠，孤烟淡作云。前村闻犬吠，暗路草中分。

◆ 六言绝句

山 家
（明）姚旅

柏叶麝餐云暖，柳条鸟踏烟寒。
稚子出墙看客，隔篱犬吠衣冠。

◆ 七言绝句

山 店
（唐）王建

登登石路何时尽，决决溪泉到处闻。
风动叶声山犬吠，一家松火隔秋云。

山中喜静和子见访
（唐）施肩吾

绝壁深溪无四邻，每逢猿鹤即相亲。
小奴惊出垂藤下，山犬今朝吠一人。

再归松溪旧居宿西林
（唐）徐凝

五粒松深溪水清，众山摇落月偏明。
西林静夜重来宿，暗记人家犬吠声。

夜会郑氏昆季林亭
（唐）方干

卷帘圆月照方塘，坐久樽空竹有霜。

白犬吠风惊雁起,犹能一一旋成行。

小游仙诗
（唐）曹唐

冰屋朱扉晓未开,谁将金策扣琼台?
碧花红尾小仙犬,闲吠五云嗔客来。

寒夜吟
（唐）成彦雄

洞房脉脉寒宵永,烛炧香消金凤冷。
猧儿睡魇唤不醒,满窗扑落银蟾影。

春日田园杂兴
（宋）范成大

步屧寻春有好怀,雨馀蹄道水如盃。
随人黄犬搀前去,走到溪桥忽自回。

郊 行
（金）郦权

溪桥纳纳马蹄轻,竹里人家犬吠声。
行尽滩光溪路黑,隔林灯火夜深明。

阎立本职贡图
（金）阎长言

谔谔昌周此一书,形容羲贡写成图。
宁知右相无深意,莫指丹青便厚诬。

宿卓水
（元）许衡

寒釭挑尽火重生,竹有清声月自明。

一夜客窗眠不稳,却听山犬吠柴荆。

军中苦乐谣
　　　　　　　　　　（元）周霆震

半臂缠腰帽卷毡,剪裙荷叶腿齐编。
市西桥外看屠狗,笑掷并刀赌酒钱。

题　犬
　　　　　　　　　　（元）贡性之

深宫饱食恣狰狞,卧毯眠毡惯不惊。
却被卷帘人放出,宜男花下吠新晴。

秋日过子问郊原
　　　　　　　　　　（明）王伯稠

叶舠百转入幽溪,灌木苍藤夹岸迷。
一缕炊烟山犬吠,柴门忽出竹丛西。

巫夔道中
　　　　　　　　　　（明）黄辉

星星冷炬拂云堆,夜踏偏桥半欲摧。
人队似猿穿岭去,犬声如豹透林来。

冬日穆湖村居同蕴辉上人赋
　　　　　　　　　　（明）僧智舷

买得渔蓑与钓纶,天寒日暮水无鳞。
浩歌一曲知何处?犬吠芦花不见人。

豕 类

卷四百十

◆ 四言古

豪彘赞

（晋）郭璞

刚鬣之族，号曰豪彘。毛如攒锥，中有激矢。
厥体兼资，自为牝牡。

◆ 长短句

驱猪行（黄台张氏庄作。）

（金）元好问

沿山莳苗多费力，办与豪猪作粮食。
草庵架空寻丈高，击版摇铃闹终夕。
孤犬无猛噬，长箭不暗射。
田夫睡中时叫号，不似驱猪似称屈。
放教田鼠大于兔，任使飞蝗半天黑。
害田争合到渠边，可是山中无橡术？
长牙短喙食不休，过处一抹无禾头。
天明垄亩见狼藉，妇子相看空泪流。
旱干水溢年年日，会计收成才什一。
资身百倍粟豆中，儋石都能几钱直？
儿童食糜须爱惜，此物群猪口中得。县吏即来销税籍。

◆ 七言绝句

金人出猎图
（元）张雨

小队鸣筘晓出围,地椒狼藉兽应肥。
庖厨久厌腥羊粉,故遣萧郎击豕归。

卷四百十一　鹿　类

◆ 四言古

白鹿颂
（吴）薛综

皎皎白鹿，体性驯良。其质皓濯，如鸿如霜。

虞获子鹿
（唐）韦应物

虞获子鹿，畜之城隅。园有美草，池有清流。
但见麎麎，亦闻呦呦。谁知其思，岩谷之游。

◆ 五言古

述园鹿
（唐）韦应物

野性本难畜，玩习亦逾年。麋斑始力直，麝角已苍然。
仰首嚼园柳，俯身饮清泉。见人若闲暇，麎起忽低骞。
兹兽有高貌，凡类宁比肩。不得游山泽，局促诚可怜。

鹿　喻
（元）王恽

我本麋鹿性，出处安自然。金镳非所慕，志在长林烟。

得远机阱地，食蘋饮清泉。呦鸣锡同类，甘以辞华轩。
野兕出其侧，暗跧山前田。农家伺所害，乃知兽之愆。
彼兕以计去，嘉禾岁芊芊。野人居山中，数亩事垦劚。
虑为町疃场，指鹿乃兕属。虽无独刃心，见之恶且逐。
鹿心素无机，淡与标枝闲。遁迹入幽谷，择音远人寰。
尚为山中人，置疑齿颊间。

◆ 五 言 律

咏 鹿

（唐）李 峤

涿鹿开中冀，秦原辟帝基。柰花栽旧苑，蘋叶蔼前诗。
道士乘仙日，先生折角时。方怀丈夫志，抗首别心期。

◆ 五言排律

省试内出白鹿宣示百官

（唐）黄 滔

上瑞何曾乏，毛群表色难。推于五灵少，宣示百寮观。
形夺场驹洁，光交月兔寒。已驯瑶草径，孤立雪花团。
戴豸惭端士，抽毫跃史官。贵臣歌咏日，皆作白麟看。

◆ 七 言 律

和杨龙图獐猿屏

（宋）蔡 襄

画莫难于工写生，獐猿移得上幽屏。
相逢平野初惊顾，共向薰风识性灵。
引子书游新草绿，啸群时望故山青。
可怜官省沉迷处，每到中轩顿觉醒。

獐猿屏

（宋）阙名

獐狎猿驯遂性灵，恍然疑不是丹青。
岂忧夜猎林中去，只欠秋吟月下听。
举目便同临涧谷，此身全恐寄郊坰。
山容野态穷微妙，造物争工六尺屏。

题小薛王画鹿

（元）邓文原

礼乐河间雅好儒，曾陪校猎奉銮舆。
昼长灵囿观游后，政暇嘉宾燕集馀。
蛱蝶图工人去久，驺虞诗好化行初。
宗藩翰墨留珍赏，凭仗相如赋子虚。

◆ 五言绝句

鹿　柴

（唐）裴迪

日夕见寒山，便为独往客。不知深林事，但有麇麚迹。

◆ 七言绝句

山　中

（唐）卢仝

饥食松花渴饮泉，偶从山后到山前。
阳坡软草厚如织，麋与鹿麛相伴眠。

山中玩白鹿

（唐）施肩吾

绕洞寻花日易消，人间无路得相招。

呦呦白鹿毛如雪,踏我桃花过石桥。

寻古观

(唐)朱庆馀

仙观曾过知不远,花藏石室杳难寻。
泉边白鹿闻人语,看过天坛渐入深。

观 鹿

(唐)贾岛

条峰五老势相连,此鹿来从若个边。
别有野麋人不见,一生长饮白云泉。

新昌井

(唐)殷尧藩

辘轳千转劳筋力,待得甘泉渴煞人。
且共山麋同饮涧,玉沙铺底浅磷磷。

头陀僧

(唐)陆龟蒙

万峰围绕一峰深,向此长修苦行心。
自扫雪中归鹿迹,天明恐被猎人寻。

呦 呦

(宋)林逋

深林撖撖分行响,浅莳茸茸叠浪痕。
春雪满山人起晚,数声低叫唤篱门。

西 山

(宋)刘克庄

绝顶遥知有隐君,餐芝种术鹿为群。

多应午灶茶烟起,山下看来是白云。

山　行

（金）庞铸

四面云山玉作围,一川霜树锦为衣。
翩翩数骑平冈下,傅粉王孙射鹿归。

游三茅华阳诸洞

（元）宋无

书满琅函秘不开,云窗雾阁锁青苔。
门前白鹿将麑过,定是避秦人引来。

续游仙诗

（明）马洪

养驯苍鹿放蓬山,走入烟霞唤不还。
明日群中寻却易,七星符在项毛间。

蓬莱小游仙

（明）刘绩

仙子新从紫海归,酒香浮著五铢衣。
卧看白鹿吃瑶草,满地琼云凝不飞。

寄神乐观邓仙官

（明）僧来复

开遍溪头巨胜花,雪精双引紫云车。
忽传青鸟催春宴,烂醉金桃阿母家。

卷四百十二　狐　类

◆ 四言古

九尾狐赞
（晋）郭璞

青丘奇兽，九尾之狐。有道翔见，出则衔书。
作瑞周文，以标灵符。

◆ 五言绝句

山　行
（明）汪日梦

涧道散寒流，衡沙漫田亩。妖狐行野碓，风叶满春臼。

◆ 七言绝句

从猎口号
（金）李献能

的皪金鋜堕晓星，晴天霹雳应弦声。
风毛雨血燕云在，未要草间狐兔惊。

塞下曲
（明）何白

城上惊飞白项乌，黄蒿隐见跳黄狐。
数声刁斗残星落，猎猎酸风乱马呼。

卷四百十三　猿　类

◆ 五言古

石塘濑听猿
（梁）沈约

嗷嗷夜猿鸣，溶溶晨雾合。不知声远近，惟见山重沓。
既欢东岭唱，复伫西岩答。

赋得夜猿啼
（陈）萧诠

桂月影才通，猿啼迥入风。隔岩还啸侣，临潭自响空。
挂藤疑欲饮，吟枝似避弓。别有三声泪，沾裳竟不穷。

三峡吟
（宋）徐照

山水七百里，上有青枫林。啼猿不自愁，愁落行人心。

◆ 七言古

题吴处士猿獐图
（宋）黄庭坚

画工神品今代无，祁岳一脉传醉吴。
几年傲睨不落笔，乘兴扫去（出）赤县图。

今君所宝亦第一，我疑神遇非有笔。
青林红叶晚未暝，遥山远水秋一色。
五猿踞石相因依，两猿挂树松枝低。
仰睇侧顾獐善疑，其二行齿如不知。
昔人画马师厩马，画山直付居山者。
野猿不驯獐易惊，貌若渠能写闲暇。
草露空荒远刀机，即今放麑谁氏子？
山蜂负毒不足怜，盍贷蟏蛸留报喜。

听　猿

（宋）白玉蟾

三树五树啼寒猿，一声两声落耳根。
吾疑耳到猿啼处，却是猿声随风奔。
猿声不悲亦不怨，吾亦于世何所恋。
夜深月白风籁寒，听此忽然毛骨换。

题　画

（明）李东阳

霜枯古树秋飒飒，枝间老猿罢腾踏。
戏将长臂扑游蜂，半似相欺半相狎。
冈峦高下路东西，由来异类不同栖。
应怜野径穿花去，不作空山抱树啼。
君不见场中有果房有蜜，共趁园林好风日。
丁宁慎勿采桃花，留结山中千岁实。

◆ **五 言 律**

咏　猿

（唐）杜甫

袅袅啼虚壁，萧萧挂冷枝。艰难人不见，隐见尔如知。

惯习元从众，全生或用奇。前林腾每及，父子莫相离。

放　猿
（唐）许浑

殷勤解金锁，昨夜雨凄凄。山浅忆巫峡，水寒思建溪。
远寻红树宿，深向白云啼。好觅来时路，烟萝莫自迷。

巴江夜猿
（唐）马戴

日饮巴江水，还啼巴岸边。秋声巫峡断，夜影楚云连。
露滴青枫树，山空明月天。谁知泊船者，听此不能眠。

猿
（唐）曹松

曾宿三巴路，今来不愿听。云根啼片白，峰顶掷尖青。
护果憎禽啄，栖霜觑叶零。惟应卧岚客，怜尔傍岩扃。

和修睦上人听猿
（唐）李咸用

禅客闻犹苦，是声应是啼。自然无稳梦，何必到巴溪。
疏雨洒不歇，回风吹暂低。此宵秋欲半，山在二林西。

江　猿
（明）薛蕙

舟行转江峡，处处响哀猿。极浦云方合，连山雨正昏。
接条时自挂，饮水复相援。不待三春尽，先伤游子魂。

◆ 五言排律

雪夜听猿吟

（唐）顾伟

寒岩飞暮雪，绝壁夜猿吟。历历和群雁，寥寥思客心。
绕枝犹避箭，过岭却投林。风冷声偏苦，山寒响更深。
听时无有定，静里固难寻。一宿扶桑月，聊看怀好音。

◆ 七 言 律

长安里中闻猿

（唐）吴融

夹巷长门似海深，楚猿争得此中吟。
一声紫陌才回首，万里青山已到心。
惯倚客船和雨听，可堪侯第见尘侵。
无因永夜闻清啸，禁路人归月自沉。

忆 猿

（唐）吴融

翠微云敛日沉空，叫彻青冥怨不穷。
连臂影垂秋色里，断肠声尽月明中。
静含烟峡凄凄雨，高弄霜天袅袅风。
犹有北山归意在，少惊佳树近房栊。

黄藤山下闻猿

（唐）韦庄

黄藤山下驻归程，一夜号猿动旅情。
入耳便能生百恨，断肠何必待三声。
穿云宿处人难见，望月啼时兔正明。

好笑武陵年少客，壮心无事也沾缨。

放　猿
（唐）王仁裕

放尔丁宁复故林，旧来行处好追寻。
月明巫峡堪怜静，路隔巴山莫厌深。
栖宿免劳青嶂梦，跻攀应惬白云心。
三秋果熟松梢健，任抱高枝彻晓吟。

遇所放猿再作
（唐）王仁裕

嶓冢祠前汉水滨，饮猿连臂下嶙峋。
渐来子细窥行客，认得依稀似野宾。
月宿纵劳羁绁梦，松餐非复稻粱身。
数声肠断和云叫，识是前时旧主人。

猿　皮
（宋）徐照

路逢巴客卖猿皮，一片蒙茸似黑丝。
常向小窗铺坐处，却思空谷听啼时。
弩伤忽见痕犹在，笛响谁夸骨可吹。
古树团团行路曲，无人来作野宾诗。

猿
（元）宋无

巴峡闻声愁断肠，冷泉照影绿阴凉。
藤摇乱雨领儿过，树晒斜阳拾虱忙。
献果去寻幽洞远，攀萝来撼落花香。
空山月暗无人见，啼入白云深处藏。

◆ 五言绝句

辽东山夜临秋
（唐）太宗

烟生遥岸隐,月落半崖阴。连山惊鸟乱,隔岫断猿吟。

临湖亭
（唐）裴迪

当轩弥滉漾,孤月正徘徊。谷口猿声发,风传入户来。

送张四
（唐）王昌龄

枫林已愁暮,楚水复堪悲。别后冷山月,清猿无断时。

溪行逢雨与柳中庸
（唐）李端

日落众山昏,萧萧暮雨繁。那堪两处宿,共听一声猿。

送客之蜀
（唐）杨凌

西蜀三千里,巴南水一方。晓猿天际断,夜月峡中长。

题猿图
（元）马祖常

江渚无来雁,山樊有宿猿。秋高卢橘熟,巴月树连村。

忆　事
（明）沈泰鸿

空山秋月明,处处暮猿清。不是愁肠断,还闻第四声。

◆ 七言绝句

留题云门
（唐）萧翼

绝顶高峰路不分,岚烟长锁绿苔纹。
猕猴推落临崖石,打破下方遮月云。

早发白帝城
（唐）李白

朝辞白帝彩云间,千里江陵一日还。
两岸猿声啼不住,轻舟已过万重山。

卢溪主人
（唐）王昌龄

武陵溪口驻扁舟,溪水随君向北流。
行到荆门上三峡,莫将孤月对猿愁。

寄四明山子
（唐）施肩吾

高楼只在千峰里,尘世望君那得知。
长忆去年风雨夜,向君窗下听猿时。

秋夜山中别友人
（唐）施肩吾

何处邀君话别情?寒山木落月华清。
莫愁今夜无诗思,已听秋猿第一声。

失　猿
（唐）李商隐

祝融南去万重云,清啸无因更一闻。

莫遣碧江通箭道,不教肠断忆同群。

猿

(唐)段成式

却忆书斋值晚晴,挽枝闲啸激蝉清。
影沉巴峡夜岩色,踪绝石塘寒濑声。

猿

(唐)张乔

挂月栖云向楚林,取来全是为清音。
谁知系在黄金索,翻畏侯家不敢吟。

咏 猿

(唐)周朴

生在巫山更向西,不知何事到巴溪。
中宵为忆秋云伴,遥隔朱门向月啼。

猿

(唐)徐夤

宿有乔林饮一溪,生来踪迹远尘泥。
不知心更愁何事,每向深山夜夜啼。

放 猿

(唐)吉师老

放尔千山万里身,野泉晴树好为邻。
啼时莫近潇湘岸,明月孤舟有旅人。

怀傅茂元

(宋)刘子翚

松底柴门尽日关,主人西去几时还?

长镵委地黄精老,时有寒猿啸砚山。

林高士隐居
（元）黄庚

家住西湖深更深,古松阴里礼茅君。
白猿攀树藤花落,点破岩前一地云。

月岭猿啼
（元）叶颙

树头清啸两三声,纸帐梅花睡欲成。
唤醒冷泉亭上梦,岭云飞动月初明。

竹枝词
（明）杨慎

无义滩头风浪收,黄云开处见黄牛。
白波一道青峰里,听尽猿声是峡州。

竹枝词
（明）王叔承

白帝城高秋月明,黄牛滩急暮潮生。
送君万水千山去,独自听猿到五更。

卷四百十四　狼　类

◆ 四言古

白狼赞

（晋）郭璞

矫矫白狼，有道则游。应符变质，乃衔灵钩。
惟德是适，出殷见周。

◆ 五言古

遣　兴

（唐）杜甫

长陵锐头儿，出猎待明发。弤弓金爪镝，白马蹴微雪。
不知所驰逐，但见暮光灭。归来悬两狼，门户有旌节。

◆ 七言绝句

廿不剌川在上都西北七百里外，董侯承旨扈从北回，遇于榆林，
　酒间因及今秋大狝之盛，书六绝以纪其事（录一）

（元）王恽

千里阴山骑四周，休夸西伯渭滨游。
今年校猎饶常岁，一色天狼四十头。

上京即事

（元）萨都剌

紫塞风高弓力强，王孙走马猎沙场。
呼鹰腰箭归来晚，马上倒悬双白狼。

卷四百十五 狸 类

◆ 五言古

以野狸饷石末公因侑以诗
（明）刘基

野狸性狡猾，夜动昼则潜。絷之笼槛中，耳弭口不呻。
当其得意时，足爪长且铦。跳踉逞俊捷，攫噬靡有餍。
贫家养一鸡，冀用易米盐。尔黠弗自食，寻声窃窥觇。
破栅舐肉血，淋漓污毛髯。老幼起顿足，心如刺刀镰。
东邻借筌蹄，西邻呼猲獫。系饵翳丛灌，设伏抽阴铃。
彼机欻已发，此欲方未恹。丝绳急缠绕，四体如鏻黏。
野人大喜慰，不敢私烹燂。持来请科断，数罪施刐劘。
使君镇方面，残贼职所歼。械送至麾下，束缚仍加箝。
腥膏忝汙钺，膻胾或可腌。苣芳和糟酱，颁赐警不廉。
黄雀利螳螂，碎首泥涂沾；乌鸦殉腐肉，喷墨身受淹。
此物亦足戒，申章匪虚谈。

◆ 七言古 附长短句

牛尾狸
（宋）苏辙

首如狸，尾如牛，攀条捷崄如猱猴。
橘柚为浆栗为粻，筋肉不足惟膏油。

深居简出善自谋，寻踪发窟并执囚。
蓄租分散身为羞，松薪瓦甑炁浮浮。
压入糟盎肥欲流，熊脂羊酪真比侔。
引箸将举讯何尤，无功窃食人所仇。

杨廷秀送牛尾狸，侑以长句次韵
（宋）周必大

江南十月方肃霜，小槽初滴鹅儿黄。
颇思指动异味尝，门正张罗谁末将。
披绵强来推不去，枯虾欲进上之户。
羊羶豕腥犹可厌，肪截脂凝在何处？
草玄子云黄门郎，遗我黑面质白章。
形之硬语弩力强，写以奇字伴史仓。
愧无纤色倾国，压糟磨刀走臧获。
喜于左手持蟹黄，美胜八珍熟熊白。
古来《狸首》歌侯门，名以牛后真屈君。
从今玉汝洗俗谚，好与纨袖陪梁园。
公诗如貂不烦削，我续狗尾句空著。

牛尾狸
（宋）杨万里

狐公韵胜冰玉肌，字则未闻名季貍。
误随齐相燧牛尾，策勋分作糟丘子。
子孙世世袭膏粱，黄雀子鱼鸿雁行。
先生试与季貍语，有味其言须听取。

◆ 七 言 律

送牛尾狸与徐使君
（宋）苏轼

风卷飞花自入帷，一尊遥想破愁眉。

泥深厌听鸡头鹘，酒浅欣尝牛尾狸。
通印子鱼犹带骨，披绵黄雀漫多脂。
殷勤送去烦纤手，为我磨刀削玉肌。

◆ 七言绝句

牛尾狸

（宋）朱松

压糟玉面天涯见，琢雪庖霜照眼明。
投箸羞颜如甲厚，南山白额正横行。

卷四百十六　兔　类

◆ 五言古

舟中杂咏

（元）袁桷

家奴拾枯草，走兔来相亲。生来不识兔，却立惊其神。
行人笑彼拙，归来始嚬呻。乃知特幸脱，未信吾奴仁。

◆ 七言古　附长短句

狡兔行

（唐）苏拯

秋来无骨肥，鹰犬遍原野。
草中三穴无处藏，何况平田无穴者。

永叔白兔

（宋）梅尧臣

可笑嫦娥不了事，却走玉兔来人间。
分寸不落猎人口，滁州野人获以还。
霜毛丰茸目睛殷，红绦金练相系擐。
驰献旧守作异玩，况乃已在蓬莱山。
月中辛勤莫捣药，桂傍杵臼今应闲。
我欲拔毛为白笔，研朱写诗破公颜。

永叔云诸君所作皆以嫦娥月宫为说，愿以新意别作一篇

（宋）梅尧臣

毛氏颖出中山中，衣白兔褐求文公。
文公尝为颖作传，使颖名字传无穷。
遍走五岳都不逢，乃至琅琊闻醉翁。
传是昌黎之后身，文章节行一以同。
滁人喜其就笼绁，遂与提携来自东。
见公于钜鳌之峰，正草命令词如虹。
笔秃愿脱颖以从，赤身谢德归蒿蓬。

白 兔

（宋）欧阳修

天冥冥，云濛濛，白兔捣药嫦娥宫。
玉关金锁夜不闭，窜入滁山千万重。
滁泉清甘泻大壑，滁草软翠摇轻风。
渴饮泉，困栖草，滁人遇之丰山道。
网罗百计偶得之，千里持为翰林宝。
翰林酬酢委白璧，珠箔花笼玉为食。
朝随孔翠伴，暮缀鸾凤翼。
主人邀客醉笼下，京洛风埃不沾席。
群诗名貌极豪纵，尔兔有意果谁识。
天资洁白已为累，物性拘縶尽无益。
上林荣落几时休？回首峰峦断消息。

信都公家白兔

（宋）王安石

水晶为宫玉为田，嫦娥缟衣洗朱铅。
宫中老兔非日浴，天使洁白宜婵娟。

扬须弭足桂树间,桂花如霜乱后前。
赤鸦相望窥不得,空凝两瞳射日丹。
东西跳梁自长久,天毕横施亦何有。
凭光下视罝网繁,衣褐纷纷谩回首。
去年惊堕滁山云,出入墟莽犹无群。
奇毛难藏果见获,千里今以穷归君。
空衢险幽不可返,食君庭除嗟亦窘。
令予得为此兔谋,丰草长林且游衍。

放兔行

(宋)秦观

兔饥食山林,兔渴饮川泽。与人不瑕疵,焉用苦求索。
天寒草枯尽,见窘何太迫。上有苍鹰虞,下有黄犬厄。
微命无足多,所耻败头额。敢期挥金遇,倒橐无难色。
虽乖猎者意,颇塞仁人责。
兔兮兔兮听我言:月中仙子最汝怜。
不如亟返月中宿,休顾商岩并岳麓。

兔

(元)赵孟頫

少年驰逐燕齐郊,身骑骏马如腾蛟。
耳后生风鼻出火,大呼讨来(元国语呼兔为"讨来"。)飞鸣髇。
如今老大百忧集,拄杖徐行防喘急。
卷中见画眼为明,骥闻秋风双耳立。

竹树图

(元)杨载

荆棘蒙茸迷竹树,乱堆古石苍苔护。
纵猎青郊怀旧路,跃马重冈追狡兔,箭翎落地无寻处。

◆ 五言律

咏兔

（唐）李峤

上蔡应初击，平冈远不稀。目随槐叶长，形逐桂条飞。
汉月澄秋色，梁园映雪辉。惟当感纯孝，郛郭引兵威。

恭题黑兔图

（明）张四维

黑兔人间少，疑从北极来。圣朝今再见，瑞牒喜重开。
玉杵成灵药，瑶池荐寿杯。周置应有咏，梁赋不须裁。

◆ 五言排律

恭题黑兔图应制

（明）申时行

梁苑驯游日，周京率舞时。重阴符水德，千载表宸禧。
似与阳乌并，还将雾豹疑。玉衡光乍掩，县圃色全移。
捣药参神鼎，开置赖圣慈。干城犹在野，应诵国风诗。

◆ 七言律

应制咏白兔

（金）杨云翼

圣德如天物效祥，褐夫新赐雪衣裳。
光摇玉斗三千丈，气傲金风五百霜。
禁籞合栖瑶草影，御炉犹认桂枝香。
中兴庆事光图谱，黼座齐称万寿觞。

黑 兔

(明) 曾棨

传闻三穴久储精,日啖元(玄)霜异质成。
八窍总含苍露湿,一身斜弹黑云轻。
行来青琐应难觅,立向瑶台却尽惊。
自是太平多瑞物,愿随毛颖咏干城。

◆ **五言绝句**

从 猎

(唐) 韩偓

猎犬谙斜路,宫嫔识认旗。马前双兔起,宣示羽林儿。

◆ **七言绝句**

宫 词

(唐) 王建

新秋白兔大于拳,红耳霜毛趁草眠。
天子不教人射杀,玉鞭遮到马蹄前。

黄荃子母兔

(明) 高启

阳坡日暖眼迷离,芳草春眠对两儿。
谁道姮娥曾作伴,广寒孤宿已多时。

卷四百十七 猫 类

◆ 七言律

猫饮酒
（金）李纯甫

枯肠痛饮如犀首，奇骨当封似虎头。
尝笑庙谟空食肉，何如天隐且糟丘。
书生幸免翻盆恼，老婢仍无触鼎忧。
只向北门长卧护，也应消得醉乡侯。

乞 猫
（明）文徵明

珍重从君乞小狸，女郎先已办氍毹。
自缘夜榻思高枕，端要山斋护旧书。
遣聘自将盐裹箬，策勋莫道食无鱼。
花阴满地春堪戏，正是蚕眠二月馀。

◆ 七言绝句

猫 儿
（宋）林逋

纤钩时得小溪鱼，饱卧花阴兴有馀。
自是鼠嫌贫不到，莫惭尸素在吾庐。

乞　猫

（宋）黄庭坚

秋来鼠辈欺猫去，倒箧翻盆搅夜眠。
闻道狸奴将数子，买鱼穿柳聘衔蝉。

醉猫图

（金）元好问

窟边痴坐费工夫，侧辊横眠却自如。
料得仙师曾细看，牡丹花下日斜初。

饮罢鸡苏乐有馀，花阴真是小华胥。
但教杀鼠如山了，四脚撩天却任渠。

不　出

（金）刘仲尹

好诗读罢倚团蒲，唧唧铜瓶沸地炉。
天气稍寒吾不出，氍毹分坐与狸奴。

狸奴画轴

（金）王良臣

三生白老与乌员，又现异生小笔前。
乞与黄家禳鼠祸，莫教虚费买鱼钱。

题睡猫图

（元）柳贯

花阴闲卧小於菟，堂上氍毹锦绣铺。
放下珠帘春不管，隔笼鹦鹉唤狸奴。

鼠 类

◆ 四言古

飞鼠赞

（晋）郭璞

或以尾翔，或以髯凌。飞鸣鼓翰，儵然皆腾。
用无常所，惟神斯凭。

鼮鼠赞

（晋）郭璞

有鼠豹采，厥号为鼮。汉朝莫知，中郎能名。
赏以束帛，雅业遂盛。

鼺鼠赞

（晋）郭璞

鼺之为鼠，食烟栖林。载飞载乳，乍兽乍禽。
皮藉孕妇，人为大任。

鼷鼠赞

（晋）郭璞

小鼠曰鼷，实有螫毒。乃食郊牛，不恭是告。
厥谴惟明，征乎其觉。

鼯鼠赞

（晋）郭璞

五能之书，技无所执。应气而化，翻飞鴽集。
诗人歌之，无食我粒。

◆ 五 言 古

竹䶉

（宋）苏轼

野人献竹䶉，腰腹大如盎。
自言道傍（旁）得，来（采）不费置网。
鸱夷让员滑，混沌惭瘦爽。两牙虽有馀，四足仅能彷。
逢人自惊蹶，闷若儿脱襁。念此微陋质，刀几安足枉。
就擒太仓卒，羞愧不能飨。南山有孤熊，择兽行舐掌。

◆ 七 言 古

饥鼠行

（明）龚诩

灯火乍息初入更，饥鼠出穴啾啾鸣。
啮书翻盆复倒瓮，使我频惊不成梦。
狸奴徒尔夸衔蝉，但知饱食终夜眠。
痴儿计拙真可笑，布被蒙头学蝉叫。

◆ 五 言 律

黄 鼠

（元）许有壬

北产推珍味，南来怯陋容。瓠肥宜不武，人拱若为恭。

发掘怜禽狝,招徕或水攻。君母急盘馔,幸自不穿墉。

◆ 七言绝句

夜 半
（唐）李商隐

三更三点万家眠,露欲为霜月堕烟。
斗鼠上床蝙蝠出,玉琴时动倚窗絃。

秋宿长安韦主簿厅
（唐）李洞

水木清凉夜直厅,愁人楼上唱寒更。
坐劳同步檐前月,鼠动床头印锁声。

明安驿道中
（元）陈孚

黄沙浩浩万云飞,云际草深黄鼠肥。
貂帽老翁骑铁马,胸前抱得黄羊归。

钱舜举硕鼠图
（元）邓文原

禾黍连云待岁功,尔曹窃食素餐同。
平生贪黠终何用,看取人间五技穷。

读瀛海喜其绝句清远,因口号数诗示九成,皆实意也
（元）张翥

客窗昨夜北风高,犹似乘船海上涛。
明发先宜觅貂鼠,唤人来作御寒袍。

和胡士恭滦阳纳钵即事韵

（元）贡师泰

荞麦花深野韭肥，乌桓城下客行稀。
健儿掘地得黄鼠，日暮骑羊齐唱归。

松鼠葡萄画

（元）贡性之

猥似猕猴捷似猱，栗梢走过又松梢。
紫萄若使知滋味，一日能来一百遭。

野鼠公然不避人，立当高树竟忘身。
世间嗜欲多如此，寄语园丁莫浪嗔。

元宫词

（明）朱有燉

侍从常向北方游，龙虎台前正麦秋。
信是上京无暑气，行装五月载貂裘。

采真诗再为慧虚度师恭撰

（明）屠隆

仙鼠飞飞似白鸦，灵泉尽日浴金沙。
只闻洞里人吹笛，不见空中女散花。

卷四百十九　猩猩类（附狒狒）

◆ 四言古

　　　　猩猩赞

　　　　　　　　（晋）郭璞

能言之兽，是谓猩猩。厥状似猴，号音若婴。
自然知往，颇识物情。

　　　　狒狒赞

　　　　　　　　（晋）郭璞

狒狒怪兽，披发操竹。获人则笑，唇盖其目。
终亦号咷，反为我戮。

◆ 七言绝句

　　　　送蜀客

　　　　　　　　（唐）张籍

蜀客南行祭碧鸡，木棉花发锦江西。
山桥日晚行人少，时见猩猩树上啼。

　　　　送僧南游

　　　　　　　　（唐）方干

三秋万里五溪行，风里孤云不计程。

若念猩猩解言语,放生先合放猩猩。

竹枝词

(明) 王叔承

绿酒娟娟白玉瓶,酴醾花发语猩猩。
《竹枝歌》断人无那,十二峰头暮雨青。

杂兽类

◆ 四言古

比肩兽赞
（晋）郭璞

蟨与駏虚，乍兔乍鼠。长短相济，彼我俱举。
有若自然，同心共誉。

◆ 五言古

有獭吟
（唐）刘禹锡

有獭得嘉鱼，自谓天见怜。先祭不敢食，捧鳞望青元（玄）。
人立寒沙上，心专眼悁悁。渔翁以为妖，举块投其咽。
呼儿贯鱼归，与獭同烹煎。关关黄金鹗，大翅摇江烟。
下见盈寻鱼，投身擘洪涟。攫拏隐嶙〔鳞〕去，哺雏林岳巅。
鸥鸟欲伺隙，遥噪莫敢前。长居青云路，弹射无由缘。
何地无江湖，何水无鲔鳣。天意不宰割，菲祭徒虔虔。
空馀知礼重，载在淹中篇。

胡克逊（北地兽名。）
（明）汤显祖

人言西北边，有兽名为逊。性不喜兽斗，逡巡解其困。

猎者知如此,设斗日驯近。相愁来解纷,阴遭此人刃。
食肉寝其皮,似貉花文嫩。西州贵将吏,茵褥厚常寸。
寯寯(狒狒)笑何悯,猩猩啼莫恨。此兽仁有礼,错莫身为殉。
世有麒麟皮,为鞯复何问。

◆ **五 言 律**

题追獾图

(明)周叙

朝罢鸣弰动,终南校猎游。追獾应适意,衔橛却忘忧。
日入黄云暮,风生碧草秋。从官无谏疏,老去忆韩休。

卷四百二十一　总禽鸟类

◆ 四言古

归　鸟
（晋）陶潜

翼翼归鸟，载翔载飞。虽不怀游，见林情依。
遇云颉颃，相鸣而归。遐路诚悠，性爱无遗。

翼翼归鸟，戢羽寒条。游不旷林，宿则森标。
晨风清兴，好音时交。矰缴奚施，已卷安劳。

◆ 五言古

送刘散员同赋陈思王诗，得"好鸟鸣南枝"
（唐）刘斌

春林已自好，时鸟复和鸣。枝交难奋翼，谷静易流声。
间关才得性，矰缴遽相惊。安知背飞远，拂雾独晨征。

舟中闻春禽寄江阴包鹤洲
（明）杨基

山中无音乐，丝竹在禽鸟。嘤嘤呼春晴，呖呖报春晓。
娇吟与柔哢，圆滑斗新巧。知君在山中，乐此长不少。
疏篱密竹外，深涧绿树表。青鞋踏花影，信步听未了。

归去闻筝声,应怪银甲小。我来行一月,风雨春江渺。
今朝豁晴霁,孤禽破幽悄。铿如女娲笙,忽作馀音袅。
平生黄钟耳,直欲辨分秒。万事付松风,翛然坐秋草。

神龙祠旁二鸟

(明) 王履

祠边两小鸟,相依道人室。厨中炊饭香,即至不一失。
啄粟就掌内,了无猜与栗。岁月知几何,相忘只如一。
乃知豚鱼信,固自我所出。幽幽入静极,籁尽山空虚。
我辈若不来,鸟外其谁欤?形性本不同,形性本不异。
回首看流云,悠然似吾意。

◆ **七言古** 附长短句

啼 鸟

(宋) 欧阳修

深山候至阳气生,百物如与时节争。
官居荒凉草树密,撩乱红紫开繁英。
花深叶暗耀朝日,一暖众鸟皆嘤鸣。
鸟言我岂解尔意,绵蛮但爱声可听。
南窗睡多春正美,百舌未晓催天明。
黄鹂颜色已可爱,舌端娅姹(哑咤)如娇婴。
竹林静啼青竹笋,深处不见惟闻声。
陂田绕郭白水满,戴胜谷谷催春耕。
谁谓鸣鸠拙无用,雄雌各自知阴晴。
雨声潇潇泥滑滑,草深苔绿无人行。
独有花上提葫芦,劝我沽酒花前倾。
其馀百种各嘲哳,异乡殊俗难知名。
我遭多口身落此,每闻巧舌宜可憎。

春到山城苦寂寞，把盏长恨无娉婷。
花开鸟语辄自醉，醉与花鸟为交朋。
花能嫣然顾我笑，鸟劝我饮非无情。
身闲酒美惜光景，惟恐鸟散花飘零。
可笑灵均楚泽畔，离骚憔悴愁独醒。

鸟 啼

（宋）陆游

野人无历日，鸟啼知四时。二月闻子规，春耕不可迟。
三月闻黄鹂，幼妇悯蚕饥。四月鸣布谷，家家蚕上簇。
五月鸣鸦舅，苗稚忧草茂。人言农家苦，望晴复望雨。
乐处谁得知，生不识官府。
葛衫麦饭有即休，湖桥小市酒如油。
夜夜扶归常烂醉，不怕行逢灞陵尉。

王若水为画秋江众禽图

（明）袁凯

钱唐王宰心思长，欲与造化争毫芒。
下笔百鸟相趋跄，前身岂是孤凤皇。
江头芙蓉花正开，花下细浪亦萦洄。
鵁鹅贴贴天际来，雄雌相随气和谐。
一双鸳鸯睡沙尾，野凫翩翩唼菰米。
群鸥争浴故未已，倾落枯荷叶中水。
脊令（鹡鸰）飞飞多急难，睢鸠意度诚幽闲。
乃知良工有深意，不在丹青形似间。
姑苏台前秋气孤，五羊城下烟疏疏。
此时此景真相似，独少扁舟归钓鱼。
宰也如今成老夫，爱我不辞为此图。
我今亲老无可养，慎勿重添反哺乌。

画禽

（明）李东阳

高栖野雀低飞燕，长在峰头与溪面。
竹鸡啼彻雨初晴，山脚泥深路如线。
崖根老树回馀青，树间双鹊闲无声。
只应识得山中乐，无复人间送喜情。

四禽图

（明）李东阳

空山雨过枇杷树，黄颗累累不知数。
金衣公子正多情，惊堕金丸欲飞去。
海榴花残红子新，沙上凫鹭来往频。
每从水浅花深处，遥见隔花临水人。
山禽关关水禽语，脉脉幽期似相许。
莫负天晴日暖时，一春江上多风雨。

江南山深冬日暖，湖冰无渐湖水满。
幽林晚径断人行，落尽梅花春不管。
山茶花发争芳菲，翠翎蜡觜相光辉。
烟生锦屿寒犹恋，雪满银塘夜未归。
疏林落羽纷凌乱，回首青霄各分散。
溪上鸳鸯独有情，春来冬去长为伴。

珊瑚出海海见底，谁掣长竿临海水？
黑风吹雾卷冥濛，化作禽飞向空起。
北人未熟南禽名，岭外方言如鸟声。
由来珍异非国宝，须识君王却贡情。

春溪聚禽图

（明）吴宽

春溪远发春山中，一夜好雨溪流通。
绿波泛涨渺无际，但见桃花千点红。
鸳鸯鸂鶒何容与，散乱中流锦为羽。
仓庚独似避游人，去踏花枝落红雨。
草深哺子芳洲晴，叶暗仍闻求友声。
展图便有会心处，放棹欲作春溪行。
元（玄）裳缟衣彼何者？为恋高松倚平野。
莫论鸿鹄志安知，名字俱标在《埤雅》。

◆ 五 言 律

春鸟诗送元秀才入京

（唐）顾况

春来绣羽齐，暮向竹林栖。禁苑衔花出，河桥隔树啼。
寻声知去远，顾影念飞低。别有无巢燕，犹窥幕上泥。

生 春

（唐）元稹

何处生春早，春生鸟思中。鹊巢移旧岁，鸢羽旋高风。
鸿雁惊沙暖，鸳鸯爱水融。最怜双翡翠，飞入小梅丛。

北 禽

（唐）李商隐

为恋巴江暖，无辞瘴雾蒸。纵能朝杜宇，可得值苍鹰？
石小虚填海，芦铦未破矰。知来有乾鹊，何不向雕陵。

闻　鸟
（明）龚用卿

入户闻啼鸟，芳园三五家。竹阴苔没砌，庭静蝶争花。
篱菊春芽苗，亭槐午影斜。凭高遥送目，夕照数归鸦。

鸟散馀花落
（明）皇甫汸

春来啼鸟伴，相逐百花中。栖处迷深绿，飞时带浅红。
只惜香沾羽，非关娇惹风。回看意不尽，犹自恋芳丛。

◆ 五言排律

鸟散馀花落
（唐）赵存约

春晓游禽集，幽庭几树花。坐来惊艳色，飞去堕晴霞。
翅拂繁枝落，风添舞影斜。彩云飘玉砌，绛雪下仙家。
分散音初静，凋零蕊带葩。空阶瞻玩久，应共惜年华。

赋得好鸟鸣南枝
（唐）郑袞

养翮非无待，迁乔信自卑。影高迟日度，声远好风随。
云拂千寻直，花催百啭奇。惊人时向晚，求友听应知。
委质经三岁，先鸣在一枝。上林如可托，弱羽愿差池。

鸟散馀花落
（唐）窦洵直

晚树春归后，花飞鸟下初。参差分羽翼，零落满空虚。
风外清音转，林边艳影疏。轻盈疑雪舞，仿佛似霞舒。
万片情难极，迁乔思有馀。微臣一何幸，吟赏对宸居。

◆ 七言律

中夜闻啼禽
（唐）吴融

漠漠苍苍未五更，宿禽何处两三声。
若非西涧回波触，即是南塘急雨惊。
金屋独眠堪寄恨，商陵永诀更牵情。
此时归梦随肠断，半壁残灯闪闪明。

玩水禽
（唐）韩偓

两两珍禽渺渺溪，翠襟红掌净无泥。
向阳眠处莎成毯，踏水飞时浪作梯。
依倚雕梁轻社燕，抑扬金距笑晨鸡。
劝君细认渔翁意，莫遣絙罗误稳栖。

提刑司勋示及暝禽图，作诗咏之
（宋）文同

朱华盛发穿疏竹，寒栌齐枯遍野矶。
大雪蔽天方乱下，众禽争地各相依。
非公好事谁能得，此画如今自已稀。
试待晴明挂轩壁，定开群眼一时飞。

鸟声
（明）邵宝

一鸟不鸣山可怜，更怜鸣鸟过檐前。
友声信有如莺语，喜报曾闻是鹊传。
南国音成非别调，北窗梦醒正闲眠。
近来习静心初定，独把无声寄五絃。

◆ 五言绝句

浴浪鸟
（唐）卢照邻

独舞依盘石，群飞动轻浪。奋迅碧沙前，长怀白云上。

九陇津集
（唐）卢照邻

落落树阴紫，澄澄水华碧。复有翻飞禽，徘徊疑曳舄。

晓
（唐）贺知章

故乡杳无际，江皋闻曙钟。始见沙上鸟，犹埋云外峰。

木兰柴
（唐）王维

秋山敛馀照，飞鸟逐前侣。彩翠时分明，夕岚无处所。

鸟鸣涧
（唐）王维

人闲桂花落，夜静春山空。月出惊山鸟，时鸣春涧中。

竹里馆
（唐）裴迪

来过竹里馆，日与道相亲。出入惟山鸟，幽深无世人。

江行杂诗
（唐）钱起

渚禽菱芡足，不向稻粱争。静宿深湾月，应无失侣声。

赠同游者
（唐）韩愈

唤起窗全曙，催归日未西。无心花里鸟，更与尽情啼。

晚望
（唐）白居易

江城寒角动，沙洲夕鸟还。独在高亭上，西南望远山。

溪居
（唐）裴度

门径俯清溪，茅檐古木齐。红尘飘不到，时有水禽啼。

独望
（唐）司空图

绿树连村暗，黄花出陌稀。远陂春艸绿，犹有水禽飞。

杂诗绝句
（宋）梅尧臣

岸旁草树密，往往不知名。其间有啼鸟，似与船相迎。

春日
（宋）杨万里

春醉非关酒，郊行不问途。青天何处了，白鸟入空无。

和韦苏州秋斋独宿
（金）赵秉文

冷晕侵残烛，雨声在深竹。惊鸟时一鸣，寒枝不成宿。

郊居寓目随事辄题
（元）袁易

把酒清江上，扁舟送夕晖。行云杯里度，白鸟镜中飞。

问梅阁
（明）高启

问春何处来，春来在何许？月堕花不言，幽禽自相语。

晓发山驿
（明）高启

风残杏花晓，马上闻啼鸟。茅店未开门，山多住人少。

题翎毛小景
（明）钱宰

红子秋树老，黄花晚节寒。幽禽双白颊，托尔一枝安。

题花木翎毛画
（明）叶子奇

濛濛花上雾，五月海榴红。幽禽哢晴昼，叶底听惺惚。

散　步
（明）鲁铎

细艸缘蹊软，晴朝步屦迟。往来深树里，啼鸟不曾知。

宿华亭寺
（明）杨慎

花树高于屋，红霞夜照人。声声枝上鸟，也似惜馀春。

桃花小禽图
（明）僧德祥

檐外雨初晴，幽禽四五声。桃花无限思，留客看清明。

◆ 六言绝句

清明别墅小集
（宋）孙觌

兀兀三杯卯困，昏昏一枕春融。
酒醒落花风里，梦回啼鸟声中。

杨氏山庄
（明）高启

斜阳流水几里，啼鸟空林一家。
客去诗题柿叶，僧来供煮藤花。

舟中偶成
（明）史鉴

清泽庄头钓艇，奉光院里禅床。
绿树数声啼鸟，青山一抹斜阳。

◆ 七言绝句

解　闷
（唐）杜甫

草阁柴扉星散居，浪翻江黑雨飞初。
山禽引子哺红果，溪女得钱留白鱼。

桂江中题香台顶
（唐）刘言史

岩岩香积凌空翠，天上名花落幽地。

老僧相对竟无言，山鸟却呼诸佛字。

题大安池亭
（唐）雍陶

幽岛曲池相掩映，小桥虚阁半高低。
好风好月无人宿，夜夜水禽船上栖。

王官
（唐）司空图

荷塘烟罩小斋虚，景物皆宜入画图。
尽日无人只高卧，一双白鸟隔纱厨。

越鸟
（唐）郑谷

背霜南雁不到处，倚棹北人初听时。
梅雨满江春艸歇，一声声在荔枝枝。

水鸟
（唐）吴融

烟为行止水为家，两两三三睡暖沙。
为谢离鸾兼别鹄，如何禁得向天涯。

晏起
（唐）韦庄

尔来中酒起常迟，卧看南山改旧诗。
闭户日高春寂寂，数声啼鸟上花枝。

幽居春思
（唐）韦庄

绿映红藏江上村，一声鸡犬似仙源。

闭门尽日无人到,翠羽春禽满树喧。

闻春鸟

（唐）韦庄

雨晴春鸟满江村,还似长安旧日闻。
红杏花前应笑我,我今憔悴亦羞君。

访陈处士

（宋）蔡襄

桥畔修篁下碧溪,君家元在此桥西。
来时不似人间世,日暖花香山鸟啼。

从尹师鲁饮香山石楼

（宋）蔡襄

霜后丹枫照曲堤,酒阑明月下前溪。
石楼夜半空中笑,惊起飞禽过水西。

金陵即事

（宋）王安石

昏黑投林晓更惊,背人相唤百般鸣。
柴门长闭春风暖,事外还能见鸟情。

随　意

（宋）王安石

随意柴荆手自开,沿冈度堑复登台。
小桥风露扁舟月,迷鸟羁雌竟往来。

书辨才白云堂壁

（宋）苏轼

不辞清晓叩松扉,却值支公久不归。

山鸟不鸣天欲雪,卷帘惟见白云飞。

绝　句
　　　　　　　　　　（宋）陈师道

密密丹房叠叠花,一枝临路为人斜。
丁宁语鸟传春意,白下门东第几家。

晚雪湖上
　　　　　　　　　　（宋）文同

朔风吹雪满横湖,众鸟归栖日欲晡。
独坐水轩人不到,满林如挂暝禽图。

七月十六日题南禅院壁
　　　　　　　　　　（宋）张耒

秋林落叶已斑斑,秋日当庭尚掩关。
扫榻昼眠听鸟语,可知身世此时闲。

听鸣禽
　　　　　　　　　　（宋）张耒

流滞江边鬓已霜,又闻春鸟啭朝阳。
他时北去怀陈迹,寒竹疏梅黄土冈。

晓　雨
　　　　　　　　　　（宋）张耒

轻阴江上千峰秀,小雨墙边百草生。
惟有春禽慰孤客,晓啼浑似故园声。

闲　居
　　　　　　　　　　（宋）陈造

种桃接李不辞勤,旋作花前把酒人。

羡煞文禽映花语，飞来趁得见成春。

春　日
（宋）陈与义

朝来庭树有鸣禽，红绿扶春上远林。
忽有好诗生眼底，安排句法已难寻。

吴门道中
（宋）孙觌

一点炊烟竹里村，人家深闭雨中门。
数声好鸟不知处，千丈藤萝古木昏。

游金沙寺，寺有陆希声侍郎读书堂，在颐山上
（宋）孙觌

绿笋遗苞半出篱，清溪一曲翠相迷。
古苔称意坏墙满，好鸟尽情深树啼。

偶　作
（宋）程俱

薰风习习动林光，紫翠阴中草木香。
山鸟一声清昼永，白云深处北窗凉。

野　望
（宋）朱子

登高立马瞰晴川，四面平林接暝烟。
东望可堪频极目，归心已度鸟飞前。

睡　觉
（宋）范成大

寻思断梦半蕾腾，渐见天窗纸瓦明。

宿鸟噪群穿竹去，县前犹自打残更。

窗下戏咏

（宋）陆游

飞来山鸟语惺惚，却是幽人半睡中。
新竹成阴无弹射，不妨同向北窗风。

蚤行鸣山

（宋）杨万里

淡淡清霜薄薄冰，晓寒端为作新晴。
殷勤唤醒梅花睡，枝上春禽一两声。

携家小歇严州建德县簿厅晓起

（宋）杨万里

不堪久客只思归，晓起巡檐强捻髭。
偶听梅梢啼一鸟，举头立看独多时。

归途过铜官山

（宋）戴昺

山径崎岖落叶黄，青松疏处漏斜阳。
鸣禽无数声相应，一阵微风野菊香。

高阳道中

（金）刘汲

杏花开过野桃红，榆柳中间一径通。
禽鸟不呼村坞静，满川烟雨淡濛濛。

即事

（金）刘昂

山花山雨相兼落，溪水溪云一样闲。

野店无人问春事,酒旗风外鸟关关。

扇　图
　　　　　　　　　　（金）许古

云压溪塘小雪春,融融和气浥轻尘。
山禽共作梅花梦,物性由来懒是真。

草堂春暮横披
　　　　　　　　　　（金）冯璧

迁客倚楼家万里,五陵飞鞚酒千金。
草堂淡与青山对,幽鸟一声春已深。

忆　旧
　　　　　　　　　　（金）曹用之

花鸟巡檐唤晓晴,唤来和气满春城。
春风二十年前客,煮酒青梅也后生。

杂　诗
　　　　　　　　　　（金）刘豫

竹坞人家濒小溪,数枝红杏出疏篱。
门前山色带烟重,幽鸟一声春日迟。

　　全氏小楼与南山相对,殆几案间物也。
暇日觞予其上,索赋鄙作,因口占三绝句（录一）
　　　　　　　　　　（元）王恽

东篱遥见喜悠然,况在风烟咫尺间。
满劝银杯留客醉,夕阳佳处鸟飞还。

春　尽
　　　　　　　　　　（元）刘因

草阁垂簾昼掩扉,客来知我出门稀。

鸟鸣淡与人相对,花落方知春已归。

怀德清别业

（元）赵孟頫

杨林堂下百株梅,傲雪凌寒次第开。
枝上山禽晓啁哳,定应唤我早归来。

晚访仲章不遇

（元）袁桷

小院春浓落照间,碧篁相对乳禽还。
晚风阵歇游丝尽,留得归云在屋山。

闽浙之交

（元）马祖常

路入闽中尽翠微,家家蕉葛作秋衣。
石墙遮竹松围屋,时有丹禽哺子归。

黄华山中

（元）许有壬

道人邂逅一开颜,为借筇枝策我孱。
鸟语留人还小住,晚风吹破水中山。

睡起偶成

（元）许桢

赋诗舒啸杖藜行,水色山光不世情。
醉卧午窗谁唤醒,柳阴啼鸟两三声。

徽宗画梨花青禽图

（元）虞集

宿雨初收禁林寂,玉斧临窗看春色。

蒺藜沙上暖尘飞，何处人间作寒食？

桃花幽禽图

（元）陈旅

金塘花竹滟春红，枝上幽禽弄暖风。
莫把残英都蹴尽，无情流水画桥东。

题雪禽

（元）李祁

幽禽栖稳棘枝低，黯惨江天雪四围。
明日郊原晴烂熳，好寻芳树弄毛衣。

绝　句

（元）倪瓒

醉唤吴姬舞蹋筵，风阑花阵亦回旋。
愁生细雨寒烟外，诗在青蘋白鸟边。

雨中春望

（明）高启

郡楼高望见江头，油壁行春事已休。
落尽棠梨寒食雨，只应啼鸟不知愁。

过北塘道中

（明）高启

渺渺一径两陂间，杨柳初发水潺潺。
惊鱼忽散人影尽，啼鸟时来春意阑。

棘竹三禽图

（明）高启

棘枝疏瘦竹枝低，三鸟寒多每并栖。

月落山空秋梦断,不知谁个最先啼。

三十六湾
（明）杨士奇

湘阴县南江水斜,春来两岸无人家。
深林日午鸟啼歇,开遍满山红白花。

次钱文伯题云林诗韵
（明）沈应

红叶桥边草舍低,半滩斜照水平溪。
旧时曾记求诗过,疏雨桐花幽鸟啼。

舟中暮归
（明）张泰

断柳残沙不掩堤,苇丛幽称水禽栖。
半江斜照将秋色,相送归船到竹溪。

初　晴
（明）陈宪章

初晴楼上燕飞飞,楼下歌人白苎衣。
一曲未终花落去,满林啼鸟送春归。

喜　晴
（明）陈宪章

西林收雨鹁鸠灵,卷被开窗对晓晴。
风日醉花花醉鸟,竹门啼过两三声。

题　画
（明）沈周

爱是垂杨嫩绿齐,放舟迟日弄春溪。

沧浪自唱无人和，飞过水禽能一啼。

碧水丹山映杖藜，夕阳犹在小桥西。
微吟不道惊溪鸟，飞入乱云深处啼。

放苑内诸禽
(明) 陈沂

多年调养在雕笼，放出初飞失旧丛。
只为恩深不能去，朝来还绕上阳宫。

题 画
(明) 龚用卿

独向江头坐钓矶，浮岚空翠照春衣。
临流回首看归鸟，高树无风山叶飞。

闻 鸟
(明) 陈淳

重重烟树锁招提，野客来寻路不迷。
才过板桥尘土隔，落花无数鸟争啼。

雨 晴
(明) 夏云英

海棠初种竹新移，流水潺潺入小池。
春雨乍晴风日好，一声啼鸟过花枝。

卷四百二十二 凤类（附鸾）

◆ 四言古

凤 颂
（吴）薛综

猗与石磬，金声玉振。先王搏拊，以正五音。
百兽翔感，仪凤舞麟。在昔尧舜，斯磬乃臻。
宗庙致敬，乃肯来顾。赞扬圣德，上下受祚。

◆ 五言古

赠从弟
（魏）刘桢

凤凰集南岳，徘徊孤竹根。于心有不厌，奋翅凌紫氛。
岂不常勤苦，羞与黄雀群。何时当来仪，将须圣明君。

赋得威凤栖梧
（陈）张正见

丹山下威凤，来集帝梧中。欲舞春花落，将飞秋叶空。
影照龙门水，声入洞庭风。别有将雏曲，翻更合丝桐。

古 意
（唐）王绩

彩凤将欲归，提罗出郊访。罗张大泽已，凤入重云飏。

朝栖昆阆木，夕饮蓬壶涨。问凤那远飞，贤君坐相望。
凤言荷深德，微禽安足尚。但使雏卵全，无令矰缴放。
皇臣力牧举，帝乐《箫韶》畅。自有来巢时，明年阿阁上。

凤凰曲
（唐）李白

嬴女吹玉箫，吟弄天上春。青鸾不独去，更有携手人。
影灭彩云断，遗声落西秦。

古 风
（唐）李白

凤饥不啄粟，所食惟琅玕。焉能与群鸡，刺促（蹙）争一餐。
朝鸣昆丘树，夕饮砥柱湍。归飞海路远，独宿天霜寒。
幸遇王子晋，结交青云端。怀恩未得报，感别空长叹。

杂诗呈逢原
（宋）孙觉

鸿雁最知时，未逃罗与网。不能忘稻粱，千里安得往？
鸣蜩腹空虚，见啄因其响。丹凤穴九霄，虞人常梦想。

凤 池
（宋）蔡襄

灵禽不世下，想像成羽翼。但愿醴泉饮，岂复高梧息。
似有飞鸣心，六合定何适？

翩翩紫凤雏送方希直赴汉中教授
（明）郑居贞

翩翩紫凤雏，羽翮备五彩。徘徊千仞翔，馀音散江海。
于焉览德辉，济济锵环珮。天门何嵯峨，群仙久相待。
晨沐晞朝阳，夜息饮沆瀣。如何复西飞，去去秦关外？

岐山谅非遥，啄食良自爱。终当巢阿阁，庶以鸣昭代。

浴凤沼
（明）程本立

凤鸟从何来，来止桐溪傍。锦毛濯春雨，彩翮晞朝阳。
蘋藻动浮彩，兰芷吹幽香。凤去今不返，空馀鸥鹭行。

◆ 七言古　附长短句

仪凤歌
（周）成王

凤凰翔兮于紫庭，予何德兮以感灵。
赖先人兮恩泽臻，于胥乐兮民以宁。

鸾
（汉）崔骃

鸾鸟高翔时来仪，应治归德合望规，啄食竹（楝）实饮华池。

凤凰台
（元）岑安卿

万里长江东入海，千年高台今尚在。
当时谁道凤凰来，览德何人足相待？
凤声悠悠梧叶空，谪仙文采流长虹。
跨鲸一去不复返，后人欲语羞雷同。
海上三山渺何许，群仙骑凤隔风雨。
登临空咏谪仙诗，白鹭斜飞过秋浦。

神凤操
（明）太祖

钧天奏兮列丹墀，俄翩翩兮凤凰仪。

敛翱翔兮栖梧枝，彼观德兮直为我辞。

◆ 五言律

咏 凤
（唐）李峤

有鸟居丹穴，其名曰凤凰。九苞应灵瑞，五色成文章。
屡向秦楼侧，频过洛水阳。鸣岐今日见，阿阁仁来翔。

鸾 凤
（唐）李商隐

旧镜鸾何处，衰桐凤不栖。金钱饶孔雀，锦段落山鸡。
王子调清管，天人降紫泥。岂无云路分，相望不应迷。

◆ 五言排律

仪 凤
（唐）杨嗣复

八方该帝泽，威凤忽来宾。向日朱光动，迎风翠羽新。
低昂多异趣，饮啄迥无邻。郊薮今翔集，河图意等伦。
闻《韶》知鼓舞，偶圣愿逡巡。比屋初同俗，垂恩击壤人。

◆ 七言律

凤 洞
（元）张雨

第几峰前苍玉洞，何年于此凤求凰？
梧枝宿久毛皆变，竹实餐多髓亦香。
露湿紫苔春似锦，月明丹穴夜生光。
我亦鹓行旧俦侣，云中有路共回翔。

◆ 五言绝句

舞
（唐）虞世南

繁絃奏《渌水》，长袖转回鸾。一双俱应节，还似镜中看。

酬人失题
（唐）卢纶

孤鸾将鹤群，晴日唳春云。何幸晚飞者，清音长此闻。

深竹堂
（元）迺贤

一筇清凉地，森森万玉齐。月明时倚杖，闲看凤来栖。

◆ 七言绝句

襄阳为卢窦纪事
（唐）元稹

花枝临水复临堤，闲照江流亦照泥。
千万春风好抬举，夜来曾有凤凰栖。

步虚词
（唐）朱泽

十二楼藏玉堞中，凤凰双宿碧芙蓉。
流霞浅酌谁同醉，今夜笙歌第几重？

凤
（唐）李商隐

万里峰峦归路迷，未判容彩借山鸡。
新春定有将雏乐，阿阁华池两处栖。

寄酬韩冬郎兼呈畏之员外

（唐）李商隐

十岁裁诗走马成，冷灰残烛动离情。
桐花万里丹山路，雏凤清于老凤声。

上　清

（唐）陆龟蒙

玉林风露寂寥清，仙妃对月闲吹笙。
新篁冷涩曲未尽，细拂云枝栖凤惊。

题欧阳原功少监家柯敬仲画

（元）虞集

涔阳日日水生波，翠袖黄裳晚棹过。
珠树月明花婀娜，凤毛春暖锦婆娑。

纪　梦

（元）杨载

纷纷鸾鹤满虚空，耳畔如闻渡海风。
直上云霄千万里，此身飞入紫微宫。

游三茅华阳诸洞

（元）宋无

冠带寒星帔剪霞，步虚去宴玉宸家。
醉归却跨青鸾下，冲落碧桃无数花。

题黄荃竹鸾图

（元）陈旅

一窗晴色绿猗猗，群雀飞来占好枝。
此竹几年方结实，空山秋晚凤雏饥。

辇下曲

（元）张昱

五垓千陛立朝廷，槛首铜雕一丈翎。
不待来仪威凤至，日闻《韶濩》在青冥。

闺 情

（明）金诚

欲剪红霞作舞衣，薄云凉雾共霏霏。
玉箫吹冷天边月，只待乘鸾子晋归。

宫 词

（明）蒋山卿

君王新著紫霞裳，白玉冠簪八宝光。
夜半碧坛星月冷，九天仙乐下鸾凰。

卷四百二十三　孔雀类

◆ 七言古

孔雀图
　　　　　　　　（明）胡俨

有鸟有鸟名孔雀，文采光华动挥霍。
修颈昂昂翠羽翘，大尾斑斑金错落。
由来丽质产南方，丹山碧水多翱翔。
芭蕉花开风正软，桃榔叶暗日初长。
忽闻都护啼一声，山中百禽皆不鸣。
松篁引韵笙竽奏，顾影徘徊舞翅轻。
炎荒暑热时多雨，尾重低垂飞不举。
一朝笼养近簾帏，可怜犹妒美人衣。
永嘉谢环善写生，画图貌得边鸾清。
老眼摩挲石苔紫，浑似枇杷树底行。

◆ 五言律

西川使宅有韦令公时孔雀存焉，暇日与诸公同玩，座中兼故府宾妓兴嗟者久之，因赋此诗，用广其意
　　　　　　　　（唐）武元衡

荀令昔居此，故巢留越禽。动摇金翠尾，飞舞玉池阴。
上客撤瑶瑟，美人伤蕙心。会因南国使，归放海云深。

和武门下伤韦令孔雀

（唐）王建

孤号秋阁阴，韦令在时禽。觅伴海山黑，思乡橘树深。
举头闻旧曲，顾尾惜残金。憔悴不飞去，重君池上心。

奉和武相公镇蜀时咏使宅韦太尉所养孔雀

（唐）韩愈

穆穆鸾凤友，何年来止兹？飘萧失故态，隔绝抱长思。
翠角高独耸，金花焕相差。坐蒙恩顾重，毕命守阶墀。

◆ 五言排律

和孙朴韦蟾孔雀咏

（唐）李商隐

此去三梁远，今来万里携。西施因网得，秦客被花迷。
可在青鹦鹉，非关碧野鸡。约眉怜翠羽，刮膜想金篦。
瘴气笼飞远，蛮花向座低。轻于赵皇后，贵极楚悬黎。
都护矜罗幕，佳人炫绣袿。屏风临烛钿（扣），捍拨倚香脐。
旧思牵云叶，新愁待雪泥。爱堪通梦寐，画得不端倪。
地锦排苍雁，簾钉镂白犀。曙霞星斗外，凉月露盘西。
妒好休夸舞，经寒且少啼。红楼三十级，稳稳上丹梯。

◆ 七言律

孔　雀

（唐）李郢

越鸟青春好颜色，晴轩入户看珆衣。
一声金翠画不得，万里山川来者稀。
丝竹惯听时独舞，楼台初上欲孤飞。

刺桐花谢芳草歇，南国同巢应望归。

和皮袭美孔雀

（唐）陆龟蒙

懒移金翠傍檐楹，斜倚芳丛旧态生。
惟奈瘴烟笼饮啄，可堪春雨滞飞鸣。
鸳鸯水畔回头羡，荳蔻图前举眼惊。
争得鹧鸪来伴著，不妨还校有心情。

◆ 七言绝句

元宫词

（明）朱有燉

海晏河清罢虎符，闲观翰墨足欢娱。
内中独召王洲画，拓得黄荃孔雀图。

卷四百二十四　鹤　类

◆ 五言古

咏　怀
（魏）阮籍

鸿鹄相随飞，飞飞适遐裔。双翮临长风，须臾万里逝。
朝餐琅玕实，夕宿丹山际。抗身青云中，网罗孰能制。
岂与乡曲士，携手共言誓？

赋得舞鹤
（梁）简文帝

来自芝田远，飞度武溪深。振迅依吴市，差池逐晋琴。
奇声传迥涧，动翅拂花林。欲知情外物，伊洛有清浔。

飞来双白鹤
（梁）元帝

紫盖学仙成，能令吴市倾。逐舞随疏节，闻琴应别声。
集田遥赴影，隔雾近相鸣。时从洛浦渡，飞向辽东城。

主人池前鹤
（梁）吴均

本是乘轩者，为君阶下禽。摧藏多好貌，清唳有奇音。
稻粱惠既重，华池遇亦深。怀恩未忍去，非无江海心。

咏　鹤
（陈）阴铿

依池屡独舞，对影或孤鸣。乍动轩墀步，时转入琴声。

送王明府参选赋得鹤
（唐）骆宾王

振衣游紫府，飞盖背青田。虚心恒警露，孤影尚凌烟。
离歌悽妙曲，别操绕繁絃。在阴如可和，清响会闻天。

黄　鹤
（唐）沈佺期

黄鹤佐丹凤，不能群白鹇。拂云游四海，弄影到三山。
遥忆君轩上，来下天池间。明珠世不重，知有报恩环。

宣城长史弟昭赠余琴溪中双舞鹤，诗以见志
（唐）李白

令弟佐宣城，赠余琴溪鹤。谓言天涯雪，忽向窗前落。
白玉为毛衣，黄金不肯博。背风振六翮，对舞临山阁。
顾我如有情，长鸣似相托。何当驾此物，与尔腾寥廓？

谢王郎中赠琴鹤
（唐）顾况

此琴等焦尾，此鹤方胎生。赴节何徘徊，理感物白并。
独立江海上，一弹天地清。朱絃动瑶华，白羽飘玉京。
因想羡门辈，眇然四体轻。子乔翔邓林，王母游层城。
忽如启灵署，鸾凤相和鸣。何由玉女床，去食琅玕英。

晓　鹤
（唐）孟郊

晓鹤弹古舌，婆罗门叫音。应吹天上律，不使尘中寻。

虚空梦皆断，喑唏安能禁。如开孤月口，似说明星心。
既非人间韵，枉作人间禽。不如相将去，碧落窠巢深。

感 鹤

（唐）白居易

鹤有不群者，飞飞在野田。饥不啄腐鼠，渴不饮盗泉。
贞姿自耿介，杂鸟何翩翾。同游不同志，如此十馀年。
一兴嗜欲念，遂为缯（矰）缴牵。委质小池内，争食群鸡前。
不惟怀稻粱，兼亦竞腥膻；不惟恋主人，兼亦狎乌鸢。
物心不可知，天性有时迁。一饱尚如此，况乘大夫轩。

代 鹤

（唐）白居易

我本海上鹤，偶逢江南客。感君一顾恩，同来洛阳陌。
洛阳寡族类，皎皎惟两翼。貌是天与高，色非日浴白。
主人诚可恋，其奈轩庭窄。饮啄杂鸡群，年深损标格。
故乡渺何处，云水重重隔。谁念深笼中，七换摩天翮。

鹤 屏

（唐）陆龟蒙

时人重花屏，独即胎化状。丛毛练分彩，疏节筇相望。
曾无氄毲态，颇得连轩样。势拟抢高寻，身犹在函丈。
如忧鸡鹜斗，似忆烟霞向。尘世任纵横，霜襟自闲放。
空资明远思，不待浮丘相。何由振玉衣，一举栖瀛阆。

鹤 屏

（唐）皮日休

三幅吹空縠，孰写仙禽状？毸（或作毢）耳侧以听，赤睛旷如望。
引吭看云势，翘足临池样。颇似近蓐席，还如入方丈。
尽日空不鸣，穷年但相向。未许子晋乘，难教道林放。

貌既合羽仪，骨亦符法相。愿升君子堂，不必思昆阆。

遇旅鹤
（唐）孙昌颖

灵鹤产绝境，昂昂无与俦。群飞沧溟曙，一叫云山秋。
野性方自得，人寰何所求。时因戏祥风，偶尔来中州。
中州帝王宅，园沼深且幽。希君惠稻粱，欲拜离丹丘。
不然奋飞去，将适汗漫游。肯作池上鹜，年年空沉浮？

李生画鹤
（宋）文同

昂昂青田姿，杳杳在轻素。一身万里意，双目九霄顾。
钐钐羽翩利，竦竦骨节露。君初本谁学？我恐必神悟。
得于想像外，看在绝笔处。稷笙如复生，相与校独步。

城南有道者居名"松鹤堂"，
暇日同东平王继学为避暑之游，因作松鹤联句
（元）马祖常

偃云耸层霄，警露落古雪。虬枝喜垂涧，鹭羽陋鸣垤。
蟠石千岁苓，顶朱百龄血。胎禽哺春巢，乳脂凝冱节。
舞盖竽籁喧，啄粒苔藓啮。元（玄）玉熏麝煤，碧胫睑鸡煤。
陟岳秦爵崇，授甲卫轩劣。沐发豹雾深，引吭凤竹裂。
风驭八极小，河舟三翼拙。鲁缟曳襧褋，夏社挺巀嶭。
任重明堂材，言归华表别。拳缩包胥立，坚刚伯夷烈。
延世饵方液，顾步炫高洁。作室擅兹美，观物入独阅。
逝将束囊书，从尔解珮玦。

部中鹤
（明）汤显祖

曲台双白鹤，日赋十餐钱。良为升合资，留滞江海年。

传呼卿出入,引吭飞舞前。轩墀看鹤人,时与小翩翾。
凤凰犹可饲,安得羽中仙?

题鹤轩图

（明）僧道衍

幽人适野意,崇轩起山隈。凉风响涧木,晴霞明砌苔。
荆扉夕不掩,多应放鹤来。

◆ 七言古　附长短句

画鹤篇

（唐）钱起

点素凝姿任画工,霜毛玉羽照簾栊。
借问飞鸣华表上,何如粉缋綵屏中?
文昌宫近芙蓉阙,兰室絪缊香且结。
炉气朝成缑岭云,银灯夜作华亭月。
日暖花明梁燕归,应惊片雪在仙闱。
主人顾盼千金重,谁肯徘徊五里飞?

独鹤吟

（唐）李咸用

碧玉喙长丹顶圆,亭亭危立松风间。
啄萍吞鳞意已闲,举头咫尺轻重天。
黑翎白本排云烟,离群脱侣孤如仙。
披霜唳月惊婵娟,逍遥忘却还青田。
鸢寒鸦晚空相喧,时时侧耳清泠泉。

画　鹤

（元）虞集

薛公少保昔画鹤,毛羽萧条向寥廓。

通泉县壁久微茫，故物都非况城郭？
长鸣阔步貌闲暇，解写高情亦奇作。
田中芝艸日应长，石上松花晚犹落。
赤壁江深孤月小，白云野迥秋霄薄。
群帝相从绛节朝，八公许制黄金药。
误婴尘网迹易迷，移召中州梦如昨。
借悬素壁忆真侣，忽有微风动林壑。
碧虚寥寥积雪高，直过萧台绝栖泊。

双鹤吟寄友人
（元）马臻

依依两白鹤，岁久住青田。
一鹤垂两翅，饮啄沙汀烟。
一鹤展长翮，冥冥自冲天。
思之不可见，独立秋风前。
有时月夜群动息，孤唳一声山水碧。
凝眸侧颈复徘徊，影落空林风露湿。
故人独抱经济才，渊珠炯炯光难埋。
江南地暖梅花开，折花待君君不来。
梅花岁岁开又落，空向梅边咏双鹤。

◆ 五言律　附小律

咏　鹤
（唐）李峤

黄鹤远联翩，从鸾下紫烟。翾翔一万里，来去几千年。
已憩青田侧，时游丹凤前。莫言空警露，犹冀一闻天。

池边鹤
（唐）储光羲

舞鹤傍池边，水清毛羽鲜。立如依岸雪，飞似向池泉。

江海虽言旷,无如君子前。

和裴相公寄白侍郎求双鹤
(唐) 刘禹锡

皎皎华亭鹤,来随太守船。青云意长在,沧海别经年。
留滞清洛苑,徘徊明月天。何如凤池上,双舞入祥烟。

答裴相公乞鹤
(唐) 白居易

警露声音好,冲天相貌殊。终宜向辽廓,不称在泥涂。
白首劳为伴,朱门幸见呼。不知疏野性,却爱凤池无。

刘苏州以华亭一鹤远寄以诗谢之
(唐) 白居易

老鹤风姿异,衰翁诗思深。素毛如我鬓,丹顶似君心。
松际雪相映,鸡群尘不侵。殷勤远来意,一只重千金。

闻云中鹤唳
(唐) 章孝标

久在青田唳,天高忽暂闻。翩翩萦碧落,嘹唳入重云。
出谷莺何待,鸣岐凤欲群。九皋宁足道,此去透絪缊。

别　鹤
(唐) 杜牧

分飞共所从,六翮势催风。声断碧云外,影孤明月中。
青田归路远,丹桂旧巢空。矫翼知何处,天涯不可穷。

池州封员外郡斋双鹤,丹顶霜翎,仙态浮旷。罢政之日,因呈此章
(唐) 李群玉

潇洒二白鹤,对之高兴清。寒溪侣云水,朱阁伴琴笙。

顾慕稻粱惠，超遥江海情。应携帝乡去，仙阙看飞鸣。

购　鹤
（元）张养浩

野处幽独甚，千金得令威。挟云出尘网，领月到柴扉。
縻足妨飏去，遮亭使学飞。至今湖上路，树石亦光辉。

题江仲暹听鹤亭
（明）张以宁

仙鹤在人世，长鸣思远空。有人秋水上，倚杖月明中。
玉树三更露，银河万里风。徘徊意无极，迟尔出樊笼。

◆ 五言排律

郡中每晨兴，见群鹤东飞，至暮又行列而返，
哗吭云路，甚和乐焉。
余愧独处江城，常目送此鹤，意有所羡，遂赋以诗
（唐）张九龄

云间有数鹤，抚翼意无违。晓日东田去，宵烟北渚归。
欢呼良自适，罗列好相依。远集长江静，高翔众鸟稀。
岂烦仙子驭，何畏野人机。却念乘轩者，拘留不得飞。

黄鹄下太液池
（唐）贾岛

高飞空外鹄，下向禁中池。岸印行踪浅，波摇立影危。
来从千里岛，舞拂万年枝。踉跄孤风起，徘徊水沫移。
幽音清露滴，野性白云随。太液无弹射，灵禽翅不垂。

缑山鹤
（唐）张仲素

羽客骖仙鹤，将飞驻碧山。映松残雪在，度岭片云还。

清唳因风远，高姿对水闲。笙歌忆天上，城郭叹人间。
几变霜毛洁，方殊藻质斑。蓬瀛如可到，逸响讵能攀。

鹤警露

（唐）陈季

南国商飙动，风皋野鹤鸣。溪松寒暂宿，露荜滴还惊。
欲有高飞意，空闻召侣情。云间传藻质，月下引清声。
未假抟扶势，焉知羽翼轻。吾君开太液，愿得应皇明。

鹤鸣九皋

（唐）阙名

胎化呈仙质，长鸣在九皋。排空散清唳，映日委霜毛。
万里思寥廓，千山望郁陶。香凝光不见，风积韵弥高。
凤侣攀何及，鸡群思忽劳。升天如有应，飞舞出蓬蒿。

◆ 七言律

送鹤与裴相临别赠诗

（唐）白居易

司空爱尔尔须知，不信听吟送鹤诗。
羽翮势高宁惜别，稻粱恩重莫愁饥。
夜栖少共鸡争树，晓浴先饶凤占池。
稳上青云勿回顾，的应胜在白家时。

鹤　池

（唐）白居易

高竹笼前无伴侣，乱鸡群里有风标。
低头乍恐丹砂落，晒翅长疑白雪消。
转觉鸬鹚毛色下，苦嫌鹦鹉语声娇。
临风一唳思何事，怅望青田云水遥。

忆放鹤

（唐）李绅

羽毛似雪无瑕点，顾影秋池舞白云。
闲整素仪三岛近，回飘清唳九霄闻。
好风顺举应摩日，逸翮将成莫恋群。
凌厉坐看空碧外，更怜凫鹭老江溃。

台州郑员外郡斋双鹤

（唐）朱庆馀

丹顶分明音响别，况闻来处隔云涛。
情悬碧落飞何晚，立近清池意自高。
向夜双栖惊玉漏，临轩对舞拂朱袍。
仙郎为尔开笼早，莫虑回翔损羽毛。

郑侍御厅玩鹤

（唐）许浑

碧天飞舞下晴莎，金阁瑶池绝网罗。
岩响数声风满树，岸移孤影雪凌波。
缑山去远云霄迥，辽海归迟岁月多。
双翅一开千万里，只应栖隐恋乔柯。

失　鹤

（唐）李远

秋风吹却九皋禽，一片闲云万里心。
碧海有情应怅望，青天无路可追寻。
初来白雪翎犹短，欲去丹砂顶渐深。
华表柱头留语后，更无消息到如今。

山阳卢明府以双鹤寄遗，伯氏以诗为答，因寄和
（唐）赵嘏

猴山双去羽翰轻，应为仙家好弟兄。
茅固枕前秋对舞，陆云溪上夜同鸣。
紫泥封处仍回首，碧落归时莫问程。
自笑沧江一渔叟，何由似尔到层城？

鹤
（唐）郑谷

一自王乔放自由，俗人行处懒回头。
睡轻旋觉松花堕，舞罢闲听涧水流。
羽翼光明欺积雪，风神洒落占高秋。
应嫌白鹭无仙骨，长伴渔翁宿苇洲。

谢丹阳李公素学士惠鹤
（宋）韩琦

高笼携得意何勤，玉树惭无可待君。
只爱羽毛欺白雪，不知魂梦托青云。
孤标直好和松画，清唳偏宜带月闻。
自有三山归去路，莫辞时暂处鸡群。

鹤
（元）宋无

毛骨珊珊白雪清，千年世上顶丹成。
晴飞碧落秋空阔，露立瑶台夜月明。
仙岛云深归有信，天坛花落步无声。
时来华表何人识，依旧翻身上玉京。

和咏鹤

(元) 李祁

老去曾看《相鹤经》，暂从华馆试伶俜。
几年养就丹砂顶，竟日闲梳白雪翎。
万里壮心原自许，九霄清唳好谁听？
神仙旧侣知何在？遥望蓬莱一点青。

来鹤诗赠周元初

(元) 沈右

缄诚上达魏元君，俄顷神霄下鹤群。
顶炼大还丹鼎火，翅沾南岳岭头云。
仙人骐骥秋风远，王子笙箫午夜闻。
惆怅世间留不住，却骖鸾鹤出霞雰。

周元初来鹤诗

(明) 郑洪

绿章朝帝驾云车，白鹤从天下玉除。
赤壁已无身后梦，丹丘应有寄来书。
五鬣松阴秋落落，三花树影夜疏疏。
琴心三叠蓬莱浅，两翼刚风响珮裾。

鹤 舞

(明) 邵宝

误向丹丘共羽流，多情今得此亭幽。
长鸣似与高人语，屡舞谁于醉客求。
风羽九逵能抗晚，野心万里欲横秋。
试将衣袖闲招引，转尽花阴意未休。

野　鹤

（明）朱之蕃

劲翮凌风掠远云，一声清唳九霄闻。
巢松不恋乘轩宠，警露时留篆籀文。
注顶丹成迎日彩，昂身玉立出鸡群。
朝元应待仙真御，隐映青山白雪纷。

◆ 五言绝句

咏省壁画鹤

（唐）宋之问

粉壁图仙鹤，昂藏真气多。鶱飞竟不去，当是恋恩波。

田　鹤

（唐）钱起

田鹤望碧霄，无风亦自举。单飞后片云，早晚及前侣。

田　鹤

（唐）司空曙

散下渚田中，隐见菰蒲里。和鸣自相应，欲作凌风起。

鹤

（唐）白居易

人各有所好，物固无常宜。谁谓尔能舞，不如闲立时。

鹤　雏

（唐）姚合

白毛生未足，嶕峣丑于鸡。每夜穿笼出，捣衣砧上栖。

即事

（唐）司空图

茶爽添诗句，天清莹道心。只留鹤一只，此外是空林。

修竹坞

（明）高启

色映溪沉沉，秋云生夕阴。无限楚山意，鹤鸣风满林。

◆ 六言绝句

为曾高士画湖山旧隐

（元）倪瓒

厌听残春风雨，卷帘坐看青山。
波上鸥浮天远，林间鹤带云还。

◆ 七言绝句

寄刘尊师

（唐）韦应物

世间荏苒此身，长望碧山到无因。
白鹤徘徊看不去，遥知下有清都人。

酬令狐相公见寄

（唐）刘禹锡

群玉山头住四年，每闻笙鹤看诸仙。
何时得把浮丘袖，白日将升第九天。

崔驸马养鹤

（唐）张籍

身闲无事称高情，已有人间章句名。

求得鹤来教剪翅,望仙台下亦将行。

有双鹤留在洛中,忽见刘郎中依然鸣顾,刘因为《鹤叹》二篇寄予,予以二绝句答之

(唐) 白居易

辞乡远隔华亭水,逐我来栖嵝岭云。
惭愧稻粱长不饱,未曾回眼向鸡群。

荒草院中池水畔,衔恩不去又经春。
见君惊喜双回顾,应为吟声似主人。

问 鹤

(唐) 白居易

乌鸢争食雀争窠,独立池边风雪多。
尽日蹋冰翘一足,不鸣不动意如何?

舟中夜坐

(唐) 白居易

潭边霁后多清景,桥下凉来足好风。
秋鹤一双船一只,夜深相伴月明中。

赠峨嵋山杨炼师

(唐) 鲍溶

道士夜诵《蕊珠经》,白鹤下绕香烟听。
夜移经尽人上鹤,天风吹入秋冥冥。

崔卿池上鹤

(唐) 贾岛

月中时叫叶纷纷,不异洞庭霜夜闻。
翎羽如今从放长,犹能飞起向孤云。

崔少卿鹤

（唐）姚合

入门石径半高低，闲处无非是药畦。
致得仙禽无去意，花间舞罢洞中栖。

放　鹤

（唐）雍陶

从今一去不须低，见说辽东好去栖。
努力莫辞仙客远，白云飞处免群鸡。

忆　鹤

（唐）刘得仁

白丝翎羽丹砂顶，晓度秋烟出翠微。
来向孤松枝上立，见人吟苦却高飞。

当轩鹤

（唐）陆龟蒙

自笑与人乖好尚，田家山客共柴车。
干时未似栖庐雀，鸟道闲携相尔书。

自河西归山

（唐）司空图

水阔风高去路危，孤舟欲上更迟迟。
鹤群长绕三珠树，不借闲人一只骑。

钱塘鹤

（唐）吴仁璧

人间路霭青天半，鳌岫云生碧海涯。
虽抱雕笼密扃钥，可能长在叔伦家？

鹤

（唐）褚载

欲洗霜翎下涧边，却嫌菱刺污香泉。
沙鸥浦雁应惊讶，一举扶摇直上天。

独 鹤

（唐）韦庄

夕阳滩上立徘徊，红蓼风前雪翅开。
应为不知栖宿处，几回飞去又飞来。

湖上杂咏

（宋）邹浩

华亭标格本青云，邂逅西湖秋复春。
作意一声君会否？鹓鸾集处是真人。

望少室

（金）许安仁

名山都不见真形，万仞盘盘入杳冥。
安得云间骑白鹤，下看三十六峰青。

驯鹤图

（金）王予可

寝处妆铅未卷钗，孤云花带月边来。
六宫簾幕金銮冷，露湿晨烟啄翠苔。

四安道中所见

（元）牟巘

生怕秋虫稻把稀，腰镰争出傍晴晖。
尻高首下泥中鹤，啄得黄云尽始归。

仙游曲

（元）王恽

庭竹无人绿满窗，幽香和露湿霓幢。
日长孤绝坛边鹤，啄遍晴苔影一双。

偶 成

（元）赵孟頫

竹林深处小亭开，白鹤徐行啄紫苔。
羽扇不摇纱帽侧，晚凉青鸟忽飞来。

记 梦

（元）杨载

四面青山拥翠微，楼台相向辟天扉。
夜阑每作游仙梦，月满琼田万鹤飞。

游三茅华阳诸洞

（元）宋无

淡染云霞五色衣，杏坛朝罢对花披。
洞中养只千年鹤，长被仙人来借骑。

为彭道士赋鹤峰

（元）陈旅

跨鹤台高倚翠微，昔人城郭是邪非？
蕊珠宫观秋如水，有客吹笙月下归。

缙溪道士

（元）陈旅

缙云溪上缙云山，春水流出桃花湾。
白头道士鹤为马，月明骑过居庸关。

甲子七月廿二日忽坐后闻弹鹤

（元）袁士元

鹤立高枝暂尔安，多情游子挟金丸。
老来还有冲霄志，莫作投林倦翮看。

题　画

（元）李祁

浩浩苍波天四围，秋风一鹤夜来归。
只应梦里闻长笛，知是年时旧羽衣。

六月五日偶成

（元）倪瓒

坐看青苔欲上衣，一池春水霭馀晖。
荒村尽日无车马，时有残云伴鹤归。

云巢鹤睡

（元）叶颙

烟梢深处稳栖翎，标格孤高迥出群。
只恐听琴惊梦醒，踏翻松顶一巢云。

题雪景

（明）蓝仁

湖边倒树玉为槎，树底茅檐路半斜。
饥鹤翅寒飞不去，伴人闲立看梅花。

送芸上人

（明）程诰

行尽春山翠万重，新林浦月坐闻钟。
横江东去长鸣鹤，巢寄南朝第几松？

毛贞夫参政别余，笼一白鹤与丹书一函见贻，即席戏成二绝答之（录一）

（明）孙一元

奇路跟跄自少尘，白榆花落岛中春。
主人应是浮丘伯，不惜仙禽借与人。

采真诗再为慧虚度师恭撰

（明）屠隆

寂寂花宫独掩关，飙轮去只在前山。
香清落日闻金磬，知是真人跨鹤还。

悄无人迹闭瑶房，数卷丹书在石床。
侵晓鹤翻松露冷，松花细细落衣裳。

古道庵望华亭

（明）吴梦旸

沿江遥指白云隈，树底空床遍绿苔。
今夜道人来借宿，前峰先有鹤飞回。

冬景

（明）张宇初

养就还丹不怕寒，独骑黄鹄上云端。
笑谈借得天家雪，散作琪花满石坛。

夜坐

（明）僧清濋

寂寂虚堂独坐时，小窗推起更思维。
江城万井烟花白，月到松头鹤未知。

宫　词

（明）沈琼莲

香雾濛濛罩碧窗，青灯的的灿银釭。
内人何处教吹管，惊起庭前鹤一双。

卷四百二十五　锦鸡类

◆ 七言古

锦　鸡
（元）周权

巴山灵鸟初离群，葳蕤丽组云锦文。
羽翎新刷爪距利，彩色胜似沙头鸳。
晴暾入户烂相射，嗉中有物垂红碧。
绶光若若花盘绦，出示山童有矜色。
文章固足媒尔身，雕笼拘束还悲辛。
区区啄饮岂不厚，情深野树溪云春。

锦　鸡
（明）杨基

暖风晴日融春昼，闲看花阴鸡吐绶。
绮縠都将彩羽妆，红丝不待金针绣。
叠叠胭脂缕缕金，龙文盘错凤纹深。
凭谁剪作鸳鸯带，雅称佳人翡翠衿。

锦鸡图
（明）胡俨

昔闻楚人不识凤，忽见山鸡重购之。
我今画图写生态，羽毛五色光陆离。

扶桑天鸡啼一声，阳鸟散彩天下晴。
此时山鸡亦出谷，喔喔飞来耀林麓。
千岩万壑含东风，杏花吹香春雪红。
顾影徘徊自爱惜，扬翘耸翅纷蒙茸。
竹上花间日正高，向阳吐绶垂花绦。
吴绫蜀锦织不得，戴胜偷眼惊伯劳。
切莫临溪照碧流，对镜逢人舞便休。
舞多目眩终颠仆，世人空诧韦公赋。

四禽图

（明）李东阳

樛枝老树幽岩里，山鹇双栖掉长尾。
高鸣俯搦势不停，似向春风矜爪觜。
山头锦鸡金作冠，身披五采成斑斓。
远从红日霁时见，更向碧山深处看。
人言此物真绝特，同是山禽不同格。
休将绿水照毛衣，只恐桃花妒颜色。

◆ **五 言 律**

咏山鸡

（唐）温庭筠

万壑动晴景，山禽凌翠微。绣翎翻草去，红觜啄花归。
巢暖碧云色，影孤清镜辉。不知春树畔，何处又分飞。

山 鸡

（唐）许浑

珍禽暂不扃，飞舞跃前庭。翠网摧金距，雕笼减绣翎。
月圆疑望镜，花暖似依屏。何必旧巢去，山山芳草青。

◆ 五言排律

赋得山鸡舞石镜
（唐）崔护

庐峰开石镜，人说舞山鸡。物象纤无隐，禽情目自迷。
景当烟雾歇，心喜锦翎齐。宛转鸟呈彩，婆娑凤欲栖。
何言资羽族，在地得天倪。应笑翰名者，终朝饮败醯。

◆ 七言律

锦　鸡
（宋）文同

高原濯濯弄春晖，金碧冠缨彩绘衣。
石溜泻烟晴自照，岩枝横月夜相依。
有时勃窣盘跚舞，忽地钩辀格磔飞。
寄语人间用矰缴，瑶台鸾鹤好同归。

卷四百二十六　雁　类

◆ 五言古

归　鸿

（宋）颜延之

昧旦濡和风，霑露践朝晖。万有皆同春，鸿雁独辞归。
相鸣去涧氾，长引发江畿。皎洁登云侣，连绵千里飞。
长怀河朔路，缅与湘汉违。

咏湖中雁

（梁）沈约

白水满春塘，旅雁每回翔。唼流牵弱藻，敛翮带馀霜。
群浮动轻浪，单泛逐孤光。悬飞竟不下，乱起未成行。
刷羽同摇漾，一举还故乡。

赋得始归雁

（梁）刘孝绰

洞庭春水绿，衡阳旅雁归。差池高复下，欲向龙门飞。

赋得集池雁

（北周）庾信

逢风时迥度，逐侣乍争飞。犹忆方塘水，今秋已复归。

咏 雁
（北周）庾信
南思洞庭水，北想雁门关。稻粱俱可恋，飞去复飞还。

咏 雁
（北周）王褒
伺潮闻曙响，妒垄有春羣。岂若云中雁，秋时塞外归。
河长犹可涉，海阔故难飞。霜多声转急，风疏行屡稀。
园池若可至，不复怯虞机。

二弟宰邑南海，见群雁南飞，因成咏以寄
（唐）张九龄
鸿雁自北来，嗷嗷度烟景。尝怀稻粱惠，岂惮江山永。
大小每相从，羽毛当自整。双凫侣晨泛，独鹤参宵警。
为我更南飞，因书至梅岭。

白 雁
（唐）李建勋
东溪一白雁，毛羽何皎洁。薄暮浴清波，斜阳共明灭。
差池失群久，幽独依人切。旅食赖菰蒲，单栖怯霜雪。
边风昨夜起，顾影空哀咽。不及墙上乌，相将绕双阙。

赋秋鸿送刘衡州
（宋）梅尧臣
秋鸿整羽翮，去就自因时。往春南方来，遂止天泉池。
天泉水清沏，鸳鹭日追随。蒲藻岂不乐，江湖信所宜。
今朝风色便，暂向衡阳归。洞庭逢叶下，潇湘先客飞。
渚有兰杜美，心无稻粱卑。矰缴勿尔念，鹰隼宁尔窥。
烟波千万里，足以资盘嬉。峰前想回日，青冥生路歧。

高邮陈直躬处士画雁

（宋）苏轼

野雁见人时，未起意先改。君从何处看，得此无人态？
无乃槁木形，人禽两自在。北风振枯苇，微雪落璀璀。
惨淡云水昏，晶荧沙砾碎。弋人怅何慕，一举眇江海。

众禽事纷争，野雁独闲洁。徐行意自得，俯仰若有节。
我衰寄江湖，老伴杂鹅鸭。作书问陈子，晓景画苕雪。
依依聚圆沙，稍稍动斜月。先鸣勤鼓翅，吹乱芦花雪。

九月三日宿胥口始闻雁

（宋）范成大

故人久不见，乍见杂悲喜。新雁如故人，一声惊我起。
把酒不能觞，送目问行李。曾云行路难，空濛千万里。
塞北多关山，江南渺云水。风高吹汝瘦，旅伴今馀几？
斜行不少驻，灭没苍烟里。羁游吾亦倦，客程殊未已。
扁舟费年华，短缆系沙尾。物性各有役，冥心听行止。
江郊匝地熟，场圃平如砥。归期且勿念，共饱丰年米。

赋得春雁送张郎中省觐扬州

（元）揭傒斯

东风吹归雁，离离翔天侧。朝发衡阳浦，夕过阴山碛。
嘹唳浮云中，万里才一息。眷言思亲者，相望有南北。

群雁图

（元）傅若金

微茫洞庭野，隐约潇湘岸。鸿雁将栖息，飞鸣求其伴。
先集良未安，后至凄欲断。使我怀弟兄，因之中肠乱。
留连江海远，惨淡秋晖晏。常恐随天风，高飞入云汉。

平沙落雁
（明）杨基

江横秋烟白，日落寒沙浅。鸿雁万里来，翩翩下平远。
欲堕更低飞，斜行两三转。

平沙落雁
（明）薛瑄

霜清秋水落，风过人迹平。飞飞随阳鸟，相呼下寒汀。
向夕聚俦侣，月映芦花明。

◆ 七言古　附长短句

鸣雁行
（唐）李白

秋雁鸣，辞燕山，昨发委羽朝度关。
一一衔芦枝，南飞散落天地间，连行接翼往复还。
客居烟波寄湘吴，凌霜触雪毛体枯。
畏逢矰缴惊相呼，闻弦虚坠良可吁，君更弹射何为乎？

鸿　雁
（宋）曾巩

江南岸边江水平，水荇青青渚蒲绿。
鸿雁此时俦侣多，乱下沙汀恣栖宿。
群依青荇喽且鸣，暖浴蒲根戏相逐。
长无矰缴意自闲，不饱稻粱心亦足。
性殊凡鸟自知时，飞不乱行聊渐陆。
岂同白鹭空洁白，俯啄腥汙期满腹。

汪履道家观所蓄烟雨芦鸿图

（宋）僧惠洪

西湖漠漠生烟雨,浦浦圆沙凫雁聚。
今日高堂素壁间,忽见西湖最西浦。
翩翩两雁方欲下,数只飘然掠波去。
独馀一只方稳眠,有梦不成亦惊顾。
萧梢碧芦秋叶赤,青沙白石纷无数。
我本江湖不系舟,尔辈况亦江湖侣。
令人便欲寻睿郎,呼船深入龙山坞。

鸿雁篇

（元）陈基

鸿雁双双度雁门,相呼相唤不离群。
昼衔芦藋防矰缴,夜宿关河同梦魂。
稻粱既足江南阔,秋水增波叶微脱。
洞庭湖畔卧云沙,彭蠡矶头弄烟月。
一朝无事忽相违,一向东飞一向西。
西飞渺渺秦山曲,东去悠悠沧海湄。
秦山沧海遥相望,顾影徘徊各惆怅。
山有猩鼯与网罗,水有蛟鼍与风浪。
回头却恨不同栖,辛苦皆因独自飞。
不问天南与天北,何时相见得同归?

◆ 五言律

同张二咏雁

（唐）骆宾王

唼藻沧江远,衔芦紫塞长。雾深迷晓景,风急断秋行。
阵照通宵月,书封几夜霜。无复能鸣分,空知愧稻粱。

秋　雁
（唐）骆宾王

联翩辞海曲，摇曳指江干。阵去金河冷，书归玉塞寒。
带月凌空易，迷烟逗浦难。何当同顾影，刷羽泛清澜。

雁
（唐）李峤

春晖满朔方，候（归）雁发衡阳。望月惊弦影，排云结阵行。
往还倦南北，朝夕苦风霜。寄语能鸣侣，相随入帝乡。

归　雁
（唐）杜甫

万里衡阳雁，今年又北归。双双瞻客上，一一背人飞。
云里相呼疾，沙边自宿稀。系书无浪语，愁寂故山薇。

孤　雁
（唐）杜甫

孤雁不饮啄，飞鸣声念群。谁怜一片影，相失万重云。
望尽似犹见，哀多如更闻。野鸦无意绪，鸣噪自纷纷。

见上林春雁翔青云寄杨起居李员外
（唐）钱起

上林春更好，宾雁不知归。顾影怜青御，传声入紫微。
夜陪池鹭宿，朝出苑花飞。宁忆寒乡侣，鸾凰一见稀。

送征鸿
（唐）钱起

秋空万里净，嘹唳独南征。风急翻霜冷，云开见月惊。
塞长怜去翼，影灭有馀声。怅望遥天外，乡愁满目生。

赋得沙上雁

（唐）耿湋

衡阳多道里，弱羽复哀音。还塞知何日，惊弦乱此心。
夜阴前侣远，秋冷后湖深。独立汀洲意，宁知霜霰侵。

夜闻回雁

（唐）司空曙

雁响天边过，高高望不分。飕飗传细雨，嘹唳隔长云。
散向谁家尽，归来几客闻。还将今夜意，西海话苏君。

泊雁（回文）

（唐）戴叔伦

泊雁鸣深渚，收霞落晚川。柝随风敛阵，楼映月低弦。
漠漠汀帆转，幽幽岸火燃。壑危通细路，沟曲绕平田。

早雁

（唐）顾非熊

逐暖来南国，迎寒背朔云。下时波势出，起处阵形分。
声急奔前侣，行低续后群。何人寄书札，绝域可知闻。

早鸿

（唐）李群玉

木落波浪动，南飞闻夜鸿。参差天汉雾，嘹唳月明风。
野水莲茎折，寒泥稻穗空。无令一行侣，相失五湖中。

归雁

（唐）孟贯

春至衡阳雁，思归塞路长。汀洲齐奋翼，霄汉共成行。
雪尽翻风暖，寒收度月凉。直应到秋日，依旧返潇湘。

孤　雁
（唐）崔涂

湘浦离应晚，边城去已孤。如何万里计，只在一枝芦。
迥起波摇楚，寒栖月映蒲。不知天畔侣，何处下平芜。

几行归塞尽，念尔独何之。暮雨相呼失，寒塘欲下迟。
渚云低暗度，关月冷遥随。未必逢矰缴，孤飞自可疑。

孤　雁
（唐）储嗣宗

孤雁暮飞急，萧萧天地秋。关河正黄叶，消息断青楼。
湘渚烟波远，骊山风雨愁。此时万里道，魂梦绕沧洲。

侍宴赋得归雁
（宋）徐铉

夜静群动息，翩翩一雁归。清音天际远，寒影月中微。
何处云同宿，长空雪共飞。阳和常借便，免与素心违。

闻雁寄欧阳夷陵
（宋）梅尧臣

闲坐独无寐，雁来更未阑。声长河汉迥，影落户庭寒。
荆楚橘包熟，潇湘枫叶丹。南飞过三峡，试问故人看。

闻　雁
（元）虞集

楼近暖云湿，夜深闻雁低。声音灯外尽，羽翮月边迷。
冉冉白榆上，悠悠黄竹西。应逢穆王骏，春草一长嘶。

雁　声

（元）张　翥

嘹嘹数雁度，流响一凄然。半落淮南雨，遥沉海上天。
疏砧欲断处，哀角未吹前。我亦离群者，闻之夜不眠。

孤　雁

（元）黄　庚

长空独嘹唳，隐约背斜晖。塞北离群远，江南失侣归。
度云怜只影，照水认双飞。却羡投林鸟，相呼入翠微。

闻　雁

（明）曹　嘉

连翩升紫塞，嘹呖过秋城。帛染传书泪，砧催捣练声。
云深飞总近，风细落还轻。此夜高楼笛，怀人几度横？

盐河闻雁

（明）苏　澹

客子起常早，月明殊可亲。一声沙觜雁，匹马渡头人。
顾侣鸣偏切，悲秋兴转真。兰闺梦回处，应忆客边身。

闻　雁

（明）宗　臣

一枕何能得，长愁至不禁。鱼龙残夜笛，风雨急秋砧。
天入萧森气，人兼去住心。湖南有新雁，作意送悲音。

雨夜闻雁

（明）居　节

釭斜寒照竹，山静雨围床。雁到秋如许，人愁夜未央。
江天将只影，霜信过重阳。小梦知何处？三湘烟水长。

雁 至

(明) 雷思霈

去燕新辞主,来鸿旧作宾。江空今夜月,家远来年身。
结伴多依水,将书只写人。如何白翎雀,岁岁北山春?

白 雁

(明) 曹学佺

波净影逾白,霜清鸣更催。乾坤双鬓老,风雪一声来。
林迥隐犹见,天长去复回。物情嫌太洁,莫使羽毛摧。

闻 雁

(明) 僧德祥

八月凉风起,高飞乱入云。度关成一序,遵渚动千群。
菰米沉寒雨,芦花散夕曛。一声江上过,独客最先闻。

雒城闻雁

(明) 项兰贞

明月照苍苔,横空一雁来。影翻飞叶堕,声带晚风回。
塞北征人思,闺中少妇哀。江南别业在,丛桂几枝开。

闻 雁

(明) 郑梦周 (朝鲜人)

行旅忽闻雁,仰看天宇清。数声和月落,一点入云横。
锦字回燕塞,新愁满洛城。疏灯孤馆夜,何限故园情。

◆ **五言排律**

飞鸿响远音

(唐) 李休仁

漠漠微霜夕,翩翩出渚鸿。清声流迥野,高韵入寥空。

旧质经寒塞，残音响远风。紫云犹类网，避月尚疑弓。
弱羽虽能振，丹霄竟未通。欲知多怨思，听取暮烟中。

河南府试秋夕闻新雁

（唐）黄滔

湘南飞去日，蓟北乍惊秋。叫出陇云夜，闻为客子愁。
一声初触梦，半白已侵头。旅馆移欹枕，江城起倚楼。
馀灯依古壁，片月下沧洲。寂听良宵彻，踌躇感岁流。

归　雁

（宋）范仲淹

稻粱留不得，一一起江天。带雪南离楚，和春北入燕。
依依前伴侣，历历旧山川。木叶程犹远，梅花信可传。
子规啼到晓，鹦鹉锁经年。应羡冥冥者，东风羽翼全。

◆ 七 言 律

旅馆闻雁别友人

（唐）赵嘏

路绕秋塘首独搔，背群燕雁正呼号。
故关何处重相失，碧落有云终自高。
旅宿去缄他日恨，单飞谁讶此生劳。
行衣湿尽千山雪，肠断金笼好羽毛。

归　雁

（唐）陆龟蒙

北走南征类我曹，天涯迢递翼应劳。
似悲边雪音犹苦，初背岳云行未高。
月岛聚栖防暗缴，风滩斜起避惊涛。
时人不问随阳意，空拾闱边翡翠毛。

题 雁

(唐)郑谷

八月凉(悲)风九月霜,蓼花红澹苇条黄。
石头城下波摇影,星子湾西云间行。
惊散渔家吹短笛,失群征戍锁残阳。
故乡闻尔亦惆怅,何况扁舟非故乡。

新 雁

(唐)吴融

湘浦春波始北归,玉关摇落又南飞。
数声飘去和秋色,一字横来背晚晖。
紫阁高翻云幂幂,灞川低度雨微微。
莫从思妇台边过,未得征人万里衣。

鸿

(唐)徐夤

行如兄弟影连空,春去秋来燕不同。
紫塞别当寒露白,碧山飞入暮霞红。
宣王德美周诗内,苏武书传汉苑中。
况解衔芦避弓箭,一声归唳楚天风。

雁

(唐)黄滔

楚岸花晴塞柳衰,年年南北去来期。
江城日暮见飞处,旅馆月明闻过时。
万里风霜休更恨,满川烟草且须疑。
洞庭云水潇湘雨,好把寒更一一知。

宾 雁

（宋）韩琦

候时宾雁觉秋分，便委寒霜溯楚氛。
一片画屏横远岫，几行书字贴轻云。
信通离阔诚虚语，声到英雄似不闻。
莫趁衡阳恋闲暖，南儿矰缴正纷纷。

和孙侔雁荡

（宋）梅尧臣

雁荡高高路莫通，衔芦秋叶入云峰。
山头水阔不见影，岩下沙平时有踪。
千仞柱天何敛闪，万工挥笔漫轻浓。
葛巾蜡屐未能著，空羡青苍重复重。

咏 雁

（元）曹伯启

塞色波光秋影涵，数行天字到江南。
衔芦有为防矰缴，择地无心入瘴岚。
寒暑相催犹可避，稻粱虽好不宜贪。
哀鸣欲动何人意，猎骑弯弧酒正酣。

赋飞鸿送胡则大

（元）杨载

年年客里见飞鸿，成阵成行上碧空。
杳杳江湖寻故侣，萧萧芦苇下新丛。
翱翔已出云霄上，饮啄宁来沼沚中。
今日似君归去好，扁舟一夜起东风。

雁　宾

（元）谢宗可

地北天南万里身，惊寒昨夜过边尘。
暂随沙漠秋来梦，留得湘江社后春。
水宿云飞同是客，风嘹月唳自相亲。
荒汀断渚年年路，应认芦花作主人。

雁　字

（元）谢宗可

芦花月底寄秋情，阵影南飞势不停。
一画写开湘水碧，半行草破楚天青。
云笺冷印虫书迹，烟墨浓摹鸟篆形。
题尽子卿心事苦，断文无数落寒汀。

白　雁

（元）谢宗可

翅老西风绝点瑕，秋江难认宿芦花。
云边字缺银钩断，月下筝闲玉柱斜。
影乱飞鸥回远浦，阵迷宿鹭落平沙。
声声叫起苏郎恨，为带吴霜染鬓华。

清溪落雁

（元）曹文晦

清溪溪口荻花秋，底事年年伴白鸥？
北去不辞书帛寄，南来非为稻粱谋。
荒烟渺渺长桥外，落叶萧萧古渡头。
见说洞庭风月好，碧波千顷少渔舟。

白　雁

（明）徐舫

出塞风沙不浣衣，要分秋色占鸥矶。
远书玉宇传霜信，斜落银筝映冷晖。
楚泽云昏无片影，湘江月黑见孤飞。
当年系帛还苏武，汉节仍全皓首归。

白　雁

（明）顾文昱

万里西风吹羽仪，独传霜翰向南飞。
芦花映月迷清影，江水涵秋点素辉。
锦瑟夜调冰作柱，玉关晓度雪沾衣。
天涯兄弟离群久，皓首江湖犹未归。

孤　雁

（明）瞿佑

失伴离群不惮劳，此心终不在蓬蒿。
百年海内皆兄弟，万里云间一羽毛。
夜月相随形影在，秋风独立性情高。
鹓行鹭序休相笑，朋党何须似尔曹。

归　雁

（明）沈恒

冥鸿不觉又逢春，远别湘南北向秦。
云接断行天漠漠，江涵归影水粼粼。
关山叫落三更月，旅馆愁惊万里人。
莫怪东风吹去翮，清秋芦渚又来宾。

旅中闻雁

(明) 骆文盛

西风鸿雁惜离群,露下天高仿佛闻。
方讶北来冲远塞,忽惊南去入寒云。
千山落叶还秋杪,一卷残书且夜分。
无那馀音更嘹唳,倚楼乡思益纷纷。

雁　字

(明) 朱之蕃

长空清迥净秋云,杖倚斜阳数雁群。
吹隔狂飙存断简,翔依沙溆见回纹。
霞江点缀摩崖碣,芦岸联翩白练裙。
衡岳峰高归羽急,疑探二酉发奇文。

雁

(明) 朱之蕃

郊原旷望入秋深,序列南翔见候禽。
堕影高空随落木,蛩声午夜杂寒砧。
湘江霜月连元(玄)塞,北海音书到上林。
矰缴未须劳弋慕,平沙远水寄闲心。

咏雁字

(明) 唐时升

蒹葭白露早纷纷,上下参差意象分。
朔漠南来应累译,衡阳北望尽同文。
方思坐卧观三日,又见纡回作五云。
一一总成龙凤质,可教容易换鹅群。

一夜风霜过洞庭,莫徭惆怅羡冥冥。

芦洲掩映成飞白,竹坞回翔欲杀青。
右转正如秦代玺,横行疑写梵王经。
君归直向燕然去,且为皇家好勒铭。

翩翩六翮破寒烟,初月纤纤列宿连。
雨后模糊浓淡墨,风前断续短长篇。
彩霞净拭红丝砚,银汉平铺白地笺。
自罢结绳书契起,怜君长在网罗边。

黄昏风雨黯东西,何事皇皇不肯栖?
共指漂鸾兼泊凤,难分野鹜与家鸡。
影过平嶂如书壁,声落前汀似印泥。
谁把文章移北斗,君家兄弟羽毛齐。

漠北湖南万里通,年年为客任长风。
饮时渴骥奔泉上,栖处惊蛇入草中。
空里作书皆咄咄,日来多暇不匆匆。
张芝自有凌云意,莫比藏真老秃翁。

远拂残霞搅断云,始知笔阵扫千军。
元常法备皆三折,阿买诗成写八分。
赋客近为离合体,经生能辨古今文。
危峰阻日君须记,陇首群飞背夕曛。

是夕闻雁

(明) 王鏳

萧萧落木黑波生,烛暗杯空三四声。
芦作绿花枝尚脆,菰垂白露米先倾。
我来宾至飞回处,君向人归厌历程。

燕子轻身真自喜，不堪此际有逢迎。

◆ 五言绝句

赋得早雁出云鸣
(唐) 太宗

初秋玉露清，早雁出空鸣。隔云时乱影，因风乍合声。

南中咏雁
(唐) 韦承庆

万里人南去，三春雁北飞。不知何岁月，得与尔同归。

秋　雁
(唐) 褚亮

日暮霜风急，羽翮转难任。为有传书意，翩翩入上林。

闻　雁
(唐) 韦应物

故园渺何处，归思方悠哉。淮南秋雨夜，高斋闻雁来。

水宿闻雁
(唐) 李益

早雁忽为双，惊秋风水窗。夜长人自起，星月满空江。

雁
(唐) 陆龟蒙

南北路何长，中间万弋张。不知烟雾里，几只到衡阳。

雁
(宋) 陈师道

来往违寒暑，飞鸣在稻粱。未知溟海大，不肯过衡阳。

秋雁图

（元）杨维桢

野水江湖远，秋风芦叶黄。南飞旧兄弟，一一自成行。

闻雁忆弟子培

（明）宗臣

秋雨千峰散，寒云万里开。不知天际雁，几日故园来？

闻　雁

（明）僧道衍

鸣雁为离群，馀哀度水云。那知故乡夜，亦似客中闻。

◆ 六言绝句

惠崇芦雁

（宋）苏轼

惠崇烟雨芦雁，坐我潇湘洞庭。
欲买扁舟归去，故人云是丹青。

题王子庆所藏大年墨雁

（元）赵孟頫

鸿雁栖栖遵渚，黄芦索索鸣秋。
羡杀承平公子，笔端万里沧洲。

◆ 七言绝句

官池春雁

（唐）杜甫

自古稻粱多不足，至今鹔鹴乱为群。

且休怅望看春水,更恐归飞隔暮云。

青春欲尽急还乡,紫塞宁论尚有霜。
翅在云天终不远,力微矰缴绝须防。

归 雁

(唐) 钱起

潇湘何事等闲回,水碧沙明两岸苔。
二十五絃弹夜月,不胜清怨却飞来。

雁

(唐) 薛能

肃肃雍雍义有馀,九天鸾凤莫相疏。
惟应静向山窗过,激发英雄夜读书。

夜泊咏栖鸿

(唐) 陆龟蒙

可怜霜月暂相依,莫向衡阳趁队飞。
同是江天寒夜客,羽毛单薄稻粱微。

题新雁

(唐) 杜荀鹤

暮天新雁起汀洲,红蓼花疏水国秋。
想得故园今夜月,几人相忆在江楼?

闻 雁

(唐) 林宽

接影横空背雪飞,声声寒出玉关迟。
上阳宫里三千梦,月冷风清闻过时。

小雁荡

（宋）王十朋

归雁行飞集涧阿,不贪江海稻粱多。
峰头一荡虽然小,饮啄犹堪避网罗。

闻 雁

（宋）陆游

过尽江南把酒稀,熏笼香冷换春衣。
秦关汉苑无消息,又在江南送雁归。

闻新雁有感

（宋）陆游

新雁南来片影孤,冷云深处宿菰芦。
不知湘水巴陵路,曾记渔阳上谷无?

春半闻归雁

（宋）杨万里

春光深浅没人知,我正南归雁北归。
头上一声如话别,一生长是背人飞。

题赵大年芦雁

（元）戴表元

寒更索索警霜丛,兄弟当年意自同。
犹是江湖太平处,未妨沉著卧秋风。

见雁有怀

（元）黄庚

满眼西风忆故庐,亲朋音问久相疏。
年年江上无情雁,只带秋来不带书。

四雁图

（元）任士林

江北江南秋正骄，孤飞万里气方豪。
平生惯有冰霜翼，却笑东风燕雀高。

沙　雁

（元）杨载

漠漠寒烟树影微，一行沙雁背人飞。
江南江北秋将尽，客子如今犹未归。

题王元善赴北清江新雁图

（元）黄镇成

江南春水拍天齐，鸿雁成行向北飞。
未必云山便相隔，秋风还带夕阳归。

题墨雁

（元）杨维桢

黄沙衰草羽毣毣，八月天山冷不堪。
昨夜朔风吹过影，尽将秋色到天南。

闻　雁

（元）丁鹤年

月落江城转四更，旅魂和梦到滦京。
醒来独背寒灯坐，风送长空雁几声。

自题芦洲聚雁图

（明）朱芾

夜窗听雨话巴山，又入潇湘水竹间。
满渚冥鸿谁得似，碧天飞去又飞还。

芦 雁

（明）王泽

拍天烟水接潇湘，芦苇秋风叶叶凉。
何处渔郎夜吹笛，雁群惊起不成行。

九月十七日闻雁寄董庄

（明）徐贲

晚意秋阴雨不分，渚芦沙竹护寒云。
雁声客里谁先听？愁绝惟应我共君。

题芦雁图

（明）胡奎

草草书空不作行，相呼相唤过衡阳。
芦花月冷应无梦，啄尽寒沙一夜霜。

早 雁

（明）高棅

凉霜八月塞天寒，飞度衡阳楚水宽。
少妇楼头初掩瑟，一行先向夕阳看。

题 雁

（明）王绂

联翩飞处影横斜，暝色和烟暗荻花。
远水微茫秋万顷，不妨随意落平沙。

宿雁图

（明）张泰

理卷霜毛宿晚汀，旅魂应自绕秋冥。
西风莫搅蒹葭水，月苦沙寒易得醒。

月夜下桐江闻孤雁

（明）王叔承

烟月满江渔火寒,一声孤雁下芦滩。
隔天总有家书到,水碧山青不耐看。

清江闸闻雁

（明）李玮

数声江浒三更雁,孤影霜天万里身。
新冷犹如先避雪,南来应笑北行人。

二月闻雁

（明）孙承宗

九月边庭无雁来,关门不逐雁门开。
春来塞上希赠缴,花信风前一一回。

孤鸿几日过长安,拖得春旗露未干。
应说边庭花信早,征衣初拟褪春寒。

题一雁图

（明）僧德祥

万里江湖一叶身,来时逢雪又逢春。
天南地北年年客,只有芦花似故人。

卷四百二十七　　鹰类（附隼、海青）

◆ 五言古

杨监又出画鹰十二扇
（唐）杜甫

近时冯绍正，能画鸷鸟样。明公出此图，毋乃传其状？
殊姿各独立，清绝心有向。疾禁千里马，气敌万人将。
忆昔骊山宫，冬移含元仗。天寒大羽猎，此物神俱王。
当时无凡材，百中皆用壮。粉墨形似间，识者一惆怅。
干戈少暇日，真骨老崖嶂。为君除狡兔，会是翻鞲上。

养鹰词
（唐）刘禹锡

养鹰非玩形，所资击鲜力。少年昧其理，日月哺不息。
探雏网黄口，旦暮有馀食。宁知下鞲时，翅重飞不得。
𩰚𩰚上（止）林表，使〔狡〕兔自南北。
饮啄既已盈，安能劳羽翼？

◆ 七言古　附长短句

观放白鹰
（唐）李白

寒冬十二月，苍鹰八九毛。

寄言燕雀莫相啅，自有云霄万里高。

姜楚公画角鹰歌
（唐）杜甫

楚公画鹰鹰戴角，杀气森森到幽朔。
观者贪愁掣臂飞，画师不是无心学。
此鹰写真在左绵，却嗟真骨遂虚传。
梁间燕雀休惊怕，亦未抟空上九天。

笼鹰词
（唐）柳宗元

凄风淅沥飞严霜，苍鹰上击翻曙光。
云披雾裂虹霓断，霹雳掣电捎平冈。
砉然劲翮剪荆棘，下攫狐兔腾苍茫。
爪毛吻血百鸟逝，独立四顾时激昂。
炎风溽暑忽然至，羽翼脱落自摧藏。
草中狸鼠足为患，一夕十顾惊且伤。
但愿清商复为假，拔去万累云间翔。

观刘永年画角鹰
（宋）黄庭坚

刘侯才勇世无敌，爱画工夫亦成癖。
弄笔扫成苍角鹰，杀气棱棱动秋色。
爪拳金钩觜屈铁，万里风云藏劲翮。
兀立槎枒不畏人，眼看青冥有馀力。
霜飞晴空塞草白，云垂四野阴山黑。
此时轩然盍飞去，何乃巀嶭立西壁？
只应真骨下人世，不谓雄姿留粉墨。
造次更无高鸟喧，等闲亦恐狐狸吓。

旁观未必穷神妙，乃是天机贯胸臆。
瞻相突兀摩空材，想见其人英武格。
传闻挥毫颇容易，持以与人无甚惜。
物逢真赏世所珍，此画他年恐难得。

野鹰来

（金）蔡珪

南山有奇鹰，置穴千仞山。
网罗虽欲施，藤石不可攀。
鹰朝飞，耸肩下视平芜低，健狐跃兔藏何迟。
鹰暮来，腹肉一饱精神开，招呼不上刘表台。
锦衣年少漫留意，俯仰不能随尔辈。

题刘履初所藏莫庆善画鹰

（元）郭钰

目光悬秋双翮齐，欲飞不飞愁云低。
足无绦镟腹无食，空林尚恐难安栖。
笔力精到天机微，莫生所画诗我题。
君不见天下太平角端语，狐兔草间何足数。

题画鹰送罗缉熙南归

（明）李东阳

大鹰狰狞爪决石，侧目高堂睨秋碧。
小鹰倔伏俯且窥，威而不扬岂其雌。
雌雄起伏各异态，意气相看出尘壒。
独立羞将众羽群，高飞怕有浮云碍。
山寒木落天始风，日色惨淡川原空。
人间狐兔自有地，慎勿反击伤鹓鸿。
画图仿佛是谁作，宛似悬韝臂间落。

高堂匹练长风生，万里炎荒尽幽朔。
我生奇气空嶙峋，挥毫对此不无神。
送渠羽翼朝天去，亦是云霄得意人。

题鲁京尹所藏双鹰图
（元）李东阳

霜风撼撼空林响，朔气随空入萧爽。
两鹰意气殊绝群，俯视平川如一掌。
玄云著树凝不飞，野日照地寒无辉。
攫身欲下不肯下，似觉深山狐兔稀。
丹青落手翩欲活，韝上惊看锦绦脱。
江湖浩荡烟水深，万里阳台渺天末。
时维八月炎暑空，两鹰角立如争雄。
周旋九纮隘八极，此意岂在风尘中。
知公有才非搏击，我意亦欲辞樊笼。
只应共逐鸩鸾去，去上丹山十二重。

画 鹰
（明）徐渭

闽南缟练光浮腻，传真谁写苍厓鸷。
生相由来不附人，绿韝空著将军臂。
八月九月原草稀，百鸟高高兔走肥。
烟中敛翼远不下，节短暗合孙吴机。
此时一中贵快意，深林燕雀何须避。
惟将搏击应凉风，谁贪饱腐矜山雉。
昨见少年向南市，买鹰欲放平原莕。
凡材侧目饱人喂，不似画中有神气。
夜来鸱枭作精魅，安得放此向人世，秋风一试刀棱翅。

海东青行

（明）僧梵琦

海东青，高丽献之天子庭。
万人却立不敢睨，玉爪金眸铁作翎。
心在寒空韝在手，一生自猎知无偶。
孤飞直出大鹏前，猛志岂落鵉鹅后。
是日霜风何栗冽，长杨树羽看腾瞥。
奔云突雾入紫霄，狡兔妖蟆洒丹血。
束身归来如木鸡，众鹘欲并功难齐。
尔辈无材空碌碌，不应但费官厨肉。

◆ 五 言 律

进秋隼

（唐）耿湋

岂悟因罗者，迎霜献紫微。夕阳分素臆，秋色上花衣。
举翅云天近，回眸燕雀稀。应随明主意，百中有光辉。

和舍弟让咏笼中鹰

（唐）吕温

未用且求安，无猜也不残。九天飞势在，六月目睛寒。
动触樊笼倦，闲消肉食难。主人憎恶鸟，试待一呼看。

失白鹰

（唐）郑繇

白锦文章乱，丹霄羽翮齐。云中呼暂下，雪里放还逃。
梁苑惊池鹜，陈仓拂野鸡。不知寥廓外，何处独依栖？

◆ 五言排律

霜隼下晴皋

（唐）阙名

九皋霜气劲，翔隼下初晴。风动闲云卷，星驰白草平。
棱棱方厉疾，肃肃自纵横。掠地秋毫迥，投身逸翮轻。
高墉全失影，逐雀乍飞声。薄暮寒郊外，悠悠万里情。

◆ 七言律

见王监兵马使，说近山有白黑二鹰，罗者久取，竟未能得。王以为毛骨有异他鹰，恐腊后春生，騫飞避暖、劲翮思秋之甚，眇不可见，请余赋诗

（唐）杜甫

云飞玉立尽清秋，不惜奇毛恣远游。
在野只教心力破，于人何事网罗求。
一生自猎知无敌，百中争能耻下鞲。
鹏碍九天须却避，兔经三窟莫深忧。

黑鹰不省人间有，度海疑从北极来。
正翮抟风超紫塞，元（玄）冬几夜宿阳台？
虞罗自觉虚施巧，春雁同归必见猜。
万里寒空只一日，金眸玉爪不凡材。

白海青

（元）袁易

渺渺东溟刷羽翰，乍随天马万人观。
孤飞雪点青云破，一击秋生玉宇宽。
赐予岂将追雁鹜，驱除直欲辨枭鸾。

江南明月难同色，梦想瑶阶白露溥。

◆ 五言绝句

画 鹰
（元）马祖常

侧视窥霄汉，低飞近草莱。金鞲时一脱，肉饱更须回。

题画鹰
（元）李祁

劲翮排霜戟，天寒气转骄。草间狐兔尽，侧目望青霄。

◆ 七言绝句

新罗进白鹰
（唐）窦巩

御马新骑禁苑秋，白鹰来自海东头。
汉皇无事须游猎，雪乱争飞锦臂韝。

宫 词
（唐）王建

内鹰笼脱解红绦，斗胜争飞出手高。
直上碧云还却下，一双金爪掬花毛。

饥鹰词
（唐）章孝标

遥想平原兔正肥，千回砺吻振毛衣。
纵令啄解丝绦结，未得人呼不敢飞。

观 猎
（唐）薛逢

马缩寒毛鹰落膘，角弓初暖箭新调。

平原踏尽无禽出，竟日翻身望碧霄。

咏架上鹰

（唐）崔铉

天边心胆架头身，欲拟飞腾未有因。
万里碧霄终一去，不知谁是解绦人。

鹰

（唐）高越

雪爪星眸世所稀，摩天专待振毛衣。
虞人莫漫张罗网，未肯平原浅草飞。

丁卯上京

（元）马祖常

海国名鹰岂鹘胎，渥洼天马是龙媒。
明时不惜黄金赐，只欲番王万里来。

宫　词

（明）朱有燉

三山冰合放鹰时，千骑如云授指挥。
日暮六街尘滚滚，马前横抱白鹅归。

元宫词

（明）朱有燉

雨顺风调四海宁，丹墀大乐列优伶。
年年正旦将朝会，殿内先观玉海青。

秋深飞放出郊行，选得驯驹内里乘。
野雉满鞍如缀锦，马前珍重是黄鹰。

拟古宫词

（明）徐祯卿

君王无事日临戎，韎韐亲调白玉弓。
千骑红袍齐扈跸，臂鹰遥出建章宫。

长安少年行

（明）僧宗泐

斗鸡赢得海东青，臂向东街觅弟兄。
白马翩翩相逐去，灞陵原上晓云平。

卷四百二十八 鹘 类

◆ 五言古

画鹘行

（唐）杜甫

高堂见生鹘，飒爽动秋骨。初惊无拘挛，何得立突兀。
乃知画师妙，巧刮造化窟。写此神俊姿，充君眼中物。
乌鹊满樯枝，轩然恐其出。侧脑看青霄，宁为众禽没。
长翮如刀剑，人寰可超越。乾坤空峥嵘，粉墨且萧瑟。
缅思云沙际，自有烟雾质。吾今意何伤，顾步独纡郁。

海州观放鹘搏兔不中而飞去

（宋）沈括

秋霜濯空林，暮日在峰顶。冥冥起长风，稍稍绝遗影。
骁禽值猛搏，俯取不待顷。岂非求者乖，矫翮成远骋。
未能谢榛莽，那用遽悻悻。此心竟可怜，得失未宜病。

◆ 五言排律

出笼鹘

（唐）濮阳瓘

玉簇分花袖，金铃出绿笼。摇心长捧日，逸翰镇生风。
一点青霄里，千声碧落中。星眸随狡兔，霜爪落飞鸿。

每念提携力，常怀搏击功。以君能惠好，不敢没遥空。

◆ **七言绝句**

梦游洛中

（宋）蔡襄

草白霜晴鹘眼开，原头游骑四边来。
枯丛鸦鹊休惊噪，日暮分持走兔回。

卷四百二十九　雕鹗类

◆ 五言绝句

客夜偶成
（元）马臻

男儿不得志，壮心惜徂年。长空起雕鹗，目送入寥天。

榆林驿
（明）尹耕

天上白榆树，千秋紫塞阴。隔林观猎骑，时有射雕心。

◆ 七言绝句

猎　骑
（唐）杜牧

已落双雕血尚新，鸣鞭走马又翻身。
凭君莫射南来雁，恐有家书寄远人。

射雕骑
（唐）马戴

蕃面将军著鼠裘，酣歌冲雪在边州。
猎过黑山犹走马，寒雕射落不回头。

落帆后赋

（唐）李群玉

平湖茫茫春日落,危樯独映沙洲泊。
山岸闲寻细草行,古查飞起黄金鹗。

元宫词

（明）朱有燉

诸方贡物殿前排,召得鹰坊近露台。
清晓九关严虎豹,辽阳先进白雕来。

晚登沁州城有感

（明）谢榛

苍茫野色几沙滩,漳水东流倚堞看。
烟火满城天向夕,一雕飞过不知寒。

书　事

（明）陆之裘

严寒朔漠草争凋,万乘遥临冰雪消。
天马追风齐八骏,彤弓弦月落双雕。

卷四百三十 白翎雀类（雀，一作"鹊"）

◆ 七言古 附长短句

白翎雀

（元）萨都剌

凄凄幽雀双白翎，飞飞只傍乌桓城。
平沙无树巢弗营，雌雄为乐相和鸣。
君不见旧日轻盈舞紫燕，鸳鸯锁老昭阳殿。
风暄芍药春可怜，露冷芙蓉秋莫怨。

白翎鹊词

（元）杨维桢

白翎鹊，西极来。金为冠，玉为衣。
百鸟见之不敢飞，雄狐猛虎愁神机。
先帝亲手鞴，重尔西方奇。
海东之青汝何为？下攫草间雉兔肥，奈尔猛虎雄狐狸？

白翎鹊，来西极，地从翼旋山目侧。
边风劲气劲折胶，材官猛箭与之敌，黄狼紫兔不馀力。
须臾白雪轻，一举千仞直，駕鹅洒血当空掷。
金头玉颈高十尺，千秋万岁逢玉食。

白翎雀图

(明) 王祎

白翎雀，雪作翎，群呼旅食啁嘶鸣。
何人翻作絃上声，传与江南士女听。
南人听声未识形，画师更与图丹青。
图丹青，一何似，知尔之生何处是？
秋高口子草如云，风劲脑儿沙似水。

◆ 七言绝句

塞上曲

(元) 迺贤

乌桓城下雨初晴，紫菊金莲漫地生。
最爱多情白翎雀，一双飞近马边鸣。

卷四百三十一　鸢类

◆ 五言古

射鸢

（魏）刘桢

鸣鸢弄双翼，飘飘薄青天。我后横怒起，意气凌神仙。
发机如惊焱，三发两鸢连。流血洒墙屋，飞毛从风旋。
庶士同声赞：君射一何妍！

◆ 七言古

飞鸢操

（唐）刘禹锡

鸢飞杳杳青云里，鸢鸣萧萧风四起。
旗尾飘扬势渐高，箭头砉划声相似。
长空悠悠霁日悬，六翮不动凝风烟。
游鹍翔雁出其下，庆云清景相回旋。
忽闻饥乌一噪聚，瞥下云中争腐鼠。
腾音砺吻相喧呼，仰天大嚇疑鹓雏。
畏人避犬投高处，俯吻无声犹屡顾。
青鸟自爱玉山禾，仙禽徒贵华山露。
扑棘危巢向暮时，琶琶饱腹蹲枯枝。
游童挟弹一挥抈，臆碎羽分人不悲。

天生众禽各有类,威凤文章在仁义。
鹰隼仪形蝼蚁心,虽能戾天何足贵。

◆ 五言绝句

盘石磴

（唐）韦处厚

缭绕缘云上,璘玢甃玉联。高高曾幾折,极目瞰秋鸢。

卷四百三十二 雉 类

◆ 五言古

雉朝飞操
（梁）简文帝

晨光照麦畿，平野度春翚。避鹰时耸角，妒垄或斜飞。
少年从远役，有恨意多违。不如随荡子，罗袂拂臣衣。

雉朝飞操
（梁）吴均

二月雉朝飞，横行傍垄归。斜看水外翟，侧听岭南翚。
蹙踱恒欲战，耿耿恃强威。当令君见赏，何辞碎锦衣。

雉子斑
（陈）江总

麦垄新秋来，泽雉屡徘徊。依花似协妒，拂草乍惊媒。
三春桃照李，二月柳争梅。暂住如皋路，当令巧笑开。

射 雉
（陈）萧有

二月春翚动，曹王挟妒媒。插翳依花合，芟场向野开。
隔田闻雊近，横溪见影来。弦鸣青鬜碎，箭落锦衣摧。
今日如皋路，能将巧笑回？

雉子斑

（陈）张正见

陈仓雉未飞，敛翮依芳甸。朱冠色尚浅，锦臆毛初变。
雏麦且专场，排花聊勇战。唯当渡弱水，不怯如皋箭。

射　雉

（唐）韦应物

走马上东冈，朝日照野田。野田双雉起，翻射斗回鞭。
虽无百发中，聊取一笑妍。羽分绣臆碎，头弛锦鞲悬。
方将悦羁旅，非关学少年。弢弓一长啸，忆在灞城阡。

◆ 七言古　附长短句

白雉诗

（汉）班固

启灵篇兮披瑞图，获白雉兮效素乌，嘉祥阜兮集皇都。
发皓羽兮奋翘英，容洁朗兮于纯精。
彰皇德兮侔周成，永延长兮膺天庆。

雉带箭

（唐）韩愈

原头火烧静兀兀，野雉畏鹰出复没。
将军欲以巧伏人，盘马弯弓惜不发。
地形渐窄观者多，雉惊弓满劲箭加。
冲人决起百馀尺，红翎白镞随倾斜。
将军仰笑军吏贺，五色离披马前堕。

雉将雏

（唐）王建

雉呷喔，雏出壳。毛斑斑，觜啄啄。

学飞未得一尺高，还逐母行旋母脚。
麦垄浅浅难蔽身，远去恋雏低怕人。
时时土中鼓两翅，引雏拾虫不相离。

雉场歌
（唐）温庭筠

荚叶萋萋接烟曙，鸡鸣埭上梨花露。
綵仗锵锵已合围，绣翎白颈遥相妒。
雕尾扇张金缕高，碎铃素拂骊驹豪。
绿场红迹来相接，箭发铜牙伤彩毛。
麦垄桑阴小山晚，六虬归去凝笳远。
城头却望几含情，青亩春芜连古苑。

◆ 五言律

雉
（唐）李峤

白雉振朝声，飞来表太平。楚郊疑凤出，陈宝若鸡鸣。
童子怀仁至，中郎作赋成。冀君看饮啄，耿介独含情。

◆ 五言排律

越裳献白雉
（唐）丁仙芝

圣哲符休运，伊夔列上台。覃恩丹徼远，入贡素翚来。
北阙欣初见，南枝顾未回。敛容残雪净，矫翼片云开。
驯扰将无惧，翻飞幸莫猜。甘从上林里，饮啄且徘徊。

越裳献白雉
（唐）王若嵒

素翟宛昭彰，遥遥自越裳。冰清朝映日，玉羽夜含霜。

岁月三年远，山川九译长。来从碧海路，入见白云乡。
作瑞兴周后，登歌美汉皇。朝天资孝理，惠化且无疆。

◆ 五言绝句

上元日放二雉

（唐）司空图

婴网虽皆困，褰笼喜共归。无心期尔报，相见莫惊飞。

从　猎

（唐）韩偓

蹀躞巴陵骏，䶂䶂碧野鸡。忽闻仙乐动，赐酒玉偏提。

◆ 七言绝句

又和留山鸡

（唐）薛能

五色文胜百鸟王，相思兼绝寄芸香。
由来不是池中物，鸡树归时即取将。

杂　题

（元）王逢

藻池岸匝水仙开，满面香飘玉蝶梅。
遗事罢书山馆静，鼠狼行过雉鸡来。

送李节度赴镇

（明）金宗直（朝鲜人）

鳌背楼台一俯凭，海波万里碧千层。
太平未试龙韬策，射雉还过竹院僧。

卷四百三十三　鹧鸪类

◆ 七言古

　　　　　放鹧鸪词
　　　　　　　　　（唐）柳宗元

楚越有鸟甘且腴，嘲嘲自名为鹧鸪。
徇媒得食不复虑，机械潜发罹罝罦。
羽毛摧折触笼篝，烟火煸赫惊庖厨。
鼎前芍药调五味，膳夫攘腕左右视。
齐王不忍觳觫牛，简子亦放邯郸鸠。
二子得意犹念此，况我万里为孤囚。
破笼展翅当远去，同类相呼莫相顾。

◆ 七言律

　　　　　鹧　鸪
　　　　　　　　　（唐）郑谷

暖戏烟芜锦翼齐，品流应得近山鸡。
雨昏青草湖边过，花落黄陵庙里啼。
游子乍闻征袖湿，佳人才唱翠眉低。
相呼相唤湘江阔，苦竹丛深春日西。

　　　　　侯家鹧鸪
　　　　　　　　　（唐）郑谷

江天梅雨湿江蓠，到处烟香是此时。

苦竹岭无归去日，海棠花落旧栖枝。
春宵思极兰灯暗，晓月啼多锦幕垂。
惟有佳人忆南国，殷勤为尔唱愁词。

鹧鸪
（唐）韦庄

南禽无侣似相依，锦翅双双傍马飞。
孤竹庙前啼暮雨，汨罗祠畔拂残晖。
秦人只解歌为曲，越女空能画作衣。
懊恼泽家非有恨，年年长忆凤城归。

鹧鸪
（唐）徐夤

绣仆梅兼羽翼全，楚鸡非瑞莫争先。
啼归明月落边树，飞入百花深处烟。
避烧几曾遗远岫，引雏时见饮晴川。
荔枝初熟无人际，啄破红苞坠野田。

◆ 五言绝句

江行杂诗
（唐）钱起

行到楚江岸，苍茫人正迷。只如秦塞远，格磔鹧鸪啼。

听山鹧鸪
（唐）顾况

谁家无春酒，何处无春鸟。夜宿桃花村，踏歌接天晓。

鹧鸪词
（唐）李益

湘江斑竹枝，锦翅鹧鸪飞。处处湘云合，郎从何处归？

松滋渡

（唐）司空图

楚岫积乡思，茫茫归路迷。更堪斑竹驿，初听鹧鸪啼。

长沙杂诗

（明）杨基

花深众禽寂，格格啼山鹧。桡响一灯来，人归碧湘夜。

◆ 六言绝句

竹枝词

（明）刘溥

江心溅溅秋影，烟外亭亭绿痕。
帝子祠前别思，鹧鸪声里黄昏。

◆ 七言绝句

踏歌词

（唐）刘禹锡

春江月出大堤平，堤上女郎连袂行。
唱尽新词欢不见，红霞映树鹧鸪鸣。

玉仙馆

（唐）张籍

长溪新雨色如泥，野水阴云尽向西。
楚客天南行渐远，山山树里鹧鸪啼。

日晚归山词

（唐）施肩吾

虎迹新逢雨后泥，无人家处洞边溪。

独行归客晚山里,赖有鹧鸪临路啼。

听吹《鹧鸪》
(唐)许浑

金谷歌传第一流,鹧鸪清怨碧云愁。
夜来省得曾闻处,万里月明湘水秋。

放鹧鸪
(唐)罗邺

好倚青山与碧鸡,刺桐毛竹待双栖。
花时迁客伤离别,莫向相思树上啼。

放鹧鸪
(唐)崔涂

秋入池塘风露微,晓开笼槛看初飞。
满身金翠画不得,无限烟波何处归?

会友不至
(唐)成彦雄

王孙还是负佳期,玉马追游日渐西。
独上郊原人不见,鹧鸪飞过落花溪。

题嘉陵驿
(唐)张蠙

嘉陵路险石和泥,行到长亭日已西。
独倚阑干正惆怅,海棠花里鹧鸪啼。

初入湖南醴陵界
(宋)范成大

崖柳阴阴夹暝途,出山欢喜见平芜。

一春客梦饱风雨,行尽江南闻鹧鸪。

闽浙之交
(元) 马祖常

闽峤人居罨画图,客行只欲望京都。
笋舆轧轧相思岭,秋雨空濛叫鹧鸪。

回衡山县望南岳呈御史完颜正夫、修撰庞或简
(元) 陈孚

回雁峰前一棹孤,平波如镜漫菰蒲。
楚天日落碧云合,山北山南闻鹧鸪。

过三合驿
(元) 范梈

一春归计又蹉跎,百粤风光可奈何?
纵有青山千万叠,行人长少鹧鸪多。

画竹石
(元) 杨载

林前怪石起参差,篁竹丛深使客疑。
如过潇湘江上路,鹧鸪啼罢日西时。

镇江寄王本中台掾
(元) 萨都剌

梅花落尽空吹笛,正月半头思远人。
两岸好山青不断,一江微雨鹧鸪春。

和经历杨子承晓发山馆
(元) 萨都剌

梦回山馆月西斜,曙色千峰动紫霞。

杜宇一声山竹裂,鹧鸪飞上野棠花。

黄亭驿晓起

(元) 萨都剌

积雨莓苔上壁青,晓寒山馆梦初醒。
鹧鸪声里流年度,自是行人不忍听。

送王奏差调福州

(元) 泰不华

春水溶溶满鉴湖,兰舟长护锦屠苏。
可怜走马闽山路,榕叶阴中听鹧鸪。

山鹧鸪

(明) 刘基

黄茅坳上雨和泥,苦竹冈头日色低。
自是行人行不得,莫教空恨鹧鸪啼。

秋江晚渡图

(明) 高启

鹧鸪飞尽一洲蘋,帆带秋云渡远津。
底事翚看画中景?昨朝曾送渡江人。

题陈大宅方壶子层层云树图

(明) 周元

昔年曾记秦川客,云树参差去欲迷。
日暮孤舟行不得,鹧鸪啼过渭城西。

潇湘雨意图

(明) 熊直

万木丛深日未晡,寒江烟雨翠模糊。

东风无限潇湘意,却倚篷窗听鹧鸪。

歇马大径山

(明)陈宪章

数家烟火隔林塘,一树寒花晚自香。
黄叶坡头聊歇马,鹧鸪声里见斜阳。

题许子厚扇

(明)史鉴

好山多在石湖西,艸色新年绿未齐。
亭子半开修竹里,一簾春雨鹧鸪啼。

萧皋别业竹枝词

(明)沈明臣

田小三郎唱得工,七姊妹花开欲红。
林静三更鹧鸪月,溪腥一阵鸬鹚风。

语儿溪

(明)沈明臣

春风来过语儿溪,野雉低飞麦浪齐。
一片桑麻天气绿,养蚕时节鹧鸪啼。

山　门

(明)孙承恩

山门落日望江干,云树微茫晚色寒。
欲向东风歌一曲,鹧鸪声里豆花残。

卷四百三十四　乌类（鸦同）

◆ 五言古

城上乌
（梁）吴均

呜呜城上乌，翩翩尾毕逋。凡生八九子，夜夜啼相呼。
质微知虑少，体贱毛衣麤。陛下三万岁，臣至执金吾。

城上乌
（梁）朱超

朝飞集帝城，犹带夜啼声。近日毛虽暖，闻弦心尚惊。

乌夜啼
（北周）庾信

桂树悬知远，风竿讵肯低。独怜明月夜，孤飞犹未栖。
虎贲谁见惜，御史讵相携？虽言入絃管，终是曲中啼。

晚飞乌
（隋）虞世基

向日晚飞低，飞飞未得栖。当为归林远，恒长侵夜啼。

群鸦咏
（唐）储光羲

新宫骊山阴，龙衮时出豫。朝阳照羽仪，清吹肃逵路。

群鸦随天车，夜满新丰树。所思在腐馀，不复忧霜露。
河低宫阁深，灯隐鼓钟曙。缤纷起寒枝，矫翼时相顾。
冢宰收琳琅，侍臣进鸂鹭。高举摩太清，永绝矰缴惧。
兹禽亦翱翔，不以微小故。

送张兵部孟功巡河分题得屋上乌
（元）虞集

花发上阳春，门开未央曙。城桥起群栖，流光散朝羽。
息影须近檐，结巢愿当户。辘轳转金井，终日灌嘉树。

◆ 七言古　附长短句

乌引雏
（唐）韦应物

日出照东城，春乌鸦鸦雏和鸣。
雏和鸣，羽犹短。巢在深林春正寒，引飞欲集东城暖。
群雏褵褷睥睨高，举翅不及坠蓬蒿。
雄雌来去飞又引，音声上下俱鹰隼。
引雏乌，尔心急急将何如，何得比日搜索雀卵噉尔雏？

乌夜啼
（唐）王建

庭树乌，尔何不向别处栖，夜夜夜半当户啼？
家人把烛出洞户，惊栖失群飞落树。
一飞直欲飞上天，回回不离旧栖处。
未明重绕主人屋，欲下空中黑相触。
风飘雨湿亦不移：君家树头多好枝。

题李尚文少府所藏枯柳寒鸦图
（元）郭钰

江边独柳飞群鸦，败枝残叶秋风斜。

石泉可饮不可啄,似闻落日鸣哑哑。
一段凄凉幽思足,忽忆看花过韦曲。
上林春早听啼莺,太液晴波宿黄鹄。

乌夜啼

(明)高启

啼乌惊多栖未久,半起疏桐上高柳。
灯下佳人颦浅眉,机中少妇停纤手。
月入空闺夜欲深,数声犹似听君琴。

◆ 五 言 律

咏乌代杨师道

(唐)太宗

凌晨丽城去,薄暮上林栖。辞枝枝暂起,停树树还低。
向日终难托,迎风讵肯迷。只待纤纤手,曲里作宵啼。

乌

(唐)李峤

日路朝飞急,霜台夕影寒。联翩依月树,迢递绕风竿。
白首何年改,青琴此夜弹。灵台如可托,千里向长安。

惠崇古木寒鸦

(元)杨载

江上秋云薄,寒鸦散乱飞。未明常竞噪,向晚复争归。
似怯霜威重,仍嫌树影稀。老僧修止观,写物固精微。

归 鸦

(明)高启

哑哑噪夕晖,争宿不争飞。未逐冥鸿去,长先野鹤归。

荒村流水远，古戍淡烟微。借问寒林树，何枝最可依？

◆ 五言排律

应诏咏巢乌
（唐）杨师道

桂树春晖满，巢乌刷羽仪。朝飞丽城上，夜宿碧林陲。
背风藏密叶，向日逐疏枝。仰德还能哺，依仁遂可窥。
惊鸣雕辇侧，王吉自相知。

◆ 七言律

楼鸦
（明）朱曰藩

年年银汉桥成后，楼上昏鸦接翅归。
御史府中栖未稳，倡家树里听应稀。
绿垂槐穗藏朝雨，红入莲衣浴晚晖。
春去秋来浑底事，只输鸿雁塞门飞。

◆ 五言绝句

咏乌
（唐）李义府

日里飏朝彩，琴中伴夜啼。上林多少树，不借一枝栖。

淮阴行
（唐）刘禹锡

簇簇淮阴市，竹楼缘岸上。好日起樯竿，乌飞惊五两。

绝句
（元）陈高

云合虹腰断，风回雨脚斜。浅滩屯宿鹭，高树竞栖鸦。

前溪曲
（明）沈明臣

春水前溪长，春云绿树齐。门前车马散，正及曙乌啼。

山景
（明）僧宗泐

孤村带寒鸦，远山涵夕雾。渡头人未归，落日风吹树。

◆ 七言绝句

丹阳送韦参军
（唐）严维

丹阳郭里送行舟，一别心知两地秋。
日晚江南望江北，寒鸦飞尽水悠悠。

枫桥夜泊
（唐）张继

月落乌啼霜满天，江村渔火对愁眠。
姑苏城外寒山寺，夜半钟声到客船。

宫词
（唐）王涯

鸦飞深在禁城墙，多绕重楼复殿旁。
时向春檐瓦沟上，散开双翅占朝光。

曛黑
（唐）韩偓

古木侵天日已沉，露华凉冷润衣襟。
江城曛黑人行绝，惟有啼乌伴夜砧。

竹枝词
　　　　　　　　（唐）孙光宪

门前春水白蘋花，岸上无人小艇斜。
商女经过江欲暮，散抛残食饲神鸦。

暴雨初晴楼上晚景
　　　　　　　　（宋）苏轼

秋后风光雨后山，满城流水碧潺潺。
烟云好处无多子，及取昏鸦未到间。

腊月下旬偶作
　　　　　　　　（宋）张耒

岁暮烟霜泽国寒，晓鸦鸣处是柯山。
地炉有火尊（樽）馀酒，自起焚香深掩关。

天迥
　　　　　　　　（宋）刘子翚

天迥孤帆隐约归，茫茫残照欲沉西。
寒鸦散乱知多少，飞向江头一树栖。

晚风寒林
　　　　　　　　（宋）杨万里

已是霜林叶烂红，那禁动地晚来风。
寒鸦可是矜渠黠，蹋折枯梢不堕枫。

树无一叶万梢枯，活底秋江水墨图。
幸自寒林俱淡笔，却将浓墨点栖乌。

晚　步
　　　　　　　　　　（宋）真山民

未暝先啼艸际蛩，石桥暗渡晚花风。
归鸦不带残阳老，留得林梢一抹红。

过李湘
　　　　　　　　　　（金）马定国

数树高槐散乱鸦，时于缺处见黄花。
凉风不断如流水，相对胡床坐日斜。

晚　望
　　　　　　　　　　（金）周昂

烟抹平林水退沙，碧山西畔夕阳家。
无人解得诗人意，只有云边数点鸦。

寓居写怀
　　　　　　　　　　（金）赵渢

平陆温风雪半消，孤烟篱落隔溪桥。
趁虚人去林皋静，时有晚鸦衔堕樵。

蔡村道中
　　　　　　　　　　（金）杨云翼

水连深竹竹连沙，村落萧萧已暮鸦。
行尽画图三十里，青山影里见人家。

杂　诗
　　　　　　　　　　（金）刘豫

寒林烟重暝栖鸦，远寺疏钟送落霞。
无限岭云遮不断，数声和月到山家。

自赵庄归冠氏

（金）元好问

杏园红过雪披离，杨柳无风绿线齐。
寒食人家在原野，乳鸦墙外尽情啼。

秋　吟

（元）黄庚

略彴当门石径斜，槿篱深护野人家。
炊烟起处江村晚，一片斜阳万点鸦。

枯木寒鸦

（元）王恽

枯树寒梢冻欲冰，野鸦翻影若为情。
锦鸠呼雨烟林外，红杏香中过一生。

别樊时中廉使

（元）余阙

光禄桥西惜解携，春星欲傍露盘低。
自来官柳多离思，更著城乌在上啼。

寄　别

（明）宋濂

别来虎豆又生牙，尚在扬州卖酒家。
醉后清狂应不减，起拈花弹打鸣鸦。

回　文

（明）高启

风簾一烛对残花，薄雾寒笼翠袖纱。
空院别愁惊破梦，东阑井树夜啼鸦。

小游仙

（明）张羽

门外南风吹葛花，弈棋人散树阴斜。
青童睡起浑无事，乞与神丹喂白鸦。

香严寺诗

（明）萧宗

乌啼霜落夜漫漫，风入疏棂客枕寒。
戍鼓敲残鸡乱唱，半轩明月照阑干。

朝　鸦

（明）汪元锡

景阳钟动晓鸦飞，汉殿千官拜玉墀。
仙仗才移东殿去，翩翩栖满万年枝。

旅　夜

（明）黄佐

沉水烟消腻烛黄，疏帷浮动月苍苍。
栖鸦不避霜风恶，绕树数声秋夜长。

春　词

（明）谢榛

城乌何意夜深啼，红杏梢头片月低。
香冷熏笼人不寐，春风吹过玉栏西。

郊行即事

（明）李先芳

城南黄叶逐人飞，城上寒鸦噪晚饥。
老树荒村停落照，遥遥山寺一僧归。

寒鸦图
（明）黎民表

寒山寂历野苍苍，绕树惊飞不断行。
画角一声天欲曙，金河翻落满城霜。

归　鸦
（明）沈明臣

归鸦数点晚霞鲜，近接平芜远接天。
记得小舟双挂席，阖庐城外酒楼前。

书去年临别画疏林暮鸦与季康
（明）程嘉燧

荒林几点隔江山，犹是离心落照间。
从此邗沟自明月，寒鸦无数夜飞还。

夜泊梁溪
（明）范汭

樯上乌啼月满滩，月和残雪耐人看。
半炉爇尽沉香火，消受篷窗一夜寒。

鹊 类

卷四百三十五

◆ 四言古

魏德讴
（魏）曹植

鹊之彊彊（彊彊），诗人取喻。今存圣世，呈质见素。饥食苕华，渴饮清露。异于畴昔，众鸟是慕。

◆ 五言古

咏 鹊
（梁）萧纪

欲避新枝滑，还向故巢飞。今朝听声喜，家信必应归。

看柳上鹊
（北齐）魏收

背岁心能识，登春巢自成。立枯随雨霁，依枝须月明。疑是雕笼出，当由抵玉惊。间关拂条软，回复振毛轻。何独离娄意，傍人但未听。

园树有巢鹊戏以咏之
（隋）魏澹

畏玉心常骇，填河力已穷。夜飞还绕树，朝鸣且向风。

知来宁自伐，识岁不论功。早晚时应至，轻举一排空。

山行见鹊巢
（唐）蒋冽

鹊巢性本高，更在西山木。朝下清泉戏，夜近明月宿。
非直避网罗，兼能免倾覆。岂忧五陵子，挟弹来相逐。

异鹊
（宋）苏轼

昔我先君子，仁孝行于家。家有五亩园，么凤集桐花。
是时乌与鹊，巢鷇可俯拏。忆我与诸儿，饲食观群呀。
里人惊瑞异，野老笑而嗟。云此方乳哺，甚畏鸢与蛇。
手足之所及，二物不敢加。主人若可信，众鸟不我遐。
故知中孚化，可及鱼与豭。柯侯古循吏，悃愊真无华。
临漳所全活，数等江干沙。仁心格异族，两鹊栖其衙。
但恨不能言，相对空喳喳。善恶以类应，古语良非夸。
君看彼酷吏，所至号鬼车。

◆ 七言古 附长短句

祝鹊
（唐）王建

神鹊神鹊好言语，行人早回多利赂。
我今庭中栽好树，与汝作巢当报汝。

即事
（宋）程俱

乌啼未必恶，麐去恨不早。鹊噪两耳聋，主人亦言好。
安知一喙鸣，喜戚自颠倒。
朝来群鹊噪不已，童稚无知助吾喜。

群鹊自与乌争巢,慎勿喜欢真误尔。

鹊有媒

（元）吴景奎

长林萧萧两乾鹊,牖户绸缪欣有托。
雄飞望望杳不归,饮啄应怜堕矰缴。
孀雌哺鷇成孤栖,月明不复从南飞。
迢迢织女隔银浦,风多巢冷将畴依。
花间双鹊能占喜,来往殷勤道芳意。
雄鸠佻巧鸤不媒,愿得灵修几同类。
斯须众鹊邀提壶,入林绕树声相呼。
群飞尽弃遗一鹊,同室定偶携诸孤。
彊彊（彊彊）和鸣如有道,求牡深惭雉鸣鷕。
踰墙钻穴相窥从,重叹人而不如鸟。

◆ 五言律

咏 鹊

（唐）李峤

不分荆山抵,甘从石印飞。危巢畏风急,绕树觉星稀。
喜逐行人至,愁随织女归。倘游明镜里,朝夕动光辉。

◆ 五言排律

花枝独鹊

（明）陈于陛

天上成桥罢,人间化印迟。一从栖上苑,那复向南枝。
拂羽琼花落,穿林宝树垂。夜飞绕明月,朝语噪晴曦。
表瑞巢堪咏,怀仁鷇可窥。皇家时有喜,先报九重知。

◆ 七言律

鄜州进白野鹊

（唐）薛能

轻毛叠雪翅开霜，红觜能深练尾长。
名应玉符朝北阙，色柔金性瑞西方。
不忧云路填河远，为对天颜送喜忙。
从此定知栖息处，月宫琼树是仙乡。

鹊

（唐）韩偓

偏承雨露润毛衣，黑白分明众所知。
高处营巢亲凤阙，静时闲语上龙墀。
化为金印新祥瑞，飞向银河旧路歧。
莫怪天涯栖不稳，托身须是万年枝。

鹊

（唐）徐夤

神化难源瑞即开，雕陵毛羽出尘埃。
香闺报喜行人至，碧汉填河织女回。
明月解随乌绕树，青铜宁愧雀为台。
琼枝翠叶庭前植，从待翩翩去又来。

鹊

（南唐）韩溉

才见离巢羽翼开，尽能轻飐出尘埃。
人开树好纷纷占，天上桥成草草回。
几度送风临玉户，一时传喜到妆台。
若教颜色如霜雪，应与清平作瑞来。

◆ 五言绝句

咏礼部尚书厅后鹊
（唐）苏颋

怀印喜将归,窥巢恋且依。自知栖不定,还欲向南飞。

夜飞鹊
（唐）蒋冽

北林夜方久,南月影频移。何啻飞三匝,犹言未得枝。

黄荃鹊雏
（宋）文同

短羽已褵褷,弱胫方劣岌。母也向何处,开口犹仰食。

王若水梨花山鹊
（元）张雨

山鹊语查查,惊飞白雪花。清明人载酒,寒食客思家。

◆ 七言绝句

闺 情
（唐）李端

月落星稀天欲明,孤灯未灭梦难成。
披衣更向门前望,不忿朝来喜鹊声。

山 鹊
（唐）司空图

多惊本为好毛衣,只赖人怜始却归。
众鸟自知颜色减,妒他偏向眼前飞。

喜山鹊初归

（唐）司空图

翠衿红觜便知机，久避重罗稳处飞。
只为从来偏护惜，窗前今贺主人归。

阻他罗网到柴扉，不奈偷仓雀转肥。
赖尔林塘添景趣，剩留山果引教归。

阁下昼眠

（宋）蔡襄

急雨初收宫殿明，红薇花落暑风清。
忽传午漏惊残梦，寂寂西轩喜鹊声。

寓壶源僧舍

（宋）吴儆

归来闭户还高枕，窗隙微通月影斜。
风急忽惊乌鹊起，空阶簌簌堕松花。

山　家

（元）刘因

马蹄踏水乱明霞，醉袖迎风受落花。
怪见溪童出门望，鹊声先我到山家。

卷四百三十六　鸠　类

◆ 四言古

魏德讴
（魏）曹植

斑斑者鸠，爰素其质。昔翔殷郊，今为魏出。
朱目丹趾，灵姿诡类。载飞载鸣，彰我皇懿。

◆ 五言古

白浮鸠
（梁）吴均

琅琊白浮鸠，紫翳飘陌头。食饮东莞野，栖宿越王楼。

春　鸠
（唐）元稹

春鸠与百舌，音响讵同年。如何一时语，俱得春风怜？
犹知造物（化工）意，当春不生蝉。免教争叫噪，沸渭桃花前。

鸠　隐
（明）汪应轸

鸣鸠拂其羽，四海皆阳春。秋风起鹖鸠，蓬棘深藏身。
时哉有显晦，微鸟灵于人。孰谓鸠性拙，而同凤与麟。

◆ 七言古　附长短句

青鸠词
（宋）徐照

劳劳复劳劳，生人半行客。
今人行古道，古道有行役。
相逢莫等闲，相离易疏隔。
殷勤红杏花，彻宵对芳席。
明年花开人东西，青鸠食花旧处啼。

题　画
（明）张邦奇

鸠性爱雨花爱晴，同倚东风不同情。
春光二月浓于酒，双鸠醉寐不复鸣。
双鸠不鸣花相语，无令鸠醒叫天雨。

◆ 五言绝句

西窗昼雨
（元）黄镇成

三春惊过半，霡雨洒窗西。鹊脑添炉炷，春鸠隔树啼。

◆ 七言绝句

初晴游沧浪亭
（宋）苏舜钦

夜雨连明春水生，娇云浓暖弄微晴。
帘虚日薄花竹静，时有乳鸠相对鸣。

绝　句
（宋）苏轼

柴桑春晚思依依，屋角鸣鸠雨欲飞。

昨日已收寒食火，吹花风起却添衣。

清明日晚晴

（宋）沈与求

正好园林藉落英，细风吹雨湿清明。
墙阴旱渴休无赖，自有鸣鸠解唤晴。

曾宏父将往霅川见内相叶公，以诗为别，次其韵以自见

（宋）沈与求

墙根啁啾百鸟闹，最爱乳鸠来唤晴。
日永春闲深院落，渠能便当管弦声。

村居秋暮

（宋）薛季宣

风回偃水縠纹平，林末他山笔架横。
场圃未闲黄叶下，鹁鸠啼雨忽啼晴。

春日即事

（金）周昂

冻柳僵榆未改容，狐裘貂帽尚宜风。
欲寻把酒浑无处，春在鸣鸠谷谷中。

即 事

（金）周昂

杨花颠倒入帘栊，睡鸭香残碧雾空。
尽日寻诗寻不得，鹁鸪声在梦魂中。

雨中过山

（明）高启

春云晻霭涧奔浑，风雨行人过一村。

不似家山深竹里,乳鸠啼午未开门。

梨花锦鸠
(明)张以宁

一枝新雨带啼鸠,唤起春寒枝上头。
说与朝来啼太苦,洗妆才了不禁愁。

题梨花锦鸠图
(明)程本立

万花深处语黄鹂,花底能无挟弹儿?
自在雨鸠春寂寂,一枝晴雪立多时。

题鸣鸠拂羽图
(明)胡俨

日暖风暄泪竹斑,鸣鸠拂羽树林间。
眼中正是春光好,呼雨呼晴莫等闲。

题梨花斑鸠图
(明)王恭

绣颈斓斑锦翼齐,梁园春树好飞栖。
乐游年少偏嫌雨,莫向花间自在啼。

过相湖
(明)怀悦

扁舟飞出相湖东,花片红穿树底风。
才听前村鸠唤雨,斜阳又在暮云中。

斑鸠
(明)钱逊

斗草归来女伴寻,游丝飞絮恼春心。

紫鸠声歇炉烟冷，门掩梨花暮雨深。

春郊即事
（明）宋登春

春风袅袅夕阳西，芳草菲菲杨柳堤。
行尽溪山有茅屋，青林深处一鸠啼。

长幅茧纸仿叔明
（明）李日华

远山烟重树萋萋，潮落沙寒水一溪。
独坐茅亭无一事，晴鸠啼过雨鸠啼。

暮春入栖霞山寻张文寺
（明）纪青

山气阴阴出荷锄，才分瓜子又挑蔬。
倦来芍药花前卧，带雨鸣鸠过草庐。

春　寒
（明）张宇初

烟雨声中酒梦残，蘼芜添绿又春阑。
鹁鸠唤处西风急，自是杨花惹暮寒。

莺 类

◆ 五言古

白田马上闻莺

（唐）李白

黄鹂啄紫椹，五月鸣桑枝。我行不记日，误作阳春时。
蚕老客未归，白田已缫丝。驱马又前去，扪心空自悲。

闻早莺

（唐）白居易

日出眠未起，屋头闻早莺。忽如上林晓，万年枝上鸣。
忆为近臣时，秉笔直承明。春深视草暇，旦暮闻此声。
今闻在何处？寂寞浔阳城。鸟声信如一，分别在人情。
不作天涯意，岂殊禁中听。

闻晚莺

（明）高启

昨岁闻孤啭，绿阴山院行。今朝寝斋雨，重听独含情。
西涧多乔木，何为亦到城？

黄鸟日来啼

（明）胡宗仁

黄鸟弄美响，日啼檐间树。檐树多佳阴，覆我庭前路。

主人懒出门,坐卧送宵曙。若云此中非,黄鸟亦应去。

◆ 七言古　附长短句

侍从宜春苑奉诏赋龙池柳色初青听新莺百啭歌
（唐）李白

东风已绿瀛洲草,紫殿红楼觉春好。
池南柳色半青青,萦烟袅娜拂绮城。
垂丝百尺挂雕楹,上有好鸟相和鸣,间关早得春风情。
春风卷入碧云去,千门万户皆春声。
是时君王在镐京,五云垂辉耀紫清。
仗出金宫随日转,天回玉辇绕花行。
始向蓬莱看舞鹤,还过茝〔苣〕若听新莺。
新莺飞绕上林苑,愿入《箫韶》杂凤笙。

听莺曲
（唐）韦应物

东方欲曙花冥冥,啼莺相唤亦可听。
乍去乍来时近远,才闻南陌又东城。
忽似上林翻下苑,绵绵蛮蛮如有情。
欲啭不啭意自娇,羌儿弄笛曲未调。
前声后声不相及,秦女学筝指犹涩。
须臾风暖朝日暾,流莺变作百鸟喧。
谁家懒妇惊残梦,何处愁人忆故园。
伯劳飞过声局促,戴胜下时桑田绿。
不及流莺日日啼花间,能使万家春意闲。
有时断续听不了,飞去花枝犹袅袅。
还栖碧树锁千门,春漏方残一声晓。

听莺曲

（元）杨维桢

紫骝踏花云满足，南陌东阡日驰逐。
不如幽谷黄衣郎，好音绵蛮出深木。
邻家女儿愁别离，杨花却傍珠簾飞。
楼前关山人未归，奈何奈何啼黄鹂。

四禽图

（明）李东阳

金堤柳色黄于酒，枝上黄鹂娇胜柳。
歌喉宛转色娉婷，种种春光无不有。
春来何迟去何速，回首红颜忆骑竹。
急须携酒听黄鹂，莫待杨花眯人目。

秋莺歌

（明）僧宗泐

千林入秋露气清，林中尚有黄莺声。
似与群蝉争意气，东林飞过西林鸣。
向来春风花满城，柳条拂地如长缨。
绵绵蛮蛮断复续，千人万人侧耳听。
高楼半醉客，阁馓停吹笙。
白马贵公子，挟弹不敢惊。
此时胡为不喜听，奈何节序移人情？
只合深藏缄尔口，亦有妒尔金衣明。
反舌无声良已久，伯劳布谷俱潜形。
秋莺秋莺，尔能翩然入幽谷，老翁歌诗送尔便觉心和平。

◆ 五言律

咏莺
(唐) 李峤

芳树杂花红，群莺乱晓空。声分折杨吹，娇韵落梅风。
写啭清絃里，迁乔暗木中。友生若可冀，幽谷响还通。

咏黄莺
(唐) 孙处

睍睆度花红，间关乱晓空。乍离幽谷日，先转上林风。
翔集春台侧，低昂锦帐中。声诗辩挎黍，比兴思无穷。

听宫莺
(唐) 王维

春树绕宫墙，春莺啭曙光。忽惊啼暂断，移处弄还长。
隐叶栖承露，攀花出未央。游人未应返，为此始思乡。

莺声
(唐) 罗隐

井上梧桐暗，花间雾露稀。一枝晴复暖，百啭是兼非。
金屋梦初觉，玉关人未归。不堪闲日听，因尔又沾衣。

闻莺
(宋) 杨万里

过雨溪山净，新晴花柳明。来穿两好树，别作一家声。
故欲撩诗兴，仍添怀友情。惊飞苦难见，那更绿阴成。

◆ 五言排律

早春雪中闻莺
（唐）韩愈

朝莺雪里新，雪树眼前春。带涩先迎气，侵寒已报人。
其矜初听早，谁贵后闻频。暂啭那成曲，孤鸣岂及辰。
风霜徒自保，桃李讵相亲。寄谢幽栖友，辛勤不为身。

莺出谷
（唐）钱可复

玉律阳和变，时禽羽翮新。载飞初出谷，一啭已惊人。
拂柳宜烟暖，冲花觉路春。迎风翻翰疾，向日弄吭频。
求友心何切，迁乔幸有因。华林饶玉树，栖托及芳晨。

莺出谷
（唐）张鷟

弱质（柳）随傅匹，迁莺正及春。乘风音响远，映日羽毛新。
已得辞幽谷，还将脱俗尘。鸳鸾方可慕，燕雀迥无邻。
游止知难屈，翻飞在此伸。一枝如借便，终冀托深仁。

柳陌听早莺
（唐）陶翰

忽来枝上啭，还似谷中声。乍使香闺静，偏伤远客情。
间关难辨处，断续若频惊。玉勒留将久，青楼梦不成。
千门候晓发，万井报春生。徒有知音赏，惭非皋鹤鸣。

禁林闻晓莺
（唐）陆宬

曙色分层汉，莺声绕上林。报花开瑞锦，催柳绽黄金。

断续随风远,间关送月沉。语当温树近,飞觉禁林深。
绣户惊残梦,瑶池转好音。愿将栖息意,从此沃天心。

◆ 七言律

流 莺

（唐）李商隐

流莺漂荡复参差,度陌临流不自持。
巧啭岂能无本意,良辰未必有佳期。
风朝露夜阴晴里,万户千门开闭时。
曾苦伤春不忍听,凤城何处有花枝?

宫 莺

（唐）徐夤

领得春光在帝家,早从深谷出烟霞。
闲栖仙禁日边柳,饥啄御园天上花。
睍睆只宜陪阁凤,间关多是问宫娃。
可怜鹦鹉矜言语,长闭雕笼岁月赊。

早 莺

（唐）僧贯休

何处经年绝好音,暖风催出啭乔林。
羽毛新刷陶潜菊,喉舌初调叔夜琴。
藏雨并栖红杏密,避人双入绿杨深。
晓来枝上千般语,应共桃花说旧心。

莺 梭

（元）谢宗可

自织春风金缕衣,穿红度翠往来飞。
柳堤暗卷丝千尺,花坞横抛锦万机。

时见枝头捎蝶去，不愁壁上化龙归。
羞同杼轴劳红女，一掷迁乔愿有违。

禁中闻莺

（明）章懋

禁苑花深昼漏迟，莺声遥在万年枝。
不随舞袖歌《金缕》，却伴仙《韶》奏玉墀。
长信梦回欹枕处，琐闱吟罢倚阑时。
东风空费如簧舌，不道明廷有凤仪。

春暮见莺

（明）石珤

百花开尽见莺流，一啭能添数种愁。
巧舌傍人何太苦，春光随水已难留。
心惊陌上谁家笛，梦破城南少妇楼。
柳色万行听不断，莫牵诗思到扬州。

初自彭城山行闻莺

（明）王世贞

水宿逶迤不计程，有无春事未分明。
白门渡口逢三月，黄鸟行边始一声。
句向清时稀感慨，官因迟暮减心情。
祇园桃李花如锦，只为游人特底生。

新莺

（明）屠隆

初来阁外弄春晖，上下花间试学飞。
小语未全调玉管，薄寒深自护金衣。
龙池万柳栖应怯，紫殿千门见总稀。
九十韶华愁易老，啼残红药绿阴肥。

秋莺

(明) 廖孔说

喈喈秋老曙河斜,嫩翙清尘浸露华。
黄叶误求空谷友,丹枫虚拟上阳花。
蒹葭漠漠逢归燕,杨柳萧萧伴暮鸦。
珠箔玉楼絃管日,金衣谁料尚天涯。

◆ 五言绝句

咏黄莺儿

(唐) 郑愔

欲啭声犹涩,将飞羽未调。高风不借便,何处得迁乔?

江行

(唐) 钱起

秋风动客心,寂寂不成吟。飞上危樯立,莺啼报好音。

洛阳陌

(唐) 顾况

莺声满御堤,堤拂柳丝齐。风送名花落,香红衬马蹄。

残莺

(唐) 雍裕之

花阑莺亦懒,不语似含情。何言百啭舌,惟馀一两声?

早起

(唐) 李商隐

风露澹清晨,簾间独起人。莺花啼又笑,毕竟是谁春?

春　中
（唐）司空图

伏溜侵阶润，繁花隔竹香。娇莺方晓听，无事过南塘。

退居漫题
（唐）司空图

花缺伤难缀，莺喧奈细听。惜春春已晚，珍重艸青青。

晓起闻莺
（元）赵孟頫

暑气晓来清，时时闻远莺。还思故园路，松下绿苔生。

晚春即事
（元）朱德润

谁道林莺老，金衣薄更新。春来复春去，老却听莺人。

新　莺
（明）袁凯

芳树何年到，西园梦里惊。不须重听汝，只是旧时声。

寄都主事穆
（明）李梦阳

江艸唤愁生，思君黄鸟鸣。遥心将夜月，同满阇间城。

送王生北行
（明）李梦阳

朝散午门西，春风起御堤。上林花半发，几处早莺啼。

舟中杂咏

（明）徐霖

绿树坐黄鹂，青秧点白鹭。睡起倚船窗，知是江南路。

闲 居

（明）南元善

碧窗红药砌，青简绿牙签。花落莺啼树，风回燕入簾。

春 晚

（明）章士雅

春雨过前溪，垂杨树树低。绿窗人不语，惟有晓莺啼。

◆ 六言绝句

莺

（唐）李中

羽毛特异诸禽，出谷堪听好音。
薄暮欲栖何处，雨昏杨柳深深。

湖 上

（元）张宪

红杏墙边粉蝶，绿杨窗外黄鹂。
何处春光最好，踏青人在苏堤。

杂 咏

（元）马臻

堤晚游人争渡，花密流莺乱鸣。
近水亭台柳色，转山楼观钟声。

楚尾吴头旧梦，水边山际闲情。
一夜杏园风急，等闲吹老莺声。

郊居

（明）袁凯

日转花阴傍户，雨馀山色沿堤。
一双蝴蝶对舞，几个莺儿乱啼。

六言

（明）顾清

园林日日春风，市喧不到墙东。
犬卧落红篱下，莺啼新绿阴中。

春游

（明）李濂

太乙宫前柳色，天清寺口莺啼。
暖风吹面酒醒，斜日穿花路迷。

◆ 七言绝句

过刘五

（唐）李颀

洛阳一别梨花新，黄鸟飞飞逢故人。
携手当年共为乐，无惊蕙艹惜残春。

漫兴

（唐）杜甫

眼见客愁愁不醒，无赖春色到江亭。
即遣花开深造次，便教莺语太丁宁。

寒食寄京师诸弟

(唐)韦应物

雨中禁火空斋冷,江上流莺独坐听。
把酒看花想诸弟,杜陵寒食艸青青。

春 思

(唐)韦应物

野花如雪绕江城,坐见年芳忆帝京。
闾阖晓开凝碧树,曾陪鹓鹭听流莺。

赠 远

(唐)顾况

暂出河边思远道,却来窗下听新莺。
故人一别几时见,春草还从旧处生。

送郭秀才

(唐)顾况

故人曾任丹徒令,买得青山拟独耕。
不作草堂招远客,却将垂柳借啼莺。

移家别湖上亭

(唐)戎昱

好是春风湖上亭,柳条藤蔓系离情。
黄莺久住浑相识,欲别频啼四五声。

春霁花萼楼南闻宫莺

(唐)杨凌

祥烟瑞气晓来轻,柳变花开共作晴。
黄鸟远啼鶒鹊观,春风流出凤凰城。

春　兴

（唐）武元衡

杨柳阴阴细雨晴，残花落尽见流莺。
春风一夜吹乡梦，又逐春风到洛城。

和武相公春晓闻莺

（唐）杨巨源

语恨飞迟天欲明，殷勤似诉有馀情。
仁风已及芳菲节，犹向花溪鸣几声。

宫　词

（唐）王建

鸳鸯瓦上瞥然声，昼寝宫娥梦里惊。
元是君王金弹子，海棠花下打流莺。

和门下武相公春晓闻莺

（唐）王建

侵黑行飞一两声，春寒喽小未分明。
若教更解诸馀语，应向宫花不惜情。

残春曲

（唐）白居易

禁苑残莺三四声，景迟风慢暮春情。
日西无事墙阴下，闲踏宫花独自行。

春　词

（唐）施肩吾

黄鸟啼多春日高，红芳开尽井边桃。
美人手暖裁衣易，片片轻云落剪刀。

山中送友人

（唐）施肩吾

欲折杨枝别恨生，一重枝上一啼莺。
乱山重叠云相掩，君向乱山何处行？

江南春

（唐）杜牧

千里莺啼绿映红，水村山郭酒旗风。
南朝四百八十寺，多少楼台烟雨中。

访友人幽居

（唐）雍陶

落花门外春将尽，飞絮庭前日欲高。
深院客来人未起，黄鹂枝上啄樱桃。

待漏院吟

（唐）刘邺

玉堂簾外独迟迟，明月初沉勘契时。
闲听景阳钟尽后，两莺飞上万年枝。

晓登成都迎春阁

（唐）刘驾

未栉凭栏眺锦城，烟笼万井二江明。
香风满阁花满树，树树树头啼晓莺。

和袭美春夕陪崔谏议樱桃园宴

（唐）陆龟蒙

佳人芳树杂春蹊，花外烟濛月渐低。
几度艳歌清欲转，流莺惊起不成栖。

鹂

(唐)司空图

不是流莺独占春,林间彩翠四时新。
应知拟上屏风画,偏坐横枝亦向人。

杨柳枝寿杯词

(唐)司空图

灞亭东去彻隋堤,赠别何须醉似泥。
万里往来无一事,便帆轻拂乱莺啼。

早入谏院

(唐)郑谷

紫云重叠抱春城,廊下人稀唱漏声。
偷得微吟斜倚柱,满衣花露听宫莺。

黄莺

(唐)郑谷

春云薄薄日辉辉,宫树烟深隔水飞。
应为能歌系仙籍,麻姑乞与女真衣。

幽斋

(唐)僧齐己

幽院才容个小庭,疏篁低短不堪情。
春来犹赖邻僧树,时引流莺送好声。

独卧

(宋)王安石

茅檐午影转悠悠,门闭青苔水乱流。
百啭黄鹂看不见,海棠无数出墙头。

示西林可师

(宋) 朱子

身世年来欲两忘,一春随意住僧房。
行逢旧隐低回久,绿树莺啼清昼长。

五月闻莺

(宋) 范成大

桑阴净尽麦头齐,江上闻莺每岁迟。
不及晓风鹎鵊子,迎春啼到送春时。

一声初上最高枝,忙杀呕哑百舌儿。
老尽西园千树绿,却怜槐眼正迷离。

晚春田园杂兴

(宋) 范成大

雨后山家起较迟,天窗新色半熹微。
老翁欹枕听莺啭,童子开门放燕飞。

新　凉

(宋) 徐玑

水满田畴稻叶齐,日光穿树晓烟低。
黄莺也爱新凉好,飞过青山影里啼。

越州歌

(宋) 汪元量

年年宫柳好春光,百啭黄鹂绕建章。
冶杏夭姚红胜锦,牡丹屏里燕诸王。

宫　词
（宋）花蕊夫人

侍女争挥玉弹弓，金丸飞入乱花中。
一时惊起流莺散，踏落残花满地红。

城西游
（元）刘秉忠

昨朝信马凤城西，鞭约垂杨过小堤。
春色满园花胜锦，黄鹂只拣好枝啼。

柳下听莺
（元）许有孚

阴阴烟翠足潜身，其奈娇喉百啭新。
却忆当年闻阊晓，恩袍光照上林春。

到京师
（元）杨载

城雪初消荠菜生，角门深巷少人行。
柳梢听得黄鹂语，此是春来第一声。

题黄鹂海棠图
（元）陈旅

二月园池蜀锦殷，多情宫鸟喜来看。
上林春色浓于酒，莫把黄金铸弹丸。

和马伯庸学士拟古宫词
（元）贡师泰

云影微开日脚垂，杏花深院落游丝。
不知谁动秋千索，惊起黄鹂过别枝。

京城春日

（元）迺贤

官湢冰消绿漫堤，落花流水五门西。
黄鹂不管春深浅，飞入南城树上啼。

次韵赵祭酒城东宴集

（元）迺贤

金河流水碧粼粼，御柳烟销曙色新。
黄鸟只愁春去远，隔窗呼醒看花人。

即席用苏世贤韵送郭子昭

（元）许谦

揽辔春风入骏蹄，两堤烟柳护晴溪。
黄莺自有留人意，相对残红不忍啼。

湖光山色楼口占

（元）顾瑛

雨随牛迹坡坡绿，云转山腰树树齐。
江阁晚添凉似洗，隔林时有野莺啼。

春日幽居

（元）马臻

浅浅春风尚带寒，日斜香篆半烧残。
杏花一树开如锦，怕触啼莺不倚阑。

村中书事

（元）马臻

轧轧缲车草屋低，新篁带箨出檐齐。
莺雏未省逢人避，直向路傍花上啼。

赋得闻莺送客
（明）朱恬烄

隔市炊烟曙色迟，小城初霁落花时。
娇莺历历啼芳树，不解春风有别离。

闰三月有感
（明）高启

绿树残莺偶一鸣，听来方解忆山行。
今年不是逢馀闰，已过春光半日程。

春　夜
（明）沈应

半轮月映杏梢头，小院朱帘却上钩。
莺怯轻寒犹未睡，画栏西畔替人愁。

黄　莺
（明）李东阳

柳花如雪满春城，始听东风第一声。
梦里江南旧时路，隔溪烟雨未分明。

新春谩兴
（明）刘玉

杖藜门外问浮槎，路隔溪南处士家。
梅子渐肥栀子瘦，黄鹂啼尽雨中花。

雨中过匏庵先生园居
（明）陈章

海月庵前景自清，更看疏雨快吟情。
红芳落尽还堪赏，绿树黄鹂三五声。

京馆闻莺

（明）祝允明

天风吹出掖垣声，浏亮缑山午夜笙。
错认阊门折杨柳，一时飞梦满江城。

白雀返棹李王二子送余过虞山下作

（明）王宠

随山高下野人家，春夏林深不断花。
可奈流莺千百啭，阴阴绿树映红霞。

绝　句

（明）苏濂

新笋抽林与屋齐，乱红飞过画阑西。
流莺不管春来去，坐向绿阴深处啼。

春尽日闻莺

（明）孙艾

正愁春去对春风，忽听莺啼碧树丛。
无数飞花向帘幕，将愁尽入一声中。

愚公园春酌

（明）谢榛

共醉春风且放情，白云无定若浮名。
好花开落寻常事，遮莫黄鹂不住声。

早夏示殿卿

（明）李攀龙

长夏园林黄鸟来，百花春酒复新开。
人生把酒听黄鸟，黄鸟一声酒一杯。

徐汝思见过林亭

（明）李攀龙

五柳阴阴逼酒清，一杯须见故人情。
明朝马上听黄鸟，不似尊前唤友声。

饮钱大花树下

（明）吴孺子

平堤水漫小红香，醉后风来花满床。
无奈黄鹂仍劝酒，数声飞过竹边墙。

鹫岭寺寄友人

（明）吴兆

水漫长桥深复深，寺门花密柳阴阴。
寻余只在莺声里，不听莺声何处寻。

卷四百三十八 燕类

◆ 五言古

咏双燕

（宋）鲍照

双燕戏云崖，羽翰始差池。出入南闺里，经过北堂陲。
意欲巢君幕，层槛不可窥。沉吟芳岁晚，徘徊韶景移。
悲歌辞旧爱，衔泪觅新知。

可怜云中燕，旦去暮来归。自知羽翅弱，不与鹄争飞。
寄声谢飞鹄，往事子毛衣。琐心诚贫薄，叵吝节荣衰。
阴山饶苦雾，危节多劲威。岂但避霜雪，当傲野人机。

双燕离

（梁）简文帝

双燕有雄雌，照日两差池。衔花落北户，逐蝶上南枝。
桂栋本曾宿，虹梁早自窥。愿得长如此，无令双燕离。

新燕

（梁）简文帝

新禽应节归，俱向吹楼飞。入帘惊钏响，来窗碍舞衣。

和晋安王咏双燕

(梁) 庾肩吾

可怜幕上燕,差池弄羽衣。夜夜同巢宿,朝朝相对飞。
衔泥瞻乐善,相贺奉英徽。秋蝉行寂寞,恋此未辞归。

咏檐燕

(梁) 庾肩吾

双燕集兰闺,双飞高复低。向户疑新箔,登巢识故泥。
依楣本相贺,近幕愿同栖。

赠杜容成

(梁) 吴均

一燕海上来,一燕高堂息。一朝相逢遇,依然旧相识。
问余来何迟,山川几纡直。答言海路长,风驶飞无力。
昔别缝罗衣,春风初入帷。今来夏欲晚,桑扈薄树飞。

咏燕燕于飞应诏

(陈) 江总

二月春晖晖,双燕理毛衣。衔花弄霢霂,拂叶隐芳菲。
或在堂间戏,多从幕上飞。若作仙人履,终向日南归。

咏衔泥双燕

(陈) 萧诠

衔泥金屋外,表瑞玉筐中。学飞疑汉妾,巢幕惮吴宫。
爪截还犹短,窠成新尚空。讵并零陵石,飞舞逐春风。

赋得檐燕

(唐) 皇甫冉

拂水竞何忙,傍檐如有意。翻风去每远,带雨归偏驶。

今君裁杏梁，更欲年年去。

赋得巢燕送客

（唐）钱起

能栖杏梁际，不与黄雀群。夜影寄红烛，朝飞高碧云。
含情别故侣，花月惜春分。

赋得早燕送别

（唐）李益

碧草缦如线，去来双飞燕。长门未有春，先入班姬殿。
梁空绕复息，檐寒窥欲遍。今至随红萼，昔还悲素扇。
一别无秋鸿，差池讵相见。

燕诗示刘叟

（唐）白居易

梁上有双燕，翩翩雄与雌。衔泥两椽间，一巢生四儿。
四儿日夜长，索食声孜孜。青虫不易捕，黄口无饱期。
觜爪虽欲弊，心力不知疲。须臾千来往，犹恐巢中饥。
辛勤三十日，母瘦雏见肥。喃喃教言语，一一刷毛衣。
一旦羽翼成，引上庭树枝。举翅不回顾，随风四散飞。
雌雄空中鸣，声尽呼不归。却入空巢里，啁啾终夜悲。
燕燕尔勿悲，尔当返自思。思尔为雏日，高飞背母时。
当时父母念，今日尔应知。

晚　燕

（唐）白居易

百鸟乳雏毕，秋燕独蹉跎。去社日已近，衔泥意如何？
不悟时节晚，徒施工用多。人间事亦尔，不独燕营窠。

双燕曲
（明）杨慎

有鸟名飞燕，雌雄自相将。饮君玉池水，巢君文杏梁。
美人当轩坐，恐涴罗衣裳。请君驱除之，君怜不忍伤。
雏生八九子，娇爱比凤凰。鸣声何啾啾，闻我庭东厢。
习飞还不远，堕坠双扉旁。主人戒庐儿，毛羽无摧戕。
不啄五株桃，不嗺五亩粱。秋风从西起，翩翩向南翔。
昔为黄口儿，今为乌衣郎。辞巢谢主人，华屋恩难忘。
愿主寿千岁，岁岁巢君堂。

◆ 七言古 附长短句

赋得戏燕俱宿
（隋）虞世基

大厦初构与云齐，归燕双入正衔泥。
欲绕歌梁向舞阁，偶为仙履往兰闺。
千里争飞会难并，聊向吴宫比翼栖。

燕衔泥
（唐）韦应物

衔泥燕，声喽喽，尾涎涎。
秋去何所归，春来复相见。
岂不解决绝高飞碧云里？何为地上衔泥滓？
衔泥虽贱意有营，杏梁朝日巢欲成。
不见百鸟畏人林野宿，翻遭网罗俎其肉，未若衔泥入华屋。
燕衔泥，百鸟之智莫与齐。

春燕词
（唐）王建

新燕新燕何不定，东家绿池西家井。

飞鸣当户影悠扬,一绕檐头一绕梁。
黄姑说向新妇女,去年堕子污衣箱。
已能辞山复过海,幸我堂前故巢在。
求食甚勿爱高飞,空中饥鸢为尔害。
辛勤作窠在画梁,愿得年年主人爱。

京城燕

(元) 迺贤

三月京城寒悄悄,燕子初来怯清晓。
河堤柳弱冰未消,墙角杏花红萼小。
主家帘幕重重垂,衔芹却向檐间飞。
托巢未稳井桐坠,翩翩又向天南归。
君不见旧时王谢多楼阁,青琐无尘卷珠箔。
海棠花外春雨晴,芙蓉叶上秋霜薄。

◆ 五 言 律

咏 燕

(唐) 李峤

天女伺辰至,元(玄)衣澹碧空。差池沐时雨,颉颃舞春风。
相贺雕阑侧,双飞翠幕中。忽惊留爪去,犹冀识吴宫。

咏 燕

(唐) 张九龄

海燕何微眇,逢春亦暂来。岂知泥滓贱,只见玉堂开。
绣户时双入,华轩日几回。无心与物竞,鹰隼莫相猜。

双 燕

(唐) 杜甫

旅食惊双燕,衔泥入此堂。应同避燥湿,且复过炎凉。

养子风尘际，来时道路长。今秋天地在，吾亦离殊方。

归　燕
（唐）杜甫

不独避霜雪，其如俦侣稀。四时无失序，八月自知归。
春色岂相访，众雏还识机。故巢倘未毁，会傍主人飞。

空梁落燕泥
（唐）顾况

卷幕差池燕，常衔浊水泥。为黏珠履迹，未等画梁齐。
旧点痕犹浅，新巢缉尚低。不缘频上落，那得此飞栖。

洞房燕
（唐）张祜

清晓洞房开，佳人喜燕来。乍疑钗上动，轻似掌中回。
暗语临窗户，深窥傍镜台。妆成正含思，莫拂画梁埃。

燕
（唐）罗隐

不必嫌漂露，何妨养羽毛。汉妃金屋远，卢女杏梁高。
野迥双飞急，烟晴对语劳。犹胜黄雀在，栖息是蓬蒿。

燕　雏
（唐）吴融

掠水身犹重，偎风力尚微。瓦苔难定立，檐雨忽喧归。
未识重溟远，先愁一叶飞。衔泥在他日，两两占春晖。

赠　燕
（金）李宴

王谢堂前燕，秋风又送归。向人如惜别，入户更低飞。

海阔迷烟岛,楼高近落晖。不知从此去,几日到乌衣。

雪中燕
(明) 杨基

燕雪两差池,相兼拂绣帏。玉楼迷故垒,珠箔见乌衣。
斜讶冲花落,轻疑掠絮飞。晓寒人未起,还认画梁归。

题绿柳紫燕图
(明) 王褒

绿柳夏依依,差池元(玄)鸟飞。蹴花随别骑,衔絮点征衣。
隋渚晴烟暝,章台夕照微。衡门相托久,应傍主人归。

归 燕
(明) 施敬

已知秋社近,更绕画梁飞。主人岂不念,天时难独违。
双归辽海远,对语夕阳稀。花雨重来日,故巢还是非?

赋得燕燕于飞
(明) 方九叙

小院百花香,轻簾双燕翔。影随春陌近,声入午风凉。
趁蝶回雕砌,衔花赴彩梁。空闺朝复暮,徒切画眉长。

春 燕
(明) 潘之恒

海燕留空垒,逢春几度归。引雏将喑喑,识主故依依。
解语欺黄鸟,谋身尚黑衣。莫嫌泥滓污,曾向玉楼飞。

◆ 五言排律

归 燕
（唐）武元衡

春色遍芳菲，闲檐双燕归。还同旧侣至，来绕故巢飞。
敢望烟霄达，多惭羽翮微。衔泥傍金砌，拾蕊到荆扉。
云海经时别，雕梁长日依。主人能一顾，转盼自光辉。

归燕词
（唐）李建勋

羽翼势虽微，云霄亦可期。飞翻自有路，鸿鹄莫相嗤。
待侣临书幌，寻泥傍藻池。冲人穿柳径，捎蝶绕花枝。
广厦来应遍，深宫去不疑。雕梁声上下，烟浦影参差。
旧地人潜换，新巢雀谩窥。双双暮归处，疏雨满江湄。

◆ 七言律

燕
（唐）郑谷

年去年来来去忙，春寒烟溟渡潇湘。
低飞绿岸和梅雨，乱入红楼拣杏梁。
闲几砚中窥水浅，落花径里得泥香。
千言万语无人会，又逐流莺过短墙。

雏燕
（元）张弘范

羽毛香润态含痴，睡足云兜力尚微。
唤母但能啾唧语，恋巢犹倦往来飞。
薰风庭院帘初卷，落日池台人乍归。

白凤赤龙浑异事，争如随分著乌衣。

燕

（元）刘埙

万里来从海外村，定巢时听语频频。
帘风半卷重门晓，社雨初晴二月春。
尾上系诗成往事，掌中学舞是前身。
华堂茅屋依然坐，几处相逢旧主人？

睡燕

（元）谢宗可

补巢衔罢落花泥，困顿东风倦翼低。
金屋昼长随蝶化，雕梁春尽怕莺啼。
魂飞汉殿人应老，梦入乌衣路转迷。
却怪卷帘人唤醒，小桥深巷夕阳西。

白燕

（明）时大本

春社年年带雪归，海棠庭院月争辉。
珠帘十二中间卷，玉剪一双高下飞。
天下公侯夸紫颔，国中俦侣尚乌衣。
江湖多少闲鸥鹭，宜与同盟伴钓矶。

燕泥

（明）瞿佑

水溢芹塘过晚潮，土膏滋润长兰苕。
绿杨影里和烟拾，红杏香中带雨调。
旧垒绸缪惟恨晚，空梁零落可怜宵。
贪高笑尔双乌鹊，结得危巢易动摇。

白 燕

（明）顾清

海国年年傍社归，春来争讶羽毛非。
不经乳穴移仙骨，似剪齐纨作舞衣。
已化玉钗空怅望，未消红缕故依稀。
月明昨夜风簾动，惊起还随白练飞。

白燕次希大韵

（明）储罐

归来海国几阴晴，顾影翻疑梦未明。
暮渚掠回宜月淡，秋林辞去著霜轻。
却愁太洁还多忌，所幸同群不异声。
十载长安衣化尽，为渠摇曳转关情。

燕

（明）朱讷

三月巢干雏未成，茅堂来往日营营。
说残午梦千声巧，剪破春愁两尾轻。
宫柳阴浓金锁合，水芹香细绿波晴。
画阑十二无人倚，一半梨花一半莺。

和顾汝和玉河见白燕

（明）黎民表

杏花桃叶尽芳菲，曲水春风半掩扉。
玉羽乍窥池上影，霓裳如舞月中衣。
画梁多是无心绕，金屋谁同作伴飞？
回首凤笙云路杳，雕笼争道不如归。

曾是乌衣国里身，玉楼琼榭换丰神。

双飞剪出机中素，独立妆成掌上人。
月下步摇花有态，水边飘动袜生尘。
梁园词客难成赋，洛浦相逢总未真。

玉　燕

（明）朱之蕃

露湛秋空送尔归，乘春海国带霜飞。
晶莹好入霓裳队，剪掠分将鹤羽翚。
翠袖投来天兆瑞，梅梁栖处月垂辉。
琼花珠树移根易，何似珍禽忆旧扉。

白　燕

（明）朱之蕃

入听呢喃旧语哗，惊看玉质点檐牙。
乌衣国里谁同侣？白板扉中自一家。
掠水影随冰尽泮，穿檐光透月初斜。
上林来往翻飞处，袅袅梨花更柳花。

应制题扇

（明）申时行

群芳烂熳吐春辉，双燕差池雪羽飞。
玳瑁梁间寒色莹，水晶簾外曙光微。
轻翻玉剪穿花过，试舞霓裳带月归。
一自衔恩金屋里，年年送喜傍慈帏。

◆ 五言绝句

燕巢军幕

（唐）宋之问

非关怜翠幕，不是厌朱楼。故来呈燕颔，报道欲封侯。

春　燕

（唐）徐璧

双燕今朝至，何时发海滨？窥人向檐语，如道故乡春。

长相思

（唐）张继

辽阳望河县，白首无人见。海上珊瑚枝，年年寄春燕。

淮阴行

（唐）刘禹锡

何物令侬羡？羡郎船尾燕。衔泥趁樯竿，宿食长相见。

古宫词

（唐）皮日休

玉枕寐不足，宫花空触檐。梁间燕不睡，应怪夜明簾。

杂　诗

（宋）梅尧臣

燕立茅檐脊，燕衔芹岸泥。巢成同养子，薄暮亦同栖。

双　燕

（宋）范成大

底处双飞燕，衔泥上药栏。莫教惊得去，留取隔簾看。

燕

（元）宋无

衔得香泥去，花间日午时。玉人方睡起，莫讶卷簾迟。

春　晓

（明）于谦

昼静暖风微，簾垂客到稀。画梁双燕子，不敢傍人飞。

春　曲

（明）李梦阳

翩翩谁家燕，衔泥向何所？避人花丛里，忽复梁间语。

社燕吟

（明）朱应登

不忍轻飞去，低徊绕井栏。情知归计决，只为别巢难。

题　画

（明）李袞

春水流何远，春云暖故饶。柳边双燕子，时触最长条。

◆ 六言绝句

燕

（唐）李中

豪家五色泥香，衔得营巢太忙。
喧觉佳人昼梦，双双犹在雕梁。

远归图

（明）陈继

杜宇一声春尽，杨花千里人归。
半卷东风罗幕，任教双燕飞飞。

◆ 七言绝句

苏溪亭
（唐）戴叔伦

苏溪亭上草漫漫，谁倚东风十二栏？
燕子不归春色晚，一汀烟雨杏花寒。

宫燕词
（唐）杨巨源

毛衣似锦语如弦，日暖争高绮陌天。
几处野花留不得，双双飞向御炉前。

归燕下第后献主司
（唐）章孝标

旧垒危巢泥已落，今年故向社前归。
连云大厦无栖处，更绕谁家门户飞？

归 燕
（唐）杜牧

画堂歌舞喧喧地，社去社来人不看。
长是江楼使君伴，黄昏犹待倚阑干。

村舍燕
（唐）杜牧

汉宫一百四十五，多下珠帘闭琐窗。
何处营巢夏将半，茅檐烟里语双双。

春来燕
（唐）杜荀鹤

我屋汝嫌低不住，雕梁画阁也知宽。

大须稳择安巢处,莫道巢成却不安。

秋　燕
(唐)司空图

从扑香尘拂面飞,怜渠只为解相依。
经冬好近深炉暖,何必千岩万水归。

新　燕
(唐)成彦雄

才离海岛宿江滨,应梦笙歌作近邻。
减省雕梁并头语,画堂中有未归人。

燕　来
(唐)韦庄

去岁辞巢别近邻,今年空讶草堂新。
花间对语应相问,可是村中旧主人。

燕
(唐)滕白

短羽新来别海阳,朱簾高卷语雕梁。
佳人未必全听尔,正把金针绣凤凰。

咏燕上主司
(唐)欧阳澥

翩翩双燕画堂开,送古迎今几万回。
长向春秋社前后,为谁归去为谁来?

送人还吴江道中作
(宋)苏舜钦

江云春重雨垂垂,索寞情怀送客归。

不愤东流促行棹,羡他双燕逆风飞。

春近四绝句(录一)

(宋)黄庭坚

闰后阳和腊里回,濛濛小雨暗楼台。
柳条榆荚弄颜色,便恐入帘双燕来。

春　日

(宋)范成大

西窗一雨又斜晖,睡起熏笼换夹衣。
莫放珠帘遮洞户,从教燕子作双飞。

贞　燕

(金)元好问

杏梁双宿复双飞,海国争教只影归。
想得秋风逼凉冷,谢家儿女亦依依?

卜　居

(金)李俊民

东邻西舍两三家,簌簌墙头落枣花。
惭愧画梁双燕子,笑人今日又天涯。

庚子营又青旧业

(元)尹廷高

燕子重寻旧主人,呢喃语别几经春。
足间红缕犹无恙,巷口斜阳记不真。

留　燕

(元)刘秉忠

衔泥旧燕垒新巢,来往如辞曲折劳。

蜗舍虽微足容尔,画梁争得几多高?

文妇词
　　　　　　　　　　(元) 元淮

掠起云鬟赋小诗,文窗昼永笋初肥。
木香架畔蔷薇落,帘幕无风燕子飞。

新　燕
　　　　　　　　　　(元) 张弘范

海棠开后月黄昏,王谢楼台寂寂春。
柳外东风花外雨,香泥高垒画堂新。

即　事
　　　　　　　　　　(元) 赵孟頫

湘簾疏织浪文稀,白苎新裁暑气微。
庭院日长宾客退,绕池芳草燕交飞。

诮　燕
　　　　　　　　　　(元) 马祖常

风雨池塘斗颉颃,春来秋去一生忙。
世间多少宽闲境,辛苦营巢傍屋梁。

寄示男武子
　　　　　　　　　　(元) 马祖常

烂熳天孙织锦机,春风吹雨洗芳菲。
香泥满地胭脂湿,只许新来燕子飞。

腊日偶题
　　　　　　　　　　(元) 虞集

旧时燕子尾毵毵,重觅新巢冷未堪。

为报道人归去也,杏花春雨在江南。

绝 句
(元) 范椁

幽人不出户常开,看尽春风长绿苔。
多谢有情双燕子,暂时飞去又飞来。

双燕图赠王惟中
(元) 傅若金

元(玄)鸟飞时绿树春,湖南烟际往来频。
明年社日君何处?逢著新巢忆故人。

燕子词
(元) 杨维桢

燕子来时春雨香,燕子去时秋雨凉。
鸳鸯一生不作客,夜夜不离双井塘。

燕子楼头入妾家,燕来燕去惜容华。
只应韩重相思骨,化作湖中并蒂花。

登双凤普福宫东楼赠吴道传,时周境存隐君同席
(元) 王逢

道人独坐览辉楼,海底青天入座流。
燕子飞来又飞去,游丝挂在玉簾钩。

西湖竹枝词
(元) 钱惟善

春日高楼闻《竹枝》,梨花如雪柳如丝。
珠簾不被东风卷,只有空梁燕子知。

春　兴

（元）僧善住

三月江南春日长，柳阴庭院午风凉。
离怀漠漠深于海，燕子飞来语画梁。

古宫词

（明）朱让栩

宫墙西望对残霞，结阵翻飞绕暮鸦。
簾幕飘摇风动处，有情双燕自归家。

宫　词

（明）申屠衡

青琐春闲漏点迟，博山香煖翠烟微。
隔簾谁撼金铃响，知是花间燕子归。

漫　兴

（明）史迁

好风轻雨趁轻雷，一洗山川罨画开。
谁道衡门无过客，春深还有燕飞来。

春日偶成

（明）樊阜

砚池香沁墨云干，酒醒无情懒著冠。
燕子归迟春欲尽，落花吹雨小楼寒。

春　思

（明）王谊

山映簾栊水映窗，浣纱人在苎萝江。
年年三月梨花雨，门掩东风燕子双。

燕

（明）李东阳

绣户朱簾有路歧，别时嫌早到嫌迟。
主家只解怜毛羽，涴尽雕梁不自知。

春日睡起

（明）张泰

春眠仍值酒初酣，奈可梁间燕二三。
好梦断来何处续，落花风雨满江南。

春闺词

（明）王瑞

十二阑干绕玉楼，珠簾垂影控金钩。
多情最是梁间燕，泥软花香去复留。

燕

（明）叶权

何幸栖君玳瑁梁，蔷薇花下趁馀香。
愿教春色年年在，不惜双飞日日忙。

青楼曲

（明）王伯稠

日长深院小榴开，懒斗红妆傍镜台。
偏爱双飞双燕语，自开珠箔放归来。

春词

（明）宋登春

南浦谁家荇绿蘋，野堂又发楚山春。
满城芳草烟和雨，江燕飞来似识人。

春日小斋

(明)沈野

社日方过花正肥,闲庭亦自长苔衣。
柴扉暂启元无事,恐有梁间燕子归。

燕

(明)陈价夫

暂逐东风别海涯,去年营垒是谁家?
春光浪信江南好,到得江南又落花。

自 适

(明)李氏

虚檐残溜雨纤纤,枕簟轻寒晓渐添。
花落后庭春睡美,呢喃燕子要开簾。

白鹇类

◆ 五言古

赠黄山胡公求白鹇
（唐）李白

请以双白璧，买君双白鹇。白鹇如白练，白雪耻容颜。
照影玉潭里，刷毛琪树间。夜栖寒月静，朝步落花闲。
我愿得此鸟，玩之坐碧山。胡公能辄赠，笼寄野人还。

和梅龙图公仪谢鹇
（宋）欧阳修

有诗鹤勿喜，无诗鹇勿悲。人禽固异性，所趋各有宜。
朝戏青竹林，暮栖高树枝。呦呦山鹿鸣，格磔野鸟啼。
声音不相通，各以类自随。使鹤居笼中，垂头似听诗。
鸡鹜享钟鼓，鱼鸟见西施。鹇鹤不宜争，所争良可知。
蚍蜉与蚁子，为物固已微。当彼两交斗，勇如闻鼓鼙。
有心皆好胜，未免争是非。于我一何薄，于彼一何私。
栏槛啄花卉，叫号惊睡儿。跳踉两脚长，落泊双翅垂。
何足充玩好，于何定妍媸？鹇口不能言，夜梦以告之。
主人起谢鹇：从我今几时？僮奴谨守护，出入烦提携。
逍遥遂栖息，饮啄安雄雌。花底弄日影，风前理毛衣。
岂非主人恩，报效尔宜思。主人今白发，把酒无翠眉。

养鹡鸰又妒,我言堪解颐。

白　鹇

(明)徐渭

野性悦鱼鸟,客寓尚笼致。正如好竹人,借居亦栽莳。
鹇鸟自南来,贸入西河里。王孙好法书,笼以易吾字。
墨丝绣雪衣,绿翯作裆岐。有时转喉中,鹰若裛云际。
日夕湖水波,秋树叶微紫。送客不出门,白玉扫长篲。

◆ 七言古　附长短句

放白鹇篇

(唐)宋之问

故人赠我绿绮琴,兼致白鹇鸟。
琴是峄山桐,鸟出吴溪中。
我心松石青霞里,弄此幽絃不能已;
我心湖海白云垂,怜此珍禽空自知。
著书晚下麒麟阁,幼稚骄痴候门乐。
乃言物性不可违,白鹇愁慕刷毛衣。
玉徽闭匣留为念,六翮开笼任尔飞。

白　鹇

(明)杨基

棠梨花开满山白,白鹇飞来春一色。
黄鹂紫燕太匆忙,不道花间有闲客。
却嫌香露污春衣,立向湘江映夕晖。
鸥鹭相逢莫相妒,一双还拂楚烟归。

◆ 七言绝句

和孙明府怀旧山

(唐)雍陶

五柳先生本在山,偶然为客落人间。
秋来见月多归思,自起开笼放白鹇。

杏花白鹇(书艾宣画)

(宋)苏轼

天公剪刻为谁妍,抱蕊游蜂自作团。
把酒惜春都是梦,不如闲客此间看。

卷四百四十 鹦鹉类

◆ 五言古

鹦鹉
（唐）李义府

牵弋辞重海，触网去层峦。戢羽雕笼际，延思彩霞端。
慕侣朝声切，离群夜影寒。能言殊可贵，相助忆长安。

鹦鹉联句同王继学赋
（元）马祖常

雕笼居啄桃，袨服仪采绿。南荒孕灵质，西颢发丽曲。
颈绶红萦丝，喙棘赪屈玉。蓄慧婉含章，襮彩粲成缛。
能言贯珠舌，善舞凌云躅。金眸肖鞲隼，珍畜异巢鹄。
层塔宝舍利，深杯注醽醁。流丹曙林度，堕翠春洲浴。
石镜影毼毺，铜梁步陆续。题赋吾岂能，入贡尔应录。

◆ 七言古

赋鹦鹉送偰世南廉使之海南
（元）迺贤

朱崖擅珍鸟，鹦鹉独专名。
满庭榕叶春昼晴，飞来却向花间鸣。
三月蛮江春水绿，日斜还傍江头浴。

弱羽翻风湿翠流,爪痕蹴浪珊瑚束。
间关更作断肠声,水流花落难为情。
乌台使君午梦醒,隔簾细雨春冥冥。

◆ 五言律

同蔡孚起居咏鹦鹉
（唐）胡皓

鹦鹉殊姿致,鸾凰得比肩。常循金殿里,每话玉阶前。
贾谊才方达,扬雄老未迁。能言既有地,何惜为闻天。

鹦 鹉
（唐）杜甫

鹦鹉含愁思,聪明忆别离。翠衿浑短尽,红觜漫多知。
未有开笼日,空残旧宿枝。世人怜复损,何用羽毛奇。

鹦 鹉
（唐）张祜

万里去心违,奇毛觉自非。美人怜解语,凡鸟畏多机。
未胜无丹觜,何劳事绿衣。雕笼终不恋,会向故山归。

鹦 鹉
（唐）杜牧

华堂日渐高,雕槛系红绦。故国陇山树,美人金剪刀。
避笼交翠尾,罅嘴静新毛。不念三缄事,世途皆尔曹。

咏鹦鹉
（唐）裴说

常贵西山鸟,衔恩在玉堂。语传明主意,衣拂美人香。
缓步寻珠网,高飞上画梁。长安频道乐,何日从君王?

桃花鹦鹉
　　　　　　　　　　（元）揭傒斯

岭外经年别，花前得意飞。客来呼每惯，主爱食偏肥。
才子怜红觜，佳人学绿衣。狸奴亦可怕，莫自恋芳菲。

范司马东溟先生怜仆羁孤客旅，邀仆观白鹦鹉，复饮之以美酒。怀恩感意，报之以诗
　　　　　　　　　　（明）吴孺子

夫子怜漂泊，相邀过草堂。尊浮桑落酒，鸟出雪衣娘。
石色寒侵户，苔香细入床。醉来如意舞，容得旧疏狂。

鹦　鹉
　　　　　　　　　　（明）马守真

永日看鹦鹉，金笼寄此生。翠翎工刷羽，朱咮善含声。
陇树归还远，吴音教乍成。雪衣吾惜汝，长此伴闺情。

◆ 七 言 律

双鹦鹉
　　　　　　　　　　（唐）白居易

绿衣整顿双栖起，红觜分明对语时。
始觉琵琶絃莽卤，方知吉了舌参差。
郑牛识字吾尝叹，丁鹤能歌尔亦知。
若称白家鹦鹉鸟，笼中兼合解吟诗。

鹦　鹉
　　　　　　　　　　（唐）白居易

陇西鹦鹉到江东，养得今年觜渐红。
尝恐思归先剪翅，每因喂食暂开笼。

人怜巧语情虽重,鸟忆高飞意不同。
应似朱门歌舞妓,深藏牢闭后房中。

鹦 鹉
(唐)殷文珪

丹觜如簧翠羽轻,随人呼物旋知名。
金笼夜黯山西梦,玉枕晓憎簾外声。
才子爱奇吟不足,美人怜尔绣初成。
应缘我是邯郸客,相顾咬咬别有情。

鹦鹉咏
(唐)罗邺

玉槛瑶轩任所依,东风休忆岭头归。
金笼共惜好毛羽,红觜莫教多是非。
便向郗堂夸饮啄,还应祢笔发光辉。
乘时得路何须贵,燕雀鸾凰各有机。

咏鹦鹉
(明)高岱

一入深笼损翠衣,陇云秦树事全非。
月明万里归心切,花落千山旧侣稀。
栖傍玉楼春昼永,梦回金锁曙光微。
翩翩海燕群相趁,簾幕风高得意飞。

鹦 鹉
(明)张维

憔悴君家历岁年,翠襟蒙宠自须怜。
能言肯信真如凤,钩喙应知不类鸢。
千里云山迷陇树,几回魂梦绕秦川。
稻粱未必虚朝夕,直为樊笼一惘然。

◆ 五言绝句

见鹦鹉有赤色者遂赋
（明）黄鲁曾

珍翮丹砂耀，瑰颠赤玉辉。如能解羁绁，还并日乌飞。

◆ 七言绝句

赴北庭度陇思家
（唐）岑参

西向轮台万里馀，也知乡信日应疏。
陇山鹦鹉能言语，为报家人数寄书。

吴宫词
（唐）白居易

淡红花帔浅檀蛾，睡脸初开似剪波。
坐对朱笼闲理曲，琵琶鹦鹉语相和。

宫 词
（唐）王涯

教来鹦鹉语初成，久闭金笼惯认名。
总向春园看花去，独于深院唤人声。

汉宫词
（唐）鲍溶

月映东窗似玉轮，未央前殿绝声尘。
宫槐花落西风起，鹦鹉惊寒夜唤人。

奉和鹦鹉
（唐）徐凝

毛羽曾经剪处残，学人言语道暄寒。

任教长被金笼阁,也免栖飞雨雪难。

夕

(唐)成彦雄

台榭沉沉禁漏初,麝烟红蜡透虾须。
雕笼鹦鹉将栖宿,不许鸦鬟转辘轳。

鹦 鹉

(唐)罗隐

莫恨雕笼翠羽残,江南地暖陇西寒。
劝君不用分明语,语得分明出转难。

宫 词

(宋)花蕊夫人

禁里春浓蝶自飞,御蚕眠处弄新丝。
碧窗尽日教鹦鹉,念得君王数首诗。

有怀遂长老

(元)刘秉忠

堂上笙歌醉耳红,牡丹香散一帘风。
谢家鹦鹉金笼里,笑煞池边绿继翁。

东家四时词

(元)虞集

摩挲旧赐碾龙团,紫磨无声玉井寒。
鹦鹉不知谁是客,学人言语近阑干。

滦京杂咏

(元)杨允孚

仙娥隐约上帘钩,笑倚阑干出殿头。

鹦鹉临阶呼万岁，白翎深院度清秋。

西湖春日壮游即事
（元）马臻

珍禽翠羽养雕笼，列向船头尽不同。
怜煞锦鹦偏解语，唤人提挈避东风。

纵　禽
（明）沈周

秦云越树路悠悠，锁掣金铃百怨休。
中有能言绿衣鸟，还呼万岁一回头。

无　题
（明）屠隆

千年露液何曾酿，五色霞衣不用裁。
小史调笙铺席罢，金笼鹦鹉报花开。

万历五年春有献五色鹦鹉者诏入之恭赋
（明）沈明臣

日御文华说五经，鸟言虽巧未曾听。
长廊上苑东风里，寂寂无声对画屏。

卷四百四十一　鹳鹆类

◆ 七言古　附长短句

　　宝观主白鹦鹆歌
（唐）韦应物

鹦鹆鹦鹆，众皆如漆，尔独如玉。
鹦之鹆之，众皆蓬蒿下。
尔自三山来，三山处子下人间。
绰约不妆冰雪颜，仙鸟随飞来掌上。
来掌上，时拂拭。
人心鸟意自无猜，玉指霜毛与同色。
有时一去凌苍苍，朝游汗漫暮玉堂。
巫峡雨中飞暂湿，杏花林里过来香。
日夕依人全羽翼，空欲衔环非报德。
岂不及阿母之家青雀儿，汉宫来往传消息。

　　戏咏子舟画两竹两鹦鹆
（宋）苏轼

风晴日暖摇双竹，竹间对语双鹦鹆。
鹦鹆之肉不可食，人生不才果为福。
子舟之笔利如锥，千变万化皆天机。
未知笔下鹦鹆语，何似梦中蝴蝶飞？

四禽图

（明）李东阳

鸜鹆色不如鹦鹉，强向筵前学人语。
网罗西下陇山空，毛羽虽佳不如汝。
铁衣金觜双雕楹，世间无处无弓矰。
试听内苑笼中语，空诵弥陀六字名。

◆ 七言绝句

鸜鹆育雏于贞节堂东壁，壁高且危，二雏堕砌下，乃就而哺之，悲鸣彷徨，如在无人之境。予怜之，取雏纳之巢，纪以一绝

（明）陈宪章

将雏无力上榱题，声断残阳翅忽低。
高栋托身君亦误，鹪鹩安稳只卑栖。

题　画

（明）僧德祥

鸜鹆多情语晓风，恼他枝上白头公。
分明一段江南思，烟雨楼台似梦中。

卷四百四十二 雀类（附黄雀）

◆ 五言古

青雀
（魏）刘桢

翩翩野青雀，栖宿茨棘藩。朝食平田粒，夕饮玉池泉。
猥出蔚丛中，乃至丹山巅。

沧海雀
（梁）张率

大雀与黄口，来自沧海区。清晨啄原粒，日夕依野株。
虽忧鸷鸟击，长怀沸鼎虞。况复随时起，翻飞不可拘。
寄言挟弹子，莫贱隋侯珠。

雀乳空井中
（梁）刘孝威

远去条支国，心知汉德休。聊栖丞相府，过令黄霸羞。
挟子须闲地，空井共寻求。辘轳丝绠绝，桔槔冬薜周。
将怜羽翼张，谁辞各背游。

咏雀
（梁）沈趋

肌薄少滋腴，色浅非丹翠。不惧越王羞，宁怀秦后珥。

傍檐茸寒草,循场啄馀穗。且欣大厦成,焉须鸿鹄志。

咏 雀

(隋)李孝贞

听琴旋蔡子,张罗避翟公。夕宿寒林上,朝飞空井中。
既并《元(玄)云曲》,复变海鱼风。一报黄花惠,还游万岁宫。

空城雀

(唐)李白

嗷嗷空城雀,身计何戚促。本与鹪鹩群,不随凤凰族。
提携四黄口,饮乳未尝足。食君糠粃馀,常恐乌鸢逐。
耻涉太行险,羞营覆车粟。天命有定端,守分绝所欲。

空城雀

(唐)孟郊

一雀入官仓,所食宁损几?只虑往复频,官仓终害尔。
鱼网不在天,鸟罗不张水。饮啄要自然,可以空城里。

义雀行和朱评事

(唐)贾岛

元(玄)鸟雄雌俱,春雷惊蛰馀。口衔黄河泥,空即翔天隅。
一夕皆莫归,哓哓遗众雏。双雀抱仁义,哺食劳劬劬。
雏既迤逦飞,云间声相呼。燕感雀深恩,雀愧扬不殊。
禽贤难自彰,幸得主人书。

早起闻雀声

(明)王问

朝闻寒雀喧,薄暮亦来归。鸣啄自无患,丛竹欣相依。
凉风吹衡宇,明月照素帷。寄傲北窗下,太息往事非。
今兹已息交,门外车马稀。慰我闲居夕,岁寒良不违。

空城雀

（明）僧宗泐

啾啾空城雀，恋恋空城曲。朝傍空城飞，暮向空城宿。
草窠乳子成，坲土翻身浴。不随凤凰游，不畏鹰鹯逐。
野田岂无黍，太仓岂无粟？食粟遭网罗，食黍伤箭镞。
丁宁黄口雏，饮水怀止足。岁晚虽苦饥，全躯保微族。

◆ 长 短 句

青雀歌

（唐）王维

青雀翅羽短，未能远食玉山禾。
犹胜黄雀争上下，唧唧空仓复若何！

青雀歌

（唐）裴迪

动息自适性，不曾妄与燕雀群。
幸忝鹓鸾早相识，何时提携致青云？

青雀歌

（唐）卢象

啾啾青雀儿，飞来飞去仰天池。
逍遥饮啄安涯分，何假扶摇九万为？

青雀歌

（唐）崔兴宗

青扈绕青林，翩翩陋体一微禽。
不应长在藩篱下，他日凌云谁见心？

题百雀图

（明）汪应轸

百雀不如凤，胡为占琅玕？
朋雏碎语不可听，六月搅动清风寒。
我欲挟金弹，巧避千万端。
徘徊恐落一枝翠，矫首待凤栖阑干。

◆ 五 言 律

咏 雀

（唐）李峤

大厦初成日，嘉宾集杏梁。衔书表周瑞，入幕应王祥。
暮宿空城里，朝游涟水傍。愿齐鸿鹄志，希逐凤凰翔。

檐 雀

（唐）杨发

弱羽怯孤飞，投檐幸所依。衔环惟报德，贺厦本知归。
红觜休争顾，丹心自息机。从来攀凤翼，终是恋光辉。

◆ 五 言 排 律

旌节亭瓦雀

（明）陈宪章

瓦雀喜亭栖，丹青意自迷。雨馀穿丽日，花底啅香泥。
并语声全碎，追飞羽忽低。悠悠去矰缴，款款恋榱题。
卵育非无地，儿群或引梯。惯行书架上，渐满井阑西。
不羡雕笼养，真堪画卷携。由来亲白首，那更避青藜。
狎久如私昵，喧多类滑稽。行藏非社燕，饮啄混家鸡。
度岭千回歇，排风几寸跻。冥鸿于汝辈，沧海一涔蹄。

◆ 七言律

笼雀
（明）王翱

曾入皇家大网罗，樊笼久困意如何？
长于禁苑随花柳，无复郊原伴黍禾。
秋暮每惊归梦远，春深空送好音多。
主恩未遂衔环报，羽翮年来渐折磨。

◆ 七言绝句

雀
（宋）李觏

绣户珠簾见最频，暖来寒去但安身。
翟公门下时飞入，全胜交情斗顿人。

疏梅寒雀图
（元）王恽

长记扁舟过武彝（夷），仙家梅竹满清溪。
山禽尽日怜幽致，争拣寒枝趁晚栖。

芳塘
（元）僧圆至

芳塘雨霁绿初肥，折得青条串露归。
一树残花喧斗雀，红香满径扑人飞。

赠刘七
（明）雷思霈

刘郎读书王郎馆，酒到看花兴到诗。
无事过余谈竟日，竹边双雀立多时。

卷四百四十三　画眉类

◆ 七言绝句

画眉鸟
（宋）欧阳修

百啭千声随意移，山花红紫树高低。
始知锁向金笼听，不及林间自在啼。

画眉禽
（宋）文同

尽日闲窗坐好风，一声初听下高笼。
公庭事简人皆散，如在千岩万壑中。

桃竹画眉图
（元）黄潜

说尽春愁貌不成，翠深红远若为情。
江南有客头空白，肠断东风百啭声。

白画眉图
（元）陈旅

隋家官妓扫长蛾，销尽波斯百斛螺。
化作雪禽春树顶，远山无数奈愁何。

杏花画眉

(明) 钱逊

红杏花开好鸟啼,章台走马未归时。
螺青钿合蛛丝满,谁画春山八字眉?

画　眉

(明) 范言

宝髻蓬松锦帐垂,晓晴慵起斗花枝。
浓妆未必能承宠,何事幽禽唤画眉?

卷四百四十四　戴胜类

◆ 七言古

戴胜词

（唐）王建

戴胜谁与尔为名？木中作窠墙上鸣。
声声催我急种谷，人家向田不归宿。
紫冠彩彩褐羽斑，衔得蜻蜓飞过屋。
可怜白鹭满绿池，不如戴胜知天时。

◆ 五言排律

织　鸟

（唐）张何

季春三月里，戴胜下桑来。映日华冠动，迎风绣羽开。
候惊蚕事晚，织向女工裁。旅宿依花定，轻飞绕树回。
欲过高阁柳，更拂小庭梅。所寄一枝在，宁忧弋者猜。

◆ 七言绝句

题戴胜

（唐）贾岛

星点花冠道士衣，紫阳宫女化身飞。

能传上界春消息，若到蓬山莫放归。

春日田家
（明）朱真淤

屋后青山门外溪，小桥遥接稻秧畦。
人家远近苍烟里，桑柘阴阴戴胜啼。

戴　胜
（明）僧守仁

青林暖雨饱桑虫，胜羽离披湿翠红。
亦有春思禁不得，舜花枝上诉东风。

卷四百四十五　布谷类（报谷、郭公同）

◆ 长 短 句

禽　言
（明）冯惟敏

报谷报谷，透犁好雨夜来足。
不愁田中恶草多，但愿年年风雨和。
夜来雨急风声恶，闻道村南一尺雹。
老翁归来语老妻，村中报赛烹鸣鸡。

◆ 五言绝句

郭　公
（宋）孔平仲

枉渚潮初落，平冈日又西。芦丛深处泊，惟有郭公啼。

◆ 七言绝句

稼邨诗帖
（宋）蔡襄

布谷声中雨满犁，催耕不独野人知。
荷锄莫道春耘早，正是披蓑叱犊时。

山　村

（宋）苏轼

烟雨濛濛鸡犬声，有生何处不安生。
但教黄犊无人佩，布谷何劳也劝耕。

暮　春

（宋）陆游

辛夷海棠俱作尘，鮆鱼莼菜亦尝新。
一声布谷便无说，红药虽开不属春。

暮行田间

（宋）杨万里

布谷声中日脚收，瘦藤伴我看西畴。
露珠走上青秧叶，不到梢头肯便休？

写　兴

（明）汪广洋

谢豹花开满岭红，空濛小雨湿春蘩。
看山不尽行人意，处处东风啼郭公。

卷四百四十六 提壶类

◆ 长短句

提 壶*
（宋）梅尧臣

提壶芦，沽美酒。风为宾，树为友。
山花撩乱目前开，劝尔今朝千万寿。

◆ 七言律

早春闻提壶鸟因题邻家
（唐）白居易

厌听秋猿催下泪，喜闻春鸟劝提壶。
谁家红树先花发，何处青楼有酒沽？
进士粗豪寻净尽，拾遗风采近都无。
欲期明日东邻醉，变作腾腾一俗夫。

◆ 五言绝句

提壶芦
（宋）文同

花开已堪摘，酒熟正好沽。山禽会人意，劝我提壶芦。

---

* 提壶：亦作"提壶芦""提胡芦"，即鹈鹕。

谯国嘲提壶

（宋）晁补之

何处提壶鸟,荒园自叫春。夕阳深樾里,持此劝何人?

◆ 六言绝句

漫 题

（元）蒲道源

花下提壶劝酒,桑间布谷催耕。
甚欲晴天行乐,却因春雨关情。

◆ 七言绝句

初入山闻提壶鸟

（宋）王禹偁

迁客由来长合醉,不烦幽鸟道提壶。
商州未是无人境,一路山村有酒沽。

花前独酌

（金）姚孝锡

移得名花手自栽,花知不为老人开。
兴来谁是尊前客,惟有提壶送酒杯。

卷四百四十七　啄木类

◆ 四言古

　　　　　啄木诗
　　　　　　　　（晋）左芬

南山有鸟，自名啄木。饥则啄树，暮则巢宿。
无干于人，惟志所欲。性清者荣，性浊者辱。

◆ 五言古

　　　　　啄　木
　　　　　　　　（明）僧宗衍

啄木江南飞，蠡（蠹）虫生上林。江南亦有蠡，不闻剥啄声。
蠡种日以滋，木病日以深。啄木不啄蠡，孰慰凤凰心？

◆ 长短句

　　　　　啄　木
　　　　　　　　（晋）傅玄

啄木高翔鸣喈喈，飘摇林薄著桑槐。
狖（缳）缘树间喙如锥，嘤喔嘤喔声正悲。
专为万物作倡俳，当此之时，乐不可回。

◆ 七言绝句

啄木谣

（唐）陈标

丁丁向晚急还稀，啄遍庭槐未肯归。
终日与君除蠹害，莫嫌无事不频飞。

拟古宫词

（明）朱让栩

淅淅凄风匝凤帷，琐窗那得见晴晖。
廉纤微雨侵阶湿，嗝嗝横空啄木飞。

卷四百四十八　鸳鸯类

◆ 四言古

赠秀才入军

（魏）嵇康

鸳鸯于飞，肃肃其羽。朝游高原，夕宿兰渚。
邕邕和鸣，顾盼俦侣。俯仰慷慨，优游容与。

酒会诗

（魏）嵇康

婉彼鸳鸯，戢翼而游。俯唼绿藻，托身洪流。
朝翔素濑，夕栖灵洲。摇荡清波，与之沉浮。

◆ 五言古

鸳鸯篇

（唐）陈子昂

飞飞鸳鸯鸟，举翼相蔽亏。俱来绿潭里，共向白云涯。
音容相眷恋，羽翮两逶迤。蘋萍戏春渚，霜霰绕寒池。
浦沙连岸净，汀树拂潭垂。年年此游玩，岁岁来追随。
凤凰起丹穴，独向梧桐枝。鸿雁来紫塞，空忆稻粱肥。
乌啼倦永夕，鹤鸣伤别离。岂若此双禽，飞翻不异林。
刷尾清江浦，交颈紫山岑。文章负奇色，和鸣多好音。

闻有鸳鸯绮，复有鸳鸯衾。持为美人赠，勖此故交心。

庭下养三鸳鸯，忽去不返，戏为此诗
（金）宇文虚中

先生久忘机，为尔虞矰缴。一朝长羽翮，万里翔寥廓。
谁信恶沟鸥，忽作华表鹤。岂无三玉环，遗音嗣黄雀。

题　画
（明）张绅

高树漏疏雨，滴沥下银塘。美人卷帘坐，金鸭自添香。
风吹绿荷叶，正见宿鸳鸯。

鸳鸯曲
（明）陆师道

双鸳并双翼，双宿复双飞。清涟动双浴，明月照双归。
双浦沉双影，双花拂双颈。眠沙双梦同，渡渚双心警。
双去双来处，双游双戏时。双起随双鹭，双立视双鱼。
双舟举双桨，双莲碍双榜。应有无双人，愿逐双鸳往。

◆ 七 言 律

和友人鸳鸯之什
（唐）崔珏

翠鬣红毛舞落晖，水禽情似此禽稀。
暂分烟岛犹回首，只渡寒塘亦并飞。
映雾乍迷金殿瓦，逐梭齐上玉人机。
采莲无限兰桡女，笑指中流羡尔归。

寂寂春塘烟晚时，两心如影共依依。
溪头日暖眠沙稳，渡口风寒浴浪稀。

翡翠莫夸饶彩饰,鹧鸪须羡好毛衣。
兰深芷密无人见,相逐相呼何处归?

鸳　鸯
（唐）罗邺

江云碧静瑞烟开,锦翅双飞去又回。
一种鸟怜名字好,只缘人恨别离来。
暖依牛渚汀莎媚,夕宿龙池禁漏催。
相对若教春女见,便须携向凤凰台。

鸳　鸯
（唐）皮日休

钿鏒雕镂费深功,舞妓衣边绣莫穷。
无日不来湘渚上,有时还任镜湖中。
烟浓共拂芭蕉雨,浪细双游菡萏风。
应笑豪家鹦鹉伴,年年徒被锁金笼。

◆ 五言绝句

江南曲
（唐）储光羲

逐流牵荇叶,缘岸摘芦苗。为惜鸳鸯鸟,轻轻动画桡。

吴子夜四时歌
（元）杨维桢

睡起珊瑚枕,微风度屧廊。芙蓉最高叶,翻水洗鸳鸯。

莲塘曲
（明）刘基

落日下莲塘,轻舟赴晚凉。偶然花片落,飞出两鸳鸯。

鸳　鸯

（明）高启

两两莲池上，看如在锦机。应知越女妒，不敢近船飞。

塘上行

（明）李德

露湿藕花香，花折藕丝长。岂无凫与雁，不似锦鸳鸯。

采莲曲

（明）常伦

棹发千花动，风传一水香。傍人持并蒂，含笑打鸳鸯。

采菱曲

（明）金銮

采菱秋水旁，惊起双鸳鸯。独自唱歌去，风吹荇带长。

题　画

（明）李袤

涓涓石濑鸣，两两江鸳语。回溪无人来，桃花照春渚。

子夜歌

（明）董少玉

凉风吹北窗，槐阴深几许？带露摘荷花，笑共鸳鸯语。

◆ 七言绝句

野　望

（唐）羊士谔

萋萋麦垄杏花风，好是行春野望中。

日暮不辞停五马,鸳鸯飞去绿江空。

南　塘
（唐）鲍溶

南塘旅舍秋浅清,夜深绿蘋风不生。
莲花受露重如睡,斜月起动鸳鸯声。

华　下
（唐）司空图

关外风昏欲雨天,荞花耕倒枕河壖。
村南寂寞时回望,一只鸳鸯下渡船。

鸳　鸯
（唐）吉师老

江岛濛濛烟霭微,绿芜深处刷毛衣。
渡头惊起一双去,飞上文君旧锦机。

荆溪夜泊
（唐）李九龄

点点渔灯照浪清,水烟疏碧月胧明。
小滩惊起鸳鸯处,一只采莲船过声。

春　雨
（宋）徐玑

柳著轻黄欲染衣,汀沙漠漠草菲菲。
晚风吹断寒烟碧,无数鸳鸯溪上飞。

逢江易艺芳于赋芳洲
（元）欧阳玄

杨柳垂垂拂钓矶,平沙雨过绿生衣。

王孙斗草归来晚,扑漉鸳鸯带水飞。

绝　句
(明) 王立中

春波桥头柳似烟,越王城郭在西边。
我家绕屋皆春水,尽日鸳鸯随钓船。

题吴王纳凉图
(明) 袁凯

微月斜侵响屟廊,芙蓉清气满金塘。
鸳鸯只傍阑干宿,也爱君王水殿凉。

夏日忆西湖
(明) 于谦

涌金门外柳如烟,西子湖头水拍天。
玉腕罗裙双荡桨,鸳鸯飞近采莲船。

四时词(夏)
(明) 陆釴

柳花台榭汗销香,荷叶池塘趁晚凉。
十里翠萍鱼点破,软沙深处见鸳鸯。

孟夏行田杂歌
(明) 朱曰藩

田田荷叶太湖西,千队鸳鸯掠水低。
却似吴娘机上见,绿罗初簇锦茸齐。

宫　词
(明) 王叔承

氤氲水殿荡朝阳,夜涨桃花锦水香。
珍鸟千行看不禁,自将金弹打鸳鸯。

卷四百四十九　鸂鶒类

◆ 五言古

　　　　咏鸂鶒
　　　　　　　　（齐）谢朓

蕙草含初芳，瑶池暖晚色。得厕鸿鸾影，晞光弄羽翼。

　　　　咏飞来鸂鶒
　　　　　　　　（梁）简文帝

飞从何处来，似出上林隈。口衔长生叶，翅染昆明苔。

◆ 长短句

　　　　忆西湖双鸂鶒
　　　　　　　　（唐）李绅

双鸂鶒，锦毛斓斑长比翼，戏绕莲蘴回锦臆。
照灼花丛两相得，渔歌惊起飞南北。
缭绕追随不迷惑，云间上下同栖息。
不作惊禽远相忆，东家少妇机中语。
剪断回文泣机杼，徒嗟孔雀衔毛羽。
一去东南别离苦，五里徘徊竟何补。

◆ 五言律

鸂鶒
（唐）杜甫

故使笼宽织，须知动损毛。看云莫怅望，失水任呼号。
六翮曾经剪，孤飞只未高。且无鹰隼虑，留滞莫辞劳。

鸂鶒
（唐）许浑

池寒柳复凋，独宿夜迢迢。雨顶冠应冷，风毛剑欲飘。
故巢迷碧水，旧侣越丹霄。不是无归处，心高多寂寥。

鸂鶒
（唐）李中

流品是鸳鸯，翻飞云水乡。风高离极浦，烟冥下方塘。
比鹭行藏别，穿荷羽翼香。双双浴轻浪，谁见在潇湘。

◆ 七言律

鸂鶒
（唐）唐彦谦

一宿南塘烟雨时，好风摇动绿波微。
惊离晓岸冲花去，暖下春汀照影飞。
华屋捻絃弹鼓舞，绮窗含笔澹毛衣。
画屏见后长回首，争得雕笼莫放归。

◆ 七言绝句

答顾况
（唐）包佶

於越城边枫叶高，楚人书里寄离骚。

寒江鸂鶒思俦侣，岁岁临流刷羽毛。

鸂鶒
（唐）李群玉

锦羽相呼暮沙曲，波上双声戛哀玉。
霞明川静极望中，一时飞灭青山绿。

南庄春晚
（唐）李群玉

连云草映一条陂，鸂鶒双双带水飞。
南村小路桃花落，细雨斜风独自归。

玩金鸂鶒戏赠袭美
（唐）陆龟蒙

曾向溪边泊暮云，至今犹忆浪花群。
不知镂羽凝香雾，堪与鸳鸯觉后闻。

和陆鲁望玩金鸂鶒戏赠
（唐）皮日休

镂羽雕毛迥出群，温麝飘出麝脐薰。
夜来曾吐红茵畔，犹是溪边睡不闻。

玩金鸂鶒
（唐）张贲

翠羽红襟镂彩云，双飞常笑白鸥群。
谁怜化作雕金质，从倩沉檀十里闻。

题马贲画鸂鶒图
（金）党怀英

双眠双浴水平溪，共看秋光卧两堤。

谁信潇湘有孤雁，冷沙寒苇不成栖。

竹杏沙头鸂鶒

（元）虞集

蛱蝶飞来石竹丛，罗襦曾试绣纹重。
荷花啼鸟银屏暖，卧看窗间唾碧茸。

卷四百五十 鸂鶒类

◆ **五言律**

鸂 鶒
（唐）杜牧

芝茎抽绀趾，清唳掷金梭。日翅闲张锦，风池去冒罗。
静眠依翠荇，暖戏折高荷。山阴岂无尔，茧字换群鹅。

◆ **七言律**

鸂 鶒
（唐）陆龟蒙

词赋曾夸鸂鶒流，果为名误别沧洲。
虽蒙静置疏笼晚，不似闲栖折苇秋。
自昔稻粱高鸟畏，至今珪组野人仇。
防徽避缴无穷事，好与裁书谢白鸥。

◆ **五言绝句**

池塘晚景
（唐）李群玉

风荷珠露倾，惊起睡鸂鶒。月落池塘静，金刀剪一声。

◆ 七言绝句

酬 答
（唐）李贺

雍州二月梅池春，御水鸂鶒暖白蘋。
试问酒旗歌板地，今朝谁是拗花人？

春堤曲
（唐）张籍

野塘鸂鶒飞树头，绿蒲紫菱盖碧流。
狂客谁家爱云水，日日独来城下游。

浪淘沙
（唐）皇甫松

蛮歌荳蔻北人愁，松雨蒲风野艇秋。
浪起鸂鶒眠不得，寒沙细细入江流。

池上作
（宋）林逋

簇簇菰蒲映蓼花，水痕天影蘸秋霞。
分明似个屏风上，飞起鸂鶒一道斜。

杂 诗
（金）王磵

竹绕沙村水漫流，鸂鶒鸂鶒对沉浮。
一竿便拟从渔父，卷置琴书买钓舟。

谩 成
（元）马臻

新霜尚薄树声干，寒水无痕倒浸山。

知是钓船归较晚，鸂鶒嘎嘎起芦湾。

松陵舟中迟钱受之太史

（明）范汭

几家闲夜停机杼，支枕篷窗风许许。
吹尽蘋香不见人，绕塘寒月鸂鶒语。

秋夜集石湖分得妆字

（明）王微

云罨湖山远树苍，鸂鶒飞破藕塘香。
月明处处添秋色，一束芙蓉正洗妆。

卷四百五十一　鸥　类

◆ 五言古

古　风
（唐）李白

摇裔双白鸥，鸣飞沧江流。宜与海人狎，岂伊云鹤俦。
寄形宿沙月，沿芳戏春洲。吾亦洗心者，忘机从尔游。

◆ 七言古　附长短句

弄白鸥歌
（唐）刘长卿

泛泛江上鸥，毛衣皓如雪。
朝飞潇湘水，夜宿洞庭月。
洞庭归客正夷犹，爱此沧江闲白鸥。

赋得白鸥歌送李伯康归使
（唐）卢纶

积水深源，白鸥翻翻。倒影光素，于潭之间。
衔鱼鱼落乱惊鸣，争扑莲丛莲叶倾。
尔不见波中鸥鸟闲无营，何必汲汲劳其生？
柳花冥濛大堤口，悠扬相和乍无有。
轻随去浪杳不分，细舞清风亦何有。

似君换得白鹅时,独凭栏杆雪满池。
今日还同看鸥鸟,如何羽翩复参差?
复参差,海涛澜漫何由期?

题白鹭洲江鸥送陈君

(宋)徐铉

白鹭洲边江路斜,轻鸥接翼满平沙。
吾徒来送远行客,停舟为尔长叹息。
酒旗渔艇两无猜,月影芦花镇相得。
离筵一曲怨复清,满座销魂鸟不惊。
人生不及鱼禽乐,安用虚名上麟阁。
同心携手今如此,金鼎丹砂何寂寞。
天涯后会渺难期,从此又应添白髭。
愿君不忘分飞处,长保翩翩洁白姿。

述 鸥

(宋)孔平仲

水滨老父忘机关,醉眠古石红蕖间。
绿波荡漾意不动,白云往来心与闲。
有鸥素熟翁如此,命侣呼俦就翁喜。
相亲饮啄少畏避,自浮自沉不惊起。
渔人窥之即谋取,手携罗网来翁所。
群鸥瞥见皆远逝,千里翩翩一回顾。
鸥不薄翁勿疑,避祸未萌真见机。
渔人罗网不在侧,敢辞旦夕从翁嬉?

◆ 五言律

鸥

(唐)杜甫

江浦寒鸥戏,无他亦自饶。却思翻玉羽,随意点春苗。

雪暗还须浴，风生一任飘。几群沧海上，清影日萧萧。

赠沙鸥
（唐）白居易

老逼教垂白，官科遣著绯。形骸虽有累，方寸却无机。
遇酒多先醉，逢山爱晚归。沙鸥不知我，犹避隼旟飞。

盟鸥轩
（明）僧妙声

客有忘机者，开轩命白鸥。同心如此水，有约共沧洲。
尔性何其静，吾生亦若浮。自今期岁晚，风雨亦相求。

◆ 七言律

白　鸥
（唐）陆龟蒙

惯向溪头漾浅沙，薄烟微雨是生涯。
时时失伴沉山影，往往争飞杂浪花。
晚树清凉还鶒鸂，旧巢零落寄蒹葭。
池塘信美应难恋，针在鱼唇剑在虾。

和鲁望白鸥
（唐）皮日休

雪羽褵褷半惹泥，海云深处旧巢迷。
池无飞浪争教舞，洲少轻沙若遣栖。
烟外失群惭雁鹜，波中得志羡凫鹥。
主人恩重真难遇，莫为心孤忆旧溪。

狎鸥亭
（宋）韩琦

危亭初起俯清浔，只得当轩几醉吟。

一日乡园伤骤别,四年宫阙动归心。
檐前好竹今成筱,陂下修鳞旧种针。
鸥识再来犹不惧,向人驯狎似家禽。

横塘春泛

(明) 王世懋

吴姬小馆碧纱窗,十里飞花点玉缸。
蜡屐去寻芳草路,青丝留醉木兰艭。
山连暮霭迷前浦,云拥春流入远江。
棹里横塘听一曲,烟波起处白鸥双。

◆ 五言绝句

戏　鸥

(唐) 钱起

乍依菱蔓聚,尽向芦花灭。更喜好风来,数片翻晴雪。

寄淮上柳十三

(唐) 顾况

苇萧中辟户,相映绿淮流。莫讶春潮阔,鸥边可泊舟。

江　鸥

(唐) 崔道融

白鸟波上栖,见人懒飞起。为有求鱼心,不是恋江水。

过溪亭

(宋) 文同

小彴过清溪,有亭才四柱。地僻少人行,翩翩下鸥鹭。

吉水夜泊

（宋）真山民

入夜始维舟，黄芦古渡头。眠鸥知让客，飞过蓼花洲。

孙氏午沟桥亭

（金）王庭筠

闲来桥北行，偶过桥南去。寂寞独归时，沙鸥晚无数。

朱泽民山水

（元）郑元祐

吹箫江浦秋，舟荡碧云幽。拟溯岩松下，诗盟订白鸥。

◆ 六言绝句

题 画

（明）徐有贞

山下云连山上，溪西水接溪东。
舟渡白鸥飞处，人行绿树阴中。

◆ 七言绝句

夔州歌

（唐）杜甫

东屯稻畦一百顷，北有涧水通青苗。
晴浴狎鸥分处处，雨随神女下朝朝。

闲 思

（唐）戴叔伦

伯劳东去鹤西还，云总无心亦度山。

何似严陵滩上客,一竿长伴白鸥闲。

寿安水馆

（唐）薛能

地接山林兼有石,天悬星月更无云。
惊鸥上树满池水,瀺灂一声中夜闻。

马当呼鸥不至,偶成呈同行诸官

（宋）余靖

昔年曾泛马当湾,团饭唤鸥篙楫间。
今日江头飞不下,应知人世足机关。

观鱼亭呈陈公度

（宋）张耒

猎猎微风波面开,近人鸥鹭不相猜。
尊前忽起扁舟兴,新管江南山水来。

三山次郑德宇韵

（宋）朱槔

何日归舟片叶轻,白鸥相伴橹微鸣。
只应潮打篷窗处,已作离骚一半清。

梦 回

（宋）林景熙

梦回荒馆月笼秋,何处砧声唤客愁?
深夜无风莲叶响,水寒更有未眠鸥。

淮 上

（宋）僧道潜

天阔阴云低抱树,沙寒鸥鹭欲亲人。

小航泊处谁家住,修竹疏花宛似春。

宫　词
(宋) 花蕊夫人

内人追逐采莲时,惊起沙鸥两岸飞。
兰棹把来齐拍水,并船相斗湿罗衣。

题均福堂
(金) 郝俣

憧憧车马竞春游,不见溪堂五月秋。
卧听云涛春午枕,梦随鸥鸟落沙洲。

过关渡水图
(金) 刘迎

短车无复驾青牛,散策方来对白鸥。
烟水从容许君独,暂须分我一船秋。

襄阳绝句
(金) 王元粹

江上小儿夸善没,一日入水知几回。
汝曹未有机心在,缘底鸥鸟不飞来?

舟中偶成
(元) 贡奎

稻花水落正鱼肥,湖上孤云带雨归。
林影倒涵波镜动,白鸥低傍钓船飞。

送　人
(元) 杨载

金沟河上始通流,海子桥边系客舟。

却到江南春水涨,拍天波浪泛轻鸥。

海 鸥
（元）宋无

群飞独宿水中央,逐浪随波羽半伤。
莫去西湖花里睡,芰荷翻雨打鸳鸯。

漫 成
（元）马臻

北风小雨戒新寒,隔水枫林叶已丹。
莫道闲门知己少,白鸥飞去又飞还。

题 画
（明）周砥

水阔天低欲尽头,柳花如雪暗归舟。
平生解识沧洲趣,何处飞来双白鸥。

观沙鸥
（明）袁凯

门外群鸥我所知,终朝相见不相离。
借尔桥东杨柳岸,明年春日更添儿。

江上寄严八
（明）袁凯

一春不见严夫子,底事城中不肯还？
门外白鸥三万个,几时相对绿波间？

题 画
（明）王直

绿树青山带晚霞,树间处处有人家。

孤舟最爱沧浪客,得共眠鸥占浅沙。

题沈恒吉画扇
(明) 陈宽

红树丹山领去舟,蘋花香老不胜秋。
沧江风月谁人管,且向前汀问白鸥。

送沈彦修
(明) 丁岳

江上秋风吹客衣,江边把酒对斜晖。
江鸥不解离人意,故作三三两两飞。

夜泊阊阎城
(明) 孙一元

欲行未行风力柔,吴门挂席夜正幽。
秋水半汀鸥共我,好山两岸月随舟。

漫 兴
(明) 施渐

门外清渠映葛衣,偶来观物上渔矶。
秋风蘋末鸥惊起,始悟山人未息机。

金山吞海亭
(明) 许相卿

江面峰头巧著亭,澄波玉宇两争清。
倚阑客子心如水,何事沙鸥亦浪惊?

江上杂咏
(明) 尹嘉宾

杏花淡淡柳丝丝,画舸春江听雨时。

渐卷鹤洲江色紫,沙鸥睡著不曾知。

题　画

(明)僧德祥

碧柳丝丝拂钓舟,溶溶水面一群鸥。
不知谁在茅堂住,坐看青山到白头。

鹭 类

◆ 五言古

朱 鹭
（梁）王僧孺

因风弄玉水，映日上金堤。犹持畏罗缴，未得异凫鹥。
闻君爱白雉，兼因重碧鸡。未能声似凤，聊变色如珪。
愿识昆明路，乘流饮复栖。

朱 鹭
（陈）张正见

金堤有朱鹭，刷羽望沧瀛。周诗振雅曲，汉鼓发奇声。
时将赤雁并，乍逐彩鸾行。别有翻潮处，异色不相惊。

朱 鹭
（陈）苏子卿

玉山一朱鹭，万里入王畿。欲向天池饮，还绕上林飞。
金堤晒羽翙，丹水浴毛衣。非贪葭下食，怀恩自远归。

白 鹭
（唐）刘长卿

亭亭常独立，川上时延颈。秋水寒白毛，夕阳吊孤影。
幽姿闲自媚，逸翮思一骋。如有长风吹，青云在俄顷。

舟中杂咏

（元）袁桷

鹭鸶漾晴空，意态极楚楚。翻风苍雪回，转日烂银舞。
盘旋傲孤鸿，清远敌凡羽。须臾下鱼陂，愧我觉疾去。

九鹭图

（元）傅若金

鲜鲜白鹭羽，振振清江澨。露草寒已衰，风芦近相蔽。
飞鸣各自适，离居亦有次。虽惬江海情，终怀云霄志。
君子思有则，画者工取譬。仪羽庶可希，修洁诚所贵。

题尚仲良画鹭卷

（明）张以宁

沧江雨疏疏，翻飞一春锄。老树如人立，欲下意踌躇。
明年柳条长，遮汝行捕鱼。

◆ 七言古 附长短句

白　鹭

（唐）刘禹锡

白鹭儿，最高格。
毛衣新成雪不敌，众禽喧呼独凝寂。
孤眠芊芊草，久立潺潺石。
前山正无云，飞去入遥碧。

题九鹭图

（明）萧镃

宣德年间边景昭，彩色翎毛称独步。
近时林良用水墨，落笔往往皆天趣。

鸳鸯凫雁清溪流,寒鸦古木长林幽。
等闲得意即挥洒,一扫万里江南秋。
此图九鹭真奇绝,散立清烟乍明灭。
日长坐久看转亲,飘来点点青天雪。
翱翔霄汉殊不惊,欲下未下浑有情。
潜踪独趁水边食,延颈忽向芦中鸣。
吁嗟!林生精艺有如此,座客见之谁不喜?
洞庭湘渚在眼前,暝色惨澹凉飙起。
方今圣主覃恩波,四海山泽无虞罗。
悠悠群鹭各自适,虽有鹰鹯奈尔何!

◆ **五言律** 附小律

白鹭咏
(唐)李端

迥起来应近,高飞去自遥。映林同落雪,拂水状翻潮。
犹有幽人兴,相逢到碧霄。

鹭鸶
(唐)张祜

深窥思不穷,揭趾浅沙中。一点山光净,孤飞潭影空。
暗栖松叶露,双下蓼花风。好是沧波侣,垂丝趣亦同。

鹭
(唐)裴说

秋江清浅时,鱼过亦频窥。却为分明极,翻成所得迟。
浴偎红日色,栖压碧芦枝。会共鹓同侣,翱翔应可期。

鹭鸶
(宋)徐照

一点白如雪,顶黏丝数茎。沙边行有迹,空外过无声。

高柳巢方稳,危滩立不惊。每看闲意思,渔父是前生。

正阳城楼西角二鹭巢焉
(明) 皇甫汸

并负青云翼,来耽紫阁栖。攀龙窥殿北,随雉卧城西。
顾影依霜洁,鸣俦候月迷。振雍殊可咏,聊此谢尘泥。

题宣庙御笔汀鹭应制
(明) 于慎行

笔端成大造,海鸟若相忘。暮雨汀莎湿,春风岸芷香。
柳边迷落絮,云里带飞霜。总为经天藻,长留羽翰光。

◆ 五言排律

省试振鹭
(唐) 李频

有鸟生江浦,霜华作羽翰。君臣将比洁,朝野用为欢。
月影林梢下,冰光水际残。飞翻时共乐,饮啄道皆安。
迥裛宜高咏,群栖入静看。由来鹓鹭侣,济济列千官。

◆ 七言律

崔卿双白鹭
(唐) 顾非熊

朝客高情爱水禽,绿波双鹭在园林。
立当风里丝摇急,步绕池边字印深。
刷羽竞生堪画势,依泉各有取鱼心。
我卿多傍门前见,坐觉恩波思不禁。

崔卿池上双白鹭
(唐) 贾岛

鹭雏相逐出深笼,顶各有丝茎数同。

洒石多霜移足冷，隔城远树挂巢空。
其如尽在滩声外，何似双飞浦色中。
见此池塘卿自凿，清泠太液底潜通。

咏双白鹭

（唐）雍陶

双鹭应怜水满池，风飘不动顶丝垂。
立当青草人先见，行傍白莲鱼未知。
一足独拳寒雨里，数声相叫早秋时。
林塘得尔须增价，况是诗家物色宜。

亲仁里双鹭

（唐）许棠

双去双来日已频，只应知我是江人。
对歆雪顶思寻水，更振霜翎恐染尘。
三楚几时初失侣，五陵何树又栖身？
天然不与凡禽类，傍砌听吟性自驯。

鹭鸶

（唐）刘象

洁白孤高生不同，顶丝清软冷摇风。
窥鱼翘立荷香里，慕侣低翻柳影中。
几日下巢辞紫阁，多时凝目向晴空。
摩霄志在潜修羽，会接鸾凰到苇丛。

双鹭

（唐）徐夤

双鹭雕笼昨夜开，月明飞出立庭隈。
但教绿水池塘在，自有碧天鸿雁来。
清韵叫霜归岛树，素翎遗雪落渔台。

何人为我追寻得，重劝溪翁酒一杯。

驯鹭
（元）张雨

孑然驯鹭雪霜明，下濑求鱼自在行。
碧玉灯檠双足瘦，白麻衣袂一身轻。
海鸥见事应何晚，凡鸟题门也不情。
输我鹓行旧俦侣，举头寥廓总云程。

◆ 五言绝句

白鹭鸶
（唐）李白

白鹭下秋水，孤飞如坠霜。心闲且未去，独立沙洲傍。

赋得白鹭鸶送宋少府入三峡
（唐）李白

白鹭拳一足，月明秋水寒。人惊远飞去，直向使君滩。

晚归鹭
（唐）钱起

池上静难厌，云间欲去晚。忽背夕阳飞，剩与清风远。

江行
（唐）钱起

月下江流静，村荒人语稀。鹭鸶虽有伴，仍共影双飞。

白鹭
（唐）李嘉祐

江南绿水多，顾影逗轻波。终日秦云里，山高奈若何。

沙上鹭

（唐）张文姬

沙头一水禽，鼓翼扬清音。只待高风便，非无云汉心。

崔白画荷苇寒鹭

（宋）文同

疏苇雨中老，乱荷霜外凋。多情惟白鸟，常此伴萧条。

题秋塘图

（元）陈深

水落秋菰老，夕寒烟树微。绝怜双白鹭，飞去似知幾。

过高邮射阳湖杂咏

（元）萨都剌

白鹭爱秋水，独立仍自行。得鱼固偶尔，惊飞亦常情。

鹭

（元）吴师道

振振风生柳，沾沾雪点矶。白攒秋水立，青映暮天飞。

出 郊

（明）杨慎

高田如楼梯，平田如棋局。白鹭忽飞来，点破秧针绿。

湘江绝句

（明）王鏳

同舟白衣人，雪色何皑皑。忽有飞来者，方知是鹭群。

◆ 六言绝句

鹭鸶

（宋）文同

避雨竹间点点，迎风柳下翩翩。
静依寒蓼如画，独立晴沙可怜。

再赠鹭鸶

（宋）文同

颈若琼钩浅曲，骸如碧管深翘。
湖上水禽无数，其谁似汝风标！

◆ 七言绝句

漫成一绝

（唐）杜甫

江月去人只数尺，风灯照夜欲三更。
沙头宿鹭联拳静，船尾跳鱼拨剌鸣。

长安县后庭看画

（唐）王建

水冻桥横冰满池，新排石笋绕笆篱。
县门斜掩无人到，看画双双白鹭鸶。

筱岘东池

（唐）白居易

筱岘亭东有小池，早荷新荇绿参差。
中宵把火行人发，惊起双栖白鹭鸶。

鹭鸶
　　　　　　　　　　（唐）卢仝

刻成片玉白鹭鸶，欲捉纤鳞心自急。
翘足沙头不得时，傍人不知谓闲立。

鹭鸶
　　　　　　　　　　（唐）杜牧

雪衣雪发青玉觜，群捕鱼儿溪影中。
惊飞远映碧山去，一树梨花落晚风。

鹭鸶
　　　　　　　　　　（唐）许浑

西风淡淡水悠悠，雪点丝飘带雨愁。
何事归心倚前阁，绿蒲红蓼练塘秋。

白鹭
　　　　　　　　　　（唐）陆龟蒙

雪然飞下立苍苔，应伴江鸥拒我来。
见欲扁舟摇荡去，倩君先作水云媒。

鹭鸶
　　　　　　　　　　（唐）来鹏

袅丝翘足傍澄澜，消尽年光伫思间。
若使见鱼无羡意，向人姿态更应闲。

鹭鸶障子
　　　　　　　　　　（唐）张乔

剪得机中如雪素，画为江上带丝禽。
闲来相对茅堂下，引出烟波万里心。

鹭鸶

(唐)郑谷

闲立春塘烟淡淡,静眠寒苇雨飕飕。
渔翁归后沙汀晚,飞上滩头更自由。

失鹭鸶

(唐)郑谷

野格由来倦小池,惊风却下碧江涯。
月昏风急宿何处,秋岸萧萧黄苇枝。

放鹭鸶

(唐)李中

池塘多谢久淹留,长得霜翎放自由。
好去蒹葭深处宿,月明应认旧江秋。

鹭鸶

(唐)罗隐

斜阳淡淡柳阴阴,风袅寒丝映水深。
不要向人夸洁白,也知常有羡鱼心。

田家

(宋)张耒

新插茅檐红槿篱,秋深黄叶已飞飞。
滩头水阔孤舟去,渡口风寒白鹭归。

罗江

(宋)陈与义

山翁见客亦欣然,好语重重意不传。
行过竹篱逢细雨,眼明双鹭立青田。

题秋鹭图
（宋）范成大

昨夜新霜冷钓矶，绿荷消瘦碧芦肥。
一江秋色无人问，尽属风标雨雪衣。

城头秋望
（宋）杨万里

未得霜晴未是晴，霜晴无复点云生。
鹭鸶不遣鱼惊散，移脚惟愁水作声。

壕上书事
（宋）杨万里

十里长壕展碧漪，波痕只去不曾归。
鹭鸶已饱浑无干，独立朝阳理雪衣。

晨炊玉田观鹭
（宋）杨万里

清溪欲下影先翻，只鹭还将双鹭看。
绿玉胫长聊试浅，素琼裳冷不禁寒。

秋日西湖
（宋）僧道潜

飞来双鹭落寒汀，秋水无痕玉镜清。
疏蓼黄芦宜掩映，沙边危立太分明。

古诗云："芦花白间蓼花红，一日秋江惨澹中。
　　两个鹭鸶相对立，几人唤作水屏风。"
然其理可取而其词鄙野，余为改之，曰"换骨法"
（宋）僧惠洪

芦花蓼花能白红，数曲秋江惨澹中。

好是飞来双白鹭，为谁妆点水屏风。

阅　见
　　　　　　　　　　　　（金）边元鼎

轻莲素质淡萧萧，叶密溪深未可招。
雨暗兰舟人去后，却容白鹭逞风标。

游南城
　　　　　　　　　　　　（金）李好复

园林晴昼蔚如烟，林外支流尽水田。
落日趁墟人已散，鹭鸶飞上渡头船。

鹭
　　　　　　　　　　　　（元）马臻

水风吹冷逼菰蒲，藕叶欹斜一半枯。
玉立鹭鸶浑不动，满身烟雨看西湖。

正月十九日
　　　　　　　　　　　　（明）镏崧

金鱼洲下放船开，华石潭边看雨来。
爱杀南天双白鹭，青山尽处却飞回。

秋　塘
　　　　　　　　　　　　（明）镏师邵

烟水微茫漾远愁，采菱歌断夕阳收。
鹭鸶不省红衣老，犹恋银塘十里秋。

题　画
　　　　　　　　　　　　（明）僧智舷

数株老树半无叶，一个茅亭终日空。
惟有鹭鸶常到此，飞来飞去送残红。

卷四百五十三　百舌类

◆ 五言古

侍宴咏反舌
（梁）沈约

假容不足观，遗音犹可荐。幸蒙乔树恩，得以闻高殿。

咏百舌
（梁）刘孝绰

山人惜春暮，旭旦坐花林。复值怀春鸟，枝间弄好音。
迁乔声迥出，赴谷响幽深。下听长而短，时闻绝复寻。
孤鸣若无对，百啭似群吟。昔闻屡欢昔，今听忽悲今。
听闻非殊异，迟暮独伤心。

听百舌
（梁）刘令娴

庭树旦新晴，临镜出雕楹。风吹桃李气，过传春鸟声。
净写山阳笛，全作洛滨笙。注意欲留听，误令妆不成。

长安听百舌
（陈）韦鼎

万里风烟异，一鸟忽相惊。那能对远客，还作故乡声。

听百舌鸟

（隋）李孝贞

烟销上路静，漏尽禁门通。好鸟从西苑，流响入南宫。
间关既多绪，变转复无穷。调惊时断绝，音繁有异同。
饮啄归承露，飞鸣上别风。未避王孙弹，宁畏虎贲弓。
石渠皆学府，麟阁悉文雄。不悋青泥印，时寻白社中。

◆ **七言古**

百舌吟

（唐）刘禹锡

晓星寥落春云低，初闻百舌间关啼。
花树满空迷处所，摇动繁英坠红雨。
笙簧百啭音韵多，黄鹂吞声燕无语。
东方朝日迟迟升，迎风弄影如自矜。
数声不尽又飞去，何许相逢绿杨路。
鷬蛮婉转似娱人，一心百舌何纷纷。
酡颜侠少停歌听，堕珥妖姬和睡闻。
可怜光景何时尽，谁能低回避鹰隼。
廷尉张罗自不关，潘郎挟弹无情损。
天生羽族尔何微，舌端万变乘春晖。
南方朱鸟一朝见，索莫无言高下飞。

◆ **五言排律**

徐州试反舌无声

（唐）张籍

夏木多好鸟，偏知反舌名。林幽仍共宿，时过即无声。
竹外天空晓，溪头雨自晴。居人宜寂寞，深院益凄清。

入雾暗相失,当风闲易惊。来年上林苑,知尔最先鸣。

◆ 七言律

听百舌鸟

（唐）王维

上兰门外草萋萋,未央宫中花里栖。
亦有相随过御苑,不知若个向金堤。
入春解作千般语,拂曙能先百鸟啼。
万户千门应觉晓,建章何必听鸣鸡。

赋百舌鸟

（唐）严郾

此禽轻巧少同伦,我听长疑舌满身。
星未没河先报晓,柳犹粘雪便迎春。
频嫌海燕巢难定,却讶林莺语不真。
莫倚春风便多事,玉楼还有晏眠人。

竹间听反舌鸟

（明）僧慧秀

细霭轻岚散竹林,揩颐小坐听晨禽。
未蒸花气机偏涩,乍写春声意独深。
缓引易调多种舌,琐言难竟一生心。
何如隐忍过残腊,末路风烟恐不禁。

◆ 七言绝句

百舌鸟

（唐）僧无则

千回百啭过花时,似向春风诉别离。

若使众禽俱解语，一生怀抱有谁知？

戏和舍弟船场探春
（宋）黄庭坚

百舌解啼泥滑滑，忽成风雨落花天。
城南一段春如锦，唤取诗人到酒边。

山中春晓听鸟声
（明）高启

子规啼罢百舌鸣，东窗卧听无数声。
山空人静响更切，月落杏花天未明。

春日书院
（明）鲁铎

门巷青苔隔路溪，小桃开满磬池西。
枕书眠著无人唤，花里东风百舌啼。

园　居
（明）俞允文

萧萧无伴独为家，静里经春任物华。
绿树千章啼百舌，香风吹尽紫藤花。

卷四百五十四 杜鹃类

◆ 五言律

子　规

（唐）杜甫

峡里云安县，江楼翼瓦齐。两边山木合，终日子规啼。
眇眇春风见，萧萧夜色凄。客愁那听此，故作傍人低。

和周赞善闻子规

（唐）张籍

秦城啼楚鸟，远思更纷纷。况是街西夜，偏当雨里闻。
应投最高树，似隔数重云。此处谁能听，遥知独有君。

◆ 五言绝句

夜闻子规

（唐）王建

子规啼不歇，到晓口应穿。况是不眠夜，声声在耳边。

闻子规

（唐）雍陶

百鸟有啼时，子规声不歇。春寒四邻静，独叫三更月。

◆ 七言绝句

送人归岳阳

(唐)李益

烟草连天枫树齐,岳阳归路子规啼。
春江万里巴陵戍,落日看沉碧水西。

泛舟入后溪

(唐)羊士谔

雨馀芳草净沙尘,水绿滩平一带春。
惟有啼鹃似留客,桃花深处更无人。

杏山馆听子规

(唐)窦常

楚塞馀春听渐稀,断猿今夕让沾衣。
云藏老树空山里,仿佛千声一度飞。

湘江夜泛

(唐)熊孺登

江流如箭月如弓,行尽三湘数夜中。
无那子规知向蜀,一声声似怨春风。

宿石矶

(唐)元稹

石矶江水夜潺湲,半夜江风引杜鹃。
灯暗酒醒颠倒枕,五更斜月入空船。

酬乐天舟泊夜读微之诗

(唐)元稹

知君暗泊西江岸,读我闲诗欲到明。

今夜通州还不睡,满山风雨杜鹃声。

吕校书雨中见访

(唐)赵嘏

竹阁斜溪小槛明,惟君来赏见山情。
马嘶风雨又归去,独听子规千万声。

闻杜鹃

(唐)雍陶

蜀客春城闻蜀鸟,思归声引未归心。
却知夜夜愁相似,尔正啼时我正吟。

暮春送人

(唐)僧无闷

折柳亭边手重携,江烟澹澹草萋萋。
杜鹃不解离人意,更向落花枝上啼。

崇寿客舍夜闻子规,得三绝句,写呈平父兄,烦为转寄彦集兄及两县间诸亲友(录一)

(宋)朱子

空山后夜子规号,斗转星移月尚高。
梦里不知归未得,已驱黄犊度寒皋。

夜闻子规

(宋)朱子

幽林欲雨气含凄,春晚端居园径迷。
独向高斋展衾卧,南山夜夜子规啼。

邻山县

(宋)范成大

山顶嘘云黑似烟,修篁高柳共昏然。

鸟啼一夜劝归去,谁道东川无杜鹃?

过真阳峡
(宋)杨万里

仰见青天尺许青,无波江水不胜平。
只惊白昼山竹裂,杜宇初闻第一声。

乡村四月
(宋)翁卷

绿遍山原白满川,子规声里雨如烟。
乡村四月闲人少,才了蚕桑又插田。

次韵陈君授暮春感怀
(宋)王庭珪

雨馀山鸟百般啼,烟隔桃溪一线微。
南北东西春总好,杜鹃何苦劝人归。

溪桥晚兴
(宋)郑协

寂寞亭基野渡边,春流平岸草芊芊。
一川晚照人闲立,满袖杨花听杜鹃。

春日杂兴
(宋)僧道潜

梅梢青子大于钱,惭愧春光又一年。
亭午无人初破睡,杜鹃声在柳花边。

暮 春
(元)黄庚

芳事阑珊三月时,春愁惟有落花知。

柳绵飘白东风老，一树斜阳叫子规。

客中即事
（元）杨载

几日悬悬雨不休，客窗孤迥使人愁。
杜鹃啼切知何处，坐对云山万木稠。

得樟树镇便寄家书
（元）范梈

商船夜说指江西，欲托音书未忍题。
收拾乡心多在纸，两声杜宇傍人啼。

春 暮
（元）叶颙

老红新绿驻烟波，无奈青皇促驾何。
又是一年春事了，杜鹃声里夕阳多。

己未夏日杂兴
（元）僧善住

纤纤碧草与阶齐，浓绿阴中杜宇啼。
花院昼长听正好，带声飞过粉墙西。

江 上
（明）汪广洋

大山小山松树齐，千声万声子规啼。
揽衣起舞夕露下，三更月落吴城西。

山中冬日偶题
（明）纪青

镇日无人闭竹扉，阶前寒翠上人衣。
开门修竹青如束，黄叶风前叫子规。

卷四百五十五　鶗鴂类（伯劳同）

◆ 五言古

　　　　　鶗鴂吟

　　　　　　　　（唐）刘禹锡

朝阳有鸣凤，不闻千万祀。鶗鴂催众芳，晨光先入耳。
秋风白露稀〔晞〕，从是尔啼时。如何上春日，唧唧满庭飞？

◆ 七言绝句

　　　　　即事寄人

　　　　　　　　（唐）杨凌

中禁鸣钟日欲高，北窗欹枕首频搔。
相思寂寞青苔合，惟有春风啼伯劳。

　　　　　湘中谣

　　　　　　　　（唐）崔涂

烟愁雨细云冥冥，杜兰香老三湘清。
故山望断不知处，鶗鴂隔花时一声。

　　　　　水口行舟

　　　　　　　　（宋）朱子

郁郁层峦夹岸青，春山绿水去无声。

烟波一棹知何许,鹎鸠两山相对鸣。

燕京暮春歌

(明) 靳学颜

三月杨花满御沟,可怜春色亦东流。
行人不用多惆怅,鹎鸠年年唤白头。

卷四百五十六　白头公类

◆ 七言古

　　　　白头公词
　　　　　　　　（元）陈基

杜陵三月春风暖，燕语莺啼杂絃管。
落花撩乱紫骝嘶，平乐归来酒尊满。
雨急风篁忽已秋，幽鸟多情亦白头。
不随翡翠花间宿，却爱鸳鸯水上游。
春去秋来不知老，安乐即多忧患少。
绮窗深处语言奇，付与纷纷秦吉了。

◆ 五言绝句

　　　　题画白头双鸟
　　　　　　　　（元）贡性之

笑杀锦鸳鸯，浮沉浴大江。不如枝上鸟，头白也双双。

◆ 七言绝句

　　　　子昂画
　　　　　　　　（元）虞集

棠梨枝上白头翁，墨色如新最恼公。

直似故园花石外,铜盘和露写东风。

梨花白头翁图为四明应成立题
(元)迺贤

淡月溶溶隔画楼,一枝香雪近簾钩。
山禽似怨春归早,独立花间自白头。

雪竹白头翁横披
(元)宋褧

琅玕裊裊碧云空,雪缀斜梢倚北风。
丹凤不来年岁晚,一枝聊借白头翁。

花上白头翁
(明)王绂

欲诉芳心未肯休,不知春色去难留。
东君亦是无情物,莫向花间怨白头。

题海棠白头翁便面次韵
(明)钱洪

山禽原不解春愁,谁道东风雪满头?
迟日满栏花欲睡,双双细语未曾休。

白头公图
(明)沈周

十日红簾不上钩,雨声滴碎管絃楼。
梨花将老春将去,愁白双禽一夜头。

卷四百五十七　白鸟类

◆ **五 言 律**

　　　送陈偃赋得白鸟翔翠微
　　　　　　　　　　　　（唐）朱湾

　不知鸥与鹤，天畔弄晴晖。背日分明见，临川相映微。
　净中云一点，回处雪孤飞。正好高枝立，翩翩何处归？

◆ **五 言 绝 句**

　　　登白楼见白鸟席上命鹧鸪辞
　　　　　　　　　　　　（唐）李益

　一鸟如霜雪，飞向白楼前。问君何以至？天子太平年。

◆ **七 言 绝 句**

　　　河梁晚望
　　　　　　　　　　　　（唐）僧子兰

　水势滔滔不可量，渔舟容易泛沧浪。
　连山翠霭笼沙溆，白鸟翩翩下夕阳。

　　　青田同七五兄作
　　　　　　　　　　　　（宋）薛季宣

　乌云送雨过前山，白鸟将雏向远湾。
　独立溪亭无个事，湍流泷石镇潺潺。

卷四百五十八　翠鸟类

◆ 五言古

翠鸟

（汉）蔡邕

庭陬有若榴，绿叶含丹荣。翠鸟时来集，振翼修容形。
回顾生碧色，动摇扬缥青。幸脱虞人机，得亲君子庭。
驯心托君素，雌雄保百龄。

翡翠

（宋）文同

清晨有珍禽，翩翩下鱼梁。其形不盈握，毛羽鲜且光。
天人裁碧霞，为尔缝衣裳。晶荧眩我目，非世之青黄。
爱之坐良久，常恐瞥尔翔。忽然投清漪，觅食如针铓。
如是者三四，厌饫已一肮。既饱且自嬉，翻身度回塘。
飞鸣逐佳匹，相和音琅琅。是时凫与雁，狼藉岛屿旁。
满腹酿腥秽，纷纷晒晴阳。鹙鸧最麤恶，觜大脚胫长。
入水捕蛇鳝，淤泥亦衔将。想其见尔时，一喙亦尔伤。
其心肯谓尔，被体凝华章。劝尔慎所止，好醜谁同乡？
清溪多纤鲜，亦足充尔肠。江海深且阔，所获未可量。
尔当事澡刷，帝圃参鸾凰。

东谷书所见

（宋）文同

野水泻古穴，石岸盘回渊。飞尘不可入，竹树围清涟。
静往得胜玩，深居逃俗缘。寒光照烦襟，景寂心自圆。
枯篁蹲碧禽，垂颈窥沉鲜。对之不敢动，相望两俱禅。

◆ 七 言 古

翡翠坞

（唐）李绅

翡翠飞飞绕莲坞，一啄嘉鱼一鸣舞。
莲茎触散莲叶欹，露滴珠光似还浦。
虞人掠水轻浮弋，翡翠惊飞飞不息。
直上层空翠影高，还向云间双比翼。
弹射莫及弋不得，日暮虞人空叹息。

拾羽曲

（宋）文同

新罗研红裙褊齐，綵缕刺衫花倒提。
新晴暖日丽烟草，金兽啮锁藏春闺。
朱桥逼江晓沙白，锦带交风大堤侧。
兰洲遗翎得残碧，归来惊飞上娇额。

◆ 七 言 律

翡翠巢

（元）杨维桢

罗浮花使先春到，来傍玉楼深处巢。
舞雪艳翻杨柳絮，歌云轻压海棠梢。

屏开时露鸦头袜,絃断应衔凤觜胶。
却笑雪衣娘太劣,雕笼深锁未全教。

◆ 五言绝句

绝　句
（唐）杜甫

日出篱东水,云生舍北泥。竹高鸣翡翠,沙僻舞鹍鸡。

衔鱼翠鸟
（唐）钱起

有意莲叶间,瞥然下高树。擘波得潜鱼,一点翠光去。

鱼　池
（宋）文同

积水自渊渊,来源常汩汩。岸上翠衣禽,对人时一没。

◆ 六言绝句

翡　翠
（宋）文同

见说长喙须避,得少纤鳞便飞。
为报休来近岸,有人爱汝毛衣。

◆ 七言绝句

翠碧鸟
（唐）陆龟蒙

红襟翠翰两参差,径拂烟华上细枝。
春水渐生鱼易得,莫辞风雨坐多时。

翠碧鸟

（唐）韩偓

天长水远网罗稀，保得重重翠碧衣。
挟弹小儿多害物，劝君莫近五陵飞。

翡 翠

（唐）僧齐己

水边飞去青难辨，竹里归来色一般。
磨吻鹰鹯莫相害，白鸥鸿雁满沙滩。

怀 友

（明）张㢸

飞花渺渺送春归，忽漫钩簾对夕晖。
竹下小池双翡翠，衔鱼飞过绿苔矶。

卷四百五十九　鸬鹚类

◆ 五言古

　　　　武陵精舍

　　　　　　　　（明）岳岱

白石何累累，流水亦复急。茅茨对夕晖，敝筍待鲜食。晒翅满鱼梁，鸬鹚与鹢鶒。

◆ 五言绝句

　　　　鸬鹚堰

　　　　　　　　（唐）王维

乍向红莲没，复出青蒲飏。独立何褵褷，衔鱼古查上。

◆ 七言绝句

　　　　春水生

　　　　　　　　（唐）杜甫

二月六夜春水生，门前小滩浑欲平。
鸬鹚鹢鶒莫漫喜，吾与汝曹俱眼明。

　　　　绝　句

　　　　　　　　（唐）杜甫

门外鸬鹚去不来，沙头忽见眼相猜。

自今已后知人意，一日须来一百回。

鸬鹚

（唐）杜荀鹤

一般毛羽结群飞，雨岸烟汀好景时。
深水有鱼衔得出，看来却是鹭鸶饥。

过宝应新开河

（宋）杨万里

雨里楼船即钓矶，碧云便是绿蓑衣。
沧波万顷平如镜，一只鸬鹚贴水飞。

柳塘春口占

（元）顾瑛

二月看看已过半，春风尚尔不放晴。
杨柳长堤飞鸟过，鸬鹚新水没滩平。

田家即事

（明）唐时升

横塘潮急进船迟，菱荇缠绵胃钓丝。
荷叶覆鱼先入市，青枫渡口晒鸬鹚。

宝泉滩即事

（明）李淑媛

桃花高浪几尺许，银石没项不知处。
两两鸬鹚失旧矶，衔鱼飞入菰蒲去。

鹌鹑类

◆ 五言律

应制题画鹌鹑

（明）于慎行

渺彼榆枋翼，丹青画作真。静眠宫草日，闲傍苑花春。
顾影骄金距，逢场上锦茵。非同珠树鸟，独用羽毛珍。

◆ 七言绝句

雪岸鸣鹌

（金）元好问

离离残雪点荒丛，更著幽禽惨澹中。
笑煞画帘双燕子，秋千红索海棠风。

辇下曲

（元）张昱

斗鹌（鹑）初罢草初黄，锦袋牙牌日日将。
闹市闲坊寻搭对，红尘走煞少年狂。

元宫词

（明）朱有燉

金风苑树日光晨，内侍鹰坊出入频。
遇著中秋时节近，剪绒花毯斗鹌（鹑）鹑。

卷四百六十一 天鹅类

◆ 七言绝句

　　　　湖州歌
　　　　　　　　（宋）汪元量
夜来酒醒四更过,渐觉衾裯冷气多。
踏雪敲门双敕使,传言太子送天鹅。

　　　　宫　词
　　　　　　　　（元）杨维桢
鸡人报晓五门开,卤簿千官泊虎〔帝〕台。
天上驾〔駕〕鹅先有信,九重銮驾上都回。

卷四百六十二　凫　类

◆ 五言古

咏单凫

（梁）简文帝

衔苔入浅水，刷羽向沙洲。孤飞本欲去，得影更淹留。

咏寒凫

（梁）简文帝

回水浮轻浪，沙场弄羽衣。眇眇随山没，离离傍海飞。

赋得泛泛水中凫

（陈）江总

归凫沸卉同，乱下芳塘中。出没时衔藻，飞鸣忽飏风。
浮深或不息，戏广若乘空。春鹦徒有赋，还笑在金笼。

◆ 七言古

白凫行

（唐）杜甫

君不见黄鹄高于五尺童，化为白凫似老翁。
故畦遗穗已荡尽，天寒岁暮波涛中。
鳞介腥膻素不食，终日忍饥西复东。

鲁门鷄鶋亦蹭蹬，闻道如今犹避风。

题惠崇画秋江凫雁
（宋）王庭珪

老崇学画如学禅，中年悟入理或然。
长江未落凫雁下，舒卷忽若无丹铅。
定自维摩三昧里，半幅生绡开万里。
不用并州快剪刀，断取铁围山下水。

柳塘野鸭
（元）虞集

江南水退秋光浅，风柳参差万丝卷。
鸳鸯在梁凫在渚，荡荡扁舟去家远。
千艘转海古长策，白粲连江动秋色。
断蒲折苇野水阔，烂烂明星且将弋。
翠盘擎露夜深寒，玉色亭亭落月残。
太液池头黄鹄下，梦中曾见画中看。

◆ 五 言 律

咏 凫
（唐）李峤

飒沓睢阳浍，浮游汉水隈。钱飞出井见，鹤引入琴哀。
李陵赋诗罢，王乔曳舄来。何当归太液，翔集动成雷。

翠漪堂
（宋）文同

湖水碧溶溶，寒漪四望通。龟鱼游浩渺，凫鹜下虚空。
爽气吟窗外，清光钓艇中。一襟时自快，多谢北窗风。

◆ 七言律

池上双凫

（唐）吴融

碧池悠漾小凫雏，两两依依只自娱。
钓艇忽移还散去，寒鸥有意即相呼。
可怜翡翠归云髻，莫羡鸳鸯入画图。
幸是羽毛无取处，一生安稳老菰蒲。

双凫狎得傍池台，戏藻衔蒲远又回。
敢为稻粱凌险去，幸无鹰隼触波来。
万丝春雨眠时乱，一片浓萍浴处开。
不在笼栏夜仍好，月汀星沼剩徘徊。

咏凫

（宋）文同

双双纹羽弄清漪，全得天真似尔稀。
万顷沧波供口腹，一梁寒日晒毛衣。
雨归别岛呕呢语，风度前滩翕呷飞。
好向中流最深处，等闲休上钓鱼矶。

◆ 五言绝句

野鸭

（唐）李群玉

鸂鶒借毛衣，喧呼鹰隼稀。云披菱藻地，任汝作群飞。

东飞凫

（唐）陆龟蒙

裁得尺锦书，欲寄东飞凫。胫短翅亦短，雌雄恋菰蒲。

池上双凫

(唐) 薛涛

双栖绿池上,朝去暮飞还。更忆将雏日,同心莲叶间。

方 湖

(宋) 文同

风交蒲苇乱,烟断凫鹥飞。日暮一笛起,扁舟随钓归。

冰 池

(宋) 文同

日暮池已冰,翩翩下凫鹥。不怕池中寒,便于冰上宿。

寒芦港

(宋) 文同

落月照冰湖,晓起何太爽。两岸雪烟昏,凫鸥出深港。

柴 门

(明) 郑善夫

凉月光不了,照我芳桂丛。白凫如人长,来往柴门东。

◆ 七言绝句

漫 兴

(唐) 杜甫

糁径杨花铺白毡,点溪荷叶叠青钱。
笋根稚子无人见,沙上凫雏傍母眠。

发青山馆

(唐) 赵嘏

凫鹥声暖野塘春,鞍马风高驿路尘。

一宿青山又前去,古来难得是闲人。

天汉桥
(宋)文同

风吹两岸菰蒲干,日晒一汀凫鹜寒。
夜深霜月照湖水,须上此桥凭画栏。

晚登净远亭
(宋)杨万里

簿书才了晚衙催,且上高亭眼暂开。
野鸭成群忽惊起,定知城背有船来。

登净远亭
(宋)杨万里

池冰爱日未全开,旋旋波痕百皱来。
野鸭被人惊得惯,作群飞去却飞回。

望瀛台春望
(金)边元勋

晴云如困柳如痴,丹杏开残碧草齐。
一派望瀛台下水,暖风迟日浴凫鹥。

欸 歌
(元)顾瑛

返照移晴入绮窗,芙蓉杨柳满秋江。
渔童欸乃荡舟去,惊起锦凫飞一双。

冻 凫
(元)贡性之

江天岁晚景凄凄,云脚低垂望欲迷。

水鸟畏寒飞不起，黄芦枝上并头栖。

梨花睡鸭图
（明）顾观

昔年家住太湖西，常过吴兴鼋画溪。
水阁筠簾春似海，梨花影里睡凫鹥。

春日怀江上
（明）高启

新蒲正绿乳凫鸣，水没鱼梁宿雨晴。
看近清明沉种日，野人何事不归耕。

江上晚归
（明）高启

渺渺双凫落晚沙，一江秋色艳明霞。
逢人不用停舟问，大树村中即我家。

巴人竹枝歌
（明）王廷相

野鸭唼唼一双飞，飞到侬池不肯归。
莫共鸳鸯斗毛羽，鸳鸯情性世间稀。

卷四百六十三 竹鸡类（泥滑滑同）

◆ 长短句

禽言

（宋）朱子

泥滑滑，泥滑滑，秦望云荒镜湖阔。
绿秧刺水水拍堤，牙旗画舸凌风发。
使君行乐三江头，泥滑水深君莫忧。

◆ 五言绝句

泥滑滑

（宋）文同

春日正晴明，满园花盛发。劝尔竹木鸡，莫啼泥滑滑。

◆ 七言绝句

绝句

（宋）范成大

晴色先从喜鹊知，斜阳一抹照天西。
竹鸡何物能无赖，如许泥深更苦啼？

天台道上早行

（宋）戴昺

篚舆轧轧过清溪，溪上梅花压水低。

月影渐收天半晓，两山相对竹鸡啼。

雪霁

（金）马定国

高岩旭日吐深赪，雪霁楼台白玉京。
独往南塘探春色，琵琶花下竹鸡鸣。

竹枝词

（元）丁鹤年

竹鸡啼处一声声，山雨来时郎欲行。
蜀天却似离人眼，十日都无一日晴。

入垓口

（明）程庆玠

沙明水碧净无泥，三百滩盘上欱溪。
两岸青山春欲暮，楝花飞尽竹鸡啼。

府江杂诗

（明）谢少南

落日官军举号齐，珊戈画盾障山蹊。
不嫌铜斗通宵击，却厌斑鸡半岭啼。

寄洪时斋

（明）僧德祥

草上东风柳上烟，溪头三日嫩晴天。
竹鸡叫断春泥滑，闲与梅花说旧年。

卷四百六十四　鹅　类

◆ **五言古**　附长短句

咏　鹅

（唐）骆宾王

鹅鹅鹅，曲项向天歌。白毛浮绿水，红掌拨清波。

道州北池放鹅

（唐）吕温

我非好鹅癖，尔乏鸣雁资。安得免沸鼎，澹然游清池？
见生不忍食，深情固在斯。能自远飞去，无念稻粱为。

滕昌祐蘘香睡鹅图

（元）虞集

苍鹅惜毛羽，宛宛卧春雨。雨馀日照沙，上有蘘香花。
怀香不自献，梦到金銮殿。殿池多跃鱼，君王方草书。

◆ **七言古**

赵大年鹅图

（元）杨维桢

镜湖湖上春波明，湾碕树树鹅黄青。
上有金衣弄簧舌，下有红掌浮绣翎。

春锄一白能自好,尚嫌性带鸬鹚腥。
眼明见此群鹳鹳,不与匹鸟争春晴。
大年笔法如《兰亭》,宛颈个个由天成。
艮宫流落二百载,贾人不厌千金争。
却恨会稽内史无此笔,为人辛苦书《黄庭》。

◆ **五 言 律**

舟前小鹅儿

(唐)杜甫

鹅儿黄似酒,对酒爱新鹅。引颈嗔船逼,无行乱眼多。
翅开遭宿雨,力小困沧波。客散层城暮,狐狸奈若何。

黄尊师高轩观鹅因留宿

(元)揭傒斯

开轩南岳下,世事未曾闻。落叶常疑雨,方池半是云。
偶寻骑鹤侣,来此看鹅群。一夜潺湲里,秋光得细分。

与客夜登开利寺观鹅亭

(明)王问

野寺寒云外,犹传晋永和。逢君非有约,踏月偶相过。
废沼冰棱浅,荒亭霜气多。怀思倚阑者,书罢独笼鹅。

◆ **七言绝句**

送贺宾客归越

(唐)李白

镜湖流水漾清波,狂客归舟逸兴多。
山阴道士如相见,应写《黄庭》换白鹅。

得房公池鹅

（唐）杜甫

房相西亭鹅一群，眠沙泛浦白于云。
凤凰池上应回首，为报笼随王右军。

题 鹅

（唐）李商隐

眠沙卧水自成群，曲岸残阳极浦云。
那解将心怜孔翠，羁雌长共故雄分。

深 院

（唐）韩偓

鹅儿唼喋栀黄觜，凤子轻盈腻粉腰。
深院下帘人昼寝，红蔷薇映碧芭蕉。

同乐园

（金）赵秉文

石作垣墙竹映门，水回山复几桃源。
毛飘水面知鹅栅，角出墙头认鹿园。

闲闲公为上清宫道士写经，并以所养鹅群付之，诸公有诗，某亦同作

（元）杨云翼

会稽笔法老无尘，今代闲闲是后身。
只有爱鹅缘已尽，举群还付向来人。

春 寒

（元）方回

灯节萧条雷后雪，花天料峭雨馀霜。

经旬不出无情绪,恰见鹅儿似酒黄。

访张道士题壁

(明)袁凯

道士门前春日温,千重碧草睡鹅群。
山风忽送桃花雨,湿遍床头白练裙。

过北塘

(明)高启

春水满田如一湖,入田放艇看鹅雏。
女郎祠下野花杂,老子门前沙树孤。

夜至阳城田家

(明)高启

东津渡头初月辉,南陵寺里远钟微。
主人入夜门未掩,蒲响满塘鹅鸭归。

观书偶成

(明)史鉴

竹深门闭乱藤垂,隐几观书欲倦时。
长啸不知风起处,槐花吹落戏鹅池。

卷四百六十五　鸭　类

◆ 五言古

鸭　雏
（宋）梅尧臣

春鸭日浮波，羽冷难伏卵。
常（尝）因鸡抱时，托以鸡窝（窠）暖。
三旬𣪊（壳）既坏，乳毛寒胫短。鸡宁辨其雏，翅拥情款款。
一日向水涯，所禀殊未断。泛然去中流，鸡呼心悫悫。
人之苟异怀，负义不足筭。有志在养毓，勿论报德限。

斗鸭篇
（明）高启

春波漾群凫，戏斗每堪玩。宛转回翠吭，褵褷振文翰。
声兼江雨喧，影逐浦云乱。喋喋队初交，纷披势将散。
持敌忽同沉，呼俦更相唤。时陈水槛侧，或聚湖亭畔。
长鸣若贾勇，远奋如追窜。荷叶触俱翻，菱丝罥齐断。
鱼骇没中流，鸥惊起前岸。心逾垄雉骄，气压场鸡悍。
海客朝自驱，溪娃晚犹看。稍欲碍行舟，浑忘避流弹。
苦争应为食，幸胜非因算。微鸟昧全躯，临川独成叹。

◆ 长短句

射鸭词
（明）高启

射鸭去，清江曙；射鸭返，回塘晚。
秋菱叶烂烟雨晴，鸭群未下媒先鸣。
草翳低遮竹弓觳，水冷田空鸭多瘦。
行舟莫来使鸭惊，得食忘猜正相斗。
觜喳喳，毛縱縱，潜机一发那得知。

◆ 五言律

花 鸭
（唐）杜甫

花鸭无泥滓，阶前每缓行。羽毛知独立，黑白太分明。
不觉群心妒，休牵众眼惊。稻粱霑汝在，作意莫先鸣。

◆ 五言绝句

画 鸭
（元）揭傒斯

春草细还生，春雏养渐成。茸茸毛色起，应解自呼名。

◆ 六言绝句

宫中三台词
（唐）王建

鱼藻池边射鸭，芙蓉苑里看花。
日色柘袍相似，不著红鸾扇遮。

静 观

（宋）文同

十许纹鱼游水，一双花鸭眠沙。
静观只恐惊去，无语凭栏日斜。

◆ 七言绝句

小 鸭

（宋）黄庭坚

小鸭看从笔下生，幻法生机全得妙。
自知力小畏沧波，睡起晴沙依晚照。

春 日

（宋）晁冲之

阴阴溪曲绿交加，小雨翻萍上浅沙。
春色不堪流水送，双浮鸣鸭趁桃花。

晚春田园杂兴

（宋）范成大

乌鸟投林过客稀，前山烟暝到柴扉。
小童一棹舟如叶，独自编栏鸭阵归。

夏日田园杂兴

（宋）范成大

千顷芙蕖放棹嬉，花深迷路晚忘归。
家人暗识船行处，时有惊忙小鸭飞。

茶陵竹枝歌

（明）李东阳

拍拍东风燕子寒，卷簾花絮若为看。

夜深雨脚何曾睡,春水平于养鸭栏。

白苎词

(明)孙一元

江上睡鸭烟草肥,江南白苎催换衣。
雨声四月不知暑,过尽樱桃人未归。

卷四百六十六　鸡　类

◆ 五言古

斗鸡篇
（魏）曹植

游目极妙伎，清听厌宫商。主人寂无为，众宾进乐方。
长筵坐戏客，斗鸡观闲房。群雄正翕赫，双翅自飞扬。
挥羽激清风，悍目发朱光。觜落轻毛散，严距往往伤。
长鸣入青云，扇翼独翱翔。愿蒙狸膏助，常得擅此场。

斗鸡
（魏）刘桢

丹鸡被华采，双距如锋铓。愿一扬炎威，会战此中唐。
利爪探玉除，瞋目含火光。长翘惊风起，劲翮正敷张。
轻举奋钩喙，电击复还翔。

斗鸡
（梁）简文帝

欢乐良无已，东郊春可游。百花非一色，新田多异流。
龙尾横津汉，车箱起戍楼。玉冠初警敌，芥羽忽猜俦。
十日骄既满，九胜势恒遒。脱使田饶见，堪能说鲁侯。

斗　鸡

（陈）徐陵

季子聊为戏，陈王欲骋才。花冠已冲力，芥爪复惊媒。
斗凤羞衣锦，双鸾耻镜台。陈仓若有信，为觅宝鸡来。

斗鸡东郊道

（陈）褚玠

东（春）郊斗鸡侣，捧敌两逢迎。诡群排袖出，带勇向场惊。
锦毛侵距散，芥羽杂尘生。还同战胜罢，耿介寄前鸣。

看斗鸡

（北周）王褒

踥蹀始横行，意气欲相倾。妒敌金芒起，猜群芥粉生。
入场疑挑战，逐退似追兵。谁知函谷下，人去独开城。

斗　鸡

（北周）庾信

开轩望平子，骤马看陈王。狸膏熏斗敌，芥粉壒春场。
解翅莲花动，猜群锦臆张。

鸡鸣篇

（隋）岑德润

钟响应繁霜，晨鸡锦臆张。簾迥犹侵露，枝高已映光。
排空下朝揭，奋翼上花场。雨晦思君子，关开脱孟尝。
既得依云外，安用集陈仓。

斗鸡联句（同孟郊）

（唐）韩愈

大鸡昂然来，小鸡竦而待。（愈）崢嵘颠盛气，洗刷凝鲜彩。（郊）

高行若矜豪,侧睨如伺殆。(愈)精光目相射,剑戟心独在。(郊)
既取冠为胄,复以距为镦。天时得清寒,地利挟爽垲。(愈)
碟毛各噤瘁,怒瘿争碨磊。峨膺忽尔低,植立瞥而改。(郊)
腷膊战声喧,缤纷落羽翭。中休事未决,小挫势益倍。(愈)
妒肠务生敌,贼性专相醯。裂血失鸣声,啄殷甚饥餒。(郊)
对起何急惊,随旋诚巧绐。毒手饱李阳,神槌困朱亥。(愈)
恻心我以仁,碎首尔何罪。独胜事有然,傍惊汗流浼。(郊)
知雄欣动颜,怯负愁看贿。争观云填道,助叫波翻海。(愈)
事爪深难解,嗔晴时未恖。一喷一醒然,再接再砺乃。(郊)
头垂碎丹砂,翼塌拖锦綵。连轩尚贾馀,清厉比归凯。(愈)
选俊感收毛,受恩惭始隗。英心甘斗死,义肉耻庖宰。
君看斗鸡篇,短韵有可采。(郊)

◆ 七言古　附长短句

鸡鸣篇

（梁）简文帝

坰鸡识将曙,长鸣高树颠。
啄叶疑障羽,排花强欲前。
意气多惊举,飘扬独无侣。
陈思助斗协狸膏,邳昭妒敌安金距。
丹山可爱有凤凰,金门飞舞有鸳鸯。
何如五德美,岂胜千里翔。

鸡鸣歌

（隋）阙名

东方欲明星烂烂,汝南晨鸡登坛唤。
曲终漏尽严具陈,月没星稀天下旦。
千门万户递鱼钥,宫中城上飞乌鹊。

缚鸡行

（唐）杜甫

小奴缚鸡向市卖，鸡被缚急相喧争。
家中厌鸡食虫蚁，不知鸡卖还遭烹。
虫鸡于人何厚薄，吾叱奴人解其缚。
鸡虫得失无了时，注目寒江倚山阁。

鸡鸣曲

（唐）陈陶

鸡声春晓上林中，一声惊落虾蟆宫，
二声唤破枕边梦，三声行人烟海红。
平旦慵将百雏语，蓬松锦绣当阳处。
愧君饮食长相呼，为君昼鸣下高树。

仙鸡诗

（金）元德明

老雄健斗夸擅场，韩郎抱归神色伤。
岂知黠儿出侥幸，毒手一发不得防。
毳衣散洒尚可养，利觜一哆何由张？
青囊道人何许来，自言救药我有方。
垂髯喋水濯残血，半喙随手生新黄。
筠笼半开闻膊膊，草冠已往徒惊忙。
神仙世有宁虚荒，惜哉诡激不可量。
世人鹜勇天且剿，况于物也资强梁。
敷荣枯梅变金石，未若与世针膏肓。
何须变化示狡狯，知君办作淮南王。
蓬莱东望云茫茫，爱而不见心为狂。
刀圭不愿换凡骨，且欲共醉无何乡。

斗鸡行

(元) 杨维桢

两雄勇锐夸匹敌,老距当场利如戟。
毨毳氍毹猬刺张,怒咽魄礧瞠睛碧。
剑心一动碎花冠,口血相污胶彩翼。
何当罢斗作啼声,埭上梨花春露滴。

鸡鸣歌

(明) 高启

北斗城头北斗低,万家梦破一声鸡。
马蹄踏踏车辘辘,阙下连趋市中逐。
雄鸡安得噤尔声,利名少息世上争,漫漫夜长人不惊。

钱舜举画花石子母鸡图

(明) 王淮

落红香散东风软,灵岩络翠苔纹浅。
闲庭昼永日当空,花影团团移未转。
两鸡不识春意佳,栖迟也傍庭前花。
父鸡昂然气雄壮,独立峰颠发高唱。
母鸡喈喈领七雏,且行且逐鸣相呼。
两雏依依挟母腋,母力已劳儿自得。
两雏啾啾趋母前,有如娇儿听母言。
两雏唧唧随母后,呼之不前不停口。
一雏引首接母虫,儿腹已饱母腹空。
嗟尔爱雏乃如此,不知尔雏何报尔?
钱翁摹此悦生意,我独观之暗流涕。
劬劳难报慈母恩,漂泊江湖复何济?
展图三叹重摩挲,鸡乎鸡乎奈尔何!

鸡鸣歌

（明）僧道衍

金壶漏残霜满屋，鸡鸣喈喈乌尚宿。
征夫才起促行装，马为驾鞍车整毂。
鸡罢俄闻鼓角悲，别妇出门双泪垂。
妇牵夫袂话归日，愿学鸡鸣不失时。

◆ 五言律

咏 鸡

（唐）杜甫

纪德名标五，初鸣度必三。殊方听有异，失次晓无惭。
问俗人情似，充庖尔辈堪。气交亭育际，巫峡漏司南。

鸡

（唐）徐夤

名参十二属，花入羽毛深。守信催朝日，能鸣送晓阴。
峨冠装瑞璧，利爪削黄金。徒有稻粱感，何由报德音？

◆ 五言排律

咏寒食斗鸡应秦王教

（唐）杜淹

寒食东郊道，扬鞲竞出笼。花冠初照日，芥羽正生风。
顾敌知心勇，先鸣觉气雄。长翘频扫阵，利爪屡通中。
飞毛遍绿野，洒血渍芳丛。虽然百战胜，会是（自）不论功。

◆ 七言律

晨 鸡
（唐）刘兼

朱冠金距彩毛身，昧爽高声已报晨。
作瑞莫惭先贡楚，擅场须信独推秦。
淮南也伴升仙犬，函谷曾容借晓人。
此日卑栖随饮啄，宰君驱我亦相驯。

◆ 五言绝句

闻鸡赠主人
（唐）李益

嘍嘍司晨鸣，报尔东方旭。无事恋君轩，今日重凫鹄。

早行遇雪
（唐）石召

荒郊昨夜雪，羸马又须行。四顾无人迹，鸡鸣第一声。

近 诗
（唐）奚锐金

舞镜争鸾彩，临场定鹘拳。正思仙仗日，翘首御楼前。

养斗形如木，迎春质似泥。信如风雨在，何惮迹卑栖。

为脱田文难，常怀纪渻恩。欲知疏野态，霜晓叫荒村。

早 行
（宋）刘子翚

村鸡已报晨，晓月渐无色。行人马上去，残灯照空驿。

饮酒西岩

（金）蔡松年

鸡群媚稻粱，老鹤日疏野。人言随其流，故有不同者。

金鸡山

（元）贡师泰

巨灵劈山石，飞出黄金鸡。至今山下人，犹听云中啼。

杂 兴

（元）周权

寒童引羸骖，路入苍巘去。深处有人家，鸡鸣白云树。

马氏东轩

（明）高启

阳和受最多，爽气看应少。晞发此窗前，鸡鸣海天晓。

途 中

（明）陆深

晓行不知程，梦醒闻细浪。曙月逐鸡声，棹歌来枕上。

◆ 六言绝句

晓 枕

（宋）范成大

煮汤听成万籁，添被知是五更。
陆续满城钟动，须臾后巷鸡鸣。

◆ 七言绝句

赋得鸡
(唐) 李商隐

稻粱犹足活诸雏,妒敌专场好自娱。
可要五更惊稳梦,不辞风雪为阳乌。

仙人词
(唐) 陈陶

赤城门开六丁直,晓日已烧东海色。
朝天半路闻玉鸡,星斗离离碍龙翼。

鸡鸣曲
(唐) 汪遵

金距花冠傍舍栖,清晨相叫一声齐。
开关自有冯生计,不必天明待汝啼。

鸡
(唐) 崔道融

买得晨鸡共鸡语,常时不用等闲鸣。
深山月黑风雨夜,欲近晓天啼一声。

僧爽白鸡
(宋) 苏轼

断尾雄鸡本畏烹,年来听法伴修行。
还须却置莲花漏,老怯风霜恐不鸣。

太湖沿檄西原道即事
(宋) 程俱

司空山头朝出云,西源(原)渡口十里阴。

烟中鸡唱未及午，白雨作泥泥已深。

武夷棹歌

（宋）朱子

四曲东西两石岩，岩花垂露碧㲲㲪。
金鸡叫罢无人见，月满空山水满潭。

和筹堂途中即事

（金）李俊民

晚风吹雨过山堂，灯火秋凉好对床。
却被荒鸡笑人懒，一声催起著鞭忙。

和黄景杜雪中即事

（元）赵孟頫

雪寒凄切透书帷，极目南云入望低。
欲报平安无过雁，忽惊残梦有鸣鸡。

登师山诸生有书

（元）郑玉

城上钟声度远溪，扶桑破曙海云低。
披衣欲起还欹枕，山下晨鸡四面啼。

小游仙

（元）杨维桢

东逾弱水赤流深，夜得桃都息羽旌。
地底日回天上去，金鸡如凤自交鸣。

郊　行

（明）庄昶

凌兢瘦马踏春泥，雪后郊原绿未齐。

一抹午烟风隔断,野鸡声在竹林西。

题　画
(明) 沈周

水次人家似瀼西,参差竹树路俱迷。
溪翁兀兀不出户,日午饭香鸡正啼。

赠致政司谏刘后峰
(明) 李开先

人散灯残睡正浓,惊回晓梦思重重。
揽衣欹枕从容听,野店鸡声野寺钟。

鸡
(明) 俞允文

月落空营旧垒低,寒风猎猎大荒西。
惊魂易断江南梦,恼杀重城未晓啼。

宿太华山寺
(明) 张佳颖

石床横架万峰西,海上双珠入户低。
自是山中无玉漏,朝霞还有碧鸡啼。

斗鸡图
(明) 周天球

英年曾入斗鸡场,金距狸膏事已荒。
惟有雄心忘未得,披图犹自问低昂。

田家即事
(明) 唐时升

新成燕麦欲相扶,风急高杨落乳乌。

社酒醒来人寂寂,紫桐花下数鸡雏。

泖上嘲吴凝父

(明)范沨

林皋叶脱风凄凄,远峰森立寒云齐。
满船离思半江月,未到五更鸡乱啼。

卷四百六十七　杂鸟类

◆ 四言古

大鹏赞

（晋）阮修

跄跄大鹏，诞自北溟。假精灵鳞，神化以生。
如云之翼，如山之形。海运水击，扶摇上征。

比翼鸟赞

（晋）郭璞

鸟有鹣鹣，似凫青赤。虽云一质，气同体隔。
延颈离鸣，翻能合翮。

◆ 五言古

五色雀

（宋）苏轼

粲粲五色羽，炎方凤之徒。青黄缟元（玄）服，翼卫两绂朱。
仁心知闵农，常告雨霁符。我穷惟四壁，破屋无瞻乌。
惠然此粲者，来集竹与梧。锵鸣如玉佩，意欲相嬉娱。
寂寞两黎生，食菜真臞儒。小圃散春物，野桃陈雪肤。
举杯得一笑，见此红鸾雏。高情如飞仙，未易握粟呼。
何为去复来，眷眷岂属吾？回翔天壤间，何必怀此都。

◆ **七言古** 附长短句

时乐鸟篇

（唐）张说

旧传南海出灵禽，时乐名闻不可寻。
形貌乍同鹦鹉类，精神别禀凤凰心。
千年待圣方轻举，万里呈材无伴侣。
红茸糅绣好毛衣，清泠讴哑好言语。
内人试取御衣牵，啄手瞑声不许前。
心愿阳乌恒保日，志嫌阴鹤欲凌天。
天情玩讶良无已，察图果见祥经里。
本持符瑞验明王，还用文章比君子。
自怜弱羽讵堪珍，喜共华篇来示人。
人见嘤嘤报恩鸟，多惭碌碌具官臣。

鹁鸪词

（宋）欧阳修

龙楼凤阁郁峥嵘，深宫不闻更漏声。
红纱蜡烛愁夜短，绿窗鹁鸪催天明。
一声两声人渐起，金井辘轳闻汲水；
三声四声促严妆，红靴玉带奉君王。
万年枝软风露湿，上下枝间声转急。
南衙促仗三卫列，九门放钥千官入。
重城禁籞锁池台，此鸟飞从何处来？
君不见颍河东岸村陂阔，山禽野鸟常嘲哳。
田家惟听夏鸡声，（鹁鸪，京西村人谓之夏鸡。）
夜夜垄头耕晓月。
可怜此乐独吾知，眷恋君恩今白发。

禽　言
　　　　　　（宋）苏轼

去年麦不熟，挟弹规我肉；
今年麦上场，处处有残粟。
丰年无象何处寻？听取林间快活吟。

力作力作，蚕丝百箔。垄上麦头昂，林间桑子落。
愿侬一箔千两丝，缫丝得蛹饲尔雏。

禽　言
　　　　　　（元）杨维桢

姑恶姑恶，姑不恶，妾命苦。
姑有孝女，姑为慈母，妾亦甘为东海妇。

倒　挂
　　　　　　（明）高启

绿衣小凤啼愁罢，瘦影翻悬桂枝下。
芙蓉帐里篆消时，解敛馀香散中夜。
钟鼓迢迢锁禁门，宵衣未得奉明恩。
五更香冷罗浮月，想忆梅花应断魂。

禽　言
　　　　　　（明）冯惟敏

凤凰不如我，竹实醴泉真琐琐。
何不委形浊世中，飞鸣饮啄无不可。凤凰不如我。

得过且过，风雨冥冥巢欲堕。
饱暖当时不自知，炎凉此日方参破。得过且过。

◆ 五言律

白 鸽
（唐）徐夤

举翼凌空碧，依人到大邦。粉翎栖画阁，雪影拂琼窗。
振鹭堪为侣，鸣鸠好作双。狎鸥归未得，睹尔忆晴江。

◆ 五言排律

学诸进士作精卫衔石填海
（唐）韩愈

鸟有偿冤者，终年抱寸诚。口衔山石细，心望海波平。
渺渺功难见，区区命已轻。人皆讥造次，我独赏专精。
岂计休无日，惟应尽此生。何惭刺客传，不著报雠名。

◆ 七言律

恭题皇上所御画扇鹡鸰葵兰
（明）赵用贤

花鸟芳菲禁苑中，画图省识见春风。
香飘兰气千茎碧，日丽葵心万朵红。
当暑携来看皎洁，自天题处转青葱。
鹡鸰原上休相急，已荷皇仁祝网同。

题御扇所画鹡鸰葵兰
（明）申时行

花萼楼前过鹡鸰，群飞相逐总含情。
非关原上秋声急，自傍林间淑景鸣。
影散瑶阶葵日午，音调玉管蕙风清。
当时集木称奇瑞，何似仪庭应圣明。

桂花芙蓉山雀

（明）何洛文

墨华点缀九秋容，宝箧看疑御苑逢。
金粟半含青桂树，锦云初灿木芙蓉。
芬香宛自清风发，艳色弥从满月浓。
更喜双双枝上雀，轻飏翠羽近飞龙。

◆ 五言绝句

春怀故园

（唐）柳宗元

九扈鸣已晚，楚乡农事春。悠悠故池水，空待灌园人。

青 鹞

（唐）李群玉

独立蒹葭雨，低飞浦屿风。须知毛色异，莫入鹭鸶丛。

湘 中

（唐）郑仆射

青鹞苦幽独，隔江相对稀。夜寒芦叶雨，空作一声归。

偶 题

（唐）苍头捧剑

青鸟衔蒲萄，飞上金井栏。美人恐惊去，不敢卷帘看。

拖白练

（宋）文同

盘石坐深林，不欲人求见。隔岸谁品絃，数声拖白练。

连点七

(宋)文同

翩翩彼珍禽,金羽耀寒日。飞落滩上冰,对人连点七。

淘 河

(宋)文同

群鱼见新晴,万鬣戏清洌。忽尔下淘河,惊飞入水底。

舜举画棠梨练雀

(元)程钜夫

霜晕棠梨脸,风梳练雀翎。含毫心欲醉,开卷眼还醒。

春妍带雪图

(元)虞集

玉茗深宫里,春妍带雪残。可怜五色羽,相并不知寒。

◆ 六言绝句

鹳

(宋)文同

常恶静时凫鹜,不惊饱处虾鱼。
与我闲正相似,问尔乐复何如?

◆ 七言绝句

朱 坡

(唐)杜牧

烟深苔巷唱樵儿,花落寒轻倦客归。
藤岸竹洲相掩映,满池春雨鹧鸪飞。

和袭美松江早春

（唐）陆龟蒙

柳下江餐待好风，暂时还得狎渔翁。
一生无事烟波足，惟有沙边水勃公。

龟山寺晚望

（唐）张蠙

四面湖光绝路歧，鹧鹈飞起暮钟时。
渔舟不用悬帆席，归去乘风插柳枝。

出郊杂咏

（宋）王炎

道上东风掠面轻，一犁雨足得新晴。
草头蛱蝶自由舞，林下鹧鹈相对鸣。

冬日田园杂兴

（宋）范成大

斜日低山片月高，睡馀行药绕江郊。
霜风扫尽千林叶，闲倚笻枝数鹳巢。

自晨至午，起居饮食皆以墙外人物之声为节，戏书四绝（录一）

（宋）范成大

巷南敲板报残更，街北弹丝行诵经。
已被两人惊梦断，谁家风鸽斗鸣铃？

宫 词

（宋）花蕊夫人

安排竹栅与笆篱，养得新生鹁鸽儿。
宣受内家专喂饲，花毛闲看总皆知。

东家四时词

(元) 虞集

贺雪宫门上表归,貂裘犹带六花飞。
海南新送收香鸟,转觉清寒入翠帏。

题十二红卷子

(元) 杨载

碧桃枝上有珍禽,调舌交交送好音。
画出江南春意思,明年携酒共追寻。

牡丹鹁鸽图

(元) 朱德润

深院朱阑覆锦裀,百花开尽牡丹春。
粉毛双鸽多驯狎,对浴金盆不避人。

蓼花雪姑图

(元) 陈基

红蓼花开水满洲,西风吹梦总成秋。
衔泥不及三春燕,两两巢君翡翠楼。

小游仙词

(元) 杨维桢

金鹅蕊生瑶水阴,锦驼鸟鸣珠树林。
上皇敕赐龙色酒,天乐五云流玉音。

漫 兴

(元) 杨维桢

南邻酒伴辱相呼,共访城东旧酒垆。
柳下秋千闲络索,花间唤起劝胡卢。

水墨四香画

（元）杨维桢

玉龙声嘶五更了，绿衣倒挂榑桑晓。
道人冲寒酒未醒，梨花零落春云小。

杂　题

（元）王逢

洄塘昨夜绿波增，偶策交州鬼面藤。
一雨百花香洗尽，流春矴上立鱼鹰。

吐绶鸟

（元）郑允端

庭院春阴护薄寒，山禽飞下玉阑干。
胸中锦绣无人识，闲向东风自吐看。

湖　上

（明）王宠

星桥北挂泻春流，映出黄山水面浮。
霞石天青飞练鹊，桃花气暖醉轻鸥。

题画为李宫詹子蕃

（明）黎民表

武帝清斋太乙宫，上林无处不春风。
遥知绛节随王母，青鸟飞来御苑中。

山水图

（明）僧宗泐

绿水青山茂苑西，荷花开遍越来溪。
渔郎荡漾湾头去，五月深林谢豹啼。

卷四百六十八　龙类（附蛟虬）

◆ 五言古

应龙篇

（陈）张正见

应龙未起时，乃在渊底藏。非云足不蹈，举则冲天翔。
譬彼野兰草，幽居常独香。清风播四远，万里望芬芳。
隐居可颐志，自见焉得彰。

飞龙引

（北齐）萧悫

河曲衔图出，江上负舟归。欲因作雨去，还逐景云飞。
引商吹细管，下徵泛长徽。持此凄清引，春夜舞罗衣。

龙　潭

（元）刘因

盘磴脱交荫，平坛得高岑。高岑不可攀，飞湍激幽音。
穷源岂不得，爽气来骎骎。灵润发山骨，沮洳下崖阴。
为问石上苔，妙理谁曾寻？乾坤有干溢，此水无古今。
下有灵物栖，倒影毛发森。东州旱连岁，呼龙动云林。
顾此百丈潭，岂无三日霖？为霖此虽能，鞭策由天心。
日暮碧云合，空山深复深。

◆ 七言古　附长短句

日离海

（宋）谢翱

日离海，青瞳昽。沃以积水，涵苍穹。
神光隐，豹雾空。气呼吸，为蛟龙。
赤云衣，紫霓从。吹白众宿，歌大风。
天吴遁，清海宫。

僧传古涌雾出波龙图歌

（元）柳贯

叶公好龙致真龙，精气所感无不通。
僧中刘累有传古，夜梦捷入骊龙宫。
阳晖焰焰阴精动，左右给侍皆鱼虫。
探珠不得逢彼怒，轰然鼓鬣兴雷风。
潜窥窃识领其妙，写之万楮将毋同。
目睛数月才一点，波浪咫尺如层空。
乘云执镜麾电母，跨海献宝招河宗。
刘尝善豢古善画，得意忘象象乃工。
为龙为画了不识，有顷噀水投长虹。
龙乎龙乎德正中，超忽变化天为功。
绛冠帝子秉节从，九渊唤起赤鲤公，永奠鳌极开鸿濛。

题王宰所藏墨龙

（元）柳贯

飞廉为御丰隆车，凭陵九渊倾尾闾。
谁与发墨启元奥，神光蹴斗旋其枢。
湖边竹屋清夜徂，防有没人来摘珠。

题陈所翁墨龙

（元）萨都剌

画龙天下称所翁，秃笔光射骊珠宫。
长廊白日走云气，大厦六月生寒风。
兴来一饮酒一石，手提元（玄）兔追霹雳。
涨天烟雾晴不收，头角峥嵘出墙壁。
全角具体得者稀，今日海边亲见之。
满堂光焰动鳞甲，倒挟海水空中飞。
凌风直上九天去，天下苍生望霖雨。
太平天子居九重，黍稷穰穰千万古。

题陈所翁九龙戏珠图

（元）张翥

两龙颔颁出重渊，白日移海空中悬。
一龙回矫一倒起，侧磔虬髯怒喷水。
大珠炎炎如弹丸，爪底云头争控抟。
一龙昂首逆鳞露，两龙旁睨苍厓蟠。
怪风狂电浩呼汹，天吴伴立八山动。
一龙后出尤崛奇，半尾戏绕蜿蜓儿。
儿生未角已神猛，一顾却走千蛟螭。
陈翁砚池藏霹雳，往往醉时翻水滴。
便觉天瓢入手来，雨气模糊浑是墨。
我尝见画多巨幅，簸荡惊涛骇人目。
何如此笔穷变化，三尺微绡形势足。
是翁前身定龙精，故能吸歘奔精灵。
卷图还君慎封鐍，但恐破壁飞空冥。

题苍龙戏海图

（元）陈泰

天孙织云春锦红，玉梭误落乘刚风。
一夕变化云溟濛，海水起立为珠宫。
坐令年年杼轴空，谁与黼黻上帝躬？
求梭不得愁鬼工，安知入君怀袖中。

墨　龙

（元）张雨

高昌世子写墨龙，此龙乃出开元中。
东井水与天河通，龙下取水遗其踪。
道人识为黑帝子，逃入世子之笔锋。
井头夜半飞霹雳，元气淋漓雪色碧。
一锁银床五百年，才点目睛生羽翼。

题吴彦嘉所藏张秋蟾龙图

（明）方行

张公画龙人不识，笔法远自僧繇得。
挂向高堂神鬼惊，恍惚电光来破壁。
夜当渤海开笔力，元气霖霆浸无极。
吞吐日月天地昏，摩荡云雷太阴黑。
江翻石转窈莫测，雪涛卷空铜柱侧。
洞庭扶桑非尔谁，颠倒沧溟为窟宅。
乃知兹图只数尺，坐令万里起古色。
何当置我君山湖上之高峰，听此老翁吹铁篴（笛）。

◆ 七言律

龙池乐章

（唐）苏颋

西京凤邸跃龙泉，佳气休光镇在天。
轩后雾图今已得，秦王水剑昔尝传。
恩鱼不入昆明钓，瑞鹤常如太液仙。
愿侍巡游同旧里，更闻萧鼓济楼船。

奉和圣制龙池篇

（唐）姚崇

恭闻帝里生灵祉，应报明君鼎业新。
既协翠泉光宝命，还符白水出真人。
当时舜海潜龙跃，此日尧河带马巡。
独有前池一小雁，叨承旧惠入天津。

◆ 五言绝句

黄神谷纪事

（唐）马戴

霹雳震秋岳，折松横洞门。云龙忽变化，但见玉潭浑。

续 古

（唐）陈陶

景龙临太极，五凤当庭舞。谁信壁间梭，升天作云雨。

龙 井

（元）贡师泰

宝剑落深潭，时时见光怪。鳞甲飞上天，白昼风雨快。

玉簾泉

（元）杜本

灿烂金为屋，玲珑玉作簾。飞泉来百道，中有老龙潜。

画扇

（元）张宪

渴龙饮清江，江水皆倒立。风雨满山来，石楠半身湿。

小临海曲

（元）杨维桢

网得珊瑚树，移栽玛瑙盆。夜来风雨横，龙气上珠根。

题道士青山白云图

（明）张以宁

云气晓来浓，前山失数峰。道人夜作雨，呼起碧潭龙。

◆ 七言绝句

绝句

（唐）杜甫

欲作渔梁云覆湍，因惊四月雨声寒。
青溪先有蛟龙窟，竹石如山不敢安。

小游仙

（唐）曹唐

白石山中自有天，竹花藤叶隔溪烟。
朝来洞口围棋了，赌得青龙值几钱。

且欲留君饮桂浆，九天无事莫推忙。

青龙举步行千里，休道蓬莱归路长。

琼树扶疏压瑞烟，玉皇朝客满花前。
东风小饮人皆醉，短尾青龙枕水眠。

偶　题
（宋）王安石

山腰石上千年润，石眼全无一日干。
天下苍生望霖雨，不知龙向此中蟠。

上沙遇雨快凉
（宋）范成大

刮地风来健葛衣，一凉便觉暑光低。
云头龙挂如垂箸，雨在中峰白塔西。

台山杂咏
（金）元好问

灵蛇不与世相关，时复蜿蜒水石间。
何处天瓢待霖雨，一龛香火梵仙山。

玉龙图
（元）虞集

贝阙澄澄海月生，水晶簾影接空明。
鲛绡剪得霓裳就，却拥冰髯上太清。

夜发龙潭
（元）萨都剌

船头夜静天如水，渡口潮平月在江。
灯影摇波风不定，老龙吹浪湿篷窗。

游覆船山宿草堂

（元）郑玉

眠云石上屋三间,瀑布当檐坐卧看。
怪底岩前龙忽起,夜来风雨不胜寒。

岭南杂咏

（明）汪广洋

番禺南望渺烟波,怪底鱼龙出没多。
顷刻风霆飞白昼,黑云拖雨过牂牁。

奉同王浚川海上杂歌

（明）薛蕙

天鸡啼处夜生潮,东望蓬莱翠雾消。
紫贝高为云外阙,青龙盘作日边桥。

卷四百六十九　鱼类（附虾、海蜇）

◆ 四言古

比目鱼
（晋）郭璞

比目之鳞，别号王馀。虽有二片，实则一鱼。
协不能密，离不为疏。

◆ 五言古

咏跃鱼应诏
（梁）张率

戢鳞隐繁藻，颁首承渌漪。何用游溟澥，且跃天渊池。

咏石鲸应诏
（陈）周弘正

石鲸何壮丽，独在天池阴。鶱鬐（鳍）类横海，半出似浮深。
吞航本无日，吐浪亦难寻。圣帝游灵沼，能怀跃藻心。

赋得莲下游鱼
（陈）阮卓

春色映澄陂，涵泳且相随。未上龙门路，聊戏芙蓉池。
触浪莲香动，乘流叶影披。相忘自有乐，庄惠岂能知。

赋得鱼跃水生花
（陈）张正见

漾色桃花水，相望濯锦流。跃浦疑珠出，依池似镜浮。
凌波衔落蕊，触饵避沉钩。方游莲叶外，讵入武王舟？

咏　鱼
（隋）岑德润

剑影侵波合，珠光带水新。莲东自可戏，安用上龙津。

岘潭作
（唐）孟浩然

石潭傍隈隩，沙岸晓夤缘。试垂竹竿钓，果得槎头鳊。
美人骋金错，纤手鲙红鲜。因谢陆内史，莼羹何足传。

放　鱼
（唐）白居易

晓日提竹篮，家童买春蔬。青青芹蕨下，叠卧双白鱼。
无声但呀呀，以气相煦濡。倾篮泻地上，拨剌长尺馀。
岂惟刀机忧，坐见蝼蚁图。脱泉虽已久，得水犹可苏。
放之小池中，且用救干枯。水小池窄狭，动尾触四隅。
一时幸苟活，久远将何如？怜其不得所，移放于南湖。
南湖连西江，好去勿踟蹰。施恩即望报，吾非斯人徒。
不须泥沙底，辛苦觅明珠。

江南曲
（唐）陆龟蒙

鱼戏莲叶间，参差隐叶扇。鸂鶒鹦瑪窥，潋滟无因见。

鱼戏莲叶东，初霞射红尾。傍临谢山侧，恰值清风起。

鱼戏莲叶西,盘盘舞波急。潜依曲岸凉,正对斜光入。

鱼戏莲叶南,歆危午烟叠。光摇越鸟巢,影乱吴娃楫。

鱼戏莲叶北,澄阳动微涟。回看帝子渚,稍背鄂君船。

种 鱼
(唐)皮日休

移土湖岸边,一半和鱼子。池中得春雨,点点活如蚁。
一月便翠鳞,终年必赪尾。借问两绶人,谁知种鱼利?

蔡仲谋遗鲫鱼十六尾,余忆在襄城时获此鱼,留以迟欧阳永叔
(宋)梅尧臣

昔尝得圆鲫,留待故人食。今君远赠之,故人大河北。
欲脍无庖人,欲寄无鸟翼。放之已不活,烹煮费薪棘。

白 小
(宋)唐庚

二年遵海滨,开眼即浩渺。谓当饱长鲸,糊口但白小。
百尾不盈釜,烹煮等芹蓼。咀嚼何所得?鳞鬣空纷扰。
向来巨鱼戏,海面横孤峤。嗋唱喷飞沫,白雨散晴晓。
终然不省录,从事此微眇。短长本相形,南北无定表。
泰山不为多,毫末夫岂少。词雄两月读,理足三语妙。
人生一沤发,谁作千岁调?安能蹲会稽,坐待期年钓。

走笔谢王去非遣馈江鲚
(宋)刘宰

环坐正无惊,骈头得嘉馈。鲜明讶银尺,廉纤非虿尾。
肩耸乍惊雷,腮红新出水。芼以姜桂椒,未熟香浮鼻。

河豚愧有毒，江鲈惭寡味。更咨座上客，送归烦玉指。
钉饾杂青红，百巧出刀匕。翩翩鹤来翔，粲粲花呈媚。
颇疑壶中景，仿佛具盘底；又疑三神山，幻化出人世。
更于属餍馀，想像无穷意。知君束装冗，不敢折简致。
厚赐何可忘，因笔聊举似。

松江舟中
（宋）戴复古

夜听枫桥钟，晓汲松江水。客行信匆匆，少住亦可喜。
且食鳜鱼肥，莫问鲈鱼美。

郊居寓目随事辄题
（元）袁易

绝江捕寒鱼，赤鲤巨莫逃。鲦鲹翻有神，腾出如银刀。

食鲈鱼
（元）王恽

鲈鱼昔人贵，我行次吴江。秋风时已过，满意莼鲈香。
初非为口腹，物异可阙尝？口哆颊重出，鳞纤雪争光。
背华点玳斑，或圆或斜方。一脊无乱骨，食免刺鲠防。
肉腻胜海蝤，味佳掩河鲂。灯前不放箸，愈淡味愈长。
张翰为尔逝，我今赴官忙。出处要义在，不须论行藏。
倚装足朝睡，且快所欲偿。梦惊听吴歌，海日方苍凉。

鱼 渊
（明）袁凯

幽壑湛虚静，众鲦远来归。游泳方自得，沉潜亦其宜。
既无网罟忧，荇菜复参差。辟彼翔集鸟，悠然竟何疑？

观　鱼

（明）杨基

池阴树影凉，白小纷成队。吹絮圆沤续，触荷清露碎。
俄沉静却浮，忽遇惊还退。幸免钓丝忧，江鲈且充鲙。

乐府杂曲

（明）僧法杲

纤鲫上芒针，小儿争大叫。一饵连六鳌，此是任公钓。

◆ 七言古　附长短句

酬中都小吏携斗酒双鱼于逆旅见赠

（唐）李白

鲁酒琥珀色，汶鱼紫锦鳞。
山东豪吏有俊气，手携此物赠远人。
意气相倾两相顾，斗酒双鱼表情素。
酒来我饮之，鲙作别离处。
双鳃呀呷鬐鬣张，拨剌银盘欲飞去。
呼儿拂几霜刃挥，红肌花落白雪霏。
为君下箸一餐罢，醉著金鞭上马归。

观打鱼歌

（唐）杜甫

绵州江水之东津，鲂鱼发发色胜银。
渔人漾舟沉大网，截江一拥数百鳞。
众鱼常才尽却弃，赤鲤腾出如有神。
潜龙无声老蛟怒，回风飒飒吹沙尘。
饔子左右挥霜刀，鲙飞金盘白雪高。
徐州秃尾不足忆，汉阴槎头远遁逃。

鲂鱼肥美知第一，既饱欢娱亦萧瑟。
君不见朝来割素鬐，咫尺波涛永相失。

阌卿姜七少府设鲙戏赠长歌
（唐）杜甫

姜侯设鲙当严冬，昨日今日皆天风。
河冻未渔不易得，凿冰恐侵河伯宫。
饔人受鱼鲛人手，洗鱼磨刀鱼眼红。
无声细下飞碎雪，有骨已剁觜春葱。
偏劝腹腴愧年少，软炊香饭缘老翁。
落砧何曾白纸湿，放箸未觉金盘空。
新欢便饱姜侯德，清觞异味情屡极。
东归贪路自觉难，欲别上马身无力。
可怜为人好心事，于我见子真颜色。
不恨我衰子贵时，怅望且为今相忆。

罩鱼歌
（唐）温庭筠

朝罩罩城南，暮罩罩城西。两桨鸣幽幽，莲子相高低。
持罩入深水，金鳞大如手。鱼尾迸圆波，千珠落湘藕。
风飕飕，雨离离，菱尖茭刺鸂鶒飞。
水连网眼白如影，淅沥篷声寒点微。
楚岸有花花盖屋，金塘柳色前溪曲。
悠溶杳若去无穷，五色澄潭鸭头绿。

愧鱼亭
（宋）孔武仲

昔闻鱼可羡，今见鱼可愧。
邂逅临池处，潇洒出尘意。

秋风八月起江湖,水染绀碧霞绮疏。
悠然掉尾波间去,须信吾生不及鱼。

画鱼歌

(宋) 苏轼

天寒水落鱼在泥,短钩画水如耕犁。
渚蒲拔折藻荇乱,此意岂复遗鳅鲵。
偶然信手皆虚击,本不辞劳几万一。
一鱼中刃百鱼惊,虾蟹奔忙互跳掷。
渔人养鱼如养雏,插竿贯笠惊鹈鹕。
岂知白梃闹如雨,搅水觅鱼嗟已疏。

西湖秋涸,东池鱼窘甚,因会客呼网师迁之西池,为一笑之乐。夜归被酒不能寐,戏作放鱼一首

(宋) 苏轼

东池浮萍半黏块,裂碧跳青出鱼背。
西池秋水尚涵空,舞阔摇深吹荇带。
吾僚有意为迁居,老守纵馋那忍脍。
纵横争看银刀出,瀺灂初惊玉花碎。
但愁数罟损鳞鬣,未信长堤隔涛濑。
潎潎泼泼须臾间,圉圉洋洋寻文外。
安知中无蛟龙种,尚恐或有风云会。
明年春水涨西湖,好去相忘渺淮海。

渼陂鱼

(宋) 苏轼

霜筠细破为双掩,中有长鱼如卧剑。
紫荇穿腮气惨悽,红鳞照坐光磨闪。
携来虽远鬣尚动,烹不待熟指先染。

座客相看为解颜，香粳饱送如填堑。
早岁尝为荆渚客，黄鱼屡食沙头店。
滨江易采不复珍，盈尺辄弃毋乃僭。
自从西征复何有，欲致南烹嗟久欠。
游鯈琐细空自腥，乱骨纵横动遭砭。
故人远馈何以报，客俎久空惊忽赡。
东道毋辞信使频，西邻幸有庖虀酽。

读神仙传

（宋）程俱

鲤鱼腹中有《隐符》，白鱼腹中有《素书》。
鞭灵走石才一戏，骑鳞上天亦徒尔。
谁能解衣涿水中，使人呼指赤鯶公？

鳆　鱼

（金）刘迎

君不见二牢山下狮子峰，海波万里家鱼龙。
金鸡一唱火轮出，晓色下瞰榑桑宫。
槲林叶老霜风急，雪浪如山半空立。
贝阙轩腾水伯居，琼瑰喷薄鲛人泣。
长镵白柄光芒寒，一苇去横烟雾间。
峰峦百叠破螺甲，宫室四面开蚝山。
镂身鉢骨成何事，口腹之珍讵为祟？
郡曹受赏虽一言，国史收痾得非累。
筠篮一一千里来，百金一笑收羹材。
色新欲透玛瑙盌，味胜可浥葡萄醅。
饮客醉颊浮春红，金盘旋觉放箸空。
齿牙寒光漱明月，胸臆秀气喷长虹。
平生浪说江瑶柱，大嚼从今不论数。

我懒安能汗漫游,买船欲访渔郎去。

题捕鱼图

(元) 欧阳玄

太湖三万六千顷,灵槎倒压青天影。
大鱼吹浪高如山,小鱼卷鬣为龙盘。
群鱼联腴伐桴鼓,势同三军战强卤。
长网大罟三百尺,拦截中流若环堵。
吴王宫中宴未阑,银丝斫脍飞龙鸾。
太官八珍奉公子,猩猩赪唇鲤鱼尾。
洞庭木落天南秋,黄芦满天飞白鸥。
江头吹笛唤渔舟,与君大醉岳阳楼。

题程亚卿所藏刘进画鱼

(明) 李东阳

刘生亦是丹青豪,近来作画无此曹。
平明退直呼浊醪,半酣脱却宫锦袍。
戏将秃笔作鳞介,已觉四壁生风涛。
风涛汹涌向何处?岸阔江空起烟雾。
东风一夜吹水浑,翠鬣红鬐不知数。
桃花柳絮时吐吞,轻蘩乱荇交缤纷。
圆光倒射日成凸,灭影下没天无痕。
群嬉若共众芳狎,远逝忽与洪波奔。
千形万态极幻化,仓卒逢之安可论。
就中巨者称赤鱣,卓荦颇似鲸与鲲。
仰窥河汉若咫尺,俯视江海如罂盆。
岩峦变,风雨作,走天吴,驱海若。
流云掣电同挥霍,喷沫浮沤满寥廓。
锋镝参差见龈腭,剑戟峥嵘露头角。

直遣飞腾动鬼神，宁夸震撼倾山岳。
若非溟渤即洞庭，不然岂得通幽灵？
幽灵汗漫入恍惚，始信丹青有奇骨。
刘生刘生良已工，谁其爱者司徒公。
华堂锦轴灿盈文，仿佛坐我龙门中。
龙门高，高几许？叶公画龙龙出走，此物胡为在庭宇？
知公自是人中龙，会向人间作霖雨。
玉如意，金叵罗，激高堂，扬练波。
文王在沼民共乐，君子有酒吾当歌。
我生解诗不解画，潦倒不觉双颜酡。
吁嗟乎，吾将奈尔丹青何！

◆ 五言律

白　小

（唐）杜甫

白小群分命，天然二寸鱼。细微霑水族，风俗当园蔬。
入肆银花乱，倾箱雪片虚。生成犹拾卵，尽取义何如？

洞庭鱼

（唐）李商隐

洞庭鱼可拾，不假更垂罾。闹若雨前蚁，多于秋后蝇。
岂思鳞作簟，仍计腹为灯。浩荡天池路，翱翔欲化鹏。

荆　州

（宋）苏轼

江水深成窟，潜鱼大似犀。赤鳞如琥珀，老枕胜玻瓈。
上客举雕俎，佳人摇翠篦。登庖兼作器，何以免屠刲。

江南忆

（金）吴激

吴淞潮水平，月上小舟横。旋斫四腮脍，未输千里羹。
捣虀香不散，照箸雪无声。几见秋风起，空怜乡思生。

余旧游魏郡日，有双鱼之馈，今绝不可得，
问之则河徙故也，戏成一章

（明）王世贞

十载叨游魏，双鱼馈事宽。鸾刀催霎舞，象箸压霜寒。
沧海欲陵陆，黄河能钓竿。思归别有念，不借蒯缑弹。

◆ 五言排律

赋得巨鱼纵大壑

（唐）钱起

巨鱼纵大壑，遂性似乘时。奋跃风生鬣，腾凌浪鼓鬐。
龙摅回地轴，鲲化想天池。方快吞舟意，尤殊在藻嬉。
倾危嗟幕燕，隐晦诮泥龟。喻士逢明主，才猷得所施。

鱼上冰

（唐）王季则

北陆收寒尽，东风解冻初。冰消通浅渚，气变跃潜鱼。
应节似知化，扬鬐任所如。浮沉非乐藻，沿溯异传书。
结网时空久，临川意有馀。为龙将可望，今日愧才虚。

鱼上冰

（唐）纪元皋

春生寒气灭，稍动伏泉鱼。乍喜东风至，来观曲浦初。
近冰朱鬣见，望日锦鳞舒。渐觉流渐退，还欣掉尾馀。

噞喁情自乐，沿泳意宁疏。倘得随鲲化，终看戾太虚。

赋得巨鱼纵大壑

（唐）姚康

水府乘闲望，圆波息跃鱼。从来曝泥久，今日脱渊初。
得志宁相忌，无心任宛如。龙门应可度，鲛室岂常居。
掉尾方穷乐，游鳞每自舒。乘流千里去，风力藉吹嘘。

临川羡鱼

（唐）张元正

有客百愁侵，求鱼正在今。广川何渺漫，高岸几登临。
风水宁相阻，烟波岂惮深。不应同逐鹿，讵肯比从禽。
结网非无力，忘筌自有心。永存芳饵在，伫立思沉沉。

叉鱼招张功曹

（唐）韩愈

叉鱼春岸阔，此兴在中宵。大炬然如昼，长船缚似桥。
深窥沙可数，静榜水无摇。刃下那能脱，波间或自跳。
中鳞怜锦碎，当目讶珠销。迷火逃翻近，惊人去暂遥。
竞多心转细，得隽语时嚣。潭馨知存寡，舷平觉获饶。
交头疑凑饵，骈首类同条。濡沫情虽密，登门志已辽。
盈车欺故事，饲犬验今朝。血浪凝犹沸，腥风远更飘。
盖江烟幂幂，拂棹影寥寥。獭去愁无食，龙移惧见烧。
如棠名既误，钓渭日徒消。文客惊先赋，篙工喜尽谣。
鲙成思我友，观乐忆吾僚。自可捐忧累，何须强问鸮。

赋得鱼登龙门

（唐）元稹

鱼贯终何益，龙门在此登。有成当作雨，无用耻为鹏。
激浪诚难溯，雄心亦自凭。风云潜会合，鬐鬣忽腾凌。

泥滓辞河浊，烟霄见海澄。回瞻顺流辈，谁敢望同升。

◆ 七言律

和鲁望谢惠鱼之什
（唐）皮日休

钓公来信自松江，三尺春鱼拨刺霜。
腹内旧钩苔染涩，腮中新饵藻和香。
冷鳞中断榆钱破，寒骨平分玉箸光。
何事贶君偏得所，只缘同是越航郎。

观鱼轩
（宋）韩琦

雨后方池碧涨秋，观鱼亭槛俯临流。
时看隐荇骈头戏，忽见开萍作队游。
喜掷舟前翻乱锦，静潜波下起圆沤。
吾心大欲同斯乐，肯插筠竿饵钓钩。

杜介送鱼
（宋）苏轼

新年已赐黄封酒，旧友仍分赪尾鱼。
陋巷关门负朝日，小园除雪得春蔬。
病妻起斫银丝鲙，稚子欢寻尺素书。
醉眼朦胧觅归路，松江烟雨晚疏疏。

郑太玉送子鱼
（宋）唐庚

便当权阁太常斋，药灶于旁（傍）手自煨。
须信子鱼藏妙理，坐令母蟹愧凡才。
刀头定向何时得，剑脊频将好意来。

老去少陵虽病肺，尚堪持此荐寒醅。

初食淮白鱼
（宋）杨万里

淮白须将淮水煮，江南水煮正相违。
霜吹柳叶都落尽，鱼吃雪花方解肥。
醉卧糟丘名不恶，下来盐豉味全非。
饕人且莫供羊酪，更买银刀二尺围。

和张寺丞谢惠河豚
（宋）刘宰

先生盛德信光亨，微物将诚愧晚生。
春岸正当馀雨过，寒江尚想小舟横。
一夸走送惭迟暮，两舍相望欠割烹。
未必甘芹解知味，王公当谅野人情。

佩之馈石首鱼有诗次韵奉谢
（明）李东阳

夜网初收晓市开，黄鱼无数一时来。
风流不斗莼丝品，软烂偏宜豆乳堆。
碧盌分香怜冷冽，金鳞出浪想崔嵬。
高堂正忆东邻送，诗句情多不易裁。

金　鱼
（明）朱之蕃

谁染银鳞琥珀浓，光摇鬈鬣映芙蓉。
清池跃处桃生浪，绿藻分开金在镕。
丙穴灵源随地涌，离宫正色自天锺。
群鱼漫尔同游泳，伫见飞空化赤龙。

和比玉赋游鱼唼花影

（明）程嘉燧

无数轻鲦莲叶东，泳芳吹沫竞浮空。
疑追戏蝶来天上，误饵游丝没镜中。
点额冷光如吸露，濯鳞香阵欲餐风。
相忘乐事江湖外，捉影还看嚼蜡同。

◆ 五言绝句

江行杂诗

（唐）钱起

滩浅争游鹭，江清易见鱼。怪来吟未足，秋物欠红蕖。

新　亭

（唐）韩愈

湖上新亭好，公来日出初。水纹浮枕簟，瓦影荫龟鱼。

续　古

（唐）陈陶

大尧登宝位，麟凤焕宸居。海曲沾恩泽，还生比目鱼。

放　鱼

（唐）李群玉

早觅为龙去，江湖莫漫游。须知香饵下，触口是铦钩。

鱼

（宋）苏轼

湖上移鱼子，初生不畏人。自从识钩饵，欲见更无因。

淮南鱼歌
（元）马祖常

渡江问鱼价，人来索酒钱。妇姑亦不恶，便煮缩项鳊。

和杨铁崖小临海
（明）张简

雨过积金顶，芙蓉万朵青。神鱼不飞去，风伏翠涛腥。

绝　句
（明）殷奎

霜落水禽啼，寒流绕大堤。长鱼不受钓，跃过石梁西。

西湖曲
（明）李东阳

艸碧明沙际，花红试雨初。官船荡素桨，惊散一双鱼。

偶　成
（明）卢沄

江头春水生，江上春水长。十日不出门，鱼苗大如掌。

◆ 六言绝句

题娱晖亭
（明）唐时升

负郭家家水竹，残春处处烟花。
开尊欲招鸟雀，举网频得鱼虾。

◆ 七言绝句

解 闷
（唐）杜甫

复忆襄阳孟浩然，清诗句句尽堪传。
即今耆旧无新语，漫钓槎头缩项鳊。

垂花坞醉后戏题
（唐）独孤及

紫蔓青条覆酒壶，落花时与竹风俱。
归时自负花前醉，笑向鯈鱼问乐无。

小鱼咏寄泾州杨侍郎
（唐）卢纶

莲花影里暂相离，才出浮萍值罟师。
上得龙门还失浪，九江何处是归期？

放 鱼
（唐）窦巩

金钱赎得免刀痕，见说禽鱼亦感恩。
好去长江千万里，不须辛苦上龙门。

盆 池
（唐）韩愈

瓦沼晨朝水自清，小虫无数不知名。
忽然分散无踪影，惟有鱼儿作队行。

观游鱼
（唐）白居易

绕池闲步看鱼游，正值儿童弄钓舟。

一种爱鱼心各异,我来施食尔垂钩。

池上寓兴
(唐)白居易

濠梁庄惠漫相争,未必人情知物情。
獭捕鱼来鱼跃出,此非鱼乐是鱼惊。

南　园
(唐)李贺

春水初生乳燕飞,黄蜂小尾扑花归。
窗含远色通书幌,鱼拥香钩近石矶。

南　塘
(唐)鲍溶

塘东白日驻红雾,早鱼翻光乐碧浔。
画船兰棹欲破浪,恐畏惊动莲东心。

鲤　鱼
(唐)章孝标

眼似珍珠鳞似金,时时动浪出还沉。
河中得上龙门去,不叹江湖岁月深。

观　鱼
(唐)陆希声

惠施徒自学多方,漫说观鱼理未长。
不得庄生濠上旨,江湖何以见相忘。

对　鲙
(唐)项斯

行到鲈鱼乡里时,鲙盘如雪怕风吹。

犹怜醉后江南路,马上垂鞭学钓时。

游 鱼
(唐)来鹏

弄萍偎荇思夷犹,掉尾扬鬐逐慢流。
应怕碧岩岩下水,浮藤如线月如钩。

秋 霁
(唐)崔道融

雨霁长空荡涤清,远山初出未知名。
夜来江上如钩月,时有惊鱼掷浪声。

鱼
(宋)欧阳修

秋水澄鲜见发毛,锦鳞行处水纹摇。
岸边人影还惊去,时向绿荷深处跳。

赠莘老
(宋)苏轼

三年京国厌藜蒿,长羡淮鱼压楚糟。
今日骆驼桥下泊,恣看修网出银刀。

惠崇春江晚景
(宋)苏轼

竹外桃花三两枝,春江水暖鸭先知。
蒌蒿满地芦芽短,正是河鲀(豚)欲上时。

戏作鮰鱼一绝
(宋)苏轼

粉红石首仍无骨,雪白河鲀不药人。

寄语天公与河伯，何妨乞与水精鳞。

题超化寺壁
（宋）晁冲之

曲池风定碧澜平，小白鱼如镜里行。
水竹再来应识我，壁间不用更题名。

赴广陵道中
（宋）晁补之

杨柳青青欲哺乌，一春风雨暗隋渠。
落帆未觉扬州远，已喜淮阴见白鱼。

早　夏
（宋）陈造

安石榴花猩血鲜，凉荷高叶碧田田。
鲥鱼入市河鲀罢，已破江南打麦天。

延平道中
（宋）朱槔

一溪春涨午晴初，日透波光绿浸裾。
却忆孤山山下路，石桥清澈看叉鱼。

梅　雨
（宋）范成大

雨霁云闲池面光，三年鱼苗如许长。
小荷拳拳可包鲊，晚日照盘风露香。

晚春田园杂兴
（宋）范成大

海雨江风浪作堆，时新鱼菜逐春回。

荻芽抽笋河鲀上,楝子开花石首来。

秋日田园杂兴
(宋)范成大

细捣橙虀有鲙鱼,西风吹上四腮鲈。
雪松酥腻千丝缕,除却松江到处无。

自晨至午,起居饮食皆以墙外人物之声为节,戏书四绝(录一)
(宋)范成大

起傍东窗手把书,华颠种种不经梳。
朝餐欲倒须巾裹,已有重来晚市鱼。

窗下戏咏
(宋)陆游

三尺清池镜面平,剪刀叶底戏鱼行。
吾曹安得如渠乐,傍渚跳波过此生。

晓坐荷桥
(宋)杨万里

帘影窥池到藕根,水光为我弄朝暾。
鱼儿解作晴天雨,波面吹成落点痕。

垂虹亭看打鱼斫鲙
(宋)杨万里

桥柱疏疏四寂然,亭前突出小鱼船。
一声磔磔鸣榔起,惊出银刀跃玉泉。

湖州歌
(宋)汪元量

晓鬟髹松懒不梳,忽听人说是南徐。

手中明镜抛船上,半揭篷窗看打鱼。

宝应城南柳数株,葭墙艾席是民居。
眼前境逆无诗兴,忽有小舟来卖鱼。

寄俞秀老清老二居士
(宋)僧道潜

风溪云巘雪消初,鸟变春声满屋除。
安得故人同蜡屐,石梁斜日看游鱼。

宫　词
(宋)花蕊夫人

厨盘进食簇时新,侍宴无非列近臣。
日午殿头宣索鲙,隔花催唤打鱼人。

钓线沉波漾彩舟,鱼争芳饵上龙钩。
内人急捧金盘接,拨剌红鳞跃未休。

顺安词呈赵使君
(金)刘著

太平时世屡丰年,胜事长闻父老传。
郭外桑麻知几顷,船头鱼蟹不论钱。

日照道中
(金)党怀英

路转清溪树蔚然,解鞍坐歇午阴圆。
避人鸥鸟惊飞尽,时有游鱼弄柳绵。

首夏村居杂兴
(元)袁易

绿树荆扉晚更幽,鲈鱼菰菜近堪求。

故人有兴能寻我,但觅吴淞欲尽头。

赠渔者
〔元〕郝经

一尺新鲂绿柳穿,渔人馈我不论钱。
斫开细骨银膏莹,旋折黄芦爇晚烟。

十一日浯畲登舟十绝(录一)
〔元〕程钜夫

江清照见石粼粼,貌得游鱼态度真。
说与长年轻荡桨,放他深处著潜鳞。

洪州歌
〔元〕柳贯

蒌蒿鲜滑胜鸡苏,满尺河豚玉作肤。
漫说江乡美庖传,几曾风味似莼鲈?

夜过白马湖
〔元〕萨都剌

春水满湖芦苇青,鲤鱼吹浪水风腥。
舟行未见初更月,一点渔灯落远汀。

吴淞江上谩兴
〔元〕贡师泰

白月满天江水平,银河垂地寂无声。
披衣独坐过夜半,拨剌跳鱼时一鸣。

梦中作
〔元〕洪希文

烟波荡荡寄闲身,筐筥携归色似银。

莫笑江湖钓竿子，担头挂得两金鳞。

题赤鲤图

（元）李祁

风翻雷吼动乾坤，赤鲤腾波势独尊。
无数闲鳞齐上下，欲随春浪过龙门。

江边竹枝词

（元）王逢

社酒吹香新燕飞，游人裙幄占湾矶。
如刀江鲚白盈尺，不独河鲀天下稀。

师子林即景

（元）僧惟则

道人肩水灌畦蔬，托钵船归粟有馀。
饱饭禅和无一事，绕池分食喂游鱼。

望武昌

（明）杨基

春风吹雨湿衣裾，绿水红妆画不如。
却是汉阳川上女，过江来买武昌鱼。

汪口渡捕鱼者

（明）汪广洋

芳草渡头歌竹枝，晴天小艇放鸬鹚。
比邻为报春醪熟，自起持鱼贯柳丝。

江　上

（明）汪广洋

象牙滩上百花开，参差时复见楼台。

翠香芹菜缘沙出，雪色鲫鱼上水来。

兰溪棹歌

（明）汪广洋

野凫晴蹋浪梯平，越上人家住近城。
箬叶裹鱼来换米，松舟一个似梭轻。

东吴棹歌

（明）汪广洋

艇子抢风过太湖，水云行尽是东吴。
阿谁坐理青丝网，遮得松江巨口鲈。

入狭潭

（明）镏崧

水上石山森剑铓，水中石屋是鱼房。
秋来水落月未出，鱼眼射波如火光。

画鱼

（明）钱宰

绿陂春水没渔家，杨柳青青拂钓槎。
三月江南春雨歇，一双鱣鲔上桃花。

钓鱼图

（明）庄昶

溪上春云与浪飞，溪头春水鳖鱼肥。
闲人只是闲无事，日出船来月出归。

寄友

（明）沈周

与君倾盖二毛初，别后无由数寄书。

江上逢人问消息，红妆随马射游鱼。

金山江天阁

（明）王叔承

鸟外渔歌断水烟，隔江唤过打鱼船。
鲥鱼出网鲜犹活，笑掷船头三百钱。

晓过八坼

（明）王叔承

残星点点照船明，敲石寒炉曙火生。
推枕坐看江市过，梦中听得卖鱼声。

画跃鲤送人

（明）徐渭

鳞鬣何殊点额归，丰神却觉有风威。
不添一片龙门石，方便凡鱼作队飞。

附　虾

◆ 七言古

海虾图

（明）王鏊

茫茫大海浮穹壤，日月升沉鳌背上。
其间物怪何所无，海马天吴大如象。
有鱼如屋鲎如帆，虾最细微犹十丈。
鬈鬈怒气须如戟，力战洪涛欲飞出。
江湖鱼蟹总蜉蝣，眚眼生平未曾识。
画工何处写汝真，梦中曾到长须国。
黑风吹海浪如山，鱼龙变化须臾间。
从龙愿作先驱去，去上青天生羽翰。

◆ 五言绝句

池　上
（宋）韩维

樽酒浮多蚁，舟篷覆似蜗。折杨争贯鲤，编竹自捞虾。

附海蜇

◆ 七言律

海　蜇
（元）谢宗可

层涛拥沫缀虾行，水母含秋孕地灵。
海气冻凝红玉脆，天风寒结紫云腥。
霞衣退色冰涎滑，璃缕烹香酒力醒。
应是楚宫萍实老，忽随潮信落沧溟。

卷四百七十　蟹　类

◆ 五言古

子集弟寄江蟹

（宋）张九成

吾乡十月间，海错贱如土。尤思盐白蟹，满壳红初吐。
荐酒歉空尊，侑饭馋如虎。别来九年矣，食物那可睹。
蛮烟瘴雨中，滋味更荼苦。池鱼腥彻骨，江鱼骨无数。
每食辄呕哕，无辞知罪罟。新年庚运通，此物登盘俎。
先以供祖先，次以宴宾侣。其馀及妻子，咀嚼话江浦。
骨淬不敢掷，念带烟江雨。手足义可量，封寄无辞屡。

◆ 七言古

谢陈壶天惠蟹

（元）龚璛

寒蒲缚来肠已无，枯骨裹肉肉自腴。
为君唤醒江湖梦，孤篷细雨声相濡。
贫家不辨满眼沽，糟床溜溜红真珠。
起来为立西风里，一径晴寒菊数株。

中秋碧云师送蟹

（元）张宪

天风吹绽黄金粟，檐前老兔飞寒玉。

客窗不记是中秋，但觉邻家酒浆熟。
汹田秋霁稻未镰，苇箔竹篓收团尖。
红膏溢齿嫩乳滑，脆美簇簇橙丝甜。
无肠公子夸矍铄，两戟前驱终受缚。
餍心昼暖白玉脐，夔牟夜泣红铜壳。
麹生风度亦可怜，且对霜娥供大嚼。
酒后高歌绕碧云，九峰一夜霜华落。

上巳日吴野人烹蟹及吴化父兄弟宴集
（明）王叔承

前溪雨足溪水新，夜涨桃花三尺春。
三月三日日初丽，浮玉流觞骄醉人。
偶过杨柳桥西宅，鱼罾蟹篓当门立。
船头活蟹紫堪击，重欲满斤阔逾尺。
主人藏蟹真得宜，急流之下青笼垂。
日饲稻子数百穗，枫落直过桃花时。
蜀椒吴盐落砧细，宝刀香腻春葱丝。
雄者白肪白于玉，圆脐剖出黄金脂。
主人有蟹不卖钱，但逢嘉客留斟酌。
持螯岂慕尚方珍，长对杜康呼郭索。

◆ 五 言 律

江南忆
（金）吴激

平生把螯手，遮日负垂竿。浩渺渚田熟，青荧渔火寒。
曾看霜菊艳，不放酒杯干。比老垂涎处，糟脐个个团。

赋得蟹送人之官
（明）高启

吐沫似珠流，无肠岂识愁。香宜橙实晚，肥过稻花秋。

出簖来深浦，随灯聚远洲。郡斋初退食，可怕有监州。

◆ 七言律

酬袭美见寄海蟹
(唐) 陆龟蒙

药杯应阻蟹螯香，却乞江边采捕郎。
自是扬雄知郭索，且非何颖（胤）敢饢饂。
骨清犹似含春霭，沫白还疑带海霜。
强作南朝风雅客，夜来偷醉早梅傍。

呈吴正仲遗活蟹
(宋) 梅尧臣

年年收稻买江蟹，二月得从何处来？
满腹红膏肥似髓，贮盘青壳大于杯。
定知有口能嘘沫，休信无心便畏雷。
幸与陆机来往熟，每分吴味不嫌猜。

丁公默送蝤蛑
(宋) 苏轼

溪边石蟹小如钱，喜见轮囷赤玉盘。
半壳含黄宜旨酒，两螯斫雪劝加餐。
蛮珍海错闻名久，怪雨腥风入坐寒。
堪笑吴兴馋太守，一诗换得两尖团。

盐蟹数枚寄段摄中谊斋
(明) 宋讷

无肠公子旧知名，风味非糟亦自清。
只信海霜肥郭索，须劳野火照横行。
两螯白雪堆盘重，一壳黄金上箸轻。

公退避寒应买酒,献芹毋笑野人诚。

◆ 五言绝句

画　蟹
（宋）文同

蟹性最难图,生意在螯跪。伊人得其妙,郭索不能已。

雨后杂兴
（明）王叔承

野水平溪桥,波翻蓼花乱。斫竹编青篮,门前开蟹籪。

◆ 七言绝句

忆江南旧游
（唐）羊士谔

曲水三春弄彩毫,樟亭八月又观涛。
金罍几醉乌程酒,鹤舫闲吟把蟹螯。

钓　侣
（唐）陆龟蒙

一艇轻撑看晚（晓）涛,接䍦抛下漉春醪。
相逢便倚蒹葭泊,更唱菱歌擘蟹螯。

咏　蟹
（唐）皮日休

未游沧海早知名,有骨还从肉上生。
莫道无心畏雷电,海龙王处也横行。

仲秋书事
（宋）陆游

秋风社散日平西,馂胙残壶手自提。

赐食敢思烹细项，家庖仍禁擘团脐。

淮　上
（宋）僧道潜

芦梢向晓战秋风，浦口寒潮尚未通。
日出岸沙多细穴，白虾青蟹走无穷。

银州道中
（金）吴激

小渡霜螯贱于土，重岩野菊大如钱。
此时最忆涪翁语，无酒令人意缺然。

题小景
（元）杜本

秋云满地夕阳微，黄叶萧萧雁正飞。
最是江南好天气，村醪初熟蟹螯肥。

画　蟹
（明）钱宰

江上莼鲈不用思，秋风吹老绿荷衣。
何妨夜压黄花酒，笑擘霜螯紫蟹肥。

题　画
（明）唐寅

云满梁园飞鸟稀，煨煟榾柮闭柴扉。
地炉温却松花酒，刚是溪头拾蟹归。

卷四百七十一　龟　类

◆ 四言古

龟　赞

（晋）郭璞

天生神物，十朋之龟。或游于火，或游于蓍。
虽云类殊，象二一归。亹亹致用，极数尽幾。

◆ 五言古

咏龟诗

（北齐）赵儒宗

有灵堪托梦，无心解自谋。不能蓍下伏，强从莲上游。
负图非所冀，支床空自留。倘蒙一曳尾，当为屡回头。

◆ 五言律

龟

（唐）徐夤

行止竟何从？深溪与古峰。青荷巢瑞质，绿水返灵踪。
钻骨神明应，酬恩感激重。仙翁求一卦，何日脱龙钟？

◆ 五言排律

龟

（唐）李群玉

静养千年寿，重泉自隐居。不应随跛鳖，宁肯滞凡鱼。
灵腹唯元（玄）露，芳巢必翠蕖。扬光输蚌蛤，犇月恨蟾蜍。
曳尾辞泥后，支床得水初。冠山期不小，铸印事宁虚。
有志酬毛宝，无心畏豫且。他时清洛汭，会荐帝尧书。

◆ 五言绝句

江行

（唐）钱起

晚来渔父喜，罾重欲收迟。恐有长江使，金钱愿赎龟。

◆ 七言绝句

赠莎衣道士

（唐）施肩吾

莎地阴森古莲叶，游龟暗老青苔甲。
池边道士夸眼明，夜取蟭螟摘蚊睫。

菡萏亭

（宋）苏轼

日日移床趁下风，清香不尽思何穷。
若为化作龟千岁，巢向田田乱叶中。

卷四百七十二　车螯类

◆ 五言古

永叔请赋车螯
　　　　　　　　　（宋）梅尧臣

素唇紫锦背，浆味压蚶菜。海客穿海沙，拾贮寒潮退。
王都有美醖，此物实当对。相去三千里，贵力致以配。
翰林文章宗，炙鲜尤所爱。旋坼旋沽饮，酒船如落埭。
殊非北人宜，肥羊噉窗块。

初食车螯
　　　　　　　　　（宋）欧阳修

累累盘中蛤，来自海之涯。坐客初未识，食之先叹嗟。
五代昔乖隔，九州如剖瓜。东南限淮海，渺不通夷华。
于时北州人，饮食陋莫加。鸡豚为异味，贵贱无等差。
自从圣人出，天下为一家。南产错交广，西珍富邛巴。
水载每连舳，陆输动盈车。溪潜细毛发，海怪雄须牙。
岂惟贵公侯，里巷饱鱼虾。此蛤今始生，其来何晚耶？
螯蛾闻二名，（车螯，一名"车蛾"。）久见南人夸。
璀璨壳如玉，斑斓点生花。含浆不肯吐，得火遽已呀。
共食惟恐后，争先屡成哗。但喜美无厌，岂思来甚遐。
多惭海上翁，辛苦劚泥沙。

◆ 七言律

　　　　　食车螯

　　　　　　　　　（宋）杨万里

珠宫新沐净琼沙，石鼎初然瀹井花。
紫壳旋开微滴酒，玉肤莫熟要鸣牙。
橙拖金线成双美，姜擘糟丘总一家。
老子宿酲无解处，半杯羹后半瓯茶。

◆ 七言绝句

　　　　　钓　侣

　　　　　　　　　（唐）皮日休

趁眠无事避风涛，一斗霜鳞换浊醪。
惊怪儿童呼不得，尽冲烟雨漉车螯。

卷四百七十三　蚌蛤类（附蛎蚝、蚶蛏）

◆ 四言古

蚌　赞
（晋）郭璞

万物变蜕，其理无方。雀雉之化，含珠怀珰。
与月亏盈，协气晦望。

◆ 五言古

咏螺蚌
（宋）谢惠连

轻羽不高翔，自用弦网罗。纤鳞惑芳饵，故为钓所加。
螺蚌非有心，沉迹在泥沙。文无雕饰用，味非鼎俎和。

泰州王学士寄车螯蛤蜊
（宋）梅尧臣

车螯与月蛤，寄自海陵郡。谓我抱馀醒，江都多美酝。
老来饮不满，一醉已关分。甘鲜虽所嗜，易饫亦莫问。
娇女巧收壳，燕脂合眉晕。贫贪无金玉，狼藉生恚忿。
妻孥喜食之，婢妾困埽（扫）抃。行当至京华，耳目饱尘坌。
此味爽口难，书为厌者训。

圆　蛤

（宋）唐庚

黄桲鸣水中，相顾皆愕然。探之无所得，有蛙仅如钱。
持问傍舍翁，云此号圆蛤。夏潦涨沟渠，喧呼自酬答。
卒然闻其声，谓当可专车。既见一抚掌，寸莛量有馀。
物生元气中，小大各异趋。蛙质黄牛鸣，持此欲谁附？
我居固已陋，尔鸣良亦村。绵蛮哢黄鹂，我今思故园。

食蛎房

（宋）刘子翚

蛎房生海壖，坚顽宛如石。其中储可欲，虽固必生隙。
嵌岩各包藏，碨砢相附积。中逢霹雳手，妙若启扃鐍。
钻灼谅难堪，曷不吐馀沥？南庖富腥盘，岂惟此称特。
吞航大绝伦，梯脔万夫食。针鳞九牛毛，小嚼逾千百。
光螺晕紫斑，簠膏湛金色。水母脆鸣牙，章举悬疣密。
乌黏力排挈，贴石不可索。妾鱼戏浮波，媚鲐雌雄匹。
蟹跦辄横骜，鳖缩常畏出。车螯不服箱，马鲛非骏迹。
江瑶贵一柱，夫岂栋梁质。骨柔竞爱鲛，多鲠鲥乃斥。
蚶红鲑赤文，肉黑鱼之贼。鲦鳛鳜鲤鳗，鳣鲔鰌鲂鲫。
鳙庸而鲦小，琐冗难尽述。包涵知海量，长养荷天德。
贪生族类繁，失地波涛窄。网罜人创祸，甘鲜已为厄。
纷然均可口，流品当别白。微物倘见知，捐躯不足惜。

◆ **七言古** 附长短句

朱君以建昌霜橘见寄报以蛤蜊

（宋）孔平仲

赠我以海昏清霜之橘，报君以淮南紫唇之蛤。
橘肤软美中更甜，蛤体坚顽口长合。

开花结子幸采摘，没水藏泥岂蕲得。
二物同时有不同，赋形与性由天公。
请君下箸聊一饱，莫索珠玑向此中。

钱塘赋水母
（宋）沈与求

疾风吹雨回江城，橹牙呕哑潮欲平。
客居喜无人事撄，相与环坐临前楹。
眼中水怪状莫名，出没沙觜如浮罂。
复如缁笠绝两缨，混沌七窍俱未形。
块然肯负群虾行，嗟其巧以怪自呈。
凝目矍视相将迎，老渔旁睨笑发声。
曰此水母官何惊？江流如奔绝沧瀛。
潮汐往来月为程，藏纳众污无满盈。
浮埃沉滓溷九清，结成此物宜昏盲。
使虾导迷作双睛，乃能接迹蚌与蛏。
亦犹巨蛩二体并，离则无目为光精。
江天八月霜叶鸣，罟师得虾供水征。
水母弃掷罗纵横，试令收拾输庖丁。
绛礬收涎体纡萦，飞刀缕切武火烹。
花瓷叮饾粲白英，不殊冰盘堆水晶。
稻醯藘寒芼香橙，入齿已复能解酲。
遣渔止矣勿复评，嗟哉此性愚不更。
定矜故态招三彭，且摩枵腹甘藜羹。

◆ 七言律

蛤蜊
（宋）孔武仲

去年曾赋蛤蜊篇，旅馆霜高月正圆。

旧舍朋从今好在，新时节物故依然。
栖身未厌泥沙稳，爽口还充鼎俎鲜。
适意四方无不可，若思鲈鲙未应贤。

周愚卿江西美刘棠仲同赋江珧诗，牵强奉答
（宋）周必大

东海沙田种蛤蚳（珧），南烹苦酒濯琼瑶。
馔因暂弃常珍变，指为将尝异味摇。
珠剖蚌胎那畏鹬，柱呈马甲更名珧。
累人口腹吾何敢，惭愧三英喜且谣。

◆ 七言绝句

城　外
（唐）李商隐

露寒风定不无情，临水当山又隔城。
未必明时胜蚌蛤，一生长共月亏盈。

酒病偶作
（唐）皮日休

郁林步障昼遮明，一炷浓香养病酲。
何事晚来还欲饮？隔墙闻卖蛤蜊声。

谢张德恭送糟蚶
（宋）陈造

压倒淤泥白莲藕，半揎介甲露秋纤。
玉川水厄那知此，急具姜葱唤阿添。

岛上曲
（宋）谢翱

皮带黑鳞身卉衣，晚随鬼渡水灯微。

石门犬吠闻人语,知在海南种蛤归。

岭南杂咏

(明)汪广洋

雁翅城东涌怒涛,外洋水长蜑(疍)船高。
莫嫌昨夜南风急,今日登盘有海蚝。

萧皋别业竹枝词

(明)沈明臣

麦叶蛏肥客可餐,楝花鲚熟子盈盘。
家家锻磨声初发,四月江村有薄寒。

蛙 类

◆ 五言古

南池宴饯辛子赋得科斗子
（唐）岑参

临池见科斗，羡尔乐有馀。不忧网与钓，幸得免为鱼。
且愿充文字，登君尺素书。

◆ 七言古

蛙 声
（明）徐渭

红芳绿涨绿连天，夹岸蘼芜匝涧湾。
别有鼓吹喧渡口，不教蚯蚓叠阳关。
殷郎咄咄书空易，汉吏期期奉诏难。
华苑公私猜典午，莘门佔屈课殷盘。
连营甲卒枚前哄，寒寺沙门呪后餐。
蟾蜍借月瘖何谓，科斗萦波字与翻。
蒲潦溽蒸号太酷，梅风飘荡控宜寒。
使车南诣雕题译，贝叶西来鸠舌弹。
金响侠徒丸尽落，珮垂战士怒弥殷。
谐语就笞方乞半，孤雏隔乳未啼残。
韩冯枕荷愁喧寐，戴胜降桑许聒眠。

利口嚣来儳喋喋,薄言钲罢鼓阗阗。
咽竞笊乌不得晓,杂沸莲露几时圆?
迢迢来度夭姬帐,閤閤回惊钓者船。
摇繁藻镜驱成瀫,韵碎菱丝讵可穿。
寄语草深瓜烂处,急呼即且备蚿怜。

◆ 七 言 律

题白渡方氏听蛙亭

(宋)刘克庄

塘水拍堤科斗生,想君亭子俯幽清。
黄梅雨足野田润,牡麴(菊)烟收村墅晴。
莫信人嫌无理闹,颇疑渠有不平鸣。
画堂方喜听琴阮,谁爱天然律吕声。

蛙 鼓

(明)朱之蕃

径满蓬蒿沼满蘋,产蛙相怒复相亲。
中宵磔格连清晓,过雨喧阗送晚春。
独听铙歌矜战胜,共征散部乐延宾。
郊坰寂静偏怜汝,伴我书斋不厌贫。

蛙

(明)张维

熟梅天气雨初收,何处蛙声隔水楼。
鼓吹翻嫌惊好梦,公私谁为乱闲愁。
薰风候已违花信,碧草凉应动麦秋。
赤鲤闻雷争变化,尔能烧尾跃云不?

◆ 五言绝句

戏咏蛙
（唐）杨收

兔边分玉树，龙底耀铜仪。会当同鼓吹，不复问官私。

杂　诗
（宋）梅尧臣

蛙行动萍叶，误观作游鱼。稍稍引两股，已变科斗书。

◆ 六言绝句

积雨作寒
（宋）范成大

已报舟浮登岸，更怜桥踏平池。
养成蛙吹无谓，扫尽蚊雷却奇。

◆ 七言绝句

盆　池
（唐）韩愈

老翁真个似童儿，汲井埋盆作小池。
一夜青蛙鸣到晓，恰如方口钓鱼时。

硖石西泉
（唐）韩愈

居然鳞介不能容，石眼环环水一钟。
闻说旱时求得雨，只疑科斗是蛟龙。

禽　虫
（唐）白居易

水中科斗长成蛙，林下桑虫老作蛾。
蛙跳蛾舞仰头笑，焉用鲲鹏鳞羽多。

春　晚
（宋）徐玑

午风庭院绿成衣，春色方浓又欲归。
科斗散边荷叶出，酴醾香里柳绵飞。

农　谣
（宋）方岳

漠漠馀香著草花，森森柔绿长桑麻。
池塘水满蛙成市，门巷春深燕作家。

夏　雨
（金）祝简

电掣雷轰雨覆盆，晚来枕簟颇宜人。
小沟一夜深三尺，便有蛙声喧四邻。

寓　望
（金）赵秉文

蒲根阁阁乱蛙鸣，点水杨花半白青。
隔岸风来闻鼓吹，柳阴深处有园亭。

二月十五雨作
（元）倪瓒

风轩红杏散馀霞，堤艸青青桃欲花。
寒食清明看又近，满川烟雨乱鸣蛙。

张园杂赋

（元）钱惟善

清夜无眠叠鼓催，竹梢垂露点苍苔。
满池月色如霜白，一片蛙声似雨来。

师子林即景

（元）僧惟则

素壁光摇眼倍明，隔簾风树弄新晴。
树根蛙鼓鸣残雨，恍惚南山水落声。

漫 兴

（明）李东阳

井口辘轳闻水声，园中菜畦浑欲平。
呼童引水放教去，一夜池头蛙乱鸣。

卷四百七十五　总虫类

◆ 五言古

观居宁画草虫

（宋）梅尧臣

古人画虎鹄，尚类狗与鹜。今看画羽虫，形意两俱足。
行者势若去，飞者翻若逐。拒者如举臂，鸣者如动腹。
跃者趯其股，顾者注其目。乃知造物灵，未抵毫端速。
毘陵多画工，图写空盈轴。宁公实神授，坐使群辈服。
草根有纤意，醉墨得已熟。权豪不可致，节行今仍独。

◆ 七言古　附长短句

赋得寒蛩

（唐）耿湋

尔谁造？鸣何早？趯趯连声遍阶草。
复与夜雨和，游人听堪老。

蝇　虎

（宋）陈师道

物微趣下世不数，随力捕生得称虎。
匿形注目摇两股，卒然一击势莫御。
十中失一八九取，吻间流血腹如鼓。

却行奋臂吾甚武,明日淮南作端午。

◆ 五言排律

拟县补以虫鸣秋诗
(宋) 朱子

天籁谁为主,乘时各自鸣。如分百虫响,来助九秋清。
未歇吟风调,先催泣露声。乾坤辟氛气,草木敛华英。
易断愁人梦,难安懒妇惊。唯应广成子,万感不关情。

◆ 七言律

题水墨蓼花草虫
(明) 刘基

为爱江头红蓼花,秋来独作草虫家。
寻香粉蝶应随梦,采蜜黄蜂不趁衙。
络纬语残凉露滴,蜻蜓立困晚风斜。
画图水墨惊初见,却似扁舟过赤沙。

◆ 五言绝句

绝　句
(唐) 崔国辅

楼前桃李疏,池上芙蓉落。织锦犹未成,蛩声入罗幕。

江　行
(唐) 钱起

蛩响依沙草,萤飞透水烟。夜凉谁咏史,空泊运租船。

禁中闻蛩
(唐) 白居易

悄悄禁门闭,夜深无月明。西窗独闇坐,满耳新蛩声。

独 夜
　　　　　　　　　　（元）赵孟頫

秋风动林叶,夜雨滴池荷。孤客睡不著,乱蛩鸣更多。

◆ 六言绝句
草 虫
　　　　　　　　　　（明）鲁铎

淑气浓薰芳草,晴丝不碍飞虫。
春色都堪描画,无人画得东风。

◆ 七言绝句
夜 月
　　　　　　　　　　（唐）刘方平

更深月色半人家,北斗阑干南斗斜。
今夜偏知春气暖,虫声新透绿窗纱。

闻 蛩
　　　　　　　　　　（唐）白居易

闇蛩唧唧夜绵绵,况是秋阴欲雨天。
犹恐愁人暂得睡,声声移近卧床前。

兴州江馆
　　　　　　　　　　（唐）郑谷

向蜀还秦计未成,寒蛩一夜绕床鸣。
愁眠不稳孤灯寂,坐听嘉陵江水声。

雨 晴
　　　　　　　　　　（唐）王驾

雨前初见花间蕊,雨后兼无叶里花。

蜂蝶飞来过墙去,却疑春色在邻家。

蛩
(唐)李中

月冷莎庭夜已深,百虫声外有清音。
诗情正苦无眠处,愧尔阶前相伴吟。

闻蛩
(宋)张耒

二年江海转萍蓬,白发苍颜换旧容。
新月窥帘风动竹,宣城今夜又闻蛩。

秋 日
(宋)秦观

月团新碾瀹花瓷,饮罢呼儿课楚辞。
风定小轩无落叶,青虫相对吐秋丝。

暮 春
(宋)范浚

老去长闲百不营,推书习静更真清。
西窗日脚篱筛动,时有飞虫扑纸声。

春日闲吟
(宋)范成大

东风入帘图画响,斜照穿隙网丝明。
檐间双雀有时斗,窗下一虫终日鸣。

秋日田园杂兴
(宋)范成大

杞菊垂珠滴露红,两蛩相应语莎丛。

虫丝罥尽黄葵叶，寂历高花侧晚风。

静看檐蛛结网低，无端妨碍小虫飞。
蜻蜓倒挂蜂儿窘，催唤山童为解围。

蛩声

（宋）杨万里

诚斋老子一归休，最感蛩声五报秋。
细听蛩声元自乐，人愁却道是他愁。

腊里立春蜂蝶辈出

（宋）杨万里

嫩日催青出冻荄，小风吹白落疏梅。
残冬未放春交割，早有黄蜂紫蝶来。

宿官塔下院

（金）冯延登

乔松修竹翠交阴，凉月玲珑布地金。
老去无诗酬节物，夜凉闲听候虫吟。

露坐

（元）张翥

官街人静鼓鼕鼕，独坐中庭满扇风。
坠地一丝和露湿，青虫悬在月明中。

夜坐口占

（元）顾瑛

虚庭月色不胜寒，况坐绿波亭上看。
啼断候蛩秋寂寂，好怀正在倚阑干。

渔　村
　　　　　　　　　　（明）王璲

汀苇苍苍白露凝，一滩寒月未收罾。
西风吹醒江南梦，四壁蛩声半夜灯。

踏　青
　　　　　　　　　　（明）王宠

茶磨山前水似苔，红妆队队踏青回。
衣香花气熏人醉，蛱蝶蜂儿扑面来。

秋日杂兴
　　　　　　　　　　（明）何景明

紫蔓青藤各一丛，野人篱落管西风。
郊扉远绝谁能到，秋日虫鸣豆叶中。

遣　兴
　　　　　　　　　　（明）僧明秀

白云流水度虚屏，小坐池边眼自醒。
春事不知浑入夏，青虫无力堕槐庭。

秋　夜
　　　　　　　　　　（明）孟淑卿

豆花雨过晚生凉，林馆孤眠怯夜长。
自是愁多不成寐，非缘金井有啼螀。

卷四百七十六　蚕　类

◆ 五言古

野蚕
（唐）于濆

野蚕食青桑，吐丝亦成茧。无功及生人，何异偷饱暖。
我愿均尔丝，化为寒者衣。

题耕织图
（元）赵孟頫

四月夏气清，蚕大已属眠。高首何昂昂，蛾眉复娟娟。
不忧桑叶少，遍野如绿烟。相呼携筐去，迢递立远阡。
梯空伐条枚，叶上露未干。蚕饥当亟归，秉心静以专。
饬躬修妇事，黾勉当盛年。救忙多女伴，笑语方喧然。

忽忽岁将尽，人事可稍休。寒风吹桑林，日夕声飕飀。
墙南地不冻，垦掘为坑沟。斫桑埋其中，明年芽早抽。
是月浴蚕种，自古相传流。蚕出易脱壳，丝纩亦倍收。
及时不努力，知有来岁不？手冻不足惜，冀免号寒忧。

◆ 七言古　附长短句

簇蚕词
（唐）王建

蚕欲老，箔头作茧丝皓皓。

场宽地高风日多,不向中庭晒蒿草。
神蚕急作莫悠扬,年来为尔祭神桑。
但得青天不下雨,上无苍蝇下无鼠。
新妇拜簇愿蚕稠,女洒桃浆男打鼓。
三日开箔雪团团,先将新茧送县官。
已闻乡里催织作,去与谁人身上著。

田家词
(宋)苏舜钦

南风霏霏麦花落,豆田漠漠初垂角。
山边夜半一犁雨,田父高歌待收获。
雨多萧萧蚕簇寒,蚕妇低眉忧茧单。
人生多求复多怨,天公供尔良独难。

田家谣
(宋)陈造

麦上场,蚕出筐,此时只有田家忙。
半月天晴一夜雨,前日麦地皆青秧。
阴晴随意古难得,妇后夫先各努力。
倏凉骤暖蚕易蛾,大妇络丝中妇织。
中妇辍闲事铅华,不比大妇能忧家。
饭熟何曾趁时吃,辛苦仅得蚕事毕。
小妇初嫁当少宽,令伴阿姑顽过日。
明年愿得如今年,剩贮二麦饶丝绵。
小妇莫辞担上肩,却放大妇当姑前。

照田蚕行
(宋)范成大

乡村腊月二十五,长竿燃炬照南亩。

近似云开森列星,远如风起飘流萤。
今春雨雹茧丝少,秋日雷鸣稻堆小。
侬家今夜火最明,的知新岁田蚕好。
夜阑风焰西复东,此占最吉馀难同。
不惟桑贱麦(谷)芃芃,仍更苎麻无节菜无虫。

秋　蚕
(金)元好问

室人筐中无寸缕,一箔秋蚕课诸女。
朝来饲却上马桑,隔簌仍闻竹间雨。
阿容阿璋墨满面,画彻灰城前致语。
上无苍蝇下无鼠,作茧直须如瓮许。
东家追胥守机杼,有桑有税吾犹汝。
官家却少一绚丝,未到打门先自举。

养蚕词
(明)高启

东家西家罢来往,晴日深窗风雨响。
二眠蚕起食叶多,陌头桑树空枝柯。
新妇守箔女执筐,头发不梳一月忙。
三姑祭后今年好,满簌如云茧成早。
檐前缫车急作丝,又是夏税相催时。

◆ 五言绝句

春日曲
(宋)徐照

中妇扫蚕蚁,挈篮桑叶间。小姑摘新茶,日斜下前山。

◆ 七言绝句

雨过山村
（唐）王建

雨里鸡鸣一两家，竹溪村路板桥斜。
妇姑相唤浴蚕去，闲著庭前栀子花。

春日钱塘杂兴
（唐）施肩吾

酒姥溪头桑袅袅，钱塘郭外柳毵毵。
路逢邻妇遥相问，小小如今学养蚕。

姬人养蚕
（唐）韦庄

昔年爱笑蚕家妇，今日辛勤自养蚕。
仍道不愁罗与绮，女郎初解织桑篮。

蚕 妇
（唐）杜荀鹤

粉色全无饥色加，岂知人世有荣华。
年年道我蚕辛苦，底事浑身着苎麻？

春日田园杂兴
（宋）范成大

柳花深巷午鸡声，桑叶尖新绿未成。
坐睡觉来无一事，满窗晴日看蚕生。

晚春田园杂兴
（宋）范成大

三旬蚕忌闭门中，邻曲都无来往踪。

犹是晓晴风露下,采桑时节暂相逢。

夏日田园杂兴
(宋)范成大

百沸缲汤雪涌波,缲车嘈囋雨鸣蓑。
桑姑盆手交相贺,绵茧无多线(丝)茧多。

春晚即事
(宋)陆游

桑麻夹道蔽行人,桃李随风旋作尘。
煜煜红灯迎妇担,鼛鼛画鼓祭蚕神。

夏 日
(宋)陆游

暑雨初晴昼漏迟,江乡乐事有谁知?
村村垅麦登场后,户户吴蚕拆簇时。

农 谣
(宋)方岳

雨过一村桑柘烟,林梢日暮鸟声妍。
青裙老姥遥相语,今岁春寒蚕未眠。

春 郊
(金)刘瞻

桑芽粒粒破春晴,小叶迎风未展成。
寒食归宁红袖女,外家纸上看蚕生。

蚕
(元)郝经

作茧才成便弃捐,可怜辛苦为谁寒?

不如蛛腹长丝满，连结朱檐与画阑。

即事
（元）许有壬

远浦客帆明冉冉，前村牧笛响呜呜。
园桑叶尽蚕成茧，庭树阴浓燕引雏。

春词
（元）胡天游

日射珠簾试晓晴，隙光斜上宝钗明。
碧纱窗下无消息，闲数吴蚕几个生。

村中书事
（元）马臻

饷留儿女自喧呼，指点春禽又引雏。
村妇相逢还笑问，把蚕今岁是三姑。

春蚕
（明）刘基

可笑春蚕独苦辛，为谁成茧却焚身。
不如无用蜘蛛网，网尽飞虫不畏人。

茶陵竹枝歌
（明）李东阳

春尽田家郎未归，小池凉雨试絺衣。
园桑绿罢蚕初熟，野麦青时雉始飞。

萧皋别业竹枝歌
（明）沈明臣

东村西村姑恶啼，家家麦熟黄云齐。

春蚕作茧桑园绿,睡起日斜闻竹鸡。

春蚕词
(明)朱静庵

桃花落尽日初长,陌上雨晴桑叶黄。
拜罢三姑祭蚕室,渐笼温火暖蚕房。

蝉 类

◆ 五言古

听早蝉
（梁）简文帝

草歇鹳鸣初，蝉思花落后。乍饮三危露，时荫五官柳。
庄书哂鹏翼，卫赋宜蝼首。桂树可淹留，勿谓山中久。

听鸣蝉应诏
（梁）沈约

轻生宅园御，复得栖嘉树。岂敢擅洪枝，柔条遭所遇。
叶密形易扬，风回响难住。

咏早蝉
（梁）范云

生随春冰薄，质与秋尘轻。端绥挹霄液，飞音承露清。

后堂听蝉
（梁）萧子范

试逐微风远，聊随夏叶繁。轻飞避楚雀，饮露入吴园。
流音绕丛藋，馀响切高轩。借问边城客，驰情宁可言？

赋得蝉
（梁）褚沄

避雀芳枝里，飞空华殿曲。天寒响屡嘶，日暮声愈促。

繁吟如欲尽，长韵还相续。饮露非表清，轻身易知足。

同陆廷尉惊早蝉
（梁）沈君攸

日暮野风生，林蝉候节鸣。望枝疑数处，寻空定一声。
地幽吟不断，叶动噪群惊。独有河阳令，偏嫌秋翅轻。

赋得秋蝉咽柳应衡阳王教
（陈）张正见

秋气爽遥天，园柳集惊蝉。竞噪长枝里，争飞落木前。
风高知响急，树近觉声连。长杨流喝尽，讵识蔡邕絃。

郊园闻蝉寄诸弟
（唐）韦应物

去岁郊园别，闻蝉在兰省。今岁卧南谯，蝉鸣归路永。
夕响依山郭，馀声散秋景。缄书报此时，此心方耿耿。

开成二年夏闻新蝉赠梦得
（唐）白居易

十年与君别，常感新蝉鸣。今年共君听，同在洛阳城。
噪处知林静，闻时觉景清。凉风忽袅袅，秋思先秋生。
残槿花边立，老槐阴下行。虽无索居恨，还动长年情。
且喜未聋耳，年年闻此声。

早　蝉
（唐）白居易

六月初七日，江头蝉始鸣。石楠深叶里，薄暮两三声。
一催衰鬓色，再改故园情。西风殊未起，秋思先秋生。
忆昔在东掖，宫槐花下听。今朝无限思，云树绕滋城。

早　蝉
（唐）白居易

月出先照山，风生先动水。亦如早蝉声，先入闲人耳。
一闻愁意结，再听乡心起。渭上新蝉声，先听浑相似。
衡门有谁听，日暮槐花里。

春　蝉
（唐）元稹

我自东归日，厌苦春鸠声。作诗怜化工，不遣春蝉生。
及来商山道，山深气不平。春秋两相似，虫豸百种鸣。
风松不成韵，蜩螗沸如羹。岂无朝阳凤，羞与微物争。
安得天上雨，奔浑河海倾。荡涤反时气，然后好晴明。

闻　蝉
（唐）鲍溶

高蝉旦夕唳，景物浮凉气。木叶渐惊年，锦字因络纬。
稍断当窗梦，更凄临水意。清香笋蒂风，晓露莲花泪。
馀引未全歇，凝悲寻迥至。星井欲望河，月扇看藏笥。
谁念因声感，放歌写人事。

次韵和子仪闻蝉
（宋）黄庶

落日挂树间，长我亭下阴。园林动秋意，高蝉忽微吟。
清风转馀声，杳若下远岑。微物感时节，铿鎗吐商金。
古乐久破碎，兹虫抱全音。荒忽尚偃蹇，激起壮士心。
愿为秋蝉操，被之朱丝琴。

雨馀闻蝉
（明）张羽

村园夏雨歇，众绿阴已成。高斋掩昼寂，新蝉今始鸣。

嘈嘈断更续,嗫嗫远还轻。响悲逐凉吹,欢谢引离情。
属耳念已集,感物襟易盈。烦聒方自此,稍待秋林清。

◆ 五言律

新 蝉
(唐) 耿湋

今朝蝉忽鸣,迁客若为情。便觉一年谢,能令万感生。
微风方满树,落日稍沉城。为问同怀者,凄凉听几声?

和尉迟侍御夏杪闻蝉
(唐) 戴叔伦

楚人方苦热,柱史独闻蝉。晴日暮江上,惊风一叶前。
荡摇清管杂,幽咽野风传。旅舍闻君听,无由更昼眠。

答梦得闻蝉见寄
(唐) 白居易

开缄思浩然,独咏晚风前。人貌非今日,蝉声似去年。
槐花新雨后,柳影欲秋天。听罢无他计,相思又一篇。

闻蝉寄贾岛
(唐) 姚合

未秋吟更苦,半咽半随风。禅客心应乱,愁人耳愿聋。
雨晴高树里,日晚古城中。远思应难尽,谁当与我同?

蝉
(唐) 李商隐

本以高难饱,徒劳恨费声。五更疏欲断,一树碧无情。
薄宦梗犹泛,故园芜已平。烦君最相警,我亦举家清。

风 蝉
(唐) 赵嘏

风蝉旦夕鸣,伴夜送秋声。故里客归尽,水边身独行。
噪轩高树合,惊枕暮山横。听处无人见,尘埃满甑生。

早 蝉
(唐) 薛能

不见上庭树,日高声忽吟。他人岂无耳,远客自关心。
暂落还因雨,横飞亦向林。分明去年意,从此渐闻砧。

蝉
(唐) 陆龟蒙

只凭风作使,全仰柳为都。一腹清何甚,双翎薄更无。
伴貂金换酒,并雀画成图。恐是千年恨,偏令落日呼。

早 蝉
(唐) 李咸用

门柳不连野,乍闻为早蝉。游人无定处,入耳更应先。
暂默斜阳雨,重吟远岸烟。前年湘竹里,风激绕离筵。

闻 蝉
(唐) 吴融

夏在先催过,秋赊已被迎。自应人不会,莫道物无情。
木叶纵未落,鬓丝还易生。西风正相乱,休上夕阳城。

鸣 蜩
(宋) 李觏

雨馀云漏日,虫思已喧喧。时节还初夏,声音似故园。
为谁吟绿野,相共送黄昏。便是秋来信,霜髯又几根。

闻　蝉
（金）周昂

冥机辞委蜕，天籁发幽嘶。回露增晨洗，清风借晚携。
暂成千里隔，还望一枝低。客思饶相触，鸣时故不齐。

赋得蝉送别
（明）高启

疏槐细雨中，凉占一枝风。蜕出形犹弱，惊飞响未终。
雨来林馆静，日落驿门空。离管樽前发，凄清调正同。

始闻夏蝉
（明）高启

翾翾才得蜕，咽咽未成喧。翳叶谁能见，南风绿绕轩。
乍惊变节物，还念别郊园。何待当秋听，方令羁思繁。

雨后闻蝉
（明）金大舆

一雨生凉思，羁人感岁华。蝉声初到树，客梦不离家。
海北人情异，江南去路赊。故园儿女在，夜夜卜灯花。

月下闻蝉
（明）僧道敷

林叶净堪数，山蝉吟未休。今宵且趁月，明日恐惊秋。
咽露忽沉树，因风旋入楼。念能枯得尽，总是不关愁。

◆ 五言排律

溪馆听蝉联句
（唐）耿湋

高树多凉吹，疏蝉足断声。已催居客感，更使别人惊。

晚夏犹知急，新秋别有情。危湍和不似，细管学难成。
当教附金重，无贪曜火明。青林四面落，白发一重生。
向夕音弥厉，迎风翼更轻。单嘶出迥树，馀响思空城。
嘒唳松间坐，萧寥竹里行。如何长饮露，高洁未能名？

闻蝉十二韵
（唐）许棠

造化生微物，偏宜应候鸣。初离何处树，又发去年声。
未蜕惟愁动，才飞似解惊。闻来邻海徼，恨起过边城。
骚屑随风远，悠扬类雪轻。报秋凉渐至，嘶月思偏清。
互默疑相答，微摇似欲行。繁音人已厌，朽壳蚁犹争。
朝士严冠饰，宫嫔逞鬓名。乱依西日噪，多引北归情。
筱露疑潜汲，蛛丝忽迸縈。此时吟听久，万绪一时生。

寒蝉树
（唐）沈鹏

一叶初飞日，寒蝉益易惊。入林惭质细，依树愧身轻。
大幹时容息，乔枝或借鸣。心由饮露净（静），响为逐风清。
忝有翩翻分，应怜嘒唳声。不知微薄影，早晚挂緌缨。

◆ 七言律

夜 蝉
（唐）唐彦谦

翠竹高梧夹后溪，劲风危露雨凄凄。
那知北牖残灯暗，又送西楼片月低。
清夜更长应未已，远烟寻断莫频嘶。
羁人此夕如三岁，不整寒衾待曙鸡。

蝉

（金）党怀英

槁壤阴潜罢转丸，飘飘便作饮中仙。
幽蘩何处拳枯蜕，别树还来续断絃。
小院日长清梦觉，空庭人静绿阴圆。
无情物化谁能料，触拨羁怀一慨然。

秋　蝉

（明）朱有燉

败柳疏林寄此生，凉时不似热时鸣。
蜕形先觉金风动，轻翼偏嫌玉露清。
抱叶常如经雨态，过时犹带咽寒声。
桑间此际螵蛸老，游息安闲莫漫惊。

和黄体方伴读新蝉韵

（明）王翰

满地残花过雨天，槐阴庭院响新蝉。
轻敲金奏当窗外，闲拨银筝向枕边。
晓露吸残青草岸，晚风吹出绿杨烟。
家山深处林亭好，曾被繁声聒醉眠。

庚戌九日是日闻蝉

（明）贝琼

今日出门风雨收，东山西山须可游？
那能束带从王事，且复开樽破客愁。
雁别紫台初避雪，蝉鸣红树不知秋。
桃花细菊应相笑，岁月无情自白头。

蝉 琴
（明）朱之蕃

浓云远水接檐栊，一枕南薰两腋风。
欲鼓更停传绝调，无絃有韵别枯桐。
不堪嵇散聊为适，谁谓钟期遇已空？
寄语螳螂休奋臂，吾方游目送归鸿。

◆ 五言绝句

赋得弱柳鸣秋蝉
（唐）太宗

散影玉阶柳，含翠隐鸣蝉。微形藏叶里，乱响生风前。

秋 蝉
（唐）虞世南

垂緌饮清露，流响出疏桐。居高声自远，非是藉秋风。

咏 蝉
（唐）李百药

清心自饮露，哀响乍吟风。未上华冠侧，先惊翳叶中。

江 行
（唐）钱起

见底高秋水，开怀万里天。旅吟还有伴，沙柳数枝蝉。

昼 蝉
（唐）戴叔伦

饮露身何洁，吟风韵更长。斜阳千万树，无处避螳螂。

新　蝉
（唐）卢仝

泉溜潜幽咽，琴鸣乍往还。长风剪不断，还在树枝间。

蝉
（唐）薛涛

露涤清音远，风吹故叶齐。声声似相接，各在一枝栖。

初入二里
（宋）文同

树色交山色，蝉声杂鸟声。客怀殊不倦，信马此中行。

宿笐筜铺
（宋）朱子

庭阴双树合，窗夕孤蝉吟。盘磲解烦郁，超摇生道心。

闻　蝉
（宋）朱子

悄悄山郭暗，故园应掩扉。蝉声深树起，林外夕阳稀。

宿山寺闻蝉作
（宋）朱子

林叶经夏暗，蝉声今夕闻。已惊为客意，更值夕阳曛。

咏　蝉
（明）谢榛

弱翅凌晨动，繁声向夕流。不知风露里，还得几何秋。

◆ 七言绝句

题友人山居
（唐）戴叔伦

四郭青山处处同，客怀无计答秋风。
数家茅屋青溪上，千树蝉声落日中。

和崔驸马闻蝉
（唐）张籍

凤凰楼下多欢乐，不觉秋风暮雨天。
应为昨来身暂病，蝉声得到耳傍边。

宫 词
（唐）王涯

迎风殿里罢《云和》，起听新蝉步浅莎。
为爱九天和露滴，万年枝上最声多。

酬姚合
（唐）贾岛

黍穗豆苗侵古道，晴原午后早秋时。
故人相忆僧来说，杨柳无风蝉满枝。

听 蝉
（唐）赵嘏

噪蝉声乱日初曛，絃管楼中永不闻。
独奈愁人数茎发，故园秋隔五湖云。

越中赠别
（唐）张乔

东越相逢几醉眠，满楼明月镜湖边。

别离吟断西陵渡,杨柳秋风两岸蝉。

杨柳枝
(唐) 司空图

陶家五柳簇衡门,还有高情爱此君。
何处更添诗境好,新蝉敲枕每先闻。

蝉
(唐) 罗隐

天地工夫一不遗,与君声调借君緌。
风栖露饱今如此,应忘当年滓浊时。

新蝉
(宋) 寇准

寂寂官槐雨乍晴,高枝微带夕阳明。
临风忽起悲秋思,独听新蝉第一声。

闻蝉
(宋) 林景熙

近交纸薄云翻手,旧梦冠空雪满颠。
却忆画船曾听处,夕阳高柳断桥边。

自天平岭过高景庵
(宋) 范成大

卓笔峰前树作团,天平顶上石成关。
绿阴匝地无人过,落日秋蝉满四山。

立秋后一日雨天欲暮小立问月亭
(宋) 杨万里

雨后林中别样凉,意行幽径不知长。

风蝉幸是无心事,强与闲人报夕阳。

晚步追凉
(宋)杨万里

双眼偏明远岫孤,夕阳故遣树阴疏。
蝉鸣叶底无寻处,随意闲行偶见渠。

秋 暑
(宋)杨万里

半柳斜阳半柳阴,一蝉飞去一蝉吟。
岸巾亭子钩阑角,送眼江村松树林。

秋 行
(宋)徐玑

戛戛秋蝉响似筝,听蝉闲傍柳边行。
小溪清水平如镜,一叶飞来细浪生。

高昌馆道中
(金)吴激

雨馀岩石古苔青,松里珠玑万叶明。
渺渺绿畦看鹭立,深深清樾有蝉鸣。

风柳鸣蝉
(金)元好问

轻明双翼晓风前,一曲哀筝续断絃。
移向别枝谁画得,只留残响客愁边。

题子昂江天钓艇图
(元)陈旅

雨馀秋水满山前,正是江南雁落天。

何处故人渔艇小，乱蝉疏树夕阳边。

村　居
（元）周权

疏竹人家短短墙，绿阴深处水村凉。
山风吹断岩前雨，高树蝉声正夕阳。

酬秦仲纳凉
（元）张端

庭树团团散夕阴，浴兰步屧懒冠襟。
残蝉只恋馀曛好，故故长缲独茧琴。

漫　成
（元）马臻

云归雨歇湖水平，五色蟠蜺山边明。
唱歌舟子采菱去，十里柳堤蝉乱鸣。

一峰云外庵和韵
（元）僧惟则

竹屋茶香满涧烟，绿杉深处响流泉。
目前有法谁能说，落日微风一树蝉。

晚立西浦渡
（明）高启

鬓丝微映钓丝轻，水叶惊风细浪生。
谁见晚凉人立处，数株杨柳一蝉鸣。

卷四百七十八　蝶　类

◆ 五言古

咏蛱蝶
（梁）简文帝

空园暮烟起，逍遥独未归。翠鬣藏高柳，红莲拂水衣。
复此从风蝶，双双花上飞。寄语相知者，同心终莫违。

咏素蝶
（梁）刘孝绰

随风绕绿蕙，避雀隐青薇。映日忽争起，因风乍共归。
出没花中见，参差叶际飞。芳华幸勿谢，嘉树欲相依。

蝶蝶行
（梁）李镜远

青年已布泽，微虫应节欢。朝出南园里，暮依华叶端。
菱舟追或易，风池度更难。群飞终不远，还向玉阶兰。

咏花蝶
（北魏）温子升

素蝶向林飞，红花逐风散。花蝶俱不息，红素还相乱。
芬芬共袭手，葳蕤徒可玩。不慰行客心，遽动离居叹。

明月几回满

（元）范梈

明月几回满，待君君未归。中庭步芳草，蝴蝶上人衣。
谁念同袍者，闲居与愿违。

◆ 七言古 附长短句

蝴蝶行

（宋）孔平仲

蝴蝶飞，渡河来。
河北花已落，河南花正开。
盈盈采花女，扑蝶还家去。
推身飞入粉奁中，芳草绵绵旧时路。

梦题墨梅

（元）揭傒斯

霜空冥冥江水暮，江上梅花千万树。
无端折得一枝归，一双蝴蝶相随飞。

美人扑蝶图

（明）高启

花枝扬扬蝶宛宛，风多力薄飞难远。
美人一见空含情，舞衣春来绣不成。
乍过帘前寻不见，却入深丛避莺燕。
一双扑得和落花，金粉香痕满罗扇。
笑看独向园中归，东家西家休乱飞。

◆ 五言律

蝶
（唐）李商隐

飞来绣户阴，穿过画楼深。重傅秦台粉，轻涂汉殿金。
相兼惟柳絮，所得是花心。可要凌孤客，邀为子夜吟？

蝶
（唐）李商隐

初来小苑中，稍与琐闱通。远恐芳尘断，轻忧艳雪融。
只知防浩露，不觉逆尖风。回首双飞燕，乘时入绮栊。

蝶
（唐）罗隐

滕王刀笔精，写尔逼天生。舞巧何妨急，飞高所恨轻。
野田黄雀虑，山馆主人情。此物那堪作，庄周梦不成。

赵璘郎中席上赋蝴蝶
（唐）郑谷

寻艳复寻香，似闲还似忙。暖烟沉蕙径，微雨宿花房。
书幌轻随梦，歌楼误采妆。王孙深属意，绣入舞衣裳。

蛱蝶
（唐）吴融

两两自依依，南园烟露微。住时须并住，飞处要交飞。
草浅忧惊吹，花残惜晚晖。长教撷芳女，夜梦远人归。

秋日舟中见蝶
（明）杨基

趁暖戏晴川，依人上画船。粉消烟翅薄，香冷露鬚拳。

野菜疏篱外，山花小径边。夜深桃李梦，犹在绮罗筵。

◆ 七言律

蝶
（唐）李建勋

粉蝶翩翩若有期，南园常是到春归。
闲依柳带参差起，困傍桃花独自飞。
潜被燕惊还散乱，偶因人逐入帘帏。
晚来欲雨东风急，回看池塘影渐稀。

蝴　蝶
（唐）徐夤

缥缈青虫脱壳微，不堪烟重雨霏霏。
一枝秾艳留教住，几处春风借与飞。
防患每忧鸡雀口，怜香偏绕绮罗衣。
无情岂解关魂梦，莫信庄周说是非。

拂绿穿红丽日长，一生心事住春光。
最嫌神女来行雨，爱伴西施去采香。
风定只应攒蕊粉，夜寒长是宿花房。
鸣蝉宿分殊为阔，空解三秋噪夕阳。

新　蝶
（元）贡师泰

杏树生香蠹化成，向人飞下不胜情。
寒辞薄翅犹粘粉，暖溢柔须始弄晴。
燕舞盘中嫌露重，莺歌扇底避风轻。
春闺未解南华梦，乞与滕王为写生。

睡　蝶
　　　　　　　　　（元）谢宗可

不趁游蜂上下狂，闲舒倦翅怯寻芳。
花房舞罢春酣重，蕙径栖迟晓梦长。
贪困有谁怜褪粉，返魂无力去偷香。
漆园傲吏忘形久，莫到蘧蘧枕上忙。

蝶　使
　　　　　　　　　（元）谢宗可

颁红降紫绕芳菲，催就东风锦万机。
采访有心香外舞，指挥无计日边飞。
晓穿竹径应持节，暖驻花房欲绣衣。
可解黄华惊别梦，折梅休恨寄难归。

蝶
　　　　　　　　　（元）马　臻

曾随秦女踏青阳，几被莺捎出建章。
芳草梦寒迷碧色，杏花雨细宿红香。
粉凝薄翅春无力，恨入修眉晚断肠。
寄语莫寻歌舞处，五侯门第有高墙。

黄　蝶
　　　　　　　　　（明）瞿佑

误入蜂房不待媒，巧传颜色换凡胎。
绕篱野菜留连住，何处金钱变化来？
傅粉已知前事错，偷香未信此心灰。
上林莺过频回首，一色毛衣莫用猜。

睡　蝶

（明）沈天孙

一夜和风遍海棠，家园蝴蝶拂柔桑。
飞随芳树霞衣好，倦宿琪花粉梦香。
似与名蕤分艳色，不堪清露湿秋裳。
因风又度雕阑去，却伴游丝过石梁。

◆ 五言绝句

崔逸人山亭

（唐）钱起

药径深红藓，山窗满翠微。羡君花下醉，蝴蝶梦中飞。

晚　蝶

（唐）王建

粉翅嫩如水，绕砌乍依风。日高山露解，飞入菊花丛。

蝶

（唐）李商隐

孤蝶小徘徊，翩翾粉翅开。并应伤皎洁，频近雪中来。

萱草蛱蝶图

（元）赵孟𫖯

丛竹无端绿，幽花特地妍。飞来双蛱蝶，相对意悠然。

新　蝶

（明）袁凯

怯露依芳蕙，惊风入绣帏。莫将罗扇扑，更待满园飞。

盱眙山馆
(明) 苏志皋

山馆雨初歇，村园菜正肥。摘花引寒蝶，冉冉过篱飞。

◆ 六言绝句

即景
(明) 杨基

桃花杏花红白，蒲叶芷叶参差。
飞高飞下蝴蝶，行去行来鹭鸶。

◆ 七言绝句

江畔独步寻花
(唐) 杜甫

黄四娘家花满蹊，千朵万朵压枝低。
留连戏蝶时时舞，自在娇莺恰恰啼。

寻花
(唐) 刘言史

游春未足春将度，访紫寻红少在家。
借问流莺与飞蝶，更知何处有幽花？

宫词
(唐) 王建

避暑昭阳不掷卢，井边含水喷鸦雏。
内中数日无宣唤，拓得滕王蛱蝶图。

看花招李兵曹不至
(唐) 元稹

夭桃红烛正相鲜，傲吏闲斋每独眠。

应是梦中飞作蝶，悠扬只在此花前。

青陵台
（唐）李商隐

青陵台畔日光斜，万古贞魂寄暮霞。
莫讶韩凭为蛱蝶，等闲飞上别枝花。

野　行
（唐）唐彦谦

蝶恋晚花终未去，鸥逢春水固难飞。
野人心地都无著，伴蝶随鸥亦不归。

歌　者
（唐）司空图

鹤氅花香搭槿篱，枕前虫〔蛩〕进酒醒时。
夕阳自照陶家菊，黄蝶无穷恋故枝。

初夏戏作
（唐）徐夤

长养薰风拂晓吹，渐开荷芰落蔷薇。
春虫已学庄周梦，化作南园蛱蝶飞。

蝴　蝶
（唐）徐夤

不并难飞茧里蛾，有花芳处定经过。
天风相送轻飘去，却笑蜘蛛漫织罗。

冉冉双双拂画阑，佳人偷眼再三看。
莫言短翼飞长近，试向花间捉也难。

栩栩无因系得他，野园荒径一何多。
不闻丝竹谁教舞，应仗流莺又唱歌。

秋日田园杂兴
（宋）范成大

橘蠹如蚕入化机，枝间垂茧似蓑衣。
忽然蜕作多花蝶，翅粉才干便学飞。

春日绝句
（宋）陆游

故园蛱蝶最多种，百草长时花乱开。
穷巷春风元不到，一双谁遣过墙来？

窗下戏咏
（宋）陆游

何处轻黄双小蝶，翩翩与我共徘徊。
绿阴芳草佳风月，不是花时也解来。

即事
（宋）陆游

烟雨凄迷晚不收，疏簾曲几寄悠悠。
一双蛱蝶来何许，点尽青青百草头。

平阳书事
（金）施宜生

春寒窣窣透春水，沿路看花缓辔归。
穿过水云深密处，马前蝴蝶作团飞。

蝴蝶
（元）戴表元

春山处处客思家，淡日村烟酒旆斜。

蝴蝶不知人事别,绕墙闲弄紫藤花。

馆内幽怀
(元)郝经

狂花野蔓满疏篱,恨杀丝瓜结子稀。
独立无言解蛛网,放他蝴蝶一双飞。

东山春景
(元)欧阳玄

春光澹澹日迟迟,正是名园扑蝶时。
却忆小桥流水过,东山春色在桃枝。

题吴性存所藏赵仲穆竹枝双蝶图与玉山同赋
(元)张翥

满丛鲜碧露团香,院落春红过野芳。
蛱蝶一生花里活,飞来还恋竹风凉。

竹蝶图
(元)张宪

落尽春红春梦熟,平沙小苑窗中绿。
美人睡起背东风,蛱蝶飞来上修竹。

漫兴
(元)杨维桢

今朝天气清明好,江上乱花无数开。
野老殷勤送花至,一双蝴蝶趁人来。

宫词
(明)朱权

霁天旭日敞金扉,和气氤氲满禁闱。

宝殿昼长簾幌静，牡丹花下蝶交飞。

秋　蝶
（明）镏涣

欲歇还休却又飞，芙蓉叶底恋秋晖。
自知翅粉浑销尽，羞近樽前舞女衣。

暮　春
（明）史迁

绿阴采下春草碧，无数柳花吹近床。
一双蝴蝶总无赖，飞到小栏还过墙。

愚公园春酌
（明）谢榛

绛桃一簇映斜晖，白首寻芳几醉归。
更有多情双蛱蝶，春来还傍菜花飞。

春　昼
（明）居节

泥香江暖燕来时，红白花深桃李枝。
草色一簾门半掩，卧看双蝶趁游丝。

卷四百七十九　蜂　类

◆ 五言古

蜂

（梁）简文帝

逐风从泛漾，照日乍依微。知君不留盻，衔花空自飞。

◆ 五言律

蜂

（明）俞允文

春晴逢谷雨，泛滥绕林篁。逐醉萦轻袂，缠花猎异香。丛栖悬玉宇，叠构隐金房。灵化知何术，神功寄药王。

◆ 七言律

蜂房

（明）瞿佑

牖户谁教各自开，花间衙内海潮来。分门岂虑添丁恼，酿蜜应防闸课催。蚁穴尚能藏郡国，龙宫亦自有楼台。书生苦欠立锥地，凭仗东风为作媒。

◆ 五言绝句

春 晓

（唐）陆龟蒙

春庭晓景列，清露花逦迤。黄蜂一过慵，夜夜栖香蕊。

蜂

（金）李俊民

弄晴沾落絮，带雨护园花。有课常输蜜，无春不到衙。

◆ 六言绝句

夏氏池亭

（明）唐时升

长镵雷后寻笋，短笠雨馀种瓜。
乳雀欲栖画竹，游蜂频采瓶花。

◆ 七言绝句

蜂

（唐）罗隐

不论平地与山尖，无限春光尽被占。
采得百花成蜜后，不知辛苦为谁甜？

南溪山居秋日睡起

（宋）杨万里

客至从嗔不著冠，起来信手揽书看。
小蜂得计欺侬睡，偷饮晴窗砚滴干。

蜂

(明) 郭登

花花华华竞采花,蜜房收课作生涯。
知他有甚经纶处,也向潮时报两衙。

宫　词

(明) 仲春龙

晓来别院递笙歌,百子池头长绿荷。
睡起无聊庭下立,笑拈竿子打蜂窠。

卷四百八十　蜻蜓类*

◆ 七言律

　　　　　红蜻蜓
　　　　　　　　　（明）瞿佑

蝶粉蜂黄气正骄，爱渠款款集兰苕。
翅攒霜叶飞难定，目聚灯花焰未消。
偷咀仙霞传秘诀，戏涂猩血点纤腰。
写生好倩毗陵笔，浓蘸胭脂上软绡。

◆ 五言绝句

　　　　　村　居
　　　　　　　　　（明）僧通凡

竹间独立时，凉风自相接。回顾碧池中，蜻蜓点萍叶。

◆ 七言绝句

　　　　　春　词
　　　　　　　　　（唐）刘禹锡

新妆宜面下朱楼，深锁春光一院愁。

---

* 原本"蜻蜓类"在"蜘蛛类"之前，《四库》前后互调。今从原本，卷次顺接。

行到中庭数花朵,蜻蜓飞上玉搔头。

夏日田园杂兴
(宋)范成大

梅子金黄杏子肥,麦花雪白菜花稀。
日长篱落无人过,唯有蜻蜓蛱蝶飞。

晓坐荷桥
(宋)杨万里

四叶青蘋照绿池,千重翠盖护红衣。
蜻蜓空里元无见,只见波间仰面飞。

舟中与陈敬初联句
(元)顾瑛

行春桥下看山回,(顾瑛)翠幕红簾面面开。(陈基)
一夜水风吹不断,(于立)蜻蜓飞入画船来。(顾瑛)

卷四百八十一　蜘蛛类

◆ 五言律

蜘　蛛
（唐）元稹

蜘蛛天下足，巴蜀就中多。缝隙容长跨，虚空织横罗。
萦缠伤竹柏，吞噬及虫蛾。为送佳人喜，珠栊无奈何。

网密将求食，丝斜误著人。因依方托绪，挂胃遂容身。
截道弹冠碍，漫天湛露频。儿童怜小巧，渐欲及车轮。

◆ 五言绝句

古　意
（明）赵宽

蜘蛛结网疏，春蚕成密织。密织不上身，网疏常得食。

◆ 七言绝句

新安官舍
（唐）来鹄

寂寞空阶草乱生，簟凉风动若为情。
不知独坐闲多少，看得蜘蛛结网成。

过百家渡

（宋）杨万里

柳子祠前春已残，新晴特地却春寒。
疏篱不与花为护，只为蛛丝作网竿。

晚 兴

（宋）杨万里

双井茶芽醒骨甜，蓬莱香烬倦人添。
蜘蛛正苦空庭阔，风为将丝度别檐。

宿孔镇观雨中蛛丝

（宋）杨万里

雨罢蜘蛛却出檐，网丝少减再新添。
莫言辛苦无功业，便有飞虫密处黏。

网罗最巧（密）是蛛丝，却被秋蚊圣得知。
黏著便飞来不再，蛛丝也解有疏时。

题院壁

（明）僧永瑛

自爱青山常住家，铜瓶闲煮壑源茶。
春深白日岩扉静，坐看蛛丝罥落花。

卷四百八十二　萤　类

◆ 四言古

萤火赞
（晋）郭璞

熠耀宵行，虫之微么。出自腐草，烟若散漂。
物之相煦，孰知其陶。

◆ 五言古

咏萤
（梁）简文帝

本将秋草并，今与夕风轻。腾空类星陨，拂树若花生。
屏疑神火照，帘似夜珠明。逢君拾光采，不恪此身倾。

咏萤火
（梁）元帝

著人疑不热，集草讶无烟。到来灯下暗，翻往雨中然。

月中飞萤
（梁）纪少瑜

远度时依幕，斜来如畏窗。向月光还尽，临池影更双。

照帙秋萤

（陈）阳缙

秋窗馀照尽，入暗早萤来。忽聚还同色，恒然讵落灰。
飞影黄金散，依帷缥帙开。含明终不息，夜月空徘徊。

◆ 七 言 古

炭步港观萤

（宋）孔武仲

九华之南芦苇长，流萤夕起不计双。
烂如神仙珠玉阙，青罗掩映千明釭。
空江沉沉未见月，近浦穿林起还灭。
鱼游鸟宿自不惊，我知此火初无情。

◆ 五 言 律

秋 萤

（唐）骆宾王

玉虬分静夜，金萤照晚凉。含辉疑泛月，带火怯凌霜。
散彩萦虚牖，飘花绕洞房。下帷如不倦，当解借馀光。

萤 火

（唐）杜甫

幸因腐草出，敢近太阳飞。未足临书卷，时能点客衣。
随风隔幔小，带雨傍林微。十月清霜重，飘零何处归？

夜对流萤作

（唐）韦应物

月暗竹亭幽，萤光拂席流。还思故园夜，更度一年秋。

自怜观书兴，何惭秉烛游。府中徒冉冉，明发好归休。

咏 萤
（唐）李嘉祐

映水光难定，凌虚体自轻。夜风吹不灭，秋露洗还明。
向烛仍藏焰，投书更有情。犹将流乱影，来此傍檐楹。

萤
（唐）周繇

熠熠与娟娟，池塘竹树边。乱飞同曳火，成聚却无烟。
微雨洒不灭，轻风吹欲燃。旧曾书案上，频把作囊悬。

萤
（唐）罗隐

空庭夜未央，点的（点）度西墙。抱影何卑细，乘时忽发扬。
不思因腐草，便拟倚孤光。若道通文翰，车公业岂长。

咏 萤
（明）僧德祥

念尔一身微，秋来处处飞。放光唯独照，引类欲相辉。
白发嫌催节，青灯妒入帏。老僧无世相，容得绕禅衣。

◆ **七 言 律**

见萤火
（唐）杜甫

巫山秋夜萤火飞，簾疏巧入坐人衣。
忽惊屋里琴书冷，复乱檐前星宿稀。
却绕井阑添个个，偶经花蕊弄辉辉。
沧江白发愁看汝，来岁如今归未归？

萤

（唐）徐夤

月坠西楼夜影空，透簾穿幕达房栊。
流光堪在珠玑列，为火不生榆柳中。
一一点通黄卷字，轻轻化出绿芜丛。
欲知应候何时节，六月初迎大暑风。

萤 灯

（元）谢宗可

微荧闪闪拂晴波，几度黄昏误舞蛾。
银粟无烟栖碧藓，玉虫留影缀青莎。
秋空雨歇寒光堕，晚径风闲冷烬多。
欲唤纱囊车武子，为渠还赋短檠歌。

萤 火

（明）朱之蕃

中宵露坐数飞萤，隐映墙阴复广庭。
风动花林生野烧，池摇云影度疏星。
天街扇扑流光乱，书屋囊开夜色青。
乘化未容随草腐，非关慧质弄惺惺。

◆ **五言绝句**

咏 萤

（唐）虞世南

的历流光小，飘飘弱翅轻。恐畏无人识，独自暗中明。

咏萤火示情人

（唐）李百药

窗里怜灯暗，阶前畏月明。不辞逢露湿，只为重宵行。

秋夜喜遇王处士

（唐）王绩

北场芸藿罢，东皋刈黍归。相逢秋月满，更值夜萤飞。

玩萤火

（唐）韦应物

时节变衰草，物色近新秋。度月影才敛，绕竹光复流。

◆ 七言绝句

萤

（唐）郭震

秋风凛凛月依依，飞过高梧影里时。
处暗若教同众类，世间争得有人知。

夏夜登南楼

（唐）贾岛

水岸寒楼带月跻，夏林初见岳阳溪。
一点新萤报秋信，不知何树是菩提。

萤

（唐）罗邺

水殿清风玉户开，飞光千点去还来。
无风无月长门夜，偏到阶前照绿苔。

徘徊无烛冷无烟，秋径莎庭入夜天。
休向书窗来照字，近来红蜡满歌筵。

寓壶源僧舍

（宋）吴儆

闷来掩卷已三更，风露涓涓月满庭。
闲扑流萤冲暗树，危梢点点堕寒星。

玉清夜归

（宋）赵师秀

岩前未有桂花开，观里闲寻道士来。
微雨过时松路黑，野萤飞出照青苔。

秋　夕

（金）吴激

风萤开合度松阴，松下萧然倦客心。
几点青光照凉夜，何时远寺得幽寻？

即　事

（金）刘昂

雨洗明河画扇收，胡床露坐药栏秋。
墙阴未得中庭月，一点萤光草际流。

酬秦仲纳凉

（元）张端

池上寻诗绕百回，何须东阁对官梅。
静中赏识人知少，一个山萤度水来。

夜过张子不值

（明）皇甫汸

偶随明月过君家，幽径无人自落花。
书帙乱抛青玉案，尚馀萤火挂窗纱。

萤

（明）郭登

腐朽如何不自量，化形飞起便悠扬。
脐间只有些儿火，月下星前少放光。

即席赠薛之翰

（明）谢榛

园花尊酒日相期，共尔流连欲暮时。
倚醉山亭歌楚调，秋萤飞过石榴枝。

闲居杂兴

（明）顾大典

坐来黄叶满渔矶，小阁疏灯对掩扉。
竹覆古墙经雨暗，夜分时复见萤飞。

宫　词

（明）王叔承

西清环珮水泠泠，片月初生云母屏。
却遇玉真公主到，碧萤飞照《蕊珠经》。

卷四百八十三　促织类（络纬同）

◆ 七言古　附长短句

促织鸣
（元）陈高

促织鸣，鸣唧唧。懒妇不惊，客心悽恻。
秋夜月明露如雨，西风吹凉透绤苎。
懒妇无裳终懒织，远客衣单恨砧杵。
促织促织，无复悲鸣。客心良苦，懒妇不惊。

络纬词
（明）张弼

络纬不停声，从昏直到明。不成一丝缕，徒负织作名。
蜘蛛声寂寂，吐丝复自织。织网网飞虫，飞虫足充食。
事在力为不在声，思之令人三叹息。

络纬吟
（明）贝翔

高城月白风凄凄，夜闻络纬迎秋啼。
初惊杨柳玉楼外，又过梧桐金井西。
一丝不断抽寒露，宛转犹悲岁年暮。
机中少妇暗投梭，愁绝寒窗不成素。

◆ 五言律

促　织
（唐）杜甫

促织甚微细，哀音何动人。草根吟不稳，床下夜相亲。
久客得无泪，故妻难及晨。悲丝与急管，感激异天真。

促　织
（金）周昂

促织来何处，秋风暗与期。苦吟人不解，多恨尔何知。
独枕难安夜，寒衣欲及时。凌晨揽清镜，一半忽成丝。

舟夜闻络纬
（明）王醇

渐伤空杼轴，为响亦徒然。汝力虽无惜，客衣曾未全。
残灯孤舫思，秋草半江烟。独不关心者，篙师正倦眠。

◆ 七言律

促　织
（明）朱之蕃

闲阶声彻琐窗中，暗送梧桐落叶风。
高韵不缘矜战胜，微吟端欲助机工。
雨馀切切昏钟动，灯下叨叨午漏通。
催得匹成输税早，贻人安枕不言功。

络　纬
（明）朱之蕃

谁遣缲车彻夜鸣，频催云锦织当成。
送来枕上萦诗思，听向床头系旅情。

露濯篱英增绚烂，风传邻杵和凄清。
冰蚕瓮茧知难觅，何似秋虫巧弄声。

戏题斗促织

（明）张维

自离草莽得登堂，贤主恩优念不忘。
饱食瓮城常养锐，怒临沙堃敢摧强。
敌声夜振须仍奋，壮气秋高齿渐长。
眼底孽馀平剪后，功成谁复论青黄。

◆ 五言绝句

促　织

（宋）苏轼

月丛号耿耿，露叶泣溥溥。夜长不自暖，那忧公子寒。

促　织

（元）郝经

乱聒霜前夜，忙催机上秋。无衣汝何益，重作旅人愁。

吴子夜四时歌

（元）杨维桢

秋风吹罗帷，玉郎思寄衣。多情双络纬，啼近妾寒机。

秋　夜

（明）僧文贞

露气夜凄迷，空庭络纬啼。被他风引去，忽过竹门西。

◆ 七言绝句

促　织

（唐）张乔

念尔无机自有情，迎寒辛苦弄梭声。
椒房金屋何曾识，偏向贫家壁下鸣。

宿石门山居

（唐）雍陶

窗灯欲灭夜愁生，萤火飞来促织鸣。
宿客几回眠又起，一溪秋水枕边声。

山间秋夜

（宋）真山民

夜色秋光共一阑，饱收风露入脾肝。
虚檐立尽梧桐影，络纬数声山月寒。

宫　词

（宋）花蕊夫人

金井秋啼络纬声，出花宫漏报严更。
不知谁是金銮直，玉宇沉沉夜气清。

络　纬

（明）郝经

牵牛风露满篱根，淡月疏星夜未分。
灯下有人抛锦字，机丝零乱不成文。

卷四百八十四　蠹鱼类

◆ 五言律

咏壁鱼

（唐）李远

鳞细粉光鲜，开书乱眼前。透窗疑漏网，落砚似流泉。
潜穴河图内，吞钩乙字边。莫言髻鬣小，食尽白蘋篇。

再任后遣模归按视石林

（宋）叶梦得

插架环千轴，传家有旧书。展舒惭几案，凉曝阙庭除。
破屋方悬溜，残编足蠹鱼。好须重检校，扃璵〔锁〕莫令疏。

◆ 五言绝句

秋斋为周彦通题

（明）林俊

暑伏凉又生，虫吟叶已故。壮日苦不常，翻书落寒蠹。

◆ 七言绝句

松下迟杨君谦不至

（明）朱存理

松下繙书坐石床，书鱼晴落砚波凉。

须臾月出照书上,历历蝇头字几行。

寄秘书直长夏祥凤

(明) 僧德祥

得见人间未见书,朝朝暮暮玉阶除。
心如一寸芸香草,长与君王辟蠹鱼。

卷四百八十五　蚊蝇类

◆ 五言古

蚊　蟆

（唐）白居易

巴徼炎毒早，二月蟆蚊生。咂肤拂不去，绕耳薨薨声。
斯物颇微细，中人初甚轻。如有肤受谮，久则疮痏成。
痏成无奈何，所要防其萌。麼虫何足道，潜喻儆人情。

秋　蝇

（宋）邹浩

秋风快如刀，著木木欲折。蕃鲜转凄凄，入眼无一悦。
青蝇独何为，飞鸣犹未灭。造化本无私，尔生亦偶窃。
念方三伏中，日车午停辙。下照人世间，何异红炉热。
劲鸟倦戢翼，狞兽喘吐舌。惟人于此时，体懒剧疲苶。
虚堂幸可逃，枕簟随意设。好睡边韶同，素懒嵇康埒。
更此值清凉，酣寝谓须决。双睫才欲交，汗肤遭尔啮。
营营不绝声，宛类谗口呐。使我寝不安，欲息还复辍。
况如一箪贫，未能万钱歠。园蔬荐脱粟，杯盘殊灭裂。
双箸才欲拈，咀嚼遭尔饕。适从何处来？食饮污修洁。
使我味不甘，欲咽还复噎。驱除付疲兵，只足增跛鳖。
宜哉孙权弹，为尔情激切。期望秋风回，一扫无馀孽。

夜坐苦蚊

（元）方夔

万物有常理，动息随昏昕。区区虫豸中，恶毒无如蚊。
云是鬼母化，佛语非传闻。喙尺利芒刺，腰围隐花纹。
饥寻飞翅轻，饱饮酡颜醺。搏噬以自肥，乘时鼓妖氛。
潜伏草莽间，窥伺日向曛。须臾便四出，攒集穷崖垠。
横空聚复散，如布鹅鹳军。腾身飞猱捷，发喊迅雷磹。
瞥然闯门户，来者何缤纷。不但入翠幕，偏工恼红裙。
端坐缺隄障，各各磨牙龈。血肉生咀嚼，斑驳瘢与皲。
如涂辟宫血，丹砂服兼斤。纨扇不住手，摇动酸骨筋。
或时中指麾，殷轮血朱纁。虽能杀一二，未足空其群。
有来效方略，薙草收蕤薰。延烧焗烟焰，杀气凝阴云。
罗空焊鸮隼，搜野醢（醯）麕麋。丑类尽驱逐，暂息猫与獯。
自从生盘古，元气日磔分。有生溃乱出，甘苦更臭芬。
而我堕世味，未能去羶荤。天阳烁六合，曼肤似遭焚。
之虫并搜搅，入夜无一倾。谁知有制伏，火攻策奇勋。
当如运甓法，百匝不惮勤。事会靡终极，来者征吾文。

◆ 七言古

蚊

（明）袁凯

群蛇戢戢方斗争，虾蟆蝼蛄相和鸣。
百足之虫行无声，毒气著人昏不醒。
蚊蚋虽微亦纵横，隐然如雷吁可惊。
东方日色苦未明，老夫闭户不敢行。

◆ 七言律

苍蝇
（明）朱之蕃

生从污秽忽雄飞，鼓翅摇唇觅已肥。
剩酒残羹沾醉饱，青丝白璧妒光辉。
营营引类来同恶，恋恋依人不暂违。
驱斥虽严还易集，持将麈尾莫停挥。

蝇
（明）张维

呼朋引类竞纷然，入我房栊扰昼眠。
鼓翼有声喧耳畔，侧身无赖簇眉边。
频惊栩栩南柯兴，始信营营《止棘篇》。
挥汗未能操咏笔，任他长剑逐堂前。

◆ 五言绝句

蝇
（宋）梅尧臣

青蝇何处来，聚集满盘间。谁知腹中物，变化如循环。

◆ 七言绝句

佛日山荣长老方丈
（宋）苏轼

日射回廊午枕明，水沉消尽碧烟横。
幽人睡觉无人见，只有飞蚊绕鬓鸣。

暑夕
（宋）文同

昼蝇方少夜蚊多，摇脱霜纨奈热何。

独向中庭待明月，满身清露泻金波。

冻　蝇
（穿）杨万里

隔窗偶见负暄蝇，双脚按挲弄晓晴。
日影欲移先会得，忽然飞落别窗声。

立　春
（金）党怀英

水结东溪冻未澌，风凌枯木怒犹威。
不知春力来多少，便有青蝇负暖飞。

卷四百八十六　杂虫类

◆ 四言古

螳螂赞
（晋）郭璞

螳螂飞虫，挥斧奋臂。当辙不回，勾践是避。
勇士致毙，厉之以义。

尺蠖
（晋）郭璞

贵有可贱，贱有可珍。嗟兹尺蠖，体此屈伸。
论配龙蛇，见叹圣人。

◆ 五言古

答柳柳州食虾蟆
（唐）韩愈

虾蟆虽水居，水特变形貌。强号为蛙蛤，于实无所校。
虽然两股长，其奈脊皴皰。跳踯虽云高，意不离汙淖。
鸣声相呼和，无理只取闹。周公所不堪，洒灰垂典教。
我弃愁海滨，恒愿眠不觉。叵堪朋类多，沸耳作惊爆。
端能败笙磬，仍工乱学校。虽蒙勾践礼，竟不闻报效。
大战元鼎年，孰强孰败桡？居然当鼎味，岂不辱钓罩。

余初不下喉，近亦能稍稍。常惧染蛮伧，失平生好乐。
而君复何为，甘食比豢豹。猎较务同俗，全身斯为孝。
瞿然思虑深，未见许回棹。

◆ 七言古　附长短句

蝎　虎
（宋）苏轼

黄鸡啄蝎如啄黍，窗间守宫称蝎虎。
暗中缴尾伺飞虫，巧捷工夫在腰膂。
跂跂脉脉善缘壁，陋质从来谁比数？
今年岁旱号蜥蜴，狂走儿童闹歌舞。
能衔渠水作冰雹，便向蛟龙觅云雨。
守宫努力搏苍蝇，明年岁旱当求汝。

二　虫
（宋）苏轼

君不见水马儿，步步逆流水。
大江东流日千里，此虫趯趯长在此。
又不见鷃滥堆，决起随冲风。
随风一去宿何许？逆风还落蓬蒿中。
二虫愚智俱莫测，江边一笑无人识。

◆ 五言律

蛒　蜂
（唐）元稹

梨笑清都月，（京师开元观，多梨花蜂。）蜂游紫殿春。
构脾分部伍，嚼蕊奉君亲。翅羽颇同类，心神固异伦。
安知人世里，不有挟钩人。

蟆子

（唐）元稹

有口深堪异，趋时讵可量。谁令通鼻息，何故辨馨香？
沉水来沧海，崇兰泛露光。那能枉焚爇，尔众我微茫。

浮尘子（蟆类也，巢巴蛇鳞中。）

（唐）元稹

可叹浮尘子，纤埃喻此微。宁论隔纱幌，并解透绵衣。
有毒能成痏，无声不见飞。老来双眼暗，何计辨雰霏。

虻

（唐）元稹

千山溪沸石，六月火烧云。自顾生无类，那堪毒有群。
搏牛皮若截，噬马血成文。蹄角尚如此，肌肤安足云。

蟋蟀

（元）僧善住

西风吹蟋蟀，切切动哀音。易入愁人耳，难惊懒妇心。
寒灯孤馆外，秋雨古城阴。听极无由寐，终宵费苦吟。

◆ 七 言 律

草虫

（唐）李咸用

如缫如织暮啾啾，应节催年使我愁。
行客语停孤店月，高人梦断一床秋。
风低藓径疑偏急，雨咽槐亭得暂休。
须付画堂兰烛畔，歌怀醉耳两悠悠。

螳 螂
（明）朱之蕃

昂头双眼映林明，会出当车奋臂行。
利口信难防雀啄，狂鸣端是恼蝉声。
蓬蒿满径堪挚息，榆柳成阴寄化生。
静默非关能养勇，慕膻羞与蚁争衡。

纺织婆
（明）朱之蕃

沤麻曝絮岁功成，虫语潜催布缕征。
篱落声宏眠讵稳，草丛音切听偏倾。
连绵欲伴孤灯炯，悽恻还偕细雨鸣。
几度停车增怅结，悠悠不断似离情。

◆ 五言绝句

春夜裁缝
（唐）薛维翰

珠箔因风起，飞蛾入最能。不教人夜作，方便扑明灯。

天水牛
（宋）苏轼

两角徒自长，空飞不服箱。为牛竟何事，利吻穴枯桑。

蜗 牛
（宋）苏轼

腥涎不满壳，聊足以自濡。升高不知回，竟作粘壁枯。

鬼　蝶

（宋）苏轼

双眉卷铁丝，两翅晕金碧。初来花争妍，忽去鬼无迹。

春日闲居

（明）钱宰

霁日檐牙落，光风瓦上生。草晴跳蚱蜢，花暖困狸狌。

◆ 七言绝句

禽　虫

（唐）白居易

蚕老茧成不庇身，蜂饥蜜熟属他人。
须知年老忧家者，恐是二虫虚苦辛。

禽　虫

（唐）白居易

蟭螟杀敌蚊巢上，蛮触交争蜗角中。
应似诸天观下界，一微尘内斗英雄。

元处士池上

（唐）温庭筠

蓼穗菱丛思蟋蛄，水萤江鸟满烟蒲。
愁红一夕风前落，池上秋波似五湖。

偶　题

（唐）司空图

辽阳音信近来稀，纵有虚传逼节归。
永日无人新睡觉，小窗晴暖蝎虫飞。

凉榭池上
（宋）韩琦

病襟思适绕东塘，水荇初花吐嫩黄。
行到老樗阴下坐，儿童争喜拾红娘。

过陂子径五十馀里，乔木蔽天，遣闷七绝（录一）
（宋）杨万里

草光叶润亦清嘉，翠里生香不是花。
一事说来人不信，蕨长如树蚓如蛇。

咏蟋蟀
（元）赵汸

赤翅晶荧何处归，秋来清响傍庭闱。
莫言微物无情意，风虎云龙共一机。